Le Livre du Graal

I

Joseph d'Arimathie
Merlin
Les Premiers Faits du roi Arthur

ÉDITION PRÉPARÉE PAR DANIEL POIRION,
PUBLIÉE SOUS LA DIRECTION DE PHILIPPE WALTER,
AVEC, POUR CE VOLUME, LA COLLABORATION
D'ANNE BERTHELOT, ROBERT DESCHAUX,
IRENE FREIRE-NUNES ET GÉRARD GROS

GALLIMARD

Ce volume appartient
au domaine « Littérature française du Moyen Âge »,
fondé par Daniel Poirion.

CE VOLUME CONTIENT :

Introduction
Chronologie
Note sur la présente édition
par Philippe Walter

JOSEPH D'ARIMATHIE

Texte établi, traduit, présenté et annoté
par Gérard Gros

MERLIN

Texte établi par Irene Freire-Nunes,
traduit, présenté et annoté
par Anne Berthelot

LES PREMIERS FAITS DU ROI ARTHUR

Texte établi par Irene Freire-Nunes,
présenté par Philippe Walter,
traduit et annoté par Anne Berthelot
et Philippe Walter

Notices,
notes et variantes

Édition établie
d'après le manuscrit S 526,
Universitäts- und Landesbibliothek Bonn

Les textes de ce volume
ont bénéficié de la relecture
de Robert Deschaux.

INTRODUCTION

La confirmation du roman comme genre littéraire majeur au XIIe siècle doit beaucoup, peut-être l'essentiel, à l'écrivain champenois Chrétien de Troyes. En inventant le thème du Graal, il donne l'impulsion à un mythe d'une exceptionnelle richesse qui va orienter toute l'évolution thématique et formelle du roman médiéval. Dès la fin du XIIe siècle, son Conte du Graal *(écrit entre 1181 et 1191) donne lieu à des continuations en vers puis à des réécritures en vers et en prose qui installent durablement le « mythe du Graal » dans la culture du Moyen Âge occidental. Dès lors commence une ère du Graal qui est avant tout une ère du Roman.*

Considéré de nos jours comme l'œuvre capitale du XIIIe siècle, l'immense roman de Lancelot, au cœur d'un vaste cycle en prose, procède directement de cette mouvance et résume environ un siècle de littérature en français. Il marque l'aboutissement d'un imaginaire romanesque en perpétuelle recherche de lui-même depuis l'apparition des premiers récits en vers au milieu du XIIe siècle. En lui s'approfondit une quintessence de l'art romanesque français pour tout le Moyen Âge[1]. Avec lui, la prose épouse de manière décisive le genre romanesque.

Pressentant peut-être une évolution esthétique et formelle qui devait

---

1. Un autre grand cycle romanesque en prose, celui de Tristan, se crée parallèlement à celui de Lancelot au XIIIe siècle, mais il subit nettement l'influence de ce dernier. Tristan devient lui-même un chevalier en quête du Graal.

conduire au récit en prose, Chrétien de Troyes se définissait dans Le
Conte du Graal *comme le semeur d'une parole romanesque inédite
et porteuse d'avenir. Au début de son roman, la figure emblématique
du semeur pose un nouveau modèle d'écrivain et d'écriture :*

> Qui petit seme petit quialt,
> E qui auques recoillir vialt,
> An tel leu sa semance espande
> Que fruit a cent dobles li rande,
> Car an terre qui rien ne vaut
> Bone semance i seche et faut.
> Crestïens seme et fet semance
> D'un romans que il ancomance[1]

*Par un habile montage de citations bibliques, Chrétien compare
son œuvre romanesque à celle du semeur de la parabole évangélique :
« Chrétien sème et jette la graine d'un roman [...] ». L'écrivain
essaime des mots porteurs de vie et d'imaginaire pour qui saura en
recueillir les fruits. Écriture, lecture, réécriture : tout lecteur de son
roman deviendra l'auteur potentiel d'une réécriture car le lecteur
précède toujours l'écrivain. À chaque lecteur de prolonger l'œuvre première en devenant à son tour écrivain et semeur. Intuition prophétique : l'écriture de Chrétien engendrera autour du Graal une
arborescence de textes aux multiples branches. C'est en ce sens qu'elle
fondera un mythe surgi d'un mot mystérieux dont l'étymologie reste
obscure. Le Graal a vraiment été la semence du roman du XIIIᵉ siècle.*

*Autant le reconnaître d'emblée : le mythe littéraire du Graal n'est
pas l'obscure résurgence d'un arsenal de vieilles croyances ésotériques
qui retrouveraient miraculeusement une actualité ou un écho dans
l'Occident du XIIIᵉ siècle. Il n'est pas non plus la prolongation occulte
d'un mystère crypté qui plongerait dans la nuit des temps bibliques,
voire pré-bibliques. En l'espèce, le mythe du Graal n'est pas
exclusivement le reflet ou l'ombre portée d'une croyance extérieure à la*

---

1. « Qui sème peu récolte peu, mais qui veut s'assurer une bonne
récolte doit répandre les grains sur une terre qui lui procure un rende-
ment cent fois supérieur. Car dans une terre sans valeur la bonne graine
se dessèche et meurt. Chrétien sème et jette la graine d'un roman qu'il
commence ». Trad. Daniel Poirion (v. 1-8), *Œuvres complètes*, Bibl. de la
Pléiade, p. 685.

littérature et qui remonterait à des temps antiques. Il est plutôt l'aura fabuleuse fabriquée par la littérature elle-même autour d'un mot étrange qui la fit rêver. Il est le travail de la littérature sur elle-même et la conscience poétique de ses multiples pouvoirs. Car, dès le XIIᵉ siècle, la littérature médiévale sait déjà produire ses propres mythes en exploitant la séduction magique des mots vibrant sur l'imaginaire des êtres et des choses.

Du graal au saint Graal.

Le mythe du Graal est sans conteste l'un des plus riches complexes imaginaires que la littérature ait su élaborer. Il s'est constitué par étapes successives sur une durée d'un demi-siècle, de 1180 à 1240 environ[1]. Il n'a pas été d'emblée fixé dans son essence définitive par un auteur dont les écrivains ultérieurs se seraient fidèlement inspirés. Il résulte au contraire de la superposition de plusieurs strates légendaires, de la réécriture, de l'imbrication, de la contamination et de l'interaction de plusieurs œuvres au départ totalement indépendantes les unes aux autres. Toute étude du « mythe du Graal » doit tenir compte de cette durée complexe dans l'élaboration créatrice. Le mythe du Graal est évolutif. Il existe plusieurs graals, et tous ces graals ne se ressemblent pas[2].

Le premier roman du Graal est l'œuvre du romancier champenois Chrétien de Troyes. Le Conte du Graal voit l'apparition de l'objet mystérieux, son avènement dans la littérature médiévale. Avant Chrétien, le mot ne désigne qu'un ustensile usuel, un plat creux, un bassin, une écuelle[3]. Dans Le Conte du Graal, le mot n'apparaît qu'au vers 3220 dans la scène connue sous le nom de « cortège du Graal ». Conversant avec son hôte pendant un dîner, Perceval voit venir d'une chambre une procession de cinq jeunes gens qui traversent la salle en passant devant le feu pour se rendre dans une autre chambre. Dans ce cortège se succèdent un jeune homme porteur d'une lance blanche dont le fer saigne, deux

---

1. Sur l'ensemble de cette littérature du Graal, voir Jean Frappier et Rheinhold Grimm (éd.), *Grundriß der romanischen Literaturen des Mittelalters*, vol. IV (2 tomes) : *Le Roman jusqu'à la fin du XIIIᵉ siècle*, Heidelberg, Carl Winter, 1978, t. I, p. 291-395.
2. Jean Frappier, « La Légende du Graal : origine et évolution », *Grundriß [...]*, t. IV, p. 292-331.
3. Walter von Wartburg, *Französisches etymologisches Wörterbuch*, t. II/2, p. 1292-1295, *s.v. cratis*.

autres jeunes gens portant des chandeliers allumés, une belle jeune fille tenant un graal d'or fin, orné de pierres précieuses, dont le passage illumine la salle. Une autre jeune fille ferme le cortège en tenant un tailloir *d'argent, c'est-à-dire un plat en métal précieux servant à découper la viande.*

Quelle que soit sa splendeur, le graal n'est encore ici qu'un objet commun, mais son rayonnement lumineux le met en valeur. Il est associé à d'autres objets évoquant simultanément le motif de la blessure (la lance qui saigne) et celui du repas (le tailloir). D'ailleurs, à chacun des mets délicats qu'on apporte à table, le graal passe et repasse, laissant Perceval comme interdit et muet d'admiration. Le narrateur souligne l'incroyable tort de son personnage : il ne demande pas à qui est destiné ce service du graal. La scène est délibérément énigmatique du fait de l'ambiguïté voulue par Chrétien. Le romancier, feignant d'ignorer tout le contexte de l'histoire, choisit de raconter l'épisode du seul point de vue de Perceval. Le spectacle de ce cortège garde ainsi son secret. Il prend du relief par le mutisme même auquel, en présence de la merveille, s'obstine Perceval, trop naïvement attentif aux principes de bonne éducation que lui a inculqués son précepteur Gornemant. Perceval devait éviter de trop *parler ; or, il ne parle plus du tout. Les questions qu'il n'a pas posées sur le graal et sur la lance qui saigne sont une occasion perdue. Eût-il demandé à qui le graal était destiné et pourquoi la lance saignait, le Roi Pêcheur recouvrait la santé. Plus tard, après cinq années d'errance, Perceval apprendra d'un ermite, son oncle maternel, une partie des grands secrets qui l'ont défié : ce graal contient une seule hostie, suffisant à maintenir en vie le père du riche Roi Pêcheur, enfermé dans sa chambre depuis plus de quinze ans. Mais l'ermite ne résout qu'en partie l'énigme du cortège, en qualifiant le graal de « sainte chose ». S'il n'est pas encore une relique, il se christianise nettement grâce à son contenu, une hostie. Le cortège semble transposer alors le rituel de la communion des malades. Une question se pose toutefois : l'apparition si furtive du graal en quelques vers justifie-t-elle vraiment le titre de l'œuvre (*Le Conte du Graal*) laissant croire qu'il n'est question que de lui ? Chrétien ne mystifie-t-il pas son lecteur dans ce récit délibérément énigmatique ?*

L'ambiguïté volontaire du récit ainsi que l'incertitude sur la nature du graal inciteront toute une série de continuateurs à combler les lacunes, volontaires ou non, de l'œuvre de Chrétien. De 1190 à

*1230 apparaîtront, outre une « élucidation[1] », quatre continuations
en vers du* Conte du Graal[2]. *Loin d'éclairer le récit initial, elles lui
confèrent d'autres orientations et ne font que creuser encore plus le
mystère du roman originel. Elles contribuent à entretenir le mythe de
cet objet. Ses épiphanies scandent le mystère d'épisodes et de rencontres dont le lecteur ignore souvent les enjeux. La christianisation
de la lance par sa mise en correspondance symbolique avec la lance de
Longin, ce centurion romain qui a percé le flanc du Christ en croix,
est toutefois explicitement accomplie dans la* Continuation Gauvain, *première des deux continuations les plus précoces du* Conte
du Graal. *La version courte de cette continuation comprend près de
dix mille octosyllabes et date d'avant 1200.*

Aujourd'hui, on sait avec certitude que Chrétien a construit son
Conte du Graal *à partir d'un récit qui n'était pas d'origine
biblique[3]. On sait également que ce récit ne perpétue pas un prétendu
« mythe du Graal » antérieur à cet auteur. Chrétien de Troyes donne
en revanche au mot* graal *une forte résonance imaginaire. C'est lui
qui fait du graal un véritable enjeu littéraire. C'est lui qui le place
symboliquement au centre de l'épisode mystérieux. En parlant plus
loin à son propos d'une* tant sainte chose *et en y déposant une
hostie, il prépare la christianisation d'un objet d'origine entièrement
profane[4]. En revanche, il ne dit rien de la lance, laissant vacante la
signification chrétienne de l'objet.*

*Dès lors, l'objet graal va osciller du plat au vase, du ciboire au
calice, au gré des réinterprétations du récit de Chrétien. Le Graal,
modèle de toutes les merveilles arthuriennes, renvoie presque toujours
à une scène de repas sacré dont la signification rituelle, probablement
d'origine celtique, se réordonne progressivement dans le dogme eucharistique. Toutefois, chez Chrétien comme chez ses continuateurs, le
graal devient aussi le signe romanesque par excellence. Il est ce qui*

1. *The Elucidation, a Prologue to the « Conte du graal »*, éd. A. W. Thompson, New York, 1931.
2. *The Continuations of the Old French Perceval of Chrétien de Troyes*, éd.
William Roach, Robert H. Ivy et L. Foulet, Philadelphie, 1949-1956,
4 vol. Gerbert de Montreuil, *Continuation de Perceval*, éd. Mary Williams,
Champion, 1922-1925 (2 vol.) et éd. M. Oswald, Champion, 1975 (Classiques français du Moyen Âge, 28, 30 et 101).
3. Jean Marx, *La Légende arthurienne et le Graal*, P.U.F., 1952 et *Nouvelles
recherches sur la littérature arthurienne*, Klincksieck, 1965.
4. Chrétien de Troyes, *Le Conte du Graal*, v. 6422-6423, *Œuvres complètes*,
p. 843.

autorise le roman à exister, à se faire et à se refaire perpétuellement dans le prisme infini de ses réécritures. Objet mi-réel mi-imaginaire, il résume à lui seul l'essence du romanesque découvrant l'art du mentir-vrai ainsi que l'écart irréductible entre le signe (signum) et la chose (res). En fait, comme l'écrit Daniel Poirion, « le graal ne dit pas, il fait signe[1] ». « Expression narrative, imaginaire, littéraire du questionnement moral, philosophique et religieux », il va poser plus de questions à l'imaginaire médiéval qu'il n'apportera de certitudes ou de révélations. Il devient l'emblème poétique d'une littérature en devenir : signe en attente de toutes ses métamorphoses imaginaires.

Translation.

Le mouvement général d'évolution du mythe du Graal est celui d'une christianisation décisive[2]. D'un récit mythologique d'origine probablement celtique (où le graal n'était qu'un élément parmi d'autres d'un repas sacré), on aboutit à une légende chrétienne qui, sans égaler les textes canoniques objets de foi, n'en atteint pas moins un statut de récit apocryphe. En réalité, ce travail de christianisation d'un texte littéraire n'est pas très différent du travail parallèle de transfert vers le christianisme qui, depuis le VIe siècle au moins, atteint les sites, les rites et les mythes des cultes préchrétiens de l'Europe[3]. Pour l'accomplir, il s'agissait d'établir des concordances significatives entre des éléments analogues dans des traditions primitivement étrangères l'une à l'autre : la Bible et les religions préchrétiennes de l'Europe. Ainsi, la lance qui saigne, héritée du merveilleux celtique[4], peut se confondre avec la lance du centurion Longin. Le graal, lié à une lance féerique dans le texte fondateur de Chrétien, devient au XIIIe siècle un réceptacle de ce saint Sang convoité un peu partout en Occident. Un plat somptueux contenant une nourriture rituelle et sacrée, émanant d'un sacrifice humain ou animal[5], put devenir sans trahison majeure un calice contenant le sang du

1. Danielle Buschinger, Anne Labia, Daniel Poirion, *Scènes du Graal*, Stock, 1987, p. 10.

2. Roger Sherman Loomis, *The Grail : From Celtic Myth to Christian Symbol*, Princeton University Press, 1991 (rééd. du texte, 1963).

3. Philippe Walter, *Mythologie chrétienne. Rites et mythes du Moyen Âge*, Entente, 1992.

4. A. C. L. Brown, « *The Bleeding Lance* », *Publications of the Modern Language Association of America*, XXV, 1910, p. 1-59.

5. Roger S. Loomis, « The Head in the Grail », *Revue celtique*, 47, 1930, p. 39-62.

Christ. Par l'intermédiaire d'abord de l'hostie (dont l'étymologie latine signifie précisément « victime »), l'Église n'eut aucune difficulté à assimiler le corps puis le sang du Christ à ceux de la victime humaine des immolations païennes[1].

Nul doute que la croisade, un temps dévoyée vers cette capitale chrétienne qu'était Constantinople, puis relancée sans succès vers la Terre sainte, contribua à raviver au XIIIᵉ siècle l'imaginaire des lieux saints tout en renforçant l'intérêt pour les reliques de la Passion. Si le graal n'était pas encore une relique de la Passion dans le roman de Chrétien, il le devint à partir du XIIIᵉ siècle sous la pression idéologique des croisades. Depuis longtemps, les reliques étaient l'occasion de trafics multiples. Les trésors ravis à Constantinople lors du sac de la ville par les croisés furent une véritable aubaine. Une lettre de Baudouin Iᵉʳ à saint Louis, datée de 1247, mentionne les nombreuses reliques de la Passion qui échurent au royaume de France[2]. *Or, celles du saint Sang furent nombreuses dès le XIIᵉ siècle. En 1149, une ampoule du saint Sang avait déjà été apportée à Bruges pour Thierry d'Alsace, le père du dédicataire du* Conte du Graal *de Chrétien*[3]. *L'abbaye de Fécamp possédait à la même époque une relique du précieux Sang*[4]. *En 1224, l'église Saint-Remi de Reims reçut d'Orient une relique du saint Sang. En 1244, Lambert de Noyon, chapelain de Baudouin Iᵉʳ et prévôt de l'église Saint-Michel de Constantinople, rapporte un vase contenant du sang du Christ en l'abbaye de Saint-Jean-des-Vignes à Soissons*[5]. *À la même époque, le plus émouvant témoignage de dévotion envers les reliques insignes de la Passion reste toutefois la construction de la Sainte-Chapelle par saint Louis. Véritable palais de verre, l'édifice rappelle l'élan architectural et l'exigence allégorique des romans en prose du Graal. Il résume aussi tout le*

---

1. Philippe Walter, *La Mémoire du temps : fêtes et calendriers de Chrétien de Troyes à « La Mort Artu »*, Champion, 1989, p. 512-521.

2. L'actuel Saint-Suaire conservé à Turin serait une fausse relique de la Passion, selon des expertises récentes. On en trouve néanmoins la première mention historique à Lirey au milieu du XIVᵉ siècle dans la région champenoise. Il aurait été fabriqué de toutes pièces vers le XIIIᵉ siècle. La mode des romans du Graal où sont évoquées les reliques de la Passion y serait-elle pour quelque chose ?

3. Jacques Stiennon, « Bruges, Philippe d'Alsace, Chrétien de Troyes et le Graal », *Chrétien de Troyes et le Graal*, Nizet, 1984, p. 5-15.

4. Jean-Guy Gouttebroze, *Le Précieux Sang de Fécamp. Origine et développement d'un mythe chrétien*, Champion, 2000 (Essais sur le Moyen Âge, 23).

5. Pierre Saintyves, *Les Reliques corporelles du Christ*, R. Laffont, coll. « Bouquins », 1987, p. 946-949 (éd. originale, Mercure de France, 1912).

message spirituel du christianisme du XIIIe siècle, en particulier dans
le programme iconographique des vitraux qui s'organise en une vaste
méditation autour de la Passion du Christ dont la chapelle abrite les
reliques.

Aux alentours de *1200*, un écrivain nommé Robert de Boron
entreprend une œuvre radicale de transformation chrétienne du Graal.
Elle amorce une étape décisive dans l'évolution ultérieure du mythe,
puisqu'elle fait du graal un objet irrémédiablement chrétien. Quittant
l'époque du roi Arthur et de ses chevaliers, Robert remonte jusqu'aux temps bibliques pour évoquer l'origine (évidemment chrétienne) du Graal. Il raconte l'évolution du veissel (le « vase ») de la
Cène — où le Christ prend son dernier repas avec ses disciples — et
sa consécration définitive en Graal. C'est dans ce veissel que Joseph
d'Arimathie recueillit ensuite le sang du Crucifié[1]. Le roman met en
accord une imagerie purement littéraire avec une tradition iconographique des crucifixions où le sang du Christ est effectivement recueilli
dans un vase, mais jamais jusqu'alors ce dernier n'a été désigné
comme le saint Graal[2]. C'est le récit de Robert de Boron qui est à
l'origine de la tradition selon laquelle le plat merveilleux décrit par
Chrétien devient le saint Graal. La substitution du vase puis du
calice au simple plat évoqué par Chrétien constitue une étape majeure
dans le mythe : elle finit par oblitérer toutes les représentations antérieures de l'objet graal. Avec Robert de Boron s'établit en outre un
rapport d'analogie directe entre le Graal et le Christ. Le Graal est
présent sur la table de la Cène aux côtés du Christ. Comme Jésus, il
est remis à Pilate, et Joseph d'Arimathie le reçoit en même temps que
le corps du Crucifié. Il est présent à la mise au tombeau, reste caché
et finalement réapparaît avec le Ressuscité, mais doit rester sur terre
alors que le Christ montera aux cieux. Le Graal devient l'allégorie
du corps glorieux du Christ. À la fin de son poème, Robert de
Boron identifie encore le Graal à la Nouvelle Alliance. Fondement
de l'Église chrétienne, le graal relance le prosélytisme, mission fondamentale du Christ et de ses disciples.

---

1. Texte en vers connu par un manuscrit unique (B.N.F. fr. 20047).
Éd. : *Robert de Boron, Le Roman de l'Estoire dou Graal*, William A. Nitze,
Champion, 1927. Trad. (sous le même titre) par Alexandre Micha, Champion, 1995.
2. Voir par exemple le plat de reliure en ivoire d'Adalbéron II conservé
au musée de Metz : *Le Chemin des reliques* (catalogue d'exposition), Metz,
musées de la cour d'Or et Éditions Serpenoise, 2000, p. 56-58.

Ainsi assimilé à la mystique et à l'histoire chrétiennes, le Graal ne présente en fait guère d'intérêt pour Robert en tant qu'objet matériel. Aucune description concrète n'en est donnée. De plus, il ne possède pas la vertu merveilleuse de fournir viandes et boisson, jeunesse, santé et force comme les talismans merveilleux des anciens contes d'origine celtique. Il ne dispense que la grâce, par un jeu de mots très significatif (Graal-Graaus-grâce) qui s'inscrit dans la tradition des fausses étymologies médiévales[1]. Seuls les bons et les purs pourront bénéficier de ses bienfaits. Les pécheurs seront exclus de ses délices spirituelles, et les hypocrites comme Moïse seront dénoncés et punis s'ils s'en approchent. Les réprouvés et les élus : jusqu'aux temps ultimes, cette vision dominera désormais le cycle romanesque du Graal s'élargissant en une vision eschatologique de toute la chrétienté.

Aujourd'hui, l'obsession d'un objet supposé réel, véritable relique de la Passion, continue de hanter les rêves occultistes de l'Occident. En fait, le Graal tel que le décrivent contradictoirement les romans médiévaux n'a jamais existé sous ce nom à l'époque biblique, et l'on serait bien en peine de produire un texte évangélique le mentionnant. Il est une « invention » du Moyen Âge chrétien qui fonda sur lui une part de son rêve d'absolu et de grandeur spirituelle. Il est très exactement le produit d'une translation *au sens que le Moyen Âge donne à cette notion : un transfert (surtout de reliques) d'un endroit à un autre. Dans le cas du Graal, ce transfert s'opère du profane au sacré, de la légende celtique païenne vers le christianisme, puis après sa christianisation de l'Orient et de la Terre sainte vers l'Occident.*

Un chroniqueur cistercien nommé Hélinant de Froidmont (né vers 1160-1170) témoigne au début du XIIIᵉ siècle de la double tradition qui s'attache alors au Graal. Dans sa Chronique, *il le décrit à la fois comme une coupe — c'est la version chrétienne — et comme un plat — c'est la version première, celle de Chrétien —, témoignant ainsi de la coexistence d'une double essence de l'objet :*

À cette époque, un certain ermite de Bretagne, par l'intermédiaire d'un ange, eut une vision miraculeuse concernant saint Joseph [d'Arimathie], le décurion qui descendit de la croix le corps de Notre-Seigneur, et cette coupe ou ce plat dans lequel Notre-Seigneur dîna avec les apôtres ; l'histoire intitulée Du Graal fut rédigée. Car le Graal, appelé *Gradalis* ou *Gradale* en français, est un grand plat de

---

1. Voir *Joseph d'Arimathie*, n. 1, § 157.

service assez profond, dans lequel des mets précieux sont présentés avec cérémonie, bouchée par bouchée, offerts à profusion parmi les plats variés des banquets. Ce plat est d'ailleurs communément appelé Graal [*graalz*] parce que c'est un récipient agréable et adapté à un tel repas, parce qu'il a une certaine contenance et probablement aussi parce qu'il est soit en argent soit en quelque autre métal précieux : mais aussi à cause de ce qu'il contient, à savoir un nombre impressionnant de mets délicats et coûteux. Je n'ai pas pu trouver cette histoire en latin, mais jusqu'à présent seulement en français, en la possession de certains hauts personnages qui, disaient-ils, n'avaient pas la version intégrale. Je n'ai pu l'obtenir de personne pour pouvoir la lire en entier avec soin. Dès que j'en aurai trouvé une version, j'en traduirai en latin les passages les plus vraisemblables et les plus utiles[1].

Le Graal se donne ainsi comme un mythe de l'origine. Il conduit vers un passé perdu, un secret interdit. Il touche à l'inconscient de l'histoire sacrée et de l'histoire profane des hommes.

Une Bible du Graal.

L'une des caractéristiques de la littérature médiévale est de présenter dans le cadre de la fiction qu'elle instaure une explication de son origine puis de son élaboration. L'œuvre parle d'elle-même en une véritable mise en abyme. Cela donne à son écriture un statut tout aussi fictif que les événements romanesques racontés. C'est ainsi que Merlin fait appel à un scribe pour consigner l'ensemble des aventures dont il est le témoin. Ces aventures seront réunies dans un ouvrage qui est appelé à rester pour la postérité le témoignage primordial de la tradition arthurienne du Graal.

Merlin commence par raconter à Blaise l'histoire de Joseph d'Arimathie, le lignage de Joseph et des possesseurs du Graal. Il poursuit la narration avec sa propre histoire puis annonce celle d'Arthur et de ses chevaliers jusqu'à la fin ultime du royaume arthurien. Il assigne à Blaise la mission de réunir tous ces récits en un livre unique appelé,

1. Migne, *Patrologiae cursus completus, seria secunda (latina)*, vol. 212, col. 815. Voir J. F. D. Blöte, « Die Gralstelle in der Chronik Helinands und der Grand Saint Graal », *Zeitschrift für romanische Philologie*, XLVIII, 1928, p. 679-694, et « Nachträgliche Bemerkungen zum Gralpassus in Helinands Chronik », *Zeitschrift für französische Sprache*, 55, 1932, p. 91-96, et Ernst Brugger, « Der Gralpassus bei Helinandus », *ibid.*, 53, 1930, p. 149-154.

selon lui, à connaître un succès qui ne se démentira jamais : Le Livre du Graal. Cette immense compilation, telle qu'elle est décrite par Merlin, correspond précisément à celle que réunissent des manuscrits cycliques comme le manuscrit de Bonn, sur lequel est fondée notre édition. Son contenu et son architecture d'ensemble correspondent exactement à ceux des manuscrits cycliques. Voici la déclaration de Merlin telle qu'elle figure dans le manuscrit français 747 de la Bibliothèque nationale de France :

Je te raconterai tout ce qu'il est utile de connaître pour poursuivre ton œuvre. Ta tâche sera rude, mais tu recevras une magnifique récompense [...]. On lira, on écoutera ton livre avec plaisir et à jamais jusqu'à la fin du monde. Et sais-tu d'où viendra cette grâce ? De la grâce que Notre-Seigneur a accordée à Joseph qui reçut son corps sur la croix. Quand tu auras longtemps œuvré pour Joseph, pour ses ancêtres et ses descendants, issus de sa lignée, quand tu auras accompli tant de bonnes œuvres que tu mériteras de rejoindre leur compagnie, je t'apprendrai où ils sont et tu verras les belles et glorieuses récompenses que Joseph reçut pour le corps de Jésus qui lui fut donné en raison de ses mérites. Apprends, afin que tu en aies la certitude, que Dieu m'a permis de faire œuvrer, au royaume où je vais, les hommes et les femmes de bien pour préparer l'avènement d'un homme qui doit être de ce lignage tant aimé de Dieu. Ce grand travail ne s'accomplira pas avant le temps du quatrième roi et le roi qui à cette époque aura à soutenir de rudes luttes se nommera Arthur. Tu vas t'en aller où je t'ai dit, je te ferai souvent visite et te rapporterai ce que je veux te voir consigner dans ton livre. Ce livre, n'en doute pas, sera en grande faveur et en grande estime, même auprès des gens qui ne l'auront jamais vu [...]. Sache que le récit d'aucune existence humaine ne sera plus volontiers écouté, des fous comme des sages, que celle du roi appelé Arthur et de ceux qui régneront à cette époque. Quand tu auras tout achevé et retracé leurs vies, tu auras mérité la grâce dont sont remplis les gardiens du vase qu'on appelle Graal. Lorsqu'ils auront quitté ce monde selon la volonté de Jésus-Christ, dont je m'interdis de parler, et que tu l'auras toi aussi quitté, ton livre s'appellera, pour toujours, jusqu'à la fin des siècles *Le Livre du Graal*[1].

1. Robert de Boron, *Merlin*, éd. A. Micha, § 23. Traduction d'A. Micha, G.-F., 1994, p. 67-68. Voir Alexandre Micha, « Deux études sur le graal. 2. *Le Livre du Graal* de Robert de Boron », *Romania*, LXXV, 1954, p. 316-352, repris dans *De la chanson de geste au roman*, Genève, Droz, 1976, p. 316-352.

Ce programme de Merlin assigné à Blaise définit le projet embryonnaire d'un vaste cycle romanesque dont la petite trilogie en prose attribuée à Robert de Boron[1] avait donné la première illustration minimale et dont la présente édition offre une version amplifiée et achevée. Robert de Boron avait composé une trilogie qui faisait se succéder un Joseph, *un* Merlin *et un* Perceval. *Lorsque ce triptyque fut ultérieurement appelé à fusionner avec le* Lancelot *cyclique, on substitua l'histoire de Lancelot à celle de Perceval et l'on aboutit ainsi à un immense livre comprenant* Joseph d'Arimathie, Merlin *et sa suite,* Lancelot, La Quête du saint Graal *et* La Mort du roi Arthur.

Le Livre du Graal *s'offre comme la réunion idéale des écrits relatifs à Joseph d'Arimathie, Merlin, Arthur et ses chevaliers, en particulier Lancelot. La notion de livre, si banale de nos jours, ne l'est guère pour le Moyen Âge[2]. À cette époque, il n'existe qu'un seul livre digne de ce nom : la Bible, modèle permanent de toute pensée et de toute écriture. En se définissant fictivement comme « livre », les récits du Graal suggèrent leur référence à un modèle idéal et total d'écriture, comme la Bible, qui renferme elle-même plusieurs textes indépendants pour constituer une bibliothèque des écrits sacrés.*

Ce livre *est un* Livre du Graal *car c'est bien le saint Vase qui se trouve au cœur de la vaste compilation envisagée par Merlin. C'est le Graal qui est l'axe principal du récit et son enjeu premier. Les premiers textes qui ouvrent le cycle rappellent l'histoire de ce saint vase, réinvention chrétienne d'un objet mystérieux auquel Chrétien de Troyes avait donné ses lettres de noblesse. La figure de Joseph d'Arimathie n'a pas d'autre raison d'être que de transférer la relique imaginaire de son univers biblique supposé vers l'histoire arthurienne. L'évocation des gardiens successifs de ce graal conduit à développer une véritable chronique imaginaire qui, de génération en génération, parachève l'histoire de la Création et surtout celle de la Révélation. À la fin du cycle, la disparition du Graal viendra défaire tout l'univers romanesque et annoncer la dislocation du monde arthurien.*

---

1. Robert de Boron, *Le Roman du Graal.* Manuscrit de Modène (bibliothèque Estenze E. 39), U.G.E. (10/18), 1981.
2. Sur le symbolisme du livre, voir E. R. Curtius, *La Littérature européenne et le Moyen Âge latin,* P.U.F., 1956 (rééd., Presses Pocket, 1991), p. 471-542.

Une somme du Roman.

Le Livre du Graal *résulte d'un patient travail d'assemblage textuel qui s'est poursuivi sur plusieurs décennies. Il faut en effet concevoir la littérature arthurienne en prose comme un lent processus de fusion et d'intégration progressive de textes primitivement distincts les uns les autres en des ensembles romanesques de plus en plus complets et homogènes. L'esthétique de la jointure ou de la soudure, qui préside à leur création, résulte de l'application généralisée du principe de la conjointure (ou assemblage) défini dans le premier roman de Chrétien,* Érec et Énide. *Il s'agit ni plus ni moins de coudre ensemble des textes distincts pour leur donner une orientation générale et une unité conformes à un projet littéraire et esthétique.*

Entre 1177 et 1181, Chrétien de Troyes écrit Le Chevalier de la Charrette *où apparaît, pour la première fois en littérature[1], le personnage de Lancelot. Rien ne destine encore l'amant de la reine Guenièvre à rencontrer le Graal puisque Chrétien de Troyes n'a pas encore écrit son* Conte du Graal *et que c'est un autre chevalier, nommé Perceval, qui sera le premier héros du Graal. Mais, pour les continuateurs de Chrétien, environ trente ans plus tard, l'histoire de Lancelot va se fondre dans celle du Graal, et cette fusion marquera toute l'évolution du roman français au Moyen Âge. On peut en distinguer les étapes.*

Le noyau de ce vaste ensemble romanesque en formation est le Lancelot *composé entre 1215 et 1225. Il sera complété entre 1225 et 1230 par* La Quête du saint Graal *elle-même suivie, vers 1230, par* La Mort du roi Arthur, *conclusion définitive de l'histoire arthurienne.*

Entre 1225 et 1230 s'élabore parallèlement un deuxième ensemble de textes appelé à coiffer la trilogie Lancelot, Queste, Mort Artu. *Il s'agit de* Joseph d'Arimathie *(également intitulé* Estoire del saint Graal*) et de* Merlin *prolongé d'une importante suite que notre manuscrit de base intitule* Les Premiers Faits du roi Arthur.

Ces deux groupes de textes possèdent souvent une première ébauche

---

1. À moins que l'on ne prête foi à l'hypothèse de l'existence d'un *Lancelot* français perdu, qui serait à la fois la source de Chrétien et celle du *Lanzelet* d'Ulrich von Zatzikhoven, roman allemand de l'extrême fin du XIIᵉ siècle qui raconte une histoire de Lancelot sensiblement différente de celle de Chrétien.

dans des textes en vers antérieurs qui ont subi une réécriture visant à les adapter en prose.

Le Lancelot *trouve son origine dans le roman de Chrétien de Troyes intitulé* Le Chevalier de la Charrette. *Selon Elspeth Kennedy, il dut exister de ce* Lancelot *une version primitive qui ne se poursuivait ni vers* La Queste *ni vers* La Mort Artu[1]. *Le récit devait alors se conclure sur la mort de Galehaut, ami de Lancelot. Cette version première fut ensuite transformée et amplifiée jusqu'à une version cyclique qui fait l'objet de la présente édition.*

Le Joseph d'Arimathie *et le* Merlin *tirent leur existence des récits en vers attribués à Robert de Boron. Une partie de la suite du* Merlin *(*Les Premiers Faits*) provient du roman de Wace en vers intitulé* Brut *et racontant les exploits du roi Arthur.*

En fusionnant vers 1235 ou 1240, ces deux ensembles allaient constituer le cycle du Graal tel que nous le connaissons : Joseph, Merlin, Les Premiers Faits du roi Arthur, Lancelot, La Quête du saint Graal, La Mort du roi Arthur.

Ainsi, deux principes complémentaires permettent de comprendre l'élaboration du grand cycle en prose du Graal : la réécriture et l'enchâssement[2]. La réécriture conduit d'abord à dérimer, c'est-à-dire à faire disparaître la rime des romans en vers pour aboutir à la prose. Cette écriture en prose, née d'une réaction méfiante à la simple parole[3], est ensuite susceptible de réécritures infinies à partir de modèles textuels existants. Comme l'écrit Daniel Poirion : « Ce sont déjà des œuvres littéraires, et non des modèles abstraits, des archétypes, qui servent de matrice à l'engendrement de l'espace textuel[4]. » Soulignant que le Lancelot *en prose est le plus bel exemple d'engendrement d'un texte à partir d'un autre (le roman de Chrétien), il ajoute : « Divisant et multipliant les éléments contenus dans le texte-mère, la lecture-écriture opère comme un miroir à plusieurs facettes, pour donner au texte une plus grande richesse en réseaux signi-*

---

1. Ce Lancelot primitif a été édité et analysé par Elspeth Kennedy : *Lancelot do Lac. The Non-cyclic French Prose Romance edited by E. Kennedy*, Oxford, Clarendon Press, 1980, 2 vol. Du même auteur : *Lancelot and the Grail. A Study of the Prose Lancelot*, Oxford, Clarendon Press, 1986.
2. Daniel Poirion, « Écriture et ré-écriture au Moyen Âge », *Littérature*, 41, 1981, p. 109-118 ainsi que « Romans en vers et romans en prose », *Grundriß der romanischen Literaturen des Mittelalters*, t. IV, p. 74-81.
3. Voir p. XXXIV-XXXV.
4. « Écriture et ré-écriture au Moyen Âge », p. 113.

fiants. » Une écriture cyclique se définit peu à peu : elle conduit à ajuster et amplifier des récits primitivement distincts pour créer entre eux des principes de continuité narrative, stylistique et idéologique. Ainsi s'édifie une véritable somme romanesque du Graal.

La partie de ce grand livre intitulée Joseph d'Arimathie *privilégie deux figures prestigieuses : le Christ et le saint Vase* (veissel) *appelé à devenir le* saint Graal. *D'emblée, le Christ réaffirme son œuvre rédemptrice accomplie lors de sa Passion. Cette idée de rédemption sous-tendra l'ensemble du cycle romanesque. Le vase de la Cène donné par Pilate à Joseph qui y recueillit le sang du Sauveur prolonge comme relique la présence christique au-delà de la vie terrestre du Christ. C'est une page d'histoire, pseudo-histoire pour nous, mais histoire très sainte et très réelle pour le Moyen Âge, car fondée sur des textes essentiels : la Bible (Luc, I, 35 ; Matthieu, XXVI, 23 et Marc, XV, 43) ou les évangiles apocryphes (comme celui de* Nicodème). *Le roman introduit alors, par la bouche de Jésus se révélant à Joseph, l'assimilation du saint vase au calice qui deviendra plus tard le Graal. Simultanément, le symbolisme chrétien prend corps par l'assimilation des objets de la communion aux saintes reliques, et par la correspondance de la communion avec la Cène. On a pu, à juste titre, voir dans le* Joseph *un récit des « enfances du Graal ». Le lecteur assiste de fait à la naissance de la relique fabuleuse. Objet insignifiant qui se trouvait sur la table du dernier repas de Jésus chez Simon, le* veissel *se transforme, parce qu'il recueille le sang du Christ, en un objet sacré de très haute valeur symbolique. Il tend même vers une certaine forme d'immatérialité, puisqu'il n'est plus que lumière vive. Après cette naissance symbolique du Graal, le roman reste sur le terrain de l'histoire, mais il s'agit d'une histoire profane : l'intervention des empereurs romains dans les affaires de Palestine, Vespasien guéri de sa lèpre grâce au voile (*mandelion) *de Véronique, la prise et la destruction de Jérusalem, le châtiment des Juifs et la délivrance de Joseph. L'histoire est fondée sur des légendes chrétiennes prises pour des sources historiques réelles. La légende de Véronique provient de la* Vindicta Salvatoris, *l'expédition de Vespasien contre la Judée de la* Narratio Josephi *et de* La Destruction de Jérusalem. *Le roman passe fictivement de l'histoire sainte à l'histoire tout court et prépare ainsi l'intrusion ultérieure du Graal dans la vie médiévale. Il abandonne ensuite l'histoire pour entrer dans le domaine* de l'imaginaire. Des personnages nouveaux surgissent, Bron, Pierre ou Moïse. Les données historiques ne disparaissent pas totalement. Ainsi la communauté primitive organisée par Joseph suit le modèle des premières communautés chrétiennes avec leurs agapes fraternelles. Dans les douze frères qui partent pour l'Occident lointain en y transférant le Graal survit sans aucun doute le souvenir des apôtres qui partirent évangéliser le monde. Mais c'est l'aspect didactique qui domine cette partie ; les symboles s'expliquent pour une communauté d'initiés dont les plus purs (les élus) seront les dépositaires : c'est la préfiguration de la communauté chevaleresque de la Table ronde. Le Joseph prépare ainsi un jeu de correspondances symboliques, souvenir de la tradition exégétique pratiquée par l'Église. Celle-ci reconnaît derrière des figures importantes de l'Ancien Testament une préfiguration du Christ et des révélations accomplies du Nouveau Testament. Dans cet univers prédestiné, il fallait un prophète : ce sera Merlin.

Dans ses premiers développements au moins, le Merlin s'inscrit dans la ligne romanesque et pseudo-théologique ouverte par le Joseph. Il ravive d'emblée la croyance en l'Antéchrist, fort commune au Moyen Âge. Mais le Merlin est le récit d'une tentative avortée d'Antéchrist. L'enfant engendré par un démon incube possède bien la science et le pouvoir de son père, mais il l'emploie au bien, et Dieu y ajoute la connaissance de l'avenir qui manque au diable. Cet Antéchrist manqué qu'est Merlin devient conseiller des rois (Uter puis Arthur), prophète du Graal et figure christique. Le récit des enfances de Merlin, avec une série de merveilles qui amènent la révélation progressive du prophète, correspond aux enfances du Christ dans les évangiles apocryphes. Devenu figure centrale du roman, Merlin subit une évolution spectaculaire dans l'esprit des hommes qui le prennent au début pour un enfant étonnamment précoce. Par la suite, on reconnaît en lui un inquiétant génie. Paradoxalement, à mesure qu'il s'affirme comme prophète et bon conseiller, il s'efface du récit, et ses métamorphoses cessent. Après avoir fondé la Table ronde, il se fait de plus en plus rare à la cour d'Arthur et n'apparaît plus que de manière intermittente. Par sa connaissance du passé, Merlin a été le témoin indispensable, mais invisible, des aventures du Graal qu'il est chargé de lier aux temps nouveaux de la chevalerie. Par sa connaissance de l'avenir, il ouvre le récit sur l'épopée arthurienne à venir. Il permet ainsi la soudure entre l'époque biblique et le temps de la chevalerie. Mais c'est surtout en favorisant la conception et la naissance d'Arthur que Merlin s'affirme comme le véritable fondateur du monde arthurien dont il consacre l'avènement légendaire.

La suite du Merlin intitulée Les Premiers Faits du roi Arthur place Arthur au centre du récit. Il s'agit de dresser le portrait du roi, mais aussi de raconter l'édification de son royaume : guerres de conquête ou sursauts victorieux contre les envahisseurs saxons forment le socle d'une vaste épopée sanglante. Arthur fait l'apprentissage du pouvoir comme chef de guerre et s'illustre aussi par des exploits personnels qui confirment sa stature mythique de souverain exemplaire. Il est conseillé par Merlin, qui profère quelques obscures prophéties sur le destin du royaume. Toutefois, Merlin disparaît du récit après avoir été dépossédé de ses pouvoirs et envoûté par Niniane dont il était tombé amoureux ; son effacement permet la résurgence romanesque du Graal.

Dans le Lancelot et dans La Quête, le Graal devient le mobile principal du récit. Tandis que chez Chrétien, le Graal ne concernait que Perceval et n'était pas l'objet d'une quête, puisque tout le monde ignorait son existence, dans le roman en prose il devient l'affaire de tous. Il est le véritable centre de l'univers imaginaire vers quoi convergent toutes les quêtes. Une fois encore, le roman en prose étend et radicalise les éléments narratifs fournis par les récits en vers dont il s'inspire. À la fin de la partie « Perceval » du Conte du Graal, Perceval avait finalement donné le signal d'une quête qui ne se conclura qu'à la fin de La Mort le roi Artu avec la disparition de tous les protagonistes des grandes aventures de Bretagne :

> Et Percevax redit tot el,
> Qu'il ne girra an un ostel
> Deus nuiz an trestot son aage
> Ne n'orra d'estrange passage
> Noveles que passer n'i aille, [...]
> Tant que il del graal savra
> Cui l'an an sert, et qu'il avra
> La lance qui sainne trovee[1]

---

1. « Mais Perceval tint un tout autre discours, disant qu'il ne se reposera pas deux nuits de suite dans le même gîte, de toute sa vie, qu'il n'entendra parler d'un passage aventureux sans aller en tenter l'épreuve [...] jusqu'à ce qu'il sache, au sujet du graal, à qui l'on en fait le service, et jusqu'à ce qu'il ait trouvé la lance qui saigne » (v. 4727-4731 et 4735-4737, trad. D. Poirion, *Œuvres complètes*, p. 802).

Le principe même de la quête du Graal est né. Il trouvera son application dans le Lancelot. Ce roman possède plusieurs branches en amont et en aval d'une partie centrale adaptée du Chevalier de la Charrette de Chrétien de Troyes. Dans son récit en vers, Chrétien ne relatait qu'une courte partie de la vie de Lancelot. Le roman en prose rapporte toute la vie de ce héros, de sa naissance à sa mort, laquelle marquera d'ailleurs la fin du cycle. Lancelot est le seul personnage avec Arthur, Merlin et Galaad dont on suivra ainsi l'existence de bout en bout dans ses moindres détails. En amont de la Charrette, le roman en prose raconte, dans La Marche de Gaule, la naissance et les « enfances » du chevalier, c'est-à-dire sa période de formation. Recueilli par la Dame du Lac après la mort de ses parents lors d'une guerre, Lancelot est instruit par la fée avant d'intégrer la cour d'Arthur. Véritable roman d'apprentissage, le Lancelot se présente alors comme un « miroir de la chevalerie ». Comme les « miroirs du prince » destinés à l'instruction des jeunes nobles, il fait réfléchir ses lecteurs sur le comportement d'un chevalier exemplaire. Parce qu'elle est la forme d'expression de l'exégèse, de la prédication, mais aussi celle de la science et des encyclopédies, la prose revendique le pouvoir d'instruire les laïcs.

Après une série d'épreuves probatoires, Lancelot est intronisé à la Table ronde. Il rencontre alors la reine Guenièvre et participe aux guerres d'Arthur où il fait preuve d'une prouesse admirable. Dans ce conflit, le géant Galehaut manque de l'emporter sur Arthur lorsque, subjugués par leurs mérites réciproques, Galehaut et Lancelot scellent un indéfectible pacte d'amitié. Entraîné par son ami, qui lui permet d'échanger un premier baiser avec la reine Guenièvre, Lancelot s'éloigne de la cour et séjourne dans le royaume de Sorelois sur lequel règne Galehaut. Une seconde partie du roman intitulée Galehaut raconte cette amitié singulière entre les deux hommes. Elle se conclura par la mort de Galehaut. Arrive ensuite l'enlèvement de Guenièvre par Méléagant, noyau primitif du roman en vers qui conclut ce livre de Galehaut. Prisonnier au royaume de Gorre, le pays de Méléagant, Lancelot sera libéré par la sœur de ce dernier ; par la suite, toujours éloigné de la Table ronde, il sera activement recherché par les hommes d'Arthur.

L'ultime partie du roman de Lancelot porte le titre de Quête de Lancelot (Agravain dans d'autres manuscrits). Lancelot doit

rendre des comptes en raison de sa liaison scandaleuse avec Guenièvre. Les chevaliers d'Arthur conçoivent une grande haine à l'encontre du chevalier qui est alors obligé de s'éloigner de la reine. Il est
l'objet de quêtes multiples qui vont dévider l'écheveau des aventures.
C'est alors que Lancelot engendre, avec la fille du seigneur de Corbénic où se trouve le château du Graal, un fils, qui sera nommé
Galaad.

La Quête du saint Graal *va marquer le moment clef du destin
de la chevalerie terrestre. Après l'apparition merveilleuse du saint
Graal le jour de la Pentecôte, un véritable délire de quête s'empare
des chevaliers de la Table ronde. Tous se dispersent fiévreusement sur
les chemins de l'aventure et rencontrent, selon leurs mérites, des for-
tunes très diverses. Leur itinéraire est jalonné de signes, visions ou
merveilles dont la signification religieuse et allégorique est révélée par
des ermites omniprésents. À cette quête, beaucoup sont appelés, peu
sont élus. Trois chevaliers (Bohort, Perceval et Galaad) auront le privilège de contempler l'insigne relique. Au cours d'une divine liturgie,
le Christ en personne donne la communion à Galaad et à ses compagnons. Après avoir guéri le Roi Méhaignié, Galaad, Bohort et
Perceval sont emportés par la nef de Salomon vers la cité divine de
Sarras, nouvelle Jérusalem céleste. C'est là qu'après un séjour rempli
de miracles et de merveilles célestes Galaad expire. Aussitôt, le graal
et la lance disparaissent à tout jamais. Perceval meurt peu après,
tandis que Bohort retourne au royaume d'Arthur.*

Après l'apothéose de Galaad et l'échec total des autres chevaliers
de la Table ronde face au Graal, le monde arthurien succombe à un
inexorable déclin. Ce crépuscule de la Table ronde est raconté dans
La Mort le roi Artu, *ultime branche du cycle et véritable Apocalypse d'un monde, dont* Joseph d'Arimathie *était la Genèse. Dans*
La Mort le roi Artu, *Lancelot et Guenièvre deviennent des amants
traqués. Parce que leur liaison provoque l'anarchie dans le royaume
d'Arthur, ils doivent faire face à l'hostilité générale. En guise de
conciliation, Lancelot décide de restituer Guenièvre à Arthur, mais le
roi est poussé par ses chevaliers à faire la guerre à l'amant de sa
femme. Simultanément, Arthur est trahi par son « neveu » (en réalité, son fils incestueux) Mordret qui cherche à s'emparer du royaume
et de la reine. Guenièvre parvient à lui échapper mais, lors de la
bataille de Salesbières, Arthur et Mordret s'affrontent cruellement.
Mordret meurt. Grièvement blessé, Arthur est emmené par sa sœur*

Morgain au royaume d'Avalon. Lancelot se retire dans un ermitage
où il meurt, totalement délaissé.

Chaque branche du grand livre possède sa spécificité stylistique et
esthétique. Au confluent de toutes les écritures, Le Livre du Graal
se nourrit de tous les styles et de tous les genres littéraires : chronique,
épopée, conte merveilleux, récit d'aventure, homélie, il réunit plusieurs
univers imaginaires (la Bible, les légendes celtes) en un seul. Au récit
pseudo-biblique qu'est le Joseph *succède le conte merveilleux du*
Merlin *tandis que l'épopée à coloration historiographique s'affirme*
dans Les Premiers Faits. *À travers ses diverses branches, le* Lancelot *offre l'exemple du grand roman d'aventures entremêlant quêtes*
héroïques et intrigue amoureuse. La Quête du saint Graal *privilé-*
gie le récit allégorique, non sans basculer souvent dans le style homilé-
tique, alors que La Mort le roi Artu, *vaste mélopée tragique,*
défait le romanesque des branches antérieures pour atteindre dans son
dépouillement une sombre grandeur.

L'Architecte invisible.

L'auteur de cette vaste fresque reste anonyme. Faut-il d'ailleurs
parler d'auteur à une époque où la conception d'un texte fini, clos et
fixé une fois pour toutes n'existe pas et où l'œuvre ne vit que de
variance[1] *? Bien que des noms apparaissent à la marge de ces textes,*
celui de Robert de Boron ou de Gautier Map, aucun de ces deux
écrivains ne peut être retenu comme l'auteur.

Le chevalier ou clerc Robert de Boron (qui signe tantôt messire,
tantôt maître*) a été en rapport avec Gautier de Montbéliard mort*
en 1212 *en Palestine. Né à Boron (à l'est de Montbéliard), Robert*
aurait peut-être accompagné son protecteur en Terre sainte[2] *où, péné-*
tré de l'idéal des croisés, il aurait accompli la double glorification de
son pieux protecteur et de la chrétienté.

Quant à Gautier Map, né vers 1135 *ou* 1140 *près de Hereford*
(aux confins du pays de Galles), il serait venu étudier à Paris avant
d'être engagé à la chancellerie de Henri II Plantagenêt. Il occupa
ensuite différentes fonctions ecclésiastiques, chanoine de Lincoln puis

---

1. Bernard Cerquiglini, *Éloge de la variante. Histoire critique de la philologie*,
Seuil, 1989.
2. C'est l'hypothèse de Pierre Gallais : « Robert de Boron en Orient »,
Mélanges Jean Frappier, Genève, 1970, t. I, p. 313-319.

de Saint-Paul à Londres, préchantre de la cathédrale dans le chapitre de Lincoln sous l'épiscopat de Hugues d'Avalon. En *1196-
1197*, il devint archidiacre d'Oxford, mais la mort de Henri II et
celle de son héritier Richard Cœur de Lion brisèrent ses espoirs de
haute carrière ecclésiastique. Il mourut en avril *1210* (ou *1209*).
Comme son ami Giraud de Barri et comme Geoffroy de Monmouth,
Gautier Map incarne à merveille la figure de l'intellectuel au service
du pouvoir politique. Issu d'une famille à la fois galloise et normande,
il s'intéresse aux traditions celtiques et parle le gallois, qu'il traduit
au besoin en latin comme dans son recueil de contes intitulé De
nugis curialium[1].

   Si Robert de Boron est bien l'instigateur de la version première du
Joseph *(connue sous le nom* Roman de l'Estoire dou Graal*) et
du* Merlin, *ni l'amplification du* Joseph *ni la continuation du* Merlin *ne sont de sa plume, puisque cette dernière emprunte beaucoup à la
partie arthurienne du* Roman de Brut *qui était lui-même l'adaptation française de l'*Historia regum Britanniae *de Geoffroy de Monmouth. Quant à Gautier Map, il est mort avant la date supposée de
la composition des premiers romans en prose. Peut-être a-t-il eu le
temps de donner à une équipe de rédacteurs le plan général des romans
qu'on lui attribue ? Encore faudrait-il ici pouvoir faire ici la part de
la légende littéraire et celle de la vérité historique. Une énigmatique
biffure sur le manuscrit français 112 de la Bibliothèque nationale de
France attribue à Hélye de Bourron au lieu de Gautier Map la paternité du Livre. Grâce à* La Quête du saint Graal, *le nom d'Élie
ne rejoint pas sans raison celui du héros Galaad puisque Élie est,
selon le premier livre des* Rois (XVII, 1), *issu de Thisbé en Galaad !
L'œuvre littéraire aurait-elle fabriqué fictivement un auteur sur mesure
qui révèle en définitive une manière de la lire et de la comprendre ?*

   Les incertitudes de l'histoire littéraire restent grandes. De nos
jours, on a pris l'habitude de désigner à tort ou à raison sous le pseu-
donyme de l'Architecte le maître d'œuvre de ce vaste ensemble. Ce
débat sur l'Architecte, jadis animé[2], semble être aujourd'hui à court

---

1. Gautier Map, *De nugis curialium*, éd. et trad. M. R. James, Oxford,
Clarendon Press, 1983. Trad. française : Marylène Perez, *Contes de courtisans.
Traduction du « De nugis curialium » de Gautier Map*, Lille, Centre d'études
médiévales et dialectales, 1988.
2. Voir Jean Frappier, « Plaidoyer pour l'"Architecte", contre une opinion d'Albert Pauphilet sur le *Lancelot en prose* », *Romance Philology*, VIII,
1954-1955, p. 27-33.

d'arguments. La critique littéraire ne peut renoncer facilement à la fiction de l'écrivain inspiré qui assume seul la réalisation de son œuvre. Mais c'est là ignorer les circonstances particulières de la création littéraire au Moyen Âge où l'écrivain n'est parfois qu'un donneur d'ordres. Il fixe quelques directives générales, laissant à des collaborateurs le soin d'une rédaction détaillée. Chrétien de Troyes déjà travaillait avec un ou plusieurs collaborateurs. Le Chevalier de la Charrette *aurait été terminé par un dénommé* Godefroi de Lagny, *sur la base des indications de Chrétien lui-même*[1]. *Il dut en être des écrivains comme des copistes. Pour d'aussi vastes entreprises que* Le Livre du Graal, *un travail d'équipe s'imposait. Le texte même du roman reflète peut-être d'ailleurs l'usage réel du travail d'écriture. Dans* Les Premiers Faits *(§ 525), un groupe de quatre scribes est convoqué pour rédiger le futur livre consignant les aventures chevaleresques telles qu'elles ont été racontées à la cour par leurs témoins. Il est probable que des scribes du* XIIIᵉ *siècle rédigèrent pareillement une partie de l'œuvre commune à partir des instructions d'un Architecte, exactement comme dans l'atelier du* scriptorium *plusieurs copistes travaillaient sous la direction d'un maître. On peut d'autant mieux retenir cette hypothèse que le rôle du copiste se distingue assez mal de celui de l'adaptateur ou du remanieur. Le copiste peut prendre des initiatives et n'est pas condamné à reproduire machinalement le texte qu'il copie. Il est, à sa manière, un véritable éditeur de texte*[2].

À défaut de cerner la personnalité de cet Architecte du roman, est-il possible de définir au moins un milieu d'élaboration de l'œuvre ? L'idée selon laquelle cet immense cycle aurait pu être entrepris pour le seul plaisir esthétique est aujourd'hui difficile à admettre. L'art pour l'art n'est pas une idée médiévale, d'abord et surtout parce que la légitimité de l'écrivain ne peut se concevoir hors de l'allégeance à un mécène. Au service exclusif de son protecteur, l'écrivain est investi d'une mission de célébration politique et de légitimation culturelle.

La critique a souligné la présence dans ces romans de noms de lieux réels et bien français au milieu d'une toponymie romanesque anglaise relevant pour l'essentiel de l'imaginaire. Ferdinand Lot[3] *sou-*

---

1. Voir la Notice du *Chevalier de la Charrette*, *Œuvres complètes*, p. 1237.
2. Elspeth Kennedy, « The Scribe as Editor », *Mélanges de langue et de littérature du Moyen Âge et de la Renaissance offerts à Jean Frappier*, Genève, Droz, 1970, p. 523-531.
3. *Étude sur le Lancelot en prose*, Champion, 1954, p. 150.

ligne surtout deux mentions précises de la ville de Meaux dans le Joseph *et dans* La Mort Artu, *c'est-à-dire dans les deux œuvres qui encadrent l'ensemble du cycle. Jean Frappier lui fait écho[1] en relevant des indices convergents. On est tenté de retenir l'hypothèse selon laquelle cet Architecte pourrait être originaire de cette ville bien arrimée au comté de Champagne ou qu'il aurait travaillé pour le seigneur de la ville de Meaux. Au XIIIe siècle, Meaux appartenait au comte de Champagne Thibaud VI qui y possédait un château fort[2]. Ferdinand Lot rappelle en outre que le plus ancien manuscrit du* Lancelot *(B.N. fr. 768) est écrit en dialecte champenois[3]. À défaut de preuve, il n'existe que de fortes présomptions.*

Il est vrai que la région champenoise a été un intense foyer littéraire aux XIIe et XIIIe siècles. Chrétien de Troyes, protégé de la comtesse Marie (1145-1198), y écrit le premier roman français consacré à Lancelot puis, quelque temps plus tard, le premier récit mentionnant le Graal bien que cette œuvre ne soit pas dédiée à Marie de Champagne, mais à Philippe d'Alsace. Par la suite, des poètes et surtout des chroniqueurs conservèrent à la Champagne sa réputation culturelle et littéraire. Deux grands chroniqueurs, Geoffroy de Villehardouin et Jean de Joinville, témoignent de l'intérêt des Champenois pour l'écriture de l'histoire. Le premier, né près de Troyes vers 1150 et mort en Orient vers 1213, était maréchal de Champagne et l'un des chefs de la quatrième croisade. Dans sa chronique, qui est l'un des plus anciens textes en prose française, il relate la conquête de Constantinople par les croisés[4]. Plus tard, Jean de Joinville, né vers 1224 et mort en 1317, était sénéchal de Champagne. Il participa à la septième croisade, dirigée par saint Louis en personne, et la relata dans son Livre des saintes paroles et des bons faits de notre saint roi Louis[5] *(achevé en 1309). Au demeurant, cet intérêt pour la Terre sainte n'était pas nouveau en Champagne, puisque c'est le*

---

1. Jean Frappier, *Étude sur La Mort le roi Artu*, 2e éd., Droz-Minard, 1961, p. 21-24.
2. Dom Toussaints du Plessis, *Histoire de l'Église de Meaux*, Paris, 1731, livre I, p. 3 et livre II, pièce justificative 314. A. Carro, *Histoire de Meaux et du pays meldois*, Meaux, Paris, 1865.
3. Ferdinand Lot, *Étude [...]*, p. 151.
4. Villehardouin, *La Conquête de Constantinople*, éd. et trad. Edmond Faral, Les Belles-Lettres, 1938, 2 vol. (plusieurs réimpressions).
5. Joinville, *Vie de saint Louis*, éd. et trad. Jacques Monfrin, Garnier, 1995.

Champenois Eudes de Châtillon, devenu pape sous le nom d'Urbain II, qui lança la première croisade en 1088. Cette intense activité outremer justifia la fondation de l'ordre templier par un autre Champenois du nom de Hugues de Payns. Enfin, saint Bernard de Clairvaux (près de Bar-sur-Aube) marque de son empreinte la spiritualité du temps en devenant le maître à penser de l'ordre cistercien et l'inspirateur d'une chevalerie éprise de spiritualité.

Le Livre du Graal *aurait ainsi quelque raison de se trouver lié au milieu champenois. Si tel était le cas, ce lien ne serait peut-être pas exempt d'arrière-pensées. Le prestige culturel et politique de la Champagne, les prétentions de son lignage qui s'étend jusqu'en Palestine, tendraient à donner à l'ambitieuse entreprise littéraire du* Livre du Graal *une valeur démonstrative : revendication de prestige, de distinction et d'autorité pour une région liée à l'intronisation des rois de France, appropriation forte de symboles chrétiens investis d'une caution divine, affirmation d'un transfert et d'un héritage culturels à des fins politiques. Il s'agissait peut-être de faire rejaillir le prestige du Graal sur la région champenoise et le royaume de France après que l'invention d'une prétendue tombe d'Arthur à Glastonbury[1] eut introduit une rivalité tenace pour la reconnaissance d'une suprématie culturelle et politique en Occident. La littérature refléterait alors une concurrence entre des lieux de mémoire culturelle qui sont appelés à devenir de véritables centres de légitimation du pouvoir politique, jusqu'à ce lieu éminent de Corbénic qui, comme le rappelle J. D. Bruce, peut évoquer le site des monastères bénédictins de Corbie ou de Corbény au sud-est de Laon[2]. Ce lieu de Corbénic n'est justement pas mentionné dans les romans (comme* Perlesvaus*) écrits sous l'influence de Glastonbury.*

Dans Cligès*, Chrétien de Troyes avait expliqué que toute la culture du monde était arrivée en France en venant de Grèce et de Rome. Le Graal permettait une translation comparable dans le domaine du sacré. Avec l'échec des croisades et l'abandon prévisible de la Terre sainte, le transfert du saint Vase vers l'Occident n'était pas qu'une simple péripétie romanesque. Il engageait un acte imaginaire de translation aux conséquences idéologiques et politiques assez*

1. Véritable sanctuaire arthurien créé de toutes pièces au profit des Plantagenêts, il fut mis au jour en 1191.

2. J. D. Bruce, « Mordrain, Corbénic and the Vulgate Grail Romances », *Modern Language Notes*, 34, 1919, p. 385-397.

sensibles. L'un des centres de la chrétienté s'établissait désormais en Occident, voire en Gaule. Car c'est toujours au château de Corbénic qu'apparaît le Graal. Ce nom où converge tout l'espoir de la Table ronde n'est certainement pas mentionné par hasard. Il rappelle la mémoire d'un saint — Marcoul de Corbény — étroitement lié au mythe médiéval du roi thaumaturge étudié par l'historien Marc Bloch[1]. Selon une ancienne croyance, le roi de France capétien prouve sa légitimité de droit divin en accomplissant un miracle, la guérison des écrouelles. Une contestation s'éleva entre rois de France et rois d'Angleterre, chacun revendiquant la possession exclusive de ce don miraculeux légitimant aussi leur pouvoir monarchique de droit divin. Les chroniques médiévales rapportent, à maintes reprises, l'histoire de ces malades qui eurent recours à la « magie royale », c'est-à-dire au pouvoir que possédait le souverain de guérir cette maladie scrofuleuse en vertu d'un don héréditaire uniquement dévolu à la fonction royale. Saint Louis, dont le règne coïncide avec le développement des romans du Graal, manifesta toute l'étendue de ce pouvoir imaginaire qui est avant tout un pouvoir de l'imaginaire[2]. Dans La Quête *du saint Graal, c'est à Corbénic que le Graal apparaît pour la dernière fois à Galaad. C'est à Corbénic que s'accomplit le miracle suprême qui met fin aux aventures. C'est à Corbénic que Galaad va acquérir le pouvoir de guérir par onction le Roi Méhaignié avec du sang issu du Graal. Corbénic joue ainsi pour Galaad le même rôle que Corbény pour nombre de rois de France. En guérissant un roi malade avec le saint Sang, Galaad devient à Corbénic une sorte du roi du Graal, comme les rois de France devenaient des rois guérisseurs, après leur passage au sanctuaire de Corbény.*

La maladie du Roi Méhaignié s'élargit en allégorie. La royauté terrestre est malade. Elle est frappée par un mal que seul un saint roi guérira. Il faut donc un personnage royal, encore plus saint que les autres, pour que cette guérison s'opère et pour que le roi infirme retrouve la santé. Chez Chrétien, Perceval, en négligeant de poser les questions salvatrices sur le graal et la lance, n'avait pas réussi à

1. Marc Bloch, *Les Rois thaumaturges. Étude sur le caractère surnaturel attribué à la puissance royale particulièrement en France et en Angleterre*, Gallimard, 1983 (1ʳᵉ éd., Strasbourg, 1924). C'est de saint Marcoul de Corbény que les rois de France tenaient leur don de guérison des malades.
2. Jacques Le Goff, *Saint Louis*, Gallimard, 1996, p. 832 et « Le Mal royal : du roi malade au roi guérisseur », *Mediaevistik*, 1, 1988, p. 101-109.

guérir le Roi Pêcheur. Galaad réussira là où Perceval avait échoué. En guérissant le Roi Méhaignié, il valide du même coup le mythe de Corbénic lié au Graal. Il s'affirme aussi comme un roi spirituel sanctifié à Corbénic et non plus seulement comme un roi terrestre consacré thaumaturge à Corbény.

Dans cette perspective, Le Livre du Graal *constituerait une tentative originale pour ancrer l'autorité de la légende du Graal sur le continent et, plus particulièrement, en terre champenoise où se trouvait la ville des sacres : Reims et le sanctuaire de Corbény. Le succès grandissant des récits du Graal entraînait le désir de s'approprier son imaginaire. L'Angleterre et la France se trouvaient en compétition pour revendiquer l'exclusivité de cette tradition aux résonances si complexes et au pouvoir symbolique si écrasant. Le Graal représentait un lien idéal entre le spirituel et le temporel. Annexer son symbole, c'était s'approprier une souveraineté spirituelle et temporelle à la fois. Dès lors, deux camps s'affrontaient par légende arthurienne interposée. D'un côté, Glastonbury, de l'autre, le comté de Champagne où se trouvait la cité de Corbény (Corbénic), entre Laon et Reims. Arthur peut bien mourir à Salesbières : ce site n'est pas glorieux. Comme les autres sites « anglais », il est éclipsé en prestige par celui de Corbénic qui rappelle le sanctuaire lié à l'intronisation des rois de France : Corbény.*

La version cyclique que présente Le Livre du Graal *aboutirait à ancrer la légende sur le continent alors qu'un texte comme le* Perlesvaus *l'entraînerait sur le site de Glastonbury[1]. La présence de toponymes comme Corbénic (ou Meaux) conduirait à reconnaître dans ce transfert symbolique une légitimation de la Champagne comme lieu de sacralisation initiatique du pouvoir royal français. Historiquement, le royaume de France et la Champagne étaient d'ailleurs destinés à se rejoindre. En 1284, le roi de France Philippe le Bel unit la province à son royaume par son mariage avec Jeanne de Champagne.*

Du roman généalogique.

Les raisons précises de l'apparition de la prose au début du XIIIe siècle restent discutées. On a supposé, non sans raison, que la

---

1. Jean Marx, *Nouvelles recherches sur la littérature arthurienne*, p. 62-63. Éd. : *Perlesvaus*, William Nitze, Chicago, 1932-1937, 2 vol. Traduction partielle en français par Christiane Marchello-Nizia, *La Légende arthurienne. Le Graal et la Table ronde*, Laffont, coll. « Bouquins », 1989, p. 117-309.

méfiance envers les mensonges du vers entraîna la constitution d'un nouveau pacte de crédibilité entre l'écrivain et le lecteur[1]. *À cet égard, la prose, langue de la Bible, constituait une garantie exemplaire. En adoptant pour la narration profane la forme prosaïque du Livre sacré, les écrivains plaçaient leur œuvre dans la continuité imaginaire des saintes Écritures. Ils introduisaient un nouveau rapport au temps dont la chronique portait également la marque.*

Si la chronique latine n'est pas née en Champagne, en revanche la chronique en prose y est particulièrement bien représentée. Cette littérature historiographique semble avoir pris son essor à la faveur des croisades dont Villehardouin et Joinville font, comme on l'a vu, leur sujet de prédilection. À travers cette prose historique s'affirme et se développe un nouveau rapport à l'histoire et au temps dont les romans en prose du Graal apportent une autre illustration poétique.

C'est au XIIIe siècle que s'élabore le projet d'une vaste compilation historique qui prendra le nom de Grandes Chroniques de France. *Cette entreprise est au domaine historique ce que la compilation en prose des romans arthuriens est à la littérature ou ce que la somme de saint Thomas d'Aquin est à la théologie. Il s'agit de rassembler en un livre unique toute la mémoire du royaume de France depuis les temps bibliques jusqu'à l'époque contemporaine du chroniqueur. Dans ce miroir du temps universel s'élabore une perception continue du temps et un imaginaire généalogique. Le roman ne pouvait échapper à cette volonté totalisante.*

Parmi les principes d'unification entre les différents textes et styles qui constituent Le Livre du Graal, *l'un des plus systématiques est assurément la jonction généalogique. Les liens entre les textes tissent des liens de filiation entre les personnages*[2]. *Chrétien de Troyes ne s'intéressait nullement au lignage de Lancelot. Il se contentait de dire que ce chevalier «* Lanceloz del Lac a a non[3] *» et qu'il portait ce nom parce qu'il avait été élevé par la demoiselle du Lac. Mais ni son père, ni sa mère, ni aucun ascendant n'était mentionné. Le* Lancelot *procède tout autrement. Il met l'accent sur le caractère prédestiné du héros relié par ses origines à Joseph d'Arimathie, le saint homme*

1. Bernard Cerquiglini, *La Parole médiévale*, Minuit, 1981.
2. Howard Bloch, *Étymologie et généalogie. Une anthropologie littéraire du Moyen Âge français*, Seuil, 1989 (éd. originale en anglais, Chicago, 1983).
3. Chrétien de Troyes, *Le Chevalier de la Charrette*, v. 3666, *Œuvres complètes*, p. 597.

qui recueillit le sang de Jésus. Le roman révèle que Lancelot est le fils du roi Ban de Bénoïc. L'épouse du roi Ban est du lignage du roi David, lequel est cité au nombre des hommes qui ont possédé toutes les qualités d'un vrai chevalier. Dans La Quête, cette généalogie est complétée par une vision où Lancelot apprend qu'il compte parmi ses ascendants sept rois qui furent de vrais serviteurs du Christ. Tout le lignage part de Nascien qui a un fils nommé Célidoine, neveu du roi Mordrain et baptisé par Josephé, fils de Joseph d'Arimathie. Célidoine engendre Narpus, père de Nascien, qui engendre Alain le Gros, père d'Isaïe, lui-même père de Jonal qui engendre un Lancelot, aïeul du héros. Ce premier Lancelot a deux fils, Ban et Bohort. Le mariage de Ban et d'Hélène donne alors naissance à Lancelot, héros du roman.

Ce lignage qui rappelle l'Arbre de Jessé biblique a évidemment une valeur symbolique. Par sa mère, Lancelot descend du roi David. Par son père, il descend de Mordrain qui a reçu le baptême de la main de Joseph d'Arimathie. Or David et Joseph d'Arimathie sont deux figures bibliques, totalement étrangères au monde arthurien. L'un et l'autre servent d'exemples à leurs descendants. Ce lien généalogique met en évidence la prédestination de Lancelot et relie le roman de Lancelot au Joseph d'Arimathie. Le procédé peut trouver sa source dans la Bible (aussi bien l'Ancien que le Nouveau Testament[1]) mais il n'est pas inconnu de la tradition celte[2]. Une généalogie galloise du Xe siècle, celle d'Owen, fils du roi Howel Da[3], présente une liste d'ancêtres : Owen, fils de Howel Da, fils de Run, fils de Mailcun, fils d'Aballac, fils d'Amalec « qui fuit Beli magni filius, et Anna mater ejus, quam dicunt esse consobrinam Mariae Virginis matris Domini Nostri Jesu Christ[4] ». *Cet Aballac n'est autre que le roi Évalac des romans du Graal. Dans la mythologie galloise, il est le père de la fée Morgain, reine d'Avalon. La généalogie apparaît ainsi comme un moyen de réaliser*

---

1. Luc, III, 23-38 et Matthieu, I, 1-17.

2. Voir par exemple *Le Livre des conquêtes de l'Irlande* dans Christian Guyonvarc'h, *Textes mythologiques irlandais*, vol. I, Rennes, Ogam, 1980, p. 3-23.

3. Joseph Loth, *Les Mabinogion*, Paris, 1913, p. 326-329 (d'après le ms. Harleian 3859).

4. « Amalec qui fut le fils du grand Beli et d'Anna dont on dit qu'elle était la cousine germaine de la Vierge Marie, la mère de Notre-Seigneur Jésus-Christ ».

la fusion des temps bibliques et des temps païens, ainsi que la confusion du mythe et de l'histoire.

En limitant la généalogie de Lancelot à son ascendance directe, on en découvre un nouvel aspect. Elle apparaît effectivement comme un effet dramatique dans le récit des aventures du héros. Lancelot est le fils du roi Ban qui est le vassal d'Arthur. Cette relation de vassalité, avec les obligations qu'elle implique, est à l'origine de la guerre d'Arthur contre Claudas, avec laquelle s'ouvre le Lancelot. Lancelot, en tant qu'héritier du roi Ban, peut légitimement prétendre recouvrer son royaume usurpé par un voisin félon, et Arthur, son suzerain, lui doit assistance. Après cette expédition victorieuse en Gaule, la couronne revient tout aussi légitimement à Lancelot ou, après son refus, à ses cousins. Et, parce qu'ils sont redevenus maîtres de leurs terres, Lancelot, Lionel, Bohort et Hector pourront s'y réfugier au moment de la guerre contre Arthur. Tel un jeu d'échecs, le lignage impose les règles du jeu romanesque et en oriente l'intrigue ; il impose en effet des principes de solidarité entre tous les membres du clan. Cette solidarité ne fera pas défaut à Lancelot. Ses cousins Lionel et Bohort combattront toujours à ses côtés et lui resteront fidèles jusqu'à la fin. Hector, le demi-frère de Lancelot, a une attitude analogue. Dans La Mort Artu, il est dévoué corps et âme à son frère et ne manque pas de faire profession de cette amitié. Cette sollicitude inquiète d'Hector revêt un aspect systématique qui rejoint le thème du compagnonnage épique tel celui de Roland et Olivier. Si donc, pour Chrétien, Lancelot était un chevalier solitaire, dans le roman en prose le lignage de Lancelot brise la solitude d'un héros qui cesse d'être une épure. Il a désormais de solides attaches dans le monde. Il entre dans un cadre social bien fixé : celui de la famille et du clan. Le roman du Graal est un roman familial.

Les membres d'une même famille se doivent assistance mutuelle. Tout affront fait à l'un s'adresse aussi à l'ensemble du groupe et doit par conséquent être vengé sur-le-champ. L'attitude qu'adopte Gauvain à la mort de ses frères Gaheriet et Agravain (dans La Mort Artu) est significative. Pour venger l'honneur de sa famille, Gauvain doit tuer Lancelot ou mourir lui-même. C'est à un réflexe semblable qu'obéissent Lionel, Bohort et Hector lorsque, spontanément, ils assument la défense de Lancelot. Par solidarité avec Lancelot, ils quittent la cour où celui-ci est mis à l'écart. Le motif du lignage est ainsi un élément de grande portée dramatique dans le roman. Il *connaît son plus grand développement dans* La Mort le roi Artu *où les conflits fratricides sont entraînés par le devoir de vengeance imposé par les solidarités familiales.*

Avec l'instauration de la Table ronde, une nouvelle valeur entre en scène : le mérite. Car l'hérédité du lignage n'est pas tout. Si la noblesse se constitue idéologiquement par l'hérédité, la valeur morale doit se conquérir chaque jour. Siéger à la Table ronde implique la reconnaissance et l'acceptation d'un code moral indépendant des privilèges de la naissance[1]. *En exigeant beaucoup de ses adeptes, la Table ronde contribuait à établir une société chevaleresque dont le principe même reposait sur une juste reconnaissance des valeurs morales, indépendamment de tout autre préjugé : on ne naît pas chevalier de la Table ronde, on le devient. Cette obligation de mériter le titre de chevalier provoque une émulation profitable pour la valeur des personnages. D'autre part, du fait de l'absence de privilège héréditaire, l'accent est mis non pas sur des biens matériels, mais sur les qualités morales, l'exigence humaine et le libre arbitre que suppose un tel idéal ; c'est par leur seul mérite que les élus de la Table ronde se situent désormais dans la société. Remettant partiellement en cause le privilège aristocratique de la naissance, la Table ronde interroge, à partir d'une vision chrétienne, l'un des fondements inégalitaires de la société médiévale. Pour elle la valeur humaine n'est plus obligatoirement liée aux privilèges de la naissance. Il ne suffit plus de naître noble pour posséder toutes les vertus ; si tel était le cas, le Graal serait promis à tous.*

Chevaliers errants.

Dès Les Premiers Faits du roi Arthur *apparaît le thème capital de l'errance chevaleresque, qui restera omniprésent jusqu'à la fin du cycle. L'errance n'entraîne toutefois aucune idée moderne de divagation ou d'erreur, mais la simple injonction du départ et du voyage constituant le mouvement imaginaire du destin. Cette errance entraîne une poétique de l'aventure qui impose son rythme, ses rites et ses stéréotypes. Toutefois, elle s'inscrit toujours dans un flux narratif qui émerge de la prolifération des centres d'intérêt secondaires. Récits*

---

1. Cette indépendance ne va pas toutefois jusqu'à accepter des roturiers à la Table, et la plupart du temps les chevaliers méritants se révèlent être de haut lignage. Si être de haut lignage n'est pas une condition suffisante, cela demeure une condition nécessaire pour siéger à la Table ronde.

entrelacés, enchâssés, inachevés ou différés constituent par excellence le
roman de quête. Itinéraire singulier et individuel, chaque quête doit
mener à des rencontres qui provoquent généralement un combat où la
prouesse fait merveille.

Il ressort de ce labyrinthe des aventures quelques procédés de composition privilégiant les jeux d'échos entre des aventures similaires,
des symétries ou des oppositions, des contrepoints narratifs, des variations thématiques destinés à évaluer les chevaliers entre eux afin de
mieux identifier celui qui méritera le titre suprême de « meilleur chevalier du monde ». Ainsi s'élaborent de véritables jeux de mémoire à
l'intérieur du roman, comme ceux qui s'attachent au site de Salesbières[1]. Il faut s'habituer sans cesse au déjà-vu ou au déjà-lu et dégager de ces superpositions d'épisodes les signes du destin. Le roman
arthurien cultive avec délectation, outre le retour périodique des personnages, l'art de la réminiscence calculée, de la variation inten-
tionnelle ou du déplacement des motifs. Les mêmes situations, les
mêmes personnages reviennent souvent au premier plan du récit pour
revivre un épisode qui fait sens par opposition ou en contraste avec un
autre. Ainsi, les scènes d'apparition du Graal suscitent naturellement
la comparaison entre les divers protagonistes auxquels elles échoient.

Les chevaliers arthuriens sont d'abord et avant tout errants. Ils doivent partir dans le monde en quête d'aventures et revenir ensuite raconter ces aventures à la cour du roi Arthur. L'errance est parfois orientée
par une quête principale, celle du Graal, à laquelle participent nombre
de chevaliers. Mais de multiples quêtes secondaires viennent se greffer
sur cette quête première et multiplier les centres d'intérêt secondaires
au cœur d'une trame orientée. Des méprises ou des incognitos, des
emprisonnements, des défis en surenchère permanente viennent exciter
l'intérêt. L'errance est rarement gratuite. Elle est motivée par une
quête individuelle ou collective dont le principe est simple. Sitôt adoubé,
le chevalier doit partir à la recherche d'exploits qui le rendront digne
d'admiration. Il doit séjourner le moins longtemps possible dans un

---

1. C'est lors de la première bataille de Salesbières que s'ouvre l'âge d'or
arthurien, qui s'achèvera à la deuxième bataille de Salesbières, laquelle
verra s'affronter dans un combat mortel Mordret et Arthur (voir *Merlin*,
§ 116 et n. 2). Voir E. Jane Burns, « La Répétition et la Mémoire du
texte », Bruno Roy et Paul Zumthor éd., *Jeux de mémoire. Aspects de la mné-*
motechnie médiévale, Paris-Montréal, Vrin-Presses de l'université de Mont-
réal, 1985, p. 65-71. Voir aussi E. Jane Burns, *Arthurian Fictions. Rereading*
the Vulgate Cycle, Columbus, Ohio State University Press, 1985.

*même endroit, sous peine de voir ses prouesses s'amoindrir. Une fois
engagé dans la quête, il lui suffit de suivre sa bonne étoile et de ne
jamais refuser l'aventure providentielle qui se présente. Si la disponibilité est une qualité essentielle du chevalier errant, la persévérance
en est une autre. De ce double point de vue, Lancelot apparaît évidemment comme un modèle. Aucune difficulté ne le rebute. Le temps
n'est jamais pour lui un obstacle. Même si la quête doit durer
plusieurs années, il n'y renonce jamais. Dès le début du roman, il
sait toutefois qu'il essuiera un échec dans la quête du Graal. Néanmoins, il s'obstine à y participer. Cette persévérance lui réussira en
un certain sens puisqu'il sera gratifié de visions célestes et jouira de la
compagnie de Galaad pendant quelques mois, mais il ne parviendra
pas à conquérir lui-même le Graal. Héros presque moderne parce que
promis à l'échec, Lancelot porte en lui la forme entière de l'incertitude
romanesque.*

*Malgré son échec face au Graal, Lancelot mène à bien de très
nombreuses quêtes. Indépendamment de celle de la reine enlevée par
Méléagant, il part à la recherche de compagnons d'armes comme
Gauvain, Lionel ou Hector, recherche qui remplace la quête d'objets
magiques, si chère aux légendes celtiques traditionnelles illustrées dans
les romans en vers. En effet, lorsqu'elle ne concerne pas le Graal, le
but de la quête est l'aventure pure et simple, l'exploit à accomplir
coûte que coûte parce qu'on en a entendu parler et qu'il est réputé
impossible. Il s'agit de se révéler comme le meilleur chevalier dans une
compétition permanente avec ses compagnons d'armes. Parfois, c'est la
force contraignante d'un don qui lance le chevalier dans l'aventure,
librement ou par contrainte, mais l'enjeu de l'aventure forcée est toujours le même : la conquête du prestige personnel. Les victoires conti-
nuelles de Lancelot finissent par irriter ses compagnons. On peut
alors parler de jalousie pour certains, en particulier Agravain. Cette
jalousie les pousse à vouloir rivaliser avec Lancelot, à lui faire perdre
son crédit auprès d'Arthur, voire à précipiter sa perte. C'est pour
venger ses frères que Gauvain s'en prendra à Lancelot dans* La
Mort le roi Artu *et il provoquera ainsi l'effondrement définitif de
l'idéal de la Table ronde.*

*Dans cet entrelacs d'aventures règne pourtant un destin secret. Les
chevaliers reçoivent en permanence des avertissements qui prennent au
fil des aventures un caractère de plus en plus tragique. Souvent, des*

*rencontres avec des esprits avertis laissent entrevoir que leur destin,
tracé d'avance, ne leur réserve rien de bon. Bien avant le début de la
quête, Lancelot était l'objet de prédictions. Elles s'adressaient plus au
lecteur qu'au héros, mais elles annonçaient une sourde prédestination.
L'aventure de la crypte dans la partie* Galehaut *lui apprend pour
la première fois son échec futur*[1]. *Toutefois, le personnage qui incarne
le mieux la fatalité dans cet univers est évidemment Merlin. Ses prophéties viennent scander de prédictions funestes les épisodes du roman.
Merlin évoque à mots couverts la fin du royaume d'Arthur. Il prédit
le déclin du royaume. Le sentiment d'une fatalité toute païenne est
cependant démenti par la confirmation d'un ordre secret du temps qui
vient affirmer la présence d'une Providence. Celle-ci se manifeste surtout au moment des fêtes liturgiques (la Pentecôte pour le Graal) afin
de suggérer la présence de Dieu dans l'histoire des hommes. Comme
l'écrivait en 1250 saint Louis lui-même à ses sujets : « Les voies de
l'homme ne sont pas dans lui-même, mais dans celui qui dirige ses
pas et dispose tout selon sa volonté*[2]. »

La merveille.

*Le merveilleux est un terrain propice à la mise en valeur des prin-
cipales vertus de la chevalerie : valeur guerrière et prouesse, hardiesse
et courage. Il est souvent un substitut à l'analyse psychologique. Le
lecteur est convié à saisir les méandres de la vie intérieure des personnages dans les emblèmes poétiques de la merveille.*

*La confrontation des personnages (et particulièrement de Lancelot)
avec le merveilleux leur donne une stature exceptionnelle. Dès son
enfance, Lancelot a des attaches avec le monde féerique. Son destin
est pour ainsi dire scellé lorsqu'il est emporté par la Dame du Lac et
élevé par elle au fond des eaux. Par la suite, la fée intervient personnellement en faveur de Lancelot pour le tirer de mauvaises situations. Elle le sauve par deux fois de la folie, elle favorise ses amours
avec la reine en lui procurant un écu magique, elle le guide dans ses
premières aventures, comme la Douloureuse Garde*[3]. *Le merveilleux*

---

1. Une voix d'outre-tombe apprend à Lancelot qu'il n'est pas
prédestiné à mener à bien la quête du saint Graal. Cette mission est réservée à son fils Galaad.
2. Jacques Le Goff, *Saint Louis*, p. 903.
3. Château enchanté, siège de nombreuses « mauvaises coutumes » et
dont l'entrée est notamment gardée par un chevalier automate.

permet de mesurer la valeur du chevalier. Ses épreuves amoureuses
permettent de tester sa fidélité. Dans le Val sans Retour, ou Val
des Faux Amants, seul peut retrouver son chemin le chevalier qui
n'a jamais trahi l'amour. Lancelot remplit cette condition, prouve sa
fidélité et rompt le charme qui retenait prisonniers un grand nombre
de chevaliers.

Parmi les aventures merveilleuses que Lancelot doit affronter, certaines comme le Pont de l'Épée[1] tiennent à la fois de la réalité et du
surnaturel. D'autres relèvent exclusivement du domaine magique.
Ainsi, pour mettre fin aux enchantements de la Douloureuse Garde,
Lancelot doit ouvrir un coffre périlleux. Ailleurs, il délivre un chevalier enfermé dans un coffre. Ailleurs encore, il parvient, sous une
pluie d'épées et de javelots, à ouvrir le portail qui rend la lumière au
château d'Escavalon le ténébreux. Parfois, les aventures merveilleuses
s'accumulent : serpent surgi d'une tombe, carole enchantée, échiquier
magique, fontaine merveilleuse. Ce sont autant d'épreuves dont Lancelot sort toujours vainqueur. Lancelot apprivoise le merveilleux. Et
ce merveilleux a souvent une valeur initiatique. Il suggère un sens
caché dans l'itinéraire personnel du héros.

Toutefois, si Lancelot vient à bout de la magie, il ne possède lui-
même aucun pouvoir magique. Il n'est ni Merlin ni la Dame du
Lac, et il lutte contre les enchantements par ses seuls moyens
humains : le courage et la détermination. Il sait que d'autres, avant
lui, ont échoué devant ces mêmes défis et que, seul, le meilleur chevalier du monde réussira à les surmonter. Or il est le meilleur chevalier
du monde. Les épreuves merveilleuses soulignent alors sa prédestination héroïque. En rompant les charmes, en mettant fin aux
étranges coutumes, Lancelot délivre un certain nombre de victimes qui
ont subi l'envoûtement des forces obscures. Il s'affirme donc comme un
libérateur et un chevalier rédempteur. Mais son pouvoir est limité au
monde magique. Dès qu'il tentera d'en sortir, il échouera. Le
domaine spirituel lui est pour ainsi dire interdit. C'est son fils
Galaad qui y régnera en maître, tel un nouveau Messie.

Toutefois, cette suprématie de Galaad ne s'est peut-être pas imposée dès la première version de l'œuvre. Qui est le véritable héros du
Graal ? Les manuscrits témoignent sur ce point d'une réelle hésita-

---

1. Ce pont, constitué d'une grande épée extraordinairement tranchante,
donne accès au royaume de Gorre, où Méléagant retient Guenièvre prisonnière.

tion. Si le manuscrit de Bonn (suivi par d'autres comme B.N.F. fr. 110, 111 et 113) fait effectivement de Galaad l'ultime élu du Graal, qui mettra fin à toutes les aventures de la Table ronde, d'autres copies (comme B.N.F. fr. 96 ou 98) donnent ce rôle à Perceval[1]. *Cette option, souvent interprétée comme un vestige de la version « non cyclique » dont parle Elspeth Kennedy, est évidemment dans la continuité du roman de Chrétien, qui ignorait Galaad. Elle est également dans la logique de la petite trilogie de Robert de Boron qui faisait se succéder un* Joseph, *un* Merlin *et un* Perceval *en prose*[2]. *On pourrait donc admettre que, dans un état du roman encore tributaire de Chrétien de Troyes, le héros du Graal était bien Perceval. Au fur et à mesure des réécritures et refontes de l'histoire, c'est Galaad qui s'est imposé comme le seul et unique Messie d'une chevalerie en attente de son propre accomplissement spirituel.*

Par rapport aux romans en vers, une évolution sensible caractérise le merveilleux dans le roman en prose. Tandis que Chrétien ne mentionnait que discrètement le caractère féerique de la protectrice de Lancelot, le roman en prose offre une définition de la fée présentée comme la spécialiste des enchantements et des charaies *(« sortilèges »). Ce mot vient d'un terme grec désignant les lettres et caractères. Le grimoire magique n'est pas loin : puissance nouvelle de l'écrit. Une transformation de la féerie s'amorce dans la prose du* XIIIe *siècle. Daniel Poirion explique à ce propos : « La discontinuité de l'exposé poétique favorise un merveilleux plus subtil, parce que l'incantation du vers dispense de l'explication par la syntaxe ; la ligne continue de la prose favorise l'élucidation, chassant toutes les ombres et accentuant toutes les teintes*[3]. » *La prose porte ainsi un regard critique sur la féerie et tend à lui donner un caractère plus rationnel.*

Les tendances intellectuelles de rationalisation et de christianisation du merveilleux s'expliquent aussi par le contexte idéologique du XIIIe *siècle. C'est le siècle critique par excellence : encyclopédies, miroirs*

---

1. Voir la comparaison des différents manuscrits donnés sur ce point précis par Alexandre Micha dans son édition du *Lancelot*, t. VII, Genève, Droz, 1980, p. 462-476 ainsi que les remarques de F. Lot, *Étude [...]*, p. 108-125.

2. C'est par exemple le cas dans le manuscrit de Modène édité par B. Cerquiglini.

3. Daniel Poirion, *Le Merveilleux dans la littérature française du Moyen Âge*, P.U.F., 1982, p. 96.

et sommes tendent à faire le point des connaissances, tant théologiques que scientifiques, de l'époque. Entre 1230 et 1240, le franciscain Barthélemy l'Anglais compose à Magdebourg son De proprietatibus rerum *(Des propriétés des choses). Cette patiente compilation, faite de descriptions et de récits, vise à enseigner une élucidation du monde. À la même époque, les universités se développent. Dès lors, la mise en prose des aventures arthuriennes ne peut échapper à cette soif de vérité et d'explication. Le merveilleux en pâtit. Il doit désormais devenir le signe d'autres vérités.*

Dans La Quête *et* La Mort Artu, *les merveilles apparaîtront de plus en plus diaboliques. Elles ne relèvent plus vraiment des forces généreuses et spontanées de la nature ou de la surnature, mais plutôt des manœuvres du démon toujours prêt à tendre aux humains les pièges de l'illusion. La pensée augustinienne a sans doute exercé ici son influence critique[1]. En tout état de cause, dans le roman en prose, la merveille est relayée par une herméneutique théologique. Elle n'est plus simplement une aventure étonnante, mais un signe à déchiffrer et à commenter. Il s'agit toujours d'y reconnaître l'éternelle lutte de Dieu et de Satan, du Bien et du Mal. Le langage de la théologie devra désormais traduire en allégories l'imaginaire merveilleux. Jouant comme les prophéties sur les miroitements de la métaphore, les songes et visions des personnages deviennent volontiers allégoriques. Le sens littéral doit toujours être complété par un sens spirituel qui livre les clés d'une compréhension religieuse du monde et du devenir de la chevalerie terrestre.*

Les romans du Graal transposent à leur manière les techniques et procédés de l'exégèse biblique telle qu'elle a été fondée par les commentateurs des Saintes Écritures[2]. Cette théorie des quatre sens de l'Écriture est résumée par Thomas d'Aquin et s'applique à de nombreux passages des romans du Graal (interprétation de songes ou de visions, voire d'épisodes entiers) :

> La première signification, à savoir celle par laquelle les mots employés expriment certaines choses, correspond au premier sens, qui est le sens historique ou littéral. La signification seconde, par laquelle les choses exprimées par les mots, signifient, de nouveau, d'autres choses, c'est ce qu'on appelle le sens spirituel, qui se fonde ainsi sur le

1. Saint Augustin, *La Cité de Dieu*, éd. sous la direction de Lucien Jerphagnon, livre XVIII, chap. XVIII, Bibl. de la Pléiade, p. 783-784.
2. Tzvetan Todorov, *Symbolisme et interprétation*, Seuil, 1978, p. 91-124.

premier et le suppose. À son tour, le sens spirituel se
divise en trois sens distincts. En effet, l'Apôtre dit : « La loi
ancienne est une figure de la loi nouvelle » ; Denys ajoute :
« La nouvelle loi est une figure de la loi à venir » ; enfin,
dans la nouvelle loi, ce qui a lieu dans le Chef est le signe
de ce que nous-mêmes nous devons faire. Quand donc les
choses de l'ancienne loi signifient celles de la loi nouvelle,
on a le sens allégorique ; quand les choses réalisées dans le
Christ ou concernant les figures du Christ sont le signe de
ce que nous devons faire, on a le sens moral ; enfin, si l'on
considère que ces mêmes choses signifient ce qui est de
l'éternelle gloire, on a le sens anagogique[1].

*Ainsi, une quête incessante des correspondances entre l'Ancien et
le Nouveau Testament (« l'ancienne et la nouvelle Loi ») servait de
base à tout l'édifice de la théologie doctrinale. Dans* Le Livre du
Graal*, une même recherche des concordances entre le monde biblique
et l'univers arthurien va fournir les cadres symboliques de l'univers
romanesque. La Table ronde s'inscrit ainsi dans une lignée trinitaire
et prédestinée de tables, incluant celle de la Cène et celle du Graal
instituée par Joseph d'Arimathie. Galaad devient un nouveau Messie,
et son père Lancelot n'était que son précurseur. Le devin Merlin,
quant à lui, prend les traits du prophète de l'Ancien Testament pour
annoncer la bonne nouvelle de la rédemption de la chevalerie. N'est-il
pas d'ailleurs lui-même, à la faveur de ses métamorphoses, un être en
plusieurs personnes, réplique d'une Trinité où le Dieu unique (le
Verbe) inclut trois personnes ? Quant aux liturgies du Graal, elles ne
rappellent pas sans raison celles de l'Eucharistie. La référence biblique
toujours sous-jacente ne christianise pas artificiellement d'anciennes
croyances païennes au « festin d'immortalité[2] ». Elle dévoile et réinter-
prète le sens théologique profond des anciens rites préchrétiens. C'est
ainsi que l'ancien plat à poisson, qui pourrait contenir un saumon
selon Chrétien lui-même, recèle une simple hostie qui se confond avec
l'* ἰχθύς *christique, emblème majeur du repas eucharistique[3].*

1. Thomas d'Aquin, *Somme théologique*, question 1, article 10, conclusion,
cité d'après Tzvetan Todorov, *Symbolisme et interprétation*, p. 107.

2. Georges Dumézil, *Le Festin d'immortalité. Étude de mythologie comparée
indo-européenne*, Geuthner, 1924.

3. Philippe Walter, « Le Graal, le Saumon et l'ἰχθύς. Chrétien de
Troyes et Robert de Boron », *Recherches et Travaux*, 58, 2000, p. 29-38.
Rappelons que ἰχθύς (le « poisson ») est l'acrostiche de Ἰησοῦς χριστὸς
θεοῦ Υἱὸς Σωτήρ, « Jésus-Christ, fils de Dieu, Sauveur ».

Le miroir de la chevalerie.

On ne peut séparer ces romans du contexte chrétien dans lequel ils se sont développés. L'omniprésence de la religion et des religieux, la référence constante aux modèles et figures bibliques suffiraient à justifier une interprétation religieuse de ces œuvres en véritables catéchismes de la chevalerie militante.

Les romans du saint Graal sont imprégnés de didactisme moral ou religieux. Leur dimension exemplaire se justifie à l'époque où le roman se croit volontiers investi d'une mission pédagogique. Manuel de chevalerie, il sert à l'enseignement des princes en ouvrant leur esprit à la compréhension des aléas de l'existence. Chrétien de Troyes avait dédié son Conte du Graal à Philippe d'Alsace, comte de Flandres, précepteur et parrain du jeune roi Philippe Auguste. Le premier roman du Graal montrait l'élévation progressive d'un jeune homme de naissance noble vers la maturité chevaleresque. L'art de la parole juste était le secret de son éducation. Grâce à l'ermite, il recevra l'initiation suprême, le jour du Vendredi saint, aux noms secrets de Dieu. La pédagogie chevaleresque se résout finalement en initiation religieuse. C'est cette voie de la médiation qu'explorent encore les romans en prose.

Le Lancelot offre un long exposé sur la chevalerie, ses origines, ses fins, ses lois, sous la forme d'un discours que la Dame du Lac tient à Lancelot avant d'autoriser son départ pour la cour d'Arthur, où il apprendra « l'art de la chevalerie ». Elle indique que la chevalerie a été instituée pour protéger les faibles, puis énumère les qualités requises d'un parfait chevalier. Elle ajoute que la chevalerie a été créée pour sauvegarder la sainte Église et donne une senefiance allégorique des armes du chevalier tout imprégnée de symbolisme religieux. La primauté est donnée aux principes religieux. En évoquant « l'ordre de chevalerie », Le Conte du Graal soulignait une analogie entre l'ordre chevaleresque et l'ordre monastique. Les romans en prose du Graal développent à l'extrême cette conception de l'ordre voire de l'ordination, au point de confondre parfois les deux notions. La Quête du saint Graal insistera par exemple sur le régime d'abstinence auquel doit se soumettre le chevalier pour réussir dans sa quête. La vie du chevalier devient presque monacale. On peut même se demander si l'« auteur » n'a pas conçu l'idée d'une vie régulière pour son héros. Cette tentation de faire de Lancelot un moine blanc *(cistercien) apparaît dans* La Mort Artu. *Lancelot termine sa vie dans un ermitage où il passe son temps en prières et en méditations. Mais Lancelot ne devient ermite qu'au terme de son existence, lorsque la vie dans le siècle a perdu pour lui toute signification. Ce triomphe final de la religion n'est peut-être alors qu'une conversion par défaut aux valeurs monastiques*[1].

Historiquement, ces romans apparaissent à un moment où l'Église poursuit un vaste mouvement d'évangélisation, commencé six siècles auparavant mais qui répond à une urgence nouvelle. Des facteurs de dissension apparaissent dans la chrétienté, et la croisade contre les hérétiques cathares a révélé des manques dans l'organisation politique de l'Église. Avec l'instauration d'une véritable police des esprits et des dogmes (l'Inquisition s'établit en Languedoc en *1233*), l'Église s'engage dans une pastorale de masse. Des ordres monastiques récemment fondés (les frères prêcheurs) sont les artisans d'un renouveau évangélique. Les romans du Graal trahissent cette utilisation de la littérature à des fins apologétiques. L'idéal chevaleresque se réoriente dans un sens évangélique, voire mystique.

Dans le roman en vers de Chrétien, Lancelot ne faisait guère appel à Dieu : la pensée de sa dame lui était d'un bien meilleur réconfort. Sa passion amoureuse lui tenait lieu de religion. Le Lancelot veut interroger le sens religieux du personnage mais aussi de tout l'univers qui l'entoure. Faut-il voir dans ces romans l'exposé d'une doctrine parfaitement orthodoxe en matière de foi chrétienne ? C'est douteux, car le christianisme du XIIIᵉ siècle n'a évidemment pas une conception moderne de l'orthodoxie doctrinale. De plus, comme l'a fait observer Jean Marx, « jamais l'Église ne fit sienne l'aventure du Graal. Elle semble avoir senti que quelque chose demeurait là d'antérieur [au christianisme], de primitif, de mystérieux[2] ». Toutefois, cette méfiance de l'Église n'abolit pas pour autant l'influence de courants idéologiques bien marqués dans ces œuvres pensées et écrites par des clercs.

Les travaux d'Albert Pauphilet[3] ont souligné depuis longtemps une influence de la spiritualité cistercienne sur certaines parties du cycle : l'esprit de Cîteaux culminerait particulièrement dans La

---

1. C'est un souvenir évident du thème épique du *moniage* (voir le *Moniage Guillaume* par exemple). Le héros des chansons de geste après sa carrière de guerrier finit ses jours dans un monastère en se faisant moine.
2. *La Légende arthurienne et le Graal*, p. 7.
3. Albert Pauphilet, *Études sur La Queste del saint Graal attribuée à Gautier Map*, Champion, 1921.

Quête du saint Graal. *C'est grâce à saint Bernard que l'ordre cistercien fondé en 1098 connut son plus grand rayonnement au XIIe siècle. Sa réputation se maintint au XIIIe siècle malgré l'émergence d'ordres séculiers, plus engagés dans la vie sociale*[1]. *Saint Bernard était un contemplatif convaincu de la supériorité de la vie monastique*[2]. *Il prônait un idéal religieux empreint de mysticisme. La vie du moine cistercien était tendue vers la contemplation. Le mystique faisait l'expérience de Dieu d'une manière mystérieuse au fond de son cœur. L'entreprise de la quête du Graal répond bien à un tel idéal, puisque Galaad bénéficie de visions merveilleuses et que sa chair mortelle aperçoit les choses spirituelles. Entraîné par le même courant de mysticisme, Lancelot est, lui aussi, gratifié de visions célestes. Sa contemplation va jusqu'à l'extase et le maintient plusieurs semaines dans un état de prostration. Toutefois, il ne parvient pas à la contemplation selon les moyens préconisés par saint Bernard. La grâce lui fait défaut. C'est ce que soulignent les ermites auprès desquels Lancelot se confesse. Il avait été comblé de tous les dons, et Dieu lui avait accordé sa grâce, mais il n'a pas su en profiter, car il a manqué de volonté.*

Confession, prière, messe : les ermites de La Quête révèlent à Lancelot l'importance de cette piété extérieure, préparation à une conversion intérieure. Si grave qu'ait été son égarement en commettant l'adultère avec la reine Guenièvre, le chevalier peut espérer retrouver la grâce de Dieu. Par la prière, il doit exprimer son désir de reprendre la bonne voie. Ce désir de Dieu est le premier pas sur le chemin de la grâce. C'est par la méditation que le héros comme le moine peuvent communiquer avec Dieu. Les ermites insistent également sur la nécessité de la confession, seul moyen pour le chevalier de retrouver la pureté d'âme, condition première de la quête : veraie confession de bouche, repentance de cuer, amendement de vie permettront à Lancelot de se «purger de toute ordure terrestre» car la «Queste n'est mie de terrianes choses, mes de celestielx». Cette pratique régulière de la confession — que le concile de Latran IV érige en obligation annuelle à partir de 1215 — doit permettre au pécheur de retrouver la pureté d'âme et d'ap-

---

1. Georges Duby, *Saint Bernard. L'Art cistercien*, Flammarion, 1979 (1re éd., 1976).

2. Saint Bernard de Clairvaux, *Les Combats de Dieu*, textes choisis et traduits par Henri Rochais, Stock Plus, 1981.

prendre l'humilité, autant de qualités qui, avec la charité et la chasteté, constituent les vertus chrétiennes dont la règle cistercienne prêche l'observance. La chasteté n'est pas la moindre des vertus exigées. L'accomplissement de la quête du Graal est réservée à trois chevaliers : l'un chaste et les deux autres vierges. Cette virginité ravive une obsession fondamentale de l'Église des premiers âges[1]. Mais Lancelot ne sera pas au nombre de ces privilégiés. La luxure est entrée en lui au moment où il a aperçu la reine. Dès le début du Lancelot, *et non seulement dans* La Quête du saint Graal, *sa passion lui est imputée à péché. C'est une incontestable marque de continuité idéologique entre les branches de l'œuvre. Un clerc fait savoir à Galehaut que son ami sera entravé dans sa quête par son péché de luxure. Et Gauvain, qui a des visions concernant Lancelot, ne se fait pas faute de répéter que celui qui est prisonnier de sa luxure ne pourra pas accomplir l'aventure du saint Graal.*

Le thème de la culpabilité est omniprésent dans cet univers dominé par l'idéologie chrétienne. La liaison de Lancelot et de la reine Guenièvre constitue le thème clef du Lancelot. *Figure paradigmatique de l'amour humain, cet amour est aussi l'image de la faute et du péché inhérent à la condition humaine. Le roman en prose amplifie la donnée fondamentale de l'adultère déjà évoquée dans le roman de Chrétien. Il enrichit sa portée en s'intéressant à la psychologie amoureuse et en développant les situations de transgression.*

La passion de Lancelot pour Guenièvre prolonge l'idéal de la fin' amor exalté par les troubadours et trouvères. La Dame hante les pensées de son amant. Lancelot manifeste le plus grand trouble chaque fois qu'il voit la reine, au point de perdre conscience de lui-même. Déjà chez Chrétien de Troyes, l'amour de Lancelot possédait ce caractère extatique. Dans le roman en prose, les extases de Lancelot se répètent. Dès sa première entrevue avec la reine, il a des moments d'absence. Il est si esbahi *qu'il ne sait ce que la reine lui a demandé.* Quand la reine lui prend la main, il tressaille comme au sortir d'un songe. À la Douloureuse Garde, il a deux extases successives au point d'oublier de faire ouvrir la porte à la reine. En présence de la reine, il tombe en extase, manque de se noyer, se laisse emmener prisonnier par Daguenet le fou, laisse tomber sa lance et,*

---

1. Peter Brown, *Le Renoncement à la chair. Virginité, célibat et continence dans le christianisme primitif,* Gallimard, 1995.

pour un peu, blesserait la reine. Lancelot s'absorbe à un tel point dans la contemplation qu'il en oublie de se conduire en chevalier. Cette déchéance a pour seule cause sa passion. La puissance de la dame s'exprime dans cet ascendant. Séduction excessive qui dénonce le caractère lui aussi excessif de la passion dominant Lancelot. La folie est l'aboutissement normal des extases du héros courtois. Et Lancelot y succombe à plusieurs reprises. La subversion est proche. L'amour est aussi une force de destruction. Le royaume d'Arthur serait-il promis au déclin pour avoir trop privilégié la féminité ?

Tout au long du grand cycle romanesque du Graal, la conception de l'aventure subit un infléchissement sensible. Au pur exploit héroïque ou chevaleresque succède la mission spirituelle. Le chevalier ne se bat plus seulement pour les beaux yeux d'une dame mais d'abord et avant tout pour sauver son âme et pour sauver la chrétienté entière. Le combat chevaleresque devient une psychomachie où vices et vertus sont condamnés à une éternelle lutte, de plus en plus désespérée.

Si l'on suit les travaux d'Albert Pauphilet, une œuvre comme La Quête du saint Graal *tiendrait à la fois du roman de chevalerie, de la vie de saint ou de l'évangile apocryphe. Nombre d'épisodes romanesques sont interprétés sur le mode de l'exégèse biblique. Véritable « tableau de vie chrétienne » (Pauphilet), le roman porterait ainsi l'empreinte de son lieu de création : le milieu monastique cistercien. Toutefois, ce qui est valable pour* La Queste *ne l'est pas forcément pour le* Lancelot *où les références religieuses, pourtant bien présentes, semblent moins systématiques. L'idéologie chrétienne ne saurait donc être considérée comme la clé ultime de ces textes qui ne peuvent être lus comme de simples traités de théologie appliquée. Un jeu systématique d'imitation et de démarquage de l'écriture biblique recadre le projet général du roman.*

L'ultime Messie.

Tout Le Livre du Graal *est hanté par le mythe messianique transposé dans l'univers de la chevalerie. Abandonnée à ses illusions et à ses péchés, la chevalerie terrestre attend un nouveau Messie qui sauvera ses espoirs de rédemption[1]. Deux figures incarnent plus particulièrement ce messianisme : Galaad, tout d'abord, dont la mission*

---

1. Pauline Matarasso, *The Redemption of Chivalry*, Genève, Droz, 1970.

est de vivre pour l'éternité avec le saint Graal, alors que tous les autres chevaliers ont été disqualifiés dans la quête de la perfection. Galaad, tel un nouveau Christ, incarne un idéal de vie chrétienne. L'autre figure destinée à incarner le messianisme est évidemment Arthur lui-même[1], qui porte, bien au-delà de la littérature, tous les espoirs du peuple breton, comme le rappelle Geoffroy de Monmouth. Selon cet auteur et quelques autres, la mort d'Arthur n'est qu'une disparition provisoire : le bon roi reviendra un jour régner sur ses sujets pour les sauver des catastrophes de l'histoire. La croyance en la survie outre-tombe de certains monarques élus du destin témoigne de la profonde aspiration de l'imaginaire médiéval à trouver un recours dans la figure mythique du souverain élu. Le roman en prose a néanmoins fait son choix. Il ne cultive plus le mythe messianique d'Arthur, et pour cause. C'est le Christ, et non Arthur, qui reviendra à la fin des temps pour accomplir la destinée du peuple des élus. En substituant sa vision apocalyptique ultime au schéma mythique de l'éternel retour, le christianisme du XIIIe siècle a définitivement transformé l'esprit et même la lettre de la légende arthurienne.

Les romans du Graal en prose se situent au confluent imaginaire des préoccupations politiques, littéraires et culturelles du XIIIe siècle. Ils expriment sur le mode symbolique les attentes d'une société aristocratique qui veut se persuader de sa mission dans l'Histoire. À travers ces romans, c'est tout le destin imaginaire de l'aristocratie chevaleresque, hantée par son déclin, qui doit retrouver sa légitimité. L'exploit pour l'exploit n'est plus une ambition digne du XIIIe siècle, surtout en littérature. Ces exploits doivent se trouver légitimés dans et par une histoire humaine qui ne trouve son sens que dans la perspective de la Révélation. Il fallait sceller la nouvelle alliance du christianisme et de la chevalerie. Il fallait réconcilier dans le mythe chevaleresque la mission évangélique et les appels de l'histoire pour que s'accomplisse le destin rêvé d'une authentique théocratie chrétienne.

En réalisant cette soudure avec les temps bibliques, la chevalerie se situe désormais dans une lignée préétablie et dans une logique historique. Si le judaïsme (l'Ancienne Loi) se présente comme la religion du Père, le christianisme (la Nouvelle Loi) est bien la religion du Fils. Restait à fonder historiquement, à travers le Graal, la religion

---

1. Jean Christophe Cassard, « Arthur est vivant ! Jalons pour une enquête sur le messianisme royal au Moyen Âge », *Cahiers de civilisation médiévale*, 32, 1989, p. 135-146.

de l'Esprit dont la fête emblématique sera tout naturellement la Pentecôte et dont le nouveau Messie sera Galaad, fils de Lancelot. L'enjeu des romans du Graal sera d'introduire cette troisième ère de la Révélation en accomplissant l'histoire de la Création. À travers ce symbolisme ternaire, on songe à la théologie trinitaire de Joachim de Fiore.

Le symbolisme eucharistique du Graal accompagne l'évolution des mentalités religieuses au XIIIᵉ siècle. Une idée théologique fondamentale est parallèle au développement des romans du Graal : celle de la transsubstantiation, affirmée par le concile de Latran en 1215. Désormais, le pain que consacre le prêtre est le corps du Christ, et le vin contenu dans le calice devient son précieux Sang. Ainsi, l'imaginaire du sang du Christ lié au saint Graal n'est pas seulement une préoccupation littéraire. Il rejoint les sollicitations religieuses du temps. Par ailleurs, le désir de voir l'hostie a été du XIIᵉ au XVᵉ siècle un des principaux mobiles de la dévotion eucharistique[1]. Cette ferveur populaire est soutenue par les travaux des théologiens. Albert le Grand (mort en 1280), le maître en théologie de Thomas d'Aquin, était convaincu que la contemplation de l'hostie appelait les fidèles à la sainteté. On songe évidemment à toutes les scènes romanesques où les chevaliers espèrent voir le saint Graal comme l'ultime récompense de leur quête. Beaucoup seront appelés, un seul sera élu : Galaad marquera la fin de cette ère de la Révélation mystique.

Les romans du Graal sont contemporains de la grande catastrophe métaphysique du XIIIᵉ siècle occidental telle que l'a analysée Gilbert Durand : « La défiguration première et majeure de l'homme occidental consiste bien en ce premier mouvement de la philosophie du XIIIᵉ siècle qui interdit à l'homme d'être figure sans intermédiaire de Dieu ou même figure seconde de cette "figure" majeure qu'est encore le Christ de l'Imitatio[2]. » En sa semblance christique, Galaad signifie cette rupture dans le domaine de l'imaginaire littéraire. Historiquement, une évolution importante se dessine dans les mentalités et dans la société européennes, qui se séparent sur ce point de

---

1. Émile Dumoutet (*Le Désir de voir l'hostie et les Origines de la dévotion au Saint-Sacrement*, Beauchesne, 1926, p. 27) pose la question : « Le saint Graal passant dans l'opinion commune pour un symbole de l'Eucharistie, la grande diffusion de la légende ne put-elle pas déterminer les fidèles, sinon les théologiens, à attribuer une vertu semblable à la vue de l'Hostie ? »
2. Gilbert Durand, *Science de l'homme et tradition*, Berg International, 1979.

l'Islam. Le modèle d'organisation politique de l'Église découle de l'impossibilité pour tout chrétien de communier directement à la Révélation. « Le césarisme papal n'est que la conséquence de ce refus d'accès direct de l'âme à son modèle divin », écrit encore Gilbert Durand. L'utilité du clergé et le monopole de médiation qu'il s'attribue découlent de la séparation radicale de la Connaissance et de la Révélation. L'usage et l'interprétation de cette dernière est réservée aux clercs et à la sainte Inquisition.

Une mythologie du roman.

Au cours du XIIIᵉ siècle, le genre romanesque, appelé à jouer un rôle central dans les littératures modernes, va se substituer à l'épopée représentée par la chanson de geste pour incarner les pensées des hommes d'une époque à partir des mythes fondateurs de leur société. Au XVIᵉ siècle encore, le roman porte en lui cette dimension épique, qu'il a parfaitement su s'approprier, et Du Bellay prodiguera ce conseil à tous les illustrateurs de la langue française : « Choysi moy quelque un de ces beaux vieulx romans Francoys, comme un Lancelot, un Tristan, *ou autres : et en fay renaître au monde un admirable* Iliade *et laborieuse* Eneïde[1]. »

Ainsi le roman de Lancelot représente encore à la Renaissance l'épopée de la langue française : une langue, un art et une culture y ont pris conscience d'eux-mêmes. L'épopée n'est-elle pas la mémoire première des peuples ?

Nul doute que le roman de Lancelot (et ses prolongements) devient le livre capital où s'élabore une véritable mythologie gallique. L'art des noms invite peut-être à cette exploration secrète. Galehaut, le fils de la Belle Géante et le mélancolique[2] ami de Lancelot, puis Galaad, le fils de Lancelot et de la Blanche Serpente de Corbénic, font se rejoindre, dans leur nom en Gal, la Gaule, Gallia, et la galaxie, cette voie lactée des âmes où Galaad disparaît lors de son assomption glorieuse confondue avec celle de la Vierge (le 15 août). Leur nom ne fait-il pas écho à celui du Graal par l'initiale G, septième lettre de

---

1. Joachim Du Bellay, *La Deffence et Illustration de la langue françoyse*, texte présenté et commenté par Louis Terreaux, Bordas, 1972, p. 80 (livre II, chap. v).
2. Jacques Roubaud, *La Fleur inverse. Essai sur l'art formel des troubadours*, Ramsay, 1986, p. 55-95 (Éros mélancolique).

*l'alphabet, appel au septénaire des dons de l'Esprit dispensés à la
Table de la Pentecôte ? On pressent l'existence d'un calendrier secret
qui parcourt tout* Le Livre du Graal *et donne les clés d'une lecture
mythologique de l'œuvre*[1].

De Galemelle et Grandgousier, *parents de Gargantua né le
3 février, jour de la Saint-Blaise, les grandes chroniques gargantuines
au* XVIᵉ *siècle révéleront qu'ils furent procréés par Merlin, sur une
haute montagne d'Orient, avec des os de baleine, des rognures d'ongle
de Guenièvre et une ampoule du sang de Lancelot. Simple facétie ou
nouveau mystère gallique que méditera un nouveau maître* Blaise,
Rabelais ? Ce nom selon Claude Gaignebet serait la contraction de
Rabbi *(« maître », en araméen) et de* Blaise[2].

Est-ce aussi un hasard si Blaise, *l'indéfectible compagnon de Merlin et l'hôte permanent des forêts de Northumberland, porte le nom
d'un saint qui peut signifier « le loup » en langue brittonique ? La
pieuse légende de* Blaise, *vieux mythe celte christianisé, montre le
saint parlant aux animaux sauvages*[3]. *L'association de Merlin et de
Blaise, l'un racontant à l'autre la matière du* Livre, *ne serait donc
pas pure fiction. Elle renvoie au mythe d'une parole sacrée, celle du
devin, que le christianisme n'a aucun mal à assumer en la rapprochant du Verbe évangélique. Le roman mythique se résout peut-être
en mythe du Roman.*

*Dans sa parabole du romancier semeur, Chrétien de Troyes sug-
gérait une fécondation réciproque de la parole romanesque et de la
parole biblique. Il s'agissait moins pour lui de les confondre que
d'explorer la signifiance poétique qui peut résulter de l'imitation de
l'une (la Bible) par l'autre (le roman). Le roman en prose suit
exemplairement ce programme qui ouvre vers une véritable « théologie
de la littérature*[4] ». *Mais cette théologie de la littérature est aussi une
mythologie de l'écriture.*

*La parole du roman mime celle de l'Évangile. D'abord par la
position même de ceux qui l'assument. Le Christ parlait ; il n'écrivait
jamais. Des évangélistes consignent par écrit ses paraboles ainsi que
ses faits et gestes. De la même manière, Merlin parle, il n'écrit*

1. Philippe Walter, *La Mémoire du temps*, Champion, 1989.
2. *À plus haut sens : l'ésotérisme spirituel et charnel de Rabelais*, Maisonneuve
et Larose, 1986.
3. Philippe Walter, *Merlin ou le Savoir du monde*, Imago, 2000.
4. Charles Méla, *La Reine et le Graal*, Seuil, 1984.

jamais. Il dicte à son « évangéliste » nommé Blaise le livre qui devien-dra le roman de sa vie, mais aussi de celle d'Arthur et de ses ancêtres.

Le roman met en scène, dans le cadre de la fiction, son propre avènement. Il raconte les circonstances de son élaboration. Ainsi Le Livre du Graal *n'est pas seulement l'écriture des aventures du Graal, il est aussi l'aventure d'une écriture. C'est dans l'écrit de Blaise que le roman trouve mythiquement son origine. La reprise incessante de la formule de transition : « le conte dit que... » est cen-sée renvoyer le lecteur à cette parole originelle, émanation de Merlin par la médiation de Blaise et de son écriture.* Le Livre du Graal *se donne d'abord et avant tout comme le travail de Blaise, figure emblé-matique de l'écrivain inspiré et formé par Merlin.*

La fiction du livre reste alors une référence majeure à cet univers d'écriture. Comme religion du Livre, le christianisme valorise l'écrit. Le Christ est souvent représenté dans l'art médiéval avec un livre ouvert entre ses mains. L'Écriture, la sainte écriture, revendique la vérité en se fiant à la parole divine originelle. L'autre écriture, celle de la Littérature, se donne aussi pour mission de retrouver une parole originelle dont le graal serait la métaphore incandescente. Elle ne peut en réalité que scruter des semblances *où la vérité joue avec l'illusion. Dans la* semblance, *maître mot d'une poétique romanesque en plein essor depuis* Le Conte du Graal *de Chrétien, la vérité devient tou-tefois un mirage. La* semblance *romanesque cache la vérité et la rend toujours incertaine. Galaad n'est pas le Christ réincarné ; il n'en est que la* semblance. *Dans ce jeu permanent entre la vérité et l'illusion se construit alors un univers fictif dont le sens ultime échappe toujours, comme le Graal. Si le roman n'est pas figure de la vérité, dans* Le Livre du Graal *la vérité de l'homme n'en prend pas moins une figure romanesque.*

PHILIPPE WALTER.

CHRONOLOGIE

La datation des œuvres littéraires du Moyen Âge fait l'objet de nombreux travaux, dont les conclusions sont sans cesse remises en cause. Cette Chronologie est donc en partie hypothétique ; son but est moins d'assigner aux textes une date précise que de les inscrire dans une continuité qui éclaire leur émergence.

542	Date supposée de la mort d'Arthur selon l'historien médiéval Geoffroy de Monmouth (voir à l'année 1138).
IXe siècle	Nennius mentionne le roi Arthur dans son *Historia Britonum* (*Histoire des Bretons*).
1071	Naissance du premier troubadour, Guillaume IX, duc d'Aquitaine.

XIIe siècle

1100-1130	Transcription des premières chansons de geste : *Chanson de Roland*, *Gormont et Isembart*.
1106-1120	Benedeit, *Le Voyage de saint Brendan*, adaptation en français des récits de navigations féeriques (*immrama*) d'origine irlandaise.
1125	Guillaume de Malmesbury, *Gesta regum anglorum* (*Les Hauts Faits des rois anglais*), souligne les exploits des anglais contre les envahisseurs saxons.
1131	*Le Couronnement de Louis*, chanson de geste.
1134	Jean de Cornouailles, *Prophetia Merlini*. Apparition de prophéties de Merlin en latin traduites du breton et intégrées ultérieurement à l'*Historia regum Britanniae* (*Histoire des rois de Bretagne*) de Geoffroy de Monmouth.

Waben, version partielle en vers du *Cantique des cantiques*.

Chansons de geste : *Raoul de Cambrai* et *La Mort Aymeri de Narbonne*.

1181   Chrétien de Troyes, *Yvain ou Le Chevalier au Lion*, *Le Chevalier de la Charrette*, première version française en vers de l'histoire de Lancelot.

1181-1191   Chrétien de Troyes, *Perceval ou le Conte du Graal*, premier roman du Graal, en vers.

1184   Thibaut de Marly, poème moral présentant un résumé de toute l'histoire sainte.

Vers 1185   Hue de Rotelande, *Protheselaus*, roman. Adam de Perseigne, paraphrase du psaume *Eructavit*. *La Vie de saint Gilles*. Seconde rédaction du *Moniage Guillaume*, chanson de geste.

Partonopeus de Blois, roman.

1187   Prise de Jérusalem par Saladin.

1188   Herman de Valenciennes, *L'Assomption Notre-Dame*.

Aymon de Varennes, *Florimont*, roman.

Chanson d'Aspremont, chanson de geste.

1189   Mort de Henri II, roi d'Angleterre. Richard Cœur de Lion lui succède.

1190   Marie de France, *L'Espurgatoire saint Patrice*. Hermann de Valenciennes, adaptation en vers de la Genèse et de diverses histoires saintes en vers (*Le Roman de Dieu et de sa mère*). *La Chanson d'Antioche*, chanson de geste. Renaut de Beaujeu, *Le Bel inconnu*, roman. Joachim de Flore écrit sa *Concordia veteris et novi testamenti*.

1191   Mort de Philippe d'Alsace à qui Chrétien de Troyes a dédié son *Conte du Graal*. Découverte d'un prétendu tombeau du roi Arthur à Glastonbury.

1191-1192   Troisième croisade avec Philippe Auguste et Richard Cœur de Lion. Les premières continuations en vers du *Conte du Graal* de Chrétien de Troyes.

1195   *Girard de Vienne*, chanson de geste. Jean Bodel, *Les Saisnes* (*Les Saxons*). Robert de Boron, *Roman de l'histoire du Graal*, premier roman en vers racontant l'histoire de Joseph d'Arimathie et du « vaissel » appelé à devenir le saint Graal. Traduction partielle du commentaire de Haimon d'Auxerre sur les épîtres et évangiles du temps pascal. Ambroise, *L'Estoire de la Guerre Sainte*.

1197   Hélinant de Froidmont, *Les Vers de la Mort*. *Ogier le Danois*, chansons de geste.

XIIIe siècle

1213   Victoire de Simon de Montfort sur les Toulou-
            sains à Muret.
            Jean Renart, *Guillaume de Dole*, roman.
            Les Faits des Romains, ouvrage historiographique
            en prose française.

1214   Début de la construction de Notre-Dame de
            Reims.
            25 avril : naissance de saint Louis. *27 juillet* :
            bataille de Bouvines, victoire de Philippe Auguste.
            Abrégé fait par Calendre de l'*Histoire des empereurs
            de Rome* par Orose.

1215   Premiers statuts de Robert de Courson pour
            l'Université de Paris. Quatrième concile de
            Latran ; l'ordre des Frères mineurs est approuvé ;
            obligation de la confession et de la communion
            annuelle pour les chrétiens ; mesures anti-
            judaïques.

1215-1225   *Lancelot en prose* (ou *Lancelot* propre), première
            version « non cyclique », c'est-à-dire sans l'ad-
            jonction de *La Quête du saint Graal* et de *La Mort
            le roi Artu.*

1217   *Aymeri de Narbonne*, chanson de geste. André de
            Coutances, *L'Évangile de Nicodème*, en vers français.

1218   Début de la cinquième croisade. Damiette, assié-
            gée, est prise en *1219*. La ville sera abandonnée
            en *1221*.

1220   Achèvement de la cathédrale de Chartres. Début
            de la construction de la cathédrale d'Amiens.
            L'Anonyme de Béthune, *Histoire des ducs de Nor-
            mandie et des rois d'Angleterre*. Gautier de Coincy,
            Les Miracles de Notre-Dame. Hélinant de Froid-
            mont écrit en latin sa *Chronique universelle* (avec
            mention des récits du Graal).

1220-1230   *Roman des quatre vertus cardinales* (traduit par Daude
            de Pradas).

1221   Mort de saint Dominique. L'Anonyme de
            Béthune, *Chronique des rois de France.*

1223   *14 juillet* : mort de Philippe Auguste. *6 août* : cou-
            ronnement de Louis VIII et de Blanche de
            Castille à Reims.

1225-1230   Composition de *La Quête du saint Graal* et appari-
            tion des premières versions cycliques des romans
            arthuriens en prose. Le *Tristan* en prose.

1226   *8 novembre* : mort de Louis VIII à Montpensier.
            29 novembre : Louis IX sacré à Reims. Régence de
            Blanche de Castille.

1226-1230   Gerbert de Montreuil, *Continuation* (en vers) du
            Conte du Graal.

1228   Naissance de saint Thomas d'Aquin.
              Fondation de l'abbaye de Royaumont. Constitu-
              tion du parti guelfe en Italie.
1229   Expédition militaire contre les Albigeois.
              Annexion du Languedoc lors du traité de Paris.
              Querelle de la succession de Champagne. Fonda-
              tion de l'Université de Toulouse et du tribunal
              de l'Inquisition pour lutter contre l'hérésie.
1230   Paix de San Germano entre l'empereur Frédé-
              ric II et le pape Grégoire IX, reconnaissance de
              la double souveraineté du Royaume et de l'Em-
              pire. Invasion de la Champagne par des barons
              rebelles. Démantèlement de la coalition féodale
              contre le pouvoir royal.
              L'Estoire de Merlin, suite en prose du roman de
              Merlin de Robert de Boron. *La Mort le roi Artu*.
              Traduction de la *Métaphysique* d'Aristote.
1230-1235   *Continuation* (en vers) du *Conte du Graal* par
              Manessier.
              Anséis de Carthage, chanson de geste.
              L'Estoire del saint Graal, remaniement et extension
              du *Joseph* en prose (de Robert de Boron) destiné
              à l'intégrer dans le cycle du *Lancelot-Graal*.
1233   L'inquisition est confiée aux Dominicains. Des
              inquisiteurs nommés par le pape sont envoyés en
              Languedoc.
1234   Mariage de saint Louis et de Marguerite de Pro-
              vence, à Sens.
              Huon de Méry, *Le Tournoiement de l'Antéchrist*.
1235   Début du règne personnel de Louis IX (saint
              Louis).
1236   Dédicace de l'abbaye de Royaumont. Guillaume
              de Lorris, *Le Roman de la Rose*.
1240   Robert Grosseteste traduit l'*Éthique* d'Aristote.
              Le Roman du Graal (ou cycle du pseudo-Robert
              de Boron), nouvelle version cyclique des romans
              du Graal en prose postérieure au cycle réunissant
              Joseph, *Merlin* et sa *Suite*, *Lancelot*, *La Quête du saint
              Graal*, et *La Mort du roi Arthur*. Cette nouvelle
              version cyclique subit l'influence du cycle roma-
              nesque de *Tristan en prose*.
1242   En *avril*, saint Louis confisque le fief des Lusi-
              gnan.
              12 mai : débarquement de Henri III d'Angleterre
              à Royan.
1243   Construction de la Sainte-Chapelle. Geoffroi de
              Paris, *La Bible des sept états du monde*.
1244   Prise de Montségur et fin de la croisade contre

les Albigeois. Les bûchers de Montségur. Prise de Jérusalem. Saint Louis se croise.

1245   Naissance de Philippe (futur Philippe III le Hardi). *Juillet* : l'empereur Frédéric II est déposé par le concile de Lyon. Début de l'enseignement d'Albert le Grand (« Maître Albert »).

1246   Première rédaction en prose de l'*Image du monde* (compilation encyclopédique).

1248   *26 avril* : consécration de la Sainte-Chapelle. *12 juin* : saint Louis part en Orient (Égypte) pour la croisade. Début de la septième croisade.

1249   *5-6 juin* : saint Louis s'empare de Damiette. *20 novembre* : marche sur Le Caire.

1250   *8 février* : bataille de Mansourah. *6 avril* : saint Louis prisonnier. *6 mai* : libération de saint Louis moyennant la cession de Damiette. Dernières versions en prose des romans arthuriens. *13 décembre* : mort de l'empereur Frédéric II. Apogée des banquiers lombards. Affranchissements massifs de serfs en France. *Le Bestiaire d'Amour rimé*. Romans arthuriens en vers : *Le Chevalier aux deux épées, ou Mériadeuc* ; *L'Âtre périlleux*.

1250-1254   La *Bible d'Acre*, première tentative d'une traduction complète de la Bible en prose française.

1252   *27 novembre* : mort de Blanche de Castille. Le pape Innocent IV autorise l'inquisition à pratiquer la torture.

1252-1259   Enseignement de saint Thomas d'Aquin à Paris.

1255   Jacques de Voragine, *La Légende dorée* (grande compilation de légendes hagiographiques en latin).

1257   Fondation du collège de Sorbonne par Robert de Sorbon.

1258   *11 mai* : traité de Corbeil avec Jacques Ier d'Aragon. *28 mai* : traité de Paris avec Henri III d'Angleterre.

1260   Saint Louis interdit les duels judiciaires, le port d'armes et les guerres privées. Mort du fils aîné de saint Louis. Portail de la Vierge à Notre-Dame de Paris.

1261   Fin de l'Empire latin d'Orient. Michel Paléologue reprend Constantinople aux Latins.

1265   Thomas d'Aquin, *Somme théologique*. Naissance de Dante.

1266   Roger Bacon rédige l'*Opus majus*.

1268   Charles d'Anjou, frère de saint Louis, conquiert le royaume de Sicile. Naissance d'un petit-fils de saint Louis (le futur Philippe IV le Bel).

1270	*1ᵉʳ juillet* : embarquement de saint Louis à Aigues-Mortes, début de la huitième croisade. *25 août* : mort de saint Louis devant Tunis. Philippe III le Hardi devient roi de France. Voyage de Marco Polo en Chine.
1271	Inhumation des restes de saint Louis en la nécropole royale de Saint-Denis. Rattachement de la France d'oc à la France d'oïl.
1272	Avènement d'Édouard Iᵉʳ, roi d'Angleterre.
1273	Première enquête de canonisation sur Louis IX ordonnée par le pape Grégoire X.
1274	À Saint-Denis, première rédaction en français des *Grandes Chroniques de France*. Concile de Lyon, réconciliation éphémère des Églises d'Orient et d'Occident.
1275	Deuxième partie du *Roman de la Rose*, par Jean de Meun.
1279	Paix d'Amiens entre Philippe III et Édouard Iᵉʳ d'Angleterre.
1280	Mort d'Albert le Grand, maître de saint Thomas d'Aquin.
1282	Les Vêpres siciliennes : les Français sont chassés de Sicile conquise par les Aragonais. Deuxième enquête de canonisation sur Louis IX.
1284	Par son mariage avec Jeanne de Champagne, Philippe le Bel acquiert la Champagne et la Navarre qui rejoignent le domaine royal.
1285	*5 octobre* : mort de Philippe III le Hardi à Perpignan. Philippe IV le Bel devient roi de France.
1294	Mort de Roger Bacon.
1297	Canonisation de saint Louis par Boniface VIII.
1300	*Zifar*, le plus ancien livre de chevalerie en castillan traitant d'Arthur et d'Yvain.

xivᵉ siècle

1309	Dante publie *La Divine Comédie*.
1314	*Josep Abarimatia* (adaptation portugaise).
1330	*Lancelot* gallego-portugais (version comprenant treize petits chapitres).
1337	Début de la guerre de Cent Ans.

PH. W.

NOTE SUR LA PRÉSENTE ÉDITION

Les romans arthuriens en prose et plus particulièrement le cycle dit du *Lancelot-Graal* constituent l'ensemble littéraire le plus original, le plus captivant et le plus complexe du XIIIe siècle. Ils sont conservés par un grand nombre de manuscrits[1] qui présentent des rédactions divergentes et des montages différents de leurs parties constitutives. Cette disparité témoigne d'étapes différentes de la légende romanesque du Graal, en perpétuelle évolution depuis le début du XIIIe siècle. En effet, la littérature médiévale cultive l'art de la réécriture de manière permanente et naturelle[2]. Elle est soumise à une refonte incessante de son contenu et subit les contraintes de l'adaptation progressive que lui imposent remanieurs et copistes. Toute entreprise d'édition doit aujourd'hui admettre l'instabilité fondamentale de la forme et du contenu de ces romans et reconnaître l'autorité des manuscrits sur tout autre préjugé littéraire ou idéologique.

Le choix éditorial.

Contrairement à une œuvre moderne imprimée, une œuvre médiévale ne possède qu'une existence manuscrite aléatoire. Elle n'existe dans la longue durée que dans la mesure où elle est copiée et recopiée. Le copiste joue un rôle capital dans la transmission du

---

1. Sur l'inventaire des manuscrits, voir A. Micha, « Les Manuscrits du *Lancelot* en prose », *Romania*, LXXXI, 1960, p. 145-187 ; LXXXIV, 1963, p. 28-60 et 478-499. Sur l'étude des relations entre les manuscrits, voir A. Micha, « La Tradition manuscrite du *Lancelot* en prose, *Romania*, LXXXV, 1964, p. 293-318 et 478-517 ; « Tradition manuscrite et versions du *Lancelot* en prose », *Bulletin bibliographique de la Société internationale arthurienne*, 14, 1962, p. 99-106.

2. D. Poirion, « Écriture et ré-écriture au Moyen Âge », *Littérature*, 41, 1981, p. 107-118 ; repris dans *Écriture poétique et composition romanesque*, Orléans, Paradigme, 1994, p. 457-469.

texte. Il n'est nullement tenu au respect absolu de l'œuvre qu'il copie, il cherche toujours à l'adapter au public qui la lui a commandée. Il contribue à modifier, parfois de manière importante, l'aspect des œuvres qu'il transmet, allongeant ou abrégeant leur contenu. C'est la raison pour laquelle coexistent des « versions longues » et « versions courtes » pour de mêmes œuvres ou parties d'œuvres. Véritable éditeur du texte, il joue un rôle qui se distingue mal de celui de l'auteur, dont il s'arroge souvent les prérogatives de création ou de re-création.

En fait, cette notion d'auteur est elle-même anachronique pour le Moyen Âge[1], surtout pour la période des XIIe et XIIIe siècles où beaucoup de textes littéraires restent anonymes. L'auteur n'est que le médiateur entre une matière écrite ou orale préexistante et un public bien défini. Dès lors, loin d'être un accident ou une faiblesse, la variation des manuscrits que Paul Zumthor nommait « mouvance » et que Bernard Cerquiglini appelle « variance » est un caractère premier de l'œuvre médiévale romane. Elle est fondatrice de son statut d'œuvre littéraire vivante et touche à la fois le contenu, le style, l'expression et la graphie. C'est l'invention de l'imprimerie qui imposera la notion d'œuvre fixe et définitive constitutive d'une conception moderne (anti-médiévale) de la littérature.

Depuis la tentative pionnière de Henry Oskar Sommer qui, de 1908 à 1913, publia à Washington l'intégralité des romans cycliques du Graal en prose sous le titre *The Vulgate Version of the Arthurian Romances*, aucun érudit n'a entrepris un travail d'une ampleur comparable. Au cours du XXe siècle, les philologues ont concentré leurs efforts sur telle ou telle partie du cycle : Albert Pauphilet en 1923 pour *La Queste del saint Graal*, Jean Frappier en 1936 pour *La Mort le roi Artu* et surtout Alexandre Micha de 1978 à 1982 pour l'immense *Lancelot* qui représente à lui seul presque la moitié du cycle[2]. Le travail de ces grands devanciers a montré l'enchevêtrement complexe de la tradition manuscrite et l'impossibilité d'une reconstruction de la version supposée première des œuvres qu'ils éditaient. À la réflexion sur les différentes parties, il paraît préférable aujourd'hui de privilégier une vision globale du cycle attentive aux montages de textes réalisés par les manuscrits.

La présente édition veut d'abord respecter l'unité d'une architecture littéraire. Elle ne présente pas idéalement des œuvres isolées que l'histoire littéraire a appris à identifier sous des titres commodes (le *Roman de Merlin*, le *Roman de Lancelot*, etc.) ; elle restitue l'ampleur d'une fresque donnée par un manuscrit bien identifié. Elle offre des textes dans leur imbrication réciproque.

---

1. Voir Bernard Cerquiglini, *Éloge de la variante. Histoire critique de la philologie*, Seuil, 1989.
2. Le même érudit avait édité le *Merlin* en 1979 sans sa *Suite*.

Elle s'attache à restituer dans son intégrité une bible des romans du Graal en prose à travers la compilation qu'en réalise un manuscrit de la deuxième moitié du XIIIe siècle. Ainsi, nous avons évité de recomposer de manière critique et sur des critères incertains, à partir de tous les manuscrits conservés, la perfection idéale des œuvres supposées premières contenues dans les « meilleurs » manuscrits. Il a paru préférable de replacer au contraire le lecteur moderne dans les conditions d'une lecture médiévale des années 1280. Le choix d'éditer intégralement un manuscrit complet de la fin du XIIIe siècle répond au souci de représenter, aussi fidèlement que possible, l'esprit du cycle à un moment de son évolution et d'en restituer le projet unitaire. Nous n'avons évidemment pas choisi la perspective d'une édition critique intégrale, impossible à réaliser, en raison du nombre et de la divergence des manuscrits.

C'est Daniel Poirion qui a conçu le projet général de cette édition à partir du manuscrit de Bonn. La mort l'a empêché de le mener à son terme avec des collaborateurs qu'il avait lui-même choisis.

Le manuscrit de base.

Il existe une centaine de manuscrits contenant le roman de *Lancelot* et les autres œuvres faisant partie du cycle du *Lancelot-Graal*. Certains ne contiennent qu'un texte isolé (le *Merlin*, voire une partie du *Lancelot*), d'autres en regroupent plusieurs (par exemple, le *Lancelot*, *La Quête du saint Graal* et *La Mort du roi Arthur*), d'autres enfin rassemblent tous les textes réunis dans notre édition. On parle alors de manuscrits « cycliques ». Un nombre significatif de manuscrits présentent la trilogie *Lancelot*, *La Quête du saint Graal*, *La Mort du roi Arthur* qui constitua très probablement la première version cyclique connue. Huit manuscrits[1] seulement contiennent le cycle complet par la succession : *Joseph d'Arimathie*, *Merlin* avec sa *Suite* (*Les Premiers Faits du roi Arthur*), *Lancelot*, *La Quête du saint Graal*, *La Mort du roi Arthur*. Quatre de ces huit manuscrits ont été copiés tardivement au XVe siècle. Il est donc difficile de les prendre comme témoins privilégiés d'œuvres composées presque deux siècles auparavant. Seul, le manuscrit de Londres (British Museum, Add. 10292-10294) datant de 1316 a fait l'objet d'une édition intégrale par O. Sommer.

Il importait de trouver, comme manuscrit de base de notre édition, un manuscrit cyclique complet offrant un texte de qualité et une date de copie la plus proche possible de la date de

---

1. Il s'agit de B.N.F. fr. 98, B.N.F. fr. 110, B.N.F. fr. 113-116, B.N.F. fr. 117-120, B.N.F. fr. 344, Bibliothèque de l'Arsenal (Paris) 3479-80, Bonn 536, Londres Add. 10292-10294.

composition des œuvres (vers le milieu du XIIIᵉ siècle). Trois manuscrits cycliques complets datant de la deuxième moitié du XIIIᵉ siècle peuvent répondre à cette condition. Il s'agit de B.N.F. fr. 110, de B.N.F. fr. 344 et de Bonn 526. Parmi ces trois copies, celle de Bonn s'impose par la qualité de son exécution : clarté de la présentation (utilisant lettrines et alinéas), netteté de l'écriture. Elle comporte en outre de belles miniatures. Elle appartient, comme le manuscrit B.N.F. fr. 110, à un groupe de copies qualifiées de « solides » par Alexandre Micha, c'est-à-dire que le texte y est relativement stable et que les copies du même groupe n'offrent pas de trop grandes divergences entre elles.

Notre manuscrit de base est conservé à la Bibliothèque universitaire de Bonn où il porte la cote S 526[1]. Originaire du nord de la France (Picardie), ce manuscrit en parchemin contient 477 feuillets de 465 sur 320 millimètres. Sur chaque page, le texte se répartit en trois colonnes comptant de 56 à 60 lignes. L'écriture est gothique (du type *littera textualis*). La présentation luxueuse offre des initiales décorées en or battu, rouge et bleu, mais aussi 340 miniatures larges d'une colonne réparties sur l'ensemble du volume[2].

Le colophon, c'est-à-dire l'estampille conclusive du manuscrit, donne l'indication suivante : « *Arnulfus de Kayo scripsit istum librum qui est ambianis. En lan del incarnation MCCIIIIXXVI el mois daoust le iour deuant le s. Iehan decolase*[3]. » Le copiste a donc achevé son travail le 28 août 1286. Le manuscrit de Bonn est ainsi, après le manuscrit B.N.F. fr. 344, la plus ancienne copie conservée du cycle complet des romans du Graal. Il est antérieur d'environ un quart de siècle au manuscrit choisi par O. Sommer comme base de son édition.

Le manuscrit introduit ses propres divisions et distingue neuf sections principales dont nous reproduisons ici les intitulés :

1. *De ioseph de arimathie* (ff⁰ˢ 1*a*-59*f*)

1. Pour la description, voir U. Mölk et I. Fischer (éd.), *Lancelot en prose (Bonn, Universitätsbibliothek. Handschrift S 526)*. Farbmikrofiche-Edition. Literarhistorische Einführung von U. Mölk, Kodikologische Beschreibung von I. Fischer, München, Édition Helga Lengenfelder, 1992 (Codices illuminati medii aevi, 28), p. 26-30. Voir aussi A. Micha, *Romania*, LXXXIV, 1963, p. 37-40. Nous remercions les responsables du département des manuscrits de la Bibliothèque universitaire de Bonn d'avoir aimablement répondu à nos demandes de consultation du manuscrit.

2. Sur l'iconographie, voir les remarques de Willy van Hœcke, « La Littérature française d'inspiration arthurienne dans les anciens Pays-Bas », W. Verbeke, J. Janssens, M. Smeyers, *Arturus Rex*, vol. I, *Catalogus. Köning Artur en de Nederlanden. La Matière de Bretagne et les Anciens Pays-Bas*, Leuven University Press, 1987 (Mediaevalia Lovaniensia, series ¹, studia XVI), p. 212-214. Sur l'illustration du manuscrit de Bonn comparée à celle d'autres manuscrits, voir Margaret Alison Stones, *The Illustration of the French Prose Lancelot in Flanders, Belgium and Paris*, Ph. D., London, 1970-1971 (parution en microfiches, 1978), en particulier p. 208-224.

3. « Arnulfus de Kayo qui habite Amiens copia ce livre. En l'an 1286 de l'Incarnation, au mois d'août, la veille de la fête de la Décollation de saint Jean ».

2. *Ici comence de merlin* (ff⁰ˢ 60*a*-82*a*)
3. *Ici comence des premiers faiz le Roy artu* (ff⁰ˢ 82*b*-170*a*)
4. *Ici comence de la marche de Gaulle* (ff⁰ˢ 171*a*-259*b*)
5. *Et comence de Galahot* (ff⁰ˢ 259*c*-307*a*)
6. *Et comence la premiere partie de la queste lancelot* (ff⁰ˢ 307*a*-334*f*)
7. *Ici comence la seconde partie de la queste lancelot* (ff⁰ˢ 335*a*-405*e*)
8. *Ici comence dou saint graal* (ff⁰ˢ 406*a*-443*c*)
9. *Ici comence la mort dou Roy artu et des autres* (ff⁰ˢ 443*d*-477*f*)

Les grandes sections du cycle sont distinguées par ces rubriques qui ont été conservées telles quelles dans notre édition. On peut noter une hiérarchie de présentation entre ces différentes sections. Certaines parties de l'œuvre commencent par une belle page sur un recto ou un verso : c'est le cas pour le *Joseph* (f⁰ 1), le *Merlin* (f⁰ 60), *La Marche de Gaule* (f⁰ 171), *La Quête de Lancelot II* (f⁰ 335), *La Quête du saint Graal* (f⁰ 406) et *La Mort du roi Arthur* (f⁰ 443 verso). D'autres se situent dans la dépendance naturelle de la partie qui précède : *Les Premiers Faits du roi Arthur* apparaissent ainsi comme une continuation du *Merlin*.

Derrière ces intitulés qui suggèrent une analyse sommaire de la matière romanesque, il n'est pas difficile de reconnaître certains titres avalisés par la tradition critique : *La Mort du roi Arthur* ou bien *Merlin* sont effectivement des œuvres dont le titre s'est imposé dans la critique littéraire. En revanche, les subdivisions de l'immense partie du roman concernant spécifiquement *Lancelot* peuvent *a priori* surprendre car elles ne correspondent pas aux titres retenus par les érudits. Quatre sections (*La Marche de Gaule*, *Galehaut*, *Première Partie de La Quête de Lancelot*, *Seconde Partie de La Quête de Lancelot*) remplacent les trois parties généralement reconnues dans cette œuvre (*Galehaut*, *Méléagant*, *Agravain*). Quant au titre des *Premiers Faits du roi Arthur*, il se présente comme une innovation remarquable là où les commentateurs s'embarrassent à parler de la « Suite du *Merlin* » distinguant, selon les manuscrits, une suite « historique » et une suite « romanesque ».

Le titre d'ensemble.

On intitule habituellement *Lancelot-Graal* le roman de *Lancelot* (ou *Lancelot* propre) suivi de *La Quête du saint Graal* et de *La Mort du roi Arthur*. On intitule *Cycle de la Vulgate*[1] ces mêmes romans précédés de l'*Estoire del saint Graal* (ou *Joseph d'Arimathie*) ainsi que du *Merlin* et sa *Suite*.

Or, ces dénominations des éditeurs modernes ne correspondent guère aux titres donnés par les manuscrits médiévaux. Dans l'*explicit* du manuscrit de Bonn, on lit : *Ici fenist la mort dou*

---

1. La première édition intégrale de ce cycle romanesque par H. Oskar Sommer au début du xxᵉ siècle à Washington porte le titre : *The Vulgate Version of the Arthurian Romances*.

Roy artu et des autres Et tout le Romans de lancelot (f° 477f). Si l'on
suit cette indication, c'est l'ensemble du texte qui devrait alors
porter le titre de *Roman de Lancelot*. Toutefois, ce titre prêterait à
confusion. Il est généralement retenu par la critique pour ne désigner que le *Lancelot* propre, c'est-à-dire, dans le manuscrit de
Bonn, la partie de l'œuvre qui va de *La Marche de Gaule* jusqu'à
La Quête de Lancelot. Il apparaît aujourd'hui trop restrictif pour
servir de titre général s'appliquant à tous les romans du cycle. Par
ailleurs, l'*explicit* du *Joseph* donne : « *Ici endroit conmence* [sic] *l'Estoire
del saint Graal. Et enaprés vient l'Estoire de Merlin. Si nous maint Dix a
bone fin. Ici fine de Joseph de Arimathie.* »

Plutôt que de prendre le premier titre (*Estoire del saint Graal*)
comme l'annonce de la suite, ne faudrait-il pas y voir (malgré le
verbe *conmence*) le résumé rétrospectif de la matière qui précède
(le *Joseph d'Arimathie*) dans la perspective du cycle entier[1] ? Car
c'est bien dans la visée des œuvres qui suivent (*Estoire de Merlin*
puis, plus loin, *La Queste del saint Graal*) que l'on peut reconnaître
une « *Estoire del saint Graal* » dans le récit consacré à Joseph
d'Arimathie. C'est bien le Graal qui est mis en perspective dans
la succession significative des textes. C'est bien le Graal qui est
l'axe unificateur de l'ensemble du cycle.

On peut dire alors que le manuscrit de Bonn offre un véritable
Livre du Graal en comprenant le mot *livre* dans son sens biblique :
ce *Livre du Graal* est une « Bible du Graal », une bibliothèque
complète. Dans le même esprit, on parlait jadis de *Vulgate* en
comparant implicitement ces romans à la traduction latine de la
Bible en vigueur au Moyen Âge. Au demeurant, ce titre de *Livre
du Graal* n'est pas de pure invention. Il possède une justification
médiévale. Il est donné par la tradition manuscrite elle-même et
par le personnage de Merlin à une œuvre monumentale dont le
prophète prend fictivement l'initiative et qui regroupe toutes les
parties du cycle (de *Joseph d'Arimathie* à l'achèvement des aventures du Graal[2]). Fait habituel au Moyen Âge, le roman parle de
lui-même, de sa genèse littéraire et de sa propre évolution
cyclique. Il se place fictivement sous l'autorité de Merlin, auteur
et acteur imaginaire de cette véritable bibliothèque du Graal. Le
titre de *Livre du Graal* témoigne du fait que, dès le milieu du XIIIᵉ
siècle, l'idée de rassembler en un grand cycle tous les romans du
Graal s'était imposée, bien que le manuscrit qui la formule
(B.N.F. fr. 747) livre un cycle encore inachevé. Le titre générique
proposé énonce en définitive une ambition qui trouve sa réalisation concrète et complète dans le manuscrit de Bonn et les sept
autres copies conservées de ce cycle entier du Graal.

1. Voir *Joseph d'Arimathie*, n. 1, § 617.
2. Voir notre Introduction, p. XVIII-XIX, et A. Micha, « Deux études sur le graal. 2.
Le Livre du Graal de Robert de Boron », *Romania*, LXXV, 1954, p. 316-352.

Les manuscrits de contrôle.

Malgré le soin de son exécution, le manuscrit de Bonn présente les défauts ordinaires des copies médiévales : omissions, bourdons, fautes manifestes, etc. Sur tous ces passages problématiques, la transcription exige un contrôle avec d'autres témoins de la tradition manuscrite. On a cherché, autant que faire se pouvait, à privilégier des manuscrits cycliques contemporains du manuscrit de Bonn (par exemple, le manuscrit B.N.F. fr. 110). Les sigles que nous utilisons pour désigner les manuscrits ne correspondent ni à ceux de H. O. Sommer ni à ceux d'A. Micha. Ils comportent une lettre (initiale du nom de la ville dans la bibliothèque de laquelle le manuscrit est déposé) et un chiffre qui distingue, le cas échéant, plusieurs manuscrits en dépôt dans la même bibliothèque ou dans d'autres bibliothèques de la même ville.

On a retenu les sigles suivants :

B	Bonn, Bibliothèque universitaire S 526 (manuscrit de base de notre édition).
L	Londres, British Museum, Add. 10292-10294 (manuscrit de base de Sommer).
L1	Londres, British Museum, Royal 14. E. III.
L2	Londres, British Museum, Royal 19. C. XII.
L3	Londres, British Museum, Add. 32125.
M	Le Mans, Bibliothèque municipale, 354.
P	B.N.F. fr 110.
P1	B.N.F. fr 747.

Table de correspondance des sigles

Notre édition	Sommer	Micha
B		*N*
L		*S*
L1	*R*	
L2	*A*	
L3	*B*	
M	*M*	
P		*M*
P1		

L'établissement du texte.

Dans l'établissement du texte, nous avons eu pour principe de retoucher le moins possible le texte du manuscrit de base, sauf à réparer des omissions ou des erreurs manifestes. Les interventions sur le manuscrit de base sont systématiquement indiquées dans les variantes où sont en outre nommés les manuscrits de recours utilisés pour ces corrections[1].

Les variantes graphiques du manuscrit de base par rapport aux manuscrits de contrôle n'ont pas été retenues. En revanche, quelques variantes particulières des manuscrits de contrôle présentant un intérêt pour le commentaire de l'œuvre ont parfois été indiquées.

Nous respectons strictement la logique de l'ordonnance de notre manuscrit de base en signalant les paragraphes à l'aide de chiffres arabes. Chaque début de paragraphe est marqué dans le manuscrit de Bonn par une grande capitale.

Les intertitres, imprimés en caractères italiques, sont de notre invention, mais ils suivent les césures naturelles, le plus souvent introduites par les formules de transition : *Or dist li contes...*

L'indication des débuts de colonne sur un même folio du manuscrit figure dans le texte en ancien français, selon le principe suivant : le début des trois colonnes recto du folio porte l'indication *a, b, c*. Les débuts des trois colonnes au verso du même folio sont désignées par *d, e, f*.

La transcription d'un ancien texte français, sous prétexte de fidélité à l'original, ne doit pas entraîner des obstacles susceptibles d'entraver la lecture d'un amateur de littérature médiévale. L'édition pionnière de Sommer qui repose sur le principe d'une translittération mécanique du texte ancien est aujourd'hui difficile à lire et elle ne répond plus aux habitudes actuelles des lecteurs de l'ancien français[2].

Sur le plan de la graphie, une édition de texte exige un travail de lissage. Or, la doctrine du copiste est peu ferme pour la graphie des noms propres et, y compris dans un même paragraphe, pour celle des formes verbales préfixées, des adverbes (on trouve aussi bien *mout* que *moult*) et des prépositions ou des noms communs. La notion d'orthographe n'étant pas en vigueur au Moyen Âge, il ne nous appartenait certes pas de définir une orthographe de l'ancien français. Nous avons maintenu les disparates observées.

Toutefois, la restitution d'un texte en ancien français est tributaire d'un certain nombre de conventions destinées à faciliter sa lecture et à suggérer une idée de la prononciation des mots du texte. Les manuscrits médiévaux ignorant la ponctuation, l'accentuation, la séparation des mots, les marques du dialogue ou les majuscules aux noms propres, les usages de l'édition actuelle imposent de retenir en la matière diverses pratiques qui ne sauraient toutefois constituer des normes. Il s'agit de simples commodités de lecture.

L'accent aigu est utilisé pour différencier *-é* et *-és* toniques (dans

---

1. Voir la Note sur le texte et sur la traduction de *Joseph*, p. 1680 ; celle de *Merlin*, p. 1767 et celle des *Premiers Faits*, p. 1825.
2. Sur ces questions, voir Alfred Foulet et Mary Blakely Speer, *On Editing Old French Texts*, Lawrence, The Regents Press of Kansas, 1979.

les participes passés, par exemple) de *-e* et *-es* atones. On distingue ainsi *otroie* et *otroié*, *gardes* et *gardés*.

Les monosyllabes *mes*, *ses* (possessifs) ne portent pas d'accent ; ces formes se distinguant donc des verbes *més* (de *mettre*) ou *sés* (de *savoir*).

Le tréma indique la valeur syllabique de la voyelle dans des formes comme *traïs* ou *roïne*. Il est souvent utile de distinguer *païs* (« pays ») et *pais* (« paix »).

Les abréviations ont toutes été résolues, mais le *x* final est toujours maintenu avec sa valeur traditionnelle de *-us*.

Pour les nombres, on a maintenu les chiffres romains, sauf pour *.I.* transcrit en *un* ou *uns* dans le respect de la déclinaison. L'article indéfini *un/uns* figure par ailleurs en toutes lettres dans notre texte.

Le manuscrit de Bonn, copié en Picardie, présente des traits dialectaux de l'ancien picard[1]. Ainsi *querrai* (« croirai ») par dissimilation de *r*, ou *enterra* (« entrera ») ; *demouerrés* ou *descouverra*, par métathèse du groupe *-re-* ; *plaisoient* au lieu de *plaissoient* par réduction de *s* géminée ; *eré* pour *errai* par simplification graphique de la géminée *rr* ; *depecié* au lieu de *depecié* (en dialecte d'Ile-de-France) ; *aprocie* pour « approchée » ; *eslongie* pour *eslongiee* (« éloignée ») ; *baissie* pour *baissiee*, *hebergie* pour « hébergée » par réduction de la triphtongue *-iée* à *ie*.

La traduction.

La traduction d'un ancien texte français en français moderne relève d'une attitude que le Moyen Âge qualifiait lui-même de *translatio* (cf. l'anglais *translation*), c'est-à-dire du transfert vers les normes de notre modernité d'un texte relevant d'une autre culture, d'une autre esthétique et d'autres idéologies. Nul ne peut éviter que cette réappropriation d'une œuvre du passé subisse l'attraction des modes, des habitudes ou des usages de la modernité. L'appareil critique et surtout la présence du texte original en ancien français contribuent à relativiser cette modernisation dans la mesure où l'on peut être conscient des distorsions qu'elle implique. Le lecteur a tout loisir de s'y reporter.

Comment traduire par exemple le terme *prodome* dont la richesse sémantique et idéologique est évidemment sans commune mesure avec le mot actuel, voire avec l'adjectif « preux » dont le mot est dérivé ? Appliqué indistinctement à un ermite ou un chevalier, le terme implique des attitudes et valeurs idéologiques qui recoupent certains axes essentiels des significations de nos textes. Aucun équivalent moderne ne peut être entièrement satisfaisant. Selon les contextes, les traducteurs ont donc résolu sa traduction en proposant des solutions adaptées.

1. Voir Charles Theodore Gossen, *Grammaire de l'ancien picard*, Klincksieck, 1976.

S'agissant des réalités du monde médiéval, on a cherché à les conserver sous le terme ancien (souvent encore lexicalisé), autant que faire se pouvait : le *heaume* reste un heaume, l'*écu* un écu, les heures du jour (prime, none, etc.) sont également maintenues telles quelles.

Sur le plan esthétique, la traduction de la prose soulève, avec plus d'acuité que pour les vers, la question du rythme des phrases. La prose du XIIIe siècle repose sur un enchaînement quasi permanent de phrases toutes reliées, la plupart du temps, par la conjonction *si* (provenant du *sic* latin) ainsi que par la conjonction *et*. Le rythme du français moderne exige d'introduire une ponctuation dans cette cascade de coordinations.

Les noms des personnages ont été normalisés dans la traduction, mais non dans le texte original. Pour le français moderne, on n'a retenu qu'une seule forme de nom par personnage (forme du cas régime transposée dans une graphie évitant certaines anomalies).

On n'a pas aligné systématiquement les noms géographiques mentionnés dans le texte sur des toponymes réels lorsque l'identification pouvait s'imposer. Ainsi, comme c'est l'usage depuis longtemps dans la critique arthurienne, *Salesbières* reste sous cette forme au lieu de devenir « Salisbury ». On a cherché à souligner par cette mise à distance le fait que le texte littéraire produit son propre espace imaginaire qui n'est pas systématiquement celui de la géographie, même s'il semble parfois directement y renvoyer (*Norhomberlande* pour « Northumberland » par exemple).

PH. W.

Tableau de concordance

Nous proposons dans le tableau qui suit une concordance entre les principales éditions.

Titres	Bonn	Sommer	Micha
JOSEPH D'ARIMATHIE	1*a*-59*f*	I, 3-296	
MERLIN	60*a*-82*a*	II, 3-101	18-291
LES PREMIERS FAITS DU ROI ARTHUR (Suite du Merlin)	82*b*-170*a*	II, 101-466	
LANCELOT			
– La Marche de Gaule	171*a*-259*b*	III, 3-430	VII, 1-VIII, 490
– Galehaut	259*c*-307*a*	IV, 3-222	I, 1-II, 103
– La Quête de Lancelot I	307*a*-334*f*	IV, 222-362	II, 103-419
– La Quête de Lancelot II	335*a*-405*e*	V, 3-409	IV, 1-VI, 244
LA QUÊTE DU SAINT GRAAL	406*a*-443*c*	VI, 3-199	
LA MORT DU ROI ARTHUR	443*d*-477*f*	VI, 203-391	

JOSEPH D'ARIMATHIE

1. Celui qui s'estime et se juge le plus petit et le plus pécheur de tous salue, au commencement de cette histoire, tous ceux dont le cœur et la foi adhèrent à la Sainte Trinité — c'est-à-dire au Père, au Fils, au Saint-Esprit : au Père par qui toutes créatures sont ordonnées et reçoivent un commencement de vie ; au Fils par qui toutes créatures sont délivrées des peines d'enfer et ramenées à la joie qui dure sans fin ; au Saint-Esprit par qui toutes créatures sont enlevées des mains de l'esprit malin et par la lumière de qui elles sont comblées de joie, lui qui est vraie source lumineuse et vrai réconfort. Le nom de celui qui met cette histoire par écrit n'est pas cité ni apparent au commencement de ce livre ; toutefois, par les paroles qui plus loin seront dites, vous aurez largement l'occasion de vous faire une idée de son nom, et de son pays d'origine et d'une grande partie de son lignage. Mais au commencement il ne veut pas se mettre à découvert, et il a pour cela trois raisons : la première est que,

---

1. [*1 a*] Cil qui se tient et juge au plus petit et au plus pecheour de tous mande salus el conmencement de ceste estoire a tous ciaus qui lor cuers ont et lor creance en la Sainte Trinité : ce est el Pere, ce est el Fil, ce est el Saint Esperit. El Pere par qui toutes choses sont establies, et reçoivent conmencement de vie. El Fil par qui toutes choses sont delivrees des painnes d'infer, et ramenees a la joie qui dure sans fin. El Saint Esperit par qui toutes choses sont hors mises des mains au maligne esperit et raemplies de joie par l'enluminement de lui qui est vrais enluminerres et vrais confors. Li nons de cestui qui ceste estoire escrit n'est pas nonmés ne esclairiés el conmencement de cest livre ; mais par les paroles qui ci aprés seront dites porrés grant masse apercevoir del non de celui, et le païs dont il fu nés et une grant partie de son lingnage, mais au conmencement ne se velt pas descouvrir, et si a .iii. raisons por coi. La premiere pour ce

s'il se nommait, et disait que Dieu eût par lui révélé une aussi noble histoire que celle du saint Graal — l'histoire la plus haute —, les méchants et les jaloux le vilipenderaient ; la deuxième raison est que, s'il donnait son nom, quelqu'un pourrait le reconnaître et en priserait moins l'histoire, du fait qu'elle aurait été écrite par une aussi pauvre personnalité ; la troisième raison est que, s'il eût mis son nom dans l'histoire et qu'on y trouvât quelque chose de malencontreux, voire d'imputable à un mauvais écrivain, à la suite d'une mauvaise traduction, tout le blâme en retomberait sur son nom (notre temps compte en effet plus de bouches pour dire du mal que du bien, et l'on est plus blâmé d'un seul mal que loué de cent biens). Pour ces trois raisons, il ne veut pas que son nom soit clairement dévoilé : au demeurant, bien qu'il eût souhaité s'en cacher, on le devinera plus qu'il ne voudrait ; mais il va dire très ouvertement comment il lui fut recommandé de faire connaître l'*Histoire du saint Graal*.

2. Il arriva, sept cent dix-sept ans après la Passion de Jésus-Christ, que moi, le plus pécheur d'entre tous les pécheurs, je me trouvais dans un lieu très sauvage que je ne veux pas nommer, et j'étais à l'écart de toutes nations chrétiennes ; mais alors je peux bien dire que le lieu était fort sauvage... non sans être très agréable et plaisant : l'homme, en effet, qui s'en remet entièrement à Dieu n'a qu'aversion pour toutes les choses terrestres. Et, tandis que j'étais cou-

---

que se il se nommast, et il deïst que Dix eüst descou[b]vert par lui si haute estoire conme est cele del Saint Graal qui est la plus haute estoire, li felon et li envious* le tourneroient en vilté. L'autre raison est pour ce que tels porroit oïr son non quil* le connoisteroit, si em proiseroit mains l'estoire, pour ce que par tel povre personne eüst esté mise en escrit. L'autre raisons si est pour ce que s'il eüst mis son non en l'estoire, et on i trouvast aucune chose mesavenant ou par visce de mauvais escrivain qui après le tranllatast d'un lieu en un autre, tous li blasmes en fust sor son non : car il est ore a nostre tans plus de bouches ¹qui plus de mal dient que de bien et plus est uns hom blasmés d'un seul mal que loés de .c. biens. Pour ces .III. choses ne velt il que ses nons soit del tout en tot descouvers : quar ja soit ce que il s'en vausist couvrir si sera il plus aperceüs que il ne vauroit. Mais il dira tout en apert conment l'*Estoire del Saint Graal* li fust conmandee a manifester.

2. Il avint après la Passion Jhesu Crist, .VII.C. et .XVII. ans, que je, li plus pechierres de tous les autres pecheours, estoie en un lieu tres sauvage que je ne voel faire connoistre, et estoie eslongiés de toutes gens crestiennes. Mais tant puis je bien dire que li lix estoit molt sauva[d]ges, mais molt estoit delitables et plaisans : quar hom qui est del tout en Dieu il a a contraire* toutes les seculeres choses. Et si

ché dans cet endroit dont vous venez d'entendre parler —
c'était entre le Jeudi et le Vendredi saints, et j'avais pour
Notre-Seigneur célébré l'office qu'on appelle Ténèbres[1] —, il
me prit une fort grande envie de dormir. Aussi commençai-
je de sommeiller, mais, après quelques instants à peine, une
voix m'appela trois fois par mon nom, pour me dire :
« Éveille-toi, et comprends d'une chose trois et de trois une :
chacune a autant de pouvoir que l'autre. » Il arriva que je
m'éveillai sur ces entrefaites : je vis autour de moi une plus
grande clarté que je n'en vis jamais ; puis devant moi
l'homme le plus beau qui eût jamais été. À cette vue, quelle
ne fut pas ma stupeur : je ne sus que dire ni que faire. Il me
demanda : « Comprends-tu la parole que je viens de te
dire ? » Je lui répondis en tremblant : « Seigneur, je n'en suis
pas encore bien certain. » Il me dit : « C'est le signe de
reconnaissance de la Trinité que je t'ai apporté : la raison en
est, précisa-t-il, que tu avais été sceptique sur le fait que dans
la Trinité il y avait eu trois personnes, et pourtant il n'y avait
qu'un dieu et une puissance uniques. » (Jamais je n'eus de
doute dans ma foi, si ce n'est sur un tel point.) Il ajouta :
« Peux-tu encore percevoir et reconnaître qui je suis ? » Je lui
répondis que mes yeux étaient mortels, et qu'en conséquence je ne pouvais pas regarder une si grande clarté, et
que je n'avais pas non plus assez de puissance pour parler de
ce dont toutes les langues mortelles seraient empêchées de

---

com je gisoie en cel lieu dont vous avés oï parler, si fu entre le[b]
joesdi absolu et le venredi beneoit, et si avoie je a Nostre Signour
dit[c] le service que on apele tenebres ; et lors me prist mout grant
volenté de dormir. Si conmenchai a soumeiller, et ne demoura
pas granment que une vois m'apela .iii. fois par mon non, et si me
dist : « Esveille toi, et entent d'une chose .iii. et de .iii. une ; et autretant puet l'une come l'autre. » Ore avint chose que je m'esveillai
atant, et vi si grant clarté entour moi que je onques mais autresi grant
ne vi ; et puis si vi devant moi le plus bel home qui onques fust. Et
quant je le vi, si fui tous esbahis, et ne soi que dire ne que faire.
Et il me dist : « Entens tu la parole que je t'ai dite ? » Et je li respondi en
tramblant : « Sire, je n'en sui mie encore bien certains. » Et il me dist :
« C'est la reconnoissance de la Trinité que je t'ai aportee : et c'est
pour ce, dist il, que tu avoies esté en doutance que en Trinité avoit
eu .iii. personnes, et si n'avoit que une seule deïté et une sole puissance » ; ne onques n'oi doutance en ma creance que solement en itel
point. [d] Et encore me dist il : « Pués tu encore percevoir ne
connoistre qui je sui ? » Et je li dis que mi oeil estoient mortel, si ne
pooie pas esgarder si grant clarté, « ne ne sui mie poissans conme de
dire ce dont toutes les mortex langues esteroient encombrees de

parler. Il s'abaissa vers moi et me souffla au visage : alors il
me sembla que j'avais la vue cent fois plus claire que je
l'avais jamais eue. Puis j'eus la sensation d'avoir devant ma
bouche des langues prodigieuses. Il reprit : « Peux-tu, encore
une fois, comprendre et reconnaître qui je suis ? » Quand je
voulus parler, je vis un grand brandon de feu me sortir de la
bouche : j'avais si peur qu'il me fut impossible de prononcer
un mot. Alors il me dit : « N'aie pas peur : la source de toute
certitude eſt en effet devant toi. Sache que je suis venu ici
pour t'apprendre ce dont tu doutes ; je suis en effet, au
regard de tous les scepticismes, la certitude même : je suis
source de sagesse. Je suis Celui à qui Nicodème a dit :
"Maître, nous savons qui vous êtes." Je suis Celui dont
l'Écriture a dit : "Toute sagesse vient de Notre-Seigneur[2]."
Je suis le parfait Maître. C'eſt parce que je veux que tu
reçoives des enseignements de toutes ces nations que je suis
venu à toi. Quant à ces choses dont tu pourras douter, je
t'en rendrai certain. Et c'eſt par toi que cette hiſtoire sera
révélée intégralement à tous, et à tous ceux qui vont l'entendre conter. »

3. Sur ces mots, il me prit par la main pour me remettre
un livre dont le format n'excédait pas la paume. Quant il me
l'eut donné, il me dit qu'il m'avait livré dans ces pages un
prodige plus grand qu'aucun cœur mortel n'en pourrait penser ni savoir, « et jamais tu ne douteras de quoi que ce soit,

---

dire. » Et il s'abaissa vers moi, si me souffla enmi le vis, et lors me fu
avis que je oi les ex a .c. doubles plus clers que onques mais n'avoie
eüs. Et puis si senti devant ma bouche unes grans merveilles de
langues. Et il me diſt : « Pués tu encore entendre ne connoiſtre qui je
sui ? » Quant je vauch parler, si vi un grant brandon de fu qui me
sailli parmi ma bouche ; si avoie si grant paour que onques ne poi
dire mot. Et lors me diſt : « N'aies nule paour : car la fontainne de
toute seürté eſt devant toi ; et saces que je sui cha venus pour toi
aprendre ce de coi tu doutes, car je sui de toutes doutances certains ;
je sui fontainne de sapience. Je sui cil a qui Nichodemus diſt :
"Maiſtre, nous connoissons qui[a] vous eſtes." Je sui cil de qui l'Escriture diſt : "Toute sapience vient de Noſtre Signour." Je sui li parfais
Maiſtres : pour ce sui je venus a toi, que je voeil que tu reçoives
enseignemens de totes iceles gens, et d'iceles choses dont tu seras en
doutance, et si te ferai certain. Et par toi eſtera ele ouverte et esche-
vinee a tous, et a tous ciaus qui l'orront conter. »

3. A ceſt mot me priſt par la main, et me bailla un livre qui
n'eſtoit pas plus grans en tous sens que la paume d'une home. Et
quant il le m'ot baillié si me diſt qu'il m'ot baillié dedens si grant
merveille que nus cuers morteus ne porroit greignour penser[c] ne
savoir, « ne ja ne seras en doutance de chose, que tu ne soies avoiiés

sans être mis par ce livre sur la voie. Mes secrets s'y trouvent, que personne ne doit voir s'il n'est préalablement purifié par une vraie confession. Moi-même en effet je l'ai écrit de ma main : tu dois le dire avec la langue du cœur, si bien que jamais n'y atteigne celle de la bouche. Il ne saurait être en effet désigné par une langue mortelle sans que les quatre éléments en soient tout altérés : le ciel en effet en pleurera, l'air en épaissira, la terre s'en effondrera et l'eau en changera sa couleur. Tout cela se trouve dans ce petit livre. Il y a même plus, car jamais personne ne le consultera par une foi profonde qu'il ne lui soit bénéfique à l'âme et au corps : jamais, en effet, il ne sera si affecté, pour autant qu'il le consulte, qu'il ne soit promptement comblé de la plus grande joie qu'un cœur puisse envisager ; et jamais, quelque péché qu'il ait commis dans cette existence, il ne mourra de mort subite. C'est la voie de la vie. » Après qu'il eut parlé, une voix résonna, telle une trompette. Et quand elle eut crié, il descendit du ciel un craquement si grand qu'il me sembla que le firmament fût tombé et la terre, écroulée. Et si la clarté avait été grande auparavant, elle fut encore cent fois plus intense : je crus en effet avoir perdu la vue, et je tombai à terre comme évanoui. Quand mon trouble fut dissipé, j'ouvris les yeux, mais je ne vis autour de moi nulle chose, absolument rien de tout ce que j'avais vu. J'étais tenté de tout prendre pour un songe, quand je trouvai dans ma main

---

par cest livre ; et si i sont mi secré que nus hom ne doit veoir s'il n'est avant espurgiés par vraie confession. Car jou meïsmes l'escris de ma main et en tele maniere le dois tu dire que on le die par langue de cuer si que ja icele de la bouche n'i paraut. Car il ne puet estre nomé par langue mortel que tout li .IIII. element ne soient mué. Car li ciex em plourera, li airs en tourblera, la terre en crollera, et l'aigue en changera sa saulour. Tout ce est en cest livret ; et si i a plus, que ja hom n'i[b] gardera em parfonde creance qu'il ne li vaille a l'ame et au cors : car ja ne sera tant irés, por tant qu'il gart ens, qu'il ne soit esraument plains de la greignour joie que nus cuers puisse penser ; ne ja por pechié que il ait fait en cest siecle ne morra il de mort soubite. Ce est la voie de la [e] vie. » Et quant il ot ce dit, si cria une vois ausi com une buisine. Et quant ele ot crié, si vint uns escrois si grans d'en[c] haut qu'il me fu avis que li firmamens fust cheüs, et que la terre fust fondue. Et se la clartés fu grans devant, encore fu éle greignour par .C. doubles : car je quidai la veüe avoir perdue ; et si chaï a la terre ausi comme se je fuisse pasmés. Et quant la vanités del chief s'en fu alee, si ouvri les ex ; mais je ne vi onques entor moi nule chose, ne ne vi onques riens de quanques je avoie veü. Ançois tenoie tout a songe, ainc que je trouvai en ma main

le petit livre ainsi que le Grand-Maître me l'y avait mis. Alors je me levai au comble de la joie : je me mis en prière et en oraison, désirant fort que le jour parût. Quand il fut venu, j'entrepris ma lecture et trouvai le commencement de mon lignage dont j'étais si curieux. Et quand j'eus regardé longuement, tant il y avait de texte, je fus on ne peut plus émerveillé qu'un si petit livret pût en contenir autant.

4. Ainsi je m'absorbai dans le livre jusqu'à l'heure de tierce[1], tant que j'eus trouvé grande abondance de mon lignage : à voir leur vie et leurs noms à tous, il m'eût été difficile de m'oser dire et m'avouer leur descendant. À voir leurs vies exemplaires et les épreuves qu'ils avaient supportées sur terre pour leur Créateur, je ne pouvais concevoir comment j'aurais pu amender suffisamment mon âme pour qu'elle fût digne de mémoire avec les leurs — et il ne me semblait pas qu'auprès d'eux je fusse homme, mais tout au plus forme humaine. Après m'être abîmé dans une semblable pensée, je regardai plus loin et vis qu'il était inscrit : C'EST LE DÉBUT DU SAINT GRAAL. Il était midi passé, lorsque j'y trouvai : ICI COMMENCENT LES GRANDES PEURS. Je poursuivis, jusqu'à lire des choses fort épouvantables. Dieu sait que j'éprouvais à leur lecture un grand trouble, et que je n'aurais jamais osé les voir si je n'en avais reçu le commandement de Celui qui gouverne toutes créatures. Je fus fort préoccupé d'avoir vu cela ; et tandis que j'y pensais, un rayon comme

---

le livret ensi que li Grans Maistres le m'avoit mis : lors me levai molt liés et molt joious. Et lors fui em proiieres et en orisons, et molt desirai le jour, que il venist. Et quant il fu venus[d], si conmenchai a lire et trouvai le conmencement de mon lignage que desiroie tant a veoir. Et quant je oi longe piece esgardé, tant i avoit il letre, si m'esmerveillai molt conment en si petit livret pooit avoir tant de letre.

4. Ensi regardai el livre jusques a tierce tant que j'oi trouvé grant plenté de mon linngage ; et si vi la vie et les nons de tous, que a painnes osaisse dire ne connoistre que je fuisse d'aus descendus. Et quant je vi lor bones vies et les travaus qu'il avoient sousfert en terre pour lor Creatour, si ne pooie tant penser conment je peüsse tant amender m'ame qu'ele fust digne d'estre ramenteüe avoec les lor, ne il ne m'estoit pas avis que je fuisse hom envers aus, mais faiture d'ome. Et quant je oi longement esté en tel pensee, si esgardai avant et vi qu'il avoit ens escrit : CI CONMENCE DEL SAINT GRAAL. Et quant je oi le tans de miedi passé, j'i trouvai : CI CONMENCENT LES GRANS PAOURS. Puis lus avant tant que je lui choses molt espoentables. Et sace Dix que a grant doutance les veoie je, ne ja veoir ne les osaise se Cil nel m'eüst conmandé par qui toutes choses sont gouvernees. Et quant je oi ce veü, si conmenchai molt durement a penser. Et si come je pensoie a ceste chose, et uns rais ausi come de fu ardant

de feu ardent descendit du ciel pour se diriger vers mes yeux pareil à la foudre : on eût dit un éclat de tonnerre, n'était la clarté intense et prolongée ; et il vint devant mes yeux si soudainement que ma vue ne fut qu'étincelles. Alors je tombai évanoui. Quand il plut à Dieu, je me relevai. Après vint à son tour une obscurité si grande qu'on ne voyait pas mieux qu'aux plus sombres nuits d'hiver ; elle dura bien l'espace de cent pas. Il plut à Dieu que ces ténèbres se dissipassent ; le jour revint peu à peu, si bien que le soleil retrouva sa clarté première. Après descendit là où j'étais une odeur si douce que, si tous les parfums du monde y eussent été, l'endroit n'eût pas été plus exquis. J'entendis ensuite le plus doux chant qui jamais eût été chanté. Ceux qui chantaient se tenaient aussi près de moi, à mon avis, que s'il se fût agi de créatures visibles, et j'aurais pu les toucher de ma main : toutefois il me fut impossible d'en voir aucun. Mais je compris bien qu'ils louaient Notre-Seigneur et disaient à la fin de leur chant : « Honneur et gloire soient préparés au Reſtaurateur de la vie, au Deſtruc̈teur de la mort. » Je compris bien cette louange finale, à défaut d'avoir saisi ce qui la précédait. Après tintaient des clochettes ; quand elles cessaient de sonner, leurs chants recommençaient. Les voix chantèrent bien sept fois de cette façon. Au huitième chant elles brisèrent : il me sembla alors que toutes les ailes des oiseaux passaient par-devant moi. Quand

---

descendi du ciel et vint par devers mes ex ausi come foudres ; molt resambloit escrois de tonoiles fors tant que la clartés en fu grande et plus en dura ; et vint par devant mes ex si soudainnement que tout mi oel m'en eſtincelerent ; et lors chaï je tous pasmés. Et quant a Dieu plot, si me relevai sus. Après revint une si grans oscurtés, que on ne veoit nient plus que on voit [*f*] es plus oscures nuis d'yver, et dura bien tant que on peüſt avoir alé .c. pas ; si plot a Dieu que les oscurtés trespasserent*d* ; si comencha a esclairier petit et petit, si que li solaus revint a sa premiere clarté. Après descendi la ou j'eſtoie une si douce odours que se totes les odours del monde i fuissent, ne fuſt pas li lix plus souef. Après si oï je le plus douch chant qui onques*d* fuſt chantés ; et cil qui chantoient se eſtoient si pres de moi, ce m'eſtoit avis, conme se ce fuissent choses voiables et je*e* les peüsse touchier a ma main ; mais onques nul n'en poi veoir. Mais tant entendi je bien que il looient Noſtre Signour et disoient en la fin de lor chant : « Honour et gloire soit apareillié au reſtorer de la vie et au deſtruiseour de la mort. » A ceſte loenge entendi je bien, mais a tout l'autre n'entendoie je noient. Et sonnoient après unes champeneles ; et puis quant eles laissierent a sonner si reconmençoient lor chant. Les vois chantoient en ceſte maniere bien .vii. fois. A l'uitisme chant si rompirent, si qu'il me fu avis que toutes les eles des oisiaus volans aloient par devant moi. Et

les voix s'en allèrent, cette forte odeur que j'avais sentie auparavant et qui m'avait tant agréé et plu persiſta.

5. C'eſt ainsi que cessa le chant : je me mis à penser à ce prodige. Et voici qu'une voix me dit : « Laisse ta réflexion, rends grâces à ton Créateur, tu le lui dois ! » Je me levai, pour m'apercevoir que l'heure de none[1] était dépassée : j'en fus grandement étonné, car, plongé dans le petit livre qui me plaisait tant, je croyais que c'était encore le matin. Je me mis à célébrer l'office approprié au jour où il reçut la mort pour nous — raison pour laquelle on ne le consacre pas[2]. Le symbole, en effet, doit être dissimulé jusqu'au dimanche, tandis qu'on le consacre tous les autres jours en mémoire de son sacrifice ; mais ce jour-là, il fut véritablement sacrifié — c'eſt le Vendredi saint ; ce jour-là, on ne le sacrifie pas. C'eſt en effet dépourvu de signification, puisque c'eſt le jour où il fut crucifié. Quand j'eus célébré la messe, avec l'aide de Dieu, et que je voulus recevoir mon Sauveur, un ange vint vers moi ; il me prit par les mains, et me dit : « Ces trois parts, c'eſt à moi de les recevoir, jusqu'à ce que je t'aie fait comprendre ce qu'elles signifient : maintenant, sois sûr et certain. »

6. Sur ces mots, il m'éleva dans les airs — non pas physiquement — et me porta dans un endroit procurant des joies telles que le discours de toutes les langues, la méditation de tous les cœurs et l'attention de toutes les oreilles n'en comprendraient pas le cent-millième. Si je disais que ce devait

---

quant les vois s'en alerent, si remaint la grans odours que je avoie devant sentue qui tant m'avoit agreé et pleü.

5. Ensi remeſt a chanter, et je conmenchai a penser a ceſte merveille. Atant es vous une vois qui me diſt : « Laisses a penser, si rent grasses a ton Creator, ce que tu li dois. » Lors me levai et vi qu'il eſtoit noune passee del jour ; et lors oi je grant merveille, car je quidoie qu'il fuſt encore matins por ce que je regardoie el livret qui tant me plaisoit. Si conmenchai le service tel com il afiert a tel jour que il rechut mort por nous, et pour ce ne le sacre on mie. Car la figure doit eſtre ariere mise jusques au diemence, mais on le sacre tous les autres jors en ramenbrance que il fu sacrefiiés, et a celui jour fu il vraiement sacrefiiés : ce eſt li venredis beneois ; a celui jour ne le sacrefie on pas. Car il n'i a point de senefiance, puis que li jours eſt venus que il fu crucefiiés. Et quant je oi fait le service a l'aide de Dieu et je voil recevoir mon Sauveur, si vint uns angles devant moi, si me prit par les .II. mains, si me diſt : « Ces .III. parties me sont deüees a recevoir desi la que je t'aie fait entendre que eles senefient : or soies certains et seürs. »

6. A ceſt mot me leva en haut, non pas en cors, et me[d] porta en tel lieu que toutes les langues mortex parloient [2 a] et li cuer pensoient et les oreilles escoutoient, ne porroient il pas comprendre toutes joies que il n'i eüſt plus .c.m. tans en cel lieu. Et se je disoie que ce fuſt au

être au troisième ciel, là où saint Paul fut déposé[1], je ne croirais pas mentir. Mais loin de m'en vanter, au moins puis-je affirmer que là me fut montré et découvert le sceptre dont saint Paul a dit qu'aucune langue mortelle ne doit le découvrir. Après que j'eus considéré tant de prodiges, l'ange m'appela : « As-tu vu de grandes merveilles ? » Je répondis que je n'imaginais pas qu'il pût en exister de si grandes, et il me dit qu'il m'en montrerait de plus grandes encore. Alors il me prit pour m'emmener à nouveau en une autre demeure, qui était d'une transparence cent fois supérieure au verre, et plus colorée qu'aucun cœur ne pourrait le concevoir. Et c'est là qu'il me montra la force de la Trinité, sans rien dissimuler. En effet, je distinguai très bien le Père, le Fils et le Saint-Esprit, non sans voir comment ces trois personnes revenaient à une divinité et à une puissance uniques. Néanmoins si j'ai dit avoir vu les trois personnes séparées l'une de l'autre, ce n'est pas pour cela que vont me poursuivre les jaloux qui ne servent qu'à corriger autrui ; qu'ils n'en profitent pas pour dire que je suis allé contre l'autorité de saint Jean, le grand évangéliste, qui a dit qu'aucun homme mortel n'a jamais vu le Père[2] ni même n'a pu le voir : je suis pleinement d'accord avec ce propos. Mais tous ceux qui l'ont écouté ne l'ont pas bien compris. Il a parlé en effet des hommes mortels ; mais dès l'instant que l'âme est séparée du corps, il s'agit d'un être spirituel : et s'agissant d'un être spirituel, il peut bien voir le Père.

---

tierc ciel, la ou sains Pols fu posés, si ne quidroie pas mentir. Mais je ne m'en voeil pas vanter, mais tant puis je bien dire que la me fu moustré[b] et descouvers li ceptres dont sains Pols dist que nule langue mortex ne doit descouvrir. Et quant je oi tantes merveilles esgardees, si m'apela li angles et me dist : « As tu grans merveilles veües ? » Et je dis que je ne quidoie que nules si grans peüssent estre, et il me dist que il me moustreroit encore greignors. Lors me prist et si me mena encore en un autre estage qui estoit a .c. doubles plers que voirres, et estoit plus coulourés que nus cuers ne porroit penser. Et illueques me moustra il la force de la Trinité apertement. Car je vi divisement le Pere et le Fil et le Saint Esperit, et si vi comment ces .III. personnes repairoient a une deïté et a une poissance. Et nonpourquant se j'ai dit que je aie veües les .III. l'une devisee de l'autre, ja pour ce ne me courront sus li envious qui ne servent fors que des autres reprendre ; ne por ce ne dient mie que j'aie alé contre l'auctorité saint Jehan le haut euvangelistre qui dist que nus hom mortex ne vit onques le Pere ne veïr ne le pot : et je m'i acort bien. Mais tout cil qui l'ont oï ne l'ont pas bien entendu : car il dist des homes mortex ; mais puis que l'ame est desevree del cors, dont est che chose esperituous ; et quant ce est chose esperituous, bien puet le Pere veïr.

7. Pendant que je considérais ce grand prodige retentit un coup de tonnerre, précédant l'arrivée de créatures célestes de moitié plus nombreuses qu'auparavant, qui se laissèrent tomber comme frappées de pâmoison. Mon saisissement fut si grand que je ne pus dire un mot. Alors l'ange me prit et me ramena là où il m'avait trouvé. Il me demanda, avant de remettre l'esprit dans mon corps, si j'avais vu beaucoup de merveilles, et je lui répondis qu'il n'existait personne au monde qui, l'entendant conter, ne le tiendrait pour pur mensonge. Il me dit : «N'es-tu pas encore bien certain de ce dont tu doutais ? » Je lui répondis que personne au monde n'était mécréant au point que, s'il me voulût écouter, je ne lui fisse comprendre la question de la Trinité, par ce que j'avais vu et appris.

8. Alors il remit mon esprit dans mon corps, et me dit que maintenant mon doute devait être sans objet. Je m'étirai comme un homme qui s'éveille et je crus voir l'ange. Il était déjà parti. Regardant alentour, je vis mon Sauveur devant moi comme je l'avais vu auparavant, tel qu'il était quand l'ange m'emporta : je communiai dans une foi sincère. Je pris le petit livre et le mis à l'endroit — fort beau et très propre — où était l'hostie. Au sortir de la chapelle, je constatai qu'il faisait presque nuit. Alors j'entrai dans ma maisonnette et je pris la nourriture que Dieu m'avait préparée. La nuit passa : arriva le jour de la résurrection du Sauveur. Quant il lui plut

---

7. Endementiers que je esgardoie cele grant merveille, si vint uns escrois de tourmentes ; et après vinrent plus de celestious choses que devant la moitié, et se laissent cheoir ausi que se il chaïssent de pasmisons. Si oi si grant merveille que je ne poi parler. Atant me prist li angles et me porta la ou il m'avoit autrefois trouvé. Si me dist, ançois qu'il mesist l'esperit dedens mon cors, si me demanda se je avoie assés veües de merveilles, et je li dis qu'il n'estoit nus hom mortex qui l'oïst conter qu'il ne tenist a mençoigne. Et il me dist : «N'es tu mie encore bien certains de ce dont tu estoies en doute[a] ? » Et je li dis qu'il n'estoit nus hom el monde, tant mescreans, se il me vausist escouter, que je ne li feïsse entendre con[b]ment sont li point de la Trinité par ce que je avoie veü et apris.

8. Atant mist mon esperit dedens mon cors, et me dist que ore ne devoie je de riens douter ; et je m'esperi ausi que hom qui s'esveille et quidai veoir l'angle. Mais il s'en estoit ja alés, et j'esgardai, si vi mon Sauveour devant moi, ensi com je l'avoie veü devant, en tel maniere com il estoit quant li angles m'en porta, et je l'usai em* bone creance ; et je pris le livret, si le mis el lieu ou *corpus domini* estoit : quar molt i avoit biau lieu et net. Et quant g'issi de la chapele si esgardai qu'il estoit ja pres de la nuit, et lors entrai en ma maisonete et mengai tele viande com Dix m'avoit aprestee. Atant passa cis jours et la nuit tant que[b] il vint au jour de la resurrexion au Saveor. Quant

que j'eusse dit la messe, ce jour solennel de notre salut, par celui-là même qui a sanctifié le jour, je puis affirmer que, plutôt que de prendre des vivres, je courus consulter le livre pour ses bonnes paroles : elles étaient d'une douceur à me faire oublier la faim corporelle. Quand je vins au coffre où je l'avais mis et que je l'eus ouvert, je ne le trouvai pas. Cette constatation me rendit triste à ne pas savoir ce que je faisais. J'admirai la manière dont il avait pu sortir de cet endroit qui était resté fermé. Tandis que je me comportais de la sorte, une voix parla : « Quel est le motif de ton trouble ? C'est de cette manière que Jésus-Christ sortit du sépulcre, sans l'ouvrir. Mais maintenant, prends courage, et va manger : il te faut en effet supporter des épreuves avant de le retrouver. » Quand j'entendis que je l'aurais à nouveau, je me tins pour bien payé. J'allai manger. Et quand j'eus mangé je priai Notre-Seigneur de me donner des indications sur ce que je désirais. Alors une voix me dit : « Le Haut-Maître t'informe que demain, quand tu auras chanté la messe, tu mangeras, puis tu t'en iras travailler pour Jésus-Christ. Quand tu seras sorti d'ici, tu prendras le sentier qui te mènera au grand chemin. Ce chemin te conduira au Perron de la Prise. Alors, laissant ce chemin, tu t'en iras par un sentier qui te mènera à l'embranchement de sept voies et dans la plaine du Val Estat. Quand tu arriveras à la Fontaine du Pleur, là où le

---

il li plot que je oi fait le service, itel jors qui est si haus come le jor de nostre sauvement, celui meïsmes qui le jor saintefia en trai a garant que je courui ançois au livre por les bones paroles que je ne fis a la vitaille prendre. Car tant estoient douces qu'eles me faisoient oublier le faim del cors. Et quant je ving a la chasse u je l'avoie mis et je le desfermai, si ne le trouvai pas. Et quant je vi ce, si fui si dolans que je ne savoie que je faisoie ; si m'esmerveillai conment il pot estre hors mis⁶ de cel lieu ; car ensi estoit fermé come devant. Et si conme j'estoie en tel maniere, si dist une vois : « De coi es tu esmaiiés ? En tel maniere issi Jhesucris hors del sepulcre sans desfermer. Mais or te conforte et si va mengier : car ançois te couvient il paine souffrir que l'aies mais. » Et quant je oï que encore le ravroie, si me ting a bien paiié. Lors alai mengier. Et quant je oi mengié, si proiai a Nostre Signour que il me donnast avoiement de ce que je desiroie. Lors me dist une vois : « Ce te mande li Haus Maistres que demain, quant tu avras la messe chantee, si mengeras, et puis t'en iras a la besoigne Jhesucrist. Et quant tu seras issus de çaiens, si t'en iras el sentier qui te menra au grant chemin. Cil chemins te menra tant que tu venras au Peron de la Prise. Et lors lairas cel⁴ chemin et t'en iras par un sentier qui te menra el quarrefour de .vii. voies et el plain del Val Estat. Et quant tu venras a la Fontainne del Plour, la u la

grand massacre eut lieu jadis, tu trouveras une bête comme tu n'en as jamais vu ; prends garde à suivre sa conduite. Une fois que tu l'auras perdue dans le territoire de Negne, tu achèveras là ton périple et sauras pourquoi le Grand-Maître t'y envoie. »

9. Alors la voix cessa de parler. Je me levai le lendemain de bonne heure et, après avoir chanté la messe, je déjeunai léger. Et quand j'eus fait le signe de la sainte et vraie croix sur moi et sur mon logis, je m'en allai tout seul, ainsi que la voix l'avait ordonné. Une fois dépassé le Perron, je continuai jusqu'au Val des Morts. Ce val ne pouvait que m'être familier : j'y avais été autrefois, et j'y avais vu un combat entre deux chevaliers, les meilleurs qu'on puisse connaître. Je cheminai jusqu'au carrefour. Regardant devant moi, je vis une croix au bord d'une source et, couchée sous cette croix, la bête dont la voix m'avait parlé. Quand elle me vit, elle se leva pour m'examiner longuement : je fis de même ; mais plus je la regardais et moins je savais l'identifier. Vous apprendrez que c'était la plus étrange des bêtes : d'une blancheur de neige fraîche, elle avait une tête et un cou de brebis ; des pattes et des cuisses de chien, noires comme du charbon ; le poitrail, l'échine et les flancs d'un renard, et une queue de lion.

10. Voilà l'étrangeté de la bête. Après l'avoir attentivement observée, je lui fis signe d'avancer et elle prit le premier che-

---

grans ocisions fu jadis, si trouveras une beſte, c'onques ne veïs autretele ; et [*d*] si gardes que tu la sives ensi com ele te menra. Et quant tu l'avras perdue en la terre de Negne, illuec achieveras ton oirre et savras pour coi li Grans Maiſtres t'i envoie. »

9. Atant laiſſa la vois a parler ; et je me levai l'endemain par matin ; et quant je oi la meſſe[*a*] chantee, si me desjunai un poi ; et quant j'oi fait le signe de la sainte vraie crois sor moi et sor mon habitacle, si m'en alai tous seus si come la vois commandé l'avoit. Et quant je oi passé le Perron, si alai tant que je ving el Val des Mors. Cel val devoie je molt bien savoir : car je i avoie autrefois eſté et si i avoie veüe une bataille de .II. chevaliers, les meillours que on seüſt en terre. Lors errai tant que je ving au quarrefour ; si esgardai devant moi, si vi une crois sor la rive d'une fontainne, et desous cele crois se gisoit cele beſte que la vois m'avoit dit. Et quant ele me vit, si se leva et m'esgarda[*b*] longement, et je li ; mais tant plus l'esgardoie et je mains savoie quele beſte c'eſtoit. Et saciés qu'ele eſtoit diverse sor toutes autres beſtes : car ele avoit et teſte et col de berbis, et eſtoit blanche[*c*] conme nois negie ; et si avoit pié de chien et quisses et eſtoient conme charbon noires ; et si avoit le pis et le crepon et le cors de goupil et keue de lyon.

10. Ensi eſtoit la beſte diverse. Et quant je l'oi ensi esgardee, se li fis signe que ele alaſt avant, et ele s'en entra en la premiere voie

min sur la droite. Nous marchâmes — le jour commençait à baisser — jusqu'au moment où elle tourna dans une épaisse coudraie, et je la suivis ; nous cheminâmes jusqu'à la nuit. Alors nous sortîmes de la coudraie pour entrer dans une vallée profonde couverte d'une immense forêt. Arrivé au fond de la vallée, je découvris un abri : je fus très heureux d'y voir un homme qui portait des habits religieux. Quand il me vit, il ôta son chaperon et s'agenouilla devant moi ; mais je le relevai, en lui déclarant que, pécheur comme lui, je ne pouvais pas bénir. Que vous conter de plus ? Il ne voulut absolument pas bouger avant d'avoir reçu ma bénédiction, ce qui me contraria beaucoup, car j'étais, en effet, indigne de la donner. Une fois que je la lui eus accordée, il me mena par la main dans sa loge. Après que nous eûmes mangé, cet homme de bien, qui imaginait en moi plus de valeur qu'il n'y en avait, me pressa de questions sur ma situation. Et moi de la lui décrire de bout en bout.

11. Au matin, il me pria de chanter la messe, et je m'exécutai. C'est ensuite que je me mis en route : il me convoierait, me dit-il. Passé la clôture, je vis la bête qui me servait de guide : je ne l'avais pas vue depuis la nuit, lorsque je rencontrai l'homme de bien. Alors je pris le chemin et marchai : il m'escorta longtemps. Au moment de nous séparer, il m'implora de prier pour lui : je le lui concédai ; je l'implorai de prier pour moi : il s'y engagea. Il s'en alla ; je cheminai

---

del quarrefour qu'ele trouva a deſtre. Tant alasmes qu'il conmencha a avesprir, et tant que ele tourna par une espesse chaudroie et je aprés ; et alasmes tant que il fu nuis. Et lors issismes hors de la chaudroie, et entrasmes en une valee parfonde de une molt grant foreſt. Et quant je fui el fons de la valee, si vi une loge ; lors si fui molt liés, car je i vi un home qui avoit dras de religion. Et quant il me vit, si oſta son chaperon et s'agenoulla devant moi ; et je l'en levai, car je dis que j'eſtoie uns pechierres aussi com il eſtoit : si ne pooie pas donner beneïçon. Que vous iroie je plus contant ? Onques ne se vaut mouvoir devant que li oi donnee beneïçon, dont molt me pesa : car je n'eſtoie mie dignes de beneïçon donner. Et quant je li oi donnee, si me mena par la main en sa loge. Et quant nous eüsmes mengié, si m'enquiſt [d] molt li prodom de mon eſtre : car je quidoit asſés plus de bien en moi qu'il n'i avoit. Et je li dis de chief en chief.

11. Au matin me proiia li prodom que je chantaiſse messe, et je si fis. Aprés si me mis au chemin et il me diſt qu'il me convoieroit. Et quant nous fumes hors del poſtich, si vi la beſte qui me conduisoit ; et si ne l'avoie pas veüe dés la nuit, que je vi le prodome. Lors me mis au chemin et errai, et il me convoiia asſés. Et au departir si me proiia que je proiaisse pour lui, et je le li otroiiai ; et li proiiai qu'il proiiaſt pour moi, et il diſt que si feroit il. Atant s'en ala, et j'errai

derrière la bête à travers la forêt, jusqu'à pénétrer dans une magnifique lande : il était bien midi. Je vis devant moi un très beau pin ; sous ce pin, il y avait la plus belle source du monde. Dans cette source, du gravier aussi rouge et aussi ardent que le feu, tandis que l'eau était pareille à la glace. Elle changeait de couleur trois fois par jour : elle devenait glauque, en effet, et amère comme la grande mer. Sous ce pin se coucha la bête ; apparemment, elle se reposait. J'inspectai les alentours, et vis venir à vive allure un jeune homme à cheval. Quand il fut tout près de moi, il mit pied à terre et s'agenouilla ; il tira une serviette de son giron et me dit : « Seigneur, ma dame, celle que le chevalier au cercle d'or reçut le jour où l'on apprit le grand prodige concernant celui que vous savez, vous salue. Elle vous envoie à manger les vivres qu'elle a. » Je pris la nourriture qui était dans la serviette, d'où je tirai un gâteau savoureux. Il me donna aussi un plein pot de cervoise et un petit hanap. Je mangeai très agréablement tant que je voulus : j'avais faim. Une fois que j'eus mangé, je dis au jeune homme de saluer la dame au nom de Dieu le Père tout-puissant.

12. Alors le jeune homme s'en alla. Nous cheminâmes, la bête et moi, jusqu'au début de la soirée, et finalement arrivâmes à un carrefour, où s'élevait une croix. La bête s'y arrêta. Aussitôt j'entendis approcher des chevaux, et je vis immédiatement un chevalier accompagné de beau-

---

après la beſte parmi la foreſt, et tant que nous entraſmes en une mout bele lande ; et il eſtoit ja bien miedi. Si vi devant moi un molt bel pin, et desous cel pin avoit le plus bele fontainne del monde. En cele fontainne avoit gravele aussi rouge conme fu et aussi ardant, et l'aigue eſtoit tele*e* come glace, et chanjoit .III. fois le jour sa couleur : car ele devenoit verde et eſtoit amere come la grant mer. Desous cel pin se coucha la beſte et fiſt samblant de reposer ; et je me resgardai, si vi venir un vallet sor un cheval molt durement. Et quant il fu bien pres de moi, si descendi et s'ajenoulla ; si traïſt une touaile de son sain, si me diſt : « Sire, ma dame vous salue, cele que li chevaliers au cercle d'or rechut le jour que la grant mervelle fu seüe de celui que vous savés. Et si vous envoie a mengier, et de tele viande com ele a. » Et je pris la viande qui dedens la touaile eſtoit : si en traïs un gaſtel molt bon ; et il me bailla plain pot de cervoise et un petit hanap, et je mengai molt benignement tant com je vaus car je avoie faim. Et quant je oi mengié, je dis au vallet que il saluaſt la dame de Dieu le Pere tout poissant.

12. Atant s'en ala li vallés ; et nous errames entre moi et la beſte, tant qu'il conmencha a avesprir, et tant que nous venismes en un quarrefor, la ou il avoit une crois. La beſte s'i arreſta, et je oï de maintenant chevaus venir vers moi, et maintenant vi un chevalier qui

coup d'autres. Quand il s'aperçut que j'étais un religieux, il
sauta à terre, et tous après lui ; il me salua et me pria de passer la nuit dans sa maison. Alors il appela un de ses écuyers
et lui confia son palefroi[1] pour le conduire au logis, non
sans lui recommander de faire installer un bel et riche héber-
gement. Alors il me mena chez lui : c'est un très bel accueil
que me fit ce seigneur, comme tous ceux de la maison. Toutefois, il arriva une chose qui me déplut grandement : il se
mit en effet à me scruter, à cause d'une ceinture que je portais autour de la taille ; il me dit alors qu'il m'avait vu autrefois et me nomma l'endroit ; mais il eut beau m'interroger, je
ne le reconnaissais pas. Il fut pour moi très hospitalier. Le
lendemain, je me levai de bonne heure pour me mettre en
route. À peine étais-je sorti que, jetant un coup d'œil alentour, je trouvai la bête devant moi : la voir me rendit tout
heureux. Alors je recommandai le seigneur à Dieu, et lui fit
de même pour moi. Après qu'il m'eut un peu escorté, nous
cheminâmes jusqu'à tierce, où je parvins à un chemin qui
sortait de la forêt. Tout de suite m'apparurent une grande
maison et une église splendide. Je me rendis à l'église pour y
trouver de fort belles religieuses qui chantaient leurs heures.
Quand elles me virent, moi qui étais prêtre, elles me demandèrent de chanter : ce que je fis. L'office une fois terminé,
elles me donnèrent à déjeuner et me prièrent avec insistance
de rester deux ou trois jours ; vaine prière : je pris la route,

---

amenoit assés d'autres avoec lui. Et quant il me vit de religion,
si sailli jus de son cheval, et puis tout li autre après lui, et me salua
et me proïa de herbergier a sa maison. Lors apela un sien esquier,
si li bailla son palefroi a mener a l'ostel, et li conmanda que il
feïst atourner bel os[e]tel et molt richement. Lors me mena a sa
maison, et molt me fist bele chiere li sires et tout cil de la maison.
Mais une chose avint que molt me desplot : car il me conmencha
a entercier[a] por un chaint que je avoie entour moi : si me dist
qu'il m'avoit autrefois veü et me nonmoit le lieu ; mais onques
tant nel me sot demander que je li conneüsse. Molt me fist bel
ostel. L'endemain me levai par matin et[b] me mis au chemin ; et si
come je fui hors de la porte et je resgardai, si trouvai la beste[c]
de devant moi ; et quant je le vi, si fui molt liés. Lors conmandai
le signour a Dieu et il moi. Et quant m'ot convoiié un poi, atant
erremes jusques a tierce, que ving en une voie qui aloit hors de la
forest. Lors vi errenment une grant maison et un moustier molt bel ;
et je ving au moustier et trouvai molt beles nonnains qui chantoient
lor eures. Et quant eles me virent, qui estoie prestres, si me requisent
que je chantaisse, et je fis. Et quant ce vint après le service, si me
donnerent a disner et me proïerent molt que je remansisse .ii. jours
ou .iii. ; mais pour noient m'en proïerent ; que je me mis a la voie,

avec la bête, jusqu'à atteindre une grande stèle. J'y découvris une inscription qui disait que j'achèverais là mon voyage. Je regardai, ne vis pas la bête : j'ignorais ce qu'elle était devenue. J'en pris acte. J'examinai alors l'inscription, et constatai qu'elle m'enseignait tout ce que j'avais à faire.

13. C'est pourquoi je me mis en route, jusqu'au moment où je pris à droite un sentier au cœur de la plus belle forêt qu'on eût jamais vue. Je cheminai tant que la forêt finit par s'éclaircir. Il me suffit alors de regarder pour voir sur un tertre, sise sur une roche, une splendide chapelle ; mais elle était bien à une demi-lieue. Alors, j'entendis un cri affreux comme je n'en avais jamais entendu : quelle ne fut pas mon épouvante ! Néanmoins je pris de ce côté, car Notre-Seigneur le voulait. Arrivé à la porte, je la trouvai grande ouverte, et je découvris un homme gisant évanoui sur le seuil. Je l'examinai : il avait déjà les yeux révulsés. Je fis promptement le signe de la vraie croix devant son visage : il se dressa tout de suite sur son séant. Alors je me rendis bien compte que le diable lui était entré dans le corps. Je lui ordonnai d'en sortir : il répondit que, pour l'instant, il n'en ferait rien[1]. Et moi qui savais bien qu'il disait vrai, je pénétrai dans la chapelle, regardai sur l'autel, vis le livret : le voyant, je rendis grâces à Jésus-Christ. Je l'apportai sur le seuil. À peine étais-je auprès du possédé que le diable se mit à crier. Il surgit alors un nombre impressionnant de diables :

---

et la beste, et tant que nous venismes a une grant pierre et illuec trouvai je letres qui disoient que[d] illuec achieveroie je mon oirre. Lors si gardai, si ne vi pas la beste ; ne ne soi[e] qu'ele fu devenue. Et quant je vi ce, si resgardai es letres, et qu'eles m'enseignoient quanques je avoie a faire.

13. Adont me mis a la voie, et tant que je entrai en un sentier a destre parmi la plus bele forest qui onques fust veüe, et errai tant que la forest conmencha[a] a esclairier. Et lors esgardai, si vi sor un tertre par desus une roche une molt bele capele ; mais bien i avoit demie lieue. Et je oï demaintenant un cri si hidous que je onques oïsse, si fui molt espoentés. Nequedent si alai je cele part, car Nostres Sires le voloit. Et quant je ving a l'uis, si le trouvai tout desfermé ; et trovai un home gisant a l'uis tout pasmé ; et je le resgardai : si avoit ja les ex tous tournés en la teste. Et je fis erranment le signe de la vraie crois devant son vis, et il se leva demaintenant en son seant. Et lors m'aperchui je bien que li diables li estoit entrés dedens[b] le cors. Lors li dis que il s'en issist, et il dist que non feroit encore pour lui ; et je qui savoie bien que il disoit voir, si m'en entrai en la chapele et gardai sus l'autel, et vi [f] le livret ; et quant je le vi si rendi grases a Jhesu Crist : lors l'aportai avant. Et quant je fui pres del forsené, si conmencha li diables a crier. Et tant de dyables vinrent que je ne

je n'imaginais pas qu'il y en eût tant au monde. À la vue du livret, ils s'enfuirent tous. Mais celui qui hantait encore le corps ne pouvait trouver d'issue par la bouche, tant à cause du livret que du signe de la vraie croix. Il se remit à crier, et dit : « Ôte le livret, et j'en sortirai ! » Je lui enjoignis d'en sortir par en bas, et il s'exécuta très vite. Sitôt sorti, il s'en alla si vigoureusement qu'il semblait abattre le bois devant lui. Alors je pris l'homme entre mes bras et le portai devant l'autel, où je restai jusqu'au point du jour[2]. Je lui demandai, le jour levé, s'il mangerait ; il voulut savoir qui j'étais, et je lui dis qu'il pouvait être sans crainte : j'étais venu là pour son bien. À ma question sur ce qu'il mangerait, il répondit : sa nourriture habituelle. Je lui demandai de quelle nourriture il s'agissait, et il me dit qu'il y avait vingt-quatre ans et demi qu'il était ermite, et que depuis neuf ans il n'avait mangé que des herbes et des fruits, et jamais, tant qu'il aurait à vivre, il ne consommerait d'autre nourriture à moins que Dieu lui en envoyât.

14. Je le quittai très faible (comme un homme qui n'avait pas mangé depuis que le diable lui était entré dans le corps) pour dire sans retard mes heures et chanter la messe. Quand l'office eut pris fin, je revins à l'endroit où j'avais laissé cet homme de bien : je le trouvai endormi. Et moi, qui n'avais pas fermé l'œil de la nuit, je m'assoupis un peu. À peine étais-je endormi qu'il me vint une vision : j'étais près d'une

---

quidoie pas qu'il en eüſt tant el monde. Et quant il virent le livret, si s'enfuirent tout ; et cil qui eſtoit encore el cors ne s'en pooit iſſir[c] par la bouche pour le livret et pour le signe de la vraie crois : et il commencha a crier, et il diſoit : « Oſte le livret : si m'en iſterai ! » Et je li dis qu'il s'en iſſiſt par desous, et il si fiſt molt toſt. Et quant il fu issus hors, si s'en ala tant durement que il sambloit qu'il abatiſt le bois avant soi. Lors pris celui entre mes bras et le portai devant l'autel, et fui iluec juſques adont que il ajourna. Et lors li demandai au matin, quant il fu ajourné, se il mengeroit, et il me[d] demanda qui j'eſtoie ; et je li dis qu'il n'eüſt nule paour, car je eſtoie illuec venus pour son preu. Lors li demandai qu'il mengeroit, et il me diſt : cele viande conme il l'avoit acouſtumee. Et je li demandai quele viande eſtoit ce, et il me diſt qu'il avoit .xxiiii. ans et demi que il eſtoit hermites, et il avoit .ix. ans qu'il n'avoit mengié se herbes non et fruit, ne jamais tant que il eüſt a vivre ne mengeroit se tel viande non se Dix ne li envoioit.

14. Atant le laiſſai[a] molt vain conme celui qui n'avoit mengié puis que li diables li avoit entré dedens le cors ; si dis erranment mes eures et chantai la messe. Et quant li services fu finés, je reving la ou je avoie laiſſié le prodome ; si le trouvai dormant. Et je, qui n'avoie point dormi la nuit, me dormi un poi ; et si come je fui endormis, si m'avint une avisions, que je eſtoie emprés d'une

source au pied du tertre, et voyais un homme qui me donnait
des pommes et des poires. Je m'éveillai de ce somme, et me
dirigeai vers le tertre où je trouvai l'homme auprès de la
source. Quand il me vit, il m'apporta des pommes et les mit
dans le pan de ma robe[1]. Il me précisa que chaque jour, désormais, nous devrions venir chercher notre nourriture à cette
source : ainsi l'ordonnait le Grand-Maître. Alors j'en apportai à
l'ermite qui en mangea très volontiers, car il avait grand-faim.
D'ailleurs il avait tant jeûné qu'il ne pouvait tenir sur ses
jambes : je demeurai en sa compagnie jusqu'à son complet
rétablissement. Quand on arriva aux octaves de Pâques[2], nous
nous séparâmes, ce qui l'affecta beaucoup. Il déclara qu'il était
maintenant très déconcerté. Cependant il venait de me conter
comment cela lui était arrivé, parce qu'il avait péché : il ne
croyait pas avoir commis d'autre péché que celui dont la chair
périssable aurait pu se garder, depuis qu'il avait reçu cet habit.
Et quand il se fut confessé, il me demanda de requérir Notre-
Seigneur pour que, par sa pitié, il le gardât de commettre tout
péché qui lui valût d'encourir sa colère.

15. Alors nous nous embrassâmes l'un l'autre, et nous
séparâmes en versant beaucoup de pleurs. Et si on pouvait
juger quelqu'un sur l'apparence, je ne crois pas qu'on pourrait trouver meilleur que lui. Quand il m'eut accompagné
jusqu'à la clôture, je trouvai la bête qui m'avait amené. La
voyant, l'ermite me demanda de quoi il retournait, et je lui

---

fontainne au pié del tertre, et veoie un home qui me donnoit pomes
et poires ; et je m'esveillai en cel somme, et me tournai au tertre, et
trouvai l'ome a la fontainne. Et quant il me vit, si m'aporta des
pomes et les[b] me mist en mon giron ; et me dist que chascun jour
des ore mais venissiens querre nostre viande a cele fontainne : ce
conmandoit li Grans Maistres. Lors en aportai au prodome et il en
menga mout volentiers, car il avoit molt grant faim ; et il avoit tant
juné qu'il ne se pooit soustenir sor ses piés : et fui tant en sa compaignie qu'il fu tous respassés[c]. Et quant vint as octaules de Pasque, si
nous departesismes, et il l'em pesa mout ; et dist que [3 a] ore estoit il
mout esbahis. Et nequedent il me conta ançois coment il li estoit
avenu, et me dist que ce fu por un pechié qui li estoit avenus, et ne
quidoit pas qu'il eüst en toute sa vie fait pechié, que celui dont chars
mortele se peüst garder, puis qu'il avoit receü cel abit. Et quant il se
fu fais confés, il me dist que je requesisse Nostre Signour que il par
sa pitié le gardast de faire pechié por coi il eüst son maltalent.

15. Atant si nous entrebaisasmes, si nous departismes a mout
grans plours ; et qui peüst home jugier por veoir, je ne quit pas c'on
le peüst meillour trover de lui. Et quant il m'ot convoiié jusques a
son postis, si trouvai la beste qui m'avoit amené. Et quant li prodom
le vit, si demanda que ce estoit, et je li dis que je n'avoie autre

dis que je n'avais pas eu d'autre guide pour le voyage. « Vraiment, dit-il, on doit bien le servir, ce Seigneur qui garde ainsi ses serviteurs. » Jamais je n'eus l'occasion de me rendre compte si quelqu'un d'autre que lui avait aperçu cette bête. Mais par la pensée je revins à la parole précédente. En effet Notre-Seigneur juge si bien qu'il n'est homme qui, s'il avait fait tous les biens et commettait une seule faute envers lui, n'aurait tout perdu ; et que celui qui aura commis quotidiennement tous les péchés, s'il demande à Dieu pardon, en recevra une joie cent fois plus grande que pour l'autre : c'est ainsi, en effet, que celui-là doit avoir perdu l'amour de Dieu pour un seul méfait, même s'il est resté à son service la plus grande partie de sa vie. Nous partîmes donc, et revînmes par la route que nous avions prise à l'aller ; nous cheminâmes tant que j'arrivai à notre gîte le samedi soir. Une fois rendu, je chantai vêpres et complies, puis j'allai manger ce que Dieu voulut ; je gagnai ensuite mon lit : j'étais très fatigué. Quand je fus allongé, le Haut-Maître m'apparut ainsi qu'il avait fait déjà précédemment, et il me dit : « Au premier jour ouvrable, écris ce livret ; pour cela, prends dans l'armoire tout le nécessaire du copiste. Et ne t'inquiète pas si tu ne sais pas écrire : car tu sauras très bien. » Au matin je me levai en pensant à son ordre, et trouvai tout le nécessaire du copiste : plume, encre, parchemin et grattoir. Et quand le dimanche fut passé, et que j'eus le lundi chanté la messe et fait

---

conduiseour eü en la voie. Et il dist que molt devoit on bien servir le Signour qui si garde ses sers. Ne onques ne poi apercevoir que nus eüst aperceu cele beste fors que il. Mais encore pensai je a la parole de devant. Car Nostre Sires juge si bel qu'il n'est nus que s'il avoit tous les biens fais et il li mesfaisoit, que il n'eüst tout perdu ; et celui qui tous les pechiés avra fais trestous les jours del monde, se il li en crie a Diu merci, qu'il n'en ait a .c. doubles greignour joie que de l'autre : car ensi doit il avoir perdue l'amour de Dieu par un mesfait, ja eüst il esté en son service tote la greignour partie de son aage. Atant nous departismes, si venismes toute cele voie que nous avions venu devant, et esrasmes tant que je ving al samedi au soir a nos herberges. Et quant je fui venus, si chantai vespres et complie, et puis alai mengier ce qu'a Diu plot⁹ ; et aprés m'en alai couchier en mon lit, car je estoie molt traveilliés. Et quant je fui couchiés, si aparut a moi li Haus Maistres aussi que il avoit fait autre fois par devant, et me dist : « Au premier jour ouvrable, escri cest livret ; et prens a l'aumaire quanque il couvient a escrivain, et si ne t'esmaie pas se tu ne sés escrire, car tu le savras molt tres bien. » Au matin me levai ensi com il m'avoit rouvé, et trouvai tout ce qu'il covient a escrivain, et penne et enque et parchemin et coutel. Et quant li diemences fu passés, et j'oi le lundi chanté la messe et fait

mon office, j'ouvris le livret et le parchemin directement à la quinzaine de Pâques, car initialement l'Écriture relève du sacrifice de Jésus-Christ.

16. Le jour où le Sauveur du monde supporta la mort, notre mort fut détruite, et la joie nous fut rendue. Il y avait ce jour-là fort peu de gens pour croire en lui, mis à part ses disciples : et s'il y avait avec eux des croyants, c'était très peu. Et quand Notre-Seigneur fut sur la croix, l'homme en lui redouta la mort autant qu'un homme mortel. Il dit en effet : « Cher Père, ne tolère pas cette Passion si je ne protège les miens de la mort. » En effet, la pensée de n'avoir pour l'instant sauvé que le larron qui lui demanda pardon sur la croix l'affligeait plus que l'angoisse corporelle. Et Jésus-Christ dans les Écritures s'est dit pareil à celui qui glane l'éteule au temps de la moisson, ce qui veut dire qu'il n'avait racheté par sa mort que le larron, qui n'était rien au regard de l'humanité. Néanmoins il y avait déjà beaucoup de gens perdus qui en voyaient le commencement. Mais entre tous le conte parle d'un chevalier qui s'appelait Joseph d'Arimathie, du nom d'une cité, fort belle alors, de la terre d'Aromate[1].

17. Joseph était natif de cette cité. Mais il était venu à Jérusalem sept ans avant que Notre-Seigneur fût mis en croix. Il avait reçu la foi de Jésus-Christ, ce qu'il n'osait montrer par crainte de l'impiété des Juifs. Il était plein de

---

mon service, si pris le livret et le parchemin tout droit a la quinsainne de Pasques : li conmencemens d'Escriture si fu pris del sacrefiement Jhesu Crist.

16. Au jour que li Sauverres del monde souffri mort fu nostre mors [*b*] destruite, et nostre joie restoree. A icel jour estoient mout poi de gent qui en lui creïssent fors si desciple ; e s'il avoit avoec aus de creans, mout en i avoit poi. Et quant Nostre Sires fu en la crois, si douta li hom la mort conme hom morteus. Car il dist : « Biaus Peres, ne souffre pas ceste Passion se je ne garandis les miens de la mort. » Car il n'estoit pas si coureciés encore de l'angoisse del cors, com il estoit de ce que il veoit qu'il ne ravoit encore conquis fors le larron qui li cria merci en la crois. Et ce dist Jhesucris en l'Escriture, ausi com cil qui cuelle l'esteulle el tans de messon — c'est a dire qu'il n'avoit rachaté a sa mort que le larron qui[*a*] n'estoit riens envers les autres gens. Et nonpourquant il estoit ja mout de cheüs qui en avoient le conmencement. Mais sor tous autres dist li contes d'un chevalier qui avoit non Joseph de Barimachie — ce estoit une cités en la terre de Aromate, qui mout estoit bele.

17. De cele cité estoit Joseph nés. Mais il estoit venus en Jherusalem .VII. ans devant ce que Nostres Sires fu mis en crois, et avoit receüe[*a*] la creance Jhesucrist, mais il n'en osoit faire samblant pour

sagesse, il était dépourvu de jalousie et d'orgueil, il secourait les pauvres : toutes ces qualités étaient en lui. Et c'est de lui que parle le premier psaume du Psautier : « Bienheureux celui qui n'est pas d'accord avec les conseils des impies[1]... » Ce Joseph demeurait à Jérusalem avec sa femme et son enfant qui se nommait Josephé : celui-ci surpassa le lignage de son père et s'en alla outre-mer sur un territoire auparavant appelé la Grande-Bretagne, et que maintenant on appelle Angleterre ; il franchit la mer sans aviron, sur le pan de sa chemise[2]. Joseph éprouva à la mort de Jésus-Christ un très grand chagrin : il médita sur la manière de l'honorer. Or il ne l'aurait pas aimé, sans la grâce du Saint-Esprit : son loyal amour ne suffisait pas. Quand Joseph vit sur la croix Celui qu'il savait être le Fils de Dieu, ni troublé ni ébranlé dans sa foi par sa mort, il attendit au contraire la sainte Résurrection. Et puisqu'il ne pouvait pas le garder vivant, il décida de recueillir les objets qui l'avaient touché corporellement dans sa vie. Alors il s'en vint à la maison où Dieu avait tenu sa Cène — là où l'Agneau mangea — le jour de la pâque, avec ses disciples. Quand il y arriva, il demanda à voir l'endroit de son repas, et on lui montra à l'étage le plus haut de la maison une pièce où l'on mangeait quelquefois. C'est là que Joseph trouva l'écuelle où le Fils de Dieu avait mangé. Il la prit et l'emporta chez lui, pour la ranger dans le lieu le plus propre qu'il put trouver. Apprenant la

les felons juis. Il estoit plains de sapience, il estoit nés d'envie et d'orgueil, il secouroit les povres : toutes ces bones teches estoient en lui. Et de lui parole la premiere psalme del sautier : « Boineuré cil qui[b] ne s'acorde mie as consaus des felons. » Cil Joseph estoit en Jherusalem entre lui et sa feme et son enfant qui avoit a non Josephé : cil passa[c] le lignage son pere et s'en ala outre mer en une terre qui[d] devant estoit apelee la Grande Bretaigne, et ore est apelee Engleterre ; il le passa sans aviron au pan de sa chemise. Mout ot grant doel Joseph de la mort Jhesu Crist, car il pensa qu'il l'ounouerroit ; car il ne l'eüst pas amé se ne fust par la grasse del Saint Esperit, mais ce ne li pooit departir sa loiale amour. Et quant Joseph vit celui en la crois que il creoit le[e] Fil Dieu, si ne fu pas esbahis ne mescreans pour ce se il feni, ançois atendoit la sainte resurrexion. Et pour ce qu'il ne le pot avoir vif, si pensa il tant qu'il avroit d'iceles choses qui a lui atouchierent[f] corporelment en sa vie. Lors s'en vint a la maison ou Dix avoit tenue sa chaigne, la ou l'aingnel menga, le jour de Pasques avoec ses desciples. Et quant il vint en la maison, si demanda a veoir le lieu ou il avoit mengié, et on li moustra un lieu ou on mengoit a chief de fois el plus haut estage de la maison. Illuec trouva Joseph l'esquiele ou li Fix Dieu avoit mengié. [d] Si le prist et l'emporta a sa maison, et si le mist el plus net lieu que il onques trouva. Quant il

mort du Sauveur, il ne voulut pas attendre que ceux qui ne croyaient pas en lui le dépendissent ; il préféra se rendre chez Pilate dont il était un chevalier pourvu de terres : il avait en effet été exactement huit ans à sa solde. Quand il fut devant lui, il lui demanda en récompense de tous ses services un don qui lui coûterait fort peu. Pilate, qui appréciait son service, le lui octroya en homme qui ne savait pas ce qu'il lui concédait : il croyait lui abandonner le corps d'un pauvre pêcheur, alors qu'il lui donnait le Sauveur des pêcheurs et le pain de la vie. Ce fut le plus riche don qu'aucun homme sur terre eût jamais fait, et Joseph, qui en connaissait la valeur, en fut très heureux : il s'en tint pour mieux payé que Pilate ne l'était. Quand il vit le Sauveur mort sur la croix, il fondit en larmes à cause des grandes souffrances que Jésus-Christ avait endurées. Après qu'il l'eut descendu de la croix avec de profonds soupirs et de grands pleurs, il le coucha dans un sépulcre qu'il avait fait creuser dans une roche, où lui-même devait être mis à sa mort[3]. Puis il alla chercher l'écuelle chez lui. Revenu au corps, il recueillit tout ce qu'il put de gouttes de son sang et les mit dans l'écuelle qu'il rapporta chez lui. Dieu en a manifesté depuis maints beaux miracles en Terre promise ! Quand il l'eut rangée dans l'endroit qu'il savait le plus propre, il prit ses plus beaux vêtements, s'en retourna directement au sépulcre et ensevelit le corps du mieux qu'il put. Quand il eut terminé, il le coucha dans le sépulcre, à l'entrée duquel

---

sot la mort del Sauveour, si ne vaut tant atendre que cil qui le mescreoient le despendissent, ançois vint a Pilate qui chevaliers terriens il estoit : car il avoit esté ses soldoiiers .viii. ans tous plains. Et quant il vint devant lui, si li requist en guerredon de tous services un don qui mout petit li cousteroit. Et Pilate qui mout amoit son service li otroia conme cil qui ne savoit qu'il li otroioit : car il li quidoit donner le cors d'un povre pecheour, et il li donnoit le Sauveour des pecheours et le pain de la vie. Ce fu li plus riches dons que nus hom mortex donnast onques, et Joseph qui le connoissoit en fu mout liés : car il s'en tint a mix paiiés que Pilate ne fu paiiés. Et quant il vint a la crois ou il pendoit, si conmencha mout durement a plourer pour les grans dolours que Jhesucrist avoit soufert en la crois. Et quant il l'ot despendu as grans souspirs et as grans plours, si le coucha en un sepulcre que il avoit fait trenchier en une roche, ou il meïsmes devoit estre mis a sa mort. Puis ala querre l'esquiele en sa maison. Quant il vint au cors, si cuelli des goutes del sanc tant com il pot et si les mist dedens l'esquiele, et si le porta a sa maison. Et Dix en demoustra puis maintes beles vertus en terre de promission. Et quant il l'ot mise el plus net lieu qu'il savoit, si prist de ses plus riches dras, si s'en tourna droit au sepulcre et enseveli le cors au mix qu'il onques pot. Et quant il l'ot

il roula une énorme pierre afin d'empêcher que quiconque vînt le toucher[4]. Lorsque les Juifs constatèrent qu'il avait descendu Jésus de la croix où ils l'avaient supplicié, et qu'il l'avait si dignement enseveli, ils furent très irrités. Aussi ils tinrent conseil et déclarèrent qu'il était juste que Joseph payât pour ce qu'il avait fait contre Dieu et contre leur loi. Ils décidèrent de se saisir de lui, de nuit, pendant son premier sommeil : on le mènerait dans un endroit tel que jamais plus on n'entendrait parler de lui. Ce qu'ils mirent à exécution : ils se rendirent chez lui ; l'un d'entre eux frappa à la porte et Joseph leur ouvrit. Alors ils entrèrent, le prirent pour l'emmener à cinq lieues au moins de Jérusalem, dans une demeure fortifiée qui appartenait à l'évêque Caïphe[5]. Dans cette maison, il y avait un pilier creux qui, de l'extérieur, paraissait massif. Et c'est là qu'un très méchant cachot était dissimulé de telle façon que personne au monde ne l'eût soupçonné, à moins d'y avoir été ou d'en avoir entendu parler auparavant. Quand ils l'eurent amené hors de Jérusalem, ceux qui avaient prêté serment dirent qu'on n'aurait jamais plus de ses nouvelles. Ils le conduisirent au cachot et ordonnèrent qu'il eût pour toute nourriture un morceau de pain par jour, et un hanap plein d'eau. Ils s'en retournèrent, et aussitôt la nouvelle de la disparition de Joseph se répandit. Quand Pilate l'apprit, il en fut affligé, sans pouvoir y remédier — il ne savait que trop qu'il s'agissait là d'une menée des Juifs, sur le conseil des maîtres de la

---

 enseveli, si le coucha el sepulcre, et si i mist une mout grant pierre devant, que il ne voloit mie que aucune chose atouchast a lui. Et quant li juis virent qu'il avoit Jhesu despendu de la crois ou il l'avoient jugié a mort et que il l'avoit tant hautement enseveli, si en furent mout courecié. Si prisent conseil entr'aus et disent bien que c'estoit drois que Joseph comperast ce qu'il en avoit fait contre Diu et contre lor loy. Si parlerent que il le prendroient de nuit el premier somme, si esteroit menés en tel lieu que jamais n'orroit on parler de lui. Et ensi le fisent il, car il vinrent a sa maison et li uns bouta a l'uis et Joseph lor ouvri. Et lors entrerent ens et le prisent et le menerent bien loing de Jherusalem .v. lieues en une fort maison qui estoit l'evesque Cayfas. En cele maison avoit un pilier tout crueus qui resambloit estre masis. Et illoec avoit molt male chartre [*d*] que nus hom nés ne l'aperceüst, se il n'i eüst esté ou on ne li eüst dit devant. Et quant il l'orent mis fors[g] de Jherusalem, cil, qui avoient juré, disent que jamais n'en orroit on nouveles. Cil l'en menerent a la chartre et desfendirent qu'il n'eüst a mengier que une piece de pain le jor et plain hanap d'aigue. Si s'en retournerent, et maintenant fu novele espandue que Joseph estoit perdus. Et quant Pilate le sot si en fu dolans ; et ne le pot amender, car il savoit bien que ce avoient fait li juis par le conseil des maistres de la

Loi. Quand arriva le dimanche où Jésus-Christ ressuscita, les Juifs, apprenant des gardes qu'ils l'avaient perdu, dirent qu'ils le feraient payer très cher à Joseph : ils commandèrent à Caïphe de ne rien lui donner à manger et de le laisser mourir. Mais le Seigneur pour qui il supportait cette souffrance ne put le tolérer ; il vint à lui, sitôt qu'il put échapper au sépulcre, et lui apporta, pour le réconforter, l'écuelle qu'il avait mise en lieu sûr. Joseph, en le voyant, exulta. Il fut certain que c'était Dieu. Dès lors, loin de se repentir, il fut au contraire très satisfait de son geste.

18. Ainsi le Sauveur du monde apparut à Joseph avant d'apparaître à nul autre. Il sut le réconforter et l'assura qu'il ne mourrait pas dans cette prison, dont il sortirait sain et sauf, sans mal ni douleur, et qu'il ne cesserait pas d'avoir sa compagnie. Sa sortie ferait voir à l'univers un grand prodige ; mais le moment n'était pas encore venu ; au contraire il resterait dans ce cachot jusqu'à ce que tout l'univers pût croire qu'il eût trépassé : aussi, quand on l'en verrait sortir, son nom en serait glorifié et loué. Ainsi Joseph resta si longtemps dans cette prison que tout le monde l'avait oublié et que personne ne parlait plus de lui. Aussi sa femme était-elle abandonnée, comme son fils qui n'était pas âgé d'un an et demi lorsque son père fut emprisonné. Sa femme fut demandée en mariage maintes fois ; mais elle répondit qu'elle ne partagerait la vie d'aucun homme tant qu'elle ne saurait pas la

loy. Et quant vint au diemence que Jhesucris resuscita et que les gardes l'orent dit as juis, que ensi l'orent perdu, si disent qu'il le venderoient molt chier a Joseph ; si manderent a Cayfas qu'il ne li donnast riens a mengier, ançois le laissast morir. Mais li Sires por qui il souffroit cele dolour ne le vaut endurer, ançois vint, sitost com il pot eschaper del sepulcre, a lui et li aporta par confort l'esquiele qu'il avoit mise en sauf. Et quant Joseph le vit, si en ot molt grant joie. Et lors sot il bien que c'estoit Dix. Et lors ne se repentoit il mie, ançois li plaisoit mout, ce que il en avoit fait.

18. Ensi aparut li Sauverres del monde a Joseph ançois que a nul autre. Si le reconforta mout et dist que bien fust il seürs que il ne morroit pas en la prison, ançois en istroit a son sauvement sans mal avoir et sans dolor, et si esteroit tous jors en sa compaingnie. Et quant il istera si le verra li mondes a grant merveille. Mais encore n'est mie li termes, ançois i demouerra[a] tant que tous li mondes quideroit que il fust trespassés[b]. Et quant il l'en verroient issir, si en seroit ses nons glorefiiés et loés. Ensi remest Josep en la prison tant que tous estoit oubliés et que nus ne tenoit parole de lui. Si remest sa feme esgaree, et ses fix qui n'avoit mie encore an et demi au jor que ses peres fu mis em prison. Si fu sa feme requise de marier par maintes fois ; mais ele dist qu'ele n'averoit jamais compaingnie d'ome desi la qu'ele savroit la

vérité sur son mari, qu'elle chérissait entre tous. Quand l'enfant atteignit l'âge de convoler, sa parenté l'exhorta au mariage. Mais, encouragé par sa mère, il était tellement épris de l'amour de Jésus-Christ qu'il affirmait qu'il ne se marierait jamais, si ce n'est avec la sainte Église. Il avait en effet reçu le baptême de la main de saint Jacques le Mineur[1]. Mais nous allons cesser de parler de l'enfant et de sa mère, pour retourner à Joseph leur seigneur ; le conte va nous dire comment et de quelle manière il fut délivré de la main même de Vespasien empereur de Rome, et sur sa décision.

Joseph libéré par Vespasien.

19. Le conte dit dans cette partie qu'au temps où Jésus-Christ fut crucifié, Tibère César régnait sur l'empire de Rome ; et après le Crucifiement, il régna bien dix ans encore. Après lui régna Caligula, son neveu, qui ne vécut que sept ans. Après Caligula Claude régna quatorze ans. Après Claude régnèrent Titus et Vespasien, son fils, qui fut lépreux[1]. La troisième année du règne de Titus, Joseph fut tiré de prison. Ainsi pouvez-vous compter quarante-deux ans depuis le Crucifiement de Jésus-Christ jusqu'à l'élargissement de Joseph. Vous allez entendre aussi comment et de quelle manière il fut délivré. Il arriva, la première année du règne de Titus, que son fils Vespasien fut atteint de la lèpre au point que personne ne pouvait le supporter, et son père en éprouvait un chagrin qui le rendait inconsolable. Si quelqu'un,

---

certainneté de son signour que ele amoit devant toute creature. Et quant ce vint que li enfés ot aage de marier, si li ennorterent si parent que il se mariast. Mais il estoit tant espris de l'amour Jhesu Crist par l'amonnestement de sa mere que il disoit bien que il ne seroit jamais mariés se a Sainte Eglise non. Car il [d] avoit receü baptesme de la main saint Jaqueme le menour. Mais atant lairons a parler de l'enfant et de sa mere et retournerons a parler de Joseph[d] lor signor ; et nous contera li contes comment et en quel maniere il fu delivrés par la main Vaspasien emperaour de Rome, et par son conseil.

19. Or dist li contes en ceste partie que au tans que Jhesucris fu crucefiiés, tenoit Thyberius Chesar l'empire de Rome ; et après le crucefiement le tint il bien .x. ans. Après lui regna Gayus ses niés qui ne vesqui que .vii. ans. Après Gayus regna Clauduins .xiiii. ans. Après Clauduin regna Thitus et Vaspasiens ses fix qui fu mesiaus. Au tierc an que Thitus tint l'empire, fu Joseph mis hors de prison. Ensi poés conter .xlii. ans del crucefiement Jhesucrist jusques au delivrement de Joseph : et si orrés comment et en quel maniere il fu delivrés. Il avint le premier an que Thytus regna que ses fix Vaspasiens fu si mesiaus que nus ne le pooit sosfrir, et ses peres en avoit si grant doel que il ne se pooit reconforter. Et dist que s'il estoit nus

disait-il, était capable de le secourir en le guérissant, il lui donnerait ce qu'il voudrait.

20. Alors se présenta un homme de Capharnaüm[1], qui connaissait, dit-il, une chose telle que, si l'on pouvait en avoir, il redonnerait la santé à son fils. Alors l'empereur le pria de se rendre dans une pièce où se tenait son fils : ce dernier passa la tête par une lucarne : le chevalier l'examina, et vit qu'il était très gravement atteint. Vespasien lui demanda s'il avait quelque chose qui pût lui rendre service. Le chevalier lui dit : « Certes, seigneur : si je suis venu vous voir, c'est parce que j'ai été lépreux dans mon enfance. — Ah ! cher seigneur, comment en avez-vous guéri ? — Assurément, seigneur, par un prophète que les mécréants ont eu le très grand tort de tuer. — Et par quel moyen vous en a-t-il guéri ? dit Vespasien. — En vérité, simplement en me touchant : si vous déteniez quelque chose de lui, sachez que vous guéririez. » Ce que Vespasien se réjouit fort d'entendre ; il fit appeler son père et lui fit rapporter le propos — lui-même ne pouvait plus guère parler. Son père dit qu'il enverrait chercher. « Seigneur, dit Vespasien, sollicitez ce chevalier, et donnez-lui tant de votre bien qu'il accepte d'y aller. Si je peux en guérir, je promets bien au prophète que je vengerai sa mort. »

21. Titus pria tant le chevalier que ce dernier consentit ; l'empereur lui confia une lettre scellée, de sorte que ce qu'il

---

qui le peüst maintenir et garir de la meselerie, que il l'en donroit ce que il en demanderoit.

20. Atant vint a lui uns hom de Charfanaon, et dist qu'il savoit tel chose que qui em porroit avoir, il donroit a son fil santé. Et lors le fist aler li empereres a son fil en une chambre ou il estoit. Lors mist son chief fors par une fenestre, et li chevaliers l'esgarda et vit qu'il estoit plus mesiaus que autres. Et cil li demanda se il avoit nule chose que li peüst avoir mestier. Et li chevaliers li dist : « Certes, sire, je vous ving veoir pour ce que je avoie esté mesiaus en m'enfance. — Ha ! biaus sire, conment en garesistes vous ? — Certes, sire, par un prophete que li mescreant ocisent a molt grant tort. — Et par coi vous en gari il ? dist Vaspasiens. — Certes, il ne fist fors atouchier a moi ; et se vous tenissiés aucune chose de lui, saciés que vous gaririés. » Quant Vaspasiens oï cele parole, si en ot molt grant joie et fist apeler son pere et li fist conter la parole, car il ne pooit mais parler se poi non ; et ses peres dist qu'il envoi[f]eroit querre. Vaspasiens dist : « Sire, proiiés a cest chevalier et se li donnés tant del vostre que il i voelle aler, et se je en puis garir je promet bien au prophete que je vengerai sa mort. »

21. Tant proiia Thitus le chevalier que il li otroiia ; et li empereres li bailla son seel, que ce que il vausist fust fait par toute

désirerait fût fait sur tout le territoire. Le chevalier s'en vint en Judée au moment où les Romains plaçaient des gardes sur la terre qu'ils avaient conquise. Il chemina tant qu'il vint trouver Félix, le seigneur des Romains nommé par l'empereur qui l'avait envoyé dans ce pays pour soumettre la Judée à l'obéissance de Rome : c'est à lui que le chevalier donna la lettre scellée de l'empereur. Après en avoir pris connaissance, Félix lui dit d'ordonner ce qui lui plairait : on le ferait. Alors Félix fit proclamer par tout le pays que, si l'on avait quelque chose qui eût touché ce Jésus, on le lui apportât ; et que l'individu qui ferait rétention de ce qu'il aurait en se dispensant de l'apporter, pour autant qu'il pût être arrêté et accusé, serait mis à mort. Conformément à son ordre, on fit, en tout premier lieu, la proclamation à Jérusalem. Mais personne ne se présenta pour en dire quoi que ce soit, à part une femme d'un très grand âge, qui se nommait Véronique[1]. Celle-ci se rendit auprès de Félix pour lui apporter une serviette qu'elle avait très longtemps conservée depuis le Crucifiement de Jésus-Christ. « Seigneur, lui dit-elle, le jour que le Saint Prophète fut mené à la Crucifixion, comme je passais devant lui en portant un morceau de toile, il me le demanda pour essuyer son visage qui dégouttait de sueur. Quand il se fut essuyé, il me le rendit roulé, et je l'emportai dans ma maison. Je le déroulai, pour y voir la figure du Seigneur-Dieu comme si on l'y eût représentée. Et jamais depuis lors je ne fus malade sans qu'aussitôt après l'avoir vue je ne fusse guérie. »

---

la terre. Lors en vint li chevaliers en Judee si com li Romain metoient gardes par la terre que il avoient conquise[a]. Et erra tant que il vint a Felix qui estoit sires des Romains de par l'emperaour de Rome qui l'avoit envoiié en la terre, a conquerre Judee a l'obedience de Rome : a celui bailla li chevaliers le seel a l'emperaour de Roume. Et quant il ot leües les letres, si li dist qu'il i conmandast son plaisir, et il seroit fais. Et lors fist il crier par toutes les terres que qui auroit riens qui eüst atouchié a celui Jhesu, que on li aportast ; et qui retenroit ce qu'il en avroit qu'il ne l'aportast avant, pour tant qu'il peüst estre tenus ne atains, qu'il seroit destruis. Ensi com il le conmanda fu il crié, et en Jherusalem tout premierement. Mais onques n'en vint nus avant qui en deïst riens, fors que une feme qui estoit de molt grant aage, qui avoit a non Verone[b]. Cele vint a Felix, se li aporta une touaile qu'ele avoit molt longement gardee puis le crucefiement Jhesu Crist. Et se li dist : « Sire, au jour que li Saint Prophetes fu menés por crucefiier, si[c] passoie je devant lui et portoie une piece de touaile, et il le me demanda pour son vis essuer, qui degoutoit tous de suour. Et quant il fu essués si le m'envolepa ensemble et je l'en portai en ma maison ; si le desvolepai, et vi la figure Damedieu ausi com s'ele i eüst esté portraite ; si ne fui onques puis si malade que ausi tost que je l'eüsse veüe, que je ne fuisse garie. »

Elle déroula la serviette. Il semblait qu'elle eût été tout nouvellement tissée, et la figure apparaissait exactement comme une représentation. Cette serviette, le chevalier l'emporta à Rome. La nuit qui précédait son arrivée, Vespasien rêvait qu'un lion descendait du ciel, qu'il l'emportait dans ses griffes et l'écorchait tout entier ; et tous allaient criant après lui : « Venez voir l'homme mort ressuscité ! »

22. Au matin, quand il fut levé, son père vint le trouver. Le voyant, Vespasien lui dit : « Cher père, soyez heureux : j'ai la certitude que je vais guérir. » Sur ces entrefaites arrive le chevalier. À peine Vespasien le vit-il que ses membres commencèrent à être tout soulagés ; aussi lui dit-il : « Seigneur, soyez le bienvenu : vous m'apportez la santé. » Le chevalier déplia la serviette et la donna à Vespasien. Celui-ci vit l'empreinte du visage : instantanément, il recouvra la santé. Son père en fut témoin, ainsi que les autres gens : la joie atteignit à l'inexprimable.

23. Aussitôt Vespasien s'équipa et s'en alla en Judée. Il fit mettre à mort tous ceux qui avaient participé au Crucifiement du Prophète. L'ayant appris, la femme de Joseph vint à lui avec son enfant et lui raconta de quelle manière elle avait perdu son mari. Quand il l'entendit cela, il fit arrêter tous les coupables et jura, alors, qu'il les ferait tous brûler s'ils ne lui avouaient où était Joseph. Ils lui répondirent que les mettre tous à mort n'empêcherait pas

---

Et ele desvolepa la touaile : si sambla qu'ele eüst esté tout novelement tissue, et la figure paroit ensement com s'ele[d] eüst esté pourtraite. Cele touaile emporta li chevaliers a Rome. Et la nuit devant que il venist a Rome, songoit Vaspasiens que uns lions venoit de devers le ciel, et si l'enportoit a ses ongles, et si l'escorçoit tout ; et tous li mondes aloit criant après lui : « Venés veoir l'ome mort resuscité ! »

22. Au matin, quant il fu levés, si vint ses peres devant lui. Et quant Vaspasiens le vit, se li dist : « Biaus peres, faites vous liés : car je sai de voir que [4 a] je serai garis ! » Atant es vous le chevalier. Et si tost com Vaspasiens le vit, si conmencierent si menbre tout a alegier, et si li dist : « Sire, vous soiiés li bien venus, quar vous aportés ma santé ! » Et li chevaliers desploiia la touaile et le bailla Vaspasien. Et il vit la painte figure, et si tost com il l'ot veüe si fu tous sanés. Et quant ses peres vit ce, et les autres gens, si fu si grans la joie comme nus ne porroit raconter.

23. Maintenant s'apareilla Vaspasiens et s'en ala en Judee, et fist destruire tous ciaus qui orent esté a crucefiier le Prophete. Et la feme Joseph le sot ; si vint a lui entre li et son enfant et li conta en quele maniere ele avoit perdu son mari. Et quant il oï ce, si les fist tous tenir et illuec jura que il les arderoit tous se il ne li disoient ou il estoit. Et li disent que pour tant les feroit tous ocirre, qu'il estoit

qu'il fût décédé depuis plus de quinze ans. Mais il les harcela
tant qu'ils lui avouèrent l'avoir fait jeter en prison par deux
hommes à leur dévotion ; il n'y en avait plus qu'un, car le
second avait été décapité la semaine même de l'incarcération
(le geôlier, quant à lui, était tombé du haut des murs, un jour
à peine après avoir cessé de donner à manger au captif).
Ainsi ne restait-il que l'un des deux : Caïphe, évêque des
Juifs l'année où Dieu fut mis en croix. Ils ajoutèrent qu'il
pouvait faire de lui ce qu'il voudrait : ils avaient en effet mis
Joseph en prison, ce dont Caïphe était parfaitement informé,
et si ce dernier ne le renseignait pas, jamais on n'en aurait de
nouvelles. Alors il convoqua Caïphe et le fit soigneusement
surveiller ; quant aux autres, il les fit garder puis brûler. Il
interrogea Caïphe, qui lui répondit qu'il ne saurait l'en
instruire, dût-on l'écarteler, car même si l'humanité entière
l'avait juré, elle ne pourrait rendre la vie à Joseph, à moins
que le Seigneur-Dieu ne le fît. Il pourrait toutefois lui indiquer l'endroit où il avait été incarcéré ; concernant sa vie, il
ne savait rien. Vespasien répondit qu'il ne demandait pas
autre chose. Caïphe déclara qu'il donnerait le renseignement
contre la promesse de n'être ni brûlé ni pendu : Vespasien y
consentit sans réserve.

24. Et Caïphe le conduisit à la tour : « Voici, dit-il, l'endroit où il fut mis en prison, et moi, qui n'avais pas plus de
vingt-trois ans quant on l'y jeta, comme je suis vieux à présent ! — Ne t'inquiète pas, répondit Vespasien : Celui pour

---

mors plus avoit de .xv. ans. Et il les encercha tant qu'il li
l'avoient emprisonné par .ii. sergans ; mais il n'en i avoit mais que un,
car li autres ot la teste copee dedens la semaine que il fu emprisonnés ; et li chartriers chaï jus des murs[a], l'endemain que il li laissa a
donner a mengier. Ensi n'en remest que li uns : ce fu Cayfas qui
estoit evesques des juis, l'an que Dix fu mis en crois. Et si disent que
il pooit faire son plaisir de lui, car il l'avoient mis em prison et que
Cayfas le savoit bien, « et se cil ne l'enseignoit, jamais n'en orra on
noveles ». Et lors manda il Cayfas et le fist molt bien garder, et les
autres fist garder et ardoir. Et il demanda a Chayfas, et il dist que il
ne li savroit ou enseignier, qui tous le[b] devroit desmembrer : car se
tout cil del monde l'avoient juré, nel porroient il rendre en vie se
Damedix ne le faisoit. Mais il li enseigneroit le lieu ou il avoit esté
mis, car de sa vie ne savoit il riens. Et Vaspasiens dist qu'il ne
demandoit autre chose. Et Chayfas dist qu'il l'enseigneroit par tel
couvenant que il ne seroit ne ars ne pendus. Et Vaspasiens li otroiia
tout.

24. Atant le mena Cayfas a sa tour et dist : « Vesci le lieu ou il fu
mis em prison, ne je n'avoie mie plus de .xxiii. ans quant il i fu mis,
qui ore sui tous vix ! » Et Vaspasiens dist : « Ne t'esmaiier pas : car cil

qui on l'y jeta a bien le pouvoir de le sauver : moi qui ne
l'avais jamais servi, il m'a guéri de la plus ignoble maladie
qui fût jamais. » Alors il commanda à Caïphe d'entrer dans la
geôle. Celui-ci répondit qu'il n'y pénétrerait pas, dût-il être
écartelé vivant. Vespasien dit que c'était son droit, car si lui,
un si misérable pécheur, devait l'avoir touché, ce serait un
chagrin et un préjudice ; il ajouta qu'il y entrerait lui-même.
Alors il se fit descendre dans le cachot. Parvenu en bas, il
fut accueilli par la plus grande clarté du monde. Il resta
silencieux un long moment à l'écart, puis appela Joseph par
son nom. Celui-ci répondit : « Qui m'appelle ? — C'est moi,
Vespasien, le fils de l'empereur de Rome : je viens vous
chercher. » Joseph se demanda qui pouvait bien être ce Vespasien : car il pensait n'être resté dans cette prison que du
vendredi au dimanche. Il demanda donc à Vespasien ce qu'il
devait faire de lui ; Vespasien lui répondit qu'il était venu
venger son Sauveur, et le tirer, lui, de cette prison. Quand
Joseph le comprit, il en remercia Notre-Seigneur, et Vespasien se fit remonter pour raconter ce grand prodige. Pendant
ce temps, une voix s'adressa à Joseph pour lui dire de ne pas
s'inquiéter, puisque le vengeur terrestre était venu : « Celui-ci
te rendra justice contre tous tes ennemis. Et quand tu auras
vu comment il se sera vengé, je te montrerai combien tu
devras souffrir pour porter mon nom. — Seigneur, lui
répondit Joseph, je suis votre serviteur, disposé à faire ce

---

pour qui il i fu mis est bien poissans de lui sauver, car moi qui onques
servi ne l'avoie a il gari del plus vilain mal qui onques [*b*] fust. » Et lors
conmanda il a Cayfas qu'il entrast en la chartre. Et il dist qu'il n'i
enterroit pour tous vis estre desmenbrés. Et Vaspasiens dist qu'il
avroit droit, car s'il avoit atouchié a lui, si vils pechierres com il estoit,
ce seroit dels et damages. Et il li dist qu'il i enterroit. Et lors se fist il
avaler en la chartre. Et quant il vint aval, se li vint la greignour clarté
del monde ; si se tint une grant piece cois d'une part, et l'apela par son
non, et il dist : « Qui est ce qui m'apele ? — Je sui Vaspasiens, li fix a
l'emperaour de Rome, qui vous vient querre. » Et il se conmencha a
pourpenser qui estoit cil Vaspasiens : car il ne quidoit avoir demouré
en la prison fors tant com il a del venredi jusques au diemence. Et lors
demanda il Vaspasien que il devoit faire de lui, et il li dist que il estoit
venus vengier son Sauveour, et lui oster de cele prison. Et quant
Joseph l'entendi, si en mercia Nostre Seignor et Vaspasiens*a* si fist
retraire amont pour raconter la grant merveille. Et endementiers i vint
une vois a Joseph et li dist qu'il ne s'esmaiast mie, car li vengierres terriens estoit venus : « Cil te vengera de tous tes anemis. Et quant tu
avras veü quele vengance il avra prise, si te mousterrai con grant
painne il te couvenra soufrir pour mon non porter. » Et Joseph li
respondi : « Sire, je sui vostres sergans, et apareilliés a faire ce qu'il

qu'il vous plaira de commander. Seigneur, que vais-je faire de votre écuelle ? J'aimerais en effet qu'elle fût bien cachée. » La voix lui dit : « Ne t'inquiète pas pour l'écuelle : de retour dans ta maison, tu vas la trouver à l'endroit même où tu l'avais mise quand je l'apportai ici.

25. « Va, maintenant : tu es sous ma garde et ma protection. » La voix se tut ; Vespasien, qui était déjà remonté, le fit tirer en haut. Quand Caïphe, qui était encore là, le vit, il ne lui sembla pas vieilli : il dit au contraire qu'il ne l'avait jamais vu si beau. Mais lorsque Joseph vit Caïphe il lui fut impossible, tant il était vieilli, de le reconnaître. Non plus que son propre fils, quand celui-ci vint l'embrasser : il demanda qui il était ! On lui disait que c'était son fils, mais il ne le crut pas. Ce fut le tour de sa femme d'accourir l'embrasser : il se mit à la regarder, et il lui sembla, aux traits du visage, que c'était elle ; mais comme elle lui parut changée ! « Seigneur, lui dit-elle, ne me reconnaissez-vous pas ? Je suis Éliap, votre femme, et lui, c'est Josephé, votre fils. » Il répondit qu'il ne la croyait pas, à moins qu'elle ne lui en fournît des preuves. Mais Vespasien lui demanda : « Joseph, combien de temps pensez-vous avoir séjourné dans cette prison ? — Seigneur, lui répondit Joseph, je pense être resté de vendredi jusqu'à aujourd'hui ! » Ils éclatèrent de rire, le pensant franchement abasourdi. Mais ce qui étonna le plus Caïphe, c'est qu'il eût survécu si longtemps sans manger.

---

vous plaira a conmander. Sire, que ferai je de voſtre esquiele ? car je vauroie que ele fuſt molt celee. » Et la vois li diſt : « Ne t'esmaiier de l'esquiele : car quant tu venras en ta maison, tu le trouveras en tel lieu que tu l'avoies mise quant jou l'aportai ci[*b*] dedens.

25. « Or t'en va car je te preng en garde et en conduit. » Atant se taiſt la vois, et Vaspasiens qui ja eſtoit amont le fiſt traire sus. Et quant Cayphas le vit, qui encore illoec eſtoit, si ne li fu mie avis que il fuſt enviellis, ançois diſt qu'il ne l'avoit onques veü si bel. Et quant Joseph le vit, si nel pot mie connoiſtre tant eſtoit il enviellis, ne son fil meïsmes quant il le vint baisier : ançois demanda qui il eſtoit, et on li diſt que ce eſtoit ses fix ; et il ne le crut mie. Après le recourut sa feme baisier ; et il le conmencha a regarder et li sambla par le vis que ce eſtoit sa feme : mais trop li sambla eſtre changie. Et ele li diſt : « Sire, ne me connoissiés vous mie ? Je sui Eliap voſtre feme, et cil eſt Josephés[*a*] voſtre fix. » Et il diſt qu'il ne l'en creoit mie s'ele ne l'en disoit [*c*] vraies enseignes. Et Vaspasiens li demanda : « Joseph, combien quidiés vous eſtre sejournés en la prison ? » Et Joseph li respondi : « Sire, je quit avoir demouré del venredi jusques a mui[*!*] » Lors conmencierent tout a rire, car il quidoient que il fuſt tous ausi conme eſtourdis. Mais de ce s'esmerveilla plus Cayfas qu'il avoit tant vescu sans mengier ;

« Par ma foi, dit-il, on me donne à entendre que cela fait quarante-deux ans révolus ! » Joseph, entendant cela, fut grandement étonné. Vespasien fit amener Caïphe devant lui, et lui demanda s'il le reconnaissait ; il lui répondit que non. Joseph lui demanda qui il était, et il lui dit que c'était Caïphe, celui qui l'avait fait mettre en prison, avec l'aide d'un autre, à telle enseigne qu'ils le laissèrent tomber, de sorte qu'il se fit une plaie au milieu du front : ces preuves, Joseph les reconnut bien. Quand il vint à Jérusalem, le peuple, qu'il reconnut peu, l'accueillit très joyeusement. Vespasien fit arrêter tous ceux qui avaient participé à la mort de Jésus-Christ : Joseph, les ayant reconnus, les lui désigna. Puis se tint le procès de Caïphe, à qui l'on avait promis en effet qu'il ne serait ni brûlé ni pendu. Quelqu'un dit qu'il serait juste de le mettre dans la prison où Joseph avait séjourné : qu'on le fît, là, mourir de soif et de faim. Un autre dit que Vespasien pourrait bien le mettre à mort sans renier sa promesse : il ne devait être en effet préservé que du bûcher ou de la pendaison ; si Vespasien le faisait noyer, il ne serait ni brûlé ni pendu ! « Seigneur, dit Joseph, il vous appartient de faire ce qu'il vous plaira de lui. Mais, pour Dieu, ne le faites pas mourir ainsi. Faites-le mettre dans un endroit où il ne meure pas s'il veut amender sa vie, et d'où l'évasion soit impossible : Notre-Seigneur le rendra tel, peut-être, qu'il ne voudrait pas qu'il fût mort dans de telles circonstances. — Votre conseil, dit Vespasien, sera

---

et il dist : « Par foi, on me fait entendre que il a .XLII. ans ja tous acomplis. » Quant Joseph oï ce, si s'esmerveilla molt. Vaspasiens li fist amener Cayphas devant lui, et li demanda se il le connissoit et il li dist que non. Et Joseph li demanda qui il estoit et il dist que c'estoit Cayphas qui l'avoit fait metre em prison entre lui et un autre, et a teles enseignes qu'il le laissierent si chaoir qu'il ot une plaie enmi le front : et ces enseignes connut bien Joseph. Et quant il vint en Jherusalem, se li firent la gent molt grant joie ; mais il le conut petit. Et Vaspasiens fist prendre tous ciaus qui avoient esté a la mort Jhesucrist, lesquels Joseph li enseigna et qu'il connut ; puis si fu tenus li plais de Chayfas, car on li avoit creanté qu'il ne seroit ne ars ne pendus. Si dist li uns que ce seroit drois que il fust mis en la prison ou Joseph avoit esté : si le feïst on illuec morir de soif et de faim. Et li autres dist que il le feroit bien morir sans perdre sa promesse, car il ne devoit avoir garant fors d'ardoir ou de pendre ; et s'il le faisoit noiier, il ne seroit ne ars ne pendus. « Sire, dist Joseph, il est en vostre volenté a faire ce que il vous plaira de lui. Mais pour Dieu ne le faites pas morir ensi ; mais faites le metre en tel lieu que il ne muire se il veut amender sa vie, et que il n'en escapast : quar Nostres Sires le fera par aventure tel que il ne vauroit mie que il fust mors en tel point. » Et Vaspasiens dist : « Vostre consals en sera ore

suivi. » Alors il fit aussitôt appareiller un bateau et y fit entrer Caïphe. Il fit bien éloigner ce bateau de la rive, et Caïphe alla où le hasard le mena sur les flots.

26. Voilà comment Vespasien fit justice physiquement à Jésus-Christ contre ses ennemis ; pas seulement lui : plutôt, Jésus-Christ se rendit justice par lui. Ce fut pour montrer un signe aux hommes : et c'est pour cela que Dieu l'avait guéri d'une maladie aussi dégradante que la lèpre. Ceux qui, en effet, l'avaient le plus tenu en affection, c'étaient les Sarrasins, et ils firent plus pour lui que ceux qu'il appelait ses fils : si les Juifs impies le crucifièrent, ce furent les païens qui le vengèrent. La nuit précédant son départ, Vespasien, couché dans son lit, méditait et se mit à prier Jésus-Christ son Père. Il entendit une voix qui disait à Joseph : « Voici venu le temps où tu dois aller prêcher mon nom et ma foi dans les contrées et les pays étrangers. Il faut que tu abandonnes toutes les richesses de ce monde. Tu emmèneras avec toi ceux de ta parenté qui voudront glorifier mon nom. Josephé, ton fils, ne prendra jamais femme, mais il me gardera toujours sa chasteté. Veille, dit la voix, à te faire baptiser demain. Après quoi tu quitteras Jérusalem de sorte que tu resteras mon serviteur et de jour et de nuit, et que jamais vous n'y reviendrez, ton fils et toi. Tu t'en iras sans or, sans argent et sans monture, comme tous ceux qui t'accompagneront. Tu n'emporteras aucun bien si ce n'est mon écuelle.

---

creüs. » Lors maintenant fist apareillier un batel et le fist entrer ens ; et fist le batel bien eslongier en la mer, et ala la ou aventure le mena aval la mer.

26. Ensi venga Vaspasianus Jhesucrist corporelment de ses anemis ; et non pas seulement lui, ançois se venga Jhesucris pour lui : ce fu por moustrer essample as gens : et pour ce l'avoit Dix gari de si vilaine maladie comm est meselerie. Car cil qui plus l'avoient tenu chier ce furent li sarrasin, et plus firent pour lui que cil qu'il apeloit ses fix : car li felon juis le pendirent en [*d*] crois et li païen le vengierent. La nuit devant ce que Vaspasiens s'en devoit aler, et si pensoit en son lit et i jut et i oura Jhesu Crist son pere. Et oï une vois qui disoit a Joseph : « Ore est venus li termes que tu dois aler preecier mon non et ma creance en estranges contrees et en estranges païs ; et te couvient laissier toutes les terrienes richoises. Et menras avoec toi de tes parens, ciaus qui vauront mon non essaucier. Et Josés tes fix ne prendra jamais feme, ains me gardera tous dis sa chaasté. Et gardes, dist la vois, que tu te faces demain baptizier. Et puis t'en iras hors de Jherusalem en tele maniere que jamais n'i enterras entre toi et ton fil, ançois esteroies mon serf et par jour et par nuit ; et si t'en iras sans or et sans argent et sans chevaucheüre, toi et tout cil qui seront en ta compaingnie. Ne ja n'enporteras nul avoir fors m'esquiele.

Tu recevras pour familiers et pour compagnons tous ceux qui voudront aller avec toi et souhaiteront recevoir le baptême. Veille à ce que personne de ta communauté n'emporte d'argent ; ils auront en effet tout ce qu'ils me demanderont. Quand tu sortiras de Jérusalem, tu prendras vers l'Euphrate. Je t'indiquerai alors où tu devras aller et ce que tu devras faire. »

27. La voix se tut. Quand vint le matin, Joseph se leva et reçut le signe du chrétien de la main de saint Philippe qui était pour lors évêque de Jérusalem[1]. Voyant cela, Vespasien demanda à Joseph quelle en était la signification. Joseph lui dit que c'était le salut venant de Jésus-Christ, et que personne sans cela ne pouvait être sauvé. Quand Vespasien l'entendit, il dit qu'il adopterait cette foi, et il se fit baptiser : il eut un parrain, comme Dieu l'a établi dans la loi chrétienne : c'était Joseph. Mais il fit jurer à tous ses hommes que jamais son père n'en saurait mot : il voulait, avant qu'il ne l'apprît, savoir si cela plairait à son père ou non. Néanmoins il fit baptiser sa suite avec lui. Et son père ne l'apprit pas avant qu'ils ne vinssent tous deux, avec leur grande armée, ruiner Jérusalem par cette grande destruction qui eut lieu, avant que les chrétiens ne s'enfuissent dans le pays d'Agrippa, le fils d'Hérode[2]. Pour lors eut lieu en effet la grande destruction que firent Titus et Vespasien quand ils eurent assiégé Jérusalem, l'année où Joseph fut sorti de pri-

---

Et si rechevras en maisnie et en compaingnie tous ciaus qui vauront aler avoec toi et qui vauront recevoir bauptesme. Et gardes que nus de ta compaingnie ne port pecune, car il avront tout ce que il me demanderont. Et quant tu istras fors de Jherusalem, si t'en iras tout vers Eufrates ; et je t'enseignerai lors ou tu t'en devras aler et ce que tu deveras faire. »

27. Atant laissa la vois a parler. Et quant vint a la matinee, si se leva Joseph et rechut crestienté de la main saint Phelippe qui estoit adont evesques de Jherusalem. Et quant Vaspasiens le vit, si demanda a Joseph que ce senefioit ; et Joseph li dist que ce estoit li sauvemens de Jhesu Crist, et sans ce ne pooit nus hom estre sauvés. Et quant Vaspasiens l'oï, si dist que ceste creance prendroit il, et si se fist bauptizier : et fu Joseph ses maistres parrins si come Dix l'establi en la loy crestienne. Mais il fist jurer a tous ses homes que ja ses peres n'en savroit mot[a] : car il ne voloit pas que il le seüst desi a cele eure que il savroit s'il plairoit son pere ou non. Et nonporquant il fist sa maisnie bauptizier avoec lui. Ne onques nel sot li peres devant qu'il vinrent ambedoi atout lor grant pooir destruire Jherusalem de la grant destrucion qui fu, ançois que li crestien s'enfuissent en la terre d'Agripe au fil Herode. Car adont fu la grans destrusions que Thitus et Vaspasianus firent quant il orent assise Jherusalem, l'an que Joseph

son. Tant et si bien qu'il arriva, un jour que Vespasien, en homme plein d'audace, donnait un assaut très énergique aux murs de la cité de Jérusalem, avec son armée au grand complet, que le reconnut un de ses clercs, qui avait été baptisé avec lui. Il se mit à l'apostropher à pleins poumons : « Ah ! Vespasien, Sarrasin déloyal et pire qu'un traître renégat ! Pourquoi abandonnerais-tu celui qui t'a guéri de la lèpre et dont tu as reçu le baptême ? » Aussitôt Vespasien cessa d'attaquer. Entendant de telles paroles, son père s'emporta contre lui et le blâma pour ce que le clerc lui avait dit. Séance tenante, il le chassa loin de lui dans des contrées étrangères — ce que ne raconte pas l'histoire des empereurs qui ont gouverné Rome. Mais sur cela le conte se tait, et n'ajoute rien. Il va nous expliquer comment Vespasien quitta Joseph et Jérusalem, et nous dire comment Joseph amena tous ses parents à la vraie foi, ainsi que Notre-Seigneur le lui avait enseigné.

Joseph évangélisateur.

28. Le conte reprend lorsque Vespasien quitta Joseph, et Jérusalem où il alla recevoir la foi. Il se tait pour ne plus parler de Vespasien, et revient à Joseph qui mit en route tous ses parents et leur annonça la vraie foi, ainsi que Notre-Seigneur le lui avait indiqué. Il leur fit tant de sermons qu'il en convertit soixante-cinq, dont certains avaient été baptisés, mais

---

fu mis fors de prison ; et tant qu'il avint un jour [e] que Vaspasiens assailloit molt durement as murs de la cité de Jherusalem a trestout son pooir, come cil qui estoit plains de grant hardement, si le reconnut uns siens clers qui avoit esté baptisiés avoec lui. Si li conmencha a crier molt durement a grant alainne : « Hai ! Vaspasiens sarrazins desloiaus et pires que traîtres renoiiés por coi deguerpiroies tu celui qui te gari de la meselerie et qui bauptesme tu receüs ? » Lors maintenant laissa Vaspasiens a asallir. Et quant ses peres entendi tés paroles, si se courecha molt durement a lui et li reprocha ce que li clers li avoit dit. Demaintenant le chaça en sus de lui en estranges contrees ; mais ce ne conte pas li estoires des emperaours qui ont gouverné l'empire de Rome. Mais de ce se taist ore li contes, que plus n'en parole ; et nous contera comment Vaspasiens se parti de Joseph et de Jherusalem, et nous dira conment Joseph mist tous ses parens a la vraie creance si com Nostres Sires li avoit enseignié.

28. Or repaire li contes la ou Vaspasiens se parti de Joseph et de Jerusalem ou il ala la creance recevoir. Atant se taist que plus ne parole de Vaspasien, et coumence de Joseph qui envoia tous ses parens et si lor anoncha la creance, ensi come Nostres Sires li avoit enseignié. Si lor preecha tant qu'il en converti .LXV. dont il i avoit de tels qui avoient esté bauptizié, mais il estoient

étaient des croyants plus que tièdes. Quand ils furent tous baptisés, ils sortirent de Jérusalem et prirent vers l'Euphrate, ainsi que Notre-Seigneur l'avait commandé à Joseph. Ils arrivèrent à Béthanie. Il commençait à se faire tard. « Cher seigneur, lui dirent ses gens, cherchons à nous loger, il est grand temps. Si nous dépassons cette ville, nous n'allons plus trouver aujourd'hui de logis. — Ne vous inquiétez pas, dit Joseph : le Seigneur pour qui nous avons quitté notre pays y pourvoira largement. Si nous voulons en effet le servir filialement, il nous donnera beaucoup plus qu'il ne donna à nos pères dans le désert ; mais si nous le servons comme ils firent, il ne sera pas pour nous un père, mais un parâtre : il nous fera défaut quand nous aurons le plus grand besoin de lui. »

29. Joseph cessa de parler. Ils cheminèrent jusqu'au bois de Béthanie, à une lieue de là. On l'appelait le bois des Aguets : c'est dans ce bois qu'on avait forcé le roi de Damas à s'arrêter. Quand ils furent arrivés dans ce désert, Notre-Seigneur appela Joseph et lui dit : « Je suis ton Dieu et ton Seigneur, moi qui ai préservé tes pères de la main de Pharaon et qui les ai aidés, bien qu'ils fissent leur possible pour me nuire. Si les pères m'ont indignement servi eu égard aux biens dont je les ai gratifiés, je n'en veux pas sanctionner les fils. Voilà pourquoi je t'ai choisi pour glorifier mon nom et ma foi. Tu vas être le gardien d'un plus grand peuple que tu ne crois. C'est par toi qu'ils bénéficieront de mon aide et de mon secours, s'ils

---

refroidié de lor creance. Et quant il furent tout bauptizié, si s'en issirent hors de Jherusalem et tournerent vers Enfrates, ensi come Nostres Sires li avoit conmandé, et vinrent a Bethanie : si conmencha a avesprer, et lors li dirent ses gens : « Biaus sire, et car nous herbergons, car tans et eure en est ; se nous passons*ᵈ* ceste ville nous ne troverons hui mais*ᵇ* ou herbergier. — Or ne vous esmaiiés, dist Joseph, car li Sires pour qui nous*ᶜ* somes parti de nostre païs nous en donra assés. Car se nous le volons servir come fil, il nous donra assés plus*ᵈ* qu'il ne donna nos peres el desert ; mais se nous le servons com il firent, il ne nous sera mie come peres, mais come parastres. Car il nous faurra quant nous aurons greignour mes[ſ]tier de lui. »

29. Atant laissa Joseph a parler ; et errerent tant qu'il vinrent au bois de Bechanie, a une lieue pres d'illuec. Si estoit apelés li bois des Agais*ᵃ*, car en celui bois livrerent arrest au roi de Damas*ᵇ*. Et quant il furent venu en cel desert, si apela Nostres Sires Joseph et li dist : « Je sui tes Dix et tes sires qui gardai tes peres de la main Pharaon et je lor aidai, ja soit ce qu'il me nuisoient a lor pooirs ; et se li pere*ᶜ* m'ont malement servi envers les biens que je lor fis, pour ce noeil je pas rendre la merite as fix. Pour ce t'ai je esleu a essaucier mon non et ma creance. Et si seras*ᵈ* garde de greignour pueple que tu ne quides. Et par toi avront il m'aïde et mon secours, se il me voelent tenir

veulent me considérer comme un père. » Alors il lui dit : « Va
vers ton peuple et fais-le se loger : chacun aura ce qu'il voudra
dans son habitation. Et avant de quitter ce bois, tu feras fabri-
quer un coffre pour transporter mon écuelle. Chaque jour
vous vous prosternerez devant cette arche dans laquelle vous
porterez l'écuelle, pour avoir l'amour de votre Seigneur. Et
quand tu voudras me parler, tu ouvriras l'arche de sorte que
toi seul voies clairement l'écuelle : je veux que personne ne la
touche à part toi et ton fils. Maintenant, va-t'en installer ton
peuple, et fais ainsi que je t'ai commandé. » Joseph partit,
revint vers son peuple et le fit se loger. Dieu par sa grâce
envoya à chacun ce qu'il désirait ; ils furent cette nuit-là plus
confortablement installés qu'ils ne l'avaient jamais été de leur
vie. Au matin, Joseph fit faire l'arche, comme Notre-Seigneur
le lui avait commandé, et il y mit l'écuelle du Sauveur. Quand
ils se furent prosternés, ils se mirent en route et arrivèrent à
une cité qu'on appelle Sarras[1]. C'est de cette cité que sont originaires les Sarrasins qui ont essaimé dans maintes villes et
maints territoires. Il est donc difficile de croire ceux qui les
disent descendants de Sara, la femme d'Abraham. Que Sara
n'eût pas été juive, on ne l'ignore pas, et il en est de même
pour tous ceux qui descendirent d'Isaac. Mais c'est confondre
la majorité avec le tout : il n'est pas normal qu'ils soient dits
Sarrasins de par leur mère[2]. Quant à Sarras, ce fut la première
cité où fut établie leur loi jusqu'à la venue de Mahomet.

---

conme pere. » Lors li dist : « Va a ton pueple et si les fai herbergier,
et il avra chascuns ce que il vaura en son habitacle[e]. Et ançois que tu
partes de cest bois feras tu a m'esquiele une huge en coi vous le porterés. Et chascun jour ferés vous afflictions[f] devant cele arche en coi
vous le porterés pour avoir l'amour de vostre Signour[g]. Et quant tu
vauras parler a moi, si ouvrras l'arce si que toi tous seus voies l'esquiele apertement : mais je ne voel que nus le touche a l'esquiele
fors toi et tes fix. Or t'en va et atourne ton pueple et fai ensi conme
je t'ai conmandé. » Atant s'em parti Joseph et vint a son pueple, si le
fist herbergier. Et Dix par sa grasce lor envoiia a chascun ce que il
desiroit, et furent la nuit tant a aise que il n'avoient onques en lor
vies tant esté. Au matin fist Joseph faire l'arce si com Nostres Sires li
avoit conmandé et si i mist l'esquiele au Sauveour. Et quant il orent
fait lor afflictions, si se misent a la voie tant que il vinrent a une cité
c'on apele Sarras. De cele cité issirent primes li sarrazin qui ore sont
en maintes viles et en maintes terres. Et cil ne font mie a croire qui
dient qu'i sont de Sarras la feme Abraham : car ce n'est pas chose
mesconneüe que Sarra ne fust juise, et autresi furent tout cil qui
furent de Ysac. Et pour la greignour partie prent on le tout, et pour
ce n'est il pas drois que sarrazin soient dit de lor mere. Et ce fu la
premiere cités ou lor lois fu establie desi a la venue de Mahomet.

30. Joseph arriva à cette cité, avec ses compagnons, onze jours après leur départ de Jérusalem. Il vint à l'entrée de la ville. Notre-Seigneur l'appela et lui dit : « Joseph, tu vas aller dans la cité pour prêcher mon nom, et tu baptiseras tous ceux qui voudront croire au nom du Père, et du Fils et du Saint-Esprit. » Et Joseph de lui dire : « Ah ! Seigneur, comment m'y employer, moi qui n'y connais rien ? — Ne t'inquiète donc pas, dit Notre-Seigneur : tu n'auras qu'à ouvrir la bouche. »

31. La voix se tut. Joseph et tous ses compagnons entrèrent dans la cité. Ils ne s'arrêtèrent pas avant d'avoir atteint le temple. C'était en effet le plus bel endroit de la cité : aussi les Sarrasins le tenaient-ils en le plus grand honneur. À l'entrée de ce temple se trouvaient de très luxueuses galeries, et les pairs de la ville y tenaient leur assemblée : d'où leur nom d'assises des jugements. C'est là que Joseph entra, avec sa compagnie, pour y trouver beaucoup de Sarrasins, et aussi le roi de la ville, qui se nommait Évalac le Malconnu[1] — on ignorait le lieu de sa naissance. Quand il y eut pénétré, il fut suivi par une très grande partie du peuple sarrasin, pour qui voir de semblables hommes était insolite. Le roi pour lors y tenait conseil, au sujet de la guerre que lui livraient les Égyptiens. Il était en effet si vieux qu'il n'était plus autant redouté de ses ennemis que par le passé, alors qu'il n'avait pas atteint cet âge canonique ; mais maintenant les Égyptiens lui fai-

---

30. En cele cité vint Joseph, il et si compaingnon, a l'onsisme jour que il se partirent de Jherusalem. Et il vint a l'en[$s\,a$]tree de la vile, si l'apela Nostre Sires et se li dist : « Joseph, tu t'en iras en la cité et preeceras mon non ; et bauptizeras tous ciaus qui vauront croire el non del Pere, et del Fil et del Saint Esperit. » Et Joseph si li dist : « Ha ! sire, conment m'entremetroie je de tel chose que je ne sai ? — Or ne t'esmaiier, dist Nostres Sires : car tu ne feras fors que la bouche ouvrir. »

31. Atant s'en ala la vois ; et Joseph entra en la cité, et tout si compaingnon, et onques n'i arresterent devant qu'il vinrent devant le temple. Car ce estoit li plus biaus lix de la cité, si le tenoient li sarrasin en greignour honnour. A l'entree de cel temple avoit molt riches loges, et illuec tenoient li per de la vile lor parlement, et si estoient apelees les sieges des jugemens. Illuec entra Joseph et sa compaingnie et i trouva asés sarrasins ; et i trouva le roi de la vile qui avoit a non Enalac li mesconneüs, car on ne savoit ou il avoit esté nés. Et quant il fu entrés ens, si entra avoec lui molt grant partie del pueple sarrasinois, pour ce qu'il n'avoient pas acoustumé a veoir tés homes. Illoec tenoit adont li rois parlement de ce que li Egyptiien le guerroioient. Car il estoit tant enviellis qu'il n'estoit mais de noient cremus de ses anemis tant com il avoit devant esté ançois que il fust si enviellis ;

saient la guerre : ils lui avaient déjà enlevé la moitié du territoire qui leur était limitrophe, l'avaient défait en bataille et
forcé à battre en retraite il n'y avait pas huit jours. Voilà
pourquoi il avait convoqué le meilleur conseil de son territoire, celui de ses barons, dans lequel il mettait sa plus
grande confiance. Il voulait les consulter sur le moyen de se
délivrer et de se venger des Égyptiens, puisqu'ils voulaient le
spolier de son territoire. Il demandait qu'on en délibérât,
mais il avait auprès d'eux complètement échoué : jamais ils
ne combattraient les Égyptiens, disaient-ils.

32. Le roi, qui en était très irrité, ne savait comment agir.
Ayant entendu ces propos, Joseph fut tout joyeux : il se rendait bien compte qu'en l'occurrence sa parole serait écoutée, à
cause des circonstances difficiles où se trouvait Évalac. Il en
remercia beaucoup son Sauveur. Ainsi que vous pouvez l'entendre, ses conseillers ne le soutinrent pas, l'incitant à conclure
le meilleur compromis possible avec ses ennemis. Le roi s'en
troubla visiblement. Quand Joseph le vit, il lui dit : « Roi Évalac, pourquoi cet air ? Fais bonne mine et console-toi : je vais
te montrer, si tu le veux, comment tu pourras être victorieux
de tes ennemis, et atteindre la joie perpétuelle. » Quand le roi
Évalac l'entendit ainsi parler, il le considéra avec férocité :
« Qui es-tu, pour me donner victoire sur mes ennemis ?

33. — Pour sûr, Évalac, je n'affirme pas que je puisse te

---

mais or le guerroioient li Egyptien, et li avoient ja[a] tolue la moitié
de sa terre qui marchissoit a aus, et l'avoient ja desconfit em
bataille, et chacié n'avoit pas .VIII. jours. Et pour ceste chose avoit il
mandé tout son meillour conseil de ses barons et de sa terre, ou il
avoit greignour fiance la ou il plus se fioit. Car il lor voloit demander conseil comment il se porroit deliver et vengier des Egyptiens,
qu'il li voloient tolir sa terre : si en demandoit conseil, mais il avoit a
aus del tout failli : car il disoient qu'il ne se combatroient jamais a
Egiptiens.

32. De ceste chose estoit li rois molt coureciés et ne savoit qu'il
em peüst faire. A ces paroles entendi Joseph et en ot molt grant joie.
Car il savoit bien que ore seroit entendue sa parole pour le[a] grant
besoing que Analac avoit ; si en mercia molt son Sauveour. Ausi
come vous poés oïr, li faillirent ; et li disent qu'il fesist le meillor
plait qu'il peüst encontre ses anemis. Li rois durement s'en esmaiia.
Et quant Joseph le vit, si li dist : « Rois Amalac, pour coi fais tu tele
chiere ? Fai bele ciere et si te reconforte, car je t'enseigne[b]rai, se tu
veus, conment tu porras avoir victoire sor tes anemis, et
conqueras la joie qui ja n'avra fin. » Quant Amalac li rois l'oï ensi
parler, si l'esgarda molt fierement et dist : « Qui es tu, qui victoire me
donnes sor mes anemis ?

33. — Certes, Amalac, je ne di mie que je te puisse victoire

donner la victoire. Mais si tu veux m'écouter et entendre ce
que je vais te dire, tu auras et l'un et l'autre par la grâce du
Saint-Esprit. » Évalac répondit qu'il l'écouterait volontiers,
quel que pût être son propos. Joseph lui dit : « Ce sera ton
avantage et ton honneur, et pour ta vie le salut qui est la joie
sans fin. — Par ma foi, voilà qui mérite bien d'être entendu,
dit le roi, et cela pourra bien me conduire à ne plus croire
d'autre conseil que le tien ! » Alors Joseph lui dit : « Écoute
donc comment tu peux être aidé. Il va te falloir en tout premier lieu mettre en pièces les idoles que tu adores : tu dis
que ce sont tes dieux ; mais si tu leur demandes conseil et
aide, ils n'en peuvent mais. Ne perds pas de vue qu'ils ont
abusé tes ancêtres. Il faut, en revanche, adorer celui qui a
supporté la souffrance de la mort pour sauver le monde. —
Comment, dit le roi, m'affirmes-tu donc qu'il a le pouvoir de
me sauver après la mort et de me donner la réussite sur
terre, Celui qui a supporté la souffrance de la mort, ainsi que
toi-même l'attestes ? Il ne me semble pas que Celui qui a
enduré la mort puisse m'aider ! » Joseph répondit alors :
« Roi, le Sauveur du monde reçut la mort parce que les Juifs
impies portèrent accusation contre lui devant Pilate ; Pilate
en personne lui demandait si c'était la vérité, mais il ne voulait pas répondre. — Est-ce, dit le roi, pour avoir supporté
la mort qu'il est Dieu ? — Il est Dieu, lui répondit Joseph,
de tout temps ! — Veux-tu donc me prouver que le monde

---

donner. Mais se tu veus a moi entendre, et a ce que je te
dirai, tu avras et l'un et l'autre par la grasse du Saint Esperit. » Et
Amalac dist qu'il l'escouteroit volentiers, tel cose pooit il dire. Et
Joseph li dist : « Ce sera tes prous et t'ounours, et sauvement a ta vie
qui est joie sans fin. — Par foi, che fait bien a oiir, fait li rois, et ce
porra estre tel chose, que je ne querrai autre conseil que le tien. »
Lors dist Joseph : « Or entent conment tu pués estre conseilliés. Il te
couvenra tout premierement depechier les ymages que tu aoures, car
tu dis que ce sont ti dieu, et si lor demandes conseil et aïde, mais il
n'en ont nul pooir. Et saces bien que ti ancisour en ont esté engingnié. Mais Celui doit on aourer qui souffri angoisse de mort pour
sauver le monde. — Conment, dist li rois, dis me tu dont que cil est
plus poissans de sauver moi après la mort et de mon donner honour
terrienne, qui souffri angoisse de mort, ensi que tu meïsmes le tesmoignes ? Il ne m'est pas avis que cil me puist aïdier qui souffri
mort ! » Lors respondi Joseph et si dist : « Rois, li Sauverres del
monde rechut mort, que li felon juis l'acuserent devant Pilate, et
Pilates meïsmes li demandoit se ce estoit voirs ; et il ne voloit nul
mot respondre. » Et li rois dist : « Est il pour ce dix qu'il souffri
mort ? » Joseph li respondi : « Dix est il devant et après tous les
aages ! » Et li rois dist : « Me veus tu dont prover que li mondes

eſt sauvé par sa mort ? — Oui, affirma Joseph : je vais te faire comprendre comment cela eſt possible, si tu veux bien m'entendre.

34. « À l'époque de l'empereur Auguſte, qui tint l'empire de Rome quarante ans et, grâce à son autorité, garda autant de temps le territoire en paix, il arriva après vingt-sept ans de règne que Dieu envoya son ange dans une cité de Galilée appelée Nazareth, à une jeune fille qui se nommait Marie. Venant à elle, l'ange lui dit : "Dieu te salue, Marie, pleine de grâce. Dieu soit en ta compagnie. Tu es bénie entre toutes les femmes, et le fruit de tes entrailles eſt béni." Quand elle entendit ces paroles, elle en fut bouleversée, et se demanda de quelle manière ce salut pouvait être venu. L'ange lui dit : "Marie, ne sois pas troublée : le Seigneur des cieux t'a regardée et il t'a donné sa grâce. Sache en vérité que tu seras enceinte et accoucheras d'un enfant qui sera appelé Jésus-Chriſt. Cet enfant sera d'une grande puissance, car il sera Fils de Dieu." La jeune fille demanda : "Comment cela pourra-t-il arriver, cher seigneur ? Je n'ai jamais connu d'homme charnellement." L'ange lui répondit : "Marie, le Saint-Esprit descendra en toi, et la force du ciel s'incarnera en toi. — Que Dieu Notre-Seigneur, dit-elle, fasse ce qu'il lui plaît de moi comme de sa servante : me voici prête à sa volonté[1]."

35. « Après quoi le Saint-Esprit vint en elle et elle fut enceinte. Quand arriva le terme, elle enfanta un fils que l'on

---

soit sauvés par sa mort ? — Oïl, ce diſt Joseph : jel te ferai entendant comment ce puet eſtre, se tu me veus entendre.

34. « Au tans l'emperaour Auguſtins[a] Cesar qui tint l'empire de Rome .XL. ans et si garda la terre come poissans si longement en ferme pais, au chief de .XXVII. ans après ce qu'il ot eſté couronés, avint que Dix envoiia son angle a une cité de Galilee qui eſt apelee Nazareth, a une pucele qui ot a non Marie. Et quant li angles vint a li, si li diſt : "Dix te saut, Marie, plainne de grasse. Dix soit en ta compaingnie. Tu es beneoites sor toutes autres femes, et li fruis de ton ventre eſt beneois." Quant ele oï la parole, s'en fu toute esbahie, et se pensa de [t] quele maniere cis salus pooit eſtre venus ; et li angles li diſt : "Marie, ne soies esbahie, car li Sires des cix t'a regardee et donnee sa grasse. Et saces de voir que tu enfanteras et seras enchainte d'un enfant qui sera apelés Jhesucris. Cil enfés eſtera de grant poissance, car il sera Fix de Dieu." Et la pucele respondi : "Conment porra ce avenir, biaus sire, car je ne connui onques home charnelment ?" Et li angles li respondi : "Marie, li Sains Esperis descendra en toi, et la vertus del ciel s'aombrera en toi." Et ele diſt : "Dix Noſtres Sires face son plaisir de moi come de sa chambriere : car je sui apareillie a sa volenté."

35. « Après vint li Sains Esperis en li et fu enchainte. Et quant ce vint a son terme, si enfanta un fil qui eſt apelés Jhesu

appelle Jésus-Christ. Ce fils eut un si grand pouvoir que trois rois d'Orient se mirent en route pour le chercher et l'adorer, le treizième jour de sa Nativité, et chacun lui porta le plus riche avoir qu'il put trouver ; et, pour tout guide, ils n'eurent qu'une étoile qui apparut sitôt qu'il fut né, alors que jusque-là personne ne l'avait vue[1]. Quand Hérode, qui était roi de Judée, apprit qu'un enfant était né qui serait roi du territoire de Judée, il eut peur qu'il ne le spoliât. Aussi fit-il tuer tous les enfants de Judée, au point que quatre mille cent quarante furent massacrés. C'est de cette manière qu'Hérode imagina se venger de l'enfant. Mais le Seigneur, puissant entre tous, connaissait bien cette mauvaise pensée. Il se gardait lui-même des mains des impies, de manière à échapper à leur tutelle ; la Vierge sa mère l'emporta en Égypte. Et dès son entrée sur le territoire, il manifesta si évidemment sa venue que c'était merveille : il n'y avait temple dans toute l'Égypte dont quelque pièce ne se détachât des statues, certaines se brisant entièrement. Ce signe, c'était le vrai Dieu qui l'effectuait dans sa faiblesse enfantine[2]. Quand il fut ramené d'Égypte, il grandit jusqu'à parvenir à l'âge de trente ans : alors il reçut le baptême[3] et commença à faire ces fameuses merveilles, ces grands miracles. Il rendait en effet aux aveugles la vue et faisait se lever les paralytiques[4]. Il guérissait le plus ignoble mal qui soit : la lèpre. Tels étaient les miracles que faisait le Fils de Dieu, en présence de tous.

Cris. Cis fix fu de si grant pooir que .iii. roi d'Orient l'alerent querre et aourer au tresisme jour de sa Nativité, et li porta chascuns le plus riche avoir qu'il onques pot trouver ; ne onques n'orent conduit que solement une estoile qui aparut ausi tost com il fu nés, ne onques mais n'avoit esté veüe. Et quant Herodes, qui rois estoit de Judee, oï ce, que uns enfés estoit nés qui seroit rois de la terre de Judee, si paour qu'il ne le desiretast. Si fist ocirre tous les enfans de Judee, tant que il en ot ocis .vii.xx. et .iiii.m. En ceste maniere se quida Herodes vengier de l'enfant ; mais li Sires, qui de tous est poissans, savoit bien sa mauvaise pensee ; si gardoit soi meïsme des mains as felons, qu'il ne le peüssent baillier, ançois l'emporta la Virge pucele sa mere en Egypte. Et quant il conmencha a entrer en la terre, il demoustra si grant demoustrance de sa venue que merveille estoit : car il n'y onques temple en toute Egypte dont aucune chose ne chaïst des ymages, et brisoient[a] tout de teus i avoit. Icele senefiance faisoit li vrais Dix en sa petitece. Et quant il fu raportés d'Egipte, il crut tant qu'il vint en l'aage de .xxx. ans, et lors rechut il baptesme et conmencha a faire les grans merveilles et les grans miracles : car il rendoit as avules lor veüe et[b] il faisoit les contrais redrecier. Il garissoit del plus vilain mal del monde : c'est meselerie. Iteles miracles faisoit li Fix Diu, voiant toutes les gens. Et

Quand les Juifs le virent agir ainsi, leur jalousie fut immense : ils négocièrent tant avec un de ses disciples que celui-ci le vendit pour trente deniers[5] ; et ils le crucifièrent. Tout de suite l'âme alla en enfer d'où il libéra les siens[6]. Il ressuscita le troisième jour, et sortit du sépulcre où je l'avais mis, sans que les gardes chargés de le surveiller s'en rendissent compte. Puis il apparut à ses amis plusieurs fois. Par la suite il fit devant eux maints beaux miracles, et ils surent avec certitude qu'il était vraiment Dieu. Et après la Résurrection il monta aux cieux, là où est la joie éternelle qui, loin de jamais cesser, durera toujours sans fin. » Évalac répondit à ce discours en ces termes : « Comment peux-tu l'affirmer ? Le sais-tu vraiment, toi qui le tiens pour si puissant ? A-t-il eu père et mère ? Il n'est donc pas né sans union charnelle : d'une femme ne peut naître un enfant sans relation charnelle avec un homme. Concevoir un enfant d'autre manière serait contre nature. — Roi Évalac, dit Joseph, je le prouve par l'expérience ; je vais t'en convaincre si tu m'écoutes. Il advint que le Sauveur du monde vit les maux très funestes ici-bas. Il vit que les biens et les maux recevaient un même salaire : car celui qui avait fait tous les biens allait en enfer comme celui qui avait commis tous les maux. Le doux Seigneur pensa que ce n'était pas juste, et dit qu'il affranchirait l'homme de la douleur d'enfer. Aussi il prit son Fils et l'envoya sur terre pour accomplir toutes les

---

quant li juis le virent ensi ouvrer, si en orent molt grant envie, et parlerent tant a un de ses desciples que il prist de lui .xxx. deniers, et il le crucefierent. Errant ala l'ame en infer et en traist fors les siens, et resuscita au tiers jor, et s'en issi del sepulcre ou je l'avoie [d] mis, que onques ne le sorent les gardes qui estoient mises pour lui garder ; et aparut puis a ses amis par maintes fois ; et puis fist il par devant aus mainte bele miracle, par coi il savoient de voir que il estoit vrais Dix. Et après la Resurrexion monta il es cix, la ou est la joie pardurable qui ja ne faura, ançois duerra tous dis sans fin. » A ices mos respondi Amalac, si li dist : « Conment le tesmoignes tu ? Le sés tu vraiement, qui si le tiens a poissant ? Ot il pere et mere ? Dont ne nasqui il mie sans charnel assamblement : car de feme ne puet naistre enfés sans charnel atouchement d'ome. Et se enfés estoit conceüs en autre maniere, ce seroit encontre nature. — Rois Amalac, ce dist Joseph, ce tesmoig je bien tout espereement ; et le te ferai entendre se tu m'escoutes. Il avint chose que li Sauverres del monde vit les maus qui mout plaisoient en terre. Et vit que li bien et li mal estoient tout d'un guerredon : car aussi aloit cil en infer qui tous les biens avoit fais, come cil qui avoit fais tous les maus. Li dous Sire pensa que ce n'estoit mie raisons, si dist qu'il raiembreroit l'ome de la dolour d'infer. Si prist son Fil, si l'envoia en terre pour acomplir toutes les

choses qui relevaient de la nature humaine, excepté le péché.
Voilà pourquoi il fut vêtu de chair mortelle : pour autant il
ne laissa pas d'être Dieu, mais il prit ce qu'il n'avait jamais
eu : il devint mortel. Et parce qu'il ne voulait pas et qu'il
n'était pas juste qu'un homme mortel dût racheter un autre
pécheur, il envoya son Fils pour racheter l'homme de la
mort éternelle. — Peu s'en faut, dit le roi Évalac, si je ne te
tiens pour ivre : quand tu m'as donné une chose, ensuite tu
me la dénies. En effet, tu affirmes encore, au sujet de ton
dieu, qu'il a un père, et qu'il n'a pas été engendré par la
chair : cela ne pourrait être, et ne semblerait ni juste ni normal. — Roi, répondit Joseph, tu as accepté de m'entendre te
prouver comment il est né de la chair d'une femme sans
union avec un homme et sans mettre à mal la virginité de sa
Mère qui toujours fut vierge — avant, après —, et comment
il a pu avoir un Père sans être engendré charnellement. —
Tout cela, dit le roi, je dois l'écouter sans faute, et je vais
l'écouter très volontiers, si tu sais me le faire entendre ! Mais
tu ne me sembles pas d'assez haute clergie pour pouvoir me
prouver une chose si importante : c'est en effet au rebours
de la nature et de la coutume.

36. — Roi Évalac, dit Joseph, écoutez si je saurai vous
prouver ce que je dis. Il est vrai qu'il n'est qu'un seul Dieu qui
de rien créa toutes choses. Celui-là fut et sera toujours Dieu,
car il ne peut prendre fin dans aucun temps : il est appelé Père

---

choses qui apartenoient a nature d'ome, fors que de pechié seulement. Et pour ce fu il vestus de mortel char : pour ce ne laissa il mie
a estre Dix, mais il prist ce que il onques n'avoit eü : ce fu mortalités.
Et pour ce que neꞔ voloit ne n'estoit pas drois que hom mortels
deüst rachaterꞔ autre pecheour, si renvoia son Fil pour rachater home
de pardurable mort. — Pour poi, dist li rois Amalac, que je ne te
tieng pour ivreꞔ : car quant tu m'as une chose reconneüe, puis si le
me renoies. Car encore tesmoignes tu de ton dieu que il a pere, et
que il ne fu pas engendrés de char : et ce ne porroit estre, ne drois ne
raisons ne sambleroit ce mie. — Rois, dist Joseph, tu m'as en couvent que tu m'escouteras a prover conment il nasqui de char de feme
sans assamblement d'ome et sans malmetre le pucelage de sa mere
qui tous jours fu virge, et devant, et après, et conment il pot avoir
pere sans estre engendrés charnelment. — Toutꞔ ce, dist li rois, doi je
escouter sans faille, et je l'escouterai molt volentiers, se tu le me sés
faire entendre ! Mais tu ne me sembles home fondés de haute clergie,
que tu me puisses prouver chose qui tant est grans a dire. Car c'est
encontre [e] nature et encontre acoustumance.

36. — Rois Amalac, dist Joseph, or escoutés se je vous savrai
prouver ce que je dis. Il est voirs qu'il n'est fors uns seus Dix qui
toutes choses cria de noient. Cil fu tous dis Dix et sera, car il ne puet

en effet, et si l'on ne croit pas cela, on ne croit pas bien. Et Celui-là est appelé Père parce que Celui dont je parle est Fils de Dieu : il l'engendra en effet avant tous, au commencement des temps ; et il ne l'engendra pas suivant la chair, mais selon l'esprit. Et le Père ne fut jamais engendré, ni fait ni créé ; mais le Fils fut engendré de la façon que vous avez entendue, puis il naquit de la Vierge Marie. Cette Nativité ne se produisit pas selon la divinité, mais selon l'humanité. Ainsi pouvez-vous entendre et comprendre que la Nativité venue de sa Mère fut mortelle : mourut en effet ce qu'il prit chez sa Mère ; quant à celle qui était venue du Père, elle fut éternelle.

37. « Vous venez d'entendre comment il est né du Père, et comment il est né charnellement de sa Mère. Après, je vais vous dire comment celle-ci fut vierge et le resta après l'enfantement. Mais je dois parler auparavant d'une personne qui est venue des deux autres, et qui est semblable à elles : c'est le Saint-Esprit, qui jamais ne fut créé ni engendré. Ce Saint-Esprit conseille, console et soulage les cœurs. Ce Saint-Esprit faisait parler les apôtres : ils ne savaient pas plus ce qu'ils disaient que s'ils avaient, vraiment, perdu leur bon sens.

38. « Toutes ces choses, le Saint-Esprit les mit en ceux qui avaient foi en lui. Ainsi doit-on croire en Celui-ci comme au Père, et au Fils. Le Père est Dieu parfait : il a une parfaite divinité en Trinité sans fin et sans commencement ; selon l'humanité, il est mortel. Et bien qu'il y

---

avoir fin nul tans : car il est apelés Peres, ne cil ne croit pas bien qui ce ne croit. Et cil est apelés Peres pour ce que cil dont je paroil est Fix Dieu : car il l'engendra devant tous conmunaument de tous aages ; si ne l'engendra mie charnelment mais esperitablement. Ne li Peres ne fu onques engendrés ne fais ne criés ; mais li Fix fu engendrés ensi come vous avés oï, et puis fu il nés de la Virge Marie. Cele Nativités ne fu mie selonc la deïté, mais selonc l'umanité. Ensi poés vous oïr et entendre que la Nativités de sa mere fu mortels : car ce morut que il prist dedens sa mere ; mais cele del Pere fu pardurable.

37. « Ore avés oï conment il fu nés del Pere, et conment il fu charnelment nés de sa mere. Après orrés conment ele fu virgene et conment ele remest, après l'enfantement. Mais je dirai avant d'une personne qui vint des .II., qui est paraus as autres .II. personnes : ce est li Sains Esperis, qui onques ne fu criés ne engendrés. Cil Sains Esperis est conseillierres et conforterres et espurgemens de cuer. Cil Sains Esperis faisoit les apostles parler, et ne savoient qu'il disoient nient plus que s'il fuissent forsené sans faille.

38. « Toutes ces choses fist estables li Sains Esperis en ciaus qui en lui avoient creance ; et ensi doit on croire en cestui come el Pere, et el Fil. Li Peres est parfais Dix : si a parfaite deïté en trinité sans fin et sans comencement ; selonc l'umanité est il morteus. Et pour ce, que

ait trois personnes, il n'est qu'un seul Dieu ; et ces trois personnes furent bien mentionnées au commencement du monde tandis que le Père faisait toutes choses, quand il dit : "Faisons l'homme à notre image, nous ressemblant[1]." Cette parole, le Père l'adressa à son cher Fils : il savait bien, dans sa prescience, que le Fils supporterait l'angoisse de la mort pour racheter l'homme des grandes peines de l'enfer. Pourquoi le Père demanda-t-il à la Personne[2] de faire un être aussi noble que l'homme devrait l'être pour remplacer la légion des anges dont l'orgueil avait provoqué la chute ? L'homme transgressa son commandement : aussi il fut exclu du paradis, et il lui fut dit une parole très cruelle car la grande joie qu'il avait éprouvée tourna à sa honte. Quant à ce qu'il lui dit : "Tu supporteras tous les jours de la peine pour vivre, car à tout jamais vous mangerez votre pain dans la sueur", comme il dit à la femme : "Tu enfanteras dans la douleur[3]", il a bien tenu cette promesse envers tous ceux qui sont au monde. En effet, quelque bien qu'un homme eût pu faire en sa vie, son âme allait en enfer aussitôt qu'elle quittait le corps, jusqu'au moment où le Fils de Dieu ne voulut plus supporter cette grande douleur. Il descendit sur terre pour arracher l'homme à son malheur : il vit qu'il avait suffisamment expié sa témérité, et que c'était maintenant justice de le faire revenir en pitié et en miséricorde. Une fois descendu, il ne voulut pas aller en enfer aussitôt, car ce n'eût pas été normal : il préféra entrer dans

---

il sont .iii. personnes, n'est il que uns seus Dix, et ces .iii. personnes furent bien amenteües au commencement del monde quant li Peres fist toutes choses, quant il dist : "Faisomes home a nostre ymage, samblant a nous." Ceste parole dist li Peres a son chier Fil : car il savoit bien, come cil qui toutes choses a devant soi, que li Fix soustenroit angoisse de mort pour rachater home des grans painnes d'ynfer. Pour çou apela[a] li Peres la Personne a faire si haute chose com home devroit estre mais, por restorer la legion des angles qui estoit chaoite par son orguel. Et li hom trespassa le sien commandement ; si fu jetés fors de paradis, et si li fu dite molt fe[ſ]lenesse parole. Car la grans joie qu'il ot eüe li fu reprocie. Et ce qu'il li dist : "Tu sousferras tous jours painne pour ta vie, car vous mengerés tout adés vostre pain en suour" ; et a la feme dist il : "Tu enfanteras a dolour", ceste promesse a il bien tenue a tous ciaus qui le monde sont. Car nus hom n'eüst ja fait tant de bien en sa vie que l'ame de lui n'en alast en ynfer sitost com ele departoit del cors, tant que li Fix Dieu ne vaut plus soufrir ceste grant dolour ; si descendi a terre pour oster home de male aventure : si vit que ore avoit il assés comperé son outrage, et que bien estoit ore drois que il le rapelast em pitié et en misericorde. Et quant il fu descendus, il ne voloit pas a infer aler maintenant, car ce ne fust mie raisons, ançois s'en entra en une molt

une très étroite prison, le ventre de sa Mère. En vérité, de cette manière il n'accomplit pas l'humanité, car il ne fut pas conçu d'un homme, mais par l'incarnation du Saint-Esprit qui descendit par l'oreille[4] de la jeune fille à l'intérieur du glorieux vase de son corps. Dans ce vase se logea le Fils de Dieu, et il naquit si saintement que la virginité ne fut jamais perdue ni à l'entrer ni au sortir. Mais, de même que le rai du soleil luit au travers de l'eau claire et de la verrière sans les abîmer, de même sortit le Fils de Dieu du ventre de la jeune fille sans détériorer la virginité[5]. Lors de l'accouchement il advint deux particularités qui ne se renouvelèrent jamais, et qui jamais n'étaient arrivées à une femme : la première, elle était avant sans péché[6] ; la deuxième, elle était vierge, si bien qu'elle ne perdit jamais sa virginité, ni à la conception ni à la délivrance. Il voulait en effet laisser sa Mère comme il l'avait trouvée. Et à sa naissance fut brisée la première malédiction que Dieu proféra : "Tu enfanteras dans la douleur", car il naquit si naturellement qu'il n'y eut jamais douleur ni angoisse. Ces caractères merveilleux, Dieu les conféra à sa conception et à sa naissance. Venu au monde, il n'avait pas encore racheté l'homme : il préféra demeurer trente-deux ans et demi parmi le peuple de la terre. Et au bout de trente-deux ans, il reçut le baptême de l'homme le plus digne qui fût jamais né d'une fille d'Ève : ce fut saint Jean le Baptiste. La troisième année de son baptême, il supporta le tourment mortel :

---

eſtroite chartre, ce fu el ventre de sa mere. Treſtout vraiement en ceſte maniere n'acompli il pas humanité : car il ne fu pas conceüs d'ome, ne mais par l'ombrement del Saint Esperit qui descendi par l'oreille de la pucele dedens le glorious vaiſſel de son cors. En icel vaiſſel se herberga li Fix Dieu ; et si nasqui tant saintement que onques la virginités ne fu enfrainte ne a l'enterr ne a l'iſſir. Mais si come li rais du soleil luiſt parmi la clere aigue et parmi la verriere sans malmetre le, ensi iſſi li Fix Dieu du ventre a la pucele sans malmetre le pucelage. Et a son coucement avinrent .ii. manieres qui onques puis n'avinrent, ne onques n'avoient avenu a feme, car ele fu par devant sans pechié ; l'autre maniere, que pucele eſtoit, que onques ne perdi son pucelage ne au concevoir ne au delivrer : car il voloit laiſſer sa mere ensi com il le trouva. Et a son naiſtre fu depechie la premiere maleïçon que Dix[b] diſt : "Tu enfanteras a dolour", car il nasqui si sainnement que onques n'i ot dolour ne angoisse. Ices merveilloses manieres aporta Dix a son concevoir et a son naiſtre. Et quant il fu nés, n'ot il pas encore racheté home, ançois demoura .xxxii. ans et demi entre le pueple terrien. Et quant vint au chief de .xxxii. ans, si rechut baupteme del plus haut home qui onques nasquiſt de feme corrompue : ce fu sains Jehans bauptiſtres. Et quant vint au tierc an de son bauptisement, si sousfri angoisse de mort : car

il voulait accomplir toutes les choses qui relevaient de l'humanité, excepté le péché. Quand, par amour pour l'homme, il eut souffert une aussi grande oppression que celle de la mort, il s'en alla en enfer, pour en tirer tous les siens. Maintenant vous pouvez savoir si vous avez compris comment il a pu avoir un Père sans engendrement par la chair, et comment il est né hors de tout commerce intime avec un homme. »

39. Évalac répondit : « Tu me donnes à entendre des choses que nul ne pourrait vérifier en aucune manière ; et cela ne paraît pas normal. Tu dis en effet qu'il n'a pas été engendré dans la femme dont il est né ; après, tu me dis aussi que le Père, le Fils et le Saint-Esprit ne sont qu'un seul Dieu. — Roi, dit Joseph, tu l'as bien répété comme je l'ai dit ; et tel quel je l'atteste encore. — Par ma foi, répliqua le roi, tu attestes ce que tu veux ; mais tu ne dis rien, à ce qu'il semble, qui puisse être vrai. » Alors le roi fit envoyer chercher tous les clercs de la cité. Quand ils furent venus, Joseph entreprit de leur parler, et commença par mettre en avant tous les points de l'Écriture, si bien qu'ils en étaient tout stupéfaits. Ils dirent qu'en aucun cas ils ne donneraient de réponse avant le lendemain.

40. Alors l'assemblée se dispersa, et le roi demanda à Joseph son nom ; celui-ci lui dit qu'il était appelé Joseph d'Arimathie. Le roi regarda ses pieds, qu'il avait tout nus : il vit qu'ils étaient très beaux et très blancs ; il lui sembla qu'il

---

il voloit acomplir toutes les choses qui apartenoient a humanité fors seulement pechié. Quant il ot sousfert si grant [6a] angoisse come de mort pour amour d'ome, si s'en ala en infer, si en traïst tous les siens. Or poés savoir se vous poés avoir entendu conment il pot pere avoir sans charnel engenrement, et conment il nasqui sans compaingnie d'ome. »

39. Lors dist Amalac : « Tu me fais entendant unes choses que nus ne porroit metre en voir en nule maniere ; ne ssamble raisons. Car tu dis qu'il ne fu mie engendrés en le feme dont il nasqui ; après me dis que li Peres ne li Fix ne li Sains Esperis ne sont que uns Dix. — Rois, dist Joseph, tu l'as bien recordé ensi come je l'ai dit ; et ensi le tesmoigné je encore. — Par foi, dist li rois, tu tesmoignes ce que tu veus ; mais tu ne dis riens qui par samblant puisse estre voirs. » Atant fist li rois envoiier querre tous les clers de la cité. Et quant il furent venu, si conmencha Joseph a parler a aus, et comencha a traire avant tous les poins de l'Escriture, si que cil s'en esbahissoient tout. Et il disent que en nule fin il ne responderoient desi a l'endemain.

40. Atant departi l'asamblee, et li rois demanda a Joseph son non ; et il li dist qu'il estoit apelés Joseph de Barimachie. Et li rois regarda ses piés que il avoit tous nus, si les vit molt biaus et molt blans ; se li

avait été élevé très richement. Ainsi pensait-il à part soi qu'il pouvait être d'une grande famille ; il en éprouva une très grande pitié. Alors il l'appela pour lui dire : « Joseph, je vais te donner cette nuit l'hospitalité, et tu auras pour ton confort tout ce que tu voudras. Demain, tu me parleras : je t'ai volontiers écouté ; c'eſt plus volontiers que je vais t'écouter demain encore : j'aurai plus de temps. — Sire, répondit Joseph, je ne suis pas seul en ce voyage : j'ai en ma compagnie soixante-cinq hommes et femmes ; aucun, d'ailleurs, qui n'ait laissé les avantages matériels pour l'amour de Jésus-Chriſt. »

41. Le roi dit alors qu'il voulait les voir, et Joseph sortit les chercher, là où ils s'étaient arrêtés, et les fit s'avancer. À les voir tous pieds nus, le roi éprouva — selon sa foi — une très grande pitié. Aussi les appela-t-il et leur demanda au nom de quoi ils supportaient cette pénitence, en allant pieds nus et si pauvrement vêtus. Le fils de Joseph donna la réponse : « Roi, dit-il, nous supportons cette épreuve pour le Sauveur du monde, qui souffrit la mort pour nous, et un tourment si grand qu'il en eut les pieds et les mains percés ; puis il fut crucifié entre deux larrons : tout cela, il le supporta pour nous de son plein gré. Quel service pourrons-nous lui rendre qui vaille celui-là, si nous ne supportons pas d'être crucifiés comme il le fut pour nous ? Encore n'aurions-nous pas payé tout le prix. En effet, le premier qui fait

---

sambla qu'il avoit eſté nourris molt a aise. Et si pensoit dedens son cuer qu'il fuſt de haute gent nés ; si l'em priſt molt grans pitiés. Lors l'apela et li diſt : « Joseph, je te ferai anuit herbergier ; et si avras pour toi aaisier quanques tu vauras. Et demain parleras a moi : car je t'ai volentiers eſcouté ; et plus volentiers t'eſcouterai encore demain : car je serai de greignour loisir. — Sire, ce diſt Joseph, je ne sui mie seus en ceſte voie, ançois ai en ma compaignie .lxv. que homes que femes ; et si n'en i a nul qui n'ait laissié les terriennes honours por l'amour Jhesu Criſt. »

41. Lors diſt li rois que il les voloit veoir. Et Joseph les apela dehors la sale, ou il eſtoient arreſté, si les fiſt venir avant. Et quant li rois les vit tous nus piés, si en ot molt grant pitié selonc sa creance. Si les apela et lor demanda pourcoi il soffroient tele penitance d'aler nus piés et d'eſtre taut povrement et si vilainement veſtu. Lors respondi li fix Joseph : « Rois, fiſt il, nous souffrons ceſte painne pour le Sauveour del mon[b]de qui sousfri mort pour nous, et angoisse si grant qu'il en ot les piés perciés et les paumes ; et puis fu crucefiiés entre .ii. larrons : et tout ce sousfri il por nous de son bon gré. Et quel service li porrons nous faire qui vaille tel service, se nous ne souffrons a eſtre crucefiié ausi com il fu pour nous ? Encore n'avriens nous pas tout guerredonné, car cil qui fait

du bien veut qu'on lui en fasse ensuite : il en a eu l'initiative.
Il eſt allé du plus haut au plus bas, à savoir de Dieu à
l'homme. Il eſt juſte qu'il soit récompensé deux fois plus.
Aussi il nous faudrait mourir deux fois pour lui, si nous voulions payer et connaître le prix de ce bien. » Quand le roi
Évalac entendit le fils de Joseph parler ainsi, il demanda à
Joseph qui il était : Joseph lui dit qu'il était son fils. Il voulut
savoir s'il était lettré ; Joseph lui répondit qu'il l'était autant
qu'un clerc pouvait l'être. Alors le roi appela un de ses serviteurs et lui commanda de loger Joseph dans l'endroit le plus
beau et le plus confortable de la ville. Mais ici nous allons
cesser de parler de Joseph et de sa compagnie, et nous
allons revenir au roi Évalac qui était couché dans son lit, très
absorbé et très préoccupé par deux pensées.

Vision d'Évalac.

42. Le conte dit que le roi Évalac était couché dans son
lit, la nuit où Joseph et sa compagnie venaient de le quitter,
très affligé et agité par deux pensées. La première portait sur
la défense de son territoire, et sur le fait que tous ses barons
s'étaient dérobés. D'autre part, il était très préoccupé d'avoir
entendu Joseph lui dire qu'il le ferait triompher de ses ennemis s'il voulait le croire, et qu'il lui ferait gagner la joie éternelle. Mais, il avait beau y penser, rien ne pouvait l'amener à
croire qu'il pût s'agir de la vérité. Alors qu'il était absorbé

---

la bonté avant velt que on li face aprés : car il conmencha la bonté. Il
conmencha du plus haut au plus bas, ce eſt de Dieu a home. Il eſt
bien drois que il soit guerredonné au double : ausi nous couvenroit il
.ii. fois morir pour lui, se nous voliens la bonté a guerredon avoir ne
savoir. » Et quant li rois Amalac oï le fil Josef ensi parler, si demanda
a Joseph qui il eſtoit ; et il li diſt que il eſtoit ses fix. Et il li demanda
se il savoit des letres ; et Joseph li respondi que il en savoit autant
que nus clers pooit savoir. Lors apela li rois un sien sergant, si li
commanda que il Joseph herbergaſt el plus biau lieu et el plus aiesié
de la vile. Mais ci lairons a parler de Josef et de sa compaingnie. Et
retournerons a parler du roi Amalac qui giſt en son lit mout pensis et
mout entrepris de .ii. pensees.

42. Or diſt li contes que li rois Amalac se gisoit en son lit, la nuit
que Joseph et sa compaingnie se fu partis de lui, molt dolans et molt
entrepris de .ii. pensees. La premiere eſtoit de sa terre desfendre, et
de ce que tout si baron li eſtoient failli ; et d'autre part eſtoit il molt
pensis de ce que Joseph li avoit dit que il le feroit venir au desus de
ses anemis se il le voloit croire, et que il li feroit gaaingnier la joie qui
ja ne prendra fin. Mais nule chose ne li puet faire entendant, tant i
pensaſt, que ce peüſt eſtre verité. Endementiers que il pensoit tant, si
li vint une avision devant, que il vit en sa chambre une chose mais il

dans ces pensées s'imposa à lui une vision : il vit dans sa chambre une chose, mais sans parvenir à savoir ce que c'était. De cette chose sortaient trois branches, toutes trois de mêmes grosseur, grandeur et tournure, mais la médiane avait l'écorce chétive et les deux autres l'avaient aussi claire que le cristal. Sous la première, il y avait des gens de toutes sortes ; deux membres de ce peuple quittaient la compagnie et cheminaient jusqu'à une fosse qui était à quelque distance de là. Cette fosse était plus noire et plus laide qu'aucune autre. Et une fois ceux-ci entrés dans la fosse, il fallait que tous les autres suivissent, et ils y allaient, et sautaient dedans l'un après l'autre. Quand la plupart eurent sauté et qu'il ne resta plus qu'une minorité, l'un de ceux qui étaient hors de la fosse courut à la vilaine écorce et se mit à la déchiqueter. Il ne s'en tint pas là, mais la coupa en quatre branches. Et quand il l'eut ainsi meurtrie, il en sortit du sang. Quand celui-ci fut tombé, il ne resta sur l'emplacement que l'écorce qui formait un monticule. Mais le bois, à l'intérieur, était plus beau que je ne pourrais le dire.

43. Ensuite, à force d'observation, le roi vit qu'une partie des gens qui s'étaient abstenus de sauter dans la fosse prenaient le sang qui avait dégoutté de l'écorce, et s'en lavaient : quand ils s'étaient ainsi lavés, ils changeaient tout à fait de comportement. Les autres prenaient le feuillage, ils en coupaient une partie et brûlaient l'autre. Cette merveille, le roi la considéra avec beaucoup d'attention ; elle eut pour effet de

---

ne savoit que ce estoit. De cele chose issoient .III. branches, toutes d'une grossece et d'un grant et d'une maniere, mais la moiene si estoit d'une maigre escorce et les autres .II. l'avoient ausi clere conme cristal. Desous la premiere avoit gens de toutes manieres et de cele [*c*] gent departoient doi de la compaignie et s'en aloient jusques a une fosse qui estoit auques loing d'iluec. Cele fosse estoit tant noire et tant laide que nule plus. Et quant cil estoient en la fosse, si couvenoit que tout li autre alaissent aprés et il i aloient, et saloient ens li un aprés l'autre. Et quant il avoient tant sailli que la menour partie fu remesse, si vint li uns de ciaus qui remés fu, si courut a la laide escorce, si le conmença toute a decoper tout environ. Et quant il ot ce fait, si ne se tint mie atant, ains le copa en .IIII. branches. Et quant il l'ot ensi plaiié, si en issi sans. Et quant il fu cheüs, si ne remest riens en la place fors que l'escorce qui remest toute en un moncel : mais li fust^c dedens estoit tant biaus que je nel porroie conter.

43. Aprés resgarda li rois et vit que une partie des gens qui remés estoient a saillir a la fosse, si prendoient le sanc qui en estoit coulés, si s'en lavoient ; et quant il en estoient lavé, si changoient toute lor maniere. Et li autre si prendoient les foelles, si en copoient une partie et l'autre partie ardoient. Ceste merveille esgarda li rois molt durement : et de la grant merveille que il en ot si s'esbahi mout, si qu'il ne

le méduser ; et il croyait, lui-même, dormir. Quand il s'aperçut qu'il ne dormait pas et que ce n'était pas un songe, il fut
encore plus interdit qu'auparavant ; puis il s'interrogea sur la
nature de ce prodige. Après qu'il fut resté longtemps dans
cet état, il réveilla un de ses chambellans à qui il se fiait plus
qu'à quiconque : c'était le seul à qui il voulait montrer ce
signe et ce prodige. Celui-ci, à ce spectacle, fut stupéfait au
point de tomber évanoui. Voyant cela, le roi Évalac le prit
par la main ; il se mit à le réconforter, lui disant de n'avoir
aucune crainte : il ne pouvait lui en venir aucun mal. Alors il
s'avança et prit dans ses mains deux cierges, et les porta
devant les arbres pour observer et pour savoir de quelle
sorte ils étaient. Il fut certain qu'il y en avait trois, que le
médian à la vilaine écorce naissait du premier, et que le troisième sortait de l'un et de l'autre. Le roi leva les yeux, et vit
que sur chaque arbre étaient inscrites des lettres, les unes
d'or, les autres d'argent et les dernières d'azur. Les lettres du
premier disaient : CELUI-CI FORME ; celles du deuxième :
CELUI-CI SAUVE ; quant aux dernières, elles disaient : CELUI-CI
PURIFIE. Quand le roi se rendit compte que chacun naissait
de l'autre si finement qu'on ne pouvait en connaître le
départ, et qu'ils montaient si haut que personne ne pouvait
voir les lettres — mais l'enlacement des trois arbres était si
subtil que le roi croyait ne voir qu'une seule espèce de
feuilles, et pensait que les trois arbres, qu'il avait divisés en

---

sot que faire ; et il meïsmes quidoit dormir. Et quant il sot que il ne
dormoit pas ne que ce n'estoit pas songe, si fu plus esbahis que il
n'avoit esté par devant ; et puis se pourpensa quele merveille ce pooit
estre. Et quant il ot si longement esté, si esveilla un sien chamberlenc
en qui il se fioit plus qu'en home né : a celui solement vaura il
demoustrer cele demoustrance et cele merveille. Et cil, quant il les
vit, si fu si esbahis que il chaï jus pasmés. Quant li rois Amalac vit
ce[a], si le prist par la main : si le conmencha a reconforter et li dist
qu'il n'eüst nule paour car de ce ne li puet venir nus maus. Lors se
traïst il meïsmes avant et prist .II. chierges en sa main, et les porta
devant les arbres pour garder et pour connoistre de quele maniere il
estoient. Lors connut il bien que il en i avoit .III. et que li moiens qui
avoit la laide escorce naissoit del premier[b], et li tiers s'en issoit de l'un
et de l'autre. Et li rois regarda en haut et vit que il avoit letres en
chascun arbre, les unes d'or et les autres d'argent et les autres d'azur[c].
Et disoient les letres del premier : CIST FOURME ; et les au[d]tres
disoient : CIST SALVE ; et les autres redisoient : CIST PUREFIE. Et quant
li rois esgarda que chascuns naissoit de l'autre si soutivement c'on ne
pooit conoistre le conmencement, et montoient si halt que nus ne les
pooit veoir tant estoient hautes ; mais tant estoit soutis li enlacemens
de .III. arbres, qu'il estoit avis au roi que il ne veoit que une maniere

trois, n'en formaient qu'un (ainsi distinguait-il ce qu'il avait auparavant discerné) —, il en fut tellement confondu qu'il ne savait à quoi s'en tenir : à un ou à trois.

44. Pendant qu'il était à ce point stupéfait, il regarda vers l'une de ses chambres, dont la porte était si habilement faite que personne au monde n'aurait pu en repérer la jointure. Il advint qu'un enfant, très beau, sortait par cette porte sans qu'elle fût ouverte — au contraire, elle était fermée comme auparavant ; et quand il était resté là un moment, il s'en retournait comme il était venu. Voilà qui étonna grandement le roi. Son chambellan ne pouvait dire un mot, gisant muet à terre, comme mort. Le roi alla à lui, le prit par la main pour le relever, lui demanda s'il avait vu tous ces prodiges, et ce qu'il lui en semblait. Celui-ci le regarda et lui dit comme il put : « Ah ! sire, ne me faites pas davantage parler de quoi que ce soit : je ne pourrais plus vivre, si je me risquais à le voir. » Alors le roi le prit et l'emmena coucher dans une chambre. Une voix dit : « Roi Évalac, pourquoi ce trouble ? De même que l'enfant est entré dans la chambre, de même entra le Fils en la Vierge sans abîmer sa virginité. » Quand le chambellan entendit la voix, il ne put tenir sur ses jambes, et tomba évanoui à terre, tant la voix fit de vacarme. Le roi même, surpris, fut désemparé. Il n'y eut là chevalier ni écuyer qui ne s'éveillassent : ils demandèrent au roi ce que

---

de fuelles, et que li .iii. arbre que il avoit devisé en .iii. n'estoient que un : ensi devisoit ce que il avoit devant devisé, si en estoit si esbahis qu'il ne se savoit a coi tenir, ou a un ou a .iii.

44. Endementiers que il estoit si esbahis, si resgarda envers une soie chambre, dont li huis estoit si soutilment fais que nus del monde ne peüst connoistre la jointure. Si avint que uns enfés qui molt estoit biaus issoit et entroit parmi cel huis sans ouvrir, ançois estoit clos conme devant ; et quant il avoit illuec une piece esté, si revenoit arriere en tel maniere conme devant. De ce fu mout li rois esbahis ; et ses chamberlens ne pooit un mot dire, ançois gisoit cois a la terre ausi conme mors. Et li rois ala a lui, si l'en leva par la main et li demanda s'il avoit toutes ces merveilles veües, et que l'en estoit avis. Et cil resgarda et dist si com il pot : « Ha ! sire, ne me tenés plus em parole de nule riens, que je ne porroie plus vivre en nule maniere par coi je le veïsse. » Atant le prist li rois, si l'enmena couchier en une chambre, et une vois dist : « Rois Amalac, de coi t'esmaies tu ? Ensi come li enfés est entrés en la chambre, ensi entra li Fix en la Virgene sans malmetre sa virginité. » Quant li chamberlens oï la vois, si ne se pot soustenir, ains chaï tous pasmés a la terre, tel escrois fist la vois quant ele parla. Et li rois meïsmes fu tous esbahis et ne sot que faire. Il n'ot onques chevalier ne esquier laiens k'il ne s'esveillast, et demanderent au roi que ce

c'était, et il leur répondit qu'il s'était agi d'un coup de tonnerre : ils retournèrent se coucher. Le roi lui-même avait une
très grande envie, un très grand désir de parler à Joseph.
Mais nous allons cesser de parler du roi et de son sénéchal
qui était très troublé et préoccupé par le prodige qu'il avait
vu, et nous allons retourner à Joseph d'Arimathie qui, couché
dans son lit, se faisait beaucoup de souci pour le roi Évalac.

Le sacre de Josephé.

45. Le conte dit — et la vraie histoire l'atteste — qu'à ce
moment-là, Joseph d'Arimathie, couché dans son lit, était
préoccupé par la manière d'amener le roi Évalac à la loi de
Jésus-Christ : il pensait que, s'il n'était pas converti à cette
occasion, il ne le serait jamais. Aussi entreprit-il de prier très
doucement en ces termes : « Seigneur-Dieu, source de miséricorde, fontaine de réconfort, qui dis au peuple, par la
bouche de Moïse ton saint ministre, cette parole : "Israël, si
tu veux faire ce que je vais te commander, tu ne te trouveras
pas un nouveau dieu, n'adoreras pas un dieu étranger et
n'adoreras pas d'autre que moi : je suis en effet ton Dieu que
tu dois adorer, moi qui t'ai délivré du servage dans lequel te
maintenait le roi Pharaon[1]" ; cher Seigneur, au nom de cette
vérité, montre à Évalac ta miséricorde, si tu es Dieu éternel
sans commencement et sans fin, toi qui protégeas ton prophète Daniel dans la fosse aux lions[2], et pardonnas à Marie

---

estoit, et il lor dist que ce avoit esté uns escrois de tonnoile. Adont
s'en ralerent couchier, et li rois meïsmes avoit molt tres grant
talent et molt tres grant volenté de parler a Joseph. Mais atant lairons a parler del roi et de son seneschal qui molt estoit esbahis et
pensis de la merveille qu'il avoit[a] veüe, et retournerons a parler de
Joseph de Barimachie qui en son lit gisoit et molt pensis estoit del
roi Amalac.

45. [e] Or dist li contes, et la vraie Estoire le tesmoigne, que a celui
point que Joseph de Barimachie gisoit en son lit, qu'il estoit molt
pensis, conment et en quel maniere il peüst le roi Amalac tourner a
la loi Jhesu Crist : car il pensoit, se il n'estoit convertis a cestui point,
que jamais ne seroit convertis. Si conmencha une molt douce
proiiere en tel maniere : « Sire Dix, fontainne de misericorde, fontainne de confort, qui desis au pueple par la bouche Moysi ton saint
menistre, ceste parole : "Israel, se tu veus faire ce que je te conmanderai, tu n'establiras mie nouvel dieu ne n'aourras mie dieu estrange,
ne aourras autre que moi : car je sui li tiens Dix que tu dois aourer,
qui te jetai du servage au roi Pharaon qui te tenoit en servage" ;
Biaus Sire, ensi com ce est voirs, demoustre a cestui ta misericorde,
se tu es Dix pardurables sans comencement et sans fin, qui garantis
ton prophete Daniel en la fosse au lyon, et pardonnastes Marie

Madeleine ses péchés[3] ; cher Seigneur, envoie un véritable appui au roi Évalac, pécheur si désemparé ; Seigneur, tu m'as dit que j'étais ton serviteur quand je quittai mon pays sur ton commandement, et tu me dis que tu ne m'éconduirais pas sur ce dont je t'aurais supplié d'un cœur sincère : ainsi que tu m'en as fait la promesse, entends ma prière, par ta miséricorde, et par ta puissance ; et, cher et doux Seigneur, ne le fais pas pour moi, mais pour exalter et illustrer ton nom, pour montrer que tu es seul Dieu, qui as pouvoir et autorité sur toutes les créatures du monde ; Dieu glorieux, maintenant il est juste que tu donnes à la sainte Église ce que tu lui as promis ; tu dois, en effet, l'exhausser et l'accroître par toute la terre, et désormais il est temps qu'elle soit exhaussée et accrue, et que ton saint nom y soit loué. Seigneur-Dieu, décidez, je vous en prie. »

46. Ainsi fut Joseph, dans les larmes et les sanglots, jusqu'à une heure avancée de la nuit, en prosternation. Quand il eut terminé sa prière, il entendit une voix qui lui dit : « Joseph, relève-toi, car tes prières ont été entendues de ton Créateur. Sache bien que le roi Évalac va recevoir ma foi prochainement : il a vu, cette nuit, une partie des signes que je lui ai envoyés ; demain, il va vouloir faire son enquête, pour en savoir et en entendre la signification. Toi, viens au matin, sitôt que l'aube paraîtra, devant l'arche, avec tes compagnons ; chacun fera sa prière. Et vous connaîtrez une

---

Magdalainne ses pechiés. Biaus Sire, envoie vrai conseil au roi Amalac, que tant est pechierres desconseilliés. Sire, ja deïs tu a moi que j'estoie tes sergans quant je issi de ma terre par ton conmandement, et me deïs que tu ne m'escondiroies de chose que je te requesisse de bon cuer. Ensi com tu le m'eüs en covenent, oïes ma proiiere par ta misericorde, et par ta poissance : ne por moi, biaus dous Sire, ne le faites mie, mais pour ton non essaucier et alever, por demoustrer que tu es seus Dix qui a pooir et signourie sor toutes les creatures del monde. Glorious Dix, or est il drois que tu rendes a Sainte Eglise ce que tu li as promis, car tu le dois essaucier et acroistre par tout le monde, et il est orendroit tans et lix qu'ele soit essaucie et acreüe, et que tes sains nons i soit soushauciés. Sire Dix, empensés, je vous em proi. »

46. Ensi fu Joseph en larmes et em plours grant piece de la nuit, a coutes et as jenous. Et quant il ot sa prooiere finee, si oï une vois qui dist : « Joseph, lieves sus, car tes prooieres sont oïes de ton Creatour, et bien saces que rois Amalac recevra ma cre[ſ]ance prochainnement : car il a anuit veüe une partie de mes demoustrances ; et il vaura demain enquerre, et pour savoir et pour entendre que ce senefie. Et tu i viengnes le matin ausi tost come l'aube aparra[a] par devant l'arce, et tes compaignons ; et face chascuns sa prooiere. Et si verrés un

nouvelle décision dont je ne vous ai pas encore fait part. Je vais en effet consacrer ton fils et le faire grand maître comme prêtre, car je vais lui confier ma chair et mon sang, tels qu'ils furent sur la croix quand tu me portas au sépulcre. Et tous ceux qui recevront cet ordre le tiendront de lui, sache-le. »

47. La voix se tut ; Joseph, comblé de bonheur et de joie de ce qu'il avait entendu, alla s'étendre auprès de sa femme Éliap. Cependant ils ne couchaient pas ensemble comme des êtres pleins de luxure, mais comme des êtres habités par la religion : s'ils couchaient ensemble, depuis leur départ de Jérusalem sur l'ordre de Jésus-Christ, c'était sans être émus ni excités de cette fragilité, dont tout le lignage humain est conçu, au point de supporter que le malheureux corps partage la relation charnelle à la manière exigée par la nature. Au contraire, ils étaient si épris de l'amour souverain pour le Sauveur que de ce côté ne pouvait leur venir d'envie, et dès lors sans concupiscence ils engendrèrent Galaad, leur dernier enfant, qu'ils eurent sur le commandement de Jésus-Christ, lequel ordonna à Joseph de préparer de sa semence un nouveau fruit dont il emplirait à l'avenir le pays où il voulait demeurer. C'est sur l'ordre de Dieu que fut engendré Galaad. Et lors de sa conception, ils ne s'unirent pas par besoin de luxure, mais pour accomplir le commandement de Dieu Notre-Seigneur qui avait demandé cette semence. C'est

---

novel establissement que je ne vous ai pas encore moustré ; car je sacrerai ton fil et le ferai si grant maistre conme prouvoire, car je li baillerai ma char et mon sanc autretant com il em pendi en la crois quant tu me portas el sepulcre. Et tout cil qui tel ordre avront le tendront de lui, ce saciés. »

47. Atant laissa la vois a parler, et Joseph remest molt liés, et molt joians de ce qu'il ot ; si s'ala couchier o sa feme Eliap. Nonpourquant il ne gisoient pas ensemble come gent luxuriouse, mais come gent plaine*a* de religion ; car il ne jurent onques puis ensemble que il se departirent de Jherusalem par le commandement Jesu Crist, que onques cele fragelités, dont tous li humains lignages est conceüs, les esmeüst et eschaufast tant que il peüssent estre a ce mené que il souffrist le chaitif cors avoir compaingnie charnel ensemble a la maniere que nature le requiert. Ançois estoient si espris de la souvrainne amour au Sauveour que de cele partie ne li pooit corages venir, ne lors n'orent il nul talent quant il engendrerent Galaad lor daerrain enfant que il orent par le commandement Jhesu Crist qui li commanda qu'il apareillast de sa semence un novel fruit de coi il empliroit avant la terre la ou il voloit manoir. Par le conmandement de Dieu fu engendrés Galaad. Et quant il fu engendrés n'asamblerent il pas par couvoitise de luxure, mais pour acomplir le conmandement Dieu Nostre Signour qui avoit demandee la semence. De celui

de ce Galaad que descendit la haute lignée de ceux qui exal-
tèrent la loi de Jésus-Christ et honorèrent le territoire de la
Grande-Bretagne[1].

48. Pour le présent, nous allons cesser de parler de Galaad
en attendant le moment opportun, et nous allons retourner à
Joseph. Aussitôt qu'il put voir poindre le jour, il se leva,
ainsi que ses compagnons ; ils allèrent tous prier devant
l'arche. À peine étaient-ils à genoux qu'ils entendirent venir
du ciel un coup de tonnerre, et qu'ils sentirent le palais
trembler fortement sous eux. C'était le palais que Daniel le
prophète avait appelé « spirituel » en revenant de la guerre
de Nabuchodonosor. Le roi l'avait fait prisonnier avec les
autres, pour l'emmener à Babylone. À son retour, Daniel le
prophète passa par cette cité. Arrivé au palais, il inscrivit des
lettres en hébreu qui disaient : CE PALAIS SERA APPELÉ LE
PALAIS SPIRITUEL. Ce nom devint habituel, alors que le palais
n'avait jamais été appelé ainsi ; aussi longtemps qu'il restera
debout, on l'appellera spirituel. À peine la terre avait-elle
tremblé sous les chrétiens qui étaient en oraison, comme
vous venez de l'entendre, que le Saint-Esprit descendit sous
l'apparence du feu[1]. Il sembla à chacun qu'un rayon ardent
lui entrait au corps par la bouche : ils ne soufflaient mot, se
croyant ensorcelés. Ainsi furent-ils un long moment, sans
que personne prononce un mot ; ils perçurent aussi devant
eux comme un souffle à l'odeur si forte qu'il leur sembla le

Galaad descendi la haute lignie qui essaucierent la loy Jhesucrist et
honererent la terre de la Grant Bretaingne.

48. Atant laisserons a parler de Galaad tant que li lix en vendra del
dire, et retournerons a parler de Joseph qui, ausi tost com il pot apercevoir le jor, se leva, il et si compaingnon, et alerent tout aourer
devant l'arce. Et quant il furent a jenoullons, si oïrent un escrois venir
devers le ciel et sentirent que li palais trambloit durement [7a] sozᵉ
aus. Ce estoit li palais que Daniel li prophetes avoit apelé esperitel
quant il repaira de la bataille Nabugodenosor. Li rois l'avoit pris entre
les autres, et l'en mena em Babilone. En cel repaire passa Daniel li
prophetes par cele cité. Et quant il vint el palais, si escrit letres en
ebriu qui disoient : CIS PALAIS SERA APELÉS LI PALAIS ESPERITOUS. Cis
nons fu acoustumés a dire, ne onques mais n'avoit esté apelés en itel
maniere ; et tant que li palais duerra sera il apelés esperituous. Et
quant la terre ot tramblé desous les crestiiens qui laiens estoient en
orisons ensi com vous l'avés oï, si descendi tantost li Sains Esperis
laiens, et vint en samblance de fu. Et fu avis a chascun que uns rais
de fu li entroit el cors parmi la bouche ; ne ne disoient mot, ançois
quidoient estre enfantosmé. Ensi furent il grant piece que onques nus
d'aus ne dist mot ; et virent ausi conme un sousflement devant
aus, qui rendoit si grant odeur que il lor fu avis que il estoient

mélange des meilleures épices du monde. Après le passage
de ce doux vent, ils entendirent une voix qui, s'adressant à
eux, leur dit : « Écoutez, mes nouveaux fils. Je suis Dieu
votre Père, qui vous ai disputés au monde par ma chair : j'ai
souffert en effet que mon corps fût malmené. Et parce que
je vous ai montré un honneur plus grand qu'aucun père ne
le peut, vous devez bien prouver que vous me préférez à nul
autre. Écoutez maintenant ce que Dieu va vous dire : vous
en ferez le meilleur profit.

49. « Venez écouter, chrétiens nouveaux : c'est vous, le
nouveau peuple du Vrai Crucifix. Je t'aime et te chéris ; je
t'ai en effet envoyé le Saint-Esprit venu de la sainte gloire de
mon cher Père. Je t'ai mis en plus grande autorité et en plus
grand honneur que tes ancêtres ne furent au désert, où je
leur donnai durant quarante ans ce qu'ils voulurent avoir.
Mais tu m'es encore beaucoup plus cher, depuis que je t'ai
donné mon Saint-Esprit, qu'ils n'eurent jamais en charge.
Gardez-vous maintenant d'adhérer à leurs impiétés. Je leur
fis en effet tous les biens, et ils me firent tous les maux : s'ils
me faisaient honneur par leurs paroles, ils ne m'aimaient pas
de tout cœur. Ils me manifestaient bien à la fin : lorsque je
venais les appeler et les inviter à la grande et joyeuse fête
des noces que je voulais faire entre la sainte Église et moi,
ils ne daignèrent pas y venir ni me reconnaître, moi qui leur
avais fait tous les biens. Et parce que j'étais venu pauvre-

---

entré les meillours espices del monde. Après la venue de cel bon vent,
il oïrent une vois qui parloit a aus et dist : « Escoutés, mi nouvel fil.
Je sui Dix vostres Peres qui vous ai chalengiés au monde par ma char,
car je sousfri mon cors a pener. Et pour ce que je vous ai si grant
honour moʃtree que nus peres ne puet greignor, pour ce devés vous
bien mouʃtrer que vous m'amés mix que nul autre. Or escoutés que
Dix vous dira : si ferés mout durement vostre pourfit.

49. « Entendés cha, nouvel creʃtiien qui eʃtes nouviaus puepleʃ au
vrais crucefis : Toi aim je et ai chier, car je t'ai envoïé le Saint Esperit de la sainte gloire de mon chier pere. Je t'ai mis en greignour
signourie et en greignour hounour que ti ancisour ne furent el desert,
ou je lor donnai .XL. ans ce que il vaurent avoir. Mais encore te tieng
je em plus grant cierté, quant je t'ai donné mon Saint Esperit que il
n'orent onques em baillie. Or vous gardés que vous ne vous tenés a
lor felonnies. Car je lor fis tous les biens et il me fisent tous les
maus : car s'il me faisoient honour de la bouche, il ne m'amoient mie
de cuer : et si le me mouʃtroient bien en la fin, car je les venoie
semonre et apeler a ma grant feʃte et a ma grant joie de mes noces
que je voloie faire de moi et de Sainte Eglise, et il n'i daingnierent
venir ne onques ne me daingnierent connoiʃtre, [b] qui tous les biens
lor avoie fais. Et por ce que ving[c] je povrement entr'aus, si me disent

ment parmi eux, ils me dirent que je n'étais pas leur Dieu. Ils eurent un si grand dépit de ce que j'osais dire que, m'ayant pris comme un larron, en secret ils ont déchiré ma chair, brisé mes membres et mon corps ; pour les grands biens que je leur avais faits, en récompense ils me crachèrent au visage et me souffletèrent. Pour la douce boisson que je leur offris au désert, ils me donnèrent sur la croix le breuvage le plus ignoble et le plus âpre qu'ils purent trouver. Ensuite, ils me mirent à mort, alors que je leur avais donné la vie sur terre et leur promettais la joie éternelle.

50. « Ainsi ne se comportèrent-ils qu'en fils mauvais et cruels, ceux pour qui j'avais été toujours un père. Et maintenant, gardez-vous de ressembler à la lignée impie : la conduite de ceux dont vous changez la vie ne doit-elle pas en être changée ? Comportez-vous envers moi en loyaux fils, je me comporterai envers vous en père fidèle, et je ferai plus pour vous que je peux avoir fait pour mes prophètes qui m'ont servi auparavant de tout cœur et avec toute leur bonne volonté : s'ils eurent le Saint-Esprit avec eux, vous l'aurez aussi, et vous aurez encore, de surcroît, autre chose : vous aurez chaque jour mon corps matériellement dans votre compagnie, comme lorsque j'étais physiquement sur terre, encore que vous ne me verrez pas de cette manière ni sous cette apparence. Avance maintenant, Josephé, mon serviteur, car tu es digne d'être pasteur et d'avoir sous

---

que lor Dix n'estoie je mie. Et orent si grant despit de ce que je osoie dire, que il m'avoient pris come larron, en repost, et me derrompirent ma char, et depechierent mes menbres, et mon cors ; et pour les grans biens que je lor avoie fais, me rendirent il tel guerredon conme[b] d'escopir et de busfoiier ; et pour les dous boires que je lor donai el desert, me donnerent il en la crois le plus vil boire et le plus angoissous que il porent trouver. Aprés me donnerent il la mort, et je lor avoie donnee la terrienne vie, et lor prometoie la pardurable joie.

50. « Ensi trouvai je ciaus del tout en tout fillastres et cruous, a qui je avoie esté tous jours peres. Ne mais gardés que vous ne soiiés samblans a la felenesse lingnie, car bien devés avoir changie la maniere de ciaus de qui vous changiés la vie. Si vous contenés vers moi conme mi loial fil, je me conterrai vers vous conme loiaus peres, et si ferai plus pour vous que je n'aie fait pour mes prophetes qui m'ont servi cha en ariere de bon cuer et de bone volenté : car s'il orent le Saint Esperit avoec aus, ausi l'avrés vous, et si avrés encore avoec autre chose : car vous avrés chascun jour mon cors corporelment en vostre compaingnie tot ausi com je estoie corporelment en terre, mais vous ne me verrés pas en tel maniere ne en tele samblance. Or vien avant, Josephé[a], li miens sergans, car tu es dignes d'estre menistres et de si

ta responsabilité une aussi haute chose que la chair et le sang de ton Sauveur : ne t'ai-je pas reconnu, quand je t'ai mis à l'épreuve, plus exempt et plus pur de tous péchés de nature qu'aucune chair mortelle ne pourrait le concevoir ? Parce que je te connais, et sais mieux qui tu es que tu ne le sais toi-même, et que tu es dépourvu de convoitise et d'envie, sans orgueil, incapable de toute impiété et plein de pure chasteté, pour cela je veux que tu reçoives de ma propre main le plus haut ordre qu'un homme puisse avoir. Personne parmi tous les autres ne le recevra de ma main sinon toi, mais c'est de toi que le recevront dorénavant tous ceux qui devront l'avoir. »

51. Alors l'enfant s'avança fort craintivement, et commença à pleurer d'abondance. Il rendit grâces à son Créateur qui l'appelait à recevoir un si haut honneur, dont aucun homme mortel ne pouvait être digne, quelque méritant qu'il s'en estimât, si Dieu seul par sa grâce ne le lui consentait. Et quand il fut à proximité de l'arche, Notre-Seigneur lui dit : « Ouvre la porte de l'arche et ne sois pas déconcerté par ce que tu vas voir. »

52. Josephé ouvrit la porte de l'arche, très inquiet et plein de doute. L'arche ouverte, il vit à l'intérieur un homme vêtu d'une robe plus rouge et plus effrayante que le feu de la foudre ; ses pieds, ses mains et son visage étaient de la même effroyable couleur ; se tenaient autour de cet homme

---

haute chose avoir en ta baillie conme est la chars et li sans de ton Sauveour[b], car je t'ai prouvé et conneü pour plus net et plus monde de tous natureus pechiés que nule morteus chars ne porroit penser : et pour ce que je te connois et sai mix qui tu es que toi meïsmes ne sés, et que tu es mondes de couvoitise et d'envie et quites d'orgueil et nés de toute felonnie, et plains de nete chasteé, pour ce voel je que tu reçoives de ma main le plus haut ordre que nus hom puist avoir, ne nus de tous les autres ne le recevra de ma main que toi solement, ançois l'avront de toi tout cil qui des ore en avant le recevront. »

51. Atant se traïst li enfés avant mout paourousement, et conmencha a plourer mout forment ; et rendi grasses a son Creatour qui l'apeloit a si hal[t]te honour recevoir, de coi nus hom morteus ne pooit estre dignes par deserte que il onques eüst faite selonc son avis, se Dix solement par la soie grasse ne li otroiiast. Et quant il fu venus jusqu'a l'arce, si dist Nostre Sires : « Oeuvre l'uis de l'arce et si ne soies mie esbahis de ce que tu verras. »

52. Lors ouvri Josephés[a] l'uis de l'arche mout paourousement et a mout grant doutance. Et quant il l'ot ouverte, si vit dedens un home vestu d'une robe plus rouge et plus hidouse que n'est foudres ardans, et si pié et ses mains estoient autretel, et ses visages ; et entour cel home estoient .v. angle tout vestu de teles robes et d'autel samblant,

cinq anges dont les robes et l'apparence étaient tout aussi impressionnantes ; chacun avait six ailes qui semblaient de feu ardent. Le premier tenait en sa main une grande croix toute vermeille comme le sang ; mais il est difficile de savoir de quel bois était faite cette croix. Le deuxième ange tenait dans sa main trois clous tout sanglants, si bien qu'il semblait que le sang en dégouttait encore tout vermeil. Le troisième ange tenait dans sa main une lance dont le fer était tout sanglant, et dont la hampe était couverte de sang jusqu'à l'endroit où l'ange la tenait empoignée. Le quatrième ange tendait devant le visage de l'homme une couverture qui était tout ensanglantée, et le cinquième ange tenait dans sa main une baguette semblable à un fouet, toute sanglante[1]. Chacun de ces cinq anges portait une petite banderole où étaient inscrites des lettres qui disaient : CE SONT LES ARMES PAR LESQUELLES LE JUGE DE L'UNIVERS A VAINCU LA MORT ET L'A ANÉANTIE. Ce phylactère portait aussi une inscription en lettres blanches de langue hébraïque dont la forme disait : C'EST MOI QUI VIENDRAI JUGER TOUTES CRÉATURES AU JOUR TERRIBLE, ÉPOUVANTABLE ET VRAI.

53. Voilà ce que disait le texte. Il semblait que des mains et des pieds de l'homme coulait une substance sanglante. Josephé avait aussi l'impression que l'arche était bien cent fois plus large qu'à l'accoutumée : l'homme qu'il voyait et les cinq anges tenaient à l'intérieur. Il fut plus que stupéfait à la vue de cette merveille, à ne savoir que dire ni que faire :

---

et si avoit chascuns .VI. eles et sambloit qu'eles fuissent de fu ardant. Li uns tenoit en sa main une grant crois toute vermeille conme sanc ; mais grief chose est a conoistre de quel fust cele crois estoit. Et li secons angles tenoit en sa main .III. claus tous senglens, si qu'il estoit avis que li sans en degoutoit encore tous vermaus. Et li tiers angles tenoit en sa main une lance dont li fers estoit tous sanglens, et la hanste estoit toute sanglente, jusques la ou li angles le tenoit empoignie. Li quars angles tenoit devant le viaire a l'ome une couvreture qui estoit toute ensanglentee de l'un chief jusqu'a l'autre, et li quins angles tenoit en sa main une verge en la maniere d'une corgie, toute sanglente. Et chascuns de ces .V. angles tenoit un rollet ou il avoit letres qui disoient : CE SONT LES ARMES[b] PAR LESQUELES LI JUGIERES DE TOUT LE MONDE VAINQUI LA MORT ET DESTRUIST ; et si estoit escrit en unes letres en ebriu blanches qui disoient en ceste samblance : VENRAI JE JUGIER TOUTES CHOSES AU FELON JOUR ESPOENTABLE ET VRAI.

53. Ensi disoient les letres ; et si estoit avis que de ses mains et de ses piés couroit sanglente chose contreval, et si estoit avis a Josephé[a] que l'arce estoit bien a .C. doubles plus lee qu'ele ne soloit estre : car li hom que il veoit estoit dedens et les .V. angles. Si fu durement esbahis de la merveille que il veoit, ne il ne sot que dire, ne que faire,

il s'inclina et s'absorba dans sa méditation. Comme il méditait, la voix l'appela. Il vit cet homme crucifié sur la croix
qu'avait tenue le premier ange, et les clous, qu'il avait vus
dans la main du deuxième, enfoncés dans ses pieds et dans
ses mains ; il vit le linge qui le ceignait : cet homme semblait
bien être alors dans le tourment de la mort. Ensuite, Josephé
s'avisa que la lance qu'il avait vue dans la main du troisième
ange était fichée dans le côté de l'homme crucifié ; aussi
coulait le long de la hampe un ruisseau qui n'était ni tout de
sang ni totalement d'eau, et cependant il paraissait être fait
de sang et d'eau. Sous les pieds du crucifié, il vit l'écuelle
que son père Joseph avait apportée dans l'arche ; il lui semblait que le sang des pieds du crucifié dégouttait dans cette
écuelle et qu'elle était presque pleine : il paraissait à Josephé
qu'elle voulût se renverser et que le sang dût s'en répandre.

54. Ensuite il eut l'impression que l'homme tombait à
terre, et que, les deux bras détachés des clous, le corps s'en
venait au sol la tête en bas. Quand il vit cela, il voulut
accourir pour le redresser. Mais, alors qu'il allait mettre le
pied à l'intérieur, il vit les cinq anges armés sur le seuil : trois
tendaient leurs épées, pointes tournées vers lui ; les deux
autres levaient les leurs en faisant mine de le frapper. Josephé n'abandonna pas sa résolution de franchir le seuil, tant il
désirait redresser Celui qu'il croyait son Dieu et son Sauveur.
Il voulut poser le pied à l'intérieur : impossible ; il lui fallut

---

ançois s'aclina vers terre et conmencha molt durement a penser. Et
ensi com il pensoit tous enclins, et la vois l'apela ; et il vit celui home
crucefiié en la crois que li angles tenoit, et les claus qu'il avoit veü tenir
a [d] l'autre angle li estoient es piés et es mains, et la chainture qu'avoit
entor lui ; si sambloit bien a cele eure estre hom qui fust angoissous de
mort. Aprés esgarda Josephé[b] que la lance qu'il avoit veüe en la main
au tierc angle estoit fichie parmi le costé a l'ome crucefiié, si degoutoit
contreval la hanste uns ruissiaus qui n'estoit ne tous sane ne tous aigue,
et nonporquant si sambloit il estre de sanc et d'aigue. Et desous les
piés au crucefiié vit[c] icele esquiele que Joseph ses peres avoit aportee
en l'arce ; se li estoit avis que li sans des piés au crucefiié degoutoit en
cele esquiele et qu'ele estoit prés de comble : si sambloit a Josephé[f]
qu'ele vausist verser et que li sans en deüst espandre.

54. Aprés li estoit avis que li hom caïst a terre et que li doi brach
estoient eschapé des claus si que li cors s'en venoit a terre la teste
desous. Et quant il vit ce, si vaut courre avant pour lui redrecier ; et
quant il dut metre le premier pié dedens, si vit les .v. angles atout lor
espees a l'entree del huis, et tendoient li .iii. encontre lui les pointes
de lor espees, et li autre doi levoient les lor en haut et faisoient
samblant de lui ferir ; et il ne le laisa onques pour ce qu'il ne vausist
outre passer : car tant desiroit a redrecier celui que il creoit que

arrêter : on le retenait si fortement par-derrière par les bras qu'il était incapable d'avancer. D'un simple regard, il s'aperçut que deux anges le maîtrisaient chacun d'une main ; de l'autre ils tenaient chacun une ampoule, un encensoir et une boîte. Joseph tourna les yeux ; il fut fort intrigué par le fait que Josephé était allé jusque sur le seuil de l'arche, sans rien faire ni sans rien dire, et par les choses qu'il pouvait avoir entendues, vues et observées. Alors il se leva de l'endroit où il était en prière et se dirigea vers son fils. Le voyant venir, Josephé tendit le bras devant lui et se mit à lui crier : « Ah ! Joseph, mon père, ne me touche pas ; tu me priverais de la grande joie et de la grande gloire où je suis : je suis dans la lumière des signes spirituels, je ne suis plus sur terre ! » À l'entendre, Joseph, si violemment désireux de voir ces merveilles, négligeant toute interdiction, se laissa tomber à genoux devant la porte de l'arche. Jetant un coup d'œil à l'intérieur, il vit un petit autel recouvert de linges blancs. S'y trouvait aussi un tissu de couleur vermeille très richement orné et splendide comme un samit[1]. Joseph porta son regard au-dessous de ce drap et découvrit les trois clous dégouttant de sang et un fer de lance tout sanglant à un bout de l'autel ; à l'autre bout était posée l'écuelle qu'il avait apportée. Au milieu de l'autel, il vit un vase d'or très beau et très riche, apparemment un hanap à pied, fermé par un couvercle

---

c'eſtoit ſes Dix et ſes Sauverres. Et il vaut metre le pié dedens ; ſi ne pot, ançois li couvint arreſter : car on le tenoit ſi forment par deriere par les .II. bras qu'il n'avoit nul pooir d'aler avant ; et il ſe reſgarda, ſi vit que doi angle le tenoient, chaſcuns a une main, et a l'autre main tenoit chaſcuns une ampoule et un encenſier et une boiſte. Et Joseph ſes peres regarda ariere, ſi s'eſmerveilla mout de ce qu'il ot eſté a l'uis de l'arce ſans plus faire et ſans plus dire, et queles choſes il pooit avoir oïes et veües et regardees. Lors ſe leva Joseph de la ou il eſtoit a oriſons, ſi s'en ala vers ſon fil ; et quant Josephé[a] le vit venir, ſi tendi la main encontre, et ſi li commença a crier : « Ha ! peres Joseph, n'atouche a moi que tu ne me toilles la grant joie et la grant gloire ou je ſui : car je ſui enluminés des eſperiteus demonſtrances, que je ne ſui mais en terre. » Quant Joseph entendi cele parole, ſi fu ſi angoiſſous et eſpris de veoir ces merveilles que il n'i garda onques deſfenſe, anços ſe laiſſa devant l'uis de l'arce cheoir as jenous ; et eſgarda, ſi [e] vit dedens l'arce un petit autel tout couvert de blans dras. Si i avoit un mout riche drap vermeil et mout bel autretel com un ſamit. Deſous cel[b] drap eſgarda Joseph ; ſi vit que il i avoit .III. claus tous degoutans de ſanc, et un fer de lance tout ſanglent, a l'un des chiés de l'autel. A l'autre[c], ſi vit l'eſquiele que il avoit aportee ; en milieu de l'autel vit il un mout tres bel vaiſſel d'or et mout riche en ſamblance d'un hanap a pié, et avoit un couvercle

également en or. Il ne put voir à discrétion ce couvercle, ni
ce qu'il y avait dessous : un linge blanc le couvrait, de sorte
qu'il n'était visible que par-devant. Au-delà de l'autel, il aperçut une main très belle qui tenait une croix toute vermeille,
sans voir celui à qui appartenait cette main ; il vit aussi,
devant l'autel, deux mains qui tenaient deux cierges, sans
pouvoir discerner les corps auxquels ces mains appartenaient.

55. Observant à l'intérieur, l'ouïe en éveil, il entendit cla-
quer la porte d'une chambre. Tournant le regard dans cette
direction, il vit venir deux anges dont l'un tenait un vase
rempli d'eau, et l'autre un aspersoir dans sa main droite ; suivaient deux autres anges qui portaient dans leurs mains deux
grands vases d'or pareils à deux bassins, et pendues à leurs
cous deux serviettes plus belles que celles de personne au
monde. Ces deux anges sortis, il en vint trois autres après,
qui portaient trois encensoirs d'or illuminés de riches pierres
précieuses, si bien qu'ils semblaient en vérité embrasés de
feu ardent ; dans l'autre main ils tenaient chacun une boîte,
remplie d'encens, de myrrhe et de maintes rares épices qui
diffusaient à l'intérieur une odeur si forte et d'une si grande
suavité que la maison paraissait emplie d'aromates. Il en vit
sortir encore un autre avec au front des lettres qui disaient :
JE SUIS APPELÉ FORCE DE HAUT-SEIGNEUR. Celui-ci portait sur
ses deux mains un drap d'un verdoiement d'émeraude, et sur

---

deseure qui estoit d'or ensement ; le couvercle ne pot il mie veoir bien
a delivre ne ce que il avoit desous, car il estoit couvers d'un blanc
drap, si que on ne le veoit fors par devant ; et outre l'autel si vit une
main mout bele qui tenoit une crois toute vermeille, mais il ne veoit
pas celui qui le mains estoit ; et si vit .II. mains devant l'autel, qui
tenoient .II. cierges, mais il ne vit pas les cors dont les mains estoient.

55. Endementiers qu'il esgardoit laiens, si escoute et ot l'uis d'une
cambre flatir ; et il tourne les ex vers la chambre, si vit venir .II.
angles dont li uns tenoit un orcueil[a] tout plain d'aigue, et li autres
tenoit en sa main destre un geteoir ; et après ces .II. venoient doi
autre qui portoient en lor mains .II. grans vaissiaus d'or, autreteus
conme .II. bacins, et a lor cols avoient .II. touailes qui estoient de plus
grant biauté que celes que hom[b] mortels n'avoit baillies. Et quant li
doi furent issu, si issirent .III. autre après qui portoient .III. encensiers
d'or enluminés de riches pierres precieuses, si qu'il sambloit de voir
que il fuissent tout espris de fu ardant ; en l'autre main tenoit chascuns une boite toute plainne d'encens et de mirre et de maintes preciouses espices qui rendoient laiens si grant odor et si grant
souatume que il estoit avis que la maisons estoit toute plaine d'espices. Après en vit issir un autre qui avoit letres[c] en son front qui
disoient : JE SUIS APELÉS FORCE DE HAUT SIGNOUR. Icil portoit un drap
sor ses .II. mains ausi verdoiant conme est esmeraude, et sor cel drap

ce linge était posée l'écuelle. À sa droite se trouvait un ange qui portait un sceptre : jamais homme au monde ne vit plus riche et plus beau sceptre. À sa gauche venait un ange muni d'une épée au pommeau d'or, à la garde d'argent, à la lame vermeille comme un rayon de feu incandescent. Ces trois-là sortis, il s'en présenta trois autres qui portaient trois cierges allumés, et ces trois cierges étaient de toutes les couleurs qu'une langue humaine pourrait décrire. Puis Joseph, dont l'attention était vive, vit sortir Jésus-Christ, tel qu'il lui était apparu dans le cachot durant sa captivité, après qu'il fut sorti du sépulcre en corps et en esprit, le jour de sa résurrection.

56. C'est sous cette apparence que Joseph le vit venir, si ce n'est qu'il avait maintenant revêtu tous les vêtements qu'un prêtre doit porter, quand il veut faire le service de la consécration de Notre-Seigneur. En tête, l'ange qui portait l'aspersoir puisait de l'eau pour en répandre par-dessus les chrétiens qui étaient là ; mais aucun d'eux ne pouvait voir celui qui faisait l'aspersion à part Joseph et Josephé son fils : ces deux-là le voyaient très bien. Joseph, prenant son fils par la main, lui dit : « Cher fils, sais-tu maintenant et comprends-tu qui est cet homme, pour mener des êtres si beaux en sa compagnie, et pour aller avec tant d'honneurs ? — Par ma foi, cher père, lui répondit Josephé, j'en suis certain, il est celui de qui David a dit au Psautier : "Dieu a

---

estoit mise l'esquiele ; et encoste de celui angle devers destre en avoit un qui portoit un ceptre. Onques si riches ne si biaus ne fu veüs par ex de nul home terrien se cil meïsmes ne fu. Devers senestre en avoit un qui portoit une espee dont li poins estoit d'or, et l'enheudure d'argent, et toute la lemele estoit autresi vermeille come est uns rais de fu en[/]brasés. Et quant cist troi furent issu fors, si venoient .III. autres qui portoient .III. cierges ardans, et si estoient li .III. cierges de toutes les coulours que langue morteus porroit deviser. Aprés esgarda Joseph, si vit fors issir Jhesucrist en autretele samblance conme il avoit aparut en la chartre ou il estoit em prison, quant il fu issus del sepulcre en cors et en esperit au jour de sa surrexion.

56. En ceste samblance le vit Joseph venir, fors que d'itant solement qu'il avoit ore vestus tous les vestemens que prestres devoit avoir, quant il veut faire le service del sacrement Nostre Signour. Et li angles premiers qui portoit le geteoir puiçoit en l'aigue et si aloit jetant par desus les crestiiens qui estoient laiens ; mais nus d'aus tous si ne veoit celui qui le jetoit fors Joseph et Josephé ses fix tant solement : icil doi le veoient tout apertement. Lors prist Joseph son fil par la main et si li dist : « Biaus fix, connois tu^a encore ne aperçois qui cis hom est qui si beles gens mainne avoec lui en sa compaignie et vait si honnerablement ? » Et Josephés li dist : « Par foi, biaus pere, je sai de voir que ce est cil de qui David dist el sautier que Diex a

commandé à ses anges de le garder partout où il ira, et personne ne pourrait être, mieux que lui, servi et honoré par des anges[1]." »

57. Alors toute la compagnie passa devant eux et parcourut prestement tout le palais ; partout où elle allait, l'ange jetait l'eau avec l'aspersoir. Et devant l'arche, il n'y en avait pas un qui ne saluât en s'inclinant Jésus-Christ, puis l'arche. Une fois qu'ils eurent fait tout le tour, il revinrent devant l'arche. Alors Notre-Seigneur appela Josephé, qui lui répondit : « Seigneur, voici votre serviteur tout prêt à faire votre volonté. — Sais-tu, lui dit Notre-Seigneur, ce que signifie cette eau que tu viens de voir répandre ici ? C'est le nettoiement de l'endroit que le mauvais esprit a fréquenté. Cette maison a toujours logé des diables : aussi doit-elle être purifiée et nettoyée, préalablement à mon service. Purifiée et nettoyée, elle l'est néanmoins, dès l'instant que le Saint-Esprit, envoyé par moi, y est descendu ; mais si je l'ai arrosée d'eau, c'est pour que tu le fasses dans tous les lieux où l'on devra invoquer mon nom et faire mon service. — Seigneur, lui demanda Josephé, comment l'eau peut-elle purifier, si elle n'a été auparavant lavée de sa souillure ? — Tu feras la même bénédiction, lui répondit Notre-Seigneur, sur l'eau de la purification que sur l'eau du baptême : tu y feras le signe du grand rachat — c'est le signe de la sainte

---

conmandé a ses angles que il le gardent partout la ou il ira, ne nus hom ne porroit estre si servis ne si honnerés par angles com il est solement. »

57. Adont passa toute la compaingnie par devant aus, si alerent esraument par tout le palais laiens, et par tout la ou il aloient jetoit li angles l'aigue au getouer. Et quant il vinrent devant l'arce, si n'en i avoit nul qui n'enclinast a Jhesucrist, et puis a l'arce après. Et quant il orent environnee toute la maison par dedens, si revinrent tout par devant l'arce. Lors apela Nostres Sires Josephé, et Josephé li respondi : « Sire, vés ici vostre sergant tout apareillié a vostre volenté faire. » Et Nostres Sires li dist : « Sés tu que ceste aigue senefie, que tu as veüe espardre par chaiens ? Ce est netoiemens del lieu ou li mauvais esperis a conversé : et ceste maisons a tous jours esté habitacles de dyables ; si doit ele estre avant mondee et netoiie, que mes services i soit fais. Et nonpourquant ele est mondee et netoiie dés ce que li Sains Esperis i descendi, que je i envoiai. Mais je l'ai arousee d'aigue, pour ce que tu faces par tous les lix ausi ou mes nons devra estre apelés et mes services fais. » Et Josephés li dist : « Sire, conment puet l'aigue espur[δa]gier sans qu'ele n'estoit avant espurgie ? » Et Nostres Sires li respondi : « Toute autretele beneïçon feras en l'aigue del pureffiement conme en l'aigue del bauptesme : car tu i feras signe de la grant raiençon, ce est li signes de la sainte crois ; et si diras que ce

Croix — et tu diras que c'est au nom du Père et du Fils et du Saint-Esprit. Pourvu que l'on ait entièrement foi dans cette bénédiction, jamais un mauvais esprit n'habitera dans un endroit où cette eau aura été répandue : tout le pouvoir du diable est anéanti par l'invocation de la Sainte Trinité et par le signe de la sainte Croix qui a détruit sa puissance.

58. « Désormais je veux que tu reçoives la dignité que j'ai promis de donner : c'est le sacrement de ma chair et de mon sang. Tu le verras parfaitement, et mon peuple aussi : je veux qu'il atteste pour toi, et devant les rois et devant les comtes, que je t'ai conféré l'onction sacrée, pour t'établir souverain pasteur de mes brebis nouvelles après moi, c'est-à-dire nouvel évêque de ma chrétienté nouvelle. De même que mon serviteur Moïse était guide et tuteur des fils d'Israël par le pouvoir dont je l'avais investi, de même tu seras le gardien de mon peuple, car il apprendra sur tes lèvres comment il devra me servir, comment il observera la nouvelle loi et gardera ma foi. » Alors Notre-Seigneur prit Josephé par la main droite, le tira à sa suite, si bien que tout le peuple des chrétiens qui étaient là vit parfaitement, venant de l'arche, un homme tout chenu : il portait sur ses épaules le vêtement le plus riche et le plus beau que jamais personne sur terre eût revêtu ni possédé. Suivit un autre, prodigieusement beau, dans la fleur de l'âge : il portait une croix dans une main, et

---

soit el non del Pere et del Fil et del Saint Esperit. Et qui avra creance enterine en ceste beneïçon, ja mauvais esperis n'abitera en lieu ou cele aigue sera espandue : car tous li pooirs au dyable si est confondus en oïir le conjurement de la Sainte Trinité et au veoir le signe de la sainte crois par coi sa poissance fu destruite.

58. « Des ore mais voeil je que tu reçoives la hautece que je ai promis a donner : ce est le sacrement de ma char et de mon sanc ; si le vesras tout apertement et mes puepls, quar je voel qu'il t'en soient tesmoing et devant rois et devant contes, que je ai mise sor toi la sainte oncion, por toi a establir souvrain pastour de mes berbis noveles après moi, c'est a dire nouvel evesque de ma crestienté nouvele. Et tout ausi come mes sergans Moyses estoit menerres et conduisierres des fix Israel par la poesté que je li avoie donnee, tout autresi seras tu garderres de cest mien puepie, car il aprendront a la toie bouche coment il me devront servir et coment il tenront la nouvele loy et garderont ma creance. » Lors prist Nostres Sires Josephé par la destre main, si le traïst après lui si que tous li puepies des crestiiens qui laiens estoient virent apertement qu'il vint hors de l'arce un home tous[a] chanus, si aportoit sor son col le plus riche vestement et le plus bel que onques nus hom terriens eüst vestue ne baillie, et enaprés celi si en issi uns[b] autres qui estoit biaus a merveille et de molt bel aage, si portoit une crois en une main et

dans l'autre une mitre toute blanche, alors que la hampe de
la croix était toute vermeille. Une fois sortis tous deux, ils
firent endosser à Josephé tous les vêtements : d'abord ceux
de cendal[1], ensuite tout ce qui eſt nécessaire à un évêque.
Quand il fut vêtu, ils le firent asseoir sur un siège préparé
par la volonté de Notre-Seigneur, qui souhaitait ordonner
toutes choses. La richesse de ce siège était telle que, l'ayant
vu, nul jamais n'aurait su dire de quoi il pouvait être fait.
Tous les artisans d'ouvrages luxueux venaient le voir. Dans
tout l'univers, il n'exiſtait aucune espèce de pierres précieuses dont le siège ne fût orné. Ceux qui le voient le disent
encore — jamais, depuis, il n'a quitté la cité, où l'on n'a
cessé de le tenir pour une relique, après le départ de Josephé. Jamais depuis on ne s'y assit qu'on n'en fût relevé mort
ou qu'on ne fût eſtropié avant d'être debout. Par la suite il y
eut un grand miracle : la cité fut prise par un roi, celui des
Sarrasins, en guerre contre ce pays. Ce roi, ayant trouvé le
siège et le voyant si riche, dit qu'il l'eſtimait plus que toute
la cité : il l'emporterait en Égypte, où il régnait ; il ajouta
qu'il s'y assiérait tous les jours qu'il porterait couronne. Mais
lorsqu'il voulut l'enlever, personne ne put le bouger de son
emplacement. Qu'à cela ne tienne : il s'y assiérait, à défaut de
pouvoir l'emporter. Mais à peine y était-il inſtallé que Notre-
Seigneur fit âprement juſtice de lui : les yeux lui sortirent de

---

en l'autre une mitle toute blanche, et la hanſte de la crois eſtoit toute
vermeille. Et quant cil doi furent venu fors, si veſtirent Josephé tous
les veſtemens et premierement les cendaus, et puis les autres choses
qu'il couvient a evesque. Et quant il fu reveſtus si l'asient en une
chaiiere qui eſtoit illuec apareillie par la volenté Noſtre Signour
qui toutes choses voloit ordener. Cele chaiiere eſtoit de si grant
richesce que onques nus hom qui le veïſt ne sot a dire certainement
de coi ele pooit eſtre ; et tout cil qui fai[b]soient les riches oeuvres le
venoient veoir. En tout le monde n'avoit maniere de si riches pierres
dont il n'eüſt en la chaiiere, et encore le dient cil qui le voient : car
ele ne fu jete onques puis fors de la cité, ançois i fu tous jours tenue
pour saintuaire, puis que Josephé s'en fu partis ; ne onques puis hom
n'i assiſt qu'i n'en fuſt levés tous mors ou qu'il ne fuſt mehaingniés
del cors ançois qu'il s'en levaſt. Puis avint si grant miracle, que la
cités fu prise par un roi des sarrazins qui guerroioit la terre : car
quant il ot trouvee la chaiere, et il le vit si riche, si diſt qu'il le prisoit
plus que toute la cité et diſt qu'il l'emporteroit en Egypte dont il
eſtoit rois ; et diſt qu'i i serroit ançois tous les jors qu'il porteroit
couronne qu'il ne l'emportaſt. Et quant il l'en quida porter, si ne le
pot nus hom remuer de son lieu ou ele eſtoit, et il diſt que toutes
voies s'aserroit il dedens, et puis que porter ne l'en porroit ; et maintenant que il i fu assis si priſt Noſtres Sires une grant vengance de

la tête. Ainsi, Notre-Seigneur montra que ce n'était pas le siège d'un homme mortel — excepté celui à l'usage de qui il le destinait. Il y montra maints autres miracles, dont le conte ne parlera pas avant qu'il n'en soit temps et lieu.

59. Une fois Josephé assis dans le siège, tous les anges vinrent devant lui, et Notre-Seigneur l'oignit et le consacra de la manière dont on doit consacrer un évêque et l'oindre : tout le peuple le vit clairement. L'onction qui servit pour lui fut prélevée dans l'ampoule que portait l'ange qui l'avait pris et attiré à lui quand il voulut pénétrer dans l'arche, ainsi que vous l'avez entendu précédemment. Tous les rois reçurent l'onction, dès le moment où la chrétienté vint en Grande-Bretagne, jusqu'à Uterpandragon, le père du roi Arthur. Si ceux qui connaissent les aventures ignorent pourquoi il fut surnommé Pandragon, on sait bien qu'il avait Uter comme nom de baptême. L'histoire de ce livre dira plus loin très clairement pourquoi il fut ainsi appelé, et comment cette onction fut perdue au moment où il devait être couronné.

60. Quand Josephé fut oint et sacré, comme vous l'avez entendu, Notre-Seigneur lui remit la crosse, et un anneau dont personne au monde ne pourrait ni faire une copie, ni décrire la vertu de la pierre. Après avoir statué sur toutes choses, comme vous l'avez entendu, il l'appela pour lui dire : « Josephé, tu viens de le voir, comme le reste de mon peuple

---

lui, que li doi oeil li volerent de la teste. Ensi demoustra Nostres Sires que ce n'estoit pas sieges[d] d'ome mortel se a celui non a qui oés il[e] l'avoit apareillié. Et maintes autres vertus i moustra il, dont li contes ne parlera mie ci[f] endroit devant que tans et lix en iert.

59. Quant Josephés fu assis en la chaiere, si vinrent tout li angle devant lui, et Nostres Sires l'enoinst et sacra en tel maniere que on doit evesque sacrer et enoindre, si que tous li pueples le vit aperte-ment. Et icele onctions dont il fu oins fu prise en l'ampoule que li angles portoit, qui le prist et atraïst a soi quant il vaut entrer en l'arce, si com vous avés oï autrefois cha en ariere. Furent enoint tout li roi, des ce que la crestientés vint en la Grant Bretaingne, jusques a Uterpandragon qui fu peres au roi Artu. Mais cil qui sevent les aven-tures ne sevent pas por coi il fu apelés Pandragon en sournon ; mais on set bien qu'il ot a non Uter en baptesme. Mais l'estoire de cest livre le dira cha en avant tout esclairiement por coi il fu ensi apelés, et conment cele onctions fu perdue quant il dut estre premierement coronés.

60. Quant Josephés fu enoins et sacrés, si com vous avés oï, si li remist Nostres Sires la croce en la main et un anel que nus hom morteus ne [d] porroit contrefaire, ne la force de la pierre deviser. Et quant il ot de toutes choses ensi atourné come vous avés oï, si l'apela et li dist : « Josephés, je t'ai sacré et enoint a evesque, si com tu as

ici présent : je t'ai sacré et oint évêque. Maintenant je vais te dire ce que ces vêtements signifient — ne doit les porter que celui qui recherche le signe divin. Ces souliers que tu as chaussés signifient que tu ne dois faire nul pas en vain ; il te faut au contraire tenir tes pieds assez nets pour qu'ils n'aillent en aucun lieu où triomphe la méchanceté, mais qu'ils te servent aux oraisons, au prêche et à aider les égarés. Ainsi dois-tu fatiguer tes pieds. Je veux en effet que tu aies part à l'Écriture qui dit : "Bienheureux celui qui ne veut se commettre aux conseils des impies, porter ses pieds où vont traîtres et pécheurs, et qui ne s'assied pas au siège de destruction, pour vouloir au contraire, de toutes ses forces, accomplir les commandements de la loi de Notre-Seigneur, où il a mis son souci sans avoir eu nuit et jour d'autre pensée[1]." Voilà comment doivent aller tes pieds sans cesse : il ne leur faut faire aucun pas sans profit. Maintenant, je vais te parler des autres vêtements.

61. « Ce vêtement que tu as enfilé sous ta cotte[1] signifie chasteté : vertu par qui l'âme, quand elle quitte le corps, s'en va nette et blanche ; qui s'accorde aussi avec tous les biens de l'âme, avec toutes les vertus. Ainsi te faut-il avoir d'abord chasteté en toi comme fondement des autres vertus. Le vêtement que tu as mis sur celui-là est aussi blanc que neige : de même que la virginité ne peut être nulle part sans

---

veü, et mes autres pueples qui est ci. Or te dirai que cist vestiment senefient : car ne les doit porter se cil non qui la senefiance requiert. Cil saulier que tu as chaucié senefient que tu ne dois faire nul pas en vain, ançois dois tenir tes piés si nés que il ne voisent en nule ordure de malisce, mais en orisons et en preecement, et en conseil donner as desconseilliés. En tel maniere dois tu traveillier tes piés. Car je voeil que tu aies part en l'escriture qui dist : "Li hom est bons eurous qui ne veut estre conseillieres des consaus as felons, et qui ne veut porter ses piés par la ou li desloial et li pecheour vont, et qui ne siet[a] mie en la chaiiere de destruiement, mais il met sa volenté et sa poissance a parfaire les conmandemens de la loy Nostre Signour, et en ceste chose furent si pensé et nuit et jour ne n'en avoit autre pensee." En tele maniere doivent aler ti pié adés. Car il ne doivent faire nul pas sans pourfit. Après te dirai des autres vestimens.

61. « Cil vestimens que tu as vestu desous ta cote senefie chaasté : car c'est une vertus par coi l'ame quant ele s'empart del cors s'en va nete et blanche ; et si s'acorde a tous les biens de l'ame, c'est a toutes les vertus. Et ensi dois tu premierement avoir chaasté dedens toi pour faire de li fondement as autres vertus aïdier. Li autres vestimens desus[a] celi est autresi blans come nois ; et tout autresi come virginités ne puet estre en nul lieu que chaasté n'i soit, tout

la chaſteté, de même aucun prêtre ne peut ni ne doit se couvrir du vêtement de dessus sans prendre l'autre dessous.

62. « Le vêtement suivant, qui couvre la tête, signifie
humilité, contraire à orgueil : orgueil veut aller toujours
farouchement tête levée, au lieu qu'humilité va paisiblement
et doucement, tête inclinée ; non pas à la façon du Pharisien
au Temple, quand il prie en disant : "Cher Seigneur-Dieu, je
te rends grâces et te remercie de n'être pas pareil à mes voisins" ; mais comme fit le publicain qui n'osait même pas risquer un regard, tant il avait peur que Notre-Seigneur ne se
fâchât de ce qu'il était aussi pécheur, et se tenait au contraire
loin de l'autel et se battait la poitrine du poing en disant :
"Seigneur-Dieu, ayez pitié de ce misérable pécheur[1]" : c'eſt
de cette manière qu'on doit pratiquer les œuvres d'humilité.

63. « Maintenant je vais te dire ce que ces vêtements-là
signifient. Celui qui eſt vert, ainsi que celui de dessous, nul
prêtre ne doit les revêtir s'il n'eſt évêque. Le vert signifie
patience, laquelle jamais ne sera vaincue, mais eſt toujours
verte, et toujours sera en vive force ; personne ne peut l'empêcher d'emporter la victoire et l'honneur : nul ne peut
vaincre si bien l'ennemi que par patience. Ce vêtement de
dessous signifie droiture ; c'eſt une vertu de grande dignité !
Par elle en effet toutes choses sont tenues dans leur juſte
situation : jamais en nulle occurrence elle ne variera, pour
donner à chacun selon son mérite. Droiture ne donne à

---

autresi ne puet ne ne doit nus preſtres veſtir celui desus qu'il ne
veſte l'autre desous.

62. « Li autres veſtimens dont li chiés eſt couvers senefie humilité
qui eſt contraires a orguel, car orguel veut aler tous jours fierement
teſte levee ; mais humilités vait souef et doucement le chief enclin ;
non mie autresi que fait li pharisiens el temple quant il ore, qui diſt :
"Biaus sire Dix, je te rent grasses et mercis de ce que je ne sui mie
ausi que mi autre voisin", mais ausi com fiſt li puplicans qui n'osoit
mie nis resgarder, tel paour avoit il que Noſtres [d] Sires ne se coure-
chaſt de ce qu'il eſtoit si pechierres ; ançois eſtoit loins de l'autel et
batoit son pis de son poing et disoit : "Sire Dix, aiiés pitié de ceſt
pecheor." En tel maniere doit on maintenir les oeuvres d'umilité.

63. « Or te dirai que cil après senefient. Celui qui eſt vers ne doit
nus preſtres veſtir, ne cel autre desous s'il n'eſt evesques. Cil qui
eſt vers senefie sousfrance qui ja ne sera vaincue, ains eſt tous dis
verdoians, et tous dis sera en vive force ; et nus[a] ne vaut encontre
qu'ele n'en porte la victoire et l'onour, car nus ne puet si bien vaintre
l'anemi come par souffrance. Cil autres veſtimens desous senefie
droiture ; si eſt une vertus de si grant hautece : quar par li sont
toutes choses tenues en lor droit point, ne ja nule fois ne se changera, ne rendra a chascun ce qu'il avra deservi. Droiture ne donne a

personne par amour, elle n'enlève à personne par haine : ainsi doit se conduire celui qui veut reſter dans la droiture. Ce lien qui te pend au bras gauche signifie abſtinence — et c'eſt une grande vertu que d'être abſtinent dans une profusion de biens : cette vertu eſt un membre de droiture. Si tu veux savoir pourquoi ce lien eſt mieux au bras gauche qu'au droit, je te répondrai que le gauche ne doit servir qu'à diſtribuer, le droit à tenir. Je t'ai donc parlé du lien du bras. J'ai maintenant à te parler de l'autre entourant le cou.

64. « Le lien qui entoure le cou signifie obéissance : comme le bœuf porte le joug du laboureur, tu dois te montrer obéissant à toutes personnes de mérite. Ce dernier vêtement qui eſt au-dessous de tous les autres signifie charité : elle eſt toute vermeille. Qui a charité en lui eſt tout chaud et tout vermeil, tel le charbon ardent ; il eſt également désireux et soucieux de chérir ce qu'il doit, à savoir Dieu son Seigneur : il doit l'aimer de tout son cœur, plus que sa vie, et de tout son pouvoir ; après, il doit aimer son prochain comme lui-même[1] : charité apprécie uniment toutes choses, aime toutes créatures également, et se soucie autant des choses de son voisin que des siennes. Ainsi vit celui qui veut garder charité. Ce bâton que tu tiens dans ta main gauche signifie deux choses : vengeance et miséricorde ; vengeance parce qu'il eſt pointu par-dessous, miséricorde parce qu'il eſt

---

nului par amour ne ele ne taut a nului par haïne. Ensi se doit maintenir qui veut maintenir droiture. Cil loiens qui te pent au bras seneſtre senefie abſtinence, et ce eſt une grans vertus d'eſtre abſtinens en grant plenté de bien ; et ceſte vertus si eſt uns menbres de droiture. Et se tu veus savoir por coi cil loiens eſt mix el bras seneſtre que el deſtre, jel te respondrai que c'eſt por ce que le seneſtre ne doit servir fors de despendre[b], et le deſtre[c] se de tenir non. Or t'ai dit del loiien del bras. Or te dirai del loiien entour le col.

64. « Li loiiens d'entour le col senefie obedience. Car autresi come li bués porte le giu au gaigneour, dois tu eſtre obeissans a toutes bones gens. Cil daerrains veſtimens qui eſt desous tous les autres senefie charité : car ele eſt toute vermeille. Et qui a charité en lui, il eſt tous chaus et tous vermaus, ausi com eſt li charbons ardans ; et si eſt volentiex et curious de tenir chier ce que il doit, ce eſt Damedieu son Signour : car il le doit amer de tout son cuer, de toute sa vie et de toute sa poissance ; et après doit amer son proïsme autresi come soi meïsme : car charités met toutes choses en un pris, et aime toutes choses onniement, et aime autretant les choses son voisin come les soies. Ensi vit qui veut garder charité. Cil baſtons que tu tiens en ta main seneſtre senefie .ɪɪ. choses : vengance et misericorde ; vengance pour ce qu'il eſt poignans par desous, miseri[e]corde pour ce qu'il eſt

courbe par-dessus. L'extrémité supérieure doit en effet d'abord accueillir : c'est-à-dire que l'évêque doit d'abord accueillir le pécheur, il doit l'inviter à la confession et le mener par ses paroles jusqu'à l'aveu de son péché pour l'honneur de Dieu et la honte du diable. Une fois qu'il l'a oint par ses paroles jusqu'à l'avoir ramené à miséricorde, il doit le poindre de l'extrémité inférieure du bâton : c'est-à-dire que, quand le prêtre a tant adouci le pécheur qu'il lui a fait rallier son Créateur et rejeter le diable, il doit le poindre. Il doit en effet le charger d'un grand faix de pénitence, par quoi celui-ci soit piqué et aiguillonné pour expier dans la tristesse ce qu'il a fait dans la joie. Ainsi sied-il au bout de dessus d'appeler à miséricorde et à celui de dessous de prendre pénitence et vengeance.

65. « Je vais te dire maintenant ce que ton anneau signifie. Il signifie mariage. En effet, l'évêque est sacré et oint à la sainte Église par mariage : il doit dorénavant la garder, qu'elle soit saine ou malade, comme sa loyale épouse, quand il reçoit le mariage. Ensuite il ne doit pas l'abandonner, ni en prospérité ni en adversité, c'est-à-dire ni dans le bien ni dans le mal. Et si la sainte Église souffre, subit du mal ou des tribulations, il doit en prendre sa part. L'Évangile dit en effet : "Bienheureux ceux qui soutiennent les peines et les tourments pour faire œuvre de droiture[1]." De cette manière doit se comporter celui qui veut être un époux loyal pour la sainte Église : qui se comporte autrement

---

corbes par desus[a]. Car li chiés desus doit premierement apeler : c'est a dire que li vesques doit premierement apeler le peceour, qu'il le doit semonre de confession et mener tant par ses paroles qu'il ait son pechié rejehi a l'onour Dieu et a la honte au diable. Et quant il l'a oint par ses paroles tant qu'il l'a ramené a misericorde, lors le doit poindre del chief del baston par desous : c'est a dire que quant li prestres a tant adoucié le peceour qu'i li a fait reconnoistre son Creator et deguerpir le dyable, si le doit poindre. Car il doit encharcier grant fais de penitance par coi il soit poins et aguillounés pour espaner en tristrece, ce[b] que il a fait en joie : ensi siet li chiés desus d'apeler a misericorde et cil de desous[c] a prendre penitance et vengeance.

65. « Or te dirai que li aniaus que tu as senefie. Il senefie mariage : car li evesques est sacrés et enoins a Sainte Eglise par mariage ; et des lors en avant le doit il garder sainne et enferme come sa loial espouse, la ou il reçoit le mariage ; puis ne doit il deguerpir, n'en prosperité n'en asversité : c'est a dire ne en bien ne en mal ; et se Sainte Eglise soufre, n'a mal ne tribulations, il en doit estre parçonniers : car li Euvangilles dist : "Cil sont bon eüré qui soustiennent les painnes et les anuis pour droiture acomplir." En tel maniere se doit il contenir qui veut estre loiaus espous a Sainte Eglise ; qui autrement se contient,

n'est pas, sachez-le, un loyal époux : il est perfide et mauvais car il trahit le lien du mariage auquel il aurait dû veiller.

66. « Ensuite, tu dois savoir que cette coiffure pointue signifie confession ; si elle est blanche, c'est parce que confession est la chose la plus blanche qui soit, la plus pure : jamais l'homme, en effet, ne sera mauvais ni infecté au point que la confession sincère, s'il veut y venir, ne le fasse tout net et tout blanc. Sais-tu pourquoi il y a deux fanons à ta coiffure ? Parce qu'il y a dans la confession deux éléments ; le premier, c'est la repentance ; l'autre, la satisfaction : car lorsque quelqu'un vient voir un prêtre, avoue son péché et le rejette pour ne plus le commettre ni rester en état de péché, il vient à repentance ; pour autant n'est-il pas vrai confès : il lui faut faire satisfaction. Satisfaction est — quand un pécheur a reconnu son péché — faire la pénitence telle que le prêtre va la lui ordonner, et de supporter la peine de bon cœur et de bonne volonté. Ainsi peux-tu entendre comment on doit se confesser, et que nul ne peut être confès s'il n'a, de confession, la tête et les deux membres. La tête consiste à se repentir de son péché qu'il faut, ensuite, avouer ; le troisième est de mener à bout la pénitence dont on est chargé : jamais personne ne sera vrai confès s'il doit en quoi que ce soit manquer à l'une ou l'autre de ces trois choses. Et parce que confession est la plus haute chose qui soit — elle répare d'un seul coup tous les dommages et toutes les pertes —

---

saciés qu'il n'est mie loiaus espous, mais faus et mauvais car il fause son mariage qu'il deüst garder.

66. « Aprés dois tu savoir que cil chapiaus cornus senefie confession, et pour ce il blans que confession est la plus blanche chose qui soit et la plus nete : car ja li hom n'iert si empecié ne si envenimés, s'il a vraie confession veut venir, qu'ele ne le face tout net et tout blanc. Sés tu por coi il a .II. coroies a ton chapel ? Pour ce que il a en confession .II. menbres ; et li premiers de ces .II. menbres est repentance, et li autres est satisfacions : car quant aucuns hom vient a prouvoire, et il regehist son pechié et le deguerpist si qu'il n'i revient ne ne repaire plus, icil vient a repentance ; mais pour ce n'est il mie vrais confés, ançois li covient [/] faire satifacion. Satifacions[a] est, quant uns pechierres a son pechié reconeü, faire la penitance itele com li prestres li encharcera e souffrir la painne de bon cuer et de bone volenté. Ensi poés entendre comment on se doit confesser, et que nus ne puet estre confés se il n'a de confession le chief et les .II. menbres. Li chiés est de son pechié repentir et puis regehir ; li tiers est de mener a chief la penitance qui est charcié, ne ja nus hom ne sera vrais confés par coi qu'il faille a laquelle que ce soit de ces .III. choses. Et pour ce que confessions est la plus haute chose qui soit, qu'ele restore a un cop tous les damages et toutes les pertes,

elle est signifiée par ce chapeau, le plus haut de tous les vêtements[1].

67. «Te voilà maintenant oint et sacré, et je t'ai donné l'ordre et la dignité d'évêque pour prêcher, enseigner et confirmer mon peuple dans ma nouvelle loi ; je veux que tu en sois gardien des âmes. Tout ce que je perdrai par ta faute, je te le demanderai et en tiendrai compte au grand Jour spirituel où je viendrai prendre une juste vengeance de tous les méfaits, et où les secrets des cœurs seront percés. Mais si je te trouve loyal serviteur de ce petit peuple nouveau dont je t'ai recommandé les âmes, je te donnerai une tutelle cent fois plus grande que ne promet l'Évangile à ceux qui laissent leurs biens propres pour m'aimer. Voilà pourquoi je te recommande les âmes et t'en fais pasteur : je veux que tu en sois le gardien spirituel ; et je donne à Joseph ton père la tutelle des corps, car je veux qu'il soit pourvoyeur et administrateur de ces choses qui vont être nécessaires au corps.

68. «Avance maintenant : tu vas faire la consécration de ma chair et de mon sang, si bien que tout le peuple va le voir clairement. » Alors Notre-Seigneur amena Josephé jusqu'à l'arche — tout le peuple le vit y pénétrer : tous virent bien que l'arche grandit et s'élargit tant qu'ils étaient tous au large dedans ; ils voyaient les anges aller et venir devant la porte. C'est à l'intérieur que Josephé célébra la première consécration qui fût jamais faite pour ce peuple ;

---

pour ce est ele senefiie par cest chapel qui est li plus haus de tous vestimens.

67. «Or es tu enoins et sacrés, et je t'ai donné l'ordre et la hautece d'evesque a mon pueple preecier, et ensegnier et confremer en ma nouvele loy, et je voel que tu en sois garde des amez. Et quanques je perdrai par defaute de toi, je le te demanderai et em prendrai droit au grant Jour esperitable que je venrai prendre droite vengance de tous les mesfais, et que les repostailles des cuers seront aouvertes. Et se je te truis[a] loial sergant de cel petit pueple nouvel dont je t'ai comandé les ames, je te donrai[b] a .C. doubles gregnor baillie que li Euvangilles ne proumet a ciaus qui lor propriétés laissent pour l'amour de moi ; et pour ce te conmant[c] je les ames et t'en fais pastour, car je voel que tu en soies esperituous garde ; et je doing a Joseph ton pere la baillie des cors, car je voel qu'il soit proveres et despensiers d'iceles choses qui au cors besoigneront.

68. «Or vien avant, si feras le sacrement de ma char et de mon sanc, si que tous li pueples le verra apertement. » Atant amena Nostre Sires Josephé jusqu'a l'arce, si que tous li pueples le vit entrer dedens : si le virent tout que l'arce crut tant et eslargi qu'il[d] estoient tout largement dedens ; et veoient les angles aler et venir par devant l'uis. Laiens fist Josephés le premier sacrement qui onques fust fais a celui pueple ;

mais il l'eut très vite accomplie, car il ne dit rien que cette
seule parole que Jésus-Christ dit à ses disciples dans la
Cène : « Prenez, et mangez, c'est le vrai corps qui pour vous
et pour maintes gens sera livré au supplice. » Et de même
dit-il du vin : « Prenez, et buvez tous : c'est le sang de ma
nouvelle loi, mon propre sang qui pour vous sera répandu
en rémission de vos péchés[1]. » Ces paroles, Josephé les prononça sur le pain qu'il trouva sur la patène du calice, et le
pain aussitôt devint chair, comme le vin devint sang. Alors,
Josephé vit clairement qu'il tenait entre ses mains un corps
pareil à celui d'un enfant ; il lui semblait que le sang qui était
au calice fût tombé du corps de cet enfant. À voir les choses
ainsi, il fut à ce point stupéfait qu'il ne savait à quoi se
résoudre : il se tint au contraire tout coi, se mit très fort à
soupirer et à fondre en larmes, telle était sa crainte. Alors
Notre-Seigneur lui dit : « Il te faut démembrer ce que tu
tiens dans ta main de sorte qu'il y ait trois morceaux. —
Ah ! Seigneur, lui répond Josephé, ayez pitié de votre serviteur : mon cœur ne pourrait supporter de mettre en pièces
une si belle forme. — Si tu ne fais pas ce que je t'ai commandé, lui dit Notre-Seigneur, tu n'auras point de part à
mon héritage. » Alors Josephé prit l'enfant, il mit d'un côté
la tête — il la détacha du buste, aussi facilement que si la
chair de l'enfant eût été toute cuite, de la manière dont on
cuit une viande pour le repas. Après, il fit deux parts du

---

mais i l'ot molt tost acompli, car il ne dist fors que cele parole solement que Jhesucrist dist a ses desciples en la Chaine : « Tenés, [9 a] si
mengiés, c'est li vrais cors qui por vous et pour maintes gens sera
livrés a tourment. » Et autretel dist il del vin : « Tenés, si bevés tout,
car c'est li sans de ma nouvele loy, li miens meïsmes sans qui pour vous
sera espandus en remission de vos pechiés. » Ces paroles dist Josephés
sor le pain qu'il trouva sor la platine del galisse, si devint tantost li
pains chars, et li vins sans. Et lors vit Josephés apertement qu'il tenoit
entre ses .II. mains un cors autretel come d'un enfant, et si li estoit avis
que li sans qui estoit el galisce fust cheüs del cors a l'enfant. Et quant
il le vit ensi, si fu durement esbahis si qu'il ne savoit qu'il peüst faire,
ançois se tint tous cois et conmencha mout durement a soupirer et a
plourer des ex de sa teste pour la grant paour que il avoit. Lors li dist
Nostre Sires : « Il te couvient desmembrer ce que tu tiens en ta main si
qu'il i ait .III. pieces. » Et Josephés li respondi : « Ha ! Sire, aiiés merci
de vostre serf : car mes cuers ne porroit soufrir que je depechaisse si
bele faiture. » Et Nostre Sires li dist : « Se tu ne fais mes conmandemens, tu n'avras point part en mon iretage. » Lors prist Josephé l'enfant, si mist la teste d'une part ; et le desevra du bu, aussi legierement
conme se la chars de l'enfant refust toute quite, en tel maniere que on
quit char que on velt mengier. Après fist .II. parties del remanant a

reste, avec une terrible crainte qui le faisait pleurer à chaudes larmes, gémir, se désoler et sangloter.

69. Alors qu'il commençait à procéder au partage, tous les anges qui étaient là tombèrent à terre, prosternés, jusqu'au moment où Notre-Seigneur dit à Josephé : « Qu'attends-tu ? Reçois ce qui est devant toi : c'est ton Sauveur. » Josephé se mit aussitôt à genoux, battit sa poitrine et demanda pitié, en pleurant, pour tous ses péchés. Quand il se fut relevé, il vit devant lui, sur la patène, un fragment qui avait l'apparence du pain ; il le prit, l'éleva. Quand il eut rendu grâces à son Créateur, il ouvrit la bouche et voulut y mettre le fragment, mais, en y jetant les yeux, il s'aperçut que c'était un corps entier[1]. Quand il voulut le retirer, il ne le put, mais il le sentit à l'intérieur de sa bouche avant de pouvoir la refermer. À peine eut-il communié qu'il lui sembla que toutes les douceurs, toutes les délices connues avaient pénétré dans son corps ; après quoi il reçut une partie du saint breuvage qui était dans le calice. Quand il l'eut fait, un ange vint, qui prit la patène et le calice, et les plaça en haut l'un sur l'autre ; sur cette patène étaient déposés plusieurs morceaux, apparemment de pain. Après que l'ange eut pris le calice, un autre vint élever la patène avec ce qui était dessus, pour l'emporter dans ses mains hors de la pièce. Le troisième ange prit la serviette et l'emporta de la même manière, et celui qui

---

molt grant paour conme cil qui molt durement plouroit et dolousoit et desconfortoit et souspiroit.

69. Ensi com il conmencha a faire ces parties, si chaïrent tout li angle qui laiens estoient a terre, et furent tout a nus coutes et a nus jenous, tant que Nostre Sires dist a Josephé : « Que atens tu ? reçoif ce qui est devant[a] toi : car ce est tes Sauverres. » Et Josephé se mist tantost as jenous, et bati son pis et cria merci em plourant de tous ses pechiés. Et quant il fu redreciés, si vit devant lui sour[b] la platine une piece en samblance de pain ; si le prist, si le leva en haut. Et quant il ot rendues grasses a son Creatour, si ouvri sa bouche et le vaut metre dedens, et regarda et vit que ce estoit uns cors entiers. Et quant il le valt traire ariere, si ne pot, ains le senti dedens sa bouche ançois qu'il le peüst clorre ; et quant il l'ot usé, si li fu avis que toutes les douçours et toutes les souatumes que on porroit nomer de langue li fuissent entré el cors ; après rechut il une partie del saint boire qui estoit el ga[b]lisce. Et quant il ot ce fait, si vint uns angles, et prist la platine et le galisce, si le mist en haut l'un sor l'autre, et cele platine jurent pluisours pieces en samblance de pain ; et quant li angeles ot pris le galisce, si vint uns autres, et leva la platine en haut et ce qui estoit desus avoec, si l'en porta a ses .ii. mains fors de la chambre ; et li tiers angles prist la touaile, si l'emporta après celui en tel maniere, et cil qui

portait la sainte écuelle venait tout en dernier. Quand ils furent tous les quatre hors de l'arche, une voix parla, qui s'exprima ainsi :

70. « Écoute, petit peuple nouvellement né de la naissance spirituelle : je t'envoie ton Sauveur — c'est mon corps qui pour toi supporta la naissance corporelle et la mort. Veille à croire sincèrement à la communion d'une chose si digne : si tu crois vraiment que c'est ton Sauveur, tu recevras le salut éternel de ton âme ; dans le cas contraire, l'éternelle damnation pour ton âme et pour ton corps. Qui boira mon sang indûment boira sa ruine. Nul n'en peut être digne sans être un croyant sincère. Veille donc à l'être. » Vint alors l'ange, qui porta la patène devant Josephé et devant Joseph : celui-ci s'agenouilla et reçut dignement son Sauveur, de même que chacun des autres. Il semblait à chacun, quand on lui mettait dans la bouche le fragment, apparemment de pain, y voir pénétrer un enfant tout formé. Une fois qu'ils eurent tous reçu ce qui constituait la foi, les quatre anges s'en retournèrent dans l'arche pour mettre sur l'autel les ustensiles qu'ils avaient auparavant portés au-dehors.

71. Alors Notre-Seigneur appela Josephé et lui dit : « Josephé, ainsi vous comporterez-vous dorénavant, toi et tous les autres que tu ordonneras prêtres ou évêques, et si tu le décides, tu leur mettras la main sur la tête et leur feras le signe de la croix au nom de la Sainte Trinité. Mais

---

porta la sainte esquiele fu tous daerrains ; et quant il furent fors de l'arce tout .iv.ͨ, si parla une vois. Et dist en tel maniere :

70. « Os tu, petis pueples nouvelement nés de la naissance esperituel : je t'envoi ton Sauveour, ce est mon cors qui pour toi souffri corporele naissance et mort. Or gardes que tu aies vraie creance de si haute chose recevoir et user : car se tuᵈ crois vraiement que ce soit tes Sauverres, tu recevras le pardurable sauvement de t'ame ; et se tu ne le crois, tu recevras le pardurable dampnacion a t'ame, et a ton cors. Qui bevera mon sanc et n'en sera dignes, il bevera son destruiement. Ne nus n'en puet estre dignes s'il n'est vrais creans. Or garde dont que tu le soies. » Lors vint li angeles qui porta la platine devant Josefé et devant Joseph, si s'agenoulla et reçut dignement son Sauveour, et chascuns des autres ausi ; et il estoit avis a chascun, quant on li metoit en la bouche le piece en samblance de pain, qu'il veïst entrer en sa bouche un enfant tout fourmé. Et quant il orent tout ce receü de la creance, si se retournerent li .iv.ᵇ angle en l'arce et misent sor l'autel les vaissiaus qu'en avoient portés au-dehors.

71. Lors apela Nostres Sires Josephé et si li dist : « Josephé, ensi te maintenras tu d'ore en avant, et tu et tout li autre que tu establiras et a provoireᵈ et a evesque, et se tu l'ordonnes tu lor meteras la main sor la teste et lor feras le signe de la crois el non de Sainte Trinité :

pour sacrer un évêque, il convient de faire tout ce que j'ai
fait sur toi, et tous ceux qui seront élevés à cette dignité
auront comme toi le pouvoir de lier et de délier. Désormais
tu établiras un évêque dans chaque cité où mon nom sera
répandu par ta parole. Il sera, comme tous les autres, oint de
cette onction sainte, ainsi que les rois qui par toi accéderont
à la bonne loi et à la véritable foi. » Ensuite il ajouta :

72. « Voici venir le temps où le roi Évalac va changer d'attitude, laissant les idoles pour se tourner vers la foi en la Sainte
Trinité. Les chevaliers, qui viennent te chercher pour t'assurer
d'une grande merveille que je lui ai montrée cette nuit en
songe, approchent. Maintenant, ôte tes vêtements : tu vas aller
à lui avec Joseph, et tu l'assureras de toutes les choses qu'il va
te demander. Ne t'étonne pas si vous voyez venir à votre
encontre tous les bons clercs de la loi : tu vas tous les
confondre, si bien qu'à tes paroles ils ne pourront résister. Je
vais t'accorder une si belle grâce dans l'armée du roi Évalac
que tu vas lui dire une partie de ce qui devra lui arriver, et
cela, par la force de mon Esprit : tous ceux qui l'ont reçu et
qui le recevront auront le pouvoir de chasser les esprits malins
dans tous les endroits où ils iront, et là où ils voudront. »

73. Alors Josephé alla se dévêtir, et laissa tous ses
vêtements dans l'arche, posés sur l'autel. Il appela ensuite un
de ses cousins germains qui faisait partie de cette compagnie, et se nommait Lucan : c'est lui que Josephé choisit

---

mais a evesque sacrer couvient faire tout ce que je ai fait sor toi, et
tout cil qui a ceste honour seront establi[b] avront autretel pooir de
loiier et de desloiier[c] com tu as. Des ore mais establiras un evesque
en chascune cité u mes nons sera creüs par ta parole ; si sera enoins
de ceste onction sainte, et tout li autre, et li roi qui par toi venront a
la bone loi et a la bone creance. » Et puis si li dist en tel maniere :

72. [d] « Or aproce li termes que li rois Amalac changera son corage,
car il laissera les ymages, et si s'atournera a la creance de la Sainte Trinité : car li chevalier sont pres qui te viennent querre pour lui certefiier
d'une grant merveille que je li ai anuit moustree en avision. Or oste tes
vestimens, si iras a lui entre toi et Joseph, et si le feras certain de
toutes les choses qu'il demandera ; et si ne soies mie esbahis se vous
veés venir encontre vous tous les bons clers de la loy : car tu les mate-
ras tous, si que ja a tes paroles ne porront contrester ; et si te donrai si
belle grasse es gens le roi Amalac que tu li diras une partie de ce qui
sera a avenir, et par la force de mon esperit ; et tout cil qui l'ont receü,
et qui le recevront avront pooir d'enchacier les malignes esperis par
tous les lix u il iront, et la u il vauront. »

73. Atant s'en ala Josephé desvestir, si laissa tous ses vestemens en
l'arce sor l'autel ; aprés apela un sien cousin germain qui estoit en
cele compaingnie, si estoit apelés Leucaus : celui establi Josephés a

pour surveiller l'arche et de jour et de nuit. (C'est encore notre coutume, toujours maintenue depuis dans les hautes églises, de veiller au trésor de l'église : le gardien est appelé trésorier.) À cette époque, Lucan n'avait pas encore été fait trésorier, mais Josephé, comme vous venez de l'entendre, décida de lui confier cette tâche non pas parce qu'il était son cousin, mais parce qu'il le savait plus religieux qu'aucun autre. Alors le messager du roi vint à Joseph, pour lui dire que le roi lui demandait d'aller au plus vite lui parler. Joseph et son fils se rendirent donc devant le roi. Au sortir du palais, ils se signèrent, et recommandèrent aux autres d'être en oraison et en prière pour le roi Évalac : que Dieu, qui remet sur le droit chemin les égarés, lui accordât d'atteindre la voie de vérité. Une fois arrivés, le roi les fit asseoir, et dit à Joseph de lui prouver ce qu'il lui avait dit hier au sujet du Père et du Fils et du Saint-Esprit, comment ils pouvaient être trois personnes et une seule déité, et comment la jeune fille avait enfanté sans perdre sa virginité.

74. Après que le roi eut prononcé ces mots, Joseph se leva pour répéter les mêmes paroles, et de la même manière démonstrative, que la fois précédente. Quand il eut fini son propos, un clerc, celui qu'on tenait pour le plus habile et le mieux fondé dans leur loi, se leva. Il critiqua Joseph qui, affirma-t-il, parlait pour ne rien dire : en effet, si le Père, le Fils et le Saint-Esprit n'étaient qu'une seule personne divine,

---

l'arce garder et de jours et de nuis ; et encore est il coustume a nous et a esté tous dis puis maintenue es hautes eglises que li uns garde tout le tresor de l'eglise et est apelés tresoriers ; ne onques a cel tans n'avoit esté fais tresoriers, mais lors establi Josephés ensi com vous l'avés oï de celui non pas pour ce que il estoit ses cousins, mais pour ce qu'il le savoit plus religious que nus des autres. Atant vint li mesages le roi a Joseph, et si li dist que li rois li mandoit qu'il alast tost et esranment a lui parler. Lors s'en ala devant le roi Joseph et son fil ; et quant il issirent del palais, si fisent sor eus le signe de la crois, et conmanderent as autres que il fuissent en orisons et em proiieres pour le roi Amalac, que Dix qui est avoiemens as desvoiiés li donnast venir a la voie de vérité. Et quant il furent venu devant le roi, si lor conmanda li rois asseoir, et si dist a Joseph qu'il li provast ce que il li avoit ier dit del Pere et del Fil et del Saint Esperit, coment il porroient estre .iii. personnes et une seule deïtés, et conment la Pucele avoit enfanté sans son pucelage mehaingnier.

74. Quant li rois ot ce dit, si leva Joseph[a], et si dist ices meïsmes paroles qu'il avoit dites a l'autre fois, et en cele meïsmes maniere li prova. [d] Et quant il ot ce dit, si se drecha uns clers, cil qui estoit tenus au plus sage et au plus fondé en lor loy ; si parla encontre Joseph[b] et dist qu'il ne disoit rien : car se li Peres et li Fix et li Sains

il en résultait qu'aucun ne se suffisait pour être parfait et entier ; s'il voulait dire que le Père fût Dieu parfait, les personnes du Fils et du Saint-Esprit n'y prendraient donc aucune part si elles avaient chacune sa divinité, ce qui ferait donc trois personnes divines : cela ne pourrait être, et tout avis contraire y défierait la raison. En effet, nul contradicteur ne parviendrait à prouver clairement ni à certifier que l'une des trois personnes était entière en divinité dès l'instant que celle des deux autres pouvait être maintenue. Dès lors qu'on dit en effet que le Saint-Esprit est Dieu parfait et entier, et que les trois n'ont qu'une seule personne divine, on montre par là que l'un vaut autant que les trois ; donc il est vrai que les deux ne représentent rien par rapport au troisième dès l'instant qu'il est mentionné. Et parce que les deux personnes perdent ainsi leurs forces par la troisième, tout le monde peut donc voir et savoir à l'évidence que chacun des trois n'a pas une divinité entière. Quand il eut autant parlé contre la Sainte Trinité, Joseph fut totalement abasourdi par les fausses allégations qu'il avait avancées ; il ne sut pas trouver immédiatement les arguments pour lui prouver que tout ce qu'il venait de dire, et qui ne plaisait pas à Notre-Seigneur, n'était que mensonge !

75. Alors Josephé se leva ; il parla fort — tous l'entendirent bien — pour dire au roi en premier lieu : « Roi, écoute ce que je vais te dire ; le Dieu d'Israël, le Créateur de toutes

---

Esperis n'avoient c'une deïté, dont n'estoit mie chascuns par soi parfais et entiers ; et s'il voloit dire que li Peres fust Dix parfais[c], dont n'i partiroit noiient[d] la personne du Fil ne du Saint Esperit se eles avoient cascune sa deïté ; dont seroient ce .iii. deïtés : ce ne porroit estre ne nel porroit nus hom contredire raisnablement. Car nus hom qui ce contredie ne porroit apertement prouver ne metre en voir que l'une des .iii. personnes estoit entiere en deïté ou nule des autres fust maintenue. Car la ou on[e] dist que li Sains Esperis est parfais Dix et entiers, ne li .iii. n'ont c'une seule deïté, par ce moustre on que li uns vaut autant conme li troi ; dont est il voirs que li doi sont noiient en lieu du tierc la ou il est ramenteüs ; et pour ce que les .ii. personnes perdent ensi lor forces par le tierce, dont puet tous li mondes veoir et connoistre apertement que cascuns des .iii. n'a mie deïté entiere. Et quant cil ot tant parlé encontre la Sainte Trinité, si fu Joseph[f] mout esbahis des fauses prouvances que cil li avoit avant traites, si ne sot mie de maintenant responde a fauser ce que cil avoit maintenant dit, que a Nostre Signour ne plaisoit mie.

75. Lors se drecha Josephé ; si parla en haut, si qu'il fu bien de tous oïis, et si dist au roi premierement : « Rois, or escoute ce que je te dirai : ce te mande[g] li Dix d'Israel, li Crieres de toutes

choses, te le fait savoir et voici son message : parce que tu as
eu recours aux faux plaideurs contre ma foi, j'ai décidé de
prendre ainsi vengeance de toi : il va t'arriver un si grand malheur dans deux jours que tu croiras ne pouvoir préserver ni
tes biens ni ta personne ; c'est la justice que Dieu va faire de
toi, parce que tu ne veux pas croire en lui ni recevoir la glorieuse foi de son nom, préférant mépriser et chasser de ton
esprit le signe des secrets qu'il t'a envoyé cette nuit, en même
temps que les miracles qu'il t'a montrés en songe. Voilà pourquoi le Dieu des chrétiens t'informe, par la bouche de son
serviteur qui te parle, qu'il va accorder à ton mortel ennemi la
joie et l'honneur, et l'avantage sur toi pendant trois jours et
trois nuits : tu ne pourras lui résister, et tu n'oseras affronter
celui qui jamais ne fut de taille contre toi, si ce n'est cette
fois, où il t'a déconfit à cause de tes conseillers qui ont viré
de bord en raison des grands présents qu'il leur a donnés.

76. « Ainsi, le Dieu des chrétiens va te montrer qu'aucune
créature ne peut durer, si elle n'est disposée à faire sa
volonté. Jamais tu n'auras la dignité qui t'était promise, à
moins que par l'aide de Celui-là tu ne la reçoives. Si tu ne
me tiens pas pour menteur, tu auras bientôt des nouvelles
qui te feront connaître que Notre-Seigneur m'a montré
quelque aspect de tes aventures. Sache bien que Tholomé, le
roi de Babylone, a équipé toutes ses troupes et vient t'atta-

---

choses, et si dist a toi : pour ce que tu as amené tes faus plaideours
encontre ma creance, pour ce ai je establi a prendre si come vengance de ton cors : car tu charras dedens tierc jour en si grant mesaventure que tu quideras que riens nule ne te*b* puisse garantir tes
terriennes honours premierement, et aprés ton cors ; tele vengance
prendra Dix de toi, pour ce que tu ne veus croire en lui ne recevoir
la glorieuse*c* creance del non, ains despisies et menés ariere la
demoustrance qu'il te fist anuit des secrés, et ses miracles qu'il
demoustra anuit en avision : pour ce te mande li Dix des crestiiens
par la bouche de son sergant qui parole a toi que il donra a ton
anemi mortel joie et honour et essaucement sor toi trois jours et .iii.
nuis, car ta force ne li porra contrester ne tes cors ne l'osera [e]
atendre de celui qui onques ne pot avoir force encontre toi, ne mais
que ceste fois, qu'il t'a desconfit*d* par tes conseilliers qui sont torné a
lui pour les grans dons qu'il lor a donnés.

76. « Ensi te moustera li Dix as crestiiens que nule riens ne puet
durer qui n'est apareillie a faire sa volenté ; ne ja ne recevras la hautece que tu commenchas a prendre se par l'aïde de celui ne le
reçoives. Se tu de ceste chose ne me tiens a mençoignier, tu orras par
tans tes nouveles par coi tu porras savoir que Nostres Sires m'a
demoustré aucune cose de tes aventures. Et saces bien que Tholomeus li rois de Babilone a tout son pooir apareillié et vient sor toi

quer, plein d'emportement. Et le Dieu des chrétiens a dit : "Dans la main de l'Égyptien impie je livrerai le roi Malconnu, et cela, parce qu'il me fuit et ne me reconnaît pas ; le perpétuel fuyard va talonner celui qui l'a toujours poursuivi, jusqu'à l'acculer à la peur de mourir : je tiens à lui faire savoir que je suis seul à être Roi, et que je suis la force de tous les peuples." »

77. Après, Josephé se tourna vers celui qui avait parlé avec tant d'arrogance contre la Sainte Trinité et la foi dans le Dieu des chrétiens : « Entends maintenant ce qu'il te fait savoir par la bouche de son serviteur qui te parle. Toi qui es ma créature et qui partout aurais dû obéir à mes commandements, tu as blasphémé contre ma foi et m'as déshonoré. Je vais te déshonorer, puisque tu as parlé contre Celui qui a pouvoir sur toutes et sur tous. Pour cela je te ferai tâter d'un des coups de ma justice terrestre : tu vas la voir, et servir d'exemple aux autres qui, à leur tour, se corrigeront. N'as-tu pas toujours eu beaucoup de biens matériels et de savoir ? Celui de l'esprit, tu n'as jamais voulu le connaître, et jamais tu ne vis goutte : si tu en entendais parler, tu n'en saurais dire un mot de vrai. Muet et aveugle que tu as été dans la science spirituelle — la science matérielle ne vaut rien face à la spirituelle —, je vais donc t'enlever, aux yeux de tous ceux d'ici, la parole et la vue. Mon Esprit est en effet si puissant qu'il rendra muets les beaux parleurs

---

molt aireement. Et si dist li Dix des crestiiens que "en la main au felon Egiptien livrerai jou le Roi Mesconneü[a], et pour ce qu'il me fuit et qu'il me mesconnoist ; et[b] cil qui a esté tous jours fuitis enchaucera celui qui tous jours l'a chacié, et si le menra jusqu'a paour de mort : car je li[c] voel faire savoir que je suis rois tous seus, et que je sui la fortesce de tous les pueples." »

77. Après se[d] tourna Josephés vers celui qui si durement avoit parlé encontre la Sainte Trinité et la creance au Dieu as crestiiens. « Or entent qu'il te mande par la bouche de son serf qui a toi parole. Tu qui es ma creature et qui en tous lix deüsses obeir a mes conmandemens, tu as ma creance blasmee et mon cors deshonouré ; et por ce te deshonnerrai je, que tu as parlé contre celui qui a pooir sor toutes et sor tous : pour ce si te ferai sentir un de mes batemens de ma justice terrienne si que tu le verras, et li autre si se rechastoiieront par toi. Car tu as tous jours eües assés de terriennes richesces et de sciences, ne onques l'esperitel[b] ne vausis connoistre, ne onques goute ne veïs ; et se tu en oïes parler, tu n'en seüsses dire voir : et pour ce que tu as esté et mus et avules en l'esperitel science, car la terriene science est noiiens encontre l'esperitel, car je te tolrai voiant tous ciaus de ceans la terrienne parole et la veüe. Car mes esperis est de tel force qu'il fera les bien parlans amuir

et aveugles ceux qui ont bonne vue, et je ferai bien parler les muets et voir clair aux aveugles. »

78. À peine Josephé avait-il terminé que celui-là perdit la parole. Quand il voulut articuler, il sentit dans sa bouche une main qui lui bridait la langue, mais il ne pouvait en voir davantage. Il se leva pour s'efforcer plus efficacement de parler mais, sitôt qu'il fut debout, il cessa de voir. Et quand il ressentit cela, il se mit à mugir avec tant d'énergie qu'on pouvait l'entendre à une distance supérieure à un trait d'arc : il semblait à tous ceux qui l'entendaient que ce fût un taureau. En constatant ce prodige, les autres furent au comble de l'irritation, et fondirent tous sur Josephé. Ils l'auraient massacré, si le roi Évalac, qui brusquement se redressa, n'eût saisi une épée nue, et juré par la puissance de Jupiter qu'il ferait détruire et livrer au martyre tous ceux qui porteraient la main sur lui : il ne serait en effet qu'un traître de l'avoir convoqué sans pouvoir le protéger de la mort.

79. Ainsi monta le tapage dans la salle ; le roi appela Josephé pour lui demander qui il était ; Joseph s'avança et lui dit que c'était son fils. Le roi lui répondit qu'il parlait très bien, qu'il était de bon service et clairvoyant en maints domaines. Et de demander à Josephé comment il avait enlevé la parole à son adversaire ; Josephé lui répondit qu'il n'avait rien fait, mais que c'était le Dieu des chrétiens contre qui cet homme

---

et les clers veans avules, et si ferai les muiaus bien parler et les avules cler veoir. »

78. [*f*] Si tost conme Josephé ot ce dit, si perdi cil la parole. Et quant il vaut parler, si senti dedens sa bouche une main qui li tenoit la langue, mais [*d*] il ne le pooit veoir ; et si se drecha por plus fort efforcier de paroler, mais si tost com il fu par levés si ne vit goute des ex. Et quant il senti ce, si conmencha si durement a muire que on le pot oïir d'autre part plus loing qu'on ne porroit traire d'un arc : et si estoit avis a tous ciaus qui l'ooient que ce fust uns toriaus. Et quant li autre virent cele merveille, si furent molt courecié, et coururent tout sus a Josephé[*a*] : si l'eüssent tout depecié, se ne fust li rois Amalac qui sailli em piés et prist une espee toute nue, si jura la poissance Jovis qu'il feroit tous ciaus destruire et livrer a martire, qui sor lui meteroient lor mains : quar dont seroit il traîtres s'il l'avoit mandé devant lui et il ne le peüst garantir de mort.

79. Ensi leva la noise par la sale, et li rois apela Josephé et si li demanda qui il[*a*] estoit, et Joseph se traïst avant et dist que ce estoit ses fix ; et li rois li respondi que mout parloit bien et que mout estoit bien servichables, et voirs disans en maintes choses. Après il li demanda conment il li avoit tolue la parole encontre lui, et Josephé li respondi qu'il ne li avoit riens tolu, ne mais li Dix des crestiiens encontre qui il avoit parlé : car c'est li[*b*] Dix de qui la parole ne sera

avait parlé qui avait agi : c'est le Dieu de qui la parole ne
sera falsifiée par personne. Il fallait à toutes les choses être
comme il le commandait. « Comment ! dit Évalac, est-il donc
vrai que Tholomé le Fugitif va me mener jusqu'à la peur
mortelle, et aura sur moi pouvoir et force trois jours et trois
nuits ? — Certes, dit Josephé, d'une vérité absolue, que personne au monde ne parviendrait à détourner. » Le roi lui
demanda comment il pouvait le savoir, et Josephé lui répondit : « N'as-tu pas entendu comme le Dieu des chrétiens est
puissant, à faire parler les muets, et voir les aveugles ? Cela
revient à dire que ceux qui ne sont pas instruits en clergie
sauront toutes les forces des Écritures par la grande grâce
du Saint-Esprit. — Certes, dit le roi, je suis sceptique.

80. — Roi, dit Josephé, du moment que tu verras réalisé
ce que je t'ai raconté, crois-moi ! — Pourrais-je en réchapper ? demanda le roi. — Oui, répondit Josephé, par une
seule chose. — Laquelle ? — Je vais te le dire, reprit Josephé. C'est par la foi en Jésus-Christ que tu auras secours et
délivrance. Mais sois persuadé d'une chose : quoi que dise la
bouche, si le cœur n'y est pas, tu ne seras pas délivré :
Dieu n'est pas homme à se laisser jouer ou tromper par
l'apparence ; sa sagesse au contraire est si parfaite qu'il
connaît les pensées de tous les hommes, et voit dans leurs
cœurs tous leurs secrets. » Le roi lui demanda comment
il s'appelait, et il lui répondit qu'il s'appelait Josephé. Le

---

fausee par nului. Ensi com il comandoit couvenoit il toutes les
choses estre. « Coment, dist Amalac, est il dont voirs que Tholomeus
li fuitis me menra jusques a paor de mort, et avra sor moi pooir et
force .III. jours et .III. nuis ? — Certes, dist Josephé, il est si voirs que
riens nule ne puet estre plus voire, car nus hom vivans n'est par qui
il peüst estre fausé. » Et li rois li demanda conment il porroit ce
savoir, et Josephés li respondi : « Dont n'as tu oï come li Dix as
crestiiens est poissans ? qu'il fait les mus parler, et les avules veoir ?
c'est a dire que cil qui n'ont riens seü de clergie saront toutes les
forces des Escritures par la grant grasse del Saint Esperit. — Certes,
dist li rois, je n'en puis croire.

80. — Rois, dist Josephés, quant tu verras que ce que je t'ai aconté
sera avenu, lors me croi ! — Et em porroie je eschaper ? dist li rois. —
Oïl, dist Josephé, par une seule chose. — Et quele seroit ele ? dist li
rois. — Je le te dirai, dist Josephés : ce est par la creance de Jhesucrist ;
tu avras secours et delivrance. Mais bien saces de voir, pour chose que
la [10 a] bouche die, se li cuers n'i est, ne seras tu delivrés : car Dix n'est
pas hom que on puist enginnier ne decevoir par samblant, ançois est
de tant parfaite sapience que il counoist les pensees de toutes gens, et
voit parmi lor cuers lor repostailles. » Lors li demanda li rois
conment il estoit apelés, et il li dist qu'il estoit apelés Josephés ; et

roi reprit : « Maintenant, dis-moi si celui qui a perdu la parole et la vue les recouvrera jamais ? — Roi, répondit Josephé, fais-le porter devant les dieux que tu adores, pour entendre ce qu'ils vont te répondre et ce qu'ils vont te dire au sujet de la grande bataille. » Le roi fit porter au temple l'homme, et Josephé l'accompagna. Quand les prêtres de leur loi eurent fait leurs offrandes devant l'autel d'Apollin qu'ils appelaient le dieu de sagesse, ils demandèrent à la statue qui était posée dessus comment l'autre guérirait de son infirmité ou s'il en guérirait jamais. Mais malgré leurs nombreuses prières, ils ne purent lui tirer un mot. L'une des idoles, que l'on appelait la statue de Mars — c'était le dieu de la guerre —, se mit à crier : « Folles gens, qu'allez-vous attendre ? Il y a dans votre compagnie un chrétien qui a tellement vaincu la loi d'Apollin, par le commandement de Jésus-Christ son Dieu, qu'Apollin n'a nul pouvoir de répondre et que maintenant, en quelque endroit qu'il soit, il ne pourra que difficilement parler ou dire un mot, du moment qu'il l'aura exorcisé. » Aussitôt que le diable eut dit ces paroles, il se mit à crier si terriblement qu'il sembla à tous ceux qui étaient au temple qu'il fût dans un feu ardent. Il disait : « Ah ! Josephé, évêque de Jésus-Christ, cesse de dire ce que tu dis : tu me fais brûler ; je vais m'enfuir sans demander mon reste là où tu m'ordonneras d'aller. »

81. Ainsi parlait, sur l'ordre de Josephé, le diable qui était

---

li rois li dist : « Or me di de celui qui a perdue la parole et la veüe s'il le recouvrera jamais. — Rois, dist Josephés, or le fai porter devant les dix que tu aoures, et si orras qu'il te responderont et qu'il te diront de la grant bataille. » Lors le*a* fist li rois porter el temple, si ala Josephés avoec lui. Et quant li prouvoire de lor loy l'orent offert devant l'autel Apolin que il apeloient le diu de sapience, si demanderent a l'ymage qui estoit desus conment il gariroit de s'enfermeté ou s'il en gariroit jamais ; mais onques tant ne sorent proiier a cele ymage qu'il em peüssent traire parole ; et li une des ymages que on apeloit l'ymage de Martis, se estoit li dix de bataille, si conmencha a crier : « Foles gens, que alés vous atendent ? Il a en vostre compaingnie un crestiien qui si a la loy Apolin mise au desous par le conmandement de Jhesu Crist son Dieu, que il n'a nul pooir de responder, ne ja, en lieu ou il soit, ne porra a painne parler ne mot dire puis qu'il l'avra conjuré. » Et maintenant que li dyables ot ce dit, si conmencha a crier si forment qu'il sambla a tous ciaus qui estoient el temple que il fust en fu ardant ; et si disoit : « Ha ! Josephé, evesques Jhesu Crist, laisse a dire ce que tu dis : car tu me fais ardoir et je m'en fuirai tantost tout maintenant la ou tu me conmanderas que je voise. »

81. Ensi disoit li dyables qui estoit en l'ymage de Martis, par le

dans la statue de Mars. Josephé le contraignait si sévèrement
que celui-là jeta la statue au milieu du temple et l'abattit par
terre, où elle se brisa en mille morceaux. Après quoi il prit
un aigle qui était sur l'autel, il en frappa la statue d'Apollin
en plein visage, lui brisant le nez, et aussi le bras droit.
Ensuite il se dirigea vers toutes les statues du temple. Il n'y
avait idoles qu'il ne mît en pièces au moyen de cet aigle. On
en fut dans le temple fort effrayé, car si l'on voyait les prodiges que faisait l'aigle, on ne voyait pas celui qui le tenait, et
c'était ce dont on était le plus épouvanté. Alors le roi appela
Josephé pour lui demander qui pouvait être celui qui brisait
ainsi les statues. Josephé lui dit d'aller demander à l'autel de
Mars, et le roi y alla. Il voulut faire un sacrifice, mais Josephé ne le laissa pas faire, lui disant au contraire que, s'il procédait à ce sacrifice, il mourrait de mort subite. Le roi exigea
une réponse, mais le diable dit qu'il n'osait parler à cause de
Josephé. Avait-il si grand pouvoir sur les dieux ? lui
demanda le roi. Il lui répondit qu'aucun dieu ne pouvait parler devant lui s'il ne lui en donnait la permission. Celle-ci lui
fut aussitôt donnée, et le diable lui dit : « Roi, veux-tu savoir
d'où lui vient un si grand pouvoir ? Il a deux anges avec lui
qui le conduisent et le gardent partout où il va. L'un tient
une épée, l'autre une croix, si bien que nous serons toujours
impuissants en sa présence, tant est grand le pouvoir dont
son Dieu l'a investi. » Alors le roi lui demanda comment se

---

commandement que Josephés li avoit fait : car il le destraignoit tant
durement que cil jeta l'ymage enmi le temple et abati a terre, et si
debrisa toute en menues pieces. Et quant il ot ce fait, si prist un aigle
qui estoit sor l'autel, si en feri l'ymage Apolin enmi le vis, si qu'il li
depiecha le nés, et le brach destre. Après s'en ala par tous les ymages
del temple. S'en i remest ymages qu'i ne depeçoiast de cel aigle. De
ceste chose furent il molt laiens espoenté, car il veoient les merveilles
que li ai[b]gles faisoit, mais il ne veoient mie celui qui le tenoit, et ce
estoit la chose de coi il estoient plus espoenté. Lors apela li rois
Josephé, et si li demanda que ce pooit estre qui ensi depieçoit les
ymages ; et Josephés li dist que il alast demander a l'autel de Martis,
et li rois i ala ; si vaut sacrefiier, mais Josephés ne li laissa, ains li
dist que s'il faisoit tel sacrefice, il morroit de mort soubite ; et li rois
li demanda respons, et li dyables dist qu'il n'osoit parler pour Josephé ; et il li demanda se il avoit si grant pooir sor les dix, et il li
dist que nus dix ne pooit parler devant lui s'il ne l'en donnoit congié ;
et il li donna tantost et li dyables li dist : « Rois, vels tu savoir por
coi il a si grant pooir ? Il a .II. angles avoec lui qui le conduient
et gardent par tous les lix ou il vait. Si tient li uns une espee, et li
autres tient une crois, que ja n'avrons[*] poesté en liu ou il soit,
tant grant pooir li a doné ses Dix. » Lors li demanda li rois a quele

solderait son éventuel combat contre les Égyptiens : impossible, lui répondit le diable, de le lui dire, tant que l'homme serait là. Josephé bondit en avant : « Je te conjure, par la Sainte Trinité, de dire sans détour ce que tu sais. » Le diable lui répondit qu'il ignorait tout de ce qui devait advenir.

82. Voici venir sur ces entrefaites, à grande allure, un messager devant le roi ; à genoux, il lui dit : « Roi, je t'apporte des nouvelles très mauvaises et très alarmantes : Tholomé le Fugitif est entré sur ton territoire avec toutes ses forces, et il a déjà, peu s'en faut, conquis ta riche cité et tout le pays environnant jusqu'au château de Valagin qu'il a assiégé avec trente mille chevaliers et soixante mille fantassins. S'il peut l'avoir, il ne restera sur ton territoire château ni cité qui puisse lui résister, car c'est ta plus forte défense. Il a fait aussi un serment, devant toute sa baronnie : de ne jamais revenir sur son territoire qu'il n'ait au préalable été couronné dans Sarras. » Le propos eut pour effet d'épouvanter au plus haut point le roi, d'autant que Josephé lui avait dit qu'il serait trois jours et trois nuits sous la domination de son ennemi, au point qu'il craindrait pour sa vie. Mais il avait été si puissant qu'il se garda bien de le laisser paraître, jurant au contraire que, s'il pouvait se rendre au siège, il aimait mieux mourir au combat que d'être conduit à l'ignominie. Aussitôt le roi fit mobiliser toute son armée et la fit se rassembler à Charabel,

---

fin il en venroit s'il se combatoit as Egiptiiens, et li diables li dist que il n'avoit pooir de lui dire, tant que li hom fust illuec. Et Josephés sailli avant et dist : « Je te conjur de par la Sainte Trinité que tu en dies orendroit ce que tu en sés. » Et li dyables li dist qu'il ne savoit riens de chose quil fust a avenir.

82. Atant és vous a ces paroles venir un message grant aleüre devant le roi ; si s'agenoulla devant lui et li dist : « Rois, je t'aport nouveles mout males et mout perillouses ; car Tholomeüs li fuitis est entrés en ta terre a tout son esfors, et si a ja, poi s'en faut, conquise ta riche cité, et toute la terre environ jusques au chastel de Valagin qu'il a assis a .xxx.m. chevaliers et a .lx.m. homes a pié ; et se il puet celui avoir, il ne remanra en ta terre chastel ne cité qui encontre lui puisse durer, car ce est la plus fort deffense que tu aies ; et si a fait un sairement, voiant tout son barnage, que il n'enterra jamais en sa terre desi la qu'il avra portee courone dedens Sarras. » Quant li rois ot oïe la parole, si en fu mout espoentés, et plus pour ce que Josephés li avoit dit que il seroit .iii. jors et .iii. nuis en la baillie son anemi, et qu'il en seroit menés jusques a paour de mort ; mais il avoit esté de si grant poesté que onques n'en osa faire samblant, ançois jura que s'il [d] pooit venir au siege, il voloit mix morir en la bataille que il ne l'en feïst aler vilainnement. Maintenant fist li rois semonre tout son pooir, et le fist assembler a Charebel, un chastel qui estoit a

un château qui était à six lieues de là, et à seize de Valagin. Il demanda par lettre scellée qu'aucun de ceux, qui seraient susceptibles de l'aider, n'atermoyât : le chevalier qui tarderait ne recevrait jamais un territoire de lui ; s'agissant d'un vilain, il le ferait traîner[1] devant toute sa parenté. Le lendemain, le roi voulut se mettre en marche. Josephé vint à lui pour lui dire : « Roi, tu t'en vas, sans savoir comment tu reviendras, ni si tu reviendras jamais. Je vais te dire ce qu'il faut faire. Le Dieu des chrétiens te demande de te remémorer qui tu es, et d'où tu es. Personne n'a de plus haute dignité que toi jusqu'à ce jour. Aussi tu t'imagines que personne ne sait qui tu es ni de quelle famille. Mais je le sais bien par la grâce et par la vertu du Grand-Seigneur à qui nul secret ne peut être caché. Tu es né une Saint-Côme[2], et le Saint-Esprit me montre que ce fut en France, dans une ancienne cité appelée Meaux[3]. Tu étais le fils d'un très pauvre cordonnier, comme toi-même tu ne l'ignores pas. Mais il arriva, au temps où Auguste était empereur de Rome, qu'une rumeur se propagea : le Roi naîtrait, qui surpasserait l'univers ; à cette nouvelle, l'empereur fut fort épouvanté. Il dépêcha ses hommes dans tous les pays et ordonna que chacun payât à Rome de son propre chef un denier[4]. En France, parce que c'était le peuple le plus intraitable, il commanda qu'on lui envoyât de tous les pays cent jeunes vierges, toutes filles de chevaliers, et cent enfants tous mâles âgés de cinq ans ou moins.

.VI. liues loins d'illuec, et a .XVI. liues de Valacin ; et si manda par son seel que nus n'i remansist qui eüst pooir de lui deffendre ; et qui remanroit, et il fust chevaliers, il ne tenroit jamais terre de lui, et s'il estoit vilains, il le feroit, voiant tout son lingnage, traïner. Et quant vint a l'endemain, si volt li rois mouvoir ; et Josephés vint a lui, si li dist : « Rois, tu t'en vas et si ne sés conment, ne n'es certains, del repairier jamais ; mais je te dirai que tu feras. Li Dix des crestiiens te mande que tu soies ramenbrans qui tu es, ne dont tu es. Nus n'a si grant hautece que tu as eüe jusques au jour d'ui ; si quides que nus ne sace qui tu es, ne de quel lingnage ; mais je le sai bien par la grasse et par la vertu del Grant Signour a qui nule repostaille ne puet estre celee. Tu fus nés a Saint Cosme, et li Sains Esperis me demoustre que tu fus nés a une ancienne cité qui est apelee Miaus en France ; et si fus fix a un mout povre home rafaitour de saullers, si com tu meïsmes le sés bien. Mais il avint el tans que Augustes Cesar fu empereres de Rome, si vint une novele avant, que li Rois naistroit qui tout le monde sormonteroit : quant li rois l'oï, si s'espoenta mout ; si envoia par toutes terres et conmanda que chascuns rendist a Rome de son chief un denier ; et en France, pour ce que ce estoit li plus fiere gens, si manda que on li envoiiast .C. puceles de par la terre, toutes filles de chevaliers, et .C. enfans tous malles de l'aage de .V. ans ou de mains.

83. « L'ordre une fois parvenu en France, on fit la levée sur chaque cité en fonction de ce qu'elle était. Deux jeunes vierges qui étaient filles du comte Sevain vinrent de Meaux. Ce Sevain était comte de Meaux et de la contrée alentour, et puisque le sort était tombé sur toi qui étais âgé de près de cinq ans, ces deux jeunes filles t'emmenèrent avec elles à Rome en grande pompe. Les uns et les autres, à te considérer, te croyaient issu du plus haut lignage du monde : tu étais prodigieusement beau. Quand tu atteignis l'âge de douze ans, les deux jeunes filles étaient mortes, l'une ne survivant à l'autre que deux mois. Après Auguste régna Tibère. Il te remit au comte Félix qu'il fit comte de Syrie[1], et ce comte s'en allant en Syrie t'emmena avec lui. Il avait pour toi la plus grande affection, jusqu'au jour où, toi et un de ses fils, vous vous fâchâtes, et tu le tuas. Ton meurtre commis, tu t'enfuis vers Tholomé Cerrastre qui pour lors était roi de Babylone : ce Tholomé était en guerre contre Holoferne qui à ce jour gouvernait ce royaume. Tu venais à lui te disant chevalier ; il te porta une si grande affection qu'il s'en remit à toi sur toute chose, et tu fis si bien que tu lui conquis tout son territoire ; tu lui livras même son ennemi, qu'il emprisonna et mit à mort. Il t'en donna le territoire, et tu devins de ce fait, promptement, son homme lige. Maintenant, tu peux bien voir si je sais quelque chose de ta condition. Tu

---

83. « Quant li conmandemens fu venus en France, si esleverent de chascune cité selonc ce qu'ele estoit ; si avint que de Miaus vinrent .ii. puceles qui estoient filles au conte Sevain. Icil Sevains estoit quens de Miaus et de la contree d'environ, et puis que li sors fu cheüs sor toi qui estoies de pres de .v. ans, et ces .ii. puceles te menerent[a] avoec eles molt richement a Rome ; si t'esgardoient et li un et li autre, et quidoient que tu fuisses del plus haut lignage du monde, car tu estoies tres biaus a merveilles. Et quant tu vins en l'aage [d] de .xii.[b] ans, si furent les .ii. puceles mortes, car l'une ne vesqui après l'autre que .ii. mois. Après regna Tyberus Cesar, après Augustes Cesar ; si mist au conte Felis qu'il fist conte de Surie, et cil quens s'en ala en Surie et t'enmena avoec lui : et molt durement te tint chier et ama, tant que il vint a un jour que toi et uns fix[c] qu'il avoit vous courechastes ensamble et tu l'ocesis. Et quant tu fus ocis, si t'en fuis a Tholomeüs cerrastre qui adont estoit rois de Babilone ; et cil Tholomés avoit guerre encontre Oliferne qui a cel jour estoit rois de cest roiaume. Et quant tu venis a lui, si desis que tu estoies chevaliers, et il t'ama et chieri tant que il se mist del tout sor toi, et tu le feïs tant bien que tu li conquesis toute sa terre ; et son anemi meïsme li rendis tu, et il l'emprisonna et l'ocist ; et puis si te donna la terre, et en devenis tout esranment ses liges hom. Or pués tu bien veoir se je sai riens de ton[d] estre, et si te dois apercevoir de ta

dois aussi te rendre compte que tu es parvenu de l'extrême pauvreté aux plus grands honneurs. Voilà pourquoi le Roi des chrétiens te demande de te rappeler qui tu es. Tu ne dois pas t'enorgueillir à la vue de ton immense territoire : il ne t'est pas encore dévolu. Pour cela tu dois être humble et sensible, et reconnaître ton Créateur sans le commandement de qui tu ne peux vivre. Et aussi, tu ne dois pas te prendre pour un roi, car tu es seulement un homme et ne possèdes pas à jamais ton royaume, que tu vas au contraire abandonner plus prochainement que tu ne crois : doit être appelé Roi Celui qui toujours régnera — c'est Jésus-Christ, le fils de la Vierge sainte Marie. Il te fait savoir par moi, parce qu'il veut que tu saches qu'il connaît tous les soucis et tous les secrets des cœurs, qu'il te mettra dans la main de ton ennemi mortel. Là, tu sauras et reconnaîtras qu'il n'est qu'un seul Dieu ; qu'on ne doit croire et adorer que lui seulement. S'il va te tourmenter de cette manière, c'est parce que tu as renié, couvert de crachats et refusé sa loi. »

84. Après l'avoir écouté très calmement, le roi lui dit : « Maître, dites-moi maintenant en quoi consistait la vision et ce qu'elle signifie. — Pour sûr, répondit Josephé, tu ne le sauras pas avant d'avoir brisé les idoles que tu adores, et de t'être mis à croire au Haut-Seigneur par le commandement de qui toutes choses sont établies. — Par ma foi, dit le roi, je redoute fort cette bataille ; mais vous

---

grant poverté dont tu es venus a grant honour : por ce te mande li Rois des crestiiens que tu soies ramenbrans de toi meïsme ; et por ce que tu vois que tu as grant plenté de terre, ne te dois tu en orgueillir : car ele n'est mie encore a toi asise. Pour ce dois tu estre humles et pitous, et reconnoistre ton Creator sans qui commandement tu ne pués vivre ; et si ne te dois mie tenir pour roi, car tu es uns seus hom et si n'as pas le regne a tous jours que tu tiens, ançois le deguerpiras plus prochainnement que tu ne quides ; mais cil doit estre apelés Rois qui tous jors regnera : ce est Jhesucris li fix de la Virge Sainte Marie. Icelui te conmande par moi, por ce que il veut que tu saces que il connoist tous les pensés et toutes les repostailles des cuers, que il te metra dedens la main ton anemi mortel : et la savras tu et connoistras qu'il n'est que uns Dix, que on ne doit croire[f] et aourer que il tout seulement, et si te tourmentera[f] en tel maniere por ce que tu as adossee et escopie et refusee ensi sa loy. »

84. Quant li rois l'ot mout debonairement escouté, si li dist : « Maistres, or me dites quel la visions fu et que ele senefie. — Certes, dist Josephés, tu ne le savras devant que tu avras depeciés les ymages que tu aourés, et devant ce que tu seras venus a la creance del Haut Signour par quel conmandement toutes les choses sont establies. — Par foi, dist li rois, je doute molt ceste bataille ; et vous

m'avez déclaré, vous et votre père, que vous me donneriez un certain conseil par lequel j'aurais la victoire, et la grande joie qui jamais ne prendra fin. — Par ma foi, dit Josephé, ce conseil, je te le donnerai bien, si tu veux me croire. Mais si tu ne veux pas le recevoir en bon chrétien, garde-toi de me le promettre : tu en mourrais, détruit corps et âme. — Par ma foi, assura le roi, je vous le garantis bien, si vous me donnez un conseil qui me rende victorieux ; cette croyance où je suis, je ne m'y tiendrai plus, voulant au contraire observer la forte, l'importante loi chrétienne. »

85. Josephé dit alors : « Faites-moi apporter un écu et une étoffe rouge » : il ne l'eut pas plus tôt commandé qu'on les lui apportat. Il prend l'étoffe et en fait tout de suite une croix, qu'il met sur l'écu. Le roi lui demanda de quoi il s'agissait, et Josephé de lui dire : « Personne, à regarder d'un cœur sincère ce signe, ne pourra être atteint par le malheur. Autant de fois que tu le mettras à découvert, tu diras : "Dieu qui, par ce signe, tuas le signe de la mort, mène-moi et sain et sauf vers l'adhésion à ta foi." Sache en toute certitude que, si tu le supplies de bon cœur, l'honneur sera pour toi dans la bataille. Je vais te dire aussi comment tu sauras que ce signe te protégera de la mort, non sans t'avoir donné honneur et victoire. C'est une vérité prouvée, qui ne peut être détournée par personne : ton ennemi Tholomé aura sur toi pouvoir trois jours et trois nuits ; te le fait savoir en effet par moi

me deïstes, et voſtres peres, que vous me donriés [e] tel conseil par coi je avroie la victoire, et la grant joie qui ja ne prendra fin. — Par foi, diſt Josephés, celui conseil te donrai je bien se tu me veus^a croire ; mais se tu ne le veus recevoir come bons creſtiiens, gardes que tu ne le me prometes : car tu en seroies mors et deſtruis en cors et en ame. — Par foi, ce diſt li rois, je vous creant bien se vous me donnés conseil par coi je aie victoire ; je ne m'i tenrai plus, en ceſte creance que je tieng, ançois me vaurai maintenir a la bone loi creſtienne et especiale. »

85. Lors diſt Josephés : « Faites moi aporter un escu et un rouge drap », et de maintenant com il l'ot conmandé, se li a on aportés. Et il prent le drap et en fait tout maintenant une crois, et le met en l'escu ; et lors li demanda li rois que ce eſtoit. Et Josephés li diſt : « Il n'eſt nus qui de bon cuer regarde ceſti signe que maus li puisse avenir ; et tantes fois que tu le descouverras si diras : "Dix qui par ceſtui signe ocesis le signe de la mort, mainne moi et sain et sauf a ta creance recevoir." Et saces bien certainnement, se le requiers de bon cuer, tu recevras honour en la bataille ; et si te dirai conment tu savras que ciſt signes te garantira de mort, si t'avra donnee honour et victoire. Il eſt verités prouvee, et si ne puet eſtre treſtournee par nul home, que tes anemis Tholomés avra sor toi pooir .III. jors et .III.

Celui qui jamais n'a menti ni ne mentira. Prends garde par conséquent à ne pas voir le signe avant d'avoir éprouvé la grande crainte de la mort, en pensant ne plus pouvoir y échapper. Si tu en réchappes à ce moment-là, conclus donc à la force de cette croix. — Volontiers, lui dit le roi ; je supplie donc ton Dieu de m'aider. »

86. Le roi partit avec une importante compagnie. Ils allèrent jusqu'à Charabel, où il attendit son armée jusqu'au septième jour. Quand ils furent au grand complet — jamais on ne vit plus grand rassemblement — ils chevauchèrent à grande allure directement vers Valagin qu'assiégeait Tholomé. Ce château était très solide, avec d'excellentes fondations et bien fortifié : il en avait réglé la construction en son temps. Jamais personne n'en avait vu de si fort : autour courait une des plus impétueuses rivières qu'on vît jamais au monde ; au-delà, il y avait une porte qui ne pouvait être prise absolument par personne, sans que ceux qui étaient à l'intérieur ne sortent et ne rentrent comme ils voulaient ; l'assise de ce château, quant à elle, n'était faite que de roche. Cette porte du château comportait un accès permettant à deux personnes de se croiser, d'entrer et de sortir de front, sur une longueur de seulement vingt pas. On ne pouvait y tenir longtemps un siège, vu sa proximité avec la porte et l'exiguïté du lieu. Et le château, dans sa partie supérieure, n'était ni trop ouvert ni trop

---

nuis : car Cil le te mande par moi qui onques ne menti ne ja ne mentira. Or gardes dont que tu ne voies le singne devant ce que tu aies grant paour de la mort, et que tu n'en quides jamais eschaper ; et se tu eschapes a cele eure, saces dont quele force cele crois a. » Et li rois li diſt : « Volentiers ; et si deproi je dont a ton dieu qu'il m'aït. »

86. Atant se departi li rois a molt grant compaingnie ; et errerent tant qu'il vinrent a Charrebel ; et illueques atendi sa gent tant que cha vint au setisme jour que il se miſt a la voie. Quant il par furent tout assamblé tant que on ne vit onques mais tant de gens assemblés ensemble, lors chevaucierent grant aleüre tout droit vers Valacin ou Tholomés seoit. Cil chaſtiaus eſtoit molt fors et molt bien fondés et bien fermés en tour : il l'avoit fait et fondé a son tans ; onques nus hom qui fuſt nés de feme n'avoit veü si fort : car entour couroit une des plus roides rivieres qui onques fuſt veüe el monde ; et en aprés avoit une porte qui ne pooit eſtre prise [f] par nul home vivant, que cil qui eſtoient dedens n'alaissent et hors et ens a lor talent ; et si seoit cis chaſtiaus en tele maniere que il n'avoit se roce non. A cele porte du chaſtel avoit tant d'entree come .II. gens se pooient entrencontrer et entrer et issir ensemble, et si ne duroit que .XX. pas de lonc ; et si ne pooit nus sieges illuec durer, car trop eſtoit pres de la porte et trop petite place i avoit ; ne li chaſtiaus amont n'eſtoit trop ouvers ne trop

fermé, tout entouré par une puissante muraille en pierres de taille de marbre vert, gris-brun et blanc. Si les murailles étaient bien hautes, plus haute encore était la tour, à quatre étages, sise sur une roche : jamais chrétien au monde n'en vit de si belle ni de si redoutable — l'écriture l'atteste. Sur cette roche était construite la tour de marbre ; elle était si haute qu'on en pouvait voir l'eau du Nil si belle et si généreuse : et l'eau dont je vous parle courait par toute l'Égypte.

87. Telles étaient la force et la beauté de ce château. Et quelle que fût la température, estivale ou d'une autre saison, les habitants du château avaient toujours de la bonne eau : il sourdait au pied de la tour une source très douce ; elle était conduite par un tuyau de cuivre jusque devant la porte, sur un terre-plein où elle coulait. Confortable était le château, opulent et solide. L'endroit était si beau et si fort qu'Évalac l'appela Valagin ; et parce qu'il l'avait fondé, il voulait que tous ceux qui le nommeraient le célèbrent. Une fois atteint le fleuve, le roi entra dans une très belle forêt et fit armer de pied en cap tous ses hommes. Et il dépêcha un serviteur pour savoir ce qu'on faisait chez l'ennemi. À son retour, celui-ci raconta qu'ils étaient assis à table. Ils finirent de s'armer ; quand ce fut chose faite, ils se mirent en route. Sortis de la forêt, ils entrèrent dans un grand val. Quand ils eurent gravi le tertre, ils virent les troupes et le château à discrétion.

---

clos, ançois estoit tous environnés de riche mur tout quarrelé de marbre vert et bis et blanc. Et se li mur estoient bien haut[a], encore estoit la tours plus haute a .IIII. estages et si seoit sor une roce : onques tant bele ne tant deffensable ne fu veü de nul crestiien qui vive, si com l'escriture tesmoigne. Desor cele roce seoit la tours marbrine, si estoit si haute que on em pooit veoir l'aigue de Nile qui si est et bele et riche : et cele aigue que je vous di si estoit bien dedens Egypte.

87. De tele force estoit li chastiaus et de tele biauté. Ne ja tant ne fesist il chaut en nul esté ne en nule autre saison que cil del chastel n'eüssent bone aigue : car il sourdoit au pié de la tour une fontainne mout douce, si chaoit el plain devant la porte par un tuiel[a] de coivre, et il i avoit un lieu la ou l'aigue chaoit. Ensi estoit li chastiaus aiesiés et richement fermés : et pour ce que li lix estoit tant biaus et tant fors, l'apela Amalac Malacin ; et pource qu'il l'avoit voloit il que tuit cil qui le nomeroient l'amenteüssent[b]. Quant a cele[c] aigue fu li rois, si entra en une molt bele forest et fist toutes ses gens molt bien armer ; et envoiia un sergant pour savoir que on faisoit[d] en l'ost. Et quant il revint, si conta qu'il seoient au mengier, et lors s'armerent ; et quant il furent armé, si se mirent a la voie. Et quant il furent hors de la forest, si entrerent en un grant val. Et quant il orent monté le tertre, si virent l'ost et le chastel tout a delivre. Et quant cist de l'ost les virent, si commencierent a crier : « Trai ! Trai ! » et cou-

Les ennemis les aperçurent et se mirent à crier : « À l'attaque ! À l'attaque ! » et coururent aux armes. Il y en avait peu, toutefois, qui n'en fussent munis : ils pensaient bien qu'Évalac ne supporterait pas longtemps qu'on assiégeât le château. Ils s'élancèrent contre l'armée assiégeante aussi violemment que possible ; comme ils venaient en désordre, les fantassins tuèrent beaucoup de leurs chevaux ; et les hommes d'Évalac les frappèrent très durement, leur tuant une très grande partie de leurs fantassins qui étaient tous sans armes.

88. Il y eut nombre d'hommes et de chevaux massacrés : bien cinq mille morts dans chaque camp. Le roi Évalac perdit une très grande partie de ses troupes : il ne put supporter davantage le combat, mais prit la fuite ; les autres se mirent alors à sa poursuite. Et pendant qu'ils le pourchassaient, ceux du château sortirent pour attaquer ceux qui gardaient les équipements : ils les déconfirent, emportèrent au château ce qu'ils voulurent, non sans détruire les tentes. Tholomé poursuivit le roi jusqu'à la tombée du jour ; il rassembla ses hommes pour s'en retourner devant le château : il trouva ses pavillons dévastés et détruits, ce qui l'affligea grandement et le jeta dans la perplexité. Alors il fit le serment de ne jamais quitter le campement qu'il avait établi devant le château sans y laisser la moitié de son armée jusqu'à ce qu'il eût affamé l'ennemi. On en resta là cette nuit. Au bout d'un certain temps, un éclaireur vint à lui pour lui dire : « Sire, vous êtes

---

rurent as armes : mais poi en i avoit qui ne fuissent garni de lor armes, car il quidoient bien que Amalac ne souffriſt mie le siege longement entour le chaſtel. Atant viennent en l'oſt si durement qu'il porent aler, si lor ocisent cil a pié molt de lor chevaus, ensi com il venoient desconreé ; et les gens Amalac les ferirent molt angoissousement, si lor ocisent molt grant partie de lor [*11a*] gens a pié, car il eſtoient tout desarmé.

88. La ot molt grant mortalité d'omes et de chevaus : car il en i ot bien ocis que d'une part que d'autre .v.m. Illuec perdi li rois Amalac molt grant partie de sa gent, tant qu'il ne pot plus sousfrir la batalle, ains s'en ala fuiant ; et cil l'enchaucierent au plus toſt que il onques porent. Et endementiers que cil les enchaçoient, si issirent cil du chaſtel et si se combatoient a ciaus qui gardoient les harnas, tant que il les desconfirent et que il emporterent el chaſtel ce que il vaurent et depecierent les tentes. Et Tholomés chaça tant qu'il fu nuis et que il ralia sa gent et vint ariere el chaſtel[*a*] ; si trova ses trés depeciés et abatus, et en fu tant dolans qu'il ne sot qu'il em peüſt faire. Et lors jura son sairement que il ne s'en iroit jamais de devant le chaſtel que il n'i laissaſt[*b*] la moitié de sa gent juques a tant que il les aroit affamés ; ensi remeſt cele nuit. Et quant ce vint au chief de piece, si vint a lui une espie et li diſt : « Sire, onques

le plus chanceux des hommes, si vous ne laissez pas passer l'occasion par paresse. — Comment cela ? dit Tholomé. — Par ma foi, répondit l'espion, le roi Évalac est entré dans Licoine avec tous les hommes qu'il a pu sauver du combat. On peut l'y surprendre avec très peu de forces. Vous aurez alors terminé votre guerre. — Comment le sais-tu ? demanda Tholomé. — J'en suis sûr, dit l'éclaireur : je l'ai vu y entrer. — Prends garde si tu mens, dit Tholomé : je te ferai pendre. »

89. Alors Tholomé appela ses chevaliers et leur confia tout ce que le serviteur lui avait conté. Il leur dit qu'il partirait avec la moitié de ses troupes, et laisserait l'autre à Valagin. Tous ses chevaliers approuvèrent sa décision. Alors Tholomé appela son sénéchal, qui répondait au nom de Mahieu. Il lui commanda de recevoir la moitié de son armée et de garder le château. Celui-ci exécuta ce qu'avait ordonné Tholomé, qui se leva longtemps avant l'aube. Ici même, nous allons cesser de parler de Tholomé, de son sénéchal et de toute sa compagnie, et nous retournerons au bon roi Évalac et à son armée. Nous vous conterons comment le roi Évalac appela un de ses serviteurs et lui donna l'ordre de sortir du château pour voir si Tholomé était stationné près de là, et comment il quitta le château avec mille sept cents chevaliers et bien trois mille fantassins qui tous le suivirent.

---

n'avint tant bien a nul home com il vous est avenu se par peresce ne le perdés. — Comment ? dist Tholomés. — Par foi, dist l'espie, li rois Amalac est entrés dedens Licoinne a tant de gent com il pot traire hors de la bataille. Illuec le puet on prendre a molt petit d'esfors ; lors avrés vostre guerre finee. — Comment le sés tu ? dist Tholomés. — Je le sai si vraiement, dist l'espie, come cil qui le vit entrer ens. — Gardes que tu ne mentes, dist Tholomés, que je te pendroie. »

89. Lors apela Tholomés ses chevaliers et lor conta tout ce que li sergans li avoit conté ; et si lor dist que il iroit a toute la moitié de sa gent, et l'autre lairoit a Malacin. Ensi le loerent tuit si chevalier. Lors apela Tholomés son seneschal qui avoit a non Mahu. Si li conmanda a recevoir la moitié de sa gent et a garder le chastel, et il le fist ensi com il l'ot conmandé ; et il se leva grant piece ançois le jour. Ici endroit nous lairons a parler de Tholomé et de son seneschal, et de toute sa compaingnie, et retournerons a parler del bon roi Amalac et de sa gent, et vous conterons conment li rois Amalac apela un sien sergant et li conmanda a issir fors del chastel pour veoir se Tholomés estoit pres d'iluec ; et conment il se parti del chastel o lui .M. et .VII.C.[a] chevaliers, et bien .XXX.C. homes a pié qui tout alerent avoec lui.

La guerre d'Évalac contre Tholomé.

90. Le conte dit qu'entré dans Licoine pour faire la guerre le roi Évalac appela un de ses serviteurs et lui donna l'ordre de sortir du château, et de voir si Tholomé était ſtationné près de là, ou s'il était retourné à Valagin. Le serviteur suivit l'armée jusqu'à ce qu'il la vît mettre pied à terre ; il vint conter cela au roi, et rapporta la nouvelle du grand butin que ceux de Valagin avaient dérobé à ceux qui gardaient le harnachement de Tholomé. Évalac, très joyeux, jura de lui livrer bataille, dût-il être taillé en pièces au cours du combat, et, sitôt possible le rassemblement de ses troupes, de le contraindre à lâcher prise avec une telle brutalité que jamais aucun ennemi ne fut plus durement ni plus ignoblement chassé d'un siège.

91. Il quitta le château, accompagné de mille sept cents chevaliers, et bien trois mille fantassins ; ils avaient au moins parcouru une demi-lieue, et alors que la troupe continuait son chemin, voici qu'arriva, monté sur un grand deſtrier, un serviteur pour délivrer au roi ce message : « Ma dame la reine vous salue et vous fait parvenir une lettre. » Le roi la prit et la lut, pour y trouver écrit que sa femme le saluait et que, par la foi qu'il lui devait, il avait à quitter le château de Licoine, car Tholomé voulait l'y assiéger. À cette leċture, il fut prodigieusement étonné. Il appela le messager et lui demanda : « Comment la reine savait-elle que j'étais

---

90. [*b*] Or diſt li contes que quant li rois Amalac fu entrés dedens le chaſtel de Licoine pour guerroier, si apela un sien sergant et li conmanda a issir fors del chaſtel, et a veoir se Tholomés eſtoit pres d'iluec, ou se il eſtoit retournés a Malacin ; et il poursivi tant l'oſt qu'il le vit descendre, si le vint conter au roi, et li conta le grant gaaing que cil de Malacin avoient fait sor ciaus qui gardoient le harnas Tholomé. Et quant Amalac oï ce, si en ot molt grant joie et jura son sairement que il se combatra a lui, encore deüſt il eſtre tous depeciés en la bataille, ne ja si toſt ne porra ses gens assambler que il ne l'ira*ᵃ* tant durement lever del siege que onques nus hom plus durement ne fu levés de nul siege.

91. Atant se parti del chaſtel, o lui .M. et .VII.C. chevaliers, et bien .XXX.C. houmes a pié ; si ont bien eslongié le chaſtel demie lieue. Et si come la route aloit tout le chemin, atant és vous un sergant qui siſt sor un grant deſtrier ; et vint au roi et diſt : « Ma dame la roïne vous salue et si vous envoie unes letres. » Li rois les priſt*ᵃ* et les lut et trouva ens escrit que sa feme le saluoit, et que, par la foi que il li devoit, que il s'en issiſt fors del chaſtel de Licoine, car Tholomés le voloit asseoir. Et quant li rois les vit, si fu merveilles esbaÿs et apela le messagier et li demanda : « Conment la roïne savoit que je eſtoie

à Licoine ? — Sire, dit le jeune homme, elle en a entendu hier au soir la nouvelle. — Et sais-tu, dit le roi, qui lui a conté ces prodiges ? — Par ma foi, dit le serviteur, pas vraiment. Mais je l'ai vue consulter longtemps le maître des chrétiens ; et quand elle eut ainsi pris conseil, je l'ai vue pleurer. » Le roi appela ses chevaliers pour leur raconter ce prodige : Josephé avait conté à la reine la déconfiture.

92. Comme ils discutaient de tout cela, voici venir, chevauchant au milieu de la route, un serviteur : il avait un arc à la main et allait aussi vite que sa monture pouvait le lui permettre. Arrivé au roi, il lui dit : « Sire, votre gouverneur de Valagin vous salue, et vous demande de vous venger de Tholomé venu assiéger Licoine. Il prétend nous y surprendre. Il n'a amené que la moitié de ses troupes, l'autre est restée devant Valagin. » Quand le roi entendit ces mots, il appela ses chevaliers pour leur dire : « Ô combien étaient vraies les choses que le chrétien m'a dites ! Maintenant vous pouvez être assurés que Tholomé fait le siège, et c'est ce que la reine ma femme m'a fait savoir par une lettre d'une grande exactitude. »

93. Le roi rebroussa chemin vers Sarras. Quand la troupe eut parcouru deux petites lieues, ceux de l'arrière-garde aperçurent une grande compagnie ; ils virent des gens tout armés sortir d'une petite forêt ; il pouvait bien y avoir quatre mille hommes ou plus. Ils les désignèrent au roi, qui ordonna aus-

---

en Licoine ? — Sire, dist li vallés, que ele en oï ersoir nouveles. — Et sés tu, dist li rois, qui les merveilles li conta ? — Par foi, dist li sergans, je ne le sai mie certainnement, mais je le vi assés conseillier au maistre des crestiiens ; et quant ele ot assés conseillié, si li vi plourer. » Lors apela li rois ses chevaliers, et lor conta la mervelle de Josephé qui avoit contee a la roïne la desconfiture.

92. Ensi com il parloient de ce, és vous un sergant chevauchant parmi [d] la route, et avoit un arc en sa main et aloit tant fort que li chevaus le pooit porter ; et si com il vint au roi, si li dist : « Sire, vostre chastelains de Valagin*a* vous salue, et vous mande que vous vous vengiés de Tholomé qui est venus asseoir Licoine ; si nous quide prendre dedens, et si n'a amené que la moitié de sa gent, et l'autre si est remese devant Malacin. » Et quant li rois oï ce, si apela ses chevaliers et si lor dist : « Come li crestiiens estoit voirs disans en toutes choses que il m'a dites ! Or poés bien savoir que Tholomé est au siege et ensi le m'a la roïne ma feme mandé par bones letres. »

93. Atant s'en tourna li rois tout son chemin vers Sarras. Et quant la route ot erré .II. petites lieues, si regarderent cil de la keue une grant compaignie, et virent gens venir fors d'une petite forest, qui tout estoient armé ; et si i pot bien avoir .IIII.M. homes ou plus. Et quant il les virent, si les moustrerent le roi, et li rois conmanda

sitôt à toute sa troupe de s'armer. C'est alors qu'un cavalier
du camp adverse chargea à grande allure ; il avait le heaume
sur la tête et l'écu au cou, et tenait au poing une lance. Le
voyant venir, le roi, qui avait déjà revêtu son armure,
s'élança contre lui. Ils s'étaient rapprochés l'un de l'autre
quand celui d'en face ôta son heaume et dit au roi qu'il fût
le bienvenu. En le voyant, le roi s'aperçut que c'était un de
ses beaux-frères, un des hommes dont il croyait être le plus
haï. Celui-ci lui dit : « Sire, j'avais entendu dire que vous
aviez été déconfit, et que Tholomé vous avait assiégé dans
Licoine. La reine ma sœur, cette nuit à minuit, m'a demandé,
si je l'avais jamais aimée, que je vous secourusse le plus puissamment possible : vous en aviez en l'occurrence grand
besoin. Mais il me semble que vous allez, Dieu merci, beaucoup mieux qu'elle ne me l'avait dit. » Le roi se confondit en
grâces et en remerciements. Puis il lui dit : « Très cher beau-
frère, puisque ainsi vous avez engagé l'affaire, il vous faut
me prêter main-forte jusqu'au bout de la bataille : on ne peut
si bien éprouver son ami que lorsque l'on a besoin de lui[1]. Je
vous prie instamment de m'aider à défendre le territoire de
votre sœur, et je vous ferai largement réparation, comme
il vous plaira, de vous avoir tant haï, quand nous serons
retournés à Sarras ou chez vous, et devant toute votre
baronnie. — Sire, répondit-il, je vous remercie. Nous

---

tantost a armer toute sa gent. Ensi com il s'armoient, atant és
vous poingnant un de l'autre partie mout grant aleûre vers l'ost ; si
ot le hiaume en la teste et l'escu a son col, et tint une glaive empoin-
gnie. Et quant li rois le vit venir, qui ja estoit armés, si li ala a l'encontre. Et quant il se furent entraprocié, si osta cil de dela son
hiaume et dist au roi que bien fust il venus. Et quant li rois le vit,
si aperchut bien que ce estoit uns siens serourges, un des homes
del monde qu'i plus quidoit que plus le haïst. Et cil li dist : « Sire,
je avoie oï dire que vous aviés esté desconfis, et que Tholomés
vous avoit assis a Licoine. Si le me manda^a la roïne ma suer anuit a
mienuit, se je l'avoie amee, que je vous secourusse au plus
esforciement que je onques peüsse, que vous en aviés a cestui point
grant besoing. Mais il m'est avis que il vous est, Dieu merci, mout
mix qu'ele ne m'avoit mandé. » Et li rois l'en rendi mout grans
grasses et mout grans mercis ; et puis li dist : « Biaus dous serourges,
puis que vous avés l'afaire si empris, il vous couvient que vous me
faites mout grant aïde jusques au chief de la bataille : car on ne puet
son ami si bien esprouver que au besoing. Or vous proi je et requier
que vous me soiés aïdans a defendre la terre vostre serour, et je vous
amenderai mout hautement [d] ce que je vous ai tant haï, a vostre
volenté, quant nous serons retourné a Sarras ou en vostre maison, et
voiant tout vostre barnage. — Sire, dist cil, vostre merci ; et nous

irons tous à votre cité d'Orcan, et de là nous attendrons
sans bouger notre armée. »

94. C'est à ce conseil que le roi se rangea ; il alla
directement à Orcan. Ils y arrivèrent à none passée. Le roi
envoya ses messagers dans les alentours, et fit savoir que
quiconque voudrait recevoir un jour de lui une terre vînt
l'aider dans cette nécessité. Les serviteurs s'empressèrent si
bien qu'avant prime, le lendemain, le roi disposait de plus de
quatre mille hommes tant à pied qu'à cheval, sans compter
ceux qu'il avait déjà. Dès la fin du jour, le roi quitta la cité,
et ses chevaliers et lui chevauchèrent tout droit vers Licoine.
Mais ses chevaliers lui dirent qu'il agirait follement s'il engageait le combat ; qu'il attendît encore trois jours ou quatre,
pour procéder sagement. Le roi se fia à leur conseil de ses
chevaliers et revint sur ses pas. C'est au point du jour qu'on
se mit à crier : « À l'attaque ! À l'attaque ! » Le roi monta
dans la tour et s'aperçut que c'était Tholomé. Il fit alors
armer ses troupes et leur donna l'ordre de fondre sur l'ennemi le plus énergiquement possible ; il commanda au gouverneur de fermer les portes quand ils seraient sortis, de
sorte que personne n'y pût entrer si ce n'était sur son ordre.
Ils sortirent. Voici Tholomé, en valeureux chevalier, devant
tous les autres ; il avait choisi le premier corps de troupe. Au
moment du choc, on ne tira plus sur les rênes, pour ne songer dans chaque camp qu'à frapper. À leur vue, les gens de

---

irons tout a vostre cité d'Orcaus, si atendrons tout illuec nostre
gent. »

94. A cest conseil se tint li rois ; si a tourné droit a Orcaus. Et
quant il vinrent la, si estoit nonne passee ; et li rois envoiia ses messagiers par illuec entour, et manda que qui vaura jamais terre de lui
tenir, se li aït a cel besoing. Et li sergant tant esploitierent que ançois
qu'il venist l'endemain prime ot li rois plus de .IIII.M. homes que a pié
que a cheval, sans ciaus que il avoit. Tantost que il fu avespri mut li
rois de la cité, et il et si chevalier chevauchierent droit vers Licoine[a].
Et si chevalier li dirent que il feroit folie se il assambloit, mais
atendist encore .III. jours ou .IIII., se il faisoit que sages. Li rois crut le
conseil de ses chevaliers ; si s'en tourna ariere. Et quant ce vint a
l'ajournee, si commencierent a crier « Trai ! Trai ! » Atant monta li rois
en la tour et vit que c'estoit Tholomés. Lors fist armer sa gent[b] et
commanda que il alaissent tant durement sor aus com il onques plus
porront. Et conmanda au chastelain que quant il seroient issu hors,
que il fermast les portes, que nus hom del monde n'i peüst entrer se
par lui non. Atant s'en alerent fors. Es vous Tholomé le chevalier
vaillant devant tous les autres, et avoit esleüe avoec lui la premiere
bataille. Et quant il assamblerent, ainc puis n'i ot regne tiré, ançois
s'entrefierent tout[c] de chascune partie. Et quant les gens Tholomé les

Tholomé furent très étonnés, car ils les croyaient trois fois moins nombreux ; cependant il fallait voir comme ils les reçurent, sûrs d'eux qu'ils étaient pour les avoir précédemment tous défaits au cours d'un seul assaut.

95. Le premier assaut fut un succès pour les gens d'Évalac : ils s'étaient reposés la nuit précédente ; les gens de Tholomé étaient fort accablés de n'avoir pas dormi, aussi en étaient-ils moins alertes. Évalac et son beau-frère étaient vaillants au combat, comme on devait le dire la vie du roi durant, ainsi qu'après sa mort. Et ses hommes furent si diligents que force fut à Tholomé de prendre la fuite avec ses hommes. Le roi Évalac et son armée les talonnèrent sans faillir jusqu'à parvenir à un défilé rocheux, passage le plus dangereux de tout le territoire. Cet éperon était si haut qu'on ne pouvait l'atteindre d'un jet de pierre ; il s'étendait à droite jusqu'à une rivière qui dévalait vers Orcan. Dans cette roche se trouvait un passage, si étroit que deux hommes ne pouvaient pas s'y croiser : c'est vers ce passage qu'Évalac poussa les gens de Tholomé. C'est là qu'eut lieu le plus grand massacre qu'on vit jamais. À ce passage, les gens de Tholomé mettaient tout leur cœur à combattre, de sorte que les uns continuaient la mêlée et que les autres passaient. Il y eut tant de tués, dans les deux camps, que depuis, cette roche fut appelée : la roche qui ruissela des corps des hommes. Quand

---

virent, si furent tout esbahi, car il ne quidoient mie qu'il en i eüst le tierce partie ; nequedent il les requeillirent bien, car il estoient plus asseür pour ce que il les avoient autres fois desconfis tous a une fois ensamble.

95. A cele premiere envaïe le firent molt bien la gent Amalac, car il estoient reposé la nuit devant ; et la gent Tholomé estoient molt agrevé de ce qu'il n'avoient point la nuit dormi, si en estoient plus pesant. Et Amalac le faisoit tres bien et ses serorges, si c'on em parla tant qu'il vesqui et aprés sa mort ensement. Et ses gens le fisent tant bien que par force en couvint tourner Tholomer en fuies [e] et lui et ses gens. Et li rois Amalac et sa gent les en chaucierent molt durement tant qu'il vint au destroit d'une roce qui estoit li plus perillous passages de toute la terre. Cele roce estoit tant haute que on n'i pooit jeter d'une pierre ; et si duroit a destre partie jusques a un aigue qui couroit a Orcaus. En tote cele roce n'avoit que un passage, si estoit si estrois que^a doi home n'i pooient pas entrencontrer li un l'autre : a cel passage chaça Amalac les gens Tholomer^b. Et quant il vinrent illuec, si ot tant grande ocision que nus hom ne vit onques tele. A cel passage se deffendoient la gent Tholomer de tote lor vertu, en tel maniere que li un maintenoient l'estour, et li autre passoient. Tant en i ot ocis des roiaus et des autres que puis fu apelee cele roce : la roce qui decourut des cors as houmes. Et quant^c

les ennemis furent poussés hors du passage et qu'ils se furent éloignés d'une demi-lieue, talonnés sans trêve par les gens d'Évalac, ils regardèrent et virent leur seigneur Tholomé à la queue de l'armée : il n'était pas encore allé au siège, ayant au contraire envoyé sa troupe en avant. Il leur demanda ce qui se passait : ils lui racontèrent qu'ils avaient trouvé à Orcan le roi Évalac, qui avait tué bon nombre d'entre eux dans un mauvais passage, et qu'il les pourchassait tant que sa monture pouvait le lui permettre.

96. Apprenant cela, Tholomé leur fit resserrer les rangs et ordonna de baisser l'enseigne. À ses chevaliers il donna l'ordre que nul ne sortît des rangs avant de le voir faire mouvement — il était très bon chevalier, âgé tout au plus de trente-six ans. Les voyant à l'arrêt, Évalac, qui plusieurs fois avait pu constater la même chose, se douta que la place où ils stationnaient n'était pas sans grandes forces. Aussi appela-t-il ses gens pour leur dire de chevaucher en rangs serrés, car Tholomé n'était pas loin. Ceux-ci chevauchaient au pas en rang serrés, jusqu'à parvenir à deux portées d'arc de leurs ennemis. Alors Évalac divisa sa troupe en quatre corps de bataille. Il donna le premier à son beau-frère qui s'était si bien comporté dans le combat (et fit de même ensuite, comme vous l'entendrez ultérieurement). Le sénéchal eut le deuxième, son neveu le troisième, et lui-même le quatrième : il était expert, en effet, pour le diriger. Une fois

---

il fu chaciés outre le pas, et il orent fui bien demie lieue, et les gens Amalac les orent tot adés en chauciés outre le pas, si esgarderent cil et virent lor signour Tholomer en la keue de l'ost. Car il n'estoit pas encore venus au siege, ançois avoit envoiié sa gent avant. Et lor demanda que il avoient, et il disent que il avoient[d] trouvé a Orcaus le roi Amalac ; si avoit[e] ocis molt d'aus a un mal pas, « et vient encore après nos tant que chevaus li puet rendre ».

96. Quant Tholomeüs oï ce dire, si lor fist restraindre lor gent et conmanda a abaissier ; et conmanda a ses chevaliers que nus ne se desreast devant ce qu'il veïssent le suen cors mouvoir[a] : que il estoit molt bons chevaliers, et si n'avoit pas plus de .xxxvi. ans. Et quant Amalac les vit arrester, qui maintes fois avoit tel chose veüe, si se pensa que la place ou il arrestoient n'estoit mie sans grant esfors. Si apela ses gens, si lor dist qu'il chevauchaissent serreement, car Tholomés n'estoit mie loing ; et cil se seroient mout et chevauchoient tout le pas, tant que il furent a .ii. arcies pres de lor anemis. Lors devisa Amalac .iiii. batailles de sa gent. Si donna la premiere a[b] son serourge qui tant bien l'avoit fait en la bataille et le fist puis con vous ç'orrés cha avant ; et li senescaus ot la seconde, et ses niés ot la tierce, et il ot la quarte, que mout bien le savoit conduire. Et quant il ot ensi devisé, si apela un sien chevalier qui ert apelés Jecoines, si li

faite cette répartition, il appela un de ses chevaliers nommé
Jécoine, et lui donna l'ordre de retourner garder le passage
de la roche, de sorte que les gens de Tholomé n'y pussent
passer, s'ils s'y rendaient en sécurité. Et il commanda qu'il
prît sous ses ordres tous ceux qui étaient restés en arrière
pour garder la cité.

97. Jécoine s'en alla, et fit ce que son seigneur lui avait
commandé. Voyant qu'Évalac avait réparti ses corps de
bataille, Tholomé fit à son tour de même avec les siens, et
composa huit corps. Il dit que les deux premiers combattraient le sénéchal, et ordonna que les deux suivants combattissent le neveu d'Évalac. Il décida que ses corps de bataille
iraient par deux au combat : il disposait de deux fois plus
d'hommes qu'Évalac, et chacun des corps comptait au
moins cinq mille hommes — pourtant Tholomé avait subi
beaucoup de pertes au passage de la roche, comme vous
venez de l'entendre. Alors Évalac appela ses chevaliers et
leur dit : « Seigneurs chevaliers, vous ne savez que trop et
pouvez constater combien il vous faut bien faire : pour chacun de nous, ils sont, en face, deux. Mais le fait que notre
cause soit juste et qu'ils aient fondu sur nous aussi inique-
ment que vous pouvez le voir doit nous donner beaucoup
de hardiesse et nous réconforter. Agissez en preux, vous
emporterez la victoire et l'honneur du combat ; les Égyptiens ne sont pas hommes à vous attendre sur la place.
Savez-vous ce que vous allez faire ? Je vous prie instamment

---

conmanda qu'il retournast pour garder le pas de la roce, [*f*] si que la
gent Tholomer n'i peüssent passer s'il[*d*] i aloient a garant ; et si
conmanda qu'il eüst[*e*] en sa baillie tous ciaus qui estoient remés ariere
pour la cité garder.

97. Atant s'en ala Jecoines, et fist ce que ses sires li ot conmandé.
Et quant Tholome vit que Amalac avoit ses batailles devisees, si
redevisa les soies, et si en ot jusques a .VIII. Et dist que les .II. premieres assambleroient au seneschal, et conmanda que les autres .II.
assamblaissent au neveu Amalac. Si esgarda que ses batailles assambleroient .II. et .II., car il i avoit .II. tans de gens que Amalac, et a
chascune des Tholomer en i avoit .V.M. ou plus ; et si avoit Tholomé
molt perdu au trespas de la roce, ensi com vous avés oï. Lors
apela Amalac ses chevaliers et lor dist : « Signour chevalier, vous
savés bien et poés veoir com grant mestier vous avés de bien
faire : car a chascun que nous somes decha sont il dela .II.[*a*] Mais
tant i a que mout nous doit donner hardement et conforter que ce
est nos drois, et qu'il sont venu sor nous a si grant tort com
vous poés veoir. Mais faites come prodome, si emporterés la victoire,
et l'onour de la bataille ; ne jamais li Egyptien ne vous atenderont
em place. Et savés vous que vous ferés ? Je vous proi et requier

de beaucoup endurer au début. Si vous pouvez les affronter pendant trois ou quatre assauts, vous les verrez, croyez-moi, différemment qu'au début de la bataille. Et si nous pouvons les faire battre en retraite, considérez quel grand honneur en résultera : ils ont en effet deux fois plus d'hommes que nous. Vous le voyez bien ; je ne veux pas vous en dire plus. Mais, vous tous, vous devez savoir ce qu'est l'honneur et ce qu'est la honte. Prenez garde de ne pas commettre, par crainte d'être faits prisonniers ou de mourir, un acte dont vous soyez honnis à tout jamais, et d'éviter l'opprobre à vos enfants après votre mort : rien de plus vil, pour le pauvre comme pour le riche, que d'encourir la honte. » Quand il eut prononcé ces mots, il vit deux corps de bataille, de ceux de Licoine, prêts à l'attaque. Les ayant vus faire mouvement, Séraphé[1], son beau-frère, qui commandait le premier corps, chevaucha vers eux, comme s'ils fussent nus et sans armes. Quand ils se furent rapprochés de la portée d'un arc, ils prirent le galop tous ensemble à une aussi grande allure que leurs chevaux pouvaient le leur permettre. Le roi Évalac regarda Séraphé, qu'il avait tant de fois offensé ; le voyant se lancer avec tant de vigueur contre ses ennemis, et, par amitié pour lui, s'exposer à un tel péril, il en fut attendri jusqu'aux larmes. Sans attendre il le suivit, très désireux de bien faire, et dit : « Il m'a tué et détruit, celui qui m'a enlevé un tel ami ! » Il ajouta : « Puissé-je ne pas mourir avant d'avoir pu

que vous sousfrés molt au commencement. Et se vous les poés sousfrir .iii. caus ou .iiii., saciés que vous les verrés d'autre maniere que il
n'avront esté au conmencement. Et se nous les poons desconfire, or
esgardés con grant honour nous avrons : car il ont .ii. tans de gens
que nous n'avons. Ce veés vous bien ; je ne vous quier plus dire.
Mais, vous tout, devés savoir que est honours et que est hontes. Si
gardés que vous ne faites tel chose par paour de prison ou de mort,
dont vous soiiés honni a tous jours mais, et que il ne soit reprocié a
vos enfans après vos mors : car il n'est nule si vix chose a povre ne a
riche que honte a avoir. » Et quant il ot dit, si vit .ii. batailles apareillies, de ciaus de Lacoine, pour assambler. Et quant Seraphés ses
serourges, qui avoit la premiere, les ot veüs mouvoir, si chevaucha
ausi par samblant com s'il les deüst trouver nus et desarmés. Et
quant il durent aprocier li uns as autres de si loing que on porroit
traire d'un arc, si laissent courre tout ensemble de si grant aleüre
come lor cheval les porent porter. Et li rois Amalac es[12a]garde
Seraphé a qui il avoit fait tantes fois outrages ; si vit qu'il i aloit tant
vigherousement encontre ses anemis, et pour s'amour se metoit en
tel peril : il en ot tant grant pitié que il en conmencha a plourer. Et
maintenant ala après, molt entalentés de bien faire, et dist : « Si m'a
mort et confondu qui tel ami m'a tolu ! » Et dist : « Ja ne viengne li

te rendre ce que tu as, au-delà de ton devoir, fait pour moi : certes, je ne l'ai pas mérité de ta part. Mais il eſt vrai de toute façon qu'un cœur généreux ne se démentira jamais au combat. Que Celui dont je porte le signe te garde : s'il eſt juſte, ainsi qu'on l'atteſte, qu'il garde ton corps de la mort et du péril ; et qu'il t'envoie ensuite le plus grand honneur possible : il sera bien placé. »

98. Considérez combien Notre-Seigneur eſt doux et compatissant, lui qui daigne entendre les pécheurs jusqu'à leur consentir leur requête, quand ils le supplient de bon cœur et de bonne volonté ! Évalac n'avait pas plus tôt supplié Notre-Seigneur — vous venez de l'entendre — que ce qu'il réclamait lui fut octroyé : Séraphé ne tomba jamais aux mains de ses ennemis, conquérant au contraire tant d'honneurs terreſtres que tous ceux qui le regardèrent frapper dans la bataille affirmaient que, sans lui, Évalac aurait ce jour-là perdu sa vie, son armée et son territoire.

99. Nous allons revenir à Séraphé, qui était retourné aux deux corps de bataille. Grand fut le fracas des lances des chevaliers durant l'attaque. Leurs lances brisées, en morceaux, ils tirèrent les épées, les couteaux, les fauchards[1] et les haches danoises[2]. Ils se frappaient sur les heaumes[3] et sur les hauberts[4], et ce fut une mêlée très violente et très dangereuse. Il y eut là maints membres tranchés, et tant de chevaliers morts

---

termes que je muire desi la que je le t'aie guerredonné ce que tu as fait pour moi plus que tu ne deüsses : car certes je ne l'ai mie deservi vers vous ; mais toutes voies eſt il voirs que ja frans cuers ne se desmentira en la bataille. Et si soiés en la garde Celui qui signe je port, que s'il eſt vrais ensi com on le tesmoigne, si gart il voſtre cors de mort et de peril ; et puis si vous envoit si grant honour com vous gregnour poés avoir, car bien sera emploiié. »

98. Or esgardés que Noſtres Sires eſt debonaires et pitous, qui daigne oïr les peceours tant qu'il lor otroiie lor requeſte, et quant il le requierent de bon cuer et de debonaire volenté ! Quar maintenant que Amalac ot deproiié Noſtre Signour ensi com vous l'avés oï et entendu, tantoſt li fu otroiié ce que il requeroit : car Seraphés ne chaï onques es mains de ses anemis, ançois il conquiſt tant de terriennes honours que tout cil qui l'esgarderent en la bataille ferir disoient tout vraiement que s'il ne fuſt, Amalac eüſt le jour perdu son cors, et treſtoute sa gent, et sa terre.

99. Or revenrons a Seraphé qui fu retournés as[a] .II. batailles. Si i fu mout[b] grans li capleïs des lances as chevaliers qui assambloient. Et quant eles furent brisies et esquartelees, si ont traites les espees et les coutiaus et les fausars et les haces danoises ; si se feroient sor les hiaumes et sor les haubers, et[c] conmencent la mellee mout aspre et mout perillouse. La ot maint menbre trenchié, et tant chevalier mort

et blessés que personne en ce bas monde n'en aurait pu dire le vrai, à moins que Celui qui sait et voit tout ne l'en informât sûrement par sa très sainte explication et par son Saint-Esprit.

100. Les gens du duc Séraphé triomphèrent au début ; mais nulle prouesse ne pouvait se comparer à la sienne ; il tenait à deux mains une hache danoise, d'une robustesse et d'un tranchant prodigieux. Gros et charnu, grand et corpulent, il avait les poings forts et massifs. Il avait aussi l'enfourchure haute, aussi se tenait-il merveilleusement bien en selle. Où qu'il se tournât avec sa hache — il avait jeté son écu dans la presse, et mis les rênes du mors sur son bras —, celui qu'il atteignait était si durement frappé que c'était gageure que d'en réchapper sans qu'il lui tranchât bras ou cuisse, ou la tête ou le corps de l'homme ou du cheval. Il faisait des prodiges. Pourtant on n'avait jamais beaucoup parlé de sa vaillance ; aussi en étaient saisis d'étonnement tous ceux qui la voyaient, et lui-même plus que tout autre en était surpris : il ne lui semblait pas possible qu'une si prodigieuse prouesse pût venir d'un corps comme le sien ; il ne pensait pas non plus la tenir de Celui qui avait répondu à la prière du roi Évalac ; au rebours il croyait la devoir à la force de ses dieux — qui ne pouvaient l'aider. Ils réussirent, lui et ses gens, à repousser les deux corps de troupe, frappant jusqu'à la place où se tenait Tholomé, si affecté de voir ses

---

et navré qu'il n'eſt hom el siecle qui verité em peüſt dire, se Cil qui[d] tout set et tout voit ne l'en faiſoit sage et certain par sa saintiſme demouſtrance et par son Saint Esperit.

100. Molt le firent bien les gens le duc Seraphé au conmencement ; mais onques proece que nus i feiſt ne se pot apareillier a celi qu'il faiſoit de sa main : car il tenoit a .ii. mains une hace danoise fort et bien tren[b]chant a grant merveille. Il eſtoit et cras et gros, lons et furnis par le cors. Si ot les poins gros et quarrés. Et si avoit grant enforceüre ; si seoit a merveille bien au cheval. Et la ou il se tournoit atoute sa hace, come celui qui avoit jeté son escu en la presse, et les regnes del frain sor son bras mises, si eſtoit si durement ferus qui il ataingnoit que a envis em pooit eschaper que il ne le chaupaſt ou bras ou quiſse, ou la teſte ou le cors de l'ome ou du cheval. Il ne faiſoit se merveilles non. Et si n'avoit onques mais eſté grans parole de sa prouece ; si s'en esmerveillent tout cil qui le voient, et il meïſmes ne s'en esmerveilloit mie mains des autres, mais plus aſſés : car il ne li eſtoit mie avis que si merveillouse prouece peüſt issir de tel cors come li siens eſtoit ; ne il ne pensoit pas qu'il l'eüſt par Celui qui li avoit donnee par la proïiere le roi Amalac, ançois le quidoit avoir par la force de ses dix qui aïdier ne le pooient. Molt le fiſt bien, il et ses gens, tant que il menerent ariere les .ii. batailles, ferant jusques en la place ou Tholomés eſtoit, qui si grant duel avoit de ce que il veoit

gens battre en retraite qu'il faillit devenir fou. Le roi Évalac, tout heureux, montrait à ses hommes combien Séraphé faisait merveille, et disait qu'il était le chevalier au monde dont il vaudrait le mieux avoir la vaillance à son service.

101. À voir ses gens perdre du terrain, Tholomé ressentit autant d'affliction que de honte : il leur envoya en renfort deux autres corps de troupe. Séraphé donna l'ordre à ses hommes de rester en rangs serrés, et de prendre leur mal en patience. Aussi vite que les chevaux pouvaient les porter, les autres avancèrent ensemble. Ils étaient habités par une si forte envie d'attaquer qu'ils ne consentirent pas à rester en ordre. Et les hommes de Séraphé ne bougèrent pas, mais se tenant, au contraire, serrés, ils les reçurent tranquillement, supportant que ceux-là missent en pièces leurs lances et tranchassent leurs heaumes et leurs écus : ils se reposaient sur l'encolure de leurs chevaux ; les autres de toute façon se lassaient. Mais la masse que constituaient les deux corps de troupe qu'ils avaient défaits et les deux qui venaient d'arriver en renfort était très lourde ; la charge en fut accablante pour les hommes de Séraphé : les autres commençaient à gagner du terrain. Constatant que sa troupe ne résistait pas, Séraphé cria vers elle ; il lança son cheval, fermement campé sur les étriers et la hache au poing, et se mit à tailler en pièces écus, heaumes et hauberts dans le camp adverse, si bien que nulle armure ne pouvait résister, si la hache l'avait bien attrapée.

---

ses gens reculer que pour un poi que il n'issoit du sens. Et li rois Amalac qui molt en estoit liés moustroit a ses gens le grant merveille que Seraphés faisoit, et disoit que ce estoit li chevaliers de tout le monde de qui prouece il vauroit mix avoir en la soie baillie.

101. Quant Tholomés veoit ses gens qui perdoient place, si en ot molt grant doel, et molt grant honte : si lor envoiia ses autres .ii. batailles. Et quant Seraphés les vit, si conmanda sa gent qu'il se tenissent serré et rengié, et souffrissent une grant piece lor desroi. Si tost com li cheval les porent porter vinrent ensamble ; et tant par estoient angoissous et volenteïs d'assambler que onques conroi n'i daingnierent tenir. Et les gens Seraphé ne se murent onques, ains se tinrent serré, et les recueillent tout coi, et souffrirent que cil peçoiierent lor lances sor aus et que il lor detrenchent lor hiaumes et lor escus ; et il se reposoient sor les cops de lor chevaus. Et cil toutes voies se lassoient[a]. Mais trop grant fais i avoit de gent entre[b] les .ii. batailles qu'il avoient desconfites et les .ii. qui ore estoient venues ; si en furent molt charcies [c] les gens Seraphé, et cil lor conmencierent a tolir terre. Et quant Seraphé vit que sa gent s'en aloient, si lor escrie ; et laisse courre, la hace empoignie et tous afichiés es estriers, si lor conmencha a chauper escus et hiaumes et haubers, que nule armeüre n'i pooit avoir duree, qui de la hace fust bien conseüe.

Le sénéchal du roi Évalac, qui était à la tête du deuxième corps de troupe, voyant Séraphé renouveler la charge avec une si grande énergie qu'il lui semblait encore tout frais, fut on ne peut plus ébahi. Il n'attendait rien, en effet, sinon qu'il fût lassé, car il voulait le secourir. La stupéfaction qu'il en éprouvait lui fit dire : « Par ma foi, cet homme ne serait pas épuisé, même avec l'univers entier sur le dos ; si je devais attendre qu'il fût fatigué de combattre, je n'y donnerais jamais un coup. Malheur à moi si je patiente davantage. »

102. À ce mot, lui et sa compagnie lancèrent leurs chevaux directement vers les deux corps de troupe destinés à attaquer le neveu d'Évalac. Les voyant venir, ceux-ci les assaillirent en désordre, comme les deux autres corps avaient fait contre les gens de Séraphé. Le sénéchal appela ses chevaliers et leur dit d'y échapper en serrant les rangs, « car en cas de percée possible, je n'aurais de cesse d'avoir frappé Tholomé parmi tous ses hommes, fussent-ils aussi nombreux que maintenant ». Et ses hommes de s'en tenir strictement à son ordre. Ceux du camp opposé vinrent en ordre dispersé les frapper très violemment — leur force numérique était bien supérieure —, mais pas assez pour leur faire perdre, en terrain, la longueur d'une lance. Au contraire, le sénéchal réussit sa percée, avança parmi eux ; il alla attaquer avec trois petites centaines de chevaliers le corps de troupe de Tholomé, qui comptait bien cinq mille

---

Et quant li senescaus au roi Amalac, ki avoit la tierce bataille, vit si durement Seraphé recouvrer, que il li estoit avis qu'il estoit venus tous frés, si en fu si esbahis que trop. Car il n'atendoit fors tant seulement que il fust lassés, que il le voloit secourre. Et⁴ pour le grant merveille qu'il en avoit, dist il : « Par foi, cist hom ne seroit lassés, se tous li mondes li venist sor le col, et se je atendoie que il fust recreüs de combatre, je n'i ferroie ja cop. Et je aie dehé se je plus i atent. »

102. A cest mot laissent courre, il et sa compaingnie, les chevaus tout droit vers les .II. batailles qui estoient devisees a assambler au neveu Amalac. Et quant cil les virent⁴ venir, si lor coururent sus a grant desroi ausi conme les autres .II. batailles avoient fait as gens Seraphé. Et cil apela ses cevaliers et si lor dist que il s'en issisent tout serré « car se nous les poons percier, je ne fineroie jamais devant ce que je seroie alés ferir Tholomé entre toute sa gent, s'il en i avoit encore autretant com il en i a ». Cil se tinrent tout ensi com il lor avoit conmandé. Et cil dela vinrent tout desreé et si les ferirent molt durement, car il avoient assés greignour force de gent que li autre n'avoient, mais onques si durement que cil les peüssent reculer tant de terre come une glaive tient. Ançois percha li senescaus tout outre et s'en ala parmi aus tous ; si ala assambler a .CCC. chevaliers sans plus a la bataille Tholomé, ou il pooit bien avoir .v.m. homes que a

hommes tant à pied qu'à cheval. Arrivés là, lui et ses compagnons se jetèrent sur eux, aussi perdus que s'ils fussent tombés dans l'océan. Le sénéchal, au beau milieu du corps de troupe, alla frapper Tholomé si rudement qu'il fit tomber à terre l'homme et le cheval à la fois. Alors que le sénéchal était sur le point de s'arrêter sur Tholomé pour le capturer et le tuer — il s'était laissé tomber sur ce dernier, que les gens du sénéchal encerclaient —, les hommes de Tholomé lancèrent leur cheval pour délivrer leur chef. Quand il vit engagés dans la mêlée ses deux premiers corps de troupe, et des hommes du sénéchal contre ceux de Tholomé, le roi Évalac, très anxieux, commanda à son neveu de porter secours aux gens du sénéchal ; lui et sa troupe iraient secourir sa personne.

103. Là-dessus, les deux derniers corps de troupe s'élancèrent ensemble contre l'ennemi. Aussitôt qu'Archimède[1] attaqua les deux compagnies combattant contre les hommes du sénéchal, ceux d'en face, n'en pouvant supporter plus, tournèrent bride pour rejoindre directement Tholomé. Le roi Évalac, aux prises avec Tholomé, s'aperçut qu'on emmenait son sénéchal en le frappant avec de grosses masses de fer pointues ; il portait sur le corps trois plaies faites par les flèches que les fantassins avaient tirées. Quand le roi vit qu'on l'emmenait si cruellement et que ses compagnons mouraient taillés en pièces, il fut pris d'une telle indignation qu'il faillit basculer dans la folie. Alors

pié que a cheval. Et quant il vint la, si se feri en aus, il et si compaignon, et furent autresi perdu com s'il fuissent cheü en la mer. Et li senescaus parmi toute la bataille ala ferir Tholomé si durement que il porta et lui et le cheval tout en un mont a terre. Et quant il se quida arrester sor Tholomé pour lui tenir et ocirre, et s'estoit laissiés chaoir sor lui, et les gens au seneschal estoient entour lui, et les gens Tholomé laissent courre pour lui delivrer. Et quant li rois Amalac vit la mellee en .iii. lix contre [d] les premieres batailles, et des gens au seneschal contre les gens Tholomé, si fu molt angoissous ; et conmanda a son neveu que il secourust les gens au senescal, et il iroit secourre entre lui et sa gent son cors.

103. A cest mot laissent courre ambes les .ii. batailles a lor anemis. Et tantost come Arcimedés assambla as .ii. batailles qui estoient mellees as gens au seneschal, si ne porent plus souffrir ciaus de dela*, ançois se tournerent fuiant tout droit a Tholomé. Et li rois Amalac, qui fu assamblés a Tholomé, garde : si voit c'on enmainne son senescal batant de grosses maches de fer cornues ; et si avoit .iii. plaies el cors, de saietes que cil a pié li avoient traites. Et quant li rois l'en vit si laidement mener, et ses compaingnons detrenchier et ocirre, si fu si coureciés et dolans que pour un poi que il n'issoit del sens. Et lors

il s'élança aussi vite que son cheval le lui permit, suivi de tous ses chevaliers. Il réussit à rattraper ses ennemis sur la pente d'un mont. Ils avaient déjà jeté à terre le sénéchal : ils lui délaçaient son heaume, et Tholomé avait dégainé son épée pour le décapiter (c'était le chevalier qu'il haïssait le plus au monde). Quand il entendit Évalac s'approcher dans un tel vacarme, il se rendit compte qu'il ne pourrait pas tenir longtemps le sénéchal sans qu'on le secourût : il tira un fauchard et l'en frappa par-dessous le haubert en plein corps. Et de sauter sur un cheval, de s'élancer contre Évalac qui se dirigeait vers lui. Ils se frappèrent l'un l'autre avec une telle violence que les lances qu'ils tenaient volèrent en pièces : mais ni l'un ni l'autre ne tomba. Alors commença autour d'eux une grande mêlée. Ce fut une lutte inouïe, une énorme tuerie d'hommes et de chevaux. Le roi Évalac mettait beaucoup d'énergie à faire reculer Tholomé jusqu'à l'endroit où gisait le sénéchal. Les ennemis se défendaient très âprement. Impossible de franchir leur masse et de gagner du terrain — jusqu'au moment où les deux corps de troupe contre lesquels se battait Archimède furent vaincus : ils prirent la fuite jusqu'à la compagnie de Tholomé, qui combattait avec acharnement. Les autres les poursuivaient sans faiblesse, les talonnant jusqu'à les frapper au cœur des troupes de Tholomé et d'Évalac qui combattaient pêle-mêle. Quand Tholomé vit qu'ils étaient en fuite et pourchassés, il poussa son

laisse courre si toſt com li chevaus le pot porter, et tout si chevalier après ; si les vient ataingnant au pendant d'un mont, et avoient ja le seneschal abatu contre terre : si li deslachoient son elme, et Tholomé tenoit l'espee nue por lui coper sa teſte, quar ce eſtoitᵇ li chevaliers el monde que il plus haoit. Et quant il vit venir Amalac si bruiant, si se pensa qu'il nel porroit mie tenir longement que il ne fuſt rescous ; si traïſt un fausart et l'en fiert par desous le hauberc el cors. Après sailli sor un cheval, si laisse courre encontre Amalac, et il se trait vers lui : si s'entreferirent si durement que les glaives qu'il tenoient volent em pieces ; mais ne chaï ne li uns ne li autres. Atant commence la mellee mout grans entour aus ; si ot eſtour mout merveillous et mout grant abateïs d'omes, et de chevax. Et li rois Amalac s'esforçoit mout pour lui reculer jusques la ou li senescaus gisoit. Et cil se desfendirent mout durement, si que il ne les pooient percier outre, ne aus tolir terre, tant que les .ıı. batailles a qui Arcimedés eſtoit assemblés furent desconfites : si s'en revinrent fuiant jusques a la bataille Tholomé qui molt durement se combatoit. Et cil les sivoient molt haſtivement, si les enchaucierent tant qu'il les flatirent entre les gens Tholomé, et les Amalac qui eſtoient tout assemblé ensemble pelle et melle. Et quant Tholomé les vit venir fuiant, et ciaus après qui les chaçoient, si escrie s'enseigne et laisse courre as

cri de ralliement et s'élança, plein d'emportement, contre les gens d'Évalac. Les fuyards firent demi-tour pour affronter leurs ennemis, tandis que les fantassins tiraient à profusion des flèches empoisonnées : ils tuèrent nombre de leurs chevaux et blessèrent une très grande partie d'entre eux. Beaucoup furent mis à mal, d'un côté comme de l'autre.

104. La mêlée fut tout aussi impressionnante que le fracas ; il y eut beaucoup de pertes dans l'un et l'autre camp. Mais les hommes d'Évalac en subirent cette fois de très grandes. Tholomé, voyant qu'il avait le dessus, prit un messager et l'envoya à celui qui veillait au huitième de ses corps de troupe, avec un ordre stipulant que, sur sa vie, il ne combattît en aucun cas avant d'avoir eu ce qu'il lui ferait parvenir par message.

105. Nous allons vous reparler des hommes de Séraphé qui, encore sur la place, se battaient contre quatre corps de troupe. Au dire du conte, ils s'y conduisirent admirablement bien. On ne se comporta jamais mieux contre pareille attaque. Chevaliers et fantassins brillèrent. Mais aucune prouesse, aucun exploit ne leur auraient permis de tenir, n'eût été la performance de Séraphé. L'homme faisait merveille. Il est bien digne de mémoire en toutes choses : il ne trouvait si hardi chevalier, pour peu qu'il voulût l'affronter, qui ne lui cédât volontiers la place, du moins s'il le pouvait encore. Il éclaircissait les rangs là où il pouvait pénétrer la

---

gens Ama[e]lac molt ireement'. Et quant cil qui fuioient le virent, si retournerent les chiés des chevaus encontre lor anemis, et cil a pié traiient a grant plenté saietes envenimees : si ocisent mout de lor chevaus et navrerent mout grant partie d'aus. Si en ot maint mal mis et d'une part^d et d'autre.

104. Mout fu grans la mellee, et li capleïs, et mout i ot de gent perdue et d'une part et d'autre. Mais les gens Amalac i fisent trop grant perte a cele fois. Et quant Tholomés vit que li musdres en fu siens, si prent un message, si l'envoie a celui qui gardoit le huitisme de ses batailles : se li manda que si chier com il avoit son cors, qu'il n'assamblast pour nul besoing que il eüst devant ce que il li manderoit par un message.

105. Or vous reparlerons de la gent Seraphé qui encore est en la place et se combat as .IIII. batailles. Si dist li contes que a merveilles s'i contient bien. Onques mix ne se contint encontre si grant sourvenue. Molt le font bien et cil a cheval et cil a pié. Mais por nule prouece ne pour nul bien faire ne se fuissent il tenu, se n'eüst esté li biens fais Seraphé. Mais cil faisoit mervellouses prouece. Cil fait bien a ramentevoir de toutes choses, qu'il ne trouve si hardi chevalier, se il se voloit vers lui torner, que volentiers ne li guerpesist la place se il em pooit avoir loisir. Il fait les rens aclaroiier la ou il puet venir la

hache au poing. Il lacérait les écus, déchirait les hauberts sur les épaules et sur les bras des chevaliers. Il leur fendait les heaumes et les ventailles[1]. Il tranchait bras, têtes, jambes et flancs. Il trempait la hache dans le sang des hommes et des chevaux jusqu'aux poings. Il soutenait son camp : toute la route lui appartenait. Car il ne vit à aucun moment sa puissance faiblir ; au contraire, il demeura toute la journée d'égales puissance et force au point que lui-même s'en émerveillait, et pensait ne jamais se lasser de porter les armes. Il se lançait prompt et volontiers où il voyait le cœur de la bataille, en homme qui n'aspirait à rien d'autre. Voyait-il ses compagnons reculer et quitter la place, il les amenait tout seul à reprendre le combat, aussi vigoureusement que s'il avait, réunies dans ses membres, toutes les forces et toutes les capacités de chacun d'entre eux. N'était sa seule performance, ses hommes n'auraient jamais pu résister au nombre impressionnant de leurs ennemis : au contraire, ils se seraient enfuis, sans Séraphé, tout déconfits.

106. C'est ainsi que sa performance dura tout le jour, jusqu'après none. Alors un messager vint à Tholomé, là où il combattait, pour lui dire : « Sire, il y a là en bas un chevalier qui fait des prodiges : aujourd'hui, il a sans arrêt combattu quatre de nos corps de troupe ; sans lui, ses gens seraient depuis longtemps vaincus : pour chacun de ses chevaliers, nous sommes deux ou plus ; il les soutient si bien tous, à lui

---

hace empoignie. Il dechaupe les escus et desront les haubers sor les espaulles et sor les bras des chevaliers. Il lor fent les elmes et les ventailles. Il trenche et bras et testes et gambes et costés. Il baigne la hace en sanc d'omes et de chevaus jusques as poins. Il soustient ciaus[a] devers lui, que toute la route n'est se a lui non. Car il ne veoit nule fois sa vertu affebloiier, ançois se[b] tient si toute jor en une vertu et en une force que il meïsmes s'en esmerveille, ne jamais a nul jour ne quide estre lassés de porter armes. Et la ou il voit le greignour fais de la bataille, et s'i lance tost et volentiers come cil qui a nule autre chose ne bee. Et se il voit[c] ses compaignons reculer et guerpir place, il les recouvre tous seus, ausi vigherousement que s'il eüst en ses menbres toutes les forces et tous les pooirs que il ont entr'aus tous. Et se li biens fais de lui tout seul ne fust, ses gens ne se tenissent en nule maniere du monde a la grant merveille de gens qui encontre aus estoit, ançois s'en fuissent alé tout des[f]confit se Seraphés ne fust.

106. Ensi dura ses biens fais toute jour, tant que il fu nonne passee. Et lors vint uns messages a Tholomé la ou il se combatoit, et dist : « Sire, il i a la aval un chevalier qui fait merveilles, car il a hui toute jour tenue la mellee encontre .IIII. de nos batailles ; et se il tous seus ne fust, ses gens fuissent piecha vaincues : car a chascun de ses chevaliers somes nous doi ou plus ; et cil seus les soustient si tous

seul, que les nôtres s'enfuient comme un seul homme devant lui dès qu'ils le voient venir. » À cette nouvelle, Tholomé se demanda tout éberlué qui pouvait être ce chevalier. « Va, dit-il, à Manartur mon frère, qui veille là à ce corps de troupe ; tu peux lui dire qu'il l'y mène et qu'il aille combattre contre eux si énergiquement que nul ne demeure sur la place. » Celui-là exécuta l'ordre, et Manartur fut enchanté : il avait grande envie d'en découdre. Aussi s'élança-t-il, avec ses gens, à l'instant même, en ordre dispersé, et ils se précipitèrent sur les ennemis si violemment qu'ils les repoussèrent la distance d'un trait d'arbalète[1]. Pour ceux-là, ce fut un cuisant échec. Il faut dire que les gens de Séraphé n'étaient pas plus de vingt mille, aussi ne pouvaient-ils résister davantage, car les autres étaient plus de quarante mille — le dernier corps de troupe en comptait bien vingt mille. Aussi aucun exploit ne pouvait empêcher les gens de Séraphé d'être contraints à se replier. S'apercevant que la déconfiture s'était retournée contre ses gens, Séraphé fut tellement affligé qu'il s'en fallait de peu qu'il n'enrageât. Il se mit à pousser de profonds soupirs et à pleurer toutes les larmes de son corps : « Ah ! las ! quelle douleur de devoir quitter la place alerte et en bonne santé, mais vaincu ! Rien ne peut me tuer que cette mort qui tarde ! » À ce mot il empoigna à nouveau la hache et poussa plusieurs fois son cri de ralliement pour réunir sa troupe. Mais ils avaient si bien pris la fuite qu'aucune exhortation ne pouvait leur être utile.

---

que li nostre tout s'en fuient avant lui ou il le[a] voient venir. » Quant Tholomé oï cele novele[b], si s'esmerveilla tous qui cil chevaliers pooit estre. « Or va, fist il, a Manarcur mon frere qui garde cele bataille la, et se li pués dire que il l'i maint et que il voist a eus assambler si tresdurement que ja nus n'i remaigne en la place. » Cil si fist son conmandement, et Manarcur en fu mout liés, que grant talent avoit d'assambler. Et si laisse courre tot maintenant, il et ses gens, tout a desroi, et se fierent en aus si durement que il les font ariere flatir le trait d'une arbalestre. Icil ont angoissous[c] meschief. Car les gens Seraphé n'estoient mie plus de .xx.m. homes, si ne porent plus sousfrir : quar li autre estoient plus de .xl.m., car en la daerraine bataille en avoit bien .xx.m. Si ne pot avoir mestier nul bien faire as gens Seraphé, qu'il ne lor coviengne tourner le dos. Et quant Seraphé vit que la desconfiture estoit tournee sor sa gent, si ot tel duel que pour un poi qu'il n'esragoit. Si conmencha mout durement a souspirer et a plourer des ex de son chief : « Ha ! las ! quele dolour que je m'em part legiers et sains et vaincus ! Riens nule ne m'ocit fors la mors qui demoure ! » A cest mot rempoigne la hace et rescrie s'enseigne pour sa gent ralier. Mais il estoient si tourné en la fuite que nus amonnestemens ne lor pooit avoir mestier.

107. Ainsi déconfits, ils s'en retournèrent en fuyant directement au défilé rocheux que gardait Jécoine des Déserts. Constatant qu'ils s'enfuyaient sans revenir à la charge, Séraphé fit demi-tour avec pas plus de quarante chevaliers vers le point le plus important du combat. Le hasard voulut qu'il tomba sur Manartur au travers de sa route : celui-ci conduisait le grand corps de troupe. Il le frappa de la hache, qu'il tenait à deux poings, si violemment qu'il le fendit jusqu'à la poitrine. Celui-ci tomba à terre de tout son long. Séraphé passa outre si sauvagement qu'il ne rencontra personne sur son chemin sans le tuer ou le renverser blessé. Manartur gisait à terre, mort. Et ses chevaliers qui assistèrent à sa chute manifestèrent un chagrin tel et si grand que le bruit de leurs cris parvenait clairement à l'endroit où se battait Évalac. Quant à Séraphé, il était loin d'imaginer l'avoir tué — il ne le connaissait pas. Quand il vit tant d'hommes affligés autour du corps, revenant sur ses pas, il se jeta dans leur rang si brutalement que tous en furent sidérés. Il les força, avec le petit nombre d'hommes qui l'accompagnait, à quitter la place. Quand ceux-là s'aperçurent qu'ils n'étaient que quarante, quelle ne fut pas leur honte d'avoir fui : ils revinrent ivres de colère.

108. Dans cet assaut, Séraphé subit une grande perte : ils tuèrent sous lui son cheval, et trente-trois de ses chevaliers. Voici Séraphé à pied sur le terrain avec six chevaliers, pas

---

107. Ensi furent il desconfit : si s'en tournerent fuiant tout droit au destroit de la roce que Jecoines des Desers gardoit. Quant Seraphés vit que il s'en aloient sans recouvrer, si retourne le col de son cheval la ou il vit le greignour assamblement, entre lui et .XL. de ses chevaliers sans plus. Si avint chose qu'il encontra Manatur enmi sa voie, qui conduisoit la grant bataille. Il le fiert de la hace a .II. poins si durement que il le fent jusques el pis. Cil gist a terre. Et Seraphés s'en passe outre si fierement que il n'encontre [*13 a*] nului en sa voie que il ne l'ocie ou abate navré. Manartur gist a terre mors. Et si chevalier qui furent au chaoir menerent tel duel et si grant que la noise de lor cris estoit tout clerement oïe en la place ou Amalac se combatoit. Mais Seraphés ne quidoit mie que ce fust il que il eüst mort, car il ne le connissoit. Et quant il vit si grant doel assambler por le cors, si se retorne ariere, si se fiert entr'aus si durement qu'il n'en i ot un seul quil n'en fust esbahis. Il lor fist par force la place guerpir a^e si poi de gent com il avoit. Et quant il virent que il n'estoient que .XL., si furent tout hontous de ce que il avoient fui. Si se retournerent molt aireement.

108. A cele empainte rechut Seraphé grant perte, car il ocisent desous lui son cheval et .XXXIII. de ses chevaliers. Ore est Seraphé a pié en la place soi setisme de chevaliers sans plus. Et cil li viennent

un de plus. Les autres, qui étaient bien deux mille, fondirent sur lui. C'est là que Séraphé accomplit de merveilleuses prouesses. Il tua des chevaliers, il abattit des chevaux. Il tranchait écus et heaumes, soutenant l'assaut jusqu'au moment où l'on tua sous ses yeux cinq de ses compagnons. Mais il avait abattu tant d'hommes et de chevaux que l'amas qu'ils formaient autour de lui était très haut : on ne pouvait l'atteindre qu'avec une arme de jet. Quand il vit ses compagnons sans vie, il sauta à pieds joints par-dessus les cadavres, et se lança contre un chevalier qui était près de lui et qui lui avait fait grand mal en jetant la lance. Le voyant venir, celui-ci voulut obliquer ; mais il l'atteignit de sa hache dans son esquive : il le frappa si rudement au côté gauche qu'il lui trancha net le bras tenant encore l'écu ; le coup descendit sur le flanc, et il lui fendit les côtes et, plus bas, la chair jusque sur l'échine. Il retira la hache, et celui-là tomba mort à terre. Voyant le coup, les autres en furent si épouvantés qu'il n'y en eut vraiment aucun d'assez hardi pour lui barrer le chemin. Il lança son bras vers le cheval, le saisit, sauta en selle aussi facilement que s'il fût sans armure et vint tout droit à la mêlée ; il dirigea vers eux le cheval. Il s'exposa corps et âme. Il se jeta parmi eux et attaqua ses ennemis à droite et à gauche si promptement que nul ne le voyait s'arrêter auprès de personne, mais il semblait au contraire à chacun qu'il fût partout.

109. Sur ces entrefaites s'en revinrent les autres ennemis qui avaient fait la poursuite jusqu'au défilé : ils

---

sor le cors qui bien estoient .ii.m. Illueques fist Seraphés merveilleuses proueces. Il ocist chevaliers, il abati chevaus. Il detrenchoit[a] escus et elmes, et maintint le caple tant c'om li ocist .v. de ses compaingnons, voiant ses ex. Et il avoit tant abatu d'omes et de chevaus que li monciaus estoit si grans environ lui que on ne pooit a lui avenir fors qu'en lanchant. Et quant il vit ses compaignons mors, il joint les piés et tresaut l'abateïs, et court a[b] un chevalier qui estoit pres de lui, qui mout li avoit fait d'anui en lanchant. Et quant cil le vit venir, si valt guencir d'autre part ; et il l'ataint de la hace au guencir que il fist : si le fiert si durement u senestre costé qu'il li abat le bras a terre atout l'escu ; et li cops descent sor le costé, si li trenche les costes et la char contreval jusques sor l'eschine. Il sace la hace et cil chiet mors a terre. Et quant li autre virent le cop, si en furent si espoenté qu'il n'i ot onques si hardi qu'il ne li fesist voie. Et il jete la main au cheval, si le prent, et saut en la sele ausi legierement que s'il fust desarmés et vient tout droit a la mellee, si tor guencist le cheval. Si met cuer et cors en abandon. Si se fiert entr'aus et aket ses anemis a destre et a ssenestre si vistement que nus ne le voit a nului arrester, ains est avis a chascun que il soit partout.

109. Atant retournerent li autre qui orent chacié jusques au destroit :

en avaient pris et tué tant qu'ils avaient voulu. Quand ils
virent ceux qui étaient arrêtés ici, ils se figurèrent qu'il devait
y avoir nombre de gens appartenant à Évalac : ils s'élancèrent
avec un emportement si violent qu'ils bousculèrent par la
force de leur élan la mêlée sur la distance d'un jet de pierre.
C'est alors que Séraphé fut abattu et que son cheval tomba
sous lui. Avant qu'il ne se relevât, deux cents chevaux lui
passèrent sur le corps : il en resta évanoui plus de temps
qu'on ne mettrait à suivre le jet d'une pierre. On crut bien
qu'il était mort. Les bons chevaliers qui lui avaient vu faire
de grands prodiges s'en affectèrent et s'en affligèrent : ils
auraient mieux aimé le voir au meilleur de sa condition plutôt que dans l'état où il était.

110. Séraphé était donc tombé évanoui. Une fois revenu à
lui, il se leva brusquement et reprit la hache qui lui avait
échappé des mains en route. Il tomba sur un chevalier, et de
sa hache, à deux mains, le frappa si durement qu'il lui trancha la cuisse droite et le pommeau de la selle. L'homme
tomba à terre : Séraphé saisit le cheval par le frein ; il mit le
pied à l'étrier et d'un bond fut aussitôt en selle ; il s'élança,
tout moulu, fatigué qu'il était. Quand les chevaliers qui le
plaignaient le virent à cheval, ils se prirent mutuellement à
témoin : ils n'imaginaient pas qu'il dût jamais se relever de la
place où il gisait. Il se dirigea vers le rang le plus épais qu'il
put voir, la hache au poing ; mais, en chemin, il fut frappé

---

si en orent pris et ocis tant com il vaurent. Et quant il virent ciaus
qui estoient aresté illuec, si quidierent qu'il i eüst assés des gens
Amalac ; et il laissent courre tot desreé si durement que il menerent
[b] la mellee le get d'une pierre loing par la force de lor venir. Illuec
fu Seraphés abatus et ses chevaus chaï desous lui ; et ançois qu'il se
relevast, li alerent .cc. chevaus desus le cors : si en jut en pasmoisons
plus longement que on ne metroit a aler le get d'une pierre. Lors quidierent il bien que il fust mors. Si en furent molt courecié et mout
dolant li bon chevalier qui li avoient veües faire les grandes merveilles, car il amaissent mix que il l'eüssent retenu sain et vif que ensi
com il est.

110. Ensi jut Seraphés em pasmisons. Et quant il fu revenus, il saut
sus et reprent la hace qui li estoit cheüe en la voie ; et encontre un
chevalier et le fiert de sa hace a .ii. mains si durement que il li trenche
le destre quisse et l'arçon de la sele devant. Et cil chiet a terre, et
Seraphés aert le cheval par le frain ; si met le pié en l'estrier et est de
maintenant saillis sus : si laisse courre si defoulés et si travelliés com il
estoit. Quant li chevalier qui le plaignoient le virent monté, si se
conmencierent a moustrer li uns as autres : car il ne quidoient mie que
il relevast jamais de la place ou il gisoit. Et il s'adrecha vers le plus
espes renc que il pot veoir, la hace empoignie ; et au drecier qu'il fist,

d'une flèche à l'épaule gauche si violemment que le fer le transperça et passa de moitié de l'autre côté ; pourtant il s'élança contre eux aussi prestement qu'il l'avait fait au début. Ils se mirent à lui lancer des dards et à lui tirer des flèches, si bien qu'ils lui infligèrent blessures et plaies à foison. Mais quand il se rendit compte qu'il ne pourrait résister à leurs atteintes, et sentit qu'il n'était pas blessé à mort — monté qu'il était sur un énorme cheval d'une très rare excellence —, il retourna directement à la mêlée où se trouvait Évalac, qui se désolait pour lui plus que pour personne au monde. Quand les autres le virent aller, ils donnèrent des éperons à sa suite. Il n'eut de cesse d'entrer dans la presse où il reconnut l'enseigne d'Évalac ; ce fut pour s'apercevoir que ses hommes, ne voyant pas leur seigneur, fléchissaient pour de bon, exposés à la déconfiture. Séraphé poussa le cri de ralliement du roi et rassembla ses hommes. Il s'élança contre les gens de Tholomé et se mit à faire tellement merveille au combat que tous ceux qui le voyaient — ceux de son camp — en prenaient courage et hardiesse. D'ailleurs ils n'étaient pas défaits au point de ne pas être sur place plus nombreux que les hommes de Tholomé. Mais ils avaient perdu Évalac ; ils ne savaient où il était allé : Tholomé le retenait au combat fort loin de ses hommes, au moins à une demi-portée d'arc. Séraphé, alerté par le vacarme, s'y rendit en piquant des deux. Il le trouva à terre, l'épée en main : on lui avait tué son

---

si fu ferus d'une saiete parmi la senestre espaulle si durement que li fers parut outre la moitié ; si lor courut sus aussi vistement com il avoit fait au conmencement. Et il li conmencierent[*a*] a lancer dars et a traire saietes[*b*] tant que il le blecierent et navrerent par pluisours fois. Et quant il vit qu'il ne porroit mie a lor lances durer, et il senti qu'il n'estoit mie navrés a mort, et si seoit sor un molt tres grant cheval qui molt estoit bons durement, si s'en torne tout droit a la mellee ou Amalac estoit, qui mout durement[*c*] se dementoit de lui plus que de nul autre home vivant. Et quant cil le virent aler, si hurterent aprés lui des esperons, et il ne fina onques devant ce qu'il vint en la presse ou il reconnut l'enseigne Amalac, et vit ses gens qui molt durement s'amolloient et tornoient a desconfiture por lor signour que il ne virent pas. Et il escrie l'enseigne roial, si resamble et ralie sa gent. Et laisse courre as gens Tholomé, et conmencha a faire d'armes si grans mervelles que tout cil qui le voient, qui estoient de sa part, em prendoient cuer et hardement ; et si n'estoient pas si tourné a desconfiture qu'il n'en i eüst encor plus en la place que des gens Tholomé, mais il avoient perdu Amalac : si ne savoient [*d*] ou il estoit alés, et Tholomé le tenoit au caple mout loing de sa gent bien demie archie. Et Seraphés, quant il oï la noise, hurte cele part des esperons ; si le trove a terre, l'espee en la main, car ses chevaus li estoit ocis

cheval sous lui. Séraphé s'aperçut qu'il combattait avec quarante chevaliers au plus contre cinq cents en face. Évalac poussa le cri de ralliement; il se jeta dans leurs rangs avec tout le corps de troupe qui le suivait d'un côté et de l'autre — ils l'avaient très énergiquement repris et remis en selle. Quand ceux-là qui l'avaient pourchassé firent irruption, Séraphé, les voyant venir, devint furieux: il laissa Évalac et se saisit à deux mains de sa hache; il les attaqua, et mit en pièces ceux qu'il rencontra en travers de sa route. Mais quant à retourner à Évalac, il en était empêché: il y avait, entre eux deux, plus de mille hommes, de sorte qu'il ne put avoir de lui aucune nouvelle. Dans l'impossibilité de le trouver, il préférait mourir au combat, jura-t-il, plutôt que le perdre ainsi. Il se jeta dans la presse avec autant d'hommes qu'il en avait, pensant y faire une percée de force: impossible, tant y était excessive la multitude armée. Alors le fracas fut si grand, la mêlée si sanglante que le spectacle en était prodigieux.

111. Tandis que Séraphé s'efforçait de fendre et de briser la presse, Évalac était ailleurs, blessé dans sa chair par trois lances. Tholomé avait saisi le frein de son cheval et l'emmenait, malmené par plus de cent chevaliers. Ils entraînaient aussi avec lui quinze de ses chevaliers sur leurs montures, si épuisés qu'ils ne pouvaient plus se défendre. Ainsi emmenaient-ils Évalac: ils l'avaient déjà tant battu qu'il saignait de la bouche et du nez; et l'hémorragie était telle qu'il ignorait

---

desous lui. Si vit qu'il se deffendoit de .xl. chevaliers sans plus encontre .v.c. Et si lor escrie et se fiert entr'aus a toute la bataille qui le sivoit d'une part et d'autre, et si l'avoient molt durement rescous et remonté sor un ceval. Et quant cil qui l'avoient chacié i sourvinrent et cil les vit venir, si en fu mout iriés : si laisse Amalac et prent sa hace a .ii. mains, si lor cort sus et detrenche et ocist ciaus qu'il encontre enmi sa voie. Et quant il quida retourner a Amalac, si l'i orent ja fors clos, si qu'il avoit entre aus .ii.^d plus de .m. homes, si qu'il ne pot savoir de lui nule novele. Et quant il vit qu'il ne le pot trouver, si jura que il voloit mix morir en la bataille que il le perdist en tel maniere. Si se fiert en la presse a tant de gent com il ot, et le quida percier a force ; mais il ne pot, car trop i avoit de gent grant plenté. Illuec fu li capleïs si grans et la mellee si cruouse que merveille estoit del veoir.

111. Si com Seraphé entendoit a la presse derompre et depecier, si estoit Amalac d'autre part navrés de .iii. glaives parmi le cors. Et si l'avoit Tholomés pris par le frain, et l'en menoit entre lui et plus de .c. chevaliers batant ; et si en menoient avoec lui .xv. de ses chevaliers tous montés : si estoient si las qu'il ne se pooient plus deffendre. Ensi en menoient Amalac : si l'avoient ja tant batu que li sans li saloit parmi la bouche et parmi le nés ; et si avoit tant perdu del sanc par les plaies qu'il avoit qu'il ne pooit mais savoir conment il peüst sa vie

désormais comment préserver sa vie. Ils l'avaient déjà éloigné de la bataille d'une bonne demi-lieue : ils le conduisaient, lui et ses compagnons, dans un bois près de là pour le désarmer, puisqu'ils portaient encore l'armure. Se voyant si loin, il pensa qu'il serait perdu s'ils parvenaient à l'entraîner dans ce bois. Alors il arracha la serviette qui couvrait la vraie croix tracée sur son écu. Il regarda, et vit l'image d'un homme crucifié à l'intérieur du signe. Des mains et des pieds paraissait couler du sang. Son cœur s'attendrit. Il se mit à pleurer à chaudes larmes, et dit entre ses dents : « Ah ! cher Seigneur-Dieu dont je porte le signe de la mort, amenez-moi sain et sauf à recevoir votre foi, afin de montrer aux autres par mon intermédiaire que vous êtes vrai Dieu, tout-puissant sur la terre. »

112. Aussitôt cette parole dite, jetant le regard devant lui il vit un chevalier sortir de la forêt tout armé, heaume sur la tête, à son cou l'écu blanc à croix vermeille[1] ; son cheval était d'une blancheur de fleur. Sa monture venait vers eux à grande allure. À peine les eut-il approchés que, poings en avant, il saisissait le frein du cheval de Tholomé, et faisait demi-tour vers la cité. Aux abords du défilé rocheux, Tholomé entendit très distinctement les coups : n'en était-il pas beaucoup plus près qu'il n'imaginait ? Séraphé se battait avec une telle énergie que tous ceux qui l'affrontaient étaient plus étonnés encore qu'auparavant : il ne faisait, leur semblait-il, que se fortifier. C'est

garantir. Et il l'avoient ja si eslongié de la bataille bien demie lieue : car il l'en menoient en un bois près d'illuec pour desarmer lui et ses compaingnons, car il estoient armés de toutes armes. Et quant il se vit si eslongié, si se pensa que il estoit alés se il le pooient metre en cel bois. Lors esracha la touaile desus la vraie crois qui estoit en son escu. Si esgarde, si voit l'image d'un home qui estoit crucefiiés dedens le signe. Et sambloit que les mains et li pié li degoutaissent de sanc ; se li atenri li[a] cuers. Et conmencha mout durement a plourer et dist entre ses dens : « Ha ! biaus Sire Dix de la qui mort je port le signe, amenés [d] moi et sain et sauf a vostre creance recevoir, pour moustrer as autres par moi que vous estes vrais Dix et tous poissans de toutes terriennes choses. »

112. Si tost com il ot cele parole dite, si resgarda devant lui et vit un chevalier issir de la forest tout armé, le[a] hiaume en la teste, a son col l'escu blanc a une vermeille crois ; et ses chevaus estoit autresi blans come flours. Et ses chevaus vint grant aleüre vers aus. Et quant il les ot aprociés, si jete les poins, et prent Tholomé par le frain ; si se retourne tout[a] ariere vers la cité. Et quant il vinrent vers le destroit de la roce, si oï Tholomer les cops tout clerement, com cil qui mout en estoit[a] plus près qu'il ne quidoit. Et Seraphé se combatoit si durement que tout cil qui estoient encontre lui s'esmerveilloient plus assés que devant : car il lor estoit avis qu'il ne faisoit s'esforcier non. Et

alors qu'il poussa le cri de ralliement d'Évalac si haut que ce dernier l'entendit très distinctement. Tholomé dit : « Il faut y aller : je crois bien qu'ils nous ont aperçus, aussi ont-ils commencé la poursuite. » Alors ils donnèrent tous ensemble des éperons. Le Chevalier Blanc menait néanmoins Tholomé par le frein de son cheval. Il lui semblait voir la forêt devant lui. Ils firent tant de chemin qu'ils arrivèrent au défilé rocheux, et personne ne pouvait voir le Chevalier Blanc hormis le roi Évalac. Quand ils furent arrivés au défilé, le passage fut dégagé aussitôt que ceux qui le gardaient virent le roi. Ils passèrent sans être aperçus des gardiens du défilé. Et quand ils furent de l'autre côté, le Chevalier Blanc laissa Tholomé au beau milieu du champ et se mit à crier : « Frappez ! Frappez ! »

113. Quelle ne fut pas, à l'entendre, la stupeur de Tholomé et de ses hommes ! Le Chevalier Blanc s'élança tout droit vers Tholomé, la lance sous l'aisselle ; il le frappa si rudement qu'il le précipita au sol étendu de tout son long. Quand Évalac le vit, il tira l'épée et s'élança pour l'attaquer. Lorsque les gardiens du passage virent leur seigneur se lancer à l'attaque des autres, ils bondirent, lances en avant, et les mirent, dès la première charge, tous à terre, à l'exception de neuf : se voyant ainsi surpris, ceux-ci ne savaient que faire ; ils se défendirent néanmoins de leur mieux. En vain : il plaisait à Notre-Seigneur qu'ils fussent pris. Le roi Évalac était arrêté sur Tholomé là où le Chevalier Blanc l'avait

---

lors escria l'enseigne Amalac si hautement que Amalac l'oy tout clerement. Et Tholomés dist : « Or pensons de l'errer : car je croi qu'il nous ont aperceüs, si ont la chace conmencie. » Lors[d] hurtent tot ensamble des esperons. Et li Blans Cevaliers menoit toutes voies Tholomé par le frein. Et il l'estoit avis que il veist la forest devant lui. Tant errerent qu'il vinrent au destroit de la roce. Ne nus hom ne pooit veoir le Blanc Chevalier fors li rois Amalac sans plus. Et quant il vinrent la, si for fu li passages delivrés si tost com cil qui le passage gardoient virent le roi Amalac. Cil passent si c'onques ne les virent cil qui le pas gardoient. Et quant il furent outre, si laisse li Blans Chevaliers Tholomé enmi le champ et comence a crier : « Ferés ! Ferés ! »

113. Quant Tholomés et sa gent l'oïrent, si en furent tout esbahi. Et il laisse courre tout droit vers Tholomé le glaive sous l'aissele : si le fiert si durement qu'il le porte a terre tot estendu. Et quant Amalac le vit, si trait l'espee et li court sus. Et quant cil qui le pas devoient garder virent lor signour courre sor ciaus, si sailloient a lor lances alongies, si les portoient tous a terre fors .ix. au premier poindre. Et quant il virent qu'il estoient si souspris, si ne sorent que faire. Et nonpourquant il se deffendirent tant com il porent. Mais n'i ot mestier deffense : car a Nostre Signour[a] plaisoit que il fuissent[b] pris. Et li rois Amalac fu arrestés sor Tholomé la ou li Blans Cheva-

abattu : les gens du roi l'avaient déjà copieusement blessé.
Quand il vit Évalac, il lui tendit son épée. Évalac la prit, et
le fit prisonnier sur parole, ce à quoi ce dernier se résigna
malgré lui. Quand Tholomé se fut considéré comme prisonnier, Évalac appela Jécoine des Déserts, celui qui gardait la
roche. Il lui commanda de mener Tholomé dans sa cité, et
de faire en sorte qu'il fût gardé avec les honneurs dus à un
roi. Alors Jécoine le prit en charge avec un cent de chevaliers. Évalac resta sur le champ de bataille jusqu'à ce que
tous fussent capturés. Au fur et à mesure qu'ils étaient pris,
on les envoyait dans la cité l'un après l'autre. Une fois qu'ils
les eurent tous pris, le roi s'en retourna au combat, là où
était Séraphé ; il y mena tous ceux qui gardaient le passage, à
l'exception de cent. Sorti du défilé, il remarqua, en avant, le
Chevalier Blanc : il portait devant lui une bannière à ses
armes. Évalac lui emboîta le pas en donnant des éperons, de
sorte qu'ils arrivèrent près de la bataille où Séraphé faisait les
plus grands prodiges jamais accomplis par un homme seul.

114. Le Chevalier Blanc chargea dans la presse. Il y trouva
Séraphé que sept chevaliers tenaient : deux par le frein de
son cheval, deux par le heaume maintenu baissé, les trois
autres le frappant à la poitrine et sur les bras avec de grosses
massues de fer, de sorte qu'ils lui avaient déjà déchiré les
chairs sous le haubert en maints endroits. Les voyant, le
Chevalier Blanc s'élança et frappa le premier si violemment

---

liers l'avoit abatu : si l'avoient ja [e] les gens au roi mout navré. Et
quant il vit Amalac, si li rendi s'espee ; et Amalac le prist, et si li fist
fiancier prison ; et il le fist malgré sien. Quant il ot prison fiancié, si
apela Amalac Jecone des Desers, celui qui la roce gardoit. Si li
commande a mener en sa cité, et qu'il soit gardés honerablement
come rois. Lors le prist Jecoines lui centisme de chevaliers. Et Amalac remest el champ tant que li autre furent pris ; et ensi com il les
prendoient, si les envoioient en la cité l'un aprés l'autre. Et quant il
les orent pris tous, si se retourna li rois en la bataille, la ou Seraphés
estoit ; si i mena tous ciaus qui le passage gardoient, fors solement
que .c. Et quant il fu hors du pas', si esgarda devant lui, et voit le
Blanc Chevalier qui portoit une baniere devant lui de ses armes. Et
quant Amalac le vit, si hurte aprés lui des esperons tant que il vinrent
pres de la bataille ou Seraphés faisoit les gregnours merveilles qui
onques furent faites par le cors d'un seul home.
114. Atant se fiert li Blans Chevaliers en la presse. Si i trove Seraphé que .vii. chevalier tenoient : doi chevalier le tenoient par le frain
et li doi par le hiaume tout embronchié, et li troi le feroient contre le
cuer et parmi les bras de grosses machues de fer, si qu'il li avoient ja
la char rompue par desous son hauberc en maint lix. Et quant li
Blans Chevaliers les vit, si laisse courre et fiert le premier si durement

qu'il lui transperça le corps d'une lance, bannière comprise.
Après, il mit la main à l'épée très prestement : il en frappa si
bien un autre qu'il lui fit voler la tête au milieu du champ. Il
reprit alors son élan contre les deux autres, frappa le premier
et lui fit voler le poing ; l'autre lui céda la place et prit
la fuite. Quand les deux qui tenaient Séraphé par le frein
de sa monture virent les prodiges que celui-là faisait, ils
n'insistèrent pas. Le dernier tira son couteau, et pensa frapper Séraphé au visage par l'ouverture de son heaume. Mais il
était lui-même si étourdi du sang qu'il avait perdu et des
coups que les autres lui avaient donnés qu'il ne pouvait plus
se tenir : il tomba évanoui, sur l'encolure même du cheval,
aussitôt que les autres l'eurent laissé aller.

115. Ainsi défaillit l'agresseur de Séraphé ; et les uns et les
autres de se précipiter dans la presse. Quand Évalac, qui
venait après en piquant des deux, vit Séraphé tomber de
cheval, il craignit qu'il ne fût mort : « Ah ! pauvre malheureux ! J'ai tout perdu ! » Sur ces mots, il s'évanouit. Alors
accourut le Chevalier Blanc, qui le soutint, afin qu'il ne tombât pas à terre. Revenu de son évanouissement, il vit Séraphé qui s'était déjà relevé. Mais il était encore si étourdi qu'il
ne savait où il était, et croyait vraiment que ses ennemis
s'étaient emparés de lui. Quand Évalac le vit debout, il
s'élança dans la presse et frappa un chevalier à la gorge, de
sorte qu'il le précipita à terre ; il saisit le cheval qu'il ramena

---

qu'il le perce parmi le cors d'une glaive a toute la baniere. Aprés
remist la main a l'espee mout vistement : si en fiert si un autre que il
en fait voler la teste enmi le champ. Aprés relaist courre as autres .ii.,
si fiert si le premier qu'il ataint que il en fait le poing voler ; et li
autres li guerpist, si tourne en fuies. Et quant li doi qui le tenoient
par le frain virent les merveilles que cil faisoit, si le laissent aler. Et li
uns trait son coutel, si le quide ferir enmi le vis parmi l'ouverture de
son hiaume. Mais il estoit si estourdis del sanc qu'il avoit perdu et
des cops que cil li avoient donné, et qu'il ne se pooit mais soustenir :
si chaï tous pasmés, et parmi le col del cheval tantost come cil l'orent
laissié aler.

115. Ensi failli cil qui le voloit ferir ; si feri li uns et li autres en la
presse. Et quant Amalac, qui aprés venoit poignant, vit Seraphé
chaoir, si quida [il] qu'il fust mors : « Ha ! las chaitis ! tout ai perdu ! »
Et quant il ot ce dit, si se pasme. Lors courut li Blans Chevaliers, si
le soustint, que il ne chaïst a terre. Et quant il fu venus de pasmisons, si vit Serafé qui estoit ja relevés. Mais il estoit encore si estourdis que il ne savoit ou il estoit, ains quidoit vraiement que anemi
l'eüssent retenu et pris. Et quant Amalac le voit redrecié, si laisse
courre en la presse, et fiert un chevalier desous la goule si qu'il le
porte a terre ; et il jete la main au cheval, si le remaine Serafé mainte-

immédiatement à Séraphé, en lui disant : « Prenez, mon ami, ce présent : jamais vous n'avez reçu de don si chèrement acheté ! » Séraphé, à le voir, fut si joyeux qu'il en oublia ses douleurs. Il sauta en selle et ajouta : « Si maintenant j'avais ma hache, aucun homme ne pourrait me retenir ! » Il n'eut pas plus tôt parlé qu'il vit le Chevalier Blanc qui la lui apportait en disant : « Séraphé, voilà ce que te restitue le Vrai Crucifié. » L'ayant prise, il sentit qu'elle était plus légère que celle qu'il avait portée tout le jour, et fut convaincu qu'il ne s'agissait pas de la précédente.

116. Alors il se jeta dans la presse et tous les autres à sa suite. Évalac montait le cheval que Tholomé avait lorsque le Chevalier Blanc l'abattit. Quelle ne fut pas la stupeur des hommes de Tholomé quand, après avoir vu Évalac emmené prisonnier par Tholomé, ils le virent alors sur sa monture ! Nabur, le sénéchal de Tholomé, prit un cor et en sonna pour rallier ses gens et les rassembler. Évalac, de son côté, les voyant se presser en rangs serrés, poussa à son tour son cri de ralliement et se porta d'un côté, avec ses hommes. Il les sépara, les répartit en deux corps de troupe et donna un ordre à Séraphé : quand il le verrait les combattre avec le premier corps de troupe, qu'il s'élançât avec le second, par-derrière, dans une manœuvre d'encerclement. Il éperonna le cheval ; il prit son élan ; en quelque endroit qu'il allât, le Chevalier Blanc le devançait toujours, la

---

nant, et il dist : « Tenés, li miens amis, cest present : onques mais n'eüstes don que si chierement fust achatés ! » Et quant Seraphé le vit, si ot tel joie que il oublia ses dolours ; si saut el cheval et dist après : « Se ore eüsse ma hace, je ne trouvaisse jamais home qui me peüst retenir. » Et quant il ot ce dit, si vit le Blanc Chevalier qui li aportoit et disoit : « Seraphés, ce te renvoie li Vrais Crucefiiés. » Et quant il l'ot prise, si senti que ele estoit plus legiere de celui que il avoit toute jor portee : par ce sot il bien que ce n'estoit mie cele de devant.

116. Atant se fiert en la presse et tout li autre après. Et Amalac sist el cheval ou Tholomé avoit sis quant li Blans Chevaliers l'abati. Et quant li home Tholomé le virent, si en furent tout esbahi de ce qu'il l'avoient veü quant Tholomés en mena Amalac tout pris, et de ce que il le veoient ore que il seoit sor son cheval. Et Naburs li seneschaus Tholomé prist un cor, si le sonna por sa gent raloiier et metre ensemble. Et quant Amalac les revit estraindre et serrer, si rescrie s'enseigne et se trait a une part, lui et sa gent. Et quant il les ot sevrés, si les depart en .II. batailles ; si commanda Seraphé que quant il verroit[a] que il seroit a eus assamblés a toute la premiere bataille, si laissast courre par derriere a la forclose a toute[b] l'autre batale. Atant hurte le cheval des esperons ; si lor laisse courre ; et en quelconques lieu que il alast, si aloit tous jors li Blans Chevaliers devant[c], la

bannière levée et l'épée nue. Évalac leur cria : « Pour sûr, vous êtes pris ! Vous n'en réchapperez pas : vous avez perdu Tholomé ! » Ils en furent déconcertés ; et le fait leur parut avéré : n'était-ce pas la monture de Tholomé que chevauchait Évalac ? Ils ne craignaient pas seulement la captivité de Tholomé, mais sa mort ! La troupe d'Évalac se jeta parmi eux avec une énergie farouche : eux, tellement troublés, subirent l'assaut avec beaucoup de stupéfaction. Quand Séraphé vit une mêlée si violente, il s'élança par-derrière avec l'autre corps de troupe : ils furent très durement harcelés et frappés avec une vigueur sans précédent. Ce fut un tourment des plus oppressants : ils étaient sans seigneur et sur une terre étrangère, dont ils ne connaissaient ni les routes ni les passages au cas où ils seraient contraints à la fuite ; auraient-ils résolu de fuir, d'ailleurs, ils ne l'auraient pas pu : leurs ennemis étaient à la fois devant et derrière eux ; et rien que de normal : si le chef vient à manquer, les membres font défaut. Le fait est qu'aucune armée, après avoir si bien commencé, ne connut une fin si désastreuse ni si vilaine : n'avait-elle pas beaucoup plus d'hommes que celle d'en face, au moins le quadruple ? Dès lors, ils cessèrent de résister et de veiller à se défendre, si ce n'est comme des combattants qui ne peuvent faire mouvement ou s'échapper. Séraphé y faisait merveille, et Évalac se battait avec une énergie peu commune pour un homme de son âge. Quant au Chevalier Blanc, il

---

baniere levee et l'espee sachie. Et Amalac lor escrie : « Certes, tout estes pris ; ja n'en eschaperés : car Tholomer avés vous perdu. » Quant cil l'oïrent, si ne sorent que faire, et lor sambla bien estre et voirs, pour le cheval Tholomé que Amalac chevauchoit ; si n'avoient pas paour tant seulement de la prison Tholomé, mais de sa mort ; et la gens Amalac se fierent entr'aus mout du[*14a*]rement, et cil qui furent molt esmaiié les recueillirent come mout esbahi. Et quant Seraphés les vit si durement mellés, si lor laisse courre par deriere a toute l'autre bataille : et si furent molt durement escrié et mout vigherousement feru. Ici ot merveillouse angoisse : car il estoient sans signour et en estrange terre, dont il ne savoient les chemins ne les trespas se a fuir tournast. Et se il bien vausissent fuir, il ne peüssent, car lor anemi lor estoient devant et deriere. Et bien est drois que quant li chiés faut, que li menbre doivent faillir. Car onques nules gens qui si bel conmencement eüssent ne vinrent a si male fin ne a si laide : il avoient plus de gent que cil de la assés, bien la quarte part. Ne onques puis ne se tinrent ne se prisent conroi d'aus desfendre, se ensi non come cil qui ne se puent remuer ne fuir. Ci faisoit Seraphés merveilles, et Amalac se combatoit si durement que onques hom de son aage ne le fist mix. Et li Blans Chevaliers faisoit ce que nus hom ne pooit croire. Il esraçoit escus de cops. Il abatoit

accomplissait l'incroyable. Et d'arracher des écus des cous, d'abattre chevaliers et chevaux, de faire voler des têtes avec les heaumes. Il coupait jambes et bras. Et de faire tous les exploits et prouesses possibles. Lui, Évalac et leurs hommes serrèrent les autres de si près qu'ils les prirent en étau entre eux et la roche. Quand ils les y eurent acculés, il les attaquèrent très violemment. Ceux-là partirent en fuyant toujours tout droit vers le défilé : s'ils pouvaient gagner le passage, pensaient-ils, jamais Évalac n'y parviendrait qu'après que leurs hommes seraient de l'autre côté. Ils pourraient dès lors prendre la cité dans la mesure où cent hommes suffisaient à interdire la roche à tout le monde : impossible d'y entrer à plus de dix de front. Ils croyaient, évidemment, qu'Évalac n'avait pas de garde affectée à la défense de la roche.

117. C'est ainsi qu'ils s'en allaient à la roche en sécurité. Le jour tombait : ce qu'ils apprécièrent grandement, car ils étaient las jusqu'à l'épuisement. Ils pensaient goûter là repos et répit : mais il n'en allait pas pour eux comme ils le croyaient. Car à peine étaient-ils arrivés, tout impatients, que les cent chevaliers commis à garder le passage s'élancèrent contre eux ; ils les provoquèrent si violemment que ceux-ci se figurèrent qu'ils pouvaient bien être mille ou plus. Les entendant, ils firent volte-face, mais ceux-là les pourchassaient. Les ayant rattrapés, ils en prenaient autant qu'ils voulaient, et les tuaient. Les gardiens du passage, tirant quantité de flèches, abattirent nombre de leurs chevaux et

---

chevaliers et chevaus, et il faisoit teſtes voler a tous les hiaumes. Il copoit gambes et bras et il faisoit toutes les chevaleries, et les proueces que hom peüſt faire. Il deſtraint*d* ciaus tant entre lui et Amalac et lor gent que il les misent entr'aus et la roce. Et quant il les i orent mis, si lor coururent molt*e* durement sus. Et cil s'entournerent*e* en fuie toute la deſtre voie au deſtroit : car il se pensoient, se il pooient le pas gaaingnier, jamais Amalac n'i venroit jusques a ce qu'il avroient lor gent passee. Et porroient la cité prendre par ce que .C. home pooient la roce tenir bien contre tout le monde : car il n'i pooient entrer que .x. homes de front. Et cil quidoient bien que Amalac n'i eüſt nule garde por defendre la roce.

117. Ensi s'en aloient a la roce a garant, et il avesproit ; si lor en fu mout bel, car mout eſtoient las et traveillié. Illoec quidoient eſtre a repos et a sejour ; ne mais il n'aloit*e* pas ensi com il quidoient. Car si com il venoient tout abrievé, et li .C. chevalier qui le pas devoient garder lor laissent courre ; si les escrient si durement que il lor fu bien avis que il fuissent bien .M. ou plus. Et quant il les oïrent, si se ferirent tout ariere, et cil les chaçoient. [*b*] Lors vinrent sor lor cols : si em prendoient tant com il voloient, et les ocioient ; et cil qui le pas durent garder traioient grant plenté de saietes, si lor ocisent de lor chevaus et

de leurs hommes. Ce fut le théâtre d'une telle souffrance que jamais sur un si petit espace on n'en vit d'aussi grande. Ils en tuèrent tant, en effet, que tout n'était que sang. Il y eut tant de morts qu'on ne pouvait distinguer la teinte des écus et des armes, tant ils étaient couverts de sang. C'est là que fut abattu Nabur, le sénéchal de Tholomé. Le roi s'arrêta sur lui ; ce dernier lui tendit son épée en disant qu'il se rendait, contre sa vie et ses membres saufs. Évalac s'apprêtait à accepter quand il se souvint de son sénéchal mort dans la bataille ; il jura que l'autre ne garderait pas la vie sauve ; et celui-ci tomba à ses pieds pour lui demander grâce. Mais le roi dit qu'il n'échangerait jamais que sénéchal contre sénéchal : c'était sa décision.

118. Alors il le prit de force et le fit désarmer ; il l'eût décapité sur place et sans différer, si Séraphé ne s'était jeté entre eux pour lui dire : « Ah ! sire, que voulez-vous faire ? Si vous y avez perdu votre sénéchal, Tholomé y a perdu son frère qu'il n'aimait pas moins que vous votre sénéchal ! » C'est ainsi que Séraphé calma le roi et protégea le sénéchal. Cependant la déconfiture fut très grande au passage de la roche, où beaucoup d'hommes furent pris et blessés. La venue de la nuit fut préjudiciable aux gens d'Évalac. Et néanmoins ils firent tant de prisonniers qu'il ne resta que deux mille ennemis, tant blessés que sains, alors qu'ils étaient bien quarante mille au commencement de la bataille.

---

d'aus meïsmes a grant plenté. Illuec ot si grant dolour que onques en si poi de terre nule si grans ne fu veüe : car tant en ocisent que il n'i paroit se sanc non ; et tant en i ot de mors que on ne pooit deviser la tainture des escus ne des armes[b], tant estoient de sanc couvertes. Illuec fu abatus Naburs li seneschaus Tholomé, et li rois s'aresta sor lui : et cil li rendi s'espee et dist qu'il se rendoit a lui, sauve sa vie et ses menbres. Et quant Amalac le voloit recevoir, si li menbre de son seneschal qui estoit mors en la bataille ; si jura que ja sa vie n'i seroit sauvee. Et cil li chaï as piés, si li proiia merci ; et li rois dist que ja autre change n'en prendroit fors seneschal pour seneschal : ensi le veut il faire.

118. Lors le prist a force, et le fist desarmer ; et li eüst copee la teste en la place sans remuer, quant Seraphés se feri entr'aus .II. et li dist : « Ha ! sire, qu'est ce que vous volés faire ? Se vous i avés perdu vostre seneschal, et Tholomés i a perdu son frere que il n'amoit mie mains que vous faisiés vostre seneschal ! » Ensi apaia Seraphés le roi, et garanti le seneschal. Mais mout fu grans la desconfiture au trespas de la roce, et mout i ot homes pris et navrés. Mais la nuis i sourvint, qui fu nuisans as gens Amalac. Et nonpourquant il em prisent tant qu'il n'en i demoura que .II.M., entre navrés et sains ; et si estoient bien .XL.M. au commencement de la bataille.

119. Voilà comment les Égyptiens furent défaits par le miracle de Jésus-Christ. Aussi Évalac s'en retourna-t-il à Orcan, avec toute son armée : ils avaient amassé tant de richesses qu'il n'était malheureux ni démuni qui n'imaginât à tout jamais être riche du butin qu'ils avaient fait. Et quand il trouva dans la cité tant de prisonniers et de gardiens que personne n'y pouvait remuer un pied, il s'en vint au-dehors. Il fit dresser à l'extérieur de la cité ses tentes et ses pavillons au milieu de la prairie qui était très belle pour y camper avec son armée. Ici même nous allons cesser de vous parler du roi Évalac et de ses prisonniers, pour évoquer les chrétiens qui sont restés dans la cité de Sarras.

La foi de Sarracinte.

120. Le conte dit, dans cette partie, que la femme d'Évalac était très belle et très honorable ; elle était appelée Sarracinte. Quand Évalac partit en campagne, la dame éprouva les plus grandes craintes pour lui, comme pour l'être au monde qu'elle chérissait le plus. Elle fit venir Josephé, parce qu'il avait dit à Évalac qu'il serait trois jours et trois nuits au pouvoir de Tholomé, et que ce dernier le mènerait jusqu'à la peur de mourir. Voilà pourquoi la dame l'envoya chercher ; il vint, avec Joseph, son père. Le voyant, elle le pria de lui dire la vérité : comment son mari se comporterait-il dans cette bataille ? Josephé lui répondit :

---

119. Ensi furent bien li Egyptiien desconfit par la vertu de Jhesu Criſt. Si s'en tourna Amalac ariere a Orcaus, entre lui et sa gent toute qui tant avoient gaaingnié qu'il n'i avoit si chaitif ne si feble qu'il ne quidoit a tous jours mais eſtre riques del gaaing que il avoient fait. Et quant il trouva en la cité tant de prisons et de ciaus qui les gardoient que nus n'i pooit son pié tourner, il s'en vint fors : si fiſt tendre ses trés et ses paveillons parmi la praerie qui molt eſtoit bele defors de la cité, si se herberga illuec entre lui et sa gent. Ici endroit vous lairons atant a parler du roi Amalac et de ses prisons ; si parlerons des creſtiiens qui remesent en la cité de Sarras.

120. [d] Or diſt li contes en ceſte partie que la feme Amalac eſtoit mout bele et mout honnerable ; si eſtoit apelee Sarracinte. Quant Amalac fu en l'oſt, si ot la dame mout grant paour de lui conme de la riens el monde qu'ele mix amoit. Si manda Josephé[a] devant lui, pour ce qu'il avoit dit Amalac qu'il seroit .iii. jours et .iii. nuis en la signourie Tholomé et que[b] Tholomé le menroit jusques a paour de mort. Pour ceſte chose l'envoiia la dame querir, et il vint entre lui et Joseph son pere. Et quant ele le vit, si li diſt et demanda que il li deïſt voir, conment se sires le feroit en cele bataille. Et Josephés li respondi :

121. « Sarracinte, voici ce que te fait savoir le Dieu des chrétiens, le Commencement et la Fin de toutes créatures, le Juge et le Sauveur de tous et de toutes : "Les rois de la terre n'ayant pas daigné me reconnaître ni me recevoir, je mettrai leur personne sous la tutelle de leurs ennemis, et je distribue-rai leurs territoires aux peuples étrangers : je veux qu'ils sachent que je suis souverain comme roi, le vrai Dieu contre qui nul royaume ne peut être maintenu. En effet, je tue les impies et les orgueilleux par l'Esprit de ma bouche : la chair des rois sera livrée pour être dévorée, tandis que les faibles auront leur chair honorablement ensevelie, pour leur respect des préceptes[1]." » À ces mots de Josephé, la reine répondit qu'elle croirait en Dieu, si Évalac en réchappait, et qu'elle amènerait Évalac, lui-même, à cette foi. Il lui demanda de l'en assurer : elle s'y engagerait, dit-elle, s'il le voulait. Sa parole ne vaudrait rien, lui dit-il, à cause de ses idoles : elles n'avaient en effet point de parole, et elle non plus, puisqu'elle ne croyait pas en Dieu. Elle lui demanda ce que c'était qu'être chrétien, et il lui récita les articles de la foi.

122. Alors elle lui demanda son nom. Il lui dit qu'il s'ap-pelait Josephé, et elle se mit à rire. Elle fit se retirer tous ceux qui étaient avec eux. Et elle se mit à lui expliquer la foi aussi parfaitement qu'il l'eût fait, et de lui conter sa manière d'être et de croire : « Il se produisit un jour, il y a bien vingt-cinq ans, que nous nous rendîmes, madame ma mère et moi,

---

121. « Sarracinte, ce te mande li Dix des crestiiens, li commence-mens et la fins de toutes choses, li jugierres et li sauverres de tous et de toutes : "Por ce que li terrien roi ne me daignierent connoistre ne recevoir, pour ce donrai je lor cors em baillie de lor anemis, et si departirai lor terres as estranges pueples ; que je voel qu'il sacent que je sui souvrains rois, et li vrais Dix contre qui nus roiaumes ne puet estre retenus. Car je ocis les felons et les orgueillous par l'esperit de ma bouce ; et les chars des rois seront donnees a devourer[a], et les chars des febles seront honnerablement enseveliees pour ce qu'il aim-ment les douctrines." » Quant Josephés ot ce dit, si dist la roïne qu'ele querroit en Dieu, se Amalac en eschapoit, et lui meïsmes i feroit croire. Et il li dist qu'ele l'en feïst seür. Et ele li dist qu'ele li fianceroit se il voloit. Et il li dist que sa fois ne vauroit noiient pour ses ymages : car il n'avoient point de foi, ne ele n'en avoit point, puis que ele ne creoit en Dieu. Et ele li demanda que crestiientés estoit, et il li conta les poins de la creance.

122. Lors li demanda ele comment il avoit non. Et il li dist que il avoit non Josephés, et ele conmencha a rire. [a] Si fist traire en sus tous les autres qui estoient avoec aus. Lors li comencha a deviser la creance ausi tres bien com il eüst fait, et li conta toute sa maniere et sa creance : « Il avint chose bien a entour .xxv.[a] ans que nous alasmes,

auprès d'un religieux qui faisait de très grands miracles de par Notre-Seigneur : elle avait une maladie incurable ; ayant entendu parler des miracles, elle y alla, m'emmenant avec elle. Elle tomba en larmes à ses pieds, pour l'implorer d'avoir pitié d'elle, et de l'interminable tourment qu'elle supportait. Il la regarda et lui dit : "Certes, si tu es une femme mortelle et pécheresse, je n'en suis pas moins un pécheur mortel. Je n'ai nul pouvoir de te donner, non plus qu'à personne d'autre, la santé ; mais Jésus, le vrai Dieu, la donne à qui il veut." Elle lui demanda de prier son Seigneur pour qu'il lui donnât la santé, "car je suis certaine qu'il ne vous le refusera pas". Il lui dit : "Dame, on ne doit pas venir les mains vides quand on demande guérison.

123. — Seigneur, dit-elle, je ne suis pas venue les mains vides : j'apporte avec moi un grand trésor que je vais donner à votre Dieu. — Mieux vaut, dit-il, un cœur tendre et sincère ! — Seigneur, reprit-elle, il n'est rien dans l'univers, si vous le commandez, que je ne fasse, pourvu que je sois guérie de cette souffrance. — Si tu voulais me croire, je te promettrais qu'il te guérirait avant ton départ d'ici." Elle se prosterna à ses pieds, qu'elle se mit à lui baiser. "Seigneur, lui dit-elle, s'il me donnait la santé, je croirais en lui à tout jamais." Et cet homme juste lui répondit : "Par ma foi, si tu crois en ce Dieu, tu vas guérir maintenant : aucune chose n'est pénible pour qui croit en lui d'un cœur sincère. — Seigneur,

---

je et ma dame, a un prodome qui faisoit mout grans vertus de par Nostre Signour ; et ele avoit tel mal qu'ele ne pooit garir. Et quant ele oï parler des miracles, si i ala et me mena avoec li. Si li chaï as piés et li cria merci em plourant que il eüst pité de li, et de le grant espasse de l'angoisse qu'ele soustenoit. Et il le regarda, si li dist : "Certes, se tu es une feme mortex et pecheresse, ausi sui je mortex pechierres. Je n'ai nul pooir de donner ne a toi ne a autrui santé ; mais Jhesus li vrais Dix le done a qui que il veut." Et ele li proiiast a son Signour que il li donast santé : "car je sai de voir que il ne le vous escondira mie". Et il li dist : "Dame, on ne doit mie venir vuide main quant on demande garison.

123. — Sire, fist ele, je ne sui mie venue vuide main, car j'aport avoeques moi grant tresor que je donrai a votre Dieu." Et il li dist : "Mix vaut bons cuers et vrais !" Et ele li dist : "Sire, il n'est chose en tout le monde, se vous le comandés, que je ne face, mais que je soie garie de ceste dolour." Et il li dist : "Se tu me voloies croire, je te prometeroie que il te donroit garison, ançois que tu remuasses de ci." Et ele li courut au pié, si li commença a baisier. Et si li dist : "Sire, se il me donnoit santé, je le querroie a tous jours mais." Et li bons hom li dist : "Par foi, se tu crois icelui Dieu, tu gariras orendroit : car nule chose n'est greveuse a celui, qui le croit de bon cuer. — Sire,

j'en suis d'accord, et je crois fermement qu'il a la puissance de me délivrer de cette infirmité." Cet homme juste prit un livre ; il se mit à lire au-dessus de la tête de la dame le Saint Évangile où Jésus-Christ guérit la femme qui avait été atteinte dix-huit ans de la même maladie[1]. Et sitôt après l'avoir lu, il dit : "Lève-toi, au nom du Père et du Fils et du Saint-Esprit." Immédiatement madame ma mère sentit qu'elle était aussi saine qu'elle avait été auparavant, et qu'elle avait à l'instant recouvré la force de tous ses membres. Cette guérison immédiate lui fit dire :

124. « "Ha ! seigneur, il n'est de Dieu que Celui qui m'a guérie de cette infirmité. En effet, j'ai donné aux médecins plus de mille marcs[1] depuis que j'ai contracté cette maladie. Je veux croire en lui le restant de mes jours." Alors l'homme de bien lui dit qu'il lui fallait recevoir le baptême, et il lui enseigna ce que le baptême était. Puis il la baptisa au nom du Père et du Fils et du Saint-Esprit. Après qu'il l'eut baptisée, madame ma mère vint me chercher au-dehors, où je l'attendais. Et moi, qui étais venue avec elle, elle me prit par la main, me mena devant lui et me dit : "Ma très douce et chère fille, me voici complètement guérie : je veux que tu fasses ce que je vais te commander." Je répondis, tout en pleurs, que je ferais tout ce qu'il lui plairait ; j'étais fort intriguée de ce qu'elle voulait faire de moi, et elle me dit : "Chère fille, je veux que tu croies en Celui qui m'a guérie."

---

fist ele, je l'otroi, et bien le croi que il est poissans de moi delivrer de ceste enfermeté." Et li bons hom prist un livre : si li conmencha a lire sor la teste de la dame la Sainte Euvangille ou Jhesu Cris gari la feme qui ot esté .XVIII. ans malade de cele meïsmes enfermeté. Et maintenant qu'il l'ot leüe, si dist : "Lieve sus, el non del Pere et del Fil et del Saint Esperit." Et tantost senti ma dame que ele estoit autresi sainne com ele avoit esté devant, et ot maintenant recouvree la force de tous ses menbres. Et quant ele senti qu'ele estoit tantost garie, si dist :

124. « "Ha ! sire, il n'est Dix se cil non qui m'a garie de ceste enfermeté. Car j'ai donné as mires plus de .M. mars [e] puis que ceste maladie me prist. Cestui voel je croire tous les jours de ma vie." Lors li dist li bons hom que il li couvenoit qu'ele receüst baptesmes, et li dist et ensegna que baptesmes estoit. Et puis le baptiza el non del Pere et del Fil et del Saint Esperit. Et quant il ot ma dame baptizié, si me vint ma dame querre defors la maison, ou je l'atendoie. Et je, qui avoec li estoie venue, me prist par la main et me mena devant lui, si me dist : "Ma tres douce bele fille, je sui trestoute garie ; et je voel que tu faces ce que je te conmanderai." Et je respondi tout em plourant que je feroie tout son plaisir ; si m'esmerveillai molt qu'ele voloit faire de moi, et ele me dist : "Bele fille, je voel que tu croies en

Et moi, sotte que j'étais, je croyais qu'elle voulait parler du saint homme ! Aussi je dis à madame ma mère · que j'en serais incapable ; elle me demanda pourquoi, et je lui répondis : parce qu'il avait une trop grande barbe ! — ce qui les mit grandement en joie. Il me dit qu'il ne s'agissait pas de lui, mais d'un autre, qui était comblé de toutes les beautés. Je lui demandai où il était, et qu'il me le montrât ; et s'il était plus beau que mon frère, je croirais en lui. Mon frère était le plus bel homme du monde. À peine l'avais-je dit que l'ermite me déclara : "Chère et douce fille, le moment venu tu verras Celui de qui je t'ai dit qu'il est si beau. Alors, tu cesseras de voir l'autre !" Aussitôt après ses paroles, il vint de la chapelle une très grande clarté — et il sembla que toutes les bonnes odeurs connues se fussent répandues à l'intérieur.

125. «Après sortit de la chapelle la silhouette d'un homme tellement belle et si resplendissante que jamais œil en ce monde n'aurait pu la regarder fixement. Cet homme tenait en sa main une croix toute vermeille. Il s'arrêta : stupéfaite comme je l'étais du prodige, je ne pus le regarder davantage. Quand je fus restée de la sorte un long moment, l'ermite me prit par le menton et me fit lever les yeux ; je ne vis que l'homme de religion et madame ma mère. Il me demanda : "Chère fille, qu'en pensez-vous ?" Je dis, par la volonté de Dieu, que je recevrais la foi de Celui-ci. Il me baptisa

---

celui qui m'a garie." Et je qui estoie fole, si quidoie qu'ele deïst del bon home ! Si dis a ma dame que je n'oseroie ; et ele me demanda pour coi, et je li dis : pour ce que il avoit trop grant barbe ! — et il en orent molt grant joie. Et il me dist que ce n'estoit il pas, ançois estoit uns autres qui estoit plains de toutes biautés. Et je li demandai ou il estoit, et que il le me mostrast : et se il estoit plus biaus de mon frere, je le querroie. Icil mes freres estoit tant biaus d'onques nus hom mortex ne fu tant biaus. Et tantost que je oi ce dit, si me dist li hermites : "Bele fille douce, par tans verras celui de qui je t'ai dit que il est tant biaus. Et puis que tu l'avras veü, ja puis l'autre ne verras !" Et si tost com il ot ce dit[b], si vint une molt grans clartés hors de la chapele, et si li fu avis que toutes les bones odours que on porroit nomer de bouche fuissent espandues par laiens.

125. «Aprés vint fors de la chapele une tant bele figure d'ome et si tres clere qu'il n'ot onques oeil en cest monde qui parfaitement le peüst regarder. Cil hom tenoit en sa main une crois qui estoit toute vermeille. Et quant il fu venus, si s'arresta ; et je fui si esbahie de la merveille que je ne le poi plus regarder. Et quant je oi une grant piece ensi esté, si me prist li hermites par le menton en haut, et je resgardai : si ne vi nule chose fors que le bon home et ma dame ; et il me demanda : "Bele fille, que vous en samble ?" Et je dis, par la volenté de Diu, que la creance de celui recevroie je, et il me bauptiza

au nom de la Sainte Trinité, en homme plein d'une humilité et d'une miséricorde exemplaires. Puis il nous enseigna la foi : comment Jésus-Christ avait été conçu de la sainte Vierge sans qu'elle perde sa virginité ; comment il avait souffert une mort particulièrement oppressante pour que le monde fût racheté des souffrances éternelles ; comment il ressuscita le troisième jour et tira d'enfer ses amis ; comment il monta aux cieux le quarantième jour après qu'il fut ressuscité[1], et comment il fit descendre, le onzième jour après qu'il fut monté aux cieux, son Saint-Esprit sur ses disciples[2]. Quand il nous eut ainsi décrit ces choses, il célébra devant nous le Saint Sacrement ; il en donna à ma mère et ensuite à moi. Me le mettant dans la bouche, il me dit de croire que c'était ce saint corps qui s'eſt incarné dans la sainte Vierge. J'en doutai : aussi tardai-je un peu à répondre ; mais immédiatement il me sembla que c'était cette forme même que j'avais vue sortir de la chapelle : aussi lui dis-je que je croirais en lui, après l'avoir clairement vu.

126. « Il nous recommanda fermement de ne jamais retourner à l'autre croyance — ce n'était que ruine — et nous assura que Dieu ne nous oublierait pas, qu'il nous enverrait au contraire du secours prochainement, et ferait parvenir la haute renommée parmi les peuples étrangers bien disposés à croire à la sainte foi. Ainsi nous enseigna-t-il la sainte Loi de Jésus-Chriſt. Arrivées à Orberique, nous enten-

---

el non de la Sainte Trinité, come cil qui eſtoit plains de grant humilité et de grant misericorde. Après nous enseigna la creance, et conment Jhesu Cris avoit eſté conceüs de la sainte Virge sans virginité enfrain[f]dre ; et conment il avoit soufferte molt angoissouse mort pour le monde raiembre des pardurables doleurs ; et coment il resuscita au tierc jour et jeta ses amis d'infer ; et conment il monta es cix au quarantisme jour, après ce que il fu resuscités ; et conment il envoiia, a l'onsisme jour après ce que il fu montés es cix, son Saint Esperit a ses disciples. Et quant il nous ot ensi ces choses devisees, si fiſt devant nous le Saint Sacrement ; et si en donna a ma mere et puis a moi. Et quant il le me miſt en ma bouche, si me diſt que je creïsse que ce eſtoit icil sains cors qui en la sainte Virge s'aombra. Et je en fui en doutance, si targai un poi a respondre ; et maintenant me fu avis que ce eſtoit icele figure que je avoie veüe issir de la chapele, si li dis que je le querroie come cele qui tout apertement l'avoie veü.

126. « Atant si[a] nous chaſtoiia molt durement que nous ne retournissiens jamais a l'autre creance, car il n'i avoit se deſtrusion non ; et si nous diſt que bien[b] seüssons nous que Dix ne nous oublieroit mie, ançois nous envoieroit secours prochainnement, et si envoieroit la haute renommee par les eſtranges pueples qui vauront croire a la sainte creance. Ensi nous enseigna la sainte loy Jhesu Criſt. Et quant

dîmes beaucoup parler d'une bête. Cette bête était si bizarre que quiconque l'aurait observée très attentivement n'aurait pu dire de quelle espèce elle était. C'était la réunion de toutes les bizarreries. Un jour, elle fut traquée ; mon frère, qui était très beau et hardi, fut le premier à la chasser sur un grand cheval, et il était très bien armé. Nul n'osait approcher d'elle : elle avait au milieu du front trois cornes si pointues et si tranchantes qu'aucune armure, durement touchée par ces trois cornes, n'aurait pu résister au point de vous éviter la mort.

127. « Ainsi mon frère la poursuivait-il en précédant tous les autres : il l'avait déjà blessée en trois endroits, et elle lui avait déjà tué trois chevaux sous lui en cherchant à se sauver[1]. Et bientôt elle fit demi-tour et s'enfuit dans une forêt : mon frère éperonna, pour aller aussi vite que sa monture pouvait le lui permettre. Et sitôt qu'il eut pénétré dans la forêt, jamais plus ne le virent aucun homme ni même aucune femme susceptibles de fournir à son propos des informations sur sa vie ou sur sa mort. C'est ainsi que nous nous rendîmes compte, ma mère et moi, que l'ermite était un saint homme, quand il nous avait assurées des choses qui devaient arriver, précisément en me disant que si je voyais Celui qu'il me montrerait, je ne verrais jamais plus celui qui était mon frère. Il a dit vrai : jamais, depuis qu'il m'a tenu ce propos, je ne l'ai vu. Mais l'amour de Jésus-Christ

---

nous fumes venues a Norberique, si oïsmes molt parler d'une beste. Cele beste si estoit si diverse que nus hom tant durement ne l'avisast qu'il seüst a dire de quele maniere ele estoit. Il i avoit de toutes diversités. Si avint un jour qu'ele estoit assaillie, et mes freres qui molt estoit biaus et hardis le chaçoit tous premerains sor un grant cheval, et estoit mout bien armés. Nus n'osoit aprocier de lui : car ele avoit enmi le front .iii. cornes si agües et si trenchans que nule armeüre qui bien fust assenee de ces .iii. cornes n'i peüst durer, qu'i ne le couvenist[c] morir.

127. « Ensi le chaçoit mes freres devant tous les autres ; si l'avoit ja navree en .iii. lix, et ele li avoit ja ocis .iii. chevaus desous lui, ensi com ele se guencissoit. Et maintenant s'en torna fuiant en une forest, et mes freres hurta cheval des esperons si tost conme chevaus le pot porter. Et tantost com il fu entrés en la forest, onques puis ne fu veüs d'ome nul ne de feme ensement que de lui seüst noveles a dire de sa vie ne de sa mort. Ensi aperceüsmes entre moi et ma [15 a] mere que li hermites estoit sains hom, quant il nous avoit fait certainnes des choses qui estoient a avenir, por ce que il m'avoit dit que se je veoie celui que il me mousterroit, je ne verroie jamais celui qui mes freres estoit. Et il dist voir, car onques puis qu'il m'ot cele parole dite ne le vi. Et tant nous avoit espirees l'amours[d] de Jhesu Crist,

nous avait tellement inspirées que jamais nous n'avons éprouvé aucune douleur, tant nous avait comblées de joie l'adhésion à la sainte foi.

128. « Dans cette sainte foi demeura madame ma mère aussi longtemps qu'elle fut en vie : jamais, Dieu merci, elle ne retourna à la loi des mécréants. Quand vint le jour pour elle de quitter ce bas monde, elle ordonna à tous ceux qui étaient dans sa chambre de s'en aller. Une fois tout le monde sorti, elle me commanda de vérifier la serrure, et me dit : "Allez, ma chère fille, à mes coffres, et apportez-moi une boîte blanche que vous y trouverez." Je fis ce qu'elle m'avait commandé. Et quand j'eus apporté la boîte devant elle, elle fit son possible pour se lever, puis se mit à genoux et commença, très émue, à pleurer. Après être restée long-temps dans cette attitude, elle me demanda de poser la boîte, et de lui apporter de l'eau pour se laver les mains. Ses mains lavées, elle ouvrit la boîte et en sortit Notre-Sauveur sous l'apparence du pain. Tout en sanglots, en larmes, et soupirant, elle dit qu'elle était maintenant pleinement rassu-rée ; elle ne redoutait le diable ni peu ni prou : elle avait reçu la santé contre toutes les maladies, et contre tous les assauts de l'ennemi. Après elle me dit : "Chère et douce fille, je vous laisse : je me demande en quelle garde je pourrais vous mettre, si ce n'est dans la garde de Celui de qui nous avons reçu la sainte foi. Veillez à la maintenir comme elle vous a

---

que onques nule dolour ne feïsmes, tant aviens grant joie, et de ce que nous aviens receüe la sainte creance.

128. « En cele sainte creance demoura ma dame tant que ele fu en vie, ne onques puis, Dieu merci, ne repaira a la loi des mescreans. Et quant ce vint au jour que ele deüt departir de ceſt siecle, si conmanda que tout cil qui eſtoient en sa chambre s'en ississent. Quant tout furent hors, si me conmanda de l'uis affermer ; si me diſt : "Alés, bele fille, a mes escrins, si m'aportés une blanche boiſte que vous i trouverés." Et je fis ce que ele m'avoit conmandé. Et quant je li oi aportee, si se leva encontre tant que ele pot ; et puis se miſt a jenoullons et conmencha mout durement a plourer. Et quant ele ot longement demouré en tel maniere, si me conmanda que je le meïsse jus, et me diſt que je li aportaisse de l'aigue a laver ses mains. Et quant ele ot ses mains lavees, si ouvri la boiſte et en traïſt fors Noſtre Sauveour en samblance de pain. En larmes et o plours et o souspirs, si diſt que ore eſtoit ele toute asseüree : car ele ne doutoit le dyable ne tant ne quant, car ele avoit rechut santé de toutes maladies, et de tous assaus d'anemis. Après me diſt : "Bele douce fille, je vous lais : ne sai en quele garde je vous mete, se je ne vous met en la garde de celui de qui nous receüsmes la sainte creance. Or gardés que vous le maintenés ensi com ele vous fu enchargie*a* ; gardés vous,

été confiée ; gardez-vous, avec toutes les formes de patience et de privation dont la nature est capable, d'offenser le Seigneur-Dieu.

129. « "Adorez un seul Dieu en trois personnes, et les trois personnes en un seul Dieu. Soyez prête à accomplir ses commandements. Souvenez-vous de Notre-Seigneur tous les jours : comment il daigna naître d'une femme, et avoir commerce avec cette ordure du bas monde pécheur et sans foi, et comment il voulut éprouver et porter toutes ces choses qui ressortissaient à la nature, excepté seulement le péché, dont il fut quitte et pur. Et tous les jours doit nous rester devant les yeux cette magnanimité qu'il eut en supportant le grand tourment des mains et des pieds — ils lui furent percés de sa propre volonté, pour protéger ceux et celles qui voudraient s'engager envers Dieu.

130. « "Toutes ces choses, vous devez les amener à la mémoire de votre cœur, ma très chère et douce fille. Guidée par une si haute souvenance, vous perdrez jusqu'à la pensée du mal. Gardez-le tous les jours en votre souvenir comme je l'ai eu chaque jour avec moi, depuis ce moment où je reçus tout premièrement sa foi. Car jamais, depuis que vous et moi, nous avons reçu le baptême de la main du saint homme, je ne fus une heure sans l'avoir en ma compagnie, Celui qui pour nous daigna mourir, et livra sa personne au supplice ; et depuis, je ne fus un seul jour sans le voir, pour

---

en toutes manieres que nature le puet souffrir et consirrer, de Damedieu courecier.

129. « "Aourés un seul Dieu en .iii. personnes et les .iii. personnes en un seul Dieu. Soiiés apareillie a ses commandemens acomplir. Tous jours aiiés en Nostre Signour ramenbrance, comment il daigna naistre de feme et converser en tele ordure del desloial[a] siecle pecheour, et comment il vaut prouver et soustenir toutes iceles choses qui apartenoient a nature, mais que pechié tant solement dont il fu quites et nés. Et cele grans debonairetés nous doit estre tous jours [b] devant nos ex, qu'il ot quant il souffri la grant angoisse des mains et des piés : car il les ot perciés par sa propre volenté pour garantir ciaus et celes qui a Dieu se vauroient tenir.

130. « "Toutes iceles choses devés vous amener a memoire devant vostre cuer, bele tres douce fille. Car la ou tante haute ramenbrance vous menra, la perdrés vous tout le corage de mauvaistié. Aiiés le tous jours en vostre ramenbrance ausi com je l'ai eü avoec moi tous jours, puis icele eure que je rechui primes sa creance. Car onques puis que vous et je receüs mes baptesme de la main del saint home, ne fu ainc puis eure que je ne l'eüsse en[c] ma compaignie, celui qui pour nous daingna morir, et son cors livra a tourment ; ne ainc puis ne fu jours que je ne le visse, ja soit ce chose que je n'en soie pas

indigne que j'en sois. Pourtant jamais vous n'avez su que je le gardais. Je ne pouvais ni n'osais vous le montrer : si grand était mon péché, me semblait-il, que je n'osais le voir ni moins encore le regarder.

131. « "Ma chère et tendre fille, je vous laisse. Je vous prie instamment de vous rendre, aussitôt que je serai morte, auprès du saint homme. Dites-lui de m'accueillir dans ses prières, et qu'il vous confie ce saint sacrement de Celui dont le saint corps mourut sur la croix, si bien que vous ne puissiez trépasser sans le recevoir : je sais bien qu'il vous le confiera de tout cœur. Veillez, autant que vous est chère votre âme, à ne pas le mettre en contact avec une chose terrestre ; mais prenez cette boîte blanche[1] — lui-même me la confia — et mettez-le dedans. Regardez-le chaque jour, avec des soupirs, avec des larmes, et priez-le, au nom de sa pitié, de vous préserver de changer d'intention pour croire et en adorer un autre. Il n'en est pas d'autre en effet, en qui l'on doive mettre sa foi ni qu'on doive adorer." »

132. « Voilà de quelle manière ma mère fit mon éducation morale sur toutes ces choses qu'elle savait m'être profitables au corps et à l'âme, et pour m'épargner toutes celles qui pouvaient m'être préjudiciables. Quand elle eut fini son propos, elle me commanda d'ouvrir la porte de la chambre. Quand je l'eus fait s'avancèrent les dames et les demoiselles qui étaient ici en grand nombre. Puis elle m'appela et, à

---

dignes : et si ne seüstes onques mais que je le gardaisse ; et si ne le vous pooie ne osoie moustrer, pour le pechié de moi qui estoit si grans, ce me sambloit, que je ne l'osoie veoir ne resgarder ne tant ne quant.

131. « "Bele fille douce, je vous lais. Si vous proi et conmant que vous aillés, aussi tost come je serai morte, au saint home. Et si li dites que il m'acueille en ses proiieres et qu'il vous baille ce icelui Saint Sacrement de celui dont li sains cors morut en la crois, si que vous ne puissiés trespasser de cest siecle, que vous ne le recevés : et je sai bien qu'il le vous baillera molt volentiers. Et si gardés, si chier com vous avés vostre ame, que[e] vous ne le metés en lieu ou chose terrienne abit. Mais prendés cele blanche boiste, il meïsmes le me bailla, et si le metés dedans. Et si le regardés chascun jour, o souspirs, o lermes, et li priiés, par sa pitié, qu'il vous desfende que corages ne vous muece d'autrui croire ne aourer : car il n'est nus autres en qui on doie metre sa creance ne qui on doie aourer." »

132. « En ceste maniere me chastoiia ma mere et douctrina de toutes iceles choses que ele savoit que pourfitables m'estoient au cors et a l'ame, et a eschiver toutes iceles qui nuisans me pooient estre. Et quant ele ot sa parole finee, si me conmanda a ouvrir l'uis de la chambre. Et quant je l'oi ouvert, si vinrent avant les dames et les damoiseles dont il i avoit [ci] a grant plenté. Et quant eles furent

l'oreille, me demanda si je voyais quelqu'un près d'elle. Attentive, je vis un homme qui lui tenait la main, et il était bien pareil à Celui que j'avais vu dans la chapelle, et que l'ermite m'avait montré. Je fus stupéfaite d'un tel prodige. Elle me demanda ce que je voyais : c'était, lui dis-je, Notre-Sauveur. Loué et remercié fût-il, me répondit-elle, de ce qu'il daignait se montrer à moi : maintenant, elle était sûre qu'il voulait avoir quelque chose. Elle ajouta : "Ma chère fille, je vous recommande à Dieu. Embrassez-moi donc : ce Seigneur veut me mener dans la maison la plus belle que j'aie jamais vue."

133. « Elle venait d'achever lorsque l'âme se sépara du corps. Et moi, Dieu merci, j'exécutai si bien tout ce qu'elle m'avait commandé que je me rendis auprès du saint homme : il me confia le corps sacré de Notre-Seigneur. Après m'avoir beaucoup parlé de faiblesses, il me recommanda à la grâce de Dieu et me dit de m'en retourner : il n'avait pas loisir de m'entretenir longuement. Aussitôt après que j'eus pris congé de lui et que je fus sortie de son enclos, la boîte dans la main, voici que j'entendis le chant le plus doux et le plus beau que j'eusse jamais entendu : ce chant s'en allait par la chapelle tout droit aux nuages. J'avais parcouru à peine une demi-lieue, lorsque je rencontrai un homme qui portait une robe noire ; il était aussi pâle que maigre, et avait les cheveux longs et blancs.

---

venues, si m'apela et dist a moi en l'oreille se je veoie nului entour li : et je regardai, si vi un home qui li tenoit sa main, et s'estoit autretés come cil que je vi en la chapele, que li hermites me mostra. Et quant je le vi, si en oi tel merveille que je en fui toutes esbahie. Ele me demanda que je veoie, et je li respondi que ce estoit Nostre Sauverres. Et ele me respondi que aourés et graciés en fust il de ce qu'il se daignoit demoustrer a moi : car ore savoit ele bien que il voloit aucune chose avoir. Puis me dist : "Bele fille, je vous conmant a Dieu. Or me baisiés : car cis Sires me veut mener en la plus bele maison que je veïsse onques."

133. « Ausi tost com ele ot ce dit, si se departi l'ame del cors. Et je, Dieu merci, fis si bien tout ce qu'ele m'avoit conmandé, que je alai au saint houme : et il me chargea[a] le saint cors Nostre Signour. Et quant il ot assés parlé a moi de fragilités, si me conmanda a la grasse de Dieu et me dist que je m'en repairasse : car il n'avoit pas loisir de parler longement a moi. Et tantost que je oi a li pris congié, et je fui fors de son pourpris, la beïste en ma main, si oï le plus dous chant et le meillour que je oïsse onques chanter : et icil chans s'en aloit parmi la chapele tot droit as nues. Et ausi tost come je eré demie lieue de terre, si encontrai un home qui estoit vestus de roebe noire ; si estoit mout pales et mout maigres[b], et si avoit les chaveus lons[c] et chanus.

134. « Tel était l'habit de cet homme, qui marchait si vite qu'il en ruisselait de sueur. Ce qui ne l'empêchait pas de ruminer je ne sais quoi entre ses dents. Aussitôt qu'il me vit, il eut un soupir très profond pour dire : "Ah ! chrétienne, quelle hâte, pourquoi n'es-tu pas restée avec notre frère jusqu'à ce que l'esprit eût quitté son saint corps !" Quand j'entendis qu'il m'appelait chrétienne, je sautai de mon palefroi pour lui demander qui il était. Il me dit, tout en pleurant, qu'il était serviteur de Jésus-Christ, et qu'il désirait fort me parler ; il était venu de très loin, encouragé par le Saint-Esprit, pour enterrer cet homme. Je lui répondis : "Je viens juste de le quitter ! — Comment, chère fille, n'as-tu pas entendu la voix des saints anges qui ont emporté son âme au sein de la très grande joie des cieux ?"

135. « Entendant ces paroles, je fus tout éperdue et me mis à pleurer très amèrement. J'appelai deux serviteurs qui m'accompagnaient et en qui j'avais toute confiance. Je n'avais d'autre suite que ces deux qui formaient ma compagnie, avec une de mes cousines qui était jeune fille (elle ne voulut jamais avoir de mari, disant au contraire qu'elle éviterait toujours le commerce charnel avec un homme, et elle est encore ici). Ainsi fîmes-nous tous quatre demi-tour avec l'homme de religion. Nous arrivâmes à l'ermitage pour trouver mort le saint homme. Quand il le vit, celui-là manifesta un profond chagrin. Il le contourna, trouva les outils néces-

---

134. « En tel habit estoit cil hom, et si se hastoit tant d'aler que il en degoutoit tous de suour. Et si disoit totes voies je ne sai coi entre ses dens. Et tantost conme il me vit, si conmencha mout durement a souspirer et dist : "Ha ! crestienne, tant te hastes quant tu n'as tant esté avoec no frere que li esperis se fu partis de son saint cors !" Quant je oï qu'il m'apeloit crestienne, si sailli jus de mon palefroi, et li demandai quels hom il estoit. Et il me dist tout em plourant que il estoit sergans Jhesucrist, et que il desiroit molt a parler a moi ; et estoit venus de mout loing par l'amonnestement del Saint Esperit pour enterer cel home ; et je li dis : "Je sui orendroit departie de li ! — Conment, bele fille, si n'as pas oïe la vois des sains angles qui l'ame en ont portee ens en la tres grant joie des cix ?"

135. [*d*] « Quant je oï ce, si fui toute esperdue et conmenchai mout durement a plourer ; si apelai .II. sergans qui estoient venu a moi, en qui je me fioie mout. Et cil doi estoient en ma compaingnie, et une moie cousine qui pucele estoit, sans plus d'autre gent : car ele ne vaut onques avoir signour, ains disoit qu'ele n'avroit ja charnel compaingnie d'ome et encore est ele chaiens. Ensi retournasmes nous .IIII. avoec le bon home. Et quant nous venismes a l'ermitage, si trovasmes le saint home mort. Et quant il le vit si fist mout grant doel ; et ala deriere lui et trouva tex ostex com il couvient a

saires à l'inhumation, et creusa devant l'autel une fosse. Quand il l'eut faite, il revint et fit sur lui le signe de la vraie croix. Il le saisit par la tête et me dit de m'avancer : "Ah ! seigneur, lui dis-je, comment oserais-je toucher une si haute personne ? — Ne t'inquiète pas, me répondit-il : tu transportes quelque chose de plus haut encore, en portant le Sauveur de tout l'univers." L'entendre me persuada qu'il était homme de bien, pour révéler ainsi les choses cachées. Alors je pris l'ermite par les pieds et nous le fîmes glisser dans la fosse. Il dit alors : "Allons ! que cherchez-vous donc dans le sanctuaire de Notre-Seigneur, vous qui n'êtes pas dignes de voir sa maison ? Et vous avez l'audace d'y pénétrer, habités comme vous êtes de l'ordure et du péché du monde, et même pleins du péché du diable que vous adorez et servez !" Tant et si bien que ceux qui m'accompagnaient tombèrent à ses pieds et lui demandèrent le baptême : ils ne voulaient plus demeurer dans l'incroyance où ils avaient été si longtemps. Les entendre ainsi parler lui donna une très grande joie. Il s'empressa lui-même d'aller chercher de l'eau, et les baptisa au nom du Père et du Fils et du Saint-Esprit. Il les exhorta fermement à garder la sainte foi et à se détourner des idoles, qui, loin de secourir, peuvent au contraire nuire. Il me pria, pour Dieu, de leur apprendre tout le bien que je pouvais savoir : ce que je fis.

136. « Il nous recommanda à Dieu et nous dit qu'il ne

---

home enterer, et fist devant l'autel une fosse. Et quant il l'ot faite, si revint, et fist sor lui le signe de la vraie crois ; et le prist par le chief et me dist que je me traisisse avant. Et je li dis : "Ha ! sire, comment oseroie je habiter a si haute personne ?" Et il me dist : "Ne t'esmaier : car encore portes tu plus haute chose avoec toi : car tu portes le Sauveur de tout le monde." Et quant je l'oï, si soi bien que il estoit prodom quant il disoit ensi les choses couvertes. Lors le pris je par les piés et le mesismes en la fosse. Et lors dist : "Di va, que alés vous querant par le saint liu Nostre Signour, qui n'estes pas digne de veoir sa maison*! Et vous estes tant hardi que vous entrés dedens, qui estes plain de l'ordure et del pechié del monde, et si estes plain del pechié au dyable que vous aourés et servés" : tant qu'il si chaïrent as piés, et li demanderent baptesme : car il ne voloient jamais demourer en cele mescreandise ou il avoient tant esté. Quant il les oï ensi parler, si en ot mout grant joie. Et courut il meïsmes pour de l'aieve, et les bauptiza el non del Pere et del Fil et del Saint Esperit. Et si lor proiia mout et enorta de garder la sainte creance et d'eschiever les ymages, qui ne puent aidier, ançois puent nuire. Et si me proiia pour Dieu que il lor apreïsse tout le bien que je seüsse : et je le fis tout ensi.

136. « Atant nous conmanda a Dieu et nous dist qu'il ne se par-

quitterait jamais ce lieu tant qu'il vivrait — il n'avait plus guère de temps à vivre. Il resta ; Jésus-Christ fit pour lui maints beaux miracles. Il n'eut à vivre que très peu. Dieu me crédita d'une si belle grâce que je fus à son enterrement comme j'avais été à l'autre. Depuis j'ai persisté dans la foi chrétienne jusqu'à ce jour. »

137. Après avoir écouté ce propos de bout en bout, Josephé dit : « Dame, pour avoir reçu la loi de Jésus-Christ, vous ne vous conduisez pas en chrétienne : vous auriez depuis longtemps sorti votre mari de cette obscurité où il est depuis tant de temps. — Certes, répondit la dame, j'attendais que Notre-Seigneur, par sa pitié, m'envoyât le bon moment pour lui parler. Mais je n'en ai jamais eu l'occasion : mon mari est un homme très cruel ; il m'aurait bien vite abandonnée ou mise à mort si j'avais entrepris de lui parler d'un sujet qui ne lui aurait pas plu, et peut-être m'en aurait-il à tout jamais suspectée. Mais voici qu'il a plu à Notre-Seigneur de faire venir le moment où il peut être détourné de la fausse route et ramené à la juste foi. Toi, je te prie, glorieux serviteur de Notre-Seigneur, de demander instamment au vrai Créateur, en vertu de sa miséricorde, de le défendre du péril mortel, et de le mener sain et honnête à la vraie foi : s'il pouvait y être amené, ce serait un très loyal serviteur de Jésus-Christ, qui l'aurait gagné avec tous ceux de son territoire. Quant à moi, si je l'y voyais croire, mon bonheur serait tel que je ne pour-

---

tiroit jamais d'illuec tant com il viveroit : car il n'avoit mais gaires d'espasce de vivre. Ensi remest ; si fist puis Jhesu Crist pour lui mainte bele miracle. Et si ne vesqui puis se mout [e] petit non. Et si me donna Dix tant bele grasse que je fui a son enterrement ensi com je avoie esté a l'autre ; et ai esté puis tous jours en la crestienne creance jusques au jour d'ui.

137. Quant Josephés ot ce escouté de chief en chief, si dist : « Dame, quant vous avés la loi Jhesu Crist recheüe, si ne vous contenés pas come crestiene : vous eüssiés piecha vostre signour[c] osté de cele oscurté ou il est tant longement. — Certes, dist la dame, je atendoie tant que Nostres Sires, par sa pité, m'envoiast le point couvenable de lui metre a raison. Mais je n'en fui onques em point, car me sires est uns hom molt cruous ; si m'eüst molt tost guerpie ou destruite se je le meïsse a parole de chose qui ne li pleüst ; et par aventure m'en eüst a tous jours mais souspechonné. Mais or a Nostre Sires, par son plaisir, amené le point que il puet[b] estre trestournés de mauvaise voie et ramenés[c] a la droite creance. Et je te proi, glorious sergans Nostre Signour, que tu requieres le vrai Creatour que il, par sa misericorde, le desfende de mortel peril, et le maint et sain et hounete a la vraie creance : car s'il i pooit estre amenés, molt i averoit loial sergant Jhesu Cris : car il aroit lui gaaingnié et

rais m'emporter contre personne, et que ma mort ne m'importerait plus. Mais je me suis fort épouvantée de ce que vous lui avez dit : qu'il serait à la merci de son ennemi trois nuits et trois jours. » Josephé répondit que c'était vrai, et que personne n'y changerait rien. « Seigneur, reprit la dame, vous pouvez bien me révéler, si Notre-Seigneur vous en a instruit, comment va se passer pour lui cette bataille. » Elle le sollicita tellement, plusieurs fois, qu'il finit par lui confier le déroulement des événements jour après jour.

138. Ainsi Josephé était-il à Sarras, avec les autres chrétiens, très honorablement servi par la reine Sarracinte, et par ceux de sa maison. À ce moment le conte cesse de parler de Josephé, et passe au roi Évalac qui était à Orcan très heureux. Il cherchait obstinément à savoir qui pouvait être le Chevalier Blanc, mais personne n'était en mesure de lui fournir la moindre information : très désireux d'être fixé, le roi s'étonna fort de ne pouvoir obtenir aucun renseignement. Il ne mangea rien de toute cette nuit, non plus que son beau-frère, pour penser au Chevalier Blanc. Il ne serait jamais heureux, dit-il, avant d'avoir eu des échos absolument certains sur lui.

Conversion d'Évalac et de Séraphé.

139. Le conte dit qu'ils parlèrent ainsi toute la nuit du Chevalier Blanc. Le roi disait qu'il était très preux : il devait

---

tous ciaus de sa terre. Et se je l'i veoie croire, je en seroie tant lie que nus ne me porroit irier, ne ja plus ne me cauroit ma mort. Mais ço m'a mout espoenté que vous li deïstes, qu'il seroit en la prison de son anemi .III. nuis et .III. jours. » Et Josephés dist que ce stoit voirs, et par nul homes ne seroit il mie trestournés. Et la dame li dist : « Sire, tant me poés vous bien dire, se Nostre Sires le vous[d] a demostré, conment il li carra de ceste bataille. » Tant li enquist une fois et autre que il li disoit toutes les choses si[e] com eles avinrent de jour en jour.

138. Ensi estoit Josephés a Sarras, entre lui et les autres crestiiens, molt honereement servi de Sarracinte la roïne, et de ciaus de sa maison. Atant laisse li contes a parler[a] de Josephé, et dist du roi Amalac qui est a Orcaus molt liés. Et molt enqueroit du Blanc Chevalier qui il pooit estre ; mais nus ne li savoit dire enseignes de lui. Molt en fu engrans li rois del savoir, et molt s'esmerveilla de ce que il n'en pooit oïr nules nouveles. Ne onques ne menga cele nuit, ne il ne ses serour[f]ges, pour penser au Blanc Chevalier. Et dist que jamais ne seroit liés devant ce qu'il en avroit oïes vraies nouveles sans faille de lui.

139. Or dist li contes que ensi tinrent toute la nuit parole du Blanc Chevalier. Si dist li rois que mout estoit prous, et que mout le devoit

beaucoup l'aimer, pour avoir, par lui, pu acquérir de l'honneur. Ils firent à son sujet, la nuit durant, de très grands discours. Ils n'avaient pas fini de souligner ses prouesses lorsque le roi alla se coucher, ainsi que Séraphé et tous les autres, qui étaient en effet très fatigués. Le lendemain, quand le jour parut clair et beau, le roi Évalac se leva pour aller voir Tholomé. Et Tholomé de tomber à ses pieds, car il avait peur qu'il ne le fît mettre à mort. Le roi Évalac le prit par la main et le releva, parce qu'il était roi.

140. Tholomé appela ensuite des compagnons d'Évalac, et les pria d'intervenir pour le réconcilier avec leur seigneur. Ils répondirent qu'ils allaient s'exécuter volontiers, sous réserve que leur seigneur voulût faire cela pour eux. Alors ils laissèrent le roi Tholomé et se rendirent auprès du roi Évalac. L'amenant à l'écart, ils intercédèrent avec insistance en faveur du roi Tholomé. Mais Évalac leur déclara qu'il n'en ferait rien, pour personne au monde. Alors on n'en parla plus. Le roi se rendit à Sarras, emmenant évidemment avec lui Séraphé son beau-frère très grièvement blessé. Séraphé voulait qu'on l'emmenât dans son pays, où il serait en effet plus à son aise qu'à Sarras, mais le roi dit qu'il souhaitait qu'il vînt à Sarras : il lui montrerait les plus grands prodiges qu'il eût jamais vus, venant d'un homme qui lui avait, à son départ, conté les choses qui lui étaient arrivées dans la bataille. Séraphé admettait qu'il verrait volontiers cet homme, et que c'était raison suffisante pour aller à Sarras.

---

amer, car par lui avoit il honour conquise. Mout en tinrent la nuit grans plais. Ne onques ne finerent de reprover ses proueces tant que li rois ala couchier, et il et Seraphé et tout li autre, car il s'estoient assés traveillié le jour. Et quant a l'endemain, que li jours aparut biaus et clers, li rois Amalac se leva et ala veoir Tholomé. Et quant Tholomé le vit, si li chaï au pié, car il avoit paour qu'il ne le fesist ocire. Et quant li rois Amalac vit ce, si l'em prist par le main et l'en leva pour ce seulement que il estoit rois.

140. Aprés apela Tholomé des compaingnons Amalac, et lor proiia qu'il parlaissent pour sa pais envers lor signour : et il respondirent que volentiers le feront, s'il veut ce faire pour aus. Atant laissent le roi Tholomé et vont au roi Amalac et le traient a une part ; et li proiient molt du roi Tholomé, mais il lor dist que il n'en feroit riens, pour nul home vivant. Atant remest la parole ; si en ala li rois a Sarras. Et si en mena avoec lui Serafé son serourge mout durement navré. Et Seraphé voloit que on l'en menast en son païs, car il i seroit plus a aise que a Sarras. Et li rois dist que il voloit qu'il venist a Sarras, car il li mousterroit les greignours mervelles que il onques veïst, d'un home qui li avoit, a son mouvoir, contees les choses qui li estoient avenues en la bataille. Seraphés disoit que celui verroit il volentiers : et que pour ce iroit il a Sarras.

141. Ainsi s'en retournèrent-ils tous deux à Sarras. Les autres se dispersèrent, chacun s'en allant dans son pays après avoir reçu congé du roi. À l'arrivée du roi à Sarras, quelle ne fut pas la joie de la reine, quand elle vit venir et chevaucher ensemble le roi et Séraphé son frère. Et les autres gens aussi en étaient très joyeux, car personne n'imaginait qu'il y eût jamais entre eux deux de paix, ni amour ni concorde : ils s'étaient l'un l'autre trop haïs. À peine le roi eut-il mis pied à terre qu'il s'informa des chrétiens. La reine lui demanda ce qu'il pensait de leur prédiction : «Tous les propos de Josephé, dit le roi, sont avérés.» La reine, très joyeuse, envoya tout de suite chercher Josephé. Quand le roi le vit, il se dressa devant lui pour lui déclarer qu'il fût bienvenu comme le plus lucide d'entre tous les prophètes. Il le fit alors asseoir à ses côtés, et dit à Séraphé qui gisait blessé sur un lit : «Séraphé, que mon peuple le sache, j'y tiens : c'est à celui-ci que je dois le succès. — Ce n'est pas moi, dit alors Josephé, pas plus que tes prouesses, qui t'ont sauvé ; c'est le Seigneur dans le signe de qui tu étais confiant.» Séraphé lui demanda qui était ce Seigneur si puissant dont il parlait. Josephé lui répondit : «Séraphé, je vais te dire qui il est et ce qu'il te fait savoir par mon intermédiaire.

142. «Ce Seigneur, Seigneur des chrétiens, a dit de sa propre bouche : "Écoute, Josephé, toi qui es mon messager. Tu vas annoncer que je suis le commencement et la fin.

---

141. Ensi se tournerent il andoi a Sarras. Et li autre se departirent, [*16a*] et s'en ala chascuns en son païs puis que il lor ot donné congié. Et quant li rois vint a Sarras, si fist la roïne molt grant joie de lui et de Seraphé son frere, quant ele les vit venir et chevauchier ensemble. Et toutes les autres gens en orent molt grant joie : car nus ne quidoit que jamais eüst païs entr'aus .II., ne amour ne concorde, car trop s'estoient entrehaï. Et tout errant que li rois fu descendus, si demanda des crestiiens. Et la roïne li demanda que il li estoit avis de lor paroles, et li rois dist : «Toutes les paroles Josephé ont esté vraies», et la roïne en fu molt joiouse ; si envoia maintenant querre Josephé. Et quant li rois le vit, si se drecha encontre lui et li dist que bien fust il venus com li plus vrais de tous les prophetes. Et lors le fist asseoir dejouste lui, et si dist a Seraphé qui gisoit tous navrés en une couche : «Seraphé, tant voel je que mes pueples sace que par cestui ai je eüe honour terriene.» Lors dist Josephés : «Ne je ne tes proueces ne t'ont pas rescous : mais li Sires del signe en qui fiance tu aloies.» Et Seraphés li demanda qui cil sires estoit qui avoit tant de pooir et de qui il parloit. Et Josephés li dist : «Seraphé, je te dirai qui il est et que il te mande, par moi qui ci sui.

142. «Cil Sires qui sires est des crestiiens dist de sa bouche : "Os tu, Josefés, qui es mes messages : tu diras que je sui conmencemens et fins.

C'est moi qui t'ai repris aux sept chevaliers quand ta mort était imminente[1]. Si donc tu prétends avoir fait les prodiges que tu as faits dans la bataille par ta seule puissance, tu le prétends sottement. Mais, aussitôt qu'Évalac, ici présent, déclara : 'Séraphé, cher beau-frère, tu vas au combat : que ce Seigneur dont je porte le signe te conduise', alors il te garda du péril par la prière qu'il fit à Jésus[2]." »

143. Séraphé fut au comble de la stupeur d'entendre Josephé parler de choses que personne ne pouvait savoir. Le roi assura qu'il disait vrai. Alors Josephé demanda le signe de la croix qu'il avait tracée sur son écu. Quand l'écu fut découvert, ils virent très clairement une croix vermeille et un crucifié dont le supplice paraissait tout récent. Comme ils le regardaient, il advint qu'un homme qui avait le bras coupé entra dans la maison. Il appela Josephé pour lui dire : « Si ton dieu est puissant, c'est le moment de me le montrer. Et s'il me rend mon bras tranché, en sorte qu'il soit aussi sain que l'autre, alors je croirai qu'il est le vrai Dieu. » Josephé lui fit toucher la croix et se retira en arrière, pour qu'ils ne crussent pas qu'il fût un enchanteur. Et aussitôt son bras devint pareil à l'autre. Il arriva d'ailleurs une autre chose : la croix délaissa l'écu pour se fixer au bras, et jamais depuis elle ne réapparut tant soit peu sur l'écu.

144. Voilà qui stupéfia grandement tous les témoins.

Je sui cil qui te rescous des .vii. chevaliers quant tu estoies pres de mort. Et si quides avoir faites les merveilles que tu feïs en la bataille par ta seule poissance, tu le quides folement. Mais ausitost come Amalac, qui ci est, dist : 'Seraphé, biaus serourges, tu en vas en la bataille : cil sires te conduie qui signe je port', illuec te garda il de peril par la proiiere que il fist a Jhesu." »

143. Quant Josephés ot ensi parlé, si fu mout esbahis Seraphés de ce que il disoit les choses que nus hom ne pooit savoir. Et li rois dist que il disoit voir. Lors demanda Josephés le signe de la crois que il avoit faite en son escu. Et quant li escus fu descouvers, si virent une crois vermeille tout en apert, et un crucefis dont il estoit avis qu'il fust tout nouvelement crucefiés. Ensi com il l'esgardoient, si avint chose que uns hom qui avoit le bras copé entra en la maison ; si apela Josephé et dist : « Se tes dix est poissans, moustre le moi orendroit. Et s'il me rent mon bras qui trenchiés est, que [b] il soit autresi sains come li autres est, lors querrai je qu'il est vrais Dix. » Et Josephés[a] le fist touchier a la crois et se traïst ariere, que il ne quidaissent que il fust enchanterres. Et maintenant li fu li bras autretés come li autres. Et si avint une autre chose : car il virent que la crois delaissa l'escu et se prist au bras, ne onques puis n'aparut en l'escu ne tant ne quant.

144. De ceste chose furent molt esbahi tout cil qui le virent.

Témoin lui-même, Séraphé dit que, sans plus attendre, il se convertirait : on devait bien croire en Celui qui avait un si grand pouvoir. Il se leva, alors qu'il était si malade, tomba aux pieds de Josephé et lui demanda de le faire chrétien au nom du Père et du Fils et du Saint-Esprit ; ce que fit Josephé ; Séraphé fut appelé de son vrai nom : Nascien. Sitôt qu'il fut baptisé, descendit sur lui une très grande clarté visible par tous ceux qui étaient là. Il semblait alors que le feu eût envahi toute la salle. On vit aussi très clairement un brandon de feu ardent lui entrer dans la bouche. Puis on entendit retentir une voix très effroyablement : « Les derniers ont enlevé aux premiers l'honneur de leur personne par leur foi rapide. » À peine la voix avait-elle parlé que Nascien se sentit complètement guéri. Et aussitôt son corps fut comblé du Saint-Esprit de Notre-Seigneur. Nascien dit : « Le Saint-Esprit me fait voir toutes les obscurités. Mais qu'attendez-vous donc, vous qui avez mis les tables ? Pourquoi ne pas vous laver les mains et aller manger ? Sachez que l'ouvrier paresseux recevra le salaire de sa paresse. Évalac apprendra que Tholomé, tout à l'heure, est mort et a quitté ce monde. Voilà ce que m'a indiqué le Saint-Esprit tout-puissant, en vertu de sa grâce et de son insigne bonté. »

145. Nascien parla tant de son Dieu que le roi s'empressa de se faire baptiser, de même que l'homme au bras guéri. Sitôt

---

Et quant Seraphés vit ce, si dist que il n'atenderoit plus, ançois se feroit crestienner : car celui devoit on bien croire qui si grant pooir avoit. Lors se leva, ensi malades com il estoit, et chaï as piés Josephé, et dist qu'il le fesist crestiien el non del Pere et del Fil et del Saint Esperit ; et il si fist, et fu apelés par son droit non Nasciens. Et sitost com il fu bauptiziés, si descendi sor lui une mout grans clartés qui estoit a veoir a tous ciaus qui laiens estoient. Et lors estoit avis que toute la sale fust de fu esprise. Et si virent tout apertement un bran-don de fu ardant qui li entra en la bouche. Après oïrent une vois qui dist mout haut, et mout espoentablement : « Li daerrain ont as pre-merains tolu lor honour de lor cors par isneleté de creance. » Tantost que la vois ot parlé, si senti Nasciens que il estoit tous sanés et garis ; et tantost fu ses cors aemplis del Saint Esperit Nostre Signour. Et puis dist Nasciens : « Li Sains Esperis me demoustre toutes les oscurtés ! Et que alés vous atendant, vous qui avés les tables mises ? Pour coi ne lavés vous vos mains, et si alés mengier ? Et saciés que li pereçous ouvriers, par sa perece, rechevera son loiier. Et bien sace Amalac que Tholomé est orendroit fenis et departis de cest siecle. Ensi le m'a demostré li Sains Esperis, qui tous poissans est, par la soie grasse et par sa grande debonaireté. »

145. Tant parla Nasciens de son Dieu que li rois se courut bauptizier, et cil qui avoit le bras gari. Et ausitost come chascuns

que chacun était baptisé, on trouvait son nom inscrit sur son
front en vertu du baptême qu'il avait reçu. Le nom d'Évalac
fut Mordrain, autant dire : « Lent à croire ». Quant à l'homme
qui avait la croix, il fut appelé Clamacidès : « Gonfalonier de
Notre-Seigneur[1] ». Le roi, alors, appela Sarracinte sa femme, et
lui dit d'aller se faire baptiser : il n'était pas normal, lui répondit-elle, qu'elle le fût deux fois. Le roi lui demanda comment
c'était possible, et elle lui dit que le fait pouvait bien remonter
à vingt-cinq ans ! Elle lui conta donc comment cela lui était
arrivé — tout ainsi qu'elle l'avait conté à Josephé. Elle ajouta
que l'homme du salut qui la baptisa refusa catégoriquement de
changer son nom, affirmant au contraire qu'il lui allait bien,
car cela équivalait à dire : « Pleine de foi ». Ceux-là baptisés, les
autres venaient aussi nombreux que possible. Josephé, tenant
une grande cuvette d'eau, aspergeait chacun sur la tête au nom
de la Sainte Trinité[2].

146. En ce seul jour il y eut bien quinze mille baptêmes.
Le lendemain, Josephé quitta Sarras, emmenant Nascien
avec lui, pour baptiser le peuple et pour exalter la foi en
Jésus-Christ. Quant à Joseph, il restait à Sarras pour jeter bas
les idoles et leurs autels, et pour dresser des autels nouveaux.
Josephé purifia le temple comme Notre-Seigneur le lui avait
enseigné. Après avoir reçu la foi de la population entière de
Sarras, il alla par tout le territoire jusqu'aux limites du
royaume. Il y fit aller aussi tous les chrétiens venus de Jéru-

---

avoit rechut bauptesme, si trouvoit on son non en son front escrit par
le bauptesme. Et li nons que Amalac aporta ce fu : Mordrains, et vaut
autretant come : tardif en creance ; et li nons de celui qui avoit la crois
si fu apelés Clamacides, et autretant vaut come : gonfanonniers a
Nostre Signour. Et lors apela li rois Saracinte sa feme, et li dist que ele
s'en alast bauptizier. Et ele li dist que ce n'es[t]oit pas drois que ele le
receüst .ii. fois. Et li rois li demanda conment, et ele li dist que bien
pooit avoir .xxv. ans. Et si li conta conment il li estoit avenu, et ele li
conta, tout ensi com ele l'avoit conté a Josephé. Et li dist que li hom
salvables[a] qui le bauptiza ne vaut onques son non remuer, ains dist
qu'il li avenoit bien, car ce estoit autretant a dire come : plainne de foi.
Et quant cil furent bauptizié, si venoient li autre espessement com il
pooient venir. Et Josephés tenoit un grant bacin d'aige et jetoit a chascun sor la teste el non de la Sainte Trinité.

146. En celui jour en ot bien .xv.m. bauptisiés. L'endemain se parti
Josephés de Sarras ; si en mena Nascien avoec lui pour bauptizier la
gent, et pour essaucier la creance Jhesu Crist. Et Joseph[a] remest a
Sarras pour abatre les ymages et lor auteus, et pour faire auteus nouviaus. Et Josephés purefiia le temple ensi com Nostre Sires li avoit
enseignié. Et quant il ot receü en creance toute la gent de Sarras, si
en ala par toute la terre environ si com li roiaumes le comporte. Et si

salem, à l'exception de trois seulement qui gardaient l'arche
où était la sainte écuelle. Le premier était appelé Anacoron,
le deuxième Manatès et le troisième Lucan (c'était celui que
Josephé avait fait gardien de l'arche sacrée.)

147. Ces trois restèrent, tandis que les autres s'en allèrent
par le pays en glorifiant le nom du Vrai Crucifix. Au demeurant, chacun était si véritablement habité par le Saint-Esprit
qu'il parlait, de ce fait, toutes les langues. Leur nombre était
de soixante et onze, sans Josephé ni son père. Arrivé à
Orcan, Josephé pénétra d'abord dans le temple. À l'intérieur,
il se mit à réfléchir, jusqu'au moment où il prit sa ceinture et
vint à une statue qui était posée sur le maître-autel : il se mit
à la conjurer, si bien que le diable fut très visible en sortant
de l'idole. Josephé, lui jetant la ceinture autour du cou, le
traîna hors du temple devant le roi et devant tout le peuple
qui le suivait. Le diable criait si fort en se sentant pris
par Josephé qu'on l'entendit par toute la cité, ce qui fit
accourir une grande majorité de la population. Nascien
demanda à Josephé, alors, pourquoi il les mortifiait de la
sorte. Il lui répondit qu'il l'apprendrait en temps utile.
Alors il demanda au diable pourquoi il avait fait tomber
Tholomé par les fenêtres de la tour. Il obtint pour réponse :
« Tu es serviteur de Jésus-Christ. Lâche-moi donc un peu
et je vais te dire pourquoi. » Josephé lui ôta sa ceinture et
le prit aux cheveux. Alors il se hâta de lui dire : « Josephé,

---

i fist aler tous les crestiiens qui de Jherusalem estoient venu, fors que
.iii. solement qui gardoient l'arce ou la sainte esquiele estoit. Si en fu
li uns apelés Anacoron, et li autres Manates, et li autres Leucans : ce
fu cil de qui Josephés avoit fait garde de la sainte arce.

147. Ensi remesent cil .iii., et li autre s'en alerent en le païs essau-
çant le non au vrai crucefis. Mais il n'en i avoit nul ou li Sains Esperis
ne fust si vraiement que pour ce em parloit il tous les languages. Et li
nombres d'aus estoit .lxxi. sans Josephé et sans son pere. Et quant
Josephés vint a Orcaus, si entra premierement el temple. Et quant il fu
entrés ens, si conmencha a penser ; et tant qu'il prist sa çainture et vint
a une ymage qui estoit sus le maistre autel et le conmencha a conjurer,
tant que li dyables issi fors tout apertement de l'ymage. Et Josefés li
jeta la chainture entour del col, si le traïna fors del temple devant le roi
et devant tout le pueple qui le sivoit. Et il crioit tant durement la ou
Josephés le tenoit que on l'oï par toute la cité, tant que mout grant
partie de la gent i acoururent. Lors li demanda Nasciens pour coi il les
justiçoit ensi ; et il li dist que ce savroit il ja par tans. Lors demanda il
au dyable pour coi il [*d*] avoit fait Tholomé chaoir par les fenestres de
la tour. Et li dyables li dist : « Tu es sergans Jhesu Crist. Or me lasque
un poi et jel te dirai pour coi. » Josephés li osta toute sa çainture et le
prist par les cheveus. Lors li conmencha a dire isnelement : « Josephés,

je voyais les merveilles que Dieu faisait pour toi à Sarras : tu as guéri l'homme qui avait le bras coupé, par l'attouchement du signe de la croix ; tu y as aussi converti au baptême le roi Évalac. J'ai redouté que tu ne fisses de même du roi Tholomé, et voilà pourquoi, sous l'apparence d'un homme, je lui ai apporté les nouvelles. Je lui ai dit qu'Évalac avait commandé qu'il fût, le lendemain, mis à mort — non sans ajouter que je le protégerais bien, connaissant le moyen de l'en délivrer. Je lui dis aussi que personne au monde ne pourrait l'en tirer plus vite. Il me répondit qu'il deviendrait mon homme lige, si je pouvais l'en faire sortir par ma puissance et par ma force.

148. « Alors je me suis métamorphosé devant lui en griffon[1], et je l'ai fait monter sur moi. Et quand, de haut, je l'ai laissé tomber, il a chuté si brutalement qu'il s'est brisé un pied et un bras. » Josephé saisit le diable une nouvelle fois, et lui mit sa ceinture autour du cou. Il l'emmenait par toutes les rues si franchement que tout le monde le voyait. Et il disait au peuple qui se trouvait là : « Pauvres gens de peu de jugement, à la religion fausse, voyez ici la figure des dieux en qui vous avez toujours cru, et par qui vous imaginez vivre sur terre. » Ensuite, il demanda au diable comment il était appelé. Celui-ci lui répondit : Asselafas, et ajouta qu'il avait pouvoir et mission de prendre les gens par les mauvaises nouvelles qu'il portait, et qui n'étaient que mensonges.

---

dist li dyables, je veoie les merveilles que Diex faisoit pour toi a Sarras : que tu garesis l'ome qui le bras avoit copé, par touchier au signe de la crois. Et si i fesis bauptisier le roi Amalac : si doutai que tu ne fesisses autretel du roi Tholomé, et pour ce li aportai je les nouveles en samblance d'un home. Et li dis que Amalac avoit commandé que il fust l'endemain traïnés. Et quant je li oi dit, se li dis que je le garantiroie bien : que je savoie bien comment je l'en porroie bien jeter fors. Et se li dis que nus hom né del monde ne l'en porroit plus tost jeter ; et il me dist que il devenroit mes hom, se je l'em pooie jeter par ma poissance et par ma force.

148. « Lors me muai devant lui en guise d'un grifon, si le fis monter desor moi. Et quant je le laissai de haut chaoir, il chaï si durement qu'il brisa un des piés et un des bras. » Lors le prist Josephés autre fois, si li mist sa coroie entour le col ; et l'en menoit par toutes les rues si apertement que toutes les gens le veoient ; et disoit au pueple qui la estoit : « Chaitives gens de povre entendement et de mauvaise creance, veés ici la figure des dix que vous avés tous jours creüs, et par qui vous quidiés vivre sor terre. » Après demanda au dyable conment il estoit apelés : et il li dist qu'il estoit apelés Asselafas, et dist qu'il avoit poïr et baillie de prendre les gens par les mauvaises nouveles que il portoit de fauseté.

149. Quand le peuple entendit ces paroles, il courut au baptême. Josephé les purifiait, au palais, par l'eau. Une fois qu'il les eut purifiés, il rendit sa liberté au diable, mais le conjura de telle manière que personne, qui aurait pris le signe de la sainte Croix, ne fût trompé par lui. Alors fut proclamé le ban du roi, enjoignant à tous d'aller au baptême ; le roi expulsait de sa terre sans retour quiconque refusait. Cette parole conduisit une grande partie du peuple, composée de mécréants, à s'exiler rapidement. Mais la majorité se pressa au baptême. Quant aux mauvais croyants, lorsqu'ils entendirent le commandement de leur seigneur, ils dirent qu'ils aimaient mieux quitter le royaume que changer leur loi.

150. Ceux qui reçurent la loi de Jésus-Christ furent très nombreux. Quant à ceux qui se refusaient au baptême, à leur départ ils tombaient morts sur le seuil de la porte ; certains parmi eux perdaient la raison ; d'autres se courbaient sans savoir, bien sûr, d'où cela venait. Il y avait tant de morts et d'estropiés que le bruit en parvint jusqu'à Josephé tandis qu'il baptisait le peuple mécréant. Quand il en eut vent, il accourut à cet endroit, pour voir le diable sur les dépouilles des morts, le diable en personne qu'il avait laissé partir. Ce spectacle consterna Josephé. Le diable se mit à le héler : « Regarde donc, Josephé, comment je fais justice des ennemis de ton Dieu ! » Josephé lui demanda au nom de qui il faisait

---

149. Quant les gens orent tés paroles oïes, si coururent au bauptesme. Et Josephés estoit el palais, si les purefioit de aigue. Et quant il les ot purefiiés, si laissa le dyable aler ; et le conjura en tel maniere que nus qui eüst pris le signe de la sainte crois ne fust par lui deceüs. Lors fu criés li bans le roi que tout alaissent bauptizier ; et qui bauptizier ne se voloit, si le congeoit* li rois hors de sa terre sans revenir. A cele parole coururent hors de la terre grant partie de la gent qui mescreant estoient. Et mout i ot grant partie de la gent qui coururent au baupteme ; mais li mescreant, quant il oïrent le commandement lor signour, disent qu'il amoient [e] mix a guerpir le roiaume que changier lor loy.

150. Mout i ot grant nombre de ciaus qui rechurent la loy Jhesu Crist. Et quant cil se departoient, qui recevoir ne voloient le bauptesme, si chaoient mort a l'uis de la porte ; et s'en i avoit de teus qui issoient du sens ; et si i avoit de teus qui estoient ploiié et si ne savoient dont ce lor venoit. Tant en i avoit de ciaus qui estoient mort et mehaignié que la renomee en ala jusques a Josephé la ou il bauptisoit le pueple mescreant. Et quant il l'oï, si courut cele part et vit le dyable sor les cors des mors, celui meïsmes que il avoit laissié aler. Quant Josephés vit ce, si fu mout dolans. Et li dyables li conmencha a huchier, et si li dist : « Or esgarde, Josephé, comment je preng vengance des anemis a ton Dieu ! » Et Josephés li dist : par qui il faisoit

ce prodige et qui le lui avait commandé. Le diable lui dit qu'il agissait sur l'ordre de Jésus-Christ[1]. Josephé répliqua : « Pour sûr, esclave, je ne vous l'avais pas commandé ! » Il lui dit de venir ; devant son refus, il courut vers lui dans l'intention de le ligoter. Pendant cette course, il remarqua devant lui un ange au visage tout aussi ardent que la foudre. Josephé, stupéfait, se demanda, plein de perplexité, ce que cela pouvait signifier. Pendant qu'il réfléchissait, l'ange le dépassa et d'une lance lui transperça la cuisse jusqu'à l'os. Laissant la lance et s'abstenant de la retirer, il dit : « Tu t'en souviendras : tu as cessé de baptiser les gens pour délivrer les contempteurs de ma loi ; tu garderas cette marque jusqu'à la fin de tes jours. »

151. L'ange ôta la lance de la cuisse de Josephé. Et si le fer néanmoins y resta, il ne lui fit absolument pas mal. Mais alors Josephé se rendit bien compte que l'ange avait dit vrai ; depuis lors il ne fut pas un jour, jusqu'à la fin de sa vie, qu'il ne boitât. Jamais non plus, depuis lors, la plaie ne cessa de saigner tant que le fer fut dedans. D'ailleurs il devait encore le payer plus cher en un autre lieu, comme l'ange le lui avait dit — ce qu'exposera le conte plus loin en temps et en heure. Mais ici même le conte se tait à propos de la plaie de Josephé et de la lance. Il n'en reparlera que le moment venu. Auparavant, le conte va nous exposer comment il fut rempli d'épouvante pour sa plaie, à

---

ceſte merveille ? Et qui li avoit conmandé ? Et li dyables li diſt qu'il le faisoit par le conmandement de Jhesu Criſt. « Certes, quivers, diſt Josephés, ce ne vous avoie pas conmandé ! » Et li diſt Josephé qu'il veniſt a lui. Mais il ne vaut, si courut Josephé vers lui por ce qu'il le voloit loiier. En cel courre que il fiſt, si esgarda devant lui un angle qui avoit tout autresi ardant le viaire come foudre. Et quant Josephés vit ce, si fu tous esbahis, et molt s'esmerveilla que ce pooit senefiier. Endementiers que il pensoit, et li angles passa avant, et le fiert en la quisse d'une lance jusques a l'os. Et laissa la lance sans traire fors : « Ce eſt, dit li angles, en[4] ramenbrance de ce que tu laissas a baptizier les gens por rescourre les despiseurs de ma loy : tout ce te parra jusques en la fin de ta vie. »

151. Li angles oſta Josephé la lance de la quisse. Et nequedent li fers i remeſt, mais onques ne li fiſt mal. Ne mais d'itant s'aperçut il bien que li angles li avoit dit voir de la reproce, ne il ne fu onques puis jours, tant qu'il vesqui, que il ne clochaſt. Ne onques puis ne pot il la plaie resaner de saignier tant come li fers fuſt dedens. Et encore le comperra il plus en autre lieu, si conme li angles li avoit dit. Et ce contera bien li contes cha avant quant il en sera lix et tans. Mais ici endroit si se taiſt ore li contes a parler de la plaie Josephé et de la lance ; que plus n'en parole desi adont que tans et lix en ert,

cause de son Seigneur et des gens qui ne manquèrent pas de l'apprendre.

Conversion du peuple de Nascien.

152. Le conte dit que Josephé fut rempli d'épouvante ; non pas seulement pour sa plaie, mais à cause de son Seigneur. Il ne lui servit à rien de bander sa plaie : elle saigna chaque jour. Le roi très étonné s'interrogeait sur ce fait. Il lui demanda ce qu'il avait à la cuisse, et qu'il ne le lui cachât sous aucun prétexte. Josephé lui dit de ne pas s'en étonner : il avait contracté cette plaie pour avoir voulu tirer le peuple mécréant des mains du diable cruel auquel il appartenait. Lorsque le peuple entendit ces mots, ceux qui étaient baptisés éprouvèrent un grand bonheur ; quant à ceux qui n'avaient pas reçu le baptême, ils s'empressèrent aussitôt de le demander.

153. Ainsi recevaient-ils le baptême et la foi en Jésus-Christ. Josephé était dans la cité d'Orcan avec les compagnons que son père et lui avaient amenés de Jérusalem. Dieu fit tant qu'ils eurent baptisé en trois jours tous ceux qui habitaient dans les murs : personne absolument, ni petit ni puissant, qui ne se convertît à la loi du Seigneur-Dieu. Ainsi opérèrent-ils par les saintes paroles que Josephé leur disait, et grâce à l'aide du Saint-Esprit. Ceux qui parcouraient le pays déployèrent tant de zèle que le peuple, autant qu'en comptait le royaume, était amené à la loi

---

ains nous contera li contes conment il fu mout espoentés de sa plaie pour son Signour et pour la gent qui bien le sorent.

152. [*f*] Or dist li contes que mout fu Josephés espoentés ; non pas pour sa plaie solement, mais pour son Signour. Quant Josephés ot sa plaie bendee, si ne valut riens : car tous jors saina. Et li rois s'esmerveilla mout que ce pooit estre. Et li rois li demanda qu'il avoit en la quisse, et que pour riens ne li celast. Et Josephés li dist qu'il ne s'esmerveillast mie : que ce avoit il pour ce qu'il voloit le pueple mescreant oster des mains au cruel dyable a qui il estoit. Quant les gens oïrent ceste parole, si[*a*] furent mout lié cil qui estoient baptizié. Et cil qui n'avoient point de bauptesme receü, si cururent maintenant au bauptesme.

153. Ensi recevoient le bauptesme et la creance Jhesu Crist. Si fu Josephés[*a*] en la cité d'Orcaus entre lui et ses compaingnons que entre lui et son pere avoient amené de Jherusalem. Si fist Dix tant qu'il orent bauptizié en .iii. jours tous ciaus qui estoient habitant dedens la cité ; ne onques n'i remest ne petis ne grans qui ne tournast a la loy Damedieu. Ensi ovrerent il par les saintes paroles que il lor disoit, et par l'aide del Saint Esperit. Et li autre qui alerent par le païs esploitierent tant que tous li pueples, si com li roiaumes pourprenoit, estoit amenés a la loy

de Notre-Seigneur Jésus-Christ. Toutes les statues qu'on pouvait trouver dans les temples ou partout ailleurs furent brûlées et abattues sans exception. Josephé fit tant, avant de revenir, qu'il convertit à la loi chrétienne tout le territoire de Nascien.

154. Après, il revint à Sarras. Il était très heureux d'avoir accompli au mieux la besogne de Notre-Seigneur Jésus-Christ. Nascien vint avec lui. Quand ils furent arrivés, Josephé choisit une partie de ses compagnons pour leur conférer l'ordination. Il les envoya pour une part sur le territoire de Nascien; pour l'autre part, ils restèrent sur le territoire de Mordrain, roi de très grande autorité; de la sorte il y avait pour évêque un prêtre dans chaque cité.

155. C'est ainsi que les choisit Josephé, qui n'en laissa dans sa compagnie que seize, et en envoya trente-deux sur les territoires. Mais avant qu'ils ne le quittassent, il leur conféra l'ordination d'évêque comme Notre-Seigneur la lui avait donnée, si bien qu'ils furent trente-trois évêques, tandis que les seize qui demeurèrent avec lui furent tous ordonnés prêtres. Lorsque le territoire eut été entièrement converti à la sainte foi et que les pasteurs furent placés dans chacune des cités sur le sage conseil des hommes de religion, alors Josephé alla, par la providence du Saint-Esprit, chercher les saints ermites là où ils reposaient, non sans prier, avec sa compagnie, Notre-Seigneur de daigner lui indiquer leurs noms et

Nostre Signour Jhesu Crist; et furent arses et abatues tres toutes les ymages par tous les temples et par tous les lix ou eles pooient estre trouvees. Et Josephés fist tant, ançois que il repairast, que il converti a la crestienne loy toute la terre Nascien.

154. Après si revint a Sarras; si estoit mout liés de ce que il avoit fait mout bien la besoigne Nostre Signor Jhesu Crist; et si vint Nasciens avoec lui. Et quant il furent venu, si eslut Josephé une*a* partie de ses compaingnons et leur donna l'ordre de provoire et envoia une partie en la terre Nascien, et*b* l'autre partie remest en la terre Mordrain qui estoit rois de mout grant signourie, si qu'il avoit un provoire a evesque en chascune cité.

155. [*17a*] Ensi les eslut Josephés; et n'en laissa en sa compaingnie que .XVI., et en envoiia .XXXII. par les terres. Mais ançois que il se partesissent de lui, lor donna le don de evesque si com Nostre Sires li avoit donné, si que il furent .XXXIII. evesque, et li .XVI. qui demourerent avoec lui furent tout prestre ordené. Et quant la terre fu toute amenee a la sainte creance et li pasteur furent par chascune cité par le sens et par le conseil des prodomes, lors ala Josephés par le prouvidence del Saint Esperit querre les sains hermites la ou il gisoient, et proiia entre lui et sa compaingnie Nostre Signour que il li daignast demoustrer les nons d'aus et

leurs mérites. Il les exhuma et trouva chaque fois un petit livre portant inscrits le nom de l'homme de bien et les grâces que Dieu avait faites pour lui. Le premier livre disait : ICI GÎT SALUSTE LE PIEUX SERVITEUR DE JÉSUS-CHRIST. Sa *Vie* stipulait qu'il était resté dans l'ermitage trente-sept ans et n'avait mangé de tout ce temps aucune nourriture terrestre apportée par une main humaine, se contentant d'herbes. Dans l'autre était inscrit : ICI GÎT HERMOINE. Sa *Vie* précisait qu'il avait passé trente ans et sept mois, depuis qu'il s'était fait ermite, sans s'être jamais déchaussé, et que, depuis que ses premiers souliers avaient cessé de lui servir, il n'avait pas chaussé d'autres ; et qu'il ne porta plus de robe après que fut usée celle qu'il avait en y entrant, pour ne plus revêtir que ce que Notre-Seigneur lui envoya. Sa *Vie* mentionnait encore qu'il était natif de Tarse, tandis que l'autre était né au pays de Bethléem.

156. Après les avoir vus, Josephé les transporta dans la cité de Sarras. Nascien le pria de lui donner le corps de saint Hermoine, ce qu'accepta Josephé. Il le fit transférer à Orberique, et fit mettre la dépouille dans un cercueil somptueux, sur lequel il fonda une splendide église. Une autre fut fondée dans la cité de Sarras. On établit, dans chacune, douze prêtres : l'évêque ne pouvait suffire à tant de peuple : les gens étaient encore trop novices. L'évêque de Sarras se nommait Anistre, et celui d'Orberique Juvénal. C'est ainsi

---

les merites. Et il les desfoïi, et trouva un livret ou li nons del prodome estoit escris, et les merites que Dix avoit fait pour lui. Et disoit li premiers livres : CI GIST SALUSTES LI LOIAUS SERGANS JHESU CRIST. Et sa vie devisoit que il avoit esté en l'ermitage .XXXVII. ans et que il n'avoit mengié en tout le terme nule riens terrienne, fors que herbes, qui par main d'ome li eüst esté aportee. En l'autre avoit escrit : CI GIST HERMOINES. Et si disoit sa vie que il avoit esté .XXX. ans et .VII. mois que il estoit devenus ermites, que onques ne fu deschauciés, ne puis que li premier soler li faillirent ne chauça[a] autres ; ne ne vesti puis de robe que la soie fu usee qu'il avoit quant il i entra, se ensi non com Nostre Sires li envoia. Et si disoit encore sa vie que il estoit de Tarse nés, et li autres estoit nés de la terre de Bethleem.

156. Quant Josephés les ot veüs, si les porta en la cité de Sarras. Et Nasciens[a] proiia Josephé que il li donnast le cors saint Hermoine, et il si fist. Et il l'en fist porter a Orberique, et fist metre le cors en un riche vaissel, et si en fonda mout riche eglise. Et une autre en fu fondee en la cité de Sarras. Et furent establi .XII. provoire en chascune des eglises : car li evesques ne pooit sousfire[b] a si grant pueple, car les gens estoient encore trop nouveles. Et cil de Sarras avoit a non Anistrés ; et cil d'Orberique estoit apelés Juveniaus. Ensi

Nascien sur ce qu'il avait vu, et celui-ci déclara qu'il en dirait autant qu'une langue en pouvait révéler. « J'ai vu, dit Nascien, la grande audace, le commencement des grandes prouesses, l'enquête sur les saints, le fondement de religion, la fin des actions de valeur et des sentiments nobles, et la merveille entre toutes les merveilles du monde : c'est Dieu. »

159. Ils furent interdits à l'annonce de ces merveilles qu'ils venaient d'entendre énumérer. Le roi demanda à Nascien s'il disait la vérité en affirmant avoir perdu la vue. Celui-ci lui répondit que c'était la vérité même, et qu'il n'aurait pas voulu l'avoir perdue dans des conditions qui l'eussent empêché de voir ce prodige. Alors le roi reprit opiniâtrement son enquête : ce qu'était ce prodige et ce dont il pouvait s'agir. Nascien lui dit qu'il ne servait à rien de l'interroger davantage : il n'apprendrait avec certitude rien d'autre que ce que lui-même avait vu — impossible à conter ou à entendre par les mortels.

160. Tandis qu'ils étaient devant l'arche et que Josephé était abîmé dans ses pensées, une voix, à l'intérieur, s'écria pour dire à tout l'auditoire : « Après ma grande vengeance, mon grand châtiment ; après mon grand châtiment, ma paix. » Et sitôt après, voici qu'un ange sortit de l'arche, vêtu d'une robe blanche ; il tenait dans sa main la lance dont Josephé avait été frappé. Cette lance, l'ange la prit — le roi, la reine et tous les autres qui étaient présents ne purent que

---

de ce que il avoit veü. Et il dist que il en diroit tant com langue em pooit descouvrir. « Je ai veü, dist Nasciens, le grant hardement, le commencement des grans proueces, l'enquerement des sains, le fondement de religion, la fin des bontés et des gentilleces, et la merveille de toutes les merveilles*a* du monde : ce est Dix. »

159. Aprés cel mot furent molt esbahi de*a* ces merveilles que il ont oïes deviser ensi. Et li rois li demanda se il disoit voir que il eüst la clarté des ex perdue. Et Naciens li dist que voirs estoit ce, et qu'il ne vausist mie que il ne l'eüst perdue par ensi que il n'eüst veüe cele merveille. Lors comencha mout durement a enquerre derechief quele cele merveille estoit et que ce pooit estre. Et Nasciens li dist que por noïent l'enqueroit plus, qu'il n'en savoit autre certaineté fors ce que il avoit veü, qui par nule mortel langue ne puet estre oïe ne contee.

160. Ensi com il estoient devant l'arce, et Josephé pensoit molt durement, si s'escria une vois dedens l'arce, et dist oïant tous : « Aprés ma grant vengance, ma grant descepline ; aprés ma grant descepline, mon apaiement. » Et si tost com il ot ce dit, estes vous un angle qui issi de l'arce, vestus d'une blanche robe ; et tenoit en sa main la lance dont Josephés avoit esté ferus. Cele lance prist li angles, si que li rois le vit, et la roïne et tout li autre, cil qui laiens estoient ; et virent conment il vint a Josephé et le feri en cel meïsmes

le voir ; et ils virent comment il vint à Josephé pour le frapper à l'endroit même où il l'avait auparavant frappé quand le fer y resta. Mais quand il eut retiré la lance, tous furent témoins que le fer en sortit avec elle. L'ange prit une boîte qu'il portait dans la main gauche et la déposa à terre, puis plaça le fer dessus. Et aussitôt commencèrent à en tomber de très grosses gouttes de sang : l'ange les recueillait à l'intérieur de la boîte jusqu'à la remplir. Et quand elle fut pleine, il se dirigea vers Josephé, lui oignit la plaie du sang même, et à Nascien les yeux : il ne les avait pas plutôt humectés que celui-ci vit plus clair que jamais, sinon mieux. Il revint à Josephé pour lui demander ce que la lance signifiait. Celui-ci avoua l'ignorer, mais Nascien lui dit qu'elle signifiait les grands prodiges et les grandes tribulations qui se produiraient sur le territoire où Dieu l'enverrait : « C'est là, dit l'ange, que les grands prodiges et les grandes prouesses se manifesteront. Là se révéleront les vraies chevaleries de Jésus-Christ. En effet, les chevaleries terrestres deviendront célestielles ; personne ne sera instruit du moment où elles le deviendront — ni de l'endroit où elles devront advenir. Mais juste avant ce moment, de cette lance coulera du sang, comme tu l'as vu. Et jamais plus, dorénavant, n'en tombera une goutte avant qu'elles n'arrivent.

161. « Ainsi que tu viens de l'entendre commenceront à se produire les prodiges, là où cette lance sera ; ils sèmeront

---

lieu ou il l'avoit feru par devant quant li fers i remest. Et quant il ot la lance retrait a lui, si virent tout que li fers en issi avoec la lance. Et li angles prist une boiste que il portoit en la senestre main, si le mist a terre ; et puis mist le fer de la lance desus. Et tantost en comencierent a chaoir molt grosses goutes de sanc ; et li angles les recevoit dedens la boiste qui estoit par desous, tant qu'ele fu plainne. Et com ele fu plaine, si vint a Josephé, si li oinst*ᵃ* sa plaie del sanc meïsme, et a Nascien les ex. Et sitost com il les ot moulliés, si vit ausi cler com il avoit onques fait, ou mix. Et il revint a Josephé, si li demanda que la lance senefiioit. Et il li dist que il ne savoit, et Nasciens li dist qu'ele senefioit les grans merveilles et les grans [*d*] tribulations qui avenroient en la terre ou Dix l'envoieroit : « Illuec seront les grans merveilles et les grans proeces moustrees. Et la seront les vraies chevaleries Jhesu Crist descouvertes : quar les chevaleries terriennes devenront celestiaus ne ja nus n'en sera certains del termine qu'eles devenront celestiaus ne*ᵇ* que eles deveront avenir. Mais devant ce qu'eles deveront avenir ne comencier, rendera ceste lance sanc ausi com tu l'as veü. Ne jamais, des ore en avant, nule goute ne querra devant qu'eles deveront avenir.

161. « Ensi come tu as oï comenceront a avenir les merveilles, par toute la terre ou ceste lance sera, et seront si espoentables que

une épouvante qui jettera dans la stupeur tous les peuples ;
au demeurant ils n'arriveront que par la connaissance du
saint Graal et de la lance. Alors seront établis les prodiges
auxquels ceux qui seront véritablement hardis exposeront
leur vie. Par là seront connus ceux qui seront capables
d'exploits. Jamais, sache-le, les prodiges, à l'intérieur du
saint Graal, ne seront vus par un homme vivant, à l'exception d'un seul. Celui-là sera comblé de toutes les qualités
qu'un cœur humain puisse, ou doive posséder. Car il sera
vertueux dans la vie et vertueux envers Dieu, en homme
qui sera doté, sur le premier point, de tous les mérites,
de toutes les prouesses et de toutes les audaces. Ensuite,
il sera vertueux envers Dieu : il sera sans cesse plein de
charité et de pure piété, et en lui seront souveraines les
vertus de charité et d'entière chasteté. Et cette lance dont
tu as été frappé ne touchera qu'un seul homme[1]. Celui-là
sera roi et descendra de ton lignage. Celui-là sera le dernier des hommes de valeur. Il en sera frappé entre les
deux cuisses, et jamais n'en guérira jusqu'au moment où
les prodiges du saint Graal seront révélés à celui qui
sera comblé de toutes qualités. Celui-ci, qui de toutes vertus
sera doté et qui verra tous ces prodiges, sera le dernier
homme du lignage de Nascien. Et de même que Nascien est
le premier témoin des prodiges du saint Graal, de même
celui-là sera le dernier à les voir. En effet, Jésus-Christ le
juste a dit :

---

toutes gens en seront esbahies ; si n'avenront fors pour la connoissance del Saint Graal et de la lance. Lors seront establies les merveilles a qui li vrai hardi abandonneront lor cors. Et par ce seront
conneü cil qui les proueces avront en aus[a]. Ne jamais, ce saces tu, les
merveilles, dedens le Saint Graal, ne seront veües par nul[b] home
mortel fors par un seul. Et cil sera plains de toutes iceles bontés que
cuers d'ome puisse avoir ne ne doive. Car il ert[c] bons au siecle et
bons a Dieu, come cil qui sera plains de toutes bontés, de proueces
et de tous hardemens. Aprés sera bons a Dieu : car il sera ades plains
de charité et de grant religion, et sera souvraine cele de charité et
toute chasteé. Et de ceste lance dont tu as esté ferus ne sera jamais
touchiés que uns seus hom. Cil sera rois et descendera de ton
lignage. Cil sera li daerrains des bons. Cil en sera ferus par mi les
deus quisses, ne ja n'en garira jusques atant que les merveilles del
Saint Graal seront descouvertes a celui qui sera tous plains de toutes
bontés. Et cil qui de totes bontés sera plains et qui toutes ces merveilles verra, si sera li daerrains hom del lignage Nascien. Et tot ausi
que Nasciens est le premerains de veoir les merveilles del Saint
Graal, autresi sera cil li daerrains qui les verra. Car ce dist li vrais
Jhesu Cris :

162. « "Aux premiers et aux derniers du lignage de valeur je montrerai clairement mes prodiges." Il a dit encore : "Sur le premier et le dernier de mes serviteurs, nouveaux, oints et consacrés comme il m'agrée, ma vengeance sera imprévisible : car je veux que les deux puissent attester que, par le coup de la lance, on a recherché et vérifié ma mort sur la croix des Juifs impies." Tu sauras, Josephé, qu'autant de jours que tu as porté le fer, autant d'années dureront les prodiges sur le territoire où Dieu voudra te mener. Il est désormais légitime que tu t'en ailles là où Dieu va te conduire. »

163. Là-dessus, l'ange fit demi-tour. Ceux qui venaient d'écouter le propos furent grandement étonnés ; leur joie fut intense pour Nascien et sa vue recouvrée. Josephé se mit à compter combien de temps il avait gardé le fer dans sa cuisse : il n'y avait exactement que douze jours. Il s'en alla, et le roi emmena les chrétiens hébreux dans son palais, à l'exception de trois seulement qui restèrent pour garder l'arche. Cependant le roi appela Josephé pour lui demander de certifier l'exactitude de la vision qu'il avait reçue, la nuit précédant son départ en campagne[1] : « Non que je n'en connaisse, dit-il, la signification d'une partie. Mais j'entends que Nascien l'apprenne de votre bouche même. » Alors Josephé prit la parole : « Roi, tu as vu dans ton palais trois arbres ; c'était précisément à cette place. Ces trois arbres

---

162. « "As premerains et as daerrains del lignage precious remousterrai je[a] mes merveilles." Et si dist encore : "Sor le premier et sor le daerrain de mes menistres qui sont nouvel, et qui sont enoint et sacré a mon plaisir, en prenderai je la vengance aventurouse pource que je [e] voel que il doi en soient tesmoing, que par le cop de la lance fu ma mors encerchie et esprouvee en la crois des felons juis." Et si saces tu bien, Josephé, que autretant de jors que tu as porté le fer, autretant d'ans duerront les merveilles en la terre ou Dix te vaurra mener. Et des ore mais est il bien drois que tu t'en ailles la ou Dix te conduira. »

163. Atant s'en tourna li angles. Et cil qui la parole avoient escoutee furent mout esbahi, et si orent grant joie de Nascien qui ravoit sa veüe. Et Josephés si conmencha a conter combien il avoit eü le fer en sa quisse : si trouva par droit nombre qu'il n'avoit que .XII. jours. Atant s'en ala, et li rois en mena les crestiiens ebrix en son palais, fors seulement .III. qui remesent pour garder l'arche[a]. Si apela li rois Josephé et li dist qu'il li certefiast de l'avision qu'il avoit veüe la nuit, devant ce que il alast en l'ost. « Et nonpourquant je sai bien, dist il, que une partie senefie. Mais je voel que Nasciens le sace par vostre bouche meïsme. » Lors conmencha Josephé a parler, et dist : « Rois, tu veïs en ton palais .III. arbres, et ce fu en ceste place ci endroit. Cil troi arbre

étaient de même taille et de même hauteur. Celui à l'écorce noire représente le Fils de Dieu ; les deux autres le Père et le Saint-Esprit. Et les divers peuples qui se tenaient en dessous du Père signifiaient le commencement du monde. Les deux qui s'éloignaient de la compagnie des autres, c'étaient le premier homme et sa femme, qui allèrent en enfer sitôt morts. Tous les autres d'ailleurs y allèrent aussi, quelque grand bien qu'ils eussent fait durant toute leur vie — jusqu'au moment d'être rachetés par le Fils. Quant à ceux qui percèrent les branches, ils signifient les Juifs qui percèrent au Fils de Dieu les paumes, les pieds, enfin le flanc, par quoi l'on se rendit compte de sa mort.

164. « Après vint cet arbre. Il tomba de sorte que toute l'écorce resta là ; et ce qui était sous l'écorce se lança jusqu'à la fosse où tous les gens avaient déjà sauté. Il y resta un moment, puis en délivra une très grande partie, revint à sa place et revêtit de nouveau sa laide écorce. C'est alors qu'elle changea complètement de couleur, pour devenir plus transparente qu'aucun cristal. Je vais vous éclairer sur la signification de cette mutation. Quand le Fils de Dieu eut rendu l'âme, son corps fut mis au sépulcre comme une chose morte. Tout de suite après l'ensevelissement, l'âme descendit en enfer pour en tirer ceux qui l'avaient servi. Quand ils en furent revenus, il reprit son corps. Mais il était beau, bien plus qu'aucun cristal, et laissa toute mortalité. Vous avez vu

---

estoient tout d'une grossece et d'une hautor. Cil a la noire escorce si senefie le Fill Dieu. Et li autre doi senefient le Pere et le Saint Esperit. Et les manieres de[b] gens qui estoient sous[c] le Pere senefioient le commencement[d] del monde. Li doi qui se partoient de la compaingnie as autres, ce fu li premiers hom et sa moullier qui alerent en enfer tantost com il furent mort. Et tout li autre alerent en infer, ja itant de bien n'eüssent fait en totes lor vies, jusques a tant qu'il furent rachaté par le Fil. Et cil qui percierent les brances senefient les juis qui au Fil Dieu percierent les paumes, et les piés, et le costé, pour coi sa mort fu aperceüe.

164. « Aprés vint li arbres. Si chaï si que toute l'escorce remest illuec ; et ce qui dedens l'escorce estoit se lança jusques a la fosse ou toutes les gens estoient saillies devant. Et quant il i ot un poi esté, si en traïst fors une molt grant partie, et revint en son lieu et revesti sa laide escorce. Et quant il l'ot vestue, si mua toute, car ele fu plus clere que nus cristaus. De ceste cose vous dirai je bien la senefiance. Quant li Fix Diu ot rendue l'ame, si fu li cors mis en un sepulcre come [f] chose qui estoit morte. Et quant li cors fu enseveis, si ala maintenant l'ame en infer et en osta ciaus qui l'avoient servi. Et quant il furent revenu d'infer, il reprist son cors. Mais il fu tant biaus, et plus que nus cristaus, et il laissa toute mortalité. Ce que vous

les gens se saisir des branches et des feuilles ; ils signifient les membres de Jésus-Christ : ce sont ses loyaux serviteurs dont les uns sont tués et les autres brûlés. Ainsi pouvez-vous entendre, par les trois arbres la Trinité, les trois personnes en une seule divinité et une seule divinité en trois personnes, sans que l'une soit inférieure à l'autre, ni plus importante. — Par ma foi, dit le roi, je l'entends bien. Mais maintenant expliquez-moi la signification des lettres. Les unes disaient : CELUI-CI FORME ; les autres : CELUI-CI SAUVE, et les dernières : CELUI-CI PURIFIE. — Volontiers, répondit Josephé. CELUI-CI FORME, c'est le Père. Il forme en effet toutes choses à partir de rien. D'autre part, la personne du Fils étant venue sur terre pour sauver l'homme, c'est d'elle que relève le salut ; voilà pourquoi il a dit : CELUI-LÀ SAUVE. Et parce que le Saint-Esprit est venu sur terre au jour de la sainte Pentecôte pour purifier et nettoyer ses disciples — et non pas seulement ce jour-là, mais maints autres —, la purification du corps et de l'esprit appartient de ce fait à la personne du Saint-Esprit.

165. « Vous avez donc entendu la signification de l'écrit sur les trois personnes qui n'ont qu'une seule divinité et une seule puissance. — Maintenant, dit le roi, j'aurais bien compris le tout, si vous m'aviez renseigné sur celui qui entrait dans ma chambre et en sortait, alors que je n'imaginais pas que personne connût ni même pût connaître la façon d'entrer. — Maintenant encore, dit Josephé, je vois que vous

---

veïstes les gens qui prendoient les branches et les fueilles senefient les menbres Jhesucrist : ce sont li loial menistre dont li un sont ocis et li autre ars. Ensi poés vous entendre par les .iii. arbres la Trinité, les .iii. persones en une deïté, et une deïté en .iii. persones, non pas que l'une menour de l'autre ne gregnour. — Par foi, dist li rois, ce enten je bien ; mais or me faites entendre les letres : les unes disoient : CIST FOURME, les autres : CIST SALVE, les autres : CIST PUREFIE. — Volentiers, dist Josephés. CIST FOURME, ce est li Peres. Car il fourme toutes choses de noïent. Et pour ce que la personne del Fil vint en terre pour sauver home, pour ce apartient li sauvemens de l'home a la personne del Fil. Et pour ce dist il : CIL SAUVE. Et pour ce que li Sains Esperis vint en terre au jour de la sainte Pentecouste pour monder et pour espurgier ses disciples, et non mie tant seulement a celui jour, mais a mains autres jours : pour ce apartient li puretemens del cors et des corages a la personne del Saint Esperit.

165. « Or avés oïe la letre des .iii. persones qui n'ont que une seule deïté et une seule poissance. — Or ai je bien entendu, dist li rois, trestout, se vous m'eüssiés fait sage de celui qui entroit en ma chambre, et issoit, que je ne quidoie que nus seüst ne que nus peüst savoir l'entree. — Encore, dist Josephés, voi je que vous

n'êtes pas parfait en matière de foi. Cet enfant qui entra dans la chambre et en sortit sans ouvrir la porte signifie le Fils de Dieu entrant au corps de la Vierge, sainte jeune fille, sans mettre à mal sa virginité[1]. — Maintenant, dites-moi donc qui était l'enfant : la valeur du signe, je l'ai bien comprise. — À cela, reprit Josephé, je vais répondre. Roi, comprends maintenant qui était l'enfant, à la manière dont il entra dans ta chambre. C'était le Saint-Esprit, pour y avoir pénétré de cette façon, et tenu ce propos : "Nulle chose n'est cachée qui ne soit sue. Nulle chose n'est dissimulée qui ne soit révélée[2]." C'est pour cela qu'il vous mande par moi d'aller retirer la figure impie que vous avez toujours gardée. Si vous ne l'enlevez pas pour la brûler devant tout le monde, le Saint-Esprit m'a ordonné de dire à l'univers entier de quelle manière vous l'employez. »

166. Cette figure était de bois, la plus belle qu'on eût jamais vue en guise de femme. Le roi couchait avec elle et l'habillait le plus richement qu'il pouvait. Il lui avait fait faire une chambre dont personne au monde, pensait-il, n'aurait pu trouver la porte. Alors le roi retint Nascien et la reine, et fit allumer un très grand feu dans la salle, car il désirait anéantir l'impiété dont il avait fait preuve chaque jour. Le feu allumé, il ordonna que personne ne restât au palais hormis Nascien, la reine et Josephé ; on s'exécuta. Il les mena à cette porte qui fermait très subtilement (à sa fermeture tom-

---

n'estes pas parfais en creance. Cil enfés qui entra en la chambre et issi sans huis ouvrir senefie le Fil Dieu qui entra el cors de la Virge sainte pucele sans son pucelage malmetre. — Or me dites dont qui li enfés fu, car la senefiance ai je bien entendue. — A ce, dist Josephés, te respondrai je bien. Rois, or entent qui fu cil enfés qui entra en tel maniere en ta chambre. Ce fu li Sains Esperis qui en tel maniere entra en ta chambre, et dist ceste parole : "Nule chose n'est reposte qui ne soit seüe. Ne nule chose n'est couverte qui ne soit descouverte." Pour ce le vous mande il par moi que vous ailliés oster la desloial samblance que vous avés tous jours gardee. Et se vous ne l'ostés et ardés voiant tous, li Sains Esperis m'a conmandé [*18a*] que je die a tout le monde en quele maniere vous le tenés. »

166. Cele samblance estoit de fust, la plus bele qui onques fust veüe en guise de feme. Et gisoit li rois a li charnelment et le vestoit le plus richement qu'il pooit. Et li avoit fait faire une chambre dont il ne quidoit mie que nus hom mortex peüst trouver l'uis. Lors prist li rois Nascien et la roïne, et fist[a] alumer un molt grant fu en la sale : car il voloit destruire la desloiauté que il avoit tousdis maintenue. Et quant li fus fu alumés, si conmanda que nus ne remansist el palais que seulement Nasciens et la roïne et Josephé ; et il si firent[b]. Et il les mena a cel huis qui fermoit trop soutilment, que quant il se fermoit, si chaoit uns engiens

bait un mécanisme en manière de barre ; voulait-il ouvrir, il mettait une petite clef). Il entra, prit lui-même la statue et la porta au feu sous leurs yeux. Quand elle fut brûlée, le roi dit que vraiment Jésus-Christ était d'un grand pouvoir, pour lui avoir envoyé ce courage : il ne croyait pas pouvoir jamais s'y soustraire.

167. Après il confessa lui-même ses péchés. Tous l'entendirent. Ils en furent prodigieusement étonnés : c'est quelque chose qu'ils n'imaginaient pas et ils n'avaient jamais entendu parler rien de semblable. Ainsi Josephé convertit le roi, avec tous ceux du territoire, à la loi de Jésus-Christ. Quand arriva la nuit, après qu'il eut fait brûler la statue, il quitta Sarras et prit congé du roi, de la reine et de Nascien ; on l'escorta avec les siens longuement. Au moment de la séparation, ceux de Sarras dirent qu'ils partiraient volontiers avec lui : comme ils voulaient l'accompagner, il en accepta jusqu'à deux cent sept. Il prit congé du roi et de sa suite, les priant, avec une émotion poignante, d'exalter la sainte Église, et de bien observer la loi de Jésus-Christ. Là-dessus il les quitta ; ils firent demi-tour pleins de mélancolie et versèrent beaucoup de larmes tant il leur semblait avoir tout perdu, dès lors qu'il s'en allait. Maintenant Josephé et ceux qui l'entourent s'en vont par ordre de Jésus-Christ. Mais sur leurs journées non plus que sur leur voyage, l'histoire n'en dit ici même pas davantage, pour revenir au roi Mordrain et à sa

---

en la maniere de bare ; et quant il le voloit desfermer, si metoit une clavete. Et quant il l'ot desfermé, si entra ens et prist il meïsmes l'ymage et la porta el fu voiant aus tous. Et quant ele fu arse, si dist li rois que voirement estoit Jhesu Cris de grant pooir, qui tel corage li avoit envoiié : car il ne quidoit qu'il em peüst jamais estre ostés.

167. Aprés connut il meïsmes ses peciés, si que tout l'oïrent. Si en orent mout grant merveille : car il ne le quidoient ne il n'avoient onques mais de tel chose oï parler. Ensi tourna Josephés le roi a la loy, et tous ciaus de la terre, a la loy Jhesu Crist. Et quant vint la nuit, aprés ce que il ot fait ardoir l'ymage, si se parti de Sarras et prist congié au roi et a la roïne et a Nascien ; et il le convoiierent longement lui et sa compaingnie. Et quant ce vint au departir, si disent qu'il s'en iroient volentiers avoec lui : si le vaurent acompaignier, et il en retint tant qu'il furent .CC. et .VII. Si prist congié au roi et a sa compaingnie ; et lor proiia molt angoissousement et molt pitousement de Sainte Eglise essaucier, et bien tenir a la loy Jhesucrist. Atant se departi d'aus, et il retournerent mout pensis et mout plourant comme cil a qui il estoit avis qu'il avoient tout perdu, et puis qu'il s'en aloit. Or s'en va Josephés, et sa compaingnie, par le conmandement de Jhesucrist. Mais de lor journees ne de lor oirre ne parole plus ci endroit l'estoire, ains retourne a parler du roi Mordrain et de sa

compagnie, restés dans la cité de Sarras. L'histoire va nous conter comment le roi s'abîma dans une profonde méditation, tandis qu'il était dans son lit.

Le songe de Mordrain.

168. Le conte dit que lorsque le roi Mordrain se fut couché, cette nuit-là, dans son lit, il tomba dans une profonde méditation. Il resta longuement dans cette attitude. Il pleurait et soupirait beaucoup, au grand étonnement de la reine, couchée à ses côtés. Mais elle avait beau l'interroger, il ne voulut rien dire, et elle n'osait pas le presser contre sa volonté. Cruel et sauvage comme il avait été, elle redoutait fort son irritation et sa mauvaise humeur. Ainsi le roi fut-il dans la souffrance et la peine bien jusqu'à minuit. Alors, lassé de cette méditation, il s'endormit. Tandis qu'il s'assoupissait, il fit un songe très éprouvant : il lui semblait qu'il tenait dans un palais une importante cour. À cette assemblée venaient tous les chevaliers du pays, et toutes les dames de la contrée. Sorti de la très luxueuse église, il entrait dans son palais pour s'asseoir à table. Mais au moment où il prenait le premier morceau pour le porter à sa bouche, un éclair descendait du ciel et le faisait voler à terre. Il le reprenait et le portait derechef à sa bouche.

169. Alors survenait un tourbillon qui l'emportait dans un endroit très étrange. Un lion venait chaque jour lui apporter

---

compaingnie qui remesent en la cité de Sarras ; et nous contera l'estoire conment li rois chaï en un molt grant pensé en son lit.

168. [*b*] Or dist li contes que quant li rois Mordrains seᵉ fu couchiés cele nuit en son lit, qu'il chaï en un mout grant pensé. En cel pensé demoura il mout longement en la maniere ; et plouroit et souspiroit mout durement, si que la roïne qui delés lui gisoit en estoit toute esbahie. Mais ele ne l'en savoit tant enquerre qu'il li valsist riens dire, ne ele ne l'osoit esforcier contre sa volonté. Car il avoit esté mout cruous et molt fiers, si doutoit mout son courous et son mautalent. Ensi fu li rois en dolour et em painne tant qu'il fu bien mienuis. Et lors avint il chose qu'il s'endormi par la laseté du pensé. Ensi com il s'endormoit, si entra en un mout perillous songe : que il li estoit avis que il tenoit en un palais une court mout grande. A cele court venoient tout li chevalier du païs, et toutes les dames de la contree. Et quant il fu issus du moustier qui estoit mout riches, si en entroit en son palais ; si s'aseoit au mengier. Et ensi com il prendoit le premier morsel pour metre en sa bouche, et une foudre descendoit du ciel qui li faisoit jus voler. Et il le reprendoit et le metoit a sa bouche derechief.

169. Lors venoit uns tourbeillons, si l'emportoit en un mout estrange lieu. Et illuec venoit a lui chascun jour uns lyons qui li aportoit totes les bones viandes du monde. Et après venoit uns leus qui li

toutes les plus subtiles nourritures du monde. Mais après un loup venait les lui dérober, si bien qu'il ne lui restait que la portion congrue. À voir le loup les lui ravir ainsi, il résolut de ne pas différer le combat ; tant et si bien qu'il le combattit un jour, et eut beaucoup de peine à le vaincre. Ainsi s'enfuit le loup, qui jamais plus ne lui vola sa nourriture. Après, il lui semblait encore qu'il trouvait sa couronne, mais changée. Dès qu'il l'avait mise sur sa tête, il voyait un oiseau emporter un de ses neveux outre-mer dans un territoire étranger. Cet oiseau arrivait pour le déposer. À peine était-il à terre que tout le peuple venait le saluer en s'inclinant. Après quoi, il voyait un grand lac lui jaillissant du corps. De ce lac sortaient neuf fleuves, dont les huit premiers étaient à peu près tous de même grandeur et de même profondeur. Le dernier était plus large et plus profond, torrentueux et bruyant au point qu'on aurait pu le supporter. L'eau de ce fleuve, trouble à la source, devenait d'une pureté de cristal au milieu de son cours ; elle coulait ensuite si claire sur la fin qu'elle se troublait à son tour sur la partie centrale : et avec cela, d'un courant si doux qu'il ne faisait nul tapage. Après, en faisant attention, il voyait descendre du ciel un homme qui portait le témoignage du Vrai Crucifix. Venu jusqu'au lac, il se lavait, dans chacun des huit fleuves, les pieds et les mains. Il s'immergeait dans le neuvième pour s'y laver tout le corps.

---

toloit, si qu'il ne li remanoit fors sa soustenance, et assés povrement. Et quant il vit que li leus li toloit ensi, si se pensa qu'il n'en feroit plus, ançois se combateroit a lui : tant qu'il avint un jour qu'il se combati a lui, et qu'il le vainqui a mout grant painne. Ensi s'en fui li leus, ne onques puis de sa viande ne li toli point. Après li restoit il avis qu'il trouvoit sa corone ; mais ele estoit changie. Et quant il l'avoit mise en sa teste, si veoit un sien neveu [c] que uns oisiaus emportoit outre la mer en une estrange terre. Lors venoit cil oisiaus, si le metoit jus. Et tantost com il fu jus, si i vinrent tout la gent et l'enclinerent. Et quant il li avoient faite si grant joie, si veoit un grant lac[a], si li sailloit hors del cors. Et de cel lac issoient .ix. flun, dont li .viii. estoient auques tout d'un grant et d'une parfondece. Et cil qui estoit li daerrains estoit plus lés et plus parfons que nus des autres. Et si estoit si roides et si bruians qu'il n'estoit nule chose qui le peüst souffrir. Cil fluns estoit si torbles au conmencement, et en milieu estoit clers come cristaus ; et en la fin par estoit si clers que cil del milieu estoit tourbles. Et avoec ce, il couroit si souef que il ne faisoit nule noise. Après si esgardoit et veoit un home venir devers le ciel, qui portoit le tesmoing del vrai crucefis. Et quant il fu venus jusques au lac, si lavoit en chascun des .viii. ses piés et ses mains[b]. Et quant il fu venus au noevisme, si entroit tous dedens et lavoit illuec tout son cors.

170. Ce songe et cette vision, le roi les eut dans son sommeil, avec une durée d'une telle ampleur que le jour allait se lever. À son éveil, il s'étonna fort du prodige qu'il avait vu. La reine n'en était pas moins surprise et se demandait comment elle pourrait connaître les raisons de la grande mélancolie du roi. Dès que le jour parut, elle se rendit, tout en pleurs, au lit de son frère Nascien : Nascien fut stupéfait à sa vue — il lui portait une très grande affection. Aussi la prit-il dans ses bras, lui demandant la raison de ses pleurs, qu'elle lui livra tout de suite. Après lui avoir tout raconté, elle lui dit : « Cher et tendre frère, je redoute que mon mari ne soit tombé dans une pensée mauvaise. Pour Dieu, levez-vous et demandez-lui ce qu'il y a : je brûle de le savoir. »

171. Nascien alla trouver le roi qui était déjà levé. Il le salua, et le roi lui rendit très courtoisement son salut. « Sire, dit Nascien, je vous demande une faveur. » Le roi lui répondit de ne pas hésiter : il n'était rien au monde, pour autant qu'il pût le lui donner, qu'il ne lui eût accordé. « Sire, alors je vous prie de me dire pourquoi vous avez été cette nuit si préoccupé. » À ces mots, le roi comprit que Nascien l'avait appris de la reine. Il lui conta néanmoins toute la vérité sur lui-même et sur son neveu, ainsi qu'il l'avait vue. « Et encore ne vous ai-je pas dit le motif pour lequel j'étais si préoccupé. Ce serait agir avec déloyauté que de le taire, puisque je vous ai fait une promesse. Couché hier au soir dans mon lit, j'ai

---

170. Cel songe et cele avision vit li rois en son dormant ; et si durement li dura que il fu mout pres del jour. Et quant il fu esveilliés, si s'esmervella mout de cele merveille que il avoit illuec veüe. Et la roïne s'esmerveilloit mout et pensoit en quele maniere ele porroit savoir conment et pour coi il estoit si trespensis. Et quant ele pot le jour apercevoir, si s'en ala au lit Nascien son frere plourant ; si fu mout durement esbahis Nasciens quant il le vit, car il l'amoit de mout grant amour. Si le prist entre ses bras et li demanda pour coi ele plouroit, si ele li dist maintenant. Et quant ele li ot tout conté, si li dist : « Biaus dous frere, je ai molt grant paour que me sires ne soit cheüs en mauvaise pensee. Pour Dieu levés sus, si li demandés que ce est, car je ai trop grant talent de savoir le. »

171. Nasciens ala au roi qui ja estoit levés. Si le salua, et li rois li rendi mout courtoisement son salu. « Sire, dist Nasciens, je vous requier un don » et li rois li dist qu'il*a* li demandast hardiement : car il n'estoit chose el monde, pour tant qu'il li peüst donner, qu'il ne li donnast. « Sire, dist Nasciens, dont vous proi je que vous me diés pour coi vous avés anuit esté si pensis. » Quant li rois oï ce, si sot bien qu'il [d] le savoit par la roïne. Si li conta toute la verité, si com il l'avoit veüe, de lui et de son neveu. « Et encore ne vous ai je mie dite l'ocoison pour coi je estoie si pensis. Je feroie que deslouïaus se je ne le

pensé dans mon cœur que je portais un très grand péché ; j'ignorais lequel. Mais ma conscience me réprimandait ; et finalement j'ai pensé que j'avais mal agi envers vous. Absolument rien ne m'afflige davantage : vous êtes au monde l'homme à qui je devrais le moins faire du tort.

172. « Écoutez : je vais vous dire la trahison dont je suis coupable à votre égard. Quand j'ai été défait devant Charabel et que vous êtes venu à mon secours, lorsque nous nous sommes rencontrés tous deux à mon arrivée de Licoine, et que nous nous sommes pardonné mutuellement toutes colères et toutes humeurs, là, pour être sincère, je vous ai promis ce que vous ne me demandiez pas. C'était que dans les huit jours après mon retour, j'irais vous rendre justice dans un de vos châteaux, en présence de votre baronnage et du mien[1]. Sur cette promesse, j'ai piètrement tenu mes engagements : et c'est en y réfléchissant que je suis tombé dans le songe qui, sachez-le, m'a rempli d'épouvante. »

173. Ayant achevé, il s'abîma dans ses pensées. Nascien lui dit : « Sire, laissez cela ; cessez de vous en préoccuper. Nous sommes entrés, en effet, dans une autre forme d'autorité que celle où nous étions alors. De même que la vie est changée, de même doivent l'être les obligations : autrement nous irions à l'encontre de Notre-Sauveur. Mais, concernant le songe que vous m'avez conté, je voudrais bien savoir une

---

vous disoie, puis que je le[b] vous ai en covent. Je me gisoie ersoir en mon lit, si pensai en mon cuer que je avoie un mout grant pechié sor moi ; et si ne savoie quel. Mais ma conscience me reprendoit ; tant que je pensai que je m'estoie meffais envers vous : et c'est la riens el monde dont je sui plus dolans ; car vous estes li hom el monde envers qui je deveroie mains mesprendre.

172. « Or entendés : je vous dirai quele desloiautés ce est que je ai en vers vous. Il est voirs que quant je fui desconfis devant Carabel et vous me venistes secourre, la ou nous entr'encontrasmes quant je venoie de Lachaine, et nous entrepardonnasmes li uns l'autre tous courous et tous mautalens, et la vous creantai je ce que vous ne me demandiés mie. Car je vous creantai que dedens les .VIII. jours que je revenroie, vous iroie je faire droit en un de vos castiaus, voiant vostre barnage et le mien. De ceste chose que je vous creantai, vous ai je mauvaisement tenu couvent : et par cel pensé chaï je el songe qui m'a mout esponté, ce saciés. »

173. Ensi com il ot ce dit, si conmencha mout durement a penser. Et Nasciens li dist : « Sire, laissiés ce ester, et si ne pensés plus a ceste chose : car nous somes entré en autre signourie que nous n'estiens adont. Ensi come la vie est changie, ensi doivent estre changies les couvenances : car autrement irienmes nous encontre nostre Sauveur. Mais du songe que vous m'avés conté vauroie je bien savoir aucune

chose. En effet, selon moi, on ne doit y voir aucun mauvais présage. Je vous propose d'en demander conseil aux pasteurs de la sainte Église — à celui que Josephé a mis en ses lieu et place pour sauver nos âmes. » À ces mots, ils sortirent tous deux pour aller à l'église entendre l'office. Josephé avait instauré que, chaque jour, ce prêtre les ferait communier par le commandement de Jésus-Christ. Quand la messe fut chantée, ils reçurent la communion. Puis le roi appela tous les prêtres et leur raconta son songe. Mais aucun d'entre eux ne fut capable de lui en donner l'interprétation. Ils ajoutèrent qu'il ne l'apprendrait jamais d'aucun homme vivant ; c'est par la grâce de Notre-Seigneur qu'il pourrait être fixé, et d'aucune autre façon : « sur cela, notre avis est unanime ».

174. Là-dessus le roi s'en alla, aussi préoccupé qu'auparavant. Jamais il ne serait satisfait, dit-il, avant d'en savoir la vérité, et si ce songe lui avait été envoyé par Dieu. Ainsi retournèrent-ils au palais en réfléchissant. À peine s'étaient-ils assis sur une couverture qu'ils sentirent trembler le palais tout entier. Il y eut des éclairs si violents que le ciel paraissait embrasé. Le vent se leva, si fort que toutes les fenêtres et portes s'ouvrirent et se brisèrent. Puis régna une si grande obscurité que ceux qui se trouvaient à l'intérieur pensaient ne plus jamais voir la lumière. Cette angoisse les tortura longtemps, et finalement ils entendirent comme une grande trompette sonner si bruyamment qu'on devait l'entendre,

---

chose. Car selonc m'entencion, il n'i doit avoir nule esperance de mal. Je lo que vous en demandés conseil as pasteurs de Sainte Eglise, a celui que Josephés a mis en son lieu pour nos ames sauver. » Et quant il ot ce dit*, si s'en issirent ambedoi et alerent au moustier por oïr le service. Et Josephés lor* avoit establi que il les aconmeniast chascun jor par le conmandement Jhesu Crist. Quant la messe fu chantee, si furent aconmenié. Quant il furent aconmeniié, si apela li rois tous les prouvoires et lor dist son songe. Mais il n'i ot nul d'aus qui l'en seüst dire la verité. Et disent que ja ne le saroit par nul home mortel ; mais par la grasse de Nostre Signour le porroit il bien savoir, et autrement non : « car en [e] ceste maniere, le nous est il trestous avis ».

174. Atant s'en ala li rois, et ne fu mie pensis mains qu'il avoit esté devant. Et dist que jamais ne seroit a aise devant qu'il en saroit la verité, et se ce li estoit avenu de par Dieu. Ensi s'en revinrent ariere el palais pensant. Et quant il se furent assis sor un couvretoir, si sentirent que li palais trambloit tous. Après ce si conmencha si durement a espartir qu'il sambloit que li cix fust tous espris de fu. Et après vint uns vens si fors et si angoissous que toutes les fenestres et li huis del palais ouvrirent et depecierent. Et après tout ce, si vint une si grans oscurtés que cil de laiens ne quidoient jamais veoir goute. En cele dolour et en cele angoisse furent a grant piece ; tant

pensa le roi, dans l'univers entier. Quand elle eut corné, une voix dit[1] : « Ici commencent les grandes peurs. » À peine l'avaient-ils entendue qu'ils se laissèrent tomber sur un lit, comme évanouis. Alors fut accomplie cette parole de la prophétie : « Ils seront deux assis sur un lit, l'un sera relevé, l'autre laissé de côté : ainsi sera-t-il sans faute[2]. » Le roi en effet en fut relevé, et l'Esprit de Notre-Seigneur l'emporta à une distance de dix-sept journées et demie de son territoire. Il avait été enlevé au palais à l'heure de prime ; quand le Saint-Esprit le déposa, il était l'heure de none ou presque. Mais le conte cesse de parler, ici même, de sa situation, pour évoquer Nascien son beau-frère, et la reine, restée dans la cité de Sarras à l'intérieur d'une fort belle église.

Arrestation de Nascien.

175. Le conte dit que, lorsque le roi fut enlevé du lit, Nascien y resta évanoui, comme mort. Et ce prodige, hormis le fracas et la trompette, ne fut entendu et vu qu'au palais seulement. La reine revenait d'une église qu'elle faisait édifier, sous le vocable de sainte Marie. Entrant au palais, elle trouva serviteurs et chevaliers évanouis gisant au travers de la salle. Frappée d'étonnement à ce spectacle, elle se mit à les appeler, ce qui ne servit à rien : ils n'entendaient et ne voyaient plus ; ils avaient perdu connaissance et étaient amnésiques ; ils étaient d'une pâleur de mort. Peu s'en fallut que, frappée

---

que il oïrent ausi com une grant buisine sonner si durement que li rois quida que ele fust oïe par tout le monde. Et quant la buisine ot corné, si dist une vois : « Ci commencent les grans paours. » Et quant il oïrent la vois, si se laisserent chaoir jus en un lit ausi come tout pasmé. Et lors fu acomplie la parole de la prophesie qui dist : « Il seront doi en un lit, dont li uns sera levés, li autres laissiés, et ensi sera il sans faille. » Car li rois en fu levés, et l'emporta li Esperis Nostre Signour loing de sa terre .XVII.ᵉ journees et demie ; et il fu pris el palais a eure de prime. Et quant li Sains Esperis le mist jus, si fu eure de nonne ou pres. Mais de lui ne parole ore plus li contes, ci endroit, del conroi, ains parole de Nascien son serourge, et de la roïne qui estoit remese en la cité de Sarras dedens une mout bele eglise.

175. Or dist li contes que quant li rois fu ostés del lit, que Nasciens i remest tous pasmés ausi com s'il fust mors. Ne cele merveille ne fu veüe ne oïe fors que el palais seulement, fors que li escrois et la buisine. Et la roïne venoit d'une eglise que ele faisoit faire, el non de [f] sainte Marie. Et quant ele entra el palais, si trouva sergans et chevaliers tous pasmés gisans par la sale. Et quant ele vit ce, si avoit mout grant merveille, et les commencha a apeler ; mais ce ne li valut noiient, car il avoient perdue l'oïe et la veüe ; ne n'avoient ne sens ne memoire, ains estoient ausi pale com s'il fuissent tout mort. Et quant

de stupéfaction, la reine ne tombât évanouie. Toutefois elle continua jusqu'à la chambre principale, pour y voir, son frère, pleurant à chaudes larmes sans lâcher une main qui paraissait tendue devant lui. La reine s'étonna fort des paroles qu'elle entendait échanger entre la voix et son frère ; mais, ne prêtant attention qu'à la voix, elle n'en pouvait rien saisir ; personne, à part Nascien, ne voyait Celui dont provenait la voix.

176. Quand la reine constata qu'elle n'était pas à même de le voir, quelle ne fut pas son épouvante : elle craignait qu'un mauvais esprit ne s'en fût pris à Nascien. Alors elle accourut à son frère pour lui demander le motif de ses pleurs ; mais le voir ne fit qu'aggraver son chagrin. La reine poussa un cri et tomba à terre évanouie. Il la prit dans ses bras pour la relever. Reprenant ses esprits, elle ouvrit les yeux : Nascien était devant elle. Elle lui demanda, dans un soupir, à voir le roi son mari ; Nascien ne put lui répondre. La reine tomba de nouveau, évanouie. Alors tous eurent grand-peur pour elle. Revenue de son étourdissement, elle se mit à crier comme une femme en furie, et demanda : « Cher frère Nascien, dis-moi pourquoi tu fais si triste figure. » Il lui révéla aussitôt la manière dont le roi avait été emporté à ses côtés : il fallait voir le tapage que firent, dans la salle, la reine et les chevaliers. Elle ne se calmait pas ; Nascien, la tenant entre ses bras, se donnait du mal pour la réconforter, la rassurant plei-

la roïne vit ce, si fu toute esbahie, si que poi s'en failli qu'ele ne chaï jus pasmee. Toutes voies ala ele tant qu'ele vint a la maistre chambre. Et quant ele vint laiens, si vit son frere qui plouroit mout durement et se tenoit a une main qui sambloit estre devant lui. La roïne s'esmerveilla mout des paroles qu'ele ooit, qu'il s'entredisoient entre la vois et son frere ; mais ele n'em pooit riens entendre, car ele n'escoutoit se la vois non ; ne nus ne veoit celui dont la vois issoit, que seulement Nasciens.

176. Quant la roïne vit qu'ele n'estoit mie em point de veoir celui dont la vois issoit, si fu mout durement espoentee, car ele cremoit que aucuns mauvais esperis ne l'eüst asailli. Lors entra laiens et courut a son frere, et li demanda pour coi il plouroit. Et quant il le vit, si conmença son doel a enforcier. Et quant la roïne vit ce, si jeta un cri et chaï jus toute pasmee ; et il le prist entre ses bras, si le drecha contremont. Quant ele fu revenue de pasmisons, si ouvri ses ex ; et Nasciens si estoit devant li. Et quant ele l'esgarda, si jeta un souspir, et si li demanda le roi son signour ; et Nasciens ne li pot respondre. Et quant[a] la roïne vit ce, si rechaï jus pasmee. Lors orent tout grant paour de li. Et quant ele fu revenue de pasmisons, si conmença a crier come feme forsenee et dist : « Biaus frere Nascien, di moi pour coi tu fais si laide chiere. » Et il li dist tantost en quele maniere li rois en avoit esté

nement sur la santé du roi là où il était. Elle le questionna sur la manière dont il pouvait le savoir. « Certes, dit-il, c'est le serviteur de Jésus-Christ qui me l'a dit : il a été, aujourd'hui, à cet endroit où le roi est en bonne santé et dans la meilleure condition. »

177. La reine manifesta un chagrin si profond que personne au monde ne put la consoler. La nouvelle se propagea, jour après jour, à travers le pays si bien que les barons, l'ayant apprise, tinrent à ce sujet un grand conseil. C'était bien la vérité, que seul Nascien était avec le roi quand ce dernier disparut : aussi furent-ils unanimes pour dire que cela paraissait une traîtrise, puisqu'il n'y avait qu'eux deux sur le lieu de sa disparition. Ils prescrivirent, au cas où Nascien pourrait être accusé, de l'enfermer quelque temps, jusqu'à savoir comment cela s'était passé, s'il était possible d'en savoir plus sur la vie ou sur la mort du roi. À cette décision, tous adhérèrent ; aucun, constatèrent-ils, qui n'y mît sa main au feu. C'était le troisième jour après la disparition du roi. Quelque temps après, ils se rendirent auprès de la reine et de Nascien, pour mener l'enquête sur le roi. Nascien leur rapporta, en conscience, le songe, dans la manière et suivant la forme dont le roi l'avait fait, sans y changer un mot. Ils l'interrogèrent avec insistance sur tout, et lui leur livra la pure vérité sur tout, pour reconnaître enfin devant eux qu'il n'y avait

---

portés de delés lui. La fu molt grans la noise, en la sale, de la roïne et des chevaliers. Mais la roïne ne cesse, et Nasciens le tient entre ses bras et se painne mout de li reconforter, et li dist que bien fust ele certainne que li rois estoit tous sains la ou il fu. Et ele li demanda conment et en quele maniere il le pooit savoir. « Certes, dist il, li sergans Jhesu Crist le m'a dit, qui a hui esté el lieu ou il est tous sains et tous haitiés. »

177. Molt fist la roïne grant doel : onques ne pot estre reconfortee pour nul home vivant. Tant ala la nove[19a]le par le païs de jour en jour que li baron le sorent, et en furent a grant conseil : car c'estoit verités qu'il n'avoit que Nascien avoec lui quant il fu perdus. Si disent tout a un conseil que ce sambloit felonnie, puis qu'il n'avoit el lieu ou il fu perdus que aus .II. Si disent que, se Nasciens pooit estre atains, qu'il fust gardés une piece, tant que on seüst conment ce avoit esté, se on pooit savoir nules nouveles de sa mort ou de sa vie. Et a cel conseil se tinrent tout et virent que il n'en i avoit nul qui n'i meïst la main a prendre ; et ce fu au tierc jour que li rois ot esté perdus. Un poi aprés ce, vinrent il a la roïne et a Nascien, si enquisent la verité du roi ; et Nasciens lor conta le songe en tel maniere et en tel fourme conme li rois l'avoit songié, si c'onques n'i menti de mot a son escient. Mout l'enquisent de toutes choses, et il de toutes choses lor dist la verité sans mentir : tant qu'il lor connut qu'il n'avoit

dans la chambre que le roi et lui, le jour et à l'heure de la disparition.

178. Là-dessus ils se saisirent de lui comme Calafer[1] le leur avait recommandé. (Ce Calafer était un chevalier, grand baron, qui avait fréquenté assidûment la cour du roi : il donnait l'impression d'être chrétien, mais ne l'était pas.) Nascien demanda pourquoi ils l'arrêtaient et le traitaient si honteusement, sans crime ni motif. Ils répondirent : parce que le peuple le soupçonnait d'avoir supprimé le roi par traîtrise. Nascien s'en étonna beaucoup, en homme qui n'était pas coupable. Il proposa de s'exposer à toutes les infortunes si quelqu'un voulait l'accuser. Mais cela ne lui servit à rien : ils le firent prisonnier, bien qu'il leur offrît son territoire en gage et en caution. Ils acceptaient le territoire en échange de sa libération, quand Calafer s'opposa à celui qui avait conseillé de le lui prendre. (Ce Calafer donnait l'impression d'être chrétien, mais il ne l'était pas, détestant au contraire les chrétiens par-dessus tout.) Il vint trouver les barons qui retenaient Nascien prisonnier ; ils pouvaient être certains, leur dit-il, qu'en lui rendant sa liberté, jamais ils n'en finiraient avec la guerre : « Sachez bien, seigneurs, qu'il ne cessera jamais de poursuivre son but, jusqu'à la reconquête de tout son territoire : et alors seront exposés à être détruits tous ceux qui dans cette affaire auront œuvré pour son préjudice et contre lui. »

---

en la chambre que lui et le roi seulement, au jour et a l'eure que il fu perdus.

178. Atant le prisent ensi come Calafer lor avoit conmandé. Cil Calafer estoit uns chevaliers haus barons qui avoit assés esté a la court le roi ; et faisoit samblant d'estre crestiiens, mais ne l'estoit pas. Et Nasciens demanda pour coi il le prendoit et menoient si vilment, sans fourfait et sans ocoison. Et il disent : pour ce que la gent le voient souspeçonous qu'il n'eüst mort le roi par felonnie. Mout s'en merveilla Nasciens durement, come cil qui coupes n'i avoit ; et offri a faire tous les meschiés de son cors se nus le vausist apeler. Mais ce ne li valut noient ; car il le misent em prison, ja soit ce qu'il lor offroit sa terre en gages et en ostages. Cil vaurent la terre, et lui metre fors de prison, quant Calafar ala encontre cil qui le conseil avoit donné de lui prendre. Cil Calafer faisoit samblant d'estre crestiiens ; mais il ne l'estoit mie, ançois haoit les crestiiens sor toutes riens. Il vint as barons qui avoient Nascien em prison, et si lor dist que bien seüssent il de voir que s'il le laissoient aler, que jamais guerre ne lor fauroit : « Et saciés bien, signour, que il ne fineroit jamais de pourchacier, et tant qu'il raroit toute sa terre ariere : et lors seront trestout cil a destrusion tourné, qui de ceste chose aront esté en sa nuisance ne encontre lui. »

179. Sur le conseil de cet homme, Nascien fut retenu prisonnier, de sorte qu'ils disposèrent de sa personne. Il est évident que Sarracinte, dont le mari avait disparu et dont le frère était prisonnier, éprouva un immense chagrin et une terrible angoisse : son frère était la créature qu'elle chérissait le plus au monde, après son mari.

180. C'est un très grand chagrin qu'elle en manifesta maintes fois, et elle aurait bien volontiers délivré Nascien de captivité si elle en avait eu le pouvoir. Mais comment une dame seule pourrait-elle se dresser contre la baronnage ? Ainsi Nascien resta-t-il prisonnier ; jamais le diable, quelque peine qu'il en prît, ne put l'irriter contre son Seigneur Jésus-Christ ; jamais non plus l'amener à perdre l'espérance. Au contraire, Nascien demandait pardon : « Seigneur, soyez loué de me le consentir : je l'ai bien mérité. Par quelle audace, en effet, je vous ai vu consacrer, ce qu'aucun homme vivant ne doit voir, si digne soit-il, à moins d'être exempt et pur de tous péchés. » C'est de cette manière que Nascien supporta les affres de la détention. Mais le conte se tait à son propos jusqu'à la fois prochaine, pour retourner au roi Mordrain, et la manière dont il fut porté à une distance de dix-sept journées de son territoire.

Pompée et le bandit Forcaire.

181. Le conte dit, dans cette partie, que le roi Mordrain

---

179. Par le conseil de celui fu il retenus em prison, si qu'il furent saisi del cors de lui. Et quant Sarracinte ot per[b]du son signour, et son frere estoit em prison, ce ne fait pas a demander se ele ot grant dolour et grant angoisse a son cuer : car ce estoit la riens el monde que ele mix amoit que son frere, fors solement son signour.

180. Mout en fist grant doel par maintes fois, et mout volentiers le delivrast de prison se ele en eüst le pooir. Mais ele estoit une dame seule : si ne pooit pas estre contre la baronnie. Ensi fu Nasciens em prison, ne onques puis li dyables ne se pot tant pener qu'i le peüst courecier encontre son Signour Jhesu Crist ; ne onques ne le pot mener a desesperance. Ains li crioit merci et disoit : « Sire, aourés soiiés vous, quant vous me consentés ce a avoir ; que je l'ai bien deservi. Car mout fui osés quant je vous vi sacrer, que nus hom mortex ne doit veoir, tant soit dignes, se il n'est[a] mondés et nés de tous pechiés. » En ceste maniere souffri Nasciens les grans dolours de la prison. Mais atant se taist ore li contes de lui jusques a une autre fois[b]. Et retourne a parler del roi Mordrain, conment il fu portés loing de sa terre .XVII. journees.

181. Or dist li contes en ceste partie que li rois Mordrains fu

fut porté à une distance de dix-sept journées de son territoire. Comme approchait l'heure de none, après avoir vu les
richesses de son pays comme le Saint-Esprit les lui montra,
le roi fut déposé à terre. Il ne fut pas peu stupéfait. En effet,
il n'était pas tellement rassuré, à cause des merveilles qu'il
avait vues dans son palais ; il était fort épouvanté d'être en
cet endroit sans savoir qui l'y avait porté. Il examina les
environs, ce qui le surprit plus encore : il ne vit autour de lui
que de l'eau, à part la roche où il était. Cette roche se trouvait dans la mer océane, dans la région du passage entre la
mer de Babylone et celle d'Écosse, d'Irlande et des autres
régions d'Occident. Là, cette roche était si haute qu'on pouvait voir au-delà de la mer d'un côté, et, de l'autre, jusqu'au
territoire de Cordes. Élevée comme vous venez de l'entendre, elle était dans l'endroit maritime le plus sauvage ; si
laide, si aride et si hideuse que vous n'y auriez pas trouvé
une poignée d'herbe : ce n'était que roche brute jusqu'aux
flots. Parce qu'elle était dans des parages si périlleux, elle
était nommée la Roche du Port de Péril. Il y avait une maison bien fortifiée, dont la construction était due à l'orgueil
insensé d'un brigand très cruel, pervers et scélérat. Ce voleur
était appelé Forcaire. Il arriva qu'il se logea à cet endroit, et
fit faire une maison qui pouvait bien héberger vingt hommes
et plus. Ils demeurèrent là longtemps, lui et ses compagnons.
Mais ils ne pouvaient pas tous coucher sur la roche, car ils

---

portés loing de sa terre .XVII. journees. Et si com vint endroit
l'eure de nonne, si com li rois ot veües les richesces de sa terre si
com li Sains Esperis li moustra, adont fu mis a terre : si fu mout
esbahis. Car il n'estoit mie si asseürés pour les merveilles qu'il avoit
veües en son palais : si estoit mout espoentés, et de ce qu'il estoit en
tel lieu qu'il ne savoit qui porté l'i avoit. Quant il ot assés esgardé
entour lui, si fu plus esbahis qu'il n'avoit esté devant : car il ne vit
entour lui fors aigue, fors tant seulement la roce ou il estoit. Cele[a]
roce estoit assise dedens la mer occeane, en cele partie ou li trespas
de la mer de Babilone est, et en cele d'Escoce et en cele d'Yrlande et
[c] en autres parties d'Occident. La estoit cele roce si haute que on
em pooit veoir tout outre la mer d'une part, et d'autre partie em
pooit on veoir jusques a la terre de Cordes. Cele roce estoit si haute
com vous avés oï ; et si estoit el plus sauvage lieu de toute la mer ; et
si estoit si laide et si gaste et si hidouse que vous n'i trouvissiés pas
plain poing d'erbe : car ce estoit toute roce naie jusques as ondes de
mer. Et por ce que ele estoit en si perillous lieu, avoit ele a non la
Roce de port de peril. Et[b] si avoit une mout forte maison qui fu fermee par mout grant orguel d'un larron qui estoit mout cruous et
mout fel et mout pautonniers. Icil lerres estoit apelés Forcaire. Si
avint que il se herberga illuec, et fist faire une maison tele que bien i

étaient bien soixante, et le cas échéant plus de cent ; aussi couchaient-ils parfois dans leurs galères[1]. Quand il faisait bien noir, ils mettaient un grand brandon de feu sur la roche : ceux qui le voyaient se dirigeaient de ce côté, en hommes qui ne connaissaient pas le danger qu'ils couraient. Quand les brigands les savaient tout près, ils les attaquaient de leurs lances pour les massacrer.

182. C'était la manière d'agir de ce bandit. Quand le grand Pompée, le seigneur de tous les Romains, eut visité tous les territoires, il entendit parler de lui. Tout ce qu'il avait fait, dit-il, ne valait rien s'il ne pouvait prendre ce voleur. L'histoire atteste qu'il fit préparer un somptueux navire, et le fit charger de fines nourritures et de bons chevaliers. Il appareilla sur cette mer, et fit porter des crocs de fer à retenir les galères.

183. Ils voyagèrent jusqu'à proximité de la roche ; la découvrant prodigieusement haute comme elle était, ils jetèrent l'ancre pour passer la nuit. Après quelques heures, ils s'approchèrent. Les bandits les entendirent, et sautèrent à leurs galères. Mais il y avait, dans l'armée de Pompée, de bons connaisseurs des difficultés. Ils surent si bien leur faire empêchement qu'ils prirent en étau une galère et, la faisant heurter contre la roche, ils réussirent à la mettre en miettes. À ce bruit, les bandits se dirigèrent de ce côté, mais ceux qui

---

pooient herbergier .xx. home et plus. Illuec demoura il lonc tans, et il et si compaingnon. Mais il ne pooient pas tout jesir dedens la roce, car il estoient bien .lx., et tele fois estoient plus de .c. ; si gisoient a la fois dehors en lor galies. Et quant il faisoit bien oscur, si metoient un grant brandon de fu sor la roce : et cil qui le brandon del fu veoient si se traoient cele part, come cil qui ne savoient pas le peril qui i estoit. Et quant il les savoient pres d'illuec, si leur couroient sus a lor glaives et les decopoient et ocioient.

182. En tel maniere servoit cil lerres. Et quant li grans Pompees, qui sires estoit de tous les Roumains, ot esté par toutes les terres, si oï parler de cel larron ; et dist que riens ne valoit quanques il avoit fait, se il ne pooit prendre cel larron. Si tesmoigne l'estoire que il fist atourner une mout riche nef, et chargier de bones viandes et de bons chevaliers ; et entra en cele mer, et fist porter graus de fer pour retenir ses galies.

183. Tant errerent qu'il vinrent pres de la roce ; et quant il le virent[a] si haute et si merveillouse com ele estoit, si jeterent lor ancre pour atendre la nuit. Et quant il fu partie passee de la nuit, si vinrent pres de la roce[b] ; et cil les oïrent, si saillirent a lor galies. Mais il i avoit de teus de la gent Pompee, qui bien savoient les destrois. Si les alerent[c] chastoiant tant qu'il prisent entr'aus une galie ; et le fisent si hurter a la roce que il le fisent toute esmier. Et quant li larron l'oïrent, si tournerent cele part ; et cil qui

étaient sur le grand navire les entendirent venir : aussi les retinrent-ils avec les grands crocs de fer ; ils sautèrent sur leurs galères, et les serviteurs et les nautoniers allumèrent de grandes torches, qu'ils possédaient en quantité. Se voyant trompés, les autres firent leur possible pour se défendre, en hommes qui avaient le dessous. Constatant qu'ils ne pouvaient résister, ils revinrent vers la roche petit à petit, pour se précipiter dessus. Pompée, voyant cela, s'écria que tous y passeraient. Alors plus de trente de ses chevaliers, les meilleurs de tous, se lancèrent à leurs trousses ; en vain : les bandits étaient tout en haut.

184. Les voleurs se défendirent avec l'énergie du désespoir : ils n'étaient pourtant que dix-neuf : les autres étaient tous morts. Mais ils prirent un grand madrier tiré du flanc d'un navire, et le laissèrent tomber. Dans sa chute, il s'abattit sur les attaquants, et tua tous ceux qu'il atteignit. Cette fois-là Pompée perdit onze chevaliers. Il en fut très affecté. Alors il alla au combat lui-même et jura qu'il aimait mieux mourir que de ne pas venger ses hommes. Quand un de ses chevaliers vit qu'il le prenait si mal, il se dit que le roi se mettrait en grand danger s'il attaquait : tout assaut était inutile. Et s'il y perdait la vie de cette manière, la honte d'avoir été tué par des bandits retomberait sur l'empire de Rome. Alors ce chevalier appela Pompée et lui dit de cesser d'attaquer jusqu'au jour : il lui enseignerait comment leur

---

estoient [*d*] en la grant nef les oïrent bien venir : si les retinrent as grans cros de fer ; et saillirent en lor galies, et li sergant et li notonnier alumerent grans tortins dont il avoient assés. Et quant il virent qu'il estoient traï, si se deffendirent tant com il porent, come cil qui estoient au desous. Quant il virent qu'il ne pooient garir, si se retournerent vers la roce petit et petit ; si se fierent dedens. Quant Pompee vit ce, si s'escria que mar en eschaperoit piés. Lors se fierent aprés aus plus de .xxx. de ses chevaliers, de tous les meillours : mais ce ne lor valut nule riens, que li larron furent tout amont.

184. Mout se deffendirent li larron durement : et si n'estoient que .xix., car li autre estoient tout mort. Mais il prisent un grant fust qui estoit d'une coste d'une nef, si le laissierent chaoir. Et au chaoir qu'il fist, si s'en revint par cex qui assailloient ; si tua tous ciaus qu'il[*a*] ataint devant li. A cel cop perdi Pompee .xi. chevaliers ; si en ot mout grant doel. Lors les ala asaillir il meïsmes ses cors ; et jura qu'il voloit mix morir qu'il ne vengast ses homes. Et quant uns siens chevaliers vit qu'il le prendoit si en gros, si se pensa que li rois se meteroit en grant aventure s'il asailloit : car nus assaus n'i avoit mestier. Et s'il i estoit ocis en tel maniere, li empires de Rome i avroit grant honte de ce que larron l'avroient ocis. Lors apela cil chevaliers Pompee et li dist que il laissast a asaillir jusques au jour ; et il li enseigne-

nuire le plus. Ce chevalier sut être convaincant : Pompée fit retarder l'assaut.

185. Cet assaut fut donc reporté au lendemain. Pompée se rendit compte que la roche, abrupte, était inexpugnable ; il reconnut que, à moins d'un prodige, tous les chevaliers auraient été tués à l'attaque. Il appela ses chevaliers pour leur demander comment prendre la roche sans donner l'assaut. Mais absolument aucun d'entre eux ne fut capable de le conseiller ; et finalement il se mit à réfléchir et leur dit : « Je me suis fait à l'idée que je les prendrai par la force du feu que je ferai allumer au pied de la tour, de telle sorte que la flamme s'élancera vers le haut. Dès lors il faudra bien qu'ils meurent : ils ne pourront pas éteindre le feu, car nous le défendrons grâce à nos archers et à une partie de notre armée ainsi qu'avec nos lances et nos épées. »

186. Ils en restèrent là. Pompée dépêcha quarante chevaliers, et leur fit allumer le feu avec des débris des navires qu'il y avait en nombre. Lorsqu'il fut allumé et que les bandits virent qu'il avait si bien pris, ils se servirent de l'eau douce qu'il y avait en abondance pour la jeter sur le feu. Dérision : la fumée fut telle que, pour un peu, eux-mêmes étaient éteints. Voyant cela, ils entrèrent dans leur forteresse — où la fumée était si épaisse qu'ils ne voyaient goutte. S'apercevant qu'ils ne pouvaient tenir, les bandits firent une sortie et

---

roit conment il les porroit plus grever. Tant li loa cil chevaliers que Pompee fist l'asaut demourer.

185. Ensi demoura li assaus jusques a l'endemain. Et lors vit Pompee que la roce estoit si fors qu'ele ne doutoit assaut de nul home ; ançois dist que tout li chevalier eüssent esté mort, se merveille ne fust, a l'asaillir. Lors apela Pompee ses chevaliers, si lor demanda conment il porroit prendre la roce sans asaillir. Mais il n'i ot onques nul de ciaus qui de ce li seüst donner conseil ; tant qu'il se conmencha a pourpenser et lor dist : « Je me sui pourpensés, dist il, que je les ataindrai par force de fu que je ferai au pié de la tour faire, si que la flambe se lancera contremont. Et lors couvenra qu'il muirent : car il [e] ne poront le fu estaindre, pour ce que nous le deffenderons par ciaus as saietes, et une partie de nostre gent qui lor deffenderont as glaives et as espees. »

186. Atant le laissierent. Si envoiia Pompee .XL. chevaliers, et lor fist alumer le fu des pieces des nés dont il i avoit grant plenté. Et quant li fus fu alumés, et li larron le virent si espris, si prisent aigue douce dont il i avoit assés et le geterent el fu. Mais par ce se cunchierent il : car li fus fu si plains de fumee que par un poi qu'il ne furent estaint. Et quant il virent ce, si se misent en lor forteresce : mais la fumee i estoit si grans qu'il ne voient goute. Quant li larron virent qu'il ne porent durer, si s'en issirent fors et

se battirent avec la dernière énergie. Il y eut beaucoup de blessés de part et d'autre. Pompée se dirigea vers le feu où les bandits étaient descendus, en hommes très braves et hardis. Il leur fit subir de tels dommages qu'ils n'osèrent pas l'affronter, préférant se replier dans la caverne : ils ne pouvaient fuir ailleurs ; la caverne n'était pas à l'endroit le plus escarpé de la roche, elle était au contraire sur un des côtés, dans la partie où elle était le plus large. L'accès était si étroit qu'il ne pouvait y entrer qu'un seul homme à la fois : et encore fallait-il qu'il s'y glissât de côté. Ainsi Pompée prit cet étroit sentier. Il tenait dans ses mains une excellente hache, et en assenait de grands coups à ceux qu'il atteignait. À l'entrée de la caverne, ce fut la cohue : ils n'y pouvaient pas pénétrer aussi vite qu'ils arrivaient. Ceux d'en bas leur faisaient beaucoup de mal avec les flèches qu'ils leur tiraient, tandis que Pompée essuyait bien des coups. Mais avant qu'ils ne fussent tous entrés, Pompée en avait tué trois, et précipité deux dans la mer : il en avait tué cinq avec sa hache. Ils n'étaient plus que quatorze, et encore sept d'entre eux étaient-ils déjà blessés.

187. Voyant Pompée, leur seigneur, donner l'exemple du courage, les chevaliers s'élancèrent tous à sa suite. Pompée était déjà à l'entrée de la caverne, les bandits tous dedans, à l'exception de leur chef. Ce dernier, se rendant compte qu'ils étaient malmenés par un seul homme, en conçut une grande honte et un grand dépit. Aussi, sur le point d'entrer dans la

---

se combatirent mout durement ; mout en i ot de navrés et d'une part et d'autre. Quant Pompee vit ce, si vint au fu ou li larron estoient descendu, conme cil qui mout estoient preu et hardi ; si les greva tant qu'il ne l'oserent atendre, ains s'enfuirent ele en la cave : car par ailllours ne porent il fuir ; ne la cave n'estoit mie el plus roïste lieu de la roche, ançois estoit en un des costés, en cele partie ou ele estoit le plus lee. Et si estoit l'entree si estroite qu'il n'i pooit entrer ensemble c'uns seus hom : et encore couvenoit il qu'il i entrast sor costé, si estoit ele estroite forment. Ensi se mist Pompee en cel estroit sentier ; et tint en ses poins une hace mout bone ; et si en donnoit grans cops a ciaus qui il en ataingnoit⁴. Et quant il vint a l'entree de la cave, si fu la mellee mout grans : car il n'i pooient pas entrer sitost com il venoient. Et cil d'aval les emproioient mout de saietes qu'il lor traioient ; et Pompee feroient il souvent. Mais ançois qu'il fuissent tout entré ens, en ot ocis Pompee .III., et .II. jetés en la mer : ce furent .V. qu'il en ot ocis a sa hace. Si ne furent mais que .XIIII., et de ciaus estoient ja li .VII. navré.

187. Quant li chevalier virent Pompee lor signour faire tel hardement, si saillirent tout après. Et Pompee estoit ja a l'entree de la cave ; et li larron estoient ja tous ens, fors seulement li maistres d'aus. Et quant li maistres vit qu'il estoient si malmené par un seul home, si

caverne, il ne voulut pas se replier, faisant au contraire demi-tour vers Pompée. Pompée brandit la hache pour le frapper en pleine tête, mais l'autre esquiva le coup qui porta si violemment sur la roche que la hache vola en pièces. Du coup Forcaire tendit les mains pour saisir Pompée par les flancs, avec l'intention de le précipiter dans le feu qui brûlait devant eux. Mais les chevaliers étaient si près que l'un d'eux frappa Forcaire violemment et le fit chanceler, alors que Pompée et lui s'étaient empoignés par les bras. Forcaire était robuste et grand : il frappa Pompée de la poitrine et de la tête, si bien qu'ils tombèrent tous deux dans le feu. Les chevaliers de Pompée poussèrent de hauts cris, et ramassèrent leur chef, qui gisait évanoui dans le feu. Ils lui desserrèrent la ventaille, et virent qu'il était aussi pâle que la mort. Ils eurent alors très grand-peur pour lui, le prirent, le couchèrent sur son écu et le portèrent au navire[1]. Puis ils se saisirent de Forcaire pour l'enfermer jusqu'à ce que Pompée décidât de son sort.

188. Le feu fut réactivé. On y apporta une grande quantité de bois mouillé, qu'on y jeta : il en sortit une abondante et insupportable fumée : peu s'en fallait que ceux de la caverne n'en mourussent asphyxiés. Jamais, quelque souffrance, quelque oppression qu'ils supportassent, ils ne voulurent sortir : ils y restèrent tant de temps que, dehors, on se demandait avec étonnement comment ils pouvaient autant endurer. Entre-temps Pompée revint à lui. Il ouvrit les yeux,

---

le tint a mout grant honte et a grant despit. Et quant il fu tous apareilliés pour entrer en la cave, si ne vaut reculer, ançois retourna ariere a Pompee. Et Pompee [f] hauce la hace ; si le quida ferir parmi la teste, mais cil guenci, et li cops feri si durement en la roce que la hace vola en pieces. A cel cop jeta Focaire les mains, si l'embraça Pompee parmi les flans et le quida jeter ou feu qui ardoit devant aus. Mais li chevalier estoient ja si aprocié que li uns feri Focaire[a] si durement que il le fist tout canceler la ou il s'entretenoient entre lui et Pompee as bras. Et il fu fors et grans : si feri si Pompee et del pis et de la teste, que il chaïrent ambedoi el fu. Li chevalier Pompee leverent le cri, et prisent Pompee qui gisoit el fu tous pasmés. Lors li deslacierent la ventaille, et le virent si pale come s'il fust mors. Et lors orent mout grant paour de lui, et le prisent et le coucierent sor son escu et l'enporterent a la nef. Puis prisent Focaire et l'estoiierent jusques adont que Pompee en fist son commandement.

188. Derechief fu li fus alumés. Si i aporta on grant plenté de buisce moullie, si le jeta on ens : si en issi grans fumee felenesse, que pour un poi que cil de la chave n'en estaignoient. Ne onques puis, ne pour dolour ne pour angoisse qu'il soufrissent, ne volrent hors issir : si i furent tant que cil dehors s'esmerveillierent conment il pooient tant endurer. Entretant revint Pompee de pasmisons, si ouvri les ex,

et se vit couché dans son lit; il se demanda avec surprise comment cela était possible. Alors il sauta en bas de son lit et réclama sa hache. En l'entendant, ses hommes furent tout heureux; ils lui contèrent comment elle avait été mise en pièces. Puis ils lui livrèrent Forcaire. Pompée leur demanda comment il avait été pris, et ils lui montrèrent son bras droit, qui s'était brisé dans la chute. Alors il recommanda de très bien le garder. Puis il sortit du navire et demanda où étaient les autres bandits. On lui conta le grand prodige de leur endurance. Pompée, alors, ordonna d'éteindre le feu. Quand on l'eut éteint, il grimpa et se rendit à l'entrée de la caverne, un javelot en main. Le voyant aller de ce côté, ses hommes se hâtèrent de le suivre. Il se posta à l'entrée pour écouter: ils ne disaient pas un mot.

189. Alors il fit montre d'une grande audace, en se précipitant à l'intérieur. Il frappa le premier en lui passant le javelot par le corps. Il se rendit compte qu'il ne bougeait pas: il avança et les découvrit tous morts. Il sortit et commanda de les jeter à la mer l'un après l'autre. Après quoi il fit briser à Forcaire le bras gauche et les deux cuisses, et le fit précipiter dans l'eau à la suite des autres.

190. C'est ainsi que Pompée délivra le pays de ces larrons: action la plus honorable qu'il eût jamais faite, mais la moins mentionnée pour mémoire, je vais vous dire pourquoi. Il arriva qu'après être rentrés à Rome ils vinrent à Jéru-

---

et vit qu'il estoit couchiés en son lit; si s'esmerveilla mout coment ce pooit estre. Lors*a* sailli sus de son lit, si demanda sa hace. Et quant si home l'oïrent, si en orent molt grant joie; si li conterent conment ele avoit esté depechie. Aprés li rendirent Focaire. Et il lor demanda conment il avoit esté pris, et il li moustrerent le*b* bras destre qu'il avoit eü brisié au chaoir. Lors le conmanda mout bien a*c* garder. Puis issi hors de la nef, et demanda ou li autre estoient: et il li conterent la grant merveille qu'il avoient sousferte; et lors conmanda Pompee que li fus fust estains. Et quant il l'orent estaint, si monta Pompee amont, et vint a l'entree de la chave, le glaive en la soie main. Et quant si home le virent aler cele part, si coururent aprés. Et il se tint a l'entree de la cave et escouta: et quant il ot escouté, si sot bien qu'il ne disoient mot*d*.

189. Lors fist il un grant hardement: car il se feri ens; et feri le premier del glaive parmi le cors. Ne mais il vit qu'il ne se mouvoit, et il passa avant et les vit tous mors. Puis issi hors, et conmanda qu'il fuissent jeté en la mer l'un aprés l'autre. Et puis fist a Focaire brisier le [20*a*] bras senestre et les .ii. quisses, et le fist jeter aprés les autres.

190. Ensi delivra Pompee le païs de ces larrons: et ce fu li plus honerables fais qu'il feïst onques; mais ce fu li mains ramenteüs, et si vous dirai pour coi. Il avint chose qu'il s'en repairierent a Rome. Et il

salem ; Pompée mit ses chevaux à coucher dans le Temple. Les Juifs en furent très affectés. Or il y avait dans la cité un homme d'une éminente valeur, d'un grand âge : il était très religieux. L'histoire nous rapporte que cet homme de bien fut le père de monseigneur saint Siméon à qui Jésus-Christ fut offert au Temple[1] le jour de la Purification de Notre-Dame[2]. Ce spectacle qui l'affligea lui fit dire : « Certes, j'ai trop vécu, quand je vois que les fils sont poussés dehors, et que les chiens viennent manger à table. Hélas ! ajouta-t-il, comment est-ce possible ! Quand je constate que les sales pourceaux installent leur appartement privé dans le lieu sacré de Jésus-Christ[3] ! » Alors, comme égaré, il vint trouver Pompée : « Ah ! Pompée, on voit bien que tu as combattu Forcaire : tu as retenu ses mauvaises habitudes. Nous pensions que Pompée avait tué Forcaire. C'est le contraire qui s'est produit : si Forcaire avait eu cette ville en son pouvoir comme c'est ton cas, il n'y aurait pas été plus criminel que toi, quand tu viens d'établir et de mettre à coucher tes chevaux dans la plus digne maison qui fût jamais. Sais-tu ce que tu as fait ? Tu as déshonoré qui te déshonorera : Dieu, le Tout-Puissant, dont tu as souillé la maison. »

191. Voilà comment l'homme de bien parla à Pompée — ce qu'on prit en général pour de la folie furieuse. Et néanmoins, il ne dit rien qui plus tard n'arrivât. On ne connaissait pas, en effet, plus honoré ni plus chanceux que Pompée :

---

vinrent en Jherusalem ; si mist Pompee ses[a] chevaus jesir el Temple. Et quant il ot ce fait, si en orent li juis grant duel. Et il avoit en la cité un mout prodome de grant aage, et si estoit mout religious. Li estoires nous dist et raconte que cil prodom fu peres monsignour saint Symeon a qui Jhesu Cris fu offers el Temple le jor de la Purification Nostre Dame. Et quant il vit ce, si en ot grant doel ; et dist : « Certes, or ai je trop vesqui, quant je voi que li fil sont bouté hors, et li chien viennent as tables mengier. Hé ! las, fait il, coment puet ce estre[b] ensi ? Quant j'esgart que li ort pourcel font chambre privee du saint lieu Jhesucrist ! » Et lors vint il a Pompee come hom fors del sens, et dist : « Ha, Pompee, bien i pert que tu as combatu a Focaire : car tu as retenu ses mauvaises coustumes. Nous quidiens que Pompee eüst ocis Focaire. Mais Focaire a ocis Pompee : car se Focaires eüst ceste vile en sa main ausi come tu as, il n'i eüst[c] pas greignour desloiauté faite que tu as, qui tes chevaus as establés et mis jesir en la plus haute maison qui onques fust. Et sés tu que tu as fait ? Tu as deshonneré celui qui te deshoneerra : c'est Dix li Tous Poissans a qui tu as sa maison cunchie. »

191. Ensi parla li prodom a Pompee. Mais il le tinrent tout a rage et a derverie. Et nonpourquant il n'en dist chose que puis n'avenist. Car Pompee avoit esté tous jors li plus honourés et li mix chaans que on

jamais depuis lors il n'entra sur un champ de bataille sans en sortir couvert de honte. Quand il quitta Jérusalem, d'ailleurs, il défendit à son armée de prononcer le nom de Forcaire : il ne voulait pas s'entendre reprocher d'avoir employé toute sa force à le prendre. Ainsi cette prouesse demeura cachée, au point de n'être jamais mentionnée pour mémoire parmi ses autres actions d'éclat, et pourtant ce fut le plus grand bien qu'il accomplît jamais. Mais le conte se tait sur Pompée, pour ne rien ajouter ; il va revenir au roi Mordrain qui fut porté sur la roche, ainsi que vous l'avez entendu plus haut ; et dire comment il se mit à pleurer et à méditer sérieusement à une solution.

Mordrain sur l'île rocheuse.

192. Le conte dit que la roche, où Mordrain fut porté, était très haute et située dans un endroit très sauvage. Inspectant les alentours après y avoir été déposé, il ne vit que la mer ; et ce qui tenait lieu de demeure était très effrayant. Faisant le tour du site autant qu'il était praticable, il arriva à l'entrée du sentier menant à la caverne ; il la vit si noire que pour rien au monde il n'y eût pénétré. Constatant que tout ici n'était que désolation, il s'assit et se mit à pleurer et à méditer profondément, et dit : « Certes, quel n'est pas mon échec si Notre-Seigneur m'a oublié ! »

193. Ainsi préoccupé, prêtant l'oreille, il entendit les

---

seüst : ne onques puis n'entra em place ou il se combatist que il ne s'en partesist hontousement. Et quant il se departi de Jeruzalem, si desfendi a sa maisnie que il ne parlaissent jamais de Foucaire : car il ne voloit pas c'om li reprochast qu'il eüst mise toute sa force a lui prendre. Ensi fu celee cele prouece, qu'ele ne fu onques ramentevue entre les autres ; et si fu li graindres biens qu'il onques fesist. Mais atant se taist li contes de Pompee, que plus n'en parole ; ains retournera li contes a parler del roi Mordrain qui fu portés en la roce, ensi com vous avés oï cha arie[*b*]re ; et conment il conmença a plourer et a penser mout durement en son cuer qu'il porroit faire.

192. Or dist li contes que la roce, la ou Mordrains fu portés, estoit mout haute ; et si estoit en mout salvage lieu. Et quant il i fu mis, si esgarda entour lui ; si ne vit fors mer ; et tant d'abitacle com il i avoit estoit mout hidous. Et il i ala, tout entour le siege de la roce, tant com il pot trouver voie. Et quant il vint a l'entree du sentier qui aloit a la cave, si le vit si noire qu'il n'i entrast pour nule riens. Et quant il vit qu'il n'i avoit nul confort, si s'asist et conmença a plourer et a penser mout durement en son cuer ; et si dist : « Certes, or ai je trop perdu se Nostre Sires m'a mis en oubliance. »

193. Ensi com il estoit en cel pensé, si escouta et oï les ondes de la mer ; et lieve la teste, et voit une nef qui amenoit un home. Cele nef

vagues. Il leva les yeux et aperçut un bateau sur lequel se
trouvait un homme[1]. Cette nef, pour être très petite, était
merveilleusement belle : le mât, d'une blancheur de fleur de
lis, portait à son sommet une croix vermeille. Quand accosta
le bateau, le roi eut l'impression que toutes les bonnes sen-
teurs du monde s'y étaient concentrées ; et le signe de la
croix dessiné sur la voile lui donna de l'assurance[2]. Alors
sortit du navire un homme d'une grande beauté. Il resplen-
dissait, apprenez-le, plus que personne. Le roi le salua en
s'inclinant. L'homme lui demanda qui il était et comment il
était arrivé là, comme s'il en ignorait tout. La réponse fut
qu'on ne savait comment, si ce n'est qu'on s'y était trouvé.
Alors le roi pria ce bel homme de daigner lui dire qui il était
et quel était son talent. Il répondit qu'il savait transformer
un homme laid et une femme laide en la beauté même.
« Sachez que personne d'autre ne le peut s'il ne l'apprend de
moi. Je sais également faire d'un pauvre un homme riche,
d'un sot un sage, et de ce qui est bas quelque chose d'élevé.
— Certes, s'écria le roi, cet office surpasse tous ceux qu'un
homme vivant peut remplir. Mais dites-moi donc, s'il vous
plaît, quel est votre nom. — Certes, j'ai reçu pour vrai nom :
Tout en tout. » Le roi répondit qu'il portait un nom très digne,
et ajouta : « Seigneur, vous me semblez, au signe de la croix
figurant sur votre voile, appartenir à la foi de Jésus-Christ.
— Voyons, c'est pour cela que je porte avec moi ce signe :

---

estoit mout petite, mais ele estoit merveilles bele : car li mas estoit
ausi blans come flour de lis, et desus en haut avoit une crois vermeille. Quant cele nés fu arrivee a la roce, si fu avis au roi que toutes
les bones odours del monde fuissent amassees en cele nef : et quant
il voit ou voile le signe*a* de la crois, si en fu plus asseür. Lors issi uns
mout biaus hom hors de la nef. Et saciés que ce estoit li plus blans
hom qui onques fust veüs. Et quant li rois le vit, si l'enclina ; et li
hom li demanda qui il estoit et coment il estoit illuec venus, ausi com
s'il n'en seüst riens. Et il li dist que il ne savoit conment, fors tant
que il s'i estoit trouvés. Lors li demanda li rois au bel home, s'il li
pleüst, qu'il li deïst verité qui il est et que il set faire : et il dist qu'il
savoit faire un lait home*b* et une laide feme venir a si grant biauté
conme nule biautés puet estre. « Et si saciés que nus autres hom ne
le puet faire se je ne li aprens. Et si sai faire [c] d'un povre riche et
d'un fol sage, et de bas haut. — Certes, dist li rois, cis mestiers a
passé tous les autres mestiers que nus hom morteus puisse faire.
Mais or me dites, s'il vous plaist, conment vous fustes apelés. —
Certes, dist il : je sui apelés par mon droit non : Tout en tout. » Et li
rois respondi que il avoit mout halt non. Et il li dist : « Sire, il m'est
avis, par le signe de la crois qui est en vostre voile*c*, que vous estes en
la creance Jhesu Crist. — Diva, pour ce porte je cel signe avoec moi.

on ne fera jamais rien de bien sans lui. Sache-le : tant que tu pourras l'avoir avec toi et dans ta compagnie, tu n'auras rien de mauvais à redouter, à condition d'observer une foi parfaite. Évite d'accompagner un homme dépourvu de ce signe : n'appartient pas à Dieu qui ne le porte avec lui. Prends-y garde dorénavant : tu agiras très sagement. »

194. L'homme entretint le roi très longtemps. Il lui dit tant de bonnes paroles qu'il lui fit oublier toutes ses souffrances, et passer l'envie de toute nourriture terrestre. Le roi, lui demandant s'il resterait ou s'en irait, s'attira cette question : « Comment se fait-il que tu n'aies pas une foi entière en Jésus-Christ ? » Il lui répondit en lui certifiant qu'il l'y plaçait toute. « Sois donc sûr qu'il ne t'abandonnera jamais : jamais il n'oubliera qui s'en remet à lui. L'homme n'a pas à s'inquiéter, fortifié de sa foi : quand l'homme adhère à lui, Dieu l'aime plus que l'homme ne s'aime lui-même. Il est donc normal que l'homme, loin de se soucier de ce qui lui est nécessaire, s'en remette entièrement à Dieu : Dieu l'aime plus que l'homme ne pourrait s'aimer lui-même. N'imite pas celui qui a dit : "Vais-je compter sur Dieu pour tout ce que j'aurai à faire ? Non : ailleurs il est très affairé." Un tel propos le fait rompre avec l'espérance : il tient la divinité pour mortelle, parce que son propos revient à dire : "Si Dieu voulait s'occuper de moi et de tous les autres, il ne pourrait tout résoudre." Par là on peut être fixé : celui qui

---

Car on ne fera ja bone oevre sans lui. Et saces que tant que tu aies cel signe avoec toi et en ta compaingnie, tu n'as garde que nule chose soit en ta nuisance, mais que tu aies parfaite creance en toi. Gardes que tu ne tiengnes compaingnie a nul home qui tel signe ne port. Car il n'est pas de par Diu qui o lui ne le porte. Or t'en garde des ore en avant : si feras mout que sages. »

194. Mout parla longement au roi li hom de la nef. Et tant parla a lui de bones paroles que il li fist toutes ses dolours obliier ; ne de nule terriene viande ne lui prendoit fains. Et li rois li demanda s'il demoerroit illuec ou s'en iroit. « Et comment, dist li hom de la nef, n'as tu toute ta creance en Jhesucrist ? » Et il li respondi, et si li dist que voirement l'i avoit il toute. « Et dont saces tu bien que il ne te metra ja en oubli : car il n'obliiera ja nului qui a lui se tiengne. Et ja li hom ne s'esmait, qui fors est en sa creance, car Dix aimme mix l'ome qui a lui se tient que li hom meïsmes ne s'aimme. Dont est il drois que li hom ne prenge ja cure de riens qui li couviengne, ains se tiengne du tout a Diu : car Dix l'aimme plus que il meïsmes ne se porroit amer. Ne fai mie ausi come cil qui dist : "M'atenderai je a Dieu de toutes les choses que j'evrai a faire ? Nen il : car il aillors a assés a faire." La chiet li hom en desesperance, et qui ce dist, car il tient la deïté a mortel, pour ce que ce que il dist vaut* autant com

parle ainsi n'a pas une once de foi, mais est pire que le publicain.

195. «Mais Salomon, qui savait ce que Nature ne peut donner à un homme mortel, dit à son fils : "Prends garde, en quelque endroit que tu sois, que sans cesse ton cœur et ta pensée se consacrent à un seul Dieu ; et laisse Dieu décider de toi et de tout ce qui te concerne, et ne t'interpose jamais : tu agirais en infidèle[1]."»

196. Ce discours que l'homme du bateau lui tenait, le roi le trouvait si agréable qu'il s'oubliait à écouter, et ne pensait plus à lui-même. Sa disposition d'esprit lui faisait perdre toute certitude sur lui-même, et ignorer s'il existait ou non. Ayant recouvré la mémoire, il se mit à regarder autour de lui : aucune trace ni de la nef ni de celui qui devait y être[1]. Il se rassit et se remit à réfléchir. Au comble de l'étonnement, il se demanda qui était celui qui, par ses paroles, l'avait si bien réconforté ; la certitude qu'il appartenait à Dieu le remplissait de joie. Le roi s'abîma longtemps dans cette méditation, jusqu'au moment où, portant son regard sur la gauche, vers galerne[2], il vit venir un navire splendidement orné. Sa voile était toute noire ; noire la bâche qui le recouvrait. Le navire cinglait splendidement,

---

se il disoit : "Se Dix voloit penser de moi et de tous les autres, il ne porroit mie de toutes ces choses venir a chief." Et par ce puet on connoistre que cil qui ce dist n'a de creance ne tant ne quant, ains est pires que li poplicans.

195. «Mais Salemons, qui savoit autre chose que Nature ne puet donner a home mortel, dist a son fil : "Gardes, en quelconques lieu que tu soies [*d*], que adés soit tes cuers et tes pensés a un Dieu ; et si laisse Dieu couvenir de toi et de toutes tes choses, ne ja ne t'entremet autrement : que tu feroies que faus."»

196. Endementiers que li hom de la nef disoit tés paroles au roi, si li furent si plaisans que il s'oublia en l'escouter, ne il ne pensoit a soi ne tant ne quant. En tel maniere estoit li rois qu'il ne savoit nule certainneté de lui, ne ne savoit se il estoit ou se il n'estoit mie. Et quant il fu revenus en sa memoire ausi com il estoit devant, si comencha a regarder en viron lui ; mais il ne vit riens ne de la nef ne de celui qui i devoit estre. Et quant il ne vit ne la nef ne celui qui avoit parlé a lui, si se rasist et conmencha a penser derechief. Et s'esmerveilla mout en son corage qui cil estoit qui tant avoit parlé a lui que mout li avoit donné bon confort ; et de tant savoit il bien que il estoit de par Dieu, si en avoit mout grant joie. Mout demoura li rois en cel penser longement, tant qu'il esgarda envers senestre partie, devers galerne ; si vit une nef venir mout richement aornee. Li voiles d'iceste nef estoit tous noirs, et la nés estoit couverte d'une noire couverture. Ensi richement venoit la nef,

comme vous venez de l'entendre, et pourtant nul ne semblait le piloter : c'est ainsi qu'il vint tout droit à la roche[3]. Quand le roi vit cette manière d'accoster, son étonnement tint du prodige — il n'avait jamais vu cela — et il se demanda ce que ce navire était venu chercher. Alors il se dressa sur ses pieds, pour l'examiner de tous les côtés. Tout de suite en sortit la plus belle dame qu'il eût jamais vue. À la voir, quel ne fut pas son saisissement ; il lui souhaita néanmoins la bienvenue. La dame dit qu'elle se sentait effectivement la bienvenue : elle voyait l'homme qu'elle désirait le plus voir au monde.

197. « Roi Évalac, dit la dame, chaque jour j'ai souhaité m'entretenir avec toi. Si tu n'opposes pas de résistance, je te mènerai dans l'endroit le plus délicieux où tu aies jamais pénétré[1]. — Certes, dame, répondit le roi, je suis venu ici je ne sais comment, et j'ignore qui m'y a porté. » Elle lui assura que c'était par le commandement de celui qui l'y avait porté qu'elle était venue : « Et, ajouta-t-elle, parce que je voulais être en temps et lieu en ta compagnie. Si tu ne veux pas refuser ma compagnie, je te ferai seigneur de tout ce que j'ai. — Dame, demanda le roi, avez-vous le désir et le pouvoir que vous prétendez ? — Oui, je suis investie de cette puissance. — Dame, encore n'êtes-vous pas d'un si grand pouvoir que celui qui était ici tout à l'heure. Il sait en effet d'un mauvais faire un bon, d'un pauvre un riche, et d'un sot un

---

com vous avés oï, et si n'i paroit ne home ne feme qui la nef conduisist : en tel maniere vint la nef tout droit a la roce. Et quant li rois le vit en tel maniere arriver, si se conmencha a esmerveillier, que onques mais n'avoit ce veü, et quel chose ele estoit venue querre. Lors se drecha en son estant, et esgarda la nef et d'une part et d'autre : et esranment en issi une des plus beles dames qu'il onques eüst veüe. Et quant il le vit, si fu mervelles esbahis ; et nonpourquant si dist il que bien fust ele venue. Et la dame dist que si estoit ele : car ele veoit l'ome del monde qu'ele desiroit plus a veoir.

197. « Rois Evalac*, dist la dame, tous les jours de ma vie ai je eü desirrier de parler a toi. Et se en toi ne remaint, je te menrai el plus delitable lieu ou tu onques entraisses. » Et li rois li respondi : « Certes, dame, je sui ci venus je ne sai conment, ne ne sai qui m'i aporta. » Et ele li dist que par le conmandement de celui qui l'i aporta estoit ele la venue. « Et pour ce que je voloie avoir lieu et tans d'estre en ta compaingnie ving je ci. Et se tu ne veus ma compaingnie refuser, je te fe[e]rai signour de quanques j'ai. — Dame, dist li rois, estes vous en tel talent et en tel pooir com vous dites ? — Oïl, dist la dame, de si grant poissance sui je voirement. — Dame, dist li rois, encore n'estes vous pas de si grant pooir que cil est, qui ore endroit fu ci. Car il set faire d'un mauvais bon, et d'un povre riche, et d'un sot sage. Et si

sage. Il m'a dit qu'aucun homme ne pouvait ni ne devait rien faire sans le signe de la croix.

198. — Ah! roi Mordrain, on t'a trompé, je vais te dire comment. Tu as rejeté la croyance qui te valait de l'honneur. Jamais, aussi longtemps que tu conserveras la foi et la loi que tu as reçues, tu n'auras un seul jour de joie ni de paix. Le commencement, tu l'as déjà eu : dès après ta conversion, tu n'as jamais supporté que souffrance, avec les prodiges qui te sont arrivés dans ton palais, et dont Nascien ton beau-frère est menacé de ne jamais échapper que par la mort. — Ah! dame, comment savez-vous qu'il est si souffrant? — Je le sais de source sûre, pour l'avoir de mes yeux vu, après qu'il a été sorti du lit où vous étiez assis tous deux. » Très fâché, le roi pensait bien, par les indices qu'elle lui donnait, qu'elle disait vrai. Il en eut le cœur si troublé qu'il serait, pour un peu, tombé dans le désespoir, s'imaginant que Notre-Seigneur l'avait oublié. La dame ajouta : « Mordrain, si tu voulais, je ferais encore tant que tu rentrerais en possession de ton territoire libéré. Sache bien que jamais tu ne pourras le recouvrer par homme ou femme, si ce n'est par moi, et qu'il te faudra rester ici jusqu'à mourir de faim. Sais-tu qui est celui qui disait qu'il rendrait blanc ce qui est noir, et bon le mauvais? Sois bien certain que c'est un meurtrier, qui ne tend et n'aspire qu'à te tuer. Tu apprendras qu'il m'a aimée jadis sans que j'aie daigné le payer de retour.

---

me dist que nus hom ne pooit ne ne devoit riens faire sans le signe de la crois.

198. — Ha! dist la dame, rois Mordrain, tu es deceüs, et si te dirai bien conment. Tu as deguerpie la creance par coi tu avoies honour. Ne jamais, tant con tu le tiengnes la creance et la loy que tu as receüe, n'avras un seul jour de joie ne de pais ; et le comencement avoies tu ja, que onques puis que tu le receüs, n'eüs tu se dolour non des merveilles qui t'avinrent en ton palais, dont Nasciens tes serourges est tés atournés que jamais n'en eschapera se par la mort non. — Ha! dame, conment le savés vous qu'il est si malades? — Je le sai vraiement, come cele qui l'ai veü as ex, puis qu'il fu levés del lit ou vous .II. estiés assis. » Lors fu li rois coureciés mout, et quidoit bien qu'ele desist voir par les enseignes qu'ele li disoit ; et en fu si tourblés en son corage que pour un poi qu'il ne chaï en desesperance, et quidoit que Nostre Sires l'eüst oublié. Et la dame dist : « Mordrain, se tu voloies, je feroie encore tant que tu raveroies ta terre toute quite. Et saces bien que ne le pués jamais recouvrer par hom ne par feme, se par moi non ; et saces qu'il te couvenra ci demourer tant que tu morras de faim. Et sés tu qui cil est, qui disoit qu'il feroit de noir blanc, et de mauvais bon? Saces de voir que ce est uns ocierres de gent, et qui n'atent ne ne bee fors que toi tuer ; et saces qu'il m'ama jadis mais je ne le daingnai amer ;

Sache enfin que, s'il apprend que je t'aime, il te tuera. » Ce propos plongea Mordrain dans une profonde réflexion : s'en irait-il avec la dame qui était assez avertie pour connaître son aventure ? Après mûre réflexion, il appela la dame pour lui demander quelle distance le séparait de son territoire. « Tu es sur la Roche du Port de Péril (ainsi appelée parce que c'est l'endroit maritime où l'on commit le plus grand nombre de trahisons), à dix-sept journées de ton territoire : impossible de le rejoindre, si ce n'est grâce à moi. » Plus déconcerté encore qu'auparavant, il se mit alors à réfléchir, mais la dame lui dit :

199. « Roi, pourquoi tant réfléchir ? Si tu veux, je vais te mener dans l'endroit du monde où tu désires le plus être. Si tu veux y venir, décide-toi, car je m'en vais ; si tu refuses, tu auras tous les ennuis possibles. » Déconcerté comme il l'était, le roi ne put que laisser sans réponse sa proposition : sa préoccupation le rendait muet. Voyant qu'il ne lui répondrait pas, elle fit demi-tour. Quand elle eut levé l'ancre, et qu'elle se fut mise en route, elle dit d'une voix si basse que le roi perçut difficilement ses propos : « Ah ! jamais arbre ne sera plantureux comme celui qui commence à donner en sa vieillesse. » À ces mots, le roi redressa la tête pour voir la dame, et s'aperçut qu'elle avait déjà pris la mer. Une si grande tempête la suivait que la mer semblait devoir s'élancer jusqu'au ciel[1]. Le navire cinglait aussi vite à travers la

---

et saces que s'il set que je t'aimme, il t'ocirra. » A cest mot conmencha a penser Mordrains mout durement ; et a savoir mon, se il s'en iroit avoec la dame qui tant ert sage qu'ele savoit ce que li estoit avenu. Et quant il ot assés pensé, si apela la dame et demanda combien il avoit de la ou il estoit jusques a sa terre. « Saces, dist ele, tu es en la Roce de port de peril, si est ensi apelee pour[c] ce que c'est li lix de mer ou on a faites plus de traïsons ; et saces que il a jusques en ta terre .XVII. journees, ne tu n'i pués jamais aler se par moi non. » Et lors fu il plus [*f*] esbahis que il n'avoit esté devant. Lors conmencha a penser ; et la dame li dist :

199. « Rois, que penses tu tant ? Se tu vels, je te menrai el lieu del monde la ou tu plus desires a estre ; et se tu i veus venir, si i vien car je m'en vois ; et se tu n'i veus venir, tu avras tous les encombriers del monde. » Lors fu li rois si esbahis del penser que il ne pot onques responderre a ce que ele li avoit dit, ançois en estoit si trespensis que il en estoit tous mus. Et quant ele vit qu'il ne li responderoit mie, si s'en tourna. Quant ele ot sa nef desancree, et ele se fu mise a la voie, si dist si em basset qu'a painnes l'entendi li rois : « Ha ! fait ele, ja li arbres n'iert tant planteis[a] que cil qui conmence a chargier en sa viellece. » Ceste parole oï li rois : si drecha la teste pour veoir la dame, et vit qu'ele estoit ja empainte en la mer. Et une si grans tempeste si le

tourmente qu'un souffle de vent. Le roi resta debout sur la
roche, pour regarder la tempête : il se demanda avec étonnement ce dont il retournait. Il pensa beaucoup à cette femme,
attristé de ne pas s'être enquis auprès d'elle de son identité,
de son nom et du territoire dont elle était la dame. Il lui
aurait été très utile de s'informer à fond, car il croyait fermement ne jamais la revoir ; il fut prodigieusement étonné de
lui avoir entendu dire que la joie le déserterait aussi longtemps qu'il observerait cette loi. Alors lui revint en mémoire
le grand confort auquel il était habitué. Tout cela, le roi le
repassait dans son cœur.

200. Ensuite, il se souvint de toutes les misères qu'il avait
supportées depuis son baptême, ce qui le désespéra ; il se
mit à envisager une solution ; et finalement, jetant un regard,
il ne vit que la roche horriblement déserte. Alors le roi
monta les degrés et parvint à la caverne : elle était aussi noire
et aussi obscure que possible, et il en fut fort étonné. Des
jours et des jours s'étaient écoulés sans que personne y fût
passé ni entré. Après un long moment, il se dit en lui-même
qu'il ne coucherait pas dehors à la belle étoile. Voulant alors
y pénétrer, il tomba à la renverse évanoui, et sentit qu'on le
relevait en le prenant à deux mains aux cheveux. Revenu
à lui, il s'aperçut que la porte de la caverne était murée.
Il entendit une grande tempête, qui venait si furieusement

---

sivoit que il sambloit que la mers deüst saillir en haut. Et la nés s'en
aloit si tost par le milieu de la tourmente come se ce fust uns
souflemens de vent. Et li rois fu en estant sor la roce, si[b] regarda le
tempeste : et s'esmerveilla molt que ce pooit estre. Molt pensa li rois
a cele feme, et molt fu dolans de ce qu'il ne l'avoit plus enquis qui
ele estoit, et comment ele estoit apelee et de quele terre ele estoit
dame. Molt li vausist avoir enquis la verité de tout : car sans faille il
ne le quida jamais reveoir ; si s'esmerveilla mout de ce que ele disoit
qu'il n'avroit jamais joie tant com il tenist ceste loy. Et lors li
conmencha a ramenbrer des grans aaises que il soloit avoir. Tout ce
recordoit li rois en son corage.

200. Après recorda toutes ses povretés qu'il avoit eües puis qu'il
avoit receü bauptesme, et si se desesperoit il mout ; et conmencha a
pourpenser a lui meïsme conment il porroit esploitier ; et tant qu'il
esgarda et vit la roce gaste et hidouse. Lors monta li rois les degrés et
vint a la cave : si le vit si noire et si oscure que plus ne pooit estre, si
en ot grant merveille. Si avoit maint jour passé que nus hom n'i avoit
passé ne enté. Quant il l'ot esté pieç'a piece[a], si dist a soi meïsmes
que defors ne gerroit il pas a descouvert. Lors vaut[b] entrer dedens, si
chaï ariere tous pasmés, et senti que on l'en levoit parmi les chaveus a
.ii. mains. Quant il fu venus de pasmisons, si vit que li huis de la cave
estoit tous estopés ; et il oï une grant tempeste venir [21a] devers la mer

frapper la roche que les vagues lui semblaient devoir
atteindre les nuages. Après, l'obscurité fut si totale qu'il
n'y voyait pas mieux qu'au fond d'un abîme. Se rendant
compte qu'il ne pouvait plus rien discerner, il fut saisi
d'une si grande peur que ce fut un miracle s'il n'eut pas à
en souffrir. Plongé longtemps dans ces ténèbres, il perdit
sens et mémoire : il ne se souvenait de rien qu'il avait pu
voir.

201. Le roi resta ainsi toute la nuit : pas un instant il ne se
souvint de lui ni d'un autre. Quand, au plaisir de Dieu, parut
le jour, et que le soleil répandit sa clarté sur le roi encore
couché sur l'escalier de la roche à l'entrée de la caverne,
celui-ci, sentant la brûlure des rayons, ouvrit les yeux comme
un homme qui s'éveille. Il se leva pour regarder autour de
lui, et aussitôt se signa : il recouvra la mémoire. Alors il
adressa à Dieu une prière que vous allez entendre... si vous
voulez m'écouter !

202. «Cher Seigneur-Dieu, vrai réconfort, infaillible
conseiller, soyez adoré pour m'avoir délivré et préservé d'un
si grand péril, et des grandes hontes qu'il me fallait supporter, n'eût été seulement votre divinité. Seigneur, je suis votre
créature, à qui vous avez montré une chose d'importance ; et
vous m'avez au besoin rendu si grand service que mon âme
était prête pour aller en enfer, quand, par votre grande pitié,
Seigneur-Dieu, vous l'avez ramenée. Puisse votre nom sain-

---

vers la roce si durement qu'il li estoit avis que les ondes deüssent
monter jusqu'as nues : après si vit une grant oscurté, si tres grant qu'il
ne pooit veoir goute nient plus com s'il fust en abisme. Et quant il vit
qu'il avoit perdu le veoir de toutes choses, si ot si grant paour que ce
fu merveille conment il pot si longement estre en bon estat. Quant il
ot esté longement en ces tenebres, si perdi le sens et le memoire, que
de chose qu'il eüst veüe ne li souvenoit.

201. En tel maniere demoura li rois tote la nuit, c'onques ne li souvint de lui ne d'autrui. Et quant Diu plot qu'il ajourna, et li solaus
espandi sa clarté sor le roi[a] qui encore se gisoit sor le degré de la roce
devant la cave, quant il senti l'ardour du soleil, si ouvri les ex aussi
com home qui s'esveille. Lors se leva et esgarda tout entour lui, et
maintenant fist le signe de la crois sor lui : si revint en sa memoire
autresi bien com il avoit esté par devant. Et lors conmencha a proiier
Diu en tel maniere con vous m'orrés dire — se escouter me volés !

202. «Biaus sire Dix, vrais confors, vrais conseillierres, vous soiiés
aourés de ce que vous m'avés de si grant peril delivré et garanti, et
des grans hontes qu'il me couvenoit[a] sousfrir, se te seule deïtés ne
fust. Sire, je sui ta creature a qui tu as moustré si grant chose[b], et si
grant mestier m'as eü a mes besoins, que l'ame de moi estoit apareillie d'aler en infer, quant tu par ta grant pité, sire Dix, le retournas.

tissime, cher Seigneur-Dieu, avoir connaissance de mon transfert ici. Cher Seigneur-Dieu, puissé-je y être venu selon votre volonté, par votre grâce et votre commandement : j'en supporterai plus facilement la peine et le tourment. Mais alors, que votre douce pitié m'empêche d'être leurré par la corruption du diable, par l'exhortation de celui dont j'ai abandonné les œuvres. »

203. Quand il eut fini de parler, le roi se redressa ; regardant très loin vers l'orient[1], il aperçut le navire qu'il avait vu le jour précédent, celui sur lequel était venu ce bel homme qui lui avait tant parlé : il fut très rassuré de le voir, pour les bonnes paroles qu'il lui avait entendu dire. Il commença de se repentir amèrement des sentiments qu'il avait eus auparavant, et en demanda pardon à Notre-Seigneur très vivement. Le navire avait approché : Mordrain descendit jusqu'au pied de la roche et jeta un coup d'œil à l'intérieur du navire, pour découvrir en quantité toutes les nourritures qu'on pouvait souhaiter. Voyant celui à qui il avait parlé la veille, il le salua. Alors le seigneur du navire vint sur la roche et demanda au roi comment il s'était comporté depuis qu'il l'avait quitté. Et le roi de lui dire : « Certes, depuis je n'ai jamais eu que douleur et peine ! » Il lui conta ce qui lui était arrivé, avec la femme qu'il avait vue sur le navire, et les prodiges qu'il avait toute la nuit supportés. Le seigneur du navire lui répondit tout de go : « Ah ! homme de peu de foi — péché de

---

Et vostres saintismes nons, biaus sire Dix, puist savoir et connoistre comment je sui ci venus. Biaus sire Dix, a la toie volenté i soie je venus, par ta grasse et par ton comandement : car plus legierement en soufferrai la painne et le travail. Mais d'itant me desfende ta douce pités que je ne soie decheüs par l'entichement del diable, ne par l'amonnestement de celui a qui j'ai ses oeuvres laissies. »

203. Atant se drecha li rois quant il ot fenie se parole, et esgarda molt loing vers oriant ; et vit la nef qu'il avoit veüe le jor devant, cele ou li biaus hom estoit venus, qui tant avoit a lui parlé. Et quant il le vit, si fu molt asseürés, pour les bones paroles qu'i li avoit oï dire. Si se conmencha mout durement a repentir du corage que il avoit devant eü, et en cria merci a Nostre Signour, et mout durement. Quant il vit la nef aprocie, si descendi d'en haut[a] et vint au pié de la roche[b] aval ; et esgarda dedens la [b] nef, si vit toutes les plentés de viandes que on pooit deviser. Et quant il vit celui a qui il avoit parlé a l'autre fois, si le salua. Lors vint li sires de la nef sor la roce, et demanda au roi comment il s'estoit puis contenus qu'il s'estoit de lui partis. Et li rois li dist : « Certes, je n'oi onques puis se dolour non et pesanche. » Lors li conta ensi com il li estoit avenu de la feme que il vit en la nef, et des merveilles qu'il avoit toute nuit soufertes. Et li sires de la nef li respondi et tout avant : « Ha ! hom de povre creance, pechié de

convoitise et enlacement de désespérance ! — tu n'aurais dû
en rien t'inquiéter pour ce qui pouvait t'arriver, du moment
que tu le supportais pour ton Sauveur : ceux qui tendent à
son service exclusif, lui ne les oublie pas, toujours disposé au
contraire à les secourir, aussi longtemps qu'ils sont à le servir ; c'est en quoi tu dois mettre ta confiance : si tu le crois
parfaitement, tu auras tout ce que ton cœur demandera. Si tu
es maintenant ici en captivité, pourquoi t'en inquiéter ? Si tu
te places sous sa protection exclusive, si seulement tu t'abandonnes à sa volonté comme David le commande, lorsqu'il
s'exhorte lui-même à louer Dieu, en homme qui a dit que
"Notre-Seigneur gouverne tous les orphelins²", comment
peux-tu ne pas comprendre que celui qui a perdu la vue du
cœur a perdu la connaissance de son Créateur pour toujours ? Veut-il revenir à sa juste connaissance, Celui qui ne
refuse personne ne l'éconduit pas, ne le rejette pas, mais,
toujours disposé à l'accueil des pécheurs qui de cœur sincère
se repentent, lui rend sens et jugement pour entendre son
commandement. Et s'il arrive un beau jour au corps de
pécher, il te faut en conclure non pas que c'est là sa nature,
mais qu'il le doit à la fragilité de la chair³ : la chair est mortelle, aussi n'aura-t-elle pas la notion du mortel ou du spirituel. Maintenant tu dois savoir qu'il est, le cœur, instruit du
bien et du mal ; parce qu'il sait reconnaître l'un et l'autre, il
doit être appelé la vue de l'âme.

---

couvoitise et enlacemens de desesperance, tu ne te deüsses de riens
esmaïer de chose qui t'avenist, pour ce que tu le sousfrisses pour ton
Sauveur : car c'est cil qui n'oublie pas ciaus qui entendent a lui servir
del tout, ains est tousdis apareilliés d'aus secourre tant que il sont en
son service ; et en ce dois tu avoir ta fiance : car se tu le crois
parfitement, tu avras quanques tes cuers demandera. Et se tu es ore ci
emprisonnés, de ce ne te dois tu pas esmaïer : car se tu te més en sa
manaide del tout, et soies abandonnés a sa volenté si come David le
conmande, ou il meïsmes se semont de Dieu loer come cil qui dist que
"Nostre Sires gouverne tous les orfenins", conment ne pués tu
entendre que qui a perdue la veüe del cuer, qu'il a perdue la connoissance de son Creatour a tous jours ? Car si tost com il veut repairier a
la soie droite connoissance, cil qui nului ne refuse ne l'escondist pas
ne ne refuse, ançois est tous jours apareilliés de recevoir les pecheours
qui de bon cuer se repentent, et li rent sens et entendement de son
conmandement entendre. Et s'il avient que li cors peche aucune fois,
pour ce ne dois tu pas quidier que ce soit la nature de lui, mais ce li
avient par le fragilité de saᵈ char : car la chars est mortel, si ne pensera
a nule chose mortel ne a esperituelᵉ. Or dois tu savoir qu'i est, li cuers,
connoissans de bien et de mal ; et pour ce qu'il est connoissans de l'un
et de l'autre, pour ce doit il estre apelésᶠ veüe de l'ame.

204. « Ainsi Dieu rend-il la vue du corps à ceux qui sont aveuglés par les choses terrestres[1] — quand ils sollicitent sa miséricorde et son aide —, ceux dont David a parlé, comme vous venez de l'entendre. Il est vrai qu'aussi longtemps qu'il est en péché, l'homme est emprisonné et lié : il est attaché par un lien au diable ; mais aussitôt que l'homme ou la femme vient à confesse, le diable perd l'emprise qu'il a sur son corps.

205. « C'est de cette manière que le Sauveur du monde défait les liens, et sais-tu comment il fait se lever les paralytiques ? Il y a dans le monde une catégorie de gens paralysés de tous leurs membres, de sorte qu'ils ne peuvent bouger ; et nul ne peut être plus paralysé, tu le sais bien, que celui qui a perdu les membres de l'âme — ce sont les vraies richesses du cœur, comme : religion, révérence, pitié, concorde et miséricorde ; ces vertus sont les membres de l'âme, les pieds et les mains de l'âme ; et celui qui est privé de ces vertus peut bien savoir qu'elle n'a nul membre qui la soutienne, en vérité je vous le promets ! » Ainsi parla au roi le seigneur de la nef ; il sut bien le réconforter. Alors le roi lui demanda qui était cette femme, qui l'avait hier si longuement entretenu ; il lui répondit : « Tu l'as vue très belle et magnifiquement parée. Tu le sauras en vérité : jadis il fut un temps où elle était dans ma maison, cent fois plus belle et plus brillante que maintenant. Se voyant resplendissante, et si heureuse dans ma maison, elle

---

204. « Ensi rent Dix la veüe del cors et a ciaus qui sont avulé par les terriennes choses, quant il voelent requerre sa misericorde et son conseil, et dont David dist, ensi com vous avés oï : Il est voirs que tant que li hom est em pechié, tant est il emprisonnés et loiiés : car il est loiiés d'un loiien au dyable ; et si tost com li hom ou la [d] feme vient a confession, ausitost pert li dyables ce qu'il a en son cors.

205. « En ceste maniere desloiie li Sauverres del monde les loiiens, et sés tu conment il redrece les contrais ? Il sont une maniere de gens el siecle qui sont contrait de tous lor menbres en tel maniere qu'il ne pueent aler ; et tu sés bien que nus ne puet estre plus contrais que cil qui a perdu les menbres de l'ame[a] — ce sont les bones richesces de cuer, si conme : religion, reverence, pitié, concorde et misericorde ; ces vertus sont li menbre de l'ame, et li pié et les mains de l'ame ; et qui est sans ces vertus bien puet savoir que ele n'a nul menbre par coi ele soit soustenue, por voir le vous promet ! » Cestes paroles dist li sires de la nef au roi ; si l'en reconforta mout. Et lors li demanda li rois qui cele feme estoit, qui avoit ier si longement parlé a lui, et il li respondi : « Tu la veïs mout bele et mout richement atournee. Saces de voir que il fu jadis tele eure qu'ele estoit en ma maison, et que ele estoit a .c. doubles plus bele et plus clere que ele n'est ore ; et quant ele se vit si bele et si clere et si aise com ele estoit a mon ostel, si

en conçut un orgueil démesuré ; elle voulut être dame comme j'étais seigneur, et me rendre impossible tout pouvoir sur elle. Moi qui connais tous les secrets de l'âme, je sus tout de suite sa pensée — nulle ne m'est cachée — aussi l'ai-je chassée de chez moi, de sorte que sa beauté déclina. Jamais depuis elle ne vit homme ou femme, pour peu qu'elle m'en sût aimé, sans s'efforcer de m'en faire haïr. Sache enfin qu'elle ne venait auprès de toi que pour te séparer de ton Créateur : veille donc à ce qu'elle ne puisse te détourner de ton inclination à faire le plaisir et la volonté de ton Sauveur. »

206. C'est ainsi que l'homme de la nef parla très longuement au roi, pour lui dire toutes les choses qui devaient le garder dans une foi juste autant que ferme. Le roi l'écouta très volontiers et sans rien laisser perdre : ses dires lui plaisaient beaucoup. Alors le seigneur de la nef s'avança pour le prendre par la main ; puis il l'appela par son vrai nom de baptême pour lui demander s'il avait faim. Le roi lui répondit qu'il n'était nulle misère qu'il n'oubliât en étant avec lui. Alors l'homme de bien, l'ayant amené à la nef, lui dit : « Je mets à ta disposition tous mes vivres. » À ces mots même, le roi fut si rassasié qu'il n'avait absolument plus faim, et dit : « Seigneur, vos paroles m'ont tellement comblé que ma faim s'est dissipée ; et si le sentiment où je suis m'habitait sans cesse, je n'aurais de ma vie jamais plus envie de manger.

s'en orgueilli trop durement ; et vaut estre dame ausi com j'estoie sires, et vaut que je ne peüsse avoir nule poesté sor li. Et je qui connois toutes les repostailles, connui tout son pensé maintenant — car je conois tous pensés — si le[b] jetai hors de ma maison, par tele aventure qu'ele ne pot onques puis estre si bele com ele avoit esté devant ; ne onques puis ne vit home ne feme, pour qu'ele seüst qu'ele m'amast, qu'ele ne meïst tote sa poissance a pourchacier que il me haïssent ; et saces qu'ele ne venoit a toi se pour toi non desevrer de ton Creatour : or gardes qu'ele ne te puisse flechir que tu ne soies abandonnés tous jours a faire le plaisir et la volenté de ton Sauveour. »

206. Ensi parla mout longement li hom de la nef au roi, et li dist toutes les choses par coi il devoit estre tenus et en droite creance et en ferme ; et li rois l'escouta mout volentiers et mout entierement, et si li plaisoit mout ce que il disoit. Lors vint avant li sires de la nef et le prist par la main ; et puis le noma par son droit non de bauptesme, si li demanda se il avoit faim ; et li rois li dist que il n'estoit nule mesaise que il n'oubliast pour estre avoques lui. Lors li dist li prodom quant il l'ot [d] amené a la nef[e] : « Je met a toi en abandon toutes mes viandes. » Et si tost conme li rois ot oïe cele parole, si fu si saoulés qu'il n'ot onques point de faim, et dist : « Sire, vos paroles m'ont si raempli que je n'ai point de faim ; et se li corages ou je sui

Mais puisqu'il vous plaît de m'avoir autant parlé, conseillez-moi ce qu'il me sera possible de faire : puisque vous connaissez toutes pensées, vous savez bien la mienne ; aussi devez-vous me conseiller selon mon souci. — Je n'ignore pas ta préoccupation. Tu penses à Nascien, dont la femme t'a donné hier au soir des nouvelles ; mais que cela ne te trouble pas : Celui qui, dans ta vision, descendait du ciel pour se baigner dans le plus grand des fleuves ne t'oubliera pas[1]. »

207. L'entendant ainsi parler, le roi se demanda avec étonnement qui il pouvait être : il ne croyait pas qu'aucun homme mortel pût connaître les pensées ni les œuvres des hommes et des femmes : voilà pourquoi il ne croyait pas qu'il fût mortel, et n'osait pas, en conséquence, lui parler. Après avoir beaucoup attendu, il dit : « Seigneur, s'il vous plaît, faites-moi entendre la vérité sur cette vision. — Tu ne seras pas fixé, répondit l'homme de bien, avant d'avoir chassé le loup loin de toi : alors tu apprendras pourquoi il veut te dérober tes bonnes victuailles, et après tu connaîtras la signification de la vision tout entière. Pour le moment je te recommande de ne t'inquiéter de rien qu'il te soit donné de voir : tu verras de grands prodiges, tu peux en être sûr et certain. Voilà pourquoi la voix a dit, quand Nascien et toi vous étiez sur le lit — vous vous êtes évanouis en l'entendant : "Ici commencent les grandes peurs[1]" — c'était pour dire

---

me tenoit adés, je n'avroie en ma vie jamais talent de mengier ; mais puis que il vous plaist que vous m'avés tant dit, conseilliés moi que je porrai faire : car puis que vous connoissiés tous pensés, dont connoissiés vous bien le mien ; si me devés conseillier selonc mon pensé. » Et lors respondi et dist : « Je sai bien quels tes pensers est. Tu penses a Nascien, dont la feme te dist ersoir nouveles ; mais de ce ne t'esmaiier ja : car cil ne t'oubliera mie que tu veïs en ta vision descendre del ciel baingnier son cors el flun qui estoit graindres de tous les autres. »

207. Quant li rois l'oï ensi parler, si s'esmerveilla mout qui il pooit estre ; que il ne quidoit pas que nus hom morteus peüst savoir les pensees ne les ouvrages des homes et des femes ; et pour ce ne quidoit il pas que il fust morteus, et pour ce n'osoit il[e] parler a lui. Et quant il ot assés atendu, si dist : « Sire, s'il vous plaist, de ceste avision me faites entendre la verité. — Ce ne savras tu ja, dist li prodom, devant ce que tu avras le leu chacié d'entour toi : et lors savras tu pour coi il te veut tolir tes bones viandes, et aprés savras tu que toute l'avisions senefie. Mais de tant te chasti je bien que tu ne t'esmais ja de cose que tu voies : car de grans merveilles veoir pués[b] tu estre bien asseür et tos certains. Et pour ce dist la vois, quant entre toi et Nascien estiés el lit, la ou vous chaïstes tout pasmé a l'eure que la vois dist : "Ci conmencent les grans paours" ce fu a dire

qu'après cela, le Grand Crucifix montrerait à celui qui aimerait son nom des choses qui surpasseraient tous les événements antérieurs, en fait de grandes merveilles épouvantables. Si tu as un cœur et une foi sincères, et veux résister à tout ce que tu verras, tu y auras tant gagné que jamais, jusqu'à la fin de tes jours, il ne prendra part à ta perte, pour, au contraire, contrecarrer les tentatives du diable et mieux te maintenir dans une foi ferme. S'il arrive qu'un homme ou une femme veuille t'abuser par un bienfait ou une promesse, sois prudent et rappelle-toi comment Adam le premier homme fut trompé pour avoir consenti à l'exhortation du diable sur le conseil de sa femme[2] : ce point, garde-le toujours en mémoire. Par là tu pourras faire le départ entre les conseils qui te seront donnés pour sauver ton âme, et ceux pour la damner. Résolu à t'en tenir en tout et pour tout à la volonté de ton Seigneur, tu ne dois prendre aucun conseil qui aille à l'encontre. Te promet-on de grands dons et de grandes richesses pour faire quoi que ce soit qui déplaise à ton Créateur, tu ne dois pas obtempérer. »

208. C'est la manière dont l'homme de la nef parla au roi très longuement ; celui-ci aima beaucoup ses propos si réconfortants. À la fin il lui demanda : « Seigneur, combien de temps resterai-je sur cette roche ? — Jusqu'à ce que le diable t'en tire par la main gauche. » Alors, baissant la tête, le roi s'absorba dans ses pensées. Aussi l'homme de bien péné-

---

que aprés ce mosterroit li Grans Crucefis a celui a qui ses nons plairoit teles choses qui passeroient toutes les choses qui devant estoient avenues, des grans mervelles espoentables. Et se tu as bon cuer et bone creance, et tu te vels tenir estable encontre toutes les choses que tu verras, tant i avras gaaingnié[e] que ja tant que tu vives, ne s'en partira a ton damage, mais pour plus esbahir le dyable et pour toi mix tenir en ferme creance. Et se il avient chose que aucuns hom ou aucune feme te voelle decevoir por donner ou par promettre, si gardes tout avant [e] et te pourpenses conment Adans li premiers hom fu decheüs pour ce qu'il s'asenti a l'amonestement le dyable par le conseillement de sa feme : de ceste cose soies toujours ramenbrans. Et par ce porras connoistre lequel conseil te seront donné[d] pour sauver t'ame, et liquel te seront donné pour dampner le. Et pour ce que tu te veus tenir du tout en tout a la volenté de ton Signour, por ce ne dois tu nul conseil prendre qui est encontre sa volenté. Et se on te promet grans dons et grans richeces[e] pour faire chose qui desplaise a ton Signour, pour ce ne le dois tu pas faire ensi. »

208. En ceste maniere parla li hom de la nef au roi mout longement, et mout li plorent ses paroles et tornerent a grant confort ; et en la fin li demanda : « Sire, combien demouerrai je en ceste roce ? » Et il li dist : « Tu i seras tant que li dyables t'en getera par la main

tra dans sa nef sans rien ajouter. Quand il eut terminé sa
réflexion, le roi ne vit que le vide autour de lui. Il s'étonna
prodigieusement de ce que l'homme pouvait être devenu : la
fois dernière, il était parti de cette manière. Alors le roi s'assit, et se mit à réfléchir sur l'identité de cet homme qui
connaissait si bien les pensées des gens. Il se repentait de ne
pas lui avoir demandé s'il était oui ou non Dieu. Il se résolut, si jamais il lui parlait, à le faire.

209. Ce soliloque fut interrompu par le bruit des vagues
contre la roche ; quel vacarme, quel bruit ! Alors le roi se
leva ; il repéra, vers l'occident, le navire qui avait amené la
dame le jour précédent[1] ; aussi fut-il fort effrayé : il pensait
que cette dame à qui appartenait la nef était l'envoyée du
Malin[2], et que le motif de son voyage était de le tromper.
Alors il pria le Seigneur-Dieu de garder son âme, quoi qu'il en
fût du corps, et d'éviter que la chair, par son œuvre, ne le fît
dévier du dessein qu'il avait formé[3]. Sa prière terminée, il se
tourna, cette fois, vers l'orient, pour saluer très sincèrement
en s'inclinant la glorieuse cité de Jérusalem où le corps béni
de Jésus-Christ avait tiré ses amis du malheur d'être éternellement captifs en enfer[4]. Là-dessus la nef aborda, toujours aussi
somptueuse. La dame en sortit : le roi ne la salua pas[5].
Constatant qu'il ne lui dirait mot, elle lui adressa la parole

---

senestre. » Lors embroncha li rois son chief vers terre. Si conmencha
mout durement a penser. Si entra li prodom en sa nef sans plus dire.
Et quant li rois ot mené son pensé a fin, si conmencha a regarder
environ soi, si ne vit riens ; si s'esmerveilla mout qu'il pooit estre
devenus : car a l'autre fois s'en estoit il alés en tel maniere. Lors
s'asist li rois, si conmencha mout durement a penser qui cil hom
estoit, qui si bien connoissoit les pensers des gens ; si li repentoit que
il ne li avoit demandé s'il estoit Dix ou non. Et molt s'aficha que se
il parloit jamais a lui, qu'il li demanderoit.

209. Ensi parloit li rois a lui meïsme, tant qu'il oï les ondes de la
mer hurter a la roce ; et demenoient mout grant noise. Lors se leva,
et esgarda vers occident ; et vit venir la nef en coi la dame estoit
l'autre jour venue[a], si fu mout effreés : car il pensoit que la dame a
qui la nef estoit iert de male part, et qu'ele estoit illuec venue pour
lui decevoir. Lors proiia a Damediu qu'il s'ame gardast, que que fust
del cors, et que la chars ne fesist oeuvre par coi il fust desvoiés
de son proposement, itel com il l'avoit empris. Quant il ot sa proiiere
finee, si se retourne vers oriant : et enclina de mout bon cuer la
glorieuse cité de Jherusalem en laquele li benois cors Jhesu Cris
avoit osté ses amis hors de la pardurable chaitiveté et maleürté
d'ynfer. Atant vint la nef autresi bele et autresi riche com il
l'avoit veüe devant ; si vint la da[f/]me hors de la nef : mais li rois ne
le salua pas. Et quant ele vit que il ne li diroit riens, si l'araisonna

la première pour lui demander comment il s'était porté depuis sa visite. Il lui répliqua : « Dame, cela vous regarde-t-il ? » Et d'ajouter qu'il n'avait pas à lui répondre, quand elle n'était pas, comme lui, de la foi de Jésus-Christ. À ces mots, elle partit d'un rire moqueur, et s'adressa à lui en ces termes :

210. « Roi Mordrain, me voilà convaincue de ta folie : tu sais bien que, depuis que tu as reçu la foi que tu observes maintenant, il ne t'est arrivé absolument que du mal ; et loin de t'amender, tu t'y tiens au contraire aussi fermement que si tous les honneurs du monde devaient t'en venir. Écoute donc : je vais te faire part de nouvelles que tu ignores. La pure vérité est que je tiens tout ton royaume, et que je me suis rendue à Sarras après ton départ. N'en doute pas un instant : Nascien ton beau-frère est mort, et tu ne reverras jamais Sarracinte ta femme. » Terrifié du propos, le roi néanmoins ne la crut pas. C'est ainsi que la femme de la nef troubla le roi par son discours ; elle eut beau faire, cependant, il ne se décidait pas à la suivre. S'apercevant qu'elle ne pourrait le tirer de là, elle lui proposa de venir, s'il voulait, contempler la richesse que contenait la nef. Et d'enlever aussitôt une étoffe noire qui la recouvrait, et de lui dire : « Regarde donc, roi Mordrain ! » Le roi constata qu'elle était remplie de pierres d'apparence précieuse, et des plus magnifiques étoffes qu'il eût jamais vues. Alors la dame ajouta : « Roi, tu ne prenais pas en bonne part mon pouvoir parce

---

avant et li demanda conment il l'avoit puis fait que il l'avoit veü ; et il li dist : « Dame, qu'en avés vous a faire ? » Et li dist que ne li devoit point respondre, quant ele n'estoit point de la creance Jhesu Crist ausi com il estoit. Quant ele oï ce, si conmencha a rire com ame qui escharnist autre ; si li dist :

210. « Rois Mordrain, or sai je bien que tu es hors del sens : car tu sés bien que onques puis que tu receüs la creance que tu tiens ore, ne t'avint ce maus non ; et encore ne t'en chastoies tu point ne tant ne quant, ançois t'i tiens ausi fermement come se toutes les honours del monde t'en venissent. Or escoute : je te dirai tés nouveles que tu ne sés mie. Il est verités prouvee que je tieng tout ton regne, et que je ai esté a Sarras puis que tu ne me veïs mais. Et saces pour voir que Nasciens tes serourges est mors, ne jamais ne verras Sarracinte ta feme. » Quant li rois oï ce, si ot mout grant paour ; et nonpourquant il ne l'en crut pas[a]. Ensi tourbla la feme de la nef le roi par sa parole ; nequedent ele ne pot onques tant faire que il alast a sa compaignie. Et quant ele vit ce, qu'ele ne le porroit d'illuec jeter, se li dist que se il li plaisoit, que il venist veoir la richece qui estoit dedens la nef ; et puis li descouvri tantost la nef d'un noir drap dont ele estoit couverte, et si dist au roi : « Or esgarde, rois Mordrain ! » Et li rois esgarda dedens la nef et vit qu'ele estoit toute plainne de pierres pre-

que je n'adhère pas à ta folle croyance ; à ton avis, ces biens viennent-ils d'un lieu maléfique ? Toute cette fortune que tu vois et une autre beaucoup plus grande auraient été à toi si tu avais voulu me croire : tu aurais possédé beaucoup plus que tu n'as ! »

211. Si, d'abondance, la dame encouragea le roi par des paroles et des promesses, jamais elle ne réussit à le persuader de la suivre ni par intérêt, ni pour aucune raison. Néanmoins elle toucha fort sa sensibilité par les nouvelles qu'elle lui avait annoncées sur sa femme et sur son beau-frère, et par d'autres propos dont elle l'avait harcelé sans faiblesse. Mais elle le trouva si résolu à bien croire et si constant au commandement de son Créateur que, l'appelait-elle, il ne voulait pas répondre au nom d'Évalac : il avait abandonné ce nom qui relevait du diable. Leurs disputes n'en finissaient pas : elle lui rappelait le grand confort et les grands honneurs dont il avait joui ; il lui opposait la haute dignité qu'il aurait aux cieux par la sainte foi de Jésus-Christ, et qu'il estimait beaucoup plus que l'autre : aussi préférait-il se maintenir en pauvreté plutôt que de posséder les grandes richesses que le diable lui offrait à l'accoutumée, et par quoi il serait allé à la peine et la destruction éternelles. Constatant qu'elle ne pourrait pas entamer sa résolution, elle fit demi-tour furieuse, comme la fois précédente. Et le

---

ciouses par samblant, et des plus riches dras que il onques eüst veüs jour de sa vie ; et lors diſt la dame au roi : « Rois, tu ne quidoies pas que je fuisse de bone part por ce que je ne croi ta fole creance ; t'eſt il avis que cil avoirs viengne de male part ? Treſtous cis avoirs que tu vois, et autres aſſés plus grans fuſt tous tiens se tu vausisses croire moi : et si eüsses aſſés plus que tu n'as ! »

211. Aſſés amonneſta la dame le roi par paroles et par promesses ; mais onques pour nule chose ne pour loiier ne l'en pot mener. Nonpourquant ele le tourbla mout en son corage des noveles qu'ele li avoit dites de sa feme et de son serourge, et le tourbla mout d'autres paroles de coi ele l'avoit asailli mout durement ; mais ele la trouva si ferme a la bone creance et si eſtable au conmandement[a] de son Creatour que[b] quant la dame l'apeloit, ni li voloit il [22a] responde par le non de Amalac : car le non avoit il laissié, pour ce que ce eſtoit nons de dyable. Molt durerent les tençons[c] d'aus longement : car ele li reproçoit les grans aaises que il avoit eües et les grans honnours ; et il li disoit encontre la grant hautece que il avroit amont es cix par la sainte creance de Jheſu Criſt, si la preſoit aſſés plus que l'autre ; et se voloit il mix tenir en poverté que avoir les grans richesces que li dyables li soloit donner, par coi il alaſt em pardurable painne ne em pardurable deſtrucion. Et quant ele vit qu'ele ne le porroit mouvoir de son proposement, si s'en tourna ausi ireement com ele avoit fait par devant. Et li

roi de rester intrigué par cette femme : qui pouvait-elle être, pour lui avoir montré de si grandes richesses, et pour être venue si rapidement de son pays ? Pourtant, l'histoire l'atteste, la distance dépassait dix-sept journées.

212. Voir se lever la tempête, si terrible et si grande, jeta le roi dans une grande épouvante. Il commença à tonner bruyamment et le ciel se zébra d'éclairs ; le temps se chargea de nuages si épais que seuls ces éclairs trouaient l'obscurité. Après bien des roulements de tonnerre éclata un très fort orage : le roi ne put garder son équilibre, et tomba à terre. Et tandis qu'il était ainsi, la foudre vint frapper un endroit de la roche qui s'enfonça complètement dans la mer. La partie où le roi se tenait resta debout. Il demeura étendu, évanoui comme mort, jusqu'au moment où la tempête eut passé. Alors, ouvrant les yeux, la mer lui apparut tranquille et apaisée, et il ne vit plus rien de tout ce qu'il avait vu précédemment.

213. Il se redressa pour voir comment la roche était éboulée : de surprise, peu s'en fallut qu'il ne tombât dans la mer. Alors il fit le signe de la vraie croix sur sa tête et sur son corps, et pria le Roi de paradis de le garder à même de ne porter aucune atteinte ni à sa foi, ni à lui-même. Le roi s'assit : il fut gagné par le sommeil, et ne put faire autrement que dormir à même la roche sur le peu qu'il en restait. À son réveil, une si grande faim le tenaillait qu'il pensait ne

---

rois demora tous pensis de cele feme : qui ele pooit estre, qui si tres grans richesces li avoit moustrees, et qui si tost estoit venue de son païs. Et si i avoit, si com l'estoire tesmoigne, plus de .XVII. journees jusques la.

212. Quant li rois vit la tempeste lever si laide et si grant, si fu mout espoentés. Et il conmencha mout durement a tonner et a espartir ; et comencha li tans si durement a nubliier, si qu'il ne pooit veoir goute fors seulement des espars si com il espartissoit. Et quant il ot assés tonné, si chaï uns escrois mout grans de haut, si que li rois ne se pot onques tenir sor ses piés que il ne chaïst a terre. Et endementiers qu'il estoit ensi, si chaï li esfoudres a une des parties de la roce, et si le fondi toute en la mer. Et la partie ou li rois estoit remest en estant. Et il jut tous pasmés ausi com se il fust mors, tant que la tempeste fu toute alee. Et lors ouvri il les ex, si vit la mer toute coie et toute paisible, ne onques ne vit riens de quanques il avoit veü par devant.

213. Lors se drecha et esgarda conment la roce estoit fondue : si en ot tel merveille que pour un poi qu'il ne chaï en la mer. Lors fist il le signe de la vraie crois sor son chief et sor son cors, et deproiia le roi de paradis que il le tenist en tel point que il, ne lui ne sa creance ne malmesist. Atant s'asist li rois, et li prist tel soumeil que par fin

pouvoir en échapper que par la mort. Après s'être longuement lamenté sur sa misère, il vit, sur une marche, un pain d'orge. Sa joie fut immense en le voyant : et de courir aussitôt le prendre, en homme torturé par la faim. Dès qu'il l'eut en main, il n'eut pas la patience de l'entamer, et le porta tout entier à sa bouche. Mais à peine voulut-il y mordre qu'un bruit retentit, en face, d'une ampleur inouïe : et il vit fondre sur lui un oiseau si grand et si bizarre qu'il n'en avait jamais vu de pareil.

214. L'oiseau était bizarre à divers titres. Il avait en effet la tête noire comme du charbon, les yeux rouge feu. Son cou et son poitrail semblaient ceux d'un aigle ; ses ailes étaient acérées. Telle était la nature de l'oiseau, qui ne volera jamais que pour épouvanter ceux dont le service est apprécié des diables. L'histoire authentique l'atteste bien : s'il vole, tous autres oiseaux le fuiront comme les ténèbres le soleil ; et ils ne seront plus que trois. La mère les engendre sans s'accoupler ; ils sont pleins de si grande froidure que nul ne peut les supporter, pas même leur mère, contrainte d'aller chercher une pierre dans une vallée que l'on appelle Hébron[1]. La pierre que j'évoque est chaude par nature. Au moindre contact, elle s'embrase et brûle tout ce qu'elle touche. Cependant, on pourrait la tenir perpétuellement en main

---

estavoir li couvint dormir sor la roce et sor si poi com il en i avoit. Et quant il se releva, si li prist uns si tresgrans fain, que il quidoit que il n'en eschapast se par la mort non. Et quant il se fu longement plains de sa mesaise, si vit sor un degré un pain d'orge. Et quant il le vit, si en ot molt grant joie, si le courut tan[b]tost prendre come cil qui li fains destraingnoit. Quant il le tint, si ne vaut pas tant atendre que il fust entamés, ançois le mist tout entier a sa bouche. Et quant il le vaut mordre, si senti un si grant bruit devant lui que nul plus : et il esgarda un oisel descendre a lui, tant grant et tant divers que onques mais tel oisel n'ot veü.

214. Li oisiaus estoit divers en maintes manieres : car il avoit la teste noire come charbon, les ex rouges conme fu. Si sambloit aigles du col et des espaulles ; et avoit les eles trenchans come aciers. D'itele maniere estoit li oisiaus, ne ja ne volera se n'est pour espoenter ciaus dont dyable aiment lor service. Et si le tesmoigne bien auctorités qu'il ne volera ja que tout autre oisel ne le fuient aussi que tenebres font a soleil, ne ja n'en seront que .iii. ensemble. Et si les a la mere sans compaingnie de malle ; et si sont de si grant froidure plain que nus ne les puet souffrir, neïs la mere, ains va querre une piere en une valee que on apele Ebron. Cele piere dont je vous di est de caude maniere : car on ne puet a li riens atouchier que[d] tantost n'espreigne et arde tout ce a coi ele froiera ; mais tous les jours del monde le porroit on tenir en sa main,

qu'elle ne s'échaufferait pas à moins de la frotter ; mais sitôt qu'elle touche un objet, elle devient d'un rouge sang, bien que blanche naturellement. C'est à cette pierre que vient la mère de l'oiseau, elle s'y frotte jusqu'à sentir la chaleur ; mais cela ne lui suffit pas encore, en raison de sa grande froidure intérieure, aussi elle la frotte sur tous les angles, au point qu'il est surprenant qu'elle ne brûle pas ; puis elle s'en retourne. Mais pendant le voyage le feu l'a tellement épuisée qu'elle ne peut en réchapper : de la grande chaleur irradiant de son corps elle chauffe les œufs. Les oiseaux, autrement, périraient au moment de l'éclosion en raison de la grande froidure qui les habite. Et quand vient le moment où ceux-ci commencent à percer avec leur bec la coquille, la mère est toute consumée, et réduite en poussière. Alors les oiseaux se disposent autour des cendres, ils s'en nourrissent et en vivent si bien qu'ils y puisent un peu de force au corps et dans les membres. Du moment qu'ils ont mangé toutes les cendres provenant de la dépouille de leur mère, ils n'auront plus de goût pour autre chose.

215. Les mâles sont alors vivants : orgueilleux et féroces comme ils sont, ils ne peuvent se supporter ; une fois adultes, chacun veut assurer sa domination sur le troisième, une femelle : et leur haine réciproque est si grande qu'ils se tuent l'un l'autre.

216. C'est ainsi que les deux oiseaux mâles s'entre-tuent : ne reste que la femelle appelée serpent-lion. La pierre où elle

---

ançois que ele escaufast qui ne le froieroit[b] ; mais ausitost com ele froie a aucune chose, si devient ausi rouge come sanc, ja soit ce qu'ele soit blanche naturelment. A cele pierre vient la mere a cel oisel, si s'i froie tant qu'ele sent la chalour ; mais encore ne li est preu pour la grant froidure que ele a dedens le cors, si se frote si partout que c'est grant merveille qu'ele n'art ; puis s'en revient ariere ; mais ançois qu'ele soit revenue l'a si li fus grevee qu'ele ne se puet aïdier : et de la grant chalour qui ist de son cors escofe ele ses oes, car autrement periroient li oisel en acloant de grant froidure dont il sont plain. Et quant ce vient que li oisel conmenchent a bechier por esclore, si est la mere toute arse et mise em poudre. Lors se metent li oisel entor la poudre, si s'en soustiennent tant et vivent que il ont un poi de force en cors et en menbres. Et quant il ont mengié toute la poudre qui ist de lor mere, ja puis ne gousteront d'autre chose.

215. Lors vivent cil qui sont malle : si sont si orgueillous et si fier que li uns ne puet soustrir l'autre ; et quant il sont grant, si veut chascuns avoir [d] la signourie del tierc oisel qui est femele : et pour ce monte entr'aus si grans haïne que li uns ocist l'autre.

216. Ensi s'entrocient li doi oisel malle ; si ne remaint fors la femele qui est apelee serpens lyons. Et la pierre ou ele se frote est apelee piratite. Ités estoit li oisiaus com je vous ai dit, qui descendi au

se frotte est appelée «piratite[1]». Tel était l'oiseau qui fonça vers le roi sur la roche. À peine ce dernier eut-il mis le pain dans sa bouche que l'oiseau frappa le pain de son aile si violemment qu'il le fit voler dans la mer. Après il regagna les airs à tire-d'aile. Puis il redescendit bruyamment, pour trouver le roi gisant à terre. Il l'attaqua avec ses serres si brutalement qu'il emporta une grande partie de ses vêtements, et un grand lambeau de chair, le blessant très cruellement. Làdessus l'oiseau s'en alla ; le roi resta sans connaissance jusqu'à une heure avancée de la nuit — le jour déclinait lorsqu'il s'évanouit[2]. Revenu à lui, il était faible à ne pouvoir se tenir debout ; sa faim avait disparu comme s'il eût mangé toutes les nourritures du monde.

217. Le roi resta dans cette situation jusqu'au lendemain. La vue du jour le remplit d'aise, eu égard à ce qui s'était passé pendant la nuit. Se remémorant la grande faim qu'il avait ressentie, et l'oiseau qui avait fait voler son pain dans la mer, il se mit à soupirer et à pleurer amèrement, et à prier Notre-Seigneur ainsi que vous allez entendre : « Cher Seigneur-Dieu, dit-il, véritable Rédempteur qui m'avez sauvé de la ruine éternelle, dans mon adoration je vous rends grâces et dis merci, puisque j'ai conscience que le péché que j'allais faire vous affectait : vous m'avez donné le réconfort propre à calmer ma faim. Il est évident que celui qui m'avait destiné ce pain ne le faisait pas pour mon profit, mais pour mener mon âme à la ruine. »

---

roi sor la roce. Et quant il ot mis le pain en sa bouche, si feri li oisiaus le pain de s'ele si durement qu'il le fist voler en la mer. Aprés vola ariere en l'air ; et puis revint bruiant, et trouva le roi gisant a terre : si le feri si durement des ongles qu'il emporta grant partie de ses dras ; et de la char emporta il grant piece, si qu'il le blecha mout durement. Atant s'en ala li oisiaus, et li rois jut em pasmisons jusques a grant piece de la nuit : mais petit de jor i avoit quant il se pasma. Et quant il fu revenus de pasmisons, si fu si vains qu'il ne se pot sostenir ; ne del faim qu'il avoit eü ne li souvenoit il nient plus que s'il eüst mengié toutes les viandes del monde.

217. Ensi demoura li rois jusques a l'endemain. Et quant il vit le jor, si fu mout a aise envers ce qu'il avoit esté la nuit devant. Quant il li menbra del grant faim qu'il avoit eü, et del oisel qui li avoit fait voler son pain en la mer, lors conmencha durement a souspirer et a plourer, et a proiier Nostre Signour en tel maniere com vous orrés : « Biaus sire Dix, fait il, vrais rachaterres qui de pardurable destrucion m'as jeté, je vous aour et rent grasces et mercis, que je voi qu'il vous a pesé del pechié que je voloie faire : quar vous m'avés donné tant de confort que je ne deüsse point avoir de faim. Or voi[a] je que cil qui m'avoit cest pain apareillié ne le faisoit pas pour mon preu, ains le faisoit pour m'ame mener a destrusion. »

218. Ainsi le roi resta sur la roche ; chaque jour venaient à lui l'homme de la nef, et ensuite la femme. L'homme lui disait toutes les bonnes paroles propres à le réconforter et à le rassasier ; la femme, tout le contraire. Au septième jour[1] — le terme de sa délivrance approchait —, l'homme de la nef vint à lui et lui tint ce propos : « Sais-tu te préserver des finesses de l'ennemi ? Tu seras aussitôt délivré. » Le roi lui demanda comment il pourrait y veiller. « Si tu peux aujourd'hui, répondit l'homme, prendre garde à ne pas fâcher ton Seigneur, tu seras délivré de toutes les peurs et de tous les maux terrestres que l'avenir te réserve, à condition d'éviter de croire le conseil du diable : tu quitteras en effet cette roche où tu as supporté tant de souffrances. »

219. Il partit ; le roi resta, très heureux, avec le dessein bien arrêté, quoi qu'il vît, de ne pas quitter la roche. Son attente, dans cette disposition d'esprit, dura jusqu'à none. Alors, jetant un regard au loin sur la mer, il vit venir un grand navire qui paraissait magnifique ; il ne remarqua ni homme ni femme. Le navire était splendide, avec un pont aussi vaste qu'élevé. Après avoir vogué longtemps, il se dirigea vers la roche : alors éclata un violent orage. Plus il approchait de la roche, plus l'orage redoublait : il tonnait et grêlait et les éclairs étaient si puissants que le firmament semblait sur le point de tomber en morceaux ; personne n'aurait vu ce temps sans croire imminente la fin du monde.

---

218. Ensi demoura li rois a la roce, et chascun jour venoit a lui li hom de la nef, et la feme aprés. Li hom li disoit toutes les bones paroles qui a lui conforter et saouler pooient avoir mestier ; et la feme li disoit toutes les contraires choses. Et quant ce vint au setisme jour que li termes de sa delivrance aproçoit, lors vint li hom de la nef a lui, si li dist : « Te sés tu garder de l'engien a l'anemi ? tu seras tantost delivrés. » Et li rois li demanda conment il s'en porroit [d] gaitier, et il li dist : « Se tu te pués hui gaitier de courecier ton Signour, tu seras delivrés de toutes tes paours et de tous tes maus terriens qui te sont a avenir, se tu te gardes de croire le conseil au diable : car tu isteras de cele roce ou tu as tant de dolours sousfertes. »

219. Atant s'emparti cil ; et li rois remest mout liés, et avoit bien em pourpos que ja pour riens que il veïst ne se partiroit de la roce. En tel maniere demoura li rois jusques a tant que il fu nonne ; et lors esgarda mout loing en la mer, et vit venir une grant nef qui estoit mout bele par samblant et riche ; mais il ne vit onques home ne feme. La nef fu de mout grant biauté, et mout de grans estages et haus i avoit. Et quant ele ot alé grant piece waucrant si vint vers la roce ; et lors leva uns grans orages. Et quant ele plus s'aproçoit de la roce, et plus s'esforçoit li orages ; si tonnoit et gresilloit et espartoit tant forment qu'il estoit avis a ciaus qui le veoient que li firmamens

Le roi était de toute façon sur la roche exposé au vent et à la pluie, sans savoir où se réfugier : la partie tombée l'était dans la mer. Et l'orage gagna en violence, la foudre frappa de tous côtés, si bien qu'il pensait ne jamais réchapper de ce péril : il était au bord du désespoir. Ainsi le roi subit les intempéries : la pluie, la grêle, les éclairs, le tonnerre et la foudre. Mais jamais il ne put être contraint à quitter la roche ; au contraire, il résista ; et finalement, l'orage ayant faibli, il sentit le soleil radieux, ce qui le rendit tout heureux.

220. À ce temps succéda une si forte chaleur qu'il lui semblait que la roche allait fondre sous le feu ardent jusqu'au fond de la mer, et que le soleil descendait sur la terre. Le roi fut cent mille fois plus incommodé par la chaleur qu'il ne l'avait été auparavant. Il regarda le navire préparé pour le protéger, s'il voulait y entrer : mais il craignait tellement le courroux de son Seigneur qu'il préférait supporter la mort plutôt que de quitter la roche. Il endura cette touffeur très longtemps ; et finalement, terrassé par le mal de tête, faible à ne pouvoir tenir debout, il tomba sur la roche, face contre terre : il resta un long moment comme évanoui. Ce long moment écoulé, il leva la tête pour savoir si le temps s'était radouci. Constatant qu'il était plus clément — il devait être entre none et vêpres[1] —, il fut très content ; il fit ensuite

---

deüst chaoir par pieces, ne nus ne veïst cel tans qui ne quidast que la fins de toutes choses fust venue. Et li rois fu toutes voies en la roce au vent et a la pluie, et si ne savoit ou il se peüst mucier : car la partie qui estoit cheüe si estoit cheüe en la mer. Et li tans conmencha a esforcier et foudres a cheoir si espessement qu'il ne quidoit jamais eschaper de cel peril, et estoit ausi com tous desesperés. Ensi soufri li rois l'angoisse del tans de la pluie et del gresil. Aprés souffri les espars, le tonnoile, et les assaus des effoudres qui chaoient. Mais onques ne pot estre a ce menés que il laissast la roce, ains sousfri tant que li ores chaï, et que li rais del soleil conmencha a raiier sor lui : lors fu il mout liés.

220. Aprés cel tans vint une si grans chalours qu'il li estoit avis que la roce deüst fondre au fu ardant jusques en abisme, et que li solaus descendist a terre. Li rois senti cele grant chalor ; et s'il estoit a malaisse devant, encore est il ore .C. mile tans plus. Il esgarda la nef toute apareillie de lui desfendre, si se vausist metre dedens : mais il doutoit tant le courous de son Signour qu'il amoit mix a sousfrir sa mort qu'il se partesist de la roce. Mout souffri cel chaut longement, et tant que la dolours del cief[a] le vainqui et qu'il fu si vains que il ne pot estre sor piés, ains chaï sor la roce as dens : si fu grant piece ausi come em pasmison ; [e] et quant ce vint a cief de piece, si leva la teste pour savoir se li tans estoit point assouagiés. Et quant il vit le tans atempré, si com il devoit estre entre nonne et vespres, si fu mout a aise ; et puis

une tentative pour se lever malgré son mal de tête : il sentit alors qu'il n'éprouvait plus aucune douleur ! Debout, il se prit à considérer avec étonnement les grandes aventures qui lui étaient arrivées, et leur probable signification : il avait excessivement souffert, lui semblait-il, et maintenant il ne s'en ressentait plus, croyant au contraire avoir songé.

221. Ses réflexions le menèrent jusqu'à la tombée de la nuit. Il remarqua une nef somptueusement équipée, poussée par un vent très fort et bruyant. Comme elle approchait, il vit, aux défenses du châtelet d'avant, deux écus qu'il reconnut bien : l'un lui appartenait, l'autre était à Nascien son beau-frère. À leur vue, stupéfait, il tomba dans un abîme de réflexions, au point de s'oublier. Mais promptement un cheval se mit à hennir, à renâcler et gratter avec ses sabots, si bien qu'il semblait, à l'entendre, qu'il allait mettre la nef en pièces. Le roi reconnut bien la monture qu'il avait prise à Tholomé dans la bataille à Orcan. Il fut très surpris de la façon dont le cheval et les écus étaient arrivés dans ce pays si reculé. La nef se rapprocha de la roche. Le roi se leva et aperçut une foule de gens à l'intérieur. Alors sortit un homme qui, selon toute apparence, était le frère du sénéchal royal tué dans la bataille[1]. À sa vue, le roi éprouva une immense joie ; l'autre allait lui faire très grise mine ; le roi, après lui avoir donné l'accolade, lui en demanda la raison :

---

assaiia se il se porroit lever por la vanité del chief. Et quant il se vaut lever, si senti qu'il n'avoit ne mal ne dolour ; atant se leva en son estant et se comencha a esmerveillier des grans aventures qui li estoient avenues, et que eles puent senefiier : car il avoit trop grans dolours souffertes, ce[b] li estoit avis, et ore ne s'en sentoit, ains quidoit avoir songié.

221. Ensi pensa tant qu'il avespri, et resgarda, si vit venir une nef de mout riche atour ; li vens vint mout tost et mout bruiant. Et quant ele aproce, si vit .II. escus as desfenses del chastelet qui estoit devant ; ces .II. escus connut li bien, que li uns estoit siens, et li autres estoit Nascien son serourge. Et quant il les vit, si fu mout esbahis et conmencha mout durement a penser, tant qu'il s'oublia tous ; et erranment conmencha uns chevaus a henir et a fronchier et a grater des piés, si qu'il estoit avis a tous ciaus qui l'ooient qu'il deüst depecier toute la nef. Et quant li rois l'oï, si connut bien que c'estoit li chevaus qu'il avoit conquis vers Tholomé en la bataille a Orcaus : mout s'esmerveilla du cheval et des escus[a] coment il estoient en si estrange païs aporté. Atant aprocha la nés a la roce ; et li rois se leva et vit mout grant plenté de gent dedens la nef. Atant issi hors uns hom qui sambloit mout bien estre freres au seneschal au roi qui avoit esté mors en la bataille. Et quant il le vit, si en ot mout grant joie ; mais il li dut faire mout laide ciere, et li rois le courut mainte-

« Sire, c'est que vous avez perdu l'un des êtres que vous aimiez le plus : Nascien, votre beau-frère, qui repose dans cette nef, mort. »

222. Le roi, muet de stupéfaction, tomba évanoui. Revenu à lui, il demanda à voir Nascien, et se mit à crier, comme un fou, et perdit de nouveau connaissance ; celui-là, le prenant par la main gauche, le releva pour le mener à l'intérieur. Dans la nef, apercevant la dépouille, le roi s'en approcha pour mieux la voir. Il s'évanouit de nouveau si gravement qu'on n'aurait pas pensé qu'il pût survivre. Revenu à lui, il voulut demander au chevalier comment cela lui était arrivé ; d'un simple coup d'œil à la roche, il s'aperçut qu'il en était déjà si éloigné que c'est à peine si on pouvait la distinguer. Il en éprouva une douleur indescriptible, qui le fit s'évanouir trois fois coup sur coup, et son cœur faillit cesser de battre. Revenu à lui, il fit sur lui le signe de la vraie croix. À peine l'avait-il fait qu'il ne vit plus dans la nef ni homme, ni femme, ni même la bière. Alors, tout en pleurs, il dit : « Cher Seigneur-Dieu, j'ai donc piètrement pris garde !

223. « Maintenant je sais bien que vous êtes fâché contre moi — et je l'ai bien mérité ! » Sa phrase à peine achevée, il aperçut, devant la nef, l'homme au beau navire qui l'avait réconforté par ses bonnes paroles toute la

---

nant acoler, et li demanda l'ocoison de la laide ciere : « Sire, dist il, que vous avés perdu un de[b] vos meilleurs amis : ce est Nascien vostre serourge qui gist en cele nef tous mors. »

222. Quant li rois entendi ceste parole, si chaï tous pasmés a terre, et tous esbahis. Et quant il fu revenus, sel demanda a veoir, si[a] conmencha a braire ausi com s'il fust forsenés, et rechiet pasmés a la terre ; et cil le prent par la senestre main, si l'en lieve sus et le mainne dedens la nef. Quant li rois fu en la nef et il vit le cors, si courut cele part pour mix ve[ſ]oir le cors apertement. Et ausitost com il l'ot veü, si se pasme derechief si durement que qui le veïst il ne quidast mie qu'il en eschapast sans mort. Quant il fu revenus, il vaut demander au chevalier coment ce li estoit avenu ; si resgarda vers la roce, et vit qu'il en estoit ja si loing que a painnes le pooit veoir. Et quant il vit ce, si ot tant grant dolour que nus hom ne le vous porroit dire ; et de la dolour qu'il ot se pasma il .iiii. fois en un randon si angoissousement que pour un poi que li cuers ne li partoit. Et quant il fu revenus de pasmisons, si fist le signe de la vraie crois sor soi. Et sitost com il ot ce fait, si ne vit en la nef ne home ne feme, nis la biere[b] ne vit il pas ; et lor conmencha il a plourer et dist : « Biaus sire Dix, or me sui jou mauvaisement gaitiés !

223. « Or sai je bien que vous estes envers moi coureciés — et je l'ai bien deservi ! » Et si tost com il ot ce dit, si vit devant la nef l'ome de la bele nef qui les bones paroles li avoit dites toute la

semaine. Aussitôt, il s'adressa à lui : « Ah ! seigneur, comme il m'a trompé, celui de qui vous m'avez recommandé de me préserver ! — Ne pleure pas, dit l'homme ; mais évite bien de faire pis. » Le roi lui demanda que faire, et celui-là de lui répondre : « Il t'arrivera passablement d'aventures ; et jamais tu ne mangeras ni ne boiras avant que de voir Nascien ton beau-frère venir à toi en vrai chrétien. Tu vas être délivré, sache-le ; quant au loup que tu as vu dans ton songe, et dont je t'ai dit que tu le verrais avant de savoir la vérité sur ta vision, sache que c'est celui qui t'a dit aujourd'hui que Nascien était dans la nef, mort. C'était le loup[1] : le diable est toujours un loup pour les brebis du Seigneur-Dieu, autrement dit envers son peuple. C'est le loup qui t'a dérobé toutes les bonnes nourritures que le lion t'apportait. Il te reste à savoir ce que signifie le lion ; et alors la probable signification de ta vision te sera complètement révélée. Sois enfin persuadé que c'était le diable qui chaque jour venait à toi sous une figure féminine.

224. « Tu vas t'en aller, et mieux te garder de lui dorénavant : tu verras souvent de ces choses qui, si tu n'y fais attention, auraient tôt fait de te mener à la ruine éternelle. » Il se tut et disparut, évanoui aux yeux du roi. Celui-ci sortit sur le pont, et le vent s'engouffra dans la voilure ; il navigua toute la nuit et tout le jour avant d'apercevoir quoi que ce soit ; et finalement le lendemain à none, regardant en mer il

---

semainne. Et si tost com il le vit, si li conmencha a dire : « Ha, sire, tant m'a deceü cil de qui vous me comandastes a garder ! » Et li hom li dist : « Ne pleures mie ; mais garde toi bien de pis faire. » Et li rois li demanda que il porroit faire ; et il li dist : « Assés verras d'aventures qui t'avenront ; ne jamais ne mengeras ne beveras devant ce que tu verras Nascien ton serourge a toi venir come vrai crestiien. Saces que tu[a] seras delivrés, et que li leus[b] que tu veïs en ta vision et que je te dis que tu verroies avant que tu seüsses le voir de ta vision, saces c'est cil qui te dist jehui que Nasciens estoit en la nef mors. Ce fu li leus, car li dyables est tous jours leus encontre les berbis Damedieu, ce est a dire encontre son pueple. C'est li leus qui t'a tolues toutes ces bones viandes que li lyons t'aportoit. De cel lyon savras tu encore bien que ce senefie ; et lors te sera bien ta visions descouverte quele chose ele porra senefier[c]. Et saces bien que ce estoit li dyables qui chascun jour venoit a toi en forme de feme.

224. « Or t'en iras, et si te garderas mix de lui que tu n'as fait : car tu verras souvent de teus choses que, se tu ne te gardes, qui t'avroient[d] mout tost mené a pardurable destrucion. » Atant se teut, que plus ne parla, ains s'esvanui si que li rois ne sot qu'il fu devenus. Lors fors[b] ala li rois, et li vens se [23 a] feri el voile, et erra toute nuit et toute jour ains qu'il trouvast nule chose ; tant que ce vint a l'endemain a nonne,

vit approcher un homme qui venait de fort loin à la surface de la mer comme s'il avait marché sur la terre. Arrivé tout près, il fit le signe de la vraie croix, prit de l'eau dans sa main et en arrosa la nef sans dire un mot. Le roi, très surpris, se demanda ce dont il s'agissait. L'homme, ensuite, pénétra dans la nef : deux oiseaux vinrent le soutenir.

225. Une fois à l'intérieur, cet homme de bien appela Mordrain. L'entendant prononcer son nom de baptême, le roi se demanda émerveillé qui pouvait être cet homme, mais il répondit cependant : « Seigneur ? — Sais-tu qui je suis ? — Pas du tout, répliqua le roi. — Je suis ton sauveur et ton conseiller, après Jésus-Christ et sa douce Mère. Tu sauras que je suis Saluste en l'honneur de qui tu as fondé et établi la sainte Église dans ta cité de Sarras[1]. Je suis venu te réconforter et te porter un message de la part de Jésus-Christ. Écoute donc ce qu'il te fait savoir, le lion de ta vision[2], qui t'offrait les bonnes nourritures : il t'informe par moi que tu as triomphé du loup. Parce que tu as fait le signe de la vraie croix quand tu te vis éloigné de la roche, le loup t'a abandonné — c'était le diable, qui t'avait dérobé toutes les bonnes nourritures que le lion t'apportait — c'étaient les bonnes paroles que l'homme de la nef te disait. Sache aussi que l'homme de bien qui venait auprès de toi était vraiment Celui qui supporta la mort pour son humaine lignée : c'est lui qui m'a envoyé pour t'expliquer la signification de ta vision. Écoute donc ; je vais te le dire :

---

que li rois regarda en la mer et vit venir un home, venir de mout loing desus la mer, aussi com s'il fuſt a terre. Et quant il fu pres de la nef, si fiſt le signe de la vraie crois, et priſt de l'aigue en sa main, si en arousa la nef sans dire mot ; et li rois s'esmerveilla mout que ce pooit eſtre. Quant il ot ensi fait, si entra en la nef, et doi oisel le solſtinrent.

225. Quant li bons hom fu ens entrés, si apela Mordrain ; et quant li rois s'oï nomer par son non de bauptesme, si s'esmerveilla mout qui cil hom pooit eſtre ; mais toutes voies respondoit il : « Sire ? » Et cil li diſt : « Sés tu qui je sui ? » Et li rois diſt : « Naïe. » Et cil li diſt : « Je sui tes sauverres et tes conseillierres après Jhesu Criſt et sa douce mere. Saces que je sui Saluſtes en qui honnour tu as fondee et eſtablie la Sainte Eglise en ta cité de Sarras : si te sui venus conforter et dire un message de par Jhesu Criſt. Or escoute ce qu'il te mande, li lions de t'avision qui te donnoit les bones viandes : il te mande par moi que tu saces que tu as[a] vaincu le leu. Et par ce que tu fesis le signe de la vraie crois quant tu te veïs eslongier de la roce, lors te laissa li leus — ce fu li dyables, qui devant t'avoit tolues toutes les bones viandes que li lyons t'aportoit — ce eſtoient les bones paroles que li hom de la nef te disoit. Et saces que li prodom qui a toi venoit eſtoit vraiement cil qui souffri mort pour s'umainne lingnie : et il m'a ci envoiié a toi pour faire savoir t'avision. Or entent et je le te dirai :

226. « Il est avéré que tu vis sortir de ton neveu un grand lac[1] ; de ce lac s'échappaient neuf fleuves ; les huit premiers avaient même taille et même apparence ; le neuvième, qui jaillissait en dernier, était aussi beau et aussi grand que tous les autres. Ce lac était d'une rare beauté. Levant les yeux, tu aperçus une forme humaine ayant les traits de Jésus-Christ : tu le vis descendre au lac pour y laver ses pieds et ses membres dans les huit premiers fleuves. Puis il venait au neuvième, se dévêtait entièrement pour s'y baigner nu. Ce lac qui sortait de ton neveu signifie un fils qui sera issu de lui, et c'est en lui que Jésus-Christ baignera ses pieds et ses mains : c'est-à-dire que ce fils sera un soutien et un pilier ferme et vrai dans la sainte foi du Sauveur Jésus-Christ. Et de celui-là sortiront neuf fleuves, c'est-à-dire neuf personnes ; tous ne seront pas de lui, mais ils descendront, par le saint engendrement, l'un de l'autre : huit seront dotés de qualités semblables.

227. « Le neuvième fleuve sera d'une dignité et d'une vérité supérieures. Du fait qu'il dominera les autres en valeur, Jésus-Christ se baignera en lui ; non pas tout habillé, mais nu : il se dépouillera devant lui de telle manière qu'il lui révélera les grands secrets, ce qu'il n'a jamais découvert à nul homme mortel. Celui-ci sera doté de toutes les qualités que l'on puisse imaginer : il en surpassera tous ses prédécesseurs, et tous ses successeurs. Ce sera celui dont l'ange parlait à Sarras, quand,

---

226. « Verités est que tu veïs issir de ton neveu un grant lac, et de cel lac issoient .ix. flun ; si en estoient li .viii. tout d'un grant et d'une samblance ; et li novismes daerrains issoit : si estoit autresi biaus et ausi grans come tout li autre. Cil lac estoit mout biaus et mout gens ; et tu esgardas en haut et veïs le samblance Jhesu Crist en fourme d'ome, et veïs qu'il descendi el lac et lava ses piés et ses menbres dedens, et ausi en tous les autres .viii. fleuves. Et quant il ot ce fait a tous les .viii., si venoit au novisme, et desvestoit tous nus, et se baingnoit tous nus dedens. Cil lac qui de ton neveu issoit senefie uns fix qui de lui istera, et c'est en lui baignera Jhesus Cris ses piés et ses mains ; c'est a dire qu'il sera soustenemens et pilers fermes et vrais en la sainte creance [*b*] du Sauveour Jhesu Crist ; et de celui isteront .ix. flun, c'est a dire .ix. personnes ; et si ne seront mie de lui tout[*a*], ançois descenderont par la sainte engendreüre li uns de l'autre : et li .viii. seront auques pareil de bonté.

227. « Li noevismes fluns sera de greignour hautece et de greignour verité. Et pour ce qu'il vaintera les autres de bonté, si se baingnera Jhesucris en li ; et si ne se baingnera mie tous vestus, mais tous nus : car il se despoullera devant lui en tel maniere qu'il li descouvrira les grans secrés, ce qu'il ne descouvri onques a nul home mortel. Et cis sera plains de toutes les bontés que nus cuers d'ome puisse penser ; et si em passera tous ciaus qui devant lui avront esté, et tous ciaus

frappant Josephé de la lance vengeresse, il lui annonça que les merveilles du saint Graal ne seraient jamais découvertes qu'à un seul[1]. Sache enfin que ce sera le neuvième, parmi ceux qui seront issus des descendants de ton neveu ; il sera ainsi que tu viens de l'entendre décrire. Mais les grands miracles, les admirables bienfaits qui adviendront sur le territoire où reposera son corps ne te seront pas révélés ni détaillés maintenant.

228. « Je viens de te commenter ta vision. Je vais en venir à la nef, et te dire pourquoi je l'ai arrosée comme tu l'as vu. La nef était aux mains du diable quand tu y fis le signe de la vraie croix : impossible, étant sienne, qu'il n'y vînt quelquefois à moins qu'elle ne fût purifiée. Mais maintenant la voilà pure et sanctifiée par les paroles sacrées, et par le signe de la vraie croix. Par cette bénédiction elle sera toute purifiée, et le diable n'aura pas l'audace de s'y arrêter. Si tu suis mes conseils, tu pourras être assuré que le diable, où que tu sois, perdra son aptitude à faire contre ta personne quoi que ce soit qui la mène à la damnation de l'âme. » Le saint homme n'ajouta pas un mot, et le roi resta dans la nef. Mais le conte se tait sur lui, cessant à présent d'en parler jusqu'à ce qu'il en soit temps et lieu. Il retourne à Nascien son beau-frère, pour nous rapporter ci-après comment un chevalier sans foi du nom de Calafer le tenait dans la vilaine captivité d'une prison.

---

qui après lui seront. Ce sera cil de qui li angles dist a Sarras, quant il feri Josephé[a] de la lance vengerresse, quant il li dist que jamais les merveilles del Saint Graal ne seroient descouvertes fors a un seul. Et saciés que ce sera li noevismes de ciaus qui des oirs de ton neveu isteront, et si sera teus com tu l'as oï deviser. Mais les grans miracles et les beles vertus qui pour lui avenront en la terre ou ses cors gerra ne te seront pas orendroit dites ne devisees.

228. « Or t'ai auques raconté de t'avision. Or te dirai de ceste nef, et pour coi je l'ai arousee si come tu l'as veü. La nef si fu au dyable quant tu i fesis le signe de la vraie crois : et pour ce qu'ele fu soie, ne puet il estre qu'il n'i venist aucune fois se ele ne fust mondee. Ne mais ore est ele toute nete par l'aigue qui fu sainteifiie par les saintes paroles qui desus furent dites, et par le signe de la vraie crois. Et par ceste beneiçon sera ele toute mondee, ne ja li dyables ne sera tant osés que il i ait ja arrest ne ceste maniere. Se tu le fais si com je te di, si porras estre asseür que ja dyables en lieu ou tu soies n'avra pooir de faire nule chose encontre le tien cors par coi il soit menés jusques a ce que l'ame[a] soit dampnee. » Si se teüt atant li sains hom, et li rois remest en la nef. Mais atant se taist li contes de lui, que puis n'en parole a ceste fois jusques adont que tans et lix en ert. Et retourne a parler de[b] Nascien son serourge. Et nous devisera li contes cha ariere comment uns chevaliers mescreans qui Calafer estoit apelés le tenoit em prison si laide com en chartre.

Délivrance de Nascien et châtiment de Calafer.

229. Le conte le dit, et la véritable histoire l'atteste : arrêté de la manière dont vous l'avez entendu, Nascien prisonnier était aux mains d'un chevalier mécréant. Me demanderait-on le nom de ce chevalier, je dirais : Calafer. Ce Calafer était impie et pervers. Ainsi le conte nous dit-il qu'il détenait Nascien de telle manière que, le prenant sous sa garde, il se l'était attribué sur tous les chevaliers du pays, pour lui imposer une captivité très pénible et très dure : le malheureux fut jeté au fond d'un cachot noir et obscur, et privé de tout divertissement et de toute compagnie. Il s'alimenta et but peu, ne pouvant se servir ni de ses bras, ni de ses jambes : il avait les mains et les pieds enchaînés ; il restait en permanence dans la même position : on ne lui avait ôté ni ses vêtements ni ses chaussures, et il gisait au contraire de nuit comme de jour habillé et chaussé. Mais non content de lui faire subir, dans cette captivité si dure, tourments et tortures, ce bandit fit en sorte d'obtenir l'incarcération d'un de ses fils en bas âge — il n'avait en effet que sept ans et cinq mois. Cet enfant, très beau, se nommait Célidoine. Célidoine veut dire : « Donné au ciel[1] » : il avait mis tous ses efforts à servir Jésus-Christ. On vit arriver, dans la cité d'Orberique, le jour de sa naissance, un rare prodige. En effet, il naquit un jour d'été en plein midi[2] — c'était le jour des calendes[3]

229. [*d*] Or dist li contes — et la vraie estoire le tesmogne — que quant Nasciens fu mis em prison en tel maniere com vous l'avés oï, c'uns chevaliers le tenoit em prison qui mescreans estoit. Et se aucuns me demandoit conment li chevaliers avoit non, je diroie qu'il avoit non : Calafer. Cil Calafer estoit desloiaus et traïtres. Si nous dist li contes que cil chevaliers tenoit Nascien em prison en tel maniere que quant il le prist en garde, il le prist desus[*a*] tous les chevaliers del païs, et il le fist mout fort et mout dure prison : car il fu mis el fons de la chartre noire et oscure et fu destournés del soulas et de la compaingnie a toutes gens. Il menga poi et but, si qu'il ne se pot aïdier de membre qu'il eüst : car il avoit aussi bien les mains encaynees come les piés ; et toutes eures estoit il d'une contenance sans estre desvestus ne deschauciés, ançois gisoit et par nuit et par jour en sa robe et en sa chauceüre. Et quant il l'ot mis en si angoissouse prison, encore ne li fu il pas assés a lui tourmenter, ançois fist tant qu'il ot un sien fil avoec lui, qui mout estoit de jovene aage : car il n'avoit encore que .VII. ans et .V. mois. Li cnfés estoit mout biaus et avoit a non Celidoines. Celidoines vaut autant a dire que : donnés au ciel : car il avoit mise toute s'entente a Jhesu Crist servir. Et a son naissement avint en la cité d'Orbrique une mout grant mervelle qui n'estoit mie acoustumee a veoir : car il nasqui en un jour d'esté endroit miedi,

de juillet. À l'heure où il vint au monde comme je viens de
le dire, le soleil, qui devait être au comble de sa chaleur,
apparut tel qu'il se lève le matin, et les étoiles scintillèrent
comme en pleine nuit.

230. Ce fut le signe divin qu'il serait passionné, perspicace
et un vrai conseiller. C'est cela que sa naissance voulut
démontrer. Voilà l'enfant que Calafer garda en prison avec
son père. Nascien resta bien dix-sept jours[1] détenu, je peux
vous le dire ; et finalement le dix-huitième jour alors qu'il
était assis sur son lit — se coucher lui était impossible — il
s'assoupit. Somnolent, il sentit une main l'attraper par le
bras. Lui, qui tombait de sommeil, l'écarta ; de sorte que par
trois fois la main le prit, et il la repoussa tellement il voulait
dormir. Il sentit la main le saisir de force aux cheveux et le
relever malgré lui ; il aurait bien crié. Mais impossible de dire
un mot, ce qui le laissa perplexe et l'éberlua. Quand il se fut
redressé, il s'aperçut que ses mains étaient libres de toutes
entraves. Au premier pas qu'il fit, il sentit que ses chaînes
étaient tombées. Il était au comble du bonheur et de la joie.
Parvenu au fond du cachot qui n'était que ténèbres, il vit
une clarté sur la gauche, comme sortie du mur, puis une
main toute rouge jusqu'au coude ; elle était du rouge d'un
feu ardent[2].

---

et si fu el jor des kalendes de juingnet ; et a cele eure qu'il fu nés, si
com vous avés oï, si avint maintenant que li solaus, qui en si grant
calour devoit estre, aparut autretés com il lieve au matin ; et les
estoiles aparurent aussi com s'il fust nuis.

230. Ce fu senefiance qu'il seroit curious et encerchierres et vrais
conseillieres. En tel maniere fu la [d] nativités de l'enfant demoustree.
Celui enfant ot Calafer em prison avoec son pere. Si demoura bien
Nasciens .XVII. jours en tel prison com vous poés oïr ; et tant que ce
avint au .XVIII.isme[a] jor que il estoit en son lit tout en seant quar il ne
se pooit jesir. Si conmencha a soumeillier. Endementiers qu'il sou-
melloit, si senti une main qui le tenoit par le bras. Et il qui fu mout
angoissous de dormir, si bouta ariere ; tant que par .III. fois le prist
la main, et il le reboutoit ariere, et tant qu'il voloit dormir. Si senti
que la main le tenoit par les chaveus, ou il vausist ou non, si le redre-
çoit en haut maugré sien ; et quant il senti ce, si vaut crier. Mais il ne
pot dire mot de la bouche, dont il s'esmerveilla mout que ce pooit estre,
et mout en fu esbahis. Et quant il se fu dreciés, si senti ses mains
toutes desloiiés. Et quant il marcha le premier pas, si senti ses
chaines cheües. Lors fu mout liés et mout a aise. Et quant il fu au
chief de la chartre qui mout estoit tenebrouse, si vit une clarté
senestre tout autresi que s'ele fust issue del mur, et vit une main
toute vermeilles qui paroit jusques au coute ; et si estoit toute vermeille comme fus embrasés.

231. La main et la manche apparaissaient clairement, vous l'avez entendu. Mais il ne put rien voir du corps à qui la main appartenait, excepté une forme, enveloppée comme dans un linceul : impossible de voir distinctement le corps ainsi couvert. Soulevant Nascien, la main l'avait passablement éloigné du sol. Quelle peur n'éprouvait-il pas à cette merveille, n'osant laisser paraître ce qu'il pouvait voir ou sentir. Ainsi la main le portait vers le haut : il la voyait nettement, elle ne pesait nullement sur lui. Il se trouva contre une voûte qui surplombait le cachot ; une trappe de fer, au milieu du chemin par où l'on descendait au fond, lui faisait obstacle. Passé cette trappe, il rejoignit, guidé par la main, le lit de Calafer. À peine arrivait-il à la porte et au portail qu'il les vit s'ouvrir. Il était à la distance d'un jet de pierre que la maison s'embrasait. L'incendie fut important, on fit grand tapage : quand les habitants s'en rendirent compte, ils se mirent à pousser de grands cris.

232. À cette clameur, Calafer se leva d'un bond. Les portes qu'avait passées Nascien étaient ouvertes : il courut à la trappe de fer. Quand il la vit déverrouillée, béante, il ne sut que dire ni que faire. Il fit immédiatement descendre un serviteur dans la prison : celui-ci chercha dans tous les coins, mais de Nascien, point. Calafer en fut si mortifié qu'il faillit devenir fou. Sa douleur fut plus que manifeste. Il s'arma très bien, demanda un cheval qui lui fut amené. Il prit un javelot

---

231. Ensi paroit la main tout apertement, et la mance, tant com vous avés oï. Mais en avant ne pot il riens veoir du cors, et dont la main mouvoit, ne mais que la samblance seulement qui estoit envolepee tout autresi com d'un cors enseveli pert envolepé parmi*a* le drap ; et si n'estoit pas li cors veüs apertement pour ce que il estoit couvers. En tel maniere levoit la main Nascien en haut si qu'ele l'avoit auques eslongié de la terre. Si avoit Nasciens mout grant paour de cele merveille : car il n'osoit faire samblant de chose que il veïst ne sentïst. Ensi le portoit la main contre mont : et il le veoit tout apertement, ne ele ne le grevoit ne tant ne quant. Et il fu en haut sor une vaute qui estoit desus la chartre ; si vit encontre lui un huis de fer qui estoit enmi la voie par ou on avaloit en la cartre. Et quant il ot cel huis passé, si s'en ala par devant le lit Calafer ensi com la main le menoit. Et quant il venoit a l'uis et a la porte de la maison, si le vit ouvrir devant. Et quant il ot le giet d'une pierre eslongié la [*e*] maison, si le vit toute esprise de fu. Li fus fu grans, si i ot grant noise : et cil de la maison s'en aperchurent, si conmencierent a crier a haute vois.

232. Quant Calafer oï le cri, si sailli sus ; et il tost com il vit les huis ouvers par ou Nascien s'en estoit issus, si courut tantost al'*a* huis de fer. Et quant il le vit desfermé et ouvert, si fu tant esbahis que il ne sot que dire ne que faire. Lors fist tantost un sergant avaler en la

et lança ses serviteurs dans toutes les directions ; lui-même emprunta la grande route. La lune luisait très belle et très claire, fort paisible était le silence de la nuit. Il avait parcouru peu de chemin quand il aperçut Nascien ; il piqua des deux à sa poursuite. Nascien, en le voyant venir, fut terrifié ; la main toutefois le tenait. Comme Calafer donnait des éperons, la nuée[1] se répandit sur Nascien : il vit distinctement le corps à qui appartenait la main qui le tenait ; si étonnamment grand, lui semblait-il, qu'aucune langue mortelle (d'homme ou de femme) ne pourrait le décrire ni l'imaginer. Il rayonnait d'une clarté merveilleuse, cent fois plus intense que celle du soleil au plein cœur de l'été lorsque sévit la canicule. L'ébahissement de Nascien fut tel qu'il ne savait où il était ; plongé dans un évanouissement à lui faire perdre ses repères, il ne percevait, et ne sentait rien. Calafer, en présence de la nuée, regarda en avant et en arrière et ne distingua âme qui vive si ce n'est cette nuée qui suivait la route. Mais, en la voyant, rouge et enflammée, il fut saisi d'une telle frayeur qu'il ne serait pas resté en selle pour tout l'or du monde : il tomba à terre sans connaissance, étendu de tout son long. La nuée vint sur lui : l'être de la nuée posa

---

chartre : et cil quist par toute la chartre et dist que de Nascien ne trouve il point. Et quant Calafer l'oï, si ot tel duel que pour un poi que il ne forsena. Si conmencha molt tres grant doel a faire. Lors s'arma mout bien et demanda un cheval, et on li amena ; si prist un glaive et conmanda a ses sergans que chascuns se meïst a la voie li uns d'une part et li autres d'autre ; et il meïsmes s'arouta au grant chemin. Si luisoit la lune mout bele et mout clere ; et la nuit estoit mout paisible et mout coie. Et tantost com il ot erré un petit, si vit Nascien el chemin ; et si tost com il vit Nascien, si hurta aprés lui cheval des esperons. Et quant Nasciens le vit venir, si ot molt grant paour ; et la main le tenoit toutes voies. Ensi com Calafer hurtoit cheval des esperons, si s'espandi toute la nue sor lui si que il vit tout apertement le cors tout, dont la main le tenoit ; se li estoit avis que il estoit tant durement grant que nule langue mortel d'ome ne de feme nel porroit dire ne penser ; et si estoit de tant merveilleuse clarté plains que li solaus n'en a pas tant quant il est en sa meillour chalour el tans d'esté, non pas la centisme part que li cors avoit. Il en fu tant esbahis que il ne savoit ou il estoit ; et fu en tele maniere de pasmison que il ne savoit ou il estoit, ne il ne veoit nule riens ne sentoit. Et quant Calafer vit la nue, si esgarda avant et ariere et ne vit nule riens vivant, ne mais que la nue qui tout le chemin s'en aloit. Et ce que il vit la nue rouge et enflambee l'espoenta tant durement que il ne remansist en l'arçon de la sele pour tout l'or del monde, ançois chaï a la terre tous pasmés ; et la ou il gisoit tous estendus a la terre, si vint la nue par desus lui ; et cil de la nue mist

la main droite sur son visage, et sur la joue gauche son pied :
il le tenait de cette manière.

233. Ainsi gisait Calafer sans connaissance ; son cheval
s'en retourna comme il était venu. Quand ceux de sa maison
le virent revenir seul, ils furent très surpris ; craignant beaucoup pour la vie de Calafer, ils manifestèrent une grande
douleur, persuadés qu'il était mort. Le lendemain, ils se
mirent en quête de leur maître ; mais ils ignoraient quelle
route il avait prise. À force de le chercher, ils le trouvèrent
et le relevèrent ; mais il était en si mauvais état qu'il ne pouvait tenir sur ses jambes. À l'examen ils découvrirent l'empreinte de la main qui l'avait touché, et sur le profil gauche
celle du pied. La marque de la main était aussi rouge que le
fer quand on le retire de la forge, et celle du pied d'un noir
de poix ; la noire froide comme la glace, et la rouge brûlante
comme le feu ardent[1] : lui-même en fit le récit une fois
revenu à la maison. Mais quand ceux qui l'avaient trouvé le
relevèrent et le virent ainsi, ils éprouvèrent une grande peur :
il était incapable de dire un mot ni d'ouvrir les yeux ; ils le
croyaient, au contraire, vraiment mort.

234. Alors ils le transportèrent dans cet état jusque chez
lui ; il n'articulait pas un mot, et ne ramenait à lui ni bras, ni
jambes. À leur arrivée, la maisonnée manifesta bruyamment
sa douleur. Sa femme accourut tout effrayée. Il puait si fort

---

sa deſtre main sor sa face et sor la seneſtre joe miſt[b] son pié ; si le
tenoit en tel manière.

233. [f] Ensi jut Calafer em pasmisons ; et ses chevaus prent sa
voie vers l'oſtel dont il eſtoit venus. Et cil de sa maison qui le virent
venir sans son signour en furent tout esbahi et orent mout grant
paour de lui, et mout firent grant doel : car il quidoient bien qu'il fuſt
mors. Et quant vint a l'endemain, si s'apareillierent tout pour lui
querre ; mais il ne sorent en quel chemin il eſtoit entrés. Tant le quisent qu'il le trouverent et le drecierent : mais il eſtoit tés atournés
qu'il ne pooit eſtre sor ses piés. Et il esgarderent, si virent le seig de
la main qui avoit a lui touchié, et en la seneſtre partie virent celi del
pié : si eſtoit li sans de la main ausi vermaus come li fers quant on le
traiſt de la forge, et li sans del pié fu ausi noirs com se ce fuſt poi ;
et si eſtoit li sans del pié autresi frois come glace, et li vermaus
autresi chaus come fu ardans : car il meïsmes le conta quant il vint a
l'oſtel. Et quant cil qui l'orent trové le drecierent et le virent ensi, si
en orent mout grant paour : car il n'avoit pooir de dire mot ne des ex
ouvrir ; ançois quidoient tout pour voir qu'il fuſt mors.

234. Lors l'emporterent tout en tele manière jusques a sa maison,
ne onques de la bouche un seul mot ne parla, ne onques puis ne
pié ne main ne traiſt a lui. Et quant il furent a l'oſtel, si fisent les
maisnies mout grant doel. Et sa feme court cele part toute effreé :

que, fortement indisposée, elle fut sur le point de s'évanouir ; elle se hâta de demander de l'eau, car il brûlait, et ses serviteurs se précipitèrent pour la lui apporter. Et quand ils lui en eurent aspergé un côté, ils se rendirent compte qu'il était tout décharné, au point que paraissait à nu l'os de la mâchoire, et que la chair, tout autour, était rouge comme le feu ; l'autre côté grouillait de vers. Mais aussitôt qu'ils eurent jeté l'eau sur ses plaies, Calafer ne cessa pas de crier, et s'évanouit si profondément que c'était un miracle s'il résistait aussi longtemps : personne, à le voir, n'aurait cru qu'il ne fût tout à fait mort. Revenu à lui, il ouvrit les yeux. Ce ne fut que pour se plaindre : il sentait la mort fort proche ; il était très affecté de mourir de cette manière, mieux portant que jamais, et maudissait celui qui l'avait fait naître quand il mourait en pleine santé. Alors il demanda des nouvelles de Nascien : personne ne put lui en donner. Il s'évanouit pour la seconde fois. À peine avait-il repris ses esprits qu'il demanda que le fils de Nascien lui fût amené : c'est à celui-là qu'il ferait payer son courroux ; ses serviteurs obéirent et le conduisirent devant Calafer qui, tout de suite, ordonna de le mettre à mort. Sa femme, alors, se jeta à ses pieds, le priant de ne pas le tuer de cette manière, mais de le laisser mourir au cachot. Mais celui qui était plus cruel qu'un tigre ne

---

si senti k'il puoit tant durement que a bien petit que ele ne se pasma de la grant angoisse que ele avoit ; dont si demanda maintenant l'aigue, car il ardoit, et si sergant coururent a l'aigue poignant. Et quant il l'orent jetee d'une part, si virent*[a]* que ele fu toute esnuee*[b]* de char, si que li os de la joe paroit, et la char estoit tout entour autresi rouge come fus ; et virent l'autre*[c]* toute plainne de vers. Et autresi tost com il orent jetee l'aigue desus, si conmencha a crier tout derechief, et se pasmoit tant durement que merveilles estoit conment il duroit tant ; ne nus qui le veïst ne quidast jamais qu'il ne fust mors sans recouvrier. Et quant il fu revenus de pasmisons, si ouvri les ex ; adont se conmencha mout durement a plaindre, et dist qu'il sentoit la mort mout pres ; et dist que mout avoit grant doel qu'il moroit en tel maniere : car il estoit ore el meillour point ou il eüst on*[24a]*ques esté ; et maudissoit celui qui l'avoit fait naistre quant il moroit en tel point. Lors demanda nouveles de Nascien : ne mais il n'i ot onques celui qui en seüst dire nouveles. Et quant il oï ce, si se pasme autre fois. Et tantost com il fu revenus de pasmisons, si dist que li fix Nascien li fust amenés ; si dist que a celui venderoit il son mautalent : et si sergant fisent son conmandement, si l'amenerent devant lui. Et si tost com Calafer le vit, si conmanda qu'il fust ocis. Et quant sa feme vit ce, si li chaï au pié et proiia que il ne l'oceïst mie en tel maniere ; mais le feïst morir en la prison ; et cil qui estoit plus fel que tygre ne

voulait pas qu'il lui survécût, souhaitant au contraire s'assurer de sa mort sous ses yeux.

235. Alors il commanda à ses serviteurs de le porter jusqu'aux fenêtres de la tour : ce qu'ils firent ; puis, une fois qu'on l'y eut monté, qu'on lui amenât Célidoine, le fils de Nascien. Quand l'enfant fut en haut, Calafer donna l'ordre de le précipiter depuis les bretèches de la tour : il voulait assister en personne à l'exécution de la sentence. Dès lors, peu lui importerait l'heure de sa mort. Ceux qui en reçurent l'ordre en souffrirent, sans avoir l'audace de refuser d'obéir. Alors ils le prirent et le soulevèrent par-dessus les créneaux. Calafer se fit mettre debout pour n'en rien perdre. Quand il fut comme il le voulait, il ordonna qu'on le jetât dans le vide, et ceux-là le laissèrent tomber : il fut donc fait selon son commandement. Mais lorsque l'enfant arriva à mi-hauteur de la tour, ils virent très nettement que neuf mains, d'une blancheur de neige, le retenaient : deux par les mains, deux par les bras, autant par les pieds, deux encore par la taille, tandis que la neuvième le soutenait au menton.

236. De cette manière les neuf mains le portaient à distance. Calafer en eut le cœur serré d'une telle douleur qu'il s'évanouit. Tout de suite, devant lui, se répandit sur la tour une si grande obscurité qu'ils se distinguaient difficilement les uns les autres. Une voix parla sans délai : « Que celui qui n'est pas hostile au Vrai Crucifix se hâte de déser-

---

voloit pas que il vesquist outre lui, et ançois voloit que il moreüst devant ses ex certainnement.

235. Lors apela ses sergans et conmanda qu'il le portaissent as fenestres de la tour : et il le fisent ensi com il l'avoit conmandé. Et quant il fu amont, si conmanda que on li amenast Celidoine le fil Nascien. Quant li enfes fu amont, si apela Calafer ses sergans, et conmanda que il le jetaissent des bretesches de la tour aval : car il meïsmes en voloit veoir la justice. Et lors se ne li cauroit de quele eure il deüst morir. Cil a qui il le conmanda en furent mout dolant, mais il n'oserent refuser le conmandement lor signour. Lors le prisent et le leverent en haut par desus les kerniaus. Et quant Calafer le vit, si se fist drecier pour lui mix veoir. Et quant il fu a sa volenté, si conmanda que on le jetast jus, et cil le laissent chaoir : et il fu fait ensi com il le conmanda. Et quant li enfes vint el milieu de la tour, si virent tout apertement que .IX. mains le tinrent, autresi blanches come noif : si le tenoient les .II. par les mains et .II. par les bras et .II. par les piés et .II. par le milieu et⁰ la noevisme le tenoit par le menton.

236. En ceste maniere le portoient les .IX. mains tant que il vint loing d'illuec. Et quant Calafer l'en vit porter en tel maniere, si ot tele dolour a son cuer que il se pasma. Et maintenant li vint une si grans

ter les lieux : la sentence contre ses ennemis est imminente. »
À l'instant, il y eut de violents éclairs et il commença à
tonner bruyamment. De peur, les serviteurs de Calafer s'enfuirent. Immédiatement le feu du ciel vint avec force se
loger dans la partie gauche de la tour, et celle-ci s'abattit sur
Calafer, tué si vilement qu'il fut complètement mis en pièces
avant d'arriver au sol. Tous les autres en furent quittes pour
la puanteur : Notre-Seigneur voulait leur faire voir sa sentence comme à ceux qu'il avait choisis pour son service :
tous avaient reçu sa loi, car ils étaient baptisés au nom de la
Sainte Trinité.

237. Voilà comment le Vrai Crucifix sauva les baptisés,
mais livra à la mort celui qui se montrait rebelle à son
nom glorieux. Ainsi Calafer passa-t-il de vie à trépas ;
partout se propagea la nouvelle de sa mort, de la fuite de
Nascien, et de son fils de la sorte emporté. La reine Sarracinte, en l'apprenant, fut très heureuse : comment n'eût-elle
pas été persuadée que la puissance de Jésus-Christ les avait
délivrés, et qu'en quelque endroit où ils se trouvassent,
c'était par lui ? Mais quand les chevaliers du royaume en
eurent vent, les plus hardis même en tremblèrent, tant
était grande la prouesse dont ils savaient Nascien capable.
Aussi les plus hardis se repentaient de ce qu'ils avaient
fait : et de venir à la reine sa sœur, de lui demander pardon

---

oscurtés devant lui sor la tour que a grant painne pot veoir li uns
l'autre. Si dist maintenant une vois : «Cil qui n'est anemis au Vrai
Crucefis si s'enfuie tost de ci : car la vengance de ses anemis
aproce. » Atant conmencha mout durement a espartir et a tonner ; et
li sergant Calafer s'en[b]fuirent de la paour qu'il orent. Et maintenant
vint li fus du ciel, et se mist en la senestre partie de la tour si tres
durement que il l'abati sus Calafer : si fu mors si vilment que il fu
tous depeciés en menues pieces ançois qu'il fust venus a la terre. Si
n'orent toutes les autres gens que la puour : car Nostre Sires voloit
que il veïssent son jugement come cil qui il avoit esleüs a son service : car il avoient tout sa loi receüe et estoient baptisié el non de la
Sainte Trinité[a].

237. Ensi sauva li Vrais Crucefis ciaus qui estoient bauptisié, et livra
a mort celui qui estoit revelés contre son glorious non. Ensi trespassa
Calafer del monde : et la nouvele de sa mort fu espandue partout, et
de Nascien qui eschapés estoit, et de son fil qui ensi enportés estoit.
Et quant la roïne Sarracinte le sot, si en fu mout lie : car ele savoit
vraiement que la vertu Jhesu Crist les avoit delivrés, et par lui estoient
il en quelque lieu que il fuissent. Et quant li chevalier del roiaume le
sorent, si en orent mout grant paour tout li plus hardi, pour la grant
prouece que il savoient en Nascien. Si s'en repentoient li plus hardi de
ce que il avoient fait, si vinrent a la roïne sa serour, si li crierent merci

pour s'être accommodés de l'outrage subi par son frère et de la honte qu'on lui avait infligée par l'intermédiaire de Calafer ; mais Dieu s'en était vengé aussi hautement que celui-ci l'avait mérité ; parce qu'ils vérifiaient que Dieu en avait fait justice, ils venaient lui demander pardon en ces termes : « Dame, envoyez chercher votre frère en quelque endroit qu'il se trouve : il aura restitution de nos personnes et de nos châteaux, et fera de nous ce qu'il jugera bon d'en décider. »

238. Ces propos procurèrent beaucoup de joie à Sarracinte. Elle désigna sur-le-champ jusqu'à cinq serviteurs, leur délivra le nécessaire, et deniers et chevaux, avec ordre de ne pas revenir avant de l'avoir trouvé, pourvu qu'ils eussent assez d'argent. Elle leur donna des renseignements dans une lettre où elle fit consigner la grande angoisse que Mordrain avait subie sur son lit. Les messagers partirent, pour venir à bout de leur quête, comme on le racontera plus loin. Mais là-dessus le conte se tait. Il revient à Nascien, et à sa femme. Et c'est pour nous narrer comment elle fut convoquée à la cour des barons pour être dessaisie de son territoire, et comment elle y renonça très volontiers, puisqu'elle croyait retrouver son mari libéré.

Flégentine à la recherche de Nascien.

239. Le conte dit ici même que, lorsque Nascien fut jeté en prison, avec son fils, sa femme eut à subir la spo-

---

de ce que il avoient sosfert l'outrage de son frere, et la honte que on li avoit faite pour Calafer. Et Dix en avoit prise si haute vengance com il avoit deservi ; et pour ce que il veoient bien[a] que Dix en avoit prise vengance, pour ce li venoient il crier merci, et disoient : « Dame, envoiiés querre le vostre frere en quel lieu que il soit, et nous rendrons a lui nos cors et nos chastiaus ; et fera de nous ce que lui plaira, a son conmandement. »

238. Quant Sarracinte oï ce, si en ot mout joie ; si prist isnele pas jusques a .v. sergans et lor bailla ce que mestiers lor fu, et deniers et chevaus, et conmanda que il ne retournaissent de si la que il l'eüssent trouvé pour tant que il eüssent que despendre. Et lor bailla letres et enseignes, et i fist metre le grant angoisse que Mordrain avoit sousferte en son lit. Atant s'enpartirent li message, et aceverent lor queste si come li contes dira cha ariere. Mais atant se taist li contes d'aus. Et retourne a parler de Nascien, et de sa feme ; et nous contera li contes comment ele fu mandee a court des barons pour dessaisir le de sa [d] terre — et ele s'en dessaisi mout volentiers : car ele quidoit avoir son signour hors de prison.

239. Or dist li contes ci endroit que quant Nasciens fu mis en la prison, et ses fix, si fu sa feme toute dessaisie de sa terre et chacie fors. Cele dame estoit tant bele que tout cil qui l'esgardoient le

liation de son territoire et l'expulsion. Cette dame était d'une beauté si rare que tous ceux qui la regardaient la tenaient pour la « nonpareille » du monde ; sa splendeur était en effet sans équivalent. En plus de toutes ces grâces, elle possédait de telles qualités qu'elle était généreuse pour Dieu et douce pour le monde, et loyale et chaste envers son mari ; elle l'aimait si passionnément que rien dans l'univers n'aurait réjoui son cœur si d'abord elle ne l'avait vu content. Le genre de la dame était ce que vous venez d'entendre. Quelqu'un me demanderait-il comment elle se nommait, je lui répondrais qu'elle s'appelait, de son juste nom, Flégentine. Quand cette dame apprit la captivité de son mari, son cœur, vous le saurez, fut au désarroi. Et c'est au moment où elle était en proie au plus profond chagrin que les barons du royaume la convoquèrent pour la dessaisir de son territoire — elle était ce jour-là à Orberique (le chef-lieu du duché). Elle s'en sépara très volentiers, y voyant le moyen de retrouver son mari libéré ; mais Calafer ne négligeait rien pour sa détention, comme on vient de le raconter. À la perspective de ne retrouver ni son seigneur ni sa terre, son affliction redoubla. Alors la dame se rendit chez un de ses vavasseurs[1], un vieil homme d'une rare loyauté : elle l'avait toujours beaucoup aimé, et avait été maintes fois généreuse envers lui et envers sa femme ; aussi lui semblait-il pouvoir trouver en lui beaucoup de bienveillance et non moins d'affection.

---

tenoient a la nonper del monde : car ele estoit tant bele que on ne peüst pas trouver sa pareille. Et o toutes les biautés estoit ele tant bien entechie que ele estoit large en Diu et debonaire au siecle, et envers son signour loiaus et chaste ; et si l'amoit tant tres durement que riens el monde ne meïst son cuer en joie se ele ne veïst ançois son signour a aise. De tel maniere estoit la dame com vous avés oï. Et se aucuns me damandoit conment ele avoit non, je li respondroie qu'ele avoit non par son droit non : Flegentine. Quant la dame sot que se sires ert em prison, saciés que ses cuers[a] ne fu pas a aise. Et en sa greignour dolour le manderent li baron del roiaume por dessaisir le de sa terre — et ele estoit a Orberique a celui jour, et cele cité estoit li maistres sieges de la duchié ; et ele s'en dessaisi molt volentiers, car ele en quidoit ravoir son signour de la prison ; mais li consaus Calafer ne laissa que il n'en issist[b], ensi com li contes est contés. Et quant ele vit que de son signour ne de sa terre ne ravroit ele mie, si fu assés plus dolante. Lors s'en entra la dame chiés un sien vavasour, viel houme plain de grant loiauté ; et ele l'avoit tous jours mout amé, et si li avoit donné assés par maintes fois et a lui et a sa feme ; si li fu avis que en celui trouveroit ele mout grant debonaireté et mout grant amour.

240. La duchesse alla séjourner chez ce vavasseur. Ce dernier l'accueillit avec déférence, en la fêtant au mieux, si seulement elle avait pu éprouver quelque joie en société, avec moins de tourment et de chagrin. Le vavasseur fut très heureux de sa venue. Mais elle n'était pas là depuis longtemps quand on vint chercher son fils pour l'emprisonner avec son père. La dame, alors, ressentit une telle détresse que toute la douleur qu'elle avait auparavant connue n'était rien en comparaison de ce qu'elle endurait maintenant : rien au monde n'aurait pu la consoler. La reine Sarracinte, sa belle-sœur, qui l'aimait beaucoup par affection pour son frère et pour ses propres qualités, eut vent de sa grande douleur. Elle lui demanda de s'en venir auprès d'elle : elles se réconforteraient et seraient rassurées par leur mutuelle présence ; mais Flégentine ne voulut absolument pas la rejoindre. La reine, l'apprenant, s'y rendit elle-même. Quand elles furent ensemble, la douleur redoubla : jamais on ne vit douleur, si grande fût-elle, manifestée par deux femmes, semblable à celle de la reine et de la duchesse pour leurs maris.

241. Les cris et les pleurs provoqués par leur détresse durèrent longtemps. Mais, en dame très bonne et avisée, la reine s'adressa la première à la duchesse et entreprit de la consoler, en faisant tout pour l'apaiser. Elle lui prodigua beaucoup de paroles, lui fit valoir plusieurs choses, et la pria pour finir de venir avec elle. Mais la duchesse n'y voulut

---

240. Chiés celui vavasour ala la duçoise sejourner. Et li vavasors le rechut a mout grant honour et a mout grant joie, se ce peüst estre qu'ele^a [a] eüst joie entre gent : mais trop avoit anuis et courous. Mout fu li vavasours liés de la venue sa dame. Mais il n'i ot gaires esté ne demouré, quant on vint prendre son fil por metre en la prison avoec son pere. Et lors fu la dame si angoissouse que tout estoit noiient quanqu'ele avoit devant eü de dolor, envers ce que ele avoit ore : car il n'estoit riens vivant qui le peüst conforter. La roïne Sarracinte, qui estoit sa serorge et qui mout l'amoit por l'amour de son frere et pour les biens qui estoient en li, oï dire ceste nouvele de la grant dolour que ele menoit. Si li manda que ele s'en venist o li : si li donroit l'une confort et l'autre, si seroient plus aise l'une pour l'autre : mais Flegentine n'i vaut onques aler. Et quant la roïne sot ce, si i ala ele meïsme. Et quant eles s'entrevirent, si commença tout derechief la dolour ; ne onques nus hom ne vit si grant dolour faire a .ii. femes que cil ne fust graindres que la roïne et la duçoise faisoient pour lor signeurs.

241. Mout dura li cris et li plours de lor angoisse. Mais la roïne qui mout estoit bone dame et sage apela premierement la duçoise et le prist a conforter, et mout se pena de li apaiier. Et quant ele li ot assés paroles dites et pluisors choses, si li proiia en la fin que ele s'en

absolument pas consentir, disant au contraire : « Dame,
certes, j'ai rejoint la compagnie de l'homme en qui j'ai le
plus de confiance au monde, un de mes vavasseurs ; sachez
que son cœur serait très inquiet si je le quittais dans cette
situation : je ne vais pas l'abandonner lorsque ma joie
renaît. » La reine ne ménagea pas ses efforts pour obtenir le
consentement de sa belle-sœur. Mais la bonne dame ne se
résolut pas à quitter le vavasseur, dût-elle supporter les pires
tourments.

242. Ainsi la reine s'en retourna submergée de tristesse et
de chagrin. Celle-là resta, qui, loin de renoncer à son grand
deuil, s'y enfonçait jour après jour. La dame mena cette vie
fort longtemps : elle était inconsolable ; et finalement arriva
le jour où Nascien s'échappa de la prison, ainsi que son fils.
Quand elle fut sûre que ces nouvelles étaient vraies, elle
trouva un peu de réconfort, et fit meilleur visage qu'à l'accoutumée. La dix-huitième nuit après que Nascien se fut
échappé de la prison, il arriva qu'elle était couchée dans son
lit : elle sommeillait, en femme qui n'avait de longtemps
dormi, aussi commençait-elle dès lors à reposer.

243. Une vision lui apparut : Nascien se présentait à elle,
pour lui dire : « Chère et douce sœur, suivez-moi : je m'en
vais au territoire d'Occident que Dieu a projeté de faire
croître et d'honorer de votre semence et de la mienne. »

---

alast avoecques li. Mais la duçoise ne le vaut onques consentir, ançois
dist : « Dame, certes je sui venue en la compaignie a l'ome del monde
ou je ai greignour fiance, c'est un mien vavasour ; et saciés que ses
cuers*a* en seroit mout a malaise se je le guerpissoie en cest point ; ne
je nel guerpirai mie au commencement de ma joie. » Mout mist la
roïne grant painne conment ele enmenast sa serourge. Mais la bone
dame ne vaut onques laissier le vavasour pour nule painne que on li
seüst onques faire.

242. Ensi s'en retourna la roïne molt dolante et molt courecie ; et
cele remest, qui de son grant doel faire pas ne recroit, ançois enfor-
çoit chascun jour. Ceste vie mena la dame mout grant piece, que
onques puis hom ne li pot donner confort : et tant que ce vint au
jour que Nasciens fu eschapés fors de la prison, et ses fix. Et quant
ele en ot oïes les vraies noveles, si se*a* comencha un poi a reconforter, et fist plus bel samblant que ele ne soloit. Et quant vint a la
.xviii.isme nuit aprés que Nasciens fu eschapés de la prison, i[e]cele
nuit aprés avint que ele jut en son lit ; si someilloit come feme qui
n'avoit de lonc tans dormi, si conmençoit des lor a reposer.

243. Ensi com ele soumeilloit, si li vint en avision qu'il li
sambloit que Nasciens venoit devant li, si li disoit : « Bele douce
suer, sivés moi : car je m'en vois en la terre d'Occident que Dix
a pourveüe a croistre et a honerer de ma semence et de la vostre. »

À son réveil, le songe qu'elle avait fait lui revint en mémoire, et elle se demanda avec étonnement ce dont il retournait. Il lui paraissait y avoir quelque chose de vrai. Le matin, elle rejoignit en premier lieu la sainte Église, laquelle alors était encore en sa plus tendre nouveauté. Aussitôt après avoir suivi très attentivement le service de Notre-Seigneur, elle rapporta au prêtre sa vision, lui disant de prier Jésus-Christ qu'il lui permît d'en connaître clairement les signes. Là-dessus la duchesse rentra chez elle, ainsi que le vavasseur qui, de tout son possible et de toute son habileté, s'appliquait à la réconforter et à la distraire. Dès qu'elle l'aperçut, la dame l'attira à part pour lui raconter sans rien altérer toute sa vision, dans les circonstances où elle lui était arrivée. « Dame, lui dit le vavasseur, cette vision ne signifie que du bien. Néanmoins, que désirez-vous ? Me voici prêt à exécuter votre commandement. »

244. Quand la dame l'entendit s'offrir à faire toute sa volonté, d'émotion les larmes lui vinrent aux yeux, et elle dit qu'il lui faudrait la suivre où elle voudrait. Le vavasseur lui répondit : « Dame, j'ignore ce que vous voulez faire ; mais, aussi longtemps qu'il vous plaira, je suis tout disposé à accomplir ce que vous m'ordonnerez. » Elle affirma souhaiter limiter sa compagnie à lui seul : elle désirait quitter les lieux le plus secrètement possible. « Dame, dit-il, je me conformerai à vos ordres. Mais, s'il vous agrée, et si vous

---

Et quant ele s'esveilla au matin, si li menbra de son songe, et mout s'esmervilla que ce pooit estre : et se il li sambloit avoir riens de verité. Au matin ala premierement a sainte eglise, et estoit encore a celui jour mout tendre et molt nouvele. Et si tost com ele ot oï et escouté le service Nostre Signour, si rejehi au prouvoire s'avision, et li dist que il deproiiast Jhesu Crist que il li donnast apertement savoir les demoustrances. Atant s'en ala la duçoise a son ostel, et li vava-serres, qui, en toutes les manieres que il pooit et savoit, se penoit de la dame conforter et soulagier. Et si tost conme la dame le vit, si le traït a une part, si li regehi toute la verité de s'avision si come ele li estoit avenue. Et li vavasours li dist : « Dame, ceste avision ne senefie se bien non. Et nonpourquant qu'en avés vous en talent ? Vés me ci tout prest de faire le vostre conmandement. »

244. Quant la dame l'oï s'i pouroffrir de toute sa volenté faire, si conmença mout durement a plourer, et dist que il couvenoit que il alast avocques li la ou ele vauroit aler. Et li vavasors li dist : « Dame, je ne sai que vous volés faire ; mais toutes les eures que vous plaira, je sui tous atournés a faire vostre conmandement. » Et ele dist qu'ele ne voloit plus de compaignie que la soie : car ele dist qu'ele s'en vauroit departir au plus celeement qu'ele porroit. « Dame, dist il, vostre conmandement ferai. Mais s'il vous plaist, et il vous est avis

pensez que ce soit bien, nous emmènerons avec nous mon fils, le plus grand : je n'ai jamais vu un jeune homme de son âge aussi endurant ; il pourra nous rendre grandement service, à condition que vous vouliez qu'il nous accompagne. Je ne dis pas, sachez-le bien, que je ne sois prêt et empressé à supporter toutes les peines qu'un homme de mon âge puisse endurer ; mais une dame de votre dignité ne doit aller si chichement qu'elle doive attendre après le service d'un seul homme : s'il m'arrivait malheur, vous resteriez tout égarée dans des terres étrangères. Et si mon fils vient avec nous, pour autant je ne voudrai pas y aller en tant que chevalier, mais pour vous servir, car nulle peine que je m'expose à supporter pour vous ne pourrait m'être désagréable.

245. « Dame, faites-moi maintenant connaître votre volonté, et dites-moi quand vous souhaiterez vous en aller, et si la compagnie que je vous ai proposée vous agrée : le but de ce voyage, je n'ose vous le demander. » Alors la dame lui répondit que, puisqu'il le conseillait, elle acceptait que son fils les accompagnât. « Quant au motif du déplacement, je tiens à vous en informer. Mon désir est tel, c'est vrai, que je n'aurai jamais de cesse avant de voir et de reconnaître mon mari. C'est le voyage que je veux faire. Mais je souhaite que tout le monde l'ignore, parce que nous suivraient des gens dont je n'aimerais pas la compagnie. — Dame, répondit le vavasseur, ce voyage comble mon désir.

---

que ce soit bon, nous en menrons avoeques nous mon fil le greignour : car je ne vi onques vallet de son aage qui greignour painne peüst soufrir ; si nous avra molt grant mestier, se vostre volentés est qu'il i viengne. Et bien saciés que je ne di mie que je ne soie pres et volenteïs de soufrir totes les painnes que nus cors d'ome de mon aage puisse souffrir ; mais nule dame de vostre hautece* ne doit aler si escheriement que ele soit atendans [ʃ] au service d'un seul home : car se il mesavenoit de moi, vous remanriés toute esgaree en estranges terres. Et se mes fix vient avoeques nous, pour ce ne vaurai je pas aler come chevaliers, mais come sergans, car nule painne que je pour vous souffrisse ne me porroit estre anïouse.

245. « Dame, ore en dites vostre volenté, et quant vous vaurés mouvoir, et se la compaignie vous plaist tele com je vous ai dite : car la volenté de cest voiage ne vous os je enquerre. » Et lors dist la dame, puis qu'il le loe, ele le veut bien que ses fix i alast. « Et l'ocoison de la voie voel je bien que vous saciés. Tex voirs que ma volenté est itele que je ne serai jamais a aise devant ce que je verrai et connoistrai le mien signour. Et c'est li voiages que je voel aler. Mais je ne voel que nule riens vivant le sace, pour ce que tés gens venroient avoec nous de qui je n'ameroie pas la compaingnie. — Dame, ce dist li vavasours, ce est la voie el monde que je desire plus.

Aussitôt, vous le saurez, que j'ai appris son évasion, c'est le conseil que je voulais vous donner, mais je craignais votre refus de m'emmener avec vous : puisque vous en avez pris l'initiative, inutile de s'attarder. Partons dès le matin. » On rompit là ; le vavasseur prit de l'or et de l'argent dont il avait en quantité : Nascien et la duchesse l'avaient largement enrichi par amour pour leur fils qu'il élevait. Le lendemain, la duchesse, levée matin, gagna la sainte Église comme à l'accoutumée. De son côté, le vavasseur avait annoncé à sa femme que sa dame voulait se rendre chez la reine. Aussi avait-il fait seller les chevaux : il n'y avait qu'à partir. Sitôt rentrée de l'église, la dame monta à cheval, ainsi que le vavasseur et son fils appelé Elyator.

246. La duchesse prit congé de la femme du vavasseur, ainsi que le mari et son fils. Mais le mari ne fit absolument pas mine de devoir aller plus loin que jusque chez la reine : il ne voulait pas qu'elle eût soupçon de quoi que ce soit — sa dame le lui avait défendu. Ainsi tous trois s'en allèrent, mais en emmenant quatre chevaux. Sortis de la ville, ils prirent par la grande route de Sarras : ce que fit le vavasseur pour laisser croire qu'ils y allaient directement pour parler à la reine.

247. Ils suivirent cette route plus d'une lieue. Alors le vavasseur demanda : « Dame, quel chemin prendrons-nous ? De quel côté chercher notre seigneur ? Je n'en ai

---

Et saciés que ausitost que je soi que il fu eschapés, le vous eüssé je donné en conseil, se pour ce non que je me doutoie que vous ne me volsissiés mener avoeques vous : mais puis que vous l'avés si empris, il n'i a que demourer. Mais mouvons le matin. » Atant s'emparti li consaus et li vavasours prist or et argent : car assés en avoit, car Nascien et la duçoise l'avoient durement enrichi pour l'amour de lor fil que il nourrissoit. Et quant vint a l'endemain, si se leva la duçoise par matin et ala a la sainte eglise si come ele avoit acoustumé. Et li vavasors avoit dit a sa feme que sa dame voloit aler veoir la roïne. Si avoit fait metre seles : s'en i avoit fors que de mouvoir. Et si tost come la dame repaira de l'eglise, si monta, et li vavasours et ses fix qui estoit apelés Elyators.

246. Atant prist la duçoise congié a la feme au vavasour, et li sires ausi et ses fix. Mais ses sires ne fist onques samblant qu'il deüst aler plus loing que jusques a la roïne : car il ne le voloit metre en apercevance de nule chose, por ce que sa dame li avoit desfendu. Ensi s'entournerent tout .iii. et en menerent .iiii.*a* chevaus. Et quant il vinrent fors de la vile, si tournerent el grant chemin a Sarras : et ce fist li vavasours pour ce que on quidast que il alassent*b* a Sarras tout droit pour parler a la roïne.

247. [*25 a*] Cel chemin tinrent tant que il orent erré plus d'une

nulle idée. — Au vrai, fit la dame, je ne suis certaine de rien. Mais étant donné qu'il disait dans ma vision vouloir rejoindre le territoire d'Occident, je conseille que nous allions dans cette direction. » Ils prirent un chemin à droite, et passèrent une rivière qui courait à Orberique : elle était appelée Arécuse. L'eau franchie, ils avancèrent jusqu'à la tombée du jour. Alors ils arrivèrent à l'extrême limite du territoire de Nascien ; ils se logèrent à une heure très tardive, parvenus à un château frontière du duché, nommé Éméliant. Au matin, ils reprirent la route. La dame en effet ne voulait pas être aperçue : c'est pour cela qu'elle allait si modestement, et parce qu'ils étaient tous sarrasins. Après avoir dépassé les Vaux de Calamine, ils arrivèrent à une cité du nom de Luissance : c'était la capitale du royaume de Méotique. Mais le conte se tait maintenant au sujet de la duchesse et de sa compagnie, et revient aux messagers dont je vous ai parlé juste avant, partis sur ordre de la reine Sarracinte à la recherche de Nascien son frère. Mais, avant que le conte en dise plus, il va nous apprendre, à propos de Nascien, où il était et où le trouvèrent les messagers, qui n'en finirent pas de cheminer et de nuit et de jour, et dans quelles circonstances ils trouvèrent son enfant Célidoine qui avait été emporté hors de la prison.

---

lieue. Lors dist li vavasours : « Dame, quel chemin irons nous ? et quele part irons nous querre nostre signour ? car je n'en sai nul avoiement. — Certes, dist la dame, je n'en sai nule verité. Mais pour ce que il disoit en ma vision que il s'en voloit aler en la terre d'Occident, pour ce lo je que nous aillons cele part. » Lors tournerent un chemin a destre, et passerent une aigue qui couroit a Orberique : si estoit apelee Arecuse. Et quant il orent passee l'aigue, si errerent tant que il dut avesprer. Et lors vinrent a la fin de la terre Nascien ; si se herbergierent de mout haute eure, et vinrent a un chastel qui marcissoit a la ducee : si estoit apelés Emelyans. Et quant vint au matin, si se remisent a la voie. Car la dame ne voloit pas estre aperceüe : pour ce aloit ele si povrement, et por ce que il estoient tout Sarrubin. Et tant errerent qu'il orent chevauchié les vaus de Calamine, et vinrent en une cité qui a a non Luissance : si estoit maistres sieges del roiaume de Meotique. Mais atant se taist ore li contes de la duçoise et de sa compaingnie, et retourne a parler des messages dont je vous ai conté ci devant, qui estoient meü de par la roine Sarracinte pour querre son frere Nascien. Mais ançois que li contes en die plus, dira il de son frere Nascien ou il estoit, et ou li message le troverent, qui onques puis ne finerent d'errer et par nuit et par jour, et comment il trouverent son enfant Celidoine qui en fu portés de la chartre.

248. Le conte dit que, quand le nuage eut emmené Nascien jusque là où Calafer devait le rattraper, non sans être traité comme vous l'avez entendu, il fut emporté dans un lieu fort inhospitalier. C'était une île en mer d'Occident, à quatorze journées de distance de l'endroit où il avait été détenu. Les autochtones l'appelaient l'île Tournoyante à juste titre, comme le conte va le démontrer — pour ne rien vouloir avancer qu'il ne prouve. (Il est nul de dire quoi que ce soit sans en donner l'intelligence ; mais il y a des gens pour commencer une chose sans savoir en venir à bout.) Le conte, lui, tient à expliquer ce nom d'île Tournoyante.

249. C'est une vérité prouvée : au commencement de toutes choses, quand l'Ordonnateur distingua les quatre éléments qui jusque-là formaient un seul amoncellement et une seule masse, et qu'il eût distingué du ciel, comme l'Écriture le décrit, le feu plein de toute clarté et de toute pureté[1], il l'établit à l'endroit le plus haut : il en fit couverture et cloître pour tout le reste. Du fait que le ciel, la terre, l'eau et le feu avaient été agglomérés, bien que l'un soit contraire à l'autre, il était impossible que l'un ne fût enveloppé de l'autre, et enlacé de divers caractères de chacun d'eux — le ciel était chaud naturellement, l'eau et la terre avaient une nature froide et pesante. Chacun peut connaître par là qu'en

---

248. Or dist li contes que quant la nue ot porté Nascien jusques la ou Calafer l'ot aconseü, et il fu si atornés con vous avés oï, si en fu portés en un mout estrange lieu. Cis lix estoit uns illes en la mer d'Occident, qui estoit .XIIII. journees loing del lieu ou Nascien avoit esté em prison. Si ert apelee des païsans l'Ille Tournoiant par droite raison, ensi come li contes demousterra : [b] car il ne veut riens metre avant que il ne tesmoigne. Car pour noient doit on nule chose dire se on ne le fait entendant ; mais li i a une gent qui comencent une chose et si n'en sevent a chief venir. Mais li contes veut dire pour coi ele est apelee l'Ille Tournoiant en mer.

249. Verités est prouvee que au comencement de toutes choses, quant li Establissieres devisa les .IIII. elimens qui quidoient estre tout a un amoncelement[a] et a une masse, et il ot del ciel devisé, si com l'Escriture devise, le fu qui de toute clarté est plains de toutes neteés, si l'establi el[b] plus haut lieu : car il en fist couverture et cloistre a toutes les autres. Et pour ce que li cix et la terre et l'aigue et li fus avoient esté en une masse, ja soit ce que li uns soit contraires a l'autre, si ne pooit pas estre que li uns fust envolepés de l'autre, et enlaciés de diverses manieres qui en chascun estoient : car li cix estoit par nature chaus, et l'aigue et la terre par nature froide, et pesant. Et pour ce puet chascuns connoistre que en aucune

quelque manière le ciel se ressentirait de la terre et de l'eau, et celles-ci, en quelque façon, de la chaleur du ciel.

250. Ainsi pouvez-vous entendre les incompatibilités réciproques, qui nuisaient à l'une et à l'autre ; elles ne pouvaient se supporter ensemble. Parce que la terre, pesanteur et saleté amoncelée, touchait au ciel léger, chaud et source de toutes puretés, à ce dernier il arriva d'en récolter de la saleté, comme un amassement de fer terreux, et même de la rouille de l'eau. Quand le Souverain-Père, fontaine de toute pureté et de toute sagesse, eut distingué et disjoint l'une de l'autre, il mit le ciel dans son juste honneur et l'amena à sa légitime pureté : il le fit clair, luisant et plein de toutes chaleurs, alors qu'il laissa la terre froide et pesante non sans en faire l'amas de toutes choses lourdes. Quand il eut nettoyé et purifié le ciel de tout le fer terreux et de la rouille de l'eau, à cause de la brûlure du ciel, ce fer terrestre et cette rouille de l'eau ne purent naturellement se joindre à la terre. Dans ce mélange qui en avait été récolté, ils n'auraient pu convenablement retourner au ciel (ayant recueilli quelque chose de la terre et de l'eau qui sont amalgame de fer terrestre) pour avoir contenu quelque légèreté. Et aucune chaleur du ciel n'y put demeurer comme celle qui était en place. C'est pour cela qu'il fallut que les trois choses revinssent à une seule. Parce qu'aucun n'irait dire que l'air était un amoncellement

---

maniere se sentiroit li cix de la terre et de l'aigue ; et cil sentoient en aucune guise de la chalour del ciel.

250. Ensi poés vous entendre les contraires des unes et des autres, qui nuisoient*a* a l'une et a l'autre, et ne se pooient souffrir ensamble. Et pour ce que la terre qui est pesans et amoncelemens d'ordure et touçoit au ciel qui est legiers et chaus et fontainne de totes neteés, de ce avint que il en coilli ordure si come amassemens de terrienne ferrumee, et del rouil de l'aigue ensement. Et quant li Souvrains Peres qui estoit fontainne de toute neteé et de toute sapience ot l'une devisé de l'autre et desjoint, si mist le ciel a sa droite hounour et l'amena en sa droite neteé : car il le*b* fist clers et luisans et de toutes chalours plains ; et la terre laissa froide et pesant et en fist amassement de toutes pesans coses. Et quant il ot le ciel netoiié et mondé de toute la terriane*c* ferrumee et del rouvil de l'aigue, et de l'arçon del ciel, celle ferrume terriane et cil rouis de l'aigue ne porent pas naturelment conjoindre a la terre. En cel brullement qui en fu recueillis*d* ne peüssent mie honnestement repairier au ciel, car il avoient acoilli aucune chose de la terre et de l'aigue qui sont amas[*e*]sement de la terrienne ferrumee, par ce que aucune legiereté avoient*e* contenue. Et aucune chalour del chiel si ne pot au ciel repairier come cele qui estoit en siege : pour ce couvint que les .iii. choses repairaissent a une chose. Et pour ce que aucuns ne deïst autresi estoit li airs amoncelemens*f*

de même que ces trois, le conte n'en parle pas davantage, non sans dire que c'était si peu qu'il n'y avait pas lieu d'en parler.

251. Comme vous venez de l'entendre, les quatre parts revinrent à une masse, maelström de quatre éléments. Cette masse ne pouvant par nature retourner à aucun de ces quatre éléments, par la raison que le conte a stipulée — tout ce qu'il y avait du feu du ciel commença, léger, à monter vers le haut ; autant qu'elle contenait de la terre, elle s'appesantit ; autant qu'elle sentit de l'eau, elle fut moite ; mais de l'air, il y en eut tellement peu que cette masse n'en recueillit aucune force — et parce que la pesanteur des quatre éléments est dans la terre et dans l'eau, et que toutes deux recueillent toute la pesanteur, pour cela elle s'est limitée à ces deux, de la manière que vous allez entendre ci-après. La vérité fut qu'il plut à Notre-Seigneur de donner en partage cette pesanteur maritime à la légèreté du ciel qui, pour être léger, nagea longtemps en mer, de sorte que la masse ne put nulle part s'arrêter jusqu'à parvenir dans la mer occidentale au-delà de l'île Onagrine et du Port aux Tigres, et c'est là qu'elle s'arrêta.

252. Dans les parages de l'endroit, l'aimant[1] était bien partagé dans les hauts-fonds. Le conte dit, vous l'avez entendu auparavant, que la plus grande proportion de la masse était de fer terrestre ; cette pierre avait pour caractère d'aimer le

---

come cist .III., pour coi n'en parole plus li contes : mais il dist que si petit en i ot que ja parole n'en devoit estre tenue.

251. Ensi com vous avés oï repairierent les .IIII. parties a une masse, qui estoit faite et de .IIII. elimens et escouse, et pour ce que ceste masse ne pot naturelment repairier a nul de ces .IIII. elimens par la raison que li contes en a devisé : car tant com il i avoit del fu del ciel fu legier, et comencha a monter en haut, et tant com il i avoit de la terre apesanti, et tant com ele senti de l'aigue si fu moiste ; mais de l'air i ot tant poi qu'ele n'en cuelli nule force. Et pour ce que la pesantume des .IIII. elimens est en la terre et en l'aigue, et il doi cuellent toute la pesantume, pour ce remest ele a ces .II. en tel maniere com vous orrés cha avant. Ce fu verités que par le plaisir de Nostre Signour, que il departi cele pesantume en mer a la legiereté del ciel qui est legiers : pour ce noa il grant piece en la mer, que onques ne pot en nule partie prendre arrestement tant que ele vint en la mer d'Occident outre l'Ille Oriagrine et le Port as Tygres, et illuec s'arresta.

252. En cele partie de cel lieu ot grant partie d'aymant el fons aval. Et li contes dist, ensi com vous avés oï devant, que la plus grande partie de la masse si estoit ausi com terriene ferrumee ; et[e] cele piere estoit de tel maniere que ele aime fer sor toute riens, et volentiers le

fer plus que tout et de l'attirer volontiers à elle. Sont-ils ensemble, difficile de les séparer : au contraire, la force de l'aimant attire et fait venir à lui le fer, s'il n'y a pas une plus grande part de fer que de l'autre. Quand la masse fut près de l'aimant, et dessus, comme je l'ai dit, elle s'arrêta : la force de l'aimant, à cause du fer, la retint (toute ferreuse comme elle était, vous l'avez entendu). Mais la force de l'aimant ne put tirer au point de réussir à la joindre à lui, non qu'il y eût une plus grande part de fer que d'aimant : mais ce qu'il y avait de chaleur céleste la rendait plus légère et la faisait par sa force tendre vers le haut. Cette masse resta ainsi, pour être ensuite appelée par les autochtones île Tournoyante (toutes les masses de terre que l'on voit en mer — ou dans d'autres eaux — sont appelées îles). Parce qu'elle se ressentit en grande partie du ciel, il arriva qu'il n'y poussa plante ni arbre, et que les bêtes n'y purent vivre. Avec ce caractère, elle en a un autre qu'elle tient de cette nature qui lui vient du ciel : toutes les fois que le firmament tourne, elle tourne aussi (le firmament, c'est le ciel). Vous avez entendu : l'île tourne. Mais le conte cesse maintenant d'en parler, pour revenir à Nascien que le nuage avait emporté.

Nascien sur l'île et l'épée du navire.

253. Le conte le dit dans cette partie : c'est sur cette île que Nascien fut transporté par le nuage : il gisait évanoui, en

---

trait a soi. Et quant il sont ensemble, si en sont fort au departir, ançois tire la force de l'aïmant a lui le fer et le fait a lui venir se greignour partie n'i a de l'un que de l'autre. Quant la masse fu pres de l'aymant et desus, si com j'ai dit, si s'arresta : car la force de l'aïmant retint toute la masse por le fer, pour ce que ele estoit toute ferrumouse ensi com vous avés oï. Mais onques la force de l'aymant ne sot tant tirer que ele la peüst a lui faire joindre, ne mie pour ce qu'il i eüst greignour partie de fer que d'aymant ; mais tant com il i avoit de la celestiel chalour le tenoit plus [*d*] legiere et si li faisoit par sa force tendre en haut. En tel maniere remest cele masse, et fu puis apelee par les païsans Ille Tournoiant, que toutes les masses de terre qui perent en mer ou en autres aigues sont apelees illes. Et pour ce qu'ele se senti en grant partie del ciel, pour ce avint que il n'i cevit ne erbe ne arbre ; ne bestes n'i porent durer. Et avoeques ceste maniere a ele encore autre maniere que ele tient de cele nature que ele a del ciel : pour toutes les fois que li firmamens tourne, ausi tourne ele ; li firmamens ce est li cix. En tel maniere tourne l'ille com vous avés oï. Mais atant se taist on li contes de ce a parler. Et retourne a Nascien que la nue en avoit porté.

253. Or dist li contes en ceste partie que en cele ille fu Nasciens portés par la nue ; et jut tous pasmés si come cil qui

homme qui, à l'épreuve des merveilles, avait perdu le sens à ne savoir s'il existait ou non. Le nuage, après l'avoir déposé, le quitta ; Nascien fut au sol très longtemps, comme mort. Quand, revenu de son évanouissement, il eut recouvré ses esprits et ouvert les yeux, inutile de demander s'il fut pantois. N'eût-il été d'un cœur aussi intègre envers son Créateur qui maintes fois et de maintes manières l'avait éprouvé, et le voulait éprouver encore, il n'aurait pas persévéré dans sa foi, car toutes les misères lui étaient arrivées, depuis qu'il l'avait reçue, et toutes les joies l'avaient déserté ; jamais, pour être en exil de la joie, il ne dévia de sa foi au point d'être mené seulement au désir de se repentir. Mais de même que Job, qui avait eu tant de belles richesses dans sa vie, supporta de bon cœur et sans impatience toutes ses infortunes jusqu'au gîte aussi déshonorant que le fumier, sans que jamais sa bouche en vînt à prononcer un seul mot désobligeant contre son Créateur, de même Nascien souffrit-il toutes les grandes peines docilement, et de bon gré les grands malheurs qui lui arrivèrent, sans s'irriter contre Dieu ni contre quiconque à l'exception de lui-même, pour dire qu'il l'avait bien mérité.

254. Quand il se fut trouvé sur l'île Tournoyante, de la manière que vous avez entendue, et qu'il ne vit autour de lui rien que du ciel et de l'eau, il fut fort troublé : il ne savait comment il y était venu. L'île, tout autour de lui, était inhospitalière et désertique, et pleine d'une chaleur que son inten-

---

avoit si perdu le sens par les merveilles qu'il avoit veües qu'il ne savoit se il estoit ou se il n'estoit mie. Et quant la nue l'ot jus mis, si s'en parti ; et Nasciens jut a la terre mout longement autresi com s'il fust mors. Et quant il vint de pasmison et en son sens et il ouvri les ex, ce ne fait pas a demander se il fu esbahis. Et se il ne fust de si enterin cuer envers son Creatour qui maintes fois et en maintes manieres l'avoit esprouvé, et encore le voloit esprouver, il ne fust pas remés en sa creance, car toutes les mescheances li estoient avenues puis que il le rechut, et toutes les joies li estoient eslongies ; ne onques pour joie qui li eslongast ne se desvoia de sa creance itant seulement que il peüst estre menés jusques a volenté de repentir. Mais autresi come Job, qui tantes beles richeces avoit eües en sa vie, sousfri de bon cuer et en bone pacience toutes ses mescheances jusques a si ville giste come de fumier, c'onques sa bouche n'en parla un seul vilain mot contre son Creatour, tout autresi si [e] sousfri Nasciens toutes les grans painnes debonairement, et ses grans mescheances qui li avinrent, et en bon gré, sans courecier soi a Dieu ne a autrui fors que a soi seulement : et disoit que ce avoit il bien deservi.

254. Quant il se fu trouvés en l'Ille Tornoiant, en tel maniere com vous avés oï, et il ne vit entour lui que ciel et aigue seulement, si fu mout esperdus car il ne sot conment il ert venus. Et il vit l'ille tout

sité rendait très cruelle et difficile à supporter. Il était seul,
égaré, ne sachant pas en quelle région il pouvait être, et
comment il s'était échappé ; de même ignorait-il ce que son
fils Célidoine était devenu — c'était ce qui l'angoissait le
plus. Las, moulu, souffrant des pieds, des mains et des reins,
il se coucha à même le sol en homme qui avait une extraordinaire envie de sommeil et de repos. Une fois couché dans
un secteur de l'île qui lui paraissait frais — c'était en été au
neuvième jour des calendes[1] de juillet, aussi l'île en était-elle
plus chaude —, il leva la main et fit le signe de la vraie
croix, pour qu'elle lui servît d'écu contre le diable, éternel
imposteur n'aspirant qu'à tromper tous ceux et toutes celles
qui sont épris de l'amour de Dieu.

255. De lassitude et de fatigue, Nascien s'assoupit. La lune
luisait très claire — il faisait nuit — et il dormit aussi bien
que longtemps, en homme qui en avait grand besoin, et jusqu'au lever du jour ; alors lui vint une vision : il lui semblait
parvenir à d'immenses étendues de plaine. Il y avait une très
grande abondance de beaux oiseaux. Il en était, remarquait-
il, pour voler en altitude, et certains pour voler très bas ; une
autre partie, incapable de voler, se tenait au sol. Ensuite
venait l'un d'eux, de loin le plus beau, qui le prenait aux
pieds pour l'emporter en l'élevant dans les airs. C'est alors

---

entour lui et laide et gaste, et plainne de si grant chalour que mout
estoit felenesse et grevouse a souffrir. Il se vit seus et esgarés, et ne
savoit en quele partie il pooit estre, ne il ne sot conment il fu eschap-
pés ; ne il ne sot que ses fix Celidoines estoit devenus, ce estoit la
riens terriene dont il estoit en greignour souspeçon. Il fu las et debrisiés, et li doloient et li piés et les mains et les rains. Il se coucha a la
terre come cil qui de dormir et de reposer avoit merveillous talent.
Et quant il se fu couchiés en une partie de l'ille qui plus li sambloit
estre froide, car ce estoit en esté au noevisme jour des kalendes de
juingnet, si en estoit plus chaude l'ille, lors leva la main en haut, si
fist le signe de la vraie crois, que ele li fust escus contre le diable qui
est deceverres pardurables car il ne bee fors que a decevoir tous ciaus
et toutes celes qui de l'amor Diu sont espris.

255. Atant s'endormi[a] Nascien pour la laseté et pour le traveil.
Si luisoit la lune molt clere, car il estoit nuis ; si se dormi mout
bien et mout longement, come cil qui grant mestier en avoit. Ensi
dormi Nascien jusques a l'ajorner ; et lors li vint une avision, si
li estoit avis que il venoit en unes grans plaignes. Si i avoit mout
grant plenté de biaus oisiaus. Et com il esgardoit, si veoit que
il voloient[b] en haut de teus i avoit, et de teus i avoit qui mout
voloient bassement ; et une autre partie d'aus ne pooit voler, ains
se tenoit a terre. Puis si venoit uns d'aus, tous li plus biaus, si le
prenoit a ses .II. piés, si l'emportoit amont en l'air en haut. Et lors

qu'il lui disait : « Vole ! » Nascien s'examinait : il avait des ailes de géant très légères, toutes blanches. Prendre son essor lui était aussi facile que de mettre un pied devant l'autre. Après se présentait à lui le grand oiseau, celui qui l'avait initié au vol, pour lui dire de lui donner à manger : il avait grand-faim. Nascien lui faisait pour réponse : « Que veux-tu que je te donne à manger ? Je te donnerai ce que tu demanderas et ce que je pourrai avoir. — Certes, ajoutait l'oiseau, je ne serai jamais rassasié si tu ne me donnes ton cœur à manger. » Nascien prenait tout aussitôt son cœur et le lui donnait ; l'oiseau l'emportait au comble de la joie, et disait en son langage : « Me voilà tout rassasié quand j'emporte ce dont j'avais faim, ce que je voulais, dont nul ne connaît la valeur de signe : c'est la petite souricette de qui éclora le grand lion qui vaincra par la force physique toutes les bêtes terrestres. Et quand il les aura toutes vaincues et soumises par sa valeur majestueuse, et qu'il aura surmonté toutes les puissances terrestres, il pensera ne rien avoir fait comme on fait au ciel. Alors lui viendront des ailes, il survolera toutes les chaînes montagneuses, traversera l'épaisseur des nuages, pour entrer au ciel par la grande porte. »

256. Voilà ce que Nascien avait l'impression de s'entendre dire par le bel oiseau. Là-dessus sa vision prit fin, il s'éveilla. C'est alors qu'il sentit l'île bouger et tournoyer selon le tour du firmament. Il se demanda avec étonnement ce dont

---

si li disoit : « Vole ! » Et Nasciens se regardoit souventes fois, et si avoit eles mout grans et mout legieres, et si estoient toutes blanches. Et il envoloit tout autresi legierement come s'il marcheast de son pié. Aprés si venoit li grans oisiaus devant lui, cil qui l'avoit apris a voler ; et si li disoit [*j*] que il li donnast a mengier, car il avoit mout grant faim. Et Nasciens li respondi : « Que veus tu que je te doigne a mengier ? Je te donrai ce que tu demanderas et ce que je porrai avoir. » Et li oisiaus disoit : « Certes, je ne serai jamais saoulés se tu ne me donnes ton cuer a mengier*. » Et il prenoit tout maintenant son cuer, si li bailloit ; et li oisiaus l'emportoit mout grant joie faisant et disoit en son language : « Or sui tous saoulés quant je emporte ce dont j'avoie faim, et ce que je voloie, et ce dont nus ne connoist la senefiance : ce* est la petite sorisiete* de qui li grans lyons eschapera, qui vaintera de cors et de force toutes les terriennes bestes. Et quant il les avra toutes vaincues et mises sous lui par grandece de valour, et il avra toutes terriennes poestés sormontees, si ne quidera riens avoir fait ausi com on fait el ciel. Lors li vendront unes eles, et* volera par desus toutes les hauteces des montaingnes, et trespassera l'espesseté des nues, et enterra el ciel parmi la maistre porte. »

256. Ensi estoit avis a Nascien que li biaus oisiaus li disoit. Atant

il pouvait s'agir, et fut fort ébahi. Levant la tête, il se mit à
regarder autour de lui. Inspectant de tous côtés, il entendit
une bataille dans les profondeurs de la mer, si rude et si
prodigieuse que toute l'île, lui semblait-il, menaçait de
s'effondrer et de s'enfoncer jusque dans l'abîme. Commotion
si pénible que personne au monde n'en aurait fait l'expérience sans en être pris de panique : dans toute l'île, d'un
bout à l'autre, rien qui ne tremblât comme feuille au vent
dément. Cela provenait de la bataille, de la querelle au fond
de la mer, contre la terre ferreuse. Il fallait nécessairement
que l'île tournoyât au commandement du firmament dont
elle avait retenu la nature pour une part. L'aimant, par la
force de qui la terre ferreuse était tenue serrée, ne voulait
pas qu'elle se dégageât de son étreinte. Mais sa force, en
comparaison de celle qui s'y trouvait du côté du firmament,
avait l'importance d'une petite source par rapport à la mer.
Et la force de l'aimant, vous pouvez bien le savoir, impossible qu'elle soit grandement rétentrice. Le firmament avait
en effet une plus grande puissance, d'où résultait le tournoiement de l'île, malgré la force de l'aimant, la pesanteur de la
terre et l'enlacement de l'eau. De là l'ampleur de la querelle
entre le firmament et l'aimant ; il était des moments où l'île
descendait tant dans l'eau qu'elle était submergée jusqu'en

---

feni s'avision, si s'esveilla. Et en l'esveillier que il fist, si senti l'ille
movoir et tournoiier selonc le tour del firmament. Lors s'esmerveilla
mout que ce pooit estre, et fu mout esbahis ; si leva la teste en haut,
et conmença a regarder entour lui. Et quant il esgarda cha et la, si
oï une bataille ens el fons de la mer, si grant et si merveillouse qu'il li
estoit avis que tote l'ille deüst fondre et descendre, jusques en
abisme. Car l'angoisse estoit tant dolerouse que nus hom mortex ne
le peüst veoir que grans paours ne l'en preïst : car en toute l'ille de
l'un cief jusques a l'autre, n'avoit riens qui ne tramblast ausi durement come foelle tramble par force de vent. Et çou estoit par la
bataille et par la mellee qui estoit el fons de la mer, encontre la terre
qui ferreuse estoit. Et il covenoit par estouvoir que l'ille tournoiast au
conmandement[a] du firmament de qui ele avoit la nature retenue en
une partie. Et l'aymant, par qui force la terre ferreuse estoit tenue
seree ne voloit que ele se meüst de sa serre[b]. Mais si grans estoit la
force de l'aymant envers la force qui envers le firmament i estoit,
come est d'une petite fontainne envers la mer. Et par la force de l'aymant, ce poés vous [26a] bien savoir, ne puet il mie avoir grant retenue. Car li firmamens avoit gregnour poissance, et pour ce estoit
li tornoiemens de l'ille, maugré la force de l'aymant, et maugré
le pesantour de la terre, et maugré l'enlacement de l'aigue. Par ce
estoit si grans la mellee entre le firmament et l'aymant : si estoit
tele eure que l'ille avaloit tant en l'aigue que l'aigue le sormontoit en

ses escarpements du rivage, selon que le froid y était en plus grande proportion. Et selon que la force de la chaleur y abondait, il fallait à l'île se rehausser et s'éloigner de l'aimant petit à petit, si bien qu'il était des moments où elle était presque soulevée.

257. Cette dispute effraya beaucoup Nascien ; il avait beau réfléchir, il était incapable de discerner la raison de cet événement. Il se dressa, pour sentir l'île trembler sous lui ; il observait que, lorsqu'un des bouts s'abaissait, l'autre se relevait. Néanmoins l'île n'était pas petite, ayant au contraire (en atteste la vérité celui qui l'avance) douze cent quatorze stades de long, et neuf cent douze de large (le « stade » est une unité de terrain qui fait le seizième d'une lieue). Ainsi pouvez-vous savoir que cette île avait pour périmètre exactement deux cent quatre-vingts lieues tout rond[1]. Mais s'il y avait plus, pour autant le conte n'en ment pas : il ne garantit pas ses paroles pour le supplément, mais sur le minimum. Le conte témoigne en effet — vous l'entendrez stipuler plus loin — que toutes les aventures du saint Graal ne seront connues de personne : il faut en passer beaucoup sous silence. Mais dans la Sainte Écriture envoyée sur terre par la bouche de la Vérité — c'est Jésus-Christ —, on ne verra jamais un seul mot de fausseté. Il faudrait être d'une folle audace pour oser ajouter du mensonge à une chose aussi haute que la sainte et authentique histoire que

---

ses hauteces de la rive, selonc ce qu'il i avoit de froidure greignor habondance. Et selonc ce que la force de la chalour i abondoit, si couvenoit que l'ille se rehauchast et eslongast de l'aymant petit et petit, si que il estoit tele eure que pres estoit toute souslevee.

257. Quant Nasciens oï ceste tençon, si en fu mout espoentés ; mais il ne savoit apercevoir, tant se peüst pourpenser, par quel raison ce peüst avenir. Lors se drecha et senti l'ille trambler desous lui ; et esgardoit a la fois que li uns des chiés abaissoit, et li autres levoit en haut. Et nonpourquant si n'estoit pas l'ille petite, ançois avoit, ce tesmoigne la verité qui le trait avant, .xiic. et .xiiii. estas de lonc ; et de lé en avoit .ixc. et .xii. Li estas si est une piece de terre qui tient la sisisme partie d'une lieue. Ensi poés savoir que cele ille avoit de lonc et .xiiii.xx.[a] lieues tout reondement, que riens n'en failloit. Mais se plus i avoit, pour ce n'en ment[b] pas li contes : car il ne garantist ses paroles de riens plus, mais del mains. Car ce tesmoigne li contes, si com vous orrés deviser cha avant, que toutes les aventures del Saint Graal ne seront seües par home mortel : assés en couvient trespasser. Mais en la Sainte Escriture qui fu envoiié en terre par la bouche de la verité, ce est Jhesu Crist, en celui ne verra on ja un seul mot de fauseté. Car il seroit de trop fol hardement plains, qui oseroit ajouster mençoigne en si haute chose come est la sainte vraie estoire que li

le Vrai Crucifix écrit de sa propre main. Et si l'on doit la tenir dans le plus grand honneur, c'est que nous ne trouvons dans aucune Écriture divine que Jésus-Christ le Vrai Écrivain eût jamais écrit de sa propre main, si ce n'est en deux endroits.

258. Son premier écrit fut la haute prière que l'Écriture appelle l'Oraison de Notre-Seigneur — c'est la patenôtre[1] — quand il instruisit ses apôtres sur la manière de le prier. L'autre, ce fut quand les Juifs lui amenèrent la femme surprise en adultère, pour éprouver son jugement, et qu'il se mit à écrire dans la poussière devant lui. Quand ils l'eurent très longuement pressé de leur dire son verdict sur cette femme, il redressa la tête pour arbitrer, en homme qu savait bien qu'ils ne le faisaient que pour l'éprouver. Aussi leur déclara-t-il : « Que celui d'entre vous qui est sans péché aille lui jeter la première pierre[2] ! » S'il parla ainsi, c'est à cause d'un article de leur loi : sitôt surprise en adultère — à savoir coucher avec un autre homme que son mari —, la femme mariée devait être lapidée sans rachat, autrement dit tuée à coups de pierres sans rémission. Jésus-Christ, connaissant toutes choses, savait bien qu'ils ne s'adressaient à lui que pour l'embarrasser, si possible : c'est pourquoi il leur fit connaître cette parole ; et, à nouveau, se mit à écrire, dans la poussière avec le pouce. Les paroles qu'il traçait se justifiaient par la honte de la grande abjection,

---

Vrais Crucefis escrit de sa propre main. Et pour ce doit estre tenue en greignour honour, que nous ne trouvons lisant en nule devine escriture que onques Jhesu Crist li Vrais Escrivains escrisist letres de sa propre main, ne mais en .ii. lix.

258. Le premier escrit qu'il fist ce fu la haute orison que l'Escriture [b] claimme l'Orison Nostre Signour, ce est la paternostre, quant il enseigna l'ses apostles conment il durent lui aourer. L'autre escrit que il fist, ce fu quant li juis li amenerent la feme qui avoit esté prise en adultere, pour esprouver conment il le jugeroit : et il conmencha a escrire en la poudre devant lui. Et quant il l'orent mout longement semons que il lor deïst le jugement de cele feme, si drecha la teste et esgarda, come cil qui bien savoit qu'il ne le faisoient fors que pour lui essaiier. Si lor dist : « Cil de vous qui est sans pechié aille jeter la premiere pierre sor li. » Et ce dist il pour ce que il avoient en lor loy que, si tost come la feme mariee seroit prise en adultere, c'est de jesir a autre home que a son signour, que ele fust lapidee sans raençon : ce est a dire qu'ele fust tuee de pierre sans raençon. Et pour ce que Jhesu Crist, qui toutes choses connoissoit, savoit bien que ne disoient ce fors que pour lui entreprendre, se il peüssent, et pour ce lor rendi il ceste parole, et si reconmencha a escrire en la poudre o son paucet. Si escrisoit une paroles pour la reproce de la grant vilté,

la grande saleté dont tout l'humain lignage fut formé. Dans
ce texte, en effet, ces mots :

259. « Ah ! terre, pourquoi accuses-tu une autre terre ?
Pourquoi es-tu si hardie ? » Ce qui veut dire : « Entends-tu,
homme fait de boue, comment as-tu l'outrecuidance de rapporter les méfaits d'autrui, et de dissimuler les tiens, dont tu
es plus gâté et abîmé que personne ? » Dans ces deux
endroits que vous avez entendu rappeler, nous trouvons que
Jésus-Christ écrivit avant de supporter la mort sur la sainte
Croix. Mais, de quelque manière qu'il eût agi, durant qu'il
était enveloppé de la chair mortelle, vous ne trouverez pas
un clerc assez hardi pour dire qu'il eût fait, après sa
résurrection, écrire autre chose que le saint texte du saint
Graal, rédigé par le Fils de Dieu de sa propre main. À n'en
pouvoir avancer nulle autorité, ce clerc serait tenu pour
menteur : par conséquent, je l'affirme, serait tenu pour menteur et saisi d'une trop folle audace qui voudrait accroître le
mensonge dans une chose aussi digne que le saint texte du
saint Graal, que le vrai Fils de Dieu écrivit de sa main, après
avoir abandonné le corps mortel et revêtu la majesté céleste
en s'élevant au ciel.

260. Il faut bien maintenant que l'histoire revienne au
droit chemin dont le conte s'est écarté quelque peu pour
parler de ces choses qui se mêlent aux paroles de l'histoire et
pourtant n'en sont pas ; mais voici que le droit chemin

---

et de la grant ordure dont⁴ tous l'umains lignages fu fourmés. Car en
cele parole avoit tels mos escris :

259. « Ha ! terre, pour coi acuses tu autre terre ? Ne pour coi es tu si
hardie ? » Ce est a dire : « Os tu, hom qui es fais de boe, conment es tu
tant outrequidiés que tu amentois autrui meffais, et les tiens çoiles, dont
tu es tant entechiés et tant malmis que nus plus ? » En ces .ii. lix que
vous avés oï amentevoir, trouvons nous que Jhesu Cris escrist ançois
que il sousfrist la mort en la sainte crois. Mais conment que il esploitast,
endementiers que il ert envolepés de la mortel char, ja ne trouverés plus
tant hardi clerc qui deïst que il feïst puis sa surrection escrire, mais tant
seulement la sainte escriture del Saint Graal que li fix Dieu escrist de sa
main. Il n'en porroit traire avant nule auctorité, et pour ce seroit il tenus
a menteour : dont di je bien qui cil seroit tenus a menteour et de trop
fol hardement espris, qui mençoigne vauroit acroistre en tante haute
chose com est la sainte escriture del Saint Graal que li vrais fix Dieu
escrist de sa main, puis que il ot jus mis le mortel cors, et revestue la
celestiel majesté⁴, et il fu monteés el ciel amont.

260. Or est drois que li estoire soit ramenee a la droite voie dont li
[d] contes est auques departis pour parler de ces choses qui se fierent
entre les paroles de l'estoire et si n'en sont mie ; mais la droite voie
repaire a l'ille dont li contes a devisé le lonc et le lé. Et si dist, après

retourne à l'île dont le conte a mentionné la longueur et la largeur. Voici la suite : Nascien était à la pointe de cette île vers l'occident ; et néanmoins il n'était pas si près du rivage puisque sept lieues et demie au moins l'en séparaient. Il vit se lever le jour avec beaucoup de bonheur, car il désirait fortement savoir comment et dans quel endroit il avait échoué, et parce que la nuit était moins rassurante : de toute façon, il gardait espoir que, le jour aidant, il pourrait trouver quelque aventure qui lui apporterait divertissement et compagnie.

261. Nascien, à genoux face à l'orient, pria Notre-Seigneur Jésus-Christ que par sa miséricorde, aussi vrai qu'il était seul Dieu et qu'il n'en était pas d'autre en qui l'on dût croire, il lui envoyât un appui véritable pour secourir dignement son corps et sauver son âme. Quand il eut achevé sa prière, il fit le signe de la vraie croix devant lui, et prit du côté où la mer était le plus proche. Il avait bien parcouru une demi-lieue lorsque, regardant au large, il vit venir une chose dont la taille lui paraissait à peine celle d'un cygne : elle venait droit sur l'extrémité de l'île où Nascien se trouvait. Il fit son possible pour forcer l'allure ; mais pas de manière importante : ses pieds étaient si endoloris par les chaînes qu'il avait portées dans la prison qu'il ne pouvait avancer que difficilement ; à cela venait s'ajouter une autre difficulté : il avait perdu l'habitude de marcher.

---

ce, que Nasciens estoit il daerrain chief de cele ille vers occident ; et nequedent il n'estoit mie si pres du rivage qu'il n'i eüst bien .VII. lieues et demie au mains. Et quant il vit au matin ajourner, si fu molt liés, car il desiroit mout a savoir en quel endroit de mer il pooit estre venus et arrestés, et en quele maniere, et pour ce que plus confortables estoit li jours que la nuit : car toutes voies avoit il en esperance ce que par le jour porroit il aucune aventure trouver par coi il li venroit soulas et compaignnie ensemble.

261. Atant se mist Nasciens as jenous et tourna son vis contre oriant, et proiia Nostre Signour Jhesu Crist que il par sa misericorde, aussi vraiement come seus estoit Dix, et que autres dix n'estoit en qui on deüst croire, que il li envoiast vrai conseil par coi il fust conseilliés a honour del cors, et a sauveté de l'ame. Et quant il ot finee sa raison, si fist le signe de la vraie crois devant lui, si s'entourna cele part ou il vit la mer plus prochainne. Et quant il ot erré bien l'erreüre de demie lieue, si esgarda mout loing en mer, et vit venir une chose qui ne li sambloit pas plus grant d'un cisne : et si venoit droit a l'ille a celui chief ou Nasciens ert. Et quant il le vit venir, si engroissa s'aleüre si com il pot ; mais ce n'estoit mie granment : car li pié doloient si des buies qu'il avoit portees en la prison que mauvaisement pooit aler ; et avoec ce i avoit il encore un autre essoine pour coi il ne pooit mie aler delivrement, ce estoit ce que il ne l'avoit pas acoustumé ne ne le ravoit pas usé.

262. À force de cheminer, il finit par distinguer nettement la chose qu'il avait dès le matin repérée sur la mer, pour l'identifier sans erreur possible : c'était un somptueux navire. Ce constat le rendit tout heureux : aussi s'évertua-t-il énergiquement à presser le pas, pour enfin parvenir très difficilement au rivage. Il se rendit compte, à peine arrivé, que ses pieds étaient pleins de crevasses et fendus en raison de la chaleur qui régnait sur l'île et de la fatigue du chemin ; de plus la journée pouvait bien en être à none, et il était exténué, et à jeun. Alors, portant son regard un peu loin vers la droite, il remarqua que la nef avait accosté. Il avait bien l'impression qu'il s'agissait de celle qu'il avait vue tout le jour ; il se dirigea aussitôt de ce côté et s'arrêta devant elle ; elle était à ses yeux si splendide que sa présence ne pouvait tenir que du prodige. Après l'avoir considérée un long moment, il eut motif à s'émerveiller beaucoup plus encore, en constatant qu'il n'y avait à bord ni homme ni femme. Ce serait une grande lâcheté, pensa-t-il, de ne pas y aller voir de plus près : il voulut entrer dans la nef, pour voir si elle était aussi belle à l'intérieur qu'au-dehors.

263. Sur le point d'y pénétrer, il remarqua, sur la proue, une inscription, dont les termes étaient fort épouvantables et redoutables pour tous ceux dont l'intention serait de monter à bord. En voici le libellé : « Attention ! toi qui veux entrer dans cette nef, prends garde à être plein de foi : je ne suis

---

262. Lors erra tant que il vit apertement ceste chose que il avoit dés le matin veü en la mer ; si aperchut et sot vraiement que ce estoit une nef mout bele et mout riche. Et quant il vit que ce ert nef, si fu mout liés ; si se paresforcha mout durement de tost aler, tant que il vint au rivage a quelque painne. Et si tost com il i fu venus, si trouva que il avoit les piés crevés et fendus de la chalour de l'ille et del travail de la voie ; et il pooit ja bien estre nonne de jor, et mout estoit et las et vains, et jeuns. Lors esgarda un poi loing vers des[d]tre, si coisi la nef arrivee. Et bien li fu avis que c'estoit la nef que il avoit toute jour veüe, et il tourna maintenant cele part ; si ala jusques devant la nef, et le vit si bele et si riche que a grant merveille li venoit dont si bele nef pooit estre venue. Et quant il l'ot grant piece regardee, si s'esmerveilla assés plus que devant, car il ne vit onques venir ne home ne feme : si pensa que ce seroit grant mauvaistié se il ne veoit plus avant, et vaut entrer dedens la nef et pour savoir se ele estoit autresi bele dedens com ele estoit defors.

263. Ensi com il vaut entrer dedens, si esgarda el chief de la nef el front devant, et vit letres en icel lieu escrites ; et disoient un molt espoentables mot et molt doutous a tous ciaus qui dedens vausissent entrer. Cele parole disoit en tel maniere : « Di va, qui veus dedens ceste nef entrer, gardes que tu soies plains de foi : car je sui

que foi et croyance ; sitôt que tu vas gauchir tant soit peu ce que tu crois, je me détournerai de toi : loin de te donner soutien ni aide, je te ferai défaut complètement, quelles que soient les circonstances où tu seras en quelque manière convaincu d'incroyance. » Nascien s'arrêta pour réfléchir sérieusement au sens de l'inscription. Après un bon moment, il se dit à lui-même qu'il aimerait bien y entrer : mais l'inscription le faisait hésiter, car elle était fâcheuse. Quand il eut ainsi délibéré avec lui-même, envisageant autre chose, il dit : « Cher Seigneur-Dieu, cette nef n'est que foi, selon l'inscription. Si celle-ci n'est pas apocryphe, je suis assuré que la nef est venue de votre part : je ne peux donc en recevoir aucun mal ni rien de contraire à votre glorieuse façon qui ne tolère pas une foi souffrante. Je vous crois et vous adore de tout cœur, et vous ai servi conformément à la façon dont vous voulez être cru, ce que j'ai appris de la bouche même de vos serviteurs. C'est en croyant à votre saint nom que j'y entrerai : y croire sauve tous vos fidèles, en quelque péril qu'ils soient. »

264. Nascien leva la main droite, se signa et pénétra dans la nef. À l'intérieur, il se mit à regarder de tous côtés, et se fit la réflexion qu'il ne pouvait imaginer nulle part nef plus belle. Après l'avoir inspectée sous tous les angles, et en avoir

---

teus que il n'a en moi se foi non et creance, et si tost com tu guenci-ras de creance ne tant ne quant, je te guencirai en tel maniere que tu n'avras de moi soustenance ne aide, ançois te faurai del tout en tot, en quelconques lieu que tu seras aconseüs en mescreance[a], de com-bien que ce soit. » Lors s'arresta Nasciens et conmencha molt dure-ment a penser a ce que les letres disoient. Et quant il ot une grant piece pensé, si dist a soi meïsmes que en la nef vauroit il entrer ; mais la parole li faisoit douter, qui trop estoit chargable[b]. Et quant il ot ce pensé et dit a soi meïsmes, si repensa une autre chose, et dist : « Biaus sire Dix, ces letres dient que ceste nef n'a se foi non. Et se les letres sont veritables, dont sai je bien que la nef est de par vos venue : dont ne m'en puet il venir nul mal ne nule chose qui contraire soit a vostre glorieuse façon qui n'est[c] painne de creance. Mais je vous croi et aour de cuer entier, et ausi come je servi et apris par la bouche de vos sergans que vous volés estre creüs ; et en la creance de vostre sain non enterrai je dedens : car la creance dedens sauve tous ciaus qui en vous sont creant et en quelque peril que il soient. »

264. Atant leva Nasciens sa destre main et fist sor lui le signe de la vraie crois, si entra dedens la nef. Et quant il fu dedens, si conmen-cha a esgarder et d'une part et d'autre, et dist a soi meïsmes que il ne quidoit mie ne en mer ne sor terre une plus bele nef que cele [e] estoit a son avis. Et quant il l'ot assés regardee en tous sens, et il ot

exploré tous les coins, s'en revenant au château de la nef, il vit un drap tout blanc tendu en guise de courtine au-dessus d'un lit. Le soulevant, il contempla le plus beau lit qui eût jamais existé. Il était très grand et somptueux ; au chevet, il y avait une couronne d'or, et au pied une épée aussi riche que belle : étendue en travers du lit, elle était bien tirée du fourreau d'un demi-pied et d'une large main. Sa facture était luxueuse : un pommeau en or massif, avec une pierre de toutes les couleurs de la création.

265. Cette pierre n'était qu'irisations. Il y avait d'autres particularités : associée à chacune des couleurs, une vertu que mentionnera bien le conte, lorsqu'il évoquera cette force et cette vertu plus largement qu'ici. Selon ses dires, la garde de l'épée était faite de deux côtes provenant de deux bêtes bizarres. La première était issue d'une sorte de serpent qui vit plus particulièrement en Calédonie, appelé « papagouste ». Ce serpent a pour vertu que, si quelqu'un possède l'une de ses côtes, il n'a à craindre aucune forte chaleur, et ne sera jamais très sensible à l'intensité du soleil ni à aucun échauffement : il conserve au contraire une température modérée aussi longtemps qu'il la possède.

266. Voilà pour le genre et la vertu de la première côte. L'autre provient d'un poisson pas très grand, vivant dans l'Euphrate, à l'exclusion de tout autre milieu aquatique. Ce poisson est appelé « ortenaus » ; ses côtes sont d'une telle

---

cerchié tous les angles desous et desus, si s'en revint ariere el cors de la nef ; et vit un drap tot blanc estendu en guise de courtine par desor un lit. Il vint au drap, si le souslieve ; si esgarda dedens le plus biau lit dont il eust onques oï parler. Li lis estoit molt grans et riches assés, et au chavés de cel lit avoit une courone d'or, et as piés avoit une espee qui mout estoit riche et bele : si estoit estendue del travers del lit, et si estoit bien traite fors del fuerre demi pié et plaine paume. Cele espee estoit de mout riche façon : car li poins en estoit tout d'or, si i avoit une pierre qui avoit en soi toutes les coulours que on porroit trover en terre.

265. De tantes manieres de coulours estoit la pierre. Et si i avoit autres diverses, que a chascune des coulours avoit une vertu que li contes devisera bien la ou il parlera de la force et de la vertu plus assés que ci. Aprés dist que l'enheudeure de l'espee estoit de .II. costes, et ces[a] .II. costes estoient de .II. diverses bestes. La premiere estoit d'une maniere de serpent qui converse en Calidoine plus que en autres terres, si est apelee papagustes. Cele serpente a tel force que, se aucuns hom tient de ses costes[b], il n'a garde de sentir nule trop grant chalour, ne ja pour force[c] de soleil ne pour eschaufement nul n'eschaufera trop, ançois est toutes voies en une mesurableté de chalour tant com il le tient.

vertu que, si un homme en prend une, jamais, aussi long-temps qu'il la tiendra, il ne se souviendra des joies et des chagrins qu'il a connus, mais seulement de la raison qui l'a poussé à s'en saisir ; il retrouvera, après l'avoir déposée, sa préoccupation habituelle, et se comportera selon la nature humaine. Voilà la force et la vertu des côtes qui formaient la garde. Elles étaient gainées d'un somptueux drap vermeil semé de lettres qui faisaient dire à l'épée : « Merveille que de me voir et plus encore de me connaître : nul ne me peut empoigner ni jamais ne m'empoignera, qu'un seul homme ; celui-là dépassera par son activité tous ses prédécesseurs et successeurs. »

267. Telle était l'inscription sur la garde. Aussitôt après l'avoir déchiffrée, comme il en était capable, Nascien se demanda avec étonnement de quoi il retournait. Puis il considéra la lame de l'épée, tirée du fourreau autant que vous l'avez entendu : il découvrit d'autres lettres vermeilles comme du sang. Il s'avança pour les déchiffrer ; elles disaient que personne ne s'avisât de la tirer, s'il ne devait frapper mieux qu'un autre, et plus hardiment ; qui la tirerait autre-ment devait bien savoir que ce serait lui qui d'abord en mourrait : on l'avait déjà vu et éprouvé clairement. Sa lecture achevée, Nascien fut plus émerveillé que jamais : c'était là

266. De tel maniere et de tel force est la premiere coste[a]. Et l'autre est d'un poisson qui n'est mie mout grans, et si converse el flun d'Efrates, et non pas en autre aigue. Cil poissons est apelés ortenaus ; et ses costes sont de tel force que se nus hom le prent, ja tant com il le tendra ne li souvenra de joie ne de doel que il ait eü, fors solement d'icele chose pour coi il l'avra prise ; et puis qu'il l'avra jus mise, si se repensera autresi com il est acoustumé, et avra maniere de naturel home. Tel force et tel vertu avoient les costes dont l'enheudeure de l'espee estoit. Et si estoient couvertes d'un drap vermeil trop riche tout plain de letres, dont il disoit : « Je sui merveilles a veoir et graindres merveilles a connoistre : car nus ne me puet enpoignier ne jamais ne m'enpoignera que uns tous seus hom, et cil passera de [f] son mestier tous ciaus qui devant lui avront esté et qui après lui vendront. »

267. Ensi disoient les letres de l'enheudeure. Et si tost come Nasciens les ot leües come cil qui bien les sot lire, si s'en esmerveilla mout que ce pooit estre. Après esgarda la lemele de l'espee que il vit traite fors del fuerre tant com vous avés oï : si revit autres letres qui estoient autresi vermeilles conme sanc. Lors se trait avant, si les conmencha a lire ; et vit que les letres disoient que : ja ne fust nus qui le traisist, se il n'en devoit mix ferir que autres, et plus hardiement ; et qui le trairoit autre-ment, bien seüst il que ce seroit il qui premierement en morroit : et si estoit ja apertement veü et esprouvé. Quant Nasciens ot les letres leües, si s'esmerveilla de ce assés plus que de nule autre chose : car ce estoit

une affaire de conséquence, dont il avait envie : tirer l'épée
du fourreau, et voir quel était le fer ; les merveilles que les
lettres au-dehors en disaient l'en rendaient plus désireux.

268. Alors Nascien s'intéressa au fourreau. Mais même en
l'examinant dans tous les sens, il n'aurait pu discerner, ni
affirmer quelle était sa matière ; seule certitude, il était vermeil
comme un pétale de rose ; couvert aussi de lettres, les unes
d'or, les autres d'azur — et pourvu d'attaches inadéquates à
un fer aussi riche : celles-ci étaient d'un genre aussi piètre et
pauvre que des étoupes chanvreuses ; et maigres, menues et
faibles d'apparence à ne pouvoir, semblait-il, soutenir l'épée
une heure. Sur le fourreau les lettres disaient ce que vous allez
entendre : « Celui qui me portera doit être le plus preux de
tous, et le plus assuré s'il me porte comme les lettres de
l'épée le stipulent : la personne à qui je serai pendue ne peut
être honnie sur le terrain tant qu'elle sera ceinte de mes
attaches. Ces attaches, il ne prendra jamais la hardiesse de les
ôter en aucune façon : ce serait si pernicieux, il en adviendrait
de si grands malheurs que ni lui ni personne au monde n'y
pourraient remédier. Qu'il n'autorise personne encore à venir,
à les enlever : pour les en ôter, il faut une main féminine, celle
d'une fille de roi et de reine, qui en fera l'échange avec ce
qu'elle aura sur elle de plus cher, et qu'elle y substituera. Cette

---

une trop grant chose, dont il avoit talent, que de l'espee traire fors
del fuerre, et del veoir quels li brans estoit : car les merveilles que les
letres defors en disoient l'en faisoient[a] plus entalenté.

268. Lors conmencha Nasciens le fuerre a regarder. Mais il ne sot
onques tant regarder amont ne aval que il peüst en son cuer deviser
ne dire de bouche de coi il peüst estre ; mais tant en sot il bien que il
ert autresi vermaus come ert une fuelle de rose ; et si avoit desus
assés letres qui estoient les unes d'or et les autres d'azur ; et ne n'i
avoit nules renges qui avenissent a si riche branc com il estoit. Car
eles estoient de tant vil maniere et de si povre, conme d'estoupes et
de canvene ; et si estoient tant povres et si menues et si febles par
samblant que il estoit avis que eles ne peüssent mie l'espee soustenir
une eure. Et les letres qui estoient el fuerre si disoient teus paroles
com vous orrés : « Cil qui me portera doit estre plus prous que nus
autres, et plus seürs se il me porte ensi com les letres de l'espee le
devisent. Car li cors a qui je serai pendue ne puet estre honnis en la
place tant com il sera chains des renges a qui je penderai. Ne ja si[a] ne
soit tant hardis que ces renges qui ci sont en oste en nule maniere :
car il en seroit tans grans maus fais, et tantes mesaventures grans en
avenroit que il ne autres hom mortex ne l'em porroit amender. Ne il
n'otroie a nul home qui ore soit a venir que il en soit osterres ; ains
couvient que eles en soient ostees[b] par main de feme, fille de roi et
[27a] de roïne ; et si en fera itel change que ele metera itel chose qui

femme appellera cette épée par son juste nom, et moi par le
mien. Jamais personne, auparavant, ne sera capable de nous
dénommer justement, on peut en être sûr. »

269. Nascien considéra très attentivement le fourreau.
L'ayant beaucoup examiné d'un côté, il se résolut à ne pas
commettre la lâcheté de ne pas voir l'épée sur l'autre face :
mais il ne put la retourner si délicatement que tout le lit n'en
tremblât de bout en bout. Elle était, de ce côté, vermeille
comme du sang, avec des lettres d'un noir de charbon, qui
disaient : « Celui qui m'appréciera le plus trouvera le plus
motif à me blâmer dans la grande nécessité ; c'est à celui
pour qui je devrais être la plus douce que je serai la plus
cruelle. Cela n'arrivera qu'une fois : il faut qu'il en soit
ainsi assurément, et sans que nulle force terrestre ne l'empêche. » Voilà l'inscription que portait l'autre plat de l'épée.
Nascien regarda le fourreau, de ce côté plus noir que du
charbon. Et s'il avait été médusé quand il avait découvert
l'autre côté, incapable de savoir, de penser et de dire en quoi
il pouvait être, il fut encore bien plus stupéfait. Tantôt il
affirmait, ce qui lui paraissait la pure vérité, qu'il était d'une
espèce de bois. Tantôt il jurait qu'il était en cuir, sans pouvoir désigner ni identifier la bête dont il provenait. Tantôt il
disait qu'il était en fer ou d'une sorte de métal, et il voulait

---

sor li ert et que ele avra plus chiere, et si les metera en lieu de ces. Et
cele feme apelera ceste espee par son droit non, et moi par le mien.
Ne ja devant lors ne sera qui nous sace apeler par nos drois nons, ce
sace on bien. »

269. Mout esgarda Nasciens durement le fuerre. Et quant il l'ot
assés esgardé d'une part, si se pensa que ceste mauvaistié ne feroit il
ja que il ne le veïst[a] de l'autre part : mais il onques tant souef ne le pot
tourner que tous li lis n'en tramblast de chief en chief. Et quant il l'ot
tournee, si vit que ele estoit ausi vermeille de cele part come sanc, et
i avoit letres autresi noires conme charbon ; et ces letres disoient :
« Cil qui plus me proisera plus i trouvera que il me devra blasmer au
grant besoig ; et a celui a qui je devroie estre plus debonaire, a celui
serai je plus felenesse ; et ce n'avenra c'une fois : car ensi le couvient
estre sans faille, et sans trestourner de nule chose terrienne. » Tés
paroles disoient les letres qui de l'autre part de cele espee estoient. Et
il regarda le fuerre, si le vit de cele part plus noir que charbon par
samblant. Et se il l'ot esté durement esbahis quant il l'ot esgardé de
l'autre part[b], pour ce que il ne savoit ne ne pensoit ne ne savoit dire[c]
de coi il peüst estre, encore fu il lors plus esbahis assés. Car il disoit a
l'autre fois, et fine verités li sambloit, que il estoit d'aucune maniere
de fust[d]. Et a l'autre fois juroit que il estoit de quir[e], mais il ne pot
nomer ne connoistre de quel beste il estoit. Une autre fois disoit
que il estoit de fer ou d'aucune maniere de metal, et si le voloit[f]

en être persuadé, pour n'avoir jamais vu d'épée pareille ni d'une telle taille, qui fût aussi lourde.

270. C'est ainsi que Nascien était en lutte, au sujet du fourreau, avec lui-même, de sorte qu'il affirmait tantôt une chose et tantôt il la déniait ; il ne pouvait de la sorte atteindre à aucune certitude. Le conte n'explique pas maintenant — temps et lieu n'en sont pas encore venus — comment l'épée fut forgée ni à quel endroit, ni en quoi le fourreau était fait ni de quel·endroit il fut apporté, ni quand l'épée fut déposée sur le lit. Et la force du fourreau très grand, il ne la décrit pas ici même, ni le genre de l'épée, ni les grands prodiges qui par la suite en arrivèrent. Mais à présent, le conte se tait sur l'épée et sur le fourreau, pour revenir à trois fuseaux qui du lit prenaient naissance dans le bois.

Le rameau de l'arbre du paradis.

271. Le conte dit dans cette partie qu'au milieu du lit dont je vous ai parlé plus haut, il y avait, par-devant, un fuseau tout droit. Le lit, vous devez le savoir au préalable, était en bois, sans literie ; ce fuseau que j'évoque était placé au milieu du bois le long du lit par-devant, de sorte qu'il se dressait tout droit. De l'autre côté, derrière, dans cette partie qu'on appelle le bord, il y en avait un autre planté, également tout droit, à l'alignement de celui de devant. De l'un de ces deux fuseaux jusqu'à l'autre, l'espace était de la largeur du lit. Sur

---

prouver a soi meïsmes, par ce que il n'avoit onques veüe si faite ne d'itel grant qui autretant peüst peser.

270. Ensi estoit Nasciens en contençon pour le fuerre vers soi meïsme, si que il en affermoit a la fois une cose et a l'autre fois le desdisoit ; si que a nule certainne parole n'en pooit assener a coi il se peüst tenir. Ne li contes ne le devise mie ci endroit : car encore n'est mie venus li lix ne li tans que il le doie deviser, ne de l'espee comment ele fu forgie, ne en quel lieu, ne de coi li fuerres estoit ne de quel lieu il fu aportés, ne la ou l'espee fu premierement mise dedens le lit. Ne la force del fuerre qui mout estoit grans ne devise il mie ci endroit, ne de quele [*b*] maniere l'espee estoit, ne les grans merveilles que puis en avinrent. Mais atant se taist ore li contes ci endroit de l'espee et del fuerre. Et retourne a parler de .iii. fuisiaus qui del lit naissoient parmi le fust.

271. Or dist li contes en ceste partie que el miliu del lit dont je vous ai conté cha ariere ot un fuisel par devant le lit qui tous estoit drois. Li lis, ce devés vous savoir tout avant, si estoit de fust non mie couche ; et cil fuissiaus dont je vous di, si estoit parmi le fust qui estoit delonc del lit par devant, si que il estoit contremont tous drois. Et d'autre part deriere en cele partie c'on apele l'espondre en avoit un autre fichié qui tous drois estoit autresi, et si estoit

eux deux, il y avait un autre menu fuseau, carré, chevillé dans l'un et dans l'autre, souvenez-vous-en[1].

272. On aurait beaucoup à raconter sur ces trois fuseaux, si l'on en décrivait toutes les particularités. Le conte précise que le premier, qui se dressait devant, était d'une blancheur de neige fraîche ; celui de derrière, vermeil comme le sang pur ; celui qui par-dessus formait traverse, aussi vert qu'une émeraude. Les trois fuseaux étaient de ces trois couleurs ; c'étaient des pigments naturels, sans peintures : personne ne les y avait posées. Mais comme certains, qui d'aventure l'entendraient raconter, pourraient en douter et se considérer trompés de n'en savoir pas plus, le conte dévie, jusqu'à ce qu'il en révèle la vérité pour dissiper le doute. Il ne s'agit pas de passer cela sous silence ; l'écouter, au contraire, est très délectable : de la connaissance de ces trois fuseaux dépend toute la connaissance de la nef.

273. En vérité, quand Ève la pécheresse, qui fut la première femme, eut écouté l'ennemi mortel, et qu'il l'eut séduite au point de l'avoir éprise du péché mortel — celui qui l'avait fait lui-même déchoir et précipiter de la gloire céleste, la convoitise —, il l'incita à désobéir en lui faisant cueillir le fruit qui lui avait été défendu par la bouche même de son Créateur. Une fois cueilli, l'histoire

---

tres endroit celui devant ; de l'un de ces .II. fuisiaus jusques a l'autre, avoit tant d'espasse come li lis avoit de lé ; et sor aus .II. si avoit un autre fuisel menu quarré qui estoit chevilliés en l'un et en l'autre, ce saciés.

272. De ces .III., avroit assés a conter qui toutes les manieres en diroit. Mais tant en dist li contes que li premiers, cil qui devant estoit tous drois, ert autresi blans come noif negie ; et cil deriere estoit autresi vermaus conme naturel sanc ; et cil qui aloit par desus en travers si estoit autresi verdoiant come esmeraude. De ces trois coulours estoient li .III. fuisel ; et saciés que ce estoient naturel coulours sans paintures. Car eles n'i avoient esté mises par nul home mortel. Et pour ce qu'en doutance seroient tels gens qui le porroient oiir conter, et se tendroient pour engingnié s'il n'en savoient plus, pour ce se destourne tant li contes de la droite voie que il en descouvre la verité pour oster la doutance. Et ce ne fait mie a trespasser, ançois est molt delitable a escouter : car en la connoissance de ces .III. fuisials pent toute la connoissance de la nef.

273. [d] Voirs fu que il avint chose que quant Eve la pecherresse, qui la premiere feme fu, ot pris conseil au mortel anemi, et il l'ot tant ennortee qu'il l'ot esprise de mortel pechié, par coi il avoit esté boutés et trebuchiés hors de la gloire del ciel, ce fu de couvoitise, et il li fist son talent desloial et li fist cuellir del fruit qui li avoit esté deffendus par la bouche de son Creatour. Quant ele l'ot cuelli, si dist

authentique dit qu'elle arracha de cet arbre même, avec le fruit, un rameau. Et aussitôt qu'elle l'eut apporté à son époux Adam, à qui elle avait conseillé et suggéré de le prendre, il s'en saisit de telle manière qu'il l'arracha du rameau, et le mangea pour notre grande souffrance et la sienne, et pour sa grande misère et la nôtre. Mais quand il l'eut arraché, comme vous venez de l'entendre, le rameau resta dans la main de sa femme, comme il arrive assez souvent lorsqu'on tient quelque chose en main sans y penser. Et dès qu'ils eurent tous deux mangé le fruit mortel (il doit bien être appelé mortel, car par lui vint la mort tout d'abord pour eux deux et ensuite pour tous les autres) toutes les qualités dont ils étaient dotés auparavant changèrent. Ils s'aperçurent alors qu'ils étaient de chair et nus, eux qui avant n'étaient que des êtres spirituels, bien qu'ils eussent un corps. (Le conte, néanmoins, n'affirme pas du tout qu'ils eussent été purs esprits : un être formé d'une aussi méprisable nature que le limon ne peut avoir de pureté spirituelle ; mais ils étaient comme des êtres spirituels, du fait qu'ils étaient créés pour vivre toujours si seulement ils s'étaient abstenus de pécher.) Quand ils se virent nus, et découvrirent les parties honteuses l'un de l'autre, ils éprouvèrent de la honte, tant ils se ressentaient déjà de leur méfait. Alors chacun couvrit avec ses mains les parties les plus laides de sa personne.

274. Ève tenait cependant dans sa main le rameau dont le

---

la vraie estoire qu'ele l'esracha, de cel arbre meïsmes, avoec le fruit, un rainsel. Et si tost com ele l'ot porté a son espous Adam, qui ele l'ot conseillié et ennorté a pendre, et il le prist en tele maniere qu'il l'esracha del rainsel, et si le menga a nostre grant painne et a la soie, et a son grant destruiement et au nostre. Et quant il l'ot esracié le rainsel, ensi com vous avés oï, si avint que li rainsiaus remest en la main sa feme si com il avient assés souvent que on tient aucune chose en sa main, et si ne quide on riens tenir. Et si tost com il orent andoi mengié le fruit mortel, qui bien doit estre apelés mortel, car par lui vint la mort premierement a els .II. et puis a tous les autres, si changierent toutes lor chalités qu'il avoient devant eües. Et lors si virent que il estoient charnel et nu, qui devant ce n'estoient se choses esperituouses non, ja soit ce qu'il eüssent cors ; et nonpourquant, ce n'aferme mie del tout li contés que il fuissent esperituel : car chose fourmee de si vil nature come est limons ne puet estre d'esperitel neteé ; mais il estoient ausi conme esperitel choses, quant a ce que il estoient fourmé pour tous jours vivre se ne s'avenist qu'il se tenissent de pechier. Et quant il s'entregarderent et il se virent nu, et il connurent les hontous menbres li uns de l'autre, si furent vergoignous, de tant se sentirent il ja de lor mesfait. Lors couvri chascun d'aus .II. les plus laides parties qui desor aus estoient, et de leur mains.

fruit s'était détaché ; jamais elle ne l'abandonna, pas plus après qu'avant. Celui qui connaissait toutes pensées et tous sentiments sut qu'ils avaient ainsi péché. Il vint à eux pour appeler en premier lieu Adam ; il était bien juste qu'il fût accusé plus durement que sa femme : la femme avait la faible complexion de l'être issu de la côte de l'homme, alors que l'homme ne dépendait pas d'elle ; voilà pourquoi Dieu appela Adam en premier. Et quand il eut prononcé l'impitoyable parole : « Tu mangeras ton pain dans la sueur », il ne voulut pas que la femme en fût quitte sans partager l'amende ; aussi lui dit-il : « C'est dans la tristesse et dans la douleur que tu enfanteras ton fruit. » Après, il les chassa tous deux du paradis, que l'Écriture appelle « paradis de délice[1] ». Dehors, Ève tenait toujours le rameau ; elle le regarda, pour se rendre compte qu'il était, oublié par Dieu, beau et verdoyant comme tout fraîchement cueilli ; l'arbre dont il venait lui parut être la cause de sa spoliation et de sa misère. Alors elle dit qu'en mémoire de la perte qui par cet arbre lui était advenue, elle garderait le rameau aussi longtemps que possible, et le rangerait dans un endroit où elle le verrait souvent pour se rappeler son grand malheur. C'est alors qu'elle s'avisa qu'elle n'avait ni coffre ni écrin où le mettre, car en ce temps-là il n'existait point encore de ces choses : aussi s'en saisit-elle pour le ficher en terre de sorte qu'il se tînt tout droit, et elle dit qu'ainsi elle le verrait très souvent.

---

274. Eve tint toutes voies le rainsel en sa main, qui li estoit remés del fruit ; ne onques cel rainsel ne laissa n'avant n'après. Et Cil qui tous les pensés connoissoit et les corages, sot que ensi orent pechié : si vint a aus et apela Adam premierement ; et il estoit bien raisons que il fust plus acoisonnés que sa feme : car la feme estoit de si feble complexion come cele qui estoit de la coste a l'ome, non [d] mie li hom de li : pour ce apela Dix Adam premierement. Et quant il li ot dite la felenesse parole : « Tu mengeras ton pain en suour », et si ne vaut mie que la feme en eschapast quite qu'ele ne fust parçonniere del forfait ; si li dist : « En tristrece et en dolour enfanteras ta porteüre » ; après les jeta ambes .II. de paradis que l'Escriture nonme paradis de delit. Et quant il furent fors de laiens, si tint tous jours Eve le rain ; et lors le regarda, si aperchut le rain que Dix avoit oublié bel et verdoiant conme celui qui avoit tantost esté quellis ; si sot que cil arbres dont li rains avoit esté estoit ocoison de[a] son desiretement et de sa mesaise. Lors dist qu'en ramenbrance de la perte qui par cel arbre[b] li estoit avenue, garderoit ele le rainsel tant com ele le porroit ; et se li estoeroit en tel liu[c] qu'ele le verroit souvent pour ramenbrer sa grant mesaventure. Lors s'apensa qu'ele n'avoit huge ne autre escrin en coi ele le peüst metre, car encore au tans de lors n'estoit il nules teus choses ; si le prist et si le ficha dedens la terre si que il se tint tous drois, et dist que ensi le verroit ele assés souvent.

275. Planté, ce rameau, par la volonté du Créateur, à qui toutes choses obéissent, crût et reprit en terre, et s'enracina. Ce rameau que la première femme pécheresse[1] apporta du paradis avait une grande signification : le fait qu'elle le portait dans sa main fut le signe d'une grande allégresse, comme si elle eût parlé à ses futurs descendants — elle était encore vierge. Le symbole équivalait à leur dire : « Ne vous troublez pas si nous sommes spoliés de notre héritage, nous ne l'avons pas perdu pour toujours : les preuves sont là, que nous produirons encore du fruit en quelque saison. » Voudrait-on demander pourquoi ce ne fut pas l'homme qui apporta ce rameau du paradis, plutôt que la femme — l'homme l'emporte sur la femme —, le conte répond qu'en rien n'appartenait à l'homme de porter ce rameau : aux mains d'une femme, il était le signe que par une femme était la vie perdue, qui par une femme serait restituée. Le signe en fut que par la Vierge Marie serait recouvré le glorieux héritage de paradis, perdu par le péché d'Ève la femme d'Adam. Mais le conte se tait pour revenir au rameau qui avait repris et était enraciné en terre[2].

276. Le rameau, dit le conte, grandit et se développa beaucoup en terre, jusqu'à devenir un grand arbre, et crût et profita en fort peu de temps. Une fois grand, large et ombreux, il était blanc comme neige, sur le tronc, les branches, les feuilles et l'écorce. Le signe en était d'humilité et de virginité : virginité est une vertu qui maintient le corps

---

275. Li rains qui en la terre estoit fichiés, par la volenté au Creatour, a qui toutes choses sont obeissans, crut et reprist en la terre, et enracina. Cis rains que la premiere feme pecherresse aporta fors de paradis fu plains de grant^a senefiance : car ensi com ele le portoit en sa main, ce senefia une grant leece, tout ausi come s'ele parlast a ses oirs qui estoient encore a avenir, car encore estoit ele pucele. Et li rains senefiia ausi com s'ele lor deïst : « Ne vous esmaiiés mie se nous somes jeté fors de nostre iretage, car nous ne l'avons mie perdu a tous jours ; vesci les enseignes qu'encore jeterons nous fruit en aucune saison. » Et qui vauroit demander pour coi li hom ne porta cel rainsel fors de paradis, ançois que la feme, car plus haute chose est hom que feme, a ce respont li contes que li porters de cel rainsel n'apartenoit noient a houme : car la ou feme le portoit senefioit il que par feme^b estoit vie perdue et que par feme seroit restoree. Et ce fu senefiance que par la virgene Marie seroit recouvrés li glorious iretages de paradis qui perdus estoit par le pechié d'Evain la moullier Adam. Mais atant se taist ore li contes de ce et retor[e]ne a parler du rainsel qui estoit repris et enracinés en terre.

276. Or dist li contes que cil rainsiaus crut et multepliia mout en terre, tant que il fu grans arbres, et si crut et amenda mout em petit de tans. Et quant il fu grans et lés et aombrables, si fu blans come

net et l'âme blanche ; sa totale blancheur était le signe que celle qui l'avait planté était vierge : à l'époque où Ève et Adam furent chassés du paradis, ils étaient encore tous deux purs et vierges de toute ordure de luxure. Vous apprendrez qu'entre pucelage et virginité, il est une différence. Pucelage en effet ne se peut guère assimiler à virginité, je vais vous dire pourquoi. Pucelage est une vertu que possèdent tous ceux et toutes celles qui jamais n'ont eu intimité ni attouchement de luxure charnelle. Mais virginité est une chose plus haute, plus digne et plus vertueuse : personne, homme ou femme, ne peut l'avoir, pour peu qu'il ait envie d'attouchement charnel. Cette virginité, Ève l'avait encore : à l'époque où elle planta le rameau, elle ne l'avait pas perdue. Mais après, Dieu commanda à Adam de connaître sa femme, ce qui veut dire de coucher avec elle charnellement, comme il est juste et naturel que l'homme couche avec son épouse et l'épouse avec son mari. Sa virginité dès lors perdue, elle connut dorénavant l'union charnelle. Et finalement il lui arriva, longtemps après qu'Adam l'eut connue, comme vous venez de l'entendre, qu'assis tous deux sous cet arbre, Adam se mit à la regarder et à déplorer sa douleur et son exil ; ils pleurèrent amèrement, l'un à cause de l'autre. Ce n'était pas merveille, lui dit Ève, s'ils se remémoraient là leur douleur :

---

noif, et en la tige et es branches et es fuelles et en l'escorce. Et ce estoit senefiance d'umilité et de virginité : car virginités est une vertus par coi li cors est tenus nés et l'ame blanche ; et ce que il estoit blans en toutes choses senefia que cele qui l'avoit planté estoit virgene : a cele eure que Eve et Adans furent mis fors de paradis estoient il encore ambedoi net et virge de toute vilonnie de luxure. Et saciés c'antre*a* pucelage et virginité est*b* difference. Car pucelage ne se puet de trop apareillier a virginité, si vous dirai pour coi. Pucelages est une vertus que tout cil et toutes celes ont en aus, qui onques n'orent compaingnie ne atouchement de charnel luxure. Ne mais virginités est plus haute chose et plus digne et plus vertuouse, car nus ne le puet avoir, soit hom ou feme, pour qu'il ait talent de charnel atouchement : et tel virginités avoit encore Eve ; a cele eure qu'ele planta le raim, n'avoit ele pas encore virginité perdue. Mais aprés conmanda Dix a Adam que il conneüst sa feme, c'est a dire que il geüst a li charnelment, ensi que droit et nature le requiert, que li hom gise a s'espouse et l'espouse a son signour. Lors et ele virginité perdue et connut des lors en avant charnel assamblement. Et tant que il li avint grant piece aprés ce que Adam l'ot conneüe, ensi com vous l'avés oï, que entr'aus .ii. se seoient desous cel arbre ; et Adans le conmencha a regarder et a plaindre sa dolour et son essil ; et lors conmencierent mout durement a plourer li uns pour l'autre. Et lors li dist Eve que il n'estoit mie mervel[f/l]le se il avoient illoec ramenbrance de dolour :

l'arbre la portait en lui, et personne, si allègre fût-il, ne pourrait rester dessous sans le quitter affligé, consterné : c'était l'Arbre de la Mort. À peine avait-elle prononcé cette parole qu'une voix parla : « Malheureux tous deux, pourquoi juger et décider mutuellement de votre mort ? Cessez d'augurer lâchement sans espérance, consolez-vous : la vie est incontestablement plus forte que la mort. »

277. Ainsi la voix parla-t-elle aux deux malheureux. Alors, bien réconfortés, ils appelèrent dorénavant cet arbre l'Arbre de Vie, en raison de la bonne nouvelle qu'ils avaient entendue dessous ; et, pour la grande joie qu'ils en eurent, ils en plantèrent beaucoup d'autres, tous descendus de lui. Sitôt, en effet, qu'ils en ôtaient un rameau pour le ficher en terre, celui-ci reprenait et s'enracinait de son propre gré, non sans conserver toujours la couleur et le genre de celui-là, qui, de toute façon, grandit et profita bien. Adam et Ève allaient souvent dessous. Et finalement il arriva qu'un jour, assis là tous deux — c'était, dit l'histoire authentique, un vendredi — alors qu'il étaient restés longuement côte à côte, ils entendirent une voix s'adresser à eux pour leur commander de s'unir charnellement. Tous deux furent submergés par la honte : leurs yeux ne purent supporter de se voir mutuellement dans une œuvre si basse. L'homme et la femme partageaient la même honte, mais ils ne savaient comment ils auraient osé transgresser le commandement de leur Sei-

---

car li arbres l'i avoit en soi, ne nus ne porroit demorer desous', tant fust liés, que il ne s'enpartesist dolans et abosmés : car ce estoit li arbres de la mort. Et si tost com ele ot ceste parole dist, si parla une vois et si lor dist : « Ambes .ii. chaitis, pour coi jugiés et destinés li uns la mort a l'autre ? Ne destinés plus mauvaisement par desesperance, ne mais confortés vous : car plus i a de la vie que de la mort sans faille. »

277. Ensi parla la vois as .ii. chaitis. Lors furent ambedoi mout conforté. Si apelerent des lors en avant cel arbre l'Arbre de Vie, par la bone nouvele que il avoient desous oïe ; et par la grant joie que il en orent, em planterent il mout d'autres qui tout descendirent de celui. Car si tost com il en ostoient un rain, et il le fichoient en terre, si reprenoit tantost et enracinoit de son gré ; et tous jours retenoit la coulour de celui et la maniere. Et cil toutes voies crut et amenda mout. Et si avint puis que ambedui fois s'en aloient desous entre Adam et Evain. Et tant que il avint un jour que il seoient illuec entr'aus .ii., et ce dist la veraie estoire que ce fu au venredi. Et quant il orent longement sis ensamble, si oïrent une vois qui parla a els et lor conmanda que il assamblaissent charnelment. Et il furent ambedoi de tres grant vergoigne plain que lor oel ne porent mie sousfrir que il s'entreveïssent en si vilaine oeuvre. Quar autresi grant honte en avoit li hom come la

gneur : le châtiment du premier forfait leur servait de leçon. Aussi commencèrent-ils à se regarder avec beaucoup de gêne.

278. Alors, voyant leur grande honte, Notre-Seigneur en eut pitié. Comme sa volonté ne pouvait être détournée — à partir de ce couple il voulait rétablir le lignage humain, et remplacer la dixième légion des anges chassés du ciel pour cause d'orgueil[1] —, il leur envoya le réconfort propre à cacher leur honte, en les mettant en état de ne se voir absolument pas l'un l'autre. Tous deux furent fort étonnés de la venue si soudaine de cette obscurité. L'un appela l'autre ; ils se touchèrent à tâtons. Il convient que toutes choses soient menées à la volonté de Notre-Seigneur : il leur fallut par conséquent s'unir charnellement, comme le Souverain l'avait commandé à l'un et à l'autre. Et quand ils eurent couché ensemble, ils créèrent une nouvelle semence, dont leur péché fut un peu allégé : Adam avait engendré en sa femme, et sa femme avait conçu Abel le juste, celui qui servit le premier son Créateur avec le désir louable de bien et loyalement payer sa dîme.

279. Voilà de quelle manière fut engendré Abel le juste sous l'Arbre de Vie, le vendredi : vous avez donc bien compris. Alors ils se virent mutuellement comme ils avaient l'un l'autre l'habitude de se voir : l'obscurité cessa. Dès lors ils se rendirent bien compte que Notre-Seigneur avait

---

feme, ne ne savoient conment il l'osaissent trespasser, le conmandement de lor Signour. Car li comparemens del premerain fourfait les chaſtioit : si se conmencierent a regarder mout hontousement.

278. Lors vit Noſtre Signour lor grant vergoigne, si en ot pitié. Et pour ce que sa volenté ne pooit eſtre deſtournee, et sa volentés eſtoit tele que de ces .ii. voloit reſtablir l'umain lignage, et reſtorer le disisme legion[a] des angles qui du ciel avoient eſté fors jeté par orguel, pour ce lor envoia il confort a lor vergoigne couvrir. Car il les conrea en tel maniere que li uns d'aus ne pot onques veoir l'autre sans faille. Lors furent ambedoi mout esbahi de cele oscurté, conment ele pooit eſtre venue si soudainnement. Lors apela li uns l'autre ; si s'entretetaſterent sans veoir. Et pour ce que il [*28a*] couvient que toutes choses soient menees a la volenté Noſtre Signour, pour ce couvint que lor cors assamblaissent carnelment, ensi come li Souvrains l'avoit conmandé a l'un et a l'autre. Et quant il orent geü ensamble, si orent faite une nouvele semence, en coi lor pechiés fu auques alegiés. Car Adam ot engendré en sa feme, et sa feme ot conceü Abel le juſte, celui qui son Creatour servi premierement a gré de sa disme rendre bien et loiaument.

279. En tel maniere fu Abel le juſte engendrés desous l'Arbre de Vie, et au jour del venredi. Or avés vous bien entendu. Et lors s'entrevirent ambedoi autresi come il s'entresoloient veoir : si failli li oscurtés. Et lors s'aperçurent bien que ce avoit Noſtres Sires

fait cela pour dissimuler leur honte, et ils en furent très heureux. Aussitôt il arriva un grand prodige : l'arbre, auparavant tout blanc comme neige, devint sur toutes ses faces aussi vert qu'herbe de pré ; et tous les autres qui furent bouturés après cette union d'Ève devinrent également verts en écorce, en ramure et en feuilles.

280. Ainsi cet arbre se changea de blanc en vert ; ses descendants n'altérèrent pas leur couleur première ; seul celui qui fut au commencement changea de couleur. Mais, tout vert, de haut en bas, il se mit à fleurir et à porter du fruit, alors que jamais, auparavant, il n'avait fleuri ni fructifié. Le fait qu'il perdit la couleur blanche pour prendre la verte signifie que la virginité de celle qui l'avait planté avait passé. Après, la viridité qu'il prit, et la fleur et le fruit, furent l'indice que la semence bénie répandue sous son couvert serait toujours verte dans le Seigneur-Dieu, c'est-à-dire faite de bonne pensée, de dilection envers son Créateur. La fleur signifia que la créature engendrée sous cet arbre serait chaste, nette et pure de corps ; le fruit, qu'elle mettrait en œuvre avec beaucoup de vigueur son caractère manifestement religieux. Cet arbre garda très longtemps la couleur verte. Et pareillement furent tous ceux qui descendirent de lui, jusqu'à cette période où Abel fut grand, et d'une si douce nature envers son Créateur — l'aimant tellement qu'il honorait ses dîmes et promesses par le don du meilleur de ce qu'il avait. Caïn son frère[1] n'agissait pas

---

fait pour lor vergoigne covrir, et si en furent mout lié. Et tantost avint une grant merveille : que li arbres qui devant ert esté tous blans come noif devint en toutes choses ausi verdoiant come erbe de pré ; et trestous li autres qui descendirent puis que cil assamblemens fu fais d'Eve devindrent[a] autresi vert en escorce et en fust et en fuelles.

280. Ensi fu li arbres changiés de blance couleur en vert. Mais cil qui de lui estoient descendu ne changierent lor premiere couleur, ne onques ne parut a nul d'aus se a celui non solement. Mais cil fu tous vers[a] et amont et aval commencha a florer et a porter del fruit ; ne onques devant ce n'avoit flori ne fructefiié. Et ce que il perdi la blanche couleur, et prist la vert, ce senefie que la virginité de cele qui planté l'avoit estoit alee. Aprés, la verdour que il prist et la flour et le fruit, ce fu senefiance que la beneoite semence que desous lui avoit esté semee, que ele seroit tous jours vert en Damedieu, ce est a dire de bone pensee et amourouse vers son Creatour. Et la flour cenefia que cele creature qui desous cel arbre avoit esté engendree seroit chaste et nete et pure de cors. Et le fruit senefia que ele meteroit mout vigherousement en oeuvre le samblant que ele moustroit de religion. Ensi fu cis arbres mout longement de vert couleur. Et trestout cil qui de lui descendirent furent autretel jusques a celui tans

ainsi, prenant au contraire ce qu'il avait de plus vil et de plus odieux pour le lui offrir. Dieu donnait une belle récompense à celui qui, de bon cœur, lui offrait les belles choses : quand il était monté sur le tertre, là où il était habitué à brûler ses offrandes comme Notre-Seigneur le lui avait commandé, la fumée s'en allait de son sacrifice tout droit au ciel. Mais la fumée du sacrifice de Caïn son frère n'avait pas cette manière d'y aller, s'épandant au contraire dans la campagne, noire, laide et puante, alors que celle qui montait du sacrifice d'Abel était blanche et d'un parfum suave. Voir Abel son frère plus heureux que lui dans son sacrifice mieux accepté par Dieu que le sien déplut à Caïn, qui en conçut une très grande colère contre son frère, jusqu'à le haïr avec emportement. Alors il mûrit dans son cœur un projet de vengeance, et finalement résolut de le tuer : il ne voyait pas comment s'en venger autrement. Caïn concentra la haine en son cœur : jamais sa mine, son comportement, n'auraient permis à celui qui n'y voyait aucun mal de s'en apercevoir. Cette haine fut longuement dissimulée, jusqu'à ce jour où il arriva qu'Abel était allé au champ à quelque distance de la demeure paternelle, un peu éloignée de ce fameux arbre, au pied duquel il gardait les brebis. Le soleil brûlait dans un jour de fournaise ;

---

que Abel fu grans et que il fu si debonaires vers son Creatour, et tant l'ama que il li rendi ses dismes et ses promeses des plus beles choses que il avoit. Et Caym son frere ne le faisoit mie ensi, ançois prenoit les plus viés [*b*] choses que il avoit et les plus despites, si les li offroit. Et Dix*b* rendoit si bel guerredon a celui qui les beles choses li offroit et qui de bon cuer le faisoit, que quant il estoit montés el tertre, la ou il estoit acoustumé a ardoir ses offrandes si com Nostres Sires li avoit ja conmandé, si s'en aloit la fumee de son sacrefice tot droit el chiel. Mais la fumee del sacrefice Caym son frere n'i aloit mie en ceste maniere, ançois s'espandoit parmi les chans, et si ert noire et laide et puans ; et cele qui montoit del sacrefice Abel estoit blanche et souef flairant. Et quant Caym vit que Abel son frere ert plus bons eürés en son sacrefice que il n'estoit, et que plus le recevoit Dix en gré que le sien, si l'en pesa, et le queilli en mout grant ire envers son frere, tant que il le haï outre mesure. Lors se comencha a pour-penser en son cuer comment il s'em porroit vengier, tant que il dist a soi meïsmes que il l'ocirroit : car autrement ne veoit il mie conment il em peüst avoir vengance*c*. Ensi porta Caym mout durement la haïne dedens son cuer, que onques chiere ne samblant n'en moustra par coi il s'em peüst apercevoir, cil qui*d* nul mal n'i pensa. Et tant fu celee cele haïne longement que il*e* avint chose un jour que Abel estoit alés en champ auques loing del manoir son pere, car lor manoirs estoit auques loing de cel arbre, et devant cel arbre estoient lor berbis que il gardoit. Et li jours eschaufa et li solaus fu ardans ;

Abel, qu'incommodait la grande chaleur, alla s'asseoir sous l'arbre où, après un moment, il se prit à sommeiller. Son frère, qui avait ourdi de longue main la grande traîtrise, l'avait épié : il le suivit jusqu'à le voir sous l'arbre, accoudé. Venant par-derrière, il pensait le tuer sans en être aperçu ; mais Abel, l'entendant venir, faisait attention. Reconnaissant son frère, il se leva à son approche. Il l'aimait fort, en effet, dans son cœur, et lui dit : « Sois le bienvenu, mon frère ! » Celui-ci lui rendit son salut, Abel le fit asseoir ; et tout en s'asseyant, il laissa aller un couteau courbe qu'il tenait, pour l'en frapper d'emblée sous la mamelle.

281. Ainsi Abel mourut de la main de son frère impie, à l'endroit même où il avait été conçu par loyale union de père et de mère. De même qu'il fut conçu le vendredi, le fait est avéré par la bouche de Vérité, de même il fut tué le ven-dredi, selon ce témoignage même.

282. La mort qu'Abel reçut par trahison, à cette époque où n'étaient encore que trois hommes sur terre, signifia la mort du Vrai Crucifix dont Abel fut la figure, en effet, comme Caïn fut celle de Judas qui lui infligea la mort[1]. Tout comme Caïn salua Abel pour ensuite le tuer, Judas salua son Seigneur, non sans avoir cherché à obtenir sa mort. Ainsi y a-t-il une parfaite correspondance entre les deux morts, non pas en importance, mais en signification. De même, en effet, que Caïn tua Abel le vendredi, de même Judas tua son Sei-

---

et Abel ne pot le grant chalour sousfrir,ançois s'ala seoir desous l'arbre. Et quant il ot esté une piece desous l'arbre, si conmencha a someillier. Et son frere, qui le grant felonnie avoit pourpensee longe-ment, l'avoit espiié ; si le sivi tant qu'il le vit desous l'arbre acosté. Et il vint aprés, si le quida si ocirre que il ne fust aperceüs ; mais Abel l'oÿ bien venir, si se garda ; et quant il vit que ce estoit ses freres, si se drecha encontre lui. Car il l'amoit mout en son cuer et si li dist : « Bien viengne li miens freres. » Et cil li rent en salu, si le fait asseoir ; et en l'asseoir que il fist, si laist aler un coutel corbe que il tenoit, si l'en feri tres desous la mamele premierement.

281. Ensi rechut Abel mort par la main de son desloial frere, en cel lieu meïsmes ou il avoit esté conceüs par loial assamblement de pere et de mere. [d] Et tout autresi com il fu conceüs au jor del ven-redi, si com la vraie bouche le met en voir, autresi fu il mors au jour del venredi, par celui tesmoig meïsmes.

282. La mort que Abel rechut par traïson, a celui tans que il n'estoient encore que .iii. homes en terre, senefia la mort au Vrai Crucefis. Car par Abel fu il senefiés[a], et par Caym fu senefiiés Judas par qui il rechut mort. Et tout autresi conme Caym salua Abel et puis l'ocist, tout autresi salua Judas son Signour, et si avoit sa mort pourchacié. Ensi s'acordent bien les .ii. mors ensamble, non mie de

gneur le vendredi, sinon de sa main, du moins de sa langue :
Caïn fut le signe parfait de Judas. Judas, qui était de ses disciples, ne pouvait en effet avoir aucune raison de haïr son
Seigneur ; mais sa haine comportait un motif inique : ce
n'était pas à cause d'une méchanceté qu'il n'aurait jamais pu
découvrir en lui qu'il le détestait, mais seulement pour n'y
voir que du bien : c'est une habitude chez tous les méchants
d'entretenir les hostilités contre les bons. Judas, si déloyal et
traître, aurait-il discerné dans le cœur de Jésus-Christ autant
d'impiété que dans son propre cœur, il ne l'aurait pas haï, au
rebours c'eût été une raison de l'en aimer davantage : il l'aurait vu tel que lui-même. Cette trahison commise envers
Abel par Caïn, Notre-Seigneur l'évoque au Psautier par la
bouche de David le bon roi, qui a dit une très impitoyable
parole, exactement comme s'il s'adressait à Caïn : « Perfide
en pensées et en paroles envers ton frère, contre le fils de ta
mère tu machinais trahisons et ruses : tu l'as fait, je m'en
suis tu. Tu me croyais semblable à toi, parce que je n'en par-
lais pas ; mais non, je vais te blâmer et te châtier très sévèrement[2]. » Cette menace avait été bien vérifiée, avant que
David ne l'eût devinée, lorsque Notre-Seigneur vint à Caïn
pour lui dire : « Caïn, où est ton frère ? » Celui-ci répondit en
homme qui, coupable de la trahison qu'il avait faite, avait

---

hautece, mais de senefiance. Car autresi come Caym ocist Abel au
venredi, autresi ocist Judas au venredi son Signour, non mie de sa
main, mais de sa langue : et mout senefia bien Caym de toutes coses
Judas. Car il ne pooit avoir nule raison par coi Judas, qui de ses disciples estoit, le deüst haïr ; mais il i avoit ocoison sans droiture en ce
que il le haoit : car il ne le haoit por nule mauvaistié que il onques
eüst en lui veüe, ne mais por tant seulement que il ne veoit en lui se
bien non. Car il est coustume de tous les mauvais homes que il ont
tous jours guerre et hayne vers les bons. Et Judas qui tant estoit
desloiaus et traitres, s'il veïst autretant de desloiauté el cuer Jhesucrist com il en avoit el sien meïsmes, il nel haïst mie, ançois fust
la chose pour coi il l'amast plus dés que il le veïst autretel come
il se sentist. Et de cele traïson que Caym fist vers Abel parole
Nostres Sires el Sautier par la bouche David le bon roi qui dist
une mout felenesse parole, tout ausi come s'il le disoit a Caym :
« Tu pensoies et disoies felonnies envers ton frere et encontre le
fil de ta mere bastisoies tels traïsons, et tels agais : ce fesis tu et je
m'en teuch. Et pour ce quidoies tu que je fuisse samblans a toi,
pour ce que je n'en parloie mie ; mais non ferai, ançois t'en repren-
drai et chastoierai mout durement. » Et ceste menace avoit esté bien
esprouvee, ançois que David l'eüst devinee, la ou Nostres Sires vint a
Caym et li dist : « Caym, ou est tes freres ? » Et cil respondi conme
cil qui estoit coupables de la traïson qu'il avoit faite et qui avoit

couvert son frère de feuilles, pour qu'il ne fût pas trouvé.
Aussi, lorsque Notre-Seigneur lui eut demandé où Abel était,
il lui répondit : « Seigneur, je l'ignore. Suis-je le gardien de
mon frère ? » Notre-Seigneur lui dit : « Caïn, qu'as-tu fait ? Le
sang d'Abel, ton frère que tu as tué, m'a crié sa plainte
contre toi, de là où tu l'as répandu sur le sol[3]. Pour avoir fait
cela, tu seras maudit sur terre, et la terre sera maudite en
toutes les œuvres que tu y feras, parce qu'elle a reçu le sang
de ton frère que tes mains ont répandu sur elle[4]. »

283. Ainsi Notre-Seigneur maudit la terre, mais non les
arbres, ni celui sous lequel Abel avait été tué, ni les autres,
descendants de celui-là, ou créés depuis sur terre par la
volonté du Roi céleste. Mais il en advint un grand prodige :
aussitôt qu'Abel eut perdu la vie sous lui, cet arbre perdit
également sa couleur verte, pour devenir entièrement vermeil. Ce fut en mémoire du saint sang au-dessous répandu.
Depuis, à partir de cet arbre, impossible à nul autre de grandir et de prendre racine : loin de pouvoir venir à bien, toutes
les boutures qu'on en faisait dépérissaient. Lui croissait si
prodigieusement et si beau que ce fut le plus bel arbre qu'on
vit jamais, et sous tous les angles le plus agréable à regarder[1].
Comment Salomon fit faire, sur le conseil de sa femme, une
nef très belle et riche où se trouvaient l'épée aux étranges
attaches et les trois fuseaux.

---

son frere couvert[b] de foelles des arbres, que il ne fust trouvés. Si li
dist, quant Nostres Sires li ot demandé ou il estoit : « Sire, dist il, je
ne sai. Sui je garde de mon frere ? » Et Nostres Sires li dist : « Caym,
qu'est ce que tu as fait ? La vois del sanc Abel ton frere que tu as
ocis se com[a]plainst de toi a moi, de la ou tu l'as respandu a la terre.
Et pour ce que tu as ce fait, seras tu maleois sor terre et la terre sera
maleoite en toutes les oevres que tu i feras, pour ce qu'ele rechut le
sanc de ton frere que tes mains respandirent sor li. »

283. Ensi maudist Nostres Sires la terre, mais il ne maudist mie les
arbres, ne celui sous qui Abel avoit esté ocis, ne les autres arbres qui
de celui arbre descendirent ne qui puis furent crié sor terre par la
volenté le Roi celestre. Mais de ce avint une grant merveille : car si
tost come Abel ot la mort rechute par desous, autresi perdi cil arbres
sa coulour verde, et devint del tout en tout vermaus. Et ce fu en la
ramenbrance del saint sanc qui desous avoit esté espandus. Ne
onques puis ne pot de cel arbre nus autres arbres croistre n'enraciner, ançois moroient toutes les plantes que on en faisoit ne ne
pooient a bien venir ; mais il croissoit tant merveillousement et tant
embeli que ce fu li plus biaus arbres que nus hom veïst onques, et li
plus delitables en toutes manieres a esgarder. Comment Salemons fist
faire une nef trop bele et trop riche par le conseil se feme ou li espee
as estranges renges et li .III. fusel estoient.

284. Voilà comment, au dire du conte, dura cet arbre avec
la couleur et la beauté que vous avez entendu décrire plus
haut. Jamais il ne vieillit, ne changea, ne sécha, ni en rien ne
se gâta, si ce n'est qu'il ne porta plus jamais ni fleur ni fruit,
dès l'instant où le sang d'Abel fut répandu dessous. Mais les
autres, descendus de lui, fleurissaient et fructifiaient, comme
l'exige la nature de l'arbre. Celui-là se maintenait ainsi alors
que notre monde avait beaucoup grandi et prospéré. Aussi
tous les descendants d'Adam et d'Ève le révéraient-ils respectueusement ; tous et toutes l'honoraient fort, en se contant
sans trêve de génération en génération comment Ève la première mère l'avait planté, pourquoi et de quelle manière.
C'était l'équivalent, ajoutaient-ils, d'un témoignage certain
qu'ils reviendraient un jour dans leur bienheureux héritage
premier, dont la première mère les avait fait sortir. Pour
espérer recouvrer leur bonheur et leur juste héritage, dont
l'ennemi les avait détournés par sa tromperie perverse et sa
folle embuscade, ils venaient à cet arbre quand ils avaient
quelque misère, quelque chagrin ; ils s'y consolaient de leur
mal-être — du moins, les plus sages, d'où l'appellation qui
lui resta d'Arbre de Vie et de Réconfort.

285. Si cet arbre grandit et profita, il en fut de même
pour tous ses descendants. Les verts et les blancs étaient si

---

284. Or dist li contes que en tel maniere dura cil arbres en tel coulour et en tel biauté conme vous avés oï deviser el*ᵈ* conte cha ariere.
Ne onques n'envielli*ᵇ* ne ne changa ne ne secha ne de nule rien n'empira*ᶜ* fors de tant solement qu'il onques puis ne porta ne flour ne
fruit, puis icele ore que li sans Abel fu desous espandus. Mais li autre
arbre qui de lui estoient descendu flourissoient et portoient fruit ensi
come nature d'arbre le requiert. Et tant demoura cil arbres en tel
maniere que li siecles fu mout creüs et multepliiés. Si le tenoient tot
en grant honour et en grant reverence [*e*] tout li oir qui d'Adam et
d'Evain estoient descendu ; et molt l'oneroient tout et toutes ; et
contoient tout adés d'oir en oir li un as autres conment Eve la premiere mere l'avoit planté et pour coi et en quel maniere. Et disoient
encore que ce estoit ausi conme tesmoig prouvé qu'il revenroient
encore en lor iretage premier boneürous dont la premiere mere les
en avoit jetés. Et pour l'esperance qu'il avoient del recouvrer lor
boneürté et lor droit iretage, dont li anemis les avoit jetés par son
mal decevement et par son fol agait, venoient il a cel arbre quant il
estoient en aucune mesestance et en aucun dehait ; et i prenoient
confort de lor mesaise, et ce faisoient li plus sage ; et dont il apelerent puis tous jours cel arbre Arbre de Vie et de Confort.
285. Se cil arbres crut et amenda, ausi fisent tout li autre arbre qui de
lui estoient descendu. Cil de couleur verde et cil de couleur blanche si

beaux en comparaison des autres que tout le monde y voyait une grande merveille. Ils conservèrent cette beauté jusqu'au moment où Notre-Seigneur envoya sur terre son Déluge, qui causa l'anéantissement du peuple méprisable et misérable si radicalement que dans tout l'univers il ne resta homme ni femme qui n'ait péri noyé, sauf Noé et sa femme que Notre-Seigneur avait remarqués entre les autres pour leur aptitude à être bons : il voulut que par eux fût réparée la perte commise auparavant[1]. Quand il arriva que les eaux, montées d'une façon inhabituelle, baissèrent par le commandement du Souverain-Père, la terre en fut si appauvrie qu'elle ne donna plus jamais, comme elle l'avait fait précédemment, de fruit si bon ni si profitable au corps d'homme ou de femme, au contraire son produit tourna dès lors en amertume. Les arbres même s'en ressentirent gravement, comme anéantis, et perdirent la fleur de leur premier fruit, si bien qu'ils souffraient à l'évidence du poison et de l'ordure du Déluge qui avait recouvert le monde. Mais des prodiges voulurent que cet arbre appelé Arbre de Vie et ceux qui en étaient descendus ne furent altérés ni en beauté ni en saveur de fruit, conservant au contraire leur état d'avant le Déluge : ce qui fit dire à ceux qui les virent que, vraiment, celui-là était Arbre de Vie et non pas de mort. En effet, alors que les autres arbres étaient sur le point de mourir, celui-là préservait de la mort.

286. Ces arbres conservèrent cette beauté jusqu'au temps

---

embelirent si sor tous[a] autres que tous li mondes le tenoit a grant merveille ; et durerent tant en cele biauté que Nostres Sires envoia en terre son deluve, par coi li pules vils et mauvais fu peris si entierement qu'en tout le monde ne remest home ne feme que tout ne fuissent peri et noiié, fors Noé et sa feme qui Nostres Sires avoit trouvés si couvenables[b] de bonté entre les autres qu'il vaut que par aus[c] fust restoree la perte qui devant avoit esté faite. Et quant il vint chose que les aigues qui devant avoient esté grandes contre lor acoustumance revinrent en lor premier estal par le commandement del Souvrain Pere, la terre en fu si apovriie qu'ele onques puis ne rendi fruit si bon ne si pourfitable a cors d'ome et de feme come ele avoit fait par devant, ains furent adont toutes les coses qui de terre issoient tournees ausi conme en amertume. Et li arbre meïsme s'en sentirent si durement qu'il furent tout ausi come se ce fust noiens, et perdirent la flour de lor premerain fruit si qu'il sentoient tout apertement le venim et l'ordure del deluve qui le monde avoit couvert. Mais de cel arbre qui Arbres de Vie estoit apelés et de ciaus qui en estoient descendu avint tels merveilles qu'il ne furent pas changié en biauté n'en saveur de fruit, ains remesent en tel estat com il avoient esté devant le deluve : par coi cil qui les virent dirent que voirement estoit celi Arbres de Vie, non mie de mort. Car la ou li autre arbre avoient esté pres de morir, [f] cil garde de mort.

où Salomon régna après le roi David son père. Notre-Seigneur donna à Salomon intelligence et discernement au-delà des connaissances que la nature humaine avait acquises. Ce Salomon fut si savant dans tous les domaines que le fait pouvait passer pour un prodige. Il connaissait toutes les vertus des pierres précieuses, le pouvoir des plantes, le cours du firmament et celui des étoiles, tellement bien que personne au monde n'aurait été capable de lui en remontrer[1]. Néanmoins, séduit et trompé par la beauté féminine, il fit tant de choses contre Dieu qu'on a bien pu les porter au compte de sa honte[2]. La femme qui était avec lui s'efforçait nuit et jour de l'abuser de son mieux ; il n'aimait personne au monde comme elle, se gardant néanmoins le plus possible d'en être trompé ; précaution inutile : il recevait d'elle honte et infamie aussi souvent que possible, si efficacement qu'il tentât de s'en préserver. Voilà une chose qu'on ne tiendra pas pour un prodige : dès lors qu'une femme applique son cœur et sa pensée, délibérément, à l'intrigue, aucune intelligence masculine ne pourrait jamais être à la hauteur. Constatant qu'il ne pouvait se prémunir contre la ruse de sa femme, Salomon, fort étonné de cet état de choses, fut très fâché ; mais il n'osa pas en faire plus, ce qui lui fit dire dans un de ses livres[3] qu'on appelle Parabole[4] : « J'ai fait le tour du monde, que j'ai sillonné avec la pénétration de l'intelligence humaine :

---

286. Tant durerent cil arbre in tele biauté que Salemons regna après le roi David son pere. Et a celui Salemon donna Nostres Sires sens et discretion[a] outre ce que nature d'ome ne s'estent aprendre in sience. Cil Salemons fu si sages in toutes les manieres del monde que a merveilles le pooit on tenir. Il connoissoit toutes les vertus des pieres precïouses, et la force des herbes, et le cours del firmament et le cours des estoilles, si bien qu'il ne fust hom terriens que riens li em peüst aprendre. Et nonpourquant pour biauté de feme fu il decheüs si, et souspris, qu'il en fist tantes choses contre Dieu que a honte li pot il bien estre atourné. La feme qui avoc lui estoit se penoit jour et nuit de lui engingnier au plus bel qu'ele pooit, et il l'amoit tant que il ne pooit riens[b] el monde tant amer, et se gardoit nequedent au plus qu'il pooit qu'ele ne le deceüst ; mais sa garde ne lui valut[c] riens : car ele li faisoit honte et vilonnie toutes les ores qu'ele pooit, ja si bien ne s'en seüst garder. Et ce ne doit on pas tenir a merveille : car puis que feme a mis son cuer et s'entencion, et velt metre in engien, nus sens d'onme mortel ne s'i porroit jamais prendre. Quant Salemons vit qu'il ne se pooit garder contre l'engien de sa feme, si s'esmerveilla mout conment c'estoit, si en fu mout coureciés ; mais plus n'en osa faire, si dont il dist in un sien livre que on apele Probale : « Je ai, fait il, avironé[d] le monde, et alé parmi le monde in tel maniere que sens[e] d'ome terriens le porroit encerchier :

jamais encore je n'ai pu y trouver une femme valable[5]. »
Parole qu'il prononça pour n'avoir jamais pu se garder de la
ruse féminine. Aussi, il s'interrogeait avec étonnement sur la
propension de l'ingéniosité féminine à la malice ; et finalement il devint très misogyne, jusqu'à prétendre que la
femme n'était pas un être spirituel, mais l'ennemi. *Une nuit,*
couché dans son lit, il disait :

287. « Pauvre malheureux homme plein de misère, lamentable personne démunie, ne t'étonne pas outre mesure si la
femme t'a plongé dans la souffrance et le tourment. Notre
première mère en effet n'eut de cesse d'être chassée du paradis, si bien que, lorsqu'elle était en toute félicité, elle s'exclut
pour entrer en malheur, ce dont tous ses descendants se ressentent encore si vivement qu'ils en mangent leur pain dans
la douleur, la désolation et la tristesse. » À peine avait-il
prononcé ces paroles habiles qu'une voix lui répondit :
« Salomon, ne t'indigne pas tant contre la femme. Si par une
femme l'homme fut affligé d'abord, en ses lieu et place une
autre femme viendra pour porter l'homme à une joie plus
grande que n'ont été l'angoisse et la honte. Ainsi la femme
réparera tout le tort fait par la femme : et cette femme sera
issue de ton lignage. »

288. En entendant cette parole, Salomon se tint pour bien
insensé d'avoir autant blâmé la femme. Et de se mettre à scruter en lui-même les secrets divins, et les divines Écritures, à la

---

onques encore n'i poi trouver une bone feme. » Cele parole dist il
pour ce qu'il ne se sot onques gaitier de l'engien de feme. Si en ot il
molt grant merveille, et s'esmerveilloit mout comment c'estoit que
feme estoit si engignouse en malisse ; et tant qu'il conmencha[f] a haïr
molt durement feme : et dist que feme n'estoit mie chose esperitels,
mais anemis. Une nuit gisoit en son lit et disoit :

287. « Dolans hom chaitis plains de misere, personne vils et sous-
fraitose, ne t'esmerveille mie se feme t'a mis en doel et en tourment.
Car nostre premiere mere ne fina onques devant ce qu'ele fu jetee[a]
fors de paradis, si que la ou ele estoit en toute boneeürté, se mist ele
fors et entra en maleürté, dont tout li oir qui de li issirent s'en
sentent encore si durement qu'il en menguent lor pain en dolour et en
chaitiveté et en tristrece. » Endementres qu'il disoit ces soutives paroles[b], li respondi une vois et li dist : « Salemon, n'aiies pas feme si en
courous. Car par feme vint [29 a] hom en courous premierement ; en
lieu de cele feme venra une autre feme qui aportera home a joie greignour que l'angoisse ne li honte n'a esté. Et ensi ert amendé par
feme quanques feme forfist : et cele feme istera de ton lignage. »

288. Quant Salemons entendi ceste parole, si se tint mout pour fol
de ce qu'il avoit feme tant blasmé. Lors conmencha a encherquier en
soi[a] meïsmes les devins secrés, et les devines escriture selonc ce qu'il

lumière de son savoir ; à force de chercher, il discerna de
façon sûre, grâce à l'étendue de sa science, la venue de Marie
la Vierge bénie qui conçut le Fils de Dieu dans son précieux
vase — dans ses précieux flancs. Sa recherche de la vérité sur
ce point fut si active qu'il en acquit la certitude : par cette
Vierge qui portait l'appellation de femme viendrait sur terre un
bonheur aussi grand que le malheur causé par une femme, ce
qui lui fit dire que l'une doit être appelée mère, et l'autre
marâtre. Alors il s'intéressa jour après jour à cette bienheureuse femme, pour savoir si elle marquerait la fin de son
lignage : il eût bien voulu, si possible, qu'en un être si heureux
aboutît la valeur de sa lignée. Il y pensa si souvent que la
divine Réponse lui déclara une nuit dans sa chambre : « Salomon, la bienheureuse femme ne sera pas la fin de ta descendance ; un chevalier le sera, qui surpassera par sa vie, sa valeur
et sa chevalerie tous ses prédécesseurs et successeurs qui porteront alors des armes, autant que le soleil surpasse en clarté la
lune, et que Josué a dépassé en valeur chevaleresque tous les
chevaliers d'aujourd'hui : ce Josué était pour lors le meilleur
chevalier du monde[1]. » À l'annonce qu'un tel chevalier serait
l'aboutissement de sa famille, Salomon, tout heureux, déclara :

289. « Hélas ! ce serait à présent le comble du bonheur de
voir de mon vivant, s'il était possible, ce bienheureux chevalier doté de toutes grâces ! Hé, Dieu, qu'en sera-t-il ? Je ne le

---

em pooit savoir ; si enquist tant par[b] le grant science de lui, qu'il
connut et aperchut la venue de la beneoite Virgene Marie qui le fill
Dieu conchut en son precieus vaissel, c'est en ses precious costés. Et
tant s'entremist a enquerre la verité de ceste chose qu'il sot vraiement
que par cele Virgene qui feme estoit apelee venroit en terre autresi
grant bone eürté con[c] grant maleürté estoit venue par feme : pour la
quel chose il dist que l'une doit a apeler mere et l'autre marrastre.
Lors conmencha a penser de jour en jour a cele bone eüree feme[d],
pour savoir s'ele seroit en la fin de son lignage : car volentiers valsist
il, s'il peüst estre, qu'en si bone eürouse chose fust fenie la bonté de
son lignage. Tant pensa a ceste chose maintes fois que li devins respons li dist une nuit en sa chambre : « Salemon, la bone eüree feme
ne sera pas fins de ton lignage, ains le sera uns chevaliers qui passera
de vie et de bonté et de chevalerie tous ciaus qui devant lui aront esté
et qui après lui venront et qui a cel tans porteront armes, autant com
li solaus passe de clarté la lune, et autant conme Josué passa tous les
chevaliers de chevalerie, qui ore sont : et cil Josué estoit li miudres
chevaliers qui lors fust el monde. » Et quant Salemons oï que tels chevaliers seroit fins de son lingnage, si en fu mout liés, et dist :

289. « Hé ! las, com par fust ore bone eürouse chose, qui
peüst veoir a son tans cel bon eüré chevalier qui tant ert aournés
de toutes grasses ! Hé ! Dix ! conment ert ce ? je ne le verrai

verrai pas : il y a trop d'ici à sa venue. Certes, si je pouvais
en quelque manière publier comment, si longtemps avant sa
venue, j'ai entendu parler de lui, je lui ferais volontiers savoir
mon appartenance à sa famille. Mais je ne vois pas, je suis
incapable de savoir comment cela pourrait être : il y a bien
deux mille ans ou plus, je le pense et le crois, jusqu'à sa
venue. » Salomon y réfléchit longuement, et finalement sa
femme se rendit bien compte à sa mine et à son comportement qu'il était préoccupé, en proie à un souci qui ne quittait pas son cœur. Elle en fut très inquiète : elle redoutait
qu'il n'eût projeté de lui nuire. Il arriva qu'ils reposaient
ensemble une nuit, Salomon plus guilleret que d'habitude.
Le voyant bien disposé et de bonne humeur, elle le conjura,
par la foi qui les unissait, de lui dire ce qui l'avait tant
absorbé. Salomon, qui la savait plus malicieuse et d'intelligence plus déliée qu'aucun homme, s'avisa que, si quelqu'un au
monde pouvait trouver une solution à son problème, ce
serait elle, et qu'elle en viendrait à bout ; voilà pourquoi il
pensa le lui dire, ne voyant pas que le fait de simplement
l'exposer pût lui causer aucun mal.

290. Alors Salomon lui découvrit intégralement ce à quoi
il avait mûrement réfléchi. Quand il lui eut tout dit, elle lui
fit cette réponse : « Certes, seigneur, là-dessus je ne saurais
pas pour l'instant vous être de bon conseil. — On va bien
voir, dit-il, comment vous y penserez. » À la troisième nuit,

---

pas ! car trop a lonc tans des ci a sa venue[a]. Certes se je en nule
maniere le pooie faire savoir, conment si grant tans devant sa venue
ai je oï noveles de lui, je li fesisse volentiers a savoir que je sui de son
lignage. Mais je ne voi ne ne puis savoir conment ce puiſt eſtre : car
jusques a sa venue a bien .ii.m. ans ou plus, si conme je pens et
quit. » Longement pensa Salemons a ceſti chose, tant que sa feme
s'aperchut bien a son samblant et a son maintieng qu'il pensoit et
eſtoit chaüs en itel pensé dont il ne pooit son cuer oſter ; si en fu
trop a malaise, car ele [b] se doutoit que il n'eüſt pensé a lui pour li
mal faire. Si avint qu'il gisoient ensemble une nuit, et eſtoit Salemons
plus haitiés qu'il ne soloit. Et quant ele le vit en bon point et enhai-
tié, si le conjura par la foi qui fu entr'aus .ii. qu'il li desiſt a coi il
avoit si durement pensé. Et Salemons, qui le savoit plus maliciouse et
plus soutille en engien que nus hom peüſt eſtre, pensa[b] que se nus
hom mortels peüſt metre conseil en ce que il pensoit, ele l'i meteroit
et en venroit a chief ; et pour ce pensa il qu'il li diroit, car del dire
solement ne veoit il pas que nus maus li puiſt venir.

290. Lors li descouvri Salemons tout entierement ce a coi il avoit
tant longement pensé. Et quant il li ot tout dit, ele li respondi :
« Certes, sire, fait ele, de ceſti chose ne vous saroie je mie encore bien
conseillier. — Or i parra, fait il, conment vous i penserés. » A la tierce

alors qu'ils reposaient, elle s'adressa à lui : « Seigneur, j'ai pensé à la façon dont le chevalier qui sera l'aboutissement de votre lignage saura et reconnaîtra que vous aurez appris la venue et la vérité de sa naissance. — Entendre cela, dit Salomon, m'est fort agréable : enseignez-le-moi. — Volontiers. Faites venir, demain matin, tous les charpentiers connus de votre royaume. Quand ils seront rassemblés, commandez-leur de vous faire une nef d'un bois imputrescible pour quatre mille ans. Pendant qu'ils feront la nef, j'arrangerai mes affaires comme vous le verrez. » Salomon prêta foi à ce qu'elle lui dit, aussi prit-il patience cette nuit. Le lendemain, sitôt le jour levé, il envoya au quatre coins du royaume ses messagers en quête de charpentiers : très rapidement, il en vint de tous les horizons. Quand ils furent tous réunis devant lui, il leur commanda de lui construire une nef en bois très dur, qu'elle ne risque pas de pourrir avant quatre mille ans en étant dans l'eau : ils s'y efforceraient, promirent-ils ; ils feraient leur possible. Ils prirent de la peine et s'y dépensèrent tant que la nef fut quasiment apprêtée dans les six mois. Quand elle fut équipée, la femme qui l'avait fait préparer dit à Salomon :

291. « Seigneur, celui dont vous avez parlé sera homme à surpasser en bien et en chevalerie tous ses prédécesseurs et successeurs : il conviendrait bien, à mon avis, que vous

---

nuit avint que il estoient ensamble, et ele li dist : « Sire, je ai pensé conment li chevaliers qui sera fins de vostre lignage sara et connoistera que vous arés seü la venue et la verité de sa naissance. — Li oïrs, dist Salemons, me plaist molt : or le m'enseigniés, fait il. — Volentiers, fait ele. Mandés, fait ele, le matin, tous les charpentiers qui sont dedens vostre roiaume, dont on porra parler. Et quant il seront tout assamblé, si lor conmandés qu'il vous facent une nef de tel fust qu'i ne puisse pourrir ne pour aigue ne pour autre chose, de cha .IIII.M. ans. Et endementres que il feront la nef, je apareillerai mes affaires ensi come vous verrés. » Et Salemons crut bien ce que ele li dist, si s'en souffri atant cele nuit. A l'endemain, si tost com li jours aparut, Salemons tramist ses messages et loig et pres pour querre charpentiers : si en vinrent et de pres et de loing pluisours en poi de terme. Et quant il furent tout assamblé par devant lui, il lor conmanda qu'il fesissent une nef de fust mout serree, si qu'ele n'ait garde de pourrir devant .IIII.M. ans pour estre en aigue : et il disent lors qu'il s'en peneroient et en feroient lor pooir. Si s'en penerent et traveillierent tant que la nef fu auques aprestee dedens demi an. Et quant ele fu apareillie, la feme qui l'avoit faite apareillier dist a Salemon :

291. « Sire, puis que cil dont vous avés dit sera tels qu'il passera de bonté et de chevalerie tous ciaus qui devant lui aront esté et qui après lui venront*, il me samble qu'il seroit bien avenant chose que

lui prépariez, avant sa venue, une arme précieuse et chère
qu'il pût porter en mémoire de vous, et que cette arme fût
aussi précieuse que le chevalier sera précieux et d'une
insigne vaillance. — Dame, dit Salomon, décrivez-moi
l'arme qui lui conviendra ; si cela me semble bon, je mettrai,
si possible, mon talent à le lui préparer. — Je vais donc vous
dire, reprend-elle, de quoi sera faite cette arme. Dans le
Temple que vous avez édifié en l'honneur de Jésus-Christ[1]
se trouve l'épée du roi David votre père, la plus prodigieuse
jamais forgée, et la plus tranchante jamais portée par un chevalier. Prenez-la, ôtez-en le pommeau et la fusée. Une fois
que vous aurez dégagé la lame, comme nous connaissons les
propriétés des herbes, les vertus des pierres et la matière de
toutes choses terrestres, faites-y un pommeau de pierres précieuses si subtilement qu'après vous on ne puisse distinguer
l'une de l'autre, chacun allant croire au contraire, à le regarder, qu'il s'agisse d'une seule et même pierre. Puis faites-y la
fusée la plus merveilleuse, forte et riche qui soit ; après, un
fourreau, aussi merveilleux que l'épée. Quand vous aurez
terminé, j'y mettrai les attaches qu'il me plaira. »

292. Celui qui était le plus savant de tous, pour s'y
connaître en vertus de pierres, ôta du Temple l'épée de son
père, qu'il conservait aussi précieusement qu'une relique. Il
suivit toutes les instructions de sa femme, hormis pour le
pommeau où il ne plaça qu'une seule et unique pierre, mais

---

vous aucune [*c*] arme preciouse et chiere qu'il portast en ramenbrance de vous, et li apareilliés encontre sa venue ; et fust cele arme
ausi preciouse sor toutes armes come estera li chevaliers precious et
mix vaillans sor tous autres chevaliers. — Dame, fait Salemons, dites
moi quele armeüre li sera couvenable ; et s'il me samble bon, fait il,
je li apareillerai ce puis et sai. — Dont vous dirai je, fait ele, quele
armeüre li seroit souffissant. El temple que vous avés fait en l'onour
Jhesu Crist est li espee qui fu le roi David le vostre pere, qui fu li
plus merveilleuse qui onques fust forgie, et la plus trenchant que
onques portast chevaliers : prendés le et si en ostés le pomel et l'enheudeure. Et quant vous arés la lemele tournee, nous qui connoissons les forces des herbes, et les vertus des pierres et la matere[*b*] de
toutes choses terriennes, faites i un pong de pierres preciouses si
soutilment qu'il n'ait aprés vous regart d'ome terrien qui puist
connoistre l'une de l'autre, ains quide qui le verra que ce
soit une meïsmes pierre ; aprés i faites un heudore si merveillous que
nus ne soit si merveillous ne si vertuous ne si riches ; aprés i faites le
fourrel si merveillous en son endroit conme li espee sera el sien
endroit. Et quant vous arés ce fait, je i meterai les renges teles com il
me verra a plaisir. »

292. Cil qui estoit plus sages de tous autres pour connoistre vertus

présentant toutes les nuances des couleurs possibles. Puis il
mit tout son soin à confectionner le fourreau pour y glisser
l'épée — mais ne conte ne dit pas pour l'instant en quelle
matière il fut fait, il n'en est pas à présent grand besoin.
C'est après qu'il fit le pommeau aussi somptueux que le
conte nous l'a déjà expliqué.

293. Quand l'épée fut garnie du pommeau, comme on
vient de vous le dire, il la mit au fourreau. Et de regarder ce
fourreau, de manier l'épée, si splendide à ses yeux que
jamais, lui sembla-t-il, on ne fit pour un chevalier un équipement si riche ni de cette qualité. Aussi déclara-t-il qu'il aimerait, si possible, que jamais on ne la tirât du fourreau sans le
regretter, jusqu'à ce que le Bon Chevalier pour qui elle était
préparée y mît la main. Alors se fit entendre la voix divine
qui lui avait parlé précédemment : « Salomon, nul ne déga-
nera jamais cette épée, que tu as ornée, sans s'en repentir,
jusqu'au moment où la tiendra celui pour qui tu l'as ainsi
faite et préparée. »

294. Salomon, très heureux de cette nouvelle, inscrivit aussitôt de sa main sur le fourreau ces lettres que le conte a déjà
évoquées. Après quoi, il souhaita doter l'épée des attaches
qu'il estimait devoir lui convenir. Sa femme refusa, préférant
lui en apporter de ces pauvres et vilaines d'étoupe chanvreuse,

---

de pierres osta l'espee son pere del Temple, qu'il tenoit ausi richement come se ce fust uns saintuaires. Puis en fist tout ce qu'ele li
avoit conmandé, defors del poing ou il n'avoit c'une toute sole
pierre, mais ele estoit de toutes les coulours que on peüst trouver ne
deviser. Puis mist sa cure et s'entente a faire le fourrel pour metre
ens[d] l'espee ; mais ce dont il le fist ne devise ore li contes ci endroit
pour ce qu'il n'en est ore mie grans mestiers. Après fist le pomel si
bel et si riche come li contes le nous a ja devisé.

293. Quant il ot l'espee garnie del poing si come vous avés oï, lors
mist l'espee el fuerre, et conmencha a regarder le fuerre, et l'espee a
palmoiier[e]. Si le vit si riche et si bele qu'il li sambla que onques pour
un chevalier ne fu fais si riches aparals ne si vertuous come cil estoit.
Si dist que il volroit, s'il pooit estre, que jamais hom[b] ne le traisist fors
del fuerre qu'il ne s'en repentist, jusques atant que li Bons Chevaliers
pour qui ele estoit apareillie i meïst la main. Lors vint la vois devine
qui [d] autre fois avoit parlé a lui, et li dist : « Salemon, nus ne traira
jamais cele espee que tu as aornee qu'il ne s'en repente, jusques a cele
ore que cil le tiengne pour qui tu l'as fait et apareillie ensi. »

294. Quant Salemons oï ceste nouvele, si en fu mout liés : et maintenant escrist letres de sa main sor le fuerre, teles[d] conme li contes les
a ja devisees. Et quant il ot ce fait, il vaut metre en l'espee renges
teles a son essient conme a l'espee couvenoit. Mais sa feme ne vaut,
ains en aporta unes si povres et si laides come d'estoupes de cavene ;

trop faibles apparemment pour supporter le poids de l'épée.
« Comment ? dit Salomon, voulez-vous sérieusement y mettre
ces attaches ? — Oui, dit-elle, jamais de votre vie il n'y en aura
d'autres. Mais, s'il plaît à Dieu, viendra un moment où une
demoiselle leur en substituera d'autres si somptueuses que ce
sera prodigieux à voir : aussi pouvez-vous reconnaître en cette
épée la similitude entre deux femmes dont je vous ai entendu
parler. De même, en effet, que la Vierge qui est à venir, me
dites-vous, doit réparer le mal que notre première mère a fait,
de même une jeune fille réparera sur cette épée ce que j'y aurai
mal fait, en y mettant des attaches splendides, de ce qu'au
monde elle préférera porter sur elle. » Parole dont Salomon
eut lieu de considérer la subtilité, non sans s'interroger avec
étonnement sur l'origine du propos.

295. Quand la nef fut construite et recouverte aussi richement que le conte l'a expliqué ici, il fit faire à l'intérieur un
lit en bois de la magnificence que le livre rapporte ; il mit au
pied l'épée et à la tête sa couronne, celle que le roi David
son père avait portée longtemps ; il la laisserait, dit-il, au
chevalier bienheureux : jamais elle ne pourrait, à son avis,
mieux être employée qu'avec lui. Cela fait, la dame dit qu'il
manquait encore quelque chose à la nef. Alors elle désigna
des charpentiers pour les emmener à l'Arbre de Vie sous
lequel Abel avait été tué. « Seigneurs, dit la dame, sur cet
arbre vermeil et sur ces autres, les uns blancs et les autres

---

et si estoient si febles par samblant qu'il paroit qu'eles ne peüssent
pas l'espee soustenir. « Que est ce ? fait Salemons, i volés vous a
certes ces renges metre ? — Oïl, fait ele, ja a vostre tans n'i avra il
autres ; mais encore, se Dieu plaist, venra une ore que une damoisele
les changera, et i metera pour cestes unes autres si beles et si riches
que ce sera merveilles a veoir : si poés connoistre en ceste espee la
samblance de .II. femes dont je vous ai oï parler. Car tout ausi conme
la Virgene qui est a venir, si come vous me dites, doit amender ce
que nostre premiere mere meffist, tout ensement amendera une
pucele a ceste espee ce[b] que je i averai meffait. Car ele i metera
renges beles et riches et de la chose el monde qu'ele mix amera sour[c]
soi. » Iceste parole tint mout Salemons a soutille, et mout s'esmerveilla dont ele pooit venir que ele disoit.

295. Quant la nef fu faite et couverte si richement come li contes
a ci devisé, il fist en la nef faire un lit de fust si bel[d] et si merveillous
conme li livres le devise, et mist as piés del li l'espee et au chief sa
courone, celi que li rois David ses peres avoit portee et maint jour ;
et dist qu'il le lairoit au Chevalier Bon Eüré pource, ce li sambloit,
qu'ele ne porroit jamais estre mix emploie que en lui. Quant ce fu
fait, si dist la dame que[b] encore defaloit il a la nef. Lors prist charpentiers et les mena o soi a l'Arbre de Vie sous lequel Abel avoit esté

verts, vous prélèverez trois barres, l'une vermeille, l'autre blanche et la dernière verte, dont le lit, dans la nef, sera entouré suivant mes instructions. » Ils dirent combien ils redoutaient d'entamer l'Arbre de Vie, que personne n'avait eu la témérité d'endommager. Elle répondit qu'elle les ferait tous honnir s'ils refusaient d'obéir, et ils y lancèrent tout de suite leurs cognées. Mais ils furent, dès le début, glacés d'horreur : de l'arbre sortaient, ils le virent très clairement, des gouttes de sang, comme jaillissant d'un bras que l'on eût coupé. Pris de panique, ils voulurent cesser de cogner, non sans regretter amèrement d'avoir commencé. Mais la dame n'entendit pas leur céder, les pressant au contraire, de sorte qu'il leur fallut bien exécuter son ordre jusqu'au bout.

296. Ils apportèrent à la nef ces trois fuseaux qu'ils disposèrent de la manière qu'elle leur avait commandée ; ils les placèrent sur les côtés, l'un devant, l'autre derrière et le troisième par-dessus ; ils étaient chevillés. Cela ne fut pas fait sans une grande valeur de signe, comme le conte l'expliquera plus loin. Quand ils furent ainsi ajustés, elle dit à Salomon : « Voyez-vous ces trois fuseaux ? — Oui, répondit-il. Que signifient-ils ? — Sachez-le : jamais on ne les verra sans avoir à se souvenir de la mort d'Abel. » Pendant qu'ils parlaient ainsi des trois fuseaux,

---

ocis. « Signour, dist la dame, il couvient que de cest arbre vermeil et de ces autres, dont li un sont blanc et li autre vert, prendés .iii. fuisiaus, l'un vermeil, l'autre blanc, et l'autre vert, dont il lis en la nef sera avironnés ensi conme je vous deviserai. » Et cil si disent qu'il se doutoient mout a entamer l'Arbre de Vie pour ce que nus n'avoit esté si hardis qui l'empirast de riens ; et ele respondi que ele les feroit tous honnir s'il ne faisoient son conmandement [e] : et cil fierent tout maintenant lor quingnies dedens ; mais au commencement furent il mout esbahi : car il virent tout apertement que de l'arbre issoient goutes de sanc, ausi espessement conme d'un home a qui on eüst les bras copés. Si furent mout espoenté de cesti chose, et pour ce vaurent il laissier a ferir ; et mout se repentoient de ce qu'il avoient conmencié a ferir en l'arbre. Mais la dame ne les valt soffrir, ains les tint si cours qu'il lor covint faire del tout son conmandement.

296. Quant il orent les .iii. fuisiaus aportés a la nef, et mis en tel maniere com ele lor avoit conmandé, il les missent d'encoste l'un devant, l'autre deriere, et le tiers par dessus[d] ; et estoient chevillié. Ceste chose ne fu pas faite sans grant senefiance, si conme li contes meïsmes le devisera cha en ariere. Et quant il furent ensi mis, ele dist a Salemon : « Veés vous ces .iii. fuisaus ? — Oïl, fait il ; qui sont il ? — Or saciés, fait ele, que jamais hom ne les verra qu'il ne li doie sovenir de la mort Abel. » Endementiers qu'il parloient ensi des .iii. fuisiaus,

jusqu'à eux parvint le bruit que ceux qui avaient coupé
l'Arbre de Vie étaient frappés de cécité, ce qui affecta beaucoup plus Salomon que sa femme. Il fit alors un bref pour
l'enfermer dans la nef. Il écrivit au commencement, comme
si ce fût le but de son discours : « Écoute, chevalier bienheureux qui marqueras la fin de mon lignage : si tu veux vivre en
toute paix et sagesse, méfie-toi de la ruse féminine. Si tu es
crédule, ni l'intelligence, ni la prouesse ni la chevalerie ne te
préserveront d'être finalement honni : Salomon t'avertit de
t'en méfier en mémoire de lui. » C'étaient les premiers mots
du bref écrit par Salomon pour le chevalier qui depuis fit tant
d'exploits au royaume de Logres, et mit un terme aux événements insolites du royaume de la Terre Foraine, lesquels han-
taient maints autres endroits par l'aventure et par la force du
saint Graal, comme le conte l'expliquera plus loin.

297. Ensuite il écrivit, avant de consigner la richesse de
l'épée, la vérité sur la nef, comment sa femme la fit faire ;
sur le lit, précisément sur ses fuseaux, pourquoi ils étaient
l'un vermeil, l'autre vert et le dernier blanc, tous trois de
couleur naturelle tels que pris sur l'arbre. La rédaction par-
achevée, il mit le bref à la tête du lit près de la couronne.
Une fois la nef équipée, il la fit mettre en mer directement à
la rive. Il dit alors à sa femme : « Dame, la nef est faite et
bien préparée, et je ne vois toujours pas comment j'ai pu
savoir la vérité de sa venue. — Vous en aurez, dit-elle, bien-

---

lor vinrent nouveles que cil qui l'Arbre de Vie avoient copé estoient
avulé : si em pesa molt plus a Salemon qu'il ne fist a sa feme. Et lors
fist Salemons un brief pour metre a la nef ; et escrist el connencement
del brief ausi conme se ce fust l'entente de sa raison : « Os tu, Chevaliers Bons Eürés qui seras fin de mon lignage : se tu vels estre em pais
et sages sor toutes choses, te gaite d'engien de feme. Et se tu le crois,
sens ne prouece ne chevalerie ne te garantira que tu ne soies honnis en
la fin : et ce te mande Salemons que tu t'en gaites en ramenbrance de
lui. » Si fu li connencement del brief que Salemons escrist pour le chevalier qui puis fist tantes chevaleries el roiaume de Logres, et mist a fin
les aventures del roiaume de la Terre Foraine ; et en maint autre liu
avenoient par l'aventure et par la force del Saint Graal, si com li contes
devisera cha en avant.

297. Aprés escrist la verité de la nef, si come sa feme le fist faire,
et le richece de l'espee, et del lit et des fuisiaus, conment li uns en
estoit vermaus, li autres vers et li autres blans, et tout .iii. estoient de
naturel coulour si com il avoient esté pris en l'arbre. Et quant il ot le
brief parescrist, il le mist au chief del lit d'encoste la corone. Et
quant il ot la nef apareillie, il le fist metre en la mer droit a la rive.
Et lors dist il a sa feme : « Dame, la nef est faite et bien a[f]pareillie ;
ne encore ne puis je veoir conment je iaie seü la verité de sa venue.

tôt la certitude. Mais faites à présent tendre deux pavillons[1]
sur ce rivage, de sorte que vous et moi, et une partie de
notre maison, nous puissions y rester jusqu'à savoir ce qui
va nous arriver avec cette affaire et cette nef. » Il ordonna
aussitôt de dresser les tentes et les pavillons sur le rivage,
voulant y séjourner jusqu'à ce que Fortune ait emmené la
nef. Ceux qui avaient reçu l'ordre s'exécutèrent. Ils festoyè-
rent au dîner sur la rive, et tous dormirent sous les pavillons.

298. Autour de minuit, comme ils étaient tous endormis, il
arriva que Salomon dans son sommeil vit descendre du ciel
un homme avec une grande compagnie d'anges portant en
leurs mains divers instruments qu'il était incapable de
distinguer. Il vit néanmoins que celui que les anges accompagnaient se dirigeait vers la nef, prenait de l'eau pour l'arro-
ser de toutes parts, et disait : « Cette nef figure ma nouvelle
maison. » S'approchant ensuite du bord de la nef, il y faisait
inscrire des lettres par l'un de ceux qui l'accompagnaient.
L'inscription terminée, il disait : « On sera bien fou de transgresser cette recommandation. » Salomon vit en songe celui
qui prononçait ces commandements ; il était d'une beauté
indescriptible, ineffable. De saisissement, il s'éveilla ; ouvrant
les yeux, regardant vers la nef, maintenant éveillé, il vit clairement la compagnie comme il l'avait vue dans son sommeil.

— Vous en serés, fait ele, assés certains par tans. Mais ore faites
tendre .II. paveillons desus cest rivage, si que entre moi et vous et
une partie de no maisnie, i puissons[a] remanoir jusques atant que nous
saçons comment il nous avenra d'icesti chose et de ceste nef. » Et il
conmanda tantost que li tref et li paveillon fuissent tendu sor le
rivage. Car il velt illoc sejourner jusques atant que Fortune en ait la
nef menee : et cil a qui il l'ot conmandé le fisent ; si mengierent cel
soir a grant joie desor la rive, et se dormirent tout le soir dedens les
paveillons.

298. Entour mienuit avint, ensi com il dormoient tout, que Salemons vit en son dormant que devers le ciel venoit un home o grant
compaingnie d'angles, qui portoient divers estrumens en lor mains,
mais il ne savoit deviser quels. Et nonpourquant il vit que cil a qui li
angle faisoient compaingnie descendoit en la nef, et prendoit aigue,
et arousoit la nef de toutes pars, et disoit[a] : « Ceste nef est senefiance
de ma nouvele maison. » Aprés venoit au bort de la nef et faisoit a
un de ciaus de sa compaingnie letres escrire[b]. Et quant eles estoient
escrites, il disoit : « Molt sera fols qui cest conmandement trespassera. » Salemons vit, en son songe, celui qui ces conmandemens
disoit, garni de si grant biauté[c] que cuers mortels ne le porroit deviser ne bouche dire : si en avoit tel merveille que il s'en esveilla[d] et
ouvri les ex ; et garda vers la nef et vit tout apertement la compaingnie tout en veillant ensi com il l'avoit veüe en son dormant ;

Il voulut parler et appeler ceux qui l'entouraient : impossible d'émettre le moindre son, de faire le moindre mouvement. Aussitôt il entendit une voix : « Salomon, ton désir est accompli : le chevalier qui marquera la fin de ta lignée sur terre entrera dans cette nef ; il aura cette épée que tu lui as préparée, et saura la vérité sur toi. Personne n'y entrera s'il n'est tel qu'il doit être. »

299. Après cela, la compagnie quitta la nef, sans que Salomon sache ce qu'ils devinrent. Dès qu'il le put, il se leva pour appeler les gens de sa maison et se rendre à la nef. Quand il voulut y entrer, la voix dit : « Recule : si tu pénètres dans la nef, tu périras ; tu vas la laisser voguer sous la conduite de Fortune, et sache qu'on la verra encore sous tous les horizons. » Alors il recula, et déchiffra l'inscription sur le bord :

300. « Écoute, homme qui veux y pénétrer, qui que tu sois, garde-t'en bien si tu n'es plein de foi. Je ne suis en effet que foi et croyance. Tu peux en être sûr : si tu te détournes de la foi, je me détournerai de toi de sorte que tu ne recevras de moi ni aide ni secours en quelque endroit où tu seras pris en manque de foi. » Devant la teneur de ce message, il se retira tout de suite loin de la nef, se sachant bien indigne d'y pénétrer. Cependant qu'il était au milieu des gens de sa maison, tout interdit, le vent s'engouffra dans la nef et l'éloigna de la rive en un rien de temps pour l'emporter en haute mer de sorte que ni Salomon ni sa femme qui l'avaient

---

et il vaut parler et apeler ciaus qui entour lui estoient, mais il ne pot parler ne remouvoir soi. Maintenant ot une vois qui li dist : « Salemon, tes voloirs est acomplis. Car li chevaliers qui ert fins de ton lignage en terre enterra en cele nef, et avera cele espee que tu li as apareillie, et savra verité de toi. Ne ja nus n'i enterra se il n'est tels com il doit estre. »

299. Tantost après ceste parole se departi la compaignie de la nef en tel maniere que Salemons ne sot que il devinrent. Et quant il ot pooir de soi lever, il se leva et apela sa maisnie et vint a la nef. Et quant il vaut dedens entrer, la vois dist : « Traïs toi ariere : se tu entres dedens la nef tu periras ; mais laisse aler la nef la ou Fortune le conduira, et saces qu'ele sera encore veüe et pres et [300] loing. » Lors se traïst ariere et regarda les letres del bort qui disoient :

300. « Os tu, hom qui dedens la nef vels entrer, qui que tu soies, bien te gardes que tu n'i entres se tu n'es plains de foi. Car il n'a en moi se foi non et creance : et bien saces tu, gangis[a] a creance, je gangiré a toi en tel maniere que tu n'avras de moi aïde ne secours en quelconques lieu que tu seras atains en mescreance. » Et quant il vit celui brief, si se traïst maintenant en sus de la nef, car bien connoissoit qu'il n'estoit pas dignes d'entrer dedens. En dementres qu'il estoit enmi sa maisnie ausi com tous esbahis, si se feri li vens

construite ne la virent plus jamais. Mais le conte s'en tait maintenant pour revenir à Nascien : comment, naviguant en mer, il tomba dans les flots par la fente de la nef, et en réchappa à la nage.

La symbolique de la nef de Salomon.

301. Le conte dit que Nascien se trouvait, le jour même où la nef quitta Salomon, dans un pays cerné par la mer. Portant le regard au large, il la vit s'approcher à grande allure, sans gouvernail ni voile, ni sans équipage : il l'attendit jusqu'à ce qu'elle eût accosté. Venu de ce côté, il observa attentivement cette nef qui lui parut prodigieuse de magnificence : il l'estima fort et la considéra très supérieure à tous les vaisseaux qui avaient jamais vogué. Après l'avoir minutieusement inspectée à l'extérieur, il y pénétra et la vit aussi parfaitement ornée que vous l'avez entendu raconter. Quand Nascien eut bien regardé tout ce que la nef avait d'exceptionnel, il porta son attention sur les trois fuseaux dont le lit était entouré et clos, pour tenter d'identifier en quoi ils étaient faits, et ce qui les colorait ainsi : il n'aurait pas aisément pu admettre que leur pigmentation fût naturelle, ce qui lui fit dire à part lui un mot qu'il eut ensuite à regretter très amèrement : « Par ma foi, dit-il, je suis perplexe sur l'illusion que me donnent les prodiges de ce lit : une chose de cette importance ne saurait être sans

---

en[b] la nef et l'eslonga de la rive em poi d'ore et l'en porta en haute mer a cele ore que Salemons ne sa feme qui compassee l'avoient ne le virent onques puis. Mais de ce se taist ore li contes et retourne a parler de Nascien : conment il estoit en mer en une nef, et caii en la mer par la fendure de la nef et par noer eschapa.

301. Or dist li contes que Nasciens fu, le jour meïsmes que la nef se departi de Salemon, en un païs sor la mer. Et regarda dedens la mer, et vit venir la nef grant oirre vers lui sans gouvrenal de voile ne de gent nule : si l'atendi tant que la nef vint au port. Et Nasciens vint cele part, si regarda mout la nef qui mout li sambla merveillouse de grant biauté : si le proisa molt et loa sor tous les vaissiaus qui onques avoient habité en mer. Et quant il ot assés regardé au defors, si entra dedens et le vit si bien et si bel aornee conme vous avés oï deviser. Et quant Nasciens ot bien regardé toute la merveille de la nef, si conmencha a regarder les .iii. fuisiaus dont li lis estoit avironnés et clos, pour savoir s'il porroit connoistre de coi il estoient, et de quel chose il estoient si encoulouré. Car il ne quidast mie legierement qu'il fuissent de naturel coulour, pour laquel chose il dist lors a soi meïsmes un tel mot dont il se repenti molt durement après : « Par foi, fait il, je ne sai que dire de moi meïsmes [b] come les merveilles de cest lit me deçoivent : car ensi grant chose come ci a ne porroit pas estre

quelque embryon de fausseté. » À peine avait-il prononcé ces mots que la nef s'ouvrit sous ses pieds : il tomba dans la mer où il risquait de facilement se noyer, à moins de s'en tirer par lui-même ou d'y être secouru par Notre-Seigneur.

302. Se voyant, dans l'eau, en danger de mort, de saisissement il ne sut que faire. Néanmoins il réagit vite pour s'en tirer, se mettant à nager aussitôt très énergiquement, jusqu'à rejoindre le rivage : sautant à terre, il regarda la nef et le bref inscrit sur le bord : la nef, disaient les lettres, n'était que foi. Sa lecture lui fit reconnaître tout de suite sa chute dans le péché par faiblesse à croire. Et de se blâmer et de s'injurier : « Ah ! Seigneur ! malheureux homme de peu de foi et de pauvre croyance, dépourvu d'intelligence et de bien, pourquoi, si facilement hésitant et détourné, crois-tu plus volontiers au mensonge, sur cette nef, qu'à la vérité ? Es-tu si prompt à perdre la foi, même si Notre-Seigneur t'a montré une partie de ses merveilles ? » Et de se lamenter, affligé, et de demander grâce à Notre-Seigneur pour qu'il lui pardonne le péché de ce récent manquement. C'est avec la peur et l'angoisse que Notre-Seigneur ne s'irritât contre lui que Nascien resta sur le rivage aussi longtemps que ce jour dura. Au soir, quand la nuit se fut épandue sur l'univers et que le temps fut devenu obscur et noir, il dit ses oraisons à Notre-Seigneur comme il les savait. Puis, couché sur la dure, il dormit tout d'un somme jusqu'au lendemain.

---

sans aucune racine de fauseté. » Et tout maintenant qu'il ot ce dit, il vit la nef qui s'aouvri en cel endroit ou il estoit, si qu'il se trouva en la mer ou il peüst estre legierement noiiés, se il meïsmes ne s'en jetast ou Nostres Sires ne l'i aidast.

302. Quant il se vit en l'aigue ens el peril de mort, si ne set que faire, si estoit il esbahis. Et nonpourquant il ne fu mie lens de soi aïdier, ains conmença a noer tantost mout durement, tant qu'il vint a la rive de l'aigue : si saut a terre et regarda la nef et le brief qui estoit escris el bort de la nef : et disoient les letres que en la nef n'avoit se foi non. Et quant il ot leües les letres si connut tout errant qu'il estoit cheüs em pechié par mescreandise. Lors se connence maintenant a blasmer et a laidengier, et a dire a soi meïsme : « Ha ! Sire, dolans hom de povre foi et de povre creance mauvaisement garni de sens et de bien, pour coi es tu si legierement departis et convertis a plus tost croire mençoigne de cesti nef que verité ? Es tu si legierement mescreans pour ce se Nostres Sires t'a mostré partie de ses merveilles ? » Lors conmença a dolouser, et a faire doel et a crier merci a Nostre Signour qu'il li pardoint le pechié de ceste nouvele mescreandise. En tele paour et en tele angoisse que Nostres Sires ne se courechast a lui, fu Nasciens sor la rive de la mer tant conme cil jors dura. Et au soir quant la nuis se fu espandue par le

303. Au matin, le jour gagnant en lumière et le soleil commençant à jeter ses rayons au sommet des montagnes, Nascien s'éveilla et ouvrit les yeux. Il regarda sur la mer où il croyait voir encore la nef qu'il avait vue la veille ; mais nulle trace : il s'en passa de son mieux. Alors il leva la main, se signa et dit : « Vrai Père tout-puissant, qui par ta pitié et ta miséricorde m'as tiré des mains de Calafer mon ennemi mortel, Seigneur, par ta sainte bonté, daigne ne pas tolérer que, libéré des mains de cet ennemi, j'aille tomber sous la coupe de l'autre. Mais s'il est enclin à venir me tendre son piège, à vouloir me tromper par son misérable aguet, Seigneur, protège-moi de lui comme ton champion, de sorte que je puisse préserver ce trésor que tu m'as laissé en garde : mon âme. Et si je suis, Seigneur, si faible, et pasteur si imprévoyant que par moi seul je ne puisse y suffire, Seigneur, sois toi-même mon propre pasteur, et veuille préserver mon âme comme à ta créature, de sorte que l'éternel adversaire ne me trouve pas hors de ta garde. Je sais pertinemment que s'il me trouve seul, éloigné de toi, très vite cet ennemi pourra, lui si cruel et voleur, étrangler une ouaille aussi pauvre que moi. »

304. Pendant qu'il faisait sa prière comme vous venez de

---

monde et li tans fu devenus oscurs et noirs, il dist ses orisons a Nostre Signour teles com il les savoit. Puis se coucha a la terre dure, et s'endormi en tel maniere qu'il onques ne s'esveilla jusques a l'endemain.

303. Au matin, quant li jours fu esclarcis et li solaus conmencha a jeter ses rais par ces montaingnes la ou eles estoient plus hautes, lors s'esveilla Nasciens et ouvri ses ex. Et regarda en la mer ou il quidoit encore veoir[a] la nef qu'il avoit veüe le jour devant ; mais il n'en vit nul assenement : si s'en sousfri au mix qu'il pot. Lors leva sa main, si se seigne et dist : « Vrais Peres tous poissans, qui par ta pitié et par ta misericorde m'as jeté fors des mains Galafré mon anemi mortel, Sire, par la vostre sainte debonaireté, ne souffrés, puis que je sui jetés des mains a cel anemi, que je em pooir de l'autre ne chiee. Mais s'il est tels que alaissier me viengne [d] et que il me voelle decevoir par son maleürous agait, Sire, garissiés moi contre lui conme ton champion, si que je puisse garantir icelui tresor que tu m'as a garder me laissas, ce est l'ame de moi. Et se je sui, Sire, si febles, et paistres de si mauvaise porveance que je par moi sol ne le puisse parfurnir entierement, Sire, vous me soiés meïsmes propres paistres, et me voelliés m'ame garder come la vostre creature, si que li pardurables aversiers ne me truist[b] fors de la vostre garde. Car je sai bien que se il sels me trouve eslongié de la vostre partie, assés tost porra cil anemis, qui tant est cruous et ravisables, estrangler si povre oeille come je sui. »

304. Endementres que Nasciens faisoit sa proiiere en tel maniere

l'entendre, regardant au loin sur la mer du côté de l'orient, Nascien vit une petite nacelle[1], où se trouvait un homme de grand âge, venir tout droit dans sa direction, jusqu'à deux jets de lance du rivage, sans s'approcher davantage. Elle était pour sa taille si riche qu'à la regarder Nascien n'aurait pas imaginé qu'au monde, où que ce soit, il en fût d'aussi somptueuse. Elle était en effet sertie au-dehors d'une telle quantité de pierres précieuses que, Nascien s'en fit la réflexion, le plus puissant prince du monde aurait été incapable d'en acheter ou d'en acquérir la moitié ; et la nef comportait encore d'autres ornements dont Nascien ne s'émerveillait pas moins. Au bord, en effet, d'un côté comme de l'autre, il y avait des flèches, jusqu'à une douzaine, toutes d'argent, mais dont les pointes étaient couvertes de l'or le plus purement raffiné qui eût jamais été sur terre, et par-devant si aiguës et si affilées qu'en ce monde on n'en eût point trouvé de plus tranchantes ni de mieux affûtées. Voyant l'homme de bien à proximité, et se rendant compte que la nacelle était arrêtée, si bien, croyait-il, qu'elle n'approcherait pas plus, Nascien se dressa, salua l'homme de bien qui était à l'intérieur, et lui dit qu'il fût le bienvenu. Celui-ci lui rendit son salut et lui demanda qui il était, comment il était venu là, dans un endroit si singulier et tellement à l'écart de tous peuples.

305. « Certes, seigneur, dit Nascien, je ne sais qui m'y a transféré, sauf que j'y fus porté par la volonté de Notre-

---

come vous avés oï, il regarda loing de lui en la mer contre oriant, et vit venir une petite nacele en laquele il i avoit ens un home de grant aage. Et cele nacele vint tot droit vers Nascien et aprocha de la rive a .II. lances pres de longour ; mais plus ne s'aprocha ele mie. Cele nacele estoit de son grant si riche que Nasciens qui l'esgardoit ne quidast pas qu'en tout le monde, ne en mer ne en terre, eüst nef si riche conme cele estoit. Car ele estoit defors toute avironnee de pieres preciouses dont il en i avoit si grant plenté que Nasciens dist a soi meïsmes que li plus riches princes del monde n'en peüst mie la moitié achater ne esligier ; et encore estoit la nef aornee d'autres choses, dont Nasciens ne s'en esmervelloit mie mains. Car au bort de la nef et d'une part et d'autre avoit saietes jusques a .XII. qui toutes estoient d'argent ; mais les pointes estoient del plus fin or esmeré qui onques fust en terre, et estoient par devant si aguës et si trenchans que on ne trouvast mie en cest monde nule si trenchans ne si bien aguisies com eles estoient. Quant Nasciens vit le prodome pres de lui, et aperchut que la nacele iert arrestee si qu'il ne venra mais avant, si com il quide, lors se drece en son estant et salue le prodome qui dedens la nacele estoit, et dist que bien soit il venus. Et li prodom li rent son salu et li demande de son estre, et conment il estoit la venus en si estrange lieu et si eslongié de toutes gens.

Seigneur, d'une manière que j'ignore. Mais j'aime bien mieux être ici que dans la prison de Calafer, pour y avoir subi beaucoup de mal et de tourments tout le temps qu'il m'y a détenu. — De Calafer, précisa le prudhomme, ne te soucie plus ; il a trépassé aussi misérablement qu'il se doit pour un chrétien renégat.

306. — Ah ! seigneur, reprit Nascien, si ce que vous me dites est vrai, j'en suis très heureux ; mais, pour Dieu, comment le savez-vous ? — Certes, aujourd'hui même, je l'ai vu mort. — Seigneur, ajouta Nascien, si ce que vous m'annoncez est vrai, et si vous êtes un être humain, il est impossible que je sois aussi loin des hommes que vous me le donnez à entendre. Je vois que c'est le matin : à l'évidence, par conséquent, vous n'êtes pas aujourd'hui venu de très loin, si vous n'êtes pas plus rapide qu'un homme terrestre. — Je te répète, reprit l'homme de bien, je l'ai aujourd'hui, ce jour même, vu mort, et pourtant, tu es beaucoup plus loin de ton pays que tu n'imagines ; et si tu refuses de me croire, tu vas le regretter autant ou plus qu'hier, quand tu as prononcé dans la nef la parole qui t'a fait repentir et tomber aussitôt dans l'eau. » Quand Nascien l'entendit lui remémorer ses propos que personne ne pouvait avoir perçus sauf Dieu seulement, il pensa aussitôt que Dieu les avait répétés à cet homme de bien et qu'il l'avait envoyé là pour le réconforter et lui tenir compagnie.

---

305. « Certes, sire, fait Nasciens, je ne sai qui m'i aporta, fors qu'aportés i fui par la volenté Nostre Signour, je ne sai en quel maniere. Mais je m'aime assés mix ci que je ne face en la prison Galafré, car molt m'i fist mal et anuis tant come il m'i tint, en sa prison. — De Galafré, dist li pro[d]dom, n'as tu garde, car il est trespassés de cest siecle si maleürousement conme crestiiens renoïés doit faire.

306. — Ha ! sire, fait Nasciens, se c'est voirs que vous me dites, mout en sui liés ; mais pour Dieu, dites moi, conment le savés vous ? — Certes, fait li prodom, je l'ai hui veü mort. — Sire, fait Nasciens, se c'est voirs que vous me dites et vous estes home mortels, il ne puet estre que je soie si loing de gent com vous me faites a entendant. Car pour ce que je voi qu'il est matin, si voi je bien apertement que vous n'estes mie hui de loing venus se vous n'alés plus tost que hom terriens. — Je te di, fait li prodom, que je l'ai hui en cest jour veü mort, et si es assés plus loing de ton païs que tu ne quides ; et se tu de rien m'en mescrois, tu t'en repentiras autant ou plus conme tu fesis ier, quant tu desis la parole en la nef, par coi tu te repentis et te sentis tantost en l'aigue. » Quant Nasciens[a] entendi que cil li ramentevoit la parole que il avoit dite, laquele parole nus hom ne pot avoir oï fors Dieu solement, il pensa tantost que Dix l'avoit dite a cel prodome et qu'il l'avoit illoc envoiié pour lui reconforter et pour lui faire compaingnie.

Alors il lui répondit : « Seigneur, je prête foi à tout ce que vous me dites ; mais, pour Dieu, cette nef dont vous m'avez rappelé l'existence, dites-moi si vous en avez des nouvelles, et ce qu'elle est devenue, ou si Fortune la mènera jamais où je pourrais être, de sorte que je puisse la contempler à loisir comme il n'y a pas encore trois jours.

307. — Tu la reverras, dit l'homme de bien, beaucoup mieux pourvue que la première fois : elle grandit et prospère chaque jour, et le fera jusqu'à la fin du monde. — Grandir ? dit Nascien ; de quoi me parlez-vous ? — Pour grandir de jour en jour, il ne s'agit pas d'une nef comme les autres ; c'est un signe que le ciel t'enverra : il vaut mieux l'appeler symbole et signe, plutôt que nef. — Certes, seigneur, ajouta Nascien, je sais bien que c'est la vérité, et je vous prie, pour Dieu et pour me réconforter, de m'en révéler la valeur de signe et la vérité signifiée : je vous conjure et vous supplie par charité de me le dire. — Je vais te l'apprendre, répond l'homme de bien. Écoute plutôt. La nef que tu as vue, plus splendide que toi ni personne d'autre n'en avaient jamais vu, est le signe de la sainte Église qui est la plus belle et la plus délectable maison du monde. De même que la nef n'était que foi, comme l'inscription du bord l'attestait, de même la sainte Église n'est que foi et vérité : deux notions dont relèvent sa fondation et sa naissance. Le bref qui en défendait l'accès à qui ne serait plein de foi en toutes choses signifie Sainte Écriture : elle interdit

---

Lors li respont Nasciens : « Sire, je vous croi de quanques vous me dites ; mais, pour Dieu, de cele nef dont vous m'avés amenteü, me dites se vous en savés aucunes noveles, ne qu'ele[b] devint, ou se Fortune la menra jamais ou je soie, si que je le puisse bien veoir a loisir tout ausi come je fis n'a mie encore .iii. jours.

307. — Tu le verras, dist li prodom, et assés plus garnie qu'ele ne fu quant tu le veïs. Car ele croist et amende chascun jour, et croistera et amendera tant conme cis siecles duerra. — Croistera ele ? fait Nasciens, que est ce que vous me dites ? — S'ele croist de jour en jour, dont n'est ce mie nef conme autre, ains est une senefiance del ciel qu'i t'aporta, et une demostrance et senefiance le doit on mix apeler conme nef. — Certes, sire, fait Nasciens, je sai bien que vous me dites verité, et por ce vous proi je, pour Dieu, et pour moi reconforter, que vous m'en dites la senefiance et que c'est qu'ele senefie : si vous proi et requier par charité que vous le me dites. — Et je le vous dirai, fait li prodom : ore escoutés. La nef que tu veïs si bele et si riche que nul ne autres n'avois onques mais nule si riche veüe[a] senefie Sainte Eglyse qui est la plus bele maison et la plus delitable del monde. Et tout autresi conme en la nef n'avoit se foi non, si conme l'escriture del bort le tesmoignoit, [e] tout autresi n'a il en Sainte Eglyse se foi non et verité. Car de ces .ii. choses fu ele pre-

l'entrée dans la sainte Église à qui ne serait auparavant bien purifié de ses péchés par confession de sa bouche et repentir sincère de son cœur, et, serait-il comblé de foi et de croyance, elle lui interdit d'être versatile comme la girouette qui tourne toujours du côté où le vent la fait balancer.

308. « Le chrétien doit sans cesse être comme la tour qui, bâtie sur une bonne base et de solides fondations, ne craint ni siège ni assaut de son voisin : de même le chrétien doit-il croire fermement aux vertus de la sainte Église, pour que, s'il arrivait qu'à l'affût nuit et jour pour détourner l'homme d'une vie de bien et de bienfait, le mauvais voisin s'approche de lui, il le trouve fort, ferme et fondé de la bonne pierre appelée Jésus-Christ. De même que la nef fut faite et construite en premier lieu pour traverser les océans sans péril et aller de l'eau à terre en sûreté, de même la sainte Église, de son côté, fut bâtie pour soutenir la sainte chrétienté dans ce bas monde signifié par l'eau, afin qu'elle ne fît naufrage cependant qu'elle irait en sécurité dans cette vie terrestre bien pauvre, malheureuse et misérable : dans la nef tu dois entendre la sainte Église, et dans la mer, le monde. De même que la nef porte l'homme au milieu de la mer sans danger et le soutient sur l'eau, de même Dieu porte son serviteur au milieu de l'ordure du monde et parmi les péchés

---

mierement fondee et estraite. Li briés qui deffendoit que nus n'entrast dedens la nef s'il ne fust plains de foi en toutes manieres senefie Sainte Escriture[b] qui deffent que nus n'entrece en Sainte Eglyse s'il n'est ançois bien netoiiés de ses pechiés par confession de bouche et par vraie repentance de cuer, et conment qu'il soit plains de foi et de creance, ne soit muables ausi come li pignonciaus qui se tourne tout adés cele part ou li vens le baloie.

308. « Li crestiiens doit estre tout adés tout autresi conme est la tours garnie de bon pié et de bon fondement, qui ne crient siege ne assalt de son voisin. Tout autresi doit li crestiiens soi tenir des vertus de Sainte Eglyse, pour ce que, s'il avenist chose que se li mal voisins qui gaite nuit et jour a jeter home de bone vie et de bone oeuvre s'aproce de lui, qu'il le truist fort et serré et fondé[a] de la bone pierre qui est apelee Jhesu Crist. Et tout autresi conme la nef fu premierement faite et estoree pour ce que on s'en fesist passer parmi aigue sans perill et voist de l'aigue a terre sauvement, tout autresi fu Sainte Eglyse restoree, pour ce qu'ele soustenist Sainte Crestienté en cest siecle qui est senefiés par l'aigue, qu'il ne perillast endementres qu'il alast a garant en ceste vie terrienne qui assés est povre et chaitive et souffraitouse : en la nef dois tu entendre Sainte Eglyse, et en la mer le monde. Et tout ensi conme la nef porte l'ome parmi la mer sans peril et le soustient desor l'aigue, autresi porte Dix son sergant parmi l'ordure del monde et parmi les pechiés

de sorte qu'il n'y est souillé ni déshonoré, et qu'il n'y peut être embarrassé par la tache du péché mortel. La sainte Église fait apparaître son bon ami, son bon serviteur, net et pur de toutes saletés et de toutes bassesses au-dessus de tous péchés, comme l'or sollicité sept fois apparaît net et lumineux plus que tous métaux, de même que le soleil resplendit par-dessus tous les astres.

309. « Voilà pour le sens de la nef et ce que tu dois y entendre ; je vais maintenant t'expliquer la signification du lit qui se trouvait au milieu. Ce lit si splendide et orné de toutes choses de valeur signifie la sainte Table où le Fils de Dieu chaque jour est sacrifié lorsque le vin est changé en sang et le pain en chair, en vertu des saintes et hautes paroles rappelées par la bouche de l'heureuse personne qui s'y emploie. Le lit doit te faire comprendre la sainte Croix où le Fils de Dieu, par sa très grande bonté, fut sacrifié pour nous délivrer de la peine perpétuelle — délivrer l'humain lignage qui naît au péché mortel chaque jour, puis était précipité dans les ténébreuses peines d'enfer. Par le lit, tu dois entendre un signe de soulagement et de repos qui le rend comparable à la croix par une similitude. De même, en effet, que las du travail chaque homme terrestre demande le repos du lit, de même dois-tu entendre que, après la fatigue et le tourment des grandes peines et angoisses d'enfer, le lignage humain prit repos et soulagement au généreux don que le

---

qu'il n'i est cunchiés ni avilonnis, ne ne soit encombrés par teche de mortel pechié. Sainte Eglyse fait son bon ami, son bon sergant, aparoir net et pur de toutes ordures et de toutes vilonnies desor tous pechiés, ausi conme li ors requis par .vii. fois apert a estre[b] nés et clers par desor tous autres metaus, autresi conme li solaus apert resplendissans par desore toutes autres estoiles.

309. « Ore t'ai devisé que la nef senefie et que tu i dois entendre : or te dirai que li lis senefie qui enmi la nef estoit. Li lis qui tant estoit biaus et riches et aournés de toutes vertuouses choses senefie la Sainte Table ou li Fix Dieu est cascun jour sacrefiiés la ou li vins est mués en sanc et li pains en char par la force des saintes paroles et des hautes, qui amenteües i sont par la bouche de la bone eürouse personne qui de ce s'entremet ; [*f*] par le lit dois tu entendre la Sainte Crois ou li Fix Dieu par sa tres grant debonaireté fu sacrefiiés pour nous delivrer de la parmanable painne, et l'umain lignage qui par pechié mortel vient de jour en jour, et puis estoit trebuschiés es tenebrouses painnes d'infer ; par le lit dois tu entendre signe d'asouagement et de repos par coi on doit le lit a la maniere de la crois comparer par samblant chose. Car tout autresi come après la lassece del traveil requiert chascuns terriens hom le repos del lit, tot ausi dois tu entendre que après la lassece et le traveil des grans painnes et

Fils de Dieu fit de lui-même sur la vraie Croix, ce jour qu'il souffrit mort et Passion pour ôter les pécheurs de la peine éternelle.

310. « Après t'avoir expliqué la signification de la nef et du lit que tu vis à l'intérieur, je vais te dire ce dont les trois fuseaux sont le signe. En effet, ce n'est pas sans raison ni sans haute valeur de symbole que le lit fut entouré des trois fuseaux que j'évoque, dont tu vis l'un blanc comme neige, l'autre aussi vermeil qu'une goutte de sang et le troisième d'un vert d'émeraude : je vais t'exposer maintenant ce que cela peut signifier. Par le fuseau blanc placé sur le pourtour, tu dois entendre qu'intégralement et véritablement, avant et après, fut conservée Virginité dans cette chair où il fut conçu, aussi longtemps qu'il resta parmi nous en homme mortel. En elle, en cette chair où il fut conçu, fut gardée Virginité si entièrement que quand il parut en la Vierge bénie, au sortir non plus qu'en entrant Virginité n'y fut absolument pas rompue ni abîmée : il y entra aussi naturellement que par une porte close. Le fuseau, vermeil par sa nature, doit te faire entendre Charité qu'on vit au Fils de Dieu d'une si grande efficace qu'ouvertement il livra son corps à la mort et à la Passion pour racheter l'homme du mortel esclavage. Ce haut don qu'il fit de lui-même, quand, lui qui était vie sans embryon ni tache de la mort, il livra à la mort la chair mortelle dont il était enveloppé,

des grans angoisses d'infer prist le lignage humain repos et asouagement en large don que li Fix Dieu fist de soi meïsme en la Vraie Crois, en cel jour qu'il sousfri mort et passion pour oster les pecheours de la parmanable painne d'infer.

310. « Ore t'ai je devisé la senefiance de la nef et del lit que tu veïs dedens : or te dirai que li .III. fuisel senefient. Car sans raison et sans grant senefiance ne fu pas li lis avironnés des .III. fuissiaus et dont je parole, dont tu veïs l'un blanc come noif et l'autre vermeil come goute de sanc et l'autre vert come esmeraude : si te dirai orendroit que ce puet senefier. Par le blanc fuisel dont li lis estoit avironnés dois tu entendre que enterinement et vraiement, devant et après, fu gardee virginités en celi char ou il fu conceüs tant com il demoura entre nous come hom mortels. En lui fu gardee virginités, en celi char ou il fu concheüs, si entierement que quant il s'aparut en la beneoite Virgene, a l'issir ne a l'entrer n'i fu onques virginités corrompue ne malmise, ains i entra si sainnement come de porte close. Par le vermeil fuisel, qui vermaus estoit de nature, dois tu entendre charité qui si grande et si vertuouse fu veüe el Fil Dieu que il apertement livra son cors a mort et a passion pour home raiembre de mortel servage. En cel haut don que il fist de soi meïsme, et quant il qui estoit vie sans racine et sans teche de la mort livra a mort la car mortel dont il estoit envelopés,

te permet alors de comprendre qu'il avait hébergé en lui la source de foi, de vérité, de charité et de pitié.

311. « Par le fuseau vert comme on l'attendrait d'une émeraude, tu dois entendre Patience : Patience, le symbole en est l'émeraude, verte en toutes saisons. À juste titre, cette pierre la signifie : de même qu'au miroir on peut se regarder, de même on la reconnaît en Patience. Celle-ci apparaît toujours verte, en santé vigoureuse, si bien qu'elle ne peut être altérée ni par l'adversité ni par la force, du moment qu'elle est bien enracinée au cœur du chrétien : et c'est ainsi qu'il parvient à obtenir la victoire, celui qui en lui l'a hébergée. Tu le sais bien : on ne peut en nulle manière vaincre aussi bien son ennemi qu'en le supportant, moyennant ces trois choses dont l'une est appelée Virginité, l'autre Charité et la dernière Patience.

312. « Ainsi le lit est-il entouré et enclos à juste titre : il devait l'être, puis qu'il donnait le signe de cette vraie croix dont je parle. Sur cette bienheureuse Croix, en effet, souffrant l'angoisse de la mort, le Fils de Dieu ne fut pas sans ces trois choses, ce fut évident. Je m'explique : sans aucun doute, on le sait et la vérité l'atteste, dans cette angoisse qu'il supporta lui firent compagnie ces trois notions : Virginité, Charité et Patience ; ainsi muni, il vainquit la mort et ramena notre vie au monde. » Pendant que l'homme de bien présentait de cette manière le symbole de la nef et des éléments qui

---

ore pués tu entendre que il avoit en soi herbergié la fontainne de foi et de verité et de charité et de pité.

311. « Par le fuisel qui vers estoit en lieu d'esmeraude dois tu entendre pacience : pacience si est senefiie*a* par esmeraude, qui en toutes les saisons del an est verde : a droit est ele senefiie par cele pierre, car tout ausi come el mireoir se puet on mirer, ausi le*b* puet on mi[*312a*]rer en pacience. Car ele est tous jours veüe en verdure et en sainne force, si qu'ele ne puet estre remuee ne par aversité ne par force puis qu'ele est bien enracinee el cuer del crestiien : et ensi vient, et quiert victoire a fine force cil qui en soi l'a herbergie. Car tu sés bien que on ne puet en nule maniere si bien vaintre son anemi conme par souffrir, de ces .III. choses dont li une est apelee virginités et l'autre charité et la tierce pacience.

312. « Ensi est li lis avironnés et enclos a droit : car il le devoit estre, puis qu'il estoit senefiance de cele Vraie Crois dont je parole. Car en cele bone eüree Crois ou li Fix Dieu sousfri angoisse de mort ne fu il pas sans ces .III. choses et bien i parut. Car sans faille, si com il est seü, et verité le tesmoigne, a cele angoisse qu'il sousfri li fisent compaignnie ces .III. coses : virginités, charités et pacience : et ensi garni de ces .III. choses vainqui il la mort et ramena nostre vie au monde. » Endementres que li prodom contoit en tel maniere la

étaient à l'intérieur, il arriva que Nascien aima tellement ce récit, les paroles lui en furent si agréables, qu'il s'endormit sur la rive, le cœur apaisé de la douceur de son propos au point qu'en son sommeil il lui semblait toujours que l'homme de bien continuait. Le voyant assoupi, celui qui était dans la nacelle quitta l'endroit et s'en alla, s'éloignant en un rien de temps de la rive à perte de vue.

313. L'homme de bien avait quitté la roche et Nascien, resté sur la rive, dormait à poings fermés. Dans son sommeil, il lui sembla que venait à lui un serpent d'une taille prodigieuse qui s'élançait pour le dévorer cruellement : il lui faisait des plaies au côté gauche, alors que lui se défendait avec énergie ; résistance qui menaçait d'être vaine, quand un petit ver insignifiant, en apparence, venait le secourir. Sitôt que le serpent vit avancer vers lui le petit vermisseau, il n'eut pas le courage de l'attendre, il s'enfuit loin de lui. Voilà ce qui arriva à Nascien dans son sommeil : il en éprouva un tel malaise qu'il s'éveilla, ouvrant les yeux en homme qui croyait bien combattre encore le serpent. Bien réveillé, se rappelant son assoupissement pendant que l'homme de bien lui contait les bonnes paroles, il fut tellement affligé qu'il se dit à lui-même que véritablement il était un homme malheureux et de faible intelligence : s'il en avait eu quelque peu, jamais le sommeil ne l'aurait privé du propos de l'homme de bien.

---

senefiance de la nef, et des choses qui dedens estoient, avint que li oïrs et li raconters plot tant a Nacien, et tant li furent les paroles plaisans qu'il s'endormi desor la rive tant a aise en son cuer de la douçour de ses paroles que la ou il se dormoit li estoit il tousdis avis que li prodom li contast ce qu'il li avoit commencié a dire. Et quant cil qui estoit en la nacele vit qu'il s'endormi, se parti d'illoc et s'en ala : si fu si eslongiés em petit d'ore de la rive que on ne le pot pas veoir.

313. Quant li prodom se fu partis de la roce, Nasciens qui fu remés a la rive se dormi encore voies. Et en ce qu'il se dormoit li fu avis que devant lui venoit uns serpens grans et merveillous qui li sailloit et le demengoit molt durement : se li ert avis qu'il li faisoit plaies el costé senestre, et il se desfendoit molt durement ; mais sa desfense ne li volsist riens, quant uns vers petis de povre pooir par samblant li venoit aïdier : et si tost conme li serpens vit venir vers lui le petit vermissel en l'aïde Nascien, il ne l'osa atendre, ains s'en fuoit loins de lui. Ensi avint a Nascien en son dormant, dont il fu si a mal aise qu'il s'en esveilla et ouvri ses ex conme cil qui bien se quidoit combatre encore au serpent. Et quant il se fu esveilliés et il li menbre qu'il se fu endormis, endementiers que li prodom li contoit les bones paroles, lors fu tant dolans qu'il dist a soi meismes que voirement estoit il hom chaitis et de povre sens. Car se il eüst nul sens en lui, ja li dormirs ne li eüst tolu ce que li [b] prodom li avoit commencié a dire.

Mais maintenant le conte se tait sur Nascien et revient à Célidoine : comment le roi Label de Perse le trouva sur une roche en mer.

Célidoine et la conversion du roi Label.

314. Le conte dit dans cette partie que, emporté par les neuf mains hors de la puissance et de la domination de Calafer, en un rien de temps, comme on en eut depuis la certitude, Célidoine fut à dix journées du pays[1], et laissé, comme il plut à la volonté du Haut-Maître, sur le rivage dans une île dont son père Nascien était proche de cinq journées, pas exactement dans cette région, mais dans une autre. Quand il y fut déposé de cette manière, lui, jeune enfant âgé de dix ans seulement[2], à se voir dans un endroit si dépaysant, comme enclos d'un côté par une forêt sauvage et de l'autre de montagnes rocheuses prodigieusement élevées auxquelles il n'était pas habitué, loin d'être à son aise, il fut au comble de la frayeur, et devint fou de douleur. Il en était là lorsque le temps commença à changer et s'assombrit ; il se mit à pleuvoir très dru, avec du vent, du tonnerre et des éclairs, et à faire un temps aussi triste que si le monde entier devait s'effondrer et finir dans sa chute.

315. À voir sur la mer l'orage si prodigieux, les vagues se soulever si haut que tout spectateur en eût éprouvé une peur mortelle, l'enfant redoutait que les ondes si puissantes à ses

---

Mais or se taiſt li contes de lui et retourne a parler de Celidoine. Conment li rois Labiaus de Perse le trouva en une roche en mer.

314. Or diſt li contes en ceſte partie que quant les .ix. mains en orent porté Celidoine fors de la poeſté et de la baillie Galafré em petit d'ore, si com on le ſot puis vraiement, fu il eſlongiés del païs l'eſpasse de .x. journees loing ; et fu laiſſiés si com il plot a la volenté del Haut Maiſtre sor la rive de mer en une ille ou ses peres Nasciens eſtoit a .v. journees pres, non mie proprement en cele partie, mais en une autre. Quant il i fu mis en tel maniere, il qui eſtoit jouenes enfés en l'aage de .x. ans solement, quant il se vit en si eſtrange lieu conme enclos en une foreſt sauvage et d'autre part de montaignes et de roces grans et merveillouses qu'il n'avoit pas aprinses a veoir, lorſ n'i fu il pas a aise mais mout eſpoentés durement, et se priſt a dementer a lui meïſme. Et endementiers qu'il eſtoit illoques, li tans conmencha a changier et a oscurcir, si conmencha a plovoir mout durement et a venter et a tonner et a eſpartir et a faire si dolerous tans, si que se tous li mondes deüſt fondre et chaïr et fenir.

315. Li enfés qui vit l'orage de la mer si merveillous et les ondes si hautes et si eſpoentables que nus ne les veïſt qui n'en deüſt avoir paour de mort, et si ot paour et cremour que les ondes que il vit tant grandes ne venissent jusques a lui. Et pour ce se traïſt il en sus de la

yeux ne vinssent jusqu'à lui. Il recula, et pour cause, loin du rivage et s'en vint vers une roche qu'il voyait éboulée ; il y pénétra, épouvanté à ne savoir que faire. Portant toutefois son regard le plus loin possible en mer, à force d'attention il remarqua non loin de lui deux nefs que la tourmente et l'orage allaient chassant au milieu des flots, et ceux qui étaient dedans criaient à pleins poumons aux capitaines : « À la rive ! À la rive, ou nous sommes morts ! » Tandis qu'ils s'égosillaient, pour leur chance, les nefs accostèrent toutes deux en sûreté, juste devant l'endroit où se trouvait Célidoine. Ils étaient à terre, quand un vieux loup de mer, qui mieux qu'eux tous connaissait les terres étrangères, leur dit en pleurant : « Seigneurs, pas de chance quand, après avoir réchappé du péril de la mer, nous accostons dans ce lieu, peuplé seulement de lions, de serpents et de bêtes sauvages qui auront tôt fait de nous dévorer dès qu'ils nous verront. — Cher patron, dit l'un de ceux à qui le vieil homme s'était adressé, il ne faut pas vous en inquiéter : vous le voyez bien, il y a ici quelque cinq cents chevaliers qui défendraient bien une armée entière contre toutes les bêtes sauvages qui vivent dans cette contrée ; nous n'avons donc rien à craindre : si nous sommes assaillis de monstres ou de bêtes bizarres, nous résisterons très bien, en connaissance de cause, s'il plaît à Dieu, par sa grâce. »

316. Pendant qu'ils parlaient ainsi, Célidoine sortit de la

rive et s'en vint vers une roche qu'il vit cheüe ; si entra dedens si espoentés qu'il ne sot qu'il pooit faire. Et regarda toutes voies en la mer si loing com il pot veoir, et tant entendi au regarder por ce qu'il vit pres de soi .II. nés que la tourmente et li ores aloit chaçant parmi la mer, et cil qui dedens estoient crioient a hautes vois as maistres des nés : « A rive ! A rive ou nous sonmes mort ! » Et en ce qu'il cri[d]oient ensi, il lor avint si bien que les nés arriverent an .II. sauvement, illoques devant ou Celidoines estoit a la roce. Et quant il furent a terre venu, uns vix hom maronniers, qui mix connoissoit les estranges terres qu'il ne faisoient, lor dist em plourant : « Signour, mal nous est avenu : se nous sonmes eschapé del peril de la mer, nous sonmes en tel lieu arrivé, par mescheance, que ci n'a nul habitement fors lyons et serpens et bestes sauvages qui maintenant nous aront tout devoré si tost com il nous verront. — Biaus maistres, ce dist li uns des autres a qui li vix hom avoit ce dit, de ce ne vous estuet il mie molt esmaiier : quar vous veés bien que ci a tels .V.C. chevaliers qui bien deffenderoient un ost de toutes bestes sauvages qui habitent en ceste contree ; et pour ce n'avons nous garde, car se nous sonmes assailli de monstres ou d'estranges bestes, nous nous desfenderons molt bien a nostre essient, se Dieu plaist, par sa grasce. »

316. Endementiers qu'il parloient ensi, s'en issi Celidoine de la

roche et se dirigea vers ceux qui avaient accosté. Il les pensait chrétiens comme lui ; c'étaient au contraire des païens originaires de Perse, allant en guerre au royaume de Syrie contre Samuel, qui avait tué le frère du roi de Perse pour l'avoir surpris vilainement avec sa femme. Était là, parmi eux, le roi de Perse qu'on appelait Label ; jeune, bon chevalier au combat, il avait dans le sang la perfidie et la cruauté, et vouait aux chrétiens la plus mortelle haine. Après leur accostage, le roi Label, voyant le temps s'éclaircir sur le soir, donna l'ordre de dresser entre les roches son pavillon où il voulait se coucher ; ceux à qui il l'avait commandé auraient vite fait, dirent-ils, de le tendre. Tandis qu'ils avaient quitté les nefs avec leur équipement, Célidoine, sorti de la roche, les rejoignit ; il les salua et leur demanda leur nationalité. Eux, qui s'interrogeaient avec surprise sur sa présence et sur l'endroit d'où il pouvait être venu, lui répondirent qu'ils étaient de Perse ; ils se saisirent de lui pour l'emmener tout de suite au roi Label. Ce dernier, en le voyant aussi somptueusement vêtu, se persuada qu'il était noble et de haute famille : il l'accueillit très bien, le faisant asseoir à ses côtés pour s'informer sur sa situation. Brûlant du désir de le connaître, il lui demanda qui il était et d'où il venait. L'enfant, plus mûr qu'un enfant de son âge, qu'aucun autre enfant, lui révéla sans ambages la vérité sur son lignage et sa famille, et la nation qu'il avait à gouverner. Et de raconter

---

roce ou il estoit, et vint vers ciaus qui arrivé estoient ; et s'apensa qu'il estoient crestiien ausi com il estoit[a] ; ains estoient païen et né de Perse, et aloient a ost el roiaume de Sire sor Samuel qui le frere le roi[b] de Perse avoit ocis por ce qu'il l'avoit trouvé vilainnement avoc sa feme. Et illoc estoit entr'aus li rois de Perse que on apeloit Label ; et estoit jones hom et bons chevaliers de sa main ; mais fel et cruous estoit il durement, ne nus ne haoit si mortelment crestiiens com il faisoit. Quant il furent arrivé, li rois Labiaus, pour ce qu'il vit esclarcir le tans contre le soir, conmanda c'on tendist son paveillon entre les roces ou il voloit jesir, et ciaus a qui il l'ot conmandé disent qu'il l'aront ja par tans tendu. Et en ce qu'il estoient des nés parti o lor harnois, Celidoines qui estoit issus fors de la roce, vint a els ; si les salua et lor demanda quel gent il estoient. Et cil, qui trop s'esmervelloient de lui et de quel lieu il pooit estre venus, li respondirent qu'il estoient de Perse ; si le prisent et l'emporterent maintenant au roi Label. Et quant il le vit si tres bel et si richement vestu com il estoit, si se pensa bien qu'il estoit gentix hom et de haute gent estrais ; si li fist mout bele chiere et l'asist dejouste lui por enquerre de son estre. Car grant desirier avoit de lui connoistre : se li conmencha a demander qui il estoit et de quel lieu ; et li enfés, qui plus savoit que nus enfés de son aage, que nus autres enfes, li reconnut

comment sa parenté avait reçu la nouvelle loi et christianisé tout son territoire. « Par suite, moi-même, sire, dit-il au roi, je suis devenu chrétien, et j'ai reçu le baptême de la main même de Josephé le souverain évêque des chrétiens, celui que Notre-Seigneur en personne consacra de sa propre main. »

317. À cette nouvelle, le roi Label fut au comble de la tristesse : le roi Évalac, il le connaissait bien, comme il était bien normal, puisque c'était lui qui l'avait fait chevalier de sa main. Aussi dit-il à Célidoine : « Mon enfant, ma confiance et mon amitié pour ta parenté remontent loin, si bien que je suis accablé de ces nouvelles. Même s'ils ont versé dans la folie et l'aberration religieuse et s'ils ont l'intention de supporter désormais en ce monde pauvreté et misère, étant donné que tu es un si bel enfant et que tu vas pouvoir encore accéder à un grand honneur si la fatalité ne t'en prive pas, je vais te retenir auprès de moi ; et je vais le faire parce que tu m'appartiens en quelque façon : aussi m'emploierai-je à te sortir quand même de cette folie que tu as contractée. Maintenant je veux que tu me dises quelle aventure t'a amené ici sur cette roche dans un endroit si sauvage, si éloigné, à l'écart de tous peuples, que personne n'y reste à part les malheureux qui d'aventure survivent au danger de mer. » Célidoine lui raconta sans détour comment il avait été détenu, avec Nascien son père, dans la prison de Calafer, et

---

tout maintenant la [*d*] verité de son lignage et de quel gens il estoit estrais et quel gent il avoit a governer. Et il conta comment ses parentés avoit receü la nouvele loy, et lor terre tout crestiennee. « Dont je meïsmes, sire, fait il au roi, sui crestiennés, et ai receü baptesme de la main meïsmes Josephé le souvrain evesque des crestiiens, celui que Nostres Sires meïsmes sacra de sa propre main. »

317. Quant li rois Labias oï ceste nouvele, si fu tant dolans que nus plus. Car le roi Analac connoissoit il bien, et connoistre le devoit il bien par droit, come celui qui chevalier l'avoit fait de sa main. Si dist a Celidoine : « Enfés, je croi bien et connois ton parenté lonc tans a ja passé, par coi il me poise mout de ces nouveles. Et conment qu'il soient tourné a la folie et a la male creance et aient volenté de sousfrir des ore[*a*] mais en cel monde povertés et chaitivetés, pour ce que tu es si biaus enfés et porras encore venir a grant honour se mauvaistié ne le te taut, te tenrai je avoc moi ; et te tenrai avoc moi pour ce que tu m'apartiens d'aucune chose : si ferai tant que je t'osterai encore de cele folie ou tu es entrés. Or voel je que tu me dies quele aventure t'a amené ci en ceste roce en si sauvage lieu, qui tant est[*b*] eslongiés et estrangiés de toutes gens que nus n'i repaire se ce ne sont li chaitif qui aventure laisse eschaper del peril de mer. » Et Celidoines li conta tout maintenant conment il avoit esté, il et Nasciens ses peres, en la prison Galafré, et

comment son père s'en était évadé par la volonté de Notre-Seigneur. « Quand Calafer vit que mon père lui avait échappé, il me fit conduire aux créneaux de la tour pour me précipiter en bas : il était dans un tel accès de cruauté que la chute m'aurait tué, moi, innocent enfant sans malice. Mais Notre-Seigneur Jésus-Christ, qui ne laisse pas périr ses serviteurs, mais veut les aider dans le besoin, vint me secourir et me porta ici sur cette roche, dont je ne sais si elle est loin ou près de notre pays ; mais c'est ainsi, par sa grâce, que Notre-Seigneur m'a secouru. »

318. À cette parole, le roi Label, riant de dépit, s'adressa à l'assistance : « Par ma foi, seigneurs, quel prodige pour moi que l'aptitude précoce de cet enfant à mentir ! — Sire, dit un chevalier qui était devant lui, c'est l'habitude des chrétiens : jamais vous ne trouverez d'aussi bons menteurs ; et toujours ils prétendent que leurs mensonges sont pure vérité. — Ne vous en souciez pas, trancha le roi : nous tirerons celui-ci facilement de sa folie. » Cette nuit-là, Label et ses chevaliers couchèrent sous les pavillons qu'ils avaient fait tendre sur le rivage ; une autre partie couchait dans les nefs, et le restant, armé de lances, d'épées et de haubers, devait veiller à la sécurité du roi toute la nuit, afin que, si par aventure des bêtes sauvages sortaient des forêts, elles ne pussent faire de mal au roi ni à ceux qui avec lui dormaient sous les pavillons. Le roi fit honorer et servir Célidoine du mieux

---

comment ses peres en fu issus et eschapés par la volenté de Nostre Signor. « Et quant Galafrés vit que mes peres li fu eschapés, il me fist aporter as cretiaus de la tour pour moi jeter aval : si en fu en si grant crualté que je, qui enfés estoie sans mal et sans engien, fuisse mors au chaoir de la tour. Mais Nostres Sires Jhesu Crist, qui ne laisse mie perir ses menestrels, ains lor velt aïdier quant mestiers en est, me vint secourre et m'aporta cha en ceste roce, ne sai se ce est loig ou pres de nostre païs ; mais ensi, soie merci, me secourut Nostres Sires. »

318. Quant li rois Labias entendi ceste parole, si s'en rist de malta-lent et dist a ciaus qui o lui sont : « Par foi, signour, fait il, merveillié m'ai que cis enfés set ja si bien mentir. — Sire, fait uns chevaliers qui devant lui estoit, tels est la costume des crestiiens : jamais ne trouverés si bons menteours com il sont ; et tousdis voelent lor mençoignes affermer ausi con se ce fust fins voirs. — Ne vous en chaut, fait li rois, car cestui ferons nous legierement issir de la folie ou il est. » Et chele [e] nuit jut Labias entre lui et ses chevaliers es paveillons qu'il orent fait tendre sor la rive de la mer ; et l'autre partie jut es nés, et li remanans fu armés de glaives et d'espees et des haubers pour gaitier le roi toute la nuit ; que s'il avenist chose que bestes sauvages ississent fors des forés, que eles ne peüssent mal faire au roi ne a ciaus qui o le roi dormoient es paveillons. Et li rois fist honerer et servir Celidoine de tout

qu'il put ; il le fit coucher près de lui, et le fit traiter aussi chèrement que s'il l'avait engendré de sa chair. L'enfant endormi, le roi ne se coucha pas tout de suite ; il prit conseil auprès de ses hommes : « Je prétends en effet, dit-il, qu'il renie le christianisme et revienne à notre loi, et je veux lui donner ma fille pour femme. Savez-vous pourquoi j'en suis si désireux ? Je sais bien qu'il descend tant du côté maternel que paternel de si bons chevaliers qu'il serait impossible, à moins que Nature ne manquât en lui, qu'il n'en fût un excellent : dans cet espoir, s'il devait arriver qu'il vécût plus que moi et qu'il eût ma fille pour femme, je lui laisserais après ma mort mon territoire tout entier, tout mon royaume. — Sire, concèdent ses hommes, il fera tout ce que vous voudrez. »

319. Quand le roi fut couché, les patrouilles une fois attribuées aux responsables, il s'endormit et aussitôt il lui sembla qu'il était dans un vaste pré verdoyant et beau. Dans ce pré, il y avait un petit pot de terre tout neuf et rempli de mottes. Il était à l'extérieur entouré de fleurs sortant de lui comme d'un arbre naissent par nature branches et feuilles. Le roi regardait ce petit pot, dont il s'émerveillait de voir sortir des fleurs. Ensuite s'en approchait un grand serpent crachant feu et flammes, qui abîmait aussitôt la petite poterie, les fleurs et tout son contenu, de sorte qu'en un rien de temps tout ce qu'il avait vu était anéanti. Au petit matin, quand il s'éveilla,

---

son pooir et l'i fist la nuit couchier pres de lui, et le fist tenir ausi chierement come s'il l'eüst engendré de sa chair. Et quant li enfes fu endormis, li rois ne se coucha mie lués de maintenant, ains demanda a ses homes qu'i li looient a faire de cel enfant : « Car je bee, fait il, a ce qu'il renoiece crestienté et reviengne a nostre loy, et que je li doigne ma fille a feme. Et savés vous, fait il, pour coi je en sui si curious ? Je sai bien qu'il est estrais de toutes pars de si bons chevaliers qu'il ne porroit estre, se Nature ne faloit en lui, qu'il ne fust trop bons chevaliers : et pour ceste esperance, s'il avenist chose qu'il vesquist plus de moi et il avoit ma fille a feme, je li lairoie ma terre toute après ma mort, et tot mon roiaume. — Sire, font si home, il fera quanques vous volrés. »

319. Quant li rois fu couchiés, et les escergaites furent livrees a ciaus qui de ce se devoient entremetre, li rois s'endormi et maintenant li fu avis qu'il estoit en un pré grant et large et verdoiant et bel. Et en cel pré avoit une ouscele de terre qui estoit toute noeve, et estoit emplie de motes de terre ; et icele ouele estoit[a] par defors toute avironnee de flours qui de li issoient tout ausi conme d'un arbre naissent par nature[b] branches et fuelles. Et li rois regardoit l'ouele, dont il se merveilloit mout qu'il en veoit flors[c] issir. Et après veoit que delés l'ouele venoit uns grans serpens jetant fu et flambe, qui gastoit maintenant l'ouele, et les fleurs et quanques dedens avoit, si qu'en poi d'ore repairoit tout a nient quanque li rois avoit veü. Au matinet quant li rois s'esveilla,

se présentèrent devant lui ses hommes, les sentinelles, pour
dire qu'ils avaient, au point du jour, capturé un lion par
diverses ruses : il était le plus prodigieux qu'ils eussent jamais
vu sur aucun territoire. Le roi leur ordonna de le mettre en
cage : ainsi le verrait-il, et il le ferait le cas échéant mener sur
la terre où il désirait aller[1]. Alors il fit réveiller Célidoine
encore endormi car il avait toute la nuit pensé à son père et
n'avait pas fermé l'œil. Et quand il fut prêt, le roi le fit amener devant lui, et celui-ci s'assit à ses pieds. Alors Label
convoqua tous les plus savants maîtres de la compagnie.
Une fois qu'ils furent tous assemblés, il leur dit :

320. « Seigneurs, il m'est arrivé cette nuit dans mon sommeil une aventure si prodigieuse que je ne serai pas content
avant de savoir le sens de la vision[1], à quoi elle peut aboutir ;
c'est pourquoi je vous ai fait venir devant moi, pour vous
entendre me dire, à votre avis, ce qu'il pourra m'en arriver. »
Alors il leur fit l'exact récit de ce qu'il avait vu dans son
sommeil[2], avec ordre de lui révéler comment cela pourrait
tourner. Ils s'appliquèrent tous à l'interprétation. Après mûre
réflexion, ils répondirent n'y pouvoir discerner rien de certain. « Certes, estima le roi, j'en suis fâché : la vision ne peut
qu'avoir une grande valeur de signe[3] ! — Sur notre foi, répliquèrent-ils, nous n'en dirons pas davantage : nous refusons
de vous faire accroire une chose dont nous ne serions pas
sûrs. » Le roi assura qu'il n'insisterait pas, puisqu'il ne pou-

---

si vinrent a lui si home, cil qui avoient veillié[d] la nuit, et disent qu'il
avoient a l'ajornee pris un lyon a divers engens : si estoit li lyons li
plus merveillous qu'il eüssent onques veü en nule terre. Et quant li
rois oï cele nouvele, si lor conmanda a estoier le lyon, si le verra et
l'en fera par aventure mener en la terre ou il bee a aler. Lors fait
esveillier Celidoine qui encore dormoit, car il avoit assés cele nuit
pensé a son pere en veillant. Et quant il se [f] fu apareilliés, li rois le
fist amener par devant lui, et cil s'asist a ses piés. Lors conmanda li
rois a venir devant lui tous les plus sages maistres de la compaignie.
Et quant il furent tout asamblé, si lor dist :

320. « Signour, anuit m'avint en mon dormant une aventure si
merveillouse que je ne serai jamais[a] a aise devant ce que je sace la
verité de l'avision, a quel fin ele puet tourner ; et pour ce vous ai je
par devant moi mandés, que vous m'en dites ce que vos esperés qu'il
m'en puisse avenir. » Lors lor devise tout ensemble com il avoit veü
en son dormant, si lor conmande qu'il li[b] dient a quel chief il porra
tourner : lors conmencierent tout a penser a quel chief ce porroit
tourner. Et quant il orent grant piece pensé, si respondent qu'il n'i
pueent apercevoir nule certaine chose. « Certes, fait li rois, ce poise
moi, car sans grant senefiance ne fu mie li avisions. — Par foi, font
cil, nous ne vous en dirons plus. Car nous ne volons pas vous faire

vait rien apprendre de plus. Célidoine, assis à ses pieds, entendant le récit de la vision qu'il avait fait à ses hommes, ceux qui étaient censés le conseiller, et les voyant incapables d'en rien dire de sûr[4], se mit aussitôt debout pour parler au roi, et lui dit si haut que tous purent bien l'entendre :

321. « Roi Label, puisque ces hommes ne savent pas te conseiller sur ce sujet, c'est moi qui vais te l'enseigner comme le Haut-Maître vient de me l'apprendre[1]. Tu as vu dans ton songe un beau pré verdoyant, et dans ce pré il y avait un petit pot entouré de fleurs, et tout ce qu'il contenait ressemblait à des mottes de terre. Je vais maintenant t'expliquer ce que cela signifie : je ne le tiens pas de ma science propre, car je suis trop jeune encore et d'âge trop modeste pour connaître une si grande chose. Mais convaincs-toi que le Saint-Esprit qui montre ses secrets et ses grands mystères à ses pasteurs et à ses serviteurs me l'a, par sa douce pitié, révélé, et c'est pour cela que je vais t'en faire clairement la démonstration si tu veux m'écouter. Le pré que tu as vu signifie le monde où nous sommes ; il verdoie, autant dire qu'il plaît, et inspire le désir à tous ceux qui y sont, qui en jouissent et s'en satisfont, les pécheurs qui, vautrés dans les grands péchés mortels, s'adonnent aux turpitudes les plus basses ; ceux-ci l'aiment bien : ils ont le sentiment qu'il ne prendra jamais fin, qu'il durera toujours au contraire, et

---

acroire chose que nous ne sachons vraiement. » Et li rois dist qu'il s'en taira atant, puis qu'il n'en puet autre chose aprendre. Quant Celidoines, qui as piés le roi se seoit, oï le conte de l'avision que li rois avoit conté a ses homes, et a ciaus qui le devoient conseillier, et il vit qu'il n'en savoient a dire certainneté, si se drecha tout maintenant en estant et parole au roi et dist si haut qu'il le porent bien tout oïr :

321. « Rois Label, puis que cil home ci ne te sevent conseillier de ce dont tu les requiers, je le t'enseignerai ensi conme li Haus Maistres le m'a enseignié. Tu veïs en ton songe un pré bel et verdoiant, et en cel pré avoit une oucele avironnee de flours, et quanqu'il avoit dedens estoit aussi come motes de terre. Or te dirai que ce senefie ; si ne le sai je mie de ma science, car trop sui encore jouenes enfés et de petit aage a savoir si grant chose. Mais sachiés bien que li Sains Esperis qui a ses menistres et a ses sergans demoustre ses secrés et ses grans repostailles le m'a par sa douce pité descouvert, et pour ce le te mosterrai je apertement se tu me vels escouter. Li pres que tu veïs senefie le monde ou nous somes, qui verdoie, c'est a dire qu'il plaist et atalente a tous ciax qui i sont et qui s'i delitent et aaisent, ce est as pecheours qui gisent es grans pechiés mortels, qui font les grans vilonnies et les grans ordures ; a ciaus plaist, qu'il ne lor est pas avis qu'il doie jamais [*32a*] faillir, ains lor samble qu'il durra tousdis, et

qu'ils conserveront grand pouvoir et grande force ; et ils prennent leur plaisir à ce que désire leur malheureux ventre. Mais celui qui considère ce pré comme il eſt peut clairement le voir semblable à celui qui au matin eſt verdoyant et fleuri ; au soir, quand la chaleur du soleil s'y eſt un peu attardée, on peut le voir mort, flétri, desséché de même que le corps de l'homme quand l'âme en eſt partie[2].

322. « Par l'explication que je te fournis, tu peux voir ce que le pré signifie. Tu dois savoir après que le petit pot, chose fragile, mauvaise, d'assez pauvre subſtance pour se briser au moindre accident, et que le Potier fit avec le limon de la terre méprisable et mauvaise, signifie l'homme, si pauvre créature, provenant d'une si mauvaise semence qu'il eſt aussi faible et pauvre que le pot, qui se brise facilement : tout aussi faible eſt l'homme. Tantôt il eſt, et tantôt il n'eſt pas. Par le petit pot que tu as vu dans ton songe, c'eſt toi qui es signifié, roi Label ; quant aux fleurs qui en sortaient pour l'entourer, tu peux en entendre une grande merveille. Considère donc la fleur dans sa réalité : comme toi, je n'en ai jamais vu qui ne flétrît et dont la beauté ne fût passée en peu de temps, à part la Fleur appelée Vierge Marie. La beauté de cette dernière ne fut jamais mise à mal ni abîmée, au contraire il arriva que, là où toutes les fleurs sont déflorées et violées, à la conception et à l'enfantement, cette Dame sauva si dignement sa fleur que jamais la blancheur de

---

seront en vif pooir et en vive force ; et se delitent en ce que li maleü-rous ventres desire. Mais cil qui selonc verité l'esgarde le puet veoir apertement samblant au pré qui au matin eſt verdoians et plains de flours, et au soir quant la chalour del soleil i a[b] un poi demouré, si le puet on veoir mort et fleci et sechié tout autresi come eſt li cors del home quant l'ame en eſt partie.

322. « Par ceſte raison que je te demoſtre, pues tu veoir que li pres senefie. Si dois après veoir que l'oucele[a], qui eſt feble chose et mau-vaise et de si povre suſtance qu'ele puet maintenant eſtre brisie a poi d'ocoison, et que li potiers fiſt de limon de terre vil et mauvaise, senefie l'ome qui eſt si povre chose et eſtrais de si mauvaise semen-ce[b] qu'il eſt autresi febles et autresi chaitis come li pos, qui de legier eſt brisiés : autresi febles eſt li hom. Car orendroit eſt et orendroit n'eſt mie. Par l'oucele que tu veïs en ton songe es tu senefiiés, rois Label ; mais des flours qui en issoient et l'avironnoient, pués tu entendre grant merveille. Ore regarde la verité de la flor : je ne vi onques flour, ne si ne fesis tu, qui ne defausiſt et dont sa biauté ne fuſt alee em poi de tans, fors solement la flor qui eſt apelee Virgene Marie. Mais la biauté de cele flour ne fu onques mal mise ne empirie, ains avint que la ou toutes[c] les flours sont desflourees et violees, c'eſt en concevoir et en enfanter, illoc sauva cele dame si hautement sa

sa virginité ne fut abîmée ni mise à mal, de sorte que tu n'as pas vu, dans ton songe, le symbole de cette fleur pérenne en sa valeur et en sa beauté. Celles que tu as vues mouraient à la moindre chaleur : tu en as autour de toi beaucoup de comparables, à défaut de savoir leurs noms. On les appelle beauté, prouesse, courtoisie, et autres vertus dont tu as maintes fois entendu dire qu'elles font paraître les hommes plus aimables et mieux dotés de qualités les uns que les autres, comme l'un est mieux pourvu de qualités terrestres que les autres : de fleurs ainsi appelées tu es sans aucun doute pourvu aussi généreusement qu'on peut l'être en ce monde. Tu es en effet beau et jeune — non pas pour Dieu, mais pour l'ennemi que tu as servi tous les jours de ta vie ; très preux également, et bon et courtois chevalier ; avec cela, tu as tant de qualités que tu es le plus aimable mécréant que je connaisse ici-bas.

323. « Tu viens d'entendre la signification du petit pot, et des fleurs autour. Je vais maintenant te montrer ce dont la motte de terre est le signe. La terre amassée à l'intérieur du pot signifie la grande charge des péchés mortels que l'homme, pour son malheur, accumule chaque jour en lui tant et plus, à mal se comporter envers son Créateur, en refusant de se corriger quels que soient les préceptes ou les encouragements qu'on lui prodigue : ce trésor et cet amoncellement, tu les as acquis dès lors que tu es sorti du ventre

---

flour que onques la blanchour de sa virginité ne fu empirie ne malmise, dont de cele flour qui tous jours dure en sa valour et en sa biauté ne veïs tu la samblance en ton songe. Car tu veïs flours qui failloient par un petit de chaut : tels flors as tu*ᵈ* entour toi assés, mais tu ne sés pas conment eles sont apelees. On apele l'une biauté et l'autre prouece et l'autre courtoisie, et ces autres vertus dont tu as maintes fois oï qu'il font homes aparoir plus gracious et mix entechiés les uns que les autres, ensi que li uns est mix garnis de vertus terriennes que les autres : de flours qui ensi sont apelees es*ᵉ* tu sans faille garnis si tres durement conme hom terriens puet estre. Car tu es biaus et jouenes non mie a Dieu*ᶠ*, mais a l'anemi qui tu as servi tous les jours de ta vie ; si es assés prous, et bons chevaliers et courtois ; avoc ce as tu tant de bones vertus que tu es li plus gracious mescreans que je sace [*b*] en terre.

323. « Ore t'ai je, fait li enfes, dit que l'ocele*ᵍ* senefie, et les flours qui entour estoient. Ore te dirai que la mote de terre senefie. La terre amoncelee dedens le pot senefie la grant charge des pechiés mortex que li hom maleürousement amoncele chascun jour dedens soi plus et plus pour meserrer encontre son Creatour quant il ne se velt amender ne pour parole ne pour amonnestement que on li*ʰ* die : cest tresor et cel amoncelement as tu aquis des lors que tu issis del ventre

de ta mère. Car jamais, depuis ta naissance, tu n'as rien fait, par parole ni par action, qui ne fût contre ton Créateur ; et puisque tu as ensuite péché tous les jours et amoncelé mal sur mal, le petit pot devait bien t'apparaître, dans ton songe, plein de terre : tu l'es vraiment. Voilà pour l'interprétation de l'amas de terre. Je vais maintenant te révéler ce que tu dois entendre par le serpent. Le serpent est le signe de la mort, pour l'âme si cruelle et si impitoyable compagne que, tout aussitôt qu'elle vient voir le corps, elle lui enlève tout ce qu'il a, les fleurs, le plaisir et la joie du monde. Si elle ne le trouve pas bien pourvu de qualités qui mènent l'homme à la joie des cieux, à la joie éternelle, il est précipité dans la maison des ténèbres, appelée enfer.

324. « Tu peux voir maintenant la signification du songe ; je te l'ai expliquée, comme le Haut-Maître me l'a enseignée. Sois sûr que tu n'es pas plus estimable, à user de ta personne avec une telle bassesse, que le petit pot plein de terre. Afin que tu portes encore plus de crédit à ce que je vais te dire, sache que je vais te conter aujourd'hui même une certaine chose que tu as faite il n'y a pas si longtemps, et dont personne, crois-tu, n'est au courant hormis toi seul ; mais c'est ainsi : le sait Celui à qui on ne peut rien cacher, et il m'en a déjà fait part. » À ces mots, le roi, déconcerté, rougit de honte : « Allons, qu'ai-je fait que j'imagine être seul à connaître ? — Je vais te le dire, répliqua Célidoine, mais en

---

ta mere. Car tu onques puis que tu fus nés, ne feïs tu riens ne em parole ne en oeuvre qui ne fust contre ton Creatour ; et des que tu as puis pechié tous jours et amoncelé mal sor mal[c], bien te dut aparoir en ton songe li oucele plainne de terre car tu l'es vraiement. Ore t'ai devisé que la terre amoncelee senefie. Or te dirai que tu dois entendre par le serpent. Li serpens senefie la mort qui a l'ame est si cruouse compaingne et si felenesse que si trestost com ele vient veoir le cors, ele li talt tout quanqu'il[d] a, et les flours del monde, et le delit[e] del monde, et la joie del monde ; et s'ele ne le trouve bien garni[f] de bones vertus qui l'ome mainnent[g] en la joie des cix, en la joie qui ja ne faura, il est[h] trebuschiés en la tenebrouse maison, qui est apelee infer.

324. « Ore pués tu veoir la senefiance del songe, que je t'ai devisé, si come li Haus Maistres le m'enseigna. Si saces bien que tu ne fais plus a proisier a faire tel vilonnie de ton cors come fait[a] l'oucele plainne de terre. Et pour ce que tu me croies encore mix de ce que je te dirai, saches que je te conterai anquenuit[b] tel chose que tu fesis n'a pas encore long tans, et si ne quides que nus le sace fors toi sol ; mais si fait. Car cil le set a qui on ne puet riens celer, et si le m'a ja fait a savoir. » Quant li rois ot ceste parole, si est tous esbahis, et rougist de honte. « Di va, fait li rois, que est ce que je fis, que je cuide que nus ne le sace fors moi ? » Lors li dist Celidoines : « Ce

privé ; cependant j'ai quelque chose à te révéler devant tous tes barons : t'en instruit par moi le Haut-Maître, Celui qui connaît l'avenir. Le serpent de ton songe est le signe que tu es sur le point de mourir. — Comment, s'écria le roi, vais-je donc mourir ? — Assurément, répondit Célidoine : d'ici à trois jours tu auras quitté ce monde. Réfléchis donc à la décision que tu prendras pour toi-même ; et je vais t'en donner de bonnes preuves pour que tu m'en croies mieux. » Alors, le tirant à part, loin de ses barons, il lui dit : « Roi, le Haut-Maître te commande de devenir chrétien et de recevoir la nouvelle loi, à telles enseignes que tu as tué le premier jour de mai ta sœur, parce qu'elle ne voulait pas tolérer que tu couchasses avec elle. Voyant qu'elle refusait de subir ta volonté, tu lui as coupé la tête et tu as jeté le corps dans la mer et la tête après. Tu as sans aucun doute commis ce meurtre si secrètement que personne ne l'apprit sauf Celui qui sait tout, et à qui l'on ne peut rien cacher ; mais il me l'a annoncé et révélé par sa très grande grâce.

325. — Mon enfant, répondit alors le roi, ce sont des merveilles que tu m'as dites : ou tu n'es pas un homme mortel, ou tu es plus savant qu'aucun être ici-bas : sur mon songe, personne, j'en suis persuadé, ne m'aurait révélé la vérité aussi clairement que toi, ni n'aurait pu savoir ce que j'ai fait de ma sœur. » Alors il commanda qu'on lui préparât son lit ;

---

vous dirai je bien, mais il n'i avra fors moi et vous ; mais ce vous voel je dire devant tous vos barons : si le vous mande par moi li Haus Maistres, cil qui set toutes les choses qui sont a avenir. Li serpens senefie, que vous veïstes en vostre songe, le point de la mort ou vous estes venus. — Conment, fait li rois, morrai je dont ? — Oïl voir, fait Celidoines : car de hui en quart jour seras tu trespassés de cest siecle. Or gardés quel conseil vous prenderés de vous meïsmes ; et [d] si vous en dirai je bones enseignes pour ce que vous m'en creés mix. » Lors le traïst a une part avoc lui, loing de ses barons, puis li dist : « Rois, ce te mande li Haus Maistres que tu te faces crestienner et reçoives la nouvele loy, a tés enseignes que tu ocesis le premier jour de mai ta serour, pour ce qu'ele ne vaut pas sousfrir que tu jeüsses a li. Et quant tu veïs qu'ele ne vaut sousfrir ta volenté, tu li copas la teste, et jetas le cors en la mer et le chief après. Si fesis celui mordre sans faille si celeement que nus ne le sot fors cil' qui tout set, et a qui on ne puet riens celer ; mais il le m'a nonchié et descovert par la soie tresgrande merci. »

325. Quant li rois oï ceste parole, si respont et dist : « Enfés, merveilles m'as dit : ou tu n'es pas hom mortels, ou tu es plus sages que hom terriens ne puet estre : car de mon songe sai je bien que nus ne me desist si apertement verité com tu as fait, ne ce que je fis de ma serour. » Lors conmande que on li face son lit ;

il irait se coucher, car il était un peu souffrant : ceux qui avaient reçu son ordre s'exécutèrent tout de suite. Il recommanda à ses barons de prendre soin de l'enfant, et de lui donner tout ce qu'il leur demanderait : ce qu'ils feraient, dirent-ils. Saisi d'angoisse aux nouvelles que Célidoine lui avait annoncées, il se mit au lit. Une fois couché, il recommanda à ses barons de ne laisser venir désormais auprès de lui personne, fût-il son ami. Il l'assurèrent que personne n'entrerait là : ils firent fermer et calfeutrer le pavillon après que tout le monde fut sorti, pour que la clarté n'aveugle pas le roi malade. Label, couché tout seul, essayant de dormir, ne put distraire sa pensée de ce que l'enfant lui avait dit. Ainsi préoccupé, il se mit à pleurer très amèrement, et à manifester le plus grand chagrin qui soit. Il se traitait de misérable, d'égaré, se considérait abandonné de tous, et monologuait ainsi : « Pauvre malheureux misérable, méchamment pourvu d'intelligence, privé de toutes qualités morales, vas-tu mourir aussi pauvrement que le plus misérable en ce bas monde ? Malheureux, que deviendras-tu quand l'âme aura quitté ton corps ? Où iras-tu ? Vas-tu emporter avec toi ta couronne et ton sceptre ? Auras-tu, au terme de ton voyage, une seigneurie comparable à celle que tu as eue jusqu'à maintenant dans ce bas monde ?

326. « Ah ! roi malheureux, privé de toutes choses et de toutes joies, à ce moment qu'on appelle la mort, ne peuvent

---

si se couchera, car il est un poi deshaitiés : et cil le firent tout maintenant, a qui il l'ot conmandé. Et il conmande a ses barons qu'il prengent garde de l'enfant, et que il li doignent quanque il lor demandera : et cil dient que si feront il. Et li rois, qui molt estoit angoissous et entrepris des nouveles que cil li avoit[a] dit, se conmencha a couchier en son lit. Et quant il fu couchiés, il conmande a ses barons qu'il ne facent hui mais venir pres de lui nul home, tant[b] soit bien ses amis. Et cil dient que nus n'i enterra : si font clorre et estouper le paveillon et le fisent vuidier, que la clarté ne face mal au roi qui est deshaitiés. Li rois qui se gisoit tous sels, et se quidoit dormir, conmencha a penser mout durement a ce que li enfes li ot dit. Et en cel penser conmencha a plourer mout durement, et a faire si grant doel que jamais ne verrés greignour. Et se claime chaitis, esgarés, et chaitis de conseil, et conmence a dire a soi meïsme : « Povres chaitis souffraitous, mauvaisement garnis de sens, desconseilliés de tous biens, ore morras tu ausi povrement conme li plus povres hom del siecle ? Chaitis, que devenras tu quant l'ame te sera partie del cors ? Ou iras tu ? Emporteras tu o toi ta courone et ton septre ? Averas tu autretel signourie la ou tu iras, conme tu as eü jusques a ore en cest siecle ?

326. « Ha ! rois chaitis, et povres de toutes choses et de toutes

t'aider ni ami, ni parent, ni créature qui soient en ce monde.
Ah ! roi triste et désemparé, pauvre corps, pauvre forme, tu
peux maintenant savoir d'emblée que tu es indigent, sans
appui. Il te faut désormais laisser ta haute société et les
fêtes : tu vas aller dans l'inconnu, joie ou souffrance.
Réfléchis donc et sois logique, si tu le peux : laquelle penses-
tu trouver sur ton chemin, joie ou souffrance, quand tu vas
quitter ce monde ? La joie telle qu'elle est ici-bas, tu en as eu
plus que tout autre de ton âge. On a dit — vérité attestée
des sages — que la joie de ce monde verse dans la tristesse ;
comme forcément il faut que toute cette vie prenne fin et
que la fin soit appelée chagrin et affliction, j'en déduis que
ma joie donnera en retour de la souffrance.

327. « Ah ! roi malheureux, te voici réduit à toi-même,
exposé à souffrir quand tu quitteras ce monde ; mais tu
ne sais pas bien ni ne peux voir, à moins qu'un plus sage
que toi ne te l'enseigne, si cette souffrance commencée
dans ta vie prendra fin. Pourrais-tu maintenant trouver
Celui qui sait tout, à qui toutes choses sont découvertes,
si bien dissimulées qu'elles soient, et qui a toute prescience,
il t'en dirait bien la vérité, si elle cessera pour toi ou durera
toujours. » Tout à ces pensées qu'il exprimait à voix haute,
et manifestant un très grand chagrin, le roi s'endormit

---

joies, a cestui point que on apele la mort, ne te puet aïdier ne amis
ne parens ne riens nee qui en cest monde soit. Ha ! rois dolans et
desconseilliés, povres cors, povre fi[d]gure, ore a primes pués tu
connoistre que tu es povres et souffraitous de conseil. Or te couvient
laissier tes grans gens et tes envoiseüres que tu as en cest siecle : et
iras la ou tu ne sés, ou en joie ou en dolour. Or regarde par toi
meïsme et selonc raison, se tu le pués faire, lequel tu quides mix trover en ta voie ou joie ou dolour*, quant tu departiras de cest siecle.
De la joie tele come ele est en cest siecle as tu tant eü que onques
hom de ton aage n'en ot tant. Mais pour ce que on dist, et li sage le
tesmoignent pour voir, que la joie de cestui siecle retourne a doel, et
couvient par fine force que toute ceste vie truist definement et que li
definement soit apelés doels et courous, et par ce puis je bien veoir
par moi meïsmes que ma joie repaiera a dolour.

327. « Ha ! rois chaitis, ore es tu povres en toi meïsmes, car tu trouveras dolour quant tu partiras de cest siecle ; ne mais tu ne sés mie
bien ne ne pués veoir, se plus sages de toi ne le t'enseigne, se cele
dolour trouvera fin, mais en ta vie as tu trouvé le c0mmencement*d* de
ta dolour. Se ore peüsses trouver celui qui tout set, et a qui toutes
choses sont descouvertes, ja tant ne seront celees, et set tout ce qui est
a avenir, icil te deïst*b* bien la verité de ta dolour que tu trouveras, ou se
ele te faudra ou se ele te duerra*c* tousdis. » En tels pensees et en tels
paroles, et en faisant le greignour doel del monde, s'endormi li rois

tout en pleurs, le visage baigné de larmes. Il était à peine endormi qu'il lui sembla prendre une grande et large route, battue d'une foule innombrable, mais si misérable et si abandonnée que nul ne l'empruntait sans être capturé, enlevé, ou mis en prison : c'est ainsi que tous ceux qui d'aventure s'y trouvaient perdaient la vie et leurs richesses. À peine s'y était-il engagé qu'un homme remarquablement beau lui annonçait qu'il l'accompagnerait au-delà du bois et de la mauvaise route : ainsi marchaient-ils ensemble, celui-là devant et lui derrière. Le roi était très inquiet, au fur et à mesure qu'il avançait : de tous côtés la route était environnée de voleurs et de brigands qui ne faisaient que l'épier pour savoir s'ils pourraient jamais le faire prisonnier. Après avoir suivi longtemps cette voie, circonspect, il cessait partout de voir celui qui l'avait protégé des brigands. Il prenait alors un petit sentier, le plus beau et le plus délicieux du monde, plein d'arbres portant des fruits et couverts de verdure. Il entendit une voix : « Venez, venez vous laver, peuples de toutes lois, et allez manger à la Haute-Cité, car les tables sont mises et les doux vivres préparés : vous en informe Celui qui sait tout, c'est lui qui tient cette cour. » Le roi, qui brûlait du désir de connaître Celui qui savait tout pour lui demander si sa douleur prendrait jamais fin,

328. ... à la nouvelle qu'il devait réunir sa cour, forma le projet de s'y rendre. Il suivit cette direction, et avança jus-

---

tout em plourant, si qu'il avoit le viaire tout moullié de ses larmes. Et quant il fu endormis, si li fu tout maintenant avis qu'il entroit en un grant chemin, grant et large, et debatu de tant de gent que c'estoit une merveille ; mais il estoit si dolerous et si abandonnés, que nus ne s'i metoit qu'il ne fust pris et ravis et mis em prison. Et ensi perdoient tout cil qui i estoient et qui i entroient et lor cors et lor avoirs. Et quant il s'estoit mis el chemin, il veoit un home de molt tres grant biauté qui li disoit qu'il li feroit compaingnie tant qu'il eüst le bos passé, et le mauvais chemin : et ensi s'en aloient ensemble, cil devant et li rois aprés. Si avoit li rois molt grant paour, et tant com il aloit sa voie : car il veoit de toutes pars avironné le chemin de robeours et de larrons qui ne faisoient fors agaitier pour savoir s'il le porroient ja tenir entre lor mains. Et quant il avoit grant piece alé cele voie, il se regardoit, *si ne veoit de nule part celui qui l'avoit garanti des larrons.* Et lors entroit en un petit sentier le plus bel et le plus delitable del siecle, plains d'arbres [e] portant fruit et verdoiant de toutes pars. Et quant il i estoit entrés, il oï une vois qui disoit : « Venés ! venés laver, gens[d] de toutes lois, et alés mengier a la haute cité, car les tables sont mises et les douces viandes aparellies : ce vous mande cil qui tout set, et c'est cil qui ceste court tient. » Li rois qui tant covoitoit et desiroit a connoistre celui qui tout savoit pour lui demander se sa dolor prenderoit ja fin,

qu'à parvenir à la montagne la plus haute qu'il eût jamais vue, où se purifiaient tous ceux qui devaient manger à la Haute-Cité ; les autres, après les ablutions, y entraient et accédaient à la grande joie et aux grandes noces que les résidants faisaient tout le jour. Le roi voulait y pénétrer comme les autres ; mais il n'en avait pas la permission ni le pouvoir, au contraire les gardiens de la porte lui faisaient ces reproches : « Tu n'es pas allé te laver à la source : l'accès t'est refusé, car nul n'entre s'il n'est préalablement purifié. » Label, si affligé par ces propos qu'il gardait le silence, regardait à l'intérieur par un trou pratiqué dans la porte, pour y découvrir sa sœur, qu'il avait tuée, mangeant à cette grande fête avec les autres, couronnée de fleurs de lis. Elle était tellement belle et agréable qu'elle paraissait maintenant aux yeux du roi cent fois plus belle qu'auparavant. Surprenant son regard, elle lui dit : « Vase de terre empli de mottes, va t'alléger, te laver et te purifier, et tu viendras manger à cette grande fête et à cette haute réjouissance où tu nous vois. »

329. Entendant qu'il n'en profiterait pas davantage, le roi fit demi-tour et reprit son chemin. Il avait à peine fait quelques pas qu'une troupe se saisissait de lui si affreusement qu'il avait grand-peur de mourir. Il leur demandait pourquoi ils l'arrêtaient ainsi : « Parce que tu es nôtre ; nous ferons de toi ce que

---

328. quant il oï parler qu'il devoit court tenir, si s'apensa qu'il i iroit. Lors se mist au chemin, et erra^a tant qu'il vint a la plus haute montaigne qu'il eüst onques veü, ou tout cil lavoient^b qui devoient mengier en la haute cité ; li autre qui avoient lavé i entroient, et venoient a la grant joie et as grans noces que cil de laiens faisoient toute jour. Li rois voloit entrer la dedens ausi conme li autre ; mais il n'en avoit^c mie le congié ne le pooir, ains li disoient cil qui la porte gardoient : « Pour ce que tu ne t'alas laver a la fontainne, n'enterras tu pas chaiens, car nus n'i entre s'il n'est avant netoiiés. » Et li rois qui tant ert dolans de cele parole que nient plus ne parloit, ains se taisoit, et regardoit laiens parmi un trau de la porte, et veoit sa suer, que il avoit ocise, qui mengoit laiens a cele grant feste avoec les autres, et avoit en sa teste un chapel de flours de lis. Et estoit tant bele et tant avenant qu'il resambloit au roi qui le regardoit qu'ele fust ore de .c. doubles plus bele qu'ele n'avoit devant esté. Et quant ele veoit qu'il le regardoit, se li dist : « Vaissiaus de terre empli de motes, va toi alegier et laver et netoiier, si mengeras a ceste haute feste et a ceste grant joie ou tu nous vois. »

329. Quant li rois oï qu'il n'i prenderoit plus, si s'en retourne et s'en repaire a son chemin ; si n'avoit mie granment alé, quant une gent le prendoient si hidousement qu'il en avoit^d grant paour de mort. Et il lor demandoit por coi il metoient main a lui : « Pour ce, faisoient cil, que tu es tous nostres ; et te meterons la ou

bon nous semblera. » Alors ils l'emmenaient avec brutalité, le
traînant par les pieds et les cheveux, jusqu'à une maison située
dans une vallée déserte et aride : une maison si laide, et si
épouvantable, que personne, si hardi qu'il soit, ne l'aurait
regardée sans peur. Elle était en effet si noire et si hideuse, si
pleine de pleurs, de larmes et de cris que le roi, la voyant ainsi
dans un songe, en éprouvait une grande frayeur. Quand ceux
qui l'avaient capturé, dans son sommeil, voulurent le jeter
dans la maison obscure avec les autres, nombreux à y être, sa
peur fut si insoutenable qu'il s'éveilla. Tandis qu'éveillé, il
n'était pas encore libéré de sa peur, il s'écria à pleins poumons : « Je suis mort ! » si fort que tous les barons, près de lui,
l'entendirent bien. Ils eurent une grande peur pour lui : pénétrant dans le pavillon, ils le trouvèrent manifestant le plus
grand chagrin dont vous entendrez jamais parler. Ils en furent
abasourdis, l'ayant toujours vu plus joyeux et plus gai qu'aucun autre. Celui qui lui était le plus intime lui demanda : « Sire,
qu'avez-vous ? » Ils se rendirent compte tout de suite que son
épouvante était venue d'un songe. Il répondit à ceux qui l'entouraient : « J'ai vu, dans mon sommeil, les plus grandes merveilles jamais vues, je crois, par un roi vivant ; je ne serai pas
content, je puis vous l'assurer, avant d'en savoir la pure vérité.

330. « Amenez-moi maintenant Célidoine, qui m'a révélé,
sur mon précédent songe, la vérité et la valeur de signe ; s'il
me donne sur celui-ci autant de certitude que sur l'autre,

---

nous volrons. » Lors l'en menoient batant et traïnant par les piés et par
les chavels, tresques a une maison, qui estoit en une valee gaste et
laide. Et icele maison estoit si hidouse, et si espoentable a regarder,
qu'il n'a home el monde el cuer ait si hardi, s'il le veïst, qu'il n'en
eüst paour. Car cele maison si estoit si noire et si hidouse, et si plainne
de plours, et de larmes, et de cris, que li rois, qui tele le veoit en
songe, en avoit mout grant paour. Quant ce fu chose que cil l'avoient
pris, en son dormant, [f] et le voloient jeter en l'oscure maison avec les
autres, dont il i avoit plenté grant, il ot paour si tresgrant qu'il s'esveilla. Et la ou il veilloit, a ce qu'il ne fu mie encore jetés de la paour,
tous nés s'escria a hautes vois et dist : « Mors sui », si haut
que tout[b] li baron qui pres de lui estoient l'entendirent bien ; si orent
grant paour de lui ; si entrerent el paveillon, et le troverent si grant
doel faisant que jamais de greignour n'orrés parler ; s'en furent tout
esbahi : car il l'avoient tousdis veü lié et joiant plus que nul des autres.
Et cil des siens qui plus fu ses privés li dist : « Sire, que avés vous ? » Si
s'aperchurent de maintenant que ce avoit esté songes, qui si l'avoit
espoenté ; si respondi a ciaus qui entour lui estoient : « Je ai veü, fait il,
en mon dormant, les greignours merveilles c'onques mais rois mortels,
au mien quidier, veïst[c] ; dont je ne serai jamais a aise granment, ce
vous di je bien vraiement, devant ce que j'en savrai toute la pure.

jamais il ne me commandera quoi que ce soit sans que
je m'exécute. » Ils vinrent chercher l'enfant qui dormait
dans le pavillon, comme on fait quelquefois aux longs jours
d'été ; ils le réveillèrent : « Venez vite voir le roi ! » Il se
leva et se rendit chez le roi, dont le chagrin était encore très
violent. Mais la présence de l'enfant lui fut d'un grand
réconfort. L'ayant fait asseoir devant lui, il lui dit : « Maître
savant et avisé, donnez-moi votre avis sur ce que je vais
vous livrer. Conseillez ce malheureux roi, cette pauvre personne ; et fixez-moi sur ce que je vais vous demander. —
Roi, répondit Célidoine, je te dirai et enseignerai d'autant
plus de bien que ce n'est pas de ma propre science, mais
moyennant ce que le Haut-Maître, par sa douceur, m'a
révélé. Si tu n'appliques pas les préceptes qu'il te fait
connaître par une aussi petite personne, tu seras d'autant
plus honni et détruit.

331. « Ce même Prophète, ce cher Seigneur que tu vis
jadis mener si vilainement à sa mort, dans la cité de Jérusalem, alors que tu n'avais que cinq ans, et dont toi-même tu
affirmais qu'il n'avait pas mérité ce châtiment — et c'est ce
qu'a dit Pilate, ton parent[1] —, ce doux Seigneur affable et
compatissant, qu'on appelle Jésus-Christ, et qui, par sa grâce,
m'a tant dévoilé de ses mystères que je sais très clairement
ce que tu as vu dans ton sommeil, te fait savoir par moi que,

---

330. « Ore m'amenés Celidoine, qui de mon autre songe me dist la
verité et la senefiance ; et se il de cestui me fait ausi certain com il
fist de l'autre, il ne me conmandera jamais chose que je ne face. »
Atant sont venu a l'enfant qui se dormoit el paveillon, ausi com on
dort aucunes fois es lons jours d'esté ; si l'esveillent, et li dient :
« Venés tost au roi ! » Et il se lieve, et vient au roi qui encore faisoit
son doel assés grant. Mais si tost com il vit l'enfant, il fu assés plus
reconfortés que devant ; si l'a assis devant lui, et li dist : « Maistres
sages et pourveans, conseilliés moi de ce que je vous dirai. Conseille
cest chaitif roi, ceste povre personne ; et faites moi certain de ce que
je vous demanderai. — Rois, fait Celidoines, de tant que je te dirai
plus de bien et enseignerai, si n'est mie par ma science[a], mais par ce
que li Haus Maistres m'a descouvert par sa debonaireté. Se tu ne més
a oeuvre les paroles qu'il te mande par si[b] petite personne, de tant
seras tu plus honnis et confondus.

331. « Cil meïsmes prophetes, cil biaus Sires que tu veïs jadis
mener si vilainnement a sa mort, parmi la cité de Jherusalem, a icele
eure que tu n'avoies que .v. ans d'aage, et que tu meïsmes desis que il
n'avoit pas mort deservie, et ensi le dist Pilates, qui estoit tes parens,
cil dous Sires debonaires et pitous, qui on apele Jhesu Crist, qui m'a
tant descouvert de ses secrés, soie merci, que je sai tout apertement
ce que tu as veü en [33a] ton dormant, ce te mande il par moi que

si tu veux entrer dans la Haute-Cité que tu as vue en songe, il te faut préalablement faire ce que je vais te dire. À défaut, il te promet la maison des ténèbres toute pleine de larmes, de pleurs et de souffrances. »

332. À ces mots, le roi se laissa tomber, à genoux, aux pieds de Célidoine, et s'écria tout en pleurs : « Ah ! serviteur bon et loyal en ta nouvelle loi, couvert merveilleusement de fleurs, de feuilles et de fruit, tu es, je le reconnais en toi aux propos que tu me tiens, si hautement pourvu de la grâce de Jésus-Christ que je suis enclin à faire sans réserve tout ce que tu me commanderas, pourvu que tu m'aies fixé sur les merveilles que j'ai vues dans mon sommeil. — Je t'en rendrai si certain, répondit l'enfant, que je vais t'en montrer très nettement la valeur de signe, et t'en parler tout comme c'est arrivé, pour que tu me fasses davantage crédit ; néanmoins personne ne pourrait te l'authentifier, à moins que Notre-Seigneur le lui eût révélé : ton songe, tu ne l'as encore dévoilé ni fait connaître à personne. La grande route que tu vis, où tant de gens s'étaient égarés, signifie la vieille loi, où de si grands peuples, de si nombreuses nations sont allés, tu l'as entendu dire maintes fois. Sur tous ceux qui étaient maîtres et pasteurs, il n'y avait pas pléthore pour bien la comprendre — ils voyaient seulement l'écorce, lorsqu'ils n'auraient dû voir que la moelle, moyennant quoi ils s'abandonnaient à tous péchés mortels, et à toutes iniquités. Par

---

se tu veis entrer en la haute cité que tu veïs en ton dormant, qu'il te couvient avant faire ce que je te dirai. Et se tu ne le fais, il te promet la maison tenebrouse qui est toute plainne de larmes et de plours, et de dolours. »

332. Quant li rois oï ceste parole, si se laissa chaoir as piés Celidoine a jenoullons ; et li dist tout em plourant : « Ahi ! sergans bons et loiaus en ta nouvele loy, garnis merveillousement de flours, et de fuelles, et de fruit, je te connois as paroles que tu me dis, que tu es si hautement garnis de la grasse Jhsu Crist, que je sui pres de faire outreement tout ce que tu me conmanderas ; mais que tu m'aiies certefiié des merveilles que je ai veües en mon dormant. — Et je t'en certefiirai si bien, fait li enfés, que je le te mousterrai tout apertement la senefiance, et t'en dirai tout ensi com il avint, pour ce que tu me croies encore mix ; et nonpourquant ne le te porroit nus hom certefiier, se Nostres Sires ne li avoit descouvert : car ton songe n'as tu encore descouvert a nul home ne fait asavoir. Le grant chemin que tu veïs en ton songe, ou tant de gent avoient alé, senefie la viese loy, ou si grans pueples, et si grans gens ont alé, conme[a] tu as oï dire maintes fois. Car de tous ciaus qui estoient maistre et pastour n'i avoit il pas granment qui tres bien l'entendissent, ensi com il ne[b] veoient fors l'escorce, la ou il ne deüssent veoir que la moele, par coi

suite, il arriva qu'ils en tombèrent dans un si grand servage que l'ennemi les prenait tout vifs en chair et en os pour les emporter en enfer, les bons comme les mauvais. Ces ennemis dont je parle, qui par leur orgueil tombèrent du ciel, et qui, avant la Passion de Jésus-Christ, avaient une telle puissance qu'ils prenaient les bons et les mauvais par une sentence commune, signifient les voleurs et les brigands qui à côté de la grande voie attendaient pour prendre les passants, comme tu l'as vu sur cette grande route, en songe. Par conséquent tu dois entendre la vieille loi, et, dans les guetteurs, l'ennemi, qui toujours épie pour détourner l'homme de la bonne voie, le tromper, pour nous détourner du bienheureux héritage, dont il a été jadis exclu en raison de son orgueil.

333. « L'homme d'une rare beauté qui t'accompagnait et te sortait de la route épouvantable, c'était Jésus-Christ : parce que tu pris parti, une fois, pour lui, quand tu ne savais en quoi consistait la pitié, il t'a rendu un bienfait. En effet, si dans sa détresse tu as eu pitié de lui, il t'a dès lors considéré avec tant d'apitoiement que jamais, dans cette ignoble vie que tu n'as cessé de mener depuis, il ne t'a laissé périr, ni surprendre par l'ennemi, te gardant au contraire au point de t'avoir libéré, si tu veux et s'il t'agrée, du grand et cruel esclavage d'enfer. Je viens de te montrer qui était cet homme, qui est allé avec toi sur la grande route infestée

---

il s'abandonnoient[e] a tous pechiés mortels, et a toutes iniquités. Dont il avint qu'il en chaïrent en si grant servage que li anemis les prendoit tous vis en char et en os, et les emportoit en infer, et tout autresi les bons conme les mais. Cil anemi dont je parole, qui par lor orguel chaïrent del ciel, qui devant la Passion Jhesu Crist avoient tel poesté qu'il prendoient les bons et les mauvais par connune sentence, senefient les roboours et les larons qui d'encoste la grant voie atendoient pour prendre les trespassans, ensi conme tu le veïs en ton songe, en cele grant voie que tu veïs. Donques dois tu entendre la viese loy et es agaiteors, dois tu entendre l'anemi, qui tous jours gaite a jeter l'ome de bone voie[d], et a decevoir, pour nos jeter del bon eürons iretage, dont il fu jadis jetés par son orguel.

333. « Li hom qui estoit si tres biaus, et qui te faisoit compaingnie, et t'ostoit del chemin espoentable, ce fu Jhesu Crist ; que, pour ce que tu eüs[a] aucune fois partie de lui, quant tu ne savoies quel chose pitiés estoit, ensi t'a il rendue bonté. Car se tu en sa destrece eüs pitié[b] de lui, il [b] t'a puissedi regardé si pitousement que onques en ceste orde vie que tu as tout adès puissedi menee, ne te laissa il perir, ne sosprendre del anemi ; ains t'a gardé tant qu'il t'a jeté, se tu vels et il te vient a plaisir, del grant cruel servage d'ynfer. Ore t'ai je mostré qui li hom fu, qui te porta compaingnie en la grant voie qui estoit plainne

de brigands et de voleurs. Il y a encore une autre raison pour laquelle cette mauvaise voie est appelée large : je vais te le dire.

334. « Tu sais bien que l'homme, entré dans la nef sans capitaine pour conduire, ni aviron pour naviguer, ni gouvernail, sitôt éloigné de la rive et poussé des vents qui le tourmentent et lui sont en maintes choses contraires, dans la haute mer incommensurable, ne peut être tiré de péril que par Notre-Seigneur même. Tu dois de même entendre la voie de péché : sitôt qu'il a quitté son Créateur, rompu ses liens, le chrétien ne trouve personne pour l'empêcher d'agir à sa guise : il découvre sa route si prodigieusement libre qu'il n'y trouve encombre ni dommage, pour faire au contraire tout ouvertement ce que sa misérable chair désire, et tout ce que l'ennemi lui conseille. Elle est donc bien large, cette voie, livrée à elle-même. Sur cette voie, roi Label, longtemps tu as été, tu le sais bien. Mais te voici au moment où Celui qui le peut — c'est impossible à tout autre — va t'en protéger et t'en tirer, s'il t'agrée.

335. « Je vais te révéler la signification de l'autre, verdoyante et plantée d'arbres. La voie qui verdoie est le signe de la nouvelle loi, qui chaque jour prospère et croît, et reverdit tant et plus. Son étroitesse veut dire que ceux qui s'y engagent n'ont pas loisir d'aller entièrement à leur gré, contraints au contraire à ne pas désobéir au commandement de Notre-

---

de larrons et de robeours. Et encore i a il une autre raison par coi cele male voie est apelee large, et si le te dirai.

334. « Tu sés bien que puis que li hom est entrés en la nef ou il n'a maistre por gouverner, ne aviron pour nagier, ne gouvernal, tout maintenant qu'il est eslongiés de la rive, et il est espains des vens qui le quivrient et qui en maintes choses li sont*a* contraires ; puis qu'il est ens en la mer, qui tant est lee et large, et il n'est riens qui de peril le puist jeter, se Nostres Sires meïsmes non. Autresi dois tu entendre de la voie de pechié : car si tost conme li crestiiens s'est partis de son Creatour, il a ses loiens rompus, il ne trouve adont qui li destourt a faire sa volenté ; lors si trouve il sa voie si merveillousement delivre qu'il n'i trouve encontrail, ne achopement, ains fait tout apertement ce que sa maleürouse char desire et quanques li anemis li conseille : est dont bien ceste voie large et abandonnee. En ceste voie, rois Label, as tu grant piece esté, ce sés tu bien. Mais ore es a ce venus, que cil qui jeter t'en puet, ne nus autres ne t'en puet jeter fors lui, t'en garantira et t'en jetera a cel point, se toi plaist.

335. « Or te dirai que l'autre senefie, cele qui est verdoians et plainne d'arbres. La voie verdoians senefie la nouvele loy, qui chascun jour amende et efforce et enverdist plus et plus ; et ce que ele estoit*a* estroite senefie que cil qui dedens se metent n'ont pas congié

Seigneur. Et sais-tu quels sont les commandements ? Que nul,
fils de la sainte Église, ne doit aller contre son Créateur ni
pécher mortellement, ni avoir en lui convoitise ou jalousie,
pour vivre selon Dieu et la vérité ; il ne doit pas non plus être
enclin à pécher par pensées, mais suivre la droite voie de vie,
la droite sente qui mène l'homme en la compagnie des anges ;
et il doit se conduire comme la droite ligne de vérité le
recommande. Les arbres qui longeaient cette voie signifient
les apôtres et les prélats de la sainte Église, qui vont prêchant
chaque jour par le monde la vérité des Évangiles. La voix qui,
appelant les gens de toutes lois, disait : "Venez manger",
signifie la miséricorde et la grande douceur de Notre-
Seigneur, pour appeler à lui les pécheurs et les justes et promettre de leur donner de doux et bons vivres. Par la source
que tu as vue, tu dois entendre Jésus-Christ, le Grand-Maître,
le Grand-Seigneur, qui, par l'exemplarité de sa vie, les
miracles et les bienfaits manifestes qu'il pratiquait aussi longtemps qu'il était dans ce monde et parmi nous, comme
homme mortel est apparu par-dessus tous autres plus grand,
plus haut, à l'égal des montagnes par rapport aux terres.

336. « Pour cette raison, l'onde qu'on appelle la sainte onde
de baptême ne peut être sans Jésus-Christ, ni Jésus-Christ
sans elle. Tu as vu, dis-tu, la montagne, ce qui revient à dire

---

d'aler del tout a lor volenté, ains sont constraint a ce qu'il n'issent
fors del commandement Nostre Signour. Et savés vous quel li
commandement sont ? Il sont tel que nus qui soit fix de Sainte Eglyse
ne doit errer contre son Creatour ne pechier mortelment, ne avoir en
soi couvoitise ne envie, ains doit vivre selonc Dieu et selonc verité ;
et ne doit pas chanceler em pechier par diverses pensees, mais aler a
la droite voie de vie, la droite santé[b] qui mainne l'ome en la compaingnie des angles ; et se doit mener et conduire tout autresi conme
la droite ligne de verité le commande. Li arbre qui cele voie avironnoient senefient les apostles et les prelas de Sainte Eglyse, qui vont
preechant chascun jour par le [c] monde la verité des Euvangilles. La
vois qui apeloit les gens de toutes loys et[c] disoit : "Venés mengier",
senefie la misericorde de Nostre Signour et la grant douçour, qu'il
apele a soi les pecheours et les justes, et lor promet a donner viandes
douces et bones. Par la fontainne que tu veïs dois tu entendre Jhesu
Crist, le grant Maistre, le grant Signour, qui par la bonté de vie et par
les miracles et par les apertes vertus qu'il faisoit tant com il estoit en
cest siecle et entre nous, conme hom mortels aparut[d] par desor tous
autres autant graindres, autant plus haus come les montaingnes ape-
rent plus hautes par desore les moiiens tertres.

336. « Par ceste raison, l'onde que[e] on apele la sainte onde de
baptesme ne puet estre sans Jhesu Crist, ne Jhesu Crist n'est mie
sans lui. Tu veïs, ce dis tu, la montaingne, c'est a dire que tu

que tu as vu Jésus-Christ dans la sainte onde de baptême, comme la source était sur la haute montagne. Par la Haute-Cité, si belle et animée, pleine de joie et de fête, tu dois entendre le paradis, la Haute-Cité de là-haut, de béatitude, où les anges et les bienheureux serviteurs de Jésus-Christ vivent et vivront sans fin dans la joie, la fête et la gaieté. T'avoir dit qu'à la source tu ne t'étais pas lavé, et que pour cela tu n'y entrerais pas, signifie l'impossibilité pour toi d'être serviteur de Jésus-Christ, et fils de la sainte Église, avant d'être lavé, purifié dans l'eau sacrée du baptême. Et tu as vu quelque chose qui est cela même, il n'y a guère de temps, en songe : ce songe, je vais l'évoquer, pour que tu portes plus de crédit à mes propos. Il te semblait voir dans des landes incultes et désertiques un serpent d'une taille prodigieuse, qui ne voyait goutte. Il n'en volait pas moins jusqu'à la mer Rouge ; y était-il parvenu qu'il y pénétrait ; puis il en ressortait très clairement changé en blanche colombe, ce qui te mettait au comble de l'émerveillement. Tout cela, roi Label, tu l'as vu dans ton songe que jamais tu n'as dévoilé à quiconque, parce que tu ne croyais pas possible que personne t'en donnât la signification. Mais je vais te faire : je vais te l'expliquer tout ainsi que le Haut-Maître me l'a révélé. Les landes incultes et désertiques correspondent aux mauvaises œuvres et aux grandes impiétés où tu es demeuré dès le premier jour, lorsque tu sortis du ventre de ta mère. Par le serpent, tu dois comprendre les

---

veïs Jesu Crist en la sainte onde de baptesme, si come la fontainne estoit sor la haute montaingne. Par la haute cité, qui tant estoit bele et envoisie, et plainne de joie et de feste, dois tu entendre paradis, la halte cité de la sus, la bone eüree, ou li angle et li bon eüré sergant Jhesu Crist mainnent joie et feste et envoiseüre, et menront sans finement. Ce que on te dist que tu n'avoies mie lavé a la fontainne, et que on dist que pour ce n'i enterroies tu, senefie que tu ne pues estre sergans Jhesu Crist, ne fix de Sainte Eglyse, devant ce que tu soies lavés et mondés en la sainte aigue de baptesme. Et aucune chose qui est ice meïsmes veïs tu, n'a pas lonc tans en ton songe, et si te dirai quels li songes fu, pour ce que tu me croies mix. Il t'estoit avis que tu veoies en unes landes gastes et desertes un serpent grant et mervellous, et ne veioit cis serpens goute. Et nonporquant, il voloit tant qu'il voloit tresques a la Rouge Mer ; et quant il i estoit parvenus, et il entroit ens, et puis s'en issoit fors. Il t'estoit issir, tu qui l'esgardoies t'en esmervellioies mout durement : car la veïs tu tout apertement qu'il estoit mués en un blanc coulon : et tout ce veïs tu en ton songe, rois Label, ne onques ne le descouvris a home, pour ce que tu ne quidoies pas que nus t'en peüst dire de la senefiance ; mais si ferai : je te dirai tout ensi conme li Haus Maistres le m'a descouvert. Par les landes gastes et desertes, doit on entendre les males oeuvres et

mauvaises œuvres ainsi que toi-même : tu es un vrai serpent, sans aucun doute, un véritable ennemi. En effet, tu n'as jamais fait, ou presque, quoi que ce soit qui plût à Notre-Seigneur. La cécité du serpent s'applique à toi, car tu es aveugle : si tu voyais clair, tu ne serais pas resté aussi longtemps dans ton péché. Le vol du serpent jusque dans la mer Rouge est le signe que tu voleras, ce qui veut dire que tu pénétreras dans l'eau sacrée, dans cette eau bienheureuse qu'on appelle baptême, et seras fils, héritier de Jésus-Christ comme les autres, qui sont venus au saint baptême. Par la mer Rouge que Notre-Seigneur ouvrit jadis aux fils d'Israël, tu dois entendre le saint baptême où les serviteurs de Jésus-Christ sont purifiés, et ôtés des mains des ennemis éternels, comme les fils d'Israël furent enlevés des mains des Égyptiens[1].

337. « La rutilance de la mer doit être pour toi le symbole de l'heureux sang qui sortit du précieux flanc du Prophète dont je parle. De même que les fils d'Israël furent nourris de la manne qu'il leur envoya dans les déserts jusqu'au moment où ils furent parvenus en la Terre promise[1], de même, jour après jour, en cette vie à juste titre appelée désert, les serviteurs de Jésus-Christ, fils de la sainte Église, ont été soutenus et rassasiés de la grâce de Notre-Seigneur, de la sainte nourriture qui leur dura jusqu'à leur arrivée en Terre promise, ce qui veut dire qu'ils accéderont à la

---

les grans[b] desloiautés ou tu mansis des lors premierement que tu issis del ventre ta mere. Par le serpent dois tu entendre les [d] males oeuvres et toi meïsmes aussi : quar sans faille tu es uns drois serpens et drois anemis. Car tu ne feïs onques, se poi non, chose qui a Nostre Signour pleüst. Et ce que li serpens estoit avules, senefie toi meïsmes car tu es avules : car se tu veïsses cler, tu n'eüsses mie demouré si longement el pechié ou tu as esté come tu as. Et ce que li serpens voloit si tresqu'en la[c] Rouge Mer, senefie toi qui voleras, c'est a dire que tu enterras en la sainte aigue, et en la bone eüree que on apele baptesme, et seras fix Jhesucrist et oirs aussi come li autre sont, qui au saint baptesme sont venu ; par la Rouge Mer que Nostres Sires aouvri jadis as fix Israel, dois tu entendre le saint baptesme ou li sergant Jhesu Crist sont purefiié, et sont osté des mains as anemis pardurables, tout aussi conme li fil Israel furent osté des mains as Egyptiiens.

337. « Par la rougeté de la mer, dois tu entendre le bon eürous sanc qui issi del precious costé au prophete dont je parole. Et tout aussi come li fil Israel furent peü de la manne qu'i lor envoiia es desers tresques a itant qu'il furent venu en la Terre de Promission, tout aussi furent sostenu et rassasié, de jor en jor, en ceste vie qui a droit est apelee desers, li serjant Jhesu Crist, li fil de Sainte Eglise, de la grace Nostre Signor, de la sainte viande qui lor dura tresqu'a tant qu'il vindrent en Terre de Promission[a], c'est a dire qu'il verront a la

joie de paradis qui jamais ne cessera : telle est la Terre qui leur fut promise. La métamorphose du serpent en colombe signifie le changement que tu connaîtras en venant au baptême. Par cette ablution, en effet, tu seras changé d'ennemi en ami de Jésus-Christ, et de serf en homme libre : là tu seras transformé et délivré des liens des mortels guetteurs. Je viens de te donner, roi Label, la signification de ton songe, que jamais tu n'as dévoilé à personne. Tu peux donc en être persuadé : il est bien au courant de tes affaires, Celui qui m'a montré cela. À présent je vais t'exposer ce que signifie la maison des ténèbres que ton songe t'a fait voir. C'est la maison si pleine de pleurs et de larmes, si obscure et si noire : enfer, où les impies, les mauvais croyants seront précipités au jour du Jugement. Dans cette demeure dont la puanteur et la saleté t'ont réveillé, tu seras logé le jour de l'Épreuve, si tu n'accomplis pas en ce mortel bas monde les œuvres susceptibles de t'en ôter. — Sans recevoir le baptême, demande le roi, peut-on venir à cette dignité, et à la cité où j'ai vu manifester une si grande joie ? — Absolument pas, répond Célidoine.

338. — Comment, dit le roi, était-ce donc ma sœur qui y faisait une aussi grande joie ? Comme les autres elle peut la connaître ? — Tout à fait, répond Célidoine. — Et comment ? Est-elle donc morte chrétienne ? — Certes, oui. — Comment cela ? poursuivit le roi. — Je vais te l'expliquer,

---

joie de paradis qui ja ne faura : et c'est la terre qui lor fu promise. Ce que li serpens fu mués en coulon senefie la muance qui sera faite de toi quant tu venras a baptesme. Car par cel lavement seras tu mués d'anemi en ami Jhesucrist, et de serf en franc : car illuec seras tu mués, et desloiiés des loiiens as mortels gaiteours. Ore t'ai je descouvert, rois Label, ton songe, que tu onques ne descouvresis a home mortel. Or pués tu bien savoir que cil set molt de tes afaires qui ce m'a demoustré. Ore te deviserai que la maison tenebrouse senefie, que tu veïs en ton songe. C'est la maison qui si estoit plainne de plours et de larmes, qui si est oscure et noire : ynfer, la ou li desloial, li mescreant seront tresbuschié au jour del Jugement. Et de cele[b] maison de qui puour et de qui ordure tu t'esveillas seras tu ostelés au jour del Juïse, se tu ne fais en cest mortel siecle les oeuvres par coi tu en soies ostés. — Et sans recevoir baptesme, fait li rois, puet nus hom venir a cele hautece, ne a la cité ou je vi mener si grant joie ? — Certes, fait Celidoines, nenil.

338. — Conment, fait li rois, fu ce donques ma suer qui i faisoit ausi grant joie ? Come li autre le puet ele avoir ? — Oïl voir, fait Celidoines. — Et conment ? morut ele dont crestienne ? — Certes, fait Celidoines, oïl. — Conment fu ce ? fait li rois. — Ce vous dirai je bien, fait Celidoines. Saciés [e] que vostre suer morut crestienne et

vivait depuis de longues années. Arrivés à la porte, ils appelèrent ; lui, qui ne dormait pas, se leva et leur ouvrit très vite.
Il se demanda avec étonnement qui ils pouvaient être, et ce
qu'ils cherchaient dans cet endroit si inhospitalier où souvent
du mois entier ne passait ni homme ni femme. Après qu'il
furent entrés, l'homme de bien entendant parler de Célidoine, et le reconnaissant chrétien, fut plus heureux que
jamais — on serait en peine de vous raconter combien son
cœur était comblé de joie ; il l'étreignit et l'embrassa plusieurs
fois. Il lui dit : « Cher fils, toi qui seras un jour pilier de chrétienté et vaisseau de toute science, quel besoin t'amène ? »
Célidoine s'empressa de lui dire pourquoi ils étaient venus.
Cette affaire transporta de joie l'ermite : il s'exécuterait, dit-il,
volontiers et de bon cœur, sitôt le jour levé. Cette nuit-là, ils
parlèrent ensemble de maintes choses, et les hommes de bien
enseignèrent au roi Label nombre de points du christianisme
et de la loi, et lui énoncèrent les commandements de la sainte
Église. Et finalement le roi les supplia : « Seigneurs, pour
Dieu, je vous prie de me dire la vérité, si vous en êtes certains, sur une vision qui m'est arrivée récemment.

342. — Racontez donc votre vision, dit l'ermite, et
je vous expliquerai ce que Notre-Seigneur m'en aura enseigné. — Seigneur, il me semblait être assigné en justice
devant un homme important, auprès de qui je devais être

---

tage, la ou li prodom estoit herbergiés lonc tans avoit passé. Lors
apelerent a l'uis ; et cil qui ne dormi pas se leva et lor ouvri l'uis tout
errant. Si s'esmerveilla mout quels gens c'estoient, et que il queroient
en celui lieu si estrange de toutes gens : car il pasoit souvenes fois le
mois entier qu'il n'i passoit ne home ne feme. Quant il furent venu
laiens, et li prodom oï parler de Celidoine, et il le connut a crestien,
si fu si liés que onques mais n'avoit esté si liés, si que a painnes vous
porroit nus hom raconter la grant joie qu'il avoit a son cuer ; si
l'acole et le baise par pluisours fois. Si li dist : « Biaus fix, tu qui
encore seras pilers de crestienté et vaissiaus de toute science, quels
besoins t'a ceste part amené ? » Et Celidoines li dist tot errant pour
coi il estoient laiens venu. Et quant li prodom oï ceste chose, si en ot
mout grant joie, et dist qu'il le fera volentiers et de bon cuer, si tost
com il sera ajourné. Cele nuit parlerent ensamble de maintes choses,
et ont li prodome moustré au roi Labial mout de poins de crestienté
et de la loy, et li ont dit et apris les conmandemens de Sainte Eglyse.
Et tant que li rois lor dist : « Signour, pour Dieu, d'une avision qui
m'avint n'a pas lonc tans, vous proi je que vous m'en dites la vérité,
se vous en estes certains.

342. — Or dites vostre avision, fait li prodom, et je vous en dirai ce
que Nostre Sires m'en ara enseignié. — Sire, fait li rois, il m'estoit avis
que je estoie semons a plait devant un riche home, a qui je devoie estre

accusé par je ne sais quelles gens. Au moment d'aller au procès, j'invitai tous mes amis et ceux que j'avais servis à venir
m'aider. Mais tous manquèrent à l'appel excepté trois, dont
l'un me prêtait un manteau pour m'habiller, pour m'éviter
d'être éconduit. L'autre me conduisait jusqu'à une maison
que je n'avais jamais vue, et me laissa à l'intérieur. Le troisième m'accompagnait chez l'homme important ; il me montra un écrit, une charte par laquelle il m'acquittait de toutes
les affaires constituant la demande du seigneur par qui j'étais
accusé. Seigneur, continua le roi, telle fut la vision que j'ai
eue voilà peu de temps : aussi je vous prie de m'en donner à
entendre la vérité si vous la savez. — Certes, dit l'ermite,
volontiers. Écoute donc, roi Label : le manteau qu'on te prêtait signifie la pauvre vêture qu'on donne pour habiller
l'homme quand on le met en terre. C'est le dernier manteau ;
cet équipement, on l'appelle suaire : on doit l'appeler le
costume mortuaire — et maintes fois cet équipement est
donné plus pour ceux qui demeurent que pour ceux qui s'en
vont. Le deuxième ami, qui te convoyait jusqu'à la maison,
symbolise les parents du mort, qui conduisent le corps du
défunt jusqu'à la fosse. La fosse, il est bien normal de l'appeler maison inconnue : nous qui sommes dans cette vie
mortelle, nous ignorons ce que nous y trouverons, et nous
ne la connaissons en rien jusqu'à présent. Y entrons-nous,
nous ne savons encore que dire : par conséquent on doit

---

acusés je ne sai de quels gens. Et quant je dui aler au plait, je semon-
noie tous mes amis et ciaus que j'avoie servi, que il me venissent
aïdier. Et tout m'en faillirent fors que .III. ; mais li uns de ces .III. me
prestoit un mantel pour afubler, pour ce que il ne m'escondesist. Et li
autres me conduisoit tresques a une maison que je n'avoie onques tele
veüe, et me laissa dedens. Et li tiers venoit avoques moi ciés le riche
home ; et me moustra un escrit et une chartre dont il m'aquitoit de
toutes les choses que il sires me demandoit, a qui je estoie acusés. Sire,
fait li rois, tele fu m'avisions, que je vi n'a pas encore lonc tans : si vous
proi que vous m'en faciés a entendre [34a] la verité se vous le savés. —
Certes, fait li prodom, volentiers. Ore enten, rois Labius : car li mantiaus que on te prestoit senefie la povre vesteüre que on donne a vestir
l'ome quant on le met en terre. C'est li daerrains mantiaus, et celui gar-
niment apele on suaire ; celui doit on apeler le mortel afublement, et
maintes fois est cis garnimens donnés plus pour ciaus qui remaignent
que pour ciaus qui s'en vont. Li secons amis, qui te convoioit tresques
a la maison, senefie les parens a celui qui est trespassés, qui conduient
le cors del mort jusques a la fosse. La fosse doit bien estre par droit
apelee maisons desconneüe : quar nous qui en ceste mortel vie somes,
ne savons que nous i trouverons, ne ne le connoissons encore de riens.
Et quant nous i entrons ne savons nous encore que dire : donques doit

bien appeler cette maison maison inconnue, et maison à nos yeux à nulle autre pareille.

343. « Le troisième ami, qui dans la pire détresse te faisait compagnie et te montrait une charte par laquelle il t'acquittait de toutes les affaires formant la demande de l'homme important, signifie les bonnes œuvres que l'homme de bien fait en sa vie ; il est pareil au bon légiste qui hardiment défend la cause de son ami pour la mener à bonne fin. Les fils, les filles et les autres parents laissent dans la fosse celui qu'ils convoient en personne aimée, cessant de l'accompagner au-delà. Qui répondra pour lui de tout ce qu'il aura eu dans ce monde, de tout ce qu'il savait, de tout ce qu'il pouvait ? Il n'emportera rien, devant l'homme important, de toute sa richesse, si ce n'est seulement une charte, où seront consignées ses bonnes et ses mauvaises actions ; si le bien excède le mal, il le disculpera et le délivrera de tout ce qu'on lui demandera ; et si les maux sont plus nombreux que les biens, le mal, qui toujours pesant tire l'homme vers le bas, l'entraînera de sorte qu'il trébuche jusque dans la ténébreuse maison d'enfer.

344. « Roi Label, je t'ai donc exposé ce que je crois être la signification de ton songe. À toi de me répondre s'il te semble que j'aie dit la vérité. — Certes, estima le roi, personne en ce monde ne me l'aurait mieux expliquée, je pense, si Celui même qu'on appelle Jésus-Christ ne l'avait instruit.

---

on bien apeler cele maisons maisons desconneüe, et maisons dont on ne voit nule autretele.

343. « Li tiers amis qui te faisoit au par destroit compaingnie et qui te mostroit une chartre par laquele il t'aquitoit de toutes les choses que li riches hom te demandoit, senefie les bones oevres que li prodom fait en sa vie ; et est ausi^a conme li bons clers legistres qui hardiement desfent la cause son ami et le mainne a bone fin. Li fil et les filles, et li autre parent laissent en la fosse qui il convoient a ami, et en avant d'illoc ne^b li font il compaingnie. Qui respondera por lui de quanques il avra eü en cest siecle, de quanques il sot, de quanques il pot ? Il n'en portera riens devant lui de toute sa richoise fors solement une chartre ; et en cele chartre sera escrit quanques il avera ja fait de mal ne de bien : et s'il i a plus del bien que del mal, li biens l'alegera et le deliverra de quanques on li demandera ; et s'il i a plus des maus que des biens, li maus qui tous jours apoise, et traïst l'ome a terre le traira aval^c si que cil trebusche jusques en la tenebrouse maison d'infer.

344. « Rois Label, ore t'ai je devisé si com je croi de ton songe la senefiance. Ore me respont s'il te samble que je en aie voir dit. — Certes, fait li rois, il n'i a home en cest siecle qui mix le m'eüst devisé, au mien quidier, se cil meïsmes ne l'enseignast qui on apele Jhesu Crist.

Il n'eſt aucun être ici-bas, qui, à l'entendre comme je l'entends, n'en vaudrait beaucoup mieux tous les jours de sa vie. Il n'eſt donc de Dieu que Celui que vous adorez : lui seul connaît la vérité de l'univers entier, et personne d'autre, je pense, ne pourrait mieux que lui la savoir, à moins qu'elle ne lui soit révélée par la puissance de ce Saint-Seigneur à qui l'omniscience eſt possible. — Certes, vous dites l'exaƈte vérité. »

345. Ils parlèrent beaucoup cette nuit-là du propre de la sainte croyance. Jamais, pendant toutes ces heures, l'homme pieux ne cessa de sermonner le roi, lui évoquant la vie des hommes juſtes qui pour l'amour de Jésus-Chriſt avaient supporté tant de peines et de tourments qu'un homme mortel pourrait difficilement les dénombrer. Le roi pleurait continuellement, tandis que l'ermite l'édifiait, tellement il aimait la douceur de ses paroles. Le lendemain, sitôt qu'il eut chanté ses matines[1], l'ermite fit préparer une pierre évidée, qu'il fit nettoyer, apporter dans sa petite chapelle, et emplir d'eau ; puis, ayant fait déshabiller le roi, il l'y fit pénétrer ; il le baptisa[2] et lui adminiſtra tous les sacrements de la sainte Église, ainsi qu'il appartient de faire à un chrétien ; mais il refusa de changer son nom, parce qu'il lui paraissait beau. Après le baptême, l'ermite, appelant ceux qui accompagnaient le roi, leur demanda s'ils voulaient faire de même. Ils répondirent qu'ils n'échangeraient jamais leur loi, la maintenant au

---

Or n'eſt il riens en ceſt siecle, sil entendoit, ausi conme je l'entent, tout ensi, qu'il n'en volsiſt assés mix tous les jours de sa vie. Car ore n'eſt Dix nus fors cil qui vous aourés : car li sels connoiſt la verité de tout le monde, ne nus autres que il, au mien quidier, ne le peüſt mix savoir de lui, s'il [*b*] ne li eſt descouvert par la vertu de cel saint Signour qui tout puet savoir. — Certes, fait li prodom, vous dites voir sans faille. »

345. Mout parlerent cele nuit ensemble des choses qui apartienent a la sainte creance. Ne onques en toute la nuit, ne fina li prodom de sermonner le roi ; et li ramentevoit la vie des prodomes qui pour l'amour de Jhesu Criſt avoient souffert tantes painnes et tans travals que a painnes le porroit hom mortels dire le nombre. Et li rois plouroit tout adés, ensi que li prodom le sermonnoit, tant li plaisoient[*] les douces paroles que il li disoit. L'endemain, ausi toſt conme li prodom ot ses matines chantees, il fiſt apareillier une pierre cavee, et netoiier et aporter en sa petite chapele, et emplir d'aigue, et puis fiſt le roi despouiller et entrer ens, et le baptiza et li fiſt toutes les droitures de Sainte Eglyse, ensi com il apartient que on face a creſtiien ; mais onques son non ne li vaut remuer, pour ce que biaus li sambloit. Quant li rois fu baptiziés, li prodom apela ciaus qui o lui eſtoient venu, et lor demanda s'il voloient ensement faire com li rois avoit fait. Et cil respondirent qu'il ne changeroient ja lor loy, ains tenroient la

contraire telle que leurs parents et leurs ancêtres l'avaient observée. « Je m'en passerai », dit l'ermite.

346. Alors le roi passa une cotte blanche apportée par l'ermite. Une fois vêtu, il dit à Célidoine : « Cher et doux ami, qui de la mort du corps m'avez menacé, son heure ne m'importe plus : je me rends bien compte, à présent, que je me suis plus amendé qu'un homme mortel ne pourrait le dire. En effet, il me semble être déjà dans cette cité où je vis manifester l'allégresse, lorsque l'accès m'en fut interdit parce que je ne m'étais pas lavé à la source. » Puis se tournant vers ceux qui étaient venus avec lui : « Seigneurs, qui m'avez fait compagnie dans ma mauvaise vie, puisque vous refusez de m'accompagner dans ma nouvelle vie, pleine de bien et de vérité, je vous laisse et je vais vous considérer désormais non comme des serviteurs, mais comme des ennemis ; sortez d'ici : jamais je n'enterrai dans un endroit où vous serez. » À ces mots, très affligés, ils fondirent en larmes et manifestèrent un très grand chagrin, disant qu'ils avaient tout perdu quand leur seigneur s'était converti à la loi chrétienne. Là-dessus ils partirent, non sans débattre de ce qu'ils pourraient faire : ils ne laisseraient pas leur seigneur parmi ceux qui l'avaient trompé. « Pourquoi, dit l'un, le supplier ? Sachez qu'il ne cesserait pas, quoi qu'on lui représentât, d'observer la loi qu'il a embrassée. Mais celui qui l'a conseillé, nous

---

loi tele conme lor peres et lor meres et lor ancestre le tenoient et l'avoient tenue. « Et je m'en soufferrai », fait li prodom a tant.

346. Lors se vest li rois d'une cote blance que li hermites li avoit aportee. Et quant il fu vestus, si dist a Celidoine : « Biaus dous amis, qui de la mort del cors m'avés manecié, il ne me chaut mais de quele ore ele viengne : car je me connois ore bien que je me sui tant amendés que hom mortels ne le porroit dire. Car il me samble ja que je soie en cele meïsmes cité ou je vi la grant joie faire ; et la l'entree de cele grant joie me fu devee pour ce que je ne m'avoie lavé a la fontaine. » Et lors dist a ciaus qui avoc lui estoient venu : « Signour, qui compaingnie m'avés faite en ma mauvaise vie, puis que vous, en ceste vie ou je sui orendroit, qui em plainne vie de bien et de verité, ne me volés faire compaingnie, je vous lais en tel maniere que je ne vous tenrai des ore mais as sergans, mais a anemis ; et alés vous ent de ci, car jamais en lieu ou je vous sace n'enterrai. » Quant cil entendirent ceste parole, si furent tant dolant que nus plus ; si plourerent durement et fisent trop grant doel, et dient qu'il ont tout perdu quant lor sires est tournés a la crestienne loy. Si s'enpar[t]irent atant de laiens et prendent conseil entr'aus qu'il porront faire, car lor signor ne lairont il pas entre ciaus qui l'ont deceü. « Pour coi, fait li uns, le requerroit nus ? Saciés qu'il ne lairoit, pour chose c'on li deïst, que la loy ou il est ore entrés ne tenist. Mais a celui qui ce li a conseillié le

devrions lui faire payer cher de nous avoir enlevé notre seigneur. » Ils retournèrent alors à l'ermitage et se saisirent de Célidoine sans le consentement du roi qui fit son possible pour le défendre, et eût fait plus encore, mais Célidoine, s'interposant :

347. « Roi, ne te soucie pas de ce qu'ils me font ; mais reste ici avec cet homme pieux qui t'aidera à aller vers ton Créateur ; si tes serviteurs m'emmènent, je n'en suis guère troublé : Celui au service de qui je suis entré me gardera et me défendra de tous périls. » Le roi, sur le conseil de Célidoine, resta avec l'ermite. Il quitta ce pauvre monde le lendemain, par le commandement du Souverain-Père, pour s'en aller à son Créateur. Notre-Seigneur fit ensuite pour lui maints beaux miracles, dont le conte ne parle pas, parce que cette histoire n'appartient en rien à la présente matière, mais plutôt à ce livre qui, énumérant les rois des Perses, contera de hautes histoires. Comment Célidoine est mis dans une nef en mer par les païens, et avec lui un lion.

Célidoine, Nascien et Mordrain.

348. Ce conte, appelé *Le Conte du saint Graal*, rapporte que, le roi Label resté à l'ermitage, ses hommes, s'étant emparés de Célidoine, l'emmenèrent entre les roches à leurs pavillons. Quand la nouvelle que le roi avait abandonné sa loi pour devenir chrétien fut propagée dans le camp, chacun

---

deveriens nous chier vendre ce qu'il nous a tolu le nostre signour. » Lors retournent a l'hermitage et prendent Celidoine, ou li rois volsist ou non ; si le deffendi il a son pooir, et plus en eüst encore fait, mais Celidoines li dist :

347. « Rois, ne te chaut de ce qu'il me font ; mais remaing[a] ici avoc cest prodome qui te donra conseil d'aler a ton Creatour ; et se ti sergant m'en mainnent, je n'en sui mie trop esmaiiés : car cil en qui service je sui entrés me gardera et deffendera de tous perils. » Et li rois remest o le prodome par le conseil de Celidoine ; et trespassa de cest siecle a l'endemain par le conmandement au Souvrain Pere, et s'en ala a son Creatour. Si fist puis Nostres Sires por lui maint bel miracle, dont li contes se taist, pour ce que cele estoire n'apartient pas del tout a ceste matere, ains apartient a cel livre qui devisera les rois des Persis et des grans istoires. Conment Celidoines est mis en une nef en la mer par les paiens, et avoec lui uns lyons.

348. Chis contes dist, qui est apelés Li Contes del Saint Graal, et devise[a] que quant li rois Label fu demourés en l'ermitage, et si home orent pris Celidoine, si l'en menerent entre les roches a lor paveillons. Et quant la nouvele fu espandue par l'ost, que li rois avoit deguerpie sa loi, et estoit devenus crestiiens, dont veïssiés grant doel faire as uns et as autres, si grant come se chascuns veïst son pere

manifesta une aussi grande peine que s'il avait vu son propre
père mort. Constatant qu'ils ne pourraient rien faire d'autre,
ils résolurent, puisqu'ils retenaient prisonnier le responsable
de ce deuil, de le lui faire payer. Mais ils convinrent, pour
certains d'entre eux, que Célidoine était encore un très jeune
enfant, aussi se vengeraient-ils d'une manière particulière : et
de recenser entre eux divers supplices et morts par lesquels
ils le supprimeraient. Ils ne pouvaient se mettre d'accord sur
aucun, et finalement un des parents du roi Label prit la
parole : « Je vais vous dire comment nous allons pouvoir
nous venger sans porter la main sur lui, et beaucoup plus
honorablement que si nous le tuions nous-mêmes. Prenons
une nacelle[1] dont nous avons plusieurs ici près de nos
barges[2], mettons-le tout seul dedans sans aviron ni rien
d'autre, puis faisons-le pousser au large. S'il ne fait pas naufrage, je penserai impossible la mort d'un chrétien.

349. — Nous pourrions, dit un autre, faire encore mieux,
dont il serait plus près de mourir : mettons avec lui le lion que
nous avons capturé avant-hier dans les rochers ; quand il y
sera, il n'aura pas plus tôt faim qu'il ne dévore tout de suite
Célidoine ; et ainsi nous serons bien vengés. » Ils se rangèrent
tous à son conseil : c'était la vengeance idéale. Puis ils prirent le
lion, le déposèrent dans la nacelle, et l'enfant avec. Se voyant
embarquer seul à seul avec cette bête si féroce et si épouvantable,

---

mort. Et quant il virent qu'il n'en porroient autre chose faire, si
disent entr'aus que puis qu'il avoient celui en lor prison, qui cel duel
lor avoit pour[d]chacié, il s'en prenderoient a lui et s'en vengeroient.
Mais il s'acorderent[b], de tels i ot, que Celidoines estoit encore trop
jouenes enfés, si s'en vengeroient en autre maniere ; et lors deviserent
entr'aus divers tourmens et diverses mors par coi il feroient morir
l'enfant[c]. Ne a nul des tourmens il ne se povoient[d] acorder, et tant
que uns des parens au roi Label lor dist : « Je vous dirai, fait cil,
comment nos nous em porrons vengier sans metre main a lui, et a
assés[e] greignour honour que se nous l'oceïssons entre nous. Prendons
une nacele dont nous avons pluisours chaiens enprés nos barges, si le
metons tout sol dedens sans aviron et sans aute chose, et puis le
façons empaindre ens en la mer. Et se il par ceste chose n'est perilliés, dont ne querrai je ja mais que hom crestiiens puisse morir.

349. — Encore, dist uns autres, le porriens nous mix faire, par coi
il seroit plus pres de morir : metons avoc lui le lyon que nous pre-
sismes avant ier entre les roches ; et quant il i sera mis, ja si tost
n'avra li lyons fain qu'il ne le deveurece tout errant ; et pour ce en
serons nous bien vengié. » Lors s'acorderent tout a son conseil et
disent que mix ne s'en pooient il vengier. Puis prisent le lyon et le
misent en la nacele, et l'enfant avoc. Et quant Celidoines se vit metre
en mer avoc cele beste, qui tant estoit fiere et espoentable, sol a sol,

Célidoine traça le signe de la vraie croix sur son front, se recommanda à Notre-Seigneur et, s'adressant à ceux qui l'avaient ainsi embarqué : « Race maudite et perverse, ennemis de Dieu Jésus-Christ, prétendez-vous me faire mourir ? J'en réchapperai très bien, s'il agrée à mon Saint-Créateur. Mais vous, race maudite, vous périrez sitôt que vous embarquerez, soyez-en certains. Jamais, sachez-le, vous ne retournerez au royaume de Perse dont le roi Label vous a fait sortir. La mer où vous m'avez mis vous détruira, et c'est ainsi que, morts par noyade, vous irez aux peines d'enfer, dans la ténébreuse maison où toute douleur, toute misère habitent. Le roi Label n'y pénétrera pas : il s'en est déjà retranché, pour entrer dans la souveraine et joyeuse maison qu'on appelle paradis. »

350. Alors, le vent s'engouffrant dans la nacelle, il fut en peu de temps poussé au large, et si éloigné du rivage que ceux qui l'y avaient mis cessèrent de le voir. L'enfant alla en la compagnie du lion d'une manière telle que jamais celui-ci ne toucha à lui, ne lui fit d'ennui ni aucun mal ; j'ignore si ce fut parce que l'animal était effaré comme une bête muette, ou parce que la miséricorde de Notre-Seigneur y ouvra[1]. Au quatrième jour, il rencontra par aventure, voguant, la belle nef où se trouvait l'excellente épée que Nascien avait tant regardée. Il arriva que la nacelle atteignit le bord de la nef ; quand l'enfant, qui avait une bonne connaissance d'alphabets

---

si fist le signe de la vraie crois enmi son front et se conmande a Nostre Signour, et se tourna envers ciaus qui ensi l'avoient mis, et lor dist : « Gent maleoite et perverse, anemi de Dieu Jhesu Crist, me quidiés vous faire morir ? Je en eschaperai moult bien, s'il plaist a mon saint Creatour. Je mais, vous maleoite, vous i perirés si tost conme vous i enterrés, de ce soiiés certain. Et saciés que jamais ne retournerés el roiaume de Perse dont li rois Label vous jeta. La mer ou vous m'avés mis vous destruira, et ensi serés vous noiié et peri, et enterrés es painnes d'infer, en la tenebrouse maison ou toute dolour et toute mesaise habite. En cele maison n'enterra pas li rois Labiaus : car il s'en est ja ostés ; ains enterra en la souvrainne maison et en la ioiouse que on apele paradis. »

350. Atant se feri li vens en la nacele, et si fu em poi d'ore empains en mer ; et tant eslongiés de la rive, que cil qui en la mer l'avoient mis ne le porent plus veoir. Si erra en tel maniere li enfés en la compaingnie au lyon que onques ne l'adesa, ne ne li fist destourbier, ne nul mal ; ne je ne sai se ce fu par ce que la beste fu esbahie conme beste mue, ou la misericorde Nostre Signour i ouvra. Au quart jor li avint ensi qu'il trouva en la mer la [e] bele nef ou la bone espee estoit dedens, cele que Nasciens avoit tant regardee. Si avint que la nacele s'atoucha au bort de la nef ; et quant li enfés, qui

de plusieurs sortes, vit l'inscription, il sut aussitôt ce qu'elle voulait dire ; il entra sans attendre dans la nef, laissant le lion dans la nacelle. Quand il y eut pénétré, et qu'il trouva le lit si somptueux, la couronne et les fuseaux si splendides, il les observa très volontiers : il n'avait jamais rien vu de si plaisant ; absorbé dans sa contemplation, il oublia tout le reste jusqu'à la tombée de la nuit. Quand il vit les ombres de la nuit s'épandre sur l'univers, il revint au bord de la nef ; la nacelle et le lion qu'il y avait laissé n'étaient plus là : c'est un grand réconfort que lui aurait donné la bête muette s'il avait pu l'avoir à ses côtés ; mais impossible de rien apercevoir. Vérifiant qu'il n'en verrait pas plus, il retourna au milieu de la nef, pour s'étendre sur une pièce de bois, car il n'osait pas coucher dans le lit. Il s'endormit tout de suite de lassitude et de la peine qu'il avait subies.

351. Toute la nuit, l'enfant dormit de cette manière. Le lendemain, quand le jour parut, il s'éveilla, vint au bord de la nef, et, regardant devant lui, il se rendit compte qu'il avait accosté dans une île, au milieu de laquelle il remarqua un être humain couché. Quand il l'aperçut, il quitta la nef pour aller de ce côté. Parvenu à lui, et l'ayant bien examiné, il reconnut Nascien, son père : il en éprouva une plus grande joie que je ne saurais vous conter ; aussi le réveilla-t-il tout doucement : celui-ci sursauta, comme tout effaré, et ouvrit les yeux.

---

bien savoit letres de pluisours manieres, vit les letres el bort de la nef, et connut tantost ce qu'eles voloient dire, si entra maintenant en la nef, et laissa le lyon en la nacele. Et quant Celidoines fu dedens entrés, et il trouva le lit si bel et si riche, et les fuisiaus qui tant estoient bel et riche, si les esgarda molt volentiers : car il n'avoit onques mais veü chose qui tant li pleüst a regarder ; tant l'esgarda qu'il ne li menbra onques d'autre chose devant ce qu'il fu nuis. Et quant il vit que les oscurtés de la nuit s'espandoient par tout le monde, il revint au bort de la nef ; mais il n'i vit ne le nacele ne le lyon qu'il i avoit laissié : car grant confort li fesist la beste mue s'il le peüst avoir avoc lui ; mais il n'en pot point apercevoir de ce que il demande. Et quant il voit qu'il n'en verra plus, si revint enmi la nef et se coucha sor un fust, come cil qui n'osoit el lit couchier. Si s'endort maintenant de lasseté et de travail qu'il ot eü.

351. Toute la nuit dormi li enfés en tel maniere. Et a l'endemain, quant li jours aparut, si s'eveilla, si vint au bort de la nef et regarda devant soi et vit qu'il fu arrivés devant une ille ; et il regarda enmi l'ille et vit un home qui se gisoit. Et quant il s'aperchut que ce fu hom, si issi de la nef, et vait cele part. Et quant il vint a lui, et il l'ot bien regardé, il connut que ce fu Nasciens ses peres : dont il a si grant joie que greignour ne vous porroie conter ; si l'esveilla tout belement, et cil tressaut ausi conme tous esbahis, et ouvre les ex.

Voyant son enfant, il se mit debout prestement, jeta les bras autour de son cou, l'embrassa, l'étreignit, pleura de joie et de tendresse : « Cher et doux fils, lui dit-il avec affection, douce créature, qui t'a amené dans cette île si éloignée des hommes et de tout territoire habitable ? » Il lui répondit qu'il était venu à bord de la nef, qu'il lui désigna, et que son père lui dit avoir déjà vue. Le père et le fils se témoignèrent mutuellement leur joie, s'inquiétant tour à tour de la situation de l'autre ; Nascien demanda finalement à l'enfant comment il avait échappé des mains de Calafer. Célidoine lui raconta de quelle manière il avait été laissé sur les roches dans une île en pleine mer, où le roi Label accosta sous la tempête, qui les avait fait échouer de ce côté. Puis il lui rapporta le songe du roi Label et sa signification, et comment le roi reçut la croyance par la démonstration que Notre-Seigneur lui donna à voir dans son sommeil. Après il lui énuméra toutes les aventures qui lui étaient arrivées depuis qu'il ne l'avait vu. Entendant ces merveilles, Nascien remercia Notre-Seigneur ; qu'il eût mené les choses à une si haute perfection le fit pleurer de joie.

352. Alors, quittant l'île, ils vinrent à la nef ; ils y pénétrèrent et y restèrent jusqu'à près de tierce. Alors il arriva qu'un vent d'une grande force et une tempête s'étaient levés ; le temps devint si mauvais et si horrible au large que personne ne l'aurait vu sans en être aussitôt saisi de frayeur. Le vent

---

Et quant il voit son enfant, si saut sus vistement et jete ses bras a son col et le baise et acole, et ploure desor lui de joie et de pitié, et li dist : « Biaus dous fix, douce creature, qui t'amena en ceste ille, qui tant est loing de gent et de terre abitaule ? » Et il li dist qu'il vint en cele nef, si li moustra la nef. Et quant il le voit, si li dist que la nef a il autre fois veüe. Grant joie fait li fix au pere et li peres au fil, si demande li uns a l'autre de son estre, et tant que Nasciens demande a l'enfant comment il eschapa des mains Galafré. Et il li conte en quel maniere il fu laissiés sor les roches en une ille de mer, ou li rois Label arriva par le tourmente de mer, qui chele part les eschipa. Puis li devise le songe le roi Label et la senefiance, et conment li rois Label rechut creance par la demoustrance que Nostres Sires [f] li fist par ce qu'il vit en son dormant. Après li devise toutes les aventures qui li avinrent puis qu'il ne le vit mais. Et quant il ot ces merveilles, si en mercie Nostre Signour et ploure de goie qu'il a de ce qu'il les choses a menees a si bone perfecsion.

352. Lors se departent de l'ille, et vinrent a la nef et entrent ens ; et i demourent jusques a cele ore qu'il fu pres de tierce. Lors avint que li vens fu levés grans et merveillous, et la tempeste ; et li mals tans conmencha si grans et si oribles parmi la mer que nus nel veïst que grant paour n'en peüst avoir. Et li vens qui fu enforciés, fel et

redoublant, traître et cruel, s'engouffra de plein fouet dans la nef ; il la fit tant s'éloigner du rivage en si peu de temps que Nascien, sur le bord, regardant la mer ainsi soulevée, ne vit terre ni près ni loin ; il remercia Dieu de tout ce qu'il lui envoyait, et dit ses prières et ses oraisons comme il les savait. Cette tourmente, propre à mettre leur vie en danger permanent, dura trois jours ; à tout moment ils s'attendaient à ce que la nef chavirât. La quatrième nuit, à l'aube, le vent cessa, et la mer qui avait été si impitoyablement cruelle devint calme et paisible. Les passagers, heureux et réjouis, retrouvèrent leur sérénité. Le jour levé, quand la lumière fut belle et claire, ils remarquèrent, devant eux, une petite île : s'y dressait un château fort de très belle apparence. Mais ils ignoraient en quel endroit et dans quel pays cette île pouvait être, ce qui les inquiéta quelque peu : ils redoutaient fort de tomber en des mains hostiles. La nef accosta devant le château. Au port, ils furent tout ouïe : à l'intérieur du château un cor sonnait assez fortement pour être audible de très loin.

353. « Seigneur, dit Célidoine, vous le saurez, il y a là des gens. — C'est vrai », approuva Nascien. À peine avaient-ils parlé qu'apparut, sortant de là, un géant, le plus prodigieux en stature que Nascien eût vu de toute sa vie[1]. Avisant les voyageurs, il leur cria : « C'est pour votre malheur que vous avez accosté sur mon île, sans ma permission :

---

cruous, se feri de plain front en la nef ; si l'eslonga tant de la rive em poi d'ore que Nasciens, qui estoit au bort de la nef et regardoit la mer qui si ert conmeüe, ne vit terre ne pres ne loig ; si en mercie Dieu de quanqu'il li envoie, et dist ses proïieres et ses orisons teles com il les savoit. .iii. jors dura cele tourmente, en tel maniere qu'il furent adés ausi come em peril de lor cors, et ne gardoient l'ore que la nef tournast ce desous desor. Et a la quarte nuit, ensi com il dut ajourner, cessa li vens, et la mer[a] devint coie et paisible, qui tant avoit esté felenesse et cruouse ; si furent cil qui en la nef estoient, liés et joiant : et s'aseürent assés plus que devant. Et quant il fu ajournés et li jours fu biaus et clers, il regarderent devant aus, et virent une petite ille : si avoit dedens un chastel ferme qui mout estoit biaus par semblant ; mais il ne sorent en quel lieu ne en quel païs cele ille pooit estre, dont il furent un petit esmaïié : car il se doutoient mout qu'il ne chaïssent en males mains. Et la nef arriva a la rive devant le chastel. Com il furent venu au port, si escouterent que dedens le chastel sonna un cor mout hautement, si que d'assés loing le pot on oïr.

353. « Sire, fait Celidoines, or saciés que laiens a gens. — Voirs est », dist Nasciens. Et ensi qu'il disoient ce, virent il que de laiens issi uns gaians, li graindres de cors et li plus merveillous que Nasciens eüst onques veü jour de sa vie. Et quant il voit ciaus de la nef, si lor escrie : « Mar i arivastes, en moie ille, sans mon congié :

il vous faut y mourir. » Voyant venir le démon si affreux et si épouvantable, Nascien ne sut que faire : il n'avait ni lance, ni écu, ni arme pour se protéger de la mort. La peur le poussa à se saisir de l'épée si riche, qu'il tira du fourreau. Et, quand il l'eut dégainée, il la contempla un bon moment ; elle était si riche d'apparence qu'il n'avait jamais vu d'arme, lui semblait-il, qu'il prisât autant. Pour l'excellence qu'il croyait pouvoir en attendre, il l'éleva, se mit à la brandir ; mais c'est alors qu'il arriva — soit que l'épée fût défectueuse, soit que Notre-Seigneur conçût quelque courroux contre Nascien, pour avoir tiré l'épée si belle et bonne d'apparence — qu'elle rompit par le milieu assez près de la garde, de sorte que le fer tomba à terre, et le pommeau avec toute la garde resta dans la main de Nascien. Plus effrayé que jamais par cette aventure, il s'arrêta, méditatif et stupéfait. Revenu de cette distraction, il dit : « Par Dieu, voici la plus grande merveille à mes yeux depuis longtemps ! » Mais alors il reposa la poignée sur le lit, et ajouta que son fils et lui s'en remettraient entièrement à la grâce de Jésus-Christ, pour affronter ce démon qui s'élançait, impétueux, vers lui.

354. Bondissant immédiatement de la nef, il dit : « Cher Père Jésus-Christ, soyez mon écu et ma défense contre cet ennemi. » Et de remarquer à ses pieds une épée que ceux de la tour avaient abandonnée là ; il s'en saisit tout de suite. Alors il fonça sur le géant, pour le frapper avec une si

---

car morir vous i couvient. » Et quant Nasciens vit venir le malfé si hidous[a] et si espoentables, si ne set que il puisse faire : car il n'a ne lance ne escu, ne arme dont il se puisse deffendre de mort. Et paour le mainne a ce qu'il court a l'espee qui tant estoit riche, et le traist del fuerre. Et quant il l'ot fors traite et regardé grant piece, si le voit si riche par [354a] samblant qu'il n'avoit onques veü arme, par son avis, que il proisast tant come cele. Et pour le grant espoir de la bonté qu'il i quide, le drece il en haut et le connence a brandler ; mais el branller qu'il fist, ne sai s'il avint par le mauvaistié de l'espee ou par courous que Nostres Sires eüst de Nascien, del traire qu'il avoit fait de l'espee qui tant estoit bele et bone par samblant, qu'ele brisa parmi auques pres de l'enheudeure, si que li brans en chaï a la terre, et li poins a tout l'enheudeure en remest Nascien en la main. Et quant il voit ceste aventure, si fu assés plus esbahis que devant ; si s'areste tous trespensis et esbahis. Et quant il fu revenus de cest penser, si dist : « Par Dieu, ci a le greignour merveille que je veïsse pieche a ! » Mais lors remet le poing desus le lit, et dist qu'il se metra del tout en la merci Jhesu Crist et son cors et le son fil, encontre cel maufé[b] qui s'en vient abrievés vers lui.

354. Maintenant saut fors de la nef, et dist : « Biaus Peres Jhesu Crist, soiiés moi escus et desfense encontre cest anemi. » Lors

grande force qu'il lui transperça les flancs : le fer ressortit de l'autre côté. Se sentant si dangereusement atteint, le géant, incapable de se tenir debout, tomba à terre très douloureusement, en homme qui éprouvait l'oppression de la mort. Revenu de son évanouissement, il poussa un cri effroyable et terrifiant. Constatant qu'il n'avait plus rien à redouter de lui, Nascien, sans se rendre au château où se trouvait, pensait-il, une troupe importante, fit demi-tour et entra dans sa nef, de sorte qu'en peu de temps ils eurent perdu de vue le château et l'île. Conscient de s'être tiré des mains du géant, Nascien vint à l'épée qu'il se mit à regarder avec attention pour dire à part soi : « Ah ! épée, tu es la chose du monde que j'aurais le plus estimée, après le seul saint Vase qu'on appelle le saint Graal. Je t'ai à tort louée et prisée : maintenant il me semble que tu m'as manqué quand j'en avais grand besoin, ce qui m'étonne fort. — Seigneur, dit Célidoine, sachez que la raison n'en est pas la méchanceté de l'épée, mais quelque péché dont vous êtes peut-être entaché, ou quelque signe que vous envoie Notre-Seigneur. — Cher fils, c'est probable. »

355. Cependant qu'ils s'entretenaient ainsi de cette aventure, portant le regard au large, ils virent une nef se diriger vers eux. Célidoine dit à son père : « Seigneur, voici venir vers nous une nef : sachez-le, nous aurons bientôt des nouvelles ;

---

regarda a ses piés, et voit une espee que cil de la tour i orent laissie ; et il le prent tout maintenant. Lors si s'adrece au gaiant, et le feri de si grant vertu qu'il li perce ses .II. les costés sique li fers em parut de l'autre part. Quant li gaians se sent feru si angoissousement, si n'a tant de pooir qu'il se tiengne en estant, ains chiet a terre mout dolerousement, conme cil qui angoisse de mort sentoit. Et quant il est venus de pasmisons, si jeta un grant cri lait et hidous. Et quant Nasciens voit qu'il n'a garde de lui, il ne vait pas au chastel pour ce que il quide que il i ait grant gent, ains se retourne et entre en sa nef, si que em poi d'ore orent perdu la voie, et la veüe del chastel et de l'ille. Et quant Nasciens voit qu'il s'estoit estors del gaiant, si vint a l'espee et le conmencha a regarder, et dist a soi meïsmes : « Ha ! espee, dist il, tu es la riens el monde que je plus proisaisse, fors solement le Saint Vaissel que on apele le Saint Graal. Si t'ai a tort[a] loee et proisie : car il m'est ore avis que tu m'as failli au besoing, si en ai grant merveille. — Sire, fait Celidoines, saciés que ce n'est pas par mal[b] de l'espee, mais par aucun pechié dont vous estes espoir entechiés, ou par aucune demoustrance de Nostre Signour. » Et Nasciens li respont : « Biaus fix, ce puet bien estre. »

355. Endementres qu'il parloient ensi de ceste aventure, si regardent enmi la mer, et voient une nef qui venoit envers aus. Et Celidoines dist a son pere : « Sire, vesci une nef qui vient vers nous : saciés que nous orrons par tans nouveles ; [*b*] ore

Dieu fasse donc qu'elles nous soient favorables. — Ainsi soit-il », dit Nascien. Le temps qu'ils en parlent, la nef s'était tant rapprochée que chacun pouvait identifier l'autre. Nascien, venu au bord, regarda au fond de l'autre nef, pour découvrir le roi Mordrain, assis, absorbé dans ses pensées, attendant d'être fixé sur cette aventure que Notre-Seigneur lui avait envoyée. Le voyant, Nascien s'écria : « Sire, Dieu soit avec vous ! » Le roi, cessant ses réflexions, salua Nascien, et il éprouva une si grande joie que c'est à peine s'il put prononcer un mot ; il sauta dans la nef qui à présent jouxtait la sienne ; il lui jeta les bras autour du cou, l'embrassa plus de cent fois, et s'adressa à lui en ces termes : « Cher et doux ami, comment vous êtes-vous porté depuis que je ne vous ai vu ? Quelle aventure a pu vous amener de ce côté ? » Nascien, on ne peut plus heureux de cette rencontre, lui conta les peines et les fatigues qu'il avait supportées après l'avoir quitté ; comment, ceux du pays l'accusant d'avoir assassiné le roi, il était demeuré, dans la prison de Calafer, plusieurs jours ; mais comment, en fin de compte, l'en avait délivré la puissance compatissante de Jésus-Christ, et comment il avait été porté dans une région d'Occident, loin de toute présence humaine et de tout territoire habitable, dans une île laide et affreuse, où il fallait se méfier absolument de tout ; mais il n'avait jamais appris comment l'île pouvait se nommer ; et néanmoins il s'en souvenait assez pour être certain qu'elle

---

doinst Dix qu'eles soient a nous bones. — Ensi soit il », fait Nasciens. Tant ont parlé de ceste chose que la nef fu tant aprocie qu'il se porent bien entreconnoistre, cil qui dedens estoient. Et Nasciens, qui vint al bort de la nef, regarda el fons de l'autre, et vit le roi Mordrain qui se seoit molt pensis, et atendoit cele aventure a savoir que Nostres Sires li avoit envoïe. Et quant il le voit, se li escrie : « Sire, Dix soit o vous ! » Et li rois ot tout maintenant son penser laissié, et salue Nascien, et en a si grant joie qu'il ne pot mot dire se a painnes non ; ains saut a la nef qui ja estoit ajoustee a la soie ; se li jete les bras au col et le baise plus de .c. fois, et li dist : « Biaus dous amis, conment l'avés vous puis fait que je ne vous vi mais ? et quele aventure vous pot amener ceste part ? » Et Nasciens, qui tant est liés de ceste trouveüre que nus plus, li conte les painnes et les travaus qu'il a puis souffert qu'il se parti de lui ; et conment il fu remés en la prison Galafré pour ce que cil del païs li misent sus qu'il avoit le roi ocis ; et conment il i demoura pluisours jours ; mais au daerrain l'en jeta la vertus et la pité Jhesu Crist, et fu portés en l'une partie d'Occident, loing de gent et de terre abitable, en une ille laide et hidouse, qu'il n'i vit onques nul lieu qu'il n'i fesist a redouter ; mais il ne sot onques conment li ille pot estre apelee ; et nonpourquant tant en a il en ramenbrance qu'il set bien qu'ele crolle et tournoie chascun jour souventes fois, et chascune nuit.

bougeait et tournoyait fréquemment chaque jour et chaque nuit.

356. Après, il lui conta comment la nef avait accosté où il était, et, quand il y avait pénétré, comment elle s'était ouverte sur un petit mot qu'il avait dit, de sorte qu'il avait failli périr noyé. Après, il lui conta la signification de la nef, où l'homme de bien était revenu pour lui prodiguer tant de douces paroles qu'il s'était endormi à leur douceur : jamais, depuis lors, il ne lui avait été permis de le voir, ni la nacelle sur laquelle il était venu. Après, il lui conta, dans l'ordre, tout ce qui lui était arrivé. Quand il lui eut tout conté, le roi lui demanda laquelle de ces aventures il tenait pour la plus merveilleuse. « Certes, dit-il, la brisure de l'épée : non qu'elle eût été défectueuse, mais ce fut quelque indication de Notre-Seigneur. — Par ma foi, dit le roi, c'est probable. » Il alla voir l'épée et l'examiner. Et de dire, après y avoir longuement attaché son attention : « Certes, épée, vous êtes étonnante à voir et à regarder, car vous êtes plus que toute autre excellente, et belle. » Le roi prit alors le pommeau d'une main, la lame de l'autre ; il assembla l'un des métaux à l'autre, et à les ajuster, il lui arriva une si belle aventure que tout de suite l'un se souda à l'autre, pour être aussi solidement uni que s'il n'avait jamais été disjoint. À ce spectacle, il dit à Nascien :

357. « Par ma foi, c'est une fort grande merveille que la puissance de Jésus-Christ, quand si facilement l'épée se casse et se ressoude : vous pouvez à présent la voir aussi facilement

---

356. Après li conta conment la nef vint a la rive ou il estoit ; et quant il fu dedens entrés, ele s'aouvri parmi une petite parole que il dist, si que il dut estre noiiés. Après li conte la senefiance de la nef, ou li prodom revint qui tant li dist de douces paroles qu'il s'endormi a la douchour de ses paroles : onques puis ne le pot veoir ne la nacele ou il estoit venus. Après li conte toutes les choses qui li estoient avenues, toutes en ordre. Et quant il li ot tout conté, li rois li demande laquele des aventures il tenoit plus a mervellouse. « Certes, fait il, la briseüre de l'espee : car par mauvaistié ne brisa ele mie, ains fu aucune demoustrance de Nostre Signor. — Par foi, fait li rois, ce puet bien estre. » Lors vait l'espee veoir et remirer. Et quant il l'a grant piece regardee, si dist : « Certes, espee, vous estes merveilles a veoir et a regarder : car vous estes plus bone que autre, et plus bele. » Lors prist li rois le pomel a l'une main et le branc a l'autre ; si toucha l'un acier a l'autre, et au joindre qu'il fist li avint si bele aventure que tout maintenant [d] se reprist li uns aciers a l'autre, si tint si ferm come se il n'eüst onques esté desjoint. Et quant il voit ce, si dist a Nascien :

357. « Par foi, molt est grant merveille de la vertu Jhesucrist, et quant si legierement fraint et rasaude : car ore le poés veoir si legierement

ressoudée qu'elle se brisa. » Immédiatement il la remit au fourreau dont Nascien l'avait tirée. Ils venaient de le faire qu'ils entendirent un craquement comparable à celui du tonnerre, dont ils furent comme abasourdis. Et à l'instant, une voix vint leur dire : « Quittez la nef, chrétiens : vous tombez en péché. » Aussitôt, le roi sauta de la nef dans la sienne, et Célidoine fit de même. Mais à Nascien, un peu plus lent, il arriva que, sorti de la nef et se tenant au bord de l'autre pour y pénétrer, immédiatement une épée comme resplendissante le frappa à l'épaule gauche, et lui fit une plaie large et profonde ; il tomba dans l'embarcation. Il entendit, sans savoir qui parlait : « C'est le châtiment pour avoir tiré l'épée sans en être digne. Garde-toi donc une autre fois de commettre une faute envers ton Créateur. » Le roi perçut bien cette parole, comme Nascien ; mais ce dernier fut si étourdi par le coup qu'il tomba à terre comme mort. Le roi courut le relever et, le serrant contre sa poitrine, pleura très tendrement en homme qui croyait, en le redoutant, qu'il fût blessé à mort, comme Célidoine le pensait aussi ; Nascien resta couché un long moment évanoui avant de pouvoir se relever. Ayant recouvré sa vigueur, il dit, voyant le roi en pleurs : « Ah ! sire, pour Dieu, qu'est-ce que vous faites ? Vous ne devez pas pleurer, mais montrer de la joie : à présent vous voyez bien que Notre-Seigneur me chérit quelque peu, puisqu'il me fustige et me fait reconnaître mon péché. Je dois donc chaleureuse-

---

soldee com ele brisa. » Et maintenant le remist el fuerre dont Nasciens l'avoit jetee. Quant il orent ce fait, il oïrent un escrois si grant conme se c'eüst esté tonnoiles, et en furent aussi conme tout estonné. Et maintenant lor vint une vois qui lor dist : « Issiés de la nef, crestiien, car vous chaés em pechié. » Et si tost conme li rois oï cele parole, si saut fors de la nef et entre en la soie, et aussi fist Celydoines. Mais a Nascien, qui estoit un poi plus lens que li autre, avint que quant il fu issus de la nef, et il se tint au borth de l'autre pour entrer ens, que maintenant vint une espee aussi conme reflamboiant, si le feri en l'espaulle senestre, si qu'ele li fist une plaie grande et parfonde, et il chaï dedens la nef. Si oï que on li dist une parole, mais il ne set qui li avoit dit : « C'est la vengance de l'espee traire, que tu traisis, dont tu n'estoies mie dignes. Or te garde autre fois de mesprendre envers ton Creatour. » Li rois entendi bien ceste parole, et aussi fist Nasciens ; mais il fu del cop si estonnés qu'il chaï a la terre aussi conme mors. Et li rois le courut relever et le mist en son devant, et ploure mout tenrement conme cil qui quide et qui a doutance qu'il ne soit navrés a mort, et aussi le quidast Celidoines ; et Nasciens jut grant piece em pasmisons ainsi qu'il se peüst relever. Et quant il fu revenus en sa force et il vit le roi qui ploroit, si dist : « Ha ! sire, pour Dieu, que est ce que vous faites ? Vous ne devés mie plourer, mais

ment l'en remercier, dès lors qu'il daigne me réprimander comme un fils. »

358. Ce sont les mots que prononça Nascien blessé, de sorte qu'il ne donna absolument pas l'impression d'en être affecté, pour offrir le visage d'un homme plein de patience ; comme plein d'humilité, il supporta les angoisses et les douleurs aussi longtemps que la plaie demeura béante. Ils restèrent ainsi sur cette nef quatre jours entiers. Mais alors le conte cesse de parler d'eux, et retourne aux cinq messagers, que la reine avait envoyés par son territoire, pour chercher son frère Nascien.

Le périple des messagers.

359. Le conte dit que, après avoir quitté leur dame, les cinq messagers, montés comme ils l'étaient, firent leur enquête par maints pays, tantôt en avant et tantôt en arrière, ainsi que l'aventure les menait. Partout où ils allaient, ils demandaient des nouvelles de Nascien, sans trouver jamais personne qui fût susceptible de les renseigner. Après avoir longtemps sillonné les friches et les territoires étrangers, comme la terre des païens et autres lieux, ils pensaient, à n'en pouvoir obtenir la moindre nouvelle, qu'ils se fatiguaient pour rien : ils ne parviendraient pas, leur semblait-il, à mettre la main sur ce qu'ils cherchaient. Une nuit, ils s'étaient logés chez un vavasseur païen très pieux et

---

faire joie, car ore veés vous bien que Nostres Sires me tient chier d'aucune chose, com il me chastie et fait reconnoissant de mon pechié. Ore l'en doi je graciier et merciier quant il me daigne chastoiier conme fil. »

358. Tels paroles dist Nasciens quant il fu blechiés, si que il n'en fist onques samblant que il l'en fust riens, mais samblant fist conme hom plains de pacience ; et il conme plains d'umilité sousfri ses angoisses et ses dolours tant conme la plaie li dura. Si furent en tel maniere en celle nef[1] .IIII. jours tous entiers. Mais atant laisse li contes a paler d'aus, et retourne a parler des messages que la roïne ot envoiiés par sa terre, pour querre son frere Nascien par .v. messages.

359. [d] Or dist li contes que quant li .v. message se furent parti de lor dame ensi monté come il estoient, il cerchierent par maint païs, une ore avant et autre ariere, tout ensi come aventure les menoit ; et partout ou il venoient, demandoient nouveles de Nascien, mais ne trouverent onques qui riens lor en seüst a enseignier. Et quant il orent grant piece erré par les estranges gastines et par estranges terres, si conme par paienie et par autres lix, car il estoit a aus avis, a ce qu'il n'en pooient oïr nouveles ne pres ne loing, qu'il estoient pour noient traveillié. Car ce qu'il queroient ne trouveroient il pas, ce lor estoit avis. Une nuit se furent herbergié chiés un vavasour paien assés prodome et

loyal quant à sa loi. Après le repas du soir, l'homme de bien leur demanda d'où ils étaient et où ils allaient ; ils étaient de Sarras, dirent-ils, et allaient cherchant par le pays leur seigneur qui avait disparu par la plus prodigieuse aventure de ce monde.

360. « Comment ! s'exclama l'hôte, vous êtes des chrétiens ? — Assurément. — Et comment avez-vous été assez hardis pour oser vous enfoncer en territoire sarrasin ? Vous n'êtes pas sans savoir qu'ils vous haïssent mortellement, car vous êtes opposés à leur loi et à leur croyance ! — Cher seigneur, dit l'un, la détresse, l'angoisse et la volonté d'aboutir dans notre recherche — vaine — nous y ont fait venir : nous ignorons s'il est chez les chrétiens ou chez les païens. Voilà pourquoi nous nous enfonçons dans l'un et l'autre des territoires, pour savoir si Dieu nous conduira à l'endroit où nous pourrons le trouver. — Vous avez commis, dit l'hôte, en venant sur nos terres sans y être autorisés, une très grande folie : je crains que vous ne vous en repentiez avant d'avoir pu partir. » Ils ignoraient, dirent-ils, comment cela tournerait pour eux, mais ils s'en remettaient à la volonté de Notre-Seigneur. Les messagers furent servis, cette nuit-là, très richement et grassement régalés d'épices : le territoire en regorgeait partout. Le lieu où ils étaient arrivés était appelé le pays d'Égypte ; ils se trouvaient dans une cité qu'on appelait Rokehan (où était né l'aïeul de cette sainte dame qu'on

---

loial de sa loy. Et au soir quant il orent mengié, lor demanda li prodom dont il estoient et ou il aloient ; et il dient qu'il estoient de Sarras, et aloient querant par le païs un lor signour qui estoit perdus par le plus merveilleuse aventure del siecle.

360. « Conment, fait li ostes, vous estes crestiiens ? » Et cil respondent : « Vous dites verité. — Et conment, fait il, fustes vous si hardis que vous vous*a* osastes enbatre en terre de Sarrazins ? Car nous savés bien qu'il vous heent de mortel haïne, come cil qui estes contraire a lor loi et a lor creance. — Biaus sire, fait li uns, destrece et angoisse et volentés de trouver ce que nous querons, et nel poons trover, nous i fist venir : car nous ne savons s'il est en terre de crestiiens ou en terre de paiiens ; et pour ce nous embatons nous entre les uns come entre les autres, por savoir se Dix nous menroit ja en lieu ou nous le peüssons trouver. — Del venir entre nous, fait li ostes, fu ce trop grant folie sans congié : car je me doute que vous vous en repentés ançois que vous empartissiés del tout. » Et cil dient qu'il ne sevent quel le feront, tout soit a la volenté Nostre Signour. Cele nuit furent li messagier servi mout richement, et orent mout grant plenté d'espices : car [e] en la terre en avoit assés, et en estoit bien garnie en tous lix. Et li lix ou il estoient arrivé estoit apelés la terre d'Egypte ; et estoient en une cité que on apeloit Rokehan. En cele cité fu nés li

appelle Marie l'Égyptienne). La nuit, quand l'hôte les eut fait
coucher dans une chambre réservée à eux seuls et qu'ils se
furent endormis, il sembla au plus jeune que Joseph d'Arimathie s'avançait vers lui pour lui dire : « Que cherches-tu ? »
Il lui répondait qu'il était en quête de Nascien, son seigneur,
perdu par la plus prodigieuse aventure du monde ; il lui
contait comment. Alors Joseph lui demandait : « Comment
penses-tu le trouver ici, dans ce pays ? — Seigneur, répon-
dait-il, j'ignore où il est : voilà pourquoi je le cherche par
tous les territoires habités.

361. — Ce n'est pas sur ce territoire, dit Joseph, que tu le
trouveras : il n'y est pas ; mais suis-moi, je vais te le montrer. » Alors le jeune homme emboîtait le pas à Joseph, et
finalement ils parvenaient à une montagne, la plus imposante qu'il eût jamais vue. Il y découvrit un endroit si prodigieusement haut qu'il pouvait aisément observer tous les
territoires habités, et toutes les eaux que des barges avaient
coutume de parcourir. Joseph lui demandait : « Que vois-tu ?
— Seigneur, tous les territoires où les êtres humains vivent,
et toutes les eaux qui portent des barges. » Joseph lui désignait une nef au loin, sur la mer de Grèce : « Vois-tu cette
nef ? — Seigneur, oui : je la vois clairement. — Sache donc,
disait Joseph, que ton seigneur s'y trouve, avec toute la compagnie qu'il aime bien. »

---

aïous a cele sainte dame que on apele Marie l'Egiptienne. La nuit,
quant li ostes les ot couchiés en une chambre a par aus et il furent
endormi, a celui d'aus qui estoit li plus jouenes estoit il avis en son
dormant que Joseph de Barimachie venoit devant lui, et li disoit :
« Que vas tu querant ? » Et cil li disoit qu'il aloit querant Nascien son
signour qui estoit perdus par la plus merveillose aventure del monde ;
et li contoit comment. Lors li respondoit Joseph : « Conment le
quides tu dont ci trouver en cest païs ? — Sire, fait cil, je ne le sai ou
trouver : et por ce le vois je querant par toutes les terres ou gent
habitent. »

361. — En ceste terre, fait Joseph, ne le troveras tu mie, car il n'i
est pas ; ne mais vien aprés moi et je le te mousterrai. » Lors s'en aloit
Joseph devant, et li vallés aprés, tant qu'il venoient en une montaigne
la plus haute et la plus grande qu'il onques mais eüst veüe. Et quant il
vint la, il vit un lieu si merveillous et si haut qu'il pooit bien remirer
toutes les terres ou gent habitoient, et toutes les aigues ou barges
soloient courre. Et Joseph li demandoit : « Que vois tu ? — Sire, fait
cil, je voi toutes les terres ou gens conversent, et toutes les aigues qui
portent barges. » Et Joseph li mostroit une nef loing de lui, qui estoit
en la mer de Gresse, et disoit : « Vois tu cele nef ? — Sire, fait cil, oïl :
je le voi bien. — Or saces tu, fait Joseph, qu'il est en cele nef, tes sires
que tu quiers ; et est o toute le compaingnie qu'il bien aimme. »

362. Alors ils se quittaient, et Joseph s'en allait si discrètement que l'autre pouvait toujours se demander ce qu'il était devenu. Au matin, quand ils furent levés, le jeune homme s'adressa, avant de partir, à ses compagnons : « Il m'est cette nuit arrivé une vision très belle dans mon sommeil. — Quelle était-elle ? » demandèrent-ils. Il la leur conta de bout en bout, fidèle à l'impression qu'il avait eue. Il y avait là, dirent-ils, une fort belle aventure ; ils ajoutèrent que Notre-Seigneur ne les avait pas oubliés, puisque Joseph son pasteur était venu leur enseigner de quel côté trouver leur maître et seigneur. « Et quel est votre avis ? » demanda le jeune homme. Il n'y avait qu'à se hâter d'aller vers la mer, louer une nef, monter à bord ; puis naviguer jour et nuit, jusqu'à ce que Dieu leur donnât de rencontrer la nef où trouver leur seigneur.

363. Tous les cinq en furent d'accord ; venant à leur hôte, ils prirent congé de lui ; ce dernier leur fit les dernières recommandations : « Seigneurs, je vous conseille de ne pas vous faire connaître où que vous alliez : je vous assure que, si vous êtes recherchés comme chrétiens en territoire des Sarrasins, il vous sera impossible d'en réchapper vivants. » Ils se dissimuleraient, répliquèrent-ils, du mieux possible. Voilà comment les cinq messagers quittèrent Rokehan. Sortis de la cité, ils se dirigèrent vers la mer au plus vite qu'ils le purent, chevauchant tout le jour tenaillés par la souffrance et la

---

362. Atant s'enpartoit li uns de l'autre, et Joseph s'en aloit si durement que il ne pot onques savoir qu'il devint. Au matin, quant il furent levé, ains qu'il fuissent parti de laiens, dist li vallés a ses compaingnons : « Il m'est une avision anuit avenue en mon dormant mout bele. — Quele fu ele ? » font cil. Et cil lor dist tote de chief en chief si com il li ot esté avis. Et quant il l'orent oï, si disent que mout ot ci bele aventure ; et dient que Nostres Sires nes a pas oubliés, quant Joseph ses menistres*[a]* lor est venus enseignier quel part il porront lor maistre trover*[b]*, et lor signour. « Et qu'en loés vous ? » fait li vallés qui l'avision avoit veüe. Et il dient qu'il n'i a fors que de l'aler au plus tost qu'il porront vers la mer, et luier*[c]* [f] une nef et entrer ens ; et puis tant errer par la mer et de jour et de nuit, que Dix lor doinst encontrer la nef ou il porront trover lor signour.

363. A ce s'acorderent tout .v. et viennent a lor oste, et prendent congié a lui ; et li ostes lor dist en conseil : « Signour, je vous lo que vous ne vous faciés pas connoistre en lieu ou vous veigniés : car je vous di que se vous estes enterchiés pour*[d]* crestiens en terre des Sarrazins, vous n'en poés eschaper sans mort. » Et il dient qu'il se cheleront au plus qu'il porront. En tel maniere s'enpartirent li .v. message de Tosquehan. Et quant il furent issu de la cité, si se drecierent vers la mer au plus qu'il porent ; et chevauchierent tout le jour a grant

peur : il régnait sur ce territoire une chaleur si oppressante
qu'il fallait à la plupart des gens se déplacer tout nus au mois
d'août, plus chaud et plus brûlant que n'importe quel autre.
Le jour où ils quittèrent Rokehan, il fit si chaud, le temps fut
d'une touffeur si ardente qu'un de leurs compagnons en
mourut, tant à cause de la température que de la soif ; il fut
enterré dans la capitale de l'Égypte, cette cité même du nom
d'Alexandrie. Le lendemain, les messagers la quittèrent ; ils
cheminèrent plusieurs jours avant de parvenir à la mer, pour
y trouver une nef qui venait d'accoster. À l'intérieur, il y
avait jusqu'à deux cents cadavres d'hommes ; en la visitant
pour voir de quoi il retournait, ils trouvèrent cachée, sous
une planche, une dame. Ils se saisirent d'elle, la tirèrent de là
où elle était tapie, et la prièrent de leur fournir des explications sur la mort de ces hommes, et sur la raison de leur
assassinat. « Si vous voulez m'assurer, dit-elle, que je n'aurai
rien à craindre, je vous dirai la vérité. » Elle n'aurait rien à
redouter, promirent-ils : ils ne lui causeraient aucun désagré-
ment. « Je vais donc répondre à votre question. Vous
apprendrez que ceux qui gisent ici ont été tués dans la cité
du roi Label, mon père. Il est arrivé avant-hier que le roi
Méliant dit qu'il irait voir son fils résidant en Syrie, dont il
gouvernait une partie du territoire. Quand il eut pris la mer
non sans une importante compagnie de gens, le roi de Tarse,

---

angoisse et a grant poour : car il faisoit en cele terre si angoissousement chaut qu'il couvenoit as pluisours gens aler tous nus en el
mois d'aoust qui plus est chaus et ardans que nus autres mois. Icelui
jour qu'il se partirent de Tosquehan, fist il si chaut et fu li tans si
aspremENT chaus que de la tresgrant calour qu'il fist morut uns de lor
compaignnons, que del chaut que il ot que del soif ; et fu enfouis en
la maistre cité d'Egypte, en cele meïsmes cité que on apele Alixandre.
Et au secont jour s'empartirent li message de la cité ; et errerent tant
par lor journees qu'il vinrent a la mer, et i trouverent une nef qui i
fu arrivee nouvelement. Et i avoit dedens homes ocis bien jusques
a .CC. ; et il enterent ens pour veoir que c'estoit ; si troverent en une
partie de la nef desous une planche une dame qui s'i estoit reposte.
Et il le prendent et le traient fors de la ou ele estoit atapie, et li
proient qu'il lor die nouveles de la mort de ces homes, et por coi
il sont mort et ocis. « Se vous me volés asseürer, fait ele, que je
n'avrai garde, je vous en dirai la verité. » Et cil dient qu'ele n'avra
garde, que ja ne li feront chose qui li desplaise. « Et je vous dirai
dont, fait ele, ce que vous me demandés. Or saciés, fait ele, que cil
qui ci gisent furent ocis en la cité le roi Babel qui mes peres fu. Si
avint l'autrier que li rois Melians dist qu'il iroit veoir un sien fil qui
manoit en Sire, et avoit une partie de cele terre a gouverner. Et quant
il se fu mis en la mer et a grant compaignnie de gent, li rois de Tarse,

qui lui vouait une haine mortelle, apprit qu'il venait au
royaume de Syrie dans ces conditions. Il convoqua le plus
possible de chevaliers et de sergents, et lui et les siens montèrent tout de suite à bord des nefs. Il poursuivit mon père
qui s'en allait par-devant un château situé en mer ; alors la
mêlée des hommes de mon père et de ceux du roi de Tarse
commença. Aussi, en peu de temps, le massacre fut si formidable que j'en vis mourir en une heure plus de mille, dont
chacun passait pour homme de bien et bon chevalier. Mais
ceux de Tarse, mieux rompus à supporter les armes et la
fatigue, et qui avaient l'avantage du nombre, attaquèrent si
violemment de toutes parts les nôtres que mon père le roi y
fut tué, et tous les autres massacrés, à n'y pas sauver un
membre. Ils jetèrent le corps de mon père en pleine mer, et
une bonne partie de ses barons. Moi-même, ils m'auraient
assassinée ; mais, me voyant jeune fille et faible chose, ils se
refusèrent à me toucher, et me laissèrent ici avec mes
parents et ceux de notre camp, qu'ils avaient tous tués.

364. « Je viens de vous révéler la vérité sur ce que vous
m'avez demandé. » Cette bataille, estimèrent-ils, n'avait pas
été pour rire, et ils croyaient bien tout ce qu'elle leur avait
dit : ils pourraient encore en voir des indices incontestables
dans la nef. Alors ils se consultèrent sur ce qu'ils allaient
pouvoir faire : cette nef, ils l'avaient trouvée pour sillonner la
mer, et jamais personne ne prendrait l'initiative de leur cau-

---

qui le haoit mortelment, sot qu'il venoit el roiaume de Sire o grant
compaingnie de gent. Si manda chevaliers et sergans tant com il em
pot avoir, si entrerent tout maintenant es nés, lui et li sien ; et [*36a*]
courut sus a mon pere qui s'en aloit par devant un chastel qui siet en
la mer ; si comencha la mellee des gens mon pere, et des gens au
roi de Tarse. Si en fu em poi d'ore l'ocision si grans et si merveillouse que je en vi morir en une ore de jour plus de .m. homes,
dont il n'en i avoit nul qui on ne tenist a prodome et a bon chevalier.
Mais cil de Tarse qui plus estoient acoustumé d'armes et de traveil
souffrir, et qui plus avoient gens envers aus, assaillirent si durement
de toutes pars les nos que mes peres li rois i fu ocis, et tout li autre
decopé, que onques n'en eschapa piés. Si jeterent le cors de mon
pere ens en la mer, et grant partie de ses autres barons. Et moi
meïsmes eüssent il ocis ; mais pour ce que pucele me virent, et feble
chose, ne me vaurent il touchier, ains me laissierent ci avoc mes
parens et avoc ciaus de nostre partie, lesquels il avoient tous ocis.

364. « Or vous ai je dit la vérité de ce que vous me demandastes. »
Et cil dient que cele bataille n'a mie esté a gas, et que bien le creoient
de quanque il lor dist : car bones enseignes et vraies en porront
encore veoir en la nef. Lors prendent conseil entr'aus qu'il porront
faire : car cele nef avoient il de gaaing pour errer parmi la mer, ne

ser préjudice pour cela. L'un d'entre eux déclara : « Je vais vous dire ce qu'il nous faut faire. Ceux qui gisent ici sont formés à notre ressemblance, encore qu'ils ne soient pas chrétiens : nous devons en avoir quelque pitié ; nous ne devons pas tolérer, ce me semble, qu'ours ni lion soient repus de leurs chairs. Convoquons des gens près d'ici, jusqu'à ce qu'ils soient mis en terre. Cette nef une fois vidée, nous chercherons quelque pilote qui sache la gouverner, et nous mène où Dieu nous conduira. » Ils tombèrent tous d'accord, pour dire que c'était la solution. Ils se dirigèrent vers l'endroit où ils pensaient trouver au plus tôt du monde. Quand ils en eurent trouvé, ils leur promirent tant d'argent qu'ils furent nombreux à les aider ; ils se donnèrent tant de mal que, avant la fin du jour, ils avaient enterré sur le rivage tous ceux de la nef. Puis ils y placèrent une stèle prodigieusement grande, où ils firent graver des lettres en grec, dont la signification était :

365. « Ici reposent ceux de Label, que ceux de Tarse ont tués. C'est par sensibilité à la commune apparence des hommes qu'on les a fait mettre ici. Les messagers qui avaient enfoui les corps des gens de Label ont fait faire cette inscription sur le lieu de l'ensevelissement, cependant qu'ils cherchaient Nascien leur seigneur, pour que ceux qui viendraient éventuellement de ce côté apprennent la vérité. » Quand ils eurent achevé, ils questionnèrent la demoiselle

---

jamais ne verra avant qui tort lor en face. « Je vous dirai, fait li uns, que il nous couvient faire. Pour ce que cil qui ci gisent sont fourmé a noſtre[a] samblance, encore ne soient il creſtiien, si en devons nous avoir aucune pitié ; et ne devons pas sousfrir, ce me samble, que ours ne lyons soient repeü de lor chars. Mandons gens ci pres, tant qu'il soient mis en terre. Et quant ceſte nef sera vuidie, lors si querrons aucun maiſtre qui sace gouverner la nef, et nous maint la ou Dix nous conduira. » Et il s'acordent tout a ceſte chose, et dient tout que ce seroit bien fait. Lors vont cele part la ou il quident plus toſt trouver gent. Et quant il ont trouvé gent, il lor prometent tant a donner d'avoir qu'il en orent assés pour aus aïdier ; si se traveillent tant que ançois que li jours fuſt passés, orent il tous ciaus de la nef mis[b] en terre sus le rivage. Puis misent illoc une roce grant et mervelleuse ; et firent dedens la roce letres entaillier en griiois, et disoient les letres en tel maniere :

365. « Ci gisent cil de Label[a], que cil de Tarse ocisent ; si les firent ici metre pour pité de la maïsme samblance. Li message qui avoient enfoii les cors des gens Label fisent faire le brief la ou il fu[b]rent enfoii, endementres qu'il querroient Nascien lor signour, et fisent le brief faire pour ce que cil qui cele part venissent en oïssent la verité. » Et quant il orent ce fait, si demanderent la damoisele

sur ses intentions : « Je ne sais, dit-elle, car je suis hors de mon pays au milieu d'étrangers que je ne connais pas, et qui ne feraient rien, je pense, pour moi. Mais en toute sincérité, conseillez-moi, si vous le pouvez : vraiment je suis incapable de me décider. »

366. La demoiselle se mit à pleurer amèrement. Ils en éprouvèrent une très grande pitié. Ils délibérèrent ; la prendre avec eux jusqu'à ce qu'ils eussent trouvé leur seigneur, conclurent-ils, serait une bonne chose : alors ils la feraient chrétienne. Ce projet leur sembla judicieux ; leur accord fut unanime. Ils informèrent la demoiselle qu'ils l'emmèneraient avec eux, sans lui infliger ni honte ni vilenie, aussi longtemps qu'ils pourraient la défendre. Elle tomba à leurs pieds, les assurant qu'elle s'en remettrait désormais pour tout à leur protection. Ils s'efforceraient, ajoutèrent-ils, de faire leur possible pour lui être agréables. Ils discutèrent ensemble sur l'opportunité de chercher un homme qui fût instruit de l'art nautique, mais ils n'en trouvèrent aucun, ce qu'ils déplorèrent vivement. Ce jour-là, ils firent charger leur navire de tout ce dont ils avaient besoin durant la traversée, et de vivres. La nuit venue, ils se couchèrent dans la nef ; la voile, toujours hissée, n'avait nullement été ferlée depuis l'accostage. Aussi arriva-t-il, autour de minuit, qu'à la force du grand vent qui s'était levé, le navire brisa ses amarres et, au petit jour, ils se trouvèrent, alors qu'ils se croyaient

---

qu'ele feroit : « Je ne sai, fait ele, car je sui fors de mon païs entre estrange gent que je ne connois mie, ne rien ne feroient, ce quit, pour moi. Mais par franchise conseilliés moi, se vous savés, car vraiement je ne sai de moi nul conseil prendre. »

366. Lors conmencha la damoisele a plourer mout durement. Et quant il veoient ce, si lor en est pris mout grans pitiés. Lors parolent a conseil et disent que ce seroit bon qu'il le menaissent avoec aus, jusques a tant qu'il trouvaissent lor signour, et lors le feroient crestiienner ; et cil consaus lor sambla bons, si s'i acorderent tout. Lors dient a la damoisele qu'il l'en menront avoc aus, en tel maniere qu'ele n'i avera ja honte ne vilonnie, tant com il le puissent deffendre. Et quant ele oï cele parole, si lor chaï as piés, et dist qu'ele se metera des ore mais del tout en lor manaide ; et il dient qu'il se peneront de li bien faire a lor pooir. Lors se conseillierent ensamble de querre un home qui seüst de la nef, mais il n'en trouverent nul, de coi il furent mout dolant. Celui jor garnirent lor nef de quanqu'il lor estoit mestiers, et de toutes les choses qui a viandes apartiennent. Et quant la nuis fu venue, si se couchierent en la nef, et li tré estoit adés tendus come cil qui n'i fu onques puis abatus que la nef fu illoc arrivee. Dont il avint, entour mienuit, que li vens se leva grans et fors ; si fist la nef partir de la rive, en tel maniere que quant il fu ajourné, il se troverent, come cil qui

encore au rivage, n'apercevoir terre nulle part : ils étaient en
pleine mer, sur les hauts-fonds. Ils en furent grandement
effrayés : ils virent la hauteur et la force des vagues et
n'avaient ni pilote ni gouvernail ; la mer était agitée et soulevée, pesante sous les vents redoublant de puissance — il
ventait de toutes parts — et le souffle s'engouffrait à plein
dans les voiles. Le navire filait sur les vagues, impétueux tel
l'épervier chassant l'alouette[1]. Se voyant réduits à cette extrémité de ne plus s'attendre qu'au naufrage d'un moment à
l'autre, bien conscients de ne pouvoir échapper que par la
mort, si la miséricorde de Notre-Seigneur ne l'écartait, ils
s'agenouillèrent tous à l'intérieur de la nef pour implorer
Notre-Seigneur de les garder en ce danger, par sa pitié, de
l'issue fatale, pour les conduire au port de salut. Les messagers furent ainsi étreints par une peur, une angoisse à leur
ôter la soif et la faim, pendant trois jours : dans ce délai, ils
eurent tant parcouru la mer, ayant bon vent, fort, favorable,
qu'ils dirent entre eux, au beau milieu du péril, qu'il leur était
impossible de ne pas être fort loin du territoire d'Égypte.
Ils l'étaient : la nef était toujours allée comme chassée par
tous les vents qui jamais soufflèrent. Au quatrième jour, à
l'heure de prime, il leur arriva un grave ennui, à l'approche
d'une île à l'escarpement minéral, où la nef alla tout droit.

---

quidoient encore estre a la rive, qu'il ne virent tere de nule part,
ains virent que il estoient en haute mer et em parfonde. Si en furent
mout durement esmaiié : quar il virent les ondes de mer qui estoient
et hautes et grandes, et il estoient sans maistre et sans gouvrenal, et la
mer si n'estoit pas paisible, mais escomeüe et pesans par les vens qui
si estoient cruel, quar il ventoit de toutes pars, si se feroit li vens es
voiles tout de plain. Et la nef s'en aloit parmi les ondes tant radement
conme fait espreviers qui aloe chace pour prendre sa proie. Quant il
se voient en tel point et en tel peril qu'il ne gardent mais l'ore qu'il
soient perillié et mort, et connoissent bien qu'il ne pueent eschaper se
parmi la mort non, se la misericorde Nostre Signour ne l'en desfend,
si s'ajenollent trestout dedens la nef, et crient [d] merci a Nostre
Signour, que il, par sa pité, les gardast de mort en cel peril ou il
sont, mais au port de salu les amaint. En tel maniere et en tel paour,
et en tele angoisse que il onques ne burent ne mengierent, furent
li messagier .iii. jours ; si orent dedens cel terme courut parmi la
mer a ce qu'il avoient bon vent et fort et bien portant, qu'il disent
entr'aus, parmi tout le perill ou il estoient, qu'il ne pooit estre qu'il
ne fuissent molt loing de la terre d'Egypte. Et si estoient il sans faille,
car la nef avoit tousdis alé aussi conme se tous li vens qui onques
furent ne venterent le chaçaissent. Au quart jour, a ore de prime, lor
avint uns encombriers assés griés et pesans : car il aprocierent pres
d'une ille haute et grans et plainnes de roches, et la nef s'i adrecha.

Ils devinrent, le vent les y poussant à toutes voiles, fous de douleur. Ce qu'il arriva ? La nef heurta si violemment la roche qu'elle se brisa en quatre morceaux : et sur les quatre messagers, deux périrent ; les deux autres en réchappèrent ; la demoiselle qui était avec eux flottait, ballottée par les vagues. Voyant à terre les rescapés, elle se mit tout de suite à crier, et à les implorer, pour Dieu et la sainte loi qu'ils tenaient, de lui porter secours. L'un des jeunes gens, la remarquant, poussé par la pitié, plongea tout de suite, se recommanda à Notre-Seigneur et, ne cessant de nager jusqu'à la demoiselle, la ramena à la rive à toute force. Dès qu'il eut regagné le rivage en sauvant la vie à la demoiselle, il éprouva une immense joie, et remercia Notre-Seigneur de tout cœur de lui avoir épargné la mort qu'il avait frôlée.

367. Voilà comment moururent deux des messagers, partis de lointains pays pour chercher Nascien. Quand ceux qui étaient restés avec la demoiselle, fille du roi Label, constatèrent la perte de tous leurs vivres, ce dont ils devaient soutenir leur existence, ils furent très inquiets : ils se voyaient dans un lieu étranger ; et, à leur avis, ils n'en réchapperaient pas vivants si Notre-Seigneur ne les en tirait par son digne commandement. Ils s'en remirent par conséquent à la grâce de Notre-Seigneur, implorant sa pitié tout en larmes. Ils l'invoquaient souvent ainsi : « Cher Seigneur-Dieu, par ta sainte pitié, regarde-nous, réconforte-nous, ne nous fais pas tom-

---

Lors se dementerent mout durement a ce que li vens les menoit cele part a plain voile. Si avint que la nef feri si durement a la roche qu'ele fu toute esmiie en .IIII. pieces, si que des .IIII. messagiers em perirent li doi ; et li autre doi s'en eschaperent ; et la damoisele qui avoc aus estoit venue s'en flotoit avoc l'aigue. Et quant ele vit ciaus qui estoient arrivé et eschapé del perill, ele lor conmencha tout maintenant a crier et a proiier mout doucement que pour Dieu et pour la sainte loy que il tenoient, que il li venissent aïdier. Lors le regarda li uns des vallés, si en ot mout grant pitié ; et sailli tout maintenant en l'aigue, et se conmanda a Nostre Signour et s'en ala tousdis noant jusques a la damoisele, et le ramena a la rive a vive force. Quant li vallés fu venus a la rive et il ot la damoisele sauvee sa vie, si en ot mout grant joie, et en mercia mout Nostre Signour de bon cuer, de ce qu'il l'ot jeté de perill de mort, dont il ot esté si pres.

367. En tel maniere perirent .II. des messages, qui pour Nascien querre estoient esmeü de lointains païs. Et cil qui furent remés avoc la damoisele qui fu fille au roi Label, quant il virent qu'il orent toute lor viande perdue et ce dont il se devoient vivre et soustenir, si en furent molt esmaiié : car il se voient en estrange lieu, qu'il n'en eschaperoient a lor avis en nule maniere sans mort, se Nostres Sires nes en jetast par son digne conmandement. Et pour ce se metent il

ber en désespoir ni en péché mortel, par la ruse de l'ennemi qui nous guette. Si tu nous envoies, cher Seigneur-Dieu, des tentations pour nous éprouver, Seigneur, par ta douce pitié, donne-nous le pouvoir et la force de les supporter, et en quelque peine que le corps se tienne dans cette vie terrestre, que cette peine ne soit pas changée en mal pour les âmes, mais, doux Seigneur, que ces dernières aient la vie éternelle quand elles quitteront le corps. » Les messagers s'adressaient ainsi souvent au Seigneur-Dieu ; la demoiselle, pleurant très amèrement, maudissait Fortune de la manœuvrer de mal en pis, à ce qu'il lui paraissait. Ils la consolaient, lui disaient de ne pas s'inquiéter, de sécher ses pleurs, « car Notre-Seigneur va nous secourir prochainement ». Elle montra de l'intérêt pour leur croyance et ils lui répétèrent ce qu'ils en avaient appris de la bouche de Joseph d'Arimathie, et des prélats de la sainte Église. Ils lui donnaient à entendre combien était grand le pouvoir du Seigneur dont ils observaient la loi, et qu'il avait secouru toujours ses serviteurs en quelque endroit qu'ils fussent, pourvu qu'ils le servissent de bon cœur, comme la Sainte Écriture le demande.

368. « Par ma foi, dit la demoiselle, puisque Celui dont vous me parlez est omnipotent, je lui promets sincèrement que si, dans ce péril, il veut nous secourir, si bien que j'en réchappe

---

tout en la merci Nostre Signor, et li crient merci o larmes et o plours. Et disoient souventes fois : « Biaus sire Dix, par ta sainte pité, regarde nous et conforte, par coi nous ne puissons chaïr en desesperance ne em pechié mortel, par l'engien a l'anemi et par son agait. [*d*] Et se tu nous envoies, biaus sire Dix, temptations, pour nous esprouver, Sire, par ta douce pité, donnes nous tel pooir et tel force que nous le puissons souffrir en tel maniere que en quel painne que li cors se tiengne en ceste terriene vie, ne soit tournee en mal as ames ; mais*, dous Sires, qu'eles soient em parmanable vie quant eles departiront del cors. » Tels paroles et tels proïieres disoient sovent a Damedieu li messagier ; et la damoisele plouroit mout durement, et maldissoit* Fortune qui ensi le* demenoit de mal en pis, ce li sambloit. Et cil le confortoient et disoient* qu'ele ne s'esmaiast, ne ne plourast mie : « car Nostres Sires, font il, nous secorra prochainnement ». Et cele lor requiert la verité de lor creance, et il en dient ce qu'il en orent apris par la bouche Joseph de Barimachie, et par les prelas de Sainte Eglyse. Et li faisoient* a entendre que grant pooir avoit li Sires qui loi il tenoient, et que il secourut tous jours ses sergans en quelconques lieu que il soient, pour qu'il le servent de bon cuer, si come Sainte Escriture le comande.

368. « Par foi, fait la damoisele, puis qu'il est tels et tous poissans si come vous me dites, je li promet de cuer et de bouche que se il, en cest peril, nous velt secourre, si que je en eschape

saine et sauve, je suivrai sa loi et l'invoquerai, et croirai dorénavant suivant le conseil de ses pasteurs. — Demoiselle,
sachez donc qu'il vous enverra prochainement de l'aide,
soyez-en persuadée, et beaucoup plus vite qu'il n'aurait fait
sans la promesse que vous venez de lui faire. » Et tous trois
d'attendre ainsi, fort inquiets, épouvantés, faute d'avoir
appris à supporter une peine aussi importune que celle qu'ils
avaient subie en mer. Le soir, entre chien et loup, ils avisèrent en haut de la roche un mur vétuste, appartenant à une
maison jadis érigée là avec arrogance, mais écroulée depuis
déjà fort longtemps. Néanmoins il en subsistait une bonne
partie, où bien cinq personnes auraient pu se reposer et s'asseoir. Ils coururent de ce côté, disant que de toute façon ils
seraient mieux à l'ombre de ce mur que sur la rive où ils
étaient restés tout le jour : aussi en ont-ils pris la direction, et
à force d'aller y sont parvenus. C'était nuit noire ; ils demeurèrent à cet endroit toute la nuit, seuls, dépourvus d'aide et
taraudés par l'inquiétude : ils avaient peur que Notre-Seigneur ne les oubliât. S'ils dormirent, ce fut très peu : ils ne
cessaient de se tourmenter à la pensée qu'ils ne pouvaient
nulle part trouver de soutien, s'il ne leur venait prochainement de la grâce de Notre-Seigneur. Ils le prièrent très doucement de venir les aider et les réconforter.

369. Le lendemain, dès que le jour parut et qu'ils eurent
prié Notre-Seigneur de venir les aider, par sa douce pitié, ils

---

saine et haitie, je me tenrai a sa loi et le reclamerai, et si querrai
d'ore en avant trestout ensi conme si menistre me conseilleront. —
Damoisele, font cil, or saciés que il vous donra prochainnement aïde,
saciés le vraiement, et assés plus tost que il ne fesist se vous ne li
eüssiés[a] faite promesse orendroit. » En tel maniere atendirent entr'aus
.III. ; si furent mout esmaiié et mout espoenté conme cil qui n'avoient
pas apris a souffrir si grant painne ne si grant treveil com il l'avoient
eü en la mer. Et au soir quant la nuit fu aprochie, si regarderent que
amont en la roce avoit un mur viel et ancien, et d'une maison qui
jadis i fu drechie par grant orgueil, mais ele ot esté abatue et ot ja
grant tans passé. Et nonpourquant bone partie en i avoit remese, si
que bien i peüssent .v. gens reposer et seoir ; et il coururent cele part,
et dient que toutes voies seroient il mix en l'ombre de cel mur que
desus la rive ou il ont esté tot le jour. Si s'adrecierent cele part, et
vont tant qu'il i sont venu. Et quant il parvinrent la, si estoit nuis
oscure ; si demourerent illoc toute la nuit tout sol et esgaré de conseil
et esmaiié durement : car il avoient paour que Nostres Sires ne les
oubliast. Si dormirent tote nuit mout petit : car il ne finoient de penser [e] a ce qu'il ne veoient nule part lor garison, se ele ne lor venoit
prochainnement de la grasse Nostre Signour. Et mout li proient doucement qu'il lor viengne aïdier et reconforter.

se levèrent rapidement, pour aller voir, dirent-ils, ce qui se cachait derrière ces murs. Et d'escalader la roche et d'aller jusqu'à une entrée commandant l'accès : c'était une ouverture en marbre vermeil, d'une si rare beauté qu'on pourrait difficilement concevoir sa pareille en magnificence. Ils y pénétrèrent et, à regarder la porte, ils se rendirent compte que cette demeure était aussi superbe que si l'homme le plus puissant du monde l'avait construite à son usage. À l'intérieur, en effet, il y avait, sur le pourtour, des piliers de marbre entièrement ciselés avec des incrustations d'or et d'argent, exécutés avec la maîtrise d'une œuvre faite par enchantement. À l'extrémité extérieure de la demeure, sous un arc voûté, se trouvait un lit, le plus splendide qu'ils eussent jamais vu : les quatre pieds étaient tout de ciselure enchâssée, et somptueusement rehaussés de pierres précieuses ; les autres parties étaient d'un ivoire très riche et si parfait que maintes gens pourraient, à sa description, le tenir pour pur mensonge. Sous ce lit, une tombe très luxueuse et si prodigieusement travaillée que c'était un grand régal pour les yeux. Au-dessus de l'extrémité supérieure de la dalle, une inscription : « Ici repose Hippocrate le souverain maître des philosophes et des médecins, mort par la ruse de sa femme, et transféré ici par Antoine le roi. »

370. Ils surent bien déchiffrer l'inscription ; voilà qui

---

369. À l'endemain, si tost conme li jours aparut, et il orent dites lor proiieres a Nostre Signour, que il par sa douce pité les conseillast, lors se leverent vistement et disent qu'il iroient veoir qu'il a laiens entre ces murs. Si monterent contremont la roce et alerent tant qu'il vinrent a une entree par ou on entroit laiens ; et c'estoit une huisserie de marbre vermeil qui tant estoit riche et envoisie que a painnes porroit on deviser son pareil ne de richoise ne de biauté. Et il entrent laiens et regardent l'uis tant qu'il aperchoivent que laiens avoit ostel si bel et si riche conme se li plus poissans hom del monde l'eüst fait a son oels. Car laiens avoit pilers de marbre ouvrés par defors a oevre trifoire, et a or et a argent par si grant maistrie conme se che fust oevre faite par enchantement. Et el chief par defors l'ostel a un arc volu avoit le plus riche lit et^d le plus bel qu'il eüssent onques mais veü a jor de lor vies : car li .IIII. pié estoient fait a oevre triphoire, et a pierres precieuses trop richement ; et li autre menbre estoient d'ivoire trop riche et si parfait, que maintes gens le porroient oïr qui le tenroient tout a menchoigne. Desous cel lit avoit une tombe trop bele et trop riche et si merveillousement ouvree que trop fu delitable chose a veoir. Et au desus del plus gros chief de la lame avoit letres escrites qui disoient : « Ci gist Ypocras li souvrains maistres des philosophiens et des fusisiens, qui par l'enging de sa feme fu mors, et fu ci aportés par^b Antoine le roi. »

370. Quant cil virent les letres, si les connurent bien ; si em

nourrit leur conversation ; Hippocrate, ils en avaient souvent
entendu parler. Ils visitèrent la demeure de fond en comble,
pour voir tant de belles choses anéanties, déchues. Il y avait
là jadis, affirmèrent-ils, la plus belle demeure du monde :
personne n'aurait pu acquérir, à moins d'être fabuleusement
riche, les seules richesses qui demeuraient. Mais alors le
conte cesse de parler d'eux, et revient à Hippocrate : comment une noble dame de Gaule et sa cousine tirèrent Hippocrate, dans une tour à Rome, au moyen d'une corbeille, et
le laissèrent à mi-hauteur.

Histoire d'Hippocrate.

371. Le conte le dit dans cette partie : il faut savoir —
l'*Histoire des philosophes* l'atteste — qu'Hippocrate fut plus
savant clerc en arts de médecine qu'aucun homme régnant
de son temps qui vers cette science eût tourné l'application
de son esprit. Il fut une grande partie de sa vie sans guère de
renom ; mais, pour une chose qu'il fit à Rome, sa clergie fut
reconnue, et vérifiée, et il fut depuis tenu en haute estime
par les philosophes, et appelé par les médecins « souverain
mire » ; je vais vous dire comment cela se produisit. C'est un
fait avéré qu'au temps d'Auguste César l'empereur, Hippocrate vint à Rome ; au moment d'entrer dans la cité, le
hasard voulut qu'il y trouvât un aussi grand deuil que si tout
un chacun avait vu mourir son enfant sous ses yeux. Stupé-

---

parolent assés ensemble ; et dient que d'Ypocras avoient il souvent oï
parler. Et regardent de chief en chief et voient tant de beles choses
qui toutes estoient tournees a noient et dechaoites. Si dient bien qu'il
i ot jadis le plus riche ostel del monde : car solement les richoises qui
i sont remeses ne porroit nus hom esligier s'il n'estoit trop outragou-
sement riches. Mais atant laisse ore li contes a parler d'aus, et
retourne a parler d'Ypocras : conment une gentix dame de Gaule
traïst Ypocras entre li et sa cousine en une tour a Rome a une corbeille et le laissent a le moienne de la tour.

371. [f] Or dist li contes en ceste partie que verités fu, et li istoire
des philosophes le tesmoigne, que Ypocras fu li plus sages clers des
ars de fusique, que nus hom qui a son tans regnast qui en ceste
science eüst torné son cuer et sa cure. Et si vesqui il longement que
gaires ne fu renomés ; mais pour une chose qu'il fist a Rome fu[a]
conneüe et esprouvee sa clergie, par coi il fu puis tenus en haute
renomee des filosophes, et apelés souvrains mires des phusisiens ; et
si vous dirai conment ce avint. Il fu verités prouvee que au tans
Augustus Chesar l'emperaour, vint Ypocras a Rome ; et a cele ore
qu'il entra en la cité, li avint que il trouva laiens si grant doel come se
chascuns d'als veïst mort son enfant par devant li : si fu tous esbahis
de cel grant doel qu'i veoit de toutes pars[b] entour lui ; si proia a un

fait de ce grand chagrin qui l'entourait de toutes parts, il pria
un enfant qui était devant lui de lui en dire la raison.
« Certes, répondit l'enfant, nous faisons ce deuil pour un
neveu de l'empereur, hier au soir bien portant, et maintenant
mort. Un enfant si beau, si sage que de son décès Rome est
diminuée. Voilà ce qui nous fait mener ce deuil. — Où est
le corps ? dit Hippocrate. — Seigneur, celui qui hier au soir
était bien portant et maintenant est mort repose dans la salle
de l'empereur. » À cette nouvelle, Hippocrate partit très vite,
réfléchissant que, s'il pouvait voir l'enfant avant que l'âme
eût quitté le corps, il pensait bien avoir assez appris pour le
faire revenir, par sa science médicale, à la santé et à la vie.
Et de prendre la direction du palais. Une fois entré, il joua
tant des coudes parmi les uns et les autres qu'il parvint au
corps de l'enfant. Ils s'appliquaient tous à faire leur deuil :
absolument personne ne se mêla de le repousser.

372. Quand il fut devant le corps, il observa avec attention
les parties où il pensait le plus rapidement trouver de la vie
ou la certitude de sa mort. À peine avait-il mis sa main sur le
corps que, tout de suite, il se rendit compte qu'il était encore
plein de vie, et que l'âme ne l'avait pas quitté. Lui ouvrant la
bouche, Hippocrate fit couler à l'intérieur le jus d'une plante
de si grande force, de si grande vertu que celui-là se leva tout
de suite en meilleure santé qu'il n'avait jamais été.

---

enfant qui devant lui estoit qu'il li desist l'ocoison de cele dolour.
« Certes, dist li enfés, nous faisons cel doel pour un neveu a l'emperaour, qui ersoir estoit tous haitiés, et ore est mors. Et il estoit si
biaus enfés et si prous, que de sa mort est toute Rome abaissie. Et
c'est la chose pour coi nous menons cest doel. — Et ou est li cors ?
fait Ypocras. — Sire, ce dist li enfés, il est en la sale l'emperaour, qui
ersoir estoit tous haitiés et ore est mors. » Quant Ypocras oï ceste
nouvele, si s'enparti tout errant, et s'apensa que s'il pooit venir a l'enfant ançois que li ame li fust partie del cors, il quide bien tant avoir
apris qu'il le feroit tout ariere venir par sa medecine en santé et en
vie. Lors s'adrece vers le palais ; et quant il fu laiens venus, s'i bouta
tant parmi les uns et parmi les autres qu'il vint au cors de l'enfant. Et
il entendoient trestout a lor doel faire, si que nus ne s'entremist
onques de bouter le ariere.

372. Quant il vint au cors, il comencha a regarder ou il quidoit
plus tost trouver vie ou la verité de sa mort. Si avint maintenant que
si tost com il ot mise sa main sor le cors, il connut tout [37a] maintenant qu'il estoit encore plains de vie, et que li ame li estoit encore
el cors. Lors li ouvre Ypocras la bouche, et li mist dedens la bouche
le jus d'une herbe qui estoit de si grant force et de si grant vertu, que
cil se leva tout maintenant ausi sains et ausi haitiés com il ot onques
esté a nul jour de sa vie.

373. L'empereur, voyant ce qu'Hippocrate avait fait, courut l'étreindre et lui manifester son affection ; il l'honora, le fêta grandement, imité par tous les autres. Il lui consentit en récompense de son service le premier don qu'il lui demanderait si c'était une chose susceptible d'affranchir son débiteur. Il voulut savoir son nom : il se nommait, dit-il, Hippocrate. « Je reconnais donc, dit l'empereur, puisque vous pouvez ramener un être humain de la mort à la vie, que vous êtes le clerc le plus savant, et le plus souverain de tous les philosophes qui aient jamais pu être. Aussi vous en ferai-je honneur au point qu'on en parlera à tout jamais. » Il fit faire une sculpture d'or de grande dimension représentant un homme, et ressemblant au plus près à la silhouette et aux traits de son neveu ; il en fit faire de même une autre aussi expressive que possible, à la ressemblance et à la forme d'Hippocrate. Il les fit placer au-dessus de la porte de Rome au plus haut endroit : si l'on y venait, elles s'imposaient au regard avec évidence. Il les fit couvrir d'un arc voûté en or et en argent, d'ouvrage très adroit, pour que la pluie n'y pût battre en nulle saison. L'empereur fit graver sur la statue d'Hippocrate une inscription : « C'est ici la statue d'Hippocrate le souverain de tous les philosophes ; par l'intelligence de la science il a ressuscité le neveu de l'empereur Auguste César, celui-là même dont l'effigie est à côté de lui. »

374. Une fois le texte composé comme vous l'avez

---

373. Quant li empereres vit ce que Ypocras ot fait, il courut aprés lui pour lui acoler et conjoïir ; si li fist honour et feste grant, et aussi fisent tout li autre. Et li empereres li donna en guerredon de son service le premier don qu'il li demanderoit se c'estoit chose qu'il le peüst raiembre. Li empereres li demanda son non, et il li dist qu'il avoit non Ypocras. « Or connois je, fait li empereres, puis que vous poés home mener de mort a vie, que vous estes li plus sages clers, et li plus souvrains de tous les philosophes qui onques fuissent. Si vous en ferai tele honour qu'il en sera parlé a tous jours mais. » Lors fist faire une ymage d'or[a] en figure d'ome grande et haute, samblables[b] au plus pres qu'il onques pot de la figure et de la samblance son neveu ; et puis en fist faire une autre ensement a la samblance et a la fourme si pres que onques pot traitier[c] de Ypocras. Et puis les fist asseoir desor la porte de Rome el plus haut lieu, si que nus n'i venoit qu'il ne les peüst veoir tout apertement ; et fist faire desore ces .II. ymagenes un arc volu ouvré d'or et d'argent trop soutilment pour la pluie, qu'ele n'i peüst avenir en nule sayson. Et li empereres fist faire desus[d] Ypocras letres qui disoient : « C'est ci l'ymagene Ypocras li souvrains de tous les philosophes, qui par le sens de clergie fist venir le neveu a l'emperaour Auguste Cesar de mort a vie, celui meïsme dont la figure est dejouste lui. »

entendu, l'empereur dit qu'il ne pouvait se représenter comment ces statues pourraient être un jour ôtées de leurs emplacements. Hippocrate fut après cela servi en grand honneur par l'empereur de Rome et par tous les autres, notamment par les témoins de ses miracles sur le neveu d'Auguste César. Attentif à ceux du pays, il leur prodiguait tant de soins qu'ordinairement nul n'était malade sans qu'il lui redonnât la santé. Il fit tant en peu de temps que les illettrés et ignorants l'appelaient demi-dieu, et les autres, mieux instruits, souverain des savants, pour la grande intelligence qu'ils trouvaient en lui. Voilà pourquoi ils révéraient son effigie autant que celle d'un de leurs dieux. Ils tinrent cette représentation en si grand honneur que jamais elle n'aurait été déplacée sans un certain événement, et je vais vous dire comment cela se passa.

375. Dans la période où Hippocrate était à Rome, les Romains lui prodiguant honneur et révérence autant qu'on vous l'a raconté plus haut, il arriva qu'une dame native des contrées de Gaule vint à Rome — la redevance gauloise était encore à l'empereur ; elle était d'une si grande beauté qu'à la voir, on l'aurait dite de haut parage et de grande famille et tenue pour la plus belle dame de ce monde ; elle était vêtue aussi richement que si l'empereur dût l'avoir pour femme. La voyant si belle et bien parée, l'empereur demanda

---

374. Quant li briés fu fais ensi com vous l'avés oï, si dist li emperreres qu'il ne veoit ne ne pooit savoir comment ces ymages fuissent jamais ostees de lor sieges ou eles estoient mises. Aprés ce fu Ypocras mout servis et honnerés de l'emperaour de Rome, et de tous les autres, meïsmement cil qui avoient veü les miracles qu'il avoit fait sor le neveu a l'emperaour. Il se prist garde de ciaus del païs : et tant lor faisoit de bien qu'il ne souvenoit gaires as malades qu'il ne lor donnast santé[a]. Si fist tant em poi de tans que li povre home qui estoient ydiote et non sachant l'apeloient demi dieu[b], et li autre, qui mix estoient letré, souvrain des sages, pour le grant sens qu'il trovoient en lui. Et pour ce faisoient il a le figure [b] de lui si grant honnour com se ce fust un de lor dix. Si tinrent cele figure en si grant honnour que jamais ne fust remuee de son estat se ne fust une aventure qui i avint, et si vous dirai quele le aventure fu.

375. Au tans que Ypocras estoit a Rome, et li romain li portoient si grant honnour et si grant reverence conme on vous a cha ariere devisé, il avint que une dame qui estoit nee des parties de Gaulle vint a Rome, et fu encore li treüs de Gaulle a l'emperaour ; et ele estoit de si grant biauté que nus ne le veïst qui ne deïst qu'ele fust estraite de haut parage et de haute gent, et qui ne le tenist a la plus bele del siecle. Et ele estoit vestue si richement, come se li emperreres le deüst avoir a feme. Quant li emperreres le vit si bele et si bien acesmee, il demanda[a]

d'où elle venait : elle était, lui dit-on, issue de l'aristocratie. Il
la fit tout de suite installer dans un de ses appartements, lui
fit donner dames et demoiselles de compagnie, et commanda de la servir avec la magnificence propre à son rang.
On exécuta son ordre, pour la servir selon ses exigences.
Après deux mois de résidence, voyant au-dessus de la
poterne ces deux statues, elle demanda aux habitants ce
qu'elles signifiaient : on lui fit aussitôt le récit de ce qu'il fallait en savoir. Ces propos la firent sourire, et dire qu'il était
encore à naître, celui qui pourrait ressusciter un être humain.
« Je déclare, dit-elle, que ceux qui ont fait ces statues en souvenir de ceux que vous m'avez évoqués étaient fous. Certes,
en quelque manière que vous réputiez sage ce médecin, je
vous l'assure, pour être avec lui seulement un jour, je le
ferais tenir pour aussi fol et futile qu'il l'est à présent pour
sage : certes pour la gloire qu'il s'attribue, en prétendant
pouvoir ressusciter un être humain, il ment comme il res-
pire, et je ne vais pas le croire sur parole. »

376. Voilà comment la dame parla d'Hippocrate. Ce propos fut rapporté devant l'empereur et divulgué partout, et
finalement Hippocrate l'apprit, ce qui lui inspira un immense
dédain ; il dit à l'empereur qu'il ne serait jamais heureux tant
qu'il n'aurait pas vu la dame qui le prenait pour un fou.
« Vous la verrez, dit l'empereur. — Sire, mais quand ? —
Demain, à l'heure de prime au temple. » Cette nuit-là, Hippo-

---

de quel terre ele estoit nee, et on li dist qu'ele estoit estraite de hautes
gens. Et il[b] le fist tout maintenant metre en une soie chambre, et li fist
baillier dames et damoiseles pour li faire compaignie, et conmanda
qu'ele fust servie si bien et si richement come a la hautece de li apartenoit. Et cil en firent son conmandement, et le tinrent si hautement
qu'ele le sot conmander. Et quant ele ot laiens esté le terme de .ii.
moys, et ele vit desor la tour ces .ii. ymagenes, ele demanda a ciaus de
laiens que ces .ii. ymagenes senefioient ; et on li en dist tantost la
verité. Et quant ele oï ce, ele conmencha a sousrire ; et dist que cil
n'estoit mie encore nés, qui peüst home faire venir de mort a vie : « Je
di, fait ele, que cil qui firent ces ymagenes en ramenbrance[c] de ciaus
que vous m'avés conté furent fol. Certes[d], conment que vous teigniés
cest maistre a sage, je vous di que pour estre o lui un sol jour, le feroie
je tenir por si fol et pour si musart, come il est ore tenus pour sages.
Car certes pour tele loenge qu'il se met sus qu'il dist qu'il puet faire
venir home de mort a vie, ment il parmi ses dens devant ne je ne le
querrai ja pour chose qu'il die. »

376. Ceste parole dist la dame d'Ypocras. Si fu ceste parole raconte-
tee devant l'emperaour et fu seüe et amont et aval, et tant que Ypocras le sot, de coi il ot mout grant desdaing ; et dist a l'emperaour
qu'il ne seroit jamais liés devant ce qu'il verroit la dame qui pour fol

crate réfléchit mûrement à ce que la dame avait dit de lui. Le
lendemain, à l'heure de prime, il attendit jusqu'au moment où
elle vint avec une importante compagnie de dames et de
demoiselles. Au moment d'aller à l'autel, elle demanda lequel
était Hippocrate, et on le lui désigna. Elle l'observa jusqu'à
bien le reconnaître ; ils se regardèrent avec attention. À la
contempler tant et plus, il était de plus en plus épris. Préoccupé jusqu'à l'obsession, il n'en put détacher son cœur.
Quand la dame eut quitté le temple et qu'il retourna chez lui,
il était si malade et si déprimé qu'il s'alita aussitôt.

377. C'est ainsi qu'Hippocrate s'enamoura de la dame.
Il ne pouvait la voir autant qu'il le désirait : il en fut si
débilité que les autres docteurs (en médecine) le croyaient
bien, dirent-ils, à l'agonie ; néanmoins ils ignoraient tout
du mal qui le frappait. L'empereur, les personnalités émi-
nentes du pays et les chevaliers vinrent le voir, et après
les dames et les demoiselles. Voyant devant lui celle pour
l'amour de qui il était ainsi accommodé, et qu'il aimait
si cruellement qu'il était comme à l'article de la mort, il
résolut de le lui dire, et sans détour. Alors il demanda à
tous de se retirer, sauf à celle qu'il aimait ; et aussitôt il
lui confessa qu'il l'aimait au point d'en mourir, si elle ne
lui accordait son amour. Celle qui se donnait beaucoup

---

le tenoit. « Et vous le verrés, dist li empereres. — Sire, et quant ? dist
Ypocras. — Demain, dist li empereres, a ore de prime au temple. »
Cele nuit, pensa molt Ypocras a ce que la dame avoit dit de lui. L'endemain, a ore de prime, atendi tant Ypocras que la da[m]e vint o
grant compaignie de dames et de damoiseles. Et quant il avint
chose que la dame ala a l'autel, ele demanda li quels estoit Ypocras,
et on li dist. Si le regarda tant qu'ele le connut bien, si le conmencha
mout a regarder et ele lui ; et en ce qu'il le regardoit mix et mix, et il
en estoit souspris mix et mix ; et i mist si outreement sa pensee que
nus n'en pot son cuer oster. Quant la dame se fu partie del temple et
il s'en ala a son ostel, si se trouva si malade et si deshaitiés qu'il se
coucha tout maintenant.

377. Ensi en ama Ypocras la dame. Et pour ce qu'il ne le pot
veoir a son talent, il en fu[a] si deshaitiés que li autre maistre, qui
maistre estoient de fusique, disent qu'il quidoient bien qu'il se
moreüst ; et nonpourquant il ne savoient[b] vraiement quel mal il i
avoit. Li empereres le vint veoir, et li haut home del païs et li chevalier, et après vinrent les dames, et les damoiseles. Et quant il vit celui
devant lui pour qui amour il estoit si atournés, et qui il amoit si cruelment qu'il estoit ausi come a la mort, si se pensa qu'il li diroit, et tout
en apert. Lors fist ensus de lui tous les autres traire, fors que celi qui
il amoit ; et maintenant li rejehi que il l'amoit en tel maniere qu'il
estoit a la mort venus, s'ele ne li otroioit s'amour. Quant cele qui a

de peine pour berner si possible Hippocrate, entendant qu'il l'aimait, répondit, pour mieux l'induire en erreur : « Certes, il serait très regrettable qu'une aussi grande intelligence que la vôtre dût disparaître à cause d'une femme comme moi. Je vous affirme qu'en ce qui me concerne, je ne pourrais pas le tolérer ; j'aimerais mieux, pour qu'il me fût possible d'y remédier, m'être soumise à vos volontés. Mais vous aime-rais-je à présent autant que vous prétendez m'aimer (ou vous vous moquez de moi), impossible néanmoins de vous rejoindre commodément : surveillée de près comme je suis, je ne pourrais vous rencontrer qu'au su de l'empereur, à moins de recourir à un trésor d'ingéniosité. Voilà pourquoi je ne sais quel conseil vous donner : pour ma part, j'y consentirais bien, plutôt que de vous voir mourir d'amour pour moi. Dans cette situation, en effet, quelle grande perte que votre mort, non seulement pour vous, mais également pour le peuple à qui vous êtes souvent secourable. »

378. Quand Hippocrate entendit la dame dire qu'elle ferait selon son désir, si elle en avait l'opportunité, il crut qu'elle parlait franchement. Mais non : elle ne le disait que pour le séduire et le duper, rêvant en effet de le couvrir de honte devant le peuple. Et qu'en dire ? Il n'est homme au monde qu'une femme ne pourrait leurrer : Salomon, le plus sage parmi les habiles, ne put s'en préserver, mais en fut honni et trompé ; Samson le fort en mourut ; Absalon le plus beau

---

decevoir Ypocras metoit mout grant painne, s'ele pooit, entendi qu'il l'amoit, ele respondi pour mix lui metre en errour : « Certes, se si grant sens com il a en vous perissoit par une tele feme come je sui, ce seroit trop grans dolours. Je endroit de moi ne le⁵ volroie je pas, ne ne soufferroie, ce vous di je bien ; pour coi je le peüsse amender, mix volroie avoir fait vos voloirs entierement. Mais se je vous amoie ore bien autretant que vous dites que vous m'amés, ou vous me gabés, nonpourquant je ne porroie venir a vous aiesiement. Car je sui de si pres gardee, que je ne porroie a vous venir sans le seü l'emperaor, se trop grant engien n'i avoit. Et pour ce ne vous sai je quel conseil don-ner : car je endroit de moi le consentiroie bien, ains que vous pour l'amour de moi morussiés. Car en cest point seroit trop grans damages de vostre mort, non mie pour vous solement, mais pour le pueple a qui vous aidiés souvent. »

378. Quant Ypocras oï la dame qui dist qu'ele feroit volentiers sa volenté, s'ele en venoit en lieu et en aise, il quidoit qu'ele le desist de bon cuer. Mais non faisoit : car ele ne le disoit fors pour lui engin-gnier et a decevoir : car ele li baoit a faire honte devant le pueple. Et que [d] en diroit on ? Il n'est home el monde que feme ne porroit decevoir : Salemons qui fu li plus sages des espersᵃ ne s'en pot pas garder, ains en fu honnis et deceüs ; Sanses li fors en morut ; Absa-

d'entre les hommes en fut détruit ; pourquoi Hippocrate, qui ne fut pas aussi puissant, n'en pourrait-il être trompé[1] ? Ce fut le cas. Il fut dupé, je vais vous dire comment.

379. Le jour même où cette dame s'adressa à lui, il recouvra tant de force et fut si bien soulagé qu'il se leva pour aller à la cour voir les dames et les demoiselles. Quand elles le virent venir, elles l'accueillirent remarquablement bien et le reçurent avec bonheur : mais aucun témoignage d'affection féminine ne valut celui de la dame. Il monta en haut de la tour jusqu'aux créneaux, pour remarquer, à côté, un cordage résistant et long. Aussitôt que la dame le vit, avant qu'Hippocrate n'ouvrît la bouche, elle ourdit une maîtresse ruse dont elle pourrait le salir. Elle lui dit : « Docteur, voyez-vous cette corde ? — Oui, dame. — Savez-vous à quoi elle sert ? — Non, répondit-il, si vous ne me l'apprenez pas. — Je vais vous l'expliquer. Gloriatus, le fils du roi de Babylone, est prisonnier dans cette tour. Quand il veut manger, sa nourriture ne peut lui être apportée par la porte : on descend par cette corde une cuve où on la lui met. On l'y monte par cette corde.

380. « Je vais vous dire, cher docteur, pourquoi je vous ai tenu ce propos. Si vous pouvez voir votre avantage à rechercher que je fasse votre désir, vous reviendrez ici aussitôt la nuit tombée. Je vous lancerai là en bas un des bouts de cette

---

lon li plus biaus hom des autres en fu destruis ; et pour coi Ypocras, qui si poissans ne fu mie, n'en porroit il mie estre decheüs ? Si fu. Il en fu decheüs, et si vous dirai conment.

379. Celui jour meïsmes que la dame parla a lui, se conforta il si a lui meïsme, et fu si alegiés de sa maladie qu'il se leva et ala au court veoir les dames et les damoiseles. Et quant eles le virent venir, eles li fisent joie grant et merveillouse, et le rechurent liement : mais nule joie que nule li fesist ne monta a la joie que la dame li fist. Il monta contremont la tour tant qu'il vint haut as cretiaus, et regarda que dalés avoit une corde qui estoit grande et forte et longe. Et si tost come la dame le vit, ançois que il desist mot, si se pourpensa ele d'un grant engien par coi ele porroit cunchier Ypocras. Lors dist a Ypocras : « Maistres, veés vous ceste corde ? — Oïl, fait il, dame. — Et savés vous, fait ele, a coi ele sert ? — Nenil, fait il, se vous ne le me dites. — Et je le vous dirai, fait ele. Gloriatus, li fix le roi de Babilone, est en ceste tour em prison. Et quant il velt mengier, sa viande ne puet mie venir parmi la porte, ains li avale on un vaissel par cele corde, la ou on met sa viande. Et quant ele i est mise, on le trait cha amont, par ceste corde qui ci est.

380. « Ore vous dirai je, biaus maistres, por coi je le vous ai dit. Se vous i poés veoir vostre prou em pourchacier a ce que je face vostre volenté, vous revenrés sempres cha quant il sera anuitié. Je vous jeterai cha aval un des chiés de ceste corde,

corde, dont j'attacherai l'autre ici en haut ; vous fixerez le vôtre le mieux possible. Quand vous l'aurez attaché à la cuve dans laquelle vous serez monté, ma cousine ici présente et moi, nous vous tirerons facilement jusqu'ici ; vous pourrez intimement vous entretenir avec moi, n'ayant dès lors personne pour vous en empêcher. À l'approche du jour, nous vous descendrons facilement ; de cette manière vous pourrez me parler aisément, car il n'y aura personne pour s'en apercevoir. » Hippocrate ne vit aucune malice dans ces propos : il ne l'imaginait pas capable de lui infliger de si mauvais traitements. Aussi lui répondit-il qu'il était au comble du bonheur et qu'il était tout disposé à s'exécuter, sitôt la nuit tombée. Elle lui dit : « Venez donc ici dès le coucher de l'empereur. » Il l'assura qu'il y viendrait sans faute.

381. Il partit non sans recommander à Dieu toutes les dames qui étaient présentes, et s'en retourna chez lui. Il était euphorique, bien plus qu'auparavant. Ainsi, la dame lui avait donné à entendre que la cuve de bois servait à porter la nourriture au fils du roi de Babylone ; mais elle mentait : le fils du roi n'était pas prisonnier dans cette tour, et la cuve ne servait pas à porter de la nourriture, mais à un autre office très bas. En effet, lorsqu'un homme était condamné à mort, on le plaçait dans la cuve pour le tirer à l'aide de cette corde, jusque près des créneaux, et là, on l'exposait un jour et une nuit, aux yeux du peuple de Rome. Et quand il y était resté

---

et l'autre atacherai[a] je cha amont ; et vous atacherés le voſtre au mix que vous porrés. Et quant vous arés le voſtre atachié[b] au vaissel et vous serés entrés dedens, je, et ma cousine qui ci eſt, vous trairons legierement cha sus ; et lors porrés vos parler priveement a moi, car vous n'averés adont arme qui le vous deſtourt. Et quant li jours aprocera, nous vous meterons legierement aval, et en tel maniere porrés vous a moi parler legierement, que nus ne s'en apercevera. » Quant Ypocras oï ceſte parole, il n'i entendi nul mal : car il ne quidoit mie qu'ele le menaſt a ce qu'il fuſt si malmenés. Si li respondi que de ce eſtoit il bien aiesiés, et apareilliés eſtoit il del faire, aussi toſt conme la nuis seroit venue. Et cele li diſt : « Ore venés donques cha ausi toſt que li empereres sera couchiés. » Et il diſt que il i venroit [e] sans faille.

381. Lors s'enparti et conmanda a Dieu toutes les dames de laiens, si s'en ala ariere a son oſtel. Et fu assés plus liés et plus joians qu'il n'avoit eſté devant. Ensi li avoit la dame fait a entendant que li vaissiaus de fuſt servoit de porter la viande devant le fill le roi de Babilone ; mais de ce mentoit ele : car li fix le roi n'eſtoit pas laiens em prison, ne li vaissiaus ne servoit pas de porter viande, ains servoit d'un autre meſtier qui molt eſtoit hontous. Car quant li hom eſtoit jugiés a mort, on le metoit dedens, et le traoit on en haut par cele

autant que le voulait celui qui en exerçait la charge, on le descendait, et il était aussitôt baſtonné par toute la ville et livré au supplice. C'eſt pourquoi on appelait communément cette cuve la cuve des inculpés ; jamais personne n'y aurait été placé sans avoir été convaincu de larcin, de meurtre, ou d'autre chose relevant de condamnation. Ce jour-là, Hippocrate mangea à la table impériale, où personne n'était admis à moins d'être une très haute personnalité, ou un excellent chevalier ; il fut servi aussi dignement que l'empereur. Le soir, à la nuit tombée, quand on souhaita le raccompagner chez lui, il déclara qu'il ne bougerait pas de là de toute la nuit ; il se composa la mine d'un malade, et fit faire son lit dans une chambre située du côté de la tour. Quand tout le monde fut couché, les pensant tous endormis, il ouvrit une fenêtre, se vêtit, se chaussa, sortit aussitôt, pour découvrir la dame aux créneaux de la tour, qui attendait là, et avait déjà lancé sa corde. Il en fut tout heureux. Alors il prit la corde, l'attacha très fermement à la cuve où il monta, et fit signe à la dame de le hisser.

382. Aussitôt la dame se mit à tirer, avec l'aide de sa cousine à qui elle avait dévoilé le pot au roses, et comment elle comptait tromper, à cause de sa sagesse, Hippocrate, qui faisait le philosophe. Quand elles l'eurent hissé tout près des

---

corde meïsme, tant que il eſtoit pres des cretiaus, et illoc eſtoit laisſiés un jour et une nuit, tant que cil de Rome et cil del païs le veoient. Et quant il i avoit eſté tant que cil voloit, qui servoit de cel meſtier, on le metoit jus, et eſtoit maintenant fuſtés aval la vile et livrés a martire de mort. Dont on apeloit conmunalment icelui vaissel le vaissel as jugiés ; ne jamais n'i fuſt nus mis qu'il ne fuſt prouvés de larrecin, ou de murdre, ou d'autre chose conme de dampnacion. Icelui jour menga Ypocras a la table l'emperaour, ou nus ne mengoit s'il ne fuſt trop haus hom, ou tres bons chevaliers ; si fu autant servis et honnerés conme li empereres eſtoit. Au soir, quant il fu anuitié et on le vaut avoir mené a son oſtel, il diſt qu'il ne se mouveroit de laiens icele nuit ; et lors fiſt samblant qu'il fuſt deshaitiés, si fiſt faire son lit en une cambre qui eſtoit devers la tour. Quant il furent tout couchié laiens, et il quidoit qu'il fuissent tout endormi, il ouvri une feneſtre de la chambre, si se veſti et caucha, et s'en issi maintenant, et trouva que la dame eſtoit ja venue as cretiaus de la tour, et atendoit illoc, et avoit ja lancié une partie de la corde. Quant il vit ce, si fu tous liés. Lors priſt la corde et l'atacha mout fermement au vaissel, et entra dedens, et fiſt signe a la dame que le traïſt amont.

382. Maintenant conmencha la dame a traire la corde entre li et sou cousine, contremont, a qui ele avoit ceſti chose descouverte, et coment ele voloit Ypocras decevoir pour son sens, pour ce qu'il se faisoit philosophes. Quant eles l'orent trait contremont asſés pres des

créneaux, la dame fixa la corde à un anneau scellé dans la tour : la cuve ne pouvait ni monter, ni descendre, ni avancer, ni reculer. Alors la dame ironisa : « Seigneur Hippocrate, seigneur Hippocrate, qui vous prétendez philosophe, on va voir ce que votre philosophie fera : si elle ne vous délivre, vous resterez là. » Quand il comprit qu'elle l'avait ainsi trompé, Hippocrate fut le plus triste des hommes. S'il n'avait pas pensé être le seul au courant, il se serait laissé tomber dans le vide. La dame s'en alla aussitôt se coucher, ainsi que sa cousine ; elle avait procédé si habilement que personne n'avait remarqué son allée et venue. Toute la nuit Hippocrate resta suspendu, très affligé et affecté de ce que la dame l'avait ainsi berné et trompé. Le lendemain, dès que l'aube s'annonça, il arriva que l'empereur se leva pour aller chasser dans ses forêts, et emmena avec lui tous ses gens, si bien qu'il ne restait personne dans le palais. Il se leva si matin qu'avant le jour il était dans ses forêts.

383. Le matin, quand les Romains sortirent de chez eux, ils regardèrent vers la tour et virent qu'un homme avait été placé dans la cuve de bois. C'était, déduisirent-ils, quelque malfaiteur romain condamné à mort. « Que peut-il donc avoir fait de mal ? demandent les uns. — Sachez, opinèrent les autres, qu'il a beaucoup plus mal agi qu'on n'imagine : l'empereur, autrement, ne l'aurait pas fait mettre dans la cuve des inculpés de si bon matin. » Ce jour-là, les langues

---

cretiaus, la dame prist la corde et l'atacha a un anel qui en la tour estoit, si que li vaissiaus ne pot aler n'amont ne aval, n'avant n'ariere. Lors li dist la dame : « Sire Ypocras, sire Ypocras, qui vous asfermés a estre philosophes, ore i parra que vostre philosophie fera : car s'ele ne vos [*f*] en jete, vous i demouerrés. » Quant Ypocras oï qu'ele l'avoit ensi decheü, si fu tant dolans que nus plus. S'il ne quidast qu'il ne deüst estre seü fors par lui seul, il se fust laissiés chaoir a terre. La dame s'en ala de maintenant couchier entre li et sa cousine ; et ot faite cesti chose si soutilment que nus ne l'ot veü aler ne venir. Toute la nuit demoura Ypocras pendant el vaissel, assés dolans et coureciés de ce que la dame l'avoit ensi decheü et engingnié. A l'endemain*, ausi tost com il ajourna, avint que li empereres se leva pour aler chacier en ses forés, et mena o lui toutes ses gens, si qu'il ne remest ens el palais nului. Il se leva si matin que ançois qu'il fu ajourné fu il en ses forés.

383. Au matin, quant cil de Rome se furent levé et issu de lor ostels, il regarderent vers la tour, et virent qu'el vaissel de fust avoit un home mis. Si penserent que ce fust aucuns des malfaiteurs de Rome qui estoient jugié a mort. « Que puet il ore avoir meffait ? font cil. — Saciés, font li autre, que il a assés* plus fourfait que nus ne quide : car li empereres ne l'eüst mie fait metre el vaissel as jugiés

allèrent bon train : tous voulaient savoir pourquoi il avait été placé là. Il était si affligé et si honteux qu'il n'osait les regarder et n'avait pas le courage de leur répondre. Ils croyaient dur comme fer que l'empereur en avait décidé, et qu'Hippocrate lui avait fait un tort suffisant pour qu'il l'eût condamné à mort avec l'assentiment unanime de la cour : s'ils avaient su que ce n'était pas sur son ordre, il n'y serait pas resté tant de temps. Voilà comment Hippocrate fut tout le jour dans la cuve qui ne servait qu'à recevoir les malfaiteurs. Tous les habitants vinrent le voir en lui portant plus d'intérêt qu'à un autre. Les hommes de la tour n'eurent pas la hardiesse de l'en tirer, persuadés qu'il s'y trouvait sur l'ordre de l'empereur. C'est ainsi qu'Hippocrate y demeura jusqu'au soir. L'empereur mettant, à son retour, pied à terre, et voyant un homme dans la cuve, demanda qui il était.

384. « Sire, déclarèrent ceux qui étaient devant lui, c'est Hippocrate le philosophe à qui vous avez prodigué les honneurs, et que d'habitude vous aimiez tant. — Et qu'a-t-il fait de mal ? s'enquit l'empereur. — Sire, nous l'ignorons. — Et qui l'y a fait mettre ? — Sire, nous l'ignorons. — Faites-le délivrer, ordonna l'empereur : si les philosophes l'y avaient mis sans ma permission, je les en ferais se repentir vilainement. » Aussitôt ceux à qui il l'avait commandé allèrent à la tour et descendirent la cuve. Ils en ôtèrent Hippocrate, et

***

autrement si matin. » Assés demanderent celui jor pour coi il estoit mis en cel lieu. Et il estoit tant dolans et tant hontous qu'il nes pooit regarder ne n'osoit, ne n'avoit hardement del respondre ; et cil quidoient tout vraiement que li empereres l'i eüst fait metre, et que Ypocras li eüst tant meffait qu'il l'eüst jugié a mort, par le conmun assentement de la court : car se il seüssent[c] que ce ne fust par son conmandement, il n'i eüst pas tant demoré com il i demoura. En tel maniere fu Ypocras tout le jour el vaissel qui ne servoit fors de recevoir les maufaitours. Et tout cil de laiens l'alerent veoir et regarder assés plus que se ce fust uns autres s'il i fust mis. Cil qui estoient en la tour n'orent pas tant de hardement que il l'ostaissent, car bien quidoient que li empereres meïsmes l'eüst conmandé. Ensi i demoura Ypocras jusques au soir. Et quant li empereres vint et il fu descendus, et il vit qu'il avoit ens el vaissel un home, il demanda qui il estoit.

384. « Sire, font cil qui devant lui estoient, ja est ce Ypocras li philosophes a qui vous avés fait tant d'onnours, et que vos soliés tant amer. — Et que a il meffait ? fait li empereres. — Sire, font il, nous nel savons. — Et qui l'i fist metre ? fait li empereres. — Sire, nous ne savons, font cil. — Faites le delivrement oster, fait li empereres. Car se li philosophe l'i avoient[e] mis sans mon con[3 8 a]gié, je les en feroie vilainement repentir. » Maintenant alerent cil a la tour, a qui il l'ot conmandé, et avalerent aval le vaissel. Et en osterent Ypocras, et

avouèrent qu'ils ne pouvaient savoir qui l'y avait mis, ni comment. « Non mais, dit l'empereur, je n'en saurai rien ! Et depuis quand, demanda-t-il à Hippocrate, cher ami, y étiez-vous ? — Sire, répondit-il, je ne sais ! » L'empereur, interloqué, brisa là. De même Hippocrate. Et tous se turent : l'empereur l'avait exigé.

385. La dame qui en était responsable, voyant que le roi ne poursuivrait pas, ne souffla mot, mine de rien, comme sa cousine. Secrètement, elle fit peindre, sur un panneau d'argent, deux dames tirant vers le haut d'une tour un homme dans une cuve de bois. Elle voulut l'image masculine la plus fidèle possible au physique d'Hippocrate, et les dames semblables aux auteurs de l'imposture. Le tableau était splendide. Une fois peint comme vous l'avez entendu, la dame le fit déposer de nuit devant les statues que l'empereur avait fait sculpter en l'honneur d'Hippocrate. Le matin, quand l'empereur fut levé, il vit le panneau devant les statues ; aussi demanda-t-il à Hippocrate, qui était devant lui, ce que cela voulait dire. « Sire, répondit Hippocrate, vous pouvez y voir très clairement ma honte et mon déshonneur. — Puisque tel est le cas, rétorqua l'empereur, il n'y restera pas davantage : j'ordonne de l'enlever. » La dame qui l'avait fait exécuter était à côté de l'empereur. À ces mots, elle dit : « Certes, sire, on peut bien le retirer si vous voulez ; mais il est plus légitime, vis-à-vis des Romains, que ces statues. L'événement,

---

disent qu'il ne porent savoir qui l'i mist, ne en quel maniere il i fu mis. « Non, fait li empereres, si n'en saverai riens ! Et des quant, dist il a Ypocras, biaus amis, i fustes vous mis ? — Sire, fait il, je ne sai ! » Li empereres n'en sot que dire, si en laissa atant la parole ; et ausi fist Ypocras, et tout s'en teürent, puis que li empereres l'ot conmandé et dit.

385. Quant la dame qui ce avoit fait vit que li rois n'en feroit el, si s'en teüt atant et n'en fist nul semblant, n'ele ne sa cousine. Lors fist celeement en une table d'argent paindre .II. dames qui traient contremont une tour un home en un vaissel de fust. Et fist l'image del home aproprier au mix qu'ele pot a la fourme d'Ypocras, et les dames samblables a celes qui ce avoient fait. Si fu la table mout bele et mout riche. Quant ele fu painte ensi com vous avés oï, la dame le fist metre par nuit devant les ymages que li empereres avoit fait faire en⁴ l'onour d'Ypocras. Au matin, quant li empereres fu levés, il vit la table devant les ymages ; si demanda a Ypocras, qui devant lui estoit, que ce pooit senefiier. « Sire, fait Ypocras, vous i poés veoir tout apertement ma honte et ma deshonour. — Puis que on i puet veoir vostre honte et vostre deshonour, dist li empereres, ele n'i remanra plus : et je conmant qu'ele soit ostee. » La dame qui ce avoit fait faire estoit lors d'encoste l'empe-

en effet, ne fut pas du tout en réalité ce que les statues attestent : je sais bien qu'Hippocrate que vous considérez comme très savant, ne peut ressusciter un être humain. En revanche, sur ce panneau-là, il n'y a rien que d'exact : la représentation est conforme à l'événement ; demandez à Hippocrate lui-même si c'est vrai ou non. — Sire, oui, répondit ce dernier. Elle a tant fait et dit que si vous ne faites ôter ces statues que vous avez fait faire pour moi, je m'en irai, vous quitterai, et sortirai de Rome, pour ne plus jamais y revenir. — Êtes-vous sérieux ? demanda l'empereur. — Sire, oui. Si vous ne les faites ôter, je vous quitterai sans retour : je ne plaisante pas. »

386. Alors le roi fit enlever le panneau et abattre les statues qui ne l'auraient jamais été sans la ruse de la dame. Ainsi Hippocrate demeura à Rome fort longtemps, très aimé de l'empereur et des Romains[1].

387. Dans cette période où Hippocrate était si bien considéré, il arriva qu'un chevalier pieux, bien connu des Romains, vint à Rome voir l'empereur dont il était un familier. Quand il eut mis pied à terre et se fut restauré, l'empereur lui demanda de quelle région il venait ; il venait, dit-il, de la région de Jérusalem, et avait été en terre de Galilée. « Quelles nouvelles en apportez-vous ? reprit l'empereur. —

---

raour. Et quant ele oï ceste parole, si dist : « Certes, sire, ele puet bien estre ostee se vous volés ; mais il est mix drois qu'ele soit veüe, en l'esgart de ciaus de Rome, que ces autres ymages. Car onques la chose n'avint si vraiement come li ymage le tesmoignent[b] : car je sai bien que Ypocras, que vos tenés a si sage, ne puet faire venir home de mort a vie. Mais en cele table la n'a se verité non : car tout ensi com il avint est la chose pourtraite ; et demandés a Ypocras meïsmes se ce est voirs ou non. » Et il dist : « Sire, oïl. Et ele a tant fait et tant dit, que se vous ne faites oster ces ymages que vous avés fait faire pour moi, je m'en irai et vous lairai, et istrai fors de Rome, que jamais n'i enterrai. — Est ce dont voirs ? fait li empereres. — Sire, oïl. Se vous ne les faites oster, je vous lairai del tout : ce vous di je vraiement. »

386. Lors fist li rois oster la table et abatre les ymages qui ja ne fuissent abatues se par l'engien de la dame ne fust. Ensi demoura Ypocras a Rome mout lonc [b] tans, et fu mout amés de l'emperaour et des Romains.

387. A cel tans que Ypocras estoit a tele honnour, avint que uns chevaliers prodom et bien connus des Romains vint a Rome pour veoir l'emperaour dont il estoit acointes. Et quant il fu descendus et il ot mengié, li emperes li demanda de quel part il venoit ; et il dist qu'il venoit devers Jherusalem, et avoit esté en la terre de Galilee. « Et quels noveles en aportés vous ? fait li empereres. —

Certes, sire, les plus extraordinaires que vous puissiez jamais
entendre sur un homme du pays. — De quel homme s'agit-
il ? s'enquit l'empereur. — Sire, d'un homme pauvre ; mais il
a une si grande force, et un si grand pouvoir, qu'il serait
difficile à quiconque d'en parler, à moins d'en être le
témoin : il fait voir les aveugles, clairement entendre les
sourds, et marcher droit les boiteux. — Tout cela, je peux
bien le faire, prétendit Hippocrate, qui écoutait les propos
du chevalier. — Vraiment, s'étonna le chevalier, vous pouvez le faire ? — Seigneur, oui. — Il peut encore plus : il fait
parler les muets, et donne du jugement à ceux qui en sont et
en ont toujours été dépourvus. — Vous ne m'avez encore
rien annoncé, répliqua Hippocrate, que je ne puisse réussir.
— Je vais lui dire une chose que je lui ai vu faire, de
l'ordre de l'impossible pour vous, quelque pouvoir que vous
ayez. C'est qu'il a ressuscité Lazare, qui avait été trois jours
et trois nuits en terre, et plus, dit-on, et se leva de sa sépulture en pleine vitalité, aussitôt que cet homme de bien l'eut
appelé : et, pour cela, il ne fit rien d'autre que lui parler[1].

388. — Au nom de Dieu, dit Hippocrate, s'il l'a fait, il
peut, à ma connaissance, plus que quiconque. — Certes,
ajouta le chevalier, je le lui ai vu faire tout comme je vous le
raconte. — Et comment, s'enquit l'empereur, l'appelle-t-on :
devin ? ou comment ? — Sire, Jésus de Nazareth ; on le tient
pour prophète, et seigneur des prophètes, d'après ceux qui le

---

Certes, sire, fait il, je en aport les plus merveilleuses nouveles que
vous oïssiés onques jour de vostre vie d'un home del païs. — Et
quels hom est cil ? fait li empereres. — Sire, fait cil, il est povres
hom ; mais il est de si grant vertu, et a si grant pooir, qu'a painnes le
porroit nus hom conter, s'il nel veoit : car il fait les avules veoir, et
les sors cler oïr, et les clos droit aler. — Tout ce puis je bien faire,
fait Ypocras, qui escoutoit les paroles del chevalier. — Voire, fait li
chevaliers, poés vous ce faire ? — Sire, oïl. — Encore puet cil plus :
car il fait les muiaus parler, et donne entendement a ciaus qui n'entendent nient ne onques n'entendirent. — Encore ne m'avés chose
dite, fait Ypocras, que je ne puisse bien faire. — Et je vous dirai tel
chose que je lui vi faire, que vous n'ariés poior del faire, pour pooir
que vous aiiés. Je di qu'il fist Lazaron venir de mort a vie, qui avoit
esté .III. jours et .III. nuis en terre, et plus, ce dist on, et se leva de sa
sepulture tous sains et tous haitiés, ausi tost conme cil prodom l'ot
apelé : onques n'i ot autre chose fait, fors sa parole.

388. — En non Dieu, fait Ypocras, se il fist ce, dont puet il plus que
nus hom et dont je oïsse onques parler. — Certes, fait li chevaliers, je
vi que tout ensi le fist il come je le vous devis. — Et conment, fait li
empereres, l'apele on ? devin ? ou conment ? — Sire, fait li chevaliers,
on l'apele Jhesu de Nazaret, et le tient on a prophete et a signour des

connaissent. — Par ma foi, s'exclama Hippocrate, puisqu'il est aussi puissant que vous le dites, je n'aurai jamais de cesse que je ne sois en territoire de Galilée. Une fois là, quand je l'aurai trouvé, s'il sait plus que moi, je serai son disciple ; et dans le cas contraire, qu'il soit le mien. » C'est pour cette raison qu'Hippocrate quitta Rome pour débattre de clergie avec Celui qui était — qui est — source de science : Jésus-Christ lui-même, qui dans cette période faisait maints beaux miracles parmi les Juifs, et tant de bienfaits qu'il n'était pas surprenant que les œuvres et les miracles d'un Seigneur comme le doux Roi de gloire fussent connus par le monde. À son départ de Rome, Hippocrate eut beaucoup de gens pour le convoyer. Il alla jusqu'à la mer. Là, il trouva Antoine, le roi de Perse, avec une importante suite de chevaliers. Mais ils menaient tous un deuil plus prodigieusement grand que vous n'en verrez jamais, pour un fils du roi Antoine, qu'ils croyaient mort. Hippocrate, entendant ces lamentations, demanda à un serviteur de la maison du roi Antoine : « Mon ami, pourquoi ces gens font-ils un si grand deuil ? Répondez-moi, et que Dieu vous garde. — Seigneur, dit le serviteur, ce deuil est pour Dardanidès, le fils du roi de Perse. — Et qu'arrive-t-il à ce Dardanidès ? questionna Hippocrate. — Seigneur, il est mort il y a plus de trois jours ; ceux du pays l'aimaient tant qu'ils en gardent encore le corps, et le garderont bien toute la semaine. »

---

prophetes, ce dient ciaus[a] qui le connoissent. — Par foi, fait Ypocras, puis qu'il est si poissans come vous dites, je finerai jamais devant ce que je serai en la terre de Galilee. Et quant je i serai venus, et je l'avrai trouvé, s'il set plus de moi, je serai ses desciples ; et s'il set mains de moi, si soit mes desciples. » Par ceste raison s'en parti Ypocras de Rome pour estriver[b] de clergie contre celui qui estoit, et est, fontainne de science : ce fu Jhesu Cris meïsmes, qui a celui tans faisoit maint bel miracle entre les Juis, et tant bele vertu que ce n'estoit pas merveille que les oeuvres et les miracles de tel signor [c] come li dous Rois de gloire est, fussent espandues par le monde. Quant Ypocras se parti de Rome, il ot grant gent o soi pour lui convoiier. Et il erra tant qu'il vint a la mer. Et quant il fu venus a la mer, il trouva Antoine, le roi de Perse, o grant compaignie de chevaliers. Mais il faisoient tout si grant duel et si merveillous, que jamais greignour ne verrés, pour un fil le roi Antoine, qu'il quidoient qu'il fust mors. Et quant Ypocras oï cel duel, il demanda a un vallet qui estoit de la maisnie le roi Antoine : « Amis, pour coi font ces gens si grant duel ? Dites le moi, se Dix vous gart. — Sire, fait li vallés, cis doels est pour Dardanidés, le fill au roi de Perse. — Et quel chose mesavient a cel Dardanidés ? fait Ypocras. — Sire, fait cil, il est mors bien a .III. jours passés ; si l'amoient tant cil del païs qu'encore en gardent le cors, et garderont toute la semaine entiere. »

389. À ce spectacle et à cette nouvelle, il descendit du mulet amblant qu'il avait pour monture, pour se diriger vers l'endroit où il pensait trouver le corps. Arrivé là, et après avoir aperçu le roi qui faisait ce deuil avec ses chevaliers, il alla, sans s'occuper d'eux, tout droit vers le corps. Il l'examina en tous points, pour n'y découvrir aucun signe de vie : il le crut vraiment mort. Mais un peu de couleur au visage, sur le nez et sur les lèvres, lui montrait qu'il n'était pas complètement sans vie. Il vint demander à son serviteur s'il avait par hasard de la laine ; celui-ci lui en remit aussitôt. Alors Hippocrate en prit un petit flocon et le mit dans les narines de l'autre, ce qui le fixa instantanément sur son état. L'air, en effet, sortait de celui-là, faible, déficient, imperceptible, à l'expiration et à l'inspiration ; aussitôt il vit le floconnet flotter et bouger devant son nez. Alors, Hippocrate sut que la vie ne l'avait pas encore quitté. Il prit l'électuaire le mieux approprié et lui ouvrit la bouche pour l'y verser. Après quelques instants le jeune homme poussa une grande plainte : tout le monde, auprès de lui, l'entendit très clairement[1]. On se précipita pour l'entourer. Et Hippocrate s'adressa au roi : « Roi, si tu voulais m'accorder la première faveur que je te demanderais, quelle qu'elle soit, je te promets que je te rendrais avant demain soir ton fils sain et plein de vigueur. » Le roi lui jura, sur ses dieux et sur sa foi, qu'il ne lui demanderait jamais rien d'accessible sans

---

389. Quant Ypocras vit ce et il ot oïe ceste nouvele, il descendi del mulet amblant ou sus il seoit, et ala cele part ou il quidoit que li cors fust. Et quant il i fu venus et il ot trouvé le roi qui tel doel faisoit o ses chevaliers, onques[a] vers aus ne se tourna, ains ala tout droit au cors. Et quant il fu la venus, il regarda le cors et amont et aval ; onques n'i trouva riens ou il veïst signe de vie ; si quida tout vraiement qu'il fust mors. Mais un poi de couleur qu'il avoit el viaire, et el nés et es levres, li demoustroit qu'il avoit encore vie el cors. Lors vint a son sergant, si li demanda s'il avoit point de lainne ; et cil li em bailla maintenant. Lors em prist Ypocras un petit flocon et l'i mist as narines de celui, par coi il sot tantost la verité de son estre. Car li airs qui de celui issoit tant febles estoit et tant[b] povres que veüe d'ome ne le peüst apercevoir, ne a l'issir ne a l'entrer ; demaintenant vit le floconciel venteler et mouvoir devant soi. Et lors connut Ypocras qu'encore n'en estoit mie la vie partie. Lors prist Ypocras laituaire si bon com a ce couvenoit, se li ouvri la bouche et l'i mist dedens. Aprés ce ne demoura gaires qu'il jeta un grant plaint, si que tout cil qui pres de lui estoient l'oïrent tout apertement. Lors coururent tout entour lui. Et Ypocras dist au roi : « Rois, se tu me voloies donner le premier don que je te demanderoie, quel que il fust, je te promet que je te renderoie dedens demain au soir ton fill tout sain et tout hai-

qu'il le lui donnât, pourvu qu'il lui rendît son fils en pleine santé.

390. Après que le roi eut ainsi prêté serment, Hippocrate s'occupa du jeune homme, en sorte que le lendemain il fut sain et vigoureux : et le peuple entier s'empressa d'en conclure qu'il l'avait ressuscité. On déclara qu'il ne lui fallait pas l'appellation d'homme, mais la qualification d'égal de Dieu. C'est ainsi qu'Hippocrate fut familier du roi de Perse ; il resta là une semaine, et finalement le roi eut envie d'aller rendre visite à sa fille mariée au roi de Sur[1]. Ce roi demeurait sur une île qu'on appelait l'île du Géant, parce que jadis y avait vécu un géant, le plus prodigieusement grand de ce monde, qu'Hercule, qui était un cousin germain de Samson le fort, tua. Le roi Antoine prit la mer, avec tous ses gens, emmenant avec lui Hippocrate. À leur arrivée sur l'île du Géant — elle s'étendait en longueur sur cinq journées de marche et sur deux en largeur— où se trouvait une cité prospère qu'on appelait Corinthe et plusieurs châteaux, le roi de Sur vint à la rencontre du roi Antoine et le reçut très brillamment. Il vit Hippocrate et, ayant entendu conter le prodige qu'on lui attribuait, il s'offrit à lui donner tout ce qu'il lui demanderait, à condition qu'il passât du temps auprès de lui. Hippocrate s'engagea dans ces conditions à y demeurer.

391. Ainsi Hippocrate resta avec le roi de Sur. Celui-ci avait

---

tié. » Et li rois li jura sor ses dix et sor toute sa creance que il tient que ja chose ne [d] li demandera, pour qu'il le puist esligier, qu'il ne li doinst, mais qu'il li rende son fil sain et haitié.

390. Quant li rois li ot juré ses dix et sa creance, lors s'entremist Ypocras del vallet en tel maniere qu'il fu sains et haitiés a l'endemain, si que tous li pueples dist esranment que Ypocras l'avoit fait venir de mort a vie. Et disent qu'il ne devoit mie estre apelés hom, mais parals a Diu. Ensi fu Ypocras acointes del roi de Perse ; si i demoura en tel maniere une semaine, et tant qu'il prist talent au roi qu'il iroit veoir une soie fille que li rois de Sur avoit a feme. Et manoit cil rois en une ille de mer que on apeloit l'Ille au Gaiant, por ce que jadis i avoit eü un gaiant, le plus grant et le plus merveillous del siecle, que Ercules, qui parens fu et cousins germains a Sanson fortin ocist. Li rois Antoines se mist en mer, il et toute sa gent, et en mena avoc soi Ypocras. Et quant il furent venu en l'Ille au Gaiant, qui duroit .v. journees de lonc et .ii. de lé, et i avoit cité bone et riche que on apeloit Chorinte et chastiaus pluisours, li rois de Sur vint encontre le roi Antoine et le rechut a mout grant feste. Et il vit Ypocras et il ot oï la merveille que on disoit de lui. Il li offri a donner toutes les choses qu'il li demanderoit, par si qu'il remansist o lui partie del tans. Et il dist qu'il i demourroit[d] en tel maniere.

391. Ensi remest Ypocras avoc le roi de Sur. Et li rois avoit

une fille âgée de douze ans, la plus belle créature qu'on connût en aucun territoire. Hippocrate, qui la vit plusieurs fois, en tomba éperdument amoureux. Alors il se présenta devant le roi Antoine et devant le roi de Sur. Les ayant réunis, il leur déclara : « Sires rois, chacun de vous me doit le don que je voudrai demander. — Docteur, nous sommes tout disposés, répondirent-ils, à vous satisfaire et à nous acquitter : demandez, et nous tenterons, dans la mesure du possible, de vous le procurer. » Alors se tournant vers le roi de Sur : « Sire, je vous demande de me donner votre fille pour femme. Et vous, dit-il au roi Antoine, je vous conjure sur votre serment de me la faire donner prochainement. » Les deux rois en furent effarés ; ils se consultèrent sur la conduite à tenir. « Par ma foi, promit le roi de Sur, jamais pour ma fille je ne commettrai la déloyauté de ne pas m'acquitter de mon engagement envers maître Hippocrate. — Je vous le conseille de bonne foi, renchérit le roi Antoine : si vous ne la lui donniez, je la lui donnerais pour honorer le serment que je lui ai fait, dussé-je moi-même vous l'enlever. » C'est de cette manière qu'Hippocrate obtint la main de la fille du roi de Sur. Les noces furent pompeuses, ce qui n'étonna point. À cette époque, en effet, tous les clercs prenaient femme, et ceux-là même qu'on appelait philosophes pour leur recherche de la sagesse. Et ils étaient considérés comme aussi dignes et traités avec d'autant d'honneur que

---

une fille de l'aage de .XII. ans, la plus bele creature que on seüst en nule terre. Et Ypocras qui le vit souventes fois l'enama tant qu'il ne sot qu'il peüst faire. Lors vint au roi Antoine et au roi de Sur. Et quant il les ot assamblés, si lor dist : « Signor roi, chascuns de vous me doit un don tel come je le volrai demander. » Et cil respondent : « Maistres, nous somes tout prest de l'amender et de nous aquiter : demandés, se nous le poons en nule maniere esligier. » Lors dist au roi de Sur : « Sire, je vous demant que vous me donnés vostre fille a feme. Et vous, fait il au roi Antoine, je vous conjur sor vostre serement que vous le me faciés donner prochainnement. » Li doi roi furent esbahi de ceste chose ; si se conseilli[er]ent ensemble qu'il em porroient faire. « Par foi, fait li rois de Sur, ja pour ma fille ne ferai tel[e] desloiauté que je ne m'en aquit de mon couvent envers *maistre Ypocras.* — *Je le vous lo* em bone foi, fait li rois Antoines. Car se vous ne li donniés[b], se li donroie je pour mon serement sal[e]ver, se je meïsmes le vous devoie embler. » En tel maniere ot Ypocras la fille au roi de Sur. Si en furent les noces grans et plenieres ; ne on ne tint pas ceste chose a trop grant merveille. Car a cel tans avoient tout li clerc femes, et cil meïsmes que on apeloit philosophes par le sens qu'il avoient pourchacié. Et estoient en autresi grant hautece et en autresi grant honour come s'il fuissent roi del

s'ils avaient été à la tête du royaume. Hippocrate convia à ses noces tous ses parents — ceux qui étaient riches. À leur arrivée sur l'île du Géant, il demanda à ses plus proches amis où il pouvait se loger au mieux en mer, ou dans quelque endroit qui fût agréable et doux ; et finalement un marin, son parent, lui indiqua une île dans les régions d'Occident, disant que s'il voulait se loger là, il ne savait endroit au monde où l'on pût être mieux : le climat y était tempéré en toutes saisons. Hippocrate possédait de grandes richesses. Il les fit charger dans les nefs et les barges, quitta le roi Antoine et le roi de Sur, et emmena avec lui sa femme et ses parents sur cette île. Après avoir franchi la mer en sécurité — il n'y avait subi aucune perte —, il convoqua par tout le pays des charpentiers désireux de faire du profit ; il en vint plusieurs. Alors il fit élever un château[1] sur cette île, fort et bien placé. Quand il fut érigé selon son désir, il fit faire à l'intérieur une maison pour y résider, la plus somptueuse jamais construite par un homme. Toutes les portes de la façade étaient d'or et d'argent, ornées de pierres précieuses prodigieusement riches. Les piliers qui, à l'intérieur, soutenaient la maison, étaient entièrement de marbre ; mais le marbre n'y paraissait pas, tout recouverts qu'ils étaient d'or et d'argent. Le lit qu'il fit faire pour son repos, on pourrait vous en conter des prodiges : il y avait tant de pierres précieuses pour en orner le pourtour

---

roiaume[c]. Ypocras manda loing et pres ses parens, et ciaus qui estoient riche. Et quant il furent venu en l'Ille au Gaiant, il demanda a ses plus proïsmes amis ou il se pooit mix herbergier en mer, ou en aucun lieu qui fust delitables et bons ; et tant que uns maronniers de mer, qui ses parens estoit, li enseigna une ille es parties d'Occident, et si dist[d] que s'il se voloit illoc herbergier, il ne savoit lieu el monde ou on peüst mix estre : car la terre i estoit bien atempree en toutes saisons. Ypocras avoit grant avoir ; si le fist metre es nés et es barges, et se parti del roi Antoine et del roi de Sur, et en mena o lui sa feme et ses parens en cele ille. Et quant il fu passés la mer a sauveté, qu'il n'i avoit riens perdu, il manda par tout le païs charpentiers qui gaaingnier volsissent ; si en i vinrent pluisours. Lors fist drecier un chastel en cele ille, fort et bien seant. Et quant il fu fais et dreciés a sa volenté, il fist faire une maison dedens le chastel a soi manoir ens, la plus bele et la plus riche qui onques puis fust faite par home. Car tout li huis devant en furent d'or et d'argent, ouvré a pierres preciouses riches et merveillouses. Et li piler qui par dedens[e] estoient, qui soustenoient sa maison, estoient tout de marbre ; mais li marbres ne paroit mie, car tout estoient d'or et d'argent covert. Del lit qu'il fist faire pour s'en jesir vous porroit on conter merveilles : car tant i avoit de pierres preciouses, dont li lis estoit aornés environ tout entour,

que personne n'aurait été assez malade pour ne pas recouvrer instantanément la santé en s'y couchant.

392. Que pourrais-je ajouter ? Hippocrate fit bâtir cette maison si magnifique et si agréable qu'il était seul au monde à pouvoir agir pareillement. Et pour éviter d'être intoxiqué par sa femme, par poison ou venin, il fit tailler une coupe si prodigieuse et si digne qu'aucun poison ou venin existant n'aurait été assez violent pour ne pas être instantanément neutralisé à y être versé, de sorte qu'on pourrait boire en confiance tout ce qu'on y apporterait. Hippocrate fit faire tant de choses sur cette île que l'île tira de lui son nom, qui toujours lui restera : en sa mémoire l'île fut appelée l'île d'Hippocrate, et jamais on ne la débaptisera. Sa femme, qui était de haut lignage et qui regrettait de tout son cœur qu'Hippocrate eût réussi à obtenir sa main, le haïssait si mortellement qu'elle s'efforçait quotidiennement de le tromper, avec la perspective de le tuer. Elle alla jusqu'à détenir des venins de plusieurs bêtes, dans la crainte que le venin ne fût pas assez toxique ; elle en prit, en contamina du pain qu'elle jeta aux chiens au milieu d'autre pain : l'animal qui le mangea mourut instantanément.

393. Constatant la violence du venin, elle en donna à boire à Hippocrate — elle le fit apporter le soir sur la table ; mais elle fut trompée, car elle ignorait la vertu de la coupe. Quand elle y eut versé le venin, Hippocrate le prit et le but,

---

que nus ne fust ja tant malades, s'il s'i couchast, qu'il n'i fust tout errant garis.

392. Que vous en diroie je ? Ypocras fist faire cele maison si bele et si riche et tant delitable qu'il n'estoit nus hom mortels qui le peüst faire a son pareil. Et pour ce que sa feme ne l'enpoisonnast, ou par poison, ou par venim, il fist faire une coupe si merveillouse et si digne qu'il ne fust venins ne poisons si forte en tout le monde, s'il fust mis en cele coupe que lués pié estant ne perdist sa force, que aseür i peüst on boire quanque on i aportast. Ypocras fist faire tant de choses en cele ille que l'ille traist son [f] non de lui, et cil nons li duerra tous jors mais : car pour lui fu li ille apelee li Ille Ypocras, ne jamais ne li sera ses nons changiés. Sa feme, qui estoit de grant parenté et qui dolante estoit en son cuer de ce que Ypocras l'avoit eü a feme, le haoit si mortelment qu'ele se penoit chascun jor de lui engingnier, par coi ele l'eüst mort. Et fist tant qu'ele ot pluisours venins de pluisours bestes envenimees, pour ce qu'ele se doutoit que li venins ne fust fors assés, par coi il ne peüst mie l'ome mener a mort ; ele prist del venin en envenima pain et le jeta as chiens avoc autre pain, et li chiens qui le menga morut de maintenant.

393. Quant ele vit que li venins estoit de tel force, ele en donna a Ypocras a boire, et le fist aporter au soir sor la table ; mais de ce fu ele

impunément. Sa femme en resta pantoise. Alors elle prit la coupe dans sa main, et se mit à l'examiner. Hippocrate, loin de soupçonner cette malice, lui demanda pourquoi elle regardait ainsi la coupe : « Parce qu'elle me paraît magnifique. — Certes, répliqua Hippocrate, vous pouvez la tenir pour inappréciable ; personne n'est en mesure de se la procurer : elle a une telle vertu que si vous l'emplissiez du plus fort venin jamais délayé, celui-ci perdrait si bien sa force que vous pourriez hardiment le boire sans dommage. » La dame eut tout de suite la conviction que c'était ce qui l'avait préservé de la mort ; elle fut très affligée qu'il en eût réchappé de cette manière. Elle pensa bien que tant qu'il serait pourvu d'un tel vase, il n'aurait pas à la craindre. Attendant le moment favorable, où Hippocrate était sorti, elle prit la coupe, pour la jeter aussitôt dans la mer : ainsi, Hippocrate n'en put plus jamais avoir de si bénéfique, ce qu'il regretta fort. Il questionna plusieurs fois ses serviteurs sur sa disparition, sans jamais en savoir le fin mot. Un jour, l'envie lui prit d'aller rendre visite au roi de Perse, un des hommes au monde qu'il aimait le plus. Il fit préparer un navire où il embarqua, avec sa femme et une partie de sa maison, ses autres parents demeurant toutefois en son château. Ayant pris la mer, il parvint et accosta

---

decheüe, qu'ele ne sot pas la vertu de la coupe. Quant ele ot mis le venim dedens, Ypocras le prist et le but, que onques mal ne li fist. Quant sa feme vit ce, si en fu toute esbahie. Lors prist la coupe en sa main, si le conmencha a esgarder ; et Ypocras, qui ne se prendoit garde de cel malisse, li demanda pour coi ele regardoit si la cope. « Je le regarde, fait ele, pour ce qu'ele me samble trop bele et trop riche. — Certes, fait Ypocras, vous le poés esgarder por la meillour et la plus riche, qu'il n'est hom vivant qui la peüst esligier : car ele est de tel vertu que se vous l'emplissiés del plus fort venim qui onques fust destempres, li venins perderoit si sa force que vous le porriés bien hardiement boire sans vous faire mal. » Et quant la dame oï ce, si sot de maintenant que par ce avoit il esté garis et tensés de mort ; si fu mout dolante de ce qu'il avoit ensi esté eschapés en tel maniere. Si pensa bien que tant com il seroit garnis de tel vaissel, qu'il n'avroit garde de li. Lors espia son point, que Ypocras n'estoit mie laiens ; si prist la coupe et le jeta en la mer maintenant a cele ore que onques Ypocras ne pot avoir si bone ne si vertuouse ; et mout en fu Ypocras dolans. Si demanda maintes fois a sa maisnie qui l'avoit ostee de son ostel ; mais onques n'en pot la verité savoir. Un jour li prist talens qu'il iroit veoir le roi de Perse, car c'estoit uns des homs*a* el monde qui il amoit le mix. Si fist apareillier une nef et entra dedens entre lui et sa feme et une partie de sa maisnie ; mais toutes voies remesent si autre parent en son chastel. Quant il se [*39a*] fu mis en mer, il erra tant qu'il vint et arriva

là où était le roi de Perse — il séjournait dans un de ses châteaux qu'on appelait Maʃtit. Informé de sa venue, le roi s'équipa pour aller à sa rencontre, en homme qui avait pour lui une rare amitié. Il l'accueillit chaleureusement, et le retint de longs jours auprès de lui : il l'aimait autant que lui-même.

394. Un jour il arriva que, appuyé à une fenêtre avec sa femme, Hippocrate remarqua dans la cour une truie souillée[1]. Pour son malheur, il la lui montra, et dit : « Voyez-vous cette truie ? — Oui, seigneur. Pourquoi me le demander ? — Pour ceci, précisa Hippocrate : il serait mortellement dangereux de la manger en ce moment. Elle eʃt en effet en si grande chaleur que nul n'en mangerait maintenant sans en mourir. — Ah ! Dieu, s'exclama la dame, très cher seigneur, eʃt-ce la vérité ? — Bien entendu, confirma Hippocrate, soyez-en sûre. » Alors, la dame se leva d'auprès de lui, pour s'en aller trouver son cuisinier : « Vois-tu cette truie ? — Oui, dame, je la vois bien. — Va donc, ordonna-t-elle, la tuer sur-le-champ : je veux en manger ce soir ; fais le nécessaire pour m'en procurer. Sitôt la viande cuite, jette le bouillon sur le fumier. » (Hippocrate le lui avait assuré : celui qui mangerait de cette viande en mourrait s'il ne pouvait boire le bouillon de cuisson.) Le cuisinier exécuta aussitôt l'ordre de la dame ; il alla tuer la truie et la mit sur le feu. Sitôt qu'elle fut cuite, il fit jeter sur le fumier le bouillon, de sorte qu'on ne pouvait le récupérer. Au soir, la dame fit apporter la tête de cette

---

la ou li rois de Perse eʃtoit, et sejournoit a un sien chaʃtel que on apeloit Maʃtit. Et quant li rois sot la verité de sa venue, il s'apareilla et ala encontre lui, come cil qui trop durement l'amoit ; si le rechut a mout grant joie, et le detint grant partie del tans avoc lui, car il l'avoit ausi chier come soi meïsmes.

394. Un jour avint que Ypocras eʃtoit apoiiés a une feneʃtre, il et sa feme ; si regarda en la court aval, et vit une truie qui eʃtoit soioire. Ypocras par sa male aventure mouʃtra a sa feme cele truie, et diʃt : « Veés vous ore cele truie ? — Oïl, sire, fait ele. Pour coi le me demandés vous ? — Pour ce, fait Ypocras, que trop perillouse chose et trop mortels seroit de mengier le orendroit. Car ele eʃt de si grant calour[a] que nus n'en mengeroit orendroit qu'il n'en moreüʃt. — Ha ! Diex ! diʃt la dame, biaus chiers sires, eʃt ce verités ? — Oïl voir, fait Ypocras, ce saciés vraiement. » Quant la dame oï ceʃte parole, ele se leva dejouʃte lui ; et s'en ala a son quisonnier et li diʃt : « Vois tu, fait ele, cele truie ? — Oïl, dame, fait cil, je le voi bien. — Or le va, fait ele, orendroit tuer, car je en voel encore anuit mengier ; et nel laisses en nule maniere que je n'en aie. Et si toʃt que li char sera quite, si jete l'aigue sor le fumier. » Car Ypocras li avoit dit : qui de la char mengeroit, qu'il morroit s'il n'avoit de l'aigue ou la chars eüʃt eʃté quite. Li kex fiʃt maintenant le conmandement sa dame ; et ala tuer la

bête sur la table, et en donna à manger à Hippocrate. À peine y avait-il goûté que, reprenant son souffle, il s'écria : « Dame, je suis mort, cette viande m'a tué, si je n'ai vite du bouillon de sa cuisson. » Elle donna l'ordre de lui en apporter : « Dame, dit le cuisinier, nous l'avons jeté. — Mène-moi donc tout de suite, dit Hippocrate, où tu l'as jeté. » Il le conduisit au fumier et, lui désignant l'endroit : « Seigneur, c'est ici. » Quand il vit qu'il n'en pourrait rien récupérer, il rentra et s'adressa à sa femme en ces termes :

395. « Ah ! dame, vous m'avez tué. Vraiment personne ne peut se garder de la ruse féminine[1]. » Alors il demanda au roi qui était présent, aussi affligé qu'on pouvait l'être : « Sire, je vous en prie : aussitôt que je serai mort, faites porter mon corps à ma demeure, là où sont mes parents. » Le roi y consentit volontiers.

396. Aussitôt, Hippocrate mourut, tout ainsi que je vous l'ai raconté. Le roi fit prendre le corps et le fit porter là où résidaient ses parents, comme il l'avait promis à Hippocrate. Lui, qui l'aimait tant, l'accompagna en personne ; ils l'ensevelirent le jour même, et firent graver sur la tombe l'inscription que le conte a décrite. Les parents d'Hippocrate demeurèrent là, prodigieusement accrus en lignage du fait que l'endroit était prospère et beau, et la terre très fertile et naturellement tempérée. Mais le roi de

---

truie et le mist au fu. Et sitost com ele fu quite, si fist l'aigue jeter el fumier, si qu'ele ne peüst estre recouvree en nule maniere. Au soir fist la dame aporter la teste de cele beste a la table, et en donna a Ypocras a mengier. Et si tost com il en ot mengié et il ot reprise s'alainne, si dist a sa dame : « Dame, je sui mors, si cest char m'a mort, se je n'ai tost de l'aigue ou la char fu quite. » Et ele dist c'on l'en i aportast. « Dame, fait li kex, nous l'avons jetee fors. — Or me mainne, fait Ypocras, errant la ou tu le jetas. » Et cil le mainne au fumier, et li dist : « Sire, je le jetai ci. » Et quant Ypocras vit qu'il n'en avra nient ne n'en porra recouvrer, si s'en repaira et dist a sa feme :

395. « Ha ! dame, vous m'avés mort ! Voirement ne se puet nus garder d'engien de feme. » Lors dist au roi qui devant lui estoit, tant dolans come hom pooit estre : « Sire, je vous proi que si tost conme je serai mors, que vous me faciés [b] porter a mon repaire, la ou mi parent sont. » Et li rois li otroia volentiers.

396. Maintenant morut Ypocras, tout ensi come je vous ai devisé. Et li rois fist prendre le cors et le fist porter, si com il li ot en couvent, la ou si parent estoient. Et li rois meïsmes, qui tant l'amoit si fist jusques la compaingnie ; si l'enfoïrent cel jour, et fisent faire letres desore la tombe teles come li contes a devisé. Li parens Ypocras remesent laiens, et i furent a merveilles escreü de lignage a ce que li lix estoit riches et biaus, et la terre plentuouse et atempree assés par raison. Mais li rois de

Babylone les attaqua ; il les tua tous et détruisit l'endroit, à cause de la haine mortelle qu'il portait à Hippocrate. Le motif que je viens de vous exposer est à l'origine de la maison. Mais le conte se tait à présent, pour revenir à la façon dont le roi Mordrain et Nascien sortirent d'une nef et revinrent sur leur territoire.

Retour à Sarras et départ de Nascien.

397. Le conte dit que, quand les deux messagers et la demoiselle qui les accompagnait eurent été là longtemps, qu'ils eurent examiné la maison de fond en comble, la tombe d'Hippocrate, et qu'ils surent par l'inscription gravée sur la dalle que le savant philosophe avait reçu cette mort de la ruse de sa femme, ils se mirent à en discuter, pour déplorer l'importance de ce dommage, et en conclure que toute femme recelait un aspect diabolique et redoutable : car à son ingéniosité maligne, aucune intelligence masculine ne peut résister. Après avoir visité tous les coins de cette maison, regretté et déploré qu'un aussi bel endroit eût été ainsi détruit et dévasté, ils escaladèrent la roche jusqu'au site le plus haut — il était midi. Ils se mirent à scruter la mer, avec l'espoir d'apercevoir un navire ou une galère ; mais ils ne virent rien venir et rien ne les désolait plus. Voilà comment ils attendirent là toute une longue journée, en haut sur la roche, au comble de l'inquiétude : ils n'entrevoyaient nulle

---

Babilone vint sor aus, qui les destruist tous et desireta le lieu, pour Ypocras[b] qu'il avoit haï trop mortelment. Par la raison que je vous ai ci devisé, si fu la maison establie premierement. Mais de ce se taist ore li contes et retourne a parler conment li rois Mordrains et Nasciens issent d'une nef et viennent en lor terre.

397. Or dist li contes que quant li doi message et la damoisele qui avoc aus estoit orent la grant piece esté et regardé la maison de chief en chief et la tombe Ypocras, et il connurent par les letres qui escrites erent desor la lame que li sages philosophes avoit receü mort en tel maniere par l'engien de sa feme, si en conmencierent entr'aus a parler, et disent que mout avoit esté cis damages grans, et dyable chose et doutable avoit en feme : car encontre son engingnement ne puet sens d'ome durer. Quant il orent cele maison regardee amont et aval et il orent regreté et plaint de ce que si biaus lix[a] com cil avoit esté estoit si destruis et essilliés, il monterent contremont la roce el plus souvrain lieu et el plus haut, et ce fu a ore de miedi. Lors conmencierent a regarder contreval la mer, pour savoir s'il verroient ja nef ou galie ; mais il n'en virent nule, et ce estoit la chose qui plus les desconfortoit. [c] En tel maniere atendirent illoc tout le jour a journee en haut sor la roce, si esmaiié come nule gent plus : car il ne veoient nule part garison ne sauveté nule terriene. Et quant la nuis

part ni recours ni aide terrestres. Quand la nuit fut tombée, l'obscurité était si épaisse qu'ils pouvaient difficilement se voir l'un l'autre ; ils revinrent directement aux murs de la maison d'Hippocrate, rêvant de s'y blottir. Arrivés là, ils ne trouvèrent nul objet de réconfort : ils se savaient loin de tous peuples et à l'écart de tous territoires, et ne possédaient aucune nourriture qui pût les soutenir ; ils en furent troublés jusqu'à perdre tout espoir de survie, se croyant au contraire promis à une mort certaine, sans le réconfort de la grâce de Notre-Seigneur.

398. La demoiselle, qui était jeune et fragile et n'était pas rompue à la souffrance, gémissait auprès de ceux qui étaient avec elle, et se plaignait amèrement de son malheur : « Seigneurs compagnons, que déciderez-vous pour moi ? La gêne que j'ai supportée depuis que vous m'avez recueillie me mène à l'agonie. Puisque je ne peux trouver en vous ni aide ni secours, pour ce Dieu que vous servez, si vous pouvez aider à soulager ma faim, faites-le maintenant ou je me meurs : sans aucun doute, je n'ai jamais eu aussi faim de ma vie. Vous ne devez pas, chers seigneurs, vous en étonner : voilà plus de trois jours et trois nuits que je n'ai pas mangé. » Interloqués, ils parvinrent cependant à lui répondre : « Demoiselle, laissez votre tourment, qui pour l'heure ne peut être calmé ; invoquez par une vraie prière Celui qui en tous périls et misères aide et

---

lor fu venue si noire et si oscure que a painnes pooient il veoir li un l'autre, il revinrent as murs tout droit de la maison Ypocras, car il se baoient illoc a atapir. Quant il furent la venu, si ne porent riens veoir par coi il se peüssent ja reconforter : car il se savoient loing de toutes gens et eslongié de toutes terres, ne n'avoient avoc aus viande nule par coi il peüssent estre soustenu ; si furent si esmaïé pour cesti chose qu'il n'orent nul espoir de lor vie, ains quident bien morir certainnement, se la grasce de Nostre Signour ne les reconforte.

398. La damoisele, qui estoit jouene et tenre, et qui n'avoit pas apris tel mal a souffrir se dementoit a ciaus qui o li estoient, et se complaint de sa mesaise, et dist : « Signour compaingnon, quel conseil prenderés vous de moi ? La mesaise que j'ai sousferte puis que vous me veïstes me mainne a destrece de mort. Puis que j'aide ne conseil ne puis trouver en vous, pour celui Dieu que vous servés, se vous poés ja metre conseil a mon faim alaschier, se li metés orendroit ou je me morrai tantost : car sans faille j'ai le greignour faim que je onques mais eüsse. Si ne vous en devés mie, biau signour, esmerveillier : car il a passé .III. jours et .III. nuis que je ne mengai. » Quant il oent ceste parole, si ne sevent que dire, fors que tant qu'il li disent : « Damoisele, laissiés ester vostre dementer, car il ne puet ore estre amendé ; mais apelés de cuer et de bouche celui qui en toutes mesaises et en tous perils secourt et

secourt tous ceux qui l'appellent sincèrement. — J'ignore, dit-elle, quand ce secours viendra. Mais maintenant personne au monde ne me tirerait rapidement de ce péril où je suis, sans que sans réserve je fasse tout ce qu'il attendrait de moi : je me vois ici en danger de mort sans point de salut ; voilà pourquoi je demande du secours à tous ceux qui peuvent m'aider, de la part de Dieu ou autrement. »

399. Tandis qu'elle parlait ainsi, ceux qui étaient avec elle aperçurent au large une flamme prodigieusement grande et la mer, tout autour, était démontée et déchaînée. Il semblait bien que tous les ennemis d'enfer y fussent. « Regardez, dit l'un des messagers à l'autre, voyez-vous ce que je vois ? Il me semble que cette mer flambe, notamment à l'endroit de la flamme. — Au nom de Dieu, répondit l'autre, je confirme : un navire, j'imagine, rempli de monde. Et j'ai la nette impression qu'il se dirige de ce côté, et qu'il vient vers nous à grande vitesse.

400. — Par ma foi, dit la demoiselle, je crois que nous aurons bientôt d'excellentes nouvelles, s'il plaît à Dieu. » Tandis qu'ils devisaient, voici que le navire s'était rapproché, et, parvenu au pied de la roche, avait jeté l'ancre à l'endroit même où ils avaient accosté. « Descendons, chers seigneurs, dit la demoiselle, pour aller voir ce qu'il en est : c'est le feu dont nous avons tant parlé. » Ils dévalèrent la roche ; à leur

---

aïde tous ciaus qui de vrai cuer l'apelent. — Je ne sai, fait ele, quant cis secours venra. Mais il n'a orendroit home vivant el monde que, se il de cest peril ou je sui me jetoit hastivement, que je ne fesisse outreement quanqu'il volroit que je fesisse : car je me voi ci em peril de mort sans point de recouvrier, et pour ce requier je aïde a tous ciaus qui aïdier me pueent, ou soit de la partie de Diu ou soit d'autre. »

399. Ensi com el disoit tels paroles, cil qui avoc li estoient regardent en la mer, et voient loing d'als enmi l'aigue une flambe grant et merveillouse, dont la mer estoit conmeüe et plainne de tempestes, en cele partie ou la flambe estoit. Et bien sambloit que tout li anemi d'in[d]fer i fuissent. « Regardés, fait li uns des messages a l'autre, veés vous ore ce que je voi ? Il me samble que cele mer arde et qu'ele soit esprise meïsmement la ou je voi le fu. — En non Dieu, fait li autres, autretel vous di je : je quit que ce soit une nef et qu'il i ait ens gent assés. Et encore m'est il avis que ele aproce adés ceste part, et qu'ele viengne vers nous hastivement.

400. — Par foi, fait la damoisele, je croi que nous orrons par tans nouveles bones, se Dieu plaist. » En ce qu'il parloient ensi, estes vous la nef aprocie d'aus, et fu venue au port et au pié de la roce et se fu illoc arrestee en cel lieu meïsmes ou il estoient arrivé. « Descendons, biau signour, fait la damoisele, si alons veoir que ce puet estre : car

arrivée, ils constatèrent que la flamme qu'ils avaient aperçue
avait disparu : elle était éteinte. Au pied de la roche, ils trouvèrent un navire d'une taille exceptionnelle, en mauvais état.
À l'intérieur se tenait un homme d'une corpulence extraordinaire, épouvantable à voir, beaucoup plus grand qu'on l'est
habituellement. Noir comme le poivre ou l'encre, il avait les
yeux rouge flamme. Voyant la demoiselle et ceux qui étaient
avec elle, il les salua ; eux, qui l'observèrent à la clarté de la
lune déjà haute dans le ciel, lui rendirent son salut, ô combien terrifiés par sa laideur et par son aspect épouvantable. Il
leur demanda : « Chers seigneurs, qui vous a conduits de ce
côté, dans cet endroit si écarté de tous peuples ? » La demoiselle lui répondit que Fortune leur avait été fort contraire, à
les y mener dépourvus de tous biens et de tous vivres : ils
étaient tous affamés et mourraient prochainement si quelqu'un ne les sortait de là. « Par ma foi, annonça-t-il, c'est
pour vous délivrer et vous tirer de ce péril que je suis venu
de ce côté : je vais le faire immédiatement à condition de
recevoir votre hommage. »

401. S'apercevant que cet homme les sommait de devenir
ses hommes liges, les serviteurs s'écrièrent : « Seigneur, qui
êtes-vous, pour l'exiger de nous ? Il va de soi que nous ne
ferons jamais hommage à vous ni à personne sans savoir à qui
nous avons affaire. — Je suis, dit-il, d'un royaume d'ailleurs,

---

c'est li fus dont nous avons tant parlé. » Il descendent maintenant de
la roche ; et quant il sont aval venu, la flambe qu'il avoient ja veü fu
estainte, si qu'il n'en virent point. Et quant il furent aval venu au pié
de la roche, il trouverent une nef grant et merveillouse, et gaste. Et
dedens la nef avoit un home grant et merveillous de cors et espoentable a veoir come cil qui estoit graindres que nus autres hom qu'il
eüssent apris a veoir. Et estoit autresi noirs come poivres ne arre-
mens, et avoit les ex rouges et enflamés. Et quant il vit la damoisele
et ciaus qui avoc lui estoient, il les salua ; et cil qui au rai de la lune
qui ja estoit levee le regarderent, et li rendirent son salu ; mais mout
estoient espoenté de lui qui tant estoit lais et espoentables a regarder.
Si lor demande : « Biau signour, qui vous a conduit ceste part et en
cest lieu si estrange de toutes gens ? » Et la damoisele li[a] respondi que
Fortune lor a esté assés contraire, si les i a conduit issi desgarni de
tous biens et de toutes viandes, qu'il moroient tout de faim, et morront prochainnement s'il n'en sont d'illoc jeté par aucunui. « Par foi,
fait cil, pour vous delivrer et jeter de cest perill ving je ceste part ; si
vous en osterai tout maintenant se vous me volés homage faire. »

401. Quant li sergant oïrent que cil lor requiert et qu'il deviengnent
si home lige, il li demandent : « Sire, qui estes vous qui ce nous
requerés ? Car a vous ne a autrui ne ferons nous ja homage se nous
ne le counoissons ançois. — Je sui, fait il, uns hom d'autre regne

d'une autre terre. Cependant sur mer et sur terre ma seigneurie est si bien reconnue que la plupart des peuples me
servent et me tiennent pour seigneur. Mon autorité s'exerce
par le pouvoir et le savoir ; pouvoir si décisif qu'il n'est
absolument personne pour en concurrencer l'étendue ; quant
au savoir, telle est ma puissance qu'on ne fait rien en ce
monde qu'aussitôt je ne le sache et sans délai ; vous venez
d'entendre l'étendue de ma science. — Par notre foi, seigneur, rétorquent les jeunes gens, si c'est vrai, vous avez un
immense pouvoir, et personne au monde n'est si grand que
vous, sauf Notre-Seigneur Jésus-Christ ; à lui, néanmoins,
personne n'est comparable, ni en pouvoir, ni en savoir.
Mais, s'il vous plaît, dites-nous donc votre nom, et comment
mieux encore vous connaître. — Par ma foi, je vais bien
vous le dire ; ne vous en étonnez pas : on m'appelle le Serpent Savant. » À cette annonce, ils s'exclament :

402. « Certes, quel nom prodigieux ! nous n'en avons
jamais entendu de si étrange. » Alors lui, s'adressant à la
demoiselle : « Demoiselle, si me suis déplacé dans votre intérêt, pour vous sortir du péril où vous êtes ; si vous voulez
me faire hommage, je suis prêt à vous en tirer, à vous mettre
sur ma nef et à vous conduire très vite au salut[1]. — Par ma
foi, seigneur, dit-elle immédiatement, pourquoi vous le
cacher ? Votre nom et votre vue m'inspirent une telle suspi-
cion et une telle peur que pour rien au monde je n'adopte-

---

et d'autre ireté. Et nonpourquant en mer et en terre court ma signorie
si merveillousement que li plus [e] des gens me servent, et me tiennent
a signour. Je sui poissans de pooir, et de savoir, si durement, qu'il n'i a
home el monde de qui li pooirs s'estende si loing conme li miens
pooirs s'estent ; de savoir sui je si poissans que on ne fait riens en cest
monde que si tost com il est fais, que je ne le sace tantost et sans nul
arrest ; ore avés oï ce que j'en puis savoir. — Par foi, sire, font li vallet, se ce est voirs que vous dites*, dont avés vous mout grant pooir,
ne el monde n'a si grant home come vous estes, fors Nostre Signour
Jhesu Crist ; mais a celui se puet nus prendre, ne em pooir, ne en
savoir. Mais, s'il vous plaist, ore nous dites vostre non, et conment
nos vous porrons encore mix connoistre. — Par foi, fait il, mon non
vous dirai je bien ; et si ne vous en merveilliés pas : on m'apele le Sage
Serpent. » Et quant il oïrent ceste parole, se li respondent :

402. « Certes, ci a ore mout merveillous non : de si estrange non
n'oïsmes nous onques mais parler. » Lors dist a la damoisele :
« Damoisele, je sui cha venus pour le vostre preu, et pour vous oster
del peril ou vous estes ; se vous me volés homage faire, je sui pres
que je vous en jete fors et mete en ma nef, et conduie mout tost
vostre cors a sauveté. — Par foi, sire, fait ele tout maintenant, et que
le vous celeroie je ? Vostres nons et vostres regars met mon cuer en

rais votre compagnie : même si j'ai été et continue d'être sur
cette roche en danger de mort, il m'en viendrait, je crois, un
plus grand mal, un plus grand ennui encore. Voilà pourquoi,
je vous l'assure, je resterai ici ; quant à vous, vous irez où
bon vous semble : je ne vous suivrai jamais, s'il plaît à
Dieu. » Quand il entend la demoiselle lui répondre avec une
telle insolence, il lui dit :

403. « Ah ! femme, fol être insolent, ignorant et malavisé,
toi qui peux trouver le salut, pourquoi es-tu un être si infor-
tuné, pour préférer ton mal à ton bien ? Vraiment tu es
femme quand, plutôt que de choisir ton bien-être, tu
t'acharnes à le rejeter ! Puisque tu refuses ma compagnie, je
m'en irai, te laissant ici, où tu mourras de faim et de misère.
Sans aucun doute, en effet, tu ne trouveras jamais personne
pour venir te réconforter ; un jour tu te repentiras de n'avoir
pas fait ce que je te demande, mais il sera trop tard. Et vous,
chers seigneurs qui pensez obtenir votre protection par vos
propres moyens, vous laisserez-vous périr comme cette malheureuse, pour le salut de qui je m'étais dérangé, alors
qu'elle ne désire maintenant que la mort ? On pourra mettre
sur le compte d'une vaine bravade le fait de perdre, dans
votre prime jeunesse, le plaisir de ce monde. Vous en êtes
venus au point limite de votre vie ou de votre mort. Si vous
demeurez ici, vous mourrez de faim et de misère, et vos

---

si grant doutance, et en si grant paour qu'il n'est riens pour coi je me
mesisse[a] en vostre compaingnie. Car tout ai je esté en ceste roce em
peril de mort et sui encore, si quit je qu'il m'en venroit greignour mal
et greignour encombrier que je n'ai encore. Pour ce vous di je que je
remanrai ci, et vous en rirés quele part que vous volrés : car avoc
vous ne m'en irai je ja, se Dix plaist. » Quant cil entent que la damoisele li respont si par despit, si li dist :

403. « Ha ! feme, fole chose et despitouse, non sachant et mal
ententive, qui pués trouver le sauveté de ton cors, pour coi es tu si
mal aventurouse chose, que tu aimmes mix ton mal que ton bien ?
Voirement es tu feme quant tu pourchaces ton destournement et
refuses ta santé ! Puis que tu ne vels ma compaingnie, je m'en irai et
te lairai ici, ou tu morras de faim et de mesaise. Car sans faille tu ne
trouveras nului el monde qui te viengne reconforter ; si te repentiras
encore de ce que tu n'as fait ce que je te requier, mais cil repentirs
ert a tart. Et vous[a], biau signour qui desirés vostre garison a pourchacier [f] a vostre pooir, vous lairés vous ensi perir come ceste chaitive
fait, pour qui sauveté je estoie ci venus, et ne desire se la mort
non ? Se vous ensi perdés le delit de cest monde au commencement
de vostre jouenece, a mauvaistié a noient le vous porra on atourner. Vous estes venus au point de vostre vie ou de vostre mort. Se
vous demourés ci, vous morrés de faim et de mesaise, ne ne seront

corps, privés de sépulture, ne seront pas inhumés ; les
oiseaux et les bêtes sauvages se rassasieront de votre chair.

404. — Seigneur, déclarent-ils, vous nous promettez une
chose si importante que vous êtes, nous en sommes persuadés, d'une puissance considérable ; et nous sommes convaincus que vous pourriez bien nous tirer de ce péril où nous
sommes, et que c'est pour nous délivrer que vous êtes venu.
Mais notre volonté nous conduit à préférer demeurer ici, plutôt que de vous suivre : votre seul aspect nous donne une si
grande peur que c'est de peu si nous n'avons perdu nos facul-
tés, l'ouïe et la vue. Nous sommes si déconcertés de vous
avoir seulement entendu nous adresser la parole que nous
ne pensons pas pouvoir demeurer en vie, convaincus, au
contraire, d'être morts de votre main. Nous rejetons tout net
votre compagnie ; allez-vous-en quand il vous plaira, et nous
attendrons ici la miséricorde de Jésus-Christ qui n'oublie pas
ses serviteurs, pour venir à leur secours et leur aide, quand ils
en ont besoin, même en pays lointain. » Quand l'homme
comprend qu'ils ne feront ni plus ni moins que ce qu'ils ont
dit, le vent s'engouffre soudain dans la nef et lui fait quitter la
roche. Quand la nef s'est un peu éloignée, ceux de la roche,
attentifs, voient se lever autour une tempête si furieuse que la
mer semblait entièrement démontée ; après s'élançait là une
flamme aussi grande que si l'étendue marine s'était embrasée ;
et monte du fond le bruit de plusieurs querelles affreuses et

---

mis vostre cors en terre ne en sepultures ; ains seront li oisel et les
bestes sauvages saoulé de vostre char.

404. — Sire, font cil, vous nous prometés si grant chose que nous
pensons bien que vous estes mout riches hom et mout poissans ; et
si creons bien que vous nos porriés bien jeter de cest peril ou nous
somes, et que pour nous deliver venistes cha. Mais nostre volenté
nous mainne a ce que nous amons mix a ci remanoir, que aler
avoques vous : car vostre regars solement nous fait avoir si grant
paour qu'a poi que nous n'avons perdu le pooir de nos cors, et l'oïir,
et le veoir. Nous somes si confondu de ce solement que vos avés
parlé a nous, que nous ne quidons pas que nous em puissons remanoir en vie, ains quidons vraiement que nous soions mort : par coi
nous refusons del tout vostre compaignie ; si vous en alés de ci
quant vous plaira, et nous atenderons ci la misericorde Jhesucrist qui
les siens sergans n'oublie pas, ains les vient secourre et aidier, quant
mestier lor est, ja si en estrange lieu ne seront. » Quant il ot qu'il n'en
feront plus ne mains que ce qu'il en ont dit, maintenant se fiert
li vens en la nef, et le fist partir de la roche. Et quant il est un poi
eslongiés, cil de la roche^a se regardent, et voient que entour la nef
commencha une tempeste si grant et si merveillouse que se toute la
mer fust esmeüe ; une autre fois i venoit flambe si grant come se

épouvantables, comme sortant des bouches des diables de l'enfer. Cela leur inspira une grande frayeur et une grande peur ; ils en auraient d'ailleurs été beaucoup plus épouvantés, s'ils ne s'étaient pas signés, ce qui, avec le meilleur des réconforts, leur procura le plus grand espoir de parvenir encore à quelque joie. Quand ils eurent perdu de vue ce spectacle devenu indistinct, ils quittèrent le rivage et se rendirent aux murs de la maison d'Hippocrate pour s'y asseoir. Et d'engager la conversation sur celui qui voulait les délivrer de la roche. « Par ma foi, fit la demoiselle, je n'ai jamais vu un homme qui m'ait inspiré une aussi grande peur ; j'en ai oublié, je dois vous le dire, jusqu'à ma faim. » Les autres affirment ne pas croire que ce soit un être humain ; plutôt, un ennemi sorti d'enfer, venu là pour les tromper par sa ruse, et pour les détourner du droit chemin et de la juste croyance.

405. Après en avoir beaucoup parlé, ils s'endormirent, aux limites de l'épuisement. Tourmentés et malmenés comme ils avaient été par leur jeûne, ils ne s'éveillèrent qu'au moment de sentir le soleil dardant sur leurs têtes nues et découvertes. Sa chaleur était brûlante, comme autour de la Saint-Jean-Baptiste[1] ; ils s'éveillèrent d'avoir dormi tout leur soûl, sitôt qu'ils ressentirent l'ardent soleil. Ils se levèrent, se recommandèrent à Notre-Seigneur, et se mirent à prier,

---

toute la mer fust esprise de fu ; et oient[b] en la mer noises pluisours si laides et si espoentables conme s'eles ississent des bouches as dyables d'infer. Si orent de ceste chose grant hidour, et grant paour ; et mout en fuissent plus espoenté, se ne fust li signes de la vraie crois qu'il fisent sor aus, qui mout lor donna grant confort et grant esperance de venir encore a aucune joie. Et quant il orent del tout si perdu la veüe qu'il n'en porent mais veoir ne pres ne loing, si se traient en sus de la mer, et viennent as murs de la mayson Ypocras et s'aseent illoc ; et conmencierent entr'aus a parler de celui qui de la roce [40a] les voloit jeter. « Par foi, fait la damoisele, je ne vi onques mais home que je sace, dont je eüsse si grant paour que je ne eü de lui ; et saciés bien que je en ai toute ma famine oubliee. » Et li autre dient bien qu'il ne croient mie que ce soit hom ; mais il quident mix que ce soit uns anemis issus d'infer, qui la fu venus por aus deçoivre et engingnier, et por aus oster de la droite voie et de la droite creance.

405. Quant il orent assés parlé de ceste chose, si s'en dorment si lassé et si traveillié come nule gent plus. Et quant il furent endormi, il orent esté si traveillié et si malmis del jeüner qu'il avoient fait, qu'il ne s'esveillierent jusques atant qu'il virent le soleil raiier sor lor testes qui nues estoient, et descouvertes. Li solaus fu chaus et ardans, si conme entour le Saint Jehan Bauptiste ; si s'esveillierent quant il orent assés dormi, si tost com il sentirent le grant chalour del soleil. Il se leverent et se conmanderent a Nostre Signour, et conmencierent a proiier

tout en larmes, le Roi des rois, de venir, par sa douce pitié,
les visiter et les consoler en cet endroit où ils avaient peur
de mourir. Leurs oraisons faites et après une attente jusqu'à
l'heure de prime, ils virent accoster une nacelle au pied de la
roche, avec un vieil homme à son bord. « Voyez là, s'écrient
les messagers, il accoste une petite barque. S'il plaît à Dieu,
nous aurons quelque bonne nouvelle réconfortante. » Alors,
dévalant la roche, ils parvinrent au pied, à la nacelle, pour
constater que l'homme à bord était, en apparence, très âgé ;
il tirait néanmoins sa beauté de sa vieillesse. Ils le saluèrent
aussitôt qu'ils furent près de lui ; l'homme de bien leur rendit leur salut. Puis il leur demanda ce qu'ils faisaient là et qui
les avait conduits dans un endroit si sauvage et si lointain, à
l'écart de toutes populations. C'est Fortune, répondent-ils, si
mauvaise et perverse en sa cruauté, qui les y a amenés si
démunis et si dépourvus de tous vivres, de tout ce qui soutient et aide le corps, qu'ils n'entrevoient pas la façon de
s'en sortir vivants, à moins que Notre-Seigneur lui-même ne
les secoure de son réconfort : mais s'il voulait leur apporter
son aide, ils sont certains qu'ils en réchapperaient, sains et
bien portants.

406. Les ayant écoutés, l'homme de bien leur répondit :
« Par ma foi, chers seigneurs, si vous persévérez dans cette
croyance que vous venez de me décrire, Espérance vous
délivrera. Ne la quittez jamais ; espérez toujours qu'il vous

---

le Roi des Rois, o larmes et o plours que il, par sa douce pité, les
venist visiter et conforter en cel lieu ou il avoient paor de mort. Et
quant il orent faites lor orisons, et atendus jusques a ore de prime, il
voient arriver une nacele au pié de la roce, et un viel home dedens.
« Veés la, font li message, arrive une nacele. Se Dix plaist, nous
orrons ja aucune bone nouvele, et aucun confort. » Lors descendent
de la roche aval ; et viennent vers la nacele au pié de la roche, et
voient que li hom qui dedens estoit, estoit mout vils par samblant ; et
nonpourquant il estoit mout biaus de sa viellece. Il le saluent si tost
com il l'orent aprocié, et li prodom lor rendi lor salu. Puis lor
demande qu'il font illoc et qui les a amenés en si estrange lieu et si
sauvage, eschieu de toutes gens. Et il respondent que Fortune qui si
est mauvaise, et perverse et felenesse, les i amena si desgarnis et si
desgarés de toutes viandes et de toutes les choses dont cors d'ome
doit estre soustenus et aïdiés, qu'il ne voient pas conment il em puissent eschaper sans mort, se Nostres Sires meïsmes ne les secourt et i
mete son confort ; mais s'il i voloit metre son conseil, il sont tout certain qu'il en eschaperoient bien, sain et haitié.

406. Quant li prodom oï ceste parole, si lor respont : « Par foi, biau
signour, se vous estes tousdis en ceste creance que je ci vous oï deviser, esperance vos en jetera. Or soiiés tousdis en tele creance et aiiés

en tirera, et je vous le dis, il vous délivrera : il n'oublie pas
qui met son attente en lui. — Ah ! seigneur, dit la demoiselle, vous dites vrai. Mais s'il attend longtemps et que son
secours tarde, c'est mourir qu'il nous faudra, car nous
n'avons nulle subsistance qui nous permette de survivre un
seul jour. — Taisez-vous donc, et soyez sans crainte : vous
ne serez pas oubliés. — Cher seigneur, reprit l'un des jeunes
gens, fixez-nous donc sur ce que nous allons vous demander. — Parlez, dit l'homme de bien. — Seigneur, cette nuit,
autour de minuit, un homme est venu nous prier de quitter
cette roche et de le suivre : il était, dit-il, venu ici pour notre
salut et pour nous tirer du danger de mort ; il nous a fait
comprendre qu'il était si important que sa puissance et sa
seigneurie couraient par toutes régions, sur mer et sur terre.
Pour Dieu, seigneur, si vous savez qui il est, dites-le-nous :
nous brûlons de savoir. — La réponse n'est pas difficile.

407. « Vous le saurez : c'est celui qui vise et s'applique
sans cesse à tromper et détourner du droit chemin homme
et femme. Il emploie toutes ses forces pour mener à la perdition le corps et l'âme de celui qui à la ressemblance du
Haut-Maître est formé. Seigneurs, j'insiste : c'était l'ennemi
qui sous une apparence humaine est venu vous visiter, pour
vous perdre corps et âme. Je ne vous cacherai pas que si
vous vous étiez mis sous sa conduite, il vous aurait fait périr

---

tousdis espoir qu'il vous en ost, [*b*] et je vous di qu'il vous en jetera :
car il n'oblie mie celui qui en lui met son espoir. — Ha ! sire, fait la
damoisele, vous dites voir ; mais s'il demoure longement et li nos
secours nous targe, morir nous couvenra, car nos n'avons nul
soustenement par coi nous puissons un tout sol jour vivre. — Or
vous taisiés et ne vous doutés : car nus n'i serés pas oubliés. —
Biaus sire, fait li uns des vallés, or nous faites certain de ce que nous
vous demanderons. — Demandés, fait li prodom. — Sire, il avint
anuit entour mienuit que uns hom nous vint proïer que nous partis-
sons de ceste roce et alissons avoc lui : car il estoit, ce dist, ici venus
pour nostre sauveté et pour nous jeter de peril de mort ; et nous fist
entendant qu'il estoit si riches et si poissans que sa poissance et sa
signourie couroit par toutes regions, et en mer et en terre : pour
Dieu, sire, se vous savés qui il est, dites le nous : car mout le desirons
a savoir. — A ce, fait il, vous sarai je bien responde.

407. « Saciés, fait li prodom, que c'est cil qui a decevoir home et
feme et a jeter de droite voie met adés s'entente et sa cure : a ce se
traveille il de tout son pooir que il maint a perdicion de cors et
d'ame celui qui a la samblance del Haut Maistre est fourmés.
Signour, saciés que ce fu li anemis, qui en samblance d'ome vous
vint visiter, pour vous faire perir en cors et en ame. Et saciés, se
vous vous fuissiés mis en son conduit, il vous eüst fait perir

en pleine mer : car son embarcation, qui ressemblait à une nef, n'en était pas une, mais un autre ennemi, un de ses serviteurs, qu'il chevauchait. Il vous le faisait voir sous l'apparence d'une nef afin que vous y entrassiez ; mais vous n'auriez pas été en sûreté, pour être montés sur lui : car il est si peu fiable qu'il vous aurait laissés vous noyer tout aussitôt qu'il aurait senti votre poids, et ainsi naufragés et malmenés il vous aurait conduits aux peines d'enfer. Je vous ai donc dit qui il est, pour que, s'il revenait, votre méfiance envers lui rendît impossible sa tromperie.

408. — Ah ! seigneur, supplia la demoiselle, pour Dieu, si vous le savez, répondez à ma requête. — Volontiers, dis-moi donc ce que tu veux. — Seigneur, pour Dieu, sortirons-nous jamais de cette roche ? N'y viendra-t-il jamais personne pour nous en délivrer ? — Oui, dit l'homme pieux, vous en sortirez, et vous n'y resterez pas longtemps, si vous parvenez à vous défendre contre le premier assaut que l'ennemi vous livrera. Car rien ne vous manque pour vous tirer de ce mauvais pas, que d'espérer fermement en Celui dont vous observez la croyance : il vous en délivrera s'il vous trouve loyaux serviteurs. »

409. À peine avait-il achevé qu'il se volatilisa : ils ne surent absolument pas ce que lui et sa nacelle devinrent, pas plus que s'ils avaient coulé par le fond. Mais il subsistait une si grande douceur après son départ que le parfum se dégageant

---

ens en la mer : car ce ou il estoit, qui vous sambloit nef, ne l'estoit mie, ains estoit un autres anemis, uns de ses menistres qui il chevauchoit. Si le vous faisoit veoir en samblance de nef pour ce que vous i entrissiés ; mais asseür ne fuissiés vous pas pour que vous montissiés sor lui : car il est de si desloial couvenent qu'il vous laissast noiier tout maintenant qu'il se sentist chargié de vous, et ensi perilliés et malmenés vous menast il es painnes d'infer. Ore vous ai je dit qui il est, pour ce que s'il vous venist une autre fois visiter, que vous vous gardissiés si de lui qu'il ne vous peüst decevoir.

408. — Ha ! sire, fait la damoisele, pour Dieu, se vous le savés, si me dites ce que je vous demanderai. — Volentiers, dist li prodom ; or me di ce que tu vels. — Sire, pour Dieu, isterons nous jamais de ceste roce ? Ne verra ci jamais nus qui nous en giet ? — Oïl, fait li prodom, vous en isterés, et se n'i demouerrés mie granment, s'il avient ensi que vous puissiés vos cors desfendre del premier assaut que li anemis vous fera. Car il ne vous en faut riens a [d] issir fors que avoir vraie esperance en celui qui creance vous tenés : et cil vous en jetera s'il vous trouve loiaus sergans. »

409. Maintenant qu'il ot dites ces paroles, il s'esvanuist en tel maniere qu'il ne sorent onques qu'il devint, ne il ne sa nacele nient plus que s'il fuissent fondu en abisme. Mais une si grant douchour fu

de toutes les essences du monde vous aurait semblé insignifiant en comparaison. Restés sur le rivage, ils engagèrent la conversation : « Par ma foi, cet homme pieux nous a bien réconfortés et soulagés par ses paroles. — Je vous assure, s'exclama la demoiselle, que je suis, après sa venue, si rassasiée et si comblée que je n'imagine pas de nourriture en ce monde dont je l'aurais été si bien : dès qu'il a posé son regard sur nous, ma faim a été calmée, et j'ai été éloignée de toutes misères, ce qui me fait croire, chers seigneurs, qu'il s'agit de Celui qu'on appelle Jésus-Christ, ou de quelqu'un de ses délégués. » Ils avouèrent être à court d'imagination, si ce n'est qu'ils étaient persuadés que Jésus-Christ leur avait envoyé un messager pour les réconforter dans cet endroit hostile où Fortune les avait amenés. « Et vous, qu'en pensez-vous ? dit le troisième. Jamais, cette nuit, nous n'avons été, à cause de celui qui voulait nous emmener, désolés au point de n'être maintenant consolés par celui-ci et par sa venue. Aussi, Dieu merci, nous avons eu de la chance quand, après une si grande peur, ce réconfort nous est échu. »

410. Tout le jour leur conversation roula sur ce propos, sur leur belle aventure, dont ils remercièrent Notre-Seigneur. Et de rester sur le rivage jusqu'au soir. La nuit venue, comme il plut à Dieu, ils escaladèrent la roche jusqu'à la maison d'Hippocrate, où ils avaient l'habitude de se reposer ; ils se blottirent là tous trois jusqu'à minuit.

---

remese entr'aus lués pié estant qu'il s'en fu partis, que toutes les espices del monde nous semblaissent nient envers cele odour. Et cil qui furent remés sor le rivage en conmencierent a parler entr'aus et disent : « Par foi, mout nous a ore cis prodom confortés et asouagiés par ses paroles. — Je vous di, fait la damoisele, que je sui de sa venue si rasasiie et si raemplie, que je ne quit pas qu'il ait en cest monde viande de coi je fuisse si bien peüe ne rasasiie. Car maintenant qu'il nous conmencha a regarder fu estanchie ma famine, et fui eslongie de toutes mesaises, par coi je quit, biau signour, que ce soit cil qui on apele Jhesu Crist, ou aucuns de ses menistres. » Et disent qu'il n'en sevent que quidier, fors que tant qu'il pensent bien que Jhesu Crist lor ait envoiié por aus conforter en cest lieu divers ou Fortune les a amenés. « Et vous, qu'en diriés ? fait li autres. Onques anuit ne fumes tant desconforté, pour celui qui nous en voloit mener, que nous ne soions ore par cestui reconforté et par sa venue. Si nous est Diu merci bien avenu, quant après si grant paour, nous est tels confors venus. »

410. Tout le jour parlerent ensi de ceste chose et de lor bele aventure ; si en mercient Nostre Signour. Si demourerent sor le rivage jusques au soir. Et quant la nuis fu venue si com a Dieu plot, il monterent contremont la roce et vinrent a la maison Ypocras, la ou il se soloient reposer ; et s'atapirent illoc entr'aus .iii. jusques a la mienuit.

Autour de minuit, il arriva que, les jeunes gens endormis, la demoiselle était restée éveillée en raison de ses tristes pensées, n'entrevoyant de nul côté son salut. Tandis qu'elle était préoccupée de la sorte, prêtant l'oreille elle entendit un cri inouï, épouvantable qui l'effraya ; il lui sembla que celui qui l'avait poussé était près d'elle. Se dressant alors, elle monta sur le point culminant de la roche pour voir ce qu'il en était, persuadée que seul un être humain pouvait lui avoir fait une telle frayeur. Du sommet, elle remarqua au pied de la roche une lumière intense, directement sur le rivage. À ce constat, elle courut réveiller ses compagnons :

411. « Chers seigneurs compagnons, j'ai des nouvelles pour vous : au pied de cette roche, il y a une clarté intense. Allons voir. » Levés d'un bond, ils dirent qu'ils s'y rendraient volontiers : tous trois dévalèrent la roche. En bas, ils trouvèrent une nef d'une élégance raffinée, tout entourée de cierges et de flambeaux allumés ; elle contenait toutes les richesses possibles. Au bord, une demoiselle, la plus gracieusement belle que vous eussiez jamais vue, vêtue si richement qu'elle était merveilleuse à regarder. Ils la saluent ; elle leur rend leur salut, puis leur demande ce qu'ils font là ; ils attendent, répondent-ils, l'événement qui les en tirera. « Certes, demoiselle, dit la jeune fille de la nef, vraiment ce sera un heureux hasard si vous en sortez saine et sans séquelle : si loin, per-

---

Entour mienuit avint que li vallet furent endormi ; mais la damoisele veilloit si con par aventure, et come cele qui mout pensoit en soi meïsme, conme cele qui ne veoit de nule part sa sauveté. En ce qu'ele pensoit en tel maniere escoute et ot un cri mout merveillous et si espoentable, dont grant paour l'em prist ; et li sambla que cil et dont li cris estoit issus fust pres de li. Lors se drece en son estant, et monte el plus haut de la roche pour veoir que ce puet estre, car bien pense que ce soit hom ou feme, qui tel paour li ait faite. Et quant ele fu montee en son la roce, ele regarde, et voit au pié [d] de la roce lumiere grant, qui estoit tot droit a la rive de la mer. Et quant ele voit ce, ele court a ses compaingnons et les esveille[a] et lor dist :

411. « Biaus signour compaingnon, nouveles vous sai a dire : car au pié de ceste roce a clarté grant. Alons veoir que ce est. » Cil se lievent maintenant et dient qu'il iront volentiers ; si descendent de la roce. Et quant il i sont venu, il trouverent une nef mout bele et mout cointe par samblant, avironnee[a] de chierges et de tortins ardans ; et estoit plainne de toutes les richoises terrienes que on porroit trouver ; et au bort de la nef estoit une damoisele, la plus bele et la plus cointe par samblant que vous onques veïssiés, et estoit vestue tant ricement que merveilles estoit au veoir. Quant il le voient, il le saluent ; et ele lor rent lor salu, puis lor demande qu'il font illoc ; et il respondent que la atendent il pour coi il en soient osté par aucune

sonne ne viendrait vous chercher. Il n'est pas encore né,
celui qui pourrait vous y savoir. Néanmoins, parce que vous
êtes de forme humaine, j'ai de vous une si grande pitié que
je vous emmènerai avec moi, et vous mettrai dans ma nef
pour vous conduire en lieu sûr, si vous consentez à faire ce
que je vous demanderai. Ne croyez pas que j'exige de vous
quoi que ce soit que d'autres ne me réclament. » Ils lui pro-
mettent de faire ce qu'elle leur demandera, à condition que
ce soit raisonnable. « Je vais vous dire, reprend-elle, ce que
j'attends de vous. Mais préalablement, je vous le précise, je
suis d'Athènes : la cité, tout le peuple et tous ceux des alentours sont à moi, et en maints autres pays s'étend ma seigneurie si radicalement que je ne crois pas sous le ciel une
femme plus puissante que moi. Avec cela, ce monde a si peu
de secrets pour moi qu'on n'y fait rien sans que je le sache à
l'instant ; si quelqu'un s'y réjouit, la raison m'en est connue.
Quand je vois des gens en danger de mort s'ils ne reçoivent
une aide, je les secours séance tenante, et les tire du péril
s'ils veulent se dévouer à moi et me faire hommage ; récalcitrants, je les abandonne. Je vous l'ai dit parce que si, comme
les autres, vous voulez me faire hommage, je vous recevrai
dans ma nef, et vous mettrai en sûreté dans un endroit où
vous seront donnés toute la joie, tous les plaisirs du monde. »

---

aventure. « Certes, damoisele, fait cele de la nef, voirement sera
ce grant aventure se jamais en issiés haitie et plainne de vie : car si
loing ne vous verroit nus querre. Ne il n'est encore pas nés qui
granment vous i sace. Et nonpourquant, pour ce que en fourme
humaine estes fourmé, qu'il me prent de vous si grant pitié que
je vous en merrai avoc moi, et vous meterai en ma nef et conduirai
a sauveté, se vous volés faire ce que je vous requerrai. Et ne quidiés
pas que je vous requiere chose que autre gent ne requiercent a
moi. » Et il li respondent que il feront volontiers ce que ele lor
requerra[b], par si que ce soit chose raisnable. « Et je vous dirai, fait
ele, que c'est que je vous requier. Mais tout premierement vous di
je que je sui d'Atainnes, et moie est la cités et toute la gent et tous
ciaus d'illoc entour et en maint autre païs coert[c] ma signourie si durement que je ne quit pas qu'en cest monde ait une plus riche feme
conme je sui. Et avoc ce sai je tant des choses del monde, que on
n'i fait riens que je ne sace maintenant que fait i est ; et se aucuns i
est joians, je sai bien dont il li vient. Quant je voi gent qui sont em
peril de mort s'il n'ont aïe, je les secourt maintenant, et les jete del
peril puis que il se voelent rendre a moi et faire moi homage ; et
s'il en font dangier, je les laisse. Ceste chose vous ai je dite pour ce
que se vous me volés faire ensi come li autre font, c'est moi [e] a
faire homage, je vous receverai en ma nef, et vous meterai a sauveté
en tel lieu ou vous avrés toute la joie del monde, et toutes les aises. »

À l'annonce de ces promesses, ils se regardèrent et se consultèrent sur la conduite à adopter. «Par ma foi, dit l'un des jeunes gens, si elle était de notre loi et qu'il fallût lui faire hommage, je conseillerais de nous mettre avec elle ; mais si elle ne l'était pas et qu'il fallût lui faire hommage, force nous serait d'abandonner notre loi : nous devons en tenir le plus grand compte. »

412. Ils demandent alors à la demoiselle de la nef quelle était la loi qu'elle observait, et ce qu'ils feraient en devenant ses vassaux. «Je vais vous répondre. Sachez que je suis païenne, la plus riche et la plus puissante que vous verrez jamais ; aussi vous emmènerai-je avec moi sitôt que vous m'aurez fait hommage. — Par ma foi, demoiselle, dit le jeune homme, puisque vous êtes étrangère à notre loi, chrétienne, nous ne vous suivrons pas : à tenir compagnie à un homme ou une femme hostile, nous ne pourrions en devenir meilleurs. — Comment ! rétorque-t-elle, vous laisserez-vous mourir ici ? Certes, si je pars sans vous emmener, vous ne trouverez jamais personne pour vous repérer, à l'écart comme vous l'êtes de toute population. Ainsi vous pourrez mourir ici de faim et de misère. » Ils aiment mieux, lui opposent-ils, mourir que d'appartenir à sa compagnie, et de faire quoi que ce soit dont s'irriterait contre eux le Haut-Maître, Celui dont ils ont reçu la loi récemment.

413. «Ah ! pauvre gent malheureuse, dit-elle : considérez

Quant cil oïrent ce qu'ele lor promet, il se conmencierent tout a entregarder, et demanderent li un as autres que il feroient de ceste chose. «Par foi, fait li uns des vallés, s'ele estoit de nostre loy et il couvenoit[d] que nous li feïssons homage, je loeroie que nous nous meïssons avoc li ; mais s'ele n'estoit de nostre loy et il couvenoit que nous li feïssons homage, il nous couvenroit nostre loy guerpir : et c'est ce ou nous devons faire gregnour force. »

412. Lors demandent a la damoisele de la nef quele loy ele tenoit, et quel chose il feroient se il devenoient si home. «Ce vous dirai je bien, fait la damoisele. Saciés que je sui paienne la plus riche et la plus poissans que vous jamais verrés ; si vous en menrai o moi si tost come vous m'arés fait homage. — Par foi, damoisele, fait li vallés, puis que vous n'estes de nostre loi, ne que vous n'estes crestiiene de nostre loy, nous vous laissons del tout. Car del tenir compaignie a home ne a feme qui contraire nous soit, ne porriens nous amender. — Et conment ! fait cele, vous lairés vous ci morir ? Certes, se je me part de ci et je ne vous en mainne avoc moi, vous ne troverés jamais qui vous viengne regarder, car vous estes eslongié de toute gent. Et ensi porrés vous ci morir de faim et de mesaise. » Et il dient qu'il aimment mix a morir que estre de sa compaignie, ne que il feïssent chose dont li Haus Maïstres se courechast a aus, celui qui loi il ont receü novelement.

donc à quelle fin vous portez tant de crédit à la loi chrétienne ; voyez quel bien vous en vient ; jamais, depuis que vous avez abandonné votre vieille loi, vous n'avez été un seul jour heureux, pour subir toujours depuis lors la peine et le tourment. — Le tourment, explique un des jeunes gens, nous ne devons pas en être blâmés : notre modèle en est Jésus-Christ, dont nous observons la loi ; il vous l'a bien montré, sur terre comme un homme mortel : jamais il ne fut un seul jour content ni sans tourment, au point, en mourant, de vaincre la mort, et de ramener pour nous la vie dans le monde ; si bien que celui qui voudra être serviteur de Notre-Seigneur Jésus-Christ n'aspirera qu'à se fatiguer, qu'à supporter de la peine, de sorte que la peine qu'il aura supportée ici-bas aboutisse à sa grande joie, à son grand repos, au grand délice, au grand contentement du paradis qui jamais ne prendront fin. Voilà pourquoi nous devons mieux aimer le tourment que les plaisirs de ce monde : ainsi nous servirons notre Maître, exemplaire pour nous en matière de tourment. » Elle répliqua, très irritée : « Misérables, puisque le mal vous plaît mieux que le bien, je m'en irai d'ici, vous laissant sur cette roche : jamais, tant que vous vivrez, nul n'y soupçonnera votre présence, vous y mourrez de faim et de misère, et nourrirez les oiseaux et les bêtes sauvages. » Elle partit à l'instant, brisant là ; restés sur le rivage, ils la regardèrent aussi longtemps qu'il leur fut

---

413. « Ha ! chaitive gent maleürouse, fait ele : ore esgardés por coi vos faites si grant force en la loy crestienne ; ores quel bien il vous en vient ; onques puis que vous vostre viés loy laissastes, ne fustes vous un jour a aise, mais tousdis avés puis esté em painne et en traveil. — Del traveil, fait li uns des vallés, ne devons nous pas estre blasmé : car de traveil nous est essamples Jhesucrist, de qui nous tenons la loy ; ce vos mostra il bien quant il fu en terre conme hom mortels : car onques n'i fu un jour a aise ne sans traveil, si qu'en morant vainqui la mort, et ramena nostre vie au monde, par coi nus qui voelle estre sergans Nostre Signour Jhesu Crist ne baera ja fors a traveillier et a soffrir painne, si que la painne de cest monde viengne a sa grant joie et a son grant [f] repos, et a la grant souatume et a la grant aise de paradis qui ja ne prendra fin. Et pour cesti chose devomes nous mix amer le traveil de cest monde que l'aise, car ensi servirons nous nostre Maistre qui nous donna essample de traveiller. » Quant ele entent cele parole, si respont mout courecie : « Chaitive gent, puis que li maus vous plaist mix que li biens, je m'en irai de ci et vous lairai en ceste roce, a tele eüre que jamais tant conme viverés n'i serés regardé par home a nisun jour, ains i morrés de faim et de mesaise ; et vous mengeront li oisel et les bestes sauvages. » Lors s'en vait de maintenant, que plus ne lor dist mot ; et cil demourent a la rive, et le regardent tant com il le pueent

possible. Après l'avoir perdue de vue, ils regagnèrent la maison d'Hippocrate, et se couchèrent tous trois l'un à côté de l'autre ; ils dormirent jusqu'au lever du jour. À l'heure de prime, ils se levèrent, se recommandèrent à Notre-Seigneur, et, s'agenouillant face à l'orient, battirent leurs coulpes. Ils priaient le Haut-Maître, au nom de sa douce pitié, de les secourir et de les réconforter en ce péril où ils étaient, et de ne pas les oublier, mais, comme un père fait pour son fils, de leur venir en aide.

414. Leur prière achevée, ils embrassèrent du regard la mer en direction du soleil couchant, et crurent apercevoir, très loin, une petite chose impossible à identifier à cette distance. Néanmoins, avant que l'heure de prime fût passée, la chose avait tellement avancé qu'ils reconnurent une nacelle, rapprochée jusqu'à parvenir au pied de la roche, là où les nefs accostaient. Dévalant tout de suite, ils se hâtèrent, pressant l'allure pour y venir et savoir ce qu'il y avait dedans. Arrivés à proximité, ils virent à son bord un vieil homme vénérable, qui menait en sa compagnie un lion prodigieusement grand : c'était là le lion qui avait été embarqué dans la nacelle avec Célidoine, et c'était cette nacelle même. Ils se regardèrent, émerveillés, plus qu'à la vue d'aucun autre spectacle, de ce que cet énorme lion n'avait depuis longtemps mangé cet homme. Et celui-ci de leur demander qui les a amenés dans un endroit si lointain, si écarté de tous

---

veoir Et quant il en ont*ᵉ* perdu la veüe, il vinrent la ou la maison Ypocras avoit esté, si se couchent tout .III. li un delés l'autre ; et s'endormirent jusques a l'endemain qu'il fu ajourné. Et quant vint a l'endemain a ore de prime, il se leverent en lor estant et se commanderent a Nostre Signour, et s'ajenoullierent contre orient et batirent lor coupes ; et proient au Haut Maistre que il par sa douce pité les venist secourre et conforter en cel perill u il estoient, et qu'il ne les oubliast pas, mais ensi come peres aïde a son fill lor aïdast.

414. Quant il orent faite ceste proiere, il regardent loing d'aus en la mer par devers soleil couchant ; et voient, ce lor fu avis, mout loing d'als, une petite chose qu'il ne porent connoistre que ce iert, se ne lor fust plus pres. Et nonporquant, ains que ore de prime fust passee, fu la chose si aprocie d'als qu'il voient bien que c'estoit une nacele, et fu si aprocie qu'ele vint au pié de la roce, la ou les nés arrivoient. Et il descendent maintenant, et se hastent de tost aler pour venir cele part et pour savoir qu'il avoit dedens la nacle. Et quant il vinrent pres, il virent qu'il i avoit dedens un viel home et anciien, et menoit en sa compaignie un lyon grant*ᵉ* et merveillous, et c'estoit cil meïsmes lyons que on avoit mis en la nacele avoc Celidoine, et ce fu cele nacele meïsme. Et quant il voient ce, il connmencent a regarder li un l'autre : car il s'en esmerveillent plus qu'il ne fesissent onques

peuples ; le hasard, répondirent-ils ; ils en seraient délivrés quand il plairait à Jésus-Christ car ils ne voyaient pas comment pouvoir en sortir autrement.

415. « Par ma foi, dit l'homme de bien, si vous voulez monter dans cette nacelle avec cette bête, je vous céderai la place pour l'amour de Celui que vous proclamez Seigneur ; je crois, avec l'aide de Dieu, qu'elle vous mènera là où vous trouverez Nascien et Mordrain, ceux pour qui vous avez si longtemps été loin de votre pays. » Au comble de la joie, ils lui répondirent : « Ah ! seigneur, vous semblez bien nous connaître, nous et nos seigneurs ; pour Dieu, dites-nous qui vous êtes ; et si vous le savez, dites-nous si nos seigneurs sont vivants et au mieux de leur forme. — Je suis, précisa-t-il, un autre homme que vous ne pensez ; le roi Mordrain, Nascien et Célidoine son fils, je vous l'assure, sont ensemble, sur une nef en mer, dans les régions d'Occident. Si vous voulez les trouver un jour, venir à eux et les voir, il vous faut entrer dans cette nacelle qui vous conduira plus vite que vous ne croyez là où ils sont. — Seigneur, nous le conseillez-vous ? — Oui, vraiment. — Nous y monterons donc, puisqu'il vous plaît : ce n'est pas cette bête d'une taille formidable qui nous fera renoncer. Mais il serait insensé, nous semble-t-il, de rester sur cette roche à l'écart et lointaine et de ne pas

---

mais de chose que il veïssent, que cil lyons qui tant est grans n'a piecha cel home mengié. Et cil lor demande qui les a amenés en si estrange lieu et si eslongié de toutes gens, et il respondent que a[41a]venture les i amena ; si en seront jeté quant il plaira a Jhesu Crist, car il ne veoient conment il em peüssent autrement issir.

415. « Par foi, fait li prodom, se vous en cele nacele volés entrer avoc ceste beste, je m'en isterai et vous lairai le lieu*a* pour l'amour de celui qui vous reclamés a signour ; et je cuit, a l'aide de Dieu, qu'il vous merra la ou vos trouverés Nascien et Mordrain : ce sont cil pour qui vous avés lonc tans esté fors de vostre païs. » Quant cil entendent cele parole, si ont tant de joie come nus plus ; si li disent : « Ha ! sire, il nous est avis que vos nous connoissiés bien, et nous et nos signors ; et pour Dieu, dites nous*b* qui vous estes ; et nous dites, se vous le savés, se nostre signour sont vif, et sain et haitié. — Je sui, fait il, uns autres hom que vous ne quidiés ; si vous di que li rois Mordrains et Nasciens et Célidoines li fix Nascien sont ensamble, en une nef en la mer, es parties d'occident. Et se vous les volés trouver jamais, ne venir a els ne veoir les, il covient que vous entrés en ceste nacele qui vous conduira plus tost que vos ne quidiés la ou vous les trouverés. — Sire, fait li vallet, le nous loés vous ? — Je le vos lo, fait il. — Dont i enterrons nous, font il, puis qu'il vous plaist : ja pour ceste beste qui tant est grande et merveillouse ne le lairons. Mais il nous samble que se vous remanés en ceste roche diverse et estrange et ne

nous suivre : après notre départ, je ne crois pas que personne vienne jamais de ce côté. — Je veux, dit l'homme de bien, que vous y montiez et me laissiez sur cette roche ; ne soyez pourtant pas étonnés, seigneurs, de cette faveur : je suis conscient, je peux vous le dire, d'en avoir fait déjà pour des hommes une beaucoup plus grande. Prenez-y donc ma place, je resterai sur la roche pour vous. »

416. Il quitte la nacelle, où ils pénètrent, la demoiselle avec eux. L'homme de bien s'adresse à elle : « Jeune fille, si tu as perdu ton seigneur le roi terrestre, ton père, fais que tu aies pour père le Roi des cieux, Roi des rois ; et rejette le servage avilissant où tu es encore : la puissance de l'ennemi. » Elle le fera, dit-elle, si Dieu la mène à un vrai port de salut. Après cet échange de propos, le vent s'engouffra dans la nef, si vigoureux qu'il eut tôt fait de l'éloigner de la roche, de sorte qu'ils ne virent terre d'aucun côté. De cette manière fila la nef toute la nuit et tout le jour, plus rapide que le vol d'aucun oiseau, et de même la nuit suivante et le surlendemain. Au troisième jour, à prime, regardant en mer devant eux, ils aperçurent une nef, celle-là même où se trouvaient Nascien et le roi Mordrain. Quand ils furent assez près pour se reconnaître, ils se saluèrent ; tout aussitôt que la nacelle fut à portée de la grande nef et que les uns pouvaient parvenir à toucher les autres, ils coururent s'étreindre, les jeunes gens entrant dans la grande nef ainsi que la demoiselle. À l'instant la nacelle s'en

---

venés o nous, ce sera folie : car puis que nous serons de ci parti, je ne quit que jamais nus viengne ceſte part. — Je voel, fait li prodom, que vous i entrés et me laissiés en ceſte roce ; ne si ne vous esmerveilliés mie, signour, se je vous faiſ tele bonté : car je sai bien et bien voel que vous le saciés, que je fis ja pour homes moult greignour bonté que ceſte n'en eſt. Ore entrés ci en mon lieu, et je remanrai en la roce pour vous[d]. »

416. Lors s'en iſt de la nacele ; et cil i entrent, et la damoisele avoc aus. Lors diſt li prodom a la pucele : « Pucele, se tu as perdu ton signour le roi terrien qui eſtoit tes peres, fai que tu aies a pere le Roi des cix qui eſt Rois des rois ; et jete toi fors del servage et culvertage ou tu es encore, ce eſt de la poeſté a l'anemi. » Et ele respont que si fera ele, se Dix le mainne a droit port de salu. Après ceſte parole, feri li vens en la nef si grans et si fors qu'il en em poi d'ore la nacele eslongie de la roche, si qu'il ne virent terre de nule part. En tel maniere court la nacele toute nuit et toute jour, si isnelement que nus oisiaus ne peüſt nus voler, et ensi a l'autre nuit après et a l'autre jour. Au tiers [b] jour a prime, regarderent devant aus enmi la mer, et virent venir une nef, celi meïsmes ou Nasciens et li rois Mordrains eſtoient. Et quant il se furent aprocié de si pres qu'il se porent entreconnoiſtre, il s'entresaluerent ; ausi treſtoſt come la nacele fu

alla avec le lion aussi légèrement que si tous les vents du monde la poussaient, de sorte qu'ils l'eurent en un rien de temps perdue de vue, à ne savoir à quelle diſtance elle était. Quand les effusions de joie furent terminées, Nascien leur demanda quelle nécessité les avait chassés de leur pays ; ils lui contèrent leur naufrage et leur échouement sur une roche où ils avaient découvert la tombe d'Hippocrate : ils y seraient morts sans aucun doute, croyaient-ils, mais un homme qu'ils ne connaissaient pas beaucoup eſt venu les voir et eſt reſté pour eux sur la roche, les faisant entrer dans la nacelle, disant que si grande que fût la faveur qu'il nous avait faite, il en avait jadis fait une plus grande à l'être humain ; qu'aussi ils ne s'en émerveillassent pas ; et il les a également assurés que leurs seigneurs étaient dans la meilleure condition, en mer, où ils les trouveraient tous trois. « Vraiment, poursuivit Nascien, l'homme pieux qui vous a confié cela nous connaissait fort bien ; vous avez eu de la chance, et nous aussi : nous aurions été singulièrement séparés et éloignés les uns des autres. Il nous a rassemblés de nouveau, Celui dont le commandement s'exerce sur toutes choses, le Haut-Maître : par sa miséricorde, il a bien pensé à nous et nous a bien guidés dans tous les périls que nous avons affrontés. »

417. Alors il demanda à la demoiselle qui elle était, de quel pays, et comment elle était arrivée de ce côté ; elle leur

venue si pres de la grant nef que li un porent avenir as autres, si s'entrecourent acoler, et entrerent li vallet en la grant nef et la damoisele ausi. Et maintenant s'en ala la nacele[a] atout le lyon si isnelement que se tout li vent del monde le chaçaissent, si qu'il en orent en si poi d'ore la veüe perdue, qu'il ne sorent s'ele fu ou pres ou loing. Et quant il se furent assés conjoï, Nasciens lor demanda quels besoins les avoit chaciés de lor païs, et cil li content comment il avoient eſté perillié, et comment il arriverent a une roce ou il troverent la tombe Ypocras : si fuissent sans faille mort en cele roce si com il quident, mais uns hom qu'il ne connoissent pas granment les vint veoir et remeſt pour aus en la roce, et les fiſt entrer en la nacele, et dist qu'il n'avoit pas fait pour nous si grant bonté qu'il n'eüſt jadis fait greignor bonté a home, si ne s'en esmerveillassent[b] pas ; et si lor diſt que lor signour[c] eſtoient tout sain et tout haitié, et qu'il eſtoient en la mer, ou il les trouveroient[d] tous .iii. « Voire, fait Nasciens, assés les connoissoit li prodom qui ce vous diſt ; et bien vous en eſt avenu, et nous ausi : car tout fuissons departi diversement et eslongié li un de l'autre. Si nous ra cil rassamblés qui a son conmandement sor toutes choses ; et ce eſt[e] li Haus Maiſtres, car soie merci, bien nous a regardés et conduis en tous les perix ou nos avons tous jours eſté. »

417. Lors conmence a demander a la damoisele qui ele eſtoit et de quel terre, et quele aventure l'avoit amenee cele part ; et ele lor

conta mot pour mot son aventure, et de quel parage elle était issue, ainsi que le conte l'a rapporté. Dès qu'elle eut satisfait leur curiosité, Nascien s'enquit auprès des messagers de sa sœur et de sa femme ; ils dirent les avoir laissées en très bonne santé dans leur pays, mais inquiètes jusqu'à redouter le pire pour eux dont elles n'avaient aucune nouvelle. « Ah ! Dieu, s'exclama Nascien, que mon cœur serait content si je savais sur quelle mer nous sommes et la distance qui nous sépare de notre pays ! — Seigneur, dit le roi Mordrain, inutile d'en parler : quand il plaira à Dieu, nous en aurons le cœur net ; s'il le veut, nous reviendrons un jour en bonne santé dans notre pays. Cela dépend de sa volonté : nous n'avons qu'à le prier, pour cette délivrance, de faire le geste. » Ainsi Notre-Seigneur réunit ses gens qu'il avait si étonnamment dispersés, éloignés les uns des autres. Ils passèrent de cette manière deux nuits ensemble. À la troisième, la lune brillait belle et claire, et la mer était fort tranquille et étale tandis qu'ils avaient eu bon vent et fort. Regardant, autour de minuit, devant eux, ils virent un château qu'on appelait Baruch ; il appartenait à un des fils de Mordrain, et assurait en réalité la défense[1] de son territoire du côté de la mer.

418. Parvenus assez près du château pour être certains que c'était Baruch, ils bénirent le Roi des cieux, lui rendant grâces et le louant de les avoir tirés sans séquelle de tous

---

conte tout mot a mot conment il li^a estoit avenu, et de quel gent ele estoit estraite, si com li contes l'a devisé. Et quant ele lor a tout ce dit qu'il li^b demandoient, Nasciens demande as messagiers noveles de sa serour et de sa feme, et cil disent qu'il les laissierent sains et haitiés en lor païs ; ne mais mout estoient esmaiié et espoenté d'els dont il ne savoient nule nouvele. « Ha ! Dix, dist Nasciens, tant fust ore mes cuers a aise se je seüsse en quel partie de mer nous somes et combien pres de nostre^c païs. — Sire, fait li rois Mordrains, de ce ne fait mie a parler : quant Dix plaira, nous en serons bien certain ; et s'il li plaist, nous venrons encore sain et haitié en nostre païs. Il en est a sa volonté, par coi nous ne devons proiier se lui non de ceste delivrance a [d] nous delivrer. » Ensi assambla Nostres Sires ses gens qu'il avoit si merveillousement desassamblés et eslongiés les uns des autres. Si furent en tel maniere .II. nuis ensamble. A la tierce nuit fu la lune levee bele et clere, et la mer fu coie et serie durement a ce qu'il orent eu bon vent et fort ; et regarderent entour la mienuit devant aus et virent un chastel que on apeloit Baruch, qui ert a un des fix Mordrain ; et estoit ausi come bals de sa terre par devers la mer.

418. Quant il furent venu si pres del chastel qu'il sorent bien que c'estoit Baruch, il benirent le Roi des cix, et li rendent grasses et loenges, de ce que si sainnement les avoit jetés de tous perix, et

périls, et ramenés sur la terre qu'ils avaient tant désiré voir. Une fois parvenus si près du port qu'il n'y avait plus qu'à accoster, ils se prirent à regarder, et virent venir derrière eux un homme vêtu d'une robe blanche, dans l'habit qu'un prêtre doit porter. Cet homme marchait sur les vagues comme il l'aurait fait sur la terre ferme, et aussi vite qu'un oiseau en vol[1]. Quand il se trouva si près d'eux qu'ils purent l'entendre distinctement, il les salua de la part du Haut-Maître. Stupéfaits des merveilles que cet homme de bien faisait, ils lui rendirent son salut, redoutant cependant avec frayeur que ce ne fût l'ennemi, venu les visiter pour les détourner de la croyance ferme et de la droite voie de vérité. Il les rassura : « Seigneurs, n'ayez pas peur : je ne suis pas ici pour votre mal, mais pour votre bien. » Alors, s'adressant à Nascien : « Nascien, tu es blessé ; en raison de ton mérite, le Grand-Maître m'envoie à toi pour te guérir. Approche-toi, que je puisse te toucher, et tu guériras. » L'entendant lui parler de son rétablissement, Nascien se précipita au bord de la nef, pour s'agenouiller devant celui qui lui promettait la guérison. Celui-ci leva la main, fit sur Nascien le signe de la vraie croix[2], puis lui ordonna : « Nascien, relève-toi, tu es guéri. » Ce qu'il fit immédiatement, au mieux de sa vigueur et de sa santé. Se reconnaissant guéri par le miracle de l'homme de bien, il s'agenouilla devant lui :

---

ramené a la terre que il avoient tant desiré a veoir. Et en ce qu'il estoient venu si pres del port qu'il n'i avoit fors que de l'arriver, il se prisent a regarder et virent venir aprés aus un home vestu de robe blanche, en tel abit come prestres doit aler. Cil hom venoit par desor l'onde de mer tout a pié ausi com se ce fust tout a plainne terre ; et venoit ausi tost come oisiaus puet voler. Et quant il ot ciaus de la nef aprochiés de si pres qu'il porent bien entendre ce qu'il disoit, il les salue de par le Haut Maistre. Et cil qui tout estoient esbahi des merveilles que li prodom faisoit, il li rendirent son salu, ne mais il estoient mout espoenté que ce ne fust li anemis qui les fust venus visiter pour aus jeter fors de ferme creance et de la droite voie de verité. Et cil lor dist : « Signor, ne vous esmaiiés : je ne sui mie ci venus por vostre mal, mais por vostre bien. » Lors dist a Nascien : « Nascien, tu es navrés ; et par ta deserte li Grans Maistres m'envoie a toi pour ta garison. Aproce toi de moi, que je te puisse touchier, et tu gariras. » Quant Nasciens entent ceste parole que cil li dist qu'il gariroit, il vint grant aleüre au bort de la nef, et s'ajenoule devant celui qui de garison li prometoit. Et cil drece sa main et fait sor Nascien le signe de la vraie crois, puis li dist : « Nascien, lieve toi, tu es garis. » Et cil se lieve maintenant et se trueve ausi sain et ausi haitiés com onques avoit esté plus. Et quant il voit et connoist qu'il est garis[a] par le signacle del prodome, il s'agenoulle devant lui et li dist :

419. « Ah ! seigneur, saint homme, pour Dieu et par la sainte charité, qui es-tu ? Comment peux-tu cheminer sur les flots sans couler ? — Nascien, répondit l'homme de bien, je vais te le dire. Je suis Hermoine, à qui tu as édifié une église dans ta capitale. Aussi le Grand-Maître m'a envoyé pour te guérir, et te défendre à l'avenir de passer outre à son commandement, si tu veux jouir de son amour : convaincs-toi qu'il pourrait désormais t'en échoir plus de mal que cette fois-ci ; et apprends qu'en vérité tout comme je passe facilement par-dessus cette eau et que j'y file mon droit chemin sans égard aux profondeurs, de même passeront cette nuit Joseph d'Arimathie, son fils Josephé le premier évêque et le peuple de Jésus-Christ ; tout ainsi qu'ils sont à présent sur l'autre rivage sans nef et sans aviron, ils accosteront directement en Grande-Bretagne : c'est le plaisir du Haut-Maître que ce territoire, grâce à eux, se peuple et prospère. »

420. Pendant cet échange de propos, leur attention fut attirée par une nacelle : elle accourait vers eux à vive allure, comme poussée par tous les vents du monde, et arriva avec une telle vitesse qu'elle heurta de tout son élan la grande nef : les témoins crurent celle-ci en morceaux. Dedans, pas âme qui vive. L'homme de bien s'adressa alors à Célidoine : « Cher fils, entre dans cette nacelle, et va-t'en là où l'aventure te mènera : Celui qui t'a délivré de la maison de Calafer te le demande. » L'enfant descendit aussitôt de la grande nef

---

419. « Ha ! sire, sains hom, di moi pour Dieu et pour sainte charité qui tu es, et conment tu pués aler par desus ceste aigue de mer, que tu n'afondres. — Nascien, dist li prodom, ce te dirai je bien. Saces tu que je sui Hermonies, a qui tu establis une eglise en ta maistre cité. Et si m'a li Grans Maistres envoié pour ta garison, et pour toi deffendre que tu une autre fois ne trespasses son conmandement, se tu vels de s'amour joiir. Car bien saces qu'il t'en porroit des ore mais plus de [d] mal avenir qu'il n'a fait a ceste fois ; et saces tu vraiement que tout autresi come je passe legierement par desor ceste aigue, et s'i fai ma droite voie sans esgarder dedens, tout ensement passera ceste nuit Joseph de Barimachie et ses fix Josephés li premiers evesques et l'autre pule Jhesucrist ; tout ensi com il sont orendroit outre la mer sans nef et sans aviron, arriveront il tot droit en la Grant Bretaigne : car il plaist ensi au Haut Maistre, que de celui soit la terre pueplee et escreüe. »

420. Endementiers qu'il parloient ensi, il se regardent et voient venir une nacele parmi la mer, et acourroit vers aus a si grant oirre come se tout li vent del monde le chaçaissent, et vint si roidement qu'ele se feri de plain eslais en la grant nef, si que cil qui la virent quidierent tout vraiement que la nef fust toute dequassee ; mais dedens n'avoit riens nee. Et li prodom vint a Celidoine, se li dist : « Biaus fix,

et pénétra dans la petite nacelle, non sans recommander Nascien son père à Dieu, ainsi que ceux qui étaient avec lui. La nacelle prit la mer immédiatement, si vite et si prestement que ceux qui la regardaient eurent tôt fait de la perdre de vue. L'homme de bien, remarquant le trouble de Nascien, le rassura : «Nascien, ne t'inquiète pas pour ton fils, n'aie pas peur. Tu le verras, sache-le, sain et vigoureux sur le territoire que Dieu vous a promis, à toi et à ta femme. Sitôt que tu recevras l'ordre de suivre ton fils, ne traîne pas, sois diligent : n'oublie pas que ce sera le commandement de Notre-Seigneur Jésus-Christ. »

421. Sur ces mots, l'homme de bien s'en alla : ils ne surent absolument pas ce qu'il devint, ni de quel côté il alla. Ils avaient alors accosté sous la porte du château, si près que de l'intérieur on pouvait bien les entendre à condition de ne pas dormir. Le roi Mordrain se mit à crier aux occupants : «Ouvrez ! Ouvrez !» Et ceux du château se levèrent d'un bond, et demandèrent qui l'on était pour vouloir y entrer. Le roi parlementa, et finalement ils reconnurent leur seigneur. Descendus aussitôt, ils firent allumer cierges et flambeaux et accueillirent le roi et ceux qui l'accompagnaient comme si c'était Dieu lui-même. Cette nuit-là, les habitants du château firent de leur mieux pour fêter le roi avec tous les honneurs : ils l'aimaient de tout cœur. Avant le jour plusieurs messagers

---

entres en ceste nacele, et t'en va la ou aventure te menra : ce te mande cil qui de la maison Galafré te delivra. » Li enfés, si tost come li prodom l'ot commandé, descent de la grant nef et entra en la petite nacele et commanda Nascien son pere a Dieu, et les autres qui en la nef estoient. Maintenant s'en vait la nacele si tost et si isnelement que cil qui l'esgardent en orent em poi d'ore perdu la veüe. Et li prodom qui vit Nascien esmaiié de ceste cose li dist : «Nascien, ne t'esmaiie pas de ton fil, ne n'aies paour. Saces que tu le verras sain et haitié en la terre que Dix a promis a toi et a ta feme. Et si tost come tu seras semons d'aler après ton fil, n'en soies pas lens, mais isniaus et vistes : car saces tu que ce ert commandemens Nostre Signour Jhesu Crist. »

421. A ces paroles s'en ala li prodom en tel maniere qu'il ne sorent onques qu'il devint, ne quel part il ala. Et lors furent arrivé desous la porte del chastel si pres que cil dedens les porent bien oïr s'il ne dormissent. Et li rois Mordrains commence a crier a ciaus dedens le chastel : «Ouvrés ! Ouvrés !» Et cil del chastel saillirent sus, et demanderent qui cil sont qui laiens voelent entrer. Et li rois parole tant a els, que cil le connoissent que ce estoit lor sires ; si descendent maintenant et font alumer cierges et tortins, et recueillent le roi et ciaus qui avoc lui estoient, ausi come se ce fust Dix meïsmes. Cele nuit fu li rois conjoïs et honerés de tous ciaus de laiens tant com il onques porent, car mout l'amoient de grant amour. Ançois qu'il fust ajorné se

se dispersèrent sur le territoire pour conter et divulguer la nouvelle du retour du roi et de Nascien.

422. Les barons du pays, apprenant que le roi était revenu en très bonne santé, gagnèrent ce château pour une assemblée plénière. À peine huit jours après, la reine, femme du roi Mordrain, y était : elle fit au roi et à son frère une plus grande fête qu'on ne saurait le dire. Sitôt dispos, Nascien, découvrant que sa femme avait quitté son territoire à sa recherche, envoya ses messagers pour lui demander de faire demi-tour. Ceux qui la cherchaient la trouvèrent au royaume de Méotique. Au comble du bonheur à l'annonce du retour de son mari en très bonne santé, elle rentra aussitôt avec eux. Revenue sur le territoire du roi Mordrain, elle trouva le roi et son mari dans la cité de Sarras. Elle mit pied à terre plus heureuse que personne. Mais, n'apercevant pas Célidoine son enfant, elle fut fortement émue, et perdit une grande partie de sa joie. Néanmoins, à force d'en être priée par le roi et par son mari, elle se consola quelque peu, sitôt qu'elle eut entendu les nouvelles et les prodiges arrivés à l'enfant maintes fois. Le jour même de son arrivée à Sarras, la fille du roi Label devint chrétienne, et reçut le baptême de la main de Pétrone, un saint homme, une bienheureuse personne et parent de Joseph d'Arimathie ; portant désormais le nom de l'épouse du roi Mordrain, elle fut depuis femme de bien et sainte, avant de devenir la femme de Célidoine, comme cette

---

partirent de laiens pluisour message [e] a aler par la terre pour conter et por faire a savoir la nouvele del roi et de Nascien.

422. Quant li baron del païs oïrent ces nouveles et sorent vraiement que li rois estoit venus sains et haitiés, il vinrent al chastel et s'i assamblerent tout. Dedens les .VII. jours fu la roïne, la feme le roi Mordrain, venue au chastel, si fist au roi et a son frere si grant joie que greignour ne porroit estre dite ne racontee. Et si tost conme Nasciens fu venus a repos et il oï dire que sa feme estoit partie de sa terre et entree pour lui en queste, il envoia ses messages pour li retourner. Si avint que cil qui le queroient le trouverent el roialme de Meotide. Si fu molt lie et joians quant ele sot les nouveles, que ses sires estoit repairiés sains et haitiés. Si retourna tot maintenant. Et quant ele fu retornee en la terre le roi Mordrain, ele trouva le roi et son signour en la cité de Sarras. Ele descendi entr'aus tant joiouse que nule plus. Mais quant elle ne vit*a* Celidoine son enfant, si l'en prist molt grant pité, et remest grant partie de sa joie. Et nonporquant par la proïiere del roi et de son signour se conforta auques, si tost com ele et oïes les nouveles et les merveilles qui a l'enfant estoient avenues par maintes fois. Celui jour meïsmes que ele fu venue a Sarras fu crestiennee la fille le roi Label, et rechut baptesme de la main Petrone, un saint home et bone eüree personne, et

histoire même le raconte — et ainsi l'atteste monseigneur
Robert de Boron, qui a traduit cette histoire du latin au français, après ce saint ermite à qui Notre-Seigneur la confia tout
d'abord. Les deux dames s'émerveillèrent beaucoup de l'heureux déroulement des choses ; très belle aventure, estimèrent-
elles, que cette chance en tout et dans les tentations qui tant
de fois, au récit de leurs maris, leur étaient échues, et dont
Notre-Seigneur les avait délivrés. Mais ces belles aventures ne
les rendirent absolument pas plus orgueilleuses ni plus arro-
gantes ; elles se conduisirent plus humblement et plus simplement qu'avant, rendant grâces et remerciant Notre-Seigneur
de les avoir ainsi secourus.

423. Ils envoyèrent beaucoup de gens dans toutes les
directions pour savoir s'ils auraient éventuellement des
nouvelles de Joseph d'Arimathie et de sa compagnie : ils
croyaient bien Célidoine avec eux. Mais aucun chargé de
mission ne leur donna l'ombre d'une information. Très
accablés et très fâchés, ils allèrent jusqu'à dire, une fois
qu'ils étaient ensemble, que Joseph aurait bien dû les venir
visiter, ou leur faire savoir les quelques mots de réconfort dont ils auraient eu le cœur en repos. Très paisibles
et toujours discrets, ils espéraient en Dieu pour leur
donner des nouvelles de leur enfant. Mais, constatant qu'ils

---

parent Joseph de Barimachie ; et ot le non de la feme Mordrain le
roi, et fu puis prodefeme et sainte chose ; et fu puis feme Celidoine,
si come ceste estoire meïsms le devise ; et ensi le tesmoigne mesire
Robers de Borron, qui a tranllatee ceste istoire del latin en françois,
aprés icelui[b] saint hermite qui Nostres Sires le bailla premierement.
Molt s'esmerveillierent les .II. dames de ce qu'i lor estoit si bien
avenu ; si le tinrent a mout bele aventure de ce qu'il lor chaï si bien
de toutes choses et des temptacions qui lor estoient avenues par
tantes fois, que lor signour lor contoient, et dont Nostre Sires les
avoit delivrés. Mais onques por ces beles aventures n'en furent
onques plus orgueillouses ne plus beubencier, mais plus humlement
et plus simplement se continrent qu'il n'avoient fait devant ; et rendoient grasses et mercis a Nostre Signour de ce qu'il les avoit ensi
secourus.

423. Assés envoient pres et loig pour savoir s'il oïssent ja nouveles
de Joseph de Barimachie et de sa compaignie, car il quidoient bien
que avoc aus fust [f] Celidoines. Mais onques par home qu'il i
envoiassent n'en oïrent onques nouveles. Si lor em pesa mout, et
mout en furent courecié ; et disent aucune fois quant il estoient
ensamble, que bien les deüst venir visiter, ou mander les aucunes
paroles de confort qui les meïst en greignour aaise de cuer qu'il
n'estoient. Mout estoient paisible et taisant tousdis, et atendoient se
ja Dix lor donnast oïr nouveles de lor enfant. Et quant ils voient

n'en auraient aucune, leur humeur était si invariablement altérée le jour et la nuit qu'ils en perdirent complètement le boire et le manger pour ne plus s'occuper de rien de matériel, sauf prier Notre-Seigneur de leur donner, par sa miséricorde, une indication qui leur ferait savoir où étaient Joseph et Célidoine. Nascien priait encore Notre-Seigneur Jésus-Christ de ne pas le laisser mourir avant leur arrivée dans cette Terre promise, qui prospérerait de sa lignée.

424. Nascien priait jour et nuit ; il supplia tant de fois le Seigneur qu'un soir dans son sommeil — c'était au fort de l'hiver — une grande clarté descendit dans sa chambre ; et une voix lui parla si fort qu'il se réveilla : « Nascien, lève-toi et va-t'en à la mer où tu trouveras une nef ; entre dedans ; et ne redoute rien : sois certain qu'elle te mènera tout droit là où tu obtiendras une réponse à ce que tu demandes. » La voix se tut, la clarté partie. Nascien se leva et rendit grâces à Notre-Seigneur de daigner lui demander de suivre Célidoine pour peupler le pays plein de mécréants. Il alla se préparer promptement ; à l'écurie, il prit un cheval et réussit à le conduire hors du château si discrètement qu'aucun habitant du lieu ne s'en rendit compte sur le moment. Franchi la porte, il monta et chemina vers la mer le plus directement possible. À sa sortie du château, il gelait très fort et neigeait si méchamment que tout le sol était recouvert, de sorte qu'il ne pouvait tenir sa route, même à la lueur de la lune ; alors

---

qu'il n'en orront nule nouvele*, si en faisoient si laide chiere et par jour et par nuit acoustumeement qu'il em perdirent le boire et le mengier si outreement qu'il n'entendoient a riens terrienne, fors a proiier Nostre Signour, que il par sa misericorde lor fesist tel demoustrance qu'il seüssent ou Joseph et Celidoines fuissent. Et encore prioit Nasciens a Nostre Signour Jhesucrist qu'il ne le laisast ja morir devant ce qu'il fuissent en la terre que il avoit promise, qui escreüe seroit de sa lignie.

424. Ceste proiiere fist Nasciens par jour et par nuit ; si em proiia tant de fois, qu'il li avint a un soir en son dormant, et ce fu el cuer d'yver, que une grant clarté descendi en la chambre ou Nasciens gisoit ; et li dist une vois si haut qu'il s'en esveilla : « Nascien, lieve toi sus et t'en va a la mer ou tu trouveras une nef, et si entre dedens ; et n'aies doute de nule chose que tu voies : car bien saces qu'ele te menra tout droit la ou tu orras nouveles de ce que tu demandes. » Atant se teüt la vois, et la clarté s'en fu alee ; et Nasciens se leva et rendi grasces a Nostre Signour de ce qu'il li daingna mander que il alast après Celidoine pour puepler la terre et le païs qui estoit plainne de mescreans. Lors s'en vait apareillier errannment, et vint a l'estable et prist un cheval et fist tant qu'il l'en mena fors del chastel si coiement qu'il n'i ot onques home laiens qui a cel point s'en apercheüst.

Nascien quitta la cour pour n'y plus jamais revenir, et chevaucha directement vers la mer toute la nuit aussi longtemps qu'il le put pour s'éloigner du mieux possible de son territoire. Au matin, quand sa femme, éveillée, ne trouva pas son mari à ses côtés, elle manifesta un chagrin si déchirant que tous les habitants du château vinrent l'entourer. Quand ils constatèrent qu'il avait ainsi disparu, ils furent stupéfaits à ne savoir qu'en dire, si ce n'est qu'ils iraient le chercher : il ne pouvait encore être très loin.

425. Alors ils se mirent en selle et se dispersèrent, les uns ici, les autres là. L'un d'entre eux, remarquant les empreintes du cheval de Nascien, suivit aussitôt la direction des traces. C'était un chevalier valeureux et fort ; un ancien serf, resté longtemps misérable, que Nascien, par mansuétude, avait racheté au roi de l'Inde, parce qu'il se disait fils de roi — il avait pour nom Nabor ; il n'était pas prince, mais fils d'un vilain, de piètre origine et de mauvaise graine ; âgé de soixante ans, il se signalait par une cruauté impitoyable. Lancé à très vive allure sur les traces de Nascien pour le rattraper, chevauchant une puissante monture, il avait bien distancé de vingt lieues Lambénic. Quand arriva l'heure de vêpres, il rencontra au pied de la montagne un Sarrasin qui

---

Et quant il fu fors de la porte, il monta et s'en ala son chemin vers la mer au plus tres droit qu'il pot. A celui point qu'il issi fors del chastel jeloit il mout durement et negoit si malement que toute la terre estoit couverte de noif, si qu'il ne pooit pas tenir son chemin, mais que la lune luisoit ; et a tele ore s'emparti Nasciens de court que onques puis n'i entra, et chevaucha toute la nuit tant com il pot plus eslongier sa terre, droit vers la mer. Au matin, quant la feme Nascien fu esveillie, et ele ne trova son signour delés li, ele conmencha doel a faire si grant et si merveillous que tout cil de laiens s'i assamblerent. Et quant il virent qu'il estoit ensi perdus, si en fu[*42a*]rent si esbahi qu'il n'en sorent que dire, fors tant qu'il dient qu'il l'iront querre, car encore ne pooit il estre mout loing.

425. Lors monterent sor lor chevaus et se departirent cil, li uns cha et li autres la. Et li uns regarda devant soi et vit les esclos del cheval Nascien, si entra tantost es esclos com il les vit. Et cil estoit chevaliers bons et fors, et ot esté sers et en chaitiveté lonc tans ; mais Nasciens par sa debonaireté le rachata encontre le roi des Yndois[*a*], pour ce qu'il dist qu'il estoit fix de roi, et avoit a non Nabor ; mais non estoit, ains estoit fix d'un vilain et estoit estrais de male estracion et de mauvais grain ; et estoit en l'aage de .lx. ans et estoit fel et cruous. Et quant il se fu mis es esclos de Nascien, il conmencha a aler mout grant oirre pour ce qu'il le[*b*] consuie, et il sist sor un fort cheval ; si ot bien eslongié .xx. lieues Lambenyc. Quant vint a ore de vespres, il encontra au pié de la montaigne un sarrazin qui

pouvait bien être centenaire. L'identifiant très bien comme un mécréant, à défaut de le saluer[1] il lui demanda s'il avait trouvé sur son chemin un chevalier se déplaçant tout seul ; celui-là lui répondit qu'à part lui il n'avait vu de la journée d'homme à cheval, « mais sur cette montagne je viens de voir combattre un homme contre Pharem le géant[2] ; j'ignore s'il est chevalier ou non, mais je sais bien que le géant a un comportement hors du commun ».

426. Nabor en fut convaincu : c'était Nascien qui combattait le géant ; il quitta le Sarrasin et s'en alla gravir la pente à la plus vive allure qu'il put tirer du cheval. Parvenu en haut de la roche, il découvrit combien la bataille avait été cruelle et furieuse ; Nascien en était arrivé, tant le géant l'avait travaillé, à ne plus pouvoir se tenir debout ; il était tombé face contre terre, et le géant était couché sur lui dans un tel état de lassitude et d'épuisement qu'il était incapable de lui nuire. Reconnaissant son seigneur au-dessous de ce démon, Nabor le courageux fut stupéfait. Il mit pied à terre, dégaina l'épée et allongea le pas vers la mêlée. Le géant, en le voyant venir l'épée tirée, voulut se mettre debout, sans le pouvoir : Nascien avait reconnu Nabor et retenait son adversaire de toutes ses forces. Nabor, libre de ses mouvements, frappa ce dernier en pleine tête, à nu, si violemment qu'il lui fendit le crâne jusqu'aux dents. Voici le géant étendu à terre, submergé par l'angoisse de la mort, et Nascien d'un bond sur

---

bien pot avoir .c. ans d'aage. Il connut mout bien qu'il estoit mescreans, sil nel salua pas, ains li demanda s'il encontra ne loing ne pres un chevalier tout sol chevalchant, et cil li respondi qu'il ne vit le jour home a cheval fors lui, « mais en cele montaigne vi je ore combatre a un home encontre Pharem le gaiant ; mais je ne sai s'il est chevaliers ou non, mais je sai bien que li gaians est de port estrange[c] ».

426. Quant Nabor entent ceste parole, si pense bien que c'est Nasciens qui se combat au gaiant ; si se part atant del sarrasin et s'en vait tout contremont la roce si grant oirre com il pot del cheval traire. Et quant il est venus amont en la roce, si voit la mellee des .ii. qui mout avoit esté cruouse et felenesse ; et estoit ja Nasciens a ce venus que li gaians l'avoit tant travaillié qu'il ne se pot mais soustenir en estant, ains ert cheüs as dens, et gisoit sor lui li gaians si las et si travelliés qu'il n'avoit pooir de lui faire mal. Quant Nabor connut son signour desoz[a] cel malfé, encore fust il hardis si en fu il tous esbahis ; si descent de son cheval et puis traist l'espee et vait grant pas vers la mellee. Et quant li gaians le vit venir l'espee traite, si vaut saillir sus mais il ne pot, car Nasciens ot connut Nabor, si le tint de tout son pooir ; et cil qui ert en sa delivre poësté le fiert parmi la teste a descouvert si durement qu'il le fent jusqu'es dens. Et cil s'estent qui l'angoisse de

ses pieds, tout à la joie de cette aide que Dieu lui avait envoyée à point nommé. Se rendant compte que son seigneur était en bon état et en pleine santé, Nabor lui déclara : « Seigneur, vous êtes délivré de la main du géant, Dieu merci. Je souhaiterais donc vous prier, pour ce grand service que je vous ai rendu, de vous en retourner là d'où vous êtes parti cette nuit : soyez bien persuadé que vos gens ne peuvent être contents ni tranquilles ; ma dame votre femme principalement en a montré un si grand chagrin que jamais elle n'aura de joie au cœur avant de vous revoir ; voilà pourquoi je vous implore, cher et doux seigneur, de revenir. »

427. Et Nascien de lui répondre : « Nabor, sache-le : je ne reviendrai en aucune manière avant d'avoir vu celui pour qui j'ai fait ce trajet ; ne t'étonne pas outre mesure et sois sûr que toute prière est inutile. — Vraiment, seigneur, s'exclama Nabor, ne ferez-vous pas demi-tour, ni pour moi ni pour quiconque ? — Par ma foi, trancha Nascien, non. — Au nom de Dieu, poursuivit Nabor, quand j'ai quitté mes compagnons qui sont à votre recherche comme moi, je leur ai promis que je vous ramènerais s'il m'était possible de vous trouver, à condition d'avoir la force pour moi : maintenant que j'ai mis la main sur vous, je vous emmènerai, que vous le vouliez ou non. — Il faudrait, répliqua Nascien, te battre avec moi ; mais comme tu es mon homme lige, tu n'en feras rien. — Par ma foi, rétorqua Nabor, il me faut donc combattre :

---

mort sentoit, et Nasciens saut sus, liés et joians de cele rescousse que Dix li avoit envoiié [b] en si bon point. Et quant Nabor aperchoit son signour en si bon point* et sain et haitié, si li dist : « Sire, vous estes delivré de la main au gaiant Dieu merci. Ore vous volroie je proiier por celui grant service que je vous ai fait, que vous vous retournés ariere de la ou vous partistes anuit : car bien saciés certainnement que vostre gent ne puet estre a aise ne a repos ; et meïsmement ma dame vostre feme en a fait si grant doel que jamais n'avera joie en son cuer devant ce qu'ele vous voie ; et pour ce vous proi je, biaus dous sire, que vous retornés ariere. »

427. Quant Nasciens oï ceste parole, si dist : « Nabor, saces tu que je ne retourneroie en nule maniere devant ce que je aie celui veü pour qui je ving cha, et si ne vous esmerveilliés pas, et saciés que proiiere n'i a mestier. — Non, sire, fait Nabor, si ne retournerés mie pour moi ne pour autrui ? — Par foi, fait Nasciens, non. — En non Dieu, fait Nabor, quant je me parti de mes compaingnons qui vous vont querant ausi come je fais, je lor creantai que je vous en merroie se je vous pooie trouver, par ensi que la force en fust moie : ore vous ai je trouvé, si vous en menrai voelliés ou non. — Voire, fait Nasciens, la bataille en avroies tu avant ; mais tu es mes hom, si ne te combateras mie a moi. — Par foi, fait Nabor, combatre m'i couvient,

je ne faillirai pas à ma promesse, en accomplissant ma volonté. — Par ma foi, remarqua Nascien, la bataille serait disproportionnée : tu es frais, je suis las et épuisé ; tu es armé, moi sans armes. Surtout, si tu étais raisonnable, et je le souhaiterais, tu devrais refuser le combat : tu es mon homme lige et moi ton seigneur ; je t'ai fait chevalier de ma main, c'est pourquoi tu ne devrais pas porter la main sur moi, quoi qu'il arrive, sauf si je te poussais au crime et à la peur de mourir.

428. — Que vous dire ? répliqua Nabor : armé ou désarmé, vous ferez demi-tour bon gré mal gré. — Certes non, s'écria Nascien, s'il plaît à Dieu, quelque pouvoir que tu aies. » Il prit alors la route pour filer à toute allure vers la mer ; Nabor bondit en avant et, le saisissant par les bras, dit qu'il n'avancerait pas, quelque pouvoir qu'il ait. « Non mais, protesta Nascien, me retiendras-tu donc de force, me privant de l'être que j'aime le plus au monde ? Par ma foi, c'est inouï ! » Alors il dégagea un bras de toute sa force ; mais las, épuisé d'avoir combattu le géant, il n'était pas de taille contre celui qui le tenait ; Nabor, traître, déloyal — et issu de basse lignée — le tira si fort à lui que pour un peu il lui brisait les bras. Il le fit tomber à terre si pesamment que Nascien s'écorcha le front et le nez, et que le sang jaillit de sa bouche ; étourdi par sa chute, il resta à terre évanoui. Nabor, impitoyable, en homme que toute dureté habitait, et où se logeait toute déloyauté, le voyant revenu à lui, lui cria

---

car ma foi ne mentirai je mie pour ma volenté a acomplir. — Par foi, dist Nasciens, la bataille ne seroit mie par igaus de nous .ɪɪ., car tu es fres et je sui las et traveilliés, et si es armés et je sui desarmés. Et meïsmement se tu fuisses sages, et je le volsisse, tu ne le deveroies mie voloir, car tu es mes hom liges et je sui tes sires ; et si te fis chevalier de ma main, par coi tu ne deveroies mie metre main a moi, pour aventure nule qui aviengne se je ne te menoie a forfait et a paor de mort.

428. — Que vous diroie je ? fait Nabor : soiés armés ou desarmés, vous retornerés voelliés ou non. — Certes, fait Nasciens, non ferai se Dix plaist, por pooir que tu aies. » Lors se met en son chemin et s'en vait grant oirre envers la mer, et cil saut avant le prent par les bras et dist qu'il n'ira avant por pooir qu'il ait. « Non, fait Nasciens, me tenras tu dont a force, et me tauras a avoir la riens el monde que je plus aim ? Par foi, dont sera ce merveille ! » Lors trait avant son bras de tout son pooir ; mais il fu si las et si traveilliés de ce qu'il se fu combatus au gaiant qu'il [d] n'ot pooir encontre celui qui le tenoit ; et cil qui fu fel et desloiaus et estrais de male lignie le tire a soi si fort qu'a poi qu'il ne li a les bras rompus. Si le fait cheoir a terre si durement qu'il li a tout le front escorchié et le nés, si que li sans en sailli parmi la bouche ; et fu si estourdis del chaoir qu'il ot fait qu'il jut tous pasmés a la terre. Et cil qui nule pité n'en a, come

aussitôt qu'il le tuerait s'il refusait de faire demi-tour. Nascien, très troublé qu'il le malmenât autant et voulût le contraindre au retour, alors qu'en revenant il n'accomplirait pas l'ordre du Haut-Maître, lui lança : « Tu me tueras si tu veux : il n'est pas question de rebrousser chemin.

429. — Voire, dit Nabor, si vous voulez fâcher nos hommes et nos amis, malheureux tant que vous ne retournerez pas vivre avec eux, que Dieu m'abandonne si je ne vous tue sur-le-champ au cas où vous refuseriez de me suivre. — Tue-moi si tu veux, répéta Nascien, je te pardonne ma mort. » Nabor brandit alors l'épée pour le frapper à la tête. En voyant cela, Nascien, dans la crainte de mourir, tendit les mains vers le ciel et pria : « Cher Seigneur, doux Père Jésus-Christ, sois mon écu et ma défense contre cet ennemi ! » À peine avait-il parlé que Nabor tomba mort à ses pieds, l'épée encore à la main. Cet événement, Nascien venait d'en prendre conscience, heureux d'avoir échappé à la mort, mais affligé de voir Nabor mort de cette manière — il pensait bien l'âme perdue pour toujours[1] — lorsque, regardant vers la mer, il vit venir des hommes chevauchant dans sa direction en suivant leur chemin. Il chercha alentour quelque endroit où se tapir, redoutant en effet qu'ils ne le contraignissent au retour ; mais à ne voir nulle cachette, il

---

en celui en qui toute duretés habite, et ou tote desloiautés est herbergie, quant il vit qu'il estoit venus de pasmisons, si li escrie tout maintenant qu'il l'ocirra s'il ne retourne de bone volenté. Et Nasciens qui mout estoit esmaiiés de ce que cil le mainne si mal, et de ce qu'il le voloit faire retourner, et s'il le retourne il n'acomplira mie le conmandement del Haut Maistre, se li respont : « Tu m'ocirras se tu vels : car le retourner ne feroie je en nule maniere.

429. — Voire, fait cil, si volés tant le corous de nos homes et de nos amis, que jamais n'avront joie devant ce que vous remaigniés a els, ja Dix ne m'aït se je ne vous ocis tout maintenant se vous ne retournés o moi. — Ocis moi se tu vels, fait Nasciens, je te pardoins ma mort. » Lors hauce cil l'espee pour ferir parmi la teste. Et quant Nasciens vit ce, si ot paour de mort, si traist ses mains envers le ciel et dist : « Biaus Sire, dous Peres Jhesu Crist, soies moi escus et desfendemens encontre cest anemi ! » Et maintenant qu'il ot dite ceste parole, si chaï Nabor mors par devant les piés Nascien, s'espee en sa main ensi com il le tenoit. Quant Nasciens vit ceste aventure, liés de ce qu'il fu eschapés de mort, et dolans de ce qu'il le vit mort en tel maniere, car bien pense que l'ame est perdue parmanablement, lors regarde vers la mer, et vit gens venir a cheval qui venoient tout le chemin envers lui si com lor chemins les menoit. Il regarde tout entour pour veoir s'il se porroit en nul lieu tapir, car grant paour ot qu'il ne le facent retorner ; mais il ne veoit nul lieu ou il se peüst repondre, et

resta sur place et finalement fut rejoint ; et ils le fêtèrent
grandement, rendant grâces à Jésus-Christ de l'avoir trouvé :
ils étaient tous ses hommes, possédant des fiefs en hommes
liges de ce châtelain récemment converti pour l'amour de
Nascien. S'apercevant, les deux hommes se manifestèrent
l'un à l'autre une joie fraternelle : leur amour mutuel était
d'une rare intensité. Le seigneur de Charabel demanda à
Nascien comment avait fini cet homme gisant là, mort. Nascien le prit à part, pour lui conter comment l'autre voulait le
tuer, mais comment Notre-Seigneur, par sa douce pitié, l'en
empêcha, « faisant de lui la justice que vous pouvez voir ;
sachez que sa mort m'accable ; mais puisqu'il plaît à Notre-
Seigneur, force est de supporter de tels commandements.

430. — Par ma foi, dit le seigneur de Charabel, justice
opportune : il est normal, me semble-t-il, qu'il soit mort si
terriblement : jamais je n'ai vu commettre une plus grande
déloyauté : vous, son seigneur, il voulait vous tuer ! » Comme
ils parlaient ainsi, une voix se fit entendre : « Ah ! homme de
Charabel, ennemi de Jésus-Christ, pourquoi juger[1] ? Tu as
commis cette nuit une plus grande déloyauté, en assassinant
ton père, pour que son territoire te revienne. Mais Dieu en
fera une si grande justice qu'on en parlera à tout jamais. »
Aussitôt qu'ils eurent entendu, ils virent le temps s'altérer

---

pour ce demoura il tant illoc qu'il vinrent sor lui et li fisent joie merveillouse et en aourerent Jhesucrist de ce que cil l'orent trouvé ; car il
estoient tout si home, et tenoient terre del chastelain qui home il
estoient lige, et estoit nouvelement crestiennés pour l'amour de Nascien. Et quant li uns vit l'autre, si s'entrefisent si grant joie come s'il
fuissent frere germain, car mout s'entramerent de grant [d] amour. Et
li sires de Carabiel demanda a Nascien conment cil hom morut qui
estoit illoques mors. Et Nasciens le traist a une part, et li conte
conment il le voloit ocirre : ne mais Nostres Sires par sa douce pité
l'en deffendi, « et prist tele vengeance de lui conme vous poés veoir ; et
saciés qu'il m'en poise qu'il est mors ; mais puis que a Nostre Signour
plaist, il couvient tes conmandemens a souffrir.

430. — Par foi, fait li sires de Carabiel, ceste vengeance est bien
avenue, et a droit me semble cis estre mors si malement, car onques
desloiauté ne vi faire gregnour, car vous qu'estes ses sires, et il vous
voloit ocirre. » En ce qu'il disoient ces paroles, si oïrent une vois qui
dist : « A ! home de Carabiel, anemi de Jhesu Crist, por coi juges tu
home ? Greignour desloiauté fesis tu anuit que ceste n'est, qui ocesis
ton pere, pour ce que sa terre t'eschaïst. Mais Dix em prendera si
grant vengeance que il en sera parlé a tous jors mais. » Maintenant
qu'il orent oïe iceste parole, il esgarderent et virent que li tans se
changa et oscurchi si durement que li uns ne pot veoir l'autre ; et uns
escrois de tonnoile descendi entr'aus, si espoentables qu'il en furent

pour s'obscurcir si intensément qu'ils cessèrent de se voir ;
un éclair fondit sur eux, si formidable qu'ils en furent com-
motionnés à tomber à terre, inertes un long moment[2]
comme morts. Ils se relevèrent pour trouver le seigneur de
Charabel mort foudroyé ; il était tout brûlé, grillé, et sentait
si mauvais que la sensation de puanteur tenait du prodige.

431. Frappés d'épouvante à ce spectacle, ils ne purent que
manifester un chagrin inouï ; ils criaient si fort qu'on pouvait
bien les entendre à une lieue. À cette douleur et à ce cri
accourut un homme vêtu d'une robe blanche, comme celle
d'un régulier. Voyant Nascien tellement attristé, et parce
qu'il le connaissait mieux qu'aucun des autres, il lui demanda
ce qu'il en était. Et Nascien de lui conter l'événement, tout
comme il avait eu lieu. « Par ma foi, s'exclama l'homme de
bien, je n'ai plus depuis longtemps entendu parler d'une
aussi grande aventure. Que Dieu ait maintenant pitié des
âmes, s'il lui plaît. — Seigneur, pour Dieu, ajouta Nascien,
donnez-nous votre avis sur la solution à adopter : les mettre
en terre bénie ou les inhumer ailleurs. — Je vais vous dire,
dit l'homme pieux, comment procéder. Vous y voyez bien la
justice de Jésus-Christ, aussi devrions-nous souhaiter que le
monde entier en sût le pourquoi, de sorte que les uns et les
autres y prissent exemple. Pour cela je vous conseillerais
qu'ils ne fussent pas transférés par nos soins ; mais mettons-
les ici en terre, et sur la tombe de chacun d'eux nous

---

si estonné que il chaïrent a la terre et jurent ausi grant piece come s'il
fuissent mort. Et quant il furent relevé, si troverent le signour de
Carabel mort del foudre qui cheüs fu sor lui et fu tous ars et
engreilliés, et puoit si durement que c'estoit merveilles assentir de la
puor qui de lui issoit.

431. Quant il virent ce, si en furent mout espoenté, et n'en sorent
que dire fors qu'il en conmencierent duel si[a] merveillos, et crioient si
haut que on les pooit bien oiir d'une lieue loing. A cel duel et a cel
cri qu'il demenoient i sourvint uns hom vestus de robe blanche ausi
conme de religion. Et quant il vit Nascien qui tant estoit tristes de
ceste chose, et pour ce que il le connoissoit mix que nul des autres, li
a il demandé que c'estoit. Et Nasciens li conte l'aventure, tout ensi
com ele estoit avenue. « Par foi, fait li prodom, de greignour aventure
n'oï je piecha mais parler. Ore ait Dix merci des ames s'il li plaist. —
Sire, pour Dieu, fait Nasciens, conseilliés nous que nous porons faire
de ceste chose, se on les metera en terre beneoite ou en autre lieu.
— Je vos dirai, fait li prodom, que on en fera. Vos veés bien que
c'est vengance Jhesu Crist, si deveriens voloir que tous li mondes
seüst pour coi ce fust, si que li un et li au[e]tre i presissent essample.
Et pour ce vous loeroie je qu'il ne fuissent[b] ja remué par nos ; mais
metons les ci en terre, et desor les tombes de chascun meterons

inscrirons comment ils sont morts, si bien qu'à tout jamais se le remémorent ceux qui le liront ; c'eſt le meilleur conseil que je puisse vous donner ; vous l'exécuterez, s'il plaît à Dieu. » Nascien appela ceux qui l'accompagnaient, pour leur dire : « Chers seigneurs, il en eſt ainsi : je ne peux plus reſter ici, il me faut m'en aller : il me semble que j'ai trop tardé ; aussi vais-je vous dire que faire. Vous prendrez ces corps et mettrez Nabor d'un côté, le seigneur de Charabel de l'autre et le géant au milieu. Quand ils seront inhumés, allez-vous-en à Lambénic et dites à Flégentine ma femme de venir ici, de faire faire trois tombes, et une inscription sur chacune, de sorte qu'à nous et à nos descendants, ce fait demeure à jamais en mémoire. » Ils l'assurèrent qu'ils obéiraient très volontiers ; ils ensevelirent les corps avec des ruisseaux de larmes, reſtant là toute la nuit. Dès la nuit tombée, Nascien monta sur un cheval, le meilleur de toute la troupe, et partit aussitôt ; mais auparavant, il leur exposa toute la vérité sur le géant, ce que le conte vous retracera ailleurs qu'ici[1]. Puis Nascien quitta la place, chevaucha aussi vite que le lui permit son cheval, s'éloignant de son pays le plus possible, et alla jusqu'à la mer. À son arrivée, il trouva la nef où il avait vu l'épée et le lit où étaient les trois fuseaux ; devant, à l'entrée, se tenait une demoiselle, la plus belle qu'il eût jamais vue. Dès qu'elle aperçut Nascien, elle se leva à sa rencontre

---

escrit si com il ont eſté mort, si que a tous jours mais l'aient en ramenbrance cil qui le liront ; et c'eſt li miudres consaus que je i voie, si le ferés se Dix plaiſt. » Lors apela Nasciens ciaus qui o lui eſtoient, si lor diſt : « Biau signour, il eſt ensi que je ne puis plus ci demourer, ains m'en couvient aler : ce me samble que je ai trop demouré ; si vous dirai que vous ferés. Vos prenderés ces cors et les meterés entre Nabor d'une part et le signour de Carabiel d'autre, et le gaiant en milieu. Et quant il seront en tere, alés vous ent a Chambenyc, si dites a Flegentine le moie feme qu'ele viengne cha et face faire .iii. tombes et escrire sor chascune letres si que a nous et a nos oirs soit ceſte chose en ramenbrance, si que on ne le puisse oublier. » Et il dient que si feront il mout volentiers ; si metent les cors en terre o grans plours et o grans lermes, et i demourerent toute la nuit ; et si toſt com il anuita, monta Nasciens sor un cheval, le meillour qu'il *pot trouver en toute la route*, et s'enparti demaintenant ; mais ançois lor devisa toute la verité del gaiant, si come li contes le vous devisera aillours que ci. Et puis s'emparti Nasciens de la place et chevaucha a si grant oirre come il pot del cheval traire, et s'eslonge de son païſ[c] au plus qu'il pot, et ala tant qu'il vint a la mer. Et quant il i fu venus, si trouva la nef ou il avoit veü l'espee, et le lit ou li troi fuisel eſtoient ; et devant a l'entree il vit une damoisele, la plus bele qu'il avoit onques mais veüe. Et quant ele vit Nascien, ele se leva

et l'accueillit ainsi : « Bienvenue au serviteur de Jésus-Christ, le meilleur chevalier des chrétiens !

432. « Ah ! homme noble, poursuivit-elle, par la foi que tu dois au Seigneur de qui tu tiens ta loi, je te prie de me consentir le don que je te réclamerai, peu onéreux pour toi. — Volontiers, si je puis vous l'octroyer. — Tu le pourras bien, continua-t-elle, si tu es le chevalier que je crois. — Parlez donc, ordonna-t-il. — Volontiers. Je te prie, dit-elle, de me mettre dans cette nef et d'y pénétrer, car je suis si fatiguée de marcher que je n'y puis pas monter comme je voudrais. » Il lui répondit qu'il le ferait très volontiers, s'il le pouvait. Alors il la prit dans ses bras et vint à la rive. Mais, quand il voulut pénétrer dans la nef, impossible : elle était éloignée et reculait à mesure qu'il en approchait. Voyant cela, il déposa à terre la demoiselle, stupéfait à ne savoir que faire ; il leva la main et fit le signe de la vraie croix sur sa tête et sur son front. C'est alors qu'il vit la demoiselle métamorphosée en diable. À ce constat, il se recommanda à Notre-Seigneur de toute son âme ; et s'adressant à celui qui était devant lui :

433. « Ah ! traître larron, tu prétendais me tromper d'une manière insolite, en te montrant sous les traits féminins ! Ces ruses, s'il plaît à Dieu, ne te serviront pas, et jamais tu ne pourras m'écarter de la voie de la sainte Église. » Il se recommanda à Jésus-Christ et monta à bord de la nef.

---

encontre lui et li dist : « Bien viengne li sergans Jhesucrist, li miudres chevaliers des crestiiens.

432. « Ha ! frans hom, fait ele, par la foi que tu dois au Signour de qui tu tiens ta loy, je te proi que tu me doignes le don que je te demanderai, qui gaires ne te coustera. — Volentiers, fait il, se je le vous puis donner. — Tu le me porras bien donner, fait ele, se tu es tels chevaliers come je quide que tu soies. — Or le me dites dont », fait il. Et ele li dist : « Volentiers. Je te proi, fait ele, que tu me metes en cele nef et que tu i entres, car je sui si lassee d'errer que je n'i puis mie entrer a ma volenté. » Et il li dist que ce feroit il mout volentiers, s'il le pooit faire. Lors le prist entre ses bras et vint a [*l*] la rive ; et quant il vaut entrer dedens la nef, si ne pot, car ele estoit si eslongie, et eslongoit tout adés de tant com il l'aprochoit plus et plus. Et quant il voit ce, si met jus la damoisele, et est si esbahis qu'il ne set que faire ; si lieve sa main et fait le signe de la vraie crois sor son chief et en son front. Et quant il se regarde, si voit la damoisele qui s'estoit muee en samblance d'un anemi. Et com il voit ce, si se conmande a Nostre Signour plus et plus ; et dist a celi qui devant lui estoit :

433. « Ha ! traitres lerres, merveillousement me quidoies decevoir, qui en forme de feme te moustras devant moi ! Ja cist engien, se Dieu plaist, ne t'avront mestier, ne il n'avenra ja que tu m'osteces de la voie de Sainte Eglyse. » Lors se conmande a Jhesu Crist et entra en la nef.

Un fois à l'intérieur, observant la rive il n'y vit que son cheval ; mais il y avait autour de lui tant de voix si laides et si
épouvantables qu'elles semblaient sortir des bouches des
ennemis d'enfer — et c'était bien le cas. À entendre ces
ennemis l'épier pour le prendre, il se recommanda à Notre-
Seigneur, et se mit à réciter ses prières et ses oraisons
comme il les avait apprises ; peu après il s'endormit, en
homme qui toute la nuit et tout le jour précédent avait
peiné : il tombait de sommeil. Aussitôt endormi, une vision
lui vint : devant lui se présentait un homme vêtu d'une robe
vermeille, qui l'exhortait avec insistance à bien agir et lui
exposait nombre de bonnes choses. Nascien lui demandait
qui il était : un homme, lui dit-il, qui savait tout ce qu'on faisait, en une part de ce qui devait arriver. Nascien lui
demanda s'il savait où était son fils : sur la terre, lui répondit-il, qui leur était promise. « Cher seigneur, continua Nascien, qui est en sa compagnie ? » Il y avait, l'assura-t-il, foule
avec lui, à le fêter grandement, tous le tenant pour seigneur.
Nascien l'interrogeait sur cette famille partie de Sarras : ils
avaient, lui annonça l'homme pieux, passé la mer, sans nef
et sans aviron, et étaient « sur la terre qui leur était promise,
à eux, à leurs descendants et à nous aussi ».

434. — Cher seigneur, dit Nascien, puisque vous connaissez une partie de l'avenir, vous pouvez bien répondre à ma
question, s'il vous plaît : rentrerai-je un jour dans mon pays,

---

Et quant il est dedens, il regarde a la rive et n'i voit riens fors que
son cheval ; mais il ot entour lui tant de vois*a* si laides*b* et si espoentables conme s'eles ississent des bouches as anemis d'infer, et si faisoient eles sans faille. Et quant il ot ces anemis qui le gaitoient pour
prendre, si se conmande a Nostre Signour, et conmence a dire ses
proiieres et ses orisons teles com il les savoit ; et s'endormi un poi
après ce, come cil qui toute la nuit et tout le jour devant avoit traveillié : car grant mestier en avoit. Et maintenant qu'il se fu endormis, li vint une avision tele qu'il li sambloit que devant lui venoit uns
hom vestus d'une robe vermeille, qui mout l'amonnestoit de bien
faire, et li devisoit*c* mout de bones choses. Et Nasciens li demandoit
qui il estoit, et il li dist qu'il estoit uns hom qui savoit quanques on
faisoit, et partie de ce qui estoit a avenir. Et Nasciens li demanda s'il
savoit ou ses fix estoit, et il li dist qu'il estoit en la terre qui lor estoit
promise. « Biaus sire, fait Nasciens, et qui est en sa compaingnie ? »
Et cil respont qu'il i avoit grant gent o lui, qui molt grant feste faisoient de lui, et le tenoient tout a signour. Et Nasciens li demandoit
de celui parenté qui de Sarras estoit partis, et li prodom li dist que il
ont passee mer, sans nef et sans aviron, et sont « en la terre qui promise lor est a aus et a lor oirs et a nous ausi. »

434. — Biaus sire, fait Nasciens, puis que vos savés partie de ce qui

dans cette nef ? — Sache-le, répondit l'homme de bien : non ; tu resteras au contraire sur la terre dont je t'ai parlé ; près de là sera cette nef, jusqu'à la période où le dernier homme de ton lignage y pénétrera pour revenir à Sarras avec le saint Vase qu'on appelle Graal. Mais avant que vienne ce temps, je t'informe qu'il y a bien trois cents ans. — Ah ! seigneur, questionna Nascien, qui sera le dernier de mon lignage ? — Vous le saurez prochainement. »

435. Et de s'en aller, pour n'en dire pas plus dans son sommeil à Nascien ; mais alors il revenait sur ses pas, lui semblait-il, apportant un bref qu'il lui mettait en main, en lui disant : « Vois la fin et la dignité de ton lignage — non la branche dont tu es issu, mais celle de ta descendance. » Il partait alors, et aussitôt se présentait son fils Célidoine, pour lui parler, lui paraissait-il, et lui amener l'un après l'autre neuf personnages, tous sous l'apparence de rois, sauf le huitième — métamorphosé en vilain chien méchant, dévorant les déjections de son corps, de son malheureux ventre. Ce dernier, en forme de chien, était très éprouvé ; avec sa faiblesse de reins, c'était un prodige s'il pouvait se tenir sur ses pattes. Le premier d'entre ces personnages se laissait tomber aux pieds de Célidoine, suivi par le deuxième puis par le troisième, et tous les autres à sa suite un par un ; le

---

est a avenir, vos me poés bien dire, s'il vous plaist, ce que je vous demanderai : c'est se je enterrai jamais en mon païs n'en ceste nef ausi. — Saces tu, fait li prodom, nenil ; ains demouerras en ceste terre que je te dis ; et pres d'illoec sera ceste nef, jusques au terme que li daerrains hom de ton lignage enterra ens [*43 a*] pour revenir a Sarras avoc le Saint Vaissel que on apele Graal. Et devant celui terme te fais je bien a entendant qu'il i a bien jusques a donques .ccc. ans. — Ha ! sire, fait Nasciens, qui sera cil qui daerrains sera de mon lignage ? — Ce saverés vous bien, fait li prodom, prochainnement. »

435. Atant s'en ala, que plus ne dist a Nascien en son dormant ; et lors revenoit ariere, ce li sambloit, et aportoit un brief et li metoit en la main, et li disoit : « Vois tu la fin de ton lignage et la hautece, non mie de branche dont tu es descendus, mais celui qui de toi descendera. » Et lors s'enpartoit, et tout maintenant venoit Celidoines ses fix devant lui, et li disoit, ce li estoit avis, et amenoit l'un après l'autre .ix.ᵉ personnes d'omes qui tout estoient en guise de roi, fors cil qui estoit li huitismes, et cil estoit mués en fourme de chien lait et mauvais, qui devouroit ce qu'il avoit jeté fors de son cors, et fors de son chaitif de ventre. Cil qui estoit en fourme de chien estoit travelliés plus que nus, et nonpourquant il estoit si febles par les rains que merveilles estoit conment il se pooit soustenir. Li premiers de ces personnes se laissoit chaoir as piés Celidoine, et li secons après, et li tiers ausi, et tout ausi firent li autre l'un après l'autre, mais li

neuvième, en dernier, réussissant à perdre sa forme, venait à son tour figuré en lion, mais il n'avait point de couronne ; à son trépas, semblait-il à Célidoine et à Nascien, tout le bas monde se rassemblait devant sa dépouille, pour déplorer sa mort amèrement.

436. Cette vision survint à Nascien endormi dans la nef. À son réveil environ à l'heure de none, il remarqua dans sa main le bref que l'homme pieux lui avait confié. Alors, il ne considéra pas comme une fable, ni comme une plaisanterie ce qu'il avait vu en songe ; au comble de l'allégresse, il remercia Notre-Seigneur de ce signe : il était persuadé que c'était par la volonté de son Créateur qu'il avait vu ce fait. Il ouvrit le bref pour y trouver écrites toutes les merveilles du monde, les unes en hébreu, les autres en latin. Elles le disaient clairement : des serviteurs et des chevaliers de Jésus-Christ, le premier serait Nascien, le second Célidoine ; le premier à descendre de Célidoine serait roi, bon chevalier et homme de bien, et aurait pour nom Narpus. Le deuxième se nommerait Nascien, le troisième Alain le Gros, le quatrième Isaïe, le cinquième Jonal, chevalier preux et hardi, grand zélateur de la sainte Église. Le sixième serait appelé Lancelot : il serait couronné au ciel et sur terre, car en lui se rencontreraient pitié et charité. Le septième aurait pour nom Ban, et celui qui descendrait de lui — le huitième — Lance-

---

novismes qui venoit daerrains faisoit tant qu'il perdoit sa fourme et revenoit en fourme de lyon, mais de courone[b] n'avoit il point ; et quant il trespassoit del siecle, il estoit avis a Celidoine et a Nascien que tous li siecles s'asambloit devant lui, et le plaignoit et regretoit mout durement.

436. Ceste avision avint a Nascien quant il se dormi en la nef. Et quant il fu esveilliés entour ore de nonne, il regarda en sa main, et vit le brief que li prodom li avoit baillié. Et lors ne tint il mie a fable ne a gas ce qu'il avoit veü en son songe ; si en a si tres grant joie, et tant en est liés que nus plus : si en mercie a Nostre Signour de ceste demoustrance, car il set bien que par la volenté[a] de son Creatour a il veüe ceste chose. Lors ouvre le brief et i trouve toutes les merveilles del monde ens escrites, les unes en ebriu, et les autres en latin. Et disoient tout apertement que des menistres et des chevaliers Jhesu Crist, ert li premiers Nasciens et li autres Celidoines ; et li premiers qui de Celidoine istera sera rois et bons chevaliers et prodom, et avra a non Narpus. Li secons aprés avra a non Nasciens, et li tiers sera apelés Elayns li gros. Li quars sera apelés Ysaïes. Li quins sera apelés Jonaus et se[b]ra chevaliers prous et hardis, et essauchera mout Sainte Eglyse. Li sisismes sera apelés Lanselos : cil estra couronés el chiel et en terre, car en lui sera herbergie pitiés et carités. Li setismes avra a non Bans, et cil qui de lui descendera, ce sera li huitismes, cil avra a

lot, qui endurerait plus de peine et de fatigue que personne avant ni après lui : un vrai chien, celui-là, jusqu'au moment où il s'amenderait, peu avant sa mort, autant qu'il le devrait[1]. Le neuvième, trouble et épais au commencement comme de la boue, au milieu clair et net et à la fin cent fois plus clair qu'au milieu, serait si délicieusement doux à boire qu'on pourrait difficilement s'en rassasier.

437. En celui-là se baignerait Jésus-Christ véritablement[1] ; il aurait pour nom Galaad. Il dépasserait en qualités physiques et chevaleresques tous ceux qui avant lui auraient été, et qui après lui viendraient. Il mettrait fin à toutes les aventures, et la volonté de Jésus-Christ le conduirait toujours. Toutes ces choses étaient consignées dans le bref que Nascien trouva dans sa main. Après avoir vu dans son intégralité la fin de son lignage, certain que cet homme de bien appelé Galaad serait comblé de qualités et d'exploits chevaleresques, et que la valeur de son lignage y serait plantée, se mettant à pleurer d'émotion et de joie, il remercia Notre-Seigneur de ce signe qu'il lui avait envoyé, et qui certes lui plaisait beaucoup et lui convenait. Tout au long du jour, Nascien considéra le bref en homme qui ne pouvait détourner son attention du texte qui s'y trouvait ; il en fut très réjoui, dans l'assurance que l'avenir serait ce que le bref avait décrit. Ne pouvant plus déchiffrer les lettres — l'heure était entre chien et loup — il mit son

---

non Lanselos, et ce sera cil qui plus endurra painne et travail, que nus avra enduré devant lui, ne que nus enduerra après ; cil sera drois chiens jusques a tant qu'il s'amendera pres de sa fin tant com il devra. Li novismes qui sera tourbles et espés el commencement conme boe[b], et el milieu clers et nés, et en la fin sera il encore a .c. doubles[c] plus clers que el mi lieu, et sera si dous et si delitables a boire que[d] apainnes s'en porra nus saouler.

437. En celui se baingnera Jhesu Crist proprement, et cil avra non Galaad. Cil passera de bonté de cors et de chevalerie, tous ciaus qui devant lui aront esté, ne qui aprés lui venront. Cil metra fin en toutes les aventures qui avenront, et la volenté Jhesu Crist le conduira tousdis. Itant avoit il escrit el brief que Nasciens trouva en sa main. Et quant il ot de chief en chief veü le fin de son lignage et il sot que cil prodom qui Galaad estoit apelés seroit plains de toutes bontés et de toutes chevaleries, et la seroit fichie la bonté de son lignage, il conmencha a plourer de pitié et de joie, et mercia Nostre Signor de cele demoustrance qu'il li demostra, car mout li devoit plaire et atalenter. Tant com cil jours dura, regarda Nasciens le brief come cil qui ne se pot tenir del regarder en[a] l'escriture qui dedens le brief estoit ; si en fu mout joians ; car il sot bien que tout ensi avenroit il come li briés l'ot devisé. Et quant il ne pot plus connoistre la letre pour la nuit qui s'estoit mellee au jour, si mist son

bref en son sein contre sa poitrine et se mit à le serrer contre
lui. Puis il fit ses prières et ses oraisons à Notre-Seigneur
Jésus-Christ de le maintenir, par sa douce pitié, à son service
et de le garder comme un père son fils, qu'il doit mettre en
droite voie, en droite foi et en droite croyance de vérité.

438. Cette prière faite, venant au bord de la nef et s'y couchant, il devint très étonnamment pensif, et finalement se
mit à considérer pourquoi celui qui serait le huitième de son
lignage était figuré en chien, et pourquoi le dernier en lion,
lui qui était si trouble et si épais au commencement, et à la
fin si prodigieusement doux à boire. Restant sur le bord de
la nef, Nascien en fut préoccupé toute la nuit, à ne pas fermer l'œil. Il n'avait pas bougé que le jour parut ; les mains
tendues vers le ciel, il adressa cette prière : « Cher Père
Jésus-Christ, assure-moi de ce que je désire le plus savoir, et
montre-moi, Seigneur, pourquoi le huitième est en forme de
chien, et le neuvième au commencement épais et trouble, et
à la fin d'une autre sorte. » Cette prière achevée, il reprit le
bref et se mit à scruter son contenu. Alors il vit du côté de
l'orient venir une nef — il était environ l'heure de none ;
accourant à toute allure, elle parvint tout près de lui, au côté
de celle où il se tenait. Nascien quitta sa nef pour entrer
dans l'autre, afin de savoir s'il y trouverait quelqu'un. Il chercha tant dans tous les coins qu'il trouva un homme vieux et
vénérable, endormi à côté du gouvernail ; parvenu à ses

---

brief³ en son sain contre son pis et le conmencha a estraindre entour
soi. Puis fist ses proiieres et ses orisons a Nostre Signour Jhesu Crist,
que il par sa doce pité le maintenist a son service et le gardast conme
peres fait son fil, qui le doit metre en droite voie et en droite foi et
en droite creance de verité.

438. Quant il ot ceste proiiere faite, il vint au bort de la nef et se
coucha par desus, et entra lors en une mout merveillouse pensee,
tant qu'il conmencha a regarder en soi meïsmes por coi cil qui
seroit li huitismes de son lignage est fourmés en fourme de chien et
li autres avoit fourme de lyon, qui estoit si tourbles et si espés el
conmencement, et en la fin si dous a boire et si merveillous. A ceste
chose pensa Nasciens toute la nuit⁴, que onques point [d] ne dormi
ne reposa, ains fu toutes voies sor le bort de la nef. Et quant il i ot
tant esté que li jours aparut au monde, il tendi ses mains vers le ciel,
et dist : « Biaus Peres Jhesu Crist, fai moi certain de ce que je plus
desire a savoir, et me demoustre, Sire, por coi li huitismes est en
fourme de chien, et li novismes el conmencement espés et tourbles,
et en la fin d'autre maniere. » Quant il ot ceste proiiere faite, il reprist
le brief, et conmencha a regarder ens. Lors vit vers oriant venir une
nef et ce fu entour ore de nonne ; et cele nef acouroit grant oirre, et
vint tant qu'ele vint endroit delés lui encoste sa nef ou il estoit. Et

côtés, il le réveilla : celui-là, ouvrant les yeux, lui demanda ce qu'il voulait.

439. « Cher seigneur, dit Nascien, je voulais savoir si vous dormiez ! — Je ne dors pas, marmonna l'homme de bien ; et si je dormais ou veillais, cela te regarde-t-il ? Ce n'est pas la première fois que tu me fâches ; et néanmoins, celle-ci, je te la pardonne volontiers. — Cher seigneur, demanda Nascien, ou vous ai-je tellement nui ? Certes, je l'ignore, sauf pour autant que vous le dites. Et si je vous ai, consciemment ou non, fait du tort, je suis tout disposé à le réparer comme vous voulez et selon mon possible. — Je me considère quitte, dit l'homme pieux, par cette offre. » Faisant asseoir Nascien à son côté, il le questionna sur son état. Nascien lui avoua toute la vérité, puis lui demanda son pays d'origine : « Je suis d'un pays où tu n'as jamais été, dont tu ne fouleras jamais le sol de ton vivant, si bien qu'il ne doit pas t'importer de ne pas le savoir. Mais ce bref que tu tiens dans ta main, qu'en fais-tu ? — Je le considère très volontiers, dit Nascien : son seul examen me procure une si grande douceur, une si grande suavité, que tant qu'il m'en souvient je n'ai nulle envie de boire ou de manger. Mais il me serait bien plus agréable encore d'être fixé sur deux choses que j'y vois, sans pouvoir les connaître. » Nascien lui

Nasciens ôt de sa nef, et entre en cele pour savoir s'il trouveroit nului ens. Si cerche tant amont et aval qu'il trouve un home viel et anciens, delés de lui, qui estoit illoc endormis ; et quant il vint pres de lui, si l'esveille, et cil ouvre les ex, et il li demande que il velt.

439. « Biaus sire, fait Nasciens, je voloie savoir se vous dormiés. — Je ne dors mie, fait li prodom ; et se je dormoie ou veilloie, à toi qu'en apartient ? Ce n'est mie li premiers courous que tu m'as fait, et nonporquant cestui je te pardoins je bien. — Biaus sire, fait Nasciens, ou fu ce que je te fourfis tant ? Certes je ne le sai pas, fors par tant que vous le dites. Et se je vous eüsse fourfait, seüsse ou ne seüsse, je sui pres et apparelliés de l'amender a vostre volenté et selonc mon pooir. — Je me tieng molt a paiiés, fait li prodom, de cest'ofre. » Lors fait Nascien' asseoir delés lui, et li demande de son estre ; et il li en dit toute la vérité. Puis li demande dont il est et de quel païs. « Je sui, fait il, d'un païs ou tu ne fus onques, ne ja n'enterras tant come tu vives, par coi il ne te doit mie grantment chaloir se je ne le te di. Mais de cest bref que tu tiens en ta main, qu'en fais tu ? — Je le regart mout volenciers, fait Nasciens : car de l'esgarder solement m'en vient si grans douchours, et si grant souatume, que tant come il m'en souvient ne me prent il nul talent de boire ne de mengier. Mais encore me plairoit il assés plus, se je savoie la vérité de .ii. choses qui i sont que je i voi, et si ne les puis connoîstre. » Lors li conte Nasciens

que ce est, et pour coi il en estoit en si grant pensee qu'il n'en puet
son cuer oster. Et li prodom li dist : « Nascien, n'est ce mie folie, de
faire soi mix de son signour, que on n'est ? » — Sire, fait Nasciens,
oïl. — Je le di pour toi, fait il prodom, ou es si nicies que quant li
Haus Maistres t'a demoustré les choses qui sont a avenir de ton
lignage, tu es si fols encore que atant ne t'en vels tenir ; ains en
vels encore savoir plus et plus, et d'enquerre [a]les choses que cuers
mortels ne porroit savoir, se la grasse del Saint Esperit ne li avoit
demostré ; et Nostres Sires t'a moustré en cest point si grant débo-
naïreté, qu'il t'a fait asavoir ce que nus hom mortels ne set orendroit,
fors que tu solement ; et tu vels encore plus en cerchier en avant.
Quides tu que cil qui t'en a doné le pooir t'en sace gré ? Nenil ! Or
t'en garde que jamais ne t'aviengne que tu enquierres les secrées
choses de Nostre Signour, car bien saces tu que tost i porroies
connoistre tel chose par coi il te l'aroit ! »

440. Quant Nasciens entent ce que li prodom li dist, si se connoist
mout bien a pecheour et a coupable de ce qu'il requeroit. « Certes, ce
n'est pas merveille se je requeroie ce ; car je sui pécherres, et si non
sachans que je ne savoie que je demandoie. Et vous savés bien que
pecherres bée tous jours plus a sa volenté acomplir que a aler selonc
Dieu et selon raison. Et pour ce ne vous esmerveilliés pas. » Et li

---

raconta ce qu'il en était, et pourquoi il en était préoccupé
jusqu'à l'obsession. L'homme de bien lui dit : « Nascien,
n'est-ce pas folie de jouer le seigneur plus haut que son
rang ? — Seigneur, répondit Nascien, si. — Je le dis pour ta
gouverne, reprit l'homme de bien, nigaud que tu es : quand
le Haut-Maître t'a révélé l'avenir de ton lignage, tu es assez
sot pour refuser de t'en tenir là, désireux d'en savoir toujours plus, et de pousser l'enquête vers ce qu'un cœur mortel ne pourrait connaître, si la grâce du Saint-Esprit ne le lui
avait indiqué. Notre-Seigneur t'a montré sur ce sujet une si
grande mansuétude qu'il t'a inculqué ce qu'aucun homme
vivant ne sait maintenant, à part toi ; et tu veux encore aller
de l'avant dans ta recherche. Crois-tu que Celui qui t'en a
rendu capable d'en sache gré ? Non ! Aie garde que jamais il
ne t'arrive de chercher à percer les mystères de Notre-Seigneur : sois persuadé que tu pourrais vite en apprendre
quelque chose qui te vaudrait sa haine ! »

440. Au discours de l'homme de bien, Nascien se reconnut vraiment pécheur et coupable pour sa requête. « Certes,
cette exigence n'est pas surprenante, je suis pécheur, et ignorant au point que je ne savais pas ce que je demandais. Le
pécheur, vous le savez bien, aspire plus à accomplir sa
volonté qu'à aller selon Dieu et la raison. Ne vous en étonnez donc pas. » L'homme de bien lui dit : « Désires-tu savoir
ce que signifient l'apparition du huitième de ton lignage en

forme de chien, et le neuvième[1] au commencement trouble
et épais comme de la boue, et changeant à la fin ? — Seigneur, le saurais-je, que tous mes désirs, je crois, seraient
comblés. — Je vais te l'apprendre. Celui qui est figuré en lion
sera vertueux, fort et doté de la grâce de Notre-Seigneur. Il
sera homme de bien, pilier et fondement loyaux de foi, et
parce qu'il mènera une vie pleine de dignité, son symbole
sera le lion pour bien des raisons. De même, en effet, que le
lion est seigneur sur toutes bêtes qu'il assujettit, de même
l'homme de bien l'est envers les pécheurs. L'homme de bien
est fort, de sorte qu'il ne tombe pas en péché mortel ; y
tombe-t-il par aventure, il perd l'espérance qu'il a toujours
attachée aux choses célestes ; mais par la grâce du Saint-
Esprit, qui sur lui descend, il se relève plus fort et plus sûr
qu'il ne l'était[2]. Voilà ce que le pécheur ne fait pas ; au
contraire il se laisse glisser tant et plus dans le péché, finalement si pécheur qu'il ne peut en aucune manière s'en tirer.

441. « Quant à celui qui prit la forme d'un chien, il signifie
que le huitième à descendre de cette branche sera pécheur
vil et sale, et c'est à juste titre qu'il est apparu ainsi : de
même qu'un chien affamé court manger sa nourriture sans la
savourer, de même fait le pécheur, à jeun de bonnes actions,
c'est-à-dire que jamais il ne se comporte bien, prenant

---

prodom li dist : « Desires tu a savoir quel senefiance ce est, que li
huitismes de ton lignage aparut en forme de chien ; et li novismes qui
aparut au commencement tourbles et espés conme boe et en la fin se
change ? — Sire, fait Nasciens, se je le savoie, je cuit que tout[a] mi
desirier seroient acompli. — Et je le te dirai, fait li prodom. Cil qui
en fourme de lyon[b] s'aparoit sera vertuous et fors, et raemplis de la
grasce Nostre Signour. Cil sera prodom et loiaus pilers et fondement
de foi, et pour ce qu'il sera de haute vie avra il la senefiance del lyon
par mout de raisons ; car tout aussi come li lyons a signorie sor toutes
bestes et les met en sa subjection, tout autresi est li prodom envers
les pecheours. Et li prodom est fors en tel maniere qu'il ne chiet pas
em pecié mortel ; et s'il i chiet par aventure, il pert esperance qu'il a
tous jours fermee es celestious choses ; et par la grasse del Saint
Esperit qu'il li sourvient, il se relieve plus fort et plus seür qu'il ne
sot. Mais ce ne fait pas li pechierres, ains se laisse tousdis chaoir em
pechié plus et plus, tant qu'il est si pechierres qu'en nule maniere ne
s'en puet oster.

441. « Li huitismes qui en fourme de chien aparut, senefie que cil
qui huitismes ert qui de cele branche[a] descendera sera pechierres vix et
ors[b], et a droit aparut il en fourme de chien ; car tout aussi conme li
chiens, quant il a faim, court a sa viande, et le mengüe en tel maniere
qu'il ne l'i asavoure pas, tout aussi fait li pechierres quant il est enjeüns
de bones oeuvres, c'est a dire qu'il ne fait ne tost ne tart bien ; il prent

le péché pour le dévorer. Quand il l'a englouti il ne le savoure pas, car, s'il le savourait et sentait l'amertume qui y est enveloppée, il n'aurait jamais l'audace de recommencer, sachant alors quel mal et quelle douleur peuvent advenir à l'homme à pécher mortellement. Voilà pourquoi je te dis que le huitième sera pécheur, et c'est pour cela qu'il prit la figure d'un chien quand l'autre se montra sous la forme d'un lion. Ainsi je viens de te conter la vérité, comment celui-là prit la forme d'un lion, pourquoi le dernier celle d'un chien. Je vais maintenant te dire pourquoi le neuvième se montra au commencement trouble et épais comme de la boue, et à la fin plus beau et plus clair que nul autre. Le fait qu'il soit bourbeux au commencement signifie qu'il sera conçu et engendré en péché mortel, par le huitième qui sera chaud et luxurieux, et sa naissance sera comme cachée et dissimulée, parce qu'il ne sera pas engendré de mère légitime ni selon la loi de la sainte Église, mais dans la fornication et dans le péché mortel : voilà pourquoi il est apparu trouble et épais au commencement[1]. Mais au milieu de sa vie, quand il commencera à régner, alors il sera impétueux et turbulent, plein de chevalerie et de prouesse, et surpassera tous les pairs en prouesse terrestre et en vertu, car il restera vierge toute sa vie durant ; et sa fin sera merveilleuse au point qu'aucun chevalier contemporain ne lui ressemblera, car il sera, plus que tout autre, vertueux envers Dieu et envers les hommes.

---

le pechié et le de[e]voure. Et quant il l'a englouti, il ne l'i asavoure pas, car s'il l'asavouroit et sentoit l'amertume qui dedens est envolepee, il n'avroit ja hardement que il plus pechast, car adont connoisteroit il qel mal et quel dolour puet venir a home de pechier mortelment. Et pour ce te di je que li huitismes sera pechierres, et pour ce aparut il en fourme de chien quant li autres s'aparut en fourme de lyon ; et ensi t'ai ore acontee la verité, conment il aparut lyons et pour coi il aparut en fourme de chien. Or te dirai conment li novismes s'aparut au conmencement tourbles et espés conme boe, et en la fin plus biaus et plus clers que nus autres. Ce qu'il ert espés et tourbles au conmencement senefie qu'il sera conceüs et engendrés em pechié mortel, del huitisme qui sera chaus et luxurious, et sera sa naissance ausi come celee et couverte, pour ce qu'il ne sera mie engendrés de mere moullier ne selonc la loy de Sainte Eglyse, mais en fornicacion et en pechié mortel : et pour ce aparut il tourbles et espés au conmencement. Mais en milieu de son aage, quant il conmencera a regner, lors ert si roides et si bruians, c'est a dire qu'il sera plains de chevalerie et de prouece, qu'il passera tous les pers de prouece terrienne et de bonté de cors, car il sera virgenes tous les jours de sa vie ; et la fins de lui sera si merveillouse que de chevalier qui a son tans sera n'i avra nul qui samblans soit a lui ; car il sera plus gracious envers Dieu et en vers le siecle que nus autres. Et

Pourtant il mourra avant celui dont il sera issu[2]. Je viens donc de te révéler ce que tu brûlais de savoir. » À peine lui avait-il tenu ce propos qu'il se volatilisa, de sorte que Nascien ne sut jamais ce qu'il advint de lui. Constatant la manière dont il s'en était allé — il ignora ce qu'il était devenu — il remercia Dieu de tout cœur de lui avoir fait si bien connaître la signification dont il avait tellement le désir. Mais le conte cesse maintenant de parler de lui, et retourne à Flégentine sa femme et à la manière dont elle fit faire des tombes.

Attente de Flégentine.

442. Le conte le dit : à peine Nascien avait-il quitté les hommes de Charabel et Nabor, morts de la manière que le conte a décrite, que les hommes de Charabel prirent la route et finalement parvinrent auprès de la duchesse Flégentine, pour lui conter comment Nascien était parti du pays et lui répéter son ordre ; prenant quantité d'or et d'argent avec elle, elle s'en alla dans la montagne le plus vite possible, convoqua des artisans de tous les coins du pays, fit faire les tombes suivant les instructions de Nascien, et inscrire sur chacune comment chacun d'eux avait trouvé la mort. Elle les fit, une fois terminées, appeler tombes de justice ; elles sont entre Charabel et Valagin, à la frontière de l'Égypte, du côté de l'entrée de Babylone. Quand tout fut achevé, la dame s'en retourna dans son pays, au château de Lambénic,

---

nonpourquant il trespassera de cest siecle ains que cil dont il sera issus ne fera. Si t'ai ore dit ce dont tu avoies ore tel desirier. » Et maintenant qu'il li ot ce dit, il s'esvanui, qu'il ne sot onques qu'il devint. Et quant Nasciens vit qu'il s'en estoit alés en tel maniere qu'il ne sot que il devint, il en mercie Dieu de bon cuer, et de ce qu'il li avoit fait si bien asavoir la senefiance qu'il desiroit tant. Mais atant se taist ore li contes a parler*e* de lui, et retourne a parler de Flegentine sa feme, comment ele fist faire tombes.

442. [*f*] Or dist li contes que*e* quant Nasciens se fu partis des homes Carabiel et de Nabor qui estoient mort en tel maniere come li contes l'a devisé, li home Carabiel alerent tant qu'il vinrent a la duçoise Flegentine, et li conterent coment Nasciens estoit partis del païs, et ensi conme il li avoit mandé ; et ele prist or et argent assés avoc soi et s'en ala en la montaingne au plus tost que ele pot ; et manda ouvriers et pres et loing et fist les tombes faire tout ausi come Nasciens l'avoit conmandé, et fist escrire sor chascune tombe conment chascuns ot esté deviés. Et quant eles furent faites, ele les fist apeler tombes de vengance ; et sont entre Carabiel et Valentin, et sont en l'entree d'Egypte, par devers l'entree de Babiloine. Et quant eles furent parfaites, la dame s'en retourna en son païs, el chastel de Bellyc,

disant qu'elle y attendrait son mari, et qu'elle ne s'absenterait pas avant qu'il ne revienne ou n'envoie des nouvelles exactes et des indications sûres pour qu'ils puissent se rendre dans le lieu qu'il voudrait et où il serait resté.

443. Ainsi la dame demeura dans son pays, de la saison nouvelle jusqu'en hiver ; le roi Mordrain et sa dame la reine vinrent souvent lui rendre visite, et l'auraient plus d'une fois emmenée à Sarras, si elle l'avait souhaité ; mais elle répondait qu'elle ne bougerait pas avant de voir son mari, ou avant de recevoir de lui des indications qu'elle sût vraies. Mais le conte se tait sur eux tous, et retourne à Joseph d'Arimathie, à son fils et à leur compagnie : comment un ange parla à Joseph et à sa femme tandis qu'ils étaient couchés.

Traversée miraculeuse de la mer.

444. Le conte dit qu'après avoir quitté Sarras, Joseph et sa compagnie cheminèrent de longues journées, et jusqu'à la région de l'Euphrate et par maints autres territoires, où ils trouvèrent plus d'un peuple pour les poursuivre et prétendre les arrêter parce qu'ils étaient chrétiens. Mais jamais ils ne vinrent en situation d'être pris et emprisonnés, sans que Notre-Seigneur les délivrât et les tirât de toutes sujétions terrestres.

445. Une nuit d'hiver, ils étaient couchés dans un bois sous les huttes qu'ils avaient faites, après s'être aussi copieu-

---

et dist qu'ele atenderoit illoc son signour, ne que jamais ne s'en partiroit devant ce qu'il revenroit ou qu'il envoieroit vraies noveles et bones enseignes d'aler ou il volroit et ou il seroit remés.

443. Ensi remest la dame en son païs, del nouvel tans jusques en yver, et li rois Mordrains et sa dame la roïne le*a* vinrent souvent veoir, et l'eüssent souvent menee a Sarras, s'ele eüst volu ; mais ele dist qu'ele ne moveroit devant ce qu'ele verroit son signour, ou qu'il li envoiast enseignes qu'ele conneüst a vraies. Mais atant se taist li contes d'aus tous, et retourne a parler de Joseph de Barimacie et de son fill, et de lor compaingnie : ensi com uns angles parole a Joseph et a sa feme ou il gisoient.

444. Or dist li contes que quant Joseph se fu partis de Sarras, il erra entre lui et sa compaingnie puis mainte journee, et tant qu'il errerent par le flun d'Eufrate, et par mainte autre terre, ou il trouverent maintes gens qui les arrouterent et les vaurent retenir *[44a]* pour ce que crestiien estoient. Mais*a* onques ne vinrent en lieu ou il fuissent retenu ne emprisonné, que Nostres Sires ne les delivrast et ostast de toutes subjections terriennes.

445. Une nuit d'yver se gisoient en un bois es loges qu'il avoient faites entr'aus ; et avoient mengié a si grant largesse de viande come lor cuer pooient penser. Cele nuit se coucha Joseph avoc sa feme qui

sement nourris qu'ils pouvaient l'envisager. Cette nuit-là, Joseph se coucha avec sa femme, dame vertueuse envers Dieu et envers les hommes, louée de tous ceux qui la connaissaient. Alors descendit sur eux deux une voix, qui dit à Joseph : « Le Haut-Maître, sur l'ordre de qui tu as quitté ton pays accompagné de tous ceux que tu as amenés, te demande de coucher cette nuit charnellement avec ta femme, pour que de cette semence vienne l'être qui aura la terre qui t'a été promise ainsi qu'à tes descendants, pour la garder en la maintenant dans l'honneur ; à la naissance, si c'est un mâle, qu'il soit appelé Galaad. C'est un ordre du Commandeur de toutes choses. — Je suis tout disposé, répondit Joseph, à exécuter son ordre ; mais, vieux et faible comme je suis, je ne sais comment cela pourrait se réaliser, si ce n'est qu'il l'a affirmé ! — Ne t'inquiète pas : c'est ainsi qu'il te faut agir. » Joseph se tut : il n'ajouta pas un mot.

446. Cette nuit, Joseph connut sa femme, et engendra Galaad qui fut depuis si remarquable que ses prouesses, ses exploits, ses paroles et ses actes doivent rester dans la mémoire de tous les gens de bien, pour que les mauvais abandonnent leurs folies, et que les valeureux bienfaiteurs qui maintiennent l'ordre de chevalerie s'en corrigent envers Dieu et ce monde. Tout le jour, Joseph et sa compagnie se tenaient en oraison et en prière devant le saint Vase qu'on appelle Graal, avant de se nourrir, et ils priaient Notre-Seigneur de

---

estoit bone dame a Dieu et au siecle, et loee de tous ciaus qui le connoissoient. Lors descendi une vois entr'aus, qui dist a Joseph : « Ce te mande li Haus Maistres par qui conmandement tu es issus de ton païs a si[a] grant compaingnie come tu as amené o toi, que tu gises anuit charnelment avoc ta feme, pour ce que tele semence isse, qui ait la terre qui est promise a toi et a tes oirs, et qu'ele en soit gardee et maintenue a hounour ; et quant il sera nés, se c'est malles, qu'il soit apelés Galaad. Ensi le conmande li Conmanderres de toutes choses. » Lors respondi Joseph : « Je sui pres et apareilliés de faire son conmandement ; mais je sui mais et si febles, que je ne sai conment ce puist estre, fors que pour ce qu'il l'a dit ! — Ne t'esmaie pas, car ensi le te couvient il a faire. » Et Joseph se taist atant, que plus ne dist mot.

446. Cele nuit connut Joseph sa feme, et engendra Galaad qui puis fu si prodom que bien doivent estre amenteües ses proueces, ses fais et ses dis et ses oeuvres par devant tous prodoumes, pour que li mauvais retraient de lor folies[a], et li bon prodome qui tienent l'ordene de chevalerie s'en amendent envers Dieu et en vers le siecle. Tout le jour estoit Joseph et sa compaingnie en orisons et em proïieres devant le Saint Vaissel c'on apele Graal ançois qu'i mengaissent de la bouche, et prooient[b] a Nostre Signour qu'il

les conduire en ce lieu où il avait promis la terre à Joseph. Ils
cheminèrent, par la volonté de Notre-Seigneur, pour parvenir
finalement à la mer ; c'était exactement un soir, après la tombée de la nuit, un samedi. Arrivés là, il leur fut impossible de
trouver ni navire ni chaland sur quoi traverser ; au comble de
l'inquiétude, ils implorèrent Notre-Seigneur à chaudes larmes
de venir, par sa douce pitié et sa miséricorde, les réconforter
et les aider dans le besoin. Alors, ils allèrent trouver Joseph,
implorèrent sa grâce, et l'interrogèrent : « Seigneur, que faire ?
C'est rester qu'il nous faut : nous n'avons navire ni galère,
faute de quoi il nous est impossible de traverser. » Devant
leur inquiétude, Josephé éprouva une très grande émotion
dans son cœur : n'avaient-ils pas laissé leurs terres et leurs
richesses ? en outre, plusieurs n'étaient-ils pas ses parents ?
Alors il s'adressa à eux : « Chers seigneurs, chères dames,
pour Dieu ne vous inquiétez pas avant de savoir le pourquoi.
Je vous le dis, celui qui nous a amenés ici nous conduira de
l'autre côté, s'il est en sa volonté qu'il nous faille y aller. Je
précise qu'il ne nous y conduira pas tous, et je vais vous en
donner la raison.

447. « Quand vous avez quitté vos terres et vos pays, et
que vous avez laissé le confort de ce monde pour entrer au
service de Jésus-Christ, vous lui avez promis de le servir
filialement, ce qui veut dire que vous vous garderiez de
pécher dorénavant, quoi que vous ayez fait avant ; il vous a

---

les conduie la ou Nostres Sires li avoit la terre promise. Et tant errerent par la volenté Nostre Signour qu'il vinrent a la mer, et ce fu
droit a un soir quant il fu anuitié par un samedi. Et quant il furent
venu a la mer, il ne porent trouver nef ne chalant par coi il peüssent
passer outre ; si en furent mout esmaiié, et crierent merci a Nostre
Signour o plours et o larmes que il par sa douce pité et par sa misericorde les venist reconforter et aidier a lor besoins. Lors vinrent a
Joseph et li crierent merci, et li disent : « Sire, que ferons nous ? A
demourer nous covient, car nous n'avons nef ne galie, par coi [*b*]
nous ne poons outre passer. » Quant Josephés les vit si esmaiier, si
en ot moult grant pitié en son cuer, pour ce qu'il avoient laissié lor
terres et lor richoises, et avoc ce estoient li pluisour si parent. Lors
lor dist : « Biau signour et beles dames, pour Dieu ne vous esmaiiés
pas devant ce que vous saciés le pourcoi. Je vous di que cil qui ci
nous a amenés nous conduira outre, se sa volenté i est que nous[*c*] i
doions aler. Mais je di qu'il ne nous i conduira pas tous, et si vous
dirai pourcoi.

447. « Quant vous partesistes de vos terres et de vos païs, et vous
laissastes les aises de cest siecle pour entrer el service Jhesu Crist,
vous li promesistes que vous le serviriés ensi[*a*] conme fix doit servir
pere, c'est a dire que vous vous garderés de pechier d'ore en avant,

promis de vous octroyer tout ce que votre cœur demanderait, et de vous délivrer des mains de tous ceux qui voudraient vous infliger tourment et honte. Celui qui vous a
promis cela a bien tenu sa promesse, me semble-t-il : vous
ne lui avez jamais rien demandé qu'il ne vous donnât ;
maintes fois arrêtés depuis par de nombreux princes terriens,
il vous en a délivrés : vous libérant ainsi, il vous a payé vos
promesses. Mais, si vous avez depuis lâchement tenu la
sienne, ce n'est pas extraordinaire qu'il vous le rende. En
effet, quand il est allé avec vous à l'entrée du bois des
Aguets[1], chacun de vous lui a fait vœu, sincèrement, de tenir
sa chair chaste et proprement jusqu'à recevoir permission de
connaître sa femme. Promesse que vous lui avez faite, ne
l'oubliez pas ; considérez maintenant comment ensuite vous
avez tenu votre engagement : vous avez été fidèles au point
que la plupart d'entre vous sont tombés dans le dégradant
péché de luxure, et les autres sont refroidis de bien agir au
point de se repentir en majorité d'être jamais sortis de leurs
terres et de leurs pays.

448. « Ainsi les uns sont-ils entachés de luxure, les autres
du regret d'être jamais sortis de leurs terres et d'avoir failli à
la résolution qu'ils avaient formée de s'y tenir quoi que certains aient fait. Les autres ont toujours leurs cœurs du côté
de Notre-Seigneur, et sont encore aussi chauds du Saint-
Esprit et de la charité que s'ils avaient agi par habitude, et

---

coi que vous aiiés fait devant ; et il vous promist qu'il vous donroit
quanques vos cuers demanderoit, et vous deliverroit des mains a tous
ciaus qui vous volroient faire anui et honte. Cil qui ce vous promist
le vous a bien tenu, ce m'est avis, car vous ne li requesistes onques
chose qu'il ne vous donast ; et maintes fois avés puis esté arrestés de
maint prince de terre, et de coi il vous a puis delivré : ensi vous a il
delivré, et rendues vos promesses[b]. Mais se vous avés puis mauvaisse-
ment tenue la soie, il n'est pas merveille s'il le vous rent. Car quant
il ala avoc vous a l'entree del bois des Agais[c], chascuns de vous li voa
de cuer et de bouche qu'il tenra sa char chastement et netement
jusques a tant qu'il eüssent congié de connoistre lor femes. Ceste
promese li fesistes vous, ce saciés bien ; or gardés conment vous li
avés puis tenu couvens : vous li avés si bien tenu que vous et li pluisour sont[d] cheü em pechié de luxure vil et ort, et li autre sont si
refroidié de bien faire que li pluisor se repentent de ce qu'il issirent
onques de lor terres et de lor païs.

448. « Ensi sont entechié li un de luxure, li autre de repentance de ce
qu'il issirent onques de lor terres et de ce qu'il ont osté lor cuers de lor
proposement ou il estoient, coi que li autre aient fait. Li[e] autre ont tous
jours lor cuers envers Nostre Signour, et sont encore autresi caut del
Saint Esperit et de charité conme s'il l'eüssent fait acoustumeement, et

ont depuis lors gardé leur chair, maintenu leur chasteté aussi bien que promis ; ceux-ci passeront, en vérité, sans nef et sans aviron : la mer les soutiendra — c'est le monde — parce qu'il n'y a en eux ni tache ni indignité. Leur foi, en effet, leur croyance, et la grande pureté qui les habite les feront passer de l'autre côté. Mais vous, tombés dans le péché, vous n'êtes pas aussi bien que vous auriez dû : vous passerez par bateau, dans des galères ; vous nous suivrez, savez-vous pourquoi ? Notre-Seigneur ne veut pas la mort des pécheurs, au contraire, il veut qu'ils se corrigent et reviennent à la voie de vérité[1]. Je vous ai dit cela afin de vous voir reconnaître vos folies. Quand vous aurez avoué votre tort envers Dieu, n'y demeurez plus, comme jadis. » Ceux qui se sentirent coupables de ce qu'il leur imputait se retirèrent à l'écart pour manifester la douleur la plus intense et la plus inouïe ; et de se proclamer pauvres malheureux. Cette compagnie pouvait bien en compter quatre cent soixante ; ceux qui ne se sentaient pas fautifs de ce dont les autres étaient facilement accusés s'approchèrent de Josephé et, s'agenouillant devant lui, lui demandèrent :

449. « Comment nous sera-t-il possible, seigneur, de passer ? — Vous le saurez bientôt. » Ils étaient dans cette compagnie cent cinquante exactement, la plupart apparentés à Joseph. La mer était tranquille, étale et paisible, la lune claire

---

ont puissedi si bien gardé lor char, et lor chasteé tenue qu'il avoient promise ; cil passeront voirement sans nef et sans aviron ; et les soustenra la mer, c'est le monde, pour ce qu'il n'a en aus teche ne [d] vilonnie de nule riens. Car lor foi et lor creance les passera outre, et lor grant neteé qui en aus est. Et vous qui estes cheüs em pechié, n'estes pas si bien que vous deüssiés, si passerés par nef et en galies ; si nous suirrés[b] ; et savés vous pourcoi ? Nostres Sires ne velt pas la mort des pecheours, ains velt qu'il s'amendecent et reviengnent a la voie de verité. Ceste chose vous ai je dite pour ce que je voel que vous reconnoissiés vos folies. Quant cil qui serés confés de ce que vous avés vers Diu mespris, se n'i repariés mais, ensi com vous avés fait jadis. » Quant cil qui se sentirent coupable de ce dont il les acusoit oïrent ceste parole, si se traïsent ensus de Joseph et conmencierent un doel a faire si grant et si merveilleus que jamais ne verrés greignour ; et se claiment maleürous chaitif. Si en i pooit bien avoir en cele compaingnie .IIII.C. et .LX., et li autre qui ne se sentoient[c] pas meffait de ce dont li autre estoient a aise acusé s'aprocierent de Josephé et s'ajenoullierent devant lui et li disent :

449. « Comment porra ce estre, sire, que nous passerons ? » Et il respont : « Vous le savrés par tans. » Et il estoient en cele compaingnie .C. et .L. par droit conte, et en estoient li pluisour parent a Joseph. La mer estoit coie et serie et paisible et la lune estoit clere et luisans ; et

et luisante ; c'était le samedi, veille de la résurrection de Notre-Seigneur. Josephé, venant à son père et le prenant par la main, l'embrassa, puis lui dit : « Suivez-moi ! » Se dirigeant ensuite vers ceux dont le groupe lui faisait face, il les embrassa tous l'un après l'autre, et répéta à chacun ce qu'il avait dit à son père. Il allait entrer dans la mer[1], quand il entendit une voix : « Josephé, ne procède pas ainsi ; commence par mettre devant ceux qui portent le saint Graal[2], puis ôte ta chemise, et dis à ton père de poser le pied sur le pan[3] ; quand il l'y aura mis, appelle tous ceux que tu as embrassés et fais faire de même à chacun ; s'ils ont observé ce qu'ils promirent à leur Sauveur, ils pourront bien tous se tenir sur le pan ; y auront-ils posé le pied, ils pourront bien tous traverser[4]. » On ajouta que celui qui n'aurait pas respecté sa promesse ne pourrait pas y rester, et que ce pan de chemise leur tiendrait lieu de navire et de galère, et les porterait avant que le jour soit levé par-delà cette mer, à l'autre rive, « sur le territoire qui sera vôtre à tout jamais ».

450. Josephé suivit les directives de la voix : appelant tous ceux qui portaient le saint Vase, il les fit entrer en mer et leur dit : « Allez en toute sécurité : la vertu du précieux Vase vous conduira. » Et ceux-là de se jeter aussitôt dans les flots sans hésitation ni peur, et de marcher à la surface de l'eau comme sur la terre ferme, sans cesser de porter devant eux le saint Graal. Les voyant conduits de la sorte, Josephé ôta

---

estoit le samedi devant la Resurrection Nostre Signour. Et Josephés vint a son pere et le prist par la main, si le baise, puis li dist : « Sivés moi » ; puis vint a ciaus qui devant lui estoient, et les baise tous les uns après les autres[a] et dist a chascun ensi com il avoit dit a son pere. Lors se vaut metre en la mer, quant une vois li dist : « Josephé, n'i entre pas ensi ; ançois met au devant ciaus qui portent le Saint Graal, et puis oste la chemise de ton dos, si di a ton pere qu'il mete son pié sor le giron ; et quant il l'i avera mis, apele tous ciaus que tu as baisiés et fai autel faire a chascun ; et c'il ont bien gardé ce qu'il promisent a lor Sauveour, il porront bien tout ester sor le giron. Et quant il l'avront mis, il em porront bien tout passer. » Et il dist que cil qui n'avra mie bien tenue sa promesse n'i porra remanoir, et cil girons lor sera nef et galie, et les portera ains qu'il soit ajourné outre ceste mer par dela a l'autre rive « qui est en la terre qui vostre serra a tous jours mais ».

450. Ensi come la vois l'ot devisé le fist Josephés : car il apela tous ciaus qui portoient le Saint Vaissel et les[a] fist entrer en la mer et lor dist : « Alés asseür, car la [d] vertu del precious Vaissel vous conduira ». Et cil le metent tout maintenant en la mer sans paour et sans doutance, et conmencent a aler par desor l'aigue tout ausi come se ce fust a plainne terre, et portoient tout adés par devant aus le Saint Graal. Et quant Josephé voit qu'il sont acheminé en tel maniere, si osta

sa chemise, renfila ses autres vêtements, puis dit à son père
de mettre le pied sur le pan ; déjà bien loin sur la mer, il
avait étendu sa chemise comme il l'aurait fait au sol.

451. Alors Joseph s'avança, mit le pied dessus et appela un
de ses parents qui se nommait Dro, et avait douze enfants
beaux et gentils ; il y vint et posa le pied sur la chemise
comme Joseph avait fait. Et d'appeler après jusqu'aux cent
cinquante l'un après l'autre. Comme chacun s'y pressait, le
pan s'agrandissait et gagnait en largeur par la volonté de
Dieu. Miracle manifeste, au point que tous les cent cinquante
prirent place sur le pan de chemise de Josephé très largement, à l'exception de deux seulement : ceux-là trahissaient
leur parole plus qu'ils ne l'auraient dû ; l'un se tenait près de
l'autre, le père se nommait Simon. Ces deux-là, sur le point
de mettre le pied sur la chemise, coulèrent aussi facilement
qu'un boulet de plomb. Alors Josephé, qui les connaissait bien
bien de vue, leur lança : « Vous avez commis des maux, et
vous nous trompiez : à présent on voit bien la nature de
votre foi ! » Quand ils furent au fond de l'eau, ils firent tant
d'efforts, par peur de mourir et par nécessité, qu'ils atteignirent la rive ; ceux qui étaient restés en arrière, se précipitant
pour leur porter secours, se saisirent d'eux et les tirèrent à
terre. Josephé, qui tenait sa chemise par la manche, s'avança
et la tira après lui. Tous s'étaient recommandés à Notre-Seigneur, remis entre ses mains, sous sa protection, et avaient

---

la chemise de son dos, et revestí s'autre robe, et puis dist a son pere
qu'il mesist son pié sor le giron ; et il estoit ja en la mer bien loing, et
il avoit sa chemise estendue autresi com il fesist sor terre.

451. Lors vint Joseph avant et mist son pié desus, et apela un sien
autre parent qui avoit a non Dro et avoit .XII. enfans biaus et gens ;
et cil i vint et mist son pié sor la chemise ausi conme Joseph avoit
fait. Aprés apela tous les autres .C. et .L. l'un aprés l'autre. Et ensi
come chascuns metoit soi sor le giron de la chemise, croissoit li
girons, et alargissoit par la volenté de Dieu. Si fu li miracles si apers
que tout li .C. et .L. se mirent sor le giron Josephé mout largement
fors que .II. solement ; et cil n'estoient[a] pas si couvenable com[b] il
deüssent, et estoit li uns pres de l'autre, si estoit li peres apelés
Symons. Cil doi, quant il durent metre le pié sor la chemise, si afon-
drerent aussi legierement come une plonmee de plonc fesist. Et quant
Josephés les vit, qui bien les connoissoit de veüe, si lor dist : « Mals[c]
fesistes, qui nous aliés dechevant : ore pert bien combien de foi il a
en vous ! » Et quant il furent au fons de l'aigue, il s'esforcierent tant,
pour paour de mort et pour ce qu'il lor couvenoit faire, qu'il vinrent
a rive[d] ; et li autre qui remés estoient lor coururent aïdier, si les prisent et les traisent a terre. Et Josephés qui tenoit sa chemise par la
mance conmença a aler devant, et a traire sa chemise aprés soi. Et il

placé en lui toute leur espérance. Leur grande chance voulut qu'avant le point du jour ils avaient tous accosté en Grande-Bretagne, et découvrirent le territoire, le pays entièrement peuplé de Sarrasins et de mécréants. Josephé renfila ses vêtements dès leur arrivée. Ensuite ils s'agenouillèrent tous, pour remercier Notre-Seigneur et le prier, par sa douce pitié, d'amener sains et saufs ceux qui étaient restés de l'autre côté. Cette requête achevée, aussitôt une voix répondit à Josephé : « Josephé, ta prière a été entendue : ils accosteront très vite. Et la terre où tu es venu, sache-le, est promise à ton lignage pour l'accroître et la faire prospérer par un peuple qui tiendra mieux parole que le peuple actuel. Mais veille à garder force et ardeur pour propager le nom de Jésus-Christ et la vérité de l'Évangile partout où tu iras. En effet, tu ne sauras tant te hâter, sache-le bien, qu'il ne te faille beaucoup de fatigue avant que la loi chrétienne ne soit répandue par ce territoire. Maintenant, relève-toi pour faire ce que je t'ai demandé. » À ces mots, Josephé se releva prestement, tourna son regard vers le ciel et dit : « Seigneur Père Jésus-Christ, voici votre serviteur disposé à faire ce que vous avez ordonné. » Il se dirigea vers son père et vers ses parents, et s'adressa à eux en ces termes :

452. « Seigneurs, j'ai à vous apprendre de merveilleuses nouvelles : voici la terre qui nous est promise, à nous et à nos

---

s'estoient tout conmandé a Nostre Signour et mis en sa main et en son conduit, et orent en lui mise tote lor esperance. Si lor avint si bien que ançois que li jours aparut, furent il tout arrivé en la Grant Bretaigne, et virent la terre et le païs qui tous estoit pueplés de sarrazins et de mescreans. Et Josephés fu revestus si tost com il furent arrivé. Et puis s'ajenoullierent tout, et connmencierent a mercier et a proier Nostre Signour que il, par sa douce pitié, amenast sauvement ciaus qui d'autre part la rive estoient remés. Et quant il orent ceste requeste faite, maintenant li respondi une vois et dist : « Jo[e]sephé, ta proiiere est oïe : car il arriveront assés tost. Et saces que la terre ou tu es venus est promise a ton lignage por acroistre et pour multeplijer le de gent plus couvenables qu'i n'i a. Mais gardes que tu soies fors et ardans pour anonchier le non Jhesucrist, et la verité de l'Euvangille en tous les lix ou tu iras. Car bien saces que ja tant ne te savras haster que mout ne te couviengne traveillier ançois que la loy crestienne soit espandue par ceste terre. Or te lieve de ci et fai ce que je t'ai dit. » Et quant Josephés entent la parole, il se lieve erramment de la terre et regarde vers le ciel et dist : « Sires Peres Jhesucrist, veés ici vostre sergant appareilliés a faire[r] ce vostre connant. » Lors s'en tourne vers son pere et vers ses parens et lor dist :

452. « Signour, nouveles vous sai a dire bones et merveillouses : veés ci la terre qui promise nous est, a nous et a nos oirs ; si

descendants[1] ; il convient qu'elle soit cultivée, plantée de nouvelles plantes et de nouveaux arbres : aussi vrai que l'incroyance et la loi mauvaise y règnent, il faut que la loi chrétienne, bonne, pure et sainte au regard de la vie éternelle, je l'ordonne, y soit plantée, enracinée, et que celle qui y règne à présent soit chassée. — Seigneur, voici nos corps et nos cœurs disposés à accomplir vos ordres : nous sommes prêts à mourir ou vivre pour la loi et le Saint-Crucifiement de Jésus-Christ. Commandez, nous ferons tout notre possible pour nous exécuter. » Il les assura qu'il ne leur ordonnerait rien avant d'avoir des nouvelles sûres de ses compagnons restés de l'autre côté de la mer. Mais le conte cesse de parler de lui et retourne à Nascien et à son fils : comment le fils de Nascien débattit avec les clercs païens pour soutenir la loi chrétienne.

Arrivée des chrétiens à Galafort.

453. Le conte dit que lorsque l'homme de bien qui avait livré à Nascien la signification du bref qu'il tenait dans sa main eut quitté la nef, d'une manière telle qu'il ignora ce qu'il était devenu, Nascien, au comble du bonheur d'avoir entendu de lui l'interprétation, vint au bord — prétendant réintégrer sa nef où la riche épée se trouvait. Mais ne l'apercevant nulle part, il fut fort affligé : c'était un bien grand réconfort que lui donnaient les trois fuseaux qui entouraient

---

couvient qu'ele soit edefiie, et plantee de nouveles plantes et de nouviaus arbres : car tout ausi come mescreance et mauvaise loy est trovee, ensi couvient il que la loy crestienne qui est bone et nete et saintie a la vie pardurable, voel je qu'ele i soit plantee et enracinee, et ostee celi qui ore i est. » Et cil respondent : « Sire, veés ci nos cors et nos cuers apareilliés de ce que vous conmanderés : car nous somes prest de morir ou de vivre pour la loy, et pour le saint crucefiement Jhesu Crist. Conmandés et nous ferons tous nos pooirs de faire tout a vostre conmandement. » Et il dist qu'il ne lor conmandera riens devant ce qu'il sace vraies nouveles de ses compaingnons qui de l'autre part la mer sont remés. Mais atant laisse li contes a parler de lui et retourne a parler de Nascien et de son fill, conment li fix Nascien desputa as clers paiens pour la loy crestienne soustenir.

453. Or dist li contes que quant li prodom qui a Nascien ot dit la senefiance del brief que il tenoit se fu partis [f] de la nef, en tel maniere qu'il ne soit qu'il fu devenus, et Nasciens qui mout fu liés et joians, de ce qu'il li avoit dite la senefiance, vint au bord de la nef, car il quidoit bien rentrer ens en sa nef dont il estoit issus, ou la riche espee estoit. Mais il ne le vit ne loing ne pres, dont il fu mout dolans : car mout li faisoient grant confort li .III. fuisel qui entour le lit estoient. Et quant il vit qu'il n'en raveroit point, si s'en souffre

le lit. Constatant qu'il n'en reprendrait pas possession, il s'y résigna pour demander consolation à son bref. La nuit venue, il se coucha et s'endormit. Il lui sembla, dans son sommeil, que l'homme de bien qui lui avait confié ce bref le lui reprenait, avec ces prédictions : « Jamais tu ne le reverras avant d'avoir à quitter ce monde ; tu ne sortiras pas de cette nef avant la venue de la Résurrection. Mais tu accosteras au pays où tu trouveras Célidoine ton fils, et avec toi les pêcheurs qui n'ont pu suivre leur compagnie en raison des péchés dont ils regorgent. »

454. Ainsi advint-il à Nascien tandis qu'il dormait. Au matin, quand le jour fut clair et beau, il s'éveilla avec le souvenir précis de ce qu'il avait vu dans son sommeil. Et de se mettre à chercher son bref ici et là. Mais, ne pouvant mettre la main dessus, il se rendit à l'évidence : celui qu'il avait vu en songe l'avait emporté. Il en aurait été fort irrité s'il n'avait pensé que Notre-Seigneur en était fort accablé. Cette nuit-là il arriva qu'il rencontra un navire venant de la cité de Cordes et, à son bord, l'émir avec une multitude de chevaliers, de princes et d'autres gens, fort bien armés, s'en allant en guerre contre le roi de Salemonde en Grèce. Quand ils virent Nascien si seul sur son embarcation, ils furent fort étonnés ; ils l'auraient très volontiers pris à leur bord s'il l'avait souhaité : mais il refusa, aussi le tinrent-ils pour particulièrement sot ; ils n'avaient jamais vu, à les entendre, créature si stupide.

---

atant et se conforte a son brief. Et quant la nuit fu venue, si se couche et s'endort. Et quant il fu endormis, il li fu avis que li prodom que li avoit baillié cel brief li retoloit, et disoit : « Jamais ne reverras cest brief devant ce que tu deveras partir de cest siecle, ne ja n'isteras de ceste nef devant ce que la resurrexion sera venue. Mais lors arriveras tu el païs ou tu trouveras Celidoine ton fil, et avoc toi arriveront li pecheour qui ne porent lor compaignie sivir pour les pechiés dont il sont tot plain. »

454. Ensi avint a Nascien en son dormant. Et au matin quant li jours fu et clers et biaus s'esveilla, et li souvint mout bien de ce qu'il avoit veü en son dormant. Lors conmencha a querre son brief cha et la. Et quant il ne le pot trouver, si s'aperchut bien que cil qu'il avoit veü en son dormant l'en avoit porté. Si en eüst molt esté coureciés s'il ne quidast que a Nostre Signour em pesast mout. Cele nuit meïsmes avint qu'il encontra une nef qui venoit de Cordes la cité, et estoit l'amiraus dedens o grant plenté de chevaliers et de princes et d'autres gens, et furent mout bien garni d'armes, et s'en aloient a ost sor le roi de Salemonde en Gresse. Et quant il virent Nascien si sol en cele nef, si s'en esmerveillierent mout, et si l'eüssent mout volentiers mis o els s'il vausist, mais il ne vaut, si l'en[a] tinrent a fol et a nice ; et disent qu'il n'avoient onques mais veü si nice riens.

Ils le laissèrent non sans compassion, et l'émir ordonna
qu'on lui donnât sur ses vivres une quantité suffisante pour
une demi-année. Ils le quittèrent alors, assurant n'avoir jamais
vu personne sillonner aussi follement la mer : il ne possédait
ni gouvernail, ni aviron, ni rien de propre à le conduire. Nascien, resté tout seul, vogua de toute manière à l'aventure, et
ainsi tout l'hiver jusqu'au début de l'été, et finalement un
soir, autour de minuit, il accosta au plaisir de Dieu dans un
port ; il dormait ; quelqu'un me demanderait-il où c'était, je
lui répondrais, ainsi que l'atteste l'histoire du saint Graal : au
port où demeuraient les compagnons de Josephé — ceux qui
n'avaient pu le suivre à cause de leurs péchés.

455. La nef avait à peine accosté dans le port où ils étaient
qu'ils entendirent une voix : « Montez à bord, pêcheurs : elle
vous mènera dans la terre qui vous est promise ; mais gardez-
vous dorénavant de pécher ; amendez donc vos vies si vous
ne voulez être perdus corps et âme. » Ils répondirent en
chœur : « Seigneur, nous nous comporterons dorénavant si
bien que nous ne transgresserons plus votre commandement. » Sur la nef une voile était ferlée ; ils la hissèrent aussitôt, et un grand vent favorable s'y engouffrant, la nef en peu
de temps fut si loin de la rive qu'ils ne virent terre d'aucun
côté. Alors ils se recommandèrent à Notre-Seigneur, le priant
du fond du cœur de les mener, par sa douce pitié, où leur
compagnie était en sécurité. Alors qu'ils étaient en prière et

---

Si le laissierent par pitié, et li amiraus conmanda[b] c'on li donnast de sa
viande, tant que bien li peüst souffire a demi an. Lors s'empartirent de
lui, et disent qu'il n'avoient onques mais veü home si folement errer
par mi la mer come cil faisoit : car il n'avoit o lui gouvernal ne aviron
ne rien que il veïssent qui le deüst conduire. Et Nasciens qui tous seus
fu remés erra toutes voies ensi come aventure le menoit, et ensi[c] erra
tout l'iver tresques a l'entree de l'esté tant que a un soir arriva si come
a Dieu plot a un port en[455a]tour mienuit ; et il dormoit ; et se aucuns
me demandoit ou ce fu, je li diroie, ensi come l'estoire del Saint
Graal le tesmoigne : car ce fu au port ou li compaingnon Josephé
estoient, et c'estoient cil qui ne le porent sivir por lor pechiés.

455. Quant la nef fu arrivee au port ou cil estoient, si oïrent cil
une vois qui lor dist : « Entrés ens, pecheour : car ele vous menra en
la terre qui promise vous est ; mais gardés vous d'ore en avant de
pechier, et si amendés vos vies se vous ne volés estre destruit en cors
et en ame. » Et quant il oïrent ce, si respondirent tout a une vois :
« Sire, nous nous tenrons des ore en avant si bien que nous ne trespasserons mais vostre conmandement. » Mais une voile avoit en la nef
qui n'estoit pas tendus, si le tendirent tout maintenant, et li vens qui
estoit grans et bien portans se feri dedens le voile, et la nef si fu em
poi d'ore es eslongie de la rive qu'il ne virent terre de nule part. Lors

en oraison, ils jetèrent un regard dans la nef, et découvrirent Nascien assez profondément endormi pour ne pas s'éveiller à leur venue ; ils s'assemblèrent en nombre autour de lui et se consultèrent pour savoir s'ils le réveilleraient afin de connaître son identité. « Oui », dit l'un.

456. Et de mettre la main sur la tête de Nascien et de la secouer : celui-ci se signa tout aussitôt qu'il sentit qu'on le bousculait et fut saisi d'étonnement à voir autour de lui tant de monde : quand il s'était endormi, aucun d'eux n'était sur la nef. Il se dressa tout effrayé et, les saluant au nom de Dieu, leur demanda d'où ils étaient et comment ils étaient montés, puisque, lorsqu'il s'était endormi, ils n'étaient pas sur la nef. Ils venaient, dirent-ils, certains de Jérusalem, les autres de Galilée et des environs ; ils avaient quitté leur pays sur l'ordre du Roi des rois pour aller en une autre terre « dont nous ne savons pas où elle est ni de quel côté ; mais elle nous est promise, à nous et à nos descendants ». Tandis qu'ils lui parlaient, Nascien, les parcourant du regard, avisa un chevalier qu'il lui semblait avoir déjà vu. Après l'avoir bien observé, il eut l'impression qu'il s'agissait de Clamacidès, jadis guéri de son bras coupé sitôt qu'il l'eut accolé à la croix de l'écu porté par le roi Mordrain dans la bataille qui l'avait opposé au roi Tholomé[1].

---

se conmanderent a Nostre Signour et li proierent molt escortement que il, par sa douce pité, les menast la ou lor compaignnie estoit a sauveté. Endementres qu'il estoient em proiieres et en orisons, il regarderent en la nef, et virent Nascien qui se dormoit si fermement que onques pour lor venue ne s'esveilla ; et s'asamblerent grant partie entour lui et demanderent entr'aus s'il l'esveilleroient pour savoir qui il estoit. « Oïl », ce dist li uns.

456. Lors li mist la main sor le chief Nascien et le boute ; et il se sainne maintenant qu'il se sent mouvoir, et mout s'esmerveilla durement de ce qu'il vit entour lui tant de gent : car quant il s'endormi n'en i avoit nul en la nef. Lors se drece ausi come tous effreés, et les salua* de Dieu, et lor demanda dont il sont et quele aventure les avoit laiens mis : car orendroit n'i estoient il pas quant il s'endormi ; et il dient qu'il estoient auquant de Jherusalem, et li auquant de Galilee et de la terre entour ; se sont parti de la terre del païs par le conmandement del Roi des rois pour aler en une autre terre « que nous ne savons ou ele est ne quel part ; mais ele est promise a nous et a nos oirs ». Endementres que cil parloient a Nascien, il regarda sor aus et vit un chevalier qu'il avoit autre fois veü, ce li sambloit. Et quant il l'ot bien regardé, se li samble que c'estoit Calamatides qui jadis ot esté garis de son bras qu'il ot copé, si tost com il l'ot acolé a la crois de l'escu que li rois Mordrains [*b*] avoit porté em bataille qui jadis avoit esté entre lui et le roi Tholomer.

457. Quand il fut certain de son identité, Nascien ne put dissimuler l'avoir reconnu et l'appela par son vrai nom de baptême : « Est-ce vous, Clamacidès, qui teniez de moi votre terre ? » En entendant son nom, Clamacidès, courant à lui bras ouverts, l'étreignit, l'embrassa, ému de joie jusqu'aux larmes, et s'exclama : « Seigneur, pour Dieu, quelle aventure vous a amené si loin de votre pays ? Pour Dieu, dites-le-nous. — Et vous, dit Nascien, et les autres, pourquoi êtes-vous venus ici ? — Par ma foi, dit Clamacidès, dès lors que Josephé et Joseph son père quittèrent Sarras comme vous le savez, vous avez vu que j'avais abandonné toutes les richesses que j'avais ici-bas, et laissé ma femme, et ma maison, pour suivre Josephé et sa compagnie, et, finalement parvenus à la mer, il nous a fallu demeurer en arrière en raison de notre péché : nous sommes restés ici. — Et qu'est devenu monseigneur Josephé ? s'enquit Nascien. — Seigneur, dit Clamacidès, ils ont franchi la mer. » Il lui conta alors de quelle manière et par quel miracle. « Quand ils s'en furent allés, il nous fallut nous attarder sur le rivage, jusqu'à ce que Dieu nous eût secourus en quelque façon : l'aide nous est si bien arrivée, grâce à Dieu, que votre nef vint accoster, et nous y sommes montés auprès de vous pour aller en votre compagnie. — Dites-moi donc, demanda Nascien, si toutes ces personnes appartiennent à la compagnie de Josephé. — Seigneur, oui, nous en sommes tous ; mais à

457. Quant Nasciens sot que ce fu cil, ne se pot vers lui celer, ains l'apela par son droit non de baptesme : « Clamatides, en estes vous celui qui soliés de moi tenir terre ? » Et quant Clamatides s'oï nonmer, se li courut les bras tendus et l'acole et baise et ploure sor lui de joie et de pité, et li dist : « Sire, pour Dieu, quele aventure vous a ci amené si loig de vostre païs ? Pour Dieu, dites le nous. — Mais vous, fait Nasciens, et cist autre, pour coi estes vous cha venu ? — Par foi, fait Clamatides, des lors que Josephés et Joseph ses peres se partirent de Sarras ensi com vous le seüstes, et veïstes que je avoie laissié toutes les richoises que j'avoie el monde, et ma feme, et ma maisnie, pour sivir Josephé et sa compaignie, tant que nous venismes a la mer ou il nous couvint remanoir pour le pechié de nous : si remansismes illoc. — Et que devint mesires Josephés ? fait Nasciens. — Sire, fait Clamatides, il passerent outre parmi la mer. » Lors li conte en quel maniere et par quel miracle. « Et quant il s'en furent alé, il nous couvint demourer a la rive, tant que Dix nous eüst conseillié en aucune maniere ; si nous en est si bien conseillié et avenu, Dieu merci, que ceste nef ou vous estes vint a la rive, et nous i entrasmes o vous por aler en vostre compaignie. — Or me dites, fait Nasciens, se tout cil qui ci sont sont de la compaingnie Josefé. — Sire, fait il, oïl, ne mais par nostre pechié le

cause de notre péché nous avons été contraints de la quitter au passage de la mer. Mais dites-nous donc, seigneur, ce qui vous est arrivé depuis votre départ de Sarras. » Il le lui conterait en détail, répondit-il, le moment venu ; mais pas avant de rejoindre Josephé et ceux qui l'accompagnaient.

458. Tous les passagers de la nef se réjouirent fort de la présence de Nascien, jusqu'au moment où le jour clair et beau fut levé ; se prosternant tous, à genoux et sur les coudes, ils prièrent Notre-Seigneur de bien vouloir, par sa douce pitié, ne pas regarder à leurs péchés, pour les conduire au contraire vers Josephé et sa compagnie. Ce fut leur propos jusqu'à prime, où tous se signèrent ; puis, se relevant, ils aperçurent devant eux la terre assez près, et des gens, dont ils ignoraient qui ils étaient. Quant ces derniers, qui les avaient si longtemps attendus, les virent approcher, ils leur crièrent la bienvenue, leur souhaitant réussite et joie, et eux firent de même. Reconnaissant leurs compagnons, ils sortirent de la nef, les autres coururent les fêter, les étreignant et les embrassant, émus aux larmes comme s'ils avaient cru les avoir perdus à tout jamais. Remarquant Josephé au milieu des autres, Nascien se précipita directement vers lui et se présenta. Josephé, le reconnaissant, lui manifesta une grande joie : il l'aimait profondément ; il lui demanda de ses nouvelles et ce qui lui était arrivé depuis

---

nous covint laissier au trespasser de la mer. Mais ore nous dites, sire, conment vous l'avés puis fait que vous partesistes de Sarras. » Et il respont qu'il li dira bien quant poins sera del dire ; mais ce n'iert mie devant ce que il venront en la compaignie de Josephé et des autres qui en sa compaignie sont.

458. Mout fisent grant joie tout cil qui estoient en la nef de Nascien, tant que li jours fu ajournés biaus et clers ; si se metent tout a coutes et as jenous, et proiierent a Nostre Signour que il par sa douce pitié ne voelle pas regarder a lor pechiés, ains les voelle conduire la ou Josephés est et sa compaignie. En tel point furent il jusques a prime, qu'il fisent tout sor aus[a] le signe de la vraie crois[b] ; et puis se drecierent et regarderent devant aus, si virent terre auques pres d'aus, et gens, mais [c] il ne savoient qui il estoient. Et quant cil, qui si grant piece les avoient atendus, les virent venir, il lor escrierent que bien soient il venu, et il lor orent bone aventure et joie, et cil ausi a aus. Et cil reconnurent lor compaingnons, si s'en issent de la nef fors, et cil les coururent conjoiir, si les acolent et baisent, et plourent de joie et de pitié ausi conment com s'il les quidaissent avoir perdus a tous jours mais. Et quant Nasciens vit Josephé entre les autres, il acourut tout droit a lui et se fist connoistre. Et quant Josephé le connut, se li fist joie merveillouse, car il l'amoit de grant amour ; si li demanda de son estre et conment il l'avoit puis fait

qu'il ne l'avait vu, sans oublier de le questionner sur le roi Mordrain. Nascien lui conta en détail ce qu'il avait vécu après qu'il l'eut quitté, et toutes les aventures que Notre-Seigneur lui avait envoyées depuis ce jour ; il en dit tant que toute l'assistance vit une grande merveille, un grand miracle de Notre-Seigneur, dans le fait qu'il les avait conduits si sûrement.

459. Ils mangèrent, ce jour-là, la nourriture qu'ils purent se procurer, et demeurèrent quatre jours sur le rivage, obtenant très largement ce qu'ils désiraient. Le cinquième jour ils se déplacèrent et entrèrent dans une forêt où ils passèrent la journée, sans trouver ni à boire ni à manger, ce qui les inquiéta fortement. Le lendemain ils connurent une très prodigieuse aventure bien digne d'être mentionnée dans un conte : ayant cheminé jusqu'à l'heure de midi, tombant de fatigue et d'épuisement, ils mouraient de faim. Ils s'arrêtèrent devant une modeste demeure, le chez-soi d'une vieille femme qui venait de cuire son pain (il y avait douze pains, mais petits) ; eux, dont le désir n'avait d'égal que la privation, les achetèrent. À peine s'en furent-ils saisis qu'éclata entre eux une violente querelle fort bruyante, car il leur était impossible de s'entendre sur la façon dont chacun pouvait obtenir sa part, vu qu'il n'y avait que douze pains, alors que cette compagnie comptait plus de cinq cents personnes,

---

qu'il ne le vit mais, et del roi Mordrain ne li oublia il pas a demander. Et cil li dist tout outreement conment il li estoit puis avenu qu'il se parti de lui, et toutes les aventures que Nostres Sires li avoit envoiés puissedi ; si en dist en tant que tout cil qui l'oïrent le tinrent a grant merveille et a grant vertu de Nostre Signour, de ce que si sauvement les avoit conduis.

459. Celui jour furent repeü de tele viande com il porent avoir, et demourerent illoc .IIII. jours sor le rivage, et orent assés sousfissanment ce qu'il demandoient et desiroient. Au quint jour s'esmurent et entrerent en une forest qui lor dura toute jour, ne ne trouverent ne que boire ne que mengier, dont il furent molt esmaiié. A l'endemain lor avint une aventure mout merveillouse qui bien doit estre amenteüe en conte : car il orent alé jusques a ore de miedi, et furent mout traveillié et pené, si orent mout grant faim. Il trouverent un povre repaire chiés une vielle feme qui avoit quit son pain ; et en i avoit .XII. pains, mais petit estoient ; cil, qui en orent grant desirier et grant souffraite, l'achaterent. Et quant il en furent saisi, il monta entr'aus grans estris et grant noise, car il ne se pooient acorder conment chascuns eüst sa part de pain, a ce qu'il n'en i avoit que .XII., si estoient en cele compaignie plus de .V.C.[a] que homes que femes, dont il dut avoir entr'aus une si grant mellee qu'il s'entrefuissent tout ocis s'il n'eüssent esté acoisié.

hommes et femmes confondus, ce qui risquait de provoquer une altercation mortelle si les esprits ne se calmaient pas.

460. Alors les plus influents vinrent avertir Josephé que, s'il ne décidait rien, ce peuple se déchirerait jusqu'à ce que mort s'ensuive pour un peu de pain. « Ce n'est certes pas pour du pain qu'ils se disputent, dit Josephé, mais à cause du péché et à l'incitation de l'ennemi sous la coupe duquel ils sont encore. » Alors, il se rendit auprès d'eux et leur ordonna de s'asseoir par terre, ce qu'ils firent. Il prit aussitôt les douze pains, les fit mettre ici et là, et fit rompre chacun en trois parts. Puis il demanda qu'on apporte le saint Graal devant la table. Notre-Seigneur fit montre d'un si grand miracle que, par la venue du saint Graal, il arriva que les douze pains se multiplièrent ; alors qu'ils étaient bien cinq cents, ils en eurent tant qu'ils ne purent tous les manger — il en resta plus que la valeur de douze pains, leur sembla-t-il[1]. Ce sont de tels miracles que montra Jésus-Christ à ceux que Josephé avait en sa compagnie et qui gisaient en état de péché mortel. Le présent miracle se produisit en Grande-Bretagne tout près — à peine à une demi-journée de distance — de la cité de Santfort.

461. Le peuple connut un grand bien-être, ce jour-là. Après qu'ils eurent mangé, Josephé se mit à prêcher, et à parler de l'Évangile ; il leur dit que cette famine était la conséquence de leur péché, et de la révolte du diable hors du pouvoir duquel ils n'étaient pas encore. « Sachez-le, si vous vouliez tout à fait croire mon conseil : vous ne demanderiez

---

460. Lors vinrent cil qui plus estoient maistre a Josephé et li disent que cis pules s'entrocirroit pour un poi de pain s'il n'i metoit conseil. « Certes, dist Josephé, ce n'est mie pour pain, mais par pechié et par muete d'anemi de qui [*d*] poesté il ne sont mie encore fors. » Lors en vint a els et lor conmanda tous asseoir par terre, et cil si firent. Il prist lors maintenant les .XII.ᵃ pains et les fist metre cha et la, et fist chascun depechier en .III. parties. Puis fist aporter le Saint Graal par devant la table. Si en moustra Nostres Sires si grant miracle[*b*] que par la venue del Saint Graal, avint que[*c*] li .XII. pain foisonnerent ; a ce qu'il estoient bien .V.C. si en orent a tel foison qu'il ne les porent pas mengier[*d*], ains en remest plus que li .XII. pain ne peüssent contenir, ce lor fu avis. Itels miracles moustra Jhesu Crist a ciaus que Josephés avoit en sa compaingnie et qui gisoient em pechié mortel. Et cis miracles avint en la Grant Bretaigne assés pres de la cité de Santfort, a demie journee.

461. A celui jour fu mout li pueples a aise. Et quant il orent mengié, si les conmencha Josephés a sermonner, et a traitier de l'Euvangille ; et lor dist que cele famine lor avenoit par lor pechié et de muete del dyable de qui poesté il n'estoient encore pas fors. « Et saciés, se vous del tout voliés croire mon conseil, ja ne demanderiés

jamais rien sans l'obtenir comme vos compagnons qui m'ont suivi sur la mer, lorsque vous êtes restés en arrière. Ils ont tout ce qu'ils veulent, pour souhaiter servir vraiment leur Seigneur ; vous le servez si mal qu'il ne vous sait gré de ce que vous pouvez faire pour lui. » Ce sont des propos que Josephé répéta de nombreuses fois. Il les chapitra tellement qu'ils auraient bien dû se corriger ; mais ils ne le firent pas beaucoup, car était enfoui en eux le venin qui les empêchait de commettre la moindre bonne action.

462. Le peuple, cette nuit-là, coucha dans un bois, à même les feuilles et les ramées. Au matin, quand le jour fut levé, ils vinrent devant le saint Graal faire leurs prières et leurs oraisons, puis ils se mirent en route et cheminèrent pour atteindre finalement à l'heure de prime le château de Galafort. Parvenus à l'entrée, ils découvrirent une croix prodigieuse : quel ne fut pas leur étonnement, persuadés qu'ils étaient de l'absence en tout le pays de tout symbole de croix et de la sainte Église, parce que tout le territoire n'était, leur semblait-il, peuplé que de païens. Josephé, voyant la croix, proclama que le château[1] était marqué d'un si bon symbole que l'univers entier devait l'invoquer. Ils y pénétrèrent, pieds nus comme ils étaient. Parcourant les rues, ils trouvèrent que le château était très hospitalier, beau et fort, comme c'était le cas en ce temps-là, mais ils n'y trouvèrent âme qui vive, ce

---

chose que vous n'eüssiés ausi come vos compaignons qui me sivirent parmi la mer la ou vous remansistes. Icil ont quanques il voelent, car il servent lor Signour a lor voloir, et vous le servés si mauvaisement[a] qu'il ne vous set gré de chose que vous faciés pour lui. » Itels paroles dist Josephés par pluisours fois. Et tant les amonnesta qu'il se deüssent bien chastoiier ; mais non fisent pas granment, car il avoient envolepé le venin dedens aus, qui ne lor laissoit nul bien faire[b].

462. Cele nuit jut li pueples en un bois, es fuelles et es ramees qui furent el bois meïsmes. Au matin, quant li jours aparut, et il furent venu devant le Saint Graal, la ou il orent faites lor proiieres et lor orisons, si se misent en lor chemin, et errerent tant qu'il vinrent a ore de prime au chastel de Galafort. Et quant il vinrent a l'entree del chastel, il regarderent devant aus et virent une merveillouse crois, si s'en esmerveillierent trop car il quidoient bien qu'en tout le païs n'eüst nul signe de crois ne de Sainte Eglyse, pour ce qu'en toute la terre n'avoit se paiens non, ce lor estoit avis. Et quant Josephé vit la crois, il dist que li chastiaus estoit signiés[a] de si bon signe que tous li mons le devoit aourer. Lors entrerent dedens, ensi nus piés com il estoient. Et quant il vinrent es rues, il [e] trouverent que li chastiaus estoit bien herbergiés, et biaus et fors, come a celui tans, mais onques n'i virent home ne feme, dont il s'en esmerveillierent trop : si

qui les stupéfia : Dieu, s'exclamèrent-ils, le leur avait préparé pour demeure, tel qu'il était, beau et accueillant.

463. Ainsi cheminèrent-ils jusqu'à la citadelle, et ils y entrèrent ; arrivés au donjon, à défaut d'y rencontrer ni homme ni femme, ils entendirent, leur sembla-t-il, une multitude de gens ; avançant, ils virent rassemblés sous un préau, à côté de la grande salle, toute la population du château, tous les savants du pays et tous les brillants clercs experts en fait de loi. Le seigneur de Galafort lui-même y siégeait dans un fauteuil ; il avait réuni cette assemblée contre Célidoine à qui il avait promis, s'il pouvait prouver à son peuple la supériorité de la loi chrétienne sur la sarrasine, de recevoir aussitôt le baptême et de devenir chrétien : Célidoine devait y être pour en faire la démonstration. Ce dernier néanmoins les avait déjà tant ébranlés qu'ils étaient à bout d'arguments et qu'ils demandèrent l'ajournement : Célidoine dit qu'ils n'obtiendraient pas de délai supplémentaire, mais qu'ils devaient répondre prestement comme ils l'avaient promis. À force d'insister, le seigneur du château obtint de lui un report jusqu'au lendemain, étant entendu qu'ils se rassembleraient tous en cet endroit ; mais si Célidoine prouvait ce qu'il avait dit, et si les autres ne pouvaient se défendre, ni eux ni leur loi, en bonne logique, le duc rendrait un tel jugement qu'on en parlerait à tout jamais : c'est ainsi que l'assistance allait se disperser. Sur le point de rentrer chez

---

disent que Dix lor avoit apareillié celui chastel a lor manoir si bon et si bel com il estoit.

463. Ensi errerent jusques a la maistre forterece, si i entrent ; puis en vont jusques a la maistre tour, et n'i trouverent home ne feme ; mais il i oïrent, ce lor fu avis, mout grant plenté de gent, et il alerent avant et virent en un praiel qui estoit dalés la grant sale toute la gent del chastel et tous les sages houmes del país et tous les bons clers qui bien s'entendoient de la loy. Et li sires de Galafort meïsmes i estoit et seoit en un faudestuef, si avoit faite cele assemblee encontre Celidoine a qui il avoit promis que s'il pooit prouver encontre son pueple que la loy crestienne volsist mix que la sarrazine loy, il receveroit maintenant baptesme et devenroit crestiiens : et Celidoines i devoit estre pour le dire. Et nonpourquant Celidoines les avoit a ce ja amenés qu'il ne savoient que respondre, tant que cil li demanderent jor ; et Celidoines dist que ja n'en aroient jor, mais respondissent esroment si com il l'avoient acreanté. Et nonpourquant tant li[a] proiia li sires del chastel qu'il lor donna jour jusques a l'endemain, par couvens qu'il assembleroient tout illoc ; mais se Celidoines prouvoit[b] ce qu'il avoit dit et li autre ne se[c] pooient deffendre par raison et als et lor loy, li dus feroit d'aus tel justice qu'il en seroit parlé a tous jors mais : par tel maniere se voloient departir cil qui illoc estoient assemblé. Et ensi com il s'en

eux, les participants rencontrèrent Josephé et toute sa troupe accoutrés de pauvres vêtements. Les voyant pieds nus, ils se demandèrent fort étonnés qui étaient ces gens, et de quel endroit ils venaient pour avoir une telle apparence.

464. À peine eut-il vu Célidoine son fils à côté du duc que Nascien le reconnut ; son cœur fut rempli d'une joie indicible. Il courut aussitôt au-devant de lui, bras ouverts, étreint par la joie jusqu'aux larmes. Ceux qui accompagnaient Nascien, reconnaissant Célidoine, lui firent une grande fête ; il les serra tous dans ses bras, chacun à son tour.

465. À voir la joie qu'ils se témoignaient, le duc Ganor, surpris, se demanda ce dont il pouvait s'agir ; contemplant ce spectacle avant de se retirer, il fut au comble de la stupéfaction. Après les avoir longuement observés, il leur ordonna de reculer, pour s'enquérir auprès de Célidoine de l'identité de ces gens à qui il réservait un si bel accueil, « car je constate à ce que je vois que vous vous aimez beaucoup. — Seigneur, dit Célidoine, celui-ci est mon père. » Il lui montra Nascien ; lui désignant ensuite Josephé, il ajouta : « Seigneur, celui-ci est docteur et pasteur de la sainte Église ; celui-là est son père » — il lui désigna Joseph — « et tous ceux que vous voyez ici sont des hommes de bien, de bons chrétiens et vont tous pieds nus. Sachez que bien qu'ils aillent ainsi, ce sont des hommes très puissants dans leur pays ; mais ils ont totalement abandonné leurs biens pour l'amour de Jésus-

---

devoient aler a lor ostels, il encontrerent Josephé et sa maisnie qui venoient em povres vestimens et em povre abit. Et quant li autre virent qu'il estoient nus piés, si se mervellierent mout quels gens c'estoient, et de quel lieu il venoient en tel abit com il estoient.

464. Quant Nasciens vit Celidoine son fil qui estoit dalés le duc, si le connut tantost ; si en ot si grant joie a son cuer qu'a painnes le vous porroit nus dire. Se li court a l'encontre maintenant les bras tendus et commence a plourer de joie et de pité. Quant li autre qui estoient venu avoc Nascien connurent Celidoine, se li fisent merveillouse joie, et il les acole tous, [f] les uns après les autres.

465. Quant li dus Ganors voit la joie que cil font de lui et que il fist d'als, si s'en esmervella mout que ce pooit estre ; si les esgarda mout voletiers avant qu'il s'en partesist ; si en devint tous esbahis. Et quant il les ot grant piece regardés, il les fist tous traire ensus, et demanda a Celidoine qui ces gens sont a qui il fait si grant joie, « car je voi bien au samblant que je voi que vous ne vous entramés pas petit. — Sire, fait Celidoines, cil dela est mes peres. » Se li moustra Nascien et puis li moustra Josephé et li dist : « Sire, et cis est maistres et paistres de Sainte Eglyse ; et cil dela est ses peres » se li a moustré Joseph « et tout cil que vous ci veés sont prodome et bon crestien et vont tous nus piés. Et saciés, ja soit ce chose qu'il voisent ensi, si sont il mout riche

Chriſt qui apparut pauvrement vêtu en ce monde. Maintenant, ils peuvent être certains, vos clercs déſireux de défendre votre fauſſe loi, d'être tous honnis et vaincus devant cette haute perſonnalité », et d'ajouter à propos de Joſephé qu'ils n'auraient jamais la hardieſſe de proférer un menſonge.

466. « Célidoine, dit le duc, puiſque tu les aimes tant, fais-les donc venir dans mon palais, et ſervir comme il te plaira, puis demain amène-les avec toi au moment de la ſeſſion. Je te le jure : ſi notre doĉteur ne peut lutter avec toi au ſujet de notre loi, je rendrai un jugement dont on entendra toujours parler. » Il ordonna à ſes ſerviteurs de prendre en charge Célidoine et les chrétiens pour les conduire en ſon palais, et pour qu'ils ſoient ſervis très richement ; il ajouta que le lendemain, à l'heure de prime, tous ſoient préſents à la ſéance : ceux-là ſe conformèrent aux ordres du duc. Auſſi furent-ils ſervis et honorés faſtueuſement, ayant à boire et à manger à volonté par amour pour Célidoine. Joſephé lui demanda pourquoi, comment et par quelle aventure il était arrivé là ; amené, leur dit-il, dans la nef, auſſitôt qu'il fut ſéparé de Naſcien ſon père. « Êtes-vous ici depuis longtemps ? s'enquit Naſcien. — Seigneur, oui : bien quatre mois ou plus. — Et depuis, où avez-vous logé ? — Seigneur, répondit Célidoine, dans une forêt près d'ici, où vit un ermite, ſaint homme menant une vie exemplaire ; ſon propos m'a

---

home en lor païs ; mais il ont tout laiſſié lor biens pour l'amour Jhesu Criſt qui aparut en ſi povre habit en ceſt ſiecle. Ore puent eſtre aſſeür voſtre clerc, qui voſtre fauſe loy voelent deffendre, qu'il ſeront tout honni et conclus par devant cele haute perſonne », et ce diſt[r] il de Joſephé qu'il ne ſeroient ja tant hardi qu'il deïſſent menchoigne.

466. « Celidoines, fait li dus, puis que tu les aimmes tant, ore les en mainne dont en mon palais et les fai ſervir a ton plaiſir, et demain les amainne avoc toi a ore de plait devant nous. Et je te jur que ſe li maiſtres de noſtre loy ne ſe puet deffendre contre toy de la noſtre loy, je en ferai ſi haute juſtice qu'il en ſera parlé a tous jours mais. » Lors conmanda a ſes ſergans qu'il prengent Celidoine et les creſtiens et les mainnecent en ſon palais, et lor conmande qu'il ſoient ſervi mout richement ; et demain a ore de prime les amaint tous au plait, et cil firent ce que li dus ot conmandé. Si furent ſervi et honneré mout richement, et orent aſſés a boire et a mengier pour l'amour de Celidoine. Et Joſephés demanda celui pour coi et comment et par quele aventure il eſtoit illoc venus ; et il lor diſt que il fu menés en la nef tantoſt com il ſe parti de Naſcien ſon pere. « A il grant piece, fait Naſciens, que vous veniſtes en ceſte terre ? — Sire, oïl, fait Celidoines : il i a bien .IIII. mois ou plus. — Et ou avés vous puis tous jours eſté ? — Sire, fait Celidoines, je ai eſté en une foreſt pres de ci, ou il i a un hermite ſaint [46a] home et de bone vie ; et mout m'a

beaucoup appris sur la loi de Jésus-Christ, pour me défendre contre le peuple sarrasin. » Toute la nuit ils parlèrent avec Célidoine, le pressant de questions sur son état et sur ce qui s'était depuis passé pour lui. Mais maintenant le conte se tait sur eux et retourne au duc Ganor : comment Josephé les baptisa, lui et ses gens.

Victoire sur le roi de Northumberland.

467. Le conte dit que la nuit, couché dans son lit, le duc Ganor, très préoccupé des merveilles qu'il avait entendues de la bouche de Célidoine, fut si perplexe qu'il ne sut ce qu'il fallait en penser. S'assoupissant alors, dans son sommeil il lui sembla voir une eau, la plus belle et la plus limpide qu'il eût jamais vue ; il s'arrêta pour la contempler. Il la regardait depuis un long moment, quand il en vit sortir un grand peuple plus blanc que neige fraîche, et tous prenaient un même chemin, dont ils ignoraient la destination ; il voyait distinctement descendre sur les uns une nuée dont ils étaient tout tachés de noir, les autres conservant intacte leur blancheur. Après avoir marché un long moment, ceux qui étaient salis parvenaient dans une grande vallée obscure pour y être tous capturés et prisonniers, les autres passant outre en toute liberté.

468. C'est la vision que reçut le duc dans son sommeil : fort mal à l'aise au réveil, il donna l'ordre qu'on fasse venir

---

parlé et enseignié de la loy Jhesu Crist pour moi desfendre contre la gent sarrazine. » Assés parlerent la nuit a Celidoine, et li demanderent mout de son estre et conment il l'avoit puis fait. Mais or se taist li contes d'aus et retourne a parler del duc Ganor : conment Josephés*ª* le baptisa lui et ses gens.

467. Or dist li contes que quant li dus Ganor se fu la nuit couchiés en son lit, si conmencha a penser mout durement des merveilles qu'il avoit oïes de Celidoine ; si en fu en tel doutance qu'il n'en savoit que dire. Lors s'endormi ; et en son dormant il li fu avis qu'il veoit une aigue, le plus bele et le plus clere qu'il onques mais eüst veüe ; si s'arestut pour esgarder le. Et quant il l'ot une grant piece regardé, il en veoit un grant pueple issir plus blanc que noif negie, et s'en aloient tout un chemin, mais il ne savoient quel ; et tant savoit il bien qu'il veoit sor les uns descendre une nue dont il estoient tot noir et tout tachié, et li autre ne remouvoient lor blanchour. Et quant il orent une grant piece alé, li tachié venoient en une valee grant et oscure ou il estoient tout pris et retenu, et li autre s'em passoient outre tot a delivre.

468. Ceste chose vit li dus en son dormant : si en fu mout a malaise quant il s'esveilla ; si conmanda a amener tous ses ministres et ses clers devant soi. Et quant il i furent venu, si lor dist son songe ; mais il n'i ot celui qui en seüst la verité de tous les clers de la

tous ses serviteurs et ses clercs. Quand ils furent là, il leur raconta son rêve ; mais pas un parmi tous les clercs de sa loi pour savoir l'interpréter : tous lui avouèrent ignorer à quoi cela pouvait avoir trait, «mais, seigneur, demandez aux chrétiens, eux vous le diront, si quelqu'un doit vous le dire». Aussitôt convoqués, les chrétiens y vinrent très simplement, s'asseyant par terre ; le duc leur conta son songe, les priant de lui en dire la vérité, comment cela pouvait tourner, et quelle signification s'y trouvait.

469. Josephé se leva : «Ganor, je vais t'en donner la signification.» Se tournant alors vers l'ensemble de ses compagnons : «Seigneurs, c'est pour vous tous un avertissement, car cela vous concerne, je vais vous montrer pourquoi. L'eau fluviale qu'a vue le roi signifie le baptême dont vous êtes sortis nets et purifiés, grâce au sacrement et à l'homme consacré. Mais après que vous avez quitté votre pays pour vous rendre en cette terre que Notre-Seigneur vous avait promise, sur certains d'entre vous tombèrent l'obscurité et la fumée, de sorte que vous en avez été tout noirs et tout tachés : cela signifie le succès de l'ennemi à vous faire tomber en péché mortel, au point que la blancheur, la netteté et la purification par les bonnes œuvres furent effacées, et que, pour certains d'entre vous, vous êtes devenus même vils, ignobles et entachés de péché mortel. Cela fut très clair lors du passage de la mer quand il fallut au plus grand nombre rester en arrière. La vallée, où demeurait une partie du

---

loy, ains respondirent qu'il ne savoient a coi ce pooit monter, «mais as creſtiiens, sire, font cil, le demandés, et il le vous diront se nus le vous doit dire». Maintenant furent li creſtien mandé, et il i vinrent mout simplement et s'asisent a la terre ; [b] et li dus lor conta son songe et lor proiia qu'il li en deïssent la verité de son songe, a coi ce pooit tourner et quele senefiance il i avoit.

469. Lors se drecha Josephé[a] et diſt : «Ganor, je t'en dirai la senefiance.» Lors se tourne vers tous ses compaingnons et lor diſt : «Signour, c'eſt a vous tous chaſtoiemens, car c'eſt de vous, si vous dirai conment. Li fluns et l'aigue que li rois vit senefie le bauptesme dont vous issiſtes nés et espurgiés, del saint bauptesme et del saint home. Mais aprés, quant vous en issiſtes, et vous veniſtes fors de voſtre païs pour venir en ceſte terre que Noſtres Sires vous avoit promise, sor les uns de vous chaï li oscurté et la fumee, si que vous en deveniſtes tout noir et tachié : c'eſt a dire que li anemis vous amena a ce qu'il vous fiſt tant chaoir em pechié mortel, si que[b] la blanchour, la neteé et la purification des bones oeuvres fu en aucuns[c] de vous effacie, et deveniſtes vil et ort tel i ot et entechié de pechié mortel. Et bien i parut au trespasser la mer la ou il couvint les pluisours de vous demourer. La valee que li dus vit, ou une partie del

peuple, l'autre partie passant, c'est ce que chacun d'entre vous doit redouter : elle veut dire la grande vallée du val de pleurs et de larmes[1], vallée si profonde que l'on y entre sans pouvoir en sortir. Ces pécheurs, seigneurs, resteront dans cette vallée, que franchiront les autres — les bons amis de Jésus-Christ. »

470. Cette harangue achevée, il demanda au duc Ganor : « Crois-tu que je t'aie vraiment expliqué ton songe ? — Certes, répondit le duc, oui. Et plus vous m'en disiez, plus votre discours me réconfortait, bien mieux que tout ce que j'ai pu entendre jusqu'ici. » Alors il s'adressa aux docteurs de la loi sarrasine qui l'entouraient : « Seigneurs, vous devez parler à Célidoine ; dites-lui que de cette dame qu'on appelle Vierge Marie, mère de Jésus-Christ, personne n'a pu naître en la laissant vierge avant et après : on va bien voir maintenant comment vous le prouverez assez sûrement pour que les chrétiens soient à bout d'arguments. » À ces mots se leva un grand docteur de leur loi, le plus savant de tout le territoire, et qu'en raison de sa science étendue tous appelaient philosophe. S'était-il mis debout que, se tournant vers Josephé, ce dernier lui lança : « Écoute, Lucan, veille à ne pas proférer de mensonge sur cette dame appelée bienheureuse Mère de Jésus-Christ, car sois certain que si tu mentais tu t'en repentirais avant de partir d'ici. — Je ne te dirai rien, dit Lucan, que je ne connaisse et ne te démontre à l'évidence :

---

pueple remanoit et partie s'en aloient outre, de ce doit chascuns de vous avoir grant paour : cele valee senefie la grant valee del val de plours et de larmes, c'est la valee qui tant est parfonde que nus n'i entre qui em puist issir. Et en cele valee, signour, remanront cil pecheour, et li autre s'em passeront outre, ce sont li bon ami Jhesu Crist. »

470. Quant il ot dite ceste parole, si dist au duc Ganor : « Quides tu que je t'aie vraiement espeli ton songe ? — Certes, fait li dus, oïl. Et de tant que plus m'en avés dit, tant m'avés vous plus reconforté que de chose que je oïsse mais piecha. » Lors dist a ciaus qui entour lui estoient, qui maistre estoient de la loy sarrazine : « Signour, vous devés parler a Chelidoine ; et dites que de cele dame que on apele Virgene Marie mere Jhesu Crist ne puet nus naistre en tel maniere qu'ele fust pucele avant et aprés : ore i parra conment vous le prouverés si espresseement que li crestien ne sacent responre contre vous. » Quant il ot dite ceste parole, si se lieve uns grans maistres de lor loy et li plus sages c'on seüst en toute la terre, et par la grant clergie de lui l'apeloient tout philosophe. Quant il se fu levés en estant, il se tourna vers Josephé, et Josefé li dist : « Os tu, Lucans, gardes que tu ne dies menchoigne sor cele dame qui est apelee bone eüree mere Jhesu Crist : car [d] bien saces tu, se tu le disoies, tu t'en repentiroies

nul n'en doute, jamais une femme ne porta un enfant sans avoir été déflorée à la conception et dans les affres de l'enfantement. — Au nom de Dieu, s'exclama Josephé, dès le début tu as perdu et menti. Je prie donc cette glorieuse dame, sur qui tu veux vérifier et avérer ce mensonge, si elle fut vierge à la conception et à l'enfantement, de t'interdire de médire davantage. » À peine avait-il parlé que ce Lucan se mit à crier, à braire et à mugir ainsi qu'un taureau, et à agoniser d'une manière très impressionnante ; il prit sa langue à deux mains, se mit à la déchirer de ses ongles, et à se l'arracher du gosier. Après avoir subi un long moment cette si spectaculaire agonie, il tomba mort, à ne pouvoir bouger pied ni main, ni quelque membre que ce fût.

471. À ce spectacle, le duc fut épouvanté et sa peur fut extrême ; il se tourna vers Josephé : « Docteur de la sainte Église, tu m'as tant effrayé par l'effet de ta parole que je suis sans voix ; mais si tu voulais me prouver maintenant comment cette Vierge a pu concevoir et enfanter, en restant vierge après comme avant, je ferais tout ce que tu déciderais. — Certes, dit Josephé, je te le démontrerai par une chose que tu vis enfant — je n'étais pour ma part pas encore engendré, et ne devais pas l'être avant longtemps. Cette chose, tu ne l'as jamais révélée à personne : tu en eus jadis

---

ains que tu t'enpartes de ci. — Je ne te dirai ja chose, fait Lucans, que je ne sace bien, et que je ne te moustrece apertement : car ce ne doute nus c'onques feme portast enfant qu'ele ne fust desflouree au concevoir et au souffrir grant angoisse a l'enfanter. — En non Dieu, fait Josephé, a cest conmencement as tu failli et menti. Or proi je a cele gloriouse dame sor qui tu vels cele mençoigne esprouver et faire vraie[^e], que s'ele fu pucele au concevoir et a l'enfanter[^b], qu'ele ne te laist plus parler encontre li que parlé i as. » Maintenant qu'il ot cele parole dite, cil Lucans conmença a crier et a braire et a muire ausi com uns toriaus, et a faire la plus forte fin del monde ; et prist sa langue as .II. mains, et le conmença a depechier a ses ongles, et a esrachier fors de sa goule. Et quant il ot une grant piece fait si forte fin, si chaï mors a la terre, si qu'il n'ot pooir de pié ne de main mouvoir, ne menbre qu'il eüst.

471. Quant li dus vit ceste chose, il en fu si espoentés et en ot si grant paor que plus grant ne pot avoir ; puis dist a Josephé : « Maistres de Sainte Eglyse, tu m'as tant espoenté de ta parole que je ne sai que je die de moi meïsme, fors tant que se tu me voloies demoustrer conment cele Virgene pot concevoir et enfanter virgene devant et après, il n'est riens que je ne fesisse par ton conseil. — Certes, fait Josephés, je le vous dirai et moustrerai par une chose que tu veïs quant tu estoies enfés, et encore n'estoie je pas engendrés ne ne fui puis grant piece. Cele chose ne descouvris tu onques a home ; car tu en eüs jadis

grand-peur un jour maintenant passé, tu l'as pourtant encore en mémoire comme si elle était arrivée d'avant-hier. » Le duc se mit à rire, Josephé lui en demanda la raison : « Je ris parce que tu racontes des histoires aussi hardiment devant moi que si j'étais absent. — En quoi t'ai-je raconté des histoires ? — En ceci, dit le duc : tu nous assures que tu n'étais pas né, et pourtant tu es au courant : je te demande donc comment c'est possible.

472. — Par ma foi, répondit Josephé, il n'y a rien d'extraordinaire au fait que j'en sois informé : Celui qui est omniscient me l'ayant révélé, je le porterai à ta connaissance : s'il ne savait pas tout, il ne pourrait découvrir les choses qu'on a faites sans témoin — et si tu ne l'as jamais dévoilé à personne, je vais t'en parler sans omettre le moindre détail. Il est vrai que tu naquis en Galilée, engendré par un pauvre homme, vacher qui te mit à garder les bêtes ; quatre ans avaient passé dans cet état lorsqu'il t'arriva durant une belle saison au cœur du mois de mai, un mardi, tandis que tu les surveillais dans un champ nommé Tarsis, de te blottir sous un rosier en raison de la chaleur torride et de t'y asseoir pour te reposer ; assis, tu remarquas à côté de toi une fleur de lis prodigieusement haute. Ton impression fut que le rosier était venu d'elle comme un arbre peut descendre d'un autre. Il y avait sur le rosier beaucoup de roses, mais pas très belles ; cherchant autour la cause de leur laideur, tu

---

grant paour a un jor qui passés est, et si l'as encore en ramenbrance ausi come s'ele te fust avant ier avenue. » Dont conmencha li dus a rire, et Josephés li demanda pour coi il rioit. « Je ris, fait il, pour ce que vous fabloiiés si hardiement devant moi, come se je n'i fuisse pas. — Pour coi, fait Josephés, vos fablié je ? — Pour ce, fait li dus, que vous dites que vous ne fustes mie nés, et si le savés bien : ore vous demant je conment ce puet estre.

472. — Par foi, fait Josephés, ce n'est mie de merveille se je le sai ; car cil qui tout set le m'a descouvert, et si le te ferai connoistre ; car s'il ne seüst tout, il ne peüst pas descouvrir les choses c'on a faites, que nus hom terriens ne vit, ne tu ne le descouvris onques a home mortel, et je le te dirai tout mot a mot ensi com il avint. Voirs fu que tu fus nés en Galilee, et t'engendra uns povres hom va[d]chiers qui te mist garder les bestes ; et si tost come tu les eüs gardees .IIII. ans, si t'avint en un esté ens el mois de may sor un mardi, quant tu gardoies tes bestes en un champ qui a a non Tarsis, et tu te tapesis sous un rosier pour le chaut qui grans estoit, et illoc seïs pour reposer ; et quant tu i fus assis, tu regardas et veïs une flour de lis et haute et merveillouse encoste toi. Et quant tu l'eüs veü, il te fu avis que li rosiers fu descendus de lui ensi come arbres puet descendre li uns de l'autre. El rosier avoit mout de roses, mais il

conſtatas que c'était du lis que venait le mal : un épais liquide rose en sortait tombant sur les roses, de sorte qu'elles flétrissaient à l'inſtant au point qu'aucune n'y reſtait. Tu en vis pousser une d'une beauté incomparable.

473. « C'eſt ainsi que cette rose demeura sur ce rosier neuf jours, toujours grandissant, grossissant et embellissant ; ton grand étonnement de n'avoir jamais vu rien de pareil te poussait à venir quotidiennement au rosier, et à surveiller la rose le mieux possible, afin d'empêcher qu'une bête ou autre ne l'emportât. La rose, tu te souviens, ne s'ouvrait à aucun moment, toujours close au contraire et resserrée comme un bouton, et ce qui te ſtupéfiait le plus, c'était qu'elle ne s'épanouissait absolument pas. Au neuvième jour il arriva que tu étais près du rosier, meurtri par une plaie qu'un porc sauvage t'avait infligée : ta blessure était si grave que tu ne pouvais bouger que difficilement. Il était près de midi quand tu portas ton regard sur la rose : d'un vermeil jamais égalé, elle était plus grosse et plus grande que cent roses ; comme tu la contemplais, émerveillé à ne savoir si tu veillais ou dormais, tu en vis sortir une chose que tu ne pouvais identifier, mais qui avait cependant une forme humaine ; néanmoins, comme tu sais, la rose demeurait close et serrée comme si rien ne

---

n'eſtoient mie de grant biauté ; et tu conmenchas a regarder tout entour pour coi eles eſtoient si laides, si veïs que li lis en eſtoit occoison : car de li iſſoit une aighe rose espesse qui chaoit sor les roses, si que les roses en eſtoient peries et matees si que nule n'en i remanoit. Tu veïs que en iſſi si bele et si merveillouse que onques si bele n'avoies veüe.

473. « Ensi fu cele rose en cel rosier .ix. jors, et tous jours crut et engroissa et embeli ; et de la grant merveille que tu avoies de ce que tu n'avoies onques mais tele chose veüe t'en venoies tu chascun jor al*ᵈ* rosier, et regardoies la rose au plus que tu pooies, pour ce que beſte ne autre chose ne l'emportaſt. La rose, ce sés tu bien, n'eſtoit nule fois espanie, ains eſtoit tous jours close et jointe ensamble ausi conme uns boutons, et c'eſtoit la chose pour coi tu eſtoies plus esbahis, pour ce que nule fois n'espanissoit. Au novisme jor avint que tu eſtoies au rosier navrés d'une plaie que uns pors sauvages t'avoit faite*ᵇ* : si eſtoies si navrés que tu ne te pooies remuer de la place se a painnes non. Et quant ce vint a ore de miedi, tu conmenchas a regarder la rose, si veïs qu'ele fu plus vermeille .c. tans que nule autre chose, et avoit de groissece et de grandour plus que .c. autres roses ; et en ce que tu le regardoies et t'en esmerveilloies en toi meïsmes si durement que tu ne savoies se tu veilloies ou dormoies, tu veïs que de la rose iſſoit une chose, ne mais tu ne savoies*ᶜ* pas quele, mais toutes voies veïs tu qu'il avoit fourme d'ome ; et nonpourquant la rose n'en ouvri onques pour chose qu'il en iſſiſt, ce sés tu bien, ains

s'en était échappé. À peine la forme qui en était sortie fut-elle à terre que surgit un serpent qui voulait la dévorer ; elle combattit avec une telle détermination que le serpent fut tué ; alors, elle se dirigea promptement vers le lis et vers les fleurs tombées du rosier, pour les prendre et les emporter. Témoin de cette chose, tu fus stupéfait au point d'oublier ta plaie, ignorant si c'était la réalité ou non, et si tu avais été trompé. Alors tu décidas d'examiner la rose pour savoir ce qu'elle renfermait ; tu allas la cueillir, et commenças à l'embrasser. Aussitôt, tu te sentis guéri, comblé d'une douceur aussi grande et d'une aussi intense suavité que si tu échappais à ta condition mortelle. La rose en main, tu t'apprêtais à l'ouvrir, lorsqu'un homme descendit du ciel ; tout incandescent il fondit sur toi plus vite que tu n'aurais pu penser, t'arracha la rose et dit que tu ne devais pas porter le symbole de la Vierge avec toi, puisque tu n'étais pas de sa foi ; parole qui te donna la peur de ta vie, et c'est cette peur dont je t'ai parlé. Voilà ce qu'il t'arriva quand tu étais berger, âgé bien de quinze ans. »

474. À cette révélation, le duc se laissa tomber de toute sa hauteur aux pieds de Josephé et s'écria : « Ah ! serviteur de Jésus-Christ, maintenant je te reconnais bien, par ce que tu

---

se tenoit close et jointe et devant et après. Et quant la figure qui en estoit issue ot un poi alé par terre, maintenant sailli uns serpens qui le voloit devourer ; et nonpourquant il se combati tant que li serpens fu ocis, et venoit erroment au lis et as flours qui chaoites estoient dou rosier, si⁴ les prendoit et les emportoit avoc lui. Et quant tu veïs ceste chose, [e] tu fus si durement esbahis qu'il ne te souvint de ta plaie, ains ne savoies se⁴ ce estoit verités ou non, ne se ce iert mençoigne que tu avoies veüe. Lors t'apensas que tu iroies a la rose pour savoir qu'il i avoit dedens ; si alas et l'ostas del rosier, et le conmenchas a baisier. Et maintenant que tu l'eüs baissie, tu te sentis garis et sains de ta plaie, et raemplis de si grant douçour et de si grant souatume come se tu fuisses pas hommortels. Et en ce que tu tenoies la rose et tu le voloies ouvrir, maintenant descendi uns hom del chiel, ausi conme tous enflamés ; et en vint devant toi plus tost que tu ne peüsses penser, si t'osta la rose et dist que la senefiance de la Virgene ne devoies tu pas porter o toi, puis que tu n'estoies de sa creance ; et de cele parole eüs tu si grant paour que tu n'eüs mais si grant des l'ore que tu fus nés, et de cele paour fu ce dont je t'ai parlé. Ore t'ai je dit conment il t'avint quant tu estoies paistres, et estoies bien en l'aage de .xv. ans. »

474. Quant li dus entendi ceste parole, si se laissa chaoir de si haut com il estoit entre les piés Josephé et li dist : « Ha ! menistres Jhesucrist, ore connois je bien, a ce que tu m'as dit et amenteü, que tu es

m'as dit et remis en mémoire, comme l'homme le plus savant du monde ; par Celui en qui tu crois, dis-moi ce que cela peut signifier : certes, je n'ai jamais été aussi curieux de savoir ; pour Dieu, donne-m'en l'interprétation si tu la connais. — Duc Ganor, dit Josephé, je te la dirai ; mais si tu n'appliques pas mes instructions, tu le regretteras plus amèrement qu'aucun de tes actes. Écoute-moi donc, et je vais te confier le symbolisme du lis et de la rose. Le lis que tu vis devant la rose signifie Ève notre première mère, origine et racine de ce monde ; le péché qu'elle fit dès qu'elle fut en paradis, par quoi toute douleur et toute misère retombèrent sur son lignage et sur la branche qui descendit d'elle, est représenté par ce liquide qui tombait pour anéantir les roses de l'arbuste. C'est à juste titre qu'Ève notre première mère apparut en fleur de lis et en blancheur : elle était vierge et pure de corps, sans corruption quand elle tomba dans le péché par inobédience. Par les roses tu peux entendre les prophètes et les hommes de bien, vivant avant la Passion de Jésus-Christ, qui expièrent d'abord le péché d'Ève notre première mère, poussés qu'ils furent en enfer et assujettis à l'ennemi comme s'ils avaient été les plus impies de ce monde.

475. « Le rosier figure le monde : de même que cet arbuste, épineux, égratigne ceux qui s'approchent de lui, de même fait le monde, piquant jusqu'au cœur ceux qui s'attachent à lui si

---

li plus sages hom del monde ; et, par celui en qui tu crois, di moi que ce puet senefiier ; car certes de chose que je onques mais veïsse n'oi je si grant faim de savoir come je ai de cesti, et por Dieu descouvres m'ent la verité se tu le sés. — Dus Ganor, dist Josephé, je le te dirai ; ne mais se tu ne més en oevre ce que je te dirai, tu t'en repentiras plus que de cose que tu onques mais feïsses. Or m'escoute, et je te dirai la senefiance del lis et de la rose. Li lis que tu veïs devant la rose senefie Eve nostre premiere mere qui fu conmencemens et racine de cest monde ; et le pechié qu'ele fist des lors qu'ele estoit em paradis, par coi toute dolour et toute misere fu otroié a son lignage et a la branche qui descendi de lui, autresi senefie l'aigue de haut chaoit et nientioit⁹ les roses del rosier. Et a droit fu Eve nostre premiere mere en flour de lis et em blanchour : car ele estoit virgene et nete de cors, sans corrupcion quant ele chaï em pechié par innobedience. Par les roses pués tu entendre les prophetes et les prodomes qui furent en vie devant la Passion Jhesu Crist, qui si compererent premierement le pechié de Eve nostre premiere mere, car il en furent bouté en infer et mis en la subjection a l'anemi ausi com s'il fuissent li plus des[f]loial del siecle.

475. « Par le rosier dois tu entendre le monde ; car tout ausi come li rosiers est poignans et esgratine ceus qui entour lui repairent, ausi fait li mondes car il point jusques au cuer ceus qui a lui s'aerdent⁹ si

étroitement qu'ils ne trouvent de plaisir qu'aux choses mondaines — triste est la condition de ceux qui se préoccupent de ces plaisirs et de ces choses jusqu'à en oublier le glorieux héritage du ciel. Ils sont bien pris dans les filets de l'ennemi, refusant la merveilleuse pierre précieuse, pour s'attacher aux ordures et aux restes des pourceaux[1]. Par les roses qui, tombant du rosier, séchaient, tu dois entendre les bons prophètes et hommes de valeur vivant avant la Passion de Jésus-Christ, qui expièrent d'abord le péché d'Ève notre première mère, poussés qu'ils furent en enfer et assujettis à l'ennemi, comme s'ils avaient été les plus impies de ce monde. Ils sont restés dans cette douloureuse captivité jusqu'à la venue de la vraie Fleur des fleurs au rosier — Notre-Dame sainte Marie — belle entre toutes les dames et les jeunes filles ; pour son insigne qualité le Saint-Esprit s'incarna en elle de telle manière que sa virginité ne fut ni abîmée ni endommagée ; après, il en sortit aussi sainement qu'il y était entré, si bien qu'elle ne fut ni avilie ni violée, et c'est ainsi qu'elle fut vierge avant et après, à la conception et à l'enfantement, comme la rose issue du rosier, si belle[2].

476. « Après sa naissance, Celui qui était Roi des rois resta sur terre enveloppé de chair mortelle un peu plus de trente-deux ans, sous des dehors si pauvres que l'ennemi, loin de le reconnaître, le pensait mortel comme les autres, et l'éprouva de trois manières, mais le trouva si endurant qu'il ne put en

---

durement qu'il ne se delitent en els fors es choses del monde ; bien sont cil en parfont point qui tant entendent as delis et as choses del monde qu'il en oublient[b] le glorious iretage del ciel. Bien sont cil enlacié des loiiens a l'anemi : car il ne voloient pas la riche pierre precciouse, ains se prendent as ordures et as ramanans des pourciaus. Par les roses qui cheoient del rosier et sechoient et anientissoient, dois tu entendre les bons prophetes et les bons prodomes qui furent en vie devant la Passion Jhesu Crist, qui si compererent premierement le pechié de Evain la nostre premiere mere : car il en furent bouté en infer et mis en la subjection de l'anemi, ausi com s'il fuissent li plus desloial del siecle. Et tant demourerent en cele dolerouse prison que la vraie Flour des flours vint el rosier, c'est Nostre Dame sainte Marie, et fu bele sor toutes dames et sor toutes puceles ; et par la grant bonté de lui s'enombra en li li Sains Esperis en tel maniere que sa virginités n'en fu malmise ne empirie ; dont il avint que tout ausi sauvement com il entra en eissi[c], si qu'ele ne fu avilenie ne violee a l'enfanter plus qu'ele ot esté au concevoir[d], et ensi fu ele virge avant et après, a concevoir et a enfanter, ausi come la rose qui estoit issue del rosier, qui si estoit bele.

476. « Quant cil fu nés qui estoit Rois des rois, si demoura en terre en char mortel .xxxii. ans et plus, si povres[a] par samblant que li ane-

rien le plier¹. À la fin, s'imaginant avoir remporté une complète victoire, il fut l'instigateur de sa mise en croix et de son affreuse mort. Mais parce qu'il était Dieu, loin d'avoir à craindre, il ressuscita le troisième jour, descendit en enfer tirer de la douloureuse captivité ceux qui à tort y avaient été mis, pour les faire venir dans sa gloire. C'était cette figure issue de la rose qui combattit le serpent — à savoir l'ennemi qu'il affronta le temps qu'il fut sur terre, ou si tu veux tu entendras par le serpent la mort avec laquelle il fut aux prises sur la croix, quand il la vainquit en mourant : en mourant, sans aucun doute il vainquit la mort et ramena la vie au monde. Je te l'ai dit, la bienheureuse Marie porta le Fils de Dieu, vierge en effet avant et après, et serrée comme la rose, lorsqu'il faut à toutes femmes être ouvertes ; et encore, pour plus de certitude, la voix dit : "C'est le symbole de la Vierge que tu ne dois pas porter avec toi, faute d'avoir été baptisé au saint fleuve qu'on appelle baptême de chrétienté."

477. « Duc Ganor, voilà l'interprétation de ce que tu vis clairement. Dis-moi donc si mon propos te semble vrai et mon exposé justifié. — Certes, répondit le duc, vous m'avez tant dit que c'est manifeste à mes yeux : ces clercs, docteurs de notre loi, que nous considérons comme des philosophes sont ici rassemblés pour détruire la vérité et faire triompher

---

mis ne le connut pas, ains quidoit qu'il fust hom mortels com uns autres, et l'essaiia en .iii. manieres, mais il le trouva si dur encontre lui qu'il nel pot* de riens plaissier. Et au daerrain quant il quida del tout avoir gaaingnié, le fist il par ses enortemens metre en crois et soufrir angoissouse mort. Mais pour ce qu'il estoit Dix n'ot il garde, ains resuscita au tiers jour et s'en ala en infer et osta de la dolerouse prison ciaus qui a tort i avoient esté mis, et les amena en sa gloire. Ce fu cele figure qui issi de la rose qui se combati au serpent, par coi tu dois entendre a l'anemi a qui il se combati tant com il fu en terre, ou se tu vels tu dois entendre par le serpent le mort a qui il se combati en la crois, quant il le vainqui en morant ; car en morant, sans faille vainqui il la mort et ramena vie au monde. Ausi come je t'ai dit porta la bone eüree Marie le fil Diu, car ele fu virgene avant et aprés, et fu jointe ausi come la rose la ou il cou[47d]vient que toutes autres femes soient aouvertes ; et encore pour plus estre asseür de ceste chose ce dist la vois : ce est la senefiance de la Virgene que tu ne dois pas avoir avoc toi, pour ce que tu n'estoies ne bauptiziés ne levés el saint flun que on apele bauptesme de crestienté.

477. « Dus Ganor, or t'ai devisé la senefiance que tu veïs apertement. Or me di s'il t'est avis que je t'aie dit voir et que je t'aie a droit devisé. — Certes, fait li dus, vous m'avés tant dit que je voi apertement que cil clerc qui sont de nostre* loy maistre et qui nous tenons a philosophes sont ci assemblé pour desconfire verité et pour metre

l'impiété et le mensonge ; aussi m'avez-vous grandement réjoui le cœur en m'instruisant de ce dont j'avais une inexprimable curiosité. » Se tournant alors vers ses clercs : « Êtes-vous prêts à reconnaître que cette dame appelée Marie ait pu concevoir Jésus-Christ le saint Prophète vierge avant comme après ? — Seigneur, répliquèrent-ils, nous n'oserions pas le dénier, puisque vous l'avez vu ; d'autre part sa parole vous a poussé à désirer devenir sujet de la loi chrétienne, et à reléguer la loi païenne. Vous pouvez à présent faire de nous ce qu'il vous plaira : devrions-nous mourir ou non, nous n'adorerons jamais d'autre Dieu que Celui qu'on nomme Jésus-Christ. » Se prosternant aux pieds de Josephé, à genoux et sur les coudes nus, ils sollicitèrent le baptême. Alors, Josephé, ému aux larmes, les releva et consentit à leur demande. Puis, s'adressant au duc Ganor : « Duc, voudras-tu faire comme eux ? — Seigneur, renchérit le duc, l'auraient-ils refusé que je le voudrais encore. Je demande à être chrétien ; même si mes hommes s'y refusaient, je le ferais pour ma part. »

478. Sur ces mots, un grand cri et un grand tapage s'élevèrent à travers la salle : la plupart de ceux qui avaient entendu Josephé parler voulaient être baptisés. Au comble de la joie, Josephé fit aussitôt préparer et remplir une grande cuve, dont il bénit l'eau de sa main[1]. Alors il baptisa le duc et tous ceux qui le souhaitaient : avant none sonnée, il y en

---

avant desloiauté et fauseté ; si m'avés mis mout grant joie el cuer de ce que vous m'avés fait connoistre ce que je tant desiroie a savoir que je ne le porroie dire. » Lors s'en tourne devers les clers et lor dist : « Volés vous dire que cele dame qui fu apelee Marie, et qui fu mere Jhesu Crist le saint Prophete, que le peüst concevoir virgene devant et virgene après ? — Sire, font cil[b], nous ne l'oserions desdire, puis que vous le veïstes ; et d'autre part sa parole vous a a ce amené[c] que vous estes baans a estre sougis a la loy crestiiene, non mie a la loy paiene. Ore poés faire de nous ce qu'il vous plaira : car pour mort ne pour vie nous n'aourrons jamais Dieu fors celui qui on apele Jhesu Crist. » Lors se metent as piés Josephé a jenous et a nu coutes et requierent baptesme[d]. Quant il les ot ensi parler, il em ploure de pitié et de joie, si les en lieve sus, et lor otroie ce qu'il demandent. Lors parole au duc Ganor et li dist : « Dus, volras tu autretel faire com il voelent ? — Sire, fait li dus, encore le[e] refusaissent il, si le tenroie je. Si requier crestienté en tel maniere que se mi home ne le voloient faire, si le feroie je endroit de moi. »

478. A cest mot lieve uns grant cri et une grant noise parmi la sale, car li pluisour d'aus qui avoient oï Josephé parler requeroient bauptesme. Et quant il voit ce, si en ot mout grant joie, et si[a] fist maintenant aprester une grant cuve et metre plainne d'aigue et le beneï de sa

eut plus de mille, tant hommes que femmes. Le soir venu, Ganor chassa de sa cour tous les récalcitrants ; on ne changea absolument pas son nom, qu'il aimait, et que son père avait porté. Il ordonna alors à tous ceux qui ne se convertiraient pas de quitter son territoire ; ils dirent qu'ils s'exécuteraient. Ils s'en vinrent droit à l'Hombre au-dessus duquel était établi le château, trouvèrent un navire sur la rive, y montèrent, et les mariniers les éloignèrent du bord ; alors se leva un grand vent si violent qu'il fit chavirer l'embarcation : tous périrent noyés. Cette nuit-là, le duc Ganor manifesta une grande joie à ceux qui étaient en sa compagnie, et l'on parla très longuement de ceux qui s'en étaient allés et n'avaient pas voulu du christianisme. « Je vous le dis, proclama Josephé, ils seront tous demain sur votre territoire. J'ajoute que ce qu'ils ont fait aujourd'hui vous sera un immense réconfort, un très grand soutien pour la foi : jamais vous n'avez éprouvé un étonnement semblable à celui que vous aurez à les voir demain. »

479. Ce propos jeta le duc dans un grand trouble ; il aurait très volontiers demandé à Josephé pourquoi, s'il n'avait craint de le fâcher : il n'insista pas. La nuit venue, d'une obscurité si totale que toute lueur du jour s'était enfuie, ils allèrent se coucher et se reposer. Le lendemain, sitôt levé, le

---

main. Lors bauptiza le duc et tous ciaus de laiens qui le requisent, si queançois que nonne fust sonnee, i ot bauptizié que homes que femes plus de .M. Et quant li soirs fu venus, il fist oster tous ciaus de sa court qui ne vaurent recroivre bauptesme ; ne onques au duc ne changierent son non car biaus li sambloit, et s'avoit ses peres ensi a non. Lors conmanda a tous ciaus qui crestiien ne voloient estre qu'il vuidaissent sa terre, et il disent que si feroient il. Si s'en vinrent droit al Hombre sor coi li chastiaus estoit fermés et troverent [b] une nef sor la rive et entrerent ens, et li maronniers les eslongierent de la rive ; et lors leva uns grans vens si desmesurés qu'il tourna la nef ce desous desore, et furent tout perillié et noiié. Cele nuit fist grant joie li dus Ganors a ciaus qui o lui estoient, et parlerent mout longement de ciaus qui s'en estoient alé et avoient refusé crestienté. « Je vous di, fait Josephé, qu'il seront tout demain en vostre terre. Et si vous di que ce qu'il ont hui fait vous sera mout grant confort et grant afermement de creance : car vous n'eüstes onques si grant merveille de chose que vous veïssiés com vous avrés demain d'aus quant vous les verrés. »

479. Quant li dus l'oï, si en fu mout esmaiiés, et mout volentiers eüst demandé a Josephé conment, s'il ne le quidast anoiier ; mais pour ce le laissa il. Et quant la nuis fu venue si noire et si oscure qu'il orent perdue la veüe del jour, si alerent couchier et reposer jusques a l'endemain. Et l'endemain, si tost come li dus fu levés, li

duc reçut des nouvelles dont il fut stupéfait : un jeune homme
se présenta à lui, pour lui dire : « Seigneur, j'ai à vous annoncer un événement inouï : sous cette tour gisent morts par
noyade tous ceux qui ont quitté hier ce château, ceux qui ne
voulaient pas se convertir. » À cette information, le duc descendit de son château et accourut à la rive pour vérifier les
faits. À son arrivée, il y trouva tous les habitants du château,
venus contempler ce prodige. Le voyant venir, ils lui firent
une très grande fête, et lui contèrent ce qu'il était advenu
d'extraordinaire à ceux qui avaient été rejetés. Devant le
nombre des naufragés, le duc demanda aux témoins combien
pouvaient être ceux qui, refusant d'être chrétiens, avaient
quitté le château. « Seigneur, fit un chevalier, cent cinquante,
d'après mes sources. — Vérifiez, ordonna le duc, combien ils
sont. » Ils les comptèrent : aucun ne manquait sur les cent
cinquante ; en outre, était au nombre des victimes un de leurs
mariniers tenant encore son aviron. Ce que Josephé et ses
compagnons contèrent au duc à leur arrivée. Le duc leur
demanda comment l'événement avait pu se produire.

480. « Certes, dit Josephé, c'est ce qui devait arriver ; nous
n'en verrons rien d'autre, car nul ne sera jamais mieux payé
au service de l'ennemi : quand il a été à sa dévotion sa vie
durant, croyant avoir définitivement l'avantage, l'ennemi vient,
qui le tue, et le fait mourir en état de péché mortel de sorte
qu'il est perdu corps et âme. — Seigneur, intervint le duc, que

---

vinrent unes nouveles de coi il fu mout esbahis[a], car uns vallés vint
devant lui, si li dist : « Sire, nouveles vous sai a dire merveillouses, car
desous cele tour gisent mort et noiié tout cil qui se partirent ier de
cest chastel, cil qu'il ne voloient recevoir crestienté. » Quant li dus ot
ceste parole, il descendi de son chastel et vint grant oirre a la rive de
la mer pour savoir se c'estoit voirs ou non. Et quant il i fu venus si i
trouva tous ciaus del chastel qui illoc estoient venu veoir cele merveille. Et quant cil le voient venir, si li font mout grant joie, et li
conterent la merveille de ciaus qui sont sor la rive. Et quant li dus
voit qu'il en i a tant de perilliés, si demande a ciaus qui illoc estoient
combien il i pooient estre qui del chastel se departirent, qui ne volrent estre crestiien. « Sire, fait un chevaliers, il estoient .c. et .l., ce ai
je oï dire. — Ore faites savoir, fait li dus, quans il en i a. » Et cil les
conterent et trouverent qu'il n'en i faloit nul de .c. et .l. ainsi com il
estoient devant, et avoc aus, si estoit encore un de lor maronniers qui
tenoit son aviron. Et quant Josephé et si compaignon le virent, si le
conterent au duc quant il furent venu la. Si lor demanda li dus
comment ce pooit estre avenu de cele chose.

480. « Certes, fait Josephés, il en est ensi com il en doit estre ; ja
n'en verrons autre chose, car nus n'avra ja meillour loiier de servir
l'anemi : car quant il l'a servi tout son aage et il quide estre del tout au

faire des corps ? — Je vais vous le dire clairement, continua Josephé : vous allez les faire enterrer dans cette plaine sur cette rive ; puis vous construirez au-dessus une tour d'une taille exceptionnelle, de sorte que tous les corps soient inhumés à l'intérieur. Vous l'appellerez, une fois terminée, la Tour des Prodiges. Savez-vous pourquoi je vous le dis ? Sur ce territoire appelé la Grande-Bretagne, il y aura un roi appelé Arthur, d'une éducation et d'une valeur chevaleresque inégalées ; à son époque, sur ce territoire, il arrivera, par le coup d'une épée, des aventures si grandes et si prodigieuses que maints peuples qui les entendront raconter y verront un enchantement ; aventures et prodiges qui dureront vingt-quatre ans, prodiges qui ne finiront qu'avec le dernier chevalier du lignage de Nascien. Aussi longtemps que dureront les prodiges dont je vous parle, cette tour sera extraordinaire au point que jamais chevalier de la maison du roi Arthur n'y entrera pour demander joute ou bataille sans obtenir le combat avec un chevalier aussi valeureux que lui ; jamais chevaliers n'y entreront qu'il n'en sorte autant ; et jamais nul ne saura d'où ils viendront avant que ne se rende sur place celui qui mettra fin aux aventures : voilà pourquoi cette tour sera nommée la Tour des Prodiges. Faites-les donc enterrer comme je viens de vous dire. » Le duc l'assura qu'il le ferait très volontiers. Il donna l'ordre aussitôt d'ensevelir les corps,

---

desus, adont vient li anemis, [d] si l'ocist, et le fait morir em pechié mortel si qu'il est perdus et en cors et en ame. — Sire, fait li dus, que loés vous que en en face ? — Ce vous dirai je bien, fait Josephés : vous les ferés enterer en ceste plainne sor cel rivage ; et quant il i seront mis, vous i meterés une tour grant et merveillouse, si que dedens la tour soient tout li cors enteré. Et quant la tour sera faite, vous l'apelerés la Tour des Merveilles. Et savés vous pour coi je le vous di ? En ceste terre qui est apelee la Grant Bretaigne, avra un roi qui ert apelés Artus, si apris et de si bone chevalerie que ce sera merveille ; et en son tans avenra en ceste terre, par le cop d'une espee, aventures si grans et si merveillouses que maintes gens qui en orront parler le tenront a fantosme ; et duerront ces aventures et ces merveilles .XXIIII. ans, et si ne fauront ces merveilles fors par le daerrain chevalier del lignage Nascien. Et tant come ces merveilles duerront, dont je vous cont, sera ceste tour si[a] merveillouse que ja chevaliers qui soit de la maisnie le roi Artu n'i enterra qui demant jouste ou bataille qu'il ne l'ait d'ausi bon chevalier com il est ; ne ja tant de chevaliers n'i venront[b] par defors que autretant n'en isse de dedens[c] ; ne ja nus ne savra dont il venront devant ce que cil i venra qui metera a fin les aventures : et pour ceste chose sera ceste tour apelee la Tour des Merveilles. Or les[d] faites enterer ensi conme je vous ai dit. » Et li dus dist que ce fera il mout volentiers. Si fait maintenant les cors enterer,

convoqua maçons et charpentiers et fit entreprendre la construction. Cette tour garda son nom jusqu'au moment où Lancelot la fracassa et la démolit à cause des deux fils de Mordret, abattus avec toutes leurs troupes, suivant le récit de la *Mort Artu*[1].

481. Pendant qu'ils édifiaient cette tour, le duc fit établir au château une église en l'honneur de Notre-Dame ; avant son achèvement, la femme de Joseph atteignit le terme pour enfanter. Quand elle fut délivrée du fruit de ses entrailles, voyant que c'était un mâle, on l'appela par son juste nom : Galaad, du château de Galafort[1]. Apprenant que leur suzerain s'était converti, ceux du pays partirent, pour la plupart, en guerre contre lui, l'informant qu'ils ne lui laisseraient même pas un pied de terre. Il répondit aux émissaires qu'il ferait tout son possible pour se défendre : il ne retournerait pas à la loi païenne. Ceux qui l'entouraient mirent aussitôt le roi de Northumberland de qui ils tenaient leurs fiefs et leurs biens au courant de ce propos. Le roi en fut très irrité, sachant le duc Ganor excellent chevalier, plus redouté qu'aucun chevalier de Grande-Bretagne. Ses barons, consultés sur la conduite à adopter, lui donnèrent ce conseil : « Convoquez-le ; s'il récuse alors votre autorité, nous le tuerons si vous voulez ; s'il ne se présente pas, livrons-lui bataille, détruisons-le, lui et ses chrétiens, si bien que le christianisme ne puisse prendre racine de la sorte en ce pays. » Suivant leur conseil, le roi commanda

---

et mande machons et charpentiers, et fait conmencier la Tor des Merveilles. Et ainc puis ne li failli cis nons jusques a tant que Lanselos le froissa et l'abati pour les .II. fix Mordret qui si estoient abatu et tout lor pooirs, si com li contes de la Mort Artu le devise.

481. Endementres qu'il faisoient cele tour, fist li dus establir el chastel une eglyse en l'onour de Nostre Dame, et ançois que l'eglyse fust parfaite vint au terme d'enfanter la feme Joseph. Et quant ele fu delivree del fruit de son ventre, il virent que c'estoit uns malles et l'apelerent par son droit non Galaad, del chastel de Galafort. Quant cil del païs sorent que lor sires fu crestiiens, si le conmencierent li pluisour a guerroiier, et li fisent asavoir qu'il ne li lairoient plain pié de terre ; et il respondi as messages qu'il se deffenderoit tant com il porroit ; car a la loy paiene ne retorneroit il pas. Quant cil qui entour lui estoi[d]ent oïrent ceste parole, si le firent asavoir au roi de Norhomberlande de qui il tenoient lor fiés et lor honours. Quant li rois oï ce, si en fu mout coureciés, car il savoit bien que li dus Ganors estoit mout bons chevaliers, et li plus redoutés de sa personne que nus chevaliers qui fust en la Grant Bretaigne. Si em prist conseil a ses barons et lor demanda qu'il em porroit faire, et il li disent : « Or li mandés qu'il viengne a vous, et s'il vient et il refuse riens que vous voelliés, nous l'ocirrons s'il vous plaist ; et s'il n'i vient, alons sor lui a

au duc de venir à lui comme son homme lige, et de ne s'en abstenir en aucune manière ; s'il n'y venait pas, qu'il le sût, il serait honni, détruit et ruiné à tout jamais.

482. Cet ordre désorienta le duc : il connaissait la puissance du roi en fait d'amis et de terre ; aussi vint-il consulter Josephé sur la conduite à adopter, car il pourrait y avoir grand péril. « Je vais vous répondre, dit Josephé. Faites-lui savoir que vous n'êtes pas son homme : vous cessez d'être son sujet, et celui de toutes seigneuries hormis seulement celle de Jésus-Christ dont vous avez fait un Père et un Seigneur, et de qui dorénavant vous tiendrez un fief — d'un autre seigneur vous n'en recevrez aucun ; s'il prend une assez folle décision pour lever une armée contre vous, ne vous inquiétez absolument pas : soyez certain que Notre-Seigneur vous aidera, vous secourra et vous donnera la victoire sur autant de mécréants qu'il en viendra. Faudrait-il mourir, il serait préférable pour vous que ce soit en défendant la loi de Notre-Seigneur. Ils sont, croyez-moi, pires que des chiens.

483. « Voilà comment, en y réfléchissant, je vous conseille d'agir si vous voulez être fils de Dieu, héritier de la sainte Église. Autrement, c'est un mauvais héritier que Notre-Seigneur aurait en vous. — Seigneur, dit le duc, je suivrai vos recommandations : il en sera exactement ainsi. » Revenant

---

l'oſtᵃ et le confondons lui et ses creſtiens, si que creſtientés ne puiſt enraciner en tel maniere en ceſt païs. » Et li rois le fiſt tot ensi com il li orent loé, et manda le duc qu'il veniſt a lui com ses hom liges et nel laiſſaſt en nule maniere ; car bien seüſt que s'il n'i venoit, il en seroit honis et confondus et malbaillis a tous jours mais.

482. Quant li dus oï ceſt mandement, si en fu tous esbahis, pour ce qu'il savoit bien que li rois eſtoit poiſſans d'amis et de terre ; si en vint a Josephé et se conseilla a lui qu'il en feroit, car il porroit avoir grant peril. « Je vous dirai, fait Josephés, que vous ferés. Mandés li que vous n'eſtes pas ses hom : car vous eſtes fors de sa subjection et de toutes autres signouries fors solement de la signourie Jhesu Criſt de qui vous avés fait pere et signour, et de qui vous tenrés d'ore en avant terre, ne d'autre signor n'en tenrés vous point ; et s'il a si fol conseil qu'il viengne a vous a oſt banie, onques ne vous esmaiiés : car bien saciés que Noſtres Sires vous aïdera et secorra et vous donra victoire ja tant qu'il venra de mescreans. Et se au morir venoit, assés seroit mix que vous moruſſiés en deffendant la loy Noſtre Signour que autrement. Et saciés bien vraiement qu'il sont piour que chien.

483. « Ensi le di je en mon conseil, et ensi le vous loe je que vous le faciés se vous volés eſtre fill de Dieu et oir de Sainte Eglyse. Et se vous autrement le feïſſiés, mauvais oir avroit Noſtres Sires en vous. — Sire, fait li dus, et je le ferai tout ensi come vous le m'avés conmandé, que ja autrement ne sera. » Lors revint as

aux émissaires, il leur adressa ces mots : « Chers seigneurs, vous pouvez bien prévenir votre suzerain, je ne me rendrai pas chez lui ; s'il veut me parler, qu'il vienne : il m'est impossible de rien faire pour lui tant qu'il observera la loi païenne. Précisez-lui que je ne tiens rien de personne, si ce n'est de Dieu lui-même ; j'ai tout reçu de lui. Par amour pour lui j'ai relégué toute autre seigneurie. — Par notre foi, répliquent les émissaires, vous pouvez en être sûr : à brève échéance vous verrez devant ce château vingt mille hommes, tous ennemis mortels. — S'ils me sont des ennemis, dit le duc, Dieu me soit ami. Je n'ai à redouter ni leur force ni leur pouvoir. »

484. Les émissaires partirent et s'en vinrent rapporter à leur seigneur toutes les informations qu'ils avaient recueillies sur leur suzerain le duc. Le roi en fut très affligé, ce qu'il ne dissimula pas : il envoya sur-le-champ ses messagers par tout son territoire, commandant à ses vassaux à toutes distances de venir le rejoindre avec le plus de forces possible, équipés de leurs armes et de leurs chevaux, dans une des cités de son royaume, nommée Écosse. À la date fixée, ses hommes étaient au rendez-vous ; le roi se mit en mouvement aussitôt avec cinq mille hommes tant chevaliers que fantassins, chemina plusieurs jours avant d'atteindre la rivière de l'Hombre qu'il franchit, et parvint à la prairie de Galafort située juste sous le château. Le jour de son arrivée, Josephé, absent de la

---

messages et lor dist : « Biaus signour, vous poés bien dire a vostre signour que je n'irai mie a lui ; mais s'il velt parler a moi, qu'il viengne cha : car il n'est riens que je fesisse[a] pour lui tant com il tiengne la loy païenne. Et li dites que je ne tieng riens de lui ne d'autre, fors de[b] Dieu, [e] et de lui tieng je quanques j'ai. Et pour l'amour de lui ai je laissié toute autre signourie. — Par foi, font li message, et vous poés bien estre asseür que vous verrés dedens court terme devant cest chastel tels .xx.m. homes qui tout vous seront anemi mortel. — S'il me sont anemi, fait li dus, et Dix me soit amis. Je n'ai garde de lor force ne de lor pooir. »

484. Atant s'empartirent li message et en vinrent a lor signour, se li conterent tout ce qu'il avoient trouvé de lor signour le duc. Et quant li rois[a] l'oï, si n'en fu mie un poi dolans, et bien en moustra[b] le samblant : car tout maintenant tramist ses messages par tote sa terre et manda ses homes pres et loing qu'il venissent a lui au plus esforciement qu'il porront, garnis de lor armes et de lor chevaus, a une soie cité qui est en son roiaume, et estoit cele cité apelee Escoche. A celui jour qu'il lor avoit aterminé, vinrent si home la ou il les avoit mandés ; et li rois mut maintenant atout .v.m.[c] homes que a pié que a cheval, et erra tant par ses journees qu'il vint[d] a l'aigue del Hombre et passa outre, et vint en la praerie de Galefort droit desous le chastel. Celui jour qu'il vint devant le chastel n'estoit mie en sa compaignie

compagnie ducale, s'en était allé à un château distant d'une demi-journée, appelé Caleph.

485. Quand il vit le roi établir son camp devant son château, le duc en fut fort affligé, n'ayant jamais été assiégé dans une place — sans pouvoir en sortir : n'avait-il pas été, n'était-il pas encore un des meilleurs chevaliers du monde ? Le château était aussi bien pourvu de troupes que nécessaire, car les gens d'alentour s'y étaient tous réfugiés à la nouvelle que le roi devait y entreprendre la guerre : ils savaient bien qu'ils y seraient plus en sécurité qu'à l'extérieur ; c'est pour cela qu'ils s'y étaient rués, ayant fait suivre tout ce dont ils avaient besoin : le duc en était plus rassuré. Allant s'asseoir à la fenêtre, il s'absorba dans ses pensées. Après un long moment de réflexion, il remarqua devant lui Nascien qu'il avait entendu vanter en matière de chevalerie et pour d'autres mérites. Il lui demanda : « Seigneur, que faire ? Laisserons-nous donc camper si près de nous cette misérable engeance ?

— Certes, non, s'exclama Nascien. Faites armer toutes vos troupes, et nous les attaquerons avant qu'ils ne soient installés ; nous allons les surprendre maintenant, me semble-t-il, bien plus sûrement que plus tard, car ils n'envisagent pas que nous ayons envie de tenter une sortie à présent.

486. — Certes, seigneur, répliqua le duc, voilà qui m'agrée ; faisons donc une sortie en l'honneur de Jésus-Christ qui veuille nous protéger et nous défendre contre nos

---

Josephés, ains s'en estoit alés a un chastel qui estoit a demie journee pres d'illoc, si estoit apelés Caleph.

485. Quant li dus vit que li rois se loga par devant son chastel, si en fu mout dolans a ce qu'il n'avoit onques mais esté assegiés en chastel pour coi il em peüst issir : car il avoit esté et estoit encore uns des miudres chevaliers del monde. Li chastiaus estoit si bien garnis de gent come a cel oés, car toute la gent de la entour i estoit toute venue quant il sorent que li rois i devoit la guerre conmencier : car il savoient bien qu'il seroient plus asseür el chastel que defors ; et pour ce i furent il venu, et orent fait venir dedens el chastel quanques mestier lor iert ; si en estoit li dus plus asseür. Si s'en ala seoir as fenestres del chastel et conmencha a penser mout durement. Et quant il ot une grant piece pensé, si regarda devant soi, et vit Nascien de qui il avoit oï tant de bien dire de chevalerie et d'autre bien. Lors li dist : « Sire, que ferons nous ? Lairons nous dont si pres logier de nous ceste gent maleürouse ? — Certes, nenil, fait Nasciens. Mais faites toute vostre gent armer, si assemble[f]rons a aus ains qu'il soient logié ; et je quit que nous les trouverons orendroit plus desgarnis d'une autre fois, car il ne pensent ore mie que nous aions talent de issir fors.

486. — Certes, sire, fait li dus, il me plaist bien ; issons dont fors en l'onour Jhesu Crist qui nous soit garans et desfendans encontre nos

ennemis. » Alors le duc de crier : « Allons, aux armes ! Nous allons sortir ! » Ils coururent s'armer sur-le-champ et apportèrent au duc et à Nascien leurs armes les plus solides. Une fois équipés, descendus du palais dans la cour, ils enfourchèrent les chevaux qu'on leur avait préparés, puis ils franchirent la porte. Le duc ouvrait la marche avec à ses côtés Nascien, plus puissamment armé que personne. Constatant que le moment était venu de lancer leurs chevaux, ils piquèrent vers leurs ennemis appliqués à dresser les tentes. Fondant sur eux, ils se mirent à les abattre si radicalement qu'ils en laissèrent derrière eux plus de cinq cents, tant morts que blessés, et les autres chevaliers, qui avaient quitté le château après eux, montèrent à la charge contre leurs ennemis avec un tel courage que ceux de Northumberland subirent de lourdes pertes, et qu'il y eut un très grand nombre de morts. Un cri s'éleva par tout le camp, si formidable qu'on n'y eût pas entendu le tonnerre de Dieu. Ceux qui en eurent le temps s'armèrent ; le roi de Northumberland jeta un haubert sur son dos, son heaume sur sa tête et s'arma aussi bien que l'exigeait la situation ; et tous ceux qui étaient avec lui firent de même, car il n'y avait si hardi que ne transît la peur de la mort et de la captivité. À cheval comme toute sa compagnie, le roi ordonna à ses hommes de confiance : « Suivez-moi : si je peux trouver Ganor, le dieu des chrétiens ne pourra empêcher que je le tue séance tenante de ma main. » Sur ces

---

anemis. » Lors escrie li dus : « Ore, as armes ! si en isterons fors ! » Et cil se courent tout maintenant armer, et aportent au duc et a Nascien lor armes bones et fors. Et quant il furent armé, il descendirent del palais aval la court et monterent es chevaus qui lor furent apareillié, et puis s'en issirent fors de la porte. Li dus fu tout devant et Nasciens delés lui si richement armé que nus mix. Et quant il voient qu'il furent a delivre qu'il porent lor chevaus eslaissier, si poignent a lor anemis qui entendoient aus a logier. Et quant il furent en aus feru, il les conmencierent a abatre si mortelment qu'il en laissierent aprés aus que mors que navrés plus de .v.c., et li autre chevalier quil furent del chaſtel venu aprés aus le firent si bien, quant il se furent feru entre lor anemis, si que mout furent adamagié cil de Norhomberlande, et mout grant plenté en i ot d'ocis. Et li cris leva par toute l'oſt si grans et si merveillous que on n'i oïſt pas Dieu tonnant. Et cil qui orent loisir de prendre lor armes s'armerent, et li rois de Norhomberlande jeta un hauberc en son dos et son hiaume en sa teſte et s'arma au mix qu'il pot si conme a tel besoig couvenoit ; et ausi fiſent tout li autre qui avoc lui eſtoient, car il n'i avoit tant hardi qu'il n'eüſt toute paour de mort et de prison. Quant li rois fu montés et toute sa compaignie, si diſt a ciaus en qui il mix se fioit : « Sivés moi, car se je puis trouver Ganor, ja ne le garra li dix as creſtiens que je ne l'ocie maintenant. » Et quant il

mots, se précipitant parmi les chrétiens, il se mit à donner de grands coups ici et là, et à faire tout ce qui était en son pouvoir pour leur nuire.

487. À force d'aller et de venir au plus épais de la bataille, le roi vit devant lui Nascien qui faisait des prodiges de son corps, et tant en abattait à droite et à gauche que nul ne l'apercevait sans être, à juste titre, pris de panique : il donnait de si grands coups — était-ce dû à sa propre force ou à celle de Jésus-Christ, je ne sais — qu'il ne trouvait haubert, ni heaume qu'il ne pourfendît. Ses faits d'armes étaient si prodigieux que nul, s'il le voyait approcher, ne demeurait sur place à moins d'être totalement fou. Après avoir mûrement examiné sa façon de se battre, le roi déclara qu'il n'était pas un homme mortel mais l'ennemi. Nascien, qui parcourait les rangs de part et d'autre, ne refusait pas le combat d'un chevalier, si hardi qu'il fût. À force de frapper et d'abattre des ennemis, il se trouva face au roi de Northumberland. Dès qu'il l'aperçut, il l'identifia parfaitement à la richesse de son armure, et pour avoir entendu décrire avec force détails les armes qu'il portait. Il dirigea alors vers lui la tête de son cheval et brandit l'épée. Le roi, qui venait de le voir frapper, n'eut pas, à la vue de l'arme, la témérité de l'affronter, mais se jeta à terre au plus vite, et Nascien, qui n'avait pu retenir son coup, frappa le cheval, le trancha par la moitié à la jointure de l'épaule, et l'abattit d'un seul coup.

---

ot ceſte parole dite, il se fiert entre les creſtiiens et conmencha grans cops a donner cha et la, et les conmencha a grever quanques il pot.

487. Tant a alé li rois et venu par la bataille la ou il le vit plus espesse, tant qu'il vit Nascien devant lui qui merveilles faisoit de son cors, et tant en abatoit a deſtre et a seneſtre que nus ne le veoit qui toute paour n'en avoit et bien le deüſt avoir : car il donoit si grans cops, ne sai se c'eſtoit par sa vertu ou par la vertu Jhesucriſt, qu'il ne trouve ne hauberc ne hiaume en [*48a*] teſte qu'il ne pourfende tout. Si faisoit tel merveille[*a*] d'armes que nus qui le veoit ne l'atendoit a cop s'il ne fuſt plus fols que autres. Et quant li rois en bien regardé et avisé ce qu'il faisoit, si disoit que ciſt n'eſtoit pas hom mortels mais anemis. Et Nasciens qui aloit les rens cerchant d'une part et d'autre ne refusoit encontre de chevalier tant fuſt hardis. Tant a alé ferant et abatant ses anemis devant lui qu'il encontra le roi de Norhomberlande. Et quant il le vit, il le connut bien as riches armes, et a ce qu'il ot bien oï deviser quels armes il portoit. Lors li adrece la teſte del cheval et hauce l'espee. Et quant li rois, qui devant avoit veü quels cops il feroit, vit l'espee[*b*], il n'ot tant de hardement qu'il l'atendiſt a cop, ains se lance a terre[*c*] au plus toſt qu'il pot, et Nasciens qui son cop ne pot detenir fiert le cheval et le cope en .ii. tronçons trés parmi l'espaulle, et l'abati tout en un mont.

488. Il se rua alors sur le roi encore à terre, et le frappa si violemment en plein heaume que l'autre ne put se relever. Voyant qu'il gisait évanoui, Nascien sauta de cheval, et remettant l'épée au fourreau il saisit le roi par le heaume, le tira si fort à lui qu'il lui rompit les lacets et, le lui arrachant de la tête, le lança au milieu du terrain. Ceux qui l'accompagnaient, voyant leur chef tête nue, tombé entre les mains d'un homme capable de le tuer s'il n'implorait sa pitié, s'enfuirent. Nascien cependant lui cria de se rendre, ou il le tuerait. «Tuez-moi donc vite, dit le roi: j'aime mieux mourir païen que continuer de vivre en étant chrétien!» Quand il entendit cela, Nascien ne tenta plus de le raisonner et, tirant l'épée du fourreau, il lui assena un si grand coup qu'il lui sépara la tête du tronc. Il se remit alors en selle, en dépit de tous ses ennemis, et commença à abattre chevaliers et chevaux, provoquant un terrible carnage selon tous les témoins. Ceux de Northumberland, apprenant la mort de leur suzerain, furent si déconcertés qu'ils cessèrent toute résistance, pour prendre instantanément la fuite. Beaucoup périrent dans l'eau avant d'avoir traversé: ceux de Galafort les serraient de si près qu'ils les obligeaient à se noyer. Mais la victoire, vous le saurez, n'aurait pas eu cet éclat, sans le secours de Dieu qui leur donnait plus de force et plus de hardiesse qu'à l'accoutumée.

---

488. Lors courut sus au roi qui n'estoit pas relevés de terre, et le fiert si durement parmi le hiaume qu'il n'ot pooir de lui relever. Et quant Nasciens vit qu'il jut em pasmisons, il sailli jus del cheval et remist l'espee el fuerre, si prent le roi par le hiaume et le tire si fort a lui qu'il li ront les las et li esrace de la teste, et le jete loing de lui ens enmi le champ. Et quant cil qui o lui estoient venu virent son chief descouvert et qu'il fu si[ᵃ] au desous entre les mains de tel home quil l'ocirra maintenant s'il ne crie merci, si s'en fuient. Et Nasciens li escrie toutes voies qu'il se rende ou il l'ocirra. «Ore m'ociés dont tost! fait li rois, car j'aime mix a morir paiiens que a vivre longement et je fuisse crestiens.» Quant Nasciens entent ceste parole, il ne l'araisonne plus, ains traïst l'espee del fuerre et li donne si grant cop qu'il li desoivre le chief del bu. Et lors si remonte en son cheval et maugré tous ses anemis, et conmencha a abatre chevaliers et chevaus, et faire si grant martire que tout cil qui le veoient le tenoient a grant merveille. Et quant cil de Norhomberlande sorent que lor sires estoit mors, si furent tant esmaié que onques puis n'ot en aus deffense, ains tournerent tout maintenant en fuies. Si en i ot[ᵇ] mout de peris et de noiés ains qu'il fuissent outre, car cil de Galefort les tenoient si cours qu'il les faisoient noiier a force. Mais saciés que la victoire n'eüst mie si grans esté se ne fust par la grasse de Dieu qui lor [b] dounoit force et hardement plus que il ne soloient avoir.

489. Tous leurs ennemis en déroute, ils firent incendier les tentes que ceux-ci avaient commencé de monter, souhaitant, affirmèrent-ils, que toutes leurs affaires fussent brûlées : de leur bien ils ne voulaient tirer ni profit ni confort. C'est ainsi que les chrétiens remportèrent leur première victoire en Grande-Bretagne. Quand ils prirent conscience d'avoir, avec si peu d'hommes, triomphé de tant de païens, ils ne l'attribuèrent pas à leur mérite mais à la force de Jésus-Christ qui les avait aidés dans cette bataille. Ils furent si confortés dans leur foi qu'ils déclarèrent immense la force de Jésus-Christ. Mais à présent le conte cesse de parler d'eux et retourne au roi Mordrain qui alla combattre le roi Crudel de Norgales pour venger la honte de Notre-Seigneur.

Progression de Norgales vers l'Écosse.

490. Le conte dit qu'à son départ de Galafort, avec son père et ses compagnons, Josephé emmena cent cinquante de ses pasteurs ; cependant, Célidoine, Nascien et quantité de chevaliers restèrent pour veiller sur la femme de Joseph. Josephé emporta avec lui le saint Vase qu'on appelle Graal. Partis de Galafort, ils allèrent prêcher de toute part, et finalement parvinrent au royaume de Norgales gouverné par le roi Crudel, le païen le plus traître qui fût sur terre en son temps. Quand il apprit que sur son territoire avait pénétré un peuple qui n'était pas constitué de païens, mais au contraire

---

489. Quant il voient tous lor anemis desconfis, il fisent metre tout maintenant le fu es loges que cil avoient commencié, et disent qu'il voloient que toute lor chose fust arse, car del lor ne voloient il avoir ne prou ne aise. Ensi orent li crestien victoire de la premiere bataille qu'il orent en la Grant Bretaigne encontre lor anemis. Quant il virent qu'il orent esté si poi de gent encontre tant de païens et les orent vaincu, si disent que cele honour n'avoient il pas eü par lor prouece, mais par la vertu de Jhesucrist qui lor avoit aïdié en cele bataille. Si lor fu cele chose si grant affermement de creance qu'il disent que mout estoit grande la vertu de Jhesu Crist. Mais or se taist li contes a parler d'aus et retorne a parler del roi Mordrain qui ala combatre au roi Crudent de Norgales pour vengier la honte Nostre Signour.

490. Or dist li contes que quant Josephés se fu partis de Galafort entre lui et ses compaingnons et son pere, il mena avoc lui de ses menistres .c. et .l., mais toutes voies pour garder la feme Joseph remest Celydoines et Nasciens et autre chevalier assés. Et Josephés emporta o lui le Saint Vaissel que on apele Graal. Quant il s'enpartirent de Galafort, si alerent preecier d'une part et d'autre, et tant qu'il vinrent el roiaume de Norgales. Et a celui tans le gouvernoit li rois Crudens, li plus fel païens qui fust en la terre a son tans. Quant il oï dire qu'en sa terre estoit gent venue qui n'estoit mie de la gent paiene, ains estoient

de chrétiens et qu'ils avaient avec eux un saint Vase rempli
d'une si grande grâce qu'il apportait subsistance à tous, il
considéra que c'était là un mensonge, une fable ; et il proclama qu'il s'agissait de quelques larrons impies qui trompaient les gens avec des propos mensongers. Il ordonna
aussitôt à ceux qui étaient à ses côtés de les amener à sa cour
pour qu'il puisse les voir ; ceux-ci saisirent les chrétiens et les
conduisirent devant le roi. Quand ce dernier les vit pieds nus,
si pauvrement et si méchamment vêtus, il les tint en si faible
considération qu'il ne daigna pas les regarder, et prétendit
que ce n'était pas des gens dont on dût faire cas. Aussi les
fit-il immédiatement jeter tous en prison dans une pièce sou-
terraine ; l'ordre qu'il donna à ses gens fut de ne pas s'en
occuper avant quarante jours, et que nul, sous peine de mort,
n'eût l'audace de leur donner à boire ou à manger. « Car je
veux, dit-il, qu'ils vivent de la grâce de leur seigneur et de
leur saint Vase pendant tout le temps qu'ils demeureront
dans ma prison : on m'a fait comprendre qu'ils ne font usage
de rien d'autre ; maintenant ils devront avoir recours à lui,
car, par le dieu en qui je crois, ils ne disposeront de rien
d'autre aussi longtemps qu'ils y seront[1]. »

491. Ainsi fit l'impie païen, s'imaginant les pousser à
renier le Saint-Christianisme et à retourner à la loi païenne.
Mais il n'en fut pas ainsi : Notre-Seigneur vint leur rendre
visite la première nuit et leur dit d'être sans crainte, car ils ne

---

crestiien et avoient avoc aus un saint vaissel plain de si grant grasse
qu'il s'en vivoient tout, si tint ceste chose a menchoigne et a fable ; et
dist que c'estoient aucun desloial larron que de lor parole aloient la gent
decevant. Si conmanda maintenant a ciaus qui devant lui estoient qu'il
les amenaissent en sa court, si [c] les verroit, et cil les prisent et les
amenerent devant le roi. Quant li rois les vit nus piés et en si povre
habit et si mauvaisement vestu, qu'il les proisa si poi qu'il nes daigna
regarder, et dist que ce n'estoient pas gent dont on deüst tenir parole.
Si les fist tout maintenant metre em prison tos ensamble en une
chambre sous terre, si deffendi a sa maisnie qu'il ne fuissent regardé
devant .XL. jours, ne que nus ne fust si hardis qu'il lor donnast que
boire ne que mengier s'il ne volsist estre destruis : « Car je voel, fait il,
qu'il vivent de la grasse lor signour et de lor saint vaissel tant com il
seront en ma prison : car on m'a fait a entendre qu'il ne servent d'autre
chose ; or lor sera il mestier qu'il lor puist valoir, car par le[e] dieu en qui
je croi, il n'i avront autre chose tant com il i seront. »

491. Ensi le fist faire li desloiaus païens, qu'il les quida a ce mener
qu'il deüssent renoiier[e] sainte crestienté et qu'il revenissent a la loy
paienne. Mais non fisent, car Nostres Sires les vint visiter la premiere
nuit qu'il i furent mis et lor dist qu'il n'eüssent garde, car il ne pense-
roient ja a chose qui lor pleüst qu'il n'eüssent : « Et ne vous esmaiés

désireraient jamais rien qui leur fût agréable sans aussitôt l'obtenir. « Et ne vous inquiétez pas, dit-il, si vous y restez quelque temps : bientôt je vous enverrai le vengeur terrestre qui tuera ces chiens qui vous ont incarcérés, et je détruirai tous ceux qui s'acharnent à vous torturer. » Ainsi leur parla la voix : ils en tirèrent un grand réconfort et une vive satisfaction. Cette nuit-là, il arriva que le roi Mordrain, resté à Sarras, s'étonna d'être sans nouvelles de Nascien, de Célidoine et de leur compagnie ; il en fut fort attristé, car il aurait bien aimé savoir comment ils allaient.

492. Cette nuit-là, alors qu'il était endormi auprès de sa femme, il lui sembla que devant lui venait Notre-Seigneur aussi angoissé, aussi oppressé qu'il avait été sur la croix, les mains et les pieds troués par des clous. Le voyant apparaître dans une telle détresse, le roi lui dit en pleurant : « Ah ! Seigneur, qui vous a fait cela ? » Il répondait tout de suite : « C'est le roi Crudel de Norgales qui m'a ainsi crucifié. Il ne se souvient pas que je l'ai déjà été, et il aura tôt fait de me remettre en croix. Lève-toi maintenant, prends avec toi ta femme, tes enfants, la fille du roi Label et la femme de Nascien, et va-t'en à la mer, traverse et accoste en Grande-Bretagne ; là, tu me vengeras du roi Crudel qui m'a ainsi torturé. » Il le ferait, dit-il, de tout cœur. Au matin, s'éveillant avec le souvenir de ce qu'il avait vu en songe, il fut tout heureux que Notre-Seigneur l'eût choisi pour venger

---

pas, fait il, se vous i demourés, car je vous envoierai par tans le terrien vengeour qui tuera ces chiens qui vous ont mis en prison, et je confonderai tous ciaus qui metent painne en vous tourmenter. » Ensi lor dist la vois, dont il furent tout reconforté et plus a aise qu'il n'avoient esté devant. Cele nuit avint que li rois Mordrains qui remés estoit a Sarras s'esmerveilla mout que ce pooit estre qu'il n'ooit nules nouveles de Nascien ne de Celidoine ne de lor compaingnie ; si l'em pesa[b] mout durement, qar mout seüst volentiers conment il le faisoient.

492. Cele nuit meïsmes, quant il fu endormis avoc sa feme, si lu avis que devant lui venoit Nostres Sires si angoissous et si destrois com il ot esté mis en[a] la crois, et avoit les mains et les piés clofichiés. Et quant li rois le[b] vit si destrois devant lui, si li dist[c] em plourant : « Ha ! Sire, qui vous a ce fait ? » Et il respondont tout maintenant[1] : « Ce m'a fait li rois Crudens de Norgales, qui m'a ci crucefiié. Il ne li souvient mie que je i fuisse mis une fois, mais tost m'i avra remis tout derechief. Ore lieve sus et pren ta feme et tes enfans et la fille au roi Label et la feme Nascien, et t'en va a la mer et passe outre et arrive en la Grant Bretaigne ; et la me vengeras tu del roi Crudens qui ensi m'a tourmenté. » Et il dist que ce feroit il mout volentiers. Au ma[d]tin, quant il fu esveilliés et il li souvint de ce qu'il avoit veü en son dormant, il en fu molt liés de ce que Nostres Sires voloit qu'il fust vengiés

l'outrage. Alors il s'en alla à l'église, raconter sa vision au prêtre. Le prêtre, à ce récit, dit au roi : « Sire, il ne faut pas attendre. Faites rassembler vos hommes, et allez venger la honte de Notre-Seigneur. Et sachez qu'une plus belle aventure que celle que vous m'avez décrite vous arrivera. » Le roi se fia à son conseil, il eut raison. Il convoqua tout d'abord la femme de Nascien et la fille du roi Label, puis ses hommes en territoire proche ou lointain, et leur fit savoir qu'ils devaient le rejoindre armés et à cheval ; ils exécutèrent ses ordres au plus vite. Quand la femme de Nascien se présenta devant lui, le roi la prit à part pour lui confier en secret ce qu'il avait vu dans son sommeil : « Et, poursuivit-il, parce qu'il plaît à Notre-Seigneur que vous veniez avec moi, nous partirons ce matin : nos navires sont appareillés et pourvus de tout le nécessaire ; nous emmènerons avec nous la fille du roi Label et la reine ma femme, et laisserons votre territoire et le mien à Ganor, le meilleur chevalier de ce pays. Si nous n'y revenons jamais, qu'il demeure à lui et à son descendant ; si nous revenons, que notre territoire nous soit rendu de la façon dont nous l'avons toujours eu. »

493. On fit ainsi que le roi l'avait préconisé : il fit jurer à tous ceux qui devaient rester là de tenir Ganor pour maître et seigneur aussi longtemps qu'ils seraient hors du pays ; s'il advenait qu'aucun voulût le spolier, ils l'aideraient comme leur souverain légitime ; et si par aventure il arrivait au roi de

───────────

par lui de son courous. Lors s'en ala au mouſtier et diſt a son prouvoire[e] sa vision. Et quant il l'oï, si diſt au roi : « Sire, vous n'avés que atendre. Semonnés vos homes et assamblés, et alés vengier la honte Noſtre Signour. Et saciés que plus bele aventure que cele que vous m'avés devisee[f] vous avenra. » Et li rois crut bien son conseil, si ot droit. Si manda tout premierement la feme Nascien et la fille au roi Label, et manda ses homes pres et loing et lor[g] fiſt asavoir que il venissent a lui apareillié d'armes et de chevaus, et cil fiſent son conmandement au plus toſt qu'il porent. Et quant la feme Nascien vint devant le roi, si le traïſt a une part et li diſt a conseil ce qu'il[b] avoit veü en son dormant. « Et pour ce, fait il, qu'il plaiſt a Noſtre Signour que vous veigniés o moi, si mouverons le matin ; car nos nés sont apareillies et garnies de quanques il couvient, si en menrons o nous la fille au roi Label et la roïne ma feme et lairons ma terre et la voſtre a Ganor, le meillour chevalier de ceſt païs. Et se nous ne revenons jamais ariere en ceſt païs, si demourece a lui et a son oir, et se nous revenons, aions noſtre terre en tel maniere come nous avons eü a tous jours. »

493. Tout ausi come li rois le devisa le fiſent[e]. Car a tous ciaus qui la devoient demourer fiſt il jurer qu'il tenroient Ganor a maiſtre tant com il seroient fors del païs, et a signour ; et s'il avenoit que aucuns li volſiſt tolir la terre, il li aideroient come lor droit signour lige ; et s'il avenoit

mourir ou de ne pas revenir, que Ganor fût couronné, seigneur de tout le territoire ; tel eſt le serment que prêtèrent
ceux qui reſtèrent sur le territoire de Nascien et sur celui du
roi Mordrain. Le matin, après avoir, de son mieux, mis de
l'ordre dans ses affaires, le roi se mit en route avec un
nombre considérable d'hommes : bien cinq cents chevaliers,
sans compter les écuyers et les fantaſsins. Ils avaient bien
parcouru une lieue lorsqu'il commanda à Ganor de s'en
retourner. « Sire, pourquoi ? — J'ai malencontreusement
oublié l'écu blanc qui jadis me rendit grand service dans la
bataille contre Tholomé.

494. « C'eſt un écu que pour rien au monde je ne laisserais
derrière moi : il me serait insupportable de ne pas le voir
chaque jour en mémoire de ce Crucifiement qui me fut si
favorable dans la bataille. » Le sénéchal renvoya aussitôt un
de ses écuyers pour apporter l'écu qu'on avait oublié dans la
chambre royale ; celui-ci fit si grande diligence qu'il était de
retour avant l'arrivée du roi au port. Le roi se réjouit fort de
voir l'écu : il y était excessivement attaché ; aussi le fit-il
mettre dans le navire à bord duquel il devait monter. Après il
y pénétra, ainsi que la reine sa femme, la duchesse, la fille du
roi Label et tous les autres à la suite. Il y eut grand tapage,
grande lamentation et grand cri au moment de la séparation.

495. Quand le roi eut quitté ses hommes, on tendit les
voiles et les pilotes s'assirent aux commandes tandis que les

---

par aventure que li rois moroit ou demouraſt fors de la terre, que
Ganors fuſt couronés et sires de toute la terre ; et autretel[b] serement
fisent cil qui remesent en la terre Nascien et en la terre au roi Mordrain. Le matin, ausi toſt que li rois ot ordenees ses choses au mix qu'il
pot[c], il s'emparti de la terre avoc tels gens qui bien porent eſtre .v.c.
chevaliers[d] sans les esquiers, et sans ciaus qui aloient a pié. Et quant il
orent bien alé une lieue, il conmanda Ganor a retourner. « Sire, fait il,
pourcoi ? — Pour ce, fait il, que je ai faite male oubliance de mon escu
blanc qui jadis m'ot si grant meſtier en la bataille contre Tholomer.

494. « Ce eſt li escus que je ne lairoie en nule maniere deriere moi :
car je ne m'en porroie souffrir que je ne le veïsse chascun jour en
ramenbrance de cel crucefiement que tant me valut [e] en la bataille. »
Li seneschaus fiſt maintenant retourner un sien esquier pour aporter
l'escu que on avoit laissié en la chambre le roi, et cil se haſta si qu'il
fu revenus ançois que li rois veniſt au port. Et quant li rois vit l'escu,
si en fiſt moult grant joie, car il l'amoit trop : si le fiſt metre en la nef
ou il devoit entrer. Après entra dedens, et la roïne sa feme et la
duçoise et la fille au roi Label et tout li autre après. Si i ot grant noise
et grant ploreïs et grant cri[a] au departir.

495. Quant li rois se fu partis de ses homes, li voile furent tendu et
li maiſtre sisent as gouvernaus ; et li autre qui le meſtier faisoient

autres membres de l'équipage se dispersaient dans le navire, chacun rejoignant son poste. Quand il plut à Dieu qu'ils s'éloignassent de leur pays, le vent s'étant élancé dans les voiles, les navires, pleins d'hommes, de femmes et de tous les biens terrestres dont ils avaient besoin, quittèrent le port : ils eurent en peu de temps parcouru tant de chemin qu'ils ne pouvaient plus voir la terre. En haute mer se levèrent un vent et un orage si terribles que tous pensèrent mourir : la tempête fut si forte et si horrible qu'on ne pouvait en croire ses yeux. Se voyant dans un tel danger, impuissants à trouver secours en eux-mêmes, ils pleurèrent, gémirent et crièrent grâce à Notre-Seigneur : «Père, s'il te plaît, ne nous laisse pas mourir ici en peu naufragés ; épargne nos vies en nous donnant le temps de réparer le tort que nous avons commis dans ce monde envers toi. Seigneur, par ta douce pitié, viens nous aider et nous secourir dans ce péril, apaise cette tempête que nous subissons, et nous pourrons parvenir sains et saufs à l'endroit que tu nous as fixé. »

496. Alors qu'ils imploraient Dieu et sa douce Mère, une voix descendit pour leur dire : «Chassez l'ennemi d'entre vous, ou vous périrez tous[1]. » Cette parole finit de persuader le roi Mordrain que l'ennemi était parmi eux. Mais faute de pouvoir si vite l'identifier, il courut lui-même à l'eau bénite et en fit asperger le navire. Alors monta du fond de la cale un cri si laid et si affreux que tout le monde fut glacé de

---

s'espandoient aval la nef, et ala chascuns a son office. Et quant Dieu plot qu'il eslongaissent de lor païs, et li vens se fu ferus es voiles, les nés qui estoient trés bien garnies d'omes et de femes et de toutes les choses terrienes qui lor couvenoient[a], s'enpartirent del port a tele ore qu'il orent em poi d'ore si eslongié qu'il ne porent terre veoir ne pres ne loing. Et quant il furent en haute mer, si leva uns vens et uns orages si grans qu'il n'i ot celui qui n'ot paour de morir : li tempeste fu si grans et si orible en la mer que ce fu merveille a veoir ; et cil qui se voient en tel peril qu'i ne sevent conseil prendre d'aus[b] meïsmes plourent et dolousent et crient merci a Nostre Signour et disent a haute vois : «Peres, s'il te plaist, ne nous laisses ici perir ne morir, mais respites nos vies et nous donnes espasse d'amender ce que nous avons mesfait en cest siecle vers toi. Sire, par ta douce pitié, vien nous aïdier et secourre en cest perill et abaisse ceste tempeste ou nous sommes, si que nous puissons venir sain et sauf el lieu que tu nous as destinés. »

496. Endementiers qu'il se plaignoient a Dieu et a sa douce mere, vint une vois entr'aus qui lor dist : «Ostés l'anemi d'entre vous ou vous perirés ja tout. » Quant li rois Mordrains entendi ceste parole, si connoist bien que li anemis estoit herbegiés entr'aus. Mais por ce qu'il[a] nel pot pas si tost apercevoir, court il meïsmes a l'aigue

peur. L'instant d'après sortit sur le seuil de la chambre une demoiselle qui avait l'apparence d'un ennemi, et qui portait un homme sur ses épaules : « Il est à moi, dit-elle, je l'emporte ! » et aussitôt elle se jeta dans la mer et disparut. Ils en restèrent bouche bée. Appelant un de ses chapelains qui était à ses côtés, le roi lui demanda de pénétrer dans la pièce d'où était sorti cet ennemi, pour voir ce qu'il en était ; l'homme de bien, après avoir pris l'étole et l'eau bénite, entra, suivi du roi : l'endroit était effroyable ; ils crurent défaillir à sa puanteur. Le prêtre se mit à asperger tous les coins d'eau bénite, mais ils n'y trouvèrent absolument rien. Alors le roi demanda à ceux qui l'entouraient si un chevalier ou un homme d'armes avait disparu ; ils constatèrent l'absence du châtelain de la Colombe[2]. « Sur ma tête, dit le roi, ne doutez pas que l'ennemi l'emporte maintenant en enfer. »

497. Ils s'en entretenaient, quand une demoiselle se présenta au roi, et s'adressa à lui en ces termes : « Sire, vous serez étonné de voir l'ermite que vous amenez avec vous : il dort devant le gouvernail. » Le roi s'y rendit, pour découvrir que l'homme de bien endormi éprouvait la plus grande douleur qu'un homme puisse ressentir dans son sommeil, et disait : « Ah ! créature impie, comment as-tu osé commettre

---

beneoite et le fist jeter parmi la nef. Endementiers qu'on aloit[b] arousant la nef, il oï el fons de la nef un cri si lait et si hidous qu'il n'i ot ame laiens qui toute paour n'eüst. Aprés ce ne demoura gaires que del huis de la chambre issi une damoisele en samblance d'anemi, qui portoit un home sor son col, et dist : « Cis est miens, et pour ce l'enporté je » ; et tout maintenant se feri en la mer, si en orent tantost perdue la veue. De celi chose fu[f]frent cil de laiens si esbahi qu'il ne sevent qu'il doient dire. Li rois apele un sien chapelain qui estoit devant lui et li dist qu'il entrast el lieu dont cil anemis estoit issus, si verra qu'il i a ; et li prodom a pris l'estole et l'aigue beneoite, si entra en la chambre, et li rois aprés : si le trouvent si laide qu'il lor est avis que li cuers lor doie faillir pour la puour qu'il i trouverent. Li prouvoire commencha a jeter l'aigue beneoite partout amont et aval, mais sans faille il n'i trouverent riens. Lors demanda li rois a ciaus[c] qui entour lui estoient s'i lor failloit ne chevaliers ne sergans ; et il regarderent partout, si trouverent que li chastelains de la Coulombe lor faut. « Par mon chief, fait li rois, jamais ne me creés se li anemis ne l'enporte orendroit en infer. »

497. Endementiers qu'il parloient ensi de ceste chose, une damoisele vint au roi et li dist : « Sire, merveilles poés veoir del prodome hermite que vous amenés avec vous, qu'il se dort devant le governal de la nef. » Et li rois i vait, si trouve que li prodom qui se dormoit faisoit le greignor doel que on pooit faire en dormant, et disoit : « Ha ! desloiaus chose, comment osas tu faire si desloial

un meurtre si déloyal, une trahison si grande en l'ayant emporté et honni ! » Alors sa douleur reprit de plus belle. Un long moment, le roi resta là pour savoir s'il s'éveillerait ; finalement il ouvrit les yeux. Voir le roi devant lui ne le surprit pas ; s'essuyant les yeux encore tout baignés de larmes, il lui dit : « Sire, que faites-vous ici ? — Par ma foi, répondit le roi, nous vous avons beaucoup observé parce que vous pleuriez dans votre sommeil, et dormiez d'un sommeil de plomb quand nous étions ici tourmentés jusqu'à craindre de périr noyés d'un moment à l'autre : mais loin de vous réveiller, vous avez tenu un si long discours tout en dormant que nous nous demandons avec un grand étonnement ce que cela signifie. »

498. Alors l'homme de bien se leva : « Certes, sire, ce n'est pas extraordinaire si je pleurais et manifestais du chagrin : je voyais dans mon sommeil une chose qui me déplaisait fort. Je suis sûr qu'il est advenu du châtelain de la Colombe exactement ce que j'ai vu, et je vais vous dire comment cela s'est passé. La vérité est que le châtelain de la Colombe a aimé très longtemps la femme de Nascien. Mais il ne put jamais obtenir ses faveurs quoi qu'il pût faire. Il se donna beaucoup de mal pour parvenir à ses fins ; tant et si bien que l'ennemi prit l'apparence de la femme de Nascien — c'était à Sarras — pour venir lui dire que, s'il voulait devenir son homme, il ferait en sorte que celle-ci lui cède ; il pourrait

---

murdre et si grant traïson que tu l'as enporté et honni[a] ! » Lors reconmence son doel assés greignour que devant. Grant piece demoura li rois illoc pour savoir se li prodom s'esveilleroit ; et au chief de piece, s'esveilla et ouvri les ex. Et quant il vit le roi devant lui, il ne fu mie esbahis, ains terst ses ex qui encore estoient tout moullié des larmes, et puis dist au roi : « Sire, que faites vous ci ? — Par foi, fait li rois, nous vous avons mout regardé pour ce que vous plouriés en vostre dormant, et dormiés mout fermement quant nous avons ci esté si tormenté en tel maniere que nous quidiens d'ore en ore noiier et perir ; mais onques ne vous en esveillastes, ains avés dit tant de paroles en vostre dormant que mout nous merveillons que ce puet estre. »

498. Lors se lieve li prodom et dist : « Certes, sire, fait il, il n'est pas merveille se je plouroie et faisoie doel : car je veoie tel chose en mon dormant qui mout me desplaisoit. Et je sai bien que tout ensi conme je le vi avint il del chastelain de la Coulombe ; et si vous dirai conment il avint. Voirs est que li chastelains de la Coulombe a amé mout longement la feme Nascien. Mais il n'en pot onques venir a chief pour chose qu'il peüst faire. Si se pena mout de faire ses volentés de li ; et tant qu'il avint que [49a] li anemis s'aparut devant lui en fourme de la feme Nascien dedens la cité de Sarras, et li dist que s'il voloit devenir ses hom, qu'il li feroit avoir sa volenté de la feme Nascien, en tel

coucher avec elle, et assouvirait son désir : il devint aussitôt son homme lige et renia Jésus-Christ. L'événement a eu lieu aujourd'hui à l'heure de midi, alors que j'étais ici endormi. L'ennemi lui est apparu dans cette pièce en bas sous les traits de la femme de Nascien ; et lui qui ne convoitait que de conquérir celle qu'il aimait tant, aussitôt qu'il vit le diable qui lui ressemblait, accourut pour accomplir sa misérable débauche, ce qui déclencha la tempête et l'orage que vous venez d'essuyer.

499. Après avoir satisfait son désir, le malheureux vit sous sa vraie forme l'ennemi, qui lui dit qu'il l'emporterait comme son bien. Pris de panique, il oublia Dieu et sa Mère, et devint fou. L'ennemi le chargea aussitôt sur ses épaules pour l'emporter comme vous l'avez vu ; mon songe me l'a montré, m'a montré l'ennemi emportant le pécheur. Voilà pourquoi je me suis mis à manifester le chagrin que vous avez vu, ce qui dura jusqu'à mon réveil. J'ai beau ne plus pleurer, mon accablement est à son comble, quand par une telle infortune il a perdu corps et âme. — Seigneur, reprit le roi, vous avez raconté précisément ce qui est arrivé au châtelain. Dieu ait à présent pitié de son âme s'il lui plaît. » Cette aventure fut dévoilée à la femme de Nascien ; ils reçurent ainsi une leçon exemplaire sur la manière de se retenir de pécher et de s'amender envers leur Créateur.

---

maniere qu'il porroit o li jesir charnelment, et feroit del tout sa volenté : et cil devint maintenant ses hom et renoiia Jhesu Crist ; et ce fu hui cest jour a ore de miedi que je fui en ceste place endormis. Si avint que li anemis li aparut en cele chambre la aval en la samblance de la feme Nascien ; et cil qui ne couvoitoit riens fors a faire sa volenté de la feme Nascien qu'il tant amoit, maintenant qu'il vit le dyable qui le resambloit, il acourut pour acomplir sa chaitive luxure, par coi li tempeste et li orages conmencha si grans come vous veïstes.

499. « Quant li chaitis ot faite sa volenté, li anemis li aparut en sa propre forme, et li dist qu'il l'emporteroit come le sien. Et cil ot si grant paour quant il le vit qu'il ne li souvint de Dieu ne de sa mere, ains issi del sens de la grant paor qu'il ot. Et li anemis le toursa tantost sor son col et l'emporta ensi come vous veïstes ; et la ou je dormoie vi je ceste chose, et vi que li anemis emportoit cel pecheour. Et pour ce conmenchai je lors a faire le doel que vous veïstes que je faisoie, et me dura jusques a tant que je m'esveillai. Et se je ne ploure ore, si m'en poise il tant qu'il ne m'en puet plus peser, quant par tel mescheance a perdu et cors et ame. — Sire, fait li rois, tout ensi come vous l'avés dit est il avenu au chastelain. Ore ait Diex merci de s'ame s'il li plaist. » Cele aventure fu descouverte a la feme Nascien et ce fu une chose qui mout lor donna grant essample que il se tenissent de pechier et qu'il s'amendaissent envers lor Creatour.

500. À force de voguer jour après jour guidés par l'aventure, ils accostèrent en Grande-Bretagne à proximité d'un château nommé Caleph[1], près du royaume de Norgales. Après qu'ils eurent déchargé sur la terre ferme leurs armes, leurs chevaux et leurs pavillons, le roi regardant vers une montagne vit venir deux chevaliers : il se mit en selle, bardé de toutes ses armes, et alla à leur rencontre pour savoir qui ils étaient. Ils lui dirent être chrétiens et à leur tour lui demandèrent son identité. Il se nommait Mordrain, répondit-il, roi de Sarras. Alors, sautant de leurs chevaux, ils coururent étreindre le roi : « Ah ! sire, soyez le bienvenu. Nous étions à votre recherche. — Moi ? dit le roi. Qui donc êtes-vous ? — Sire, des chevaliers de Nascien votre beau-frère qui vient à votre rencontre. — À ma rencontre ? s'étonna le roi. Et qui donc l'a informé de mon arrivée ? — Sur notre foi, sire, nous l'ignorons. Mais nous pouvons néanmoins vous dire que nous pensions depuis cinq jours que vous alliez venir et accoster aujourd'hui ou demain. » Le roi leur ordonna d'ôter leurs heaumes, ce qu'ils firent ; il les reconnut : l'un était Clamacidès dont le conte a parlé plus haut[2] ; l'autre se nommait Aaron, fils de roi et d'une lignée de bons chevaliers. Le roi éprouva une joie qu'il serait difficile de vous décrire. Aussi, il enleva son heaume et courut les étreindre et les embrasser, et il les fêta aussi bien que s'il les avait engendrés. Ses chevaliers, le voyant aussi heureux de la rencontre, s'empressèrent

---

500. Tant errerent parmi la mer un jor et autre ensi come aventure les menoit, qu'il arriverent en la Grant Bretaigne delés un chaſtel c'on apeloit Caleph, et ce fu pres del roiaume de Norgales. Quant il furent arrivé et il orent ſor terre lor armes et lor chevaus et lor paveillons, li rois regarda dalés une montaigne et vit venir .ii. chevaliers ; et il monte en un cheval, armés de toutes armes et s'en vait vers aus pour savoir qui il ſont. Et il dient qu'il ſont creſtiien et cil demandent qui il eſt. Et il diſt qu'il a a non Mordrains et eſt rois de Sarras. Quant il oïrent ce, si saillirent jus de lor chevaus et coururent le roi acoler, et li dient : « Ha ! sire, vous soiiés li bien venus. Ja vous alienmes nous querant. — Moi, fait li rois, et qui eſtes vous dont ? — Sire, nous som[b]mes chevalier Nascien voſtre serorge qui vous vient a l'encontre. — A l'encontre ? fait li rois, et qui li avoit dit nouveles de ma venue ? — Par foi, sire, font cil, nous ne savons pas ; mais tant vous disons nous qu'il a encore .v. jours passés que nous quidiens que vous deüssiés venir en ceſt païs et arriver hui ou demain. » Et[a] li rois lor commande a oſter lor hiaumes, et il si font ; et li rois connoiſt que li uns eſtoit Clamacidés dont li contes a parlé cha en ariere, et li autres avoit a non Aaron, et eſtoit fix de roi et eſtrais de bons chevaliers. Et quant li rois les reconnut, si en ot si grant joie que a painnes le vous porroit nus deviser. Si oſta son hiaume de sa

d'accourir, intrigués par ce spectacle. Quand ils reconnurent les arrivants, les témoignages de joie redoublèrent.

501. Constatant que ces chevaliers qui recevaient un si bel accueil appartenaient au duc Nascien, Flégentine la duchesse en eut la plus grande joie qu'un cœur de femme pouvait ressentir ; elle se pressa de venir les embrasser et les étreindre par amour pour son mari, et elle leur demanda s'ils avaient quelque nouvelle de Célidoine et s'ils l'avaient vu. « Certes, dame, dirent-ils, vous pourrez bientôt voir votre mari et votre fils, s'il plaît à Dieu, sains et bien portants : nous les avons laissés tout près avec une grande compagnie de gens, tandis qu'ils se dirigeaient par ici le plus directement possible : on leur avait dit que vous accosteriez ce soir ou demain, et il ne vous faut plus bouger si vous voulez les voir, car ils vont arriver incessamment. » Cette nouvelle rendit le roi très heureux, ainsi que toute sa compagnie. Il commanda à ses compagnons de tendre tentes et pavillons dans la prairie qui s'étendait sur le rivage, de sorte que Nascien pût s'y installer à son arrivée ; ils exécutèrent son ordre. Ils n'avaient pas encore terminé lorsqu'ils virent surgir d'une montagne Nascien, le duc Ganor et leur compagnie, qui amenaient à leur suite un bel et grand concours de chevaliers.

502. Dès que le roi les vit venir, il se mit en selle, suivi par

---

teste et les courut acoler et baisier, et lor[b] fait ausi grant joie com s'il les eüst engendrés de sa char. Quant li autre chevalier le roi voient la feste que li rois fait a ciaus qu'il a encontré, si courent cele part[c] quanqu'il porent pour veoir que ce puet estre. Et quant il les connurent, lors fu la joie assés greignour que devant.

501. Quant Flegentine la duçoise vit que cil chevalier dont il faisoient[d] tel feste estoient au duc Nascien, ele en avoit si grant joie au cuer que nus cuers de feme ne pooit estre plus liés, si[b] les courut baisier et acoler pour l'amour de son signour, si lor demanda s'il savoient nule nouvele de Celidoine et s'il l'avoient veü. « Certes, dame, font il, vostre signour et vostre fix porrés vous par tans veoir, se Dix plaist, sains et haitiés : car nous les laissasmes ci pres a grant compaignie de gent ou il venoient ceste part au plus droit qu'il pooient. Car on lor avoit dit que vous ariveriés anuit ou demain, ne ja ne vous couvient remuer pour veoir les, car il venront maintenant ci. » De ceste nouvele fu li rois mout liés, et toute sa compaignie ; et li rois conmande a ses compaignons qu'il tengent trés et paveillons en la praerie qui estoit desor le rivage, si que Nasciens s'i puisse logier quant il venra ; et cil fisent son conmandement. Si n'orent pas bien atourné ce que on lor ot conmandé quant il virent sourdre d'une montaigne Nascien[c] et le duc Ganor et lor compaingnie, qui amenoient avoec aus grande chevalerie et bele.

502. Quant li rois les vit venir[d], si monta entre lui et ses

ses chevaliers : ils allèrent à la rencontre de Nascien aussi vite que pouvaient le permettre leurs montures. Vous les auriez vus s'embrasser, quand ils se se furent rejoints, s'étreindre et manifester la plus grande joie qu'un cœur pourrait imaginer ! Mais celle que témoigna la dame à son mari et à son fils était sans égale : submergée de bonheur, la duchesse s'évanouit plus de sept fois, et tous les témoins trouvaient étonnant qu'elle ne mourût pas d'émotion.

503. Cette nuit-là ne fut que protestations de joie entre les barons ! Après qu'ils eurent festoyé à leur convenance, le roi demanda à Nascien et à Célidoine comment ils s'étaient retrouvés. Nascien dit avoir trouvé Célidoine au château de Galafort où il débattait contre les clercs de la loi païenne, « mais je suis incapable de vous dire comment il est venu là ni comment il se faisait que le duc s'entendait avec lui mieux que personne[1] ». Le roi demanda aussi à Célidoine comment il vint au château de Galafort, et celui-ci répondit : « Sire, puisqu'il vous plaît de l'entendre, je vais vous le dire ; écoutez donc. En vérité, après être monté sur le navire[2] où me mit celui qui m'avait dit que la même nuit le peuple de Jésus-Christ passerait la mer à pied sec[3] et après être parti, je parcourus la mer longtemps avec pour seul compagnon un oiseau qui chaque jour m'apportait à manger[4] ; je voyageai tant de cette manière qu'il plut à Dieu de m'amener au château de Galafort. Mais auparavant j'étais resté fort long-

---

chevaliers ; si vont encontre Nascien si grant oirre com il porent des chevaus traire. Si les veïssiés entrebaisier quant il s'entren[t]contrerent et acoler, et ademener si grant joie que nus cuers porroit penser ! Mais a la joie que la dame fait a son signour et a son fil ne se prent nule autre joie : car ele fu si lie et si joiouse qu'ele se pasma plus de .vii. fois, et tant en fist que tout cil qui le veoient disoient que c'estoit merveilles qu'ele ne moroit pour la joie qu'ele faisoit.

503. Cele nuit fu mout grans la joie que li baron s'entrefisent. Et quant il orent soupé si richement com il lor couvint, li rois demanda a Nascien et a Celidoine comment il s'estoient entretrouvé. Et Nasciens dist qu'il l'avoit trouvé el chastel de Galafort ou il desputoit encontre les clers de la loy paiene, « mais je ne vous sai pas a dire comment il i vint[e] et comment ce pooit estre, car li dus estoit si bien de lui conme nus plus ». Et li rois si demanda a Celidoine comment il i vint, et cil respont : « Sire, puis qu'il vous plaist que je le vous die, et je le vous dirai, ore escoutés. Voirs fu que quant je fui entrés en la nef ou cil me mist qui me dist qu'en autretel nuit passeroit li pueples Jhesu Crist la mer a pié sech, et quant je fui partis je errai parmi la mer lonc tans sans compaingnie d'ome terrien fors solement d'un oisel qui chascun jour m'aportoit a mengier ; si errai tant en tel maniere si come a Nostre Signour plot qu'il m'amena au chastel de

temps sur la mer. Une fois que le navire eut accosté de sorte
que je pouvais mettre pied à terre, un homme me dit : "Descends et suis-moi." Alors je sautai et fis ce qu'il m'avait
ordonné ; il s'en alla tout droit vers le château de Galafort.
Parvenu à la porte, il y traça de son doigt une croix qui
devint rouge vif[5], et me regardant il me dit : "Sais-tu ce que
cela signifie ?" Je lui répondis l'ignorer sincèrement.

504. « "Sois donc certain que j'ai signé ce château du symbole de la sainte Église parce qu'il aura assez de foi pour
l'exalter plus vite que partout ailleurs en ce pays. Sache que
cette croix que j'y ai tracée lui vaudra tant que jamais aucun
chrétien ne mourra ici de mauvaise mort aussi longtemps
qu'il y séjournera ; et jamais son seigneur ne tombera dans
une sujétion qui l'opprime." Ainsi parla l'homme de bien qui
traça la croix sur la porte ; il me prit par la main, me mena à
l'intérieur jusqu'à la citadelle, et finalement nous atteignîmes
un jardin près d'une tour d'une hauteur prodigieuse. Au
milieu de ce jardin, il y avait une fontaine dont la beauté
était un plaisir pour les yeux. Nous y arrivâmes pour y trouver le duc Ganor que, depuis le matin, l'ennemi possédait,
l'ayant déjà rendu dément au point qu'il tenait au-dessus de
la fontaine un de ses petits-fils dans l'intention de l'y noyer.
Quand l'homme de bien venu avec moi vit qu'il voulait supprimer l'enfant, il se dirigea vers le duc, le lui arracha des

---

Galafort. Mais ançois oi je grant piece demouré en la mer. Et quant
la nef fu venue arrive si que je poi bien aler a terre, si me diſt uns
hom : "Is fors de cele nef et si me sui." Lors sailli fors de la nef et
fis ce qu'il m'ot conmandé, et il s'en ala tout droit vers le chaſtel de
Galafort. Et quant il vint a la porte, il i miſt son doit et fiſt une crois
qui devint toute vermeille, et il me regarda et diſt : "Sés tu que ce
senefie ?" Et je li respondi que voirement ne le savoie pas.

504. « "Or saces tu vraiement que je ai seignié ceſt chaſtel au signe
de Sainte Eglyse pour ce que creans sera a Sainte Eglyse essaucier
plus toſt qu'en nul lieu de ceſt païs. Et saces que ceſte crois que je ai
ci faite, volra tant a ceſt chaſtel com ele i sera des ore mais, que ja
nus creſtiens qui morra chaiens ne morra de mort vilainne tant com
il soit en ceſt chaſtel ; ne ja li sires de ceſt chaſtel ne charra en
subjection dont il li[a] poiſt." Ensi diſt li prodom qui la crois fiſt en la
porte ; et me priſt par la main et me mena ens jusques a la maiſtre
forterece, et tant que nous venismes en un garding pres d'une tour
grant et merveillouse. [d] Enmi cel garding avoit une fontainne mout
bele et delitable a veoir. Et quant nous i fumes venu[b], nous i trouvasmes le duc Ganor en qui li anemis eſtoit entrés el cors au matin,
et li avoit ja tant tolu le sens qu'il tenoit un sien petit fil qu'il avoit
sor la fontainne et le voloit noiier dedens. Et quant li prodom qui o
moi eſtoit venus vit qu'il voloit l'enfant perir, il ala au duc et li oſta

mains, et lui souffla en plein visage[1]. Aussitôt le duc vint à la raison. L'homme de bien entreprit de marquer du signe de la croix l'enfant et la fontaine. Puis il plongea l'enfant dans l'eau et l'en retira.

505. « Après ce rituel, il dit à Ganor : "Cet enfant, ne l'oublie pas, vient d'être libéré de l'ennemi. Veille dorénavant sur lui et sur Célidoine que je laisse auprès de toi, pour t'enseigner comment appliquer ta pensée à ce Créateur qui est à l'origine de toute chose." Ainsi l'enfant fut baptisé de la main de cet homme de bien qui traça la croix sur la porte du château ; je fus confié par lui de cette manière au duc Ganor. Et sans mentir celui-ci fut dès lors si affable et si doux qu'il ne voulait aller nulle part sans moi ; moi, sans faillir, je me mis à lui montrer jour après jour la vérité de la foi au sujet de la loi chrétienne et de l'Évangile ainsi qu'on me l'avait expliquée. Je lui appris une si grande partie de ce que j'avais entendu dire par les prélats de la sainte Église qu'il dit qu'il ne serait content que lorsqu'il saurait quelle était la meilleure loi à observer, celle des païens ou celle des chrétiens. Il fit alors convoquer contre moi tous les docteurs de la loi pour entendre comment il récuseraient la loi chrétienne. La plupart y vinrent dans cette intention, et finalement un jour, ce débat devant avoir lieu là où nous étions assemblés, les pasteurs de la loi de Jésus-Christ nous y trouvèrent. Je viens de vous conter mon parcours, et ce qui

---

des mains, et li souffla enmi le vis. Et maintenant revint li dus en son droit sens. Et li prodom conmencha l'enfant et la fontaine a pourseignier. Puis bouta l'enfant en l'aigue et l'en rosta.

505. « Quant il ot ensi fait, si dist a Ganor : "Saces tu que cis enfés est ostés del servage a l'anemi. Gardes d'ore en avant lui et Celidoine. Et saces que je ne le te baille fors pour ce qu'il t'aprenge coment tu dois metre t'entencion a celui Creatour qui fourma toute creature." Ensi fu li enfés bauptiziés de la main a cel prodome qui fist la crois en la porte del chastel ; et si me laissa en tel maniere en la main au duc Ganor. Et sans faille des lor en avant me fu il si compaignables et si debonaires qu'il ne voloit aler nule part sans moi ; et je sans faille li conmenchai a demoustrer de jour en jour la verité de la creance de la loi crestienne et de l'Euvangille ensi conme je l'avoie oï deviser. Se li apris si grant partie de ce que je avoie[a] oï dire as prelas de Sainte Eglyse qu'il dist qu'il ne seroit jamais a aise devant ce qu'il seüst laquele loy estroit miudre a maintenir, ou cele des païens ou cele des crestiens. Lors fist assambler tous les maistres de la loy encontre moi pour oïr conment il desproveroient[b] la loy crestienne. Si i assamblerent li pluisour pour ceste chose, et tant qu'il avint que a un jour, quant cele desputison dut estre faite ou nous estions assamblé, la nous trouverent li ministre de la loy Jhesu Crist.

m'arriva depuis que je vous ai quitté ; maintenant vous pouvez, s'il vous plaît, à votre tour conter vos aventures. » Le
roi demanda à Nascien de lui faire le récit de tout ce qui lui
était advenu depuis qu'il avait quitté son pays.

506. « Sire, dit Nascien, sauf votre grâce, je ne le ferai pas
maintenant. En effet, j'ai connu maintes choses, qui doivent
impérieusement être cachées, et révélées seulement en
confession. — Au moins, l'interrompit le roi, nous parlerez-
vous du géant que vous avez tué sur la montagne, là où
vous avez commandé de faire édifier les trois tombes[1]. — Je
vais y venir, concéda Nascien. En vérité, quand j'ai quitté
Lambénic le château, j'ai chevauché jusqu'à la montagne et
j'ai trouvé le géant sous un orme ; il avait coutume de venir
du port où il demeurait pour y épier les passants de façon
que, si quelqu'un s'y aventurait, il le tuait ou le ramenait
dans son antre pour le mettre en prison[2]. Me voyant approcher, il vint dans ma direction et m'attaqua, et ainsi commença notre combat, qui dura si longtemps que je faillis
mourir, quand Nabor, un de mes chevaliers, passant par là
tua le géant. Mais après, il voulut me faire payer cette bonté,
et très chèrement, devant mon refus de faire demi-tour.
Comme il le disait, en effet, il m'aurait tué sans aucun doute,
n'était Notre-Seigneur qui, loin de le tolérer, m'apporta
une aide si efficace que l'autre tomba mort à mes pieds[3]. »

Ore vous ai je conté mon errement, et conment il m'avint puis que je
me parti de vous ; ore repoés conter vos aventures, s'il vous plaist. »
Et li rois requiert a Nascien qu'il li conte tout ce qu'il li avint puis
qu'il se parti de son païs.

506. « Sire, fait Nasciens, sauve voſtre graſſe, je nel vous dirai pas
ore. Car maintes choses me sont puis avenues qui mout doivent eſtre
celees, et ne doivent eſtre contees s'en confeſſion non. — Au mains,
diſt li rois, nous dirés vous del gaiant que vous oce[e]siſtes en la
montaigne, la ou vous conmandaſtes c'on feſiſt les .III. tombes. —
Ce vous dirai je bien, fait Nasciens. Il fu voirs que quant je me parti
de Bellyc le chaſtel, que je chevauchai juſques a la montaigne et trouvai le gaiant qui eſtoit desous un ommel ; et cil gaians eſtoit
acouſtumés de venir del[a] port de mer ou ses manoirs eſtoit, et gaitoit
illoc en tel maniere les trespaſſans que se nus i venoit, il l'ocioit ou
portoit en sa herbergerie et le metoit em priſon. Et quant il me vit
venir, si me vint a l'encontre et m'aſſailli, et enſi conmencha la mellee de moi et de lui qui dura si longement que je eſtoie en aventure
de mort, quant Nabor, uns miens chevaliers vint celle part et ociſt le
gaiant. Mais aprés me vaut il cele bonté vendre[b] et mout cruelment
pour ce que je ne me voloie retourner. Car auſi com il diſoit, il
m'eüſt ocis outreement se Noſtre Sires ne fuſt qui ne le volt pas
soufrir, ains i miſt si grant conſeil qu'il chaï mors devant mes piés. »

Après, il lui conta comment le seigneur de Charabel mourut foudroyé[4], mais sur ses autres aventures il ne voulut rien leur dire. Il aurait aimé leur en faire le récit, mais il refusait qu'on parlât des choses avant qu'elles ne fussent arrivées.

507. Cette nuit-là, ils se trouvèrent ragaillardis du réconfort de Notre-Seigneur qui, après les avoir séparés les uns des autres, venait de les réunir. Le roi le questionnant alors sur Josephé, Nascien lui apprit que le roi Crudel le tenait en prison. Mordrain dit qu'il partirait le lendemain, en guerre contre le roi Crudel, pour le spolier complètement s'il ne lui rendait ceux qu'il avait, par traîtrise, incarcérés. Cette décision fit l'unanimité dans l'assistance. Le lendemain, quand le jour fut levé, ils plièrent tentes et pavillons, et le roi se mit en mouvement avec toute son armée, pour chevaucher jusqu'à la cité de Norgales ; il demanda au roi Crudel de relâcher les chrétiens qu'il détenait en captivité ; sinon, il pouvait être certain qu'il le déposséderait de son territoire et l'emprisonnerait en un lieu dont il ne pourrait jamais s'évader. Le roi Crudel, entendant le message et le traitant par le mépris, fit savoir au roi Mordrain qu'il n'en ferait rien, mais que lui devait rapidement vider son territoire. À cette réponse, le roi Mordrain se mit à brûler la terre et à dévaster ainsi le pays. Quand le roi Crudel en eut vent, il convoqua des hommes d'armes des quatre coins du pays, et finalement réussit à réunir une troupe importante dans la cité de Galatone : ils étaient bien cinq

---

Aprés li conta la mort au signour de Carabiel, conment il fu foudroiés, mais d'autres aventures qui avenres li furent ne lor volt riens dire. Et nonpourquant il lor en eüst conté, mais il ne vaut pas que on parlast des choses ançois qu'eles fuissent avenues.

507. Cele nuit se reconforterent en als[z] meïsmes de ce que Nostres Sires les avoit reconfortés et si partis les uns des autres, et ore les avoit si assamblés. Lors li demande li rois de Josephé, et Nasciens li dist que li rois Crudens le tenoit em prison. Lors dist li rois Mordrains qu'il mouveroit l'endemain, et iroit a ost sor le roi Crudel, et le desireteroit trestout s'il ne li rendoit ciaus qu'il tenoit en sa prison par sa desloiauté. A ceste parole s'acorderent tout cil qui illoc estoient. Et a l'endemain, quant il fu ajourné, tourserent trés et paveillons, et mut li rois atout son ost et chevaucha tant qu'il vint a la cité de Norgales ; si manda au roi Cruden qu'il li rendist les crestiiens qu'il avoit en sa prison ; et s'il ne les rendoit, bien seüst il qu'il li tolroit terre et le meteroit en tel lieu dont il n'istroit jamais jour de sa vie. Quant li rois Crudens oï le message, il le tint a desdaing, et manda au roi Mordrain qu'il n'en feroit point, mais issist tost fors de sa terre. Et quant li rois Mordrains oï ce, si conmencha a ardoir la terre et essillier le païs avoc. Et quant li rois Cru[/]dens oï ce, si manda sergans pres et loig, tant qu'il assambla mout grant gent

mille hommes ou plus d'origines diverses, et le lendemain à l'heure de prime ils quittèrent la cité pour attaquer les chrétiens. Après une journée de trajet, à portée de leurs ennemis, ils s'armèrent et divisèrent leurs corps de troupe ; avant de les avoir bien ordonnés, ils virent surgir les chrétiens d'une montagne avec à leur tête Nascien à qui le roi Mordrain avait confié la conduite du premier corps de troupe.

508. Quand les deux armées se furent rejointes, les chrétiens contre les Sarrasins, il y eut grand tapage, grands cris et grands fracas de lances : vous auriez pu y voir à terre des chevaliers incapables de se relever. Nascien se montra tellement vaillant que personne ne l'aurait vu sans le considérer comme le meilleur chevalier du monde ; de son côté, le duc Ganor se conduisait si bien que tout témoin l'aurait tenu pour homme de bien. Ainsi furent aux prises les corps de troupe de part et d'autre. Mais dès qu'il fut là, le roi Mordrain, excellent chevalier, commença à frapper du tranchant de l'épée à droite et à gauche et, tandis qu'il allait fendant la presse de ses ennemis, il rencontra le roi Crudel de Norgales qui voyait bien comment son adversaire exterminait ses hommes. Quand il l'aperçut, il s'écria : « Saisissez-moi celui-ci, et prenez garde qu'il ne vous échappe ! » Au commandement de leur seigneur, il fondirent tous sur le roi Mordrain[1], le frappèrent les uns de leurs lances, les autres de leurs épées,

---

en la cité de Galatone : et furent bien .V.M. homes ou plus, que uns que autres, et l'endemain a ore de prime s'empartirent de la cité pour aler sor les creſtiens. Et quant il orent erré une journee, si vinrent pres des creſtiens, si s'armerent et deviserent lor batailles ; et ançois qu'il les orent bien devisees, virent sourdre les creſtiens fors d'une montaigne, et devant aus tous venoit Nasciens a qui li rois Mordrains avoit baillié la premiere bataille a conduire.

508. Quant les .II. os furent venues ensemble, li creſtiien encontre les sarrasins, si i ot grant noise et grans cris et grans froisseïs de lances : si i peüssiés veoir chevaliers verser par terre qui n'orent pooir de relever. Et Nasciens conmencha tant a faire[a] d'armes que nus ne le veïſt qu'il nel teniſt au meillour chevalier del monde ; et si le faiſoit[b] tant bien li dus Ganor endroit soi que nus ne le veïſt que a prodome ne le teniſt. Ensi assamblerent les batailles d'une part et d'autre. Mais si toſt com li rois Mordrains vint, qui mout eſtoit bons chevaliers, si comencha a ferir de l'espee trenchant a deſtre et a sseneſtre, et ensi com il aloit desrompant la presse de ses anemis, si encontra le roi Crudel de Norgales qui bien veoit conment li rois Mordrains aloit ociant ses homes. Et quant il le vit, si s'escria : « Prendés moi ceſtui, et gardés qu'il ne vous eschape ! » Quant cil oïrent le conmandement lor ſignour, il s'eslaissent tout vers le roi Mordrain, si le fierent li un de lor lances, li autre de lor espees

lui faisant tant de plaies que ce fut étonnant s'ils en réchappa. Il se défendit plus extraordinairement que personne ; néanmoins ils l'auraient tué sans l'intervention du duc Ganor que Fortune mena là. Voyant le roi Mordrain que ses ennemis étaient sur le point de tuer — ils le tenaient entre les sabots de leurs chevaux — il galopa dans cette direction, l'épée levée, et frappa le roi de Norgales si violemment que même son armure ne suffit pas à le préserver d'une plaie large et profonde, de sorte que, ne pouvant rester en selle, il tomba à terre si malmené qu'il pensa trépasser avant la nuit.

509. Au moment de la chute du roi, Nascien, qui était à proximité, se rua vers ceux qui retenaient le roi Mordrain, leur assena de grands coups et les fit se disperser aussi rapidement que le loup les agneaux. Quand ceux de Norgales aperçurent leur seigneur à terre blessé à ne pouvoir se relever, ils en furent si troublés que, loin de résister, ils tournèrent les talons pour s'enfuir aussi vite que le leur permirent leurs chevaux.

510. C'est ainsi, vous venez de l'entendre, que furent défaits les hommes de Norgales. Les voyant prendre la fuite, Nascien s'écria : « Lançons-nous à leurs trousses ! Poursuivons-les jusqu'à la cité, et pénétrons-y avec eux ! » Se conformant à l'ordre de Nascien, ils les pourchassèrent en les frappant jusqu'à la cité où ils entrèrent à leur suite ; à travers les rues le massacre des Sarrasins fut si radical que vous

---

et li fisent tant de plaies que ce fu merveilles qu'il ne l'ocirent. Et il se deffendi tant merveillousement que onques mais hom tant bien ne se deffendi ; et nonporquant l'eüssent il entr'aus ocis se ne fust li dus Ganors qui Fortune amena cele part. Et quant il voit le roi Mordrain que si anemi voloient ocirre, et le tenoient entre les piés de lor chevaus, si laisse courre cele part, l'espee contre mont drecie, et fiert le roi de Norgales si durement que armeüre qu'il eüst ne le pot garantir qu'il ne li fesist plaie grande et parfonde, si qu'il ne se pot tenir en sele, ains chaï a terre si malmenés qu'il quida ja veoir la nuit.

509. A cel point que li rois fu cheüs, vint Nasciens cele part et se feri entre [509]ciaus qui le roi Mordrain tenoient, et lor conmencha a donner si grans cops et les fist esparpeillier si durement come il leus esparpeille les aigniaus. Et quant cil de Norgales aperchurent lor signour a terre si navré qu'il n'avoit pooir de soi relever, il en furent en aus si esmaiié qu'il ne misent en aus nule deffense, ains tournerent les dos et s'enfuirent si grant oirre come il porent des chevaus traire.

510. Ensi come vous avés oï, furent desconfit cil de Norgales. Et quant Nasciens vit qu'il se misent a la fuie, si s'escria : « Ore, aprés aus ! et les sivons jusques a la cité, et vous metés ens avoc aus. » Tout ensi come Nasciens l'ot conmandé il le fisent, et les chacierent ferant jusques a la cité, et entrerent ens avoc aus ; si fu enmi les rues l'ocisions si

n'y auriez pu voir une chaussée qui ne fût pleine de sang.
Cette bataille dura très longtemps : leur victoire fut telle ce
jour-là qu'il n'y eut ni païens ni mécréants qui ne fussent
passés au fil de l'épée. Ils désarmèrent alors le roi Mordrain ;
après quoi, examinant ses plaies, ils les trouvèrent nombreuses, larges et profondes, et en furent très inquiets ; ils
s'enquirent de sa santé, mais il dit ne ressentir ni mal ni douleur. Alors il donna l'ordre de sortir Josephé et sa compagnie du lieu où ils étaient incarcérés. À leur arrivée au palais,
le roi, voyant Josephé, lui manifesta une immense joie, car il
l'aimait de tout son cœur. Josephé lui demanda qui l'avait
amené de ce côté. Il le prit à part et lui confia ce qu'il avait
entendu dans son sommeil, « et ce fut le motif qui m'y
amena. — Et où est le roi Crudel ? » dit Josephé. Alors il lui
conta son combat contre les païens et la victoire chrétienne.

511. Le récit réjouit fort Josephé qui déclara au roi Mordrain : « Sire, Dieu vient de montrer clairement son pouvoir
dans cette bataille, quand, avec un aussi petit contingent,
les chrétiens ont vaincu le roi de Norgales. » Cette nuit-là,
les chrétiens furent comblés dans la cité de Norgales ; ils
allèrent à la table du saint Graal pour rendre grâces à Notre-
Seigneur de les avoir si bien secourus contre leur ennemi. Le
lendemain, lorsque Josephé, habillé pour aller devant le saint
Vase, eut commencé le service comme il en avait l'habitude,

---

grans et si mortels des sarrazins que vous n'i peüssiés veoir rue qui ne
fust plainne de sanc. Et dura mout longement cele mellee : si esploitierent tant cel jour qu'il ne remest laiens païens ne mescreans que tout
ne fuissent detrenchié et ocis. Lors desarmerent le roi Mordrain ; et
quant il fu desarmés, il cherchierent ses plaies et en trouverent mout de
grandes et de parfondes, si en furent mout esmaiié ; si li demanderent
conment il se sentoit, et il dist qu'il ne sentoit mal ne dolour. Lors fist
oster Josephé et sa compaingnie de la ou il estoient em prison. Et
quant il vinrent el palais et li rois vit Josephé, si li fist mout grant joie,
car il l'amoit de trés grant amour. Et Josephé li demanda qui l'avoit
amené[a] cele part. Et il le traïst a une part, et il li dist ce qu'il avoit oï en
son dormant, « et ce fu, fait il, l'ocoison[b] qui m'i amena. — Et ou est li
rois Crudel ? » fait Josephé. Lors li conte conment il s'estoit combatus
as païens et conment il avoient eü la victoire.

511. Quant Josephés oï ce, si en fu mout liés et dist au roi Mordrain : « Sire, or a bien Dix mostré son pooir en ceste bataille quant
si poi de gent come li crestien sont, ont vaincu le roi de Norgales en
bataille. » Cele nuit furent li crestien mout a aise en la cité de Norgales,
et la nuit alerent a la table del Saint Graal et rendirent grasces a Nostre
Signour de ce que si bien le avoit secourus contre le roi de Norgales.
Et a l'endemain, quant Josephés fu revestus por aler devant le Saint
Vaissel et il ot conmencié le service ensi com il avoit[a] acoustumé,

le roi Mordrain, désireux depuis toujours de voir ouvertement le saint Graal si cela était possible, se rapprocha plus qu'il n'aurait dû. Une voix retentit alors : « Roi Mordrain, n'avance pas plus : tu ne le dois pas. » Mais, brûlant d'impatience de le voir, et s'approchant de plus en plus, il perdit aussitôt la vue et l'usage de ses membres, incapable depuis lors de se mouvoir, ou presque.

512. Voyant quel grand châtiment Notre-Seigneur lui avait infligé pour avoir enfreint son ordre, il dit devant le peuple : « Cher et doux Père, qui m'avez montré combien il est fou de transgresser votre commandement, aussi vrai que ce châtiment m'agrée et me stimule, cher Seigneur, consentez-moi par votre plaisir de ne pas mourir avant que le Bon Chevalier, neuvième du lignage de Nascien, ne vienne me visiter. » À peine le roi avait-il adressé cette prière à Notre-Seigneur qu'une voix lui dit : « Roi, ne t'inquiète pas : ton désir sera exaucé. Tu vivras en effet jusqu'au moment où le Bon Chevalier que tu demandes viendra te voir ; quand il se présentera devant toi, tu recouvreras la vue ; alors seront guéries tes plaies, qui ne se refermeront pas avant. » Ce propos ne fut entendu que d'eux quatre — de Joseph, de Josephé, de Nascien et de celui à qui il fut dit. Quand ils eurent fait le service comme ils en avaient l'habitude, et que le Vase fut rangé à sa place, ils allèrent auprès du roi pour lui demander comment il allait ; il dit avoir perdu la vue et l'usage de ses

---

li rois Mordrains qui tous jours avoit desiré[b] a veoir le Saint Vaissel apertement s'il peüst estre, se traïst plus pres qu'il ne deüst. Lors descendi une vois qui li dist [b] : « Rois Mordrains, ne va plus avant, car tu ne le dois pas faire. » Et il en fu si ardans et si desirans del veoir qu'il se traïst avant plus et plus : et maintenant perdi il la veüe des ex et le pooir del cors en tel maniere qu'il ne se pot onques puis aïdier se petit non.

512. Quant il vit que Nostres Sires avoit pris de lui si grant vengance pour ce qu'il avoit son conmandement trespassé, si dist oiant le pueple : « Biaus dous Peres, qui m'avés moustré que grant folie est de trespasser vostre conmandement, si voirement come cis flaiaus me plaist et atalente, biau Sire, ensi m'otroiiés vous par vostre plaisir que je ne muire devant ce que li Bons Chevaliers, novismes del lignage Nascien, me viengne visiter. » Quant li rois oï faite ceste proiiere a Nostre Signour, maintenant descendi une vois et dist : « Rois, ne t'esmaie pas, car ta volenté sera acomplie. Car tu vivras jusques a cele ore que li Bons Chevaliers que tu demandes te venra veoir ; et au terme qu'il venra devant toi te sera ta clarté rendue ; et lors seront tes plaies sanees qui devant ce ne rejoinderont. » Cele parole que la vois ot dite ne fu oïe fors d'als .iiii., ce fu de Joseph, de Josephé, de Nascien et de celui a qui la parole fu dite. Et quant il orent le service fait si com il

membres pour avoir voulu voir ce qu'il ne devait pas, « mais
il ne m'eſt jamais rien arrivé qui m'ait tant plu. À présent je
le vois bien, Notre-Seigneur me tient pour son serviteur,
quand il me corrige aussi vite pour mon péché ». Les larmes
vinrent alors aux yeux de tous les témoins, tel était le repentir du roi ; ils lui demandèrent quelles étaient ses volontés ;
qu'on l'emmenât, dit-il, à Galafort : il souhaitait qu'on célé-
brât les noces de Célidoine et de la fille du roi Label. Ils l'assurèrent y être disposés.

513. La reine Sarracinte, la femme du roi Mordrain, apprenant que son mari était aveugle et avait perdu l'usage de ses
membres, se mit à manifeſter un très grand chagrin, et tous
les autres partagèrent ce sentiment. Nascien fit faire une
litière belle et agréable, dans laquelle ils le transportèrent au
château de Galafort. Ce jour-là, Nascien donna son fils à la
fille du roi Label, et les inveſtit du royaume de Norgales ; les
noces durèrent huit jours entiers. Quand ces enfants furent
unis et qu'il plut à Notre-Seigneur, ils eurent un descendant,
plus tard d'insigne valeur et roi de la Terre Foraine. Mandé
par le roi, Josephé se rendit à son chevet : « Seigneur, dit
le roi, je veux vous consulter pour me retirer dans la
discrétion, jusqu'à la fin de mes jours, loin de ces gens
qui s'appliqueront aux délices mondaines plus que moi.

---

l'avoient acouſtumé, et li Vaissiaus fu el lieu ou il soloit eſtre, il en
vinrent au roi et li demanderent conment il li eſtoit ; et il diſt qu'il ot
perdue la veüe et le pooir del cors pour le fourfait de ce qu'il voloit
veoir ce qu'il ne devoit*a* mie veoir, « mais onques mais ne m'avint
chose qui tant me pleüſt conme ceſte fait. Car ore voi je bien que
Noſtres Sires me tient a son sergant, quant il me reprent si toſt de
mon pechié ». Lors conmencierent a plourer tout cil qui ceſte nouvele
oïrent pour la repentance que li rois avoit en soi ; si li demandent qu'il
velt qu'il facent de lui*b* ; et il diſt qu'il velt que on l'en maint a Galafort pour ce qu'il velt que on face les noces de Celidoine et de la fille
au roi Label ; et li disent qu'il eſtoient tout preſt.

513. Quant la roïne Sarracinte, la feme au roi Mordrain, sot que se
sires eſtoit avugles et ot perdu le pooir de ses menbres, si conmencha
a faire un doel si grant que nus nel porroit greignor faire, et ausi fisent
tout li autre. Et Nasciens fiſt faire une litiere bele et cointe, et l'en
porterent dedens au chaſtel de Galafort. Celui jour donna Nasciens
son fil a la fille au roi Label, et les raveſti del roiau[l]me de Norgales,
et durerent les noces .VIII. jors tous plains. Quant cil enfant furent
assamblé, et il plot a Noſtre Signour, si orent un oir qui puis fu de
mout grant valor et fu rois de la Terre Forainne. Lors manda li rois
Josephé et il i vint. « Sire, fait li rois, je me voel conseillier a vous que
j'en fuisse en un lieu priveement, tant conme je vivrai, fors de ceſte
gent qui plus entendront as envoiseüres del monde que je ne ferai. —

— Sire, je saurai bien vous conseiller, car près d'ici dans une forêt loge un ermite vertueux : sa compagnie vous serait très bonne et agréable. »

514. Le roi Mordrain fut très heureux d'entendre cela ; aussi dit-il à Josephé : « Seigneur, tu es mon prêtre et mon pâtre, aussi dois-tu me conduire comme le pasteur son ouaille[1]. Mène-moi où je puisse passer le restant de ma vie à servir Notre-Seigneur autant que je le pourrai avec des louanges et des prières : de toutes autres capacités, il m'a privé, pour me les redonner quand il lui plaira. » Puis il prit congé de ses barons, les informant qu'il s'en irait le lendemain ; qu'ils s'appliquent au bien, et par-dessus tout évitent d'irriter leur Créateur : « Si vous agissez comme je vous dis, jamais vous n'irez en quelque endroit que ce soit sans obtenir honneur et victoire ; s'il y a péril, il vous délivrera vraiment ; je vous prie de veiller sur ma femme la reine Sarracinte, dame d'une rare valeur, comme sur votre dame terrestre, et de l'aimer comme vous le devez : vous y êtes tous tenus par votre serment. Vous, cher et doux ami Nascien, je vous prie plus que tout autre d'aimer tendrement votre sœur ; et par amour pour moi, de garder cet écu que j'ai porté au combat le jour où nous avons eu la victoire sur Tholomé ; cet écu, je vous le donne à garder comme la prunelle de vos yeux. Aucun homme de bien, sachez-le, ne le portera dans la bataille sans en avoir honneur et victoire ;

Sire, fait Josephé, de ce vous savrai je bien conseillier, car ci pres en une forest est herbergiés uns hermites prodom, si vous seroit sa compaingnie mout bone et avenable. »

514. Quant li rois Mordrains oï ceste parole, si en fu mout liés ; si dist a Josefé : « Sire, tu es mes prestres et mes paistres, si me dois conduire si com li paistres fait s'oeille. Mainne moi ou je puisse user le remanant de ma vie en servir Nostre Signour tant conme je porrai de loenge et d'autres proiieres ; car de tous autres pooirs m'a il dessaisi, si m'en resaisira quant lui plaira. » Puis prist congié a ses barons et lor dist qu'il s'en iroit a l'endemain ; si pensaissent del bien faire, et que sor totes riens se gardaissent de courecier lor Creatour. « Et se vous le faites ensi come je vous di, ja ne venrés en lieu que vous n'aïés l'onour et la victoire ; et s'il i a peril, il vous deliverra vraiement ; et de ma feme la roïne Sarracinte qui mout est bone dame et vaillans, vous proi que vous le gardés come vostre dame terriene et l'amés ensi come vous le devés faire : car vous en estes tout tenu par vostre serement. Et vous, biaus dous amis Nascien, je vous proi sor tous de vostre serour que vous le tenés chiere ; et vous proi que pour l'amour de moi gardés cest escu que je portai em bataille le jour que nous eüsmes la victoire sor Tholomer ; et cel escu vous baillé je a garder come le cuer de vostre ventre. Et saciés que nus prodom ne le

voilà pourquoi je vous prie de le porter : pour sûr, maints
prodiges en adviendront encore ici comme ailleurs. » Ainsi le
roi Mordrain laissa-t-il sa femme et son écu en garde, et le
lendemain se fit conduire à l'ermitage dont Josephé lui avait
parlé ; puis il embellit l'endroit au point d'en avoir fait une
abbaye avant la fin de l'année — cette communauté était
constituée de moines blancs[2]. Tout aussitôt, en effet, qu'il y
fut entré, s'y firent moines une partie des plus hauts barons.
C'est ainsi que cette abbaye fut établie par le roi Mordrain ;
il y demeura longtemps dans l'état où il était, jusqu'au
moment où Perceval le vit ouvertement, ainsi que Galaad, le
neuvième du lignage de Nascien, comme le *Conte du saint
Graal* rapporte qu'il le vit et le tint entre ses bras.

515. Ainsi le roi resta dans l'abbaye et Nascien demeura au
château de Galafort, et ils avaient avec eux nombre des chevaliers chrétiens qui hardiment oseraient livrer leur corps au
martyre par amour pour Notre-Seigneur et pour exalter et
défendre sa loi contre les mécréants. Voyant que le roi s'était
fait moine et que Nascien était resté avec le duc Ganor, Josephé quitta Galafort, emmenant avec lui sa parenté pour prêcher la vérité de l'Évangile. Après avoir pris congé de Nascien
et des chevaliers, ils voyagèrent jusqu'à parvenir à une cité
qu'on appelait Camaalot — la plus riche cité sarrasine en
Grande-Bretagne, et de si grand prestige qu'on y couronnait

---

portera em bataille qu'il n'en ait l'onour et la victoire ; et pour ce vous
proi je que vous portés cel escu : car certes encore en avenront
maintes merveilles et ci et aillours. » Ensi laissa li rois Mordrains son
escu et sa feme a garder, et a l'endemain se fist porter a l'ermitage
dont Josephés li fist parole, et essaucha puis si le lieu qu'il i ot fait une
abeïe ançois que li ans fust passés, et fu cele religions de blans moines.
Car tout maintenant que li rois i fu entrés, s'i rendirent une partie des
plus haus barons. Ensi fu establie cele abeye pour le roi [*d*] Mordrain,
et i demoura lonc tans en icel point com il estoit, tant que Percevals le
vit apertement et Galaad li novismes del lignage Nascien, si come li
Contes del Saint Graal le devise qu'il le vit et tint entre ses bras.

515. Ensi remest li rois en l'abeye et Nasciens remest el chastel
de Galafort, et orent avoc aus grant partie de chevaliers crestiens
qui hardiment oseront livrer lor cors a martire de mort pour
l'amour de Nostre Signour et sa loy essaucier et desfendre contre
les mescreans. Et quant Josephés vit que li rois se fu rendus et
Nasciens fu remés avoc le duc Ganor, si s'enparti de Galafort et
enmena o lui son parenté pour preecier la verité de l'Euvangille. Et
quant il se fu partis de Galafort et il ot pris congié a Nascien et
as autres chevaliers, il errerent tant qu'il vinrrent a une cité que on
apeloit Kamaalot, et c'estoit la plus riche cité que li sarrasin[*a*] eüssent
en la Grant Bretaigne ; et estoit de si grant auctorité que li roi i

les rois ; la mosquée y était plus importante qu'en aucune autre cité du royaume. Au moment où y vint Josephé, le seigneur du lieu était un homme aussi cruel qu'impie, nommé Agreste. Parvenu dans la ville, Josephé entreprit d'y prêcher le nom de Jésus-Christ. En ce temps-là, Camaalot et toute la contrée n'étaient peuplées que de mécréants. Le jour de son arrivée, il advint que s'y convertirent, tant par la volonté de Jésus-Christ que par la parole de Josephé, mille cinq cents Sarrasins qui, gagnés à la loi chrétienne, abandonnèrent la mauvaise croyance qu'ils avaient longtemps observée.

516. Devant la conversion massive de ses gens, le roi Agreste éprouva une souffrance inimaginable, car il était l'homme le plus cruel du monde. Préparant alors une forfaiture, il se fit la réflexion suivante : « Par ma foi, il est évident que, après sa conversion, je ne pourrai pas regagner ce peuple à notre loi : ils ont bien autant, sinon plus, d'hommes que moi ; il est donc nécessaire que je fasse semblant d'apostasier. Josephé parti, je prétends réussir par la menace à les faire tous retourner à leur croyance initiale. » Agissant exactement comme il avait dit, il reçut le lendemain le baptême pour la destruction de son âme, en homme qui n'aspirait qu'à l'impiété. Tous les chrétiens en furent très heureux : ils le supposaient tel qu'un chrétien doit être. Mais ce n'était pas le cas : il ne se comporta pas mieux, et persista dans son impiété, se conduisant toujours en faux chrétien comme un

---

estoient couroné, et i estoit la mahomerie plus grande que en nule[b] autre cité qui el roiaume fust. A cele ore que Josephés i vint, en estoit sires uns hom mout fel et molt cruous, et avoit non Agrestes. Quant Josephés fu venus en la vile, il conmencha a preecier le non Jhesu Crist. A cel tans n'avoit a Kamaalot ne en toute la contree se mescreans non. Si avint a cel jor que Josephés i vint, que par la volenté Jhesu Crist que par la parole de Josephé s'i convertirent .M. et .V.C. sarrasin et furent atourné a la loy crestienne, et guerpirent lor mauvaise creance qu'il orent lonc tans maintenue.

516. Quant li rois Agrestes vit que ses gens se convertissoient si espessement, si en ot si grant doel[a] que cuers mortels ne le porroit penser, car il estoit li plus cruous hom del monde. Lors s'apensa d'une grant traïson et dist a soi meïsmes : « Par foi, je voi bien que cis pueples qui est convertis, que je nes porroie tourner a nostre loy ; car il ont ja autant de gent ou plus come je ai ; et pour ce est bon que je face samblant de moi convertir. Et quant Josephés s'en sera alés, je quit tant faire par manecier que je les ferai tous retourner a lor premiere creance. » Tout ensi com il le dist le fist il ; et rechut l'endemain baptesme a le destrusion de s'ame, come cil qui ne baoit fors a desloiauté. Lors furent mout lié tout li crestien, car il quidoient qu'il fust tels com crestiens doit estre. Mais non fu ! car onques [*e*] mix ne valut, ne ne

homme qui avait enfoui dans son cœur le diable, lequel l'empêchait d'accomplir des actes généreux ; et le peuple ne l'imaginait pas rêvant de ruse et de tromperie : alors tous ceux du pays, pauvres et riches, se firent chrétiens. Au bout de huit jours, Josephé quitta l'endroit, y maintenant douze de ses parents pour le sermon quotidien : il savait la fragilité du monde si grande qu'il redoutait que l'ennemi ne travaillât à les tromper, de sorte qu'ils revinssent à leur croyance primitive ; c'est pour cela qu'il y laissa ses parents, les plus sages. Il était parti vers la région d'Écosse, quand le roi Agreste convoqua un matin l'ensemble de ses dignitaires ; il en prit un à part, qui savait parfaitement qu'il était faux chrétien, et il lui dit : « Lançoive, il faut que vous m'aidiez à réaliser une partie de ce que j'ai entrepris.

517. — Sire, parlez : je suis tout disposé à faire ce que vous voudrez. — Je vais donc vous faire part, poursuivit le roi, de mon intention. J'ai envie de reconvertir tout notre peuple à notre loi : la loi que nous avons adoptée récemment ne me plaît pas ; comme je n'y parviendrai que par la force, j'ai convoqué tous mes dignitaires. Je veux les recevoir dans ma chambre l'un après l'autre, chacun à son tour ; je ferai mettre d'un côté tous nos dieux, de l'autre la croix dont les chrétiens prétendent qu'elle les sauvera ; ceux qui préféreront s'en tenir à la croix plutôt qu'aux dieux, nous les tuerons

---

changa sa desloiauté, et fu adés fols crestiens come cil qui avoit le dyable envolepé en son cuer, qui bones oevres ne li laissoit faire ; ne li pueples ne quidoit pas qu'il baast a engien ne a dechevance : et lors se crestiennerent tout cil del païs, li povre et li riche. Et quant Josephé ot demouré laiens .VIII. jours, si s'emparti d'illoc et il i laissa .XII. de ses parens pour sermonner ciaus de la cité chascun jour : car il savoit la fragilité del monde si grande qu'il avoit paour que li anemis ne mesist painne en aus decevoir[b] si qu'il revenissent a lor premiere creance ; et pour ce laissa il ses parens laiens tous les plus sages. Et quant il s'en fu partis vers la partie d'Escoche, li rois Agrestes semonst a un matin tous ses homes les plus haus qu'il avoit ; si en traïst un a une part, qui savoit bien qu'il estoit fols crestiens, et il li dist : « Lançoive, il couvient que vous m'aidiés une partie a faire de ce que je ai empris.

517. — Sire, fait cil, dites : car je sui tous apareilliés de faire ce que vous volrés. — Or vous dirai je dont, dist li rois, ce que je volrai faire. Je ai talent que je ferai toute no gent revenir a nostre loy : car la loy que nous avons emprise nouvelement ne me plaist mie ; et pour ce que je ne porroie mie venir mon pueple convertir s'a force non, ai je mandé tous mes haus homes. Si les voel faire venir en ma chambre l'un aprés l'autre chascun par soi ; et ferai d'une part metre tous nos dix, et d'autre part la crois as crestiens dont il dient qu'il seront salf ; et cil qui plus se vauront tenir a la crois que as dix, si les ocirrons

vous et moi ; ceux qui voudront adorer nos dieux seront quittes. Mais c'est vous qui ferez le constat des actes de foi et des croyances pour accomplir notre volonté. » Lançoive dit alors, très résolu, accepter volontiers cette décision.

518. Alors il fit venir ses dignitaires un à un ; qui ne voulait croire en ses dieux perdait aussitôt la vie. Mais certains n'entendaient pas se laisser tuer : n'étant pas très fermes dans la loi chrétienne, ils choisirent de revenir à leur folie première par peur de la mort qui leur était promise ; ils amenèrent le menu peuple à retourner sous la contrainte à sa croyance initiale. Après, Agreste fit capturer les douze compagnons de Josephé et leur enjoignit d'adorer les dieux adorés par son peuple ; ils affirmèrent qu'ils n'en feraient rien quel que fût son pouvoir. Pour toute réponse, il ordonna de les déshabiller et de les traîner par les rues attachés aux queues des chevaux ; puis il les fit mener à une croix que Josephé avait fait faire, y fit mettre le premier, puis lui fit donner en plein front d'un maillet, de manière qu'on lui fit jaillir la cervelle sur le bois de la croix[1].

519. Tel fut leur martyre : de leur cervelle et de leur sang, la croix devint rouge vif. Faisant alors demi-tour, le roi, qui s'était, lui semblait-il, bien vengé, abandonna les corps devant la croix. Revenu dans la cité, trouvant au bout d'un cimetière une croix que Josephé y avait fait dresser, il commanda de la brûler, non sans l'avoir auparavant traînée par

moi et vous ; et cil qui nos dix volront aourer seront quite. Mais vous em prenderés les fois et les creances a acomplir nostre volenté. » Et lors dist cil, qui mout bien estoit porpensés, qu'il volentiers s'acorderoit a cest conseil.

518. Lors manda ses haus homes uns et uns devant lui, et cil qui ne voloit croire en ses dix perdi*a* maintenant la vie. Mais il en i ot de tels qui ne se voloient pas laissier ocirre, car il n'estoient mie bien ferm en la crestienne loy, ançois repairierent a lor premiere folie pour la paour qu'il avoient de morir ; si atournerent si le menu pueple qu'il retournerent par fine force a lor premiere creance. Quant li rois ot ce fait, si fist prendre tous les .XII. compaingnons Josephé et lor dist qu'il aouraissent les dix que ses pueples aouroit*b*, et il dient que ce ne feroient *[f]* il pas, pour pooir qu'il eüst. Et quant li rois oï ce, si les fist despoullier tous nus et traïner aval les rues as keues de chevaus ; puis les fist mener a une crois que Josephés avoit fait faire, et i fist le premier atachier, puis li fist donner enmi le front d'un mail, si que on l'escervela tout contreval la crois.

519. En tel maniere furent cil martirié, si que del sanc et de la cervele qui d'aus issi devint la crois vermeille. Lors s'en ala li rois ariere, qui bien se fu vengiés, ce li fu avis, et laissa les cors devant la crois. Et quant il revint en la cité, il trouva el chief d'un cimentiere une

la ville. À peine en avait-il donné l'ordre qu'il devint fou, et
se mit à se manger les mains. Rencontrant alors un de ses
petits-fils, il le saisit à la gorge et l'étrangla, et fit de même à
un de ses frères et à sa femme. Puis il s'en alla par toute la
ville poussant des cris et des braiments, et trouva au bout de
la grand-rue un four allumé : sautant immédiatement dedans
comme un homme fou furieux, il mourut aussitôt. Cette
aventure mit ceux du pays au comble de l'épouvante : ils se
rendirent bien compte que son accès de démence venait du
péché qu'il avait commis ; Notre-Seigneur, ils en étaient certains, en était irrité ; aussi envoyèrent-ils un message à Josephé pour lui faire savoir ce qui leur était arrivé. Très affligé
quand il l'apprit, il accourut tout en larmes ; il fit enlever les
corps des martyrs de devant la croix, pour les transférer tous
les douze dans une chapelle. Puis il commanda de laver la
croix — on le sait bien, le sang noircit tant et plus. Mais en
cette affaire Dieu fit la démonstration d'un si grand miracle
que, loin d'en changer de couleur, la croix resta à jamais
noire en mémoire du sang qui y avait été répandu, et pour
cela tous l'appelèrent la Croix Noire ; jusqu'au règne du roi
Arthur elle conserva ce nom, jusqu'au moment où les aventures du saint Graal furent menées à terme par le Bon Chevalier issu de Lancelot.

520. Une fois inhumés les corps des hommes de bien

---

crois que Josephé[a] i avoit fait drecier, si conmanda qu'ele fuſt arse,
mais qu'ele fuſt ançois traïnee parmi la vile. Et si toſt com il ot ce
dit, si fu hors del sens, et conmença a mengier ses mains. Lors
encontra un sien petit fill, si le priſt par la gorge et l'eſtrangla, et ausi
fiſt il un sien frere et sa feme. Et puis s'en ala par toute la vile criant
et braiant, et trouva au bout de la maiſtre rue un four ou on avoit
mis le fu : si sailli tout maintenant ens come hom esragiés, si fu lués
mors. De ceſte aventure furent cil del païs mout espoenté, car bien
s'aperchurent qu'il fu esragiés par le pechié qu'il avoit fait ; et bien
savoient que Noſtres Sires en eſtoit coureciés[b] ; si envoierent un message a Josephé et li manderent coument il lor eſtoit avenu. Et quant
il le sot, si en fu mout dolans, et i vint o plours et o larmes ; et fiſt
prendre les cors des martirs qui devant la crois eſtoient, et les fiſt
tous .XII. metre en une chapele. Puis conmanda a laver la crois del
sanc, car on set bien que sanc noircit plus et plus. Mais de ceſte
chose mouſtra Dix si grant miracle c'onques la crois n'en changa de
coulour, ains fu tous jors noire en ramenbrance del sanc qui i ot eſté
espandus, et pour ce fu ele apelee de tous la Noire Crois ; et li dura
cis nons jusques a tant que li rois Artus regna, et jusques a tant que
les aventures del Saint Graal furent menees a fin par le Boin Chevalier qui de Lanselot[c] issi.

520. Quant li cors furent enteré, des prodomes qui ensi avoient

ainsi martyrisés, Josephé ordonna d'abattre le temple des païens, fondé dans la cité de Camaalot, et fit édifier au centre de la ville une église de saint Étienne le martyr[1]. Voyant le pays rasséréné, et revenu à la loi chrétienne, il partit. Après avoir cheminé deux journées avec toute sa compagnie, il parvint en haut d'un tertre qu'on appelait le Tertre au Géant[2] un vendredi. Bron ce jour-là fut assis à côté de Josephé à la table du saint Graal ; mais il y avait entre eux deux, au milieu de la table, l'espace d'une place. Remarquant cet endroit inoccupé, Bron, son parent, demande à Josephé : « Seigneur, pourquoi ne choisissez-vous pas quelque homme vertueux pour prendre à côté de vous ce siège ? Il y en a déjà tant ici d'assis à l'étroit !

521. — Bron, répond Josephé, cher et doux ami, cette place est établie pour que nul ne s'y installe, à moins d'être le plus vertueux de tous ; sa vacuité n'est pas insignifiante, mais hautement symbolique. Sachez bien, en effet, qu'elle signifie l'endroit même où Notre-Seigneur s'assit le jour de la Cène, et la sainte Table où il mangea avec ses apôtres ; aussi est-elle comme en attente de son maître Jésus-Christ ou de celui qu'il y enverra. » Parole que les commensaux jugèrent présomptueuse, surtout ceux qui étaient en état de péché mortel ; pour certains qui avaient mangé, ce n'était que fable, mensonge que Josephé leur faisait entendre ; ils pouvaient s'asseoir à cette place, dirent-ils, aussi facilement

---

esté martirié, Josephés conmanda a abatre le temple as païens qui estoit fondés en la cité de Camaalot, et fist faire el milieu de la vile une eglyse de Saint Estevene le martir. Et lors s'emparti del païs quant il vit qu'il fu acoisiés, et qu'il furent revenu a la crestienne loy. Et quant il fu eslon[514]giés .II. journees a toute sa compaingnie, il vient a un tertre en haut que on apeloit le Tertre au Gaiant, et ce fu a un venredi. En celui jour fu[a] assis Bron delés Josephé a la table del Saint Graal ; mais entr'aus .II. avoit si grant espasse conme le siege d'un home, et ce fu el milieu de la table. Et quant Bron, li parens Josephé, vit[b] cel lieu de la table et il vit qu'il n'i avoit ame, lors dist a Josephé : « Sire, pour coi n'eslisiés vous aucun prodome qui se siece delés vous en cel siege ? ja a il ci tant prodomes qui seent a destroit !

521. — Bron, fait Josephés, biaus dous amis, cis lix si est establis que nus n'i siece, s'il n'est plus prodom que autres ; ne si n'est pas vuis pour noient, mais par grant senefiance. Car bien saciés que il senefie cil lieu meïsmes ou Nostres Sires s'asist au jour de la Chainne, et la sainte table ou il menga avec ses apostles ; si est ausi chis lix com s'il atendist son maistre Jhesucrist ou celui qu'il i envoiera. » Ceste parole tinrent cil qui seoient a la table a orgueil, meïsmement cil qui estoient em pechié mortel ; et disent aucun qui[a] orent mengié que ce n'estoit se fable non et mençoigne que Josephé lor faisoit enten-

qu'à une autre, sans péril. Ils étaient quatorze à tenir ce propos, tous de la cité de Jérusalem : les plus loquaces étaient Siméon et Moïse, qui interpellèrent les autres : « Seigneurs, que pensez-vous de votre évêque, qui affirme que nul ne prendra ce siège sans témérité ? — Certes, répondirent les autres, nous y voyons plutôt mensonge que vérité ; mais nous ne pouvons pas le reprendre à tout propos ! Nous aimerions bien néanmoins que quelqu'un s'y assît pour savoir le fin mot !

522. — Au nom de Dieu, poursuivit Moïse, si vous vouliez intervenir auprès de Josephé pour moi, je m'y installerais demain sans aucune réticence, pour tenter l'aventure : je prétends avoir tant servi Notre-Seigneur depuis que j'ai quitté mon pays que je ne crois pas avoir à redouter quoi que ce soit. — Sur notre foi, acquiescèrent les autres, nous l'en prierons volontiers si vous nous promettez de vous y asseoir. » Il le leur promit. Ils vinrent dire à Josephé : « Seigneur, à notre table il y a un siège vide, ce qui nous étonne fort ; nous avons trouvé un homme de bien, d'excellente vie, bien propre à y prendre place. Aussi nous vous prions de le laisser s'y asseoir. » Josephé demanda qui était cet homme de bien, digne de s'installer où personne ne l'osait. « Seigneur, c'est Moïse, votre parent. — Moïse ! s'écria-t-il. Son père et lui sont restés au passage de la mer après les autres pour

---

dant ; et disent que ausi legierement se pooient asseoir en cel lieu com en un autre sans perill. A ceste parole dire furent il .XIIII., tout de la cité de Jherusalem, et li doi qui plus en avoient parlé si furent Symey et Moys, et disent cil as autres : « Signour, que vous samble de vostre evesque de ce qu'il dist qu'il nus ne s'aserra en cel siege qu'il ne li tournera a folie ? — Certes, font li autre, nous quidons mix que ce soit mençoigne que verité ; mais nous ne le poons pas reprendre a cascune parole qu'il dist ! Et nonpourquant nous valriens bien c'aucuns[b] s'i aseïst por savoir se c'est voirs ou non !

522. — En non Dieu, fait Moys, se vous voliés proiier Josephé pour moi, je m'i assaieroie demain sans contredit, et me metrai en aventure ; car je quit tant avoir servi Nostre Signour puis que je me parti de mon païs que je ne quit pas que je eüsse garde. — Par foi, font li autre, nous li em proierons volentiers se vous nous creantés que vous i assaierés. » Et il lor creante ; cil s'en vinrent a Josephé et li disent : « Sire, en nostre table a un lieu vuit, dont nous nous mervillons mout ; et nous avons trouvé un prodome et de mout bone vie, qui bien est couvenables qu'il s'i aiece. Si nous proions que vous l'i laissiés asseoir. » Lors demande Josephé qui cil prodom est, qui dignes est de seoir en lieu ou nus n'ose asseoir. « Sire, font cil, c'est Moys li vostre parens. — Moys ! fait il, ja remest il au pas[b]sage de la mer après les autres entre lui et son pere pour ce qu'il s'estoient

avoir commis une faute envers leur Créateur, et vous prétendez maintenant qu'il est assez vertueux pour que cette place
lui revienne ! Il est vrai qu'un pécheur a tôt fait de se corriger par la grâce de Notre-Seigneur. — Seigneur, ajoutèrent-
ils, nous savons bien qu'il est digne d'y siéger ; aussi nous
vous prions d'accepter pour savoir si Dieu l'en chassera. » Il
aimerait, dit-il, que Dieu lui en consentît l'honneur, « et je
veux bien qu'il s'y asseye puisque c'est votre souhait ». Ils se
confondirent en remerciements. Puis ils allèrent informer
Moïse qu'il avait permission de prendre le siège vide. Ce
qu'il ferait, dit-il, sans hésitation. Ils n'en parlèrent plus.

523. Le lendemain, à l'heure de midi, une fois installés à la
table du saint Graal, ils se tournèrent vers Moïse : « Vous
pouvez donc prendre place là où vous l'avez dit hier. » Il
vint alors du côté où Josephé était assis, avec toutes les
apparences de la bonne foi, et Josephé lui adressa cette mise
en garde : « Moïse, ne t'y assieds pas si tu n'es tel que tu dois
être : ton repentir en serait cuisant. Ne crois pas l'endroit
destiné à un pécheur. Je te prie de t'abstenir si tu n'es le plus
vertueux de nous tous : ce serait, je crois, pour la damnation
de ton corps et de ton âme. » Moïse, fort effrayé par ces
propos, lui répondit néanmoins : « Seigneur, je crois bien
être si pur et si digne que je puis bien m'y asseoir, et que
Notre-Seigneur ne s'en irritera pas. — Avance donc, et viens
prendre place. » Moïse s'assit alors entre Josephé et Bron.

---

meffait vers lor Creatour, et vous me dites ore qu'il est si prodom
qu'il s'i doit asseoir ! Nonpourquant uns pecherres s'est bien tost
amendés par la grasse de Nostre Signour. — Sire, font il, nous
savons bien qu'il est couvenables au lieu ; si vous proions que vous le
souffrés pour savoir se Dix l'en osteroit. » Et il dist qu'il volroit bien
que Dix l'en otroiast l'ounour, « et bien voel qu'il s'i asiece puis que
vous le volés ». Et cil l'en mercient*e* mout. Puis viennent a Moys et
disent qu'il a pooir d'asseoir el lieu vuit. Et il dist que dont s'i asserra
il sans doute : si en laissent atant la parole.

523. L'endemain a ore de miedi, quant il se furent assis a la table
del Saint Graal, si disent a Moys : « Or vous poés asseoir la ou vous
desistes ier. » Lors vint cele part ou Josephé seoit, faisant grant samblant de simplece, et Josephés*a* li dist : « Moys, ne t'i assié pas se tu
n'es tels com tu doies estre : car tu t'en repentiroies mout malement.
Ne quides tu pas que li lix i soit establis pour ce que pechierres s'i
assiece. Si te proi que tu ne t'i assieces pas se tu n'es li plus prodom
de nous tous : car ce seroit a la dampnacion de ton cors et de t'ame,
si com je croi. » Quant Moys et ceste parole, si en fu molt effreés, et
nonpourquant li respont : « Sire, je quit bien estre si nés et si dignes
que bien i puis seoir, et que Nostres Sires ne s'en courecera pas. —
Or vien avant, fait il, dont si t'i assié. » Lors s'asist Moys entre Jose-

Mais il venait de s'installer lorsqu'ils virent descendre du ciel jusqu'à sept mains, toutes enflammées — sans distinguer les corps auxquels elles appartenaient —, qui jetaient du feu sur Moïse : il se mit à flamber comme du bois. Et tandis qu'il brûlait, les mains le saisirent et l'arrachèrent de sa place pour l'emporter dans les airs jusqu'à une forêt prodigieusement grande qui se trouvait non loin. À ce spectacle, les commensaux, fort épouvantés, s'écrièrent en s'adressant à Josephé :

524. « Ah ! seigneur, à présent nous pouvons bien le croire, ce que vous nous disiez sur cette place est vrai : c'est un péché que de l'avoir conseillée à Moïse malgré votre interdiction. De grâce, dites-nous si vous le savez sauvé ou perdu. » Josephé répondit : « Vous en aurez bientôt le cœur net, et je vous montrerai où il est ; vous pourrez voir alors s'il est sauvé ou non, et s'il est content ou malheureux là où il se trouve. » Personne n'osa poser de questions. Après le repas, Bron dit à Josephé : « Aidez-moi, seigneur, sur ce que je vous demanderai. — Parlez. — Seigneur, j'ai douze fils, vos parents proches : je vous prie de tous les convoquer. Quand ils seront là, demandez-leur quelles sont leurs intentions, s'ils voudront se marier ou non. — Volontiers », dit Josephé.

525. Alors il convoqua tous les enfants de Bron. Quand ils furent en sa présence, Josephé, les prenant à part, leur demanda s'ils se marieraient ou non. Onze affirmèrent

---

phé et Bron. Mais il n'i ot mie granment sis, quant il virent descendre del ciel mains jusques a .VII. toutes enflambees, mais les cors dont eles issoient ne virent il point, et jetoient fu sor Moys : si conmencha a ardoir ausi conme busche. Et il ensi com il ardoit, les mains le prisent et le leverent de la ou il estoit et l'emporterent parmi l'air jusques a une forest grande et merveillouse qui estoit pres d'illoc. Et quant cil qui seoient a la table virent ce, si en furent mout espoenté et disent a Josephé :

524. « Ha ! sire, ore poons nous bien croire que ce que vous nous disiés de cel siege est verité : pechié fisent cil qui le loerent a Moys sor vostre deffense. Pour Dieu, dites nous se vous savés s'il est sauvés ou peris. » Lors respont Josephés : « Ce vos dirai je par tans, et le vous mousterrai ou il est : et lors porrés veoir s'il est sauvés ou non, et s'il est aise ou a malaise el lieu ou il est. » Aprés ceste parole ne fu nus qui en demandast. Et quant il orent mengié, Bron dist a Josephé : « Conseilliés moi, sire, de ce que je vous demanderai. — Dites, fait cil. — Sire, j'ai .XII. fix qui vostre [d] parent sont prochain : je vous proi que vous les mandés tous devant vous. Et quant il seront venu, demandés lor conment il se volront maintenir en avant, s'il se volront marier ou non. — Ce ferai je bien », fait Josephé.

525. Lors manda tous les enfans Bron. Et quant il furent venu, Josephés les traïst a une part, et lor demanda s'il se marieroient ou

qu'ils auraient des femmes selon leur lignage ; mais le douzième, loin de pouvoir y consentir, dit qu'il ne se marierait
jamais, resterait vierge au contraire jusqu'à la fin de sa vie, et
servirait le saint Vase qu'on appelait Graal ; c'est ce que
choisit le douzième des fils de Bron : garder sa virginité et
être serviteur du saint Graal. Voyant qu'il avait fait vœu de
virginité, Josephé se mit à l'embrasser et à manifester une
joie immense ; il dit aux onze autres : « Vous aurez ce que
vous avez souhaité, et que Dieu vous permette d'honorer le
mariage aussi loyalement qu'il incombe à l'homme de bien ;
vous, dit-il au douzième, vous avez de votre côté fait le vœu
de vous consacrer à deux choses : le service de la sainte
Église, et du saint Graal ; je vous octroie celui-ci, et que
Dieu vous consente l'autre, que pour toujours vous soyez
vierge en pensée et en acte, si bien que votre chair ne soit
pas tourmentée par la luxure. Je vous accorde de bon cœur
d'être serviteur du saint Graal ; en outre, parce que vous
avez fait le vœu quant à vous d'une aussi noble chose que la
virginité, je vous octroie la seigneurie du saint Vase, pour en
être responsable après ma mort. Quand vous devrez quitter
ce monde, en seront seigneurs celui à qui vous le laisserez et
ses descendants : la grâce du saint Vase leur sera d'une telle
utilité que jamais ils ne seront abandonnés jusqu'à la fin de
leurs jours. Voilà mon consentement, cher et doux ami. »
Bron s'agenouilla pour l'en remercier en pleurant. Puis Jose-

---

non. Si disent li .xi. qu'il aroient femes si com lor lignages avoit eü ;
mais li dousismes ne se pot a ce acorder, ains dist qu'il n'aroit ja
feme, ains seroit virgenes tous les jours de sa vie, et serviroit le Saint
Vaissel que on apeloit Graal ; et c'eslut li dousismes des fix Bron, a
son oels garder virginité et a estre menistres del Saint Vaissel. Et
quant Josephés vit qu'il avoit voué virginité, si le commença a baisier
et a faire greignour joie del monde ; et dist as autres .xi. : « Vous
avrés ce que vous avés voué, et Dix le vous laist si loiaument tenir
conme prodons doit faire mariage ; et vous, dist il au dousisme, vous
avés revoué a tenir .ii. choses, et a estre menistres de Sainte Eglise et
del Saint Vaissel, si vous en otroi l'un ; et Dix vous otroiece l'autre,
que a tous jours soiés virgenes en volenté et en oevre si que vostre
char ne soit malmise par luxure. Et je vous otroie de bon cuer a estre
menistres del Saint Graal ; et encore pour ce que vous avés voué si
haute chose a vostre oels conme virginité, vous otroie je la signourie
del Saint Vaissel, si que vous en soiiés sires après ma mort. Et quant
vous deverés trespasser de cest siecle, cil a qui vous le lairés en sera
sires il et si oir qui de lui isteront : si lor vaura tant la grasse*d* del Saint
Vaissel que ja ne seront deserté tant com il viveront. Ensi le vous
otroie je, biaus dous amis. » Et cil s'ajenoulle et l'en mercie tout em
plourant. Puis fait as autres ce qu'il lor avoit promis : car il les maria

phé fit pour les autres ce qu'il leur avait promis : il les maria
selon leur désir et noblement. Après avoir agi au mieux pour
les fils de Bron, Josephé et sa compagnie se mirent à voyager par la Grande-Bretagne au gré du hasard. Et chaque jour
leur compagnie croissait de vingt à trente hommes qui les
suivaient pieds nus et en chemise, non sans abandonner
leurs terres et leurs biens pour venir avec Josephé. Partout
où il se rendait, beaucoup choisissaient d'adhérer à la loi de
Notre-Seigneur : sa parole était d'une telle force par la grâce
du Saint-Esprit qu'il leur était difficile de trouver mécréant,
quelque endurci qu'il soit, sans le convertir aisément — et
c'est ainsi que leur compagnie grandissait de jour en jour.

526. Un jour ils parvinrent à une terre dévastée et déserte
où ils n'auraient pas pu facilement trouver à manger ; n'allez
pas croire que tous ceux de leur compagnie aient pu vivre du
saint Vase — certains, de sainte vie, en vivaient ; mais ceux
qui, en état de péché mortel, ne voulaient pas se corriger ni
par la parole ni par le prêche, loin d'en vivre, subsistaient de
ce qu'ils trouvaient. Le jour de leur entrée sur cette terre, ils
cheminèrent jusqu'à une grande et profonde vallée. Au
milieu, ils trouvèrent un immense étang, et au bout une
nacelle et un filet de pêche. Ils s'assirent là pour se reposer,
et certains ôtèrent leur robe à cause de la chaleur. Alors on
prit le saint Vase ; Josephé et ses serviteurs commencèrent le

---

tout a lor volenté et en haut lieu. Quant Josephés ot ensi esploitié
des six Bron, si conmencha a errer entre lui et sa compaingnie parmi
la Grant Bretaingne si come aventure les menoit. Et chascun jour
croissoit lor compaignie de .xx. homes ou de .xxx. qui les sivoient
nus piés et en langes, et laissoient lor terres et lor iretages pour faire
lui compaignie ; ne il ne vient en nule place qu'il ne convertissent
mout grant pueple a la loy Nostre Signour : car sa parole estoit d'autel force par la grasse del Saint Esperit que a painnes trouvoient il
nul si mescreant qu'il ne convertesissent legierement, et par ce croissoit lor com[d]paingnie de jour en jour.

526. Un jour avint qu'il vinrent en un terre gaste et deserte ou il ne
peüssent mie legierement trouver a mengier ; et ne quidiés pas que
tout cil de lor compaingnie vesquissent del Saint Vaissel ! — mais li
auquant qui estoient de sainte vie en vivoient ; mais cil qui estoient
em pechié mortel et ne se voloient chastoiier par parole ne par preecier n'en vivoient*a* il pas, ains vivoient de ce qu'il trouvoient. Celui
jour qu'il furent entré en cele terre dont je vous parole avint il qu'il
vinrent en une grant valee parfonde. Et quant il vinrent el milieu il
trouverent un estanc moult grant, et au chief de cel estanc trouverent
une nacele et une rois pour prendre poissons. Si s'asisent illoc pour
reposer, et osterent li auquant lor robes pour le chaut. Lors fu atains
li Sains Vaissiaus, si conmencha Josephés le service en tel maniere

service religieux comme chaque jour ; les autres hommes de bien faisaient leurs prières et leurs oraisons afin que Notre-Seigneur, par sa douce pitié, les menât en sécurité, et que par sa grâce il leur envoyât de quoi se sustenter. Ce jour-là, après avoir procédé à l'office, les serviteurs de la loi chrétienne s'assirent au bord de l'eau, et disposèrent les nappes : ils voulaient déjeuner à l'heure de midi. Quand ils furent ainsi prêts pour le repas, Pierre, un parent de Josephé, porta le saint Vase à travers les rangs, et les hommes furent alors rassasiés des meilleures nourritures qu'un cœur humain pourrait désirer. Mais les pêcheurs, n'ayant de quoi manger, se levèrent et vinrent dire à Josephé :

527. « Ah ! seigneur, qu'allons-nous faire ? Sans votre aide, nous voici mal lotis : la grâce du saint Vase ne nous comble pas comme d'habitude[1], si bien qu'il vous faut décider pour nous, si vous ne voulez pas que nous mourions de faim. — Je suis navré de cet état de choses, répondit Josephé : vous voyez[2] maintenant l'excellence de votre foi : vous avez abandonné Dieu, Dieu vous abandonnera ; aussi longtemps que vous avez été fils de Dieu, il fut un Père pour vous, et aussi longtemps que vous l'avez servi loyalement, il a pourvu à tous vos besoins ; avez-vous entrepris maintenant de le servir en parâtre, il vous donnera à manger comme à ses mauvais fils. Néanmoins, en raison de votre embarras, je vous aiderai de mon mieux — ce que je ne ferais absolument pas

---

entre lui et ses menistres ensi com il le faisoit chascun jour ; et li autre prodome faisoient lor proiieres et lor orisons que Nostres Sires par sa douce pité les menast a sauveté, et que il par sa grasse lor envoiast soustenance a lor cors. Cel jour fisent li menistre de la crestienne loy ce qu'il apartient au service ; et quant il l'orent fait, si s'asisent desor l'aigue, et commencierent a metre lor napes, come cil qui se voloient desjeûner a ore de miedi. Et quant il furent ensi atourné pour mengier, Perrons, uns parens Josephé porta le Saint Vaissel par les rens, et lors furent li renc raempli de toutes les bones viandes que cuers d'ome porroit penser. Mais li pecheour n'avoient que mengier ; et après ce qu'il se furent levé, li pecheour en vinrent a Josephé et li disent en tel maniere :

527. « Ha ! sire, que porrons nous faire ? Se vous ne metés conseil en nous, nous somes mal bailli ; car la grasse del Saint Vaissel ne nous repaist mie si com ele sot, par coi il couvient que vous prendés conseil de nous se vous ne volés que nous morons de faim. » Et Josephés respont : « Il me poise qu'il est ensi : ore vous pert vostre bone foi : vous avés Dieu laissié et Dix vous laira ; et tant come vous fustes fill Dieu vous fu il peres, et tant conme vous le servistes loiaument, vous donna il quanques mestiers vous fu ; et ore l'avés vous commencié a servir come parrastre, et il vous donra a mengier come ses fillastres. Nonpourquant pour le mesaise que vous avés, meterai

si je vous voyais en mesure de trouver près d'ici de la nourriture. » Alors Josephé appela le douzième des fils de Bron,
celui qu'il avait choisi pour être maître du saint Graal — il
se nommait Alain le Gros. Mais ce n'était pas le descendant
de la branche de Célidoine, car il ne fut jamais roi ni ne
porta de couronne ; l'autre fut roi et porta couronne et régna
sur un territoire riche et beau[3].

528. Quand cet Alain se présenta, Josephé lui dit : « Alain,
vous serez un jour, je le crois, un des hommes les plus précieux de votre lignage. Allez à l'étang, montez à bord de cette
nacelle, jetez les filets dans l'eau, et prenez des poissons, pour
que ces gens puissent manger à leur faim. » L'enfant, exécutant
l'ordre de Josephé, pénétra dans la nacelle, jeta les filets dans
l'eau et traîna le premier jusqu'à la rive. Ceux qui se tenaient là
regardèrent dans le filet et n'y trouvèrent qu'un seul poisson ;
mais sans mentir grand et long. Ils lui dirent de ramener les
autres filets, car ce poisson ne pourrait suffire à nourrir le
dixième de ceux qui souffraient du manque de nourriture ;
Josephé assura qu'Alain n'y retournerait pas : il commença à
fendre le poisson et le fit cuire. Puis il ordonna à ceux qui
n'avaient pas mangé de s'asseoir ; ceux-là qui en avaient grand
besoin s'exécutèrent. Alors Josephé se tourna vers Alain :
« Prenez ce poisson et faites-en trois parts, mettez-en un
morceau à chaque bout de la table, et placez le troisième au

---

je conseil en vous tout le meillour que je porrai, si ne le fesissé je pas
en nule maniere se je veïsse que vous trouvissiés ci [*e*] pres viande. »
Lors apela Josephés le douisme des⁴ fix Bron, celui qu'il avoit esleü
a eſtre maiſtre del Saint Graal, et cil fu apelés Alains li gros. Mais ce
ne fu mie cil qui descendi de la branche de Celidoine, car il ne fu
onques rois ne ne porta couronne ; ne mais li autres fu rois et porta
courone et tint⁴ terre riche et belle.

528. Quant cil Alains vint devant Josephé, si li diſt Josephés :
« Alains, vous serés encore uns des plus gracious hom de voſtre lingnage, ensi conme je croi. Alés a l'eſtanc et entrés en cele nacele, et
jetés les rois en l'aigue, et prendés poissons, dont ceſte gent puisse
vivre huimais. » Li enfés fiſt le conmandement Josephé, si entra en la
nacele et jeta les rois en l'aigue, et le traïna jusqu'à la riviere. Et quant
il i eſt venus, cil qui eſtoient a la rive regarderent en la rois et n'i
trouverent c'un sol poisson ; mais sans faille il eſtoit grans et lons.
Lors li diſent qu'il voiſt as autres, car il ne porroit pas souffire a la
disme partie de ciaus a qui li mengiers eſtoit faillis ; et Josephés diſt
qu'il n'i iroit plus, si conmence le poisson a depechier et le
conmande a quire. Et quant il fu quis il conmanda asseoir ciaus qui
n'avoient mengié ; et cil si fisent, qui en avoient grant meſtier. Lors
diſt Josephés a Alain : « Prendés cel poisson et en faites .III. parties,
et en metés as .II. chiés de la table .II. pieces, et la tierce piece el

milieu ; puis, priez Notre-Seigneur, par sa douce pitié, de vous montrer, non pas moyennant votre louange mais par sa grâce, combien il sera libéral envers vous, combien il vous sera doux, dès l'instant que vous serez pourvu du saint Graal. » Alain, fondant en larmes, vint devant le saint Vase, et demeura un long moment en prière et en oraison. Quand il eut fini, il fit trois parts du poisson pour les disposer en trois endroits de la table ; aussitôt qu'il l'eut fait, Notre-Seigneur y fit preuve d'un si grand miracle pour signifier les qualités de l'enfant, le poisson fut si foisonnant, que ceux qui étaient dépourvus de nourriture furent comblés aussi bien que si tous les vivres du monde leur étaient donnés à discrétion, et les reliefs furent plus importants que le poisson[1] ! En raison de l'abondante subsistance qu'ils tirèrent du poisson qu'il avait pêché, ils donnèrent à l'excellent Alain un nom qui depuis lui resta : le Riche Pêcheur ; et pour l'amour que Notre-Seigneur lui montra ce jour-là, depuis lors on surnomma « Riche Pêcheur » tous ceux qui firent service du saint Graal. Mais sans aucun doute ceux qui en furent investis après reçurent une plus grande grâce que lui : ils furent tous rois couronnés, lui non. Et voilà pourquoi cet étang fut depuis appelé « l'Étang d'Alain ». Alors que l'on commentait cette affaire, Joseph s'adressa à Josephé son fils : « Je désire vous quitter, et m'en aller au gré du hasard : j'en ai une si grande envie que m'en viendront, je crois, grand

---

milieu ; et proiiés a Nostre Signour que il, par sa douce pité, vous moustrece ne mie pour loenge de vous mais par sa grasse combien[e] il s'eslargira envers vous et de combien il vous sera debonaires, puis que vous serés garnis del Saint Graal. » Lors conmencha Alains a plourer mout durement, et vint devant le Saint Vaissel, et demoura grant piece em proiieres et en orisons. Et quant il ot faite sa proiiere, si fist .iii. parties del poisson et les mist en .iii. lix de la table ; et maintenant qu'il ot ce fait i mostra Nostres Sires si grant miracle en la senefiance de la bonté de l'enfant, si foisonna si li poissons que cil qui estoient sousfraitous de viande furent raempli de viande aussi bien conme se toutes les viandes del monde lor fuissent habandonees, et plus fu grans li reliés que li poissons ne fu. Et pour la grant plenté qu'il orent del poisson que li bons Alains avoit peschié, li donnerent un non qui onques puis ne li chaï : car il l'apelerent le Riche Pes-cheour ; et pour l'amour que Nostres Sires li moustra en cele journee, furent tout cil apelé puissedi le Riche Pescheour qui servirent del Saint Graal. Mais sans faille cil qui en furent revestu[b] après offrent plus de grasse qu'il n'ot : car il furent tout roi couroné, et il ne fu mie rois. Et por ceste chose fu puis apelés cil estans l'Estanc Alain. Endementiers qu'il parloient de ceste chose dist Joseph a Josephé son fil : « J'ai talent, fait il, que je departe de vous, et que je m'en

bien et grand honneur. Je reviendrai parmi vous, sachez-le, le plus tôt possible. »

529. Joseph quitta sa compagnie, pour s'en aller tout seul ; après avoir longtemps cheminé, un beau jour il arriva à la forêt de Brocéliande à l'heure de prime. Comme il marchait sur un étroit sentier, un Sarrasin, armé de pied en cap, avec un grand cheval pour monture, le croisa ; il le salua, et Joseph lui rendit son salut. Le premier demanda à l'autre d'où il était originaire. « Je suis d'Arimathie, répondit Joseph. — Et qui te conduit de ce côté ? — Celui qui connaît toutes les droites voies, et qui est voie de vie. — Et quel est ton métier ? poursuivit le Sarrasin. — Je suis médecin, répliqua Joseph. — Puisque tu sais guérir les plaies, tu vas m'accompagner dans un château qui m'appartient près d'ici, où j'ai mon frère atteint depuis plus d'un an d'une plaie à la tête dont il n'a jamais pu guérir. — Au nom de Dieu, s'exclama Joseph, s'il veut avoir confiance en moi, je le guérirai parfaitement, avec l'aide de Dieu. — De quel dieu me parles-tu ? s'enquit le Sarrasin. Nous avons bien quatre dieux : Tervagant, Mahomet, Apollin et Jupiter, et aucun qui veuille le secourir. Par quel dieu lui donneras-tu la guérison ? — Aucun de ceux-là, dit Joseph, n'y parviendra : leur aide et leur pouvoir lui seraient inutiles. Si tu crois qu'ils puissent te servir, tu te trompes. — Me tromper ? reprit le Sarrasin, certes non ; jamais tant que je croirai fermement en eux,

---

voise querant aventure : car si grans talens m'en est pris que je croi que grans biens m'en venra et grans honours. Si saciés que je revenrai a vous ausitost que je porrai. »

529. Atant s'enpart Joseph[a] de sa compaingnie, et si s'en vait tous seus ; et erra tant par ses journees qu'il vint un jour en la forest de Broceliande a ore de prime. Et ensi com il erroit un estroit sentier, si l'encontra[b] un sarrasin armé de toutes armes, et[c] fu sor un grant cheval montés ; si le salua et Joseph lui. Si demanda li uns a l'autre de quel païs il estoit nés. « Je sui, fait Joseph, de Barimachie. — Et qui te conduit, fait il, ceste part ? — Il me conduit, fait Joseph, cil qui set toutes les droites voies, et qui est voie de vie. — Et quels menestreus es tu ? fait li sarrazins. — Je sui mires, fait Joseph. — Puis que tu sés plaies garir, tu en venras a un mien chastel pres de ci, u je ai un mien frere malade plus a d'un an d'une plaie qu'il a en la teste, ne onques puis n'en pot garir. — En non Dieu, dist Joseph, s'il me velt croire je le garirai mout bien a l'aide de Dieu. — De quel dieu me dis tu ? fait li sarrazins. Ja avons nous .IIII. dix : Tervagant et Mahomet et Apolin et Jupiter, n'il n'en i a nisun qui aïdier li voelle. Et par quel dieu li donras tu garison ? — Nus de ciaus, fait Joseph, ne li aïdera ja, car lor aïde ne lor pooir ne li aroit mestier. Se tu crois qu'il te puissent valoir, tu es deceüs. — Deceüs ? fait li sarrasins, certes non sui ; ja ne serai deceüs

car ils sont des dieux puissants, et régneront jusqu'à la fin du monde. »

530. Fort irrité d'entendre ces propos, Joseph rougit de colère et lui rétorqua : « Vas-tu affirmer qu'une ſtatue faite par un être humain eſt Dieu et prétends-tu qu'ils aient plus de pouvoir sur toi que toi sur eux ? — Oui, dit le Sarrasin, je soutiens qu'ils exercent un pouvoir, non pas par eux-mêmes, mais par ceux dont ils ont l'apparence ; et chaque ſtatue peut apporter de l'aide par la grâce de celui qu'elle représente. — Au nom de Dieu, insiſta Joseph, si tu me mènes jusqu'à ton château, je te ferai savoir aujourd'hui même qu'elles ne peuvent ni te nuire ni te servir. — Je vais t'y mener, dit le Sarrasin ; mais, sur ma tête, si tu m'as menti sur quelque chose, tu ne pourras pas en réchapper vivant. » Devisant de la sorte, ils cheminèrent toute la matinée, et finalement à l'heure de tierce approchèrent d'un château situé sur une montagne, et nommé le château de la Roche ; il était défendu par des fossés profonds, et très bien pourvu. À peine Joseph et le Sarrasin y étaient-ils entrés qu'ils tombèrent sur un lion tout déchaîné qui accourait en pleine rue[1] ; lorsqu'il vit le Sarrasin, il l'assaillit, le fit tomber de cheval et l'étrangla. Voyant leur seigneur mort, les habitants manifeſtèrent une très grande douleur et, se saisissant de Joseph, ils lui lièrent les mains derrière le dos ; tandis qu'ils le menaient vers la tour, le châtelain[2] tira son épée et en frappa Joseph en pleine cuisse, si

---

tant come je croie en aus fermement, car il sont dieu poissant et regnant tant com li siecles duerra. »

530. Quant Joseph entent ceſte parole, si en fu mout courechiés, et en rougi de mautalent ; si li diſt : « Dis tu que une ymage que uns terriens a fait eſt Dix et qu'il aient plus poissance sor toi que tu sor aus ? — Oïll, fait li sarrasins, voirement le di je, qu'il ont pooir, non mie par els, mais par ciaus de qui il ont samblance ; et puet chascune aïdier par la grasse de celui de qui ele eſt faite. — En non Diu, fait Joseph, se tu me mainnes jusques a ton chaſtel, je te ferai encore auqui savoir que eles[a] ne ne te puent nuire ne aïdier. — Et je vous i menrai, fait li sarrazins ; mais, par mon chief, se vous m'avés de riens menti, vous n'en porrés vis eschaper. » [52a] A tels paroles errerent toute la matinee, et tant que a ore de tierce aprocierent d'un caſtel qui seoit en une montaingne, et avoit non le Chaſtel de la Roce ; et fu tout entour clos de foſsés parfons ; et fu trop bien garnis de toutes choses. Et quant Joseph i fu entrés entre lui et le sarrazin, si encontrerent un lyon tout deschaïné qui acouroit enmi la rue ; et la ou il vit le sarrazin il li courut sus et l'abati de son cheval et l'eſtrangla. Et quant cil del chaſtel virent lor signour mort, si en conmencierent mout grant doel a faire, et prisent Joseph et li loiierent les mains deriere le dos ; et en ce qu'il le menoient vers la tour, si traïſt li

bien qu'il la lui enfonça jusqu'à la garde — il en resta la moitié dans sa cuisse.

531. C'est ainsi que Joseph fut blessé, et ceux qui l'avaient ligoté l'emmenèrent en prison. À l'entrée, Joseph prit la parole : « Chers seigneurs, pourquoi m'avoir ainsi ligoté ? — Parce que nous le voulons. — Vous n'avez pas d'autre raison ? demanda Joseph ; et où allez-vous me mettre ? — Dans un endroit d'où vous ne sortirez jamais. — Ah ! chers seigneurs, dit-il, avant qu'on ne m'y jette, amenez-moi tous les malades de ce château. — Pourquoi ? êtes-vous médecin ? — Oui, et je les guérirai tous aujourd'hui même s'ils veulent me faire confiance. — Sur notre foi, s'exclamèrent-ils, c'est ce que nous allons voir. » Alors ils se mirent en quête des malades et lui amenèrent tout d'abord le frère du seigneur du château, frère du mort, qui avait une plaie dont il ne pouvait guérir. Joseph, le voyant, lui demanda depuis quand il était ainsi atteint ; « plus d'un an, lui dit-il, sans jamais pouvoir en guérir depuis ; et si vous y réussissiez, je vous rendrais riche pour toujours ». Joseph se mit à plaisanter : « Comment ferais-tu ma fortune ? Tu es déjà si pauvre que tu n'as rien ! — Pourtant je possède, rectifia-t-il, or, argent, pierres précieuses et vaisselle d'or et d'argent en grande quantité, autant que j'en veux : n'est-ce pas une grande richesse ? — Non, déclara Joseph, plutôt l'indigence :

---

chastelains s'espee et en feri Joseph parmi la quisse, si qu'il l'i embati jusques au heu, si en remest la moitié en la quisse Joseph.

531. Ensi fu Joseph navrés, et cil qui loiié l'avoient l'enmenerent em prison. Et quant il vinrent a l'entree de la prison, si parla Joseph et lor dist : « Biau signour, pour coi m'avés vous ensi loiié ? — Pour ce, font cil, que nous le volons. — Se n'i avés autre ocoison, fait Joseph ; et ou me metrés vous ? fait il. — Nous vous metrons en tel lieu, font cil, dont vous n'isterés jamais. — Ha ! biau signour, fait il, ançois que je i soie mis, m'amenés tous les malades de cest chastel. — Pour coi ? font cil ; estes vous mires ? — Oïl, fait il, tels que je les garirai encore anuit tous s'il me voelent croire. — Par foi, font cil, ce verrons nous par tans. » Lors alerent et se li amenerent tout premerain le frere au[a] signour del chastel, qui estoit freres au mort, qui avoit tel plaie dont il ne pooit garir. Et quant Joseph le vit, se li demanda dés quant il est ensi atournés, et il li dist qu'il i a plus d'un an, ne onques puis n'en pooit garir ; « et se vous feïssiés tant que vous m'en peüssiés garir, je vous feroie riche home a tous jours mais ». Lors s'en conmencha Joseph a gaber, et li dist : « Comment me feroies tu riche home ? Ja es tu si povres que n'as riens ! — Si ai, fait cil, or et argent et pierres precïouses et grant plenté de vaisselemente d'or et d'argent[b], tant que plus n'en voel : n'est ce grant richece ? — Nenil, fait Joseph, ains est grans povretés ; si le[c]

tu peux le conſtater toi-même. Dis-moi : si ton or, ton argent, ta vaisselle rare et tes pierres précieuses étaient réunis, et que d'autre part un homme capable de te donner la santé se préſentât, ne lui abandonnerais-tu pas le tout pour l'avoir ?

532. — Certes oui, convint-il, sans conteſte. — Tu peux donc bien avouer, insiſta Joseph, que tu n'as rien quand, pour une seule chose, tu céderais toute ta richesse. Tu sauras à préſent que ce que tu possèdes n'eſt pas aussi précieux que la santé, et il te faut chercher à l'obtenir par un autre moyen. — C'eſt vrai, dit le Sarrasin ; si je savais comment, je mettrais tout en œuvre pour l'obtenir. — Si tu veux croire en Dieu, dit Joseph, je te guérirai complètement. — Au nom de dieu, s'écria le Sarrasin, j'y crois sincèrement ! et non pas en un seulement, mais en quatre ! — En quatre ? s'exclama Joseph, sont-ils donc quatre dieux ? — Oui, poursuivit le Sarrasin : Tervagant, Mahomet, Jupiter et Apollin. J'ai la foi en ces quatre dieux. — Tu es d'autant plus honni, dit Joseph : ces quatre que tu viens de citer ne peuvent secourir ni toi ni personne. — Comment ? répliqua le Sarrasin. — Je vais te le dire. Fais donc chercher celui que le lion a étranglé et fais-le porter devant tes dieux ; s'ils sont incapables de le ressusciter, tu peux bien reconnaître qu'il n'ont ni force ni pouvoir, et avouer que tu es honni et trompé d'avoir jamais eu confiance en eux. — Par ma foi, avoua le Sarrasin, le res-

---

pués veoir par toi meïsmes. Or me di :se ton or et ton argent et ta vaisselmence et tes pierres precioues eſtoient devant toi, et uns hom veniſt devant toi d'autre part qui te peüſt doner santé, ne li otroierés tu tout pour santé avoir ?

532. — Certes, fait cil, oïl sans contredit ! — Et dont pués tu bien dire, fait Joseph, que tu n'as riens quant tu, pour une sole chose, donroies tout ton avoir. Or saces que li avoirs que tu as n'eſt mie si bons con[*b*]me santé, et il te couvient que tu le pourchaces par autre chose se tu le vels avoir. — Voirs eſt, fait li sarrazins ; se je savoie conment je le porroie avoir, je le pourchaceroie. — Se tu vels croire en Dieu, fait Joseph[*r*], je te feroie bien garir. — En non dieu, fait li sarrazins, je i croi bien ! et non mie en un solement, mais en .IIII. ! — En .IIII. ? fait Joseph, sont il dont .IIII. Dieu ? — Oïl, fait li sarrazins : Tervagant, Mahomet et Jupiter et Apolin. En ces .IIII. dix croi je bien. — De tant es tu plus honnis, fait Joseph ; car cil .IIII. que tu dis ne pueent aïdier toi ne autrui. — Conment ? fait li sarrazins. — Ce te dirai je bien, fait Joseph. Or fai prendre celui que li lyons a eſtrangé et si le fas porter devant tes dix ; et s'il nel pueent resuciter, tu pués bien dire que il n'ont ne force ne pooir, et tu es honnis et decheüs quant tu onques creïs en els. — Par foi, fait li sarrazins, del resuciter ne seroit pas legiere chose ; car je n'oï onques parler de

susciter ne serait pas chose aisée : je n'ai jamais entendu parler d'un dieu qui fît ressusciter les gens ; toutefois, je m'en assurerai, puisque vous me le conseillez. »

533. Le Sarrasin fit alors délier les mains de Joseph, mais nul ne savait encore qu'il avait à la cuisse la plaie que le sénéchal lui avait faite. Ils se rendirent à la mosquée ; le Sarrasin avait donné ordre d'apporter le corps de son frère devant les idoles ; les Sarrasins s'agenouillèrent tous ensemble, pour prier leurs dieux d'avoir pitié du mort. Quand ils eurent été un long moment en oraison, Joseph, les ayant non moins longtemps regardés, leur cria : « Ah ! peuple trompé ! pourquoi êtes-vous assez fous pour croire à ces statues incapables de vous secourir comme de vous nuire ? Savez-vous bien qu'elles ne peuvent ni bouger, ni parler, ni entendre ? Regardez donc comment ce mort est ressuscité par elles ! » Alors Joseph s'agenouilla et dit : « Cher Père Jésus-Christ qui m'as envoyé dans ce pays, je t'implore, non pas pour moi, mais pour exalter la sainte foi en toi, de montrer maintenant à ce malheureux peuple comment il se trompe en adorant ces démons ! »

534. Joseph aussitôt baisa la terre, et se releva ; et d'une voix forte — tous l'entendirent : « Je vais voir la prouesse de vos dieux ! » Cette parole dite, sans tarder le tonnerre gronda terriblement ; le ciel se stria d'éclairs, et la terre se mit à trembler très violemment : les Sarrasins, sur place, pensèrent tous

---

dieu qui feïst gens resusciter ; et nonpourquant, je le ferai esprouver, puis que vous le me loés. »

533. Lors fist li sarrazins desloiier Joseph, ne nus ne savoit encore qu'il eüst la plaie en la quisse, que li seneschaus li avoit faite. Lors en vont a la mahomerie ; et li sarrazins ot fait aporter son frere devant les mahomés ; si s'ajenoullierent tout ensamble li sarrazin, et proierent a lor dix qu'il eüssent*ᵉ* merci del mort. Et quant il orent grant piece esté en orisons, et Joseph les ot a grant piece regardés, si lor escrie : « Ha ! gent deceüe ! pour coi estes vous si fol que vous creés en ces ymages qui ne vous pueent aïdier ne nuire ? Ne savés vous bien qu'eles ne pueent aler ne parler ne entendre ? Ore esgardés come cis mors est resuscités pour els ! » Lors s'ajenolla Joseph et dist : « Dols peres Jhesucrist qui en cest païs m'envoias, je te proi, non pas por moi, mais pour la sainte creance essaucier, que tu moustreces orendroit a cest chaitif pueple conment il sont decheü d'aourer ces maufés ! »

534. Maintenant baisa Joseph la terre et se leva ; et dist en haut, si qu'il tout l'oïrent : « Ore verrai je la prouece de vos dix ! » Et après ceste parole ne demoura mie granment que uns tonnoiles conmencha grans ; et prist a espartir li chix et la terre a trambler mout durement, si que li sarrazin qui erent en la place quidierent tout

mourir ; la foudre tomba alors sur toutes les statues, les brûla et les écrasa ; il en sortit une fumée si épaisse que tous ceux qui la sentirent eurent l'impression que leurs cœurs allaient se briser : toute l'assistance s'évanouit, à l'exception de Joseph. Quand, après un long moment, ils eurent repris leurs esprits, Joseph prit la parole :

535. « Seigneurs, vous pouvez constater la puissance de vos dieux. Soyez-en certains, c'est à la façon dont ils s'aident mutuellement qu'ils peuvent vous secourir, sans plus. Je vous le dis, Celui qui les a ainsi écrasés vous détruira si vous ne corrigez pas vos vies, et si vous ne changez pas votre croyance. » Après que Joseph eut ainsi parlé, Mategrant, le frère du seigneur du château que le lion avait étranglé, demanda à Joseph : « Seigneur, dites-moi votre nom. — Joseph d'Arimathie. — Êtes-vous païen ? — Non, dit Joseph, au contraire je suis chrétien, et je crois au Père, au Fils et au Saint-Esprit ; le Père, le Fils et le Saint-Esprit ne sont qu'un seul Dieu. Il n'est aucun pécheur endurci, s'il s'accorde à lui, à qui il ne donne l'avantage sur ses ennemis. Il vient de le montrer clairement devant vous tous : il est Dieu tout-puissant sur tous autres dieux, et nul ne peut se prétendre son pareil : vous pouvez le vérifier, par ces statues en qui vous croyez et que vous proclamez dieux : il les a toutes brûlées et foudroyées.

---

morir ; et lors descendi uns foudres sor toutes les ymages, qui les arst[a] et acraventa ; si en issi une fumee si grans qu'il ert avis a tous ciaus qui le sentirent que lor cuers deüssent partir : si se pasmerent [d] tout cil qui la estoient, fors solement Joseph. Et quant il orent une grant piece esté em pasmisons et il furent revenu en lor memoire, si parla Joseph et si lor dist :

535. « Signour, or poés vous veoir la poissance de vos dix. Saciés vraiement que tout ausi come li uns d'els aïde l'autre, tout ausi[a] vous pueent il aïdier, et nient plus. Si vous di que cil qui ensi les a acraventés vous destruira se vous n'amendés vos vies, et se vous ne changiés vostre creance. » Aprés ce que Joseph ot ensi parlé, respondi Mategrant, li freres au signour del chastel que li lyons avoit estranglé, et dist a Joseph[b] : « Sire, dites moi vostre non. » Et il li dist : « J'ai a non Joseph de Barimachie. — Et estes vous païens ? fait il. — Nenil, fait Joseph, ains sui crestiiens, et croi el Pere et el Fil et el Saint Esperit ; et li Peres et li Fix et li Sains Esperis n'est que uns sels Dix. Ne nus si pechierres n'est, se il s'accorde a lui, que il ne le face venir au desus de ses anemis. Si a ore bien moustré devant vous tous qu'il est Dix tous poissans sor tous autres dix, et que a son pareil ne se puet nus prendre : ce poés vous veoir apertement, par ces ymages en qui vous creés et que vous clamés dix ; car il les a tous ars et foudroiés.

536. — Certes, fait Mategrans, il est assés plus poissans que je ne

536. — Certes, dit Mategrant, il est beaucoup plus puissant que je n'imaginais. Et s'il réussissait à ressusciter Argant mon frère, jamais je ne croirais en un autre dieu mais seulement en lui. » Entendant les propos de Mategrant, Joseph s'agenouilla et adressa cette prière : « Dieu, qui daignas naître de la Vierge Marie, qui te laissas mettre en croix par les Juifs impies, et battre et couvrir de crachats, et qui affrontas volontairement la mort pour racheter ton peuple des peines d'enfer, aussi vrai que tu ressuscitas, puisses-tu faire ouvertement ici un miracle pour cette mort. » Joseph alors se releva ; sans tarder, le mort ressuscita, se leva plein de santé, et courut vers Joseph pour se laisser tomber à ses pieds, disant si fort que tous l'entendirent : « Voici le saint homme qui dépendit le Fils de Dieu et l'ôta de la vraie croix, venu parmi nous pour que nous soyons baptisés car autrement nous ne pouvons échapper à la mort éternelle. » Quand Joseph vit le mort ressuscité, pleurant d'émotion il remercia Dieu de tout cœur ; et, s'adressant à ceux qui étaient avec lui : « Seigneurs, maintenant vous pouvez vous en être certains : Celui dont j'ai parlé est Père tout-puissant et Dieu sur tous les autres. — Certes, intervint Mategrant, c'est vrai ; et jamais je ne croirai en un autre Dieu qu'en lui : il est Dieu tout-puissant, j'en suis sûr. » Tous ceux qui étaient sur place se laissèrent tomber aux pieds de Joseph, et déclarèrent : « Seigneur, nous nous en remettons entièrement à votre

---

quidoie. Et s'il faisoit tant que Argans mes freres fust resuscités, jamais ne querroie en autre dieu que en lui solement. » Quant Joseph[a] oï ceste parole que Mategrans disoit, si s'ajenoulla a terre et dist : « Dix, qui daingnas naistre de la Virge Marie, et te laissas metre en la crois as felons juis, et batre et escopir, et volsistes gouster la mort pour vostre pueple raiembre des painnes d'infer, si voirement conme tu resuscitas de mort a vie, faces ci miracle de ceste mort apertement. » Lors se drecha Joseph, et après ce que il se fu redreciés, ne demoura il gaires que li mors resuscita et se leva sains et haitiés, et courut cele part ou il vit Joseph et se laissa chaoir a ses piés, et dist si haut que tout l'oïrent : « Veés ci le saint home qui despendi le fill Dieu et osta de la vraie crois, qui est venus entre nous pour ce que nous soions baptizié : car autrement ne poons nous faillir a la pardurable mort. » Quant Joseph vit le mort resuscité, si ploura de pitié et en mercia Dieu de bon cuer ; et dist a ciaus qui avoec lui estoient : « Signour, ore poés vous tout bien savoir que cil dont je ai parlé est Peres tous poissans[b] et Dix sor tous autres. — Certes, fait Martagrans, c'est voire ; [d] ne jamais ne querrai en autre Dieu que en lui : car je sai bien qu'il est Dix tous poissans. » Atant se laissierent tout cil qui estoient en la place chaoir as piés Joseph, et disent a haute vois : « Sire, nous nous metons del tout en vostre

merci et à votre décision. Si, par mauvaise et fausse croyance, nous nous sommes conduits comme des fous jusqu'ici, nous sommes prêts à réparer nos torts sur votre conseil, et nous ne ferons absolument rien contre votre volonté. Mais donnez-nous la loi que vous observez, et enseignez-nous la manière de la conserver. »

537. Ainsi les habitants du château furent-ils baptisés ; Argant survécut huit jours. Vint alors le sénéchal qui avait blessé Joseph ; il avoua sur-le-champ comment il l'avait frappé, laissant dans sa cuisse la moitié de son épée. Mategrant fit alors examiner Joseph, et ils trouvèrent le fer dans sa cuisse ; très troublés, ils lui demandèrent s'il pourrait en guérir, et il répondit : « Oui, s'il plaît à Dieu. Mais vous, dit-il à Mategrant, vous serez, auparavant, guéri de la plaie que vous avez à la tête. » Il fit alors apporter le restant de l'épée — le pommeau et la garde y étaient —, et en fit le signe de la vraie croix sur sa plaie : Mategrant fut instantanément guéri. Puis il retira de sa cuisse la pièce de l'épée qui y était, pour le plus grand étonnement de l'assistance. À l'extraction, en effet, il ne perla pas une seule goutte de sang, au contraire l'épée brillait comme si elle n'avait jamais pénétré dans aucune chair. Tous les témoins en furent très surpris. En voyant la moitié du fer, Joseph dit : « Ah ! épée, jamais tu ne seras ressoudée avant d'être entre les mains de celui qui devra achever les hautes aventures du saint Graal. Mais sans

---

merci et en vostre conseil. Et se nous par male creance et par fole avons foloiié jusques ci, nous somes prest de l'amender a vostre los, ne jamais riens ne ferons qui encontre vostre volenté soit. Mais donnés nous la loy que vous tenés, et nous enseigniés en quel maniere nous le tenrons. »

537. Ensi furent cil del chastel baptisié ; si vesqui puis Argons .viii. jors. Lors vint li seneschaus qui Joseph ot feru en la quisse, si reconnut tout maintenant conment il l'avoit feru en la quisse, et que la moitié de s'espee i remest. Lors le fist Mategrans regarder, si trouverent l'espee en la quisse Joseph ; si en furent mout esmaiié, et li demandent se il em porroit garir, et il dist : « Oïl, se Dix plaist. Mais vous, fait il a Mategrant, serés ançois garis de la plaie que vous avés en la teste. » Et lors fist aporter le remanant de l'espee, et li poins et li heus i estoit, et en fist le signe de la vraie crois sor la plaie Mategrant, et il en fu tantost garis. Puis traist fors de sa quisse la piece de l'espee qui dedens estoit, et mout s'esmerveillierent tout cil qui le virent. Car au traire fors n'en issi onques goute de sanc, ains fu l'espee ausi clere com s'ele ne fust onques entree en nule char. De ce s'esmerveillierent mout tout cil qui le furent. Et quant Joseph vit la moitié del branc, si dist : « Ha ! espee, jamais ne seras resoldee devant ce que cil te tenra qui les hautes aventures del Saint Graal devra

aucun doute, dès qu'il l'aura au poing, force sera aux deux
parties disjointes de se réunir ; et il ne se passera pas de jour
sans que du sang ne sorte de cette partie qui a été dans ma
chair, jusqu'au moment où cet homme la tiendra. »

538. C'est ainsi que Joseph agit pour l'épée ; tous ceux du
château devinrent chrétiens. À son départ, ils gardèrent l'épée
à laquelle ils portèrent une grande dévotion. Joseph alors
reprit sa route, et après avoir cheminé tout seul plusieurs
jours, comme il pensait trouver ses compagnons, le hasard
l'amena dans la forêt de Darnantes ; il approcha d'une rivière
qu'on appelait Célice, fort dangereuse à traverser. À son arrivée, il tomba sur ses compagnons, venus là pour savoir s'ils
y découvriraient un passage. Apercevant Joseph, ils allèrent à
sa rencontre et lui firent fête ; puis le peuple rejoignit Josephé, pour lui demander tout en larmes : « Seigneur, comment allons-nous franchir cette rivière ? Il n'y a pas trace
d'embarcation, et nous risquons de périr si nous nous mettons à l'eau. — Je vais vous dire, répondit Josephé, ce qu'il
faut faire. Vous vous prosternerez tous, coudes nus et à
genoux ; priez le Haut-Maître, par le commandement de qui
vous êtes venus dans ce pays, de nous aider, par sa douce
pitié, et de nous adresser quelque signe, de sorte que nous
ayons le courage d'entrer dans l'eau. »

539. Ils firent exactement ce qu'il venait de dire :
coudes nus et à genoux à même le sol, ils se mirent à prier

---

achievir. Mais sans faille, si tost com il le tenra, rejoindera a force, et
de cele partie qui a esté en ma chars ne sera jamais jours que sans
n'en isse jusques a tant que il le tenra. »

538. Ensi ouvra Joseph de l'espee ; et lors furent tout crestienné cil
del chastel. Et quant Joseph s'enparti, il retinrent l'espee laiens et le tinrent en mout grant chierté. Lors se mist Joseph a la voie si com il avoit
fait devant, et erra tant par ses jornees, tous seuls ensi com il quidoit
trouver ses compaingnons, que aventure l'amena en la forest de Darnantes ; et aprocha d'une aigue que on apeloit Celice, qui mout estoit
perillouse a passer. Et quant il fu venus, il trova [e] ses compaingnons
qui lors estoient venu pour savoir s'il i trouveroient passage. Et quant il
voient Joseph, si li vont a l'encontre et li font mout grant joie ; puis en
revient li pueples a Josephé et li dient tout em plourant : « Sire, que
porrons nous faire de ceste aigue passer ? Car nous n'i trouvons ne nef
ne galie, si[b] porrons tost perir se nous nous i metons. — Ore vous dirai
je, dist Josephé, que vous ferés. Vous vous meterés tout a nus coutes et
as jenous ; et proiiés le Haut Maistre par qui conmandement vous
venistes en cest païs, que il par sa douce pité nous conseut et nous
doinst aucun signe par coi nous aiions hardement de metre nous ens. »

539. Tout ensi com il le dist il le fisent : car il se misent a nus
coutes et as jenous encontre la terre et comencierent a proiier a

Notre-Seigneur de leur envoyer quelque signe afin de pouvoir passer cette rivière si profonde. Après être restés en prière et en oraison de l'heure de prime jusqu'à tierce, en hommes qui attendaient le réconfort de Notre-Seigneur, sans tarder ils virent sortir d'un petit boqueteau tout près d'eux un cerf plus blanc que neige ; portant chaîne d'or à l'encolure, il avait en sa compagnie quatre lions. À la vue de ce prodige, Josephé ordonna à l'assistance : « Suivez-moi sans hésiter : c'est le signe que nous attendions de Notre-Seigneur. » Ils entrèrent alors dans la rivière après les bêtes, aussi assurés que s'ils avaient marché à la surface d'une roche. À peine y avaient-ils pénétré qu'ils touchèrent le fond à moins de deux coudées : ils étaient mouillés, mais fort peu ; cette terre ferme leur tint lieu de chemin pour passer cette rivière si torrentielle et si profonde. Ainsi franchirent-ils cette eau tous ensemble, à l'exception d'un seul nommé Chanaan, natif de la cité de Jérusalem, qui avait douze frères, appartenant tous à cette compagnie, et qui avaient traversé avec Josephé ; ils vinrent trouver ce dernier :

540. « Seigneur, par Dieu, dites-nous donc pourquoi notre frère est resté de l'autre côté. — Je vais vous répondre, dit Josephé. Vous qui êtes sur cette rive après avoir franchi l'eau, vous êtes purifiés des péchés que vous avez commis depuis longtemps ; lui ne s'est pas débarrassé des siens, qui l'auraient entraîné au fond s'il nous avait suivi. »

Nostre Signour que il lor envoiast aucune senefiance par coi il peüssent passer cele aigue, que tant est parfonde. Et quant il orent esté em proiieres et en orisons des l'ore de prime jusques a tierce come cil qui atendoient que Nostres Sires les venist reconforter, si ne demoura gaires qu'il virent issir d'un petit boschel qui estoit assés pres d'als un cherf qui estoit plus blans que noif ; et ot entour son col une[e] chaïne d'or, et ot en sa compaingnie .IIII. lyons. Et quant Josephés vit cele merveille, si dist au pueple qui illoc estoit : « Sivés moi tout hardiement, car cest signe nous a Nostres Sires envoiié. » Lors se misent en l'aigue aprés les bestes, ausi seür come par desus une roce. Et maintenant qu'il s'i furent mis, il trouverent terre a mains de .II. coutes em parfont, si que il furent mouillié mais ce fu mout petit ; et lor fu cele terre chemin a trespasser cele aigue qui tant estoit roide et parfonde. Ensi passerent cele aigue conmunement for que un sol qui avoit non Chanaam, nés de la cité de Jherusalem, et avoit .XII. freres germains de pere et de mere qui tout estoient en cele compaingnie et avoient passé l'aigue avoc Josephé ; et en vinrent a Josephé et li disent :

540. « Sire, pour Dieu, car nous dites que ce doit, que nostre freres est remés de la. — Ce vous dirai je bien, fait Josephé. Entre[e] vous qui ci estes et avés l'aigue passee, estes vous espurgié des pechiés que

541. Les frères se mirent alors à pleurer très tendrement, et demandèrent à Josephé : « Ah ! seigneur, restera-t-il de l'autre côté et ne se joindra-t-il pas à nous ? Comment est-il possible que nous continuions sans lui, et que nous le laissions ainsi hors de son territoire et de sa patrie ? Il est notre frère, notre aîné, nous devons l'aimer d'affection comme notre propre chair. Seigneur, pour Dieu, faites tout pour qu'il nous rejoigne : car nous mourrions de chagrin à le savoir loin de nous. » Et de se prosterner à ses pieds, en pleurant si fort qu'il fut pris d'une très grande pitié, surtout parce qu'ils étaient des justes envers Dieu et envers ce monde ; aussi leur répondit-il tout de suite : « Je ferai tant qu'il traversera ; mais je crains qu'il ne nous fasse payer sa compagnie ; il serait plus opportun pour nous et pour lui qu'il demeurât sur l'autre rive. » Ils le conjurèrent, quoi qu'il en fût, de le faire passer, ou autrement ils mourraient de chagrin. Il s'y emploierait, assura-t-il, très volontiers puisqu'ils en avaient tant de tourment ; et retournant aussitôt à la rivière qu'il avait été le premier à franchir, il cria à Chanaan : « Voilà bien ta foi[1] ! Si tu étais aussi fidèle que tes frères, tu n'aurais pas été dernier. » Il le prit alors par la main : « Chanaan, on verra bien : suis-moi. » Et quand il l'eut mené jusqu'à l'eau, celui-ci dit à Josephé : « Seigneur, vous pouvez bien aller en sécurité car je n'irais pas me mettre en eau si

_____

vous avés fait de piecha ; et il ne s'est pas deschargiés des siens, par coi il l'eüssent trait au [f] fons se il se fust[b] mis avoques nous. »

541. Lors commencierent li frere a plourer mout tenrement ; et disent a Josephé : « Ha ! sire, remanra il ensi dela qu'il ne venra avoques nous ? Conment puet ce estre que nous en irons sans lui, et il remanra[a] ensi fors de sa terre et de sa nascion ? Ja est il nostres freres et ainsnés de nous[b], si le devons mout amer et chier tenir come nostre char. Sire, por Dieu, faites tant que nous l'aions o nous : car autrement morriens nous de doel se nous[c] ne l'avons. » Atant se metent as piés Josephé, et plourerent tant durement qu'il li em prist mout grant pitié, meïsmement pour ce qu'il estoient prodome vers Dieu et envers le siecle ; si lor respont tout maintenant : « Je ferai tant qu'il venra outre ; mais je quit qu'il nous vendra sa compaingnie, et mix venist a nous et a lui qu'il demourast par dela. » Et cil l'em proient toutes voies qu'il le face venir outre, ou autrement morroient il de doel. Et il dist qu'il le fera mout volentiers puis qu'il en sont si angoissous ; si en vient maintenant a l'aigue ou il estoit passés devant, si dist a Chanaam : « Or te pert ta foi : se tu fuisses si loiaus conme ti frere, tu n'eüsses pas esté daerrains. » Lors le prent par la main et dist : « Chanaam, ore i parra : vien après moi. » Et quant il l'ot mené jusques a l'aigue, il dist a Josephé : « Sire, ore poés vous aler seürement : car je ne me metroie mie en si parfonde aigue ne

profonde ni risquer de périr sans embarcation. — Certes, reprit Josephé, il n'est pas surprenant que tu n'aies pas une grande confiance en moi, après Dieu, car tu sais bien n'avoir pas fait depuis longtemps de chose dont il pourrait te savoir gré. Reste donc, je rejoindrai sur l'autre bord tes frères ; ne t'inquiète pas si tu demeures ici : des pêcheurs viendront bien pour te conduire de l'autre côté. »

542. Josephé traversa, et Chanaan resta sur l'autre rive. Quand ses frères ne le virent pas revenir, leur chagrin fut immense ; chagrin qui s'apaisa vite car, sans tarder, des mariniers[1] passant par là le firent traverser ; jamais joie ne fut comparable à celle que ses frères manifestèrent en le voyant, car ils lui portaient une grande affection. Quand Josephé constata que Chanaan les avait rejoints, il lui dit : « Chanaan, sais-tu ce qu'ont gagné ceux qui t'ont conduit d'une rive à l'autre ? Ta cause sera si funeste, et le salaire de ceux qui t'ont recueilli dans leur bateau si mauvais qu'ils en périront sous tes yeux, même s'ils sont païens et mécréants. Sais-tu pourquoi ? C'est qu'ils ont fait une chose qui déplaisait à Notre-Seigneur : il désirait que tu ne fusses plus en notre compagnie ; et c'est pour cela qu'il te laissait sur la rive. Ceux qui t'ont fait passer y gagneront d'être engloutis. »

543. Peu après que Josephé eut tenu ces propos se leva un vent d'orage d'une force extraordinaire provoquant des remous si importants que l'eau semblait devoir recouvrir et

---

en aventure de perir sans nef et sans galie. — Certes, fait Josephé, se tu ne te fies tant en moi et en Dieu avant, ce n'est pas merveille : car tu sés bien que tu ne feïs piecha chose dont[d] il te seüst gré. Ore remaigne decha, et je m'en irai de la ariere a tes freres ; et ne t'esmaie pas se tu demoures ci : car ja venront pescheors par ci qui t'en menront outre. »

542. Atant s'en ala Josephés outre l'aigue, et Chanaan remest dela. Et quant si frere virent qu'il ne revenoit pas, si conmencierent un doel mout grant ; mais cis doels ne lor demoura mie mout longement, car il ne demoura mie granment que maronnier passerent par illoc qui le misent outre ; si ne veïstes onques si grant joie faire come si frere firent quant il le virent, car il l'amoient de grant amour. Et quant Josephés vit que Chanaam fu outre, si li dist : « Chanaam, sés tu que cil ont gaaingnié qui t'ont passé de l'une rive a l'autre ? Li fais de toi sera si dolereus, et cil qui te cuel[53a]lirent en lor nef lor sera si malement guerredonné qu'il em periront voiant tes ex, encore soient il paiien et mescreant ; et sés tu pourcoi ce lor avenra ? pour ce qu'il[d] firent chose qui desplaisoit a Nostre Signor : car il ne li plaisoit pas que tu fuisses plus en nostre compaignie ; et pour ce te laissoit il par dela ; et cil qui t'ont passé outre i gaaingneront tant que l'aigue les asorbira. »

543. Maintenant que Josephés ot dite cele parole, si leva uns vens et uns orages si grans et si merveillous qu'il conmencha l'aigue a mouvoir

noyer tout le pays. Ensuite, un grand tourbillon s'engouffra
dans l'embarcation et la fit chavirer, de sorte qu'aussitôt elle
coula et disparut ainsi que ceux qui étaient à son bord, tous
noyés, comme Josephé le leur avait assuré. La parole s'étant
exactement avérée, ceux qui étaient sur le rivage voyant le
bateau et son équipage perdus demandèrent à Josephé :
« Seigneur, que faire ? Allons-nous rester ici ou poursuivre ?
— Nous allons avancer, dit Josephé, jusqu'à cette forêt ;
puis je vous ferai voir ce que je vous ai assuré concernant
Moïse : je vous le montrerai comme promis[1]. » Ils s'en allèrent alors dans la forêt de Darnantes. Mais Alain et Pierre
vinrent prier Josephé de leur dire, si possible, la signification
du cerf blanc et des quatre lions.

544. « Ah ! seigneurs, répondit-il, c'est un signe du Haut-
Maître, qui éventuellement se montre ainsi à ses serviteurs. Il
vous est toutefois aisé de savoir qu'il doit bien se montrer
sous la forme d'un cerf, je vais vous dire pour quelle raison.
Le cerf âgé, vous ne l'ignorez pas, rajeunit en laissant son
cuir et son poil, et passe de la vieillesse à la jeunesse, autant
dire de la mort à la vie. Jésus-Christ le Prophète béni revint
de mort à vie quand il laissa sur la croix bénie la chair qu'il
avait prise en la Vierge Marie. Et parce qu'il n'y eut jamais
en lui de tache de péché, ce Seigneur nous est apparu sous

---

si merveillousement que il vous fust avis que l'aigue deüst acouveter et
noiier tout le païs. Et aprés ce si vint uns grans estourbeillons qui se
feri en la nef ; et le fist tourner ce desous desore, si qu'ele effondra
maintenant en tel maniere que l'en ne vit ainc puis la nef ne ciaus qui
estoient dedens, ains noiierent tout, si come Josephés lor avoit promis.
Quant la parole fu averee ensi com ele avoit esté dite, et cil qui
estoient a la rive virent qu'il avoient perdue la nef et ciaus qui dedens
estoient, si disent a Josephé : « Sire, que ferons nous ? Demouerrons
nous ci ou passerons nous outre ? — Nous irons avant, fait Josephés,
jusques a cele forest ; et puis vous mousterrai de Moys ce que je vous
en ai promis : car je le vous mousterrai ensi que je le vous ai promis a
moustrer. » Et lors s'en alerent en la forest de Darnantes. Mais entre
Alain et Perron vinrent a Josephé et li proiierent que, se il le pooit
faire, que il lor deïst que li blans cers et li .IIII. lyon senefient.

544. « Ha ! signour, fait cil, c'est une senefiance del Haut Maistre
qui ensi se demoustre a ses menistres aucune fois. Et nonpourquant
assés legierement poés savoir que il se doit bien demoustrer en samblance de cerf, si vous dirai par quel raison. Li cers, ce savés vous
bien, si se rajovenist quant il est vix en laissant son quir et son poil,
et vient de viellece en jouenece, c'est ausi come de mort a vie. Jhesu
Cris li benoïs prophetes revint de mort a vie quant il laissa en la
beneoite crois la char qu'il ot prise en la Virge Marie. Et pour ce que
en celui Signor n'ot onques tache de pechié, nous aparut il en guise

la forme d'un cerf impeccablement blanc. La blancheur qui le recouvrait doit en effet vous faire entendre la virginité si hautement ancrée en lui qu'il n'eut jamais de tache de luxure. La chaîne qu'il avait au cou représente l'humilité. Les quatre bêtes qui lui faisaient compagnie correspondent aux quatre évangélistes, les bienheureuses personnalités qui mirent partiellement par écrit ce qu'opéra Jésus-Christ tant qu'il fut en ce monde un homme mortel.

545. « Ainsi devez-vous entendre Jésus-Christ par le cerf, par la blancheur : la virginité, par la chaîne : l'humilité, et par les quatre bêtes : les quatre évangélistes ; en raison de quoi vous ne pouvez l'ignorer : pour vous conduire de l'autre côté de l'eau Jésus-Christ est venu vêtu de virginité et d'humilité : vous devez être très heureux d'avoir eu un si haut Guide. En outre, je vais vous livrer une autre chose très étonnante dont il vous faut beaucoup vous réjouir. En effet, de même que Notre-Seigneur nous est, pour notre félicité, apparu sous cette forme, de même apparaîtra-t-il bientôt à un roi appelé Arthur et à deux malheureux, dont l'un se nommera Mordret, l'autre Lancelot, et ce sera sous cette forme. Avant ce moment, jamais Notre-Seigneur ne se fera voir sous pareille apparence ; mais alors, sans aucun doute, il se montrera aux pécheurs comme vous l'avez aujourd'hui vu. » Ils cheminèrent ensemble, en en parlant, jusqu'à la forêt de Darnantes. Après y avoir pénétré, ils avaient parcouru deux lieues quand

---

de cerf blanc sans tache. Car par la blanchour*[a]* dont il estoit couvers devés vous entendre virginités qui dedens lui fu herbergie si hautement que onques en lui n'ot tache de luxure. Par la chaïne qu'il avoit au col devés vous entendre humilité. [*b*] Par les .iiii. bestes qui compaingnie li faisoient devés vous entendre les .iiii. euvangelistres, les bones eürees personnes qui misent en escrit parties des oeuvres Jhesucrist, que il fist tant com il fu en cest siecle hom mortels.

545. « Ensi devés vous entendre Jhesu Crist par le cerf, et par la blançour, virginité, et par la chaïne, humilité, et par les .iiii. bestes, les .iiii. euvangelistres ; et par ceste raison devés vous savoir que a vous conduire outre l'aigue vint Jhesu Cris vestus de virginité et de humilité, dont vous devés avoir grant joie quant si haut Conduiseour avés eü. Et encore vous dirai je une autre chose mout merveillouse dont vous vous devés mout esjoïir. Quar tout autresi conme Nostres Sires nous est par nostre bone eürté apareus en tel fourme, tout ensi aparra par tans a un roi qui sera apelés Artus et a*[a]* .ii. chaitis, et dont li uns avra non Mordret, et li autres Lanselos : a ces .ii. aparra il en tel forme. Ne devant a cel tans ne se demousterra mais Nostres Sires en autel samblance ; mais lors sans faille se demousterra il as pecheurs ausi come vous l'avés hui veü. » Tant ont alé ensemble parlant de ceste chose qu'il vinrent en la forest*[b]* de Darnantes. Et

Josephé, qui ouvrait la marche, s'écarta du chemin, suivi des autres, et se dirigea jusqu'à une immense vallée où se trouvait une riche maison fortifiée ; néanmoins elle n'était pas bien défendue, et trouvant la porte ouverte ils entrèrent, sans y rencontrer ni homme ni femme pour leur en interdire l'accès ni la sortie. Le séjour leur parut très beau, n'était son délabrement ; Josephé les mena dans une salle de plain-pied. Ils y pénétrèrent pour voir un feu d'une puissance étonnante, clair et terrifiant comme si l'on y avait jeté tout le bois du monde.

546. À la vue de ce feu, ils demandèrent à Josephé ce dont il s'agissait ; tandis qu'ils lui posaient la question, une voix parla si fort que tous l'entendirent : « Josephé, saint homme, bienheureux être, prie le Haut-Maître que tu sers nuit et jour de me soulager un peu de mon angoisse, trop intense pour être supportée par un cœur mortel, de sorte qu'elle s'atténue » ; cette voix était sans aucun doute sortie du feu. Josephé lui répondit : « J'en prierais Notre-Seigneur très volontiers si je ne craignais de l'irriter. — Ah ! reprit la voix, Josephé, je te supplie de prier, je suis sûr que ma peine diminuera. — Fais-nous donc comprendre, poursuivit Josephé, comment tu vas, si tu es perdu ou sauvé, et si tu trouveras jamais le pardon auprès de ton Créateur. — Certes, dit la voix, je n'ai pas mal agi au point de ne pas être pardonné,

---

quant il furent entré ens et il orent erré .II. lieues, Josephés, qui devant aloit, tourna fors del chemin, et li autre le sivirent, et il erra tant qu'il en vint a une valee mout grant ou il avoit une maison forte et riche ; et nonpourquant ele n'estoit mie trop desfensable, et il trouverent la porte ouverte et entrerent ens : si ne trouverent home ne feme laiens qui lor contredesist l'entree ne l'issue. Et quant il furent ens, si trouverent l'estre mout bel s'il ne fust decheüsᶜ ; et Josephés les mainne en une sale par terre. Et quant il sont ens entré, il voient un fu grant et merveilleus qui ardoit ausi cler et ausi angoissousement come se toute la busce del monde fust dedens mise.

546. Quant il virent cel fu, si demanderent a Josephé que il pooit estre ; et en ce qu'il li demanderent il oïrent une vois qui dist si haut que tout l'oïrent : « Josephés, sains hom, bone eüree chose, proïe le Haut Maistre que tuᵃ sers nuit et jour que il ceste angoisse que je sousfre si grant que cuers mortels ne le porroit pas sousfrir me face un poi alegier si que m'angoisse en soit mendre » ; et cele vois qui cele parole ot dite fu sans faille del fu issue. Et Josephés respont a la vois : « Je em proïiasse a Nostre [d] Signour mout volentiers se je ne l'en quidaisse courecier. — Ha ! fait la vois, Josephé, je te proi que tu em proïies, que je sai bien que ma painne en sera alegie. — Ore nous fai entendant, fait Josephés, comment il t'est et se tu es peris ou sauvés, et se tu trouveras jamais merci envers ton Creatour. — Certes, fait la vois, je n'ai mie tant mesfait que je ne truise merci, si com

je crois. La miséricorde du Haut-Maître est en effet si grande
que le pécheur trouve aisément grâce. Mais j'ai commis une
trop grande faute en m'asseyant à cette place qui n'était
réservée ni à moi ni à aucun homme mortel, cet endroit proprement spirituel ; et pour la témérité dont j'ai fait preuve en
m'y installant, j'ai eu à subir un grand châtiment, moi qui
étais pécheur, sous vos yeux, par les mains des serviteurs
infernaux qui dès lors dans leurs ténèbres ne cessaient de me
rejeter l'un à l'autre, tant et si bien que, parvenus au beau
milieu de cette forêt, ils croisèrent un religieux de sainte vie
— il avait passé dans un ermitage trente-deux années, dans
cette forêt même.

547. « Les voyant m'emporter, il les conjura tant qu'ils
s'arrêtèrent et me déposèrent à l'endroit même où nous
sommes. L'homme de bien se présenta tout de suite à eux
pour leur dire : "Laissez-le, vous avez tort : il n'est pas à
vous ; loin d'avoir nui au point qu'il doive être perdu pour
toujours, un jour il trouvera la grâce et le pardon. Mais sa
faute, il l'expiera : il restera dans le feu jusqu'à la venue du
Bon Chevalier qui mettra un terme aux aventures de la
Grande-Bretagne. Lorsque celui-ci viendra, parce qu'il aura
été sans péché de luxure et sans tache de péché, infailliblement s'éteindra le feu qui jusqu'alors aura brûlé", et, alors, je
trouverai grâce et pardon pour ma faute. Voilà ce que dit
l'homme de bien de moi et de la peine que je dois supporter

---

je croi. Car la misericorde del Haut Maistre est si grans que li
pechierres trouve legierement merci. Mais je mesfis trop quant je
m'asis el lieu qui n'estoit a moi ne a home mortel otroiiés, mais proprement esperitels ; et par l'outrage que je fis de moi asseoir i, fu de
moi si grant vengance prise, qui estoie pechierres, voiant vos ex, par
les mains as menistres d'infer qui maintenant en lor tenebres
m'aloient ruant les uns as autres, et tant qu'il vinrent enmi ceste
forest, et passoient par devant un home religious de sainte vie, qu'il
avoit en un hermitage esté .xxxii. ans et en ceste forest meïsms.

547. « Quant il vit ce, qu'il m'en portoient, si les conjura tant qu'il
s'aresterent et me misent jus ci endroit ou nous somes ore. Et li prodom vint de maintenant devant els et si lor dist : "Laissiés le, vous n'i
avés droit : car il n'est mie vostres ; ne il n'a mie tant meffait qu'il
doie estre perdus a tous jours, ains trouvera encore merci et pardon.
Mais ce qu'il a mesfait espenira il en tel maniere qu'il en sera en fu
jusques a tant que li Bons Chevaliers venra qui metra a fin les aventures de la Grant Bretaingne. Mais lors sans faille quant il i venra,
pour ce qu'il avra esté sans pechié de luxure de char et sans tache de
pechié, faura li fus qui jusques lors avra duré", et, trouverai lors merci
et pardon de mon mesfait. Ensi dist li prodom de moi et de la
painne que je doi souffrir pour le mesfait del siege. Et ensi me lais-

pour avoir mal agi en m'asseyant sur le siège. C'est ainsi que ces ennemis m'ont laissé. Mais ils ont causé un grand dommage à ceux d'ici — ils étaient païens —, les étranglant et les tuant, et je suis resté dans la détresse que vous pouvez voir. » Alain le Gros s'adressa à celui qui parlait ainsi :

548. « Écoute, créature ; pour m'en rendre plus certain, dis-moi qui tu es : je désire fort te connaître. — Ah ! Alain, je suis bien ton proche parent, moi qui, pour la faute commise naguère, suis ici dans ce feu ardent ; aussi, je t'en supplie, prie le Haut-Maître d'atténuer ma souffrance, et j'ai la conviction, si tu le sollicites, qu'il recevra favorablement ta prière. » Quand Siméon, qui était à côté de Josephé, entendit la requête de Moïse, il s'écria d'une voix forte : « Moïse, est-ce vous, qui supportez cette affreuse angoisse ? — Père, répondit-il, c'est bien moi. Et je serais plus encore dans les ténébreuses maisons d'enfer, et j'y aurais été mis, si l'ermite ne m'avait pas tiré des mains de l'ennemi ; j'aurais été damné pour toujours, sans la prière du saint homme. Je vous en parle, à vous et à Chanaan, pour que vous vous protégiez mieux que moi. Je vous avertis : à vous opposer à notre Créateur, vous risquez de tomber dans une torture plus grande que la mienne.

549. — Moïse mon fils, demanda Siméon, comment m'en protéger ? Cette souffrance, en effet, je ne voudrais la subir en aucune manière. — Père, répondit Moïse, vous avez avec vous le médecin qui vous délivrera du péril mortel :

---

sient cil anemi. Mais il firent si grant anoi a ciaus qui çaiens estoient, car il erent paiien, si les estranglerent et ocisent, et je remés chaiens en tel destrece come vous poés veoir. » Lors parla Alains li gros a celui qui ensi parloit :

548. « Os tu chose, pour ce que je te soie plus certains, di moi qui tu es, car je te desir mout a connoistre. — Ha ! Alain, ja sui je tes parens prochains, qui pour le mesfait que je fis jadis sui ci en cest fu ardant ; si te proi que tu proies au Haut Maistre qu'il m'aliege une [*d*] partie de ma dolour ou je sui, et je croi, se tu le requiers, qu'il en orra volentiers ta proiiere. » Quant Symeü, qui delés Josephé estoit, oï ceste requeste de Moys, si s'escria a hautes vois et dist : « Moys, estes vous ce, qui sousfrés ceste grant angoisse ? — Peres, fait il, ce sui je voirement. Et encore fuissé je plus es tenebrouses maisons d'infer, et mis i fuisse, se ne fust li hermites qui me jeta des mains a l'anemi ; si fuisse pardurablement dampnés se ne fust la proiiere del saint home. Si di ceste chose a vous et a Chanaam pour ce que vous vous gardés mix que*e* je ne fis. Car bien saciés que d'errer encontre nostre Creatour porrés vous chaoir en greignour tourment que je ne sui.

549. — Fix Moys, fait Symeü, conment m'en porroie je garder ? Car en ceste dolour ne volroie je en nule maniere estre. — Peres, dist Moys, vous avés avoc vous le mire qui vous*a* deliverra de peril mortel :

si vous avez confiance en lui, il vous libérera de toutes douleurs. » Durant cet entretien du père et du fils, l'évêque Josephé et Alain s'étaient mis coudes et genoux nus pour prier Notre-Seigneur de délivrer en quelque manière, par sa douce pitié, Moïse de cette douleur, ou de le soulager. Alors qu'ils étaient en prière, ils virent descendre du ciel de l'eau sous forme de pluie pour tomber sur le feu, qui s'éteignit aussitôt en grande partie. À cet événement, Moïse s'écria si fort que tous purent l'entendre : « Ah ! Josephé, vous pouvez à présent cesser quand il vous plaira : ma douleur est allégée de moitié. Dieu vous a conduit ici à la bonne heure pour moi : je ressentais toutes les souffrances que peut éprouver un cœur mortel, et, par la grâce de Dieu, j'ai eu tellement de chance que mon angoisse me semble finie. » Josephé se félicita, lui dit-il, qu'il ait pu trouver quelque soulagement.

550. Siméon entreprit alors d'appeler Moïse pour lui demander combien de temps ce feu pourrait durer : « Père, répondit-il, il ne brûlera pas toujours, ni autant de temps que je l'ai mérité. En effet, à l'heure où Dieu amènera ici le bon chevalier Galaad, celui qui mettra un terme aux aventures du saint Graal et achèvera celles de la Grande-Bretagne, père Siméon, en ce temps cessera ma peine et je trouverai le repos à mon tourment. Et vous, seigneur, dit-il à Josephé, vous ne vous attarderez pas ici. Vous avez besoin d'aller prêcher par le pays, où vit en effet le peuple le plus impie

---

se vous le créés, il vous delivrera de toutes dolours. » Endementiers qu'il parloient en tel maniere entre le pere et le fil, li evesques Josephés se fuᵇ mis a nus coutes et a nus jenous entre lui et Alain pour faire orison a Nostre Signour que il par sa douce pitié delivrast Moys en aucune maniere de ceste dolour, ou alegast. Et en ce qu'il estoient en ceste orison, il virent que devers le ciel descendi eve enᶜ samblance de pluie et chaï dedens le fu, et tout maintenant estaint une grant partie del fu. Et quant ceste chose fu avenue, si s'escria Moys si hautement que tout le porent oïr : « Ha ! Josephé, or poés vous cesser quant il vous plaira, car ma dolour est a double alegie. Dix vous a conduitᵈ ceste part a bone eüre a mon oés ; car je sentoie toutes les dolours que cuers mortels porroit sentir, et, la Dieu merci, il m'est ore si bien avenu qu'il m'est avis que m'angoisse est faillie. » Et Josephés li dist que ce li est mout bel quant il a trouvé aucune remede.

550. Lors le conmencha Symeü a apeler et li demanda combien cis fus poroit durer. « Peres, dist il, il ne demouerra mie a tousdis, ne tant come je ai deservi. Car a l'ore que Dix amenra ci le Bon Chevalier Galaad, celui qui a fin metra les aventures del Saint Graal et achevra les aventures de la Grant Bretagne, peres Symeü, a celui tens faudra ma painne et trouverai repos de ma dolourᵉ. Et vous, sire, fait il a Josephé, vous ne demouerrés pas ci longement. Il vous est mestiers

que vous ayez jamais vu. Allez-vous-en dans la garde de
Notre-Seigneur Jésus-Christ, qu'il soit votre guide en quelque
endroit où vous soyez ; moi, je resterai ici jusqu'au moment
où sera venu celui dont la bravoure fera mourir ce feu. »

551. Josephé et sa compagnie partirent, laissant Moïse
dans le feu ; ils cheminèrent tout le jour, ainsi que le lendemain, avant de sortir de la forêt de Darnantes. Ils entrèrent
alors au royaume des Écossais — ainsi appelé non parce que
c'était le pays d'Écosse, mais du nom du seigneur, Escot[1].
Ils logèrent dans une plaine immense et belle. Il leur advint,
alors qu'ils étaient assis pour dîner, d'être comblés de tous
les vivres qu'un cœur humain pourrait souhaiter, à l'exception de deux ; mais ces deux-là ne reçurent rien de la grâce
du saint Vase : c'étaient Siméon et Chanaan. Ils furent dans
un grand embarras deux jours entiers. Voyant qu'il n'y avait
personne d'aussi mal loti dans leur compagnie, ils affirmèrent, très malheureux, n'être pas responsables de leur infortune, mais qu'elle incombait à leurs jeunes parents[2]. « Par ma
foi, dit Siméon, j'en suis certain, Pierre, mon cousin, qui
donne l'impression de servir son Créateur, n'est pas dans
ce monde autant molesté que moi ; et j'ai donné pour
Dieu plus que lui. Aussi je crois au report de ses péchés sur
moi ; et je le sais bien, ce n'est pas par ma faute que les
biens du saint Vase me font défaut, ni pour mon tort que

---

d'aler [e] preecier aval le païs, car il i a le plus desloiale gent que vous
onques veïssiés. Alés vous ent en la garde Nostre Signour Jhesu Crist
qui vous conduie en quelque lieu ou vous soiiés ; et je remanrai ci
jusques a tant que cil sera venus par qui bonté cis fus estaindra. »

551. Atant s'emparti Josephé entre lui et sa compaingnie, et laissierent Moys el fu ; et errerent tout le jour, et l'endemain ausi, ains qu'il
ississent de la forest de Darnantes. Et lors enterent el roiaume des
Escotois ; mais il n'iert mie ensi apelés pour[c] ce que c'estoit la terre
d'Escoce, mais pour ce que li sires ot non Escos[b]. Si furent cil herbergié en une plaigne mout grans et mout bele ; si lor avint, ensi com
il furent assis au souper, qu'il furent[e] rapleni de toutes les viandes que
cuers d'ome porroit penser, fors solement .ii. ; mais cil doi n'orent
riens de la grasse del Saint Vaissel : ce fu Symeü et Chanaam. Icil doi
orent grant mesaise .ii. jours entiers. Et quant il virent qu'il n'ot ame
en lor compaingnie qu'il ne fust plus bien euré qu'il n'estoient, si en
furent mout dolant, et distrent que cele mescheance[d] qui lor vint
n'est mie pour els, mais pour lor fix. « Par foi, fait Symeü, je sai bien
que Perrous qui est mes cousins et qui fait samblant de servir son
Creatour n'est pas tant travveilliés en cest siecle conme je sui ; ne tant
n'a pas donné pour Dieu conme j'ai fait. Si quit que li pechié de lui
sont retorné sor moi ; et bien sai que par mon mesfait ne me sont
mie li bien del Saint Vaissel failli, ne par mon fourfait ne s'est pas

Notre-Seigneur s'est irrité contre moi. — Certes, poursuivit Chanaan, j'en suis persuadé. Je pense la même chose de mes frères : ils sont si impies qu'en aucune manière ils ne devraient suivre notre évêque ni sa compagnie. Aussi je vous l'assure, c'est pour leur impiété que Notre-Seigneur me déteste. À présent dites-moi comment procéder. — Certes, répondit Siméon, je ne sais pas. Mais je ferai si bien justice de Pierre, mon cousin, demain avant prime, qu'on en parlera partout. — Et moi, certes, affirma Chanaan, si je ne me venge tant de mes frères qu'on en parle toujours, je refuse que le saint Graal me donne jamais aucune subsistance. »

552. Voilà comment ils tombèrent dans le désespoir en constatant que Notre-Seigneur ne s'occupait pas de pourvoir à leurs vies comme auparavant, ce qui leur fit commettre ensuite une si grande impiété que le monde entier le sut ; et l'on en parlera jusqu'à la fin des temps. L'histoire raconte quelle fut cette impiété et combien elle fut de conséquence.

553. Le soir, quand ils furent couchés dans une immense et belle prairie, Chanaan, en qui l'ennemi était entré, loin d'avoir oublié la perfidie qui l'habitait, prit son épée qui était très tranchante, et se rendit à l'endroit où dormaient ses douze frères ; il en frappa si violemment le premier qu'il lui fit voler la tête, et se mit alors à les tuer tous, les uns après les autres, si radicalement qu'il ne resta pas un seul survivant. Les voyant tous morts, il les laissa sur place, et, se diri-

---

Nostres Sires coureciés a moi. — Certes, dist Chanaam, ce croi je bien. Autretel di je de mes freres qu'il sont si desloial que en nule maniere ne devroient il sivir nostre evesque ne sa compaingnie. Si vous di que par la desloiauté d'aus me het Nostres Sires. Or se me dites que je em porrai faire. — Certes, fait Symeü, je ne sai. Mais de Perron mon cousin me vengerai je si bien ains demain prime qu'il en sera parlé ci et aillours. — Et je, certes, fait Chanaam, se je ne fais tant de mes freres qu'il en soit parlé a tous jours, je ne voel que jamais li Sains Graaus me doinst soustenance nule. »

552. Ensi chaïrent cil en desesperance quant il virent que Nostres Sires ne se melloit mie d'aus a maintenir lor vies si com il avoit fait devant, dont il firent puis si grant desloiauté que tous li siecles le sot : et em parlera on tant conme li siecles duerra ; si devise l'estoire quel desloiauté ce fu et com [*l*] bien ele fu grans.

553. Au soir, quant il furent couchié en une praerie grande et bele, Chanaam, a qui li anemis estoit el cors entrés, n'ot pas oublié la felonnie qui li estoit el cors entree, ains prist s'espee qui mout estoit trenchant et vint la ou si .XII. frere dormoient ; et en feri si durement le premier qu'il li fist la teste voler, et après les conmencha tous a ocirre de renc en renc si outrement que de tout les .XII. ne remest uns tout sol vif. Quant il vit que il les ot tous mors, si les laissa illoc et vint la

geant là où il pensait trouver Siméon, il lui conta comment il avait opéré. «Vraiment, s'exclama Siméon, vous venez de faire ce que je voulais. À présent je vous promets que je vais faire de Pierre, mon cousin, la même chose. — Vous me trouverez, ajouta Chanaan, sous ce figuier-là», qu'il désigna au milieu des champs. Siméon vint là où se trouvait Josephé : il pensait bien que Pierre était près de lui. Il tenait dans sa main un grand coutelas acéré dont la lame avait un bon pied de long : un couteau des plus redoutables...

554. Arrivé là où Pierre dormait, Siméon brandit le couteau, pensant l'en frapper en plein corps. Mais pour le salut de Pierre, ou parce que Notre-Seigneur ne voulait pas de cette mort pour lui, il arriva que, sur le point de frapper, manquant son coup, c'est, au lieu de la poitrine, à l'épaule que Siméon le frappa si violemment qu'il lui enfonça le couteau jusqu'au manche. Se sentant blessé de la sorte, Pierre s'écria : «Ah ! je suis mort !» Les autres, réveillés, ne firent qu'un bond. Le voyant si gravement blessé, ils lui demandèrent tout en pleurs qui lui avait fait cela. Il répondit : «Siméon.» Se saisissant alors de Siméon, ils le menèrent devant Josephé et, s'adressant à lui : «Seigneur, que faire du meurtrier de Pierre ?» Et tandis qu'ils parlaient, ils entendirent un grand tapage, un cri d'une ampleur inouïe : ceux qui avaient trouvé les douze frères assassinés manifestaient un aussi grand chagrin que s'ils avaient vu l'univers entier

---

ou il quida Symeü trouver, et li conta tout ensi com il avoit ouvré. «Voire, fait Symeü, ore avés fait a mon talent. Ore vous creant je que de Perron mon cousin ferai je autretel. — Et vous me trouverés, fait Chanaam, desous cel fighier» : si le moustre enmi les chans. Et Symeü vint la ou Josephés estoit : car il pensoit bien que pres de lui estoit Perron. Et il portoit en sa main un grant coutel acheré[a] dont la lemele avoit plain pié de lonc : si fait mout forment itels coutiaus a redouter...

554. Quant Symeü fu venus la ou Pierres se dormoit, si hauce le coutel et l'en quida ferir parmi le cors. Ne mais il avint pour le sauvement Perron, ou pour ce que Nostres Sires ne voloit qu'il moreüst en tel maniere, que quant il dut ferir, si failli de ferir Perron enmi le pis, mais en l'espaulle le feri si durement que il li bouta le coutel jusques au manche ens. Quant Pierres se senti navrés en tel maniere, si s'escria et dist : «Ha ! mors sui !» Et li autre s'esveillierent tout et saillirent sus tot maintenant. Et quant il virent Perron si durement navré, si li demanderent tout em plourant qui ce li avoit fait. Et il dist : «Symeü.» Lors prendent Symeü et le mainnent devant Josephé, et li disent : «Sire, que ferons nous de cest houme qui Perron a mort ?» Et en ce qu'il disoient ceste parole, il oïrent une grant noise et un grant cri merveillous : car cil qui orent trouvé les .XII.[a] freres qui mort erent faisoient si grant dueil come s'il veïssent tout le monde

mort à leurs pieds. Quand il constata le meurtre des douze frères, Bron vint tout en pleurs trouver Josephé : « Seigneur, venez voir les douze frères de Chanaan qui gisent assassinés, je ne sais comment. » Josephé, stupéfait, se rendit de ce côté, pour les voir gisant à terre, sanglants. Il s'écria : « Ah ! ennemi, quelle cruauté perverse dans tes ruses ! Ah ! Dieu, comme j'ai mal surveillé ceux que vous m'avez donnés à garder, à conduire et à mener ! » Faisant alors amener Siméon devant lui, il lui demanda : « Sais-tu qui a tué ces douze frères ? — Seigneur, c'est Chanaan leur frère. — Où est-il ? — Seigneur, sous ce figuier où il attend mon retour. »

555. Josephé, alors, donna l'ordre à ceux qui l'entouraient d'aller au figuier et de lui amener Chanaan. Le rejoignant, ils le prirent de force, et le conduisirent devant Josephé. Celui-ci lui demanda alors le pourquoi d'une si grande impiété « d'avoir tué tes frères, des justes, bons chrétiens ». Il lui répondit que cela lui plaisait de les avoir tués et ne l'accablait pas, et que tout cela s'était fait sur le conseil de Siméon. « Et d'où t'est venu ce désir ? — Par ma foi, seigneur, parce qu'ils étaient plus chanceux que moi : ils étaient chaque jour comblés de la grâce de Notre-Seigneur et du saint Vase lorsque je mourais de faim. — Comment ! dit Josephé, parce que Notre-Seigneur les aimait plus que toi ! Voilà pourquoi tu les haïssais si mortellement que tu les as tués de la sorte ! Jamais un homme n'a commis une si grande impiété : c'est

---

mort devant aus. Et quant Bron vit les .XII. freres ocis, il vint a Josephé et li dist tout em plourant : « Sire, venés veoir les .XII. freres Chanaam qui gisent mort et sont ocis, ne sai par quele aventure. » Quant Josephés entent ceste parole, si en fu tous esbahis, et en vait cele part, et les voit jesir tous estendus et tous[b] sanglens. Si dist : « Ha ! ane[*554*]mis, tant sont ti agait cruel et felon ! Ha ! Dix, tant me sui mauvaisement pris garde de ciaus que vous m'avés bailliés a garder et a conduire et a mener. » Et lors a fait amener Symeü devant lui, et li demande : « Sés tu qui ces .XII. freres a ocis ? — Sire, fait cil, Canaam lor freres les a ocis. — Et ou est il ? fait Josephé. — Sire, il est desous cel fighier ou il m'atent tant come je soie revenus. »

555. Lors conmanda Josephés a ciaus qui estoient entour lui qu'il en alaissent au fighier et li amenaissent Chanaam. Et cil en vont a lui et le prendent ou il volsist ou non, et l'en mainnent devant Josephé. Et quant il le voit, se li demande porcoi il avoit faite si grande des-loiauté « quant tu as ocis tes freres qui estoient prodome et bon crestiien ». Et il li respont, se il les a ocis, ce li est bel, et se ne li poise mie, et de tout ce li donna Symeü le conseil. « Et dont te vient ceste volenté ? fait il a Chanaam. — Par foi, sire, fait cil, pour ce qu'il estoient plus bon eüré que je n'estoie : car il estoient chascun jour

pourquoi je prie Notre-Seigneur de me montrer clairement
s'il prendra soin d'en juger ou s'il en fera un châtiment
terreſtre. » Une voix descendit alors parmi eux, bien intelli-
gible : « Faites entre vous juſtice de l'un et de l'autre : la
juſtice divine y eſt toute disposée. » Quand ils entendirent la
voix leur parler ainsi, au comble du bonheur, ils s'exclamèrent : « Voici une fort belle aventure, quand Notre-Seigneur
même convient qu'ils méritent de mourir en juſte retour de
leurs aĉtes. » Le soleil, déjà levé, commençait à sécher la
rosée ; Josephé dit à ses gens : « Faites de ces deux hommes
ce que vous avez décidé et rendez la sentence que vous
savez devoir appliquer : il semble bien qu'ils aient mérité la
mort. — Seigneur, vous savez mieux que nous comment
agir, et pour cela nous n'en dirons rien ; c'eſt vous qui le
direz. — Les châtier, répliqua Josephé, je ne m'en mêlerai
pas. Mais vous, qui avez été chevaliers terreſtres preux et
hardis, et connaissez ce monde, et qui êtes devenus chevaliers de Jésus-Chriſt, vous en jugerez aux yeux de ce
monde. » Entendant qu'il leur appartenait de rendre la sentence, ils se retirèrent pour se consulter sur cette affaire. Ils
prononcèrent divers jugements et envisagèrent différentes
manières de les faire mourir, pour convenir finalement qu'ils

rapleni de la grasse Noſtre Signour et del Saint Vaissel la ou je
moroie de faim. — Conment ? fait Josephés, pour ce que Noſtres
Sires les amoit plus de toi ! pour ce si les haoies de si mortel haïne
que tu les as ocis en tel maniere ! Onques mais hom si grant desloiauté ne fiſt : pour coi je depri a Noſtre Signour que il me
demouſtre apertement se il em prendra vengance ou soing ou em
prendra vengance terrienne. » Lors descendi une vois entr'aus et diſt
si que*a* on le pot bien entendre : « Faites entre vous vengance et de
l'un et del autre : car la devine vengance en eſt toute apareillie. » Et
quant la parole de la vois fu entr'aus oïe, si furent a merveilles lié
et dient : « Ci a mout bele aventure, quant Noſtres Sires meïsmes
s'acorde a ce qu'il sont digne de morir pour la merite de lor
oeuvres. » Et li solaus qui ja fu levés conmencha a abatre la rousee,
et Josephés diſt a ses homes : « Faites de ces .ıı. homes voſtre
conmandement et tel jugement conme vous savés c'on en doit faire :
car il me samble bien que il aient mort deservie. — Sire, font cil, mix
savés vous que on en doit faire que nous ne savons, et pour ce n'en
dirons nous riens, mais vous le dirés. — Ja d'els vengier, fait Josephé, ne m'en entremetrai ; mais entre vous qui avés eſté chevalier
terrien preu et hardi, et savés del siecle, et eſtes devenu chevalier
Jhesu Criſt, ferés cel jugement a la veüe del siecle. » Quant il entendirent qu'il lor couvient faire cel jugement, si se traient ariere et en
conmencent a demander les uns les au[b]tres qu'il lor en samble de
ceſte chose ; si en disent assés de divers jugemens et de diverses
manieres de mors ; et tant qu'il s'acorderent a ce que cil ont bien

avaient bien mérité la mort, et « qu'on les enterre vivants, de sorte à les faire mourir ici ».

556. Quand ils furent tous d'accord sur la sentence, ils retournèrent vers Josephé pour lui annoncer ce qu'ils avaient projeté ; il leur dit : « Ce que vous avez décidé, faites-le : je n'y mettrai aucune opposition. » Ils les saisirent aussitôt, leur attachèrent les mains derrière le dos ; puis ils commandèrent de creuser deux grandes fosses profondes où les mettre. Tandis qu'on s'y employait le plus vite possible, tournant le regard vers le ciel, ils virent voler aussi légèrement que deux oiseaux deux hommes, qui n'étaient que feu et flammes d'un rouge aussi vif qu'une bûche embrasée ; fonçant droit dans leur direction, ils prirent Siméon sous leurs yeux, sans y renoncer à cause d'eux ; l'enlevant du sol, ils l'emportèrent du côté d'où ils étaient venus. Le conte ne dit pas ici même où ils l'emportèrent ni en quel endroit ils le laissèrent ; mais quand il en sera temps et lieu il le racontera, de sorte que personne n'ira le critiquer légitimement. À présent le conte se tait sur Siméon et retourne à Chanaan : comment il fut enseveli vivant pour le meurtre de ses douze frères.

Ensevelissement de Chanaan et départ de Pierre.

557. Le conte dit qu'au moment où Siméon fut emporté comme je vous l'ai dit, la plupart restèrent bouche bée : ils le regardèrent le plus longtemps possible pour savoir de quel

---

mort deservie, et « que on les mete en terre tous vis, si que on les face illoc morir ».

556. Quant il orent fait cel jugement par le conmun acort de tous, si reviennent a Josephé et li dient ce qu'il ont devisé ; et il lor dist : « Ce que vous en avés devisé a faire si en faites : car ja par moi n'en sera riens deſtourné. » Et il les prendent maintenant et lor loient les mains deriere le dos ; puis conmandent a faire .ii. fosses grans et parfons[a] ou on ens les metra. Et en ce que on faisoit les fosses au plus viſtement que on pooit, il regarderent en haut et virent voler .ii. homes enmi l'air auſi legierement conme doi oisel feïſſent, et eſtoient tout enbrasé del fu et de flambe auſi vermeille conme busche bien embrasee ; et vinrent droit envers els, si priſent Symeü devant als tous, que onques pour als ne le laiſſierent ; si l'en leverent de terre et l'en porterent cele part dont il eſtoient venu. Si ne diſt pas ci endroit li contes ou il l'emporterent ne en quel lieu il le laiſſierent ; mais quant il en sera lix et tans il le devisera, si que nus ne l'en devra blasmer, par raison. Or se taiſt li contes a parler de Symeü et retorne a Chanaam, conment il fu enfoïs tos vis pour ses .xii. freres[b] qu'il avoit murdris.

557. Or diſt li contes que a celui point que Symeüs en fu portés ensi come je vous ai dit, que mout en furent li pluisour esbahi : si l'engarderent tant com il le porent veoir pour savoir quel part il iroit.

côté il irait. Mais ils ne le suivirent pas longtemps des yeux, car, en peu de temps, il fut à une telle distance qu'ils ne le distinguèrent plus. Après l'avoir perdu de vue, ils vinrent à la fosse déjà creusée pour Chanaan ; les mains liées derrière le dos, ils l'y poussèrent, puis le recouvrirent de terre de sorte qu'il fut enseveli jusqu'aux épaules. Se rendant compte qu'il était sur le point de mourir, Chanaan eut pitié de lui-même et se mit à pleurer pour de bon ; apercevant Josephé, il lui dit :

558. « Ah ! très sainte créature, j'ai péché envers ce qu'il ne fallait pas. Mais, parce qu'il n'est pas de péché pour lequel un pécheur ne trouve grâce auprès de son Créateur s'il implore son pardon avec le repentir d'un cœur sincère, je demande grâce à Jésus-Christ mon Sauveur : aussi vrai que la vraie pitié et la vraie miséricorde prennent en lui racine, qu'il ne s'arrête pas, au nom de sa pitié véritable, à moi ni à mon impiété ; mais, aussi facilement que le père s'entend avec le fils, puisse-t-il faire la paix avec moi, sa créature, de manière à ne pas perdre ce qu'il a mis en moi : mon âme. Je supplie le Seigneur, Seigneur de toute pitié, de toute miséricorde ; et toi, Josephé, que je connais si vertueux, prête attention à ce que je dis, car ton aide peut m'être efficace : je te prie, s'il eut jamais pitié de nul pécheur, de lui demander grâce pour moi de façon que je ne sois pas damné pour l'éternité. Mais la peine qu'il voudra que j'endure, je la supporterai pour

---

Mais ce ne fu pas longement qu'il le veïssent, car em poi d'ore lor fu si eslongiés qu'il ne le virent ne loing ne pres. Et quant il en orent perdue la veüe, il en vinrent a la fosse que il avoient ja faite a Chanaam ; les mains loiiés deriere le dos, le misent ens, et puis le couvrirent de terre que il en fu tous avironnés jusques as espaulles. Quant Chanaam vit qu'il estoit en tel point qu'il quidoit morir, si ot pitié de soi meïsmes [*d*] et conmencha a plourer mout durement ; et la ou il vit Josephé, si li dist :

558. « Ha ! saintisme chose, je sui pechierres contre ce que je ne deüsse. Mais pour ce qu'il n'est pechié dont pecierres ne truise merci envers son Creatour s'il li crie merci de bon cuer et de repentement, ensi requier je merci a Jhesu Crist mon Salveor ; si voirement conme droite pitié et droite misericorde est en lui enracinee, par sa droite pitié ne prenge il pas garde a moi ne a ma desloiauté ; mais aussi legierement conme li peres s'acorde au fill, s'acorde il a moi qui sa creature sui, en tel maniere qu'il ne perde ce qu'il a mis en moi, ce est l'ame de moi. Ce deprie je au Signour qui est sires de toute pitié et de toute misericorde ; et tu, Josephé, que je connois si a prodome, que tu regardes a ce que je di, car tu m'i pués aïdier et valoir ; je proi, s'il onques ot pitié de nul pecheour, que tu li requiers qu'il ait merci de moi en tele maniere que je ne soie dampnés pardurablement. Mais cele painne qu'il volra que je souffre, je le sousferrai pour

la grande impiété que j'ai commise ; puisse-t-il toutefois se
montrer en définitive assez clément pour m'avoir, avant la
venue du si épouvantable Jour, pardonné la présente faute,
afin que je ne sois pas damné dans la ténébreuse maison
d'enfer. » Après ces paroles, Chanaan demanda à ceux qui
l'entouraient : « Ah ! par Dieu, déliez-moi les mains, et je
pourrai les tendre vers mon Créateur avant de mourir ; et,
par Dieu, si je trépasse sous vos yeux, pour moi, faites en
sorte, vous tous, d'ensevelir mes frères que j'ai tués avec la
traîtrise que vous pouvez voir, chacun séparément à côté de
ma tombe, de manière que je sois entouré d'eux tous. Savez-
vous pourquoi je vous le demande ? Parce que je veux que
les générations à venir, voyant les tombes de mes frères et
entendant parler de mon impiété, prient pour moi, aussi vrai
que chacun dit : "Priez pour moi, pécheur, Notre-Seigneur
d'avoir, par sa douce pitié et sa douce miséricorde, pitié de
moi pour l'éternité", et je vous supplie tous, comme mes
frères en Dieu, de l'implorer pour moi de m'infliger maintenant un tel châtiment qu'au grand Jour du Jugement me soit
pardonné ce grand méfait que j'ai commis avec vous tous
pour témoins. »

559. À cette requête, ceux qui l'entouraient furent étreints
par la pitié : ils lui délièrent les mains, enterrèrent auprès de
lui ses frères séparément, placèrent sur chacun une dalle
comme ils pouvaient en trouver dans le pays, ainsi que sur

---

la grant desloiauté que j'ai faite, et toutes voies a la parfin me soit si
abandonés que ains que li grans viengne qui si est espoentables, m'ait
il pardoné iceſtui mesfait, que je ne soie dampnés en la tenebrouse
maison d'infer. » Quant Chanaam ot dite ceſte parole, si diſt a ciaus
qui entour lui eſtoient : « Ha ! pour Dieu, desloiiés moi les mains en
tel maniere que je les puisse tendre envers mon Sauveour ains que je
muire ; et pour Dieu, se je trespasse de ceſt siecle voiant vous, faites
tant pour moi que vous tous, mes freres que j'ai ocis si desloialment
conme vous poés veoir, metés chascun par soi environ moi, si que je
soie environnés d'aus tous. Et savés vous por coi je le di ? Pour ce
que je voel que treſtout cil qui aprés venront et qui verront les
tombes de mes freres[a] et orront parler de ma desloiauté proient pour
moi, si conme chascun diſt : "Proiiés pour moi pecheour Noſtre
Signour que il, par sa douce pitié et par sa douce misericorde ait pitié
de moi pardurablement", et vos tous requier je come mes freres en
Diu que vous tous li proiiés pour moi que il tele vengance prenge de
moi en tans present que au grant jour del Jugement me soit pardonnés cil grans mesfais que j'ai fait voiant vous tous. »

559. Quant cil qui entour lui eſtoient oïrent ceſte requeſte, si en
orent mout grant pitié : si li desloiierent les mains [d] et enfoiirent
jouſte lui ses freres chascun par soi, et misent sor chascun une lame

Chanaan : il était encore vivant quand ils la posèrent. Après, ils gravèrent sur chacune le nom, et sur la tombe de Chanaan une inscription : « Ici gît Chanaan, natif de la cité de Jérusalem, meurtrier par jalousie de ses douze frères. »

560. Quand ils eurent terminé, ils demandèrent à Josephé s'il quitterait ce jour-là les lieux. « Non. Mais je vais vous dire ce que vous ferez, de bien approprié en l'occurrence. Ces chevaliers ont été très preux et hardis, vous le savez bien. Mettez des emblèmes susceptibles de signifier qu'ils ont été bons chevaliers. » Ils lui demandèrent quels emblèmes y placer, et il leur répondit : « Déposez sur chaque tombe l'épée de celui qui gît dessous. Et je crois que nul n'y viendra qui puisse les arracher. » Ils s'exécutèrent conformément à son ordre. Cette nuit-là, toute la compagnie coucha sur les lieux mêmes du meurtre des douze frères. Puis ils regardèrent la plaie de Pierre. Leur examen attentif leur fit présumer sa guérison. Ils soignèrent cette plaie avec ce qu'ils pensèrent nécessaire ; mais ils se trompèrent : ne se rendant pas compte qu'elle était envenimée, ils n'utilisèrent pas un bon contrepoison ; sitôt, en effet, qu'ils y eurent appliqué comme antidote leurs onguents et leurs herbes, la chair se mit à suppurer[1] et le mal à empirer[2] ; Pierre se crut près de mourir de l'angoisse qu'il ressentait, ce qui lui fit dire à Josephé : « Seigneur, sachez-

---

tele com il pooient el païs trouver, et sor Chanaam une : si estoit il encore tous vis quant il li misent. Et après misent sor chascune son non, et sor la tombe Chanaam misent un escrit qui disoit : « Ci gist Chanaam nés de la cité de Jherusalem, qui par envie ocist ses .XII. freres. »

560. Quant il orent ce fait, si demanderent a Josephé s'il se remueroit cel jour de la place. « Nenil, fait il. Mais je vous dirai que vous ferés, qui bien est couvenable a ceste chose. Cil chevalier ont esté moult prou et mout hardi, ce savés vous bien. Metés iteles enseignes que lor soit senefiance qu'il ont esté bon chevalier. » Et cil li demanderent queles enseignes il i porroient metre, et il lor dist : « Metés sor chascune tombe l'espee a celui qui desous gist. Et je quit que nus n'i venra qui les puisse oster. » Et cil le firent tout ensi com il lor avoit conmandé. Cele nuit jut toute la compaingnie en cele place meïsmes ou li .XII. frere avoient esté ocis. Et puis regarderent a[a] Perron sa plaiie. Et quant il l'orent bien regardee, si disent qu'il en porroit bien garir. Il misent en sa plaie ce qu'il quidierent que mestier li fust ; mais de ce furent il decheü, qu'il ne se prisent garde de la plaie qui estoit envenimee, et il n'i misent nule chose qui bone fust a oster venim : car maintenant qu'il i orent mis lor ongemens et lor herbes qui au venim estoient contraires, la char conmencha a esboulir et li maus a engregier[b] plus et plus qu'il n'estoit devant ; si fu avis a Perron qu'il deüst morir de l'angoisse qu'il sentoit, dont il dist a Josephé : « Sire, saciés

le, je suis plus souffrant qu'auparavant, et ces plantes ne font que me nuire. — Pierre, cher et doux ami, ne vous inquiétez pas car, s'il plaît à Dieu, Notre-Seigneur mettra bon ordre à votre maladie. »

561. C'est ainsi que Josephé, pour avoir vu Pierre effrayé, le consola ; ils restèrent tout le jour et toute la nuit devant les tombes, éreintés d'inhumer les corps et de porter les dalles ; aussi dormirent-ils d'un sommeil plus réparateur que celui de la veille. Le lendemain, quand à leur réveil ils regardèrent les tombes, ils découvrirent, sur chacune, l'épée dressée, pointe en bas et pommeau dessus, sans aucune intervention humaine. Sur la tombe de Chanaan, ils virent des merveilles : elle brûlait de toutes parts aussi clair que le bois quand on le jette au feu.

562. Ce constat leur fit demander à Josephé : « Seigneur, croyez-vous que ce feu dure longtemps et qu'il soit éternel ? — Je vous le dis, répondit Josephé, il durera jusqu'à la venue d'un chevalier pécheur par luxure, qui aura dépassé par sa valeur aux armes tous ses compagnons ; à sa venue s'éteindra ce feu, non pas en raison de sa valeur, mais pour montrer qu'en quelque manière un chevalier généreux doit réussir. Ce chevalier se nommera Lancelot, et de lui naîtra le Bon Chevalier à qui Notre-Seigneur a donné sa bienheureuse grâce, et qui, en récompense de sa vie sainte et religieuse mettra fin aux aventures de la Grande-Bretagne et aux pro-

---

que je sui plus a malaise que je ne fui devant, et que ces herbes ne me font se nuire non. » Et il respont : « Perron, biaus dous amis, ne vous esmaiiés pas, car se Dix plaist, Nostres Sires metra conseil a vostre maladie[c]. »

561. Ensi conforte Josephé Perron por ce que il le vit esmaiié ; si demourerent tout le jour et toute la nuit devant les tombes, car mout estoient traveillié as cors enterer et des tombes porter ; si dormirent et reposerent mix qu'il n'avoient fait une autre fois. A l'endemain, quant il s'esveillierent et il regarderent les tombes, si virent sor chascune des tombes estoit l'espee dreice, qui avoit esté mise la pointe desous et le poin desus[d], sans ce que nus hom mortels i meïst la main. Et de la tombe Chanaam virent il mervelles : car ele ardoit de toutes pars aussi cler [e] conme la busche fait quant ele est mise el fu.

562. Quant il virent ceste chose, si demanderent a Josephé : « Sire, quidiés vous que cis fus longement durece, et que il soit pardurables ? — Je vous di, fait Josephés, que il duerra tant que uns chevaliers pechierres et luxurious i venra, qui aura passé de bonté de chevalerie tous ses compaingnons ; et en sa venue estaindra cis fus et non mie par bonté de lui, mais por moustrer qu'en aucune maniere doit adrecier houme gracious de chevalerie. Et cis chevaliers avra non Lanselos, et istra de lui li Bons Chevaliers a qui Nostres Sires a

diges, tandis que les autres chevaliers échoueront. Par celui
dont je vous parle, Galaad de son nom de baptême, seront
délivrés de la grande peine où ils sont Moïse et Siméon ;
Chanaan le sera par Lancelot, et toutes ces créatures seront
délivrées au temps du roi Arthur. » Ainsi Josephé instruisit-il
ses compagnons d'une part importante des événements à
venir. Et le jour même où il fit ces révélations resta sur place
un de leurs compagnons nommé Pharam, un prêtre, pour y
demeurer, assura-t-il, jusqu'à la fin de ses jours et y élever
avec l'aide de Dieu une chapelle où il chanterait quotidiennement une messe et prierait Notre-Seigneur d'avoir pitié de
Chanaan ; c'est pour lui qu'il fit tout cela : il l'avait vu
manifester un profond repentir de ses fautes avant qu'on
n'eût fermé la tombe sur sa tête.

563. Restant ainsi sur place, Pharam mit en chantier
une chapelle — que fit achever le comte Balant, résidant au
pays, et converti à la loi chrétienne à l'incitation de ce
même Pharam — de sorte qu'il ne put suivre la compagnie
des autres, pas plus que Pierre, car sa plaie s'était tant
infectée le troisième jour que pour quelqu'un qui l'aurait
connu auparavant il était difficilement reconnaissable. Ce
Pharam s'y connaissait en guérisons de plaies, mais il ne
fut pas subtil jusqu'à déceler en celle-ci le poison ; ce qui
le contraria beaucoup, voyant que la plaie de Pierre ne faisait

---

donnee sa bone eüree grasse, qui en merite de sa vie sainte et religiouse achevra les aventures de la Grant Bertaigne, et les merveilles
ou li autre chevalier faudront. Et par celui que je vous di, qui Galaad
sera apelés em baptesme, sera delivrés Moys et Symeü de la grant
painne ou il sont ; et Chanaam sera delivrés par Lanselot, et toutes
ces choses seront delivrees au tans le roi Artu. » Ensi dist Josephés a
ses compaignons une grant partie des choses qui sont a avenir. Et
en celui jour meïsmes que il lor ot ce dit, remest illoc uns de lor
compaingnons qui avoit a non Pharam, prestres, et dist que il i
demourroit a tous les jours de sa vie, et i feroit une chapele a l'aïde
de Dieu, ou il chanteroit cascun jour messe et proieroit a Nostre
Signour qu'il eüst pitié de Chanaam ; et tot ce fist il pour Chanaam,
pour ce qu'il ot veü en lui si grande repentance de ses meffais devant
ce que la tombe fu eüst esté mise sor le chief.

563. Ensi remest illoc Pharam, si conmencha une chapele, que li
quens Balans, qui el païs estoit, fist parfaire, qui fu convertis a la loy
crestienne par l'amonnestement de celui Pharam, qu'il ne pot suirre la
compaingnie des autres entre lui et Perron, car li venims*a* qui dedens
sa plaie estoit s'enfla si dedens le tiers jor que nus qui devant l'eüst veu
ne le peüst jamais connoistre se a painnes non. Et cil Pharans savoit
assés de plaies garir, mais il ne fu pas si soutix qu'il conneüst en cele
plaie l'entouchement ; dont il fu trop durement coureciés quant il vit

qu'empirer de jour en jour. Pierre, qui sans mourir souffrait l'agonie jusqu'à la limite du supportable, constatant qu'il ne pourrait auprès de Pharam recouvrer la santé, pour la pitié qu'il avait de lui-même, se mit à pleurer. À voir qu'il mourrait faute de médecin, il dit tout en larmes : « Ah ! Pharam, cher et doux ami, j'ai la conviction que je ne guérirai pas ici : ce n'est pas ce que Notre-Seigneur souhaite ; et parce que, je crois, quelque bien serait empêché si je mourais dans cette situation, je vous prie de me porter à la mer toute proche : nous y trouverons, je pense, quelque aide plus profitable. » L'entendant ainsi parler, Pharam dit qu'il ferait tout son possible pour le servir. Il s'efforça d'obtenir un âne ; il y hissa Pierre, fort mal en point, pour le conduire jusqu'à la mer. À leur arrivée, ils ne trouvèrent ni homme ni femme, mais seulement une nacelle voile tendue, appareillée comme pour le départ. Dès qu'il la vit, Pierre rendit grâces à Notre-Seigneur, certain qu'il ne l'y avait envoyée que pour lui. Il demanda alors à Pharam : « Cher ami, descendez-moi et mettez-moi dans cette nacelle. Je m'en irai par mer dans un endroit où je trouverai, s'il plaît à Dieu, aide et guérison pour ma maladie. »

564. Alors Pharam, en pleurs : « Ah ! Pierre, voulez-vous me quitter pour vous rendre dans un endroit d'où peut-être vous ne reviendrez jamais ? Comment vous en aller sans

---

que sa plaie ne faisoit se empirier non de jor en jour. Et quant Perron qui tant sousfroit d'angoisse sans mort, que nus hom n'en pooit plus souffrir, vit qu'il ne porroit entour Pharam nule garison recouvrer, pour la pitié qu'il avoit de soi meïsmes si conmencha il a plorer. Et pour ce qu'il veoit qu'il morroit par [*f*] defaute de mire, dist il tout em plorant : « Ha ! Pharam, biaus dous amis, je croi bien que je ne garirai pas ici, car la Nostre Signour ne plaist mie ; et pour ce que je pense que aucuns biens seroit destournés a faire se je moroie en cest point, si vous proi que vous me portés a la mer qui est pres de ci. Car je pense que nous i trouverons aucun conseil plus pourfitable que ci. » Quant Pharans l'oï ensi parler, si dist qu'il fera son pooir de lui servir. Si se pourchaça tant qu'il ot un asne et monta Perron desus, qui estoit mesaesiés molt durement, si le conduist jusques a la mer. Et quant il i furent venu, si n'i troverent home ne feme, fors solement une nacele dont li voiles estoit levés, et fu li nés ensi apareillie com s'ele deüst maintenant mouvoir. Et quant Pierres vit la nacele, si en rendi grasses a Nostre Signour. Car bien pensa que Nostres Sires ne l'i avoit envoiie se pour lui non. Et lors dist a Faram : « Biaus amis, descendés moi et me metés en cele nacele. Si m'en irai par mer en tel lieu, se Diu plaist, ou je troverai aïde et garison de ma maladie. »

564. Lors conmencha Pharam a plourer et dist : « Ha ! Pierres, me volés vous laissier et aler en tel lieu dont vous ne revenrés jamais par

compagnie, malade comme vous êtes ? Faites en sorte, je
vous en prie, de me laisser partir avec vous. — Déposez-
moi dans la nacelle, dit Pierre. Quand vous m'y aurez mis, je
vous ferai part de mon souhait concernant votre demande. »
Prenant Pierre, Pharam le porta dans l'embarcation et
l'installa le plus douillettement possible. Pierre lui dit alors :
« Vous pouvez à présent vous en aller, cher et doux ami :
vous avez bien exaucé mon désir ; je vais rester ici tout seul.
Priez pour moi que Dieu m'envoie dans un endroit où je
puisse guérir. Si vous voyez Josephé avant moi, saluez-le de
ma part, et dites-lui qu'il me faut ainsi faire, sinon je ne guérirai pas de ma plaie. Je le crois, Dieu me mènera dans un
endroit où je trouverai la guérison. » Une fois Pharam sorti
de la nacelle, le vent s'y engouffra pour la pousser en haute
mer, et Pharam en un instant la perdit de vue. Il restait, tout
en pleurs, et retourna là d'où il était venu. Mais à présent le
conte cesse de parler de lui et retourne à Pierre qui, pour le
roi Orcan, combat Méréam le roi d'Irlande et le vainc.

Pierre au royaume d'Orcanie.

565. Le conte le dit : dès que cette nacelle où se trouvait
Pierre eut quitté le rivage pour cingler en haute mer, le
vent la poussait plus vite qu'aucun oiseau n'aurait pu voler ;
le malade voyagea de cette manière trois jours et trois
nuits, sans boire ni manger. Au quatrième jour, à l'heure

---

aventure ? Conment vous en irés vous sans compaingnie si malades
conme vous estes ? Je vous proi que vous faciés tant que avoques
vous m'en laissiés aler. — Metés moi en la nacele, fait Pierres. Et
quant vous m'i avrés mis, je vous dirai ma volenté de ce que vous
m'avés demandé. » Lors prent Pharam Perron et l'enporte en la nacele,
et le met au plus souef qu'il pot. Et lors li dist Pierres : « Or vous em
poés aler, biaus dous amis : car bien m'avés acomplie ma volenté ; et je
remanrai ci tous sels. Et proiiés pour moi que Dix m'envoist en tel
lieu ou je puisse avoir garison. Et se vous veés Josephé avant de moi,
si le me salués, et li dites que ensi le me couvient il faire, ou autrement
n'iere je ja garis de la plaie que je ai. Et je croi que Dix me menra en
tel lieu ou je trouverai garison. » Et Pharans s'en ist de la nacele et li
vens se feri en la nacele et[a] l'enpaint en mer si em parfont que Pharam
em perdi la veüe en petit d'ore. Si s'en remest Pharam plourant mout
durement, et retourna ariere dont il estoit venus. Mais ore se taist li
contes a parler de lui et retourne[b] a parler de Pierron qui se combat
pour le roi Orcaut encontre Meream le roi d'Yrlande et le vainqui.

565. [55a] Or dist li contes que quant la nacele ou Pierres estoit se
fu partie de la rive et ele fu venue en la haute mer, si le menoit li vens
plus tost que nus oisiaus ne peüst voler ; et erra en tele maniere .iii.
jours et .iii. nuis, que onques ne but ne ne menga. Et au quart jour li

de prime, il lui arriva de s'endormir de lassitude et de fatigue. Pendant son sommeil, il accosta par aventure sur une île où se trouvait un beau et fort château, plein de païens. Le seigneur se nommait Orcan ; il était un des meilleurs chevaliers du monde, mais ne croyait pas en Dieu. Au moment où Pierre accosta, le hasard voulut que la fille d'Orcan et ses suivantes étaient allées jouer sur le rivage. Tandis qu'elle s'ébattait sur la plage, elle découvrit la nacelle et Pierre à l'intérieur. Et il faisait une si grande chaleur qu'il avait ôté sa cotte et sa chemise en raison de la canicule. La demoiselle observa le dormeur avec attention : il lui semblait bien qu'il était malade. Remarquant sa plaie, si grande et si affreuse, elle dit à ses compagnes : « Dames, voici quelqu'un d'une résistance étonnante ; il aurait dû mourir depuis long-temps ; quel grand dommage ce serait : un fort bel homme, s'il était en pleine santé ; c'est pourquoi j'aimerais voir ici, s'il était possible, le chrétien incarcéré par mon père, et qui sait guérir tant de plaies : j'ai la conviction qu'il le guérirait. »

566. Pierre s'éveilla. Voyant devant lui la jeune fille, il se demanda avec surprise qui elle était ; elle l'interrogea sur son identité, et il lui répondit être de la cité de Jérusalem, et avoir si grand besoin de secours que faute de bon médecin il était voué à la mort. « Comment, êtes-vous donc chrétien ? » Chrétien, dit-il, il l'était vraiment. « Par ma foi, puisque vous l'êtes, vous n'avez pas accosté au bon endroit : cette ville où

---

avint a ore de prime qu'il s'endormi por la lasseté et por le travail qu'il avoit eü. Et en ce qu'il fu endormis li avint qu'il arriva en une ille ou il avoit un bel chastel et fort, et estoit plains des paiiens ; et avoit li sires a non Orcans et estoit uns des bons chevaliers del monde, mais il ne creoit pas en Dieu. A celui tans que Pierres i arriva avint que la fille Orcans fu alee joer sor la rive de mer entre li et ses puceles. Et en ce qu'ele s'esbanoioit sor le rivage, ele trouva la nacele et Pierron dedens. Et il faisoit si grant chaut que Pierres ot osté sa cote par le grant chalour qu'il faisoit, et sa chemise. Et quant la damoisele le vit dormir, si le conmencha a resgarder mout durement, car bien li sambloit qu'il ert malades. Et quant ele aperçoit la plaie qu'il ot si grande et si hidouse, ele dist a ses compaignes : « Dames, ce est mout grant mervelle comme cis hom dure et qu'il n'est piecha mors : ce m'est avis que c'est grans damages, car mout a en lui biau cors d'oume s'il fust haitiés ; por coi je volroie, s'il pooit estre, que li crestiens qui est en la chartre mon pere, qui tant set de plaies garir, fust ci : car je croi bien que il le gariroit. »

566. A ces paroles qu'ele disoit s'esveilla Pierres. Et quant il vit devant soi la pucele, si s'esmervailla mout qui ele estoit ; et ele li demanda qui il ert, et il li dist qu'il ert de la cité*a* de Jherusalem, et qu'il a si grant mestier d'aïde qu'il muert par defaute de bon mire.

nous sommes est entièrement païenne. Néanmoins, parce que je vous vois plus malade que personne, je m'efforcerai volontiers de vous guérir, si je le peux. Mais il faudra le faire assez secrètement pour que mon père ne l'apprenne pas. — Demoiselle, demanda-t-il, croyez-vous que vous ou quelqu'un d'autre puisse m'être de quelque secours ? — Par ma foi, répliqua-t-elle, mon père a dans sa prison un chrétien dont je sais bien que, s'il pouvait venir à vous, il vous donnerait la guérison si jamais vous deviez l'obtenir d'un homme. Et certes, j'aimerais à présent que vous fussiez dans ma chambre, de sorte que nul ne fût au courant que moi et mes demoiselles. Sur ma tête, je vais y travailler cette nuit, et l'homme de bien vous aura entre ses mains.

567. — Ah ! dame, s'écria Pierre, au nom de l'honneur et de la noblesse, prenez pitié de moi, afin que je puisse parler à cet homme de bien ! » À cette prière si attendrissante, la demoiselle se tourna vers ses compagnes : « Comment faire pour ce chrétien ? Certes, il m'apparaît que, si l'on pouvait le guérir, on ferait une bonne action ! — Dame, dirent-elles, s'il vous importait autant que vous en donnez l'impression, il ne manquerait pas de guérir : vous pourriez facilement le mettre dans votre chambre, nous allons vous expliquer comment. Nous le conduirons sur ce rivage jusqu'au jardin qui longe votre chambre, et, de là, sans problème, chez vous. Quand

---

« Et conment, fait ele, estes vous dont crestiiens ? » Et il dist que crestiiens estoit il voirement. « Par foi, fait ele, puis que vous estes crestiiens, vous n'estes pas bien arrivés : car en [*b*] ceste vile ou nous somes n'a il se païens non. Et nonpourquant, pour ce que je vous voi plus malade que je ne vi onques mais home, metrai je volentiers painne en vous garir se je puis. Mais il le couverra si chelement faire que mes peres ne le sace. — Damoisele, fait il, quidiés vous que on i puïst metre conseil par vous ne par autrui ? — Par foi, fait ele, mes peres a en sa prison un crestien que je sai bien que s'il pooit avenir a vous, il vous donroit garison se jamais le deviés avoir par home mortel. Et certes, je volroie ore que vous fuissiés en ma chambre, si que nus ne le seüst que moi et mes damoiseles. Par mon chief, je i metrai encore anuit painne, si que li prodom vous avra entre ses mains.

567. — Ha ! dame, fait Pierres, pour honor et pour gentillece prenge vous pitié de moi que je puisse parler a cel prodome ! » Et quant la damoisele oï que il li proie si doucement, ele regarde ses compaingnes, si dist : « Que ferons de cest crestiien ? Certes, il me samble qu'il feroit bien, qui le porroit garir ! — Dame, font eles, s'il vous en estoit autant come vous en faites le samblant, il ne fauroit mie a garison : car legierement le porriés vous metre en vostre chambre, et si vous dirons[*a*] conment. Nous l'enmenrons par delés ceste riviere jusques a cel garding delés vostre chambre, et d'illoc l'enmenrons nous bien en vostre

nous l'y aurons installé, vous pourrez facilement faire ce que vous voudrez dans cette histoire. — Par ma foi, dit-elle, la solution me plaît. » Elles le tirèrent par le bras hors de la nacelle, l'emmenèrent en le soutenant de tous côtés jusqu'au jardin, et du jardin dans la chambre de la demoiselle si avisée.

568. Parvenues dans la chambre, elles le mirent sur un lit pour qu'il se reposât, mais ce fut impossible : il était oppressé à ne pouvoir récupérer. La demoiselle lui demanda comment il se sentait ; il était, lui avoua-t-il, si angoissé qu'il ne pensait pas passer la nuit. La demoiselle sentit son émotion redoubler ; aussi lui dit-elle : « Ne vous inquiétez pas à présent : vous allez trouver prochainement du secours. » Se rendant alors à la prison, la demoiselle en sortit celui qui s'y trouvait. Il lui demanda : « Demoiselle, que voulez-vous faire de moi ? Certes, ma mort ne vous rapportera rien. — N'ayez pas de crainte ; mais suivez-moi dans ma chambre, je vous montrerai pourquoi je vous ai sorti de prison. » Elle s'en alla devant, lui derrière, jusqu'à la chambre, et elle lui montra Pierre si oppressé qu'il n'existait cœur si dur qui n'en dût avoir pitié. La demoiselle lui dit : « Voici un chrétien que nous avons trouvé sur le rivage. Si vous pouvez le guérir, je vous tirerai de cette prison où vous êtes, pour vous renvoyer dans votre pays avec toute la fortune que vous pourrez désirer. Sachez que je ne le fais que parce que je suis très sensible à la grande souffrance qu'il endure. » Comblé de joie à

---

chambre. Et quant nous l'avrons illoc mis, legierement porés faire vostre volenté de ceste chose. — Par foi, fait ele, tout ensi me plaist il que nous le façons. » Et celes le traient par le bras fors de la nacele, et l'en mainnent soustenant de toutes pars jusques au garding, et del garding en la chambre a la damoisele que tant ert sage.

568. Quant eles furent venues en la chambre, eles le misent en un lit pour reposer, mais ne pot estre : car il ert si destrois que en nule maniere ne peüst reposer. Et la damoisele li demanda conment il li estoit, et il li dist qu'il estoit si destrois qu'il ne quide mie veoir le jour de l'endemain. Quant la damoisele l'entent, si en ot greignour pitié que devant ; si li dist : « Ore ne vous esmaiiés mie : car vous trouverés prochainnement secours. » Lors en vait la damoisele a la chartre, et en trait fors celui qui i estoit. Et cil li dist : « Damoisele, que volés vous faire de moi ? Certes en ma mort ne porrés vous riens gaaingnier. » Et ele li dist : « N'aiiés doute ; mais venés après moi en ma chambre, et je vous moustre[r]rai pour coi je vous ai trait fors de prison. » Cele s'en vait devant et il après tant qu'il sont venu en la chambre, et ele li moustre Pierron qui si iert destrois qu'il n'iert si dur cuer qu'il n'en deüst avoir pitié. Et la damoisele li dist : « Veés ci un crestiien que nous avons trouvé sor le rivage. Se vous le poés garir, je vous trairai de ceste prison ou vous estes, et vous envoiierai

entendre qu'il s'agissait d'un chrétien, il répondit à la demoiselle qu'il interviendrait volontiers parce que celui-ci était de sa loi. Il demanda alors à Pierre à quand remontait cette maladie : il y avait bien quinze jours, lui dit Pierre, qu'il avait été blessé, et depuis son état n'avait fait absolument qu'empirer de jour en jour, « et pourtant j'ai eu plusieurs médecins, mais ils ne m'ont servi strictement à rien ». Puis le chrétien s'adressa à la demoiselle : « Dame, si vous le vouliez, je le ferais porter dans cette cour ; voir sa plaie m'y serait plus aisé. » Elle y consentit, dit-elle. Ils le portèrent dans la cour ; il se mit alors à examiner la plaie sous tous les angles, aussi eut-il tôt fait de savoir qu'elle était infectée, ce qui la rendait inguérissable.

569. « Cher et doux ami, dit-il alors à Pierre, vous êtes empoisonné très méchamment, et c'est la raison qui rend impossible votre guérison. Mais puisque j'ai décelé le venin, je vous guérirai, je vous assure, avant un mois. » Il se mit alors à rechercher des plantes efficaces comme antidote, les lui prépara selon ce qu'il pensait lui être le plus profitable, et il se démena tant et plus : avant que le mois ne fût écoulé, il le rendit à la demoiselle resplendissant de santé. Pierre avait-il jamais été beau, il le fut à ce moment-là plus que nul autre jour de sa vie. À cette période il arriva que le roi d'Irlande, appelé

---

en vostre païs si richement conme vous savrés deviser. Et saciés que je ne le fais se pour ce non qu'il m'en prent grans pitiés de la grant painne que il endure. » Quant cil entent que il est crestiens, si en ot moult grant joie, et dist a la damoisele que il s'entremetra volentiers pour ce qu'il est de sa loy. Lors demande a Pierron combien ceste maladie li a duré, et il li dist : .xv. jours a bien qu'il fu navrés, ne onques puis ne fist se empirier non de jour en jour, « et si ai eü plusisors mires, mais onques riens ne me valurent ». Et puis dist cil a la damoisele : « Dame, se vostres volentés estoit, je le feroie porter en cel praiiel. Et lors verroie plus aiesiement sa plaie. » Et ele dist que ele le veut bien. Puis l'en ont porté el praiel, et cil conmence a regarder la plaie d'une part a autre, si connoist esroment que il i a venim, par coi ele ne puet garir.

569. Lors dist a Pierron : « Biaus dous amis, vous estes envenismés mout malement, et ce est l'ocoison pourcoi vous n'em poés garir. Mais puis que j'en voi le venim, je vous asseür que je vous garirai ains un mois. » Lors se conmence a pourchacier des herbes pourfitables a oster le venim, si les li apareille ausi com il quidoit que il li volsist mix, et après se traveille tant en une chose et en autre que ançois que li mois fust passés, le rendi il a la damoisele tout sain et tot haitié. Et se Pierres onques ot esté biaus nule fois, il le fu ore et plus qu'il n'avoit onques mais esté devant a nul jour de sa vie. Dedens celui terme avint que li rois d'Yrlande, qui iert apelés

Méréam, allant voir le roi Orcan son parent, emmena avec lui son fils, nouvellement fait chevalier, et qui était très brave. Mais le soir, un traître appartenant à la cour du roi Orcan empoisonna le fils du roi d'Irlande, qui mourut avant de s'être levé de table. Voyant cela, son père en crut le roi Orcan responsable. Il se rendit directement en Grande-Bretagne chez le roi alors appelé Luce — le fait était que le roi Orcan et lui-même tenaient tout leur territoire du roi Luce de Grande-Bretagne. Quand Méréam eut présenté devant le roi sa plainte et eut déposé contre le roi Orcan qui avait empoisonné son fils, Orcan fut convoqué sur-le-champ, et se rendit à la cour. Méréam l'accusa de trahison, lui reprochant d'avoir par traîtrise tué son fils chez lui, et le roi Orcan donna son gage pour se laver de cette honte, lui-même ou par personne interposée ; loin d'être assez hardi pour affronter Méréam, il aspirait à commettre à sa place son frère, fort bon chevalier.

570. Les gages donnés de part et d'autre, ils fournirent de bons garants, et le jour de la bataille fut fixé. Revenu chez lui, le roi Orcan vint demander à son frère de livrer cette bataille à sa place contre le roi Méréam. « Certes, seigneur, tout le monde m'en dissuaderait : vous connaissez sa bravoure, et vous savez bien que personne dans ce pays ne peut s'y mesurer ; c'est pourquoi, en aucune manière, même pour une question de vie ou de mort, je n'irais le combattre sur le terrain. » Le roi Orcan fut très fâché : après son échec auprès

---

Morehans ala veoir le roi Orcauc qui ses parens estoit, et en mena o soi un sien fil qui iert chevaliers nouvaus qui mout estoit preus de son cors. Mais au soir avint que par un traïtour au roi Orcaus, que li fils au roi d'Yrlande fu envenismés, si que il en morut a la table meïsmes. Et quant ses peres vit ce, si quida que ce fust par le conseil le roi Orcaus. Si s'en ala tout droit en la Grant Bretaingne au roi qui lors estoit apelés Lucés, et il estoit voirs que entre lui et le roi Orcaus tenoient tote [d] lor terre del roi de la Grant Bretaigne qui avoit a non Lucés. Quant Marehals en vint devant le roi et il ot faite sa clamour del roi Orcauc qui son fil avoit envenimé, tout maintenant fu Orcaus mandés, et il en vint a court. Et quant il fu venus, Marehals l'apela de traïson et li dist que par sa desloiauté avoit il son fil ocis en son ostel, et li rois Orcaus tendi son gage a deffendre soi de cest blasme ou par lui ou par autrui ; et il n'estoit pas si hardis qu'il alast encontre Marehaut, ains i baoit a metre un sien frere pour lui, qui mout estoit bons chevaliers.

570. Quant li gage furent donné d'une part et d'autre, si livrerent bons ostages, et fu li jours de la bataille aterminés. Quant li rois Orcaus revint a son ostel, si vient a son frere et li requist qu'il feïst cele bataille pour lui encontre le roi Mareham : « Certes, sire, ce ne me conseilleroit nus : car vous savés bien qu'a la prouece Mareham ne se puet nus prendre de ciaus de ceste terre, par coi je, en nule maniere,

de son frère, il ne savait où trouver la solution. Il fit alors convoquer jusqu'à douze de ses meilleurs chevaliers, non sans avoir mis au point la façon de reconnaître celui qui les surpasserait tous : feignant d'être malade, il s'alita. À le voir couché, et le croyant souffrant, ils lui demandèrent ce qu'il avait. Il était, leur dit-il, affecté par des nouvelles qu'il avait reçues ; ils voulurent savoir de quelle sorte : « Le roi Méréam, répondit-il, vient de m'envoyer un chevalier qui s'est vanté d'abattre douze des meilleurs chevaliers de ce territoire, ce pourquoi il sera demain au Pin rond. Si vous rabattiez son arrogance, vous feriez bien : je n'aimerais pas qu'il pût se targuer de n'avoir trouvé personne contre qui jouter. »

571. Ainsi leur parla le roi Orcan, leur donnant un mensonge à entendre. Il ne faisait en effet que vérifier s'il y avait dans ces douze quelqu'un d'assez courageux pour oser affronter Méréam. Ils lui demandèrent : « Savez-vous si le chevalier viendra demain au Pin rond à l'heure de prime ? — Oui, répliqua-t-il. — Nous nous y rendrons donc, de manière à ne pas encourir de reproche. » Ils quittèrent le roi pour s'en retourner chez eux. Lui resta couché jusqu'au soir. La nuit tombée, il appela un sénéchal : « Prépare-moi des armes, mais camouflées, et recouvre mon écu de façon à le rendre méconnaissable », et celui-là exécuta l'ordre. Une fois armé,

---

ne pour mort ne por vie ne me combateroie a lui en champ. » Quant li rois Orcaus oï ceste parole, si en fu mout coureciés : car puis qu'il avoit failli a son frere il ne savoit ou il peüst recouvrer. Lors fist mander jusqu'a .xii. chevaliers des meillours qu'il avoit, et il se fu pourpensés conment il porroit connoistre le meillour : si se fist malade et se jut en son lit. Et quant il le virent jesir, il quidierent que il fust malades, se li demanderent que il avoit. Et il lor dist qu'il estoit coureciés d'unes noveles qui li estoient venues, et cil li demanderent queles eles estoient : « Ja, fait il, m'a li rois Marehaus envoiié un chevalier qui s'est vantés qu'il abatra .xii. des meillours chevaliers de ceste terre, et pour ceste chose sera il demain au Pin reont. Et se vous abatiés l'orgueil de lui, vous feriés bien : car je ne volroie mie que il se peüst vanter qu'il n'eüst trouvé a qui jouster. »

571. Ensi lor dist li rois Orcaus et lor fist mençoigne entendant. Car il ne faisoit se esprouver non s'il avoit en ces .xii. nul si prodome qu'i s'osast metre en champ vers Mareham. Et cil li disent : « Savés vous se li cevaliers venra demain a ore de prime au Pin reont ? — Oïl, fait il. — Et[a] nous i irons, font cil, en tel maniere que nous n'en devrons estre blasmé. » A tant s'empartirent cil del roi et s'en vont a lor ostels. Et li rois se jut jusques au soir. Et quant il fu anuitié, il apela un seneschal et si li dist : « Apareille moi unes armes, mais que desghisees soient, et covre [e] mon escu de couvretures desghisees », et cil fist tout ensi com il li fu conmandé. Et quant li rois

le roi Orcan lui fit promettre de ne le révéler à personne. Alors il passa le pont, chevaucha jusqu'au Pin rond, attendit là jusqu'à l'heure de prime. Avant qu'elle ne fût passée, tous les douze chevaliers y vinrent, n'apportant avec eux aucune sorte de lances. En toutes saisons, en effet, vous auriez pu trouver le pin entouré de lances, parce que ceux du pays qui s'employaient aux armes s'y rendaient souvent pour s'éprouver les uns contre les autres. Quand les douze chevaliers aperçurent sous le pin celui qui était venu pour jouter, chacun de saisir une lance comme elle lui venait en main ; le roi, de son côté, en prit une. Il s'élança contre le premier chevalier, le frappa si violemment sous l'aisselle qu'il lui fit une grande plaie profonde, et l'abattit si brutalement que l'autre ne put se relever. Le voyant au sol, il s'élança contre le deuxième, le frappa si violemment qu'il l'abattit du cheval aussi rapidement que l'autre, et en plus piteux état ; après il abattit le troisième, puis le quatrième : il traita ainsi les douze chevaliers ; il prenait toujours le cheval de celui qui était tombé pour le lui rendre. Après les avoir tous abattus, il leur dit : « Seigneurs, vous êtes tous, selon la coutume de ce pays, mes prisonniers » ; ils approuvèrent. « Par conséquent, poursuivit-il, je vous ordonne de vous présenter au roi Orcan et de vous rendre tous à lui de ma part », et ils lui demandèrent son nom. « Mon nom, que vous importe : je suis certain, quand il entendra parler de la prouesse, qu'il me reconnaîtra bien », et ils l'assurèrent

---

Orcaus fu armés, si fist a celui fiancer qu'il nel descouverroit a home ne a feme. Et lors passa le pont et chevaucha tant qu'il en vint au Pin reont, et atendi illoc jusques a ore de prime. Et ains qu'ele fust passee, vinrent illoc li chevalier tout .xii., ne il n'aporterent avoc aus ne lances ne glaives. Car en toutes saisons pëussïes le pin trouver environné de lances, pour ce que cil del païs qui des armes s'entremetoient s'i venoient souventes fois esprover les uns encontre les autres. Quant li .xii. chevalier virent que cil estoit desous le pin, qui pour jouster estoit venus, chascuns saisi un glaive tel come a la main li vient, et li rois en reprist un autresi. Et laisse courre au premier et le fiert si durement desous l'aissele qu'il li fist plaie grande et parfonde, et l'abat si durement a terre qu'il n'ot pooir de lui relever. Et quant il voit celui a terre, si laisse courre a l'autre, et le fiert si durement qu'il l'abat del cheval ausi vistement com il ot fait l'autre, et encore plus navré ; et aprés abat le tierc, et puis le quart[b] : si esploita en tel maniere de tous les .xii. ; et prendoit tousdis le cheval de chelui qui chëus estoit et li rendoit. Et quant il les ot tous abatus, se lor dist : « Signour, vous estes tout, par la coustume de cest païs, en ma prison », et il dient que c'est voirs. « Donques, fait il, vous conmant je que vous alés au roi Orcans et vous rendés tout a lui de par moi », et il li demanderent conment il avoit a non. « De mon non, fait il, ne

qu'ils s'y conformeraient volontiers ; mais ils étaient fort
contrariés d'avoir été abattus par un seul chevalier.

572. Là-dessus les douze se séparèrent pour retourner
chez eux, et le roi se précipita dans la forêt voisine : il y resta
tout le jour. Le soir, à la nuit tombée, il revint dans son jardin où le sénéchal l'attendait ; il mit pied à terre et lui donna
son cheval et ses armes. Puis il alla dans sa chambre, de là
dans sa salle, et fit semblant d'être souffrant. Ses hommes
vinrent à sa rencontre et s'enquirent de sa santé ; il répondit
qu'il pensait à la guérison, comme il le croyait. Le lendemain, avant prime, les douze chevaliers qu'il avait abattus
vinrent se rendre à lui, « de la part d'un chevalier qu'ils ne
connaissaient pas ; il les avait tous les douze désarçonnés, et
pas un n'aurait pu le faire bouger de sa selle. — Ah ! s'écria
le roi, je sais qui est ce chevalier. Certes, vous avez mal travaillé ! » Et de laisser paraître une grande irritation. Alors il
envoya partout ses messagers en quête des chevaliers les
plus aptes à jouter contre le chevalier du Pin. Il fit proclamer par tout son territoire que, s'il y en avait un capable de
l'abattre, « il recevrait du roi la récompense qu'il viendrait
demander, et que celui qui serait renversé y gagnerait d'être
privé de son domaine un an et un jour ».

573. Quand les habitants du pays apprirent cette nouvelle,
et surent que les douze chevaliers avaient été abattus, peu se

---

vous chaut : car je sai bien, quant il orra parler de tele prouece, que il
me connoîstra bien », et il dient que si feront il volentiers ; mais mout
sont dolant quant il sont abatu par un sol chevalier.

572. Atant s'empartent tout li .XII. et s'en vont a lor ostels, et li
rois se feri en la forest qui pres d'illoc estoit : si i demoura tot le jor.
Et au soir, quant il fu anuitié, si revient en son garding ou li seneschaus l'atendoit ; si descent et li baille son cheval et ses armes. Puis
en vait en sa chambre, et de sa chambre en sa sale, et fait samblant
qu'il soit deshaitiés. Et quant ses gens le voient venir, si se lievent
encontre lui, si li demandent conment il le fait[a], et il dist qu'il garira si
com il quide. A l'endemain, devant prime, vinrent a lui li .XII. chevalier qu'il avoit abatus, et se rendirent a lui « de par un chevalier qu'il
ne connoissoient pas ; et cil les ot tous .XII. abatus, ne il n'i ot celui
qui le peüst de sa sele remuer. — Ha ! fait li rois, je sai[b] qui est li
chevaliers. Certes, mauvaisement l'avés fait ! » [f] Lors fait samblant
que il en soit mout coureciés. Lors envoia ses messages partout por
querre tous les chevaliers de greignour pooir pour jouster au chevalier del Pin. Et fist crier par toute sa terre que s'il en i avoit nul qui le
peüst abatre, « il avra del roi tel loiier com il savra demander, et tant
i perdra cil qui abatus sera qu'il en sera desiretés un an et un jour ».

573. Quant cil del païs oïrent ceste novele, et il sorent que li
.XII. chevalier i estoient abatu, il en i viennent poi, car mout dou-

rendirent à la convocation, redoutant fort d'être déshérités s'ils étaient renversés. Pierre, qui était en compagnie de la fille du roi, pleinement rétabli, fut très songeur, et la demoiselle s'en inquiéta : « Pierre, qu'avez-vous ? À quoi pensez-vous ? Vous êtes beaucoup plus absent que d'habitude, me semble-t-il ! Je crois que quelque chose ne va pas. Dites-moi donc ce que vous avez, et si je puis y remédier, je vous assure que je le ferai. — Demoiselle, puisque j'ai votre promesse, je vais vous dire pourquoi j'étais si soucieux : c'est à cause de ce chevalier pour qui votre père a fait crier son ban par tout le pays. En effet, j'ai connu le temps, voilà moins de cinq ans, où si j'avais su qu'il y avait dans notre pays un tel chevalier, je serais allé jouter contre lui ; aujourd'hui même, si j'avais des armes et un cheval et tout le nécessaire, j'irais : mais je n'ai rien de tout cela, ce qui me rend aussi préoccupé que vous pouvez le voir. » À ces mots, pensant bien que, s'il manquait de cœur, il n'entreprendrait pas une action si haute que de jouter contre un chevalier à qui nul n'osait se mesurer, la jeune fille dit à Pierre : « Pour les armes et le cheval, ne vous inquiétez pas : de tout cela vous ne manquerez pas, je vous en pourvoirai aussi richement qu'un fils de roi. Mais certes, si vous suiviez mon conseil, vous n'iriez jamais affronter ce chevalier : je sais bien que vous n'en avez pas la force. — Pour sûr, demoiselle, je ne crois pas que son pouvoir me fasse capituler ! » Très contente de l'entendre ainsi

----

toient a eſtre desireté se il i fuiſſent abatu. Quant Pierres, qui fu avoc la fille le roi, fu garis et respaſſés, il fu mout pensis, et la damoisele li demanda : « Pierres, que avés vous ? que pensés vous ? Tant pensés mout plus que vous ne soliés, ce m'eſt avis ! Je quit que vous n'eſtes pas a aise. Or me dites que vous avés, et se je i puis metre conseil, je vous creant que je l'i metrai. — Damoisele, fait il, puis que vous le me creantés, je vous dirai ce que je tant ai pensé : c'eſt pour cel chevalier pour qui voſtres peres a fait crier son ban parmi ceſt païs. Car j'ai veü tele ore, n'a pas .v. ans, que se je seüsse en noſtre païs un tel chevalier, je alaisse jouſter a lui ; et ci meïsmes se je eüsse armes et cheval et ce que meſtiers me fuſt, je i alaisse : mais de tout ce n'ai je riens, si en sui si pensis conme vous poés veoir. » Quant la pucele entent cele parole, si pense bien que se il eüſt mauvais cuer, il n'empreïſt ja si haute emprise conme pour jouſter a un chevalier a qui nus ne s'osoit prendre ; si diſt a Pierron : « Ja pour defaute d'armes ne de cheval ne soiiés esmaiiés : car de tout ce n'avrés vous ja disete, ains vous en garnirai ausi richement come se vous fuiſſiés fix de roi. Mais certes, par mon conseil n'alissiés vous ja encontre cel chevalier : car je sai bien que vous n'i porriés avoir duree. — Certes, damoisele, fait il, je ne quit pas qu'il ait tant de pooir que je ne me tiengne bien a lui ! » Et quant ele l'ot ensi parler, si en fu mout a aise, et li quiſt bones

parler, elle lui chercha des armes et un cheval de qualité. À la nuit tombée, il sortit par la cour, et la demoiselle lui indiqua comment trouver le Pin rond. Il partit et réussit à s'y rendre, puis se dirigea vers la forêt pour se reposer jusqu'au jour ; il enleva le mors à son cheval, lui ôta la selle et le laissa paître. Puis il quitta son heaume, abaissa sa ventaille et s'endormit jusqu'au matin, lorsqu'il fit grand jour. Éveillé, il mit à son cheval le frein puis la selle, leva la ventaille et s'arma de son heaume, enfourcha sa monture et partit. Parvenu à l'orée de la forêt en direction de la mer, regardant vers le pin il aperçut le roi Orcan qui était déjà là pour savoir si quelqu'un s'avancerait pour demander la joute. Quand il le vit, il mit pied à terre pour s'assurer que rien ne manquait à son armement. Une fois parfaitement équipé, il se remit en selle et vint au pin pour dire au roi : « Seigneur chevalier, je suis venu jouter contre vous : soyez sûr que vous ne quitterez pas cet endroit sans mal ! »

574. Là-dessus, ils s'éloignèrent l'un de l'autre ; puis faisant s'élancer de front leurs chevaux à une aussi grande allure que celle du cerf pourchassé par les chiens, ils se rejoignirent, échangèrent des coups si violents sur les écus qu'ils les percèrent et les ouvrirent, et démaillèrent les hauberts, et s'enfoncèrent dans leurs chairs les fers tranchants de leurs lances, s'infligeant l'un l'autre de grandes et profondes plaies. Le roi Orcan brisa sa lance, et Pierre le frappa si durement

---

armes et bon cheval. Et quant il fu anuitié, si se mist fors de laiens par le praiel, et la damoisele li enseigne conment il porroit le Pin reont trouver. Et il s'empart et fait tant qu'il en vient vers le pin, puis se traïst vers la forest pour reposer jusques a la journee ; si abat a son cheval le frain et li oste la sele, si le laisse paistre. Puis oste son hiaume et abat sa ventaille, et s'endormi jusques au matin, que li jours clers aparut. Puis s'esveilla et mist a son cheval le frain et puis la sele, et puis s'arma de sa ventaille et de son hiaume et [56a] monta en son cheval et s'emparti. Et quant il en vint a l'issue de la forest par devers la mer, il regarda vers le pin et voit le roi Orcaus qui ja estoit venus pour savoir se nus venroit avant pour demander jouste. Et quant il le voit, si descent a terre pour veoir qu'il ne li faille riens a ses armes. Et quant il s'est mout bien aparelliés, si monte en son cheval et en vient au pin et dist au roi : « Sire chevaliers, je sui venus, a vous jouster : et saciés que vous n'en partirés ja sans doel avoir ! »

574. Atant s'eslonge li uns de l'autre ; et puis s'entrelaissent courre les chevaus si grant oirre come fait li cers quant il est chaciés des chiens ; et il s'entreviennent et s'entrefierent si durement sor les escus que il les percent et s'estroent, et desmaillent les hauberts, et se metent es chars les fers tranchans des glaives ; et s'entrefont plaies grandes et parfondes. Et li rois Orcans brise sa lance, et Pierres le fiert si durement

qu'il le fit voler au sol par-dessus la croupe du cheval, de sorte qu'il put difficilement se relever. Le voyant tombé à terre, Pierre descendit de cheval et attacha sa monture au pin, puis s'en revint à grandes enjambées vers le roi, tira l'épée et jeta l'écu sur sa tête. Le roi s'était déjà relevé plein d'angoisse, et Pierre lui dit : « Seigneur chevalier, à la joute vous avez perdu ; je ne sais si vous pourrez gagner quelque chose à la mêlée[1]. » Le roi se disposa à faire preuve de la plus grande bravoure possible, et se couvrit de son écu ; il était toutefois si sérieusement blessé qu'il aurait eu besoin de se reposer plus que de combattre.

575. Ce fut alors entre eux deux la mêlée, fort cruelle et impitoyable. Ils se frappèrent avec leurs épées tranchantes de toutes parts, et se malmenèrent l'un l'autre de sorte que chacun était blessé jusqu'au sang en plusieurs endroits. Ils étaient en effet tous deux d'une force rare ; le roi n'aurait jamais cru possible de trouver un homme aussi endurant contre lui, et d'autre part voilà qui épuisait beaucoup Pierre, qui n'aurait pas pensé trouver dans les deux royaumes un si bon chevalier que celui-là. Néanmoins le roi perdit en définitive ses moyens pour résister contre Pierre, plein d'une si grande vaillance que le roi, qui ne tenait plus sur ses jambes, tomba à terre totalement éreinté. Pierre, loin d'imaginer que c'était le roi, se rua sur le heaume, le lui arracha de la tête, le lança au beau milieu du terrain, puis lui cria qu'il le

---

qu'il le fait a terre voler par desus la crupe del cheval, si que a painnes se pot il relever. Quant Pierres voit que cil est cheüs a la terre, si descent et atache son cheval au pin, puis en revient grant pas envers le roi, et traïst l'espee et jete l'escu sor sa teste. Et li rois se fu ja relevés mout angoissous, et Pierres li dist : « Sire chevaliers, a jouster avés vous perdu ; je ne sai se vous porrés riens gaaingnier a la mellee. » Si s'apareille de moustrer la plus grant prouece qu'il puet, et se couvre de son escu ; et nonpourquant il estoit navrés si durement qu'il eüst greignour mestier de reposer que de combatre.

575. Lors commence la mellee entr'aus .II. mout cruele et mout felenesse. Et s'entrefierent des espees qui sont trenchans amont et aval, et s'entreconroient tel qu'il n'i ot celui a qui li sans n'isse del cors em pluisours lix. Car il estoient ambedoi de mout grant force, et li rois ne quidast en nule maniere nul home trover qui tant peüst durer a lui, et d'autre part anoie il mout a Pierron, car il ne quidast pas trouver en .II. roiaumes un autresi bon chevalier come cil li sambloit. Et nonpourquant en la fin ne pot li rois durer a Pierron, car il estoit plains de si grant prouece qu'il atourna tel le roi qu'il ne se pot soustenir, ains chaï a la terre si dolerous que trop. Et Pierres qui ne quidoit mie que ce fust li rois, il acourt au hiaume et li esrace de la teste, et le jete loing de lui enmi le champ, et puis li dist qu'il l'ocirra

tuerait s'il ne se tenait pour vaincu. Le roi ouvrit les yeux et
répliqua : « Tu peux me tuer si tu veux : tu as le dessus. —
Par ma foi, rétorqua Pierre, tu es mort si tu ne te tiens pour
vaincu. — J'aime mieux mourir, dit le roi, que céder à ton
exigence : un aussi vil propos que l'aveu de faiblesse serait
ma honte. C'est pourquoi j'aimerais mieux mourir que prononcer un mot qui ferait la honte et le déshonneur d'un roi. »

576. Entendant que son adversaire était roi, alors qu'il
le pensait simple chevalier, Pierre s'écria : « Ah ! sire, pour
Dieu, dites-moi qui vous êtes : il me paraît à vos dires
que vous êtes roi. — Certes, je suis bien roi, et je me
nomme Orcan. » À ces mots, le reconnaissant aussitôt,
Pierre fut très fâché de l'avoir tant tourmenté. Lui tendant
sur-le-champ l'épée, il lui dit : « Ah ! sire, pour Dieu, pardon-
nez-moi le tort que je vous ai fait. Certes, je ne vous reconnaissais pas ; voici mon épée que je vous rends. Je suis
à votre disposition pour faire sans aucune réserve ce que
vous voudrez pour me châtier de vous avoir nui. » Le roi
lui demanda qui il était pour implorer ainsi son pardon
alors qu'il avait le dessus. « Sire, répondit Pierre, je suis un
chevalier natif de la cité de Jérusalem ; je me nomme Pierre
et je suis chrétien. Mais le fait est que le hasard m'a mené
dans votre château, il n'y a pas bien longtemps, et atteint,
à mon arrivée, d'une blessure mortelle : mais grâce à Dieu,
à l'habileté de votre fille et à celle d'un chrétien que vous

---

s'il ne se tient pour outré. Et li rois ouvre les ex et dist : « Ocirre me
pués se tu vels, [*b*] car tu as au desus de moi. — Par foi, fait Pierres,
tu es a la mort venus se tu ne te tiens por outré. — Je voel mix
morir, fait li rois, que faire ce que tu me requiers : car en si vilainne
parole come de recreandise avroie je honte. Et pour ce volroie je mix
morir que dire parole dont rois eüst honte et vergoigne. »

576. Quant Pierres entent que cil ert rois, a qui il s'est combatus, et
il quidoit que ce fust uns simples chevaliers, si li dist : « Ha ! sire, pour
Dieu, dites moi qui vous estes : car il samble a vostre dit que vous
estes rois. — Certes, fait il, rois sui je voirement, et ai non Orcaus. »
Et quant Pierres l'entent, si le connoist maintenant et est mout dolans
de ce que tant li a fait d'anui. Maintenant li tent l'espee et si li dist :
« Ha ! sire, pour Dieu, pardonnés moi ce que je vous ai meffait. Certes,
je ne vous connoissoie pas ; et vois ci m'espee que je vous rent. Si
vous abandon mon cors a faire outreement ce que vous volrés en vengance de ce que je vous ai mesfait. » Et li rois li demande qui il est qui
ensi li crie merci et si est au desus de lui. « Sire, fait Pierres, je sui uns
chevaliers nés de la cité de Jerusalem ; et ai non Pierres et sui crestiens.
Mais ce est voirs que aventure me mena en vostre chastel, il n'a
encore gaires ; si estoie navrés, quant je i ving, d'une plaie mortelment :
mais Dieu merci et le sens de vostre fille et d'un crestiien que vous

détenez dans votre prison, je suis guéri de cette plaie qui
m'avait fait craindre pour ma vie. Une fois rétabli grâce à
l'homme de bien dont je vous parle, j'ai entendu dire que
vous aviez fait proclamer par ce territoire de venir jouter
contre le chevalier du Pin, et j'y suis venu dès que votre fille
m'eut procuré des armes. Aussi je vous demande de me pardonner le tort que je vous ai fait : c'est par ignorance. » Le
roi l'assura très volontiers de son pardon à la condition qu'il
se substituerait à lui, au combat singulier, pour affronter
Méréam qui l'avait accusé de trahison. Pierre le ferait, dit-il,
avec enthousiasme par amour pour lui, et prendrait le risque
de mourir à sa place. Le roi lui garantit qu'après avoir vaincu
Méréam il ne lui demanderait rien qu'il ne lui accordât, fût-
ce même la moitié de son royaume. « Mais il vous faudra,
précisa-t-il, d'ici là vous cacher de sorte que nul n'entende
souffler mot de vous. Savez-vous pourquoi je vous le recommande ? Parce que, s'il vous savait chrétien, Méréam ne vous
combattrait pas. » Pierre l'assura de ne jamais se trahir.

577. Remettant les épées aux fourreaux, ils s'en allèrent se
reposer sous le pin jusqu'à la nuit, car ils étaient blessés et
très souffrants. Le soir, à la nuit tombée, ils reprirent leurs
armes et enfourchèrent leurs chevaux, pour s'en revenir au
château, où ils trouvèrent le sénéchal qui les attendait dans le
jardin. Voyant le roi, il courut à l'étrier et les fit descendre.
Le roi mena Pierre avec lui pour le faire désarmer. Puis il

---

tenés en vostre prison, sui je garis de chele plaie qui m'avoit mis fors
d'esperance de vie. Et quant je fui garis par l'aïde del prodome dont
je vous parole, je oï dire que vous aviés fait crier par ceste terre que
on venist jouster au chevalier del Pin, et je i ving quant vostre fille
m'ot donné armes. Si vous requier que vous me pardonnés ce que je
vous ai meffait : car c'est par mesconnoissance. » Et li rois li dist qu'il
li pardone mout volentiers par ensi qu'il enterra el champ pour lui
encontre Mareham qui apelé l'a de traïson. Et Pierres dist qu'il i
enterra pour s'amour mout volentiers, et se metra en aventure de
mort pour lui. Et li rois li dist que après ce qu'il avra Mareham
conquis en champ, ne li demandera il ja chose qu'il ne li otroit s'il li
demandoit neïs la moitié de son roiaume. « Mais il couvenra, fait il,
que vous entre ci et la vous celés si que nus nel sace de vous ne vent
ne voie. Et savés vous pour coi je le di ? Pour ce que se Marehans
savoit que vous fuissiés crestiens, il ne se combatroit mie encontre
vous. » Et Pierres li creante que ja envers lui ne se descouverra.

577. [d] Atant remetent les espees es fuerres, et s'en vont reposer
desous le pin jusqu'à la nuit, si navré et si maisaisié con il estoient. Et
au soir, quant la nuit fu venue, reprisent lor armes et monterent en
lor chevals, et s'en revinrent au chastel, et troverent le seneschal qui
les atendoit el garding. Et quant il vit le roi, si li court a l'estrier et

convoqua sa fille. À son arrivée, il lui demanda : « Chère fille, connaissez-vous ce chevalier ? » Prise de peur, elle voulut dissimuler. Mais le roi lui dit : « Chère fille, dissimuler est inutile. Si vous lui avez fait du bien, je vous prie de lui en faire au centuple : sachez-le bien, c'est le meilleur chevalier du monde : il m'a aujourd'hui conquis, et dominé au corps à corps ; et il m'a promis de livrer combat contre Méréam à ma place. Je vous prie, si vous l'avez servi avant, de le servir maintenant cent fois mieux. » Le roi fit alors appeler un médecin pour examiner leurs plaies, car ils en avaient beaucoup, de petites et grandes. Après les avoir bien examinées, celui-ci leur dit de ne pas s'inquiéter : il les remettrait en pleine forme dans les quatre jours.

578. Ainsi, familier du roi Orcan, Pierre fut là servi avec honneur. Le jour de la bataille approchant, le roi le fit monter à cheval et l'emmena avec lui à Londres. Venus devant le roi Luce, ils trouvèrent Méréam qui déjà s'était offert à la bataille devant le roi pour donner suite à la plainte qu'il avait déposée. Voyant Orcan, le roi Luce lui demanda s'il livrerait lui-même la bataille, ou s'il désignerait un autre à sa place ; Pierre, qui était très bon chevalier et brave, s'avança et donna son gage contre Méréam pour le roi Orcan. Le roi Luce le reçut. Alors ceux qui se trouvaient dans le palais demandèrent qui était le chevalier qui affronterait Méréam.

---

descendi lui et Pierron. Et li rois mena Pierron o soi le fist desarmer. Puis manda sa fille. Et quant ele fu venue, si li dist : « Bele fille, connoissiés vous cel chevalier ? » Et ele ot paour, si se vaut vers lui celer. Mais li rois li dist : « Bele fille, celee n'i a mestier. Se vous li avés bien fait, encore vous proie je que vous l'en faciés a .c. doubles plus : car bien saciés, c'est li miudres chevaliers del monde : car il m'a hui conquis, et outré em batalle cors a cors ; et il m'a promis qu'il fera ma bataille encontre Mareholt. Et je vous proi, se vous l'avés servi devant, que vous le servés ore a .c. doubles. » Lors fait li rois mander mire[b] pour regarder lor plaies, car assés en avoient de petites et de grans. Et quant li mires les ot bien regardees, il lor dist qu'il ne s'esmaiaissent mie, car il les rendroit sains et haitiés dedens les .IIII. jours.

578. Ensi fu Pierres acointes au roi Orchaus, et fu laiens honorés[a] et servis. Et quant li jours de la bataille aprocha, li rois fist monter Pierron et l'en mena o soi a Londres. Et quant il furent venu devant le roi Lucé, il trouverent Marehaut qui ja s'estoit pouroffers de la bataille devant le roi pour ensuirre l'apel qu'il avoit en conmencié. Quant li rois Lucés voit Orcaus, si li demanda s'il feroit la bataille, ou autres pour lui, et Pierres, qui mout estoit bons chevaliers et prous, passa avant et tendi son gage encontre Mareham pour le roi Orcaus. Et li rois Lucés le reçut. Lors conmencierent a demander cil qui el palais estoient qui estoit li chevaliers qui encontre Mareham se combatroit.

Mais nul ne sut le dire, sauf seulement qu'il s'agissait d'un des chevaliers du roi Orcan. « Assurément, s'exclamèrent-ils, il ne manque pas d'audace, pour vouloir se mesurer au meilleur chevalier de ce pays. Vraiment, mieux vaudrait pour lui, c'eſt notre conviction, qu'il s'abſtienne. »

579. C'étaient les propos de ceux qui ne connaissaient pas sa valeur. Lors de l'engagement, la bataille entre Pierre et Méréam fut très cruellement impitoyable et des plus sauvages, car les chevaliers étaient de très grande vaillance : aussi le combat dura depuis prime jusqu'à none, Méréam se défendant fort bien. Cela ne lui servit toutefois à rien, car Pierre l'ayant vaincu lui coupa la tête et la porta au roi Luce : « Sire, ai-je bien fait mon devoir ? Le roi Orcan eſt-il lavé de l'accusation ? — Certes, dit le roi Luce, cher frère. Il en eſt bien quitte. Et vous avez si bien combattu sous les yeux de ma baronnie que je vous tiens pour le meilleur chevalier du monde : c'eſt pourquoi je désire fort être votre ami, et devenir votre compagnon. — Sire, répondit Pierre, je veux bien être votre familier et votre ami. Mais à coup sûr je ne peux pas en ce moment m'attarder dans ce pays. » Voyant que le retenir lui serait impossible, le roi Luce tira à l'écart le roi Orcan : « Faites que je vous trouve d'ici à un mois dans ce château ou dans le vôtre, et que ce chevalier y soit aussi : je désire vivement le connaître. »

580. Le roi Orcan quitta Londres et revint dans son pays

Mais nus ne ſot a dire qui il eſtoit, fors tant que c'eſtoit uns des chevaliers au roi Orcaus. « Par foi, font il, mout a grant hardement empris, qui encontre le meillour chevalier de ceſt païs velt faire bataille. Par foi, nous creons bien que mix li veniſt il laissier que faire ! »

579. Ensi disoient cil qui ne connoissoient mie la bonté Pierron. Et quant il avint chose qu'il furent entré en la bataille entre Perron et Mareham, si fu entr'aus .II. la bataille mout cruele et mout felenesse et mout fiere a regarder, quar [d] assés eſtoient li chevalier de grant prouece : si dura la bataille des prime jusques a nonne, car mout se desfendi bien Marehans. Et nonpourquant il ne li valut riens, car Pierres le conquiſt et li copa la teſte et le porta devant le roi Lucé, et li diſt : « Sire, ai je bien fait ce que je doi faire ? Eſt li rois Orcaus quites de ce dont il fu apelés ? — Certes, fait li rois Lucés, biaus freres. Il en eſt bien quites. Et tant en avés fait voiant ma baronnie que je vous tieng au meillour chevalier del monde : par coi je desir mout d'eſtre vos acointes, et d'avoir voſtre compaingnie. » Et Pierres li diſt : « Sire, vos acointes et vos amis voel je bien eſtre. Mais sans faille el point d'ore ne puis je mie demourer en ceſt païs. » Et quant li rois Lucés voit qu'il ne le porroit detenir, si traiſt a conseil le roi Orcaus et si li diſt : « Faites si que je vous truise de hui en un mois en ceſt chaſtel ou el voſtre, et que cis chevaliers i soit : car mout le desir a connoiſtre. »

au comble de la joie de l'avoir vu si bien accomplir sa
besogne. Jamais il n'y eut plus grande fête que celle que
firent à Pierre ceux du château ; tous en effet lui répétaient :
« Soyez le bienvenu, le meilleur d'entre les valeureux chevaliers ! » Le troisième jour, le roi Orcan lui dit : « Pierre, vous
m'avez si bien servi que vous le revaloir m'est impossible.
Demandez votre don, je vous l'accorderai. — Sire, je n'aurais à vous solliciter que pour une chose. Mais je la demanderais si je pensais que vous la fissiez. Sachez que vous y
trouverez un plus grand profit que vous n'imaginez. » Le roi
l'assura qu'il ne lui demanderait jamais rien qu'il ne fît pour
lui. « Je vous prie, poursuivit Pierre, de vous faire chrétien et
de laisser la mauvaise loi que vous avez jusque-là observée. »
Il se mit alors à lui enseigner comment il pourrait savoir que
sa loi était mauvaise, et il lui montra la vérité de l'Évangile et
ce qui fondait la croyance. Il lui apporta tant de preuves,
ainsi qu'à ceux du pays, qu'ils lui promirent sans aucune
réserve d'adopter le christianisme et de renier la loi sarrasine. Il envoya séance tenante chercher dans la forêt un saint
ermite qui tous les baptisa.

581. Ainsi le roi Orcan fut christianisé, et reçut, comme
nom de baptême, Lamec. Pour lui rendre hommage, ceux de
son château édifièrent une forte et belle cité ; on l'appela
Orcanie. Quand ils furent tous baptisés, le roi Lamec dit à

---

580. Atant s'emparti li rois Orcaus de Londres et revint en son
païs mout liés et mout joians de ce que si bien avoit faite sa
besoigne. Si ne veïstes onques si grant joie faire a home conme[a] cil
del chastel firent a Pierron, car tout li disoient : « Bien veigniés, li
miudres chevaliers des bons ! » Au tiers jour dist li rois Orcaus a
Pierron : « Pierres, vous m'avés tant servi que je nel vous porroie
guerredoner. Demandés vostre don et je le vous donrai. — Sire, fait
Pieres, il n'est chose que je vous requesisse, ne mais que une solement. Mais cele requerroie je se je quidaisse que vous le fesissiés. Et
saciés que vous i avrés greignour prou que vous ne quidiés. » Et li
rois li dist qu'il ne li requerra ja chose qu'il ne li face. « Je vous proi,
fait Pierres, que vous vous crestienés et laissiés la malvaise loy que
vous avés jusques ci maintenue. » Et lors li conmencha a moustrer
conment il porroit connoistre que sa loi estoit mauvaise, si li moustra
la verité de l'Euvangille et la racine de la creance. Si li dist tant, et a
ciaus del païs, que il li creanterent tout conmunement a recevoir
crestienté et a renoier la loi sarrasine. Et il envoia maintenant en la
forest querre un saint hermite qui tous les baptisa.

581. Ensi fu li rois Orcaus crestiennés, et fu apelés en non de
baptesme : Lamec. Pour l'onour de lui firent cil de son chastel cité
fort et bele, et fu apelee Orcanie. Quant il furent conmunement
crestienné, li rois Lamec dist a Pierron : « Biaus dous amis, j'ai fait

Pierre : « Cher et doux ami, j'ai fait en partie ce que vous m'avez demandé. À présent je désire que vous accédiez sur un point à mon désir. » Pierre l'assura qu'il le ferait très volontiers s'il le pouvait. « Je vous demande donc, dit le roi Lamec, de prendre ma fille pour femme, à la condition que je vous investirai de tout mon territoire.

582. — Sire, répondit Pierre, vous avez accompli mon vœu le plus cher. Puisque vous avez répondu favorablement à ma requête, je ferai ce que vous me demandez. » Le roi se confondit en remerciements. On fit venir aussitôt la jeune fille, Pierre s'engagea auprès d'elle et la prit pour femme. Le jour des noces vint le roi Luce, qui fut très étonné de ce que le roi Orcan s'était fait chrétien ; néanmoins il désirait tant avoir la compagnie de Pierre que, loin de vouloir, au motif qu'il était[1] chrétien, la fuir, il la partagea volontiers. Dans la cité d'Orcanie, les noces furent fastueuses et solennelles ; le roi Luce y demeura huit jours pour faire compagnie à Pierre. Il l'appréciait fort, en effet, tant pour sa beauté que pour sa valeur, plus que tout autre chevalier ; et pendant les huit jours où le roi Luce séjourna au château, Pierre lui fournit tant d'arguments et d'encouragements concernant Jésus-Christ qu'il se convertit à la foi chrétienne à condition qu'aussi longtemps qu'il vivrait Pierre serait son compagnon d'armes et de chevalerie. Pierre le lui promit de tout cœur, et lui tint loyalement sa promesse. En effet, jusqu'à la fin de ses

---

une partie de ce que vous me requesîstes. Or vous re[e]quier je que vous faciés d'une chose ma volenté. » Et Pierres dist qu'il le fera mout volentiers se il le puet faire. « Je vous requier dont, fait li rois Lamec, que vous prendés ma fille a feme, par ensi que je vous saisirai de toute me terre.

582. — Sire, fait Pierres, vous feïstes ma requeste de ce que je plus desiroie. Et pour ce que vous le feïstes, ferai je ce que vous me requerés. » Et li rois l'en mercie mout. Et fu la pucele tout maintenant mandee, si le fiancha Pierres et le prist a feme. Et le jour que les noces furent, vint li rois Lucés qui mout s'esmerveilla durement de ce que li rois Orcaus s'estoit crestïennés ; et nonpourquant il desiroit tant a avoir la compaingnie de Pierron que, pour ce s'il est crestïens, ne volt il onques eschiver sa compaingnie, ains fu mout volentiers o lui. En la cité d'Orcanie furent les noces grans et plenieres ; si i demoura li rois Lucés .VIII. jours pour faire compaingnie a Pierron. Car il le prisoit mout de biauté et de bonté, plus que chevalier que il onques veïst ; et dedens ces .VIII. jours que li rois Luces i demoura, li dist Pierres unes choses et autres, et tant li amonnesta de Jhesu Crist que il se crestïenna par couvent que tant com il vivroit, seroit Pierres ses compains d'armes et de chevalerie. Et Pierres li creanta volentiers, et li tint loiaument son creant. Car

jours, il resta en sa compagnie et l'aima plus que tous, et c'est ainsi que le roi Luce et tous ses hommes furent chrétiens, à l'incitation de Pierre. Monseigneur de Boron, qui translata cette histoire de latin en roman (sa traduction est sans défaut), et la véritable histoire sont là pour l'attester[2]. Pierre maintint longtemps son territoire en grande autorité, et engendra un fils qui se nomma Herlan et qui fut un preux et valeureux chevalier. Quand Pierre eut trépassé, le pays demeura aux mains de son héritier qui en fut roi et eut pour femme la fille du roi d'Irlande, union de laquelle naquit un descendant appelé Méliant. De ce Méliant descendit un autre qui se nomma Argistre. Celui-ci fut extrêmement habile et eut deux enfants : une fille, et un garçon du nom d'Hector ; cet Hector fut un des meilleurs chevaliers du monde, puis il fut roi et eut pour femme la fille du roi de Norgales, dont il eut Loth d'Orcanie qui par la suite fut roi et prit pour femme la sœur du roi Arthur, demoiselle belle et agréable, dont il eut quatre fils.

583. Le premier, nommé Gauvain, fut très bon chevalier, preux et valeureux — mais excessivement débauché. Le deuxième se nomma Agravain, moins bon chevalier, et extrêmement orgueilleux. Le troisième, Guerrehet de son nom, excellent chevalier, très beau, preux et hardi, supporta beaucoup de souffrance et de fatigue mais en fin de compte mourut vilainement de la main de Bohort de Gaunes[1]. Le

---

tant com il vesqui li tint il compaingnie et l'ama sor tous homes ; et ensi fu li rois Lucés crestiens, et tout si home par l'amonnestement de Pierron. Car mesire Robers de Borron qui ceste estoire tranllata de latin en romans, et la vraie estoire, le tesmoigne : car sans faille cis le translata. Et Pierres maintint la terre longement en grant force, et engendra un fill qui ot non Herlans et fu uns chevaliers vaillans et prous. Et quant Pierres fu trespassés de cest siecle, la terre remest a son oir qui en fu rois et ot a feme la fille au roi d'Yrlande, ou il engendra un oir qui ot non Melians. Et de celui Meliant descendi uns autres qui ot non Argistres. Et cil fu sages durement et ot a fille une damoisele, et un vallet qui ot a non Hector, et cil Hector fu uns des miudres chevaliers del monde ; et puis fu il rois et ot a feme la fille au roi de Norgales, et de celi engendra il Lot d'Orcanie qui puis fu rois et ot a feme la serour au roi Artu, damoisele bele et plaisant, et de celi engendra il .IIII. fix.

583. Li premiers ot non Gavains, et fu mout bons chevaliers prous et val[/]lans ; mais trop par fu luxurious. Li autres ot non Agravains ; cil ne fu pas si bons chevaliers ; il fu orgueillous trop durement. Li tiers ot non Guerrehés, icil fu mout bons chevaliers et biaus, prous et hardis, et assés sousfri painne et traveil, mais au daerrain morut il vilainnement par la main Boort de Gaunes. Et

quatrième, du nom de Gaheriet, sans aucun doute preux et beau, et presque le meilleur de tous ses frères, ne fut pas moins valeureux que Gauvain, quoi qu'en disent les autres histoires de la Grande-Bretagne. J'ajouterai que tous ceux qui connurent Mordret le crurent vraiment fils du roi Loth d'Orcanie. Ce n'était pas le cas, il était au contraire le fils du roi Arthur[2], qui l'engendra une nuit en sa sœur — il fut, quand il apprit que c'était sa sœur, très affligé — ; c'était avant qu'il ne fût couronné. Ainsi pouvez-vous savoir que par génération directe messire Gauvain qu'on tient pour si bon chevalier est issu du lignage de Joseph d'Arimathie. Mais à présent le conte se tait sur cette lignée et retourne à Josephé, évêque, qui couronna Galaad son frère.

Galaad roi de Hocelice.

584. Le conte le dit dans cette partie : quand Josephé eut quitté Pierre et Pharam à qui il l'avait confié en garde jusqu'à sa guérison, le conte dit qu'à cheminer, sa compagnie et lui, maintes journées, ils ne trouvèrent que forêts, et bêtes sauvages dont le pays regorgeait ; elles nuisaient à maintes gens qui passaient par là : à cette époque, la Grande-Bretagne était très faiblement peuplée ; là où ils s'arrêtaient, ils annonçaient la vraie foi de Jésus-Christ et la croyance. Vous apprendrez qu'ils ne pénétraient jamais en territoire inhospitalier qu'il soit sans agir selon leur souhait avec ceux

---

li quars ot non Gaheriés : cil fu sans faille prous et biaus et pres li miudres de tous ses freres, et ne valut pas mains de Gavain, que que les autres estoires de la Grant Bretaingne en dient. Et saciés que tout cil qui connurent Mordret quidierent bien qu'il eüst esté fix au roi Loth d'Orcanie. Mais non estoit, ains estoit fix au roi Artu, et l'engendra une nuit en sa serour ; mais quant il sot que c'estoit sa serour, si en fu mout dolans, et ce fu devant ce que li rois Artus fust couronés. Ensi poés vos savoir que par droite generacion issi mesire Gavains en on tient a si bon chevalier del lignage Joseph de Barimacie. Mais or se taist li contes de ceste lignie et retourne a parler de Josephé qui vesques estoit, qui courona Galaad son frere.

584. Or dist li contes en ceste partie que quant Josephés[a] se fu partis de Pierron et de Pharam a qui il l'avoit conmandé a garder tant qu'il fust garis, si dist li contes qu'il erra tant entre lui et sa compaignie par maintes journees qu'il ne trouverent se forés non et bestes sauvages dont li païs estoit tous plains : si faisoient mal a maintes gens qui par illoc passoient : car a celui tans ert la Grant Bretaigne mout povrement pueplee de gent ; et par la ou il venoient, il anonçoient la vraie foi Jhesu Crist et la creance. Et saciés qu'il ne venoient onques en si estrange terre qu'il ne feïssent auques de lor volenté de ciaus que il trouvoient. En tel maniere erra Josephé entre

qui le peuplaient. Josephé et sa compagnie voyagèrent longtemps de cette manière dans les terres étrangères ; il réussit à
aller en Irlande, en Écosse et au pays de Galles, et finalement, quand il eut tant cheminé qu'il eut dispersé ses
parents par des terres éloignées en les laissant les uns ici, les
autres là pour prêcher et annoncer la sainte Loi de Jésus-
Christ, il lui prit envie de retourner à Galafort. Quand il fut
à proximité, il constata que le château était deux fois plus
grand qu'à son départ ; ce n'était pas surprenant, car il l'avait
quitté depuis plus de quinze ans ; et il était entouré de plusieurs abbayes que les hommes de bien y avaient construites
depuis qu'il en était parti.

585. Arrivé à Galafort, Josephé découvrit que sa mère
était morte ; elle était enterrée[1] dans une abbaye près du château. Mais il trouva à son retour en Galaad son frère, qu'il
avait laissé petit et si faible à son départ, un chevalier prodigieux ; il avait reçu l'ordre de chevalerie de la main de Nascien : Josephé fut émerveillé du progrès qu'il constata en lui.
C'est un accueil brillant et chaleureux que ceux de Galafort
réservèrent à Josephé, à son père et sa compagnie, et ils les
reçurent très dignement ; jamais on ne vit se manifester une si
grande joie que celle que le duc Ganor témoigna à son père :
son retour au pays l'enchantait. Josephé s'enquit avec
empressement des qualités de Galaad son frère ; le duc
Ganor lui dit qu'il était le meilleur chevalier du territoire, et

---

lui et sa compaingnie grant piece par les estranges terres, et fist tant
qu'il ot esté en Yrlande et en Escoce et en Gales ; et au
da[57a]errain, quant il ot tant erré qu'il ot departis ses parens par
estranges terres et les ot laissiés les uns cha et les autres la pour
preeschier et pour anoncier la sainte loy Jhesu Crist, si li prist a la
parfin talent de repairier a Galafort. Et quant il i vint pres, si vit que
li chastiaus estoit amendés au double plus qu'il n'estoit quant il s'emparti ; et ce n'iert mie de merveille : car il i avoit fors esté plus de .xv.
ans ; et avoit entour pluisours abeyes que li prodome i avoient faites
puis qu'il s'en parti.

585. Quant Josephés vint a Galafort, si trouva que sa mere[a] estoit
trespassee de cest siecle ; et estoit enteree[b] en une abeïe dejouste le
chastel. Mais Galaad son frere, qu'il ot laissié petite chose et si povre
quant il s'en ala, au revenir le trouva il chevalier merveillous ; et avoit
receü l'ordre de chevalerie de la main Nascien : si s'esmerveilla mout
de ce qu'il le vit si creü. Mout firent grant joie et grant feste cil de
Galafort a Josephé et a son pere et a sa compaingnie, et les rechurent
a grant honour : si ne fu onques mais faite si grant joie come li dus
Janors fist a son pere : car mout li plaisoit ce qu'il estoit venus el
païs. Et Josephés demanda mout des teches Galaad son frere, et li
dus Ganor li dist qu'il estoit li miudres chevaliers de la terre, et

le plus vertueux qu'on pouvait trouver. Entendant ce propos, Josephé fut au comble du bonheur et il l'en chérit davantage. Le premier mois où Josephé séjournait à Galafort, il arriva que ceux du royaume de Hocelice (depuis appelé Galles) lui firent savoir qu'ils étaient sans seigneur : leur roi était mort récemment. Ils le prièrent pour cela de leur en envoyer un digne de porter couronne et capable de tenir la terre.

586. Josephé consulta le duc Ganor et Nascien sur la décision à prendre. « Car si la terre, dit-il, reste longtemps sans seigneur, il est impossible qu'elle n'aille pas à sa perdition. Voilà pourquoi je vous prie de me conseiller un homme de bien que je pourrai y envoyer. — Laissez-nous donc en délibérer, répondirent-ils, et demain nous vous dirons ce qu'il convient de faire. » Le lendemain, ils vinrent le trouver : « Seigneur, nous le déclarons sur nos âmes, et sur tout ce que nous tenons de Dieu : nous ne connaissons aucun homme aussi digne de tenir un grand royaume que Galaad votre frère. Et sachez-le bien, nous ne le disons pas tant pour lui que pour Dieu. — N'ajoutez rien, ordonna-t-il : je dois encore prendre conseil ailleurs. » Il convoqua alors douze des plus justes qu'il connaissait sur le territoire. À leur arrivée, il leur répéta les propos qu'il avait tenus au duc Ganor et à Nascien ; ils dirent qu'ils délibéreraient, et qu'ils donneraient la réponse le lendemain ; il leur accorda ce répit.

---

li plus prodom de son cors qu'i couvenist a querre. Et quant Josephé entendi ceste parole, si en ot mout grant joie en son cuer et mix l'en ama. Dedens le premier moys que Josephés fu venus a Galafort, avint que cil del roiaume de Hocelise, qui puis fu apelee Gales, li manderent qu'il estoient sans signour : car lor rois estoit mors novelement. Et pour ce li proiierent il que il lor envoiast tel signour qui fust dignes de porter courone et qui eüst pooir de tenir la terre.

586. Quant Josephés oï ce, si s'en conseilla au duc Ganor et a Nascien qu'il en porroit faire. « Car se la terre, fait il, demore gaires sans signour, il ne puet estre qu'ele ne voist a perdicion. Et pour ce vous proi je que vous me conseilliés d'un prodome que je i porrai envoiier. — Ore nous en laissiés, font il, conseillier, et demain vous en dirons ce que bon ert. » A l'endemain vinrent a lui, si li disent : « Sire, nous disons sor nos ames, et sor quanques nous tenons de Deu, que nous ne savons nul home si digne de tenir un grant roiaume conme est Galaad vostre frere. Et bien saciés que nous nel disons mie tant solement pour lui, [b] tant coume nous faisons pour Dieu. — Or vous en taisiés, fait il. Car encore le demanderai je aillours. » Lors mande devant lui .XII. des plus prodomes qu'il savoit en la terre. Et quant il furent venu devant lui, si lor dist ce qu'il avoit dit au duc Ganor et a Nascien ; et il disent que il se conseilleroient,

Le lendemain, ils se présentèrent devant lui et lui firent la même réponse que les autres. Après qu'ils eurent parlé, il convoqua son frère : « Cher frère, je vous investis du royaume de Hocelice, sur le conseil et sur l'avis des hommes de bien d'ici : la décision ne m'appartient pas[1]. J'avais cependant la conviction que vous possédiez les qualités suffisantes pour recevoir un aussi grand honneur. » Galaad s'agenouilla devant lui pour en accueillir le don.

587. Deux jours après, Nascien, Josephé, Ganor et Galaad partirent de Galafort, emmenant avec eux une grande compagnie de chevaliers ; après avoir chevauché plusieurs jours, ils parvinrent au territoire de Hocelice ; ils y furent fêtés et accueillis très joyeusement. Le jour de Pentecôte, en une cité qu'on appelle Palagre, on couronna Galaad, qui fut sacré et oint de la main même de Josephé. La fête du couronnement ayant duré le temps qu'ils voulurent, Galaad resta sur le territoire ; il y fut très aimé. Et finalement après sa mort en son honneur on changea le nom du pays pour celui de Galles ; et jamais, depuis, cette terre ne changea de nom, et jamais elle ne s'appellera autrement jusqu'à la fin du monde[1]. Ce Galaad prit pour femme la fille du roi des Lointaines Îles, et en elle il engendra Liénor. De ce Liénor naquit en filiation directe le roi Urien qui accomplit à son époque tant de prouesses qu'il fut compagnon de la Table ronde. De même

---

et a l'endemain li rendroient respons de sa demande, et il lor donna le respit. A l'endemain vinrent devant lui, et li disent ce meïsmes que li autre li avoient dit. Et quant il li orent ce dit, si apela son frere devant soi, et li dist : « Biaus frere, je vous ravest del roiaume de Hocelice, par le los et par le conseil des prodomes de ceste terre, car par moi ne le fai je mie. Et si pensoie je bien et savoie qu'il avoit assés bonté en vous por recevoir une si grande honnour come est ceste. » Et cil s'ajenoulle devant lui et en reçoit le don.

587. Au tiers jour après, se partirent de Galafort Nascien et Josephé et Ganor et Galaad, et enmenerent avoc aus grant compaingnie de chevaliers ; et chevaucierent tant par lor journees qu'il en vinrent en la terre de Hocelice, et furent illoc receü a mout grant joie et a mout grant feste. Le jour de Pentecouste, en une cité que on apele Palagre, couronerent Galaad et fu sacrés et enoins de la main meïsmes Josephé. Quant la feste ot duré del couronement tant com il lor plot, Galaad remest en la terre, et i fu mout amés. Et tant que après sa mort changierent il a la terre son non, et l'apelerent Gales pour l'onour de lui ; ne onques puis ne li fu cis nons changiés, ne ne sera jamais tant come li siecles duerra. Cil Galaad prist feme la fille au roi des Lontainnes Illes, et en li engendra Lyenor. Et de celui Lyenor fu la droite engendreüre au roi Urien qui tant fist de prouece a son tans qu'il fu compains de la Table Reonde. Et ausi fu

messire Yvain son fils[2] le fut, avant de mourir dans les plaines de Salesbières à la bataille qui opposa le roi Arthur à Mordret[3], là où ce Mordret fut tué, et le roi Arthur blessé à mort de la main même de ce Mordret[4].

588. Un jour, le roi Galaad chevauchait dans une grande plaine après avoir chassé toute la journée ; il lui arriva qu'ayant égaré tous ses chiens il sortit de la forêt à l'heure où, la nuit tombée, il ne pouvait voir que difficilement, ce qui lui fit perdre son chemin et aller au travers d'une lande. Il avait erré jusqu'à minuit en homme qui s'éloignait toujours de l'endroit qu'il croyait approcher, quand il remarqua dans une large fosse un feu aussi ardent que si l'on y avait jeté une importante quantité de bois. Il avança de ce côté ; attentif, il réfléchissait à ce qu'il voyait, lorsqu'il entendit une voix :

589. « Ah ! Galaad, si mes proches parents étaient ici comme toi, je ne supporterais pas, comme je le fais, cette douleur et cette angoisse ! » Quand Galaad l'entendit l'appeler son parent, il fut stupéfait et néanmoins lui demanda : « Créature qui me parles, dis-moi qui tu es et pourquoi tu es livrée à ce supplice : je suis impatient de le savoir. — Je suis, répondit-il, Siméon, un de tes parents dont tu as maintes fois entendu parler. Cette souffrance est imposée à mon corps pour l'expiation d'un péché que j'ai commis naguère envers Pierre. Tu as bien entendu parler de quoi il retourne. Mais au nom de Dieu, et pour me soulager, fais en sorte

---

mesire Yvains ses fix et morut es plains de Salesbieres en la bataille qui fu entre le roi Artu et Mordret, la ou cil Mordrés fu ocis, et li rois Artus navrés a mort par la main de celui Mordret meïsmes.

588. Un jour chevauchoit li rois Galaad parmi une grant plaigne et ot chacié toute jour a journee, se li avint ensi qu'il ot perdu tous ses chiens si qu'il s'en issi fors de la forest a tele ore si com il estoit anuitié, si que a painnes i pooit il veoir : et par ce perdi il son droit chemin et ala au travers d'une lande. Et quant il ot alé jusques a mienuit conme celui qui ne finoit d'eslongier le [d] lieu qu'il quidoit aprocier, si regarda et vit en une fosse lee un feu ardant ausi com s'il i eüst grant plenté de buisse alumee. Il aproce cele part et en ce qu'il i esgardoit et pensoit a cele chose, il oï une vois qui li dist :

589. « Ha ! Galaad, se mi prochain parent fuissent ci ausi conme tu es, je n'i souffrisse mie tel dolour et tele angoisse conme je fais. » Quant Galaad ot que cil le claimme son parent, il en devient tous esbahis, et nonpourquant il li dist : « Chose qui a moi paroles, di moi qui tu es et pour coi tu es livrés a tel tourment, car trop le desir a savoir. — Je sui, fait il, Symeü, uns tien parent dont tu as maintes fois oï parler. Si est li miens cors mis en ceste dolour pour espanir un pecié que je fis jadis envers Pierron. Si as bien oï dire que ce fu. Mais pour Dieu et por moi alegier, fai tant que en ceste place ou je

qu'à l'emplacement où je me trouve il y ait quelque communauté religieuse où l'on prie pour moi Notre-Seigneur
d'avoir, par sa douce pitié, quelque miséricorde pour moi. —
Siméon, continua Galaad, en vérité j'ai souvent entendu parler de toi. Tu es mon proche parent. Mais dis-moi donc si
cette douleur où tu es plongé finira jamais. — Je te répondrai, si tu me garantis de faire ce que je te dis. — Je te le
promets, déclara Galaad : et je ferai encore plus, parce que
tu es mon parent. En effet, j'y ferai établir une abbaye, et
ferai recommander de mon vivant qu'une fois mort j'y sois
inhumé, ce qui allégera ton âme : j'en suis persuadé, l'abbaye
prospérera beaucoup dès que j'y serai enterré. » Il l'en remercia beaucoup.

590. Siméon dit alors à Galaad : « Sache-le, cette peine ne
me frappe pas pour l'éternité. En effet, sitôt que le bon chevalier, appelé Galaad, viendra pour me visiter, le feu s'éteindra pour signifier qu'il n'aura pas eu en lui le moindre feu
par tentation de luxure. Et à ce moment cesseront les aventures qui arriveront dans ce pays par la venue du saint
Graal. » Siméon cessa de parler, incapable de proférer une
parole de plus[1]. Voyant qu'il n'ajouterait pas un mot, le roi
Galaad prit la route et s'en revint à son point de départ. À
son arrivée, il trouva sa maisonnée très inquiète et consternée
à son sujet : ses gens redoutaient quelque accident. Le lendemain, le roi fit convoquer aux quatre coins du royaume

---

sui ait aucune religion ou on deprit Noſtre Signour pour moi, que il
par sa douce pitié ait merci de moi. — Symeü, fait Galaad, voirement
ai je oï souventes fois parler de toi. Tu es mes parens prochains.
Mais or me di se ceſte dolour ou tu es ens te faura ja. — Je te le
dirai, fait Symeü, se tu me creantes a faire ce que je te di. — Je te le
creant, fait Galaad : et encore te ferai je plus pour ce que tu es mes
parens. Car je i ferai une abeye eſtorer, et ferai conmander en mon
vivant que quant je serai mors, que je i soie enterés, et ce sera alegement a t'ame. Car je sai bien que l'abeye amendera mout si toſt come
je i serai mis. » Et cil l'en mercie mout.
590. Lors diſt Symeü a Galaad : « Saciés que ceſte painne ne m'eſt
mie pardurable. Car si toſt come li Bons Chevaliers i venra, qui sera
apelés Galaad, pour moi visiter, eſtaindra li fus en senefiance qu'il
n'avra eü en lui point de fu d'eſchaufement de luxure. Et en tel tans
fauront les aventures qui en ceſt païs avenront par la venue del Saint
Graal. » Atant laissa Symeü a parler, que plus ne pot parole traire. Et
quant li rois Galaad vit qu'il n'i parleroit plus, si s'en entra en son
chemin et s'en revint dont il eſtoit venus devant. Et quant il i fu
venus, si trouva sa maisnie mout esmaiie et mout desconfortee pour
lui : car il avoient paour qu'il ne li fuſt mesavenu en aucune maniere.
A l'endemain fiſt li rois mander pres et loing par toute la terre

maçons et charpentiers, et fit fonder, là où Siméon se trouvait, une abbaye de la Trinité. Il fit son affaire de l'installation et de la subsistance des moines. Après les y avoir établis le plus confortablement possible, il éleva en dignité et en grandeur l'endroit aussi longtemps qu'il vécut. Et quand il eut trépassé, on traita sa dépouille de telle manière qu'elle aurait bien pu demeurer là deux cents ans avant de se décomposer ; puis ils le déposèrent, armé de chausses de fer, sous une lame d'or de telle façon que furent placés à son côté son heaume et son épée, et à son chevet sa couronne ; après, ils le recouvrirent d'une splendide pierre tombale qui par la suite ne put être bougée avant la venue de Lancelot qui la souleva à grand-peine. Mais le conte s'en tait, et retourne à Josephé : comment le roi Mordrain lui donna son écu, et comment Josephé saigna du nez et fit avec le sang une croix sur l'écu avant de le rendre au roi.

Mort de Josephé.

591. Le conte dit qu'après avoir couronné son frère Galaad et l'avoir quitté, Josephé chemina jusqu'à parvenir à Galafort. À son arrivée, on lui dit que son père était mort ; il en fut très abattu : il aimait son père d'une rare affection. Lui-même était très faible, à force de jeûner et de veiller ; il alla rendre visite, ainsi malade et accablé, au roi Mordrain, dans l'abbaye même que le roi avait fondée[1]. Il le salua, et le

---

maçons et charpentiers, et fist fonder, la ou Symeüs estoit, une abeye de la Trinité. Et il quist tot l'estorement et tout le vivre as moines. [d] Et quant il les i ot mis si couvenables com il pot, si essaucha et acrut le lieu tant com il vesqui. Et quant il fu trespassés de cest siecle, on l'atourna en tel maniere que bien peüst illoc demourer .cc. ans ançois qu'il pourresist ; et puis l'armerent de chauces de fer, et le misent desous une lame d'or en tel maniere que delés lui fu son hiaume, et s'espee a son chavés et sa courone ; et après misent desus une tombe bele et riche qui puis ne pot estre remuee devant ce que Lanselos i venist, qui le leva a grant painne. Mais atant se taist li contes de ce, et retorne a parler de Josephé", conment li rois Mordrains li donna son escu, et Josephé sanna par le nés et fist del sanc une crois en l'escu et le rendi au roi.

591. Or dist li contes que quant Josephé ot couroné son frere Galaad, et il se fu partis de lui, il erra tant qu'il en vint a Galafort. Et quant il i fu venus, on li dist que ses peres estoit trespassés de cest siecle ; si en fu mout desconfortés, car mout amoit son pere de grant amour. Et il meïsmes fu mout febles de jeüner et de veiller ; si ala veoir le roi Mordrain, tous malades et tous deshaitiés, en cele abeye meïsmes que li rois fist fonder. Et il le salua, et li rois li dist que bien fust il venus : car mout l'avoit desiré pour ce que si lonc tans avoit

roi lui souhaita la bienvenue : il avait beaucoup espéré cette
venue de Josephé, resté si longtemps hors du pays. Le roi lui
demanda comment il allait ; mieux, lui dit-il, que d'habitude :
« Et sachez, ajouta-t-il, que je trépasserai demain à l'heure de
prime : c'est ce que m'a fait savoir le Haut-Maître. »

592. En entendant ce propos, le roi se mit à pleurer à
chaudes larmes, et dit à Josephé : « Seigneur, je resterai donc
tout seul, moi qui par amour pour vous et pour les qualités
que je savais en vous pour les y avoir trouvées, avais quitté
mon territoire, mon pays ; au nom de Dieu, je vous prie de
me laisser quelque souvenir, pour me réconforter après
votre mort. » Josephé lui répondit qu'il le ferait de tout
cœur. Il se mit à réfléchir à ce qu'il pourrait lui laisser, et lui
dit alors : « Sire, faites-moi apporter cet écu que vous avez
porté dans la bataille, quand vous avez combattu contre le
roi Tholomé. » Le roi le lui fit apporter séance tenante : il
l'avait toujours auprès de lui ; il n'aurait pas passé un seul
jour sans l'embrasser deux ou trois fois.

593. Au moment où l'on apportait cet écu devant lui,
Josephé fut pris d'un saignement de nez impossible à arrêter.
Il prit l'écu pour y tracer une croix de son propre sang. Puis,
le confiant au roi Mordrain, il lui dit : « Sire, j'ai fait sur cet
écu une croix avec mon propre sang : vous ne le porterez
jamais sans vous souvenir de moi. La croix que j'ai dessinée,
en effet, restera fraîche et rouge vif comme maintenant, aussi

---

esté fors del païs. Si li demanda conment il li estoit, et il li dist que il
li est mix qu'il ne soloit. « Et saciés, fait il, que je trespasserai demain
a ore de prime : car tout ensi le m'a li Haus Maistres mandé. »

592. Quant li rois oï cele parole, si conmencha mout durement a
plourer, et dist a Josephé : « Sire, ore demouerrai je tous seus, qui
pour l'amour de vous et pour les biens que je savoie en vous et avoie
trouvé, avoie je laissié ma terre et mon païs ; et pour Dieu je vous
proi que vous me laissiés aucune chose de par vous, en ramenbrance
de confort après vostre trespassement. » Et il dist que ce feroit il
mout volentiers. Lors conmencha [e] a penser quel chose il li porroit
laissier, et lors li dist : « Sire, faites moi aporter cel escu que vous
portastes en la bataille, quant vous vous combatistes encontre le roi
Tolomer. » Et il li fist aporter tout maintenant car il l'avoit adés o
soi ; ne ja ne fust un jor qu'il ne le baisast .ii. fois ou .iii.

593. A celui point que cis escus fu aportés devant Josephé, avint
il qu'il conmencha a saner parmi le nés, si qu'il ne pot estre
estanchiés. Et il prist l'escu et i fist une crois de son sanc meïsmes.
Puis le bailla au roi Mordrain, et li dist : « Sire, je ai fait en cest
escu une crois de mon sanc meïsmes[a] : sil ne tenrés jamais l'escu
qu'il ne vous souviengne de moi. Car la crois que j'ai faite duerra a
tous jours ausi fresche et ausi vermeille come ele est orendroit, tant

longtemps que l'écu durera ; jamais nul chevalier ne le pendra à son cou jusqu'au moment où Galaad le très bon chevalier viendra pour le faire. Que personne par conséquent ne
soit téméraire au point de s'y risquer jusqu'à la venue de
celui à qui il est destiné. De même, en effet, que cet écu est
plus merveilleux que tout autre, de même ce Galaad surpassera en valeur militaire tous les chevaliers. » Le roi, prenant
alors l'écu, se mit à le couvrir de tendres baisers, et murmura
tout en pleurs : « Ah ! Dieu, soyez béni, de m'avoir empêché
de voir cette croix ! » Il dit alors à Josephé : « Seigneur,
puisque vous me laissez un si précieux souvenir de vous,
dites-moi où je pourrai déposer cet écu : je voudrais le
conserver dans un endroit où le Bon Chevalier pût le trouver. — Je vous conseille, répondit Josephé, de le placer où
Nascien se fera mettre après sa mort. Rangez-y l'écu : là,
sans aucun doute, le Bon Chevalier viendra quatre jours
après avoir reçu l'ordre de chevalerie. » Le roi dit qu'il ferait
ainsi. Il fit déposer l'écu à l'endroit habituel. Le lendemain,
Josephé mourut comme il l'avait annoncé la veille, et il fut
enterré dans cette abbaye même. Par la suite ceux d'Écosse
y vinrent pour emporter le corps dans leur pays — une
grande famine y sévissait. Le fait est avéré, et l'*Histoire du
saint Graal* en témoigne : à l'arrivée de la relique, il vint sur le
territoire tant de bien en toutes choses qu'ils l'affirmèrent :
c'était l'effet des miracles de Notre-Seigneur en sa faveur. Le

---

come li escus duerra ; ne jamais nus chevaliers qui soit ne le pendra a
son col jusques a tant que Galaad li Tres Bons Chevaliers vendra qui
le pendra a son col. Et pour ce ne soit nus tant hardis qui a son col
le pende jusqu'a tant que cil viengne a qui il est conmandé. Car
autresi come cis escus est plus merveillous que autres, ausi verra on
que en cel Galaad avra plus haute chevalerie que en nul autre chevalier. » Lors prist li rois l'escu et le comencha a baisier mout doucement, et dist tot em plourant : « Ha ! Dix, benois soiés vous, qui
m'avés tolu a veoir ceste crois ! » Lors dist a Josephé : « Sire, quant
vous me laissiés[b] si bone ramenbrance de vous, dites moi ou je porrai cest escu estoier : car je volroie que il fust en tel lieu ou li Bons
Chevaliers le trouvast. — Je vous lo, fait Josefé, que vous le metés la
ou Nascien se fera metre après sa mort. Si metés l'escu illoc, car sans
faille, la venra li Bons Chevaliers au cuinquisme jour qu'il avra receü
l'ordre de chevalerie. » Et li rois li dist que ensi le fera il. Si fist metre
l'escu el lieu ou il soloit estre. L'endemain trespassa Josephé del
siecle tout ausi com il avoit dit le jour devant, et fu enterés en cele
abeye meïsmes. Puis en vinrent la cil d'Escoce et enporterent le cors
en lor terre pour une grant famine qui i estoit. Si fu verités prouvee,
et l'*Estoire del Saint Graal* le tesmoigne, que en la venue del saint
cors vint en la terre tant de bien de toutes choses qu'il disent vraie-

corps fut enterré dans une abbaye de Glay. Mais à présent le conte n'ajoute rien sur lui et retourne à Alain. Comment un prêtre baptise le roi de la Terre Foraine, lépreux : Alain lui montra le saint Graal et il fut guéri.

Alain à Corbénic.

594. Le conte le dit : quand Josephé fut sur le point de trépasser, si bien qu'il ne put mieux faire que payer sa dette à la nature, il remarqua devant lui Alain qui pleurait jour et nuit. À ce spectacle, la mine très troublée, il lui demanda : « Alain, pourquoi pleurer ? — Seigneur, je pleure comme la brebis qui doit beaucoup se lamenter à rester sans gardien : très facilement, alors, le loup va se ruer sur elle. Seigneur, je dis tout cela pour vous qui êtes mon berger, quand je suis votre ouaille ; à présent vous me laissez en me quittant. — Vous gardera, répliqua Josephé, Celui qui sera bon et fidèle, non le pâtre misérable abandonnant ses brebis au loup, mais le vrai Pasteur qui pour ramener ses ouailles d'exil livra son corps à la mort. Ce Pâtre, cher et doux ami, vous gardera si bien que l'ennemi n'y pourra mettre la main[1]. »

595. Faisant alors apporter le saint Vase, Josephé dit à Alain : « Je vous investis du saint Vase, et de ce don que Jésus-Christ même fit à mon père. Quand vous trépasserez, vous pourrez en doter qui vous voudrez[1]. » Il reçut le Vase

---

ment que ce avoit fait Nostres Sires pour miracles de lui. Et fu li cors enterés en une abeye de Glay. Mais or se taist li contes de lui et retourne a parler d'Alain. Ensi com [*f*] uns prestres baptize le roi de le Terre Forainne qui mesiaus estoit, et Alains li mostra le Saint Graal et il fu garis.

594. Or dist li contes que quant Josephés fu el trespassement del siecle si qu'il ne pot plus qu'il ne rendist*a* la naturele dete, il regarda devant lui et vit Alain qui plouroit de jour et de nuit. Et quant il vit ce, si en fist chiere mout tourblee, et li dist : « Alain, por coi plourés vous ? — Sire, fait cil, je pleure ensi conme l'oeille qui mout se doit dementer quant ele remaint sans pastour : car lors assés legierement li courra li leus sus. Sire, tout ce di je pour vous qui estes mes paistres, et je vostre oeille ; et ore me laissiés et departés de moi. — Cil vous gardera, fait Josephés, qui sera bons et loiaus, et non mie paistres mescheans qui laisse ses oeilles au leu ; mais li Verais Paistres qui pour ses oeilles ramener d'escil livra son cors a mort. Icil Paistres, biaus dous amis, te gardera et metera en toi si grant garde que li ane-mis n'i porra metre la main. »

595. Lors fist Josephé aporter le Saint Vaissel et dist a Alain : « Je vous ravest del Saint Vaissel, et de cel don dont Jhesu Cris meïsmes ravesti mon pere. Et quant vous trespasserés de cest siecle, vous em porrés ravestir qui que vous voldrés. » Et il rechut le vaissel

séance tenante, au comble de la joie de se le voir confier.
Après le trépas de Josephé, Alain quitta le pays, emmenant
tous ses frères mariés à l'exception d'un seul nommé Josué.
Celui-ci n'avait pas encore de femme ; il était un des plus
beaux chevaliers du monde, et son préféré. Quand Alain fut
hors de Galafort, ses parents lui demandèrent de quel côté il
irait. « Certes, répondit-il, je ne sais pas, si ce n'eſt où le
hasard me conduira », et emmenant ses frères et cent de ses
parents, il assura que de cette lignée il peuplerait quelque
territoire inculte s'il le trouvait, et y ferait de toute sa force
honorer et servir Jésus-Chriſt. Alain alla tant de cette
manière que l'aventure l'amena dans un royaume inhospitalier où il y avait pléthore de mécréants. On appelait ce
royaume la Terre Foraine. Son roi était lépreux, et demeurait
d'habitude dans une de ses cités, nommée Maante ; ce roi
était païen, comme tous ceux du royaume.

596. À l'arrivée d'Alain dans cette cité de Maante, les
mécréants, au ſpeĉtacle de leur compagnie, se demandèrent
éberlués qui ils pouvaient être, parce qu'ils les virent pieds
nus et pauvrement vêtus. Quand le roi Kalafé entendit dire
qu'il était arrivé de nouvelles gens sur son territoire, il
ordonna qu'on les amenât, ce que l'on fit. Les voyant, il les
queſtionna sur leur état ; ils lui répondirent qu'ils étaient
chrétiens, natifs de la cité de Jérusalem. Il demanda lequel
était leur chef, et ils lui montrèrent Alain. Il lui dit : « Alain,

---

tout maintenant molt liés et molt joians de ce que il li a otroiié.
Quant Josephés fu trespassés, Alains s'en ala fors del païs et en mena
tous ses freres qui eſtoient marié fors solement un qui avoit non
Josué. Icil n'avoit mie encore feme, et eſtoit uns des plus biaus chevaliers del monde, et celui qui Alain amoit mix de tous ses freres.
Quant Alains se fu partis de Galafort, si parent li demanderent quele
part il iroit. « Certes, fait il, je ne sai, fors la ou aventure me menra »,
et il enmena ses freres et .c. de ses parens, et diſt que de cele lignie
puepliroit aucune gaſte terre s'il le trouvoit, et i feroit de tout son
pooir honerer et servir Jesu Criſt. Tant ala Alains en tel manie[ſ 8 a]re
que aventure l'enmena en un eſtrange roiaume ou il avoit plenté de
mescreant gent. Si apeloit on le roiaume la Terre Forainne. Si eſtoit li
rois del roiaume mesiaus, et demouroit acouſtumeement en une soie
cité que on apeloit Maante, et eſtoit cis rois païens, et tout cil del
roialme autresi.

596. Quant Alains vint en la cité qui Maante eſtoit apelee, li mescreant qui virent lor compaignie s'esmerveillierent mout quels gens
il eſtoient, pour ce que il les virent nus piés et en povres veſtemens.
Et quant li rois Kalafés oï dire qu'il avoit venu nouveles gens en sa
terre, si conmanda que on les li amenaſt, et on si fiſt. Et quant il les
vit, il lor demanda de lor eſtre, et il li disent qu'il eſtoient creſtien, et

saurez-vous me guérir de ma maladie ? — Sire, oui, si vous faisiez ce que je vous indiquerais : je prétendrais vous redonner la pleine santé dans les trois jours. — Si vous me le garantissez, reprit Kalafé, vous ne m'ordonnerez rien que je ne fasse. — Comment vous croire ? dit Alain. — Vous pouvez me croire à coup sûr, affirma-t-il : il n'est rien au monde que je ne ferais pour avoir la santé. — Par ma foi, dit Alain, je vous dirai ce qu'il vous faudra faire ; si vous ne le faites pas, jamais vous ne guérirez. — Parlez, s'impatienta le roi : soyez certain que je le ferai.

597. — Roi, si tu veux guérir un jour, il te faut laisser la loi sarrasine, et brûler les idoles que tu as longtemps adorées. Quand tu auras renié l'ennemi dans les liens de qui tu as si longtemps été, tu recevras la loi de Jésus-Christ, et seras baptisé : autrement tu ne pourrais pas être bon chrétien. Quand tu seras christianisé, je te montrerai un saint Vase à la seule vue duquel tu seras purifié, guéri de ta lèpre, si bien qu'on ne verra plus trace de ta maladie. Si je ne réalise pas ce que je prétends, je consens que tu me fasses couper la tête, ainsi qu'à mes compagnons. » Le roi, fort désireux de guérir, s'étonna beaucoup en entendant sa promesse, et dit : « Je vais suivre ton conseil. Mais sois bien certain que, si tu ne tiens pas ce que tu me promets, je

---

nés de la cité de Jherusalem. Et quant il oï ce, si demanda liquels estoit sires d'els, et il li moustrerent Alain. Et cil li dist : « Alain, me savrés vous conseillier de ma maladie ? — Sire, fait il, oïl, se vous faisiés ce que je vous enseigneroie : je vous quideroie rendre sain et haitié dedens .iii. jours. — Se vous me creantés ce, fait Kalafés, vous ne me conmanderés ja chose que je ne face. — Et conment vous en querrai je ? fait Alains. — Seürement m'en poés croire, fait il : car il n'est riens el monde que je ne feïsse pour santé avoir. — Par foi, fait Alains, dont vous dirai je qu'il vous couvenra faire, et se vous ne le faites, jamais n'i garirés. — Or dites, fait li rois : car saciés tout vraiement que je le ferai.

597. — Rois, dist Alains, se tu vels jamais garir, il te couvient laissier la loy sarrasine, et ardoir les ydoles que tu as longement aourés. Et quant tu averas renoiié l'anemi en qui loiens tu as si longement esté, tu recevras la loy Jesu Crist, et seras baptiziés, car autrement n'i porroies tu pas estre bons crestiens. Et quant tu seras crestiennés, je te mosterrai un saint vaissel de qui veoir solement tu seras mondés et garis de la meselerie que tu as, si qu'il ne te parra ja que tu aies esté mesiaus. Et se je nel fais, ce que je te di, je otroi que tu me faces le chief coper, et a tous mes compaingnons ausi. » Quant li rois, qui mout estoit desirans de sa garison, oï la promesse que cil li faisoit, si s'en esmerveilla mout, et dist : « Je ferai ce que tu me conseilles. Mais bien saces vraiement, se tu nel fais, ce que tu me promés, je

te punirai avec une telle rigueur qu'on en parlera à tout jamais. — Roi, dit Alain, fais de moi tout ce que tu voudras, si tu n'es guéri le jour même où tu deviendras chrétien. » Le roi ordonna d'abattre le temple où ses dieux faisaient l'objet d'un culte d'adoration, après quoi il fit briser et brûler les idoles. Une fois qu'il eut détruit toutes ces choses où la loi païenne s'imposait à l'esprit, Alain fit emplir une cuve d'eau jusqu'au bord. Quand elle fut bénie et marquée du signe de la croix, comme elle devait l'être, le roi Kalafé y entra et reçut le baptême d'un prêtre appelé Alfasem[1] ; par amour pour lui, une sainte créature, ils donnèrent son nom au roi. Après qu'il eut été baptisé, Alain apporta le saint Vase ; il arriva une si belle aventure que, tout aussitôt qu'il le vit, le roi fut guéri et purifié de sa lèpre. À constater son heureuse fortune qu'il croyait impossible, il affirma que c'était un Vase très saint et béni, et que c'étaient des serviteurs de Jésus-Christ ; aussitôt, ce miracle le rendit si zélé qu'il fit tuer tous ceux qui se refuseraient à devenir chrétiens ; c'est pourquoi le territoire entier fut converti en moins d'un mois.

598. Le royaume de la Terre Foraine ainsi converti à la loi de Notre-Seigneur, le roi demanda à Alain : « Cher et doux ami, je vous implore au nom de Dieu de faire pour moi une chose que je vous demanderai. — Sire, répondit Alain, dites-le-moi donc et si possible je le ferai. — Alain, poursuivit le roi, ce que je vous demande, c'est que le très saint Vase

---

ferai de toi si grant justice qu'il en sera parlé a tous jours mais. — Rois, dist Alains, fai de moi quanque tu voldras, se tu n'es garis le jour meïsmes que tu seras crestïennés. » Lors fist li rois aba[b]tre li temple ou si dieu estoient cultivé et aouré, et aprés ce fist il les ydoles depecier et ardoir. Et quant il ot destruites toutes ces choses ou on pooit entendre la loy paienne, si fist Alains emplir une cuve d'aigue toute plainne. Et quant ele fu beneïe et pourseignie si com ele devoit, li rois Kalafés entra dedens et rechut baptesme d'un prouvoire qui estoit apelés Alfasem ; et pour l'amour de celui, qui estoit sainte chose, apelerent le roi Alfasem. Et quant il fu baptisïés, Alains aporta le Saint Vaissel ; et il avint si bele aventure que tout maintenant come li rois le vit, fu il garis et mondés de sa meselerie. Et quant il vit que si bien li estoit avenu qu'il ne quidoit pas qu'i li peüst avenir, si dist que voirement estoit ce saintisme Vaissel et beneois, et que ce estoient des menistres de Jesucrist ; si devint maintenant pour cel miracle si prodom qu'il fist tous ciaus ocirre qui crestïien n'i volroient estre, par coi toute la terre fu convertie en mains d'un mois.

598. Quant li roiaumes de la Terre Forainne estoit ensi a la loy Nostre Signor convertis, li rois dist a Alain : « Alain, biaus dous amis, je vous requier pour Dieu que vous faciés pour moi une chose que je vous requerrai. — Sire, fait Alains, or le me dites et je le ferai se je le

demeure sur ce territoire. Sachez-le : s'il vous agrée qu'il
y reste, je bâtirai par amour pour lui un château fort et
bien situé, et je ferai encore par amour pour vous ce qui
vous honorera hautement. Je donnerai en effet à Josué votre
frère ma fille pour femme et je lui laisserai tout mon territoire, de sorte que de mon vivant je le couronnerai, pourvu
que ce Vase désormais soit sur ce territoire. » Alain l'assura
qu'il voulait bien y consentir : il avait aussi résolu d'en
investir Josué après sa mort. Le roi fit venir séance tenante
sa fille, et la donna à Josué. Puis, au bord d'un torrent, il
fit bâtir un château fort et bien situé, et faire à l'intérieur
un beau palais et une belle maison, de sorte qu'on aurait
pu difficilement trouver plus riche. Il était construit, quand
ils découvrirent sur l'une des portes une inscription récente
en lettres rouge vif : CE CHÂTEAU DOIT ÊTRE APPELÉ CORBÉ-
NIC. Ces lettres étaient écrites en chaldéen, et Corbénic,
dans cet idiome, veut dire : « le très saint Vase[1] ». Voyant le
nom écrit, ils dirent que Notre-Seigneur n'en souhaitait
pas un autre. Aussi appelèrent-ils aussitôt le château Corbénic, et firent, entre autres choses, venir des gens pour
le peupler. Puis ils y apportèrent le saint Vase et le placèrent dans une chambre haute, à l'intérieur du palais seigneurial. Le dimanche après que le saint Vase eut été
apporté au palais, le roi commanda que les noces de Josué et

---

puis faire. — Alains, fait li rois, ce que je vous requier si est que li
Saintismes Vaissiaus demourt en ceste terre. Et saciés que s'il vous
plaist qu'il i demourt, je ferai pour l'amour de lui un chastel fort et bien
seant, et ferai encore pour l'amour de vous ce que vous doit tourner a
grant honour. Car je donrai a Josué vostre frere ma fille a feme et li lairai toute ma terre, si qu'en mon vivant le couronerai, pour ce que cis
vaissiaus des ore mais soit en ceste terre. » Et Alains li dist qu'il velt
bien que il remaigne, car ausi l'avoit il pourpensé de revestir ent Josué
après sa mort. Li rois a fait tout maintenant venir sa fille devant lui, si
le donne Josué. Et puis fist sor une aigue rade fermer un chastel fort et
bien seant, et fist dedens faire bel palais et bele maison, si que a
painnes peüst on plus riche trouver. Et quant il fu fermés, il trouverent
a l'une des portes letres vermeilles nouvelement escrites qui disoient :
CIS CHASTIAUS DOIT ESTRE APELÉS CORBENYC. Et ces letres estoient
escrites en caldieu, et Corbenyc valt autant en cestui language come : le
Saintisme Vaissel. Et quant il virent le non escrit, si dirent que a
Nostre Signour ne plaisoit mie qu'il fust apelés par autre non. Si
l'ape[l]lerent maintenant Corbenyc, et firent venir gens dedens pour
popler le chastel, et firent entre autres choses assés. Et quant il l'orent
pueplé, il i aporterent le Saint Vaissel et le misent en une chambre en haut,
dedens le maistre palais. Au diemence après que li Sains Vaissiaus fu
aportés el palais, li rois conmanda que les noces fuissent de Josué et

de sa fille eussent lieu ; elles furent célébrées. Ce jour-là, le roi se dessaisit de tout son territoire à l'exception d'une cité, pour en investir Josué : ceux du pays devinrent sans aucune réserve ses hommes liges.

599. Ainsi Josué fut-il seigneur et roi du territoire entier. Et le jour de la célébration des noces, tous ceux qui se trouvaient au palais furent comblés de la grâce du saint Vase, et de celle de Notre-Seigneur, de telle manière qu'aucun ne fut privé de tous les plus savoureux mets qu'on pouvait souhaiter. Cette nuit-là, Josué et sa femme couchèrent ensemble dans une chambre en bas, et c'est à ce moment que Josué engendra Aminadap, qui fut roi après lui ; il eut tout le royaume qu'on appelait la Terre Foraine. Cette nuit-là, le roi coucha dans son palais seigneurial ; on lui dressa au milieu son lit, magnifique. Durant une insomnie, son attention fut attirée par le saint Vase : il était couvert d'un samit vermeil ; et devant, un homme qu'il ne connaissait pas, sous l'apparence d'un prêtre dans la célébration de l'eucharistie. Il lui semblait qu'autour de lui on rendait grâces à Notre-Seigneur à plus de mille voix, et il entendait un bruit de plumes, un battement d'ailes aussi intense que si tous les oiseaux du monde avaient été réunis. Lorsque cette louange eut cessé, et que le saint Vase fut remis à l'endroit d'où on l'avait sorti, un homme quasiment tout de flammes se présenta au roi Alfasem étendu dans son lit, pour lui dire : « Roi, dans ce

---

de sa fille, et eles si furent. Et a celui jour se dessaisi li rois de toute sa terre fors d'une cité, et en ravesti Josué : et en devinrent outreement cil del païs si home lige.

599. Ensi fu Josué sires et rois de toute la terre. Et en celui jour que les noces furent faites, furent tout cil raempli, qui estoient el palais, de la grasse del Saint Vaissel, et de la grasse Nostre Signour, en tel maniere qu'il n'i ot celui qui n'eüst tous les biaus mengiers que on pot deviser. Cele nuit jut Josué entre lui et sa feme ensamble en une chambre aval, et a cel ore engendra il Aminadap qui fu rois après Josué ; et si tout le roiaume c'om apeloit la Terre Forainne. Celi nuit jut li rois en son maistre palais et li fu fais ses lis el milieu mout biaus et mout riches. Au soir, quant il ot dormi et il se fu esveilliés, il regarda devant lui et vit le Saint Vaissel couvert d'un vermeil samit ; et vit devant un home qu'il ne connoissoit pas, en samblance de provoire quant il est el secré de la messe. Et entour lui avoit plus de .m. vois qui rendoient grasses a Nostre Signour, ce li sambloit, et oioit entour lui un bruit de pennes et un debateïs ausi grant que se tout li oisel del monde i fuissent. Et quant cele loenge fu remese, et li Sains Vaissiaus en fu portés la dont il fu venus, uns hom ausi conme tous enflambés en vint au roi Alfasem ou il gisoit, et si li dist : « Rois, en cest palais ne doit jesir ne toi ne

palais ne doivent coucher ni toi ni personne d'autre : il serait difficile à un homme mortel de demeurer dans un endroit où le saint Vase fût honoré comme tu l'as vu. Tu as été bien téméraire en venant y dormir. Notre-Seigneur veut que justice en soit faite. » Alors il brandit une lance qu'il tenait au poing, et l'en frappa sur les deux cuisses de sorte qu'il le transperça de part en part. « À présent, que les autres se gardent de rester au Palais Aventureux ; qu'ils en soient bien persuadés : celui qui dorénavant y couchera ne pourra éviter de mourir ou d'en être chassé pour sa honte à moins d'être un valeureux chevalier. »

600. Alors il s'en alla en retirant sa lance ; le roi s'évanouit de douleur lorsqu'elle fut extraite, et demeura dans cet état le restant de la nuit si angoissé qu'il craignait bien de trépasser avant le jour. Le lendemain, le voyant si grièvement blessé, les barons, saisis d'épouvante, lui demandèrent comment cela lui était arrivé. « Ah ! chers seigneurs, au nom de Dieu, délivrez-moi en me sortant de ce palais : l'endroit y est si bon, en raison de la présence du saint Vase, que nul, sans la permission du Haut-Maître, ne doit s'y reposer. Ce palais, sachez-le, porte un nom plus digne que vous ne croyez : il se nomme le Palais Aventureux, et son appellation ne manquera pas d'être juste. En effet, des aventures merveilleuses y arriveront plus qu'en tout autre endroit, vous pouvez en être certains. »

---

autres : car a painnes devroit hom mortels demourer en lieu ou li Sains Vaissiaus fust ensi honerés conme tu as veü. Si feïs trop grant hardement quant tu i venis jesir. Et Nostres Sires velt que vengance en soit prise. » Lors laisse courre un glaive qu'il tenoit, et le fiert parmi les quisses ambes .II. si qu'il parut outre. « Ore se gardent li autre qu'il ne remaignent el Palais Aventurous ; car bien sacent il vraiement, qui des ore en avant i gerra, il n'en puet eschaper qu'il n'en muire ou qu'il n'en parte a honte s'il n'est outreement bons chevaliers. »

600. Lors s'em part et retrait son glaive, et au retraire que cil fist se pasma li rois de l'angoisse qu'il senti, et jut le [d] remanant de la nuit si angoissous qu'il quidoit bien morir ains que li jours venist. Et a l'endemain, quant li baron virent le roi si navré, si ne furent mie mains espoenté, se li demanderent conment ce li estoit avenu. « Ha ! biaus signour, por Dieu, ostés moi de cest palais delivrement. Car li lix i est si bons, pour le repaire del Saint Vaissel, que nus, sans le congié del Haut Maistre, ne s'i doit reposer. Et saciés que cis palais a plus haut non que vous ne quidiés : car il a a non le Palais Aventurous, et sans faille il iert a droit apelés. Car aventures merveillouses i avenront plus que en un autre lieu, ce saciés vos de verité. »

601. Ainsi le roi révéla-t-il le nom du palais à ceux qui l'ignoraient ; depuis, il fut ainsi appelé à cause de l'aventure arrivée au roi pendant cette nuit. Il y vint par la suite maints chevaliers qui voulurent y demeurer ; mais immanquablement, aucun n'y resta sans être au matin trouvé mort, jusqu'au moment où monseigneur Gauvain, le neveu du roi Arthur, y vint. Celui-là, sans aucun doute, ne mourut pas, mais il y subit plus de honte et d'outrage qu'il n'en aurait voulu pour le royaume de Logres. Le roi Alfasem ne survécut que dix jours à sa blessure, n'en pouvant absolument pas guérir. Alain et lui trépassèrent et furent enterrés l'un à côté de l'autre dans une église de Corbénic. Après, le roi Josué tint sa terre fermement. Après lui régna son fils Aminadap qui se maria avec une des filles du roi Luce de la Grande-Bretagne. Ce jeune homme et cette demoiselle nobles donnèrent naissance au roi Cathelois, chevalier preux et hardi envers Dieu comme envers ce monde. De celui-là est issu Manaal, et de Manaal, le roi Lambor.

602. Tous furent rois, tinrent un territoire et furent surnommés « Pêcheurs ». Ce Lambor, vertueux, aima Dieu par-dessus tout, et fut excellent chevalier. Il avait comme voisin, sur une frontière de son royaume, un roi chrétien, mais ancien sarrasin. Ils se faisaient la guerre autant qu'ils pouvaient. Un jour il arriva que des hommes du roi Lambor et de ce roi Brulant furent aux prises près du rivage. L'affronte-

601. Ensi enseigna li rois le non del palais a ciaus qui ne le savoient pas ; et fu puis ensi apelés pour l'aventure que avint au roi de nuit. Si i vint puis maint chevalier qui i volrent demorer ; mais sans faille nus n'i demoura qui au matin ne fust trouvés mors, jusques a tant que mesires Gavains, li niés le roi Artu, i vint. Cil ne morut pas, sans faille, mais il i ot tant de honte et de laidure qu'il n'en volsist tant avoir pour le roiaume de Logres. Et li rois Alfasam ne vesqui puis que .x. jours qu'il fu navrés, ne onques n'en pot garir. Et trespasserent de cest siecle entre lui et Alain, et furent enteré li uns delés l'autre en une eglyse a Corbenyc. Aprés tint li rois Josué sa terre vigherousement. Et aprés lui regna ses fix Ammadap qui ot une des filles au roi Lucé de la Grant Bretaigne. De celui damoisel et de cele damoisele issi li rois Catheloys, chevaliers prous et hardis a Dieu et au siecle. De celui issi Manaal, et de Manaal issi li rois Lambor.

602. Tout cil furent roi et tinrent terre et furent apelé en sournon : Pescheours. Cil Lambor fu prodom et ama Dieu sor toutes choses, et fu moult bons chevaliers. Si avoit un sien voisin qui marchissoit a lui et estoit rois et estoit crestiens, mais sarrazins avoit il esté. Il s'entreguerrioient de tout lor pooir. A un jour avint que li rois Lambors et li rois Brullans orent gens assamblees delés la marine. Et fu la bataille grans et merveillouse des unes gens encontre les autres, tant que li rois

ment fut prodigieusement violent entre les deux troupes, et finalement le roi Brulant, plus que déconfit, s'enfuit tout seul vers le rivage. Il y parvint pour trouver une nef récemment accostée. Mais cette nef était aussi belle et aussi riche que le conte l'a expliqué plus haut : c'était cette même nef que Nascien vit à l'île Perdue[1].

603. À peine parvenu sur la rive, le roi sauta dans la nef. Voyant l'épée couchée sur le lit, il la prit, la tira du fourreau et, revenant sur ses pas, trouva le roi Lambor. Il s'approcha pour le frapper sur le heaume. La lame était si tranchante qu'il pourfendit le roi et le cheval jusqu'à terre. Tel fut le premier coup frappé avec l'épée en Grande-Bretagne. Il en advint, sur le territoire de Galles, pour rendre justice au roi Lambor tant aimé de Dieu, de si grandes calamités que pendant de longues années les terres y furent improductives, et n'y poussaient ni blé ni rien d'autre, et les arbres n'y portèrent pas de fruit, et l'on ne trouvait dans l'eau que peu de poisson : c'est pour cela qu'il fut appelé depuis la Terre Gaste. Quand Brulant vit que l'épée tranchait si bien, il pensa retourner pour s'emparer du fourreau, ce qu'il fit. Il s'en était à peine saisi qu'il tomba mort devant le lit. Ceux qui en furent témoins prétendirent qu'il était mort pour avoir péché en tirant l'épée. Le roi Brulant demeura là, et finalement une jeune fille l'en sortit. Il n'y avait pas, en effet, d'homme assez téméraire dans l'armée pour oser pénétrer dans la nef en raison de l'inscription qui, sur le bord, le

---

Brullans fu outreement desconfis et s'enfui tous sels vers la marine. Et quant il i fu venus, si trouva une nef nouvelement arrivee. Mais cele nef estoit si bele et si riche come li contes a devisé cha devant : car ce fu cele me[s]mes nef que Nasciens vit en l'Ille Perdue.

603. Quant li rois vint a la rive, il sailli en la nef. Et quant il vit l'espee qui gisoit sor le lit, il le prist et le traïst del fuerre, et revint ariere et trouva le roi Lambor. Et quant li rois Brullans le vit, si le feri desor le hiaume. Si fu l'espee si trenchans qu'il fendi le roi et le cheval jusques en terre. Itels fu li premiers cops qui fu ferus de l'espee en la Grant Bretaigne. Si en avint si grans persecucions en la terre de Gales, pour vengance del roi Lambor que Dix amoit tant, que de grant tans les terres as laboureours ne furent gaaingnies, ne n'i croissoit blés ne autre chose, ne li arbre n'i porterent fruit, ne en aigue ne trouvoit on poisson se petit non : et pour ce fu ele puis apelee la Terre Gaste. Quant Brullans vit que l'espee si bien tailloit, il pensoit qu'il retourneroit pour le fuerre, et il si fist. Et si tost com il prist le fuerre, il chaï mors devant le lit. Si disent cil qui adont virent ceste chose qu'il estoit mors par le pechié de l'espee traire. Si demoura li rois illoc tant que une pucele l'en jeta fors. Car il n'avoit home si hardi en l'ost qui osast entrer en la nef por les letres del bort

défendait, comme le conte l'a exposé plus haut. Et pour ce
motif que vous venez d'entendre, les deux royaumes limi-
trophes furent dévastés.

604. Après le roi Lambor régna le roi Pellehan son fils,
qui fut estropié des deux cuisses dans une bataille de Rome ;
pour l'infirmité qu'il reçut dans ce combat, tous ceux qui le
connurent l'appelèrent le Roi Méhaignié, parce que la plaie
fut inguérissable avant que Galaad, le très bon chevalier, ne
vînt lui rendre visite. Mais alors, il guérit vraiment. Il eut
pour descendant un roi nommé Pellès, chevalier d'une
beauté rare, preux et hardi. Celui-ci eut une fille qui dépassa
en beauté toutes les femmes qui aient jamais vécu en
Grande-Bretagne, à l'exception de la reine Guenièvre, la
femme du roi Arthur. En cette demoiselle tellement belle,
Lancelot du Lac engendra Galaad le bienheureux chevalier,
qui mit un terme aux aventures du saint Graal et de la
Grande-Bretagne. Et même s'il fut conçu dans le péché,
Notre-Seigneur n'y porta pas attention, pour veiller plutôt à
la sublime branche dont il était issu, à sa bonne vie et à son
bon dessein. Aussi Notre-Seigneur lui octroya-t-il à cause de
son élection tant de grâce qu'il vint à bout de toutes les
aventures où les autres avaient échoué. Mais à présent le
conte cesse de parler d'Alain et retourne à un duc qui coupa
la tête de Lancelot le roi : celle-ci vola dans une fontaine.

---

qui le desfendoient si come li contes a devisé cha en ariere. Et par
ceste raison que je vous ai conté furent li doi roiaume qui marchissoient l'un a l'autre gaſté.

604. Après le roi Lambor regna li rois Pelleam ses fix, qui mehaigniés fu des .II. quisses en une bataille de Rome ; et pour le mehaing
qu'il rechut en cele bataille l'apelerent tout cil qui le connurent : le
Roi Mehaignié, pour ce qu'il ne pot garir de la plaie devant ce que
Galaad, li Tres Bons Chevaliers, le vint visiter. Mais[a] lors sans faille
gari il. Et de celui descendoit uns rois qui ot a non Pellés, biaus chevaliers durement, et prous et hardis. Cil ot une fille qui passa de
biauté toutes les femes qui onques fuiſſent en la Grant Bretaigne, se
ce ne fu solement la roïne Genievre, la feme le roi Artu. En cele
damoisele qui tant ert bele engendra Lanselos del Lac Galaad le Bon
Eüré Chevalier, qui miſt a fin les aventures del Saint Graal et de la
Grant Bretaigne. Et pour ce s'il fu engendré em pechié, n'i resgarda
pas Noſtres Sires, ains garda a la haute branche dont il ert descendus, et la bone vie et le bon proposement qu'il avoit. Se li otroiia
Noſtres Sires par sa bon eürté tant de grasse qu'il vint a fin toutes
les aventures ou li autre avoient fail[ſ]li. Mais or se taiſt li contes a
parler d'Alain et retourne a parler d'un duc qui copa le chief Lanselot
le roi, et vola en une fontainne.

Célidoine roi et sa descendance.

605. Le conte dit que, quand Josephé fut mourant, Nascien, Célidoine et Narpus le fils de Célidoine, déjà bel aspirant chevalier, assistèrent à son trépas. Josephé enterré, Nascien resta avec le roi Mordrain pour lui faire compagnie. Il arriva que lui, sa femme et la femme du roi Mordrain moururent le même jour ; les deux dames furent ensevelies dans l'abbaye où était le roi Mordrain. Mais il n'agréa pas à Nascien d'y être mis : il se fit ensevelir assez loin, dans une abbaye. Le roi Mordrain fit accompagner sa dépouille de l'écu, qu'on laissa dans l'abbaye où maints chevaliers vinrent par la suite. Mais jamais depuis nul ne le pendit à son cou sans s'en repentir, car, parmi ceux qui s'y risquaient, les uns mouraient vilainement, et les autres ne restaient pas longtemps sans être estropiés de quelque manière : ainsi demeura l'écu jusqu'au moment où Galaad le très bon chevalier le pendit à son cou. Mais à présent nous cesserons de parler de cet écu, pour vous entretenir de Célidoine. Après avoir quitté son père, son fils Narpus et lui se rendirent au territoire que le roi lui avait donné, et il fit cette année même son fils chevalier ; il tint son territoire en si grande paix qu'aucun voisin n'osa jamais déclencher une guerre contre lui. Il aima le Seigneur-Dieu de tout son cœur, et distribua des aumônes aux pauvres. Il connaissait parfaitement le cours des étoiles, l'astronomie, à un point merveilleux. Il put

---

605. Or dist li contes que quant Josephés fu trespassés de cest siecle, que a son trespassement fu Nasciens et Celidoines, et Narpus li fix Celidoine qui estoit ja biax bacelers. Quant Josephés fu enterés, Nasciens remest avoc le roi Mordrain pour faire lui compaingnie. Et avint ensi que entre lui et sa feme et la feme le roi Mordrain trespasserent tout en un jour de cest siecle, et les .II. dames furent enfoïes en l'abeye meïsmes ou li rois Mordrains ert. Mais a Nascien ne plot mie qu'il i fust mis, ains se fist metre assés loing d'illoc en une abeye. Li rois Mordrains fist avoc lui porter l'escu, et le laissierent en l'abeye ou maint chevalier vinrent puis. Mais onques puis ne le pendi nus a son col qu'il ne s'en repentist, car li un moroient malement qui le metoient a lor cols, et li autre n'aloient pas longement qu'il ne fuissent mehaignié en aucune maniere : et ensi repairoit tousdis li escus jusques a tant que Galaad li Tres Bons Chevaliers le pendi a son col. Mais ore lairons de cel escu a parler ; si vous dirons de Celidoine. Quant il s'en fu partis de son pere, il ala entre lui et son fill Narpus en la terre que li rois li avoit donnee, et fist chevalier de son fill cel an meïsmes, et tint sa terre si em pais qu'il n'ot onques voisin qui encontre lui osast guerre esmouvoir. Il ama Damedieu de tout son cuer, et fist aumosnes a povres gens. Et il sot tout le cours des estoiles, et d'astrenomie, tant que ce ert merveilles. Et par

ainsi prévoir nombre d'événements à venir, ce qui donna lieu à une grande aventure. Une fois, observant le firmament, il vit clairement que s'abattrait sur la Grande-Bretagne une grande famine, si terrible que beaucoup mourraient de faim. Il dit alors à son sénéchal : « Allez chercher tout mon trésor où qu'il se trouve, et servez-vous-en à l'achat de blé. — Certes, seigneur, répondit le sénéchal, vous en aurez deux fois plus qu'il ne vous en faut ! — Peu vous importe, répliqua le roi : il me plaît que vous agissiez ainsi. » Il obéit à l'ordre du roi, et fit acheter du blé dans tout le pays, et le fit mettre intégralement en réserve.

606. Beaucoup parlèrent de cette initiative du roi en tout lieu, pour conclure : « Ce roi craint de mourir de faim ! » Ils ne manquèrent pas de s'en gausser en privé ; mais ils avouèrent depuis avoir agi en fous, et lui en sage. En effet, avant que l'année ne fût écoulée, la Grande-Bretagne connut une si grave pénurie, une si grande disette que beaucoup en moururent de faim. Alors un messager vint dire aux Saxons : « Si vous acceptiez d'aller en Grande-Bretagne au royaume de Célidoine, vous y trouveriez abondance de biens. » À cette nouvelle, les Saxons délibérèrent sur la décision à adopter, et finalement tombèrent d'accord pour s'y rendre avec force hommes en armes, détruire tout le pays, hommes et femmes, et s'emparer des biens qu'ils trouveraient. Leur décision fut arrêtée : ils prendraient la mer avec nombre

---

ce pot il auques connoiſtre des choses qui eſtoient a avenir, dont il avint une grant aventure. Car il eſgardoit une fois el cours des eſtoiles, si vit apertement que il venroit une grant famine en la Grant Bretaingne, si grande qu'il *[59a]* en couvenroit maintes gens a morir par defaute qu'il ne trouveroient nule viande. Lors diſt a son seneschal : « Alés prendre tout mon tresor en quel lieu que il ſoit, si en faites del tout achater blé. — Certes, sire, fait li seneschaus, vous en avrés .II. tans plus qu'il ne vous en couvient ! — Ne vous en chaut, fait li rois : car ensi me plaiſt il que vous le faciés. » Et cil le fiſt tot ensi com il l'avoit conmandé, et fiſt achater loing et pres, et fiſt tout eſtoiier.

606. De ceſte chose que li rois fiſt, parlerent mout de gent et loing[a] et pres, et disent entr'als : « Cis rois quide morir de faim ! » Si s'en gaberent aſsés entr'aus privement ; ne mais qu'il s'en tinrent puis pour fols, et lui pour sage. Car ains que li ans fuſt tous passés, vint en la Grant Bretaingne si grant chierté et si grant famine de tous biens qu'il en morurent aſsés de faim. Lors en vint uns messages[b] as Saisnes et lor diſt : « Se vous en voliés aler en la Grant Bretaingne el roiaume que li rois Celydoines tient, vous i trouveriés plenté de tous biens. » Quant li Saisne oïrent ceſte nouvele, si prisent conseil entr'als qu'il porroient faire, tant qu'il s'acorderent a ce qu'il iroient en cel roiaume a force de gent a armes, et deſtruiroient tout le païs, et

d'hommes à cheval et en armes ; la nuit même de leur départ, Célidoine observait les étoiles. Il vit les Saxons venir en expédition contre lui pour le spolier et lui enlever son territoire. Alors il donna l'ordre par tout son pays à ses barons et aux chevaliers qui tenaient un fief de lui de se trouver dans deux jours à un de ses châteaux, situé en bord de mer, où les Saxons, pensait-il, débarqueraient ; ils furent très intrigués par la requête du roi ; aussi chevauchèrent-ils en hâte jusqu'à parvenir à l'heure de prime au château où s'était rendu le roi, qui les y attendait.

607. Quand ils furent tous assemblés, le roi leur dit : « Seigneurs, savez-vous pourquoi je vous ai fait venir en si grande hâte ? — Non, sire, répondirent-ils, si vous ne nous le dites. — Sachez que cette nuit, dès le premier somme, les Saxons vont aborder à ce château avec une telle troupe et tant d'hommes que, s'ils peuvent débarquer sains et sans encombre, je vous le dis, ils auront sous peu dévasté et ravagé notre pays, parce que, pour un de nos hommes, ils en ont bien quatre. Réfléchissons sur la conduite à suivre : nous sommes maintenant sur le point de perdre terre et honneur, si Dieu ne nous aide. »

608. Sur ces mots, Narpus, qui n'avait aucune expérience, s'adressa à son père : « Seigneur, en cette affaire on pourra vous être de bon conseil. Là devant nous, il y a une grande

---

homes et femes, et prendroient les biens que il trouveroient. Ensi disent il que il le feroient, et se metroient en mer atout grans gens a chevaus et a armes ; et en cele nuit meïsmes qu'il furent entré en la mer avint a Celidoine qu'il regardoit es estoiles. Si vit que li Saisne venoient sor lui a oſt pour lui desireter et tolir lui sa terre. Lors envoia par tout son païs a ses barons et as chevaliers[c] qui de lui tenoient terre qu'il fuissent au tiers jour a un chaſtel a lui, qui seoit sor la mer, ou il quidoit que li Saisne arrivaissent, et il s'esmervillierent mout que li rois voloit ; si se haſterent tant de chevauchier qu'il vinrent a ore de prime au chaſtel ou li rois eſtoit venus, qui les i atendoit.

607. Quant il furent tout assamblé, si lor diſt li rois : « Signour, savés vous por coi je vous ai mandés a si grant haſte ? — Nenil, sire, font cil, se vous ne le nous dites. » Et il lor diſt : « Saciés que anuit, des le premier sonme arriveront li Saisne en ceſt chaſtel a si grant force et a si grant gent que se il puent venir a terre sain et delivre, je vous di qu'il avront em poi d'ore noſtre païs gaſté et escillié, a ce qu'il ont bien .IIII. homes contre un des nos. Ore esgardons que nous em porrons faire, car nous somes orendroit el point de perdre terre et honour, se Dix ne nous [b] aïde. »

608. Quant Narpus, qui encore ne savoit riens de ceſte chose, oï ce, si diſt[a] a son pere : « Sire, sor ceſte chose vous porra on bien conseillier. Ci devant a une foreſt grande et haute ou nous

forêt de haute futaie, où nous pénétrerons tout armés, sitôt la nuit tombée ; nous les y attendrons jusqu'à leur sortie des navires. Quand ils s'en seront un peu éloignés, nous les encerclerons et les attaquerons, les uns devant et les autres derrière, de sorte qu'ils ne pourront gagner leurs embarcations. Vous les verrez alors ébahis et éperdus au point de perdre tous leurs moyens. De cette manière nous pourrons prendre l'avantage. » Ils adoptèrent cette solution à l'unanimité, disant que Narpus avait fort bien parlé, et qu'ils ne voyaient pas comment leurs ennemis pourraient se replier ni en réchapper. Le soir, après avoir mangé, ils s'équipèrent, sortirent du château cuirassés et armés pour se poster dans la forêt le plus près possible du rivage, non sans laisser au château une partie de leur troupe. Les autres, quand les navires eurent accosté devant le château et qu'ils eurent débarqué, prirent la direction d'une prairie, et demandèrent à leurs serviteurs d'apporter leurs armes ; ces derniers se rendirent aux navires pour exécuter l'ordre. Ceux qui se trouvaient dans la forêt, voyant venu le moment propice, lancèrent contre eux leurs chevaux, et les frappèrent de toutes parts si mortellement avec leurs épées qu'ils en désarçonnèrent un grand nombre. Se voyant surpris, ceux-là voulurent retourner à leurs navires ; mais impossible : ils trouvèrent les autres qui venaient en face et qui leur infligèrent des coups avec leurs épées tranchantes de manière à

---

enterrons sempres tout armé si tost com il sera anuitié ; et les atendrons tant illoc qu'il seront fors des nés. Et quant il les avront eslongié un petit, nous les assaldrons de .II. pars, les uns devant et les autres deriere, si qu'il ne porront venir a lor nés. Et lors les verrés si esbahis et si esperdus qu'il n'avront ja en als defense. Et en tel maniere porrons nous venir au desore d'als. » A celui conseil s'acorderent tout conmunement et disent que Narpus a mout bien dit, et qu'il ne voient pas conment il em puissent retourner en nule maniere ne eschaper. Au soir, quant il orent mengié, il prisent lor armes et s'en issirent fors del chastel tot fervestu et armé, et se misent en la forest au plus pres de la rive qu'il porent ; et laissierent el chastel une partie de lor gent. Et quant les nés furent arrivees devant le chastel et il furent venu a terre et prisent des nés, il se traient vers une praerie, et disent a lor sergans qu'il aportaissent lor armes, et cil en vont as nés pour faire ce que on lor avoit conmandé. Et quant cil qui estoient en la forest virent lor point, il lor laissierent les chevals courre, et les ferirent de toutes pars si mortelment des espees qu'il en verserent maint par terre. Et quant cil se virent souspris, si volrent retourner a lor nés ariere ; mais il ne porent, car il trouverent les autres qui lor vinrent a l'encontre, et lor donnerent des espees trenchans si qu'il les font verser a terre et menu et souvent. Et quant il virent ce, si

les abattre sans répit. Ils s'enfuirent alors vers le château pour y entrer : ils croyaient bien hors de ses murs tous ses occupants. Près de la porte, ils rencontrèrent ceux qui venaient de sortir du château cuirassés et armés[1]. La lune luisait si belle et si claire qu'ils purent parfaitement se reconnaître les uns les autres. Aussi le combat tourna-t-il en défaveur des Saxons car ils étaient sans armes et si déconcertés qu'il n'y eut aucun survivant.

609. Ainsi, par son intelligence et par sa vaillance, Célidoine préserva son pays de deux choses : la famine et ses ennemis. Il en fut tout heureux. Quand tout cela fut achevé, il s'en retourna là d'où il était venu. Il y resta jusqu'à la fin de ses jours très honoré et aimé des justes de son pays. Et quand, selon la volonté de Notre-Seigneur, il dut mourir, il se fit enterrer dans la cité de Camaalot ; Narpus tint le territoire après son père et eut un fils qui se nomma Nascien.

610. En ce Nascien qui régna après son père, Notre-Seigneur se logea si naturellement qu'à cette époque-là on n'aurait pu trouver plus vertueux au monde. De ce Nascien est issu un autre roi qui fut nommé Alain le Gros. Si le père de cet Alain fut vertueux envers Dieu, Alain le fut encore plus : il aurait mieux aimé être mis en pièces que faire une chose qui déplût à Notre-Seigneur. Le roi suivant issu de cet Alain se nomma Isaïe. Vertueux et fidèle, il honora son Créateur et

---

retournerent vers le castel pour entrer ens, car il quidoient bien que tout cil del chastel fuissent fors. Et quant il furent pres de la porte, si encontrerent ciaus qui estoient issu fors del chastel[b] tout fervestu et armé. Si luisoit la lune si bele et si clere qu'il s'entreconnurent bien. Si tourna tout maintenant la desconfiture sor ciaus de Saisoigne a ce qu'il estoient desarmé et esbahi si durement qu'il n'en remest nul qui ne fust ocis.

609. Ensi fu garantie la terre Celidoine par son sens et par sa prouece, de .II. choses : de la famine et de ses anemis. Si en fu Celydoines mout liés. Et quant tout ce fu achevé, si s'en repaira ariere la dont il estoit venus. Et la fu il tant qu'il vesqui[b] mout honerés et mout amés des prodomes de la terre. Et quant a Nostre [d] Signour plot qu'il dut morir, si se fist enterer en la cité de Kamaaloth ; et Narpus tint la terre aprés son pere et ot un fill qui ot a non Nascien.

610. En celui Nascien qui regna aprés son pere se herberga Nostres Sires si naturelment que a celui tans ne seüst on nul plus prodome el monde. De celui Nascien issi uns autres rois qui ot a non Alains li gros. Si fu li peres d'icelui Alains prodom en Dieu. Et encore fu plus prodom cil Alains, car il volsist mix a estre detrenchiés qu'il feïst chose nule qui despleüst a Nostre Signour. Li autres rois qui de celui Alain issi ot a non Ysayes. Cil fu prodom et loiaus, et honera son Creatour, et si ne le courecha onques a son

ne l'irrita jamais sciemment. Le cinquième roi, issu de cet Isaïe, se nomma Énée, bon et hardi chevalier, vertueux à merveille. Il fit tout son possible pour honorer la sainte Église. Il quitta la Grande-Bretagne, donnant à un de ses frères tout son territoire. Il s'en alla en Gaule et épousa la fille de Marinoul, dont il hérita le royaume de Gaule. Il vécut longtemps et eut un fils qui fut appelé Lancelot. Celui-ci quitta la Gaule, alla en Grande-Bretagne, prit pour femme la fille du roi d'Irlande, eut le territoire qui avait été à son père et en fut roi. Ce roi appelé Lancelot eut deux fils qui furent tous deux rois. L'un se nomma Ban, roi de Bénoïc, l'autre Bohort, roi de Gaunes. Le roi Ban dont je parle ici eut deux fils, l'un appelé Lancelot du Lac et l'autre, bâtard, Hector des Marais. Le frère du roi Ban, roi de Gaunes, se nomma Bohort. Il eut deux fils, Lionel et Bohort. Je vais maintenant vous parler du père du roi Ban, au sujet de qui il arriva une grande merveille qui, loin de mériter d'être omise dans un conte, doit au contraire rester en mémoire, et je vous dirai laquelle : je le sais bien.

611. Il est avéré que le père du roi Ban fut très vertueux, plus que personne dans tout le pays. Près d'une de ses cités, il y avait un château de « belle garde [1] », où vivait une dame, femme du cousin du roi Lancelot. Elle était alors la plus belle dame de la Grande-Bretagne, et avec cela si bonne, si sainte et si dévote qu'elle portait en permanence à même la

escient. Li quins rois, qui de celui Ysaye issi, ot a non Eneam, bons chevaliers et hardis et prodom a merveilles. Cil honera la Sainte Eglyse de tout son pooir. Cil s'enparti de la Grant Bretaigne et donna a un sien frere toute sa terre. Si s'en ala en Gaule et prist la fille Marinoex dont il ot le roiaume de Gaulle. Cil vesqui longement et ot un fill qui ot non Lanselos. Cil s'emparti de Gaulle et ala en la Grant Bretaigne, et prist a feme la fille au roi d'Yrlande, et ot la terre qui son pere[a] avoit esté, et en fu rois. Icil rois qui Lanselos fu apelés ot .II. fils et furent ambedoi roi. Si ot li uns a non Bans et fu rois de Benuyc, et li autres Boors, cil fu rois de Gaunes. Cil rois Bans dont je parole ci ot .II. fix dont li uns fu apelés Lanselos del Lac et li autres fu bastars, et fu apelés Hector des Marés. Et li freres au roi Ban qui fu rois de Gaunes a non Boors. Cil ot .II. fils dont li uns fu apelés Lyonniaus et li autres Boors. Ci vous dirai du pere au roi Ban, de qui il avint une grant merveille qui ne fait mie a oublier en conte, ains fait bien a ramentevoir, et si vous dirai quele ele fu, car bien le sai.

611. Voirs fu que li peres au roi Ban fu mout prodom, ne en tout le païs n'avoit au plus prodome. Delés une soie cité avoit un chastel de bele garde, et une dame qui estoit feme au cousin le roi Lanselot. Cele dame estoit la plus bele dame qui adonques fust en la Grant Bretaingne, et avoc tout ce estoit ele si bone dame, et si sainte et si

peau la haire. Et de même que la clarté du cierge ne peut se
dissimuler à la vue quand il est sur le chandelier, de même la
beauté de la dame finit par être connue. Le fait est que ceux
qui placent leurs cœurs en Jésus-Christ le connaissent, et
voilà pourquoi le roi Lancelot le reconnut[2], ce qui le fit
entrer en relation avec la dame qu'il vint souvent voir pour
le bien qu'il savait en elle.

612. Le roi l'aima beaucoup et la dame aussi, ils s'aimèrent
beaucoup l'un l'autre, il vint souvent la voir ; et finalement
les sottes gens pleins de malfaisance réputèrent ce fait
immoral, et tous dirent que le roi aimait la dame d'un amour
coupable. Ils en parlèrent tellement que le mari, cousin de
Lancelot, fut au courant, et qu'un de ses frères lui dit : « Seigneur, vous pouvez être bien affligé que le roi Lancelot vous
trompe avec votre femme. Certes, si j'étais à votre place,
je m'en vengerais. — Certes, répondit le duc, je suis très
étonné s'il le fait ; si j'étais certain qu'il cherchât mon
déshonneur comme on me l'assure, je ne manquerais en
aucune manière de m'en venger. — Alors vous pouvez le
faire, assura-t-il : c'est comme je vous le dis. — Je vous le
garantis, je m'en vengerai à la première occasion. » Les
choses en restèrent là. C'était le Carême, à l'approche
de Pâques, de sorte que le temps de la Passion avait commencé. Le roi rendait alors visite chaque jour à la dame ;

---

religiouse que ele avoit tous jours emprés sa char la haire vestue. Et
tout ausi conme la clarté del cierge[a] ne se puet celer quant il est sor
le chandeillier que on ne le voie, tout ausi ne se pot[b] celer la biauté
de la dame que on ne le sace. Car [d] cil qui avoient lor cuers en
Jhesu Crist le connoissent[c], et pour cele chose[d] le connut li rois Lanselos, et par ce s'acointa il de li, et le vint souvent veoir pour le bien
qu'il savoit en li.

612. Mout l'ama li rois et la dame li, et mout ama li uns l'autre, et
il le vint souvent veoir ; et tant que fole gent qui estoient plain de
maligne esperit noterent ceste chose en mal, et disent tout que li rois
l'amoit de fole amour. Et tant parlerent de ceste chose que li maris a
la dame, qui cousins estoit a Lanselot, en oï parler, et li dist uns siens
freres : « Sire, mout poés estre dolans que li rois Lanselos vous
deshounoure de vostre feme. Certes, se je estoie come de vous, je
m'en vengeroie. — Certes, fait li dus, je m'en esmervei mout se il le
fait, et se je savoie vraiement qu'il me pourchaçast ma honte si com
on le me dist, je ne lairoie en nule maniere que je ne m'en vengaisse.
— Ore vous em poés vous vengier, fait il, car il est ensi come je le
vous di. — Et je vous creant vraiement que je m'en vengerai si tost
come je en venrai en lieu et en tans. » Ensi laissierent ces paroles. Et
il estoit quaresmes et estoit pres de la Pasque, si que li tans de la Passion estoit entrés. Et lors venoit li rois chascun jour veoir la dame ;

s'il ne venait pas, la dame venait à lui. Ils prenaient tellement plaisir au service de Notre-Seigneur que c'était merveille. Et sachez tous que le jour de l'Adoration de la Croix[1], il advint que le roi pénétra dans la Forêt Périlleuse, pieds nus et en chemise, avec deux compagnons, allant au service de Notre-Seigneur à un ermitage dans la forêt.

613. Il était arrivé à l'ermitage avec deux compagnons, quand le duc l'apprit par hasard ; il le suivit en homme qui voulait se venger par la traîtrise qu'il avait ourdie. Le roi s'était confessé, et avait entendu la messe du jour ; il sortit, il eut envie de boire, il prit la direction d'une fontaine qui se trouvait là devant. Il était baissé pour boire : le duc arriva par-derrière, tira l'épée, le frappa si violemment qu'il lui fit voler la tête dans la fontaine. Voyant la tête dans le bassin, il lui sembla n'être pas encore bien vengé s'il ne mettait le corps en pièces pour le rendre méconnaissable. Il plongea alors les mains dans la fontaine pour en retirer la tête. Aussitôt il advint un tel miracle que l'eau, d'une froidure de glace auparavant, se mit à bouillir à gros bouillons, si chaude que le duc en eut les mains tout échaudées et brûlées avant d'avoir pu les retirer. Ce fait le persuada qu'il avait mal agi, et que Dieu était irrité contre lui pour son meurtre de l'homme de bien ; il dit à ceux qui étaient avec lui : « Mettez vite ce corps en terre : soyez certains que, si l'on apprenait que je l'aie tué, rien ne pourrait me préserver de la mort. »

---

et s'il n'i venoit, la dame venoit a lui. Et il se delitoient tant el service Nostre Signour que merveille estoit. Et saciés tout que le jour de la Crois aouree avint que li rois entra en la Forest Perillouse, et fu nus et piés et en langes soi tiers de compaingnons, et aloit au service Nostre Signour a un hermitage qui en la forest estoit.

613. Quant il fu venus al hermitage soi tiers de compaingnons, si avint que li dus le sot ; si le sivi conme cil qui se voloit vengier de la felenie qu'il avoit empensé a faire. Si avint que li rois se fu fait confés, et ot oï le service del jour ; s'en issi fors, si ot talent de boire, si tourna a une fontainne qui illoc devant estoit. Et en ce que il fu abaissiés pour boire, li dus li vint par deriere et traïst l'espee, et le feri si durement que il li fist le chief voler en la fontainne. Quant il vit le teste qui estoit en la fontainne, il li fu avis qu'il n'estoit encore pas bien vengiés s'il ne faisoit del cors tant de pieces que nus ne le peüst connoistre. Et lors mist en la fontainne ses mains pour traire fors le chief. Si en avint maintenant uns tel miracle que l'aigue qui devant avoit esté froide come glace conmencha a boulir a grans ondees, et estoit si chaude que li dus en ot tou[t]es les mains eschaudees et arses ançois qu'il les peüst traire fors de la fontaine. Et quant il vit ceste chose, il sot bien qu'il avoit mal esploitié, et que Dix estoit coureciés a lui pour le pechié del prodome qu'il avoit ocis ; et dist a

614. Entendant ces propos, ceux qui étaient avec lui ensevelirent le corps devant l'ermitage et retournèrent chez eux.
Sur le point d'arriver, ils rencontrèrent un enfant qui s'enfuyait. Cet enfant s'adressa au duc : « Seigneur, j'ai à vous
annoncer des nouvelles très étonnantes. Je vous le dis, seigneur, les ténèbres sont dans votre château si épaisses que
nul vivant, pour peu qu'il y soit, n'y voit goutte ; cela vient
de se passer à l'heure de midi. » Le duc, à ces mots, dit aux
hommes qui l'accompagnaient : « Seigneurs, nous avons mal
agi ! — Seigneur, répliquèrent ses compagnons, allons
ailleurs : nous vous le conseillons. — Certes, dit le duc,
soyez sûrs que je saurai d'abord de quoi il retourne. » Il chevaucha tout droit vers son château ; une fois arrivé, il trouva
l'obscurité si intense, répandue par tout le château, qu'on n'y
voyait goutte à l'intérieur. Il était, sachez-le, sur le point de
franchir le seuil, quand une partie des créneaux tomba sur
lui, de sorte qu'il fut entièrement écrasé, ainsi que tous ceux
qui étaient avec lui et qui avaient assisté au meurtre impie du
roi. Ainsi Notre-Seigneur vengea-t-il Lancelot du duc et de
ceux qui l'avaient accompagné. Et la fontaine se remit à
bouillir jusqu'au moment où Galaad le fils de Lancelot du
Lac y vint. Un autre miracle se produisit, qui ne fut pas
moins beau que celui-ci, déjà très beau. En effet, quand on

---

ciaus qui o lui estoient : « Metés tost cest cors en terre, quar bien
saciés que se on savoit que je l'eüsse ocis, riens ne me garantiroit que
je n'en moreüsse. »

614. Quant cil qui avoc lui estoient oïrent ceste parole, si enfoïrent
le cors par devant l'ermitage et s'en ralerent a lor ostels. Et quant il
en furent pres, il encontrerent un enfant qui s'en afuioit. Cil enfés dist
au duc : « Sire, nouveles vous sai a dire mout merveillouses. Je vous
di, sire, que les tenebres sont en vostre chastel si grans que nus qui
vive pour tant qu'il i soit n'i voit goute ; et ce avint orendroit a l'ore
de miedi. » Quant li dus ot ceste parole, si dist a ses homes qui
avoques lui estoient : « Signour, mal avons esploitié ! — Sire, font si
compaignon, alons autre part : car nous le vous loons ensi. — Certes,
fait li dus, saciés certainement que non ferai, ançois savrai je que ce
est. » Lors s'en ala li dus tout droit a son chastel, et quant il vint la, il
trouva l'oscurté si grans, qui estoit par tout le chastel espandue que
on n'i veoit goute par dedans[a]. Et saciés, quant li dus dut entrer en la
porte, qu'il chaï une partie des cretiaus del chastel sor lui, si qu'il fu
tous acraventés ; et ausi furent tout cil qui avoc lui estoient, qui
avoient esté a la felonnie faire come del roi ocirre. Ensi venga
Nostres Sires Lanselot[b] del duc et de ciaus qui avoc lui avoient esté.
Et derechief bouli la fontainne jusques a tant que Galaad li fix
Lanselot del Lac i vint. Et encore en avint il uns autre miracle, qui ne
fu mie mains biaus de cestui, qui fu mout biaus. Car quant on ot sor

eut construit le tombeau du roi, il arriva un si grand prodige qu'à l'heure où il avait été tué sortirent des gouttes de sang d'une vertu si rare que jamais un chevalier, même blessé à mort, n'en aurait mis sur ses plaies sans guérir instantanément[1]. Cette merveille se propagea par le pays, au point que tous les chevaliers pauvres ou riches y vinrent, sitôt qu'ils l'apprirent, quand ils étaient blessés.

615. Un jour il arriva que devant la tombe passait un lion, chassant un cerf qu'il y rattrapa : il le prit, le tua. Tandis qu'il voulait le manger vint d'un autre côté un second lion affamé qui voulut lui enlever sa proie. Mais le premier, loin de vouloir la lui abandonner, défendit sa nourriture de toute ses forces ; ainsi commença le combat des deux lions, et ils se harcelèrent tellement l'un l'autre avec leurs griffes et avec leurs dents que chacun d'eux en eut plus de dix plaies sur le corps. Ils s'étaient jusqu'au bout de leur forces entre-déchirés et blessés si douloureusement, quand l'un vint directement à la tombe dont sortaient encore des gouttes de sang. Il se mit à lécher soigneusement le sang, en animal très vorace, puis lécha ses plaies, qui le mettaient en si triste état. Il lui arriva une si belle aventure qu'il fut immédiatement aussi sain qu'avant. Voyant cela, l'autre lion fit comme son compagnon.

616. Les deux lions conclurent alors une paix si bonne que jamais depuis ils ne connurent nul ressentiment, au

---

lui une tombe mise, il en avint si grant merveille que endroit cele ore qu'il avoit esté ocis, issirent goutes de sanc qui avoient si tres grant vertu que ja chevaliers ne fust si fort navrés a mort, que s'il an atouchast a ses plaies, qu'il n'en garesist maintenant. Ceste merveille fu anoncie par le païs, et tant que tout li chevalier povre et riche i vinrent tost si tost come il le sorent quant il erent navré.

615. Un jour avint que par devant la tombe passoit uns lyons, et aloit chaçant un cherf que il aconsivi illoc devant la tombe ; si le prist et ocist. Et en ce qu'il le voloit mengier, si revint d'au[ſ]tre part uns autres lyons fameillous qui volt a celui sa proie tolir. Mais cil qui devant estoit venus ne li volt las laissier, ains deffendi sa viande de tout son pooir ; et ensi conmença la mellee des .II. lyons, et tant s'entrehasterent as ongles et as dens qu'il n'i ot celui des .II. qu'il n'eüst plus de .x. plaies el cors. Et quant il se furent ensi entreplaiié et bleciié si doloreusement, et il orent tant fait que il ne porent plus, si en vint li uns tout droit a la tombe dont encore issoient goutes de sanc. Et quant il fu venus a la tombe, il conmencha a lechier le sanc mout bien, come cil qui mout fameillous estoit, et puis aprés lecha ses plaies, dont il estoit si mal atornés. Se li avint si bele aventure qu'il fu maintenant aussi sains come devant. Et quant li autres lyons vit ce, si fist aussi come ses compains avoit fait sor la tombe.

616. Lors fisent li doi lyon pais si bone que onques puis n'i ot nul

contraire ils se couchèrent l'un à la tête de la tombe, l'autre
au pied, et montèrent la garde auprès d'elle, comme s'ils
avaient peur qu'on ne la changeât de place. Maintes fois il
arriva depuis que, quand des chevaliers y venaient pour guérir de quelque plaie, ils n'y pouvaient accéder à cause des
lions. Quelqu'un voulait-il y accéder de force, ils le tuaient
sur-le-champ. Et bien plus, de jour comme de nuit, il y avait
toujours l'un ou l'autre des lions sur la tombe : quand ils
avaient faim, l'un des deux s'en allait en quête d'une proie,
l'autre restant pour la garde. Cette merveille dura jusqu'au
moment où Lancelot du Lac y vint, qui les tua tous deux.
Alors le conte se tait là-dessus, et sur toutes les lignées
issues de Célidoine. Il revient à une *Histoire de Merlin* qu'il est
absolument nécessaire d'adjoindre à l'*Histoire du saint Graal*,
parce que la branche[1] y est, et en relève[2]. Monseigneur
Robert[3] la commence comme vous pourrez l'entendre — s'il
est quelqu'un pour vous la dire[4] !

EXPLICIT

617. Ici même commence l'*Histoire du saint Graal*. Après
vient l'*Histoire de Merlin*. Que Dieu nous conduise à bien
mourir. ICI PREND FIN « JOSEPH D'ARIMATHIE[5] ».

---

maltalent a nul jour de lor vie, ains se couchierent li uns au chief de
la tombe, et li autres as piés, et prisent la tombe en garde, ausi come
s'il eüssent paour que on ne le remuast. Et maintes fois avint il puis
que quant chevalier i venoient pour garir d'aucune plaie, il n'i pooient
atouchier pour les lyons qui les gardoient. Et quant aucuns i voloit
venir a force, si l'ocioient tout maintenant li lyon. Et encore plus, il
n'estoit ne nuit ne jour qu'en la tombe ne fust l'un des .II. lyons : car
quant il avoient faim, si en aloit li uns des .II. lyons por proie, et li
autres lyons demouroit pour garder la tombe[a]. Si dura iceste merveille
jusques a tant que Lanselot del Lac i vint, qui les ocist ambes .II. Si
se taist atant li contes de ceste chose, et de toutes les lignies[b] qui de
Celidoine issirent. Si retourne a parler d'une[c] istoire de Merlin qu'il
couvient a fine force ajouster a l'*Estoire del Saint Graal*, por ce que la
branche i est, et ele i apartient. Si le conmence mesire Robers en tel
maniere conme vous le porrés oïr, s'il est qui le vous die.

EXPLICIT.

617. Ici endroit conmence l'*Estoire del Saint Graal*. Et enaprés vient
l'Estoire de Merlin. Si nous maint Dix a bone fin. ICI FINE DE JOSEPH
DE ARIMATHIE.

MERLIN

ICI COMMENCE MERLIN.

Le conseil des démons.

1. Ainsi, le conte dit, et l'histoire véridique l'atteste, que l'ennemi[1] fut très courroucé quand Notre-Seigneur fut descendu en enfer[2], et en eut tiré Adam et Ève, et autant qu'il lui plaisait des autres. Quand les ennemis virent cela, ils en éprouvèrent une grande terreur, et une grande surprise[3] ; et ils se rassemblèrent et dirent entre eux : « Qui est Celui qui l'emporte si bien sur nous qu'aucune de nos fortifications ne peut tenir contre lui, l'empêchant de faire ce qui lui plaît ? Nous ne croyions pas qu'aucun homme pût naître d'une femme sans tomber en notre pouvoir : et celui-ci nous détruit ainsi ! Comment est-il né, alors que nous n'avons discerné chez lui aucun plaisir charnel[4], comme nous l'avons toujours fait chez les autres hommes ? » Alors un autre ennemi répondit : « C'est ce que nous pensions nous être le plus favorable qui a causé notre perte. Souvenez-vous des paroles des prophètes qui disaient que le fils de Dieu viendrait sur la terre pour sauver les pécheurs, Ève et Adam[5]

ICI COMENCE DE MERLIN.

1. [60a] Or dist li contes et la vraie estoire le tesmoigne que[a] molt fu iriés li anemis quant Nostre Sires ot esté en infer et il en ot jeté Eve et Adam et des autres tant com il li plot. Et quant li anemi virent ce, si en orent molt grant paour et molt grant merveille et s'asamblerent et disent : « Qui est cil qui si nous sorpuet, que fermetés nule que nous aions ne puet contre lui contrester qu'il n'en feïst ce que li plot ? Nous ne cuidienmes mie que nus hom peüst naistre de feme qu'il ne fust nostres, et cil nous destruist ensi ? Conment est il nés, que nous n'avons veü en lui nul delit terrien ensi come nous avons veü de tous autres homes ? » Lors respont uns autres anemis : « Ce nous a mort que nous quidions que mix vausist a nous. Membre vous[b] que li prophete parlerent qui disoient que li fix Dieu venroit en terre pour sauver les pecheurs de Eve et' d'Adam

et tous ceux qui lui plairaient ! Nous, nous allions nous
emparant de ceux qui disaient cela et nous leur infligions un
plus grand tourment qu'aux autres — mais ils se comportaient comme si nos tourments ne leur causaient pas grand
mal. Au contraire ils réconfortaient les autres pécheurs en
annonçant la venue de Celui qui les délivrerait. Et les prophètes ont tant prédit que cela s'est enfin produit : ils nous
ont pris ce que nous tenions si ferme que personne ne pouvait ne nous le redemander, et en outre, il nous a aussi pris
tous les autres, avec une force pour nous inconnue. Ne sais-
tu pas en effet qu'il les fait se laver dans l'eau en son nom ?
De cette eau ils se lavent au nom du Père et du Fils, et du
Saint-Esprit : nous devons bien admettre que nous les avons
perdus du fait de ce baptême, si bien que nous n'avons plus
aucun pouvoir sur eux jusqu'à ce qu'ils nous reviennent par
leurs actes. Ainsi, il a amoindri notre pouvoir, il nous l'a
enlevé, et pire encore. Car il a laissé sur terre son enseignement et ses commandements, et des disciples qui les sauveront, même s'ils se sont adonnés complètement à nos
œuvres, pour peu qu'ils se veuillent repentir, renoncer à nos
pompes, et se conformer aux commandements de leur
maître. Ainsi donc nous les avons tous perdus. Il a accompli
beaucoup, cet être spirituel qui est venu sur terre pour sauver l'humanité, pour naître d'une femme, et effacer les tourments terrestres. Et il est venu sans que nous le sachions, il
est né sans plaisir charnel d'homme ou de femme ; nous le

---

et des autres tant com lui plairoit. Et nous alasmes et preïsmes ciaus
qui ce disoient, si les tourmentasmes plus que les autres, et il faisoient samblant qu'il nostre tourmens point ne lor greveroit. Ançois
confortoient les autres pecheours par ce qu'il disoient que cil venroit
en terre qui les deliverroit. Et tant disent li prophete que ore est
avenu : si nous ont tolu ce que nous avienmes que nus*d* n'i pooit riens
clamer, ne mais il nous a tolu tous les autres par tel force que nous
ne savons mie. Ne sés tu dont que il les fait laver en aigue en son
non ? Par cele aigue se lavent*e* el non del Pere et del Fil*f* et del Saint
Esperit, par coi nous devons savoir que nous les avons perdu par cel
lavement, que nous n'avons nul pooir sor aus devant qu'il reviennent
a nous par lor oevres. Ensi abaisse nostre pooirs qu'il nous a tolu et
plus encore. Car il a dit et conmandé et laissié menistres en ter [*b*] re
qui les sauveront, ja tant n'avront fait de nos oeuvres, se il se voelent
repentir et nos oeuvres guerpir et faire ce que lor maistre conmande-
ront. Et par ce les avons nous tous perdus. Molt a fait cil esperital
sustance qui pour home sauver est venus en terre et naistre de feme
et esfacier les tourmens terriens. Et il vint sans nostre seü et sans nul
delit d'ome ne de feme, et si le veïsmes et essaiasmes en toutes les

vîmes nous-mêmes, et nous le mîmes à l'épreuve de toutes les façons possibles. Et après avoir été mis à l'épreuve (nous avons bien vu que nous ne trouvions rien de nos œuvres en lui), il a voulu mourir pour sauver sa créature. Certes il aime profondément les hommes, quand il a accepté d'endurer une si grande souffrance pour les avoir et nous les enlever. Et nous devrions nous préoccuper vivement de trouver un moyen de les ravoir, de faire en sorte qu'il ne nous enlève rien de ce qui doit en toute légitimité nous appartenir, et de les inciter par notre ruse à accomplir nos œuvres, si bien qu'ils ne puissent se réfugier auprès de ceux par l'intermédiaire de qui ils obtiendraient le pardon qu'il a acheté de sa mort, ni leur parler. » Alors, ils s'écrièrent tous ensemble : « Nous avons tout perdu, puisqu'il peut pardonner aux pécheurs jusqu'à la fin ; pour peu qu'il trouve chez un homme trace de ses œuvres, il le prendra pour sien. Et même si cet homme a toute sa vie fait nos œuvres, nous l'aurons perdu s'il se repent ; ainsi donc, nous avons tout perdu ! »

2. Ils continuèrent à discuter tous ensemble, disant : « Ceux qui l'ont vu, ce sont ceux qui répandent sur la terre la nouvelle de sa venue. C'est d'eux que le plus grand dommage nous est venu ; car, plus ils parlaient ainsi, plus nous les tourmentions : si bien que, à notre avis, il a hâté sa venue pour leur venir en aide et les secourir, à cause des tourments que nous leur infligions. Mais comment pourrons-nous susciter un homme qui sache bien parler

---

maniéres que essaiier le peüsmes. Et quant nous l'eüsmes essaiié et nous veïsmes que nous ne trovasmes en lui nient de nos oeuvres, si vaut morir pour sauver l'oeuvre. Et molt a chier les homes quant si grant painne vaut souffrir pour aus avoir et nous tolir. Et molt nous devrienmes pener conment nous les peüssienmes avoir*e* et que il ne nous tausîst riens de ce que nostre par droit doit estre, et que nous le peüssienmes engingnier de faire nos oeuvres, en tel maniere que il ne peüssent repairier ne parler a ciaus par coi il eüssent pardon que il achata de sa mort. » Lors dient tout ensamble : « Nous avons tout perdu des que il puet pardonner les pechiés jusqu'en la fin a l'ome, s'il puet trouver en ses oeuvres dont il sera siens. Et quant il aura tous jours nos oeuvres faites, si l'aurons perdu s'il se repent. Et ensi avons nous tout perdu. »

2. Lors ont parlé entr'aus tout ensemble et dient : « Cil qui plus l'ont veü sont*e* cil qui dient nouveles de sa venue en terre. Ce sont cil dont li grans damages nous est venus, et quant il plus ce disoient et nous plus les tourmentions, si nous est avis que il se hasta plus de venir pour aus aïdier et secourre des tourmens que nous lor feïsmes. Mais comment porrons nous avoir un home qui parlast

conformément à notre science et à notre raison, en accord avec nos intentions, et selon notre pouvoir, et qui ait tout comme nous le pouvoir de connaître tout ce qui a été dit et fait dans le passé ? Si nous disposions d'un homme qui possédât ce pouvoir, et qui sût tout cela, et si cet homme se trouvait en la compagnie des autres sur la terre, il pourrait nous aider à tromper[1] l'humanité, comme nous trompaient les prophètes qui étaient avec nous, eux qui annonçaient ce que nous pensions être impossible. Car il raconterait tout ce qui a eu lieu dans le passé, et tout ce qui a été dit, ici ou ailleurs, et il serait cru par beaucoup. Celui qui pourrait mener à bien une telle entreprise aurait en vérité bien réussi son coup ! »

3. L'un d'eux dit alors : « Je n'ai pas le pouvoir de concevoir ni de déposer ma semence dans une femme ; mais si je l'avais, je pourrais bien le faire. Car je connais une femme qui fait absolument tout ce que je veux. » Un autre répliqua aussitôt : « Il y en a un parmi nous qui a le pouvoir de prendre l'apparence d'un homme et de coucher avec une femme. Qu'il le fasse, le plus discrètement possible ! » Ainsi donc, ils entreprirent d'engendrer un homme qui pût enseigner[1] les autres.

4. Les diables étaient bien fous de croire que Notre-Seigneur ne connaissait pas ce projet. C'est ainsi cependant que le diable entreprit de faire un homme à sa façon, qui lui ressemble et ait son intelligence pour tromper l'homme de

---

et desist nos sens et nos proeces[b] et nos afaires et eüst pooir, ensi com nous avons, de savoir les choses faites et dites et alees ? Et se nous aviennmes un home qui de ce eüst pooir et il seüst ces choses et il fust avoec les autres homes en terre, si nos porroit aïdier a engingnier, si com li prophete nous engingnoient qui estoient avoec nos et nous disoient ce que nous ne quidienmes pas qu'il deüst avenir. Et ensi diroit cil[c] les choses qui seroient faites et dites et loing et pres, si seroit il molt creüs de mains homes. Molt auroit bien esploitié qui tes choses porroit faire ne avoir. »

3. Lors dist li uns : « Je n'ai mie pooir de concevoir ne de faire semence en feme, mais, se je en avoie pooir, je le po[r]roie bien faire. Car je sai une feme qui fait a devise quanques je voel ». Et uns autres dist : « Il a tel de nous qui bien puet prendre samblance d'ome et habiter a feme. Mais il le face au plus priveement qu'il porra. » Et ensi ont empris que il engendront un home qui aprendra les autres.

4. Molt sont fol li diable quant il quident que Nostres Sires ne sace ceste oeuvre. Et ensi aprist li diables a faire home qui eüst sa maniere et son sens pour engignier l'ome Jhesu Christ. Et bien poons savoir que molt est li diables fols et mauvais. Ensi se departirent de cel

Jésus-Christ. Et nous pouvons en conclure que le diable est bien fou, et bien mauvais. Le conseil prit fin ainsi, après qu'ils se furent mis d'accord sur ce projet. Et celui qui avait dit qu'il avait tout pouvoir sur une femme ne tarda pas ; il vint à elle, là où elle se trouvait, aussi vite qu'il le put. À son arrivée il la trouva fort soumise à sa volonté, si bien qu'elle lui donna sa part de tout ce qu'elle avait, et remit toutes ses œuvres à l'ennemi. C'était l'épouse d'un homme très riche, qui possédait beaucoup de bétail et d'autres biens importants. Il avait aussi un fils et trois filles de cette femme qui s'était donnée au diable. Le diable ne se laissa certes pas aller : il se mit en campagne[1], comme une créature qui désirait fort tromper cet homme — il avait même demandé à sa femme la manière de le tromper. Elle répondit qu'il n'arriverait à rien s'il ne le mettait pas en colère : « Et il se mettra en colère si tu prends ce qui lui appartient. » L'ennemi s'en alla trouver dans les champs les bêtes de cet homme de bien, et en tua une grande partie ; et quand les bergers virent les bêtes mourir au milieu des champs, ils en furent tout ébahis. Ils vinrent à leur seigneur, et lui contèrent le prodige qui touchait ses bêtes. Quand cet homme de bien[2] les entendit, il s'étonna fort de ce que ses bêtes mouraient et demanda aux bergers s'ils en connaissaient la raison ; mais ils répondirent que non.

5. Les choses en restèrent là pour l'instant, et quand le diable vit que l'homme était courroucé pour si peu, il eut l'impression qu'il pourrait facilement lui causer de tels dommages

---

conseil et se sont a ceste oeuvre acordé. Et cil qui disoit qu'il avoit pooir de la feme ne tarda pas, ains vint a li ou ele estoit au plus tost que il pot. Et quant il vint a li, si trouva molt a sa volenté et donna la soie part et quanqu'ele avoit et ces oeuvres tout a l'anemi. Et cele feme estoit feme a un molt riche home qui avoit grant plenté de bestes et d'autres grans avoirs. Et si avoit un fil et .iii. filles de cele feme ou li diables avoit part. Et li diables ne s'oublia pas, ains ala as chans com cil qui baoit qu'il peüst cel home enginginer et l'avoit demandé a sa feme conment il l'engingineroit. Et ele li dist que il ne le porroit en nule maniere enginginer se il ne le coureçoit. « Et il se courecera se tu prens les soies choses. » Et li anemis s'en tourna as chans as bestes au prodome, si en ocist une grant partie. Et quant li pastour virent les bestes morir enmi les chans, si s'en esmerveillerent molt, si s'en alerent a lor signour et li disent la merveille de la morille de lor bestes. Et quant li prodom l'oï si s'esmerveilla pour coi ses bestes moroient. Si demanda a ses pastours s'il savoient pour coi ce fu. Et il li disent que nenil.

5. Ensi remest celui jour et, quant li diables vit que il fu courecié pour si poi, se li est avis que, s'il li pooit grant damage faire,

qu'il se mettrait en colère pour de bon, et qu'il le soumettrait ainsi davantage à sa volonté. Il revint aux bêtes, lui tua dix de ses beaux chevaux en une seule nuit. Et quand l'homme sut que ses affaires allaient si mal, il en fut très courroucé, au point de dire une grande folie sous le coup de sa colère. En effet, il donna au diable[1] tout ce qu'il possédait encore, tout ce qui lui restait. Quand le diable sut qu'il lui avait fait un tel don, il en fut ravi, et il le pressa encore davantage, lui infligeant de tels dommages qu'il ne lui laissa pas une seule bête. L'homme de bien en fut très courroucé, et dans sa colère il chercha la solitude, fuyant la compagnie des gens, dont il ne se souciait guère[2].

6. Quand le diable vit qu'il l'avait ainsi isolé, il sut qu'il pourrait faire de lui toute sa volonté ; il vint alors à son fils, un très bel enfant, qu'il étrangla dans son lit. Et au matin l'enfant y fut trouvé mort. Quand le père apprit qu'il avait perdu son fils, il désespéra[1] et se détourna de sa foi. Et quand le diable sut à son tour qu'il s'était ainsi égaré, et qu'il ne pouvait plus désormais revenir en arrière, il en fut ravi[2]. Il alla trouver la femme par qui il avait gagné tout cela, il la fit monter sur une huche dans son cellier, accrocher une corde au plafond et la passer à son cou ; puis elle sauta de la huche, se pendit, et se brisa la nuque. Elle en mourut, et on la trouva sur place le lendemain. Lorsque l'homme sut qu'il avait perdu ainsi sa femme et son fils, il en éprouva une si grande douleur qu'il en tomba malade, d'un mal qui le tua.

---

que bien se corecceroit, si l'avoit plus a sa volenté. Si revint a ces[a] bestes et a .x. biaus chevaus que il avoit, se les ocist tous en une seule nuit. Et quant li prodom sot que sa chose aloit si a mal, si s'en coureça molt et dist une fole parole que sa grant ire li fist dire. Car il donna quanques il avoit as diables et tout ce que li estoit remés. Quant li diables sot qu'il avoit cel don fait, si en fu molt liés et molt li courut sus pour greignour damage faire, si qu'il ne li laissa nisune de ses bestes. Si en fu li prodom molt iriés et en sa [d] grant ire fui la compaingnie de la gent qu'il n'avoit cure de nule compaingnie.

6. Quant li diables vit qu'il li avoit tolue la compaingnie de la gent si sot bien qu'il feroit de lui toute sa volenté. Et lors vint li diables a un molt biau fil qu'il avoit, si l'estrangla en son lit, et au matin fu li enfés mors trouvés en son lit[c]. Et quant li peres oï qu'il ot perdu son fil, si se desespera et meserra molt de sa creance. Et quant li diables sot qu'il ot perdu sa creance et qu'il n'i pot mais retourner, si en fu molt liés. Et a la feme par qui il avoit tout ce gaaingnié fist il monter sur une huge en son celer et si mist une corde a son planchier et le lacha entour son col. Et puis descendi et se pendi et estrangla, et fu illuec estranglee et trouvee le matin. Et quant cil sot que il ot perdue sa feme et son fil en tel maniere, si ot si grant doel qu'il prist une maladie qui l'ocist.

7. C'est ainsi que le diable traite ceux qu'il veut tromper à son gré. Quand il eut accompli tout cela, il en fut ravi, et se demanda comment il pourrait prendre au piège les trois filles qui restaient. Il y avait un jeune homme qui faisait toute sa volonté ; il le conduisit auprès des jeunes filles, et il en courtisa une tant et si bien qu'à force de belles paroles et par son empressement il la séduisit. Et quand il l'eut séduite, il en fut ravi. Or, le diable ne se soucie pas de dissimuler ses triomphes, il veut au contraire que tout apparaisse au grand jour pour la plus grande honte des coupables ; il fit donc savoir partout ce que ces deux-là faisaient ensemble par sa faute, si bien que tout le monde l'apprit. Or, en ce temps-là, il existait une coutume, selon laquelle toute femme accusée d'adultère[1], à moins qu'elle ne s'abandonne officiellement à tous, était condamnée à mort. Parce que le diable veut toujours la honte de ceux qui le servent, il révéla cette affaire. Le jeune homme s'enfuit, et la femme fut prise et menée devant les juges pour être jugée ; et les juges en eurent grande pitié, pour l'amour de l'homme de bien dont elle était la fille. Et ils se disaient entre eux : « Vous pouvez voir ici de grands prodiges : cet homme dont celle-ci est la fille, comme tout a mal tourné pour lui, et en peu de temps ! Car il n'y a guère encore, c'était un des plus riches du pays, et maintenant, en définitive, tout a mal tourné pour lui. » Ils conclurent finalement qu'ils la feraient enterrer vive, de nuit, pour en épargner la honte à ses proches. C'est ainsi que le diable traite ceux qui

---

7. Ensi fait li diables de ciaus qu'il veut engingnier a sa volenté. Et quant il ot ce fait si en fu molt liés et pensa conment il engingneroit les .iii. filles qui estoient remesses. Et il i avoit un baceler qui molt ouvroit a sa volenté. Si l'emena ou les puceles estoient, si en proia l'une et tant ala en tour par ses fais et par ses dis que il l'engingna. Et quant il l'ot engingnie, si en fu molt liés. Et li diables n'a cure de celier de ce dont il est au deseure, ains veut que on[a] voist en apert devant la gent pour plus honnir, et fist a savoir l'oevre[b] que cil faisoient par son pourchas. Et tant que li siecles le sot, et en icel tans estoit coustume que feme qui estoit reprise en adultere, se ele ne s'abandonnoit a tous les homes plainnement, c'on en feroit justice, et pour ce que li diables si veut tous dis les siens homes honir, fist ceste oevre a savoir. Et li vallés si s'enfui et la feme fu prise et menee devant les juges et jugie. Et li juge en orent molt grant pitié pour l'amour del prodome qui fille ele estoit et disent : « Grans merveilles poés[c] veoir de cel prodome qui fille ceste fu ! Com il l'i est mescheü et em poi de tans ! Car encore n'a gaires que il estoit uns des plus riches hom de cest païs et ore li est il malement mescheü ! » Si disent que il l'enfouroient en terre toute vive par nuit pour la honte des amis. Ensi fait li diables de ciaus qui se consentent

consent à faire ce qu'il veut. En cette contrée, en ce pays, se trouvait un bon confesseur, homme de bien, qui entendit parler de ce prodige. Il vint trouver les deux sœurs survivantes, l'aînée et la plus jeune ; il les réconforta, et leur demanda comment cette mésaventure[2] était échue à leur père et à leur mère, et à leur frère et à leur sœur. Elles répondirent qu'elles n'en savaient rien, « si ce n'est que nous croyons que Dieu nous hait, et que pour cette raison il souffre que nous endurions de tels tourments ». Le sage répliqua : « Vous ne dites pas la vérité, et vous blasphémez. Dieu ne hait personne ; au contraire, la haine que le pécheur manifeste envers lui-même lui pèse. Sachez bien que tout cela est l'œuvre du diable. Et votre sœur que vous avez perdue de manière si déshonorante, saviez-vous qu'elle se conduisait ainsi ? » Et elles lui répondirent qu'elles n'en savaient rien[3]. Le saint homme leur dit alors : « Gardez-vous des mauvaises actions, car elles mènent les pécheurs et les pécheresses à une mauvaise fin. » Il leur apprit beaucoup de bonnes choses, et il leur donna de beaux enseignements ; la plus jeune aurait volontiers souhaité qu'il fût réduit en cendres. Mais l'aînée l'écoutait avec attention, et ce qu'il disait lui plaisait beaucoup. Le saint homme lui apprit les principes chrétiens, et les vertus de Jésus-Christ ; et elle s'appliqua avec sérieux à retenir ce qu'il disait, et à agir conformément à ce qu'il lui enseignait ; il lui dit d'ailleurs : « Si vous croyez vraiment ce que je vous ensei-

---

a sa volenté. En cele terre et en cel païs avoit un bon confesseour prodome et oï parler de cele merveille. Si vint as .ii. [e] serours qui estoient remeses, l'ainsnee et la mainsnee, si les confortoit et lor dist conment ceste aventure lor estoit avenue de lor pere et de lor mere et de lor frere et de lor serour. Et eles respondirent que eles n'en savoient riens « fors tant que nous quidons que Dix nous het, si nous soufre ceste torment a avoir ». Et li prodom lor dist : « Vous ne dites pas voir ne bien. Dix ne het nului, ains li poise bien quant li pechierres se het. Et saciés que c'est avenu par oeuvre de diable. Et vostre serour que vous avés si vilment perdue seüstes vous qu'ele feïst tele oeuvre ? » Et celes respondent : « Nous n'en seüsmes riens. » Et li prodom lor dist : « Gardés vous de mauvaises oeuvres que la mauvaise oeuvre si mainne les pecheours et les pecherresses a mauvaise fin. » Molt les aprent li prodom bien et enseigne et la mainsnee vausist bien qu'il fust ars en cendre. Mais l'ainsnee l'entendi molt bien et molt li plot ce que li prodom li ot dit. Et li prodom li aprent sa creance et les vertus Jhesu Crist a croire. Et ele li mist molt grant painne et grant cure el retenir et au faire, si com li prodom li enseignoit, et li dist : « Se vous creés bien ce que je vous enseignerai et dirai, grans biens vous en venra et serés m'amie et ma fille en Dieu. Ne vous n'aurés ja si grant besoing ne si grant oeuvre a faire, se vous

gnerai, il vous en viendra grand bien, et vous serez ma fille et mon amie en Dieu[4]. Et si vous vous conformez à mes conseils, jamais vous n'aurez si grand besoin d'aide ou vous ne serez dans une si mauvaise situation que je ne vous aide à vous tirer d'affaire avec l'aide de Dieu, Notre-Seigneur. Ne vous faites pas de souci, ajouta-t-il, car Dieu vous conseillera si vous vous attachez à lui. Et venez souvent me rendre visite, car je serai installé pas très loin d'ici. »

8. Ainsi, ce saint homme donna de bons conseils aux deux jeunes filles, et l'aînée lui fit entièrement confiance ; elle le prit en affection en raison de ses conseils, et des bonnes paroles qu'il lui disait. Et quand le diable l'apprit, il en fut fort marri : pour ne pas les perdre, il réfléchit à un moyen de les séduire. Près de là habitait une femme qui avait à maintes reprises fait sa volonté, et agi selon ses désirs. L'ennemi prit cette femme et l'envoya à la plus jeune des sœurs — elle n'osa pas en effet s'adresser à l'aînée, la voyant se comporter avec tant d'humilité. Cette femme, donc, prit la plus jeune à part, et lui posa de nombreuses questions sur sa situation et son état. Elle lui demanda en particulier : « Quelle vie mène votre sœur actuellement ? Est-elle de bonne humeur à votre endroit et vous fait-elle bon visage ? » Et l'autre lui répondit : « Ma sœur est si triste de nos mésaventures qu'elle ne fait bon visage ni à moi ni à autrui ; et un saint homme qui lui parle tout le temps de Dieu l'a si bien convertie qu'elle ne fait rien que ce qu'il veut. » La femme répliqua aussitôt : « Hélas pour votre beau

---

vous contenés a mon conseil, que je ne vous aïde a conseillier a l'aïde de Dieu, Nostre Seignour. Et ne vous esmaiiés mie, fait il, car Diex vous conseillera se vous tenés a lui. Et venés souvent a moi que je ne serai gaires loing de ci a estage[d]. »

8. Ensi a li prodom conseilliés les .II. puceles et mises em bones voies et l'aisnee crut molt le prodome et ama pour le bon conseil et pour les bones paroles que il li disoit. Et quant li diables le sot si l'em pesa molt et si fu paour que il ne les perdist. Si se pourpensa comment il les pourroit engingnier. Illuecques prés avoit une feme qui maintes fois avoit faites ses volentés et ses oeuvres. Icele feme prist li anemis et l'envoia a la mainsnee, car ele n'osa parler a l'aisnee pour ce que ele le vit contenir si humilement. Cele feme traïst la mainsnee des serours a conseil, se li demanda molt de son estre et de son couvine. Et li demanda et dist : « Quel vie maine ore vostre serour o vous ? Est ele molt lie ? Vous fait ele joie ? » Et ele respondi : « Ma suer est si pensive de ces mesaventures qui avenues nous sont qu'ele ne fait bele chiere ne a moi ne a autrui. Et uns prodom [f] qui toute jour parole de Dieu[a] a li l'a si atournee et convertie a sa guise et a sa maniere qu'ele ne fait se ce non que il veut. » Et cele li dist : « Mar fu vostre beau

corps, qui ne connaîtra jamais le plaisir, aussi longtemps que
vous serez en telle compagnie ! Dieu ! Si vous saviez, ma
belle, le plaisir qu'ont les autres femmes, vous n'accorderiez
aucune valeur à ce que vous avez ! Nous éprouvons un tel
plaisir quand nous sommes en la compagnie des gens que
nous aimons que, si nous n'avions de pain que la valeur
d'une aumône, nous serions encore plus à notre aise que
vous, quand bien même vous posséderiez tous les biens de
ce monde. Dieu ! Que vaut donc plaisir de femme qui n'a
point d'homme ? Ma belle, fit-elle, je le dis pour vous, car
vous n'en aurez pas, et vous ne saurez pas quel plaisir on
peut avoir d'un homme. Et je vais vous dire pourquoi : votre
sœur est votre aînée, et elle en fera l'expérience avant vous,
si elle fait comme elle l'entend. Et une fois qu'elle aura fait
cette expérience, elle ne se souciera plus de vous, et vous
aurez perdu le plaisir que vous pourriez tirer de votre beau
corps, qui n'a vraiment pas de chance… ! »

9. Quand la jeune fille entendit ces propos, elle lui répondit en ces termes : « Comment oserais-je faire ce dont vous
parlez ? Ma sœur en est bel et bien morte. » Et l'autre de
rétorquer : « Votre sœur a agi follement ; mais si vous m'en
croyez, vous ne serez jamais accusée, et pourtant vous tirerez tout le plaisir possible de votre corps. — Je ne sais comment, dit la jeune fille, et je n'oserais pas en parler. » Quand
le diable entendit cela, il en fut ravi, et il sut bien qu'il l'aurait à sa volonté ; là-dessus il fit repartir la femme. Quand

---

cors que jamais n'aura joie tant que vous soiiés en ceste compaingnie ! Dix, se vous saviés, bele amie, la joie que autres femes ont,
vous ne priseriés riens ce que vous avés. Nous avons tel joie quant
nous somes en compaignie avoec la gent que nous amons que, se
nous n'avions qu'une aumosne de pain, si serienmes nous plus a aise
que vous n'estes se vous avés encore[b] quanqu'il a en cest siecle. Dix,
que vaut dont joie de feme qui n'a home ? Bele amie, fait ele, je le di
pour vous que ja point n'en aurés ne ne saurés que joie d'ome sera.
Et si vous dirai pour coi ; vostre suer est ainsnee de vous et en
aura ançois a son oels que vous en aiiés point. Et quant ele en aura
se ne li chaurra de vous et ensi avés la joie perdue de vostre bel cors
qui tant mar fu ! »

9. Quant la pucele entent ce que cele li dist, si respont a li :
« Comment oseroie je faire ce que vous dites, car ma suer en fu
morte ? » Et cele respont : « Vostre suer fist trop folement. » Mais se
vos m'en creés, vous n'en serés ja occoisonnee et si aurés tout le
delit de votres cors. — Je ne sai, fait la pucele, conment, ne je n'en
oseroie parler. » Et quant li diables oï ce si en fu molt liés et sot bien
qu'il l'auroit a la soie volenté. S'en remena sa feme. Et quant la feme
en fu alee et la demoisele pensa a ce que la feme li avoit dit et

elle s'en fut allée, la demoiselle pensa à ce qu'elle lui avait dit, et le soir en allant se coucher considéra son beau corps, et se dit : « Vraiment, elle m'a dit la vérité, cette bonne femme qui a affirmé que j'étais perdue ! » Et au matin, en se levant, elle n'avait pas non plus oublié les paroles de la femme, car le diable l'avait enflammée. Au contraire elle fit appeler l'autre, et quand elle fut arrivée, elle lui dit : « Vous m'avez dit vrai en prétendant que ma sœur ne se soucie pas de moi... » Et celle-ci répondit : « Je le savais bien ; et elle s'en préoccuperait encore moins si elle avait son plaisir ; car nous ne sommes faites pour rien d'autre que pour prendre notre plaisir avec les hommes. » Alors, la jeune fille lui dit : « Je désirerais très volontiers connaître le plaisir, si je ne craignais qu'on ne me fasse mourir pour cela. » Et l'autre de répliquer : « On vous ferait mourir si vous vous débrouilliez aussi follement que le fit votre sœur ; mais je vous apprendrai comment faire. » La jeune fille promit : « Dites-le-moi, et je vous en croirai. — Vous vous abandonnerez à tous les hommes, et vous vous enfuirez d'ici de colère et de chagrin[1] — vous ne pourriez guère, en effet, vous défendre contre les récriminations de votre sœur. Et ainsi vous ferez ce que vous voudrez de votre corps, sans que jamais aucun juge n'en parle, sans encourir aucun danger. Et quand vous aurez mené cette vie un certain temps, il se trouvera toujours un homme de bien qui sera tout heureux de vous avoir[2], pour votre riche héritage.

10. « Et ainsi vous aurez tout le plaisir du monde. » La

---

regarda la nuit quant ele ala couchier son biau cors et dist : « Voirement me dist voir la prodefeme qui disoit que je estoie perdue. » Et au matin, si tost com ele se leva, ne mist ele mie en oubli ce que la feme li avoit dit[a] quar li diables l'avoit esprise. Si manda la feme et quant ele fu venue si li dist : « Vous me deïstes voir de ce que ma suer ne chaut de moi. » Et cele respont : « Je le savoie bien. Encore l'en en chaurra il mains s'ele avoit la soie joie. Ne nous ne somes pour nule autre chose faites fors que pour avoir joie des homes. » Et cele si dist[b] : « Je voldroie molt volentiers avoir joie[c] se je ne cremoie que on m'oceïst. » Et cele respont : « On vous ocirroit se le feïssiés aussi folement com fist vostre serour. Mais je vous enseignerai comment vous le ferés. » Et cele respont : « Dites le moi et je querrai vostre enseignement. » La feme li dist : « Vous vous abandonnerés a tous [61 a] homes si vous enfuirés de courous et d'ire. Vous ne porriés gaires garir[d] a vostre serour. Et ensi ferés vostre volenté de vostre gent cors que ja ne trouverés justice qui em parolt et serés fors de tous dangiers. Et quant vous aurés une piece ceste vie menee si sera uns prodom tous liés s'il vous puet avoir pour vostre grant iretage.

10. « Ensi aurés toute la joie de cestui monde. » Et cele li otroie

jeune fille lui accorda qu'elle agirait de cette manière. Elle le fit en effet, car elle s'enfuit de chez sa sœur et abandonna son corps à tous, sur le conseil de cette femme ; et le diable en fut ravi. Lorsque sa sœur apprit qu'elle s'était comportée ainsi, elle se rendit chez l'homme de bien qui lui enseignait la foi, et elle lui conta tout l'histoire de sa sœur, qu'elle avait perdue de cette façon. Quand le saint homme entendit ce prodige, il en fut très troublé ; il lui dit : « Le diable est encore en vous, et il n'aura de cesse de vous avoir toutes séduites, si Dieu ne vous en garde. » La jeune fille lui demanda : « Seigneur, comment m'en pourrai-je garder ? Car il n'y a rien dont j'aie si grand-peur que d'être séduite par lui. » Et le saint homme de répondre : « Si tu te fies à moi, il ne te séduira pas. » Elle, à son tour : « Je croirai tout ce que vous me direz. » Il lui dit donc : « Est-ce que tu ne crois pas au Père, au Fils et au Saint-Esprit, et que tous trois sont une seule personne, un seul Dieu en sa Trinité, et aussi que Notre-Seigneur vint sur la terre pour sauver les pécheurs qui voudraient croire au baptême et aux autres sacrements de la sainte Église, et des envoyés qu'il laissa sur la terre pour sauver en son nom ceux qui croiraient sa parole, et les engager dans la bonne voie ? » Et elle dit : « Comme vous me l'avez expliqué, et comme je l'ai retenu, je le crois : et aussi vrai que je le crois, puisse-t-il me garder d'être emportée par le diable, ou d'être trompée par lui ! » Le saint homme dit

---

que tout ensi le fera. Et si fist ele car ele s'enfui de chiés la serour et[a] abandonna son cors a tous homes par le conseil de cele feme et molt en fu li diables liés. Et quant sa suer sot que ele s'estoit ensi menee, si s'en ala a celui prodome qui li aprendoit sa droite creance et li conta l'afaire de sa serour qu'ele avoit ensi perdue. Et, quant[b] li prodom oï ceste merveille, si en fu molt esfreés et li dist : « Li diables est encore en[c] vous, ne il ne finera jamais tant que il vous aura toutes engingniés, se Dix ne vous en garde. » Et cele demande : « Sire, coument m'en porrai je garder ? Ja n'est il riens dont je aie si grant paour come de ce que il ne m'engingne. » Et li prodom li dist : « Se tu me crois, il ne t'engingnera mie. » Et ele respont : « Je vous querrai de quanques vous me dites. » Et il dist : « Dont ne crois tu el Pere et el Fil et el Saint Esperit, et que ces .III. vertus soit une meïsmes chose en Dieu de la Trinité, et que Nostres Sires vint en terre pour sauver les pecheors qui vauroient croire el bauptesme et es autres sacremens de Sainte Église et des menistres que il laissa en terre por ciaus qui querroient en son non sauver et adrecier a bone voie ? » Et ele dist : « Tout ensi com vous le m'avés devisé et dit et je l'ai entendu, et je le crois. Ensi voirement me gart il que diables ne m'emport ne ne me puisse engingnier. » Et li prodom li dist : « Se tu le crois issi voirement con tu le dis[d], ja diables ne anemis ne nule mauvaise chose ne te porra grever.

alors : « Si tu crois vraiment en tout cela, comme tu le dis, jamais le diable ni l'ennemi, ni rien de mauvais, ne pourront te faire de mal. Mais je te prie et te conseille par-dessus tout de ne pas te laisser aller à la colère, car c'est là où il y a colère et courroux que le diable se manifeste le plus volontiers. C'est pour cette raison que tu dois te garder de tous les méfaits, de tous les ennuis qui pourraient t'arriver, bref de toutes les occasions de colère. Ma douce amie, ma chère, viens à moi dans ce cas, dis-moi tout, aussitôt que cela t'arrivera, et bats ta coulpe devant Notre-Seigneur, tous les saints et toutes les saintes, et toutes les créatures qui croient en Dieu. Et chaque fois que tu te lèveras et que tu te coucheras, signe-toi au nom du Père, du Fils et du Saint-Esprit, et au nom de cette croix où il souffrit la mort pour préserver les pécheurs de la mort de l'enfer[1].

11. « Si tu agis ainsi, continua le saint homme, tu n'auras garde de l'ennemi ; prends bien soin en outre, là où tu te coucheras, d'avoir toujours de la lumière, car le diable ne vient pas volontiers là où il fait clair. » C'est ainsi que le saint homme enseigna la jeune fille qui avait grand-peur que le diable ne la prenne au piège. Puis la demoiselle s'en retourna chez elle, ferme dans sa foi et pleine d'humilité envers Dieu et envers les pauvres gens du pays. Les gens de bien, hommes et femmes, vinrent la voir et lui dirent : « Ma foi, ma chère amie, vous avez bien raison d'être effrayée par les peines qu'ont endurées votre père et votre mère, sans parler de vos sœurs et de votre frère qui est mort ainsi. Prenez donc de

---

Si te proi et requier sor toutes choses que tu te gardes de chaoir en grant ire, car est la chose ou li diables repaire plus volentiers que la ou grant ire est. Et pour iceste chose te dois tu garder de tous mesfais et de tous les encombriers qui te venrront et de toutes les ires que tu auras. Ma douce amie chiere, si venés a moi et te me dites tout' ensi com il t'avendra et te rent coupable a Nostre Signour et a tous sains et a toutes les saintes et a toutes les creatures qui Dieu croient. Et toutes les fois que te leveras et te coucheras, si te seigne de la crois el non del Pere et del Fil et del [*b*] Saint Esperit et el non de cele crois ou il sousfri mort pour pecheours garder de la mort d'infer.

11. « Se tu le fais ensi, fait li prodom, tu n'auras garde d'anemi. Et garde que la ou tu gerras aies clarté, car diables ne vient mie volentiers ou clarté est. » Ensi aprent li prodom la pucele qui molt a grant paour que li diables ne l'engint. Et puis s'en revint la demoisele en sa maison molt bien creant et molt humelians vers Dieu et vers les povres del païs. Et li prodome et les prodefemes vinrent a li et li disent : « Par ma foi, bele amie, vous devés bien estre esfreé de tel tourment qui est avenu a vostre pere et a vostre mere et as vostres serours et a vostre frere que ensi fu mors. Ore prendés bon

bonnes résolutions, et ayez confiance, car vous êtes très riche et vous avez un bon héritage : vous trouverez certes un homme de bien qui sera très heureux quand il pourra vous avoir pour épouse. » Et elle leur répondait : « Que Notre-Seigneur me place dans l'état qu'il sait me convenir. »

12. Deux ans ou plus s'écoulèrent bien ainsi, sans que le diable puisse trouver l'occasion de prendre au piège cette demoiselle, et sans qu'il ait jamais connaissance d'une mauvaise action qu'elle aurait faite[1]. Il en fut fort marri, et se rendit bien compte qu'il ne pourrait pas la prendre au piège s'il ne lui faisait d'abord oublier ce que le saint homme lui avait dit et enseigné, et s'il ne la faisait pas se mettre en colère ; car elle ne se souciait pas d'exécuter les œuvres du diable. Alors, il prit sa sœur et la lui amena un samedi soir pour la mettre en colère, et pour voir s'il pourrait la prendre au piège. Quand sa créature arriva à la maison de son père, il était déjà tard dans la nuit ; et elle amena avec elle une troupe de mauvais garçons, qui entrèrent tous dans la maison. Lorsque sa sœur vit cela, elle en fut très courroucée, et dit : « Chère sœur, aussi longtemps que vous voudrez mener cette vie, vous ne devez pas venir ici ; car vous me ferez blâmer, ce dont je n'ai pas besoin. » Mais quand celle-ci entendit sa sœur dire qu'elle serait blâmée à cause d'elle, elle en fut à son tour courroucée ; et elle parla comme une femme qui avait le diable au corps. Elle menaça sa sœur, et dit que le saint homme l'aimait d'amour coupable[2], et que si les gens

---

conseil en vous et bon cuer que vous estes molt riche feme et molt avés bons iretages et molt sera liés un prodom quant il avoir vous porra. » Et cele respont : « Nostre Sires me maintiengne si com il set que mestiers m'est. »

12. Ensi fu cele damoisele bien .ii. ans ou plus que onques diables engingnier ne le pot ne ne sot onques nule mauvaise oeuvre qu'ele fesist. Si l'em pesa molt et sot bien qu'il ne le porroit engingnier si ne li faisait oublier ce que li prodom li avoit dit et[a] enseignié et s'il ne le faisoit courecier, car ele n'avoit cure de ses oeuvres faire. Lors prist sa serour, si li amena un samedi au soir pour li courecier et pour veoir s'il le porroit engingnier. Quant cele vint a la maison son pere si fu une grant piece en la nuit et amena une trope de garçons et vinrent tout dedens l'ostel. Et quant sa serour le vit si en fu molt iree et dist : « Bele suer, tant com vous voldrés cele vie mener ne devés vous pas chaiens venir car vous me ferés blasme avoir dont je n'eüsse mestier. » Quant cele oï sa suer ce dire, que por li auroit blasme, si en fu molt iree et parla com cele en qui li diables estoit. Si manecha sa serour et dist que li prodom l'amoit en mauvaistié et se les gens le savoient ele seroit arse. Quant ele oï que sa suer le metoit sus des diables[b], si s'en courecha molt et li dist que ele alast hors de la maison. Et cele se des-

le savaient, elle serait brûlée. Quand la demoiselle entendit les diableries dont sa sœur l'accusait, elle entra dans une très violente colère, et lui ordonna de vider les lieux ; l'autre se défendit, et les mauvais garçons qui l'accompagnaient prirent la demoiselle et la battirent cruellement. Lorsque enfin elle put leur échapper, elle se réfugia en une chambre, toute seule, et se coucha tout habillée, pleurant à chaudes larmes. Et quand le diable la vit seule et bien en colère, il fut ravi, et se dit : « Maintenant, elle est à point ! » Et il s'empressa de lui rappeler la douleur de son père, de sa mère, de son frère et de ses sœurs. Ensuite elle se souvint de celle qui l'avait battue. Alors elle pleura à l'évocation de ces souvenirs, éprouva beaucoup de chagrin et beaucoup de colère, et s'endormit dans cet état d'esprit. Quand le diable s'aperçut qu'elle avait oublié tout ce que le saint homme lui avait ordonné, il dit : « La voilà privée de la protection de son maître : maintenant on pourrait bien mettre en elle notre homme. » Ce diable avait le pouvoir de connaître charnellement les femmes et de coucher avec elles[3].

Conception et naissance de Merlin.

13. Il était tout prêt : il vint à son lit, la connut charnellement, et elle conçut. La chose faite, la demoiselle s'éveilla ; et en s'éveillant elle se souvint du saint homme ; elle se signa et dit : « Sainte Marie, ma dame, que m'est-il arrivé ? Je suis bien abîmée par rapport à l'état dans lequel j'étais en me couchant ! Belle dame, glorieuse Mère de Dieu, Fille et Mère de Jésus-Christ, priez votre cher Père qui est aussi votre Fils qu'il

---

fendi et li garçon qui estoient venu avoec li le prisent, si le batirent dolereusement. Et quant ele lor pot eschaper si se feri en une chambre toute seule et se coucha en son lit toute vestue et ploura molt durement. Et quant li diables le vit seule et bien courecie si en fu [d] molt liés et dist : « Ore est ceste bien atornee. » Et li ramentoit devant le doel son pere et de sa mere et de son frere et de ses serours. Puis li menbre de cele qui l'a batue. Lors ploure quant il li menbre de toutes ces choses, si ot molt grant doel et molt grant ire et en cele dolour s'endormi. Et quant li diables vit et sot qu'ele ot oublié tout ce que li prodom li ot conmandé, si dist : « Ore est ceste bien menee hors de la garde son maistre et ensi porroit on bien metre en li nostre home. » Et cil diables avoit pooir de concevoir et de jesir a feme.

13. Lors fu tous apareilliés et vint a li, si conchut et jut a li charnelment. Et quant ce fu fait si vint a li. La damoisele s'esveilla et en l'esveillant qu'ele fist li souvint del prodome, si se seigna et dist : « Sainte Marie, dame, que est ce qui m'est avenu ? Je sui empirie de tele com je estoie quant je me couchai. Bele gloriouse mere Dieu, fille et mere Jhesu Crist, deproiiés vostre cher pere et fil que il

sauve mon âme et garde mon corps des tourments infligés
par le diable ! » Elle se leva alors, et se mit à chercher le responsable, car elle croyait bien le trouver. Elle courut à la
porte, la trouva fermée, et se mit à fouiller toute sa chambre,
mais elle ne trouva rien. Elle se rendit donc bien compte
qu'elle avait été prise au piège par l'ennemi. Alors elle s'abandonna à la douleur, et elle invoqua très doucement Notre-
Seigneur, le priant de ne pas souffrir qu'elle soit déshonorée
aux yeux du monde. La nuit passa et le jour vint ; dès qu'il fit
jour le diable remmena la femme, car elle avait bien fait ce
pour quoi il l'avait fait venir. Et quand elle et les mauvais garçons s'en furent allés, la demoiselle sortit de sa chambre, fort
courroucée, et appela son serviteur, lui demandant de lui amener deux femmes, ce qu'il fit. Lorsqu'elles furent arrivées, elle
se mit en route en leur compagnie pour se rendre chez son
confesseur[1]. Dès qu'il la vit, il lui dit : « Tu as le malheur au
cœur, et grand besoin d'aide, car je te vois fort troublée. » À
ces mots, elle prit la parole et lui répondit ainsi :

14. « Seigneur, fit-elle, il m'est arrivé ce qui n'était jamais
arrivé à aucune autre femme que moi. Je viens à vous pour
que vous me confessiez, car vous m'avez dit que personne
ne peut commettre un péché si grave qu'il ne lui soit pardonné, s'il s'en confesse et s'en repent, et fait la pénitence
que lui enjoint son confesseur. Seigneur, j'ai péché, et sachez
bien que j'ai été trompée par le diable. » Elle lui raconta alors

---

gart l'ame de moi et le cors desfende de tourment et del pooir de
l'anemi. » Lors se lieve et quiert celui qui ce li ot fait que ele le quidoit trouver. Si court a son huis, si le trueve fermé. Si a cerchié toute
sa chambre mais ele n'i trouva riens. Lors sot ele bien qu'ele estoit
enguignie d'anemi. Lors se dolousa et reclama molt doucement
Nostre Signour et li proia qu'il ne sousfre qu'ele soit honnie en cest
siecle. La nuit passa et li jors vint, si tost com il fu jours, en
remena li diables la feme, car ele li ot bien fait ce por coi il*ª* li ot
amenee. Et quant ele et li garçon s'en furent alé, cele issi de la
chambre molt iree et apela son sergeant et li dist qu'il li amenast et il
si fist*ᵇ*. Et quant eles furent venues, ele se mist a la voie, si erra tant
qu'ele vint a son confessour. Et quant ses confessors le vit si li dist :
« Tu as meschief au cuer et besoing, car je te voi molt esfree. » Et
quant ele l'oï si li dist en tel maniere :

14. « Sire, fait ele, il m'est avenu ce que onques n'avint a nule feme
se a moi non. Et je vieng a vous que vous me conseilliés car vous
m'avés dit que nus ne puet si grant pechié faire, s'il en est confés et
repentans et il fait ce que li confessours li enseignera, que il ne li soit
pardonné. Sire, fait ele, je ai pechié et bien saciés que j'ai esté engingnie d'anemi. » Lors li conte conment vint sa suer en maison et [*d*]
conment ele se coucha a li et coment ele et li garçon le batirent et

comment sa sœur était venue à sa maison, et comment elle
s'était courroucée contre elle, comment sa sœur et ses mauvais garçons l'avaient battue, comment elle était entrée dans
sa chambre en fureur, et aussi comment elle avait bien fermé
la porte derrière elle, et comment, en raison de la colère et
du chagrin qu'elle éprouvait, elle avait oublié de se signer.
« J'oubliai aussi tous les commandements et tous les rites que
vous m'aviez enseignés. Et quand je me réveillai, je me trouvai abîmée et dépucelée ; je fouillai ma chambre et trouvai
ma porte bien close comme je l'avais laissée. Je ne découvris
personne et je ne pus savoir qui m'avait fait cela. C'est ainsi,
seigneur, que j'ai été prise au piège. Je vous supplie d'avoir
pitié, au nom de Dieu ; que si mon corps doit être livré à la
torture, je n'y perde au moins pas mon âme ! » Le saint
homme écouta avec attention tout ce qu'elle lui disait, car il
n'avait jamais entendu parler d'un tel prodige. Mais il lui
répondit d'abord : « Tu as le diable au corps, vraiment les
démons sont en toi[1] ! Comment pourrai-je te confesser, ou te
donner ta pénitence pour un acte sur lequel, je le sais, tu
ne me dis pas la vérité ? Jamais, en effet, une femme ne fut
dépucelée sans savoir par qui, ou au moins sans voir
l'homme qui la dépucelait : et toi, tu veux me faire croire que
dans ton cas ce prodige s'est produit ! » Elle répliqua :
« Puisse Dieu me sauver, et me préserver des tourments,
aussi sûrement que je vous dis la vérité ! » Alors le saint
homme lui dit : « S'il en est ainsi que tu le dis, tu en feras
bien l'expérience. Tu as commis un grand péché, à propos
des consignes que je t'avais imposées, et que tu n'as pas

---

comment ele entra en sa chambre toute iree et conment ele ferma
son huis sor li et par la grant ire et le doel qu'ele ot s'oublia a seignier. « Et tous les comandemens et sacremens*a* que vous m'aviés
enseigné. Et quant je m'esveillai si me trouvai hounie et despucelee et trouvai ma chambre bien fermee, tout ensi com le l'avoie
fermé. Ne onques n'i trouvai riens nee, ne ne soi qui ce m'ot
fet. Sire, ensi fui je engingnie. Si vous en cri merci, pour Dieu, se li
cors de moi est tourmentés que je perde l'ame. » Li prodom ot bien
escouté quanque ele li ot dit qu'il n'oi onques mais parler de cel merveille. Se li respont : « Tu es tote plainne de diables et diable conversent en toi et conment te confesserai je ne conment te chargerai je
penitance de ce que je sai vraiement que tu me mens. Ne onques
mais feme ne fu despucelee qu'ele ne seüst bien de qui ou au
mains qu'ele ne veïst l'ome qui le despuceloit, et tu me vels faire
croire que ceste merveille t'est avenue. » Et ele respont : « Se me face
Dix sauve et me gart de tourment que je voir vous di. » Et li prodom
li dist : « S'il est ensi verité com tu dis, tu le trouveras bien. Tu as fait
molt grant pechié de l'obedience que je t'avoie conmandé et tu le

respectées. De ce fait je te donnerai comme pénitence que, aussi longtemps que tu vivras, tu ne mangeras le vendredi qu'une seule fois dans la journée. Par ailleurs, pour ce que tu as dit de la luxure — dont je ne crois pas un mot —, il est nécessaire que je t'inflige aussi une pénitence, si tu veux l'assumer conformément à ce que je te dirai. » Et elle de répondre : « Seigneur, vous ne me commanderez rien que je ne fasse selon mon pouvoir. » Il dit alors : « Dieu te l'accorde ! Affirmes-tu que tu veux faire partie des élus de Dieu et de la sainte Église, et que tu t'en remets à la merci de Jésus-Christ qui nous racheta chèrement, c'est-à-dire par son précieux sang, et par sa mort — c'est là vraie confession et sincère repentir, qui vient du cœur et est confirmé par le corps, par les actes et par les paroles —, pour autant que tu en auras le pouvoir, de toutes les manières possibles ? »

15. La demoiselle répondit : « Tout ce que vous avez dit, je promets de le faire, et je tiendrai ma promesse bien volontiers, s'il plaît à Dieu. » Il répliqua alors : « Aussi vrai que je crois en Dieu, si ce que tu m'as dit peut être la vérité, tu ne courras aucun danger. — Seigneur, fit-elle, Dieu me garde de vilaine mort et de tout reproche, aussi sûrement que je dis la vérité. » Le saint homme repartit alors : « Tu m'as bien promis de faire ta pénitence et de renier ton péché, et d'y renoncer ? — Oui, vraiment », dit-elle. Et il lui déclara alors : « Dans ces conditions, tu as renoncé à la luxure, et je te la défends pour toujours — sauf celle qui

---

trespassas. Et pour ce que tu as trespassé t'en chargerai je penitance que tous les jours que tu viveras ne mangeras au venredi que une fois. Et ce que tu dis de la luxure dont je ne te croi mie couvient il que je t'en doigne penitance, se tu le veus prendre ensi come je le te dirai. » Et ele respont : « Sire vous ne me conmanderés ja riens que je ne face a mon pooir. » Et il respont : « Dix le te doinst faire. » Et li dist : « Tu vels estre au conseil Dieu et de Sainte Eglise et a la merci Jesu Crist qui nous rechata de chier achat come de son precious sanc et de sa mort. C'est uimés confessions et simple repentance[b] et bien afermés de cuer et de cors et de faire et de dire a tout ton pooir et a toutes manieres. »

15. Cele respont : « Tout ensi com vous l'avés dit, le tenrai je molt volentiers, se Dieu plaist. » Et il respont : « Je croi en Dieu se ce puet estre voirs que n'en auras ja garde. — Sire, fait ele, ensi me gart Dix de vilainne mort et de reproce com je di voir. » Et li prodom li redist : « Tu m'as bien garanti a tenir ta [e] repentance et ton pechié a renoiier et a guerpir ? » Et ele respont : « Sire, voire. » Et il li dist : « Donc as tu guerpi toute luxure et je le te desfens pour tous jours mais, fors cele qui avient en dormant dont nus ne se puet garder. Veus le tu bien et t'en porras tu bien garder ? » Et ele respont : « Oïl,

vient en dormant, dont on ne peut s'empêcher. Le veux-tu ainsi, et pourras-tu t'en garder ? » Et elle de répondre : « Oui, parfaitement. Si vous pouvez me garantir que je ne serai pas damnée pour celle-ci, jamais je n'en connaîtrai d'autre. » Il lui répondit : « Pour celle-ci, je m'en porterai garant devant Dieu par son commandement, selon lequel il nous a établis sur la terre[1]. »

16. Elle prit donc sa pénitence telle qu'il la lui avait imposée, de très bon cœur, en pleurant comme une femme qui se repent très fort et très sincèrement. Et le saint homme la signa, et la bénit, et s'efforça du mieux qu'il pouvait de l'engager à l'amour de Jésus-Christ. Il réfléchit d'ailleurs et se demanda comment ce qu'elle lui avait dit pouvait être vrai : si bien qu'il arriva à la conclusion qu'elle avait été trompée par l'Ennemi. Il la rappela donc, la conduisit là où se trouvait l'eau bénite, et lui en fit boire au nom du Père, du Fils et du Saint-Esprit. Il l'en aspergea aussi, et lui dit : « N'oublie pas les commandements que je t'ai donnés ; et aussi souvent que tu auras besoin de moi, reviens ici. » Puis il la signa à nouveau, et la recommanda à Dieu, en lui mettant dans l'esprit toutes les bonnes actions qu'elle pourrait accomplir. Et elle retourna chez elle, et vécut très discrètement et très pieusement. Alors, quand le diable vit qu'il l'avait perdue et qu'il ne savait où elle était ni ce qu'elle disait, pas plus que si elle n'avait jamais existé[1], il fut très marri de ce qu'il l'avait perdue ainsi.

17. Les choses en restèrent là, jusqu'à ce que le fruit de la

---

molt bien, se vous m'en estes pleges que je ne sui pas pour cestui[a] damnee, jamais autre ne m'avendra. » Et il lui respont : « De cestui te serai je bien pleges devant Dieu, par son conmandement, si com il nous establi en terre. »

16. Cele prent sa penitance tele com il li a encharcié molt volentiers en plorant com cele qui molt forment s'en repent et de bon cuer. Et li prodom l'a seignie et beneïe et mise en voies au plus que il puet a l'amour Jesu Crist. Et se pourpense conment ce puet estre voirs ce qu'ele li a dit dont set il qu'ele est deceüe par Anemi. Si l'apele et le mainne la ou l'aigue beneoite estoit si l'en fait boire el non del Pere et del Fil et del Saint Esperit. Si en jeta sor lui et li dist : « N'oublie mie les conmandemens que je t'ai conmandé et par toutes fois com tu auras de moi mestier si revien. » Et puis le sainne et le conmande tout maintenant a Dieu. Et si li met en sa pensee tous les biens qu'ele porroit faire. Et ele s'en vint en sa maison et mena molt bone vie et simple. Et quant li diables vit qu'il l'ot perdue et que il ne savoit ou ele estoit, ne que ele ne disoit nient plus que s'ele n'eüst onques esté, si en fu molt iriés quant il ensi l'ot perdue.

17. Ensi remest tant que cele semence que ele ot ou[a] cors ne se

semence qu'elle avait reçue ne puisse plus se dissimuler. Elle
grossit, prit de l'embonpoint, tant que les autres femmes s'en
aperçurent, regardèrent sa taille, et lui demandèrent si elle
était enceinte et qui l'avait mise dans cet état. Et elle dit que,
aussi sûr qu'elle souhaitait que Dieu l'en délivrât heureuse-
ment, elle n'en savait rien. Elles lui demandèrent alors : « Est-
ce que vous avez couché avec tant d'hommes que vous ne
savez à qui en imputer la responsabilité ? » Et elle de
répondre : « À Dieu ne plaise que jamais j'aie eu affaire à
aucun homme, à ma connaissance ou devant mes yeux, de
telle manière que cela doive m'arriver ! » Celles qui entendirent ces protestations se signèrent et dirent : « Ma belle, il ne
pourrait en être ainsi : ce n'est jamais arrivé, ni à vous ni à
autrui. Mais peut-être bien que vous aimez celui qui vous a
mise dans cet état plus que vous-même, si bien que vous ne
voulez pas l'accuser. Mais certes c'est grand dommage de
vous, car dès que les juges le sauront, il vous faudra mourir. »

18. Lorsque la demoiselle les entendit dire qu'il lui faudrait
mourir à cause de cette affaire, elle en fut terrifiée : « Dieu
sauve mon âme, dit-elle, aussi sûrement que je n'ai jamais vu
ou connu celui qui m'a mise dans un tel état ! » Et les femmes
s'en allèrent, la tenant pour folle, et disant : « Quel malheur
pour vos belles demeures, et vos bonnes terres, et votre bel
héritage ! Maintenant tout sera perdu ! » Quand la malheureuse entendit tout cela, elle fut prise de panique, et, s'étant

---

pot plus celer. Si engroissa et embarni tant que les autres femes s'en
aperchurent et dist : « Ensi face Dix l'ame de moi sauve que je onques
ne vi ne ne connui celui qui ce m'a fait. » Et les femes s'en vont et le
tiennent pour fole et dient que « mar i fu vostre biaus hebergages et
sa bone terre et son bon edefiement or ert tout perdu ». Et quant ele
l'oï si en fu molt espontee et en vint a son confessor et li conta ensi
come les femes li disoient. Et quant li prodom vit que ele estoit
grosse de vif enfant, si s'en esmerveilla molt et li dist : « Bele suer,
avés vous bien tenue vostre penitance que je vous chargai[a] ? » Et ele

---

pot plus celer. Si engroissa et embarni tant que les autres femes s'en
aperchurent et dist : « Ensi face Dix l'ame de moi sauve que je onques
ne vi ne ne connui celui qui ce m'a fait. » Et eles li disent : « Le vous
ont tant d'omes fait que vous ne savés auquel assener ? » Et[e] ele
respont : « Ja Dieu ne place, se onques[d] home a mon seü ne a ma
veüe n'ot afaire a moi en tel maniere que je deüst avenir. » Et celes
qui ce oïrent se seignerent et dient : « Bele amie, ce ne porroit estre,
ne il n'avint onques ne a vous ne a autrui. Mais espoir vous amés
plus celui qui ce vous a fait que vous meïsmes que vous nel volés
encuser. Mais, certes, grant damages est de vous que, si tost com li
juge le sauront, il vous covenra morir. »

18. [f] Quant cele oï que moerir l'en convenroit si en fu molt
espontee et dist : « Ensi face Dix l'ame de moi sauve que je onques
ne vi ne ne connui celui qui ce m'a fait. » Et les femes s'en vont et le
tiennent pour fole et dient que « mar i fu vostre biaus hebergages et
sa bone terre et son bon edefiement or ert tout perdu ». Et quant ele
l'oï si en fu molt espontee et en vint a son confessor et li conta ensi
come les femes li disoient. Et quant li prodom vit que ele estoit
grosse de vif enfant, si s'en esmerveilla molt et li dist : « Bele suer,
avés vous bien tenue vostre penitance que je vous chargai[a] ? » Et ele

rendue chez son confesseur, elle lui rapporta les propos des femmes. Lorsque le saint homme la vit enceinte, il en fut très surpris, et lui demanda : « Ma sœur, avez-vous bien fait la pénitence que je vous ai imposée ? » Et elle de répondre : « Oui, seigneur, sans faillir. — Et ce prodige vous est-il arrivé plus d'une fois ? — Non, seigneur, cela ne s'est jamais reproduit. » Décidément, en l'entendant, le saint homme fut extrêmement surpris ; il mit par écrit l'heure et la nuit où cela avait eu lieu[1], conformément à ce qu'elle lui avait raconté, et lui dit de ne pas s'inquiéter : « Et quant l'héritier qui est en vous naîtra, je saurai bien si vous m'avez menti. Je me fie bien en Dieu pour le reste : si ce que vous m'avez conté est vrai, vous n'aurez garde de mort. Mais il se peut bien que vous en ayez la peur, dès que les juges et la justice le sauront. Ils vous prendront pour s'emparer de vos grands immeubles et de vos terres, et ils diront qu'ils vont faire de vous justice. Lorsque vous serez arrêtée ainsi, faites-le-moi savoir, et j'irai vous réconforter et vous aider si je le peux. Dieu d'ailleurs vous aidera, car vous serez membre de sa compagnie, si vous êtes bien telle que vous le dites. Sachez que si vous l'êtes il ne vous oubliera pas. » Puis il continua : « Rentrez chez vous, ne vous inquiétez pas, et menez une vie honorable ; car vie honorable aide à faire bonne fin, sachez-le bien. »

19. Ainsi la demoiselle rentra chez elle, de nuit, et elle demeura en paix, très discrètement, jusqu'à ce que les juges arrivent dans la région. Quand ils connurent cette nouvelle, ils l'envoyèrent chercher chez elle. On la prit, et on

---

respont : « Sire, oïl, sans riens trespasser. — Et vous avint onques ceste merveille plus que une fois ? » Et ele respont : « Nenil sire, onques plus ne m'avint[b]. » Et quant li prodom l'ot si s'en esmerveilla molt et mist l'eure et la nuit, si com il li ot conté, en escrit et li dist que ele soit toute seüre. « Et quant li oirs qui en vous est naistra, je saurai se vous m'avés menti et je ai bien creance en Dieu que cil est voirs, ensi com vous m'avés conté que vous n'en aurés ja garde de morir. Les paours em porrés vous bien avoir tantost com li juge et la justice le sauront. Il vous prendront pour avoir vos grans edefiemens et vostre bone terre et diront que il feront de vous justice. Et quant vous serés prise si le me faites asavoir et je vous irai conforter et aidier se je puis. Et Dix vous aïdera que vous serés en sa compaignie se vous estes tele com vous dites. Et saciés, se vous l'estes, il ne vous oubliera mie. » Lors li dist : « Alés a vostre ostel et soiiés seüre et menés bone vie, car bone vie aïde molt a bone fin avoir, bien le saciés[c]. »

19. Ensi s'en revint cele la nuit a son ostel et fu en pais molt simplement, tant qu'il avint que li juge vinrent en la terre. Et quant il sorent ceste nouvele si l'envoiierent querre a son ostel. Et cil le prisent, si le

l'amena devant eux. Mais lorsqu'elle fut arrêtée, elle envoya chercher le saint homme, celui qui l'avait toujours conseillée. À cette nouvelle, il vint le plus tôt qu'il put. À son arrivée, il fut convoqué, et il s'aperçut que les juges avaient déjà fait venir la jeune femme devant eux. Voyant cela, le saint homme s'adressa tout de suite à la demoiselle, et lui dit qu'elle ne devait avoir garde de nul homme. Les juges lui demandèrent alors : « Croyez-vous que cela puisse se produire, qu'une femme soit enceinte et ait un enfant sans l'intervention d'un homme ? » Et le saint homme de répondre : « Je ne veux pas vous dire tout ce que je sais là-dessus. Mais voici du moins ce que je peux vous dire : si vous voulez m'en croire, vous ne ferez pas justice de cette femme tant qu'elle sera enceinte. Car ce ne serait ni juste ni raisonnable ; en effet l'enfant n'a pas mérité la mort, n'ayant commis aucun péché. Il n'a pas pris part non plus aux péchés de sa mère[1] ! » Le juge déclara alors : « Nous nous conformerons à vos suggestions. » Le saint homme enchaîna : « Si vous agissez selon mes conseils, vous la ferez bien garder, et mettre en une tour où elle n'aura pas la possibilité de commettre de folies. Mettez avec elle deux femmes qui l'aideront quand elle en ressentira la nécessité, et arrangez tout de façon qu'elles ne puissent en sortir. Voilà ce que vous ferez si vous suivez mes recommandations, jusqu'à ce qu'elle ait son enfant, et qu'il soit sevré, et qu'il puisse revendiquer l'héritage[2]. À ce moment-là, si vous avez d'autres projets, agissez à votre gré.

---

menerent devant aus. Et quant ele fu prise si envoia querre le prodome celui qui tous jours l'avoit conseillie. Et quant il le sot si i vint au plus tost qu'il pot. Et quant il fu venus si l'apelerent, et il trouva qu'il l'avoient ja fait venir devant aus. Et quant li prodom vit ce, si moustre la parole a la damoisele et dist que ele ne quidoit de nul home avoir garde. Et li juge dient : « Quidiés vous que il peüst estre que feme peüst enchargier ne avoir enfant sans home ? » Et li prodom si respont : « Je ne vous en dirai mie quanques je en sai. Mais tant vous puis je bien [62a] dire, se vous m'en volés croire, que vous ne ferés de li justice tant com ele soit grosse. Car il n'est ne drois ne raisons, car li enfés n'a pas mort deservie come cil qui pecié n'a fait ne deservi. Et es pechiés de la mere n'a il riens fourfait. » Et li juges respont : « Nous en ferons a vostre los. » Et li prodom dist : « Se vous en faites par mon los, vous les ferés bien garder et metre en une tour ou ele n'aura pooir de faire folie. Et metés avoec li .ii. femes qui li aideront a delivrer quant mestier sera, et en tel maniere que eles n'en porront issir. Et ensi le ferés par le los des homes, tant que ele ait enfant et que il puist mengier par soi et qu'il demant tous ces avoirs. Et lors, se vous veés autre cose, si faites vostre plaisir. Et ensi le ferés vous se vous m'en creés. Et se autrement le volés faire, je

Voici ce que vous ferez si vous m'en croyez, mais si vous voulez agir autrement, je n'en puis mais ! » Les juges répondirent : « Nous sommes d'avis que vous avez raison. »

20. Ils firent en tout comme le saint homme l'avait suggéré : ils le mirent dans une maison de pierre bien fortifiée[1], dont toutes les portes furent murées ; et ils y enfermèrent avec elle deux femmes, les plus aptes qu'ils purent trouver à remplir cette fonction. Tout en haut ils laissèrent une fenêtre par où elles recevaient ce dont elles avaient besoin. Quand le saint homme vit cela, il parla à la demoiselle par la fenêtre et lui dit : « Lorsque ton enfant sera né, fais-le baptiser le plus vite que tu pourras. Et quand tu seras sortie de cet endroit et qu'on voudra te juger, envoie-moi chercher. » Ainsi la jeune femme demeura dans la tour un certain temps. Les juges avaient bien organisé leur approvisionnement, et tout fut fait comme prévu ; elle fut là si longtemps qu'à la fin elle eut son enfant, comme il plut à Dieu. Et quand il fut né, il eut — et il devait bien les avoir — le pouvoir et le sens du diable, comme celui qui avait été engendré par lui. Mais l'ennemi avait agi follement, dans la mesure où Notre-Seigneur a racheté par sa mort les vrais repentirs. Or, le diable avait trompé cette femme par ruse et par fraude, en son sommeil ; et aussitôt qu'elle s'était sentie prise au piège, elle s'était reprise et avait crié merci là où elle le devait. Et ensuite elle s'en était remise à la miséricorde et au pouvoir de Dieu et de la sainte Église, et avait respecté tous leurs commandements. Pour cette raison, Dieu ne voulut point

---

n'en puis mais. » Et li juge rspondent : « Il nous est avis que vous dites raison. »

20. Tout ensi com li prodom l'ot devisé il le fisent. Si le misent en une molt forte maison de pierre et fisent tous les huis murer de pierre[a] et misent avoec li .ii. femes, les plus sages que il porent trouver a cest mestier faire. En haut relaissierent une fenestre par ou eles avoient ce que mestier lor estoit. Et quant li prodom vit ce, si parla a celui[b] par la fenestre et li dist : « Quant tu auras eü ton enfant, si le fai baptizier au plus tost que tu porras. Et quant tu seras mise hors de laiens et on te vaura jugier, si m'envoies querre. » Ensi remest cele une grant piece en la tour. Et li juge orent bien atourné ce de coi eles orent mestier[c] et li a on livré, et fu tant laiens qu'ele ot enfant, si come a Dieu plot. Et quant il fu nés si ot et dut avoir le poir et le sens du diable et l'enging, come cil qui en ert conceüs. Mais il li avoit fait folement, que Nostres Sires ot achaté de sa mort veraie repentance. Et il avoit celi engingnie par decevement et par enging et en dormant et, si tost come ele se senti engingnie, si se reconnut et cria merci la ou ele dut. Et quant ele l'ot crié si se mist en la merci et el conmandement Damediu et de Sainte Eglise et tint les conmendemens. Et pour ce ne vaut pas Dix

que le diable perdît rien de ce qu'il devait avoir, et il voulut
bien qu'il ait ce qui lui revenait de droit. Donc, puisque le
motif pour lequel il avait agi ainsi était qu'il voulait que l'enfant possédât l'art des diables, de connaître les choses et les
paroles passées, il le posséda en effet. Mais Notre-Seigneur,
qui connaît et sait tout par le repentir du pécheur, son
retour sincère sur lui-même, et la purification de la confession, en raison de la sincérité du repentir dont il savait qu'il
était au plus profond du cœur de la demoiselle, sans parler
du fait que ce qui s'était produit ne lui était pas arrivé de son
propre gré ni par sa volonté, et aussi par la force du baptême dont l'enfant avait été lavé sur les fonts baptismaux,
Notre-Seigneur donc voulut que le péché de sa mère ne pût
pas nuire à l'enfant. C'est pourquoi il lui donna sens et pouvoir de connaître les choses à venir ; de la sorte, il connut les
faits et les dits du passé, qu'il tenait de l'Ennemi, et en outre
l'avenir, que Notre-Seigneur voulut qu'il connaisse pour
contrebalancer ce qu'il savait de droit, par son héritage
propre : dès lors, il pouvait se tourner du côté qu'il voulait !
Car s'il le voulait il pouvait rendre droit au diable, ou d'autre
part à Notre-Seigneur[2].

21. Ainsi naquit cet enfant. Quand les femmes le recueillirent du ventre de sa mère, il n'y en eut aucune qui ne fût
très effrayée, en constatant qu'il était plus velu et avait plus
de poils, et plus longs, qu'elles n'en avaient jamais vu à

---

que li diables perdiſt choſe qu'il doie avoir, ains veut bien que il ait ce
que il doit avoir. Et ce pour coi il le fiſt fu[d] pour ce que il voloit que il
eüſt lor art de ſavoir les choſes qui eſtoient faites et dites et alees, tout
ice ſot il. Et Noſtres Sires qui tout connoiſt et ſet par la repentance de
l'ame et[e] par la bone reconnoiſſance et par lavement des confeſſions
et par la bone re [*b*] pentance que il ſot qui en ſon cuer eſtoit, et que
par ſon gré et[e] par ſa volenté n'eſtoit avenu ce que avenu li eſtoit, et
par la force del bauptesme dont il eſtoit laſvés es fons vaut Noſtres
Sires que li pechiés de la mere ne li peüſt nuire. Si li dona ſens et
pooir de ſavoir les choſes qui eſtoient a avenir, par ceſte raiſon ſot il
les choſes faites et dites et alees que il les a et tient de l'anemi. Et le
ſourplus qu'il ſot les choſes qui ſont a avenir vaut Noſtre Sires que il
ſeüſt contre les autres choſes que il ſavoit par en droit de la ſoie partie, or ſi ſe tourne a laquele que il onques vaurra. Car s'il veut il puet
as diables rendre lor droit et Noſtre Signour le ſien.

21. Enſi fu nés cil. Et quant les femes le rechurent ſe n'i ot cele
qui n'i eüſt molt grant paour pour ce qu'il le virent plus pelu et plus
grant poil avoir qu'eles n'avoient onques veü a nul enfant avoir. Si le
mouſtrerent a la mere, et quant ele le vit ſi ſe ſeigna et diſt : « Cis
enfés me fait grant paour », et les autres femes dient : « Et nous
meïſmes en avons nous tele paour que a grant painne le poons nous

aucun enfant. Elles le montrèrent à la mère, et quand elle le vit, elle se signa et dit : « Cet enfant m'inspire une grande peur ! » Et les autres femmes de répliquer : « Nous-mêmes en avons si grand-peur que c'est tout juste si nous pouvons le tenir. » Elle leur dit alors : « Descendez-le de la tour, et ordonnez qu'il soit baptisé. » Elles lui demandèrent donc : « Comment voulez-vous qu'il s'appelle ? — Comme mon père », répondit-elle. Elles le mirent alors dans un panier et le descendirent par la fenêtre au bout d'une corde, en commandant qu'il soit baptisé et porte le nom de son grand-père maternel ; or, cet homme de bien s'était appelé Merlin[1].

22. Cet enfant fut donc baptisé, et nommé Merlin du nom de son grand-père. Puis il fut rendu à sa mère pour qu'elle le nourrisse, car aucune autre femme n'aurait osé l'allaiter. La mère le fit, jusqu'à ce qu'il ait neuf mois. Les femmes qui étaient avec elle lui dirent à maintes reprises qu'elles étaient fort étonnées par cet enfant qui était si velu, et qui, quoiqu'il n'eût que neuf mois, paraissait bien deux ans ou plus. Une assez longue période s'écoula, jusqu'à ce que l'enfant ait dix-huit mois, et que les femmes disent à la mère : « Madame, il faut que nous sortions d'ici, car nous sommes d'avis que nous y sommes restées trop longtemps. » Et elle de répondre : « Aussitôt que vous serez sorties d'ici, on fera justice de moi. » Mais elles lui répliquèrent : « Nous n'en pouvons mais ; car enfin nous ne pouvons pas passer notre vie ici. » Elle se mit alors à pleurer et à crier merci, et leur demanda au nom de Dieu de rester encore un peu. Mais

---

tenir. » Et ele lor dist : « Avalés le aval si le conmandés que il soit bauptisiés. » Et eles li demanderent : « Conment volés vous que il ait non ? » Et ele respont : « Si com mes peres ot non. » Et lors le mirent en un panier et l'avalerent aval a une corde puis conmandent que il soit bauptisiés et que il ait le non de son taion de par sa mere et cil prodom ot non Merlins.

22. Ensi fu cis enfés bauptisiés et fu apelés Merlins pour son aioul. Puis fu baillié a la mere pour nourrir que autre feme ne l'osast mie nourrir ne alaitier. La mere le nourri et alaita tant que il ot .IX. mois. Et les femes qui avoec li estoient li disoient par maintes fois que molt s'emerveilloient de cel enfant, qui si estoit velus qui n'avoit que .IX. mois, si sambla bien que il eüst .II. ans ou plus. Lors vint une grant piece aprés que li enfés fu bien del termine de .XVIII. mois que les .II. femes disent a la mere : « Dame, il nous couvient issir de chaiens car il nous est avis que nous avons chaiens assés esté. » Et ele respont : « Si tost com vous en serés alees, on fera de moi justice. » Et eles respondirent : « Nous n'en poons mais, car tous jours ne poons nous pas ici estre. » Et ele ploure et crie merci pour Dieu que eles sousfrent encore une piece. Et

elles se dirigèrent vers la fenêtre ; la mère tenait en ce moment son enfant dans ses bras ; elle s'assit et se mit à pleurer à chaudes larmes, en disant : « Cher fils, pour vous je recevrai la mort, et pourtant je ne l'ai pas méritée ; mais j'en mourrai quand même, car il n'eſt personne qui sache la vérité de cette affaire et on ne veut me croire en aucune façon. »

23. Ainsi parlait-elle à son fils ; et elle lui disait que Dieu avait souffert qu'il naquît pour son malheur. Cependant, tandis qu'elle pleurait et se lamentait à Notre-Seigneur, l'enfant la regarda et lui dit en souriant : « Jamais tu ne mourras pour rien qui vienne de moi ! » Quand la mère l'entendit, le cœur lui manqua ; elle poussa un cri et les bras lui en tombèrent, si bien qu'elle laissa choir l'enfant par terre, et il se mit à brailler. Et quand les femmes qui étaient à la fenêtre virent cela, elles se précipitèrent, car elles croyaient qu'elle voulait tuer l'enfant. Elles prirent donc la jeune femme à partie en lui demandant : « Pourquoi votre enfant eſt-il tombé ? Je crois que vous voulez le tuer ! » Et elle de répondre : « Pareille pensée ne m'eſt jamais venue ! Mais je l'ai laissé tomber à cause d'une parole étonnante qu'il m'a dite, si bien que les bras et le cœur m'en ont manqué ; c'eſt pourquoi je l'ai laissé échapper, et il eſt tombé. — Que vous a-t-il donc dit ? » demandèrent-elles. « Il m'a dit, répliqua-t-elle, que je ne mourrais jamais par sa faute. » Quand elles entendirent cela, les femmes, ébahies, lui repartirent : « Il dira bien encore autre chose. » Elles le prirent alors dans leurs bras, et se mirent à s'adresser à lui, pour

---

eles alerent a une feneſtre et la mere tint son enfant entre ses bras et s'asiſt et ploura molt durement et diſt : « Biaus fix, pour vous averai la mort et si ne l'ai pas deservie, ne [d] mais je en morrai, car il n'eſt nus qui en sace la verité ne je n'en puis eſtre creüe en nule maniere[a]. »

23. Ensi disoit ele a son fil. Et si disoit que de forte eure[b] l'avoit Dix sousfert a naiſtre. Et ensi com ele plouroit et se demontoit a Noſtre Signor si le regarda li enfés et diſt en riant a sa mere : « Ja pour chose qui te soit avenue de moi ne moras. » Et quant la mere l'oï si li failli tous li cuers et s'esfrea et alascha ses bras et laiſt l'enfant aler et il chiet a la terre et brait. Et quant[b] les femes qui eſtoient a la feneſtre virent ce, si[c] saillirent et quidoient que ele volsiſt l'enfant tuer. Si en courent[d] et li demandent : « Pour coi vous eſt vos enfés chaüs ? Je quit que vous le volés tuer. » Et ele respont : « Je ne le pensai onques mais il m'eſt cheüs pour une grant merveille qu'il m'a dite. Si me failli le bras et li cuer et pour ce me failli il et chaï. » Et celes li demanderent : « Que vous a il donques dit ? » Et ele respont : « Il m'a dit que je ne prendrai ja par lui mort. » Et quant celes oïrent ce si li respondirent toutes esbahies : « Encore dira il autre chose. » Lors le prendent entr'eles et le conmencent a raisonner pour savoir se il parleroit, mais il n'en fiſt samblant[e] ne mot ne diſt, tant que un

voir s'il parlerait ; mais il n'en manifesta pas l'intention, et il
ne dit pas un mot, si bien qu'après un certain temps sa mère
dit aux deux femmes : « Menacez-moi, et dites que je serai
brûlée à cause de mon fils ; et je le tiendrai dans mes bras, et
nous verrons bien s'il voudra parler. »

24. Alors, en effet, la mère qui désirait fort qu'il parle
devant les femmes le prit dans ses bras, puis elle commença
à crier et à pleurer, et les femmes dirent en même temps :
« Quel grand dommage, que votre beau corps doive être
brûlé pour pareille créature ! Il vaudrait bien mieux qu'il ne
soit jamais né ! » Et lui de répondre : « Vous mentez, et c'est
ma mère qui vous l'a fait dire. » En l'entendant elles furent
grandement effrayées, et dirent : « Ce n'est pas un enfant,
mais un diable, qui sait ce que nous avons dit ! » Elles lui
posèrent alors des questions et cherchèrent à le faire parler,
mais il leur dit seulement : « Laissez-moi tranquille, car vous
êtes folles et pécheresses, bien plus que ma mère ! »

25. Quand elles entendirent cela, elles furent remplies
d'étonnement et d'admiration, disant : « Un tel prodige ne
peut rester secret ; nous allons descendre parler au peuple. »
Elles allèrent alors à la fenêtre, appelèrent les gens, et leur
racontèrent ce qu'elles avaient entendu. Quand on les eut
écoutées, on décida qu'il était désormais bien temps qu'on
fît justice de la femme. Ainsi donc, on écrivit des lettres
à ce sujet, et on les envoya en tout lieu aux juges, afin
qu'ils soient sur place dans un délai de quarante jours pour
faire justice. Lorsque les lettres furent parties, et que la

---

termine, après dist la mere as .II. femes : « Maneciés moi et dites que
je serai pour mon fil arse et je le tenrai entre mes bras, si orrons s'il
valra parler. »

24. Lors le prist la mere qui molt volentiers vausist que il parlast
oiant les femes, si conmencha a crier et a plorer. Et les femes disent
maintenant : « Mout sera grans damages de vostre biau cors qui pour
tele creature sera ars ! Molt fust ore mix que il fust ja nés. » Et il
respont : « Vous i mentés et ce vous a fait ma mere dire. » Quant
celes l'oïrent si en furent molt esfrees. Et disent : « Ce n'est pas enfés
ains est diables qui set ce que nous avons dit. » Et eles li demandent
et metent en paroles et il lor dist tant solement : « Laissiés moi ester
que vous estes foles et pecheresses plus que ma mere. »

25. Quant eles oïrent ce si s'esmerveillierent molt et disent : « Ceste
merveille ne puet estre celee. Nous irons l'aval au peuple. » Lors vinrent as fenestres et apelerent les gens et lor dient ansi com il avoient
oï. Et quant cil oïrent cele merveille si disent que des ore mais est il
bien tans c'om face justice de la feme. Si en fisent faire letres et
envoiierent partout pour les juges que il soient illuec dedens .XL.
jours por faire justice. Et quant les letres en furent [d] portees, et la

mère connut le jour de son martyre, elle eut grand-peur, et
le fit savoir à l'homme de bien qui la confessait. Les choses
en restèrent là, jusqu'à huit jours avant le terme fixé pour la
brûler. Et l'enfant se promenait dans la tour : il vit sa mère
qui pleurait. À cette vue, il commença à rire et à manifester
une grande joie. En le voyant se comporter de cette
manière, les femmes lui dirent : « Vous pensez bien peu à
votre mère qui pleure parce que cette semaine elle sera brûlée à cause de vous. Maudite soit l'heure où vous naquîtes,
car elle souffrira ce martyre à cause de vous ! » Il répliqua
alors : « Chère mère, écoute-moi : jamais personne ne sera
assez hardi pour porter la main sur vous aussi longtemps
que je vivrai, et nul, si ce n'est Dieu, ne pourra vous
condamner à mort ! »

Merlin face à la justice des hommes.

26. Quand la mère et les femmes l'entendirent parler ainsi,
elles en furent fort joyeuses, et dirent : « Cet enfant, qui sait
parler ainsi, deviendra plus tard fort sage ! » Les choses en
restèrent là jusqu'au jour fixé. Les femmes furent alors tirées
de la tour, la demoiselle portant l'enfant dans ses bras ; les
juges étaient présents. Ils prirent les deux femmes à l'écart,
et leur demandèrent s'il était vrai que l'enfant parlât de cette
manière. Elles leur contèrent donc tout ce qu'elles avaient
entendu. Et ils s'étonnèrent fort à ces propos, mais dirent

---

mere sot le jour de son martire, si en ot molt grant paour et le fist a
savoir au bon home qui le confessoit. Et ensi remest que il n'ot mais
que .vii. jours devant le terme que ele devoit estre arse. Et li enfés ala
aval la tour et vit sa mere qui plouroit. Et quant li enfés le vit⁸ si coumencha a rire et a faire samblant de grant joie. Et quant les femes li
virent faire joie si li disent : « Molt pensés ore poi a ce que vostre
mere ploure qui en ceste semaine sera arse pour vous. Maudite soit
l'eure que⁶ vous fustes onques nés quant ele pour vous sousfera cest
martire. » Et il respont : « Bele mere, or m'entent : ja nus n'iert tant
hardis qui vous ost adeser tant com je vive, ne metre sor vous justice
de mort fors Dix. »

26. Quant la mere et les femes l'oïrent ensi parler si en furent molt
lies et disent : « Cis enfés iert encore molt sages qui set ce dire. » Ensi
remest jusques au jor que nomé fu⁴. Et les femes furent jetees de la
tour et cele aporta l'enfant entre ses bras et les justices furent venues.
Et traisent les .ii. femes a une part et li demanderent se ce estoit
voirs que li enfés parla ensi. Et celes lor content quanque eles oïrent.
Et quant cil l'oïrent si s'en merveillierent molt durement, si disent que
molt li couvenra a savoir de paroles se il reskeut sa mere. Ensi revinrent ariere et li confessors a la damoisele fu venus. Lors dist li uns
des juges a la mere de Merlin : « Atournés vous car il vous couvient a

qu'il lui faudrait être bien éloquent et bien habile pour sauver sa mère. Ils revinrent à leur place ; le confesseur de la demoiselle était arrivé. Alors, l'un des juges dit à la mère de Merlin[1] : « Préparez-vous, car il vous faut souffrir ce martyre. » Et elle de répondre : « Seigneur, ne vous déplaise, je parlerais volontiers en privé à ce saint homme. » Ils lui donnèrent l'autorisation de se confier à lui. Le saint homme et elle entrèrent donc dans une pièce voisine, et l'enfant resta dehors : beaucoup de gens essayèrent de le faire parler, ce qui lui fut fort indifférent. Pendant ce temps sa mère, pitoyable, parlait à son confesseur en pleurant ; le saint homme lui demanda : « Est-ce vrai que ton enfant a parlé comme on le dit ? — Oh ! oui, seigneur ! » répondit-elle. Puis elle lui raconta tout ce qu'elle lui avait entendu dire. Quand le saint homme l'eut écoutée, il lui dit : « Il viendra encore bien des prodiges de cette affaire ! »

27. Ils ressortirent alors, et revinrent devant les juges. La demoiselle était toute nue dans sa chemise, enveloppée d'un manteau. Elle avait trouvé son enfant à la porte de la chambre et l'avait pris dans ses bras, et c'est ainsi qu'elle se présenta devant les juges. Et quand les juges virent ce tableau, ils lui demandèrent : « Qui est le père de cet enfant ? Prenez garde de ne pas le dissimuler. » Et elle de répondre : « Je vois bien que je vais être livrée à la mort. Que Dieu n'ait jamais pitié de mon âme, si j'ai jamais vu ou connu le père, ou si je me suis jamais à ce point abandonnée à un homme qu'il ait pu me faire un enfant, et moi le recevoir de lui ! » Mais les

---

sousfrir cest martire. » Et cele respont : « Sire, se il vous plaisoit je parleroie volontiers a cel prodome en conseil. » Et il li donnerent congié que ele se conseillast[b]. Et li[c] et li prodom entrerent en une chambre et li enfés remest defors, si le misent maintes gens en paroles dont gaires ne li fu. Et la mere parole a son confesssour molt pitousement et em plourant. Et li prodom li demande : « Est ce voirs que tes enfés a parlé en tel maniere com on dist ? » Et cele respont : « Oïl, sire. » Et puis li raconte tout ce que ele li avoit oï dire. Et quant li prodom l'a entendu, si li dist : « Aucune merveille avendra de ceste chose. »

27. Lors s'en issirent et vinrent la ou li juge estoient. Et la damoisele estoit toute nue en sa chemise, d'un mantel afublee. Et ot son enfant trouvé hors de la chambre, si le prist entre ses bras et vint ensi devant les juges. Et quant li juge le virent si demanderent : « Qui est li peres de cest enfant ? [e] Gardés vous que ne le celés pas. » Et ele respont : « Je voi bien que je sui livree a justice de mort ! Ne ja n'ait Dix pitié ne merci de m'ame se je vi onques le pere ne nel[d] connui, ne se je onques vers home fui tant abandonnee que il me deüst enfant faire ne que je deüsse retenir de lui. » Et la

juges répliquèrent : « Nous ne croyons pas que cela puisse être vrai ; pourtant nous demanderons aux autres femmes si ce que tu nous racontes peut être la vérité. Car jamais on n'a vu un tel prodige. »

28. Tous les juges se retirèrent alors à part, et délibérèrent. Puis ils appelèrent d'autres femmes (il y en avait beaucoup sur place) ; l'un des juges prit la parole et dit : « Mesdames, vous qui êtes venues ici, est-ce qu'il vous est jamais arrivé, à vous ou à aucune autre femme dont vous ayez entendu parler, de concevoir et d'avoir un enfant sans avoir de rapports avec un homme ? » Et elles répondirent qu'aucune femme ne pouvait tomber enceinte et mettre un enfant au monde sans avoir eu des relations sexuelles avec un homme. Donc, quand les juges eurent entendu cela, ils revinrent à la mère de Merlin, lui répétèrent les conclusions des autres femmes, et déclarèrent qu'il était bien légitime de faire d'elle justice, « car ce qu'elle prétend ne nous semble ni vrai ni raisonnable ».

29. Alors Merlin s'avança, et dit qu'elle ne serait pas brûlée de sitôt, car si on devait faire justice de toutes celles et de tous ceux qui ont été avec d'autres que leurs maris ou leurs femmes légitimes, au moins les deux tiers de l'assemblée devraient être déjà brûlés. « Je connais leurs secrets[1] aussi bien qu'eux-mêmes. Et si je voulais les faire parler, je les leur ferais confesser et reconnaître devant tout le monde ici. En outre, sachez que ma mère n'est pas coupable de ce dont

---

justice respont : « Nous ne quidons pas que ce puisse estre voirs. Et si le demanderons as autres femes se ce puet estre voirs ce[b] que tu nous fais entendant. Car onques mais n'oï nus ne vit tele merveille. »

28. Lors se traient tout li juge a une part et parlerent illoec ensamble. Et puis apelerent autres femes dont il i avoit illuec a plenté. Si parla uns des juges avant et dist : « Vous, dames qui estes ici venues, avint onques a nule de vous, ne a nule feme dont vous oïssiés onques[a] parler, que feme peüst concevoir ne enfant avoir sans compaingnie d'ome ? » Et eles dient que nule feme ne puet enfant avoir ne devenir enchainte s'ele n'avoit eü charnel assamblement d'ome. Et quant li juge l'oïrent, si revinrent ariere a la mere Merlin et li conterent ce qu'il orent trouvé as autres femes. Et dient que des ore mais est il drois que la justice en soit faite « car ce ne samble a estre ne raison ne droiture qu'ele nous fait entendant ».

29. Lors saut avant Merlins et dist que ce ne sera pas si tost qu'ele soit arse. « Car, s'on volait faire justice de toutes celes et de tous ciaus qui ont esté a autrui que a lor signours et que a lor femes, il en aurait ja ars .II. pars ou plus de tous ciaus et de toutes celes qui ci sont, dont je sai autressi bien tout lor couvine com il meïsmes font. Et, se les voloie faire parler, je les feroie tous rejehir et reconnoistre voiant tous ici. Et saciés que ma mere n'a coupes en ce que vous li

vous l'accusez ; et d'ailleurs, le saint homme que voici a pris
sur lui son péché, si péché il y a eu. » Alors les juges appelèrent le saint homme, et lui demandèrent si c'était vrai
qu'elle lui avait dit que cela s'était passé ainsi. Et il répondit
qu'elle n'avait commis aucune faute envers le monde : « Elle
m'a conté elle-même comment elle avait été trompée, et à la
suite de quel prodige elle s'est trouvée enceinte de cet enfant.
Cela lui est arrivé en dormant, sans qu'elle ressente aucun
plaisir, et sans qu'elle sache de qui elle l'avait conçu. Elle s'en
est d'ailleurs confessée et repentie. En somme, cela ne peut
en bonne justice lui nuire, si sa conscience est pure, ni envers
Dieu ni envers les hommes. » L'enfant s'avança alors et dit
au saint homme : « Vous avez mis par écrit l'heure et la date
où je fus engendré, et vous pouvez bien savoir quand je suis
né, et à quelle heure. De cette manière vous êtes en mesure
de confirmer une grande partie de l'aventure de ma mère. »
Le saint homme lui dit alors : « Je ne sais d'où te vient ta
sagesse, que tu en sais plus que nous tous. »

30. On appela alors les deux femmes, et elles contèrent
devant les juges tout ce qui concernait l'engendrement, la
grossesse de la demoiselle, son terme, et la naissance de
l'enfant. Et grâce à l'écrit du saint homme, on trouva que
tout concordait, conformément au dire de Merlin. Mais le
juge répliqua : « Elle n'en sera pas quitte pour autant, à
moins qu'elle ne nous apprenne qui est le père de manière
plausible pour nous. » Alors l'enfant se mit en colère, et
dit au juge : « Je connais mieux mon père que vous le vôtre ;

---

metés seure et tels coupes com ele i ot prist cis prodom l'a sor lui. »
Lors apelent li juge le prodome et li demandent se c'estoit voirs
qu'ele vous disoit qu'en tel maniere li estoit avenu. Et il respont
qu'ele n'avoit riens mesfait envers le siecle. « Et ele meïsmes m'a
conté conment ele fu engingnie*a* et la merveille de cest enfant que ele
charga. Se li avint en dormant, sans nul autre delit, ne ele ne set de
qui ele le*b* conchut. Si en fu confesse et repentans, mais tant i ot que
ce ne li pot nuire, se sa conscience est voire, ne envers Dieu ne
envers [*l*] le siecle par droit. » Et li enfes vint avant et dist au prodome : « Vous avés l'eure et la nuit en escrit que je sui engendrés, si
poés bien savoir quant je nasqui et a quele eure. Et par ce poés prouver grant partie de l'evre et de la mere. » Et li prodom li dist : « Je ne
sai dont ce te vient que tu sés plus que nous tout. »

30. Lors furent les .ii. femes apelees et conterent devant les juges le
terme de la feme, de l'engenrer et del porter et del naistre. Et par l'escrit del prodome si le trouverent si com Merlins dist. Et li juges
respont : « Pour ce ne sera ele pas quite s'ele ne dist qui li peres est a
l'enfant en tel maniere que nous le creons. » Et li enfes se coucha et
dist au juge : « Je connois mix mon pere que vous ne faites le vostre,

et votre mère sait bien mieux qui vous engendra que ne le fait la mienne. » À son tour, le juge se courrouça, affirmant : « Si tu sais dire quelque chose sur ma mère, j'en ferai justice. » Et Merlin répondit : « Je saurais bien tant en dire, si tu en faisais réellement justice, qu'elle mériterait mieux la mort que la mienne. Mais si vraiment je le lui fais savoir, laisse la mienne en paix ; car elle n'est pas coupable de ce dont on l'accuse. Et elle a dit en tout la vérité en ce qui concerne ma conception. » Quand le juge entendit cela, il devint absolument furieux et dit : « Vous avez bel et bien sauvé votre mère du bûcher pour l'instant ; mais sachez bien que si vous n'êtes pas capable de me convaincre à propos de la mienne, et que je la laisse finalement en paix, je vous ferai brûler avec la vôtre[1]. » Ils prirent alors date pour quinze jours plus tard ; le juge envoya chercher l'enfant et le fit bien garder ainsi que sa mère. Lui-même se joignait souvent aux gardes ; d'autre part, la mère et beaucoup d'autres gens essayaient fréquemment de faire parler Merlin. Mais jamais, pendant les quinze jours, ils n'en purent tirer un seul mot. Quand la mère du juge fut arrivée, ils furent tirés de prison et conduits devant le peuple ; le juge dit alors : « Voici ma mère, sur laquelle tu dois faire des révélations. » Et l'enfant de répondre : « Vous n'êtes pas aussi sage que vous le croyez. Allez, conduisez votre mère en privé dans une maison voisine[2], et mandez vos conseillers personnels ; et moi, je manderai ceux de ma mère, à savoir Dieu le Tout-Puissant et son confesseur. »

---

et vostre mere set mix qui vous engenra que la moie ne fait. » Et li juges se couroce et dist : « Se tu sés riens dire sor ma mere je le tenrai a droit. » Et il respont et dist : « Je saurai bien tant dire, se tu en faisoies justice, qu'ele avroit mix mort deservie que la moie. Et se je li fais connoistre si laisse la moie en pais, car ele n'a coupes en ce que on li met sus. Et ele dist voir de quanqu'ele en dit de mon engenrement. » Et quant li juges l'oï, si en fu molt iriés et dist : « Bien avés recouvré vostre mere d'ardoir. Mais tant saciés vous bien, se vous ne savés tant dire sor la moie que je vous en croie et que la moie remaingne en pais, je vous ardroie avoec. » Lors prisent jour a quinsainne et li juges envoia querre l'enfant et fist lui et sa mere molt[a] bien garder. Et il meïsmes fu maintes fois mis[b] avoec les gardes et maintes fois fu li enfes mis en paroles de sa mere et d'autrui. Mais onques dedens les .xv. jours n'en porent parole traire. Et quant la mere au juge fu venu, si furent jeté de prison et amené devant le pueple. Et lors dist li juges : « Veés ci ma mere sor qui tu dois parler. » Et li enfes respont : « Vous n'estes pas d'assés si sages com vous quidiés estre. Alés, si menés tout priveement vostre mere en une maison. Et apelés vostre plus privé conseil et moi et je apelerai le conseil ma mere. C'est Dix li tous poissans et son confessour. »

31. Tous ceux qui entendirent ce discours furent si ébahis qu'ils purent à peine répondre. Mais le juge se rendit bien compte qu'il avait parlé sagement. Et l'enfant demanda encore : « Si je délivre ma mère de cet homme selon le droit, aura-t-elle à redouter les autres ? » Tous répondirent : « Si elle est tenue quitte par celui-ci, elle ne trouvera plus jamais personne pour l'accuser de quoi que ce soit à ce propos. » Ils se retirèrent alors dans une salle voisine : le juge y amena sa mère et deux de ses amis, les plus respectables qu'il put trouver. L'enfant, lui, y amena le conseiller de sa mère. Une fois qu'ils furent ainsi rassemblés, le juge dit : « Dis maintenant sur ma mère ce que tu as à dire pour que la tienne soit tenue quitte. » L'enfant rétorqua : « Je ne dirais rien sur votre[1] mère pour faire acquitter la mienne, si celle-ci était en quoi que ce soit coupable, car je ne veux pas la défendre à tort. Au contraire, je veux sauvegarder son droit et celui de Dieu. Sachez bien que ma mère n'a pas mérité le tourment que vous voulez lui faire subir. Et si vous m'en croyez, vous l'acquitterez, et renoncerez à enquêter sur la vôtre. » Mais le juge répliqua : « Vous ne vous en tirerez pas comme ça, il vous faudra en dire davantage. » L'enfant rétorqua alors : « Vous m'avez garanti la vie sauve, et à ma mère aussi, si je peux la défendre. » Et le juge de répondre : « Il en est bien ainsi. Et nous sommes rassemblés ici pour entendre ce que tu as à dire sur ma mère. — Vous voulez, dit alors l'enfant, me faire brûler, et ma mère aussi[2], parce qu'elle ne veut pas

---

31. Lors furent si esbahi tout cil qui ces paroles oïrent que a painnes porent il respondre. Et li juges connoist bien que il dist come sages. Et li enfés demande : « Se je delivre par[a] raison de cest home, aura ele garde des autres ? » Et il respondent trestout : « Se ele esca [63 a] pe de cestui, ele ne trovera jamais qui de ce riens li demande. » Lors alerent en une chambre et i mena li juges sa mere et .II. autres homes de ses amis les plus prodomes que il pot trouver. Et li enfés i mena le confessour sa mere. Et quant il furent assamblé si dist li juges : « Or di seur ma mere ce que tu veus par coi la toie doie estre quite. » Et il respont : « Je ne dirai ja riens sor ta mere par coi la moie doie estre quite se ele eüst riens mesfait, que je ne voel pas ma mere desfendre contre tort. Mais je voel le droit Damedieu salver et le sien. Et saciés que ma mere n'a mie deservi le tourment que vous li volés faire. Et saciés, se vous mon conseil creés, vous quiterés ma mere et lairés a enquerre de la vostre. » Et li juges li respont : « Issi n'eschaperés vous mie. Plus vous convenra a dire. » Et li enfés respont : « Vous m'avés asseüré et ma mere ausi, se je le puis desfendre ». Et li juges respont : « Ce est voirs. Et nous somes ici assamblé pour oïr ce que tu diras sor ma mere. — Vous me volés, fait li enfés, ardoir, et ma mere ausi, pour ce que ele ne velt

dire — et en fait ne sait pas — qui fut mon père. Mais si je le
voulais, elle en serait mieux informée que tu ne l'es sur l'identité de ton père à toi. » Le juge demanda alors : « Chère mère,
ne suis-je donc pas le fils de votre légitime époux ? » Et la
mère tout aussitôt de répondre : « Pour Dieu, mon cher fils,
de qui seriez-vous donc l'enfant, si ce n'est de mon seigneur,
qui maintenant est décédé ? » Mais l'enfant répliqua : « Dame,
dame, il vous faudra dire la vérité, si votre fils ne veut pas
acquitter ma mère, et moi avec. S'il le voulait, pour ma part,
je m'abstiendrais très volontiers de rechercher cette vérité ! »
Mais le juge s'obstina : « Moi, je ne m'en abstiendrai pas ! »
Alors l'enfant lui dit : « Vous y gagnerez de trouver votre père
bien vivant, d'après le témoignage même de votre mère. »

32. Quand ceux qui assistaient à ce conseil l'entendirent, ils
furent fort interloqués ; et l'enfant dit à la mère du juge : « Il
vous faut dire à votre fils qui est son père. » La dame se
signa, en disant : « Diable, Satan, ne le lui ai-je pas dit ? » Et
lui de répliquer : « Vous savez très bien qu'il n'est pas le fils
de celui qu'il croit. » La dame fut épouvantée ; elle demanda
de qui il était donc le fils, et l'enfant continua : « Vous savez
bien, en vérité, qu'il est le fils de votre prêtre ; la preuve : la
première fois que vous avez couché avec lui, vous lui avez dit
que vous aviez grand-peur de tomber enceinte ; et il vous dit
que vous ne seriez jamais enceinte de lui, et qu'il consignerait
par écrit toutes les occasions où il aurait couché avec vous,
parce que lui-même craignait que vous ne couchiez avec

---

dire ne ne set qui mes peres est. Mais se je voloie ele le sauroit mix a
dire que tu ne sauroies qui tes peres fu. » Et li juges dist : « Bele
mere, en ne sui je fix de vostre loial espous ? » Et la mere respont :
« Pour Dieu, biaus fix, qui fix seriés vous donc se a mon signour non
qui mors est ? » Et li enfés[b] respont : « Dame, dame, il vous couvenra
voir dire, se vostre fix ne quite ma mere et moi. Et s'il le voloit faire
je m'en sousferroie molt volentiers. » Et li juges respont : « Je ne
m'en sousferrai mie. » Et li enfés dist : « Vous i gaaingnerés ja tant
que vostres peres est tous vis par le tesmoing de vostre mere. »

32. Et quant cil qui a cel conseil estoient l'oïrent, si s'esmerveillerent molt. Et li enfés dist a la mere au juge : « Il couvient que vous
diés a vostre fil qui fix il est. » Et la dame se seigne et dist : « Diables
Sathanas en ne li ai je dit ? » Et il li respont : « Vous savés bien certainnement qu'il n'est pas fix celui qui le quide estre. » Et la dame fu
espoentee et demande : « Qui donc ? » Et il li dist : « Vous savés bien
de verité qu'il est fix a vostre prouvoire a celes ensegnes que a la premiere fois que vous assamblastes a lui, que vous li deïstes que vous
aviés grant paour d'enchargier. Et il vous dist que vous n'enchargie-
riés ja de lui et qu'il metroit en escrit toutes les fois que il gerroit a
[b] voec vous, pour ce qu'il meïsmes avoit paour que vous ne vous

d'autres — et à cette époque vous étiez en mauvais termes avec votre mari. Quand votre fils fut engendré, vous ne tardâtes guère à dire au prêtre que vous étiez enceinte de lui.

33. « Dites-nous maintenant si ce que je vous raconte n'est pas vrai ? Et si vous ne voulez pas le reconnaître, j'ajouterai encore autre chose. » Quand le juge entendit tout cela, il fut très courroucé, et demanda à sa mère : « Est-ce vrai, ce qu'il vous dit ? » Et la mère, épouvantée, lui dit : « Mon cher fils, peux-tu croire cet ennemi ? » Mais l'enfant reprit alors : « Si vous ne voulez pas admettre cela, je vous en dirai bien d'autres, dont vous savez parfaitement que c'est la vérité. » La dame se tut, et l'enfant enchaîna : « Je sais bien tout ce qui fut dit et fait. Il est vrai, par exemple, que lorsque vous vous êtes rendu compte que vous étiez enceinte, vous avez fait s'entremettre votre prêtre pour qu'il vous réconcilie avec votre mari, afin de pouvoir justifier votre grossesse. Et il fit tant qu'il réussit, et vous fit coucher avec votre mari. Puis vous lui avez fait croire que l'enfant était de lui, et c'est également ce qu'ont cru beaucoup de gens. Votre fils même, que voici, le croyait fermement. Et par la suite, vous avez continué la même vie, et vous la continuez encore. La nuit précédant votre départ pour venir ici, le prêtre a couché avec vous ; puis au matin il vous a accompagnée un bon moment. Et en prenant congé finalement, il vous a dit en privé, et en riant : "Prenez grand soin de dire et de faire tout ce que mon fils voudra !" Car il sait bien, par son écrit, que c'est son fils. »

---

couchissiés avoec autre home et que vostre sires iert mal de vous a cel termine. Et quant il fu engendrés il ne demoura gaires que vous li deïstes que vous estiés de lui grosse.

33. « Or dites s'il est voirs, ensi com je le vous di, et se vous ne le connissiés je vous dirai encor autre chose. » Et quant li juges oï ce si fu molt iriés et demande a sa mere : « Est ce voirs que il dist ? » Et la mere fu molt espoentee et dist : « Biaus fix, crois tu cest anemi ? » Et li enfés li dist : « Se vous ne connissiés de ceste chose je vous dirai encore autre que vous savés bien que vous est[a]. » Et la dame se taist et li enfés dist : « Je sai bien quanqu'il i ot fait et dist. Voirs est, quant vous vous sentistes grosse, vous feïstes querre la pais a vostre signour de vostre prouvoire pour couvrir ce que vous estiés grosse. Et il pourchaça tant qu'il se fist et vous fist jesir ensamble. Se li feïstes entendant que li enfés estoit siens et ensi l'ont quidié[b] maintes gens. Et vos fix qui ci est meïsmes le quidoit savoir pour voir. Et des lors en encha avés tous jours ceste vie menee et menés. Et la nuit, quant vous meüstes a venir cha, vint li avoeques vous. Et au matin vous convoia grant piece. Et quant il se departi de vous, vous dist il en conseil en riant : "Pensés de dire et de faire quanques mes fix vaura", car il savoit bien que c'estoit ses fix par son escrit. »

34. Quand la dame l'entendit tenir un tel discours, elle sut
bien, de fait, qu'il disait vrai sur tous les points. Elle s'assit,
accablée, se rendant bien compte qu'il lui fallait désormais
dire la vérité. Son fils la regarda et lui dit : « Chère mère,
quel que soit mon père, je suis votre fils, et je me comporterai comme tel[1]. Dites-moi si ce que je viens d'entendre est
vrai ou non. » La mère répondit alors : « Au nom de Dieu,
mon cher fils, pitié ! Certes, je ne peux plus le dissimuler :
tout ce qu'il a dit, et que nous avons entendu, est vrai. »
Quand le juge eut entendu cet aveu, il dit : « En vérité, cet
enfant disait vrai ; car il savait mieux que moi qui était son
père. Et ce n'est pas juste que je le fasse condamner sa mère,
quand je ne fais pas condamner la mienne. Cependant, pour
l'amour de Dieu, et pour ton honneur, afin que je puisse
vous disculper devant le peuple, toi et ta mère, dis-moi qui
est ton père. » Et l'enfant de répondre : « Je te le dirai, plus
par amitié pour toi que par contrainte. Je veux que tu
saches, de manière certaine, que je suis le fils d'un démon
qui trompa[2] ma mère. Apprends, de surcroît, que ce type
d'ennemis s'appelle "équipède[3]" et vit dans l'air. Dieu a bien
voulu souffrir que j'aie leur intelligence et leur mémoire, et
que je connaisse le passé, actions et paroles : c'est ainsi que
je sais ce qu'il en est de ta mère. Et Notre-Seigneur qui a
accepté que j'aie la mémoire de ces choses, eu égard à la
bonté de ma mère, à son saint repentir sincère, à la pénitence que le saint homme que voici lui a imposée, et aux

---

34. Quant la dame l'oï ensi parler si sot bien de verité qu'il disoit
voir de toutes choses. Si s'asist et fu molt destroite et sot bien que
voir li covenoit il a dire. Et ses fix la regarde, si li dist : « Bele mere,
qui que soit mes peres je sui vostres fix et come fix vous ferai. Dites
moi se cil dist voir ou non de ce que je ai ci oï. » Et la mere respont :
« Pour Dieu, biaus fix, merci. Certes je nel puis plus celer : tout ensi
com il l'a dit et je l'ai entendu est il voirs. » Et quant li juges l'oï si
dist : « Voir disoit cis enfés car il savoit mix qui ses peres estoit que je
le mien. Et ce n'est pas drois que je face justice de sa mere quant je
ne le fais de la moie. Ne mais pour Dieu et pour t'ounour[c], et por ce
que je repuisse descouper vers le pueple et toi et ta mere, di moi, se
toi plaist, qui tes peres est. » Et il respont : « Je le dirai plus pour
t'amour que par ta force. Je voel que tu saces et croies que je sui fix a
un anemi qui engingna [d] ma mere. Et saces que tel maniere d'anemi
ont non esquibedes[e] et sont repairant en l'air et Dix a sousfert que je
ai lor sens et lor memoire et sai les choses qui sont faites et dites et
alees ; et par ce sai je l'eure ta mere. Et Nostres Sires qui sousfri et[f]
vaut que je eüsse ce en memoire, et par la[d] bonté ma mere et pour sa
sainte vraie repentance et pour la penitance que cis prodom qui ci est
li encharga et pour le conmandement de Sainte Eglise que ele crut[f],

commandements de l'Église en quoi elle a cru, m'a donné la
vertu de connaître l'avenir. Cela, vous allez pouvoir le
vérifier par ce que je vais vous dire maintenant. »

35. Il prit alors le juge à part et lui dit : « Ta mère va s'en
aller, et elle racontera ce que je lui ai dit à celui qui t'a
engendré. Et quand il apprendra que tu es au courant, il aura
si grand-peur qu'il ne pourra l'endurer en son cœur, et il
s'enfuira, tant il te redoutera. Alors le diable dont il a toujours fait les œuvres le conduira à un cours d'eau, et là il se
noiera, tout seul. Tu pourras ainsi constater que je connais
l'avenir. » Et le juge de répondre : « Si cela se passe ainsi,
jamais je ne douterai de toi. »

36. Ainsi mirent-ils fin à la discussion ; ils revinrent devant
le peuple, et le juge déclara, de façon que tous l'entendent, que
l'enfant avait bel et bien sauvé sa mère du bûcher, en toute
justice : « Et sachent tous ceux qui le voient que, de mon
point de vue, ils ne verront jamais d'homme aussi sage que
lui. » Les spectateurs répondirent en chœur : « Dieu en soit
loué ! » C'est ainsi que la mère de Merlin fut protégée et sauvée, et celle du juge accusée. Merlin demeura avec les juges.
Leur chef envoya deux hommes avec sa mère, pour savoir si
ce que l'enfant lui avait dit s'avérerait exact. Or, dès qu'elle fut
rentrée chez elle, elle parla au prêtre, et lui fit part du prodige
qu'elle avait entendu. Il fut si épouvanté par ses propos qu'il
ne put lui répondre ; mais il pensa en son for intérieur que le
juge le tuerait dès son arrivée. Plongé dans de telles pensées,

---

m'a donné tant de vertu[f] que je sai les choses qui a venir sont. Et ce
poés vous perçoivre par ce que je vous dirai orendroit[g]. »

35. Lors le traïst a une part a conseil et li dist : « Ta mere s'en ira[d]
et contera a celui qui t'engendra ce que je li ai dit. Et quant il orra
que tu le sauras, si aura tel paour que ses cuers ne le porra soufrir, si
s'enfuira pour paour de toi. Et li diables qui oevres il a tous jours
menees le menra a une aigue et la se noiera tous seus. Et par ice
pues tu esprouver que je sai les choses qui sont a venir. » Et li juges
respont : « Se ce est voirs, je ne te mesquerrai jamais. »

36. Ensi se departent de cest conseil. Si en viennent devant le
pueple et li juges dist, oiant tous, que li enfés a bien sa mere rescousse d'ardoir par raison. Et sacent tout cil qui le voient que par le
mien escient il ne vesront jamais si sage home. Et cil respondent :
« Dix en soit loés. » Ensi fu la mere Merlin gardee et sauvee et la
mere au juge[e] encoupee. Si remest Merlins avoeques les juges. Et li
dus envoia .ii. homes o sa mere pour savoir se ce seroit voirs ce que
li enfés li avoit dit. Et si tost com ele fu venue a maison, si parla au
prouvoire et li dist la merveille qu'ele avoit oïe. Et quant cil l'oï si fu
si espoentés qu'il ne pot respondre. Si se pourpensa en son cuer que
si tost que li dus venroit que il l'ocirroit. Et ensi s'en ala pensant

il sortit de la ville. Il arriva à un cours d'eau ; il se dit alors qu'il valait mieux pour lui se noyer qu'être mis à mort honteusement par le juge. Finalement le diable dont il avait fait les volontés le poussa tant et si bien qu'il se noya. Et ceux qui avaient été envoyés avec la dame le virent. C'est pour cette raison, soit dit en passant, que ce conte défend que personne jamais ne s'isole, car le diable s'attache davantage à un seul homme qu'à une troupe. Donc, ceux qui avaient été témoins de ce prodige revinrent trouver le juge et lui racontèrent cette aventure, exactement comme ils l'avaient vue — à savoir que le prêtre s'était noyé trois jours après leur arrivée. Et quand le juge eut vent de ces nouvelles, il en fut ébahi, et vint trouver Merlin pour le lui raconter. En l'entendant, Merlin se mit à rire, et lui dit : « Désormais, tu peux bien savoir si je t'ai dit la vérité ; maintenant, je te prie de répéter à Blaise tout ce que je t'ai dit. » Si quelqu'un, à ce sujet, me demandait qui était Blaise, je lui répondrais que c'était le saint homme qui entendait la mère de Merlin en confession[1]. Le juge, de fait, lui raconta toute l'aventure du prêtre, telle qu'elle avait eu lieu.

37. Là-dessus, Merlin partit avec sa mère ; et Blaise s'en alla de son côté, et le juge du sien. Ce Blaise était un très bon clerc[1], subtil et instruit. Quand il entendit parler ainsi Merlin, qui était si jeune qu'il n'avait pas encore deux ans et demi, il fut confondu et se demanda d'où une telle sagesse pouvait lui venir. Il s'efforça alors de le mettre à l'épreuve de

---

hors de la vile. Et vint a une aigue et dist que mix li venist que il se noiast que li juges le feïst morir de vilainne mort. Si le mena tant diables qui oeuvres il i avoit faites que il le fist saillir en l'aigue si se noiia. Et ce virent cil qui furent envoiés avoec la dame. Et pour ce desfent cis contes que nus hom mais ne fuie les gens, que li diables repaire plus en la compaingnie a un seul houme que il ne fait la ou il a gent. Et ce revirent cil[b] qui ceste merveille orent veüe au juge et li content ceste oeuvre[c] tout ensi com [d] il l'avoient veüe, que il au tiers jour qu'il furent la estoit cil noiiés[d]. Et quant li juges l'oï si s'en esmerveilla molt et vint a Merlin, si li conta. Et quant Merlins l'oï si s'en rist et dist : « Ore pues tu savoir se je te di voir et je te proi, ensi com je te dis, que tu le dies a Blayse. » Et se aucuns me demandoit qui cil Blayses estoit je li respondroie que ce estoit li prodom qui sa mere confessoit. Et li juges li conte la merveille si come ele estoit avenue del prouvoire.

37. Lors s'en parti Merlins entre lui et sa mere. Et Blaises et li juges s'en revont d'autre part, la ou il vaurent. Et Blayses estoit molt bons clers et molt soutis. Quant il oï ensi parler Merlin, qui estoit de si petit aage qu'il n'avoit mie encore passé .II. ans et demi, si se merveilla molt dont si grans sens li pooit venir. Si se mist en molt grant

toutes les façons, si bien qu'à la longue Merlin lui dit :
« Blaise, cesse de me mettre à l'épreuve : plus tu t'y essaieras,
et plus tu seras déconcerté. Néanmoins, fais ce que je te
demande, et crois l'essentiel de ce que je te dirai : et ainsi je
t'apprendrai comment gagner aisément l'amour de Jésus-
Christ et la joie éternelle. » Mais Blaise lui répondit : « Je t'ai
entendu dire, et j'en suis bien convaincu, que tu as été conçu
par le diable : par conséquent je redoute fort que tu ne me
trompes. » Merlin répliqua : « C'est l'habitude des mauvais
cœurs de s'attacher plus au mal qu'au bien.

38. « Tout comme tu m'as entendu dire que j'avais été
conçu par le diable, tu m'as entendu dire que Notre-Seigneur
m'avait donné sens et pouvoir de connaître l'avenir. De ce
fait, si tu étais sage, tu aurais dû réfléchir et comprendre à
quel parti je me tiendrais. Et sache bien que les diables m'ont
perdu dès lors que Notre-Seigneur a voulu que je connaisse
ces choses. Mais moi, en revanche, je n'ai pas perdu leur art
et leur subtilité : je tiens d'eux tout ce qui était prévu. Mais je
ne m'en sers pas pour les servir ; en fait, ils n'ont pas fait
preuve de sagesse en choisissant de me concevoir en ma
mère, quand ils me mirent dans un vase[1] qui ne leur revenait
pas ; car la vie honorable que menait ma mère leur a grandement nui. Inversement, s'ils m'avaient conçu en mon aïeule,
je n'aurais pas eu la possibilité de savoir qui était Dieu. Car
elle menait une très mauvaise vie : c'est d'elle que sont venus

---

painne del asaiier[a] Merlin en maintes manieres. Tant que Merlins li
dist : « Blaise, ne m'assaiier mie, come tu plus m'assaieras et tu plus
t'esmervelleras. Ne mais fai ce que je te proierai et croi une[b] grant
partie de ce que je te dirai. Et je t'aprendrai legierement a avoir
l'amour de Jhesu Crist et joie pardurable. » Et Blaises respont : « Je
t'ai oï dire et je croi bien que tu es conceüs del diable, si redout molt
que tu ne m'engingnes. » Et Merlins dist : « Il est coustume de tous
mauvais cuers que il notent plus le mal que le bien.

38. « Ensi com tu oïs dire que je estoie conceüs del diable, ensi
oïs tu dire de moi[a] que Nostres Sires m'avoit donné sens et memoire
de savoir les choses qui estoient a avenir. Et pour ce, se tu fuisses
sages, deüsses tu esprouver et savoir auquel je me vauroie tenir.
Et bien saces que, quant Nostres Sires vaut que je seüsse ces
choses que diables m'ont perdu. Mais je n'ai pas perdu lor engieng
ne lor art, ains tiens d'aus ce que je en doi tenir. Mais je ne le
tieng mie pour lor preu ne il ne furent molt sage quant il me conchu-
rent en ma mere, quant il me mirent en tel vaissel qui ne devoit
mie lor estre, car la bone vie ma mere lor nuïst molt. Ne mais s'il
m'eüssent mis et conceü en m'aioule si[b] que je n'eüsse pooir de
connoistre que Dix est. Car ele fu de molt mauvaise vie, et par li vint

tous les tourments qu'a subis ma mère en la personne de
son père, et les autres dommages dont tu as entendu parler.
Bref, crois ce que je te dirai sur la foi et la religion ; et je te
révélerai ce que personne d'autre, sauf Dieu, ne pourrait te
dire. Fais-en alors un livre, et bien des gens qui le liront en
deviendront meilleurs, et se garderont davantage du péché.
Ainsi tu feras une bonne action, et tu œuvreras pour le
bien. » Blaise lui répondit : « Je suivrai ton conseil, je ferai
volontiers le livre ; mais je te conjure[2] au nom du Père et du
Fils et du Saint-Esprit, aussi vrai que je crois et sais que ces
trois personnes sont une seule chose en Dieu, au nom de la
Bienheureuse Dame qui porta le Fils de Dieu, son Père et
son Fils à la fois, et au nom de tous les saints apôtres, et de
tous les anges et de tous les archanges, de tous les saints et
de toutes les saintes, de tous les prélats de la sainte Église et
de tous les hommes de bien, de toutes les saintes femmes, et
de toutes les créatures qui servent Dieu, l'aiment et l'adorent,
que tu ne puisses me tromper ni me prendre au piège, ni me
faire quoi que ce soit qui ne soit au gré de Notre-Seigneur. »
Et Merlin répondit : « Que toutes ces créatures dont tu as
parlé me desservent auprès de Dieu si je t'incite à faire quoi
que ce soit qui aille contre la volonté de Jésus-Christ, mon
Sauveur[3] ! » Blaise déclara alors : « Dis-moi maintenant tout
ce que tu voudras, car dorénavant je ferai tout ce que tu
me commanderas pourvu que ce soit pour le bien. » Merlin

---

tous li tourmens qua mere ot de son pere et des autres damages
que tu as oï conter. Ne[c] mais croi ce que je te dirai de la foi et la
creance. Et je te dirai tel chose que nus hom fors Dix nel te porroit
dire. [e] Si en fai un livre et maintes gens qui l'orront en seront
meillour et s'en garderont plus de pechier[d]. Si feras aumosne et
metras t'oevre em bien. » Et Blaises li respont : « Je ferai ton conseil
et ferai volentiers le livre, mais je te conjur del Pere et del Fil et del
Saint Esperit que ensi vraiement que je sai et croi que ces .III. parties
sont une meïsme chose en Dieu et de la bone eürée dame qui le fil
Dieu porta a pere et a fil et de tous ses sains apostles et de tous
angles et de tous archangles et de tous sains et de toutes saintes et de
tous les prelas de Sainte Eglise et de tous bons homes et de toutes
bones femes et de toutes les creatures qui Dieu servent et aimment
et prisent que tu ne me puisses deçoivre ne engingnier ne faire chose
qui au plaisir Nostre Signour ne soit. » Et Merlins respont : « Toutes
ices creatures dont tu as parlé me nuisent vers Dieu se je te fais faire
chose qui contre la volenté Jhesu Crist mon sauveour soit. » Et
Blaises respont : « Or me di tout ce que tu vauras car je ferai des ore
mais tout ce que tu me commanderas de bien. » Et Merlins li[r] dist :
« Or quier enque et parchemin adés que je te dirai molt de choses, ce
que tu quideroies que nus hom ne te peüst dire[l]. »

répliqua : « Procure-toi donc de l'encre et du parchemin tout de suite, car je vais te dire bien des choses dont tu n'aurais jamais cru que personne pût te les apprendre. »

39. Alors Blaise se procura ce dont il avait besoin ; et une fois qu'il eut rassemblé ses instruments, Merlin commença à lui raconter l'amour de Jésus-Christ et de Joseph d'Arimathie[1], tel qu'il s'était déroulé, et toute l'histoire de Nascien et de ses compagnons ; il lui dit comment Joseph mourut, après s'être dessaisi de son Vase. Ensuite, il lui raconta[2] comment les diables avaient tenu conseil sur le fait qu'ils avaient perdu leur pouvoir sur les hommes ; il lui dit comment les prophètes leur avaient causé du tort, et comment, à cause de cela, ils avaient projeté de créer un homme. « Ils décidèrent donc de me créer. Et tu as bien entendu et appris, de ma mère et d'autres, la peine qu'ils y ont prise, et leur ruse. Et finalement, à cause de la folie dont ils sont remplis, ils m'ont perdu, et tout le reste avec. »

La tour de Vertigier.

40. C'est ainsi que Merlin exposa à Blaise cette œuvre[1] et la lui fit faire ; Blaise était confondu par les nouveautés que Merlin lui relatait. Toutefois, elles lui paraissaient vraies, bonnes et belles : il s'y consacrait donc volontiers. Cela dura tant qu'un jour Merlin dit à Blaise : « Il te faudra du fait de cette entreprise souffrir bien des peines, et moi-même j'en endurerai plus encore que toi[2]. » Et Blaise de lui demander comment. « On viendra, dit-il, me chercher de l'Occident, et ceux qui viendront me chercher auront juré à leur seigneur

---

39. Lors quist Blaises ce que mestier li fu. Et quant il l'ot quis et assamblé, si li conmencha Merlins[a] a conter les amours de Jhesu Crist et de Joseph de Barimachie tout ensi com eles avoient esté et toute l'oevre si come ele avoit esté de Nascien et de ses compaingnons et conment Ioseph morut et se fu dessaisis de son vaiscel. Après li dist des diables conment il orent parlement et conseil de ce qu'il orent perdu lor pooir qu'il soloient avoir sor les homes et si li conte conment li prophete lor avoient mal fait et pour ce avoient pourparlé qu'il feroient un home et disent qu'il me feroient. « Et tu as bien oï et seü par ma mere et par autrui la painne que il ont mise a l'enging. Et pour la folie dont il sont plain m'ont il perdu et tous autres biens avoec[b]. »

40. Ensi devisa Merlins ceste oeuvre et li fist faire a Blayse et molt s'emerveilla Blayses des nouveles que Merlins disoit. Et toutes voies li sambloient eles vraies et bones et beles et atendoit molt a faire tant que un jour dist Merlins a Blayse : « Il te convenra de cheste chose molt grant fais sousfrir[c] et je en sousferrai plus que tu. » Et il li demande conment. « Je serai, fait il, envoiés [*f*] querre vers occident et cil qui me venront querre auront lor signour creanté que

de lui apporter mon sang, après m'avoir occis. Mais quand
ils m'auront vu et entendu parler, ils n'en auront pas le
cœur. Et lorsque je m'en irai avec eux, toi tu t'en iras dans
ces régions où demeurent les gens qui ont avec eux le Vase
sacré du saint Graal[3]. Dès lors, à jamais, tes peines et ton
livre seront relatés et écoutés volontiers en tous lieux. Mais
ton livre ne sera pas au nombre des autorités ; et c'est parce
que tu ne peux être compté parmi les apôtres, car ils ne
mirent rien par écrit, sur Notre-Seigneur, qu'ils ne l'aient vu
et entendu. Alors que toi, tu n'y mets rien que tu aies vu ou
entendu, si ce n'est ce que je te dis[4]. Et de même que je
serai parfois obscur, sauf avec ceux desquels je voudrai me
faire entendre,

41. « de même ton livre restera obscur, et il arrivera rarement qu'on l'apprécie. Tu l'emporteras avec toi quand je
partirai avec ceux qui viendront me chercher, et que tu t'en
iras vers l'Occident[1]. Ainsi le livre de Joseph sera avec le
tien, et quand tu auras achevé tes peines, et que tu seras tel
que tu doives être en la compagnie du saint Graal, alors ton
livre sera réuni à celui de Joseph. Et ainsi ma peine et la
tienne seront bien manifestes, et Dieu en aura merci s'il lui
plaît ; et ceux qui l'entendront prieront Notre-Seigneur pour
nous. Quand les deux livres seront ensemble, cela fera un
très beau livre — les deux seront une même chose, si ce
n'est que je ne peux pas dire ni répéter[2] les conversations
privées de Notre-Seigneur et de Joseph. Et en Angleterre il

---

il li porteront del sans de moi et qu'il m'ocirront. Mais, quant il me
verront et orront parler, si n'en auront ja talent. Et lors que je m'en
irai avoec ciaus, tu t'en iras en iceles parties ou ces gens sont qui ont
le saint vaissel del Saint Graal[b]. Et a tous jours mais sera ta painne et
tes livres retrais et volentiers oïs en tous lix. Mais ne sera pas en
auctorité et pour ce que tu ne pues estre des apostles, car il ne misent
onques riens en escrit de Nostre Signour qu'il n'eüssent veü et oï. Et
tu n'i més riens que tu aies veü ni oï, se ce non que je te di. Et ausi
com je serai oscurs fors devers ciaus ou je me vaurai esclairier,

41. « ensi sera tes livres celés et poi avenra que ja nus t'en face
bonté. Et tu l'emporteras avoec toi que je m'en irai avoec ciaus qui
me venront querre et t'en iras es parties d'occident. Si sera li livres
Joseph avoec le tien, et quant tu auras ta painne achievee et tu seras
teus com tu dois estre en la compaingnie del Saint Graal[g], lors sera
tes livres ajoins au livre Joseph. Si sera la chose bien esprovee de ma
painne et de la toie si en aura Dieu merci s'il lui plaist. Et cil qui l'orront proieront Nostre Signour pour nous. Et quant li doi livre seront
ensemble, si i aura un biau livre et li doi seront une meïsmes chose,
fors tant que ne puis pas dire ne retraire les privees paroles de Jhesu
Crist ne de[b] Joseph ne Engleterre n'avoit onques esté rois crestiens.

n'y avait pas jusqu'alors de rois chrétiens. D'ailleurs, je ne me soucie pas de rapporter à propos de ceux qui avaient régné auparavant autre chose que ce qui concerne ce conte[3]. »

42. À ce point, le conte dit qu'il y eut en Angleterre un roi nommé Constant. Il régna longtemps, et eut des enfants : l'un s'appelait Mainet, l'autre Pandragon, et le troisième avait nom Uter[1]. Ce roi Constant avait sur sa terre un vassal qui s'appelait Vertigier[2], très habile selon le siècle, et très subtil ; bon chevalier par ailleurs. Or, Constant était très vieux, et il passa de vie à trépas ; après sa mort, les gens du pays se demandèrent qui ils choisiraient comme roi et seigneur. La plupart étaient en faveur de Mainet, le fils de leur seigneur défunt. Certes, il était jeune, mais il n'était pas juste qu'ils prennent un autre seigneur et se détournent de lui. Ils débattirent tant à ce sujet que finalement ils firent de Mainet leur roi. Après qu'il fut sacré, il y eut une guerre, et le jeune roi eut un excellent sénéchal. Et si quelqu'un me demandait le nom de ce sénéchal, je répondrais qu'il s'appelait, en vérité, Vertigier.

43. Le roi Mainet était en guerre contre les Saxons, qui le combattirent longtemps. Les tenants de la loi de Rome[1] vinrent à plusieurs reprises livrer bataille aux chrétiens. Or, Vertigier, qui était sénéchal du royaume, en faisait entièrement à sa volonté. Et l'enfant qui était roi, et ses frères, qui ne savaient pas grand-chose, n'étaient pas si sages ni si courageux qu'il l'aurait fallu. Mais Vertigier s'était acquis beaucoup de terres,

---

Et des rois qui i avoient esté devant, ne me chaut au retraire fors tant conme a cest conte a monte. »

42. Or dist li contes qu'il ot un roi en Engleterre qui ot a non Coustans. Icil Coustans regna une grant piece et ot enfans. Si en ot un qui ot a non Maines et li autres avoit non Pandragon. Et li tiers avoit non Uters. Icil Coustans avoit un home en sa terre qui avoit non Ungalles et estoit molt [64a] sages del siecle et molt engingnous et bons chevaliers au siecle. Et Coustans fu molt viex et ala de vie a mort et quant il fu mors si demanderent les gens del païs de qui il feroient signour et roi. Et li pluisour s'acordoient que il feïssent roi de Mainnet, le fil lor signour. Et il estoit jouenes mais il n'estoit pas drois que il feïssent d'autrui roi et lui laissier. Tant parlerent de ceste chose qu'il firent roi de Mainet. Quant Maines fu rois si ot guerre et ot un seneschal molt sage. Et se aucuns me demandoit coment cil seneschaut avoit non je diroie qu'il avoit non par son droit non Vertiger.

43. Li roi Mainés ot guerre contre les Saisnes. Et li Saisne le guerroierent longuement. Et cil qui estoient de la loi de Roume si vinrent pluisours fois combatre as Crestiens. Et Vertigier, qui estoit seneschaus de la terre, en faisoit del tout a son plaisir. Et li enfés qui rois estoit et si frere qui gaires ne savoient et n'estoient pas si sage ne si preu come mestiers lor fust. Et Vertigier avoit de la terre molt

il possédait le cœur des gens et il savait bien qu'ils le considéraient comme sage et courageux. Son orgueil grandit alors, et
il déclara — parce qu'il voyait clairement que personne d'autre
ne pouvait remplir son rôle — qu'il ne s'occuperait plus de la
terre du roi, mais se retirerait sur ses propres domaines. Et
quand les Saxons s'aperçurent qu'il avait ainsi délaissé son seigneur, ils vinrent attaquer les chrétiens avec une grande armée.
Le roi vint alors trouver Vertigier et lui dit : « Très cher ami,
apportez votre concours à la défense de la terre, car moi-
même et tous ceux qui sont ici, nous sommes soumis à votre
volonté. » Et Vertigier de répondre : « Seigneur, que d'autres le
fassent : car moi, je ne peux désormais m'en charger, parce
qu'il y a dans votre entourage des gens qui me haïssent. Je
veux qu'ils s'occupent de cette bataille, dont certes je ne me
mêlerai pas. »

44. Quand le roi Mainet et ceux qui l'avaient accompagné
virent qu'ils ne pourraient rien en tirer de plus, ils s'en allèrent
se préparer au combat contre les Saxons. Ceux-ci vinrent les
affronter, les vainquirent et les déconfirent. Après cette
défaite, ils s'en retournèrent en disant qu'ils avaient subi de
lourdes pertes, et que cela ne se serait pas produit si Vertigier avait été là. L'enfant, qui ne savait pas si bien se
défendre qu'il en aurait eu besoin, resta là sans rien faire, et
la plupart le prirent en haine, et dirent qu'ils ne supporte-
raient plus qu'il règne. Ils vinrent trouver Vertigier, en
disant : « Seigneur, nous n'avons ni roi ni seigneur, car celui-
ci ne vaut rien. Pour l'amour de Dieu, soyez roi, et gouver-

---

d'avoir trait sor soi et ot les cuers des gens et sot que il le tenoient
pour preu et por sage. Si leva orguel en lui et dist, pour ce qu'il vit
bien qu'il n'estoit nus qui peüst faire ce qu'il faisoit, qu'il ne s'entre-
metroit plus de la terre le roi, si se traïst ariere. Et quant li Saisne
virent que il le vaut laissier, si s'asamblerent et vinrent a grant ost sor
les Chrestiens. Et li rois vint a Vertigier et li dist : « Biaus amis, aïdiés
la terre a desfendre que je et tous ciaus qui ci sont somes a la vostre
volenté. » Et Vertigier respont : « Sire, or i aïdent li autre, car je n'i
puis mie ore aler, qu'il a gens en nostre service qui me heent. Si voel
qu'il aient ceste bataille que je ne m'en entremetrai jamais. »

44. Quant li rois Maïnés et cil qui avoec lui estoient oïrent que il ne
poroient plus atraire si s'en alerent et s'atournerent pour combatre as
Saisnes. Et li Saisne vinrent encontre aus, si les vainquirent et desconfirent. Et quant il furent desconfit si s'en revinrent et disent que
molt avoient perdu et que il n'eüssent pas ceste perte faite se Vertigier
i eüst esté. Ensi remest li enfés, qui ne savoit mie si bien desfendre
come mestier li fust, si l'acueillirent li pluisour en haine et disent que il
ne le sousferroient plusᵃ. Lors vinrent a Vertigier, si li disent : « Sire,
nous somes sans roi et sans signour car cist ne vaut riens. Pour Dieu,

nez-nous ; protégez-nous, car il n'y a personne dans ce royaume qui puisse ou qui doive le faire aussi bien que vous. » Et lui de répondre : « Je ne peux ni ne dois l'être tant que mon seigneur est en vie. » Les autres répliquèrent qu'il vaudrait mieux pour eux qu'il fût mort. Vertigier rétorqua alors : « S'il était mort, et si vous et les autres vouliez vraiment que je sois roi, je le serais très volontiers. Mais aussi longtemps qu'il est en vie, je ne peux pas l'être, et je ne le dois pas. » Ils entendirent les paroles de Vertigier, et en pensèrent ce qu'ils voulurent ; ils prirent congé de lui et rentrèrent chez eux. Une fois là-bas, ils mandèrent nombre de leurs amis, et leur firent part de leur conversation avec Vertigier, et de sa réponse. En entendant cela, les nouveaux venus dirent : « Le mieux, c'est que nous tuions le roi. Dès lors, Vertigier sera roi, et il fera désormais toujours tout ce que nous voudrons, si bien que nous aurons tout pouvoir sur lui. » Ils choisirent alors ceux qui porteraient le coup mortel ; ils en élurent douze, et ces douze se rendirent auprès du roi Mainet. Les autres conjurés étaient dans la ville, pour pouvoir venir en aide aux premiers si on voulait leur nuire en quelque façon. Les douze vinrent donc au roi Mainet, ils fondirent sur lui avec force poignards et épées, et le tuèrent[1].

45. Il n'y eut pas grand monde pour réagir vivement devant ce meurtre. Les barons revinrent trouver Vertigier et lui dirent : « Maintenant, tu vas être roi, car nous avons tué le roi Mainet. » Et quand Vertigier entendit cette nouvelle,

---

soiiés rois et si nous gouvernés et maintenés, que [*b*] il n'est nus hom en ceste terre qui si bien le puisse estre ne ne doie conme tu. » Et il respont : « Je ne le puis pas estre ne ne doi tant come mes sires vive. » Et cil dient que il lor vauroit mix que il fust mors. Et Vertigier respont : « Se il estoit mors et vous et li autre voliés que je fuisse rois je le seroie volentiers. Mais tant com il vive ne le puis je estre ne ne doi. » Cil oïrent la parole Vertigier, si i penserent ce qu'il vaurent, si prisent congié a lui et s'en alerent en lor païs. Et quant il furent venu, si manderent de lor amis et lor conterent conment il orent parlé[*b*] a Vertigier et le respons que il lor fist. Et quant cil l'oïrent si disent : « C'est mix que nous ocions le roi. Et lors sera Vertigier rois des que nous l'aurons mort, si fera mais a tous jours quanques nous vaurons et ensi porons nous estre signour de lui. » Lors atornerent liquel d'aus l'ocirront, si en eslurent .XII. et cil .XII. alerent la ou li rois Mainés estoit. Et li autre furent en la vile por ce se on vausist a ciaus nuire ne mal faire que il lor aïdassent. Et cil .XII. vinrent la ou il troverent le roi Mainet si le coururent sus as coutiaus et as espees, si l'ocisent.

45. Quant il l'orent mort si ne trouverent onques qui granment em parlast. Et cil revinrent a Vertigier, si li dirent : « Ore seras tu rois, car nous avons mort le roi Mainet. » Et quant Vertigier oï qu'il l'avoient

il fit semblant d'en être très courroucé[1], et leur dit : « Vous avez fort mal agi en tuant votre seigneur ! Je vous conseille de vous enfuir, par crainte des bons barons du royaume. Car s'ils réussissent à mettre la main sur vous, ils vous feront mourir ; et cela me pèse que vous soyez venus ici. » Ils s'en allèrent ; il arriva ensuite que les gens du pays s'assemblèrent et discutèrent pour savoir qui ils feraient roi. Vertigier avait le cœur de la plupart, ils furent donc tous d'accord pour qu'il le fût.

46. À ce conseil assistèrent deux hommes de bien qui avaient la garde des deux autres enfants, Pandragon et Uter, qui étaient aussi les fils de Constant, et les frères du roi Mainet. Quand ils entendirent les débats et comprirent que Vertigier serait roi, ils furent convaincus qu'il avait fait tuer le roi Mainet. Les deux hommes qui avaient la garde des enfants réfléchirent alors, et ils arrivèrent à la conclusion suivante : dès lors que Vertigier avait fait tuer leur seigneur, aussitôt qu'il serait roi il ferait tuer aussi les deux enfants dont ils avaient la charge : « Et nous, nous avons beaucoup aimé leur père car il nous a fait beaucoup de bien et c'est à lui que nous devons tout ce que nous possédons : nous serions bien mauvais de laisser aller à leur perte ceux que nous avons en garde ; or nous n'ignorons pas qu'une fois roi il les fera tuer, parce qu'il sait parfaitement que le royaume doit leur revenir. »

47. Ces deux hommes sages décidèrent alors de s'enfuir et d'emmener les deux enfants en terre étrangère, vers l'est,

---

mort[a] si fist samblant qu'il en fust molt iriés et lor dist : « Mal avés esploitié de vostre signour ocirre[b]. Je vous lo que vous vous enfuiés pour les prodonmes de la terre. Car s'il vous trouvent il vous ocirront et il m'en poise que vous estes ci venus. » Et cil s'en alerent, et aprés ce avint que les gens del roiaume s'assanblerent et parlerent ensamble de qui il feroient roi. Et Vertiger avoit les cuers des pluisours des gens de la terre si s'acorderent tout plainnement que il fust rois.

46. A cest conseil ot .II. prodomes qui gardoient les autres .II. enfans, Prandragon et Uter. Et cil doi enfant estoient fil Coustant et frere au roi Mainet. Et quant il oïrent et sorent que Vertiger seroit rois si lor fu bien avis qu'il avoit fait le roi Mainet ocirre. Lors prisent conseil li .II. home qui les enfans gardoient et disent : « Des que Vertiger avoit fait lor signour ocirre si tost com il sera rois il fera ocirre ces .II. enfans que nous gardons. Et nous amasmes molt lor pere que il nous fist molt grant bien, et par lui avons encore[c] ce que nous [c] avons. Mout serons mauvais se nous ciaus que nous gardons laissons issi perdre. Et nous savons bien que quant il sera rois il les fera ocirre por ce qu'il set bien que li roiaumes doit estre lor. »

47. Lors s'acordent li doi prodome qu'il s'enfuiront et menront les

parce que leurs ancêtres étaient venus de ces régions[1] : ainsi, ils les garderaient bien. Sitôt dit, sitôt fait. Vertigier cependant fut élu et promu au rang de roi. Après son sacre, les douze qui avaient tué le roi Mainet se présentèrent devant lui. En les voyant, Vertigier fit mine de ne pas les reconnaître. Et eux le prirent à part et lui remontrèrent qu'il était roi grâce à eux, car ils avaient tué le roi Mainet. Mais quand Vertigier les entendit dire qu'ils avaient tué leur seigneur, il ordonna qu'on les fasse prisonniers et leur dit : « Vous vous êtes jugés vous-mêmes en reconnaissant que vous aviez tué votre seigneur, alors que vous ne pouviez avoir aucun droit de le mettre à mort ; et vous feriez volontiers la même chose avec moi, si vous en aviez l'occasion. Mais je saurai bien m'en garder. » À ces mots, ils furent épouvantés et dirent : « Seigneur, nous l'avons fait pour vous, et parce que nous croyions que vous nous en aimeriez mieux. » Et Vertigier répliqua à ces propos : « Je vais vous montrer comment on doit aimer des gens de votre sorte ! »

48. Il les fit prendre tous les douze, les fit attacher à la queue d'un cheval et traîner par la campagne jusqu'à ce qu'ils soient mis en pièces et qu'il n'en reste pas grand-chose. Or, ceux qui moururent ainsi étaient de grand lignage, et avaient de nombreux parents qui dirent à Vertigier : « Tu nous as causé une grande honte en faisant tuer ainsi, de manière si laide, nos parents et nos amis.

.II. enfans en estrange terre vers orient por ce que de la estoient venu lor ancisor et ensi les garderont⁴. Et ensi com il le disent ensi le fisent. Et Vertigier fu esleüs et levés a roi. Et quant il fu sacrés si vinrent a lui li .XII. qui le roi Mainet avoient ocis. Et quant Vertigier les vit si n'en fist onques samblant que il onques les eüst veüs. Et cil s'enbatirent sor lui et li reprouverent que par aus estoit il rois, qu'il avoient ocis le roi Mainet. Et quant Vertigier oï qu'il avoient ocis lor signour si les conmanda a prendre et lor dist : « Vous meïsmes vous estes jugiés qui connoissiés que vous avés vostre signour mort, vers qui vous ne pooiés avoir nul droit de lui ocirre, et ensi feriés vous de moi se vous peüssiés. Mais je m'en saverai molt bien garder. » Et quant cil l'oïrent si en furent molt espoenté et disent : « Sire, nous le feïsmes pour vostre preu. Et pour ce que nous quidiens que vous nous amissiés de mix. » Et quant Vertigier l'oï si dist : « Je vous mousterrai bien conment on doit amer tels homes come vous estes. »

48. Lors les fist prendre tous .XII., si les fist loiier a keues de .XII. chevaus et tant de traire et trainer⁴ que poi en remest ensemble. Et cil qui furent mort estoient de molt grant lignage, si avoient molt grant plenté de parens qui disent a Vertigier : « Tu nous fais molt grant honte qui nos parens et nos amis as ensi vilainnement ocis.

Nous ne te servirons jamais de bon cœur. » Quand Vertigier entendit ces menaces, il fut très courroucé ; il leur dit que, s'ils ajoutaient un mot sur ce sujet, il les traiterait de la même façon. Ainsi menacés à leur tour, les barons en conçurent un profond dépit, et lui répondirent, furieux, qu'ils ne le craignaient guère : « Roi Vertigier, lui dirent-ils, tu nous as menacés autant qu'il t'a plu. Mais nous t'avertissons désormais : aussi longtemps qu'il nous restera un ami dans ce pays, tu n'auras pas la paix. À partir de maintenant, nous te défions[1]. Car tu n'es pas notre seigneur légitime, et la terre ne t'appartient pas selon le droit, mais tu la détiens contre Dieu et contre la sainte Église. Et sache qu'il te faudra mourir de la même mort que celle dont tu as fait mourir nos parents[2]. » Ils s'en allèrent sur ces mots. Quand Vertigier eut entendu qu'ils le menaçaient de mort, il fut très courroucé, mais il n'en fit rien de plus sur le moment.

49. C'est ainsi que malveillance et mésentente prirent naissance entre eux ; car ces barons[1] levèrent des troupes et envahirent la contrée. Vertigier les combattit à maintes reprises, si bien qu'à la fin il les chassa de la terre. Et par la suite, il se conduisit si mal envers son peuple que celui-ci ne put le supporter : il se révolta contre lui, et quand Vertigier vit cela, il craignit qu'on ne le chassât : il envoya donc des messages aux Saxons pour qu'ils reviennent. Ceux-ci, quand ils surent qu'il demandait la paix, furent très satisfaits. Il y en avait un, parmi eux, plus important que les autres, qui s'ap-

---

Nous ne ferons jamais debonairement ton service. » Et quant Vertigier oï qu'il le maneçoient, si en fu molt iriés et lor dist que, s'il em parloient plus, tout autretel feroit il d'aus. Quant cil oïrent qu'il les maneçoit si en orent molt grant despit, si le respondirent molt ireement que gaires ne doutoient son dangier. Si il disent[b] : « Rois Vertigier, tu nous maneceras tant come tu vauras. Mais itant te disons nous come, tant come nous aurons nul ami en terre, ne te faura guerre. Et de ci en avant vous desfions nous. Car tu n'es mie nostres sires ne la terre ne tiens tu loiaument, car tu l'as contre Dieu et encontre Sainte Eglise. Et saces bien que d'autre tel mort come tu as nos parens ocis te coven [d]ra il recevoir. » Lors s'en vont. Et quant Vertigier oï que cil le manacent de la mort si en fu molt iriés mais plus n'en fist ore[c] a cele fois.

49. Ensi vint la male volenté entr'aus car cil amasserent gent et entrerent el païs. Et maintes fois se combati Vertigier[a] a aus, et tant qu'il les jeta de la terre. Et par tant li furent fors jeté si fu molt mauvais envers son pueple si que li pueples nel pot soufrir. Si revelerent encontre lui et quant il vit ce si en ot molt grant paour qu'il ne le getaissent de la terre fors[b], si renvoia querre par ses[c] messages les Saisnes. Et quant il oïrent qu'il requeroient la pais si en furent molt

pelait Angis. Pendant très longtemps, il servit Vertigier, si longtemps que finalement il fut vainqueur dans sa guerre. Une fois celle-ci finie, Angis parla à Vertigier, et lui dit que son peuple le haïssait ; je ne peux vous raconter tous ses discours et ses manigances. Mais je peux bien vous en dire le résultat : Vertigier prit la fille d'Angis pour femme. Que tous ceux qui entendront lire ce roman sachent que ce fut elle qui la première garda le royaume. Je n'ai pas l'intention de vous parler d'Angis ou de ses affaires. Mais les chrétiens déplorèrent fort que Vertigier ait épousé sa fille : ils disaient qu'il avait presque entièrement renoncé à sa foi, par la faute de sa femme qui ne croyait pas en Jésus-Christ.

50. À la suite de ces événements, Vertigier eut bien conscience qu'il n'était guère aimé de ses hommes ; il savait par ailleurs que les deux fils de Constant avaient été emmenés à l'étranger, et qu'ils reviendraient aussi vite qu'ils le pourraient. Et il était bien sûr que s'ils revenaient ce serait pour lui nuire. Il réfléchit donc et décida qu'il allait se faire construire une tour si haute et si bien fortifiée qu'il n'aurait plus à craindre personne. Il fit venir en conséquence tous ses maîtres maçons, et avec eux la chaux et le mortier, et il fit commencer sa tour. Mais quand les ouvriers eurent monté les murs à trois ou quatre toises, tout s'écroula. Et cela se reproduisit trois ou quatre fois. Quand Vertigier vit que sa tour, en dépit de tout son travail, ne pouvait tenir,

---

lié. Si en ot un qui ot a nom Anghis qui fu plus fiers que nus des autres. Cil Anghis servi molt longuement Vertigier, et tant le servi qu'il fu au desus de sa guerre. Et quant sa guerre fu finee si parla Aughis a lui et dist que ses pueples le haoit molt et tant fist et par cha et par la[d] que je ne vous puis mie tout retraire. Mais tant vous em puis je bien dire que il firent tant que Vertigier prist la fille Augis a feme. Et si sacent tout cil qui cest conte oïront que ce fu celi qui premierement garda le roiaume. Je ne vous doi mie retraire d'Angis ne de ses afaires. Mais molt furent dolant li crestien que Vertigier ot la fille Augis et disent souventes fois, tel i ot, qu'il avoit grant partie laissié de sa creance pour la feme qui ne creoit pas en Jhesu Crist.

50. Après tout ce sot Vertigier qu'il n'estoit mie molt amés de ses homes et si sot bien que li doi fil Constant en estoient mené en estranges terres et qu'il repaieroient au plus tost qu'il porroient. Et il sot bien que s'il revenoient que ce seroit pour son damage. Si s'apensa qu'il feroit une tor si grant et si fort qu'il n'avroit garde de nule gent. Lors fist mander tous ses maistres maçons et fist venir le chaus et le mortier et lor fist comencier cele tour. Et quant il orent ovré .III. toises ou .IV. desus terre en haut si rechaï tout jus. Et ensi chaï .III. fois ou .IV. Et quant il vit que sa tour ne s'oevre ne porroit tenir,

il fut très courroucé et déclara qu'il ne serait jamais satisfait s'il ne parvenait à connaître la raison pour laquelle elle s'écroulait ; il fit venir les sages de tout le royaume. À leur arrivée, il leur expliqua le prodige de sa tour qui s'effondrait, si bien que rien de ce qu'il tentait ne pouvait la faire tenir, puis il leur demanda conseil à tous. En entendant raconter ce prodige, et en voyant la tour écroulée, ils furent très perplexes, et dirent que personne, à leur avis, ne pouvait savoir le fin mot de l'histoire, si ce n'était un mage. « Car un mage sait beaucoup de choses par la force de son art[1], et en particulier des choses que personne d'autre ne peut savoir. Et si tu veux savoir la vérité, tu ne peux le faire sans leur aide. » Vertigier dit alors : « Je crois bien que vous avez raison. »

51. Il fit donc mander tous les clercs les plus savants de son royaume ; à leur arrivée, il les rassembla et leur exposa le prodige. Eux aussi en furent très perplexes, et se dirent les uns aux autres : « C'est un grand prodige que le roi nous a conté ! » Le roi fit alors venir quelques-uns des plus riches[1], il les prit à part et leur dit : « Sauriez-vous me conseiller, vous-mêmes, ou me recommander quelqu'un qui le puisse, à propos de ma tour qui s'effondre, et que rien ne peut faire tenir debout malgré tous mes efforts ? Je voudrais vous prier bien sincèrement de vous préoccuper du problème, pour que je puisse savoir pourquoi elle s'effondre ! Car on m'a dit que je ne pourrais l'apprendre de personne, sinon de vous. » Quand

---

si en fu molt iriés et dist que jamais n'auroit joie s'il ne savoit pour coi sa tour chaoit, et fist mander par tote la terre tous les sages homes que il i ot. Et quant il furent tout asamble si lor dist cele merveille, que ensi [*e*] chaoit sa tour et que riens n'i pooit durer de chose qu'il i feïst faire, si en demanda a tous conseil. Quant cil oïrent cele merveille et il virent la tour toute chaoite enmi la place si s'enmerveillierent molt et disent : « Ce ne puet nus hom savoir, ce nous est avis, pour coi ceste oeuvre chiet, s'il n'est clers. Mais clers set molt par force de clergie, et set ce[*d*] que autres gens ne sevent mie. Et se tu le veus savoir, tu ne le pues savoir se par aus non. » Et Vertigier dist : « Il me samble bien[*b*] que vous dites voir. »

51. Lors fist mander tous les sages clers de sa terre et quant il furent venu et assemblé si lor moustra la merveille. Et quant il le virent si s'en esmerveillierent molt et dist l'uns a l'autre : « C'est molt grant merveille que li rois nous a conté. » Et lors manda li rois des plus riches homes, si les trait a une part et si lor dist : « Saurés me vous conseillier, par vous ou par autrui, por coi ma tour chiet que riens que je i puisse faire n'i puet durer ne tenir ? Si vous vauroie molt proiier que vous i meïssiés painne par coi je peüsse savoir pour coi ele chiet, car on m'a dit que je ne le puis savoir se par vous non. » Quant cil orent oï et entendu ce que li rois lor requeroit si

ceux-ci eurent entendu la requête du roi, ils lui répondirent :
« Seigneur, nous ne savons rien de cette affaire, *a priori*, mais
il se peut qu'il y ait ici des clercs qui pourraient le savoir
grâce à un art[2] que l'on appelle aſtronomie. Il y a des gens
qui s'y connaissent dans ce domaine. » Le roi dit alors :
« Vous-mêmes, qui êtes clercs, vous savez bien lesquels sont
les plus experts en la matière. Parlez-en entre vous, pour
déterminer quels sont ceux qui maîtrisent cet art. Qu'ils ne
refusent pas de dire lesquels en connaissent la pratique, mais
qu'ils s'avancent sans hésitation ; et ils ne me demanderont
rien que je ne leur donne, s'ils peuvent me répondre. »

52. Les clercs se retirèrent alors à l'écart, et se demandèrent mutuellement s'ils connaissaient cet art ; et voilà qu'il y
en eut deux qui s'avancèrent en disant : « Nous en savons
assez, à notre avis, pour pouvoir résoudre ce problème ; et
nous avons ici d'autres clercs qui s'y connaissent aussi. »
Et ces sages de dire : « Allez chercher vos compagnons, et
venez nous entretenir tous ensemble. — Volontiers », répondirent les deux autres. Ils s'enquirent tant et si bien qu'ils se
trouvèrent sept à la fin ; mais il n'y en eut aucun parmi eux
qui ne crût être supérieur aux autres. En cet appareil ils se
présentèrent devant le roi, qui leur demanda s'ils sauraient
lui dire pourquoi sa tour s'effondrait ; ils lui répondirent que
oui, si du moins quelqu'un au monde pouvait le savoir. Le
roi leur affirma alors que, s'ils le lui disaient, il leur donnerait
tout ce qu'ils voudraient. Il renvoya ensuite ses autres clercs,

---

disent : « Sire, nous n'en savons riens, mais il puet bien eſtre qu'il a
ici de tels clers qui bien le pueent savoir par une art qui eſt apelee
aſtrenomie. Et il en i a de tels qui en sevent. » Et li rois diſt : « Vous
meïsmes qui eſtes clers les counoissiés bien quel sont li mix letré. Si
em parlés ensemble et le saciés entre vous et em parlés ensemble li
uns a l'autre a une part, li quel se sont qui en sacent ouvrer de cele
art. Et il ne se descordent mie que il ne dient li quel en sevent
ouvrer. Si viennent avant molt hardiement et il ne me demanderont
ja chose, se il le me vuelent a dire, que il n'aient. »

52. Lors se traient a une part, si demandent li uns a l'autre se il
sevent riens de cele art. Et lors en voient .II. qui se traient avant et
dient : « Nous en savons assés, ce quidons nous, por tel chose savoir.
Et si avons ci des autres clers qui en sevent. » Et li prodome dient :
« Querés vos compaignons et venés a nous parler tout ensemble. »
Et cil dient : « Volentiers. » Si quisent tant cil .II. qu'il furent .VII.,
mais n'i ot onques celui dont li uns ne quidaſt eſtre maiſtres a
l'autre. Et ensi en sont venu devant le roi. Et li rois lor demande se
il [*f*] li sauront a dire por coi sa tour chiet et il respondent : « Oïl,
s'il puet eſtre seü par nul home. » Et li rois lor diſt que, s'il li
dient, qu'il lor donra ce qu'il vauront. Ensi departi li rois ses clers.

sauf les sept qui reſtèrent avec lui. Ceux-ci mirent tous leurs
efforts à savoir pourquoi cette tour s'écroulait, et comment
on pourrait la faire tenir. Ces sept clercs étaient très habiles
en cet art, et ils s'y appliquèrent chacun de son côté. Mais
plus ils y réfléchirent, plus ils s'égarèrent : car ils ne trouvèrent qu'une chose, qui à leur avis n'avait en outre aucun
rapport avec la tour ; et ils en furent épouvantés. Finalement
le roi les convoqua devant lui et les pressa : « Que ne m'apportez-vous, leur demanda-t-il, des nouvelles de ma tour ? »
Et eux de répondre : « C'eſt un gros problème que tu nous
poses là ; il nous faut encore un délai de onze jours. » Le roi
répliqua : « Nous voulons[1] bien vous l'accorder. Mais prenez
garde qu'au bout de quinze jours vous soyez en mesure de
me dire la vérité ! »

53. Les clercs tinrent alors conseil sur cette affaire ; chacun
demandait à l'autre : « Qu'en dites-vous ? » Ils s'interrogeaient
ainsi mutuellement, et aucun d'entre eux ne savait dire ce
qu'il avait trouvé. Si bien qu'à la fin l'un d'eux, plus savant
que les autres, leur dit : « Agissons comme il faut : dites-moi
chacun à votre tour en secret ce que vous avez trouvé, et je
ne le révélerai jamais si ce n'eſt avec l'autorisation de tous. »
Ils répondirent qu'ils le voulaient bien. Il les prit alors à part,
chacun à son tour, et leur demanda le résultat de leurs
recherches à propos de cette tour. Et tous, l'un après l'autre,
lui dirent qu'ils ne savaient rien là-dessus, et qu'ils ne pou-

---

Et quant li .VII. remeſſent avoec lui si s'entremiſent molt de savoir
par coi cele tour chiet et conment ele porroit tenir. Cil .VII. clerc
furent molt sage de cel art et molt i entendirent de lor sens chascun
par soi. Et com plus se penerent plus perdirent car il ne trouverent
c'une seule chose et icele ne tenoit riens a la tour, si lor eſtoit avis, si
en furent molt espoenté. Et tant que li rois les haſta si les fiſt mander devant lui. Et lor demanda : « Que ne me dites vous nouveles de
ma tour ? » Et il respondent : « Ce eſt molt grant chose que tu nous
demandes. Il nous couvient encore avoir respit de .XI. jours. » Et li
rois respont : « Nous volons bien que vous l'aiiés, si gardés que au
chief de .XV.[e] jours le me saciés bien a dire. »

53. Lors s'en alerent li clerc a conseil ensanble, si demanda li uns a
l'autre : « Que dirés vous de ceſte chose que li rois nous demande ? »
Ensi demandent li uns a l'autre, ne nus d'aus ne savoit[e] dire ce que il
avoit trové. Tant qu'il en i avoit un qui plus savoit que li autre, si
diſt : « Faites le bien, dites moi tout a conseil, li uns sans l'autre, ce que
chascun en a trové et je ne lor en encuserai ja se par congié de vous
tous ne le fais. » Et il respondent que ce voelent il bien. Lors trait
chascun par lui a conseil d'une part, si lor demande que il ont trouvé
de cele tour, et chascuns li diſt, li uns après l'autre, qu'il n'en savoient
riens nee ne que il ni pooient nient veoir, mais il i veoient une autre

vaient rien voir au sujet de la tour ; mais ils voyaient un autre
prodige : un enfant de sept ans, qui était né sans père
humain, et pourtant conçu en une femme. Tous lui tinrent ce
discours. Et après les avoir tous entendus, il leur dit : « Pré-
sentez-vous tous ensemble devant moi. » Ce qu'ils firent.
Alors il leur déclara : « Tous, vous m'avez dit une chose, et
vous m'en avez caché une autre. » Ils répliquèrent : « Dites-
nous donc ce que nous vous avons dit, et ce que nous avons
caché. — Vous m'avez tous affirmé, leur répondit-il, que
vous ne saviez rien sur cette tour, mais que vous voyiez un
enfant de sept ans né sans père humain, et pourtant conçu
en une femme. Et vous ne m'en avez pas dit davantage ;
mais moi, je vais vous dire une chose, et je vous assure que
vous pouvez me croire : il n'y a aucun de vous qui n'ait vu
qu'il doit mourir par cet enfant, avec tous ses compagnons.
Moi-même, je l'ai vu, à coup sûr, tout comme vous, ainsi que
le reste de ce que vous m'avez dit. Mais, si vous m'en croyez,
nous trouverons bien une solution à ce problème, dès lors
que nous en sommes avertis avant notre mort.

54. « Savez-vous ce que nous ferons ? Nous nous mettrons tous d'accord sur un mensonge, et nous dirons que
cette tour ne peut tenir et ne tiendra jamais si au mortier des
fondations on ne mêle le sang de cet enfant qui est né sans
père. Qui pourra avoir de ce sang, et le mêler au mortier,
fera tenir la tour, si bien qu'elle sera pour toujours solide et
forte. Que chacun de nous le dise à part soi au roi, pour

---

merveille, car il veoient un enfant de .vii. ans qui estoit nés sans pere
d'ome terrien et conceüs en feme. Iceste parole li disent il tout. Et
quant il ot tous lor consaus oïs, si dist : « Revenés ja tout devant moi. »
Et il si firent. Et quant il furent venu, il lor dit : « Vous[b] m'avés tout
une chose dite et une chose celee. » Et il respondent : « Or dites ce
que nous vous avons dit et ce que nous vous avons celé. » Et il
respont : « Vous m'avés tout dit ce que vous ne savés de cele tour.
Mais vous veés un enfant de .vii. ans qui est venus sans pere d'oume
terrien et conceüs en feme. Ne entre vous tous ne m'en avés plus dit
et je vous en dirai tant, que je voel bien que vous m'en creés, qu'il n'i
a celui qui n'ait veü de vous tous qu'il doit par cel enfant morir. Et je
meïsmes l'ai veü cer [65a] tainement ausi come uns de vous et ce que
vous m'avés dit. Mais se vous me volés croire en ce metrons nous
bien conseil des que nous en savons tant devant nos mors.

54. « Savés vous que nous ferons ? Nous nous acorderons
tout a une seule chose et dirons que cele tour ne puet tenir, ne ja
ne tenra, se il ou mortier del fondement n'a mis del sanc[a] de cel
enfant qui est nés sans pere. Et qui porra de cel sanc avoir et
metre el mortier si tenra la tour et sera a tous jors mais bone
et fors. Et ensi le die chacuns endroit soi, si[b] que li rois ne s'en

qu'il ne s'aperçoive pas que nous avons vu autre chose. Et ainsi nous pourrons nous garder de la mort que nous devrions recevoir de la part de celui que nous avons vu. En plus, défendons bien au roi de le voir ou de l'entendre. Que ceux qui iront le chercher le tuent sur place et rapportent seulement son sang. »

55. Ils se mirent tous d'accord là-dessus ; et quand ils furent en présence du roi, ils lui dirent qu'ils ne lui confieraient pas le résultat de leur science tous ensemble, mais chacun de son côté, de sorte qu'il saurait lequel avait fait le mieux. Ainsi agissaient-ils comme si chacun ignorait la science de l'autre ; et chacun dit ce qu'il avait à dire au roi, entouré de cinq hommes de son conseil. Or, quand le roi et ses conseillers eurent entendu ces révélations prodigieuses, ils en furent complètement ébahis et se demandèrent comment un homme pouvait être né sans père. Puis le roi appela tous les clercs ensemble et leur dit : « Vous avez tous dit la même chose, et pourtant chacun d'entre vous a parlé de son côté. » Et eux de dire : « Seigneur, répétez-le-nous ! » Et le roi leur répéta mot pour mot ce qu'ils lui avaient raconté. Tous affirmèrent alors : « Si ce que nous avons dit n'est pas vrai, que le roi fasse de nous ce qu'il voudra ! » Le roi leur demanda alors s'il pouvait être vrai qu'un homme naquît sans avoir été engendré par un père, et ils lui répondirent : « Seigneur, nous n'en avons jamais entendu parler, sauf pour

---

aperçoive pas que nous avons tel chose veüe. Et ensi nous porrons nous garder de la mort de celui que nous avons veü par qui nous devons morrir. Et faisons bien le roi desfendre que ja ne l'oïe ne ne le voie. Mais cil qui le querront l'ocient la*endroit ou il le trouveront et le sanc en aportent. »

55. Ensi ont lor paroles recordees et, quant il vinrent devant le roi, si dient que il ne li diront pas lor sens tout ensemble mais chascun par soi, lors sauroit li quels diroit mix. Ensi font samblant que li uns ne sace del sens a l'autre et ensi conta chascuns sa parole au roi. Et il ot .v. homes a conseil avoec lui. Et quant li rois et ses consaus orent oïe ceste merveille, si s'en esmerveillierent molt et dient : « Coment pooit ce estre que hom nasquist sans pere ? » Et li rois apela tous les clers ensemble, si lor dist : « Vous dites tous une parole et si a chascuns dist par soi. » Et il li disent : « Sire, or le nous retraiiés. » Et li rois lor retrait tout mot a mot si com il orent conte. Et lors disent tot : « Se ce n'est voirs ce que nous avons dit, si face li rois de nous son connandement. » Et li rois lor demande : « Puet ce estre voirs que nus hom puisse estre sans engenrement de pere ? » Et il respondirent : « Sire, nous n'en oïsmes onques mais parler fors que de cestui. Mais tant te poons nous bien dire que cis est nés sans pere*et est del aage de .vii. ans. » Et li rois lor dist : « Je vous ferai ja*molt

celui-ci. Mais nous pouvons bien vous affirmer qu'il est né
sans avoir de père, et qu'il a sept ans. » Le roi leur dit donc :
« Je vais vous faire garder de près, et je vais envoyer chercher le sang de l'enfant. » Et ils s'écrièrent en chœur : « Seigneur, nous sommes d'accord pour que tu nous fasses
garder de près, mais prends soin de ne pas parler à l'enfant,
et de ne pas même le voir. Ordonne au contraire qu'il soit
tué, et qu'on t'apporte son sang, et ainsi ta tour tiendra, à
coup sûr — si jamais elle doit le faire. » Le roi les fit enfermer tous les sept dans une maison fortifiée, et leur fit donner ce dont ils avaient besoin pour vivre. Puis il convoqua
ses messagers et les envoya deux par deux par tout le
monde. Ils étaient douze[1] au total, et le roi leur fit jurer sur
les reliques que ceux qui trouveraient l'enfant le tueraient et
apporteraient son sang, et qu'ils ne reviendraient pas avant
de l'avoir trouvé.

56. Ainsi donc, le roi envoya chercher l'enfant. Les messagers s'en allèrent, deux par deux, et ils cherchèrent dans
maintes régions et dans maintes contrées, jusqu'à ce qu'un
jour deux des messagers en rencontrent deux autres : ils décidèrent de voyager un petit moment ensemble[1]. Là-dessus, il
arriva un jour qu'ils passent le long d'un grand pré à l'entrée
d'une ville ; au bout de ce champ il y avait une grande compagnie d'enfants qui jouaient à la soule[2]. Et Merlin, qui savait
tout, y était, et il vit ceux qui le cherchaient. Il se rapprocha
alors de l'un des plus riches enfants de la ville, parce qu'il
savait bien qu'il l'insulterait ; il leva la crosse qu'il tenait, et le

---

bien garder et j'envoierai querre pour le sanc de l'enfant. » Et il
disent tout ensemble : « Sire, nous volons que tu nous faces bien garder mais gardes que tu ne paroles a l'enfant ne que tu ne le voies.
Mais conmande que il soit ocis et que li sans t'en soit aportés et ensi
tenra ta tour se tenir doit sans faille. » Li rois les fist tous .vii. [b]
metre en une molt forte maison et lor fist donner ce que mestier lor
estoit. Et lors prist ses messages, si les envoia tous par .ii. et .ii. et il
en i ot jusques a .xii. Et li rois lor fist jurer sor sains que cil qui cel
enfant trouveroit que il l'ociroit et il li aporteroit son sanc. Et qu'il
ne revenroient jusqu'a tant qu'il seroit trouvés.

56. Ensi envoiia li rois cel enfant querre. Et li message s'en
departirent .ii. et .ii. et quisent par maintes terres et par mains païs.
Tant que li .ii. des messages trouverent .ii. des autres, si disent que
il iroient une piece ensemble. Tant qu'il avint un jour qu'il passoient
en un grant champ a l'entree d'une vile et a l'entree de cel champ
avoit une grans compaingnie d'enfans qui choloient. Et Merlins
qui toutes les choses savoit i estoit et vit ciaus qui le queroient.
Si traïst a soi un des plus riques enfans de la vile, pour ce qu'il
savoit bien qu'il le mesaameroit, si haucha la croce qu'il tenoit, si fiert

frappa à la jambe. Et l'autre commença à pleurer, et à insulter Merlin, l'accusant d'être né sans avoir de père. Quand les messagers virent cela, ils se dirigèrent tous les quatre vers la victime, et lui demandèrent qui était celui qui l'avait frappé, et il leur répondit : « C'est le fils d'une femme qui n'a jamais su qui l'avait engendré, et il n'a jamais eu de père. » Et lorsque Merlin entendit cela, il vint vers eux en riant : « Je suis, leur dit-il alors, celui que vous cherchez, et dont vous avez juré que vous le tueriez ; c'est mon sang que vous devez rapporter au roi Vertigier. » À ces paroles, les messagers furent tout à fait ébahis ; ils lui demandèrent : « Qui t'a dit cela ? — Je sais bien que vous l'avez juré[3] », répondit-il. Et ils lui demandèrent : « Viendras-tu avec nous, si nous t'emmenons ? — Je craindrais que vous ne me tuiez », rétorqua-t-il ; et pourtant, il savait bien qu'ils n'en avaient pas la moindre intention, mais il le disait pour les faire réfléchir. Il poursuivit : « Si vous me promettez de ne pas me tuer, j'irai avec vous, et je dirai pourquoi la tour ne peut tenir : c'est ce pour quoi vous désirez me tuer. » En entendant cela, ils furent une fois encore complètement ébahis et lui demandèrent à nouveau : « Qui t'a dit cela ? » Et il répéta : « Je le sais bien, dès lors que vous l'avez juré. » Ils s'exclamèrent alors : « Cet enfant nous dit des choses prodigieuses ; ce serait un trop grand péché de le tuer ! » Chacun d'eux ajouta de son côté : « Je me parjurerai plutôt que de le tuer. » Merlin leur dit alors : « Venez vous loger là où ma mère demeure, car je ne

---

en la gambe. Et cil coumencha a plourer et Merlin a mesaamer et dist qu'il estoit nés sans pere. Et quant li messagier virent ce, si alerent tout .IV. vers lui, si le demanderent : « Qui est cil qui t'a feru ? » et il lor dist : « C'est le fix d'une feme qui onques ne sot qui l'avoit engendré ne onques point de pere n'ot. » Et quant Merlins l'oï si vint vers aus riant et lor dist : « Je sui cil que vous querés et pour qui vous avés juré que vous l'ocirrés et devés porter mon sanc le roi Vertigier. » Et quant cil l'oïrent si en furent molt esbahi et il li demanderent : « Qui t'a dist ce ? » Et il lor dist : « Je sai bien que vous le jurastes. » Et il li demandent : « Venras tu avoeques nous se nous te portons[a] ? » Et il respont : « Je douteroie que vous ne m'ocesissiés. » Et il savoit bien qu'il n'en avoient talent, mais il le disoit[b] pour aus mix apenser et il lor dist : « Se vous me creantés que vous ne m'ocirrés mie je m'en vai o vous et si dirai pour coi la tour ne puet tenir, pour coi vous me volés ocirre. » Et quant il oïrent ce si en furent tout esbahi et li demanderent : « Qui t'a ce dit ? » Et il dist : « Je le sai bien des que vous le jurastes. » Et il dist : « Cil nous dist merveilles. Il seroit trop grans pechiés de lui ocirre. » Et chascuns d'aus dist : « Je me voel parjurer ains que je l'ocie. » Et lors dist Merlins : « Vous venrés herbergier la ou ma mere maint que je ne porroie aler avoec vous sans son

pourrais aller avec vous sans avoir reçu congé d'elle et d'un saint homme qui vit dans sa maison. — Nous irons où tu voudras », répondirent-ils.

57. Merlin emmena donc les messagers qui étaient venus le chercher chez sa mère, dans un couvent de religieuses où il l'avait fait entrer[1]. En arrivant, Merlin commanda aux gens de la maison de réserver un bel accueil aux messagers. Quand ceux-ci eurent mis pied à terre, il les conduisit à Blaise et lui dit : « Voici ceux dont je vous ai parlé, qui devaient venir pour me tuer. » Puis il s'adressa aux messagers : « Je vous prie de confirmer à ce saint homme ce que je vais dire de votre entreprise, sans mentir en rien. Et je veux aussi que vous sachiez que, si vous mentez, je le saurai. — Nous ne te mentirons jamais, répondirent-ils, pourvu que tu ne nous mentes pas. » Merlin dit alors à Blaise : « Fais bien attention à ce que nous te dirons. » Puis aux messagers : « Vous appartenez au roi Vertigier ; ce roi veut faire construire une tour. Or, chaque fois qu'on a élevé trois ou quatre toises de cette tour, elle ne tient pas, mais tout ce qu'on avait déjà fait s'écroule d'un coup, ce dont il est très courroucé. Il a donc fait venir des clercs, mais il n'y en a pas eu un seul qui pût lui expliquer cette énigme. Cependant, ils ont déclaré qu'ils pourraient bien lui dire pourquoi cette tour ne pouvait tenir, et comment elle tiendrait, et ils ont jeté leurs sorts[2]. Mais ils n'ont rien vu au sujet de la tour. En revanche, ils ont vu que j'étais né, et il leur a semblé que je

---

congié[c] ne sans le congié d'un prodome qui est en la maison de ma mere. » Et il li dient : « Nous irons la ou tu vauras. » [c]

57. Ensi amainne Merlins les messagers qui estoient venu pour lui chiés sa mere en une maison de religion de nonnains ou il l'avoit fait rendre. Et quant Merlins vint a la maison si commenda a ciaus de laiens qu'il feïssent as messagiers molt[e] bele chiere. Et quant cil furent descendu, si les amena devant Blaise et li dist : « Veés ciaus que je vous di qui me devoient querre por ocirre. » Et il dist as messages : « Je vous pri que vous connoissiés voir a cest prodome de ce que je vous dirai de la vostre oeuvre sans mentir. Et tant voel je bien que vous saciés que se vous mentiés je le sauroie bien. — Nous ne te mentirons jamais, font il, gardes que tu ne nous mentes. » Et Merlins dist a Blaise : « Ore entent bien ce que nous te dirons. » Et il lor dist : « Vous estes au roi Vertigier et cil rois velt faire une tour. Et, quant on a fait de cele tour .III. toises ou .IV., si ne puet tenir, ains font quanqu'il i a fait en une eure[b] et il en est molt iriés. Si manda clers, se n'i ot celui qui li seüst deviner. Se li disent il qu'il diroient bien por coi cele tour ne pooit tenir et comment ele tenroit, si jeterent lor sort. Mais il ne virent riens de la tour. Mais il trouverent que j'estoie nés, si lor fu avis que je lor

pourrais leur nuire. Ils se sont donc mis d'accord pour me faire tuer ; par conséquent, ils ont dit au roi que la tour tiendrait s'il y avait de mon sang dans les fondations. Ils le lui ont dit en effet. Et quand Vertigier a entendu cela, il l'a considéré comme un grand prodige, mais il a néanmoins cru que c'était vrai. Et ils lui ont recommandé de me faire chercher jusqu'à ce que l'on me trouve. Mais il défendit à ses messagers de m'amener devant lui : ils devaient au contraire me tuer sitôt qu'ils m'auraient trouvé, et apporter mon sang pour le mettre dans le mortier des fondations de la tour. Car ses clercs avaient dit que la tour tiendrait de cette façon. Vertigier a choisi douze messagers, et leur a fait jurer à tous sur les reliques de me tuer et de lui apporter mon sang.

58. « Il en a donc envoyé douze, et de ces douze ces quatre-là se sont rencontrés, ils passaient près d'un pré où moi-même et d'autres enfants jouions à la soule. Et moi, qui savais bien qu'ils me cherchaient, j'ai frappé de ma crosse l'un des enfants, parce que je savais aussi qu'il me dirait la pire insulte qu'il pourrait imaginer, et que donc il me reprocherait d'être né sans père. J'ai agi ainsi parce que je voulais que ces hommes de bien m'emmènent, et c'est comme cela qu'ils m'ont trouvé. Cher maître Blaise, demandez-leur si je dis la vérité. » Il leur demanda en effet si cette histoire prodigieuse que Merlin venait de lui raconter était vraie, et ils répondirent : « Tout s'est passé comme il l'a dit. Aussi vrai que nous demandons à Dieu de nous venir en aide et de nous

---

poroie nuire. Si s'acorderent que il me feroient ocirre, car il dirent au roi que la tour tenroit s'il i avoit de mon sanc. Et il li disent. Et quant Vertigier l'oï si le tint a molt grant merveille et quida que il fust voirs. Et il li conmanderent c'on me quesist tant que je fuisse trouvés. Si desfendi a ses messages que il ne me menaissent devant lui, mais qu'il m'ocissent quant il m'aroient trouvé et si en aportissent mon sanc pour metre el mortier del fondement de la tour. Et par ce disent il que la tour tenroit. Et Vertigier prist .xii. messages, si les fist tous jurer sor sains que il m'ociroient et le aporteroient mon sanc.

58. « Ensi en envoia ces .xii., et de ces .xii. se sont li .iv. entr'encontré, si passoient parmi un champ ou je et autre enfans choloient. Et je, qui bien savoie que il me queroient, feri de ma croce[a] un des enfans pour ce que je savoie bien qu'il me diroit del pis que il porroit a son escient et qu'il me reprouveroit que j'estoie nés sans pere. Et je le fis ensi[b] par ce que je voloie que cist prodome me trovaissent et ensi m'ont trouvé. Biaus maistre Blaise, demande lor se je di voir. » Et il lor demanda se cele merveille que Merlins li ot dite estoit voire. Et il respondent : « Tout ensi conme vous avés [d] oï que il a conté ; se Dix nous aït et conduie en nostre païs que nous ne soions trestout mort a glaive, il ne vous a de mot menti. » Et li

ramener dans notre pays en nous faisant échapper à la mort par l'épée, il n'a pas menti pour le moindre détail ! » Le maître de Merlin se signa alors, et dit : « Il deviendra décidément fort sage, s'il vit... Et ce serait regrettable que vous le tuiez. » Et eux de répondre : « Seigneur, nous aimerions mieux être parjures pour le restant de notre vie, et que le roi nous confisque toutes nos possessions ! Et lui-même qui sait tout, il sait bien aussi si nous en avons l'intention. » Blaise rétorqua : « Vous dites vrai. Je vais le lui demander, ainsi que d'autres choses, en votre présence, et ses réponses vous étonneront fort. » Ils le rappelèrent alors, car il était sorti auparavant parce qu'il voulait les laisser parler en privé. Quand il fut revenu, son maître lui demanda : « Dis-moi donc, Merlin, est-ce que ces messagers ont l'intention de te tuer ? » Et Merlin rit[1], en disant : « Je sais bien, Dieu en soit remercié et eux aussi, qu'ils n'en ont nullement l'intention. » Ils répliquèrent : « Vous avez raison. Viendrez-vous avec nous ? — Oui, assurément, leur dit-il, si vous me garantissez loyalement que vous me conduirez au roi sans que vous ne laisserez personne me faire du mal avant que je ne lui aie parlé, si bien que je ne courrai aucun risque. » Et ils le lui garantirent en propres termes.

59. Blaise prit alors la parole : « Je vois bien que tu veux me quitter : dis-moi donc ce que tu veux que je fasse de cette œuvre que tu m'as fait commencer. » Et Merlin de répondre : « Je saurai bien te rendre raison de ce que tu me demandes ; car tu vois que Notre-Seigneur, qui à bon droit et en toute

---

maistres se sainne et dist : « Il sera encore molt sages s'il vit, et il seroit molt grans damages se vous l'ociés. » Et il respondent : « Sire, nous amerienmes mix a estre parjures tous les jors de nos vies et que li rois nous tausist tous nos iretages. Et il meïsmes qui les autres choses set, set bien se nous en avons talent. » Et Blaise dist : « Vous dites voir. Et je li demanderai ce et autres choses devant vous dont vous esmervellerés molt de ce que il en dira. » Lors le rapelent, car il estoit devant partis d'aus pour ce que il voloit que il parlaissent priveement. Et quant il fu venus si li demanda li maistres : « Or me dites, Merlin, ont cil messagier talent de toi ocirre ? » Et Merlins rist et dist : « Je sai bien, Dieu merci et la lor, que il n'en ont nul talent. » Et il li dient : « Vous avés voir dit. Venrés vous avoeques nous ? » Et il lor dist : « Oïl, sans faille, se vous me creantés loiaument que vous me menrés devant le roi et que vous ne sousferés que nus maus me soit fais devant ce que je aie a lui parlé que[c] je n'aurai garde. » Et cil li creantent ensi[d].

59. Lors parole Blaises et dist : « Or voi je bien que tu me vels laissier. Si me di que tu vels que je face de ceste oevre que tu m'as fait conmencier. » Et il respont : « De ce que tu demandes te dirai je raison, car tu vois que Nostres Sires, qui par droit et par

justice m'a donné tant de sens et de mémoire que celui qui croyait m'avoir créé à son avantage m'a perdu, m'a élu pour le servir, en un domaine où personne d'autre que moi ne pourrait le faire. Personne en effet ne sait ce que je sais. Il faut donc que j'aille en cette terre d'où on est venu me chercher. Je parlerai et j'agirai là-bas de telle manière que je serai l'homme que l'on croira le plus sur cette terre, à l'exception de Dieu[1]. Et toi, tu viendras avec moi pour accomplir cette œuvre que tu as commencée, mais tu ne m'accompagneras pas : tu viendras de ton côté, et tu chercheras un pays qui est appelé Northumberland. Cette terre se trouve que cette terre est si pleine de grandes forêts qu'elle est peu connue de ceux-là même qui y vivent : il y a des régions où personne n'a encore pénétré. C'est là que tu habiteras ; quant à moi, je te rendrai souvent visite et je te conterai tout ce qui sera nécessaire pour continuer ce livre que tu as commencé. Et tu auras bien intérêt à t'y appliquer, car tu en recevras un bon salaire : de ton vivant, un sentiment d'accomplissement, et après ta mort, la joie éternelle. En outre ton œuvre sera désormais, aussi longtemps que le monde durera, racontée et appréciée. Et sais-tu d'où viendra cette grâce ? Elle viendra de la grâce que Notre-Seigneur répandit sur Joseph, ce même Joseph à qui son corps fut donné à la Descente de Croix. Et quand tu auras bien travaillé pour lui, et pour ses ancêtres, et pour les héritiers qui sont issus de son lignage, quand tu auras accom-

---

raison m'a doné tant de sens et de memoire que cil qui me quida a son oels avoir fait m'a perdu, et m'a Dix eslut a son service faire que nus ne porroit faire se je non[a]. Car nus ne set les choses se je non, si come je les sai, et il me couvient aler en cele terre dont on m'est venus querre. Et je le dirai et ferai tant que je serai li plus creüs hom qui onques fust en terre fors Dix. Et tu vienras pour acomplir ceste oeuvre que tu as conmencie, mais tu ne venras mie avoeques moi ains vienras par toi et demanderas une terre qui est apelee Nortomberlande. Et cele terre si est plainne de molt grans forés et si est molt estrange as gens del païs meïsmes car il i a tels parties ou nus n'a encore esté. Et la converseras et iras et je m'en irai a toi et te conterai toutes les choses que t'auront mestier au livre faire que tu as conmencié. Et bien t'en devras travaillier que tu en averas molt bon loiier que tu auras a la toie vie aconplissement de cuer et en la fin joie parmanable. Et t'oeuvre sera a tous [e] jours tant com li siecles durera retraite et volentiers oïe. Et sés tu dont ceste grasse venra ? Elle venra de la grasse que Nostres Sires donna a Ioseph, a celui Ioseph qui il fu donés en la crois. Et quant tu auras bien traveillié pour lui et pour les ancisours et pour les oirs qui de son lignage sont issu, et tu auras tant de bone oevre faite[b] que deveras estre avoec aus et en lor compaignnie, je t'enseignerai ou il sont si verras le glorious vaissel et les glorieuses soldees que Ioseph ot

pli une si bonne œuvre que tu seras digne d'aller à eux et de séjourner en leur compagnie, je t'apprendrai où ils sont : tu verras alors le glorieux Vase, et le glorieux salaire que Joseph a reçu pour avoir racheté le corps de Jésus-Christ qui lui fut donné[2]. Et pour te rassurer davantage, je veux que tu saches que Dieu m'a donné tant de sens et de mémoire que je mettrai tout en œuvre dans le royaume où je vais pour faire travailler hommes et femmes de bien à la venue de celui qui doit naître de ce lignage.

60. « Ah ! Dieu, j'aurai tant à faire[1] ! Mais je veux que tu saches aussi que ces grands labeurs n'auront pas lieu avant le quatrième roi[2]. Et ce roi, pour qui je les accomplirai, s'appellera Arthur. Bref, tu t'en iras là où je t'ai dit, je viendrai souvent te rendre visite, et je t'apporterai tout ce que je veux voir mettre dans ton livre. Sache bien, vraiment, que ce livre sera fort aimé et apprécié de beaucoup de gens. Et quand tu l'auras achevé, tu l'emporteras dans la compagnie de ces gens de bien, qui jouissent de ce glorieux salaire, dont je t'ai parlé. Et il n'y aura pas, par ailleurs, un seul homme ou une seule femme de bien dans le pays où je m'en vais, qui n'admirera ton livre. Et sache bien, aussi, que jamais aucun récit de la vie de personnes de sang royal ou de sages n'a été si apprécié que le sera celui portant sur le roi Arthur et sur ses contemporains. Mais quand tu auras accompli toute ton œuvre, et raconté leurs vies, tu auras bien mérité la joie que possèdent ceux qui sont en compagnie du saint Vase que l'on appelle Graal jusqu'à la fin du monde — et ton livre connaîtra de surcroît un grand succès. »

---

pour le cors Jhesu Crist qui li fu donnés. Et je voel que tu saces, pour toi faire plus certain que Dix m'a donné tel sens et tel memoire, que je ferai tout le regne ou je irai travaillier les prodomes et les prodefemes entre celui qui doit estre de cel lignage.

60. « Ha Dix tant aurai a faire ! Mais jou voel bien que tu saces que cil grant travail ne seront ja devant le quart roi. Et cil rois pour qui mi grant travail seront aura a non Artus. Si t'en iras la ou je t'ai dit et je venrai souvent a toi et te porterai ices choses que je voel que tu metes en ton livre. Et saces que tes livres iert molt amés et proisiés de maintes gens. Et quant tu l'auras fait si le porteras en la compaignie de ces bones gens qui ont ces glorieuses soldees dont je t'ai a parlé. Ne il n'aura ne prodome ne prodefeme en icele partie ou je m'en vois. Et saces que nule vie de roiaus ne de sages ne fu onques si volentiers oïe come sera cele del roi Artu et des gens qui a cel tans seront et regneront. Et quant tu auras tout acompli et lor vies retraites, si averas deservie la joie que cil ont qui sont en la compaignie del saint vaissel qui est apeles Graaus, tant com li mondes duerra, et seras molt[e] volentiers oïs. »

61. Ainsi parla Merlin à son maître, et il lui enseigna ce qu'il devait faire — et il l'appelait « maître » parce qu'il avait été celui de sa mère. Quand le saint homme entendit ce discours, il en fut fort heureux, et lui dit : « Tu ne me commanderas rien que je ne fasse si je le puis. » Merlin s'occupa donc ainsi de Blaise, puis il s'adressa aux messagers qui étaient venus le chercher : « Venez avec moi, leur dit-il, car je veux que vous m'entendiez prendre congé de ma mère. » Il les amena alors là où se trouvait sa mère, à qui il dit : « Chère mère, on est venu me chercher de l'étranger, de bien loin. Je veux donc m'en aller avec votre congé ; car il convient que je serve Jésus-Christ avec le pouvoir qu'il m'a donné ; et je ne peux le faire si je ne vais en cette terre où les hommes que voici veulent m'emmener. Et Blaise votre maître s'en ira aussi, si bien qu'il vous faut désormais vous passer de nous deux. » Et sa mère de dire : « Cher fils, je vous recommande à Dieu, car je ne suis pas si sage que j'ose vous retenir. Mais, s'il vous plaisait, j'aimerais bien que Blaise reste. » Mais Merlin répondit qu'il ne pouvait en être ainsi.

62. C'est ainsi que Merlin prit congé de sa mère et s'en alla avec les messagers. Blaise d'autre part se rendit en Northumberland, là où Merlin le lui avait ordonné. Or donc, Merlin chevauchait avec les messagers ; ils vinrent à passer par une ville où se tenait un marché. À la sortie de la ville, ils rencontrèrent un paysan[1] qui avait acheté des chaussures

---

61. Ensi parla Merlins a son maistre et li enseigna qu'il devoit faire. Et il le clama maistre pour ce qu'il avoit esté maistre sa mere. Et quant li prodom l'oï ensi parler, si en fu molt liés et dist : « Tu ne me conmanderas ja a faire*d* chose que je nel face se faire le puis. » Ensi a Merlins Blaise atourné, si parole as messages qui pour lui sont venu et lor dist : « Venés avoeques moi que vous oiés le congié de moi et de ma mere. » Lors les amena ou sa mere estoit, si li dist : « Bele mere, on m'est venus querre des estranges terres et des lontaingnes. Si m'en voel aler par vostre congié car il me couvient rendre a Jhesu Crist le service de coi il m'a donné le pooir. Ne je ne li puis rendre se je ne vois en cele terre ou cist me voelent mener. Et Blaise, vostre maistre, s'en ira ausi et [*f*] ensi vous couvient de nous .ii. consiurrer. » Et la mere li dist : « Biaus fix, a Dieu vous conmant, que je ne sui pas si sage que je vous os retenir. Mais, s'il vous pleüst, je vausisse bien que Blaises remansist. » Et Merlin dist : « Ce ne puet estre. »

62. Ensi prist Merlins congié de sa mere et s'en vait avoec les messages. Et Blaises s'en vait d'autre part en Norhomberlande ou Merlins li ot conmandé. Et Merlins chevauche avoec les messages tant qu'il passerent parmi une vile ou il avoit marchié. Et quant il orent la vile passee, si encontrerent un vilain qui avoit achaté uns molt fors

très solides, et emportait aussi le morceau de cuir dont il comptait les réparer quand elles seraient usées, car il voulait aller en pèlerinage. Au passage du paysan, Merlin rit ; ceux qui le conduisaient lui demandèrent pourquoi il avait ri, et il leur dit : « À cause de ce paysan que vous voyez là. Demandez-lui donc ce qu'il veut faire de ce cuir qu'il emporte ; et il vous dira qu'il veut en réparer ses souliers. Et vous, suivez-le, car je vous dis en vérité qu'il sera mort avant d'arriver chez lui. » Ils furent tout à fait ébahis de ces paroles, et dirent : « Nous ferons l'expérience pour voir si ce peut être vrai. » Ils allèrent trouver le paysan et lui demandèrent ce qu'il voulait faire de ses souliers et du cuir qu'il portait ; et il leur répondit qu'il voulait aller en pèlerinage, et avait donc l'intention de réparer ses souliers une fois qu'ils seraient usés. Quand ils l'entendirent leur répéter cela même que Merlin leur avait dit, ils en furent absolument ébahis : car, affirmaient-ils, cet homme semblait être en excellente santé. « Deux d'entre nous le suivront : que les autres continuent leur route, et nous attendent là où ils se logeront cette nuit. Car ce serait une bonne chose de savoir ce qu'il en est du prodige annoncé par cet enfant. » Ainsi fut fait : deux d'entre eux suivirent le paysan ; ils n'avaient pas fait plus d'une lieue qu'ils le trouvaient mort sur la route, les souliers à la main. Après avoir vu cela ils s'en retournèrent et rattrapèrent leurs compagnons, à qui ils racontèrent tout ce qu'ils avaient vu. À ces mots, les autres s'exclamèrent : « Décidément, nos

---

sollers, et portoit le quir pour ses sollers afaitier quant il seroient depechié, car il voloit aler en pelerinage. Et quant Merlins vint pres del vilain si riſt. Et cil qui le menoient li demanderent por coi il avoit ris. Et il lor diſt : « Por cel vilain que vous veés ci. Or li demandés que il veut faire de cel quir que il enporte et il vous dira que il veut ses sollers afaitier. Et vous le sivés, car je vous di vraiement que il sera mors ançois qu'il viengne a sa maison. » Et quant il oïrent ce, si l'eürent a grant merveille et disent : « Nous assaierons se ce puet eſtre voirs. » Lors alerent au vilain, si li demanderent que il voloit faire de ces sollers et del quir qu'il portoit. Et il lor diſt qu'il voloit aler em pelerinage et si voloit ses sollers afaitier quant il seroient depecié. Et quant il oïrent que il lor diſt ce que Merlins meïsmes lor avoit diſt, si en orent molt grant merveille et dirent : « Cis hom samble eſtre tous sains et tous haitiés. Nous le suirrons li .II. de nous et li autre .II. aillent lor chemin et nous atendent la ou il gerront a nuit. Car il seroit molt bon savoir ceſte merveille que li enfés a dit. » Et li .II. sivrent le vilain. Si n'orent pas alé plus d'une liue quant il trouverent le vilain mort enmi lor voie, ses sollers entre ses bras. Et quant il virent ce si retournerent et atainsent lor compaingnons si lor conterent tout ce qu'il orent veü. Et quant cil l'oïrent si dirent : « Molt firent noſtre

clercs étaient bien fous quand ils voulaient faire mourir un homme aussi sage ! » Et les premiers affirmèrent qu'ils préféreraient souffrir dans leur chair plutôt que de lui infliger une mort si lamentable.

63. Ils dirent tout cela en privé, si bien qu'ils ne croyaient pas que Merlin en fût informé. Mais quand ils vinrent en sa présence, il les remercia de ce qu'ils avaient dit. Et eux lui demandèrent : « Qu'avons-nous dit ? De quoi nous remercies-tu ? » Il leur répéta alors exactement toute leur conversation, telle qu'il savait qu'elle avait eu lieu ; à ces mots, une fois de plus, ils furent ébahis et dirent : « Nous ne pouvons rien dire ni rien faire que cet enfant ne le sache. »

64. Jour après jour ils continuèrent à chevaucher ainsi, tant qu'ils arrivèrent sur le territoire où régnait Vertigier. Il se trouva un jour qu'ils passaient dans une ville au moment où on portait en terre un enfant mort. Il y avait autour du corps des hommes et des femmes qui exprimaient violemment leur douleur. Et quand Merlin vit ces manifestations de deuil, et les prêtres et les membres du clergé qui chantaient en portant le corps en terre comme il convenait, il s'arrêta et commença à rire. Ceux qui le conduisaient lui demandèrent bien sûr pourquoi il riait. « Je ris, dit-il, du grand prodige que je vois. Voyez-vous ce brave homme, là, qui manifeste tant de chagrin, et d'autre part ce prêtre, qui chante si fort ? — Oui, certes », répondirent-ils. Merlin dit alors : « Ce prêtre devrait porter le deuil, à la place de cet

---

clers que fol quant il rouverent a ocirre si sage home. » Et li autre disent que il vauroient mix grant meschief a avoir de lor cors que il presist ja pitaus mort.

63. Ce disent il a conseil que il ne quidierent pas que Merlins l'eüst seü. Et quant il virent devant Merlin si lor mercia Merlin de ce qu'il avoient dit. Et cil li demandent : « Que avons nous dit ? De coi tu nous mercies ? » Et il lor conte la parole si com il savoit qu'il l'avoient dit [66a] et quant il l'oïrent si s'en esmerveillierent molt et disent : « Nous ne poons riens dire ne faire que cis enfés ne sace. »

64. Ensi chevaucherent tant par leur journees qu'il vinrent el pooir Vertigier et en sa terre. Un jour avint qu'il passoient parmi une vile. Si avint c'on enportoit un enfant pour enterer. Si avoit entour[a] le cors molt grant doel d'omes et de femes. Et quant Merlins vit ce duel et les prouvoires et les clers qui chantoient et portoient le cors pour enterer molt justement si arresta et conmencha a rire. Et cil qui le menoient li demanderent pour coi il rioit. Et il dist : « Je ris[b] d'une grant merveille que je voi. Veés vous, dist il, une grant merveille que je voi de cel prodome la qui tel duel fait et cel prouvoire la qui si haut chante[c] ? » Et il disent : « Oïl, bien. » Et Merlins dist : « Cil prouvoires deüst faire le doel que cil prodom fait. Si voel bien que vous saciés

homme. Je veux en effet que vous sachiez que cet enfant
était le fils du prêtre. Et celui-ci, auquel il n'était rien, se
désole, alors que celui dont il était le fils chante : cela me
semble vraiment un grand prodige[1]. » Et les messagers de
demander : « Comment pourrons-nous savoir le fin mot de
cette histoire ? — Allez, leur répondit-il, trouver la femme
là-bas qui manifeste un tel chagrin, et demandez-lui pourquoi elle pleure : elle vous répondra que c'est pour son fils
qui est mort. Dites-lui alors : "Je sais aussi bien que vous de
qui il est le fils : ce n'est pas le fils de votre mari, mais celui
de ce prêtre qui a aujourd'hui tant chanté pour le mort.
D'ailleurs le prêtre lui-même le sait, puisqu'il vous l'a dit et a
calculé la date où il l'avait engendré". »

65. Quant les messagers eurent bien compris ce que
Merlin leur disait, ils allèrent en effet trouver la femme, et
lui dirent tout ce qu'il leur avait suggéré. En les entendant,
elle fut épouvantée, et leur dit : « Nobles seigneurs, au nom
de Dieu, pitié ! Je sais bien que je ne peux vous le dissimuler, aussi je vous avouerai toute la vérité : il en est bien
ainsi que vous l'avez dit ; mais pour l'amour de Dieu, ne
le dites pas à mon mari, il me tuerait ! » Quand ils entendirent ce prodige, ils en furent ébahis et le racontèrent aux
autres. Ils s'accordèrent tous à dire qu'il n'y avait jamais eu
un si bon devin au monde. Ils continuèrent à chevaucher
jusqu'à ce qu'ils arrivent à un jour de voyage du lieu où
était Vertigier. Les messagers prièrent alors Merlin de les
conseiller et de leur dire quoi répondre à Vertigier, pour

---

que cil enfés fu fix au prouvoire. Et cil fait doel a qui il n'est noient,
et cil qui fix il est chante, dont il m'est avis que c'est grant merveille. »
Et li message demanderent : « Conment porrons nous ce savoir ? » Et
il lor respont : « Alés a la feme la qui fait si grant doel, si li demandés
pour coi ele ploure. Et ele vous dira pour son fil qui est mors. Et
vous li respondés : "Ausi bien sai je qui fix il est come vous. Il n'est
pas fix a vostre mari, ains est fix a cel prouvoire qui en a hui tant
chanté. Si que li prestres meïsmes le set bien, que il meïsmes le vous
a dit et qu'il a conté le termine qu'il fu engendrés." »

65. Quant li message orent bien entendu ce que Merlins ot dit, si alerent a la feme, si li disent tout ensi come Merlins lor avoit dit. Et quant
cele l'oï si en fu molt espoentee et lor dist : « Biau signor, pour Dieu,
merci. Je sai bien que je nel vous puis celer, ains vous connoistrai tout
le voir. Il est issi voirs come vous l'avés dit, mais, pour Dieu, ne le
dites a mon signour, car il m'ocirroit. » Et quant cil oïrent cele merveille si s'en revinrent et le conterent as autres. Lors disent entr'aus .IV.
qu'il n'ot onques mais si bon devin el monde. Et il chevauchierent tant
qu'il vinrent pres d'une journee la ou Vertigier estoit. Lors demanderent li message a Merlin et proïierent que il les conseillast de ce qu'il

s'excuser de ne pas l'avoir tué aussitôt qu'ils l'avaient trouvé
— car c'était ce que le roi avait ordonné.

66. Quand Merlin entendit leur discours, il sut d'emblée
qu'ils ne voulaient que son bien, et leur dit : « Vous allez
faire ce que je vais vous conseiller, et vous n'encourrez
aucun blâme. Allez voir le roi Vertigier, annoncez-lui que
vous m'avez trouvé, et racontez-lui sincèrement tout ce que
vous m'avez entendu dire. Déclarez-lui aussi que je lui expliquerai bien pourquoi sa tour s'effondre, et pourquoi elle ne
peut tenir, pourvu qu'il promette de faire à ceux qui voulaient ma mort ce précisément qu'ils voulaient qu'on me
fasse. Assurez-le à ce propos que je lui expliquerai pourquoi
ils voulaient me faire mourir. Et une fois que vous lui aurez
dit tout cela, faites sans crainte ce qu'il vous ordonnera. »

67. Les messagers se séparèrent de Merlin et vinrent le soir
même trouver le roi Vertigier. Il fut très heureux de les voir
et leur demanda s'ils avaient rempli leur mission. « Du mieux
que nous avons pu », répondirent-ils. Ils le prirent alors à
part et lui racontèrent tout ce qu'il en était de cette affaire :
comment ils avaient trouvé Merlin. « Alors que, dirent-ils, s'il
ne l'avait pas voulu, nous ne l'aurions jamais trouvé. » Ils
ajoutèrent : « Certes, seigneur, il vient très volontiers à vous. »
Mais le roi leur demanda : « De quel Merlin me parlez-vous ?
Ne deviez-vous donc pas chercher l'enfant né sans père et
m'en apporter le sang ? » Et eux de répondre : « L'enfant sans
père n'est autre que ce Merlin dont nous vous parlons. Et

---

diroient a lor signour pour ce que il ne l'avoient ocis si tost com il le
trouverent, car ensi lor avoit conmandé.

66. Quant Merlins les oï issi parler, si sot bien qu'il voloient son
preu, si lor dist : « Vous le ferés ensi come je vous loe [*b*] rai, si n'en
ferés ja blasmes. Alés au roi Vertigier, si li dites que vous m'avés
trouvé et contés le voir de ce que vous m'avés oï dire. Et dites que
je li moustrerai bien pour coi sa tour chiet et pour coi ele ne puet
tenir par couvent que il face de ciaus qui me voloient faire ocirre a
lui, qu'il voloient que il feïst de moi. Et li contés que je li dirai bien
pour coi il me voloient faire ocirre. Et quant vous li aurés tout dit,
si faites tout seürement ce qu'il vous conmandera. »

67. Li message s'en tournent de Merlin et vinrent la nuit au roi
Vertigier. Et quant il les vit si en fu molt liés, si lor demanda se il
avoient fait de sa besoigne. Et il respondent : « Au mix que nous
peüsmes. » Lors l'apelerent a conseil et li conterent toute l'oeuvre
ensi com ele estoit alee et ensi com il trouverent Merlin. Et se li
disent que se il vausist il ne l'eüssent jamais trouvé. Et se li disent :
« Certes, sire, il vient molt volentiers a toi. » Et li rois lor dist : « De
quel Merlin me dites vous ? Dont ne me deüstes vous querre l'enfant
qui est nés sans pere et me deviés aporter le sanc de lui ? » Et il

sachez bien que c'est l'homme le plus sage du monde, et le meilleur devin qui ait jamais existé, à part le Christ. Seigneur, tout ce que vous nous avez ordonné et fait jurer, il nous l'a raconté en détail. Et il dit nettement que les clercs ne savent pas pourquoi votre tour s'effondre : mais lui, il vous le dira et vous en fera la démonstration si vous le voulez. Car il nous a dit bien d'autres choses prodigieuses, et nous a envoyés à vous pour savoir si vous voulez lui parler. Et si vous ne le voulez pas, nous le tuerons bien là où il est, car deux de nos compagnons sont avec lui et le gardent. » Le roi répliqua alors : « Si vous acceptez de me garantir sur vos vies qu'il me montrera pourquoi ma tour s'effondre, je ne veux pas qu'il soit tué. — Nous voulons bien nous porter garants de lui », dirent-ils alors. Et le roi déclara : « Allez le chercher, car je suis en fait très désireux de lui parler. »

68. Les messagers s'en allèrent alors, et lui-même ne tarda pas à les suivre à cheval. En voyant les deux messagers, Merlin rit et leur dit : « Vous vous êtes portés garants de moi sur votre vie. » Et ils répondirent : « Vous dites vrai. Nous aimons mieux risquer la mort que vous tuer. Et il fallait que nous fassions l'un ou l'autre. » Merlin reprit : « Je vous tirerai bien de ce mauvais pas. » Ils se mirent en selle et chevauchèrent tant qu'ils rencontrèrent le roi ; à sa vue, Merlin le salua en disant : « Vertigier, venez parler avec moi en privé. » Il le tira à l'écart, mais appela ceux qui l'avaient amené.

---

respondent : « Sire, c'est icil Merlin que nous vous disons. Et bien saciés que c'est li plus sages hom et li miudres devins qui onques mais fust el siecle fors Dieu. Sire, tout* ensi conme vous nous feïstes jurer et comandastes vostre conmandement, tout ensi le nous a il raconté. Et il dist molt bien que li clerc ne sevent riens pour coi vostre tor chiet. Mais il vous dira et moustrerra se vous volés a vos ex. Car d'autres merveilles nous a il dites molt grans et nous a envoiiés a vous pour savoir se vous volés parler a lui. Et se vous ne volés nous l'ocirrons bien la ou il est, que .II. de nos compaignnons sont avoec lui qui le gardent. » Et li rois dist : « Se vous me volés plevir que il me moustrerra por coi ma tour chiet je ne voeil pas que il soit ocis. » Et il dient : « Nous le plegerons bien. » Et li rois dist : « Alés le querre que je voel molt parler a lui. »

68. Lors s'en alerent li message et il meïsmes chevaucha aprés aus. Et quant Merlins vit les .II. messages si dist : « Vous m'avés plevi sor vos vies. » Et il respondent : « Vous avés voir dit. Nous volons miex estre en aventure que nous vous oceïssons. Et il nous en couvient bien a faire. » Et Merlins respont : « Je vous garrai molt bien de ceste painne. » Lors chevauchierent tant qu'il encontrerent le roi. Et quant Merlins le vit si le salua et dist : « Vertigier, parlés a moi a conseil. » Et il le [d] trait a une part et apele ciaus qui l'orent amené.

Quand ils furent ainsi assemblés, Merlin prit la parole : « Seigneur, tu m'as fait chercher à cause de ta tour qui ne peut pas tenir debout ; tu as ordonné que l'on me tue sur le conseil de tes clercs, qui disaient que la tour devait tenir grâce à mon sang. Mais ils en ont menti. Cependant, s'ils avaient dit qu'elle devait tenir grâce à mon sens[1], ils auraient dit la vérité. Et si tu me promets de faire d'eux ce qu'ils voulaient que tu fasses de moi, je te montrerai pourquoi ta tour s'effondre et je t'apprendrai la méthode qui la fera tenir, si tu le veux vraiment. » Et Vertigier de répondre : « Si tu me montres ce que tu dis, je ferai d'eux ce que tu voudras. — Si je mens là-dessus, lui dit Merlin, fût-ce pour un détail, ne me fais plus jamais confiance. Allons, faisons venir les clercs, et tu verras qu'ils ne sauront pas te fournir d'explications. »

69. Ainsi donc, le roi emmena Merlin à l'endroit où la tour s'effondrait, et fit mander les clercs. À leur arrivée, Merlin leur fit demander par l'un des messagers qui l'avaient amené : « Seigneurs clercs, pour quelle raison dites-vous que cette tour s'effondre ? » Et eux de répondre : « Nous ne savons rien à propos de sa chute ; mais nous avons dit au roi comment elle tiendra. » Le roi intervint alors : « Vous m'avez dit des choses prodigieuses, car vous avez commandé que l'on cherche un homme sans père, et je ne sais pas comment on pourra le trouver ! » Merlin à son tour s'adressa aux clercs, disant : « Seigneur, ne prenez pas le roi

---

Et quant il furent a conseil si lor dist Merlins : « Sire, tu m'as fait querre pour ta tour qui ne puet tenir et me conmandas a ocirre par le conseil de tes clers qui disoient que la tour devoit tenir de mon sanc. Mais il mentirent car, s'il eüssent dit qu'ele deüst tenir par mon sens, il eüssent voir dit. Et se tu me creantes que tu feras ce de ciaus qu'il voloient que tu[a] feïsses de moi, je te mousterrai por coi ele chiet et t'enseignerai, se tu le veus faire, conment ele tenra. » Et Vertigier respont : « Se tu me moustres ce que tu dis, je ferai de ciaus ce que tu vauras. » Et Merlins li dist : « Se je en ment de parole tant soit petite, si ne me croi jamais. Alons, si faisons venir les clers et tu oïras qu'il n'en sauront la raison rendre. »

69. Ensi en mena li rois Merlin jusqu'a la place ou la tour chaoit. Et li clerc furent mandé par devant lui. Et quant il furent venu si lor fist Merlins demander par un des messages qui l'orent amené, si dist : « Signour clerc, por coi dites vous que ceste tour chiet ? » Et il respondent : « Nous ne savons riens del chaoir. Mais nous avons dit le roi conment ele tenra. » Et li rois li dist : « Vous m'avés dit merveilles, car vous m'avés conmandé a querre un home sans pere, ne je ne[a] sai conment il sera trouvés. » Et Merlins parole as clers et si lor dist : « Signour, ne tenés mie le roi por fol, car ce que vous li feïstes querre l'enfant sans pere, ce ne fu mie pour sa besoigne : que vous

pour un imbécile ! Car si vous lui avez fait chercher l'enfant sans père, ce n'était pas pour résoudre son problème ; mais vous aviez vu dans vos sorts que cet enfant né sans père, vous deviez mourir à cause de lui. Et parce que vous aviez peur qu'il ne vous tue, vous avez laissé entendre au roi qu'il devait le tuer, lui, et mêler son sang aux fondations de la tour, de sorte qu'après cela elle tiendrait sans jamais s'effondrer. Ainsi avez-vous imaginé de faire mourir celui par qui, selon vos sorts, vous deviez mourir. » Quand ils entendirent ce prodige que l'enfant leur disait, révélant ce qu'ils croyaient être seuls à savoir, ils furent totalement épouvantés, et surent bien qu'il leur faudrait mourir. Merlin dit alors au roi : « Désormais vous savez parfaitement que ces clercs voulaient me faire tuer, non pas à cause de votre tour, mais parce qu'ils avaient découvert dans leurs sorts qu'ils mourraient par moi. Demandez-leur donc s'il en fut bien ainsi : ils ne seront pas si hardis qu'ils osent vous mentir devant moi ! » Le roi leur demanda alors s'il disait vrai : « Seigneur, firent-ils, Dieu nous sauve de nos péchés aussi sûrement qu'il a dit vrai ! Mais nous ne savons pas par quel moyen il connaît ces prodiges, et nous te prions de ce fait, en tant que notre maître, de nous laisser vivre assez longtemps pour que nous puissions voir s'il dira la vérité à propos de cette tour, et si elle restera debout grâce à lui. »

70. Merlin reprit alors la parole : « Vous n'avez garde de mourir, dit-il, aussi longtemps que vous n'aurez pas vu pour quelle raison la tour s'effondre. » Et eux de le remercier

---

avés sorti que cis enfés qui est nés sans pere que vous devés par lui morir. Et pour ce que vous eüstes paour qu'il ne vous occíst feïstes vous le roi entendre que il l'occíst et[b] meïst le sanc de lui el fondement de la tour, et lors tenroit si que jamais ne charroit. Et ensi pensastes conment vous porríés faire celui ocirre par qui vous deviés morir en vos sors. » Et quant il oïrent que li enfés lor dist cele merveille que il quidoient que nus ne seüst fors aus, si furent molt espoenté et sorent bien que a morir les couvenroit. Et Merlins dist au roi : « Desoremais poés vous bien savoir que cil clerc me voloient faire ocirre, non mie pour vostre tour mais pour ce que il avoient sorti qu'il morroient par moi. Et demandés lor s'il fu ensi, car il ne seront ja tant hardi qu'il devant moi vous osent mentir. » Et li rois lor dist et demande s'il dist voir. « Sire, font il, si voirement nous face Dix saus de nos pechiés com il a voir dit. Mais nous ne savons pas par qui il set ces merveilles. Si te proiions con [d] me a nostre signour que tu nous laisses vivre tant que nous voions s'il dira voir de ceste tour ne s'ele tenra par lui. »

70. Lors parla Merlins et lor dist : « Vous n'avés garde de morir tant que vous avrés veü pour coi la tour chiet. » Et cil l'en mercient

vivement. Puis Merlin se tourna vers Vertigier : « Veux-tu savoir pourquoi ta tour ne peut tenir, et qui fait s'effondrer le travail entamé ? Je te le montrerai clairement, si tu veux faire ce que je vais te dire. Sais-tu ce qu'il y a sous cette tour ? Il y a une grande étendue d'eau, et sous cette eau il y a deux grands dragons qui ne voient rien[1] ; l'un est roux et l'autre blanc, ils sont sous deux grandes pierres. Ils sont bien conscients l'un de l'autre ; ils sont vraiment très grands, et quand ils sentent que l'eau pèse sur eux, ainsi que la construction, ils se tournent, et l'eau est si agitée que tout ce qui se trouve au-dessus doit s'effondrer. Ainsi ta tour s'effondre-t-elle à cause des dragons : fais regarder le sol en dessous, et si tout ce que tu trouves n'est pas conforme à ce que j'ai dit, fais-moi brûler. Mais si tout est bien ainsi, que mes garants soient tenus quittes, et que les clercs soient inculpés, eux qui ne savaient rien de tout cela. » Vertigier répondit : « Si ce que tu me dis est vrai, c'est donc que tu es l'homme le plus sage du monde ! »

71. Puis il dit à Merlin : « Explique-moi comment je ferai enlever la terre. — Avec des chevaux et des charrettes, répondit Merlin, et des hottes au cou des ouvriers, pour l'emporter à distance. » Le roi fit mettre les ouvriers à la tâche, et fit rassembler tout ce qui était nécessaire pour mener à bien cette entreprise. Mais les gens de la terre considéraient cela comme un grand prodige et une grande folie. Pendant ce temps, Merlin commanda que l'on garde bien les clercs. Ainsi

---

molt*ᵃ*. Lors dist Merlins a Vertigier : « Veus tu savoir por coi la tour ne*ᵇ* puet tenir et qui l'uevre abat ? Se tu veus faire ce que je te dirai je le te mousterrai apertement. Sés tu qu'il a desous ceste tour ? Il i a une grant aigue et desous cele aigue a .II. grans dragons qui ne voient goute. Si est li uns rous et li autre blans et si sont desous .II. grans pierres. Et set bien li uns de l'autre et sont molt grant et quant il sentent que l'aigue sorpoise sor aus et l'uevre si se tournent et l'aigue demaine si grant bruit que quanques sor li est fait couvient chaoir. Ensi chiet ta tours por les dragons, et faites i garder en sous se le trouvés tout voir si me faites ardoir. Et se vous le trouvés si soient mi plege quite et li clerc en coupe qui de tout ne savoient riens. » Et Vertigier respont : « Se ce est voirs que tu me dis, donques es tu li plus sages hom del monde*ᶜ*. »

71. Lors dist li rois a Merlin : « Or m'enseigne conment je ferai la terre oster. » Et Merlins dist : « As chevaus et as charetes*ᵈ* et as homes as cols et porter loins. » Et li rois i fist metre les ouvriers et i fist querre quanqu'il i couvenoit a cele oeuvre faire. Et les gens de la terre tiennent ce a molt grant merveille et a grant folie. Et Merlins conmanda molt bien les clers a garder. Et ensi ouvrerent grant piece a cele terre oster. Et tant journerent qu'il trouverent l'aigue. Et quant il l'orent

passèrent-ils un certain temps à enlever cette terre, si bien
qu'à la fin ils trouvèrent l'eau. Une fois qu'ils l'eurent atteinte,
ils la mirent à découvert, et firent savoir au roi ce qu'ils
avaient trouvé. Le roi s'en vint tout joyeux pour contempler
ce prodige, et il amena Merlin avec lui. À son arrivée il trouva
la pièce d'eau très étendue ; il appela deux de ses conseillers,
et leur dit : « Cet homme eſt décidément très sage, lui qui
savait que cette eau se trouvait sous la terre. Il m'a dit aussi
que sous cette eau il y avait deux grandes pierres, et sous ces
pierres deux dragons. Certes, il ne saura jamais rien m'ordonner que je ne le fasse. » Il appela alors Merlin et lui dit : « Tu
as dit vrai pour cette eau, mais je ne sais pas encore si tu as
dit vrai aussi pour les deux pierres et les deux dragons. » Merlin répliqua : « Tu ne peux le savoir avant de l'avoir vu. » Le
roi demanda donc : « Comment pourrons-nous évacuer cette
eau ? » Et Merlin de dire : « Nous la ferons couler dans des
fossés que nous creuserons. » On ordonna alors de creuser les
fossés pour permettre à l'eau de s'écouler. Mais Merlin dit
encore à Vertigier : « Dès que les dragons qui sont sous cette
eau se sentiront mutuellement, ils se battront, et l'un d'entre
eux occira l'autre. Fais venir tous les hommes de bien de ta
terre pour qu'ils assiſtent à la bataille, car elle comportera une
grande signification. » Vertigier dit qu'il le ferait volontiers.

72. Il manda alors par toute sa terre les hommes de bien,
clercs et laïcs. Et, une fois qu'ils furent rassemblés, le roi
leur raconta toutes les choses prodigieuses que Merlin lui

---

trouvé si le descouvrirent et le firent a savoir au roi ce que il avoient
trouvé. Et li rois vint molt liement pour la merveille esgarder et i mena
Merlin. Et quant il vint la si trouva l'aigue molt grant. Et apela .ii. de
ses conseilliers, si lor diſt : « Molt eſt ceſt hom sages qui savoit ceſte
aigue desous ceſte terre. Et encore rediſt que desous ceſte aigue a .ii.
molt grans pierres et desous ces .ii. pierres a .ii. dragons. Mais il ne me
saura ja tant conmander que je nel face. » Lors apele Merlin et li diſt :
« Tu as voir dit de ceſte aigue mais je ne sai se tu dis voir des .ii.
pierres et des .ii. dragons. » Et Merlins diſt : « Tu ne le pues savoir
devant ce que tu le voies. » Et li rois demande : « Conment porrons
nous oſter ceſte aigue ? » Et Merlins diſt : « Nous le ferons toute courre
en bons fossés. » Lors furent conmandé li fossé a [e] faire pour l'aigue
couler fors. Et Merlins diſt a Vertigier : « Cil dragon qui sont desous
cele aigue si toſt com il s'entresentiront se combatront ensamble, si
ocirra li uns l'autre. Si mandes tous les prodomes de la terre pour la
bataille veoir, car la bataille d'aus sera molt grant senefiance. » Et Vertigier diſt qu'il les fera molt volentiers mander.

72. Lors manda par toute sa terre les prodomes et clers et lais.
Et quant il furent venu et assamblé si lor a Vertigier conté toutes
les merveilles que Merlins li avoit dites et conment li .ii. dragon se

avait dites, et en particulier comment les deux dragons devaient se battre. Ils se dirent les uns aux autres : « Ce sera un spectacle très intéressant ! » Et ils demandèrent au roi s'il avait annoncé lequel serait victorieux. Mais le roi répondit qu'il ne l'avait pas encore dit. On fit alors s'écouler l'eau dans les fossés et, aussitôt que l'opération fut terminée, les deux pierres qui étaient au fond apparurent. Merlin, en les voyant, demanda : « Voyez-vous bien ces deux grosses pierres ? — Oui », répondit le roi. « Seigneur, fit-il alors, c'est sous ces deux pierres que se trouvent les deux dragons. » Là-dessus le roi demanda comment ils en seraient tirés ; à quoi Merlin répondit : « Très facilement ; car les dragons ne bougeront pas tant qu'ils ne se sentiront pas l'un l'autre. Mais dès qu'ils se seront sentis, ils se battront jusqu'à ce que l'un d'eux en doive mourir. — Merlin, dit le roi, me diras-tu lequel sera vaincu ? — Leur bataille et son issue, répliqua Merlin, auront une grande valeur symbolique ; et ce que je peux t'en dire, je te le dirai très volontiers, en privé, en présence de trois de tes sages conseillers. »

73. Vertigier appela alors trois de ses hommes, ceux de son royaume en qui il se fiait le plus ; il leur dit ce que Merlin lui avait affirmé. Ils lui conseillèrent de lui demander en privé quel dragon serait vaincu, et de le lui faire dire avant la bataille, avant, donc, que tout le monde puisse le voir. Le roi dit alors : « Vous avez raison, et je suis bien d'accord : car après la bataille il pourrait nous faire croire ce qu'il voudrait ! »

---

devoient combatre. Lors dist li uns a l'autre : « Ce sera molt bon a veoir. » Et demandent au roi s'il a dit lequel vaincra. Et li rois respont qu'il ne l'a mie dit encore. Lors fist on l'aigue courre fors et si tost que plus ne courut si⁴ vit on les .ii. pierres qui estoient au fons de l'aigue. Et quant Merlins les vit si dist : « Veés vous ces .ii. grosses pierres ? » Et li rois respont : « Oïl. — Sire, fait il, desous ces .ii. pierres sont li doi dragon. » Et li rois demande conment il en seront jeté. Et Merlins li dist : « Molt bien, car li dragon ne se mouveront ja tant qu'il s'entresentent. Et quant il s'entresentiront si s'entre combateront tant que l'un en couvenra morir. » Et li rois dist : « Merlin, diras me tu li quels sera vaincus ? » Et Merlins dist : « En lor bataille et en lor vaincre a molt grant essanple et ce que je t'en porrai dire te dirai je molt volentiers a conseil, voiant .iii. de tes prodomes. »

73. Lors apela Vertigier .iii. de ses homes de son regne en qui il plus se fioit, si lor dist ce que Merlins li avoit dit. Et il li loent que il li demant a conseil li quels des .ii. dragons sera vaincus, et que il li die ains que il la bataille soit. Et il lor dist : « Vous avés bien dit et je m'i acort, car il porroit après la bataille faire entendant ce qu'il vauroit. » Lors apela Merlin, si li demanda liquels des .ii. dragons sera vaincus. Et Merlins li dist : « Cil .iv. home sont il bien

Puis il s'adressa à Merlin, lui demandant lequel des dragons serait vaincu. Et Merlin lui dit : « Ces hommes sont-ils bien de tes conseillers privés ? — Oui, répondit Vertigier, plus que personne d'autre. — Je peux donc bien dire devant eux ce que tu demandes ? — Oui, dit le roi, tout à fait. » Alors Merlin leur déclara : « Je veux que vous sachiez que le dragon blanc occira le roux. Mais il souffrira beaucoup avant d'y parvenir ; et le fait qu'il le tue ainsi aura une grande signification pour qui saura la déchiffrer. Quant à moi, je ne vous en dirai rien de plus jusqu'à la fin de la bataille. » La foule s'assembla alors ; certains vinrent desceller les pierres et ils tirèrent au-dehors le dragon blanc. Mais quand ils virent qu'il était si gros, si horrible et si féroce, ils en eurent grand-peur et reculèrent. Puis ils allèrent à l'autre, et le sortirent à son tour de son lit ; mais quand les gens le virent, ils en furent encore plus épouvantés qu'auparavant. Car celui-ci était plus fort, plus gros, plus horrible, et il avait l'air plus redoutable que l'autre. De ce fait le roi eut l'impression que celui-ci devrait être le vainqueur. Merlin lui dit alors : « Désormais, mes garants doivent être quittes. » Et il répondit qu'ils l'étaient. À ce moment les dragons s'approchèrent tant l'un de l'autre qu'ils purent se sentir mutuellement la croupe. Dès que l'un eut senti l'autre, ils se retournèrent et se prirent à la gorge, à coups de dents et de griffes — et jamais vous n'avez entendu parler de deux bêtes qui se seraient battues si cruellement.

74. Ils combattirent ainsi tout le jour et toute la nuit, et le

---

de ton conseil ? » Et Vertigier respont : « Oïl, plus que nul autre. — Dont te puis je bien[a] dire devant aus ce que tu me demandes ? » Et li rois diſt : « Voire, molt[b] bien. » Et Merlins lor diſt : « Je voel bien que vous saciés que li blancs ocirra le rous. Et sacés qu'il auraançois molt grant painne sousferte[c] ains qu'il l'ait ocis, et ce qu'il l'ocirra sera molt grant senefiance qui connoiſtre la saura. Ne je ne vous en dirai plus jusqu'après la bataille. » Lors furent les gens assamblees et vin [f] rent as .ii. pierres, si les deseverrerent et en traient fors le blanc dragon. Et quant il virent qu'il fu si grans et si hidous et si fiers, si en orent molt grant paour et se traient tout ariere. Et lors alerent a l'autre, si le misent fors. Et quant les gens le virent si en furent plus espoenté que devant. Car il eſtoit plus fors et plus grans et plus hidous et plus faisoit a redouter que li autres. Et fu bien avis au roi que ciſt deüſt vaincre l'autre. Et Merlins diſt a Vertigier : « Or doivent eſtre mi plege quite. » Et il respont que si sont il. Lors ont trait l'un dragon si pres de l'autre que il s'entresentirent avant, devers les crupes. Si toſt com li uns senti l'autre se retournerent et s'entrepriſent as dens et as piés, ne onques n'oïſtes parler de .ii. beſtes qui si cruelment se combatissent.

74. Ensi se combatirent tout le jour et toute la nuit et l'endemain

lendemain jusqu'à midi. Et tous les spectateurs croyaient
bien que le roux allait tuer le blanc, jusqu'à ce que des
flammes jaillissent du museau du dragon blanc, et qu'il en
brûle le roux. Quand son ennemi fut mort, le blanc se retira
en arrière et se coucha, et ne survécut que trois jours. Ceux
qui avaient vu ce prodige affirmèrent que jamais personne
n'en avait vu de pareil. Merlin dit alors à Vertigier : « Maintenant, tu peux construire ta tour, aussi haute que tu le voudras : car tu ne sauras jamais en faire une si haute qu'elle
s'effondre. » Aussitôt, Vertigier ordonna que les ouvriers se
mettent au travail, pour faire une tour aussi haute et aussi
fortifiée que possible. Mais il demanda aussi à maintes
reprises à Merlin de lui exposer la signification des deux dragons, et de lui expliquer comment il avait pu se faire que le
blanc tue le roux, alors que le roux avait si longtemps eu le
dessus. Merlin répondit : « Tout cela présage des événements
à venir ; mais si je dois te dire la vérité sur ce que tu me
demandes, tu me promettras d'abord de ne me faire aucun
mal. » Et Vertigier déclara qu'il lui donnerait toutes les assurances qu'il voudrait. Merlin lui dit alors : « Convoque ton
conseil, et fais aussi venir les clercs qui ont jeté leurs sorts à
propos de cette tour, ceux qui voulaient ma mort. »

75. Vertigier fit ce que Merlin lui avait ordonné, et quand
les membres du conseil et les clercs furent arrivés, Merlin
s'adressa d'abord aux clercs : « Votre sagesse, vraiment, n'est
que folie, quand vous vouliez et croyiez œuvrer de cet art,

---

jusques a miedi. Et toutes les gens qui les esgardoient quidoient bien
que li rous oceïst le blanc. Et tant que au blanc sailli fus et flambe
parmi les narines si[e] en art le rous. Et quant il fu mors si se trait li
blans ariere et se coucha et ne vesqui puis que .III. jours. Et cil qui
orent cele merveille veüe disent que onques mais n'oïrent cel merveille ne vit nus hom. Et Merlins dist a Vertigier : « Or pues tu faire
ta tour si grans come tu vauras que ja ne le sauras si grans faire ne si
forte que ele jamais chiece. » Lors[b] a conmandé Vertigier que si
ouvrier i fussent mis. Si[c] le fist si grant et si forte com il plus pot. Et
demanda par maintes fois a Merlin qu'il li deïst la senefiance des .II.
dragons et conment ce pot estre que li blans ocist le rous et que si
longuement li rous en avoit eü le meillour. Et Merlins respont : « Ce
sont toutes senefiances qui a avenir sont. Mais se je te disoie voir de
ce que tu me demandes, tu m'asseürras que tu ne me feras nul mal. »
Et Vertigier respont que il l'en fera toute la seürté que il vaurra. Et
Merlins li dist : « Or va, si fai ton conseil mander, et si me fai[d] venir
les clers qui sortirent de ceste tour qui me voloient faire ocirre. »

75. Vertigier fist ce que Merlins li conmanda. Et quant ce consaus
et li clerc furent venu si parla Merlins as clers et lor dist : « Molt sont
fol vostre sens quant vous voliés et quidiés ouvrer d'art et vous ne

sans pour autant être si bons, si honnêtes, si loyaux ou si honorables que vous le deviez. Précisément, parce que vous êtes des fous, mauvais et infâmes, vous avez échoué dans votre enquête, et même au moyen de l'art fondé sur les éléments[1], vous n'avez pas vu ce qu'on vous avait demandé, car vous n'étiez pas tels que vous dussiez le voir. Vous avez mieux vu, cependant, que j'étais né : en effet, celui qui me montra à vous et vous donna l'impression que vous deviez mourir par moi le fit par colère, parce qu'il m'avait perdu et aurait bien voulu que vous me fassiez tuer. Mais j'ai un seigneur qui me protégera bien, aussi longtemps qu'il lui plaira, de leurs[2] ruses, et cette fois je les ferai mentir, car je ne ferai rien qui cause votre mort, si vous voulez me jurer ce que je vous ordonnerai[3]. » Et quand les clercs entendirent qu'ils échapperaient à la mort, ils dirent : « Tu ne nous commanderas rien que nous ne le fassions ; car nous voyons bien que tu es l'homme le plus sage qui vive. » Merlin reprit : « Vous me promettrez que jamais plus vous ne pratiquerez cet art ; en outre, je vous ordonne de vous confesser de l'avoir pratiqué. Car celui qui se repent de son péché sans y renoncer est perdu. Par ailleurs, infligez-vous physiquement des tourments tels que vos âmes échappent à la damnation. Si vous me promettez cela, je vous laisserai aller. » Et eux de le remercier et de lui promettre qu'ils feraient tout ce qu'il leur avait commandé, et tiendraient bien leur parole.

---

volés estre si bon ne si net ne si loial ne si prodome come vous devés estre. Et pour[a] ce que vous estes fol et mauvais et ort et failli vous a ce [67a] que vous devés enquerre et par la force de l'autre art es elemens ne veïstes vous point de ce que on vous avoit demandé car vous n'estes pas tel que vous le deüssiés veoir. Mais vous veïstes mix que je estoie nés. Et cil qui moi vous moustra et fist samblant que vous deviés par moi morir, le fist par doel pour ce qu'il m'avoit perdu et vausist bien que vous me feïssiés ocirre. Mais je ai tel signour qui me gardera bien, tant com il li plaira, de lor engins et je les ferai mençoigniers que je ne ferai ja chose par coi vous muirés, se vous me volés creanter ce que je vous conmanderai. » Et quant cil oïrent qu'il seroient respité de mort, si dirent : « Tu ne nous conmanderas ja chose que nous ne façons car nous veons et savons bien que tu es li plus sages hom qui soit en vie. » Et Merlins respont : « Vous me creanterés que vous ne vous entremetrés jamais de cest art. Et pour ce que vous en avés ouvré, vous conmant je que vous en soiiés confés. Car[b] qui s'en repent de son pechié et il ne le guerpist il est perdus. Et vous meïsmes vos chars en tel subjection que les ames ne soient dampnees. Et se vous me creantés ce, je vous lairai aler. » Et cil l'en mercient et li creantent qu'il tenront ce et feront tout ce qu'il lor a conmandé.

76. C'est ainsi que Merlin se délivra des clercs qui l'avaient envoyé chercher. Tous ceux qui virent qu'il s'en était si bien tiré lui en surent grandement gré. Vertigier, avec son conseil, vint alors le trouver et lui dit : « Tu dois m'expliquer la signification des deux dragons : car pour tout le reste tu m'as vraiment dit la vérité, si bien que je te considère comme l'homme le plus sage que j'aie jamais vu. Et c'est pour cette raison que je te prie de me dire la signification des deux dragons. » Merlin répondit : « Je te la dirai : le roux signifie toi, et le blanc les fils de Constant. » Quand Vertigier l'entendit, il eut honte ; Merlin s'en aperçut et lui dit : « Si tu le désires, je me passerai bien de raconter tout cela : ne m'en sache pas mauvais gré ! » Mais Vertigier rétorqua : « Il n'y a ici personne qui ne soit membre de mon conseil ; et je veux que tu me dises cette signification de bout en bout, sans rien m'épargner. » Merlin reprit alors : « Je t'ai dit que le roux te représentait, et je vais t'expliquer pourquoi. Tu sais bien que le roi Constant ne laissa après lui que des fils encore enfants : et tu sais aussi que, si tu avais agi comme tu le devais, tu aurais dû les protéger, les conseiller, et les défendre contre tous ; mais tu sais bien également que tu t'attachas à conquérir l'amour des gens de leur royaume ; et lorsque tu fus certain que tous t'aimaient, tu te retiras sans plus te préoccuper de leurs affaires, car tu savais bien que tu leur manquerais beaucoup. Puis, quand les barons vinrent te

---

76. Ensi se delivra Merlins des clers par qui il fu envoiiés querre. Et tout cil qui ce virent, qu'il s'en estoit si bien prouvés, l'en sorent si bon gré que plus ne porent. Et Vertigier et ses consaus vint a lui si li dist : « Tu me dois dire la senefiance des .ii. dragons, que de toutes les autres choses m'as tu bien voir dit, si te tieng au plus sage home que je onques mais veïsse. Et pour ce te proi je que tu me dies des .ii. dragons la senefiance. » Et Merlins respont : « Et⁹ je le te dirai : li rous senefie toi et li blans senefie les fix Coustant. » Et quant Vertigier l'entent si en ot honte. Et Merlins l'aperchut si li dist : « Se tu veus je m'en sousferrai bien de ceste chose dire et ne me saces mie mal gré. » Et Vertigier respont : « Il n'a ci nul home qui ne soit de mon conseil. Et je voel que tu me dies outreement la senefiance et que tu riens ne m'en espargnes. » Et Merlins dist : « Je t'ai bien dit que li rous te senefie, si te dirai pour coi. Tu sés bien que li fil Coustant remesent petit enfant aprés lor pere, et si sés bien que se tu fuisses tels come tu deüsses, tu les deüsses garder et conseillier et desfen [b] dre encontre tous homes terriens. Et tu sés bien que de lor terre et de lor gens conquesis tu l'amour des gens del roialme, et quant tu seüs que les gens del roiame t'amoient, tu te traisis ariere de lor afaire pour ce que tu seüs bien qu'il en avoient disete. Et quant les gens del⁹ regne vinrent a toi pour dire que cil n'avoit mestier

dire que l'aîné ne devrait pas être roi, mais que c'était toi qui devrais l'être, tu leur répondis fort mal, disant que tu ne pourrais l'être aussi longtemps que le roi Mainet vivrait.

77. « Telles furent tes paroles hypocrites : et ceux à qui tu les dis comprirent que tu souhaitais sa mort. C'est pour cela qu'ils le tuèrent. Après sa mort, il restait deux frères, qui s'enfuirent du royaume parce qu'ils avaient peur de toi. On te fit roi, alors, et tu es encore en possession de leur héritage. Ensuite, quand ceux qui avaient tué le roi Mainet se présentèrent devant toi, tu les fis mettre à mort, en prétendant que ce meurtre t'avait déplu : mais ce n'était pas la vérité, dès l'instant que tu acceptas le trône, et que tu le conserves encore. Et tu as fait construire ta tour pour te préserver de tes ennemis : mais elle ne peut pas te sauver, puisque toi-même tu ne veux pas être sauvé[1]. » Vertigier entendit très bien les paroles de Merlin, et reconnut qu'il lui avait dit l'entière vérité. Il lui répondit donc : « Plus que jamais, je sais que tu es l'homme le plus sage du monde ; en conséquence, je te prie et te requiers de me conseiller en la matière, et de me dire, s'il te plaît, et si tu le sais, de quelle mort je mourrai. » Et Merlin de répliquer : « Si je ne te disais pas de quelle mort tu dois mourir, c'est que je ne te dirais pas la signification des deux dragons. » L'autre le pria alors instamment de le lui exposer, sans rien dissimuler. « Je veux bien que tu le saches, reprit Merlin : ce grand dragon roux signifie ton cœur mauvais ; le fait qu'il était si gros, et si fort, signifie ta puissance

---

d'estre rois et que tu le fuisses, tu lor respondis molement et desis que tu ne le porroies estre tant com li rois Mainés vesquist.

77. « Ensi fainteis ta parole, et cil a qui tu le desis entendirent que tu voloies bien que il fust mors, et par ce l'ocistrent. Et quant il l'orent mort si en remesent .ii. autres qui s'en fuirent de la terre por paour de toi. Et on te fist roi et tiens encore lor iretages. Et quant cil qui le roi Mainet avoient mort vinrent devant toi, tu les fesis destruire pour faire samblant qu'il t'avoit de sa mort pesé. Mais ce ne fu mie bone samblance dés que tu presis le regne, et tiens encore, et tu as faite ta tour pour ton cors sauver de tes anemis. Mais la tours ne te puet sauver puis que tu meïsmes ne te vels sauver. » Vertigier a molt bien oï ce que Merlins li a dit et set bien qu'il li a dit tout voir. Si li dist : « Je voi bien et sai que tu es li plus sages hom del monde, et je te proi et requier que tu me conseilles encontre tés choses et que tu me dies, s'il te plaist et tu le sés, de quel mort je morrai. » Et Merlins respont : « Se je ne vous disoie de quel mort vous devés morir, dont ne vous diroi je mie la senefiance des .ii. dragons. » Et il li proie qu'il li die sans riens celer. Et Merlins li dist : « Je voel bien que tu le saces que cil grant dragons rous senefie ton mauvais corage. Ce qu'il estoit si grans et si corsus senefie ta grant poissance.

considérable ; l'autre, le blanc, signifie l'héritage des enfants qui se sont enfuis de peur de tomber en ton pouvoir. Le fait qu'ils ont combattu si longtemps signifie que tu as possédé longtemps leur royaume. Ce que tu as finalement vu, à savoir que le blanc tuait le roux par un feu jailli de son corps même, signifie que les enfants te brûleront de leur feu. Et ne crois pas que la tour que tu as fait édifier te protégera, pas plus qu'aucune autre forteresse : il te faudra mourir. »

78. Quand Vertigier entendit ces paroles il fut absolument épouvanté et demanda à Merlin où étaient ces enfants ; et Merlin répondit : « Ils sont en mer ; ils ont levé une grande armée, ils se sont embarqués, et ils viennent dans leur royaume pour faire justice de toi. Et ils disent, à juste titre, que tu as fait tuer leur frère par trahison. Sache, enfin, qu'ils arriveront au port de Wincestre d'ici trois jours. » Vertigier fut très affligé quand il entendit ces nouvelles, et qu'il sut que ces gens arrivaient. Il demanda à Merlin : « Peut-il en être autrement ? — Non. Il est impossible que tu ne meures pas du feu des enfants de Constant comme tu as vu le dragon blanc brûler le roux[1]. » C'est ainsi que Merlin exposa à Vertigier la signification des dragons ; le roi apprit donc que les enfants arrivaient, avec de grandes troupes. Il convoqua à son tour son armée, pour qu'elle vienne les affronter sur le rivage au terme annoncé par Merlin : il la mena à Wincestre, là où les autres devaient aborder. Tous furent rassemblés là-bas, mais ils ne savaient pas pour quoi, à l'exception de ceux

---

Et li autres blans senefie l'iretage as enfans qui s'en sont fui par paour de ta justice. Et ce que il se combatirent si longement senefie que tu as si longement tenu lor regne. Et ce que tu veïs que li blans art le rous de fu qui issi de son cors meïsmes senefie que li enfant t'arderont de lor fu. Et ne quides tu pas que la tour que tu as faite te garisse, ne autre foteresce, que ne t'couviengne a morir. » Et quant Vertigier l'oï, si en fu molt espoentés et demande a Merlin ou sont cist enfant. Et Merlins dist : « Il sont en mer et ont pourchacié grant gent et sont chargié et viennent en lor terre pour faire justice de toi. Et dient pour voir que tu fesis lor frere mourdrir. Et saces que il arriveront de hui en .iii. jours au port de Wincestre, saces le tout vraiement[a] [*c*]. »

78. Molt fu Vertigier dolens quant il oï ces nouveles et il sot que ces gens venront, et demanda a Merlin : « Puet il estre autrement ? — Nenil. Il ne puet estre que tu ne muires del fu as enfans Costant ensi come tu veïs le blanc dragon ardoir le rous. » Ensi a Merlin dist a Vertigier la senefiance, et Vertigier sot que li enfant venoient a grant gent. Si resemont les soies gens au termine que Merlins li ot dit pour venir encontre aus a la mer, et ensi les amena Vertigier a Wincestre ou il devoient arriver. Et quant il furent tout venu et

qui avaient participé au conseil. Quant à Merlin, il n'était pas là, car sitôt après avoir exposé au roi la signification des deux dragons, il avait pris congé et s'en était allé, disant qu'il avait bien accompli ce pour quoi on l'avait fait venir. Il s'en alla en Northumberland, auprès de Blaise, à qui il raconta tout cela ; et Blaise le mit dans son livre, et c'est par son livre que nous le savons encore[2].

Les fils du roi Constant.

79. Merlin demeura longtemps dans ce lieu, jusqu'à ce que les fils de Constant le fassent chercher. Quant à Vertigier il se tint avec ses troupes au port pour attendre le jour indiqué par Merlin. Et précisément ce jour-là, ceux de Wincestre virent venir les voiles sur la mer : les vaisseaux et la grande flotte que les fils de Constant amenaient. À leur vue, Vertigier ordonna à ses gens de s'armer pour défendre le port : et ceux de son parti s'y rendirent pour lui obéir. Les fils de Constant, eux, s'approchèrent du rivage. Quand ceux qui étaient à terre virent les bannières du roi Constant, ils furent très étonnés : une fois que les vaisseaux eurent accosté, ceux qui étaient à terre demandèrent à ceux qui étaient à bord à qui ils appartenaient, eux et toute cette flotte. Et eux de répondre : « Elle appartient à Pandragon, et à son frère Uter, qui reviennent sur leur terre que Vertigier, le traître déloyal, leur a prise il y a longtemps. En outre, il a fait tuer leur frère, et ils viennent en faire justice. » Mais quand ceux qui étaient au port

---

assemblé, il ne sorent onques pour coi fors cil qui avoient esté au conseil. Et Merlins ne fu mie illuec, que si tost qu'il ot dit la senefiance au roi des .ii. dragons, il prist congié et s'en ala. Et dist qu'il avoit bien fait ce pour coi il estoit mandés, et s'en ala en Norhomberlande a Blaise et li conta ces choses. Et Blaises les mist en son livre. Et par son livre le savons nous encore bien.

79. La estut Merlins lonc tans, tant que li fil Constant[e] le firent querre. Et Vertigier fu au port a toutes ses grans gens et atendi le jour que Merlins li ot dit. Et icel jour meïsmes virent cil de Wincestre les voiles en la mer et venir les vaissiaus et les grans estovoirs que li fil Constant[b] amenoient. Quant Vertigier les vit, si conmanda sa gent a armer et son port a desfendre. Et cil qui devers lui estoient vinrent au port por le desfendre. Et li fil Constant vinrent pour arriver. Et quant cil qui estoient a terre virent les goufanons au roi Constant, si s'en esmervellierent molt, et tant que li vaissel ou li fil Constant estoient prisent port, si lor demanderent cil qui estoient a terre : « Qui estoit cil vaissel et ceste estoire ? » Et cil respondent : « Il est a Pandragon et a Uter son frere qui repairent en lor terre, que Vertigier conme faus et desloiaus lor a lonc tans tolue, et lor frere fist ocirre. Si en viennent faire la justice. » Et quant cil qui estoient sor le port

apprirent que c'étaient les fils de Constant, leur seigneur, qui amenaient une si grande armée, ils se rendirent bien compte qu'ils avaient le dessous sur le plan numérique, et que s'ils combattaient contre eux il pourrait bien en résulter pour eux de grands dommages. C'est ce qu'ils déclarèrent en propres termes à Vertigier. Quand celui-ci vit que la plupart de ses troupes lui faisaient défaut et prenaient déjà le parti de Pandragon, il eut peur, et dit à ceux qui lui restaient fidèles de fortifier la tour, ce qu'ils firent. Les nefs abordèrent, et ensuite débarquèrent les chevaliers tout armés et le reste de la troupe, qui se dirigèrent vers le château ; les gens qui voyaient leurs seigneurs légitimes vinrent pour la plupart à leur rencontre, et les accueillirent comme tels. Quant aux partisans de Vertigier, ils étaient dans la forteresse, à se défendre ; et les autres les assaillirent très rudement.

80. Le combat continua jusqu'à ce que Pandragon mît le feu au château au cours d'un grand assaut qu'il fit donner. Et quand le feu surprit les assiégés, il en brûla une grande partie, et entre autres Vertigier. Ainsi les enfants reprirent-ils leur terre. Ensuite, ils firent savoir par tout le royaume qu'ils étaient revenus ; lorsque les habitants le surent, ils en furent très heureux : ils vinrent à leur rencontre et les reçurent tous comme leurs seigneurs. C'est ainsi que les deux frères rentrèrent en possession de leur héritage. Pandragon devint roi, et il fut très bon et loyal envers son peuple. Mais les Saxons

---

oïrent que ce furent li fil Coustant lor signour que si grans gens amenoient si virent bien qu'il avoient la force, et se il encontre aus se combatoient que il lor em porroit bien grans damages venir. Si le disent a Vertigier. Et quant il vit que li plus de sa gens li failloient et qu'il se tenoient ja par devers Pandragon, si ot paour et dist a sa gent que falir ne li voloient que il garnesist la tour. Et il si firent et les nés arriverent. Et quant eles furent ar [d] rivees si issirent fors li chevalier tout armé et toutes les autres gens. Et quant il furent issu fors, si alerent vers le castel. Et les gens qui virent lor signour vinrent contre aus une grant partie et les recurent com lor signour. Et cil qui devers Vertigier furent el chastel se desfendirent. Et cil les assaillirent molt durement.

80. Ensi assaillirent li un et li autre se desfendirent tant que Pandragon mist le fu el chastel a un grant assaut qui i fu. Et quant li fus les sousprist si en art une grant partie. Et en cel fu fust ars Vertigier. Et ensi prisent li enfant lor terre, puis firent savoir par toute la terre et par tout le regne qu'il estoient venu. Et quant li pueple sot que lor signour estoient venu*ᵃ*, si en orent molt grant joie et vinrent encontre aus et les recurent tout et un et autre come lor signours. Ensi revinrent li .II. frere en lor iretage et firent roi de Pandragon et il lor fu molt bons et molt loiaus. Et li Saisne que Vertigier ot mis en la terre

que Vertigier avait accueillis sur sa terre tenaient le château
qui était très bien fortifié, et ils continuèrent sans relâche la
guerre contre Pandragon et les chrétiens. Il y eut des gains
et des pertes des deux côtés, et finalement Pandragon mit le
siège devant le château d'Angis. Il y passa le plus clair d'une
saison de campagne, tant et si bien qu'il finit par rassembler
son conseil, auquel participèrent beaucoup d'hommes. Ils
discutèrent de la meilleure méthode pour prendre enfin le
château. Or, il y avait là cinq de ceux qui avaient assisté au
conseil de Vertigier et à l'explication que Merlin avait donnée de la signification des deux dragons, et des enfants, et
de la mort de l'usurpateur. Ils prirent à part Pandragon et
Uter son frère, leur racontèrent le prodige que Merlin avait
exposé, et dirent qu'il était le meilleur devin qui fut jamais,
et que s'il le voulait il dirait bien si ce château serait pris. En
entendant cela, Pandragon demanda où on pourrait trouver
ce bon devin. Et eux de répondre : « Nous ne savons pas en
quelle terre ; mais tout ce que nous savons, c'est qu'il est au
courant de tout ce que l'on dit de lui, et que s'il voulait il
viendrait facilement ici. — Pourtant, je suis sûr qu'il est en
ce pays : par conséquent, je le trouverai », dit Pandragon.

81. Il fit alors venir ses messagers et les envoya par toute
la terre en quête de Merlin. Et celui-ci, qui savait que le roi
le faisait chercher, se rendit en hâte, dès qu'il eut parlé à
Blaise, dans une ville où il savait que se trouvaient les messagers envoyés à sa recherche ; il entra dans la ville sous les

---

tinrent le chastel qui molt estoit fors et guerroiierent tous jours Pandragon et les Crestiens. Et tant les guerroiierent que maintes fois i
perdirent et gaaingnierent. Et tant que Pandragon fu au siege devant
le chastel Augis, et tant i sist que il i mist le plus de la saison, tant
que Pandragon ot conseil. Et a cel conseil si maint home et parlerent conment il porroient le chastel prendre. Lors i avoit de ces .v.
qui avoient esté au conseil et a la senefiance que Merlins avoit dit a
Vertigier des dragons et des enfans et de sa mort. Si apelerent Pandragon et Uter son frere a une part, si lor disent cele merveille que
Merlins avoit contee et que il estoit li miudres devins qui onques fust
et que, s'il voloit, il diroit bien se cil chastel seroit pris. Et quant Pandragon oï ce, si demanda ou seroit cil bons devins trouvés. Et cil
respondent : « Nous ne savons en quel terre, mais tant savons nous
bien que quanques on parole de lui qu'il set bien, et, s'il voloit, qu'il
venroit bien. — Mais je sai bien qu'il est en cest païs, dont le trouverai je », fait Pandragon.

81. Lors manda ses messages et les envoia par toute la terre pour
querre Merlin. Et Merlins, qui sot que li rois le faisoit querre, dés que
il ot parlé a Blaise si se traïst au plus tost qu'il pot vers une vile ou il
sot que li message estoient qui le querroient et vint en la vile come

traits d'un bûcheron, une grande cognée à l'épaule, chaussé
de gros souliers et vêtu d'une courte cotte toute déchirée : il
avait les cheveux hirsutes et une grande barbe, et ressemblait
bien à un homme sauvage[1]. En cet équipage il arriva à une
maison où les messagers mangeaient ; en le voyant, ils se
regardèrent avec étonnement et se dirent mutuellement :
« Cet homme semble bien mauvais ! » Alors il s'avança vers
eux et dit : « Vous faites bien mal la besogne dont vous a
chargé votre seigneur ! Car il vous a ordonné de chercher le
devin qui a pour nom Merlin. » En l'entendant, ils se dirent
l'un à l'autre : « Quel diable a dit cela à ce vilain, et de quoi se
mêle-t-il ? » Mais l'autre répliqua : « Si j'avais moi aussi à le
chercher, comme vous, je l'aurais plus tôt trouvé que vous ! »

82. Ils l'entourèrent alors et lui demandèrent s'il savait où il
était, ou bien s'il l'avait jamais vu ; il répondit : « Je l'ai vu, en
effet, et je sais où il vit ; il n'ignore pas que vous le cherchez,
mais vous ne le trouverez pas à moins qu'il ne le veuille.
Cependant, il m'a ordonné de vous dire que vous perdriez
votre peine à le chercher : car même si vous le trouviez il ne
viendrait pas avec vous. Mais dites à ceux qui affirmèrent à
votre seigneur que le bon devin était dans cette région qu'ils
avaient raison. Et quand vous retournerez à votre roi, dites-lui
qu'il ne prendra pas ce château qu'il a assiégé avant qu'Angis
ne soit mort. Sachez aussi qu'il n'y avait que cinq hommes
dans toute l'armée qui conseillèrent au roi de chercher Mer-

---

un bosquerons, une grant [e] coignie a son col et uns grans sollers
cauchiés et une courte cote vestue toute depechie. Et et les chaveus
tous irechiés et la barbe molt grande et bien sambla home sauvage. Et
ensi vint en une maison ou li message mengoient. Et quant il le
virent si le regarderent a merveille et dist li uns a l'autre : « Cil samble
bien mauvais hom. » Et il ala avant, si lor dist : « Vous ne faites mie
bien la besoigne vostre signour. Car il vous a conmandé a querre le
devin qui a non Merlin. » Et quant il l'oïrent si dist li uns a l'autre :
« Quels diables a ce dit a cel vilain, ne de coi s'entremet il ? » Et il
respont : « Se je l'eüsse ausi a querre com vous l'avés, je l'eüsse plus
tost trouvé que vous n'aurés. »

82. Lors se traisent tout entour lui et li demandent se il savoit ne
se il l'avoit onques veü. Et il respont : « Veü l'ai je et bien sai je son
repaire, et il set bien que vous le querés. Mais vous ne le troverés
point, s'il ne veut. Mais tant me conmanda il que je vous desisse que
por noient vous travellieriés de lui querre, que se vous le trouviés si
n'en venroit il mie avoec vous. Et dites a ciaus qu'il dient a vostre
signour que li bons devins estoit en cest païs, qu'il disoient voir. Et
quant vous venrés ariere a vostre signour, si dites qu'il ne prendra
mie cel chastel ou il est asiegé devant ce que Augis soit mors. Et
sacés que, de ciax qui li disent que vous quesistes Merlin, n'avoit que

lin : quand vous retournerez là-bas, vous n'en trouverez plus que trois. À ceux-ci, ainsi qu'à votre seigneur, dites que, s'ils venaient en cette terre et cherchaient Merlin, ils le trouveraient dans ces forêts ; mais à moins que le roi ne vienne en personne, il ne trouvera personne qui le lui amènera. » Les messagers entendirent bien ce qu'il leur avait dit ; puis il se détourna, et dans cet instant ils le perdirent de vue : ils se signèrent alors et dirent : « Nous avons parlé à un diable ! Que ferons-nous de ses informations ? » Et ils tombèrent d'accord pour revenir sur leurs pas : « Nous conterons ce prodige à notre seigneur et à ceux qui nous ont envoyés ici, et nous saurons aussi si deux d'entre eux sont morts ; nous dirons au roi tout ce que nous avons vu et entendu. »

83. Ainsi, ils chevauchèrent tant, à longueur de journée, qu'ils revinrent au camp de l'armée où se trouvait le roi. En les voyant, celui-ci leur demanda : « Avez-vous trouvé celui que vous êtes allés chercher ? » Mais ils répliquèrent : « Seigneur, nous vous raconterons une aventure qui nous est arrivée ; convoquez votre conseil, et ceux qui vous ont appris l'existence de ce devin. » Le roi les fit venir, en effet, et une fois qu'ils furent tous là, ils se retirèrent à l'écart. Là, les messagers racontèrent le prodige dont ils avaient été les témoins, et répétèrent mot pour mot ce que le vilain leur avait dit, y compris ce qui concernait les deux hommes qui seraient morts, selon lui, avant leur retour ; ils en demandèrent des nouvelles, et on leur dit qu'ils étaient morts, sans aucun doute.

.v. en l'oſt. Et quant vous i venrés vous n'i trouverés que .III. Et a ciaus dites et a voſtre signour que s'il venoient en ceſte terre et quesissent Merlin il le trouveroient en ces forés. Mais, s'il meïsmes n'i vient, il ne trouvera ja home qu'il li amaint. » Issi ont cil bien entendu ce que cil lor a dit. Et il s'en retourne, et el retourner qu'il fiſt l'orent il perdu. Et cil se sainent et dient : « Nous avons parlé a un diable ! Que ferons nous de ce qu'il nous a dit ? » Et il s'acordent ensamble qu'il s'en iront ariere. « Et dirons a noſtre signour et a ciaus qui cha nous envoiierent ceſte merveille et saurons se cil .II. sont mort et dirons au roi ce que nous avons veü et oï. »

83. Ensi chevauchierent cil tant par lor journees qu'il revinrent en l'oſt ou li rois eſtoit. Et quant li rois les vit si lor demanda : « Avés vous trouvé celui que vous alaſtes querre ? » Et il li respondent : « Sire, nous vous dirons une chose qui avenue nous eſt. Fai venir ton conseil et ciaus qui cel devin t'enseignierent. » Et li rois les fait mander, [f] et quant il furent venu si se traisent a une part a conseil. Et cil conterent la merveille qui avenue lor eſtoit et toutes les choses que li vilains lor avoit dites et des .II. homes qu'il diſt qu'il seroient mort ançois qu'il fuissent revenu. Et cil en demanderent les nouveles et on lor diſt qu'il eſtoient mort sans faille.

Quand ceux qui avaient recommandé de chercher Merlin entendirent cela, ils furent très étonnés, et s'interrogèrent sur l'identité de cet homme si laid et si horrible dont les autres parlaient ; car ils ne savaient pas que Merlin pouvait prendre une autre apparence que la sienne. Pourtant, il leur semblait bien que ce ne pouvait être que lui ; ils dirent donc au roi : « Nous croyons que c'était lui-même qui a parlé à tes messagers, car personne, sauf lui, n'aurait pu parler de ceux qui sont morts, et personne non plus n'aurait osé parler de la mort d'Angis, excepté Merlin. »

84. Ils demandèrent alors aux messagers dans quelle ville ils avaient trouvé cet homme, et ils dirent : « Nous l'avons trouvé en Northumberland, où il se présenta à notre logement. » Ils tombèrent en définitive tous d'accord pour dire que c'était Merlin ; les messagers rappelèrent qu'il avait dit en propres termes que le roi lui-même devait aller le chercher, sans quoi on ne le trouverait jamais. En entendant ces mots, le roi déclara qu'il irait en personne à sa recherche, en effet, et laisserait à son frère le soin du siège ; il ajouta qu'il emmènerait avec lui ceux dont il croyait qu'ils connaissaient Merlin. Et il fit comme il l'avait dit. Quand il arriva en Northumberland, il demanda des nouvelles ; mais il ne trouva personne qui pût lui en donner. Il déclara donc qu'il irait chercher Merlin dans les bois : il chevaucha ainsi par la forêt en quête du devin. Or, il arriva qu'un de ses compagnons rencontra un grand nombre de bêtes sauvages, et un

---

Et quant cil qui Merlin avoient enseignié a querre l'oïrent, si s'en esmervillierent molt de si lait home et de si hidous dont il parloient, que ce pooit estre[a]. Car il ne savoient pas que Merlins peüst prendre autre samblance que la soie. Et non pourquant il lor est bien avis que nus ne porroit estre se Merlin non, si dient au roi : « Nous quidons bien que ce soit il meïsmes qui a parlé a tes messages que nus ne peüst ce dire de ciaus qui mort sont se il non, ne nus n'osast parler de la mort Augis se ce ne fust Merlins. »

84. Lors demanderent as messages en quele vile ce fu qu'il trouverent cel home. Et il disent : « Nous le trouvasmes en Norhomberlande ou il vint a nostre ostel. » Lors s'acordent tout plainnement que ce estoit Merlins. Et li message disent que cil meïsmes dist que li rois l'alast querre, ou autrement ne seroit il mie trouvés. Et quant li rois oï ce, si dist qu'il meïsmes l'iroit querre et lairoit au siege son frere. Et dist qu'il[a] menroit avoec[b] lui ciaus qu'il quidoit que Merlin conneüssent. Et ensi com il le dist, le fist il. Et quant il vint en Norhomberlande si demanda nouveles, mais il ne trouva onques qui riens li en seüst dire. Si dist qu'il l'iroit querre parmi les forés. Si chevaucha parmi la forest pour Merlin querre. Si avint que il trouva molt grant plenté de bestes et un home qui estoit molt lais et molt

homme, très laid et contrefait, qui les gardait : il lui demanda
d'où il était, et l'autre lui répondit qu'il était de Northumberland, « serviteur d'un homme de bien qui m'a dit que le roi
le viendrait chercher aujourd'hui dans ce bois ». L'autre
répliqua : « C'est vrai que le roi le cherche. Sauriez-vous
m'indiquer où il est ? — Je pourrais bien dire au roi, rétorqua le vilain, ce que je ne vous dirais pas à vous. — Viens-
t'en, repartit son interlocuteur, je te mènerai au roi. » Mais
l'autre protesta : « Dans ce cas, je garderais bien mal mes
bêtes ; et moi, je n'ai aucun besoin de lui. Mais s'il venait à
moi, je lui dirais où il pourrait trouver celui qu'il
cherche. — Je te l'amènerai. »

85. Il le quitta alors, et chercha le roi jusqu'à ce qu'il l'ait
trouvé, puis lui conta tout ce qu'il lui était arrivé. Le roi dit
aussitôt : « Conduis-moi à lui. » Et l'autre l'emmena à l'endroit où il avait rencontré le vilain, puis dit à celui-ci : « Voici
le roi que je t'ai amené : dis-lui donc ce que tu m'as dit que
tu lui dirais. » Et lui de répondre : « Je sais bien que vous
cherchez Merlin ; mais vous ne pouvez pas le trouver avant
qu'il ne le veuille. Allez-vous-en donc dans une de vos villes,
près d'ici, et il viendra à vous quand il saura que vous l'attendez. » Le roi dit alors : « Comment saurai-je si tu me dis
la vérité ? — Si vous ne me croyez pas, répondit l'autre, ne
faites rien de ce que je vous dis : car c'est de la folie que de
croire un mauvais conseil. Mais sachez bien cependant que
je vous conseille mieux que personne d'autre ne pourrait le

---

contrefais qui ces bestes gardoit. Et cil qui le trouva li demanda dont
il estoit. Et il dist qu'il estoit de Norhomberlande, sergant a un prodome « qui me dist que li rois le venroit querre hui en cest bois ». Et
il respont : « C'est voirs que li rois le quiert. Le sauriés vous enseigner ? » Et il dist : « Je diroie le roi tel chose que je ne vous diroie
mie. » Et cil respont : « Vien ent, je te menrai la ou li rois est. » Et il
dist : « Dont garderoie je mauvaisement mes bestes. Ne j'en ai nul
besoing[d] de lui. Mais se il venoit a moi je li diroie bien ou il trouvera
celui qu'il va querant. » Et cil li dist : « Je le t'amenrai. »

85. Lors s'em parti de lui et quist le roi tant qu'il le trouva, se li
conta ce que il avoit trouvé. Et li rois dist : « Or me mainne a lui. »
Et cil mena le roi el lieu ou il a [68d] voit le vilain trouvé. Si li dist :
« Veés ci le roi que je t'amaing. Or li di ce que tu me desis ore que tu
li diroies. » Et cil respont : « Je sai bien que tu quiers Merlin. Mais
vous ne le poés mie ensi trouver devant que il meïsmes vaura. Mais
alés vous ent en aucunes de nos viles pres de ci, et il venra a vous
quant il saura que vous l'atendrés. » Lors dist li rois : « Comment saurai je se tu me dis voir ? » Et cil respont : « Se vous ne me creés, si ne
faites riens de ce que je vous di, quar il est folie de croire mauvais
conseil. Mais tant saces tu bien que je te conseille mix que nus ne te

faire. » Le roi répliqua : « Je te ferai confiance, que cela soit folie ou raison. »

86. Ainsi le roi se rendit dans l'une de ses villes, aussi près que possible de la forêt ; et pendant son séjour, il arriva un jour là où il logeait un homme de bonne apparence, bien vêtu et bien chaussé, qui dit : « Menez-moi devant le roi. » Et on l'y mena ; une fois en sa présence, il lui dit : « Seigneur, Merlin m'envoie à vous, pour vous dire que c'était lui le gardien de bêtes que vous avez trouvé dans le bois : la preuve, c'est qu'il vous dit qu'il viendrait à vous quand il voudrait ; et il vous dit vrai, mais vous n'avez pas encore vraiment besoin de lui, et il n'a jamais eu envie de voir un homme, si noble soit-il, qui n'ait pas réellement besoin de lui. » Le roi protesta : « Cher ami, je le verrais pourtant très volontiers. » L'autre répliqua : « Dès lors que vous parlez ainsi, il vous mande par mon intermédiaire une bonne nouvelle, à savoir qu'Angis est mort : Uter ton frère l'a tué. » En entendant ces mots, le roi fut rempli d'étonnement : « Ce que tu me dis peut-il être vrai ? » demanda-t-il, et l'homme lui répondit : « Ce n'est pas mon problème ; mais vous avez grand tort si vous ne me croyez pas sans m'avoir mis à l'épreuve ; envoyez demander si ce que je vous ai dit est vrai : et si ça l'est, désormais croyez-le ! — Tu as raison », dit le roi.

87. Il désigna alors deux messagers qu'il envoya avec les deux meilleurs chevaux qu'il possédait, en leur commandant

---

porroit conseillier. » Et li rois dist : « Et je te querrai, soit sens ou folie. »

86. Ensi s'en ala li rois a une de ses viles au plus pres qu'il pot de la forest. Et quant il i sejournoit, si avint un jour que li prodom venoit a son ostel, molt bien atournés et molt bien vestus et chauciés, et dist : « Menés moi devant le roi. » Et on l'i mena. Et quant cil vint devant le roi, si li dist : « Sire, Merlin m'en envoie a vous et si te[d] mande que ce fu cil que tu trouvas el bois les bestes gardant. Et a ces enseignes que il dist que il venroit a toi quant il vauroit ; et il te dist voir mais tu n'as encore pas mestier de lui ne il n'ot onques talent de si grant home veoir s'il n'en eüst a faire de lui. » Et li rois li dist : « Biaus amis, je le verroie molt volentiers. » Et il li dist : « Dés que tu ce dis il te mande par moi unes bones nouveles que Augis est mors et Uter tes freres l'a ocis. » Et quant li rois l'oï, si s'en esmerveilla molt et li dist : « Puet ce estre voirs que tu me dis ? » Et cil respont : « Il n'atient plus a moi, mais[b] tu fais que faus se tu ne me crois tant que tu l'aies essaié. Envoie savoir se ce que je t'ai di. Et se il est voirs si le croi. » Et li rois li dist : « Vous dites bien. »

87. Lors prist .ij. messages, si les envoia sor les .ij. meillours chevaus qu'il avoit, si lor conmande qu'il ne finent de courre a l'aler ne au venir tant qu'il sacent se ces nouveles sont voires, que Augis soit

de ne pas s'arrêter en route, ni à l'aller ni au retour, avant de savoir si ces nouvelles, à savoir qu'Angis était mort, étaient vraies. Ils partirent sans délai, et chevauchèrent aussi vite qu'ils le pouvaient ; après un jour et une nuit, ils rencontrèrent les messagers qui arrivaient avec la nouvelle de la mort d'Angis. Quand les deux groupes se furent rencontrés ainsi, ils échangèrent leurs informations, et retournèrent au roi. Entre-temps, l'homme qui avait transmis à celui-ci le message de Merlin s'en était allé. Les messagers se présentèrent tous ensemble devant le roi et lui racontèrent, en privé, comment Uter avait tué Angis ; à cette nouvelle, le roi leur défendit, sous peine de mort, de parler davantage de cette affaire.

88. Ainsi le roi attendait-il dans la ville pour savoir si Merlin viendrait ; et il se dit que s'il venait il lui demanderait comment Angis avait été tué, car peu de gens savaient jusqu'alors qu'il était mort. Il attendit tant qu'un jour qu'il revenait de l'église un homme de bien, de très belle allure, très bien vêtu et équipé, qui avait vraiment l'air de quelqu'un d'honorable, l'aborda, le salua, et lui dit : « Qu'attendez-vous, seigneur, dans cette ville ? » Le roi répondit : « J'attendais que Merlin vienne me parler. — Seigneur, fit l'autre, vous n'êtes pas si sage que vous sachiez le reconnaître ! Demandez à vos conseillers si je pourrais être ce fameux Merlin. » Le roi fut très étonné ; il fit appeler ceux qui étaient censés reconnaître Merlin ; et leur déclara : « Seigneurs, vous attendez

---

mors. Et cil s'en partirent et chevauchierent tant au plus tost que il onques porent. Et quant il orent un jour et une nuit chevaucié si encontrent les messagiers qui venoient dire les nouveles de la mort Augis. Quant li message s'en furent entr'encontré, si s'entredisent les nouveles et retournerent au roi. Et cil s'en fu alés qui son message ot fait au roi pour Merlin. Et li message qui retournerent et cil qui venoient fu [*b*] rent devant le roi, et conterent a conseil le roi conment Uter avoit mort Augis. Et quant li rois l'oï, si lor desfendi, si chier com il avoient lor cors, que il de ceste cose ne parlaissent plus.

88. Ensi atendoit li rois en la vile*ᵃ* pour savoir se Merlins venroit. Et pensa en son cuer que, s'il venoit, il li demanderoit conment Augis avoit esté mors, que gaires de gent ne savoient encore sa mort. Ensi atendi li rois tant que un jour avint qu'il revint del moustier. Et lors vint uns molt biaus prodom molt bien vestus et atornés et bien sambla prodom. Et vint devant le roi et le salua et li dist : « Que atendés vous, sire, en ceste vile ? » Et li rois respont : « Je atendoie que Merlins venist parler a moi. — Sire, fait il, vous n'estes pas si sages que vous le saciés connoistre. Et si lor demandés se je jamais porroie*ᵇ* ci Merlins estre. » Et li rois s'en esmerveilla molt, et fait apeler ciaus qui Merlin doivent connoistre et lor dist : « Signour, vous atendés

Merlin ; mais il n'y a aucun d'entre vous, à mon avis, qui le connaisse ; et si vous le connaissez, dites-le-moi donc ! — Seigneur, firent-ils, il ne pourrait arriver que nous ne le reconnaissions pas en le voyant. » Alors l'homme de bien qui était auprès du roi prit la parole à son tour : « Seigneurs, qui peut connaître autrui alors qu'il ne se connaît pas lui-même ? » Et eux de répondre : « Nous ne le voyons pas ici ; mais si nous le voyions, nous le reconnaîtrions bien à son aspect. » L'homme répliqua alors : « Eh ! bien, je vais vous le montrer. »

89. Puis il prit le roi à part dans une chambre, en tête à tête, et lui dit : « Seigneur, je désire être en bons termes avec vous et avec votre frère : sachez donc que je suis ce Merlin que vous êtes venu chercher ; mais ces gens qui croient me connaître ne savent rien de ma nature, et je vais vous le démontrer. Sortez, et amenez-moi ceux qui prétendent bien me connaître ; et aussitôt qu'ils me verront, ils diront que vous m'avez trouvé. Mais si je le voulais, ils ne me reconnaî-traient jamais. » À ces mots, le roi fut enchanté. Il lui dit : « Je ferai tout ce que vous voudrez », puis sortit de la salle aussi vite que possible. Il ramena avec lui ceux dont il croyait qu'ils connaissaient Merlin ; et à leur entrée Merlin prit l'apparence sous laquelle ils l'avaient vu par le passé. À cette vue, ils affirmèrent au roi : « Seigneur, à coup sûr, vous avez trouvé Merlin ! » Le roi se mit à rire en les entendant, et

---

Merlin. Mais il n'i a celui de vous tous, par le mien essient, qui le connoisse. Et se vous le connoissiés, si me le dites. — Sire, font il, ce ne porroit estre, se nous le veïssons, que nous ne le conneüssiens bien. » Et li prodom qui fu devant le roi parole et dist : « Signour, coment puet connoistre autrui que mie ne connoist soi meïsme ? » Et cil respondent : « Nous ne le veons ci pas et se nous le veïssiens nous le connoistriens bien a sa samblance. » Et li prodom respont : « Et' je le vous mousterrai. »

89. Lors apele li rois en une chambre et tout seul a seul et li dist : « Sire, je voel molt bien estre de vous et de vostre frere. Et saciés que je sui cil Merlins que vous estes venus querre. Mais ceste gent qui me quident connoistre ne sevent riens de mon estre et si le vous mousterrai ja. Alés la hors et si m'amenés ciaus qui disent que bien me connoissoient et si tost com il me verront il diront que vous m'avés trouvé. Et se je voloie bien jamais autrement ne me connoistroient. » Quant li rois l'oï, si en fu molt liés. Si li dist : « Je ferai quanques vous vaurés. » Et issi hors de la sale au plus tost que il pot et amena ciaus qu'il quidoit que Merlin conneüssent. Et quant il furent venu si ot Merlins pris la samblance en coi il l'avoient veü. Et quant il le virent si disent le roi : « Sire, certainement avés trouvé Mer-lin. » Quant li rois l'oï si s'en rist et dist : « Gardés que vous le

répliqua : « Prenez garde de bien le reconnaître ! » Et eux de répéter : « En vérité, nous sommes sûrs que c'est bien lui ! — Seigneur, intervint alors Merlin, ils disent vrai. Maintenant, dites-moi ce que vous désirez. — Je voudrais, répondit le roi, vous prier, si c'était possible, d'être mon ami, si bien que je sois très proche de vous ; car on m'a dit, de source sûre, que vous êtes très sage, et de très bon conseil. » Merlin lui répondit : « Vous ne me demanderez jamais rien que je ne vous le dise, si je le sais. — Je veux vous demander, dit alors le roi, de me révéler, s'il vous plaît, si j'ai parlé avec vous depuis mon arrivée dans cette ville à votre recherche. — Seigneur, repartit Merlin, je suis l'homme que vous avez trouvé gardant les bêtes ; et je suis celui aussi qui vous dit qu'Angis était mort. » Le roi, et ceux qui étaient avec lui, s'émerveillèrent fort de ces paroles, et le roi dit à ses compagnons : « Décidément, vous connaissiez bien mal Merlin, quand il est s'est ainsi présenté à nous et que nous n'avons pu le reconnaître ! — Seigneur, répondirent-ils, nous ne l'avions jamais vu faire ce genre de choses, mais nous sommes bien convaincus qu'il peut dire et faire ce dont personne d'autre ne serait capable. »

90. Le roi demanda alors à Merlin : « Comment avez-vous su la mort d'Angis ? — Seigneur, j'ai su après votre arrivée ici qu'Angis voulait tuer votre frère ; j'allai donc trouver celui-ci, et je l'avertis. Et il me crut, grâce à Dieu, et pour son salut, si bien qu'il prit ses précautions. Je lui expliquai bien la force et

---

connoissiés bien. » Et il dient : « Nous disons pour verité que c'est il. » Et Merlins [*i*] dist : « Sire, il vous dient voir. Or me dites vostre plaisir. » Et li rois li respont : « Je vous vauroie prover se estre puet que vous m'amissiés et que je fuisse bien acointés de vous. Car prodome m'ont dit que vous estes molt sages et de molt bon conseil. » Et Merlins li respont : « Vous ne me requerrés ja de chose, se je le sai, que je ne le vous die. » Et li rois dist : « Je vous vauroie molt proiier que, s'il vous plaisoit, que vous me deïssiés se je parlai a vous puis que je ving en ceste vile pour vous querre. » Et il respont : « Sire, je sui li hom qui vous trouvastes les bestes gardant. Et si fui icil qui vous dist que Augis estoit mors. » Quant li rois l'oï, et cil qui avoec lui estoient, si s'en esmerveillierent molt. Lors dist li rois a ciaus : « Vous connoissiés malvaisement Merlin quant il ensi vint devant nous et nous ne le peüsmes connoistre. » Et il respondent : « Sire, nous ne li veïsmes onques mais tel chose faire, mais nous creons bien que il puet faire dire a vous ce que nus autres hom ne feroit. »

90. Lors li demande li rois : « Merlin, comment seüstes vous la mort Augis ? — Sire, je soi[*a*] quant vous fustes cha venus que Augis vaut vostre frere mourdrir. Et je alai a vostre frere se li dis. Et il m'en crut, la Dieu merci et la soie, si s'en garda et je li dis bien la force et

le courage d'Angis, et les difficultés qui pouvaient en résulter. Il vint en effet au camp jusqu'à la tente de votre frère pour le tuer. Quand je lui dis cela, votre frère ne me crut pas vraiment[1]. Mais tout de même, pour son salut, il veilla cette nuit-là tout seul, et tout armé, sans le dire à personne. Il attendit si longtemps qu'enfin Angis vint, avec un poignard pour le tuer ; il entra dans la tente et le chercha, en vain. Quand il vit qu'il ne le trouvait pas, il gagna la sortie de la tente : alors votre frère s'avança à sa rencontre, le combattit et l'eut bientôt mis à mort : en effet il était armé, et Angis ne l'était pas[2], car il était venu seulement pour le tuer, et pour s'en retourner tout aussitôt. »

91. Le roi, ébahi de ce récit, demanda à Merlin : « Sous quelle apparence avez-vous parlé à mon frère ? Car je m'étonne fort qu'il vous ait cru. — Seigneur, j'avais pris l'apparence d'un faible vieillard, et je lui parlai en privé ; je lui dis que, s'il ne prenait pas bien garde à lui cette nuit-là, il lui faudrait mourir. — Lui avez-vous dit qui vous étiez ? » demanda le roi. Et Merlin de répliquer : « Il ne sait pas encore qui lui a dit cela, et il ne le saura pas tant que vous ne le lui aurez pas dit vous-même. Et c'est pour cela que je vous fis dire que vous n'auriez pas le château avant la mort d'Angis[1]. — Mon très cher ami, dit le roi, viendrez-vous avec moi ? J'ai tant besoin de votre aide et de vos conseils ! — Le plus vite j'irai avec vous, rétorqua Merlin, le plus vite vos gens s'en irriteront. Mais si vous y voyez votre avantage, et si vous voulez

---

la vertu et le hardement que il em pooit avenir. Et il en vint en l'oſt devant le paveillon voſtre frere pour lui ocirre et voſtres freres, quant je li oï dit, ne m'en crut pas. Mais tant[b] fiſt il, la soie merci, que il veilla cele nuit tous sels que onques a nului ne le diſt ne s'arma que onques nus ne le ſot. Et tant que Augis vint, aporta le coutel pour lui ocirre. Et Augis entra en son paveillon et, quant il fu entrés dedens il le cercha. Et quant il nel trouva point, si vint a l'iſſir del paveillon. Et voſtres freres li vint au devant et se combati a lui, si l'ot toſt mort. Car il eſtoit armés et Augis desarmés, car il n'eſtoit venus fors que por lui ocirre et pour toſt refuir ariere. »

91. Quant li rois oï ceſte merveille si li demanda : « En quel samblance eſtiés vous quant vous parlaſtes a mon frere ? Car je me merveil molt coment il vous crut. — Sire, je pris samblance vielle et chaitive et parlai a lui a conseil. Se li dis que, s'il ne se gardoit bien cele nuit, que il li couvenroit morir. » Et li rois li demande : « Deïſtes li vous qui vous eſtiés ? » Et il li diſt : « Encore ne sæt il mie qui li a dit ne il ne le saura devant [d] ce que vous meïſmes li dirés. Et pour ce vous mandai je que vous n'auriés ja le chaſtel devant que Augis fuſt mors. » Et li rois li diſt : « Biaus amis chiers, venrés vous avoec moi ? Ja ai je si grant meſtier de voſtre conseil et de voſtre aïde. » Et

agir sagement, vous ne laisserez pas, en dépit de leur mécon-
tentement, de me faire confiance pour votre bien. — Certes,
répliqua le roi, vous avez déjà tant fait pour moi, si c'est vrai
que vous avez ainsi contribué à sauver mon frère, que je ne
dois jamais douter de votre parole. — Seigneur, lui dit Merlin, vous allez partir, et vous demanderez à votre frère qui fut
l'homme qui lui dit ce que je vous ai raconté. Et s'il ne vous
le redit pas exactement, s'il ne sait rien de toute cette affaire,
ne croyez jamais un mot de ce que je vous dirai. Une chose
encore, toutefois : je veux que vous me reconnaissiez quand
je parlerai à votre frère ; j'aurai à cette occasion l'aspect et
l'apparence que j'avais lorsque je lui contai la mort d'Angis[2].
— Vous plaît-il, demanda le roi, que je sache quand cela se
produira ? — Vous le saurez, dit Merlin, très volontiers. Mais
prenez garde, si vous tenez à mon amitié, de ne le dire à personne. Car si je vous prenais à mentir, je ne vous croirais
plus jamais par la suite, et vous y perdriez plus que moi. —
Si jamais, dit le roi, je vous mens une fois, ne me faites plus
confiance ! — Je vous mettrai à l'épreuve de bien des façons,
je vous en préviens ! » Et le roi affirma : « Vous pouvez me
mettre à l'épreuve autant que vous le voudrez. — Sachez
donc, dit Merlin, que je parlerai à votre frère le onzième jour
après que vous l'aurez rejoint. »

92. Merlin prit alors congé du roi Pandragon ; il s'en alla à

---

il respont : « Quant plus tost iroie et plus tost s'en courceroient
vostre home. Mais se vous i veés vostre preu et vous estes sages,
vous ne lairiés ja pour aus que vous ne creés de vostre preu. » Et li
rois respont : « Vous m'avés ja tant fait et tant dit, se ce est voirs que
vous avés moustré mon frere ensi a sauver, que je ne vous doi jamais
mescroire ne douter. » Et Merlins li dist : « Sire, vous en irés et
demanderés vostre frere qui cil fu qui li dist ce que je vous ai dit. Et
s'il nel vous dist et set a dire si ne me creés jamais de rien. Et si vous
di que je voel que vous me connoissiés quant je parlerai a vostre
frere, et je ferai en la connoissance et en tel samblance que je fui
quant je li contai de la mort Augis. » Et li rois respont : « Plaist vous
que je sace quant vous parlerés a mon frere ? » Et Merlins respont :
« Vous le saurés molt volentiers. Mais gardés, si chier come vous
avés m'amour, que vous ne le dites a autrui. Car se je vous prendoie
a une menchoigne, je ne vous querroie mie une autre fois, et vous i
auriés plus grant damage que je n'auroie. » Et li rois li dist : « Ja puis
que vous aurai une fois menti ne me creés jamais. » Et Merlins li
dist : « Je vous essaierai en maintes manieres, ce vous di jou bien. »
Et li rois li dist : « Ore me essaiés en toutes les manieres[a] que vous
vaurés. » Et Merlins dist : « Je voel que vous saciés que je parlerai a
vostre frere a l'onsisme jour aprés quant vous venrés a lui. »

92. Lors prist Merlins congié au roi Pandragon et s'en ala a

Blaise et lui raconta tout cela : Blaise le mit par écrit, et c'est
ainsi que nous l'avons conservé[1]. Pandragon chevaucha tant,
d'étape en étape, qu'il rejoignit Uter, son frère. Pour leurs
retrouvailles ils manifestèrent une grande joie, puis Pandragon prit son frère à part, lui décrivit la mort d'Angis comme
Merlin la lui avait racontée, et lui demanda si cela s'était bien
passé ainsi. « Seigneur, lui répondit Uter, c'est la vérité. Mais
— puisse Dieu me venir en aide ! — vous m'avez dit des
choses que je ne croyais pas que personne sache, si ce n'est
Dieu et un vieil homme qui me les confia en privé. Et vraiment je ne croyais pas que personne d'autre puisse le savoir :
je vous prie donc de me dire qui vous a appris cela, car je
suis vraiment très surpris, croyez-le bien ! — Mais vous pouvez constater, lui dit Pandragon, que je suis parfaitement au
courant. Maintenant, je vous prie de me dire qui est ce vieil
homme qui vous sauva de la mort ; car j'ai bien l'impression
que, sans lui, Angis vous aurait tué. » Et Uter de répondre :
« Seigneur, par la foi que je vous dois comme à mon frère et
à mon seigneur, je ne sais pas qui c'était ; mais il me parut
tout à fait homme de bien, et très sage, et de ce fait je crus
ce qu'il me disait, alors que ce n'était guère croyable. Car il
était vraiment très audacieux, celui qui voulut m'assassiner
dans notre camp, voire sous ma tente ! — Reconnaîtriez-
vous cet homme, dit Pandragon, si jamais vous le voyiez ?
— Oui, répondit son frère, je crois. » Pandragon lui dit

Blaise et li dist ces choses et il les mist en escrit et par ce les savons
nous encore. Et Pandragons chevaucha tant par ses jornees que il
trouva Uter son frere. Et quant il s'entrevirent si s'entrefirent grant
joie, et Pandragon trait son frere a une part, si li conta la mort Augis
si come Merlins li ot conté, si li demanda ensi. Et Uter li respont :
« Sire, c'est voirs. Mais, si m'aït Dix, vous m'avés tel chose dite que
je ne quidoie mie que nus hom seüst, fors que Dix, et uns vix hom
qui en conseil le me dist. Ne si ne quidoie mie que nus autres hom le
peüst savoir. Si vous proi que vous me dites qui ce vous a dit, car
molt me mervel coment vous poés ce savoir. » Et Pandragon li dist :
« Vous poés bien savoir et antendre que je [*e*] le sai bien. Mais tant
vous proi je que vous me dites qui cil vix hom est qui vous sauva de
mort. Car il m'est bien avis que, s'il ne fust, Augis vous eüst mort. »
Et Uter respont : « Sire, par la foi que je vous doi, qui mes freres et
mes sires estes, je ne sai qui il fu, mais molt me sambloit prodome et
sages. Et pour ce qu'il le me sambla, si l'en cru je bien quant il me
dist tel chose qui ne faisoit mie a croire. Car molt fist cil fol hardement qui enmi nostre ost et[*e*] en mon paveillon me vaut ocirre. » Et
Pandragon li dist : « Connoistriés vous jamais cel home se vous le
veïssiés ? » Et il li dist : « Oïl, sire, ce m'est avis. » Et Pandragon li
dist : « Je vous fais seür, et bien vous en acoint qu'il[*b*] parlera a vous

alors : « Je vous annonce, et je vous le garantis, qu'il viendra vous parler dans onze jours. Faites-moi une faveur : restez en ma compagnie toute cette journée, jusqu'à ce qu'elle soit passée, de façon que je puisse voir tous ceux qui vous adresseront la parole pendant ce temps, pour savoir si je pourrai l'identifier. »

93. C'est ainsi que les deux frères s'engagèrent vis-à-vis l'un de l'autre. Et Merlin, qui savait tout et agissait ainsi pour pénétrer dans leur intimité et devenir leur compagnon, répéta à Blaise ce que les deux frères avaient dit à son propos, et comment le roi voulait le mettre à l'épreuve. Blaise lui demanda : « Où voulez-vous en venir, avec cette histoire ? — Ils sont jeunes et alertes, répliqua Merlin, et je ne pourrais pas trouver une meilleure méthode pour les contraindre à m'aimer que de faire une partie de leur volonté, et de leur donner des occasions de s'amuser et de rire. Je sais une dame aimée d'Uter[1] : j'irai le trouver avec une lettre de sa part, que vous m'aurez écrite[2], pour qu'il croie ce que je lui dirai. Ainsi, je leur parlerai ce onzième jour, si bien qu'ils me verront mais ne me reconnaîtront pas. Et le lendemain, je les verrai tous les deux ensemble, et ils m'en sauront bien meilleur gré[3] ! »

94. Merlin agit exactement comme il l'avait dit : le onzième jour, il se présenta, sous les traits d'un jeune serviteur de la dame, là où il trouva les deux frères ensemble, et il dit à Uter : « Seigneur, ma dame vous salue, et vous envoie cette lettre. » Uter la prit, qui en était très heureux, et

---

de hui en .XI. jours. Ne mais tant faites pour l'amour de moi que celui jour soiiés avoec moi, tant que li jours soit passés, si que je voie tous ciaus qui a vous parleront celui jour pour savoir mon se je le connoistroie de riens[c]. »

93. Ensi l'ont li .II. frere plevi l'un a l'autre. Et Merlins, qui toutes choses set, fist ce pour aus acointier. Et pour estre de lor compaingnie a dit a Blaise conment li .II. frere ont parlé ensemble de lui et conment li rois le veut essaiier. Et Blaises li demande : « Que volés vous de tel chose faire ? » Et Merlins li dist : « Il sont jouens et jolis et je nes poroie mie en nule maniere si bien traire a amour com par faire[e] et par dire une partie de lor volentés. Et pour aus metre en joie et en bele risee, je sai une dame qui Uter aimme, si venrai a li, si li porterai unes letres de par lui que vous me ferés, que il me croie de ce que je li dirai. Ensi parlerai a els cel onsisme jour que il verront et si ne me connoistront. Et quant venra a lendemain si m'acointerai des .II. ensemble si m'en sauront meilleur gré d'assés. »

94. Ensi come Merlins le dist issi le fist. Et vint a l'onsime jour, si ot prise la samblance d'un garçon a la dame. Et quant il i fu si revint en la place ou il trouva les .II. freres ensemble, si dist a Uter : « Sire, ma dame vous salue, si vous envoie ces letres. » Et cil les prist qui

croyait pour de bon que la dame la lui avait envoyée ; il la fit lire[1] pour savoir ce qu'elle contenait. Merlin lui dit par ailleurs tout ce qu'il savait devoir lui plaire[2] ; il resta jusqu'au soir en présence du roi, et Uter le traita molt bien. Vers le soir, Pandragon s'étonna fort de Merlin, qui lui avait promis de venir ce jour-là lui parler. Quand la nuit fut vraiment tombée, Uter et son frère se mirent à discuter ensemble, disant que Merlin leur avait menti. Merlin, en entendant cela, recula un petit peu dans l'ombre, et prit l'apparence sous laquelle il avait parlé à Uter ; puis il se présenta devant eux. Le roi demanda à Uter si c'était l'homme de bien qui l'avait sauvé de la mort ; et Uter le reconnut, et lui fit fête. Il se mit à bavarder avec lui et lui dit en particulier : « Seigneur, vous m'avez sauvé la vie, mais ce qui m'étonne le plus, c'est que vous avez raconté au roi ce que j'avais fait après que vous aviez pris congé de moi. Mon frère en outre m'avait annoncé que vous viendriez me parler aujourd'hui, et m'avait bien prié et commandé de le prévenir si vous me parliez en effet. Et je suis très surpris qu'il ait pu savoir ce que vous m'aviez dit. — Il n'a pu le savoir, répondit Merlin, que si quelqu'un le lui a dit. » Le roi était sorti de la tente[3] ; Merlin dit à Uter d'aller chercher son frère : « Amenez-le ici, et demandez-lui en ma présence qui le lui a dit. » Uter sortit de la tente, et commanda à ceux qui étaient à l'extérieur de

---

molt grant joie en ot, et quide vraiement que la dame les li eüst envoiies. Si les fait lire por savoir que les letres diroient[e]. Et Merlins li dist ce qu'il sot que plus volentiers[b] orroit. Et ensi fu celui jour jusques au soir devant le roi. Et Uter en fist molt grant [f] joie. Et quant ce vint envers le vespre si s'esmerveilla molt Pandragon de Merlin qui li ot en couvent qu'il venroit a cel jour parler a lui. Et quant il fu bien avespri, Uter et son frere parlerent ensemble et disent que Merlins lor avoit menti. Et quant Merlins oï ce si se traist un poi ariere et prist la samblance en coi il avoit parlé a Uter et en vint devant aus. Et li rois demanda a Uter se ce estoit li prodom qui l'avoit gari de mort, et il le reconnut, si li fist molt grant joie et parla a lui de pluisours choses et li dist : « Sire, vous m'avés salvé de mort, ne mais de ce molt me merveil, ce que vous desistes ce que je fis quant vous fustes partis de moi. Et mes freres me dist que vous venriés hui parler a moi, et m'a proiié et conmandé se vous parliés a moi. Et molt me merveil conment mes freres sot ce que vous m'avés dit. » Et Merlins respont : « Il ne le pot savoir se on ne li eüst dit. » Et li rois fu issus hors del paveillon et Merlins dist a Uter : « Ore alés querre vostre frere et l'amenés cha et li demandés devant moi qui li dist. » Et Uter s'en issi fors del paveillon et conmanda a ciaus qui furent dehors qu'il gardassent bien que nus n'entrast laiens. Et si tost com il fu hors, prist Merlins la samblance del garçon qui ot aportees

prendre bien garde que personne n'y entre. Dès qu'il fut
sorti, Merlin prit l'apparence du jeune serviteur qui avait
apporté la lettre. Quand les deux frères revinrent, ils ne
trouvèrent que le jeune homme ; Uter en fut absolument
ébahi, et dit au roi : « Seigneur, je vois ici un prodige ; car j'ai
laissé dans cette tente l'homme de bien dont je vous avais
parlé ; et maintenant je n'y trouve plus que ce jeune homme.
Ne bougez pas d'ici, et je vais demander à mes gens, dehors,
s'ils ont vu l'homme sortir, et celui-ci entrer. »

95. Uter ressortit donc ; et le roi commença à rire aux
éclats. Uter demanda aux gardes : « Avez-vous vu personne
entrer ou sortir, pendant que j'allais chercher mon frère ? —
Depuis que vous êtes sorti, personne n'est entré sinon vous
et le roi. » Uter rentra et dit au roi : « Seigneur, je ne sais pas
ce qui se passe. » Puis il s'adressa au jeune homme : « Et toi,
quand es-tu entré ici ? — Seigneur, dit-il, j'étais là quand
vous parliez à l'homme de bien. » En entendant cela, Uter se
signa, et dit : « Seigneur, puisse Dieu me venir en aide, je
suis ensorcelé ; jamais pareille chose n'est arrivée à un autre
que moi ! » Le roi s'en amusa beaucoup, et pensa bien que
c'était Merlin qui faisait tout cela.

96. Uter dit alors à son frère : « Je n'aurais pas cru que
vous me racontiez des histoires. » Et l'autre de répondre :
« Je suis si perplexe que je ne sais que dire. » Puis le roi lui
demanda : « Qui est ce jeune homme ? — C'est, répondit
Uter, celui qui m'a apporté la lettre aujourd'hui, en votre

les letres. Et quant il vinrent ariere si trouverent le garçon. Si fu Uter
molt esbahis et dist au roi : « Sire, je voi merveilles, car je laissai ore
ci le prodome que je vous avoie dit et ore n'i truis je que cest vallet.
Or vous tenés ci et je demanderai a mes gens la hors s'il en virent le
prodome issir ne ce vallet entrer. »

95. Ensi s'en issi hors Uter. Et li rois conmencha a rire molt durement, et Uter demanda a ciaus de hors : « Veïstes vous nului entrer
chaiens ne issir puis que je alai querre mon frere ? » Et il dient :
« Puis que vous en issistes n'i entra que vous et li rois. » Lors vint
Uter ariere, si li dist : « Sire, je ne sai que ce puet estre. Et lors
demanda au garçon : « Et tu, quant venis tu ? — Sire, dist li garçons,
je i estoie quant vous parlastes au prodome. » Et Uter, quant il ot ce³,
lieve sa main, si se seigne et dist : « Sire, si m'aït Dix, je sui tous
enchantés ne onques mais ce n'avint a nul home a moi. » Et li
rois en ot molt grant joie et pensa bien en son cuer que ce estoit
Merlins qui ches choses li faisoit.

96. Lors dist Uter a son frere : « Je quidoie que vous me mentis-
siés. » Et il res [69a] pont : « Sire, je sui si esbahis que je ne sai que je
doie dire. » Et li rois li demande : « Qui est icis vallés ? » Et Uter li
respont : « Sire, c'est icis vallés qui jehui m'aporta les letres devant

présence. — Vous le reconnaissez bien ? » demanda le roi.
Et lui de répliquer : « Oui, parfaitement. — Pensez-vous, dit
alors le roi, qu'il puisse s'agir de l'homme à propos duquel
vous êtes venu me chercher ? — Seigneur, dit Uter, c'est
hors de question. — Sortons, proposa alors le roi. Et s'il
veut que nous le trouvions, nous l'aurons bientôt trouvé. »

97. Ils sortirent, et restèrent quelque temps dehors ; puis
le roi dit à un chevalier : « Entrez là-dedans, et voyez qui s'y
trouve. » L'autre entra, et trouva l'homme assis sur un lit ; il
revint au roi et le lui annonça. En entendant cela, Uter fut
absolument ébahi : « Dieu ait pitié de moi ! dit-il. Seigneur, je
vois ce que je n'aurais jamais cru voir, et je ne croyais pas
non plus qu'aucun homme pût être capable de cela : voyez
donc, c'est à coup sûr l'homme qui me préserva d'être tué
par Angis. » À ces mots, le roi éprouva un grand plaisir, et
lui dit qu'il était le très bienvenu. Puis il lui demanda : « Seigneur, voulez-vous que je dise à mon frère qui vous êtes ?
— Oui, répondit Merlin, très volontiers. » Alors le roi, qui
était au courant de toute cette affaire, demanda : « Cher frère,
où est donc le jeune homme qui vous a apporté la lettre ? —
Seigneur, répondit Uter, il était là à l'instant. Que lui voulez-
vous ? » Le roi et Merlin se mirent à rire, et ils s'amusaient
beaucoup tous les deux. Merlin prit le roi à part et lui
raconta tout ce qu'il avait dit à Uter de la part de son amie,
puis il lui recommanda de le répéter en sa présence.

98. Alors, en riant, le roi interpella son frère : « Cher frère,

---

vous. » Et li rois li demande : « Le connoissiés vous[a] bien ? » Et il
dist : « Sire, oïl, molt bien. » Et li rois li dist : « Vous est il avis que ce
puet estre icil prodom por coi vous me venistes querre ? » Et il dist :
« Sire, ce ne porroit il mie estre. » Et li rois li dist : « Ore en alons la
hors et, se il veut que le truisons, nous l'auron tost trouvé. »

97. Lors s'en issirent et furent un petit defors. Puis dist li rois a un
chevalier : « Alés laiens veoir qui i est. » Et il entra ens et i trouva le
prodome qui seoit sus un lit. Puis vint au roi ariere, si li dist. Et
quant Uter l'oï si en ot molt grant merveille. « Dieu merci, Sire, or
voi je ce que je ne quidoie mie veoir ne que nus hom peüst ce savoir.
Veés ci le prodome sans faille qui me garni que Augis ne m'ocist. »
Quant le roi l'oï si en ot molt grant joie et li dist que bien fust il
venus. Et li rois li demande : « Sire, volés vous que je die a mon frere
qui vous estes ? » Et Merlins respont : « Je le voeil bien que il le[a]
sace. » Lors dist li rois, qui connoissoit bien les affaires de lui : « Biaus
frere, ou est li garçons qui vous aporta les letres ? » Et Uter li
respont : « Sire, il estoit en ci, qu'en volés vous faire ? » Et li rois et
Merlins conmencent a rire et en orent grant joie entr'aus .ii. Et Merlins apele le roi a conseil, si li conte ce qu'il avoit dit a Uter de
s'amie, si li conmande que le redie devant lui.

lui dit-il, vous avez perdu le jeune homme qui vous avait apporté la lettre de votre amie ! — Et comment savez-vous, fit Uter, quelle lettre il m'a apportée, et de qui elle était ? — Si vous voulez, dit le roi, je vous en dirai ce que j'en sais. — Oui, certes », répliqua-t-il. Car il croyait vraiment que personne n'était au courant. Et le roi lui raconta mot pour mot tout ce que Merlin avait dit. Quand Uter entendit cela, il s'en émerveilla fort et dit : « Comment pourrais-je croire que vous l'avez su si ce n'est par l'intermédiaire du messager ? — Je vous jure par le saint nom de Dieu, dit le roi, que c'est cet homme qui me l'a dit ; et sachez bien que le jeune homme fut celui-là même qui vous fit savoir qu'Angis devait vous tuer, et que c'est ce Merlin que je suis allé chercher en Northumberland ; et cet homme a un si grand pouvoir qu'il connaît tout le passé et une grande partie de l'avenir. — Seigneur, répondit Uter, si cela lui plaisait, un tel homme vous serait bien utile. »

99. Ils le prièrent alors tous deux de rester avec eux, pour l'amour de Dieu, puisqu'ils lui promettaient qu'ils lui feraient confiance en tout, comme il le désirerait. Merlin répondit : « Vous devez bien vous rendre compte tous les deux que je sais toutes les réponses, aussi bien à mes questions qu'aux vôtres. » Le roi admit : « Jamais je ne vous ai pris en flagrant délit de mensonge. — Et vous, Uter : ne vous ai-je pas dit la vérité à propos d'Angis, et de vos amours ? » Et Uter répondit : « Vous m'en avez tant dit que jamais je ne mettrai votre

---

98. Lors apela li rois son frere tout en riant et li dist : « Biaus frere, vous avés perdu le vallet qui vous aporta les letres de vostre amie. — Et que savés vous, fait Uter, queles letres il m'aporta ne de qui ? » Et li rois respont : « Je vous en dirai se vous volés ce que je en sai. » Et il respont : « Je le voel. » Car il quidoit que nus hom terriens ne le seüst. Et li rois li conte tout mot a mot quanques cil li avoit dit. Et quant li rois l'oï si s'en merveilla molt et dist : « Coment porroie je croire que vous le seüssiés en tel maniere se li garçons ne vous eüst ce dit ? » Et li rois li dist : « En non Diu, cil prodom le me dist. Et saciés[a] que li garçons fu cil qui vous laissa a savoir que Augis vous devoit ocire et que cil Merlins que je alai querre en Norhomberlande et que cil hom a tel pooir qu'il set toutes les choses faites et alees. Et de celes qui sont a avenir set [b] il une grant partie. » Et Uter li respont : « Sire, s'il li plaisoit, tels hom vous auroit bon mestier. »

99. Lors li proient li frere ambedoi que pour Dieu et pour ce qu'il le querront de quanque il vaura que il remaingne entour aus. Et Merlins respont : « Vous devés bien ambes .II. savoir que je sai toutes les choses que je vocil savoir et que vous m'avés demandé[c]. » Et li rois dist : « Je ne vous trouvai onques a nule mençoigne. — Et vous, Uter, ne vous dis je voir d'Augis et de vostre amour ? » Et Uter respont : « Vous m'avés tant dit que je ne vous mesquerrai

parole en doute. Et précisément parce que je sais que vous
êtes si sage et si honorable, je voudrais bien que vous fassiez
partie de l'entourage de mon frère. — Je demeurerai volontiers avec vous, déclara alors Merlin, mais je veux vous
apprendre à tous deux un secret à mon sujet : il me faut parfois, de par ma nature, me retirer loin des hommes[1]. Sachez
cependant en toute certitude que, partout où je serai, je me
souviendrai davantage de vos intérêts et de vos affaires que
de ceux d'autrui ; et je ne laisserai pas passer une heure, si
j'apprends que vous avez un problème, sans venir tout de
suite vous aider et vous conseiller. Mais, une fois pour
toutes, si vous voulez que je reste en votre compagnie, il ne
faut pas que vous soyez ennuyés lorsque je m'absenterai. Et
chaque fois que je reviendrai, faites-moi fête devant le
monde, les gens de bien qui vous aimeront m'en aimeront
davantage moi aussi, et les méchants qui vous voudront du
mal me haïront également. Mais si vous me faites bon
visage, ils n'oseront rien tenter contre moi. Sachez aussi que
je ne changerai plus d'apparence pendant quelque temps, si
ce n'est pour vous, en privé : je vais maintenant me présenter à votre logement sous mon apparence véritable. Ceux qui
m'ont vu en d'autres occasions accourront pour vous
annoncer mon arrivée ; dès que vous entendrez cette nouvelle, manifestez une grande joie. Ils vous diront que je suis
un très bon devin ; demandez-moi dès lors tout ce que votre

---

jamais. Et pour ce que je sai que vous estes si prodom et si sages
vauroi je bien que vous fuissiés entour mon frere. » Et il respont :
« Je remanrai molt volentiers. Mais je voeil que vous saciés entre
vous .ii. priveement mon estre, car il me couvient par force de nature
estre a la fois hors de la gent. Mais tant saciés vous bien qu'en tous
les lix ou je serai serai je plus ramembrans de vos oeuvres que des
autrui, ne je ne saurai ja, si tost que vous soiiés encombrés de nule
chose, que je ne vous viengne aïdier et conseillier. Mais itant ja, se
vous volés avoir ma compaingnie, qu'il ne vous chaille ja quant je
m'en irai. Et toutes les fois quant je revenrai si me faites grant joie
devant les gens, si m'en ameront de mix li prodome qui vous ameront, et li mauvais et cil qui vous harront me harront. Et se vous me
moustrés bele chiere il n'en oseront ja faire samblant qu'il lor en poise[b]. Et bien saciés que je ne remuerai mais a piece ma samblance se a
vous non priveement et je venrai ja en vostre ostel en la moie droite
samblance. Et cil qui autres fois m'ont veü vous courront dire que je
sui venus, et si tost come vous l'orrés, si faites samblant que vous en
soiiés liés. Et il vous diront que je sui mout bons devins. Et si
demandés tout seürement quanques vostres consaus vous loera. Et je
vous conseillerai de toutes les choses que vous me demanderés de
toutes choses. »

conseil vous suggérera, et je vous conseillerai en tout ce que vous me demanderez. »

100. C'est ainsi que Merlin demeura avec Pandragon et Uter son frère, et qu'il devint leur familier ; et c'est ainsi qu'il prit congé d'eux pour revenir avec l'apparence sous laquelle les gens le connaissaient. Quand il se présenta à ceux qui l'avaient vu avec Vertigier, ils en furent ravis et coururent dire au roi que Merlin était arrivé. À cette nouvelle, le roi alla à sa rencontre, le reçut très chaleureusement, et l'emmena à son logement. Une fois là-bas, les membres du conseil royal prirent le roi à part et lui dirent : « Seigneur, voici Merlin, dont nous savons bien qu'il est le meilleur devin qui soit. Priez-le de vous dire comment nous prendrons ce château, et comment finira la guerre entre vous et les Saxons : sachez en effet que s'il le veut, il vous le dira bien. » Le roi répondit qu'il le lui demanderait volontiers.

101. Pour le moment, les choses en restèrent là, car le roi voulait d'abord honorer Merlin. Mais le troisième jour, le conseil du roi fut assemblé, et le roi dit à Merlin : « Mon très cher ami, j'ai entendu dire que vous étiez un très bon devin, très sage : je vous prie donc, et je vous assure que je serai désormais toujours à vos ordres si vous me répondez, de me dire comment je pourrai prendre ce château ; et aussi, à propos de ces Saxons qui sont sur ma terre, je voudrais savoir si je pourrai les en chasser. — Vous allez, répondit Merlin, pouvoir faire l'épreuve de ma sagesse ! Je veux que vous

---

100. Ensi remest Merlins a Pandragon et a Uter son frere et ensi s'acointa il d'aus et ensi prist congié pour revenir en la samblance en coi les gens le connoissoient. Et quant il vint devant ciaus qui l'avoient veü avoec Vertigier, si en furent molt lié, si coururent dire le roi que Merlins estoit venus. [d] Et quant li rois l'oï si ala encontre lui, si le rechut a molt grant joie, si l'amena a son ostel. Et quant il fu laiens, les gens del conseil le roi le traisent a une part et li disent : « Sire, veés ci Merlin que nous savons bien qu'il est li miudres devins qui soit. Se li proiiés que vous die comment nous prendrons cest chastel et qu'il vous die a coi la guerre de vous et des Saisnes venra. Et saciés que, s'il veut, il le vous dira bien. » Et li rois dist qu'il li demandera molt volentiers.

101. Lors le laissierent atant ester por ce que li rois le voloit honerer avant. Et quant ce vint au tiers jour si fu li consaus le roi tous assamblés. Lors dist li rois a Merlin : « Biaus dous amis, je ai oï dire que vous estes molt sages et bons devins. Je vous proi et requier que je serai a tous jours mais a vostre volenté par ensi que vous me dites comment je porrai cest chastel avoir et de ces Saisnes qui sont entré en ma terre se je ja les em porroie chacier. » Et Merlins respont : « Ore porroies essaiier se je sui sages. Je voel bien que vous

sachiez que les Saxons, dès lors qu'ils eurent perdu Angis, n'ont plus eu qu'une pensée : quitter votre terre et s'enfuir. Et vous le verrez bien demain par l'entremise des messagers que vous enverrez pour offrir une trêve. Ils vous offriront en retour de vous laisser toute la terre qui appartenait à votre père ; et vous, vous les ferez escorter jusqu'à la mer et leur donnerez des vaisseaux pour qu'ils puissent s'en aller. — Tu as bien parlé, dit le roi, et j'agirai ainsi. » Il envoya alors un sien conseiller, nommé Ulfin, et d'autres chevaliers avec lui, comme messagers. Et ceux-ci de chevaucher vers le château. En les voyant, les Saxons allèrent à leur rencontre et leur demandèrent ce qu'ils voulaient. Ulfin leur dit : « Le roi vous offre une trêve de trois mois. — Nous allons en délibérer », répondirent les Saxons. Ils se retirèrent à l'écart pour prendre conseil les uns des autres ; et ils se dirent : « Nous avons essuyé une grande perte avec la mort d'Angis ; d'autre part, nous n'avons point de vivres ici. Nous en sommes venus au point où le roi nous offre une trêve. Proposons-lui plutôt de s'en aller, et de nous laisser le château : nous le tiendrons de lui en fief, et lui donnerons chaque année en guise de tribut deux chevaliers et dix demoiselles, dix faucons, cent lévriers, cent destriers et cent palefrois. » Après délibération, ils se mirent tous d'accord là-dessus ; ils revinrent aux messagers et leur firent part de leurs conditions. Quand les messagers les eurent bien entendues, ils revinrent au roi et lui transmirent

---

saciés dés que il orent perdu Augis il ne baierent onques puis s'a guerpir non la terre et a fuir et si le sacés bien demain par vos messages que vous i envoierés pour querre trives. Et lors vous requerront que il vous lairont la terre qui fu voſtre pere. Et vous les ferés conduire hors et lor baillerés vaissiaus a coi il s'en porront aller. » Et li rois li respont : « Tu as bien dit et je le ferai ensi. » Lors i envoia li rois Ulfin, un sien conseillier, et autres chevaliers avoec lui et lor en charga son message. Et cil en vont vers le chaſtel. Et quant cil le virent si lor vont a l'encontre et lor demandent que il voelent. Et Ulfin lor diſt : « Li rois vous mande trives a .iii. mois. — Nous en conseillerons », font li Saisne. Lors se traient a une part et conseillent ensemble et dient : « Nous somes molt agrevé d'Augis qui eſt mors, ne nous n'avons point de vitaille par chaiens. Tant a demouré come li rois nous demande trives. Mais mandons lui que il s'en voiſt et nous laiſt le chaſtel et nous le*e* tendrons de lui et si l'en donrons chascun an .ii. chevaliers et .x. damoiseles et .x. faucons et .c. levriers et .c. deſtriers et .c. palefrois. » Et a ce eſt venus lor consaus qu'il s'i acordent tout. Si en reviennent as messages et lor disent tout ce qu'il orent oï del conseil. Et quant li message oïrent ce si s'en reviennent au roi, si li dient. [*d*] Et li rois demande a Merlin qu'il en feroit. Et Merlins li respont qu'il ne s'en merlera ja, car grans

ces propositions. Le roi demanda à Merlin ce qu'il devait faire ; Merlin répondit qu'il ne s'y engagerait certes pas, car il en adviendrait de grands malheurs pour le pays. « Mais dites-leur de sortir sur-le-champ du château : ils le feront de bon cœur, car ils n'ont rien à manger. Et faites-leur savoir qu'ils n'auront pas de trêve s'ils ne quittent pas la forteresse. Ajoutez que vous leur donnerez vaisseaux et nefs en suffisance pour qu'ils puissent s'en aller, mais que, s'ils ne veulent pas accepter cela, vous ferez mettre à mort tous ceux qui tomberont entre vos mains. Et je vous garantis que, si vous voulez bien les laisser partir avec la vie sauve, ils en seront éperdus de joie, car ils se croient déjà morts. »

102. Le roi fit ce que Merlin lui avait suggéré : il renvoya ses messagers le lendemain matin et leur fit transmettre cette contre-proposition ; quand les Saxons apprirent qu'ils pourraient s'en aller sains et saufs, ils furent plus heureux qu'ils ne l'avaient été depuis qu'ils avaient perdu Angis. C'est ainsi que les Saxons quittèrent complètement le royaume ; le roi les fit escorter jusqu'au port, et leur donna des vaisseaux. Ainsi le roi Pandragon les renvoya-t-il selon les conseils de Merlin, et les chassa-t-il de son domaine. Quant à Merlin, il demeura maître du conseil du roi ; cette situation se prolongea jusqu'à ce qu'un jour il parle au roi d'une affaire importante. Cela déplut fort à l'un des barons, qui vint trouver le roi et lui dit : « Seigneur, vous vous comportez de façon bien étrange à l'égard de cet homme à qui vous faites tellement confiance, alors que, sachez-le bien, tout ce qu'il vous dit et tous ses sages conseils

---

maus en venroit encore el païs et en la terre. « Mais dites lor or endroit sans plus atendre qu'il issent hors del chastel et il le feront molt volentiers car il n'ont que mengier. Et lor mandés que jamais trives n'auront s'il ne s'en issent hors. Et vous lor baillerés vaisseaus et nés en coi il s'en porront aler et s'il ce ne voelent faire vous n'en prendrés ja tant que ne faciés de male mort morir. Et se je sui pleges que se vous les en volés laissier aler sauves lor vies que il n'en orent onques si grant joie, car il quident tout estre mort. »

102. Ensi come Merlins le devisa le fist li rois. Car il renvoiia ses messages au matin. Et lors fist ceste requeste faire et quant li Saisne oïrent qu'il s'en porront aler sain et sauf, si ne furent onques si lié dés que il l'avoient perdu Augis. Ensi s'en issirent li Saisne par la terre toute et li rois les fist conduire au port et lor donna vaissiaus et ensi les envoia li rois Pandragon par le conseil Merlin et les jeta fors de la terre. Et Merlins remest tous sires et del conseil le roi et s'i fu si longement tant que il ot un jour au roi parlé d'un grant afaire. Si em pesa molt a un de ses barons et ci vint au roi si li dist : « Sire, vous faites merveilles de cest home que vous creés tant que bien saciés que tous les sens qu'il vous dist et que il avient

lui viennent du diable. Si cela vous plaisait, je le mettrais à l'épreuve de telle manière que vous verriez clairement qu'il ne sait rien. — Je vous conseille, dit le roi, de renoncer à ce projet ; car je ne veux pas qu'il se mette en colère. — Seigneur, lui dit l'autre, je ne toucherai pas à sa personne, et je ne lui dirai rien qui puisse lui déplaire. » Le roi lui donna alors son autorisation[1]. Quand cet homme l'eut reçue, il s'en réjouit fort ; il était, à l'aune du monde, très sage et très habile, et tout plein de félonie ; au demeurant riche, puissant, et bien allié.

Le baron aux trois morts.

103. Un jour, il vint trouver Merlin, lui faisant très bonne figure, et l'interpella au conseil en présence du roi : il le prit à part — ce conseil ne comptait que quatre hommes —, puis il dit au roi : « Seigneur, voici un des hommes les plus sages du monde, un de ceux dont le conseil est le meilleur ; j'ai entendu dire qu'il avait prédit sa mort à Vertigier, lui annonçant qu'il mourrait par votre feu : et c'est bien ce qu'il a fait. Pour cette raison, seigneur, je vous prie, vous et tous ceux qui sont ici , de lui faire dire, s'il le sait, de quelle mort je mourrai — je vous en prie pour l'amour de Dieu, vous voyez bien que je suis malade. Je sais avec certitude que, s'il le veut, il saura me le dire. » Et tous de prier Merlin à ce sujet ; et il leur répondit par ces mots : « Vous m'avez supplié de vous dire quelle sera votre mort, et je vous le dirai : sachez bien

---

del diable. Et s'il vous plaisoit je l'asaieroie en tel maniere que vous verrés tout en apert que il ne set riens. » Et li rois li dist : « Je vous lo que vous laissiés ce ester. Car je ne voel mie que il se courece. » Et cil li dist : « Sire, je ne toucherai ja a son cors ne si ne li dirai ja chose nule qui anoiier li doie. » Et li rois li otroia. Et quant cil en ot le congié le roi si en fu molt liés. Et il estoit a la veüe del siecle molt sages et molt engingnous et molt plains de felonnie et molt riches hom et de grant poesté et bien emparentés.

103. Un jour vint a Merlin, si li fist molt grant joie et molt biau samblant si l'apela devant le roi a son conseil et si le traït a une part. Et si n'ot a cel conseil que .IV. homes et cil dist au roi : « Sire, veés ci un des plus sages homes del monde et del meillour conseil, et ai oï dire qu'il dist a Vertigier sa mort et que il morroit de vostre fu et il si fist. Sire, pour ce vous proi je et a tous ciaus qui ci sont, pour Dieu, que vous veés bien que je sui malades, et que vous li proiiés, s'il vous plaist, qu'il me die de quel mort je mor [e]rai, s'il le set. Et je sai bien, se il veut, qu'il le me saura bien a dire. » Et il em proient tout a Merlin. Et il lor respont et dist : « Vous m'avés dit[e] proiié de vostre mort que je le vous die et je le vous dirai. Si saciés bien que le jour que vous morrés vous cherrés d'un cheval si durement que vous briserés le col et ensi partirés celui jour de vie a

que le jour où vous mourrez, vous ferez une mauvaise chute de cheval et vous vous briserez la nuque : c'est ainsi que ce jour-là vous passerez de vie à trépas. » À ces mots, le baron dit au roi : « Vous avez bien entendu ce qu'il a dit, Dieu m'en garde ! » Puis il prit le roi à part et insista : « Seigneur, rappelez-vous bien ce que Merlin m'a prédit : quant à moi, je vais le mettre à l'épreuve une seconde fois. » Il se retira sur ses terres et se hâta de changer de vêtements[1] avant de revenir à la ville où se trouvait le roi ; il feignit alors d'être malade et fit demander au roi, secrètement, de venir le voir et d'amener Merlin sans qu'il sache ce qu'il en était. Le roi dit qu'il irait bien volontiers le voir, et que ce n'était certes pas par lui que Merlin serait mis au courant.

104. Il vint alors trouver Merlin et lui dit : « Rendons visite, vous et moi, à un malade en ville ; vous pouvez amener avec vous ceux que vous voulez. — Seigneur, répondit Merlin, un roi ne doit se rendre nulle part seul, même pour une affaire personnelle, sans avoir avec lui une suite de vingt hommes. » Le roi fit donc venir ceux qu'il voulait, et alla rendre visite au malade. Celui-ci avait préparé sa femme : à leur arrivée, elle tomba aux genoux du roi, disant : « Seigneur, pour l'amour de Dieu, faites dire à votre devin si mon époux que je veille ici, et qui est en telle langueur, guérira jamais de cette maladie. » Le roi prit un air de compassion, regarda Merlin et lui demanda : « Pourriez-vous savoir quelque chose là-dessus, pour cette femme qui demande si son époux guérira jamais, ou s'il mourra ? — Seigneur,

---

mort. » Et quant cil l'entendi si dist au roi : « Sire, vous savés bien que cis hom a dit, et Dix m'en gart. » Et lors apela le roi a une part si li dist : « Sire, or vous souvienge bien de ce que Merlins m'a dit et je l'essaierai encore en autre maniere. » Et cil s'en ala en son païs et se mist en divers habits[b] au plus tost que il pot et vint en la vile ou li rois estoit si se fist malades et manda le roi celeement qu'il le venist veoir et qu'il i amenast Merlin en tel maniere qu'il ne le seüst pas. Et li rois dist qu'il ira molt volentiers et que par lui ja Merlins ne le saura.

104. Lors vint li rois a Merlin et li dist : « Alons veoir entre moi et vous un malade en cele vile et menés avoec vous ciaus que vous loerés. » Et Merlins respont : « Sire, rois ne doit aler en nul lieu seuls ne privéement qu'il n'ait avoec lui .xx. homes. » Lors apela li rois ciaus qu'il vaut et ala veoir le malade. Et quant il vinrent la cil ot apareillie sa feme qui se laissa chaoir as piés le roi et dist : « Sire, pour Dieu, faites dire a vostre devin de mon signour ci que je gart en langour se il jamais garira. » Et li rois en fist molt pitouse chiere et regarda Merlin et li dist : « Porriés vous riens savoir de ce que ceste feme demande de la mort son signour ne se il jamais garira ? » Et Merlins respont : « Sire,

répondit Merlin, je vous assure bien que ce malade qui gît sous nos yeux ne peut mourir de cette maladie, ni dans ce lit. » Le malade parut alors faire un effort pour parler, et dit : « Seigneur, pour l'amour de Dieu, de quelle mort mourrai-je donc, puisque j'en réchapperai cette fois ? — Le jour où tu mourras, on te trouvera pendu ; tu seras pendu là où tu mourras[1]. » Et Merlin s'en retourna, comme s'il était en colère, laissant le roi sur place ; il agit ainsi parce qu'il voulait que l'autre parle au roi.

105. Une fois que Merlin fut parti, et que le baron le sut, il dit en effet au roi : « Seigneur, s'il n'y a qu'une chose que vous devriez savoir, c'est que cet homme-là est fou, et que rien de ce qu'il m'a dit ne tire à conséquence : car il m'a prédit deux types de mort qui ne peuvent être compatibles ; et je le mettrai à l'épreuve une troisième fois encore, en votre présence. Je vais m'en aller demain dans une abbaye, et je feindrai d'être malade ; je vous enverrai chercher par l'abbé, qui dira que je suis un de ses moines, en bien mauvais état, au point qu'il craint fort que je ne meure : il vous priera pour l'amour de Dieu de venir me rendre visite en amenant votre devin, au nom de Notre-Seigneur, et dans votre intérêt ; je vous jure que c'est la dernière fois que je le mettrai à l'épreuve. » Le roi lui promit qu'il viendrait, et qu'il amènerait Merlin.

106. Le roi se sépara alors du baron et rejoignit Merlin. Et l'autre s'en alla dans une abbaye et agit en tout comme il

---

je voel bien que vous sachiés[a] que cis malades qui ci gist ne puet pas morir de cest mal ne en cest lit. » Et li malades s'esforce par samblant de parler et dist : « Sire, pour Dieu, de quel mort morrai je donc quant de ci eschaperai ? — Cel jour que tu morras seras tu trouvés pendus et pendras la ou tu morras. » Lors s'en tourna Merlins et fist samblant qu'il fust iriés si laissa le roi en la maison. Et ce fist il pour ce que il voloit que cil parlast au roi.

105. Quant Merlins s'en fu alés et cil le sot si dist au roi : « Sires, se vous savés riens, si saciés bien que cist est fols et que il n'est riens de ce que il m'a dit que il m'a nomees ces .ii. mors qui ne puent estre acordables l'une a l'autre et encore l'assaierai je[a] devant vous tierce fois. Je m'en irai demain en une abeïe et si me ferai malades et je vous envoierai querre par l'abé qui dira que je sui [f] uns siens moines et que je sui molt destrois et qu'il crient molt que je ne muire. Si vous proiiera pour Dieu que vous i vegniés et que vous i ameniés vostre devin et que vous i soiés et pour Deu et pour vostre[b] preu et pour le saint regne et je vous jur que je ne l'essaierai[c] plus que ceste fois. » Et li rois li creante qu'il i ira et qu'il i menra Merlin.

106. Ensi s'en parti li rois de celui et s'en ala a Merlin. Et cil s'en ala en une abeye et fist tout ensi com il avoit dit au roi qu'il envia l'abé pour le roi querre et il i ala. Et ains que li rois eüst oï messe vint li

l'avait annoncé au roi ; c'est-à-dire qu'il envoya l'abbé chercher le roi, et que l'abbé s'exécuta. Avant même que le roi ait
entendu la messe, l'abbé se présenta, accompagné d'au moins
vingt-cinq moines ; il pria le roi de venir voir un de ses frères,
un moine malade, et d'amener avec lui son devin pour savoir
si la peine qu'il se donnait pour le guérir serait vaine. Le roi
demanda à Merlin s'il l'accompagnerait, et celui-ci répondit
que oui, très volontiers, mais qu'il voulait d'abord parler à son
frère[1]. Quand ils furent ensemble, Merlin les prit à part et leur
dit : « Plus je vous connais et plus je vous trouve fous.
Croyez-vous que je ne sais pas bien de quelle mort mourra
cet insensé qui me met à l'épreuve ? Je le sais parfaitement ; et
je vais aujourd'hui lui annoncer encore quelque chose de
différent de ce que je lui ai dit les deux autres fois où il m'a
interrogé. — Est-ce que vraiment, répondit le roi, il peut
mourir comme vous l'avez dit ? — Si ce n'est pas ainsi qu'il
meurt, répliqua Merlin, ne croyez plus jamais rien de ce que je
vous dirai ! Je sais bien quelle sera sa mort, et la vôtre aussi.
Mais ne m'interrogez sur la vôtre qu'après avoir été témoins
de la sienne. Cependant, je peux bien vous dire à vous, Uter,
que je vous verrai roi avant de vous quitter. »

107. Là-dessus, ils s'en vinrent rendre visite au malade, et
l'abbé dit au roi : « Seigneur, pour l'amour de Dieu, faites dire
à votre devin si jamais cet homme de bien guérira ! » Merlin
feignit alors de se mettre en colère, et dit : « Il peut bien se
lever, car il n'a aucun mal ; il me met à l'épreuve pour rien,
car il lui faudra bel et bien mourir des deux manières que je

abés a lui et bien .xxv. moines[a] avoec lui si proia le roi qu'il venist
veoir un sien frere moine malade et i amenast son devin pour savoir
que se la paine qu'il mesist au malade seroit sauve. Et li rois demande
a Merlin s'il iroit avoec lui et il li dist : « Oïl, volentiers. » Mais il voloit
ançois parler a son frere. Et quant il furent ensamble si les apela Merlins a conseil ambes .ii. et lors dist : « Quant je plus vous acoint et je
plus vous truis fols. Quidiés vous que je ne sace bien de quel mort cis
fols qui ci m'essaie doie morir ? Je le sai bien et je li dirai hui ancore
mort que les autres .ii. que il m'a par .ii. fois demandé. » Et li roi li
respont : « Puet il estre voirs que hom puisse ensi morir com vous
avés dit ? — S'il ne muert ensi, dist Merlins, dont ne me creés jamais
de chose que je vous die. Je sai bien sa mort et la vostre ausi et quant
vous aurés sa mort veüe si enquerés de la vostre. Et tant di je bien a
Uter que je le verrai roi ains que je me parte de sa compaingnie. »

107. Lors en vinrent au malade et li abés dist au roi : « Sire,
pour Dieu, faites moi dire a vostre devin se jamais cist prodom
porra garir. » Et Merlins si fait samblant que il se courechast et dist :
« Il se puet bien lever car il n'a nul mal. Et pour noiant m'assaie,
car il li covenra morir en la samblance des .ii. manieres que je

lui ai indiquées. Et je vais même lui en indiquer une troisième, encore différente des deux autres. Qu'il sache, en effet, que, le jour où il mourra, il se rompra le cou, et se pendra, et se noiera[1] ; et ceux qui vivront en ce temps-là seront témoins de sa mort, et de tous ces événements : vous pouvez en toute sécurité me mettre à l'épreuve là-dessus ! Ce n'est plus la peine qu'il joue cette comédie : je connais toutes ses mauvaises intentions, ses mauvaises pensées et sa folie. » Et l'autre de se lever, et de répliquer : « Seigneur, vous pouvez bien désormais vous rendre compte de sa folie à lui, et percevoir qu'il ne sait ce qu'il dit. Comment pourrait-il se faire que, comme il l'affirme, le jour de ma mort je me rompe le cou, me noie et me pende, tout cela à la fois en un seul moment ? Je sais bien que cela ne pourrait arriver à personne, ni à moi, ni à autrui. Réfléchissez donc, demandez-vous si vous êtes bien sage de faire confiance à un tel homme et de faire maître de votre conseil, et de vous-même, quelqu'un qui a pu me dire trois inepties pareilles ? — Je ne changerai pourtant pas d'attitude, répondit le roi, pour autant que je ne saurai pas de quelle mort vous mourrez. » Le baron fut très en colère quand il apprit que Merlin ne quitterait pas le conseil du roi avant sa propre mort. Les choses en restèrent là ; on sut par tout le royaume ce que Merlin avait dit à cet homme de sa mort ; et chacun multiplia les spéculations, pour déterminer comment il pourrait dire la vérité en la matière.

108. Il arriva un jour, longtemps après, que l'homme qui

---

l'ai devisees[a]. Et je li deviseroi la tierce plus diverse que les autres .II. Car ce sace il bien que le jour que il mora il se brisera le col et noiera et pendra. Et qui lors vivra sa mort verra et verra venir ces choses. Et seürement me poés essaiier que je di de ce voir. Et ne se saigne ja plus car je sai tout son mauvais courage et ce que ses cuers mauvais et fols pense. » Et cil se lieve et respont en estant : « Sire, ore poés vous bien conoistre sa folie et qu'il ne set que il dist. Comment porroit ce estre que il dist que le [70a] jour que je morrai que je me briserai le col et que je me noierai et pendrai et tout ce avenra au jour que je morrai ? Si sai molt bien que ce ne porroit avenir ne de moi ne d'autrui. Or gardés se vous estes sages qui tel home creés et faites signour de vous et de vostre conseil qui tels .III.[b] coses m'a dites. » Et li rois respont : « Je ne lairai ja pour ce ne devant ce que je sace de quel mort vous morrés. » Lors fu cil molt iriés quant il oï que Merlins ne seroit mie partis du conseil le roi jusques après sa fin. Ensi remest cis afaires. Et sot on par tout le païs ce que Merlins avoit dit de la mort a cel home. Si fu chascuns entantis de savoir coment Merlins porroit de ce voir dire.

108. Un jour avint, lonc tans après, que li hom qui ensi devoit morir

devait mourir ainsi chevauchait avec une troupe nombreuse ;
il parvint à une rivière sur laquelle était jeté un pont de bois ;
son palefroi trébucha sur ce pont et tomba à genoux : celui
qui le montait fut projeté en avant et tomba de telle manière
qu'il se brisa la nuque ; mais son corps bascula par-dessus
bord et tomba dans l'eau, de façon qu'un des vieux pieux du
pont accrocha sa robe, et qu'il demeura suspendu les jambes
en l'air, la tête et les épaules dans l'eau. Il était accompagné
de trois hommes de bien qui furent témoins de ce qu'il était
ainsi tombé. Il y eut un grand tumulte, les gens pour voir ce
spectacle se massèrent sur le pont ou vinrent en bateau,
aussi vite qu'ils le pouvaient. Quand tout ce monde fut rassemblé, les trois hommes dirent à ceux qui étaient en train
de tirer de l'eau le malheureux : « Faites bien attention s'il a
la nuque brisée. » Et eux de regarder, et de répondre que,
sans aucun doute, il en était ainsi. À ces mots, les autres
furent remplis d'émerveillement, et dirent : « En vérité, Merlin dit vrai, qui prédit que cet homme se briserait la nuque,
se noierait, et serait pendu ! Il est bien fou, celui qui ne croit
pas tout ce que dit Merlin, car il nous paraît que toutes ses
paroles sont vraies et véridiques[1] ! »

109. Ils rendirent alors au corps les honneurs funèbres ;
Merlin, qui savait tout cela, vint trouver Uter qu'il aimait beaucoup : il lui raconta la mort de cet homme, exactement comme
elle s'était produite, et lui ordonna d'en informer le roi. Uter
vint donc au roi, et lui répéta toutes les circonstances de la

---

chevauchoit a grant plenté de gens et vint a une riviere. Sor cele
riviere avoit un pont de fust et sor cel pont trebucha ses palefrois et
chaï as jenous et cil qui sus estoit se lancha avant et chaï sor son col
en tel maniere que il le brisa et li cors tourna outre si chaï en l'aigue
en tel maniere que uns des viés pecous qui avoit esté del pont feri
parmi sa robe si que li rains furent en haut et remest pendant si que
la teste et les espaulles furent en l'aigue. Et cil avoit avoec lui .III. prodomes qui ce virent qu'il fu cheüs en tel maniere. Et li cris fu grans
levés si que les gens le virent et s'en vinrent parmi le pont et parmi
l'aigue a nef au plus tost que il porent. Et quant il furent venu si
disent li .III. prodome a ciaus qui le traïrent de l'aigue : « Prendés vous
garde s'il a le col brisié. » Et cil le regardent et dient qu'il l'a brisié sans
faille. Et quant cil l'oïrent si s'en esmerveillierent et dient : « Voirement
dist voir Merlin qui dist que cil hom briseroit le col et penderoit et
noieroit et molt est fols qui ne croit Merlin de quanque il dist. Que[a] il
nous samble que toutes ses paroles sont voires et veritables. »

109. Lors firent au cors ce c'on dut et Merlins qui toutes ces
choses savoit s'en vint a Uter qu'il amoit molt et li dist la mort
de cel home si com ele avoit esté. Et li comanda que il le deïst
au roi. Et il vint au roi si li conta comment cil avoit esté mors.

mort de cet homme. Le roi fut très surpris par ces propos, et demanda : « Qui vous a dit cela ? — Merlin », répondit-il. Le roi le pria alors de l'interroger pour savoir comment et quand cela s'était passé. Uter s'exécuta : il revint à Merlin et lui demanda quand cela s'était produit. « Hier, répondit le devin, et les messagers qui doivent l'annoncer au roi arriveront dans six jours. À ce propos, je m'en vais, car je ne veux pas être là quand ils arriveront : ils me poseraient de nombreuses questions auxquelles je ne voudrais pas répondre ; désormais, je ne parlerai plus aux gens, si ce n'est de manière tellement obscure qu'ils ne sauront de quoi j'ai parlé qu'en voyant l'événement se produire. »

110. Ainsi parla Merlin à Uter ; et Uter vint au roi, et lui répéta ces paroles. Le roi crut que Merlin était en colère, ce dont il éprouva beaucoup de chagrin : « Où est-il allé ? » demanda-t-il. « Je ne sais, dit Uter, mais il m'a dit qu'il ne voulait pas être ici quand les nouvelles arriveraient. » Le roi demeura donc ainsi, et Merlin s'en alla dans le Northumberland, auprès de Blaise, pour lui raconter tout cela et fournir matière à son livre. Le roi resta dans l'expectative jusqu'au sixième jour, où vinrent les messagers qui apportaient les nouvelles ; à leur arrivée ils contèrent au roi le prodige auquel ils avaient assisté en la personne de cet homme. Le roi, et tous ceux qui entendirent cette histoire, dirent que jamais n'avait vécu un homme plus sage que Merlin ; et ils se promirent de ne jamais l'entendre prédire quoi que ce soit sans le mettre par écrit. Dans cette intention, ils organisèrent

---

Et quant li rois l'oï si s'en esmerveilla molt et li dist : « Qui vous a ce dit ? » Et il dist : « Merlin. » Et li rois li dist que il demant coment ce avint et quant. Et Uter le fist tout issi conme li rois li conmanda et s'en vint a Merlin et li demande quant ce avint et il *[b]* li dist : « Il avint ier et si venront cil qui le diront au roi de hui en .VI. jours. Et je m'en vois que je ne voel mie estre ci quant il venront. Car il me metroient en molt de paroles que je ne volroie respondre ne je ne parleroie plus oiant la gent si oscurement non que il ne sauront que je dirai devant ce que il le verront. »

110. Ensi le dist Merlins a Uter. Et Uter vint au roi si li conta et li rois quida que il fust coureciés si l'em pesa molt et dist : « Ou est il alés ? » Et Uter dist : « Je ne sai, mais il dist qu'il ne vauvroit pas ci estre quant les nouveles venroient. » Ensi remest li rois et Merlins s'en ala en Norhomberlande a Blayse pour raconter toutes ces choses pour baillier matere a son livre faire. Et demoura li rois ensi jusques au sisisme jour que il vinrent que les nouveles aporteroient de cel home. Et quant il furent venu si*ᵉ* conterent au roi cele merveille qu'il orent veüe de cel home. Et lors dist li rois et tout cil qui ce oïrent que nus plus sages hom ne fu onques en vie que Merlins. Et lors

tout ce qui était nécessaire à ce projet, et c'est comme cela que fut commencé le conte des prophéties de Merlin, avec ce qu'il dit sur le roi d'Angleterre, et tous les autres sujets qu'il aborda fréquemment. Et, pour cette raison, le livre ne dit pas ici qu'ils voulaient mettre par écrit autre chose que les paroles exactes de Merlin. Les choses en restèrent là en ce qui concernait le roi, pendant pas mal de temps.

La bataille de Salesbières.

111. Durant cette période, Merlin domina entièrement Pandragon, et Uter son frère. Quand il sut ce que les gens avaient dit, à propos de ses paroles qu'ils devaient mettre par écrit, il le répéta à Blaise. Et Blaise lui demanda s'ils feraient un livre semblable au sien; mais Merlin lui répondit que non: « Ils mettront seulement par écrit des prédictions qu'ils ne pourront comprendre qu'après l'événement. » Merlin s'en revint à la cour et, à son arrivée, on lui conta les nouvelles comme s'il n'en avait rien su. Il commença alors à prononcer les paroles obscures dont il composa le livre des prophéties que l'on ne peut comprendre qu'après qu'elles se sont réalisées. Ensuite, Merlin vint trouver Pandragon et Uter, et leur dit en confidence qu'il les aimait beaucoup, leur voulait grand bien, et se souciait avant tout de leur honneur. Ils s'émerveillèrent grandement de ces paroles, et le prièrent de dire sans crainte ce qu'il voulait, sans leur dissimuler quoi que ce soit de leurs affaires. Et Merlin de leur répliquer: « Je ne vous cacherai

---

disent il qu'il ne li orront jamais dire chose qu'il[b] ne metent en escrit. Ensi l'ont tout devisé et par ce fu conmenciés li contes des profesies Merlin de ce qu'il dist del roi d'Engleterre et de toutes les autres choses dont il parla plus. Et pour ce ne dist pas ici li livres que il metroient en escrit se ce non que il disoit. Et ensi demoura li rois une grant piece.

111. En icel tans fu Merlins tous sires de Pandragon et de Uter son frere et quant Merlins sot qu'il avoient ensi parlé qu'il devoient metre en escrit ses paroles si le dist a Blayse. Et Blayses li demande s'il feront autretel livre com il fera. Et Merlins li respont que nenil, il ne metront en escrit se ce non qu'il ne porront connoistre jusque ce soit avenu. Et Merlins s'en revint a la court. Et quant il i fu venu si li conterent les nouveles autresi con s'il n'en seüst rien. Et Merlins conmencha a dire lors les oscures paroles dont ses livres fu fais des profesies que on ne puet connoistre jusques eles soient avenues. Et aprés ce vint Merlins a Pandragon et a Uter si lor dist molt pitousement qu'il les amoit molt et voloit lor grant preu et lor grant honour. Et quant il l'oïrent si s'esmerveillierent molt et li disent que il deïst seürement quanqu'il vauroit et que il ne lor celast nule chose de lor afaire. Et Merlins lor respont: « Je ne vous celerai

jamais quelque chose que je doive vous dire, et je vais dans l'immédiat vous annoncer un grand prodige. Vous souvenez-vous des Saxons que vous avez chassés du royaume après la mort d'Angis ? — Oui, répondirent-ils, bien sûr. — Ceux qui partirent d'ici ont annoncé en Saissogne la nouvelle de la mort d'Angis. Or il était issu d'une grande famille : ses parents ont déclaré qu'ils ne seraient pas satisfaits tant qu'ils n'auraient pas vengé sa mort ; et ils ont bien l'intention de conquérir cette terre. » En entendant ces nouvelles, les deux frères furent tout ébahis, et ils demandèrent à Merlin : « Ont-ils donc une si grande force qu'ils peuvent s'opposer à nous ? — Pour un homme que vous pourrez aligner au combat, répondit-il, ils en auront deux ; et si vous ne vous y prenez pas très habilement, ils vous détruiront et conquerront votre royaume. — Nous agirons, dirent-ils, comme vous nous l'indiquerez ; nous sommes à vos ordres, et nous n'enfreindrons jamais aucun de vos commandements. — Sachez, leur dit-il, que cette armée arrivera sur vous le onze juin, sans que personne dans votre royaume le sache, à moins que nous n'en informions les gens — et je vous défends à tous les deux d'en parler. En revanche, faites ce que je vous dirai : mandez tous vos vassaux, et tous vos chevaliers, riches ou pauvres, et faites-leur fête autant que vous le pourrez, car c'est de bonne politique de s'assurer le cœur de ses hommes. Gardez-les près de vous, convoquez-les tous, et priez-les d'être avec vous,

---

ja chose que je dire vous doie et je vous dirai une grant merveille. Menbre vous des [d] Saisnes que vous getastes fors de la terre après la mort Augis ? » Et il dient : « Oïl, bien. » Et il dist : « Icil qui s'en alerent disent les noveles en Saisoigne de la mort Augis. Et il fu de molt grant lignage, et il dient qu'il n'auront jamais joie tant que il aient vengié la mort Augis et quident molt bien conquerre ceste terre. » Quant li frere l'oïrent si s'en esmerveillierent molt et li demandent : « Ont il donques si grans gens que il peüssent sousfrir les nos ? » Et il respont que « pour un home que vous avés desfensable en auront il .ii. et se vous ne le faites molt sagement il vous destruiront et conquerront vostre regne sor vous ». Et il li dient : « Nous en ferons tout a vostre conmandement et a vostre conseil ne ja chose ne trespasserons que vous conmanderés. » Et il lor dist : « Saciés que ceste gent venront sor vous l'onsisme jour de juing, ne ja nus en vostre regne nel saura se nous savoir ne lor faisons. Et je vous desfent que nus de vos .ii. n'en paraut mais faites ce que je vous dirai : mandés tous vos homes et tous vos chevaliers, et riches et povres, et lor faites greignour joie que vous porrés que molt a grant sens a garder cors d'ome, et si les tenés pres de vous et les faites semonre tous et lor proiiés que a tout lor pooir soient tout o vous la daerrainne semaine de juing a l'entree des plains de Sales-

avec toutes leurs forces, la dernière semaine de mai[1] à l'orée de la plaine de Salesbières. Rassemblez là-bas toutes vos forces sur la rive de la Tamise, de façon à pouvoir vous défendre. — Comment, dit le roi, les laisserons-nous donc aborder ? — Oui, si vous voulez m'en croire, répliqua Merlin. Et tenez-vous à quelque distance de la rive pour qu'ils ne puissent pas savoir que vous avez assemblé votre armée. Quand ils se seront enfoncés dans l'intérieur du pays, vous dépêcherez une partie de vos troupes en direction des vaisseaux, comme si vous vouliez les empêcher de repartir : en voyant cela, ils seront très troublés. Que l'un de vous deux aille avec ces troupes, et poursuive tant les ennemis qu'ils soient forcés d'établir leur camp à distance de la rivière : lorsqu'ils y seront, ils souffriront beaucoup du manque d'eau, et même les plus hardis seront inquiets. Vous les maintiendrez dans cet état deux jours, et le troisième vous engagerez la bataille. Si vous agissez ainsi, je vous garantis que votre parti remportera la victoire. — Pour l'amour de Dieu, Merlin, lui demandèrent alors les deux frères, dis-nous si nous mourrons dans cette bataille. » Et Merlin de répondre : « Il n'y a rien qui ait commencé qui ne doive finir, mais aucun homme ne doit être troublé par l'idée de sa mort, s'il l'accueille comme il le doit : car tout homme vivant doit savoir qu'il mourra. Vous-même devez savoir que vous mourrez, car aucune richesse ne peut vous en garder. — Tu m'as dit une fois, remarqua alors Pandragon, que tu connaissais ma mort aussi bien que celle

---

bieres*. Et la assamblés tout vostre pooir sor la riviere si que vous vous puissiés desfendre. — Conment, dist li rois, les lairons nous donc arriver ? » Et Merlins dist : « Oïl, se vous m'en creés, et enlongiés vous loing de la riviere si que il ne sauront ja que vous aiiés vos gens assamblés. Et quant il seront eslongié vous lor envoierés de vostre gent par devers les vaissaus pour faire samblant que vous ne volés pas que il s'en repairent. Et quant il verront ce si s'en esmaieront molt. Et li uns de vous .II. voist avoec vos gens, et si alés si pres que vous les saciés logier malgré aus en sus de la riviere. Et quant il i seront logié il auront grant disete d'aigue si s'esmaiiront li plus hardi d'aus. Et ensi les ferés tenir .II. jours, et au tiers jour vous combatrés a aus et se vous le faites ensi je vous di tout vraiement que les gens de vostre regne auront la victoire. » Et lors si dirent li .II. frere : « Pour Dieu, Merlin, nous di se nous i morrons en ceste bataille. » Et Merlins lors dist : « Il n'est nule chose qui ait conmencement qui n'ait fin ne il n'est nus hom qui ne se doie [d] eslongier de la mort, s'il la rechoit si com il doit, que chacuns qui vit doit savoir que il morra et vous devés savoir que vous morrés que nule richoise ne vous en puet garder. » Et Pandragon li dist : « Tu me desis avant ier une fois que tu savoies ma mort come a celui qui t'asaioit.

de celui qui te mettait à l'épreuve. Et celui-là, je sais bien que tu dis la vérité à son sujet ! Pour cette raison, je te prie, si cela te plaît, de me prédire ma mort. — Je désire, répliqua Merlin, qu'à vous deux vous fassiez apporter ici les plus saintes reliques, et les plus nobles, que vous avez en votre possession, et que vous me juriez l'un et l'autre, sur ces reliques, que vous ferez ce que je vous dirai, pour votre bien et pour votre honneur. Une fois que vous aurez fait cela, je serai plus à l'aise pour vous dire ce dont je sais que cela vous sera utile[2]. » Ils se conformèrent entièrement aux instructions de Merlin ; puis, quand ils eurent juré, ils lui dirent :

112. « Nous avons obéi à ton commandement : maintenant, dis-nous, s'il te plaît, pourquoi tu l'as exigé de nous. — Tu m'as interrogé sur ta mort, répondit Merlin au roi, et sur l'issue de cette bataille ; je t'en dirai tant que tu ne devras pas m'en demander davantage[1]. Savez-vous ce que vous avez juré ? » Ils répondirent que non. « Je vais donc vous le dire, moi qui ai exigé ce serment : vous avez juré que pendant cette bataille vous serez braves et loyaux envers vous-mêmes et envers Dieu — sachez en effet que personne ne peut être honorable et loyal envers soi-même s'il ne l'est d'abord envers Dieu. Et je vous enseignerai comment vous serez braves et loyaux, et du côté du droit : confessez-vous — car vous devez l'être plus qu'en aucune autre circonstance, étant donné que vous savez que vous devez com-

---

La celui di je bien et sai que tu le desis voirement, pour ce te di je et te proi s'il te plaist, que tu me dies ma mort. » Et Merlins respont : « Je voeil que entre vous .ii. faciés emporter les plus haus santuaires et les meillours reliques que vous avés et que vous juerrés sor sains li uns et li autres que vous ice que je vous dirai et pour vo preu et pour vos honours ferés. Et quant vous aurés ce fait je vous dirai plus seürement ce que je sai que mestier vous sera. » Et tout ensi come Merlins leur devise il le fisent. Et quant il orent juré si li disent :

112. « Nous avons fait ton commandement. Or nous di, s'il te plaist, pour coi tu l'as fait faire. » Et Merlins respont au roi : « Tu me demandas de ta mort que ce sera de ceste bataille et je t'en dirai tant que tu ne m'en devras plus[a] enquerre. Savés vous que vous avés juré ? » Et il respondent que neni. « Et je le vous dirai que le vous ai fait faire. Vous avés juré que entre vous en ceste bataille loial et prodome vers vous meïsmes et vers Dieu. Et saciés que nus ne puet estre preudom ne loial envers lui meïsmes se il ne l'est envers Dieu. Et je vous enseignerai conment vous serés loial et prou et bien justicier : soiés confés, car vous le devés estre plus ci qu'en autre termine pour ce que vous savés que vous vous avés a combatre vers vos anemis. Et, se vous estes tels com je vous di, seür soiés que vous le vaincerés que il ne croient mie en la trinité ne en la pitié que Jhesu

battre vos ennemis. Si vous êtes bien tels que je vous dis, soyez sûrs que vous serez victorieux, car eux ne croient pas en la Sainte Trinité, ni en la Passion que Jésus-Christ souffrit sur cette terre. En outre, vous défendrez votre héritage légitime, qui vous revient selon le droit et selon la foi[2] ; celui qui mourra ainsi, dans son droit, sera réconcilié avec Jésus-Christ selon le commandement de la sainte Église, et ne doit guère redouter la mort[3]. Je veux par ailleurs que vous sachiez que, depuis que cette île est devenue chrétienne, il n'y eut jamais de si grande bataille que celle-ci — et il n'y en aura pas de notre temps. D'autre part, vous vous êtes juré mutuellement de combattre au mieux, pour votre honneur réciproque. Je veux que vous sachiez que je ne vous en dirai pas davantage clairement ; toutefois sachez encore que l'un de vous deux doit quitter ce monde. Et le survivant édifiera sur l'emplacement de cette bataille le plus beau et le plus riche cimetière qu'il pourra, avec mon aide. Je vous le garantis d'ailleurs : je vous aiderai tant et si bien que, aussi longtemps que chrétienté durera, ce que j'aurai fait demeurera. Je vous ai dit que l'un d'entre vous devait mourir : souciez-vous donc de vous conduire de manière honorable, et de bien faire, corps et âme, ce que je vous ai dit, afin que chacun de vous soit préparé du mieux qu'il peut, comme on doit l'être quand on se présente devant son seigneur. L'un de vous reviendra de la bataille ; mais je ne veux pas dire lequel y mourra, pour la raison que voici : je veux que vous vous conduisiez tous deux honorablement, car cela vous est très nécessaire. Prenez soin désormais de faire bon visage, et

---

Crist sousfri en terre. Et vous desfendrés vostre droit iretage qui est vostres par droit et par religion et cil qui ensi morra a son droit tenant sera acordés a la loy Jhesu Crist par le comandement de Sainte Eglise et ne doit gaires douter la mort. Et je voel bien que vous saciés que, puis que Sainte Crestientés fu establie en ceste ille, n'ot il mais si grant bataille ne n'aura en nostre tans com ceste sera et l'uns de vous .II. a juré a l'autre que il sera son preu et s'onour. Et je voel que vous saciés que jel ne vous dirai plus descouvertement, mais saciés que l'un de [e] vous .II. couvient a trespasser le siecle. Et cil qui reverra fera la ou ceste bataille sera un cimetiere, le plus bel et le plus riche que il porra par mon los, et je vous creant que je vous i aiderai tant que tant come Crestientés duerra i parra ce que je i ferai. Je vous ai dit que l'un de vous .II. i couvient morir. Or pensés d'estre prodome et de bien faire de cuer et de cors ce que je vous ai dit, que chascuns soit apareilliés au plus honerablement que il puet quant il vait devant son signour. Et li uns de vous .II. revenra et pour ce ne vous voel je pas dire li quels morra, car je voel que vous soiés ambes .II. prodome que grans mestier vous est. Or pensés ambedoi de faire bele ciere et lie et

de vous comporter sagement l'un envers l'autre pour l'amour de Jésus-Christ. »

113. Merlin acheva ainsi son discours ; les deux frères avaient bien compris qu'il les avait conseillés de bonne foi : ils se conduisirent avec audace, et mandèrent leurs vassaux et leurs barons à travers tout le royaume. Une fois qu'ils furent tous rassemblés, ils leur donnèrent de leurs richesses, firent fête à leurs barons, et prièrent tous leurs vassaux de se procurer armes et chevaux, faisant savoir par le royaume que tous devaient se rassembler la dernière semaine de mai à l'entrée de la plaine de Salesbières, sur la rive de la Tamise, pour défendre la terre. Il n'y eut personne qui entendît cette nouvelle sans répondre qu'il y serait volontiers. Le temps passa ainsi, jusqu'au jour de la convocation. Les deux frères, en ce qui les concernait personnellement, avaient accompli tout ce que Merlin leur avait recommandé ; ils vinrent pour la Pentecôte[1] tenir leur cour sur les bords de cette rivière. C'est là que se rassemblaient les gens ; on y distribua bien des cadeaux, et on fit à tous très bon visage. La cour resta là jusqu'à ce qu'on entende dire que les vaisseaux étaient arrivés. Quand Uter[2] apprit cet événement, précisément le onze juin, il se rendit bien compte que Merlin lui avait dit vrai. Il commanda à ses prélats et à ses dignitaires ecclésiastiques de prendre soin qu'il n'y ait personne dans toute l'armée qui ne reçoive l'absolution après s'être confessé, et qui ne pardonne

---

de vous sagement demener li uns vers l'autre pour l'amour de Jhesu Crist. »

113. Ensi a Merlins finé son conseil. Et cil ont bien entendu que Merlins les a conseilliés em bone foi, si le firent molt hardiement et manderent lor homes et lor barons par toutes lor terres. Et quant il furent venu et assamblé si lor donnerent de lor grans avoirs et firent a lor barons molt grant joie et proiierent a tous ciaus qui desous aus estoient qu'il eüssent armes et chevals et feïssent a savoir par toute la terre que a la daerrainne semaine de juing fuissent tous a l'entree des plains de Salesbieres sor la riviere de Thamise[a] pour le regne desfendre. Ne onques n'oï parler de la nouvele qu'il ne desist qu'il i seroit molt volentiers. Et ensi passa li termines si vint li jour de la semonce. Et li .II. frere d'endroit lor cors l'orent molt bien fait, tout ensi com Merlins lor avoit conmandé, et ensi vinrent a Pentecouste tenir lor court sor cele riviere. Et illuec assambla li pueples. Se i avoit mains grans avoirs donnés et maintes beles cieres faites. Et furent illuec tant que il oïrent dire que li vaissel furent arrivé. Et quant Uter sot que il furent arrivé, sot droit a l'onsime jour de juing, si sot bien que Merlins li ot voir dit, si fist coumander a ses prelas et as conmandours de Sainte Eglise qu'il n'eüst home en l'ost qu'il ne fust confés et qu'il pardonnast toutes ires et toutes males volentés les uns as autres, et s'il i

à autrui toute rancœur et toute irritation. S'ils étaient en litige
pour quelque bien, lui le rendrait en leur nom. Ces
instructions furent proclamées dans toute l'armée. Quant aux
ennemis, ils avaient abordé et débarqué, et ils passèrent huit
jours entiers à terre : au neuvième jour, ils se mirent en route.

114. Le roi Pandragon savait très bien ce qui se passait,
car il avait des espions dans l'armée ennemie ; il sut donc
qu'ils s'étaient mis en route, et vint le dire à Merlin, qui lui
répondit : « Vous y enverrez demain Uter votre frère avec
des troupes importantes ; et quand il verra que les ennemis
se sont bien éloignés du rivage et de la rivière, et qu'ils sont
au milieu de la plaine, il devra les poursuivre avec ses gens
afin qu'ils soient contraints de dresser leur camp. Une fois
qu'ils s'y seront résolus, il devra faire retraite. Mais au matin,
quand ils voudront lever le camp, qu'il les attaque et les
presse de si près qu'ils ne puissent ni se déplacer ni chevaucher. Il n'y en aura aucun assez hardi, à ce moment-là, pour
ne pas souhaiter retourner d'où il est venu. Uter devra
manœuvrer ainsi deux jours de suite ; le troisième, avec toute
votre armée, dès que le jour sera bien levé, vous verrez passer dans les airs un dragon vermeil, qui volera entre ciel et
terre : quand tu auras vu ce signe, tu pourras engager le
combat en toute sécurité, car tes gens auront la victoire. »

115. Seuls Pandragon et Uter étaient présents à ce conseil ;
quand ils entendirent ce discours, ils furent très impressionnés, et très heureux. Merlin continua : « Rappelez-vous bien
ce que je vous ai dit, n'en doutez pas ; soyez vaillants et

---

avoit chatel par coi il fuissent en discorde il le rendroit por aus. Et
ensi fu conmandé par l'ost et cil furent issu des nés et orent pris terre
et sejournerent .VIII. jours tous entiers et au noevisme chevauchierent.

114. [*f*] Li rois Pandragon savoit molt bien les nouveles, car il avoit
ses espies en l'ost et sot qu'il chevauchoient, si vint et le dist a Merlin. Et[a] Merlins li respont : « Vous i envoierés demain Uter vostre
frere a grant plenté de gent et quant il verra qu'il seront bien eslongiés des rivieres et de la mer et il seront el milieu del plain si tiengne
ses gens par force si pres qu'il les face herbergier et quant il seront
herbergié si se traient ariere. Et au matin quant il en vauront aler si
lor coure sus et les tiengne si pres que il ne puissent errer ne chevauchier. Lors n'i aura si hardi qu'il ne vausist estre la dont il estoit
venus. Et ensi le face .II. jours. Et au tiers jour a toute vostre ost, si
tost com li jours sera biaus vous verrés aler un dragon en l'air vermeil et courra entre le ciel et la terre. Et quant tu auras veüe si[b] tu
pues combatre seürement et tes gens averont la victoire. »

115. A cel conseil n'ot que Pandragon et Uter. Et quant il oïrent
ce si en orent molt grant merveille et en furent molt lié. Et lors
dist Merlins : « Et[a] seür soiés de ce que je vous ai dit et soiés

comportez-vous comme de bons chevaliers ! » Tous trois se
séparèrent ainsi. Uter alla se préparer, lui et ses troupes, pour
se placer entre la rivière et l'armée ennemie. Mais Merlin le
prit à part et lui dit : « Préoccupe-toi d'être vaillant, car tu ne
risques pas la mort en cette bataille[1]. » À ces mots, Uter se
sentit très heureux. Merlin s'en alla dans le Northumberland,
auprès de Blaise, pour mettre au point[2] toute cette histoire.
Quant aux deux frères, ils se conformèrent aux instructions de
Merlin : Uter vint se placer entre les ennemis et leurs vaisseaux ; il les trouva dans la plaine, loin de la rivière, et les attaqua si rudement qu'il les contraignit à dresser leur camp sur
place, sans eau. Il les maintint dans cette situation pendant
deux jours, sans leur permettre de chevaucher, le troisième
jour arrivèrent le roi Pandragon et ses troupes. À la vue des
ennemis rangés sur le champ, leurs bataillons prêts à combattre Uter, le roi commanda de mettre ses propres troupes en
ordre de bataille : ce fut vite fait, car chacun savait bien contre
qui il devait combattre. Les deux armées s'approchèrent l'une
de l'autre : et quand les Saxons les virent, ils furent très
inquiets et très troublés, car ils se rendaient bien compte qu'ils
ne pouvaient pas retourner à leurs vaisseaux sans livrer
bataille. Alors apparut le signe dans le ciel : un dragon vermeil,
qui crachait feu et flammes par le nez et par la gueule — c'est
du moins ce qu'il sembla à tous ceux de l'armée. Le trouble
des Saxons s'en accrut, ils furent fort effrayés. Mais Pandragon

---

prodome et bon chevalier. » Et ensi se departirent entr'aus .iii. Et
Uter atourna son oirre et ses gens pour aler entre la riviere et l'ost.
Et Merlins traïst Uter a une part et li dist : « Pense d'estre prodom,
car tu n'as garde de mort en ceste bataille. » Et quant Uter l'oï si li
esjoi tous li cuers. Et Merlins s'en ala en Norhomberlande a Blayse
pour atorner toute ceste estoire. Et ensi come Merlins lor devise le
firent li .ii. frere. Car Uter vint entre les vaissiaus et ciaus et les
trouva enmi le plain loing de la riviere si lor courut sus si espessement, il et ses gens, qu'il les fist herbergier maugré aus enmi les
plains sans aigue. Et ensi les tint Uter .ii. jours que onques chevauchier ne porent. Et au tiers jour fu li rois Pandragons venus et ses
gens et quant il virent ciaus qui estoient enmi le champ lor batailles
ordenees por combatre a Uter et quant li rois les vit si conmanda ses
batailles a ordener et ce fu tost fait. Car chascuns savoit bien as quels
gens il se devoit combatre et ensi aprocierent les uns vers les autres.
Et quant li Saisne virent les .ii. os si s'esmaiierent. Car il virent bien
qu'il ne pooient retorner a lor nés sans bataille. Lors aparut li
moustres en l'air, uns dragons vermaus, et jetoit fu et flambe et parmi
le nés et parmi la bouche, ce es [71 a] toit avis a tous ciaus de l'ost. Si
s'en esmaierent molt li Saisne et en orent molt grant paor. Et Pandragon et Uter disent a lor gent : « Courons lor sus ! » Et il si fisent.

et Uter dirent à leurs troupes : « À l'attaque ! » — et ils s'exécutèrent — « Ils sont vaincus, car nous avons vu tous les signes que Merlin nous avait annoncés ! »

116. Ils se lancèrent alors à l'assaut les uns contre les autres, aussi vite que les chevaux pouvaient les porter. Quand Uter vit que les gens du roi avaient engagé le combat, il fondit sur les ennemis avec ses propres troupes[1]. Ainsi commença la bataille de Salesbières[2]. Je ne saurais vous conter qui s'y comporta bien, et qui s'y comporta mal ; mais je peux au moins vous dire que le roi Pandragon y trouva la mort, ainsi que beaucoup d'autres barons. Et l'histoire[3] raconte qu'Uter remporta la victoire, mais qu'il subit de fortes pertes, aussi bien parmi les riches que parmi les pauvres. Quant aux Saxons, nous ne trouvons pas trace d'un seul qui ait participé à la bataille et en ait réchappé, soit qu'il mourût au combat, soit qu'il se noyât. Ainsi prit fin la bataille de Salesbières. Après la mort de Pandragon, Uter demeura maître du royaume. Il fit rassembler tous les corps des chrétiens en un seul lieu ; chacun y amena le corps de son ami — ils furent ainsi disposés côte à côte, en grand nombre. Uter lui-même y fit porter le corps de son frère, avec les autres, et il fit inscrire sur la tombe de chacun qui il était. Uter fit placer son frère au-dessus des autres, et déclara qu'il ne ferait pas écrire son nom sur le tombeau, car ils seraient bien fous, ceux qui verraient sa tombe et ne reconnaîtraient pas qu'il s'agissait du seigneur de ceux qui gisaient

---

« Car il sont desconfit, car nous avons veü tous les signes que Merlins nous a dit. »

116. Lors lor coururent sus de si grant aleüres come li cheval lor porent corre. Et quant Uter les vit que les gens Uter estoient assamblé, si lor courut sus et les soies gens. Et ensi enmencha la bataille de Salesbieres. Je ne vous puis pas aconter qui le fist bien ne qui non, mais tant vous puis je dire que li rois Pandragons i fu mors et molt i ot de mors d'autres barons. Et l'estoire conte que Uter vainqui la bataille et que molt i ot de ses gens mors et des riches et des povres. Mais des Saisnes ne trouvons nous mie que nus eschapast qui la fust qu'il ne covenist en noiier en mer ou illuec morir. Et ensi fu finee la bataille de Salesbieres. Aprés ce que Pandragon fu mors remest Uter sires del regne. Et il ala, si fist tous les cors des Crestiens assambler en une piece de terre et chascuns i traït le cors de son ami, les uns pres des autres par tropiaus. Et Uter fist il porter le cors de son frere en la compaignie des autres et fist escrire sor la tombe de chascun qui il estoit. Et Uter fist lever son frere de tous les autres plus haut et dist qu'il ne feroit ja sor lui son non escrire que molt seroient fol cil qui sa tombe veroient s'il ne le connoissoient bien pour signour a ciaus qui la gisoient.

là[4]. Une fois cela achevé, Uter s'en vint à Londres, entouré de ses nombreuses troupes, ainsi que des prélats de la sainte Église dont il était le chef, et il se fit couronner et sacrer ; il y porta couronne[5], et demeura dès lors roi de la terre après son frère. Quinze jours après son sacre et la fête au cours de laquelle il avait porté couronne, Merlin vint le trouver ; le roi l'accueillit avec de grandes manifestations de joie, et Merlin lui dit : « Je veux que tu racontes au peuple les signes dont je t'informai par avance qu'ils se produiraient dans ce royaume, et la promesse que ton frère et toi m'aviez faite, et le serment qui vous unissait l'un à l'autre. » Uter raconta donc à ses gens comment son frère et lui avaient suivi en tout les instructions de Merlin — sauf en ce qui concernait le dragon, car il n'en savait pas plus long que les autres à ce sujet.

117. Merlin intervint alors et expliqua la signification de ce prodige : il dit que le dragon était venu signifier la mort de Pandragon et le salut d'Uter. Il recommanda en outre que le nouveau roi soit désormais toujours appelé Uterpandragon, parce que cette mésaventure était arrivée au roi précédent, et en commémoration de la bataille et de l'apparition du dragon. Uter se fit en effet appeler ainsi à partir de ce jour ; de ce fait, tous surent que les recommandations et les conseils de Merlin aux deux frères avaient été très bons. Merlin demeura ainsi pendant longtemps à la tête du conseil du roi dont il était le maître, jusqu'à ce qu'un jour, beaucoup plus tard, il appelle Uterpandragon et lui dise : « Comment ? Ne feras-tu rien de plus pour Pandragon ton frère qui gît sur la

---

Et quant il ot ce fait si vint a Londres et ses grans gens et tout li prelat de Sainte Eglise qui sous lui estoient et se fist couroner et sacrer et porta courone et remest rois de la terre après son frere. Et quant il fu sacrés et il ot courone portee, si vint Merlins a lui le quinsisme jour après. Et li rois fist molt grant joie de lui. Et Merlins li dist : « Je voel que tu dies a ton pueples ces signes que je te dis qui avenroient en ceste terre et le couvenant que tu mis entre toi et ton frere et le serement que li uns jura a l'autre. » Et Uter raconte tout a sa gent comment il et ses freres avoient ouvré de toutes ches choses que Merlins l'ot dites fors del dragon dont il ne savoit riens nient plus que li autre.

117. Lors dist Merlins et conta la senefiance del dragon. Et dist que li dragons estoit venus senefier la mort Pandragon et le sauvement Uter et que il fu mesavenu au roi pour la mort de lui et pour la senefiance de la batail[_b_]le et pour la moustre del dragon fu puis tous jours apelés li rois Uterpandragon. Et ensi se fist apeler dés lors en avant et ensi sorent que li commandemens avoit esté bons que Merlins avoit enseignié et conseillié as .II. freres. Ensi remest Merlins une grant piece et fu tos sires del roi Uterpandragon et de son conseil. Tant que une grant piece après apela Merlins Uterpandragon

plaine de Salesbières ? — Que veux-tu que j'en fasse ?
répondit-il. Je ferai tout ce que tu me suggéreras. — Tu as
juré de faire ma volonté, répliqua Merlin, et je te promets
que nous édifierons quelque chose qui restera tant que le
monde durera. Acquitte-toi de ton serment, et je tiendrai
bien ma parole. » Et Uterpandragon de répondre :

Le cimetière des pierres d'Irlande.

118. « Dis-moi, Merlin[1], ce que je pourrai faire, et je le
ferai de très bon cœur. — Entreprends donc, répondit-il, un
ouvrage dont on n'ait jamais eu connaissance et dont il soit
désormais toujours parlé. — Je le ferai très volontiers »,
répliqua Uterpandragon. « Envoie donc chercher les grandes
pierres qui se trouvent en Irlande ; dépêche deux vaisseaux
dans ce but, et fais-leur rapporter les pierres : ils n'en appor-
teront aucune que je ne sache bien dresser. D'ailleurs, j'irai
avec eux pour leur montrer celles que je veux qu'ils m'apportent. » Le roi affirma qu'il enverrait très volontiers des
vaisseaux, et de fait il en envoya un grand nombre. Quand
ils furent sur place, Merlin leur montra d'énormes pierres,
longues et larges, en leur disant : « Voici les pierres que vous
êtes venus chercher. » À cette vue, les marins jugèrent que
c'était une entreprise complètement folle ; ils crièrent que
tous les hommes rassemblés auraient du mal à en déplacer
une seule : « Et des pierres de ce genre, nous ne les mettrons
jamais dans nos vaisseaux, pour nous risquer sur la mer ! —
Si vous ne voulez pas le faire, dit Merlin, vous êtes bel et

---

et li dist : « Comment ne feras tu plus de Pandragon ton frere qui gist
es plains de Salesbieres ? » Et il respont : « Que veus tu que j'en face ?
Je en ferai quanques tu m'en loeras. » Et Merlins respont : « Tu i juer-
ras ma volenté et je te creant que nous ferons tel cose qui parra tant
come li siecles duerra. Aquite ton sairement que je aquiterai bien ma
parole. » Et Uterpandragon respont :

118. « Di moi, Merlin, que je porrai faire et je le ferai molt volentiers. » Et il dist : « Ore aprent tel chose a faire qui ne soit mie seüe
et si en sera a tous jours mais parlé. Et Uterpandragon respont : « Jel
ferai molt volentiers. Ore envoies donques pour grosses pierres qui
sont en Irlande, si envoie la .II. vaissiaus, si les fai venir, ne il ne sauront ja tant aporter que je ne drece, et si lor irai mostrer celes que je
voel qu'il m'aportent. » Et li rois dist qu'il i envoieroit molt volentiers. Lors i envoia vaissiaus a molt grant plenté et, quant il vinrent
la, si lor mostra Merlins unes grans pierres longues et grosses et lor
dist : « Veés ci les pierres que vous estes venus querre. » Et quant il
les virent si le tinrent a molt grant folie et disent que tous li mons en
tourneroit a painnes une « ne tels pierres ne metrons nous ja en nos
vaissiaus sor mer ». Et Merlins dist : « Se vous ne volés ce faire, dont

bien venus pour rien. » Et eux s'en retournèrent, se présentèrent devant le roi, et lui racontèrent le prodige que Merlin
leur avait ordonné, alors qu'ils savaient bien qu'aucun
homme normal ne pouvait faire une chose pareille. « Attendez tranquillement son retour », dit le roi.

119. Quand Merlin fut arrivé, le roi lui répéta ce que ses
gens lui avaient dit. Et Merlin de répondre : « Puisqu'ils
m'ont tous fait défaut, je tiendrai seul ma promesse. » Alors,
il fit par son art magique venir les pierres d'Irlande qui sont
encore dans le cimetière à Salesbières[1] ; après leur arrivée, le
roi alla les voir, et il amena beaucoup de gens pour admirer
cette merveille. En voyant les pierres, tous dirent que le
monde entier ne devait pas pouvoir en déplacer une, et se
demandèrent avec étonnement comment Merlin les avait fait
venir, car personne n'en avait rien vu ni rien su. Merlin leur
conseilla alors de les dresser, car elles seraient plus belles
dressées que couchées ; mais le roi répondit : « Personne,
sauf Dieu, ne pourrait faire cela, à moins que toi, tu ne le
fasses ! — Allez-vous-en donc, répliqua Merlin : je les ferai
dresser[2], et ainsi j'aurai bien tenu ma promesse à Pandragon,
car j'aurai entrepris pour lui un ouvrage qui ne pourra jamais
être mené à son terme[3]. »

120. C'est ainsi que Merlin fit dresser les pierres qui sont
encore au cimetière de Salesbières — et elles y seront tant
que le monde durera. Cette entreprise fut donc menée à bien,

---

estes vous por noient venus ci. » Et cil s'en retournent et revinrent
au roi si li dient la merveille que Merlins lor avoit comandé a faire ce
que il sevent bien que nus hom terriens ne porroit faire. Et li rois
respont : « Or souffrés tant qu'il viengne. »
  119. Quant Merlins fu venus si li dist li rois ce que ses gens li
avoient conté et dit. Et Merlins respont : « Dés que il me sont tout
failli je aquiterai mon couvenant. » Lors fist par force d'art aporter les
pierres d'Yrlande qui encore sont el cimentiere a Salesbieres. Et
quant eles furent venues si les ala li rois veoir et amena molt de son
pueple por veoir la merveille des pierres. Et quant il les virent si
disent que tous li mon [d] des n'en deüst pas une mouvoir et molt
s'en esmervellierent conment il les avoit faites venir que nus n'en
avoit veü ne seü. Et Merlin lor dist que il les feïssent drecier, car eles
seroient plus beles droites que gisant. Et li rois respont : « Ce ne porroit nul home faire fors Dix se tu ne le faisoies. » Et Merlins li dist :
« Ore vous en alés que je les ferai drecier. Si aurai mon couvent
aquité a Pandragon que je aurai pour lui conmencié tel chose que ne
porra estre achevee. »
  120. Ensi fist Merlins les pierres drechier qui encore sont el cimentiere de Salesbieres et seront tant come li mondes duerra. Et ensi
remest cele oevre. Et Merlins vint au roi Uterpandragon si le servi

et Merlin revint auprès du roi Uterpandragon; il le servit longtemps, et il l'aimait beaucoup, car il savait de longue date que le roi l'aimait aussi et croirait tout ce qu'il lui dirait. Un jour, il vint trouver le roi et lui dit en privé : « Il convient désormais que je m'ouvre à vous de mes plus grands projets, car je vois que tout le pays est à vous, que vous y régnez sans partage, si bien qu'aucun roi ne pourrait être en meilleure position. Parce que je vous aime beaucoup, je veux vous dire quelque chose : ne vous souvenez-vous pas qu'Angis vous aurait tué si je n'étais pas intervenu ? À cause de cela, il me semble que vous devriez bien me faire confiance et m'aimer. — Il n'est rien, répondit Uterpandragon, que tu veuilles me dire que je ne croie, et que je ne fasse de mon mieux. — Seigneur, dit alors Merlin, si vous le faites, vous en retirerez un grand profit, car je vous enseignerai à accomplir quelque chose qui ne vous coûtera guère, et qui plus que tout ce que vous pourriez faire d'autre vous gagnera très facilement la bienveillance divine. — Dis-moi sans crainte de quoi il s'agit, répondit le roi, car si c'est quelque chose qu'un homme puisse mener à bien, je le ferai faire sans hésitation.

La fondation de la Table ronde.

121. — Ce que je vais vous dire, reprit Merlin, vous paraîtra très étrange, et je vous prie de le garder secret, et de ne le dire ni au peuple, ni à vos chevaliers. Car je veux que le profit, le mérite et l'honneur de la chose vous reviennent entièrement. » Le roi dit qu'il n'en parlerait jamais,

---

molt et ama et lonc tans i avoit qu'il savoit bien qu'il i avoit mise s'amour et que il le querroit de ce qu'il diroit. Un* jour avint qu'il vint au roi si li dist a conseil : « Il covenroit que je me descouvrisse a vous des plus haus consaus que je sace que je voi que tous cist païs est vostres et que vous estes si sires que nus ne puet estre mix de son regne. Et pour ce que je vous aim, vous voel je dire une chose. Ne vous souvient il que Augis vous eüst mort se je ne fuisse ? Et pour ce m'est il bien avis que vous me devés bien croire et amer. » Et Uterpandragon respont : « Il n'est nule chose que tu voelles dire que je ne croie et que je ne face a mon pooir. — Sire, fait Merlins, et se vous le faites li preus en sera vostres que je vous enseignerai tel chose qui gaires ne vous grevera que vous me porriés ne ne sauriés faire nule chose par coi vous eüssiés si legierement l'amour de Dieu. » Et li rois respont : « Si seürement com tu diras la chose, s'ele puet estre faite par home, que je ne fache faire. »

121. Lors dist Merlins : « Ce vous sera ja molt estrange chose ce que je vous dirai, et je vous proi que vous le celés et que vous ne le dites pas au pueple ne a vos chevaliers. Car je voil que li preus et l'onours et li grés soit tous vostres. » Et li rois dist qu'il n'en parlera

si ce n'est avec son aval. « Seigneur, dit alors Merlin, vous devez bien croire et admettre que je connais le passé, discours et événements ; je reconnais devant vous que ce talent me vient de ma nature diabolique. Mais Notre-Seigneur, qui est tout-puissant, m'a donné la capacité de connaître l'avenir : et par cette vertu souveraine les diables m'ont perdu, si bien qu'à Dieu ne plaise que je fasse jamais leur volonté !

122. « Seigneur, vous savez désormais d'où me vient le pouvoir que j'ai de connaître les choses. Je vais maintenant vous dire ce que Notre-Seigneur veut que vous sachiez. Et quand vous le saurez, prenez soin d'agir conformément à sa volonté. Seigneur, ce doit être votre *Credo* que Notre-Seigneur vint sur cette terre pour sauver le monde, qu'il prit part à la Cène et dit à ses apôtres : "L'un de vous me trahira." Seigneur, en vérité, il en fut comme il l'avait dit ; et celui qui commit ce forfait fut retranché de sa compagnie — comme il l'avait dit également. Seigneur, il arriva ensuite que Notre-Seigneur souffrit pour nous mort et passion, et qu'un chevalier demanda son corps pour le descendre de la croix. Seigneur, il lui fut donné en guise de salaire pour son service. Seigneur, Notre-Seigneur aima beaucoup ce soldat, puisqu'il voulut lui être donné, et y consentit. Seigneur, ses apôtres en eurent par la suite bien des peines et bien des angoisses. Seigneur, il arriva, longtemps après la Résurrection de Notre-Seigneur, que ce soldat se trouva, avec une grande partie de

---

ja se par lui non. Lors dist au roi : « Sire, vous devés bien croire et savoir que je sai les choses faites et alees et dites et je voeil bien, sire, que vous saciés que cil sens me vient par nature d'anemi. Sire, et Nostres Sires qui est poissans sor toutes choses il m'a donné sens et savoir de connoistre des choses qui sont a avenir. Et par cele souvraine vertu m'ont perdu li diable que je, se Dix plaist, [d] ne serai ja a lor volenté.

122. « Sire, ore savés dont li pooirs me vient des choses que je sais. Si vous dirai ce*a* que je sai que Nostres Sires velt que vous saciés. Et quant vous le saurés si gardés que vous louerés selonc sa volenté. Sire, vous devés croire que Nostres Sires vint en terre pour sauver le monde et que il sist a la chaine et dist a ses apostles : "Un en i a de vous qui me traïra." Sire, voirs fu ensi com il le dist. Et cil qui ce fourfist fu partis de sa compaingnie, et si com il dist. Sire, aprés ce avint que Nostres Sires sousfri mort pour nous et que uns chevaliers le demanda pour oster de la crois. Sire, et il li fu donnés por le loiier de ses saudees. Sire, cel soldoiier ama molt Nostre Signour qu'il vaut et consenti que il li fust donnés. Sire, maintes painnes et maintes paours en orent puis si apostle. Sire, il avint lonc tans aprés ce que Nostres Sires fu resuscités et que cil soldoiiers fu aprés la vengance Nostre Signour Jhesu Crist en une deserte gastine, et il et une partie

son lignage, et d'autres gens qui s'en allaient à sa suite, dans une région désertique et sauvage — et c'était après la vengeance de Notre-Seigneur Jésus-Christ[1]. Seigneur, ils eurent à souffrir une grande famine, et ils s'en plaignirent au chevalier qui était leur chef ; il pria Notre-Seigneur de manifester par un signe la raison pour laquelle il voulait qu'ils endurent cette calamité. Et Notre-Seigneur-Dieu lui commanda de construire une table, de la couvrir de toile blanche, et de poser dessus le Vase tout recouvert, au haut de la table en face de lui.

123. « Seigneur, ce Vase lui avait été donné par Jésus-Christ ; et c'est par son entremise qu'il sépara les bons des méchants. Seigneur, celui qui pouvait s'asseoir à cette table voyait s'accomplir tous les désirs de son cœur. Seigneur, il y eut toujours à cette table, depuis l'origine, un siège vide qui symbolise la place où Judas était assis lors de la Cène, quand il entendit ce que Notre-Seigneur disait à son propos. Seigneur, il fut retranché de la compagnie de Jésus-Christ, et sa place resta vide jusqu'à ce que Notre-Seigneur y mette un autre qui le remplace pour compléter les Douze, et c'est la signification de ce siège vide. Ainsi, ces deux tables sont complémentaires, et c'est ainsi que Notre-Seigneur exauça le désir des hommes.

124. « À cette seconde table, on appelle Graal ce Vase dont les compagnons de Joseph recevaient la grâce. Seigneur, si vous voulez m'en croire, vous fonderez une troisième table au nom de la Trinité : ces trois tables signifieront la Trinité en trois personnes, le Père, le Fils et le Saint-Esprit. Je vous

---

de son lignage et autres gens qui aloient aprés lui. Sire, si lor avint une molt grans famine si s'en complainsent au chevalier qui estoit lors maistres et il proiia Nostre Signour que il li feïst demoustrance por coi il voloit que il eüssent ceste mesaise. Et Nostres Sires Dix li conmanda que il feïst une table et quant il l'auroit couverte de dras blans que il couvrist devers lui le vaissel tout fors.

123. « Sire, cel vaissel li bailla Jhesu Crist[a] et il par cel vaissel departi la compaingnie des bons et des mauvais, Sire, et qui a cele table porroit seoir les accomplissemens de son cuer porroit avoir en totes manieres. Sire, a cel table ot tous dis un lieu vuit qui senefie le lieu ou Judas seoit a la chaine quant il sot que Nostres Sires le disoit por lui. Sire, cil fu partis de la compaingnie Jhesu Crist et ses lix fu mis hors tant que Nostres Sires i asist un autre qui fu en son lieu pour faire le conte de .xii. et cil lix senefie celui. Ensi sont ces .ii. tables couvenables et ensi acomplist Nostre Sires le cuer d'ome.

124. « A ceste seconde table claiment, sire, cel vaissel Graal et dont il ont ceste grasse. Et se vous me volés croire vous establirés la tierce table el non de la Sainte Trinité. Ices .iii. tables senefieront la Trinité en .iii. parties : le Pere et le Fil et le Saint Esperit, et je vous

garantis que si vous accomplissez cela vous en retirerez grand profit et grand honneur, aussi bien pour le corps que pour l'âme, et que de votre temps se produiront de grandes merveilles. Si décidément vous voulez le tenter, je vous y aiderai ; et je vous assure que ce sera au nombre des prodiges dont on parlera le plus parmi le peuple, car Notre-Seigneur a donné une très grande grâce à ceux qui sauront en parler ; et je vous dis que ce Vase et ceux qui le gardent sont venus dans ces régions, en Occident, par la volonté de Jésus-Christ. Ceux-là mêmes qui ignorent où se trouve le Vase sont venus ici, en ce lieu où Notre-Seigneur les a conduits, lui qui accomplit tout ce qui est bon. Si vous voulez m'en croire, vous tiendrez compte de tout cela, et vous accomplirez ce que je vous suggère ; et si vous le faites, si vous acceptez de me faire confiance, vous en serez encore fort heureux dans l'avenir[1]. »

125. Ainsi parla Merlin à Uterpandragon, et cela le réjouit fort : « Je ne veux pas, répondit-il, que Notre-Seigneur perde par ma faute quoi que ce soit qui doive être fait selon sa volonté. Je veux au contraire que tu saches que je l'aime fort, et que je m'en remets à toi : tu ne me commanderas rien que je ne fasse, si je le peux. » C'est ainsi que le roi Uterpandragon s'en remit entièrement à Merlin, qui s'en réjouit grandement et lui dit : « Seigneur, réfléchissez où il vous plaira le plus que la table soit faite. — Je veux, répliqua le roi, qu'elle soit faite là où toi tu le jugeras bon, et où tu

---

creant, se vous le faites ensi, qu'il vous en venra molt grans biens et grans honours a l'ame a cors et avenront a vostre tans [e] tex choses dont vous vous esmerveillerés molt. Et se vous le volés faire je vous en aïderai et si vous en creant que se vous le faites ensi que ce sera une des choses dont il sera plus parlé au pueple car molt a Nostres Sires donné grant grasse a ciaus qui bien en sauront parler, et si vous di que cis vaissiaus et les gens qui le gardent si i sont traites par la volenté de Jhesu Crist vers occident en iceles parties. Et cil meïsmes qui ne sevent quel part li vaissiaus est si sont trait si come Nostres Sires les conduist et qui toutes les bones choses mainne a point. Et, se vous m'en creés, vous ferés encontre ces choses ce que je vous lo et se vous le faites et vous me volés croire vous en serés encore molt liés. »

125. Ensi a Merlins a Uterpandragon parlé. Si en est molt liés, si respondi : « Je ne voel pas que Nostres Sires i perde riens par moi de chose qui a sa volenté doie estre faite. Ensi voeil je bien que tu saces que je l'aim et le met del tout sor toi, ne tu ne conmanderas ja chose que je puisse faire que je ne face. » Et ensi remist li rois Uterpandragon la painne sor Merlin qui molt en fu liés. Et Merlins li dist : « Sire, ore esgardés ou ele vous plaira plus a faire. » Et li rois li respont : « Je ne voel que ele soit faite se la non ou tu mix l'ameras et ou tu sauras

sais que cela sera conforme à la volonté de Jésus-Christ. — Nous la ferons à Cardeuil[1] en Galles, dit Merlin ; fais rassembler là-bas, pour la Pentecôte, tous tes gens, les chevaliers et les dames de ton royaume, et prépare-toi à distribuer de grands dons, et à leur faire fête comme jamais ; j'irai le premier, et je ferai construire la table. Toi, tu me donneras des gens qui exécuteront tous mes ordres ; et quand tes chevaliers seront assemblés là-bas, je choisirai ceux qui seront dignes de s'asseoir à la table. »

126. Ainsi fut fait. Le roi fit savoir par tout le royaume qu'il tiendrait sa cour à Cardeuil en Galles pour la Pentecôte, et que tous les chevaliers et toutes les dames devaient s'y rendre pour lui. Cette invitation fut proclamée partout ; Merlin s'en alla et fit faire la table, et tout ce dont il savait que c'était nécessaire. Les choses en restèrent là jusqu'à la semaine de la Pentecôte, où le roi s'en vint à Cardeuil. À son arrivée, il demanda à Merlin comment cela s'était passé, et Merlin lui répondit : « Très bien. » Le roi rassembla donc son peuple à Cardeuil à l'occasion de cette Pentecôte, et il y vint en effet une grande foule, beaucoup de dames et de chevaliers. Le roi dit alors à Merlin : « Qui choisiras-tu pour s'asseoir à cette table ? — Demain, répondit Merlin, vous verrez un spectacle que vous n'auriez jamais cru voir : j'y ferai asseoir les meilleurs de votre royaume, et dès qu'ils s'y seront assis ils ne voudront plus retourner sur leurs terres ni partir d'ici ; à cette occasion, d'ailleurs, vous pourrez savoir

que ce sera plus a la volenté Jhesu Crist. » Et Merlins respont : « Nous le ferons a Carduel en Gales et fai illuec assambler ton pueple encontre toi a Pentecouste, tes chevaliers et les dames de ton regne, et tu t'apareilles pour grans dons donner et pour bele ciere faire et je irai devant et ferai la table faire et tu me bailleras gens qui facent ce que je lor commanderai et quant tu venras la et tes pueples i sera assamblés je eslirai ciaus qui tel seront qu'il i devront estre. »

126. Ensi come Merlins l'a devisé le fist faire li rois. Il fist a savoir par tout son regne que il tenroit sa court a la Pentecouste a Cardoel en Gales et que tout li cevalier et les dames ensement venissent encontre lui. Ensi le fist li rois a savoir par tout et Merlins s'en ala et fist faire la table et ce que il sot que il i couvenoit et ensi remest jusques a la semaine de la Pentecouste que li rois vint a Cardueil. Et quant il i fu venus si demanda a Merlin conment il avoit esploitié et il respont : « Molt bien. » Ensi assambla li pueples a cele Pentecouste a Cardoel et i vint molt grant plenté de gens et de chevaliers et de dames. Lors dist li rois a Merlin : « Quels gens esliras tu a cele table ? » Et il dist : « Vous en verrés demain avenir ce que vous [f] ne quidastes onques veoir, que je i asaierai des plus prodomes de vostre regne ne ja puis qu'il i auront sis en lor païs ne en lor terres ne vauront il retourner ne

qui sont les meilleurs. — Certes, dit le roi, je verrai ce spectacle avec plaisir. »

127. Tout se passa comme Merlin l'avait dit. Le lendemain — c'était le jour de Pentecôte — Merlin fit choix de cinquante chevaliers, qu'il pria, et fit prier par le roi, de s'asseoir à cette table et d'y prendre leur repas. Ils y consentirent de bon cœur et le firent en effet. Alors Merlin qui s'y connaissait fort en art magique tourna autour de la table à laquelle ils étaient assis. Il appela ensuite le roi et lui montra le siège vide — beaucoup d'autres le virent aussi, mais ils ne savaient pas ce qu'il signifiait, ni pourquoi il restait vide : seuls le roi et Merlin le savaient. Puis Merlin dit au roi d'aller s'asseoir, mais il répliqua qu'il ne s'assiérait pas avant d'avoir servi ceux qui étaient assis à la table : quand ce fut fait, et seulement alors, il alla s'asseoir. Ils restèrent là pendant huit jours ; à cette fête le roi distribua des cadeaux précieux et de riches dons, et de beaux joyaux aux dames et aux demoiselles[1]. Au moment de prendre congé, alors que tous se préparaient à partir, Uter et Merlin vinrent à ceux de la table, et le roi lui-même leur demanda ce qu'ils en pensaient ; ils répondirent : « Seigneur, nous n'avons pas la moindre envie de partir d'ici, jamais, ni d'être quelque part où nous ne pourrions pas être de retour à cette table à la troisième heure, chaque matin. Nous ferons venir nos femmes et nos enfants dans cette ville, et nous vivrons ainsi

---

de ci partir. Et lors porrés vous connoistre les plus prodomes. » Et li rois respont : « Ce verrai je molt volentiers. »

127. Si come Merlins l'ot devisé si le fist il. L'endemain ce fu le jour de Pentecouste et Merlins eslut .L. chevaliers, si lor proiia et fist proiier qu'il s'aseïssent a cele table et qu'il i mengaissent cel mengier. Et il si fisent et l'otroiierent molt volentiers. Et quant Merlins qui molt fu plains de fort art ala entour aus, il apela le roi et li furent assis et li moustra le lieu vuit. Et il le virent maint autre, mais il ne savoient que ce senefioit ne pour coi il estoit vuis fors li rois et Merlins. Et ce qu'il ce fait si dist que li rois s'en alast seoir. Et li rois dist qu'il n'i feroit mie tant qu'il eüst ciaus servi. Et quant il furent servi si s'en ala li rois seoir. Ensi furent tous les .VIII. jours et li rois donna a cele feste mains grans avoirs et mains grans dons et maint bel joiel et as dames et as damoiseles. Et quant ce avint que il present congé et qu'il se departirent si vindrent a ciaus[a] et li rois meïsmes lor demanda conment il lor estoit avis. Et il respondent : « Sire, nous n'avons mie talent que nous nous mouvons jamais de ci et que nous ne soions en nul liu que nous ne soions ci a eure de tierce a ceste table chascun matin et i ferons nos femes venir et nos enfans en ceste vile et ensi vivrons nous au plaisir Nostre Signour, que tés est nostres corages. » Et li rois dist : « Avés vous tout tel corage ? » Et il

au gré de Notre-Seigneur, car tel est notre souhait. — Êtes-vous tous du même avis ? » demanda le roi. « Oui, répondirent-ils, tous ! Et nous en sommes très étonnés, car enfin nos compagnons ne nous sont rien ; dans certains cas nous ne nous étions jamais rencontrés auparavant, et peu d'entre nous se connaissaient même. Et voilà que nous nous aimons autant ou plus qu'un fils doit aimer son père ; et nous ne nous quitterons pas, à notre avis, jamais nous ne nous séparerons les uns des autres, à moins que la mort ne le fasse pour nous. »

128. Quand le roi les entendit parler ainsi, il jugea que c'était un grand prodige, et tous ceux qui l'entendirent en furent autant. Mais il en fut aussi très heureux, et il ordonna qu'ils fussent honorés et bien reçus dans la ville, comme s'il s'agissait de sa propre personne. Ainsi Uterpandragon fonda-t-il pendant son règne cette table ; puis il vint trouver Merlin, quand les gens furent tous partis, et il lui dit : « En vérité, tu avais dit vrai : je crois bien maintenant que Notre-Seigneur veut que cette table soit fondée. Mais le siège vide me laisse perplexe, et j'aimerais beaucoup te demander de me dire, si tu le sais, quel sera celui qui l'occupera. — Tout ce que je peux te dire, répliqua Merlin, c'est qu'il ne sera pas occupé de ton vivant, et que celui qui l'occupera n'est pas encore engendré : ce sera celui qui accomplira les aventures du saint Graal. Cependant, ce ne sera pas de ton vivant, mais sous le règne du roi qui régnera après toi. Je te prie, pourtant, de tenir désormais tes assemblées et tes cours

---

dient : « Oïl, voir, et si nous mervellons molt conment ce puet estre que li uns de nous, de cels ja ne nous est riens et si ne nous estions onques entreveü, et poi en i a de nous dont li uns fust acointés de l'autre. Ore nous entr'amons nous tant ou plus come fix doit amer le pere ne jamais, ce nous samble, ne serons desassamblé ne si ne nous departirons se mors ne nous depart. »

128. Quant li rois les oï ensi parler si le tint a molt grant merveille et tout cil qui l'oïrent. Et li rois en fu molt liés et conmanda qu'il fussent amé et creü et honeré en la vile autresi come son cors. Et ensi establi Uterpandragon a son tans cele table puis en vint a Merlin si li dist quant les gens s'en[a] furent parti : « Voirement me deïs tu voir. Ore croi je bien que Nostre Sires veut que ceste table soit establie. Mais molt me merveil del lieu vuit, et molt te vauroie proiier, se tu le sés, que tu me dies qui cil iert qui l'acomplira. » [72d] Et Merlins respont : « Tant te puis je bien dire qu'il ne sera mie acomplis a ton tans ne cil qui l'acomplira n'est encore mie engendrés. Et il couvenra qu'il[b] acomplisse les aventures del Saint Graal et ne sera mie a ton tans, ains iert au tans le roi qui après toi regnera. Et je te proi que tu faces a tous jours mais ces assamblees et tes grans

plénières dans cette ville ; c'est-à-dire que je te prie d'y venir tenir ta cour trois fois par an, et pour toutes les fêtes annuelles. » Le roi dit qu'il le ferait volontiers ; Merlin ajouta alors : « Seigneur, je vais m'en aller, et vous ne me verrez plus pendant longtemps. » Le roi lui demanda où il irait : « Ne seras-tu donc pas dans cette ville toutes les fois que j'y donnerai une fête ? — Non certes, je n'y serai pas, répondit-il, car je ne veux pas que les gens qui y assisteront croient que c'est moi qui suis responsable de ce qu'ils verront se produire. »

129. Merlin quitta donc Uterpandragon et s'en alla dans le Northumberland, auprès de Blaise à qui il raconta tout cela : en particulier tout ce qui concernait la table, mais aussi bien d'autres choses que vous trouverez dans son livre. En fait Merlin resta ainsi plus de deux ans sans venir à la cour ; et ceux qui ne l'aimaient pas, bien qu'ils fissent semblant, vinrent un jour trouver le roi alors qu'il était à Cardeuil pour une cour de Noël, et lui demandèrent, à propos du siège vide, pourquoi il n'y faisait asseoir personne, pour compléter la table. « Merlin, répondit-il, me dit à ce sujet quelque chose de très étonnant : il me dit que personne ne pourrait occuper cette place de mon vivant, et que celui qui devait l'occuper n'était pas encore né. » Et eux, félons qu'ils étaient, d'en rire d'un rire faux, et de dire au roi : « Seigneur, croyez-vous donc qu'il y aura jamais des gens meilleurs que nous, et qu'il n'y a

---

cours en ceste vile. Et te proi que tu i soies et que tu i tiengnes ta cour .iii. fois en l'an et a totes les festes anuel. » Et li rois li dist que ce fera il molt volentiers. Et Merlins respont au roi et dist : « Sire, je m'en irai ne vous ne me verrés mais en molt lonc tans. » Et li rois li demande ou il ira donques. « Ne seras tu en ceste vile a toutes les fois que je tenrai feste ? » Et il respont : « Je n'i serai pas que je ne voel que cil croient qu'il^c verront avenir que je voel mie que on die que je ai ce fait que avendra^d. »

129. Ensi s'en parti Merlins de Uterpandragon et vint en Norhomberlande a Blayse, si li dist ces choses et ces establissemens de cele table et maintes autres choses que nous orrés en son livre. Ensi demoura Merlins plus de .ii. ans qu'il ne vint a court. Et cil qui ne l'amoient pas et qui en faisoient samblant de l'amer vinrent au roi a un jour qu'il estoit a Cardoel a une court del Noel si li demanderent de cel lieu vuit que ce devoit c'on n'i aseoit un prodome si fust la table plainne. Et il respont : « Merlin me dist de cel lieu une grant merveille que nus hom ne le porroit acomplir de mon tans, et que encore n'estoit pas cil nés qui acomplir le devoit. » Et cil en rient fausement com cil qui faus estoient si dient au roi : « Sire, ne creés mie que il jamais soient gent qui soient mellour de nous et qu'il n'a en nostre terre d'ausi bons com cil sont qui i seent. » Et li rois dist : « Je

pas actuellement dans votre royaume des hommes d'aussi grande valeur que ceux qui siègent déjà à la table ? — Je n'en sais rien, rétorqua le roi, mais c'est ce qu'il me dit. — Vous ne valez rien, dirent-ils alors, si vous ne l'essayez pas. — Je ne le ferai pas maintenant, dit le roi, car je craindrais de commettre une faute, et que Merlin ne s'en courrouce. — Nous ne vous suggérons pas, dirent-ils, de l'essayer maintenant ; mais vous nous dites que Merlin sait tout ce qui se passe : dans ce cas, il sait bien que nous parlons de lui et de son œuvre. Et s'il le sait, il accourra, s'il est en vie, et ne laissera pas occuper ce siège, à cause du gros mensonge qu'il vous a dit à son sujet. S'il ne vient pas d'ici à la Pentecôte, consentez que nous l'essayions ; nous le ferons très volontiers. Il y a dans notre parenté beaucoup d'hommes de valeur qui s'assoiront de bon cœur à cette place : vous verrez bien s'ils y pourront durer... — Si je ne croyais pas que cela déplaise à Merlin, répondit le roi, il n'y a rien que je ne ferais plus volontiers. — Si Merlin est vivant, et s'il est au courant, dirent-ils, il viendra, sans aucun doute, avant qu'on ne l'essaie. Mais acceptez-vous qu'à la Pentecôte, s'il ne vient pas d'ici là, nous l'essayions, en nous y asseyant ? » Le roi y consentit ; ils en furent très satisfaits, et pensèrent qu'ils avaient fait du bon travail.

130. Les choses en restèrent là jusqu'à la Pentecôte ; le roi fit savoir par toute la terre qu'on vienne à lui à Cardeuil où il tiendrait sa cour à cette occasion. Merlin, qui était au courant

---

ne sai, mais il me dist itant. » Et il dient : « Ore ne valés vous riens que se vous ne l'asaiés. » Et li rois respont : « Je ne l'asaierai pas ore, que je me cremeroie de mesfaire et que Merlins ne s'en courechast. » Et cil respondent : « Nous ne disons pas que vous l'assaiiés ore. Mais vous nous dites que Merlins set ce que on fait, et s'il le set dont set il bien que nous parlons de lui et de ses oeuvres. Et s'il le set il venra se il est vis et ne laira pas cest lieu acomplir por la grant mençoigne que il vous a dite. Et s'il ne vient entre ci et Pentecoste si sousfrés que nous l'assaions et nous l'asaierons molt volentiers. Et il a en nostre lignage molt de prodomes qui s'i assaieront molt volentiers se vous volés, si verrés se il porront durer. » Et li rois lor [*b*] respont : « Se je ne quidoie qu'il em pesast a Merlin, il n'est nule riens que je plus volentiers feïsse. » Et cil respont : « Se Merlins est vis et il le set il venra sans faille ains que on l'asait. Mais sousfrés vous, quant venra a Pentecouste, s'il ne vient, que nous i assaions ? » Et li rois lor otroie. Et quant cil oïrent ce si en furent molt lié et quident avoir molt bien esploitié.

130. Ensi remest jusques a la Pentecoste et li rois fist a savoir par toute la terre que il fuissent a Carduel encontre lui car il i tenroit court a Pentecouste. Et Merlins, qui toutes ces choses savoit,

de toute l'affaire, conta à Blaise les mauvaises pensées de ceux qui avaient entrepris cette manœuvre ; et il ajouta qu'il n'irait pas : il savait bien qu'il fallait que l'on fasse l'essai du siège vide : « Et il valait mieux, ajouta-t-il, que ce soient des méchants qui le fassent, par leur propre folie, que des hommes de bien. » S'il y allait, on dirait qu'il était venu pour déranger leurs plans ; et les autres qui étaient engagés dans cette histoire ne lui feraient pas confiance avant d'y être contraints. Pour toutes ces raisons, Merlin déclara qu'il n'irait pas, et en effet il prit son mal en patience et attendit la Pentecôte.

131. Le roi arriva à Cardeuil, en compagnie d'un grand nombre de gens ; ceux qui étaient là pour essayer le siège vide firent dire partout que Merlin était mort, et que des vilains l'avaient tué dans un bois où ils l'avaient rencontré à l'état sauvage : c'était là ce qu'ils disaient, et à force de le répéter et de le faire dire partout, le roi même le croyait, du fait de son retard. Mais il ne pensait pas pour autant à faire l'essai du siège vide. La veille de la Pentecôte, celui qui voulait faire cette tentative se présenta (il était de très bonne famille et très riche) ; il dit au roi : « Seigneur, il faut que nous fassions l'essai de ce siège vide. » Le roi lui demanda alors qui ferait l'essai, et il répondit : « Personne d'autre que moi ! »

132. Il s'approcha alors de la table où siégeaient les cinquante[1], et leur dit : « Je viens m'asseoir avec vous pour vous tenir compagnie. » Eux ne dirent pas un mot, mais se tinrent

---

dist a Blayse les mauvaises pensees que cil avoient qui ceste oeuvre avoient emprise. Et dist que il n'i iroit pas, car il savoit bien que cil doivent esprouver le lieu « et il vaut mix que il esprouvent par lor mauvais sens et de fols homes que de bons » et s'il i aloit donc diroient il qu'il i seroit alés pour destourber les. Et li autre qui ceste oeuvre ont traite a chief, ne le querroient tant qu'il en aient mestier. Et pour ce dist Merlins qu'il n'iroit mie si sousfri et atendi jusques a la Pentecouste[a].

131. Li rois vint a Carduel et i amena grant plenté de gens. Et cil qui vinrent pour cel lieu essaiier firent partout dire que Merlins estoit mors et que vilain l'avoient tué en un bois qu'il avoient trouvé sauvage. Ce disoient et tant l'avoient dit et fait dire que li rois meïsmes le quidoit pour ce qu'il avoit tant demouré et si ne pensoit mie a l'asai de cel lieu. Et quant ce vint a la vegille de la Pentecouste si vint cil avant qui cel lieu voloit essaier. Et il estoit molt bien emparentés et riches hom et dist au roi : « Sire, il nous couvient cel lieu essaiier. » Et li rois li demande qui est cis qui s'i essaiera. Et cil respont : « Il ne s'i assaiera ja nus se moi non. »

132. Lors vint a la table ou li .L. prodome seoient, si lor dist : « Je vieng o vous seoir pour vous tenir compaignie. » Et cil ne disent

tranquilles, et regardèrent ce qu'il voulait faire. Le roi et une
grande partie de la cour étaient aussi rassemblés pour voir la
scène ; le baron marcha droit au siège vide, il se plaça entre
les deux hommes de bien qui l'encadraient, et s'assit. À
peine eut-il posé les cuisses sur le siège qu'il fut englouti
comme une coulée de plomb, et il fut ainsi perdu, sous les
yeux de tous, sans que personne ne sache ce qu'il était devenu.
Or il était d'une très grande famille : quand ses parents
virent qu'il était perdu de cette façon, ils voulurent chacun à
son tour faire un essai[2]. Alors le roi commanda aux hommes
de bien qui étaient assis à la table de se lever afin que les
autres ne puissent pas savoir où était le siège vide, une fois
qu'ils se seraient levés ; et eux s'exécutèrent tout de suite. Il
y eut de grandes manifestations de deuil dans toute la cour,
très troublée par ce prodige ; le roi fut plus étonné que tous
les autres, et considéra qu'il s'était complètement fait berner :
Merlin lui avait bien dit que personne ne devait s'asseoir à
cette place ; mais le baron n'avait pas voulu le croire, et malgré la défense du roi, il n'avait pas voulu renoncer à sa tentative. Le roi essaya de se disculper ainsi ; quinze jours plus
tard, Merlin vint à la cour. Quand il apprit cette nouvelle, le
roi fut très heureux et alla à sa rencontre ; mais dès que
Merlin le vit, il lui dit qu'il avait bien mal agi dans cette
affaire du siège, dont il avait permis qu'il fût essayé. Et le roi
dit : « Il m'a possédé. — Voilà, dit Merlin, ce qui arrive à
beaucoup de gens : ils croient posséder les autres, et ce sont

---

onques mot, ains se continrent molt simplement et esgarderent qu'il
voloit faire. Et li rois et molt grant partie del pueple fu illuec assemblés. Et cil ala avant el lieu et vint si entra entre les .II. prodomes, si
s'asist et i estut tant qu'il ot mis ses quisses sor le siege. Et lors fondi
ausi com une plombee de plonc et ensi fu perdus voiant tous que
nus ne le sot que il estoit devenus. Et il estoit de molt grant lignage,
et quant il virent qu'il estoit issi perdus si s'i vaut chascuns essaiier.
Et li rois conmenda as [*c*] prodomes qu'il se levaissent pour ce qu'il
ne seüssent quant il en seroient levé. Et cil se lievent tantost si fu li
doels molt grans en la court et ensi fu la cours troublee pour cele
merveille. Et li rois fu esbahis sor tous les autres et molt se tint pour
engignié. Et Merlins li avoit molt bien dit devant que nus ne se
devoit en cel lieu asseoir et cil ne le vaut onques croire. Et li rois
meïsmes li avoit desfendu mais cil ne le vaut mie pour le laissier. Et
ensi s'en escusa li rois. Et quant ce vint au quinsisme jour si vint
Merlins a court. Et quant li rois oï dire que Merlins venoit, si en fu
molt liés et vint encontre lui. Et si tost come Merlins vit le roi si dist
que molt avoit mal esploitié de cel lieu qu'il avoit soufert a essaiier.
Et li rois li dist : « Il m'engigna. » Et Merlins dist : « Ensi avient il de
pluisors qui quident engignier autrui et si engingnent aus meïsmes.

eux qui se font posséder à la fin : tu en as bien la preuve par ce qu'il disait et faisait croire à mon sujet, que des paysans m'avaient tué. — C'est vrai qu'il le disait », dit le roi. Merlin continua : « En tout cas, cette affaire doit te servir d'avertissement, et te détourner de faire davantage l'essai du siège vide : je t'assure que tu n'en retirerais que de graves ennuis, car ce siège, aussi bien que la table, a une profonde signification, très noble et très importante, et occasionnera beaucoup de bien aux habitants de ce royaume. » Le roi lui demanda alors si cela ne l'ennuierait pas de lui dire ce qu'était devenu le baron qui s'était assis à cette place, car il en était sincèrement émerveillé. Mais Merlin répondit : « Ce n'est pas ton affaire de t'en enquérir, et d'ailleurs il ne te servirait à rien de le savoir. Mais occupe-toi plutôt de ceux qui siègent à cette table, et soucie-toi de continuer ce que vous avez commencé, de manière aussi honorable que vous le pourrez ; ne manque pas en particulier de tenir toutes tes fêtes et tous tes divertissements dans cette ville, en l'honneur de la table. Tu comprends bien, après cette expérience, qu'elle est très noble et que tu ne saurais trop l'honorer. Je m'en vais, maintenant : prends bien garde de faire ce que je t'ai dit ! » Le roi affirma qu'il n'y manquerait pas.

133. Le roi et Merlin se séparèrent sur ces mots ; après le départ de Merlin, le roi ordonna qu'on construise dans la ville de belles demeures et de beaux logements tels qu'il en faudrait désormais pour toutes ces fêtes et toutes ces cours.

Et tu le pues bien savoir par ce qu'il disoit et faisoit entendant que vilain m'avoient mort. » Et li rois li dist : « C'est voirs qu'il le dist. » Et Merlins li dist : « Ore devés vous bien estre chastoiiés que vous n'essaiiés plus le lieu que je te di bien qu'il t'en avenroit molt grans mals car li lix et la table est de grant senefiance et si est molt haute et molt digne et molt grant bien fera a ciaus qui sont en cest regne. » Et li rois li demande, s'il li plaist, qu'il li die que cil est devenus qui en cel lieu s'asist que molt en a grant merveille. Et Merlins respont : « Ce ne tient nient a toi a enquerre ne riens ne te vauroit se tu le savoies. Mais penses de ciaus qui i seent et de maintenir ce que vous avés enconmencié et au plus honnerablement que vous porrés et totes tes festes et toutes tes joies mentenir en ceste vile pour l'onour de la Table. Car tu sés bien par l'essai que tu as veü qu'ele est de grant dignité et que tu ne le pues trop honerer. Et je m'en irai et si gardes bien que tu le faces ensi com je t'ai dit. » Et li rois li dist qu'il le fera molt volentiers.

133. Ensi se departirent entre le roi et Merlin. Et quant Merlins s'en fu alés si conmanda li rois c'on feïst en la vile beles maisons et biaus osteus teles com il li couvendroit mais a tous jours ces assamblees et ces cours. Et fist a savoir par toute sa terre que a toutes les

Il fit savoir en outre, par tout le royaume, qu'à toutes les fêtes annuelles, comme Noël, la Pentecôte, la Toussaint, chacun de ses sujets soit certain qu'il serait à Cardeuil — et que tous y viennent sans avoir besoin de convocation.

Le « roman » d'Uter et Ygerne.

134. Les choses en restèrent là pendant longtemps ; le roi tenait sa cour de manière habituelle à Cardeuil ; mais un jour, il lui prit envie de convoquer tous ses barons, et que pour l'honorer et par amour pour lui ils amènent leurs épouses, ainsi que leurs vassaux et leurs chevaliers. Le roi les convoqua donc en ces termes et envoya des lettres en ce sens dans tout le royaume : tous agirent conformément aux ordres et mandement du roi. Sachez que cela fit un grand nombre de chevaliers, de dames et de demoiselles : je ne saurais vous énumérer ni vous décrire tous ceux qui vinrent à cette cour, mais je dois bien mentionner ceux dont mon récit parle, chacun à son tour. Donc, je veux avant tout que vous sachiez que le duc de Tintagel[1] y fut, avec Ygerne sa femme. Le roi en tomba amoureux, mais il ne le manifesta pas, si ce n'est qu'il la regardait plus volontiers que les autres ; elle-même s'en rendit compte, et comprit que le roi l'aimait. Dès qu'elle s'en fut aperçue, elle chercha des prétextes pour éviter de se présenter devant lui autant qu'elle le pouvait, car elle était très belle, mais aussi très loyale envers son seigneur. Par amour pour elle, et pour que personne n'y prenne garde, le roi envoya des joyaux à toutes les

---

festes anuels, si come au Noel et a Pentecouste et a la Tous Sains seüssent bien tout cil qui sont a son regne qu'il seroit a Cardueil et que tout cil de son regne i venissent sans estre semons. [d]

134. Ensi remest un grant tans que li rois tenoit ses cours acoustumeement a Carduel tant que une fois avint qu'il prist talent au roi qu'il semonsist tous ses barons et pour honour de lui et por amour amenaissent toutes lor femes et baron et chevalier. Ensi les fist li rois semonre et envoia partout ses letres. Et ensi come li rois lor avoit mandé et conmandé le firent. Et saciés qu'il i ot molt grant plenté de chevaliers et de dames et de damoiseles. Je ne vous puis tout dire ne tout aconter ciaus qui a cele court furent, mais je vous doi ciaus retraire et dire dont mes contes parole les uns aprés les autres. Et tant voeil je bien que vous saciés que li dus de Tintayoul i fu et Igerne sa feme. Si l'en ama molt li rois si onques samblant n'en fist se de tant non qu'il le regarda plus volentiers que les autres et a ce se prist ele meïsmes garde et sot bien que li rois l'amoit. Et quant ele fu aperceüe si se targa et eschiva de venir devant lui a son pooir, car ele estoit molt bele et molt loiaus vers son signour. Et li rois pour s'amour et pour ce c'on ne s'en preïst garde envoia joiaus a toutes les

dames présentes à la fête — et à Ygerne il envoya ceux dont il croyait qu'ils étaient le plus susceptibles de lui plaire. Elle vit bien qu'il en avait envoyé à toutes les dames, et n'osa donc refuser les siens : elle les accepta de bonne grâce, mais elle savait en son cœur que le roi n'avait offert les autres qu'à cause d'elle, et pour qu'elle prenne les siens ; cependant, elle fit semblant de rien.

135. Le roi tint donc sa cour de cette façon, chaque baron ayant amené sa femme — et il le fit pour l'amour d'Ygerne, dont il était si épris qu'il ne savait que faire. Vint le moment de la séparation ; mais avant que la cour ne se disperse, le roi pria tous ses barons de revenir auprès de lui à la Pentecôte, et d'amener aussi les dames, comme ils l'avaient fait à cette occasion : et tous le lui promirent. On en resta là ; mais quand le duc de Tintagel s'en alla, le roi l'escorta quelque temps, et le traita avec de grands honneurs au moment de la séparation ; et il dit en privé à Ygerne, sa femme, qu'il désirait qu'elle sache qu'elle emportait son cœur avec elle : elle, cependant, ne fit pas mine de le comprendre. Le roi prit donc congé, et le duc s'en alla avec sa femme. Le roi, lui, resta à Cardeuil : il était d'humeur festive, honorait fort les hommes de bien qui siégeaient à la table et prenait grand soin d'eux. Mais quoi qu'il fît, son cœur et ses pensées étaient tout à Ygerne ; il prit cependant son mal en patience jusqu'à la Pentecôte. À ce moment, tous les barons, et toutes les dames, s'assemblèrent

---

dames qui estoient a la feste et a Ygerne envoia ciaus que il quidoit qui molt li pleüssent. Et ele vit et sot que il avoit a toutes les autres dames envoiié si ne vaut ne n'osa refuser le sien, ains le rechut et sot en son cuer que li rois n'avoit donné les joiaus a toutes les autres dames se pour li non et pour ce qu'ele preïst les siens, ne onques autre samblant n'en fist.

135. Ensi tint li rois Uterpandragon ses cours que chascuns i amena sa feme. Et tout ce fist il pour l'amour Ygerne dont il fu si souspris qu'il ne savoit que faire. Et ensi se departi sa cors mais, ains qu'ele fust departie, proia li rois a tous ses barons que il fuissent avoec lui aussi a la Pentecouste si com il avoient esté et qu'il amenaissent aussi les dames qu'il avoient ore fait. Et il li creanterent tout qu'il i seroient. Ensi remest. Et quant li dus de Tyntayoul s'en fu partis de la cour li rois le convoia et henora molt au departir. Et dist li rois itant seulement a Ygerne[a] sa feme qu'il voloit qu'ele seüst bien qu'ele emportoit son cuer avoec li, mais ele ne fist onques samblant qu'ele l'entendist. Ensi prist li rois congé et li dus s'en ala et en mena sa feme. Et li rois remest a Cardueil et fist molt grant joie et molt grant honour et reconfortoit molt les prodo[e]mes qui a la table estoient. Mais com bien que il atendist ses cuers et ses pensers estoit tous a Ygerne et sousfri ensi jusques a la Pentecouste. Et lors rasamblerent

de nouveau ; le roi fut très heureux quand il apprit qu'Ygerne
était bel et bien venue. À l'occasion de cette seconde fête, il
distribua de grands dons aux chevaliers comme aux dames ; et
pour les repas, il fit manger le duc et Ygerne en face de lui. Il
en fit tant, avec ses cadeaux et avec toute son attitude,
qu'Ygerne se rendit bien compte qu'il l'aimait toujours, et elle
en fut très ennuyée ; selon toute apparence, cela lui déplaisait
fort, mais il fallut bien qu'elle le supporte pour l'instant[1].

136. Ainsi, le roi fit fête à ses barons pour cette occasion,
il les gâta et les choya grandement ; cependant, quand la fête
fut terminée, chacun voulut rentrer chez lui, et prit congé : le
roi les pria alors de revenir à la cour, avec leurs femmes,
quand il le leur demanderait, et ils acceptèrent d'agir ainsi.
La cour se dispersa donc ; et le roi supporta les souffrances
que lui causait son amour pour Ygerne toute l'année. Mais à
la fin de cette période, il se confia à deux de ses familiers, et
leur dit toutes les peines qu'il ressentait à cause d'Ygerne. Et
ils lui demandèrent : « Que voulez-vous que nous en fassions ? — Je voudrais, répondit le roi, être davantage en sa
compagnie. » Ils lui firent remarquer que s'il se rendait sur
ses terres il en serait blâmé, et que les gens s'apercevraient
de ses sentiments. Il leur demanda donc : « Que me
conseillez-vous ? — Le meilleur conseil que nous pouvons
vous donner, répondirent-ils, c'est que vous convoquiez une
grande cour à Cardeuil, et que vous fassiez savoir à tous
les assistants qu'ils devront rester sur place une quinzaine

---

li baron tout et les dames ausi, et li rois fu molt liés quant il sot que
Ygerne fu venue et molt donna a cele feste de grans dons as chevaliers et as dames. Et quant li rois sist au mengier si fist mengier le
duc et Ygerne devant lui. Si fist tant li rois par dons et par samblant
que Ygerne savoit bien que li rois l'amoit. Si en fu angoissousse et
molt l'en pesa par samblant mais ensi li covint el a soufrir.

136. Ensi fist li rois grant joie a cele feste et molt conjoia li rois ses
barons et lor fist lor grés. Et quant la feste fu passee si vaut chascuns
aler en son païs et prisent congié. Et li rois lor proiia et requist qu'il
venissent a la cour et amenaissent lor femes quant il les manderoit. Et
il li otroient que si feront il. Ensi departi la cours et li rois sousfri sa
mesaise de l'amour Ygerne tout l'an. Et quant ce vint au chief de l'an si
s'em plaint a .ii. de ses privés et lor dist l'angoisse que il sentoit pour
Igerne. Et cil disent : « Que volés vous que nous en façons[a] ? » Et li rois
respont : « Je vauroie plus estre en sa compaingnie. » Et il li dient s'il
aloit en la terre ou ele seroit il en seroit blasmés et les gens s'en apercevroient. Et il lor demanda : « Quel conseil m'en donnés vous ? » Et il
respondent : « Le meillour conseil que nous porrons avoir c'est que
vous semonnés une grant court a Cardueil et que vous faciés a savoir a
tous ciaus qui i venront que nus ne s'en mueve de toute la quinsainne

de jours, et doivent en conséquence apporter ce qui leur eſt
nécessaire pour un tel séjour — et bien sûr, précisez que
chaque baron doit amener sa femme !

137. « De cette manière vous pourrez être avec Ygerne pendant une longue période, et tirer de grandes joies de vos
amours. » Quand le roi entendit ce conseil, il lui parut bon ; il
agit donc comme ils le lui avaient suggéré, il manda ses barons
en leur disant d'être à Cardeuil à la Pentecôte, avec leurs
femmes, et d'apporter de quoi séjourner une quinzaine de
jours. Le roi fit transmettre ce message partout, et les barons
vinrent, avec leurs épouses comme il le leur avait commandé.
Le roi s'était préparé à porter couronne à cette fête, et il le fit ;
par ailleurs, il diſtribua maints beaux cadeaux à ses barons,
ainsi qu'à tous ceux dont il pensait qu'ils en avaient besoin[1].
Lors de cette journée de fête, le roi parla à celui de ses
conseillers en qui il avait le plus confiance, à l'exception de
Merlin (il s'appelait Ulfin). Il lui demanda ce qu'il pourrait
faire, car l'amour d'Ygerne le tuait, lui enlevant le sommeil et
le repos : et si on ne lui proposait pas de solution, il croyait
bien en mourir, car il ne pourrait certainement pas vivre longtemps sans réconfort dans ce domaine. Ulfin lui répondit :
« Seigneur, vous êtes bien mauvais et bien faible, quand vous
pensez mourir de désir pour une femme : moi, qui suis un
pauvre homme par rapport à vous, si j'en aimais une autant
que vous, je ne croirais pas mourir ! Qui a jamais entendu parler d'une femme qui puisse se défendre longtemps, si on la

---

et que chascuns viegne atorné pour sejourner .xv. jours et chascuns de
vos barons i amaint sa feme.

137. « Ensi porrés eſtre grant piece avoec Ygerne et avoir grant
joie de vos amours. » Et quant li rois oï ce si li fu avis qu'il le
conseillierent bien, si le fiſt ensi com il l'orent conseillié et manda a
ses barons qu'il fuissent a la Pentecouſte a Carduel et qu'il i amenaissent lor femes et qu'il viegnent tout atourné pour sejourner .xv.
jours. Si le fiſt li rois savoir partout et cil i vinrent et amenerent lor
femes si conme li rois ot conmandé. A cele feſte fu li rois atournés
pour porter corone si le porta et fiſt as barons donner mains biaus
dons et partout la ou il quida qu'il fuſt bien emploiié. Et a icel jour
que li rois fiſt cele feſte parla il a un sien con[ſ]seillier a qui il se fia
plus qu'en nul des autres fors qu'en Merlin (et cil ot non Ulfin), si li
demanda qu'il porroit faire car l'amour d'Ygerne l'ocioit qu'il ne
pooit dormir ne reposer et s'il n'en avoit autre conseil il en quidoit
bien morir et qu'il ne pooit mie longuement vivre s'il n'en avoit autre
confort. Et il li respont : « Sire, molt eſtes mauvais quant pour le jesir
d'une feme quidiés morir, que je sui uns povres hom envers vous, se
je l'amoie autant com vous faites, je n'en quideroie pas morir. Qui oï
onques parler de feme, s'ele fuſt bien proiie et requise et on peüſt

prie et la requiert assez, et si on fait toute sa volonté, en lui offrant de beaux cadeaux, à elle et à tous ceux et toutes celles qui l'entourent, en les aimant, en prenant la peine de faire et de dire ce qui plaît à tous ces gens, autant qu'on le pourra ? Certes, moi du moins je n'ai jamais entendu parler d'une femme qui puisse se défendre contre tout cela, pour peu qu'on ait pu lui parler autant qu'on le désire ; et toi, qui es roi, tu te troubles lâchement pour rien : quelle faiblesse ! — Ulfin, répondit le roi, tu as parfaitement raison. Tu sais bien ce qu'il faut faire en la matière : je te prie donc de m'aider autant que tu le pourras ; prends dans ma chambre ce dont tu as besoin, et donne ce qu'il faut à tous les membres de son entourage, fais et dis ce qui plaira à chacun ; parle aussi à Ygerne conformément à mes besoins... — N'en dites pas plus, répliqua Ulfin, je ferai, sachez-le bien, du mieux que je pourrai. »

138. C'est ainsi que le roi se confia à Ulfin ; Ulfin lui répondit de la sorte : « Seigneur, amour ne se soucie guère de raison quand il s'agit de faire sa volonté. Cependant, prenez soin d'être en bons termes avec le duc ; tenez-lui compagnie autant que vous le pourrez pour gagner son affection. Quant à moi, je me charge de parler à Ygerne[1]. » Le roi répondit en disant qu'il saurait bien suivre cette ligne de conduite, et en effet ils entreprirent de se conformer à ce plan. Le roi fit très bon visage au duc et à sa compagnie pendant toute la semaine ; il fit toutes ses volontés, et lui donna, ainsi qu'à ses compagnons, de précieux joyaux. Ulfin, lui, parla à Ygerne : il lui dit tout ce qu'il pensait devoir

---

bien faire sa volenté de donner biaus dons et d'amer et d'onerer tous ciaus et toutes celes qui sont entour li, de faire et de dire chascun sa volenté et son plaisir au plus que on porra ? Je n'oï onques parler de feme qui encontre ce se peüst desfendre s'on parlast a li tant com on volsist. Et tu, qui es rois, t'esmaiies de mauvais cuer et de povre et de noient. » Et li rois respont : « Ulfin, tu dis molt bien et tu sés bien qu'il couvient a tel chose et je te proi que tu m'en aïdes en toutes les manieres que tu porras et prens en ma chambre quanque tu vauras et donnes a tous ciaus qui sont entour li et de faire et de dire a son plaisir. Et parole a Ygerne si com tu sés que mestier m'est. — Or laissiés, fait Ulfin, que je en ferai, saciés le bien, mon pooir. »
138. Ensi a li rois parlé a Ulfin et il dist au roi : « Sire, amours ne garde raison contre sa volenté faire. Mais vous gardés que vous soiiés bien del duc et que vous li portés compaignie au plus que vous porrés en s'amour et je penserai de parler a Ygerne. » Et li rois respont et dist que ce saura il bien faire et ensi l'ont empris. Et li rois fist molt grant joie au duc tous les .VIII. jours et a sa compaignie et li dist et fist quanqu'il vaut, si li donna molt bel joiel a lui et a ses compaingnons. Et Ulfin parla a Ygerne si li dist itels choses qu'il quida qui mix

lui plaire, lui apporta à maintes reprises bijoux et joyaux ;
Ygerne s'en défendait autant qu'elle pouvait, et ne voulait
rien accepter. Finalement, vint un jour où Ygerne aborda
Ulfin et lui dit : « Ulfin, pourquoi voulez-vous me donner
ces joyaux, et tous ces beaux cadeaux ? — Dame, répondit
Ulfin, c'est pour votre grande beauté, et pour la noblesse de
votre attitude ; d'ailleurs, je ne peux rien vous donner, car
toutes les richesses du royaume sont à vous, et tous les
hommes sont à votre disposition et à vos ordres. — Comment cela ? » demanda-t-elle. Et Ulfin de répondre : « Parce
que vous possédez le cœur de celui à qui tous les autres
doivent obéir : son cœur est vôtre et n'obéit qu'à vous ; de
ce fait, tous les autres cœurs sont à votre merci. — De quel
cœur me parlez-vous ? » répliqua Ygerne. « De celui du roi »,
fit Ulfin. En entendant ces mots, elle leva la main pour se
signer et dit : « Dieu ! Comme le roi est traître, lui qui fait
semblant d'aimer mon seigneur, alors qu'il désire sa honte et
la mienne !

139. « Ulfin, continua la dame, prends garde de ne jamais
me répéter semblables discours : je veux que tu saches que si
c'était le cas je le dirais à mon seigneur. Or, s'il le savait, il te
faudrait mourir. Et je ne le lui dissimulerai que cette fois. —
Ce serait, répondit Ulfin, un honneur pour moi de mourir
pour mon seigneur ; mais vraiment, jamais une dame ne se
défendit comme vous le faites, vous qui refusez d'aimer le

---

li pleüssent et li aporta par maintes fois affiches, joiaus. Et Ygerne
s'en desfendoit et n'en voloit nul prendre. Et tant que un jour avint
que Ygerne tint a conseil Ulfin et li dist : « Ulfin, pour coi me volés
vous donner ces joiaus et ces biaus dons ? » Et Ulfins respont :
« Dame, pour vostre grant bialté et pour vostre bele contenance, ne je
vous puis riens donner que tous li avoirs terriens du roiaume de
Logres sont vostre et tout li cors des homes a vostre plaisir et a
vostre vo[73a]lenté faire. » Et cele respont : « Conment ? » Et Ulfins
respont : « Pour ce que vous avés le cuer de celui a qui tout li autre
doivent obeir. Et ses cuers est vostres et obeïst a vous. Et par ceste
raison sont tout li autre cuer en vostre merci. » Et Ygerne respont :
« De quel cuer, me dirés vous ? — De celui del roi », fait Ulfins. Et
quant cele oï ce, si lieve sa main, si se saingne et dist : « Dix, come li
rois est traitres qui fait samblant de mon signour amer et moi et lui
veut honnir !

139. « Ulfin, fait la dame, garde que jamais ne t'aviengne que tu teles
paroles me dies, que je voel que tu saces que je le dirois mon signour.
Et, s'il le savoit, il t'en couvenroit a morir ne je ne li celerai que ceste
fois. » Et Ulfins respont : « Ce me seroit honour de morir pour mon
signour, ne onques mais dame ne se desfendi de tel chose com vous
vous desfendés quant vous desfendés le roi a amer qui plus vous

roi alors qu'il vous aime davantage que toutes les créatures qui peuvent vivre et mourir ! Mais peut-être vous moquez-vous... Pour l'amour de Dieu, je vous prie, dame, d'avoir pitié du roi, votre seigneur, et de vous-même. Car si vraiment vous n'en avez pas pitié, cela peut très mal tourner pour vous et pour le duc votre époux : vous n'êtes pas tels que vous puissiez vous défendre contre la volonté du roi. — S'il plaît à Dieu, rétorqua Ygerne en pleurant, c'est pourtant ce que je ferai : je m'en défendrai bien, car jamais je ne me trouverai là où il puisse me voir. »

140. Sur ces mots, Ulfin et Ygerne se séparèrent. Ulfin vint trouver le roi, et lui répéta tout ce qu'Ygerne avait dit ; mais le roi répliqua : « C'est ainsi qu'une dame honnête doit répondre ; mais il ne faut pas pour autant cesser de la prier, car jamais une femme honorable ne serait si tôt vaincue. » Le onzième jour après la Pentecôte, le roi était assis à table, et le duc de Tintagel était à côté de lui ; le roi avait en face de lui une très belle coupe d'or : Ulfin vint s'agenouiller devant lui, et lui dit : « Envoyez cette coupe à Ygerne, et dites au duc de lui mander de la prendre et d'y boire pour l'amour de vous ; et envoyez-la-lui remplie de vin, par l'intermédiaire de l'un de ces chevaliers. » Le roi dit qu'il le ferait très volontiers ; il en parla au duc, exactement comme Ulfin le lui avait conseillé, et le duc, qui ne pensait pas à mal, répondit : « Seigneur, merci beaucoup ; elle la prendra de bon cœur. » Puis il appela un de ses chevaliers, qui était

---

aimme que toutes les *choses* qui puissent vivre et morir. Mais espoir vous vous gabés. Si vous proi, dame, pour Dieu, que vous aiiés merci del roi vostre signour et de vous meïsmes. Car, se ce est chose que vous n'en aiiés merci, il em porroit encore molt grans mals avenir, ne vous ne li dus vostres sires ne se puet desfendre contre sa volenté. » Et Igerne respont em plorant : « Se Dieu plaist, si ferai, je m'en desfendrai bien, que je ne serai jamais en lieu ou il me sace ne voie. »

140. Ensi se departirent entre Ulfin et Ygerne. Et Ulfins vint au roi si li conte quanques Ygerne or dit. Et li rois dist : « Ensi doit bone dame respondre, ne ja pour ce ne le laissast a proiier que onques si tost ne fu bone dame vaincue. » Et a l'onsisme jour après Pentecouste seoit li rois au mengier et li dus de Tyntayol seoit avoeques lui. Et li rois avoit devant lui une molt bele coupe d'or et Ulfins s'agenoulle devant lui et li dist : « Envoiiés ceste coupe Ygerne et dites au duc que il li mant qu'ele le preigne et que ele i boive pour l'amour de vous et li envoiiés toute plainne de vin par un de ces chevaliers. » Et li rois dist que ce fera il molt volentiers. Si le dist au duc, ensi come Ulfins li avoit conseillié, et li dus li respont come cil qui nul mal n'i entendoit : « Sire, molt grans mercis, ele le prendra molt volentiers. » Et li dus apele un sien chevalier qui molt estoit

en très bons termes avec lui, et lui dit : « Bretel, prenez cette coupe et portez-la à votre dame de la part du roi, et dites-lui que je lui ordonne d'y boire pour l'amour de lui. »

141. Bretel prit la coupe et s'en alla dans la chambre où Ygerne dînait[1] ; il s'agenouilla devant elle en lui disant : « Dame, le roi vous salue et vous envoie cette coupe. Et mon seigneur vous fait dire de la prendre et d'y boire pour l'amour du roi. » À ces mots, Ygerne éprouva une grande honte ; elle rougit, mais n'osa refuser l'ordre de son seigneur : elle prit donc la coupe et y but, puis voulut la renvoyer par le même moyen. Mais Bretel dit : « Ma dame, mon seigneur a ordonné que vous la gardiez, et c'est le roi lui-même qui l'en a prié. » Quand elle entendit cela, Ygerne se rendit compte qu'il fallait bien qu'elle la prenne ; Bretel revint au roi, et le remercia de la part d'Ygerne — qui ne lui avait pourtant rien dit de tel. Le roi fut très satisfait qu'elle ait gardé la coupe. Ulfin se rendit dans la pièce où Ygerne dînait pour voir sa mine : il la trouva très irritée et très songeuse ; et elle l'appela, quand les tables furent enlevées, pour lui dire : « Ulfin, votre seigneur m'a envoyé une coupe par trahison ; mais sachez bien qu'il n'y gagnera rien, car je lui en ferai honte avant demain matin : en effet, je vais révéler à mon seigneur la trahison que le roi et vous complotez contre lui. — Vous n'êtes pas si folle, répondit Ulfin ; vous savez bien qu'une fois qu'une femme aura dit à son époux

---

bien de li : « Bretel, prendés ceste coupe, si le portés a nostre dame de par le roi et se li dites que je li mant que ele i boive [*b*] pour l'amour de lui[*a*]. »

141. Bretel prist la coupe et vint en la chambre ou Ygerne mengoit et s'ajenolla devant li et li dist : « Dame, li rois vous salue et vous envoie ceste coupe. Si vous mande messires que il le preigniés[*e*] et que vous i bevés pour l'amour del roi. » Quant Ygerne l'entendi en ot molt grant honte et rougi et n'osa refuser le conmandement le duc son signour. Et ele prist la coupe, si i but, puis le renvoia par celui le roi. Et Breteaus dist : « Ma dame, messires a conmandé que vous le preigniés et li rois meïsmes li en proiia. » Quant Ygerne oï ce si sot bien que prendre li convenoit, et Bretel s'en revient devant le roi, si l'en mercie de par Ygerne qui onques un mot n'en avoit dit. Et li rois fu molt liés de ce qu'ele avoit la coupe retenue. Et Ulfins ala en la chambre ou Ygerne mengoit pour veoir le samblant qu'ele faisoit, si le trouva molt iree et molt pensieve par samblant. Si l'apele et, quant les tables furent levees, si li dist : « Ulfin, par grant traïson m'a envoié vostres sires une coupe, mais tant saciés vous bien qu'il n'i gaaingnera ja rien que je l'en ferai, ains demain le jor honte, et si dirai a mon signour la traïson que vous et li rois li pourchaciés. » Et Ulfins respont : « Vous n'estes pas si fole que vous ne saciés bien que, puis

ce genre de choses, il ne lui fera plus jamais confiance : et pour cette raison, vous vous en garderez soigneusement. » Et elle de répliquer : « Malheur à qui s'en gardera ! »

142. Sur ces entrefaites, Ulfin quitta Ygerne ; le roi avait fini de manger et s'était lavé les mains ; il était de très belle humeur et prit le duc par la main en lui disant : « Allons voir ces dames. — Avec plaisir », dit le duc. Ils se rendirent alors dans la pièce où Ygerne et toutes les autres dames avaient dîné. Mais en voyant le roi, Ygerne sut tout de suite qu'il n'était venu là que pour elle. Le roi bavarda et plaisanta un moment avec les dames ; Ygerne, elle, demeura sur place jusqu'au soir, puis elle rentra à son logement. Le duc y arriva peu après ; il la trouva en pleurs : il en fut très étonné, la prit dans ses bras, en homme qui l'aimait très fort, et lui demanda ce qu'elle avait. Elle déclara qu'elle voudrait être morte. « Dame, pourquoi ? » lui demanda le duc. « Seigneur, lui dit-elle, je ne vous le cacherai pas, car il n'est rien que j'aime tant que vous. Seigneur, continua-t-elle, le roi dit qu'il m'aime, et toutes ces cours que vous le voyez tenir, et toutes ces autres dames qu'il invite ne sont que des prétextes — c'est ce qu'il dit — pour m'inviter, moi, et pour avoir l'occasion de vous faire m'amener avec vous. Je le sais depuis l'autre fois, et jusqu'à présent je m'en étais bien tirée : je ne me défendais pas mal, et je n'avais rien accepté de ses cadeaux. Et voilà que vous m'avez fait prendre sa coupe ; et,

---

que feme dira a son signour cele parole, que il ja puis le croie. Et pour ce vous en gardéres vous molt bien. » Et ele respont : « Dehait ait qui s'en gardera ja. »

142. Atant s'em parti Ulfins de Ygerne. Si ot li rois mengié et ot lavees ses mains, si fu molt liés et prist le duc par la main et dist : « Alons*ᵈ* veoir ces dames. » Et li dus dist : « Volentiers. » Lors vont en la chambre ou Ygerne avoit mengié et totes les autres dames. Mais Ygerne sot bien, tantost com ele vit le roi, qu'il n'i estoit venus se pour li non. Si parla li rois et esbanoia une piece avoec les dames. Et ensi remest Ygerne jusques a la nuit et puis s'en ala a son ostel. Et li dus vint aprés li, si le trouva plourant. Et quant il le vit si s'esmerveilla molt et le prist entre ses bras com cele qu'il amoit molt et li demanda que ele avoit. Et ele dist qu'ele vauroit estre morte. Et li dus li demanda : « Dame, et pour coi ? » Et ele li dist : « Sire, je nel vous celerai mie car il n'est riens que je aimece autretant comme vostre cors. Sire, fait ele, li rois si dist qu'il m'aime et toutes ces cours que vous veés qu'il fait et toutes ces autres dames qu'il mande et fait venir dist *[d]* il qu'il ne fait venir se pour moi non et pour avoir ocoison que vous m'i amenés. Et dés l'autre fois le sai bien et je me destournoie si me desfendoie bien de lui et de ses dons. Si m'en estoie jusques ci desfendue et onques riens n'en avoie pris. Et ore m'avés fait prendre sa coupe et me

en plus, vous m'avez fait dire par Bretel d'y boire pour l'amour de lui ! C'eſt pour cela que je voudrais être morte, car je ne peux durer contre lui et Ulfin son conseiller. Maintenant, je sais bien que, dès lors que je vous ai mis au courant, les choses ne peuvent en reſter là sans mal tourner ; et je vous prie et vous demande, vous qui êtes mon seigneur, de me remmener à Tintagel, car je ne veux plus reſter dans cette ville. »

143. Le duc entra dans une violente colère en entendant ces paroles, car il aimait sa femme autant qu'on peut aimer. Il manda ses chevaliers à travers toute la ville ; quand ils se présentèrent devant lui, ils se rendirent bien compte qu'il était très en colère ; il leur dit aussitôt : « Préparez-vous à partir, discrètement, de manière que personne ne le sache avant que je ne vous l'ordonne. » Et eux de répliquer : « À vos ordres ! » Il ajouta : « Laissez tous vos bagages, à l'exception de vos armes et de vos chevaux : ils vous suivront bien demain, et je ne veux pas que le roi sache mon départ, ni personne à qui je pourrai le dissimuler. » Ils se conformèrent aux ordres du duc ; celui-ci partit à cheval, le plus discrètement qu'il put, avec sa femme et sa maisonnée, et se dirigea vers ses domaines. Au matin, quand on sut que le duc était parti, il y eut un grand tumulte parmi ceux de ses gens qui étaient reſtés avec le roi. En apprenant cette nouvelle, le roi éprouva un vif chagrin, surtout parce qu'il avait emmené Ygerne[1]. Il manda les barons de son conseil, et leur raconta

---

mandaſtes par Bretel que je i beüsse pour l'amour de lui. Et pour ce vauroie je eſtre morte que je ne puis a lui garir ne a Ulfin son conseillier. Ore si sai bien, dés que je le vous ai dit, qu'il ne puet mais ramenoir sans mal faire. Et je vous proi et requier come a mon signour que vous me remenés a Tyntayoul que je ne voel plus eſtre en ceſte vile. »
143. Quant li dus oï ce si en fu molt iriés car molt amoit sa feme tant come nus plus. Lors mande ses chevaliers parmi la vile. Et quant il furent venu a lui si connurent bien que il fu molt iriés. Et il lor diſt : « Atornés vous pour chevauchier tout priveement que nus n'en sace mot devant que je le vous die. » Et il dient : « Tout a voſtre conmandement. » Et li dus lor diſt : « Laissiés tous vos hernois sans vos armes et vos chevaus et il vous sivront bien demain que je ne voel pas que li rois le sace, ne nus[e] qui je celer le puisse, que je m'en aille. » Ensi come li dus l'ot coumandé le firent. Si monta li dus au plus celeement qu'il pot et sa feme et sa maisnie et s'en ala vers son païs. Et au matin, quant on sot que li dus s'en fu eſtoit alés, s'en fu molt grans la noise de ses gens qui avoec le roi eſtoient remés. Et quant li rois sot que li dus s'en fu ainsi alés, si en ot molt grant doel et molt l'en pesa de ce qu'il en ot ensi mené Ygerne. Si manda ses

la honte que lui avait infligée le duc. Ils répondirent qu'ils s'étonnaient fort de ce qu'il ait agi ainsi, et qu'en tout cas il s'était comporté très follement. Le roi les pria de lui dire comment il pourrait trouver un remède à cette situation. Et eux, qui ne savaient pas pourquoi le duc s'en était allé, lui dirent : « Seigneur, comme il vous plaira ! » Et le roi de leur répéter qu'il l'avait davantage honoré que tous les autres barons, et lui avait manifesté plus d'affection. Tous dirent que c'était la vérité, et qu'ils étaient vraiment très surpris de ce qu'il l'avait ainsi outragé. Le roi leur dit finalement : « Si vous en êtes d'accord, je lui manderai de venir faire amende honorable du forfait qu'il a commis à mon égard : qu'il revienne ici dans le même équipage qu'il en est parti, pour faire droit à ma plainte[2] ! » Tout le conseil fut d'accord avec cette proposition.

144. Deux hommes honorables furent chargés par le roi de porter ce message ; ils chevauchèrent tant qu'ils arrivèrent à Tintagel, où ils trouvèrent le duc auquel ils transmirent le message qui leur avait été confié. Mais quand le duc apprit qu'il devait retourner à la cour, il comprit bien qu'il était censé y remmener Ygerne, et il dit aux messagers qu'il n'irait pas : « Car lui et les siens m'ont fait tant de mal que je ne dois pas lui faire confiance, ni me rendre à sa cour en me mettant à sa merci ; et je ne changerai jamais d'avis. Car je prends Dieu à témoin qu'il a agi envers moi, pour autant qu'il le pouvait, de telle manière que je ne dois plus me

---

barons a son conseil et lor mouſtra la honte que li dus li avoit faite. Et il respondent que molt s'en esmerveillent por coi il le fiſt et que il a fait molt grant folie. Et li rois lor proie que il li conseillent conment il le puisse amender. Et il li dient come cil qui mie ne savoient por coi li dus s'en eſtoit alés : « Sire, vous l'amenderés tout ensi com il vous plaira. » Et li rois lor conte qu'il l'avoit[b] plus honoré et fait samblant d'amour que nus de tous ces autres barons, et il dient que c'eſt voirs et que molt s'esmerveilloient por coi il avoit fait si grant outrage. Et li rois lor diſt : « Je li manderai, se vous le loés, qu'il viengne amender le forfait qu'il a mesfait a moi et tout ensi com il s'en ala re[d]viegne ariere pour faire droit. » Et tous li consaus s'i acorde.

144. En ceſt message s'en alerent .ii. prodome de par le roi et chevaucierent tant par lor journees qu'il vinrent a Tyntayoul. Illuec troverent le duc si li disent lor message si com il lor fu comandé. Et quant li dus l'oï, qui li couvenoit raler ariere, si sot bien qu'il i covenoit mener Ygerne au messages qu'il n'iroit pas a sa court « car il et li sien m'ont tant mesfait que je nel doi pas croire ne entrer en sa court ne en sa merci ne je n'en parlerai ja autrement car je en trai Dieu a garant qu'il m'a tant fait en son poeir come celui que je ne

fier à lui. » Les messagers repartirent sans avoir pu tirer
autre chose du duc. Après leur départ, celui-ci convoqua les
membres de son conseil privé, et leur raconta pourquoi il
avait quitté Cardeuil, ainsi que la trahison et la honte que le
roi cherchait à lui infliger en la personne de sa femme.

145. Ils furent très surpris et indignés de ces paroles, et
dirent tous que, s'il plaisait à Dieu, on ne devrait pas souffrir
pareille chose, et que celui qui agissait ainsi à l'égard de son
homme lige devait bien être puni. Le duc leur dit alors : « Je
vous prie tous, et je vous demande, pour l'amour de Dieu,
sur votre honneur, et parce que vous devez le faire[1], de m'aider à défendre ma terre s'il m'attaque. » Et eux de répondre
que c'était ce qu'ils feraient, et qu'ils le soutiendraient au péril
de leurs vies. C'est ainsi que le duc prit conseil de ses gens ;
les messagers d'autre part revinrent à Cardeuil où ils trouvèrent le roi : ils lui répétèrent, ainsi qu'à ses barons, ce qu'ils
avaient appris du duc. Tous en chœur s'exclamèrent qu'ils
s'étonnaient fort de la folie de celui-ci, car ils le considéraient
comme un homme éminemment raisonnable. Mais le roi leur
demanda, comme à ses vassaux et à ses amis, de l'aider à venger l'outrage que le duc lui avait infligé ; et ils lui répondirent
que certes, ils ne pouvaient lui refuser cela, mais ils le priaient
tous, pour préserver sa loyauté, de défier d'abord le duc en lui
signifiant un délai de quinze jours. Le roi accepta d'agir ainsi,
et les pria de se rassembler tous autour de lui, où qu'il soit,
à l'expiration du délai, pour faire campagne. Ils affirmèrent

---

doi pas croire ». Et li message s'en partirent del duc quant il n'i
porent autre chose trover. Et quant il s'en furent parti li dus amande
les prodomes de son privé conseil si lor conta et dist pour coi il
estoit partis de Carduel et la desloiauté et la honte que li rois li pourchaçoit que il li voloit faire de sa feme[a].

145. Quant cil l'oïrent si s'en esmervellierent molt et disent que se
Diex plaisoit ce ne seroit ja sousfert et que bien devoit il mal avoir
qui ce pourchaçoit vers son home lige. Lors dist li dus : « Je vous proi
a tous et requier por Dieu et por vos honours et pour ce que faire
devés que m'aidiés ma terre a desfendre s'il m'asaut. » Et cil dient que
sil feront il et li aideront jusqu'as testes trenchier. Ensi se conseilla li
dus a ses homes. Et li message revinrent a Cardoel ou il trouverent le
roi. Si conterent au roi et a ses barons qu'il l'avoient oï del duc. Lors
disent tout ensemble que molt s'esmervelloient de la folie au duc, car
il le tenoient a molt sage home. Et li rois lor requist, come a ses
homes et a ses amis, qu'il li[a] aïdent cele honte a amender que li dus li
avoit fait. Et il respondent que ce ne li pooient il mie veer, mais il li
proient tout ansamble, pour sa loiauté garder, que il le facent tout
avant desfier a .xv. jours. Et li rois le fist et lor proie que au chief de
.xv. jours resoient tout ensemble pour ostoiier la ou il sera. Et il

qu'ils se conformeraient à ses ordres très volontiers. Le roi envoya donc ses messagers pour défier le duc de Tintagel. Quand celui-ci s'entendit défier dans un délai de quinze jours, il répondit qu'il se défendrait s'il le pouvait ; il fit savoir à ses hommes le défi du roi, et les pria de lui venir en aide, car il en avait grand besoin. Et ils lui répondirent qu'ils l'aideraient de bon cœur. Le duc réfléchit alors, et remarqua qu'il n'avait que deux châteaux susceptibles de se défendre contre le roi — mais ces deux-là, se dit-il, il ne les perdrait jamais de son vivant. Il décida de s'organiser de telle sorte qu'il laisserait sa femme à Tintagel avec dix chevaliers : car il savait bien que le château ne craignait l'assaut de personne, et que ces dix chevaliers, avec les gens de la ville, suffiraient bien à garder l'entrée. Il se conforma à ce qu'il avait prévu, et s'en alla à l'autre château qui était plus difficile à fortifier ; pour le reste, il déclara qu'il ne pourrait pas défendre la totalité de sa terre contre le roi. Tels furent les préparatifs du duc ; quant aux messagers qui l'avaient défié, ils revinrent au roi et lui annoncèrent que le duc se préparait à se défendre contre son assaut.

146. Le roi fut très satisfait de ces nouvelles ; il fit convoquer ses barons par tout le royaume en leur demandant de s'assembler à l'entrée de la terre du duc, dans une prairie au bord d'une large rivière. Une fois que son armée et ses barons y furent en effet rassemblés, le roi leur raconta la honte, l'outrage et l'insulte à l'endroit de sa cour que lui avait infligés le duc : et tous les barons dirent qu'il était légitime

---

respondent que[b] si seront il molt volentiers. Et li rois envoie ses messages pour desfier le duc de Tyntayoul. Et quant li dus s'oï desfier a .xv. jours si respondi qu'il se desfendroit, s'il pooit, si manda a ses homes la desfiance que li rois li avoit faite et lor proia qu'il li aïdaissent[c] car il en avoit molt grant mestier. Et il li disent qu'il li aïderoient molt volen[ê]tiers. Lors conseilla li dus et dist qu'il n'avoit que .II. chastiaus qui vers le roi se peüssent desfendre mais ces .II., ce dist, ne perdra il ja, ce dist, tant com il vive. Si atourna et devisa qu'il lairoit sa feme a Tyntayoul et li lairoit .x. chevaliers car il savoit bien que li chastiaus n'avoit garde d'asaut de nul chevalier. Et cil .x. chevaliers et la gent de la vile garderoient bien l'entree. Si com il l'ot devisé ensi le fist et s'en ala a l'autre chastel qui estoit plus fors a esforcier, et dist qu'il ne porroit pas s'autre terre vers le roi desfendre. Ensi tourna li dus. Et li message qui l'orent desfié furent venu au roi ariere et li dient que li dus s'atourne pour desfendre quant il l'asaura.

146. Quant li rois oï ses messages si en fu molt liés, si envoie par tout son regne pour semonre ses barons, si les fist assembler a l'entree de la terre au duc en une praerie sor une grant riviere. Et quant ses os et tout si baron furent assemblé si lor retrait li rois la honte et le despit et l'outrage de la court que li dus ot enfrainte. Et li baron dient que

qu'il en obtienne réparation. Ainsi, le roi entra sur la terre du duc, qu'il ravagea, et il prit ses villes et ses châteaux. On lui dit que le duc était dans l'une de ses places fortes et sa femme dans l'autre. Alors, le roi s'adressa à son conseil et leur demanda devant lequel des deux châteaux il mettrait le siège ; le conseil lui recommanda d'assiéger le duc là où il saurait qu'il se trouvait, car s'il le prenait il aurait tout le pays et toute la terre, et le roi se rendit à cet avis. Mais pendant qu'ils chevauchaient en direction du château où se trouvait le duc, il dit à Ulfin : « Ulfin, que pourrai-je faire ? Quand verrai-je Ygerne ? » Et celui-ci répliqua : « Il convient de se passer de ce qu'on ne peut obtenir. Vous devez avant tout vous préoccuper de prendre le duc : une fois cela accompli, vous viendrez bien à bout de votre autre problème. Celui qui vous a suggéré d'aller là où se trouve le duc vous a bien conseillé : ce ne serait pas bon que vous alliez là où se trouve Ygerne, car vos intentions seraient trop évidentes. »

147. Ainsi donc, le roi assiégea le duc dans son château ; il y eut de nombreux assauts, mais le duc se défendit longtemps sans que le roi parvienne à s'emparer du château. Il en fut très courroucé et très attristé ; en outre, l'amour qu'il portait à Ygerne le tourmentait, tellement qu'un jour où il était dans sa tente il se mit à pleurer. Quand ses gens le virent pleurer, ils s'en allèrent et le laissèrent tout seul[1]. Ulfin, qui était à l'extérieur, l'apprit et s'en vint de ce côté ; il

---

il est bien drois que il l'ament. Ensi entra li rois en la terre le duc et prist ses chastiax et ses viles et destruist ses terres plainnes, si li fu dit que li duc estoit en un de ses chastiaus et sa feme en l'autre. Lors parla li rois a son conseil et lor requist lequel des .II. chastiaus il asserroit. Et se consaus li loe qu'il voist asseoir le duc la ou il le saura que s'il le prent il aura le païs et la terre toute. Et li rois l'otroia. Et quant il chevauchierent vers le chastel ou li dus estoit si dist li rois a Ulfin : « Ulfin, que porrai je faire quant je verrai Igerne ? » Et cil respont : « De toutes les choses qu'on ne puet avoir couvient il que on s'en consirre. Et vous devés metre grant painne au duc prendre. Car se vous l'aviés pris vous venriés bien au desus de tout vostre autre afaire. Et cil qui conseil vous a doué d'aler la ou li dus est vous a bien conseillié, que ce ne fust pas bien que vous alissiés la ou Ygerne est que lors fust vostres afaires trop descouvers. »

147. Ensi assist li rois le duc en son chastel si ot molt grant assaut. Et li dus se defendi molt longuement que li rois onques ne pot prendre le chastel si en fu molt dolans et molt angoissous et molt destrois de l'amour qu'il avoit a Ygerne. Et tant qu'il estoit a un jour en son paveillon et plouroit. Et quant ses gens le virent plourer si s'en alerent et si le laissierent tout seul. Et Ulfins qui estoit [f] dehors

trouva le roi en pleurs et lui demanda la cause de ses larmes. « Vous devez bien le savoir, répondit le roi, car vous savez bien que je me meurs pour l'amour d'Ygerne ; je vois clairement qu'il me faudra en mourir, car j'en ai perdu le boire et le manger, ainsi que le sommeil, le repos dont chaque homme a besoin : je sais donc, de ce fait, que j'en mourrai, car je ne vois pas par quel moyen je pourrais guérir. Et ainsi, j'ai grand-pitié de moi-même. » En entendant ces paroles, Ulfin répliqua : « Comme vous êtes faible, vous qui pensez mourir pour l'amour d'une femme ! Je vais quand même vous donner un bon conseil : mandez Merlin, faites-le chercher jusqu'à ce qu'il vienne à vous. Il ne se peut pas qu'il ne vous donne pas de bonnes idées — et vous devriez alors faire tout ce qu'il voudrait, et ne pas discuter son avis. — Il n'y a rien d'humainement possible que je ne ferais pour cela. Mais je sais bien que Merlin est au courant de mon tourment, et je crains qu'il ne soit courroucé contre moi pour avoir laissé faire l'essai du siège de la table, car cela fait longtemps qu'il n'est pas venu là où je me trouvais ; ou peut-être est-il mécontent que j'aime la femme de mon homme lige. Mais certes je n'en puis mais, car mon cœur ne peut se défendre contre ce sentiment. D'ailleurs, je me souviens qu'il m'a dit de ne jamais l'envoyer chercher… — S'il y a une chose dont je suis bien certain, répondit Ulfin, c'est que s'il est vivant et en bonne santé, s'il vous aime toujours autant

---

quant il le sot, si i vint et le trouva plourant et li demanda pour coi il ploroit. Et li roi li respont : « Vous le devés bien savoir, car vous savés bien que je me muir pour l'amour d'Ygerne et si voi molt bien que a morir m'en convenra car je en ai perdu le boire et le mengier et le dormir et tout le repos que home doie avoir, et pour ce sai je bien que je en morrai car je ne puis veoir conment je en puisse avoir garison. Et pour ce ai je pitié de moi meïsmes. » Et quant Ulfins l'oï si li respondi : « Vous estes de molt feble cuer de ce que vous quidiés morir por l'amour d'une feme. Mais je vous donrai bon conseil que vous feïssiés Merlin mander et querre. Tant qu'il venist a vous, il ne porroit pas estre que il ne vous en seüst aucun conseil donner. Et vous deüssiés faire tout a devise quanque ses cuers vauroit, ne ne fuissiés vers li ja de riens divers. » Et li rois respont : « Il n'est nule riens que home peüst faire que je ne feïsse. Mais je sai bien que Merlins set ma destrece, si criem que je ne l'aie courecié de ce que li lix de la Table fu essaiiés que il a molt grant piece qu'il ne vint en lieu ou je fuisse ou espoir il li poise quant je aim la feme de mon home lige. Mais certes je n'en puis mais que mes cuers ne se puet desfendre et je sai bien qu'il me dist que je ne l'envoiaisse ja querre. » Et Ulfins respont : « D'une chose sui je certains que se il est sains et haitiés et il vous aimme tant com il sot et il set

que par le passé, et s'il connaît vos souffrances, vous ne tarderez pas à avoir de ses nouvelles[2]. »

148. Ainsi Ulfin s'efforça-t-il de réconforter le roi, et il lui recommanda de faire bon visage, de manifester beaucoup de bonne humeur, de faire venir ses hommes et de se distraire en leur compagnie : de cette manière, il oublierait une bonne partie de sa douleur. Le roi répondit qu'il se conformerait très volontiers à ses instructions, mais qu'il ne pourrait certainement pas oublier si facilement sa douleur ni son amour. Ainsi donc, le roi se consola du mieux qu'il put pendant un bon moment, et il fit donner l'assaut au château fréquemment, mais sans succès. Il arriva un jour qu'Ulfin chevauchait à travers le camp : il rencontra un homme qu'il ne connaissait pas, et cet homme lui dit : « Seigneur Ulfin, je voudrais bien m'entretenir avec vous hors de ce camp. — Avec plaisir[1] », répondit Ulfin.

149. Ils sortirent donc du camp, l'homme à pied — c'était un vieillard — et Ulfin à cheval ; une fois qu'ils furent à l'écart des tentes, Ulfin mit pied à terre pour parler au vieil homme ; il lui demanda qui il était, et l'autre lui dit : « Je suis un vieillard, comme vous pouvez le voir ; quand j'étais jeune, on me considérait comme un sage. Maintenant, on dit souvent que je radote. Mais je vous dirai, en confidence, que j'étais tout récemment à Tintagel, et que j'y ai fait la connaissance d'un homme de bien qui me dit qu'Uterpandragon, votre roi, aimait la femme du duc, et que c'était pour cette raison qu'il ravageait sa terre, parce que le duc l'avait emme-

_____

la destrece que vous avés, il ne demouerra pas que vous n'en oiés aucunes nouveles. »

148. Ensi conforte Ulfins le roi et li dist que il fesist bele ciere et grant joie demenast et mandast ses homes et fust avoec aus, si oublieroit grant partie de sa dolour. Et li rois respont qu'il fera molt volentiers ce que il dist, mais la dolour ne l'amour ne porroit il oublier. Ensi reconforta le roi une grant piece et fist le chastel assaillir, mais il ne pot prendre. Un jour avint que Ulfins chevauchoit parmi l'ost tant que il encontra un home que il ne counoissoit pas. Et cil hom li dist : « Sire Ulfin, je parleroie molt volentiers a vous la fors. » Et Ulfins respont : « Et je a vous volentiers. »

149. Lors s'en alerent hors de l'ost li home a pié et Ulfins a cheval. Li hom estoit vix et quant il furent hors del paveillon si descendi Ulfin pour parler au viel home si li demanda qui il estoit. Et il li dist : « Je sui uns vix hom, ce poés vous veoir, et quant je fui jouuenes [74*a*] je fui pour molt sages tenus. Or dist on de maintes choses que je di que je radote. Mais je vous dirai a conseil que je fui a Tyntayoul n'a encor gaires si fui acointes d'un prodome qui me dist que Uterpandragon vostre rois amoit la feme au duc et pour ce li destruisoit

née de la cour à Cardeuil. Et si vous et le roi vouliez me donner un bon salaire, je connais quelqu'un qui vous ferait parler à Ygerne et qui conseillerait bien le roi dans ses amours. »

150. En entendant le vieil homme parler ainsi, Ulfin fut très étonné, et se demanda où il avait pris ce qu'il lui avait dit ; il le pria de lui indiquer l'homme qui pourrait conseiller le roi dans ses amours. Le vieillard répondit qu'il voulait d'abord savoir quel salaire lui donnerait le roi. Et Ulfin lui dit : « Où vous retrouverai-je quand j'aurai parlé au roi ? — Vous me trouverez, moi ou mon messager, demain, sur ce chemin, entre ici et le camp. » Puis il recommanda Ulfin à Dieu et s'en alla, assurant qu'il lui parlerait sans faute le lendemain, et qu'il lui dirait quelque chose qui lui ferait grand plaisir. Ulfin, après l'avoir quitté, vint trouver le roi aussi vite qu'il le put ; il lui conta toute sa conversation avec cet homme. À ces mots, le roi lui demanda : « Ulfin, quand as-tu vu l'homme qui t'a parlé de cette façon ? » Et lui de répondre : « À l'instant ; et il me dit que je lui reparlerais demain, et que je devrais à ce moment savoir lui dire quel salaire tu voudrais lui donner. — Tu me conduiras là où tu dois le rencontrer à nouveau », dit le roi. « Volontiers », répondit Ulfin. « Et si tu lui parles encore sans que je sois là, fit le roi, offre-lui à son gré tout ce qu'il voudra de mes biens. »

151. Ils laissèrent les choses en l'état jusqu'au lendemain matin ; mais ce soir-là, le roi fut plus gai qu'il ne l'avait été

---

sa terre qu'il l'enmena de la court de Cardueil. Et se vous et li rois me volés donner bon loiier je sai tel home qui bien vous feroit parler a Ygerne et que il conseilleroit bien le roi de ses amours. »

150. Quant Ulfin oï parler ensi le viel home si s'esmerveilla molt ou il avoit ce pris qu'il li avoit dit, se li proie qu'il li enseignece celui qui le roi porroit conseillier de ses amours. Et li vix hom respont : « Je orrai ançois le loiier que li rois li donroit. » Et Ulfin li dist[a] : « Ou vous retrouverai je quant je aurai au roi parlé ? » Et li viels hom[b] li dist : « Vous me trouverés demain, ou moi ou mon message, enmi ceste voie entre ci et l'ost. » Et cil le conmande a Dieu, si s'en va et dist qu'il parlera demain a lui sans faille et que il li dira tel chose dont il sera molt liés. Et Ulfins s'en part et vint au roi au plus tost que il pot si li conte tout ensi com il ot parlé a cel home. Quant li rois entendi la parole si li dist : « Ulfin, quant veïs tu cel home qui a toi parla ? » Et il respont : « Je le vi orendroit et me dist que je reparleroie demain a lui et que je li seüsse a dire le loiier que tu li vauras douner. » Et li rois dist : « Tu m'i menras[c] la ou tu parleras a lui. » Et Ulfins si li dist : « Je vous i menrai volentiers. — Et se tu paroles a lui sans moi, fait li rois, se li osfre a devise quanque il vaura avoir del mien. »

151. Ensi le laissierent jusques au matin. Et a cel soir fu li rois plus liés que il n'avoit esté grant piece avoit passé. Et l'endemain

depuis longtemps. Le lendemain après la messe, à l'heure choisie par Ulfin, celui-ci conduisait le roi, à cheval, à travers le camp vers le lieu du rendez-vous ; en sortant du camp ils virent un malheureux, contrefait, et apparemment aveugle. Quand le roi passa devant lui, il lui dit : « Que Dieu fasse s'accomplir ce que tu désires le plus en ton cœur ! » Puis il ajouta : « Donne-moi donc quelque chose dont je te sois reconnaissant ! » Le roi le regarda, puis dit en riant à Ulfin : « Ulfin, es-tu prêt à faire ce que je t'ordonnerai, pour mon avantage, pour l'amour de moi et pour exaucer ma volonté ? — Il n'est rien, répondit Ulfin, que je désire tant que de faire pour vous davantage que je ne ferais pour personne d'autre. — As-tu entendu, fit alors le roi, ce que ce contrefait m'a dit, et ce qu'il m'a demandé ? Il m'a rappelé ce que j'aime et désire le plus au monde ! Va, assieds-toi à côté de lui et dis-lui que je t'ai donné à lui, et qu'il n'y a rien en ma possession que j'aime davantage. » Ulfin ne répliqua rien, mais il alla s'asseoir à côté du contrefait et se livra à lui. En le voyant[1] agir ainsi, l'autre lui demanda : « Que cherchez-vous par ici ? — Le roi m'envoie à vous, répondit Ulfin, et m'a dit d'être à vous désormais. » À ces mots, le contrefait se mit à rire et dit : « Le roi a compris, et il me connaît mieux que toi. Je veux que tu saches que le vieillard à qui tu as parlé hier m'a envoyé ici aujourd'hui pour te rencontrer ; mais je ne te dirai pas ce qu'il m'a dit. Maintenant, retourne

---

après la messe, a cele eure que Ulfin vaut, chevaucha li rois par l'ost cele part ou Ulfin le mainne. Et quant il issirent de l'ost si virent un contrait qui sambloit qu'il ne veïst goute. Et quant li rois passa devant lui si li dist que Diex li acomplisse son cuer de la chose que il plus desire". Et cil li dist : « Donne moi dont ce de coi je te sace gré. » Et li rois le regarde, si dist a Ulfin en riant : « Ulfin, feras tu quanque je te conmanderai por mon preu et por m'amour et por ma volenté acomplir ? » Et Ulfin respont : « Il n'est riens que je desire tant que a faire por vous plus que por nul autre home. » Et li rois li dist : « As tu oï ce que cil contrais a dit et qu'il m'a demandé ? Car il m'a ramenteü la riens el monde que je plus am et donc je sui plus desirans. Va, si te sié delés lui et si li di que je t'ai a lui doné [b] et que je n'ai nule chose que je plus aime dont je soie saisis. » Et Ulfins ne reprist onques la parole, ains s'ala seoir delés le contrait et se donna a lui. Et quant li contrais vit Ulfin si li demande : « Que venés vos querre ? » Et il dist : « Li rois m'envoie a vous et si me dist que je soie vostres. » Et quant cil l'entent si rist et dist : « Li rois s'est aperceüs et me connoist mix que tu ne fais. Je voel que tu saces que li vix hom a qui tu parlas ier m'a ci envoiié a toi. Mais je ne te dirai mie ce qu'il m'a dist. Mais va au roi et si li di que je voel bien qu'il sace qu'il feroit grant meschief pour avoir sa volenté et que li mant

au roi, et dis-lui cela de ma part : je veux qu'il se rende compte qu'il est prêt à faire beaucoup de bêtises pour obtenir ce qu'il veut ; mais je lui mande néanmoins qu'il a vite compris, et que cela jouera en sa faveur. — Je n'ose pas, dit Ulfin, vous demander qui vous êtes ? — Demande-le au roi, répliqua-t-il, il te le dira. » Ulfin sauta en selle et rejoignit le roi au galop. En le voyant, le roi l'appela auprès de lui, un peu à l'écart, et lui dit :

152. « Comment se fait-il que vous soyez venu ici à ma suite ? Je vous avais donné au contrefait ! — Seigneur, fit Ulfin, il vous fait dire que vous avez compris plus vite que moi, et que vous devez me dire qui il est. Car lui-même n'a rien voulu m'expliquer, mais il m'a recommandé de vous interroger. » Quand le roi entendit cela, il s'en retourna en hâte là où ils l'avaient rencontré précédemment. Et alors le roi demanda à Ulfin : « Sais-tu qui t'a parlé sous les traits d'un vieil homme ? C'est celui-là même que tu as vu tout à l'heure contrefait. — Est-il possible, demanda Ulfin, qu'un homme puisse ainsi changer son aspect ? Qui peut modifier ainsi son apparence ? » Et le roi répondit : « Sache-le bien, c'est Merlin qui se moque ainsi de nous. Et quand il voudra, il nous fera bien savoir qui il est. »

153. Ils en restèrent là, et s'en allèrent chevauchant à travers champs. Merlin vint à la tente du roi sous sa véritable apparence, si bien que tout le monde le reconnut, et il demanda où était le roi. Un messager alla donc chercher celui-ci, et lui dit que Merlin le demandait. Le roi fut absolument enchanté de

---

que tost s'est aperceüs et que mix l'en sera. » Et Ulfins respont : « Je ne vous oseroie demander de vostre estre. » Et il respont : « Demandés le au roi et il le vous dira. » Et Ulfins monte et vint courant aprés le roi. Et quant li rois le vit si se traist a une part si l'apela et dist :

152. « Conment estes vous venus ci aprés moi ? Ja vous avoie je donné au contrait. — Sire, fait Ulfins, il vous mande que vous en estes plus tost aperceüs que je et que vous me dites de son estre. Car il ne m'en veut riens dire ains me dist que vous le me dites. » Quant li rois l'oï si retourne grant aleüre ariere tant qu'il en vinrent la ou il l'avoient trouvé autre fois. Lors dist li rois a Ulfin : « Sés tu qui cil est qui ier parla a toi en samblance d'un viel hom ? C'est cil meïsmes que tu as hui veü contrait. » Et Ulfins dist : « Porroit ce estre voirs que hom se peüst ensi desfigurer ? Et qui est ce qui ensi se desfigure ? » Et li rois respont : « Ce saces tu vraiement que ce est Merlins qui ensi se gabe de nous. Et quant il vaura il nous fera bien a savoir qui il est. »

153. Ensi le laissierent ester et alerent chevauchant aval les chans. Et Merlins en vint a la tente le roi en sa droite samblance si que il le conurent bien et demanda ou li rois estoit. Et uns messages vint au roi et li dist que Merlins li demandoit. Et quant li rois l'oï se en fu si liés

cette nouvelle ; il revint aussi vite qu'il put, tout en interpellant ainsi Ulfin : « Tu vas voir maintenant ce que je devais t'expliquer. Car Merlin est venu. Je savais bien qu'il ne servait à rien de le chercher. — On verra bien désormais, rétorqua Ulfin, si vous valez quelque chose, et si vous saurez lui parler comme il faut et faire sa volonté ! Car il n'y a personne qui puisse vous aider mieux que lui en ce qui concerne l'amour d'Ygerne. — C'est vrai, dit le roi ; et il ne m'ordonnera rien à ce sujet que je ne le fasse. »

154. Ils chevauchèrent donc jusqu'à la tente du roi où ils trouvèrent Merlin. Le roi fut très heureux de le voir, et lui souhaita la bienvenue, il le prit dans ses bras et lui donna l'accolade en toute humilité ; puis il lui dit : « De quoi me plaindrais-je à vous ? Vous savez aussi bien que moi quelle est ma situation. Il ne m'a jamais tant tardé que quelqu'un vienne que vous cette fois ; et je vous prie, pour l'amour de Dieu, de vous mettre en peine afin de m'aider à obtenir ce que vous savez que mon cœur désire. — Je n'aborderai pas ce sujet, répondit Merlin, si Ulfin ne participe pas à la conversation. » Le roi fit appeler Ulfin et le prit à part pour pouvoir discuter tranquillement. Puis il lui dit que c'était là le vieil homme qu'il avait vu, et le contrefait aussi bien. Ulfin regarda Merlin avec attention, et lui demanda si ce que le roi disait pouvait être vrai. Et Merlin de répondre : « Oui, certes. Et dès que tu m'as dit qu'il t'avait envoyé à moi, j'ai su qu'il avait compris. » Ulfin reprit alors la parole et s'adressa au

---

que nus plus et s'en vint au plus tost que il pot et apela Ulfin et li dist : « Ore verras tu ce que je te devoie dire. Car Merlins est venus. Je savoie bien que pour noient le quesist on. » Et Ulfins respont : « Or i parra se vous onques riens vausistes et se vous li saurés bien dire et bien faire sa volenté, qu'il n'est nus hom qui mix vous peüst aïdier de l'amour Igerne que lui. » Et li rois respont : « Vous dites voir qu'il n'est riens que il conmant que je ne face. »

154. [*d*] Ensi chevauchierent jusqu'a la tente le roi ou il trouverent Merlin. Et quant li rois le vit si en ot molt grant joie et li dist que bien fust il venus. Si le prist entre ses bras, si l'acola molt humlement et li dist : « De coi me complaindeoie je a vous ? Ausi bien savés vous come il m'estait come je meïsmes, ne onques mais nule venue d'ome ne me tarda tant come la vostre. Et je vous proi por Dieu que vous pensés de*ᵃ* ce que vous savés que mes cuers desire. » Et Merlins respont : « Ja de chose que vous me dites n'en tenrai parole sans Ulfin. » Lors fist li rois apeler Ulfin, si le trait a une part por consellier. Lors dist li rois a Ulfin que cil estoit le vix hom que il avoit veü et li contrais ensement. Et Ulfin regarda Merlin molt durement et dist a Merlin se ce pooit estre voirs que li rois dist. Et Merlins respont : « Oïl, ce fu voirs sans faille. Et si tost com je vi que il t'en-

roi : « Seigneur, maintenant, vous devriez parler à Merlin de
votre affaire, au lieu de pleurer quand vous êtes seul. — Je
ne sais que lui dire ni que lui demander, dit le roi, car il
connaît bien mon cœur et mes sentiments, et je ne pourrais
jamais lui mentir sans qu'il le sache. Mais je le prie, pour
l'amour de Dieu, de m'aider à obtenir l'amour d'Ygerne. Et
il ne pourra rien imaginer qu'il veuille me faire faire, que cela
ne soit fait. — Si vous osiez, répondit Merlin, me donner ce
que je vous demanderais, je ferais en sorte que vous obte-
niez son amour, et je vous ferais coucher avec elle, dans sa
chambre, dans son lit, nu à nue. » En entendant cela, Ulfin
sourit en murmurant : « Je verrai bien maintenant ce que
vaut le cœur d'un homme ! — Vous ne saurez rien me
demander, dit le roi, que vous ne l'ayez, pour peu qu'on
puisse le trouver. — Quelles assurances recevrai-je ? »
demanda Merlin. « Celles que vous voudrez », répliqua le roi.
Merlin reprit : « Êtes-vous prêt à jurer sur les reliques, et à
faire jurer à Ulfin, que vous me donnerez ce que je vous
demanderai le matin qui suivra la nuit où je vous aurai fait
coucher avec Ygerne, et avoir d'elle toute votre volonté ? Et
que vous me donnerez ce que je vous demanderai, sans
restriction ? — Oui, dit le roi, très volontiers. » Et Merlin
demanda à Ulfin s'il le jurerait lui aussi, et Ulfin répondit :
« Je voudrais l'avoir déjà juré. »

155. À ces mots, Merlin se mit à rire et dit : « Quand vous

---

voia a moi, soi je que il s'estoit aperceüs. » Et Ulfins parole et dist au
roi : « Sire, ore devriés vous parler de vostre afaire a Merlin ne mie
plorer quant vous estes seus. » Et li rois respont : « Je ne li sai que
dire ne que proiier, que il set bien mon cuer et mon corage, ne li
porroie mentir qu'il ne le seüst bien. Mais je le proi pour Dieu qu'il
m'aït que je puisse avoir l'amour d'Igerne et il ne devisera ja riens
que il voelle que je face que faite ne soit. » Et Merlins respont : « Se
vous m'osiés donner ce que je vous demanderoie je porchaceroie que
vous auriés s'amour et vous feroie jesir en sa chambre delés li en son
lit tout nu a nu. » Et quant Ulfins l'oï si s'en rist et dist : « Ore verrai
je que cuers d'ome vaut. » Et li rois respont : « Vous ne me saurés ja
chose demander qui trouvee puist estre que vous n'aiiés. » Et Merlins
respont : « Comment en seroie je seürs ? » Et li rois dist : « Tout ensi
come vous deviserés. » Et Merlins respont : « Juerrés le vous sor sains
et ferés jurer a Ulfin que vous me donrés ce que je vous demanderai
le matin que je vous aurai fait o li jesir, et ferai a vous de li avoir
toutes vos volentés, et me donrés ce que je vous demanderai
sans retour ? » Et li rois li dist : « Oïl, molt volentiers. » Et Merlins
demande a Ulfin s'il le juerra. Et Ulfins dist : « Ce poise moi que je
ne l'ai ja juré. »

155. Quant Merlins oï cele parole si s'en rist et dist : « Quant li

aurez prêté serment, je vous dirai comment cela pourra se faire. » Le roi fit alors apporter les meilleures et les plus saintes reliques qu'il possédait, et il jura sur elles et sur la Bible[1] ce qui avait été convenu, à savoir qu'il lui donnerait, en toute bonne foi et sans tromperie, ce qu'il lui demanderait. Après le roi Ulfin jura sur les reliques, sous peine d'être abandonné de Dieu, que le roi tiendrait ce qu'il avait promis à Merlin, en toute bonne foi.

156. Ainsi furent faits les serments. Une fois que Merlin les eut reçus, le roi lui dit : « Maintenant, je vous prie de vous occuper de mon affaire, en homme qui en a le plus grand besoin du monde et qui veut plus que personne obtenir l'objet de son désir. » Merlin dit alors : « Il vous faudra faire preuve de beaucoup d'audace, car c'est une femme très sage, et très loyale envers Dieu et envers son seigneur. Mais vous verrez comment je la prendrai au piège[1] : je vous donnerai l'apparence du duc, si bien qu'il n'y aura personne qui ne vous prenne pour lui. Et le duc a deux chevaliers aussi proches de lui, et également d'Ygerne, qu'il est possible de l'être ; l'un s'appelle Bretel et l'autre Jourdain : je donnerai à Ulfin l'apparence de Jourdain et je prendrai celle de Bretel ; puis je ferai ouvrir les portes, et je vous introduirai à l'intérieur. Et Ulfin et moi, nous aurons bel et bien ces apparences-là. Mais il nous faudra sortir de très bon matin du château, une fois que nous y serons, car nous apprendrons de bien étranges nouvelles. Préparez-vous à loisir, et défendez à

---

sairemens sera fais je vous dirai conment ce porra estre. » Lors fist li rois aporter les haus saintuaires qu'il avoit et les [d] meillours reliques qu'il avoit et sor un livre li jura, si com il li avoit devisé et il avoit entendu, qu'il li donroit em bone foi sans nul engien ce qu'il li demanderoit. Après le roi le jura Ulfins, se Dix li aidast et li sains, que li rois li tenroit ce que il li avoit dit et juré en bone foi.

156. Ensi furent li sairement fait et Merlins les ot pris. Lors dist li rois a Merlin : « Or vous proi je de mon afaire come li hom del monde qui greignour mestier en a et plus grant volenté de son desirier acomplir. » Lors li dist Merlins : « Il vous couvient aler en fiere maniere qu'ele est molt sage feme et molt ferme envers Dieu et envers son signour. Mais or verrés quel pooir je aurai de li engingnier. Je vous baillerai la samblance le duc si bien que ja ne sera nus qui por lui ne vous connoisse. Et li dus a .ii. chevaliers si privé de lui que nus ne puet estre plus privé d'autre et de Ygerne meïsmes. Si a non li uns Breteaus et li autres Jordains. Je baillerai Ulfin la samblance Jordain et je prendrai la samblance Bretel et je ferai ouvrir les portes et vous ferai entrer laiens. Et je serai moi et Ulfin en tés samblances. Mais il nous couvenra molt main issir hors quant nous i serons, car nous i orrons molt estranges nouveles. Et vous atournés a

vos barons d'assaillir le château avant notre retour. Prenez bien garde aussi de ne dire à personne où vous devez aller — si ce n'est à nous deux qui sommes ici. » Ulfin et le roi répondirent qu'ils se conformeraient en tout à ses instructions, et que lui devait arranger son affaire pour qu'elle soit fin prête. Mais Merlin dit : « Je vous donnerai vos nouvelles apparences en cours de route. » Le roi se hâta donc de régler les détails que Merlin lui avait indiqués. Quand ce fut fait, il vint à Merlin et lui dit : « J'ai fait mon travail, occupez-vous du vôtre ! » Merlin répliqua : « Alors, mettons-nous en route ! »

157. Ils se mirent en selle et chevauchèrent jusqu'à ce qu'ils arrivent à Tintagel. Là, Merlin dit au roi : « Attendez-nous un petit peu ici : Ulfin et moi allons faire un tour de ce côté. » En effet, lui et Ulfin s'en allèrent à quelque distance, jusqu'à ce qu'ils soient hors de vue du roi ; puis Merlin revint auprès de celui-ci avec une herbe. Le roi la prit et s'en frotta, et immédiatement il prit l'apparence du duc. Merlin lui dit alors : « Vous souvenez-vous d'avoir jamais vu Jourdain ? — Je le connais bien », répondit le roi ; Merlin alors retourna à Ulfin, et changea son apparence pour celle de Jourdain[1] ; puis il l'amena devant le roi, en tenant son cheval par la bride. Mais quand Ulfin fut en présence du roi, il s'exclama : « Seigneur-Dieu, comment peut-il se faire que l'apparence d'un homme soit modifiée ainsi ! » Le roi lui demanda alors : « Que t'en semble ? » Et Ulfin de répliquer :

---

loisir et vos barons desfendés que nus n'aille vers le chaſtel devant ce que nous serons revenu et gardés que vous ne diés a nul home ou vous devés aler fors a nous .ii. qui ci somes. » Et Ulfins et li rois respondent que il feront tout ensi com il l'a devisé. Et il atourt conment li siens afaires soit prés. « Et je vous baillerai, fait Merlins, ces samblances par voies. » Et li rois se haſta au plus toſt que il pot de ceſt afaire que Merlins li ot conmandé. Et quant il ot fait si vint a Merlin si li diſt : « Je ai fait mon afaire, or pensés del voſtre. » Et Merlins li diſt : « Il n'i a que del mouvoir. »

157. Lors montent et chevaucierent tant qu'il vinrent a Tyntayoul. Lors diſt Merlins au roi[a] : « Or demourés ici un poi et nous irons cha entre moi et Ulfin. » Lors s'en vont a une part et se desassambla entre lui et Ulfin si en revinrent au roi. Si aporta Merlins une herbe et li rois le priſt si s'en froia. Et quant il s'en fu froiiés si ot tout apertement la samblance del duc. Et lors diſt Merlins : « Or vous souviengne se vous veïſtes onques Jourdain. » Et li rois diſt : « Je le connois molt bien. » — Et Merlins vint a Ulfin, si le deſigura en la samblance [e] Jourdain et lors l'amena par le frain devant le roi. Et quant Ulfins vint devant le roi si li diſt : « Biaus sire Dix, conment puet ce eſtre que nule samblance d'ome puet eſtre muee a autre. » Et li rois li demande : « Que t'eſt il avis de moi ? » Et Ulfins li diſt :

« Je ne peux voir en vous personne d'autre que le duc ! » Le roi, à son tour, dit que lui ressemblait parfaitement à Jourdain. Après quelque temps, ils regardèrent aussi Merlin, et il leur parut bien que c'était Bretel. Ils attendirent jusqu'à la nuit en bavardant ; quand il fit sombre ils vinrent à la porte de Tintagel. Et Merlin, qui ressemblait tout à fait à Bretel, appela à la porte ; le portier et les gardes vinrent à sa rencontre, et il leur dit : « Ouvrez la porte, car voici le duc ! » Ils s'exécutèrent et virent clairement — c'est du moins ce qu'il leur sembla — Bretel, le duc et Jourdain ; ils ouvrirent la porte et les laissèrent entrer. Mais « Bretel » leur défendit de dire à personne que le duc était arrivé ainsi.

158. Il y eut assez de volontaires pour aller annoncer à la duchesse l'arrivée du duc. Les trois visiteurs chevauchèrent jusqu'au palais où ils mirent pied à terre ; Merlin dit au roi en aparté qu'il se comportât comme il sied à un roi, fort joyeusement. Tous trois entrèrent alors dans la chambre où se trouvait Ygerne, déjà couchée ; aussi vite que possible, ils aidèrent leur seigneur à se déchausser et à se dévêtir et le firent se coucher auprès d'Ygerne. Cette nuit-là fut engendré le bon roi que l'on nomme Arthur. La dame fit fête au roi, car elle était bien convaincue que c'était son mari, qu'elle aimait tendrement. Ainsi donc, il arriva qu'ils restèrent couchés ensemble jusqu'au matin, à l'aube. Le bruit courut alors dans la ville que le duc était mort et son château pris. Quand les deux compagnons du roi, qui étaient déjà levés, entendirent

---

« Je vous connois pour nul home se pour le duc non. » Et li rois dist qu'il samble apertement Jourdain. Et quant il orent issi un poi esté si regarderent Merlin, si lor fu bien avis que ce fust Breteaus. Ensi parlerent ensamble et atendirent jusqu'a la nuit. Et quant il fu un poi anuitié si vinrent a la porte de Tintayoul. Et Merlins qui bien ressambla Bretel apela a la porte, et li portiers et les gens qui gardoient la porte vinrent a lui. Et il lor dist : « Ouvrés la porte. Veés ci le duc ou il vient. » Et il l'ouvrirent et virent apertement, ce lor fu avis, Bretel et le duc et Jourdain, si ouvrirent la porte et les laisserent ens entrer. Et Breteaus lor desfendi que nus ne die que li dus soit venus.

158. Assés fu qui l'ala dire a la ducoise que li dus estoit venus et il chevauchierent tant qu'il vinrent au palais. Si descendirent et Merlins dist au roi a conseil que il se contenist come rois molt liement. Lors s'en vont tout .iii. en la chambre ou Ygerne gisoit qui estoit ja couchie et au plus tost qu'il porent firent lor signour deschaucier et couchier avoec Ygerne. Cele nuit fu engenrés li bons rois qui fu apelés Artus. La dame fist joie del roi car ele quidoit bien ce fust li dus ses sires que ele amoit molt. Et ensi avint qu'il jurent ensamble jusques au matin a l'ajournee. Et lors vinrent nouveles en la vile que li dus estoit mors et ses chastiaus pris. Et quant li .ii. compaignon

ces rumeurs, ils coururent trouver leur seigneur, là où il était couché, et lui dirent : « Seigneur, levez-vous vite, et allez-vous-en à votre château, car nos gens ont reçu des nouvelles selon lesquelles vous seriez mort. » Alors, il se leva d'un bond, en disant : « Ce n'est pas surprenant qu'ils le croient, car je suis sorti du château sans que personne le sache. »

159. Le roi prit alors congé d'Ygerne, et l'embrassa en la quittant devant tous ceux qui se trouvaient là. Ils sortirent du château aussi vite que possible, sans que personne les reconnaisse ; ils étaient fort contents de s'en être si bien sortis, mais à ce moment Merlin s'adressa au roi en disant : « Seigneur, je t'ai tenu parole : prends garde maintenant de faire de même ! — Vous m'avez, répondit le roi, causé la plus grande joie et rendu le plus grand service qu'un homme puisse faire pour un autre : je tiendrai bien la promesse que je vous ai faite. — C'est précisément ce que je te demande, répliqua Merlin, et ce que j'attends de toi. Je veux tout d'abord que tu saches que tu as engendré en Ygerne un héritier mâle : eh ! bien, c'est lui que tu m'as donné, car décidément il n'est pas juste que tu l'aies[1]. Tu me remettras toute l'autorité que tu pourrais avoir sur lui ; fais mettre par écrit la nuit et l'heure à laquelle tu l'as engendré, comme cela tu sauras si je dis vrai. — Je t'ai juré, fit le roi, que je ferais tout ce que tu me dirais : je te le donne. »

160. Ainsi parlant, ils chevauchèrent jusqu'à une rivière, où Merlin les fit se laver : après ces ablutions ils perdirent

---

qui estoient levé oïrent les nouveles, si en coururent et en vinrent a lor signour ou il gisoit si li disent : « Sire, levés sus si alés a vostre chastel que nouveles sont venues a nos gens et quident que vous soiiés mors. » Et il saut sus et dist : « Ce n'est pas mervelle se il le quident que je isse del chastel que onques nus ne le sot°. »

159. Lors prent li rois congié a Ygerne et le baisa voiant tous ciaus qui i furent au departir. Et issirent del chastel au plus tost que il porent c'onques nus nes connut. Et quant il furent hors issu si en furent molt lié. Et Merlins parla au roi si li dist : « Sire, je t'ai bien covens tenu. Or gardes bien que tu me tiegnes le mien. » Et li rois li dist : « Vous m'avés faite la greignour joie et le plus [f] bel service que onques nus hom feïst a autre et les vos couvens vous tenrai je molt bien. » Et Merlins li dist : « Je les te demant et voel que tu le me tiengnes. Je voel que tu saces que tu as engendré un oir marle en Ygerne et c'est ce que tu m'as donné que tu ne le dois pas avoir. Et tel pooir com tu i auras tu le me donras. Et si fai metre et l'eure et la nuit en escrit que tu l'engenras si sauras se je te di voir. — Et je le devis, fait li rois, que je le ferai tout ensi com tu m'as dit, bien le te doing. »

160. Ensi chevauchierent jusqu'a une riviere et en cele riviere les fist laver. Et quant il furent lavé si orent les samblances perdues

l'apparence qu'ils avaient eue auparavant. Le roi se hâta alors de chevaucher jusqu'au camp de son armée. Dès son arrivée, ses vassaux et ses troupes s'assemblèrent devant lui, et lui racontèrent comment le duc avait été tué : le lendemain de son départ[1], dirent-ils, l'armée était très tranquille et silencieuse : « Le duc s'aperçut que vous n'étiez pas au camp ; il fit en conséquence armer ses gens et tenta une sortie, les hommes à pied par une porte, ceux qui étaient à cheval par une autre. Ils assaillirent le camp et firent beaucoup de dégâts avant que nos gens ne fussent armés. Le tumulte était considérable, l'alarme fut donnée : nos gens s'armèrent, et à leur tour les assaillirent. Ils les repoussèrent jusqu'à la porte ; là, le duc fit demi-tour et combattit brillamment, tant que son cheval fut tué sous lui, et lui-même abattu. Et il fut tué par nos gens à pied, car ils ne le connaissaient pas[2]. Ensuite, nous avons refoulé les autres et franchi la porte : ils se défendaient très mal après avoir perdu le duc. » Le roi répondit qu'il regrettait fort la mort du duc de Tintagel.

161. C'est ainsi que le duc mourut et que son château fut pris. Le roi parla avec ses barons, en leur laissant voir qu'il regrettait la mort du duc, et leur demanda conseil pour savoir comment il pourrait en offrir compensation, de manière que ses hommes ne le blâment pas ; en effet, il ne haïssait pas mortellement le duc, et il déplorait la mésaventure qui lui était arrivée : « J'offrirai réparation, dit le roi, autant qu'il sera en mon pouvoir. » Alors Ulfin, qui était en

---

que il orent eü devant. Lors chevaucha li rois au plus tost que il pot et vint en l'ost. Et si tost com il i fu venus si home et ses gens s'asamblerent devant lui et li content conment li dus estoit ocis et li dient que l'endemain que il s'em parti estoit l'ost molt serie et molt coie. « Et li dus s'aperchut que vous n'estiés pas en l'ost, si fist ses gens armer et les fist tous issir par une porte ciaus à pié et cil à cheval issirent par une autre et coururent sor cest ost si i firent molt grant damage ains que nos gens fuissent armé. Li cris et la noise leva et nos gens s'armerent si lor coururent sus et les misent jusques devant lor porte. Et la guenci li dus et fis molt d'armes tant que ses chevaus fu desous lui ocis et li dus abatus. Et illuec fu li dus mors entre nos gens a pié car il ne le connoissoient mie et nous hurtasmes entre les autres parmi la porte qui molt mauvaisement se desfendirent puis que il orent perdu le duc. » Et li rois respont et dist que molt li poise de la mort au duc de Tyntayoul.

161. Ensi fu li dus mors et ses chastiaus perdus. Et li rois parla a ses barons et lor moustra si lor pesa de la mescheance au duc et lor requist conseil conment il porroit ceste chose amender que si home ne l'en blamaissent car il ne haoit pas le duc de mortel haine et molt li poise de l'aventure qui avenue li est. « Et je l'amanderai, fait li rois, a

très bons termes avec le roi, prit la parole et dit : « Ce qui est
fait est fait ; il ne reste plus qu'à faire réparation du mieux
qu'on peut. » Un grand nombre de barons prirent Ulfin à
part, et il en profita pour leur demander : « Comment
conseillez-vous que le roi fasse réparation de cette mort à la
dame et aux alliés du duc ? Le roi, en effet, vous a demandé
conseil, et vous devez bien le conseiller du mieux que vous
pouvez, puisqu'il est votre seigneur. » Et eux de répliquer :
« Nous le conseillerons volontiers là-dessus, mais nous vous
prions de nous suggérer d'abord ce que vous pensez qui sera
le plus favorable, de manière que le roi ne nous oppose pas
un refus. Car nous savons que vous êtes en très bons termes
avec lui. — Si je suis en bons termes avec mon seigneur,
rétorqua Ulfin, et que je laisse faire derrière son dos quelque
chose que je n'oserais pas lui dire en face, vous pouvez bien
me considérer comme un traître ! Néanmoins, si c'était à moi
de négocier la paix des amis de la dame, je conseillerais une
solution à laquelle vous n'oseriez pas penser... — Nous vous
ferons absolument confiance, répondirent-ils tous ensemble,
et nous nous en remettons entièrement à vous, car nous
savons que vous êtes sage et de bon conseil : et ainsi, nous
vous prions de nous conseiller en la matière. » Ulfin reprit :
« Je vous dirai ce que j'en pense, et si vous avez une meilleure idée, n'hésitez pas à l'exprimer : je suggérerais que le
roi mande par tout le pays les alliés de la dame, et les invite
à venir à Tintagel ; il serait bon ensuite que le roi y soit, que

mon pooir. » Lors parla Ulfins qui molt estoit bien del roi et dist :
« Puis que la chose est faite il le couvient amender au plus bel que on
puet. » Lors vinrent grant plenté des homes et traient Ulfin a une part
et il lor dist : « Conment loés vous que li rois ament ceste mort a la
dame et as amis au duc ? Li rois vous enquiert conseil si l'en devés
conseillier a vostre pooir come a [75a] vostre signour. » Et il respondent[a] : « Nous l'en conseillerons molt volentiers. Et nous vous proions
que vous nous assenés de ce que mix nous vaille a requerre dont li
rois ne nous escondie. Car nous savons bien que vous estes bien de
lui. » Et Ulfins respont : « Se je sui bien de mon signour et que je li
loasse chose a mon escient par deriere que je ne li face bien dire par
devant tous dont me tenriés vous a traïtour se je tels estoie. Et se li
los en estoit sor moi de la pais des amis a la dame, je loeroie tel chose
que vous n'oseriés mie penser. » Et il respondent tout ensamble :
« Nous vous en creons bien et nous nous en metons del tout sor vous,
car nous savons bien que vous estes sages et de bon conseil et loiaus
et de loial conseil. Si vous proiions que nous vous conseilliés de ceste
chose. » Et Ulfins respont : « Je vous en dirai mon avis et se vous
meillour le savés le dites. Je loeroie que li rois mandast partout ou
li ami a la dame seroient et les fesist venir a Tyntayoul et li rois i fesist

la dame et ses alliés se présentent devant lui, et que le roi leur offre telle compensation pour la mort du duc que tous les assistants considèrent comme des fous ceux qui refuseraient, et estiment au contraire le roi sage, honnête et loyal — et nous aussi, qui sommes de son conseil.

162. « C'est ainsi que doit faire la paix celui qui le désire sincèrement. » Les conseillers répondirent : « Nous nous en tiendrons à votre suggestion, et nous n'en suggérerons pas d'autre. » Ils se présentèrent donc devant le roi et lui firent part du conseil sur lequel ils s'étaient mis d'accord (mais ils ne dirent pas que c'était Ulfin qui le leur avait soufflé). Quand ils lui eurent tout expliqué, le roi répondit : « J'en suis d'accord : je veux bien agir comme vous l'avez suggéré. » Le roi envoya donc des lettres à tous les parents du duc, les invitant à venir à Cardeuil, leur garantissant une bonne trêve, et disant qu'il était prêt à faire amende honorable pour tout ce dont ils se plaindraient de sa part. Merlin, quant à lui, vint trouver le roi et lui dit : « Savez-vous qui a donné ce conseil ? — Non, répondit le roi. Tout ce que je sais, c'est que tous les conseillers me l'ont suggéré ensemble. — À eux tous, rétorqua Merlin, ils n'auraient pas osé conseiller pareille chose. Mais Ulfin, qui est sage et loyal, a imaginé en son cœur la paix la meilleure et la plus honorable qui soit — et il ne pense pas que personne le sache, ce qui est bien le cas, sauf pour moi, et vous à qui je viens de le révéler. » Le roi demanda alors à Merlin quelles étaient les intentions d'Ulfin, et Merlin lui expliqua

---

la dame et ses amis venir devant lui. Et quant il seroient venu si lor feïst tant li rois de la mort au duc que tout cil qui la seroient et qui la pais refuseroient le tenissent a fols et le roi a prodome et a sage et a loial et nous aussi qui somes de son conseil.

162. « Ensi doit pais faire qui faire le velt. » Et li prodome respondent : « Nous nos tenons del tout a vostre conseil ne ja autre n'i aura. » Ensi vinrent devant le roi, si li ont dit le conseil qu'il avoient trové, mais il ne disent mie ce que Ulfins lor dist. Et quant il orent dit et recordé devant le roi si respondi li rois : « A ce m'acort je bien ensi le voeil je come vous l'avés devisé. » Ensi manda li rois par ses terres tous les parens au duc qu'il venissent tout a Carduel et par bones trives et qu'il vauroit amender toutes les choses dont il se plaindroient de lui. Et Merlins en vint au roi si li dist : « Savés vous qui ce conseil a donné ? » Et li rois respont : « Naie autrement que tout li prodome le me loerent. » Et Merlins dist : « Il nel loassent pas entr'aus tous loer, mais Ulfins, qui molt est sages et loiaus, a pourpensé la pais en son cuer la meilleur et la plus honeree qui soit et si ne quide pas que nus le sace ne set il que je solement et vous qui je l'ai dit. » Et li rois[a] demande Merlin que il li die tout ensi come Ulfins l'a devisé. Et Merlins li conte toute la pensee Ulfin. Et quant li rois

tout ce que celui-ci projetait. Le cœur du roi fut rempli de joie
par ces nouvelles ; très heureux, il dit : « Qu'en pensez-vous,
vous-même ? — Je ne saurais, répondit Merlin, donner un
meilleur conseil, ni un plus loyal. De cette façon, vous aurez
obtenu tout ce que votre cœur désire tant. Je veux m'en aller
maintenant ; mais avant de partir, je voudrais vous parler en
présence d'Ulfin. Et quand je serai parti, vous pourrez lui
demander ce qu'il a en tête à propos de cette paix ! » Le roi dit
que c'était bien ce qu'il comptait faire.

163. Ulfin fut alors appelé ; en sa présence, Merlin reprit
la parole et dit au roi : « Seigneur, vous m'avez promis que
vous me donnerez, dans la mesure de vos possibilités, l'héritier que vous avez engendré, car il ne serait pas juste que
vous le considériez comme votre fils. Vous avez mis par
écrit la nuit et l'heure à laquelle il fut engendré — vous
savez bien que c'est par mon intermédiaire que vous l'avez
fait, si bien que le péché retomberait sur moi si je ne lui
venais pas en aide : en effet il se peut bien que sa mère ait
grande honte de lui, car elle n'est pas assez fine pour le
cacher au monde[1]. Je veux donc qu'Ulfin fasse de son côté
un document à ce sujet — il a entendu ici le terme, nuit et
heure, de la conception. Car vous-même, vous ne me verrez
plus avant la nuit qui suivra la naissance. Je vous prie
comme mon seigneur de faire confiance à Ulfin en tout, car
il vous aime et ne vous conseillera jamais rien qui ne soit à
votre avantage et à votre honneur. Je ne parlerai plus ni à

---

l'oï si en ot molt grant joie en son cuer et molt en fu liés et li dist :
[*b*] « Qu'en loés vous de ceste chose ? — Je n'i sai meillour conseil
donner, fait Merlins, ne plus loial. Et si auras acomplies toutes tes
volentés de ton cuer dont tu es si desirans. Et je m'en voeil aler,
mais je voeil avant parler a vous devant Ulfin. Et quant je en serai
alés vous porés bien demander a Ulfin conment il a pensee ceste
pais. » Et li rois dist que si fera il.

163. Lors fu Ulfins apelés et quant il fu venus devant aus si parla
Merlins et dist au roi : « Sire, vous m'avés en covent que vous me
donrés a vostre pooir l'oir que vous avés engenré, qu'il n'est pas
raisons que vous le reteigniés a vostre fil et vous avés l'eure et la
nuit en escrit qu'il fu engenrés et vous savés bien que vous l'avés
engendré par moi. Si seroit miens li pechiés se je ne li aïdoie car
espoir encore porroit avoir sa mere grant honte de lui, car ele n'a
point de sens que le peüst celer au siecle. Si voel que Ulfins en face
les letres et qu'il oie ja ci le terme et l'eure et la nuit que il fu engenrés, ne vous ne me verrés devant le jour que il naistra après la
nuit. Et je vous proi, conme a mon signour, que vous creés Ulfin de
ce que il vous dira, que il vous aimme ne il ne vous loera ja chose
qui ne soit a vostre preu et a vostre honour. Je ne parlerai mais a

vous ni à lui d'ici six mois ; c'est d'ailleurs à Ulfin que je parlerai en premier. Accomplissez tout ce que je vous manderai
par son intermédiaire, et faites-lui confiance si vous voulez
rester en bons termes avec moi, ainsi qu'avec lui, et si voulez à l'avenir préserver votre loyauté[2]. »

164. Ainsi donc, Ulfin nota dans ses tablettes le moment
de la conception de l'enfant ; pendant ce temps, Merlin
prit le roi à part et lui dit : « Seigneur, tu prendras bien
garde qu'Ygerne ne se rende pas compte que tu as couché
avec elle, et que c'est toi le père de l'enfant. C'est comme
cela que tu la tiendras le plus à ta merci ; car, si tu lui
poses des questions sur sa grossesse, elle ne saura dire qui
est le père, et elle en éprouvera une grande honte envers
toi : et ce sera la meilleure manière pour toi de me faire
avoir le fruit qu'elle porte. » Là-dessus, Merlin quitta le roi et
Ulfin, pour aller trouver son maître Blaise et lui raconter
tous ces événements ; Blaise les mit en écrit, et c'est comme
cela que nous en avons encore connaissance. Le roi et ses
barons, cependant, s'en allèrent à Tintagel ; après leur arrivée, le roi convoqua ses vassaux, les membres de son
conseil, et leur demanda quel conseil ils lui donnaient pour
la suite de cette affaire. « Nous vous conseillons, dirent-ils,
de faire la paix avec la duchesse et les alliés du duc, car vous
en retirerez beaucoup d'honneur. » Le roi leur commanda
donc d'aller à la forteresse parler à la duchesse, et de lui
démontrer qu'elle ne pouvait pas se défendre contre lui ;
mais si elle voulait la paix, et si les gens de sa terre et son

---

vous ne a lui devant .VI. mois et je parlerai premiers a Ulfin. Et ce
que je vous manderai par lui si faites et le creés se vous volés bien
estre de moi et de lui et se vous volés vostre loiauté sauver de ci en
avant. »

164. Ensi retint Ulfins l'engenrement de l'enfant. Et Merlins traït le
roi a conseil, si li dist : « Sire, tu te prenderas de Ygerne garde qu'ele
ne sace que tu aies a li jeü ne que tu en li aies engendré. Et c'est la
riens que plus le tenra en ta merci car, se tu li demandes de sa grossece, ele ne saura trouver le pere si en aura grant honte vers toi. Et
c'est la cose par coi tu t'en porras mix aïdier que je aie le fruit qu'ele
porte. » Ensi se departi Merlins del roi et de Ulfin, si s'en vient a
Blayse son maistre si li conta ces choses et il les mist en escrit et par
l'escrit les savons nous encore. Et li rois et si baron s'en vont vers
Tyntayoul et, quant i i vint, si manda ses homes et son conseil et lor
demanda conment il li loent a contenir de ceste oeuvre. Et il li dient :
« Nous vous loons que vous faites choses et il amis le ducoise et vos
amis le duc que molt i aurés grant honour. » Et li rois lor dist et
conmande qu'il envoisent a Tyntayoul parler a la ducoise et que il li
mous[t]rent que ele ne se puet vers lui desfendre et, s'ele veut la pais

conseil la lui conseillaient, il se conformerait volontiers à sa volonté.

165. Les barons partirent, et le roi resta en tête à tête avec Ulfin ; il lui demanda ce qu'il lui conseillait pour cette paix, en lui faisant entendre qu'il savait parfaitement que c'était lui qui l'avait préparée. « Vous savez bien alors, seigneur, si elle vous plaît. — Elle me plaît beaucoup, répondit le roi, et je voudrais qu'elle soit déjà signée comme tu l'as imaginée. — Ne vous mêlez de rien, dit Ulfin, contentez-vous de donner votre accord et je m'occuperai du reste. » Le roi le pria vivement d'agir ainsi, en effet. Puis ils mirent fin à leur conversation ; entre-temps, les messagers étaient arrivés à la forteresse de Tintagel où ils trouvèrent la duchesse et les alliés du duc. Ils résumèrent les circonstances, disant que le duc était mort par sa faute et que le roi le regrettait fort, qu'il ferait volontiers la paix et se réconcilierait avec la dame et tous les alliés du duc. Ceux-ci se rendaient bien compte qu'ils ne pouvaient pas se défendre contre le roi, et les messagers leur conseillaient vivement de faire la paix avec celui-ci. La dame et ses alliés dirent qu'ils voulaient y réfléchir et se retirèrent dans une pièce à part ; alors, les partisans du duc et ceux de la dame lui dirent : « Dame, ces hommes de bien vous disent vrai, vous ne pouvez pas vous défendre contre le roi ; écoutez-les, et voyez quelle paix le roi vous propose : il se peut qu'elle soit telle que vous ne deviez pas la refuser. De deux maux il faut choisir le

---

et les gens de sa terre et ses consaus li aporte, il le fera volentiers a sa volenté.

165. Ensi s'en alerent li baron a Tyntayoul et li rois remest et traïst Ulfin a conseil et li demanda que il li looit de ceste pais. Et il li fist entendant que il savoit bien que il l'avoit pourparlé. « Et donc savés vous bien, sire, s'ele vous plaist. » Et li rois respont : « Ele me plaist bien et je vauroie ja qu'ele fust faite si com tu l'as devisee en ton corage. » Et Ulfins dist : « Ne vous en entremetés ja fors de l'otroier que je le querrai bien. » Et li rois li en proiia molt. Ensi ont lor conseil finé et li message vinrent a Tyntayoul, si trouverent la ducoise et les amis au duc si lor moustrerent la parole si com il ot esté mors et par son outrage et disent que molt em pesoit le roi et que il en feroit volentiers pais et acorde envers la dame et envers tous les amis au duc. Et cil veoient bien qu'il ne se pooient vers le roi desfendre, si loent bien li prodonme a la dame et a ses amis que il facent pais au roi. Et la dame et si ami dient qu'il se conseilleront, si alerent en une chambre. Lors dient li ami a la dame et li ami au duc : « Dame, cil prodome nous dient voir de ce que vous ne vous poés desfendre del roi. Mais oiiés ces prodomes et saciés quel pais li rois vaura faire a vous et as vos, et il le puet en tel maniere osfrir qu'ele ne li doit estre refusee, et de .ii. maus doit on le meillour eslire.

moindre : voilà ce que nous vous conseillons. — Jamais,
répondit la dame, je ne suis allée contre le conseil de mon
seigneur, et maintenant je ne vous contredirai en rien, car je
ne sais pas à qui je dois me fier le plus, si ce n'est à vous. »

166. Ils revinrent dans la salle et l'un des plus sages et des
plus estimés prit la parole et dit aux messagers : « Ma dame a
pris sa décision, et veut savoir quelle réparation le roi est prêt
à lui offrir pour la mort de son seigneur, et celle de ses autres
alliés. — Chers seigneurs, répliquèrent les messagers, nous
ne savons pas quelle est la volonté du roi ; mais il a dit
qu'il prendrait le conseil de ses barons et se conformerait à
leur jugement. — Dans ces conditions, firent-ils, ils décideront d'une réparation suffisante, et on ne doit pas leur demander
davantage. Vous êtes tous si sages, en effet, que, s'il plaît à
Dieu, vous offrirez assez réparation, et vous conseillerez bien
le roi, pour son honneur. » Ils prirent donc date, quinze jours
plus tard, pour que la dame et ses alliés viennent se présenter
au roi et entendre ses propositions, et pour que, s'il ne proposait rien d'acceptable pour la dame et les siens, elle et son
conseil pussent s'en retourner en paix à Tintagel. Ils fixèrent
cette date, puis les messagers revinrent au roi, et lui rendirent
compte de leur mission, l'informant de la décision de la
dame. Le roi assura qu'elle aurait bien son sauf-conduit, elle
et tous ceux qui l'accompagneraient, et qu'il les entendrait
volontiers s'ils lui demandaient raison de cette affaire.

Et ensi le vous loons. » Et la dame respont : « Je ne me jetai onques del
conseil mon signour ne je ne vous en desdirai ja de chose que vous me
conseilliés car je ne sai nului qui je doie mix croire de vous. »

166. Lors revinrent ariere de lor conseil. Et lors parla uns des plus
prodomes et des plus sages et dist la parole a la dame as messages et
dist : « Ma dame est conseillie et veut savoir quele amende li rois li
vaura faire de son signour qui mors est et si autre ami. » Et li message respondent : « Biau signour, nous ne savons pas la volenté le roi.
Mais tant dist il bien qu'il en traira[a] ses barons a conseil et l'amendera
tout ensi com il l'oseront jugier. » Et cil respondent : « Dont l'amen-
deroit il bien se ce est voirs ne plus ne li doit on requerre. Et vous
estes tout si prodome que vous l'amenderés bien, se Dieu plaist, et li
loerés tel cose qui bone sera et a son grant honour. » Ensi prisent un
jour au chief de la quinsainne que la dame et si ami venroient [d]
devant lui pour oïr ce que li rois vauroit dire et s'il ne voloit chose
dire que la dame presist en gré et si ami que ele a et ses consaus
peüssent retourner em bone pais dedens Tyntayoul. Et ensi fu li
jours pris et li message revinrent au roi et li dient ce que il avoient
trouvé et le conseil que la dame avoit eü. Et li rois dist que conduite
sera ele molt bien, et toute sa gent qui avoec li venront, et que il les
enquerra molt volentiers s'il li demandent raison de cel afaire.

167. La quinzaine s'écoula sans que le roi se déplace ; il parla de maintes choses avec Ulfin, et, quand le jour dit fut arrivé, il envoya, conformément à la suggestion de ses barons, un sauf-conduit à la dame. Une fois qu'elle fut arrivée au camp, le roi fit assembler tous ses barons, et particulièrement son conseil, puis il fit demander à la dame et à son conseil à elle quelles étaient leurs exigences à l'endroit de cette paix. Le conseil de la dame répliqua : « Seigneur, la dame n'est pas venue ici pour demander, mais pour savoir ce qu'on lui offrira pour la mort de son seigneur. » Les intermédiaires vinrent redire cela au roi qui à ces propos les jugea fort sages. Il prit à part son propre conseil de barons, et leur demanda ce qu'ils lui suggéraient en la matière ; et eux de dire : « Seigneur, personne d'autre que vous ne peut savoir quelle paix vous voulez conclure avec eux, et leur proposer. — Je vous aurai bientôt dit, fit le roi, mon opinion là-dessus : tous, vous êtes mes hommes liges, et membres de mon conseil ; je m'en remets donc entièrement à vous. Décidez de ce que vous voulez faire pour le bien de votre seigneur ! Vous ne me conseillerez rien que je ne le fasse. — On ne peut pas vous en demander davantage, répliquèrent-ils ; mais c'est une affaire d'importance, et nous n'oserions pas nous en mêler sans avoir la certitude que vous ne nous en voudrez pas. — Il semble, intervint Ulfin, que vous preniez le roi pour un fou, et que vous ne croyiez pas un mot de ce qu'il vous dit ! — Si, Ulfin,

---

167. Ensi sejourna li rois une quinsainne et orent entre lui et Ulfin parlé de maintes choses. Et quant ce vint au jour de la quinsainne, li rois, si come si baron li loerent, envoia a la dame conduit. Et, quant ele fu venue en l'ost, fist li rois tous assambler ses barons et son conseil et fist demander a la dame et a son conseil qu'il vauroient requerre por endroit de cele pais. Et li consaus a la dame respont : « Sire, la dame n'est pas ci venue por demander mais por savoir que on li osferra pour la mort son signour. » Et cil viennent au roi si li dient. Et quant li rois oï ce si les tint molt a sages et il trait a une part le sien conseil et ses barons et lor demanda que il li loent de cest afaire. Et il respondent : « Sire, ce ne puet nus savoir, fors que vostres cuers, quel pais vous volés faire d'aus ne que vous li volés osfrir. » Et li rois respont : « Je vous aurai tost dite la pensee et le cuer que je en ai. Vous estes tout mi home et de mon conseil, si me met del tout sor vous et vous esgardés ce que vous volés faire a vostre signour. Et vous ne me loerés ja chose que je ne face. » Et il respondent tout : « Plus ne puet on demander. Sire, mais c'est molt grant chose, ne nous ne l'oserienmes pas entreprendre se nous n'estions seür que vous nul malvais gré ne nous en sauriés. » Et Ulfins respont : « Il samble que vous tenés le roi por fol et que vous nel creés pas de chose que il vous die. » Et li baron respondent :

répondirent les barons, nous lui faisons bien confiance ; mais nous vous prions (et nous prions notre seigneur le roi de vous y autoriser) de faire partie de notre conseil : et c'est vous qui transmettrez au roi la décision que nous aurons arrêtée, quelle qu'elle soit — et d'ailleurs c'est vous qui nous la recommanderez, du mieux que vous saurez, en tenant compte du droit et de la justice. »

168. Quand il les entendit réclamer ainsi Ulfin, le roi ne laissa pas de manifester une grande satisfaction ; « Ulfin, dit-il, je t'ai élevé, et j'ai fait de toi un homme riche : je sais bien que tu es très sage ; va, conseille-les du mieux que tu pourras, tu as mon autorisation. — Je le ferai donc, répondit Ulfin, puisque vous m'y envoyez ; mais je veux que vous sachiez une chose : aucun roi, aucun prince ne peut être trop aimé de ses hommes, ni ne peut trop s'humilier pour gagner leur cœur. »

169. Voilà ce qu'Ulfin dit au roi avant de se joindre au conseil des barons. Puis ils se retirèrent à l'écart avec lui et lui demandèrent ce qu'il suggérait dans cette affaire. « Vous avez entendu, répliqua Ulfin, que le roi s'en remettait à nous ; allons trouver la dame et ses amis et demandons-leur s'ils feront de même. » Et eux de répondre qu'il avait bien parlé, et sagement. Ils allèrent donc trouver la dame et son conseil ; une fois admis en sa présence, ils lui dirent que le roi s'en était remis à eux pour toute cette affaire, et qu'il respecterait la paix, et se conformerait à tout ce qu'ils diraient. « Et nous

---

« Ulfin, si faisons bien, mais nous vous proions, et nostre signour le roi ausi, que vous soiiés a no conseil et quel conseil que nous preignons retrairés le roi et que vous meïsmes vous enseignerés a vostre escient au mix que vous saurés et de bien et de droit. »

168. Quant li roi oï qu'il demanderent Ulfin, si fist samblant qu'il en fust liés si li dist : « Ulfin, je t'ai nourri et fait riche home et je sai bien que tu es sages. Va, si les conseille par mon conmandement au mix que tu porras et sauras. » Et Ulfins [e] respont : « Si ferai je puis que vous m'i envoiiés. Mais tant voel je bien que vous saciés que nus rois ne nus princes ne puet estre trop amés de ses homes ne il ne se puet trop humilier envers yaus por avoir lor cuers. »

169. Ensi dist Ulfins au roi quant il ala a conseil des barons. Et il se sont trait a une part si le demanderent que il lor looit de ceste chose. Et Ulfins respont : « Vous avés oï que li rois s'en met sor vous. Alons a la dame et a ses amis, si li demandons se ele s'i metra. » Et il respondent que il a bien dit et que sages. Ensi alerent parler a la dame et a son conseil. Et quant il vinrent devant li si disent que li rois s'en estoit mis sor aus del tout et que il tenroit la pais et que il feroit ce que il diroient. « Et nous somes venu pour demander se vos consaus, dame, et les vos amis s'i meteront. » Et il

sommes venus vous demander, dame, si votre conseil et vos
amis feront de même. » Ils répondirent qu'ils devaient en
délibérer, et c'est ce qu'ils firent ; finalement, ils arrivèrent à
la conclusion que le roi ne pouvait offrir mieux que de s'en
remettre entièrement à ses barons. Donc, la dame et son
conseil, et tous les parents du mort, décidèrent de s'en
remettre à eux et le leur dirent. Les barons, bien assurés de
part et d'autre, se retirèrent à l'écart pour délibérer et se
consulter. Quand ils eurent parlé un moment entre eux et
que chacun eut donné son avis, ils demandèrent à Ulfin quel
était le sien. Ulfin répondit : « Je vais vous le donner, et ce
que j'en dirai, je le dirais partout ; vous savez bien que le duc
est mort par la faute du roi qui l'a attaqué ; quel que soit le
tort qu'il avait envers lui, il n'avait pas mérité de mourir :
n'est-il pas vrai ? Sachez d'autre part que sa femme reste avec
plusieurs enfants à sa charge, et le roi lui a gâté et ravagé sa
terre, comme vous ne l'ignorez pas. Sachez encore que c'est
la meilleure dame du monde, la plus belle, et la plus sage.
Considérez aussi que les parents du duc ont beaucoup perdu
par sa mort. Il est juste que le roi leur rende une grande partie de leurs terres et compense leurs pertes, à chacun selon
son statut, afin de gagner leur affection. Par ailleurs, vous
savez que le roi n'a pas de femme : je dis donc que le roi ne
peut faire réparation à la duchesse à moins de l'épouser. Et je
suis d'avis qu'il devrait bien le faire, en guise de réparation et
aussi pour gagner notre affection, en pensant à tous ceux

---

respondent : « De ce se doit on bien conseillier. » Si s'en conseillierent et disent que li rois ne pooit faire plus bel ofre que soi
metre sor les barons. Ensi s'i acorda la dame et ses consaus et tout li
parent au mort qu'il s'i metroient. Si s'i misent. Et cil en furent bien
seür et d'une part et d'autre. Lors se traient a une part a conseil et
demanda l'un a l'autre qu'il en looient. Et quant il orent parlé
entr'aus et chascuns ot dit son avis si demanderent a Ulfin que il en
looit. Et Ulfins respondi : « Je vous en dirai mon avis et ce que je ci
en dirai diroie je en tous liex. Vous savés bien que li dus est mors
par le roi et par sa force. Quel que tort il eüst vers lui ne li avoit il
fourfait chose dont il deüst morir ? N'est ce voirs que je vous di ? Et
saciés que sa feme est remese chargie d'enfans et ce savés bien que li
rois li a sa terre gastee et destruite. Et bien saciés que c'est mors
la mieudre dame del monde et la plus bele et la plus sage, et si savés
que li parent le duc ont molt perdu en sa mort. Si est bien drois
que li rois lor rende grant partie de lor terres et de lor pertes, selonc
ce que il sont si que il puisse avoir lor amour. D'autre part vous
savés que li rois est sans feme, si di je en mon dit que li rois ne
le puet amender s'il ne le prent, et si m'est avis que il le devroit bien
faire pour amender et por vos^a amistiés avoir et pour toutes celes

du royaume qui entendront parler de cette compensation. Et
une fois qu'il aura accepté cela et qu'il l'aura fait, qu'il marie
premièrement la fille aînée du duc au roi Loth d'Orcanie que
voici, et qu'il se comporte de telle manière à l'égard des
autres alliés du duc que tous le considèrent comme un seigneur juste et un roi loyal.

170. « Vous connaissez maintenant mon avis, continua
Ulfin ; vous êtes libres de proposer une autre solution si cela
ne vous convient pas ! — Vous avez, répliquèrent-ils d'une
seule voix, formulé le conseil le plus audacieux qu'un homme
pût concevoir ; si vous osez le répéter tel quel au roi, et si
nous voyons qu'il en est d'accord, nous serons, nous aussi,
tout à fait d'accord ! — Ce n'est pas suffisant, dit Ulfin ;
mais si vous vous déclarez pleinement d'accord maintenant,
je le répéterai au roi. Mais nous avons ici le roi d'Orcanie
sur qui repose une grande part de ces pourparlers de paix :
qu'il donne son avis. — Je ne veux pas, repartit le roi, que la
paix échoue pour ce qui dépend de moi. » À ces mots, tous
les autres se déclarèrent également d'accord.

171. Ils se rendirent alors tous ensemble à la tente où
se trouvait le roi ; on fit venir la dame ainsi que tous les
membres de son conseil. Une fois rassemblés, ils s'assirent
tous, sauf Ulfin qui était debout. Il exposa alors les pourparlers de paix, tels qu'ils avaient été réglés, et quand il en eut
terminé, il dit aux barons : « N'êtes-vous pas tous d'accord là-
dessus ? » Et eux de répondre d'une seule voix : « Oui ! » Ulfin

---

del regne qui ceste amende orront. Et quant il aura ensi fait et otroiié
que il premierement marit la fille le duc l'ainsnee au roi Loth d'Orcanie qui ci est et as autres amis face tant que chascuns le tiegne a
signour droiturier et a loial roi autresi.

170. [*f*] « Ore avés oï mon conseil, fait Ulfins. Si poés dire autre
conseil se vous a cestui ne vous acordés. » Et il respondent tout
ensemble : « Vous avés dit le plus hardi conseil c'onques mais hom
peüst penser et, se vous l'osiés retraire issi com vous l'avés ici dit et
nous voions qu'il s'i acort, nous nous i acorderons molt volentiers. »
Et Ulfins dist : « Vous ne dites mie assés, mais se vous vous i acordés
plainement je recorderai la parole. Et veés ci le roi Lot d'Orcanie sor
qui je di grant partie de la pais et il en die son avis. » Et li rois
respont : « Ja pour chose que vous en aiiés moi dite ne voeil je que la
pais remaigne. » Et quant li autre l'oïrent si s'i acorderent tout au
conseil ensemble.

171. Lors en vont tout a la tente ou li rois estoit et la dame fu
mandee et tot cil qui a son conseil estoient. Et quant il se furent
assamblé si sisent tout et Ulfins fu en estant et retrait ceste pais
ensi com ele fu pourparlee. Et quant il ot i tout dit si dist as barons :
« Et ne loés vous tout ceste parole et acordés i vous tout ? » Et cil

se tourna donc vers le roi, et lui demanda : « Seigneur, qu'en dites-vous ? N'êtes-vous pas d'accord avec la suggestion de ces honorables conseillers ? » Le roi répondit : « Si, Ulfin, du moins si la dame et ses amis sont d'accord eux aussi, et si le roi Loth veut bien prendre pour moi la fille du duc. — Seigneur, intervint à ce point le roi Loth, vous ne me demanderez rien que je ne fasse volontiers pour l'amour de vous et pour le succès de cette paix. »

172. Alors Ulfin s'adressa devant tous à celui qui répondait pour la dame, et lui demanda : « Recommandez-vous cette paix ? » Et lui, regardant sa dame et son conseil, si troublés et émus que les larmes leur étaient montées aux yeux et qu'ils pleuraient derrière lui de compassion, répondit en homme sage et honorable, tout en pleurant lui aussi : « Jamais seigneur ne proposa une paix si honorable à son vassal ! » Puis le porte-parole demanda à la dame et aux parents du duc : « Êtes-vous tous en faveur de cette paix ? » La dame ne dit rien[1], mais ses parents prirent la parole et dirent en chœur : « Aucun homme qui croie en Dieu ne devrait refuser une telle offre, et nous sommes d'accord ; nous savons que le roi est si sage et si loyal que nous nous en remettons entièrement à lui pour la suite. » L'accord fut passé de part et d'autre selon ces termes : Uterpandragon prit Ygerne, et donna la fille du duc au roi Loth d'Orcanie. Les noces du roi et d'Ygerne eurent lieu treize jours[2] après qu'il eut couché avec elle en sa chambre. De la fille qu'il

---

respondent ensemble : « Oïl. » Et Ulfins s'en tourne devers le roi et li dist : « Sire, qu'en dites vous ? Ne loés vous l'acordement de ces prodomes ? » Et li rois li respont : « Oïl, Ulfins, se la dame et si ami s'i acordent, et le roi Loth voelle pour moi prendre la fille le duc. » Lors respont li rois Loth : « Sire, vous ne me proierés ja de chose pour vostre pais que je ne face molt volentiers. »

172. Lors parla Ulfins oiant tous a celui qui les paroles a la dame retraioit et li demande : « Loés vous ceste pais ? » Et il respont come sages et come prous et regarde sa dame et son conseil qui furent si morne et si pitous que l'aigue del cuer si lor estoit montee as ex si que il plouroient deriere lui de pitié. Et cil dist tout en plourant : « Onques mais si honeree pais ne fist sires de son home. » Si manda a la dame cil qui la parole disoit et as parens le duc : « Loiiés vous tuit cest pais*ᵃ* ? » La dame se tut et li parent a la dame parlerent et disent tout ensemble : « Il n'est nus hom qui Dieu croie qui ne le doit. Et nous le loons bien que nous savons le roi a si prodome et a si loial que nous metrons après ces paroles sor lui. » Ensi fu creanté d'une part et d'autre. Et ensi prist Uterpandragon Igerne et donna la fille le duc le roi Lot d'Orcanie. Les noces del roi et d'Ygerne furent au tresisme jour qu'il avoit jeü o li en sa chambre*ᵇ*. Et de la fille que

donna au roi Loth naquirent monseigneur Gauvain, Agravain, Guerrehet, Gaheriet et Mordret[3]. Le roi Nantes de Garlot[4] épousa une autre fille, bâtarde. Il y en avait aussi une qui s'appelait Morgain[5] : le roi la mit à l'école pour apprendre les lettres, sur le conseil de tous ses parents ; et ensuite il la plaça dans un couvent où elle apprit tant et si bien tous les arts libéraux qu'elle devint experte dans un art que l'on appelle astronomie, qu'elle pratiqua assidûment toute sa vie ; et elle s'y connaissait aussi en physique. En raison de cette science on l'appela Morgain la fée. Le roi prit soin de tous les autres enfants du duc[6], et il manifesta beaucoup d'affection à tous les parents de celui-ci.

Naissance d'Arthur.

173. C'est ainsi que le roi eut Ygerne ; le temps passa, et sa grossesse devint visible. Une nuit que le roi était couché auprès d'elle, il mit la main sur son ventre et lui demanda de qui elle était enceinte : ce ne pouvait pas être de lui, car depuis qu'il l'avait épousée il n'avait jamais couché avec elle sans le faire mettre par écrit. Et d'autre part, elle ne pouvait pas être enceinte du duc, car au moment de sa mort il y avait longtemps qu'elle ne l'avait pas vu. Ainsi interrogée par le roi, Ygerne eut peur et honte, et lui dit en pleurant : « Seigneur, je ne peux vous mentir à propos de ce que vous savez très bien, et d'ailleurs je ne voudrais de toute façon pas vous mentir en quoi que ce soit. Pour l'amour de Dieu, ayez pitié de moi : je vais vous dire des choses étonnantes,

---

il donna le roi Loth issi mesire Gavains et Agravains et Guerrehés et Gaheriés et Mordrés. [*76a*] Et li rois Nantes de Garlot i ot une autre fille bastarde. Et il en i ot une qui ot a nom Morgain. Cele mist li rois a l'escole pour aprendre des letres par le conseil de tous ses parens. Et aprés le mist en une maison de religion. Et cele aprist tant et si bien qu'ele aprist des ars, et si sot a merveille bien d'une art c'on apele astrenomie, ele en ouvra molt a tous jours, et si resot molt de fusique. Et par cele clergie fu ele apelee Morgain la Fee. Les autres enfans adrecha li rois tous. Et molt ama li rois tous les parens le duc.

173. Ensi ot li rois Ygerne et esploita tant que sa groissece aparut. Li rois gisoit une nuit avoec li, si mist sa main de sor son ventre, si li demanda de qui ele avoit esté grosse, qu'ele ne pot mie estre grosse de lui puis qu'il l'avoit prise, qu'il n'avoit onques jeü a li nule fois qu'il ne l'avoit fait metre en escrit. Et ele ne pot pas estre grosse del duc qui l'avoit grant piece devant sa mort qu'ele ne l'avoit veü. Et ensi come li rois ocoisonnoit Ygerne, ele ot paour et honte et dist em plourant : « Sire, de ce que vous savés ne vous puis je mençoigne faire entendre ne d'autre chose ne le vous ferai je pas. Pour Dieu, aiiés merci de moi, que je vous dirai merveilles et voir se vous

pourvu que vous m'assuriez que vous ne me laisserez pas, s'il vous plaît ! — Parlez sans crainte, répondit le roi, car je ne vous abandonnerai pas, quoi que vous me disiez. »

174. Elle fut très heureuse de ces paroles, et reprit : « Je vais vous conter quelque chose d'étonnant. » Et elle lui raconta en effet comment un homme qui avait l'apparence de son seigneur avait couché avec elle, et qu'il avait amené avec lui deux hommes qui avaient l'apparence des deux hommes que son seigneur aimait le plus au monde. « Il vint dans ma chambre, aux yeux de tous, et il coucha avec moi. Et j'étais bien convaincue que c'était mon seigneur ; c'est cet homme-là qui engendra l'enfant dont je suis enceinte. Je sais bien qu'il fut conçu la nuit où mon seigneur mourut. Le lendemain, quand on m'apporta les nouvelles, cet homme était encore couché près de moi, et il m'affirma qu'il était bel et bien mon seigneur, et que ses gens ne savaient pas qu'il était venu me voir. Là-dessus il s'en alla. » Quand elle lui eut raconté cela, le roi lui dit : « Ma belle amie, prenez garde que personne, homme ou femme, ne le sache, pour autant que vous pourrez le dissimuler : car vous seriez déshonorée si on le savait. Je veux que vous compreniez que cet enfant qui va naître de vous ne peut raisonnablement pas être considéré comme vôtre ou comme mien ; et vraiment, ni vous ni moi n'en prendrons soin ni ne le garderons sous nos yeux. Je vous prie au contraire de le donner dès sa naissance à celui à qui je vous ordonnerai de le remettre, si bien que nous n'en

---

m'aseürés et il vous plaist que vous ne me laissiés mie. » Et li rois li respont : « Dites seürement, que je ne vous lairai mie pour chose que vous me diés. »

174. Quant ele oï ce si en fu molt lie et li dist : « Sire, je vous conterai merveilles. » Et ele li conte conment uns hom avoit jeü a li en samblance de son signour et avoit o lui .ii. homes avoec lui amenés en la samblance des .ii. homes del monde que ses sires plus amoit. « Ensi vint en ma chambre voiant tous mes homes et jut a moi et je entendi certainnement que ce fu mes sires. Et icil hom engendra icest oir dont je sui grosse. Et je sai bien qu'il fu engendrés la nuit que mes sires fu mors. Et quant les nouveles vinrent l'endemain a moi si gisoit cil encore delès moi et il me fist entendant qu'il estoit mes sires et que ses gens ne savoient dont il estoit venus a moi et ens s'en ala. » Et quant ele ot ce conté au roi si respondi li rois et dist : « Bele amie, gardés que nus hom ne nule feme ne le sace a qui vous le puissiés celer, car vous seriés honnie s'on le savoit. Et je voeil que vous saciés que cis oirs qui de vous naistra n'est ne vostres ne miens, raisonnablement, ne je ne vos ne l'averons ne tenrons a nostre oels [*b*] ains vous proi que vous le doigniés si tost com il naistra celui a qui jel vous conmanderai a donner si que jamais n'orrons nouveles

entendions plus jamais parler. — Seigneur, répondit-elle, vous pouvez faire ce que vous voulez de moi, et de tout ce qui dépend de moi. »

175. Le lendemain le roi vint trouver Ulfin et lui raconta toute cette conversation entre lui et la reine. Après avoir entendu cela, Ulfin lui fit remarquer : « Vous pouvez voir maintenant que ma dame est sage et loyale, quand elle n'a pas osé vous mentir à propos de quelque chose d'aussi invraisemblable ! Quant à vous, vous avez bien avancé les affaires de Merlin — car autrement il ne le pourrait avoir d'aucune manière. » Le roi en resta là jusqu'à ce que soient passés les six mois au bout desquels Merlin avait promis de revenir. Il revint en effet, et parla en privé avec Ulfin, lui demandant des nouvelles de ce qui l'intéressait : Ulfin répondit du mieux qu'il sut. Puis Merlin vint au roi, qui lui raconta comment il avait parlé à Ygerne, et comment Ulfin avait arrangé la paix et le mariage. « Ainsi, répondit Merlin, Ulfin s'est acquitté d'une certaine manière du péché qu'il avait commis en favorisant ces amours ; mais moi, je ne le suis pas encore du péché que j'ai commis, en aidant à tromper la dame pour la rendre enceinte de cet enfant dont elle ignore qui est le père. — Oh ! répliqua le roi, vous êtes si sage et si honorable que vous saurez bien vous en acquitter. — Il faudra que vous m'y aidiez », fit alors Merlin ; et le roi dit qu'il l'aiderait autant qu'il le pourrait, et qu'en ce qui concernait l'enfant, en tout cas, il savait bien qu'il le lui ferait avoir. Merlin continua : « Il y a dans cette région un des hommes

---

de lui. » Et ele respont : « Sire, de moi et de quanques de moi apent poés faire vostre volenté. »

175. L'endemain vint li rois a Ulfin si li dist toutes ces paroles[a] de lui et de la roïne. Et quant Ulfins les ot oïes si dist : « Ore poés vous bien savoir que ma dame est sage et loiaus, quant de si grant descouvenue ne vous osa mentir. Et vous avés molt bien faite la besoigne Merlin, car il ne le pooit en autre maniere avoir. » Ensi demoura li rois jusques au sisisme mois que Merlins li ot en couvent a venir. Si vint et parla a Ulfin priveement et il demanda nouveles de ce qui il vaut. Et Ulfins li dist le voir de ce que il sot. Et lors en vint au roi et il conta comment il avoit parlé a Ygerne et comment Ulfins ot pourparlee la pais et que il le presist. Et il respont : « Ulfin s'est auques aquités de son pechié que il ot des amours faire, mais je ne me sui mie aquités del pechié que je aïdai la dame a decevoir de l'engenrement qu'ele a dedens soi, et si ne set qui il est. » Et li rois respont : « Vous estes si sages et si prous que vous vous en saurés bien aquiter. » Et Merlins respont : « Il couvenra que vous m'en aïdiés. » Et li rois dist qu'il l'en aïdera en toutes les manieres que il porra, et l'enfant set il bien que il li fera avoir. Et Merlins dist : « Il a en cest païs

les meilleurs de votre royaume, un de ceux qui a le plus
de qualités ; et sa femme, qui a elle aussi de grandes qualités
et est surtout très loyale, vient d'accoucher d'un fils. Son
époux n'est ni baron, ni riche seigneur : je veux que vous lui
fassiez savoir que vous lui donnerez beaucoup de biens à
condition que lui et sa femme jurent sur les reliques qu'ils
nourriront pour vous, du lait même de la dame, un enfant
qui leur sera apporté de votre part, qu'ils l'élèveront comme
s'il était le leur, et qu'ils confieront leur fils à une autre
femme pour qu'elle l'allaite. — Je suivrai tes instructions »,
dit le roi.

176. Merlin prit alors congé et s'en alla auprès de Blaise ;
le roi fit venir l'homme de bien en question : à son arrivée, il
lui fit fête d'une manière qui le surprit beaucoup, puis lui
dit : « Mon très cher ami, il faut que je vous révèle une expérience prodigieuse que j'ai eue récemment : vous êtes mon
homme lige, je vous requiers, par la foi que vous me devez,
de m'aider du mieux que vous pourrez à propos de ce que je
vais vous dire. — Seigneur, répondit l'autre, vous ne saurez
rien me commander que je ne le fasse, si c'est en mon pouvoir ; et sinon, je garderai en tout cas votre secret. — Il s'est
produit une grande merveille pendant mon sommeil, dit le
roi : un homme, de sage apparence, vint à moi et me dit que
vous étiez le meilleur et le plus sage de tout mon royaume,
et le plus loyal envers moi. Il me dit aussi que vous aviez

---

uns des plus prodomes de nostre regne et le mix entechié de toutes
bones teches. Et ele est acouchie d'un fil, sa feme, qui molt est prodefeme et loiale. Et ses sires n'est mie bers ne riches hom, si voeil
que vous le mandés et li dites que vous li donrés del vostre en tel
maniere que il et sa feme vous jurrent sor sains que il vous nourriront un enfant qui lor sera aportés, et du lait meïsmes a la dame, et
en nourrissent l'enfant qui aportés lor sera come lor fil demaine et
facent lor fil nourrir del lait a une autre feme. » Et li rois respont :
« Ensi com tu l'as dit le ferai je. »

176. Lors prist congié et s'en ala a Blayse et li rois fist le prodome
venir. Et quant il fu venus si li fist molt grant joie et cil s'enmerveilla
molt del roi qui tel joie li faisoit. Et li rois li dist : « Biaus dous amis
chiers, il couvient que je me destourne vers vous d'une merveille qui
avenue m'est. Et vous estes mes hom liges, si vous requier par la foi
que vous moi devés que vous m'aïdiés de ce que je vous demanderai et
[d] de ce que je vous dirai a vostre pooir. » Et cil respont : « Sire, vous
ne me saurés ja riens dire ne conmander que je puisse faire que je ne
face, se ce le puis faire si le celerai je molt bien. » Et li rois li dist :
« Il m'est avenue une grant merveille en mon dormant que uns prodom
venoit a moi qui me dist que vous estes li plus prodom de mon regne
et li plus sages et li plus loiaus envers moi. Et me dist que vous avés

un fils de votre femme, né très récemment, et il me demanda
de vous prier de sevrer votre fils et de le faire allaiter par une
autre femme, afin que votre épouse, pour l'amour de moi,
puisse allaiter un enfant qui lui serait apporté de ma part. —
Seigneur, répondit cet homme honorable, vous me demandez
beaucoup : vous exigez que je sèvre mon enfant, que je le
dénature et le fasse nourrir d'autre lait que du sien.

177. «Seigneur, je l'obtiendrai, si je le peux, de ma
femme ; mais je vous prie de me dire quand cet enfant me
sera apporté. — Aussi vrai que je souhaite que Dieu m'aide,
répondit le roi, je n'en sais rien. — Seigneur, conclut son
interlocuteur, il n'y a rien en ce monde que je ne fasse si
vous me le commandez. » Le roi lui donna alors de si beaux
cadeaux qu'il en resta tout ébahi ; il quitta le roi et revint à
sa femme, à qui il répéta ce que le roi lui avait dit. Cela lui
parut très étrange, et elle dit : «Se pourrait-il que je laisse
mon fils pour allaiter un autre enfant ? — Il n'y a rien, répliqua son mari, que nous ne devions faire pour notre seigneur, qui nous a tant donné et tant fait de bien ; et il
promet encore de nous en faire davantage, si bien que nous
nous devons de lui obéir et d'agir selon sa volonté. Je veux
que vous me le promettiez. — Je suis à vous, repartit-elle, et
l'enfant aussi : vous ferez donc ce que vous voudrez de lui
comme de moi. Je vous le promets, car il n'est pas juste que
je m'oppose en quoi que ce soit à votre volonté. » Il fut très

---

un fil de vostre feme qui est nés nouvelement, si me proiia que je
vous proiaisse que vous sevrissiés vostre fil et le feïssiés alaitier une
autre feme et que vostre feme, pour l'amour de moi, alaitast et nourresist un enfant qui li seroit aportés. » Et li prodom si respont : « Sire,
c'est molt grant chose que vous me requerés que je soivre mon
enfant et desnature et face nourir d'autre lait que del sien.

177. «Sire, dist li prodom, je le querai se je puis de ma feme. Si
vous proi que vous me dites quant cis enfés sera aportés. » Et li rois
respont que, se Dix li aït, qu'il ne set. Et li prodom li dist : « Sire, il
n'est riens en cest monde que vous me commandés que je ne face. »
Lors li dona li rois si biau don que cil tous s'en esbahi. Et s'en parti
del roi et en vint a sa feme se li conta ce que li rois li ot dit. Et quant
cele l'oï si li sambla molt estrange chose et dist : « Porroie je ce faire
que je laisaisse mon fil pour alaiter ? » Et li prodom respont :
« Il n'est riens que nous ne doions faire pour nostre signour, et il
nous a tant donné et tant fait, et tant nous promet a faire, qu'il couvient que nous façons a son plaisir et a sa volenté. Et je voel que
vous le me créantés. » Et ele respont : « Je sui vostre et li enfés ausi,
si ferés de moi et de lui a vostre volenté. Et je l'otroi, car je ne doi
de riens estre encontre vostre gré. » Lors fu li prodom molt liés
quant il oï que sa feme feroit quanque il vauroit, si li proia qu'ele

satisfait d'apprendre que sa femme ferait ce qu'il voudrait ; il la pria sur-le-champ de chercher une femme pour allaiter leur enfant, car il s'attendait à tout moment à ce qu'on lui apporte l'autre. C'est ainsi qu'il parla à sa femme. Entre-temps, il arriva que la reine fut prête à accoucher : le jour précédent, Merlin vint secrètement à la cour et eut une conversation privée avec Ulfin. « Ulfin, lui dit-il, j'ai grandement à me louer du roi, qui a si habilement parlé à Antor de ce dont je l'avais prié. » Puis il lui dit d'aller trouver la reine et de lui dire qu'elle aurait le lendemain soir, après minuit, un enfant qu'il lui faudrait donner et remettre au premier homme qu'on rencontrerait à la sortie de la salle. Ulfin lui demanda alors : « N'allez-vous pas parler au roi ? — Non, répondit Merlin, pas cette fois. » Ulfin alla donc trouver le roi et lui répéta les ordres de Merlin.

178. Le roi fut très content de ces nouvelles ; il manifesta une grande satisfaction et demanda à Ulfin : « Est-ce qu'il ne va pas me parler ? — Non, dit Ulfin ; mais faites ce qu'il vous ordonne. » Le roi vint alors trouver la reine : « Dame, je vais vous dire quelque chose : faites-moi confiance, et obéissez-moi ! » Puis il enchaîna : « Dame, demain soir, après minuit, vous mettrez au monde cet enfant que vous portez. Or, aussitôt qu'il sera né, je vous prie, je vous ordonne, je vous commande de le faire remettre, par une de vos femmes les plus dignes de confiance, au premier homme qu'elle rencontrera à la sortie de la salle. Et aussi, faites en sorte qu'aucune de vos

---

quesist une feme qui son enfant li nourresist que il ne gardoit l'eure que on ne li aportast l'autre. Ensi parla li prodom a sa feme. Si avint que la roïne fu preste d'acoucher et le jour devant qu'ele acoucha vint Merlins a court priveement et parla a Ulfin et dist : « Ulfin, molt me lo del roi qui si sagement a parlé a Antor de ce que je li avoie proiié. » Or li di qu'il[a] aille a la roïne et si li die qu'ele aura demain au soir après mienuit enfant. Et si li couvient qu'ele baille ce et face baillier au premier home [d] que on trouvera hors a l'issir de la sale. Et Ulfins li demande et dist : « Dont ne parlerés vous au roi ? » Et Merlins dist : « Je non lui[b] parlerai ja a ceste fois. » Lors vint Ulfins au roi, si li dist ce que Merlins li ot conmandé.

178. Quant li rois l'oï si en fu molt liés, si en fist molt grant joie et demande a Ulfin : « Donc ne parlera il a moi ? » Et Ulfin dist que non. « Mais faites ce que il conmande. » Lors vint a la roïne se li dist : « Dame, je vous dirai une chose, si me creés et faites ce que je vous conmanderai. » Lors li dist : « Dame, demain au soir après mienuit vous deliverrés de cel enfant que vous avés el cors, et je vous proi et requier et conmant que, si tost com il sera nés, que vous le faciés baillier par une de vos plus privees femes au premier home que ele trouvera a l'issir de la sale et que nule de vos

suivantes ne dise que vous avez eu un enfant, car ce serait une grande honte, pour vous comme pour moi, si on savait que vous aviez eu un enfant si tôt ; beaucoup diraient en effet qu'il ne serait pas de nous deux — et d'ailleurs il me semble bien qu'il ne doit pas l'être ! »

179. La dame lui répondit : « Seigneur, ce que je vous ai raconté l'autre fois est vrai : je ne sais qui l'a engendré. Je ferai donc tout ce que vous commanderez à ce sujet, en femme très honteuse de cette mésaventure. Mais je suis grandement surprise que vous sachiez l'heure de ma délivrance ! — Je vous prie et vous conjure, répliqua le roi, de faire ce que je vous ordonne. — Seigneur, dit-elle, je le ferai assurément, s'il plaît à Dieu. » La conversation prit fin sur ces mots : la reine attendit le bon plaisir de Dieu, et le lendemain, après vêpres, commencèrent les douleurs de l'accouchement. Elle fut en travail jusqu'à l'heure que le roi lui avait indiquée pour sa délivrance, et elle mit au monde son enfant précisément après minuit, avant le jour. Dès qu'il fut né, elle appela une de ses femmes en qui elle avait toute confiance et lui dit : « Chère amie, prenez cet enfant et portez-le à la porte de cette salle ; et si vous y trouvez un homme qui le réclame, donnez-le-lui ; mais regardez bien qui est cet homme. »

180. La suivante fit ce que lui avait ordonné la reine ; elle enveloppa l'enfant dans les langes les plus riches dont elle pouvait disposer, puis l'emporta à la porte de la salle. Quand elle ouvrit celle-ci, elle vit un homme apparemment vieux et

---

puceles ne die que vous avés eü enfant, que grans hontes seroit a moi et a vous en ce seüst que vous eüssiés eü enfant si tost. Car pluisour des gens diroient qu'il ne seroit pas de vos et de moi. Ne il me samble mie que il le doie estre. »

179. La dame li respont : « Sire, il est voirs ce que je vous ai autre fois conté et dist que je ne sai qui l'engendra. Et je en ferai quanque vous en conmanderés com cele qui grant honte en ai de ceste mesa-venture qui avenue m'est. Mais j'ai grant merveille que vous savés ma delivrance. » Et li rois respont : « Je vous pri et requier que vous faciés ce que je vous connant. » Et li respont : « Sire, je le ferai bien, se Dieu plaist. » Ensi departi li consaus du roi et de la roïne. Et ele atendi tant come a Dieu plot. Si li prist li maus l'endemain, aprés vespres, de son ventre, et traveilla jusques a cele eure que li rois li ot dit. Si delivra droitement aprés la mienuit devant le jour et, si tost com ele fu delivree, apela une soie feme en qui ele molt se fioit se li dist : « Bele amie, prendés cel enfant et sel portés a l'uis de cele sale. Et se vous trouvés un home qui le demant se li bailliés. Et si vous prendés bien garde quels hom ce sera. »

180. Cele fist ce que la roïne li comanda et mist l'enfant es plus riches dras et es meillours qu'ele avoit si li porta a l'uis de la sale. Et

faible; elle lui demanda: «Qu'attendez-vous?» Et lui de
répondre: «Ce que tu m'apportes.» Elle continua ses
questions: «Qui êtes-vous? Et à qui dirai-je à ma dame que
j'ai donné son enfant? — Tu n'as que faire, répondit-il, de
tout ce qui me concerne. Fais simplement ce qu'on t'a
ordonné!» Elle lui tendit alors l'enfant, et il le prit, et
ensuite elle ne sut pas ce qu'il était devenu. Elle revint à sa
dame, et lui dit qu'elle avait donné l'enfant à un vieillard:
«Mais je ne sais pas autrement qui il est!» La reine se mit
à pleurer comme une femme qui a beaucoup de chagrin,
cependant que l'homme à qui l'enfant avait été remis s'en
allait, aussi vite qu'il le pouvait, chez Antor.

181. Il le trouva, au matin, sur le point d'aller entendre la
messe; Merlin avait pris l'apparence d'un vieillard, et interpella ainsi Antor: «Antor, je veux te parler.» L'autre le
regarda, et il lui parut remarquablement sage et honorable:
«Seigneur, lui répondit-il donc, je suis moi-même tout à fait
désireux de vous parler. — Je t'apporte un enfant, continua
le vieillard, et je te prie de l'élever avec autant de soin que si
c'était le tien. Et sache bien que, si tu le fais, tu en retireras
de grands avantages, ainsi que tes héritiers: tu ne croirais
pas celui qui te les décrirait maintenant. — Est-ce l'enfant
que le roi m'a demandé de faire allaiter par ma femme, et
pour qui je dois sevrer mon fils?» demanda Antor. Et
l'autre lui répondit: «C'est bien lui, sans aucun doute. Non
seulement le roi, mais toutes les femmes et tous les hommes

---

quant ele ouvri l'uis si vit un home qui estoit vix et febles se li
demanda: «Qu'atendés vous?» Et il respont: «Ce que tu m'aportes.»
Et ele li demande: «Quels hom estes vous, ne que dirai je a ma dame
a qui j'ai son enfant baillié?» Et il respont: «De quanques a moi
ataint n'as tu que [e] faire. Mais fai ce c'on t'a comandié.» Et cele li
tent l'enfant et il le prent ne onques puis que il l'ot ne sot cele qu'il fu
devenus. Et cele vint a la dame, si li dist qu'ele avoit baillié l'enfant a
un viel home. «Mais je ne sai autrement qui il est.» Et la roïne ploure
come cele qui grant doel a. Et cil a qui li enfés fu bailliés s'en ala au
plus tost que il pot a Antor si le trouva.

181. Au matin, ensi com il s'en aloit pour oïr messe, et cil ot pris
une samblance vielle, si apela Antour et li dist: «Antour, je voel a toi
parler.» Et cil le regarda se li sambla merveilles prodom et li dist:
«Sire, et je a vous molt volentiers.» Et cil li dist: «Je raport un
enfant et si te proi que tu le faces nourrir ausi chierement com le tien
meïsmes et saces bien que, se tu le fais, que grans bien t'en avenra et
a toi et a tes oirs. Et quoi ore le diroit, tu ne le querroies mie.» Et
Antour respont: «Est ce li enfés dont li rois m'a proiié que je le face
nourrir ma fame et sevrer mon fil pour lui?» Et cil respont: «Ce
est il sans faille. Et li rois et tout prodome et toutes prodefemes

de bien doivent t'en prier, et moi-même je t'en prie. Et crois bien que ma prière ne vaut pas moins que celle de bien des hommes très importants. » Là-dessus Antor prit l'enfant, le regarda et le trouva fort beau ; il demanda s'il était baptisé, et le vieillard lui répondit que non. « Mais je te prie de le faire baptiser à l'instant en cette église. — Très volontiers », répondit Antor. Puis il demanda à celui qui le lui avait confié : « Comment voulez-vous qu'il s'appelle ? — Si tu veux, répliqua l'autre, le baptiser conformément à mon désir et à mes conseils, il s'appellera Arthur[1]. Je m'en vais maintenant, car je n'ai plus rien à faire ici. Mais sache vraiment que tu t'en trouveras bien ; d'ailleurs, d'ici très peu de temps, ni toi ni ta femme ne saurez lequel vous aimez le mieux, de votre fils ou de celui-ci. — Que dirai-je au roi, demanda Antor, s'il me demande qui m'a donné l'enfant ? — Tu ne sauras rien de plus sur moi », répliqua le vieillard.

182. Ils se séparèrent sur ces mots. Antor fit baptiser l'enfant, puis il l'apporta à sa femme et lui dit : « Dame, voici l'enfant à propos duquel je vous ai tant suppliée. — Qu'il soit le bienvenu ! » répondit-elle ; puis elle lui demanda s'il était baptisé. Il répondit que oui, et qu'il s'appelait Arthur. La dame le prit alors, et l'allaita, après avoir confié son fils à une nourrice qui ne lui était rien. Cependant, le roi Uterpandragon gouverna le royaume pendant longtemps. Puis il arriva qu'il tomba gravement malade, étant paralysé des pieds et des mains[1]. Alors beaucoup se révoltèrent sur ses terres, et les

---

t'en doivent proiier, et je meïsmes vous em proi. Et sacés que ma proiiere ne vaut gaires mains que la proiiere de molt riche home. » Et cil prist l'enfant, si le vit molt bel, se li demande s'il est baptiziés. Et il li dist que non. « Mais je te proi que orendroit le faces bauptizier en cest moustier. » Et cil respont : « Molt volentiers. » Lors le prist, si demanda a celui qui baillié li avoit : « Conment volés vous qu'il ait a non ? » Et cil respont : « Se tu le vels bauptizier a ma volenté et a mon los il aura a non Artus. Et je m'en vois que je n'ai ci plus que faire. Et saces que grans biens t'en venra que tu ne l'auras gaires tenu que tu ne ta feme ne sauras lequel tu ameras le mix, ou le tien ou cestui. » Et Antour li demande : « Que dirai je au roi qui le m'a baillié ? » Et cil li dist : « Tu ne sauras plus de mon estre. »

182. Lors s'em part li uns de l'autre et Antour fait bauptizier l'enfant puis le porte a sa feme si li dist : « Dame, veés ci l'enfant donc je tant vous ai proiié. — Bien soit il venus », fet ele. Si le prent et li demande s'il estoit baptiziés. Et il li dist : « Oïl » et qu'il avoit a non Artus. Lors le prist la dame et l'alaita et nourri. Et le sien mist au lait d'une feme estrange. Et li rois Uterpandragon tint la terre puis lonc tans. Et puis avint qu'il chaï en une grant enfermeté de goute de ses mains et de ses piés. Et lors revelerent en sa terre en pluisours lix et

Saxons, par ailleurs, lui causèrent tant d'ennuis qu'il s'en plaignit à tous ses barons. Ceux-ci lui conseillèrent d'en tirer vengeance, s'il le pouvait ; le roi les pria alors, pour l'amour de
Dieu et pour l'amour de lui, de marcher avec lui contre les
Saxons, comme de bons barons doivent le faire pour leur seigneur. Et ils répondirent qu'ils le feraient volontiers ; ils y
allèrent en effet, et rencontrèrent les ennemis du roi ; mais ils
s'aperçurent à cette occasion qu'ils avaient déjà pris possession d'une bonne partie de la terre. Les gens du roi marchèrent contre eux comme peuvent le faire des soldats qui
n'ont pas de chef, et ils perdirent cette bataille. Le roi y perdit
beaucoup d'hommes, ce dont il fut très courroucé quand il
l'apprit. Les survivants se retirèrent de la campagne, cependant
que le parti des vainqueurs augmentait considérablement. Les
Saxons qui étaient restés en minorité dans le royaume s'alliè-
rent avec eux, et leur pouvoir s'accrut beaucoup. Merlin, qui
était au courant de tout cela, vint trouver Uterpandragon, très
affaibli par sa maladie, et qui avait fait son temps.

183. Quand le roi sut que Merlin était là, il en fut très
content : car il pensa qu'il allait finalement être encore réconforté. Merlin fut admis en présence du roi, et lui fit très bon
visage. « Vous êtes très inquiet », dit Merlin. « J'ai de bonnes
raisons pour cela, répondit le roi : vous savez bien, en effet,
que mes propres vassaux, ceux dont je pensais n'avoir rien à
craindre, ont ravagé mon royaume et tué mes hommes, et

---

tant li fisent li Saisne de con [f] traire que il s'en clama a tous ses
barons et si baron li loerent que, s'il s'en pooit vengier, que il s'en
vengast. Lors lor proiia li rois que pour Dieu et pour lui qu'il i alaissent ensemble si come prodome devoient faire por lor signour. Et il
respondent qu'il iroient molt volentiers. Et cil i alerent et trouverent
les anemis le roi et virent qu'il avoient ja trait grant partie de la terre.
Si vinrent les gens le roi encontre aus si come gens sans signour et
assemblerent a aus et furent desconfit. Et i perdi li rois molt de ses
homes, et quant la nouvele fu aportee au roi que ses gens estoient
desconfites, si en fu molt iriés. Et lors en revint li remanans de ciaus
qui en la bataille avoient esté, et cil qui la bataille orent vaincu crurent molt de gent et li Saisne, qui estoient en la terre en chaitivisons,
s'acorderent a aus et esforcierent molt de gens. Et Merlins, qui totes
ces choses savoit bien, s'en vint a Uterpandragon qui molt estoit
febles de sa maladie et avoit auques de son tans usé.

183. Quant li rois sot que Merlins estoit venus si en fu molt liés
et pensa en son cuer que encore auroit il confort. Et Merlins en
vint devant le roi et li fist molt bele chiere. Et Merlins li dist :
« Vous estes molt esfreés. » Et li rois respont : « Je ai droit, car
vous savés bien que mi home et cil dont je ne quidoie mie avoir
garde ont mon regne destruit et mes homes mors et vaincus et

les ont vaincus en bataille rangée. — Vous voyez bien, dit Merlin, que personne ne vaut rien sans un bon chef ! — Pour l'amour de Dieu, Merlin, fit le roi, conseillez-moi : que dois-je faire ? — Je vais te donner à titre privé, répliqua Merlin, un conseil que je te recommande vivement de suivre. Convoque le ban et l'arrière-ban de ton armée ; et lorsqu'ils seront tous rassemblés, fais-toi placer sur une litière, et va combattre tes ennemis en personne. Et sache à coup sûr qu'alors tu remporteras la victoire : cela te prouvera qu'un royaume sans seigneur n'est pas aussi puissant que celui qui a un seigneur. Puis, quand tu en auras fini avec cette affaire, distribue pour l'amour de Dieu et pour le salut de ton âme tout ton trésor : car je t'assure que tu ne peux survivre longtemps. Je te l'affirme : ceux qui possèdent de grandes richesses, et meurent avec sans avoir pu les distribuer ni prendre leurs dispositions en faveur de leur âme, n'en sont pas en fait les véritables possesseurs : ces richesses appartiennent en réalité à ceux qui ne leur permettent pas de faire le bien, c'est-à-dire aux diables. Mieux vaudrait pour le riche qu'il n'ait jamais rien possédé, plutôt qu'il ne distribue pas ses richesses comme il convient. Les richesses et les biens que l'on a dans ce monde ne sont rien que des obstacles au salut de l'âme, si on ne les distribue pas comme on le doit. Et toi qui sais d'avance que ta fin est proche, tu dois bien y renoncer et les distribuer de manière à ne pas perdre les joies de l'autre monde ; car celles de celui-ci ne valent rien — et je

desconfit en la bataille. » Et Merlins respont : « Ore poés veoir que nus ne vaut riens sans bon signour. » Et li rois li dist : « Pour Dieu, Merlin, conseilliés m'ent que je en doie faire. » Et cil li dist : « Je t'en dirai une privee parole que je voeil que tu croies. Fai semonre tes os et trestournes tes gens. Et quant il seront trestout ensamble, si te fai metre en une biere chevaleresse et t'en va combatre a tes anemis. Et saces seürement que tu les vaincras. Et quant tu auras vaincue la bataille si sauras bien que terre sans signour ne vaut pas tant come cele qui a signour. Et quant tu auras ce fait si depart pour Dieu et pour t'ame tous tes tresors, que je voel bien que tu saces que tu ne pues pas longement vivre*. Que je voel bien que tu saces que cil qui ont les grans tresors et muerent o*ᵇ tout, que il nes puent departir ne faire por lor ames bien, que li avoir ne sont pas lor, ains est a ciaus qui ne lor en laissent bien faire. Et saces* que c'est li dyables. Et mix vausist au riche home qu'il n'eüst onques eü riens qu'il [*77a*] ne departist avenablement les dons de ceste terriene vie. Les richesces et les grasses que on a en cest terrien siecle ne sont se nuisement non a l'ame se on ne les depart si com on doit. Et tu qui sés avant que a finer t'estuet si les dois bien laissier et departir en tel maniere que tu ne perdes la joie de l'autre siecle. Car la joie de cest siecle ne

te dirai pourquoi en un seul mot : il n'y a aucune joie terrestre qui ne finisse, alors que celles que l'on acquiert dans l'autre monde ne prennent jamais fin, et jamais ne se dégradent ni ne s'abîment ! Tout ce que l'on possède en ce monde, Notre-Seigneur souffre qu'on l'ait pour nous mettre à l'épreuve en vue de l'autre ; et certes, si l'on veut agir sagement, on doit employer ce que Dieu nous a donné en ce monde mortel à acheter la vie éternelle. Toi qui as eu tant de biens en ce monde-ci, qu'as-tu fait pour Notre-Seigneur qui t'a accordé toutes ces grâces ? Je t'ai beaucoup aimé, et je t'aime encore ; mais sache bien que personne ne peut t'aimer ou te haïr davantage que toi-même. Et je t'avertis que tu ne peux pas durer longtemps après cette victoire que tu vas remporter. Or je tiens à ce que tu saches que toutes les bonnes actions qu'un homme accomplit durant le cours de sa vie n'ont pas tant de valeur qu'une bonne mort. Si tu avais accompli toutes les bonnes actions du monde, mais que tu fasses une mauvaise fin, tu courrais le risque de tout perdre ; en revanche, si tu avais beaucoup péché, mais que tu fasses une bonne fin, tu recevrais ton pardon. Je veux aussi que tu saches que tu n'emporteras avec toi de ce monde que ton honneur et les aumônes que tu auras faites : ainsi, parce que je sais bien qu'il ne peut y avoir d'honneur sans aumônes, ni d'aumônes sans honneur, je t'ai mis au fait de ta situation. Tu sais qu'Ygerne, ta femme, est morte, et que tu ne peux plus désormais en avoir d'autre[1] : donc, ta terre restera après

---

vaut nient. Et si te dirai pour coi a un seul mot : car il n'a el siecle si grant joie terriene qui ne faille. Et cele que on achate en l'autre siecle ne puet faillir ne enviellir ne empirier. Et quanque on a en ceste mortel vie sousfre Nostres Sires a ravoir pour esprouver de l'autre. Ore couvient dont, se on velt estre sages, que de ce que Dix li a doné en ceste mortel vie qu'il em pourchast la vie pardurable. Et tu, qui tant as eü de tous biens en cest siecle, que as tu fait pour Nostre Signour qui toutes ces grasses t'a donees ? Je t'ai molt amé et molt t'aim. Et saces bien que nus ne te puet plus amer ne nus ne te puet plus haïr de toi meïsmes. Et je te di bien que tu ne pues durer après ceste victoire que tu auras en ceste bataille. Et je voel bien que tu saces que toutes les oeuvres que li hom mainne en son tans ne li puent tant valoir conme bone fins. Et se tu avoies tous les biens del monde fais et tu eüsses mauvaise fin de toi si seroies tu en aventure del tout perdre. Et se tu avoies molt de maus fais et tu eüsses bone fin si avroies tu pardon. Et je voeil bien que tu saces que tu n'enporteras ja plus de cest siecle que honeur et aumosne. Et pour ce que je sai bien que nule honours ne puet estre sans aumosne ne aumosne sans hounour, si t'ai je moustré et dit ton afaire. Tu sés que Ygerne ta feme est morte et tu ne pues autre avoir, si remandra ta terre après

ta mort sans héritier. Pour cette raison, tu dois vraiment
t'efforcer de bien agir. Maintenant, je vais m'en aller, car je
n'ai plus affaire avec toi. Mais prie Ulfin de me faire
confiance quand cela sera nécessaire, et de me soutenir de
son témoignage. — Merlin, dit le roi, vous m'avez dit
quelque chose de difficile à croire, lorsque vous avez affirmé
que je vaincrais mes ennemis en litière : comment pourrai-je
remercier Notre-Seigneur de cette faveur[2] ? — Seulement en
faisant une bonne fin, répliqua Merlin. Je m'en vais : après ta
bataille, souviens-toi, je t'en prie, de ce que je t'ai dit. » Le
roi lui demanda alors des nouvelles de l'enfant qu'il avait
emporté ; mais Merlin lui dit : « Tu n'as pas à t'informer à ce
sujet[3] ; néanmoins, je veux bien que tu saches que l'enfant
est beau, grand et fort, et a été élevé comme il convenait. »
Le roi demanda encore à Merlin : « Te reverrai-je jamais ? —
Oui, répondit Merlin, une fois et une seule. »

184. Merlin et le roi se séparèrent sur ces mots. Le roi
convoqua ses gens, et déclara qu'il marcherait contre ses
ennemis ; il se fit porter en litière, et alla à leur rencontre. Ils
s'avancèrent contre lui, il y eut bataille, et les troupes du roi,
réconfortées par la présence de leur seigneur, remportèrent
la victoire et firent beaucoup de victimes. Ainsi le roi fut-il
victorieux, et vint-il à bout de ses ennemis. La terre retrouva
la paix, et le roi se souvint alors des paroles de Merlin. Il
revint à Londres[1] ; une fois là, il se fit présenter tous ses trésors et ses possessions ; il fit savoir ses intentions à tous les

---

ta fin sans oir, pour coi tu te dois bien enforcier de bien faire. Je
m'en irai, car je n'ai plus a toi afaire. Mais Ulfin proie je que il me
croie quant mestiers sera, et qu'il m'aït a tesmoingnier[4]. » Et li rois
dist a Merlin : « Fiere chose m'avés contee qui m'avés dit que je vaincrai mes anemis em biere. Et conment porrai je ce guerredonner
Nostre Signour ? » Et Merlins respont : « Seulement par bone fin. Je
m'en irai, si te proi qu'il te souviengne de toi après ta bataille de ce
que je t'ai dit. » Et li rois li demande nouveles de l'enfant qu'il
emporta. Et Merlins li dist : « De ce ne te tient riens a enquerre, mais
je voeil bien que tu saces que li enfés est biaus et grans et bien nourris. » Et li rois demande a Merlin : [*b*] « Te verrai je plus jamais ? » Et
Merlins dist : « Oïl, une fois sans plus. »

184. Ensi se departirent entre le roi et Merlin. Et li rois semonst
ses gens et dist qu'il iroit sor ses anemis, si i ala et se fist porter en
biere si les trouva et il en vinrent contre lui si se combatirent et les
gens le roi les desconfirent par le confort de lor signour et en ocisent
grant plenté. Ensi et li rois la victoire de la bataille et destruist ses
anemis. Et lors remest la terre tout em pais. Si souvint au roi de ce
que Merlins li ot dit, si s'en repaira a Logres, et quant il i fu venus si
manda ses grans avoirs et tous ses tresors et fist savoir en toutes

hommes et à toutes les femmes de valeur du royaume, et à tous ceux qui étaient dans le besoin, et il leur diſtribua de grands biens, fit de grandes et belles aumônes, et partagea tout ce qui lui reſtait conformément au conseil des miniſtres de la sainte Église et de ses confesseurs.

185. Telle fut la conduite du roi : il diſtribua ses biens de telle façon qu'il ne lui reſta rien, pour peu qu'il s'en souvînt, qu'il ne donne pour l'amour de Dieu, conformément aux conseils de Merlin ; il fit preuve d'une grande contrition vis-à-vis de Dieu et de ses représentants sur terre, et de tant d'humilité que tout le peuple était ému de pitié. On le garda en cet état un certain temps, mais sa maladie empira peu à peu ; son peuple, rempli de compassion, était rassemblé à Logres : tout le monde voyait bien qu'il lui fallait mourir. Il était si malade et si affaibli que pendant trois jours il ne put prononcer un mot.

186. Alors Merlin, qui savait tout cela, arriva dans la ville ; lorsque les sages du royaume le virent, ils lui dirent : « Merlin, voici qu'eſt mort le roi que vous aimiez tant. — Vous avez tort de parler ainsi, répondit Merlin ; celui qui fait une si bonne fin que lui ne meurt pas ; et d'ailleurs il n'eſt même pas encore tout à fait mort. — Si, répliquèrent-ils : cela fait trois jours qu'il n'a pas prononcé un mot, et il ne parlera plus jamais. — Il parlera, dit Merlin, s'il plaît à Dieu. Venez avec moi, je vous le ferai parler. » Et eux de rétorquer : « Ce serait bien le plus grand prodige du monde ! —

---

manieres as bons homes et as bones femes et as plus mesaaisies gens de son regne, si lor donna grant avoir et grans aumosnes et molt beles et le sourplus departi par le conseil et par la volenté des meniſtres de Sainte Eglyse et de ses confessours.

185. Ensi ouvra li rois et departi la soie chose que onques nus avoirs ne li remeſt dont il fuſt ramenbrans que il tout ne donnaſt pour l'amour de Dieu et par le conseil de Merlin. Et molt s'umelia vers Dieu et vers ses meniſtres et si doucement que tous li pueples en avoit pitié. Ensi le garderent grans tans malade. Et tant que sa maladie li engranga et tous ses pueples fu assamblés a Logres qui molt avoit grant pitié de sa maladie*e* et virent bien tout qu'a morir li couvenoit. Et tant fu malades et afeblis et amuis qu'il ne pot parler de .iii. jours.

186. Lors vint Merlins qui toutes ces choses savoit en la vile. Et quant li prodome de la terre le virent si disent : « Merlin, ore eſt mors li rois que vous tant amiés. » Et Merlins diſt : « Vous ne dites mie bien, nus ne muert qui si bone fin face com il fait, ne il meïsmes n'eſt mie encore mors. » Et il respondent : « Si eſt que il a .iii. jours que il ne parla ne jamais ne parlera. » Et Merlins respont : « Si fera, se Dieu plaiſt. Ore en venés, je le vous ferai parler. » Et il dient : « Dont seroit ce la greignour merveille del monde. » Et

Venez donc », dit Merlin[1]. Il se rendit là où le roi était
couché et fit ouvrir toutes les fenêtres ; le roi le regarda, se
tourna vers lui de son mieux, et parut le reconnaître. Merlin
alors prit la parole et dit aux barons qui étaient présents,
ainsi qu'aux dignitaires de la sainte Église : « Que celui qui
désire entendre les dernières paroles du roi s'approche ! » Et
tous de lui demander : « Comment comptez-vous le faire
parler ? — Vous allez bien voir », répondit-il. Il se détourna
alors et se pencha au chevet du roi, en lui soufflant à
l'oreille : « Tu as fait une très belle fin, si ta conscience est
conforme aux apparences ; et je peux maintenant te dire que
ton fils sera seigneur et chef de ton royaume après ta mort,
par la grâce de Jésus-Christ ; en vérité, c'est lui qui fera s'accomplir le destin de la Table Ronde que tu as fondée. »

187. Quand le roi entendit ces paroles, il se rapprocha de
Merlin et lui dit : « Au nom de Dieu, demande-lui de prier
Jésus-Christ pour moi ! » Merlin s'adressa alors aux assistants : « Vous venez d'entendre ce que vous ne croyiez pas
possible ! Mais sachez bien, vous qui pensiez qu'il ne parlerait
plus jamais, que ce furent là ses dernières paroles. » Là-
dessus, Merlin s'en alla, et les autres, émerveillés que le roi ait
parlé, en firent autant ; mais aucun d'eux n'avait entendu ce
que le roi avait dit, sauf Merlin. Évêques et archevêques
dirent la plus belle messe qui soit pour le roi, et le lendemain,
après qu'il fut enterré, tous les barons se rassemblèrent afin

---

Merlins dist : « Ore en venés. » Et il s'en revint jusques la ou li rois
gisoit et fist toutes les fenestres ouvrir. Et li rois regarde Merlin et se
tourna devers lui a son pooir et fist samblant que il le conneüst. Et
Merlins parole et dist as barons qui illuec estoient et as prelas de
Sainte Eglise : « Qui vaura oïr la parole daerrainne que li rois dira si
se traie pres. » Et il li demandent tout : « Conment le quidiés vous [d]
faire parler ? » Et il respont : « Vous le verrés. » Lors se tourne d'autre
part dalés son chavés et li conseille molt bas en l'oreille : « Tu as fait
molt bone fin, se la conscience est tele com la samblance. Et je te di
que tes fix sera tels qu'il sera et chiés et sires de ton regne aprés toi
par la vertu de Jhesu Crist, et il sera acomplissables de la Table
Reonde que tu as fondee. »

187. Quant li rois l'oÿ si se traïst vers lui et li dist : « Pour Dieu,
proie lui qu'il proie Jhesu Crist pour moi. » Et Merlins parole a ciaus
qui illuec estoient : « Ore avés oï ce que vous ne quidiés pas que estre
peüst. Et tant saciés que c'est la daerrainne parole que li rois m'a dit.
Ne vous ne quidiés pas que il parlast jamais. » Lors s'en ala Merlins
et tout li autre que grant merveille avoient que li rois avoit parlé, ne
il n'i ot nisun qui peüst entendre ce que li rois avoit dit fors solement
Merlin. Et li evesque et li arcevesque i firent le plus biaus service
qu'il porent. Et l'endemain, quant li rois fu enterés, s'asamblerent

de décider comment le royaume serait gouverné. Mais ils ne
purent se mettre d'accord sur aucun candidat, si bien qu'en
définitive ils se résolurent, tous ensemble, à demander conseil
à Merlin, car ils le savaient très compétent en la matière, et
ils n'avaient jamais entendu dire qu'il ait fourvoyé ceux qui
le consultaient. Ils l'envoyèrent chercher, et quand il se fut
rendu à leur appel[1], ils lui dirent :

Une succession difficile.

188. « Merlin, nous connaissons ta grande sagesse ; d'autre
part, tu as toujours beaucoup aimé le roi de ce royaume. Or,
la terre est restée sans héritier, et terre sans seigneur ne vaut
pas grand-chose : ainsi donc, nous te demandons, au nom de
Dieu, de nous aider à choisir un roi susceptible de gouverner
pour le profit de la sainte Église et le salut du peuple[1]. — Je
ne saurais, répondit Merlin, vous conseiller en la matière ni
choisir un roi pour assurer le gouvernement ; cependant, si
vous voulez vous conformer à mon point de vue, je vous en
ferai part : ne le suivez pas s'il n'est pas bon ! » Et eux de
répliquer : « Puisse Dieu nous accorder de bien faire, pour le
profit de l'Église et le salut du peuple[2] ! — J'ai beaucoup aimé
ce royaume, et tous ses habitants, reprit alors Merlin : si je
vous disais d'élire quelqu'un que je connais, qui est tout à fait
apte à cette fonction, vous devriez bien me faire confiance, et
il serait roi de manière parfaitement légitime ; mais vous avez
de la chance, pour peu que vous sachiez exploiter les circonstances : le roi est mort à la quinzaine de la Saint-Martin,

---

tout li baron et prisent conseil conment li regnes seroit gouvernés,
mais onques ne se porent acorder a nului. Et lors disent par le
conmun conseil qu'il se conseilleroient a Merlin, car molt savoit donner bon conseil, ne onques n'oïrent que il les forconseillast. Si l'en
envoiierent querre, et quant il fu venus devant aus, si li disent :

188. « Merlin, nous savons bien que tu es molt sages et si as tous
jors molt amé le roi de cest regne. Et la terre est remese sans oir et
terre sans signour ne vaut gaires. Et pour ce te requerons nous pour
Dieu que tu nous aïdaisses a eslire tel roi qui le roiaume peüst gouverner au pourfit de Sainte Eglise et au sauvement del pueple. » Et
Merlins dist : « Je ne sui pas tels que je puisse conseillier tel afaire ne
que je i eslise home gouverneour. Mais se vous vous volés acorder a
mon esgart, je le vous diroie. Et si ne vous i acordés pas, se je ne
vous di bien. » Et cil disent : « Au bien et au pourfit et au sauvement
nous doinst Dix assener. » Et Merlins dist : « Je ai molt amé cest
regne et toutes les gens qui i sont et se je disoie que en esleüis-
siés un que je sai et est soufsissables, je en feroie bien a croire, et
a droit seroit il rois, mais il vous est bele aventure avenue se vous
le voliés connoistre. Li rois est mors dés la quinsainne Saint Martin

soit peu de temps avant Noël[3]. Si vous voulez m'en croire, je vous donnerai un bon conseil loyal, raisonnable et conforme à la volonté divine. » Tous répondirent d'une seule voix : « Dis ce que tu veux, et nous le ferons ! — Vous savez bien que la fête du jour où naquit Celui qui est en tout Notre-Seigneur approche. Je vous garantis que, si vous parvenez à convaincre le peuple d'attendre jusque-là, Dieu lui-même vous viendra en aide, pour peu que vous le priiez tous, chacun de votre côté, dans le grand besoin où vous êtes d'avoir un seigneur et un roi légitimes, d'élire pour vous, dans sa grande bonté et sa profonde compassion, à l'occasion de cette fête que l'on appelle Noël où il daigna s'incarner, et en mémoire de ce qu'il naquit ainsi, Roi des rois, et seigneur de tout ce qui est bon, d'élire, donc, un roi et un seigneur tel qu'il gouverne le peuple selon son gré et sa volonté, et de le faire de telle manière que le peuple lui-même reconnaisse son élection comme divine, et non pas due à l'intervention humaine. Et sachez que, si vous agissez ainsi, vous ne manquerez pas de voir un signe de l'élection de Jésus-Christ[4]. »

189. Tous s'exclamèrent d'une seule voix : « C'est le meilleur conseil qu'on puisse recevoir en la matière ! » Et de se demander les uns aux autres : « Êtes-vous d'accord avec cette suggestion ? » Finalement, ils répondirent à l'unanimité qu'il n'y avait personne qui puisse ne pas s'y accorder. Puis ils demandèrent aux évêques d'ordonner au peuple par tout le royaume de faire des oraisons dans le sein de l'Église à ce

---

et si n'a gaires jusqu'au Noel. Et se vous creés mon conseil, je le vous donrai bon et loial selonc Dieu et selonc raison. » [d] Et il respondent tout a un mot : « Di ce que tu vauras et nous le ferons. » Et il lor dist : « Vous savés bien que la feste vient que li sires nasqui qui est Nostres Sires de toutes choses. Et se vous pleges, se vous le faites otroiier au pueple communement, que il atendroit jusqu'a dont que Dix vous conseillera, se chascun proie ensi com il ont mestier de droit signour et de droit gouverneour, que Dix par sa pitié et par sa grant debonaireté a cele feste qui est apelee Noel qu'il daigna naistre que, aussi vraiement com il nasqui rois des rois et sires de toutes bones choses, que a celui jour vous eslise tel home a roi et a signour dont li pueples soit gouvernés a son plaisir et a sa volenté en tel maniere que li pueples meïsmes voie et connoisse que par sa election soit rois et sans la election d'autrui. Et bien saciés que, se vous ensi le faites, que vous verrés de la election Jhesu Crist senefiance. »

189. Lors respondirent tout a un mot : « C'est li miudres consaus que nus i puisse metre. » Lors dist li uns a l'autre : « Vous acordés vous bien a cel conseil ? » Et il respondirent tout ensamble : « Il n'est nus qui ne se puisse acorder. » Lors proiierent tous as evesques que il, au conmun del pueple et par toute Sainte Eglise, soit conmandé

propos : « Ainsi verra-t-on bien que nous nous en tiendrons au conseil de l'Église et aux signes que Dieu nous enverra ! » Ils se rangèrent donc de cette manière au conseil de Merlin, qui prit alors congé d'eux ; ils le prièrent vivement de venir au jour dit, s'il lui plaisait, voir si ce qu'il avait enseigné se vérifierait. Mais Merlin répondit : « Je n'y serai pas, et vous ne me reverrez pas avant l'élection. » Puis il s'en alla et rejoignit Blaise à qui il raconta les événements qui allaient se produire, et c'est pour cela que nous en avons connaissance.

190. Les barons et les prélats de la sainte Église firent alors savoir par tout le royaume de Logres que tous les hommes de bien qui y vivaient devaient venir à Londres pour Noël ; et Antor décida de s'y rendre. C'est lui qui avait élevé l'enfant appelé Arthur, qui avait alors seize ans ; il était grand et beau, n'ayant jamais été nourri du lait d'une autre femme que celle d'Antor, alors que son propre fils avait été allaité du lait d'une femme de peu. Antor lui-même ne savait guère lequel il aimait le plus, d'Arthur ou de son fils ; jamais d'ailleurs il ne l'avait désigné autrement que comme son fils, si bien que le jeune homme croyait sans nul doute qu'il était son père. Antor avait fait son fils Keu chevalier[1] à la Toussaint ; il amena à Londres avec lui ses deux fils. La veille de Noël, tout le clergé du royaume se trouva rassemblé à Londres, et avec lui tous les barons de quelque valeur ; ils avaient bien exécuté les consignes de Merlin et, après leur arrivée, ils adoptèrent

---

que on face orisons. « Par desor ce juerrons tout que nous nous en tenrons au conseil de Sainte Eglise et ce que Dix en demousterra. » En tel maniere se sont acordé au conseil Merlin. Et Merlins prist congié a eus et il li proient que, s'il li plaist, que il viengne a euls pour savoir se ce sera voirs ce qu'il a enseigné. Et Merlins respont : « Je n'i serai pas ne vous ne me verrés mais devant aprés l'eslection. » Ensi s'en parti Merlins et s'en ala a Blayse et li dist ces choses qui a venir estoient. Et parce qu'il le dist a Blayse le savons nous encore.

190. Lors firent savoir li baron et li prelat de Sainte Eglyse que tout li prodome del roiaume de Logres venissent a Londres[a] au Noel. Et Antour, qui avoit l'enfant nourri qui ot a non Artus, tant qu'il estoit en l'aage de .XVI. ans et il estoit grans et biaus, ne il n'avoit onques alaitié d'autre lait que de la feme Antour, et ses fix avoit alaitié du lait a une garce. Ne Antour ne savoit gaires lequel il amoit plus ou Artu ou son fil, ne il ne l'avoit onques apelé se son fil non. Et il le quidoit bien estre sans faille. Et Antour avoit fait de son fil Keu chevalier a la[b] Tous Sains, si amena a Londres avoec lui ses .II. fix. A la veille del Noel fu ensamble a Londres [c] tous li clergiés del regne et tout li baron qui riens valoient et orent molt bien conmandé et fait ce que Merlins lor avoit dit. Et quant il furent tout venu si

un style de vie discret et honorable. Ils attendaient là : ils assistèrent à la messe de minuit, et récitèrent en toute humilité leurs oraisons, demandant à Notre-Seigneur de leur donner un seigneur disposé à défendre la loi de la chrétienté et capable de le faire. Mais il y eut pas mal de gens pour dire qu'ils étaient fous de croire que Notre-Seigneur se soucierait de leur choisir un roi.

191. Au milieu de ces conversations, on entendit sonner la messe du matin de Noël ; tous se rendirent à l'office et, lorsque tout le monde fut là, un saint homme du royaume se prépara à chanter la messe ; mais avant de commencer, il s'adressa au peuple et dit : « Vous êtes rassemblés ici pour trois raisons, qui sont à votre avantage : je vais vous les exposer : premièrement, pour le salut de votre âme et votre honneur ; mais aussi pour voir les miracles et les grands prodiges que Notre-Seigneur fera parmi vous en ce jour, s'il lui plaît de nous donner un roi et un chef pour protéger et maintenir la sainte Église qui est le soutien de tout le peuple. Nous sommes rassemblés ici pour élire un roi, mais nous ne savons pas quel serait le meilleur pour nous : de ce fait, nous devons prier le Roi des rois, c'est-à-dire Jésus-Christ notre Sauveur, de bien vouloir nous le faire savoir clairement, aussi vrai qu'il naquit en ce jour. Que chacun donc l'en prie du mieux qu'il pourra. » L'assistance s'exécuta et suivit la recommandation du saint homme, pendant que celui-ci allait

---

firent molt simple vie et molt honneste. Si atendirent illuec, et furent a la messe de la mienuit et firent molt simplement lor orisons a Nostre Signour qui lor donast tel signour qui pourfitables fuist a la loy maintenir de la Crestienté. Si ot maint home qui disoient qu'il estoient fol quant il quidoient que Nostres Sires meïst entencion en lor roi eslire.

191. Ensi com il parloient si oïrent que la messe del jour sonna si alerent hom de la terre pour chanter la messe. Mais devant ce qu'il chantast parla au puaple, si lor dist : « Vous estes ci assamblé por .III. choses de vos pourfis, et je vous dirai qu'eles sont pour le sauvement de vos ames tout avant et pour l'onour de vous et pour veoir les miracles et les beles vertus que Nostres Sires fera entre vous hui en cest jour, s'il li plaist de vous donner roi et chevetainne por Sainte Eglise sauver et maintenir qui est la soustenance de tout l'autre pueple. Nous somes ci assamblé pour eslire roi, ne nous ne savons mie liquels nous seroit plus pourfitables, et pour ce que nous ne le savons devons nous proier au roi des rois, c'est Jhesu Crist nostre sauveour, qu'il nous face vraie demostrance par son plaisir si vraiement com il nasqui au jour d'ui si en die et proie cascuns le mix que il saura. » Et cil le firent tout ensi com li prodom lor ot consel-

chanter la messe ; et quand il en fut à l'Offertoire, il y eut
des gens qui sortirent de l'église[1], sur la place déserte. Le
jour s'était levé, et ils virent un perron devant l'église, fait
d'une pierre qu'aucun d'entre eux ne connaissait. Et sur ce
perron, au milieu, se trouvait une enclume de fer d'un bon
demi-pied de haut, et dans cette enclume se trouvait fichée
une épée qui s'enfonçait jusqu'au perron[2].

192. À ce spectacle, ceux qui étaient sortis de l'église,
émerveillés, coururent avertir l'archevêque Debrice[1] ; quand
il entendit cela, il prit de l'eau bénite et se rendit au perron,
qu'il aspergea ; puis il se pencha, et vit inscrites sur le perron
des lettres d'or, qu'il lut. Elles disaient que celui qui retirerait
l'épée de là serait roi du royaume par l'élection de Jésus-
Christ. Après avoir déchiffré cette inscription, il la révéla au
peuple.

193. On confia alors la garde du perron à dix hommes de
bien ; tous disaient que Dieu avait produit en leur faveur un
grand signe, et ils retournèrent à l'église pour entendre la
messe et lui rendre grâces. Quand le saint homme fut monté
à l'autel, il se tourna vers le peuple et dit : « Chers seigneurs,
vous pouvez certes voir clairement désormais qu'il y a parmi
vous des gens de bien, puisque par vos prières et vos oraisons
Notre-Seigneur vous a accordé un signe. Et je vous prie, au
nom de toutes les vertus que Notre-Seigneur a établies sur

---

lié. Si ala chanter la messe et, quant il l'ot chantee, tant c'om dut
osfrir, si i ot tel gent qui s'en issirent hors del moustier ou il ot
une place vuide. Et il fu ajourné si virent un perron devant le
moustier, et ne sorent onques connoistre de quel pierre il estoit. Et
sor cel perron en milieu avoit une englume de fer largement demi pié
de haut, et parmi cele englume avoit une espee fichie jusqu'au perron
outre.

192. Quant cil le virent qui premierement issirent del moustier si
en orent molt grant merveille, si coururent et le disent a l'arcevesque
Debrice. Et quant il oï ce si prist de l'aigue benoite et ala au perron
et jeta sus et puis s'abaissa et vit letres au perron qui toutes estoient
d'or, si les lut. Si disoient ces letres que cil qui osteroit cele espee
seroit rois de la terre par la election Jhesu Crist. Et quant il ot les [f]
letres leües si le dist au pueple.

193. Lors fu li² perrons bailliés a garder a .x. prodomes et disent
que grant demoustrance lor avoit Dix faite. Si s'en ralerent au
moustier pour la messe oïr et rendirent grasses a Damedieu. Et quant
li prodom fu venus devant l'autel si se tourna vers le pueple et lor
dist : « Biau signour, or poés savoir et veoir que aucun de vous i a
bon quant par vos proiieres et par vos orisons vous a Nostres
Sires fait demoustrance. Et je vous proi et requier sor toutes les
vertus que Nostres Sires a establies en terre que nus hom pour

cette terre, de faire en sorte que personne, que ce soit en raison de sa naissance noble ou des richesses terrestres que Dieu
lui a données en ce monde, ne s'oppose à cette élection. Car
Notre-Seigneur qui nous en a manifesté la signification nous
en donnera bien encore le complément.» Puis il se mit à
chanter sa messe ; quand il eut fini, tous se rendirent auprès
du perron, se demandant l'un à l'autre qui ferait la première
tentative pour tirer cette épée ; et ils finirent par se mettre
d'accord sur le fait que personne ne tenterait rien, sauf ceux
que recommanderaient les ministres de la sainte Église.

194. Là-dessus éclatèrent de violentes protestations : car
les hommes les mieux nés et les plus riches, et tous ceux qui
avaient la force pour eux, dirent qu'ils voulaient faire l'essai.
On échangea à cette occasion bien des paroles qui ne méritaient pas d'être conservées et retenues. Enfin l'archevêque
parla, si haut que tout le monde l'entendit, et dit : «Seigneurs, vous n'êtes pas si sages ni si honorables que je le
croyais ; je veux pourtant que vous sachiez que Notre-
Seigneur qui sait et voit tout, a déjà élu l'un de vous, mais
nous ne savons pas encore lequel. Je peux cependant vous
assurer que ni richesses, ni naissance, ni noblesse ne serviront à rien en la matière, contre la volonté de Jésus-Christ.
Et quant à moi, je me fie tant en lui que je suis sûr que, si
celui qui doit arracher cette épée était encore à naître, elle ne
bougerait pas de là jusqu'à ce qu'il naisse et vienne lui-même
l'arracher !» Tous les hommes de bien, tous les sages déclarèrent qu'il avait raison, et qu'ils se conformeraient à la

---

hautece ne pour richece terriene que Dix li ait donnee en cest siecle
encontre ceste election n'aille. Car Nostres Sires, qui nous en a
moustré la senefiance, en moustrera encore le sourplus.» Lors
chante li prodom sa messe, et quant il l'ot chantee si alerent au perron, si demanda li uns a l'autre li quels s'asaieroit premierement a
cele espee. Et lors disent et s'acorderent tout que nus n'i assaieroit se
cil non qui li ministre de Sainte Eglyse le loeront.

194. A ceste parole et molt grant discorde. Car li plus haut home
et li plus riche et chascuns qui la force ot dist qu'il li assaieroit. Illuec
ot maintes paroles dites qui ne devoient estre ramenteües ne recordees. Et li arcevesques parla si haut qu'il n'i ot nisun qui ne l'oïst et
lor dist : «Signour, vous n'estes pas si sage ne si prodome com je
quidoie, et tant voel je bien que vous saciés que Nostres Sires set et
voit toutes choses en un esleü, mais nous ne savons pas lequel. Mais,
tant vous puis je bien dire, ne richece ne hautece ne gentillece n'i
aura ja mestier fors la volenté de Jhesu Crist. Et je me fi tant en lui
que celui qui ceste espee doit oster estoit encore a naistre qu'ele n'en
seroit ja ostee devant* ce que il fust nés et que il meïsmes l'ostast.»
Lors s'acorderent tout li prodome et tout li sage home qu'il disoit*

volonté de l'archevêque, ce dont celui-ci fut très heureux, au point d'en pleurer d'émotion. « Je veux, leur dit-il, que vous sachiez que j'agirai de mon mieux, selon la volonté de Jésus-Christ et pour le bien de la chrétienté, si bien que je n'en-courrai aucun blâme, s'il plaît à Dieu ! » Il s'adressa alors au peuple, à qui il exposa le grand miracle que Notre-Seigneur avait fait pour eux, et à qui il expliqua qu'il s'agissait ici d'une véritable élection : « Car lorsque Notre-Seigneur a mis la justice sur la terre, il l'a placée dans la lance et l'épée ; et la justice laïque a été confiée à l'origine à trois ordres, pour défendre la sainte Église et faire régner le droit. Notre-Sei-gneur nous donne en cette occurrence une élection placée sous le signe de cet instrument de la justice qu'on appelle épée. Sachez bien, tous, qu'il a regardé et prévu d'avance entre les mains de qui il veut que revienne ce pouvoir de justice. Que les grands seigneurs ne se vantent pas, car cette épée ne sera jamais tirée par richesse ou orgueil, et que les pauvres ne se courroucent pas si les grands seigneurs essaient les premiers, car il est juste et légitime que ceux qui sont considérés comme les plus importants essaient d'abord : en effet, il n'est personne qui ne voudrait élire le meilleur de vous tous comme roi, s'il savait le distinguer ! » Et tous s'écrièrent d'une seule voix qu'ils s'en tiendraient entièrement à son conseil. Là-dessus, l'archevêque chanta la grand-messe ; ensuite, il sélectionna deux cent cinquante des meilleurs du royaume — à son avis — et leur fit essayer de tirer l'épée,

---

voir et qu'il se tenroient tout a la volenté l'arcevesque. Et quant il l'oï si en fu molt joians et ploura de pitié et lor dist : « Jo voel bien que vous saciés que je en ouverrai a mon escient et a la volenté de Jhesu Crist et au preu de la Crestienté si que ja n'en serai blasmés se Dieu plaist. » Et lors parla au pueple, si lor moustra le grant miracle que Nostres Sires avoit fait pour aus et que voire election avoit ci. « Car quant Nostres Sires mist justice en terre si le mist en glaive et en espee, et la justice que sor la gent laie doit estre fu [78 a] baillie au commencement as .iii. ordres pour desfendre Sainte Eglise et justice a tenir. Et Nostres Sires nous fait ore par ceste justice qui est apelee Espee eslection. Et si saciés bien tout qu'il a bien veü et a garde a qui il veut que ceste justice soit. Et il ne s'en vantent ja li haut home qu'ele ne sera mie par richesse ne par orgueil traite et si ne s'en cou-recent mie li povre home se li haut home i assaient avant, qu'il est drois et raisons que ciaus qui on tient as plus haus homes qu'il i assaient avant, car il n'i a nisun, se il le savoit, qu'il ne deüst eslire le plus prodome de vous tous a faire roi. » Et cil crierent tout a une vois qu'il s'en tinront del tout a son conseil. Et li arcevesques ala chanter la grant messe. Et quant ele fu chantee si eslut .cc. et .l. des plus prodomes qu'il sot a son escient et les i fist assaiier mais ce fu

mais ce fut en vain. Après la tentative de ceux-ci, il commanda aux autres d'essayer à leur tour.

195. Tous essayèrent alors, les uns après les autres ; mais il n'y en eut aucun qui pût faire bouger l'épée. L'archevêque la confia donc à dix hommes, et leur dit de faire essayer tous ceux qui le voudraient, et de prendre bien garde à celui qui réussirait à tirer l'épée. L'épée resta là pendant huit jours ; tous les barons se retrouvèrent à la grand'messe le jour des étrennes, et l'archevêque leur dit : « Seigneurs, je vous avais bien dit que vous auriez tous la chance de venir essayer cette épée ! Vous pouvez savoir maintenant, en vérité, que personne ne la tirera de l'enclume si ce n'est celui dont Notre-Seigneur veut qu'il soit notre roi. » Ils répondirent d'une seule voix qu'ils ne quitteraient pas la ville avant de savoir à qui Notre-Seigneur donnerait cette grâce.

196. Après la messe, les barons s'en allèrent manger chez eux, et après le repas, ils sortirent à cheval pour aller jouter hors de la ville selon leur habitude ; et une grande foule y alla pour voir les joutes. Après que les chevaliers eurent jouté longtemps, ils donnèrent leurs écus à leurs écuyers ; les joutes recommencèrent[1], tant et si bien qu'une grande bataille se déclencha : les gens accoururent, qu'ils fussent armés ou désarmés. Keu, le fils d'Antor, avait été fait chevalier à la Toussaint précédente ; il appela Arthur, son frère, et lui dit : « Va me chercher mon épée à notre hôtel. » Or Arthur était

---

pour noient. Et quant il l'orent essaiié si conmanda as autres qu'il i assaiassent.

195. Lors si essaiierent tout li un aprés les autres ne onques n'i ot celui qui cele espee peüst mouvoir. Lors le conmanda a garder a .x. homes et lor dist on qu'il i assaiassent tout cil qui assaier i vauroient et qu'il preïssent bien garde qui cil seroit qui l'osteroit. Ensi fu cele espee tous ces .VIII. jours et furent tout li baron a la grant messe le jour des estraingnes[2]. Et li arcevesques lor dist : « Signours, je vous avoie bien dit que vous venriés tout a tans a assaier cele espee. Ore poés vraiement savoir que nus hom ne l'ostera ja se cil non qui Nostres Sires veut qui soit sires. » Et il dient tout ensamble qu'il ne se mouveront ja de la vile avant que il sacent a qui Nostres Sires vaura donner cele grasse.

196. Quant la messe fu chantee si s'en alerent tout li baron a lor ostels mengier. Et aprés mengier alerent li chevalier bouhourder car ensi le soloient il faire dehors la vile, si en ala molt pour le bohort veoir. Et quant li chevalier orent bouhourdé une grant piece si baillierent lor escus a lor sergans et il commencierent a bouhourder et tant bouhourderent entr'aus qu'il i leva une grant melee si que la gent i acoururent armé et desarmé. Et Kex, li fix Antor, fu fais chevaliers devant a la Tous Sains, si apela Artus son frere et li dist : « Va me

un excellent garçon, très obligeant ; il répondit donc : « Très volontiers », puis éperonna son cheval et se rendit à leur logement, où il chercha l'épée de son frère, ou quelque autre ; mais il ne put en trouver aucune, car l'hôtesse les avait rangées dans sa chambre et s'en était allée voir la bataille avec les autres. Voyant qu'il n'en pourrait trouver aucune, il se mit à pleurer, puis s'en revint sur ses pas en passant par-devant l'église, là où se trouvait le perron ; il réfléchit alors qu'il n'avait pas essayé l'épée[2], et que s'il pouvait l'avoir il la porterait à son frère. Il y vint à cheval, la prit par le pommeau et l'emporta, en la dissimulant sous le pan de sa cotte ; ceux qui devaient garder l'épée avaient couru eux aussi voir la bataille. Keu courut à la rencontre d'Arthur en lui demandant son épée, et son frère lui répondit qu'il n'avait pas pu l'avoir mais qu'il lui en avait apporté une autre ; et il lui tendit l'épée qu'il avait apportée, en effet ; Keu lui demanda où il l'avait prise, et Arthur dit que c'était l'épée du perron. Keu la prit alors, la mit sous le pan de sa cotte et partit à la recherche de son père ; quand il l'eut trouvé, il lui dit : « Seigneur, je serai roi, voyez là l'épée du perron ! » À cette vue, son père fut très surpris, et lui demanda comment il avait eu l'épée ; et lui de répondre qu'il l'avait tirée du perron. Mais Antor ne le crut pas et lui dit qu'il savait bien qu'il mentait. Ils s'en allèrent ensemble vers l'église, l'autre garçon les suivant. Antor dit à son fils : « Mon cher fils, ne me mentez pas : dites-moi

querre m'espee a mon ostel. » Et cil fu molt prous et molt servichables, si respondi : « Molt volentiers. » Lors fiert le cheval des esperons et vint a l'ostel et quist l'espee son frere ou une autre. Si n'en pot nule trouver que la dame de la maison les avoit repunses en sa chambre et ele s'en estoit alee veoir la mellee avoec les au [*b*] tres gens. Et quant il vit qu'il n'en pot nule trouver si ploura et tourna ariere par devant le moustier ou li perrons estoit, si pensa qu'il n'i avoit onques essaiié et s'il le pooit avoir il le porteroit a son frere. Et vint illuec tout a cheval, si le prist par l'enheudeüre si l'emporte et le couvri del pan de sa cote. Et cil qui l'espee durent garder furent courut a la mellee. Et Kex courut encontre Artu si li demanda s'espee. Et cil li dist qu'il ne le pot avoir mais il li avoit aportee une autre si li donne cele qu'il avoit aportee. Et il li demande ou il l'avoit prise et il li dist que c'est l'espee del perron. Et Kex le prent et le mist desous le pan de sa cote et quist son pere tant qu'il le trouva si li dist : « Sire, je serai rois, veés ci l'espee del perron. » Et quant li peres le vit si s'en merveilla molt et li demanda comment il l'avoit eue. Et cil respont qu'il l'avoit prise au perron. Quant Autor oï ce si ne le crut pas et li dist qu'il savoit bien qu'il en mentoit. Lors s'en alerent entr'aus .II. vers l'eglise et li autres vallés après. Et Antor dist a son fil : « Biaus fix, ne mentés pas, dites moi

comment vous avez eu cette épée ; car, si vous me mentiez à ce sujet, je le saurais bien, et jamais plus je n'aurais d'affection pour vous. » Et Keu, tout plein de honte, lui répondit : « Certes, je ne vous mentirai pas : Arthur, mon frère, me l'a apportée après que je lui ai demandé de m'apporter la mienne ; mais je ne sais pas comment il l'a eue. »

197. À ces mots, Antor lui dit : « Donnez-la-moi, car vous n'y avez pas droit. » Keu s'exécuta ; Antor jeta un coup d'œil derrière lui et vit Arthur : il l'appela et lui dit : « Venez ici, mon cher fils ; prenez l'épée et remettez-la où vous l'avez prise. » Il la prit, et la remit dans l'enclume ; et tout aussitôt elle y tint aussi solidement qu'auparavant. Antor commanda alors à Keu son fils de la retirer, mais celui-ci eut beau essayer, il ne put y parvenir. Antor entra alors dans l'église, et les appela tous les deux. Il prit Arthur dans ses bras et lui dit : « Mon cher seigneur, si je pouvais faire en sorte que vous soyez roi, quel avantage en retirerais-je ? — Seigneur, répondit le jeune homme, je ne peux rien avoir, ni cet honneur ni quoi que ce soit d'autre, sans que cela ne vous revienne de droit, puisque vous êtes mon père. — Je suis, répliqua Antor, votre père nourricier ; mais je ne sais certes pas qui vous engendra ni qui fut votre mère. »

198. Quand Arthur entendit que celui qu'il croyait son père le désavouait ainsi, il en éprouva une profonde douleur et se mit à pleurer : « Mon Dieu, seigneur, dit-il, comment pourrais-je connaître succès ou bonheur alors que je n'ai pas de père[1] ?

---

conment vous eüstes cele espee. Car, se vous m'en mentiés je le sauroie bien ne jamais ne vous ameroie. » Et cil li respont com cil qui ot molt grant honte : « Certes, je ne vous mentirai pas. Artus, mes freres, l'aporta quant je li dis qu'il aportast la moie. Mais je ne sai conment il l'ot. »

197. Quant Autor l'oï si li dist : « Bailliés le moi car vous n'i avés droit. » Et cil li baille et il esgarde deriere lui et voit Artu. Lors l'apela si li dist : « Venés cha, biaus fix, et tenés l'espee et remetés la ou vous le preïstes. » Et il le prist si le mist en l'englume. Et ele⁴ tantost i tint ausi ferme come devant. Et Antor conmande a Kex son fil que li l'aut et cil s'abaissa si ne le pot avoir. Lors ala Antor au moustier et les apela ambes .ii. Si prist Artus entre ses bras et si li dist : « Biaus sire, se je pooie pourchacier que vous fuissiés rois quel mix m'en seroit il ? » Et il respont : « Sire, je ne puis avoir ne cel ne autre avoir que vous n'en soiés sires conme mes peres. » Et Antor respont : « Vostres peres sui je come de noureture. Mais certes je ne sai qui vous engendra ne qui fu vostre mere. »

198. Quant Artus oï que cil qu'il quidoit que fust son pere le desvoie de fil, si em ploura et ot molt grant doel et dist : « Biaus sire Dix, coment aurai je donques bien quant⁴ je ai failli a pere. » Et il li

— Ce n'est pas que vous n'avez pas de père, répondit Antor ; il faut bien que vous en ayez eu un. Cher seigneur, cher chevalier, si Notre-Seigneur veut que vous ayez cette grâce et si je vous aide à l'obtenir, quel avantage en retirerai-je ? » Et Arthur dit : « Seigneur, tout ce qui vous plaira ! »

199. Alors Antor lui raconta la faveur qu'il lui avait faite : comment il l'avait élevé et avait privé son propre fils du lait maternel pour lui ; comment il avait fait allaiter son enfant par une femme qui ne lui était rien, et l'avait fait nourrir, lui, Arthur, du lait de son épouse. « C'est pourquoi vous devez bien nous en récompenser, mon fils et moi. Car jamais on ne vit enfant élevé plus doucement que vous l'avez été par moi. Je vous prie donc, si vous obtenez cette grâce et si je vous aide à l'avoir, de rembourser cette dette à mon fils. — Je vous supplie, dit Arthur, de ne pas me désavouer pour votre fils, car je ne saurais où aller. Et si Dieu m'accorde d'avoir cet honneur, vous ne saurez rien me demander que je ne vous le donne. — Je ne vous demande pas votre terre, répliqua Antor, mais je vous demande de faire de mon fils Keu votre sénéchal aussi longtemps qu'il vivra, et qu'il ne puisse perdre la sénéchaussée quelque tort qu'il fasse aux hommes et aux femmes de votre royaume ou à vous-même. Car s'il est fou ou félon, vous devez bien le souffrir, parce qu'il ne tient son intelligence et ses qualités de personne d'autre que de la femme de peu qui l'allaita ; et c'est pour vous nourrir qu'il a été ainsi "dénaturé". De ce fait, vous

---

dist : « Vous n'avés pas failli a pere, que pere covient il que vous aiiés eü. Biaus sire chevaliers, se Nostres Sires velt que vous aiiés ceste [*c*] grasse et je le vous aïde a pourchacier, dites moi quel mix il m'en sera. » Et Artus dist : « Tel, sire, com il vous plaira. »

199. Lors li conta Autor la bonté qu'il avoit faite pour lui et comment il l'avoit nourri et qu'il sevra son fil de sa mere por lui et le fist nourrir a une feme estrange et il l'alaita du lait sa feme. « Pour coi vous devés bien rendre a moi et a mon fil guerredon car onques nus ne fu nourris plus doucement com je vous ai nourri. Or si vous proi que, se vous avés ceste grasse et je le vous puis aïdier a pourchacier, que vous le merissiés mon fil. » Et Artus dist : « Je vous proi que vous ne me desvoiés pas a fil que je ne sauroie ou aler. Et, se Dix donne que je ceste honour aie, vous ne me saurés ja tele[*a*] chose demander que je ne vous doigne. » Et Antor dist : « Je ne demanderai pas vostre terre, ains vous demant que Kex mon fix soit vostres seneschaus a tout son vivant quel fourfit[*b*] qu'il face na a home ne a feme de vostre terre ne a vous meïsme na il puisse perdre la seneschaucie. Et se il est fel et fol vous le devés bien soufrir que ses sens ne ses teches n'a il eües ne prises s'en la grasce non qui l'alaita. Et pour vous nourrir est il ensi desnaturés. Et pour ce le devés vous

devez bien en vérité tolérer tout manquement de sa part
plus patiemment que d'autres, et je vous prie de lui accorder
ce que je vous demande. — Je vous l'accorde très volontiers », dit alors Arthur. Ils le conduisirent à l'autel, où il
prêta serment de tenir sa parole ; après cela, ils retournèrent
sur leur pas, jusqu'à la place devant l'église. La bataille avait
pris fin, et les barons revenaient à l'église pour les vêpres ;
Antor appela ses amis et s'adressa à son lignage, ainsi qu'à
l'archevêque : « Seigneur, voici un de mes fils, qui n'est pas
encore chevalier, mais me prie de lui faire essayer cette
épée : faites venir, s'il vous plaît, quelques-uns de ces
barons ! » L'archevêque s'exécuta, et tous se rassemblèrent
auprès du perron. Et lorsqu'ils furent tous là, Antor commanda à Arthur de prendre l'épée et de la donner à l'archevêque, ce qu'il fit. À cette vue, l'archevêque le prit dans ses
bras et entonna bien haut un *Te Deum*.

200. Ils le conduisirent ainsi à l'église ; les barons qui
avaient été témoins de cette scène en étaient fort troublés
et ennuyés, disant qu'il ne pouvait se faire qu'un adolescent[1]
de basse origine devienne leur seigneur. L'archevêque se
mit alors en colère : « Notre-Seigneur, dit-il, connaît mieux
que vous l'identité de chacun ! » Antor et son lignage prenaient parti pour Arthur, mais le peuple[2], ainsi que les
barons, étaient contre. L'archevêque dit alors une parole
bien osée : « Si le monde entier s'opposait à cette élection,
mais que Notre-Seigneur seul y tînt, elle aurait quand

---

mix sousfrir que li autre, si vous proi que vous li doigniés ce que
je vous demant. » Et Artus li dist : « Jel vous doing molt volentiers. » Lors le menerent a l'autel, si le jure bien et a foi a tenir. Et
quant il l'ot juré si revinrent ariere par devant le moustier. Et lors fu
la mellee remese, si s'en revinrent li baron au moustier pour oïr
vespres. Et lors apela Antor ses amis et dist a son lignage, puis a l'arcevesque : « Sire, veés ci un mien enfant qui n'est mie chevaliers, si
me proie que je le face essaiier a ceste espee. Si apelés, s'il vous
plaist, de ces barons. » Et il ci fist. Et lors s'asamblerent tout au perron et quant il furent tout assamblé Antor conmanda a Artu qu'il
presist l'espee et le baillast l'arcevesque. Et il si fist. Et quant l'arcevesque le vit si le prist entre ses bras et chanta molt haut *Te Deum
laudamus.*

200. Ensi le portent au moustier. Et li baron qui ce orent veü en
furent molt angoissous et destroit et disent que ce ne porroit estre
que nus garçons fust sires a aus. Et li arcevesques se courecha et
dist : « Notres Sires set mix qui chascuns est que vous. » Et Antor et
ses lignages se tenoient devers Artu. Et li comun del pueple et li
baron d'autre part estoient encontre. Lors dist li arcevesques une hardie parole : « Se tout cil del monde voloient estre encontre ceste

même lieu ; et je vais vous prouver la confiance que j'ai en Dieu ! »

201. Il enchaîna en effet : « Arthur, mon cher fils, allez remettre l'épée dans le perron. » Il le fit, sous les yeux de tous. Ensuite, l'archevêque reprit la parole : « On n'a jamais vu plus belle élection ; allez-y donc, seigneurs et hommes d'importance, essayez de la tirer de l'enclume ! » Et tous, les uns après les autres, d'essayer en effet ; mais sans succès. L'archevêque reprit : « Il faut qu'il soit bien fou, celui qui veut s'opposer à la volonté de Dieu ! Vous la voyez on ne peut plus clairement désormais ! — Seigneur, répondirent-ils, nous ne voulons pas aller contre la volonté de Dieu, mais cela nous paraît bien étrange qu'un adolescent de basse origine soit notre seigneur. — Celui qui l'a élu, répliqua l'archevêque, le connaît mieux que vous, et mieux que vous ne vous connaissez vous-mêmes ! » Les barons prièrent alors l'archevêque de laisser cette épée dans le perron jusqu'à la Chandeleur, de manière que plusieurs personnes qui n'en avaient pas encore eu l'occasion puissent s'y essayer, et l'archevêque leur accorda cette faveur. Les choses en restèrent donc là jusqu'à la Chandeleur : à cette occasion tout le peuple se rassembla, et tous ceux qui voulaient faire l'essai le firent. Et une fois qu'ils l'eurent tous fait, l'archevêque dit : « Il serait bien temps désormais que vous fassiez la volonté de Jésus-Christ !

202. « Allons, mon cher fils Arthur, si Notre-Seigneur veut

---

election et Nostres Sires tous sels [*d*] le vausist, si seroit ele. Et je vous mousterrai quel fiance j'ai en Dieu. »

201. Lors parla li arcevesques et dist : « Alés Artus, biaus fix, et remetés l'espee el perron. » Et il la porta voiant tous et si l'i mist. Et quant il l'i ot mise si parla li arcevesques et dist c'onques plus bele election ne fu faite ne veüe. « Ore alés, signour, riche home, si essaiiés se vous le porrés oster. » Et il i vont si i assaient les uns après les autres mais il ne le porent onques oster. Et li arcevesques lor dist : « Molt est fols qui encontre la volenté de Dieu velt aler. Or veés vous bien la volenté Damedieu. » Et cil respondent : « Sire, nous n'alons mie contre sa volenté. Mais il nous est molt estrange chose que uns garçons soit sires de nous. » Et li arcevesques lor dist : « Cil qui l'a eslut le connoist mix de vous et que vous ne connoissiés vous meïsmes. » Lors proient li baron a l'arcevesque qu'il laist cele espee el perron jusques a la Chandeillier, si s'i assaieront encore pluisors qui onques n'i essaierent. Et l'arcevesques lor otroia. Ensi remest l'espés jusques a la Chandeillier, et lors i fu tous li puebles et s'i essaia qui essaier si vaut. Et si se furent tot essaié si dist li arcevesques : « Il seroit bien drois que vous feïssiés la volenté Jhesu Crist.

202. Alés, biaus fix Artus, se Nostre Sires veut que vous soiés

que vous soyez roi et gardien de ce peuple, montrez-le-nous ! » Et Arthur de s'avancer et de retirer l'épée. Il la donna à l'archevêque, qui se mit à pleurer de joie à cette vue, comme tous les gens de bien et le petit peuple. Puis ils demandèrent : « Y a-t-il encore quelqu'un qui veuille aller contre cette élection ? — Seigneur, répondirent les barons, nous vous prions de laisser les choses en l'état jusqu'à Pâques ; et si d'ici là il ne vient personne qui puisse tirer cette épée, nous obéirons à celui-ci, sur votre ordre. Et si vous voulez agir autrement, que chacun fasse de son mieux[1] ! — Lui obéirez-vous de bon cœur, demanda alors l'archevêque, si j'attends ainsi et renonce à le sacrer maintenant ? — Oui, répliquèrent-ils tous d'une seule voix ; dès lors qu'il fasse ce qu'il veut de la terre et du royaume[2] ! — Arthur, mon frère, dit l'archevêque, remettez l'épée à sa place ; car s'il plaît à Dieu, vous ne perdrez pas le bien qu'il vous a promis. » Le jeune homme s'avança, et remit l'épée en place ; quand ce fut fait, on ordonna qu'elle soit protégée et gardée — elle tenait aussi solidement qu'auparavant. Puis l'archevêque, qui avait pris l'adolescent sous sa protection, lui dit : « Sachez, à coup sûr, que vous serez roi, et seigneur de ce peuple : pensez-y, et efforcez-vous en votre cœur de bien vous conduire. À partir de maintenant, réfléchissez et voyez ceux dont vous voudrez qu'ils soient membres de votre conseil privé, distribuez les charges honorifiques et choisissez ceux qui formeront votre maison. » Mais Arthur

---

rois et garde de cest pueple si le nous moustrés. » Et il passe avant, si oste l'espee et li baille. Et quant li arcevesques le vit et li prodome et li conmuns pueples, si plourerent de joie et de pitié et si demande-rent : « A il mais celui qui contre ceste election voelle aler ? » Et li baron respondent : « Sire, nous te proions que tu le laisses ainsi jusques a la Pasque et, s'il jusques adont ne vient nul qui ceste espee puisse oster, nous obeïrons par ton conmandement a cestui. Et se vous le volés autrement faire, si face chascuns le mix que il porra. » Et li arcevesques dist : « Obeïrés vous de bon cuer tout a lui se je lais jusqu'a la Pasque et se je le lais a sacrer ? » Et il dient tout ensamble : « Oïl, et si face tous de la terre et del regne sa volenté. » Et li arce-vesques dist : « Artus, frere, remetés l'espee ariere, car se Dieu plaist vous ne faurés ja au bien que Dix vous a promis. » Et cil va avant, si rassiet l'espee en son lieu. Et quant ele i fu remise si fu conman-dee a garder et a couvrir et ele se tint ausi bien com ele onques avoit mix fait. Et li arcevesques, qui avoit l'enfant pris en garde, li dist : « Seürement saciés que vous serés rois et sires de cest pueple. Et pensés et gardés en vostre cuer que vos [e] soiés prodom. Et des ore en avant eslisés et esgardés qui vous vaurés qui sace vos privées paroles et vostre conseil et departés vos honours, si eslisiés ciaus qui

répondit : « Seigneur, je me place, moi et tout ce que Dieu me donnera, sous la protection de la sainte Église, et je m'en remets à son conseil : voyez vous-même et choisissez ceux qui seront le mieux aptes à faire avec moi la volonté de Dieu à l'avantage de la chrétienté ; et, s'il vous plaît, appelez auprès de vous mon seigneur[3]. »

203. L'archevêque fit alors venir Antor et lui répéta les bonnes paroles qu'Arthur avait dites. Ils lui choisirent deux conseillers selon la recommandation de l'archevêque et des barons, et Arthur fit de Keu son sénéchal pour tout le royaume ; pour le reste des charges et des honneurs, ils remirent leur décision jusqu'après Pâques. À cette occasion, tous se rassemblèrent à Logres la veille de la fête ; l'archevêque les convoqua tous en son palais pour discuter de la situation ; lorsqu'ils furent tous là, il leur répéta ce qu'il savait de la volonté de Dieu, leur redit qu'il voulait, comme le manifestait cette élection, que l'enfant ait le royaume, et leur raconta les qualités qu'il avait découvertes en lui depuis qu'il avait fait sa connaissance. « Et nous ne devons pas nous opposer à la volonté de Notre-Seigneur. — Seigneur, répondirent les barons, nous ne voulons certes pas aller contre la volonté de Notre-Seigneur ; mais faites-nous quelques concessions : vous avez appris à connaître cet enfant et vous l'avez trouvé fort sage. Nous ne le connaissons pas et nous ne savons rien de lui ; mais il y en a parmi nous qui sauraient bien voir s'il sera

---

soient de vostre maison. » Et Artus respont : « Sire, je me met moi et quanques Dix me donra en la garde de Sainte Eglise et en son conseil. Et eslisiés et esgardés vous meïsmes quels gens me seront meillour a la volenté Nostre Signour faire et au preu de la Crestienté et apelés, se il vous plaist, mon signour avoeques vous se vous volés. »

203. Lors apela li arcevesques Antor et li moustra la bone parole qu'il avoit dite. Lors l'eslurent .II. conseilliers par le conseil l'arcevesque et des barons et fist de Keu son seneschal de la terre et les autres meïsmes mestiers et honors laissierent asseïr jusqu'a Pasques. Et quant la Pasque fu venue si s'asamblerent tot a Logres et furent tout venu a la velle de la Pasque. Et li arcevesques les manda tous en son palais pour conseillier. Et quant il furent tout venu si lor retrait ce que il veoit de la volenté Jhesu Crist qu'il voloit par sa election que li enfés eüst le regne et lor retrait les bones teches que il ot en lui veües puis que il l'acointa : « Ne nous ne devons pas estre contre la volenté Nostre Signour[a]. » Et il respondent : « Sire, encontre la volenté Nostre Signour ne volons nous pas aler, mais faites en tant partie a nostre gré. Vous avés veü cel enfant a sage et conneü de pluisours choses. Et nous ne l'avons pas conneü ne ne savons riens de son estre et il i a tels de nous qui bien connoistront s'il sera

ou non homme de bien. — Vous voulez donc, répliqua l'archevêque, que l'on retarde son sacre et son élection ? — Seigneur, reprirent-ils, pour l'élection nous voulons bien qu'elle soit différée jusqu'à demain, mais que, s'il est tel qu'il ne doive pas être roi élu par élection[1], vous et lui repoussiez le sacre jusqu'à la Pentecôte. C'est ainsi que nous vous prions d'agir. — Certes, rétorqua l'archevêque, je ne perdrai pas votre affection et votre respect pour si peu. »

204. Le conseil se sépara sur ces mots ; le lendemain, après la messe, ils en revinrent à l'élection de l'enfant. Il retira l'épée, comme il l'avait fait auparavant, et alors les barons le prirent, le levèrent parmi eux[1], et le déclarèrent leur seigneur. Ensuite, ils le prièrent tous de remettre l'épée à sa place et de venir leur parler, et il dit qu'il le ferait très volontiers, et qu'il n'y avait rien au monde qu'il ne ferait à leur demande, sauf son honneur. Il remit donc l'épée en place et les barons l'emmenèrent dans l'église pour lui parler. « Seigneur, dirent-ils, nous voyons clairement, et nous le savons avec certitude, que Notre-Seigneur veut que vous soyez roi de ce royaume et que vous régniez sur nous. Et dès lors qu'il le veut, nous l'acceptons : nous vous considérerons, nous vous considérons déjà, comme notre seigneur, et nous voulons tenir de vous nos fiefs, nos héritages et nos honneurs ; d'autre part, nous vous prions, comme notre seigneur, de retarder votre sacre jusqu'à la Pentecôte — sans être pour autant moins notre seigneur ou le roi du royaume.

---

prodom. » Et li arcevesques[*] respont : « Volés vous donc c'on respit son secre et sa eslection ? » Et li dient : « Sire, nous volons bien que l'eslection soit respitee jusqu'a demain, que s'il est tels qu'il ne doie estre rois ne esleüs a eslection que il et vous metés en respit le sacre jusqu'a la Pentecouste. Et ensi nous proions que vous le faciés. » Et li arcevesques respont : « Ja pour ce ne perdrai vos amours a pourchacier et a avoir. »

204. Ensi departirent de cest conseil. Et l'endemain après la messe revinrent a l'eslection de l'enfant si rosta l'espee ausi com il avoit fait devant. Et lors le prisent et le leverent et le tinrent pour lor signour. Et lors le priient tout ensamble qu'il remesist l'espee ariere et puis parlast a aus. Et il dist que si feroit il molt volentiers et qu'il n'est riens qu'il li proiassent, sauve s'onour, qu'il ne feïst. Lors remist l'espee ariere et li baron l'en em[f]mainnent en la maistre eglise pour parler a lui. Et puis disent : « Sire, nous savons bien et veons que Nostres Sires velt que vous soiés rois de ceste terre et sires de nous. Et, des que il le velt, nous le volons bien. Si vous tenrons et tenons a signour, et volons tenir nos fiés et nos iretages et nos honours de vous, et vous proions com a nostre signour que vous respitiés vostre sacre jusqu'a la Pentecouste, ne ja pour ce ne soiiés mains sires de

Et là-dessus nous voulons que vous nous disiez quelle est votre volonté tout de suite, sans prendre conseil[2]. — À propos de ce que vous me dites, répondit Arthur, que je prenne votre hommage et vous rende vos dignités de sorte que vous les teniez de moi, je ne peux le faire, et je ne le dois pas : car je ne peux distribuer vos dignités ni celles d'autrui tant que je ne serai pas en possession de la mienne, pas plus que je ne peux gouverner. Quant à ce que vous dites, que je sois le maître du royaume, il ne peut en être ainsi avant que j'aie reçu le sacre et la couronne, et la charge de l'empire. Néanmoins, je vous accorderai de très bon cœur le délai que vous me demandez pour le sacre, car je ne veux ni sacre ni dignité si ce n'est par la volonté de Dieu et la vôtre. »

205. Les barons se dirent mutuellement : « S'il vit longtemps, il sera très sage et très raisonnable, ce jeune homme : il nous a bien répondu. » Puis ils reprirent à son intention : « Seigneur, il serait bon que vous soyez sacré et couronné à la Pentecôte. » Et lui de dire qu'il le voulait bien, tout à leur gré. Ils obtinrent donc un délai jusqu'à la Pentecôte, étant admis que d'ici là ils se conformeraient aux ordres de l'archevêque. Ils firent alors apporter tous les joyaux et les objets précieux, tout ce que d'habitude on convoite et désire, pour voir si le cœur du jeune homme serait plein de convoitise et d'avidité, et pour le mettre à l'épreuve. Mais lui demanda aux plus avisés quelle était la valeur de chacun ; et agit conformément aux conseils qu'on lui donnait : dès qu'il

---

nous ne del regne. Et de ce volons nous que respondés vostre volenté tout sans conseil. » Et Artus respont : « De ce que vous me dites que je prenge vos homages et renge vos honours et vous les tenrés de moi, ce ne puis je faire ne ne doi, car ne puis vos honours ne les autrui baillier ne gouverner devant que j'aie la moie. Et de ce que vous me dites que je soie sires del regne ce ne puet estre devant lors que je aie eü le sacre et la corone et l'onour del empire. Mais le respit que vous me demandés d'endroit du sacre vous donrai je molt volentiers, que je ne voel avoir sacre ne honour se par la volenté de Dieu ne par vous. »

205. Lors dient li baron entr'aus : « Se cil vit, il sera molt sages et molt raisonnables. Et molt nous a bien respondu. » Lors li dient : « Sire, il est bon que vous soiés sacrés et couronés a la Pentecouste. » Et il dist que il le veut bien tout ensi com il le voloient. Ensi ont pris respit jusqu'a la Pentecouste et dedens ice obeïront a l'arcevesque par le conmandement l'arcevesque. Lors firent aporter les bons avoirs et les roiaus et toutes les choses que on doit couvoitier ne amer pour essaiier se ses cuers seroit couvoitous ne prenans. Et il demande a ciaus de qui il estoit[a] aconté de quel vaillance chascuns estoit. Et selonc ce com li looit, selonc ce le faisoit. Et quant il ot

avait pris ces biens précieux, il les redistribuait, comme nous le raconte le livre. Aux bons chevaliers il donnait des chevaux, à ceux qui aimaient la gaieté et la bonne vie, ou qui étaient amoureux, il donnait joyaux, deniers et argent[1] ; quant aux sages hommes de bien, il s'enquérait auprès de ceux de leur pays de ce qu'ils aimaient le mieux, et le leur donnait.

206. C'est ainsi qu'il distribuait tous les dons que lui faisaient ceux qui voulaient le mettre à l'épreuve pour voir quel genre de roi il serait. En le voyant se comporter ainsi, il n'y en eut aucun pour ne pas l'apprécier grandement. Et ils disaient derrière son dos que sans doute il serait de grande valeur, car ils ne trouvaient en lui aucune convoitise — dès qu'il avait reçu quelque bien, il le redistribuait tout aussitôt — et il ne leur semblait pas, par ailleurs, que ses dons ne fussent pas raisonnables ou adaptés à chacun de leurs destinataires[1].

207. Ils mirent ainsi Arthur à l'épreuve, sans pouvoir trouver en lui aucun défaut ; c'est ainsi qu'ils attendirent jusqu'à la Pentecôte, à l'occasion de laquelle tous les barons se rassemblèrent à Londres ; une fois de plus, tous ceux qui le voulaient s'essayèrent à l'épée, mais personne ne réussit à l'arracher. L'archevêque avait préparé la couronne et le sacre la veille de la Pentecôte. Conformément à la recommandation de tous, et avec l'accord de la plupart des barons, l'archevêque adouba Arthur et le fit chevalier. Arthur veilla cette nuit-là dans l'église cathédrale jusqu'à ce que le jour se lève.

---

tout pris lor avoirs si les departoit, si com li livres nous raconte : il donnoit as bons chevaliers les chevaus, et as jolis et as envoisiés et as amourous donnoit ses joiaus et deniers et argent. Et as prodomes et as sages et enquist a ciaus de lor païs quel chose il amoient le mix, si lor donnoit.

206. Ensi departoit tous les dons que cil li donnoient* qui essaiierent de quel maniere il vauroit estre. Et quant il le virent ensi contenir se n'i ot onques celui qui molt ne li prisast a son cuer et disoient bien par deriere qu'il seroit de bien haut afaire qu'il ne veoient en lui nule couvoitise, que ausi tost com il avoit l'avoir ausi tost l'avoit bien emploiié, et ne ve[79a]oient que tout si don ne fuissent raisonnable selonc ce que chascuns iert.

207. Ensi essaiierent Artu que nule malvaise teche ne porent en lui trover, et atendirent ensi jusqu'a la Pentecouste. Et lors s'asamblerent tout li baron a Logres* et s'essaiierent a l'espee tout cil qui essaiier s'i vaurent, mais onques ne le porent avoir. Et li archevesques ot apareillié la corone et le sacre la veille de la Pentecouste et par le commun conseil de tous et par la court de plus des barons fist li arcevesques Artus chevalier. Si vellia Artus cele nuit a la mestre eglise jusqu'a l'endemain qu'il fu ajourné. Si furent li baron tout venu a la

Tous les barons étaient venus à la cathédrale, et l'archevêque s'adressa à eux : « Seigneurs, voici un homme de bien que Notre-Seigneur a élu par une élection manifeste, dont vous avez été témoins depuis Noël dernier. Voici également les parures royales et la couronne : au nom du conseil royal, et de vous-mêmes, ses vassaux, je veux savoir s'il y a personne parmi vous dont l'opinion importe et qui veuille s'opposer à cette élection. Si c'est le cas, qu'il le dise ! » Alors tous répondirent en chœur, d'une voix forte : « Nous sommes d'accord, et nous voulons de par Dieu qu'il soit sacré, avec cette provision que, s'il en veut à l'un d'entre nous pour s'être opposé à son sacre et à son élection jusqu'à aujourd'hui, il lui pardonne, et à tous généralement. » Là-dessus, ils s'agenouillèrent et lui demandèrent tous ensemble pardon ; Arthur se mit à pleurer de pitié[1], et s'agenouilla à son tour devant eux en leur disant aussi fort qu'il pouvait : « Je vous le pardonne bien volontiers, en toute loyauté ; et je prie le Seigneur qui a consenti que j'aie cet honneur de vous le pardonner. »

208. Tous se relevèrent alors ; ils prirent Arthur dans leurs bras puis le conduisirent là où se trouvaient les vêtements royaux dont ils le revêtirent ; quand ce fut fait, l'archevêque s'apprêta à chanter la messe ; mais il lui dit d'abord : « Arthur, allez chercher l'épée, qui symbolise la justice, avec laquelle vous devez défendre la sainte Église et préserver la chrétienté autant qu'il sera en votre pouvoir. » La procession se rendit

---

meſtre eglise et parla li arcevesques[b] a aus tous et lor diſt : « Signour, veés ci un prodome que Noſtres Sires nous a eslu par roi, eslusion que vous veés et vous avés veü del Noel en cha et veés ci les veſtements roiaus et la courone par le comun conseil roial. Et par vos homes meïsmes voeil je savoir s'il i a nul de vous qui prodom soit qui encontre ceſte election voeille aler, sel i die. » Et il respondent lors tout ensemble en haut : « Nous nous i acordons et volons de par Dieu que il soit rois sacrés en tel maniere que, s'il i avoit nul de nous[c] vers qui il eüſt male volenté de ce qu'il ont eſté encontre son sacre et encontre ſa election juſqu'à maintenant, il le pardonne a tous conmunement. » Si s'agenouillierent et crierent tout ensemble : « Merci ! » Et Artus ploure de pitié et s'agenouille vers aus et lor diſt au plus haut qu'il pot : « Jel vous pardoing bien et loiaument et proi a cel Signour qui m'a consentu a avoir ceſte honour qu'il le vous pardoinſt. »

208. Lors se leverent conmunaument et prisent Artu entre lor bras, si l'amenerent la ou li veſtement roial eſtoient, si le veſtirent. Et quant il en fu veſtus si en fu li archevesques appareilliés por la messe chanter et li diſt : « Artu, alés querre l'espee et la juſtice dont vous devés desfendre Sainte Eglise et la Creſtienté garder de voſtre pooir en toutes manieres. » Lors ala la pourcessions au

alors au perron ; lorsqu'ils y furent arrivés, l'archevêque reprit la parole : « Arthur, si tu es tel que tu veuilles jurer et promettre à Dieu, à ma dame Sainte Marie, à tous les saints et toutes les saintes, que tu préserveras et protégeras la sainte Église, que tu feras régner la paix et la loyauté dans le royaume, que tu aideras ceux qui ont besoin d'aide, que tu secoureras tous ceux et toutes celles qui sont égarés, que tu défendras le droit et la justice, va, et prends l'épée par laquelle Dieu a manifesté son élection ! » En entendant ces mots, Arthur se mit à pleurer d'émotion et de joie — et beaucoup d'autres pleurèrent par sympathie ; puis il dit : « Aussi vrai que Dieu est Dieu, Seigneur de toutes choses, puisse-t-il me donner la force et le pouvoir de bien faire et de défendre tout ce dont vous avez parlé, et que j'ai bien retenu, à proportion du désir que j'en ai ! » Agenouillé, il prit l'épée de ses mains jointes et la tira de l'enclume aussi facilement que si elle ne tenait à rien ; on le conduisit à l'autel, portant l'épée dressée entre ses mains, et il l'y déposa. Puis on le sacra et on lui donna l'onction, et on lui fit tout ce que l'on doit faire à un roi. Après qu'il fut sacré et que la messe fut chantée, tout le monde sortit de l'église, et on constata que le perron n'était plus là, sans que personne ne sache ce qu'il était devenu.

209. Ainsi Arthur fut-il élu roi ; il tint la terre et le royaume de Logres longtemps en paix[1], jusqu'à ce qu'un jour il fit savoir par tout son domaine qu'il allait tenir une

---

perron et, quant il vinrent la, si dist li archevesques : « Artus, se tu es tels que tu voelles jurer et creanter Dieu et ma dame Sainte Marie et tous sains et toutes saintes et Sainte Eglise a sauver et maintenir et pais et loiauté en terre et conseillier tous desconseilliés et avoiier tous desavoiés et toutes desavoies a ton pooir et maintenir toutes droitures et toutes loiautés et droite justice a maintenir, si va avant et prent l'espee dont Nostres Sires a fait election. » Et quant Artus oï ce, si ploura de pitié et de joie et maint autre pour lui et il dist : « Ensi voirement com Dix est Dix et sires de toutes choses [b] me doinst il force et pooir de bien faire et de maintenir ce que vous m'avés dit et je l'ai entendu si vraiement com j'en ai le talent. » Et il fu as jenous et prist l'espee as mains jointes et le leva de l'englume ausi legierement com s'ele ne tenist en nule chose. Et lors porta l'espee entre ses mains toute droite, si l'ennemenerent a l'autel et il le mist sus. Et quant il l'i ot mise si le sacrerent et enoinsent et fisent toutes iceles choses que on doit faire a roi. Et quant il fu sacrés et la messe fu chantee si issirent fors del moustier, si esgarderent, si ne virent point du perron et ne sorent qu'il en fu devenus.

209. Ensi fu Artus esleüs a roi et tint la terre et le regne de Logres lonc tans em pais[a]. Tant que un jour fist a savoir par toute la terre qu'il tenroit court esforcie. A cele court qu'il tenoit vint li rois Loth

haute cour. À cette cour se rendit entre autres le roi Loth d'Orcanie qui régnait sur le Loenois et sur une partie de l'Orcanie[2]. Il se présenta accompagné de cinq cents chevaliers de valeur ; d'autre part, y vint aussi le roi Urien de Gorre, qui était alors un jeune chevalier valeureux[3], avec cinq cents compagnons. Puis encore le roi Nantes de Garlot, qui avait pour épouse la sœur du roi Arthur ; lui amena sept cents chevaliers. Le suivant était le roi Caradoc Briebras, roi d'Estrangorre et chevalier de la Table ronde[4] ; il amenait cinq cents chevaliers. Enfin, vint encore le roi Aguisant, seigneur de l'Écosse, en grand appareil ; c'était un bon chevalier, et un tout jeune homme, preux et vaillant ; en sa compagnie vinrent cinq cents chevaliers[5]. À leur arrivée, le roi Arthur leur fit fête à tous ; il les accueillit très bien, comme il était séant à de jeunes chevaliers, et à des hommes importants et puissants, et il leur offrit de beaux cadeaux, et de riches joyaux, car il avait pris soin de s'en procurer en suffisance auparavant.

210. Quand les barons virent les riches présents et les beaux joyaux que le roi Arthur leur offrait, ils le dédaignèrent ; et il y en eut pour dire qu'ils avaient été bien fous de faire d'un homme de si basse extraction leur roi et le seigneur d'un territoire aussi riche que l'était le royaume de Logres. Ils ajoutèrent qu'ils ne le souffriraient en aucune manière, et refusèrent les dons qu'il leur avait faits, en déclarant qu'il devait savoir désormais qu'ils ne le considéraient pas comme leur

---

d'Orcanie qui tint la terre de Loenois et une partie de la terre d'Orcanie. Cil vint a court atout .v.c. chevaliers de pris. Et d'autre part vint li rois Uriens de la terre de Gorre qui estoit jouenes chevaliers de pris atout .v.c. chevaliers. Après[b] vint li rois Nantes de Garlot qui ot la serour le roi Artu atout set cenz chevaliers. Après vint li rois Karados Bries Bras qui estoit rois de la terre d'Estrangorre et fu uns des chevaliers de la Table Reonde. Cil amena .v.c. chevaliers. Après vint li rois Aguiseans mult bien a harnois qui estoit rois d'Escoce. Si estoit bons chevaliers et jouenes damoisiaus et as armes prous et hardis et amena .v.c. chevaliers. Et quant il furent venu si lor fist li rois Artus a tous molt grant joie et molt les recueilli bien come jouene cevalerie, et pour ce qu'il estoient haut home et poissant, si lor presenta biaus dons et riches joiaus com cil qui bien s'en estoit porveüs devant.

210. Quant li baron virent les riches presens et les riches joiaus que li rois Artus lor osfroit si le tinrent a molt grant desdaing et disent, de tels i ot, que molt estoient fol quant il d'un home de si basse gent avoient fait roi et signour sor aus de si riche terre come estoit li roialme de Logres. Si deïrent que ce ne sousferront il pas en nule maniere, si refuserent les dons que li rois lor avoit osfert et disent que bien le seüst il qu'il ne le retenoient pas

roi : il lui fallait quitter le pays au plus tôt, et n'y jamais revenir. Car s'il n'agissait pas ainsi, et s'ils pouvaient mettre la main sur lui, il devait savoir qu'ils ne seraient satisfaits que par sa mort. Quand le roi Arthur entendit leurs menaces, il sortit de sa forteresse principale, à savoir Carlion, car il redoutait fort d'être trahi. Mais les autres rois demeurèrent quinze jours dans la ville de Caerlion, sans se faire aucun mal mutuellement. Il advint alors que Merlin arriva dans la ville, et se montra à tout le peuple, comme peut le faire un homme qui veut qu'on le reconnaisse[1].

211. Quand les barons furent informés de l'arrivée de Merlin, ils le convoquèrent en leur présence, et il y vint, de fort bonne humeur. À son entrée, tous se levèrent et lui firent fête autant qu'ils purent ; puis ils l'emmenèrent dans un palais qui était situé sur la rive de la Tamise. Ils se mirent aux fenêtres, d'où on voyait une belle prairie verdoyante, et là, ils prirent Merlin à partie, lui demandant ce qu'il lui semblait de ce nouveau roi que l'archevêque Debrice avait couronné, sans leur autorisation et sans celle du petit peuple du royaume. « Certes, chers seigneurs, répliqua Merlin, il a bien fait, c'est justice ; sachez en effet, et c'est la vérité, que ce roi est plus noble qu'aucun de vous. Sachez aussi qu'il n'est pas le fils d'Antor ni le frère de Keu, dont il a fait son sénéchal, si ce n'est par adoption[1]. — Comment ! firent les barons. Merlin, que dites-vous là ? Nous voilà plus troublés encore que nous

---

a roi mais vuidast tost la terre et le païs et gardast bien qu'il jamais ne l'i veïssent. Car il, s'il n'issoit de la terre et il le peüssent as poins baillier, bien seüst il vraiement qu'il ne l'aseüroient fors que de la mort. Et quant li rois Artus oï les manaces, si s'en issi hors de la maistre forteresce [*d*] — et c'estoit a Carlion — car molt se doutoit de traïson. Et ensi furent cil roi .xv. jours en la vile de Carlion que li uns ne fourfist riens a l'autre. Et lors avint chose que Merlins vint en la vile et se moustra a tout le peuple come cil qui bien voloit que on le conneüst.

211. Quant li baron sorent que Merlins fu venus, si le manderent devant aus et il i vint liés et joians. Et quant il le virent venir si se leverent tout encontre lui si le firent molt grant joie, si l'enmenerent en un palais qui seoit sor la riviere*a* de Thamise*b* et vinrent as fenestres amont, si virent la praerie bele et verdoiant. Et illuec misent li baron Merlin a raison et li demanderent que li en samble de cel nouvel roi que li arcevesques Debrice avoit coroné sans lor congié et sans le congié le menu pueple de la terre. « Certes, biau signour, fait Merlins, il a bien fait si est drois. Car, ce saciés vraiement, il est plus haus hom que nul de vous. Et saciés bien qu'il n'est pas fix Antor ne frere Keu qu'il a fait seneschal fors solement de nourreture. — Conment ? font li baron. Merlin, que est ce que vous dites ? Or

ne l'étions auparavant. — Je vais, reprit Merlin, vous dire ce que vous allez faire : vous manderez le roi Arthur devant vous, en lui promettant une trêve ; vous convoquerez aussi Ulfin, qui fut le conseiller du roi Uterpandragon, et Antor, qui a élevé Arthur ; et vous apprendrez alors la vérité de ce qui s'est passé, du début jusqu'à la fin. Et sachez bien qu'ils ne vous mentiront en rien. » Les barons déclarèrent qu'ils manderaient volontiers le roi, et qu'ils voulaient bien le laisser circuler librement partout, puisque Merlin les en priait : « Mais qui ira le chercher pour nous ? » Finalement, ils lui envoyèrent Bretel sur le conseil de Merlin, et lui confièrent le message. Merlin d'autre part lui demanda de dire au roi qu'il devait amener avec lui l'archevêque Debrice et celui de Londres[2], et Bretel répondit : « Seigneur, très volontiers. »

212. Là-dessus Bretel se mit en route, et vint trouver le roi Arthur ; il lui répéta le message dont il avait été chargé, et le roi dit qu'il se rendrait volontiers à l'invitation. Ensuite Bretel se rendit à la demeure d'Ulfin, à qui il dit que les barons et Merlin l'envoyaient chercher. En apprenant la venue de Merlin, Ulfin fut très heureux, car il sut dès lors que la vérité au sujet du roi allait être révélée à tous. Il se mit en route et se rendit au palais où, à son arrivée, il fit fête à Merlin ; tous deux parlèrent ensemble de bien des choses, jusqu'à l'arrivée du roi Arthur, en compagnie de l'archevêque Debrice et d'Antor. Mais avant de sortir de sa maîtresse tour,

---

nous desvoiés vous tous plus que nous n'estions devant. — Je vous dirai, fait Merlins, que vous ferés : vous manderés le roi Artu devant vous par droites trives et si manderés Ulfin qui fu conseillieres le roi Uterpandragon et Antor qui a nourri Artu. Et lors si orrés la verité, conment la chose est alee de chief en chief. Et saciés vraiement que ilᵉ ne vous mentiront de riens. » Et li baron dient qu'il le manderont volentiers et que il otroient bien que il aille et viengne seürement par tout « puis que tu nous em proies, mais qui le nous ira querre ? » Et il i envoierent Bretel par le conseil Merlin, si li enchargierent le message. Et Merlins li dist qu'il die au roi qu'il amainne ce o lui en sa compaingnie l'arcevesque Debrice et l'arcevesque de Logres[d]. Et cil respont : « Sire, volentiers. »

212. Atant s'en part Bretel et en vint au roi Artu, si li dist tout ensi come li fu enchargié. Et li rois li dist qu'il iroit molt volentiers. Lors s'en part Bretel et s'en vint a l'ostel Ulfin et li dist que li baron et Merlin l'envoient querre. Quant Ulfins oï que Merlins estoit venus si en fu molt liés et molt joians. Car ore set il bien que la verité del roi sera descouverte et seüe par tout, si s'en vait jusques au palais. Et quant il i fu venus si fist grant joie a Merlin et [d] parlerent entr'aus .II. de maintes choses ensamble. Et atant en vint li rois Artus et li arcevesques Debrise et Autor. Mais ançois fu li rois Artus molt bien

le roi Arthur avait pris soin de s'armer d'un haubergeon court. Lorsqu'ils se présentèrent devant les barons, ils trouvèrent une grande foule qui était venue écouter ce que Merlin dirait en audience.

213. Lorsque les barons virent venir le roi Arthur, ils se levèrent devant lui, parce qu'il était roi sacré, et aussi pour l'amour de l'archevêque Debrice qui était un très saint homme dont la vie était parfaitement honorable. Puis ils s'assirent tous, à l'exception de l'archevêque qui resta debout, et s'adressa à eux en ces termes : « Chers seigneurs, je veux vous prouver que vous devez, pour Dieu, avoir pitié de la chrétienté, qu'elle ne soit pas mise à mal ou avilie par vous — car ce serait grand dommage ! Tous autant que vous êtes, vous n'êtes que des hommes ; le plus riche mourra aussi bien que le plus pauvre de cette ville. — Seigneur, interrompirent les barons, attendez un peu que nous ayons parlé à Merlin : nous pourrons toujours revenir à votre prêche et à vos sermons[1]. Car Merlin nous a dit quelque chose de prodigieux, qui nous a troublés plus encore que nous ne l'étions avant de venir en cette contrée. » L'archevêque répondit qu'il acceptait volontiers de se taire pour l'instant, et il s'assit. Merlin alors se leva, et dit : « Chers seigneurs, j'avais commencé à vous dire de qui le roi Arthur était le fils ; sachez donc, avec la plus entière certitude, qu'il est le fils du roi Uterpandragon[2] qui l'engendra en la reine Ygerne la nuit où son seigneur fut tué sur le pont,

---

armés d'un court haubergon[a] ains que il issist de sa maistre tour. Et quant il en vinrent devant les barons si trouverent molt grant gent qui estoient venu pour oïr ce que Merlins diroit en audience.

213. Quant li baron virent venir le roi Artu si se leverent encontre lui por ce qu'il estoit rois sacrés et pour l'amour l'arcevesque Debrice qui molt estoit sains hom et de bone vie. Et lors s'aseent tout fors l'arcevesque qui remest en estant et lor dist en ceste maniere : « Biaus signours, je vous voel moustrer que, pour Dieu, preigne vous pitié de la Crestienté qu'ele ne soit empirie par vous ne a honte livree, car ce seroit grans damages. Et chascuns de vous n'est que uns sels hom et ausi tost morra li plus riches com li plus povres de ceste vile. — Sire, font li baron, ore sousfrés un poi tant que nous aions parlé a Merlin, car nous recoverrons bien a nostre preecier et a vostre sermonner. Car Merlins nous a dit une chose dont nous nous somes molt esmervellié, plus que nous n'estions devant ce que nous venismes en cest païs. » Et li arcevesques dist qu'il s'en sousferroit molt volentiers, si s'asist. Et Merlins se drecha en piés et lor dist : « Biau signour, je vous avoie commencié a dire a qui li rois Artus fu fix. Saciés tout certainnement et conmunement qu'il fu fix au roi Uterpandragon[a], si l'engenra en la roïne Ygerne le soir que ses sires fu mors sor le pont, quant il en issi hors pour assaillir l'ost au roi Uterpandragon. Et

quand il quitta son château pour aller assaillir l'armée royale. Et le lendemain, lorsque le roi Uterpandragon fut de retour au camp, je lui demandai en récompense de tous les services que je lui avais rendus l'enfant qu'il avait engendré avec la duchesse ; et il me promit que, dès sa naissance, il me ferait donner : il fit même mettre cette promesse par écrit dans une lettre scellée qu'Ulfin a conservée pour moi et préservée. Ulfin en personne fut témoin de cette promesse dont il se porta garant. Ensuite, quand le roi eut épousé Ygerne, il devint visible qu'elle portait un enfant, celui que le roi avait engendré ; et quand le roi s'en aperçut, il dit à Ygerne que l'enfant n'était pas de lui, ni du duc : la dame en fut fort désemparée, et lui raconta toute la vérité ; elle lui dit que cet enfant avait été engendré la nuit de la mort du duc. Lorsque le roi vit qu'elle lui avait révélé si franchement une telle mésaventure, il l'en aima encore davantage, parce qu'il avait pu constater sa profonde loyauté, et il lui dit : "Dame, puisqu'il en est ainsi et que cet enfant n'est pas de moi, il ne serait pas juste qu'il héritât de ce pays ni qu'il fût roi après ma mort ; pour cette raison, je vous ordonne, pour autant que vous m'aimez, de le donner, aussitôt après votre délivrance, au premier homme que l'on rencontrera aux marches du palais." La dame lui jura qu'elle agirait de cette manière de très bon gré et de très bon cœur, puisqu'il voulait qu'il en soit ainsi. En effet, elle se conforma en tout à ses recommandations, car elle

---

quant vint l'endemain que li rois Uterpandragon repaira en son ost je li demandai ce qu'il avoit engendré en la ducoise en tous guerredons et en tous les services que li avoie fais, et il m'otroia que, si tost com il seroit nés, qu'il le me feroit baillier, et de ce me fist il faire letres pendans seelees de son seel que Ulfins me garde encore et tient ensamble. Et il meïsmes fu a ceste chose otroiier par le tesmoing de lui. Et quant vint aprés ce que li rois ot espousee Ygerne, ele engroissa molt de l'enfant que li rois avoit en li engendré ançois qu'il l'eüst espousee. Et quant li rois le sot, qu'ele fu grosse et enchainte, si dist a Ygerne que li enfés n'estoit mie siens ne le duc n'estoit il mie, si en fu la dame molt entreprise, si li connut la verité et li dist que le soir que li dus fu mors avoit il esté engendrés. Et quant il vit qu'ele li avoit si [é] grant descouvenue descouverte, si l'en ama plus qu'il ne soloit pour ce qu'il vit sa grant loiauté en li, si li dist : "Dame, puis qu'il est ensi que li enfés n'est[b] pas miens, il ne seroit pas drois qu'il iretast en cest païs ne qu'il fust rois aprés ma mort. Et pour ce vous conment je, si chier com vous m'avés, que si tost que vous en serés delivre, que vous le faciés baillier au premier home c'om trouvera as degrés del palais." Et la dame li creanta que ce feroit ele molt volentiers et molt ameement, puis qu'il voloit qu'il fust ensi. Si le fist en tel maniere com il l'avoit devisé, car ele

ne voulait surtout pas être en mauvais termes avec lui. Et je peux vous assurer que l'enfant me[3] fut donné le soir même de sa naissance. Une fois que j'eus l'enfant, je ne m'arrêtai pas avant d'être arrivé chez cet homme de bien que l'on appelle Antor ; je lui remis l'enfant et lui dis de le nourrir et de l'allaiter du lait même de sa femme qui avait un fils âgé d'à peine plus de six mois. Il le fit en effet, et donna son fils Keu à allaiter à une autre nourrice.

214. « C'est ainsi que Keu fut le frère de lait d'Arthur, car celui-ci suça le sein de l'épouse d'Antor. En effet, le roi Uterpandragon l'avait vivement prié, avant que l'enfant ne lui soit apporté, de faire ce que je lui ordonnerais, et il le fit, qu'il en soit remercié ! Il fit aussi baptiser l'enfant et lui donna le nom d'Arthur. C'est pour cela que je vous dis, mes chers seigneurs, que Notre-Seigneur n'oublie pas son pécheur, pour peu qu'il le veuille servir de bon cœur : car il veut rendre au père le prix de la semence qui fut issue de lui. À cet effet il envoya le perron et l'épée, comme vous l'avez vu, pour manifester à tout le peuple par cette épreuve qui était l'héritier légitime. Sachez, vraiment, qu'il en est ainsi comme je vous l'ai conté : demandez à Antor qui l'a élevé, et à Ulfin aussi, si vous ne me croyez pas ! » Alors les barons demandèrent à Antor s'il avait dit la vérité ; et lui de répondre : « Certes, il a dit vrai, et n'a pas menti d'un seul mot ! » Ulfin, à son tour, sauta sur ses pieds et dit : « Voyez

---

ne voloit en nule maniere estre mal de lui. Et tant vous di je vraiement que li enfes me[c] fu bailliés le soir meïsmes qu'il est esté nés. Et quant je oi l'enfant, je alai tant que je ving a cest prodome qui avoit non Auctor et je li baillai l'enfant et li dist qu'il le feïst nourrir et alaitier et a sa feme meïsmes qui avoit un enfant petit qui n'avoit mie demi an passé. Et il si fist et fist a Keu son fil alaitier a une autre nourrice.

214. « Ensi fu Kex freres Artu de la mamele sa mere, car Artus alaita la mamele de la feme Autor, car li rois Uterpandragon l'en avoit moit proiie, ançois qu'il en fust portés, qu'il feïst ce que je li conmanderoie. Et il si fist, soie merci. Si li fist bauptizier et li fist metre non Artu. Et pour ce vous di je, biaus signours, que Nostres Sires n'oublie mie son pecheour por coi il le voeille servir de bon cuer, car au pere veut Nostres Sires rendre son guerredon de la semence que de lui issi. Car il envoia le perron et l'espee ensi come vous le veïstes, por mostrer l'essai a tout le pueple qu'il est drois[d] oirs. Et saciés vraiement qu'il est tout ensi come je vous ai conté et le demandés a Autor qui l'a nourri et a Ulfin ausi se vous ne m'en creés. » Et lors demandent li baron a Autor s'il dist verité. Et il dist : « Il a dit verité sans faille qu'il n'i a mot menti. » Et Ulfins saut avant et dist : « Veés en ci les letres pen-

la lettre scellée qu'Uterpandragon fit faire à Merlin pour garantir leur accord. »

215. Les barons prirent la lettre et la lurent : ils la trouvèrent conforme, mot pour mot, à ce que Merlin leur avait conté. Quant au petit peuple du royaume, en entendant ces merveilles il se mit à pleurer, et à maudire tous ceux qui voudraient nuire au roi Arthur. Lorsque le peuple en effet vit que le clergé prenait le parti d'Arthur, il dit qu'il ferait de même ; mais les barons dirent que ce n'était qu'un coup monté ; à Dieu ne plaise, affirmèrent-ils, qu'ils fassent leur seigneur d'un homme de naissance illégitime, ou qu'ils laissent à un bâtard un royaume aussi noble que l'était celui de Logres. L'archevêque leur répondit qu'il serait roi et qu'il posséderait le royaume et toute la terre de Logres, quoi qu'il en pesât à certains, puisque Notre-Seigneur le voulait. Car, puisqu'il s'était mêlé de l'élection, il ne laisserait pas désormais de l'aider à gouverner la terre. Quand l'archevêque et le petit peuple virent la déloyauté des barons, ils se rangèrent ensemble aux côtés du roi Arthur. Et les barons quittèrent la salle, pleins de courroux, en disant au roi de se garder d'eux désormais, car ils ne le considéraient pas comme leur seigneur et le défiaient, lui et ceux qui lui viendraient en aide. Puis ils rentrèrent à leurs logements où ils s'armèrent et firent armer leurs gens. Le roi Arthur de son côté se rendit à la tour maîtresse de la forteresse et fit armer ses partisans,

---

dans que Uterpandragon fist faire a Merlin de la covenance qu'il i ot. »

215. Lors prisent li baron les letres et les lurent et trouverent tout mot a mot ensi come Merlins l'avoit conté. Et quant li menus pueples de la terre oïrent cele merveille si en comencent a plourer tout environ et maudient tous ciaus qui en son nuisement seroient. Quant li menus pueples vit que li clergiés se tenoient devers le roi Artu, si dient qu'il se tenroient. Et [*I*] li baron dient que ce n'est se couvreture non et dient, se Dieu plaist, que ja ne feront signour d'ome qui loiaument ne soit engendrés, ne ja a bastart, se Dieu plaist, ne lairont terre tenir ne si haut roiaume conme celui de Logres est. Et li arcevesques respondi qu'il seroit rois et tenroit le roiaume et toute la terre de Logres qui qu'il l'en deüst peser, puis que Nostres Sires le veut. Car, puis qu'il s'estoit entremis de l'eslection, il ne le larroit mie atant ester qu'il ne li aïdast a maintenir la terre. Quant li arcevesques et li menus pueples voient la desloiauté des barons si se tiennent ensamble a un acort devers le roi Artu. Et li baron s'en partent de laiens par courous et dient c'or se gart cil, car Artu ne tiennent il pas a signour et de ci en avant le desfient il et lui et ses aïdes. Et puis s'en vont en lor ostex, si s'arment et font armer toute lor gent. Et li rois Artus s'en ala a la maistre tour et fist armer les soies gens

pour autant qu'il en avait. Finalement, une fois armés, il y eut
bien sept mille hommes dans le parti du roi Arthur : des clercs
et des représentants du petit peuple, principalement ; mais de
chevaliers, il n'y en avait guère, et ceux-là même qui y étaient
n'étaient que de pauvres chevaliers, auxquels il avait donné
chevaux et deniers ; ils étaient au total trois cent cinquante,
mais ils disaient qu'ils le soutiendraient jusqu'à la mort.

216. Quand le roi Arthur et ses troupes furent prêts, ils
vinrent à cheval à l'enceinte de la tour, bien disposés à se
défendre. Les barons, armés et montés eux aussi, s'étaient
rangés chacun sous sa bannière ; ils étaient bien quatre mille
chevaliers, sans compter les écuyers, les hommes d'armes et
les arbalétriers, dont il y avait un grand nombre. Une fois
assemblés, ils discutèrent pour savoir s'ils iraient donner l'assaut au palais où se trouvait le roi ; il y en eut qui se rangèrent à cet avis, mais d'autres dirent qu'il vaudrait mieux
mettre le siège devant le portail et les affamer à l'intérieur.
« Ils ne seront pas tels, firent-ils, qu'ils osent sortir de la
tour ! » Pendant qu'ils en débattaient, Merlin vint les trouver
et leur dit : « Chers seigneurs, que voulez-vous faire ? Sachez,
en vérité, que si vous voulez causer des ennuis au roi
Arthur, vous y perdrez plus en définitive que vous n'y
gagnerez. Car Dieu, le roi tout-puissant, en prendra une telle
vengeance que vous serez tous mis à mal : en effet, vous
allez à tort contre lui, en vous opposant à l'élection que
Notre-Seigneur a manifestée comme vous avez pu le voir.

quanque il em pot avoir. Et quant il furent armé si en i ot bien .VII.M.
en la partie au roi Artu que clers que menue gent. Mais chevaliers i
ot molt petit et cil meïsmes qui i estoient n'estoient se povre chevalier non. A ciaus avoit il doné chevaus et deniers et furent .III.C. et .L.
parconté qui disent qu'il l'ⁱe aïderoient jusques a la mort.

216. Quant li rois Artus et sa gent furent monté et atourné si vinrent au baile de la tour tout apareillié por lor cors desfendre. Et li
baron furent monté tot armé sor lor chevaus et furent asamblé chascuns a sa baniere et furent bien .IV.M. chevaliers sans les esquiers et
sans les sergans et les arbalestriers dont il i avoit a grant foison. Et
quant il furent asamblé si prisent conseil s'il iroient asaillir le palais
ou li rois estoit. Si en i ot de tels qui s'i acorderent et li autre partie
disent qu'il metroient le siege environ le baille, si les afameroient
laiens. « Et il ne seront ja tel, font il, qu'il oseront issir hors de la
tour. » Et, ensi com il parloient en tel maniere, si vint Merlins a els et
lor dist : « Biau signour, qu'est ce que vous volés faire ? Saciés vraiement que, se vous volés pourchacier le damage le roi Artu, vous i
perdrés plus en la fin que vous n'i gaaingnerés. Car Dix, li rois qui
sor tous est poissans, en prendra si grant vengeance que vous serés
tout honni. Car vous alés encontre lui a tort de l'eslection que

— L'enchanteur[1] a bien parlé ! » dirent les barons, et ils commencèrent à se moquer de lui les uns et les autres ; quand Merlin vit cela, il leur répéta qu'ils avaient tort, puis il s'en alla au roi Arthur, auquel il conseilla de ne pas s'inquiéter, car il n'avait garde d'eux tous : lui-même en effet allait lui venir en aide pendant la nuit qui approchait, si bien qu'avant l'aube le plus hardi de ses ennemis souhaiterait être de retour dans son pays sans avoir rien gagné.

217. Le roi Arthur prit alors Merlin par la main, et ils se retirèrent à l'écart avec l'archevêque, Antor, Keu, Ulfin et Bretel pour tenir conseil en privé. « Mon très cher ami Merlin, commença le roi, j'ai entendu dire que vous étiez en très bons termes avec mon père de son vivant : je voudrais vous demander, pour l'amour de Dieu, de me conseiller en un domaine où vous savez que cela m'est nécessaire ; car vous voyez bien que ceux de ce pays me font du tort. De toute façon, je désirerais fort que vous soyez aussi proche de moi que vous l'étiez de mon père, si cela vous plaisait. Et je vous assure que, si c'était en mon pouvoir, je ne ferais jamais rien qui vous déplaise. Vous m'avez aidé dans mon enfance, vous devez donc bien m'aider maintenant à gouverner la terre. Car grâce à Dieu, à l'archevêque, et à Antor qui m'a élevé, je suis parvenu là où je suis. Pour l'amour de Dieu, d'abord, prenez pitié de moi, et aussi du peuple qui sera complètement anéanti si Dieu ne s'en préoccupe pas ! — Ne vous inquiétez pas, cher seigneur,

---

Nostres Sires avoit faite si com vous avés veü. — Or a bien li enchanterres parlé », ce dient li baron. Si le commencierent a gaber li uns li autre. Et quant Merlins oï qu'il se ga[*80 a*]boient de lui si lor a dit que mal ont fait, si s'en vait au roi Artu et li dist qu'il ne s'esmaist mie qu'il n'a garde d'aus tous, car il l'i aïdera encore a nuit si bien que tous li plus hardis de ses anemis vauroit encore a nuit estre tous nus en son païs.

217. Lors prent li rois Artus Merlin par la main et s'en vont a une part et li arcevesques et Autor et Kex et Ulfin et Bretel, icil furent a un conseil privé. Si lor dist li rois : « Biaus dous amis Merlin, je ai oï dire que vous fustes molt bien de mon pere tant com il vesqui. Si vous vauroie proïer por Dieu que vous me conseillissiés de ceste chose, si come vous meïsmes savés que mestiers m'est, car vous veés bien que cil de cestui païs me font tort, et si vauroie bien que vous fuissiés acointés de moi ausi come vous fustes de mon pere, s'il vous plaisoit. Et saciés vraiement que je ne feroie ja chose qui vous deüst desplaire a mon pooir. Et vous m'avés aïdié en jouenesce et pour ce me devés vous aïdier terre a tenir. Car, par Dieu et par l'arcevesque et par Autor qui m'a nourri sui je venus la ou je sui. Par Dieu premierement pregne vous ent pitié de moi et du pueple qui tous sera destruis se Dix n'en pense. — Ore ne vous esmaiiés mie, biaus sire,

répondit Merlin, car vous n'avez garde d'eux. Mais, dès que vous serez délivré de ces barons qui vont venir vous assaillir, agissez selon mes conseils et mes recommandations.

218. « Il est vrai que les chevaliers de la Table Ronde qui fut fondée et établie au temps d'Uterpandragon, votre père, s'en sont allés dans les pays étrangers, à cause de la déloyauté qu'ils voyaient croître dans ce pays-ci ; pour la plupart, ils se trouvent dans le royaume de Léodegan de Carmélide, dont la femme est morte. C'est un homme âgé, qui n'a pour progéniture qu'une seule fille, à qui le royaume doit revenir après la mort du roi, son père. Or, le roi Léodegan est engagé dans une guerre cruelle contre le roi Rion, qui règne sur la Terre aux Pâtures et des géants où nul n'ose habiter parce que les aventures y pullulent jour et nuit. Ce roi Rion est puissant territorialement, ses troupes sont nombreuses, c'est un bon combattant et un homme très cruel, qui a conquis par force vingt-cinq rois couronnés auxquels il a arraché la barbe, avec la peau, pour marquer son mépris à leur égard ; il en a tissé un manteau[1] qu'il fait toujours porter devant lui en procession par un chevalier, chaque fois qu'il tient sa cour. Et il dit qu'il ne s'arrêtera pas avant d'avoir conquis trente rois. C'est ce personnage qui fait la guerre au roi Léodegan, et il a causé de grands dommages à sa terre. Il se trouve que ce Léodegan est proche voisin de votre royaume : sachez bien que s'il perd sa terre, vous perdrez la vôtre peu après. Lui-même, d'ailleurs, aurait perdu la sienne

---

fait Merlins, car vous n'avés garde d'aus. Mais, si tost come vous en serés delivrés de ces barons qui vous venront assaillir, faites ce que je vous dirai et loerai.

218. « C'est voirs que li chevalier de la Table Reonde qui fu establie et fondee au tans Uterpandragon vostre pere s'en sont alé en estrange païs sejourner pour la desloiauté qu'il virent naistre en cest païs et sont alé el roiaume Leodogam de Carmelide. Et sa feme est morte et il est vix hom, si n'a de tous enfans que une sole fille a qui li roiaumes doit eschoir aprés le roi son pere. Et li rois Leodogans a molt grant guerre au roi Rion qui est rois de la terre de pastures et des joians ou nus n'ose habiter pour ce que tant i aviennent aventures jour et nuit. Et cil rois Rions est si poissans de terre et de gent et si est prous as armes et molt cruous hom. Et a conquis par sa force .xxv. rois couronés a qui il a toutes les barbes tolues a tout le quir par despit et mis en un mantel qu'il fait tous jours tenir devant soi a un chevalier tous les jours qu'il tient court. Et si dist bien qu'il ne finera jamais devant qu'il aura conquis .xxx. rois. Cil rois guerroie le roi Leodogam et li fait grant damage de sa terre. Et cil Leodegans marchist a ta terre[a] et a ton roiaume et saces bien que s'il pert sa terre tu perderas la toie aprés. Et li rois eüst pieça perdue sa terre se

depuis longtemps, sans les compagnons de la Table Ronde qui lui permettent de soutenir sa guerre : car il eſt déjà très âgé. Pour cette raison, je te conseille d'aller servir le roi Léodegan quelque temps ; il te donnera pour femme sa fille, à qui le royaume doit revenir, et qui eſt très belle, très jeune, et plus sage qu'aucune femme au monde. Au reſte, ne t'inquiète pas : ta terre ne courra aucun risque. Chacun des barons qui te guerroient maintenant aura tant à faire de son côté qu'ils ne feront que peu de mal sur tes terres, si ce n'eſt en passant. Par ailleurs, avant d'aller en Carmélide, tu pourvoiras en provisions et en arbalétriers les principales forteresses de chaque cité et de chaque château. Et l'archevêque Debrice fera excommunier par toutes les églises du royaume ceux qui causeraient quelque tort que ce soit à ta terre et à ton pays ; lui-même prononcera l'excommunication contre tous les barons du royaume, et ordonnera à tous les clercs sous son autorité d'en faire autant. Et vous verrez alors se produire quelques événements provoqués par mon aide, qui effraieront même les plus audacieux : sachez bien en effet que vous n'aurez jamais besoin de moi que je ne vous vienne en aide ! Maintenant, quand je crierai "À l'attaque !", faites ouvrir les portes et chargez. Croyez-moi, ils seront si surpris qu'ils s'enfuiront tout déconfits ! — Seigneur, lui répondit le roi Arthur, grand merci ! » Ils mirent alors fin à leur conseil ; l'archevêque Debrice monta aux créneaux et excommunia tous

---

ne fuiſſent li compaing[*b*]non de la Table Reonde qu'il li maintiennent sa guerre a maintenir, car il eſt des ore mais de vieus jours[*b*]. Et pour ce te lo je que tu ailles servir le roi Leodegam une piece, et il te donra sa fille a feme a qui li roiaumes apent. Et ele eſt mout[*c*] bele et molt jouene et la plus sage del monde. Et ne t'esmaie pas car ta terre n'aura garde, car cascuns des barons qui ore te guerroient auront tant a faire que petit te forferont en ta terre s'en trespassant ne le font. Ne mais ançois que tu i ailles garniras tu les maiſtres forterecces de chascune cité et de chascun chaſtel de viandes et d'arbaleſtriers. Et li arcevesques Debrice fera escumenier en toutes les eglises par toute la terre tous cieus qui riens forferont en ta terre et en ton païs et il meïsmes fera l'escumeniement sor tous les barons del païs et si conmandera a tous les clers de la terre que il le facent tout ensi. Et vos en verrés anqui tel chose avenir par l'aïde que je vous en ferai que li plus cointes en sera tous esfreés. Et saciés bien que vous n'aurés ja nul meſtier de moi que vous ne m'aiiés a tous vos besoins. Et quant je vous escrierai sempres "or a els" si faites ouvrir les portes et lor laissiés courre les chevaus, si vous ferés entr'aus. Et saciés que il seront si esbahi qu'il s'enfuiront tout desconfit. — Sire, fait li rois Artus a Merlin, grans mercis. » Lors s'em partent de lor conseil. Et li arcevesques Debrice monta en haut sor les murs et escumenia tous

ceux qui se trouvaient dehors et voulaient nuire ou forfaire en quoi que ce soit au roi Arthur. Celui-ci fit monter ses troupes, de manière qu'elles soient prêtes à l'attaque, et ils attendirent ainsi le signal. Merlin cependant donna au roi Arthur une bannière dotée d'une profonde signification : car elle portait un dragon, et, une fois fiché dans une lance, il semblait cracher feu et flammes de sa gueule ; il avait aussi une longue queue qui se tordait. Ce dragon, dont je vous parle, était fait d'airain, et personne ne sut jamais où Merlin l'avait pris ; mais il était aussi merveilleusement léger et maniable. Il fut donné à porter à Keu le sénéchal, si bien qu'il fut ensuite toute sa vie gonfalonier du royaume de Logres.

219. C'est ainsi que la maison du roi Arthur se prépara, et attendit, à cheval, devant les portes. Les barons, au-dehors, firent dresser leurs tentes et leurs pavillons dans la prairie, qui était vaste et belle. Mais Merlin monta au sommet de la tour, et jeta sur eux un enchantement tel que toutes les tentes et tous les pavillons prirent feu. Les barons en furent si ébahis qu'il leur tardait fort d'être loin de là, dans la campagne ; avant qu'ils y parviennent toutefois, beaucoup furent malmenés et brûlés. Puis Merlin alla trouver le roi et lui dit : « À l'attaque ! » ; ils ouvrirent alors les portes et lancèrent une sortie, les chevaux au grand galop, les lances baissées et les écus devant eux. Ils se jetèrent dans la mêlée de tout leur

---

ciaus qui dehors estoient qui le roi Artu forferont de rien et qui seront en son nuisement. Et li rois Artus fist sa gent monter et apareillier si atendent en tel maniere. Et Merlins donna au roi Artu une baniere ou il ot molt[d] grant senefiance, car il i avoit un dragon dedens, et le fist fermer en une lance et il jetoit par samblant fu et flambe par la bouche, si avoit une keue tortice molt longe. Cil dragons dont je vous di estoit d'arrain, si ne sot onques nus ou Merlins le prist. Et il fu a merveilles legiers et maniables et le bailla a Keu le seneschal a porter par tel couvent qu'il fu puis a tous les jours de sa vie maistres gonfanonniers del roiaume de Logres.

219. Ensi s'apareilla la maisnie le roi Artu, et atendirent en tel maniere tout monté devant la porte. Et li baron dehors firent tendre lor trés et lor pavellons tout aval la praerie qui molt estoit et grans et bele. Et Merlins monta en haut en la tour et lor jeta un enchantement tel que toutes lor loges et lor paveillons esprisent tout en flambe. Si furent si es[s]bahi qu'il lor fu molt tart qu'il fuissent loing d'illuec enmi les prés, mais ançois qu'il i fuissent en i avoit molt de malmenés et de brullés. Et Merlins vint au roi et li dist : « Sire, ore a els ! » Et il ouvrirent les portes et issirent hors tant come lor cheval porent courre, les lances desous les aisseles et les escus devant lor pis, si se fierent entr'aus tant com il porent venir. Et cil furent si esbahi et si esfreé que tous li plus cointes n'i vausist estre pour tout

élan, et leurs adversaires étaient si ébahis et si effrayés que même le plus courageux d'entre eux n'aurait pas voulu y être pour tout l'or du monde. Ils n'auraient pas cru en effet qu'il y ait à l'intérieur tant de gens, qui, les frappant de leurs lances, les abattirent en très grand nombre, et en tuèrent pas mal. Car ils étaient si étourdis par la chaleur du feu qui les avait surpris ainsi qu'ils se défendirent très peu et très mal.

220. Quand ceux de dehors virent le carnage que faisaient leurs adversaires parmi leurs rangs, ils se regroupèrent d'un côté, et dirent qu'ils seraient déshonorés si le roi Arthur leur échappait ; ils étaient bons chevaliers, preux et hardis, et liés entre eux par les liens du sang. Le roi Nantes de Garlot déclara qu'il les en délivrerait bien vite, « car si le roi était mort, la guerre des autres prendrait bientôt fin. — Allez-y donc, firent les autres barons ; et si vous avez besoin d'aide vous serez très vite secouru. » Là-dessus, le roi Nantes se sépara de ses compagnons ; il était très grand et fort, c'était un bon chevalier, jeune[1] et extrêmement robuste. Il tenait une lance courte avec un fer d'acier tranchant, avec laquelle il chargea tout droit le jeune roi Arthur. Et quand celui-ci le vit venir, il fit tourner son cheval dans sa direction ; il tenait lui aussi une lance de frêne, courte et épaisse, avec un fer d'acier : il éperonna son cheval et courut sus au roi, si vite et si brutalement que tous les barons présents en furent impressionnés. Et il se dressait sur les étriers, si lourdement que le destrier devait s'arc-bouter sous lui[2]. Ils se heurtèrent

l'or del monde, car il ne quidoient mie que il fuissent laiens si grant plenté de gent. Et cil les fierent de lor lances, si en abatent molt grant foison et molt en ocirent. Car il estoient si estourdi de la chalour del fu qui si les avoit espris que molt se desfendirent povrement.

220. Quant cil qui dehors estoient virent le grant damage que cil lor faisoient, si s'asamblerent tout a une part et lor disent que molt seroient honni se li rois Artus lor eschaperoit et il estoient molt bon chevalier et prou et hardi et ami charnel ensemble. Si dist li rois Nantes de Garlot qu'il les en deliverroit prochainnement, car se li rois estoit mors la guerre des autres seroit molt tost finee. « Alés dont tost, font li autre baron, et se vous avés mestier d'aïde vous serés molt tost secours. » Atant s'em part li rois Nantres de ses compaingnons. Si estoit molt grans et molt menbrus et bons chevaliers et jouenes et fors a merveilles. Et il tint une lance courte et grosse au fer trenchant et se met tout droit a la contre du novel roi Artus. Et quant li roi Artus le vit venir, si drecha le cheval et tint une lanche de fraisne courte et grosse au fer[d] d'achier trenchant et fiert le cheval des esperons et li court sus si tost et si bruiant que tout li baron en ont grant merveille cil qui aler le voient. Et il fu es estriers afichiés si durement que li destriers archoie de sous lui, si s'entrefierent

au grand galop des chevaux, si fort qu'ils transpercèrent leurs écus. Le roi Nantes brisa sa lance sur le roi Arthur, et le roi Arthur le frappa si durement, avec tout l'élan accumulé, qu'il lui empala son écu contre son bras, son bras contre son flanc, et le jeta à terre par-dessus la croupe du cheval, si violemment que toute la terre résonna de la chute qu'il fit. Mais il ne le blessa pas autrement. Quand le roi Loth d'Orcanie le vit à terre, il en fut courroucé et fort chagrin, car ils étaient cousins germains tous deux, et avaient épousé deux sœurs[3] ; il éperonna son cheval et se lança contre le roi Arthur dont la lance était encore entière. Lorsque le roi Arthur vit venir le roi Loth, il galopa hardiment à sa rencontre, en homme qui le redoutait fort peu, et ils heurtèrent leurs boucliers si violemment que les chevaux ne purent avancer avant que les lances ne fussent brisées. Quand ils furent passés outre, les corps et les écus se heurtèrent si rudement que le roi Loth en fut tout étourdi, au point de voler par-dessus la croupe de son cheval et de se retrouver à terre. Il y eut alors un grand vacarme de part et d'autre, et le combat s'engagea, très violent, très spectaculaire, parce que les chevaliers du roi Nantes s'efforçaient de le secourir, et ceux du roi Loth en faisaient autant. Non seulement les partisans du roi Arthur tâchaient de lui venir en aide, mais ils tâchaient aussi de nuire à ceux qu'il avait abattus : ainsi on commença à ferrailler des deux côtés, et il y eut

---

as grans aleüres des chevaus si durement es[b] escus qu'il les percent tout outre. Li rois Nantes brisa sa lance sor le roi Artu et li roi Artus le fiert si durement a ce qu'il venoit de loing qu'il li joint l'escu au bras et le bras au costé et l'empaint si durement que il l'em porta a terre par desor la crupe del cheval si durement que toute la tere en resonne au chaoir qu'il fist. Mais il ne fist autre mal. Quant li rois Loth d'Orcanie le vit versé si en fu molt courreciés et molt dolans, car il estoient andoi cousin germain et si avoient .ii. serors a femes. Si hurte son cheval des esperons encontre le roi Artu qui encore avoit son glaive entier. Et quant li rois Artus vit venir le roi Loth si li vint molt hardiement a l'encontre com cil qui point nel redoutoit et il se fierent es escus si roi[d]dement que li cheval ne porent aler un pas avant devant ce que li glaive furent brisié. Et quant il durent passer outre si s'entrehurtent des cors et des escus si durement que li rois Loth fu si estourdis que il vola jus par desous la crupe del cheval a terre. Adonc leva molt grans li hus et d'une part et d'autre et illoeques ot un estor molt grant et molt merveillous car li chevalier le roi Nante se painnent molt de lui rescourre et devers le roi Loth les soiés gens. Et cil devers le roi Artu se painnent molt de lui aïdier et des autres encombrer que il avoit abatus s'il peüssent. Si conmence li caplés et d'une part et d'autre et illuec ot un estour molt

là une bataille tout à fait prodigieuse ; mais finalement les deux rois furent remis en selle.

221. Quand le roi Arthur eut repris ses esprits, il tira du fourreau son épée qui jeta aussitôt une grande lumière, comme si deux cierges y eussent brûlé — c'était l'épée qu'il avait prise au perron ; et les lettres qui y étaient inscrites disaient qu'elle s'appelait Escalibor : c'est un nom qui signifie en hébreu : « Tranche-fer, et acier, et bois[1] ». Cette inscription disait vrai, comme vous le verrez dans la suite du conte. Ayant donc tiré l'épée, le roi Arthur se lança là où la presse était la plus grande, et frappa un chevalier entre les deux épaules, si rudement qu'il sépara sa tête de son buste. Le coup fut fort, et l'épée bonne, si bien qu'il trancha l'enfeutrure de la selle, ainsi que l'échine du cheval : monture et cavalier s'abattirent ensemble. Alors le roi se mit à frapper à droite et à gauche, faisant un si grand massacre, si prodigieux, que ceux qui le voyaient, tout ébahis, n'osaient pas l'attendre mais s'enfuyaient en lui laissant la place.

222. Les six rois furent très courroucés des dommages et des pertes qu'ils essuyaient de la part du roi Arthur ; ils se dirent les uns aux autres : « Attaquons-le ! Mettons-le à pied, sinon, nous ne pourrons pas le vaincre ! » Puis, ayant pris des lances longues et solides, ils se lancèrent contre lui au plus grand galop de leurs chevaux, et le frappèrent sur son écu et sur son haubert ; mais celui-ci était si résistant que pas une

---

grant et molt merveillous, mais toutesvoies furent li .ii. roi remis a cheval.

221. Quant li rois Artus fu desestourdis si traïst l'espee du fuerre qui jeta ausi grant clarté com se .ii. cierge i eüssent esté espris. Et ce fu cele espee qu'il ot prise ou perron. Et les letres qui estoient en l'espee escrites disoient qu'ele avoit non Eschalibor. Et c'est un non qui dist en ebrieu « trenche fer et acier et fust ». Et eles disoient voir si com vous orrés encore el conte cha avant. Quant li rois Artus ot traite l'espee si se feri en la greignour presse et fiert un chevalier parmi l'espaulle si durement que il li sevra toute del cors. Et li cops fu grans et l'espee bone si trencha toute l'enfeutreüre de la sele et au cheval l'esquine d'outre en outre si qu'il trebuche tout en un mont cheval et chevalier. Et lors fiert a destre et a senestre et fist tel merveille et tel ocision que tout cil qui le virent en furent esbahi. Si ne l'osent atendre ains se fuient et guerpissent place.

222. Quant li .vi. roi voient le damage et la perte qu'il ont receüe par le roi Artu si en furent molt irié et molt dolant. Si dist li uns a l'autre : « Ore a lui, si le metons a terre ou autrement ne le porrons conquester. » Si prendent lances fors et roides, si s'en esmuevent vers lui si grant aleüre com il porent des chevaus traire, si le fierent sor son escu et sor son haubert, mais il fu si fors que maille

maille ne s'en rompit. Ils le heurtèrent si brutalement qu'ils les jetèrent à terre, lui et son cheval en tas[1]. Quand Keu, Bretel, Antor et Ulfin, et tout leur lignage, virent le roi Arthur à terre, ils éperonnèrent pour venir à la rescousse ; d'autre part, les six rois revinrent également sur lui pour le mettre à mal. Mais Keu frappa si rudement le roi Aguisant d'Écosse, arrêté au-dessus du roi Arthur, qu'il transperça son écu et son haubert à l'épaule gauche ; la lance ressortit de l'autre côté, et le choc le jeta du cheval à terre, tout embroché. Une fois qu'il fut tombé, Keu heurta si rudement le roi Caradoc, du cheval et de l'armure, qu'il le fit tomber à la renverse[2]. Ulfin et le roi Nantes se mirent mutuellement à terre, et les chevaux tombèrent sur eux. Le roi Yder et Bretel brisèrent leurs lances l'un contre l'autre sans se faire autrement de mal. Le reste des autres barons s'était concentré sur le roi Arthur qui gisait encore tout étourdi dans la poussière, et l'un d'entre eux le frappait à coups redoublés sur son heaume. Quand Keu vit cet attaquant qui malmenait le roi[3], il tira son épée, se dirigea vers l'endroit où le roi Arthur était à terre, et se mit à frapper le roi Loth sur le heaume, si fort qu'il le fit s'incliner sur l'arçon de la selle ; et, à force de le frapper, il le fit tomber à terre, tout étourdi. Beaucoup d'autres s'avancèrent vers l'endroit où il était tombé, pour le mettre à mal. La bataille à coups d'estoc et de taille fit rage, et il y eut de nombreux morts de part et d'autre ; finalement, ceux qui étaient du parti du roi Arthur parvinrent à le remonter. À ce stade, le petit

---

n'en rompi, et il l'enpaingnent si durement qu'il le portent a terre lui et le cheval tout en un mont. Quant Kex et Bretel et Autor et Ulfin et lor lignage voient que li rois Artus est versés si poignent a la rescousse et li .vi. roi en vinrent cele part pour lui encombrer. Mais Kex feri si durement le roi Aguiscant d'Escoce qui estoit arrestés desor le roi Artu qu'il li perce l'escu et le haubert endroit la se [e] nestre espaule qu'il envoie le* glaive d'outre en outre, si le porte du cheval a terre tout enferré. Et au chaoir que cil fist feri Kex si durement le roi Karados de cors et de cheval qu'il le porte a terre tout enversé. Et Ulfins et li rois Nantes s'entreportent a terre les chevaus sor les cors. Et li rois Yder et Bretel brisent lor lances li uns sor l'autre sans autre mal faire. Et li baron furent arresté sor le roi Artu qui encore gisoit tous estourdis a terre et il le fierent grans cops desor son hiaume. Et quant Kex voit celui qui si malement le menoit si traïst l'espee et vait cele part ou li rois Artus estoit abatus et fiert le roi Loth si durement sor le hiaume qu'il a versé sor l'arçon de la sele devant. Et lors fiert et refiert et l'atourne tel qu'il le fiert si, s'il l'abat del cheval a la terre tout estourdi. Lors viennent de l'une part por lui encombrer. Illuec fu grans li capleïs et li marteleïs et molt en ot d'ocis et d'une part et d'autre, si font tant cil qui estoient devers le

peuple sortit de la ville, armé de haches, de massues et de
bâtons ; dans tout le pays se répandit l'appel aux armes, et
tous y vinrent à qui mieux mieux, pour tuer et mettre à mal
tous ceux qui leur tombaient sous la main, en disant qu'ils
préféraient mourir sur place plutôt que laisser le roi Arthur
venir à mal, pour peu qu'ils l'en puissent garantir. Ils frappèrent et battirent tellement les gens des six rois qu'ils en
tuèrent ou en estropièrent beaucoup, et qu'ils les mirent en
fuite, bon gré mal gré. Et eux de jurer qu'ils ne seraient
jamais satisfaits avant de s'être vengés, et qu'ils n'accepte-
raient d'autre rançon que la tête du roi Arthur. Mais celui-ci,
qui était très échauffé, les poursuivit, en proie à une grande
colère ; il arriva qu'il atteignit le roi Yder. Il brandit son épée
pour le frapper sur le heaume. Mais son cheval le porta trop
en avant, de sorte que le coup tomba sur le cou du destrier
qu'il transperça jusqu'au poitrail, et monture et cavalier tombèrent en tas. Les hommes du roi furent très effrayés, craignant qu'il ne soit estropié, et ils revinrent sur leurs pas pour
lui venir en aide. Le combat et la mêlée reprirent de plus belle
en ce point, car les uns s'efforçaient de secourir le roi Yder,
et les autres de le mettre à mal. Il y eut là plus de dommages causés que durant toute la journée qui avait précédé,
parce que le roi Arthur massacra un nombre considérable
d'hommes et de chevaux avec l'épée Escalibor, si bien qu'il
était tout couvert de sang, au point que la couleur originelle

---

roi Artu qu'il l'ont redrecié et mis a cheval. Et lors issi li menus
pueples hors de la vile a haches et as maches et as bastons et li cris
fu levés tout environ le païs. Si viennent qui ains ains, si ocient et
acraventent quanque il ataingnent et dient que mix voloient il morir
tout en la piece de terre que li rois Artus i ait mal sans aus tant com
il le puissent garantir. Si fierent tant et maillent sor la gent as .VI. rois
que molt en ont ocis et afolés, si les metent a la voie ou il voloient
ou non. Et il jurent que jamais ne seront lié devant ce qu'il en seront
vengié ne ja autre raençon n'en prendront que la teste. Et li rois
Artus, qui molt estoit eschaufés, les enchauce molt ireement. Si avint
qu'il ataint le roi Yder si hauce l'espee et le quide ferir desor le
hiaume. Mais li chevaus le tresporta outre plus qu'il ne vausist, si
descendi li cops sor le col du cheval si qu'il le copa outre devant le
poitrail, si abat tout en un mont cheval et chevalier et si home en
furent molt esfreé qu'il ne fust afolés et retournerent ariere pour lui
rescourre. Illuec fu li estours et la mellee molt grans et molt merveillouse, car li un se painnent del roi Yder rescorre et li autre de
l'encombrer. Si ot illuec plus de damage fait tant pour tant que
devant n'avoient fait en tout le jour. Car li rois Artus faisoit molt
grant damage d'omes et de chevaus a s'espee Escalibor, si que tous
en estoit sanglens et souillés de sanc si durement qu'il ne paroit en

de ses armes ne se distinguait plus[4]. Pourtant, les hommes du roi Yder firent tant et si bien qu'ils le remirent en selle, puis ils s'en allèrent tout déconfits. La poursuite dura longtemps ; les six rois subirent de lourdes pertes : de tous les biens qu'ils avaient apportés, ils n'en remportèrent pas la valeur de deux deniers, car tout était brûlé par le feu que Merlin avait jeté sur les tentes et les pavillons — sauf la vaisselle d'or et d'argent, et les pièces de monnaie.

223. Une fois que le roi Arthur eut déconfit les six rois avec l'aide de Merlin, comme vous l'avez vu, il se dirigea vers Cardeuil en Galles, et fit venir à lui, de partout où il savait qu'il y en avait, des soldats mercenaires auxquels il donna vêtements, argent et chevaux ; de ce fait, les pauvres chevaliers du pays le prirent en affection et jurèrent de ne jamais lui faire défaut jusqu'à la mort. Le roi Arthur fortifia d'autre part les forteresses principales des châteaux et des villes ; puis il tint sa cour à Logres, sa cité, que l'on appelle désormais Londres, en Angleterre, le jour de la fête de Notre-Dame en septembre[1]. À l'occasion de cette cour, le roi Arthur adouba de nombreux chevaliers nouveaux de sa main, qui tous lui firent hommage et féauté ; il leur octroya des rentes et de grands dons, assez pour leur permettre de vivre confortablement, et ils en conçurent une telle affection pour lui que jamais par la suite ils ne manquèrent à son service, même sous peine de mort. En vérité, le roi reçut d'eux, plus tard, une aide considérable, comme vous me l'entendrez conter[2].

---

ses armes ne taint ne vernis. Mais non [*f*] pourquant tant firent les gens au roi Yder qu'il l'ont a cheval remis et s'en partirent tout desconfit. Si dura la chace molt longement si i perdirent assés li .vi. roi quant de tout l'avoir qu'il i aporterent n'en reporterent vaillissant .ii. deniers que tout ne fust ars et brui del fu que Merlins fist descendre sor les tentes et sor les paveillions fors solament[*b*] la vaissele menee d'or et d'argent et les deniers.

223. Quant li rois Artus ot desconfit les .vi. rois par l'aïde de Merlin, si com vous avés oï, si se tourna devers Carduel en Gales, si manda soldoiiers partout ou il les savoit et il lor donna robes et deniers et chevaus. Si l'acueillirent en si grant amour li povre chevalier del païs si jurent et afient que jamais ne li fauront jusques a la mort. Et li rois Artus gravi les maistres forteresces des chastiaus et des cités et puis tint court a Logres sa cité qui ore est apelee Londres en Engleterre le jour de la feste Nostre Dame en setembre. A cele court que li rois Artus tint fist il assés chevaliers nouviaus de sa main qui tout li firent homage et feüté et il lor donna rentes et dons tant qu'il s'em porent bien gouverner. Et il l'acueillirent en si grant amour que onques puis ne l'i faillirent pour paour de mort. Si ot li rois puis molt grant aïde d'aus si come vous m'orrés conter.

224. Ensuite, Merlin prit le roi à part, avec Ulfin, et lui dit : « Seigneur, il y a quelque chose que je veux vous expliquer et vous montrer, à propos de mes habitudes. Il est vrai qu'il y a dans les profondeurs les plus sauvages de la forêt de Northumberland un saint homme qui mène la vie d'un ermite ; c'est mon ami, et il m'est très proche, car jadis il a sauvé ma mère de la mort sur le bûcher, je vais vous raconter comment. » Là-dessus il commença à leur conter sa vie et celle de sa mère, comment elle avait été conduite au bûcher sur une fausse accusation, comment Vertigier l'avait fait chercher, lui, par tout le pays, et comment sa mère était devenue nonne dans une abbaye où il l'avait laissée, comment il avait fait tenir la tour de Vertigier, quelle était la signification des deux dragons qui s'étaient entre-tués ; comment, après la mort de Vertigier, il était entré en contact avec Pandragon et Uter, le père d'Arthur ; comment il leur avait annoncé la grande bataille au cours de laquelle Pandragon devait être tué, et comment il avait été ensuite en excellents termes avec Uter ; comment il lui avait permis de coucher avec la duchesse Ygerne au château de Tintagel. « C'est là, dit-il au roi, que vous fûtes engendré. » Puis il enchaîna, relatant comment Ulfin avait arrangé le mariage d'Uter et de la duchesse Ygerne qui avait cinq filles, dont trois étaient du duc, son époux, et deux de son premier mari[1] : « Le roi Loth a une de ces filles pour épouse, le roi Nantes la seconde, le roi Urien la troisième ; Beradam, qui est mort maintenant, avait la quatrième :

---

224. Après traît Merlins le roi a une part et Ulfin avoec lui, si li dist : « Sire, je sai une chose que je voeil moustrer et aprendre de mes coustumes. Il est verités qu'il a un prodome en la forest de Norhomberlande, el plus sauvage lieu qui i soit, qui est hermites et molt est mes amis et mes acointés. Car il garanti jadis ma mere de mort et d'ardoir et si vous dirai comment. » Et lors li comencha a conter sa vie, de sa mere, et ensi com ele fu menee ardoir por un blasme c'on li mist sus, et conment il fu envoiiés querre par Vertigier, et conment sa mere fu nonne velee en une abeye ou il les laissa, et conment il tint la tour que Vertigier fist faire et la senefiance des .II. dragons que s'entr'ocisent, et conment il s'acointa après la mort Vertigier a Pandragon et Uter son pere, et conment il lor anoncha la grant bataille ou Pandragons fu mors, et conment il fu puis si bien de Uter et conment il le fist jesir avoec la ducoise Ygerne el chastel de Tyntayoul — « Et illuec, fist il au roi, fustes vous engendrés » — et conment Ulfins pourpensa le mariage de Uter et de la ducoise Ygerne qui avoit .V. filles[a] et [*81a*] les .III. estoient del duc son signour et .II. de son premier signour, dont li rois Loth a une fille a feme et le roi Nantes l'autre et le roi Uriens la tierce et Beradam ot la quarte, qui mors est,

c'était le père d'Aguisant d'Écosse[2]. La cinquième va à
l'école à Logres[3]. Sachez que le roi Loth a cinq fils de sa
femme, dont vous avez engendré le dernier à Londres,
quand vous étiez écuyer[4]. Ce sont tous de beaux jeunes
gens ; l'aîné s'appelle Gauvain, le suivant Agravain, le troisième Guerrehet et le quatrième Gaheriet ; le plus jeune est
appelé Mordret. Sachez aussi que Gauvain sera le chevalier
du monde le plus loyal envers son seigneur, et par ailleurs
un des meilleurs chevaliers qui soient ; il vous aimera beaucoup, et s'efforcera de promouvoir votre réputation vis-à-vis
du monde entier, et particulièrement de son père ; ne doutez
pas un instant que ce sera grâce à lui que vous reconquerrez
toute votre terre, et que tous vos autres vassaux iront s'humiliant devant vous et vous obéiront. Le roi Nantes, de son
côté, a un fils, un très beau jeune homme appelé Galeschin ;
et le roi Urien en a un, qui se nomme Yvain le Grand, et qui
sera doté de toutes les vertus. Lui et Gauvain vous aimeront
et vous serviront jusqu'à la mort[5]. Et sachez bien qu'ils ne
se laisseront adouber par personne avant que vous ne le fassiez de votre main. Ces deux-là attireront dans votre parti
beaucoup de fils de grands barons, pour l'amour d'eux-
mêmes et de leurs compagnons qui vous serviront. Par
ailleurs, il y a en Petite-Bretagne deux rois qui sont frères,
et qui ont épousé deux sœurs ; ces deux rois auront des
enfants, qui seront de si bons chevaliers qu'on n'en pourra
nulle part trouver de meilleurs.

---

cil qui fu peres Aguiscant d'Escoce, et la quinte va a escole a Logres.
« Et saciés que li rois Loth a .v. fils de sa feme dont tu engendras
l'un a Londres quant tu estoies esquiers. Et il sont biau vallet. Si a
non li ainsnés Gavains et li autres Agravains et li tiers Guerrehés et li
quars Gaheriés et li plus joucnes a non Mordrés. Et saces bien que
Gavains sera li plus loiaus chevaliers qui onques nasquist envers son
signour et sera uns des bons chevaliers del monde qui plus vous
amera et essaucera tant com il vivera envers tout le monde et neïs
envers son pere, et ne doutés onques que ce sera cil par qui vous
raverés toute vostre terre. Et seront tout vostre home par doutance
de lui vers vous humeliant et obeïssant. Et le roi Nantes a un fil qui
molt est biaus vallés et a non Galescains. Et li rois Uriens en a un
qui a non Yvains li Grans qui de toutes bontés de cuer sera plains.
Et cil et Gavains t'ameront et serviront jusqu'a la mort. Et saciés
bien qu'il ne seront adoubé de nul home devant que tu les adoube-
ras. Icil te feront maint fil de haut baron venir a toi, pour l'amour
d'aus et de lor conpaingnie te serviront. Et d'autre part en la Petite
Bretaingne a .ii. rois qui sont frere et ont a femes .ii. serours ger-
mainnes. Cil .ii. roi aront enfans et seront si bon chevalier que en
nule terre ne porra on trouver meillours.

225. « L'aîné de ces deux rois frères se nomme le roi Ban de Bénoïc ; l'autre s'appelle Bohort de Gaunes ; mais ils ont un voisin très félon, roi lui aussi, qui leur causera dans l'avenir beaucoup de peines et d'ennuis, par envie, et parce qu'il ne peut pas les dominer actuellement. Comme ils sont si vaillants et si loyaux, je vous recommande de les faire venir auprès de vous, en leur mandant que vous voulez les voir, et que vous avez très grande envie de faire leur connaissance ; priez-les d'être ici pour la Toussaint, car à cette occasion vous tiendrez cour à Logres ; vous convoquerez aussi tous ceux qui voudront bien vous obéir : les uns y viendront avec de bonnes intentions, les autres avec de mauvaises. Mais ces deux-là y viendront par bonté, parce que ce sont des hommes de bien, parfaitement loyaux ; vous ferez leur connaissance et vous leur offrirez vos services, ce dont ils vous seront si reconnaissants qu'ils vous feront hommage très volontiers. Puis, au moment où votre cour devra se disperser, vous leur révélerez vos intentions, à savoir que vous voulez aller vous mettre au service du roi Léodegan à Carohaise en Carmélide, et vous les emmènerez avec vous, car ce sont des chevaliers valeureux et des hommes de bien, et vous aurez grand besoin d'eux lorsque vous voudrez revenir dans votre royaume ; en effet, vos ennemis voudront vous interdire d'y rentrer ; mais ils ne pourront pas y réussir ni durer contre vous, grâce à l'aide de ces deux rois qui seront de votre compagnie. Autre chose : je désire que vous sachiez que je suis ainsi fait que je hante volontiers

225. « Li ainsnés de ces .ii. freres qui roi sont a a non li rois Ban de Benuyc et li autres a a non li rois Boors de Gaunes. Mais il ont un molt felon voisin qui est rois et qui encore lor fera assés paine et travail par envie et par ce qu'il ne les puet et endroit justicier. Et pour ce qu'il sont si prodome et si loial vuel je bien que tu les mandes et lor mandes que tu les vels veoir et molt desires a avoir lor acointance. Et lor fai proïier qu'il soient ci a la Tous Sains, car tu tenras court a Logres et si manderas tous ciaus de toute ta terre qui obeïr te vaurront et li un i venront pour bien et li autre por mal. Mais cil .ii. i venront par lor debonaireté car molt sont prodome et loial et si t'acointeras d'aus et osferras ton service. Et il te sauront molt grant gré et te feront homage molt volentiers. Et quant ta court devra departir si lor diras ton conseil que tu t'en vels aler [*b*] a Carohaise en Carmelide servir le roi Leodegan. Si les amainne avoec toi car il sont molt prodome et bon chevalier et il t'averont molt grant mestier quant tu deveras repairier en ta terre, car ti anemi te vauront ta terre desfendre que tu n'i puisses repairier. Mais il ne porront a toi durer ne foisonner par l'aïde que tu auras des .ii. rois qui en ta compaingnie seront*. Et je voel que tu saces que ma coustume est tele que je repaire volentiers

les forêts, en raison de la nature de celui qui m'a engendré : car il ne se soucie guère de la compagnie d'aucune créature qui soit de par Dieu. Ce n'est cependant pas pour la sienne que j'y vais, mais pour celle de Blaise, le saint homme[1]. Sachez d'ailleurs que vous n'aurez jamais besoin de moi que je ne vienne vous conseiller ; néanmoins, vous me verrez souvent sous une autre apparence qu'en ce moment, car je ne veux pas que tout le monde me reconnaisse chaque fois que je viendrai vous parler. Je désire d'autre part que vous me juriez de ne jamais révéler à personne rien de ce que je vous dirai — et si vous le faisiez, vous en retireriez plus de mal que de bien. » Le roi Arthur en fit le serment de très bon cœur, en homme qui désirait fort gagner l'affection de Merlin et sa compagnie : il jura donc que, dans la mesure du possible, il ne dirait jamais rien qui allât contre sa volonté. Merlin alors l'assura de son amitié, et lui dit qu'il l'aiderait si efficacement qu'il lui en saurait toujours gré par la suite.

226. Tel fut l'accord du roi et de Merlin ; les gens de la cité manifestèrent leur joie de voir leur nouveau roi si bon chevalier — car en son temps ils n'avaient jamais vu un chevalier si jeune qui fût aussi valeureux. Les bourgeois firent installer une quintaine dans le pré, et les nouveaux chevaliers s'y essayèrent de très bon cœur, écus au cou ; la fête, très animée, dura ainsi huit jours. Lorsque celle-ci se termina, le roi commença ses préparatifs en vue de la grande fête qu'il

---

em bois par la nature de celui de qui je fui engendrés car il n'a cure de nule compaingnie qui de par Dieu soit. Mais je n'i voi mie por la compaingnie de lui, mais por la compaingnie de Blayse, le saint home. Et saces que tu n'auras ja mestier de moi que tu ne m'aies a toi conseillier mais tu verras mon cors maintes fois en autre samblance que tu ne vois ore, quar je ne voel pas que toutes les gens me connoissent a toutes les fois que je parlerai a toi. Mais je voel que tu me jures que tu ne me descouverras a nul home de chose que je te di. Car se tu me descouvroies tu auroies plus damage que bien. » Et li rois Artus li jure molt voluntiers come cil qui molt vauroit avoir s'amour et s'acointance, si jure que ja chose ne dira la ou il puisse qui soit encontre sa volenté. Et Merlins l'aseüre de s'amour et dist qu'il l'aïdera si bien a devise que bon gré l'en saura a tous jours mais.

226. Ensi fu faite la couvenance del roi et de Merlin. Si demenerent molt grant joie par toute la cité et de lor novel roi qui tant estoit bons chevaliers as armes, car onques a son tans si bon chevalier de sa jouuenece n'avoient[d] veü. Si firent li bourgois une quintainne fichier enmi le pré, si bouhourderent assés li nouvel chevalier, lor escus a lor cols, si fu la feste .VIII. jours grans et pleniere. Quant la feste fu faillie si se fist li rois apareillier encontre la grant feste qu'il devoit tenir a la Tous Sains. Si manda tous ciaus qui de lui devoient

voulait donner à la Toussaint. Il manda tous ceux qui tenaient leur terre de lui, afin qu'ils viennent lui rendre hommage : il en vint une partie, et une autre partie s'abstint ; le roi leur fit alors savoir qu'il ferait payer leur absence à ceux qui ne viendraient pas. Par ailleurs, Arthur envoya chercher le roi Ban de Bénoïc et son frère, le roi Bohort de Gaunes, par l'entremise d'Ulfin et de Bretel, et leur fit dire que, s'ils voulaient être à jamais en bons termes avec lui, ils n'avaient qu'à venir à Londres, en Grande-Bretagne, pour la Toussaint. Les deux messagers, qui entretenaient d'excellentes relations avec les deux rois car ils s'étaient toujours très bien entendus au temps du roi Uterpandragon, passèrent outremer et s'en allèrent à travers la Petite-Bretagne, chevauchant à travers la Terre Déserte, où ils trouvèrent mainte ville détruite et brûlée ; ils arrivèrent finalement à une cité que nous appelons désormais Bourges, en Berry, qui avait appartenu au roi Claudas de la Déserte[1]. Celui-ci revendiquait un château que le roi Ban avait fait fortifier. Claudas affirmait que la terre où se dressait ce château lui revenait, et Ban disait que non : c'est pour ce motif qu'avant commencé la guerre entre les deux rois[2]. En effet, le roi Ban ne voulut pas renoncer à la fortifier du fait de l'interdiction de Claudas, et par conséquent Claudas envahit la terre du roi Ban de telle manière qu'il lui fit grand dommage avant même de l'avoir défié, car il prit beaucoup de butin dans son royaume, et mit le feu aux villes qu'il trouva ouvertes sans fortifications.

---

terre tenir que il i fuissent pour lui faire feüté et homage. Si en vint une partie et une partie en remest. Si lor manda li rois que bien seüssent cil qui n'i venroient que il lor feroit amender. Et li rois Artus envoia querre le roi Ban de Benuyc et son frere le roi Boort de Gaunes par Ulfin et Bretel[b] et lor manda, si chier com il l'avoient s'amour, s'il voloient jamais jour estre bien de lui, qu'il venissent a Logres en la Grant Bretaingne a la Tous Sains. Et cil qui molt estoient bien des .ii. rois [c] qu'il aloient querre, car molt s'estoient entr'amé au tans le roi Uterpandragon, s'en passerent outre la mer et s'en alerent en la Petite Bretagne et ererent parmi la Terre Deserte ou il trouveren mainte vile arse et destruite et en vinrent a une cité que nous[c] apelons ore Borges en Berri et avoit esté au roi Claudas de la Deserte. Cil Claudas[d] que je vous di clamoit que li rois Bans avoit fait fermer en sa terre et Claudas li contredisoit. Car il disoit que la piece de terre ou il se fermoit estoit soie, et li rois Bans disoit que non estoit, et par ce conmencha la guerre entr'aus. Car li rois Bans ne le laissa onques a fermer pour la desfense Claudas, si courut Claudas parmi la terre le roi Ban que ançois qu'il le desfiast li fist molt grant damage des proies qu'il prist parmi la terre, et des viles qu'il trouva a plain sans murs mist il tout en fu et en charbon.

Mais il ne put pas faire de mal au château que le roi Ban
avait fortifié, car il avait une garnison solide d'hommes
d'armes et d'arbalétriers que le roi Ban avait installés dans la
maîtresse tour ; Ban y avait en outre placé un sien sénéchal,
extrêmement vaillant, que l'on appelait Gracien. Le roi en
avait d'ailleurs fait son compère, à propos d'un petit enfant
qu'il avait tenu sur les fonts, et qui portait le nom de Banin
de ce fait. Ce Banin fut par la suite très renommé pour sa
prouesse à la cour du roi Arthur — mais le conte ne parle
pas de cela ici[3] ; en revanche, il parle du roi Ban, qui fut fort
chagrin et fort courroucé du dommage que lui avait causé
Claudas, sans même le défier : il manda des troupes considérables et marcha à sa rencontre au plus tôt qu'il put, pour
l'attendre là où il devait passer (car il connaissait très bien les
routes du pays).

227. Lors de la rencontre des deux armées, il y eut une
grande bataille, des combats très cruels, et beaucoup de
victimes de part et d'autre ; en effet, le roi Ban tuait tant de
combattants de sa propre main qu'il laissait derrière lui de
grands monceaux de morts, comme s'il s'était agi de brebis
ou de pourceaux. Lui et ses gens firent tant que le roi Claudas prit la fuite, perdant dans l'aventure tout son équipement, ainsi que le butin dont il s'était emparé, si bien que les
prisonniers qu'il emmenait furent libérés. D'autre part, du
côté de la terre de Gaunes se trouvait le roi Bohort, frère du
roi Ban : il ravagea une grande partie de la terre de Claudas,

---

Mais a cel chastel que li rois Ban avoit fermé ne pot il riens mesfaire
car il estoit molt bien garnis de sergans et d'arbalestriers que li rois
Ban avoit mis en la maistre tour et i avoit mis un sien seneschal molt
prodome c'on apeloit Gracien, si en ot fait son compere d'un petit
enfant que li rois Ban avoit tenu sor les fons et l'apeloit on Banin. Et
cil Banins fu puis molt renommés de haute prouece en la court le roi
Artu dont li contes ne parole mie ci endroit, ains parole du roi Ban
qui molt fu dolans et coureciés del damage que Claudas li avoit fait
sans lui desfier. Si manda grant gent et l'i ala a l'encontre au plus tost
qu'il pot la ou il devoit passer, car il savoit molt bien les passages du
païs environ.

227. Quant les .ii. os se durent assambler les uns contre les autres
si ot molt grant bataille et fier estour et grant mortalité d'une part et
d'autre car tant en ocioit li rois Ban de sa main que les monciaus en
gisoient par les chans ausi come se ce fuissent berbis ou pourcel. Et
fist tant li rois Ban, par lui que par les siens, que li rois Claudas
tourna en fuies et perdi tout son harnois et sa proie et furent li prison rescous qu'il enmenoient. Et d'autre part devers sa terre de
Gaunes entra li rois Boors, qui freres estoit au roi Ban, si art assés de
la terre Claudas et destruit assés des viles ou il mist ens le fu jusqu'as

et détruisit de nombreuses villes, jusqu'aux portes de la cité principale de la Déserte[1] ; il mit tout ce qu'il put sous sa coupe, et causa tant de destructions dans le pays que vous n'auriez pas pu trouver en quinze lieues le moindre endroit où vous mettre à couvert, sinon sur les escarpements rocheux, ou en vous enfouissant sous la terre. Le roi Claudas fut fortement déprimé, aussi bien qu'appauvri, par ces exactions, et de fait il se tint si tranquille qu'il n'osa par la suite entrer dans la terre du roi Ban pendant longtemps ; mais plus tard il causa aux deux frères de grandes pertes, comme vous l'entendrez raconter plus loin dans le conte. En tout cas, cela explique pourquoi les deux messagers du roi Arthur trouvèrent la terre si ravagée qu'ils s'en étonnèrent beaucoup sur le moment et se demandèrent ce que cela voulait dire et ce qui avait bien pu se passer ; ils chevauchèrent jusqu'à Trèbes — c'était le château que le roi Ban avait fait fortifier, et il était en effet très fort, situé au demeurant de l'autre côté de la frontière.

228. En ce château se trouvait la reine Hélène, l'épouse du roi Ban, qui était une très noble dame, de haut lignage, et qui n'avait pas encore seize ans[1]. Le roi Bohort avait épousé sa sœur cadette, elle aussi très noble et vaillante. À leur arrivée à Trèbes, Ulfin et Bretel demandèrent le roi Ban, et on leur dit qu'il était allé à Bénoïc pour parler avec le roi Bohort, son frère. Ainsi informés, ils prirent congé de la reine Hélène et quittèrent Trèbes, chevauchant tout armés : en effet, le pays

---

portes de la maistre cité deserte. Si en prist tant com il pot avoir et retenir et mist a destrucion tout le païs si que vous ne trouvissiés mie dedens [d] .xv. liues ou vous peüssiés jesir en couvert se ce ne fust sor la roce naie ou en celier desous terre. Si en fu Claudas si amatis et apovris molt durement et pour cele destrucion se tint Claudas si cois qu'il n'osa entrer en la terre le roi Ban jusques a grant piece après. Mais puis greva il les .ii. freres molt durement si com vos orrés dire el conte cha avant. Et par ce trouverent li .ii. message au roi Artu la terre si deserte si s'en esmerveillierent molt que ce peüst estre et coment ce iert a venir. Et chevauchierent tant qu'il vinrent a Trebes et ce estoit li chastiax que li rois Bans avoit fait fermer qui molt estoit fors durement et seoit en l'autre piece de terre.

228. En cel chastel estoit la roïne Helainne, la feme le roi Ban, qui molt estoit bone dame et de grant hautece et n'avoit pas encore .xvi. ans. Et li rois Boors avoit sa suer espousee qui estoit molt franche dame et molt vaillans et estoit la plus jouuene dame des .ii. roïnes. Et quant Ulfins et Bretel furent venu a Trebes si demanderent pour le roi Ban et on lor dist qu'il estoit alés a Benuyc au parlement au roi Boort son frere. Et quant il oïrent ce si prisent congié a la roïne Helainne et s'en partirent de Trebes tout armé, car la terre et le païs

qu'ils devaient traverser n'était pas sûr, car il y avait bien trop
de malfaiteurs dans la région. Ils n'avaient guère parcouru
plus de cinq lieues qu'ils virent sept chevaliers de la maison
de Claudas, qui venaient de la Déserte, cherchant s'ils pourraient faire quelque profit : mais le pays était tellement
dévasté qu'ils n'y trouvaient rien à piller ; tout les habitants
s'étaient enfuis vers les villes et les châteaux forts, avec tous
leurs biens.

229. En voyant les deux messagers, les sept chevaliers se
dirent les uns aux autres : « Regardez les beaux chevaux que
ces deux-là montent ! Nous serons bien mauvais si nous les
laissons les emmener ainsi. — Il ne me semble pas, dit l'un,
qu'ils soient de ce pays, car les armes qu'ils portent ne sont
pas comme celles que l'on fait dans ce royaume. — Certes,
continua un autre, qui qu'ils soient, ils ont bien l'air vaillants,
et s'ils ont été au service d'autrui, il est clair que c'était au
service de gens de bien. — Peu me chaut, répliqua le troisième, qui ils ont servi ! Mais allons leur prendre armes et
chevaux, car nous en avons bien l'emploi ! » Là-dessus l'un
d'entre eux, éperonnant son cheval, se sépara de ses compagnons et chargea les messagers en criant : « Arrêtez-vous, et
ne bougez pas, ou vous êtes morts, si vous êtes au roi Ban
ou au roi Bohort son frère ! Mais si vous êtes au roi Claudas,
vous ne risquez rien, car nous gardons les routes et les accès
de cette contrée, pour empêcher quiconque ne lui appartient

---

ou il devoient passer n'estoit mie bien asseür que trop avoit de mes-
faisans en la terre. Et quant il orent erré en tour .v. lieues si virent
.vii.ᵉ chevaliers de la maisnie le roi Claudas qui venoient de la
Deserte et aloient espiant s'il porroient riens gaaingnier. Mais le païs
estoit si esvuidiés de tous biens qu'il n'i trouvoient riens que prendre
quar tot s'en estoient fui as cités et as fors chastiaus atout ce qu'il
avoient.

229. Quant li .vii. chevalier virent les .ii. messagiers si disent li un a
l'autre : « Veés quels .ii. chevaus cil .ii. chevauchent. Molt par serons
malvais se nous lor laissions ensi mener. — Il ne me samble mie, fait
li uns, qu'il soient de cest païs. Car il ne portent mie les armes teles
c'on fait en cest roiaume. — Certes, fait li uns, qui qu'il soient il
samble bien qu'il soient prodome as armes, et s'il ont servi autrui que
a els il pert bien qu'il ont servi prodome. — Que me chaut, fait li
tiers, qui il ont servi, ne mais alons lor tolir et armes et chevaus car
ausi en avons nous mestier. » Tantost point li uns le cheval des esper-
rons et s'em part de ses compaignons et vait criant après les messages : « Estés coi et n'a[e]lés en avant ou vous estes mors, se vous
estes au roi Ban ou au roi Boort son frere. Et se vous estes au roi
Claudas vous n'avés garde car nous gardons les chemins et les trespas de ceste marce que nus n'i past qui soit a autrui s'a li non. Et

pas d'y circuler. Pour cela, nous vous demandons votre péage, que vous n'avez pas acquitté : il vous faut laisser armes et chevaux, et soyez-nous reconnaissants, en outre, de vous laisser aller sans vous tuer ou vous faire prisonniers ! »

230. Quand Ulfin entendit les cris et les menaces de leur assaillant, il lui dit : « Ne vous hâtez pas tant ! Je ne sais qui vous êtes, mais vous parlez trop et vous êtes trop vantard… Malheur au chevalier plein de vilenie qui réclame un péage à un chevalier errant ! Vous n'êtes pas courtois, vous qui le réclamez ainsi ! » Bretel, entendant Ulfin parler de cette manière, lui dit à son tour : « Seigneur chevalier, c'est pour votre malheur que vous l'avez pensé ! » Puis il éperonna son cheval et le lança contre lui. À cette vue, l'autre se tourna vers lui, assura son écu et mit sa lance sur feutre ; ils se donnèrent sur leurs écus de si grands coups qu'ils les fendirent et les percèrent. Le fer de la lance du chevalier fut arrêté par le haubert de Bretel. Mais Bretel, quand les chevaux se furent rapprochés, le frappa si fort qu'il lui planta le fer de sa lance à lui dans l'épaule gauche, tant et si bien que le tronçon dépassait de l'autre côté de plus d'une toise, et qu'il le jeta à terre sous le choc, tout embroché. Le blessé s'évanouit de douleur, et Bretel retira sa lance, intacte et entière, puis il lui dit : « Désormais, vous pouvez demeurer ici à loisir, et garder le chemin de manière que personne n'y passe sans que vous en ayez le tribut ou le péage ! »

---

pour ce vous demandons nous le paiage que nous n'avons mie paié, se vous i couvient laissier les armes et les chevaus et encore volons nous que vous nous en saciés gré se nous vous en laissons aler sans mort et sans prison. »

230. Quant Ulfins entent celui qui les escrie et qui les manace si li dist : « Ore ne vous hastés mie si durement ne je ne sai qui vous estes mais de parler estes trop estous et trop vanterres. Et mal dehait ait chevalier vilain et qui paiage demande a chevalier errant, ne ci n'estes vous pas courtois quant vous le demandés. » Quant Bretel entent que Ulfins parole ensi au chevalier si dist : « Dans chevaliers, mar le pensastes ! » Si fiert le cheval des esperons vers lui. Et cil voit ce si, tourne vers Bretel et embrace l'escu par les enarmes et met lance sor feutre, si s'entrefierent sor les escus si grans cops qu'il les firent fraindre et percier et li fers del glaive au chevalier s'arreste sor le hauberc Bretel. Et Bretel fiert lui a la ravine*[a]* del cheval si grant cop qu'il met parmi la senestre espaulle le fer del glaive si que li tronçons em parut de l'autre part plus d'une toise et il l'empaint si durement qu'il le porte du cheval a terre tout enferré. Et cil se pasme de l'angoisse qu'il sent. Et Bretel retrait a lui sa lance toute sainne et entiere puis dist al chevalier : « Or poés ici logier tout par loisir et garder le chemin si que nus n'i past dont vous n'aiiés le treü ou bon paiage. »

231. Puis, brandissant sa lance, il rejoignit au grand galop et à bride abattue Ulfin qui avait bien vu la joute et, très satisfait, en estimait plus son compagnon qu'il ne le faisait auparavant. Quand les autres chevaliers virent leur seigneur ainsi abattu et blessé, ils en furent très courroucés, et dirent qu'ils ne seraient pas satisfaits tant qu'ils ne l'auraient pas vengé ; deux d'entre eux se détachèrent du groupe et se lancèrent de toute la vitesse de leurs chevaux à la suite des deux compagnons. Lorsque ceux-ci s'en aperçurent, ils tournèrent la tête de leurs chevaux dans cette direction et se couvrirent de leurs écus comme de bons chevaliers assurés qu'ils étaient. Quand la rencontre eut lieu, ils se heurtèrent de la lance très rudement, et Bretel qui portait sa lance haute transperça avec elle la gorge de son adversaire, l'abattant mort à terre. Ulfin de son côté frappa si bien le sien qu'il perça le haubert et lui fit passer la lance par l'épaule, de part en part, et le porta à terre de toute la longueur de la hampe.

232. Après cela, deux des quatre qui restaient sortirent des rangs[1] et défièrent les messagers, criant qu'ils mourraient plutôt que de ne pas venger leurs compagnons du mieux qu'ils pourraient. En les voyant venir, les messagers tournèrent la tête de leurs chevaux vers eux, et s'exhortèrent mutuellement à bien faire. Ulfin se lança contre celui qui venait en tête, et Bretel contre l'autre ; les deux chevaliers brisèrent leur lance sur les messagers, puis Bretel frappa le sien de telle manière qu'il perça l'écu et le haubert, lui planta

---

231. Atant s'en vait les galos sor frain, la lance paumoiant, aprés Ulfin qui bien ot veüe la jouste a aus .II., si en fu molt liés et l'em proise molt mix que devant. Et quant li autre chevalier virent lor signour cheü et navré si en furent molt irié, si dient qu'il ne seront jamais lié devant qu'il en seront vengié. Lors se desrengent li .II. d'aus et en vont aprés les .II. compaingnons quanques chevaus pooient traire. Et quant il les aperçoivent si tornent les chiés de lor chevaus embronchiés es escus come cil qui molt estoient bon chevalier et seür. Et quant il s'entr'encontrerent si s'entrefierent des glaives si durement. Et Bretel, qui sa[a] [l] lance emportoit haute, envoie a celui le glaive parmi la gorge et l'abat mort a terre del cheval tout estendu. Et Ulfins feri si le sien que parmi le hauberc li fist passer le glaive parmi l'espaule d'outre en outre et l'abati du cheval a terre tant com hanste li dure.

232. Aprés ce desrengent .II. des .IV. qui furent remés et escrient les messages qu'il morront ains qu'il ne vengent lor compaingnons a lor pooir. Et quant cil les virent venir si tornent les chiés de lor chevaus et semonst l'uns a l'autre de bien faire. Et Ulfins s'adrece encontre celui qui devant venoit et Bretel encontre l'autre. Et li doi chevalier brisent lor lances sor les messages. Et Bretel fiert si le sien

la lance dans le corps et l'abattit mort à terre, où il reſta étendu tout sanglant. Quant à Ulfin, il rencontra le sien si brutalement qu'il renversa cheval et chevalier, et celui-ci se rompit le cou en tombant. Voyant leurs compagnons dans un tel état, les deux derniers s'enfuirent, et Bretel adressa alors aux morts une remarque appropriée : « Désormais, vous pouvez bien proférer des menaces : je vous autorise à garder les chemins ! »

233. Les deux compagnons continuèrent leur route, jusqu'à ce qu'ils arrivent vers le soir au château de Bénoïc où ils trouvèrent une grande foule de gens que les deux rois avaient convoqués ; les messagers vinrent tout droit au palais principal, mirent pied à terre et donnèrent leurs chevaux à garder à un écuyer, le seul qu'ils avaient amené avec eux ; puis ils montèrent au palais et demandèrent le roi Ban et son frère ; on leur dit qu'ils étaient seuls dans une chambre où ils tenaient conseil. Les messagers, en entendant ces nouvelles, furent très satisfaits de les avoir trouvés ensemble ; ils décidèrent de reſter là jusqu'à ce que les deux rois aient terminé leurs délibérations. Pendant qu'ils attendaient ainsi arriva un chevalier du nom de Pharien. Quand il les reconnut, il leur reſta fête et leur demanda s'ils voulaient parler aux deux rois : ils dirent que oui. Il les prit alors par la main et les conduisit dans la chambre où se trouvaient les deux frères. En les voyant entrer, les deux rois se levèrent pour venir à leur rencontre ;

---

qu'il li perce l'escu et le hauberc et li met la lance parmi le cors, si le porte del cheval a terre mort tout eſtendu et sanglent. Et Ulfin encontre le sien si durement qu'il porte a terre cheval et chevalier tot en un mont, et au chaoir ot cil le col brisié. Et quant li autre .ii.ᵃ chevalier virent lor compaingnons si atourné si se tournent fuiant. Et lors diſt Bretel as mors une parole bien entendue : « Signour, diſt il, ore poés manecier et je vous doins congier de garder les chemins. »

233. Lors errent li .ii. conpainnon tant qu'il vinrent au soir au chaſtel de Benuyc ou il trouverent molt grant plenté de gent que li .ii. roi i avoient mandé. Et li message en vinrent droit au maiſtre palais si descendent et baillent lor chevaus a garder a un esquier qu'il orent amené avoec aus sans plus, puis montent el palais et demandent pour le roi Ban et pour son frere. Et on lor diſt qu'il sont en une chambre seul a seul ou il conseillent. Et quant li message l'oïrent si en furent molt lié de ce qu'il les ont trouvé ensamble, si demourerent tant laiens que li .ii. roi orent finé lor conseil, et en ce qu'il entendirent laiens vint a eusᵃ uns chevaliers qui avoit non Phariens. Et quant il les reconnut si lor fiſt molt grant joie et lor demanda s'il voloient parler as .ii. rois. Et ils dient : « Oïl. » Lors les prent par les mains, si les mainne en la chambre ou li .ii. roi frere eſtoient. Et quant li .ii. roi les voient venir si se levent encontre aus,

avec eux se trouvait un chevalier appelé Léonce de Palerne. Ils donnèrent l'accolade aux messagers et leur souhaitèrent la bienvenue. Puis ils allèrent s'asseoir sur un lit, et le roi Ban leur demanda quelle affaire les amenait ici — car, certes, ce n'était pas sans raison qu'ils étaient venus si loin. Les messagers leur contèrent alors toute la vérité, d'un bout à l'autre : le conflit entre Arthur et les six rois, les dommages prodigieux causés par le feu de Merlin, les merveilles accomplies au combat par le jeune roi. Puis ils leur expliquèrent que le roi Arthur les envoyait chercher sur le conseil de Merlin, et les prièrent de se décider rapidement. Les deux rois déclarèrent alors qu'ils étaient grandement gênés par leur guerre contre le roi Claudas : « Nous avons peur, firent-ils, qu'il n'attaque à nouveau, quand nous aurons quitté le pays : car cela pourrait nous occasionner de grands dommages. — Seigneurs, reprirent les messagers, nous ne voudrions certes pas une chose pareille ; mais Merlin vous fait dire que vous n'avez garde de Claudas, aussi longtemps que vous serez en ce voyage. »

234. Quand les deux rois eurent entendu les arguments des messagers, ils s'émerveillèrent de Merlin, qui savait ainsi l'avenir ; ils promirent alors aux messagers qu'ils repartiraient avec eux dans un délai de trois jours, sans plus tarder. Et eux de les remercier chaleureusement. Le roi Ban les fit désarmer, car il ne voulut à aucun prix accepter qu'ils soient logés ailleurs que dans sa maison. À cette occasion, les deux

---

et avoec aus estoit uns chevaliers qui avoit non Leonces de Palerne, si acolent les messages et dient que bien soient il venu. Lors vont seoir en une couche, si lor demande li rois Bans quel besoing les ot amenés cele part, car ce n'est mie sans besoing[b] qu'il sont illuec venu. Lors [82a] lor conterent li message la verité de chief en chief et la contençon qui avoit esté entre le roi Artu et les .vi. rois et les merveillous damages que Merlins i fist del fu et les merveilles d'armes que li jouenes rois i fist. Et puis lor dient que li rois Artus les envoie querre par le conseil de Merlin et qu'il preignent conseil hastivement. Et li .ii. roi disent qu'il sont molt agrevé d'une guerre que[c] il ont encontre le roi Claudas. « Si avons, font il, paour que quant nous serons hors de cest païs qu'il ne coure sor nous[d] car trop grant damage em porienmes avoir. — Sire, font li message, ce ne vaurions nous mie, mais Merlins vous mande que vous n'aiiés garde tant que vous soiés en cest voiage. »

234. Quant li .ii. roi oïrent ce que li message lor ont dist, si s'en esmerveillent molt des afaires Merlin[e] qui ensi set des choses qui sont a venir. Lors creantent as messages qu'il vont avoec aus entre el et tiers jour sans nul arrest. Et cil les en mercient de bon cuer. Et li rois Bans les fist desarmer, car il ne vaut sosfrir a nul fuer qu'il fuissent en autre ostel que le sien. Et li .ii. roi lor demandent ou lor escu ont ensi

rois leur demandèrent où leurs écus avaient été ainsi arrangés, et les conjurèrent, au nom de la foi qu'ils devaient au roi Arthur, de leur dire la vérité. Les messagers leur contèrent alors comment ils avaient été attaqués par sept chevaliers, et ce qui s'était passé ensuite. En apprenant que leurs interlocuteurs s'étaient débarrassés de sept chevaliers, les deux rois en conçurent beaucoup d'estime pour eux. On prit soin de leur servir une nourriture abondante et fort bonne : ce fut Léonce de Palerne qui s'en chargea, avec Pharien, car les messagers leur avaient fait mainte fois pareil honneur en Grande-Bretagne, au temps du roi Uterpandragon. Le roi Ban fit ses préparatifs pour partir trois jours plus tard, et le roi Bohort en fit autant. Ils confièrent leurs terres à la garde de Léonce de Palerne qui était leur cousin germain, ainsi qu'un homme vaillant et loyal ; Pharien se trouvait en leur compagnie, avec le sénéchal de Bénoïc et celui de Gaunes. Les deux rois leur recommandèrent bien de les envoyer chercher, s'il en était besoin, car ils ne savaient pas ce que leur réservait l'avenir ; et le roi Ban leur donna son anneau comme signe de reconnaissance.

235. Puis ils se mirent en route ; ils allèrent tant qu'ils arrivèrent à la mer, où ils s'embarquèrent et firent la traversée sans rencontrer le moindre obstacle ou le moindre problème. Mais désormais le conte cesse de parler d'eux, jusqu'à la prochaine fois, et va parler du roi Arthur, comment il envoya ses messagers au roi Ban de Bénoïc et au roi Bohort de Gaunes[1].

---

esté atourné et les en conjurent, sor la foi qu'il doivent au roi Artu, qu'il en dient la verité. Et cil si lor content comment il avoient esté assailli de .VII. chevaliers et comment la chose estoit alee. Et quant li .II. roi oïrent comment il s'estoient delivré de .VII. chevaliers, si les em proisent molt et furent servi de viandes bien et bel. Si s'en entremist molt Leonces de Palerne et Phariens, car il lor avoient fait maintes fois honour en la Grant Bretainge au tans le roi Uterpandragon. Et li rois Bans s'apareille de mouvoir au tiers jour et li rois Boors ausi. Si conmanderent lor terres a garder a Leonce de Palerne qui estoit lor cousins germains et prodom et loiaus. Si estoit Phariens en lor compaingnie et li seneschaus de Benuyc et cil de Gaunes. Et li .II. roi lor disent que, se mestier estoit, qu'il envoiassent por aus, car il ne sevent que est a venir, et lor donna li rois Ban son anel a enseignes.

235. Lors se misent a la voie et errerent tant par lor journees qu'il en vinrent a la mer et entrerent en une nef et passerent outre que onques n'i orent ne mal ne destourbier. Mais atant se taist ore le contes d'aus a parler jusques a une autre fois. Et retournera a parler del roi Artu, comment il envoia ses messages au roi Ban de Benuyc et au roi Boort.

LES PREMIERS FAITS
DU ROI ARTHUR

1. Le conte rapporte alors que, lorsque les messagers eurent quitté le roi Arthur, celui-ci renforça toutes ses forteresses en y plaçant des hommes d'armes et des arbalétriers ; Merlin vint le trouver à ce moment, et lui dit de se réjouir, car ses messagers avaient bien accompli leur mission : il lui raconta tout ce qui leur était arrivé en route, comment ils s'étaient délivrés des sept chevaliers, et comment les deux rois s'étaient déjà embarqués[1]. « Pensez à les recevoir avec honneur, et allez à leur rencontre. Car, bien qu'ils soient vos vassaux, ils n'en sont pas moins de plus haut lignage que vous, et leurs femmes aussi[2]. Je vous recommande donc de faire tendre toutes les rues de Logres par où ils doivent passer de bannières de soie et de brocart, et de faire en sorte que toutes les jeunes filles et les demoiselles de cette ville aillent à leur rencontre en chantant, jusqu'en dehors des murs de la cité. Et vous-même allez-y, avec de nombreux chevaliers. Sachez à propos qu'ils seront là dimanche avant tierce. » À ces paroles le roi

---

1. [*82 b*] Or dist li contes*ᵃ* que quant li message se furent parti del roi Artu, que li rois Artus garni toutes ses forteresces de sergans et d'arbalestriers. Lors en vint Merlins a lui et li dist qu'il fust liés et joians, car si message avoient bien faite sa besoigne. Et Merlins li conte tout ce que avenu lor estoit entre voies et conment il se delivrerent des .vii. chevaliers et que li .ii. roi sont ja entré en mer. « Or pensés d'aus honerer et recevoir et lor alés a l'encontre, car encore soient il haut home et vostre, si sont il de plus haut lignage que vous ne soiiés et lor femes autresi. Si vous conmant que vous faciés pourtendre toutes les rues de Logres de pailes et de samis la ou il doivent passer et caroler toutes les puceles et les damoiseles de ceste vile et aler encontre aus chantant hors de la vile. Et vous meïsmes i alés a grant chevalerie. Et saciés qu'il seront ci diemence ains ore de

Arthur répliqua qu'il agirait en tout comme il le lui avait indiqué.

2. En conséquence, il fit les préparatifs convenables pour recevoir les deux rois ; il attendit ainsi jusqu'au dimanche, puis il monta à cheval avec ses barons, tout son entourage et l'archevêque Debrice. Ils partirent à leur rencontre en procession ; au point où ils se rencontrèrent, il y eut force baisers et accolades. Au milieu des manifestations de joie, des danses et des rondes, ils entrèrent dans la cité. Une fois qu'ils furent arrivés au palais principal, le roi Arthur fit preuve de grandes largesses vis-à-vis de l'entourage des deux rois, à proportion de leur rang et de leur mérite ; il distribua chevaux, palefrois, riches et belles armures — et il agit en tout cela sur le conseil de Merlin. Il en fit tant que tous ceux qui étaient là conçurent pour lui tellement d'estime et d'affection qu'ils dirent que jamais de leur vie ils ne viendraient à lui manquer. Ce jour-là l'archevêque Debrice chanta la messe ; quant ce fut fait, ils montèrent tous au palais où le repas avait été préparé, riche, noble et plantureux. Les trois rois s'assirent à une table, avec l'archevêque Debrice et Antor, qui avait élevé Arthur. Keu servit à table comme il était juste, avec deux chevaliers nouveaux, deux jeunes gens de grande prouesse, fils de deux châtelains : l'un s'appelait Lucan le Bouteiller, et l'autre Girflet, fils de Do de Cardeuil[1], qui avait été le forestier d'Uterpandragon. Ils ser-

---

tierce. » Et quant li rois Artus l'entent, si dist qu'il le fera tout ensi com il l'a devisé.

2. Lors s'apareille li rois Artus et atorne come pour les .II. rois recevoir et atendi en tel maniere jusques au diemence. Lors monta li rois et si baron et sa maisnie et li arcevesques Debrice et lor vont a l'encontre a grant pourcession. Et la ou il s'entr'encontrerent i ot il assés acolé et baisié et mené grant joie, si entrent en la cité as danses et as charoles et a molt grant feste. Et quant il furent venu au maistre palais si i donna li rois Artus grans dons et riches a la maisnie as .II. rois selonc ce qu'il estoient[c] as uns plus que as autres. Si lor donna chevaux et palefrois et armes riches et beles et tout ce fist il par le conseil Merlin. Et li rois en fist tant que tout cil qui entour lui estoient l'amoient et prisoient et virent bien que jamais ne li fauront a nul jour de lor vies. Icelui jour chanta la messe li arcevesques Debrice. Et quant ele fu cantee si monterent el maistre palais ou li mangiers fu conrées, grans et riches [d] et de pluisours viandes. Si s'asisent li .III. roi a une table et l'arcevesques Debrice et Autor qui avoit nourri le roi Artu. Et Kex servi as tables si come drois estoit, et .II. chevalier nouvel qui estoient de grant prouece et jouene baceler. Si estoient fix a .II. chastelains, si avoit li uns des bacelers a non Lucans li Bouteilliers et li autres Gyrflés le fil Do de Cardueil qui

virent avec Keu le sénéchal, et avec Ulfin, qui tous deux s'y connaissaient dans ce domaine. Les hôtes furent décidément bien servis, de mets riches et délectables.

3. Après le repas, la quintaine fut dressée, et les jeunes gens joutèrent ; puis il y eut un tournoi entre les deux partis — et il y avait bien sept cents chevaliers dans chaque camp, dont trois cents du royaume de Bénoïc qui s'engagèrent tous dans le même. Dès le début du tournoi, le roi Ban, le roi Bohort et un frère à eux, excellent clerc qui s'y connaissait si bien en astronomie que personne n'en savait autant que lui en ce temps-là à l'exception de Merlin[1], se mirent aux fenêtres, en la compagnie d'Arthur, de l'archevêque Debrice et d'Antor qu'ils n'avaient garde de délaisser, et tous regardèrent les joutes : les enseignes flottaient au vent, les destriers frémissaient et hennissaient sous leurs caparaçons si fort que montagnes et vallées en retentissaient. Quand les combattants furent si proches les uns des autres que le premier choc était imminent, un des chevaliers sortit des rangs ; il avait nom Girflet, fils de Do de Cardeuil, et était monté sur un destrier liart[2] qui galopait remarquablement bien. De l'autre côté vint à sa rencontre un chevalier de Bénoïc très vaillant, appelé Ladinas. Il s'élança contre lui, et ils échangèrent des coups si violents qu'ils brisèrent leurs lances, car tous deux étaient des hommes de valeur et de bons chevaliers : l'un désirait

---

avoit esté forestiers a Uterpandragon. Si servirent avoec Kex le seneschal et avoec Ulfin qui bien en sorent a chief venir. Si furent molt hautement servi et de bones viandes et de riches.

3. Après mengier fu la quintainne drecié, si i bouhourderent cil jouene baceler. Après firent un tornoiement entr'aus, li uns et li autre en .II. parties, et furent bien .VII.C. chevalier en chascune partie. Si en ot bien .III.C. del roiaume de Benuyc qui se tournerent a une part. Et quant li tournoiemens fu assamblés, li rois Bans et li rois Boors et uns lor freres qui merveillous clers estoit et savoit d'astrenomie outre ce que nus ne savoit en cel tans fors solement Merlin, si furent apoié as fenetres et li rois Artus et li arcevesques Debrice et Autor qu'il ne vaurent pas laissier. Et virent lor tornoiement assambler d'une part et d'autre et ces enseignes au vent venteler et ces destriers fremir et hennir[a] desous ces vaissiaus, si que ces montaingnes et les valees en retentissoient. Quant il furent si prés que il n'i ot que de l'asambler, si se part uns chevaliers hors des rens qui avoit non Gyrflés, le fil Do de Carduel, et sist sor un grant destrier liart qui a mervelles li couroit tost. Et d'autre part li vint a l'encontre uns chevaliers de Benuyc qui avoit non Ladinas et fu de molt grant proece, si se met encontre lui et s'entrefierent si grans cops que il brisierent lor lances car molt estoient prodome andoi et bon chevalier. Li uns fu couvoitous de

l'emporter pour sa gloire, l'autre voulait accroître sa renommée. Ils se heurtèrent de leurs écus si rudement qu'ils avaient
l'impression que les yeux leur sortaient de la tête, se portèrent
mutuellement à terre, sous leurs chevaux, et demeurèrent évanouis comme s'ils étaient morts. Et chacun de dire qu'on
n'avait jamais vu si rude rencontre de deux chevaliers.

4. Alors, de part et d'autre, leurs compagnons sortirent
des rangs et vinrent à la rescousse des deux chevaliers. Ils
s'attaquèrent les uns les autres, accomplissant de belles
joutes que les spectateurs regardaient avec grand plaisir. Certains s'abattirent mutuellement, certains brisèrent leurs
lances sans tomber ; et quand les lances étaient brisées, ils
tiraient leurs épées, et s'escrimaient avec elles très violemment. Il y eut un chevalier qui accomplit de grandes merveilles qui lui valurent d'être très renommé par le pays :
c'était Lucan le Bouteiller, le cousin de Girflet, le fils de Do,
qui s'était engagé avec vigueur dans la première rencontre.
Lucan abattit chevaliers et chevaux, combattant si bien que
personne ne pouvait endurer ses coups. Il arrachait les
heaumes des têtes, les écus des cous, bref, il en fit tant qu'il
remit Girflet en selle. L'autre chevalier aussi fut remonté.
Quand ils se furent rafraîchis et eurent retrouvé leurs esprits,
ils revinrent au tournoi.

5. Alors Girflet commença à faire de telles prouesses, avec
Lucan le Bouteiller, qu'ils enlevèrent la place contre les cheva-

<hr/>

pris conquerre, et li autres de son pro essaucier et croistre. Si s'entrehurtent des escus et des cors si durement qu'il lor fu avis que li oel
lor issent des testes et s'entreportent a terre les chevaus sor les cors
em pasmisons si c'om quidoit qu'il fuissent mort. Et dist bien chascuns que onques mais ne virent si dur encontre de .ii. chevaliers.

4. Atant desrengent d'une part et d'autre a la rescousse des .ii. chevaliers et se fierent les uns as autres et il i ot fait de molt beles
joustes qui molt volentiers furent regardees. Si i ot de tels qui s'en-
trebatirent et de tels qui briserent [d] lor lances sans chaoir. Et quant
les lances furent brisies si traient les espees et commencent le capleïs
grant et merveillous. Si i ot un chevalier qui grans merveilles fist de
son cors et dont il fu grant renommee par le païs. Si avoit non
Lucans li Boteilliers, si fu cousins Girflet, le fil Do, qui le dur
encontre avoit fait. Icil abati chevaliers et chevaus et commencha tant
d'armes a faire que nus ne pooit ses cops sousfrir. Il esrachoit elmes
de testes et escus de cols*, si fist tant qu'il remist Girflet a cheval et li
autres chevaliers refu ausi mis a cheval. Quant il furent esventé et
desestourdi si revinrent ariere el tornoiement.

5. Lors conmence Girflés tant a faire d'armes entre lui et Lucan le
Bouteiller et le firent si bien qu'il tolirent place as chevaliers de
Benuyc. Et lors en vinrent .iii.c., tous fres qui encore n'i orent cop

liers de Bénoïc. Du coup, il en arriva trois cents tout frais qui
n'avaient pas encore combattu ; la mêlée fut impressionnante,
avec de nombreux coups très violents. Quand les lances
furent brisées, ils mirent la main à l'épée, et commencèrent de
pied ferme la seconde phase de la bataille, qui dura longtemps. On put voir là de nombreuses belles actions, d'un côté
comme de l'autre, car il y avait de nombreux chevaliers qui se
défendirent bien. Girflet, le fils de Do, et Lucan le Bouteiller
furent les deux chevaliers les plus remarqués de cette rencontre. Alors que, à l'heure de none, les participants au tournoi commençaient à être un peu fatigués, Keu le sénéchal, qui
n'avait pas encore donné un seul coup, sortit de l'endroit où il
s'était mis en embuscade avec cinq compagnons ; montés sur
des chevaux de prix, écus au cou et lances au poing, ils s'approchèrent des rangs et se jetèrent dans la mêlée comme le
faucon ou l'autour se jette sur les étourneaux. Ils portèrent à
terre leurs premiers adversaires, et quand leurs lances furent
brisées, ils tirèrent l'épée et commencèrent à se battre si bien
que Keu emporta le prix du tournoi, avec Girflet et Lucan le
Bouteiller. Après ceux trois-là, les meilleurs furent le duc Marut
de la Roche, Guinas le Blond, Driant de la Forêt Sauvage,
Bélias l'Amoureux du château aux Pucelles, Flandrin le Blanc
et Gracien le Blanc, le châtelain, Druliot de la Case, Bliobléris
de la Déserte, Méliadus le Blond, Madian le Frison, et Placide
le Gai. Tous ceux-là se montrèrent si bons combattants
pendant le tournoi que personne ne put durer devant eux.

---

feru. Illuec ot estour merveillous et dur feru, et quant les lances
furent fraites si metent les mains as espees et commencent le caplé
tout a estal qui molt longement dura. Si i veïst on faire mainte bele
chevalerie et dura[e] d'une part et d'autre, car molt i avoit de bons chevaliers qui molt le firent bien. Girflet le fil Do et Lucans li Bouteilliers, icil .II. furent aparant sor tous les autres qui illuec estoient.
Quant[b] il fu ore de nonne et li tournoiement fu auques lassés, si saut
Kex li senescaus de son embuschement qui encore n'i avoit cop feru,
lui sisisme de compaingnons sor les chevaus de pris, les escus as
cols[c], les lances es poins. Et quant il aprocent des rens si se fierent
ens ausi com li faucons ou li ostoirs se fiert es estourniaus, si portent
les premerains qu'il encontrent a terre. Et quant les lances furent brisies si traient les espes, si commencent tant a faire d'armes que Kex
en ot le pris del tournoiement, entre lui et Girflet et Lucans li Bouteilliers. Et li miudres après aus si fu li dus Marut de la Roce et Guinas li Blois et Drians de la Forest Sauvage et Helyas li Amourous del
Chastel as Puceles et Flandrins li Blans et Graciens li Blans, li
chastelains, et Drulios de la Case et Bliobleris de la Deserte et Melia-
dus li Bloys et Madians li Crespes et Placides li Gais. Icil firent si
bien quant il vinrent au tournoiement que nus ne pot a els durer,

Mais ensuite, les compagnons du roi Ban en firent tant qu'ils contraignirent le tournoi à retourner là d'où il était venu ; car les compagnons du royaume de Logres étaient sortis de la mêlée pour retirer leurs heaumes, qui étaient tout fendus et martelés de coups. Quand ils virent que le tournoi tournait à la déconfiture de leur parti, ils se hâtèrent de prendre de nouvelles lances et revinrent au combat aussi vite que leurs chevaux purent s'y rendre, pour se lancer au plus gros de la mêlée. Keu y vint, piquant des éperons pour devancer tous ses compagnons, en homme très désireux de s'illustrer. Il se mit sur les rangs, maniant sa lance habilement. C'était vraiment un excellent chevalier ; son seul défaut était qu'il parlait trop, et ses médisances lui enlevaient la faveur de ses compagnons, ou aussi bien des étrangers qui l'entendirent répéter, et qui refusèrent par la suite de s'engager en sa compagnie dans les aventures du royaume de Logres, comme le conte le racontera plus loin.

6. Ce défaut, le conte dit qu'il le prit de la nourrice qui l'avait allaité ; car, certes, il ne le tenait pas de sa mère, qui était une noble dame, sage et loyale. Rien de ce que disait Keu ne troublait ceux qui le connaissaient bien, car il ne le disait jamais méchamment. Mais c'était son habitude : quand il prenait la parole, il ne savait pas avant que les mots ne volent de sa bouche ce qu'il allait dire ; ceux qui étaient au courant en riaient de bon cœur, car ils se distrayaient fort à

---

mais puis en firent tant li compaingnon au roi Ban qu'il firent tout le tournoiement resortir ariere la ou il furent tout premiere[e]ment, car li compaingnon del roiaume de Logres s'en estoient issu del tournoiement pour remuer hiaumes car li lor estoient fendu et esquartelé. Et quant il voient que li lor estoient tourné a desconfiture si se hastent et prendent lances nouveles et s'en reviennent au tournoiement si tost com li cheval poient aler et se fierent en la greignour presse que il voient. Et Kex vint apoignant devant tous ses compaingnons com cil qui molt avoit grant talent del bien faire. Et il en vint es rens sa lance paumoiant et fu bons chevaliers a merveilles se ne fust un poi de parole dont il avoit trop dont li mesdires li toli la grasce de ses compaingnons et des estranges gens qui parler en ooïent qui puis refuserent a aler en sa compaingnie es aventures del roiaume de Logres, en il contes devisera cha avant.

6. Cele teche dont li contes dist que Kex avoit prist il en sa nourrice qui l'alaita car il ne le tenoit mie de sa mere, bone dame et sage et loial, ne mais de ce que Kex dist ne chaloit a ciaus qui sa coustume savoient, car il nel disoit mie par male voillance qu'il eüst vers nului, mais tele estoit sa coustume que quant il commençoit a parler il ne savoit mot devant ce que la parole li estoit volee hors de la bouche. Si s'en rioient cil qui le savoient molt volentiers, car molt

l'entendre. Mais par ailleurs il était d'aussi bonne compagnie qu'il est possible de l'être. Quand il revint au tournoi, donc, comme vous l'avez déjà entendu dire, il rencontra Ladinas qui s'était très bien comporté pendant la journée, et qui s'efforçait très énergiquement de chasser ceux de Logres hors du champ, avec ses compagnons. Déjà, ceux de Logres étaient presque déconfits. Lorsque Keu le vit, il en fut désolé ; il piqua des éperons, abaissa sa lance, et frappa Ladinas si rudement sur l'écu qu'il le transperça de part en part ; le fer fut arrêté par le haubert, et, comme Keu venait de loin à grande allure, il l'embrocha et le jeta à terre, étendu de tout son long. Et sur sa lancée il alla frapper Gracien de Trèbes, si fort qu'il l'abattit avec son cheval ; sa lance se brisa, si bien qu'il mit la main à l'épée, en criant : « Clarence ! », la devise du roi Arthur. Les partisans de celui-ci regardèrent autour d'eux, et virent que leurs compagnons, croyant qu'ils avaient tout perdu, leur venaient en aide ; ils firent demi-tour et recommencèrent à se battre mieux qu'ils ne l'avaient fait tout le reste de la journée.

7. Le roi Arthur, le roi Ban et le roi Bohort ne manquèrent pas de remarquer cette joute de Keu : ils déclarèrent que décidément le sénéchal était un très vaillant homme, et le regardèrent avec plaisir. Mais quand Lucan le Bouteiller vit que Keu se comportait si bien, il se dit qu'il se mépriserait fort s'il n'allait l'aider. Il éperonna donc son cheval et se lança au cœur

---

avoit de soulas en ses paroles, et d'autre part il estoit de la meillour compaingnie qui peüst estre. Et quant il vint el tornoiement, ensi come vous avés oï, si encontra Ladinas qui molt bien l'avoit fait le jour et molt se penoit de ciaus de Logres chacier hors del champ, il et si compaingnon, et il estoient ja auques tourné a desconfiture. Et quant Kex le voit si en fu molt dolans si hurta le cheval des esperons et alonge le glaive et fiert Ladynas si durement en l'escu qu'il li perce tout outre et li fers s'arreste sor le haubert et il l'enpaint a ce que il vient de loing a grant randon si qu'il le porte a terre tout estendu. Et de cel meïsmes cop ala ferir Gracien de Trebes, qu'il abat lui et le cheval tout en un mont et la lance brisa, puis mist la main a l'espee et escrie : « Clarence ! », l'enseigne au roi Artu. Et cil se regarderent et voient qu'il ont aidé de lor compaingnons qu'il quidierent avoir tous perdus, si retournerent et reconmencierent si bien a faire que en tout le jour ne l'avoient il si bien [*f*] fait com il firent illuec endroit.

7. Cele jouste que Kex ot fait vit bien li rois Artus et li rois Bans et li rois Boors et dient que molt est li seneschaus prodom, si le regardent molt volentiers. Et quant Lucans li Bouteilliers voit que Kex le fait si bien, si dist que molt se tenra pour mauvais s'il ne le vait aïdier. Lors hurte le cheval des esperons et se fiert en la greignor

de la mêlée, où il frappa Bliobléris si rudement qu'il le porta
à terre, étendu de tout son long. Sa lance vola en éclats, il
tira l'épée, plongea parmi ses adversaires, et commença à
faire tant de prouesses que beaucoup le louaient très chaleureusement. Le tournoi devint alors plus âpre, les combattants s'efforçant de venir en aide à leurs compagnons en
mauvaise posture. Girflet chargea, lance sur feutre, au grand
galop de son cheval ; il vit trois chevaliers qui tenaient Keu
le sénéchal si court, avec leurs épées, qu'il avait grand besoin
d'aide, car ils étaient trois et lui était tout seul. En plus ces
trois-là étaient parmi les meilleurs chevaliers du tournoi ;
Placide l'avait déjà frappé sur son heaume si fort qu'il l'avait
fait s'incliner sur l'arçon de la selle. Quand Girflet vit ce
spectacle, il en fut fort marri ; il frappa Bliobléris[1] au poitrail
de son cheval, si bien qu'il jeta tout ensemble à terre chevalier et destrier. Mais sa lance vola en éclats ; il tira ensuite
son épée, dont il frappa Placide si énergiquement sur le
heaume qu'il le fit à son tour s'incliner sur l'arçon de sa
selle, puis il l'accabla de tant de coups que l'autre, tout
étourdi, finit par tomber à terre à la renverse. Keu, qui était
en grand danger, se redressa en hâte ; regardant autour de
lui, il s'aperçut que c'était Girflet qui l'avait secouru ; il jugea
qu'il lui faudrait le remercier de cette faveur s'il pouvait se
trouver en situation de le faire. Et en effet il en eut l'occasion peu de temps après, comme le conte va le raconter.
C'est comme cela qu'ils firent connaissance, et que commença une amitié qui devait durer toute leur vie.

---

presse et fiert Blyobleris si durement qu'il le porte a la terre tout
estendu et sa lance vole em pieces. Puis trait l'espee et se plonge
entr'aus et connence tant a faire d'armes que molt en est loés de
maintes gens, si connence li tornoiemens a esforcier pour les compaingnons rescourre. Lors vint Gyrflés lanche sor feutre si tost come
li chevaus pot aler et voit .iii. chevaliers qui tenoient Keu le seneschal
molt court as caples des espees. Si avoit molt grant mestier d'aïde car
il estoient .iii. et Kex estoit tous seus. Et si estoient cil .iii. tout li
meillour chevalier de l'asamblee[a] et l'avoit ja Placides si feru sor son
hiaume que tout l'avoit embronchié sor l'arçon de la sele. Et quant
Girflet le voit si l'en pesa molt durement et fiert Blyobleris en la
ravine del cheval si grant cop qu'il envoie a terre et lui et le cheval
tout en un mont et la lance vole em pieces. Puis[b] trait l'espee et fiert
Placides desor le hiaume, si qu'il l'enbronche tout sor l'arçon de la
sele, puis fiert et refiert que cil est tant estonnés qu'il vole a terre
tous a envers. Et Kex se redrece molt vistement puis molt estoit en
grant peril, si regarde et connoist que c'est Gyrflet qui l'avoit secouru[c], si pense que cele bonté li couvient il guerredoner, s'il em puet
venir en lieu. Et si fist il qu'il ne demoura mie granment, si com li

8. Quand Girflet eut delivré Keu comme vous l'avez entendu rapporter, il regarda autour de lui, et vit Géroas qui lui avait causé beaucoup de difficultés dans cette rencontre ; il tira l'épée et fondit sur lui avec colère. Il lui donna un si grand coup sur le heaume qu'il en jaillit des étincelles et, si l'épée n'avait pas dévié, il l'aurait tué, à coup sûr. L'épée vint frapper l'épaule gauche, si violemment qu'elle rompit et démailla le haubert, et se prit dans la guige de l'écu : en définitive, elle pénétra l'épaule jusqu'à l'os, et le chevalier vola à terre, tout sanglant. Il y eut alors un grand vacarme, car tous ceux qui avaient vu le coup croyaient qu'il fût mort sans rémission. Ses compagnons se précipitèrent à la rescousse ; mais d'autre part, les compagnons de Keu le sénéchal vinrent eux aussi en masse : la mêlée reprit de plus belle, tant et si bien que beaucoup furent abattus et blessés, cependant que d'autres étaient délivrés et remis en selle. Quand les six compagnons que j'ai mentionnés plus haut virent la bataille qui faisait rage à ce point, ils s'y rendirent en si grande hâte qu'ils firent voler à terre les six premiers chevaliers qu'ils rencontrèrent ; puis ils se lancèrent dans la foule et commencèrent à s'illustrer si bien que tous les assistants s'étonnaient de ce qu'ils puissent faire preuve de tant d'endurance.

9. Le tournoi reprit de plus belle des deux côtés ; les uns et les autres firent force prouesses, tant que la nuit tomba, et

---

contes devisera, et par ce s'entr'acointerent il et s'entramerent de grant amour puis a tous les jours de leur vies.

8. Quant Girflés, ot Keu delivré, ensi com vous avés oï, si regarda entour lui et vit Geroas qui molt l'avoit le jour grevé en cel estour. Lors trait l'espee et li court sus par maltalent et li donne si grant cop desus le hiaume*a* que li fus en vole contre mont, et se l'espee ne li fust tournee el poing, mort l'eüst. Et l'espee descent sor la senestre espaulle si durement que li haubert desront et desmaille et cerche la guige de son escu et li embat l'espee jusques au maistre os de l'espaulle et cil vole a terre tous sanglens. Lors lieve li cris et [*83 a*] la noise, car bien quident cil qui le cop ont veü qu'il soit mors sans recouvrier. Lors viennent si compaingnon a la rescousse, et d'autre part viennent li compaignon Keu le seneschal. Si comencha la mellee si grant que molt en i ot d'abatus et de navrés ançois que li autre fuissent rescous et remis a cheval. Et quant li .vi. compaingnon que je vous ai devant nonmé virent l'estour mellé, si hurtent cele part si durement que li .vi. premier qu'il encontrent volent a terre. Lors se fierent entr'aus, si le commencerent si bien a faire que tout cil qui le veoient se merveillent conment il pooient ce sousfrir ne endurer.

9. La conmencha li tournoiemens d'ambes .ii. pars et molt i firent d'armes li un et li autre tant que ce vint vers l'anuitier que li

que les trois rois descendirent du palais et vinrent au
champ ; voyant que les deux camps se tenaient de si près
qu'on ne pouvait les départager, ils les séparèrent et déclarèrent qu'il était bien temps de cesser de combattre, car il
était trop tard désormais pour tournoyer. Les chevaliers s'en
allèrent chacun à son logement pour se reposer, car ils en
avaient grand besoin. Les trois rois quant à eux allèrent
écouter les vêpres, puis soupèrent. Après le repas la conversation devint plus animée ; ils se demandèrent l'un à l'autre
quels étaient ceux qui leur semblaient s'être le mieux comportés. Ils arrivèrent à la conclusion que le roi Ban avait
seize chevaliers qui avaient mieux combattu que tous les
autres, qu'ils avaient accompli des prouesses étonnantes et
qu'ils méritaient bien de recevoir de grandes louanges. Toutefois, ils donnèrent le prix à Keu le sénéchal, à Lucan le
Bouteiller et à Girflet, le fils de Do : c'étaient ces trois-là qui
s'étaient le mieux comportés.

10. Après qu'on eut enlevé les tables, les trois rois, l'archevêque, Antor et Guinebaut le Clerc se levèrent et s'en
allèrent jusqu'à des loges qui se trouvaient sur le flanc du
bâtiment principal, donnant sur le jardin, et qui regardaient
vers la rivière. Ils parlèrent ensemble de bien des choses ; le
roi Arthur considéra Ulfin et Bretel et commença à rire, car
il se souvenait de ce que Merlin avait dit quand ils étaient
partis comme messagers, qu'ils avaient été attaqués par sept
chevaliers en la Déserte et s'étaient bien défendus. Il appela

---

.III. roi descendirent jus del palais et en vinrent en la place ou li tournoiemens estoit. Et virent qu'il se tenoient si par igal que on ne
savoit liquels en avoit le meillour, si les departent et dient que bien
est tans de laissier que trop est tart de tornoiier. Et cil se departent,
si en vait chascuns a son ostel pour reposer car molt en avoient grant
mestier. Et li .III. roi vont oïr vespres et après vont souper, et après
mengier conmencierent les paroles a esforcier, et demanda li uns a
l'autre qui lor sambloit li quel avoient le miels fait. Si dient que li rois
Ban avoit .XVI. chevaliers qui le mix l'avoient fait que tout li autre et
merveilles avoient fait d'armes et si font molt a loer. Mais toutes
voies en donnerent le pris a Keu le senechal et a Lucan le Bouteillier
et a Girflet le fil Do. Ce sont li .III. qui miex le firent.

10. Quant les tables furent ostees si se leverent li .III. roi et li arcevesques et Autor et Guinebans li Clers, si en alerent en unes loges
qui estoient en costé la sale par devers le garding selonc la riviere et
parlerent ensamble de maintes choses. Lors regarda li rois Artus
Ulfin et Bretel, si conmencha a rire molt durement car il li souvint
molt durement[a] de la parole que Merlins li ot dite quant il alerent el
message, conment il furent assailli de .VII. chevaliers en la Deserte
dont il se desfendirent. Lors apela les .II. chevaliers et les conjure, sor

les deux chevaliers et leur demanda, au nom de la foi qu'ils lui devaient, de lui dire comment ils avaient accompli leur message. En entendant cela, ils comprirent tout de suite que le roi était au courant par Merlin, et ils lui répondirent : « Seigneur, à quoi bon vous dire ce que vous savez déjà ? Ce seraient paroles perdues pour rien. — Comment, dit le roi Ban, qui vous a raconté cette histoire ? — Certes, seigneur, fit Bretel, c'est l'homme le plus sage du monde. — Et comment s'appelle-t-il ? » voulut savoir le roi Ban. Et Bretel : « Seigneur, son nom est Merlin ; il est là dans cette chambre ; il se repose. Et c'est sur son conseil que mon seigneur vous a envoyé chercher.

11. — Ah ! seigneur, dit le roi Ban au roi Arthur, faites-nous-le venir, car nous avons très envie de le voir pour toutes les merveilles que nous avons entendu dire de lui. » Et Arthur de répondre qu'il le ferait très volontiers, et d'y envoyer Ulfin. Celui-ci sortait tout juste pour aller chercher Merlin quand il le rencontra. Merlin lui dit alors de retourner au roi et de lui demander pourquoi il l'envoyait chercher. Ulfin s'exécuta, et dit aux rois ce qui s'était passé. Le roi Ban se signa d'étonnement ; Merlin entra alors, et lui dit qu'il n'y avait pas de quoi être si surpris. Il lui raconta une partie de sa vie et de son être, et Guinebaut le Clerc s'avança et lui posa plusieurs questions, car il était féru de clergie. Merlin lui répondit sur tout, si bien que leur discussion dura assez longtemps ; finalement Merlin lui dit qu'il perdait sa

---

la foi que il li doivent, qu'il li dient conment il avoient esploitié el message. Et quant il oïrent parler si sorent bien que li rois le savoit par Merlin, si li respondent : « Sire, a que faire vous dirïemes ce que [*b*] vous savés ? Ce seroient paroles gastees par noient. — Coument, fait li rois Ban, qui vous a conté ? — Certes, sires, fait Bretel, li plus sages hom qui soit en tout le monde. — Et conment a il non ? fait li rois Bans. — Sires, ce dist Bretel, il a non Merlins, si est en cele chambre laiens, si se repose et par son conseil vous a mesire envoié querre.

11. — Ha sire, fait li rois Bans au roi Artus, faites le nous venir car molt le desirons a veoir pour les merveilles que nous en avons oï dire. » Et il dist : « Molt volentiers », si envoie Ulfin. Et si tost com Ulfins s'esmut pour lui aler querre, si encontra Merlin qui li dist qu'il s'en recourt au roi et li demant pour coi il l'envoie querre. Et il si fist, si lor conta ce qu'il trouva[*a*]. Et li rois Ban se seigne de la merveille qu'il en a. Et Merlins entra laiens et li dist qu'il ne li chaille de soi esbahir. Et il conte une partie de sa vie et de son estre. Et Guinebaus li Clers se traist avant et li demande de pluisors choses, car molt estoit fondés de haute clergie. Et Merlins li respondi de toutes les choses qu'il enqueroit. Si dura assés le desputisons d'aus .11. et Merlins li dist en la fin que

peine à l'interroger ainsi, car plus il lui en demanderait, et plus il lui en dirait. Il ajouta à l'adresse de ceux qui l'entouraient qu'il n'avait jamais encore rencontré un clerc qui ait si brillamment discuté avec lui ; même Blaise qui était pourtant fort sage, et qui par ailleurs était aussi un fort saint homme, n'avait jamais su le questionner de manière si serrée qu'il ne pût répondre à tout ce qu'il lui demandait.

12. Que pourrais-je bien vous dire d'autre ? Ils parlèrent longuement ensemble et firent amplement connaissance ; puis Merlin se tourna vers les deux rois qui étaient frères et leur dit : « Seigneurs, vous êtes valeureux et loyaux ; voyez ici le roi Arthur, mon seigneur et le vôtre : c'est de lui que vous devez tenir vos deux royaumes, et il doit vous secourir et vous aider contre tous si vous en avez besoin. » Il le prièrent alors de leur dire comment il avait été élu roi, et si Antor était vraiment sûr qu'il soit le fils d'Uterpandragon ; Merlin leur affirma que oui, sans aucun doute. Puis il leur raconta toute la vérité, et l'archevêque Debrice et Ulfin confirmèrent ses dires.

13. « Merlin, fit le roi Ban, nous voudrions encore que vous nous donniez une assurance que nous allons vous demander, car nous savons que vous êtes si honorable que vous ne mentiriez pas là-dessus pour tout le territoire qui dépend de la couronne. — Ah ! seigneur, fit Merlin, vous voulez que je jure par serment qu'il en est bien comme je l'ai

---

pour noient se traveilleroit que quant il plus i chercheroit et plus i trouveroit. Et Merlins dist a ciaus qui entour lui estoient qu'il n'avoit onques mais nul clerc trouvé qui si hautement eüst parlé a lui, neis Blaises qui molt estoit sages et sains hom ne le sot onques tant en cherchier qu'il ne li respondist bien a tout ce qu'il li demandoit[b].

12. Que vous iroie je contant ? Longement parlerent ensamble et s'entr'acointierent li uns de l'autre. Puis en vint Merlins as .II. rois qui frere estoient et lor dist : « Signour, vous estes molt prodome et molt loial et veés ci le roi Artu mon signour, et vostres sires doit il estre et de lui devés tenir vos .II. roiaumes et il vous doit secourre et aïdier encontre tous homes se mestier vous en estoit. » Et il li proient que il lor die conment il fu esleüs a[a] roi et se Autor set vraiement qu'il fu fix Uterpandragon. Et Merlins lor dist que oïl, sans faille. Lors lor conta la verité ensi com ele fu alee si que li arcevesques Debrisse et Ulfins le tesmoingnierent.

13. « Merlins, fait li rois Bans, encore volons nous que vous nous faciés seürs d'une chose que nous vous demanderons, car tant vous connoissons a prodome que vous ne mentiriés pas pour toute la terre qui la corone apent. — Ah, sire, fait Merlins, vous en vo[d]lés mon sairement avoir qu'il est ensi voir com je le vous ai dit ? » Et cil comencent tout a rire et dient bien que nus n'est si sages com est

dit ! » Et les autres commencèrent à rire et dirent que vraiment personne n'était aussi sage et subtil que Merlin. Celui-ci leur garantit qu'il prononcerait volontiers ce serment, et ils prirent date pour le lendemain. Là-dessus, ils se séparèrent et allèrent dormir. Mais Merlin et Guinebaut prolongèrent leur conversation, et Merlin lui apprit beaucoup de beaux tours que son interlocuteur retint soigneusement, car c'était un excellent clerc, si bien que par la suite il les mit maintes fois en pratique dans la Bretagne chevelue[1] — ce qui suscita bien des rumeurs pendant longtemps, comme le conte vous le dira. Le lendemain matin ils se levèrent tous, entendirent la messe, puis Merlin jura par serment que le roi Arthur était bien le fils d'Uterpandragon, engendré en la reine Ygerne le soir de la mort du duc. Et Ulfin jura de même.

14. Une fois que les deux rois eurent reçu les deux serments, ils firent hommage au roi Arthur de très bon cœur, comme il était juste ; et le roi Arthur les accepta pareillement, en pleurant d'émotion : il y eut alors à la cour plus d'allégresse qu'auparavant. Ensuite ils allèrent tous manger, et on leur servit à foison tout ce qui convenait à des hommes de haut rang. Après le repas, ils se retirèrent pour délibérer ; il y avait là Merlin, le roi Arthur, les deux rois frères, ainsi qu'Ulfin, Bretel, et Keu le sénéchal. Merlin commença ainsi : « Vous êtes tous des hommes de valeur — et je vous connais aussi bien que vous vous connaissez vous-mêmes. Et voici votre seigneur, qui est très jeune. Il sera très bon chevalier, et

---

Merlins. Et Merlins lor creante qu'il le fera molt volentiers. Si prendent le respit jusques a l'endemain et ensi se departirent et alerent dormir. Et Merlins et Guinebaus si s'entr'acointerent molt, et Merlins li aprist maint bel gieu, et cil les retint plus qu'il molt estoit sages clers tant que puis en ovra maintes fois en la Bloie Bertaigne dont on tint puis grant parole lonc tans après si com li contes devisera. L'endemain matin se leverent et oïrent messe, et après la messe lor fist Merlins le sairement que li rois Artus estoit fix Uterpandragon et qu'il l'avoit engenré en la roïne Ygerne le soir que li dus fu mors. Et ensi le jura Ulfins.

14. Quant li doi roi orent pris le sairement de ces .II., si firent au roi Artu homage molt debonairement si com droit estoit. Et li rois Artus les rechut tout simplement em plourant. Et lors fu la joie plus grant qu'ele n'avoit devant esté, si alerent mengier et furent molt bien servi de toutes les choses qui a haut home covenoient[a]. Et quant il orent mengié, si alerent conseillier entre Merlin et le roi Artu et les .II. rois freres et si i fu Ulfins et Bretel et Kex li senechax. Lors lor dist Merlins : « Vous estes tout molt prodome et je vous connois ausi bien com vous meïsmes vous conoissiés. Et veés ci nostre signour[b] que molt est jouuenes hom et bons chevaliers sera il de sa main

en fait il l'est déjà. Mais vous n'ignorez pas qu'il est en mauvais termes avec les barons de sa terre qui ne veulent pas l'accepter pour seigneur, ni lui faire hommage comme ils le doivent. Au contraire, ils ne désirent que lui faire du tort, de toutes leurs forces, s'ils en trouvent l'occasion. C'est pour cette raison que je désire vous prier de faire ce que je vous ordonnerai. » Et eux de répondre qu'ils le feraient très volontiers. Merlin reprit alors : « Seigneur, vous savez que le roi Arthur n'est pas marié ; or je connais une jeune fille, fille de roi et de reine, de haut lignage ; et elle est si vertueuse et si belle qu'aucune dame ne pourrait l'être davantage : c'est la fille du roi Léodegan de Carmélide, qui est vieux, et n'a d'autre enfant que celle-ci, qui est appelée Guenièvre. Elle doit hériter de sa terre, mais il est en guerre contre le roi Rion, qui est du lignage des géants. Il est très riche et très puissant, et s'il advient qu'il conquière le royaume de Carmélide, qui est aux marches du royaume du roi Arthur, sachez bien que jamais celui-ci ne régnera en paix, car il devra guerroyer de tous côtés. Sans les chevaliers de la Table ronde qui défendent son royaume contre les géants, Léodegan aurait perdu toute sa terre depuis longtemps déjà. C'est pourquoi je vous conseille d'emmener avec vous le roi Arthur, en feignant d'être des mercenaires, et de rester auprès du roi Léodegan un an ou deux, jusqu'à ce que vous soyez bien avant dans son intimité ; du reste vous n'aurez pas à attendre très longtemps avant qu'il ne vous aime plus que tous ceux de

et l'est ja. Et vous savés bien qu'il est mal des barons de sa terre que recevoir ne le voelent a signour ne lui faire homage si com il doivent, ançois le beent a grever de tout lor pooir s'il en viennent en lieu. Et pour ce vous proi je que vous faciés ce que je vous conmanderai. » Et cil dient qu'il le feront molt volentiers. Et Merlins lor dist : « Signour, vous savés bien que li rois Artus n'a point de feme et je sai une pucele fille de roi et de roïne et de molt haute gent et si est bele et de si grant valour que nule dame ne porroit plus estre. Si est fille le roi Leodegan de Carmelide qui est vix hom et si n'a de tous enfans que cele fille qui a non Genievre, et a li doit cele terre eschoir. Et[superscript] il a molt grant guerre au roi Rion qui est del lignage as jaians[superscript d]. Si est molt riches et molt poissans et, s'il avient qu'il conquiert le roiaume de Carmelide qui marcist au roi[d]aume le roi Artu, saciés vraiement que li rois Artus ne tenra jamais son roiaume en pais a nul jour de sa vie tant aura a guerroiier de toutes pars. Et se ne fuissent li chevalier de la Table Reonde qui defendent son roiaume envers les jaians[superscript e], il eüst piecha sa terre perdue. Et pour ce vous loeroie je que vous i menissiés le roi Artu en guise de soldoiier et remansissiés au roi Leodegam un an ou .ii. tant que vous fuissiés bien acointés de lui. Et vous n'i aurés mie lonc tans esté quant il

son entourage. Il priera le roi Arthur d'épouser sa fille, et ainsi celui-ci pourra obtenir son royaume sans problème. »

Bataille de Bédingran.

15. Le roi Ban dit alors à Merlin : « Très cher ami, si nous partons en terre étrangère et laissons nos royaumes, dans l'état où ils sont, qu'en adviendra-t-il ? Nous avons des voisins très félons, qui brûlent nos terres, et même ce pays-ci n'est pas sûr : les barons qui devraient faire hommage au roi Arthur lui font la guerre ! C'est très dangereux de laisser sa propre terre pour défendre celle d'autrui. — Ah ! seigneur, fit Merlin, vous avez raison de votre point de vue ; mais il est bon de reculer pour mieux sauter. Sachez que pour un denier que vous perdrez de ce côté, vous en gagnerez cent de l'autre. Car vous ne perdrez pas un château ni un domaine par la faute des vos adversaires de par ici, et vous gagnerez là-bas un royaume qui défendra celui-ci pour toujours, du moins aussi longtemps que le roi Arthur vivra. — Je ne sais qu'en dire, fit le roi Ban. Mais je ferai ce que vous me conseillerez, car vous êtes plus sage que nous ne le sommes tous : nous partirons donc quand vous le voudrez. — Nous pouvons commencer nos préparatifs tout de suite, dit Merlin, mais nous ne partirons pas avant d'avoir livré bataille aux barons de cette terre qui rassemblent des troupes nombreuses ; de votre côté, convoquez-en autant que vous pouvez, aussi discrètement que vous le pourrez, et

vous amera plus que ciaus qui ore sont avoec lui. Et saciés qu'il proiera au roi Artu qu'il prenge sa fille a feme et pour ce porra il avoir son roialme tout quitement. »

15. Lors dist li rois Bans a Merlin : « Biax dous amis, se nous alons en estranges terres et nous laissons nos terres en tel point com eles sont, qu'en sera il ? Ja i avons nous de si felons voisins et ardent nos terres, ne cis païs meïsmes ou nous somes n'est mie bien seürs, car li baron qui deüssent estre home le roi Artu le guerroient. Si est molt grant peril de laissier la soie terre pour l'autrui desfendre. — Ah, sire, fait Merlins, vous dites assés selonc vostre entention. Mais il fait bon reculer pour loing saillir. Et saciés que pour un denier que vous i perdrés par decha, vous en gaaingnerés .c. par dela, car pour coureours qui de cha viengnent ne perdrés vous ne chastel ne cité et vous gaaingnerés par dela un roiaume qui a tous jours mais desfendra cest roiaume tant com li rois Artus vivra. — Je ne sai, fait li rois Bans, que je en die, mais je en ferai quanque vous m'en loerés. Car plus estes vous sages que nous ne somes tout. Or n'i a il mais que de l'apareillier, si moveron quant vous vaurés. — Tout a tans, fait Merlins, nous poons apareillier. Car nous ne mouverons devant que nous aions fait une bataille contre les barons de ceste terre qui semonent grant gent et assamblent. Et vous assamblerés quanque vous em porrés*ᵃ* et si les

faites-les loger sur la lande, dans la forêt de Bédingran. Et ne vous faites pas de souci, car vous leur ferez bien plus de mal qu'ils ne vous en feront.

16. — Merlin, fit le roi Ban, si mon frère et moi envoyions chercher des gens dans notre pays, arriveraient-ils à temps ? — Oui, fit Merlin, soyez-en sûrs. — Dans ce cas, nous allons le faire, répliqua Ban. — Certes, fit Merlin, c'est moi qui irai ; car je serai là-bas plus vite qu'aucun autre messager que vous voudriez y envoyer. Il faut se hâter, en effet, car la bataille sera pour la Chandeleur au champ de Bédingran : il faudrait que vos gens voyagent jour et nuit pour mieux se dépêcher. Quant à moi, je serai à Gaunes d'ici demain soir. » Quand les deux rois entendirent ces mots, ils furent très étonnés et ravis ; ils embrassèrent Merlin et lui firent fête.

17. Merlin reprit alors, s'adressant au roi Arhur : « Seigneur, convoquez chevaliers, hommes d'armes, et arbalétriers, autant que vous pourrez en trouver. Et faites envoyer d'abondantes provisions sur la lande dont je vous ai parlé : vous les ferez distribuer à l'armée qui en aura bien besoin. Vous ferez donner à chacun quarante jours de rations. Quant à vous, seigneur, dit-il au roi Ban, donnez-moi votre anneau pour que je l'emporte à Léonce de Palerne, votre cousin, afin qu'en voyant ces enseignes il croie bien ce que je lui dirai. » Quand les deux frères entendirent le discours de Merlin, il en furent très étonnés, car ils n'imaginaient pas que personne au monde sût ce qu'il leur rapportait.

---

faites logier en une lande en la forest de Bedingram. Si n'aiiés doute, car vous lor ferés assés plus de mal que aus vous.

16. — Merlin, fait li rois Ban, se je et mes freres mandissiens pour gens en nostre païs porroient il venir a tans ? — Oïl, fait Merlins, saciés vraiement. — Dont i envoierons nous, fait li rois Bans. — Certes, fait Merlins, et je irai, car plus tost i serai je que nul message que vous i en[e]voierés. Car il se couvient haster que la bataille sera a la Candelour as prés de Bedringam, si couvenroit vostre gent chevaucier par jour et par nuit por haster. Et saciés que je serai a Gaunes de dens demain au soir. » Et quant li doi roi oïrent ce si s'en esmerveillent molt, si l'acolent et li font molt grant joie.

17. Lors dist Merlins au roi Artu : « Sire, or mandés chevaliers et sergans et arbalestiers au plus que vous porrés[a] et envoiés grant plenté de viande en la lande que je vous ai dite que vous le ferés departir au pueple que grans mestiers en sera, si ferés a chascun donner viande a .xl. jours. Et vous, sire, fait il au roi Ban, bailliés moi vostre anel que je porterai Leonce de Palerne, vostre cousin, a enseignes qu'il me croie de ce que je li dirai. » Quant li doi frere oïrent ce que Merlins li dist, si en furent molt esbahi car il ne quidoient mie que nus hom

« Voyons, mes bons seigneurs, dit le roi Arthur, ne soyez pas surpris ni mal à l'aise de ce qu'il vous dit ! Sachez en effet que cet homme-là sait en un clin d'œil tout ce qu'il veut savoir, si secret que cela puisse être. — Puisqu'il en est ainsi, répliquèrent-ils, nous lui donnerons l'anneau : puisse-t-il prendre bien soin de nous, et de vous aussi : car nous n'ignorons pas qu'il vous aime plus que tout le reste du monde ! — Par ma foi, fit Merlin, vous avez dit là une sage parole, et vous y gagnerez de savoir pour de bon combien je vous aime. »

18. Le roi Ban lui remit alors l'anneau ; il le prit et les recommanda à Dieu. Puis il partit, et s'en alla comme je vous l'ai conté : il vint trouver Blaise, lui raconta tout cela, et Blaise le mit par écrit ; et c'est ainsi que nous en avons encore connaissance. Merlin quitta ensuite Blaise et arriva dès le lendemain à l'heure de prime à la cité de Gaunes. Il rapporta à Léonce ce que les deux frères lui mandaient, et lui montra l'anneau comme preuve de sa véracité. Instantanément, Léonce crut ce que Merlin lui avait dit : il manda à son tour, de près et de loin, tant de gens qu'on compta, huit jours avant Noël, bien quarante mille personnes dans la cité de Bénoïc, toutes à cheval et armées de pied en cap. Les régents placèrent alors des garnisons pour protéger les villes conformément aux besoins ; le chef de l'une de ces garnisons fut Lambègue, un jeune homme très loyal et très vaillant. Il fut posté à la forteresse maîtresse de Gaunes, car

---

vivans seüst ce qu'il lor disoit. « Conment, biau signour, fait li roi Artus. Ne soiiés mie esbahi ne a malaise de ce qu'il vous dist. Car bien saciés qu'il set toutes les choses a un seul mot qu'il veut savoir, ja ne seront si repostes. » Et il li disent : « Puisqu'il est ensi, nous li baillerons l'anel et li couviengne bien de nous et de vous[b] car nous savons bien qu'il vous aimme[c] plus que tout le monde. » — Par mon chief, fait Merlins, vous avés dit que sages de cest mot, car vous i gaaingnerés tant que vous saurés bien combien je vous aim. »

18. Atant li baille li rois Ban l'anel et il le prent et les conmande a Dieu et s'en ist de laiens et s'en vait ensi com je vous ai conté. Et s'en vint a Blayse et li conta toutes icés choses et il les mist toutes en escrit et par ce le savons nous encore. Et Merlins s'en depart de Blayse et s'en vint l'endemain a ore de prime en la cité de Gaunes et conta a Leonce ce que li doi frere roi li mandoient, si li moustra l'anel le roi a enseignes. Et il crut tout maintenant ce que Merlins li dist, si manda loing et prés tant de gent que bien furent .XL.M. monté tout a cheval et a armes en la cité de Benuyc .VIII. jours devant Noel. Lors misent gardes as viles teles com mestiers estoit. Si fu l'une des gardes Lambegues, un damoisiaus qui molt estoit loiaus hom et prous de son cors. Icil fu mis en la maistre forteresce de Gaunes, si

Pharien, dont c'était le neveu, l'estimait beaucoup et le jugeait capable de très bien faire ; lui-même promit d'ailleurs de faire de son mieux. Quant à la cité de Bénoïc, ils y placèrent le seigneur de Haut Mur, valeureux, et bon chevalier pour son jeune âge. Dans la cité de Trèbes[1] ils laissèrent Banin, le fils de Gracien, qui était aussi le filleul du roi Ban. C'était là que se trouvaient les deux reines sœurs, parce que c'était le meilleur château, et le mieux fortifié de leurs deux royaumes. Enfin à Monloir, un château également bien fortifié qui appartenait au roi Bohort, ils postèrent Placide, un neveu de Léonce qui était extrêmement valeureux, hardi, loyal et bon chevalier.

19. Une fois qu'ils eurent ainsi organisé la défense de tout le pays, ils se mirent en route, et marchèrent tant qu'ils arrivèrent à la mer, où ils montèrent à bord des nefs. De son côté, le roi Arthur, comme Merlin l'avait ordonné, fit ses préparatifs de telle manière qu'il rassembla bien dix mille hommes tout armés et bien montés. En effet, ils ne voulaient pas emmener d'hommes à pied. Par ailleurs, le convoi qui avait prélevé des vivres par tout le territoire arriva, et le roi fit conduire l'armée aussi discrètement que possible à la lande de la forêt de Bédingran, qui était au demeurant l'un des lieux les plus reculés que l'on connaisse. Enfin, le roi Arthur prit une mesure que Merlin devait considérer comme très raisonnable : aussitôt que l'armée et le convoi de vivres

---

le proisa molt Fariens, qui niés il estoit, de bien faire, et il dist que ensi feroit il a son pooir. Et en la cité de Benuyc [*f*] misent le signour de*a* Haut Mur qui molt estoit prodom et bons chevaliers de prime barbe. Et en la cité de Trebes laissierent Banin le fil Gracien qui filleus estoit le roi Ban, et illuec furent les .II. serours roïnes, pour ce que c'estoit*b* le meillour chastel et li plus fort de lor .II. roiaumes. Et a Monloir, un fort chastel qui estoit au roi Boort, misent Placides, un neveu Leonce qui a merveilles estoit prous, bons chevaliers et hardis et loiaus.

19. Quant il orent ensi garni toute la terre et le païs, si se misent a la voie et errerent*c* tant qu'il vinrent a la mer, si entrent es nés. Et d'autre part s'apareille li rois Artus tout ensi com Merlins li avoit conmandé, tant qu'il assambla bien .X.M. homes a armes tous montés sor bons chevaus car de gent a pié ne voloient il point mener. Et de l'autre part vint li charrois de par toute la terre qui la viande amena. Et li rois fist l'ost conduire au plus coiement qu'il pot en la lande de la forest de Bedingram, car ce estoit uns des plus estournés lix c'on seüst. Et d'autre part fist li rois Artus ce que Merlins tint a molt grant sens quar, si tost come li os et li charrois fu amenés en la place, si fist metre en chascun chemin par toute sa terre bones gardes que nus n'i passast que pris ne fust et amenés devant le roi, pour ce c'on

furent arrivés à bon port, il fit garder chaque voie d'accès à la lande, de manière que personne ne pût y passer sans être fait prisonnier et amené devant le roi : on ne voulait pas en effet qu'aucun espion infiltrât le camp pour répéter ensuite aux ennemis ce qu'ils avaient vu des préparatifs du roi Arthur. En outre, on fit interdire par tout le royaume à tous les partisans de celui-ci de se déplacer dans le pays avant la Chandeleur ; et si quelqu'un, quel qu'il soit, transgressait cet interdit, et était pris sur le fait, il en perdrait la vie ou du moins serait mutilé. Ainsi l'avait ordonné le roi Arthur. Les siens lui obéirent si bonnement qu'ils ne bougèrent pas, à la grande surprise du petit peuple, qui se demandait ce que cela pouvait bien signifier... Ainsi la chevauchée fut-elle tenue secrète, de telle manière qu'on ne sut pas du tout où l'armée était passée (bien sûr, les conseillers du roi Arthur, eux, étaient au courant). Ils agirent avec autant de discrétion parce que, si un de leurs ennemis l'avait appris, cela aurait pu être très dangereux, de part et d'autre. Mais ici le conte cesse de parler d'eux et revient aux six rois. Et il vous dira comment ces rois furent déconfits à Carlion[1], avec toute leur compagnie, comme vous l'avez déjà entendu mentionner plus haut.

20. Le conte dit que les six rois étaient très navrés d'avoir été déconfits de cette manière, et d'avoir perdu ainsi tout leur matériel. Ils s'assurèrent mutuellement qu'ils ne seraient jamais satisfaits avant de s'être vengés du roi Arthur et de son

---

ne voloit pas qu'il i entrast nule espie qui racontast a ciaus de la riens de son afaire. Et fist desfendre par toute sa terre que nus qui au roi Artu se tenist ne chevauchast aval le païs avant que la Chandellier fust passee. Et se nus hom ce trespassast et il peüst estre atains, que bien seüst il qu'il perdroit ou vie ou membre, car ensi l'avoit conmandé li rois Artus. Et cil se tinrent ci em païs qu'il ne se remuerent, si le tinrent la menue gent a molt trés[b] grant merveille et se merveillierent molt[c] que ce pooit estre. Et par ce fu la chevauchie si chelee que on ne sot onques en nule maniere del monde[d] de quel part ele se[e] tourna, fors que cil del conseil le roi Artu tant solement. Et pour ce le firent il si celeement qu'il porent pour ce que, se aucuns de lor anemis le seüst, grant peril i peüst avoir et d'une part et d'autre[f]. Mais a tant se taist li contes en ceste partie d'aus et retourne a parler des .vi. rois. Et nous contera li contes conment il furent desconfit a Carlion et toute lor compaingnie autresi si come vous avés oï deviser cha ariere.

20. [*84a*] Or dist li contes que molt furent dolant li .vi. roi de ce qu'il furent ensi desconfit et qu'il orent perdu tot lor harnois, si jurent et afient trestout ensemble que jamais ne seront lié devant qu'il soient vengié del roi Artu et de son enchanteour par qui

enchanteur par la faute de qui ils avaient souffert ce dommage, s'ils pouvaient parvenir à mettre la main sur lui. Ainsi s'en allèrent les six rois, sombres et attristés par leur mésaventure, dont, disaient-ils, ils ne se remettraient jamais de leur vie. Certains parmi eux se firent porter en litière, faute de pouvoir chevaucher ; ils regagnèrent ainsi leurs terres par petites étapes et ils y séjournèrent jusqu'à ce qu'ils soient guéris et remis en forme. Puis, au bout d'un mois, ils prirent langue pour une rencontre à la frontière du royaume de Gorre et du royaume d'Écosse[1] ; la conclusion de cette rencontre fut que chacun s'engagea à convoquer tous ses amis et ses parents pour marcher contre le roi Arthur, lui prendre sa terre et ravager tout le pays avant de l'en chasser. Ils choisirent la date à laquelle leur armée se rassemblerait sur la prairie de Bédingran. Et c'est ainsi qu'ils convoquèrent leurs gens et leurs amis ; vinrent à leur aide : le duc Escaut de Cambénic avec cinq mille hommes armés ; le roi Tradelinant de Norgales avec six mille hommes ; et le roi de Northumberland, qui s'appelait Clarion[2], avec trois mille hommes. D'autre part, le roi des Cent Chevaliers, qui était fort hardi et vaillant, avait quatre mille hommes ; le roi Loth de Loénois et d'Orcanie en avait sept mille, le roi Caradoc Briebras de la terre d'Estrangorre sept mille, le roi Nantes de Garlot six mille, et le roi Urien six mille aussi. Ils chevauchèrent par petites étapes, en

---

il ont receü icel damage, s'il puéent tant faire qu'il le puissent tenir ne bruler. En tel maniere s'en vont li .vi. roi, mat et dolant de la mesaventure qui lor estoit avenue dont il en seront pjour a tous les jours de lor vies. Si en i ot de tels qui se firent porter en litiere quant il ne porent soufrir le chevauchier, si errerent a petites journees tant qu'il vinrent en lor teres, si i sejornerent tant qu'il furent gari et respassé. Et au chief del mois prisent un parlement en une marce qui estoit entre le roiaume de Gorre et le roiaume d'Escoce. Et li parlemens fu tels que chascuns fiancha qu'il manderoit et amis et parens tant com il em poroient avoir, et puis iroient sor le roi Artu et l'tauroient sa terre et essilleroient tout le païs ains qu'il ne le chasent hors. Si prisent jour que lor os assambleroit en la praerie de Bedingram, et ensi semonrent lor gens et lor amis. Si vint a lor aïde li dus Escauc de Cambenic a tout .v.m. homes a armes. Et d'autre part vint li rois Tradelinans de Norgales a tout .vi.m. homes. Et d'autre part vint li rois de Norhomberlande qui avoit a non Clarions a tout .iii.m. homes a armes. Et d'autre part vint li rois des Cent Chevaliers qui molt estoit hardis et prous a tout .iiii.m. homes a armes. Et d'autre part vint li rois Loth de Loenois et d'Orcanie a tout .vii.m. homes a armes[a]. Et de l'autre part vint li rois Karados Briés Bras de la terre d'Estrangorre a tout .vii.m. homes a armes. Et d'autre part vint li rois Nantes de Garlot a tout .vi.m. homes. Et li rois Uriens vint a tout

hommes qui croyaient bien ravager tout le pays ; ils envoyèrent leurs espions par toute la terre pour savoir ce que faisait le roi Arthur. Mais ceux qui gardaient la région les
capturèrent tous et les envoyèrent au roi Arthur : ils furent
mis en prison si bien qu'on n'en entendit plus jamais parler.
Les rois chevauchèrent tant qu'ils vinrent se loger sous les
murs du château de Bédingran. Ils étaient très satisfaits car ils
croyaient déjà avoir gagné. Ils dépêchèrent leurs fourriers par
toute la région, mais ils ne trouvèrent pas grand-chose à saisir, car tout avait été mis à l'abri dans les châteaux et les
villes. Voyant que tout avait été protégé, ils mirent le feu partout sur leur passage, et firent venir autant de vivres de leurs
propres terres qu'il était nécessaire à leur armée. Quand ils
furent tous rassemblés, ils furent plus de quarante mille chevaliers. Mais ici le conte cesse de parler d'eux pour quelque
temps ; nous allons au contraire vous parler de Merlin et du
secours qu'il amenait, et nous vous raconterons comment lui
et ses gens embarquèrent, comme le conte le dira par la suite.

21. Le conte dit donc que Merlin s'embarqua avec la compagnie qu'il avait amenée de la terre des deux rois frères ; dès
qu'ils furent arrivés en Grande-Bretagne, ils s'armèrent, et
Merlin ordonna que leurs bagages soient répartis tout de suite
dans des malles car il ne voulait pas qu'ils s'arrêtent pour
la nuit. Au contraire, ils avancèrent à marche forcée, jour
et nuit, jusqu'à ce qu'ils parviennent là où il voulait les faire

---

.VI.M. homes. Et il chevauchent a petites journees come cil qui quidoient tout le païs essillier, si envoierent lor espies par [*b*] toute la
terre pour savoir le covine le roi Artu. Mais les gardes qui estoient
parmi le païs les prisent tous et les envoiierent au roi Artu et furent
mis en prison que onques puis n'en issirent n'en oï on nouvelles. Et il
chevauchierent tant qu'il se logierent de sous le chastel de Bedingram, et furent molt lié car bien quidoient avoir tout gaaingnié. Si
envoiierent lor fourriers parmi tout le païs, mais poi i trouverent a
prendre quar toute la proie en estoit menee as chastiaus et as cités.
Quant il virent que tout estoit destorné, si misent le fu par tout le
païs la ou il aloient et firent venir viandes de lor terres a lor ost
et tant que assés en orent. Et quant il furent tout assamblé si furent
plus de .XL.M. Mais atant se taist li contes un poi d'aus, si vous dirons
de Merlin et del secours qu'il amaine, et conterons comment il et les
gens entrerent en mer si come li contes devisera cha avant.

21. Or dist li contes que quant Merlins se fu entrés en mer, il et
sa compaingnie qu'il ot amenee de la terre as .II. freres rois, qu'il
errerent tant qu'il en vinrent en la Grant Bretaingne. Et quant il
furent armé si conmanda Merlins que tous li harnois fust toursés
en males, car il ne voloit mie qu'il se logaissent, ains errerent de
nuis et de jours tant qu'il en vinrent el lieu ou il voloient qu'il se

bivouaquer. Tous obéirent à son commandement, si bien qu'au cinquième jour ils arrivèrent dans la forêt de Bédingran où ils trouvèrent le camp de l'armée du roi Arthur qui les accueillit avec beaucoup de joie. Ils s'installèrent alors dans des tentes et des pavillons, et se reposèrent jusqu'au matin suivant. Ils séjournèrent huit jours dans ce camp, cependant que Merlin rejoignait les trois rois qui le reçurent avec de grandes manifestations d'allégresse. Ulfin lui dit en plaisantant : « Merlin, méfiez-vous de ces gens-là ; car ils vous ont beaucoup menacé ! — Je sais bien, répliqua Merlin, qu'ils ne m'aiment guère... Sachez d'ailleurs qu'ils ont bien raison ; mais ils ne mettront jamais la main sur moi, quoiqu'ils n'aient pas de pire ennemi que moi, ni d'adversaire qui leur fasse autant de mal que je leur en ferai aussi longtemps qu'ils s'opposeront au roi Arthur. Mais ce n'est pas moi qui ai commencé. Prenez garde cependant que personne ne sorte de ce camp : jamais on ne pourrait réparer ce dommage, car les ennemis du roi se sont installés dans la prairie de Bédingran, et ils sont bien quarante mille, tous chevaliers : il vous faudra manœuvrer très intelligemment, sinon ils vous tueront tous. »

22. Merlin prit alors les trois rois à part ; il dit au roi Arthur : « Seigneur, écoutez maintenant ce que j'ai à vous dire ; vous êtes très jeune, et vous avez la charge d'un très grand royaume ; les barons ne vous respectent pas, et le menu peuple se méfierait de vous si vous ne lui aviez pas

---

logaissent. Et cil si firent son conmandement, si errerent tant que au quint jour vinrent en la forest de Bedingram ou il trouverent l'ost le roi Artu, si s'entrefisent li doi os molt grant joie si tost com il s'entrevirent. Lors se logierent as tres et as paveillons et se reposerent jusques au matin et sejournerent illuec .VIII. jours tous entiers. Et Merlins fu avoec les .III. rois qui li firent molt grant joie et Ulfins li dist par gabois : « Merlin, gardés vous de ciaus, car il vous ont manecié molt durement. — Je sai bien, fait Merlins, [*d*] qu'il ne m'aiment gaires, et saciés qu'il ont droit. Mais il n'auront ja de moi saisine et si n'ont il nul piour anemi de moi ne qui tant de mal lor face come je lor ferai tant com il seront nuisant au roi Artu, et si ne l'ai mie enconmencié. Mais gardés que nus ne s'en isse de cest ost, car jamais cist damages ne seroit restorés quant li anemi le roi se sont logié esprés desous Bedingram et sont bien .XL.M. tot monté. Si vous couvenra errer par molt grant sens ou se ce non tout i serés ocis par els. »

22. Lors traïst Merlins les .III. rois a une part a conseil et dist au roi Artu : « Sire, ore oiiés que je vous voel dire : vous estes molt jouuenes hom et avés mout grant roiaume a maintenir et li baron ne vous contredaingnent de riens. Et les menues gens vous fuissent souspeçonouses se ne fuissent li grant don que vous lor avés donné et pour ce vous di que, se vous fustes larges onques a nul jour, que

donné de grandes largesses — c'est pourquoi je vous recommande d'être encore plus généreux dorénavant que vous ne
l'avez été jusqu'à présent : en effet, vous ne pouvez pas
mieux gagner le cœur de votre peuple qu'en agissant ainsi.
Et vous aurez bien de quoi être généreux : je vais vous expliquer comment, si vous le voulez. Sachez en effet qu'il y a
dans cette forêt, enfoui dans la terre, le plus grand trésor qui
ait jamais existé. Toutefois, vous n'y toucherez pas avant de
revenir de la bataille : vous aurez assez d'autres biens à
distribuer. Faites attention à la situation de ce lieu, pour
vous en souvenir et le retrouver. » Il le conduisit alors à l'endroit précis où se trouvait le trésor, et ils y firent une
marque. Les trois rois s'ébahissaient fort de ce que Merlin
leur avait dit ; ensuite, ils revinrent au camp. La tente du roi
Arthur se trouvait à proximité d'une très belle fontaine, à
l'eau très pure ; il faisait très froid, car on était en janvier,
huit jours avant la Chandeleur. Deux jours s'écoulèrent ainsi,
et le troisième Merlin vint trouver les trois rois et leur dit
que désormais il était bien temps de marcher contre leurs
ennemis, et de répartir leurs troupes en déterminant qui irait
en tête et qui suivrait. « Car, ajouta-t-il, vous attaquerez de
telle manière que les autres n'en sauront rien avant que vous
ne leur tombiez dessus ; et ce sera deux heures avant
l'aube[1] ; ils sont si nombreux en effet que vous ne pourriez
leur tenir tête dans une bataille rangée. Mais ne vous inquiétez pas, car de cette façon ce sont eux qui ne pourront pas
vous résister. »

---

vous le soiés d'ore en avant plus que vous onques ne fustes, car vous
ne poés avoir en nule maniere si bien les cuers de vos gens. Et vous
aurés assés coi, si vous dirai conment, se vous le volés oïr. Saciés que
en ceste terre a le plus grant tresor qui onques fust, mais vous n'en
prendrés encore point devant ce que vous soiiés repairiés de la
bataille, car vous avés assés a departir d'autre chose et prendés vous
bien garde de ceste piece de terre que vous i saciés bien assener. »
Lors le maine illuec endroit ou li tresors estoit et firent illuec un
saing. Si se sont li .III. roi molt merveillié de ce qu'il lor a dit, si s'en
revont en l'ost. Si fu li trés le roi Artu sor une molt bele fontainne et
clere et il faisoit molt froit car il estoit el mois de jenvier, .VIII. jours
devant la Chandellure, et il i sejournerent puis .II. jours. Et au tiers
jour vint Merlin as .III. rois et lor dist que dés ore mais est il bien
tans d'aler sor lor anemis et de deviser lor gent li quel iront avant et
li quel après. « Car vous irés, fait il, en tel maniere que cil n'en sauront mot devant ce que vous lor serés sor les cors, et ce sera devant
le jour .II. liues, car, se il[a] vous aparcevoient, il sont si grant gent que
vous n'auriés ja a aus duree et n'aiés doute qu'il ne porront vous
durer. »

23. Ils s'armèrent alors, et se préparèrent de manière qu'il ne leur reste plus qu'à se mettre en selle ; ils répartirent leurs troupes en bataillons, donnant à Keu le sénéchal l'enseigne du roi Arthur. Il menait par ailleurs le premier bataillon, ayant avec lui Girflet, Lucan le Bouteiller, Marut de la Roche, Guinas le Blond, Driant de la Forêt Sauvage, Bélias l'Amoureux et Flandrin le Breton. Tous ceux-là eurent la charge du premier bataillon, qui comptait quatre mille hommes. Le second fut confié à Bretel, qui était très valeureux, loyal et solide ; sa troupe aussi se composait de quatre mille hommes à cheval, bien armés, et bien montés. Le troisième bataillon devait être conduit par Ulfin ; c'était dans celui-là que se trouverait le roi Arthur, et ses quatre mille vaillants chevaliers ne feraient pas défaut à leur seigneur aussi longtemps qu'ils vivraient. Chaque bataillon se mit en route de son côté conformément à ses instructions, au pas et en rangs serrés comme le leur avait ordonné Merlin, qui ouvrait la marche sur un grand cheval noir et les guidait.

24. Le roi Ban avait lui aussi réparti ses gens et ceux de son frère ; il avait donné le premier bataillon à Pharien, en lui confiant l'enseigne du roi Bohort, comme à un homme valeureux, sage, parfaitement fiable et bon chevalier. Avec lui se trouvaient Ladinas, Moret de la Voie, Paret de Trèbes, Gracien le Blond, Bliobléris et Méliadus le Noir ; ils étaient trois mille au total, tous chevaliers et bien montés. Le second

---

23. Lors s'arment et atournent si qu'il n'i ot que del monter et deviserent lor eschieles et baillierent a Keu le seneschal l'enseigne le roi Artu a porter [d] et il conduist la premiere eschiele. Et si i fut Gyrflet et Lucans li Bouteilliers, et Maurut de la Roce et Guinas li Bloys et Drians de la Forest Sauvage et Helyas li Amourous et Flandrins li Brés. Icil orent la premiere eschiele a conduire et furent .IV.M. parconté. La seconde eschiele amena Bretel qui molt estoit de grant bonté et loiaus et seürs de sa main. Icil en conduist .III.M. tous montés as bones armes et as bons chevals. La tierce eschiele mena Ulfins. En cele eschiele fu li rois Artus et furent .IV.M. molt prodome, ne ja ne feront faille a lor signour jusqu'a la mort. Si s'en tourne chascune eschiele par soi si com ele est devisee, puis en vont le petit pas estroit serré si come Merlins lor avoit devisé qui vait devant et les conduist sor un grant cheval noir.

24. Aprés devisa li rois Bans la soie gens et le son frere, si donna a Pharien la premiere eschiele a mener et a porter l'enseigne au roi Boort come a celui qui molt estoit prodom et bons chevaliers et sages et sans desroi. Si furent avoec lui Ladinas et Morés de la Voie et Paret de Trebes et Gracien li Blois et Bliobleris et Melyadus li Noirs et furent en lor compaignnie .III.M. chevalier tout monté. La seconde eschiele au roi Ban mena Leonce de Paerne qui molt estoit bons chevaliers et prous et

bataillon du roi Ban était conduit par Léonce de Palerne, qui était très vaillant et très bon chevalier ; il comptait quatre mille hommes à cheval. Le roi Bohort de Gaunes, qui savait bien comment se conduire en pareilles circonstances, était à la tête du troisième bataillon, qui comptait aussi quatre mille hommes. Le roi Ban de Bénoïc, qui était le meilleur chevalier de toute l'armée[1], menait le quatrième bataillon ; il avait confié son enseigne à Léonce, son sénéchal, lui aussi excellent chevalier ; et ils étaient quatre mille, merveilleusement bien montés, et prêts à combattre jusqu'à la mort. Une fois répartis de cette façon, ils se mirent en route à faible allure, sans rompre les rangs. Il était déjà près de minuit, la lune luisait ; tout était calme et silencieux. Ils firent tant qu'ils approchèrent de l'autre armée, qui était terriblement nombreuse et puissante : elle comptait en effet beaucoup de hauts barons ainsi que d'hommes de valeur et de bon lignage, bons chevaliers, très forts. Mais ici le conte s'arrête un peu de parler d'eux, et revient aux Saxons d'Irlande[2] et aux Irlandais, dont les territoires étaient voisins de ceux des rois qui guerroyaient avec la dernière énergie le roi Arthur et toute sa puissance.

25. Le conte dit ici que le roi Brangoire, le roi Margaris, et le roi Hargodabrant (c'étaient les neveux du roi des Saxons Aminaduc, lui-même oncle d'Angis le Saxon que le père du roi Arthur avait tué[1], comme le conte l'a raconté plus haut), ayant entendu dire que les six rois avaient quitté leurs terres, et marché contre le roi Arthur, mandèrent

---

furent bien .IV.M. La tierce eschiele mena li rois Bohors de Gaunes qui bien se sot conduire, et furent bien .IV.M.[d] tout monté. La quarte eschiele mena li rois Bans de Benuyc qui bons chevaliers estoit desor tous ciaus de l'ost et bailla s'enseigne a porter a Leonce son seneschal qui molt iert bons cevaliers. Et il furent bien .IV.M. en lor compaignie, a merveille bien monté, qui ne li feront faille jusqu'a la mort. Et quant il furent parti et deservé si se metent a la voie le petit pas, sans desreer. Et il estoit ja prés de mie nuit et la lune luisoit molt clere, si faisoit molt coi tans et seri. Et firent tant par journees qu'il furent auques aprocié de l'autre ost qui molt estoit a merveilles et grans et esforcies car molt i avoit de haus barons et de molt gentix homes qui molt estoient bon chevalier et poissant. Mais ore se taist un poi li contes a aus. Et retourne a parler des Saisnes d'Yrlande et des Irois qui marcissoient a la terre des rois qui le roi Artu guerrioient mout durement et lui et tout son pooir molt merveillousement.

25. [e] Or dist li contes que quant li rois Brangoires et li rois Margaris et li rois Hardogabrans qui neveu estoient Animaduc, le roi des Saisnes, qui fu oncles Augis le Saisne que li peres au roi Artu ocist, si come li contes a devisé cha en ariere, quant il oïrent dire que li .VI. roi avoient laissié lor terres et qu'il en furent alé desor le roi Artu, si

leurs gens de tous côtés et rassemblèrent une armée de bien trente mille chevaliers, sans parler des hommes à pied, qui étaient aussi très nombreux. Ils envahirent la terre de ces rois qui faisaient la guerre au roi Arthur, firent du butin, brûlèrent les villes et détruisirent tout sur leur passage, tuant beaucoup de gens et mettant finalement le siège devant un château qui s'appelait Vandaliers, en Cornouaille. Ils y restèrent longtemps, sans pouvoir être délogés par les forces des dix barons jusqu'à ce que le roi Arthur les en chasse, après que les barons eurent fait la paix avec lui. Mais maintenant le conte cesse de parler des Saxons, jusqu'à ce que ma matière m'y ramène ; au lieu de quoi je vais vous parler du roi Arthur, de Merlin et de leur compagnie, et vous dire comment ils engagèrent la bataille contre les dix rois qui s'étaient installés dans la prairie devant le château de Bédingran.

26. Le conte dit ici que, après avoir réparti leurs troupes comme on l'a dit plus haut, le roi Arthur et le roi Ban se mirent en marche contre leurs ennemis. Ceux-ci ne s'étaient pas souciés d'établir des gardes ou des veilleurs dans le camp ce soir-là, mais ils étaient tous allés dormir. Toutefois, il advint — ce qui joua en leur faveur — que tous les princes étaient venus dormir sous la tente du roi des Cent Chevaliers, bien convaincus qu'ils n'avaient rien à redouter. Pendant qu'ils dormaient ainsi, il arriva que le roi Loth fit un songe[1] très réel et très horrible : il avait l'impression qu'un vent se levait, si violent qu'il abattait toutes les maisons et

---

manderent gent loing et prés tant qu'il furent bien .xxx.m. tout a cheval montant, sans la gent a pié dont il i ot molt grant plenté. Si entrerent en la terre a ces rois que li rois Artu guerrioient et prisent proies et arsent viles et destruisent toutes les terres la ou il passerent et ocisent molt de gent et misent siege devant un chastel qui avoit non Vandaliers en Cornuaille. Et furent illuec lonc tans que onques n'en porent estre osté par force que li .x. baron eüssent quant li rois Artus les en chaça, aprés ce que li baron furent a lui acordé. Mais des Saisnes se taist ore li contes que plus ne parole ici endroit tant que ma matere m'i remaint. Ançois vous dirons del roi Artu et de Merlin et de lor compaignie conment il le firent en la bataille encontre les .x. rois qui furent en la praerie devant le chastel de Bedingram.

26. Or dist li contes que quant li rois Artus et li rois Bans orent ordené lor batailles, issi come li contes ot de[ſ]vant devisé conment, il se furent mis a la voie pour aler sor lor anemis. Et cil ne misent onques escergaite en lor ost gaitier icelui soir, ains alerent tout dormir, mais de tant lor avint il bien que tout li prince jurent el tref le roi des .c. Chevaliers, ne il ne quidoient avoir de nului regart. Et ensi com il dormoient si avint que li rois Loth feri en un songe molt fort et molt espoentable, car il li estoit avis qu'il veoit un vent lever si

tous les clochers de l'endroit où ils se tenaient ; après retentissait un coup de tonnerre accompagné d'éclairs, si fort que
tout le monde tremblait de peur ; encore après venait un raz-
de-marée si puissant qu'il emportait toutes les maisons, ainsi
qu'une part de la population, et lui-même était en grand
danger de se noyer dans ces flots. Le roi s'éveilla de frayeur
et fit le signe de croix, car il était épouvanté par son songe ;
il se leva, se prépara, et alla réveiller ses compagnons auxquels il raconta sa vision dans les moindres détails. Ils lui
demandèrent de quelle direction il avait vu venir le raz-de-
marée, et il leur répondit que l'orage et la tempête venaient,
à son avis, du côté de la forêt. Ils dirent alors qu'ils savaient
désormais qu'ils ne tarderaient pas à être pris dans une
grande bataille. Ils se levèrent donc à leur tour, réveillèrent
tous les chevaliers qui étaient sur place et leur commandèrent de monter à cheval et de fouiller toute la région environnante. Le roi Loth lui-même s'arma et se prépara avec
soin. Pendant ce temps, Merlin, en homme qui savait parfaitement tout ce que préparaient les ennemis, fit se hâter les
troupes du roi Arthur. Les autres arrivèrent au grand galop,
si bien qu'ils ne s'aperçurent de rien avant de tomber sur
l'avant-garde de l'armée ; ils demandèrent alors à Merlin,
qu'ils avaient rencontré en premier, qui étaient ces gens, et
Merlin leur dit qu'ils appartenaient au roi Arthur, lequel
venait défendre sa terre contre tous ceux qui voulaient lui
faire du mal de quelque manière que ce soit.

---

grant et si fort qu'il abatoit toutes les maisons et les clochiers la ou il
eſtoit. Et après vint uns tonnoiles et uns despars si grans que tous li
mondes trambloit de paour. Et après ce venoit une grant aigue si
bruiant que il amenoit toutes les maisons aval et une grant partie de
la gent et il meïsmes eſtoit en grant peril de noiier en l'aigue. En ce
que li rois eſtoit en tel fraour, s'esveilla et se seigna car molt fu
espoentés de cel songe qu'il avoit songié. Si se leva et apareilla et ala
a ses compaingnons et les esveilla et lor conta sa vision ensi com ele
li eſtoit avenue. Et il li demanderent de quel part il veoit l'aigue
venir. Et il lor diſt que devers la foreſt venoit tous li orages et la
tempeſte, ce li eſtoit avis. Et il dient qu'il sevent bien de voir qu'il
auront par tans bataille grans et merveillouse. Si se leverent et
esveillierent tous les chevaliers qui laiens eſtoient et les conmanderent a
monter et a chercier tout le païs environ. Et li rois meïsmes s'arme et
atourne molt bien. Et Merlins conmande a haſter la gent le roi Artu
qui bien savoit le covine d'aus. Et cil vinrent si toſt que onques ne
prisent garde devant que qu'il s'embatirent sor aus. Si demanderent a
Merlin qu'il encontrerent tout premier quel gent ce sont et Merlins
lor diſt qu'il sont au roi Artu qui vient chalengier sa terre envers tous
ciaus qui de riens nule le voelent grever.

27. En entendant ces paroles, ils firent demi-tour en éperonnant leurs chevaux et revinrent au camp : dès leur arrivée, ils se mirent à crier : « Trahis ! Nous sommes trahis ! Seigneurs chevaliers, aux armes ! Jamais le besoin n'a été si grand, car voici nos ennemis qui arrivent ! » Tous sautèrent de leurs lits, et coururent à leurs armes avant même de s'habiller. Ils eurent de la chance : les chevaux étaient déjà sellés ; néanmoins, ils eurent beau se hâter, les ennemis furent sur eux avant qu'ils ne soient prêts. En outre, il leur arriva une mésaventure très désagréable et gênante : Merlin leur envoya un vent et un tourbillon si puissants que toutes les tentes s'effondrèrent sur leurs habitants ; de plus une brume tomba sur eux, si épaisse qu'ils ne pouvaient se voir qu'à grand-peine. Tout cela en troubla beaucoup pendant qu'ils essayaient de s'armer, et leur occasionna de grands dommages : car les gens du roi Arthur se lancèrent parmi eux à bride abattue, tuant et renversant tout ce qu'ils rencontraient sur leur passage. Mais les dix rois s'étaient tirés de là, séparés du gros de leurs troupes et placés à l'écart en terrain découvert, et ils firent sonner haut et clair un clairon, de manière que leurs hommes puissent se rallier à eux. Ils agissaient ainsi pour échapper à ceux qui n'avaient aucune pitié, mais tuaient tant d'ennemis qu'ils s'étaient débarrassés de près du tiers d'entre eux avant qu'ils n'aient le loisir de se reprendre et se reconnaître, à la lueur de l'aube. Quand ils virent, d'ailleurs, le grand nombre de ceux qui les attaquaient, ils

---

27. Quant cil oïrent cele parole si retournerent ariere au ferir des esperons et reviennent en l'oſt et conmencent a crier : « Traï ! Traï ! Signour chevalier ! Ore as armes car onques mais si grant meſtier ne fu, que veés ci nos anemis ou il viennent ! » Et cil saillent de lor lis et courent a lor armes ençois que a lor robes, et de ce lor avint il bien que lor cheval eſtoient enſelé. Mais onques tant ne se sorent haſter que cil ne lor fuiſſent ançois sor lor cors ains qu'il fuiſſent apa[*ʃ ʃ a*]reillié de lor armes. Et avoec ce lor vint il si grant encombrier que Merlins lor envoia un si fort vent et un si grant eſtourbeillon que toutes lor tentes chaïrent a tere desor lor teſtes et si ot entr'aus une tele bruine que li uns ne veoit l'autre s'a molt grant painne non. Et ce les deſtourba molt a armer, si en rechurent molt grant damage car les gens le roi Artu se ferirent parmi aus tout a bandon, si ocient et abatent quanqu'il ataingnent. Mais li .x. roi se furent parti et sevré et se misent as plains chans de hors les tentes et firent corner une buisine haut et cler, et ce eſtoit pour ce que lor home venissent a aus, et ensi le firent il pour eschaper de ciaus qui nule pitié n'orent d'aus*. Si en ont tant ocis que de la tierce partie se furent delivré ançois qu'il puiſſent entreconnoiſtre de la clarté del jour. Et quant cil de l'oſt se porent entreconnoiſtre et il virent ciaus qui eſtoient si grant gent, si

s'enfuirent en direction de leur bannière, là où sonnait le cor ; les rois en effet s'étaient arrêtés à l'entrée de la forêt, sur la rive d'une petite rivière. Ils rassemblèrent en cet endroit tous ceux qui pouvaient échapper aux mains des ennemis, si bien que peu à peu ils se trouvèrent bien vingt mille. Les autres, qui ne purent parvenir à la bannière, s'enfuirent de droite et de gauche, perdus, égarés, pleins de chagrin et de colère, et se lamentant sur leurs pertes et le grand dommage qu'ils avaient subis.

28. Quand le roi Arthur vit qu'ils étaient restés maîtres du camp, il vint trouver Merlin et lui demanda ce qu'il voulait faire. « Je vais vous le dire, répondit Merlin : vous allez vous diriger de ce côté, jusqu'à un gué où ils se sont arrêtés ; ils sont plus de vingt mille, mais vous allez engager le combat avec eux, de manière qu'ils portent toute leur attention sur vous. Le roi Ban et son frère s'en iront par la forêt et viendront les prendre à revers : pris entre deux feux, ils seront si surpris qu'ils ne pourront guère se défendre. » Là-dessus, ils se séparèrent et s'en allèrent chacun de son côté ; le roi Arthur se rendit au point où les dix rois s'étaient arrêtés, croyant n'avoir garde de personne, et convaincus qu'ils se défendraient bien contre des troupes plus nombreuses que les siennes ne l'étaient. Mais le roi Ban entra dans la forêt, cependant que le roi Arthur avançait jusqu'au lieu où les barons s'étaient retranchés. Quand il parvint au gué, la mêlée commença : c'est là que vous auriez pu voir écus et lances fracassés, et

---

tournerent fuiant a lor baniere ou il oïrent le cor sonner. Car li roi s'estoient arresté a l'entree de la forest desus une petite riviere et assamblerent tout cil qui des mains a lor anemis pooient eschaper, tant petit et petit qu'il furent bien .xx.m. Et li autre tournerent en fuies cha et la qui ne porent venir a lor baniere, ains s'enfuirent tout desbareté, dolant et courecié, plaingnant lor damage et leur perte.

28. Quant li rois Artus veoit que toute la herbergerie lor fu remese, si en vint a Merlin et li demanda qu'il en fera. « Je vous dirai, fait Merlins, que vous en ferés. Vous en irés par devers la forest, si les assaurront par deriere et vous par devant. Et il en seront si esbahi que petit de desfense aura en aus. » Atant s'en vont et se departent les uns des autres, si s'en vait li rois Artus ou li .x. roi estoient arresté qui de nului ne quidoient avoir garde et se quidoient bien desfendre envers plus grans gens que cil n'estoient. Et li rois Bans s'en torna par devers la forest et li rois Artus a tant alé qu'il vint el lieu ou li baron estoient embuschié. Quant vint au gué passer si se ferirent en aus pelle et melle. La veïssiés escus et lances froissier et ces

chevaliers gisant au milieu du gué, si bien que l'eau était toute
rouge de sang ! Keu chargea si énergiquement avec l'enseigne
dont il avait la charge que ses troupes atteignirent l'autre rive.
Quand les dix rois virent que si peu de gens avaient traversé
leurs lignes — car ils n'étaient que trois mille, alors qu'eux de
leur côté étaient bien vingt mille —, ils en ressentirent une
honte très vive, et entreprirent de se défendre énergiquement.
Mais les autres s'étaient groupés en rangs si serrés que personne ne pouvait rompre leur formation. Cependant, ils n'auraient pas pu tenir le coup longtemps, si Ulfin n'était pas venu
à leur secours, ce qui leur procura un grand réconfort ; ses
troupes elles aussi passèrent le gué sans problème.

29. Une fois sur l'autre rive, elles se lancèrent dans la
mêlée, et attaquèrent si brutalement qu'on aurait pu entendre
le fracas de leurs armes à plus d'une demi-lieue. Il y eut là
bien des coups d'épée forts et cruels, bien des heaumes et
des écus martelés, tant et si bien que de nombreux vassaux
en gisaient à terre, morts ou blessés, ce qui était grand dommage. Eux non plus, cependant, n'auraient pu durer lon-
temps si Bretel n'était pas venu à la rescousse, leur apportant
un grand réconfort. Il vit qu'Ulfin était tombé de cheval au
plus fort de la mêlée, où il se tenait debout, l'épée au poing,
se défendant vaillamment. À cette vue, Bretel lâcha la bride
à son cheval, et frappa si rudement celui que combattait son
compagnon qu'il le porta à bas de son destrier. Mais quand
le roi Clarion vit son compagnon à terre, il en fut très cour-

---

chevaliers gesir parmi le gué si que toute l'aigue fu rouge del sanc. Et
Kex vint si angoissousement a toute l'enseigne qu'il emportoit que li
[*b*] sien furent outre passé. Et quant li .x. roi virent que si petit de
gent les avoient percié et reüsé, car cil n'estoient que .iii.m. et li autre
estoient plus de .xx.m., si en orent molt grant honte et se metent a la
desfense molt durement. Et cil se tiennent si serré que nus percier ne
les puet. Mais longement ne les puissent il mie sousfrir, quant Ulfins
lor vint a secours qui molt les conforta, et passerent le gué molt delivrement outre.

29. Quant il furent outre si se ferirent et estraingnent entr'aus si
durement que on peüst bien oïr l'escrois plus de demie lieue loing. Si
ot illuec caplé cruous et fiers et grant marteleïs et desor les hiaumes
et desor les escus et maint vassal i gisoit mors et navrés dont il fu
grans damages. Mais longement ne puissent il mie durer quant Bretel
vint et les reconforta. Si vit que Ulfins estoit cheüs en mi la presse et
tenoit l'espee el poing et se desfendoit molt durement. Et quant Bretel le vit, si laisse courre le cheval et fiert tant durement celui a qui il
se combatoit qu'il le porte del cheval a terre. Quant li rois Clarions
vit celui a terre cheü, si en fu molt dolans et dist qu'il le vengera, se
il puet, si broce cele part. Et quant Bretel le vit venir si hurte

roucé, et dit que s'il le pouvait il le vengerait. Il éperonna
son cheval dans cette direction ; en le voyant venir, Bretel en
fit autant pour aller à sa rencontre ; ils se heurtèrent très
brutalement, et se frappèrent mutuellement si fort qu'ils percèrent leurs écus, car ils étaient tous deux forts et vigoureux,
et très irrités. Ils mirent leurs lances en pièces et en passant
outre ils s'infligèrent un tel choc, de leurs écus, de leurs
corps et de leurs heaumes, qu'ils en virent trente-six chandelles ; en fait, ils furent si étourdis qu'ils volèrent à bas de
leurs chevaux, sans plus savoir s'il faisait jour ou nuit. Ceux
qui les virent tomber ainsi crurent bien qu'ils s'étaient entre-
tués ; des deux côtés ils s'élancèrent à la rescousse. Sans
aucun doute il y aurait eu là de très fortes pertes si Keu le
sénéchal n'était pas venu à leur secours, ainsi que trois rois
de l'autre camp. Ce fut alors un fier combat : ceux du parti
du roi Arthur étaient huit, et ceux de l'autre camp onze.
Girflet fut abattu dans cette rencontre, ainsi que Lucan le
Bouteiller, et les rois Brangoire, Yder, Aguisant, et Urien.
Une bataille s'engagea pour remettre ces gens en selle. Keu
fit à cette occasion de vrais prodiges, car il remonta de force
Girflet sur le cheval du roi Nantes, et abattit le roi Loth avec
un tronçon de lance si bien qu'il le blessa gravement. Le roi
des Cent Chevaliers intervint à ce point, avec onze chevaliers qu'il avait lui-même choisis ; quand il vit que Keu le
sénéchal avait abattu le roi Loth, il en fut très mécontent et
se dit qu'il n'aurait guère d'estime pour lui-même s'il le laissait s'en tirer ainsi.

---

encontre lui des esperons, si s'entrefierent si durement sor les escus
qu'il les percent, car li vassal furent fort et vigherous et plain de mautalent, si misent lor lances em pieces. Et au passer qu'il firent outre,
si s'entrehurtent si durement des escus et des cors et des heaumes
que li oeil lor estincelent es testes et furent si estordi qu'il volent jus
des chevaus a terre si qu'il ne sorent s'il fu nuis et jours. Si quidierent
bien cil qui les virent qu'il se fuissent entretué, si poignent d'ambes
.II. pars a la rescousse. Si ne peüst estre qu'il n'i eüst trop perdu,
quant Kex li seneschaus vint a la rescousse et de l'autre part vinrent
.III. roi. Et illuec ot fier encontreïs, car cil devers le roi Artu estoient
.VIII. et d'autre part estoient il .XI. Illuec fu Girflés abatus et Lucans li
Bouteilliers et li rois Brangoires et li rois Ydiers et li rois Aguiscans
et li rois Uriens. Si conmencha la mellee pour rescoure ces gens.
Illuec fist Kex grant merveille de soi car il remonta a fine force
Gyrflet le cheval le roi Nante et si abati le roi Loth au tronçon
d'une lance si durement que molt le blecha. A cel cop⁴ vint li rois des
.C. Chevaliers et ot [d] en sa compaignie .XL. chevaliers qu'il ot esleü.
Et quant il vit que Kex le seneschal ot abatu le roi Loth si l'em pesa
molt et dist que il le proisera petit se il l'en laisse a tant partir.

30. Il piqua des éperons dans cette direction et frappa Keu si rudement qu'il le porta à terre étendu de tout son long ; puis il prit son cheval, et l'emmena au roi Loth, à qui il dit : « Seigneur, tenez ! Prenez bien soin de vous venger de ce que vous avez subi, car nous avons déjà trop perdu aujourd'hui ! » Le roi Loth se remit en selle. Mais quand Girflet et Lucan virent Keu à terre, ils en furent navrés ; ils avaient retrouvé des lances neuves : ils éperonnèrent leurs chevaux, abattirent deux de leurs adversaires, et prirent un destrier sur lequel ils firent remonter Keu. Le roi des Cent Chevaliers et le roi Loth, de leur côté, avaient donné tant de coups d'épée de droite et de gauche qu'ils avaient remis en selle les trois rois et le duc Escaut de Cambénic. Une fois à cheval, les trois rois dirent qu'ils se vengeraient de leurs pertes et des dommages qu'ils avaient subis, ou bien qu'ils y laisseraient la vie ; ils se lancèrent tous ensemble dans la mêlée, et les huit barons de l'autre camp les assaillirent aussitôt ; mais ils auraient subi de lourdes pertes si le roi Arthur n'était pas arrivé à son tour, ce qui leur procura un grand réconfort. Car, dès qu'il eut passé le gué, il éperonna son cheval et tomba sur Bretel à pied, et Ulfin à cheval mais en mauvaise posture, ce qui lui déplut fort. Il avait une lance solide et dure ; il se lança dans les rangs là où la presse était la pire, et rencontra Tradelinant, le roi de Norgales, qui était encore tout frais. Il le frappa si rudement, transperçant l'écu et le haubert, qu'il le blessa gravement au côté gauche et le porta violemment à terre, tant et

---

30. Lors point cele part et feri Kex si durement qu'il le porte du cheval a terre tout estendu. Si prent le cheval si le mena au roi Loth si li dist : « Sire, tenés et pensés de vengier vostre anui car trop avons perdu en cest jour d'ui. » Et li rois Loth monta, et quant Gyrflés et Lucans virent Keu a terre si en furent molt dolant et orent lances recouvrees, si fierent chevaus des esperons et en abatent .II. a terre et prendent un cheval et font Keu remonter. Et li rois des .C. Chevaliers et li rois Loth ont tant caplé qu'il firent remonter les .III. rois et le duc Escaut de Cambenyc. Quant li .III. roi furent remonté si dient qu'il vengeront lor perte et lor damage ou il morront. Si poignent en la presse tot ensamble et li .VIII. baron lor font une envaïe. Si i eüssent ja perdu molt malement quant li rois Artus vint qui molt les conforta. Car, si tost com il ot le gué passé, hurte le cheval des esperons, si trouve Bretel a pié et Ulfin sor un cheval a grant meschief, si l'en pesa molt durement et il ot une lance roide et fort et se fiert es rens la ou il le vit plus espés. Si encontra Tradelinant le roi de Norgales qui encore venoit tout freschement, si le fiert si durement que parmi l'escu et parmi l'auberc le blecha il molt fort el costé senestre et le porte si roidement a terre que tout le debrise et la lance vole em pieces. Et li rois Artus prent le cheval par le resne doree et le tent a

si bien que la lance, elle, vola en éclats. Le roi Arthur prit le
cheval par ses rênes dorées et le présenta à Ulfin, qui se remit
très volontiers en selle et lui dit : « Seigneur, merci beaucoup ! » Dès qu'Ulfin fut remonté, il se lança dans la presse et
se mit à frapper et à estoquer si rudement que la mêlée se dispersa ; le roi et leurs alliés venaient de sortir de leur embuscade. Leurs adversaires en étaient fort navrés, car il étaient
plus nombreux qu'eux de la moitié. Ils vinrent néanmoins à
leur rencontre, et la mêlée reprit, dangereuse et violente. Le
roi Arthur accomplit là des prodiges ; ceux qui ne l'avaient
jamais vu apprirent bien vite à le connaître, et ils s'empres-
saient tous, même les plus hardis, de lui laisser la place, car ils
n'osaient pas attendre ses coups. Quand le roi des Cent Chevaliers vit le roi Tradelinant renversé, il en fut courroucé, car
il l'aimait beaucoup ; il éperonna son cheval et affronta le roi
Arthur qui était remarquablement bien monté ; il le frappa si
durement sur son heaume qu'il l'étourdit.

31. Le roi Arthur fut profondément affligé de ce coup, et
Keu aussi, qui se trouvait en sa compagnie. Le roi fondit sur
son adversaire, l'épée au poing, le bras levé pour le frapper
sur le heaume ; à cette vue, l'autre se protégea de son écu, et
le roi le frappa si fort qu'il en fit voler la moitié à terre. Le
coup continua sa course en déviant du heaume à la tête
du cheval, dont il coupa les oreilles, et fit tomber le cavalier
et sa monture pour finir. Keu regarda autour de lui et vit

Ulfin. Et il monta molt volentiers, et li dist : « Sire, grans mercis. » Et
si tost com il fu remontés si feri en la presse et conmencha a ferir et
a capler si durement qu'il rompi la presse. Et li rois et lor aïdes qui
estoient tot freschement venu de lor embuschement ou il estoient et
cil de la estoient molt dolant car il estoient plus de gens bien la moitié que cil n'en ont, si lor vont a l'encontre tout d'un front, si
conmence la mellee molt grans et molt perillouse. Illuec fist li rois
Artus merveilles de son cors. Si le connurent em poi de tans cil qui
onques mais ne l'avoient veü et li faisoient place tout li plus hardi car
il ne l'osoient mie a cop atendre. Quant li rois des .c. Chevaliers voit
le roi Tradelinant versé si en est molt dolans car trop l'amoit de
grant amor. [*d*] Si hurte le cheval des esperons, si encontra le roi
Artu qui a merveilles estoit bien montés, si le fiert si durement parmi le hiaume que tout l'estone.
31. Quant li rois Artus sent le cop, si l'en pesa molt durement et ausi
fist il a Keu qui estoit en sa compaingnie. Et li rois li vient premierement l'espee el poig et hauce le bras[a] por ferir le parmi le hiaume. Et
quant cil le voit, si jete l'escu encontre et cil li fiert si durement que
la moitié en fist voler enmi le champ. Et li cops descent desor le
hiaume en esclichant, si avale desor la teste del cheval et li cops emprés
les oreilles si porte a terre et l'un et l'autre. Et Kex se regarde et si voit

un cheval égaré : il le donna à Antor son père, qui était à pied ; celui-ci monta, puis prit une lance et en frappa Marganor, le sénéchal du roi des Cent Chevaliers, si rudement qu'il lui transperça l'épaule du fer de la lance et le porta à terre ainsi enferré. Il brisa alors sa lance, prit le cheval par la bride, et le donna à Bretel qui en avait grand besoin. Celui-ci se mit en selle en toute hâte, puis regarda autour de lui et aperçut au cœur de la mêlée Lucan le Bouteiller entre les jambes des chevaux, très mal à son aise. Girflet s'était arrêté auprès de lui et le défendait de toutes ses forces, si bien qu'on le louait et l'admirait beaucoup, car ceux de l'autre camp étaient bien encore quatorze à l'assaillir, lui était tout seul, et pourtant ils ne parvenaient pas à le faire reculer ou à l'écarter quoi qu'ils fassent.

32. À ce spectacle, Bretel se lança dans cette direction, et frappa le premier qu'il rencontra si rudement sur le heaume qu'il lui fendit la tête en deux jusqu'aux dents ; puis il coupa le bras du deuxième et le fit voler à terre à la suite de son écu ; il donna au troisième un si grand coup sur l'épaule gauche qu'il la lui déboîta complètement. Quand Girflet vit qu'on venait à son secours, il frappa un des ennemis si rudement qu'il le fendit en deux jusqu'au cou : l'autre tomba mort à terre, Girflet prit le cheval et le donna à Lucan qui était très courroucé de son humiliation et avait le plus grand désir de se venger. Pour ce faire, il prit une lance bien solide et bien raide, et se dirigea vers Aguisant, le roi d'Écosse, qui

---

un cheval estraiier, si le baille a Autor son pere qui estoit a pié et il i monte. Puis prent une lance et fiert Marganor le seneschal au roi des .c. Cevaliers si durement qu'il li mist le fer del glaive parmi l'espaulle si le porte a terre tout enferré. Lors brise sa lance, si prent le cheval et le baille a Bretel par le resne qui molt en avoit grant mestier et il monte delivrement. Et quant il i fu montés si regarde enmi la presse et vit Lucan le Bouteillier entre les piés des chevaus, molt laidement, et Girflet iert sor lui arrestés et le desfent si durement que molt l'em proise et loe. Car cil de la estoient encore .xiv. sor lui et il estoit tous seus et si ne le porent tolir ne esloignier pour pooir que il aient.

32. Quant Bretel le voit si hurte cele part et fiert si durement le premier que il encontre parmi le hiaume qu'il le fent tout jusques es dens. Et puis le seconc colpe^a le brach qu'il li fait voler el champ aprés l'escu. Et puis fiert le tiers si durement sor l'espaulle senestre qu'il le desoivre toute del costé. Et quant Girflet voit qu'il a secours si en fiert un si durement qu'il le pourfent jusques au col et il chiet mors a terre. Puis prent le cheval et le baille a Lucan qui molt estoit dolans de la honte, si ot il molt grant talent de lui vengier. Lors prent une lance forte et roide et s'adrece vers Aguiscant, le roi d'Escoce, qui s'estoit arrestés sor Mauruc de la Roce et il le fiert si durement de toute sa

s'était arrêté au-dessus de Marut de la Roche ; il le frappa si rudement au défaut du heaume qu'il le fit tomber à terre tout étourdi : voyant cela, Marut se hâta de se mettre en selle et de repartir dans la presse, qui ne cessait de croître. Il trouva Bélias et Flandrin qui étaient en mauvaise posture, car ils avaient bien du mal à remettre en selle deux de leurs compagnons : la presse et le fracas étaient tels qu'ils n'en avaient pas le loisir ; pourtant ils donnaient des coups d'épée en tous sens, si fort que c'était un prodige de les voir. Ils s'élancèrent entre eux et firent tant qu'ils parvinrent à remonter leurs deux compagnons.

33. D'un autre côté, le roi Arthur et les siens combattaient rudement ; il y avait grand bruit et grand fracas autour des deux rois qu'Arthur avait abattus : des deux camps on se hâtait dans cette direction, les uns pour venir à la rescousse des deux rois et causer du tort au roi Arthur, les autres pour nuire aux deux rois et aider le roi Arthur. La mêlée et les combats furent particulièrement intenses dans ce secteur, il y eut force blessés et force tués, mais finalement les deux rois furent remis à cheval. Mais cela prit un certain temps, car le roi Arthur le tenait si court qu'ils ne pouvaient se dégager, et ils ne l'auraient pas fait, en dépit de tous leurs efforts, s'il ne s'était pas produit un événement qui tourna en leur faveur. Il se trouva en effet qu'Arthur courut à la rescousse de Keu le sénéchal et de Girflet que les rois Loth, Nantes, Brangoire, Urien, Yder et Élinant avaient abattus, et qu'ils

---

force parmi la coliere del hiaume qu'il le porte a terre si durement que tout l'eſtourne. Et quant Maurut se voit delivré, si monte toſt et delivrement et se fiert en la presse qui ne faiſoit se esforcier non, et trouve Be[e]lias et Flandrin qui eſtoient molt apensé car molt se penoient por remetre sor cheval .ii. de lor compaignons. Mais si grans i eſtoit la presse et li ferreïs qu'il n'en ont⁰ mie loisir, si caplent et fierent si durement que ce n'eſt se merveille non et se fierent entre aus et font tant entr'aus .ii. que lor doi compaingnon sont remonté.

33. Et aᵃ l'autre part se combat li rois Artus et les soies gens si durement et i fu grans li cris et la noise pour les .ii. rois qu'il avoit abatus, si poignant d'ambes .ii. pars, li uns pour les .ii. rois rescourre et pour le roi Artu encombrier et li autre pour les .ii. rois encombrier et pour le roi Artu aïdier. Illuec fu grans la mellee et li capleïs grans, si ocient et plaient les uns et les autres mais toutes voies furent li doi roi remonté et remis a cheval. Mais molt i ot ançois grant caplé, car li rois Artus les tenoit si cours qu'il ne li pooient tolir et, se ne fuſt par une aventure qu'il li avint, ja pour pooir qu'il eüssent ne le eüssent tolu. Mais il courut a la rescousse de Keu le seneschal et de Girflet que li rois Loth et li rois Nantes et li rois Brangoires et li rois Uriens et li rois Ydiers et li rois Elinans les avoient abatus de lor

foulaient aux pieds de leurs chevaux très cruellement. Il n'y avait pour les défendre que Lucan le Bouteiller, et ils le tenaient si court qu'ils pouvaient faire beaucoup de mal aux deux autres. Quand le roi Arthur vit combien la situation était critique, il se dirigea de ce côté et s'interposa entre eux comme un lion ; il frappait furieusement à droite et à gauche, et tuait tout ce qu'il touchait, tant et si bien que ses adversaires lui cédèrent le terrain ; Keu et Girflet se lancèrent au galop vers le roi qui combattait si durement. D'autre part, Ulfin, Bretel et Antor se mesuraient au duc de Cambénic, à Tradelinant, et au roi de Northumberland ; ils les rabattirent là où combattait le roi Arthur, accomplissant des prouesses prodigieuses. Ils se rencontrèrent en ce lieu avec une violence extrême, car c'était là que se trouvait la bannière principale ; mais sans l'aide du seul roi Arthur, ils auraient tous été mis à mal, car ceux de l'autre camp étaient de très bons chevaliers, et ils étaient moitié plus nombreux que les partisans d'Arthur. Néanmoins, ceux-ci n'auraient pas tardé à subir de grands dommages si le roi Ban de Bénoïc et le roi Bohort son frère n'avaient pas attaqué soudain du côté de la forêt, là où leurs ennemis croyaient n'avoir personne à redouter. Dès qu'ils les virent, ils les défièrent à si hauts cris que toute la forêt et la rivière en retentirent. Et les autres, en les entendant, surent bien qu'ils ne pouvaient s'en tirer sans dommage ; les barons se retirèrent alors à l'écart sur la prairie pour discuter entre eux de ce qu'ils pourraient faire. « Je ne sais, fit le roi Loth, ce que

---

chevaus et les defoulerent molt laidement. Si n'avoit a aus desfendre que Lucan le Bouteillier, si tinrent ciaus si cours que molt les greverent. Quant li rois Artus voit la besoigne si grant si tourne cele part et se fiert entr'aus iriés come lyons, si fiert a destre et a senestre et ocist quanqu'il ataint, si fait tant que cil guerpissent la place et Kex et Girflés poignent vers le roi qui molt se combat durement. Et d'autre part se recombat Ulfins et Bretel et Autor encontre le duc de Cambenic et encontre Tradelinant et encontre le[^b] roi de Norhomberlande, si les firent flatir la ou li rois Artus se combatoit qui merveilles faisoit de proueces. Illuec s'ajousterent les uns as autres car ce estoit la maistre baniere, et se li secours le roi Artu tous seus ne fust, tout fuissent desbareté, car trop estoient bon chevalier cil de la et plus de gent la moitié que cil de cha. Si ne demourast mie granment qu'il i eüst molt grant damage, quant li rois Bans de Benuyc et li rois Boors ses freres lor soursent par devers la forest ou il ne quidoient de nul home vivant avoir regart. Et quant cil les virent si les escrierent si forment que [f] toute la forest et la riviere en retentissoit. Et quant cil les oïrent si sorent bien que li damages ne se puet passer se parmi aus non. Lors se traient li baron a une part del pré ensemble et devi-

[^b]: le

chacun d'entre vous veut faire ; mais pour ma part, je sais
bien que je mettrai ma peine à trouver quatre ou cinq chevaliers contre qui je puisse jouter, et je prendrai vengeance des
torts et du dommage qu'ils m'ont causés — car aussi bien
j'ai tout perdu. »

34. Lorsque le roi des Cent Chevaliers entendit les propos
du roi Loth, il en conçut beaucoup d'estime pour lui et dit
qu'il agirait de même ; le roi Caradoc renchérit là-dessus,
puis le roi Nantes ; le duc Escaut de Cambénic dit la même
chose, ainsi que le roi Clarion. « Je vais vous dire, reprit le
roi Loth, ce que nous allons faire : que six d'entre nous
engagent le combat contre ceux qui sortent tout frais de leur
embuscade, et les cinq autres resteront au cœur de ce tournoi et tiendront le champ aussi longtemps qu'ils le pourront.
De même, que la moitié de nos troupes marchent contre
ceux qui arrivent, et que l'autre demeure ici : nous tiendrons
bon sur la rive, près de ce bois, jusqu'à la nuit, de manière
qu'ils ne puissent pas nous encercler : à ce moment nous
pourrons mieux nous désengager et nous sortir de là que
nous ne le ferions maintenant. Car si nous essayions de nous
mettre en route maintenant, nous y perdrions plus qu'en
restant. » Tous les barons se rangèrent à l'avis du roi Loth ;
ils se retirèrent un peu à l'écart, battirent le rappel de leurs
troupes et se mirent en route. Le roi Loth et le roi des Cent
Chevaliers, en la compagnie du roi Aguisant et du duc
Escaut de Cambénic, rassemblèrent douze mille hommes

---

sent entr'aus que il porront faire. « Je ne sai, fait li rois Loth, que
chascuns de vous fera, mais je sai bien que je ferai tant que je i trouverai .IV. homes ou .V. a qui je puisse jouster et vengerai mon anui et
mon damage car ausi ai je tout perdu. »

34. Quant li rois des .C. Chevaliers entent ce que li rois Loth dist, si
l'em proisa molt en son cuer et dist que tout autresi fera il. Et li rois
Karados en sieut et li rois Nantes ausi et li dus Escaus de Cambenyc
dist autretel et Clarions li rois dist tel parole. « Or vous dirai, fait li rois
Loth, que nous ferons : voisent li .VI. de nous assambler a ciaus qui
viennent tous fres de lor embuschement et li .V. remaront en cest
tournoiement et tiegnent le caplé tant com il porront. Si en voist l'une
moitié de nos gens encontre ciaus qui ore viennent et l'autre moitié
demeure ci. Si tenrons le caplé emprés cest bois sor ceste riviere jusqu'a la nuit en tel maniere qu'il ne nous puissent enclorre et ensi nous
porrons nous le mix tenser et departir que ne ferienmes ore. Car
se nous nous metienmes a la voie nous i perdrienmes plus que el
remanoir. » A cel conseil que li rois Loth lor donne s'acorderent bien
tout li baron et se traient a une part et sevrerent[a] lor gent et partent.
Si emprendent entre le roi Loth et le roi des .C. Chevaliers et le roi
Aguiscant et le duc Escauc de Cambenic .XII.M. en lor compaingnie.

qu'ils divisèrent en six bataillons de deux mille hommes chacun ; ils chevauchèrent au pas, en rangs serrés, jusqu'à ce
qu'ils arrivent à la bande de terre qui était entre le bois et la
rivière, selon la ſtratégie que leur avait enseignée le roi Loth,
et qui était bien la meilleure qu'ils puissent adopter.

35. C'eſt ainsi que les six barons se préparèrent à se
défendre ; les cinq autres retournèrent à la bataille qui faisait
rage et résiſtèrent vigoureusement aux gens du roi Arthur :
ces cinq-là étaient les rois Brangoire, Urien, Nantes et Clarion de Northumberland, ainsi que le roi Tradelinant de
Norgales. Ils avaient sous leurs ordres sept mille hommes, et
ils se fixèrent dans un petit bosquet où ils se tinrent retranchés, se défendant fréquemment contre les assauts de leurs
adversaires qui étaient très vaillants : vraiment, c'était bien
regrettable qu'il y ait entre eux et le roi Arthur une telle malveillance ! Ce fut là une bataille bien pénible, car elle dura
jusqu'à vêpres. De l'autre côté, le roi Ban, le roi Bohort,
Léonce de Palerne et Gracien, qui conduisait le premier
bataillon, arrivèrent en rangs serrés, marchant au pas, mais
très anxieux d'engager le combat ; ce fut le roi Yder qui alla
à leur rencontre et, quand ils se virent, ils chargèrent les uns
contre les autres, si rudement que vous auriez pu entendre
les coups à une demi-lieue de diſtance. Il y eut là une mêlée
et des combats prodigieusement violents, et beaucoup
d'hommes et de chevaux y furent tués. Mais en définitive les
troupes du roi Yder ne purent en endurer davantage, et les

Si en font .VI. eschieles, si metent en chascune .II.M. homes et chevauchent le petit pas serré tant qu'il viennent au deſtroit del bois et de la
riviere que li rois Loth lor enseigna et ce fut tout le meillour conseil
c'on lor peüſt donner.

35. Ensi se sont li .VI. baron apareillié por aus desfendre. Et li
autre .V. sont en la bataille qui molt vigherousement se desfendent
encontre la gent le roi Artu. De ces .V. barons qui remesent fu li
rois Brangoires li uns et li rois Uriens et li rois Nantes et li rois Clarions de Norhomberlande et li rois Tradelinans de Norgales, et
orent en lor compaignie .VII.M. homes. Et se tinrent en un petit
boschet embronchié, si se desfendirent molt durement contre ciaus
qui molt sont prodome. Si eſt grans dels et grans damages de la
male voillance qui eſt entre aus et le roi Artu. Illuec ot [86a] une
dolerouse mellee, car ele dura jusques a vespres. Et d'autre part vint
li rois Bans et li rois Boors et Leonces de Paierne et Graciens qui
conduiſt la premiere bataille et s'en vont le petit pas serré et molt lor
tarde qu'il soient assamblé a aus et par dela lor vint a l'encontre li
rois Ydyers. Et quant il s'entr'aprocent si s'entrelaissent courre si
durement que vous oïssiés les cops de demie lieue loing. Illuec ot
merveillous eſtour et dure mellee, si ot grant ocision d'omes et de

ennemis les mirent en fuite, les rabattant en désordre sur le
bataillon du roi Aguisant d'Écosse, qui les réconforta de son
mieux. Et le combat recommença de plus belle ; les gens de
Pharien furent mis à rude épreuve, et les choses auraient
tourné mal pour eux si Léonce, le seigneur de Palerne,
n'était pas venu les secourir : il attaqua leurs adversaires si
énergiquement qu'il les repoussa en déroute sur les troupes
du duc de Cambénic, qui les reçurent fort bien.

36. En les voyant, le duc poussa son cri de ralliement et
chargea, si rudement que les fuyards reprirent courage et se
retournèrent contre leurs poursuivants, frappant de la lance
et de l'épée tant et si bien que de part et d'autre ils s'épuisèrent complètement : la mêlée dura tant que les coups qu'ils
échangeaient ne valaient plus grand-chose à la fin. Le roi
Bohort arriva alors, maniant sa lance au bout de laquelle
flottait sa bannière, violette bandée d'orfroi de belic, avec
des franges merveilleusement tissées qui venaient battre l'encolure du cheval[1]. Quand le roi Yder le vit venir, il dit :
« Seigneur-Dieu, gardez-nous aujourd'hui de mort, préser-
vez-nous de toute blessure : je vois bien désormais que nous
sommes tous en péril de mort ! Car je vois venir la bannière
de l'homme du monde auquel je céderais la place avec le
plus d'angoisse, de crainte d'être tué, et je le sais d'autre part
si bon chevalier que tous les nôtres ne sont que des gamins
comparés à lui, qui n'a pas d'égal, si ce n'est son frère que

---

chevaus. Mais ne le porent sousfrir ne endurer les gens au roi Ydier,
ains les menerent ferant tout a desconfiture sor l'eschyele le roi Aguisant d'Escoce qui molt les conforta et ici et merveillouse bataille et
dure et furent molt chargié la gent le roi Pharien. Si i fuissent a molt
grant meschief quant Leonces, li sires de Paierne, les secourut et
assambla si fierement a els qu'il n'i remest nul en place ains les
remena ferant sor la gent le duc de Cambenyc qui molt les rechurent
bien.

36. Quant li dus les vit venir si escrie s'enseigne et laisse courre a els
et les fiert molt durement. Si recouvrerent li fuiant et retournerent
contre ciaus qui ore les chacierent, si fierent et caplent tot a estal tant
que molt se lassent li uns et li autre et dura tant la mellee entr'aus que
petit valent mais les cops qu'il s'entredonnent. Atant vint li rois Bohors
sa lance palmoiant. Et l'enseigne iert inde, li chans a meïsmes bendes
d'orfrois de belic, si menuement com on pot faire a langes dont li bali-
got li batoient jusques desor le col del cheval. Et quant li rois Ydiers le
vit venir si dist : « Ha, sire Dix, desfendés nous hui de mort et de
mehaing, car ore voi je bien que nous somes tout en peril de mort.
Car je voi la venir l'enseigne a l'ome del monde que plus envis guerpist
place pour paour d'estre ocis et d'autre part est il li bons chevaliers
que, certes, tout li nostre sont envers lui pinçon, fors son frere a qui

personne ne peut égaler quant à la prouesse ; mais celui-ci
est déjà trop excellent chevalier, et vaillant[2] ! »

37. Quand le roi des Cent Chevaliers entendit les paroles
du roi Yder, il lui demanda qui était cet homme ; et il lui dit
que c'était le roi Bohort de Gaunes : « Et je ne sais pas
quand il est arrivé en ce pays... — Dieu nous vienne en
aide ! fit le roi Loth. Je ne le sais pas non plus, mais maintenant nous verrons bien qui se comportera en bon chevalier.
— J'ignore, fit le roi Caradoc à son tour, ce que chacun
d'entre vous fera, mais pour ma part, je vais aller à sa rencontre : si j'ai besoin d'aide, venez à mon secours ! » Et eux
de dire qu'ils agiraient ainsi. « Allez à Dieu, et puisse-t-il
vous garder de tout mal ! » Le roi Caradoc quitta alors les
autres rois et, évitant les autres bataillons, il s'en alla au petit
trot contre celui du roi Bohort. Quand ils ne furent plus
qu'à une archée l'un de l'autre, ils se chargèrent au grand
galop de leurs chevaux, et brisèrent leurs lances ; certains se
blessèrent mutuellement à mort. Puis ils tirèrent leurs épées,
et le combat commença, prodigieusement fort et violent.

38. Le roi Bohort vint alors à un sien filleul du nom de
Blaaris et lui donna sa bannière à porter ; celui-ci, qui était un
excellent chevalier, n'osa pas refuser[1] ; le roi déclara qu'il voulait voir comment les Bretons se battaient à cheval. Il prit une
lance et se jeta au cœur de la presse, si rudement que tous les
rangs en frémirent et tremblèrent. Il frappa un chevalier si

---

nus ne puet ataindre par prouece d'armes et cis est trop bons chevaliers
et hardis. »

37. Quant li rois des .C. Chevaliers entent la parole del roi Yder si
li demande qui il est et il li dist que c'est li rois Boors de Gaunes « ce
ne sai je mie quant il vint en cest païs. — Si m'ait Dix, fait li rois
Loth, je ne sai. Mais anqui i parra qui bons chevaliers sera. — Je ne
sai, fait li rois Karados, que chascun de vous fera. Mais je li vois
a l'encontre et se j'ai mestier d'aïde si me secourés et aïdiés. » Et
il dient que ensi le feront il. « Alés a Dieu qui de mal vous
desfen[*b*]de. » Lors s'em part li rois Karados des autres et eschive
toutes les batailles et s'en vait le petit pas serré encontre l'eschiele le
roi Boorth. Et quant li uns fu prés de l'autre si com on porroit traire
d'un arc, si s'entrelaissent courre li uns a l'autre tant com li cheval les
porent porter et brisierent lor lances en lor venir et s'entrenavrerent a
mort de tels i ot. Puis traient les espees et conmencent le caplé grant
et fort et merveillous.

38. Lors en vint li rois Boors a un sien filluel qui avoit non Blaaris
et li conmande l'enseigne a porter. Et cil estoit merveillous chevaliers
si ne l'osa desfendre. Et li rois dist qu'il veut savoir conment li Breton sevent porter armés a cheval. Et lors prent une lance et se fiert
en aus si durement que tout li rens en fremissent et bruient. Si fiert

fort qu'aucune de ses armes ne lui servit à rien ni ne put empêcher qu'il lui mette le fer et le bois dans le corps et le jette à terre si brutalement qu'il se brisa le cou. La lance vola en morceaux, et le roi Bohort mit la main à l'épée, la tira du fourreau et commença à faire de telles prouesses que tous les assistants en restèrent ébahis. Et tous de s'enfuir dès qu'ils le voyaient venir vers eux, si bien que le roi Caradoc aurait tout perdu si le roi des Cent Chevaliers n'était pas venu à son secours avec deux mille chevaliers solides, vaillants et très résistants. Dès qu'ils furent engagés, l'équilibre se rétablit, mais les prouesses du roi Bohort continuaient à dépasser celles de tous les autres, tant il accomplissait de prodiges. Le roi Caradoc et le roi des Cent Chevaliers ne se défendaient pas mal non plus. Ils endurèrent là bien des souffrances, et la mêlée se prolongea longtemps sans répit.

39. Alors vint le roi Ban de Bénoïc à qui il tardait fort de se joindre aux combattants ; il arriva en la compagnie de son sénéchal qui portait sa bannière, à couronnes d'or sur fond azur, à bandes transversales[1] vertes comme les prés ; et les pennons, au nombre de six, venaient battre jusqu'aux mains d'Antiaume le sénéchal, et jusqu'aux oreilles de son cheval, recouvrant entièrement son encolure. Lorsque les barons virent la bannière du roi Ban, ils se rendirent compte qu'il leur faudrait céder la place ou mourir, s'ils résistaient longuement, car, dès son arrivée, ceux de leur parti furent incapables

---

un chevalier si durement que arme qu'il eüst ne li fu garans que ne li mete fer et fust parmi le cors, si le porte si roidement a terre qu'il li brise le col et li glaives vole em pieces. Lors met li rois Boors la main a l'espee et le trait del fuerre, si conmence tant a faire d'armes que tout s'en esbahissent cil qui le veoient et li fuient si tost com il le veoient venir envers aus. Si eüst li rois Karados tout perdu quant li rois des .C. Chevaliers li fist secours de .II.M. chevaliers qui molt estoient prodome et penible et aduré d'armes porter. Et si tost com il furent assamblé si se mirent molt par ingal, mais les proueces au roi Boorth passerent toutes autres proueces, il i refaisoit merveilles. Et d'autre part le refaisoit molt bien li rois Karados et li rois des .C. Chevaliers, icil sousfrirent tous les meschiés. Si dura molt longuement li caplés et la mellee tout a estal.

39. Atant vint li rois Bans de Benuyc a qui li assamblers estoit molt tart et il vint a l'estour de son seneschal a corones d'or et d'azur et a bendes d'en travers de vert come herbe de pré et les langes dont il avoit[a] .VI. batoient a Antiaume le seneschal jusques as poins et par dessus les oreilles le cheval si que nuls ne se couvirrent le col. Et quant li baron veoient l'enseigne au roi Ban se sevent bien que par tans lor covenra place guerpir ou morir se longement i demourent, car si tost com il furent ensamble onques puis cil de la

de tenir bon. Le roi Loth se lança contre lui, les yeux pleins de larmes, car il se rendait bien compte en vérité qu'ils avaient tout perdu. C'est alors que vous auriez pu voir de part et d'autre briser des lances et transpercer des écus, et que vous auriez senti la terre trembler sous le poids des destriers ! Les bois retentissaient des coups que les combattants échangeaient, si bien qu'on pouvait clairement entendre le fracas à une demi-lieue de distance.

40. Quand le roi Ban eut rejoint la mêlée, il ne retint pas ses troupes, mais leur fit refouler les ennemis sur les cinq rois et leurs gens. Il y eut là de fortes pertes et de nombreux morts, de part et d'autre ; car le roi Ban commença à infliger de telles souffrances et de tels dommages à ses ennemis que ceux-ci s'enfuirent de toutes parts. Il parcourait les rangs, l'épée à la main, et frappait à droite et à gauche, si bien qu'il n'y avait aucun adversaire assez solide pour lui résister. Vinrent alors le roi Loth, le roi des Cent Chevaliers, et Marganor ; tous trois ensemble ils marchèrent contre lui. Leurs compagnons avaient engagé le combat si bien que la confusion était totale. Quand ils virent que le roi Ban leur causait de si grands dommages, ils en furent très courroucés — et les autres rois aussi. Le roi des Cent Chevaliers éperonna alors son cheval, l'épée au poing ; c'était un très bon chevalier, très hardi : il frappa le roi Ban sur le plat de l'écu, d'un coup si violent qu'il en fit voler un morceau à terre. Le roi Ban en fut très contrarié, et il leva sa bonne épée Courrou-

---

ne tinrent place. Et lors assembla li rois Loth plorant des ex de sa teste car bien set e voit qu'il ont le tout perdu. Lors veïssiés d'une part et d'autre lances et escus percier et par desous ces destriers la terre fremir, si retentist li bois des cops qu'il s'entredonnent que de demie lieue loing le puet on oïr [c] clerement.

40. Quant li rois Bans fu assemblés avoec aus, onques[a] puis ne se tinrent se petit non ains les firent flatir sor les .v. rois et sor lor gens. La ot trop grant dolour et grant mortalité et d'une part et d'autre, car li rois Bans conmencha a faire si grant martire et si grant ocision de gens que il fuioient de toutes pars et il cherce les rens l'espee en la main et fiert a destre et a senestre si que ja si dur conroi n'i aura qu'il ne desoivre. Lors vint li rois Loth et li rois des .c. Chevaliers et Marganor et murent tout .iii. et lor compaignon furent mellé les uns as autres si que tout estoient pelle et melle. Quant il virent le roi Ban qui si grant damage lor faisoit, si en furent molt courecié et aussi furent tout li roi. Lors hurte li rois des .c. Chevaliers des esperons, l'espee en la main, et il fu molt bons chevaliers et molt hardis et fiert le roi Ban par desus l'espane de l'escu si grant cop que un chantel en fist voler enmi le champ. Et quant li rois Ban le voit si li anoie molt, lors hauce Courechouse, sa bone espee, et le lieve contre mont. Si en

ceuse dans l'intention d'en frapper le roi des Cent Chevaliers
sur le heaume ; mais celui-ci, craignant le coup, esquiva en
rentrant la tête dans les épaules et en éperonnant son cheval.
Le coup du roi Ban atteignit l'animal sur sa couverture de
fer qui le caparaçonnait tout entier, la traversa, et le fendit
d'outre en outre, le faisant trébucher et tomber à terre en tas
avec son cavalier. Quand le roi se vit à terre, il se leva brusquement, l'épée au poing, se couvrant la tête de son écu.
Lorsqu'à son tour le roi Brangoire le vit ainsi désarçonné, il
fondit sur le roi Ban, et lui donna un si grand coup sur son
écu qu'il le fendit et en fit sauter un grand morceau. Le roi
Ban de son côté le frappa sur le heaume, si violemment qu'il
trancha le cercle d'acier et lui arracha la coiffe de la tête ; et,
si son épée n'avait pas dérapé, il l'aurait mis à mort ; en l'occurrence, il le porta quand même à terre tout étourdi.

41. Quand les deux rois se furent relevés, tous deux commencèrent à attaquer le roi Ban, qui se défendit si bien qu'il
leur fit plus de mal qu'eux ne lui en faisaient. Les deux rois
avaient perdu beaucoup de sang, et sans doute cela aurait mal
tourné pour eux si les bataillons n'avaient pas engagé le combat, ce qui les contraignit à se séparer qu'ils le veuillent ou
non. Il arriva que le roi Arthur trouva le roi Ban à pied, car on
lui avait tué son cheval ; mais il se défendait si bien que personne n'osait s'approcher de lui : il est vrai qu'il était grand,
et extrêmement fort[1]. Le roi Arthur fondit sur ceux qui attaquaient le roi Ban à travers la presse, et tous s'écartèrent

---

quide ferir le roi des .c. Chevaliers par mi le hiaume et cil qui douta
le cop s'enbronche et fiert le cheval des esperons. Et li rois ataint le
cheval sor la couveture de fer dont il estoit couvers, si le cope tout
et le cheval d'outre en outre jusque en terre, si trebusche tout en un
mont. Et quant li rois se vit a pié, si est tout maintenant sus saillis,
l'espee el poing, l'escu sor la teste. Et quant li rois Brangoires vit a
terre le roi des .c. Chevaliers, si cort sus au roi Ban et le fiert si grant
cop parmi l'escu qu'il le fent et en abat un grant chantel a terre. Et li
rois Bans le fiert parmi le hiaume si grant cop qu'il li trenche le
cercle et la coife de fer rés a rés de la teste, et se l'espee n'eüst
guenci, mort l'eüst, si le porta a la terre tout estourdi.

41. Quant li roi se furent relevé si commencierent ambedoi la mellee encontre le roi Ban. Mais li rois Bans se desfendi si bien que il le
damaga plus que il ne fist lui ne il n'i a nul des .ii. rois qu'il n'ait
assés perdu del sanc. Si ne demorast gaires que grant damage i eüst
esté des .ii. rois, quant les batailles s'entremellerent et ce les fist
departir ou il vausissent ou non. Lors avint que li rois Artus trouva le
roi Ban tout a pié car on li avoit son cheval ocis. Et il se desfendoit
si bien que nus n'osoit a lui venir. Et il estoit grans chevaliers et fors
a desmesure, si lor courut sus parmi la grant presse et il li font voie,

devant lui et lui laissèrent le passage, car ils redoutaient tant ses coups qu'il n'y en avait aucun assez hardi pour oser les attendre. Ce que voyant, le roi Arthur accéléra son allure, l'épée au poing, rouge du sang des hommes et des chevaux, car il accomplissait de véritables prodiges. Il atteignit un chevalier qui était doté d'un très bon cheval, et le frappa sur son heaume d'un coup si violent qu'il fendit son crâne en deux jusqu'aux dents ; l'autre tomba à terre, mort. Puis le roi Arthur prit le cheval par la bride, l'amena au roi Ban et lui dit : « Tenez, mon cher ami ! En selle, car c'est une mauvaise journée pour nos ennemis : vous ne tarderez pas à les voir céder le terrain ! » Le roi Ban se hâta de se remettre en selle, puis tous deux, le roi Arthur et le roi Ban, se lancèrent au milieu de leurs ennemis. En les voyant leur causer de tels dommages, ceux-ci furent si ébahis et si éperdus qu'ils perdirent jusqu'au désir de bien faire : ils exécutèrent un demi-tour et s'enfuirent vers la forêt, où beaucoup d'entre eux furent tués ou blessés, car ils étaient coincés entre le bois et la rivière, si bien qu'il s'en fallut de peu qu'ils ne fussent totalement déconfits. Ils s'arrêtèrent à ce point, et tinrent tête à leurs poursuivants : ils savaient bien en effet que, s'ils continuaient à fuir, ils se feraient tous tuer. Quand le roi Nantes, et tous les autres rois, virent ce spectacle, ils se retirèrent à l'écart ; et Marganor leur dit : « Seigneurs, patientez jusqu'à ce qu'il fasse nuit, sinon vous êtes tous morts ! » Et eux de reconnaître que c'était la vérité.

---

si l'en laissent aler, car tant [*a*] redoutent ses cops qu'il n'i a si hardi qui a cop l'ost atendre. Et quant li rois Artus le vit, si en vait cele part, l'espee el poing soullie de sanc d'omes et de chevaus, car a merveilles faisoit d'armes, et il ataint un chevalier qui molt richement estoit montés. Et li rois Artus le fiert si grant cop parmi le hiaume que tout le pourfent jusques es dens et cil chiet a terre mors. Puis prent le cheval par le resne, si le mainne au roi Ban, si li dist : « Tenés, li miens amis, si i montés car en mal jor sont entre vostre anemi, car ja lor verrés guerpir la place. » Et li rois Bans i monta delivrement. Lors se fierent entre lui et le roi Ban et le roi Artu entre lor anemis. Et quant cil aperçoivent le roi Artu et le roi Ban qui si grant damage lor font de lor gent, si en sont si esbahi et si esperdu qu'il em perdent tout lor talent de bien faire, si tournerent le dos et s'enfuient jusques au bos. Illuec en ot il molt d'ocis et d'afolés, si furent si destraint entre le bois et la riviere qu'a poi qu'il ne furent tout desconfit. Illuec s'arresterent et tinrent estal, car il savoient bien que s'il fuient plus avant il seront tout mort. Quant li rois Nantes et tout li autre roi virent ce si se traient tout a une part et Marganor lor dist : « Signour, ore sousfrés tant qu'il soit anuitiés ou se ce non vous estes tout a la mort. » Et il dient que c'est fines verités.

42. Le roi Arthur et le roi Ban les poursuivirent ainsi, devançant leurs compagnons, jusqu'à ce qu'ils parviennent à un torrent qui coulait à grand fracas, et sur lequel les fuyards avaient jeté un pont de bois et de branchages. Ils traversèrent les uns après les autres, mais, alors que le roi Arthur et le roi Ban étaient arrivés au pont et voulaient le franchir à leur tour, Merlin intervint et leur dit : « Roi Arthur, que veux-tu faire ? N'as-tu pas assez fait, en remportant la victoire sur tes ennemis ? Retourne sur tes terres, emmène tes amis et prends soin de les honorer autant que tu le peux. Il me faut en effet me retirer dans les bois pour accomplir ma destinée auprès de Blaise, mon maître, qui est aussi mon fidèle ami. » Aussitôt, il quitta le roi Arthur et entra dans la forêt, où il ne tarda pas à trouver Blaise qui l'avait attendu longtemps et désirait fort le voir ; il lui demanda où il avait été, pendant si longtemps. Et Merlin lui dit qu'il était resté auprès du roi Arthur afin de le conseiller. Blaise lui dit que c'était folie de sa part de ne pas demeurer près de lui, si ce n'est qu'il agissait bien en conseillant le nouveau roi. Merlin lui raconta alors tout ce qui s'était produit depuis son départ : comment les Saxons étaient entrés sur le territoire des barons, et comment ils leur faisaient la guerre. Blaise mit par écrit tout cela, et c'est par lui que nous le savons encore. Mais ici le conte cesse de parler de Merlin et de Blaise, et revient au roi Arthur et à ses deux compagnons, qui étaient frères. Et il va nous conter comment ils

---

42. Ensi les chaça li rois Artus et li rois Bans devant tous les autres tant qu'il vinrent a une aigue bruiant ou li fuiant orent fait un pont de ramie et de busche, si passerent outre les uns aprés les autres. Et li rois Artus et li rois Bans vinrent au pont et se vaurent ferir aprés els. Et Merlins vint a els si lor dist : « Rois Artus, que vels tu faire ? Dont n'as tu tant fait que tu as vaincus tes anemis ? Va t'ent en ta terre, si amainne tes amis, si les sers et honeure a ton pooir. Car il me couvient aler em bois faire ma destinee entour Blayse mon maistre qui molt est mes amis. » Tout maintenant s'em part del roi Artu et s'en entre en la forest ou il trouva Blaise qui molt longement l'avoit atendu et desiré, si li demande ou il avoit si longement esté. Et Merlins li dist qu'il avoit esté entour le roi Artu pour lui conseillier. Et Blayse li disoit qu'il faisoit que fols quant il ne demouroit entour lui se ne fust par ce qu'il faisoit bien quant il conseilloit le nouvel roi. Lors li dist Merlins toutes les choses qui li estoient avenues puis qu'il se departi de lui [e] li conta comment li Saisne estoient entré en la terre as barons et comment il les guerroient. Et Blayse mist tout ce en escrit et par lui le savons nous encore. Mais atant se taist ore li contes de Merlin et de Blayse. Et retourne a parler del roi Artu et des .II. compaignons roi qui sont en sa compaignie qui frere estoient et nous contera li contes comment il

quittèrent le champ de bataille, satisfaits et contents d'avoir remporté la victoire sur leur ennemis.

Intermèdes.

43. Le conte rapporte ici que le roi Arthur, quand il eut déconfit les dix rois et le duc de Cambénic en suivant les conseils de Merlin, comme vous l'avez entendu dire plus haut, s'en revint heureux et content que Notre-Seigneur lui ait donné la victoire sur ses ennemis. Il ne s'arrêta pas avant d'être arrivé à Logres ; lui et les siens se logèrent sur la prairie hors des murs, où ils dressèrent leurs tentes et leurs pavillons, puis ils placèrent des gardes et dormirent jusqu'au lendemain. Le jour venu, ils écoutèrent la messe puis allèrent manger ; après le repas, le roi Arthur fit mettre en tas tout le butin qu'ils avaient gagné. Les trois rois le répartirent alors entre ceux dont ils savaient qu'ils en avaient besoin : plus aux uns, moins aux autres, selon leur rang. Ils firent de telles largesses aux pauvres chevaliers et aux pauvres hommes à pied qu'il ne leur resta pas un sol, puis ils distribuèrent aussi destriers, palefrois et draps de soie. Ils donnèrent tout, si bien qu'il ne leur resta plus rien à partager. Ils renvoyèrent alors chevaliers et hommes d'armes, sauf quarante d'entre eux qui devaient les accompagner au royaume de Carmélide. Pharien et Léonce de Palerne quant à eux raccompagnèrent leurs troupes dans leur pays, pour garder leurs terres, afin que le roi Claudas ne puisse leur faire de mal. Les chevaliers qui avaient reçu ces grandes largesses achetèrent des fiefs et

---

s'em partirent de l'ost lié et joiant de ce qu'il orent eü victoire desor lor anemis.

43. Or dist li contes*a* que quant li rois Artus ot desconfit les .x. rois et le duc de Cambenyc par le conseil de Merlin ensi com vous avés oï, li rois Artus s'en tourna liés et joians de ce que Nostres Sires li avoit donné victoire desor ses anemis, et si erra tant qu'il vint a Logres. Et il se logierent en la praerie par defors et i tendirent tentes et paveillons et se firent eschergaitier et dormirent jusques au jour. Et quant il fu jours si oïrent messe puis alerent disner. Aprés mengier fist li rois Artus metre en un mont tout l'avoir et tout le gaaing qu'il orent fait, et li .III. roi le departirent a ciaus qu'il sorent que mestier en fu, as uns plus et as autres mains selonc ce qu'il estoient, si donnerent et departirent as povres chevaliers et as povres sergans si que onques un seul denier ne lor en remest. Et puis departirent palefrois et destriers et dras de soie*b*, si donnerent trestout si que riens n'i demoura a donner. Lors en revoiierent tout chevaliers et sergans fors que seulement .XL. qui en iront avoec aus el roiaume de Carmelide. Et Pharien et Leonce de Paierne en remenerent lor gent en lor païs pour lor terre garder que li rois Claudas ne lor

des rentes sur leurs terres, grâce à quoi ils vécurent par la suite de manière mieux qu'honorable tout le reſte de leur vie. Le roi Arthur, quant à lui, était demeuré avec les deux rois ; il séjourna à Bédingran, qui se trouvait à la frontière entre la Grande-Bretagne et la Carmélide, attendant Merlin qui devait les rejoindre.

44. Le lendemain de leur arrivée, après avoir mangé en manifeſtant la meilleure humeur du monde, les trois rois visitèrent les loges qui se trouvaient au bord de l'eau afin de découvrir les allées et les jardins ; alors qu'ils regardaient en contrebas, ils virent un grand vilain qui s'en venait le long de la rivière, par les prés, portant un arc et des flèches. Or, il y avait des canards sauvages qui se baignaient dans un ruisseau, conformément à leur habitude ; le vilain encocha une flèche sur son arc, et tira l'un des volatiles ; puis il engagea un autre carreau, et tua un mallart ; il les ramassa, les pendit par le cou à sa ceinture et se dirigea ensuite vers les loges à la baluſtrade desquelles les trois rois se penchaient — et ils avaient bien vu comment le vilain avait tiré[1]. Quand il en fut à une portée d'arbalète, le roi Arthur l'appela ; et lorsqu'il se fut approché, il lui demanda s'il voulait vendre les oiseaux qu'il avait pris. Et le vilain de dire que « oui, très volontiers. — Et combien les faites-vous ? » demanda le roi. Mais l'autre ne répondit rien. Il avait des guêtres et des chaussures de cuir, une cotte et un surcot de bure avec un capuchon, et

---

forfeïſt riens. Et li chevalier qui avoient eüs les grans dons achaterent fiés et rentes en lor terres dont il vesquirent puis a grant honour tous les jors de lor vies. Et li rois Artus fu remés avoec *[*f*]* les .II. rois et sejourna a Bedingram qui eſtoit en la marche de la Grant Bretaigne et de Carmelide, et illuec atendirent il Merlin qui devoit venir a els.

44. Quant ce vint a l'endemain que li rois i fu venus et ont ot mengié et fait grant feſte, li .III. roi entrerent es loges qui eſtoient sor la riviere pour veoir les pourpris et les gardins. Lors regarderent aval, si voient venir un grant vilain par desorte la riviere tous les prés, un arc en sa main. Et il avoit saietes et il ot asnes salvages en un roissel qui se baingnoient si come lor nature lor aporte. Et li vilains entoise son arc, si en fiert l'une el col, si qu'il li ront, puis encouche un autre bougon, si ociſt un mallart, puis les prent et les pent par les cols a sa chainture, puis s'en vait par devers les loges ou li .III. roi eſtoient apoiié et orent veü le trait que li vilains avoit fait. Et quant il fu prés des loges le trait a un bougon, si l'apela li rois Artus. Et quant li vilains vint prés des loges, si li demande li rois s'il velt vendre ces oisiaus qu'il a pris. Et li vilains li diſt : « Oïl, volentiers. — Et que les faites vos ? » diſt li rois. Et cil ne diſt mot. Et il ot chauciés uns grans sollers de vache et ot veſtu cote et sercot de burel et caperon et

portait en guise de ceinture une courroie de peau de mouton. Il était grand, massif, noir de teint et hirsute, et il avait vraiment l'air traître et félon à souhait. « Je n'estime guère, dit-il, un roi trop attaché à son trésor, un roi qui marchande et n'ose pas faire d'un pauvre homme un homme riche, quand il en a le pouvoir. Je vous les donne, ajouta-t-il, les oiseaux ! Et pourtant, je n'ai pas un sou vaillant comme vous le voyez ; et vous, vous n'avez pas le cœur de me donner le tiers de vos biens qui pourriront en terre avant que vous ne les en sortiez : ce n'est pas à votre honneur ni à votre avantage, sachez-le bien ! »

45. En entendant ces mots, le roi Arthur regarda les deux autres rois et leur dit : « Quels diables ont révélé à ce paysan que j'avais un trésor enterré ? » Le roi Ban interpella alors le vilain et lui demanda qui lui avait soufflé cela ; mais l'autre ne lui répondit rien, et s'adressa seulement au roi Arthur, lui disant de faire prendre les oiseaux, et qu'il s'en irait après. « Dis-nous donc, fit le roi Ban, sur ton âme, qui t'a dit que le roi Arthur avait un grand trésor enterré ? — Un homme sauvage me l'a révélé, son nom est Merlin, et il m'a dit aussi qu'il viendrait vous parler aujourd'hui. » Pendant cette conversation Ulfin sortit d'une pièce voisine et rejoignit le roi qui discutait avec le vilain. « Par Dieu, fit le roi, comment pourrais-je te croire, quand tu dis que tu as parlé à Merlin ? — Si vous voulez me croire, repartit le vilain, croyez-moi donc, et si vous ne le voulez pas, ne me croyez pas ; aussi

---

fu chains d'une coroie nouee de mouton. Et il estoit grans et lons et noirs et hireciés et sambla molt bien cruel et felon et dist : « Je ne prise mie roi qui trop aime son tresor et qui est regratiers. Et mal dehait ait rois regratiers qui n'ose faire d'un povre home riche et bien le puet faire. Je vous doing, fait il, les oisiaus. Et si n'ai je plus vaillant que vous veés et vous n'avés pas cuer de donner la tierce partie de vostre avoir qui en terre porrira ançois que vous l'aiiés trait ne ce n'est mie vostre honour ne vostre preu, ce saciés. »

45. Quant li rois Artus entent la parole au vilain si regarde les autres .II. rois si lor dist : « Quel diable ont dit a cel vilain que je ai tresor en terre ? » Lors apela li rois Bans et lor demande qui l'avoit dit. Et li vilains ne li respont mot ains dist au roi Artu qu'il face prendre les oisiaus et puis si s'en ira. « Or nous di, fait li rois Bans, par t'ame qui te dist que li rois avoit tresor en terre. » Et li vilains respondi : « Un hom sauvages le me dist qui a non Merlins et si me dist qu'il venroit hui parler a vous. » Endementiers qu'il parloient ensi issi Ulfins hors d'une chambre et en vint la ou li rois plaidoit au vilain. « Di, va*, dist li rois, comment t'en porroie je croi[87a]re, que tu aies parlé a Merlin ? — Se vous volés, fait li vilains, si me créés, et se vous volés si ne me créés pas, car je n'ai riens acreü a vous si

bien je ne vous ai pas cru non plus, nous sommes quittes ! »
À ces mots, Ulfin se mit à rire, parce qu'il savait bien que
c'était Merlin ; lorsqu'il le vit le vilain lui dit : « Seigneur sénéchal, prenez ces oiseaux et donnez-les à manger ce soir à
votre roi qui n'a pas le cœur de rendre riche un pauvre
homme qui pourtant pourrait bien l'en récompenser ! Sachez
bien qu'il a parlé aujourd'hui à un homme qui se soucie peu
des biens qui sont sur terre ou dessous, si grands soient-ils ! »

46. Ulfin se mit alors à rire et lui dit : « Seigneur, si cela ne
devait pas vous déplaire, je voudrais bien vous parler en particulier. » Et l'autre répondit qu'il y consentait très volontiers. Le roi, regardant Ulfin, le vit qui riait aux éclats ; il
lui demanda pourquoi, et Ulfin rétorqua qu'il le saurait d'ici
peu. Le vilain entra dans la loge, tel quel, et dit à Keu :
« Tenez, seigneur sénéchal, faites plumer ces oiseaux de
manière que votre roi puisse les manger avec autant de
plaisir que j'en ai à les lui donner. — Seigneur, fit alors
Ulfin, ce n'est pas le premier don que vous lui ayez fait. »
Bretel survint sur ces entrefaites, et il entendit les paroles
d'Ulfin : il comprit aussitôt que c'était Merlin, et se mit à
sourire : le roi lui demanda pourquoi, et Bretel répondit qu'il
le lui dirait volontiers si le vilain en était d'accord ; celui-ci
dit qu'il le voulait bien. Ulfin expliqua alors au roi : « Seigneur, ne reconnaissez-vous pas votre cher Merlin ? Ne
devait-il pas venir vous parler aujourd'hui, comme ce vilain
l'a affirmé ? — Oui, dit le roi ; pourquoi cette question ?

---

soions quite a quite. » Quant Ulfins l'entent si conmence a rire et sot
bien tantoſt que ce eſtoit Merlins. Et quant li vilains vit Ulfin si li
diſt : « Dans seneschaus, tenés ces oisiaus, ses donnés anqueanuit a
mengier a voſtre roi qui n'a mie cuer de faire povre home riche qui
encore li porroit bien guerredoner. Et saciés qu'il a hui a tel parlé a
qui il eſt molt petit de nul avoir tant soit ore grans desor terre. »

46. Lors conmencha Ulfins a rire molt durement et li diſt : « Sire, s'il
vous plaisoit je parleroie molt volentiers a vous. » Et cil diſt qu'il i
venra molt volentiers. Et li rois regarde Ulfin et le voit rire molt durement. Se li demande pour coi il rioit. Et il li diſt qu'il le saura aſſés a
tans. Et li vilains entra laiens, ensi apareilliés com il eſtoit, et diſt a
Keu : « Tenés, sire seneschaus, or poés faire ces oisiaus plumier que si
liement les puiſſe voſtres rois mengier que je li doins. — Sire, fait
Ulfins, ce n'eſt mie li premiers dons que vous li avés donné. » A ceſte
parole vint Bretel qui ot oï ce que Ulfins ot dit a celui, si connut
tantoſt que ce fu Merlins, si s'en conmence a rire. Et li rois li demande
pour coi il a ris. Et il diſt qu'il li dira bien se li vilains velt. Et li vilains
diſt qu'il le veut bien. Lors diſt Ulfins au roi : « Sire, ne connoiſſiés^a
vous mie Merlin, voſtre acointé ? En ne dut il hui parler a vous,
si com cis vilains a dit ? — Oïl, fait li rois, pour coi le dites vous ?

— Hé ! seigneur, fit Ulfin, parce que vous ne le reconnaissez pas comme je voudrais : vous voyez les gens, mais vous ne les reconnaissez pas une deuxième ou une troisième fois ! J'en suis fort surpris. »

47. À ces mots, le roi fut si ébahi qu'il ne sut que répondre, si ce n'est qu'il le pria de lui dire qui était ce vilain s'il le savait. « Seigneur, fit Ulfin, est-ce que vous ne connaissez pas Merlin ? — Bien sûr que si, répliqua le roi. — Regardez donc bien ce brave homme, reprit Ulfin : l'avez-vous jamais vu ? Il peut dire à juste titre qu'il a perdu sa peine à vous servir, car c'est Merlin qui vous a montré tant d'affection, qui vous a rendu tant de services, et qui vous a aidé de tout son pouvoir contre tous ceux qui vous voulaient du mal. » Le roi Arthur s'en signa, et les deux frères furent totalement bouleversés par cette révélation. « Merlin, s'exclamèrent-ils, est-ce bien vous ? Jamais nous ne vous avons vu sous ce déguisement ! » Il répondit qu'il pouvait bien en être ainsi ; mais Ulfin intervint : « Chers seigneurs, ne soyez pas si surpris, car il vous montrera aisément l'apparence sous laquelle il vous est apparu la première fois ! » Et eux de dire qu'ils le désiraient fort. « Venez donc dans cette chambre », fit-il, et ils y allèrent. « Chers seigneurs, ne vous étonnez jamais des affaires de Merlin ; il vous montrera des apparences diverses en grand nombre, car chaque fois qu'il le désire il se change et se métamorphose à son gré grâce à l'art magique dans lequel il est passé maître. » Guinebaut[1],

---

— Sire, fait Ulfins, je le di pour ce que vos ne le connoissiés pas si bien com je valroie. Car vous veés la gent, si ne le connoissiés mie .ii. fois ou .iii., si m'en merveil molt. »

47. Quant li rois entent ce, si fu si esbahis qu'il ne set qu'il doie respondre, fors tant qu'il li proie de lui die qui cis vilains est s'il[a] le set. « Sire, fait Ulfins, en ne connoissiés vous pas Merlin ? — Certes, fait li rois, oïl. — Dont regardés bien cel prodome, fait Ulfins, se vous le veïstes onques. Mais il puet bien dire que a mal emploié son service en vous, car c'est Merlins qui vous a servi et amé et aïdié de quanqu'il pooit faire ne dire contre tous ciaus qui mal vous voloient. » Et li rois Artus s'en segne, et li doi frere roi s'en sont molt esmerveillié si disent : « Merlin, estes vous donques ce ? Onques mais ne vous veïsmes en tel habit. » Et il respont que « bien [b] puet estre, biau signour ». Ce dist Ulfins : « Ne soiiés mie si esbahi, car il vous mosterra bien la samblance ou vous le veïstes premierement. » Et cil dient que ce voloient il bien. Et cil lor dist[b] : « Ore en venés donc en ceste chambre. » Et il i vont. Et Ulfins lor dist : « Biau signour, ne vous' esmerveilliés mie des afaires Merlin car il vous mousterra de samblances assés car toutes les fois qu'il velt se cange et mue par force d'art d'yngremance dont il estoit plains. » Et Guine-

qui était là aussi, s'en porta garant ; et il dit qu'il agissait ainsi pour se protéger contre le grand nombre de gens, dans le pays, qui voulaient sa mort. « Retournons auprès de lui maintenant, nous le verrons sous son apparence véritable. » Ils y allèrent et trouvèrent Merlin dans la salle, sous ses traits accoutumés ; alors, ils coururent à lui et lui firent fête, en hommes qui l'aimaient beaucoup ; et ils rirent avec lui de la comédie qu'il lui avaient vu jouer, et des paroles qu'il avait dites au roi. Et le roi Arthur dit à Merlin : « Je sais bien maintenant que vous m'aimez, car vous m'avez donné vos oiseaux de bon cœur ! Et je les mangerai pour l'amour de vous. » Et Merlin de répondre qu'il le voulait bien.

48. Ils demeurèrent ainsi dans la joie et les divertissements jusqu'à la Mi-Carême[1] ; il advint alors que le roi Arthur, par l'entremise de Merlin, se lia avec une jeune fille, la plus belle qu'on ait jamais vue. Elle s'appelait Lisanor, et c'était la fille du défunt comte Sylvain, née au château dit de Quimpercorentin. Elle était venue avec d'autres barons faire hommage au roi Arthur : ils craignaient qu'il ne leur prît leurs terres, ils vinrent donc à lui de bon cœur. Dès qu'il vit la jeune fille, le roi Arthur fut très attiré par elle ; il fit tant par l'entremise de Merlin qu'il lui parla seul à seule, et à partir de là il se donna tant de peine que lui et la jeune fille couchèrent ensemble une nuit : à cette occasion fut engendré Lohot[2] qui devint par la suite un bon chevalier, compagnon de la Table ronde.

---

baus, qui illuec estoit, le tesmoigne bien et lor dist il qu'il se mue pour ce qu'il a molt grant plenté de gent el païs qui le vauroient avoir mort. « Ore alons tout a lui, si le verrons en sa droite samblance. » Et il i vont si trouvent Merlin en la sale en sa droite samblance. Lors courent a lui se li font molt grant joie come cil qui molt l'amoient et se rient a lui del trait qu'il li virent faire et des paroles qu'il dist au roi. Lors dist li rois Artus a Merlin : « Or sai je bien que vous m'amés car vous me donnastes volentiers vos oisiaus et si les mengerai por l'amor de vous. » Et Merlins dist que ce velt il molt volentiers.

48. Ensi sejournerent en joie et en solas jusques au mi quaresme. Si avint que li rois Artus par le conseil Merlin s'acointa d'une pucele, la plus bele qui onques fust nee. Et avoit a non Lisanor[a], si fu fille au conte Silvain, qui mors estoit, du chastel nee c'on apeloit Canparcorentin. Icele pucele vint faire homage au roi Artu et avoec li autres barons, car il doutoient que il ne lor tolist lor terres, si en vinrent a lui de bon cuer. Et si tost conme li rois Artus vit la pucele si li plot molt[b] très durement en son cuer et fist tant par Merlin qu'il parla a li seul a seul. Et aprés se repena tant li rois Artus envers la damoisele qu'il jurent une nuit ensemble. Et a cele fois fu engendrés Loth qui puis fu bons chevaliers et uns des compaignons de la Table Reonde.

Puis, quand on arriva à la Mi-Carême, le roi prit congé de la demoiselle et fit ses préparatifs de départ pour le royaume de Carmélide, avec trente-neuf chevaliers seulement. Mais ici, le conte décide de se taire à ce sujet et n'en parle plus jusqu'à ce qu'il en soit temps et lieu, mais revient aux dix barons qui avaient été chassés du champ de bataille : nous vous dirons comment ils s'en allèrent à une cité qu'on appelait Sorhaut, qui appartenait au roi Urien, et où ils furent très bien accueillis.

Conseil des barons de Logres.

49. Le conte dit que les barons étaient très affligés de leurs pertes ; ils chevauchèrent toute la nuit en se lamentant sur elles et sur les dommages qu'ils avaient subis ; ils n'étaient guère à leur aise, souffrant du froid et de la faim. Le lendemain, ils arrivèrent à une cité que l'on appelait Sorhaut, qui appartenait au roi Urien ; on les y accueillit avec joie, et ils se reposèrent et se remirent de leurs efforts, en hommes qui en avaient grand besoin. Les malades et les blessés y demeurèrent jusqu'à leur guérison ; mais ils n'y étaient que depuis trois jours quand les messagers de Cornouaille et d'Orcanie vinrent annoncer à leurs seigneurs les ravages que les Saxons faisaient sur leurs terres, et qu'ils assiégeaient le château de Nambières, ayant amené tant de gens avec eux pour peupler le pays qu'on ne pourrait jamais les en chasser.

50. Quand les barons entendirent cette nouvelle, il n'y en

Et quant ce vint envers le mi quaresme si prist li rois Artus congié a la damoisele et s'atorna pour aler el roiaume de Carmelide, lui quarantisme de chevaliers sans plus. Mais ici endroit se taist li contes d'aus que plus n'en parole jusques a dont que tans et lix en iert et retourne a parler des .x. barons qui en furent chacié de la place. Si vous dirons cha ariere conment il alerent a une cité c'on apeloit Sorhaut qui estoit au roi Urien et la furent il rechu a molt grant joie.

49. [d] Or dist li contes que*a* molt furent dolant li baron de lor perte, si chevaucierent toute la nuit regretant lor perte et lor damage, si furent molt a malaise que de faim que de froit. L'endemain vinrent a une cité c'on apeloit Sorhaut, si estoit au roi Urien et on les i rechut a molt grant joie, si se reposerent et aiesierent come cil qui molt grant mestier en avoient. Si i remesent li malade et li navré tant com il furent gari, mais il n'i avoient que .III. jours esté quant li message de Cornuaille et li message d'Orcanie i vinrent. Si conterent a lor signour le damage et la destruction que li Saisne faisoient en lor terre et estoient assegié devant le chastel de Nambieres et avoient si la terre pueplee de lor gent que jamais n'en seront chacié ne remus fors du païs.

eut pas un assez hardi pour ne pas trembler de peur ; ils
restèrent là quinze jours sans rien faire de plus. Le seizième,
ils se rassemblèrent dans la grande salle du roi Urien ; le roi
Brangoire prit la parole : « Seigneurs, vous avez tous entendu
dire que les Saxons sont entrés sur nos terres, en ont ravagé
et détruit une grande partie, et ont mis le siège devant le
château de Nambières. Il conviendrait de se hâter de
prendre des mesures pour les bouter hors du pays. Vous
savez bien que nous avons eu le dessous et subi de lourdes
pertes lors de la chevauchée que nous avons lancée contre le
roi Arthur. Nous ne pouvons attendre aucun secours de lui
ou de sa terre, non plus que du roi Léodegan de Carmélide,
qui nous aiderait volontiers, s'il en avait le pouvoir.

51. « En effet le roi Rion qui est si puissant et si riche lui
fait la guerre depuis plus de deux ans. De même, nous n'attendons aucun secours du roi Pellès de Listenois : car il garde
le roi Pellinor son frère, qui gît en langueur, atteint d'un mal
qui ne sera jamais guéri avant que ne vienne en ces contrées
celui qui mènera à leur terme les aventures du saint Graal[1].
Nous ne pouvons pas non plus compter sur le roi Alain[2], qui
gît malade en attendant que le meilleur chevalier lui demande
d'où lui vient cette maladie, ce qu'est le Graal et qui l'on en
sert. Ainsi donc, nous ne savons quelle décision prendre
entre nous, à moins que Notre-Seigneur ne nous vienne
en aide ; voyons donc ce que nous pouvons faire, car il y

---

50. Quant li baron oïrent ceste nouvele si n'i ot si hardi qui la char
ne tremblast de paour. Si demourerent ensi .xv. jours que plus n'en
firent. Au sesisme jour assamblerent en la grant sale au roi Urien et li
rois Brangoires lor dist : « Signour, vous avés bien oï que li Saisne
sont entré en nos terres, si en ont une grant partie destruite et essillie
et si en ont assegié le chastel de Nambieres. Et pour ce i couvenroit
il metre hastif conseil conment il fuissent geté fors del païs. Vous
savés bien que nous avons perdu en la chevauchie que nous avons
fait sor le roi Artu, ne de lui ne de sa terre n'atendons nul secours ne
par dela devers le roi Leodegam de Carmelide qui molt volentiers
nous aïdast s'il en eüst le pooir.

51. « Li rois Rions qui tant est poissans et riches le guerroie bien a
.ii. ans passés ne par decha du roi Pellés de Listenois n'atendons
nous nul secours, car il garde le roi Pellinor son frere qui gist
malades d'un mal dont ja n'aura garison tant que cil verra laiens qui
les aventures du Saint Graal metra [d] a fin, ne del roi Alain qui gist
malades n'atendons nul secours devant ce que li mieudres chevaliers
del monde viegne a lui et li demande ce dont cele maladie li vient et
quel chose li graaus est que on sert. Ensi ne savons nous conseil
prendre entre nous se Nostres Sires par la soie merci ne nous i met
conseil si esgardons entre nous que nous porrons faire, car li

a urgence. Et sachez que les dommages que nous avons encourus contre le roi Arthur ont été le fait de Merlin qui est allé chercher le roi Ban de Bénoïc et le roi Bohort son frère, qui sont les meilleurs chevaliers du monde : maintenant ils ont fait hommage au roi Arthur. Sachez aussi que nous ne pourrons tenir tête au roi aussi longtemps que Merlin sera contre nous. Car personne, si puissant et si sage soit-il, ne pourrait se prémunir contre lui, puisqu'il connaît le passé et l'avenir. Pour toutes ces raisons, il convient que nous décidions comment nous pourrons protéger nos terres de ce peuple mécréant. » Ayant dit, il se rassit, et un long silence plana sur l'assemblée.

52. Enfin, le roi Tradelinant de Norgales se leva et parla en sage : « Seigneurs, le meilleur conseil que je voie, c'est que nous allions fortifier la frontière du côté où viennent les Saxons, et que nous y fassions converger toute la chevalerie que nous pourrons rassembler : ainsi, nous garderons les routes et les passages de façon qu'ils ne puissent avoir ni ravitaillement ni renforts. Dans l'intervalle, mandons parents et amis, et mercenaires de tous pays, et engageons le combat aussitôt que nous aurons réuni nos forces. Je ne sais pas autrement comment nous pourrions lever le siège. »

53. Lorsque les barons eurent entendu le discours du roi Tradelinant, ils l'en estimèrent fort, lui en firent compliment, et se rallièrent tous à son avis. Ils s'interrogèrent alors pour

---

mestiers en est grans. Et saciés que li damages qui nous est avenus encontre le roi Artu est par le conseil Merlin qui ala querre le roi Ban de Benuyc et le roi Boort son frere qui sont li meillour chevalier del monde. Et il sont devenu home au roi Artu et saciés que, tant come Merlins sera encontre nous, n'aurons nous ja au roi duree. Car nus tant est poissans ne sages ne se porroit de lui gaitier car il set toutes les choses qui sont a avenir et celes qui sont faites et dites et alees. Et pour ce nous couvient il prendre garde de nostre terre conment ele soit garantie envers cel pueple mescreant. » Et quant il ot ce dit si se rasiet et fu une grant piece que onques li baron un tout seul mot ne li disent.

52. Lors se leva li rois Tradelinans de Norgales et dist conme cil qui molt estoit sages : « Signour, li miudres conseil que je sace c'est que nous aillons garnir les marces de cele partie dont li Saisne viennent et i faisons aler nostre chevalerie tant com nous poons assambler. Si garderons les voies et les trespas si qu'il ne lor puisse venir viande ne secours plus qu'il ont. Et dedens ce semonnons et amis et parens et soldoiiers en totes terres et nous combatons a eus si tost come nous serons assamblé, ne autrement ne voi je mie conment il puissent estre levé del siege. »

53. Quant li baron entendent ce que li rois Tradelinans a dit si le

savoir quelles frontières il s'agissait de garder ; en définitive,
ils décidèrent de se rendre sur place avec autant de gens
qu'ils pourraient en rassembler : ils iraient en priorité à la
cité de Wissant et à celle de Natauc, qui était grande et bien
fortifiée ; ils enverraient les premiers qu'ils pourraient réunir
à la cité de Garles[1], qu'il ne fallait pas oublier. « Et si nous
pouvons les vaincre et affamer les assiégeants, nous serons
riches et puissants ! » Alors se leva le roi Loth : « Certes, seigneurs, leur dit-il, je ne vois pas comment nous pourrions
défendre les frontières par où vont et viennent les Saxons,
sans avoir affaire au roi Arthur, vu l'aide qu'il reçoit des
deux rois et de Merlin qui connaît toutes nos paroles et
toutes nos actions. » Le roi des Cent Chevaliers se leva à son
tour et dit : « Chers seigneurs, en ce qui concerne les craintes
du roi, qui redoute que le roi Arthur et ses alliés n'envahis-
sent le pays, je peux vous dire qu'elles sont vaines ; car j'ai
reçu hier un messager qui m'a dit que le roi Arthur, avec le
roi Ban et le roi Bohort, se préparait pour aller au royaume
de Carmélide secourir le roi Léodegan contre le roi Rion qui
lui fait la guerre. Ils y vont déguisés en mercenaires, et vous
pouvez bien vous douter que tout cela a lieu à l'instigation
de Merlin. Mais il a bien pris soin de fortifier les places
fortes de son royaume, et il sait bien par ailleurs le gros problème auquel nous sommes confrontés, ce qui le fait partir
plus tranquille. Mais s'il ne partait pas, je conseillerais que

---

proisierent molt et loerent et s'acorderent tout a cel conseil que il le
feront ensi com il l'a dit. Lors demanderent les quels marces garniront. Et lor consals dist qu'il iront a tant de gent com il auront. Lors
estoit remés a la cité de Huidesanc[a] et de Natanc qui estoit grans
cités et fors et envoieront les premiers qu'il porront trouver assambler a la cité de Garles qui ne fait mie a oublier. « Et se nous les
poons desconfire et afamer le siege nous serons riche et manant. » Et
li rois Loth se drecha en estant et lor dist : « Certes, signour, je ne voi
mie conment nous puissons garnir les marches par la ou il vont et
viennent que nous n'i aions regart [e] par devers le roi Artu et par
l'aïde qu'il a de .II. rois et de Merlin qui tout set quanques nous
disons et faisons. » Et li rois des .C. Chevaliers se leva et lor dist :
« Biau signour, ce que li rois Loth dist qu'il redoute le roi Artu ne[b]
ses aïdes qu'il ne coure aval ce païs de ce ni li couvient mie a douter.
Quar uns messages me vint ier el jour qui me dist[c] que li rois Artus
et li rois Bans et li rois Boorth s'atourne por aler el roiaume de Carmelide por secourre le roi Leodegan encontre le roi Rion qui le
guerroie et si s'en iront en guise de soldoiiers. Et saciés que tout ce
fait Merlins qui les i fait aler. Mais il a bien garnies toutes les forteresces de sa terre et set bien le grant essoine que nous est creüe par
coi il s'en vait plus hardiement. Et s'il ne s'en alast je loasse que

nous lui demandions la paix, à la condition qu'il nous aide à chasser les Saxons de ce pays, car autrement ils ne le seront jamais si Dieu ne s'en préoccupe. D'autre part, il nous faut prendre un château que les Saxons ont dans ce pays, qu'on appelle la Roche aux Saxons, et qui a pour dame une demoiselle très belle, sœur du roi Hargodabrant[2] qui leur enverra beaucoup de renforts si nous ne nous hâtons pas de nous prémunir là contre. »

54. Quand les barons eurent appris que le roi Arthur s'en allait et quittait son royaume, ils se concertèrent longtemps, se demandant pourquoi il agissait ainsi ; mais ils ne parvinrent pas à trouver une réponse, si ce n'est qu'ils arrivèrent à la conclusion qu'il suivait sans aucun doute les conseils de Merlin. En définitive, ils décidèrent d'un commun accord de protéger les frontières de Galore[1] et de Gorre, ainsi que celles de Galvoie, de Cornouaille, et d'Orcanie. Ils convoquèrent alors tous ceux qui étaient en état de porter les armes, et tous les mercenaires étrangers qu'ils purent toucher ; ceux-ci vinrent de bon cœur, avides qu'ils étaient de faire une bonne affaire. Petit à petit, il s'en rassembla un bon nombre ; mais il ne s'en présenta aucun de la terre du roi Arthur ni de celle de ses vassaux, car ceux-là n'éprouvaient pas ce genre de cupidité : leur seigneur leur avait assez donné, et promettait de continuer.

55. La première cité que les barons fortifièrent, ce fut Nantes en Bretagne, du côté de la Cornouaille[1], parce que

---

la pais fuſt pourchacie de nous et celui-ci nous aïdaſt les Saisnes a chacier fors de ceſt païs, que ja mais n'en seront jeté se Dix n'en pense, et si nous couvient prendre un molt fort chaſtel que li Saisne ont en ceſt païs que on apele la Roce as Saisnes dont une pucele eſt dame qui molt eſt gente et eſt suer au roi Herdograbant par qui il avront molt grant secours se nous n'en prendons haſtif conroi. »

54. Quant li baron entendent que li rois Artus s'en vait et laisse sa terre, si ont longement pensé pour coi ce eſt, mais n'i sevent penser qu'il s'en puissent apercevoir fors tant qu'il sevent bien que c'eſt par Merlin. Si s'acordent la fin a ce qu'il garniront les marces de Galore et de Gorre et de Galvoie et devers Cornuaille et devers Orcanie. Lors manderent tous ciaus qui armes porent porter et soldoiiers d'autre païs tant com il porent assambler. Et cil vinrent volentiers qui couvoitoient le gaaingne si s'asamblent et amassent petit a petit. Mais de la terre que li rois Artus ot em baillie et de ciaus qui a lui se tenoient n'en vint onques un seul car il n'avoient nule covoitise de lor avoir, car lor sires lor en avoit assés donné et encore lor prometoit il bien a faire.

55. Toute la premiere cité que li baron garnirent ce fu Nantes em Bretaigne par devers Cornuaille pour ce que ce eſtoit el païs ou li

c'était là que les Saxons s'étaient implantés à leur aise. Le roi
Yder s'y rendit avec trois mille hommes, des rescapés de la
bataille. À son arrivée, les gens du château furent très heureux, car les Saxons qui écumaient la région leur avaient inspiré une grande crainte. Le roi Yder recruta tant de soldats
qu'il en eut huit mille et plus sous sa bannière ; ils protégèrent fort bien le pays, combattant souvent les Saxons et
faisant beaucoup de butin, tant et si bien que la rumeur s'en
répandit dans l'armée et que les ennemis n'osèrent plus faire
de sortie dans cette direction sans avoir rassemblé une force
considérable. L'autre cité qu'ils firent fortifier s'appelait Wissant ; le roi Nantes de Garlot s'y rendit avec les trois mille
hommes qui lui restaient après la bataille ; on lui fit fête à
son arrivée, car les gens de la cité étaient découragés et
déprimés à cause de l'armée saxonne qu'ils avaient vue passer sous les murs et qui avait emmené tout leur butin, et
avait brûlé et complètement ravagé toutes les villes des alentours. Dès qu'il eut pénétré dans la cité, le roi Nantes veilla
à ce qu'elle soit bien approvisionnée, puis il manda des mercenaires et des hommes d'armes tant et si bien qu'il rassembla sept mille hommes, à pied et à cheval, sans compter
ceux de la cité qui pouvaient bien être au nombre de cinq
mille. Ils gardèrent si bien la région frontalière que les
Saxons ne reçurent guère de renforts de cette direction ; il y
eut de nombreux combats, à l'issue desquels les Saxons perdirent plus qu'ils ne gagnèrent, car le roi Nantes était un très

---

Saisne conversoient. Si i ala li rois Ydiers atout .III.M. homes fer
armés de ciaus qui eschaperent de la bataille. Et quant li rois Ydiers i
vint si en furent cil del chastel molt lié. Car molt avoient esté esfreé
pour les Saisnes qui couroient parmi le païs. Et li rois Ydiers pourchaça tant de gent qu'il ot a [ſ] sa baniere .VIII.M. homes et plus. Si
gardent molt bien le païs tout environ et se combatirent*e* souvent as
Saisnes et i gaingnierent molt. Si revint*b* li renons en l'ost si qu'il
n'oserent mie cele part chevauchier sans molt grant foison de gent.
L'autre cité qu'il envoierent garnir si ot a non Huidesaut. A celi ala li
rois Nantes de Garlot si enmena avoec lui .III.M. homes de ciaus qui
li furent remés en bataille. Et quant il fu venus si li fist on molt grant
feste, car molt estoient desconseillié del grant ost des Saisnes qu'il
avoient veü cheminer par devant la cité et qui tote lor proie en
avoient menee et toutes les viles d'entour avoient arses et essillies.
Et si tost com li rois Nantes vint si garni molt bien la cité de
viandes, puis manda soldoiers et sergans tant qu'il en ot bien .VII.M.
que a pié que a cheval sans ciaus de la vile qui bien pooient estre
.V.M. Et il garderent si bien la marce devers aus que petit i orent li
Saisne de secours, si se combatirent par maintes fois, dont li Saisnes
plus perdirent que gaaingnierent. Car li rois Nantes estoit molt

bon chevalier, hardi et entreprenant. Il avait de sa femme un
fils de seize ans, de toute beauté. Sa femme était la sœur du
roi Arthur par sa mère Ygerne, elle-même fille du duc Hoël
de Tintagel[2]; elle s'appelait Blasine, et c'est d'elle que le roi
Nantes avait un fils, qui fut par la suite chevalier de la Table
ronde, et dont le nom était Galeschin; plus tard il devint duc
de Clarence que le roi Arthur lui donna après avoir épousé
Guenièvre, sa femme[3]. Ce Galeschin dont je vous parle
apprit que le roi Nantes s'était battu contre le roi Arthur, son
oncle; il avait aussi entendu parler de la prouesse et de la
générosité exceptionnelles du roi Arthur; il vint donc trouver
sa mère et lui dit: «Chère mère, n'êtes-vous pas la fille du
duc de Tintagel et de la reine Ygerne qui eut ensuite pour
mari le roi Uterpandragon, qui engendra en elle, d'après ce
que j'ai entendu dire, cet héritier que l'on appelle le roi
Arthur, qui est si vaillant et si bon chevalier, et qui a défait
onze princes avec si peu de gens, toujours selon la rumeur?
Pour l'amour de Dieu, racontez-moi cette affaire, dites-moi
s'il est le fils du roi Uterpandragon, qui fut en son temps
l'homme le meilleur du monde[4]!» Quand la mère s'entendit
ainsi apostropher par son fils, elle commença à pleurer; et
tout en pleurant d'attendrissement sur son frère que son fils
lui rappelait, elle dit: «Cher fils, sachez-le, en vérité: c'est
bien mon frère, votre oncle[5], et le proche parent de votre
père du côté du roi Uterpandragon, comme je l'ai maintes

---

bons chevaliers et hardis et entreprendans et il ot un fil de sa feme
qui avoit .XVI. ans qui a merveilles estoit de grant biauté. Et la feme
le roi Nante fu seror le roi Artu de par sa mere Ygerne, qui avoit
esté fille au duc Hoel de Tyntayoul, si ot a non Blasine. Et de li ot li
rois Nantes son fil qui puis fu compains de la Table Reonde et fu
només par son droit non Galescin, et fu puis dus de Clarence quar li
rois Artus li donna après ce qu'il ot espousee Jenievre sa feme. Icil
Galescins dont je vous parole oï la nouvele que li rois Nantes s'estoit
combatus contre le roi Artu son oncle et il avoit oï dire la grant
prouesce et la grant largece que el roi Artu estoit, si en vint a sa mere
et li dist: «Bele mere, donc ne fustes vous fille au duc de Tyntayoul
et a la roïne Ygerne qui puis ot a signour le roi Uterpandragon qui
engendra en li, si come je ai oï conter, cel oir qui est apelés li rois
Artus qui tant est prous et bons chevaliers et qui .XI. princes a desconfit a si peu de gent com il avoit, si com je oï conter? Pour Dieu,
dites moi l'aventure, s'il fu fix Uterpandragon qui fu a son tans li
plus prodom del monde!» Quant la mere entent son fil qui ensi
l'avoit mis en raison si li commencent li oel a lermoiier. Si li dist tout
en plourant come cele a qui li cuers atenrioit de son frere que ses fix
amenteuoit: «Biaus dous fix, fait ele, vraiement le saciés [88a] que il
est mes freres et vostre oncles et parens vostre pere bien prés de par

fois entendu de la bouche de ma mère ; mais les barons de ce pays ne voulaient pas de lui. Pourtant, Notre-Seigneur qui est doux et débonnaire l'a élu par un grand miracle… » Elle lui conta alors l'aventure du perron, et comment il en avait retiré l'épée, et tout le reste, conformément à l'événement.

56. Quand Galeschin eut écouté les propos de sa mère, il déclara qu'il ne ferait rien de bon avec ceux qui s'opposeraient au roi Arthur. « Et, ajouta-t-il, puisse Dieu ne pas me laisser mourir avant qu'il ne me fasse chevalier ! Certes, si je parviens à obtenir qu'il me ceigne l'épée, je ne le quitterai jamais de ma vie, pourvu qu'il veuille bien me garder à son côté. » Il quitta alors sa mère et entra dans une chambre à l'écart pour réfléchir aux moyens d'arriver jusqu'au roi Arthur. Il décida d'envoyer un message à Gavinet son cousin[1], lui demandant de venir lui parler à la Neuve Ferté, en Brocéliande, le plus discrètement qu'il pourrait. « Et qu'il prenne bien garde d'être au rendez-vous le troisième jour après Pâques, sans faute ! » Galeschin sortit alors de la chambre où il était et se trouva un messager qu'il envoya à Gavinet, son cousin. Mais ici le conte cesse de parler de lui jusqu'à la prochaine fois, lorsqu'il en sera temps et lieu, et vous parle des rois qui sont restés à Sorhaut.

57. Le conte dit ici qu'après le départ du roi Nantes qui quitta les barons à Sorhaut, comme vous l'avez entendu

---

le roi Uterpandragon si com je oï dire maintes fois a ma mere. Mais li baron de cest païs ne le voloient pas recevoir a roi, mais[d] Nostre Sires, qui tant est dous et debonaires, l'a esleü par son grant miracle. » Lors li conta l'aventure del perron et conment il avint a toute l'espee, et li conta tout ensi com il estoit avenu.

56. Quant Galescin entent les dis de sa mere si dist que ja bien ne vaurra a ciaus qui contre le roi Artu seront de riens. « Ne ja, fait il, Dex ne me laist morir devant ce que il chevalier me face, et certes, se je puis tant faire que il chaingne espee, je ne me partirai jamais de lui a nul jor de ma vie por tant qu'il me voelle retenir entour lui. » Lors s'em part de sa mere et entre en une chambre et pense molt durement conment il porra esploitier que il peüst aler au roi Artu. Lors pense qu'il envoiera[a] son message a Gavynet son cousin et li mandera qu'il viengne a lui parler a la noeve ferté de Broceliande et i viengne au plus privement qu'il porra et si gart bien que il soit illuec le tiers jour aprés Pasques sans nule faille. Aprés s'en vint Galescin hors de la chambre et fist tant qu'il ot un message et l'envoia a Gavynet son cousin ensi come vous avés oï. Mais atant se taist ore li contes a parler de lui jusques a une autre fois que lix en sera, si vous dirons des rois qui sont remés a Sorhaut.

57. Or dist li contes que aprés ce que li rois Nantes se fu partis de Sorhaut des barons, ensi com vous avés oï, li rois Loth

raconter, le roi Loth s'en alla vers une autre cité avec trois
mille hommes qui lui restaient de la bataille où ils avaient été
vaincus : il s'en vint à la cité d'Orcanie, dont les habitants
l'accueillirent avec beaucoup de joie, car les Saxons qui écumaient le pays en brûlant les villes les avaient fortement
effrayés. Le roi Loth manda tous ceux à qui il pouvait faire
appel, si bien qu'il en rassembla plus de huit mille, tant à
pied qu'à cheval, en plus de ceux de la cité qui étaient plus
de quatre mille ; il put donc protéger au mieux la cité et les
environs, et combattit à maintes reprises les Saxons, quand il
avait entendu dire qu'ils revenaient d'une razzia, de sorte que
les pauvres soldats qui en avaient grand besoin y gagnèrent
considérablement ; en effet, il leur concéda tout ce qu'ils prenaient — ce fut par là qu'il gagna le meilleur de sa réputation et qu'il reçut le plus de louanges. Il est bien établi
qu'il avait pour épouse l'une des sœurs du roi Arthur, dont
il avait Gavinet, Agravain, Guerrehet et Gaheriet. Ceux-là
étaient ses fils ; mais d'autre part, sa femme mit au monde
Mordret, le benjamin, que le roi Arthur avait engendré, je
vais vous dire comment : en effet, cette histoire aura plus de
valeur si je vous apprends comment il fut engendré ; car
beaucoup de gens l'estimeraient moins s'ils ignoraient la
vérité.

La conception de Mordret.

58. Il advint un jour[1], dans le royaume de Logres, que les
barons furent rassemblés à Cardeuil pour élire un roi après

---

s'en ala a une cité a .iii.m. combatans qui li furent remés de la bataille
ou il avoient esté desconfit et s'en vint a la cité d'Orcanie ou il fu
receüs a molt grant joie des citoains car molt avoient esté esfreé des
Saisnes qui chascun jour couroient par le païs et ardoient les viles. Et
li rois Loth manda tant de gent com il pot avoir et assam[b]bla tant
qu'il furent plus de .viii.m. que a pié que a cheval estre ciaus de la
cité qui bien furent .iv.m. Si regarda molt bien la cité et le païs tout
environ et se combatoit molt souvent as Saisnes quant il ot oï dire
qu'il venoient de fuerre. Si i gaaingnierent molt li povre home qui
grant mestier en avoient et il lor otroia tout ce qu'il gaaingnent et ce
fu la chose par coi il crut plus et essaucha de pris et de los. Et il[d] fu
voirs qu'il avoit une des serours le roi Artu de par sa mere et de cele
dame issi Gavines et[b] Agravains et Guerrehés et Gahariés. Icil furent
fil au roi Loth. Et d'autre part en issi Mordrés qui fu li mainsnés que
li rois Artus engerra, si vous dirai conment, car ausi vaudra mix
l'estoire se je vous fais entendant en quel maniere il fu engendrés de
li, car maintes gens l'en priseroient mains qui la verité n'en sauroient.

58. Un jour avint il el roiaume de Logres que li baron furent
assamblé a Cardueil pour eslire un roi après la mort Uterpandragon

la mort d'Uterpandragon, et que le roi Loth, comme maints autres barons, y amena sa femme. Il se trouva que le roi Loth fut logé, avec sa compagnie, dans une très belle salle ; dans le même logement résidaient Antor, Keu son fils, et Arthur, qui gardaient la plus grande discrétion. Quand le roi Loth sut qu'Antor était chevalier, il l'invita à sa table, ainsi que son fils Keu qui était chevalier nouveau. Le roi Loth avait fait aménager une chambre pour lui et sa femme. Antor, quant à lui, couchait dans la salle commune, avec Keu, son fils ; et Arthur avait installé son lit à l'entrée de la pièce, dans un angle un peu à l'écart, comme il convenait à un écuyer qui doit dormir à distance des chevaliers. C'était un très beau jeune homme, plein de charme et de gaieté ; il remarqua bien les allées et venues de la dame qu'il trouva belle, et qu'il en vint à convoiter ardemment ; il en devint amoureux, mais la dame ne s'en apercevait pas, car elle était très loyale à l'égard de son seigneur[2]. Il arriva que les barons prirent date pour tenir une assemblée à la Croix Noire. Le soir auparavant, le roi dit en secret à sa compagnie qu'il voulait s'en aller au petit matin très discrètement, et qu'il fallait seller les chevaux pour minuit et tenir ses armes prêtes. Ses gens lui obéirent si secrètement que personne ne le sut, et par ailleurs le roi n'en parla même pas à sa femme. Mais il se leva aux alentours de minuit si silencieusement que son épouse ne le sut pas, et ne s'en aperçut pas.

---

que li rois Loth i amena sa feme et ausi firent maint autre baron les lor. Si avint que li rois Loth fu en une molt bele sale entre lui et sa maisnie et en celui ostel maïsmes avoit Autor une partie del ostel, il et Kex son fil et Artu au plus priveement qu'il pot. Et quant li rois Loth sot que Autor estoit chevaliers si le manda a son mengier et le fist seoir a sa table et Kex son fil aussi qui estoit nouvians chevaliers. Et li rois Loth ot fait faire une chambre ou il gisoit entre lui et sa feme et Autor gisoit enmi la sale et Kex son fil. Et Artus ot fait son lit a l'entree de la cambre un anglet autresi come esquiers doit gesir loing des chevaliers. Et Artus estoit molt biaus vallés et molt envoisiés si se prist molt bien garde des afaires a la dame, et il vit qu'ele fu bele et crasse si le couvoita molt en son cuer et l'en ama, ne mais la dame ne s'en donnoit garde car molt estoit de grant bonté vers son signour. Si avint chose que li baron orent pris jour de venir a court et de parler ensemble a la Crois Noire. Si avint devant le soir que li rois dist tout celeement a sa maisnie qu'il s'en voloit aler au matin priveement et que les seles fuissent mises sor les chevaus a la mienuit et ses armés apareillies. Et cil firent son conmandement si celeement que onques nus ne le sot ne a la dame n'en parla onques li rois, ains se leva entour la mienuit si coiement que onques sa feme ne le sot ne ne s'en aperchut de nule riens.

59. Le roi partit donc ainsi pour son rendez-vous à la Croix, et la dame demeura couchée toute seule dans son lit. Et Arthur, qui avait bien remarqué tout cela, et avait bien vu le roi partir, se leva, alla au lit de la dame, et se coucha auprès d'elle. Une fois couché d'ailleurs, il se tourna et se retourna sans oser tenter autre chose ; mais le hasard voulut que la dame s'éveille ; elle se tourna vers lui comme une femme endormie qui croyait naturellement que ce fût son mari, et le prit dans ses bras. Quand il se retrouva ainsi enlacé, il comprit bien qu'elle ne l'avait pas identifié ; il l'enlaça à son tour et fit l'amour avec elle, qui lui manifesta beaucoup d'affection — à juste titre, car elle croyait que c'était son mari. Et c'est ainsi que Mordret fut engendré. Après qu'Arthur eut pris son plaisir avec la dame, celle-ci ne tarda pas à s'endormir, et Arthur s'en alla si discrètement qu'elle ne s'aperçut de rien, jusqu'au lendemain où lui-même le lui dit au dîner, alors qu'il servait d'écuyer tranchant, à genoux devant elle. Il se trouva que la dame lui dit : « Levez-vous, jeune homme, vous êtes resté assez longtemps à genoux ! » Il lui dit alors, tout bas, qu'il ne pourrait jamais lui être assez reconnaissant de toutes les bontés qu'elle avait eues pour lui. Et elle lui demanda à quel propos, mais il répliqua qu'il ne le lui dirait pas à moins qu'elle ne lui promette de ne jamais le répéter à personne, et de ne jamais chercher à lui causer le moindre mal ou à lui occasionner le moindre blâme. Elle lui dit que ça ne la dérangerait guère, et promit de bon cœur, en femme qui ne se ren-

---

59. [d] Ensi s'en ala li rois au parlement a la Crois et la dame remest toute seule illuec gisant. Et Artus, qui bien s'en estoit pris garde, ot bien veü conment li rois s'en fu partis. Si se leva et ala au lit a la dame et se coucha avoec li. Et quant il fu couchiés si se tourna et retourna sans oser autre chose n'en osa faire. Et il avint chose que la dame s'esveilla et se tourna devers lui come feme endormie, si quida vraiement que ce fust ses sires, si l'embracha, et quant il fu embraciés si sot bien qu'ele ne se prenoit garde de lui si l'embracha. Et jut o li tout plainnement. Si li fist la dame molt grant joie et bien li fist, car ele quida que ce fust ses sires. Et en tel maniere fu Mordrés engendrés. Et quant Artus ot fait en la dame tout son delit, ele ne demoura mie gramment que la dame se rendormi, et Artus s'en ala tout coiement que onques n'i fu aperceüs tant que ce vint a l'endemain que il meïsmes le dist au disner quant il servoit de taillier as jenous. Et il avint que la dame li dist : « Levés sus, sire damoisiaus, car assés avés esté as jenous. » Et il li dist bassement qu'il ne porroit mie desservir les bontés que ele li avoit faites. Et ele li demanda de coi et il li dist que il ne li diroit mie se ele ne li fiançoit que ele ne le diroit a nul home ne ne pourcharoit par coi il eüst nul blasme ne nul mal. Et ele li dist que ce ne li greveroit nule riens, si le fiancha molt volentiers come

dait pas compte de ce dont il était question. Il lui raconta alors comment il avait couché avec elle pendant la nuit ; la dame en fut très honteuse et rougit, mais, conformément à sa promesse, personne d'autre ne le sut. C'est ainsi qu'Arthur coucha avec sa sœur, mais cela ne se reproduisit jamais ; la dame sut bien par la suite qu'elle était enceinte de lui.

Gauvain et ses frères.

60. Peu de temps après la naissance de l'enfant, la nouvelle se répandit par tout le pays que ce jeune homme serait roi, lui qui était le fils d'Uterpandragon. La dame alors commença à l'aimer plus qu'on ne saurait dire, mais elle n'osa pas le montrer à cause de son seigneur le roi Loth ; pourtant elle déplorait profondément la guerre qui avait lieu entre Arthur et ceux du pays. Il arriva un jour que Gauvain revint de la chasse, vêtu très élégamment d'une robe de bureau fourrée d'hermine, tenant en laisse trois lévriers cependant que deux braques le suivaient ; tout ce qu'il faisait lui seyait, car c'était l'homme le plus beau que l'on ait jamais vu, pour sa taille. Quand il se levait, au matin, il avait la force du meilleur chevalier du monde ; mais à l'heure de prime, cette force doublait, et aussi à tierce ; à midi il retrouvait celle qu'il avait eue le matin, et à l'heure de none elle diminuait de moitié, et ainsi de suite pendant toute la nuit ; mais au matin suivant il avait à nouveau sa force normale ; telle était la coutume de Gauvain l'écuyer, vous pouvez m'en croire[1].

---

cele qui de ce ne se prenoit garde. Et il li conta conment il ot la nuit jeü a li. Si en ot la dame molt grant honte et rougi, mais nus ne sot onques lor couvine. Et ensi jut Artus o sa serour, mais onques puis ne li avint, si sot bien la dame qu'ele fu grosse de lui.

60. Quant ce vint au terme que li enfes fu nés et la nouvele fu par tout le païs que cil seroit rois qui fu fix Uterpandragon, si l'ama la dame molt plus en son cuer que nus nel porroit dire. Ne mais ele n'en osa faire samblant pour le roi Loth son signour et molt li pesa de la guerre qui fu levee entre lui et ciaus del païs. Un jour avint que Gavains repairoit de chacier et estoit vestus mout cointement d'une robe de burel et estoit fourree d'ermine. Et il tenoit en ses mains les laisses de .iii. levriers et menoit .ii. brachés après lui. Si li seoit molt bien quanque il faisoit, car il estoit la plus bele forme d'ome que onques fust veüe de son grant. Et quant il se levoit au matin il avoit la force al meillour chevalier del monde et quant [d] il venoit a ore de prime si li doubloit et a eure de tierce ausi. Et quant ce venoit a eure de midi si revenoit au sa premiere force ou il avoit esté au matin. Et quant venoit a eure de nonne et a toutes les eures la nuit engreignoit sa force[d] et au matin estoit tousdis en sa droite force. Itele estoit la coustume Gavain l'esquier com je vous di.

61. Quand Gauvain entra dans la salle, comme je vous l'ai dit, sa mère était étendue dans une vaste chambre devant une cheminée où brûlait un beau grand feu. Lorsqu'elle vit Gauvain qui était un bel adolescent, bien découplé, dont il était bien temps qu'il soit chevalier, elle se mit à pleurer, ce qui attrista beaucoup le jeune homme : il lui demanda ce qu'elle avait. « Mon très cher fils, lui répondit-elle, j'ai de bonnes raisons de pleurer, car je vous vois, vous et vos frères, perdre votre temps à des bagatelles alors que vous devriez désormais être chevaliers et vivre à la cour du roi Arthur : c'est votre oncle, en effet, et le meilleur chevalier du monde, à ce qu'on dit. Vous devriez le servir et chercher à faire la paix entre lui et votre père, car c'est vraiment triste et regrettable qu'il y ait entre eux un tel conflit — et aussi bien avec les autres barons qui devraient l'aimer et se mettre à son service ! C'est par orgueil qu'ils ne daignent pas le reconnaître pour leur roi, et on voit bien que Notre-Seigneur en est courroucé, car ils ont plus perdu que gagné dans l'affaire ! En plus les Saxons sont entrés dans ce pays, et ils nous détruiront tous, si Dieu n'intervient pas : en effet, nous ne recevrons pas d'aide de celui qui devrait les chasser, à savoir le roi Arthur qui ne les aimera jamais. Vous méritez de grands reproches, vous et vos frères, qui devriez chercher à faire la paix entre votre oncle et votre père de manière qu'ils soient bons amis, et qui passez vos journées à courir ridiculement derrière ces lévriers ! Vous perdez votre temps,

---

61. Quant Gavains entra en la sale, ausi com je vous ai dit, si gisoit sa mere en une chambre lie en une cheminee ou il avoit grant fu et bel. Et quant la dame vit Gavain qui estoit biaus enfés et grans et bien fust tans qu'il fust chevaliers si conmencha a plourer. Si em pesa molt au vallet et il demanda qu'ele avoit. Et ele li respondi : « Biaus dous fix, je ai droit car je voi et vous et vos freres user le tans en folie qui deüssiés des ore mais estre chevalier et estre a la court le roi Artu. Car il est vos oncles et li miudres chevaliers del monde, ce dist on, si le deüssiés servir et pourchacier la pais de lui et de vostre pere dont il est grans doels et grans damages de la male veillance qui est entre aus .ii. et les autres barons qui le deüssent servir et amer mais par lor orguel ne le daingnent reconnoistre a signour. Et bien pert que a Nostre Signour em poise car il ont plus perdu en l'estrif que gaaingnié. Et d'autre part sont li Saisne entré en cest païs qui tous nos destruiront se Dix n'en pense se n'i aurons ja aïde de celui qui les deüst en chacier, c'est li rois Artus, qui a envis jamais les amera. Si faites molt a blasmer, vous et vos freres qui ore deüssiés pourchacier la pais de vostre oncle et de vostre pere conment il fuissent bon ami et vous ne faites se foloiier non chascun jour aprés ces levriers. Si perdés vos tans et vos aages, si en faites molt a blasmer, ce vous di je bien. »

vous gâchez votre jeunesse, et vraiment vous méritez d'en être blâmés, je vous le répète ! »

62. Quand Gauvain entendit sa mère, il dit : « Dame, êtes-vous pour de bon en train de me dire que cet Arthur qui eſt si preux eſt votre frère et mon oncle ? — Cher fils, répliqua-t-elle, oui : n'en doutez pas, c'eſt vraiment votre oncle. » Elle lui raconta alors l'hiſtoire depuis le début ; et quand Gauvain l'eut écoutée, il dit, en jeune homme de bonne race qu'il était : « Chère mère, ne vous faites pas de souci : par la foi que je vous dois, je ne ceindrai jamais d'épée et je ne porterai jamais de heaume avant que le roi Arthur ne m'en ceigne une, si j'ai assez de valeur pour être digne de devenir chevalier. Je m'en irai à la cour pour chercher mes armes, avec mes frères, et nous l'aiderons à tenir sa terre contre tous ceux qui voudront lui faire du tort ou lui nuire ! — Cher fils, fit la dame, ce n'eſt pas moi qui vous détournerai de ce projet ; car je serais bien heureuse de voir l'heure et le jour où, avec le consentement de Notre-Seigneur, vous pourriez venir à bout de réconcilier votre père et votre oncle ! — Dame, répondit Gauvain, ne vous en préoccupez plus : jamais plus de ma vie je n'entrerai dans la maison de mon père après en être sorti pour me rendre à la cour du roi Arthur tant que lui et mon père ne seront pas réconciliés, même si je dois combattre mon père. »

63. Pendant cette conversation entrèrent ses trois frères, qui virent que leur mère pleurait. Quand Agravain sut

---

62. Quant Gavains entent sa mere, si li diſt : « Dame, dites le me vous por verité que cil Artus qui si eſt prous eſt voſtres freres et mes oncles ? — Biaus fix, fait ele, oïl[a], n'en doutés de riens, car vos oncles eſt il voirement. » Lors li conte l'aventure de chief en chief si com ele eſtoit alee. Et quant Gavains l'entent si diſt come debonaires : « Bele mere, or ne vous chaut que par la foi que je doi vous je n'aurai ja mais espee chainte ne hiaume lacié en teſte jusques a tant que li rois Artus le me chaingne s'il a tant de valour en moi que chevalier me doie faire. Et en irons a court pour querre nos armes et li aiderons a maintenir [e] sa terre encontre tous ciaus qui li vauront grever ne nuire. — Biaus fix, fait la dame, ja par moi n'en serés detournés car molt seroie lie se je jamais veoie l'eure ne le jour que vous peüssiés tant faire et Noſtres Sires le vausiſt consentir que voſtres peres et voſtres oncles fuissent bon ami ensamble. — Dame, fait Gavains, or laissiés atant eſter. Car bien saciés vraiement que jamais a nul jour en l'oſtel mon pere n'enterrai puis que je m'en serai meüs pour aler a la court au roi Artu jusques a tant que il et mes peres seront acordé, neis se je devoie molt eſtre encontre mon pere. »

63. Endementiers que il parloient ensi entre lui et sa mere entrent laiens si .III. frere et revoient que lor mere ploroit. Et Agravains diſt a

pourquoi, il dit à Gauvain : « C'eſt vous qui êtes le plus à
blâmer : vous êtes l'aîné, vous auriez dû nous emmener servir celui dont la valeur rend meilleur son entourage, et qui
ne fera certes jamais rien de bas, alors qu'ici nous ne faisons
rien que bayer ſtupidement aux corneilles, et il ne saurait tarder que nous soyons pris au piège comme des oiseaux par
l'oiseleur, car les Saxons sont à une journée de route d'ici, à
peine, et ils ravagent toute la région. Et vraiment il n'y a
dans le pays personne qui puisse les repousser, si ce n'eſt le
roi Arthur par sa prouesse. Allons-y donc, recevons nos
armes de lui, aidons-le à défendre sa terre contre ses ennemis : c'eſt le meilleur conseil que je puisse donner, car ici en
tout cas, nous n'avons rien à espérer. » Lorsque Gauvain
entendit son frère, il en conçut beaucoup d'eſtime pour lui,
le félicita et dit qu'ils agiraient ainsi : il n'y avait plus qu'à
faire les préparatifs du départ, « car nous partirons avant
quinze jours ». Leur mère, voyant qu'ils avaient décidé de
s'engager dans cette voie, fut très heureuse ; elle les invita à
ne s'inquiéter de rien, car elle leur fournirait armes et chevaux, ce qui leur fit grand plaisir. Mais ici le conte cesse de
parler d'eux et de leur mère pour quelque temps : je vais
vous entretenir des rois qui étaient reſtés à Sorhaut.

Préparatifs des rois chrétiens.

64. Donc, le conte dit dans cette partie que, après le
départ des trois rois qui quittèrent Sorhaut, comme vous

Gavain, quant il sot pour coi ce fu : « Vous en faites plus a blasmer
que tout li autre, car vous eſtes li ainsnés de nous tous si nous deüssiés avoir mené pour servir celui dont tous li mondes amende qui
entour lui repaire, ne ja certes mauvais ne sera et nous ne faisons ci
fors muser a la folie, si ne garderons l'eure que nous serons pris ausi
come li oisiaus eſt pris au bril car li Saisne sont ci prés a une journee
qui tout le païs gaſtent et deſtruient. Ne il n'a en ceſt païs pas gent
qui les puissent jeter se par la prouece le roi Artu non. Mais alons, si
prendons de lui nos armes, si li aïdons sa terre a desfendre encontre
ses anemis et c'eſt li mix que je i voie, car ci poons nous riens gaaingnier. » Quant Gavains entent la parole son frere si l'en proise mix et
loe et li diſt que ensi le fera il. « Or n'i a que de l'apareillier, car nos
mouverons*ᵃ* entre ci et la quinsainne. » Et quant la mere voit qu'il
entreprendent si cheſte chose si en fu molt lie et lor diſt qu'il ne s'es-
maiecent de riens, car ele lor apareillera et armes et chevaus et il en
sont molt lié. Mais or se taiſt un poi li contes d'aus et de lor mere si
vous dirai des rois qui eſtoient remés a Sorhaut.

64. [*f*] Or diſt li contes en ceſte partie que quant li .III. roi se furent
parti de Sorhaut pour aler en garnison, ensi com vous avés oï, que
après aus s'em parti li rois Clarions et vint a une soie cité qui avoit a

l'avez entendu raconter, pour aller fortifier leurs frontières, le roi Clarion à son tour partit pour une cité qui lui appartenait, qui portait le nom de Belande[1]. Il emmena avec lui trois mille chevaliers ; puis ce fut le tour du roi des Cent Chevaliers, avec trois mille hommes armés : il s'en alla à la cité de Malehaut, où résidait une noble dame. La cité était à la frontière de ses terres, mais il y alla parce que c'était le point le plus proche du passage des Saxons, et que les barons l'en avaient vivement prié : il se conforma à leur désir en protégeant de son mieux cette frontière. Après lui partit de Sorhaut le roi, Tradelinant : il s'en alla à sa cité de Norgales, avec trois mille combattants ; ses vassaux le reçurent avec des transports de joie, car ils étaient situés sur la route de la Roche aux Saxons, ce qui leur avait causé bien des dommages. Puis partit le roi Brangoire avec trois mille hommes ; lui, il alla à Eſtrangorre, sa meilleure cité, parce qu'elle était à proximité de la Roche aux Saxons. Il manda ses gens, fit venir de près et de loin des mercenaires, jusqu'à ce qu'il en ait rassemblé un grand nombre. Ce roi Brangoire avait pour épouse une très noble dame, fille d'Andain[2], l'empereur de Conſtantinople ; elle avait été mariée auparavant au roi de Valachie et de Hongrie, mais il était mort au bout de cinq ans de mariage. De cette union était reſté un enfant, la plus belle créature qui ait eu forme humaine ; ce garçon était beau et grand, sage, vaillant, et il avait atteint l'âge d'être chevalier ; on l'appelait Sagremor — il accomplit

---

non Belande. Cil en amena avoec lui .iii.m. chevaliers et après lui s'em parti li rois des .c. Chevaliers et en amena avoec lui .iii.m. homes a armes et s'en ala a la cité de Maleaut ou il avoit une gentil dame. Cele cité marcissoit a sa terre mais pour ce que plus eſtoit prés du trespas des Saisnes s'i miſt il car li baron l'en proiierent molt et il lor en fiſt toute lor volenté si garda molt bien la marce d'illuec entour. Et après lui s'em parti de la cité[a] de Sorhaut li rois Tradelinans et s'en ala a Norgales sa cité a .iii.m. homes tot fer[b] armés. Si li rechurent si home a molt grant joie, car li trespas eſtoit illuec de la Roce qui molt les avoit grevés. Et après lui s'en parti li rois Brangoires a .iii.m. homes a armes et s'en ala a Eſtrangore, sa meillour cité, pour ce que prés eſtoit de la Roce as Saisnes, si manda gent et soldoiiers amont et aval tant qu'il en ot a grant plenté. Et cil rois Brangoires ot a feme une molt gentil feme qui eſtoit fille au roi Audeam, l'empereour de Conſtantinoble. Et cele dame avoit eü signour devant qui fu rois de Blasque et de Hongrie, mais il trespassa au chief de .v. ans qu'il ot espousee la dame. Si en remeſt un enfant, la plus bele creature qui fuſt en forme d'ome. Icil vallés eſtoit molt biaus et prous et sages et grans et bien de l'aage qu'il peüſt chevaliers eſtre. Si l'apeloient la gent Saygremor. Cil fiſt puis mainte

par la suite bien des prouesses au royaume de Logres, comme le conte vous le rapportera plus loin. Je vais vous dire maintenant ce qu'il advint de Sagremor. La Renommée, qui vole en tous lieux, circula tant sur terre et sur mer qu'on en vint à ne plus parler que d'Arthur et de sa largesse. Ces nouvelles atteignirent finalement Constantinople, si bien que Sagremor, qui n'avait pas plus de quinze ans encore (mais c'était le plus bel adolescent du monde, le plus solide et le mieux découplé), en fut informé. En entendant parler du roi Arthur, il désira très fort voir le jour et l'heure où il serait chevalier de sa main ; et il se disait souvent que celui qui recevait l'ordre de chevalerie d'un homme si valeureux ne pouvait manquer d'être valeureux lui aussi. Et quand son aïeul le roi Andain qui vivait encore à cette époque lui disait de se faire adouber, car il était le plus proche héritier mâle qui devait recevoir l'empire, après sa mort, il répondait qu'il ne serait pas chevalier avant que le roi Arthur de Bretagne l'ait adoubé de sa main. Ils revinrent si souvent sur le sujet que le roi Andain finit par lui faire préparer une suite digne de lui et l'envoya en Bretagne. Mais nous allons maintenant cesser de parler de lui, jusqu'à ce qu'il soit temps d'y revenir, et nous vous parlerons des rois qui quittèrent Sorhaut pour garder les frontières.

65. Donc, le conte dit qu'après le départ du roi Brangoire, le roi Caradoc fit ses préparatifs et quitta Sorhaut avec trois

---

haute prouece el roiaume de Logres dont li contes vous devisera cha avant. Et si vous dirai qu'il avint de cel Saygremor. Renomee qui partout court ala tant par la terre et parmi le païs que on ne tenoit parole se del roi Artu non et de sa largece. Si en ala tant la nouvele qu'ele vint en la cité de Coustantynoble tant que Saygremor en oï parler qui n'avoit encore mie plus de .xv. ans. Si estoit li plus biaus enfés del monde et li plus corsus et li mix tailliés de tous membres, et quant il ot oïes les nouveles del roi Artu si desira molt le jour et l'eure qu'il fust chevaliers de sa main. Et dist souvent a son conseil qu'il ne pooit estre trop prodom non qui de si prodome recevroit l'ordre de cevalerie. Et quant ses aious, li rois Andeans qui adonques vivoit, li disoit qu'il prist l'ordre de chevalerie que il estoit li plus [89a] prochains oirs malles qui l'empire deüst tenir après sa mort, et il dist qu'il ne seroit ja chevaliers devant ce que li rois Artus de Bretaigne le fist de sa main. Si en parlerent tant de jour en jour que li rois Andeans li fist apareillier son oirre et l'envoie em Bretaigne molt richement. Mais ore lairons un poi a parler de lui jusques a tant que lix en sera si vous dirons des rois qui se partirent de Sorhaut pour garder les marces.

65. Or dist li contes que quant li rois Brangoires s'en fu partis de Sorhaut que li rois Karados apareilla son oirre et s'em parti de

mille hommes armés ; il s'en allait à Estrangorre, sa meilleure
cité, et il la fortifia avec soin, en homme vaillant et hardi
qu'il était. À sa suite, le roi Aguisant d'Écosse sortit de
Sorhaut : c'était le roi le plus riche de ces régions, et le plus
jeune, mais il n'avait pas autant d'expérience au combat que
les autres. Il s'en alla à Corente, puissante et riche cité
d'Écosse, à laquelle les Saxons causaient bien des dommages, car ils faisaient souvent des incursions jusque-là : en
effet, la cité n'était guère éloignée que de vingt lieues écossaises du château de Nambières, qui était assiégé par une si
grande troupe qu'on ne pouvait compter ceux qui chaque
jour y affluaient. Dès que le roi Aguisant fut entré dans la
cité de Corente, les habitants, qui étaient au nombre de cinq
mille, furent remplis de joie. Il envoya partout chercher des
secours, chevaliers et hommes d'armes, à pied et à cheval, et
il parvint à en rassembler dix mille sans compter ceux qu'ils
avait amenés avec lui ni ceux de la cité. Et avec ces troupes,
lui et les autres princes engagèrent le combat contre les
Saxons qui sillonnaient le pays si fréquemment qu'ils y
gagnèrent et y perdirent beaucoup sans résultat décisif, et
cette situation se prolongea longtemps. Après le roi, ce fut
au tour du duc de Cambénic de quitter Sorhaut, ce qu'il fit
avec quatre mille hommes, tant à pied qu'à cheval. Il ne s'arrêta pas avant d'être arrivé à Cambénic, sa cité maîtresse,
riche et prospère. Ses vassaux, qui étaient bien quatre mille,

---

Sorhaut a .III.M. homes ferarmés et s'en ala a Estrangort sa meillour
cité et garni molt vigherousement come cil qui molt estoit prous et
hardis de cors. Et après lui s'em parti de Sorhaut li rois Aguiscant
d'Escoce, et ce fu li plus riches rois de la terre qui en cele partie fust
et li*a* plus jouenes mais d'armes ne savoit il mie autant come li autre.
Icil s'en ala en Corente en Escoce qui molt estoit grant cité et riche
et fu molt grevee des Saisnes car molt souvent repairoient par illuec
environ. Car il n'i avoit que .XX. lieues escoçoises d'illuec jusques au
castel de Vambieres ou li sieges estoit si grans que nus nel porroit
dire ne nombrer la gent qui illuec assambloient chascun jor. Et si
tost come li rois Aguiscant se fu mis en la cité de Corente si en
furent molt lié li citoain dont il en i avoit .V.M. qui en la cité estoient
manant. Et il envoia querre por secors par toutes terres chevaliers
et sergans a cheval et a pié, si en assembla .X.M. sans ciaus qu'il en
ont amenés et sans ciaus de la cité, si se combati as Saisnes qui coururent aval le païs, et il et li autre prince, si qu'il i perdirent et gaaingnierent par maintes fois. Si se maintinrent en tel maniere molt
longement et après les rois s'em parti li dus de [*b*] Cambenyc de
Sorhaut a .IV.M. homes tous armés que a pié que a cheval et il erra
tant qu'il vint a Cambenyc sa fort cité qui estoit riche et plentieve
de tous biens. Et si home qui furent en la cité estoient bien .IV.M.,

furent ravis de le voir ; il fit venir de près et de loin des
troupes tant qu'il rassembla bien huit mille hommes, sans
compter ceux de la cité, et se comporta de la manière la plus
noble. C'est ainsi que les onze princes partirent de Sorhaut
et s'engagèrent à maintes reprises contre les Saxons : le pays
y perdit beaucoup, car pendant cinq ans on ne put y faire de
récoltes : rien ne provenait de la terre, les armées n'avaient
que ce qu'elles se prenaient les unes aux autres, Saxons aux
chrétiens, chrétiens aux Saxons, si par hasard une nef arrivait
à terre en dépit du blocus. Et c'est ainsi qu'ils se ravi-
taillaient. Les Saxons parcoururent la terre du roi Arthur en
y causant de grands dommages jusqu'à ce que Dieu y envoie
des secours beaux, nobles et jeunes. Je vais vous dire qui
furent les jeunes gens qui gardèrent si bien le pays jusqu'au
retour du roi Arthur de Carmélide, de telle manière que les
Saxons et les barons qui étaient en mauvais termes avec le
roi y perdirent plus que le roi lui-même. En effet ici le conte
cesse de parler d'eux tous et parle de Galeschin, le fils du roi
Nantes de Garlot.

Premiers exploits des neveux d'Arthur.

66. Le conte reprend au moment où Galeschin, comme
on l'a dit plus haut, a pris connaissance des nouvelles
concernant le roi Arthur, et a envoyé un message à son cousin Gauvain, lui demandant de venir lui parler sans faute à la
Neuve Ferté le plus discrètement qu'il pourrait, d'amener ses

---

si en furent molt lié quant il le virent. Et li dus manda gent et prés et
loing tant qu'il en ot bien .VIII.M. sans ciaus qui en la cité estoient et
se contint molt richement. Et ensi come vous avés oï s'em partirent
li .XI. prince et se combatirent as Saisnes par maintes fois. Si apovri
molt li païs car on n'i gaaingna point de blés dedens .v. ans, se n'i
venoit point du païs se ce non que il toloient les uns as autres des
Saisnes et des Crestiiens se par aventure n'i revenoit aucune nef qui
arivoit el païs. Et ensi come je vous di estoient il soustenu. Et li
Saisne coururent en la terre le roi Artu et i firent maint damage tant
que Dix i envoia secours, qui molt estoit et biaus et gens et jouenes
bacelers. Si vous dirai qui cil furent qui si bien le gardoient tant que
li rois Artus revint del roiaume de Carmelide. Et plus i perdirent li
Saisne et li baron qui mal furent del roi que li rois meïsmes ne fist.
Mais ici endroit se tait li contes d'aus tous et retourne a parler de
Galescin le fil le roi Nante de Garlot.
66. Or dist li contes que[a] quant Galscins ot aprises les noveles del
roi Artu si com li contes nous a devisé et en a envoiié un message a Gavain, son cousin, qu'il venist a lui parler a la noeve ferté au
plus celeement qu'il porroit et amenast ses freres a lui et gardast qu'il
i fust au tiers jour de Pasques. Et li messages erra tant par ses jour-

frères, et de veiller à y être deux jours après Pâques. Le messager chevaucha tant qu'il finit par arriver dans la marche
d'Orcanie, en Galles ; il s'arrangea pour parler à Gauvain et
à ses frères et leur transmit le message de Galeschin. Quand
ils entendirent cela, ils en éprouvèrent une grande satisfaction, et dirent qu'ils ne manqueraient pas d'être au rendez-vous, car ils savaient bien que Galeschin ne les mandait
pas pour rien. Ils donnèrent au messager un bon cheval et il
revint à Galeschin pour lui porter la réponse de ses quatre
cousins germains (du côté maternel). Le jeune homme se
prépara et le lendemain de Pâques il partit pour la Neuve
Ferté en Brocéliande ; quand il y arriva, Gauvain et ses frères
n'étaient encore pas là. Il les attendit donc jusqu'au moment
où il eut la joie de les voir arriver. Gauvain lui dit alors :
« Cher cousin Galeschin, vous m'avez mandé par un messager de venir vous parler avec mes frères : sachez bien que, si
ce n'était que je désirais prendre congé de vous, je m'en
serais déjà allé en un lieu où j'ai beaucoup à faire — et vraiment, il n'y a rien que je souhaite si fort que d'y être !

67. — Seigneur, fit Galeschin, où devez-vous aller ? —
Sachez, répondit Gauvain, que je m'en vais voir le plus
grand prodige de largesse et de vaillance qui soit dans tout
le monde, celui dont j'ai entendu dire le plus de bien. —
Pour l'amour de Dieu, fit Galeschin, qui est-ce donc ?
Puisse Dieu faire que ce soit celui à propos de qui je
vous avais fait venir ! — Certes, répliqua Gauvain, son nom

---

nees qu'il vint en Gales en la marche d'Orcanie et fist tant qu'il parla a
Gavain et a ses freres et lor dist[b] ce que Galescin lor mandoit. Quant
cil oïrent le message ensi parler si en orent mout grant joie et disent
qu'il i seront sans nule faille, car il savoient bien que [d] ce n'estoit
mie sans besoing qu'il les mandoit. Si donnerent au message un bon
cheval et il erra tant qu'il vint a Galescin et li dist la response de ses
.IV. cousins germains de par sa mere. Et il s'apareilla et s'en ala l'endemain de Pasque a la noeve ferté em Broceliande. Et quant il i vint
si n'i estoit encore mie Gavains venus ne si frere, si atendi tant qu'il
les vit venir si en fist molt grant joie. Si li dist Gavains : « Biaus cousins Galescin, vous me mandastes par un message que je venisse a
vous parler, je et mi freres, et saciés se ce fust pour ce que je
voloie prendre congié a vous se m'en fuisse alés en un lieu ou j'ai
molt a faire et ne desire nule riens autant come ce que je i fuisse,
ce saciés vraiement[.]

67. — Sire, fait Galescins, ou devés vous aler ? — Saciés, fait
Gavains, que je m'en vois veoir la prouece et la merveille et toute largesce del monde et dont je ai oï dire plus de biens. — Dieu merci, fait
Galescins, pour qui est ce donques ? Or doinst Dix que ce soit pour
l'ocoison pour coi je ving parler a vous. — Certes, fait Gavains, ses

ne doit pas être dissimulé[1], il doit au contraire être proclamé devant tous les hommes de bien : c'est le roi Arthur, notre oncle et le vôtre. Les barons de cette terre, ceux qui auraient dû le plus l'aimer et l'estimer, lui ont fait la guerre à tort ; et, ajouta-t-il, je prends Dieu à témoin que je ne ceindrai jamais l'épée avant qu'il ne me la ceigne lui-même au côté ! » En entendant ces mots, Galeschin ne se tint plus de joie ; il courut l'embrasser et lui fit fête comme si le monde entier lui appartenait, et il lui dit qu'il ne l'avait pas fait venir pour une autre raison que celle-ci. Il lui raconta alors comment cette idée lui était venue après le récit de sa mère. Et Gauvain de son côté lui conta ce que sa propre mère lui avait dit. Ils décidèrent ensuite qu'ils se mettraient en route dans la quinzaine.

68. Ils se séparèrent alors, rentrèrent chez eux et préparèrent leurs armes et leurs chevaux comme il convenait à des fils de roi. Qu'irais-je prolongeant mon récit ? Galeschin s'arrangea si bien qu'il rassembla une compagnie de deux cents hommes, chevaliers et écuyers, les meilleurs qu'il put sélectionner à son gré ; et il partit sans que son père le sache. Ils chevauchèrent tant, en passant par les chemins les plus détournés qu'ils purent trouver, qu'ils arrivèrent à la Neuve Ferté, en Brocéliande. Galeschin demeura sur place jusqu'à l'arrivée de Gauvain et de ses frères qui s'étaient arrangés de manière à rassembler une compagnie de cinq cents cavaliers, chevaliers aussi bien qu'écuyers, tous fils de comtes et de

---

nons ne doit pas estre celés, ains doit estre només devant tous prodomes, mais il a a non li rois Artus et est nostres oncles et li vostres. Mais a grant tort l'ont guerroiié tout li baron de ceste terre, cil qui plus le deüssent amer et chier tenir. Et sace Dix, fait Gavains, que je n'aurai jamais espee chainte au costé devant que il meïsmes le me chaindra. » Quant Galescins l'oï si ne fu onques mais si liés si li courut les bras tendus, si li fist ausi grant joie come se tous li mondes fust siens et dist que pour autre cose ne l'avoit il mandé et li conta mot a mot conment sa mere li avoit dit. Lors devisent quant il moveront, si disent dedens quinsaine.

68. Atant s'en partent et s'en revont et apareillent armes et chevaus si conme il couvenoit a enfans qui estoient fil a roi. Que vous iroie je toute jour a contant ? Tant se pourchaça Galescins qu'il ot en sa compaignie .II.C., que chevaliers que esquiers, molt bien armés, les meillours qu'il sot eslire tout a sa volenté et a son plaisir. Lors s'em parti que onques ses peres n'en sot mot et chevaucierent tant par les plus destournés lix qu'il savoient qu'il vinrent a la noeve ferté em Broceliande. Et Galescins demoura tant illoques que Gavains i vint et si frere com cil qui tant se firent pour [*d*] chacié qu'il orent en lor compaignie .v.c. homes montant, que chevaliers que esquiers, qui tous estoient fix de contes et de chevaliers. Mais il

chevaliers. (En fait il n'y avait que neuf chevaliers, et parmi ceux que Galeschin avait amenés il y en avait vingt.)

69. Ils se rencontrèrent avec de grandes manifestations de joie et discutèrent pour savoir dans quelle direction ils iraient ; ils finirent par décider qu'ils iraient à Londres en Bretagne[1], la principale cité du roi Arthur : « C'est ainsi que nous aurons les nouvelles les plus fraîches, et par ailleurs nous éviterons les Saxons qui parcourent la région ; car si nous les rencontrions, nous pourrions bien avoir de sérieux ennuis. » C'était le début du mois de mai, le commencement du printemps, quand les oiseaux chantent doucement, que toutes les créatures s'enflamment de joie, que bois et vergers sont en fleurs et que les prés se couvrent d'herbe nouvelle et tendre, et de fleurs doucement parfumées, que les frais ruisseaux coulent de nouveau librement dans leurs lits, et que des amours nouvelles réjouissent les jeunes gens et les jeunes filles dont les cœurs sont gais et joyeux en raison de la douceur du temps printanier[2]. Il arriva que Gauvain, Agravain, Guerrehet, Gaheriet et Galeschin, ainsi que ceux qui les avaient accompagnés, s'étaient levés de bon matin, en raison de la chaleur qui régnait pendant la journée, en hommes désireux de chevaucher le matin à la fraîche, en profitant du beau temps. Ils étaient encore jeunes et délicats, peu entraînés à souffrir beaucoup ; ils étaient bien armés, avec des chapeaux de fer comme en ont les sergents d'armes sur la tête, et des épées à l'arçon de leur selle, car le

---

n'i avoit que .ix. chevaliers et de ciaus que Galescins ot amené ot .xx. chevaliers.

69. Quant il furent venu ensamble si s'entrefirent molt grant joie si se conseillierent de quel part il s'en iroient et s'acorderent qu'il iroientᵃ a Logres em Bretaingne, la maistre cité le roi Artu. « Si en orrons plus tost noveles que en autre lieu et si eschieverons les Saisnes du païs environ. Car s'il les encontroient tost i auroient damage. » Ce fu a l'entree de Mai au tans nouvel que cil oisel chantent cler et seri et toute riens de joie enflame et que cil bois et cil vergier sont flouri et cil pré reverdissent d'erbe novele et menue et est entremellee de diverse flours qui ont douce odour et ces douces aigues reviennent en lor chanel et les amours nouveles font resbaudir ces vallés et ces puceles qui ont les cuers joians et gais pour la douçour del tans qui renouvele. Lors avint que Gavains et Agravains et Guerrehés et Gaheriés et Galescins et cil qui en lor compaingnie estoient venu, si furent matin levé pour le chaut qu'il faisoit grant enmi le jour come cil qui voloient chevauchier la matinee a la froidor qui estoit bele et li tans seris et cois. Et il ierent encore jouuene et tenre pour mal souffrir si furent bien armé et avoient chapiaus de fer en lor testes conme sergant et espees pendans as arçons de lor seles. Car li

pays n'était pas sûr, à cause des Saxons qui chevauchaient pour s'approvisionner en pillant par le pays, riche et prospère le jour où ils y étaient entrés : certes, ce fut grand dommage qu'une si bonne terre soit ainsi détruite à tort, et injustement.

70. Le troisième jour qu'ils voyageaient en cet équipage, ils rencontrèrent les rois Léodebron, Senigram, Maudalet et Servagant d'Irlande, qui avaient ravagé et dévasté le pays et emmenaient avec eux un riche butin, et tant de vivres qu'ils auraient suffi à approvisionner l'armée en pain, viande et vin pour longtemps ; en effet, ils avaient mis à sac la région, et en particulier les ports où les navires de vivres avaient abordé, si bien qu'ils en avaient chargé cinq cents chevaux de somme, cinq cents chariots et sept cents charrettes. Le convoi était si long, et le nuage de poussière qu'il soulevait si prodigieusement épais, qu'on ne pouvait s'y reconnaître sinon de tout près. Et l'incendie, feu et fumée, était si considérable dans le pays qu'on pouvait le voir à une demi-journée de marche. Ici le conte continue à parler de ce qu'il a traité plus haut, de Gauvain, ses frères, Galeschin et leur compagnie et de la manière dont ils vinrent offrir à Arthur leur aide afin de devenir chevaliers.

71. Voici ce que le conte raconte dans cette partie : quand les adolescents furent à proximité de la route du convoi, ils entendirent les plaintes et les lamentations du petit peuple qui se plaignait des Saxons qui leur faisaient beaucoup de

---

païs n'estoit mie bien seürs pour les Saisnes qui cheminoient pour rober et confondre qui tant estoit plenteuros et riches a celui jour qu'il i entrerent, dont ce fu grans dels et grans damages quant si bone terre en fu destruite a tel tort et a tel pechié.

70. Quant ce vint au tiers jour qu'il cheminoient, ensi com vous avés oï, si encontrerent le roi Leodebron et le roi Senigram et le roi Maudalet et le roi Servagant de la terre as Irois qui avoient le païs d'environ Logres brisié et gasté. Si amenoient molt grant proie et plenté de viandes tant que li os fu lonc tans raplenis de pain et de vin et de char. Car il avoient le païs robé et les pors ou les nés estoient arrivees et la vitaille et estoient si grans que .v.c. somiers en estoient charcié et .vii.c. caretes et .v.c. chars. Et li charrois fu si grans et la pourriere si merveillouse par la ou il venoient que li uns ne connis [*e*] soit pas l'autre se au vis non. Et li fu et la fumee estoient si grant entour le païs que de demie journee*a* loing pooit on connoistre le feu. Ici endroit parole de ce de devant conment Gavains et si frere et Galescin et lor compaingnie alerent au roi Artu pour lui secourir et pour estre chevalier.

71. Or dist li contes en ceste partie que*a* quant li enfant furent prés de la chevaucie si oïrent les plaintes et les cris que li menus pueples faisoient pour les Saisnes qui mal lor faisoient qui furent bien .x.m.

mal ; et ces Saxons étaient bien dix mille, tous à cheval, sans compter les gens de pied qui couraient de droite et de gauche, mettaient le feu aux villes et les malmenaient rudement. Lorsque les adolescents virent ces souffrances et ce martyre, ils demandèrent aux paysans qu'ils voyaient fuir tout effrayés où était le roi Arthur ; ils répondirent qu'il s'en était allé au royaume de Carmélide dès la Mi-Carême, après avoir si bien fortifié les frontières et les forteresses de son royaume que personne ne pouvait lui nuire, ce dont les Saxons étaient si marris que de rage ils ravageaient les contrées avoisinantes, « comme vous pouvez le voir ». En apprenant que le roi n'était pas dans le pays, les jeunes gens déclarèrent qu'ils défieraient les Saxons pour le butin qu'ils emmenaient et la protection de la région, et qu'ils garderaient le territoire jusqu'au retour du roi. Quand les paysans entendirent ces discours, ils leur demandèrent qui ils étaient ; ils leur révélèrent leur identité, pour la plus grande joie de leurs interlocuteurs qui pensèrent bien que le roi Arthur regagnerait grâce à eux, et sa terre, et l'amour des pères de ces jeunes gens, ainsi venus en ces lieux par pure noblesse d'âme. Les paysans les accompagnèrent donc ; dès que les adolescents constatèrent les ravages que faisaient les Saxons par tout le pays, leur cœur se gonfla de colère ; ils s'écrièrent : « Aux armes, francs écuyers ! On va bien voir maintenant qui sera vaillant ! Car nous sommes sur notre héritage, et nous devons défendre notre droit contre tous ceux qui nous le détruisent et abîment ! »

---

tout monté, sans la pietaille qui couroit amont et aval, et metoient le fu par toutes les viles si les menoient trop mal. Quant li enfant virent cele dolour et cel martire, si demanderent as païsans qu'il virent fuir tous esfreés ou li rois Artus estoit. Et cil disent qu'il en estoit alés el roiaume de Carmelide dés le mi quaresme et avoit molt bien garnies les maistres forteresces et sa terre que nus n'i pooit riens fourfaire. « Si en sont tant dolant li Saisne que diel qu'il en ont destruient tout le païs si com vous poés veoir. » Quant li enfant oïrent que li rois n'estoit mie el païs si disent qu'il calengeront sa terre et la proie que li Saisne amainnent, si garderont le païs tant que li rois soit revenus. Et quant li païsant les oïrent ensi parler si lor demandent qui il estoient. Et il se font connoistre a aus. Et quant il entendent qui il sont si en font molt grant joie quar il pensent bien que par aus recoverra li rois Artus sa terre et l'amour as peres par les enfans qui illuec sont venu par lor franchise. Lors se metent en lor compaignie. Et aussi tost com li enfant virent le grant damage que li Saisne faisoient par le païs si lor engroissa li cuers. Si crierent : « Ore as armes, franc esquier, ore i parra qui prous sera. Car nous somes en nostre iretage si devons desfendre nostre droit encontre tous ciaus [*ſ*] qui le nous gastent et essillent. »

72. Aussitôt les écuyers coururent prendre leurs armes et sautèrent en selle ; ils se regroupèrent et s'organisèrent conformément aux indications des chevaliers, si bien qu'ils se trouvèrent à peu près quatre-vingts chevaliers de valeur, et loyaux ; quant aux gens du pays qui les accompagnaient, ils étaient plus de cinq cents, aussi bien à cheval qu'à pied[1] ; ils se lancèrent à l'attaque comme un vol d'étourneaux, et rencontrèrent d'abord le convoi de vivres que les Saxons faisaient conduire à leur camp ; or, ceux qui devaient escorter le convoi étaient plus de trois mille. Le conte ajoute qu'il était plus de midi passé, et que la chaleur était si accablante et qu'il y avait tant de poussière que l'on pouvait à peine se voir à un jet de pierre. Dès que les adolescents aperçurent leurs ennemis, ils éperonnèrent leurs chevaux et se lancèrent parmi eux, abattant et pourfendant tout ce qu'ils rencontraient sans que personne leur échappe. Ce jour-là, Gauvain, plus que tous les autres, en tua tant qu'il ne tarda pas à être tout sanglant, ainsi que son cheval ; il avait une hache à la main, et rien ne pouvait garantir celui qu'il en frappait d'être pourfendu jusqu'au cœur ; ses autres frères se comportaient si bien, par ailleurs, que personne n'osait attendre leurs coups. Quant à Galeschin, il était toujours aux côtés de Gauvain qui faisait merveille ; il tuait et abattait ceux qu'il rencontrait sur son chemin si bien que nul ne lui échappait sans qu'il lui ait coupé pied, poing, jambe, tête, ou quelque

---

72. Atant coururent li esquier a lor armes et monterent sor lor chevaus et se rengent et estraignent ensi come li chevalier les conroient dont il estoient bien .IIII.XX.ᵃ qui molt estoient bon chevalier et loial. Et li païsant qui la josterent a els furent plus de .V.C. que a cheval que a pié et s'en vont ensamble com estournel. Si entrent premierement le conroi et la viande que li Saisne faisoient conduire a lor ost et estoient plus de .III.M. cil qui le conroi devoient conduire. Et li contes dist que bien estoit miedis passés et li chaus estoit si grans et la pourre levee estoit si merveillousement espesse*ᵇ* que a painnes s'entreveoient del get d'une pierre. Et si tost come li enfant choisirent lor anemis si brochierent lor chevaus sor aus et fierent et abatent et ocient et acravantent quanqu'il ataignent que ne lor eschape ne un ne autre. Cel jour en ocist tant Gavains sor tous les autres qu'il en estoit tous ensanglentés et il et ses chevaus. Et il tenoit une hace en sa main, si en estoit issi ferus cil qui il aconsivoit a cop que nule riens ne l'en garantissoit qu'il ne le fendist jusques a la coraille. Et si autre frere le faisoient si bien que nus ne les osoit a cop atendre. Et Galescins fu tous jours avoeques Gavain qui a merveilles bien le faisoit. Il ocioit et abatoit si durement ciaus qu'il encontroit enmi sa voie que nus ne li eschapoit que il ne trenchast ou pié ou poing ou gambe ou teste ou autre menbre. Neᶜ mais sor tous les autres estoit

autre membre. Mais plus que tous les autres, c'était un prodige de voir le martyre que Gauvain leur infligeait car rien,
ni fer ni acier, ni personne, si puissant soit-il, ne pouvait se
défendre contre ses coups. Ils frappèrent tant de droite et de
gauche que des trois mille qui conduisaient le butin il n'en
échappa pas vingt, mais dix seulement, qui s'enfuirent en
direction de la troupe qui les suivait, et qui comptait bien
huit mille hommes à cheval. Mais ils n'étaient pas bien préparés ni bien armés, ayant fait ranger leurs armes dans les
sacoches de leurs écuyers à cause de la chaleur. Et les dix
fuyards se précipitèrent sur eux en criant que tous ceux qui
menaient le convoi de butin étaient morts.

73. Quand les Saxons entendirent qu'ils avaient perdu leur
butin, ils s'armèrent et se préparèrent du mieux qu'ils purent ;
mais il y en eut un bon tiers qui ne put mettre la main sur
ses armes, car les écuyers s'en étaient allés avec le convoi
que les adolescents avaient sauvé, et qu'ils firent conduire à
Logres par ces mêmes gens du pays qui les avaient accompagnés à l'assaut. Ensuite, les jeunes gens poursuivirent les
fuyards et tombèrent sur eux dans un grand désordre : là
eut lieu une féroce et cruelle bataille, prodigieuse à voir et
à entendre. C'est à cette occasion que Gauvain tua le roi
Thoas d'Irlande, car il le frappa si rudement de sa hache
brandie à deux mains sur le heaume qu'il lui fendit la tête
jusqu'aux dents ; Galeschin de son côté frappa si durement le roi Segrain qu'il lui fit voler la tête sur le sol.

---

merveilles a veoir le martire que Gavains faisoit, car encontre son
cop ne pooit durer fer ne acier ne nus cors d'ome tant fust fors ne
poissans. Si ont tant feru amont et aval que de .III.M. qui la proie
menoient vers l'ost ne sont pas trois*d* eschapés, si s'en tournerent li
.X. fuiant a lor chevauchie qui aprés aus venoient. Si estoient plus de
.VIII.M. mais il n'estoient mie bien garni de lor armes car il les avoient
fait fourser a lor esquiers pour le tans qui lor grevoit et li .X. fuiant
vinrent a eus si lor escrient que tout sont mort cil qui la proie
menoient.

73. Quant li Saisne ont entendu qu'il ont perdu la proie si courrent
as armes cil qui les oïrent et s'armerent et apareillierent le mix qu'il
porent. Si en i ot bien la tierce partie qui ne porent lor armes avoir,
car lor esquier s'en aloient avec le charroi que li enfant avoient rescous si le firent remener a Logres et conduire par les païsans [*90a*]
meïsmes qu'il avoec aus estoient mellés et puis poursivent les fuians
tant qu'il les flatissent entr'aus pelle et melle. La ot fiere bataille et
cruele et felonne que ce estoit merveilles del oïr et del veoir. Illoc ocist
Gavains le roi Thoas d'Yrlande car il le feri si durement de l'ace as .II.
poins parmi le hiaume qu'il le fendi jusques es dens. Et Galescin feri si
durement le roi Segrain qu'il li fist la teste voler enmi le champ.

Agravain, qui s'était engagé au cœur de la mêlée, commença à frapper à droite et à gauche ; quant à Gaheriet, il avait poursuivi Guinebaut[1] et l'avait attiré à une portée d'arc de sa compagnie, parce que Guinebaut avait abattu son frère Guerrehet d'un coup de lance ; Guerrehet n'était pas gravement atteint, mais Gaheriet le croyait mort, et pour cette raison il fondit sur son assaillant, l'épée brandie, comme si c'était un sanglier.

74. Quand Guinebaut vit venir Gaheriet, il fit demi-tour et s'enfuit, n'osant l'attendre à cause du massacre prodigieux qu'il lui avait vu faire — et en vérité il était d'une prouesse exceptionnelle. Car le conte dit qu'il n'endura guère moins de peines et d'épreuves que son frère Gauvain dans sa maturité quand il fut chevalier. Voyant le Saxon s'éloigner, il jura par Dieu et par sa mère qu'il ne cesserait pas de le suivre par bois et par plaines tant qu'il n'aurait pas vengé son frère. Il éperonna son cheval pour le mettre au grand galop, et le poursuivit de telle manière qu'il laissa les siens derrière lui de plus d'une portée d'arbalète. Il le rejoignit au milieu d'un groupe de Saxons et le frappa si durement sur le heaume qu'il en arracha un grand morceau et fit basculer celui qui le portait sur l'arçon de sa selle ; le coup dévia entre le corps et l'écu, et trancha la courroie de l'écu et le bras qui le tenait, si bien qu'il le fit voler sur le sol ; en se voyant ainsi blessé, Guinebaut tomba à terre évanoui ; alors, Gaheriet fit faire demi-tour à son cheval, tout joyeux d'avoir vengé son frère.

Et Agravains qui se fu ferus en la presse conmencha a ferir a destre et as senestre. Et Gaheriés ot enchacié Guinebaut, le trait a un archier loing de sa compaignie pour ce qu'il avoit abatu Guerrehés son frere d'une lance, mais il n'ot mie de mal. Si quidoit Gaheriés que il fust mors, si li courut sus l'espee traite ausi fierement com un senglers.

74. Quant Guinebaus vit Gaheriet venir si tourne en fuies, car il ne l'osa atendre a cop pour la merveille et pour l'ocision qu'il avoit faite. Et sans faille il estoit de trop merveillouse proece car il contes dist qu'il ne sousfri gaires mains painne de Gavain son frere quant il en son droit aage qu'il fu chevaliers. Et quant il vit le Saisne qui l'eslonge si jure Dieu et sa mere que il ne le laira ne a bos ne a plain si en' aura prise vengance de son frere. Si fiert le cheval des esperons tant com il li puet aler et l'a tant chacié en tel maniere que il ot laissié ses siens deriere lui plus d'une arbastree. Si l'atant en un conroi des Saisnes et Gaheriet le fiert si durement parmi le hiaume qu'il l'en abat un grant quartier si que le fist embronchier, si coula li cops entre le cors et l'escu, si li trenche la guige del escu et le bras si qu'il le fist voler enmi le champ. Et quant cil se voit si afolé si chiet a terre tous pasmés. Et lors tourna la teste de son cheval qui molt fu liés de la vengance qu'il a faite de son frere si se quide retourner. Mais li Saisne, qui le

Il croyait pouvoir s'en retourner, mais les Saxons qui avaient vu la scène ne le laissèrent pas faire, et de son côté le roi Guinebaut s'écria : « Sus ! » Par centaines ils quittèrent les rangs et l'encerclèrent, l'accablant de tant de coups de lance qu'ils l'abattirent, lui et son cheval, en tas. Gaheriet se leva d'un bond après que les lances furent brisées, en homme qui avait du souffle et de la résistance. Il se défendit avec tant d'énergie qu'aucun ne fut assez hardi pour l'attendre ou pour l'approcher : ils lui lançaient de loin des lances, des couteaux et des épieux, si bien qu'ils le firent tomber à genoux deux ou trois fois. Et il n'aurait pas pu tenir longtemps sans être tué ou fait prisonnier, quand un écuyer qui l'avait vu poursuivre le Saxon cria à Gauvain : « Que faites-vous là ? Vous avez perdu votre frère Gaheriet si vous ne vous hâtez de lui venir en aide, car il a tant pourchassé un Saxon qu'il l'a rejoint dans ce vallon tout plein de poussière, et ils l'ont abattu et ont tué son cheval… Ce sera grand dommage si vous le perdez ainsi ! » À ces mots, Gauvain s'écria :

75. « Ah ! Sainte Vierge, Mère de Jésus-Christ, ne souffrez pas que je perde mon frère, car jamais je ne pourrais éprouver de joie en mon cœur si cela se produisait ! » Puis il cria à ses compagnons de le suivre, « car c'est maintenant qu'on va voir qui m'aime ! — Beau cousin, répliqua Galeschin, qu'allez-vous sermonnant ? Dans des circonstances si pressantes, on ne doit pas traîner : éperonnez en hâte, car je crains qu'ils ne

---

cop li ont veü faire, ne le consentirent mie. Et li rois Guinebaus[b] s'escrie : « Ore a lui ! » Atant desrengent a ciaus a .c. et a milliers, si l'en-cloent de toutes pars et fierent sor lui de glaives trestout ensamble qu'il l'abatent et lui et son cheval tout en un mont. Et Gaheriés sailli em piés quant li glaive furent brisié com cil qui avoit assés alainne et force si se desfent si durement que nus n'est si hardis qui l'ose atendre pour lui prendre, ançois li lancent de loing lances et espix et coutiaus trenchans tant qu'il l'abatent as jenous .II. fois ou .III. Si n'i peüst mie longement [b] durer qu'il ne fust ou pris ou mort quant uns esquiers qui l'avoit veü aler après le Saisne s'escria a Gavain : « Que faites vous ci ? Ja avés vous vostre frere Gaheriet perdu se vous ne le secourés hastivement. Car il avoit un Saisne tant enchaucié qu'il l'a ataint en cele valee ou cele bruine est et il l'ont abatu et son cheval ocis si sera grans doels et grans damages se vous ensi le perdés. » Et quant Gavain entent celui si dist :

75. « Ha, dame Sainte Marie, vierge, pucele, mere Jhesu Christ, ne sousfrés mie que je perde mon frere ! Car jamais n'auroie leesce s'il avient que je le perde. » Lors escrie en haut a ses compaingnons qu'il le siuent « Car orendroit iert veüs qui m'amera. — Biaus cousins, fait Galescin, que alés vous sermonnant ? Car a tel besoing ne doit on atendre. Mais poigniés isnelement car je criem qu'il ne

l'aient tué avant votre arrivée ! » Alors tous les jeunes gens sortirent des rangs et s'en furent au grand galop de leurs chevaux. Gauvain était en tête, tenant à deux mains la hache avec laquelle il avait fait un tel massacre que tout le champ de bataille était couvert de ses victimes ; il chercha tant qu'il trouva Gaheriet étendu à terre ; les Saxons lui avaient abattu sa visière et voulaient lui arracher son heaume afin de lui couper la tête ; mais ils réfléchirent qu'ils le prendraient plutôt vivant et l'emmèneraient à leur camp. Ils le couchèrent donc à terre, à plat ventre, et voulurent lui lier les mains derrière le dos. C'est alors que Gauvain arriva au galop, la hache au poing, et tomba sur eux de toute la vitesse de son cheval, frappant à droite et à gauche si bien qu'il tuait et mettait à mal tout ce qu'il touchait.

76. Lorsque ceux qui tenaient son frère virent les prodiges qu'il accomplissait, ils n'osèrent pas l'attendre et s'enfuirent. Gaheriet à sa vue se leva d'un bond et remit son casque rapidement ; puis il reprit son épée et se prépara à se défendre à nouveau. Agravain lui amena un cheval en lui disant : « Beau frère, en selle ! Ce fut une grande folie de vous éloigner ! » Gaheriet monta à cheval, tout joyeux ; les Saxons se rassemblèrent dans tout le pays et réorganisèrent leurs troupes aussi bien que possible. Mais le conte cesse ici de parler des adolescents et des Saxons pour parler des pay-

---

l'aient ocis ains que vous viegniés. » Lors desrengent li enfant tout ensamble et s'en vont tant com il porent des chevaus traire. Et Gavains vait devant et tient la hace as .ii. poins dont il ot fait tel martire et tel ocision que tous li chans en estoit couvers. Et il a tant quis qu'il a trouvé Gaheriet gisant a terre tout estendu, si li avoient li Saisne abatu le chapel de la teste et li voloient abatre la coife pour lui coper la teste. Mais il se pourpenserent qu'il le prendroient vif et l'emenoient a l'ost des Saisnes. Lors le couchierent a terre a ventrillons et li voloient les mains loiier deriere le dos quant Gavains vint poingnant a toute sa hace en la main et se fiert en aus si durement com il pot del ceval traire et fiert a destre et assenestre si que tout ocist et acrevante quanqu'il ataint a cop.

76. Quant cil qui son frere tenoient voient la merveille qu'il fait, si[a] ne l'osent atendre a cop ains tornent en fuies. Et quant Gaheriés voit son frere, si sailli em piés et remist son chapel en sa teste molt vistement et reprent s'espee et s'apareille del desfendre. Et Agravains li amaine un cheval et li dist : « Biaus frere, montés. Ce fu molt grant folie de vous eslongier ». Et Gaheriés monte sor le cheval liés et joians. Et li Saisne asamblent par tout le païs et ordenent lor batailles molt bien en tel maniere que riens n'i ot a amender[b]. Mais atant se taist ore li contes des enfans et des Saisnes. Et retourne a

sans qui conduisaient le convoi de butin que les jeunes gens avaient conquis et envoyé à la cité de Logres.

77. Le conte dit ici que ceux qui conduisaient le convoi de vivres que les adolescents avaient conquis et sauvé des Saxons marchèrent tant qu'ils parvinrent à la cité de Logres : ils avaient pressé l'allure afin d'y arriver sans danger, et il faut dire qu'il n'y avait que quatre lieues écossaises de distance entre le lieu de l'échauffourée et la cité. Quant ses habitants virent venir ce riche butin, avec ses gardiens, ils demandèrent à qui appartenait le convoi. Les convoyeurs leur racontèrent alors que Gauvain, le fils du roi Loth, ses trois frères, et leur cousin Galeschin, fils du roi Nantes de Garlot, étaient venus à l'aide du roi Arthur, qu'ils avaient quitté leurs terres et leur pays, disant qu'ils ne manqueraient jamais au roi Arthur tant qu'ils seraient en vie, et qu'étant venus avec sept cents compagnons ils avaient rencontré trois mille fourriers qui emmenaient ce butin, avec lesquels ils avaient si bien combattu qu'ils les avaient tous tués ou mis en pièces : « Et puis ils nous confièrent le butin pour que nous l'emmenions en sûreté, et ils ont engagé le combat contre sept mille Saxons qui escortaient ce convoi. Ouvrez les portes, et recevez ces chariots, puis nous irons à leur secours, car ce serait grand dommage s'ils étaient désavantagés par leur âge : en effet, ils sont extrêmement preux et vaillants, à ce qu'il nous semble ! » Les autres ouvrirent les portes et les reçurent dans la ville ; puis ils

---

parler des païsans qui enmenerent la proie et le charrois que li enfant orent conquis, si l'envoïierent molt vigherousement en voies en la cité de Logres.

77. [d] Or dist li contes que[a] cil qui amenerent la viande que li enfant orent conquis et rescous as Saisnes s'en vont tant que il vinrent a la cité de Logres et furent alé molt durement pour venir a la cité a garantie. Et il n'i avoit que .iv. lieues escoçoises de la ou ele fu rescousse jusques a la cité de Logres. Quant cil de la cité virent venir la riche proie et la garison si demanderent a qui ceste proie estoit. Et cil lor content que Gavains li fix Loth et si .iii. frere et Galescin li fil au roi Nante de Garlot qui lor cousins estoit sont venu en l'aïde le roi Artu si ont laissié lor terres et lor païs et dient qu'il ne fauront le roi a nul jor de lor vies. « Et sont venu a .vii.c. compaingnons, si encontrerent .iii.m. forriers qui ceste proie enmenerent, si se combatirent a els tant que tous les ont ocis et decopés et puis nous saisirent de la proie por mener a garison et il sont assemblé as .vii.m. Saisnes qui conduisoient ceste proie. Ouvrés les portes et si les recevés puis lor irons aïdier. Car ce seroit molt grans damages s'il estoient desavancié de lor aages car trop sont preu et vaillant si com il nous est avis. » Et cil ouvrent les portes et les

décidèrent qu'une partie de leurs gens irait secourir les
jeunes gens.

78. Ils firent alors sonner un cor au sommet de la tour
maîtresse : l'usage était en effet que, dès que les habitants
entendaient sonner ce cor, ils prenaient les armes ; ils s'armèrent donc et sortirent par la porte principale, puis ils
attendirent le châtelain, Do de Cardeuil, qui était fort vaillant
et très loyal à l'égard de son seigneur. Quand il sortit à son
tour, il s'aperçut que près de sept mille hommes avaient
quitté la ville ; il vint alors leur dire : « Chers seigneurs, il ne
serait pas bon que la ville reste entièrement dépourvue de
troupes, car nous ne savons pas ce que nous réserve l'avenir,
ni qui nous allons rencontrer. » Et ils dirent qu'il avait raison.
Il en prit alors cinq mille avec lui, et il en resta deux mille
pour garder la ville de manière à éviter toute attaque surprise.
Ils se mirent en route vers l'endroit où les adolescents se
trouvaient, et marchèrent tant qu'ils arrivèrent au lieu de la
bataille, qui était âpre et animée. Les jeunes gens se trouvaient en mauvaise posture, car ils n'avaient en leur compagnie que quatre-vingts chevaliers et cinq cents écuyers, plus
vingt combattants qui n'étaient pas adoubés, et d'autre part
trois cents hommes, à pied et à cheval, qui étaient de la
région et s'étaient joints à eux, disant qu'ils préféraient mourir avec eux que leur faire défaut tant qu'il leur resterait un
souffle de vie. Mais Médelant et Guinemant[1] avaient réparti

---

reçoivent laiens en la cité. Aprés devisent que une partie de lor gent
iront aïdier as enfans.

78. Lors font sonner un cor en la maistre tour en haut et il avoient
en usage que tout maintenant qu'il ooient sonner le cor qu'il s'armoient parmi la vile*. Si s'arment et s'en issirent parmi la maistre
porte, puis atendirent le chastelain Do de Cardueil qui molt estoit
prodom et loiaus vers son signor. Et quant il vint hors si trova qu'il
estoient issu hors de la vile jusques a .VII.M. homes. Lors vint a els, si
lor dist : « Biaus signour, il ne seroit mie bon que la vile remansist
desgarnie de gent, car nous ne savons qui nous est a avenir ne quel
gent nous trouverons. » Et cil respondent qu'il dist bien. Lors en a
pris [d] .V.M. et .II.M. en remest pour la vile garder qu'il ne soient
sourpris de nule gent. Et lors se metent au chemin cele part ou li
enfant estoient en ont tant alé qu'il virent la bataille forte et merveillouse. Mais li enfant i estoient a grant meschief, car il n'avoient
en lor compaignie que .IIII.XX. chevaliers et .V.C. esquiers et .XX. qui
n'estoient mie adoubé et .III.C. homes d'autre part a pié et a cheval
qui estoient de la terre et del païs et s'estoient mellé avoec aus. Et
dient bien qu'il aiment mix a morir qu'il lor faillent tant com il
vivent. Mais Medelans et Guinemans orent lor gent partie en .II.
eschieles. Et fu en chascune .IV.M. car tout se furent assemblé li

leurs gens en deux bataillons de quatre mille hommes chacun — car tous les Saxons de la région avaient rejoint leurs camarades. Guinemant ouvrait la marche, maniant sa lance de manière menaçante ; il était terriblement grand et fort. Gauvain venait en tête de ses compagnons, tenant une hache tranchante, et il s'avança à leur rencontre. Guinemant éperonna alors et vint le frapper de sa lance en pleine poitrine, si violemment que la lance vola en éclats, car le haubert, qui était à mailles doubles, très résistant, le protégea du coup ; et le jeune homme, vaillant et hardi, ne broncha pas quel que fût le coup, mais vint sur lui à son tour et lui infligea un tel coup de hache sur le heaume qu'il le fit se renverser sur la croupe du cheval ; et en déviant du heaume la hache coupa le cheval en deux par le milieu : cheval et cavalier s'écroulèrent l'un sur l'autre.

79. Quand les Saxons virent ce coup, tous ceux qui étaient à proximité en tremblèrent, dans la crainte que le roi Guinemant ne soit tué ; ils éperonnèrent pour venir à la rescousse tous ensemble ; et Gauvain se jeta au milieu d'eux, qui lancèrent leurs lances et lui tuèrent son cheval sous lui. Il se leva bien vite, frappant à droite et à gauche, si rapide et si mobile que personne n'osait l'approcher. Des secours lui arrivèrent de tous les côtés, et la mêlée s'engagea autour de Gauvain, très violente, et se prolongea longtemps, car les Saxons voulaient remettre Guinemant en selle et prendre Gauvain.

Saisne de la terre. Avoec les Saisnes si vint Guinemains premiers sa lance palmoiant et il estoit grans et fors et hardis mout durement. Et Gavains vint devant ses compaingnons et tint une hace trenchant. Si lor vint a l'encontre et Guinemans hurte le cheval des esperons encontre lui et le fiert de la lance enmi le pis si durement que la lance vole en pieces, car li haubers le garanti qui fu fors a double maille et li vassaus prous et hardis qui onques ne se mut pour cop qu'il li donnast, ains s'en vint par lui et li fiert del cop de l'ace sor le hiaume qu'il l'enversa par dessus la crupe au cheval et a l'eschaper que la hace fist del hiaume copa le cheval d'outre en outre par le milieu, si le trebuche tout en un mont ensemble.

79. Quant li Saisne virent le cop si en fremissent tout environ. Car paour ont que li rois Guinemans ne fust ocis. Lors poingnent a la rescousse tout ensemble a une part et Gavains se fiert entr'aus et cil le fierent de lor lances, si li ocient son destrier desous lui et il saut sus molt vistement et fiert a destre et assenestre et est si vistes et si tournans que nus n'ose vers lui aprocier et li secours li vint de toutes pars. Si comencha la mellee entour Gavain trop grant que trop longement dura. Car li Saisne baoient a Guinement remonter et a Gavain retenir et prendre.

80. Quand Gauvain s'aperçut qu'ils voulaient le faire prisonnier, il se dit qu'ils ne l'auraient pas tant qu'il pourrait se défendre ; il marcha alors, brandissant sa lance, contre un Saxon qui tenait son frère Agravain incliné sur le col de son cheval et s'efforçait de lui couper la tête. Peu s'en fallut, à cette vue, que Gauvain ne devienne fou de rage : il prit son élan et sauta au milieu des combattants sur le Saxon, levant la hache pour le frapper. Celui-ci vit qu'il ne pouvait esquiver le coup, il leva son écu pour se protéger, et Gauvain le frappa si rudement qu'il fendit l'écu en deux moitiés ; le coup continua sur sa lancée jusqu'à l'épaule gauche, si bien qu'il le fendit jusqu'à la ceinture : l'autre tomba à terre. Gauvain prit le cheval et sauta en selle en toute hâte, puis s'écria à l'adresse de ses compagnons : « Voyons maintenant qui fera preuve de courage ! Car, en ce qui me concerne, je ne les laisserai pas en paix, que ce soit par bois ou par plaine ! » Ils se lancèrent alors au milieu des ennemis, et se livrèrent à un tel massacre que des monceaux de morts jonchaient les champs comme des tas de fumier. Toutefois les Saxons firent tant qu'ils remirent en selle le roi Guinemant ; quand il eut repris ses armes, il choisit une lance solide et longue, et marcha contre Agravain qui venait de tuer sous ses yeux un de ses neveux ; il le frappa de sa lance sous l'aisselle, d'un coup si violent qu'il perça le haubert, passant entre les deux plaques en lui rasant le flanc si bien que le fer et le bois de

---

80. Quant Gavains voit qu'il ne beent fors a lui prendre et retenir, si dist qu'il ne le prendroient hui de nule eure pour tant[a] qu'il puisse. Lors vint la hace palmoiant vers un Saisne qui tenoit son frere Agravain enbronchié sor le col de son cheval, et molt se penoit de lui coper la teste. Et [e] quant Gavains le voit a poi qu'il n'esrage. Lors joint les piés et saut parmi le bateïs vers le Saisne et hauce la[b] hace pour lui ferir. Et cil voit qu'il ne li puot guencir, si gete son escu encontre et Gavains le fiert si durement qu'il li fent l'escu en .ii. moitiés et li cops descent sor l'espaule senestre si grans qu'il le fent jusqu'a la chainture et cil chiet a terre. Et Gavains prent le cheval, si resaut es arçons molt vistement, puis escria a ses compaingnons : « Or i parra qui prous sera. Car endroit de moi ne le gariron[c] ne en bois ne a plain ! » Lors se fiert entr'aus et comence a faire tel martire de gent et tele ocision que li moncel en gisent aval les chans ensi come moncel de fiens. Mais toutes voies firent tant li Saisne que li rois Guinemans fu remontés. Et quant il fu de ses armes garnis si prent une lance forte et roide et s'en vait vers Agravain que un sien neveu li avoit ocis voiant ses ex, si le fiert de la lance par desous l'aissele si grant cop que parmi les .ii. plois del hauberc, rés a rés del costé, si pert li fers et li fus une brachié hors, si trebuche lui et le cheval tout en un mont.

la lance ressortirent de l'autre côté, de bien deux coudées[1] ; ainsi, il le fit tomber en tas avec son cheval.

81. Quand Gaheriet et Galeschin virent basculer Agravain, ils eurent très peur qu'il ne soit mort ; ils éperonnèrent donc en hâte à sa rescousse ; Galeschin était en tête, il frappa Guinemant de son épée sur le heaume si bien qu'il le fit s'incliner en avant sur l'arçon de la selle. Puis il le frappa si durement sur le bras qu'il le fit voler à travers champs, et le frappa encore entre le cou et l'écu, si bien que cette fois il lui fit voler la tête sur le sol. Galeschin alors poussa le corps du pied, et il tomba à terre ; puis le jeune homme prit le cheval et le mena à Agravain qui se défendait pied à pied, et monta aussi vite qu'il put. Alors le combat à l'épée s'engagea entre eux ; mais ils n'avaient aucune nouvelle de Gauvain, car il s'était engagé si avant parmi les Saxons qu'il n'était pas facile de le trouver. Voyant le roi Guinemant mort, les Saxons furent grandement troublés, et s'enfuirent à cheval vers le bataillon du roi Médelant. Ce fut là que les fuyards tombèrent sur Gauvain qui avait tant chevauché dans un sens et dans l'autre qu'il n'avait pas de nouvelles de ses frères. Il vit bien qu'ils étaient déconfits ; il s'arrêta le temps que ses compagnons le rejoignent et se rangent autour de lui. Médelant chevauchait avec des troupes nombreuses : ils étaient bien sept mille hommes au total, et le jeune homme n'aurait pas pu s'en tirer sans grand dommage, ce qui aurait causé grand deuil au royaume de Grande-Bretagne, quand les secours de

---

81. Quant Gaheriés et Galescins virent Agravain verser si en orent molt grant paour qu'il ne soit mors. Si poignent a la rescousse molt viſtement et Galescin fu tout devant et fiert si Guinemant de l'espee deſor le hiaume que tout l'encline ſor l'arçon devant. Et Gaheriés le fiert si durement deſor le bras qu'il li fait voler enmi le champ. Et Gaheriés le fiert si entre le col et l'eſcu qu'il li fiſt la teſte voler enmi le champ. Et Galescin boute le cors du pié si qu'il chiet a terre, puis prent le cheval si le mainne a Agravain qui molt durement se desfendoit tout a pié si monte el cheval au plus toſt qu'il pot[e]. Lors conmencha li caplés entr'aus molt merveillous, mais de Gavain ne ſevent il nules nouveles. Car tant s'eſt combatus entre les Saisnes qu'il ne ſeront mie legiere chose au trouver. Et quant li Saiſne voient le roi Guinemant mort si en sont molt esbahi, si tournent en fuies ſor l'eschiele le roi Medelant. Illuec recouvrerent li fuiant et Gavains, qui tant ot alé et venu et qu'il n'ooit nules nouveles de ses freres et voit qu'il sont desconfit, si s'arreſta tant qu'il ſes compaingnons et il s'arengierent tout environ lui. Et Mede [*f*] lans chevauche a tout molt grant plenté de gent et furent bien .VIII.M. en un moncel si ne peüſt mie remanoir sans molt grant damage dont il fuſt molt grans doels el roiaume de la Grant Bretagne, quant li secours lor

la cité de Logres arrivèrent, bien cinq mille hommes, bien montés et bien armés (car ils avaient pris soin de se préparer correctement).

82. Quand les jeunes gens virent venir les secours de Logres, avec en tête l'enseigne que portait Do de Cardeuil, les gens du pays qui étaient avec eux leur dirent de se rasséréner et d'être désormais joyeux et confiants, car les renforts arrivaient : « Voyez-là ceux de Logres qui viennent à notre aide ! » Ils resanglèrent alors leurs chevaux puis se remirent en selle, se rangèrent en ordre de bataille et chevauchèrent en rangs serrés. Les Saxons fondirent sur eux, courroucés de la mort du roi Guinemant ; ils échangèrent alors les coups, brisant leurs lances sur les écus et sur les corps humains, et la bataille s'engagea, prodigieuse — et il n'aurait pu se faire que les jeunes gens n'aient le dessous, si les secours n'étaient pas arrivés : ils se lancèrent sur les Saxons au grand galop de leurs chevaux. Il y eut là un tel bris de lances qu'on aurait pu en entendre le bruit à une demi-lieue de distance ; et quand les lances furent brisées, ils tirèrent leurs épées et commencèrent à se battre avec, avec une force et une énergie étonnantes. On vit là nombre d'hommes et de chevaux abattus, tant de pieds et de poings coupés, tant de bras séparés de leurs bustes, que le sang courait en ruisseaux par la vallée ; et la poussière qu'ils remuaient devint si épaisse que les combattants ne pouvaient plus se reconnaître. La mêlée dura toute la journée, jusqu'à vêpres.

---

vint de la cité de Logres lors qui bien furent .V.M. tout monté et molt bien armé car bien s'en estoient pourveü.

82. Quant li enfant virent le secors de Logres et l'enseigne devant que Do de Carduel portoit et li païsant qui avoeques les enfans estoient a jouste dient as enfans que ore soient asseür et lié et joiant que par tans averont secours. « Car veés ci ciaus de Logres qui nous viennent secourre. » Et lors recenglent lor chevaus puis montent et s'arengent et chevauchent estroit et serré. Et li Saisne lor vinrent irié pour le roi Guinemant qui mors estoit. Lors se fierent li un as autres et peçoient lor lances es cors et es escus. Si conmence la bataille grans et merveillouse, si ne peüst mie estre que li enfant n'en eüssent le piour, quant li secours vint qui se feri es Saisnes tant durement come lor chevaus porent rendre. Illuec ot tel froisseïs des lances que de demie lieue loing em peüst on oïr les fus croissir. Et quant les lances furent brisies, si traient les espees si conmence li caplés grans et merveillous. Illuec ot grant abateïs d'omes et de chevaus. Et tant pié et tant poing copé et tant bras sevré du bu que li sans en courut tot contreval la valee et la pourriere leva si grans que li uns ne pooit veoir l'autre ne connoistre. Si dura la mellee toute jour ajournee jusques as vespres.

83. Gauvain accomplit tant de prouesses en cette circonstance que tous ceux du royaume de Logres le contem-
plaient avec ahurissement ; car il abattait et tuait hommes et
chevaux si sauvagement que nul n'osait l'attendre. Il arriva
qu'il rencontra le roi Médelant qui avait abattu Do de Cardeuil et le tenait par le heaume incliné vers le sol, dans l'intention de lui couper la tête ; Gauvain se dirigea de ce côté,
frappa le roi Médelant d'un si grand coup de sa hache tenue
à deux mains sur le heaume qu'il le fendit en deux jusqu'aux
dents, et l'autre tomba mort à terre.

84. Quand les Saxons virent mort le roi Médelant, ils furent
si ébahis qu'ils se dispersèrent en s'enfuyant en désordre ; ils
s'en allèrent vers Nambières où avait lieu le grand siège. Alors
commença la poursuite, et la poussière devint si épaisse
qu'ils ne se voyaient pas l'un l'autre, et que les compagnons
les plus fidèles renonçaient à s'attendre. La bataille fit rage
dans ce moment, car, dès que Do fut remonté, il les poursuivit férocement ; mais les jeunes gens étaient en tête, qui
faisaient un tel massacre que les cadavres jonchaient le sol
sur cinq lieues ; Do et les autres en abattirent tant que sur
les douze mille du début il n'en resta pas trois mille qui
purent s'échapper. Ainsi furent déconfits les Saxons ; la
poursuite dura jusqu'à la nuit, puis ils s'en revinrent joyeusement vers la cité de Logres. Ils tirèrent de l'aventure un
gain considérable, car les Saxons avaient rassemblé avec eux
beaucoup de ce qu'ils avaient pris et dérobé dans le pays, et

---

83. La fist Gavain tant d'armes que a merveilles fu regardés de ciax
del roiaume de Logres. Car il abatoit et ocioit[a] homes et chevaus si
durement que nus ne l'ose a cop atendre. Lors avint qu'il encontra le
roi Meledant qui Doon de Carduel avoit abatu et le tenoit parmi le
hiaume encontre terre, car il li baoit la teste a coper. Et Gavain vait
cele part et fiert le roi Medelant as .II. mains de l'ace parmi le hiaume
si grant cop que tout le pourfent jusques as dens et cil chiet mors a
terre.

84. Quant li Saisne voient le roi Medelanc mort si sont tant esbahi
qu'il tournent en fuies li uns cha et li autres la et s'en vont lor [91a]
droit chemin vers Nambierres ou li grans sieges estoit. Lors lieve la
chace et la poudriere si grans que il n'es ne veoit l'autre se n'i atent li
pers son compaingnon. Illuec fu si grans li abateïs car si tost come Dos
fu remontés, si les enchauça molt vigherousement. Mais li enfant furent
tousdis devant qui tel glaive en faisoient que .v. lieues longes en dura
l'abateïs. Car Dos et li autre en abatirent tant de .XII.M. que il furent au
commencement n'en i a pas .III.M. eschapés. Et ensi furent li Saisne desconfit, si en dura la chace jusques a la nuit. Et lors s'en retournerent
molt liement vers la cité de Logres. Illuec ot molt merveillous gaaing,
car li Saisne avoient molt amassé et prés et loing tout le païs robé, si

ils emmenèrent le tout à la cité de Logres. À leur arrivée, les
habitants reçurent les jeunes gens avec allégresse, quand ils
les connurent ; ils leur apportèrent tous les biens qu'ils
avaient gagnés et dirent à Gauvain, qu'ils considéraient
comme le chef, de les diſtribuer à son gré. Mais il leur
répondit qu'il ne s'en mêlerait pas en outrepassant la volonté
de Do de Cardeuil, car celui-ci savait mieux que lui comment on devait répartir et diſtribuer ce butin : « Car il
connaît mieux que moi les hommes de bien et ceux qui
méritent une récompense : qu'il en fasse à sa volonté, tout
comme il lui plaira. » En l'entendant parler ainsi, ils l'eſti-
mèrent beaucoup, et le louèrent en disant qu'il ne manquerait pas d'être homme de bien ; ils commencèrent tous alors
à l'aimer beaucoup, à cause de la noblesse et de la valeur
qu'ils découvraient en lui. Les adolescents séjournèrent ainsi
dans la cité de Logres pour se reposer sans que les Saxons
leur fassent le moindre mal. Mais ici le conte cesse de parler
des jeunes gens et de leur compagnie, et revient au roi
Arthur et aux rois Ban et Bohort, et à leur compagnie, qui
s'en vont au royaume de Carmélide servir le roi Léodegan.

Arthur et ses compagnons en Carmélide.

85. Le conte raconte ici que après avoir quitté Bédingran
avec les deux rois et leur compagnie, Arthur chevaucha tant
qu'ils arrivèrent à Carohaise en Carmélide où séjournait le
roi Léodegan la veille des Rameaux. Une fois arrivés à la
cité, ils chevauchèrent jusqu'au palais principal où ils trou-

---

l'enmenerent tout en la cité de Logres. Et quant il furent venu a la cité
si rechurent ciaus dedens les enfans a molt grant joie quant il les connurent. Si lor aportent tout lor avoir au devant qu'il avoient gaaingnié et
disent a Gavain qu'il tenoient a signour d'aus tous qu'il le departiſt tout
a sa volenté. Et il lor diſt qu'il ne s'en merleroit ja sor Do de Carduel,
« Car mix set il conment on le doit departir et donner que je ne fais. Si
en face sa volenté tout ensi com lui plaira. » Quant li citoain l'oïrent ensi
parler si le proisierent molt et loerent et dient qu'il ne puet faillir a eſtre
prodom, si l'ainment de molt grant amour et proisierent molt la grant
debonaireté qui eſt en lui. Ensi sejournerent li enfant et se reposerent
en la cité de Logres que li Saisne ne li fourfirent riens. Mais atant se
taiſt ore li contes des enfans et de lor compaignie et retourne a parler
du roi Artu et du roi Ban et du roi Bohort et de lor compaignie qui s'en
vont el roiaume de Carmelide servir le roi Leodegant.

85. Or diſt li contes que[a] quant li rois Artus se fu partis de Bedingram entre lui et les .II. rois et lor compaing[b]nie, il chevaucierent
tant par lor journees qu'il vinrent a Carohaise en Carmelide ou li rois
Leodegam sejournoit la veille de la Pasque flourie. Et quant il vinrent
a la cité il alerent tant qu'il vinrent au maiſtre palais et troverent le

vèrent le roi Léodegan très effrayé car le roi Rion était entré
sur sa terre avec quinze rois couronnés, et ils l'avaient déjà
vaincu maintes fois et chassé de place en place ; et maintenant ils s'étaient établis devant la riche et puissante cité de
Daneblayse où ils avaient mis le siège, et le roi Léodegan ne
savait que faire pour les en chasser ni pour les jeter hors de
son royaume. Il demandait conseil sur la conduite à adopter
à ses barons et à ceux du royaume de Logres qui étaient de
passage ici. Et, pendant qu'il discutait ainsi avec ses chevaliers, le roi Arthur et sa compagnie entrèrent dans le palais ;
ils se tenaient tous par la main et s'avancèrent l'un après
l'autre devant le roi Léodegan ; le roi Arthur avait avec lui et
Merlin trente-neuf hommes, tous vêtus très richement, tous
jeunes gens dépourvus de barbe, à l'exception des deux rois
frères qui venaient en tête et avaient déjà un certain âge.
C'étaient de grands beaux chevaliers que regardèrent avec
étonnement et admiration tous ceux qui étaient là, car ils
étaient vraiment de belle apparence. Quand ils se furent
avancés de manière que le roi Léodegan les vît, il se leva à
leur rencontre, car il lui semblait que c'étaient des hommes
de haut rang, et puissants. Le roi Ban prit le premier la
parole, et salua du mieux qu'il put le roi Léodegan, et celui-
ci répondit qu'ils étaient les bienvenus, s'ils venaient pour
son bien.

86. « Certes, seigneur, fit le roi Ban, nous n'avons pas quitté

---

roi Leodegam qui molt estoit esfreés car li rois Rions, qui estoit
entrés en sa terre atout .xv. rois couronés et l'avoient ja desconfit et
chacié de place et s'estoient logié devant la cité Daneblayse a siege
qui molt estoit grant cité et riche. Et li rois Leodegam ne savoit
conseil prendre comment il les en chaceroit, car il n'avoit pas gent en
sa terre par coi il les em peüst chacier ne jeter hors de son roiaume.
Si s'en conseilloit as barons de sa terre et a ciaus du roiaume de
Logres qui illuec estoient arresté si lor demande conment il esploiteroit. Et endementiers qu'il s'en conseilloit ensi a ses cevaliers, entra li
rois Artus laiens el palais et sa compaingnie et se tinrent tot main a
main et en vinrent devant le roi Leodegam l'un aprés l'autre. Et li
rois Artus fu soi .xli.isme avoec Merlin, et furent tous vestu molt
richement et jouuenes bacelers de prime barbe, sans les .ii. rois freres
qui devant alerent qui estoient auques d'aage molt estoient biau chevalier et grant. Si les garderent molt a merveilles tout cil qui laiens
estoient car molt estoient de bel atour. Et quant il furent venu laiens
et li rois Leodegam les vit, si se leva encontre aus, car il li sambla
molt bien qu'il estoient haut home et riche et poissant. Et li rois
Bans parla premierement et salua le roi Leodegam au plus bel qu'il
pot. Et li rois li dist que bien fust il venus se pour son bien i venoit.
86. « Certes, sire, fait li rois Bans, onques pour mal que nous vous

nos terres dans de mauvaises intentions, mais nous sommes venus nous mettre à votre service, sans pour autant exiger de vous rien qui pût vous être pénible : nous vous prions seulement de ne nous demander ni nos noms ni qui nous sommes avant que nous ne vous le fassions savoir de notre plein gré. Et si vous ne voulez pas accepter cette condition, nous vous recommanderons à Dieu pour qu'il vous défende de tout mal et de toute honte, et nous trouverons bien un seigneur qui nous gardera près de lui en acceptant nos exigences. Mais nous avons entendu dire que vous retenez à votre service tous les mercenaires qui se présentent à vous. Dites-nous maintenant ce que vous en pensez, nous vous en prions tous. »

87. Le roi Léodegan répondit qu'il voulait consulter ses conseillers : qu'ils ne le trouvent pas mauvais ; ils répliquèrent qu'ils n'y voyaient pas d'inconvénient. Il appela alors les chevaliers de la Table ronde et leur demanda ce qui leur semblait de la requête de ces chevaliers ; ils dirent que ça ne ferait pas de mal de les retenir, car ils leur paraissaient très vaillants : « Retenez-les près de vous, par Dieu, et priez-les, pour l'amour de vous, de vous dire qui ils sont au plus tôt qu'ils le pourront et qu'il en sera lieu, et de se faire ainsi connaître de vous. » Le roi quitta alors ses conseillers et revint à la salle où les barons l'attendaient ; il leur dit : « Chers seigneurs, je m'étonne fort de ce que vous m'avez demandé, à savoir que vous ne voulez pas qu'on sache qui

---

vausismes n'issismes de nos terres, ains vous somes venu servir en tel maniere que ne vous demanderons ja riens dont vous soiiés trop grevé et si vous proions qu'il ne vous chaille de demander nos nons ne qui nous somes devant ce que nous le vous façons a savoir de nostre bon gré. Et s'il ensi ne vous agree nous vous comanderons a Dieu que de honte et de damage vous desfende et nous trouverons assés tost qui en tel maniere nous detendra come nous devisons. Mais nous avons oï dire que vous retenés tous ciaus qui a vous vienent. Ore si nous en dites vostre volenté tele com il vous plaira, ce vous proiions [*d*] nous tout ensemble. »

87. Lors respondi li rois Leodegans qu'il s'en conseillera et si ne lor em poist il mie. Et il dient que non fait il. Lors apela les chevaliers de la Table Reonde, si lor demanda que lor en samble de ce que cil cevalier li requierent. Et il dient que el retenir ne puet il avoir nul damage, car il lor samble a estre molt vaillant gent. « Si les retenés, de par Dieu, et lor proiiés par amours que au plus tost que il porront et que lix en sera qu'il doivent dire qui il sont et qu'il le vous facent a savoir et vous connoïstre aus. » Atant s'em part li rois del conseil et vient en la place ou li baron l'atendoient. Lors dist : « Biaus signour, je m'esmerveil molt de ce que vous m'avés requis que vos ne volés

vous êtes, ni quel est votre nom : je n'ai jamais entendu parler de rien de pareil. Mais vous me semblez si vaillants que
je désire vous avoir avec moi, et que je ne refuserai en
aucune manière ce que vous me demandez. Soyez les bienvenus, car je vous retiens comme seigneurs[1] et compagnons,
pour peu que vous me promettiez que vous m'aiderez en
toute bonne foi et loyalement aussi longtemps que vous
serez en ma compagnie. Néanmoins, je vous prie, par pitié,
de me faire connaître qui vous êtes dès que cela vous sera
possible ; et je vais vous dire pourquoi : il se pourrait que
vous soyez tels que j'aurais honte de ne pas vous avoir si
bien accueillis que vous le méritiez. Car il se pourrait que
vous soyez de plus haut rang que moi. » Et eux de répondre
qu'ils ne feraient jamais rien qui lui déplaise ; et le roi Ban lui
promit qu'il lui dirait leurs noms quand il en serait temps.
Puis ils promirent tous à Léodegan de l'aider à défendre sa
terre en toute loyauté. Ensuite, ils quittèrent le roi et se rendirent en ville pour y prendre le meilleur logement qu'ils
pourraient trouver : Merlin les conduisit à la maison d'un
vavasseur, homme de bien, jeune et riche ; le logement était
bien agencé, élégant et confortable ; la dame en était belle et
bonne, aux yeux de Dieu comme à ceux des hommes, et le
seigneur était vraiment un homme de bien, bon chrétien, qui
menait une vie exemplaire. Il s'appelait Blaire et sa femme
Léonelle.

---

pas que on sace qui vous estes ne conment vous avés non. De tel
chose si n'oï je onques mais parler. Mais vous me samblés tant
prodom au samblant que je vous voi avoir que je ne vous escondi-
roie en nule maniere de ce que vous me requerés, et bien soiiés vous
venus car je vous tieng a signour et a compaingnons. Mais que vous
me fianciés que vous m'aiderés em boine foi et loiaument tant com
vous serés en ma compaignie. Mais de tant vous requier je les vos
mercis que vous ausi tost come vous porrés me faciés a savoir qui
vos estes et si vous dirai pour coi, que vous porriés estre tel gent que
je porroie avoir honte de ce que je ne vous auroie mie si bien servi
come a vous aferroit. Car vous estes par aventure plus haut home
que je ne sui. » Et cil dient qu'il ne li feront ja chose que ne li viegne
a gré. Si le fiancha li rois Bans qu'il li diroit lor nons quant lix en
seroit. Et lors fisent toute la fiance au roi Leodegam qu'il li aïderont
de sa terre bien et loiaument. Aprés s'em partent del roi Leodegam et
s'en vont en la vile pour prendre le meillour ostel qu'il i trouveront
et Merlins les conduist a maison d'un vavasour molt prodome et
jouene baceler et riche et si estoit li ostex cointes et biax et bien aiesiés, si avoit bele prodefenme a Dieu et au monde et li sires estoit
molt prodom a Dieu et de bone vie et avoit non Blaires et sa feme
Leonele.

88. À leur approche, Blaire se hâta de sortir de chez lui et vint à leur rencontre en leur souhaitant la bienvenue. Ils répondirent : « Dieu vous donne bonne aventure ! », puis mirent pied à terre et montèrent à la salle qui était belle et confortable, pendant que les serviteurs emmenaient les chevaux à l'écurie et en prenaient soin.

89. Ainsi séjournèrent-ils huit jours dans la ville, sans rien faire qui vaille la peine d'être mentionné dans ce livre. Le roi Léodegan manda ses gens et fit donner l'ordre à tous ceux qui pouvaient porter les armes de se présenter sans faute à Carohaise[1] pour l'Ascension, armés de pied en cap pour l'attaque et la défense, les avertissant que celui qui n'y viendrait pas ferait mieux de ne pas se fier en ses biens ou en sa force, car il en serait fait justice comme s'il était un voleur et un meurtrier. Il manda amis, parents et mercenaires, tous ceux qu'il put rassembler à prix d'or ou d'argent, et il en vint un grand nombre des uns et des autres, constituant un total de quarante mille hommes, à pied ou à cheval, qui se logèrent dans des tentes et des pavillons ; dans la ville il y en avait bien six mille, tout armés. Pendant que le roi s'occupait de convoquer ses gens, il arriva, un mardi soir à la veille du premier mai, que le roi Roolent, le roi Plarion d'Irlande, le roi Sornegrieu de la terre des Irlandais et le roi Sorhaut quittèrent leur camp avec quinze mille hommes d'armes pour explorer le pays en quête de vivres dont ils avaient le plus grand besoin. Et il advint que, ravageant le pays sur leur

---

88. Quant il vinrent devant l'oſtel si lor ſailli Blayres a l'encontre et lor diſt que bien fuiſſent il venu et il li dient que bone aventure li doinſt Dix. Maintenant deſcendent et montent en la ſale qui bele et cointe eſtoit et li vallet herbergent les chevax [d] et aieſent.

89. Enſi ſejournerent en la vile .VIII. jors entiers qui onques riens n'i firent qui face a amentevoir en livre. Et li rois Leodegam manda ſes gens et ſemonſt tous ciaus qui armes porent porter qu'il fuiſſent tout a l'Aſencion armé com por aus deſfendre et d'autrui aſſaillir a Carhaise sans faillir. Et cil qui n'i venroient mie ja n'eüſt fiance en ſon cors ne en ſon avoir, car on en feroit auſi grant juſtice com de larron murtrier et si manda amis et parens et ſoldoiiers quanque il em pot avoir pour or ne por argent, si en vint a ſi grant plenté d'uns et d'autres que bien eſtoient .XL.M. que a pié que a cheval et se logierent es tres et es paveillons et en la vile eſtoient bien .VI.M. tous armés. Et endementiers que li rois Leodegam ot mandé ſa gent avint a un mardi au ſeoir, la veille de May en tant que li rois Roolens et li rois Plarions d'Yrlande et li rois Sornegriex de la terre as Yrois et li rois Sorhaus se furent parti de l'oſt a tout .XV.M. armés et couroient aval la terre pour viande dont il avoient grant meſtier. Si avint qu'il vinrent deſtruiant le païs vers Carohaise ou li rois Leode-

passage, ils approchèrent de Carohaise où se trouvait le roi Léodegan de Carmélide qui avait mandé tous ses gens.

90. Ils entendirent les cris et le vacarme de ceux qui faisaient du butin et mettaient à sac la terre dans toute la région. Lorsque les habitants de la ville les aperçurent, ils fermèrent les portes pour empêcher que n'entre personne qui leur voulût du mal ; puis les chevaliers qui séjournaient là coururent aux armes, ils s'équipèrent, montèrent à cheval et se rassemblèrent à l'intérieur des portes. Il y avait là les chevaliers de la Table ronde, tout armés, avec pour chefs Hervi de Rivel et Malet le Brun ; ils étaient deux cent cinquante au total, tous bons chevaliers, loyaux, et si valeureux qu'on ne pouvait en trouver de meilleurs. Ceux-ci se tenaient à part dans une section spéciale, car ils ne voulaient pas être avec les autres chevaliers du pays. Par ailleurs, ceux de la cité s'étaient apprêtés aussi ; ils étaient bien quatre mille, et celui qui avait la charge de les conduire était le sénéchal, un homme de bien qui s'appelait Cléodalis de Carohaise. C'était lui qui avait porté d'habitude la bannière principale du roi, mais après l'arrivée des chevaliers de la Table ronde ce privilège ne fut dévolu à personne d'autre qu'Hervi de Rivel ; toutefois le sénéchal portait une petite bannière vermeille, à deux longues bandes vermeilles sur fond violet avec des couronnes d'or. Le grand gonfanon, lui, avait quatre langues entièrement d'or, sur champ d'azur. Quand tous furent

---

90. Lors oïrent la huee et la criee de ciax qui acueillierent la proie et qui roboient le païs et la terre. Et quant cil de la vile les aperçoivent, si cloent les portes que nus n'entre qui mal lor voille et lors courent as armes li chevalier qui illueques estoient a sejour, si s'armerent et monterent a cheval et assamblent a la porte par dedens. Lors furent cil de la Table Reonde tout armé, si en ot la signorie dans Hervieu de Rivel et Malés li Bruns si en ot .cc. et .L. parconté qui tout estoient bon chevalier et loial. Et si estoient si prou chevalier as armes que meillour n'i covenist il a querre. Icil furent en une esciele tout par els, car il ne voloient mie estre avoec les chevaliers del païs. D'autre part s'apareillent li chevalier de la cité et furent bien .IV.M. Ciaus ot li seneschaus a conduire qui molt estoit prodom et estoit apelés par son droit non Cleodalis de Carohaise. Icil soloit porter le maistre gonfanon le roi, mais onques puis que cil de la Table Reonde enterrent el païs ne se porta nus se Hervi de Rivel non. Mais il portoit un petit gonfanon vermeil a .II. longes bendes vermeilles dont [e] li champ en estoit yndes a courones d'or. Et li grans gonfanons que Hervi portoit estoit a .IV. langues toutes plainnes d'or et li chans en estoit d'azur. Et quant il furent

armés, ils se rangèrent devant la porte pour attendre le roi qui n'avait pas encore fini de s'armer. Lorsque le roi Léodegan fut prêt, il enfourcha un grand destrier, un excellent cheval, et s'en vint à la bannière que portait Hervi de Rivel : ils attendirent sur place jusqu'au moment où ils virent arriver plus de sept mille Saxons bien montés sur de bons destriers.

91. De leur côté, le roi Arthur ainsi que sa compagnie s'étaient armés très richement. Merlin ce jour-là portait l'enseigne, et il leur dit de suivre toujours sa bannière, où qu'ils aillent, dans leur propre intérêt : ils promirent de le faire. Ils se mirent alors en route, et traversèrent la ville tout armés, en si riche équipage que personne n'aurait pu l'égaler. Ils étaient quarante, plus Merlin qui portait l'enseigne ; et celle-ci était telle que les uns et les autres la regardèrent en ce jour avec beaucoup d'étonnement. Au sommet, en effet, se trouvait un petit dragon, pas très grand, avec une queue longue d'une toise et demie, en anneaux ; il avait la gueule grande ouverte, si bien qu'on avait l'impression que sa langue à l'intérieur ne cessait de s'agiter, et des étincelles de feu en jaillissaient dans l'air autour de lui. Les géants et les Saxons s'avancèrent alors, et frappèrent de leurs lances les portes de la cité ; puis ils s'en retournèrent dans les prés avoisinants et s'emparèrent du bétail, petit et gros, qui pâturait près de la ville, car personne ne chercha à les en empêcher. Merlin fit dégager en criant ceux qui encombraient les rues de la ville, il se plaça avec sa compagnie entre eux et la porte, puis vint dire au portier :

---

tout armé si se rengent devant la porte et atendent le conmandement le roi qui s'armoit encore. Quant li rois Leodegans fu armés si monta sor un grant destrier de grant bonté, puis s'en vint a la baniere Hervi de Rivel et atendirent tant qu'il virent Saisnes venir, bien .VII.M. bien monté sor bons destriers.

91. De l'autre part si refu bien armés li rois Artus et sa compaingnie et furent richement monté. Et Merlins porta l'enseigne celui jour et lor dist, si chier com il ont lor cors, qu'il alaissent tous jours aprés sa baniere en quelque liu que il le veïssent et dient que ensi le feront il. Atant se metent a la voie et s'en vont aval la vile si bel et si ricement armé que nules gens ne furent onques mix. Et furent .XL. sans Merlin qui porta l'enseigne tele que a grant mervelle fu le jour esgardee d'uns et d'autres. Car il portoit el somet un dragon petit, ne gaires grant, qui avoit la keue longe une toise et demie tortice et avoit la goule baee si grant qu'il vous fust avis que la^e langue qui dedens estoit se branlast tous jours et il saillissent estinceles de fu hors de la goule parmi l'air. Atant vinrent li gaiant et li Saisne et ferirent de lor lances es portes de la vile et puis s'en tournerent es prés et acueillirent bestes et aumailes qui prés de la vile estoient, car il ne trouverent home qui lor desfendist. Et Merlins escrie ciaus qui

« Laissez-nous sortir d'ici, il en est grand temps ! » Mais l'autre répondit qu'ils ne sortiraient pas avant que le roi ne l'ait commandé. « Que ce soit pour ton malheur, fit alors Merlin, quand tu nous fais des embarras pour quelque chose que je peux faire mieux que toi ! » Il s'approcha du battant de la porte et, y portant la main, le tira à lui : et le battant se détacha du mur aussitôt comme s'il n'y avait eu ni serrure ni verrou... Ils sortirent alors, sans se soucier que cela plaise ou non aux autres, et s'en allèrent à la poursuite des Saxons.

92. Quand les quarante et un compagnons furent sortis de la ville, la porte se referma sur eux aussi solidement que si elle n'avait jamais été ouverte : les rois Ban et Bohort se signèrent de ce prodige. Merlin chevaucha à grande allure jusqu'à ce qu'il ait rejoint une troupe de Saxons qui comptait bien deux mille hommes, en train d'emmener une grande quantité de butin. Dès que Merlin les vit, il se lança au milieu d'eux avec sa bannière, et ses compagnons en firent autant, abattant et mettant à mal tout ce qu'ils touchaient. Ils les mirent en déroute en moins de temps qu'il n'en aurait fallu pour parcourir une demi-lieue. Ils s'emparèrent alors de leur butin et le conduisirent vers la ville ; mais ils n'avaient guère progressé quand ils virent venir les trois[1] rois avec quinze mille hommes en armes qui amenaient un autre grand convoi de butin qu'ils avaient dérobé, si important que c'était un véritable prodige.

estoient enmi les rues de la vile et se met entr'aus et la porte a toute sa maisnie. Et puis vint au portier si li dist : « Laisse nous issir de çaiens que bien en est tans. » Et cil dist qu'il n'en istront devant ce que li rois l'ait conmandé. « Ce soit ore a ta male aventure, fait Merlins, quant tu nous fais dangier de ce dont je plus sui au deseure que tu n'es ! » Lors s'en vint au flael de la porte et met la main et la sache a lui. Et tantost se depart del mur ausi come s'il n'i eüst point de serure. Lors issent de laiens qui qu'en poist ne qui non et s'en vont aprés les Saisnes.

92. Quant li .xli. compaingnon furent hors de la vile, la porte clost aprés aus ausi fermement com s'ele n'eüst onques esté ouverte. Et de ce se seigna li rois Bans et li rois Boors et Merlins chevauche grant aleüre tant qu'il vint ataingnant une compaingnie de Sais[f]nes qui bien estoient .ii.m. et amenoient grant plenté de proie. Et si tost come Merlins les voit si se flatist entr'aus a tote la baniere et si compaingnon ausi si en abatent et craventent quanqu'il ataingnent si les ont en mains d'eure desbaretés que on ne fust alés demie lieue de terre. Et lors prendent la proie et le condurrent vers la vile. Mais il n'orent gaires alé quant il voient venir les .iii. rois atout .xv.m. fervestus qui amenoient grant charroi et grant proie qu'il avoient robee si que ce n'estoit se merveille non tant en i avoit.

93. À cette vue, Merlin dit aux siens : « Suivez-moi ! » ; et ceux-ci de lui obéir. Il arriva qu'un vent violent se leva dès que Merlin eut émis une sorte de sifflement, un vent tourbillonnant accompagné d'un nuage de poussière qui venait de la cité et s'abattit si soudainement sur les heaumes des Saxons et des géants qu'ils pouvaient à peine se reconnaître les uns les autres. Les quarante et un compagnons se jetèrent au milieu d'eux, les tuant et les mettant à mal à qui mieux mieux. Le roi commanda alors que l'on ouvrît les portes, ce qui fut fait ; le sénéchal sortit le premier, avec quatre mille hommes armés : ils trouvèrent bien close la porte par laquelle étaient sortis ceux qui dehors combattaient les Saxons si énergiquement que c'était un spectacle absolument prodigieux. Cléodalis arriva alors, avec l'enseigne, et se lança au cœur de la mêlée. Il y eut là bien des lances fracassées, bien des heaumes et des écus résonnant sous les coups d'épées, de sorte que ceux qui étaient restés dans la cité entendaient le vacarme comme s'ils avaient été au milieu de la bataille. Le fracas et la confusion des hommes et des chevaux était si grand qu'on n'y aurait pas entendu Dieu tonner ; et le roi Arthur et ses compagnons y firent merveille.

94. Quand les quatre rois virent que leurs adversaires avaient engagé le combat, ils répartirent leurs gens en deux moitiés : sept mille restèrent sur place, et huit mille se dégagèrent pour aller tenir tête au roi Léodegan dont ils voyaient venir la bannière. Ils chevauchèrent tant qu'ils se rencon-

---

93. Quant Merlins les voit si dist as siens : « Sivés moi. » Et cil si font. Si avint que, ausi tost come Merlins jeta un sifflet, si leva uns vens et uns estorbeillons et une poudriere si grans et si merveillose qui venoit devers la cité et descendoit[a] desor les hiaumes des Saisnes et[b] des gaians a tel foison que petit i peüst on connoistre l'un l'autre. Et li .XLI. compaigneon se ferirent entr'aus, si en ocient et acravantent tant que ce n'est se merveille non. Lors conmanda li rois les portes a ouvrir et on si fist, et li seneschaus s'en issi tous premiers a tout .IIII.M. ferarmés et trouverent les portes closes par ou cil s'en issirent qui se combatoient dehors as Saisnes tant durement que ce n'est se merveille non. Lors vient Cleodalis a toute l'enseigne et se fiert en aus molt durement. Illueques ot grant froisseïs de lances et si grant sonneïs d'espees sor hiaumes et sor escus que la noise en est oïe en la cité aussi clerement com s'il fuissent a meïsmes de la bataille. Illuec ot si grant defouleïs d'omes et de chevaus que on n'i oïst mie Dieu tonnant, si i ot fait merveilles li rois Artus et si compaignnon.

94. Quant li .IIII. roi virent que cil s'est a els mellé, si partirent lor gent en .II. moitiés, si remesent .VII.M. combatans[a] et .VIII.M. s'en tournerent contre la baniere au roi Leodegam qu'il virent venir, si chevauchierent tant qu'il s'entr'encontrerent molt fierement et brissierent

trèrent avec violence, lances baissées, et se donnèrent
mutuellement de si rudes coups sur leurs écus qu'ils les percèrent, ainsi que les hauberts, qu'ils démaillèrent complètement. Et il y en eut qui tombèrent à la renverse ensanglantés
par un coup de lance, et d'autres qui passèrent outre sans
encombre. Quand les lances leur manquèrent, ils tirèrent
l'épée, et une grande et prodigieuse mêlée commença. Là, les
compagnons de la Table ronde firent merveille ; pourtant ils
n'étaient que deux cent cinquante, et ceux contre qui ils
combattaient étaient bien sept mille et plus, si bien qu'ils se
trouvèrent dans une situation très difficile, et qu'ils durent
bon gré mal gré faiblir et céder du terrain. Mais ils se
tenaient en rangs si compacts que personne ne pouvait faire
une percée et pénétrer parmi eux si peu que ce soit. Quand
le roi Roolent et le roi Placien virent que si peu de gens
résistaient à une troupe aussi nombreuse que l'était la leur,
ils en éprouvèrent un vif dépit : ils crièrent leurs devises et
dirent que maudit soit celui qui en réchapperait.

95. Puis ils lancèrent contre leurs adversaires un assaut particulièrement traître et violent, au cours duquel ils en abattirent plus de quarante, s'efforçant autant qu'ils le pouvaient de
les tuer ou de les blesser gravement. Mais leurs compagnons
s'arrêtèrent sur place, bien décidés à ne pas les abandonner
tant qu'ils pourraient se servir d'une épée. Il arriva alors que
le roi Léodegan fut abattu honteusement ; ils le prirent et
l'emmenèrent prisonnier, le confiant à cinq cents d'entre eux

lor lances et s'entredonnerent grans cops sor les escus si qu'il les
estroerent et percierent les haubers et desmaillierent. Et de tels i
orent qui chaïrent tout enversé et sanglent par cop de lance et tels en
i ot qui passerent outre sans desconreer. Quant les lances furent
faillies si traient les espees, si conmencent la mellee grans et merveillouse. Illuec firent merveilles li compaignon de la Table Reonde.
Si n'estoient que .II.CL. et cil a qui il se com[*92a*]batoient estoient
bien .VII.M. et plus. Si i furent a molt grant meschief, si lor covint
branller s'il vausissent ou non et a guerpir place. Mais il se tenoient
molt serré et si estroit que nus ne se pooit metre entr'aus ne percier
ne tant ne quant. Et quant li rois Roolans et li rois Placiens virent
que si poi de gent sont aresté encontre si grant pueple com il sont,
si lor vint a molt grant despit. Lors escrient lor enseigne et dient que
mar en eschapera nus.

95. Atant lor font une envaïe molt grant et molt felenesse. Il
en abatirent a cel poindre plus de .XL. et molt se penerent d'aus
afoler et mehaignier. Mais lor compaignon sont sor aus aresté qui
molt a envis les i auront, tant com il puissent ferir d'espee. Lors
avint que li rois Leodegans fu abatus molt laidement. Si le prisent
et le menerent em prison et le conmanderent a .V.C. des lor pour

qui furent chargés de le conduire au camp du roi Rion d'Irlande. Et ceux-ci l'entraînèrent joyeusement, convaincus
d'avoir mis un terme à leur guerre contre le roi Léodegan ; ils
l'escortaient ainsi vaincu, et ils se hâtaient fort. Quand le roi
Léodegan vit qu'il lui était arrivé un tel malheur et que ses
ennemis l'avaient fait prisonnier et l'emmenaient contre son
gré, il se pâma à plusieurs reprises, et se mit à se lamenter sur
son triste sort. Ils marchèrent tant qu'ils parvinrent à deux
lieues de la cité ; cris et vacarme montaient encore des sept
mille chevaliers et des deux cent cinquante de la Table ronde,
qui étaient fort affligés d'avoir perdu le roi Léodegan, et qui
se promettaient mutuellement, puisqu'ils avaient tout perdu et
ne pouvaient attendre de secours de nulle part, de venger leur
propre mort avant qu'elle ne se produise.

96. Ils se placèrent alors dos à dos, se défendant de
manière si étonnante qu'ils tuèrent un grand nombre
d'hommes et de chevaux, abattus à leurs pieds, sans qu'eux-
mêmes aient bougé. Ils enduraient de telles souffrances que
ceux qui se tenaient aux fenêtres du palais et assistaient à ce
spectacle en pleuraient à chaudes larmes, tant ils étaient remplis de pitié. Et quand Guenièvre, la fille du roi Léodegan,
vit emmener son père par ses ennemis, elle en éprouva une
telle douleur au cœur qu'il s'en fallut de peu qu'elle ne se
tuât de désespoir et de courroux. Mais le conte cesse ici de
parler du chagrin de la reine Guenièvre, jusqu'à ce qu'il en
soit temps et lieu, et revient au roi Arthur et à ses compa-

---

mener en l'ost le roi Rion d'Yrlande. Et cil l'enmenoient molt liement
qui molt bien quidoient lor guere avoir finee envers le roi Leodegam
et ensi l'amenerent conquis et se hastoient molt durement de tost aler.
Quant li rois Leodegam voit que ensi li est mesavenu et que si anemi
l'ont pris et l'en amenoient maugré sien, si se pasme menu et souvent
et regrete son duel et son damage. Et cil ont tant erré qu'il sont
eslongiés de la cité .II. lieues ou plus, et fu molt grant li cris et la huee
de .VII.M. et de .II.CL. chevaliers de la Table Reonde qui molt
sont dolant del roi Leodegam qu'il ont perdu. Si dient entr'aus et afient
que, puis que il ont tout perdu et que il ne pueent avoir secours de
nule part, qu'il vengeront lor mort ains qu'il muirent de mort.

96. Lors s'adossent les uns encontre les autres et se desfendent si
merveilleusement qu'il font si grant ocision d'omes et de chevaus
entour aus sans remuer place et tant i soustrent de painne et de travail que cil qui sont as fenestres del palais qui le voient en plourent
a caudes lermes de pitié qu'il ont. Et quant Genievre, la fille au roi
Leodegam, en voit mener son pere a ses anemis si en est itant
dolante en son cuer que par un poi qu'ele ne s'ocist de ire et de dueil
qu'ele ot en son cuer[c]. Mais atant se taist ore li contes a parler du
doel la roïne Genievre tant que lix et tans en sera. Et retourne a par-

gnons, racontant comment ils se comportèrent, eux et le
sénéchal Cléodalis de Carmélide, dans leur combat contre
sept mille adversaires.

97. Le conte dit ici que la lutte fut chaude et rude là où
le roi Arthur, ses quarante compagnons et les quatre mille
hommes qui se trouvaient dans la troupe de Cléodalis le sénéchal étaient engagés contre huit mille Saxons commandés par
Sornegrieu et Sapharin ; il y eut nombre de blessés et de tués.
Après qu'ils eurent combattu longtemps, Merlin avec l'enseigne sortit de la mêlée au grand galop, en criant aux siens
de le suivre, ce qu'ils firent, galopant aussi vite que le pouvaient les chevaux ; ils chevauchèrent tant qu'ils dépassèrent
tous leurs compagnons : à ce point ils accélérèrent encore l'allure et s'en allèrent tout droit en direction du lieu où se
tenaient les géants et les Saxons. Ils arrivèrent à une grande et
profonde vallée, et aperçurent alors les cinq cents chevaliers
qui emmenaient prisonnier le roi Léodegan. Dès que Merlin
les vit, il s'écria : « À l'attaque, nobles chevaliers, car vous êtes
tous morts si un seul vous échappe[1] ! » Et aussitôt ils attaquèrent sans hésiter, vaillamment, et se lancèrent au milieu d'eux
comme une tornade, abattant et tuant tous ceux qu'ils rencontraient au cours de leur assaut, si bien qu'il n'y en eut
aucun qui ne tuât ou mît à mal son adversaire. C'est là que
vous auriez pu voir les quarante compagnons accomplir un
tel massacre d'hommes et de chevaux qu'à peine y en eut-il

---

ler del roi Artu et de ses compaingnons conment il esploitierent en la
bataille encontre les .vii.m. homes, il et li seneschaus Cleodalis del
regne de Carmelide.

97. [*b*] Or dist li contes que molt fu grans li estours et pesans la ou
li rois Artus fu et si .xl. conpaingnon et li .iv.m. qui sont de la compaignie Cleodalis le seneschal si furent mellé a .viii.m. Saisnes qui
entre Sornegriu et Sapharin conduisoient, si en i ot molt d'ocis et
d'afolés. Et quant il se furent grant piece combatu ensamble si se
parti Merlins d'aus a toute l'enseigne hors de la bataille les grans
galos et escria as siens que il le sivecent. Et il si font tant com il
porent des chevaus traire et vont tant que toute lor gent ont trespassee. Et lors croissent lor aleüres et s'en vont vers le siege ou li Saisne
et li gaiant estoient la droite voie et chevauchierent tant qu'il vinrent
en une grant valee et parfonde et illuec aconsivent les .v.c. qui li rois
Leodegans amenoient[2]. Et si tost conme Merlins les vit si escrie :
« Ore a els, franc cevalier, car vous estes tout mort se uns sels vous
escape. » Et si lor courent sus tost et delivrement come prou et se
fierent en aus com tempeste si abatent et ocient quanque il ataignent
en lor venir. Se n'i ot un seul qui le sien n'oceïst ou mehaingnast.
Illuec veïssiés a .xl. conpaingnons faire tel martire et tele ocision
d'omes et de chevaus que mal soit de celui qui en eschapast a ce qu'il

cinq qui en réchappèrent et qui s'enfuirent sans savoir où, car
ils avaient été pris par surprise.

98. Ce fut ainsi qu'ils vinrent à la rescousse du roi Léodegan ; et quant celui-ci vit le massacre que si peu de gens
infligeaient à une troupe si nombreuse, il fut rempli d'étonnement, et se demanda qui ils pouvaient être. Il regarda avec
attention et vit le dragon que Merlin portait, et il le reconnut. Il sut bien alors que c'étaient les mercenaires qu'il avait
pris à son service, et il rendit grâces à Dieu et le remercia du
secours qu'il lui avait envoyé. Merlin s'en vint vers le roi et
s'arrêta près de lui ; Ulfin et Bretel descendirent de cheval,
le délièrent, l'aidèrent à s'armer puis le firent monter sur un
solide destrier rapide. Puis ils se remirent à leur tour en selle,
et le roi les remercia du service qu'ils lui avaient rendu. Merlin s'écria alors : « Nobles chevaliers, que faites-vous ? Suivez-moi, car je m'en vais ! »

99. Là-dessus Merlin de repartir en éperonnant en direction
de la cité, où les chevaliers de la Table ronde se trouvaient en
bien mauvaise posture ; en effet, sur deux cent cinquante il
n'en restait que vingt à cheval, et les autres se défendaient à
pied comme des sangliers acculés. Merlin chevauchait en tête
de ses compagnons, portant l'enseigne ; ils arrivèrent à si
grande allure que leurs chevaux ruisselaient de sueur. Et le
dragon que Merlin portait crachait par la gueule de si longues
flammèches de feu qui montait vers le ciel que ceux qui

---

furent souspris et esbahi fors seulement .v. qui s'en alerent fuiant, ne
lor caloit il ou.

98. Ensi ont rescous le roi Leodegam et quant li rois voit l'ocision
et le martire que si petit de gent ont fait encontre si grant pueple si
s'esmervelle molt qui il puuent estre. Lors se regarde et reconnoist
que c'est le dragon que Merlins portoit, si le connoist. Lors sot il bien
que ce sont li soldoiier que il ot retenus, si en aoure Dieu et mercie
du secours qu'il li a envoiié. Et Merlins s'en vint a lui et s'areste dalés
lui. Et Ulfins descent de son cheval entre lui et Bretel, si le desloient
et le garnissent d'armes, puis le font monter sus un destrier [d] fort et
isnel, puis remontent entre Ulfin et Bretel. Et li rois lor mercie del
service qu'il li ont fait. Lors s'escrie Merlins : « Franc chevalier, que
faites vous ? Or tost sievés moi, car je m'en vois. »

99. Atant se remet Merlins ariere au ferir des esperons vers la cité
ou li chevalier de la Table Reonde estoient a grant meschief que de
.II.CL. qu'il estoient n'en a que vint a cheval, ains se desfendent a pié
tout a estal come senglers. Et Merlins fu devant a toute l'enseigne et
chevauche si grant aleüre entre lui et ses compaingnons que tout li
cheval degoutent de suour et li dragons qu'il portoit rendoit parmi la
goule si grans brandons de fu qu'il s'en montoit lasus en l'air que cil
qui estoient desus les murs de la cité en voient la clarté de demie

étaient aux murs de la cité en voyaient l'éclat sur une demi-
lieue, à ce qu'il leur semblait. Quand ils eurent regardé avec
plus d'attention, ils s'aperçurent que c'étaient les quarante et
un compagnons mercenaires, et qu'ils avaient avec eux le roi
Léodegan qu'ils avaient secouru : cela les remplit d'allégresse.

100. Quand Guenièvre, la fille du roi Léodegan, vit que
c'étaient des alliés, elle frémit de joie et se demanda avec beaucoup d'étonnement qui étaient les chevaliers qui venaient dans
cet équipage. Et eux, qui venaient comme la foudre, se lancèrent au milieu de leurs ennemis si sauvagement qu'ils abattirent tout ce qu'ils rencontraient. Dès que les quarante et un
compagnons et le roi Léodegan se furent engagés dans la
mêlée contre les géants, les combats à l'épée et à la masse
d'armes commencèrent, si forts que la jeune fille qui était pen-
chée à une fenêtre du palais entendait distinctement les coups.
Le roi Ban de Bénoïc en donna à cette occasion de bien beaux
avec Courrouceuse, son épée : car ni écu ni haubert ni
heaume, si solides qu'ils soient, n'empêchait celui qu'il atteignait d'être coupé en deux d'un seul coup ; et en vérité, le roi
frappa à maintes reprises si fort qu'il coupa en deux cheval et
chevalier et les abattit en tas. Et le roi Bohort, son frère, en
faisait autant : les Saxons les regardaient avec attention à cause
des prodiges qu'ils leur voyaient faire. Quant au roi Arthur, il
faisait merveille avec Escalibor, sa bonne épée ; contre elle, je
vous le dis, aucune armure ne pouvait tenir le coup, car tout
ce qu'il atteignait de plein fouet touchait à son heure dernière.

---

lieue loing et plus, ce lor iert avis. Et quant il se regarderent si voient
que ce sont li .xli. compaignons soldoiier et voient avoec aus venir
le roi Leodegam qu'il orent rescous, si en orent mout grant joie.

100. Quant Genievre, la fille le roi Leodegam, voit que cil sortit des
lor si tressaut toute de joie et s'esmerveille[a] molt qui li chevalier sont
qui en cele compaignie venoient. Et cil qui venoient come foudre
bruiant se fierent si durement entre lor anemis que tout abatent
quanque il aconsivent en lor venir. Si tost come li .xli. compaignon
et li rois Leodegans se furent feru entre les gaians si conmencha li
caplés et li marteleïs si grans que la pucele qui estoit apoie a une des
fenestres del palais en oï les cops molt clerement. Illuec fist li rois
Bans de Benuyc molt de biaus cops de Courceuse, s'espee, car celui
qui il en ataingnoit a cop il ne le garantissoit escus ne haubers ne
hiaumes tant soit durs qu'il ne le copast d'outre en outre. Et si i feri li
rois Bans maintes[b] fois tés cops qu'il copoit chevalier et cheval et abatoit tout en un mont. Et autretel faisoit li rois Boors ses freres. Si les
regarderent molt li Saisne pour le grant merveille qu'il lor virent faire.
Et li rois Artus faisoit merveilles d'Escalibor, sa bone espee. Encontre cele espee vous di je bien que ne pot armeüre nule durer car
tout avoit son tans usé qui il ataignoit a droit cop[c].

101. Pendant qu'il s'attachait à percer les rangs ennemis et à les disperser, il arriva que le roi Arthur rencontra le roi Caelenc qui s'efforçait de semer la déconfiture parmi les chevaliers de la Table ronde ; dès que le roi Arthur le vit, il le chargea. Et celui-là était si grand et si fort que le conte nous dit qu'il mesurait quatorze pieds, à la mesure des pieds de l'époque[1]. Le roi Arthur chargea, et lui infligea avec Escalibor un si prodigieux coup d'épée par-dessus le rebord de l'écu entre les épaules[2] qu'il le fendit en deux jusqu'au nombril ; et son cheval s'enfuit à travers le champ de bataille portant le cadavre. Ceux du château virent bien ce coup, ainsi que Guenièvre, la fille du roi Léodegan, qui était aux fenêtres du palais. Ils en parlaient entre eux, et se demandaient les uns aux autres avec admiration qui ce héros pouvait être.

102. Grande fut la bataille dans la prairie sous les murs de Carohaise, là où les deux cent cinquante chevaliers de la Table ronde et les quarante-deux compagnons étaient engagés contre huit mille Saxons. Ils firent tant que ces huit mille ne furent plus que cinq mille, si courroucés d'ailleurs de cet état de fait, et si remplis de chagrin par la perte du roi Caelenc, qu'il s'en fallait de peu qu'ils ne perdent la raison. Il arriva alors que le roi Ban vint chargeant le roi Clarion, le plus grand de l'armée des géants. Et le conte dit que le roi Ban lui-même était grand et fort, et massif, et très courageux ; il brandissait Courrouceuse, sa bonne épée, et il en

---

101. Endementiers qu'il entendoit a la presse desrompre et departir avint que li rois Artus encontra le roi Caelenc qui molt se penoit des com[d]paingnons de la Table Reonde desconfire. Et si tost come li rois Artus le voit si li cort sus. Et cil estoit si grans et si fors que li contes dist que il avoit .XIV. piés de lonc a la mesure des piés qui adonc estoient. Et li rois Artus le vint ataingnant, se li jete un merveillous cop d'escremie par desus l'espane de l'escu entre les .II. espaulles et le fiert si durement d'Escalibor, s'espee, qu'il le fent tout jusques au nombril et li chevaus tourne en fuies parmi la bataille a-tout le cors. Icel cop virent bien ciaus du chastel et Genievre la fille le roi Leodegan qui estoit as fenestres del palais amont le vit bien si em parolent molt li un et li autre si se merveillent molt qui il estoit.

102. Molt fu grans la bataille es prés desous Carohaise la ou li .CC. et .L. et li .XLII. compaingnon sont assamblé as .VIII.M. Saisnes. Mais il ont tant fait que li .VIII.M. sont venu a .V.M. si en sont cil tant dolant et tant coureció del roi[d] Caelent qu'il ont perdu qu'a poi que il n'issent de lor sens. Et lors avint que li rois Bans vint ataingnant le roi Clarion, le plus grant home qui fust en l'ost de tous les gaians. Et li contes dist que li rois Bans fu grans et fors et corsus et molt corageous[b] et hardis et li rois tint Coureçouse, sa bone espee, et fiert si durement le roi Clarion parmi le hiaume qu'il le trenche rés a rés de

frappa le roi Clarion sur le heaume si rudement qu'il le fendit tout du long à ras de l'oreille ; le coup descendit sur l'épaule gauche et continua par le flanc, jusqu'à la ceinture, si bien que le foie et le poumon furent mis à nu. Le roi Bohort de son côté frappa Sarmedon, le gonfalonier, de sorte qu'il lui coupa le bras qui tenait l'écu, et que l'enseigne fut renversée. Le roi Léodegan vit bien ce coup, et il se dit que décidément il n'y avait sur terre d'autre chevalier que ceux-ci qui sachent si bien se tirer d'affaire quand il le fallait.

103. Quand les géants virent leur seigneur mort, et leur enseigne renversée, ils s'enfuirent dans toutes les directions ; alors sortirent de la ville trois mille hommes armés, aussi bien chevaliers que gens d'armes, et la poursuite commença après les fuyards. Mais Merlin ne se dirigea pas du côté par où ils fuyaient : il s'en alla là où Cléodalis, le sénéchal de Carmélide, bataillait très vaillamment avec quatre mille hommes contre sept mille ennemis, que menaient Sornegrieu et Sapharin. Et quand Merlin arriva sur place, il trouva Cléodalis à bas de son cheval ; mais il était debout, solide sur ses pieds, et il tenait l'enseigne bien droite, en homme qui n'avait pas l'intention de la laisser tomber ni de l'abandonner. Ses hommes étaient rangés autour de lui, et ils se défendaient comme des lions, mais ils n'en étaient pas moins en très mauvaise posture, et ils n'auraient pas tardé à subir de grosses pertes si Merlin ne s'était pas lancé parmi eux avec son enseigne. Et avec lui vinrent, dans un bruit de tonnerre,

---

la teste jusqu'a l'oreille tout contreval et li cops descent sor l'espaule senestre, si li soivre toute del costé contreval jusqu'a la chainture si que le foie et le poumon em peüssiés veoir tout a delivre. Et li rois Bohors fiert Sarmedon le gonfanonier qu'il li cope le bras atout l'escu et l'enseigne verse. Itels cops vit li rois Leodegans de Carmelide et dist que ore n'est il nus chevaliers fors que ciaus qui si bien se secent aïdier au grant besoing.

103. Quant li gaiant voient lor signour mort et lor enseigne versee si tornent en fuies, li uns cha et li autres la, et lors issent de la vile que chevaliers que sergans jusques a .iii.m. tout armé. Si conmence la chace sor ciaus qui s'en vont fuiant. Mais Merlins ne tourna onques cele part ou il s'enfuioient ains s'en vait a la bataille ou Cleodalis li seneschaus de Carmelide se combatoit molt durement a .iiii.m. homes encontre .vii.m. que Sornegrieus et Sapharins, cil doi roi, conduisoient[*]. Et quant Merlins vint a la bataille si trouva Cleodalis abatu de son cheval. Mais il es[t]oit em piés relevés et tenoit l'enseigne toute droite qu'il ne le voloit mie deguerpir ne laissier. Si estoient si home arengié entour lui qui molt bien se desfendoient come prodome mais molt estoient a grant meschief. Si i eüssent molt perdu et n'eüst gaires demouré quant Merlins se fiert entre aus a toute s'enseigne et avoec lui si

ses quarante compagnons qui entouraient le roi Arthur, tous montés sur de bons chevaux. Le roi Léodegan était encore avec eux, car il n'avait pas voulu les quitter depuis qu'ils l'avaient délivré. Il y eut là tant de bruit, de fracas et de cris qu'on aurait pu croire qu'il s'agissait de charpentiers travaillant le bois[1]. Là, vous auriez pu voir tomber abondance de chevaux et de chevaliers, vous auriez vu fuir des chevaux avec leurs rênes traînant dans leurs jambes, car il n'y avait personne qui voulût les prendre ou les arrêter ; là, vous auriez pu entendre un tel bruit que le tonnerre de Dieu serait passé inaperçu. Et là, les quarante-deux compagnons se comportèrent si bien qu'on en parla par le pays longtemps après leur mort. L'histoire dit qu'ils en tuèrent et mutilèrent tant qu'on aurait pu les suivre à la trace sans avoir besoin de demander par où ils étaient passés grâce aux cadavres d'hommes et de chevaux : car ils ne cessaient pas de frapper, et combattaient sans arrêt, de façon qu'il est bien juste que le conte vous dise leurs noms et qui ils étaient. Car ils méritent d'être mentionnés avant tous les autres héros.

104. Le premier était le roi Ban de Bénoïc, le second était le roi Bohort, son frère, le troisième le roi Arthur, et le quatrième Antor. Le cinquième était Ulfin, le sixième Bretel, le septième Keu, le huitième Lucan le Bouteiller, le neuvième Girflet, le fils de Do de Cardeuil ; le dixième était Marut de la Roche, et le onzième Driant de la Forêt Sauvage. Le dou-

---

.XL. compaignon qui estoient avoec le roi Artu. Si viennent ausi bruiant come tempeste et cil estoient tot molt bien monté que onques nules gens mix ne le firent et li rois Leodegam fu tous jours avoec aus qui onques puis ne les vaut laissier que il l'orent rescous. La ot tel bruit et tel marteleïs et tel noise come se ce fuissent carpentier qui charpentaissent el bois. Illuec veïssiés chaoir chevaliers et chevaus espessement com s'il pleüssent. La veïssiés chevaus fuir lor resnes trainant entre lor piés, car il n'est nus qui en voelle prendre ne arrester. La oïssiés tel bruit et tel noise et tel criee que on n'oïst mie Dieu tonnant. Illoc le firent bien li .XLII. compaingnons, si qu'il en fu lonc tans parlé après lor mort en la terre et ens el païs. Et dist l'estoire que tant en ocisent et decoperent que par trace les peüst on suivre[b] tote jour ajournee, sans demander quel part il vont, a enseignes des cors ocis et des chevaus com cil qui ne cessent ne ne finent. Dont il est bien drois et raisons que li contes vous en die lor nons et qui il furent. Car il font molt bien a nonmer devant tous prodomes.

104. Li premier fu li rois Bans de Benuyc. Li secons fu li rois Boors ses freres. Li tiers fu li rois Artus. Li quars fu Autors. Li quins fu Ulfins. Li sisismes fu Bretel. Li setismes fu Kex. Li witismes fu Lucans li Bouteilliers et li noevismes fu Gyrflés li fix Do de Carduel. Li disismes Maurut de la Roce. Li onsismes Drians de la Forest Sau-

zième était Bélias l'Amoureux, et le treizième Flandrin le
Brave[1], le quatorzième Ladinas de Bénoïc, le quinzième
Amoret le Brun et le seizième Aucalet le Roux ; le dix-sep-
tième Blois du Casset ; le dix-huitième Bliobléris de Gaunes,
le dix-neuvième Canode, le vingtième Meleadon de Blois, le
vingt et unième Iesméladant, le vingt-deuxième Placide le
Gai, le vingt-troisième Lampadès de la Planoie, le vingt-qua-
trième Gervais l'Aîné, le vingt-cinquième Christofle de la
Roche Bise ; le vingt-sixième était Aiglin des Vaux, le vingt-
septième était Calogrenant ; le vingt-huitième était Agusale le
Désiré, le vingt-neuvième Agraveil, le fils de la Sage Dame
de la Forêt sans Retour, le trentième Cliaclès l'Orphelin, le
trente et unième Guivret de Lamballe, le trente-deuxième
Kahedin le Beau, le trente-troisième Méraugis de Portlesg-
gués, le trente-quatrième Gornain Cadrus et le trente-cin-
quième Claris de Gaule ; le trente-sixième le Laid Hardi, le
trente-septième Amadan l'Orgueilleux, le trente-huitième
Osenain Cœur-Hardi, le trente-neuvième Galesconde, le
quarantième Galet le Chauve, le quarante et unième Blaaris,
le filleul du roi Bohort de Gaunes. Et le quarante-deuxième,
c'était Merlin qui les conduisait, et le roi Léodegan[2] restait
en leur compagnie et ne voulait à aucun prix les quitter.

Histoire de Cléodalis.

105. Tous ensemble, ces vaillants hommes se lancèrent à
la rescousse de Cléodalis, le sénéchal de Carmélide, qui était

---

vage. Li dousismes fu Belyas li Amourous. Li tresismes fu Flandrins
li Bers. Li quatorsismes fu Ladinas de Benuyc. Li quinsismes Amorés
li Bruns. Li sesismes Aucalés li Rous. Le diesetismes Bloys de Casset.
Li disuitismes Blyoblerys de Gaunes. Li disenoevismes Canode.
Li vintismes Meleadon de Bloys. Li .xxi.ismes Iesmeladant. Li
.xxii.ismes Placides li Gays. Li .xxiii.ismes Lampadés de la Planoie. Li
.xxiiii.ismes Gervas Lances. Li .xxv.ismes [f] Christofles de la Roce
Bise. Li .xxvi.ismes fu Aiglins des Vaus. Li .xxvii.ismes fu Calogrenant. Li .xxviii.ismes fu Agusale le Desiré. Li .xxix.ismes Agreveil le
fil a la Sage Dame de la Forest sans Retour. Li .xxx.ismes Cliaclés
l'Orphenin. Li .xxxi.ismes Guirés de Lambale. Li .xxxii.ismes Kahedin li Biaus. Li .xxxiii.ismes Meraugis de Portlesgués. Li .xxxiv.ismes
Gornains Cadrus. Li .xxxv.ismes Claries de Baule. Li .xxxvi.ismes li
Lais Hardis. Li .xxxvii.ismes Amadam l'Orgueillous. Li .xxxviii.ismes
Osenains Cuer Hardi. Li .xxxix.ismes fu Galescondes. Li .xl.ismes fu
Galés li Chaus. Li .xli.ismes Blaaris, li filleus au roi Boort de Gaunes.
Li .xlii.ismes si fu Merlins qui les conduisoit. Et li rois Leodegans fu
en lor compaignie si ne les vaut laissier en nule maniere.
105. Cil prodome tout ensemble alerent*a* a la rescousse Cleodalis le
seneschal de Carmelide qui molt fu prodons et loiaus chevalier et

un homme de grande valeur, chevalier loyal et hardi, comme il apparut bien à cette occasion, vu que, en dépit des fautes que le roi son seigneur avait commises envers lui, il ne voulut pas l'abandonner en aucune manière lorsqu'il était en péril, mais en fit tant que personne d'autre n'aurait agi de même, et que tous au contraire l'auraient quitté ; et je vais vous dire pourquoi. La vérité est que le roi Léodegan avait eu pour femme une très noble dame d'une grande beauté ; quand il l'avait amenée de la maison de son père, elle avait pris avec elle une suivante à elle qui était aussi très belle. Cette jeune fille, le sénéchal s'en éprit, tant qu'il la demanda en mariage ; le roi l'aimait beaucoup, car elle l'avait servi de bon cœur, en femme obligeante qu'elle était : il la lui donna très volontiers. Et quand le sénéchal l'eut épousée, et qu'elle fut assise à table au milieu des autres dames, richement vêtue et parée, le roi la trouva très belle ; elle entra dans son cœur, si profondément que rien ne put l'en retirer. Et de fait, c'était l'une des plus belles dames du monde.

106. Les choses en restèrent là pour cette fois ; le temps passa, jusqu'à une fête de la Saint-Jean où le roi eut envoyé Cléodalis en expédition contre les Irlandais qui lui faisaient la guerre à ce moment-là ; la dame était restée auprès de la reine pour lui tenir compagnie, car elles s'aimaient beaucoup. Le roi Léodegan avait engendré en sa femme une petite fille qui s'appelait Guenièvre, qui devint très belle par la suite. La

---

hardis et bien i parut que pour nule mesprisere que li rois ses sires eüst mesfait envers lui ne le vaut guerpir en nul meschief ou il fust, ains en fust tant que autre ne le feïst mie, ains le eüst laissié, si vous dirai je por coi. Voirs fu que li rois Leodegam ot une molt haute dame a feme et de molt grant biauté. Quant il l'ot amenee de la maison son pere si esposee s'amena la dame une soie pucele avoec li qui molt estoit de grant biauté. Cele pucele ama molt li seneschaus tant qu'il le demanda a feme. Et li rois l'ama molt car ele l'avoit servi de bon cuer et ele estoit de molt bon service, si li donna molt volentiers. Et quant il l'ot esposee et ele si si si à la table au mengier entre les dames molt richement apareillie si fu avis au roi qu'ele fu de molt grant biauté. Si li chaï si en son cuer que en nule fin[n] ne le pot oster et ele estoit sans faille une des plus beles dames del monde.

106. Ensi demoura que plus ne fist a cele fois. Et tant qu'il avint a une feste Saint Jehan que li rois ot envoiié Cleodalis en une chevalerie contre les Irois qui le guerrioient en celui tans. Et la dame fu remese avoec la roïne pour li compaignie faire quar molt s'entr'amoient de grant amour. Et li rois Leodegans ot engendré en sa feme une pucele qui ot non Genievre qui puis fu de molt grant biauté. Et la feme le roi Leodegam estoit molt bone dame et de molt sainte vie [93a] et avoit a coustume que petit estoit de nuis que ele

femme du roi Léodegan était une très bonne dame, qui menait une sainte vie, et avait coutume de se lever, presque chaque nuit, pour aller à mâtines écouter tout le service divin. La nuit même où elle avait conçu sa fille Guenièvre, elle se rendit à mâtines ; elle passa près de la femme du sénéchal et la trouva endormie, si bien que ne voulant pas la réveiller elle la laissa et s'en alla à l'église qui se trouvait près de là. Et le roi Léodegan, qui désirait de longue date avoir l'occasion de coucher avec cette dame, se leva dès que la reine fut partie, il éteignit les cierges puis alla se coucher auprès de la femme du sénéchal[1] ; quand la dame le sentit près d'elle, elle demanda tout effrayée qui était là. Et il lui répondit que c'était lui, et lui dit de se taire, et de bien comprendre que, si elle prononçait un mot, il la tuerait de son épée, pour peu qu'elle bouge.

107. La dame se défendit de son mieux par ses discours, mais elle n'osait pas parler fort, ni crier, si bien que ses protestations ne lui valurent pas grand-chose : le roi coucha avec elle, et engendra en elle une fille — la nuit même où il en avait engendré une en sa femme. Mais il arriva que la reine, quand elle accoucha, trouva sur les reins de sa fille une petite marque qui ressemblait à une couronne royale. Dès que cette enfant fut née, les douleurs de l'accouchement prirent la femme du sénéchal, et elle mit au monde une fille très belle, si semblable à la fille de la reine qu'on ne pouvait pas les distinguer, si ce n'était par la marque en forme de

---

ne se levaſt et alaſt as matines et ooit tout le service jusqu'après la messe. Et en cele nuit meïſmes que la roïne ot conceüe Genievre, sa fille, ala ele as matines et s'en vint par la feme au seneschal et le trouva dormant. Si ne le vaut pas esveillier ains le laissa et en ala au mouſtier qui prés d'illuec eſtoit. Et li rois Leodegans, qui lonc tans avoit desiré qu'il peüſt jesir o cele dame, se leva si toſt com cele dame s'en fu alee, sa feme, et eſtaint les cierges puis ala jesir avoec la feme au seneschal. Et quant la dame le senti couchier avoec li si li demanda toute esfreé qui il eſtoit. Et il li diſt que ce eſtoit il et se teniſt toute coie que bien seüſt ele, s'ele sonnoit un mot, qu'il l'ocirroit a s'espee trenchant se ele se movoit ne tant ne quant, ce seüſt ele bien.

107. Assés se desfendi la dame par paroles mais ele n'osa crier ne noise faire. Mais petit li valoit sa desfense car li rois jut a li si engendra en li une fille et ce fu celui soir meïſmes qu'il ot engendré sa fille en sa feme. Et avint que la roïne fu acouchie avoec li trouva es rains sa fille un saing petit autretel come corone a roi. Et, si toſt com ele fu nee, conmencha a crier de son ventre la feme al seneschal et engendra une fille de trop grant biauté et fu samblable a la fille la roïne que on ne connuſt mie l'une de l'autre se ne fuſt li sains de la

couronne que l'une d'elles portait sur les reins. Toutes deux
furent baptisées Guenièvre, et elles furent élevées ensemble.
La reine — la femme du roi Léodegan — mourut ; la passion du roi pour la femme de Cléodalis le sénéchal n'était
pas encore refroidie ; il la prit et l'enferma dans un château
pour éviter que le sénéchal ne lui adresse la parole.

108. Il la garda ainsi cinq ans, tant et si bien que les amis
du sénéchal lui en parlèrent : il leur dit qu'il ne l'aurait pas
tant que durerait la guerre[1]. À l'époque où le roi Arthur vint
à sa cour, l'adultère continuait encore, Léodegan faisait de la
dame ce qu'il lui plaisait, et malgré cela le sénéchal ne cessait
pas pour autant de le servir. Mais ici le conte cesse de parler
de cette affaire et revient à Cléodalis le sénéchal, qui était à
pied au milieu des géants, et raconte comment les quarante-
deux compagnons convergèrent vers lui.

Suite de la bataille.

109. Le conte dit maintenant que, là où le sénéchal Cléodalis se défendait à pied, la bataille faisait rage ; on voyait là un
mort s'entasser sur un autre, et plus d'un bon destrier fuir au
galop parmi les prés, les rênes entre les jambes, alors
que leurs maîtres gisaient morts à terre, pour le chagrin de
maintes nobles dames, qui devaient verser par la suite des
larmes sur leurs frères, leurs fils et leurs époux. En définitive
les géants furent arrêtés par la force de Merlin, qu'ils le

---

courone qu'ele avoit es rains deriere. Et ot chascune en bauptesme a
non Genievre et furent tous nourri ensamble, et tant que la
roïne fu morte, la feme au roi Leodegam. Et li rois n'estoit mie
encore refroidiés de l'amour la feme Cleodalis le seneschal si le prist
et l'enferma en un chastel pour ce qu'il ne voloit pas que li seneschaus parlast a li.

108. En tel maniere le tint li rois plus de .v. ans tant que li ami au
seneschal em parlerent a li. Et il lor dist qu'il ne l'auroit point tant
com il fust en guerre. Et encore au jour que li rois Artus le vint servir le tenoit il et en faisoit toutes ses volentés et son plaisir. Ne
onques pour ce li seneschaus ne le laissa a servir qu'il ne le servist a
son pooir. Mais atant se taist ore li contes a parler de ceste chose et
retourne a parler de Cleodalis le seneschal. Et nous contera li contes
comment il estoit a pié entre les gaians. Et conment li .XLII. compaingnon se furent aresté sor lui tout ensamble.

109. [*b*] Or dist li contes en ceste partie que droit la ou li seneschaus Cleodalis fu a pié et estour grant et merveillous. La veïst on
verser l'un mort sor l'autre et fuir par les chans maint bon corant
destrier, lor regnes entre lor piés, dont li seignour gisoient mort a
terre, dont plourerent[*] puis mainte franche dame pour lor freres et
pour lor fix et por lor signours. Et toutes voies furent li gaiant reüsé

veuillent ou non. Quand Sornegrieu et Sapharin virent le massacre et les ravages que si peu de gens causaient, ils en éprouvèrent un profond dépit, car ils étaient bien plus nombreux
qu'eux. Ils firent sonner leurs cors et leurs tambours pour rallier leurs gens, et Sornegrieu rassembla les siens autour de lui.
Il avait à peine terminé que Keu le sénéchal, Girflet et Lucan
le Bouteiller sortirent des rangs et les chargèrent (car chacun
avait récupéré une lance neuve bien solide). Keu le sénéchal
frappa Sornegrieu si rudement qu'il le porta à terre de telle
manière qu'il resta étendu un long moment sans bouger ni
pied ni main ; Girflet et Lucan en abattirent deux autres,
morts et sanglants. Quand les Saxons virent Sornegrieu à
terre, ils se dirigèrent de ce côté pour lui venir en aide. Les
quarante-deux compagnons s'arrêtèrent au-dessus de lui, et les
Saxons s'approchèrent pour le remettre à cheval ; mais les
autres se défendirent si bien qu'ils ne purent le leur prendre,
et le roi fut sérieusement mis à mal avant de pouvoir finalement remonter, car une grande foule de Saxons s'était assemblée sur place. Merlin, qui portait le gonfanon, vint en aide
aux trois compagnons qui autrement auraient pu encourir
quelque dommage. Le tournoi se concentra en ce point. Cléodalis fut remis en selle sur un grand cheval liart ; il tenait toujours l'enseigne du roi, il cria sa devise fièrement et se lança
dans la foule, avec ses hommes, de tout l'élan de leurs chevaux. Il y eut là des combats prodigieux, féroces et violents,

ou il vausissent ou non par la force de Merlin. Quant Sornegrieus et
Sapharins virent le grant damage et le grant ocision que si petit de
gent lor font si le tinrent a molt grant despit. Car il estoient assés plus
de gent que cil n'estoient. Lors cornent lor buysines et lor tymbres
pour raloiier lor gent si restraint Sornegrix ses gens environ lui. Et
entrueus qu'il les ot assamblés, Kex li seneschaus et Gyrflés et Lucans
li Bouteilliers se desrengent et se fierent entr'aus, car chascun ot
recouvré bone lance et forte. Et Kex li seneschaus feri Sornegrieu si
durement qu'il le porte a terre del cheval si qu'il jut une grant piece
tous estourdis sans remuer ne pié ne main. Et Gyrflés et Lucans en
abatirent .II. mors sanglens. Quant li Saisne virent Sornegrieu a terre,
si tournent cele part a la rescousse. Et li .XLII. conpaignon s'arrestent
sor lui les espees traites et li Saisne i sont venu por lui remonter. Mais
il se desfendent si bien que tolir ne lor pueent, si fu molt defoulés li
rois ains qu'il peüst estre remontés. Car la grant presse des Saisnes i
assamblerent et Merlins qui portoit le dragon vint secourre les .III.
conpaignons qui tost i peüssent avoir damage. Illuec assambla li
tournoiemens, si fu Cleodalis remontés sor un grant cheval liart et
il tint la baniere le roi entre ses mains. Si escrie s'enseigne molt
fierement et se fiert en la presse entre lui et si home si tost com li
cheval les porent porter. Illuec ot merveillous [d] estour dur et pesant.

mais les Saxons étaient si nombreux qu'ils ne purent percer
leurs rangs ni les mettre en déroute, bien qu'ils frappassent
dans tous les sens de toutes leurs forces. Il arriva à ce
moment que les huit mille hommes qui avaient été déconfits
devant Carohaise se rabattirent sur Sornegrieu et les troupes
de Sapharin. Les fuyards s'arrêtèrent alors et les gens du roi
cédèrent du terrain tant et si bien que Sornegrieu fut remis
en selle, si douloureux et brisé par les coups qu'il avait reçus
que tous les membres lui faisaient mal, et qu'il désirait fort
venger la honte que ces hommes lui avaient infligée. Il fondit sur eux avec ses gens, et ils les frappèrent si rudement de
la lance et de l'épée qu'ils leur firent beaucoup de mal. Alors
Merlin, énergiquement, lança son cheval au milieu de la
mêlée, la bannière à la main ; et les deux cent cinquante chevaliers de la Table ronde qui s'étaient tous remis en selle et
s'étaient regroupés revenaient vers la bataille, marchant au
pas sans rompre les rangs ; quand ils virent devant eux l'enseigne au dragon que Merlin portait, ils se dirigèrent dans
cette direction, car il les avait bien aidés là où ils se trouvaient en péril de mort. Ils chargèrent donc la mêlée si brutalement qu'ils jetèrent à terre tous ceux qu'ils rencontraient ;
puis, quand leurs lances furent brisées, ils tirèrent l'épée, et
le combat s'engagea, si violent et si féroce que c'était vraiment un spectacle étonnant. De son côté Cléodalis combattait avec ses gens ; mais en dépit de leurs efforts ils ne
pouvaient résister, et Sapharin les menait vers la cité en leur

---

Mais li Saisne furent si grant gent qu'il ne le porent estroer ne percier,
si fierent et caplent tout a estal. Et lors avint que li .VIII.M. qui furent
desconfit devant Karohaise s'em batirent sor Sornegrieu[b] et sor la gent
Seraphin. La s'arresterent li fuiant et reculerent tant la gent le roi que
Sornegrieus fu remontés tant dolans et tant debatus des cops qu'il ot
receüs que tout li membre l'en doelent, si desirant molt a vengier sa
honte que cil li avoient faite. Si lor court sus, il et si home, et les
fierent si durement des lances et des espees que molt les grievent. Lors
se fiert Merlins en la presse a la force del cheval molt vighereusement,
la baniere en la main, et li .CC.L. chevaliers de la Table Reonde qui tout
furent remonté et rapareillié, et s'en viennent a la mellee le petit pas
estroit serré sans desreer. Et quant il voient devant aus l'enseigne au
dragon que Merlins portoit, si guencissent cele part, car Merlin lor avoit
bien aïdié la ou il estoient en aventure de mort. Lors se fierent en la
mellee si durement qu'il aportent a terre a lor venir quanqu'il ataingnent et quant lor lances furent brisies si traient les espees et conmencent le caplé tant fier et tant cruel que ce n'est se merveille non. Et
d'autre part se combat Cleodalis li seneschaus, lui et sa gent. Mais
onques pour pooir qu'il eüssent ne porent estal tenir, ains les menoit
molt vilainnement Sapharins vers la cité. Et lors lor vinrent en aïde li

faisant bien du mal. Mais alors vinrent à la rescousse les
quatre mille hommes de la cité, ceux qui avaient poursuivi
les fuyards jusqu'à la mêlée où ils s'étaient arrêtés. Quand ils
virent venir en effet l'enseigne du sénéchal, et le nombre
d'ennemis qui le suivaient, ils se dirigèrent de ce côté et les
chargèrent si rudement qu'ils en abattirent plus de mille.
Alors la troupe de Cléodalis s'arrêta et fit front ; et le combat recommença, si violent qu'on en entendait le fracas à
plus d'une demi-lieue ; la bataille était si rude qu'on ne pouvait guère savoir qui avait le dessus : ceux du parti du roi
Sapharin, cependant, étaient bien plus nombreux que leurs
adversaires, mais malgré cela ils se tenaient de très près. De
l'autre côté, les chevaliers de la Table ronde et les quarante-
deux compagnons se battaient contre les hommes de Sornegrieu qui étaient plus de sept mille, et ils étaient en bien
mauvaise posture car ils n'étaient que trois cent huit, et
même moins, contre huit mille, si bien qu'ils n'auraient pu
durer longtemps si Merlin n'avait pas interpellé le roi Ban,
lui disant ainsi qu'aux autres chevaliers : « Qu'attendez-vous
ici ? Pourquoi ne les mettez-vous pas tous en fuite ?

110. — Seigneur, comment le pourrions-nous ? répondirent-ils. — Je vais vous le dire, fit Merlin ; il n'y a ici que
cinq géants qui puissent vous retenir un tant soit peu ; je
vous garantis que si vous pouvez vous délivrer d'eux d'une
manière ou d'une autre, vous serez maîtres du terrain en très
peu de temps. — De quel côté sont-ils ? demanda le roi Ban.

.iv.m. de la vile, ciaus qui avoient enchacié les fuians sor la bataille ou
il estoient arresté. Et quant cil voient venir l'enseigne au seneschal et
le grant fais des gens qui le sivoient, si tournent cele part et se fierent
en aus si durement que plus de .m. en abatent a lor venir. Et lors
s'aresterent la gent Cleodalis si livrent estal et lors commence la mellee
si grant que de demie lieue loing en oïst on le son et la noise. Si se
combatent si durement les uns as autres que poi savoit on liquel en
avoient le meillour. Et si avoient il par devers le roi Sapharin plus de
gent assés que li autre n'avoient et si se tenoient bien paringal. De
l'autre part se combatoient li chevalier de la Table Reonde et li .xlii.
compaingnon envers la gent Sornegrieu qui bien estoient .vii.m. Si
furent a molt grant mescief car il n'estoient que .ccc.viii. mains et cil
estoient .viii.m. Si ne peüssent mie longement durer, quant Merlins en
apela le roi Ban et li dist et a tous les au[d]tres : « Signour chevalier,
qu'atendés vous que ne les metés vous tous a la voie ?

110. — Sire, conment ? font il. — Je le vous dirai, fait Merlins.
Il n'a en la place que .v. gaians qui se vous peüssent tenir[a] ne tant
ne quant. Et, je vous di, se vous de ciaus vous poés delivrer que
vous verrés ja la place delivree[b] del remanant en molt poi d'eure.
— Quel part sont il ? fait li rois Bans. — Certes, fait Merlins, Ulfins

— Certes, répliqua Merlin, Ulfin, Bretel, Lucan, Girflet et Keu se sont déjà engagés contre eux. Venez avec moi, et nous verrons bientôt qui de cette compagnie se comportera le mieux ! » Puis Merlin éperonna son cheval qui l'emporta au grand galop, et il se lança au cœur de la mêlée qui faisait rage, opposant six chevaliers à dix géants démesurément grands et forts. Le roi Ban, qui était un grand chevalier, très hardi, le suivit, précédant tous les autres, et il eut la chance de rencontrer dès l'abord Sornegrieu. Il tenait son épée, toute souillée de sang et de cervelle : il l'en frappa sur le heaume, si bien qu'il trancha le cercle d'acier, et que le coup descendit sur le visage, tranchant le nasal. En poursuivant sa course, le coup qui était très violent trancha la guige de l'écu ainsi que le poing gauche qui le tenait, et le fit voler au sol. Quand Sornegrieu se sentit ainsi blessé, il fit demi-tour et s'enfuit, en poussant un grand cri terrible. Il s'en alla en criant de douleur, et le roi Bohort frappa Marganor si fort sur le heaume qu'il le fendit en deux jusqu'aux dents. Quant au roi Arthur, il frappa Sinelant si fort qu'il fit sauter un quartier de son heaume ; l'épée glissa sur l'épaule gauche et la trancha d'outre en outre ; Sinelant vola à terre. Et Ulfin frappa si bien Balant qu'il l'abattit mort, tout sanglant ; Bretel frappa Cordant, Keu Candenart, Lucan frappa Malet, Girflet Mendap ; et Méraugis tua Sardup, et Gornain Cadrus Dorilas. Et dès que les Saxons virent ceux-ci renversés, ils furent si déconcertés

---

et Bretel et Lucans et Gyrflet et Kex se sont ja a aus mellé. Or venés aprés moi que par tans verrons qui mix le fera en ceste conpaingnie. » Lors fiert Merlins le cheval des esperons qui tost l'emporte et il se fiert en la mellee qui molt estoit grans de .vi. chevaliers encontre les .x. gaians qui estoient grant et fort a desmesure. Et li rois Bans, qui estoit grans chevaliers et hardis, vint devant tous les autres et li avint si bien qu'il encontra tout premierement Sornegrieu. Et li rois Bans tint l'espee qui estoit soullie de sanc et de cervele, si l'en fiert parmi le hiaume si grant cop qu'il li trenche le chercle d'acier. Et li cops descent aval sor le visage si qu'il li trenche la banlevre, et au descendre del cop qui fu grans li trencha la guige del escu atout le poing senestre a coi il le tenoit et fist tout voler en mi le champ. Et quant Sornegrix se sent si atourné, si tourne en fuies et jete un brait grant et orible et s'en vait molt grant duel demenant. Et li rois Boors feri si Manganor parmi le hiaume qu'il le fent jusques es dens. Et li rois Artus feri si Sinelant qu'il l'abat un quartier de son hiaume si glacha l'espee sor l'espaulle senestre si li cope tout outre et cil vole des arçons a terre. Et Ulfins feri si Balant qu'il l'abati del cheval mort tout sanglant. Et Bretel feri Cordant. Et Kex Candenars et Lucans Malet et Gyrflet Mendap et Meraugis rocist Sardup et Gornain Cadrus Dorilas. Et si tost come li Saisne virent ciaus verser si furent

qu'ils reſtèrent un long moment sans bouger, se disant qu'il serait bien fou, celui qui combattrait davantage contre de tels adversaires pour se faire tuer. « En effet ce ne sont pas des hommes, faisaient-ils, mais des diables sortis de l'enfer, car aucune de nos armures, si solide soit-elle, ne peut résiſter à leurs coups. »

111. Quand les chevaliers de la Table ronde et les quarante-deux compagnons virent que les Saxons étaient ainsi déconcertés, ils se mirent à les tuer et à les mutiler de plus belle, et ceux-ci de s'enfuir aussi vite que leurs chevaux pouvaient les emporter, tant et si bien qu'ils tombèrent sur la bataille qui opposait le roi Sapharin à Cléodalis le sénéchal. Ils s'élancèrent parmi eux si violemment qu'ils leur firent céder la place et les poursuivirent jusqu'à la porte de la cité de Carohaise ; ceux de la cité furent très effrayés quand ils virent leurs gens malmenés de cette façon, surtout qu'ils ne voyaient pas l'enseigne du roi Léodegan, que portaient les chevaliers de la Table ronde : pour cette raison, ils le croyaient mort ou prisonnier. D'autre part, ils n'apercevaient pas non plus le dragon que portaient les mercenaires, et cela les épouvantait grandement. Alors qu'ils voyaient leurs ennemis à la porte, il n'y avait rien d'étonnant à ce que les gens de la cité croient tout perdu et s'enfuient, car ils étaient en trop mauvaise poſture : en effet, ils n'étaient que six mille, et les Saxons étaient douze mille ; en outre, ils étaient très effrayés de n'avoir aucune nouvelle des chevaliers de la

---

si esbahi qu'il ne se murent grant piece de lor eſtal et dient entr'aus que molt seroit fols qui a ciaus se combatroit plus ne qui a els se feroit ocirre. « Car ce ne sont mie gent, font il, ains sont dyable d'yn-fer issu, quar encontre lor cops ne puet armeüre nule durer tant soit seree ne forte. »

111. Quant li chevalier de la Table Reonde et li .xlii. compaingnon virent que li Saisne sont si esbahi, si les ocient et detrenchent. Cil[a] tournent en fuies quanques chevaus les em porent porter, tant qu'il se ferirent en [e] la mellee ou li rois Sepharins se combatoit a Cleoda-lis le seneschal et il se fierent en aus si durement que tous les remuent de la place, ne onques puis ne s'arreſterent jusques devant la porte de la cité de Karoaise. Si en furent cil de la vile molt esfreé quant il virent lor gent si vilainement mener, car il ne virent[b] mie l'enseigne le roi Leodegam que li chevalier de la Table Reonde por-toient et pour ce quident il bien qu'il soit mors ou pris. Et d'autre part il ne virent mie le dragon que li soldoiier portoient et ce les espoenta molt durement. Car ore quident il bien por voir avoir le tout perdu, car il voient lor anemis venir devant la vile et il n'eſtoit mie de merveille que cil de la cité fuioient car trop eſtoient a grant meschief, car il n'eſtoient que .vi.m. et li Saisne eſtoient .xii.m. Et d'autre part eſtoient il si esfreé des chevaliers de la Table

Table ronde. Ils vinrent donc à la porte qui se trouvait à la tête du premier pont, et resserrèrent là leurs rangs, pendant que les autres les assaillaient très hardiment. La bataille fut prodigieuse en ce point, et dura longtemps ; sachez qu'il en tomba mille au milieu de la presse qui furent tellement mis à mal et piétinés qu'ils ne s'en relevèrent jamais ; le combat à l'épée fut particulièrement dur et cruel.

112. Quand les chevaliers de la Table ronde et les quarante-trois compagnons eurent défait Sornegrieu et ses troupes, et les eurent mis en fuite, ils ne voulurent pas se lancer à leur poursuite ; en effet Merlin les prit à part dans un coin du champ de bataille et leur dit : « Chers seigneurs, laissez-les aller maintenant, et ne vous souciez pas davantage de les pourchasser, car vous aurez bien l'occasion de les retrouver. Mais revenez sur vos pas, descendez de cheval, rajustez vos harnais, et laissez vos chevaux reprendre haleine avant de les resangler. » Ils s'exécutèrent.

113. Quand les chevaliers de la Table ronde les virent s'arrêter, Hervi de Rivel dit qu'ils ne poursuivraient pas leur chemin avant qu'ils ne les aient rejoints ; eux aussi mirent pied à terre, et arrangèrent leur équipement, ce dont ils avaient grand besoin. Le roi Léodegan vint trouver Merlin et lui demanda : « Seigneur, ne voulez-vous pas que ces hommes de valeur se joignent à votre compagnie ? — Certes, seigneur, répondit Merlin, nous le voulons bien : qu'ils soient les bienvenus ! Nous n'en vaudrons que mieux si nous for-

---

Reonde dont il ne sevent ne vent ne voie, et pour ce vinrent il trés devant la porte qui estoit a meïsme del premier pont. Adonc s'estraingnent et serrent, et cil viennent sor haus molt hardiement. La ot merveillous estour et pesme et mortel. Si dura la mellee molt longement et saciés que tel .m. chaïrent en la presse et defouleïs qui onques puis ne se porent relever. Et ensi fu li caplés molt fel et molt cruous.

112. Si come li chevalier de la Table Reonde et li .XLIII. compaingnon orent desconfit Sornegrieu et sa gent et il les orent mis a la voie il ne les en vaurent mie enchaucier, car Merlins les retint et traït a une[a] part del champ et lor dist : « Biaus signour, or les laissiés aler et ne vous chaille d'aus enchaucier car encore i porrés vous tout a tans venir. Mais traiés vous ariere et si descendés tout a pié et refaites[b] vos harnois et rafreschissiés vos chevaus et puis recenglés. » Et cil firent son conmandement.

113. Quant li chevalier de la Table Ronde virent que cil s'arrestèrent, si dist Hervi[a] de Rivel qu'il ne s'en iront mie devant que il voisent avoec aus. Alors descendirent et s'apareillierent come cil qui en avoient molt grant mestier. Et li rois Leodegam vint a Merlin et si li dist : « Sire, dont ne volés vous bien que cil prodome soient en

mons ensemble un seul bataillon. — Seigneur, dit le roi, grand
merci !» Le roi Léodegan se rendit alors auprès d'Hervi de
Rivel qui portait la bannière, et il lui suggéra : «Cher ami,
venez avec nous, vous et vos compagnons ; vous serez de la
compagnie de ces vaillants combattants, et vous n'en vaudrez
que mieux !

114. — Seigneur, repartit Hervi, nous le ferons très
volontiers s'ils en sont d'accord… — Certes, reprit le roi, ils
sont tout à fait d'accord pour que vous soyez désormais
leurs pairs et compagnons. — Qu'il en soit ainsi, au nom de
Dieu ! fit Hervi ; la compagnie de tels hommes ne se refuse
pas. » Ils remontèrent en selle et s'assemblèrent en une seule
troupe. Merlin se mit en marche à leur tête, et les autres le
suivaient partout où il allait. Pendant qu'ils chevauchaient
ainsi, comme vous l'avez entendu raconter, Cléodalis le
sénéchal combattait avec sept[1] mille hommes contre le roi
Sapharin qui en avait plus de douze mille ; mais ils n'étaient
pas bien disciplinés, ils attaquaient de çà, de là, partout où ils
croyaient que leurs coups seraient les plus efficaces. Malgré
tout les troupes de Cléodalis souffraient beaucoup, car elles
étaient rudement pressées, et elles en avaient déjà tant enduré
que certains secteurs s'abandonnaient à la défaite, au point
qu'il s'en fallait de peu qu'ils ne cèdent la place, car il n'y
avait pas de vaillance qui tienne, et ils ne voulaient qu'une
chose : s'enfuir. Mais quand ces gens virent venir le dragon

---

vostre compaignie ? — Certes, sire, oïl, fait Merlins, voirrement le
volons nous bien. Et bien soient il venu que nous ne vaurons se de
mix non se nous somes en une eschiele ensemble. — Sire, fait li rois,
grans [*f*] mercis.» Lors s'en vint li rois Leodegans a Hervi de Rivel
qui portoit la baniere, si li dist : «Biaus amis, venés entre vous et vos
compaingnons avoeques vous, si serés en la compaingnie a ciaus qui
prodome sont. Si en vaurés molt mix.

114. — Sire, fait Hervis, molt volentiers, s'il lor plaist. — Certes, fait
li rois, il leur plaist bien que vous soiiés des ore mais et per et compaingnon ensemble. — Si soit de par Dieu, fait Hervis. La compaingnie
a si prodomes ne fait mie a refuser.» Lors monterent et s'en alerent
ensemble a un tropel. Et Merlins se met a la voie trestout devant et cil
les sivent partout la ou il vait. Endementiers qu'il chevauchoient, ensi
come vous avés oï, Cleodalis li seneschaus se combatoit atout .vii.m.
homes de sa compaignie encontre le roi Sapharin qui en avoit en sa
compaingnie plus de .xii.m., mais il n'estoient mie ordené, ains poignent cha et la, la ou il quidoient lor cops mix emploier. Si furent molt
grevé la gent Cleodalis, car molt estoient a grant meschief. Et avoient
ja tant sousfert que li auquant tournerent a desconfiture, si que par
un poi qu'il ne guerpissoient la place, car bien faire n'i pooit avoir
mestier ne il ne baoient fors a fuir. Et quant il voient venir le dragon

que Merlin portait, qui crachait de sa gueule feu et flammes par bouffées, si bien que l'air en était tout vermeil, les dames qui étaient sur les murs dirent à Cléodalis :

115. « Pensez à bien vous défendre, regardez donc du côté du val ténébreux les secours qu'on vous amène ! » Quand Cléodalis entendit ce que les dames disaient, il regarda dans cette direction en effet, et vit ce qu'il avait fortement espéré voir : il sut qu'il serait bientôt secouru, et il en rendit grâces à Dieu. Puis il regroupa ses gens, les retint et leur dit : « Soyez tranquilles, car voici venir les secours que nous avons tant attendus ! » Ce n'est pas la peine de demander s'ils furent heureux et contents de ce spectacle ; ils s'élancèrent sur les Saxons, se jetèrent au milieu d'eux, et la bataille recommença de plus belle. Merlin toutefois chevaucha au pas, sans rompre les rangs jusqu'à ce qu'il soit venu à un jet de pierre de la mêlée. Alors soudain il se lança au milieu des Saxons avec ses compagnons si violemment qu'ils en abattirent plus de trois cents qui ne devaient jamais plus se relever. Ils plongèrent parmi les ennemis, se perdant au milieu d'eux comme s'ils étaient tombés dans l'abîme ; mais ils ne cessèrent leur percée qu'en parvenant à l'enseigne de Cléodalis, et quand ils y furent arrivés, Merlin s'écria : « On va voir maintenant comment vous vous comporterez, car vous avez l'occasion d'exercer vos talents ! »

116. Quand le roi Arthur entendit crier Merlin, il dit au roi Ban et au roi Bohort, en riant, que jamais on n'avait vu de si

---

que Merlins portoit qui jetoit parmi la goule fu et flambe si grans flotiaus de cops a autres que li airs en estoit tous vermaus. Et quant les dames qui desor les murs estoient le voient si dient :

115. « Ha, Cleodalis, pensés de bien faire et gardés devers la valee tenebrouse le secours c'om vous amainne ! » Et Cleodalis ot ce que les dames li dient, si regarde et voit ce que tant avoit desiré, car ore set il bien que par tans aura il secours, si en aoure Dieu. Lors sera ses gens et restraint et lor dist : « Or soiiés tout asseür, car veés la venir nostre secours que tant avons desiré. » Et quant cil voient le secours venir si ne fait mie a demander s'il en sont lié et joiant. Lors laissent courre as Saisnes et se fierent entr'aus si reconmencent l'estour grant et merveillous. Et Merlins chevauce toutes voies le petit pas sans desreer tant qu'il vint prés de la bataille le get d'une pierre. Et lors se flatist si roidement entre les Saisnes et tout si compaignnon en lor venir, qu'il en abatent plus de .ccc. qui jamais ne releveront et se plongent entr'aus si em parfont qu'il furent autresi perdu con s'il fuissent cheü en [*94a*] abisme et ne finerent tant de percier tant qu'il vinrent a Cleodalis. Et quant il furent asamblé lors s'escrie Merlins : « Or i parra conment vous le ferés car ore en estes a l'essai. »

116. Quant li rois Artus oï crier Merlin si dist au roi Ban et au roi

bon vieillard[1]. Et Merlin lui cria à son tour : « Cessez de plaisanter pour l'instant, vous en aurez le loisir plus tard ! » À ces mots, ils s'élancèrent contre leurs ennemis, farouches et pleins de mauvaises intentions. Il y eut là un combat féroce et prodigieux, une mêlée plus violente que tout ce qui s'était passé jusqu'alors pendant la journée. Arthur se distingua particulièrement, car il accomplit de telles prouesses à cause des piques de Merlin que tout le monde le regardait avec admiration et étonnement ; en particulier, la fille du roi Léodegan, les dames et les jeunes filles levaient les mains vers le ciel et priaient le Sauveur du monde de le préserver de la mort et du péril. Elles pleuraient de compassion pour les épreuves qu'il endurait avec sa compagnie, car elles se demandaient avec étonnement comment il pouvait tant en supporter, jeune comme il l'était. En effet il frappait de son épée Escalibor à droite et à gauche, il coupait bras, poings et têtes, il abattait chevaliers et chevaux, et faisait en bref de véritables prodiges. Il avait d'ailleurs autour de lui des gardes qui l'aidaient fort et le délivraient chaque fois qu'il en avait besoin : en effet, les deux rois qui lui tenaient compagnie étaient des hommes de grande valeur. Aucune arme ne pouvait durer contre eux, aucun obstacle ne pouvait leur résister, qu'ils ne passent outre avec leurs épées tranchantes. Et de leur côté les chevaliers renommés qui étaient venus avec eux se comportaient très bien, et les chevaliers de la Table ronde ne doivent pas être oubliés non plus.

Boort tout en riant que onques mais si bons viellars ne fu. Et Merlins li escrie : « Ore laissiés vostre gabois que mais de semainne porrés assés gaber et rire. » Et quant cil l'entendent si se fierent entre lor anemis fier et mal entalentis. Illuec ot estour fier et merveillous et plus cruel mellee qu'il n'i avoit eü en tout le jour. Illuec fist li rois Artus merveilles de son cors, car si durement le fist pour l'enticement de Merlin que tous li mondes l'esgardoit a merveilles. Et la fille le roi Leodegam et les dames et les puceles tendoient lor mains en haut envers le ciel et proient le Salveour del monde qu'il le desfendist de mort et de peril. Et plouroient pour lui de pitié pour le travail d'armes qu'il sosfrait entre lui et sa compaingnie car molt s'esmervelloient conment il em puent tant sousfrir et de si joune enfant come li rois Artus estoit. Car il feroit d'Escalibor, s'espee, a destre et assenestre, il copoit bras et poins, testes et quisses. Il abatoit chevaliers et chevaus et faisoit merveilles de soi. Et il avoit gardes environ lui qui molt li aidoient et delivroient a tous besoins, car molt estoient prodome li doi roi qui en sa compaingnie estoient. Car encontre aus ne puet arme durer ne presse tant soit grans que toutes voies ne^a descloent as espees trenchans. Et si le font molt bien li proisié chevalier d'armes qui en lor compaingnie furent venu. Et cil de la Table Reonde ne font mie a oublier.

117. Quand Sapharin vit les lourdres pertes qu'il avait subies et que près de la moitié de ses gens avaient été tués, il jura selon sa foi de ne pas quitter la place avant de leur avoir causé de grands dommages ; il appela Sortibran[1], Clarion, Iguedon, Senebaut, Malore et Fréelenc : c'étaient tous ses parents, et ils étaient preux et vaillants : « On va bien voir maintenant, leur dit-il, qui se comportera en chevalier ! » Vingt chevaliers en tout, grands et solides, se dégagèrent et se jetèrent parmi leurs ennemis au grand galop de leurs chevaux : Sapharin frappa Hervi de Rivel si rudement qu'il le porta à terre, puis il frappa à son tour Antor et l'abattit en tas avec son cheval ; ensuite il frappa Girflet au flanc et le fit tomber au sol de tout son long. Chacun de ses compagnons abattit le sien ; mais aucun de ceux qui tombèrent ainsi ne fut mortellement blessé[2]. L'un d'eux était Lucan le Bouteiller, mais il y avait aussi Méraugis, Gornain, Bliobléris, Galet le Chauve, Guivret de Lamballe et Gosoain d'Estrangorre, Bretel était le neuvième.

118. Tous furent désarçonnés par un coup de lance, ou par la faute de leur cheval, au milieu de beaucoup de bruit et de tumulte ; les Saxons s'arrêtèrent au-dessus d'eux, faisant tous leurs efforts pour les tuer. Mais eux, étaient vaillants et entreprenants ; ils se levèrent d'un bond, l'épée nue à la main, et se défendirent avec énergie. Pourtant leur défense ne leur aurait pas valu grand-chose si Merlin n'était pas venu à la rescousse, le dragon au poing. Et Sapharin, qui se pré-

---

117. Quant Sapharins voit qu'il i a tant perdu et com il ot de sa gent ocis prés de la moitié si jure sa creance que jamais ne s'en partira devant ce qu'il lor aura fait damage. Lors apela Sortibrant et Clarion et Iguedon et Senebaut et Malaroie et Freelent. Icil estoient tout si parent et estoient tout prou chevalier et hardi et il lor dist : « Ore i parra qui chevaliers sera ! » Lors s'esmurent .xx. chevaliers grans et corsus et se fierent entr'aus et tant come lor chevaus porent aler. Si fiert Sapharin Hervi de Rivel si durement qu'il le porte a terre del cheval estendu, et aprés feri Autor si roidement qu'il porta lui et le cheval tout en un mont. Puis feri Gyrflet parmi le costé [*190 b*] si durement qu'il le porte tout estendu a terre. Et chascuns de ses compaingnons abat le sien, mais il n'i avoit nul navré a mort de ciaus qui i chaïrent. Si fu[a] li uns Lucans li Bouteilliers. Et Meraugis li autres, et Gorvains li tiers, Blyobleris et Galés li Chaus et Guiriés de Lambale et Gosoains d'Estrangot, et Bretel fu li novismes.

118. Tout cil chaïrent par cop de lance ou par faute de cheval. Et lors i ot molt grant bruit et molt grant noise. Et li Saisne s'arresterent tout sor aus qui molt se penoient d'aus ocirre, mais cil furent preu et entreprendant, si saillirent em piés, les espees es mains toutes nues, si se desfendirent molt durement. Mais petit lor volsist lor desfense quant Merlins lor vint en secours le dragon en la main. Et Sapharins,

occupait fort de faire le maximum de dégâts, chargea et vint frapper le roi Léodegan sur son écu qu'il transperça de part en part ; il portait sa lance en position basse, si bien qu'il frappa le cheval au flanc, le portant à terre en tas avec le roi. Quand ceux de la cité virent le roi tomber, ils frémirent tous et craignirent qu'il ne fût mort, et ils éperonnèrent pour venir en hâte à la rescousse. Lorsque le roi Arthur vit le géant jouter si rudement qu'il avait abattu trois hommes de valeur, il se jura de se mesurer à lui.

119. Il sortit des rangs pour prendre une lance solide, au fer tranchant, puis il revint au galop vers les combattants ; mais le roi Ban vint à sa rencontre, disant : « Seigneur, que voulez-vous faire ? Contre qui voulez-vous jouter ? Ne joutez pas contre ce géant, car il est trop fort pour vous, et vous êtes trop jeune pour vous engager dans une telle entreprise : laissez-moi y aller, moi qui suis plus âgé, plus fort et plus grand que vous ! — À Dieu ne plaise, répliqua le roi Arthur, que j'y envoie un autre que moi ! Plus il est redoutable, en fait, plus je désire me mesurer à lui : car je ne saurai jamais ce que je vaux si je ne le fais pas ! » En observant cette scène, Merlin s'écria : « Qu'est-ce donc, récréant ? Que ne vous dépêchez-vous d'achever ce que vous avez entrepris ? Il est clair que vous avez peur ! » Quand Arthur entendit Merlin l'accuser de lâcheté, il eut grand-honte, si bien qu'il éperonna son cheval et se lança dans les rangs. Le roi

---

qui molt se penoit d'aus damager, laisse courre et fiert le roi Leodegam parmi l'escu si qu'il li perce d'outre en outre. Et il porta sa lance basse si le feri parmi la couverture del cheval el flanc si que il porte a terre le roi et le cheval tout en un mont. Quant cil de la cité virent le roi verser, si fremirent tout et orent molt grant paour qu'il ne fust ocis, si poignent a la rescousse molt durement. Quant li rois Artus voit le gaiant qui si durement jouste que .III. prodomes a abatus si jure et dist que a lui se vaura essaiier.

119. Lors ist des rens et prist une lance roide et poignal a fer trenchant et s'en vint es rens les grans galos. Et li rois Bans li vint a l'encontre et li dist : « Qu'est ce que vous volés faire ? A qui volés vous jouster ? Ne joustés pas a cel gaiant car trop est fors encontre vous et si estes trop jouuenes a tel fais porter. Mais laissiés m'i aler qui sui aisnés de vous et plus fors et plus grans. — Ja Dix ne m'aït, fait li rois Artus, quant j'envoierai autre de moi. Car de tant com il plus fait a redouter de tant me voeil je plus volentiers essaiier. Car je ne sauroie jamais que je vauroie se je a cestui ne m'asaioie. » Quant Merlins le voit si li escrie : « Qu'est ce recreans[a] ? Que ne faites vous tost ce que vous avés empris a faire ? Ore pert bien que paour avés eüe. » Quant Artus entent Merlin qui couart l'apele si en ot il molt grant honte. Si fiert le cheval des esperons et se met es rens et li rois

Ban dit alors à Merlin qu'il avait bien mal agi en envoyant
un homme si jeune que le roi Arthur jouter contre un si
grand diable. « Il ne risque rien, dit Merlin ; mais prenez une
lance et suivez-le, vous, votre frère, et Ulfin. » Et eux de lui
obéir et de se lancer à la suite du roi Arthur aussi vite que
leurs chevaux pouvaient les porter. En voyant approcher le
roi Arthur, le roi Sapharin alla à sa rencontre très durement.
Quand ceux qui étaient dans les rangs le virent venir contre
l'adolescent qui était si jeune, et si petit par rapport à lui, ils
s'arrêtèrent tous, car ils avaient grand-peur de lui pour
Arthur[1]. Les deux adversaires chargèrent au grand galop de
leurs chevaux et se frappèrent de la lance sur leurs écus, si
fort qu'ils les transpercèrent et les fendirent. Les fers des
lances vinrent buter contre les hauberts dont les mailles
étaient très solides.

120. Sapharin brisa sa lance, blessant légèrement le roi
Arthur au côté gauche ; mais Arthur le frappa si rudement
qu'il transperça l'écu et le haubert, et lui mit la lance, fer en
avant, dans la poitrine, si bien que le fer ressortit dans le
dos, ainsi qu'une coudée du bois ; et il l'embrocha si rudement, étant venu très vite, qu'il le porta mort à terre, à bas
de son cheval ; la lance se brisa au passage. Guenièvre, la
fille du roi Léodegan, qui était aux fenêtres du palais (situé
près des murs de la ville), vit cette joute. Elle loua et admira
fort le jeune homme et demanda à ceux qui étaient avec elle
qui il était. Mais ils ne surent pas lui répondre, sinon pour

---

Bans diſt a Merlin que grant mal a fait quant un si jouuene home
com eſt li rois Artus envoie a un si grant dya[a]ble jouſter. « Il n'a
garde, fait Merlins, mais prendés une lance et alés aprés, vous et
voſtre freres et Ulfins. » Et cil font son conmandement et s'en vont[b]
aprés le roi Artu quanques lor cheval lor puent rendre. Quant li rois
Sapharins vit venir le roi Artu, si li vait a l'encontre molt fierement.
Et quant cil des rens le voient venir encontre le damoisel qui tant eſt
jones et petis envers lui si s'arreſtent tout car il ont molt grant paour
de lui. Et il laissent courre si grant aleüre com il porent des chevaus
traire et s'entrefierent des lances sor les escus si durement qu'il les
font fendre et percier, et li fers des lances s'arreſtent sor les haubers
qui molt eſtoient serré et tenant.

120. Sapharins brisa sa lance si que un poi navra le roi Artu el
seneſtre coſté. Et Artus le fiert si durement qu'il li perce l'escu et le
haubert et li conduiſt la lance a tout le fer parmi le bu outre en outre
si que parmi l'esquine deriere parut li fers de la lance et del fuſt une
bracie. Et il l'enpaint si durement a ce qu'il vint de grant randon si
qu'il le porte du cheval a terre mort eſtendu et la lance brisa au passer outre. Cele joſte vit Genievre la fille le roi Leodegam qui eſtoit as
feneſtres del palais qui joignoit auques prés des murs de la vile. Si

dire que c'était l'un des mercenaires dont son père avait retenu les services. « Certes, fit la jeune fille, qui qu'il soit, il est de bonne race. Car aucun homme de basse origine n'aurait osé entreprendre un tel fait d'armes, sans être un très noble cœur — lui, et ses hommes, là, qui ont fait aujourd'hui de véritables prodiges. »

121. La jeune fille parla longtemps des mercenaires. Le roi Ban et le roi Bohort s'étaient mis sur les rangs, chacun avec une lance raide et solide ; ils éperonnèrent et vinrent frapper, le roi Ban Sortibran, le roi Bohort Clariel ; et Ulfin frappa Clarion. Chacun abattit le sien mort à terre ; puis du même élan l'un vint frapper Moras, l'autre Landon, et le troisième Senebaut, si rudement qu'il leur fallut mourir avant de pouvoir quitter la place. Le roi Arthur de son côté avait tiré l'épée ; il en frappa durement Malore sur le heaume — celui-ci, avec Fréelenc, s'était arrêté sur le roi Ban et s'efforçait de lui couper la tête : l'un le tenait par le heaume et l'autre lui donnait de grands coups de masse d'armes sur les épaules. À cette vue, le roi poussa son cheval dans cette direction, l'épée au poing, et il heurta si rudement Malore qu'il fit voler sa tête sur le champ de bataille ; quand Fréelenc vit mourir son cousin, et son compagnon, il leva sa masse d'armes pour en frapper le roi Arthur à la tête ; mais lui interposa son écu, qui vola à terre sous la force du coup ; celui-ci,

---

loent molt et proisent le damoisel et demandent a ciaus qui o lui sunt qui il est. Mais il ne le sevent dire ne mais qu'il est uns des soldoiiers que son pere a retenu. « Certes, fait la pucele, qui que il soit il est de bones gens issus. Car nus hom qui fust de baisses gens n'osast ce emprendre tel fais d'armes se trop ne fust de haut cuer et il et cel prodome la qui a merveilles auront hui fait d'armes. »

121. Molt tint la pucele grant parole des soldoiiers. Et li rois Bans et li rois Boors se furent mis es rens et ot chascuns roide lance et forte et fierent les chevaus des esperons et li rois Ban fiert Soribran, et li rois Boors Clariel et Ulfins fiert Clarion, si abat chascuns le sien mort des chevaus a la terre. Et de celui poindre meïsmes fiert li uns Moras et li autres Landon et li tiers Senebaut, si durement qu'a morir les couvint ançois qu'il se remuassent de la place. Et li rois Artus et traite l'espee si fiert si durement Malore parmi le hiaume car il s'estoit arrestés sor le roi Ban entre lui et Freelent qui molt se penoi[d]ent de lui la teste coper, car li uns le tenoit parmi le hiaume et li autres le feroit d'une grant mache molt grans cops parmi les espaulles. Quant li rois le voit si hurte le cheval cele part l'espee el poing et fiert si durement Malore qu'il li fait la teste voler enmi le champ a la terre. Quant Freelent vit morir son cousin et son compaignon si hauce la mace en contremont pour ferir le roi Artu parmi la teste et il gete l'escu contre le cop et il le fiert si durement qu'il li fait voler encontre terre. Et li

très fort, descendit sur l'épaule gauche si violemment qu'il fit
se pencher sa victime sur l'encolure du cheval. Puis le Saxon
leva à nouveau sa masse, voulant reprendre l'avantage ; mais
le roi, qui était vif et rapide, éperonna et passa outre l'épée
au poing, puis il revint sur Fréelenc et lui assena un si grand
coup qu'il le pourfendit jusqu'aux dents ; un grand tumulte,
un vrai vacarme, s'éleva alors dans le camp des Saxons qui
étaient fort effrayés de cette aventure ; ils voyaient en effet
qu'ils n'avaient plus désormais de secours qu'en Randol qui
portait l'enseigne. Or le roi Ban s'en vint justement sur lui
au galop, et le frappa si rudement qu'il lui coupa le bras qui
portait l'enseigne, et le fit voler à terre à l'instant.

122. Tumulte et vacarme reprirent de plus belle, si bien
que les Saxons s'enfuirent ; et la poursuite commença, qui
dura longtemps : entamée avant vêpres elle ne finit pas avant
la nuit, et beaucoup furent tués ou mutilés pendant ce temps.
Car, de quinze mille qu'ils étaient au début de la bataille, il
n'en échappa que cinq mille qui s'en allèrent trouver le roi
Rion là où il assiégeait la ville, et lui contèrent les pertes
qu'ils avaient subies, combien ils avaient eu de morts et quels
dommages ils avaient éprouvés. Quand le roi Rion entendit
ces nouvelles, il jura par serment qu'il ne quitterait jamais
cette terre sans s'être vengé et avoir fait prisonnier le roi
Léodegan. Il envoya alors des messagers au Danemark pour
demander que les hommes de ce pays, nobles et humbles,
viennent tous à lui, en amenant assez de vivres pour ravi-
tailler deux cent mille hommes pendant deux années entières ;

---

cops fu grans et fors si descent si durement sor l'espaulle senestre que
tout l'enbronche sor le col del cheval, puis rehauce la mache si revaut
recouvrer. Mais li rois qui fu vistes et isniaus fiert le cheval des esperons et s'en vait outre, l'espee le poing, puis retourne et fiert Freelenc
si durement qu'il le fent jusques es dens. Et li hus et la noise lieve des
Saisnes qui molt furent esfreé de cel encontre, si voient qu'il n'ont
mais nul secours fors de Randol*a* qui l'enseigne porte. Et li rois Bans
s'en vient par Randol et le fiert si durement qu'il li soivre le bras del
bu a toute l'enseigne et cil vole a terre maintenant.

122. Lors lieve li hus et la noise si durement que tous tournent en
fuies. Et la chace conmence qui dura molt des avant
vespres ne fina jusqu'a la nuit. Si en ot molt d'ocis et d'afolés, car de
.xv.m. qui estoient au conmencement de la bataille n'en eschaperent
que .v.m. Et cil s'en alerent au roi Ryon au siege*a* et li conterent la
perte et le damage qu'il ont receü et le mortalité. Et quant li rois
Rions en oï la nouvele si jura son sairement que jamais ne se partir-
ront de la terre tant qu'il l'aura prise. Et le roi Leodegan enmenra il
en sa prison. Lors manda en la terre de Danemarce qu'il venissent
tout a lui, haut et bas, et amenaissent grant plenté de viande come

car désormais, dit-il, il voulait mener sa guerre plus énergiquement qu'il ne l'avait fait jusqu'alors. Et ces hommes de
venir, et de se rassembler, jour après jour, si bien qu'avant
six mois il y en eut deux cent cinquante mille. On comptait
vingt rois couronnés, sans parler du roi Rion ; ils avaient de
grands convois qui leur amenaient de tous côtés des vivres,
de sorte que le camp était ravitaillé abondamment par les
provisions qui venaient de la terre des vingt rois qui faisaient
partie de l'armée, et que personne n'avait besoin de chevaucher pour faire du butin. Ce fut une époque agréable pour
eux ; ils assaillaient souvent la cité de Daneblayse, mais elle
était si bien fortifiée qu'elle ne craignait rien, si ce n'est d'être
affamée. Ses habitants n'en demandèrent pas moins à maintes
reprises au roi Léodegan de les secourir, car ils enduraient de
trop lourdes peines. Mais ici le conte cesse de parler du roi
Rion et de son armée d'assiégeants, qui était très imposante,
ainsi que de ceux qui étaient dans la cité de Daneblayse, et
revient au roi Arthur et à ses compagnons, qui déconfirent et
pourchassèrent les Saxons.

On fête la victoire. – Guenièvre.

123. Le conte dit dans cette partie que ceux du royaume
de Carmélide furent très heureux et très satisfaits de la
défaite des Saxons : vous avez entendu dire comment ceux-ci
avaient été vaincus et chassés du champ de bataille par si peu
d'adversaires. Car au commencement, les chrétiens n'étaient
pas plus de mille trois cents, alors que les autres étaient plus

---

pour aus .cc.m. homes .ii. ans entiers. Car ore vaura, ce dist, plus
vigherousement sa guerre enforchier qu'il ne fist onques mais. Et cil
i viennent et assamblent chascun jour si que ançois que li mois fust
tous passés furent il .cc.l.m. Si ot assamble .xx. rois couronés sans le
roi Rion, si en orent molt grant charroi qui li amenerent de toutes
pars lor viandes dont il garnissoient si l'ost qu'il ne chevauchoient
nule part pour viande querre. Car il en avoient a mout grant plenté
qui venoit de la terre [*e*] a .xx. rois qui en l'ost estoient. Si ot molt
bon tans et il assaillerent menu et souvent la cité Daneblayse, mais
ele estoit si fort qu'ele ne doutoit nule riens sans afamer, si demanderent au roi Leodegam secours par maintes fois et qu'il leur venist
aïdier, car trop estoient agrevé. Mais atant se taist ore li contes del roi
Rion et de son siege qui molt grans estoit et de ciaus qui sont dedens
la cité Daneblayse. Et retourne a parler du roi Artu et de ses compaingnons qui desconfirent les Saisnes et enchacierent[*b*].

123. Or dist li contes en ceste partie que molt furent lié cil del
roiaume de Carmelide des Saisnes qui ensi furent desconfit com vous
avés oï et chacié del champ a si petit de gent com il estoient. Car il
n'estoient au comencement plus de .m. et .ccc. et il estoient plus de

de quinze mille ; mais ils furent vaincus grâce à la sagesse de Merlin qui contribua beaucoup à leur défaite, et grâce au secours des chevaliers de la Table ronde et des quarante-deux mercenaires. Le conte dit que, après avoir chassé les Saxons jusqu'à la nuit, et être retournés gaiement à Carohaise, ils trouvèrent dans la cité le roi que ses hommes avaient aidé à remonter à cheval. Et lui, quand il sut que les mercenaires étaient arrivés, il alla à leur rencontre et leur fit fête comme jamais on n'avait fait fête à quelqu'un. Ils avaient trouvé Antor, Girflet, Keu le sénéchal et Lucan le Bouteiller, et tous les autres compagnons sains et saufs, alors qu'ils avaient eu grand-peur qu'ils ne fussent morts ou prisonniers. Ils avaient dans l'affaire fait un butin prodigieux ; le roi le fit rassembler et offrir aux mercenaires qu'il avait retenus à son service. Car, disait-il, il ne pouvait pas mieux l'employer : « Ils l'ont bien gagné, et moi-même, ils m'ont sauvé de la mort et de la prison. »

124. Quand ceux-ci virent le grand honneur que le roi leur faisait, ils le remercièrent mille fois, mais dirent qu'ils ne prendraient rien, car ils auraient bien une autre fois l'occasion de recevoir semblable butin. Le roi leur demanda alors de tout distribuer et répartir à qui ils voulaient, puisqu'ils ne voulaient rien prendre pour eux. Merlin vint alors aux trois rois et leur dit de prendre le butin ; et ils s'exécutèrent et le distribuèrent à ceux que Merlin leur indiqua, sans en garder un seul denier pour eux-mêmes. On les loua fort, et on les estima beaucoup

---

.xv.m. et il ont esté desconfit par le sens Merlin qui molt i aïda et par le secours des chevaliers de la Table Reonde et des .xlii. soldoiers. Si dist li contes que quant il orent chacié les Saisnes jusqu'a la nuit qu'il retournerent a Carohaise molt liement et trouverent le roi en la cité que si home avoient remonté et mis a cheval. Et quant il sot que li soldoier venoient, si lor ala a l'encontre et lor fist la greignour joie del monde. Si trouverent Auctor et Girflet et Kex le seneschal et Lucan le Bouteillier et tous les autres compaingnons sains et saus dont il avoient eü grant paour qu'il ne fuissent ou mort ou pris. Illuec firent il merveilleus gaaing, si le fist li rois prendre et emprisonner as soldoiiers qu'il avoit retenus. « Car mix, ce dist il, ne le porroit il emploiier, car il l'ont gaaingnié et moi meïsmes ont rescous de mort et de prison tenir. »

124. Quant cil oient le grant honour que li rois lor fait si l'en mercient molt et dient qu'il n'en prendront riens car il recouverront bien assés dons [f] une autre fois recevoir et prendre. Et li rois dist que, puis*a* que recevoir ne les voloient, qu'il les departent et les doignent tout partout la ou il vauront. Et lors vint Merlins as .iii. rois et lor dist qu'il le preignent. Et cil les prisent et les donnerent la ou Merlins lor enseigna, c'onques n'en detinrent vaillissant un sol denier. Si l'em proisierent molt tout et furent tant el païs amé par lor largesce et par

à cause de cela. Ils étaient tellement aimés dans le pays qu'on ne parlait que d'eux, grâce à leur largesse et aux conseils de Merlin. Arthur donna à son hôte et à la femme de celui-ci des chevaux, des palefrois, des robes, et tant de biens qu'ils en furent riches et à l'aise pour le restant de leur vie. Le roi Léodegan d'ailleurs ne voulut pas tolérer qu'ils se logent ailleurs que chez lui, dans son palais ; et par la suite il ne souffrit jamais qu'ils demeurent sans compagnie, ni qu'ils soient séparés des chevaliers de la Table ronde. Quand ils furent désarmés, le roi Léodegan fit venir sa fille, parée des plus riches vêtements qu'elle possédait ; il lui fit prendre l'eau dans des bassins d'argent et l'offrir aux rois pour les servir. Mais Arthur ne voulut pas accepter qu'elle le serve avant que le roi Léodegan et Merlin ne l'ordonnent spécifiquement ; alors la demoiselle lui lava de ses propres mains le visage et le cou[1], puis l'essuya bien doucement d'une serviette ; elle en fit ensuite autant aux deux rois. Après cela, elle ordonna à l'autre Guenièvre, la fille de la femme du sénéchal, de servir les autres compagnons avec les jeunes filles de sa maison. Quand la fille du roi Léodegan eut servi les trois rois, elle servit son père ; après qu'ils eurent lavé, la demoiselle leur mit à chacun un manteau sur les épaules. Le roi Arthur était très beau : la jeune fille le regarda avec beaucoup d'attention, et il en fit autant. Et elle dit tout bas que la dame qu'un si beau chevalier, si bon aussi, requerrait d'amour devrait être bien heureuse, et que celle qui le refuserait mériterait d'être déshonorée.

---

le conseil Merlin c'on ne tenoit parole parmi le païs se des soldoiiers non. Et Artus donna a son oste et a sa feme chevaus et palefrois et robes et tant d'avoir que tous les jours de lor vies en furent puis riche et manant. Et li rois Leodegam ne vaut sousfrir qu'il descendissent en nul lieu s'en son chastel non avoeques lui, ne onques puis ne sousfri que il fuissent sans compaignie ne sans chevaliers de la Table Reonde. Et quant il furent desarmé, si fist li rois Leodegans sa fille amener acesmee des plus riches dras qu'ele avoit et li fist prendre l'aigue chaude em bacins d'argent et le fist porter devant les rois et servir les. Mais Artus ne vaut prendre son service devant que li rois Leodegans et Merlins le conmanderent. Si li lava la damoisele, ele meïsmes ses cors, le vis et le col et l'essuia d'une touaille molt doucement et puis le fist as .II. rois et puis après le fist a l'autre Genievre, qui fu de la feme au seneschal, servir les autres compaignons entre li at les autres puceles. Quant la fille le roi Leodegan ot servi les .III. rois, si servi son pere. Et quant il orent lavé, si mist la damoisele a chascun son mantel au col. Et li rois Artus fu de molt grant biauté plains, si le regarde la pucele molt durement et li rois li. Et ele dist entre ses dens que molt deüst estre lie la dame qui si biau chevalier requerroit d'amours et si bons com cis est et deveroit bien estre honnie qui l'en escondiroit.

125. Là-dessus, les tables furent dressées après que le repas eut été préparé, et les chevaliers s'assirent. Mais les chevaliers de la Table ronde s'assirent côte à côte avec les chevaliers mercenaires, à une table isolée ; le roi Bohort et le roi Ban placèrent le roi Arthur entre eux deux, car ils l'honoraient autant qu'ils le pouvaient. Le roi Léodegan, qui était assis à leurs côtés au haut bout de la table, le remarqua ; il réfléchit profondément et, à voir la façon dont ils l'honoraient, et dont ils le servaient, il conclut que c'était leur seigneur ; il se demanda qui cela pouvait être : il aurait donné beaucoup pour connaître son identité. « Ah ! Seigneur-Dieu, se disait-il, si seulement il avait épousé ma fille ! Car certes je n'aurais jamais cru qu'il pût y avoir tant de prouesse dans un adolescent aussi jeune, et cela ne pourrait se produire sans qu'il soit vraiment de très haut lignage ; à moins que ce ne soit une créature spirituelle — c'est ce que je crois — que Notre-Seigneur m'a envoyée pour protéger et défendre ce royaume, non pour l'amour de moi, mais pour l'amour de la chrétienté et pour exalter la sainte Église, et la protéger : ne sont-ils pas sortis de la ville sans l'aval du portier. »

126. Telles étaient les réflexions du roi Léodegan pendant tout le dîner ; il lui revint à l'esprit la manière dont il l'avait secouru dans les profondeurs de la vallée avec quarante-deux chevaliers contre les cinq cents qui l'emmenaient en prison ; il se remémorait toutes les prouesses qu'il lui avait vu faire, et il y pensa tant qu'il se perdit dans ses pensées et cessa de

---

125. Atant furent les tables mises quant li mengiers fu prés, si s'asisent li chevalier par laiens. Mais li chevalier de la Table Reonde s'asisent coste a coste des soldoiiers a une table qui estoit d'une part et li rois Boors et li rois Bans assirent le roi Artu entr'aus .ii. car il li portoient ausi grant honour com il pooient. Et li rois Leodegans se prist garde qu'il seoit coste a coste d'aus au chief de la table. Si pensa bien en son corage a l'ounour qu'il li portoient et au [95 a] service qu'il li faisoient, qu'il estoit sires d'aus. Si s'esmerveille molt durement qui il pooit estre et molt vauroit avoir grant chose donnee que il seüst qui il fust. « Et pleüst ore a vous, fait il, biaus sire Dix, qu'il eüst ma fille espousee. Car certes je ne quideroie mie que en un si jouene enfant fust si haute chevalerie embatue com il est en lui. Et ce ne puet mie avenir qu'il le fust s'il ne fust molt haus hom outrement ou je croi qu'il soit chose esperitex que Nostres Sires m'ait envoiie por cestui roiaume tenser et garantir non mie por l'amour de moi mais por la Chrestienté et Sainte Eglise essaucier et garantir, dont n'issirent il hors de ceste vile sans le gré au portier. »

126. Ensi pensoit a son mengier li rois Leodegans en soi meïsmes mout longement. Et li vint en sa pensee comment il rescout, soi .xlii.isme en la valee parfonde, encontre .v.c. chevaliers qui le menoient

manger. Hervi de Rivel s'en aperçut, et cela lui déplut fort ; très chagrin, il monta au haut bout de la table, s'accouda près de lui et lui dit que jamais il ne l'avait vu se conduire de manière si honteuse et lamentable. « Car vous devriez faire fête à ces héros, et vous êtes plongé dans vos pensées, vous rêvez alors que vous devriez leur manifester votre joie : je me demande vraiment ce qu'est devenue votre intelligence ! » Le roi fit un effort sur lui-même, il le regarda et dit : « Hervi, je réfléchissais à une affaire qui me concerne de près, et à l'homme le plus vaillant et le plus sage du monde, et je ne pouvais m'en empêcher... Si vous saviez à quoi je pensais, vous ne m'en blâmeriez pas. — Seigneur, répondit Hervi, c'est bien possible. Mais dans l'immédiat, laissez cela de côté : vous y reviendrez quand il en sera lieu et temps, car ce n'est pas le cas maintenant. Au contraire, faites fête à ces barons, réjouissez-vous ! En effet, vous êtes grandement en faute vis-à-vis d'eux pour cette fois, sauf votre respect !

127. — Mon cher ami, fit le roi, allez vous asseoir, s'il vous plaît ; j'ai bien entendu vos reproches. » Hervi retourna alors s'asseoir avec ses compagnons, et le roi engagea la conversation avec les uns et les autres. La fille du roi Léodegan offrit au roi Arthur du vin dans la coupe de son père : le roi Arthur la regardait avec attention ; elle lui plaisait beaucoup et il appréciait de la voir ainsi devant lui. Car c'était sans conteste la femme la plus belle qui fût en Grande-Bretagne à cette

en prison, et ramentoit toutes les proueces qu'il li avoit veü faire. Si i pense tant que tout s'entr'oublie et en laisse son mengier. De ce se prist Hervi de Rivel garde, si l'en pesa molt et s'en ala a lui tous coureciés au chief de la table, si s'acosta de delés lui et li dist que onques mais ne li vit si grant vilenie faire ne si esbahi « car vous deüssiés joie faire a ces prodomes et vous pensés et songiés el point ou vous lor deüssiés faire toute joie, si m'esmerveil molt de vostre grant sens qu'il est devenus ». Et li rois s'esperi et si le regarde et li dist : « Hervi, je pensoie a un mien afaire et au plus prodome del monde si ne me pooie tenir. Et se vous saviés a coi je pensoie vous ne m'en blasmeriés de riens. » Et cil li respont : « Sire, bien puet estre, mais ore le laissiés atant ester et i pensés quant tans sera et lix, car li lix ni est ore mie². Mais faites joie a ces barons et vous esbatés, car, certes, vous avés a ceste fois trop mespris envers els, sauve vostre grasce.

127. — Biaus amis, fait li rois, vostre merci, alés seoir. Car je me tieng entrepris. » Atant s'en leva Hervis seoir avoec ses compaingnons. Et li rois parole as uns et as autres. Et la fille au roi Leodegan servi del vin a la coupe son pere le roi Artu. Et li rois Artus le regarde molt durement si plot molt et embelist ce qu'il le vit devant lui. Car ce estoit la plus bele feme qui fust en toute Bretaigne au tans

époque. Elle était simplement vêtue de soie[1], et avait sur la
tête une guirlande de pierres précieuses. Sur son frais visage le
blanc et le vermeil se mêlaient si naturellement que cela ne
laissait rien à désirer ; elle se tenait droite comme un jeune
roseau, et ses épaules étaient lisses et polies. Elle était remarquablement bien faite : en effet, elle était mince, et avait des
hanches basses qui lui seyaient fort ; ses pieds blancs étaient
gracieusement cambrés, ses bras étaient fins et arrondis, ses
mains blanches et dodues.

128. Qu'irais-je décrivant la beauté de la jeune fille ? Si elle
était belle, elle avait encore plus de bonté, de générosité et
de courtoisie, d'intelligence et de valeur, de douceur et de
gentillesse. En voyant agenouillée devant lui cette si ravis-
sante jeune fille, il n'y avait rien d'étonnant à ce que le roi
Arthur se laisse aller complaisamment à la regarder. Car ses
petits seins gonflaient la robe, ronds et fermes comme des
pommes, et elle était plus blanche que la neige fraîchement
tombée ; elle n'était ni trop grasse ni trop maigre. Le roi
Arthur la désira fort, si bien qu'il en devint tout songeur et
cessa de manger ; il détourna son visage, car il ne voulait pas
que les deux rois ou les autres gens s'aperçoivent de rien. La
jeune fille l'invita à boire et lui dit : « Jeune seigneur, buvez,
et ne m'en veuillez pas si je ne vous donne pas votre nom,
car je ne sais comment vous appeler autrement. Ne soyez
pas ébahi devant votre repas, car assurément vous ne l'êtes

---

dés lor. [*b*] Et la pucele estoit de joie empur le cors, sor son chief un
chapel d'or en sa teste de pierres preciouses, et ses vis fu frés et
encoulourés de blanc et de vermeil si naturelment qu'il n'i connut ne
plus ne mains. Et ele ot les espaulles droites et polies com un jonc et
fu a mervelles bien faite de cors, car ele fu graille par les flans, et ot
les hanches basses qui a merveilles furent bien faites et bien seant. Si
ot les piés blans et voltis et le cors lonc et droit, et le bras lonc et
gros et les mains blanches[*a*] et crassetes.

128. Que vous iroie je devisant la bialté de la pucele ? Se ele ot
biauté, en li plus i ot bonté et largesse et courtoisie et sens et valour
de cuer et debonaireté. Quant li rois Artus voit la pucele as jenous
devant lui qui estoit de si grant biauté si l'esgardoit molt volentiers.
Car adonc primes li venoient les mameles dures et roides come
pometes et ele avoit la char plus blanche que noif negie, si ne fu trop
crasse ne trop maigre. Si le couvoita li rois tant en son cuer que tous
en fu trespensés et en laissa son mengier et tourne d'autre part sa
ciere. Car il ne vaut que li droi roi ne autre gent ne s'en aperceüssent
de riens. Et la pucele le semonst de boire et li dist : « Sire damoisiaus,
bevés et ne vos poist mie se je ne vous nome par vostre droit non,
car je ne vous sai autrement nomer. Si ne soiés mie esbahis au mengier car as armes ne l'estes vous pas. Et bien i parut hui la ou vous

pas quand il s'agit de combattre : cela s'est bien vu aujourd'hui, comme l'ont constaté quelque cinq mille personnes qui ne vous connaissaient que de vue et qui vous ont regardé avec attention. » Il se tourna vers elle alors en disant : « Belle jeune fille, volontiers ; je vous remercie mille fois de m'avoir si bien servi : puisse Dieu me donner la force et le pouvoir de vous le rendre !

129. — Seigneur, fit-elle, vous me l'avez déjà rendu cent fois plus que je ne pourrais le mériter. Vous me l'avez rendu en effet quand vous avez secouru mon père, vous et votre vaillante compagnie, alors qu'on l'emmenait en prison… » Le roi se tut ; elle continua : « Ce n'est pas tout : devant la porte, à l'entrée du pont, vous avez clairement montré que ses peines vous déplaisaient, lorsqu'il fut abattu au milieu de ses ennemis, son cheval tué sous lui ; car vous avez tué celui qui l'avait abattu, vous avez risqué votre propre vie pour lui venir en aide, et vous avez fait tant et si bien que vous les avez mis en fuite ! »

130. Ainsi parla la fille du roi Léodegan, s'adressant au roi Arthur. Mais il ne répondit rien, il se contenta de prendre la coupe et d'y boire de très bon cœur ; puis il ordonna à la demoiselle de s'asseoir, car elle était restée trop longtemps à genoux. Mais le roi son père ne voulut pas le souffrir ; ils furent au demeurant servis de tout ce que l'on peut imaginer en la matière. Quand on fut sur le point d'ôter les nappes, le roi Ban dit au roi Léodegan qui était assis à côté de lui :

---

fustes regardés de ciaus .v.m. qui ne vous connoissent fors solement del veoir. » Et il se torne devers li et li dist : « Bele pucele, volentiers. Et grans mercis de vostre bel service, et Dix me doinst force et pooir del guerredonner.

129. — Sire, fait ele, vous le m'avés rendu a .c. doubles plus que je ne poroie deservir, car le m'avés bien rendu ou vous rescousistes mon pere, vous et vostre compaignie qui tant vaut, de entre les mains a ses anemis qui le menoient em prison. » Et li rois se taist. « Encore, fait ele, i ot il plus, car ci devant la porte, au pié del pont, moustrastes vous bien samblant qu'il vous pesoit de son anui la ou il fu abatus entre ses anemis et son cheval desous lui ocis, car vous oceïstes celui qui l'avoit abatu, si vous mesistes en aventure pour lui rescourre et feïstes tant que vous les meïstes trestous si com il furent a la voie. »

130. [*d*] Ensi parole la fille au roi Leodegan au roi Artu. Mais il ne dist mot de la bouche, ains prent la coupe et but molt volentiers et conmanda a la damoisele qu'ele se siece, car trop a longement esté as jenous. Mais li rois ses peres ne volt, ains furent servi de toutes les devices dont on porroit deviser de bouche. Quant on dut les napes oster, si dist li rois Bans au roi Leodegam qui se seoit delés lui :

« Seigneur, je m'étonne fort de ce que vous, que l'on tient pour un homme des plus sages, n'ayez pas encore marié votre fille à quelque grand baron. Car elle est d'âge à se marier, et sage, et vous n'avez pas d'autres enfants à qui laisser votre terre après votre mort : vous auriez donc dû depuis longtemps vous préoccuper de ce que vous feriez d'elle. — Certes, seigneur, répondit le roi Léodegan, je n'ai tant tardé à le faire qu'en raison de la guerre, qui m'a tant causé de mal et qui dure depuis si longtemps. Cela fait sept ans en effet que le roi Rion de Danemark et d'Irlande me guerroie sans interruption, et depuis cette époque il n'est pas venu dans mon pays un seul homme à qui j'aurais pu la donner, et personne ne m'en a touché mot non plus[1]. Mais, aussi vrai que je souhaite que Dieu m'aide, si je trouvais un chevalier homme de valeur, capable de supporter peines et efforts, et de conduire ma guerre pour moi, je lui donnerais ma fille et toute ma terre, pour peu qu'il les veuille prendre, après ma mort, sans regarder à son lignage ou à sa noblesse, ou à son statut social ! Plût à Dieu, d'ailleurs, qu'il en soit ainsi que je le souhaite en mon cœur : elle serait mariée, certes, d'ici trois jours à un jeune chevalier, beau et vaillant, dont je crois bien au demeurant qu'il est plus noble que je ne le suis ! » Merlin se mit à rire à ces mots et fit signe au roi Bohort qu'il avait dit cela pour le roi Arthur — ce qui était l'exacte vérité. Ils changèrent alors de sujet, ne voulant pas en dire plus à cette occasion, et par-

---

« Sire, fait li rois Bans, je m'esmerveil molt[a] de vous, que on tient a si prodome, que vous n'avés piecha vostre fille mariee a aucun haut home. Car ele est molt grant pucele et sage. Ne vous n'avés plus d'enfans a qui vostre terre eschaie aprés vostre mort, si vous en deüssiés piecha estre pourveüs ou miex que le meïssiés[b] — Certes, sire, fait li rois Leodegans, il n'est remés se pour la guerre non qui tant m'a duree et grevee car il a passé .VII. ans que li rois Rions de Danemarce et d'Irlande ne me fina de guerroiier ne onques puis ne vint home en ceste terre a qui je le donnaisse ne parole n'en fui mis de riens. Mais si m'aïst Dix se jou trouvaisse un prodome chevalier qui bien peüst endurer painne et travail et ma guerre maintenir, je li donroie ma fille et toute ma terre se prendre le voloit aprés mon dechés que ja n'i esgarderoie lignage ne hautece et signerie. Et pleüst a Dieu qu'il en fust ore ensi com je pens en mon corage. Certes ele seroit entre ci et tiers jor mariee a un jouuene bacelier et a un bel et a un prodome et si quit pour voir qu'il soit plus haus hom que je ne sui. » Et Merlins conmencha a rire, si regarda le roi Boort et li fist signe que ce avoit il dit pour le roi Artu. Et sans faille pour lui le dist il. Lors conmencent a parler de pluisours choses et retournent lor paroles que plus n'en vaurent

lèrent de choses diverses. Le roi Léodegan se rendit bien
compte qu'ils ne voulaient pas en entendre parler, alors que
lui aurait donné cher pour qu'ils l'entreprennent à ce propos.
Il se tut alors, et les écouta avec attention pour voir s'il
pourrait découvrir quelque chose de leur conduite ou de
leurs mœurs qui lui fournirait un indice quant à leur pays
d'origine. Il observait combien les hommes de valeur qui
l'entouraient faisaient grand cas d'Arthur et lui faisaient
fête, et cela le mettait très mal à l'aise ; car les deux rois[2],
ainsi que tous ceux de sa compagnie, en faisaient tant que
tous ceux qui assistaient à ce spectacle en étaient troublés
et étonnés. Quant à la fille du roi Léodegan, elle désirait le
jeune homme et l'aimait fort ; elle y pensait tant qu'elle
s'oubliait elle-même, et elle aurait bien voulu l'avoir pour
pair et compagnon, si cela était possible. Le conte dit
d'elle, d'ailleurs, qu'elle était la femme la plus sage de la
Bretagne chevelue, la plus belle aussi, et la plus appréciée, à
l'exception d'Hélène sans Pair, la femme de Persidès le
Roux du château de Gazewike, et de la fille du roi Pellès
de Listenois du château de Cornebic[3], qui était la nièce du
Riche Roi Pêcheur et du roi malade de ses blessures ; de
ces deux-là, l'un portait le nom d'Alain de L'Île en
Listenois[4]. C'était celui qui était malade et blessé de la lance
vengeresse, ce pour quoi il était appelé Méhaignié. Et l'autre,
qui était blessé entre les cuisses, portait le nom de Pellinor
de Listenois. Les rois Alain et Pellinor étaient frères, et cette

---

parler a cele fois. Si s'aperçoit bien li rois Leodegans qu'il n'en
voloient parole oïr, si vausist il molt volentiers qu'il le meïssent a raison. Si se traist et escoute savoir se ja en nule maniere porroit apercevoir rien de lor estre ne de lor couvine par coi il peüst savoir de
quel terre il sont. Si regarda la joie et la feste que li prodome faisoient d'Artu et ce est ce qui plus le met a malaise. Car tant en font
li doi prodome et tout li autre qui sont en sa compaignie que tout
cil qui le voient s'en esmervillierent et en furent esbahi. Et molt le
couvoite et aimme la fille au roi Leodegan et tant i muse que toute
s'en oublie et bien vauroit, [d] s'il peüst estre, qu'ele l'eüst a per et a
compaingnon. Et li contes dist qu'ele fu la plus bele dame de la Bloie
Bretaigne et la plus bele et la mix amee qui onques fust el païs ne en
la terre fors solement Elaine sans Per, la feme Persidès le Rous del
chastel de Gazewike, et la fille au roi Pellés de Listenois del chastel
de Cornebic qui fu niece le riche roi Pescheour et le roi malades des
plaies dont li uns ot non Alain de l'ille en Listenois. Icil estoit
malades et plaïes de la lanche vengeresse dont il estoit plaïes et apelés Mehaigniés et estoit navrés par ambes .ii. les quisses, et fu apelés
par son droit non li rois[c] Pellinor de Lystenois. Et li rois Alains Pellinor furent frere germain et cele pucele dont je vous di estoit lor

jeune fille dont je vous parle était leur nièce à tous deux, fille de leur frère le roi Pellès.

131. C'était la plus belle femme qui ait jamais existé sur terre et la plus gracieuse. Ce fut la gardienne du très saint Graal jusqu'à ce que Galaad soit engendré[1]. Mais pour l'instant le conte se tait à ce sujet et revient aux compagnons de la Table ronde qui étaient assis pour souper dans le palais du roi Léodegan en la cité de Carohaise, en Carmélide. Et le conte va nous dire comment Merlin les prit à part pour les conseiller.

132. Le conte relate ici qu'ils furent très bien installés pour ce souper, et très bien servis de bons vins et de mets excellents. Quand les tables eurent été enlevées, Merlin prit les trois rois par la main et les tira à l'écart : « Voulez-vous, leur demanda-t-il, que je vous dise ce qui s'est produit en Bretagne chevelue ? — Certes, fit le roi Arthur, je voudrais bien le savoir, s'il vous plaît ! — Eh ! bien, enchaîna Merlin, il y a eu une grande bataille, prodigieusement dure, dans la plaine devant Logres contre les Saxons qui avaient pillé le pays, et mis à feu et à sac la région côtière et les ports du côté de Douvres. Et quand ils s'en revinrent au château, ils amenaient un si grand convoi qu'ils le faisaient escorter au camp par dix mille Saxons, tous à cheval. Mais alors qu'ils chevauchaient ainsi, ils rencontrèrent cinq jeunes gens, qui sont vos neveux. » Il leur raconta alors comment les adolescents étaient venus là après avoir quitté leurs mères sans que

---

niece et fille le roi Pellés qui fu freres a ces .ii. que je vous ai ci només.

131. Cele pucele fu la plus bele feme qui onques fust en nule terre et la plus gente. Icele pucele garda le saintisme Graal jusqu'a tant que Galaas fu engendrés. Mais atant se taist ore li contes de ceste chose et retourne a parler des compaingnons qui orent mengié au souper en la cité de Carohaise en Carmelide el palais le roi Leodegam. Et si nous contera li contes coment Merlins les traït a une part a conseil.

132. Or dist li contes que molt furent bien assis au souper et servi de viandes et de vins. Et quant les tables furent ostees amont et aval, si prist Merlins les .iii. rois par les mains et les traïst a une part et si lor dist : « Volés vous que je vous die qu'est avenu en Bretaigne la Bloie ? — Certes, fait li rois Artus, molt le vauroie volentiers savoir s'il vous pleüst. — Certes, fait Merlins, il i a eü bataille grans et merveillouse et dure en la plainne devant Logres encontre les Saisnes qui avoient le païs robé et essillié toute la marine et les pors devers Douvre. Et quant il vinrent au chastel si amenerent si grant charroi qu'il fai[e]soient conduire en l'ost et estoient .x.m. Saisne tout monté. Et ensi com il chevaucierent en tel maniere si encontrerent .v. enfans qui sont vostre neveu. » Lors conta conment li enfant estoient venu

leurs pères le sachent, et comment ils avaient rencontré les fourriers, comme vous l'avez entendu dire déjà ; puis il raconta la bataille au cours de laquelle les Saxons avaient été vaincus, le gain que les jeunes gens avaient acquis, la déconfiture des Saxons, l'accueil très joyeux que ceux de la cité avaient réservé aux adolescents, et la manière dont ceux-ci avaient dit qu'ils ne seraient pas chevaliers « tant que vous-même ne les aurez pas adoubés de votre main. Ne vous souciez donc pas de garder votre terre, car elle le sera bien jusqu'à votre retour : soyez audacieux et optimiste, pensez à bien faire, car vous avez de plus en plus d'aides et de soutiens ! En effet, le petit-fils de l'empereur de Constantinople se dirige lui aussi vers votre pays avec trois cents écuyers, fils de princes et de grands seigneurs, pour vous servir et être faits chevaliers par vous.

133. — Merlin, fit le roi, qui sont ces jeunes gens qui sont venus à Logres ? Comment s'appellent-ils ? — Seigneur, répondit Merlin, le roi Loth a quatre fils ; l'aîné s'appelle Gauvain, le second Agravain, le troisième Guerrehet et le quatrième Gaheriet. Ces quatre-là sont vos neveux, fils de votre sœur et du roi Loth. Il y en a encore un autre, qui s'appelle Galeschin, c'est le fils du roi Nantes de Garlot et également d'une de vos sœurs. Le fils[1] de l'empereur de Constantinople s'appelle Sagremor. Ces six-là seront d'une très grande prouesse ; et il en viendra encore, très bientôt, d'autres qui seront vos alliés et vous voudront du

---

et comment il s'estoient parti de lor meres sans le seü de lor peres et comment il encontrerent les fourriers si com vous avés oï el conté et comment la bataille fu ou li Saisne furent desconfit et le riche gaaing qu'il i firent et la desconfiture qui tourna sor les Saisnes et de la grant joie que cil de la cité firent as enfans et comment li enfant disent qu'il ne seront chevalier « jusqu'a tant que vous meïsmes les ferés de vostre main. Si ne vous chaille de vostre terre garder car ele sera bien gardee jusques a nostre revenue, si soiiés baus et haitiés et pensés de bien faire, car vostre aide croist et esforce. Car en vostre terre vient li niés a l'emperaour de Coustantinoble a tout .ccc. esquiers fix de princes et de haus barons pour vous servir et pour ce que vous les faciés chevaliers.

133. — Merlins, fait li rois, qui sont cil enfant qui sont venu a Logres et comment ont il non ? — Sire, fait Merlins, li rois Loth i a .iiii. fix. Si a li ainsnés a non Gavains, et li autres Agravains et li tiers Guerrehés et li quars Gahériés. Itout cil .iiii. sont vostre neveu² fil de vostre seror et fil au roi Loth. Et il en i a un qui a non Galeschin et est fix au roi Nante de Garloth et de vostre serour autresi. Et li fix a l'emperaour de Coustantinoble a non Saygremors. Icil seront de merveillouse prouece et encore en i venront plus prochainnement tel qui seront vostre

bien. » Pendant que Merlin tenait ce discours, tous les compagnons s'étaient assemblés autour de lui ; et quand ils eurent entendu ses nouvelles, ils s'en réjouirent fort et manifestèrent une grande joie.

134. Tous les chevaliers se retirèrent alors et s'en allèrent à leurs logements où ils se couchèrent et se reposèrent, car ils en avaient grand besoin. Ils passèrent pas mal de temps dans la ville sans rien faire d'autre que boire et manger, et rassembler leurs troupes. Mais ici le conte cesse de parler d'eux pour cette fois. Et il nous parlera désormais, en revenant en arrière, du roi Tradelinant de Norgales, qui était dans sa cité fortifiée et levait le ban et l'arrière-ban de ses troupes, de près et de loin, et qui entendit raconter ce qui était arrivé à ceux qui emmenaient le convoi de butin.

Les rois chrétiens contre les Saxons.

135. Le conte dit donc ici qu'après être arrivé à Norgales, sa cité fortifiée, le roi Tradelinant manda tant de gens qu'il en vint bien dix mille ; il garda la terre et le pays de son mieux. Et un soir, il se présenta un espion qui venait de la Roche aux Saxons, et lui dit que bien dix mille Saxons étaient entrés sur sa terre, et qu'ils emmenaient un très grand convoi de vivres ; le roi lui demanda où ils pouvaient être en ce moment, et l'autre répondit qu'ils étaient entre la Roche et Arondel ; le roi ordonna alors à ses gens de s'armer en toute hâte, et leur dit d'être en selle à la première veille et de

---

bien voillant et vostre bon ami. » En ce que Merlins dist ces choses vinrent tout li compaignon environ lui. Et quant il ont oï la nouvele que Merlins a dite si en sont molt lié et molt joiant durement.

134. Atant se departirent tout li chevalier de laiens et s'en alerent a lor ostels et se couchierent et reposerent car grant mestier en orent. Si sejournerent une vile molt longement qu'il ne faisoient mais fors boire et fors mengier et lor gent amassent en tant dis. Neᵉ mais atant se taist li contes d'aus que plus n'en parole a ceste fois. Et nous contera li contes cha ariere conment li rois Tradelinans de Norgales fu en sa fort cité et semonst toute sa gent et loing et prés au plus qu'il pot, et conment une espie li vint conter la nouvele de ciaus qui la proie en menoient.

135. [*f*] Or dist li contes que quant li rois Tradelinans fu venus a Norgales, sa forte cité, qu'il semonst sa gent tant qu'il furent bien .x.m., si garda la terre et le païs au mix qu'il pot. Et au soir li vint une espie qui estoit venue devers la Roce as Saisnes et li dist que bien .x.m. Saisnes estoient entré en sa terre et amenoient molt grant charroi de viandes. Et li rois demande a l'espie ou entour il poient estre et il li dist qu'il estoient entre la Roche et Arondel. Lors conmanda li rois sa gent a armer molt hastievement et lor dist qu'il fuissent sor

sortir de la ville tout armés et prêts à se défendre : c'est ce qu'ils firent. Une fois en campagne — ils étaient bien dix mille — ils chevauchèrent en rangs serrés et en bon ordre jusqu'à ce qu'ils arrivent sur les Saxons ; ils partagèrent alors leurs troupes en deux parties : l'une était conduite par Pollidamas, un neveu du roi, jeune chevalier vaillant et hardi. Dès qu'ils furent ainsi répartis, le premier groupe s'en alla vers Arondel que le roi Arthur avait doté d'une garnison avant de quitter le pays.

136. Quand Pollidamas eut quitté son oncle et que ses troupes furent tout près du camp des Saxons, ils se lancèrent sur eux de toute la vitesse de leurs chevaux. Ce jour-là les Saxons firent bien mauvaise garde, car ils ne s'aperçurent de rien avant que les autres ne soient sur eux. Il y eut là grand abattage et grand massacre de Saxons, car ceux-ci furent pris entre deux feux, et les assaillants les trouvèrent désarmés et endormis, tant ils étaient fatigués de chevaucher. Il y eut donc beaucoup de morts, beaucoup de victimes. Les attaquants abattirent et dépecèrent tentes et pavillons, et les Saxons n'eurent même pas le loisir de prendre leurs armes, mais ils s'enfuirent vers le château de la Roche, ou dans les forêts toutes proches, à pied aussi bien qu'à cheval. Et les autres tuaient et mettaient à mal tous ceux qu'ils atteignaient, si bien qu'ils en tuèrent plus de quinze mille avant qu'ils ne parviennent au château. Quand les chevaliers se virent ainsi défaits, et qu'ils virent les leurs

---

lor chevaus el premier somme et s'en ississent de la vile tout armé come pour lor cors desfendre. Et quant il issirent fors as chans si furent bien .x.m. Si chevauchierent serré et rengié sans desreer et vont tant qu'il en viennent sor les Saisnes et lors partent lor gent en .ii. parties. Si en conduist l'une partie Pollidamas qui estoit niés le roi, jouuene chevalier prou et hardi. Et si tost com il furent parti s'en alerent vers Arondel que li rois Artus ot fait garnir ançois qu'il s'en fust partis del païs.

136. Quant Pollidamas se fu partis de son oncle et il furent prés des tentes as Saisnes si se fierent contr'aus quanques li cheval lor porent courir. Celui jour se garderent li Saisne mauvaisement, car onques ne s'aperchurent de riens devant ce que li Saisne se furent feru entr'aus. Illuec ot abateïs de Saisnes et grant ocision car de .ii. pars furent li Saisne envaï, si les trouverent desgarni et endormi, car il estoient traveillié del chevauchier. Si i ot grant mortalité et grant ocision. Si abatent et acraventent et trés et paveillons si n'orent mie li Saisne tant de loisir qu'il preïssent lor armes, ains tournerent en fuies vers le chastel de la Roche a pié et a cheval et as forés qui prés estoient. Et cil ocient et acraventent quanqu'il ataingnent, si en ont bien ocis ançois [96a] qu'il venissent au chastel. Et quant li chevalier virent lor desconfiture

prendre la fuite de tous les côtés, pour échapper au massacre, ils crièrent : « Aux armes ! », et tout le château commença à s'armer. Puis ils firent une sortie, car ils étaient forts et puissants, et par ailleurs très nombreux ; ils étaient tous de haute extraction, riches, et dotés d'excellentes montures. Lorsqu'ils furent tous rassemblés hors du château, il apparut qu'ils étaient bien quatorze mille[1].

137. Ils lancèrent alors leurs chevaux au galop et vinrent se heurter violemment : il y eut là une bataille prodigieusement cruelle, au cours de laquelle bien des hommes et bien des chevaux furent abattus. Pendant le combat, ceux du château d'Arondel, qui appartenaient au roi Arthur, firent une sortie — ils étaient au moins cinq cents jeunes gens, robustes et rapides — et ils s'emparèrent des vivres dont ils trouvèrent dans le camp une grande provision : ils gagnèrent beaucoup à cette occasion. Puis ils revinrent au château et fermèrent les portes, et se mirent à regarder le combat pour voir comment il tournerait. Et certes ils se mesuraient durement de part et d'autre ; Pollidamas et le roi Tradelinant combattaient férocement. Mais en vérité, ils étaient en mauvaise posture, car les Saxons s'étaient repris, et ils étaient plus de sept mille, richement montés et armés ; et d'autre part il en était sorti quatorze mille du château de la Roche. Les Saxons les assaillirent donc rudement, car ils étaient très contrariés par le dommage qu'ils avaient subi ; ils les firent reculer de plus d'un arpent, et ils ne s'arrêtèrent pas dans leur retraite avant d'arriver sous Arondel, où il leur fallut choisir entre résister à

---

et virent lor gent fuir de toutes pars et la grant ocision que cil en font si s'escrient : « Ore as armes ! » et tantost s'arment parmi le chastel a force et a pooir et s'en issirent au plus tost que il porent et il furent molt grant gent si furent tout haut home et riche, si furent tout ensamble molt bien monté. Et quant il furent tout hors del chastel si furent bien .xiv.m. par nombre et par ordre.

137. Atant laissierent courre lor chevaus et se fierent les uns es autres molt fierement. La ot estour fier et merveillous et grant abateïs d'omes et de chevaus. Endementiers qu'il se combatoient s'en issirent tout del chastel d'Arondel qui estoit au roi Artu et furent bien .v.c. tout baceler fort et legier. Et saisirent la viande dont il trouverent en l'ost grant plenté et firent illuec molt grant gaaing. Puis s'em partirent del chastel et fermerent les portes et regardent conment li afaires iroit. Et toutes voies se sont aüné d'autre part ; et Pollidamas et li rois Tradelinans se combatent fierement. Mais molt furent a grant meschief, car li Saisne se furent aüné et furent bien .vii.m. monté et armé molt richement. Et d'autre part en furent issu del chastel a la Roche .xiv.m., si lor courent li Saisne sus molt durement car molt furent dolant del damage qu'il[z] lor avoient fait. Si les reüse-

toute force, ou mourir. Ils commencèrent donc à se défendre énergiquement, si bien qu'il y eut là grand massacre, d'hommes et de chevaux, de part et d'autre, et que beaucoup furent abattus ; le roi Tradelinant perdit dans cet engagement trois mille hommes sur les dix mille hommes qu'il avait. Cependant les Saxons, eux, dénombrèrent quatre mille pertes parmi ceux qui étaient sortis du château de la Roche ; et il ne s'en fallait pas de beaucoup que le roi Tradelinant ne soit entièrement défait, avec sa compagnie, quand vint à son secours le roi des Cent Chevaliers qui avait appris les nouvelles selon lesquelles les Saxons pillaient et ravageaient toute la région. Dès que lui et ses gens furent arrivés sur le champ de bataille ils se lancèrent au cœur de la mêlée. D'autre part, ceux du château d'Arondel avaient aussi fait une sortie avant l'intervention du roi des Cent Chevaliers, poussés par la pitié qu'ils éprouvaient pour le roi Tradelinant et ses hommes qui avaient tellement le dessous. Et vraiment, s'ils n'étaient pas venus à son aide, le roi Tradelinant aurait été tué ou fait prisonnier. Quand le roi des Cent Chevaliers fut arrivé, le vacarme et le tumulte devinrent si forts que les Saxons en furent tout ébahis, au point d'en oublier de se défendre ; car ils voyaient bien qu'ils n'avaient quant à eux aucun secours à attendre, étant trop loin du val de Nambières où avait lieu le siège. Et ils savaient d'autre part qu'ils n'avaient pas d'aide à espérer du château de la Roche, où ne se trouvaient pas

---

rent ariere plus d'un arpent ne onques puis n'arresterent en la place avant qu'il vinrent desous Arondel ou il les couvint arrester par fine force ou morir tout plainnement. Illuec se conmencierent a desfendre molt viguerousement si i ot grant ocision d'omes et de chevaus et grant abateïs et d'une part et d'autre, si i perdi molt li rois Tradelinans a cele envaïe car de .x.m. homes qu'il avoit em perdi il bien .iii.m. Et li Saisne i perdirent bien .iv.m. des lor qui furent issu del chastel, si ne demourast mie granment que li rois Tradelinans ne fust tous desconfis et sa compaingnie, quant li rois des .c. Chevaliers li vint a secours qui avoit oï dire les nouveles que li Saisne chevauçoient et roboient toute la terre environ. Et si tost com il et ses gens en vinrent en la bataille, si se fierent ens molt durement. Et cil del chastel d'Arondel s'en estoient devant issu ançois que li rois des .c. Chevaliers venist a la bataille pour la grant pitié qu'il avoient eü del roi Tradelinant et de ses gens de ce qu'il es[b]toient si an desous. Et sans faille se il ne l'i eüssent aïdié, li rois Tradelinans i fust et mors et pris. Et quant li rois des .c. Chevaliers fu venus si conmencha li hus et la noise et la criee si grant que li Saisne en furent si esbahi qu'il en oublierent toute lor desfensse. Car il virent qu'il n'atendoient nul secours, qu'il estoient trop loing del val de Nambieres ou li sieges estoit et si sevent bien que au chastel de la Roce n'avoient il

même deux cents hommes capables de porter les armes, car
tous étaient sortis lors du premier fracas : ils virent donc clairement qu'ils ne pourraient en réchapper que par la fuite.

138. Quand le roi des Cent Chevaliers, Marganor son
sénéchal, le roi Tradelinant et Pollidamas virent que les
Saxons faisaient retraite, ils les assaillirent d'autant plus férocement. Et eux n'osèrent pas les attendre, mais se dirigèrent
vers la Roche aux Saxons ; pourtant, avant d'y parvenir, ils
furent pressés de si près que de tous leurs gens n'en échap-
pèrent pas même quatre mille, les autres étant tués ou mutilés. Et quand ceux du château[1] virent que les Saxons étaient
déconfits et qu'ils s'enfuyaient, ils retinrent leurs chevaux,
sur le conseil d'un jeune homme nommé Yvonet aux
Blanches Mains[2], et ils s'en retournèrent sur le lieu de la
mêlée, où ils s'emparèrent de force chevaux, deniers, or et
argent, vivres et armes, autant qu'il leur plut ; ils prirent les
meilleurs qu'ils trouvèrent et s'approvisionnèrent si bien en
toutes choses que par la suite ils ne manquèrent de rien
aussi longtemps qu'ils restèrent au château. Quand ils y
furent rentrés, ils fermèrent les portes et levèrent les ponts-
levis ; puis ils montèrent aux créneaux pour voir ce qui se
passerait ensuite. Les Saxons de leur côté s'enfuirent jusqu'à
ce qu'ils arrivent au château de la Roche, et ils s'y précipitèrent par l'entrée qu'ils connaissaient. Mais, avant qu'ils soient
tous à l'intérieur, beaucoup furent tués ou mis à mal. Une
fois qu'ils furent à l'abri, les deux rois virent qu'ils leur

---

mie .cc. homes desfendables, car tout estoient sailli au cri, si voient
que il n'i pooient garir se ce n'estoit au fuir qu'il eschapaissent.

138. Quant li rois des .c. Chevaliers et Marganors ses seneschaus et
li rois Tradelinans et Pollidamas voient que li Saisne s'esbahissent, si lor
corent sus molt fierement. Et cil ne les osent atendre[e], ains se metent a
la voie vers la Roche as Saisnes, mais qu'il i venissent furent il de si
prés hasté que de toute lor gent n'en eschaperent pas .iv.m. que tout ne
fuissent ocis et afolé. Et quant cil del chastel virent que li Saisne furent
desconfit et qu'il estoient torné a la fuite, si se tinrent par le conseil
d'un damoisel qui avoit non Ionet as Blanches Mains et se retornerent
par la ou li poigneïs avoit esté. Si prisent chevaus et deniers et or et
argent et viande et armes tant com il lor plot les meillours qu'il trouverent, si se garnirent si bien de toutes choses que onques puis n'orent
sousfraite de nule riens tant com il furent el chastel. Et quant il i furent
entré si fermerent les portes et leverent les pons contremont et puis
montent es murs en haut por savoir comment cil le feroient. Et li
Saisne fuirent tant qu'il en vinrent au chastel de la Roce et se ferirent
ens par la ou il savoient l'entree. Mais ançois qu'il fuissent tout ens en
i avoit molt d'afolés et d'ocis. Et quant il furent ens et li doi roi virent
qu'il lor furent eschapé si se traient en sus, car il se doutoient des quar-

avaient échappé ; ils se retirèrent à quelque distance, car il craignaient les flèches qu'on leur tirait de là-haut. Quand ils furent éloignés d'une demi-lieue du château, ils se firent mutuellement fête ; ayant ôté leurs heaumes, ils s'embrassèrent et s'étreignirent joyeusement.

139. Après qu'ils eurent ainsi manifesté leur allégresse pendant un certain temps, le roi Tradelinant dit au roi des Cent Chevaliers : « Seigneur, je m'étonne fort de ce que vous soyez aujourd'hui venu par ici ; j'en dois bien rendre grâces à Dieu, car si vous aviez tardé davantage, je n'aurais pu en réchapper sans être tué ou fait prisonnier, et tous mes hommes avec moi !

140. — Seigneur, répliqua le roi des Cent Chevaliers, Notre-Seigneur-Dieu, qui est si doux et si débonnaire, n'oubliera jamais les siens où qu'ils soient... Mais il se peut que les maux et les peines que nous endurons, et les grandes souffrances que nous subissons, lui plaisent parce qu'elles ont pour but de faire triompher sa loi : c'est pour cela qu'ils nous a envoyé dans ce pays ces Saxons qui ne font que se multiplier et devenir plus forts de jour en jour — et nous voyons bien que jamais ils n'en seront chassés par quelque troupe que nous ayons en ce pays. Mais tant que nous vivons, vengeons nos morts ! C'est la meilleure chose à faire, à mon avis, et qui m'en croirait, nous agirions ainsi ; je suis de l'opinion d'ailleurs que nous en viendrions mieux à bout de cette façon qu'autrement. — Comment ? fit le roi Tradelinant. Qu'avez-vous projeté ? — Je vais vous le dire,

<hr>

riaus que cil d'amont lor traioient. Et quant il orent eslongié le chastel entour demie lieue si s'entrefirent li doi roi molt grant joie, si osterent lor .ii. hiaumes si s'entrebaisent et acolent molt durement.

139. Quant il orent grant piece lor joie demenee si dist li rois Tradelinans au roi des .c. Chevaliers : « Sire, molt me merveil conment vous venistes hui ceste part. Et Dieu puissé je aourer et gracier que, se vous eüssiés demouré [c] ne tant ne quant, je ne m'en peüsse escaper que je ne fuisse ou pris ou mors et moi et tout mi home.

140. — Sire, fait li rois des .c. Chevaliers, ja Nostres Sires Dix qui tant est dous et debonaires n'oubliera les siens amis ou qu'il soient. Mais par aventure ensi li plaist il des maus et des painnes que nous avons et ce que nous soufrons si grant martire c'est pour sa loi essauchier et eslever. Et pour ce nous a il eslevé et envoié ces Saisnes en cest païs qui chascun jour ne font se croistre non et esforcier et ce veons nous bien que ja par gent que nous aïons en cest païs ne seront jeté. Et tant dis con nous vivons si vengons nos mors, car c'est li mix que je i voie. Et qui m'en querroit nous le feriemes ensi com je diroie et ensi en venriens nous mix a chief que autrement. — Conment, fait li rois Tradelinans, que avés vous en pensé ? — Ce

répondit le roi des Cent Chevaliers ; je conseillerais volontiers que nous mandions à nos compagnons qu'ils nous rejoignent tous, avec autant de forces qu'ils pourront en rassembler et dans le plus grand secret, au château de Lindesore en Brocéliande ; puis nous ferons venir autant de nos gens que possible. Et alors nous marcherons sur les Saxons et les combattrons de par Dieu : et que celui à qui Dieu en donnera l'aventure l'accepte[1], car il vaut mieux mourir pour la foi dans un combat honorable que vivre dans la honte, tout perdre, et puis mourir déshonoré.

141. — Dieu merci, fit le roi Tradelinant, que dites-vous là ? Nous savons bien qu'ils ont tant de gens que nous sommes à un contre trente. Sachez que nous ne nous en tirerons jamais comme cela ! Au demeurant, je ne le dis pas pour refuser de faire ce que vous et les autres barons décideront d'entreprendre : au contraire, j'y suis tout prêt. — Certes, dit le roi des Cent Chevaliers, pour ma part, je vais envoyer à l'instant mes messagers ; je leur manderai de ma part ce que je vous ai dit, et je leur demanderai de me faire savoir quelle est leur volonté, s'ils veulent agir ainsi ou pas. — Qu'il en soit à la volonté de Dieu, répondit le roi Tradelinant, car moi, je ferai ce que vous et les autres voudrez faire ; je ne suis qu'un seul individu, tout comme vous, et vous ne pouvez subir de dommage qui ne me touche aussi. » Ils se mirent alors en route et se dirigèrent vers Arondel où

---

vous dirai je bien, fait li rois des .c. Cevaliers. Je l'oétroie bien que nous mandissons a nos compaingnons que chascun d'aus venist atout son pooir et au plus priveement que il porroit au chastel de Lindesores em Broceliande. Et puis mandissiens nos gens tant come mander em porrions, et puis chevauchissiens sor les Saisnes et nous combatissions de par Dieu. Et qui Dix en donnast l'aventure si l'eüst, car assés vaut mix bone fin et a honour morir que vivre a honte et tout perdre et puis morir a deshonour.

141. — Dieu merci, fait li rois Tradelinans, qu'est ce que vous dites ? Nous savons bien qu'il ont si grant plenté de gent que pour un que nous soïons par tout nos roiaumes en i a il trente des lor. Et bien saciés que ja en tel maniere n'en esploiterons et pour ce ne le di je mie que ce que vous et li autre baron vauront emprendre endroit de moi en sui je tous prés et apareilliés del faire. — Certes, fait li rois des .c. Chevaliers, toutes voies i envoierai je mes messages et lor manderai de par moi ce que je vous ai dit et que il me facent a savoir toute lor volenté s'il le voloient ensi faire ou non. — Ce soit de par Dieu, fait li rois Tradelinans, car endroit de moi ferai ce que vous et tout li autre en vauront faire. Et je ne sui que uns seus hom ne que vous estes ne vous ne poés avoir damage dont je ne soie parçonniers. » Atant sont entré en la voie et s'en vont vers Arondel ou la

avait eu lieu la première rencontre ; ils y trouvèrent en grandes quantités toutes les choses qui pouvaient contribuer au confort d'un homme. Chacun prit ce qu'il voulut, il n'y eut pas d'autre partage[1].

142. Richesses et vivres furent mis en commun ; les rois se séparèrent sans rien faire de plus cette fois-là. Le roi Tradelinant s'en alla à Norgales, sa cité fortifiée, avec les sept mille hommes qui lui étaient restés de la bataille. Et le roi des Cent Chevaliers s'en alla à Malehaut avec les huit mille siens. Il prit ses messagers et les envoya aux barons (il y en eut dix au total), leur mandant ce qu'il avait dit au roi Tradelinant. Mais ici le conte cesse de parler de lui et de ses messagers, et revient au roi Aguisant d'Écosse qui s'en vint en sa terre après avoir quitté Sorhaut ; et le conte relate comment il assembla tous ses gens.

143. Le conte dit ici que le roi Aguisant, une fois arrivé en sa cité de Coranges[1], assembla chevaliers et hommes d'armes tant qu'ils furent bien quinze mille. Il arriva un lundi matin que plus de quinze mille Saxons à cheval faisaient une sortie entre Coranges et Laurinis, et allaient à la rencontre du butin qu'Oriel, Méliadus, Sorbarès, Magloire, Braidon, Pignoret[2], Pincenart, Salebrun, et Grondifle le Grand conduisaient au camp qui assiégeait la cité de Nambières. Sur leur passage ils saccageaient toute la terre, brisant les défenses des bourgs,

---

premiere bataille avoit efté, si trouverent toutes les richoises de totes les choses qu'il couvient a cors d'ome aiesier. Si em prift chascuns a sa vo[d]lenté et ce que li plot et fift c'onques autre departement n'i firent.

142. Ensi fu toute conmune la richesce et la viande et se departirent li doi roi en tel maniere que plus n'en firent a cele fois. Si s'en ala li rois Tradelinans a Norgales, sa fort cité, atout .VII.M. armés qui li furent remés de la bataille. Et li rois des .C. Chevaliers s'en ala a Maloaut^e atout .VIII.M. homes. Et puis si prift ses messages si les envoia as barons et furent .X. tout parconté et lor manda tés paroles com il avoit dites au roi Tradelinant. Mais atant se taift li contes de lui et des messages et retourne a parler del roi Aguisant d'Escoce qui en vint en sa terre quant il s'en fu partis de Sorhaut, et devise li contes conment il assambla toute sa gent.

143. Or dift li contes que^e quant li rois Aguisans s'en fu venus en sa cité de Coranges si assambla chevaliers et sergans a pié et a cheval, tant qu'il furent bien .XV.M. a armes. Si avint a un lundi matin que li Saisne furent monté plus de .XV.M. et chevaucherent entre Coranges et Laurinis et s'en aloient encontre la proie que Oriels et Meleadus et Sorbarés et Magloires et Braidons et Pignorés et Pincenars et Salibruns et Grondifles li Grans conduisoit en l'oft devant la cité de Nambieres. Et ensi com il venoient deftruioient il toute la terre et brisoient bours

des villes et des châteaux, et mettant tout à feu et à sang, en hommes qui aspiraient à anéantir le pays. Ils s'emparaient du butin et le conduisaient au camp, et faisaient tant de ravages par le pays que vous n'auriez pu manquer, si dur et cruel que fût votre cœur, d'avoir pitié des dames et des demoiselles qu'ils tuaient par grand péché, leurs enfants dans les bras. Et quand il arrivait que le menu peuple se réfugie dans une grotte ou ailleurs, ils y mettaient le feu et les brûlaient tout vifs ; la nouvelle de ces exactions se répandit tant par le pays que le roi Aguisant l'apprit. Il commanda alors à tous ses barons de s'armer ; ils le firent, se mirent en selle — on avait avant l'aube le temps de parcourir deux lieues à cheval — et chevauchèrent au pas jusqu'après prime. Ils regardèrent alors dans la direction de Laurinis et virent l'air troublé et obscurci par la poussière et le rougeoiement de l'incendie que les Saxons avaient allumé dans le pays ; ils entendirent le vacarme, les cris et les lamentations du petit peuple qui déplorait ses pertes, les dommages subis, le sort de ses amis qu'il voyait supplicier sous ses yeux. Les chevaliers en furent très chagrinés et très courroucés, ils en éprouvèrent une angoisse profonde, et ils chevauchèrent plus vite : ils étaient bien quatorze mille. Le roi Aguisant marchait en tête, en avant-garde, avec huit mille hommes, cependant que Gaudin du Val Esfroi conduisait l'arrière-garde avec sept mille hommes[3], tous jeunes, vaillants, habiles aux armes, et montés sur de bons chevaux solides et rapides.

---

et viles et chastiaus et metoient par tout fu et flambe com cil qui tout le païs baoient a metre a noient. Et prendoient la proie et l'en menoient toute en l'ost et faisoient si grant martire par tout le païs que grant pitiés vous em peüst prendre, ja tant n'eüssiés le cuer dur et fel, des dames et des puceles qu'il ocioient a doel et a pechié lor enfans entre lor bras. Et quant il avenoit que li menus pueples se metoit en cave ou en sousterin il boutoient le fu ens si les ardoient. Si en courut tant la nouvele par [e] la contree que li rois Aguiscant le sot. Et lors commanda a tous ses barons qu'il s'armaissent et il si firent et monterent sor lor chevaus et ce fu .II. lieues devant le jour. Et il chevauchierent tant le petit pas que il fu eure de prisme passee. Lors regarderent tout le chemin par devers Laurinis[b] et virent l'air tourble et espés de la pourriere et de la rougeur del fu qu'il avoient mis par le païs, si oïrent la noise et la tempeste et le fu qu'il faisaient et oïrent les brais et les cris que li menus pueples faisoit de lor perte et de lor damage et de lor amis qu'il veoient a lor ex martirier. Si en furent molt dolant et molt courecié et molt angoissous et chevauchierent a force si furent bien .XIV.M. Et li rois Aguiscant se met devant le premier front a tout .VIII.M. et Gaudins de Val Esfroi faisoit l'ariere garde a tout .VII.M. chevaliers qui jouenes hom estoit et prous et seürs as armes et as chevaus fors et courans.

144. Ce Gaudin était cousin du roi Aguisant par son père ; il accomplit par la suite maintes belles prouesses devant le château pour l'amour de la demoiselle de Branlant[1] qu'il voulait épouser de force, et aussi devant la riche ville de Gaut Destroit qui eut tant de valeur jusqu'à ce que Gaudin la conquière par sa prouesse comme le conte le dira plus loin, s'il se trouve quelqu'un pour vous le dire[2] — mais ici ce n'en est pas le lieu. Car il convient plutôt de vous parler du roi Aguisant d'Écosse, qui chevauchait avec sa compagnie tant qu'ils arrivèrent sur les fourriers qui conduisaient le charroi. Il n'y eut rien de plus à dire ni à faire : dès qu'ils se virent, ils s'entr'assaillirent au grand galop de leurs chevaux. Il y eut là nombre d'hommes et de chevaux abattus ; et au commencement les Saxons subirent de fortes pertes, car ils n'étaient pas en ordre de bataille mais s'étaient éparpillés par toute la contrée, l'un çà, l'autre là ; et le roi Aguisant et les siens en occirent plus de six mille. Mais quand le roi des Saxons vint à son tour sur le champ de bataille, le roi Aguisant et Gaudin se trouvèrent en bien mauvaise posture, car leurs adversaires, l'un dans l'autre, étaient plus de quatorze mille montés et capables de se battre, alors qu'eux-mêmes n'étaient que onze mille. Néanmoins, ils se défendirent vaillamment, mais ils ne purent durer longtemps, car le nombre des Saxons ne cessait de s'accroître : en effet, il n'y avait que dix lieues écossaises du camp au lieu de la bataille, et les dix rois dont je vous ai parlé

---

144. Cil Gaudins estoit cousins au roi Aguiscant de par son pere et il fist puis maintes beles proueces devant le chastel pour l'amour a la demoisele de Branlant qu'il voloit avoir a feme a force. Et devant la riche vile del Gaut Destroit qui tant fist a proisier tant que Gaudins le conquist par sa prouece si com li contes devisera encore cha avant, s'il est qui le vous die, mais li lix n'i est ore mie. Car il vous couvient dire del roi Aguisant d'Escoce qui chevauchierent tant ensamble entre lui et Gaudin qu'il vinrent sor le charroi et sor les forriers se n'i ot onques puis fait ne dit. Mais si tost com il s'entrevirent s'entrevont ferir de si grant aleüre com il porent des chevaus traire. Illuec ot molt grant abateïs d'omes et de chevaus, si i firent li Saisne au conmencement molt grant perte de lor gent, car il n'estoient mie conreé ains s'estoient espandu par toute la terre li uns cha et li autres la. Et li rois Aguiscant, entre lui et sa gent, en ocisent plus de .VI.M. Mais quant li rois des Saisnes vint en la place ou la bataille estoit, si i fu li rois Aguiscant et Gaudins a molt grant meschief. Car il estoient plus de .XI.M. que uns que autres montés et desfensables et cil n'estoient que .XIV.M. Ne quedent il se desfendoient, mais il ne porent mie longement durer car li Saisne ne faisoient se croistre non, car il n'avoit jusqu'a l'ost de la bataille que .X. lieues escoçoises et li .X. roi que je vous ai dit revenoient

convergeaient dans cette direction, tout montés et revêtus de leurs armures, avec tant de gens que le pays en était couvert ; ainsi, ils les mirent en fuite qu'ils le veuillent ou non. Le roi Aguisant subit de fortes pertes parmi ses hommes, et particulièrement ses chevaliers, car, avant que l'heure de none fût passée, les Saxons le pressèrent de si près et le harcelèrent tant (en outre, ils venaient de deux côtés à la fois) que, des quatorze mille hommes bien armés et bien montés qu'il avait eus en sa compagnie, le roi Aguisant n'en eut pas même six mille qu'il pût engager dans la bataille, tous les autres étant blessés ou tués. Et sachez que si ce ne fût pour une aventure qui leur arriva alors, pas un seul de tous ceux qui étaient là n'en aurait réchappé sans être mis à mort ou fait prisonnier. Mais il se trouva que le roi Urien était sorti le matin avec son neveu Bademagu qui était un bon chevalier, sûr et hardi ; ils avaient laissé en la cité Yvonet, qui était un adolescent de grande valeur, très preux, et un autre enfant que le roi avait engendré en Bermesent, la sœur du roi Arthur, qui était une très bonne dame[3].

145. Avec Yvonet se trouvait Méléagant, qui était alors un tout jeune homme, fils du roi Bademagu et de sa première femme ; ces enfants gardaient fort bien la cité, mais ils n'étaient pas chevaliers car ils étaient trop jeunes. De leur compagnie était aussi Yvain le Bâtard, fils également du roi Urien et de la femme de son sénéchal, qui était si belle que

---

tout monté et bien couvert de fer a si grant plen[/]té de gent que li païs en estoit tous couvers de toutes pars, si les misent a la voie ou il vausist ou non. Si rechut li rois Aguiscant molt grant perte de ses homes et de ses chevaliers, car ançois que nonne de jors fust passee les coitierent li Saisne tant durement et angoissierent. Car li Saisne venoient de .II. pars que de .XIV.M. homes bien montés et desfendables que li rois Aguiscant avoit en sa compaingnie n'avoit il mie de remanant qu'il em peüst assambler .VI.M. qui fuissent ne sain ne haitié que tout ne fuissent ou mort ou navré. Et bien saciés vraiement que, se ne fust une aventure qui lor avint, ja de quanqu'il estoient n'en fust uns eschapés que tout ne fuissent mort ou pris. Mais li rois Uriens estoit au matin issus as chans entre lui et Bandemagu son neveu qui molt estoit bons chevaliers et hardis et seürs et orent laissié Yvonet en la cité qui molt estoit biaus enfés et prous et un autre qu'il avoit engendré em Bermesent la suer au roi Artu qui molt estoit bone dame.

145. Avoec Yvonet fu Meleagant*a* qui a cel jour estoit molt joüenes enfés et fu fix au roi Bandemagu de sa premiere feme. Icil enfant gardoient la cité molt bien, mais il n'estoient mie chevalier car*b* il estoient trop joüene. Et si fu avoec aus Yvains li Avoutres qui estoit ausi fix au roi Urien de la feme son seneschal qui tant fu de

pour elle il avait délaissé sa propre épouse pendant plus de cinq ans et l'avait affichée dans son château malgré son sénéchal jusqu'à ce qu'il ait d'elle un enfant[1]. La naissance de celui-ci provoqua une telle agitation[2] dans le pays qu'il lui fallut la laisser, qu'il le voulût ou non. Mais il fit prendre et emporter son fils, et le fit élever jusqu'à ce qu'il soit grand et beau, et capable de chevaucher. Le roi, qui l'aimait beaucoup, lui donna alors une grande partie de sa terre, tant et si bien qu'il put tenir son rang convenablement et rassembler autour de lui une grande maisonnée. Cet Yvain que l'on appelait le Bâtard était beau et vaillant, courtois et hardi. En raison du grand amour qu'il lui portait, le roi le plaça dans la compagnie de son fils Yvain le Grand ; et on l'appela Yvain le Bâtard parce qu'il avait été engendré en adultère. L'autre Yvain, qui était le fils et l'héritier légitime du roi et qui devait avoir le royaume de par sa mère[3], était appelé naturellement Yvain le Grand. Cet Yvain-là était d'une beauté remarquable, preux et hardi. Mais dès lors qu'ils eurent entendu parler du roi Arthur, les fils du roi Urien ne voulurent plus que leur père les fît chevaliers ; au contraire, ils se répétaient souvent (car ils s'aimaient beaucoup) qu'ils ne seraient jamais chevaliers avant que le roi Arthur ne les adoubât. Yvain le Bâtard était plus jeune que ne l'était Yvain le Grand, son frère. Ces jeunes gens, que je viens de vous présenter, étaient restés dans la ville pour la garder ; le roi Urien et Bademagu, cependant, avaient tant chevauché qu'ils

---

grant beauté qu'il entrelaissa sa feme plus de .v. ans entiers et le tint en son chastel[c] tant qu'il en ot un enfant[d]. Quant li enfés fu nés si en sordi si grant escueniement en la terre que laissier li couvint ou il vausïst ou non. Mais l'enfant en fist il porter et nourrir tant qu'il fu biaus et grans et qu'il pot chevauchier. Et li rois qui molt l'ama li donna grant partie de sa terre tant que bien se pot chevir et tenir grant maisnie environ soi. Cil Yvains qui Aoutres estoit apelés estoit biaus et prous et courtois et hardis. Et pour la grant amour que li rois et en lui le mist il en la compaingnie son fil Yvain le Grant. Et pour ce qu'il fu engendrés en avoutire fu il apelés Yvains li Aoutres. Et li autres Yvains, qui fu fix au roi et drois oirs devoit estre de toute la terre de par sa mere, apeloient par son droit non Yvain le Grant. Icil Yvains fu de trop merveilleuse biauté, prous et hardis, ne mais onques puis qu'il oïrent parler del roi Artu ne vaut il, ne il ne ses freres, que lor peres en nule maniere les feïst chevaliers, ains disoient sou[97a]vent en lor estroit conseil, car molt s'entr'amoient, que chevalier ne seroient devant que li rois Artus les feïst. Et si estoit Yvains li Aoutres plus jouenes que n'estoit Yvains li Grans ses freres. Cil enfant que je vous di remesent en la vile pour garder le et li rois Uriens et Bandemagus avoient tant esploitié qu'il vinrent a la bataille

étaient arrivés sur le lieu de la bataille au moment où le roi
Aguisant, vaincu, s'enfuyait vers la cité de Corange.

146. Quand le roi Urien vit ce spectacle, il en fut extrêmement navré, plus qu'on ne pourrait dire, et il le manifesta
bien. Car, dès qu'il eut rejoint les poursuivants, il se lança
parmi les Saxons plus violemment que personne ; il avait un
très bon cheval, conformément à son rang, et était accompagné de dix mille hommes bien armés et bien montés. Ils se
jetèrent sur les Saxons si rudement que beaucoup furent tués
ou blessés. Il y eut là un combat prodigieusement violent,
car ceux de la maison du roi Urien étaient très vaillants : ils
combattirent toute la journée, et endurèrent tant de souffrances que personne n'aurait pu en supporter davantage. Le
roi Urien lui-même accomplit de véritables prodiges ; quant
au roi Aguisant, il était revenu sur ses pas à la faveur du
secours qu'il recevait, si bien qu'il y eut un grand massacre
d'hommes et de chevaux. Néanmoins le roi Urien n'aurait
pas pu tenir longtemps si la nuit n'était pas venue les séparer, car les Saxons étaient trop nombreux contre lui ; il s'en
retourna à la cité de Sorhaut las et contus des coups qu'il
avait donnés et reçus. Mais les Saxons restèrent sur place, là
où la bataille avait eu lieu, et se couchèrent cette nuit-là tout
armés comme ils étaient. Cependant, il arriva au roi Urien
une belle aventure qu'il ne faut pas omettre dans le conte :
ses troupes rencontrèrent un groupe de Saxons accompa-

---

tout droit où li rois Aguiscant estoit desconfis et s'enfuioient vers
Coranges la cité.

146. Quant li rois Uriens vit que li rois Aguiscans estoit si desconfis, si en fu a merveilles dolans ne nus n'en porroit dire le mautalent qu'il en ost si en fist si en fist molt bien le samblant. Car si tost com il
vint a la chasce il se feri es Saisnes tant durement que nus plus. Et fu
si bien montés com a tel home apartenoit, si ot en sa compaignie
.x.m. homes tous armés et desfensables et bien monté si se ferirent es
Saisnes si durement que molt en i avoit d'ocis et de navrés. Illuec ot
estour fort et merveillous, car molt estoient prou la maisnie le roi
Urien, si se combatirent toute jour ajournee. Et tant i souffrirent que
nules gens ne peüssent plus sousfrir. Et li rois Uriens i fist merveilles
de son cors et li rois Aguiscans s'en fu retournés por le secors qu'il
avoit. Si i avoit molt grant ocision d'omes et de chevaus, mais longement ne peüst mie sousfrir li rois Uriens se ne fust la nuit qui les fist
departir car trop i avoit de Saisnes encontre lui. Si s'en ala ariere li
rois Uriens a sa cité de Sorham, las et debrisiés des cops qu'il avoit
donnés et receüs. Mais li Saisne remesent en la piece de terre ou la
bataille avoit esté, si jurent⁴ cele nuit ensi armé com il estoient. Mais
au roi Urien avint une molt bele aventure qui ne fait mie a oublier el
conte, car il encontrerent une route de Saisnes en une lande qui ame-

gnant un convoi de butin. Ils étaient bien trois mille pour escorter ces richesses, vivres et autres marchandises, et ils étaient assis au repas, qui était riche et abondant : en effet, ils ne croyaient rien avoir à redouter de personne, car ils étaient au courant de la déconfiture que les leurs avaient infligée aux gens du roi Aguisant. Ils s'étaient séparés du corps de la compagnie en toute tranquillité pour arriver plus vite au camp qui se trouvait devant Nambières, comme vous l'avez entendu dire plus haut, et ils croyaient être tout à fait en sécurité là où ils étaient.

147. Quand le roi Urien et Bademagu son neveu les virent ainsi, et aperçurent aussi les tentes et les pavillons qu'ils avaient dressés, et l'éclairage abondant de ces pavillons, ils firent demander tout de suite qui étaient ces gens. Et ceux des pavillons répondirent aussitôt qu'ils appartenaient au roi Brangoire de Saissogne. Quand le roi Urien et Bademagu entendirent que c'étaient des Saxons, ils crièrent à leurs troupes : « On va bien voir maintenant qui sera vaillant ! », puis ils se lancèrent parmi les ennemis, qu'ils trouvèrent désarmés, et peu à même de se défendre. Les chrétiens commencèrent donc à abattre tentes et pavillons sur leurs têtes et sur leur dîner : vous auriez pu voir là un grand désordre de tables renversées, de coupes, de hanaps et de mets répandus, abîmés par les pieds des chevaux.

148. Il y eut aussi en ce lieu grand massacre de Saxons,

---

nerent moult grant richesce de viandes et d'autre harnois et eſtoient bien .III.M. Cil qui ceſte richesce conduisoient si eſtoient assis au mengier dont il i avoit a grant foison, car il ne quidoient mie de nului avoir regart pour ce qu'il savoient la desconfiture d'aus et des gens au roi Aguiscant, si s'en eſtoient parti et desevré de la grant compaingnie pour plus toſt venir a l'oſt qui eſtoit devant la cité de Nambieres, si com vous avés oï cha ariere el conte, si quidoient eſtre asseür le lieu ou il eſtoient.

147. Quant li rois Uriens et Bandemagus ses niés virent les Saisnes [b] en tel maniere et les tentes et les paveillons qu'il avoient fait tendre et la grant clarté qui eſtoit dedens les paveillons, si fiſt tantoſt demander quel gent ce sont. Et cil des paveillons respondirent tantoſt qu'il eſtoient au roi Brangoire de Saissoigne. Quant li rois Uriens et Bandemagus entendirent que ce sont Saisne, si escrient a lor gent que ore verra on qui prous sera. Si se fierent entr'aus si les trouverent tous desarmés si ot en aus povre desfension. Si commencierent li Creſtiien a abatre trés et paveillons sor lor teſtes et sor lor mengier si a veïssiés grant toueillement de tables verser et coupes et hanas et lor viandes respandre et defouler entre les piés des chevaux.

148. La ot grant ocision de Saisnes car li noſtre les haoient de

car les nôtres les haïssaient mortellement ; et les chrétiens
étaient huit mille, à cheval, tout armés, forts et en bon état,
alors que les Saxons n'étaient que quatre mille, désarmés
comme des gens assis au souper, et de plus ne croyaient
avoir rien à craindre. La nuit était belle et claire, le temps
était très doux, car on était au début d'avril, selon ce que dit
le conte. Les Saxons furent bientôt si méchamment mis à
mal, voire tués, qu'il n'en resta au total pas plus de six mille,
sur onze mille[1], qui soient à peu près intacts. Les rescapés
s'enfoncèrent au plus profond des bois et des forêts, en
manifestant une douleur si vive que nul ne saurait vous
décrire un deuil plus intense. Le roi Urien et son neveu
mirent la main sur toutes les richesses qu'ils avaient
conquises sur les Saxons, qui en avaient en abondance, puis
ils reprirent leur route tout droit jusqu'à Sorhaut, sans rencontrer d'autre obstacle. La cité fut donc réapprovisionnée
de tout ce qui lui manquait, et les combattants se détendi-
rent, joyeux et satisfaits de la manière dont l'aventure avait
tourné pour eux et pour le pays.

Les deux Yvain.

149. Après que le roi Urien et Bademagu son neveu
eurent quitté la bataille comme vous venez de l'apprendre,
des nouvelles des enfants du roi Loth et de Galeschin parvinrent dans la cité de Sorhaut : comment ils avaient laissé
leurs pères sans autorisation, et comment ils s'en étaient allés

---

mortele haine, car li Crestiien estoient .VIII.M. tout ferarmé et a chevaus courans fors et delivrés et li Saisne estoient bien .IV.M. et plus, si
estoient tout desarmé com cil qui estoit assis au solper et ne quidoient de nului avoir regart. Et la nuit estoit bele et clere et faisoit
molt seri car avril estoit entrés si come li contes nous dist. Si furent
tantost li Saisne si malement detrencié et ocis qu'il n'en remest mie
plus de .VI.M. des .XI.M. que tout ne fuissent ocis et detrenchié. Et cil
qui en eschaperent si se ferirent el bois et es forés grans et parfondes
et demenoient si grant duel com nus ne vous sauroit de greignour a
conter. Et li rois Uriens et ses niés prisent tout l'avoir qu'il orent
conquis sor les Saisnes qui molt estoient bien garni et riche et puis
s'en alerent le droit chemin jusqu'a Sorhaut que onques autre
destourbier n'i orent. Si fu la cités replenie de tous biens et s'aaisierent lié et joiant selonc l'aventure qui lor estoit avenue en la terre et
el païs environ.

149. Après ce que li rois Uriens et Bandemagus ses niés se furent
parti de la bataille, ensi com vous avés oï, si vinrent a la cité de
Sorhaut nouveles des enfans au roi Loth et de Galescin, conment il
estoient parti de lor peres et sans lor congié et s'en estoient alé pour
prendre armes del roi Artu, mais il n'en avoient mie trouvé car il en

pour recevoir leurs armes du roi Arthur, mais ne l'avaient
pas trouvé car il était parti pour le royaume de Carmélide ; et
comment les jeunes gens étaient demeurés à Logres et gardaient vaillamment la frontière, et attendaient là le retour du
roi Arthur ; comment, enfin, ils avaient gagné le plus beau
butin qu'on ait jamais obtenu. Les nouvelles se répandirent
tant et si bien qu'Yvonet, qui était le fils de la sœur du roi
Arthur, en eut connaissance. Alors, il parla secrètement à sa
mère, et lui dit : « Chère mère, mes cousins s'en sont allés à
la cour du roi Arthur pour le servir et pour recevoir leurs
armes ; et ils le reconnaissent pour leur oncle. Nous ne sau-
rions être en plus mauvais cas que nous ne le sommes
actuellement. Il me plairait donc fort de les rejoindre, pour
peu que vous en soyez d'accord : car je me conformerai à
votre volonté. Dites-moi donc ce que vous en pensez, et s'il
vous plaît que j'agisse ainsi. Car je ne ferais rien, en aucune
manière, qui vous déplaise ; et vous savez bien d'autre part
que mon père a donné sa terre à son neveu Bademagu : il ne
peut donc plus rien me prendre qui me vienne de lui. Car
votre terre, qui me vient de vous, je ne peux la perdre
contre votre volonté[1]. D'ailleurs, je préférerais tout perdre
plutôt que de renoncer à rejoindre mes cousins pour servir
mon oncle. Préparez-moi donc mon équipage, que je puisse
m'en aller honorablement — mais, de quelque manière que
ce soit, je veux m'en aller, car je préfère mourir avec honneur là-bas que vivre dans la honte en ce lieu où nous
sommes pour ainsi dire emprisonnés. »

---

estoit alés el roiaume de Carmelide. Et li enfant furent remés a Logres
et gardoient molt bien la marche et illuec atendoient le roi Artu [*d*]
tant qu'il revenist ariere el païs et qu'il orent fait le plus riche gaaing
qui onques fust fais. Si coururent tant les noveles que Yvonés l'oï dire
qui estoit fix a la serour le roi Artu. Et quant il ot oï cele parole si
parla a sa mere a privé conseil et li dist : « Bele mere, mi cousin s'en
sont alé a la court le roi Artu pour servir le et pour avoir lor armes et
le connoissent a oncle. Et nous ne porrons estre a plus grant meschief que nous or somes. Si me plaist et siet et vient a gré pour tant
que vous le voelliés, car je en ferai vostre talent. Ore en dites vostre
volenté et qu'il vous plaist que le face, car en nule maniere je n'en
feroie riens sor vostre pois, et vous savés bien que mon pere a donné
sa terre son neveu Bandemagu ne il ne me puet plus tolir que je ai a
lui, car la vostre terre qui vient de par vous n'en puis je nient perdre
se vostre volentés n'i est. Et ançois perdroie je tout que je n'aille
après mes cousins servir mon oncle. Ore apareilliés mon harnois si
que je m'en aille honnerablement, car conment que li affaires voist je
m'en voel aler, car mix voel je la morir a hounour que ci vivre ou
nous somes ausi come se nous fuissiens en cartre mis. »

150. Quand la dame entendit Yvonet parler ainsi, elle ne put s'empêcher de pleurer, car elle vit et sentit bien que son cœur était digne du haut lignage dont il était issu. « Yvonet, cher fils, lui répondit-elle, où avez-vous pris ce désir de laisser votre père et d'aller servir autrui ? — Dame, dit-il alors, pour l'amour de Dieu ! Tout le monde atteste — et mon cœur me le dit aussi — qu'il est votre frère et mon oncle. Et mes cousins se sont déjà rendus sur ses terres : je serais bien lâche si je demeurais en un endroit où je ne peux accomplir aucune prouesse, et si je ne l'aidais à défendre sa terre comme font mes cousins ! Et sachez d'ailleurs, en vérité, que si vous ne m'y autorisez pas je m'en irai quand même[1]. Arrangez-vous donc, si vous ne voulez pas me perdre, pour que je m'en aille honorablement à la cour.

151. — Mon cher fils, dit la mère, faites preuve d'un peu de patience, et je vous préparerai votre équipage si secrètement que votre père ne le saura pas ; car s'il le savait vous auriez tout perdu. Cherchez-vous des compagnons que vous pourrez et voudrez bien emmener avec vous, et je vous fournirai des vêtements, des armes et des chevaux en suffisance. — Dame, fit-il, grand merci. » Yvonet réfléchit alors et vint à son frère, Yvonet le Bâtard, auquel il s'ouvrit de ses projets. Et quand il lui eut tout dit et tout révélé, celui-ci répliqua que jamais, s'il plaisait à Dieu, il ne s'en irait en une terre étrangère sans lui, et que pour sa part il était prêt à par-

---

150. Quant la dame oï ensi plourer Yvonet si ne pot tenir que ele ne plourast de ses ex, car ele voit et set que li cuers li traïst au haut lingnage dont il est issus, si li respondi : « Biaus fix Yvonet, ou avés vous pris cel cuer et cel talent que vous volés laissier vostre pere et aler servir autrui ? » Et il dist : « Dame, pour Dieu, merci, ja tesmoigne tous li mondes et li cuers me dist qu'il est vostres freres et mes oncles. Et mi cousin sont ja alé en sa terre et molt seroie faillis et recreans se je ci demouroie en lieu ou je ne puis nule prouece faire et se je ne li aïdoie sa terre a maintenir autresi come mi cousin font, et saciés vous bien de verité, se vous ne m'en donnés le congié, si irai je. Ore faites tant, se perdre i ne volés, que je m'en voise honerablement a la court.

151. — Biaus dous fix, fait la mere, ore sousfrés et je vous apareillerai vostre oirre si celeement que vostres peres ja ne le saura. Car, s'il le savoit, vous auriés le tout perdu. Et si querés tel compaingnie com vous porrés mener et vaurés et je vous pour [d] chacerai dras et armes et chevaus tout asés en aurés. — Dame, fait il, grans mercis. » Lors se pourchaça Yvonet et s'en vint a son frere qui avoit non Yvonet li Avoutres, si li descouvri son conseil. Et quant il li ot tout dit et descouvert, si li dist, se Dieu plaist, que ja en estrange terre n'ira[a] sans lui et qu'il est prés et apareilliés de mouvoir

tir dès qu'il le voudrait[1]. «Je veux, répondit son frère, que nous partions avant huit jours. »

152. Ils firent leurs préparatifs de départ, et Yvonet, en jeune homme vaillant et sage, se chercha des compagnons tant qu'il en eut cent. Yvain le Grand en avait deux cents, et sa mère leur procura des vêtements, des armes et de l'argent en grande quantité. Ils partirent un soir après souper, à minuit passé, pendant le premier sommeil des habitants du château, avec la bénédiction de la dame. Fragien, un jeune homme qui connaissait tous les passages du pays, les guida et ils s'en allèrent tout droit vers Logres. Mais ici le conte cesse de parler d'eux et retourne au roi Nantes de Garlot. Et il vous dira comment un messager lui vint dire que les Saxons lui brûlaient et ravageaient toute sa terre.

Reprise de la guerre.

153. Le conte dit ici que le roi Nantes fut très courroucé et très chagriné quand il vit qu'il avait perdu son fils Galeschin ; il fit de grands reproches à sa femme et la blâma très vivement, et il était si en colère que pendant un mois il ne voulut pas lui adresser la parole. Il arriva alors, un jeudi soir, en avril, qu'un messager vint lui raconter le massacre dans lequel le roi Aguisant avait été pris, la défaite que les Saxons lui avaient infligée, et la manière dont il aurait été fait prisonnier, ou mis à mort, sans le roi Urien qui était venu à son secours, ce qui

---

quant il li plaira. «Jou vuel, fait il, que nous mouvons entre ci et .viij. jours. »

152. Atant atournent lor oirre, si quiſt Yvonet tant de compaingnons com il pot plus com cil qui molt eſtoit sages et prous si qu'il fiſt tant qu'il en ot .c. en sa compaingnie. Et Yvains li Grans en ot .cc. Et sa mere lor pourchaça robes et deniers et armeüres a grant plenté et s'em partirent un soir après souper après mie nuit après le premier some au congié de la dame. Si les conduiſt Fragiens, un damoisiaus qui savoit tous les trespas del païs. Si s'en vont vers Logres tout le chemin. Mais atant se taiſt li contes d'aus que plus n'en parole si retorne a parler del roi Nante de Garlot. Et vous contera li contes conment un messages li vint dire que li Saisne li ardoient et deſtruioient toute sa terre[a].

153. Or diſt li contes que[a] quant li rois Nantes vit qu'il avoit perdu son fil Galescin si en fu molt dolans et molt coureciés et diſt de grosses paroles a sa feme et l'en blasme molt durement et en fut tant coureciés qu'il ne parla a li de bien ne de mal, si fu passés un mois entiers. Lors avint un joesdi au soir en avril c'uns messages li vint dire et conter la grant deſtrucion ou li rois Aguiscant avoit eſté et conment li Saisne l'avoient desconfit et conment il eüſt eſté pris ou mors se ne fuſt li rois Uriens qui a secours li vint

avait interrompu la poursuite aux dépens du roi Aguisant.
Après cela, vint un autre messager, qui lui raconta le massacre
de Saxons qu'avaient accompli le roi Tradelinant et le roi des
Cent Chevaliers entre la Roche aux Saxons et Arondel, où ils
s'étaient emparés d'un riche butin.

154. Quand le roi Nantes entendit ces nouvelles, il fut très
soucieux à propos du roi Aguisant ; il pensa qu'il irait faire
des recherches dans la région frontalière entre Norgales et
Sorelois où il y avait beaucoup de passage. Mais il n'avait pas
encore bien avancé dans ces réflexions qu'il entendit soudain
lever dans tout le pays un si grand vacarme que l'on aurait
pu croire que la terre était engloutie dans l'abîme, et qu'il vit
les gens s'enfuir dans toutes les directions. Il demanda aux
fuyards ce qu'ils avaient, et ils lui dirent que tous les Saxons
du monde étaient entrés dans le pays, brûlant et ravageant et
tuant tous ceux sur qui ils mettaient la main ; et ils venaient,
disaient-ils, en si grand nombre par les passages que jamais
on n'avait vu si grande foule. Ils s'étaient logés devant le château de Briolande, sur la rive de l'Assurne, dans les prés, et
ils attendaient là le grand convoi qui arrivait plus lentement
avec tous leurs vivres. C'était, affirmaient-ils, le roi Maragonde, cousin du Saxon Angis, le roi Braolant, et le roi
Pignoret qui en avaient la garde. « Et les fourriers, plus de
vingt mille, viennent en tête : ils se sont répandus sur votre
terre, ils brûlent, ravagent et tuent partout où ils passent. Et
si vous ne voulez pas me croire, vous pouvez bien le voir et

---

par coi la chace demoura del roi Aguiscant. Aprés li revint a messages
de la deſtrucion des Saisnes qui avoit eſté que li rois Tradelinans [*e*] et
li rois des .c. Chevaliers avoient fait des Saisnes entre la Roche as
Saisnes et Arondel ou il firent molt riche gaaing et poissant.

154. Quant li rois Nantes oï ces nouveles, si li pesa molt del roi
Aguisant, si pensa en son cuer qu'il iroit cerchier la marce vers la
chaucié Galesce entre Norgales et Sorelois ou li trespas eſtoit grans a
merveilles. Mais il n'ot mie bien pensé a ceſte chevauchie a faire
quant il oï environ le païs lever si grant noise qu'il vous fuſt avis que
la terre fuſt fondue en abisme. si voit le pueple a fuir de toutes pars et
il demanda as fuians qu'il ont et il dient que tout li Saisne del monde
sont entré el païs qui ardent et deſtruisent et ocient quanqu'il ataingnent et viennent a tel foison par les trespas que onques si grant gent
ne fut veüe. Et sont logié devant le chaſtel de Briolande sor la riviere
d'Assurne enmi les prés, si atendent illuec le grant charroi qui vient a
toute la viande. « Si les a en garde, ce dient, li rois Maragondes qui fu
cousins Augis le Saisne et li rois Braolans et li rois Pignorés. Et li
fourrier viennent devant plus de .xx.m. qui se sont espandu parmi la
voſtre terre, si l'ardent et deſtruisent et ocient tout ensi com il vont.
Et, se vous ne me creés, vous le poés oïr et veoir. » Quant li rois

l'entendre par vous-même!» À ce discours, le roi Nantes pensa bien qu'il ne pourrait plus s'attarder désormais sans risquer de grands dommages. Il s'écria alors, à voix très haute : «Nobles chevaliers, aux armes ! On verra bien maintenant qui se comporte vaillamment ! Car il n'est pas chevalier celui qui ne défend pas sa terre contre ses ennemis mortels !» Les chevaliers et les hommes d'armes, en grand nombre, coururent aussitôt s'armer, et une fois prêts ils se trouvèrent bien douze mille. Le roi Nantes en prit sept mille, qu'il confia à Dorilas, en le priant de bien faire. (C'était un très bon chevalier, parent du roi.) Il chevaucha du côté où il voyait venir le menu peuple en fuite, et il se hâta tant qu'il arriva là où avaient lieu le massacre et la tuerie. Ces premiers fourriers étaient bien cinq mille, mais ils n'étaient pas rangés en bon ordre ; au contraire, ils étaient dispersés ici et là le long de la rivière et ils brûlaient et pillaient à leur aise. Quand Dorilas vit ces gens qui causaient tant de dommages, et qui par surcroît ne croyaient pas en Dieu et n'aimaient ni sa loi ni ses commandements, il les chargea avec les siens au grand galop de leurs chevaux. Ils les frappèrent de leurs lances aiguës et perçantes tant et si bien qu'il y eut de nombreux Saxons abattus, voire mis à mort, car l'effet de surprise était total : ils ne les aperçurent pas avant qu'ils ne soient sur eux. Ils en tuèrent plus du quart avant même que le roi Nantes ne soit arrivé. Le reste s'enfuit en direction du château de Brocéliande où les quatre rois étaient logés. Et ils furent

Nantes oï ceste parole, si pensa bien qu'il n'en puet mais remanoir sans grant damage. Et lors s'escrie a haute vois : « Franc chevalier, ore as armes ! Or i parra qui prous sera car il n'est mie chevaliers qui sa terre ne desfent encontre ses anemis mortex ! » Lors se courent armer chevalier et sergant a grant plenté. Et quant il furent tout armé si furent bien .xii.m. Si en prist li rois Nantes .vii.m. et les bailla a conduire Dorilas et li proia molt de bien faire. Et il estoit molt bons chevaliers et parens le roi. Et si chevaucha cele part dont il veoit venir le menu pueple afuiant et si s'est tant esploitiés qu'il est venus la ou on faisoit le martire et l'ocision des gens et estoient bien .v.m. Cil premier coureoient mais il n'estoient mie en convoi ains estoient espandu cha et la aval la riviere qui ardoient et roboient. Quant Dorilas vit ciaus qui si grant damage li font et qu'il ne croient en Dieu ne aimment sa loi ne son commandement si lor laisse courre, il et li sien, tant com li cheval*[a]* les porent porter, et les fierent des lances aguës et trenchans si qu'il i ot grant abateïs des Saisnes et grant ocision. Car il furent si [f] souspris car onques ne les perchurent devant ce qu'il se furent entr'aus feru. Si en ocisent plus des .ii. pars ançois que li rois Nantes fust venus et li remanans tourna en fuies a l'ost au chastel de Brocheliande ou li .iv. roi estoient logié. Si les chargent et

poursuivis, abattus et tués, tant qu'ils furent refoulés sur les
tentes et les pavillons. None était déjà passée ; quand les
Saxons virent les leurs en fuite, ils coururent aux armes à qui
mieux mieux. Mais, en dépit de leur hâte, ils ne purent s'armer avant que leurs ennemis ne leur aient renversé cinq
cents pavillons sur la tête et ne leur aient tué plus de mille
hommes.

155. Alors les Saxons firent sonner un clairon devant la
tente du roi Maragonde, et une grande masse de gens s'y rassembla, si grande qu'elle comptait plus de trente mille
hommes. Et les quatre rois à cheval s'ébranlèrent ; le roi
Galeschin vint tout d'abord à leur rencontre avec mille
hommes. Ils rencontrèrent Dorilas, le neveu du roi Nantes,
qui s'efforçait de causer le plus grand tort possible aux
Saxons, et s'était très bien comporté toute la journée. Puis
vint Maaglan le Saxon, et dès qu'ils s'aperçurent, ils chargèrent, lances baissées, et se frappèrent mutuellement si fort
sur les écus qu'ils les brisèrent et les transpercèrent. Mais les
hauberts étaient si solides qu'aucune maille ne s'en rompit ;
cependant, ils brisèrent leurs lances, et se heurtèrent si rudement en se croisant qu'ils se portèrent réciproquement à terre.
Alors, des deux côtés, on accourut à la rescousse : il y eut là
une grande mêlée, et beaucoup furent piétinés et foulés aux
pieds des chevaux ; le combat à l'épée fut si prodigieusement
âpre qu'il y eut de part et d'autre de très nombreux morts ;

---

ocient et abatent et tant les ont poursuivis qu'il les embatent sor les
trés et sor les paveillons. Et il estoit ja noune del jor passee, et
quant li Saisne voient ciaus a fuir si courent as armes qui ains ains
qui mix mix, mais onques si tost ne furent armé qu'il ne lor eüssent
ançois .v.c. pavellons abatus sor les testes et plus de .m. homes mors
et ocis.

155. Lors cornerent li Saisne une buisine d'airain el tref del roi
Maragondes, si s'assamblerent et amassent si grant plenté de gent
qu'il estoient plus de .xxx.m. Et lors chevauchierent li .iv. roi, si
lor vint a l'encontre tout premierement li rois Galescin atout .m.
honmes et plus, si encontrerent Dorilas le neveu le roi Nante qui
molt se penoit des Saisnes grever et nuire et l'avoit bien fait toute
jour ajournee. Lors vint Maaglans li Saisnes, et si tost com il s'entrevirent, il et Dorilas, si se laissent courre les glaives alongiés et
s'entrefierent si durement sor les escus qu'il les font fraindre et percier, mais li hauberc furent si fort que maille n'en rompi. Si brisierent
lor lances, si s'entrefierent si durement au paumer outre des cors et
des chevaus, si s'enteporterent a terre. Lors courent a la rescousse
d'ambes .ii. pars. Illuec ot molt grant defouleïs et molt aspre melee
et fu li capleïs si grans et si merveillous que molt i ot grant defouleïs
et mortalité d'ambes .ii. pars. Et plus i perdirent li Saisne que li

mais les Saxons y perdirent plus que les chrétiens. D'autre part, le roi Nantes s'était lancé parmi les tentes, entre le bois et la rivière, et il y avait créé une grande confusion, abattant maint pavillon avec les siens. Les Saxons perdirent beaucoup dans ce secteur, car ils n'étaient pas bien préparés : beaucoup furent donc tués ou mutilés avant de pouvoir s'armer et se regrouper. Et il y aurait encore eu de plus grandes pertes si le roi Fausabre n'était pas arrivé avec sept mille Saxons qui se joignirent énergiquement à la bataille.

156. Quand le roi Nantes vit la multitude de Saxons qui s'approchaient, il alla à leur rencontre en chevalier vaillant et solide ; il se lança parmi eux et fit tant avec l'aide des siens qu'il battit et mit en fuite les sept mille, et les refoula malgré eux sur la division du roi Pignoret, qui avec ses huit mille hommes les soutint et les réconforta. Et ils se jetèrent si rudement sur les troupes du roi Nantes qu'ils le firent reculer de force à plus d'une portée d'arbalète hors du camp entre le bois et la rivière. Quand le roi Nantes vit ses gens ainsi repoussés, il poussa son cri de ralliement, et ajouta : « Nobles chevaliers, où allez-vous donc ? Revenez, et vengez-vous tant que vous êtes vivants, car vous n'en aurez jamais de meilleure occasion ! Souvenez-vous de ce que vous êtes, car il vous convient mieux de mourir en combattant pour votre défense qu'en fuyant honteusement. De toute façon, en effet, nous sommes des hommes morts, ce me semble, où que nous nous

---

Crestiien. Et li rois Nantes se fu ferus d'autre part es paveillons entre le bois et la riviere, si i faisoit molt grant toueillement et grant abateïs des paveillons et des tentes entre lui et sa gent. Si i perdirent molt li Saisne, car auques estoient desgarni, Si en ot molt d'ocis et d'afolés ançois qu'il puissent estre garni ne conreé. Et encore i eüssent il plus perdu quant li rois Fausabres li vint a l'encontre a tout .VII.M. Saisnes et puis se combatirent a els molt durement.

156. Quant li rois Nantes voit la foison[a] des Saisnes qui encontre lui venoient, si lor vait a l'encontre com cil qui estoit molt bons chevaliers et seürs. Si se fiert en aus et i fist tant a l'aide[b] [98a] des siens que les .VII.M. mist a la voie tous desconfis et les embat maugré els sor l'eschiele au roi Pignoré qui ot .VIII.M. Saisnes et les soustint molt et conforta car il se ferirent si durement es gens le roi Nante qu'il les firent remuer a fine force d'une arba- letee hors des trés et des paveillons entre le bois et la riviere. Et quant li rois Nantes vit sa gent reüser si escria s'enseigne et lor escrie : « Franc chevalier ou alés vous ? Car retournés et vous reven- giés tant com vous vivés, car jamais ne serés en meillour point. Si vous souviegne qui vous estes, car mix vous vient il morir en desfendant que en fuiant hontousement. Car ausi somnes nous tout mort, ce m'est avis, quel part que nous nous enfuions. » Et

enfuyions ! » Et quand ceux-ci entendirent leur seigneur qui les exhortait ainsi, ils firent demi-tour, se reprirent et se formèrent en un groupe si compaćt que personne ne pouvait s'y insinuer ; et ainsi ils tinrent tête aux ennemis sans bouger, endurant le choc et les coups jusqu'à ce que les autres aient cassé leurs lances sur eux ; ils se reposèrent sous leurs écus jusqu'à ce qu'ils aient repris haleine, en supportant les coups que leurs ennemis leur portaient tant qu'ils ne furent pas un peu rafraîchis, et en laissant s'épuiser contre eux en vain ceux qui les avaient attaqués tout frais[1]. Puis, quand ils virent qu'ils étaient à leur tour fatigués, le souffle court, ils lâchèrent la bride à leurs chevaux et commencèrent à se comporter si bien que tous les Saxons furent ébahis des prodiges qu'ils leur voyaient accomplir. De son côté, Dorilas combattit les gens de Maaglan si énergiquement qu'il les mit en fuite, tout déconfits, et les repoussa sur la division de Fausabre, et sur celle de Pignoret qui se battait férocement contre les gens du roi Nantes ; ils s'attaquèrent les uns les autres au cœur de la mêlée.

157. Il y eut la une bataille prodigieusement dure ; les uns et les autres combattirent à l'épée et tinrent bon presque jusqu'à vêpres. Alors, le roi Maragonde fit mouvement, avec une compagnie de plus de quinze mille hommes ; il était plein de dépit de ce que si peu de gens avaient tenu tête à tant de Saxons, car il voyait bien que les chrétiens n'étaient

---

quant cil oent lor signour ensi parler, si retornent et restraignent et se metent en un moncel si estroit et si serré que nus autres ne s'i remist et se tiennent a estal sans remuer. Si suesfrent et endurent tant que cil ont sor els lor glaives brisiés et se reposent sor les escus et desous lor hiaumes tant qu'il ont lor alainnes reprises, et sousfrent et endurent les cops que cil lor donnent tant que un petit se sont rafreschi, si laissent ciaus lasser sor aus qui estoient venus sor aus tous frés. Et quant il voient qu'il sont auques eschaufé et lor alainnes acourcies si lor laissent courre les chevaus et le commencent si bien a faire que tout li Saisne s'en esbahissent de la merveille que il voient faire. Et d'autre part se recombat Dorilas as gens Maalant si qu'il les met a la voie tous desconfis et les embat maugré els sor l'eschiele Fausabre et Pignoré qui molt durement se combatoient encontre la gent au roi Nante, et se fierent les uns tres parmi les autres en la presse.

157. La ot merveillous estour et dure mellee et forte bataille, si sousfrirent auques les uns les autres en la presse. La ot merveillous capleïs et longement dura tant qu'il fu bas vespres. Atant se mut li rois Maragondes et furent en sa compaingnie plus de .xv.m. Saisnes. Si li vint a molt grant despit quant si poi de gent s'estoient tenu a si grant plenté de Saisnes, car il vit bien que il n'estoient mie de la moi-

pas moitié si nombreux que les siens. Il exhorta ses gens en leur ordonnant de les frapper si rudement qu'il n'en reste pas un seul en selle; et c'est ce qu'ils firent. En effet, ils avaient l'impression qu'ils les confondraient tous du premier coup. Mais quand le roi Nantes vit venir tant de Saxons, il rassembla ses hommes autour de lui étroitement, et fit retraite vers la forêt petit à petit; et les autres de le harceler et de le poursuivre durement, croyant tous les prendre, et les frappant si violemment de leurs lances qu'ils les faisaient voler en éclats. Mais les nôtres firent tant qu'ils parvinrent à la forêt, à l'entrée d'un chemin qui s'y enfonçait profondément; la forêt était épaisse et haute, des deux côtés du sentier, si bien que rien n'aurait pu y pénétrer sauf des bêtes sauvages, et le chemin qui la traversait était si encaissé et la haie si touffue qu'on aurait eu du mal à jeter une pierre sur le chemin. Le roi Nantes et Dorilas s'y engagèrent de telle manière qu'ils y mirent leurs gens en embuscade. Les chevaliers plantèrent leurs lances en terre, fer tourné vers le ciel, et attendirent leurs ennemis de pied ferme, tout prêts à se défendre. Et les autres arrivèrent, très courroucés et chagrinés du grand tort qu'ils leur avaient causé; ils les attaquèrent et les nôtres se défendirent très énergiquement. Ils combattirent si longtemps qu'ils en vinrent à ne plus se voir l'un l'autre car la nuit était tombée. Alors les Saxons, qui y avaient plus perdu que gagné, se retirèrent.

---

tié ne tant com il sont. Lors escrie ses homes et lor dist et conmande qu'il les fierent si durement que ja un tout seul n'en remaigne en sele. Et cil si font car il lor fu avis qu'il les deüssent tous confondre a celui cop qu'il virent. Mais quant li rois Nantes vit venir si grant plentés de Saisnes [*b*] si serre ses homes et estraint entour soi et se retraist vers la forest petit et petit. Et cil le hastent et poursivent molt durement com cil qui tous les quident prendre et les fierent si durement des glaives que tout volent em pieces. Et cil ont tant esploitié qu'il ont la forest adossee au destroit d'une voie qui molt estoit parfonde et la forest haute d'ambes .II. pars du chemin et estoit si espesse d'ambes .II. pars[*a*] que riens nule n'i peüst entrer se bestes sauvages non. Et parmi ce estoit li chemins si parfons et li destrois si fors que a envis jetissiés[*b*] une pierre poignal sor les chemins en haut. Si a tant alé li rois Nantes, il et Dorilas, qu'il ont lor engien embuschié el chemin, si metent les chiés de lor glaives en terre et tournent les fers contremont si atendent lor anemis molt bien et sont apareillié d'aus desfendre. Et cil lor viennent molt irié et dolant del grant damage qu'il lor ont fait et les assaillent et cil se desfendent molt vigherousement si se combatent tant que li uns ne puet gaires veoir l'autre pour la nuit qui estoit venue et lors s'en repairent li Saisne qui plus i ont perdu que gaaingnié.

158. Quand le roi Nantes vit que les Saxons s'en allaient, il se mit en route ; ils chevauchèrent tant qu'ils parvinrent à Wissant. On voyait bien à leurs armes qu'ils n'étaient pas restés inactifs, car leurs écus étaient percés et troués et leurs hauberts démaillés et déchirés, leurs heaumes cabossés ; eux-mêmes étaient souillés de sang et de cervelle, et leurs épées étaient ébréchées tant ils avaient donné de coups avec. On les regarda dans la ville avec étonnement : l'un disait à l'autre : « Ceux-là ne sont pas restés oisifs ! » Ils allèrent à leurs logements, se désarmèrent, et se reposèrent car ils avaient enduré beaucoup de souffrances. Mais ici le conte cesse de parler d'eux et revient au roi Brangoire et à la manière dont il fortifia Estrangorre.

159. Le conte dit ici qu'après avoir quitté Sorhaut et être arrivé à Estrangorre, sa cité, le roi Brangoire l'approvisionna en vivres de toutes sortes et la pourvut de chevaliers et d'hommes d'armes tant qu'il en eut bien quinze mille, entièrement armés. De cette façon, il garda longtemps la frontière contre les Saxons qui ne lui firent guère de dommages. Jusqu'à ce qu'un beau jour les Saxons entrent sur sa terre et dans la marche de Sorgales dont était seigneur le roi Bélinant, frère du roi Tradelinant de Galles.

160. Ce Bélinant avait une belle terre, riche, et aussi une femme belle, riche et jeune, nommée Églente ; c'était la fille du roi Machen de l'île Perdue. Il avait aussi dans son entourage un enfant, fils de sa nièce, qui était très beau ; il avait

---

158. Quant li rois Nantes voit que li Saisne s'en vont, si se met en son chemin et chevauchierent tant qu'il en vinrent a Widessan. Et i parut bien a lor armes que il n'ont mie sejourné, car lor escu estoient percié et estroé et lor hauberc desmaillié et desront et lor hiaume embaré et li vassal sont souillé de sanc et de cervele[e] et lor branc sont oscié de cops c'on en ot donnés. Si les esgardent parmi la vile a merveilles et dist li uns a l'autre cil n'ont mie trop sejourné et il s'en vont a lor ostels et se desarment. Puis s'en vont reposer en lor lis, car longement avoient traveillié. Mais atant se taist li contes d'aus et retourne a parler del roi Brangore conment il garni sa cité Estrangore[b].

159. Or dist li contes que[a] quant li rois Brangoires s'en fu partis de Sorhaut et il fu venus a Estrangore, sa [d] cité, il le garni de viandes et de chevaliers et de sergans tant qu'il en ot bien .XV.M. tous armés. Si garda molt bien et longement la marche contre les Saisnes que gaires de damage ne li firent tant que un jour avint que li Saisne furent entré en sa terre et en la marche de Norgales dont li rois Belinans fu sires qui freres estoit au roi Tradelinant de Gales.

160. Cil Belynans avoit bele terre et riche et avoit jouuene dame et bele durement qui avoit a non Eglente et fu fille au roi[e] Machen de l'Ille Perdue. Et ot un enfant de sa niece qui molt estoit de grant

quatorze ans[1] et on l'appelait Dodinel le Sauvage. Je vous
dirai pourquoi il portait ce nom : il n'aimait que chasser, le
sanglier, le cerf, le daim, dans les forêts les plus profondes et
les plus sauvages ; parce qu'il les fréquentait si volontiers,
on lui donna le nom de Dodinel le Sauvage[2]. Le roi Nantes
était le frère d'Églente par sa mère, si bien que Dodinel, qui
fut par la suite très renommé en la maison du roi Arthur, et
qui y accomplit tant de prouesses qu'il fut l'un des compagnons de la Table ronde les plus appréciés, était le cousin de
Galeschin[3]. Mais le conte n'en parle davantage ici, il
parle au contraire du roi Brangoire et des Saxons qui étaient
entrés sur sa terre, très chagrins et courroucés à propos de
leurs amis qu'ils avaient perdus entre la Roche et le château
d'Arondel. Ils se mirent en route en passant sous le château
de l'Étroite Voie ; ils étaient très nombreux, brûlaient le pays
et pillaient tout au cours de leur progression. Ils causèrent
de grand dommages au seigneur de l'Étroite Marche, au châtelain de Lindesore, au roi Bélinant de Sorgales, et au roi
Brangoire plus qu'à tous les autres. Et quand il le sut, il
manda et convoqua tous ses gens ; quand ils furent assemblés et armés, ils se mirent en route pour venger le préjudice
et les dommages qu'ils avaient subis. Les Saxons venaient si
nombreux, en rangs si serrés, que toute la terre en était couverte ; ils mettaient le feu partout, dans toute la contrée.
D'autre part, le roi Bélinant chevauchait avec une grande

---

biauté et avoit .XIV. ans et l'apeloit on par son droit non Dodynel
le Sauvage. Et ce pour coi il fu apelés Dodynel ce fu pour ce qu'il
ne queroit se berser non as pors et as cers et as dains par ces
forés grans et sauvages et pour ce qu'il i hantoit si volentiers li fu
mis non Dodinel le Sauvage. Et li rois Nantes si fu freres Eglante
de par sa mere, si fu Dodynel cousins Galescin[b] qui puis fu en la
maison le roi Artu de molt grant renon et i fist de molt grans
proueces tant qu'il fu compains de la Table Reonde des plus proisiés.
Mais ci endroit ne parole mie li contes de lui, ains parole del roi
Brangoire et des Saisnes qui sont entré en sa terre. Et il estoient
dolant et coureciéd e lor amis qu'il avoient perdu entre la Roce et le
chastel d'Arondel, si se misent li Saisne a la voie par desous le chastel
de l'Estroite Voie. Et il furent molt grant plenté de gent et ardoient
tout le païs et roboient ensi com il aloient. Si fisent molt grant
damage au signour de l'Estroite Marce et au chastelain de Lindesores
et au roi Belynant de Sorgales et au roi Brangoire plus que a aus
tous. Et quant il le sot si manda et semonst toute sa gent. Et quant il
furent armé et assemblé si se misent a la voie pour venger lor honte
et lor damage. Et cil venoient tant et si espés que toute la terre en
estoit couverte, si boutoient le fu par toute la contree. Et de l'autre
part fu montés li rois Belynans a molt grans gens et chevauchierent

troupe ; ils avancèrent tant qu'ils virent les Saxons qui mettaient le pays à feu et à sang, et tuaient tant de gens qu'on
pouvait entendre les plaintes et les cris à deux lieues de
distance ; et l'air était rouge et obscurci par la poussière, si
bien que le ciel en était assombri et que le soleil avait perdu
sa clarté et sa lumière. Quant le roi Brangoire vit cette entreprise de destruction, ce massacre, il fut pris d'une grande
pitié, et il pleura. Puis il pria ses hommes de bien se
comporter et de défendre la sainte chrétienté. Les Saxons
marchaient fièrement, l'enseigne haute ; ils étaient plus de
cinquante mille et c'étaient Baraman, Caroman, Lidras, Har-
dian et Kynquenar qui les conduisaient. Ces cinq rois étaient
riches et puissants, et chacun d'eux avait dix mille hommes
bien armés ; ils étaient tous parents d'Angis qu'Uterpandragon avait tué. Le roi Brangoire les attendit à un pont sur la
rivière de Surne[4], qui était très large et profonde. Dès qu'ils
s'approchèrent les uns des autres, ils lâchèrent la bride à
leurs chevaux et s'assaillirent mutuellement avec tant de violence qu'ils en étaient eux-mêmes surpris. Il y eut là grand
bris de lances et grand abattage d'hommes et de chevaux,
et bien des masses d'armes et des épées martelèrent sans
relâche… Le combat se prolongea, dur et âpre ; il y en eut
des deux côtés qui tombèrent à l'eau. Les tronçons de lance
et les fragments d'écu y tombèrent aussi : le courant était
violent, et la rivière les emporta. Ce n'était pas encore

---

tant qu'il virent les Saisnes qui le païs metoient a honte et a grant
destrusion et faisoient si grant martire de gent que on pooit oïr les
plaintes et les cris .II. lius loing et li airs fu tous rouges et tourblés
de la poudriere si que tous li chix en estoit noircis et li solaus avoit
perdu sa clarté et sa lumiere. Quant li rois Brangoires vit la
destrucion et le martire, si l'en prist molt grans pitiés et em ploura
des ex de son front. Lors proia a ses homes qu'il pen[d]sent del bien
faire et de desfendre sainte Crestienté. Et li Saisne chevauchent molt
fierement l'enseigne levee et furent plus de .L.M. Si les conduist Bara-
mans et Caromans et Lidras et Hardians et Kynquenars. Icil .V. roi
furent riche et poissant et mena chascuns o soi .X.M. homes molt
bien armé. Et furent tout parent Augis que Uterpandragon ocist. Et
li rois Brangoires les atent a un pont passer qui estoit sor la riviere de
Surne qui molt estoit lee grans et parfonde. Et si tost com il s'entr'aprocierent, si laissent courre les chevaus si s'entrefierent si durement que li un et li autre s'en esmerveillierent tout. Illuec ot grant
froisseïs de lances et grant abateïs d'omes et de chevaus et grant marteleïs de maches et d'espees. Si dura le caples molt grans et molt fors
et en chacierent en l'aigue des uns et des autres. Et les tronçons des
lances et des escus chaïrent en l'aigue qui courans estoit, si les
emporta li aigue aval et il n'estoit encore mie prime del jour. Et cele

l'heure de prime. Or, cette rivière coulait devant la cité d'Estangorre que le roi Caradoc avait en sa garde. Il était appuyé à l'une des fenêtres du palais, près du portail, et contemplait les prés et la rivière ; et soudain il aperçut, dans l'eau (qui était claire et vive, car le courant était vraiment très fort), des écus et des lances en grand nombre qui descendaient le fleuve en flottant. Il regarda dans la direction d'où ils venaient, et il vit le soleil obscurci ainsi que le ciel rouge et enflammé du feu que les Saxons avaient allumé du côté de la marche d'Estrangore. Il vit aussi venir dans l'eau des harnais de chevaliers et de chevaux noyés. Immédiatement, il pensa que le roi Brangoire avait engagé le combat contre les Saxons.

161. Il se leva en toute hâte et cria à ses hommes : « Aux armes, bonnes gens ! Car ce n'est pas un vrai chevalier celui qui dans un tel besoin ne se montre pas vaillant et hardi ! » Il y avait là un jeune homme qui l'était fort, et qui lui apporta tout aussitôt ses armes ; si l'on me demandait quel était son nom, je dirais qu'il s'appelait Keu d'Estraus, et le roi l'avait maintes fois exhorté à être chevalier, mais il avait répondu qu'il ne désirait pas encore l'être. Il disait cela parce qu'il désirait le devenir de la main du roi Arthur. Une fois armé, le roi demanda si les autres chevaliers étaient prêts, et on lui répondit qu'ils étaient à cheval et l'attendaient tous devant la porte. Le roi se mit en selle à son tour et sortit de la ville ;

---

riviere courut par devant la cité d'Estrangort que li rois Karados tenoit en sa baillie. Et il fu as portes a une des fenetres del palais et regardoit les prés et la riviere si vit en l'aigue qui estoit clere et bruiant car molt couroit a esploit, si voit escus et lances floter grant foison contreval l'aigue, si regarda cele part dont il venoient et voit l'air du ciel rouge et en flame et tout le soleil ennubli de la poudriere et del fu que li Saisne avoient levé vers la marche d'Estrangore et voit parmi l'aigue venir harnois de chevaliers et de chevaus qui estoient noiié. Si pense maintenant que li rois Brangoires se combati as Saisnes.

161. Lors saut em piés molt vistement et escrie a ses homes : « Ore as armes, franche gent ! Car il n'est mie chevaliers qui a cest besoing n'est prous et hardis ! » Illuec ot un damoisel qui molt estoit prous et hardis, cil aporta au roi ses armes. Et se aucuns me demandoit conment icil ot non, je li respondroie qu'il avoit non Kex d'Estraus. Icelui semonst il maintes fois d'estre chevaliers et il li respondi qu'il n'avoit talent d'estre cevaliers encore. Et ce disoit il pour ce qu'il le baoit a estre de la main au roi Artu. Et quant li rois fu armés si demanda se li autre chevalier estoient apareillié et on li dist qu'il sont tout monté et l'atendent devant la porte. Lors monte li rois sor son cheval et s'en issi hors de la vile

ils chevauchèrent tant qu'ils parvinrent à la bataille, juste à l'heure de none. En approchant ils entendirent le vacarme et le fracas des épées : le combat avait lieu au pont que le roi Brangoire empêchait les Saxons de passer, très énergiquement, avec quinze mille hommes. Mais les Saxons étaient si nombreux, en rangs si serrés, qu'ils les avaient contraints à céder la place, à reculer en terrain découvert et à s'éloigner du pont. Et le roi avait déjà subi pas mal de dommages quand le roi Caradoc fit son apparition, bannière levée, avec dix mille hommes. Ils se lancèrent dans la mêlée aussi vite qu'ils le purent en éperonnant leurs chevaux ; la bataille en devint encore plus violente, et il y eut beaucoup de victimes parmi les Saxons, car ils n'étaient pas aussi bien armés qu'il l'eût été souhaitable pour eux. Ils frappèrent et manièrent l'épée jusqu'à ce que none soit passée, mais alors les chrétiens furent ébranlés, car les Saxons étaient décidément trop nombreux : il se leva à ce point un fracas de tempête, un vacarme si fort qu'on aurait pu l'entendre d'une demi-lieue.

162. Sur ces entrefaites arriva le roi Bélinant de Sorgales avec quatre mille hommes, montés sur de bons chevaux de prix et armés de bonnes lances solides aux fers bien tranchants. Ils étaient vraiment très bien équipés, et ils se lancèrent au milieu des combattants avec tant de violence qu'ils les firent tous reculer : il y eut alors un combat prodigieusement âpre, car ceux de la compagnie du roi Bélinant étaient des hommes de valeur ; en effet il y avait le seigneur de Lin-

---

et chevaucierent a [e] grant esploit tant qu'il en vinrent a la bataille droit a eure de nonne. Et quant il aprocent, si oent la noise et le caplé des espes qui estoit au pont passer que li rois Brangoires lor contredisoit molt fierement a tout .xv.m. homes. Et li Saisne furent tant et si espés que a force les firent remuer et aler a plain champ et eslongier del pont. Si i eüst li rois eü molt grant damage quant li rois Karados li vint la baniere levee a tot .x.m. homes. Si se firent entr'aus si durement com il porent plus esprover. Si fu li estours enforciés si durement et molt i ot grant mortalité de Saisnes car il n'estoient mie si bien armé conme mestier lor fust. Si fierent et quaplent jusques aprés nonne, et lors branlerent li Crestiien car trop i ot grant plenté de Saisnes. Si leva li hus et la noise si grans que de demie leue loing em peüst on oïr le son et le tempeste grant et merveillouse.

162. Atant es vous venu le roi Belinant de Sorgalés a tout .iv.m. homes as bons chevaus de pris et as bones lances roides et fors as bons fers trenchans. Et estoient molt bien armé de toutes armes, si se firent en aus si durement que tous les firent remuer. Et lors i ot estour fier et merveillous car la compaingnie au roi Belynant si estoient molt prodome, car il i fu li sires de Lindesores et li sires de

desore et celui de l'Étroite Marche, le seigneur de Glocedon,
le châtelain de Galenice, celui des Marais, celui de Roestoc,
ceux de Camugue et de Blaquestan ; et aussi Caradoc, le seigneur de la Douloureuse Tour, et Driant le Gai de la Forêt
Périlleuse. Chacun avait dans sa compagnie deux cents chevaliers, les plus vaillants qu'on pût trouver, et eux-mêmes
étaient pour leur part les meilleurs chevaliers du monde. Ils
tuaient tous ceux qu'ils touchaient, et firent un tel massacre
que le ruisseau de sang qui coulait des corps sans vie était si
large qu'il colora en rouge l'eau limpide de la rivière d'Assurne. Et, n'eût été la nuit qui en tombant les sépara de
force, pas un des Saxons qui étaient pourtant cinquante mille
n'en eût réchappé. Et cependant les chrétiens n'étaient pas
plus de trente mille. Mais la nuit vint, qui les fit se séparer, et
les deux camps s'éloignèrent l'un de l'autre jusqu'au matin où
ils voulaient reprendre le combat. Néanmoins, sur le conseil
des cinq rois de Saissogne, les Saxons chevauchèrent toute la
nuit le plus directement possible vers la Roche aux Saxons ;
mais ils perdirent dans l'affaire beaucoup de leur équipage,
car ils se hâtaient tellement de quitter le pays qu'ils n'emportèrent pas avec eux la moitié de leurs affaires. Les choses en
restèrent là jusqu'au lendemain au lever du jour.

163. Quand il fit grand jour, le roi Caradoc, le roi Bélinant et le roi Brangoire se préparèrent et montèrent à cheval, et tous les barons de leur pays en firent autant, car ils
avaient grand-peur que, par manque de prouesse, ils ne

---

l'Estroite Marche et li chastelains de Clocedon et li chastelains de
Galenice. Et si i fu cil des Marés et cil de Roestoc et de Camugues et
de Blakestain. Et si i fu Karados li sires de la Dolerouse Tour et
Drians li Gais de la Forest Perillouse. Et et chascuns en sa compaingnie .cc. chevaliers, les meillours qu'il pot avoir. Et il estoit endroit
els li meillour chevalier del monde, si ocient quanqu'il ataingnent et
font tele ocision que li ruissiaus de sanc qui de lor cors issoit i estoit
si grans que toute la riviere d'Arsonne qui clere estoit en devint
rouge. Et se ne fust ce que la nuit vint qui les fist departir a fine
force, ja des Saisnes qui estoient plus de .L.M. n'en eschapast piés. Et
si n'estoient mie li Crestiien pas .xxx.M., mais la nuit vint qui les fist
departir, si se traist li uns loing de l'autre jusques au matin qu'il vauront reconmencer le poigneïs. Mais par le conseil des .v. rois de Saissoigne errerent li Saisne toute nuit au plus droit qu'il porent vers la
Roce as Saisnes. Mais molt i perdirent li Saisne de [f] lor harnois, car
il se hastoient si d'istre hors du païs qu'il n'en portoient mie la moitié. Si remest ensi jusques a l'endemain qu'il fu ajourné.

163. Quant il fu biaus jours si vint li rois Karados et li rois Belynans
et li rois Brangoires et s'apareillierent et monterent et tout li baron ausi
de lor compaingnie. Car il avoient molt grant paour que par defaute de

soient mis en mauvaise posture au détriment de la sainte chrétienté. Ils arrangèrent leurs divisions, organisèrent leurs troupes et mirent au point leurs bataillons, puis ils se dirigèrent dans la direction où ils croyaient trouver les Saxons. Mais quand ils virent qu'ils s'en étaient allés, ils furent tout à fait désolés de ce qu'ils leur avaient échappé ; car ils savaient bien qu'ils étaient partis vers le château de la Roche. Voyant qu'il ne pouvait en être autrement, ils s'en retournèrent ; les barons se firent fête mutuellement, et partagèrent les dépouilles qui leur étaient restées de sorte que chacun prit ce qu'il voulait : en effet, il y en avait tant que chacun en fut désormais riche et bien à l'aise. Quand vint le moment de la séparation ils se firent mutuellement des offres de service, et se promirent de se faire savoir l'un à l'autre quand ils en auraient besoin.

Dodinel et Keu d'Estraus.

164. Ils prirent alors congé les uns des autres ; le roi Caradoc se rendit à une cité qui lui appartenait, et le roi Bélinant en fit autant ; le roi Brangoire s'en alla à Estrangorre, ville très peuplée et riche de tous biens. La nouvelle y parvint alors que les enfants du roi Loth s'en étaient allés, et avaient déserté leur père, et que le fils du roi Nantes et celui du roi Urien avaient fait de même. Quand Dodinel entendit cette nouvelle, il dit qu'il en ferait autant ; il avertit ses proches conseillers[1] qu'il irait à la cour puis fit ses préparatifs secrè-

---

lor prouece ne fuissent desavancié par coi sainte Crestienté fust destruite et avillie. Si rengierent lor batailles et ordonerent lor gens et deviserent lor eschieles et alerent cele part ou il quidoient trouver les Saisnes. Mais quant il virent qu'il s'en furent alé, si en furent molt dolant de ce que issi lor furent eschapé, car liens savoient qu'il estoient alé vers le chastel de la Roce. Et quant il virent que autrement ne pooit estre, si s'en tournerent et fist li uns des barons as autres molt grant joie. Et partirent lor eschec qui lor fu remés en tel maniere que chascuns en prent ce que li plot, quar tant en i avoit que chascuns en fu riches et manans. Et quant ce vint au departir si osfri li uns a l'autre molt son service de quel eure que mestier en auroient qu'il s'entrelaisaissent a savoir.

164. Lors s'em partirent li uns de l'autre. Si s'en ala li rois Karados a une soie cité et ausi fist li rois Brangoires, s'en ala a Estrangore qui estoit plentive de bourgeois et de tous biens. Et lors vint une nouvele laiens que li enfant le roi Loth s'en estoient alé et avoient laissié lor pere et ausi fait li fix au roi Nante et li fix au roi Urien. Et quant Dodinel oï la nouvele si dist qu'il feroit autretel et dist a son privé conseil qu'il iroit a court. Si atourne son oirre celeement et envoia querre Kex d'Estraus chiés le roi Karados son oncle et li manda qu'il venist a lui

tement et envoya chercher Keu d'Estraus chez le roi Caradoc, son oncle : il lui manda de venir lui parler au château de
l'Épine, et de n'y manquer à aucun prix. Il l'invita aussi à
amener avec lui Kahedin son petit cousin[2]. Le messager chevaucha tant qu'il s'en vint à Estrangore où il parla en privé à
Keu et lui répéta en tête-à-tête tout ce que Dodinel l'avait
chargé de dire : qu'il vienne au château de l'Épine, et qu'il y
vienne équipé pour un voyage. Et son interlocuteur lui
répondit qu'il y serait d'ici trois jours, le temps de se préparer et d'organiser son équipage. Le messager prit alors congé
de Keu d'Estraus et le quitta pour revenir à Dodinel le Sauvage qu'il salua et à qui il rapporta la réponse de Keu.
Quand Dodinel entendit ces mots, il sut bien à quoi Keu
pensait ; il se prépara, assembla tous ses compagnons — une
fois au complet, ils étaient bien soixante-dix, tous jeunes
gens de quinze ou seize ans —, et s'en vint au château de
l'Épine avec eux, en apportant beaucoup de vaisselle d'or et
d'argent, de riches vêtements, et de deniers d'argent. Ils
attendirent là jusqu'à ce que Keu d'Estraus arrive avec les
siens — quarante jeunes gens de valeur dont la barbe commençait à poindre. Quand les adolescents se rencontrèrent,
ils se firent fête, car ils ne s'étaient pas vus depuis quelque
temps. Puis, quand ils eurent assez manifesté leur joie, Dodinel le Sauvage prit la parole et dit à Keu :

165. « Mon très cher ami, je vous ai mandé, et vous êtes
venu à mon appel : je vous en remercie mille fois ; il est bien

parler au chastel de l'Espine qu'il ne laissast pour nule riens qu'il ne
venist et qu'il amaint avoec lui Kahedin son petit neveu. Et li messages,
quant ce li fu chargié, chevaucha tant qu'il s'en vint a Estrangore et
parla a Kex et li dist tout a conseil priveement ce que Dodynel li avoit
mandé, qu'il venist a lui parler au chastel de l'Espine ensi atourné com
pour errer. Et cil li dist qu'il i seroit dedens tiers jour, mais atournast
soi et apareillast qu'il estoit tous apareilliés. Atant prent li messages
congié a Kex d'Estraus [99a] et s'em part de lui et s'en vient a Dodynel
le Sauvage et li conte the respons de Kex. Et quant il l'entent si est bien
que Keus pense, si s'apareille et semonst ses compaingnons, tous ciaus
qu'il vaut avoir, si qu'il en ot bien .LXX., tous jouenes bacelers de .XV.
ans ou de .XVI., et s'en vint au chastel de l'Espine entre lui et sa compaingnie a tout molt riche vaisselement d'or et d'argent et de robes et
de deniers. Et atendent illuec tant que Kex d'Estraus vint entre lui et sa
compaingnie et furent avoec lui .XL. damoisel proisié de prime barbe.
Et quant li enfant s'entrevirent si s'entrefirent molt grant joie com cil
qui pas ne s'estoient entreveü piecha. Et quant il se furent assés entreconjoï si parla Dodyniaus li Sauvages et dist a Kex :
165. « Biaus dous amis, je vous ai mandé et vous estes venus,
la[a] vostre grant mercis. Si est bien drois que jel vous die : nouveles

juste par conséquent que je vous dise mes raisons. J'ai reçu il
y a quelques jours des nouvelles intéressantes, selon lesquelles les enfants du roi Loth, Galeschin et Yvonet, s'en
sont allés à la cour pour recevoir leurs armes. Puisqu'ils s'y
sont rendus, je veux en faire autant. Et je vous aime tant, et
vous ai tant aimé, que je ne veux rien faire sans votre appro-
bation. Or, l'envie m'a pris de suivre les traces de mes cousins : dites-moi si vous viendrez avec moi. Car je ne m'en
retournerai jamais là-bas auprès de mon père : j'ai tout préparé, et je suis en route. — Seigneur, fit Keu d'Estraus, je
suis venu à vous ici précisément pour cela, parce que je
savais bien ce que vous aviez en tête ; moi aussi, j'ai fait mes
préparatifs, si bien qu'il ne me manque rien. Et j'ai avec moi
quarante jeunes gens très vaillants et très hardis ; et voici en
outre Kahedin mon cousin. Mettons-nous en route, quand
vous voulez ! — Bien parlé, répondit Dodinel. Nous partirons demain matin. »

166. Les jeunes gens demeurèrent donc en ce lieu cette
nuit-là, et au matin ils se mirent en marche en direction de
Logres par les chemins les plus détournés qu'ils connaissaient. Mais ici le conte se tait à leur sujet et retourne au roi
Clarion.

Le roi Clarion et Oriel le Saxon.

167. Le conte dit ici que le roi Clarion, après être parti de
Sorhaut et avoir mandé tous les combattants, chevaliers ou
non, qu'il pouvait rassembler, approvisionna bien la cité de

---

me vinrent avant ier que li enfant au roi Loth et Galescins et Yvonet
s'en sont alé a la court pour prendre lor armes. Et pour ce qu'il i
sont alé, i voel je aler, et je vous aim tant et ai amé que je ne voel
riens faire sans vostre congié. Et talens m'est pris d'aler après mes
cousins. Or me dites se vous en venrés avoec moi, car chiés mon
pere ne retourneroie je en nule maniere. Car je ai tout mon oirre
apresté et si sui sor ma voie. — Sire, fait Kex d'Estraus, et pour ce
sui je venus a vous, car je savoie auques ce que vous pensiés et je ai
ausi mon oirre apareillié que riens ne me faut. Car je ai ot moi compaingnie .xl. damoisiaus molt prous et molt hardis et si est ci Kahedins mes niés. Or mouvons quant vous vaurés. — Vous dites bien,
fait Dodyniaus, et nous mouverons demain matin. »

166. Ensi demourerent li enfant la nuit. Et le matin se misent a la
voie par les plus destournés lix qu'il sorent et s'en vont vers Logres[a]
en tele maniere. Mais atant se taist li contes d'aus et retourne au roi
Clarion.

167. [b] Or dist li contes que[a] quant li rois Clarions s'en fu partis
de Sorham, et il ot mandé homes et sergans quanqu'il en pot avoir, si
garni bien la cité de Norhomberlande de viande et puis envoia par

Northumberland, puis envoya des messagers par toute sa terre pour ordonner que ceux qui possédaient des vaches, des brebis, des moutons ou d'autres sortes de bétail les emmènent dans les grandes et vieilles forêts du Northumberland[1], les plus profondes, pour les protéger jusqu'à la paix. Puis il fit mander à la cité de Northumberland tous ceux qui pouvaient porter les armes jusqu'à ce qu'ils soient bien quatorze mille. Bref, le roi Clarion se préoccupa sérieusement de garantir et de protéger le pays. Il ne dormait jamais ailleurs que dans les forêts, sur les routes, sous une tente ou un pavillon, et il faisait pendre ou mener en prison tous les espions sur lesquels il mettait la main. Il arriva un soir que les Saxons se furent rassemblés à la tente du roi Bamangue et à celle du roi Maaglan, le riche roi d'Irlande qui était le cousin germain du roi de Danemark et le frère du roi Aminaduc, le riche roi de Hocelice, et d'une partie du Danemark et de l'Irlande[2]. Celui-ci se plaignait fort des pertes qu'il avait subies au château de la Roche et du grand dommage que ceux du pays leur causaient jour après jour. D'autre part, il se lamentait aussi à propos des vivres, dont la quantité diminuait dangereusement dans l'armée, et qui devenaient de plus en plus chers.

168. Alors se dressa un jeune chevalier très preux et très hardi, et il parla si fort que tout le monde put l'entendre : « Cher oncle, dit-il à Bamangue, si vous vouliez bien que j'aille razzier une région que je connais, sachez que je ramènerais

---

toute sa terre et fiſt conmander que cil qui avoient vaches ou berbis ou aumaille ne nules autres beſtes, qu'il les menaſſent es grans forés sauvages et parfondes et anciennes en Norhombrelande tant qu'il fuiſſent en pais illuec. Et puis manda tous ciaus qui armes porent porter a la cité de Norhombrelande tant qu'il furent bien .XIV.M. Si pensa molt bien li rois Clarions del païs et de la terre garder et ne gisoit s'en forés non et en trespas en ses tentes ne en ses paveillons ne ne pooit trouver nule espie qu'il ne feïſt prendre et mener em prison. A un soir avint que li Saisne furent assamblé au tref au roi Bamangue[b] et au tref le roi Maaglan, le riche roi d'Yrlande, qui eſtoit cousins germains au roi de Danemarche et freres au roi Aminadus, le riche roi de Hoscelice, et d'une partie de Danemarce et d'Yrlande eſtoit il sires, se il plaingnoit molt de la perte qu'il avoit faite au chaſtel de la Roche et del grant damage que cil du païs li faisoient chascun jour. Et d'autre part se plaingnoit molt de la viande qui si durement apetiçoit en l'oſt et que tant eſtoit enchierie.

168. Lors se drecha uns jouuenes chevaliers qui molt eſtoit prous et hardis, si parla si haut que bien pot eſtre oïs et diſt a Bamangue : « Biaus oncles, se vous voliés que je alaisse en une terre en fuerre que je sai, saciés que je amenrai toute la viande del

assez de vivres, car cette terre eſt prospère et riche de tous
biens. Et vous me donnerez de vos troupes autant de combattants que je le jugerai bon, si toutefois Aminaduc mon
père veut bien que j'y aille, car je n'irai pas sans son appro-
bation et celle de Maaglan mon oncle. Mais sachez que vraiment, si quelqu'un peut réussir dans cette entreprise, c'eſt
bien moi ! — Cher neveu, fit le roi Bamangue, je n'ose ici
critiquer en rien ce que vous désirez entreprendre. Mais
dites-moi avant tout dans quelle région vous avez l'intention
de vous rendre ? — Je vous le dirai volontiers, répliqua
Oriel ; je veux aller en Northumberland, le long de la
Saverne, puis revenir par l'Hombre, en passant par un château qui a nom la Doloureuse Tour ; sachez en effet que c'eſt
la terre la plus prospère du monde ; et si nous devons jamais
réparer nos pertes, c'eſt là que nous le ferons, à foison ! —
Je vous autorise à y aller, cher neveu, fit le roi Bamangue ;
choisissez ceux qu'il vous plaira de prendre avec vous. —
Seigneur, fit Oriel, merci beaucoup. »

169. Oriel s'en alla donc, et choisit ceux qui lui plaisaient,
jusqu'à ce qu'ils soient bien soixante mille, sans compter la
piétaille qui les suivait dans l'espoir du gain qu'elle pensait
faire. Ils se mirent en route et se dirigèrent droit sur
Norhaut, pillant et brûlant le pays. Par ailleurs, le roi Maaglan, qui était reſté au camp de Nambières, appela Sorionde
son neveu et lui dit : « Et vous, cher neveu, que ferez-vous ?

---

monde. Car la terre en eſt plainne et riche de tous biens et vous me
baillerés de voſtre gent tant come je en eslirai, et Minadus mes peres
souſfriſt que je i alaisse et Mahaglans mes oncles, car sans lor congié
n'iroie je mie. Et saciés bien vraiement que se nus i devroit riens
esploitier jamais que je i esploiteroie. — Biaus niés, fait li rois Bramangue, ci ne vous os je dire se bien non en ce que vous volés
emprendre. Mais or me dites avant en quel terre vous baés a aler. —
Ce vous diroie je bien, fait Orileus. Je bee a aler en Norhombertande
toute la riviere de Sauverne et puis revenir par la riviere de l'Hombre
par devant un chaſtel qui a a non la Doulerouse Tour. Et saciés que
c'eſt la plus plentieve terre de tout le monde. Et se devons recouvrer
jamais [*d*] viandes en ceſte terre, la en trouverons nous a foison. — Et
je le vous otroi, biaus niés, fait li rois Bramangue, et eslisés et prendés
tous ciaus qu'il vous plaira. — Sire, fait Oriels, molt grans mercis. »

169. Lors s'em parti Oriels et eslut tel gent come il plot tant qu'il
furent bien .LX.M. sans la pietaille qui aprés els aloient et qui le gaaing
desiroient. Si acuellent lor chemin et s'en vont droit par devant
Norhaut, si robent[*c*] et ardent la terre et le païs. Et li rois Maaglant
qui fu remés en l'oſt de Nambieres en apela Sorionde son neveu si li
diſt : « Biaus niés, et vous que ferés ? N'irés vous de nule part ? Prendés ma gent tant com il vous plaiſt et vous en alés en la terre au roi

N'irez-vous nulle part ? Prenez autant de mes gens qu'il
vous plaira et allez chercher tout le butin que vous pourrez
sur la terre du roi Yder. Et au cas où vous trouveriez d'aucuns qui voudraient s'y opposer, prenez bien soin d'avoir
avec vous des troupes suffisantes pour le leur faire payer. »
Quand celui-ci entendit parler son oncle en ces termes, il se
leva d'un bond, tout heureux et ravi, car il était d'une très
grande prouesse : « Seigneur, lui dit-il, merci beaucoup ! »

170. Puis il se retira et alla choisir ceux qui lui plaisaient :
il fit tant qu'ils furent bien soixante mille ; une fois tous à
cheval, ils se dirigèrent vers la Cornouaille en pillant tout sur
leur passage, et en ravageant et brûlant la contrée. Mais le
conte se tait à leur sujet et se remet à parler du conseil de
guerre des Saxons, plus particulièrement de la manière dont
le roi Hertaut appela son neveu et lui dit de prendre autant
d'hommes qu'il lui plaisait et de s'en aller en Orcanie.

171. Le conte dit ici que Sorionde, le neveu du roi Maaglan, avait quitté l'armée comme nous l'avons raconté ; alors
le roi Aminaduc appela son neveu Hertaut et lui dit : « Cher
neveu, il vous faut aller en Loénois et en Orcanie, sur la terre
du roi Loth ; prenez parmi mes troupes autant d'hommes
que vous le voudrez, et ayez soin de vous comporter de telle
manière que je vous en sois reconnaissant. » Et celui-ci de
bondir en disant : « Seigneur, merci beaucoup ! » Puis il se
retira et choisit les compagnons qui lui plaisaient — au
total, une fois à cheval, ils étaient bien soixante mille. Ils se

---

Yder, si amenés la proie que vous trouvés. Et se vous trouvés qui les
vous contredie gardés tel gent avoec vous que vous vous en
aïdent a prendre la vengance. » Et quant il ot ensi parler son oncle si
saut em piés liés et joians car molt estoit de grant prouece et li dist :
« Sire, grans mercis. »

170. Atant se part de devant lui et eslut en l'ost a sa volenté tel
gent come lui plot, et tant qu'il furent bien .lx.m. Quant il furent tout
monté si se metent a la voie vers Cornuaille et robent la terre partout la ou il vont et destruient et ardent. Mais or se taist li contes
d'aus, et retourne a parler del parlement as Saisnes. Et nous devisera
li contes conment li rois Hertaut apela son neveu et li dist qu'il preïst
gent a sa volenté tant com il li pleüst et s'en alast en Orcanie*.

171. Or dist li contes que Soriondes, le neveu au roi Maaglant,
s'en fu partis de l'ost, ensi come vous avés oï, que Minadus, li
rois, apela Hertaut son neveu et li dist : « Biaus niés, il vous couvient
aler en Loenois et en Orcanie en la terre au roi Loth et prendés
de ma gent a vostre volenté tant com il vous plaira. Et gardés que
vous le fa[d]ciés si bien que je vous en sace gré. » Et cil saut en piés
et li dist : « Sire, grans mercis. » Si s'em parti et prist tele compaignie
com lui plot. Et quant il furent tout monté si furent bien .lx.m., si

mirent en route et chevauchèrent jusqu'à la terre du roi Loth, qu'ils commencèrent à dévaster et à ravager autant qu'ils le pouvaient. Mais le conte cesse de parler d'eux pour quelque temps, et nous allons vous parler[1] de Bamangue et de Maaglan. Car lorsque Sorionde, Oriel, et Hertaut, les trois cousins, eurent quitté le camp, tous les rois de l'armée tinrent conseil[2] pour savoir comment ils pourraient prendre la cité de Nambières, car elle était prodigieusement bien défendue. Et le conte dit qu'elle était située dans une plaine, sans le moindre tertre ni la moindre colline dans un cercle de deux lieues environ. Il y avait autour de la ville de larges fossés profonds, remplis d'eau, et la largeur des douves était d'une portée d'arc ; en outre, entre la ville et les fossés[3], il fallait compter avec les murs et les tourelles, qui étaient de pierre, si proches l'une de l'autre qu'entre deux il n'y avait que deux toises. Il n'y avait d'autre part que deux entrées à la ville, chacune dotée de deux portes coulissantes bien solides et hermétiquement close ; on les fermait par deux serrures de fer et par des barres de traverse, grandes et solides.

172. Que puis-je vous dire encore de la ville ou de ses fortifications ? En plus de tout cela, elle était encerclée entièrement d'eau, car la rivière venait battre les murs des deux côtés. L'eau vive, du côté de la terre ferme, et le marécage l'entouraient de telle manière que personne ne pouvait l'assiéger que d'une direction, et là il y avait deux paires de fos-

---

s'en partirent et chevauchierent tant qu'il vinrent en la terre au roi Loth. Si le conmencierent a gaster et a essillier au plus qu'il porent. Mais se taiſt ore un poi li contes, si vous dirons de Brangue et de Maaglant. Car quant Soriondes et Oriels et Hertaut, cil .III. cousin, s'en furent parti de l'oſt si tinrent tout li roi de l'oſt un parlement conment il porroient prendre la cité de Nanbieres, car ele eſtoit a merveilles fors. Et li contes diſt qu'ele seoit a plainne terre, se n'i avoit terre ne montaigne plus de .II. lieues environ. Si avoit environ la vile grans fossés et larges plains d'aigue molt parfonde, si eſtoit li marois grans[a] et l'eſtant que uns ars porroit traire de tous sens a une fois et entre la vile et les fossés eſtoient li mur et les tourneles de pierres bateillies si prés l'une de l'autre qu'il n'i avoit que .II. toises l'une de l'autre. Si n'avoit en la vile que .II. entrees et a chascune avoit .II. portes couleïces et bones portes cloans et jointices qui clooient et fermoient a .II. fermes de[b] serures de fer et as bares grans et fors qui eſtoient mises de travers.

172. Que vous iroie je devisant de la vile ne de la force dont ele eſtoit ? Car avoques ce qu'ele eſtoit forte eſtoit ele asise sor toute riens de riviere, car l'aigue courans li batoit a une coſtiere entre la ferme terre et le marois, et avironoit icil la vile de tous sens que nus hom n'i pooit metre siege que d'une part. Et de cele part avoit .II.

sés, larges et profonds, et au-delà un marais d'une portée d'arbalète en largeur et de plus de quatre lieues en longueur. Les rois se demandaient donc comment ils pourraient s'emparer de cette cité ; ils réfléchirent longtemps et tinrent conseil en se demandant l'un à l'autre ce qu'ils pourraient en faire ; car ils voyaient bien, comme ils le dirent, qu'elle ne pouvait être prise que par la faim. Il y avait parmi cette assemblée un roi du nom de Maragonde ; il se dressa et dit au roi Bamangue : « Seigneur, à mon avis, il nous faudra rester sur cette terre tant que la cité ne sera pas réduite par la faim ; et pendant que nous nous en occupons, nous pourrions aussi bien en assiéger et en prendre une autre, car cela ne nous serait pas plus difficile d'en prendre deux plutôt qu'une seule.

173. — Sur ma vie, dit Maaglan, vous n'avez pas tort. Si l'on voulait m'en croire, nous enverrions le tiers de nos forces devant la cité de Clarence ; et les renforts qui viendront de notre pays iront avec eux à ce siège. Car il n'y a pas dans ce pays tellement de gens que le quart des nôtres ne puissent les déloger.

174. — Cher seigneur, fit le roi Bamangue, quel parti êtes-vous d'avis d'y envoyer ? — Je vais vous le dire, répliqua Aminaduc. Iront : le roi Hargodabrant, le roi Singaloire, le roi Sorbarès, les rois Maragonde, Misène, Pignoret, Sapharin, Thoas, Satiphus, Plantamor, Sornegrieu et Mathamas.

---

paire de fossés grans et parfons et lés et aprés fu li marois si grans et lés come une arbalefte porroit traire et de loing duroit bien .iv. lieues plenieres. Si le vont li roi regardant en quel maniere il porront tant faire qu'il le preïssent, si tiennent entr'aus molt grant parlement. Si demande li uns a l'autre qu'il em porront faire, car il voient bien, ce dient, qu'ele ne puet eftre prise fors par afamer. Illuec ot un roi qui ot a non Maragondes, si se drecha em piés et dift au roi Bramangue : « Sire, il m'eft avis qu'il vous couvenra en cefte terre tant eftre que cefte cités soit afamee et, tandis con nous somes devant cefte vile porroit on une autre afamer et prendre, car ausi toft em prendrons nous .ii. com une.

173. — Par mon chief, fait Maaglans, vous ne mentés mie. Et qui croire me vauroit nous envoierienmes la tierce [e] partie de nos gens devant la cité de Clarence. Et cil qui venront de noftre païs en iront avoec aus au siege, car il n'a mie tant de gent en ceft païs que la quarte part de noftre gent peüft jeter aus de place en nule maniere.

174. — Biaus sire, fait li rois Bramangue, et lequele partie acordés vous qu'i iroift ? — Ce vous dirai je bien, fait Aminadus. Il i ira li rois Hargodrabans et li rois Synagloires et li rois Sorbaros et li rois Maragondes et li rois Misenes et li rois Pignorés et li rois Sapharins et li rois Thoas et li rois Sathifus et li rois Plantanior et li rois Sornegriex et li

Que chacun ait sous sa bannière vingt mille hommes, et
qu'ils montent le siège devant la ville si sévèrement que personne ne puisse y entrer sans être tué et coupé en morceaux ! » Leur conseil prit fin là-dessus ; ils furent tous
d'accord pour dire qu'ils iraient sans tarder à la cité de Clarence. Et c'est ce qu'ils firent en effet : ils se logèrent tout
autour de la ville et y demeurèrent fort longtemps. Mais le
conte cesse ici de parler du siège pour un moment, et se
remet à parler des Saxons qui sont entrés sur la terre du roi
Clarion de Northumberland.

175. Le conte dit ici que le roi Clarion, quand il vit que les
Saxons ravageaient ainsi sa terre, en fut très courroucé ; il
prit un espion et l'envoya s'informer de leur nombre. Quand
celui-ci eut rempli sa mission, il revint, très effrayé, et dit au
roi qu'ils étaient bien soixante mille ou plus, et qu'ils ravageaient et dévastaient tout. À ces mots, le roi prit un messager et l'envoya au duc Escaut de Cambénic en lui
demandant d'être au Détroit de la Roche Margot, sur la
Saverne, avec autant de troupes qu'il pourrait en rassembler ;
car les Saxons étaient entrés sur sa terre et la mettaient à sac.
Le messager remplit sa mission comme le roi le lui avait
ordonné. À cette nouvelle, le duc convoqua tous ses gens,
tant et si bien qu'il rassembla douze mille hommes, puis il
vint à la Roche où il trouva le roi Clarion qui en avait treize
mille. Ils manifestèrent beaucoup de joie à se rencontrer,

---

rois Mathamas et ait chascuns a sa baniere .xx.m. homes et tiengent le
siege devant la vile si fierement que nus n'i puisse ne venir ne entrer
que tout ne soient ocis et decopés. » Si fu tele la fin de lor conseil si
que tout s'i acorderent qu'il s'en iroient tout droit vers la cité de Clarence. Et il si firent et se logierent tout environ la cité. Quant il i
furent venu si i demourerent molt longement. Mais atant se taist ore li
contes a parler du siege une piece et retourne a parler des Saisnes qui
sont entré en la terre au roi Clarion de Norhomberlande.

175. Or dist li contes que* quant li rois Clarions vit que li Saisne
destruisoient ensi sa terre si en fu molt dolans, si prist une espie et
l'envoia por savoir s'il estoient grant gent. Et quant cil les ot veüs si
s'en tourna ariere au roi molt esfreés et li dist qu'il estoient plus de
.lx.m. qui gastoient et essilloient molt durement le païs. Quant li rois
Clarions entendi ceste parole si prist un message et l'envoia au duc
Escalos de Cambenyc* et li manda qu'il fust encontre lui au destroit de
la Roce Margoth sor la riviere de Saverne a tant de gent com il
porroit avoir, quar li Saisne sont entré en sa terre qui toute le
destruient. Et li messages le fist tot issi conme li rois le commanda, si
parfurni molt bien son message. Et* quant li dus entendi ceste nouvele si semonst [f] et manda toute sa gent, si en assambla itant qu'il
en ot .xii.m. et puis chevaucha tant qu'il en vint la, si trouva le roi

mais ils n'étaient pas là depuis très longtemps quand ils virent feu et flammes monter de la terre, et une si grande poussière se lever que l'air en était obscurci. Quand le roi et le duc virent ce spectacle, pas la peine de demander s'ils en furent navrés et courroucés.

176. Ils se mirent en marche dans la direction d'où montait le feu, et rencontrèrent les fuyards qui s'en venaient criant et pleurant, se lamentant si fort sur leurs pertes et les dommages subis que les rois en éprouvèrent une grande pitié. Ils continuèrent à chevaucher jusqu'à ce qu'ils rencontrent ceux qu'ils désiraient rencontrer ; ils n'attendirent pas alors plus longtemps, mais se ruèrent sur eux. Il y eut là grand massacre d'hommes et de chevaux, et les Saxons y perdirent beaucoup au premier abord car ils étaient éparpillés tout le long de la rivière, conduisant leur butin vers le camp. Les fourriers étaient plus de quinze mille, mais le roi Clarion et le duc Escaut leur menèrent la vie dure. Le combat dura de prime jusqu'à midi sonnant ; et le conte dit qu'ils mirent à mort dix mille de cette piétaille. Mais quand la grande masse des chevaliers arriva, les nôtres furent très effrayés, car ils étaient vraiment très nombreux. Pourtant, il y avait parmi nos troupes beaucoup de bons chevaliers : en effet, il y avait le seigneur de la Douloureuse Tour, avec cent chevaliers preux, vaillants et hardis, Christofle, aussi, et Sansadoine, un châtelain de Norhaut,

---

Clarion atout .XIII.M. armés. Et si tost com il s'entrevirent si s'entrefirent molt grant joie et il n'orent gaires illuec esté quant il virent fu et flambe saillir parmi la terre et lever la pourriere si grans que li airs qui clers estoit en devint noirs et tourbles. Et quant li rois et li dus le virent³ il ne fait mie a demander s'il en furent dolant et coureçié durement.

176. Lors se metent a la voie cele part ou il virent le fu lever, si encontrerent les fuians qui venoient braiant et criant, si faisoient molt grant doel de lor perte et de lor damage. Si en orent li roi molt grant pitié et chevauchierent tant qu'il encontrerent ciaus qu'il desiroient a encontrer, si ne firent onques autre demeure, ains les alerent ferir molt durement. Illuec ot molt grant ocision de gent et de chevaus. Si i perdirent molt li Saisne au premier de lor gent qui estoient espandu tout contreval la riviere si conduisoient la proie devers l'ost. Si furent li fourrier plus de .XV.M., si lor rendi li rois Clarions et li dus Escaus molt grant estour et se combatirent de prime jusques a miedi sonant. Si dist li contes que bien en ocient .X.M. de cele pietaille. Mais quant la grant chevalerie vint si furent li nostre molt esfree, car cil estoient molt grant gent et si avoient il en lor compaingnie molt de bons chevaliers. Car avoec aus fu li sires de la Dolerouse Tour atout .C. chevaliers prous et vallans et hardis. Et Christofles i fu et Sansadosmes uns chastelains de

avec mille hommes en armes (son fief était le château du
Profond Gaut en Northumberland) ; et également Bréhus
sans Pitié[1] de Salerne. Aux côtés du duc Escaut se trouvaient Sanebron avec huit mille chevaliers bien montés,
Mares le seigneur de Roestoc, qui avait amené une belle et
riche compagnie de deux mille hommes d'armes, le seigneur
de Taningue avec huit mille compagnons vaillants, hardis et
bien capables de l'aider, le seigneur de la Blanche Tour, qui
était fort preux et vaillant, avec onze cents chevaliers, Gaudin, le neveu du roi Arthur, richement armé, accompagné de
trois cents chevaliers, et enfin Gravadain du Castel Fort,
avec quatre cents chevaliers, bien montés sur de bons
destriers rapides et solides[2]. Quand ils furent tous assemblés,
ils furent bien au total plus de trente-six mille, et se tinrent
en embuscade dans un défilé rocheux sur la Saverne. Et les
autres les chargèrent avec une telle force qu'ils n'auraient pas
pu tenir longtemps, n'eût été l'abri que leur procurait leur
situation. Il y eut là une pressante et dangereuse mêlée, car
les Saxons et leurs alliés étaient pleins d'orgueil, richement
armés et puissants, et comptaient parmi les meilleurs chevaliers de toute l'armée d'invasion. En outre, ils étaient si forts
et si nombreux qu'ils ne redoutaient personne ; quand ils
virent leurs ennemis, ils les assaillirent rudement, mais ceux-
ci se défendirent si bien qu'ils ne purent pas les déloger,
quoi qu'ils fassent. Et ils ne pouvaient les attaquer qu'avec
des armes de jet : ils leur lancèrent des javelots et des épieux

---

Norhaut, atout .M. homes ferarmés et cil tint le chastel el Parfont Gant
en Norhomberlande. Et si i fu Breus sans Pitié li sires de Salerne et si
fu devers le duc Escau⁵ Sanebron atout .VIII.M. chevaliers molt bien
montés. Et si i fu Marés, li sires de Roestoc, qui molt i amena de bele
compaingnie et riche jusques as .II.M. ferarmés. Et si i fu li sires de
Caningues atout .VIII.M. compaingnons prous et hardis et secourables.
Et si i fu li sires de la Blanche Tour qui molt estoit prous et hardis
atout .VI.C. chevaliers. Et si i fu Gaudins, li niés le roi Artu, armés molt
richement atout .III.C. compagnons. Et si i fu Gravadains au Chastel
Fort atout .IV.C. chevaliers molt bien montés sor bons destriers et courans et fors. Quant il furent tout assemblé si furent bien que un que
autre plus de .XXXVI.M., et se tinrent tout embuschié au destroit d'une
roce sor [*1004*] la riviere de Saverne. Et cil lor vinrent sor les cuers et
sor les cors a tel foison que petit i eüssent demouré se ne fuissent li
destroit ou il estoient. Illuec ot angoissouse mellee car cil devers les
Saisnes estoient orguellous et riche et poissant et des miudres chevaliers de tout l'ost, et avoec ce estoient il si poissant et si grant foison
que nule riens ne doutoient. Et quant il les voient si les assaillent molt
durement, et cil se desfendent si bien que tolir ne lor puent place pour
riens que il facent ne ne puent a els venir se as lances non. Si lor lan-

aiguisés, et il y eut beaucoup de blessés gravement atteints de part et d'autre. Le combat dura ainsi trois jours entiers de l'aube à la tombée de la nuit, sans que jamais ils ne retirent heaume ou haubert jusqu'au soir où ils mangeaient les piètres rations qu'ils avaient. Mais le conte se tait ici à leur sujet, jusqu'à nouvel ordre, et revient au roi Arthur et à sa compagnie qui sont dans la cité de Carohaise en Carmélide, très honorés par le roi Léodegan.

Merlin raconte les événements de Logres à Arthur.

177. Le conte dit dans ce chapitre que dans la cité de Carohaise on fit grande fête pour célébrer la victoire remportée sur les ennemis et le gain acquis à cette occasion. Tous se rassemblèrent de partout, et le roi Arthur fut très honoré et très bien servi par le roi Léodegan et par sa fille qui le fit avec zèle sur l'ordre de son père. Il arriva qu'un jour Merlin prit les trois rois à part et leur dit : « Chers seigneurs, il me faut aller au royaume de Logres, car on y a grand besoin de mon aide et de mes conseils ; non que la terre soit encore en danger, et qu'elle ne soit bien protégée contre ses malfaisants envahisseurs, mais sachez quand même que les barons souffrent beaucoup de la main des Saxons, car ceux-ci sont trop nombreux. Ils ont assiégé deux cités dans leur orgueil : l'une est Nambières, l'autre Clarence ; et ils ont massé là les troupes de plus de quarante royaumes, et chaque jour leur nombre

---

cierent glaives et espiex esmolus si s'entreblecierent et navrerent li un les autres molt durement, si dura la mellee ensi .III. jours entiers tous dis jusqu'a la nuit que onques n'i ot hauberc ne hiaume osté de teste jusques au soir qu'il mengierent tel viande com il avoient, ne mais ce estoit petit. Mais ore se taist li contes a parler d'aus tant que poins en sera, et retourne a parler du roi Artu et de sa compaingnie qui sont en la cité de Carohaise en Carmelide molt a aise et molt honeré del roi Leodegam.

177. Or dist li contes en ceste partie que molt demenerent grant joie et grant feste en la cité de Karohaise de la victoire et del gaaing qu'il avoient sor lor anemis. Si assamblent lor gent de totes pars, si i fu li rois Artus molt honerés et molt servis du roi Leodegan et de sa fille qui molt s'en pena par le conmandement son pere. Si avint un jour que Merlins prist les .III. rois, si les traïst a une part, si lor dist : « Biaus signour, il me covient aler el roiaume de Logres[a], car molt i a grant mestier d'aïde et de conseil, non mie pour ce que la terre ait encore garde que bien ne soit encore rescousse des malfaisans qui i sont, mais li baron, saciés, sont molt grevé des Saisnes, car trop en a en la terre. Si ont assises .II. cités en la terre[b] par lor orgueil, dont l'une a a non Nambieres et l'autre Clarence. Et il i sont assamblé les gens de plus de .XL. roiaumes, et encore croissent cas[b]cun jour plus

s'accroît encore. » Puis il leur conta comment les Saxons
s'étaient répandus dans toute la contrée, les uns marchant sur
le roi Yder en Cornouaille, les autres sur le roi Loth en Orcanie et en Loénois, et un troisième groupe sur le roi Clarion de
Northumberland et sur le duc de Cambénic.

178. Puis il leur conta toutes les rencontres et toutes les
batailles, et l'issue des combats entre les rois et les Saxons, et
le grand conseil à l'issue duquel ils s'étaient déterminés à
assiéger les deux cités. Il leur dit aussi comment Yvonet le
Grand et Yvonet le Bâtard s'étaient séparés du roi Urien, leur
père, comment Dodinel, Keu d'Estraus et Kahedin le Petit
avaient quitté leur pays et s'en allaient vers Logres, auprès de
Gauvain, affirmant qu'ils ne seraient pas chevaliers avant que
le roi Arthur, et lui seul, leur ceigne l'épée. « Et sachez qu'ils
ne pourront y parvenir si personne d'autre qu'eux ne s'en
mêle : c'est pour cette raison essentielle que j'y vais. Ne
vous préoccupez que de prendre vos aises et de vous reposer, et ne bougez pas d'ici jusqu'à mon retour, car je ne mettrai pas très longtemps, je vous le dis. — Ah ! Merlin, fit le
roi Ban, ne tardez pas, car nous serions en bien mauvaise
posture, nous serions morts, si vous nous abandonniez ; et
nous dirions que vous nous avez trahis ! — Comment, répliqua Merlin, chers seigneurs, croyez-vous donc que je ne vais
pas revenir ? Gardez-vous bien de penser ce genre de choses,
car vous y perdriez mon affection ! — Seigneur, repartit le roi

---

et plus. » Et puis lor conte conment li Saisne sont espandu parmi la
terre, dont l'une partie en vait sor le roi Yder en Cornuaille et l'autre
sor le roi Loth en Orcanie et en Leonoys. Et la tierce sor le roi Clarion de Norhomberlande et sor le duc de Cambenyc.

178. Aprés lor conte toutes les noises et toutes les batailles et tous
les tribous*ª* qui i ont esté et les desconfitures qui ont esté entre les
rois et les Saisnes, et le grant parlement qu'il tinrent par coi il assirent
les .ii. cités, et conment Yvones li grans et Yvones li Avoutres se
sont parti de chiés le roi Urien lor pere, et conment Dodyniaus et
Kex d'Estraus et Kahedins li Petit s'en sont parti de lor païs et en
vont a Logres a Gavain et ont juré et afié qu'il ne seront chevalier
devant ce que li rois Artus lor chaindra lor espees a lor flans. « Et
saciés qu'il ne porront venir s'il n'i a autre conseil que le lor, et c'est
la chose pour coi je vuel aler. Et gardés que vous soiiés molt a aise et
vous reposés si n'alés ne cha ne la jusqu'a tant que vous me reverrés,
car je ne demourerai gaires, ce vous di je bien vraiement. — Ha,
Merlin, fait li rois Bans, ne demourés gaires, car nous serienmes mort
et mal bailli se vous nous aviés guerpis et dirienс que vous nous
auriés traïs. — Conment, fait Merlins, biaus signour ? Quidiés vous
dont que je ne reviengne mie ? Or gardés que jamais n'i pensеés, car
vous auriés m'amour perdue. — Sire, fait li rois Bans, je n'i pense

Ban, ce n'est pas que je le croie, mais j'aime tant votre compagnie... — N'insistez pas davantage, fit Merlin, car vous me
retrouverez avant que la bataille n'arrive en ce royaume.
Adieu ! car je n'ai pas de raison de m'attarder. »

179. Merlin les quitta alors brusquement sans qu'ils
sachent ce qu'il était devenu ; et le soir même il vint en Northumberland, à son maître Blaise qui lui fit fête en homme
qui appréciait fort sa compagnie. Merlin lui conta toutes les
aventures qui s'étaient produites au royaume de Logres sans
rien laisser de côté, et Blaise mit tout cela par écrit, mot à
mot, et c'est par lui que nous savons encore ce que nous
savons. Quand tout cela eut été consigné, Merlin lui conta
pour quelle mission il avait laissé les trois rois en Carmélide.
Ce même soir où Merlin parla à Blaise, les troupes d'Oriel
campaient sur la rive de l'Hombre, car ils entraient tout juste
dans la région. Mais le conte cesse ici de parler de Merlin, de
Blaise et des Saxons, et revient à Sagremor qui avait quitté
Constantinople avec trois cents compagnons et s'en vint à la
cour du roi Arthur pour y être fait chevalier.

Sagremor et Gauvain.

180. Le conte dit ici que Sagremor, après son départ de la
riche Constantinople, arriva finalement au port de Wissant ;
ils passèrent la mer à la rame et à la voile, car ils avaient un

---

nule felonnie que j'aie en vers vous, mais pour vostre compaignie
avoir que je tant aim. — Ore laissiés estre, fait Merlins. Car par tans
me ravrés ançois que la bataille soit en cest roiaume. Et a Dieu vous
conmant car je n'ai que demourer. »

179. Lors s'en part Merlins d'aus si soudainnement qu'il ne sorent
qu'il fu devenus et s'en vint au soir meïsmes a Blayse son maistre en
Norhomberlande que molt grant joie li fist quant il le vit com cil qui
molt amoit sa compaignie. Et Merlins li conta toutes les aventures
qui estoient avenues el roiaume de Carmelide puis qu'il s'em parti de
lui. Et après li conta toutes iceles choses qui estoient avenues el
roiaume de*a* Logres*b* que riens nule n'i laisse a conter. Et cil le mist en
escrit mot a mot, et par lui savons encore ce que nous en savons.
Quant il ot ce mis en escrit, si li conta pour quel besoing il avoit laissié les .iii. rois el roiaume de Carmelide. Et cel soir que Merlins parla
a Blayse se fu la maisnie Oriels logie sur la riviere de Hombre, car
encore a primes entroient en la terre. Mais atant *[d]* se taist li contes
de Merlin et de Blayse et des Saisnes et retourne a parler de Saygremor qui se parti de Coustantinoble atout .iii.c. compaignons et s'en
vint a la court le roi Artu pour estre chevaliers nouviaus.

180. Or dist li contes que tant esploita Saygremors puis qu'il s'en
fu partis de la riche cité de Coustantynoble qu'il vint au port de Wissant. Si nagierent tant com cil qui bon tans avoient et bon vent*a* et

temps beau et serein, jusqu'à ce qu'ils arrivent au port de Douvres. Quand ils eurent débarqué, ils en furent très heureux ; ils arrangèrent leur équipage et montèrent à cheval puis se mirent en route en direction de Camaalot. Ils allaient au hasard, ne connaissant pas les chemins, et ils ne trouvèrent personne à qui demander des nouvelles du roi Arthur, car le pays était brûlé et ravagé, les Saxons l'ayant ainsi dévasté ; mais les jeunes gens n'en savaient rien, jusqu'à ce qu'ils tombent sur une grande troupe de Saxons qu'Oriel avait détachés de ce côté : ils étaient bien vingt mille et gardaient les environs de Norhaut pour que personne ne leur fasse tort du butin qu'ils avaient assemblé. Quand les adolescents furent à peu près à une lieue des Saxons, ils approchèrent les fuyards qu'ils rencontrèrent, et ils leur demandèrent ce qu'ils avaient ; et ils leur répondirent qu'ils s'enfuyaient à cause des Saxons qui ravageaient le pays. Sagremor leur demanda alors où était le roi Arthur, et ils lui dirent qu'il était allé au royaume de Carmélide. « Et qui a donc la garde de ce royaume ? » demanda Sagremor ; à quoi ils répondirent que les enfants du roi Loth d'Orcanie étaient venus servir pour obtenir leurs armes de chevaliers. « Où sont-ils ? fit Sagremor. — À Camaalot. Mais pour l'amour de Dieu, nobles jeunes gens, n'allez pas plus avant, car vous seriez bientôt tués et blessés !

181. — Dites-moi donc, fit Sagremor, de quel côté est Camaalot. — Certes, cher ami, vous êtes bien sur la bonne

---

souef qu'il arriverent au port del Doivre. Et quant il furent outre si en furent molt lié et tourserent lor harnois et monterent sor lor chevaus et cueillirent lor chemin vers Camaaloth et errerent come cil qui ne savoient les chemins si ne trouverent a qui demander noveles del roi Artu, car il trouverent le païs ars et gasté si com li Saisne l'aloient destruiant. Si n'en sorent onques mot li enfant tant qu'il s'embatirent sor un grant trope de Saisnes que Oriels avoit sevré d'une part et furent bien .XX.M. Si aloient escergaitant entor Norhaut que nus ne lor feïst damage de la proie qu'il avoient acueillie. Quant li enfant aprocent a une lieue prés des Saisnes si aprocent les fuians et les encontrent. Et li enfant lor demanderent qu'il avoient et il dient qu'il s'enfuient por les Saisnes qui destruient tout le païs. Et Saygremors lor demande ou est donques li rois Artus et il dient qu'il estoit alés el roiaume de Carmelide. « Et qui est dont en cest païs ? » fait Saygremors. Et li païsant dient que li enfant le roi Loth d'Orcanie i sont qui le roi estoient venu servir por avoir lor armes avoir. « Et ou sont il ? fait Saygremors. — Il sont a Camaaloth, font cil, mais pour Dieu, gentil enfant, n'alés avant car ja seriés tout ocis et afolé.

181. — Or me dites, fait Saygremors, quel part est Camaaloth ? — Certes, biaus amis, font il, vous estes bien el chemin se ne fust pour

route, sauf que les traîtres viennent par ici ; mais fuyez, ou
vous êtes tous morts ! — À quelle distance est Camaalot ?
— Seigneur, fit l'un, il y a bien dix lieues écossaises. »

182. Quand Sagremor entendit qu'il n'y avait que dix lieues,
il s'écria à l'adresse de ses compagnons : « Aux armes, nobles
jeunes gens ! On va voir maintenant qui saura être vaillant !
Prenez bien garde que ces mécréants qui dévastent la contrée
n'emportent rien de nous qui ne leur ait été vendu fort cher !
Car si nous réussissons à traverser leurs lignes et à nous placer
entre eux et Camaalot, nous y arriverons bien grâce aux ressources de nos chevaux, si cela devient nécessaire. » Les
écuyers mirent alors pied à terre et s'armèrent : ils revêtirent
des hauberts à mailles fines, tout neufs, qui brillaient comme
s'ils étaient d'argent pur. Ils s'armèrent bien et se préparèrent,
en jeunes gens hardis et courageux qu'ils étaient ; tous avaient
de bons casques[1] d'acier qu'ils lacèrent sur leurs coiffes de fer ;
puis ils montèrent leurs chevaux caparaçonnés de fer qui
étaient si bons qu'on ne pouvait en trouver de meilleurs nulle
part. Ils se rangèrent en ordre, puis, comme un vol d'étourneaux, ils chevauchèrent contre les Saxons qui les voyaient
approcher. Mais ici le conte cesse un petit peu de parler d'eux
et revient à Merlin : comment il quitta Blaise son maître, qui
résidait dans la forêt de Northumberland, et comment il s'en
vint aux portes de la cité de Camaalot, vêtu d'une robe de bure.

---

les desloiaus qui ci viennent. Mais fuiés ou vous estes tout mort. —
Et combien a jusques a Ca[d]maalot ? fait il. — Sire, fait li uns, il i a
bien .x. lieues escogoises. »

182. Quant Saygremors entent qu'il n'i a que .x. lieues si s'escrie a
ses compaignons : « Franc damoisel, ore as armes, ore i parra qui
prous sera ! Et gardés que cil mescreant qui si destruient cest païs
n'enportent riens du nostre qu'il ne lor soit molt chier vendu. Car se
nous poons tant faire que nous les poons trespercer d'outre en outre
et nous nous puissions metre entr'aus et Camaalot nous nous en iriens
adonc bien par la force de nos chevaus se besoingn et mestier nous en
iert. » Adonc descendent li esquier et s'arment et vestent haubers en
lor dos fins et clers et nouviaus et reluisans come fins argens fourbis
et esmerés, si s'arment et apareillent bien et bel com cil qui estoient
prous et hardis et coragous, si orent bons chapiaus d'acier et les lacierent par desous les coifes de fer en lor chiés. Lors laissent les palefrois
et montent es chevaus tous couvers de fer qu'il avoient si bons et si
biaus qu'il n'i covenoit a querre meillours en nule terre, puis se rengent et serrent en un tropel aussi com estornel et chevaucent tout le
chemin encontre les Saisnes qui les voient venir. Mais atant se taist
ore li contes un petit d'aus, et retourne a parler de Merlin conment il se
parti de Blayse son maistre qui estoit en la forest de Norhomberlande
et s'en vint devant la vile de Kamaaloth vestus d'une cote de buyrel.

183. Le conte dit ici que Merlin, après avoir raconté à Blaise tout ce qui s'était passé par le pays, comme cela s'était produit, avait pris congé de lui. Au matin, il se leva et s'en alla ; il ne tarda pas à arriver devant la ville de Camaalot. Il prit alors une apparence de vieillard, vêtu de surcroît d'une vieille cotte de bure toute déchirée et râpée ; il était grand et courbé en avant, tout bossu, avec les épaules tombantes, tant il était vieux. Il avait des cheveux grisonnants emmêlés et une longue barbe ; il portait accrochée au cou une massue, et poussait devant lui un grand troupeau de bêtes sauvages. Quand il fut tout près de la cité, il commença à manifester une grande douleur et à crier si fort que ceux qui étaient sur les murs l'entendirent clairement ; il disait : « Seigneur-Dieu, quel malheur, quel dommage que de si beaux jeunes gens soient sur le point d'être tués et massacrés à tort !

184. « Ah ! Roi Arthur, seigneur, quels alliés tu vas perdre aujourd'hui, qui t'auraient beaucoup aidé, s'ils avaient vécu le cours normal de leur âge, à reconquérir ta terre contre tes ennemis ! Ah ! Sagremor, noble écuyer, franc et débonnaire, puisse Celui qui souffrit pour nous l'angoisse de la mort vous protéger de la mort ! Et si vous mourez, qu'il garde votre âme au saint paradis, et qu'elle ne subisse pas les tourments de l'enfer ! Aussi vrai qu'il est le vrai Dieu tout-puissant, qu'il vous protège, vous et votre compagnie ! » Ces mots que disait Merlin, Gauvain et ses frères les entendirent bien, car

---

183. Or dist li contes que⁴ quant Merlins ot conté a Blayse toutes les aventures de la terre si com eles estoient avenues puis qu'il s'estoit departis de lui, et quant vint l'endemain matin que li jours aparut, si se leva Merlins et prist congié a lui et s'en revint devant la vile de Kamaaloth et prist une vielle samblance et fu em par le cors vestus d'une vielle cote de buirel toute desciree et toute despanee. Et il fu lons et crochus avant et [e] les espaulles retraites et bochus pour la corbesce de la viellece. Et ot sa teste entremellee de chaines et la barbe longe et tournee et tenoit une mache a son col et chaçoit molt grant foison de bestes entour lui. Et quant il fu venus devant la cité si conmencha a faire molt grant dueil et a escrier si fort que cil des murs l'oïrent molt clerement, si oent qu'il vait disant : « Biaus sire Dix, com grant damage de si biaus enfans qui ja seront ocis et detrenchié a tort et a pechié !

184. « Ha rois Artus, sire, ques amis tu perdras hui en cest jor qui molt t'aïdaissent s'il vesquissent lor droit aage a conquerre ta terre contre tes anemis ! Ha, Saygremors, gentix esquiers, frans et debonaires et dous, cil qui souffri l'angoisse de mort si gart il vostre cors que vous ne soiiés ne mort ne afolé ! Et se vous i estes mort si gart il l'ame de vous en son saint paradis qu'ele ne soit tourmentee des painnes d'infer, si vraiement com si est vrais Dix et poissans sor

ils étaient montés sur le mur de la ville, tout armés, et regardaient la lueur rougeoyante du feu que les Saxons avaient mis à la terre. En effet, ils étaient venus à Camaalot pour garder la ville, et dès qu'ils avaient su que les Saxons étaient entrés dans le pays ils étaient montés aux créneaux pour voir si les ennemis viendraient assaillir Camaalot. Gauvain appela le vilain à haute voix et lui dit : « Vilain, viens un peu nous parler ! Dis-nous ce que tu as et pourquoi tu te lamentes ainsi, et dis-nous qui est celui dont tu déplores tellement le sort. » Et Merlin de faire la sourde oreille, et de donner de grands coups de sa massue sur le sol, comme s'il était hors de son bon sens à cause d'une grande douleur. Puis il s'appuya sur sa massue et recommença ses manifestations de deuil ; après s'être lamenté ainsi un grand moment, il fit mine de pousser ses bêtes devant lui comme s'il voulait s'enfuir vers la forêt. Et il dit à nouveau, haut et fort : « Ah ! chevalerie de Logres, qu'êtes-vous devenue ? On disait il n'y a pas encore huit jours que la merveille du monde était venue dans ce pays : on prétendait en effet que le neveu du roi Arthur gardait cette contrée, mais il le fait bien mal, lui et les siens, quand il laisse mourir la merveille du monde ! »

185. Quand Gauvain entendit ces paroles, il fut très anxieux de savoir pourquoi le vilain avait dit cela, et pourquoi il se lamentait ; il le rappela donc, trois ou quatre fois à la suite : « Vilain, vilain, parle-moi ! Dis-moi ce que tu

---

toutes choses, vous et vos compaingnons ausi ! » Iceste parole que Merlins dist entendi bien Gavains et si frere. Car il estoient sor les murs de la vile monté et estoient tout armé, si esgardoient la rougeur del fu de la terre que li Saisne ardoient tout entour, car il estoient venu a Kamaaloth pour la vile garder si tost com il sorent que li Saisne estoient entré. Si estoient illuec monté pour savoir se li Saisne venroient vers Camaaloth asaillir. Et Gavains apele le vilain a haute vois et li dist : « Vilains, vien cha parler a nous et nous di que tu as et pour coi tu te dementes si. Et si nous di qui cil est que tu si fierement regretes. » Et cil si fait sorde oreille et fiert sa machue en terre ausi com s'il fust fors del sens et qu'il ait grant dolour au cuer si s'apoie sor sa machue et reconmenche son duel a faire. Et quant il s'est grant piece dementés si rechace ses bestes avant ausi com s'il vausist fuir vers la forest et puis redist a haute vois : « Ahai, chevalerie de Logres, qu'estes vous devenue ! Ja disoit on, n'a mie encore .VIII. jours, qu'il estoit venus en cest païs la merveille del monde. Car on disoit que li niés le roi Artu gardoit cest païs. Certes, mauvaisement i pert quant il laissent morir la merveille de tout le monde ! »

185. Quant Gavains entent ceste parole si est trop angoissous de savoir pour coi li vilains a ce dit et pour coi il se demente. Si le rapele .III. fois ou .IV. tout en un randon : « Vilain, vilain, pa[s]role a moi et

as !» Mais l'autre détournait la tête et faisait semblant de ne pas l'entendre. Et il le rappela encore une fois, et enfin il leva sa tête laide et hirsute, et le regarda par en dessous, un œil ouvert, l'autre fermé[1] ; puis, grinçant des dents comme s'il avait le soleil dans les yeux, il répondit : «Que voulez-vous ? — Je veux, répliqua Gauvain, que vous me parliez un peu ; venez par ici !» Et le vilain s'avança tant qu'il vint au pied de la muraille, au bord des fossés qui encerclaient la ville. «Vous pouvez bien maintenant me raconter ce que vous voulez. Mais parlez avant que ces bêtes ne s'en aillent dans ce bois ! — Je veux, fit Gauvain, que tu me dises pourquoi tu pleures, et qui est celui dont tu déplores le sort, en blâmant à son propos les chevaliers du pays.» Le vilain dit alors : «Si tu voulais faire tous tes efforts pour le délivrer, je te le dirais. — Je te donne ma parole d'écuyer, fit Gauvain, que je ferai tout ce que je pourrai pour cela.»

186. Quand le vilain vit que Gauvain était si anxieux de savoir ce pour quoi il était venu[1], il lui dit : «Noble seigneur, qui êtes-vous ? — J'ai nom Gauvain, répondit celui-ci, et je suis le neveu du roi Arthur. — Je vais donc vous le dire, répliqua l'autre. Certes, j'ai grande pitié d'une troupe d'adolescents qui combattent les Saxons là-bas sur la lande, si vaillamment que jamais un si petit groupe ne s'est si bien battu. Car ils ne sont que trois cents, et les Saxons sont encore trois mille. — Et qui sont-ils ? demanda Gauvain.

---

me di que tu as !» Et cil tous jours tourne l'oreille et la teste en travers et fait samblant que pas ne l'oïe et il rapele l'autre fois et il lieve la teste qu'il ot laide et herichie et regarde celui en haut l'un oel ouvert et l'autre clos et esquingne des dens com cil qui regarde encontre le soleil et respont : «Que volés vous ? — Je voel, fait Gavains, que vous parlés un poi a moi. Traiiés vous en cha.» Et cil s'aproce tant qu'il vint desous les murs desor les fossés fors de la vile et li dist : «Or me poés vous bien dire ce qu'il vous plaira. Mais dites avant que ces bestes s'en voisent a cel bois la. — Je voel, fait Gavains, que tu me dies pour coi tu ploures et que tu me dies qui cil est que tu as tant regreté et pour coi tu as tant blasmé les chevaliers de cest païs.» Et li vilains li dist : «Se tu metoies painne a lui delivrer je le te diroie. — Je le te creant loiaument come esquiers, fait Gavains, que je i metrai toute la painne que je i porrai metre.»

186. Quant li vilains entendi que Gavains estoit si angoissous de savoir ce pour coi il estoit venus illuec, si dist a Gavain : «Biaus sire, qui estes vous ? — J'ai a non, fait il, Gavain et sui niés au roi Artu. — Dont le vous dirai je, fait il. Certes, j'ai grant pitié d'une route de damoisiaus qui se combatent as Saisnes au chief de ceste lande si durement c'onques si poi de gent tant durement ne se combatirent. Car il ne sont que .III.C. et li Saisne sont encore .III.M. — Et qui[a] sont

Que cherchent-ils ? — Ils disent, reprit le vilain, que leur chef s'appelle Sagremor, et que c'est le petit-fils de l'empereur de Constantinople qui est venu dans ce pays pour recevoir ses armes de la main du roi Arthur. Maintenant, je vous ai dit tout ce que j'en savais ; mais si je vous conseillais d'aller les secourir, je perdrais ma peine, car je sais bien que vous n'avez pas assez de cœur et de vaillance pour y aller. Et pourtant, si vous y alliez et si vous pouviez leur porter secours, vous pourriez vous vanter d'avoir fait un grand gain dans l'affaire ! »

187. Quand Gauvain entendit le discours du vilain qui le traitait de lâche, il en fut très honteux ; il s'écria aussitôt : « Aux armes, nobles compagnons ! À cheval et suivez-moi, car je m'en vais ! » Puis, immédiatement, il monta à cheval avec ses compagnons et ils sortirent de la cité. Quand ils furent tous dehors — ils étaient bien quatre mille au total —, Gauvain, qui ouvrait la marche, vint au vilain et lui dit de monter sur un cheval et de le conduire là où les jeunes gens combattaient. Et celui-ci s'exécuta, car il ne voulait rien d'autre ; il chevaucha à leur tête jusqu'à l'endroit où il savait que les jeunes gens étaient en train de combattre.

188. En approchant, ils virent que vraiment ceux-ci se battaient très vaillamment, et avaient tué plus de trois cents Saxons. Mais il y en avait tant qu'ils ne pouvaient percer

___

il, fait Gavains, ne que vont il querant ? — Il dient, fait li vilains, que li sires d'aus a a non Saygremors, si est niés a l'emperaour de Coustantynoble qui est venus en cest païs pour prendre ses armes del roi Artu. Or vous ai je dit ce que j'en sai, ne mais se je vous disoie que vous les alassiés secourre, de tant gasteroie ma parole. Car je sai bien que vous n'avés mie le cuer ne le hardement que vous i alissiés. Et non pourquant, se vous i aliés et vous les peüssiés rescourre, vanter vous em porriés que vous auriés fait molt grant gaaing et molt trés durement riche. »

187. Quant Gavains entent la parole au vilain qui le claime couart si en ot molt grant honte si s'escrie : « Ore as armes, franc compaingnon, si montés et me sivés, car je m'en vois ! » Et si tost com il ot dite ceste parole si monta et tout si compaingnon et s'en issent fors de la cité. Et quant il furent fors issu si en i ot bien .iiii.m. que uns que autres. Si chevaucha Gavains tant tost devant et s'en vint au vilain et li dist qu'il mont⁸ [101a] sor un cheval si le maint la ou li enfant se combatent. Et cil fait son conmandement que autre chose n'aloit querant et chevauche tout premier la ou il set que li enfant se combatoient.

188. Quant il aprocierent de la bataille si trouverent que li enfant se combatoient trop durement et avoient ocis plus de .iii.c. Saisnes. Mais il estoient si grant gent qu'il ne les pooient ne troer ne

leurs rangs pour passer outre. Sagremor quant à lui faisait les prouesses les plus remarquables qu'on ait jamais vues. En effet, il tenait une hache à deux mains — il était à la tête de ses compagnons sur un destrier prodigieusement fort et rapide —, et quand s'engageait un combat singulier, il en frappait si rudement ses adversaires qu'il s'était aventuré au milieu d'eux aussi profondément que s'il était tombé dans l'abîme, et ses compagnons l'avaient suivi. Et les ennemis les encerclaient de tous côtés, car ils croyaient bien les faire prisonniers tous et les ligoter. Mais les jeunes gens étaient si preux et si vifs qu'il n'y avait personne d'assez hardi pour porter la main sur eux afin de les faire prisonniers. Sagremor en effet, tenant la hache, précédait ses compagnons et s'efforçait de percer les rangs ennemis, et il frappait à droite et à gauche, de si grands coups, si forts, qu'il tuait à chaque fois celui qu'il atteignait de plein fouet : si bien que ceux qui avaient été témoins de tels coups fuyaient dans toutes les directions et personne n'était assez courageux pour oser l'attendre. Mais ils lui lançaient force épieux pointus, tant et si bien qu'ils n'auraient pu durer sans être tués ou faits prisonniers si Gauvain et sa compagnie n'étaient pas arrivés.

189. Quand Gauvain arriva, les jeunes gens étaient en bien mauvaise posture ; les nouveaux venus se jetèrent dans la mêlée si énergiquement qu'au premier assaut ils abattirent plus de deux mille Saxons, ce dont Oriel fut profondément chagriné. Car jamais, disait-il, il n'avait vu si peu de gens se

---

percier. Si i faisoit Saigremors la plus grant prouece que nus veïst onques. Car il tenoit une hache as .ii. poins et fu devant ses compaingnons sor un destrier qui a merveilles estoit de grant force et tost alant, car quant ce vint a l'asambler, si feri ens si durement qu'il fu ausi perdus entr'aus com s'il fust cheüs en abisme et si compaingnon avoec lui. Et cil les encloent de toutes pars, car tous les quidoient prendre et loiier. Mais cil estoient et si prou et si viste que onques n'i ot si hardi qui i osast tendre la main pour aus prendre. Car Saygremors qui la hache tenoit fu devant tous ses compaingnons et se penoit d'aus trespercier et feroit a destre et assenestre si grans cops et si desmesurés qu'il ocioit quanqu'il ataignoit a droit cop. Si li fuioient de toutes pars cil qui ses cops avoient connut ne si n'i avoit si hardi qui a cop l'osast atendre, si li lançoient espix molus. Si ne peüssent mie longement durer que tout ne fuissent ou mort ou pris quant Gavains vint a toute sa compaingnie.

189. Quant Gavains vint a l'estour molt estoient li enfant agrevé. Et cil se fierent en aus si durement qu'il abatent au premier poindre plus de .ii.m. Et de ce fu molt dolans Oriels, car onques mais, ce dist, ne vit si bien maintenir si petit de gent et il tint une lance et forte et aguë et se met tout premierement es rens, et si dist qu'il

battre si bien ; il tenait une lance solide et pointue : il se mit au premier rang et déclara qu'il voudrait s'essayer contre un adversaire qu'il avait bien l'intention de courroucer et de navrer. Gauvain et ses compagnons frappèrent tant qu'ils arrivèrent auprès des jeunes gens, qu'ils trouvèrent bien fatigués ; Gauvain vit Sagremor qui était à la tête des siens, brandissant à deux mains une hache danoise dont il donnait des coups démesurés ; il était grand et robuste, et l'un des jeunes hommes les mieux faits que l'on pût trouver. Et rien de ce qu'il atteignait n'avait de recours, si bien armé et protégé qu'il fût : il transperçait tout, ou au moins tranchait bras ou jambe, épaule ou cuisse, ou côté. Il accomplissait en vérité des prodiges autour de lui. Quand Gauvain le vit, il demanda au vilain de qui il s'agissait, et celui-ci lui répondit que c'était Sagremor le Démesuré[1], le petit-fils de l'empereur de Constantinople : «Mais dépêchez-vous, éperonnez pour lui venir en aide, car il en a besoin !» Alors Gauvain et ses compagnons rompirent les rangs et se lancèrent parmi les Saxons si rudement qu'ils en abattirent deux mille ou davantage, les laissant morts ou gravement blessés. Il y eut donc là une tuerie prodigieuse, et un grand tumulte ; pourtant les jeunes gens se trouvaient dans une situation dangereuse. Car du côté de Gauvain ils n'étaient que quatre mille, qu'il avait amenés, plus trois cents, alors que les Saxons étaient bien vingt mille, sans compter ceux qui étaient dispersés en aval dans la région, brûlant et pillant : ceux-là étaient plus de quarante mille.

se vaura essaiier a tel qu'il fera dolant et courecié. Et Gavains et si compaingnon ont tant feru qu'il trouva les enfans molt agrevés et las et voit Saygremor qui estoit tout devant et tenoit une hache danoise as .II. poins dont il feroit grans cops et desmesurés. Et il estoit grans et gros et un des mix tailliés enfés qu'il conveniſt a querre. Si estoit ferus si durement cil qui il ataingnoit qu'il nel garantissoit ne fer ne fuſt ne armeüre nule qu'il ne pourfende tout ou qu'il ne li cope ou bras ou espaulle ou quisse ou coſté. Il ne faisoit se merveille non tout entour lui. Et quant Gavains [*b*] le voit si demande au vilain qui cil eſtoit et cil li diſt que c'eſtoit Saygremors li Desreés, le neveu l'empereour de Couſtantinoble. «Mais poigniés delivrement et si l'i aïdiés, car grans meſtiers en eſt.» Lors se desrenge Gavains et tout si compaingnon et se fierent es Saisnes si durement qu'il en abatent .II.M. ou plus que mors que afolés. Si i ot merveillous defouleïs et grant huee, mais li enfant i eſtoient a trop grant meschief. Car devers Gavain n'avoit que .IIII.M. et .III.C. que cil avoit amenés et li Saisne eſtoient plus de .XX.M. sans ciaus qui eſtoient espandu aval la contree qui ardoient et toloient et eſtoient bien .XL.M.

190. Quand Oriel vit que si peu de gens les tenaient si
court, il en éprouva un profond dépit, et jura qu'ils ne l'em-
porteraient pas en paradis. Il prit une lance et s'en vint sur
Agravain qui avait abattu et tué son neveu, ce dont il était
très courroucé ; au grand galop de son cheval il frappa Agravain sur son écu si brutalement qu'il fit passer la lance sous
l'aisselle et perça le haubert en deux points, si bien que le fer
ressortit de l'autre côté ; il l'embrocha ainsi, si rudement qu'il
le porta à terre par-dessus la croupe du cheval. Quand Gauvain vit son frère tomber, il eut peur qu'il ne soit mort. Avec
la hache tranchante qu'il tenait[1], il chargea le Saxon qui avait
abattu son frère et voulut le frapper sur le heaume. Mais, en
voyant venir le coup, Oriel eut peur et mit son écu en avant
pour se protéger ; Gauvain frappa un coup si fort qu'il fendit l'écu en deux ; sous le choc, Oriel bascula en avant sur
son cheval, et la hache continua sa course jusqu'au heaume
en gauchissant si bien qu'elle en trancha un quartier, avec les
mailles du haubert qui était dessous ; et le coup rompit
l'échine du bon cheval, si bien qu'ils trébuchèrent l'un et
l'autre. De son côté, Gaheriet frappa Lolunant à la tête
d'une masse d'armes si bien qu'il l'étendit mort à terre,
Guerrehet frappa Malubré sur son heaume si bien qu'il lui
fendit la tête en deux jusqu'aux dents, et Galeschin frappa
Sinados si bien qu'il fit voler sa tête sur le sol.

191. Quand les Saxons virent Oriel gisant à terre, ils

---

190. Quant Oriels vit que si petit de gent les menoient si malement, si le tint a molt grant despit, si diſt, et jure que mar en eschapera piés. Si tint une lance et s'en vint vers Agravain qui avoit son
neveu abatu et ocis dont il eſtoit molt courreciés, si laisse courre le
cheval et fiert Agravain sor l'escu si durement qu'il li conduiſt le
glaive par desous l'aissele et li perce les .ıı. plois del hauberc rés a rés
del coſté si que li fers parut outre, si l'enpaint si durement qu'il l'en
porte par desus la crupe del cheval a terre. Quant Gavains voit son
frere chaoir si ot paour qu'il ne fuſt mors. Et il tint une hache trenchant et s'en vint vers le Saisne qui son frere avoit abatu et le quida
ferir parmi le hiaume. Mais quant Oriels vit le cop venir si se douta
et jeta l'escu encontre et il i fiert un si grant cop que toute la hache i
embroie, si fendi l'escu en .ıı. moitiés. Li cops fu grans et chil hurte
le cheval avant et la hace descent sor le hiaume en esclichant, qu'il
li cope un quartier del hiaume et les mailles del hauberc par deriere
en abat et au bon cheval l'eskine trenche. Si trebuche et li uns et li
autres. Et Gaheriés feri si Lolunant d'une mache parmi le chief si
qu'il l'abat mort a la terre. Et Guerrehés feri Malubre parmi le
hiaume si que tout le fendi jusques es dens. Et Galescin feri si Sinados que la teſte li fiſt voler enmi le champ.

191. Quant li Saisne voient Oriels a terre si ont paour qu'il ne soit

eurent peur qu'il ne fût mort : ils éperonnèrent leurs chevaux dans cette direction à la rescousse, se rassemblèrent autour de lui, le relevèrent et lui firent un rempart de leurs corps. Mais il était tellement étourdi par le coup qu'il avait reçu qu'il ne pouvait pas se tenir sur ses pieds ni faire le moindre mouvement ; et il avait une attitude si terrible et une expression si affreuse que tous ceux qui le voyaient croyaient bien qu'il était mort. Ils en éprouvèrent une telle douleur qu'ils cessèrent de combattre un moment. Pendant ce temps, les jeunes gens remirent Agravain en selle là où il avait été abattu ; le vilain qui avait conduit Gauvain à la bataille avait changé d'apparence et pris la forme d'un chevalier armé. Il s'en vint à Gauvain et à ses compagnons et leur dit : « Pour l'amour de Dieu, chers seigneurs, si vous voulez m'en croire, vous vous mettrez immédiatement en route vers Camaalot pendant que ces Saxons ne se soucient que de leur deuil et de leur douleur. »

192. Quand Gauvain entendit ces paroles, il vit bien que c'était un bon conseil, donné en toute loyauté. Il vint à Sagremor et lui souhaita la bienvenue, à lui et à sa compagnie ; et celui-ci lui rendit son salut, en homme courtois, noble et débonnaire, puis il lui dit : « Seigneur, si cela ne devait pas trop vous déplaire, il serait maintenant bien temps que nous nous en allions d'ici et remmenions ceux de vos gens qui nous restent, car nous avons déjà assez gagné en étant capables de nous en retourner sains et saufs. » Gauvain

---

ocis, si poignent cele part a la rescousse et s'asamblent tout entour lui et le lievent de toutes pars. Mais il est si estonnés del cop qu'il a eü qu'il ne se puet soustenir sor ses piés ne aïdier de menbre qu'il ait et fait tant hidouse chiere et tant laidement se demainne que tout cil qui le voient quident bien qu'il soit mors. Ci en font tel duel et tel ploureïs entr'aus [*d*] que toutes les batailles en remainent. Et endementiers ont li enfant Agravain remonté de la ou il estoit abatus et l'ont remis a cheval. Et li vilains qui ot Gavain amené se fu changiés de sa forme et ot pris la samblance d'un chevalier armé. Si s'en vint a Gavain et a ses compaingnons si lor dist : « Pour Dieu, biaus signour, se vous me volés croire, vous vous metriés or endroit el chemin vers Camaaloth entruels com cil Saisne entendent a lor duel mener. »

192. Quant Gavains entent la parole si sot bien que cil li conseille a droit et sans tricherie. Si vient esranment a Saygremor et li dist que bien fust il venus, il et sa compaignie. Et cil li rent son salu come frans et debonaires et courtois, puis li dist Gavain : « Sire, s'il vous plaisoit il seroit hui mais bien tans que nous nous alissiens atant et si en remenissiens vostre gent ciaus qui remés i sont. Car assés avons gaaingnié puis que sain et sauf nous en repairons. » Lors demanda

alors lui demanda qui il était, lui qui conversait si dignement
avec lui sans le connaître, et il répondit qu'il s'appelait Sagremor, petit-fils de l'empereur de Constantinople. « Et vous,
seigneur, ajouta-t-il, qui êtes-vous, qui m'avez rendu un si
grand service ? — Sire, répliqua l'autre, je m'appelle Gauvain, et je suis le neveu du roi Arthur et le fils du roi Loth
d'Orcanie ; je garde avec mes frères le pays de mon oncle
jusqu'à son retour de Carmélide. Et je ne suis venu ici que
vous secourir, car ce matin même on m'a dit que vous et
votre compagnie étiez assaillis par les Saxons. »

193. Le chevalier qui avait parlé à Gauvain s'interposa en
criant : « Ah ! Gauvain, cher frère, qu'attends-tu pour te
mettre en route ? Ne vois-tu donc pas tout le monde qui se
précipite sur toi et sur tes troupes, et qui te laissera difficilement échapper si tu l'attends ? » En entendant ces paroles
qui le rappelaient à l'ordre et le pressaient de se mettre à
l'abri, Gauvain regarda autour de lui ; et, en effet, il vit venir
une si grande quantité de Saxons que les champs en étaient
recouverts jusqu'à l'horizon ; ils étaient bien armés, ils chevauchaient fièrement, au galop, et faisaient un tel bruit,
un tel vacarme, qu'on les entendait d'une lieue[1]. Quand Gauvain les vit approcher si vite, et si nombreux, il dit à Sagremor : « Seigneur, allons-nous-en, s'il vous plaît : voyez en
effet tous ces Saxons de malheur qui viennent sur nous ! » Et
lui de répondre : « Seigneur, volontiers ! » Ils se mirent donc

---

Gavains a Saygremor qui il estoit qui si bien parloit a lui si ne le
connissoit il mie. Et il dist qu'il avoit non Saygremor et estoit neveus
l'emperaour de Coustantinoble. « Et vous, sire, fait il, qui estes vous
qui si grant mestier m'avés eü ? — Sire, fait il, j'ai non Gavains et sui
niés au roi Artu et si sui fix au roi Loth d'Orcanie. Si gart le païs
mon oncle tant qu'il soit revenus de Carmelide, je et mi frere, et je
ne ving cha fors se pour vous aïdier non et secorre. Car jehui matin
me fu dit que vous estiés assaillis des Saisnes. »

193. Atant en vient avant li chevaliers qui a Gavain avoit parlé si li
escrie : « Ha ! Gavain, biaus frere, que atens tu que orendroit ne te
més au chemin ? Dont ne vois tu tout le monde venir sor toi et sor
tes gens, dont a envis te lairont eschapier se tu les atens ? » Quant
Gavains entent celui qui si le chastie et haste d'aler a garison si se
regarde et voit venir des Saisnes a si grant plenté et a si grant foison
que tout li champ estoient couvert. Et estoient bien armé de fer et
chevauchierent trop fierement a desroi et menoient tel noise et tel
murmure c'on les oïst bien d'une lieue loing. Et quant Gavains les vit
venir a tel desroi et a si grant foison si dist a Saygremor : « Sire, alons
nous ent, s'il vous plaist, car veés ci Saisnes chevauchier que Dix mal
doingne. » Et cil respont : « Sire, volentiers. » Atant se metent au chemin vers Camaaloth tout droit et se [d] metent ensemble si serré et si

en route vers Camaalot, chevauchant en si bon ordre et en rangs si serrés que si on avait jeté un gant sur leurs têtes, il ne serait pas tombé à terre avant qu'ils n'aient parcouru une demi-lieue[2]. Pendant ce temps, les Saxons donnaient libre cours à leur douleur ; mais, à la longue, Oriel revint de son évanouissement, et regarda autour de lui. Il vit son entourage qui manifestait une grande douleur et leur demanda écu, lance et heaume, car c'était un chevalier hardi et un noble cœur, et il disait que, s'il pouvait rencontrer celui qui lui avait donné un coup si fort qu'il avait causé ce long évanouissement, il en prendrait vengeance. Il monta alors un coursier rapide et vif, et s'élança dans la direction où il croyait les trouver ; mais ils étaient déjà à plus d'une lieue de distance.

194. Oriel lança alors son cri de ralliement, et s'exclama : « Malheur s'ils en réchappent ! » Les Saxons éperonnèrent, au milieu d'un grand tumulte de cris et de menaces que l'on aurait pu entendre d'une bonne lieue. Et leurs chevaux soulevaient une telle poussière, si épaisse, que l'air qui était clair et serein en fut troublé et obscurci. De fait les Saxons se rapprochèrent tant qu'il s'en fallut de peu qu'ils ne les atteignent. Quand le chevalier qui avait conseillé à Gauvain de s'en aller vit que les ennemis étaient si près, il commença à presser les jeunes gens et à leur dire de forcer l'allure. Mais, avant de parvenir à Camaalot, ils furent serrés de près. Cependant, Gauvain le preux, Gaheriet, Guerrehet, Agravain,

---

estroit que se vous i jetissiés un gant sor lor testes il ne chaïst a terre, ains eüst on alé demie lieue. Et li Saisnes entendent a lor duel demener, mais a cief de piece revint Oriels de pasmison, si regarde et vit ciaus entour lui qui molt grant duel demenoient et lor demanda escu et hiaume et lance nouvele, car molt estoit de bon cuer et bons chevaliers et hardis. Et dist que s'il puet encontrer celui qui si grant cop li donna dont il a tant esté em pasmisons encontre terre, il li guerredonnera. Lors monte sor un destrier fort et courant et s'en vait cele part ou il les quide trouver, mais il estoient ja eslongié plus d'une lieue.

194. Lors escrie Oriels s'enseigne et dist que mar en eschaperont si poignent li Saisne qui ains ains que mix mix. Si lieve li cris et la noise et la tençon si grant c'on les peüst bien oïr d'une lieue loing et la pourriere leva si grans et si espesse que li airs qui estoit clers et nés en devint espés et troublés. Et lors aprocent tant li Saisne que poi s'en faut qu'il ne s'ataignient. Quant li chevaliers qui le conseil avoit donné a Gavain qu'il s'en partist vit que li Saisne estoient venu si prés si conmencha les enfans a haster de tost aler et lor dist qu'il enforçaissent lor aleüre, mais ançois qu'il venissent a Camaaloth furent il molt durement hasté. Mais Gavains li prous et Gaheriés et Guerrehés

Galeschin et Sagremor fermaient la marche, menant devant eux leurs hommes et leur équipage comme un vilain mène devant lui son troupeau à vendre au marché. Ils laissaient les Saxons briser des lances sur eux, et lorsqu'ils voyaient leurs compagnons trop pressés, ils les secouraient de leur mieux, en hommes très résistants. Et ils se comportèrent si bien qu'il n'y eut aucun Saxon assez hardi pour se diriger vers eux et attendre leurs coups.

195. Oriel s'en vint alors, devançant tous les autres, brandissant la grande enseigne dont le fer était aigu et tranchant[1]; il vit celui qui l'avait abattu et le reconnut bien, jurant par son dieu de s'en venger. Il éperonna son cheval: le jeune homme le vit venir mais n'en parut pas autrement troublé. Quand l'autre fut assez près pour frapper, il lâcha son coup, mais le fit passer à côté, parce qu'il ne pouvait retenir son cheval; et Gauvain, qui était très vaillant et plein de ressources, fit tourner sa monture, le chargea, et le frappa sur le heaume, mais du plat de l'épée seulement, car il était si pressé de le frapper qu'il ne faisait pas attention à la manière dont il l'assaillait. Néanmoins le coup était si fort et si violent que des étincelles en volèrent vers le ciel; et Oriel en fut si étourdi qu'il fut projeté à terre. Sagremor quant à lui frappa Doriant le Roux si fort qu'il lui sépara l'épaule du buste. Et Galeschin frappa Placide si bien qu'il lui coupa la tête; Agravain, Gaheriet et Guerrehet aussi, qui avaient pris

---

et Agravains et Galescin et Saygremor furent li daerain et mainent entre lor .VI. compaignons et lor gens et lor harnois devant com fait li vilains ses bestes au marchié, et sousfrent que cil brisent lor lances sor aus. Et quant il voient aucun de lor compaignnons trop chargier de cops si le delivrent a lor pooir come cil qui trop endurent. Si le font si bien qu'il n'i a Saisne si hardi qui cele part ost aler ou il sont ne als a cop atendre.

195. Lors en vint Oriels la grant enseigne palmoiant[a] ou il avoit fer agu et trenchant et voit celui qui l'avoit abatu, si le connut molt bien, si jure son dieu que ja s'en vengera. Lors hurte le cheval des esperons et li enfés regarde si le voit venir. Mais il ne fait mie samblant qu'il l'en chaille. Et quant cil l'aproche si prés qu'il n'i a que del ferir, si li eschive le cop et le laisse passer outre, car il ne pot son cheval detenir. Et Gavains, qui molt estoit prous et amanevis, retorne son cheval et li court sus, si le fiert parmi le hiaume as .II. mains, mais ce [e] fu du plat de l'espee, car si se hasta del ferir qu'il ne sot conment il le tenoit et nequedent li cops fu si grans et si pesans que les estinceles volerent contremont vers le chiel si l'estonna si durement qu'il le porta a terre tout estendu. Et Saygremor fiert si Doriant le Rous qu'il li a l'espaulle desevree du costé. Et Galescin fiert si durement Placides que la teste em prent. Et Agravain et Guerrehés et

un gros épieu tranchant pour frapper, l'un Guinebaut, l'autre Taurus, et le troisième Favel, abattirent chacun le sien mort à terre, et du même élan ils en désarçonnèrent trois autres. Gauvain, Galeschin et Sagremor s'étaient arrêtés auprès d'Oriel, qu'ils voulaient faire prisonnier s'ils le pouvaient; mais les Saxons ne voulurent pas le tolérer : ils se rassemblèrent sur place et fondirent sur les trois compagnons. Ceux-ci en tuèrent tant que leurs bras, leurs pieds, la crinière et la tête de leurs chevaux dégouttaient de sang et de cervelle, si bien que bientôt il n'y eut plus personne qui ose attendre leurs coups. Mais il y avait tout de même un tel rassemblement de Saxons qu'il leur fallut laisser Oriel; alors ils le firent piétiner par leurs chevaux tant qu'il fut tout contus, et les os brisés. Une fois qu'ils l'eurent aussi mal arrangé qu'il était possible de le faire sans le tuer, ils se mirent en route pour rejoindre leurs compagnons qui étaient déjà tout près de Camaalot. Car, après qu'ils étaient restés en arrière, les autres n'avaient pas été poursuivis et avaient pu avancer rapidement.

196. Quand les trois compagnons virent que leurs hommes avaient si bien chevauché qu'ils étaient aux portes de la cité, ils en furent très heureux et satisfaits, et reprirent leur route à petite allure. Les Saxons, eux, demeurèrent en arrière à cause de leur seigneur qu'ils avaient trouvé, tout foulé aux pieds des chevaux et en bien mauvais état, ce qui les désolait. Mais quand il fut revenu de son étourdissement,

---

Gaheriet orent pris chascuns si fort espiel trenchant, si fiert li uns Guinebant et li autres Taurus et li tiers fiert si Favel si trebuche chascuns le sien mort a terre, et de meïsmes cel poindre en abatirent .III. autres. Et Gavain et Galescin et Saygremor se furent arresté sor Oriel si le baoient a prendre s'il peüssent mais li Saisne ne le sosfrirent pas, ains si aünent et amassent et courent sus as .III. compaignons et il en ocisent tant que lor bras et lor pis et li arçon devant et li crin et les testes de lor chevaus degoutoient tout de sanc. Si font tant qu'il n'i a si hardi qui a cop les ost atendre. Mais il i amasse itant de Saisnes qu'a force lor couvint Oriels guerpir. Lors le defoulent as piés de lor chevaus tant que tout l'ont debrisié. Et quant il l'ont defoulé et debatu, sans ce qu'il ne l'ont mie ocis, si se metent au chemin après lor compaingnons qui ja pooient estre prés de Kamaaloth, car onques puis que cil remesent ne furent enchaucié ains s'en alerent delivrement.

196. Quant li .III. compaingnon voient que lor gent ont tant erré qu'il sont en la cité si en sont molt lié et molt joiant si se metent a la voie tout le petit pas. Et cil remaignent pour lor signour qu'il trouvent debatu et defoulé si malement, si en sont molt dolant. Et quant il fu desestourdis si fu si dolans pour ce que

il fut si furieux de ce que ses adversaires s'étaient échappés qu'il fut à deux doigts de devenir fou de rage ; il dit bien du moins et jura que si jamais il pouvait mettre la main sur Gauvain il le ferait écorcher vif ou tirer à quatre chevaux et écarteler. « Seigneur, firent ses hommes, c'est un véritable infâme, celui qui vous a abattu aujourd'hui à deux reprises ! — C'est bien vrai, dit Oriel, mais si je peux faire en sorte qu'il tombe en mon pouvoir, il sera mis à mort sans que rien puisse le sauver ! » C'est ainsi qu'Oriel menaçait Gauvain, qui chevauchait avec ses compagnons ; ils finirent par arriver à Camaalot où ils firent halte. Mais entre-temps, quand ceux qui marchaient devant ne virent pas leurs trois compagnons, ils se demandèrent l'un à l'autre ce qu'ils étaient devenus ; mais aucun ne savait quoi en dire. Quand Guerrehet, Agravain et Gaheriet s'aperçurent que leurs trois jeunes chefs avaient disparu de cette manière, ils dirent que jamais ils ne se reposeraient avant de les avoir trouvés, et recommandèrent à leurs compagnons de ne pas bouger d'où ils étaient jusqu'à ce qu'ils les rejoignent.

197. Ils se remirent en chemin au grand galop, comme ils étaient venus. Mais ils n'avaient pas parcouru une grande distance qu'ils rencontrèrent le vilain, monté sur le destrier que Gauvain lui avait donné, celui-là même qui lui avait appris les nouvelles à propos de Sagremor. Il vint à la rencontre des trois frères et leur demanda où ils allaient : ils lui dirent qu'ils cherchaient Gauvain, leur frère, leur cousin Galeschin et le

---

eschapé li sont que par un poi qu'il n'esrage. Si vint et dist que s'il le puet tenir as poins qu'il le fera tout vif escorcier ou a chevaus derompre et detraire. « Sire, font si home, molt a felon pautonnier en celui qui hui vous a .II. fois abatu. — Voire, fait Oriels, mais se je puis avoir baillie de son cors, il sera afolés que nule riens ne l'en puet garantir. » Et ensi manace Oriels Gavain qui chevauche entre lui et sa compaignie qu'il en vint a Kamaaloth ou il se sont arresté. Et quant cil qui devant estoient ne virent mie des .III. damoisiaus si demandent qu'il estoient devenu. Mais il n'i ot celui qui riens en seüst a dire. Quant Guerrehés et Agravains [*f*] et Gaheriés entendirent que li .III. damoisel sont issi perdu si dient qu'il ne fineront jamais devant ce qu'il les voient, si conmandent a lor compaignons qu'il ne remuacent devant ce qu'il les revoient illuec.

197. Lors se metent el chemin les grans galos tout ensi com il estoient venu, mais il n'orent gaires alé quant il atrairent le vilain qui seoit sor le destrier que Gavains li avoit donné, icil meïsmes qui les noveles li dist de Saygremor. Et quant il encontre les .III. freres si lor demande ou il vont. Et cil li dient qu'il querent Gavain lor frere et lor cousin Galescin le neveu a l'emperaour de Coustantinoble, car il ne sevent qu'il sont devenu. « Mauvaisement, fait li vilains, les avés vous

petit-fils de l'empereur de Constantinople, car ils ne savaient ce qu'ils étaient devenus. « En vérité, fit le vilain, vous les avez bien mal gardés ! Là où ils sont, ils ont bien montré leur valeur ! Et tenez, les voilà qui viennent... Mais ils ne doivent guère vous savoir gré d'être en vie, car vous avez agi comme des couards en les laissant : c'est évident, puisqu'ils sont restés en arrière pour vous et pour les autres qui sont maintenant à l'abri. Depuis, ils ont accompli bien de nobles actions chevaleresques et donné de beaux coups. Si bien qu'on doit les priser et les louer considérablement, et vous considérer comme vous le méritez. En effet, vous avez bien montré que vous ne tarderiez pas à abandonner des compagnons qui ne vous seraient rien, quand vous avez abandonné votre frère qui ne vous aurait pas délaissé même au péril de sa vie ! Par conséquent, tous les hommes de bien qui entendront parler de cette affaire devront vous en blâmer, selon le droit et la raison, et se méfier toujours de vous dans le besoin ; sachez bien que cela vous sera beaucoup reproché, et amèrement. »

198. Là-dessus le vilain s'éloigna sans vouloir leur parler davantage ; et eux continuèrent leur route, honteux et courroucés des paroles insultantes que le vilain leur avait dites. Ils n'eurent pas chevauché bien loin qu'ils rencontrèrent les trois compagnons, dans un tel état qu'on voyait bien qu'ils venaient de se tirer d'un très mauvais pas. Ils se firent fête mutuellement en se retrouvant, et les trois héros demandèrent des nouvelles des autres. Les trois frères répondirent qu'ils les avaient laissés devant la porte de Camaalot où ils les attendaient.

---

gardés et bien se montrent li prodome la ou il sont. Et veés les ci la ou il viennent ne a vous ne doivent il nul gré savoir de lor vies, et vous les laissastes come couart. Et bien i pert la ou il remesent pour vous et pour les autres qui ore sont a garison. Et il ont puis fait mainte bele chevalerie et de biaus cops tant que proisier et loer les en doit on et vous tenir a tels com vous estes. Et bien avés moustré que tost laisseriés vostre compaignon qui riens ne vous seroit quant vous laissastes vostre frere au besoing qu'il ne vous laissast pour aperdre la vie. Si vous en doivent tout li franc home qui parler en orront blasmer par droit et par raison a tous jours mais avoir souspeçonnous a tous besoins. Et saciés que encore vous sera il reprocié molt vilainnement. »

198. Atant s'empart li vilains qui plus ne les vaut tenir em parole et cil s'em passent outre hontous et mar et dolant et courecié de la laide parole que li vilains lor avoit dit. Et il n'orent gaires alé quant il encontrerent les .III. compaingnons qui sont si atourné que bien paroit a lor armes qu'il estoient de felon lieu issu. Et quant il s'entr'encontrerent si s'entrefirent molt grant joie. Si demanderent nouveles de lor autres compaingnons ou il sont et il dient qu'il les ont laissié devant la porte de Kamaaloth ou il les atendent.

199. Les six adolescents se remirent donc en marche, heureux et satisfaits d'avoir de nouveaux compagnons qui étaient venus les aider, et aussi bien de les avoir secourus de sorte qu'ils étaient sains et saufs. Bientôt, cependant, ils rencontrèrent le cheval du vilain qui s'enfuyait au galop, et ils virent que les arçons de la selle étaient tout ensanglantés. Quand les trois compagnons auxquels il avait fait des reproches le virent, ils se regardèrent l'un l'autre et commencèrent à rire. Galeschin le remarqua et leur demanda la cause de cette hilarité ; comme ils hésitaient à la lui dire, il les en conjura à nouveau, si bien que Gaheriet lui répéta tout ce que le vilain avait dit. Lorsque les autres entendirent cela, ils furent très étonnés et se demandèrent qui cela pouvait bien être. Gauvain alla prendre le cheval par la bride, et il vit que tout l'arçon était couvert de sang, ce qui lui fit penser que le vilain était mort.

200. Ils demandèrent alors à Agravain s'ils avaient rencontré des Saxons depuis qu'ils avaient quitté Camaalot ; mais ils répliquèrent tous trois qu'ils n'avaient vu personne, que ce soit homme ou femme, depuis qu'ils avaient laissé leurs gens, si ce n'était le vilain qui montait ce cheval. « Sachez, dit alors Gauvain, qu'il est mort ou blessé gravement ; cherchons-le jusqu'à ce que nous l'ayons trouvé, et s'il est vivant, emmenons-le à Camaalot, car ce serait pitié qu'il meure par manque de soins au milieu des champs. » Ils mirent donc pied à terre et le cherchèrent à droite et à gauche, par les

---

199. Atant s'en vont li .vi. compaignon lié et joiant de lor nouviaus compaingnons qui lor sont venu aïdier et de ce qu'il les ont rescous sain et haitié. Mais il n'orent mie granment alé quant il encontrerent le cheval au vilain molt esfreé qui s'en venoit a fuiant, si voient que li arçon de la sele sont tout ensan[*1024*]glenté. Et quant li compaignon le voient a qui il avoit ramposné^e si esgarde li uns l'autre si commencent a rire. Et de ce se prist garde Galescin et lor demandent pour coi il rient. Et se tardent del dire et il les conjure autre fois molt durement. Et Gaheriés lor conte toutes les paroles que li vilains ot dites. Et quant il oent ce si s'esmerveillent molt que ce puet estre. Et lors vait Gavain au cheval si le prent et voit que tout li arçon sont sanglent si quide bien qu'il soit ocis.

200. Lors demande a Agravain s'il encontrerent nul des Saisnes puis qu'il s'empartirent de Kamaaloth et il dient qu'il n'encontrerent onques puissedi home ne feme qu'il se partirent de lor gent fors le vilain qui seoit sor cel cheval. « Saciés, fait Gavains, qu'il est ocis ou navrés molt durement. Mais alons querre tant que nous le truisons et, s'il est vis, si l'aportons a Kamaalot car ce seroit grans pechiés s'il moroit de mesaise enmi ches chans. » Atant se metent a la chace si le quierent amont et aval par chans et par buissons. Mais encore le peüssent il querre ains qu'il l'eüssent trouvé, car il estoit venus en lor

champs et par les fourrés ; mais ils auraient pu le chercher longtemps encore sans mettre la main dessus, car il était entre-temps venu à leur compagnie, sous les traits d'un valet à pied, un tronçon de lance à la main. Quand les jeunes gens virent qu'ils ne pouvaient le découvrir, ils s'en retournèrent à Camaalot où ils trouvèrent leurs compagnons qui les attendaient encore à l'entrée du pont-levis, et qui furent très heureux de les voir revenir sains et saufs.

201. Ils entrèrent alors dans la ville ; on leva les ponts et on ferma les portes, puis ils montèrent aux créneaux pour voir si les Saxons avaient l'intention de lancer un assaut contre la ville ; en fait, ils n'en avaient aucune envie, car ils ne désiraient pas s'attarder. Les jeunes gens se désarmèrent donc, se rendirent à leurs logements et se mirent à leur aise autant qu'il est possible à un homme de l'être. Ils firent fête à Sagremor lorsqu'ils surent qui il était et qu'il leur eut dit pourquoi il était venu de Constantinople au roi Arthur, afin de recevoir ses armes de lui ; ils l'en estimèrent fort. Quand ils eurent ainsi passé là deux jours, sans aucune nouvelle de nulle part, ils apprirent que les Saxons s'en allaient en Northumberland et dans la terre du duc de Cambénic. Mais ici le conte cesse de parler des adolescents, et revient au roi Clarion de Northumberland et au duc Escaut de Cambénic qui combattaient très durement au Détroit de la Roche Margot, sur la Saverne, contre les troupes d'Oriel, jour après jour.

---

ost en samblance de garçon a pié, un tronçon de lance en sa main. Et quant li enfant virent qu'il ne le porront trouver si s'en repairent vers[a] Kamaalot et trouvent lor compaingnons qui encore les atendoient au chief del pont qui orent molt grant joie quant il les virent venir sain et haitié.

201. Lors s'en entrerent en la vile si leverent les pons et fermerent les portes si monterent en haut sor les murs pour savoir se li Saisne venroient asaillir la vile. Mais il n'en avoient nul talent, car il beent ore mie a sejourner tant qu'il l'eüssent prise, car trop estoit forte. Et li enfant se desarment et vont a lor ostels et s'aaisent de toutes les choses que a cors d'ome couvenoit. Si firent molt grant joie et molt grant feste a l'enfant quant il le connurent qui Saygremor ot non[a]. Et il lor ot dit le pour coi il estoit venus de Coustantinoble au roi Artu pour prendre de lui armes et il l'em proisierent molt quant il l'oïrent ensi parler. Ensi sejournerent .II. jors laiens que nouveles ne lor vint de nule part fors que li Saisne s'en vont en Norhomberlande et en la terre lé duc de Cambenyc. Mais ici endroit se taist li contes des enfans. Et retourne a parler del roi Clarion de Norhomberlande et del duc Escau de Cambenyc qui se com[b]batent par molt grant air au destroit de la Roche Margot as gens Oriels sor la riviere de Saverne tous les jours.

Retour au roi Clarion et à ses alliés.

202. Le conte dit ici que les troupes du roi Clarion et du duc Escaut souffrirent beaucoup quand Oriel engagea la bataille, car il s'efforça de leur causer autant de dommage que possible. Il était en effet très chagrin du tort que lui avait infligé Gauvain sur la prairie devant Camaalot, et il avait bien envie de s'en venger sur ceux qu'il avait désormais trouvés. Il exhorta ses hommes et jura que ce serait leur malheur qu'un seul ennemi échappe. Alors commença un grand assaut, vraiment prodigieux ; il y eut tant de javelots et de carreaux lancés que beaucoup furent blessés ; mais, quoi qu'ils fassent, les Saxons ne purent pas les déloger du détroit. Et quand ils virent qu'ils ne parvenaient pas à percer, ils se dégagèrent et se logèrent sur la rive de la Saverne, en disant qu'ils garderaient le défilé de manière que personne ne puisse passer et pilleraient le pays alentour pendant ce temps ; et si les autres les poursuivaient, ils engageraient le combat. « Par Dieu, fit Oriel, si nous pouvons les tenir en plaine, ils ne nous résisteront pas ! »

203. Les fourriers s'éparpillèrent alors dans toute la région, mirent le feu à toutes les maisons et les bâtiments qu'ils trouvèrent, et s'emparèrent de bétail et d'autre butin en grandes quantités, car le pays était riche, et les gens avaient à peine commencé de mettre à l'abri leurs bêtes et leurs biens, si bien qu'il y en eut beaucoup qui furent surpris

---

202. Or dist li contes que molt furent grevé la gent au roi Clarion et la gent au duc Escau[a] quant Oriels vint a la mellee, car molt se pena d'aus damager a son pooir. Car il estoit molt dolans de la laidure que Gavains li ot faite es prés[b] desous Kamaalot, si en prendroit molt volentiers la vengance sor ciaus qu'il avoit trouvés si semonst ses homes et jure que mar en eschapera prés. Lors cemence li assaus grans et merveillous et si grans lanceïs de lances et de quarriaus et de saietes que molt en i ot blecïés et de navrés ne onques li Saisne por pooir qu'il eüssent ne les porent del pas metre hors. Et quant il virent qu'il ne pooient percier si se traient en sus et il se furent logié sor la riviere de Saverne et dient qu'il garderont le pas qu'il ne pussent passer et entruels roberont le païs entour et environ et, se cil les poursievent, il se combatront a els. « Et se nous les poons tenir, fait Oriels, a plain, il n'averont ja a nous duree. »

203. Lors s'espandent li fourrier par tote la terre si bouterent le fu par tout ou il trouverent ne borde ne maison, si prisent bestes et proie assés. Car li païs en estoit bien garnis, car les gens de la terre avoient lors a primes cemencié a destourner et lor bestes et lor avoirs, si en i ot molt de ciaus souspris furent ançois qu'il peüssent riens destourner, et cil vinrent sor lor cors et lor prendent tout

avant d'avoir eu le temps de rien protéger : les ennemis vinrent sur eux et leur prirent tout, ils les tuèrent et ravagèrent tout ce qu'ils trouvèrent, et pour finir incendièrent tout le pays. Les flammes montaient si haut que le ciel en rougeoyait : le roi Clarion et le duc Escaut ne le voyaient que trop clairement depuis le défilé où ils étaient retranchés. Le duc dit alors au roi Clarion : « Seigneur, il ne semble pas que nous fassions grand-chose de bon en restant ici, car les Saxons détruisent toute la terre. Je conseillerais, selon mon avis, que nous allions à leur suite et les combattions, pour leur faire tout le mal que nous pourrons. » Mais le roi Clarion répondit : « Si nous perdons ce pas, ils entreront dans le pays au-delà et le mettront à feu et à sang. — Je vais vous dire, répliqua alors le duc, ce que nous allons faire : nous laisserons une partie de nos gens au défilé pour le garder, et vous et moi, nous irons à leur rencontre par la forêt de Bréquehan ; nous nous embusquerons là-bas, et nous attendrons que le convoi de butin soit passé ; puis nous les attaquerons. Et le seigneur de Palerne, qui connaît bien les passages détournés, mettra le butin en sûreté, puis il reviendra nous aider et alors nous causerons autant de dommage que nous pourrons.

204. — Bonté divine, dit le roi Clarion, qu'est-ce que vous me dites là ? Vous voulez que nous allions les combattre alors qu'ils sont si nombreux et que nous ne sommes pas de force à leur tenir tête ? — Ne voyez-vous pas, repartit le duc,

---

et ocient et confondent quanqu'il troevent, et bouterent le fu par toute la terre. Si en sailli li fus et la flambe si grans que li cix en rougie de tous sens si que li rois Clarions et li dus Escau en voient le fu tout clerement des destrois ou il sont. Et li dus Escau dist au roi Clarion : « Sire, il ne nous samble mie que nous façons grant conquest a ensi demorer car li Saisne destruient toute la terre [*d*] ci environ. Si loeroie par mon conseil que nous alissiens la ou il s'en vont et nous combatons a els et lor faisons tout le damage que nous pourrons. » Et li rois Clarions respont : « Et se nous perdons cest pas il se metront en la terre par decha et le destruiront*r* toute. — Je vous dirai, fait li dus, que nous ferons. Nous laisserons une partie de nos gens a cest trespas qui les garderont et, entre moi et vous, irons en contr'aus par devers la forest de Brekeham, si nous embucherons illuec tant que nous verrons que la proie sera passee et puis nous combatons a els. Et li sires de Palerne qui bien set les destrois conduira la proie a sauveté et puis nous venra aidier a la bataille et lor ferons tant de damage com nous porrons.

204. — Dieu merci, fait li rois Clarions, que est ce que vous dites ? Que nous en aillons a els combatre ? Et il sont si grant gent que nous ne sonmes pas a els a conmenier. — Dont ne veés, fait li dus,

qu'ils sont éparpillés dans toute la région ? Ils ne sont pas ordonnés ni organisés, et le gros de leurs forces est là devant nous, au bord de la rivière ; ils ne s'y sont installés d'ailleurs que pour garder le passage, et cela leur donne plus d'assurance pour écumer nos terres, car ils croient ne rien avoir à redouter là où ils vont. — Je ne le dis pas, continua le roi Clarion, pour moi, mais pour ces hommes de valeur qui sont avec nous, et que je ne voudrais pas entraîner dans une folle entreprise dont ils ne retireraient que du mal. » Quand les hommes en question entendirent le discours du roi Clarion, ils en conçurent beaucoup d'estime pour lui. Car ils savaient bien qu'il ne le disait que par compassion pour son peuple, et qu'il voudrait bien les protéger ; ils lui dirent donc : « Ah ! Noble roi, ne craignez rien à ce sujet : marchons, et vengeons notre honte et les torts que nous voyons nous être infligés sous nos yeux. Nous devrions bien être aussi irrités et ennuyés des pertes et du dommage que vous subissez, que s'il s'agissait des nôtres, car vous n'avez rien de plus que nous dans cette affaire, si ce n'est la couronne et la seigneurie[1]. »

205. Quand le roi Clarion entendit ce que disaient ses hommes, il se mit à pleurer d'émotion sous son heaume. Ses hommes s'en aperçurent bien, et lui dirent : « Ah ! Seigneur, ne pleurez pas : allons-y, et combattons-les ! Car il vaut mieux mourir avec honneur que vivre pauvre et privé de ce qui vous revient. — Marchons donc, par Dieu ! s'écria le roi. Car j'y suis tout prêt et disposé. Mais choisissons d'abord

---

qu'il sont espandu par toute la terre, si ne sont rengié ne conreé et toute lor greignor force si est ci devant nous sor ceste riviere ne il n'i sont venu fors por garder cest pas. Si en sont cil qui s'en vont parmi no terre plus asseür car il ne quident nule doute avoir par la ou il s'en vont. — Je nel di mie, fait li rois Clarions, pour chose qui apartiegne a moi, mais pour ces prodomes qui avoec nous sont que je ne vauroie mie folement mener ne en lieu ou il eüssent damage. » Quant li prodome entendent la parole del roi Clarion si le proisent molt car il sevent bien qu'il ne le dient se pour pitié non del pueple, car il les vauroit molt volentiers garantir. Si li dient : « Ha, gentix rois, onques de ce ne vous doutés ! Mais alons, si vengons nostre honte et nostre damage que nous voions que on nous fait devant nos ex. Et autresi en devons nous estre curious et dolant de la perte et del damage s'il vous avient com nous, car vous n'i avés nient plus de nous fors la couronne et la signourie. »

205. Quant li rois Clarions entent ce que si home dient, si em ploure molt tenrement de sous son hiaume. Et si home l'aperçoivent si li dient : « Ha, sire, ne plourés mie ! Mais alons et si nous combatons a els. Car assés vous vient li mix morir a honour que estre vis povre et desireté. — Alons i dont, fait il, de par Dieu ! Car je sui prés

ceux que nous voudrons laisser ici. » Ils firent choix du seigneur de Nohaut et du seigneur de la Douloureuse Tour,
ainsi que de Bréhus sans Pitié, qui avaient en leur compagnie
de nombreux hommes bien montés : ceux-ci devaient garder
le passage, et les autres s'en allèrent, le soir après minuit, et
se dirigèrent vers la forêt de Bréquehan. Lorsqu'ils y parvinrent, ils tombèrent sur une très belle lande ; c'était une belle
matinée, l'air était tout parfumé, et on n'aurait jamais voulu
quitter ce lieu à cause de la douceur du chant des oiseaux. Ils
y restèrent jusqu'à l'heure de tierce et au-delà : à ce moment,
ils virent venir vaches, porcs et brebis, et des chevaux troussés de viande salée, de blé, et de toutes sortes de vivres, très
chargés, et si nombreux que le convoi durait plus d'une lieue.

206. Quand le roi Clarion et le duc Escaut constatèrent que
le butin était ainsi passé, ils se portèrent à la rencontre de ceux
qui l'escortaient — et ils étaient bien cinq mille, tous à cheval
et en armes. Quand le seigneur de Palerne vit que toutes les
bêtes étaient passées, il quitta le lieu de l'embuscade avec sept
mille chevaliers et chargea ceux qui conduisaient le convoi, si
bien qu'il les tua tous, avec sa compagnie, sans qu'un seul en
réchappe. Puis il prit en main le bétail et le charroi et mena le
tout à Cambénic qui était à deux lieues de là. Après les avoir
mis à l'abri, il revint en arrière avec les siens ; mais quand les
Saxons se rendirent compte que le butin leur échappait, ils
en furent chagrins et courroucés, et attaquèrent leurs ennemis

---

et aparelliés d'aler i. Mais eslisons ançois qui nous vaurons ici laissier. » Et il eslisent le signour de Norhaut et le signour de la
Do[d]lerouse Tour et Breus sans Pitié. Si orent en lor compaingnie
molt d'omes molt bien montés. Icil garderont le pas et li autre s'em
partent le soir après mienuit et s'acheminent vers la forest de Brekeham[e]. Et quant il i vinrent si trouverent une molt bele lande. Et li faisoit molt bele matinee et souef olant, si ne quesist jamais partir pour
la douchour del cant des oiselés. Il demourerent illuec tant que tierce
fu sonee. Et lors virent venir vaches et pors et berbis et chevaus
troussé de char salee et de pain et de vin et de toutes viandes bien
chargiés si que bien une lieue entiere la route duroit.

206. Quant li rois Clarions et li dus Escaus virent que la proie
estoit passee si se metent a l'encontre de ciaus qui[a] le sivent qui
estoient plus de .v.m. armés tout a cheval. Et quant li sires de Palerne
vit que les bestes estoient toutes passees, si s'en part d'illuec atout
.vii.m. chevaliers et s'en vint a ciaus qui la proie conduisoient. Si les
ocist tous entre lui et sa compaingnie que onques pié n'en escapa.
Et puis akeut les bestes et le charroi et le conduist a Cambenic qui
estoit a .ii. lieues d'illuec. Et quant il les ot mis a sauveté si en revint
ariere a sa compaingnie. Et quant li Saisne virent que la proie lor fu
forclose si en sont dolant et courecié si les vont ferir sor lor escus de

avec beaucoup d'énergie, les frappant sur leurs écus de leurs
lances. Là commença une bataille d'une rare violence, où
moururent beaucoup d'hommes et de chevaux ; la mêlée
dura de tierce à none, alors les Saxons faiblirent et firent
retraite en direction de leur camp. Les chrétiens en tuèrent
plus de sept mille à cette occasion ; ils poursuivirent les
fuyards avec tant de zèle qu'ils manquèrent de peu de se
perdre, pour ne pas s'être rendu compte qu'ils arrivaient sur
le gros des troupes d'Oriel qu'ils avaient laissées au passage
de la Roche Margot. Les Saxons se précipitèrent vers elles,
et quand Oriel les vit il leur demanda pourquoi ils fuyaient si
vite. En apprenant que les ennemis étaient si près, il commanda qu'on leur donne la chasse, et aussitôt les Saxons
entrèrent en contact avec eux très férocement ; les chrétiens
s'étaient rabattus vers la forêt, mais avant qu'ils y parviennent ils furent serrés de très près. Car en quelques instants
ils les eurent rejoints, et les frappèrent de leurs lances qu'ils
brisèrent sur eux. Les chrétiens endurèrent leur attaque en se
dirigeant vers la forêt, en si bon ordre et en rangs si serrés
que leurs assaillants ne purent les percer ou les disperser. Et,
quand ils constatèrent qu'ils étaient à proximité de la forêt,
ils firent faire demi-tour à leurs chevaux et frappèrent leurs
adversaires de leurs épieux aiguisés, laissant sur le terrain
bien des morts et des blessés qui ne devaient plus jamais se
relever. Il y eut là combat mortel et traître, et grand mas-

---

lor lances molt durement, si connence li estours molt fiers et merveillous. Si ot illuec grant ocision de gent et de chevaus, si dura la
mellee de tierce jusques a nonne. Et lors branllerent li Saisne et tournerent le dos envers lor ost. Illuec en ocisent li Chrestien plus de
.VII.M., si poursivirent tant les fuians que par un petit qu'il ne furent
tout perdu, car il ne sorent mot quant il vinrent sor le grant chevauchie Oriel qu'il avoient laissié sor le pas de la Roce Margot. Et li
Saisne se ferirent en els, et quant Oriels les^b voit si lor demande pour
coi il fuient si durement. Et cil lor conterent le grant damage que li
Crestien lor ont fait. Et quant il entent qu'il sont si prés, si lor
conmande qu'il soient enchaucié et si tost com il l'ot conmandé les
acueillirent li Saisne molt fierement. Mais li Crestien se furent retrait
vers la forest, ains qu'il n'i venissent furent il de molt prés hasté. Car
em poi d'ore les orent il conseü. Si les fierent de lor glaives qu'il lor
brisierent sor lor cors et cil soufrirent lor venir et se traient vers la
forest a garison si estroit et si serré qu'il ne les [e] porent trespercier
ne estroer. Et quant il voient qu'il sont prés de la forest, si lor tournent lor chevaus et les fierent de lor espiex esmolus, si i laissent molt
de mors et de navrés qui puis ne releverent. Illuec ot caplé mortel et
felon et molt i ot grant ocision d'ambes .II. pars. Et li nostre i eüssent
plus perdu se ne fust la forest de Brekeham qu'il avoient adossee par

sacre de part et d'autre. Et les nôtres y auraient encore perdu davantage, n'eût été la forêt de Bréquehan à laquelle ils s'étaient adossés ; quant aux Saxons, ils ne purent guère se vanter d'y avoir gagné quoi que ce soit, car il en mourut là plus de dix mille. Les nôtres cependant étaient en mauvaise posture, et il durent se retirer dans la forêt quand le roi Oriel[1] arriva. Car il les tenait si serrés qu'il les aurait tous tués et massacrés si la forêt et la nuit ne les avaient séparés. Quand le roi Oriel vit qu'ils lui avaient ainsi échappé, il en fut navré et furieux ; néanmoins, il se retira à une petite distance de la forêt. Mais les autres chevauchèrent toute la nuit, sans vouloir se défaire de leurs armes ; ils parvinrent tard dans la soirée au château de Cambénic et y dormirent.

207. Le lendemain, le roi Clarion s'en alla après que le seigneur de Cambénic lui eut juré qu'il lui enverrait sa part de butin dès que les Saxons seraient partis. C'est ainsi qu'ils se quittèrent pour cette fois, et il n'y eut pas d'autre dommage. Mais au matin, dès l'aube, les Saxons montèrent à cheval et fouillèrent la région pour savoir par où les chrétiens s'en étaient allés. Puis les messagers s'en revinrent à Oriel et lui dirent que les chrétiens s'étaient réfugiés au château de Cambénic. À cette nouvelle, Oriel fut très mécontent ; il fit sonner ses cors et ses clairons et battre ses tambours, et ils se mirent en route vers Cambénic ; il avait envoyé en avant-garde une racaille de trois mille hommes pour incendier la contrée, et brûler et ravager le pays. Avec eux marchait à l'avant-garde

<hr>

deriere. Et li Saisne ne se porent vanter de rien qu'il i eüssent gaaingnié car il morurent illuec plus de .x.m. Et li nostre i estoient a grant meschief. Si les couvint par force flatir en la forest, si tost com li rois Oriels vint, car il les tint si cours que tout i fuissent ocis et detrenchié quant la nuit et la forest les departirent. Et quant li rois Oriels vit que cil sont eschapé qui si grant damage li ont fait, si en est molt dolans et molt coureciés, mais toutes voies se traïst un poi en sus de la forest et cil s'en vont toute la nuit qui de lor armes ne se voloient desgarnir. Si vinrent au soir au chastel de Chambenyc et jurent la nuit.

207. L'endemain s'en parti li rois Clarions. Et li sires de Cambenyc li creanta qu'il li envoieroit sa part de la garison tantost que li Saisne s'en seroient passé. Si se departirent ensi li uns de l'autre se n'i ot autre damage a cele fois. Et au matin, si tost com il fu ajourné, si monterent li Saisne et firent bien cerchier la contree por savoir quel part li Crestien s'en estoient alé. Si s'en revinrent a Oriel li message et li disent que li Crestien s'en estoient alé el chastel de Cambenyc. Et quant il oï ce si en fu molt dolans et fist sonner ses cors et ses tymbres et ses tabours et se misent au chemin vers Chambenyc. Si orent envoié devant els .iii.m. ribaus pour bouter le fu par toute la contree et pour ardoir et destruire tout le païs et en l'avangarde fu li

le convoi de butin, très important, que menaient dix mille
Saxons. En cet équipage, ils parvinrent à Cambénic, cependant que ces canailles de fourriers mettaient le feu partout
sur leur passage. Et quand le duc Escaut vit comme on ravageait sa terre, il en fut profondément navré et ordonna à ses
hommes de s'armer ; ils obéirent aussitôt, montèrent à cheval et se rangèrent en bon ordre ; ils étaient peut-être deux
mille, qui marchèrent sur les fourriers qui mettaient le feu.
Ils les rejoignirent dans un petit vallon et les chargèrent sauvagement. En les voyant arriver, ceux-ci s'enfuirent, mais ils
furent rattrapés, parce que les chevaux des autres étaient
meilleurs et bien reposés. Il y en eut tant de tués et de mutilés que, des trois mille qu'ils étaient au départ, il n'en
réchappa pas quarante. Mais ceux-là s'enfuirent en direction
de l'avant-garde en criant : « Fils de putes, canailles, qu'attendez-vous ? Ne voyez-vous pas que nous sommes tous
morts ? Puisse Oriel être honteusement déshonoré s'il ne
vous fait pendre comme de quelconques larrons, car vous lui
causez honte et dommage en laissant tuer et mettre à mal
tous ses hommes ! — Taisez-vous, canailles, fit Nabin ; c'est
là votre juste salaire. J'aime encore mieux que vous soyez
mis dans cette situation plutôt que nous n'y soyons allés à
votre place, et nous soyons engagés dans un guet-apens dont
nous n'aurions pu sortir à notre gré[1]. Tout de même, où
sont ceux qui vous ont ainsi traités ? — Au nom de Dieu[2],
répondirent les coquins, ils sont déjà partis ! » Et ils disaient

---

charrois et la proiie molt grans et le conduisoient .x.m. Saisne et chevauchierent tant qu'il vinrent a Cambenyc. Et cil ribaut forrier boutoient le fu partout. Et quant li dus Eschaus voit la destrucion de sa
terre si en est molt dolans et conmanda que si home s'armaissent. Et
cil si font tost et isnelement et montent es chevaus tout rengié et
furent bien .ii.m. et s'en vinrent as ribaus fourriers qui le fu boutoient
partout, si les consievirent en un vaucel si lor laissent courre molt
felenessement. Et quant cil les virent venir si tournerent en fuies
mais il [f] les sousprisent de si prés a ce que lor cheval estoient fort
et sejourné qu'il en ocient et decopent tant que de .iii.m. qu'il
estoient au conmencement n'en eschaperent mie .xl. Et cil s'en
fuient en l'avangarde et s'escrient : « Fil a putain ! Ribaut ! Que atendés vous ? Et ne veés vous que nous sonmes tout ocis ? Et honnis
soit ore Oriels s'il ne vous pent com autres larrons, car vous le hon-
nissiés si faites tous ses houmes ocirre ! — Taisiés vous, ribaus, fait
Nabins, car tels doit estre vos loiiers[a]. Encore aim je mix que vous
estes a ce mené que nous fuissiens alé en tel lieu a desroi dont nous
ne peüssiens issir a nostre volenté. Et nequedent ou sont cil qui ce
vous ont fait ? — En non Dieu, font li ribaut, il s'en sont alé. » Et il
se disent voir, car ausi tost com il orent ce fait, se retournerent a

vrai, car aussitôt qu'ils eurent achevé cette descente les chrétiens étaient retournés à Cambénic sans tarder. Les Saxons passèrent outre tranquillement sans leur faire davantage de mal, et ils chevauchèrent jusqu'à ce qu'ils arrivent à la cité de Clarence qu'Hargodabrant avait assiégée avec dix-neuf autres rois. Quand Oriel arriva au camp, Hargodabrant lui souhaita la bienvenue, et tous l'accueillirent avec joie, car il remplit le camp de vivres, en ayant apporté une grande quantité : il fut fort estimé pour cela. De son côté, le duc Escaut, dès qu'il vit que les Saxons étaient passés, envoya au roi Clarion, sous la conduite du seigneur de Palerne, sa part du butin qu'ils avaient repris aux Saxons à l'orée de la forêt de Bréquehan. Mais ici le conte se tait à ce sujet et n'en parle plus. Il revient à Yvonet le Grand et à son frère Yvonet le Bâtard, les deux fils du roi Urien qui étaient partis de Sorhaut.

208. Le conte dit ici que les deux frères, une fois partis, chevauchèrent tant par bois et plaines qu'ils parvinrent à Arondel ; là, ils entendirent dire que Sorionde, le fils de Maaglan, était logé près de Bédingran, et faisait reposer ses troupes, car elles étaient fatiguées d'avoir incendié la terre du roi Yder. Quand les jeunes gens apprirent qu'ils devaient passer par le camp des Saxons, ce qui n'était pas rien à accomplir à leur avis, ils se retirèrent à Arondel. Les Saxons sillonnèrent librement le territoire de Bédingran presque jusqu'à Cardeuil, si bien que Gauvain et ses compagnons

---

Cambenyc sans plus faire. Et li Saisne s'em passerent outre tout plainnement que onques plus ne lor fourfirent. Si chevauchierent tant qu'il en vinrent a la cité de Clarence que Hargodabran avoit assise soi vintisme de rois. Et quant Oriels vint en l'ost, si li dist Hargodabrans que bien fust il venus, si le rechut a molt grant joie car molt rapleni l'ost de viandes que molt en avoient amené. Si en fu Oriels molt proisiés. Et d'autre part, si tost com li dus Escaus vit que li Saisne estoient passé, si envoia par le signour de Salerne del gaaing au roi Clarion de celui qu'il gaaingnierent sor les Saisnes devant la forest de Brekehem. Mais de ce se taist ore li contes que plus n'en parole. Et retorne a parler d'Yvonet le Grant et de son frere, d'Yonet l'Avoutre, les .II. fix au roi Urien qui se sont parti de Sorham.

208. Or dist li contes que quant li doi frere se furent parti de Sorham qu'il chevauchierent tant par bois et par plain qu'il en vinrent a Arondel. Si oïrent dire[a] que Soriondes, li fix Maaglant, estoit es prés de Bedingram logiés et reposoit [103a] illuec sa gent, car il estoit las et traveilliés d'ardoir la terre au roi Yder. Et quant li enfant entendirent la nouvele que il couvenoit qu'il s'en alaissent parmi l'ost as Saisne, ce n'estoit mie legiere chose a faire, si s'en alerent a Arondel et li Saisne coururent parmi la terre de Bedingram molt durement jusque au pié de Carduel. Si en i oï Gavain et si conpaingnon

apprirent qu'ils étaient logés dans la prairie devant Bédingran et détruisaient toute la contrée environnante.

209. Alors Gauvain convoqua et appela toutes les garnisons, et les autres gens du royaume, et il en rassembla trente mille, des uns et des autres, car ils appréciaient beaucoup sa compagnie. Ils se hâtèrent tant qu'ils parvinrent à Cardeuil où ils passèrent deux jours entiers. Les jeunes gens étaient désolés de n'y être pas arrivés à temps, car ils auraient volontiers combattu les Saxons qui étaient passés par là. Finalement, ils quittèrent Cardeuil et chevauchèrent jusqu'à Bédingran où ils furent accueillis avec joie. Or, les Saxons s'étaient éparpillés sur le territoire du roi Yder et l'avaient pillé et brûlé, et ils approchaient en suivant la rivière, par les bois et les prairies que surplombait le château d'Arondel ; et ils étaient, à ce que dit le conte, plus de quarante mille hommes à cheval, sans compter plus de dix mille coquins qui mettaient le feu partout où ils passaient, là où ils pensaient que cela serait le plus dommageable à la terre.

210. Quand le roi Yder vit le tort qu'ils lui causaient, il en fut très courroucé ; il monta à cheval avec tous les hommes dont il pouvait disposer (un total de bien quatorze mille cavaliers) et il commença à poursuivre l'armée ennemie jusqu'à ce qu'il la rattrape à une chaussée[1] qu'il fallait traverser. Il engagea alors le combat, furieusement, car c'était un bon chevalier hardi et loyal, et il fit ce jour-là mainte prouesse

---

la nouvele que li Saisne estoient logié es prés desous Bedingram et destruisoient la terre environ.

209. Lors manda Gavains et semont partout les garnisons del roiaume et assambla tant qu'il furent .xxx.m. que un que autre, car molt amoient la compaignie de Gavain. Si errerent tant qu'il en vinrent a Carduel ou il sejournerent .ii. jours entiers. Si pesa molt as enfans qu'il ne vinrent a tans, car il se fuissent combatu as Saisnes qui s'en estoient passé. Et au tiers jour s'em partirent de Cardueil et chevauchierent tant qu'il vinrent a Bedyngram ou il furent a grant joie recheü. Et li Saisne se furent espandu parmi la terre au roi Yder et l'avoient arse et robee. Si s'en venoient toute la riviere et les bois et les prés par desous le chastel d'Arondel et i furent, ce dist li contes, plus de xl.m. tout monté et plus de .x.m. ribaut qui boutoient le fu partout ou il aloient, ou il quidoient faire plus de damage en la terre.

210. Quant li rois Yder vit le damage que cil li faisoient, si en fu molt courreciés si monta a tant de gent com il avoit et si en ot bien .xiiii.m. tous montés. Si conmencha l'ost a poursivir tant que il les ataint a une chaucie et, si se combati a aus molt durement, car li rois Ydiers estoit très bons chevaliers et hardis et seürs durement, si fist le jour mainte merveille d'armes. Car il avoit molt de bons chevaliers en sa compaignie qui l'i aïdierent et se combatirent

prodigieuse, car il avait avec lui de nombreux bons chevaliers qui lui vinrent en aide et se battirent toute la journée avec l'arrière-garde de l'armée qui comptait bien vingt mille hommes, tandis que le reſte, qui chevauchait en avant, parvenait à une demi-lieue d'Arondel. Ceux-là étaient bien quarante mille, et il y en avait encore dix mille devant qui conſtituaient l'avant-garde. Car ils avaient entendu dire que des troupes importantes s'étaient rassemblées au château de Bédingran, et craignaient fort d'être pris par surprise.

211. Quand ceux du château d'Arondel surent que les Saxons avaient traversé la terre du roi Yder de Cornouailles, ils ne crurent pas qu'il en reſtât un seul entre le château d'Arondel et Bédingran ; et donc, quand les deux fils du roi Urien entendirent dire que les Saxons étaient passés, ils crurent qu'ils ne risquaient rien ; ils s'armèrent avec soin et sortirent d'Arondel ; ils étaient quatre cents, montés sur de bons chevaux. Ils chevauchèrent jusqu'au pont qui se trouvait à quatre lieues de Bédingran ; mais quand ils l'eurent franchi, Bilas se lança contre eux avec quatorze mille hommes d'armes. (C'était l'avant-garde de Sorionde qui faisait garder le passage pour que personne ne sorte de Bédingran afin de causer des dommages à l'arrière-garde quand elle irait chercher du butin.) Quand les jeunes gens les virent venir, ils en furent très effrayés ; pourtant, ils se regroupèrent à l'entrée du pont et se défendirent très vaillamment. De son côté, le roi Yder combattait lui aussi, et il en fit tant

---

toute jour ajournee a la keue de l'oſt qui bien eſtoient .xx.m. Et li autre qui devant aloient chevauchierent toute jour tant qu'il vinrent a demie lieue prés d'Arondel et furent .xl.m. largement. Et .x.m. en ot bien devant qui faisoient l'avangarde quar il avoient oï dire que au chaſtel de Bedyngram avoit venu molt grant gent, si doutoient molt d'eſtre souspris.

211. Quant cil del chaſtel d'Arondel sorent que li Saisne eſtoient passé en la terre le roi Yder de Cornuaille, si ne quidierent pas que nul en fuſt remés en[b]tre le chaſtel d'Arondel et Bedyngram. Et quant li doi fil au roi Urien oïrent dire que li Saisne eſtoient tout outre passé, si ne quidierent mie qu'il eüssent regart, si s'armerent molt bien et s'en issirent du chaſtel d'Arondel et furent bien .iiii.c. tout parconté bien monté. Si chevauchierent tant qu'il vinrent au pont qui eſtoit a .iiii. lieues prés de Bedyngram. Et quant il sont passé outre si lor sailli a l'encontre Bylas atout .xiiii.m. ferarmés. Et ce eſtoit l'avangarde Soriondes qui le passage faisoit gaitier que nus n'isiſt de Bedyngram qui damage fesiſt a la keue de l'oſt quant il iroient en fuerre. Et quant li enfant les virent venir si en furent molt esfreé, mais totes voies se mirent au chief del pont et se desfendirent molt durement. Et d'autre part se combat li rois Ydiers et refiſt tant

qu'il déconfit ses vingt mille adversaires. Pas un n'en aurait réchappé si Sorionde n'était pas revenu sur ses pas avec le corps de son immense armée — et si cela ne s'était pas produit, s'il n'était pas retourné contre le roi Yder, les enfants du roi Urien et leurs compagnons y seraient tous restés sans qu'un seul en sorte vivant. Mais le conte cesse ici de parler d'eux. Il recommence à parler du vilain qui s'était métamorphosé en valet ; il nous racontera ici, dans la suite du récit, comment il porta des lettres scellées dans une boîte, comme font les messagers, et décrira les vêtements qu'il adopta pour porter son message[1].

Nouvelle intervention de Merlin.

212. Le conte dit ici que le vilain fut très satisfait, lorsqu'il se rendit compte que Gauvain et ses compagnons s'étaient rendus à Bédingran, car il savait bien que les deux frères Yvonet le Grand et Yvonet le Bâtard étaient sortis du château d'Arondel, et il lui apparaissait clairement qu'ils étaient en grand danger d'être tués ou faits prisonniers. Il prit alors l'apparence d'un valet à pied qui portait en courant une lettre scellée dans une boîte peinte aux armes du roi Urien. Il alla tant qu'il vint à Bédingran ; il était en simple pourpoint court, sans manteau, était coiffé d'une couronne de fleurs et tenait une longue baguette à la main ; il était aussi chaussé de souliers bas à lacets et portait des chausses noires de sinbrun[1]. Son vêtement était de futaine noire brodée à bandes

---

que les .xx.m. a tourné a desconfiture. Et n'en fuſt ja piés eschapés quar Soriondes retourna ariere atout saᵃ grant oſt et, se ne fuſt ceſt aventure qui les retourna sor le roi Ydier, li enfant au roi Urien et lor compaingnon fuiſſent tout pris que ja piés n'en fuſt eschapés. Mais or se taiſt li contes a parler d'aus tous. Et retourne a parler du vilain qui fu mués en guise de garçon. Et nous devisera ci après li contes conment il porta unes letres seelees en une boiſte en guise de messagier, et devise des abis qu'il priſt en son message.

212. Or diſt li contes queᵃ quant li vilains vit et ſot que Gavains et si compaingnon furent alé a Bedyngram si en fu molt liés, car il ſot bien que li doi frere Yvonés li Grans et Yvonés li Aoutres en furent iſſu del caſtel d'Arondel, si vit bien que molt eſtoient en grant aventure d'eſtre ocis ou pris. Lors priſt une ſamblance d'un garçon a pié trotant et porta unes letres seelees en un eſcuel qui pains eſtoit des armes au roi Urien. Lors s'en [*d*] ala et vint a Bedingram et fu en cors et eſcourciés, un chapelet de flours en sa teſte et tint un baſtounet lonc et graille si fu chauciés d'uns sollers basᵇ as noiaus et d'unes chauces noires de sinbrun et fu veſtus d'une fuſtane noire et d'orfrois bendee la chevessaille et les mances auſi et fu chains d'une coroie blanche feree a menbres de laiton de lix en lix. Et il fu lons et

d'or au col et aux manches; il avait une ceinture blanche avec des anneaux de laiton de part en part. Il était grand et brun, et n'avait point encore de barbe; il était tête nue, mais son chapeau de feutre était suspendu à son cou[2]. Dans cette tenue il vint au palais principal et gravit les degrés. Une fois au sommet, il demanda Gauvain, et on le lui montra; il vint devant lui, s'agenouilla et le salua de la part de son cousin, le fils du roi Urien. Et Gauvain le releva; il lui donna alors une lettre et lui dit que son cousin Yvonet la lui envoyait.

213. Dès que Gauvain entendit parler de son cousin, il se leva vivement et lut la lettre lui-même, ce dont il était tout à fait capable car il avait appris à lire dans son enfance[1]; et la lettre disait: «Je, Yvonet, fils du roi Urien, salue Gauvain, mon seigneur et mon cousin, et mes autres amis. Cher cousin, je vous fais savoir en outre que j'ai quitté Sorhaut sans le congé de mon père (mais avec celui de ma mère), en compagnie d'Yvonet le Bâtard mon frère. Nous avons tant marché que nous sommes sortis d'Arondel et que nous sommes arrivés au pont sur la Diane[2] où nous avons trouvé dix mille Saxons qui nous clouent sur place en nous combattant; et nous ne sommes que trois cents; d'autre part, le roi Yder combat plus de quarante mille Saxons alors qu'il n'a que quatorze mille hommes, sur la chaussée en aval d'Arondel. Et dès que le roi Yder sera parti, les Saxons fondront sur nous, et ils nous feront prisonniers, si Dieu et vous

---

bruns et n'ot point de barbe et fu sans coife et ot entre ses espaulles un chapelet de feutre qui pendoit a son col par un las qui i estoit. Et il en vint au maistre palais et en monta les degrés, et quant il fu amont si demanda pour Gavain et on li moustre. Et il s'en vint devant lui et s'agenoulle et le salue de par son cousin le fil au roi Urien. Et Gavains l'en lieve et cil li baille unes letres et dist que Yvonés ses cousins li envoie.

213. Si tost com Gavains oï de son cousin parler, si saut sus et lut les letres com cil qui bien en sot a chief venir, car apris l'avoit dés enfance. Si trouve que les letres disoient: «Je Yvonet, li fix au roi Urien mant salus a Gavain mon signour et mon cousin et a mes autre amis. Biaus cousins, je vous fais a savoir que je m'en sui partis de Sorham sans le congié de mon pere, mais nous en somes issu par le congié de ma mere entre moi et Yvonet mon frere et avons tant erré que nous sonmes issu d'Arondel et somes venus jusques au pont sor Diane ou nous avons trouvé .x.m. Saisnes qui nous tiennent au caplé desus le pont et nous ne sonmes que .ccc. Et d'autre part se combat li rois Ydier si n'a que .xiiii.m. homes et se combat a plus de .xl.m. Saisnes a la chaucie desous Arondel. Et si tost conme li rois Ydiers s'en sera partis si nos venront li Saisne sor les cors et nous prendront tout se Dix et vous

n'y veillez. Et si nous y sommes faits prisonniers ou tués, la honte en sera vôtre — mais c'eſt nous qui subirons le dommage. Et cela vous sera reproché tous les jours de votre vie, et tous ceux qui en entendront parler diront : "Voyez là Gauvain qui par sa lâcheté a perdu son cousin, alors qu'il avait bien le pouvoir de le secourir !" Pour l'amour de Dieu, souvenez-vous de nous, par pitié, par noblesse, par honnêteté et par courtoisie ! »

214. Quand Gauvain eut pris connaissance du contenu de la lettre, il s'écria à haute voix : « Seigneurs, aux armes ! Et plus vite que jamais encore ! Car personne ne recevra jamais de louanges s'il ne se montre preux en cette circonſtance… » À ces mots, les écuyers coururent aux armes, tout heureux, car ils désiraient vivement se trouver en situation d'accomplir quelque belle action qui fût louée, afin d'accroître leur prix et leur renommée. Dès qu'ils furent armés et en selle, ils sortirent de la ville, sous la conduite du valet qui avait apporté la lettre. Ils étaient bien vingt mille ; ils s'organisèrent donc et se répartirent en six bataillons ; Agravain menait le premier, qui comportait trois mille hommes ; Guerrehet avait la charge du deuxième, qui en comptait autant. Gaheriet menait le troisième, également de trois mille hommes, et Sagremor avait le quatrième, et il disposait de trois mille hommes, en bel équipage. Il se mit en marche derrière les autres, en formation compacte et au pas. Chacun des jeunes chefs portait une bannière à laquelle leurs hommes pourraient se rallier après le premier engagement

---

n'i metés conseil. Et se nous i somes pris ne ocis la honte en sera voſtre et li damage noſtres. Et tous les jours de noſtre vie nous sera il reprocié et mis devant. Ci diront tout cil qui en orront parler : "Veés la Gavain qui par sa mauvaiſté perdi son cousin, et si avoit bien pooir de lui rescourre." Et pour Dieu remembre vous de pitié et de franchise et de deboinaireté et de courtoisie. »

214. Quant Gavains entent ce que les letres dient si s'escrie a hautes vois : « Signour, ore as armes ! Plus toſt c'une autre fois, que jamais ne sera loés qui ci ne sera prous ! » Quant li [*d*] esquier entendent Gavain, si courent as armes lié et joiant car molt desirent qu'il venissent a aucun lieu ou il feïssent aucun biau cop dont il fuissent loé pour lor pris acroiſtre et alever. Et si toſt com il furent armé et monté si s'en issirent de la vile tout armé, si les conduiſt li garçons qui les letres avoit aportees et il furent bien .xx.m. Si deviserent lor gent et departirent en .vi. eschieles. Si conduiſt Agravains la premiere, si ot en sa compaignie .iii.m. homes. La seconde mena Guerrehés, si en ot .iii.m. La tierce conduiſt Gaheriés, si en ot .iii.m. La quarte mena Saygremors et en ot .iii.m. bien a harnois et s'en vait après les autres le petit pas eſtroit serré et porte chascuns une baniere a coi il se ralie-

contre les Saxons. Le cinquième bataillon était conduit par Galeschin, le cousin de Gauvain : celui-ci l'exhorta vivement à se bien comporter et à agir sagement, et ils partirent (ils étaient trois mille eux aussi) à la suite des autres. Gauvain lui-même, qui en était parfaitement capable, menait le sixième bataillon ; il portait une bannière de cendal violet, de bandes à un lion d'argent[1]. Dans sa compagnie Gauvain avait cinq mille hommes d'armes, ou davantage ; ils se mirent en marche après les autres, chevauchant au pas et en formation serrée. Mais le conte se tait ici sur le compte des jeunes gens qui chevauchaient vers le pont de Diane, et revient au roi Yder qui combattait très durement.

Les différents combats des jeunes gens.

215. Le conte dit ici que le roi Yder combattit tant et si bien les Saxons qu'il les mit en fuite. Il y eut là une grande défaite, et une grande confusion d'hommes et de chevaux, tombés à terre morts ou gravement blessés. Quand Sorionde vit venir les fuyards, il leur demanda ce qu'ils avaient ; et ils lui contèrent que le roi Yder leur avait causé de grands dommages à l'arrière-garde, car il avait déconfit tous les vingt mille hommes qui la composaient. Alors, Sorionde, navré et courroucé, fit demi-tour et chevaucha tant, avec ses troupes, qu'il trouva ses ennemis au pont de la chaussée, qui combattaient la compagnie de Murgalant[1], un Saxon remarquable, cruel et traître, qui haïssait les chrétiens ; et il était si redouté que personne n'osait l'approcher, ni monter sur la chaussée :

---

ront quant il seront mellé as Saisnes. La quinte eschiele bailla a conduire a Galescin son cousin qu'il molt ama et li proie de bien faire et de sagement aler et furent autresi .III.M. et cil s'en vont aprés les autres. Et la siste eschiele conduist Gavains meïsmes ses cors qui bien en sot a chief venir, et portoit une baniere de cendal vende bendee a un lion d'argent. Et il furent en sa compaignie .V.M. et plus et s'en vait aprés les autres le petit pas estroit serré. Mais atant se taist ore li contes des enfans qui chevaucent vers le pont Dyane. Et retourne a parler du roi Ydier qui se combat molt durement.

215. Or dist li contes que*[e]* tant se combati li rois Ydiers as Saisnes que tous les mist a la voie. Illuec ot grant desconfiture et grant touelleïs d'omes et de chevaus qui cheü sont mors et afolés. Et quant Soriondes les vit venir si lor demanda que il avoient, et il lor content que li rois Ydiers lor avoit fait molt grant damage a la keue deriere, car tous les .XX.M. a desconfis. Lors s'en retourna Soriondes dolans et coureciés et chevauche tant entre lui et sa gent qu'il trouva ses anemis au pont de la chaucie qui encore se combatoient a la [*e*] maisnie Morgalant, un Saisne molt cruel et felon qui merveillous essart faisoit de Crestiens et estoit tant redoutés que nus ne l'osoit aprocier un pas ne monter a la chaucie,

on se contentait de lui lancer à foison lances et épieux pointus. Vint alors Sorionde avec sa grande armée ; il passa outre
la chaussée et chargea avec les siens au grand galop de leurs
chevaux. La bataille devint particulièrement dangereuse et
terrible : les gens du roi Yder s'y trouvèrent en très mauvaise
posture, et ils perdirent beaucoup à cet assaut ; néanmoins,
ils se vendirent cher, mais à quoi servit tout ce qu'ils purent
faire ? En définitive, ils furent vaincus et durent céder la
place. Inutile de demander si le roi Yder en fut triste et
courroucé ! Il maudit l'heure et le jour où il s'opposa au roi
Arthur. « Car, disait-il, c'est à cause de ce péché commis
envers lui que nous subissons tous ces malheurs. Mais
désormais les choses en sont venues à un tel point que notre
repentir arrive trop tard. »

216. Le roi Yder se retira donc, mais il avait subi de
lourdes pertes. Sorionde quant à lui s'en retourna avec le
butin qu'il avait fait, et qui était considérable, jusqu'à la chaussée ; ils la traversèrent sans difficulté et chevauchèrent tant
qu'ils arrivèrent au pont de Diane. Sorionde reconstitua une
avant-garde de seize mille hommes, et une escorte de dix
mille pour accompagner le butin ; lui-même était à l'arrière-
garde, avec quinze mille combattants. Ils avancèrent tant que
ceux de l'avant-garde aperçurent au pont les jeunes gens qui
se battaient contre dix mille Saxons qui gardaient le passage.
En les voyant, ils accélérèrent leur allure, car il leur tardait
de les avoir faits prisonniers. Les enfants, eux, furent très

---

ançois li lancent lances et espix. Et lors vint Soriondes a toute sa grant
gent et se met outre la chaucie et si les courent ferir si durement com
il porent des chevaus traire. Illuec ot un estour angoissous et mortel,
car trop i furent a grant meschief la gent au roi Ydier. Si perdirent molt
a ceste envaïe mais chier s'i vendirent. Et que chaut il de quanqu'il
firent, car il furent desconfit et chacié de la place et il ne fait mie a
demander se li rois Ydiers en fu dolans et coureciés. Si maudist l'eure
et le jour quant il onques fu coureciés au roi Artu. « Car par le pechié,
fait il, que nous en avons de lui nous aviennent toutes ces mescheances. Ne mais ore est tant la chose alee que nous somes trop tart
au repentir. »

216. Ensi repaira li rois Ydiers mais trop avoit perdu. Et Soriondes
s'en repaire a toute sa proie qui grans estoit et s'en partent toute delivrement et vont tant qu'il en vinrent au pont de Dyane. Si remist en
l'avangarde .XVI.M. homes et por conduire sa proie .X.M., et il fu a la
keue deriere atout .XV.M. Si chevauchierent tant que cil qui furent en
l'avangarde virent les enfans au pont qui se combatoient a .X.M.
Saisnes qui gardoient le pas. Et quant cil les voient si esploitent de
tost aler. Car molt lor tarde que pris les eüssent. Et quant li enfant
les virent venir si en sont molt esmaiié. Et lors regarde Yvonet vers

inquiets et troublés de ce spectacle. Mais alors Yvonet regarda du côté de Bédingran, et il vit venir Agravain qui amenait les secours ; il revint à ses compagnons et leur dit de ne pas s'inquiéter, car il voyait venir des chrétiens. Et ses compagnons lui répondirent : « Seigneur, comment pourrions-nous être rassurés ? Regardez donc les Saxons qui arrivent de partout, devant et derrière nous, si bien que nous ne pouvons nous en tirer en aucune manière sans être faits prisonniers ou tués ! — Je vais vous dire, fit Yvonet le Bâtard, ce que nous allons faire : regroupons-nous, serrons les rangs, et faisons mine de vouloir engager le combat avec eux ; puis allons-nous-en le long de la rivière, en aval, à grands coups d'éperons : les chrétiens vont arriver incessamment, mais si nous les attendons ici, ces nouveaux assaillants nous auront tués ou pris avant que les secours ne parviennent jusqu'à nous ! »

217. Tous les autres compagnons furent d'accord avec ce conseil d'Yvonet le Bâtard ; ils se regroupèrent et serrèrent les rangs mais, avant qu'ils se soient bien rangés, les Saxons s'étaient approchés si près qu'on aurait pu tirer un carreau d'arbalète des uns aux autres. La petite troupe de chrétiens éperonna et se lança de l'autre côté du pont, tout droit parmi les dix mille Saxons, tant et si bien qu'ils en abattirent plus de deux cents. Et quand les autres crurent les encercler, ils gauchirent le long de la rivière du côté où ils voyaient venir Agravain. L'avant-garde du roi Sorionde éperonna à leurs trousses, pour les empêcher de s'enfuir : elle comptait plus de

---

Bedyngram et voit venir Agravain qui les secours li amenoit. Si vint a ses compaingnons, si lor dist qu'il soient asseür car il voit Crestiens chevauchier. Et si compaingnon respondent : « Sire, conment seriens nous asseür ? Veés ci les Saisnes venir et devant et deriere, si ne poons eschaper nule part que nous ne soions pris. — Je vous dirai, fait Yvonés li Aoutres, que nous ferons. Sérons nous tout ensamble et estraingnons, si faisons samblant que li voillons joindre a aus et puis nous en alons tout contreval la riviere ferant des esperons et entant venront li Crestien. Car se nous atendons ciaus qui ci viennent, il nous auront ançois mors ou pris que li secours fust venus a nous. »

217. A cest conseil que Yvonés li Aoutres dist s'acordent bien tout li autre compaingnon. Si se serent et estraingnent mais ançois qu'il se fuissent serré et ren[f/j]gié, les avoient tant li Saisne aprocié que vous peüssiés traire des uns as autres et li Crestien hurtent chevaus des esperons et se fierent outre le pont tout abrievé parmi les .x.m. Saisnes, si en abatent plus de .cc. en lor venir. Et quant cil les quident enclorre, si guencissent tout contreval la riviere de cele part ou il virent venir Agravain. Et l'avangarde au roi Surion hurtent après des esperons pour ce qu'il s'enfuioient, et il estoient plus de

quinze mille hommes qui traversèrent le pont en formation si serrée qu'il s'en fallut de peu qu'ils ne se jettent mutuellement à terre ou ne se fassent tomber à l'eau. En outre, les dix mille qui étaient chargés de garder le passage s'étaient lancés à la poursuite des jeunes gens, tant et si bien qu'ils les rattrapèrent dans une prairie située entre deux bras de la rivière ; s'ils les avaient pris, cela aurait été un grand désastre qui n'aurait jamais pu être réparé, et jamais une telle douleur n'aurait atteint le royaume de Logres. Mais Agravain arriva au grand galop, car il avait bien vu la poursuite dès qu'ils avaient franchi le pont. Il chargea donc les poursuivants aussi vite que les chevaux pouvaient courir, et il se jeta avec les siens parmi les Saxons si durement que la rive et le bois proches en résonnaient. Et lorsqu'ils eurent brisé leurs lances, ils tirèrent leurs épées et le combat corps à corps commença, féroce et cruel ; et jamais si peu de gens ne se comportèrent si efficacement : car ils leur donnèrent tant de peine qu'ils les firent reculer de plus d'une portée d'arc. Certes, les jeunes gens en avaient bien besoin, car Yvonet le Grand et Yvonet son frère avaient été abattus de manière infâme ; mais ils furent bientôt remis en selle, et ils se jetèrent énergiquement sur les Saxons. Les quinze mille hommes de l'avant-garde vinrent renforcer les dix mille premiers dès qu'ils eurent passé le pont ; ils se répandirent tout le long de la rivière et se joignirent à la bataille, si bien que les nôtres n'auraient pas pu durer très longtemps sans être tués ou faits prisonniers si Guerrehet n'était pas venu les secourir avec ses trois mille

---

.xv.m., si se metent outre le pont et si se serent si estroit que par un petit que li uns ne porte l'autre a terre en l'aigue et li .x.m. qui le passage gaitoient enchaucent les enfans tant qu'il les ataingnent en un*ª* prés entre .ii. rivieres. Si eüst si grant damage que jamais ne fust restorés et grant duel au roiaume de Logres. Car Agravains vint a poignant qui bien ot veü la chace conmencier si tost com il avalerent le pont. Et Agravains li laisse courre tant come li chevaus li puet rendre, et se fiert, il et li sien, es Saisnes si durement que toute la riviere et li bois qui prés estoient en resonnent. Et quant il ont lor lances brisies si traient les espees des fuerres, si conmencent le caplé trop cruel et trop felon, ne onques si petit de gens si vistement ne se maintinrent, car il les firent tant a els entendre qu'il les reüserent ariere plus d'une traitie. Et as enfans estoit molt grans mestier car Yvonés li Grans et Yvonés ses freres estoient abatu a terre molt lai- dement, mais il furent tost remis a cheval et il se fierent es Saisnes molt durement et li .xv.m. Saisne vinrent a .x.m. en aïde, si tost com il orent passé le pont, s'espandirent tout contreval la riviere et se fierent en la bataille. Si ne peüssent mie li nostre durer longement qu'il ne fuissent ou mors ou pris quant Guerrehés les vint secourre

hommes. Ils se jetèrent dans la mêlée et firent trembler et hésiter tous les rangs ; car pas un de cette compagnie ne manqua de précipiter à terre son adversaire au premier choc. Ils firent alors reculer les Saxons en direction du pont, et ne s'arrêtèrent pas avant de les avoir repoussés sur l'avant-garde du roi qui était au bord de la rivière à l'entrée du pont. Quand Yvonet le Grand et Yvonet le Bâtard virent les Saxons céder du terrain en direction du pont, ils s'interrogèrent mutuellement : « Cher Seigneur-Dieu, qui peuvent être ces hommes qui nous ont secourus ? Nous aimerions bien les connaître ! » Il y avait là un jeune homme qui s'appelait Ote de Beaumont ; il vint à eux et leur dit : « Beaux seigneurs, êtes-vous venus dans ce pays pour regarder les tournois et admirer les beaux coups des chevaliers ? Si vous voulez savoir qui ils sont, piquez des deux, joignez-vous à eux, et faites tant de prouesses qu'ils vous demandent qui vous êtes ! Car c'est aux prouesses que l'on reconnaît les hommes de valeur, où qu'ils soient, et vous, vous ne faites que musarder follement, vous perdez votre temps et votre jeunesse ! Allons, joignez-vous à eux, aidez-les à déconfire ces mécréants ! Car, qui qu'ils soient, ce sont des hommes de valeur. Je me demande d'ailleurs d'où sortent tant de Saxons ; mais on verra bien qui se comportera le mieux ! Et je vous exhorte à tournoyer contre vos ennemis qui vous ont fait tant de mal en la personne de vos amis et de vos ancêtres. Si nous mourons pour cette cause, du moins ne

---

atout .III.M. ferarmés et se ferirent si durement en la mellee que tous les rens firent fremir et branler. Car onques n'i ot nis un en sa compaingnie qui ne portast le sien a terre a l'asambler. Et lors branllerent li Saisne ariere en vers le pont, ne onques ne finerent devant ce qu'il les orent embatu desor l'avangarde le roi qui estoit sor la riviere au chief del pont. Et quant Yvonés li Grans et Yvonés li Aoutres en voient les Saisnes reüser arriere si demandent les uns as autres : « Biaus sire Dix, qui pueent cist estre qui ci nous ont secouru ? Molt les connistroie volentiers. » Illuec avoit un damoisel qui avoit a non Otes de Biaumont. [*104a*] Cil s'en vint a els et lor dist : « Biau signour, venistes vous en cest païs pour regarder les tournoiemens et les biaus cops des chevaliers ? Se vous volés savoir qui il sont, poigniés avoec els et faites tant d'armes qu'il vous demandent[^b] qui vous estes. Car par les proueces conoist on les prodomes, et vous ne faites ci se muser non a la folie, si i perdés vos tans et vos aages. Mais poigniés avoec aus et lor aïdiés a desconfire cest pueple mescreant. Car qui qu'il soient il sont prodonme. Mais molt me merveil dont tant de Saisnes sont venu, si parra li quel mix le feront. Et je vous envi de tournoiier encontre vos anemis qui tant vous ont fait damage de vos amis et de vos ancisours. Et, se nous morons en cest besoing, plus

pourrions-nous pas mourir plus honorablement qu'en combattant pour l'amour de Jésus-Christ et pour faire triompher
sa loi. »

218. Quand les jeunes gens entendirent ces paroles, ils
éprouvèrent une grande honte et dirent qu'ils ne voulaient
pas être jamais considérés comme des lâches en de telles
circonstances. Ils s'écrièrent : « On va voir maintenant qui
se comportera le mieux ! » puis rompirent les rangs tous
ensemble et s'élancèrent parmi les Saxons, abattant et frappant
si bien qu'Agravain et Guerrehet qui combattaient durement de
leur côté en eurent vent. Quand ils entendirent ces rumeurs, ils
surent tout de suite qu'il s'agissait des enfants du roi Urien ; ils
se dirigèrent vers eux[1] et se mirent à accomplir de tels prodiges, un tel massacre, que c'était vraiment un spectacle étonnant. Mais cela ne servait à rien, car les quinze mille avaient
rejoint les dix mille qu'ils venaient aider. Agravain demanda
alors à Atès qui étaient ces jeunes gens, et il lui répondit que
« ce sont les enfants du roi Urien qui sont venus dans le pays
pour servir le roi Arthur jusqu'à ce qu'il les fasse chevaliers. Et
voici toute leur compagnie, que vous voyez là. — Lesquels
sont-ce ? demanda Agravain. — Seigneur, répondit Atès, les
voici, avec ces armures mi-parties de blanc et de vermeil. Et
vous, qui êtes-vous, qui posez ces questions à leur sujet ?

219. — Certes, fit Agravain, nous sommes les neveux du
roi Arthur et les fils du roi Loth d'Orcanie et de Loénois ; je
m'appelle Agravain, et ce jeune homme, là, est mon frère,

---

honnereement ne poons nous morir que pour l'amour de Jhesu Crist
et pour sa loi essaucier. »

218. Quant li enfant oent celui ensi parler, si en ont molt grant
honte et dient qu'il ne seront jamais tenu a couart a cestui point. Si
dient : « Ore i parra qui mix le fera ! » Et lors desrengent tout ensamble
et se fierent entre les Saisnes. Si commencent a abatre et a ferir et le
font si trés bien que la parole et li renons en revient a Agravain et a
Guerrehés qui se combatoient molt durement. Et quant il entendent la
nouvele, si sevent bien que ce sont li enfant au roi Urien. Si se traient
d'une part et font tel merveille et tel martire que ce n'est se merveille
non. Mais bien faires n'i a mestier, car li .xv.m. estoient venu qui
aïdoient les .x.m. Et Agravain demanda a Ates qui cil enfant estoient et
il lor dist que ce sont li enfant au roi Urien qui sont venu en la terre
pour servir le roi Artu tant qu'il les face chevaliers. « Et c'est ci toute
la lor maisnie que vous veés ci. — Liquel sont ce ? fait Agravains. —
Sire, fait Ates[a], veés les la a ces armeüres mi parties de blanc et de vermeil. Et vous qui estes qui les enquerés en tel maniere de lor estre[b] ?

219. — Certes, fait Agravains, nous sonmes neveu au roi Artu et fil
au roi Loth d'Orcanie et de Loenois. Et si ai a non Agravains, et cil
autres damoisiaus la est mes freres et a a non Guerrehés. Et Dix en

qui s'appelle Guerrehet. Dieu soit béni de nous avoir permis de nous rencontrer sains et saufs ! » Alors ils se firent mutuellement fête ; mais ils n'eurent pas beaucoup de temps pour cela, car bientôt ils virent venir Gaheriet avec trois mille compagnons, qui se jetèrent sur les Saxons et en firent un tel massacre qu'ils en abattirent quatre cents au premier assaut. Ils les tuèrent, les mutilèrent et les tinrent court un grand moment, mais finalement il leur fallut céder du terrain, et les Saxons prirent le dessus. Mais le conte se tait à leur sujet. Et il revient au roi Sorionde qui marchait avec tous ses hommes, en armes, tant qu'il arriva près d'un pont où des gens étaient en train de tendre des tentes et des pavillons ; il leur demanda pourquoi ils se logeaient à cet endroit, et ils lui répondirent qu'ils étaient plus en sécurité là que de l'autre côté de la rivière.

220. Le conte dit que le combat se prolongea à la tête du pont si longtemps que le convoi de butin y parvint. Et ceux qui l'escortaient étaient bien vingt mille, ou plus, avec à leur tête Murgalant et Pignoret. Quand ils arrivèrent au pont, ils déclarèrent qu'ils ne traverseraient pas avant de savoir quel serait le sort de la bataille. « Car sur cette rive, ajoutèrent-ils, d'où nous venons, nous ne risquons rien, à moins que des forces très nombreuses ne nous attaquent ; et quant à ceux qui viendront par ici, nous nous tiendrons à l'entrée du pont et nous nous défendrons si bien qu'ils ne pourront gagner un pied de terrain. »

---

soit aourés quant entretrouvé nous somes sain et sauf. » Lors fait li uns molt grant joie de l'autre. Mais il n'orent mie granment esté illuec, quant il virent venir Gaheriet atout .III.M. compaignons. Lors se fierent es Saisnes et en font tel ocision [*b*] que plus de .IIII.C. en abatent en lor venir et ocient et acraventent et les tienent tout a estal une grant piece. Mais en la fin les couvint a branller, si comencent li Saisne a prendre terre sor aus. Mais or se taist li contes d'aus. Et retourne a parler del roi Soriondes qui cheminoit entre lui et sa gent armés de toutes armes tant qu'il aproce d'un pont ou gent tendoient trés et pavellons, et si lor demanda pour coi il se logoient illuec. Et il respondirent pour ce que plus asseür sont illuec que d'autre part de la riviere.

220. Or dist li contes que entrels com il se combatoient au cief del pont que li charrois et la proie vint au pont et cil qui le conduisoient estoient bien .XX.M. ou plus. Si en estoit maistres conduisieres Murgalant et Pignorés et, quant il en vinrent au pont, si disent qu'il ne passeroient devant ce qu'il sauroient a quel fin la bataille prendroit. « Car par decha, font il, dont nous venons n'avons nous garde, se grant esfors de gent ne nous venoit. Et de ciaus qui venront au chief de la nous tenrons nous au chief del pont et lor desfendrons, si que ja del nostre n'enporteront riens. »

221. Ils dressèrent alors tentes et pavillons et installèrent leur camp. Et Sorionde chevaucha tant qu'il arriva au pont et il demanda à ces gens pourquoi ils s'étaient logés là ; et ils répondirent qu'ils étaient plus en sûreté de ce côté-ci que sur l'autre rive de la rivière. « Car nous ne savons pas qui se trouve là-bas. — Prenez bien soin, répliqua Sorionde, d'être prêts à venir en aide aux nôtres si besoin est ! » Et ils dirent qu'ils le feraient. Cependant, Gaheriet[1] combattait avec neuf mille trois cents hommes contre les Saxons qui étaient plus de vingt mille. Les deux camps y perdirent beaucoup, les Saxons plus que les chrétiens. Mais ceux-ci n'auraient pu durer longtemps sans souffrir de grands dommages, car les adolescents étaient trop jeunes et inexpérimentés, quand arriva Sagremor, au grand galop, avec trois mille hommes armés à qui il tardait fort de se joindre à la bataille. Et ils fondirent sur l'ennemi avec une telle violence que la poursuite fut stoppée par force.

222. Alors le combat reprit de plus belle, et il y eut là bien des lances brisées, et bien des coups d'épées dirigés contre heaumes et hauberts. Sagremor et les siens frappèrent si fort qu'ils abattirent de très nombreux Saxons. Mais, quelque valeureux qu'ils pussent être, ils ne pouvaient pas néanmoins arrêter leurs ennemis, car ils étaient tellement engagés qu'aucune prouesse de Sagremor ni de personne ne pouvait servir à rien. Mais alors arriva Galeschin avec trois mille hommes d'armes, et ils se jetèrent à leur rencontre si fièrement que

---

221. Lors tendent trés et paveillons et se logent. Et Soriondes chevauce tant qu'il vint au pont et lor demande por coi il sont logié. Et il dient qu'il sont plus asseür illuec que de l'autre part de la riviere. « Car nous ne savons quel gent il a dela. — Or gardés, fait Soriondes, que vous soiés molt bien apareilliés et que vous aidiés a nostre gent se mestier lor est a cest besoing. » Et il dient que si feront il. Et Gaheriés se combat atout IX.M. homes a armes et .CCC. encontre les Saisnes qui estoiet .XX.M. et plus. Et molt i perdirent et li un et li autre et li Saisne plus que li Crestien. Mais longement n'i peüssent il mie durer car trop estoient li enfant jouuene et tendre. Si ne demorast mie granment que trop n'i eüst perdu quant Saygremors vint poing[n]ant atout .III.M. ferarmés a qui li assamblers tardoit molt et il se fierent en aus si durement que toute la chace en est arrestee a fine force.

222. Adonc fu li estours renouvelés et durement ferus, si ot illuec grant froisseïs de lances et grant capleïs d'espees sor hiaumes et sor haubers. Si i feri tant Saygremors et li sien que maint Saisne i furent abatu. Mais pour bien faire que Saygremor i feïst ne li sien ne pooient arrester les Saisnes, car il estoient si en la voie que bien faire de lui ne d'autrui n'i pooit avoir mestier. Et lors vint Galescin atout .III.M. fer-

personne ne résistait à leurs lances, en criant : « Clarence ! »,
la devise du roi Arthur[1]. Et les Saxons les reçurent si rudement qu'ils les firent reculer. Mais il y eut alors un tel
tumulte et un tel vacarme qu'ils les portèrent de gré ou de
force jusqu'au pont de Diane, où il y eut grand massacre
d'hommes et de chevaux, et particulièrement de Saxons, au
point que, des vingt mille qu'ils étaient à l'origine, les nôtres
en tuèrent plus de sept mille avant qu'ils n'arrivent au pont.
Et si les secours n'avaient pas été si proches, pas un seul
n'en aurait réchappé ; mais Murgalant et Pignoret vinrent à
la rescousse avec vingt mille hommes en armes ; et aussitôt
qu'ils eurent passé le pont ils se jetèrent dans la mêlée à
bride abattue, si violemment qu'ils en abattirent beaucoup au
cours de cet assaut. En ce point le combat fut prodigieux, et
les chrétiens se trouvèrent dans une très mauvaise posture,
et subirent de grandes pertes, car les Saxons étaient encore
plus de trente mille, et les chrétiens, tous compris, n'étaient
jamais que quinze mille : il leur fallut bien contre leur gré
reculer d'une bonne portée d'arc. Là, en vérité, Galeschin,
Guerrehet, Gaheriet et Agravain, Sagremor, Yvonet le
Grand et son frère Yvonet le Bâtard, ainsi qu'Atès de Campercorentin[2] et Ote de Beaumont, endurèrent de grandes
épreuves. Ils étaient extraordinairement vaillants, plus que
tous ceux de l'armée, mais à la fin ils ne purent plus durer.
Mais alors vint Gauvain, chevauchant à la rescousse avec
cinq mille hommes. Il y eut là grand combat et forte bataille

armés et les encontrerent si durement que devant lor lances n'en
remest nus. Et lors escrient molt hautement : « Clarence ! » Ce fut l'enseigne au roi Artu. Et li Saisne entrerent si durement que tous les font
branller ariere. Si lieve li hus et la noise si grans sor els qui les mainnent ferant sans nul arrest jusques au pont de Dyane. Si ot illuec si
grant ocision d'omes et de chevaus et de Saisnes que de .xx.m. qu'il
estoient en ocisent li nostre plus de .vii.m. ançois qu'il venissent au
pont. Et, se li secours ne lor fust si pres, ja n'en fust nus eschapés que
tous nes couvenist morir. Mais Murgalant et Pignorés les vinrent
secourre atout .xx.m. homes et, si tost com il orent le pont passé, si se
ferirent en la mellee les fuians abandonnés, si en abatirent a lor venir
molt. Illuec ot un merveillous estour et molt fuerent Crestien a grant
meschief et i rechurent perte molt grant. Car li Saisne estoient encore
.xxx.m. et plus et li Crestien n'estoient que .xv.m. que uns que autres, si
les couvint reüser a force le trait a un archier. Illuec sousfri molt Galescins et Guerrehés et Gaheriés et Agravains et Saygremors et Yvonés li
Grans et ses freres Yvonés li Aoutres et Ates de Campercorentin et
Otes de Biaumont. Icil furent de merveillouses proueces sor tous ciaus
de l'ost, mais en la fin n'i eüssent il dure. Atant es vous Gavain qui les
vint secourre atout .v.m. a armes. Illuec ot un grant estour a l'asambler

lorsqu'ils se rencontrèrent ; car dès que Gauvain se fut joint aux combattants il commença à accomplir en personne de telles prouesses qu'il fit reculer les Saxons et les força à abandonner le terrain. Il tuait et abattait hommes et chevaux, à coups de lance ou à coups d'épée ; puis il prit une hache particulièrement solide, et remit son épée au fourreau qui pendait à l'arçon de la selle. Il tenait la hache à deux mains et frappait et mutilait tout ce qu'il touchait, sans que fer ni armure ne garantisse ses victimes. Il portait à lui seul le poids de la bataille, car tous les Saxons le fuyaient dans toutes les directions et n'osaient pas l'attendre ; il les attaquait si rudement parce que none était déjà passée, et que donc sa force avait triplé[3] : en effet, ce n'était pas très intelligent d'attendre ses coups, car ils étaient trop cruels. Il tint si court les ennemis qu'il les fit battre en retraite de force jusqu'à l'autre rive, outre le pont de Diane, sur lequel ils se massèrent en si grand nombre, l'un sur l'autre, que plus de mille tombèrent dans la rivière, et n'en ressortirent pas, mais se noyèrent et s'en allèrent flottant au fil de l'eau.

223. Quand Sorionde vit les énormes dommages que lui causaient ses adversaires, il en éprouva une telle douleur qu'il s'en fallut de peu qu'il n'enrage ; et il serait très volontiers passé de l'autre côté du pont pour les combattre. Mais il y avait une telle presse sur le pont et en contrebas le long de la rivière que personne ne pouvait passer. Et même si le pont avait été libre d'accès, ce n'était pas si simple de traverser :

---

et molt durement feru, car, si tost come Gavains i vint si le conmencha il meïsmes ses cors si bien a faire que tous les Saisnes fist reüser et guerpir place. Il ocioit et abatoit homes et chevaus par cop de lance et d'espee et lors prist une hace de molt trés grant bonté et remist s'espee el fuerre qui a l'arçon li pendoit. Et il tint la hace as .II. poins et fiert et acrevante quanqu'il ataint qu'il ne [*d*] le garantissoit ne fer ne fust ne arme nule, il seus soustenoit la bataille toute. Car li Saisne li fuioient de toutes pars et ne l'osoient atendre, et il les empira si durement a ce que nonne estoit ja passee que sa force li estoit ja doublee .III. fois, si n'estoit mie grant savoir de ses cops atendre, car trop estoient cruel. Si les tint si cours que par fin estouoir les fist flatir jusques outre le pont de Dyane ou il estoient si espés et s'i tassé l'un sor l'autre que plus de .M. en chaïrent en l'aigue qui puis n'en issirent ains s'en alerent aval l'aigue flotant et tous noïés.

223. Quant Soriondes vit le damage que cil li firent si grant, si en ot itel duel que par un poi que il n'esrage. Si passast molt volentiers s'il peüst a aus combatre, mais il furent tant et si espés sor le pont et contreval la riviere que nus ne pooit a aus passer. Et encore fust li pons tous delivrés n'estoit il mie legiere chose del passer, car il doutoit molt Gavain et Galescin et Saygremor et Agravain et Gaheriet et

car il redoutait fort Gauvain, Galeschin, Sagremor, Agravain, Guerrehet et Gaheriet, Yvonet le Grand et Yvonet le Bâtard, qui étaient directement à la tête du pont. Car les frères de Gauvain aussi se défendaient si bien que personne n'était assez hardi pour passer outre sans se faire tuer. Ils faisaient un tel massacre que des monceaux de corps humains et de cadavres de chevaux s'élevaient devant eux, si bien qu'on ne pouvait plus les atteindre, et réciproquement, qu'avec des projectiles que l'on lançait. L'assaut dura toute la journée, jusqu'à la nuit où ils se retirèrent de part et d'autre. Gauvain et les siens s'en allèrent à Bédingran, joyeux et satisfaits d'avoir secouru les jeunes gens dans leur grand besoin. Il y eut fête ce soir-là, et ils s'accordèrent le réconfort de toutes ces choses qui sont nécessaires à l'homme. Puis ils allèrent se coucher et prendre du repos, car ils étaient las et fatigués, si bien qu'ils dormirent jusqu'au jour. Mais dès qu'ils eurent quitté le pont où avait eu lieu la rencontre, le soir, Sorionde envoya chercher les hommes les plus importants de son armée pour prendre conseil et déterminer que faire. Aussitôt qu'il vit les barons assemblés, il leur demanda comment ils pourraient agir, car il avait expérimenté la félonie et la cruauté des chrétiens et en était fort épouvanté, ayant subi des dommages vraiment considérables. Alors se leva Maaglan, un grand géant cruel et félon, mais très sage aussi, et réfléchi, et il parla bien haut, de manière à être compris de tous :

224. « Roi Sorionde, si on suivait mon conseil, le convoi

Guerrehet et Yvonet le Grant et Yvonet l'Aoutre qui lor estoient a l'encontre d'els a l'entree del pont que si frere molt desfendent*ᵃ* que nus n'est tant hardis qui ost outre passer que il les ocient. Et tel martire en font qu'il i a si grant monciaus de gent ocis et de chevaus par devant aus que li uns d'aus ne pot a l'autre avenir se en lanchant non. Si dura li assaus toute jour ajournee jusqu'a la nuit qu'il se retraient et d'une part et d'autre. Si s'en ala Gavains et li sien a Bedingram lié et joiant des enfans qu'il orent rescous a lor besoing. Si demenerent cel soir molt grant joie et s'aaisierent de toutes iceles choses qui a cors d'ome couvient, et après s'alerent couchier et reposer, car lassé estoient et traveillié, si dormirent jusques au jour. Et tantost com il furent le soir parti del pont ou li poigneïs avoit esté, si envoia Soriondes querre tous les haus homes de tout son ost pour conseil querre que il feroit, si tost com il vit que li baron estoient assamblé, si lor demanda conment il porroient esploitier, car molt avoit trové les Crestiens felons et cruous. Si en estoit molt espoentés car il li avoient molt grant damage fait. Et lors se leva em piés Maaglans, un grans gaians cruel et felons, mais molt sages de grant mesure. Si parla si haut que de tous fu bien oïs :

224. — Rois Soriondes, se mes consaus en estoit creüs, li charrois

se mettrait tout de suite en route et ne s'arrêterait pas avant
d'arriver à votre camp. Il précéderait votre cavalerie, et
Pignoret le conduirait, en tête avec dix mille hommes. Et
nous, nous serions dans l'arrière-garde avec toutes nos
troupes, et tous les effectifs que nous pourrons aligner. Et si
les chrétiens nous poursuivaient, le convoi ne cesserait pas
pour autant sa marche à cause d'eux.

225. «C'est là le meilleur conseil que je sache donner.»
Et tous les Saxons de s'écrier que c'était un bon conseil.
Sorionde commanda aussitôt de charger les bêtes et de
mettre la dernière main au harnois, puis il fit franchir en premier le pont à l'avant-garde, composée de dix mille hommes.
Quand le convoi eut traversé, lui-même passa avec trente
mille Saxons, et ils chevauchèrent en serre-file, au petit pas,
marchant toute la journée et toute la nuit sans rencontrer
d'obstacles ou de problèmes, tant qu'ils arrivèrent au val de
Nambières où le siège battait son plein. Ils y furent très
bien reçus : en effet, on les attendait avec impatience à cause
des vivres qui diminuaient ; ils en apportaient tant que les
réserves de l'armée furent reconstituées, et au-delà. Mais le
conte se tait désormais à leur sujet. Et il revient aux enfants
qui sont en la cité de Bédingran et se font fête mutuellement.

226. Le conte dit ici que les jeunes gens furent très heureux et satisfaits de la venue des fils du roi Urien ; ils leur
firent fête avec de grandes réjouissances jusqu'à ce qu'ils

---

se metroit [e] tout maintenant el chemin et ne fineroit jamais devant
ce qu'il venroit a vostre ost et s'en iroit devant vostre chevaucie. Et
si le conduiroit Pignorés atout .x.m. homes devant el premier front.
Et nous serons en la keue deriere atoute la gent que nous avons et
que nous porrons ajouster ensamble. Et se li Crestien nous poursivent ja li charrois ne laist a aler pour aus.

225. «Ensi en seroit le mix que je en sace conseillier.» Et lors s'escrient li Saisne*e* tout ensamble que c'est bon conseil. Et Soriondes
conmanda tout maintenant a chargier et a tourser le harnois et fait
passer l'avangarde et premierement au pont atout .x.m. Saisnes et
plus. Et quant li charrois fu passés si passe il meïsmes atout .xxx.m.
Si chevauchierent a la keue deriere le petit pas et oirrent tote nuit et
toute jour que onques n'i orent destourbier, tant qu'il vinrent au val
de Nambieres ou li sieges estoit molt grans. Et il i furent molt liement receü, car molt estoient desiré pour la viande qui lor amenuisoit. Et il en ameneient tant que li os en fu molt durement rapleni et
asasé. Mais or se taist li contes d'aus. Et retourne a parler des enfans
qui sont en la cité de Bedingram, si s'entrefirent molt grant joie*b*.

226. Or dist li contes que molt furent li enfant lié et joiant de la
venue as enfans le roi Urien. Et molt menerent grant joie et grant
feste tant qu'il alerent dormir et reposer. Et quant ce vint a l'ende-

aillent dormir pour se reposer. Le lendemain matin, Gauvain envoya un espion pour savoir ce que faisaient les Saxons qu'ils avaient laissé au pont de Diane ; quand celui-ci y parvint, il découvrit qu'ils étaient partis depuis la veille au soir. Il revint à Gauvain et lui fit son rapport. Gauvain fut navré qu'ils se soient ainsi échappés. Mais, puisqu'il ne pouvait en être autrement, ils laissèrent les choses en l'état. Ils demeurèrent en ville, attendant de recevoir des nouvelles intéressantes. Il arriva qu'un jour, avant le dîner, les jeunes gens se tenaient dans une loge au bord de la rivière ; Gauvain vint à Yvonet le Grand et lui dit : « Cher cousin, comment avez-vous su que nous étions ici ensemble ? Qui vous a conseillé de m'envoyer votre lettre l'autre soir ? — Quelle lettre ? fit Yvonet. Certes, je ne vous ai jamais de ma vie envoyé la moindre lettre, et je ne savais rien de votre situation, quand Dieu, Notre-Seigneur, vous amena à nous au moment où vous y êtes venus ! Et nous aurions tous été tués, ou au mieux faits prisonniers si vous n'étiez pas arrivés si tôt. — Comment, cher cousin ! reprit Gauvain. Parlez-vous sérieusement quand vous dites que vous ne m'avez jamais envoyé de lettre demandant que je vienne à vous ? — Seigneur, dit Yvonet, je vous le dis vraiment, et je ne vous mens pas. »

227. Quand Gauvain entendit cela — c'est-à-dire qu'Yvonet lui disait qu'il ne lui avait jamais envoyé de lettre ni de messager —, il fut extrêmement étonné ; et tous ceux qui assistaient

---

main matin, Gavains envoie une espie pour savoir conment li Saisne se contenoient qu'il avoient laissié au pont de Dyane. Et quant il vint la si trouva qu'il s'en estoient parti dés le soir, si retorne et conte a Gavain ce qu'il avoit trouvé. Si en fu Gavains molt dolans de ce que il estoient si eschapé. Mais puis que autrement ne pot estre le laissierent il ester. Si atendent en la vile en tel maniere tant que novele [f] lor viengne d'aucune part. Un jor avint, devant disner, que li enfant estoient es loges devant sor la riviere, si vint Gavains a Yvonet le Grant et li dist : « Biaus cousins, conment seüstes vous que nous estions ici ensemble et par qui conseil m'envoiastes vous vos letres l'autre soir ? — Queles letres ? fait Yvonés. Certes, je ne vous envoiai onques letres a nul jor de ma vie ne je ne savoie de vous nules nouveles quant Dix Nostre Sires vous i amena en tel point com vous i venistes. Car tout i fuissiemes ocis et pris et retenus se si tost n'i fuissiés venus. — Conment, biaus cousins, fait Gavains, dites le vous a certes que vous ne m'envoiastes onques letres que je venisse a vous ? — Sire, fait il, voirement le vous di je bien, ne je ne vous en ment de riens. »

227. Quant Gavains entent que Yvonet li dist que onques letres ne message ne li envoia, si s'en est molt esmerveilliés et tout cil qui l'oïrent s'esmerveillent dont ce puet venir. Lors font

à la conversation se demandèrent avec surprise d'où cela pouvait venir. Ils firent alors rechercher le jeune homme qui avait apporté la lettre, et demandèrent s'il était dans la ville ; mais ils ne trouvèrent personne qui sût leur en donner des nouvelles, et ils se demandèrent avec étonnement ce qu'il avait bien pu devenir. Ils demeurèrent ainsi huit jours dans la ville, jusqu'à ce que des nouvelles leur arrivent : on leur dit que les jeunes gens qui constituaient la garnison d'Arondel étaient en très mauvaise posture. Car les Saxons les assaillaient jour après jour très rudement, et ils voyaient venir l'heure où ils seraient pris. Quand Gauvain apprit le besoin dans lequel se trouvaient ceux du château, il en fut très ennuyé ; il appela ses compagnons et leur dit qu'il serait bon qu'ils se rendent en la marche d'Écosse, au château d'Arondel, pour secourir les adolescents qui en avaient grand besoin. « En outre, nous aurons là-bas plus tôt des nouvelles de mon père, le roi Loth : je voudrais bien savoir ce qu'il devient. » Et les autres répondirent qu'ils feraient ce qu'il voudrait.

228. Les jeunes gens se préparèrent alors et une fois prêts il se mirent en route ; ils étaient dix mille, sans plus, tous montés sur de très bons chevaux, car ils ne voulaient pas vider la terre de défenseurs. Ils chevauchèrent de nuit, au soir et à l'aube, par les chemins les plus détournés qu'ils purent trouver, tant et si bien qu'ils arrivèrent à une demi-lieue d'Arondel. Ils entendirent alors un grand vacarme, car Haran, le fils de Bamangue, était entré en Loénois et avait pas mal ravagé la contrée en passant ; et il assaillait le château d'Aron-

---

encerchier et enquerre se li vallés qui les letres avoit aportees estoit en la vile. Mais il ne trouverent onques qui nouveles lor en seüst a dire. Si s'en esmervillierent qu'il puet estre devenus. Ensi demourerent en la vile .VIII. jors, tant que nouveles lor vinrent et lor dist on que molt estoient agrevés li damoisel qui estoient en la garnison d'Arondel. Car li Saisne les assailloient cascun jour molt durement, si ne gardoient l'eure qu'il fuissent pris. Et quant Gavains entendi le besoing que cil du chastel avoient, si l'em pesa a lui molt durement. Lors apela ses compaingnons et lor dist qu'il feroit molt bon aler en la marche d'Escosse au chastel d'Arondel pour rescourre les damoisiaus qui grant mestier en ont. « Et si orrons nous plus tost nouveles de mon pere le roi Loth, conment il se maintient. » Et cil dient qu'il en feront sa volenté toute.

228. Lors s'atournerent li enfant et apareillierent et se metent el chemin et furent .X.M. sans plus des mix montés. Car il ne voloient la terre desgarnir de gent. Si chevaucherent par nuit as vesprees et as matinees par les des plus destournes lix qu'il porent, tant qu'il vinrent a demie lieue d'Arondel. Si oïrent molt grant noise car Hartas, li fix Bramague, estoit entrés en la terre de Loenois et avoit molt de la terre

del férocement : il avait en particulier incendié le bourg extérieur. Il arriva alors qu'une compagnie de jeunes gens venait par là depuis le royaume d'Estrangorre ; ils pouvaient bien être sept mille et ne prêtèrent pas attention au roi Haran qui avait assailli pendant toute la journée le château. (Mais ses habitants s'étaient si bien défendus qu'ils n'y avaient rien perdu, sauf le bourg que les Saxons avaient incendié.) Là-dessus, les Saxons s'étaient retirés en désordre et, pendant leur retraite, ils rencontrèrent les cent quarante écuyers que Keu d'Estraus et Kahedin le Beau conduisaient ensemble. Dès que les Saxons les aperçurent, ils se mirent à crier et fondirent sur eux sans tarder, car ils se rendirent bien compte qu'ils étaient chrétiens. Les jeunes gens se défendirent si bien que jamais si peu de gens ne se défendirent pareillement. Mais quand ceux du château d'Arondel virent le combat s'engager sur la prairie au bord de la rivière, ils s'aperçurent eux aussi que les nouveaux venus étaient chrétiens ; ils les regardèrent un moment. Mais ils étaient si peu nombreux qu'on les distinguait à peine parmi les Saxons ; ils combattaient très vaillamment mais, à la fin, il était clair qu'ils ne pourraient pas durer longtemps, car leurs ennemis étaient trop nombreux par rapport à eux. Ceux du château, qui étaient encore quatre cents, très preux et hardis, firent alors une sortie, car ils avaient grand-pitié des jeunes gens, parce qu'ils étaient chrétiens. Ils chargèrent si énergiquement parmi les Saxons qu'ils traversèrent leurs rangs jusqu'au lieu

---

gastee ensi com il estoit alés et asailloit le chastel d'Arondel molt fierement [*1054*] si avoit le bourc[b] dehors tout ars. Et lors avint que une route de damoisiaus venoient cele part de la terre d'Estrangorre et pooient bien estre .VII.M. si ne se prisent garde del roi Harain qui avoit toute jor asailli au chastel d'Arondel. Mais cil s'estoient si bien desfendu que onques riens n'i perdirent fors le bourc que li Saisne arsent. Et lors se traient li Saisne en sus tot a desroi. Et atant ce qu'il se retraioient si encontrerent les .VII.XX. esquiers que Kex d'Estraus et Keadins li Biaus conduisoient entr'aus .II. ensamble. Et si tost come li Saisne les virent venir si lievent le hu et lor courent sus tout a desroi, car il conurent bien qu'il estoient Crestien. Et cil se desfendirent si bien que onques si petit de gent si bien ne se desfendirent. Et quant cil del chastel d'Arondel virent la bataille comencie en piés desor la riviere, si connurent qu'il estoient Crestien, si les regardent une grant piece. Mais il sont si poi de gent que a painnes aparoient il entr'aus, si se combattirent il molt durement mais longement n'i peüssent il mie durer car trop estoient grant gent encontre aus. Et cil du chastel issirent fors qui estoient encore .IIII.C. qui molt estoient prou et hardi, car grant pitié lor en prenoit por ce que Crestien estoient. Et se ferirent entr'aus si durement que tous les percierent jusques au lieu

où les jeunes gens étaient encerclés, si bien que sans ce secours ils n'auraient pas tenu longtemps avant d'être pris et capturés. Quand ils les eurent rejoints et qu'ils se furent reconnus, et eurent fait connaissance, la mêlée reprit de plus belle, et devint encore plus dangereuse. Il y eut là maints beaux coups, donnés et reçus, dont les Saxons furent chagrins et courroucés. Cela apparut clairement, car ils commencèrent à sonner leurs cors, leurs clairons et leurs trompettes pour réclamer des secours. Si bien que les Saxons, qui s'étaient éparpillés sur la rive de l'Arsonne, affluèrent de tous côtés. Et ceux du château même, qui étaient partis du siège, s'en allaient vers la cité de Clarence avec un grand convoi qui leur était venu de Saissoigne ; en outre, ceux qui l'avaient amené jusque-là l'accompagnaient, et ils étaient tous armés, et très nombreux. Le conte dit ici en effet qu'ils étaient plus de soixante mille, sans compter ceux qui s'étaient éparpillés par toute la région pour piller. Ceux-ci avaient ravagé plus de quatre journées de terre, tant et si bien que vous n'auriez pu trouver la moindre maison encore debout, et capable d'héberger un homme ou même son cheval, ni assez de nourriture pour constituer un seul repas pour un seul homme. Mais à ce point le conte cesse de parler d'eux et recommence à parler des jeunes gens qui étaient dans la prairie sous Arondel, et qui ne voulaient être chevaliers de la main d'aucun homme au monde si ce n'était de celle du roi Arthur.

229. Le conte dit dans cette partie que les compagnons

---

ou il eſtoient si enserré que autrement eüssent il poi duré qu'il ne fuissent pris et retenu. Et quant il furent assamblé et il se furent entreconneü et acointié, si coumença la mellee a enforcier et a eſtre molt perillouse si i ot maint cop doné et receü dont li Saisne furent molt dolant et courecié et bien i parut car il commencierent a sonner lor cors et lor timbres et lor buisines et ce eſtoit seneſiance de secours. Si conmencierent li Saisne a asambler de toutes pars que tout s'eſtoient espandu sor la riviere d'Arsone. Et cil du chaſtel meïsmes qui eſtoient issu fors s'en aloient vers la cité de Clarence atout grant charoi qui de Saysoigne lor eſtoit venu et envoié. Si le conduisoient cil qui l'avoient amené, si furent molt grant gent et tout armé. Car ci diſt li contes qu'il eſtoient plus de .IX.M. sans ciaus qui s'eſtoient espandu aval la terre pour proiier et en orent plus de .IIII. journees si gaſté que vous n'i trouvissiés ne borde ne maison tant que uns hom s'i peüſt herbergier ne soi [*b*] ne son cheval, ne tant de viande prendre dont uns hom fuſt repeüs une fois sole. Mais ici endroit se taiſt li contes d'aus. Et retourne a parler*d* des enfans qui sont en la prairie desous Arondel qui ne voloient eſtre chevalier de nul home el monde fors de la main au roi Artu.

qui se trouvaient sur la prairie, ceux que je vous ai nommés plus haut, étaient dans une situation très mauvaise et très pénible. Car ils n'étaient que cent quarante d'un côté et quatre cents de l'autre, qui étaient sortis du château d'Arondel. Et pourtant il y avait parmi eux beaucoup d'hommes de valeur. Et si d'aucuns voulaient me demander qui ils étaient, je leur en nommerais[1] quelques-uns — car ce serait trop ennuyeux de les énumérer tous. L'un s'appelait Yvonet aux Blanches Mains, l'autre Yvonet le Gauche, le troisième Gosoain d'Estrangorre : ils étaient restés là pour attendre le roi Arthur, car ils ne voulaient être adoubés que de sa main. C'étaient tous des hommes nobles et puissants, puisqu'ils étaient fils de roi, de contes et de ducs, et proches parents du roi Loth d'Orcanie et du roi Brangoire. Et ils étaient tous venus de leurs terres et de leurs pays aussi discrètement que possible, car chacun n'avait avec lui que dix-neuf compagnons ; ils avaient fait halte ici comme mercenaires pour faire quelque gain, car ils étaient partis de chez eux avec bien peu de chose. Et ils avaient déjà si bien réussi qu'ils avaient gagné pas mal sur les Saxons, à plusieurs reprises.

230. Quand les jeunes gens arrivèrent sur le champ de bataille, le vacarme et le tumulte augmentèrent : en effet étaient sortis du château quatre cents jeunes gens très vaillants et hardis ; et quand ils firent leur jonction avec les sept adolescents, Yvonet aux Blanches Mains, qui était plus courtois

---

229. Or diſt li contes en ceſte partie[a] que a grant meſcief et a grant deſtroit eſtoient li compaingnon qui en la praerie eſtoient, icil que je vous ai només ci devant[b]. Car il n'eſtoient que .VII.XX. et .IIII.C. et eſtoient iſſu del chaſtel d'Arondel. Et nonpourquant ſi i ot il de molt prodomes. Et ſe aucuns me demandoit qui il eſtoient je li en nomeroie une partie, car de tous a nomer ſeroit trop grans anuis[d]. Car li uns avoit non Yvonés as Blanches Mains et Yvonés li Eſclains et Goſoains d'Eſtrangorre. Icil eſtoient remés illuec pour le roi Artus atendre, car il ne voloient mie eſtre chevalier adoubé de la main de nului ſe de la main au roi Artu non. Si eſtoient tout haut home et poiſſant come fix de rois et de contes et de dus et ſi eſtoient bien prochain parent al roi Loth d'Orcanie et au roi Brangore et s'en eſtoient tout venu de lor terres et de lor païs au plus coiement que il porent. Car chaſcuns n'eſtoit que ſoi vintiſme, ſi eſtoient illuec arreſté com ſoldoiier pour gaaingnier, car petit avoient aporté d'avoir fors de lor païs. Si avoient ja tant eſploitié qu'il avoient aſſés gaaingnié ſor les Saiſnes maintes fois.

230. Quant li enfant vinrent a la bataille ſi en enforcha molt la noiſe et li cris, car il eſtoient iſſu del chaſtel .IIII.C. bacelers molt prou et molt hardi. Et quant il vinrent as .VII. damoiſiaus ſi lor demanda Yvonés as Blances Mains qui plus eſtoit enraiſniés

que les autres, leur demanda qui ils étaient. Et Keu d'Estraus leur dit qu'ils étaient des écuyers de fortune qui allaient chercher leurs armes auprès du roi Arthur, et qu'ils étaient parents des deux rois d'Estrangorre.

231. Quand les jeunes gens entendirent qu'ils étaient écuyers, ils leur dirent que, s'ils voulaient venir avec eux, ils resteraient en leur compagnie à la cour du roi Arthur jusqu'à l'arrivée de celui-ci. «Et à ce moment, nous irons chercher nos armes ensemble», car eux aussi, ajoutèrent-ils, étaient venus pour recevoir leurs armes. Et les autres dirent qu'ils le voulaient bien. Pendant qu'ils liaient ainsi conversation, le convoi de la Roche approchait; il y avait en tête vingt mille hommes qui l'escortaient au camp de l'armée, et vingt mille autres fermaient la marche. En approchant d'Arondel ils virent la bataille entre les jeunes gens et les Saxons; et quand ils surent que c'était l'avant-garde du roi Haran, ils lâchèrent la bride à leurs chevaux et vinrent encercler les adolescents et leur livrer un assaut très violent. Eux s'efforçaient autant qu'ils pouvaient de retourner au château, mais les ennemis étaient si nombreux et en rangs si serrés qu'ils ne purent traverser ou rompre leurs lignes. Il s'en fallait de peu qu'ils ne soient tous tués ou pris, et le château avec, quand Gauvain et sa compagnie arrivèrent, c'est-à-dire dix mille hommes en armes. Dès qu'ils s'approchèrent de la mêlée, ils furent très surpris de voir quelle était la situation, et ils se lancèrent en hâte contre les Saxons, si durement que rien ne pouvait

---

que li autre qui il estoient. Et Kex d'Estraus lor [d] dist qu'il estoient esquier soldoier qui lor armes aloient querre del roi Artu, et parent prochain as .ii. rois d'Estrangorre estoient il.

231. Quant li enfant oïrent qu'il ierent esquier si lor dient se il voloient o els venir qu'il ne lor fauront ja de compaingnie de si a la court le roi Artu, ne mais illuec[a] atendront le roi Artu tant qu'il soit venus. «Et quant il sera venus, si irons querre nos armes ensemble», car aussi sont il venu pour lor armes prendre. Et cil dient que ce leur plaist bien. Entre tant qu'il tenoient lor parlement ensemble aprocha li charrois de la Roche et furent el premier front .xx.m. qui a l'ost le conduisoient et .xx.m. en la keue deriere. Et en ce qu'il vinrent prés d'Arondel si voient la bataille des enfans et des Saisnes, et quant il sorent que ce estoit l'avangarde au roi Haran, si lor viennent les frains abandonnés, si avironent les enfans et lor livrent molt grant assaut. Et cil se painnent molt de retorner au chastel, mais cil sont tant et si espés qu'il nes porent percier ne rompre. Si ne demourast mie granment qu'il ne fuissent tout mort ou pris, et li chastiaus avoec, quant Gavains i vint et sa compaignie atout .x.m. fervestus. Et si tost com il vinrent a la mellee si s'esmervillierent molt d'aus et se fierent en aus si durement que nule riens ne remest devant les fers

résister au fer de leurs lances. Il y eut là une bataille étonnamment violente, où maints hauberts furent démaillés et rompus, si bien que le champ fut couvert de morts et de blessés.

232. Les Saxons perdirent beaucoup dans cette rencontre, ce dont ils furent très chagrins et courroucés. Car les nouveaux venus les pressèrent tant et en occirent tellement qu'ils les firent reculer sur le convoi qu'ils escortaient. Et quand Gauvain vit les jeunes gens, il leur demanda qui ils étaient. Ce fut Yvonet aux Blanches Mains qui lui dit qu'ils étaient au roi Arthur : « Nous étions sortis de ce château pour secourir ces jeunes gens, là » — il leur montra ceux que les Saxons avaient d'abord assaillis —, « mais qui êtes-vous, cher ami, vous qui me posez cette question et qui nous avez été si utile ? » Et lui de se nommer, et de dire qu'il était venu ici avec sa compagnie pour leur venir en aide. En entendant ces mots, il fut plus heureux que personne ne l'avait jamais été, rendit grâces à Dieu, et le remercia des secours qu'il leur avait envoyés dans la situation délicate où ils se trouvaient. Puis, tous ensemble, ils éperonnèrent en criant la devise du roi Arthur, et se lancèrent parmi les Saxons, dont ils firent un tel massacre et une telle boucherie que le champ de bataille en fut jonché. En effet, ils s'efforçaient vivement de se faire prisonniers ou de s'abattre les uns les autres. Gauvain y fit des prodiges, ainsi que ses trois frères, Galeschin, Sagremor, Yvonet le Grand et son frère, les deux fils du roi Urien, Alles et Atès… Parmi ceux qu'ils étaient venus

---

de lor lances. Illuec ot estour fier et merveillous et durement feru et maint hauberc faucé et desrompu si que des mors et des navrés furent li champ couvert[b].

232. La firent li Saisne molt grant perdicion dont il furent molt dolant et molt courecié. Car cil les ferirent et en ocisrent tant qu'il les firent branller sor le charroi qu'il avoient amené. Et quant Gavains vit les enfans si lor demande qui il sont. Et Yvonés as Blanches Mains li dist qu'il sont au roi Artu « si estimes issu de cest chastel pour secorre ces enfans la », si lor montre ciaus que li Saisne avoient assailli[a]. « Et qui estes vous, biaus amis, qui le me demandés et qui tel mestier nous avés eü ? » Et il se nome et dist qu'il estoit illuec venus entre lui et sa compaingnie pour aus aïdier. Et quant il l'oï si en est tant liés come nul plus et aoure Dieu et mercie del secours qui venus lor est en tel point conme ore est[b]. [d] Lors poignent tout ensemble et escrient l'enseigne au roi Artu et se fierent entre les Saisnes et en font tel martire et tel ocision que li champ en sont joncié. Car li uns se penoit molt de l'autre retenir et d'abatre. Illuec fist Gavains merveilles de son cors et ausi firent si .III. frere et Galescins et Saygremors et Yvonés li Grans et son frere, li doi fil au roi Urien et Allés et Atès. Icil firent merveilles de lor cors et par decha le fist trop

secourir, Dodinel le Sauvage, Yvonet aux Blanches Mains, Yvonet de Lionel et Gedins le Petit, se comportèrent aussi admirablement. Ces dix-sept jeunes gens constituaient le fer de lance de l'attaque, et faisaient un tel massacre que personne n'osait attendre leurs coups. Mais tous les autres membres de leur compagnie se conduisirent aussi très bien, si bien qu'ils mirent les ennemis en déroute, et les firent reculer de force sur les vingt mille qui escortaient le convoi de butin. Alors vint à Gauvain, qui voulait engager le combat contre ces Saxons, un vieillard à cheval, et sans armes, qui lui dit : « Gauvain, Gauvain, si tu voulais m'en croire, tu retournerais sur tes pas et tu conduirais tes compagnons à Arondel ; car voici que les Saxons chevauchent, et vous ne pourriez leur résister tant ils sont nombreux. »

233. Quand Gauvain entendit les paroles de cet homme de bien, il le considéra avec intérêt ; il lui sembla si vieux et si branlant que c'était un prodige qu'il pût tenir à cheval ; il avait la barbe si longue qu'elle descendait jusqu'à la boucle de son baudrier — elle était toute blanche. Il portait par ailleurs une couronne de fleurs sur la tête, et une robe de drap noir[1]. Il se tenait à l'arçon de sa selle et dit : « Gauvain, mon cher ami, croyez-moi, vous agirez sagement ! Car tes compagnons n'ont pas ta force et ta puissance, et pourtant tu dois te préoccuper de leur salut et de leur vie autant que des tiens. Ce serait un péché mortel de les mettre en péril

---

merveilleusement Dodyniaus li Sauvages et Yvonés as Blanches Mains et Yvonés de Lyonnel et Gedins li Petis. Icil .x.vii. furent el premier chief devant si firent tel martire que nus ne s'osoit a cop atendre. Et tout li autre compaingnon le firent si bien que tous le misent a la voie et les fisent flatir a force sor les .xx.m. qui conduisoient la proie et le charroi. Et lors vint uns vix hom montés sor un cheval tout desarmé a Gavain qui se voloit meller as Saisnes si li dist : « Gavain, Gavain, se tu me voloies croire tu t'en retourneroies ariere et amenroies tes compaingnons a Arondel. Car veés ci les Saisnes chevauchier se n'i auroies duree car trop grant gent sont. »

233. Quant Gavains entent la parole al prodome si le regarde. Et il li samble si vix et si crollant qu'il s'enmerveille coment il se puet tenir a cheval et voit qu'il avoit la barbe si longe qu'ele li venoit jusques au neu del baudré et estoit toute chanue. Et si avoit un chapel en sa teste de flours et une robe de noirs dras vestue, et si tenoit sa main a l'arçon de la sele devant et dist a Gavain : « Biaus amis, creés moi, si ferés que sages. Car cil compaingnon ne sont pas de ta force ne de ton pooir et autretant dois tu amer lor sauvement et lor vie com la toie. Et tu feroies pechié mortel s'il estoient desavancié par ta folie, car encore porront il a grant force venir et a grant bien

par ta folie, car dans l'avenir ils parviendront encore à de grandes choses, et ils rendront de très grands services au roi Arthur ton oncle dès qu'il sera revenu de Carmélide. »

234. Après avoir dit ces mots, l'homme fit demi-tour et s'éloigna au galop sur le chemin de Léonis[1] en Orcanie. Gauvain s'arrêta alors et, appelant auprès de lui ses compagnons, les retint, car il voulait bien croire le conseil du vieillard. Ils retournèrent donc au pas vers Arondel, tous ensemble, en renonçant à pourchasser les Saxons. Une fois arrivés au château, ils entrèrent, puis montèrent aux créneaux d'où ils regardèrent les Saxons qui se rassemblaient, se mettaient en rangs, et marchaient vers Arondel, à la suite du roi Haran qui avait ravagé toute la terre du roi Loth[2]. Ils étaient si nombreux que rien ne pouvait les arrêter ; pourtant le roi Loth les combattit plusieurs fois, et il subit des pertes si lourdes que finalement il lui fallut conduire sa femme au château de Glocedon, parce qu'il était solidement fortifié.

235. Quand le roi vit que les Saxons lui abîmaient et ravageaient sa terre, et qu'ils lui avaient tué et mis à mal tant de ses hommes qu'il n'avait plus désormais les moyens de leur tenir tête, il en fut très chagrin et courroucé ; il maudit l'heure et le jour où il s'était mis en mauvais termes avec le roi Arthur. « Car c'est à cause de cela que j'ai perdu mes gens, et mes enfants, et que ma cité principale est désolée, si bien que les survivants n'attendent que le moment d'être pris. » En effet, les murs étaient fendus en plus d'une place,

---

et auront encore molt grant mestier au roi Artu ton oncle ja si tost ne sera repairié de Carmelide. »

234. Quant li prodom ot dite cele parole si se tourna tout le chemin de Leonis en Orcanie et quanque li chevaus le poit porter. Et Gavains s'arreste et apele ses compaignons environ lui et les detient, car li prodome velt il croire del conseil qu'il li avoit donné. Lors s'en retournerent ensamble le petit pas vers Arondel et laissierent la chace des Saisnes. Et quant il vinrent au chastel si entrerent ens et monterent as crenaus[a] en haut et regardent les Saisnes qui s'arengent et s'assamblent et s'acheminent vers Aron[e]del et s'en vont après le roi Haran qui toute la terre au roi Loth avoit gastee. Et il furent si grant gent que nule riens ne les pot contretenir. Si se combati maintes fois a aus li rois Loth, si i perdi molt de ses gens et i fu si durement agrevés que a la fin li couvint il sa feme amener el castel de Glocedon par ce que fors estoit.

235. Quant li rois vit que li Saisne li gastent sa terre et essilloient et li ont tant de ses homes ocis et afolés qu'il ne lor pot mais place tenir si en fu molt dolans et molt courreciés, si maudist l'eure et le jor qu'il fu onques mal del roi Artu. « Car par lui ai je perdu toutes mes gens et tous mes enfans et ma terre est toute gastee qu'il ne gardent l'eure qu'il soient tout pris laiens. » Car li mur estoient tout fendu en mains

et le roi Haran était logé tout autour ; ceux de la ville en revanche n'avaient pas assez de gens pour résister longtemps encore. Le roi Haran d'autre part voulait prendre son temps avant de lancer l'assaut final ; il les aurait aisément affamés, mais ne s'en souciait pas, attendant le retour de ses hommes qui pillaient et incendiaient le pays. Quand le roi Loth se vit réduit à une telle extrémité, il prit conseil auprès des conseillers qui lui restaient ; finalement sa décision fut qu'il partirait à cheval, à la première veille, avec sa femme et son tout jeune fils, Mordret, qui n'avait pas encore deux ans, et qu'il les conduirait à Glocedon. Il prendrait avec lui une escorte de cinq cents chevaliers armés, et les autres, qui étaient encore six mille, preux et hardis, lui promirent de bien garder la cité et de ne pas renoncer à la défendre de leur vivant.

236. Au soir, vers minuit, le roi et ses chevaliers se mirent en selle, emmenant le petit Mordret que le roi Arthur avait engendré comme cela a été raconté plus haut ; un écuyer le portait devant lui dans un berceau. La dame, elle, montait un palefroi solide et bon marcheur. Ils sortirent par une fausse poterne du côté du jardin, puis s'engagèrent sur un sentier et chevauchèrent toute la nuit et toute la journée suivante jusqu'à none sans rencontrer aucun obstacle ni aucune difficulté. Mais alors le roi Loth eut une grande frayeur, car il rencontra le roi Taurus, avec trois mille hommes, qui revenait d'Arondel ; ils menaient le butin au roi Haran ; dès qu'ils

lix et li rois Harans estoit tout entour logiés et il n'avoient gent en lor compaingnie par coi il se peüssent contretenir granment. Et li rois Harans voloit sejourner en la vile ançois qu'il l'asaillist, et il les auroit tost afamés mais il n'i bee mie ançois atent ses homes qui le païs ardent et gastent. Quant li rois Loth se vit en tel maniere si se conseilla a tels conseilliers com il avoit. Si fu tels ses consaus qu'il s'en montast au premier some, il et sa feme et son petit fil Mordret qui n'avoit encore mie .II. ans, et les merroit a Glocedon. Si enmenoit o lui .V.C. chevaliers tous armés, et li autre remanroient qui encore estoient .VI.M. prou et hardi et li prometent bien qu'il garderont la cité, ne ja par aus ne sera laissie tant com il viveront.

236. Le soir monta li rois, il et si chevalier, a mienuit, et son petit fil Mordret que li rois Artus avoit engendré en tel maniere come li contes l'a devisé. Si l'aporta un esquier devant soi en un bercuel et la dame monta sor un palefroi molt fort et bien alant et s'en issirent par une fause poterne devers le garding. Puis s'en issirent en un sentier et chevauchierent tant tote nuit et toute jour jusques aprés none, ne onques n'i orent nul destourbier jusques adonc. Et lors fu li rois Loth molt esfreés, car il encontra le roi Thaurus atout .III.M. homes

aperçurent le roi Loth, ils fondirent sur lui ; mais la partie
n'était pas égale. Il y eut là un fier combat, au cours duquel
le roi Loth et ses cinq cents chevaliers se défendirent très
vaillamment ; mais cela ne leur servit de rien : ils furent
finalement tous déconfits et mis en fuite, et la femme du roi
fut faite prisonnière. L'un des chevaliers s'enfuit vers Arondel au grand galop de son cheval. Mais ici le conte se tait à
ce sujet et revient à Gauvain qui était au château d'Arondel,
joyeux et satisfait.

Gauvain au secours de sa mère.

237. Le conte dit maintenant que grandes furent la joie et
la satisfaction à Arondel, le soir, lorsqu'ils firent connaissance.
Pendant cette fête arriva un chevalier très bien armé, sur un
grand destrier liart couvert de sueur ; son écu était troué et
percé, et son haubert était démaillé et rompu en plusieurs
endroits. Il arriva devant le château au grand galop, brandissant une lance, et, une fois à la porte, il s'arrêta, regardant les
adolescents aux créneaux qui manifestaient une grande allégresse. Il commença alors à crier, demandant s'il y avait céans
un écuyer assez hardi pour l'oser suivre là où il irait, à la
condition expresse qu'il n'aurait garde de personne d'autre
que de lui-même. Quand Gauvain entendit ces paroles, il lui
demanda de quel côté il voudrait l'emmener. « Et vous, qui
êtes-vous qui me parlez ? demanda le chevalier. — Je suis,

---

qui repairoient d'Arondel et conduisoient la proie au roi Haran. Et si
tost com il virent le roi Loth, si se coururent a lui meller, mais ne fu
pas li gix igaus. Illuec ot estour fors et fier et molt le fist bien li rois
Lot et li .v.c. chevalier qui estoient en sa compaignie. Mais bien
faires n'i ot mestier, car tout furent desconfit et enchacié del champ
et sa feme [*f*] prise et retenue et li uns chevaliers s'enfui vers Arondel
tant come li chevaus le pot porter. Mais atant se taist ore li contes a
parler*b* del roi Loth. Et retourne a parler de Gavain qui estoit el
chastel d'Arondel lié et joiant.

237. Or dist li contes que*e* molt furent lié et joiant le soir a Arondel
quant il s'entreconnurent. Et en tel joie com il estoient et en tel feste
vint uns chevaliers molt bien armés sor un grant destrier liart tout tres-
sué. Si avoit son escu estroé et percié et son hauberc desront et desmaillié em pluisours lix et venoit par devant le chastel les grans galos,
sa lance palmoiant. Et quant il en vint a la porte del chastel si s'arreste
et voit les damoisiaus sor les murs en haut qui molt grant joie demenerent les uns as autres. Et quant il les voit si conmence a crier s'il
avoit esquier laiens si hardi qui l'osast suirre la ou il iroit pas couvent
qu'il n'auroit garde d'ome ne nient pis que le sien cors meïsmes.
Et quant Gavains l'entent si li demande quel part il le vauroit
mener. « Et vous qui estes, fait li chevalier, qui a moi parlés ? — Je sui,

répliqua-t-il, Gauvain, le fils du roi Loth d'Orcanie. — Je vais donc vous le dire, repartit l'autre ; car l'aventure vous touche plus qu'un autre. Dans cette forêt, en effet, s'est produite l'une des aventures les plus honorables qui soient au monde, qui vous rapportera plus de louanges qu'aucune autre si vous pouvez la mener à bien. Mais vous n'avez pas le cœur d'oser me suivre. Sachez cependant que si vous y venez, j'irai, en vérité ! »

238. Quand Gauvain entendit ce chevalier qui l'accusait de lâcheté, il en éprouva une grande douleur, et dit qu'il l'accompagnerait, même s'il devait en mourir. L'autre, qui connaissait bien son cœur et ses pensées, fit mine de s'en aller ; Gauvain le rappela et lui dit : « Seigneur chevalier, écoutez-moi ! Me voici tout prêt de vous suivre, pourvu que vous me juriez que vous ne voulez pas m'emmener pour me causer du mal, et que vous me protégerez autant qu'il sera en votre pouvoir contre tous ceux qui voudront me nuire. » En entendant ces mots, l'homme s'arrêta, se mit à sourire comme s'il se moquait, et dit que les choses n'en resteraient pas là si tout ce qu'il lui fallait était sa promesse. Gauvain alors demanda ses armes et s'arma aussitôt, cependant que l'autre l'attendait en l'invitant à se hâter. Les compagnons de Gauvain vinrent lui dire : « Qu'est-ce donc ? Où voulez-vous aller ? Ne suivez pas sans nous ce chevalier, car vous ne savez pas si ses intentions sont bonnes ou mauvaises. » Gauvain répondit que pour sa part cela lui conviendrait parfaite-

---

fait il, Gavains, li fix au roi Loth d'Orcanie. — Or le vous dirai je donc, fait il, car l'aventure apartient plus a vous que a nul des autres. En ceste forest ci est avenue tele aventure dont je vous parole, si est une des plus honnerees aventures del siecle et dont vous serés plus loés se vous le poés faire. Mais vous n'avés mie le cuer ne le hardement que vous i osissiés venir et si saciés que, se vous i venés, si irai je, saciés de voir. »

238. Quant Gavains entent celui qui le claime couart si en ot molt grant doel et dist, s'il i devoit morir, si li tenra il compaingnie. Et cil s'en conmence a aler qui bien connoist son cuer et sa pensee, et Gavains le rapele et li dist : « Sire chevaliers, entendés moi, veés me ci tout prest d'aler avoeques vous, mais que vous me fiancés que vous por nul [106a] mal ne m'i volés mener et que vous m'aiderés de tout vostre pooir encontre tous ciaus qui mal ne nuire me vauront. » Et quant cil entent ceste parole si s'arreste et conmence a sourire ausi come en escarnissant, et li dist que ja por cuer ce ne remandra que la fiance ne li doint. Et Gavains demande ses armes, si arme tantost et cil l'atent qui molt le haste. Et li compaingnon viennent a Gavain si li dient : « Que est ce ? Ou volés vous aler ? N'alés ore mie sans nous avoec cel chevalier, car vous ne savés mie se c'est pour bien ou

ment qu'ils viennent aussi, pourvu que cela plaise au chevalier. « Eh ! bien, nous allons le lui demander », fit Galeschin.

239. Sagremor aborda alors le chevalier et lui dit : « Seigneur chevalier, il y a ici des gens qui iraient très volontiers avec vous, et vous ne perdriez rien à leur compagnie : ils vous prient de leur accorder cette faveur. » Et lui de dire qu'il voulait bien qu'y aillent tous ceux qui le désiraient, car l'aventure était telle que personne n'en serait exclu s'il voulait y prendre part. Sagremor fut très heureux de cette réponse ; ils s'armèrent sur place en grande hâte, tant et si bien qu'ils furent huit mille ; ils ne voulaient pas en emmener davantage. Mais ceux-là étaient les meilleurs, et les mieux montés. Quand ils sortirent du château, Gauvain reçut la promesse du chevalier, comme quoi il n'était nullement venu le chercher dans de mauvaises intentions. Ils chevauchèrent tant, toute la journée et toute la nuit, que l'aube survint. C'est alors qu'ils entendirent sur la lande un grand tumulte et un grand vacarme, tels qu'il leur parut bien qu'il y avait là beaucoup de gens ; ils virent venir un écuyer qui s'enfuyait, monté sur un cheval puissant et rapide : il portait devant lui un enfant dans son berceau. Gauvain lui demanda pourquoi il s'enfuyait si vite, et d'où il venait. L'écuyer le regarda avec attention et vit qu'il était chrétien, il lui dit donc qu'il était au service du roi Loth « que les Saxons ont déconfit là-bas, sur cette lande, près du bois, alors qu'il devait aller à Glocedon et qu'il emmenait

---

pour mal. » Et Gavain lor respont que ce li est bel qu'il i aillent s'il plaist au chevalier. « Et nous li demanderons », fait Galeschins.

239. Lors s'en vait Saygremors au chevalier, si li dist : « Sire chevaliers, il i a de tels chaiens qui molt volentiers iroient avoeques vous se vous le voliés, vous n'empierriés mie de la lor compaingnie. Si vous proient par amours que vous lor octroiés vostre compaingnie. » Et cil dist qu'il veut bien que tout cil i aillent qui aler i vauront que l'aventure est tele que ja nus n'i faura qui i aille. Et quant Saygremors l'entent si en fu molt liés. Si s'arment laiens a grant esploit tant que il furent .VIII.M. car plus n'en vaurent mener. Mais ce furent tout li meillour eslut et li mix monté. Et quant il issirent del chastel si prent Gavains la fiance del chevalier qui pour nul mal ne le vint querre. Et il chevauchierent tant toute jour et toute nuit tant que ce vint a l'ajournee. Et lors oïrent au chief de la lande un molt grant cri et une molt grant noise de gent et bien lor fu avis que grant plenté de gent i avoit, et lors encontrerent un esquier sor un cheval grant et fort qui s'enfuioit et portoit devant lui un enfant en un berchuel. Et quant Gavains le vit se li demande pour coi il s'enfuit en tel besoing et dont il est. Et cil le regarde et voit qu'il estoit crestiens, si li dist qu'il est au roi Loth « que li Saisne ont desconfit au chief de ceste lande delés cel bois ou il devoit aler a Glocedon et amenoit

sa femme avec lui ; ils la lui ont prise et l'ont chassé hors du champ de bataille. Et moi, je me suis enfui comme vous pouvez le voir, et je ne m'arrêterai pas avant d'avoir placé cet enfant là où il n'aura garde des Saxons, car c'est le plus jeune des cinq fils que le roi Loth a de sa femme. Mais, seigneurs, pour l'amour de Dieu, n'allez pas plus loin, car vous rencontreriez tant de gens que vous ne pourriez durer contre eux. — Je vais te dire ce que tu vas faire, dit Gauvain. Va, cache-toi dans ce bois pour voir quel sera notre sort dans cette bataille. Et après tu viendras avec nous, et nous te conduirons dans un endroit où ni toi ni l'enfant ne courrez aucun risque. » Et l'écuyer accepta d'agir ainsi, puisqu'il l'en priait.

240. Ils se séparèrent alors, et le chevalier insista pour que Gauvain se hâte de le suivre sans perdre de temps. Il partit en tête, Gauvain derrière lui, puis toute la compagnie, et ils chevauchèrent jusqu'à ce qu'ils aient traversé la forêt ; ils purent alors voir la poursuite qui avait déjà commencé, le roi Loth s'enfuyant vers Glocedon avec le peu de gens qui lui étaient restés de la bataille. De l'autre côté, Gauvain aperçut parmi les prés une très belle dame, qui aurait été plus belle encore si elle ne s'était pas trouvée dans une situation si pénible, décoiffée et les vêtements en désordre, avec deux Saxons à cheval qui la traînaient par les cheveux ; mais la longue robe qu'elle portait gênait ses mouvements et l'empêchait de se redresser. Elle gémissait et criait, et se lamentait à

---

sa feme avoec lui, se li ont tolue et lui chacié del champ. Et je m'en sui afuis ensi com vous veés, ne jamais ne finerai de fuir devant ce que je aurai mis cest enfant en tel lieu ou il n'aura garde des Saisnes, car c'est li mainsnés fix au roi Loth de .v. qu'il en a de sa feme. Et pour Dieu, signour, n'alés en avant car vous i trouverés ja si grant gent que vous n'i porrés avoir duree. — Je te dirai, fait Gavains, que tu feras. Va, si te repon en cel bois tant que tu voies [b] comment il nous en avenra de ceste bataille. Et après si en venras o nous et te menrons en tel lieu ou tu ne li enfes n'averont garde. » Et cil li otroie pour la proiere[a] que il l'en a prie.

240. Atant s'em part li uns de l'autre et li chevaliers semonst molt et haste Gavain que tost le sieve sans demourer. Et lors s'en vait devant et il après et sa compaingnie avoec et chevauche tant qu'il ont toute la forest trespassee et voient la chace qui ja estoit conmencie après le roi Lot qui s'enfuioit vers Glacedon a tant de gent com il estoit remés de la bataille. Et d'autre part vit Gavains es prés une molt bele dame de molt grant biauté[e] se ne fust li doels qu'ele avoit. Et si estoit toute deschavelee et destrechie si le tenoient .ii. Saisnes par les chavels et le trainoient a cheval, mais la grant robe qu'ele avoit vestue l'encombroit trop malement qu'ele ne se pooit redrecier. Si braist et crie trop durement et crie a haute vois : « Dame Sainte Marie, mere Dieu, secourés

voix haute : « Dame, sainte Marie, mère de Dieu, secourez-moi ! » Et chaque fois qu'elle invoquait le nom de Notre-Dame sainte Marie, Taurus lui donnait une gifle si violente qu'elle tombait à terre, évanouie. Et quand il l'avait placée devant lui sur son cheval, elle se laissait glisser à terre, criant et se lamentant comme une femme que l'on tourmente, et disant qu'elle préférerait qu'il la tue. Quand il l'avait remontée sur son cheval, elle se laissait à nouveau tomber, et elle disait que jamais, aussi longtemps qu'elle serait vivante, il ne l'emmènerait, quelle que soit sa puissance. Voyant qu'il ne pouvait en venir à bout, Taurus l'avait prise par les nattes et l'emmenait à la suite de son cheval, la tirant et la battant de telle manière que la dame était couverte du sang qui coulait de son nez et de sa bouche. Il l'avait tant battue et traînée qu'elle ne pouvait plus parler ni crier, tellement elle était enrouée ; et elle était dans un tel état qu'elle ne pouvait pas se redresser ni se tenir sur ses pieds.

241. Quand le chevalier aperçut la dame en si mauvaise posture, il dit : « Eh ! bien, Gauvain, connaissez-vous cette dame ? Si vous l'avez jamais aimée, pensez à la venger ! » Or, dès que Gauvain la vit, il la reconnut bien, et il en éprouva une telle angoisse qu'il s'en fallut de peu qu'il ne perde la raison ; il lui sembla qu'il ne pourrait jamais la secourir assez tôt. Il éperonna son cheval ; il tenait en main un épieu solide et pointu, avec un fer tranchant. Comme il était midi passé, et que le soleil était chaud, le fer de l'épieu étincelait sous

---

moi ! » Et tous dis qu'ele reclamoit Nostre Dame sainte Marie et Thaurus li donnoit de la main armee si durement parmi la face qu'il le portoit a terre toute pasmee. Et quant il l'avoit mise sor son cheval devant lui ele se laissoit chaoir a la terre, si braioit et crioit come feme qui on blece et dist qu'ele vauroit miex qu'il l'eüst morte. Et quant cil le remontoit sor son cheval et ele se relaissoit chaoir a terre et disoit que ja jour qu'ele vivrait ne l'en menroit pour pooir qu'il eüst. Et quant cil voit que justicier ne le puet si le prent par les treces et l'en mainne d'encosté le cheval batant et trainant tant que la dame est toute couverte de sanc qui del nés et de la bouche li sailloit. Et tant l'avoit batue et trainee qu'ele ne pot mais crier ne braire tant estoit esroee et si estoit si atainte que drecier ne soustenir ne se pooit sor ses piés.

241. Quant li chevaliers voit la dame si mal baillie si dist : « Ore Gavain, counoissiés vous cele dame la ? Se vous onques l'amastes a nul jour si pensés de li vengier. » Et si tost com Gavains le voit si le connoist bien et en est si angoissous que par un poi qu'il n'ist del sens ne se quida ja veoir l'eure qu'il fust venus secourre. Si broche le cheval des esperons et il tint un espiel et fort et roide a fer trenchant. Et miedis estoit ja passés que li solaus fu chaus, si reflambra li fers del espiel encontre le soleil et

ses rayons, jetant des lueurs incendiaires. «Fils de pute de
Saxons, s'écria Gauvain, salauds, traîtres! Laissez la dame,
c'est pour votre malheur que vous avez porté la main sur
elle! Sachez que jamais de votre vie vous n'avez commis
une folie qui vous coûtera si cher!» Quand Taurus le vit
venir au grand galop, le défiant et le menaçant en des termes
si violents, il laissa la dame tomber sur l'herbe du pré, et
assura ses armes; il prit une lance, forte et solide, au fer
tranchant et pointu, et fondit sur Gauvain. Celui-ci de son
côté accourait si vite que l'on eût dit un faucon; ils se heurtèrent si brutalement qu'aucune armure n'aurait pu résister:
Taurus brisa sa lance, et Gauvain le frappa si rudement qu'il
lui mit son épieu dans le sternum, si bien que le fer et une
coudée du bois reparurent de l'autre côté, dans le dos, et
qu'il l'abattit en brisant l'arme dans la blessure. Agravain,
Guerrehet et Gaheriet mirent pied à terre, l'un lui coupa la
tête, l'autre lui planta son épée dans le corps. Et le troisième
lui coupa les deux bras, car ce que Gauvain avait fait ne leur
suffisait pas, et ils le mirent en pièces. Gauvain et les autres
se lancèrent ensuite parmi les Saxons, et en firent un tel
massacre qu'ils en tuèrent plus de dix mille avant de les laisser. Et Gauvain en particulier en tua tant qu'il était tout
souillé de sang et de cervelle.

242. Quand les Saxons virent la catastrophe qui s'était
abattue sur eux, ceux qui purent en réchapper s'enfuirent

---

jetoit molt grant luour. Et [t] Gavains s'escria : «Fix a putain, Saisnes!
Lerres traitres! Vous laisserés la dame que mal le baillastes. Si saciés
que onques a nul jor de vostre vie ne feïstes folie que tant achatissiés
chier!» Quant Taurus vit celui venir tout abriévé qui si durement l'escrie et manache, si laisse la dame chaoir enmi le pré et se garnist de
ses armes. Si prist une lance forte et roide a fer trenchant et agu et
laisse courre vers Gavain. Et il revient si durement qu'il bruit ausi
com uns alerions et il s'entrefierent si durement que armure nule n'i a
duree, si brise cil son glaive et Gavains le fiert si durement qu'il li met
l'espee parmi la fourcele d'outre en outre, si que parmi l'esquine parut
li fers et li fust de l'espiel une bracie, si l'abat si durement que li cops
li brise en travers. Et Agravains et Guerrehés et Gaheriés descendent,
si li cope li uns la teste et li autre li fiche l'espee parmi le cors. Et li
tiers li cope les .ii. bras, car il ne lor estoit encore mie assés de ce que
Gavains en avoit fait, ains en font petites pieces. Et Gavains et li
autre se fierent es Saisnes et si en font tele ocision qu'il en ont ocis
plus de .x.m. ançois que il les laissent. Et Gavains en ocist tant et
escervele qu'il en est tous souilliés de sanc.

242. Quant li Saisne virent la grant destrucion qui sor aus est tournee, si tournent en fuies cil qui eschaper porent par bois et par
plains. Et quant Gavains s'en repaire par la ou il vit jesir sa mere, si

par bois et par plaines. Mais quand Gauvain fut revenu là où il voyait sa mère étendue sur le sol, il descendit de cheval, la prit dans ses bras et se mit à pleurer à chaudes larmes ; il criait, se tordait les mains, et manifestait tant de douleur que tout ses compagnons se rassemblèrent, en proie à une si grande compassion que tous sans exception se mirent à pleurer de tout leur cœur. Puis, quand les frères de Gauvain la virent, les manifestations de deuil reprirent de plus belle, si violentes que personne ne pourrait vous les décrire. En entendant les sanglots et les cris que poussaient ses enfants autour d'elle, la dame ouvrit les yeux et vit Gauvain qui la tenait entre ses bras ; elle le reconnut bien et joignit les mains vers le ciel pour remercier Notre-Seigneur du secours qu'il lui avait envoyé ; puis elle prit la parole du mieux qu'elle put et dit : « Cher fils Gauvain, ne pleurez pas, car je n'ai pas de blessure mortelle ; mais je suis néanmoins gravement atteinte. »

243. Puis elle lui demanda où étaient ses frères. Ils s'avancèrent à ces mots, avec de prodigieuses manifestations de douleur, et lui dirent : « Dame, nous voici. » En les voyant elle remercia Notre-Seigneur. Mais bien vite elle reprit : « Ah ! Malheureuse que je suis ! J'ai perdu mon fils Mordret, et mon seigneur, votre père, qui a aujourd'hui enduré bien des peines pour me secourir ; car après qu'il eut perdu tous ses hommes je l'ai vu combattre cinq cents Saxons et s'attarder plus longuement qu'il ne faudrait pour parcourir une demi-lieue à

---

descent a pié et le prent entre ses bras et ploure molt tenrement et crie et detort ses poins et demainne si grant doel que tout si compaingnon s'i aünent, si lor em prent si grant pitiés qu'il n'i ot celui qu'il ne plort des ex del chief as chaudes larmes. Et quant li frere Gavain vinrent la si reconnence li doels si grans que nus hom nel vous porroit conter ne dire. Quant la dame entendi les plours et les cris que li enfant demenoient entour li si ouvri les ex et voit Gavain qui le tenoit entre ses bras, si le connoist bien et joinst ses mains envers le ciel et en mercie Nostre Signour del secours qu'il li a envoié et lors parole si com ele puet et dist : « Biaus fix Gavain, ne plourés mie, car je n'ai pas mal dont je reçoive mort. Mais blecie sui molt durement. »

243. Lors li demande ou si frere sont. Et quant il l'oïrent si en viennent devant li si grant duel demenant que c'est une merveille a veoir et li dient : « Dame, veés nous ci. » Et quant ele les veoit si en mercie Nostre Signour. Mais a chief [*d*] de piece dist : « Ha, lasse, mon fil Mordret ai je perdu et mon seignour vostre pere qui a hui mist molt grant painne pour moi rescourre, car puis qu'il ot tous ses homes perdus le vi je combatre a .v.c. Saisnes et demourer plus longement que on ne metroit demie lieue a aler tout a pié. Si ai

pied. Si bien que j'ai grand-peur qu'il soit blessé à mort, car je l'ai vu assailli de tant de couteaux et de javelots qu'on aurait cru qu'il en pleuvait ; et pourtant, il ne voulut jamais m'abandonner avant que je ne l'en prie moi-même au nom de ce qu'il aime le plus au monde[1] ; et quand il s'en alla, il le fit avec le plus profond désespoir.

244. — Dame, dit alors Gauvain, je peux bien vous donner des nouvelles de Mordret, notre frère. Sachez qu'il ne souffre de rien, car l'écuyer qui l'emportait l'a protégé avec intelligence et courage, et il nous attend dans cette forêt. Mais en ce qui concerne le roi, mon père, nous n'avons aucune information. » À cette nouvelle, le cœur de la dame se réconforta un peu, elle se laissa aller et s'évanouit à nouveau dans les bras de Gauvain. Et lui la couvrait de baisers en pleurant à chaudes larmes. Quand elle revint à elle, elle soupira et son visage retrouva un peu de couleur. Gauvain demanda de l'eau pour laver son visage qui était tout souillé de sang, et on lui en apporta en abondance. Il lui lava donc le visage et le front aussi doucement qu'il pouvait. Puis ils lui préparèrent une litière entre deux palefrois, avec de l'herbe fraîche et une pile de robes et de manteaux, la couchèrent dans cet équipage, rassemblèrent le butin et s'en allèrent vers Arondel, rangés en bon ordre, tout pleins d'allégresse. Ils n'avaient pas parcouru une grande distance que l'écuyer les rejoignit avec l'enfant, ce dont Gauvain fut très satisfait. Ils allèrent tant qu'ils arrivèrent à Arondel où ils séjournèrent

---

molt grant paour qu'il ne soit navrés a mort, car je li vi lancier coutiaus et gavelos a tel foison com s'il espleüssent devers le ciel, ne onques guerpir ne me vaut devant ce que je meïsmes le conuirai de la riens del monde qu'il plus amoit qu'il s'en alast et il si fist si dolans come plus.

244. — Dame, fait il, de Mordret nostre frere, vous sai je bien dire nouveles. Saciés qu'il n'a mal ne dolour car li esquiers qui le portoit le* garantist come sages et prous, si nous atent en ceste forest. Mais du roi mon pere ne savons nous nule riens qui soit. » Quant la dame l'entent si li sousploie un poi li cuers et se raseüre et se rapasme entre les bras Gavain. Et il le baise et ploure molt durement. Quant ele revint d'espasmisons si jeta un souspir et li revint la coulour en la face. Et Gavains demande de l'aigue pour laver li vis qu'ele avoit tout souillié de sanc et on li en aporte a grant plenté. Si li lava le vis et la face si souef com il plus pot. Et quant il l'ot lavee si li atournent une litiere sor .ii. palefrois et i metent herbe fresche et robes a grant plenté, et puis le couchent molt souef, puis acueillent la proie et s'en vont vers Arondel molt grant joie faisant tout serré. Mais il n'orent gaires alé quant li esquiers lor vint au devant atout l'enfant. Et quant Gavains le vit si en fu molt liés. Si ont tant alé qu'il vinrent a Aron-

pendant huit jours entiers, jusqu'à ce que la dame soit complètement guérie et rétablie. Puis ils quittèrent la ville et s'en allèrent à Logres, la principale cité du roi Arthur, en laissant toutefois une garnison de deux cents hommes d'armes à Arondel ; et ils emmenèrent avec eux la dame et son fils, le petit Mordret. Les quatre frères virent bien que le roi Loth ne retrouverait jamais la compagnie de sa femme avant d'avoir fait la paix avec le roi Arthur, leur oncle.

245. La dame était très satisfaite de ce que les enfants disaient à ce sujet. À leur arrivée à Logres, ils furent très bien reçus de tous et de toutes ; Gauvain fit alors entreprendre des recherches pour voir si personne ne connaissait le chevalier qui les avait conduits au secours de sa mère, mais il eut beau chercher, il ne trouva personne qui pût lui en dire des nouvelles. La rumeur cependant s'en répandit un peu partout, tant et si bien que Do de Cardeuil, qui était intelligent et observateur, en entendit parler, et il parvint en son cœur à une conclusion quant à l'identité de ce chevalier.

Merlin identifié par Do de Cardeuil.

246. Il s'en vint alors à Gauvain et lui dit : « Cher ami, avez-vous jamais identifié l'homme qui vous a à l'origine apporté la nouvelle concernant Sagremor ? » Gauvain dit que non. « Et à propos d'Yvonet, votre cousin, ne savez-vous pas qui vous a apporté sa lettre, selon ce que j'ai entendu dire ? — Je ne le connaissais absolument pas, fit Gauvain. — Et vous ne savez

---

del ou il sejournerent .VIII. jours tous plains, tant que la dame fu toute garie et respassee. Et lors s'em partent de laiens si s'en alerent a Logres[b] a la maistre cité le roi Artu mais que .CC. sergans laissierent a Arondel pour la vile garder et si amenerent la dame avoec aus et son petit fil Mordret. Et virent bien li .IIII. frere que jamais li rois Loth ne ravera lor mere en sa compaingnie si aura faite pais au roi Artu lor oncle.

245. De ceste chose que li enfant disoient estoit la dame molt lie. Et quant il furent venu a Logres[a] si furent molt richement recueilli de tous et de totes et lors fist Gavains encerchier et enquerre se nus counoissoit le chevalier qui les avoit amenés pour sa mere rescourre, mais onques ne le sot tant [e] enquerre que nus li seüst nouveles a dire. Si ala tant la nouvele a mont et aval que Do de Carduel qui molt estoit prous et visiés en oï parler, si pense bien en son corage qui cil chevaliers puet estre.

246. Atant en vint a Gauvain et si li dist : « Biaus amis, connustes vous onques celui qui nouveles aporta de Saygremor premierement ? » Et il dist que nenil. « Et de Yvonet vostre cousin, ne savés vous mie qui les letres vous aporta ensi com je ai oï dire ? — Onques ne le connui, fait Gavains. — Ne de celui, fait Dos, que

pas non plus qui est l'homme qui vous mit au courant, pour votre mère ? — Non », répéta Gauvain. Do fut alors sûr d'avoir raison, et il commença à rire. À cette vue, Gauvain fut très étonné et se demanda pourquoi il lui avait posé ces questions ; il le conjura, au nom de la foi qu'il devait au roi, son seigneur, de lui dire pourquoi il s'était mis à rire et à quoi rimaient ces questions. Do dit alors : « Gauvain, Gauvain, vous m'en avez tant conjuré que je vais vous répondre. Mais prenez garde de ne répéter à personne quoi que ce soit de ce que je vous dirai. » Et Gauvain d'affirmer qu'il se laisserait plutôt arracher la langue.

247. « Sachez donc, reprit Do, que celui qui vous a apporté ces nouvelles s'appelle Merlin, et que c'est le meilleur devin qui fut et qui sera jamais. — Comment, seigneur, s'étonna Gauvain, me parlez-vous de ce Merlin qui était si bien avec le roi Uterpandragon, celui qui avait été engendré par le diable en une femme[1] ? — C'est précisément de lui que je vous parle, en effet, répliqua Do. — Dieu merci, fit Gauvain, comment cela peut-il être ? Et comment ai-je pu le voir sous des formes si diverses ? Car je l'ai vu sous trois apparences différentes ! — Croyez que c'est bien lui, reprit Do, quelle que soit la forme sous laquelle vous l'avez vu, car sa magie[2] est si forte qu'il se métamorphose et se donne l'apparence qu'il veut à son gré. » Gauvain se signa d'étonnement en entendant ce prodige, mais il dit qu'il aimerait vraiment beaucoup faire sa connaissance si cela pouvait se faire. « Car je

---

vostre mere vous enseigna, ne savés vous mie qui il est ? — Nenil », fait Gavains. Lors s'apensa Dos qui il estoit, si comenca a rire. Et quant Gavains le voit si s'esmerveille molt pour coi il l'avoit demandé, si le conjure, sor la foi qu'il doit au roi son signour, qu'il li die pour coi il a ris et pour coi il avoit ce demandé. Et Dos li dist : « Gavain, Gavain, tant m'avés conjuré que je le vous dirai. Mais gardes que vous ne le diés a nului de ce que je vous dirai. » Et Gavains dist qu'il ameroit mix la langue avoir traite de la goule.

247. « Ore saciés donc, fait Dos, que cil qui ces nouveles vous a aportees a a non Merlins et si est li miudres devins qui onques fust ne qui jamais soit. — Conment, sire Dos, dist Gavains, dites me vous d'icel Merlin qui tant fu bien del roi Uterpandragon qui fu engendrés de l'anemi en une feme ? — D'icelui, fait Dos, vous di je sans faille. — Dieu merci, fait Gavains, conment puet ce estre ne avenir que je l'ai veü en[a] tant de manieres ? Car je l'ai veü en .iii. manieres dessamblables. — Saciés, fait Dos, que coment que vous l'aiés veü que c'est il, que il est plains de si forte art qu'il se mue et change en quel samblance qu'il veut. » Lors se seigne Gavains de la merveille qu'il en a et dist que molt volentiers vauroit estre acointés de lui s'il peüst estre. « Car je sai bien ore, fait il, qu'il nous aimme quant il s'entremet de

sais bien désormais qu'il nous aime, ajouta-t-il, puisqu'il s'occupe de nos affaires. — Soyez sûr, dit Do, que vous le saurez, si cela lui plaît, car nous ne pouvons rien faire ni faire sans qu'il le sache. » Ils demeurèrent ainsi à Logres, tout heureux et contents de ce que Notre-Seigneur les avait rassemblés de cette façon ; et ils gardèrent si bien la région environnante que les Saxons y perdirent plus qu'ils n'y gagnèrent. Mais ici, le conte se tait à leur sujet. Et il revient au chevalier qui avait emmené Gauvain au secours de sa mère. Il va nous conter comment il s'en alla en Northumberland, auprès de son maître Blaise.

Merlin fait part de plusieurs prophéties à Blaise.

248. Dans cette partie, le conte dit que l'homme, après avoir vu que Gauvain et ses compagnons avaient attaqué Taurus et que Gauvain avait sauvé sa mère, était parti si rapidement que le jeune homme ne put savoir ce qu'il était devenu, et s'en était allé en Northumberland auprès de Blaise, son maître ; il lui conta toutes les aventures mentionnées plus haut qui avaient eu lieu au royaume de Logres, et Blaise écrivit tout : c'est par son livre que nous le savons encore. Puis, quand il eut demeuré en ce lieu aussi longtemps qu'il lui plaisait, il déclara qu'il s'en voulait aller au royaume de Bénoïc. Car les deux rois, le roi Ban et le roi Bohort qui étaient en Carmélide, pourraient facilement subir de graves dommages, et ce serait un péché mortel, car c'étaient des hommes de bien ; mais le roi Claudas de la Déserte avait fait hommage au roi de Gaule et lui avait entièrement livré sa

nos*b* afaires. — Or saciés, fait Dos, que s'il li plaiſt vous le sarés, car nous ne poons nule riens dire ne faire qu'il ne sace. » Ensi demeurerent lié et joiant a Logres*c* de ce que Noſtres Sires les a ensi assamblés, si garderent si bien le païs environ que plus i perdirent li Saisne que gaaingnierent. Mais ici endroit se taiſt li contes d'aus. Et retorne a parler au chevalier que Gavains amena pour sa mere rescourre. Et nous contera conment il s'en ala en Norhomberlande a Blayse son maiſtre*d*.

248. [*f*] Or diſt li contes en ceſte partie que quant Gavain et si compaingnon se furent mellé a Thaurus et il vit que Gauvains*a* avoit sa mere rescousse qu'il s'en parti si soudainnement qu'il ne sot onques qu'il devint et s'en ala en Norhomberlande a Blayse son maiſtre et li conta toutes iceles aventures qui avoient eſté el roiaume de Logres*b*. Et il escrist tout et par son livres le savons nous encore. Et quant il et illuec demouré tant com il li plot, si diſt qu'il s'en voloit aler el roiaume de Benuyc. Car toſt i porroient li doi roi avoir damage, li roi Bans et li rois Boors qui sont en Carmelide, et ce seroit pechié mortel car molt sont prodome, car li rois Claudas de la Deserte a fait homage au roi de Gaule et se li a abandonné sa

terre[1]. Le roi Claudas avait aussi pris d'autres dispositions.
En effet, il s'était rendu à Rome, et avec le roi de Gaule ils
avaient fait hommage à l'empereur, à la condition que celui-
ci, Jules César[2], leur enverrait de l'aide et viendrait s'emparer
des deux royaumes de Bénoïc et de Gaunes. Ils s'étaient rassemblés, et avaient convoqué des forces nombreuses de partout ; déjà les Romains s'étaient mis en marche avec une
grande armée, sous la conduite de Ponce Antoine, un
conseiller de Rome très riche et très puissant. D'autre part,
Frolle l'empereur d'Allemagne, seigneur très important, riche
de terres, de biens et d'amis, et cousin germain de Ponce
Antoine, venait lui aussi s'en mêler pour l'amour d'eux[3]. Et il
amenait vingt mille hommes sous sa bannière, et ceux du
royaume de Bénoïc n'en savaient rien, si bien qu'ils seraient
tous détruits avant d'y prendre garde s'ils n'étaient pas avertis
à temps : ce serait vraiment une grande catastrophe qu'ils ne
le sachent pas, et il en découlerait de grands dommages.

249. Quand Blaise entendit tout cela, il commença à pleurer et lui dit : « Pour l'amour de Dieu, prenez soin de la
chrétienté, en sorte qu'elle ne soit pas avilie ni détruite[1] ! »
Et il répondit qu'il ferait tout ce qui était en son pouvoir.
« Et pourtant, dit Merlin, il s'agit de la terre que je devrais le
plus haïr, car c'est dans ce pays que se trouve la louve qui
doit lier le lion sauvage[2] de chaînes qui ne seront ni de fer,
ni de bois, ni d'argent ni d'or, ni d'étain, ni de plomb, ni de
rien que contienne la terre, qui porte eaux et prés, et dont

---

terre de chief en chief. Et d'autre part se reſt pourchaciés li rois Claudas. Car il a eſté a Rome, si ont entre lui et le roi de Gaulle priſes lor
terres de l'emperaour par tel couvent que li empereres Julius Cesar li
doit envoier aïde et vaura saisir les .ii. roiaumes, et Gaunes et Benuyc.
Si s'aſſamblent et semonnent gens de toutes pars, si se sont ja li
Romain esmut a grant oſt, si en eſt sires Ponces Antoines, un
conseilliers de Rome qui molt eſt riches et poissans. Et d'autre part i
revient pour l'amour d'els Froilles li empereres d'Alemaingne qui molt
eſt haus hom et poissans de terre et d'avoir et d'amis et eſt cousins
germains Ponce Antoine. Et si amainne .xx.m. homes a sa baniere ne
cil del roiaume de Benuyc ne sevent mot, ains seroient tout deſtruit
ains qu'il s'em preïſſent garde s'il nen eſtoient acointé et ce seroit
mout mal s'il ne le seüſſent, car grant damage en naiſtroit.

249. Quant Blayse l'entent si comence a plourer et li diſt, pour
Dieu, qu'il pregne garde de la Creſtienté, qu'ele ne soit honnie ne
deſtruite ! Et il diſt qu'il i metra tout le conseil qu'il i puet metre.
« Si eſt*ᵉ la terre, fait Merlins, que je devroie plus haïr. Car la leuve eſt
el païs qui le [*107a*] lyon sauvage doit loiier de cerceles qui ne seront
de fer ne de fuſt ne d'argent ne d'or ne d'eſtain ne de plomc ne de
riens nule de terre qui aigue ne herbe port, si en sera si eſtroit loiiés

pourtant il sera lié si étroitement qu'il ne pourra bouger. —
Dieu merci, fit Blaise, qu'est-ce que vous dites ? Le lion
n'est-il pas plus fort que la louve, et plus redoutable ? —
Vous dites vrai, dit Merlin.

250. — Dites-moi donc alors, reprit Blaise, comment la
louve aura pouvoir sur le lion ? — Vous n'en saurez pas
plus cette fois, dit Merlin, mais je vous dirai néanmoins que
cette prophétie me concerne. Et je sais bien que je ne saurai
pas m'en garder. » Blaise se signa d'étonnement. Puis il commença à parler d'autre chose : « Merlin, dites-moi ce que
deviendra cette terre que les Saxons vont détruisant, si vous
vous en allez en Gaule ? — Ne vous mettez pas en peine
pour cela, répondit Merlin. Le roi Arthur ne viendra jamais à
bout de ses barons avant qu'ils aient reçu une bonne raclée.
Sachez que les Saxons seront bien chassés du royaume
quand il en sera temps. D'autre part, si ce n'était pour
l'amour du léopard merveilleux qui viendra du royaume de
Bénoïc, si grand et si fort qu'il l'emportera sur toutes les
bêtes de son pays (de la Bretagne chevelue viendra le grand
lion devant qui tous feront la révérence et dont le regard
écartera les cieux[1]), je n'irais pas pour peu que je puisse
m'en dispenser ; mais je commettrais un péché si je me
détournais du chemin[2] pour lequel Notre-Seigneur m'a
donné l'intelligence et le jugement dont je dispose, afin d'aider à l'accomplissement des aventures du saint Graal qui
doivent être menées à bien au temps du roi Arthur. Mais ne

---

que mouvoir ne se porra. — Dieu merci, fait Blayses, qu'est ce que
vous dites ? Dont n'est lyons plus fors que leus et plus fait a redouter ? — Vous dites voir, ce dist Merlins.

250. — Or me dites donc, fait Blayses, conment la loe aura donc
pooir vers le lyon ? — Vous n'en saurés ore plus, fait Merlins, mais
tant vous dis je bien que ceste prophesie chiet sor moi. Et si sai bien
que je ne m'en saurai garder. » Et cil se seigne de la merveille qu'il
en a. Et puis li conmence a dire : « Merlin, or me dites itant, se vous en
alés en Gaulle, que sera il de ceste terre que li Saisne vont destrui-
sant. — De ce ne vous chaille ja, fait Merlins. Ja li rois Artus ne
venist a chief de ses barons devant ce qu'il fuissent bien foulé. Et
saciés que li saisne seront encore bien chacié a tans. Et d'autre part, se
fuist pour l'amour del[a] merveillous lupart qui del roiaume de Benuyc
istra si grans et si fors et si fiers que toutes autres bestes sormonera
de son païs, de la Bloie Bretaingne istra li grans lyons que toutes
autres l'enclineront et par qui regart li chiex espartira, je n'i alaisse
mie tant com tenir m'en peüsse. Mais je feroie pechié se je destournoie ce que Nostre Sires m'a donné tant de sens et de discrecion
com[b] je ai pour aïdier a complir les aventures del Saint Graal qui
doivent estre acomplies et traites a fin au tans le roi Artu. Mais ne

vous souciez pas de me poser d'autres questions, car vous
saurez bien ce qui se passera, et vous le verrez de vos
propres yeux avant de mourir ! »

251. Quand Merlin eut ainsi parlé, et que Blaise eut
enregistré ces paroles, il y réfléchit longtemps, et finit par les
mettre par écrit, mot pour mot, telles qu'il les lui avait dites.
Là-dessus Merlin partit, et s'en alla au royaume de Bénoïc
où il vint trouver Léonce de Palerne qu'il prit à part ; il lui
dit tant de choses à son sujet que l'autre le reconnut bien,
car il l'avait déjà vu dans le passé. Léonce l'accueillit avec
beaucoup de joie ; c'était un homme de grande valeur, cousin germain du roi Ban de Bénoïc et du roi Bohort de
Gaunes. Merlin lui parla sous la même apparence qu'il avait
adoptée précédemment en la compagnie des trois rois, mais
ce fut si secrètement que personne n'en sut rien. Léonce
crut néanmoins tout ce qu'il lui dit. Après qu'ils eurent réglé
cette question d'identité, il dit à Merlin : « Je suis très troublé
par quelque chose que je veux vous demander, pourvu que
cela ne vous ennuie pas. — Je sais bien, rétorqua Merlin, à
quoi vous pensez, et cela ne m'ennuie pas du tout. Dites-
moi en toute confiance tout ce qui vous plaira. — Dites-le
vous-même, fit Léonce, puisque vous le savez. » Et Merlin
de dire : « Très volontiers, pour l'amour de vous que j'aime
tant. Vous voulez me demander pourquoi j'ai laissé les trois
rois et suis venu ici. — Certes, répondit-il, vous dites vrai, et

---

vous chaut de moi plus enquerre, car bien saurés encore que ce
porra estre et vous meïsmes le vesrés a vos ex ains que vous muirés
de mort. »

251. Quant Merlins ot parlé ensi couvertement et Blayse l'ot bien
entendu, si pensa molt longement a ces paroles et toutes voies les
mist en escrit ensi com il li ot dites. Et lors s'en parti Merlins et s'en
ala el roiaume de Benuyc et s'en vint a Leonce de Paierne et le traïst
a une part et li dist tant de lui que il le connut bien, car autres fois
l'avoit* veü. Si li fist Leonces molt grant joie et il estoit molt prodom
et cousins le roi Ban germains et le roi Boort de Gaunes. Et Merlins
parla a lui a la samblance ou il avoit esté autrefois en la compaingnie
des .III. rois, mais ce fu si celeement que nus ne sot mot. Si le crut
Leonces de quanqu'il li dist. Après ce qu'il* se furent entr'acointié, si
li dist : « Merlins, je me travail molt d'une chose que je vous [*b*] voeil
demander, mais qu'il ne vous em poise. — Je sai bien, fait Merlins,
que vous pensés et il ne m'en poise de riens. Mais dites moi tout
seürement quanqu'il vous plaira. — Vous meïsmes, faites Leonces, puis
Leonces, puis que vous le savés. » Et Merlins li dist : « Molt volentiers tout pour l'amour de vous que je tant aim. Vous me volés
demander pour coi je ai laissié les .III. rois et que je fui cha venus. —
Certes, fait il, vous dites voir et je le saroie volentiers, se vostre plai-

je l'apprendrais très volontiers si cela vous plaisait. — Ah !
fit Merlin, vous le saurez bientôt : sachez en effet que je n'ai
pas le loisir de m'attarder.

252. « Léonce, enchaîna Merlin, il est vrai, et la prophétie le
dit, que le serpent chassera de l'ancienne forêt sauvage le léopard qui aura été auparavant si puissant, si cruel et si merveilleux que toutes les bêtes alentour lui faisaient hommage et
s'inclinaient devant lui. Et vous avez un voisin très félon qui
s'appelle Claudas de la Déserte. Ce Claudas a fait hommage
au roi de Gaule, et a reçu sa terre de lui à condition qu'il l'aiderait à faire sa guerre ; tous deux se sont alliés. Ils tiennent
également leurs terres de l'empereur de Rome, où Claudas
s'est rendu en personne. Il en a tant fait que Ponce Antoine
est très anxieux de mettre à mal ce pays, et qu'un des
conseillers de Rome est en route[1]. En outre, Frolle, un duc
d'Allemagne très riche et puissant, mais aussi vaillant et habile
au combat, se trouve être le cousin germain de Ponce
Antoine : il fera tout ce qu'il pourra pour détruire et ravager
ce pays. Mais les choses ne tourneront pas comme ils le
croient ; c'est pour cela que je suis venu ici vous dire de mander et convoquer, de près et de loin, toutes les troupes dont
vous pouvez disposer, amis, parents, mercenaires, de fortifier
châteaux et cités, de rassembler tout le butin possible, vivres
et bétail, de le mettre là où ils ne pourront venir le prendre,
et de vous arranger si bien que lorsqu'ils parcourront cette

---

sirs i estoit. — Ha, fait Merlins, vous le saurés bien tout a tans car,
ce le saciés vous bien que je n'ai ci que demourer.

252. « Leonces, fait Merlins, il est voirs et la prophesie le dist que li
serpens chacera le lupart hors de la forest sauvage et ancienne qui
devant aura esté si fors et si fiers et si merveilleus que toutes les
bestes d'environ lui l'enclinoient et baissoient les testes envers terre.
Et vous avés un molt felon voisin qui a a non Claudas de la Deserte.
Et cil Claudas a fait homage au roi de Gaule et a prise sa terre de lui
par couvent qu'il li aït sa guerre a mener et se sont aloïé ensamble et
si tiennent aus .II. lor terres de l'emperaour de Rome, et Claudas
meïsmes ses cors i a esté. Et a enquis tant que Ponce Antoine se
painne molt de cest païs gaster et uns des conseilliers de Rome si
vient en cest païs. Et Frolles, uns dus d'Alemaingne qui molt est
riches et poissant et hardis et prous as armes molt durement et est
cousins germains Ponce Antoine si se penera molt de cest païs gaster
et destruire. Mais il ne sera pas ensi com il quident. Et pour ce sui je
venus en cest païs pour vous dire que vous mandés et semounés prés
et loing amis et parens et soldoiiers et mandés quanques vous porrés
avoir de gent et garnissiés chastiaus et cités et aünés toute la proie, et
la proie et les blés, et metés tout en tel lieu qu'il n'aient pooir de
venir, et vous apareilliés si bien que quant il courront parmi ceste

région ils n'y trouvent rien à prendre. Car ils vont vous attaquer très rudement, et assaillir châteaux et cités : prenez soin
de vous défendre de manière à n'encourir aucun blâme. Mais
surtout, si vous tenez à la vie et à l'honneur des deux rois,
gardez-vous de faire une sortie pour engager la bataille contre
eux, car vous y perdriez beaucoup. Et sachez que vous recevrez un secours bel et bon le mercredi précédant la Saint-
Jean ; la rencontre aura lieu devant le château de Trèbes, entre
Loire et Arsonne, à deux lieues du camp des Romains et des
Allemands, et de ceux de Gaule aussi, avant le jour : rendez-
vous là-bas aussi discrètement que vous pourrez et cachez-
vous dans la forêt de Darnantes. Et prenez soin de faire tout
cela si secrètement que personne parmi vos compagnons ne
s'en aperçoive, si proche de vous qu'il puisse être, à l'exception de Gracien et de Pharien : à ces deux-là, dites-le en privé,
car ils sont honnêtes et loyaux ; et faites si bien garder les
chemins par lesquels vous chevaucherez qu'aucun espion ne
puisse s'y mettre, qui irait ensuite conter à ceux de l'autre
camp nos plans, ce qui vous causerait bientôt du tort. »
Léonce l'assura qu'il ferait tout cela si bien qu'il s'en félicite-
rait en fin de compte. « Je ne sais, dit Merlin, que vous dire
d'autre ; mais maintenant je m'en vais, car j'ai beaucoup à
faire ailleurs. — Et où irez-vous ? » demanda Léonce. Et Merlin répondit : « Quand je quitterai ce pays je m'en irai à Carohaise en Carmélide où se trouvent les trois rois, et je leur

---

terre qu'il n'i truissent que prendre. Car il vous courront molt durement seure et, s'il assaillent chastiaus et cités, si vous desfendés si
durement que vous n'en soiiés blasmés. Mais gardés, si chier com
vous avés vostre cors et l'onour as .II. rois, que vous n'issiés hors a
bataille encontre aus car trop i auroit perdu. Et saciés que vous aurés
secours bon et bel le merquedi devant le Saint Jehan que li poigneïs
sera devant le chastel de Trebes, entre Loire et Arsonne, devant le
jour .II. liues ou li Roumain et cil de Gaulle et li Alemant seront
logié. Et vous mous traiés [d] cele part si endurement com vous porrés et vous tapissés en la forest devers Darnantes. Et gardés qu'il soit
fait si celeement que nus de vos compaingnons ne s'en aperçoive ne
tant ne quant, tant soit vos amis, fors que sans plus Gracien et Pharien. A ces .II. le dites a conseil, car molt sont prodome et loial. Et
faites si bien garder les chemins que vous chevaucherés que espie ne
s'i mete qui alast conter a ciaus de la nule riens de nostre couvine
que tost i auriés damage. » Et cil li dist qu'il le fera si bien qu'il s'en
loera quant ce venra au departir. « Je ne sai, fait Merlins, que je vous
die, mais je m'en vois, car je ai aillours molt a faire. — Et quel part
en irés vous ? » fait Leonces. Et Merlins li dist : « Quant je m'en partirai de cest païs, je m'en irai a Karouaise en Carmelide ou li .III. roi
sont et lor enseignerai comment li gaiant et li Saisne en seront encha-

enseignerai la méthode pour chasser le géant et les Saxons du pays. La bataille aura lieu le jeudi de Pentecôte, si grande et si prodigieuse qu'il n'y en a jamais eu de semblable en Carmélide. — Seigneur, fit Léonce, saluez de ma part mes oncles et mon cousin le roi Arthur. — Je n'y manquerai pas, dit Merlin. Pensez à bien vous comporter. Je vous recommande à Dieu ! » Et Léonce à son tour prie Dieu de le guider et d'assurer son salut. Dès que Merlin eut quitté Léonce, il s'en alla voir une jeune fille très belle ; elle était très jeune et résidait dans un beau château très riche, dans une vallée au pied d'une montagne arrondie, tout près de la forêt de Briosque qui était très plaisante et agréable pour la chasse, car elle était riche en biches, en cerfs et en daims[2].

Première rencontre avec Niniane.

253. Cette jeune fille dont je vous parle était la fille d'un vavasseur de haut lignage qui s'appelait Dyonas. Diane, la déesse des bois[1], venait fréquemment lui parler et elle lui tint compagnie bien des jours, car c'était son filleul. Quand elle s'en alla, elle lui fit un don qui devait s'avérer très favorable ; elle lui dit : « Dyonas, je te fais confiance[2] ; fasse le dieu de la lune et des étoiles que ton premier enfant de sexe féminin soit extrêmement convoité par le plus sage homme du monde, après ma mort qui aura lieu au temps où Vertigier de la Bretagne chevelue commencera à régner, et que l'enfant lui dérobe la plus grande partie de sa raison par magie, de sorte

cié fors del païs. Et la bataille sera le joesdi de la Pentecouste, si grans et si merveillouse que onques si grans ne fu mais el païs de Carmelide. — Sire, fait Leonces, salués moi mes oncles et mon cousin le roi Artu. — Si ferai je molt volentiers, fait Merlins. Ore pensés del bien faire. A Dieu vous conmant. » Et il dist que Dix le conduise et maint a sauveté. Et si tost come Merlins se fu partis de Leonce, si s'en ala pour veoir une pucele de molt grant biauté si estoit molt jone et estoit en un chastel molt bel et molt riche, en une valee desous une montaigne reonde coste a coste de la forest de Briosque qui molt estoit delitable et bele a chacier et bone de bisces et de chers et de dains.

253. Cele pucele dont je vous di estoit fille a un vavasour de molt haut lingnage qui avoit non Dyonas. Si i vint maintes fois a lui parler Dyane la divesse des bois et fu avoec lui maint jour car il estoit ses filleus. Et quant ele s'en parti si li donna un don qui molt bien li avera, et il dist : « Dyonas, je t'en croi bien, et li dix de la Lune et des Etoiles si face que li premiers enfés que tu auras femele soit tant couvoitie del plus sage home terrien après ma mort qui au tans Vertigier de la Bloie Bretagne comencera a regner, et qu'il li ensaint la greignor partie de son sens par force d'yngremance, en tel maniere

qu'il lui soit si bien assujetti que, dès le premier regard, il ne puisse rien faire contre sa volonté. Et il lui révélera tout ce qu'elle lui demandera de lui enseigner. » Tel fut le don que Diane donna à Dyonas. Et aussitôt, il l'accepta. Quand Dyonas fut grand, ce fut un bon chevalier, beau, grand et mince, plein de prouesse ; il fut longtemps au service d'un duc de Bourgogne qui lui donna pour femme une nièce à lui, belle et sage jeune fille.

254. Ce Dyonas avait beaucoup aimé la chasse en bois et en rivière dans sa jeunesse ; et le duc de Bourgogne avait une part dans la forêt de Blois : la moitié était à lui en toute propriété, et l'autre était au roi Ban. Quand le duc maria sa nièce, il donna à Dyonas sa partie de la forêt, ainsi que de grandes terres dans les environs. Quand Dyonas alla voir son nouveau domaine, sa situation lui plut et le séduisit tant qu'il s'y fit construire un lieu de résidence beau et riche près d'une rivière elle-même belle, prospère et fertile. Lorsque ce fut fait, il vint s'y installer à cause des plaisirs de la chasse en bois et en rivière, celle-ci étant toute proche ; il y demeura longtemps, et se rendit souvent à la cour du roi Ban ; à plusieurs reprises il se mit à son service, avec neuf chevaliers à lui, et il lui vint en aide en maintes circonstances contre le roi Claudas auquel il causa beaucoup de torts[1]. À la longue, le roi Ban et le roi Bohort en conçurent une grande affection pour lui, car ils le considéraient à juste titre comme un

---

qu'il soit si sougis a li, dés qu'il l'aura veüe, qu'il n'ait sor li pooir de faire riens encontre sa volenté. Et toutes les choses qu'ele li enquerra que il li ensaint. » Ensi donna Dyane a Dyonnas son don. Et si tost com ele li ot doné [*d*] li otroia. Et quant Dyonas fu grans si fu molt bons chevaliers et biaus et plains de toutes proueces de cors. Et il fu grans et lons et servi lonc tans un duc de Bourgoigne qui li douna une soie niece a feme qui molt estoit bele pucele et sage.

254. Cil Dyonas avoit molt amé deduit de bois et de rivieres tant com il fu jouuenes et li dus de Bourgoigne si avoit part en la forest de Blos[*d*] si que soie en estoit la moitié toute quite et l'autre moitié estoit au roi Ban. Et quant li dus maria sa niece, si donna a Dyonas sa partie de cele forest et terre qu'il avoit environ a grant plenté. Et quant Dyonas l'ala veoir si li plot molt li estres et embeli tant qu'il li fist faire un sien repaire qui molt estoit biaus et riches deça une riviere qui molt estoit riche et bele et plenturouse. Et quant il fu fais, si i vint estre pour le deduit del bois et de la riviere qui prés estoit, si i conversa molt longement. Et repairoit souvent a la court le roi Ban, si le servi tant par pluisours fois, lui disisme de chevaliers, et en maint besoing li aïda encontre le roi Claudas a qui il fist molt grant damage, tant que li rois Bans et li rois Boors l'acueillirent en molt grant amour pour ce qu'il le connoissoient a prodome et a loial et a

homme de valeur, loyal et bon chevalier. Et le roi Ban lui donna sa propre partie de la forêt, à lui et à ses héritiers, pour toujours[2], et lui donna aussi des terres et des rentes en quantité, et des vassaux, en raison de la grande loyauté qu'il avait rencontrée chez lui. Et il était si charmant que tous ceux qui le fréquentaient l'aimaient.

255. Dyonas demeura ainsi dans cette contrée pendant longtemps, tant et si bien qu'il engendra en sa femme une fille de très grande beauté. Elle eut comme nom de baptême Niniane, ce qui en chaldéen résonne de la même façon que si elle disait en français « je n'en ferai rien », et cela s'appliqua à Merlin, comme le conte le relatera en détail par la suite. Elle grandit et acquit de nombreuses qualités, si bien qu'elle avait douze ans lorsque Merlin quitta Léonce de Palerne. Il fit tant qu'il vint en la forêt de Briosque, où il adopta l'apparence d'un beau jeune homme, et il se dirigea vers une fontaine dont le bassin était beau et clair, son gravier si brillant qu'on aurait dit que c'était de l'argent fin ; Niniane venait souvent jouer et se divertir auprès de cette fontaine. Et précisément elle y était le jour de l'arrivée de Merlin. Quand celui-ci la vit, il la contempla longtemps avant de rien lui dire, et il pensa au plus profond de son cœur que ce serait une grande folie de sa part de s'endormir dans son péché au point de perdre sens et raison pour le plaisir qu'il tirerait d'une jeune fille, qui causerait son déshonneur et lui ferait perdre Dieu. Puis, après avoir réfléchi suffisamment, il la salua néanmoins. Et elle

---

bon chevalier de son cors. Et li rois Bans li donna la soie partie de la forest a lui et a son oir a tous jors mais et si li donna terres et rentes a grant foison et homes pour la grant loiauté qu'il trouva en lui. Et cil estoit si gracious que tout cil qui entour lui[b] repairoient l'amoient.

255. Ensi demoura Dyonas en cele terre molt lonc tans tant qu'il engendra[d] en sa feme une fille de molt grant biauté. Si ot non em bauptesme Viviane et ce est un nons en kaldieu qui sonne autant en françois con s'ele disoit « noiant ne ferai » et se tourna sor Merlin ensi com li contes le devisera cha en avant. Icele pucele crut tant et amenda qu'ele avoit .XII. ans d'aage quant Merlins s'en fu partis de Leonce de Paerne. Si erra tant qu'il vint en la forest de Briosque, si prist une samblance d'un molt biau vallet, si se trait vers une fontainne dont li viviers estoit moult biaus et molt clers et la gravele fourmiant si qu'il sambloit qu'ele fust de fin argent. De cele fontainne venoit souvent Viviane joer et deduire. Et a cel jour meïsme i estoit ele venue que Merlins vint. Et quant Merlins i vint et il le vit si le remira molt ançois qu'il [e] li deïst mot. Et dist en son cuer et pensa que molt seroit fols se il s'endormoit en son pechié que il em perdist son sens et son savoir pour le deduit a avoir d'une damoisele et lui honnir et Dieu perdre. Et quant il ot assés pensé si le salua toutes voies. Et ele

lui répondit avec une grande sagesse, priant que le Seigneur qui connaissait les pensées de tous les hommes lui envoie le désir et la volonté de lui faire du bien, et de ne lui causer de tort ni à elle ni à autrui, et que d'autre part il lui donne autant de bien et d'honneur qu'elle désirerait en avoir elle-même[1].

256. Quand Merlin entendit les paroles de la jeune fille, il s'assit au bord de la fontaine et lui demanda qui elle était. Elle répondit qu'elle était originaire de cette région, fille d'un vavasseur du pays, de noble naissance, « qui, dit-elle, demeure en ce manoir. Et vous, très cher ami[1], qui êtes-vous ? ajouta-t-elle. — Demoiselle, répondit-il, je suis un jeune homme qui vais au hasard cherchant mon maître, lequel m'apprenait un métier de grande valeur. — Quel est ce métier ? — Dame, il m'enseigna par exemple à faire apparaître ici un château, et à m'arranger pour qu'il y ait à l'intérieur un grand nombre de défenseurs, et en dehors autant d'attaquants ; et je pourrais aussi faire quelque chose de différent : je pourrais marcher sur cet étang sans même me mouiller les pieds, ou je pourrais bien faire courir une rivière là où on le voudrait, et où il n'y en aurait jamais eu auparavant. — Certes, reprit la demoiselle, ce serait là un talent bien gracieux, et je donnerais beaucoup pour être capable de faire de si beaux jeux. — Certes, demoiselle, j'en sais beaucoup de plus beaux encore, et de plus plaisants pour divertir un noble public. Car on ne saurait

---

li respondi come sage que cil Sires qui tous les pensers connoist li envoit tel volenté et tel corage que il bien li face, et ne griet ne lui ne autrui et que autretel bien li envoit autretel hounour com ele vauroit avoir a son oels.

256. Quant Merlins oï ensi parler la pucele si s'asist sor la rive de la fontainne et li demande qui ele estoit. Et ele li dist qu'ele estoit del païs nee et fille a un vavasour del païs, gentil home « qui est demourans, fait ele, en cest manoir. Et qui estes vous, biaus dous amis ? fait la pucele. — Damoisele, fait il, je suis uns vallés errant qui vois querant mon maistre qui me soloit aprendre mestier qui molt fait a proisier. — Et quel mestier ? fait ele. — Dame, fait il, il m'aprist tant que je feroie bien ci devant lever un chastel. Tant feroie je bien qu'il i auroit gent a grant plenté qui le sauveroient dedans et de gens dehors qui l'asaurroient. Et si feroie bien encore autre chose que je iroie bien desor cel estant que ja mon pié n'i moulleroie. Et feroie bien courre une riviere la par ou on vauroit u onques aigue courut n'eüst ne tant ne quant. — Certes, fait la demoisele, ci auroit cointe mestier et molt i valroie avoir mis a grant chose que je seüsse faire si biaus gix. — Certes, damoisele, fait il, molt en sai ore de plus biaus et de plus delitables pour haus homes esbanoier que cist ne sont. Car on ne sauroit ja manieres de gix deviser que je ne seüsse, et tant durer que je vauroie.

imaginer de jeux que je ne sache réaliser et faire durer aussi longtemps qu'il me plairait.

257. — Certes, continua la jeune fille, si cela ne devait pas vous ennuyer, je voudrais apprendre de ces jeux, en échange de quoi je serais pour toujours votre amie intime, en tout bien tout honneur, le reste de ma vie. — Certes, demoiselle, vous me semblez si douce et si aimable que pour l'amour de vous je vous montrerai une partie de mes jeux, à la condition que vous me donnerez votre amour, sans qu'il soit question de rien d'autre. » Et celle-ci, qui n'avait garde de sa ruse[1], le lui accorda. Merlin se retira un peu à l'écart et traça avec une baguette un cercle sur la lande ; puis il revint vers la jeune fille et se rassit sur le bord de la fontaine ; mais il n'y était pas depuis longtemps quand la jeune fille, levant les yeux, vit sortir de la forêt de Briosque un grand nombre de dames, de chevaliers, de jeunes filles et d'écuyers. Tous se tenaient par la main et ils venaient en chantant et en manifestant la plus grande allégresse qu'on ait jamais vue sur cette terre. Devant la jeune fille s'avancèrent des jongleurs et des jongleresses avec leurs tambourins et leurs flûtes, qui se placèrent dans le cercle que Merlin avait dessiné. Quand ils y furent, les caroles et les danses commencèrent, si merveilleuses qu'on ne pourrait décrire le quart de la liesse dont elles témoignaient ; par ailleurs, Merlin fit se dresser un beau château fortifié, au pied duquel s'étendait un verger rempli des parfums les plus doux du monde, et de fleurs et de fruits fleurant si bon qu'il

---

257. — Certes, fait la pucele, s'il ne vous deüst peser, je vauroie savoir de vos gix par cet couvent que je fuisse a tous jours mais vostre acointe et vostre amie sans mal et sans vilenie tant com je vivroie a nul jour. — Certes, damoisele, fait il, vous me samblés a estre si douce et si debonaire que pour vostre amour vous moustrerai une partie de mes gix par couvent que vostre amour soit moie, que autre chose plus ne vous demant. » Et cele li otroie qui garde ne se prent de son barat. Et Merlins se traist a une part et fait un cercle d'une verge enmi la lande et puis s'en retourne vers la pucele et se rasiet sor [/] la fontaine. Mais il n'i ot mie granment esté quant la pucele se regarde et voit issir de la forest de Briosque dames et chevaliers et puceles et esquiers a grant plenté. Et se tiennent tout main a main et venoient chantant et faisant la plus grant joie que onques nus hom veïst en terre. Et devant la pucele vinrent tumeours et tumeresses a tabours et freciaus et viennent devant le cerne que Merlins avoit basti. Et puis qu'il furent ens si commencierent les charoles et les danses si merveilloses que on n'en porroit la quarte partie dire de la joie qui illuec fu menee. Et Merlins i faisoit lever un chastel bel et fort et desous un vergier ou il avoit toutes les bones odours del monde et flours et fruit si rendoient si grant douceur que

serait impossible de rendre compte de ce prodige. La jeune fille, voyant et entendant tout cela, fut extrêmement surprise de cette merveille ; mais elle éprouvait aussi un grand plaisir à la contempler. Néanmoins, cela l'ennuyait un peu de ne pas savoir quelle chanson chantaient ces gens, si ce n'est qu'au refrain ils disaient qu'en vérité les amours commencent dans la joie et s'achèvent dans la peine. Leur joyeuse fête dura ainsi de none jusqu'à vêpres, et on entendait de loin les voix qui étaient hautes et claires, très agréables à entendre, et signalaient clairement qu'il y avait là beaucoup de monde. Si bien que tous ceux qui se trouvaient au manoir, hommes et femmes, sortirent en foule, et regardèrent le beau verger et le château — à ce qu'il leur semblait — et les dames, et les caroles si gracieuses[2] qu'ils n'en avaient jamais vu d'aussi belles de leur vie ; bien sûr, ils s'émerveillèrent fort de ce spectacle, du verger en particulier qu'ils voyaient si beau, alors qu'ils ne l'avaient jamais vu auparavant. Et aussi, ils se demandèrent avec étonnement d'où étaient venues tant de dames et de demoiselles, si élégamment vêtues et si bien parées ; celles-ci, quand les caroles eurent duré un certain temps, s'assirent sur l'herbe verte et fraîche, et les écuyers dressèrent la quintaine au milieu du verger : une partie des chevaliers les plus jeunes s'y rassemblèrent pour jouter. Par ailleurs, quelques-uns des plus jeunes adolescents joutèrent avec les écuyers, et ils ne s'arrêtèrent pas avant vêpres.

---

ce seroit merveille a raconter. Et la pucele qui tout ce ot et voit est si esbahie de la*a* merveille qu'ele veoit, et d'autre part estoit si a aise del esgarder, mais de tant est ele a malaise qu'ele ne set quele chançon il chantent fors que tant qu'il dient que au refrait de lor chant voirement sont amours a joie conmenciés et fenissent a dolour. En tel maniere dura lor feste et lor joie de none jusques a vespres. Si of on les vois de molt loing qui molt estoient hautes et cleres et plaisans a oïr, et bien sambloit qu'il i eüst molt grant plenté de gent. Si issirent tout hors cil qui estoient el manoir, homes et femes, a molt grant plenté. Si regarderent et virent le biau vergier et le chastel, ce lor fu avis, et les dames et les charoles si grans dehors que onques mais n'avoient si beles veües en lor vivant. Si s'esmerveillent molt del chastel et del vergier qu'il voient illuec si bel que onques mais n'i avoient veü. Et d'autre part s'esmerveillierent dont tant de dames et de demoiseles estoient venues et si bien apareillies de robes et de joiaus. Et, quant les charoles orent illuec*b* une grant piece esté, si s'aisent les dames et les puceles sor l'erbe verde et fresche, et li esquier levent la quintainne enmi le vergier si i vont herbergier pour bouhourder une partie des plus jouenes chevaliers. Et d'autre part bouhourdent une partie des plus jouenes damoisiaus as esquiers, les uns encontre les autres, qui onques ne finerent jusques a vespres.

258. Alors Merlin vint à la jeune fille ; il la prit par la main et lui dit : « Demoiselle, que vous en semble ? — Très cher ami, fit la jeune fille, vous avez tant fait que je suis vôtre entièrement. — Dame, répliqua-t-il, tenez votre promesse ! — Certes, dit-elle, volontiers. Mais vous ne m'avez encore rien appris. — Je vous dirai quels sont mes jeux, et vous les mettrez par écrit, car vous savez bien vos lettres ; et je vous apprendrai plus de merveilles qu'aucune autre femme n'en a jamais su. — Comment, demanda-t-elle, comment savez-vous que je connais mes lettres ? — Dame, je le sais bien. Car mon maître m'a si bien instruit que je sais tout ce que les gens font[1]. — Certes, reprit la demoiselle, c'est le talent le plus beau dont j'aie entendu parler, le plus utile en maintes circonstances, et celui que j'acquerrais le plus volontiers. Et l'avenir, ajouta-t-elle, le connaissez-vous ? — Oui, ma douce amie, en grande partie. — Dieu merci ! fit la jeune fille. Que cherchez-vous donc ? Vous pourriez bien vous abstenir, s'il vous plaisait[2]... »

259. Pendant que Merlin et la jeune fille s'entretenaient ainsi, les dames et les demoiselles se rassemblèrent et s'en allèrent en dansant vers la forêt, suivies par les chevaliers et les écuyers. Quand ils y furent arrivés, ils entrèrent sous les frondaisons, et s'enfuirent si soudainement qu'on ne put savoir ce qu'ils étaient devenus. Et le château et tout le reste

---

258. Lors s'en vint Merlins a la pucele, si le prent par la main et li dist : « Damoisele, que vous en samble ? — Biaus dous amis, vous avés tant fait, fait la pucele, que je sui toute vôstre. — Dame, fait il, mon couvenant me tenés. — Certes, fait ele, volentiers. Mais vous ne m'avés en[108a]core riens apris. Et je vous dirai de mes gix, fait Merlins, et vous les metrés en escrit, car autresi savés vous assés de letres. Et je vous aprendrai autretant de merveilles que onques nule feme autre tant n'en sot. — Conment, fait la damoisele, que savés vous se je sai letres ? — Dame, fait il, je le sai bien. Car mes maîstres m'a si bien apris que je sai toutes les choses que on fait. — Certes, fait la damoisele, c'est encore le plus biaus sens que je aie oï et que plus puet avoir mêstier en maint lieu et dont je plus volentiers sauroie. Et de celes choses qui sont a avenir, fait la pucele, en savés vous riens ? — Certes, oïl, ma douce amie, fait il, une grant partie. — Dieu merci, fait la pucele. Que alés vous donc querant ? Certes, bien vous em porriés atant sousfrir se vôstre plaisirs i êstoit. »

259. Entruels que Merlins et la pucele tenoient lor parlement si s'asamblent les dames et les damoiseles et s'en aloient tout dansant vers la forêst, et chevalier et esquier. Et quant il vinrent prés de la forêst si se ferirent ens et s'en fuirent tout si soudainement que on ne sot qu'il furent devenu. Et li châstiaus et tout fu devenu a nient,

retournèrent au néant, mais le verger demeura longtemps par la suite, en raison de la prière de la jeune fille ; on l'appela Séjour de joie et de liesse. Après que Merlin et la jeune fille y eurent demeuré longtemps ensemble, Merlin dit : « À la fin, belle, je m'en vais, car j'ai fort à faire ailleurs. — Comment, fit la jeune fille, très doux ami, ne m'apprendrez-vous aucun de vos jeux ?

260. — Demoiselle, répliqua Merlin, ne vous pressez pas ainsi. Car vous les saurez tous quand il en sera temps : il y faut du loisir et de la patience. Et d'ailleurs, vous ne m'avez encore donné aucune garantie de votre amour. — Seigneur[1], fit-elle, quelle garantie voulez-vous que je vous donne ? Exposez-le-moi, et je le ferai. — Je veux, dit-il, que vous promettiez de me donner votre amour, et vous avec, pour en faire tout ce que je voudrai. » La jeune fille réfléchit un peu, puis dit : « Seigneur, je le ferai, à condition de préciser que cela se produira après que vous m'aurez appris tout ce que je vous demanderai, et quand je saurai l'exécuter. » Et lui de dire que cela lui convenait. La jeune fille lui promit alors de tenir l'engagement qu'elle avait pris selon ses propres termes, et il reçut sa garantie. Il lui enseigna alors un jeu dont elle se servit par la suite maintes fois : il lui apprit à faire venir une grande rivière là où il lui plaisait, et à la faire rester aussi longtemps qu'elle le souhaitait ; et il lui fit connaître aussi un grand nombre d'autres jeux, dont elle mit les formules par écrit exactement comme il les lui récita —

---

mais li vergiers i remeſt puis lonc tans, pour la pucele qui doucement l'em proia, et fu apelés par non Repaire par joie et par leece. Et quant Merlins et la pucele orent longement eſté ensamble si li diſt Merlins : « Au daerrain, bele pucele, je m'en vois car je ai molt a faire aillours. — Coument, fait la pucele, biaus dous amis, ne m'aprendrés vous mie aucune partie de vos gix ?

260. — Damoisele, fait Merlins, or ne vous haſtés mie ensi. Car vous les saverés encore tout a tans, car il couvient grant loisir et grant sejour. Et d'autre part encore ne m'avés vous donné nule seürté de voſtre amour. — Sire, fait ele, quele seürté volés vous que je vous en face ? Devisés et je le vous ferai. — Je voel, fait il, que vous me fianciés que voſtre amour soit moie et vous avoeques pour faire quanqu'il me plaira puant je l'aurai. » Et la pucele pense un poi et puis diſt : « Sire, si ferai je pour tel couvenant que aprés ce que vous m'aurés apris toutes les choses que je vous demanderai et que je en saurai ouvrer. » Et cil li diſt que ce li eſt bel. Et la pucele li fiance a tenir couvent ensi com ele it devisé, et il en priſt la fiance. Lors li apriſt un gieu dont ele puis ouvra maintes fois, car il li apriſt a faire venir une grant riviere la ou il li plaira et tant i demouraſt com il li plai[218b]roit, et d'autres gix aſſés dont ele escrit les mots em

elle savait très bien écrire. Quand il fut resté jusqu'à vêpres[2], il la recommanda à Dieu, et elle en fit autant. Mais avant qu'il ne parte, elle lui demanda quand il reviendrait, et il lui dit : « La veille de la Saint-Jean. » C'est ainsi qu'ils se séparèrent, et Merlin s'en alla en Carmélide où les trois rois lui firent fête quand ils le virent. Mais ici le conte cesse de parler d'eux. Et il revient au roi des Cent Chevaliers qui avait envoyé ses messagers pour parler aux princes sur le conseil du roi Tradelinant de Norgales.

Projets des rois chrétiens.

261. Le conte dit donc que les messagers du roi des Cent Chevaliers firent tant qu'ils contèrent leur message à tous les rois auxquels ils étaient envoyés. Leur réponse fut la suivante : ils se parleraient à la Pentecôte à Wincestre où ils se rassembleraient aussi discrètement qu'ils le pourraient ; et là ils décideraient de ce qu'ils feraient, et échangeraient leurs opinions et leurs projets. Le temps passa, la saison s'avança, enfin la Pentecôte arriva : les barons furent rassemblés à Wincestre, chacun d'entre eux n'étant venu qu'avec trois compagnons ; ils se firent fête mutuellement. En se retrouvant, ils se racontèrent leurs mésaventures, leurs difficultés, et le dommage que les Saxons leur avaient causé. Ils arrivèrent à la conclusion que le roi Aguisant avait perdu bien plus que tous les autres. Pourtant, le roi Loth se plaignit abondamment à propos de ses enfants, et de sa femme qu'il

---

parchemin tel com il li devisa, et ele en savoit molt bien venir a chief. Et quant il ot illuec demouré jusques as vespres si le conmanda a Dieu et ele lui. Mais ançois li demanda la pucele quant il revenroit et il li dist : « La veille Saint Jehan. » Ensi s'em parti li uns de l'autre et s'en ala Merlins en Carmelide ou li .iii. roi li firent molt grant joie quant il le virent. Mais atant se taist li contes a parler d'aus. Et retourne a parler au roi des .c. Chevaliers qui ot envoié ses messages pour parler as princes par le conseil au roi Tradelinant de Norgales.

261. Or dist li contes que tant esploitierent li message au roi des .c. Chevaliers que il orent conté tout lor message a tous les rois ensi com il lor fu enchargié. Si fu tele lor response qu'il disent qu'il parleroient ensamble a la Pentecouste a Wincestre et assambleroient au plus priveement qu'il porroient et illuec se conseilleront qu'il feront, et feront a savoir l'uns a l'autre. Si passa li tans et la saison tant que la Pentecouste vint que li baron furent assamblé a Wincestre et n'i furent venu chascuns que sor quart, si fist li uns a l'autre molt grant joie. Quant il s'entrevirent si conta li uns a l'autre son courous et son tribou et le damage que li Saisne lor avoient fait. Si trouverent que li rois Aguiscans avoit plus perdu que tout li autre. Si se plaint molt le

avait perdue, et il dit qu'il aimerait mieux être mort que continuer à vivre dans de telles conditions.

262. Alors le roi des Cent Chevaliers, à l'instigation duquel ils étaient rassemblés, prit la parole et dit : « Chers seigneurs, ne vaudrait-il pas mieux que nous allions tous mourir de bon cœur au service de Notre-Seigneur, en faisant payer cher notre mort et celle de nos amis et de nos parents, plutôt que de vivre lâchement et désagréablement l'un sans l'autre, au milieu des peines que nous connaissons chaque jour alors que les Saxons nous tiennent court, et que le ravitaillement qui nous fait défaut nous tourmente et nous presse plus gravement que ne le font les Saxons ? Et il n'en arrive point dans le pays, car ils gâtent et détruisent tout, si bien que nous ne pouvons jamais avoir que ce qu'ils amènent de leurs propres terres. Mais, avant que nous nous en emparions, nous l'aurons payé bien cher, car nous perdons beaucoup de nos parents et de nos amis, et nos forces diminuent chaque jour, ainsi que notre nombre, alors que ceux de nos ennemis ne font que croître : en définitive, ils nous détruiront et nous chasseront de la terre petit à petit, sans que nous leur fassions grand mal en retour. Allons donc, combattons-les tous ensemble, infligeons-leur tout le mal que nous pourrons, et vendons-nous si cher que l'on en parle éternellement après notre mort ! »

263. Quand les barons entendirent le roi, ils l'estimèrent

---

roi Loth de ses enfans et de sa feme qu'il avoit perdu, si dist que il ameroit mix a morir que a vivre.

262. Lors parla li rois des .c. Chevaliers par qui conseil il estoient illuec assemblé, si lor dist : « Biaus signors, dont ne vauroit il mix que nous aillissiens tout morir et de buen cuer au service nostre signour et vengier nos mors et celes a nos amis et a nos parens que vivre mauvaisement ne couardement li un sans l'autre ne vivre a tel dolour com nous somes chascun jour que li [d] Saisne nous tiennent court et plus nous destraint la viande et justice que nous va defaillant que li Saisne ne font ne en cest païs n'arive point car toute la gastent et destruisent li Saisne, ne nous n'en poons point avoir jamais se ensi non com il l'amainent de lor païs et de lor terres. Mais ançois que nous l'aions conquise l'avons nous molt chier comperé, car molt i perdons de nos parens et de nos amis et amenuisons chascun jour de force et de gent et nos anemis si ne font se croistre non et enforcier, et ensi nous destruiront il et chaceront de la terre petit et petit que ja riens ne lor forcerons se molt petit non. Mais alons, si nous combatons a els tout ensemble et lor faisons tout le pis que nous porrons et nous vendons si durement qu'a tous jours mais en soit parlé aprés nos mors. »

263. Quant li baron entendent le roi, si l'en proisent molt et loent

beaucoup pour ce discours, et l'en louèrent fort : ils savaient
bien qu'il ne parlait ainsi que du fait de sa grande prouesse ;
ils discutèrent entre eux et se mirent d'accord pour approuver ses paroles. Ils prirent alors date pour se rassembler avec
toutes leurs forces au grand complet huit jours avant la fête
de la Madeleine, dans la prairie près de Suret, château appartenant au duc de Cambénic, riche et prospère. Puis ils se
séparèrent les uns des autres et s'en allèrent sur leurs
propres terres ; ils convoquèrent et rassemblèrent toutes les
forces dont ils pouvaient disposer, amis, cousins, parents, les
uns par la prière, les autres par la force. Ils se mirent en
marche et vinrent aux prés de Louverzep, où ils dressèrent
leur camp de tentes et de pavillons entre les deux bras d'une
grande rivière qui avait une particularité : elle sortait de la
mer et se jetait derechef dans la mer ; le conte l'appelle
Saverne, et elle est située près d'une forêt nommée Bréquehan, qui est très prospère et riche en gibier. Ils s'attendirent
mutuellement en ce lieu, préparant leurs armes et leur équipage : ils firent fourbir un grand nombre de hauberts,
de heaumes et d'épées, jusqu'à ce qu'ils reluisent, ils firent
mettre des fers aiguisés à leurs lances et nourrir d'abondance
leurs chevaux. Dans l'ensemble, ils réfléchirent à tout ce qui
pouvait leur être nécessaire et à tout ce qui est utile à
l'homme pour se sauver et se préserver en temps et lieu.
Mais ici le conte cesse de parler d'eux et ne dit plus rien à
leur sujet jusqu'à ce qu'il en soit lieu et temps. Et il revient à

---

de ce qu'il dist, car il sevent bien que il ne le dist se de la grant
prouece non qui est en lui. Si em parolent entr'aus et dient qu'il
s'acordent bien a ce qu'il lor dist. Lors prendent entr'aus jour d'asambler a tant de gent com il porront avoir .VIII. jours devant la Magdalainne es prés delés Suret, un chastel au duc de Cambenyc qui molt
estoit plenturous et riches. Atant s'em partent li un de l'autre et s'en
alerent en lor terres et semonnent et assamblent toute la gent qu'il
porent assambler et amis et cousins et parens, les uns par proiiere et
les autres par force, et errerent tant qu'il vinrent es prés de Louve-
ferp. Si tendirent lor trés et lor paveillons entre .II. bras d'une riviere
qui molt grans estoit, si issoit de la mer et rechaoit en la mer, si
l'apele li contes par son non Saverne, delés une forest qui a a non
Brequeham qui molt est plenterouse et riche de totes sauvecine. Illuec
atendirent li un les autres, si atournent lor armes et apareillent, si font
haubers roller a grant foison et font hiaumes et espees fourbir et font
metre fers agus en lor lances et font lor chevaus estofer au mix que il
onques porent. Et si devisent et font faire quanques boin fu et
tout ce qu'il apartient a cors d'ome pour lui sauver et garantir quant
lix et tans en est. Mais atant se taist li contes d'aus que plus n'en
parole ici endroit jusques a tant que tans et lix en iert. Et retourne a

Merlin et nous contera comment il quitta Niniane. Et comment il s'en vint à Carohaise en Carmélide où les trois rois le reçurent avec beaucoup d'allégresse, car ils étaient très désireux de le voir.

Merlin en Carmélide.

264. Le conte dit ici qu'après avoir quitté la jeune fille qui lui avait donné son amour Merlin s'en vint le même soir à Carohaise en Carmélide, où les trois rois le reçurent avec beaucoup d'allégresse, car ils avaient beaucoup désiré le voir. Le roi Léodegan de son côté avait fait en sorte que tous ses gens s'étaient rassemblés, et on n'attendait plus que le moment où les armées allaient engager le combat et se mettre en route pour aller lever le siège de Daneblayse que dirigeait le roi Rion. Les trois rois prirent Merlin à part et lui dirent : « Merlin, que devons-nous faire ? Les armées vont bientôt faire mouvement. — Je vais vous dire, répondit Merlin, ce que vous ferez. Allez dire au roi Léodegan qu'il mette son armée en ordre de bataille et qu'il établisse les bataillons. Puis mettez-vous en marche le lendemain de la Pentecôte, un bataillon après l'autre ; et que le roi agisse sagement : que chaque jour dix chevaliers bien montés précèdent l'armée et fouillent le pays et les contrées traversées, et qu'ils prennent tous les espions ennemis, dont il y a un grand nombre dans la région qui veulent se renseigner sur notre situation ; qu'ils

---

parler de Merlin et vous contera li contes comment il s'en parti de Viviane. Et vous contera comment il s'en vint à Karoaise en Carmelide ou li .III. roi le rechurent a grant joie, car molt le desiroient a veoir.

264. [*d*] Or dist li contes que quant Merlins se fu partis de la pucele qui s'amour li ot donnee, qu'il s'en vint le soir a Karoaise en Carmelide ou li .III. roi li firent molt grant joie quant il le virent, car molt l'avoient desiré. Et li rois Leodegam avoit tant esploitié que toutes ses gens estoient venues, si ne gardoient mais l'eure que les os se mellaissent et se meïssent au chemin pour lever le roi Rion del siege de Daneblayse ou il estoit. Lors traisent li .III. roi Merlin a conseil et li distrent : « Merlin, ferons nous car li os mouvront prochainnement ? — Ce vous dirai je bien, fait Merlins, que vous ferés. Alés, si dites au roi Leodegam qu'il face sa gent ordener a bataille et les escieles deviser. Et vous metés au chemin l'endemain de Pentecouste, l'une eschiele après l'autre, si face si sagement que tous jours s'en aillent .x. chevaliers tous montés devant l'ost qui cercheront le païs et les terres si com il iront et prengent toutes les espies a ciaus dela dont il i assés el païs pour aprendre le couvine de ciaus decha, si les ocient de maintenant ou metent em prison si qu'il ne sacent raconter nule chose a ciaus dela. Et chevauchiés tous jours

les tuent immédiatement, ou les mettent en prison, de sorte qu'ils ne puissent rien raconter aux ennemis. En outre, chevauchez de nuit, par les chemins les plus détournés que vous pourrez trouver : moi-même, je vous conduirai, en première ligne, car vous, vos compagnons et les chevaliers de la Table ronde formerez un bataillon à vous seuls. »

265. Quand ils eurent parlé ainsi longuement, le roi Arthur lui demanda des nouvelles de sa terre, et de ses hommes. Et Merlin lui raconta toutes les aventures qui s'étaient produites dans le royaume de Logres depuis son départ, et en particulier la manière dont les enfants du roi Loth avaient sauvé leur mère, « et ils disent que jamais le roi Loth ne l'aura, ni ne sera de leurs amis, avant qu'il n'ait fait la paix avec vous ». À ces mots, le roi Arthur fut si content qu'il se mit à rire de joie, et il le remercia de le servir si bien. Puis Merlin se tourna vers le roi Ban et le roi Bohort et leur dit : « Comment allez-vous vous comporter, chers seigneurs ? Car il se prépare pour vous une tâche pénible et difficile. » Puis il leur conta toutes les manœuvres de Claudas de la Déserte, et comment Frolle et Ponce Antoine venaient avec le ban et l'arrière-ban de leur armée pour attaquer et détruire leurs terres. « J'y ai été récemment, j'ai parlé à Léonce de Palerne, votre cousin, qui m'a prié de vous saluer, et je lui ai tout raconté sur l'invasion qui se prépare. » Quand les deux rois entendirent ces paroles de Merlin, ils furent si surpris et si troublés qu'ils ne savaient que faire ni que dire. En les

---

par nuit et par les plus destournés liix que vous saurés et je meïsmes vous conduirai el premier front, car vous et vostre compaingnie et les chevaliers de la Table Reonde seront en une eschiele sans autre gent. »

265. Quant il orent ensi longement parlé si li demanda nouveles li rois Artus de sa terre et conment si home l'avoient puis fait. Et toutes les aventures qui estoient avenues el roiaume de Logres puis qu'il s'em parti et conment li enfant au roi Loth avoient rescousse lor mere, « et dient bien que jamais li rois Loth ne l'aura ne lor amis ne sera devant qu'il aura fait pais a vous ». Quant li rois Artus oï ceste parole si en est tant liés qu'il en rist de joie et li mercie de son service. Et après s'en tour[e]na Merlins devant le roi Ban et le roi Bohort et lor dist : « Biaus signour, que le ferés vous, car une besoigne vous croist ou vous aurés assés painne et travail ? » Et lors lor conte tout ensi com Claudas de la Deserte a ouvré et conment Froilles et Ponce Antoines viennent a ost banie pour lor terres prendre et destruire. « Et je ai puis esté et parlé a Leonce de Palerne vostre cousin qui vous mande salus par moi, et je li ai conté toute l'oevre de ciaus qui viennent en la terre. » Quant li doi roi oïrent Merlin ensi parler, si sont si esbahi et si pensif qu'il ne sevent que faire ne que dire. Quant

voyant dans cet état, le roi Arthur se mit à pleurer, et dit à Merlin : « Cher ami, ayez pitié d'eux et de leurs royaumes, et mettez-y bon ordre comme vous savez qu'il convient de le faire. Car je sais bien que, si vous leur faites défaut, ils ont tout perdu, et dans ces conditions je ne pourrais jamais être heureux de toute ma vie ! — Certes, répondit Merlin, ils ne risquent pas d'être détruits ou exilés aussi longtemps que je serai maître de moi[1]. Sachez cependant que pour vous comme pour eux se préparent de grandes peines en ces jours — à ce que dit la prophétie — où le grand dragon viendra chasser le grand lion couronné de la Bretagne chevelue, avec l'aide de vingt-neuf serpenteaux prodigieusement grands et forts, à moins que le grand léopard qui sera si puissant et si fort ne le défende, en partie à cause de l'amour qu'il éprouvera pour la serpente couronnée devant qui toutes les bêtes de la Bretagne chevelue s'inclineront, et en partie par prouesse et par orgueil. Mais le grand léopard en question, qui soutiendra le grand lion si bien que le grand dragon ne pourra pas le chasser hors de son domaine, n'est pas encore né[2]. »

266. Quand les trois rois entendirent Merlin parler en ces termes, ils furent extrêmement surpris, car jamais ils ne l'avaient entendu s'exprimer si obscurément. Ils lui demandèrent instamment ce que cela voulait dire, mais il leur répondit qu'ils ne sauraient rien de plus dans l'immédiat : le roi Arthur devait seulement être conscient de ce que cette grande affaire le concernait. Ils laissèrent donc tomber le

---

li rois Artus les voit si entrepris si conmencha a plourer des ex de la teste et dist a Merlin : « Biaus amis, prenge vous ent pitié d'aus et de lor terres et metés conseil itel com vous savés que mestiers est. Car je sai bien, se vous lor failliés, il ont le tout perdu, ne je n'auroie jamais joie en tout mon vivant. — Certes, fait Merlins, il n'ont garde d'estre destruit et essillié tant com je serai en ma baillie. Et saciés que a vous et a els croist molt grant painne chascun jour que li grans dragons, ce dist la prophesie, venra chacier le grant lyon couroné de la Bloie Bretaingne tout hors a l'aide que il aura de .xxix. serpenciaus qui sont a merveilles grant et fort, se li grans lupars qui tant sera grans et fors ne le desfent une partie pour l'amour qu'il aura a la serpente couronee et a qui toutes les bestes de la Bloie Bretaingne et del roiaume de Carmelide aclineront, et une partie par grant fierté et par proece[a]. Mais encore n'est pas nés li grans lupars par coi cil grans lyons sera soustenus que li grans dragons n'aura nul pooir de lui chacier ne tant ne quant hors de sa conversacion. »

266. Quant li .III. roi oïrent ensi parler Merlin si en furent molt esbahi, quar onques ne l'oïrent parler si oscurement. Si li enquierent et demandent que ce velt dire, et il lor dist qu'il n'en sauront ore plus, mais tant sace ore li rois Artus que li grans afaires en apent sor

sujet. Mais le roi Ban demanda à Merlin quel conseil il lui donnerait pour sauver sa terre. « Vous n'aurez pas plus tôt, lui dit Merlin, aidé à chasser du pays ceux d'ici qu'il vous faudra quitter ce royaume avec autant de troupes que vous pourrez en rassembler ; nous passerons par la grande cité de Logres et par le château de Bédingran, et nous prendrons le grand trésor qui se trouve dans la Forêt Perdue[1], où figurent douze des meilleures épées du monde. Le roi Arthur adoubera ses neveux qui ont laissé leurs pères et leurs mères, leurs parents et leurs amis, pour se mettre à son service, et nous les emmènerons au royaume de Bénoïc, car les ennemis là-bas seront extrêmement nombreux. Et quand la bataille sera achevée, au cours du séjour que nous ferons dans ce royaume sera engendré le grand léopard qui sera si féroce et si orgueilleux, et par crainte de qui le grand dragon des îles Lointaines reculera devant le grand lion couronné de la Bretagne chevelue sans lui faire de mal, alors qu'il en aurait le pouvoir : à la fin le léopard le contraindra à s'agenouiller comme pour crier merci devant le lion couronné[2].

Fiançailles d'Arthur et de Guenièvre.

267. — Seigneur, fit le roi Ban, savez-vous comment tournera ce pour quoi nous sommes venus ici ? — Ne vous inquiétez pas à ce propos, répliqua Merlin, car avant votre départ tout le royaume sera entre les mains du roi Arthur, s'il plaît à Dieu. — Seigneur, reprit le roi Ban, ces paroles

---

lui. Si en laissierent atant la parole ester. Et lors li demanda li rois Bans quel conseil il li en donra de sa terre rescourre. Et Merlins li dist que « ja si tost n'auront ciaus aïdié a chacier fors del païs quant il vous couvenra mouvoir a tant de gent com vous porrés avoir de cest roiaume. Et si nous en irons par Logres, la grant cité, et par le chastel de Bedyngram, si prendrons le grant tresor qui est en la Forêt Desvoiable ou il a .xii. des meillours espees qui soient en tout le monde, si adoubera [/] li rois Artus ses neveus qui pour lui servir ont laissié lor peres et lor meres et lor parens et lor amis, et les menrons el roiaume de Benuyc, car cil de la seront a merveilles grans gens. Et quant la bataille sera finee, el sejour que nous ferons en la terre, sera li grans lupars engenrés qui tant sera fiers et orguellous par qui crieme li grans dragons des Illes Lontainnes se traira ariere del grant lyon couroné de la Bloie Bretaingne qui point de mal ne li fera et si[a] en aura bien le pooir, mais en la fin le justicera li lupars qu'il le fera ajenoullier ausi com pour merci crier devant le lion couroné.

267. — Sire, fait li rois Bans, ce pour coi nous somes venu ci savés vous coment il en ira ? — De ce n'aiiés vous doute, fait Merlins, que ançois que vous em partés sera tous li roiaumes en la main le roi Artu, se Dieu plaist. — Sire, fait li rois Bans, de celes oscures

obscures que vous prononcez, dont nous ne savons ce qu'elles veulent dire, nous les expliquerez-vous ? — Non, fit Merlin ; que le roi Arthur sache seulement que tout cela se produira de son vivant. » Là-dessus un messager entra et demanda à leur hôte où étaient les mercenaires, et la conversation prit fin. Le messager était très sage, habile, beau parleur, c'était un grand chevalier beau et bien fait, cousin du roi Léodegan ; il s'appelait Guiomar et était tout jeune, n'ayant que vingt-cinq ans. Ce fut par sa faute que les chevaliers de la Table ronde subirent par la suite tant de peines, à cause du tort que la reine Guenièvre lui causa dans ses amours avec Morgain, la sœur du roi Arthur, qui l'aimait profondément, ce dont Guenièvre la blâma fort, comme le conte vous le racontera plus loin[1]. Mais ici le conte cesse de parler de cela et revient à ce qu'il disait de Guiomar dont il a parlé précédemment, comment il entra dans la chambre où se trouvaient Merlin et les trois rois.

268. Le conte dit dans cette partie que Guiomar, en s'approchant des trois rois, les salua de la part du roi Léodegan et leur dit : « Mon seigneur vous demande de venir lui parler. » Et ils dirent qu'ils le feraient très volontiers. Ils réclamèrent des chevaux, montèrent en selle et s'en allèrent à la cour ; mais ils n'étaient pas plus tôt descendus, au bas des degrés conduisant à la salle, que le roi Léodegan vint à leur rencontre et les prit par la main ; ils entrèrent dans la salle

---

paroles que vous nous amentevés que nous ne savons que chou eſt le[a] nous dirés vous ? — Nenil, fait Merlins, mais de tant ſace li rois Artus que tout ce avenra a son vivant. » Atant entra uns messagiers laiens et demanda a l'oſte ou sont li soldoiier et ou fu li consaus finés. Et cil s'en vint la qui molt eſtoit sages et prous et biaus parliers et grans chevaliers et biaus et cousins au roi Leodegam et avoit a non Guiomar et eſtoit de si jone aage come de .xxv. ans. Et ce fu cil par qui li chevalier de la Table Reonde orent puis tant de painne pour le damage que la roïne Genievre li fiſt des amours Morgain la serour le roi Artu qui tant l'ama de grant amour que Genievre li aleva si grant blasme si com li contes vous devisera cha avant. Mais atant se taiſt li contes de ce a parler et retourne a parler de Guiomar dont il a ci devant parlé conment il entra en la chambre ou li .iii. roi et Merlins eſtoient.

268. Or diſt li contes en ceſte partie que[a] quant Guiomar vint as .iii. rois qu'il les salua de par le roi Leodegam [*109a*] et diſt : « Mesire vous mande que vous vegniés a lui parler. » Et il dient que si feront il molt volentiers. Lors demandent cevaus, si montent et s'en vont a court. Mais onques si toſt ne furent descendu a la court aval les degrés de la sale quant li rois Leodegans lor vint a l'encontre et les

main dans la main, puis se retirèrent dans une chambre pour discuter en privé.

269. Le roi Léodegan parla alors, en homme sage et bien élevé (il n'y avait là qu'eux cinq), et leur dit : « Chers seigneurs, je vous considère comme des hommes de grande valeur, très loyaux, et sachez que je vous aime plus que vous ne le croyez. Il est juste que je le fasse, d'ailleurs, car vous m'avez rendu ma terre, mon honneur et ma vie ; je ne sais qui vous êtes : cela me pèse, et il n'y a rien que je ne voudrais tant savoir. Mais je le saurai quand il vous plaira, et quand vous le jugerez bon, car il n'est pas question de vous contraindre. Je voudrais vous demander ce que nous allons faire. Vous savez bien que le roi Rion est entré sur mes terres et a assiégé l'une de mes meilleures cités avec la puissance de vingt rois couronnés, dont chacun a bien vingt mille hommes en sa compagnie. Et d'autre part, mes gens se sont rassemblés à mon appel, mais ils sont si peu nombreux qu'ils ne sont pas comparables aux troupes ennemies et ne doivent pas leur être opposés. C'est pourquoi je vous demande conseil, pour l'amour de Dieu, et vous prie de me dire ce que nous pourrons faire, car je veux m'en remettre entièrement à vous. »

270. Merlin prit alors la parole, énergiquement, et il dit au roi : « Seigneur, ne vous troublez pas : par la foi que je vous dois, avant que le roi Rion n'échappe de vos mains il voudra être dans son pays, tout nu, et sera prêt à donner pour cela la meilleure de ses cités ; vous n'êtes pas encore en

---

prent par les mains et s'en vont en la sale main a main et s'en entrent en une chambre pour conseillier ensemble.

269. Lors parla li rois Leodegans come sages et bien enseigniés et il ne furent que aus .v. tant solement et lor dist : « Biaus signours, je vous tieng a molt prodomes et a molt loiaus, et saciés que je vous aim de plus grant amour que vous ne quidiés. Et je doi bien faire, que vous m'avés rendu terre et hounour et vie, ne je ne sai que vous estes, ce poise moi, ne il n'est chose nule que je tant volentiers vausisse savoir. Si le saurai quant il vous plaira et bon vous iert que autre force n'i a. Or vous voel demander que nous ferons. Vous savés bien que li rois Rions est entrés en ma terre et a asise une des meillours cités atout le pooir de .xx. rois couronés dont chascuns a bien .xx.m. homes en sa compaingnie. Et d'autre part mes gent venue et assamblee, mais il sont si petit de gens qu'il ne sont pas a aconmeniier ciaus de la. Si vous en demant pour Dieu conseus que nous en porrons faire car je voeil del tout ouvrer par vous. »

270. Adonc parla Merlins come vigherous et dist au roi : « Sire, ne vous esmaiiés mie que par la foi que je vous doi, ançois que li rois Rions vous eschape, il vauroit estre en son païs tous nus par ensi qu'il li eüst cousté toute la mellor cité qu'il ait. Ne vous n'estes encore mie

si mauvaise posture que vous n'ayez bien quarante mille hommes en armes, et je vais vous dire ce que vous ferez. Vous enverrez dix de vos chevaliers, parmi les meilleurs que vous ayez, pour fouiller la contrée et vérifier qu'il n'y ait aucun espion ni aucun coquin qui ne soit pris, amené devant vous, et jeté en prison, de manière que ceux de l'autre camp ne puissent rien apprendre à votre sujet. Puis établissez vos bataillons : faites-en dix, pas un de plus, dans chacun desquels vous placerez huit mille hommes ; nous nous mettrons en marche lundi matin, assez tôt pour avoir le temps de faire deux lieues avant l'aube, et nous avancerons doucement, un bataillon après l'autre, sans rompre les rangs, de manière à arriver sur place mercredi un peu avant le jour. Et sachez que nous les trouverons tous endormis. Car il y a dans le camp beaucoup de blé, de viande, et d'autres vivres. Donc, ils mangent et boivent tant chaque soir qu'ils oublient les précautions les plus élémentaires et ne mettent plus de gardes autour du camp ; mais ils se sont quand même retranchés, du côté de la plaine, derrière un barrage de chars et de charrettes, si bien qu'on ne peut guère leur faire de mal de ce côté-là. Et du côté du bois, ils ont fait une si grande barricade des arbres qu'ils ont abattus qu'il n'y a rien à tenter par là. Il faudrait donc se diriger très sagement : je connais un passage auquel ils ne prendront pas garde, et en arrivant par là vous les trouverez tous endormis. Nous en ferons alors ce que nous voudrons, s'il plaît à Dieu, et vous les chasserez lors de cette rencontre de telle sorte qu'il ne leur

---

si a meschief que vous n'aiiés .XL.M. homes a armes et plus, si vous dirai que vous ferés. Vous envoierés .X. de vos cevaliers les meillours que vous aiiés pour cerchier la contree qu'il n'i ait espie nule ne ribaut que pris ne soit et amenés devant vous et mis en prison si que cil de la ne puissent riens aprendre de vostre couvine. Et puis devisés vos eschieles et en faites .X. sans plus et en metés en chascune .VIII.M. homes, et puis moverons lundi matin .II. lieues devant le jour tout souef que l'une eschiele aprés l'autre sans desreer si que nous i soions merquedi un poi devant le jour. Et saciés que nous les trouverons tous endormis. Car en l'ost est molt grant plenté de blé et de char et d'autre garison. Et si boivent et mengüent tant chascun soir que tout [b] s'en oublient, ne ne metent mais lor gardes environ lor ost, mais que tant ont fait qu'il se sont hourdé devers la plaine terre de chars et de charetes si que petit lor puet on fourfaire de cele part. Et devers le bois ont fait si grant placeïs d'arbres qu'il ont abatu que riens ne lor porroit fourfaire de cele part. Si covenroit molt sagement aler, car je sai un tel liu dont il ne se prendront garde et vous les trouverés de cele part tous endormis. Si en ferons, se Dieu plaist, auques a nostre volenté et les chacerés si a ceste envaïe qu'il ne lor

viendra plus à l'esprit pendant pas mal de temps d'envahir ou de détruire par force cette terre. »

271. Quand le roi Léodegan entendit les paroles de Merlin, il se demanda avec étonnement qui il pouvait bien être. Il le regardait avec tant d'attention qu'il n'en détournait pas les yeux, puis il fixa ses regards sur ses compagnons qui se tenaient si tranquilles qu'ils ne disaient pas un seul mot, mais regardaient eux aussi celui qui parlait. Après les avoir ainsi contemplés un bon moment, il poussa un profond soupir et se dit bien que c'étaient des hommes plus nobles et de plus haut lignage qu'il ne pouvait le croire ou le concevoir. Il en éprouva un tel attendrissement que son visage se couvrit des larmes qui lui étaient montées aux yeux, et son cœur fut si ému qu'il ne put prononcer la moindre parole[1]. Il se laissa tomber à leurs pieds comme s'il était mort et leur cria merci de tout son cœur, pour que Dieu ait pitié de lui et de sa terre, « car je sais bien, fit-il, que je perdrai tout si vous et Dieu ne me garantissez ».

272. Quand le roi Arthur le vit à genoux devant lui, il en eut très grande pitié, et les deux autres rois aussi. Ils le prirent dans leurs bras, le relevèrent et le réconfortèrent du mieux qu'ils purent. Puis tous les cinq ensemble ils allèrent s'asseoir sur un lit, en bons compagnons loyaux qu'ils étaient. Merlin reprit alors son discours et dit au roi Léodegan : « Seigneur, seigneur, ne voudriez-vous pas volontiers

---

prendra mais a pieçe corage de ceste terre prendre ne destruire par lor force. »

271. Quant li rois Leodegans entendi ensi Merlin parler, si s'esmerveille molt qui il puet estre. Si le regarde si avisement que de nule part ne tourne les ex et puis après regarde ses compaingnons qui sont si coi que un sol mot ne dient, ains regardent celui qui parole. Et quant il les ot une grant piece regardés si jeta un grant souspir et pense bien en son corage que molt sont haut home et gentil plus qu'il ne puet penser ne quidier. Si li vient une si grant tendrour au cuer que tous li visages li couvre des lermes qui del cuer si sont montees as ex, et li est li cuers tant durement atenries qu'il ne pot un tout sol mot dire. Si se laisse chaoir a lor piés ausi com s'il fust mors et lor crie merci, ensi com il puet que pour Dieu lor preigne pitié de lui et de sa terre, «car je sai bien, fait il, et li cuers le me dist, que je perdrai tout se vous et Dix ne m'estes garans».

272. Quant li rois Artus le voit devant lui a terre a jenoillons[a] si l'em prist molt grant pitiés et si fist il as autres .II. rois. Si le prendent entre lor bras et l'en lievent amont et l'aseürent de quanqu'il porent. Et lors s'en vont seoir sor une couche tout .V. ensemble come bon compaignon et loial qu'il sont. Et lors conmencha Merlins sa raison et dist au roi Leodegam : «Sire, sire, ne sauriés vous molt volentiers

savoir qui nous sommes et de quel lignage ? » Et il répondit
qu'il n'y avait rien qu'il saurait si volontiers. « Je vous dirai
d'abord, dit Merlin, ce que nous sommes venus chercher.
Voici notre adolescent, tout jeune homme, mais bon chevalier, comme vous savez ; sachez aussi que, quel qu'il soit, il
est plus noble que vous, et de plus grande origine, tout roi
couronné que vous êtes ; et il n'est pas encore marié. Nous
allons par le pays à l'aventure jusqu'à ce que nous trouvions
quelque grand seigneur qui lui donne sa fille pour épouse.

273. — Ah ! mon Dieu, intervint le roi Léodegan, qu'allez-vous donc cherchant ? J'ai la plus belle fille du monde, la
plus sage et la mieux élevée qu'on ait jamais vue nulle part.
Si cela vous agrée et à elle aussi, elle ne perdra rien par
défaut de noblesse ni de terre. Je vous la donnerais volontiers ; qu'il la prenne pour épouse et pour compagne : je n'ai
pas d'autre héritier qu'elle à qui ma terre doive revenir. » Et
Merlin dit qu'il ne refuserait certes pas cette offre, s'il plaisait
à Dieu. Les quatre compagnons l'en remercièrent aussi chaleureusement. Alors le roi alla en personne chercher sa fille,
il la fit parer le plus élégamment et le plus richement possible, et il la conduisit par la main dans la chambre où les
quatre compagnons les attendaient. Et après eux venait un
grand groupe de chevaliers, qui étaient très nombreux ici : il
y avait tous les chevaliers de la Table ronde, les quarante
chevaliers dont le conte vous a parlé plus haut, et d'autres

---

qui nous somes et de quel lignage ? » Et il li dist qu'il n'estoit riens
qu'il si volentiers vausist savoir. « Je vous dirai avant, fait Merlins,
que nous somes venu querre. Veés ci un nostre damoisel jouene
home et si bon chevalier com vous le savés, et saciés, qui qu'il soit, il
est plus haut hom de vous et de parens que vous n'estes, encore
soiiés vous rois couronés, ne il n'a point de feme espousee. Si alons
par le païs querre aventures tant que nous trovissiens aucun haut
home qui sa fille li don[n]ast a feme.

273. — Ha, Dieu merci, fait li rois Leodegans, et que alés vous
querant ? Je ai la plus bele fille qui soit en terre et la plus sage et la
mix enseignie qui onques nasquist en nule terre. Par hautece de
lignage ne par defaute de bone terre ne doit ele riens perdre se vostre
plaisirs i ert et le sien. Je le vous donroie, si le prenge a per et a
moullier ne je n'ai plus d'oirs a qui ma terre doie eschaoir que a li
sans plus. » Et Merlins dist que ce ne refusera il ja, se Diex plaist. Li
.IIII. compaingnon l'en mercient molt durement. Lors vait li rois ses
cors meïsmes querre sa fille et la fait atourner au plus bel qu'il pot et
au plus richement et la mena par main en la chambre ou li .IIII.
compaingnon l'atendent. Si li viennent après grant route de chevaliers
dont il i avoit a grant plenté, si i furent tout li chevalier de la Table
Reonde et li .XL. chevalier dont li contes vous a devisé cha en ariere,

nobles seigneurs qui avaient rejoint l'armée pour secourir le roi Léodegan. Quand le roi et sa fille entrèrent dans la salle, qui était grande et belle, les quatre compagnons vinrent à leur rencontre. Le roi Léodegan parla alors assez haut pour être bien entendu de tous : « Noble jeune homme, seigneur (en effet, je ne sais pas encore comment vous nommer autrement), avancez, et recevez pour épouse ma fille qui est si belle, si sage et si courtoise, et qui héritera de mon titre après ma mort, car je ne pourrais la donner à un homme de plus grande valeur, tous ceux qui sont présents le savent bien. » Et le roi Arthur s'avança et dit : « Merci beaucoup ! » Le roi la lui remit par la main droite, et ils se donnèrent l'un à l'autre avec beaucoup de douceur ; l'évêque de Carohaise que l'on avait mandé les bénit de sa main droite. Alors commencèrent les plus grandes réjouissances que l'on puisse imaginer. Ensuite Merlin s'avança, et il parla en présence de tous ceux qui étaient là : « Seigneur, dit-il au roi, ne sauriez-vous pas volontiers qui nous sommes et à qui vous avez donné votre fille ? » Et le roi qui désirait très vivement le savoir, et qui désespérait de l'apprendre jamais, reconnut aussitôt qu'en effet il le saurait très volontiers.

274. « Sachez donc, reprit Merlin, vous et tous ceux qui voudront l'entendre, que vous avez donné votre fille au roi Arthur de Bretagne, le fils du roi Uterpandragon. Vous devez lui faire hommage sans retard, ainsi que tous ceux de ce

---

et d'autres haus homes qui en estoient venu en l'ost pour secourre le roi Leodegam. Et quant li rois et sa fille entrerent en la sale qui grans et bele estoit si li vinrent li .iiii. compaingnon a l'encontre. Et lors parla li rois Leodegans si haut que de tous fu bien entendus et dist : « Gentix damoisiaus, sire, je ne vous sai encore nonmer, venés avant et recevés ma fille a feme qui tant est bele et sage et courtoise et toute l'onour que a li apent après ma mort, car a plus prodome ne le porroie je mie donner, ce sevent bien tout li prodome de chaiens. » Et cil passe avant et li dist : « Grans mercis. » Et li rois li donne par la main destre, si s'otroie l'uns a l'autre molt debonairement, si les seigne de sa main destre li evesques de Karouaise qui illuec fu mandés. Et lors fu la feste et la joie si grans que greignour ne pot estre. Et lors vint Merlins avant, et parla et dist voiant ciaus qui laiens estoient et dist au roi : « Sire, ne sauriés vous molt volentiers qui nous sommes et a qui vous avés donné vostre fille ? » Et li rois, qui tant le couvoite a savoir que ja ne le quidoit savoir, atant li dist que voirement le sauroit il molt volentiers.

274. « Ore saciés, fait Merlins et tout cil qui oïr le vauront que vous avés donnee vostre fille au roi Artu de Bretaingne qui fu fix au roi Uterpandragon. Si li devés homage faire et tout cil de cest roiaume li facent sans demouree tout cil qui li vauront faire honour

royaume qui voudront lui faire honneur, et ensuite nous irons plus gaiement et avec plus d'assurance tournoyer contre le roi Barbu[1] qui croit s'emparer de ce pays. Mais il en ira autrement qu'il ne le pense ; sachez aussi que ces deux vaillants seigneurs sont frères, et sont tous deux rois couronnés. L'un s'appelle le roi Ban de Bénoïc, l'autre le roi Bohort de Gaunes, et ils sont issus du plus haut lignage qui soit. Et tous les autres compagnons sont fils de rois et de reines, ou de comtes et de châtelains. »

275. Quand le roi Léodegan et les autres apprirent que c'était le roi Arthur, ils furent remplis d'une joie telle qu'ils n'en avaient jamais connu auparavant. Les compagnons de la Table ronde furent les premiers à s'avancer à lui rendre hommage, car ils le souhaitaient depuis longtemps[1]. Puis vinrent le roi Léodegan et tous ses barons ensemble. Ensuite on fit les noces, avec un banquet si riche qu'on n'en avait jamais vu de semblable ; mais la plus heureuse de cette affaire fut Guenièvre, ravie de son nouvel époux ; le même soir, Merlin se révéla aux chevaliers de la Table ronde, mais à eux seulement. Et quand le roi Léodegan le reconnut, il dit que Dieu lui avait donné un grand bonheur en ce monde en lui procurant l'amitié et l'affection d'hommes de si grande valeur. « Et désormais, fit-il, cher Seigneur-Dieu, peu m'importe quand vous ferez de moi votre commandement[2], puisque ma fille et ma terre sont entre les mains du meilleur homme du monde ! »

---

et puis en irons plus liement et plus seürement tournoiier sor le roi Barbu qui ceſt païs [*d*] quide prendre et avoir. Mais il ira autrement qu'il ne quide et bien saciés que cil doi prodome qui ci sont sont frere germain et roi couroné. Si a non li uns li rois Bans de Benuyc, et li autres li rois Boors de Gaunes et sont eſtrait del plus haut lignage que on sace. Et tout li autre compaignon sont fil de rois et de roïnes et de contes ou de chaſtelains. »

275. Quant li rois Leodegam et li autre compaignon entendent que c'eſt li rois Artus, si en sont si lié que onques mais si lié ne furent. Si en viennent li compaingnon de la Table Reonde tout premierement devant lui et li font honmage, car molt l'avoient desiré. Et puis après li rois Leodegam et puis tout si baron conmunement. Et puis firent les noces et le mengier si grant que onques si grans ne fu veüs, mais deseur tous ciaus qui illuec eſtoient fu lié Genievre de son nouvel espous. Et cel soir se fiſt Merlins connoiſtre as compaingnons de la Table Reonde sans plus de gent. Et quant li rois Leodegans le reconut si diſt que bon eur li avoit Dix douné en ceſt siecle quant de si prodome li avoit douné l'amour et l'acointance. « Et desoremais, fait il, biaus sire Dix, ne me chaut il quant vous faciés de moi voſtre conmant puis que ma fille et ma terre eſt assenee au plus prodome del monde. »

276. Ainsi parlait le roi Léodegan. Puis ils allèrent dormir et se reposer, et au matin le roi envoya dix chevaliers là où Merlin le lui indiqua, et où les gens de Rion devaient se rassembler. Puis ils organisèrent leurs bataillons de sorte qu'il y en ait dix, comme Merlin l'avait recommandé : ils suivirent en tout ses conseils. Dans le premier bataillon, où se trouvait le dragon, il y avait le roi Arthur, le roi Ban et le roi Bohort, leurs quarante-deux compagnons, les chevaliers de la Table ronde, et suffisamment d'autres chevaliers pour atteindre un total de huit mille hommes. Dans le second se trouvait Guiomar, le neveu du roi Léodegan, qui était bien à même de conduire les huit mille hommes en armes qu'elle comptait. C'était Élinadas, un jeune neveu de la Sage Dame de la Forêt sans Retour, qui conduisait le troisième bataillon avec huit mille hommes. Le quatrième bataillon, de huit mille cavaliers bien armés, était conduit par Blias, le seigneur du château merveilleux de Bléodas[1]. Le cinquième bataillon était mené par Andolus, un chevalier remarquable, de grande réputation ; il comptait huit mille hommes. Bélehis le Blond, qui était très riche et puissant, conduisait le sixième, qui comportait sept mille hommes bien montés. C'était Yder qui conduisait le septième bataillon, Yder de la Terre aux Norrois, celui à qui revint à la cour du roi Arthur la belle aventure des cinq anneaux qu'il retira du doigt du chevalier mort qui demandait vengeance, alors que jamais un autre chevalier de la cour d'Arthur n'avait pu les retirer[2], comme le conte vous le dira

---

276. Ensi disoit li rois Leodegam. Si alerent dormir et reposer, et au matin envoia li rois .x. chevaliers es parties que Merlins li enseigna et ou la gent Rion devoient assambler. Et puis deviserent lor eschieles tant que .x. en i ot ensi come Merlins l'avoit dit et devisé tout ensi le firent. En la premiere eschiele ou li dragons estoit fu li rois Artus et li rois Bans[a] et li rois Boors et li .XLII. compaignon et li chevalier de la Table Reonde et tant des autres qu'il furent .VIII.M. parconté. En la seconde eschiele fu Gyomars, li niés le roi Leodegam, qui molt bien le savoit conduire atout .VIII.M. bien armés. La tierce eschiele conduiſt Elynadas, uns damoisiaus jouenes qui niés estoit a la Sage Dame de la Foreſt sans Retour. Icil ot .VIII.M. homes en sa compaignie. La quarte eschiele conduiſt Blyas li sires de Bleodas, un merveillous chaſtel, et furent .VIII.M. a armes et a chevaus. La quinte eschiele conduiſt Andolus, uns merveillous chevaliers et de grant renon et furent ausi .VIII.M. La siſte eschiele mena Belehys li Bloys qui eſtoit assés [e] riches et poissans et furent .VII.M. bien monté. La setisme eschiele mena Yder de la Terre as Norois qui la bele aventure avint en la court au roi Artu de .V. aniaus qu'il traiſt del doit au chevalier mort qui demandoit vengance que onques chevaliers qui en la court au roi Artu fuſt ne pot traire ne avoir, si come li contes vous

par la suite. Et je peux vous affirmer qu'il avait sept mille hommes avec lui, et qu'il était très preux et hardi. Lando, le neveu du sénéchal de Carmélide, qui était un chevalier exceptionnel, conduisait le huitième bataillon. Il avait amené lui-même les sept mille hommes de sa compagnie. Le neuvième était mené par mon seigneur Groing Poire Molle, qui était très bon chevalier. Mais il n'avait pas plus de nez qu'un chat[3]. Il avait sept mille hommes en qui il avait toute confiance. Enfin, le dixième bataillon était conduit par le roi Léodegan et Cléodalis son sénéchal, qui en étaient bien capables ; il comptait en tout dix mille hommes, tous bons combattants et très courageux. Jamais ceux-là ne commettraient de lâcheté pour sauver leurs membres ou leur vie !

277. Quand les dix bataillons eurent été ainsi séparés les uns des autres, et que chacun d'eux fut rangé en ordre à sa place, ils discutèrent pour savoir quand ils se mettraient en route, et décidèrent finalement de partir au lendemain de la Pentecôte, à la première veille. En conséquence, ils se reposèrent toute cette journée et toute la suivante. Car le jour de la Pentecôte, le roi Léodegan tint sa cour très noblement, pour l'amour des barons qui étaient rassemblés. Les rois et Merlin[1] furent assis ensemble sous le dais, et en face d'eux s'assirent les deux Guenièvre qui se ressemblaient de façon étonnante, si ce n'est que la femme du roi Arthur était un peu plus grande et avait un peu plus de couleurs que l'autre ; et surtout elle parlait mieux, car c'était la dame du monde la

---

devisera cha en avant. Si vous di bien qu'il en ot .VII.M. en sa compaignie et il estoit prous et hardis. La witisme eschiele mena Lando, li niés au senescal de Carmelide. Icil estoit a merveilles bons chevaliers de son cors. Cil en ot .VII.M. en sa compaignie, itels com il les avoit amenés. La noevisme mena mesires Groing Poire Mole) qui molt estoit bons chevaliers. Mais il n'avoit pas greignor nés d'un chat. Cil en i ot .VII.M. ou il bien se fioit. Et la disisme menoit li rois Leodegans et Cleodalis son seneschal qui molt s'en sorent bien aïdier et furent bien .X.M. que uns que autres et tout molt prodome et molt hardi. Icil ne feront ja mauvaisté pour aperdre membre ne vie.

277. Quant les .X. eschieles se furent sevrees les unes des autres et chascune eschiele fu rengie a une part, si devisent quant il mouveront, si s'acordent en la fin que l'endemain de Pentecouste mouveront del prim some. Si se reposerent toute jour et l'endemain. Car le jour de la Pentecouste tint li rois Leodegam court grant pour l'amour des barons qui illuec estoient assamblé. Si sistrent li roi et Merlin au chief del dois tout ensamble et devant aus se sistrent les .II. Genievres et s'entresambloient fors que d'un poi estoit plus haute et encoulouree la feme au roi Artu que l'autre Genievre et meillour langue avoit car ce estoit la dame del monde qui mix estoit enraisnie

plus éloquente et la plus douée pour le raisonnement ; en outre sa chevelure était plus abondante[2]. Mais pour le reste elles étaient si semblables qu'on avait du mal à les distinguer l'une de l'autre, si ce n'est par chance.

278. Ensuite, les compagnons que le roi avait amenés avec lui étaient assis avec les chevaliers de la Table ronde, en bonne amitié, car c'est ce qu'avaient voulu Merlin et le clerc Guinebaut ; quand ils eurent mangé, ils allèrent se coucher, mais ils dormirent très peu. En effet, ils se levèrent dès la première veille et s'armèrent ; les armes du roi Arthur lui furent apportées. Guenièvre l'aida à les revêtir, très adroitement, en femme qui s'y connaissait ; et elle lui ceignit elle-même son épée. Puis, quand le roi fut tout armé à l'exception de son heaume, elle lui apporta elle-même ses éperons et les lui chaussa, agenouillée devant lui. Merlin, qui la regardait, se mit à rire et montra aux deux rois comment elle s'efforçait de servir le roi, ce dont ils l'estimèrent beaucoup. Mais elle en fut finalement bien récompensée quand elle eut la malchance de perdre le roi par la faute de Bertelai le traître, comme le conte vous le racontera par la suite[1].

279. Quand Merlin vit la jeune fille qui servait son seigneur de cette manière, il commença à rire et dit en riant au roi, pour le plaisanter : « Seigneur, vous n'étiez pas jusqu'alors aussi réellement chevalier que vous l'êtes désormais. Il ne manque qu'un détail pour que vous soyez complètement

<hr/>

d'eloquense et de raison, et plus grant foison avoit de cheveus que l'autre. Mais de toutes autres choses estoient eles si samblans que a painnes peüst on connoistre l'une de l'autre se ce ne fust par aventure.

278. Aprés sisent li compaingnon que li rois avoit amenés avoec les conpaignons de la Table Reonde par chiere et par amours car ensi le voloit Merlins et Gunebaus li clers, et quant il orent mengié si alerent couchier, mais petit dormirent. Car il se leverent dés le premier some et s'armerent et les armes au roi Artu furent aportees. Si li aïda a armer Genievre, molt bel et molt bien come cele qui bien s'en sot entremetre et li chaint ele meïsmes l'espee au coste. [f] Et quant li rois fu armés fors de son hialme si li aporta ele meïsmes ses esperons et les li chauça ambes .II. ajenoullie. Et Merlins conmencha a rire qui l'esgarda et le moustra as .II. rois coment ele se painne del roi servir, si l'en proisent molt li doi roi. Si en ot en la fin molt rice guerredon quant ele perdi le roi par sa mesaventure par Bertelay le traïtour si com li contes vous devisera cha en avant.

279. Quant Merlins vit la pucele qui servoit son signour si conmencha a rire et dist au roi com cil qui gaber le voloit, en riant : « Sire, onques mais ne fustes vous chevaliers si a droit com vous estes orendroit. Et se n'i faut orendroit que une seule chose que vous

chevalier nouveau, et vous pourriez alors bien dire en partant d'ici qu'une fille de roi et de reine vous a fait chevalier! — Seigneur, répliqua le roi, dites-moi ce qui manque, et je le ferai, pourvu que ce ne soit pas trop inconvenant, et qu'il n'y ait pas de honte à ce que Guenièvre le fasse. — Certes, seigneur, fit la jeune fille en femme sage et bien élevée, je ne pourrais jamais avoir honte de quoi que ce soit que je fasse pour vous, car je vous sais si vaillant et si courtois que vous ne voudriez pas, pour le meilleur château que vous ayez, me demander quelque chose qui puisse tourner à mal si bien que j'encourrais honte ou reproche, dans toute ma vie et dans toute la vôtre. — Dame, dit Merlin, vous parlez sagement et jamais vous n'encourrez de honte ou de reproche qui vous cause de la honte pour une parole de moi. — Qu'est-ce donc, fit Arthur, qui me manque? Dites-le-moi, s'il vous plaît!

280. — Certes, seigneur, répondit Merlin, le baiser, si cela plaît à la dame et si cela lui convient! — En vérité, seigneur, repartit le roi, ce n'est pas pour cela que je ne serai pas chevalier nouveau. — Par Dieu, dit la jeune fille, ce n'est pas ce détail, s'il plaît à Dieu, qui empêchera que vous ne soyez mien et moi vôtre: pourquoi me ferais-je prier? Cela me plaît autant qu'à vous.» Et quand le roi l'entendit, il courut à elle et l'étreignit, et elle en fit autant. Ils s'enlacèrent et s'embrassèrent tendrement comme des jeunes gens qui s'aimaient

---

ne soiés tous nouviaus et bien poés dire quant de ci partirés que fille de roi et de roïne vous a fait chevalier nouvel. — Sire, fait li rois, or me dites quele est la chose qui i faut, si le ferai[a] s'ele n'est trop descouvenue dont ele eüst honte s'ele le faisoit. — Certes, sire, fait la pucele come sage et bien aprise, en chose que je feïsse por vous ne porroie je avoir honte ne laidure, car je vous sai tant a prou et a courtois que vous ne me vauriés pas avoir requise de chose qui a vilenie tournast pour coi je i eüsse honte ne reproce ne que il reprouvé me fust a mon vivant ne au vostre pour le meillour chastel que vous aiés. — Dame, fait Merlins, vous dites que sage, ne ja pour chose que j'aie dite n'aurés honte ne reproce qui a honte vous doie tourner. — Et que c'est, sire, fait Artus, que me faut? Dites le moi se il vous plaist.

280. — Certes, sire, fait Merlins, li baisiers, si a la dame plaist et siet. — Certes, sire, fait li rois, ja pour ce ne remanra que je ne soie chevaliers nouvias. — En non Dieu, fait la pucele, ja se Dix plaist pour tant ne remandra que vous ne soiés miens et je vostre et de coi[a] me feroie je proiier. Autant me plaist il come a vous.» Et quant li rois entent ce que la pucele li a dit si court a li et l'embrace et ele lui autresi. Si s'entr'acolent et baisent estroitement et doucement come jone gent qui molt s'entr'amoient. Et quant il se furent assés entrebai-

fort. Quand ils eurent échangé assez de baisers, les chevaux furent préparés et tous se mirent en selle ; la jeune fille donna à son seigneur un heaume merveilleux qu'il se mit sur la tête, puis ils se séparèrent en se recommandant mutuellement à Dieu. Les bataillons se mirent alors en route l'un après l'autre, bannières en berne et lances abaissées, marchant au pas selon le rythme donné par Merlin qui chevauchait à leur tête et les conduisait, lui qui connaissait tous les passages et tous les détours. Les dix chevaliers qui étaient partis en éclaireurs avaient pris quarante coquins qui étaient autant d'espions du roi Rion ; ils les avaient ligotés et jetés en prison et ils avaient si bien gardé les passes que personne dans le camp du roi Rion n'eut vent du départ de l'armée. Qu'irais-je délayant mon récit ? Merlin, qui conduisait le premier bataillon, chevaucha tant qu'ils parvinrent le mercredi soir, à la fin de la première veille, au camp du roi Rion. La nuit était tranquille et sereine, il y avait un clair de lune un peu voilé, et ceux du camp s'étaient endormis profondément en raison de la douceur de l'air, car pendant la journée la chaleur était accablante, et en outre ils avaient bu et mangé. Merlin se plaça entre le bois et la rivière et ordonna que personne n'attaque le camp avant d'entendre le son d'un cor. Au fur et à mesure de leur arrivée au-delà du bosquet, les bataillons se rangèrent séparément à une certaine distance les uns des autres. Merlin attendit qu'ils soient tous là puis les fit fusionner. Il s'en alla ensuite avec la bannière et

---

sié si furent li cheval apareillié et monterent et la pucele donne a son signour un hiaume trop merveillous et il le mist en son chief, puis s'em part li uns de l'autre et s'entreconmandent a Dieu. Et lors se metent au chemin, l'une des eschieles après l'autre les gonfanons ploiiés et les lances [*110a*] abaissies, et s'en vont le petit pas si conme Merlins les conduist qui vait devant com cil qui savoit tous les trespas et tous les regors. Et li .x. chevalier qui furent devant alé orent pris .xl. pautonniers qui tant estoient espies au roi Rion. Si les orent loiiés et mis en prison et si garderent si bien les trespas que onques nule nouvele n'en sorent en l'ost au roi Rion. Que vous iroie je toute jour a contant ? Tant erra Merlins qui la premiere eschiele conduisoit qu'il vinrent le merquedi au soir après le premier sonme en l'ost le roi Rion. Et la nuit estoit[*b*] coie et molt serie et la lune luisoit un poi tourble, si s'endormirent molt fermement en l'ost pour le serain qu'il faisoit, car li chaut estoit molt grant par jour et avoec ce il avoient beü et mengié. Et Merlins se met entre le bois et la riviere et conmande que nus ne poigne en l'ost devant qu'il oient un cor sonner. Et ensi come les eschieles passent outre l'une après l'autre lés le placeïs se renge chascune par soi et loing l'une de l'autre. Si les atent toutes Merlins et les fait joindre ensemble. Et lors s'en vait Merlins a la baniere et

sonna du cor si haut que toute la forêt en retentit, et que le son du cor fut audible à plus d'une demi-lieue.

281. Alors il s'écria : « Sainte Marie, Dame, priez votre cher fils qu'il nous secoure et nous vienne en aide ! En avant, nobles chevaliers ! ajouta-t-il. On va voir maintenant qui sera un bon chevalier, car, sachez-le, vous tenez votre vie entre vos mains : il n'a pas de tête, celui qui ne la défend pas[1] ! » Au son du cor, tous lâchèrent la bride à leur cheval et éperonnèrent, se lançant à l'assaut au grand galop. À cette occasion vous auriez pu voir maintes tentes et maints pavillons renversés et écroulés. Merlin créa un si grand tourbillon que pas une tente ne put rester debout ; toutes au contraire tombèrent sur la tête de ceux qui étaient couchés à l'intérieur, et les attaquants pénétrèrent partout dans le camp en tuant et en mettant à mal tous ceux qu'ils atteignaient. Il y eut là un grand massacre avant que les gens du camp s'aperçoivent qu'ils étaient envahis, en entendant le bruit et les cris douloureux de ceux que les assaillants tuaient et blessaient sans en avoir aucune pitié.

La bataille contre le roi Rion.

282. Alors les chefs ordonnèrent à leurs écuyers de rassembler les chevaux à l'entrée du camp, et ils le firent. Ensuite ils coururent aux armes et se hâtèrent de s'armer aussi vite que possible. Et dès que ce fut fait ils se rassemblèrent auprès de la tente du roi Rion, et firent sonner cornes et clairons haut et fort ; les assaillants avaient déjà tant frappé

---

sonne un cor si haut que toute la forest en retentist, si c'on ot bien loins la vois du cor demie lieue.

281. Lors escrie Merlins : « Sainte Marie, dame, proiiés vostre chier fil qu'il nous secoure et aïde ! — Et poigniés, fait il, franc chevalier ! Or sera veüs qui chevaliers sera, car, bien saciés, tout estes a la mort ou a la vie, et il n'a point de teste qui hui ne le desfent ! » Quant il oient le cor soner, si laissent les frains et hurtent les chevaus des esperons et se fierent de si grant ravine com il viennent. La veïssiés trés et paveillons verser et chaoir encontre terre. Et Merlins i fist un si grant estourbellon lever que onques n'i remest ne tente ne tref en estant, ains chaïrent sor les testes a ciaus qui se gisoient et cil se fierent en l'ost de toutes pars et si ocient et mehaignent quanqu'il ataignent. La ot molt grant ocision ains qu'il s'en fuissent aperceü en l'ost quels gens estoient tant qu'il oient les bruis et les cris molt dolerous si com il les ocient et mehaignent que nule pitié n'en ont.

282. Lors conmandent li baron a lor esquiers qu'il facent lices des chevaus a l'ost et cil si font. Lors courent as armes et se hastent de lor cors armer tost et isnelement. Et si tost com il furent armé si s'asamblent au trés le roi Rion, si cornent et buisinent molt durement

de droite et de gauche que plus de vingt mille étaient dans un tel état qu'ils ne rentreraient jamais dans leur pays ; ils poursuivirent le restant jusqu'à la tente du roi Rion où ils livrèrent bataille. Ce fut là qu'ils firent front, car ils étaient très forts et puissants ; ceux qui n'étaient pas armés s'armèrent alors, et à ce moment-là le jour se leva, beau et clair : les bataillons se regroupèrent et se préparèrent, et chacun rassembla ses troupes autour de lui. Merlin leva derechef l'enseigne et se lança au milieu des géants, si rudement qu'il les fit trembler ; le soleil qui s'était levé brillait sur les heaumes de sorte qu'il les faisait reluire si brillamment qu'à une lieue de distance on aurait pu les voir étinceler comme des étoiles.

283. Quand le roi Rion vit les dommages que lui avaient causés ces attaquants, il en fut très courroucé : il s'en fallut de peu qu'il ne s'étouffe de rage et de douleur. Il montait un cheval fort et rapide, tout à fait remarquable ; il tenait à la main une masse pesante, si lourde qu'un paysan[1] aurait ployé sous le faix, et il s'occupait à déterminer qui passerait en première ligne et qui suivrait. Il appela alors Solinas, un chevalier extrêmement preux et hardi qui se trouvait être son neveu, et lui dit : « Approchez, Solinas : vous mènerez le premier bataillon, composé de cent mille hommes que vous choisirez à votre gré. Allez venger notre honte et les dommages que nous avons subis ! » Et celui-ci de répondre qu'il le fera de bon cœur, de manière à n'encourir aucun blâme. C'est ainsi que se mit en route Solinas, qui était preux et

---

et cil ont tant feru amont et aval que plus de .xx.m. en ont si atournés que ja[b]mais en lor païs ne rentreront. Si en chacent le remanant jusques au trés le roi Rion ou il ont fait lor aünee. Illuec livrerent il estal, car molt sont forte gens et poissans, si s'arment cil qui armé n'estoient pas et lors aparut li jours biaus et clers, si se traisent les eschieles en sus et apareillent et atourne chascuns sa gent entor lui. Et lors relieve l'enseigne encontremont Merlins et se fiert es gaians si durement qu'il les fait fremir et li solaus qui fu levés se fiert sor les hiaumes si qu'il les fait reluire si durement que d'une lieue loing les peüst on veoir estinceler come estoiles.

283. Quant li rois Rions voit le damage que cil li ont fait si en fu molt iriés et par un poi qu'il n'esrage de dueil qu'il en a. Et il sist sor un cheval fort et merveilleus et tost alant et ot en sa main une mache pesant et estoit si grans que un païsans en fust tos chargiés et vait devisant li quel iront devant et li quel deriere. Lors apele Solynas, un chevalier qui trop prous et trop hardis estoit, et cil estoit ses niés, et il dist : « Solinas, venés avant, vous conduirés la premiere esciele a .c.m. homes de tel gent com tu vauras eslire. Si va vengier nostre honte et le nostre damage. » Et cil dist que ce fera il bien si qu'il n'en devra de riens estre blasmés. Lors s'em part Solynas qui molt estoit prous et

hardi ; dès que Merlin le vit venir, il alla à sa rencontre, le dragon à la main ; mais il déguisait ses traits de telle façon que personne ne voyait qui le portait sauf les trois rois.

284. Quand Merlin le vit approcher, il dit au roi Arthur : « Arthur, on va voir maintenant comment vous allez vous comporter. Faites en sorte que les baisers que vous a donnés votre amie soient payés bien cher, si cher qu'on s'en souvienne jusqu'à la fin de votre vie ! » Le roi répliqua qu'il n'y manquerait pas, et il n'ajouta rien. Les deux bataillons furent alors si proches que les chevaliers pouvaient bien se voir les uns et les autres et s'identifier ; ils sortirent des rangs, les lances dressées. Puis ils vinrent au contact, et se frappèrent violemment des fers tranchants sur les boucliers, si bien qu'ils se blessèrent mutuellement, et se portèrent à terre. Le roi Arthur accomplit dans ces circonstances une prouesse qui fut très admirée des uns et des autres. Quand il vit les géants approcher en rangs serrés, il éperonna son cheval contre Jonap, un géant prodigieusement grand et fort. Celui-ci le vit venir, mais il ne le craignit guère, car, par rapport à lui, il paraissait un enfant. Ils se rencontrèrent très rudement, et le roi Jonap frappa si fort l'écu du roi Arthur que sa lance, qui était bien droite et solide, passa outre la longueur de deux coudées en frôlant son flanc gauche. En échange, le roi Arthur le frappa si durement qu'il lui mit le fer tranchant dans l'épaule en traversant l'écu et le haubert. Mais le Saxon était si orgueilleux et si fort qu'il fit semblant de n'être pas

hardis, et si tost come Merlins le voit venir si li vait a l'encontre le dragon en la main et se desfigure en tel maniere que nus ne voit qui le portoit fors li .iii. roi.

284. Quant Merlins le vint aprochant si dist au roi Artu : « Artus, fait il, or parra que vous ferés encore anqui. Ore gardés que li baisers que vostre amie vous donna soient anqui cher comperés si que a tos les jours de vostre vie en soit parlé. » Et li dist qu'il ne s'en faindra de riens et plus ne li dist. Lors s'entr'aprocent les .ii. eschieles si prés l'une de l'autre que bien puet coisir et connoistre li uns l'autres. Si desrengent les lances droites et, quant il s'entr'aprocierent, si s'entrefierent si durement des fers trenchans parmi les escus si qu'il s'entreplaierent et navrerent et portent a terre. Illuec fist li rois Artus une prouece qui molt fu regardee des uns et des autres. Quant li rois Artus voit les gaians aprocier si prés les uns des autres si hurte le cheval des esperons encontre Jonap, un gaiant grant et fort et merveillous. Et quant cil le vit venir si le redouta molt petit car envers lui ne sambloit il [d] c'un enfant. Et il vinrent tost et roidement et li rois Jonap feri en l'escu Artu le roi si durement que la lance qui roide estoit li passe outre une brachie rés a rés del costé senestre. Et li rois Artus feri⁴ lui si durement que parmi l'escu et parmi le hauberc et parmi l'espaulle li

blessé du tout ; ils poursuivirent leur assaut en s'entre-heur-
tant si violemment de leurs chevaux et de leurs corps qu'ils
se portèrent mutuellement à terre, les chevaux tombant par-
dessus eux ; et ils restèrent étendus un grand moment, si
étourdis qu'ils ne pouvaient seulement s'adresser la parole.
Des deux côtés, alors, on s'élança à la rescousse. Il y eut là
bien des lances brisées, bien des coups d'épée frappés sur
des heaumes et des écus. Les géants subirent de plus lourdes
pertes que les chrétiens dans cette rencontre, et cependant
ils se donnèrent tant de mal de part et d'autre que finalement les deux rois furent remis en selle. Alors le combat
reprit, prodigieusement violent. Les chevaliers de la Table
ronde et les quarante-deux compagnons accomplirent des
prodiges à cette occasion : aucune troupe, si compacte fût-
elle, ne pouvait leur résister, mais ils refoulèrent leurs ennemis sur l'étendard. Les gens de Solinas furent si effrayés
qu'ils ne pensaient plus qu'à fuir, et les autres les prirent
en chasse, leur tombant dessus si brutalement qu'ils firent
trembler tous les rangs. Le combat à l'épée reprit de plus
belle, tel qu'on n'en avait jamais vu ni entendu de pareil.
Les chevaliers de la Table ronde et les compagnons du
roi Arthur se comportèrent particulièrement bien. Mais
un damoiseau surpassa tous les autres : le conte doit bien
parler de lui, car il ne mérite pas d'être oublié, mais au
contraire il est bon de rappeler son origine et son nom :
en effet, ce fut un des meilleurs chevaliers du temps du roi

---

conduist le fer trenchant. Mais li Saisnes fu de si grant orgueil et de si
grant force que onques n'en fist samblant qu'il fust de riens grevés,
ains s'entrehurtent si durement des cors et des chevaus qu'il s'entreportent a terre les chevaus sor les cors et jurent une grant piece si
estourdi que li uns ne sot a dire nouveles de l'autre. Et lors poignent a
la rescousse d'ambes .II. pars. Illuec ot grant froisseïs de lances et grant
capleïs sor hiaumes et sor escus. Illuec perdirent plus li gaiant que li
Crestien et nonporquant il se travaillierent tant d'ambes .II. pars que
relevé furent li doi roi. Si reconmencha li estours frois et merveillous.
Iluec firent merveilles li chevalier de la Table Reonde et li .XLII. compaignon. Encontre ciaus ne pooit nule eschiele durer tant fust serree,
ains les amenerent a l'estandart. Si furent si durement esfreé la maisnie
Solynas qu'il n'entendent fors au fuir, et cil qui les enchaucent si se
fierent en aus si durement que tous les rens en font fremir. Si
comence li capleïs si cruous que onques plus mortels ne fu veüs ne
oïs. Illuec le firent molt bien li compaignon de la Table Reonde et li
compaignon le roi Artu. Mais sor tous les autres le fist bien un
damoisiaus dont li contes doit molt bien parler, car il ne fait mie a
trespasser, ains fait molt bien a ramentevoir dont il fu et conment il ot
non, car ce fu uns des miudres chevaliers qui onques fust au tans le

Uterpandragon et aussi bien du temps du roi Arthur, aussi
longtemps qu'il lui plut de mener la vie d'un chevalier. Le
conte qui rassemble les histoires dit qu'il était cousin germain, du côté maternel, de Perceval le Gallois dont le récit
parlera plus loin, parce qu'il n'en est pas encore temps ; en
effet, il était le fils de Haningue, lui-même fils de la sœur de
Joseph, qui avait épousé Hébron et en avait dix-sept fils,
dont la terre de Bretagne fut par la suite illustrée ; c'était le
proche parent de Célidoine, le fils du duc Nascien de Beltique[1], qui fut le premier à voir la grande merveille du Graal,
et le parent du roi Pellès de Listenois et de ses frères. Il
s'appelait Nascien. Ce Nascien eut par la suite sous sa garde
Lancelot, le fils du roi Ban de Bénoïc, comme le conte vous
le racontera plus loin, histoire après histoire, au fil des événements tels qu'ils se produisirent. Celui dont je vous parle
avait été baptisé Nascien en l'honneur du duc Nascien qui
avait été si vaillant et de si grande valeur. Et il fut de si
bonnes mœurs qu'après avoir abandonné la chevalerie il
devint ermite ; et même, Notre-Seigneur ayant déversé sa
grâce sur lui, il devint prêtre, capable de chanter la messe[2]. Il
fut en outre vierge et chaste aussi longtemps qu'il vécut. Ce
fut lui que le Saint-Esprit ravit un jour, et emporta au troisième ciel[3] où il vit clairement le Père, le Fils et le Saint-
Esprit. Ce fut à lui encore que la sainte histoire fut confiée ;
il l'écrivit de sa propre main sur le commandement du Très-
Saint-Maître, et il en écrivit tant qu'il compléta le livre de

---

roi Uterpandragon ne au tans le roi Artu tant com il li plot a mener
chevalerie. Li contes des estoires dient qu'il fu cousins germains Perceval le Galois de par sa mere dont li contes parlera cha avant, car li lix
n'en est ore mie, car il fu fix Haningues qui fu de la serour Joseph qui
fu fame espousee Ebron qui .xvii. fix et et dont la terre de Bretaingne
fu puis enluminee, et parent prochain Celidoine le fil au duc Nascien
de Beltique qui la grant merveille del Saint Graal vit premierement et
fu parens au roi Pellés de Listenois et a ses freres. Icil ot non Nasciens. Icil Nasciens ot puis Lancelot du Lac, le fil au roi Ban de
Benuyc, en sa baillie dont li contes vous devisera toutes les estoires
les unes aprés les autres [*d*] si com eles avenront de jor en jor. Icil
Nasciens que je vous di si fu apelés Nasciens pour le duc Nascien qui
tant fu prodom. Et il fu puis de si bone vie que quant il ot laissié chevalerie qu'il devint hermites et Nostres Sires mist tant de sa grasse en
lui qu'il devint puis prestres messe chantant. Et il fu virges et chastes
tant com il vesqui. Et celui Nascien ravi puis li Saints Esperis et l'en-
porta el tiers ciel ou il vit apertement le Pere et le Fil et le Saint Esperit. Icil ot puis la Sainte Estoire en sa baillie et escrist de sa main
propre par le conmandement del Saint Maistre, et tant en escrist qu'il
ajousta au livre Blayse qui par Merlin en fist ce qu'il en fist. Icil donna

Blaise, qui composa sa part par l'intermédiaire de Merlin[4]. C'est lui aussi qui donna plus tard à Arthur d'excellents conseils quand il était en danger de perdre sa terre, au temps où Galehaut, le seigneur des Lointaines îles, lui faisait la guerre avec les forces des trente rois qu'il avait conquis[5]. Mais ici le conte se tait à ce sujet. Et il retourne à la bataille des Saxons, pour relater mot à mot ce qui leur arriva en cette circonstance.

285. Le conte dit ici que la bataille fut rude, et rude la mêlée, le jeudi de Pentecôte, entre les gens du roi Rion d'Irlande et ceux du roi Léodegan de Carmélide ; les chevaliers de la Table ronde accomplirent bien des prouesses, mais Nascien et Adragain le Brun se comportèrent mieux que tous les autres. Ces deux-là faisaient des prodiges, ces deux-là rompaient les rangs des ennemis et les éclaircissaient à coups d'épée ; et avec eux, il faut mentionner le roi Arthur. À eux trois, ils donnèrent tant de beaux coups qu'ils perdirent entièrement leurs compagnons. Pourtant, où qu'ils aillent, l'enseigne du roi Arthur, à savoir le dragon, les guidait ; les compagnons s'efforçaient de leur mieux de suivre cette enseigne, mais les trois autres étaient si loin, et la presse était si forte entre eux, qu'il leur fallut s'arrêter, ne pouvant traverser leurs rangs, bon gré mal gré. Quant à eux, les trois compagnons mettaient tous leurs efforts à s'approcher de l'étendard, c'est-à-dire de la grande bannière du roi Rion, qui ondulait au vent, portée par quatre éléphants[1]. Par ailleurs, le roi Ban et le roi Bohort, voyant qu'ils avaient

---

puis le riche conseil au roi Artu quant il estoit en peril de perdre sa terre au tans que Galios, li sires des Lointainnes Illes, le guerroia al pooir de .xxx. rois qu'il avoit tous conquis. Mais atant se taist ore li contes de ce. Et retourne a parler tout mot a mot conment il lor avint en la bataille des Saisnes.

285. Or dist li contes que*a* molt fu grans la bataille et dure la mellee le joesdi de Pentecouste de la gent au roi Rion d'Yrlande et de la gent le roi Leodegam de Carmelide, si firent molt d'armes li chevalier de la Table, mais sor tous les autres le fist bien Nasciens et Dragains li Bruns. Icil faisoient merveilles, icil desjoignent les rens et les font aclaroier endroit les cops de lor espees et avoec aus sera compaingnie*b* li rois Artus. Si ont tant feru il .iii. que tous lor compaingnons ont perdus. Et quelque part que il aloient les guie l'enseigne le roi Artu, c'est li dragons. Si se penoient molt li compaingnon de l'enseigne suir, mais cil sont si loing et de gent si espés qu'il ne les pueent percier ne rompre ains les couvint a reüser et a guerpir place ou il vausissent ou non. Et li .iii. compaignon se painnent molt qu'il peüssent venir a l'estandart ou la grant ba[n]niere au roi Rion venteloit que .iiii. olifant portoient. Et d'autre part li rois Bans et li rois Boors veoient qu'il ont

perdu le roi Arthur et que les géants les en avaient isolés, lancèrent leurs chevaux au grand galop, quittèrent leurs compagnons, et se précipitèrent dans la mêlée, l'épée nue ; tuant et abattant tout ce qu'ils touchaient, ils n'arrêtèrent pas leur percée avant d'être arrivés à Merlin qui portait le dragon devant le roi Arthur. Et quand les cinq seigneurs furent rassemblés, avec leur gonfalonier pour les guider, le combat à l'épée s'engagea, si âpre et si prodigieux que c'était une merveille de le voir.

286. Il arriva ainsi que le roi Rion vint de ce côté, la masse d'armes à la main ; c'était l'homme le plus grand et le plus massif du monde connu ; il se trouva qu'il rencontra d'abord le roi Bohort qui chassait le roi Fausaron, brandissant son épée nue, à cause d'un coup de lance prodigieux qu'il lui avait donné sur son écu et qui avait bien failli l'abattre. En effet, il l'avait fait s'incliner sur l'arçon de la selle, et il l'aurait abattu sans nul doute si la lance ne s'était pas brisée. Et quand la lance se brisa, le roi Bohort se redressa et s'assura sur les étriers si fièrement qu'il les fit ployer. Il tenait son épée nue, il resserra son écu en le plaquant contre sa poitrine, et il chargea le géant qui lui avait donné un coup si prodigieux. Le voyant venir, celui-ci s'enfuit, car il n'osa pas l'attendre ; et le roi Bohort se mit après lui, car il ne l'aurait laissé qu'à contrecœur ; c'était une grande folie, car il ne tarda pas à être éloigné de ses compa-

---

le roi Artu perdu et que li gaiant lor ont fourclos, si laissent courre lor chevaus et guerpissent lor compaignons et se fierent en la presse les espees traites, si oient et abatent quanqu'il ataingnent, ne onques ne finerent de percier tant qu'il en vinrent a Merlin qui tenoit le dragon devant le roi Artu. Et quant li .v. baron furent assamblé et il orent lor gonfanonier qui les guie, si conmence li caplés si grans et si merveillous que merveilles estoit de le regarder.

286. Adont avint que li rois Rions vint cele part la mache en la main et il estoit li plus grans hom et li plus corsus de tout le monde con i seüst, si avint qu'il encontra premierement le roi Bohort qui enchauça le roi Fausaron l'espee traite en la main pour un mervellous cop qu'il l'i avoit donné d'une lance en son escu si que a poi qu'il ne l'avoit abatu. Car tout le fist ploiier sor l'arçon et abatu l'eüst sans doute se la lance ne fust brisie. Et quant la lance brisa si se drecha amont li rois Bohors et s'afiche es estriers si fierement que li fers em ploie. Et il tint l'espee toute nue, si embrace l'escu et joint encontre son pis, si laisse courre au gaiant qui mervellous cop li ot donné. Et quant cil le vit venir si tourne en fuies car il ne l'ose atendre et il aprés car molt a envis le laira et de ce fist il molt grant folie, car il ot ja ses compaingnons eslongiés le trait a un archier et si ne le pot ataindre. Et lors avint qu'il encontra le roi Rion qui chevauchoit a

gnons de plus d'une portée d'arc, sans avoir pour autant
atteint son adversaire. Il arriva alors qu'il rencontra le roi
Rion qui chevauchait en force — c'est-à-dire entouré de dix-
huit rois couronnés, tous plus hardis et plus assurés les uns
que les autres. Le roi Rion venait en tête, à un jet de pierre
avant les autres ; il tenait au poing une grande masse d'armes
de cuivre très lourde, avec un gros manche solide, et il montait un grand destrier sûr et rapide ; il rencontra donc le roi
Bohort qui avait tant poursuivi le roi Fausaron, et le tenait
désormais si court qu'il l'avait fait s'incliner sur l'arçon de sa
selle. Mais quand il voulut lui donner le coup de grâce pour
lui couper la tête, le cheval qu'il montait prit le mors aux
dents et le porta plus loin qu'il ne le désirait en cette occasion. Le roi Bohort, cependant, avait pris son élan, il ne put
retenir son coup et frappa là où il ne croyait pas avoir
frappé. En effet, il coupa la tête du cheval du roi Fausaron
au ras des oreilles. Et ainsi il les fit tomber à terre en tas,
puis il passa sur le corps du roi à cheval, et il aurait volontiers mis pied à terre s'il en avait eu le loisir. Mais le roi
Rion, qui devançait ses hommes d'une portée d'arc, lui cria :
« Seigneur chevalier, vous vous êtes tant avancé que vous
vous en repentirez, mais un peu tard ! Celui-là en effet est un
des miens et je viens vous le disputer, et vous allez bien voir
s'il n'y a pas entre lui et moi d'affection ! »

287. Là-dessus il éperonna si durement son cheval qu'il fit
jaillir le sang à flots de ses deux flancs, et il le chargea si vite

---

grant esfort com au pooir de .XVIII. rois couronnés et si n'i ot celui
qui hardis ne soit et seürs. Si chevauche li rois Rions tous premiers
devant le get d'une pierre menue et tint en son poing une grant
mache de coivre pesant a grant mance fort et sist sor un grant
destrier sor et tost alant. Si encontre le roi Boort qui le roi Fausaron
avoit tant enchaucié et le tenoit si court qu'il li avoit tel cop donné
parmi le hiaume qu'il l'avoit fait adenter sor l'arçon devant. Et quant
il vaut l'autre cop recouvrer pour lui coper la teste, li chevaus sor coi
il sist ot pris le frain as dens si le tresporta outre plus qu'il ne vosist
a celui trespas. Et li rois Boors sor cop jeté, si ne le pot detenir, si
feri la ou il ne quida mie avoir feru. Car il copa la teste au cheval le
roi*ᵃ* Fausaron rés a rés des oreil[f]les. Si trebuche a terre tout en un
mont et puis li saut par desor le cors tout a cheval, si descendist molt
volentiers a pié s'il en eüst loisir*ᵇ*. Mais li rois Rions, qui devant tous
ses homes estoit le trait d'un archier, li escrie : « Sire chevaliers, tant
avés alé que vous serés trop tart au repentir. Car cis est a moi si le
vieng envers vous chalengier, et vous saurés ja se entre moi et lui a
point d'amour. »

287. Lors hurte le cheval des esperons si durement que li sans
en saut d'ambes .II. les costés a grant randon et il li cort si tost et si

et si violemment que le terrain, qui était couvert de petits cailloux, en résonnait et que les fers du cheval faisaient abondamment voler des étincelles aux pierres du chemin qu'ils heurtaient. Le roi Bohort regarda autour de lui, il vit venir cet adversaire qui avait toute l'apparence d'un diable, et qui était déjà si près de lui qu'il ne pouvait se dérober. Il vit aussi venir d'autre part une grande foule de gens, si bien que tout le champ en était recouvert ; il comprit bien que s'il l'attendait il se mettrait en grand danger. Mais par ailleurs il se dit : « Cher Seigneur-Dieu, si je m'en vais, jamais de ma vie je ne retrouverai mon honneur, car cela me sera toujours reproché et considéré comme une lâcheté, et j'aime encore mieux mourir de manière honorable que vivre dans la honte. Que Dieu qui est Notre-Seigneur fasse en cela sa volonté, car je suis décidé à l'attendre ! » Il fit alors le signe de la vraie croix sur sa poitrine, assura sa prise sur sa bonne épée et attendit de pied ferme celui qui venait, brandissant sa masse d'armes. Quand le roi Rion fut à portée du roi Bohort, il lui donna un coup si douloureux et si démesurément fort qu'il s'en fallut de peu qu'il ne le mutile gravement, mais le roi amortit le coup sur son écu. Et le choc fut si violent que l'écu vola en pièces, mais le roi Bohort à son tour le frappa sur le heaume si durement qu'il le fit s'incliner sur l'arçon de sa selle.

288. Quand le géant vit qu'il l'avait manqué, il fut très en colère et retourna sur ses pas, la masse d'armes levée ; le roi

---

roidement que li chans qui estoit couvers de menus caillaus en resonne tous et en vole li fus si espessement de pierres que li fer del cheval vont esgravant. Et li rois Boors regarde, si voit venir celui qui par samblant resambloit dyable, et ja l'avoit tant aprocié que guencir ne li puet. Et voit venir si grant foison de gent que tout li champ en sont vestu so voit bien que s'il l'atent il se metra en grant aventure de mort. Et d'autre part si dist : « Biaus sire Dix, se je m'en vois jamais n'aurai hounour en mon vivant, car a tous jours mais me sera reprocié et tenu a couardise et encore aim je mix a morir a honour que vivre a honte. Ore en face Dix qui est Nostres Sires sa volenté, car je serai cil qui l'atendrai. » Lors fist le signe de la vraie crois sour lui et tint l'espee el poing qui molt estoit de grant bonté et atent celui qui li vint la mache entesee. Et quant li rois Rions vint au roi Boort si li jeta un cop si dolerous et si desmesuré que petit s'en failli qu'il ne l'afole, mais il rechut le cop sor son escu. Et cil i fiert si durement que tout li fait voler em pieces, et li rois Boors li jete un cop en trespassant parmi le hiaume si durement que tout le fait encliner sor l'arçon devant.

288. Quant li gaians voit qu'il a a lui failli, si s'aïre molt durement et retourne ariere sa mache levee et li rois Boors qui voit venir la grant foison de gent se pense que molt seroit[a] fox se plus l'atendoit

Bohort, qui voyait venir force gens, se dit qu'il serait vraiment fou s'il l'attendait plus longtemps : il se replongea dans la presse, et vit alors que le roi Aroan de Bétinie tenait Hervi de Rivel par le heaume — ils étaient à pied — et il l'avait tant battu, avec ses gens, que le sang lui coulait de la bouche et du nez ; et il lui aurait déjà coupé la tête sans Adragain le Brun qui le défendait vaillamment contre plus de quarante chevaliers dont le seul désir était précisément cela ; cependant, il n'aurait pas tardé à être tué, ce qui aurait été fort dommage, sans le roi Bohort, qui survint sur ces entrefaites. Quand il vit Hervi en si mauvaise posture, il en fut très ennuyé : il éperonna son cheval contre Aroan et le frappa si rudement d'un coup d'épée sur le heaume qu'il le jeta à terre tout étourdi et momentanément aveuglé. Lorsque Hervi se vit ainsi délivré, il prit le cheval du roi, l'enfourcha vivement, et se lança dans la mêlée qui ne faisait que s'intensifier de minute en minute. Car tous les bataillons du roi Léodegan s'étaient jetés contre l'étendard que menait le roi Rion ; celui-ci poursuivit tant le roi Bohort qu'il le rattrapa là où il avait abattu le roi Aroan. Et dès qu'il le vit, il fondit sur lui, la masse d'armes à la main, croyant le frapper à la tête ; mais voyant venir le coup, et qu'il n'avait pas d'écu, il fit bondir son cheval et son adversaire le manqua : il atteignit le cheval entre la selle et la croupe, si rudement qu'il lui rompit l'échine et le précipita à terre cheval et roi tout ensemble.

---

si se refiert ariere en la presse si voit que li rois Aroans de Betinie tenoit Hervi de Rivel parmi le hiaume tout a pié et l'avoit tant batu, lui et sa gent, que li sans li sailloit parmi le bouche et parmi le nés et li eüst piecha la teste copee se ne fust Adragans li Bruns qui molt durement le desfendoit encontre plus de .XL. chevaliers qui ne baoient fors a lui coper la teste et si ne demourast mie granment qu'il ne fust ocis dont grans damages fust [*111a*] se ne fust li rois Boors qui i sourvint. Et quant il voit Hervi a tel meschief si l'en poise molt durement, si hurte le cheval des esperons vers Aroans et le fiert si durement de l'espee parmi le hiaume qu'il le porte del cheval a terre tout estourdi si qu'il n'ot[b] ne voit goute. Et quant Hervi se voit si delivré si prent le cheval au roi et saut sus delivrement et laisse courre a la mellee qui ne faisoit s'enforcier non tout adés. Car toutes les eschieles au roi Leodegam se furent flaties a l'estandart que li rois Rions conduisoit et il a tant poursui le roi Boort qu'il le vint atainngnant la ou il avoit le roi Roaut abatu. Et si tost com il le voit si li court sus la mache en la main et le quide ferir parmi la teste. Mais quant il voit le cop venir et il n'avoit point d'escu, si fiert le cheval avant et cil faut a lui et attaint le cheval entre l'arçon deriere et la crupe si roidement que l'eskine li ront, si porte a terre le roi et le cheval tout en un mont.

289. Quand le roi Bohort vit son cheval ainsi tombé, il se leva vivement, car il était fort, robuste, hardi et plus entreprenant que tous les autres chevaliers. Autour de lui la presse était si grande qu'il avait à peine la place de se retourner, car le roi Rion était accompagné de tant de gens qu'on ne pouvait les compter ; ils se rallièrent et attaquèrent avec tant de fougue qu'ils firent reculer les chrétiens de plus d'une archée dans la plaine. Le roi Bohort avait fort à faire dans cette situation, car le roi Rion faisait de son mieux pour le tuer. Et quand Hervi de Rivel vit ce vaillant seigneur en si mauvaise posture (il l'avait vu tomber quatre fois à genoux et se relever non sans peine), il s'élança dans cette direction pour lui venir en aide, brandissant une lance solide et bien droite qu'il avait prise à l'un des géants ; il en frappa si fort l'écu du roi Rion qu'il le transperça et rompit le haubert du roi au côté gauche ; mais il n'atteignit pas la chair, et le roi ne se laissa pas impressionner, quelque violents que soient les coups qu'il recevait : au contraire, il leva la masse dont il avait tué maints chrétiens et voulut le frapper sur la tête ; mais l'autre interposa son écu contre le coup, si bien que sous la violence du choc une partie en fut arrachée. Rion, qui était très fort, voulut recommencer, et Hervi, qui avait tiré son épée, voulut l'en frapper sur le heaume. Mais le roi lui opposa son écu, et il le frappa si fort qu'il le fendit jusqu'à la boucle. Le roi alors leva à nouveau sa masse d'armes, croyant à son tour frapper son adversaire sur le

---

289. Quant li rois Boors voit son cheval cheü si resaut sor ses .II. piés, car il estoit fors et hardis et menbrus durement et entreprendans sor tous chevaliers. Et la presse fu grans environ lui si qu'a painnes se pot il tourner, car si grant plenté de gent si voient le roi Rion que nus n'em peüst dire le conte. Si se refierent parmi les autres si durement qu'il reüsent les Chrestiens plus d'une archie ariere hors as plains chans. Illuec fu li rois Boors molt durement grevés, car li rois Rions se penoit molt de lui ocire. Et quant Hervi de Rivel voit le prodome si a meschief come celui qu'il ot veü .IIII. fois a jenoullons chaoir et relever a painnes, si point cele part pour lui aïdier et prent une lance forte et roide qu'il toli a un gaiant des poins et en fiert si le roi Rion parmi l'escu que tout li perce et li desront le hauberc delés le senestre costé. Mais il ne l'a mie en char aconseü, ne onques par cop qui li donnast li rois ne se desconrea ne tant ne quant, ains haucha la mache dont il avoit maint crestien ocis et le quide ferir parmi la teste et il jete l'escu encontre le cop et il fiert si durement qu'il emporte un quartier. Et cil vaut recouvrer con cil qui estoit de grant force, et Hervi ot traite l'espee, le quida ferir parmi le hiaume. Et li rois jete l'escu encontre et cil i fiert si durement que tout le fent jusqu'a la boucle. Et li rois rehauche la mache si l'en quide ferir parmi

heaume, et Hervi tira sur le mors pour reculer, car il craignait fort les coups du géant. Si bien que celui-ci le manqua, et frappa à la place le cheval au poitrail, lui brisant le cou : cheval et cavalier furent précipités à terre.

290. Quand Adragain vit son compagnon dans cette situation, il est inutile de demander s'il en fut navré. Il vint de ce côté, l'épée au poing, et il en frappa si rudement le roi Rion sur le heaume qu'il le fit s'incliner sur l'encolure de son cheval ; et en vérité, s'il ne s'était pas accroché à pleins bras à la crinière, il serait tombé à terre de tout son long ; et si Adragain avait eu le loisir de se reprendre, il s'en serait vengé sans tarder. Lorsque les géants virent que le roi Rion était dans un tel péril, ils en furent très courroucés. Il se trouvait là un roi très orgueilleux, cousin du roi Rion, qui s'appelait Élinas. Il fut particulièrement mécontent de voir le roi Rion ainsi malmené ; il tenait une lance acérée : il éperonna son cheval, brandit l'arme et frappa Adragain si fort entre les épaules qu'il le porta à terre, étendu de tout son long ; mais il ne tarda pas à se remettre debout. Quand les trois compagnons se virent dans un si mauvais cas, ils se rapprochèrent l'un de l'autre et commencèrent à se défendre si énergiquement que personne n'osait tendre la main vers eux pour les faire prisonniers. Pourtant les ennemis leur lançaient épieux et flèches empennées, tant et si bien qu'ils reçurent plusieurs blessures ; mais ils étaient si vaillants qu'ils ne s'en souciaient pas, et au contraire tuaient et abattaient tous ceux qu'ils atteignaient ; mais le roi Rion les

---

le hiaume et cil tire son frain a lui [*b*] pour reculer, car molt redoutoit le cop au gaiant. Et cil faut a lui et fiert le cheval par delés le poitrail si li ront le col en travers si trebuche le cheval et le chevalier a terre.

290. Quant Adragans voit son compaingnon, si ne fait mie a demander s'il en fu dolans. Lors s'en vint cele part l'espee el poing en en feri si durement le roi Rion sor le hiaume qu'il l'embronche tout sor le col de son cheval et, s'il ne l'eüst embrachié, cheüs fust a la terre tous estendus. Et s'Adragam eüst loisir de recovrer prise en eüst vengance sans demourer. Quant li gaiant voient le roi Rion en tel peril si en sont molt courechié. Et illuec ot un roi molt orgueillous qui cousins au roi Rion estoit si avoit non Elynas. Cil fu molt dolans en son cuer quant il vit le roi Rion si mal mener et tint une lance acheree si fiert le cheval des esperons et brandist la hanste et fiert Adragant si roidement entre les .II. espaulles qu'il le porte a terre tout estendu, mais tost refu en piés saillis. Quant li .III. compaingnon se voient si mal mener si se traient li uns vers l'autre et se desfendent si durement que nus n'i ose tendre ne main ne doit pour aus prendre. Et cil lor lancent dars et fausars empenés si les navrent et blecent em pluisours lix mais il sont de si grant cuer qu'il ne prisent riens quanque il font, ains ocient et abatent

tenait si court qu'ils auraient été pris et retenus prisonniers si Nascien n'était pas survenu là-dessus, un épieu tout sanglant à la main.

291. Lorsque Nascien vit le roi Bohort et ses deux compagnons qu'il aimait tant si mal en point, et qu'il vit aussi le roi Rion qui s'efforçait tant de leur causer du tort, il éperonna son cheval dans cette direction, si brutalement qu'il renversa à terre tous ceux qui se trouvaient sur son chemin ; il brandissait son épée, et il en frappa le roi Rion au côté droit si rudement, et si directement, sur son haubert qu'il le porta à terre si étourdi qu'il ne savait plus où il était. Puis il lui passa sur le corps deux ou trois fois : à ce spectacle, les gens du roi Rion se précipitèrent à la rescousse. Il y eut là maints piétinements et maints échanges à l'épée, si bien que le cheval de Nascien fut tué sous lui. Ainsi les quatre chevaliers se trouvèrent en bien mauvaise posture, et il s'en fallut de peu que ne se produisent des dommages irréparables. Mais Merlin, qui savait tout, appela le roi Arthur et le roi Ban, et tous les compagnons de la Table ronde, et leur dit : « Suivez-moi, car le roi Bohort et trois compagnons de la Table ronde sont en train de combattre, et ils sont dans une très mauvaise passe. Car le roi Rion les tient si court que je m'attends à chaque instant à ce qu'ils soient mis à mort. » À ces mots, le cœur du roi Ban frémit, et il dit à Merlin : « Ah ! seigneur, dites-moi où c'est, montrez-le-moi, car si mon

---

quanqu'il ataignent. Mais li rois Rions les tint si cours que pris i fuissent et detenu quant Nasciens i sourvint un espiel en sa main tout sanglent.

291. Quant Nasciens voit le roi Boort si a malaise et ses .ii. compaignons que il tant amoit et il voit le roi Rion qui tant se penoit d'aus damagier, si hurte le cheval des esperons cele part si roidement qu'il trebuche trestout a terre quanqu'il encontre. Si brandist l'espee et fiert le roi Rion si durement a descouvert sor son hauberc par devers le destre costé si qu'il le porte a terre tout a envers si atourné qu'il ne set ou il est. Et cil s'en vait outre parmi le cors .ii. fois ou .iii., et quant si home le voient si poignent a la rescousse. Si ot illuec grant fouleïs et grant capleïs d'espees que li chevaus Nasciens li fu ocis entre ses quisses. Si furent illuec li .iiii. chevalier molt a malaise, si i peüst avoir si grant damage que jamais restoré ne fust. Mais Merlins qui toutes choses savoit apela le roi Artu et le roi Ban et tous les compaingnons de la Table Reonde et si lor dist : « Or me sivés, car li rois Boors se con[d]bat, lui quatrime des compaingnons de la Table Reonde, et sont a molt grant meschief. Car li rois Rions les tient si cours que je ne gart l'eure qu'il soient ocis. » Quant li rois Bans entendi la parole Merlin si li fremist li cuers et dist a Merlin : « Ha, sire, dites moi quel part c'est, moustrés le moi, car se mes freres i

frère meurt ici, jamais de toute ma vie je ne pourrai être heureux ! — Suivez-moi donc, dit Merlin, car nous ne devons pas tarder. »

292. Merlin jeta alors un sort très remarquable : en effet il provoqua un tourbillon et un vent très forts, qui précipitèrent sur les géants une énorme poussière, tant et si bien qu'on pouvait difficilement se reconnaître. Les cris et le vacarme qui s'ensuivirent furent si considérables qu'on n'y aurait pas entendu le tonnerre de Dieu. Merlin fit alors tourner son cheval, brandissant le dragon dont la gueule crachait des brandons de feu au point de rendre l'air tout vermeil — et jamais encore les flammes n'avaient été aussi longues : les brandons tombèrent sur les bannières des géants qui s'enflammèrent toutes allègrement, ce qui effraya beaucoup les ennemis, tout épouvantés du prodige auquel ils assistaient. Pendant que Merlin s'appliquait à rompre la presse pour passer à travers, les compagnons du roi Rion se rassemblèrent sur ce point, si nombreux que nul ne pourrait dire quel était leur nombre. D'autre part, les bataillons du roi Léodegan s'approchèrent aussi, et tous se lancèrent les uns sur les autres pêle-mêle. Il y eut là une bataille prodigieuse et très cruelle, car les chrétiens furent rudement mis à mal, et ils n'auraient pas duré longtemps sans la science de Merlin en qui reposait tout leur salut. Pour chaque homme du roi Léodegan, le roi Rion en avait trois, mais la différence venait du fait que les chrétiens étaient plus valeureux, mieux armés, et plus disciplinés, chacun bien rangé sous sa bannière : et ainsi

muert jamais n'averai joie en treſtoute ma vie. — Sivés moi dont, fait Merlins, car nous n'avons que demourer. »

292. Lors jeta Merlins un enchantement molt merveillous, car il fiſt venir un eſtourbeillon trop grant et une poudriere et un vent si fort que toute la poudre versa sor les gaians si grans que a envis couneüſſiés les uns des autres. Si lieve li hus et la noise si grans que vous n'i oïſſiés mie Dieu tonnant. Lors s'en tourne Merlins le dragon en sa main qui jetoit brandons de fu parmi la goule si que li airs en devint tous vermeus et onques mais ne les avoit si grans jetés, et chaïrent li brandon sor les banieres as gaians que toutes espriſent en clere flambe et ce fu une chose par coi il furent molt esfreé et molt esponté de la merveille que il vioient. En ce que Merlins entendoit la presse a desrompre et a treſpercier vinrent li compaingnon au roi Rion et furent si grant gent que nus n'en peüſt le conte dire. Et de l'autre part revinrent les eschieles au roi Leodegam et se fierent les uns es autres tout pelle melle. Illuec ot eſtour merveillous et felon, car trop furent a meschief li Chreſtien, si ne duraſſent mie longement se ne fuſt li savoirs Merlin ou tous li recouvriers eſtoit. Car pour un home que li rois Leodegans avoit furent les gens le roi Rion .III., mais tant i avoit que plus preus eſtoient

ils frappaient, abattaient et tuaient tout ce qui se trouvait sur leur chemin.

293. Le vacarme fut grand, et le combat mortel[1], devant la cité de Daneblayse, car les combattants mettaient tous leurs efforts à se causer mutuellement le plus de tort possible. Les compagnons de la Table ronde se donnèrent beaucoup de peine pour suivre la bannière de Merlin partout où ils le voyaient aller. En effet, il y avait là tant de gens que c'est tout juste s'ils pouvaient passer. Le roi Ban accomplit des prodiges à cette occasion, car il avait grand-peur pour son frère ; où que Merlin aille, il était toujours avec lui, ainsi que les quarante compagnons et ceux de la Table ronde. Rien ni personne ne pouvait les retenir. Le roi Ban donna tant de coups, et si forts, qu'ils réussirent leur percée et trouvèrent le roi Bohort à pied, avec ses compagnons, dans un état tel que leurs heaumes, tout fendus et tordus, leur tombaient sur les yeux et les aveuglaient, et que leurs hauberts étaient rompus et démaillés ; mais pour autant ils n'avaient encore aucune plaie qui les gênât pour porter les armes, et ils tenaient leur épée à deux mains et se défendaient de façon vraiment prodigieuse, car ils avaient tant tué d'hommes et de chevaux que les monceaux de cadavres autour d'eux empêchaient leurs assaillants de les atteindre autrement qu'en lançant des projectiles ; le roi Rion cependant s'efforçait grandement de les faire prisonniers, car il pensait bien qu'ils étaient nobles et puissants, vu la résistance qu'il rencontrait

---

et mix armé et mix ordené chascun sa baniere, si fierent et abatent et ocient quanqu'il ataingnent devant aus.

293. Molt fu grans la noise et li estours mortex devant la cité de Daneblayse quar molt se penerent de damager les uns les autres. Illuec se traveillierent molt li compaingnon de la Table Reonde de sivir la baniere Merlin la ou il le virent aler. Car illuec i ot grant foison de gent qu'a painnes pooient passer. Illoques fist merveilles li rois Bans de son cors car molt avoit grant paour de son frere, et de quelque part que Merlins aloit estoit tous jours Merlins avoeques lui et li .XL. compaignon et li compaingnon de la Table Reonde. Illuec ne les pot retenir nule force de gent. Et li [d] rois Bans i feri tant et capla qu'il alerent tant qu'il trouverent le roi Boort tout a pié et ses compangnons tels atornés que lor hiaume estoient tout fendu et esquarelé. Et lor chaoient de lor testes et sor les ex si que tous les avuloit et lor hauberc estoient rompu et despané. Ne mais il n'avoient encore nule plaie qui gaires lor grevast a lor armes porter et tenoient lor espees as .II. poins et se desfendoient trop merveillousement quar tant avoient ocis homes et chevaus que li moncel estoient si grant entour aus c'on ne pooit mais a aus avenir s'en lanchant non. Si se penoit molt li rois Rions d'aus prendre et retenir, car il pensoit

en eux et le courage dont ils faisaient preuve ; il lança un assaut qui aurait bien pu leur coûter cher si les secours n'étaient pas arrivés à ce moment.

294. Le roi Ban vit d'emblée son frère dans une situation dont il était à craindre qu'il ne sortît jamais sain et sauf, si lui-même et les compagnons qui étaient avec lui ne se hâtaient pas d'intervenir. Il lâcha la bride au cheval dans cette direction et frappa le roi Minap à la tête si durement qu'il le fendit en deux jusqu'à la poitrine. Et le roi Arthur frappa de son côté un Saxon de telle manière qu'il fit voler sa tête aux pieds du roi Rion. Les autres compagnons se jetèrent dans la mêlée si vivement que chacun d'eux porta son adversaire à terre, mort. Et quand le roi Bohort vit les secours qui leur étaient venus, il prit son élan et sauta, avec ses compagnons, par-dessus les monceaux de cadavres et de chevaux qu'ils avaient tués ; chacun d'eux prit un cheval, ils remirent leurs heaumes en hâte et s'emparèrent de nouveaux écus. Puis, une fois prêts, ils se lancèrent à nouveau dans la mêlée, l'épée haute. Le combat reprit alors de plus belle, plus violent que jamais : de tous côtés, les bataillons se rompirent, chacun se lança à son gré contre l'adversaire qui lui plaisait, frappant, tuant, mutilant et abattant. Ainsi dura la bataille toute la journée jusqu'à vêpres. Ils revinrent alors vers la cité de Daneblayse, au milieu d'un tel fracas et d'un tel vacarme que tous ceux de la cité montèrent aux créneaux et virent que les chrétiens avaient très nettement le dessous.

bien qu'il eſtoient haut home et poiſſant a la grant desfense qu'il trouvoit en aus et a grant cuer dont il eſtoient, et lors lor fiſt une envaïe ou il peüſſent bien avoir perdu quant li secours lor vint.

294. Quant li rois Bans voit son frere en tel lieu dont il n'iſſiſt jamais ſain et haitié, ce voit il bien, se si toſt ne fuſſent*a* venu il et li compaingnon qui avoec lui eſtoient, lors laiſſe courre cele part le cheval et fiert parmi la teſte le roi Minap si durement qu'il le fent juſqu'en la poitrine. Et li roi Artus feri un Saiſne que la teſte en fiſt voler devant le roi Rion. Et li autre compaingnon ſe fierent entr'aus si durement que chascun porte le sien mort a la terre. Et quant li rois Boors voit le secours qui venus lor eſt, si joingnent les piés et saillent outre l'abatéis des cors et des chevaus qu'il avoient ocis et prent chascuns d'aus un cheval, si remetent lor hiaumes toſt et iſnelement et puis ſe garniſſent des escus. Et quant il furent apareillié, si ſe refierent en la mellee les espees traites. Illuec enforcha molt li caplés, si desrompent et depiecent les batailles de toutes pars, si ſe metent les uns aprés les autres, si fierent et ocient et acraventent et abatent. Si dura la bataille tote jour ajournee juſques au vespres bas. Lors reüſerent vers la cité de Daneblayse, si leva li hus et li cris si grans que tout cil de la cité montent*b* et voient que li Creſtien en ont molt le piour d'aſſés.

295. Sadoine, le châtelain, vit son oncle en bien mauvaise posture : ils auraient tous été chassés du champ sans le roi Arthur et sa compagnie — elle comptait près de trois cents personnes ; c'était eux en effet qui supportaient le poids de la bataille, car partout où ils passaient leurs bataillons reprenaient le dessus. Lorsque Sadoine, donc, vit la triste situation de son oncle et de ses compagnons, il s'écria : « Nobles chevaliers, aux armes : c'est bien le moment, à ce que je vois. Aujourd'hui en effet, il vous faut tout perdre ou tout gagner. Défendons nos vies et notre héritage contre les ennemis de Jésus-Christ : celui qui mourra pour défendre la sainte chrétienté sera entièrement sauvé et n'aura jamais si grand besoin que nous de recouvrer son honneur. Voyez ici, avec ce dragon, le roi Arthur, notre seigneur lige sur cette terre : c'est le meilleur chevalier du monde et il risque la mort pour nous venir en aide. Quand il met son corps en péril pour nous, nous devons bien en faire autant pour lui ! Nous devons en fait éprouver une grande pitié pour lui et pour ceux qui l'accompagnent, car ils endurent de grandes épreuves ; et nous devrions avoir grand-peur de les voir ainsi exténués, alors que nous, qui sommes si nombreux, nous ne les aidons en rien. En effet, nous sommes ici plus de dix mille, et nous voyons ces gens qui ne sont pas plus de trois cents, et qui se comportent si bien qu'ils ne daignent pas reculer ni céder du terrain, mais ont tenu bon toute la journée, et enduré force

---

295. Quant Sadoines li chastelains voit son oncle a tel meschief et que fuissent tout chacié de la place se ne fust li rois Artus et sa paimpnie qui estoient prés de .ccc., cil soustenoient toute la bataille, car toute jour re[e]couvroient par toutes les batailles ou il venoient. Et quant Sadoynes voit le meschief sor son oncle et sor ses compaingnons si s'escrie : « Franc chevalier, ore as armes, car ore en est mestiers, ce voi je bien. Car hui en cest jor vos couvient il tout perdre ou tout recovrer. Si desfendons nos vies et nos iretages encontre les anemis Jhesu Crist et cil qui morra pour Sainte Crestienté desfendre sera saus et garis ne jamais n'aurons si grant mestier d'onour recovrer com ore avons. Et veés la le roi Artu nostre signour lige terrien a cel dragon qui est li mieudres chevaliers del monde et pour nous aïdier se met en aventure de mort. Et quant il le sien cors abandonne pour nous, bien devons nos cors abandonner pour lui. Si nous doit prendre molt grant pitié de lui et de ciaus qui en sa compaingnie sont, car molt soustrent et endurent et molt devons avoir grant paour de ce qu'il sont si reüsé et nous qui somes grant gent ne lor aïdons de riens. Car encore somes nous chaiens plus de .x.m. si veons que cil qui ne sont que .ccc. se tiennent si vigurousement que reüser ne daignent ne guerpir place, ains ont hui toute jour enduré et sousfert le caplé et le marteleïs qui hui ne finerent au lonc du jour. Pour Dieu, franc che-

coups d'épée et choc des armes sans s'interrompre un moment. Pour Dieu, nobles chevaliers, chargeons, lançons un assaut contre eux. Sachez que, si nous les rencontrons comme il faut lors de ce premier heurt, nous les mettrons en déroute ; d'ailleurs, mieux vaut pour nous mourir avec honneur qu'être déshonorés et perdre nos terres par lâcheté. En outre, ce qui doit bien nous réconforter, c'est que nous défendons notre héritage légitime, ainsi que la sainte chrétienté que Notre-Seigneur a établie pour nous récemment. »

296. Alors ceux qui se trouvaient dans le château se préparèrent, montèrent à cheval et sortirent de la cité. Lorsque le roi Léodegan les vit, il s'écria très haut : « À l'assaut, nobles chevaliers ! Voyez les secours que mon neveu Sadoine nous amène : pour l'amour de Dieu, chargez, sauvegardez notre honneur et le vôtre. — Seigneur, répliqua Guiomar, qu'allez-vous donc discourant de la sorte quand nous sommes tous prêts de défendre nos têtes ? Nous en sommes en effet venus au point où nous mourrons tous, ou bien remporterons la victoire, et chacun de nous doit avoir autant de valeur qu'un roi pour sauver sa vie. Chargeons-les tous ensemble, frappons-les si rudement qu'ils en restent tout ébahis. »

297. Ils se rapprochèrent alors les uns des autres et resserrèrent les rangs, puis se dirigèrent à petite allure vers l'étendard, là où le roi Arthur, le roi Ban et le roi Bohort, avec les compagnons de la Table ronde, accomplissaient de tels exploits qu'on n'en avait jamais vu de pareils. Et lorsque le

valier, ore a els, faisons lor une empainte. Et saciés, s'il sont bien encontré a ceste premiere envaïe que tous les metrons a la voie et encore nous vient il mix morir a honour que estre honni et desireté en terre par mauvaisté de cuer. Et d'autre part nous doit molt rehaitier ce que nous defendons nostre droit iretage et sainte Crestienté que Nostres Sires Dix nous a establie nouvelement. »

296. Lors s'apareillent cil qui sont el chastel et montent sor lor chevaus et issent hors de la cité. Et quant li rois Leodegans les voit issir si s'escria molt hautement : « Ore a els, franc chevalier ! Veés ci le secours que Sadoynes mes niés nous amaine et, pour Dieu, poigniés, si gardés nos honours et les vos. — Sire, fait Guyomar, que nous sermonnés vous quant nous somes prest cascuns de nos testes desfendre ? Car nous avons tant alé que tout morrons ou nous en aurons la victoire, car chascuns de nous doit valoir un roi pour sa teste desfendre. Mais poignons a aus tout ensemble si soient [f] si durement feru que tout en soient esbahi. »

297. Lors s'estraingnent et sierent li uns a l'autre et chevauchent vers l'estandart tout le petit pas ou li rois Artus et li rois Bans et li rois Boors et li compaingnon de la Table Reonde faisoient si grant merveille de lor cors que onques si grans ne furent veües. Et quant li

roi Léodegan et les siens furent à portée de l'étendard, ils se précipitèrent dans la mêlée si rudement qu'ils firent trembler et frémir tous les ennemis. Il y eut là un combat prodigieusement meurtrier, et les géants y perdirent beaucoup des leurs. Les gens du roi Léodegan s'évertuèrent tant qu'ils les forcèrent tous à reculer et à céder du terrain, et les reconduisirent au camp où les armées étaient stationnées. Là, ils firent front, de façon étonnamment dure. Merlin s'était dégagé de la mêlée, il avait fait venir les compagnons de la Table ronde près de lui : il leur fit resangler leurs chevaux, fit changer de heaumes et d'écus à ceux qui en avaient besoin ; il regroupa tous ceux qui avaient été dans ce bataillon, et en rajouta tant qu'ils furent finalement plus de six mille. Au bout d'un moment, alors qu'ils avaient bien repris leur souffle, ils virent les leurs revenir en arrière très honteusement. Les Saxons en effet avaient repris le dessus dès que les compagnons de la Table ronde s'étaient retirés de la bataille. Lorsque Merlin se rendit compte de ce retour en force des Saxons, il s'écria : « Nobles chevaliers, à l'assaut ! On va voir tout de suite qui se comportera bien ! Car si vous les contrez maintenant, ils seront mis en déroute. »

298. Puis Merlin ajouta, à l'adresse du roi Arthur, qu'il se souvenait bien peu des baisers que son amie lui avait donnés, et qu'il se comportait bien médiocrement dans ce premier combat. Quand Arthur entendit ces paroles, il rougit de honte

---

rois Leodegans et si home aprocent l'estandart, si se fierent ens si durement que tous les font fremir et trambler. Illuec ot un estour merveillous et mortel et i perdirent li gaiant molt de lor gent. Et tant s'esvertuent la gent le roi Leodegam que tous les firent reüser et guerpir place et les mainnent ou li os estoient logié. Et illuec livrerent il estal molt dur et molt merveillous. Et Merlins se fu trais en sus de la bataille et fist les compaingnons de la Table Reonde venir entour lui, si lor fist lor chevaus recengler et restraindre et remuer escus et hiaumes a ciaus qui mestier en avoient et remist ensemble tous ciaus qui en l'eschiele avoient⸗ esté tant com il em pot ajouster et furent plus de .VI.M. Et puis si prist chascuns lance forte et roide a fer trenchant. Et quant il furent bien esventé et il orent illuec une piece esté si virent les lor revenir molt laidement. Car li Saisne furent recouvré si tost com li compaingnon de la Table Reonde se furent parti de l'estour. Et quant Merlins vit recouvrer les Saisnes si s'escrie : « Franc chevalier, ore a els ! Ore i parra qui bien i ferra ! Car se vous ore bien les encontrés tout seront a la voie. »

298. Lors dist Merlins au roi Artu que mauvaisement li souvint del baisier que s'amie li donna et que povrement le faisoit el premier estour. Et quant Artus l'entendi si rouge tous de honte et s'embroncha desous son elme et mot ne dist et s'afiche si durement es estriers

en fronçant les sourcils sous son heaume, mais ne dit pas un mot et se raidit si rudement dans les étriers qu'il en fit plier le fer. Tous les chevaliers de la Table ronde le regardèrent et commencèrent à le louer et à l'admirer, car ils le voyaient si valeureux qu'ils disaient tous qu'aucun roi ne pourrait l'égaler, pour peu qu'il vive longtemps ; et de prier Dieu de le proté-ger de tout péril. Quand Merlin fut à proximité de la mêlée, il s'écria : « À l'assaut ! » Puis il chargea si brutalement avec la bannière au dragon qu'il renversa tout sur son passage sans que rien ni personne ne pût lui résister. Le roi Arthur, qui tenait un épieu remarquable[1], frappa le roi Clarel si rudement qu'il lui perça le flanc et le fit tomber à terre, dans un tel état qu'il n'avait plus besoin de médecin. Puis il identifia le roi Rion à son manteau et à la housse de son cheval[2], car tous ses vêtements et ses armes étaient couverts de barbes et de couronnes[3]. Quand le roi Arthur eut ainsi repéré le roi Rion, il tira son épée et se dirigea de ce côté de toute la vitesse de son bon cheval, traversant la presse de part en part, au grand galop, sans se laisser retenir par quoi que ce soit : au contraire il jeta à terre tous les obstacles jusqu'à ce qu'il arrive sur son ennemi. Et lorsqu'il fut arrivé, il le frappa si durement de l'épée sur son écu et sur son haubert que le coup passa outre ; et s'il n'avait pas porté sous le haubert un pourpoint de peau de serpente[4], il aurait été tué sans rémission, mais cette peau était si dure qu'Arthur ne put ni la rompre ni la transpercer.

---

que tout li fer en sont ploié. Et li rois Bans en conmence a sousrire desous son hiaume et le mousŧre au roi Boort son frere. Et lors regardent tout li chevalier de la Table Reonde, si le proisent molt et loent, car il le veoient de fiere contenance si dient bien que s'il vit longement que onques tés rois ne fu, si proient a Dieu molt douce-ment qu'il le desfende de peril. Quant Merlins s'aproce de la bataille si s'escrie : « Ore a els ! » Et lors se flatiŧt si durement entr'aus a toute la baniere o le dragon que il porte tout a terre quanque il a [*112a*] consiut si que riens ne remaint devant lui en estant. Et li rois Artus qui tint un merveillous espiel feri le roi Clarel si durement que tout li perce le flanc et le cosŧé et le trebuche si durement a terre del cheval qu'il n'a mesŧier de mire. Puis coisi le roi Rion a la couverture dont il esŧoit couvers, car toutes ses couvertures esŧoient plainnes de barbes et de courones. Quant li rois Artus choisi le roi Rion si sache l'espee et le guenciŧt si tosŧt com li chevaus li puet aler, si perce la presse tout outre et desront a bon cheval si que riens nule ne le detient ains trebuche a terre quanqu'il ataint ains qu'il peüsŧt a lui venir. Et quant il li vint prés de lui se fiert si durement de l'espee parmi l'escu et parmi le hauberc tout outre et, se ne fusŧt li pourpoins d'une serpente qu'il avoit vesŧu desous le hauberc, mors fusŧt sans recouvrer. Ne mais la pel fu si dure qu'il ne le pot mie rompre ne percier. Mais toutes voies

Néanmoins, il le heurta si violemment qu'il le fit voler à terre à la renverse.

299. Quand les géants et les Saxons virent leur seigneur renversé, tous ceux qui étaient à proximité frémirent de crainte qu'il ne soit mort ; ils fondirent sur le roi Arthur et le frappèrent de tous côtés tant et si bien qu'ils le portèrent à terre, lui et son cheval, en un tas. À cette vue, Merlin fit charger à la rescousse tous les six mille chevaliers qu'il conduisait. Il y eut là un combat féroce, car les uns s'efforçaient de secourir le roi Arthur, les autres de se venger sur lui du roi Rion qu'il avait si honteusement abattu. Le roi Ban accomplit à cette occasion de véritables prodiges. Car il fit remonter le roi Arthur par force, au milieu de ses ennemis, et d'autre part il fit un si grand massacre de géants que personne n'osait attendre ses coups. Les six mille par ailleurs se comportèrent si bien, sous l'influence de ceux de la Table ronde, qu'il y en eut peu parmi eux qui n'abattirent pas leur adversaire mort à terre, et ils firent reculer leurs ennemis malgré eux. Le roi Rion fut abondamment piétiné et malmené à cette occasion avant de pouvoir remonter à cheval. Mais, quand il vit que les choses tournaient très mal pour les siens et qu'il leur faudrait bientôt s'enfuir, de gré ou de force, le roi dit qu'il préférerait mourir que ne pas venger son humiliation au moins en partie, de manière à se sentir le cœur un peu plus léger. Il se releva en hâte, prit la masse d'armes à deux mains et commença à frapper à droite et à gauche des coups si violents et si déme-

---

l'empaint il de si grant force que il le fiſt voler a toutes les gambes en contremont.

299. Quant li gaiant et li Saiſne voient lor signour verſer ſi fremiſſent tout environ, car paour ont que il ne ſoit ocis, ſi courent ſus au roi Artu et le fierent de toutes pars ſi qu'il le portent a terre, lui et le cheval, tout en un mont. Quant Merlins voit le roi Artu verſer, ſi fait poindre a la reſcouſſe tous les .VI.M. Illuec ot fier eſtour, car li un ſe painent del reſcourre et li autre del prendre la vengance del roi Rion qu'il ot ſi vilainement abatu. Illuec le fiſt a merveilles bien li rois Bans. Car il remonta le roi Artu d'entre ſes anemis a fine force et fiſt ſi grant ociſion de gaians que nus ne l'oſt a cop atendre. Et d'autre part le fiſent ſi bien li .VI.M. par le grant eſfort de ciaus de la Table Reonde que poi i ot celui qui ne portaſt le ſien a terre mort, ſi lor font guerpir place maugré aus tous. Illuec fu li rois Rions molt defoulés et debatus ançois qu'il peüſt remonter. Mais quant il vit qu'il tournoit a la deſconfiture que par tans les couvenroit fuir del tout ou il vauſiſſent ou non, ſi diſt li rois qu'il vauroit mix morir qu'il ne vengaſt ſa honte une partie et qu'il un poi n'en eſclairaſt ſon cuer de ſon damage. Lors ſaut en piés et prent la mache a .II. mains et conmence a ferir a deſtre et aſſeneſtre ſi ruiſtes cops et ſi deſmeſu-

surément forts qu'il confondait et abattait tous ceux qu'il atteignait, si bien que tous ceux qui lui voyaient accomplir ces prodiges le fuyaient, sans oser l'attendre ; et dans l'autre camp, le roi Arthur, les rois Ban et Bohort, Nascien, Adragain, Hervi, Ulfin et Keu le sénéchal, et Girflet, et tous les autres compagnons combattirent tant, et si bien, qu'ils atteignirent le roi Rion et sa bannière que portaient des éléphants. La mêlée fut si pénible sur ce point, et il y eut un tel massacre et tant de morts que le sang courut en ruisseaux à travers le champ de bataille jusqu'à la Tamise qui se trouvait en contrebas à quelque distance. Et là, l'étendard et la bannière du roi Rion furent abattus et jetés à terre.

300. Alors tous se rallièrent à grands cris contre les géants qui tournèrent les talons et s'enfuirent, voyant bien qu'ils étaient vaincus ; ils amenèrent son cheval au roi Rion et le firent mettre en selle, bon gré mal gré, car ils avaient grand-peur pour lui ; il en fut si contrarié qu'il s'en fallut de peu qu'il n'enrage, et avant de s'en aller il causa de grands dommages au roi Léodegan. Car il mit à mort plus de vingt de ses hommes avant de quitter le champ de bataille. Mais lorsqu'il vit que tous les siens l'abandonnaient, il n'osa pas demeurer davantage et se mit en route, si courroucé qu'il était près d'enrager ; il s'enfuit à travers bois, tout seul, sans la compagnie d'aucun baron. Quand le roi Léodegan vit que le roi Rion et les géants prenaient la fuite, il les poursuivit avec Sinados,

---

rés que tout confont et abat quanqu'il ataint. Si le fuient de toutes pars cil qui les merveilles li voient faire, car atendre ne [*b*] l'osent, et d'autre part se resont tant combatu li rois Artus et li rois Bans et li rois Boors et Nasciens e Adragans et Hervils et Ulfins et Kex li Seneschaus et Gyflés et tout li autre compaingnon et font tant qu'il en viennent au roi Rion et a sa baniere que li Olifant portoient. Illuec fu li caplés molt dolerous et l'ocision et la mortalité si grans que li sans courut a grans ruissiaus parmi le champ jusques en la riviere de Tamise qui d'autre part d'aus courut. Illuec fu abatus li estandars au roi Rion encontre terre et l'enseigne abatue.

300. Lors leva si grans li cris sor les gaians que il tournent en fuies car il voient bien que a desconfiture sont tourné, si ont amené au roi Rion son cheval et le font monter delivrement ou il voille ou non. Car molt ont grant paour de lui et il en est tant dolans que par un poi qu'il n'esrage et ançois qu'il s'em partist fist il molt grant damage au roi Leodegam. Car de ses homes li jeta il mors plus de .xx. ançois qu'il s'em partist del champ. Mais quant il voit que tout si home le guerpissent, si n'ose plus demouter ains se met a la voie si iriés que a poi qu'il n'esrage et s'en vait parmi un bois fuiant tous seus sans nule compaingnie de baron qu'il eüst. Quant li rois Leodegans voit que li rois Rions et li gaiant s'en fuioient si les enchauce il et Synados

Cléodalis et Guiomar qui en laissèrent beaucoup étendus morts à terre ; et de leur côté les chevaliers de la Table ronde firent un si grand massacre des fuyards qu'il y en avait des monceaux accumulés dans les fossés, comme des brebis étranglées par les loups. En effet, les clôtures leur causèrent beaucoup de tort, car ils ne purent pas passer librement et leurs ennemis fondirent sur eux, les trouvant si entassés et si serrés qu'ils ne rencontrèrent aucune défense, et en tuèrent tant que les champs et les fossés le long des clôtures furent couverts de blessés et de morts ; et la poursuite dura toute la journée jusqu'à la tombée de la nuit.

301. Quand le roi Rion quitta la bataille, navré et courroucé comme vous l'avez vu, il ne fut remarqué de personne qui le reconnaisse, à l'exception du roi Arthur. Celui-ci le vit s'en aller, et se dit qu'il préférerait mourir plutôt que de le laisser s'échapper ; il éperonna son cheval et laissa ses compagnons sans que personne sache où il était parti. De son côté, le roi Ban poursuivit le roi Gloriant, Minados et Calufet ; il pourchassa ces trois rois orgueilleux tout seul à travers bois ; les autres compagnons s'étaient dispersés, dix par ici, vingt par là, quinze à droite et trente à gauche, au hasard : et la poursuite se prolongea, sans qu'ils veuillent y mettre un terme jusqu'à ce qu'il fasse grand jour ; ils en tuèrent et mutilèrent tant que, des deux cent mille qu'ils étaient au début, il n'en réchappa pas plus de vingt mille. Mais le conte se tait maintenant sur ce sujet et n'en parle pas davantage

---

et Cleodalis et Guiomar qui molt en laissent a la terre tous estendus et d'autre part li chevalier de la Table Reonde en font si grant ocision que li moncel en gisent tout contreval les chans, ausi conme berbis estranglees de leus. Car li plateïs les greva molt, si qu'il ne porent passer delivrement et cil lor vinrent sor les cors si les trouverent si espés et si tassé l'un en l'autre que nule desfense ne troverent en aus, si en ocient tant que tout li champ et li placeïs en sont couvert des navrés et des mors, si dura la chace toute jour ajournee jusques a la nuit.

301. Quant li rois Rions se parti de la bataille si dolans et si coureciés con vous avés oï, onques ne fu aperceüs d'ome nul qui le connut fors seulement del roi Artu. Si l'en vit aler, si dist a soi meïsmes qu'il vauroit mix morir qu'il li eschapast, si hurte le cheval des esperons et guerpist ses compaingnons si que nus ne sot quel part il est alés. Et d'autre part enchaça li rois Bans le roi Gloriant et Mynados et Calufés, ces .III. rois orgueillous enchauce li rois tous seus parmi le bois et li autre compaingnon s'en furent parti, cha .xx. et cha .x., cha [et] .xv., cha .xxx. en un lieu plus qu'en un autre. Si dura la chace ançois qu'il les vausissent guerpir ne laissier jusques au cler jour. Si en ont tant ocis et afolés que de .CC. qu'il estoient au conmencement n'eschapa il pas plus de .XX.M. Mais atant se taist ore li contes que plus n'en

pour cette fois. Et il revient au roi Arthur qui s'en va à la poursuite du roi Rion.

302. Le conte dit ici que le roi Arthur pourchassa tant le roi Rion qu'il le rattrapa dans une grande vallée profonde, entre un petit bois et un pré, au passage d'un ruisseau qui naissait de deux sources situées près de là au flanc d'une montagne. Le soleil baissait déjà, si bien que l'obscurité envahissait tout à cause des montagnes alentour et du bois qui masquait la lumière. C'est là que le roi Arthur atteignit le roi Rion. Et quand il fut presque sur lui, il s'écria : « Vil géant, faites face, ou vous mourrez en fuyant ! Vous pouvez bien voir qu'il n'y a ici que vous et moi. » Et quand le géant aperçut le jeune homme qui le menaçait ainsi, il en éprouva un vif dépit. Il le vit en effet si petit que par rapport à lui il paraissait un petit enfant. Il lui fit face alors, la masse d'armes à la main, et mit son bouclier qui était fait d'un dos d'éléphant[1] devant lui. Le roi Arthur tenait son épieu à la main, un épieu solide et bien raide avec une pointe en acier tranchant. Ils s'approchèrent l'un de l'autre, furieux et courroucés, l'un désireux d'acquérir honneur et gloire, l'autre de venger sa honte et son dommage. Et le roi Arthur arriva au grand galop, car il avait pris beaucoup d'élan ; l'autre l'attendait la masse d'armes à la main. Le roi Arthur le frappa si rudement, transperçant l'écu et le haubert si bien qu'en dépit de sa résistance il ne put empêcher le fer de passer outre, et

---

parole a ceste fois. Et retourne a parler au roi Artu qui s'en vait après le roi Rion.

302. Or dist li contes que tant enchaucha li rois Artus le roi Rion que il le vint ataingnant en une grant valee parfonde, entre un petit bois et un pré a un ruissel passer qui sourdoit de .ıı. fontainnes qui estoient prés d'iluec, a en costé[a] d'une montaingne. Et li solaus s'aloit ja abaissant si que toute la clarté estoit estainte par les montaingnes et li bois qui l'aloient couvrant. La ataint li rois Artus le roi Rion. Et quant il le vint ataingnant si li escrie : « Quivers gaians ! Car retournés ou vous morrés ja en fuiant. Ja veés vous que ci n'a nul home que moi et vous. » Et quant li gaians voit l'enfant[b] qui ensi le manace si li vient a molt grant despit. Car il le voit si petit qu'il ne resambloit envers lui mais que un petit[c] enfant. Lors retourne vers lui la mache en la main et met la targe devant lui qui estoit d'os d'olifant. Et li rois Artus tint l'espiel en la main, fort et roit a un fer trenchant d'achier. Si s'entrevienent irié et mautalentis, li uns couvoitous d'onour et de pris conquerre, et li autres desirrans de vengier sa honte et son damage. Et li rois vint tost, car de loing fu esmeüs, et cil l'atent la mache en la main. Et li rois Artus le fiert si durement que parmi l'escu et parmi le hauberc que onques tant ne fu fors que li fers ne passast outre et li akeut

de couper les deux pans du haubert sur le flanc gauche, de telle manière que le sang jaillit si violemment qu'il recouvrit la hanche et la couverture de la selle. Mais malgré le choc, quoi que fasse Arthur, le géant ne bougea pas de son siège, et l'épieu se brisa. Se sentant blessé, Rion grinça des dents et roula des yeux, ses yeux exorbités et rouges de colère, puis il leva la masse pour en frapper le crâne de son adversaire. Et il était prodigieusement grand et fort, plus que n'importe quel homme, mesurant bien, à ce que dit le conte, plus de quatorze pieds, selon la mesure de l'époque. En outre, entre ses deux yeux il y avait un espace de plus d'une paume[2], et il était par ailleurs maigre et noueux, avec les nerfs et les veines apparents sous la peau, mais si bien découpé qu'il en était très redoutable. Quand le roi Arthur vit le géant lever sa masse, il en eut grand-peur, et éperonnant son cheval il se jeta contre lui, de tout le poids de son destrier, si rudement qu'ils se portèrent mutuellement à terre, les chevaux par-dessus eux. Mais ils furent bientôt sur pied ; cependant le roi Arthur fut plus tôt en pleine possession de ses moyens et de ses armes, car il était souple et adroit, n'ayant encore que dix-huit ans. Le roi Rion, lui, en avait bien quarante-deux, et en outre il pesait plus lourd que son adversaire, de plus d'un tiers. En tout cas, dès qu'ils furent relevés, ils fondirent l'un sur l'autre.

303. Alors le roi Arthur tira du fourreau Escalibor, sa bonne épée, qu'il avait prise au perron, et avec laquelle il

---

les .ii. pans del hauberc par devers le senestre costé tout environ si que li sans li saut de toutes pars que la hanche et la feutreüre de la sele couvre toute de sanc. Mais pour empaindre qu'il face ne remue de la sele ne tant ne quant et li espiels brise. Et quant cil se sent na[d]vré si estraint les dens et roulle les ex de matualent qu'il ot gros et enflés et rouges, si entoise la mache pour ferir contremont. Et il estoit grans et fors a merveilles sor tous les homes que on seüst et avoit bien, ce dist li contes, .xiv. piés de lonc, des piés qui adont estoient. Et si avoit entre .ii. ex plus de plaine paume mesuree et estoit maigres et plains de vainnes et de ners et figurés de tous menbres que trop faisoit a redouter. Et quant li rois Artus voit au gaiant sa mache lever en contremont, si le redoute molt, si hurte le cheval des esperons et se fiert encontre lui si roidement de cors et de cheval qu'il s'entreportent a terre les chevaus sor les cors. Mais tost furent em piés ressailli, mais ançois fu li rois Artus garnis de ses armes que li rois Rions fust relevés, car molt estoit vistes et amanevis et n'avoit encore que .xviii.[d] ans. Et li rois Rions en avoit bien .xlii. largement, si estoit grans et pesans plus que cil le tiers. Et si tost com il se furent relevé si se coururent sus.

303. Lors sacha li rois Artus del fuerre Escalibor, sa bone espee

avait ce jour-là donné maints beaux coups. Mais, dès qu'elle fut hors du fourreau, elle jeta autant de clarté que si un brandon de feu en jaillissait ; Arthur se couvrit la tête de son écu et porta un coup au géant avant que celui-ci ait eu le temps de couvrir la sienne. À cette vue, le géant se hâta de parer le coup avec son écu, car il redoutait fort l'épée qu'il voyait étinceler et flamboyer : il savait bien en effet que c'était une très bonne arme ; et il lui opposa sa masse mais le roi Arthur frappa si fort, tenant Escalibor à deux mains, qu'il la fit voler en pièces, bien qu'elle fût garnie de bandes de fer. Le coup était fort, et porté énergiquement : il descendit sur le bord de l'écu et le fendit jusqu'à la boucle centrale ; et en ramenant l'épée à lui il fit chanceler le roi Rion, qui était fort chagrin d'avoir perdu sa massue[1].

304. Il mit alors la main à son épée, qui était une des meilleures du monde. Car le conte des histoires dit qu'elle avait appartenu à Hercule qui avait mené Jason en l'île de Colchide pour y quérir la Toison d'or. Et c'est de cette épée qu'Hercule avait occis maints géants sur la terre où Jason amena Médée qui l'aimait tant — mais par la suite Médée lui fit défaut, en une circonstance où Hercule lui vint en aide, par sa grande bonté, car il en avait pitié[1]. Et le conte dit aussi que c'est Ulcan[2] qui avait forgé l'épée, Ulcan qui régna au temps d'Adraste le roi de Grèce, lequel la conserva longtemps dans son trésor. Tydée, le fils du roi de Chalcédoine, l'avait ceinte

---

que il traïst del perron dont il avoit le jor maint biau cop donné. Et si tost com il l'otᵉ traite hors del fuerre si jeta si grant clarté que uns brandons de fu en fust issus et se couvri de son escu et jeta un cop au gaiant ains qu'il fust covers parmi la teste. Et quant cil le voit, si jeta l'escu encontre car molt redoutoit le cop de l'espee qu'il vit reluire et reflamboier, car il soit bien qu'ele estoit de molt grant bonté, si jeta la mache encontreᵉ, et li rois Artus fiert si durement as .ii. mains qu'il le fait voler em pieces. Et si estoit la mache bendee de fer. Li cops fu grans et roidement ferus, si descent desus le pane de l'escu qu'il le fendi jusqu'en la boucle et, au resachier qu'il fist a lui de l'espee fist tout chanceler le roi Rion qui molt fu dolans de sa machue qu'il ot perdue.

304. Lors met main a l'espee qui estoit une des bones espees del monde. Car ce dist li contes des estoires qu'ele fu Hercules qui mena Jason en l'ille de Colco pour querre le toisonᵈ qui estoit toute d'or. Et de cele espee ocist Hercules maint gaiant en la terre ou Jason amena Medea qui tant l'ama, mais puis li failli il la ou Hercules li aïda par sa grant debonaireté car pitiés l'en prist. Et li contes dist que Ulcans forga l'espee, qui regna au tans Adrastus qui fu rois de Grece qui maint jor [e] l'ot en son tresor cele espee. Et ot Tideüs li fix au roi de Calcidoineᵇ le jor qu'il fist le message au

le jour où il porta le message au roi Étéocle de Thèbes, qui eut par la suite beaucoup de problèmes à cause de son beau-frère Polynice. Puis l'épée passa de main en main, d'héritier en héritier jusqu'au roi Rion qui était du lignage d'Hercule, lequel avait été si preux et si hardi.

305. Quand le roi Rion vit que sa massue était rompue, il tira cette excellente épée, et dès qu'elle fut sortie du four-reau, elle resplendit d'une si grande clarté qu'il parut que tout le pays en était illuminé. Son nom était Marmiadoise. Quand le roi Arthur la vit ainsi flamboyer, il l'admira beau-coup et recula un peu pour la regarder : il la convoita fort et se dit qu'il aurait bien de la chance, celui qui pourrait la conquérir. En le voyant se tenir si coi, le roi Rion s'arrêta lui aussi et s'adressa à lui en ces termes : « Seigneur chevalier, je ne sais qui vous êtes, mais vous êtes bien audacieux d'avoir osé me suivre si loin, et de m'avoir attaqué tout seul, sans compagnon. Parce que je vous vois si preux, je vous accorderai une faveur que je n'accorderais à personne d'autre. Donnez-moi cette épée et ces armes, puis dites-moi votre nom et allez-vous-en tout quitte. Car j'éprouve une grande pitié pour vous, qui me semblez si jeune. »

306. Quand le roi Arthur entendit les paroles du roi Rion, il en éprouva un profond dépit et lui répondit férocement : « Comment, me croyez-vous donc si mal parti que je me rendrais à vous, comme un lâche, sous prétexte que vous

---

roi Ethioclés de Thebes qui pour Pollicenes son serourge ot puis mainte paine⁻. Et puis ala l'espee tant de main en main et d'oir en oir que ore eſt le roi Rion qui fu du lingnage Hercules qui tant fu prous et hardis.

305. Quant li rois Rions vit que sa mache fu copee, si traïſt l'espee qui tant fu de grant bonté et, si toſt com il l'ot jetee hors del fuerre, si rendi si grant clarté qu'il sembla que tous li païs en fuſt enluminés. Et ele avoit a non Marmiadoyse. Et quant li rois Artus voit l'espee qui si reflamboie, si le proise molt et se traïſt un poi en sus pour le regarder, si le couvoite molt durement et diſt que bon seroit nés qui le porroit conquerre. Et quant li rois Rions le voit si coi tenir, si s'areſte et l'araisne ensi com vous porrés oïr : « Sire chevaliers, fait li rois Rions, je ne sai qui vous eſtes, ne mais molt avés grant hardement qui m'osaſtes si avant sivir ne enchauchier tous seus sans compaingnie. Mais pour ce que je si prou vous voi, vous ferai je si grant bonté que je nel feroie a nul home. Baillés moi cele espee et ces armes, si dites conment vous avés non et puis vous en alés tous quites. Car molt me prent grans pitiés de vous pour ce que si jouenes me semblés d'aage. »

306. Quant li rois Artus entent la parole au roi Rion si le tint a molt grant despit et li respont molt felenessement : « Conment, me quidiés

êtes grand et fort ? Déposez, vous, cette épée et ces armes, et mettez-vous à ma merci pour que je fasse de vous ce qui me plaît — et sachez bien que la seule chose que je vous garantisse, c'eſt la mort ! » Le géant s'amusa beaucoup de ces mots ; il pencha la tête et lui demanda qui il était et quel était son nom, en le conjurant par sa foi de lui dire la vérité. Le roi Arthur répliqua qu'il le ferait, à la condition que lui, à son tour, lui dise en toute sincérité qui il était. Et l'autre de le lui promettre. « Sachez donc, fit-il, que je suis le fils du roi Uterpandragon, et que j'ai nom Arthur ; et je suis venu revendiquer ce royaume qui me revient légitimement. Car le roi Léodegan m'a donné sa fille pour épouse, et lui-même, ainsi que tous les barons du royaume, m'ont déjà fait hommage. Dites-moi maintenant qui vous êtes, et quel eſt votre nom, car je vous ai dit la vérité en ce qui me concerne.

307. — Comment ? dit le géant. Me dis-tu vraiment que tu es le roi Arthur, et le fils du roi Uterpandragon, celui qui tua le Saxon devant la Roche aux Saxons[1] ? — C'eſt bien cela, répondit le jeune homme. — Je t'ai promis, reprit le roi Rion, que je te dirais mon nom : sache donc en vérité que je m'appelle Rion, et que je suis roi d'Irlande : mon royaume s'étend jusqu'à la Terre aux Pâtures. Et encore, elle m'appartiendrait aussi, si on pouvait y accéder. Mais on n'y passera jamais avant que la Laide Figure[2] n'en soit ôtée. (C'eſt une borne que Judas y jeta, pour preuve qu'il

---

vous donques avoir si pris que je me rende a vous come recreans pour ce que vous eſtes si grans et si fors ? Mais vous metés jus cele espee et ces armes, et vous metés en ma merci pour faire ce que moi plaira tout outreement. Et saciés que je ne vous asseür que de la mort. » De ce se riſt molt li gaians et tourne la teſte en travers et li demande qui il eſt et conment il a a non. Et le conjure sur sa creance qu'il li die la verité. Et li rois Artus li diſt qu'il li dira verité, par tel couvent qu'il li redie la verité qui il eſt. Et cil li creante. « Or saciés, fait il, que je sui fix au roi Uterpandragon et ai a non Artus. Et sui venus chalengier ceſt roiaume qui miens eſt tous quites. Car li rois Leodogans m'a donnee sa fille a feme et tout li baron del roiaume m'ont ja fait homage, et li rois Leodegans meïsmes. Ore me dites qui vous eſtes et [ſ] conment vous avés non, car je vous ai dite la verité de moi.

307. — Conment ? diſt li gaians, dis me tu pour verité que tu es li rois Artus et que tu fus fix Uterpandragon, celui qui ociſt le Saisne devant la Roce as Saisnes ? — De celui dis je sans faille, fait li enfés. — Je t'ai en couvent, fait li rois Rions, que je te dirai mon non. Or saces de verité que je ai a non Rions et sui rois d'Yrlande, si tieng toute la terre jusqu'en la terre de paſtoures. Et outre fuſt ele encore moie se on i peüſt passer. Mais on n'i passera jamais tant come la laide samblance en sera oſtee. Et c'eſt une bone[e] que Judas i jeta, et ce fu

avait conquis toute la terre jusque-là. Et les Anciens disent
que tout de suite après que cette figure aura été enlevée, les
aventures du royaume de Logres commenceront à prendre
fin. Mais il faudra que celui qui l'enlèvera l'emporte au
gouffre de Sathème[3], de manière que personne ne la voie
plus jamais, car elle est de telle nature qu'il convient que les
choses se passent ainsi.) Je t'ai dit maintenant qui j'étais et
quel était mon nom. Mais je ne prendrai jamais plus aucune
nourriture tant que je te saurai en vie. Car c'est par ta faute
que j'ai été vaincu et chassé du champ de bataille ! Je me
vengerai sur toi de tout ce que j'ai souffert, si je le peux. —
Dieu me vienne en aide, répliqua le jeune homme, vous allez
donc jeûner longtemps, car je ne mourrai jamais de votre
main ; et par cette épée qui est mienne, je vous défie jusqu'à
la mort ! Si vous êtes si hardi, vous pouvez vous venger de
celui qui menace de vous couper la tête ! » Quand le géant
entendit le jeune homme lui parler de la sorte, il en fut très
violemment courroucé : il assura son écu et marcha sur lui,
brandissant son épée dans l'intention de le frapper à la tête.
Mais Arthur lui opposa son propre écu et fit un saut de
côté ; le coup fut si violent qu'un panneau de l'écu vola à
terre. Puis Arthur attaqua, lui donnant un tel coup sur
l'oreille droite qu'il lui fit une large plaie. Et si l'épée n'avait
pas tourné dans sa main, il l'aurait définitivement mis à mal.
Lorsque le géant sentit le sang couler le long de sa joue
gauche, il en fut si courroucé qu'il faillit enrager. Il se précipita alors sur lui, croyant le prendre et l'étreindre, mais son

---

enseigne qu'il avoit la terre toute jusques la conquise. Et li ancien dient
que ja si tost ne sera cele figure ostee que les aventures del regne de
Logres[b] ne conmenceront a finer. Et si couvenra que cil qui l'ostera[c] le
port el gofet de Satheme, si que jamais n'iert veüe a nul jour, car ele
est de la maniere que tout ce en couvient avenir. Ore t'ai dit qui je sui
et conment je ai a non. Mais je ne mengerai jamais tant come je te
sace vif. Car par toi est ce que j'ai esté desconfis et sui chaciés del
champ. Or vengerai sor toi tout mon duel se je puis. — Si m'aït Dix,
fait li enfes, longement jeunerés vous donc, car ne sera ja que je
muire par vous et ceste moie espee vous desfie jusqu'a la mort. Et se
vous estes tant hardis, prendre em poés la vengance de celui qui vous
manace de la teste a coper. » Quant li gaians entent l'enfant ensi parler,
si en est coureciés molt durement, si embrace l'escu et li vient l'espee
en la main haucie contremont et en quide Artu ferir parmi la teste.
Mais il jete l'escu encontre et saut a travers emmi le champ et il i fiert
si durement qu'il en fait un chantel voler a terre. Et Artus saut avant
et li doune tel cop desus la destre oïe que une grant plaie li fist. Et se
l'espee ne li fust tournee el poing, afolé l'eüst a tous jours mais. Quant
li gaians sent que li sans li descent de la senestre joe si en est si iriés

adversaire, qui n'osait pas l'attendre, se dégagea, et recula tout en lui donnant de grands coups qui lui causèrent beaucoup de dommages. Néanmoins, l'autre ne cessa pas de l'assaillir, l'épée à la main, mais il ne put l'atteindre.

308. Pendant qu'ils s'opposaient ainsi survinrent Nascien, Adragain et Hervi de Rivel, qui pourchassaient six Saxons avec une énergie farouche. Ces six Saxons étaient tous rois. L'un s'appelait Kahanin, le deuxième Maltaillé, le troisième Fréniquaut, le quatrième Cooart, le cinquième Baitrane et le sixième était le solide roi Maidrap[1]. Ces rois dévalaient la falaise en toute hâte, et les chevaux, forts et rapides, faisaient un bruit de tempête.

309. Quand les deux rois qui combattaient entendirent le bruit et le fracas des fuyards qui approchaient, ils regardèrent dans cette direction et virent les six qui fuyaient, et les trois qui les pourchassaient ; le roi Rion eut alors grand-peur car il savait bien que les six rois étaient preux et hardis. Il se rendit bien compte que, s'il s'attardait davantage, il ne pourrait s'en sortir sans courir un grand danger, ou même sans risquer la mort. Il s'en vint à son cheval, et se mit en selle ; mais, dans ce moment, le roi Arthur le frappa si rudement qu'il arracha un bon quartier de son heaume, et que les mailles du haubert blanchirent sous le choc : il l'étourdit si fort qu'il le fit s'incliner sur l'arçon de la selle, devant lui. Et s'il avait trouvé le moyen de lui porter un autre coup, il l'aurait fait tomber à

---

que a poi qu'il n'esrage. Lors li court sus car prendre le quida et embracier et il li guencist, car atendre ne l'ose, ains li donne de grans cops a la retraite qui molt le damagent. Et cil toutes voies li court sus, l'espee en la main, mais ataindre ne le puet.

308. Que il se demainnent en tel maniere si avint que Nasciens et Adragans et Hervi de Rivel lor [*113a*] sourvinrent qui enchaucent .VI. Saisnes molt fierement. Et tout .VI. estoient roi. Si ot non li uns Kahanins et li autres Maltailliés et li tiers Frenicas, et li quars Cooars, et li quins Baitraines et li sisismes li fors rois Maydrap. Icil roi s'en venoient molt durement tout aval le rochier, si menoient molt grant tempeste li cheval qui fort et isnel estoient.

309. Quant li doi roi qui se combatoient oent la noise et le bruit de ciaus qui s'en venoient a fuiant, si regardent et voient les .VI. qui fuioient et les .III. qui les chacent, si ot li rois Rions molt grant paour, car il connoissoit ciaus a prous et a hardis durement. Si set bien, s'il i demoure plus, qu'il ne puet eschaper sans mort ou sans peril. Lors s'en vient a son cheval et monte tost sus. Et el monter qu'il fait le fiert li rois Artus si durement qu'il l'abat a grant quartier de son hiaume si que les mailles del hauberc em perent toutes blanches, et l'estourdist si durement que tout l'encline sor l'arçon devant. Et se un autre cop i peüst avoir recouvré, porté l'eüst del cheval a

terre du haut de son cheval. Mais celui-ci, qui était un animal très puissant, fut effrayé par le coup qu'il entendit résonner à ses oreilles, et il s'enfuit en emportant le roi en direction du bas de la falaise.

310. Quand le roi Arthur vit son ennemi ainsi remonté, il sauta lui aussi sur son cheval en toute hâte, et le prit en chasse en éperonnant de toutes ses forces afin d'obtenir de sa monture la plus grande vitesse possible. Quand le roi Rion fut revenu de son étourdissement, il jeta un regard derrière lui et vit venir le roi Arthur qui le pourchassait ardemment et ne voulait pas le laisser. Il accéléra l'allure en direction de la forêt. Quant aux six rois que poursuivaient les trois compagnons, ils s'enfuirent jusqu'à ce qu'ils rejoignent le roi Arthur qui tenait le géant très court, lui donnant aussi souvent qu'il le pouvait de grands coups de son épée sur l'écu que Rion avait mis sur sa tête afin de se protéger contre les assauts de cette arme qu'il sentait être l'une des meilleures du monde. Et, pendant que le géant s'efforçait de s'enfuir et le roi Arthur de le poursuivre, Kahanin lui cria : « Traître, c'est pour votre malheur que vous l'avez pris en chasse, car je vous le disputerai, et vous avez eu grand tort de quitter vos compagnons ! »

311. Quand le roi Arthur entendit les cris de celui qui le défiait ainsi, l'épée lui tourna dans la main, et pendant ce temps le roi Rion se mit à l'abri et s'enfonça dans la forêt. Alors le roi Arthur s'en vint à Kahanin, l'épée à la main, et

---

terre tout estendu. Mais li chevals, qui de grant force estoit, s'esfrea del grant cop qu'il oï sonner, si tourna en fuies atout le roi tout contreval la grant roche.

310. Quant li rois Artus le voit ensi monté, si saut sor son cheval tost et isnelement et l'enchauce a coite d'esperon tant com il puet del cheval traire. Et quant li rois Rions fu destordis, si regarde ariere soi et voit le roi Artu venir qui l'enchauce molt durement et qui laissier ne le veut mie. Atant se haste de tost aler vers la forest. Et li .VI. roi que li .III. compaignon enchauçoient ont tant fui qu'il ataignent le roi Artu qui molt tenoit court le gaiant. Car de foies a autre li donnoit grans cops de l'espee sor son escu qu'il avoit jeté sor sa teste pour recevoir les cops de la bone espee qu'il sentoit a une des meillours del monde. Et endementiers que li gaians entendoit a fuir et li rois Artus a l'enchaucier, si escrie Kahanins : « Quivers ! Mal l'enchauçastes, car je vous chalengerai, et mal avés laissié vostre compaignie ! »

311. Quant li rois Artus entend celui qui si haut li escrie, se li trestourne l'espee el poing, et endementiers li rois Rions se garanti et se feri en la forest. Et li rois Artus s'en vient a Kahanin l'espee en la main, et cil vers lui qui [*b*] point ne le redoute, si s'entrefierent des

celui-ci qui ne le craignait pas se dirigea vers lui ; ils échangèrent de grands coups d'épée sur les heaumes, et Kahanin frappa si fort le roi Arthur qu'il le fit s'incliner sur l'encolure du cheval. Mais le roi Arthur lui assena en retour un coup si rude qu'il trancha un grand quartier de son heaume. Le coup fut violent, il passa entre l'épaule et l'écu, et trancha le bras gauche qui tenait la poignée de l'écu. Quand Kahanin se vit blessé de la sorte, il fondit sur lui dans l'intention de l'étreindre et de l'emporter sur le col de son cheval, car il était très fort. Mais le roi Arthur le vit venir, et le frappa à nouveau de l'épée entre le poignet et le côté si bien qu'il fit voler à terre le poing qui tenait l'épée. Quand il se vit dans un tel état, Kahanin se mit à crier et à hurler comme un taureau, et son cheval l'emporta où il lui plaisait. Et les autres furent profondément chagrinés de voir Kahanin ainsi traité : ils fondirent sur le roi Arthur, l'épée nue ; et celui-ci se protégea de son écu car il ne daignait pas fuir pour eux, et ils le frappèrent de part et d'autre, là où ils croyaient lui infliger les blessures les plus graves ; ils entamèrent son écu en plusieurs endroits, mais ils ne parvinrent pas à le blesser. Lui en revanche frappa Fréniquaut de telle manière qu'il le fendit en deux jusqu'aux dents, puis Roont sous la housse de l'écu, de telle façon qu'il lui coupa la cuisse et le fit tomber du cheval à la renverse. Làdessus, voilà qu'arrivèrent à la rescousse les trois compagnons, Nascien, Adragain et Hervi de Rivel. Et quand les autres rois les virent venir, ils firent volte-face et s'enfuirent au galop sur

---

espees parmi les hiaumes. Si feri Kahanins le roi Artu si durement que tout le fist embroncier sor le col de son cheval. Et li rois Artus feri lui si durement que del hiaume li trencha un grant quartier. Li cops fu grans, si descendi entre l'espaulle et l'escu se li copa le bras senestre a tote la guige de l'escu. Et quant Kahanins se voit ensi blecié, si li court sus pour embracier et pour aporter sor le col de son cheval, car il estoit de molt grant force. Et li rois Artus le voit venir, si le fiert de l'espee entre le poing[a] et le costé si qu'il li fist voler le poing a toute l'espee a terre. Et quant cil se voit si atourné si crie et brait com uns tors et li chevaus l'emporte quel part qu'il veut. Et quant li autre .v. voient Kahanin si atourné, si lor em poise molt durement. Si courent sus au roi Artu les espees traites, et il se couvre de son escu car fuir ne lor daigne. Et cil le fierent amont[b] et aval la ou il le quident plus empirier, se li decopent son escu em pluisors lix mais il ne l'ont mie en char navré. Et il feri si Freniquaut qu'il le fendi jusques es dens, et puis refiert Roont par desous la pane de l'escu qu'il li cope la quisse, si le porte du cheval a terre tout a envers. Atant es vous poignant les .iii. compaingnons a la rescousse, Nascien et Adragain et Hervi de Rivel. Et quant li autre roi les voient venir, si tournent en fuies tous les esclos

les traces du roi Rion, dans la direction où ce dernier s'était éloigné. Et les autres, qui ne voulaient pas les laisser, de les poursuivre. Mais ici le conte cesse de parler du roi Arthur et de ses compagnons et revient au roi Ban qui prit en chasse les trois rois jusqu'à ce qu'ils se dirigent vers une forêt où ils lui firent face, et où il en frappa un si fort qu'il lui fendit la tête en deux.

312. Le conte dit ici que le roi Ban pourchassa tant les trois rois qu'il les rattrapa sur une grande lande au cœur d'une forêt, où ils lui firent face. Car ils rejoignirent dix chevaliers, qui avec eux fondirent sur le roi Ban dès qu'ils le virent; il frappa le premier qu'il atteignit si rudement qu'il lui fendit la tête en deux. Puis il assena à un autre un tel coup qu'il lui sépara l'épaule du buste; il fit voler la tête du troisième sur le sol. Et eux le frappèrent de leur mieux sur le heaume et sur l'écu. Mais ils ne parvinrent pas à le blesser, car le haubert qu'il avait revêtu était de très bonne qualité. Pendant qu'il combattait ainsi arrivèrent quatre rois que le roi Bohort avait pris en chasse; ils constatèrent que le roi Ban tenait si court les dix chevaliers qu'ils n'avaient pas le loisir de retourner d'où ils venaient: ils continuèrent à fuir jusqu'à ce qu'ils arrivent sur les combattants. Quand ils furent parvenus sur le lieu du combat, ils firent faire volte-face à leurs chevaux et le roi Bohort fondit sur eux si vite et si violemment qu'il porta Margan à terre avec son cheval,

---

après les roi Rion cele part ou il le virent aler. Et cil après qui laissier ne le voloient atant. Mais or se taist li contes del roi Artu et de ses compaingnons et retourne a parler del roi Ban qui enchauça si les .iii. rois qu'il tournerent vers une forest ou il livrerent estal et il en feri si un qu'il li fendi la teste en .ii. moitiés.

312. Or dist li contes que*ᵃ* tant enchauça li rois Bans les .iii. rois qu'il les vint ataingnant en une grant lande d'u[ǹ]ne forest ou il livrerent estal. Car il aconsivirent .x. chevaliers, si coururent au roi Ban sus si tost com il le virent. Et il fiert si le premier qu'il ataint si durement qu'il li fent la teste en .ii. moitiés. Et puis feri si un autre que l'espaulle li fist sevrer del costé et puis feri isi le tiers que la teste li fist voler enmi le champ. Et cil le ferirent sor le hiaume et sor l'escu. Mais il ne l'ont mie en char navré, car li haubers qu'il avoit vestu estoit de molt grant bonté. Et ensi com il se combatoit vinrent .iv. roi que li rois Bohors avoit enchaucié. Et virent que li rois Bans tenoit si court les .x. chevaliers qu'il n'avoient loisir de retourner si qu'il ont tant fui qu'il s'embatirent sor ciaus. Et quant il vinrent a la bataille si tournent les chiés de lor chevaus et li rois Boors se fiert en als si durement*ᵇ* et de si grant ravine qu'il porte Margan a terre et lui et son cheval tout en un mont. Et puis fiert le roi Gardon si durement qu'il li embat l'espee en la cervele. Et lors regarde li rois Boors et voit son

puis il frappa le roi Gardon si rudement qu'il lui enfonça
l'épée dans la cervelle. Puis le roi Bohort regarda autour de
lui et vit son frère combattre les dix chevaliers ; il éperonna
son cheval et se jeta parmi eux, si rudement qu'il porta un
Saxon à terre, son cheval par-dessus lui, et en frappa ensuite
un autre si durement qu'il le précipita au sol, mort. Les rois
qu'il avait pourchassés fondirent sur lui et, parvenant à
sa hauteur à travers la presse, le frappèrent si fort sur le
heaume qu'ils le firent s'incliner sur l'encolure de son cheval,
mais il ne fut pas long à se redresser ; il fit tourner sa monture contre eux et les assaillit l'épée au poing. Alors les deux
frères entamèrent une si grande bataille contre les treize qui
les attaquaient qu'ils leur causèrent plus de dommages qu'ils
n'en reçurent. Mais ils n'étaient pas depuis très longtemps
dans cette situation quand le roi Rion fit son apparition,
l'épée au poing, gravement blessé et très effrayé, et saignant
abondamment des deux plaies qu'il avait, l'une au côté
et l'autre à la tête. Quand il vit le combat entre les treize et
les deux frères, il se dirigea vers eux, l'épée à la main, car il
aurait volontiers vengé une partie des torts et des dommages
qu'il avait subis. Lorsque le roi Rion parvint à la mêlée, il
se jeta entre eux si violemment qu'il leur fit à tous céder
du terrain, de gré ou de force. À cet assaut, Bohort fut
porté à terre, son cheval sur lui ; puis Rion haussa l'épée
pour frapper le roi Ban à la tête. Mais celui-ci interposa
son écu et éperonna son cheval pour esquiver le coup. Et

---

frere qui se combat encontre les .x. chevaliers. Et il hurte le cheval
des esperons et se fiert en aus si durement qu'il porte un Saisne a
terre, le cheval sor le cors. Et puis en fiert un autre si durement qu'il
le rue a terre tout froit mort. Et li roi qu'il avoit enchaucié li courent
sus et le vont ataignant en la presse, et le fierent si durement desor le
hiaume qu'il l'embronchent tout sor le col del cheval. Mais du relever
ne fu il mie trop lens, ains retourne la teste de son cheval encontre
aus et lor adrece l'espee el poing. Si conmencent li doi frere un si
grant capleïs encontre les .XIII. qui les assaillent qu'il les damagent plus
qu'il ne font els. Mais il n'orent mie granment demouré illuec, quant li
rois Rions i sourvint, l'espee el poing, molt navrés et molt esfreés. Et
sainoit molt durement des .II. plaies qu'il avoit, l'une el costé l'autre
en la teste. Et quant il voit la bataille des .XIII. encontre les .II. freres
si s'adrece cele part l'espee en la main, car molt volentiers se vengeroit d'une partie de son anui et de son damage. Quant li rois Rions
vint a la bataille, si se feri en aus si durement que tous les fist remuer
de la place, ou il voillent ou non, ou il avoient esté. Et el venir qu'il
fist fu Boors portés a terre, le cheval sor le cors. Et puis hauce l'espee
contremont pour le roi Ban ferir parmi la teste. Mais il jete l'escu
encontre, si hurte le cheval des esperons [*d*] pour le cop eschiver. Et

l'autre de couper et de trancher tout ce qu'il pouvait atteindre ; le roi Ban, à son tour, lui donna un grand coup de Courrouceuse, dont il se protégea avec son écu, mais néanmoins le choc fut si fort que l'écu fut fendu en deux jusqu'à la poignée par laquelle il était suspendu au cou de son propriétaire, et vola à terre en deux moitiés. Tous les païens se précipitèrent alors vers le roi Bohort, l'accablèrent de coups pour le maintenir à terre, et lui infligèrent plusieurs blessures ; et le cheval, qui était grand et lourd, lui coinçait la cuisse gauche et l'immobilisait de telle façon qu'il ne pouvait pas se relever. Le roi pria Dieu de le protéger de la mort et de la mutilation. Alors le roi Ban se lança de ce côté, et il frappa si violemment le roi Margoras qu'il lui fit voler la tête sur le sol ; puis il en frappa un autre de telle manière qu'il le coupa en deux de part en part le long de l'échine ; il vint s'arrêter ensuite au-dessus de son frère qui faisait tous ses efforts pour se relever. Pendant qu'il combattait ainsi, il arriva que le roi Baufumet, le roi Maltaillé et le roi Minadap firent leur apparition, car le roi Arthur et ses compagnons les pourchassaient âprement (l'un des compagnons était Nascien, l'autre Adragain et le troisième Hervi de Rivel). Dès que les trois rois virent le roi Rion qui combattait avec neuf autres contre un seul chevalier[1], ils se dirigèrent de ce côté et se jetèrent dans la mêlée pour nuire au roi Ban et à son frère autant qu'ils le pouvaient ; le roi Bohort cependant tira et poussa tant, en homme qui était extrêmement fort,

---

cil li cope et trence quanqu'il ataint, et li rois Bans li envoie un grant cop de Coureçouse et il jete son escu encontre. Et cil fiert si durement qu'il le cope tout outre jusques en la guige a coi il pendoit a son col, si le fait voler en .ii. moitiés a terre. Si li coururent tout sus et le fierent molt durement encontre terre, si le blecent en pluisours lix. Et li chevaus, qui grans et gros estoit, li gisoit sor la quisse senestre et le tient si serré encontre terre que relever ne se pot. Et li rois proie Dieu qu'il le garisse de mort et d'afoler. Lors hurte li rois Bans cele part et hurte si durement le roi Margoras que la teste li fist voler. Et puis refiert un autre qu'il le cope en travers parmi l'eskine d'outre en outre. Puis s'areste desor son frere qui molt se penoit de lui relever. Et en ce qu'il se combatoit si avint que li rois Baufumés, et li rois Mautailliés et li rois Mynadap i sourvinrent car li rois Artus et si compaingnon les enchaucieroit molt durement dont li uns des compaingnons estoit Nasciens et li autres Adragans et li tiers Hervi de Rivel. Et si tost com li .iii. roi virent le roi Rion qui se combatoit lui disisme a un seul chevalier, si s'adrecerent cele part et se fierent en la presse et greverent au roi Ban et a son frere au plus qu'il porent. Et li rois Boors a tant sachié et tiré, com cil qui estoit de molt grant force qu'il s'est levés a quelque painne et voit son frere en

qu'il réussit non sans peine à se relever, et il vit son frère en grand péril, qui se défendait de son mieux. Alors, dès qu'il fut debout, il frappa si rudement Maltaillé qui venait d'arriver qu'il lui sépara l'épaule du buste, ouvrant une plaie si profonde que l'on pouvait voir le foie et les poumons, et Maltaillé tomba à terre. Puis Bohort prit le cheval et sauta en selle, car c'était un homme fort et hardi.

313. Sans attendre, il se jeta à nouveau au cœur de la mêlée, et frappa le roi Rion si rudement sur le heaume qu'il le lui fendit en deux. Et celui-ci lui rendit cela par un coup si fort qu'il lui coupa la moitié de son écu. Ils commencèrent alors à se battre à l'épée, cruellement et férocement, mais les quatre autres qui étaient récemment venus à la rescousse se jetèrent entre eux, échauffés et essoufflés qu'ils étaient. Chacun frappa le sien si fort qu'il le porta mort à terre. C'est là que furent tués Minadap et Baufumet, Gloriant, et Madolan, ce dont le roi Rion fut très affligé, car c'étaient ses parents proches. Quand il vit une fois de plus le sort tourner contre lui avec une si grande infortune, le roi Rion fut si courroucé qu'il s'en fallut de peu qu'il ne devienne fou. Il tenait son épée nue, et il chargea le roi Arthur, croyant le frapper à la tête, mais Arthur esquiva car il craignait fort le coup du géant, et il l'atteignit seulement sur l'écu, si fort qu'il le fendit jusqu'à la boucle. Mais alors qu'il croyait ramener son épée à lui, le roi Arthur le frappa à son tour au bras, si grièvement qu'il laissa son épée enfoncée dans l'écu, car il se sentit gravement

---

grant peril qui molt durement se desfendoit. Et si tost com il fu relevés, feri si durement Maltaillié, qui nouvelement estoit venus, qu'il le soivre l'espaulle del costé si em parfont que li foies et li poumons li pert et il chiet a terre. Puis prent le cheval et li saut es arçons car molt estoit fors hom et hardis.

313. Maintenant se refiert li rois Boors en la presse et fiert le roi Rion si durement parmi le hiaume qu'il li fent en .ii. moitiés. Et cil li repaie si grant cop que de son escu li cope la moitié. Si conmence li caplés d'aus molt fel et molt cruous. Et li autre .iv. qui estoient au secours venu nouvelement se fierent entr'aus si durement et si abrievé com il vinrent. Si fiert chascuns le sien si durement qu'il les portent tous frois mors a terre. Illuec fu ocis Minadap et Baufumés et Glorian et Madolans dont li rois Rions fu molt dolans car il estoient si parent prochain. Et quant li rois Rions voit tourner sor lui la mescheance si grans, si en est tant iriés que a poi qu'il ne forsene. Il tint [e] l'espee nue et laisse courre au roi Artu et le quide ferir parmi la teste, mais il guenci car molt doutoit le cop au gaiant. Et il le fiert si durement en l'escu que il le fent jusques parmi la bocle. Et quant il quide s'espee resachier a lui si le fiert li rois Artus parmi le bras qu'il laisse s'espee en l'escu embroie, car molt se sent

blessé, et en fut plus courroucé que personne ne l'avait jamais été. Le roi Arthur alors jeta l'écu où était plantée l'épée, car il ne faisait que le gêner. Et quand le géant se rendit compte qu'il avait perdu son épée, il fut si courroucé qu'il faillit perdre la raison. Il fondit sur le roi Arthur avec son cheval, le prit par les épaules et voulut l'emporter de force. Et il l'aurait fait, en effet, s'il en avait eu le loisir, car il était très fort.

314. Quand le roi Arthur sentit l'étreinte du géant, il jeta son épée à terre, car il avait peur qu'il ne la lui prenne de force. Puis il étreignit le cheval des deux bras autour de l'encolure, et le géant eut beau tirer, il ne put l'arracher des arçons. Le roi Ban regarda dans cette direction et vit la lutte du roi Arthur et du géant, il éperonna aussitôt son cheval vers le lieu du combat car il avait grand-peur pour le roi. Le géant, lui aussi, regarda autour de lui et le vit venir ; or, il redoutait fort le roi Ban. Il se hâta à sa rencontre, le menaçant de ses gros poings noueux, et le roi Ban le frappa violemment avec Courrouceuse, si rudement qu'il lui rompit le haubert sur les épaules, en faussant les mailles et le blessant très profondément. Et quand le roi Rion se sentit si grièvement atteint, et qu'il vit ses compagnons gisant à terre morts et ensanglantés, il eut peur, car il ne savait comment se défendre. Il fit faire volte-face à son bon cheval et s'en alla fuyant aussi vite qu'il le pouvait, et les autres le laissèrent partir car la nuit était tombée. Et il s'en alla, si furieux qu'il

---

blecié, et en eſt tant iriés que nus plus. Et li rois Artus jete l'escu a toute l'espee, car il ne li faisoit se grever non. Et quant li gaians voit qu'il a perdu s'espee si eſt tant coueciés qu'a poi qu'il n'iſt hors del sens. Et courut sus au roi Artu tout a cheval et le prent par les espaulles et l'en voloit porter a force. Et si feïſt il s'il en eüſt loisir car trop iert de grant force.

314. Quant li rois Artus sent le gaiant, si jeta s'espee a terre, car paour avoit qu'il ne li tausiſt a force. Lors embrache le cheval d'ambes .ii. les bras parmi le col et li gaians tire et sache mais ne le puet esracier des arçons. Et li rois Bans se regarde et voit la luite del roi Artu et del gaiant, si hurte tantoſt des esperons cele part car molt avoit grant paour del roi. Et li gaians se regarde et le voit venir et il redoutoit molt le roi Ban. Si li court sus as poins qu'il ot gros et quarrés et li rois Bans le fiert si durement de Coueçouse s'espee qu'il li ront le haubert et fause par desus les espaulles et le navre molt em parfont. Et quant li rois Rions se sent si durement navrés et il voit ses compaingnons jesir a la terre mors sanglens, si ot paour car il ne savoit de coi desfendre. Si tourne le cheval, qui molt eſtoit de grant bonté, et s'en vait fuiant si toſt com il s'em pot aler. Et cil le laissent car la nuit eſtoit venue. Et cil s'en vait si iriés que a poi qu'il ne forsene et maudiſt sa loi et sa creance et jure que jamais en

s'en fallait de peu qu'il ne devienne fou, maudissant sa religion et sa foi et jurant qu'il n'aurait de cesse toute sa vie de s'être vengé, et que dès qu'il serait arrivé dans son pays il manderait tant de gens pour son armée que personne sur toute la terre ne pourrait lui résister. Il dit aussi qu'il confondrait toute la Bretagne, qu'il mettrait à mal tous ses habitants, qu'il ferait prisonnier le roi Arthur avec tous ses alliés, et qu'il l'écorcherait tout vif.

315. Ainsi s'en alla le roi Rion, en proie à une grande colère, et il chevaucha tant jour après jour qu'il arriva dans son pays. De son côté le roi Ban rejoignit le roi Arthur et lui demanda s'il n'avait pas de mal. Le roi Arthur répondit qu'il était sain et sauf. « Et votre épée, dit le roi Ban, où est-elle ? » Et il lui dit qu'il l'avait jetée à terre au moment où le roi Rion voulait le prendre dans son étreinte. « Mais je vous dis pourtant que j'ai aujourd'hui gagné quelque chose de plus précieux et que je préfère à la meilleure cité qui puisse être dans le monde entier. — Qu'est-ce donc ? demanda le roi Ban. — Vous le verrez bientôt, si vous voulez. »

316. Il mit alors pied à terre et se dirigea d'abord vers Escalibor, son épée ; il essuya le sang dont elle était souillée, puis la mit au fourreau et s'en alla à l'écu où était fichée l'épée du roi Rion ; il l'arracha de l'écu, le suspendit à son cou puis se mit en selle sur son cheval et montra sa prise au roi Ban. Et elle jetait un tel éclat que c'était un prodige de le voir. Le roi Ban l'admira beaucoup et pria Notre-Seigneur

---

son aage ne finera, si en sera vengiés, ne ja si tost ne venra en son païs qu'il mandera si grant esfors de gens que nule terre ne porra a lui durer. Et dist que confondra toute Bretaigne et metra a mal toutes les gens qui i sont[a] et prendra le roi Artu et toutes ses aïdes et l'escorchera tout vif.

315. Ensi s'en vait li rois Rions par maltalent, si a tant esté par ses journees qu'il vint en son païs. Et li rois Bans vint au roi Artu se li demande s'il avoit point de mal. Et li rois Artus li dist qu'il estoit sains et haitiés. « Et vostre espee, fait li rois Bans, ou est ele ? » Et [f] il li dist qu'il le rua a tere si tost com li rois Rion le courut embracier. « Et si vous di que je ai hui fait le plus riche gaaing et que je mix aim que je ne fasse toute la meillour cité qui soit en tout le monde. — Et qu'est ce ? fait li rois Bans. — Ce verrés vous par tans, fait li rois Artus, s'il vous plaist. »

316. Lors met pié[a] a terre et en vait a Escalibor, s'espee premierement, et l'essue del sanc dont ele estoit soullie, puis le met el fuerre et puis en vait a l'escu ou l'espee tenoit au roi Rion et le trait hors de l'escu, puis le met a son col et metre son cheval et moustre l'espee au roi Ban. Et ele jetoit si grant clarté que ce estoit merveille a veoir. Si le proisa molt li rois Bans et proie a Nostre Signour

qu'il leur donne bientôt l'occasion de l'essayer et de voir si elle était aussi bonne que belle. Ils étaient d'ailleurs nettement plus près de Daneblayse qu'ils ne le croyaient, mais avant qu'ils n'y parviennent il devait leur arriver une aventure telle que même les plus vaillants et les plus hardis auraient eu fort à faire pour en venir à bout[1]. Mais ici le conte cesse de parler d'eux tous. Et il revient au roi Léodegan de Carmélide, qui pourchassa les Saxons jusqu'à ce qu'il soit nuit noire, et dit comment il s'en alla avec Cléodalis son sénéchal.

317. Le conte dit ici que le roi Léodegan, quand il vit que les géants étaient défaits, les poursuivit très âprement jusqu'à ce qu'il soit nuit noire ; il en tua tant, avec ses hommes, que c'était un véritable prodige. Il arriva alors qu'avec Cléodalis, son sénéchal, il fut séparé de ses gens à cause de l'épaisse obscurité qui régnait sur la forêt, si bien que personne ne sut ce qu'ils étaient devenus. Quand les hommes du roi Léodegan virent qu'il faisait nuit noire, ils commencèrent à revenir sur leurs pas, mais les compagnons de la Table ronde, non plus que les compagnons du roi Arthur, n'en firent rien ; au contraire, ils poursuivirent les Saxons très âprement et en tuèrent beaucoup. D'après le conte, le roi Léodegan et Cléodalis pourchassèrent avec ardeur Zidras, Caulas l'Aumaçour, Caulus et Dorilas. Ceux-ci étaient très loin des leurs dans la forêt, et après avoir fui pendant longtemps ils rencontrèrent

---

que prochainnement lor doinst trouver aventure ou il le puissent essaiier et veoir s'il a en li tant de bonté com il i a de biauté. Et il estoient assés plus prés de Daneblayse qu'il ne quidoient, mais ançois qu'il i fuissent venu lor avint une aventure tele qu'il n'i ot si prou ne si hardi qui n'i eüst assés a faire. Mais atant se taist ore li contes d'aus tous. Et retourne a parler del roi Leodegam de Carmelide coument il enchaucha tant les Saisnes qu'il fu noire nuis. Et coument il s'em parti entre lui et Cleodalis son senechal.

317. Or dist li contes que quant li rois Leodegans vit que li gaiant furent desconfit, si les enchauça molt vigherosement tant qu'il fu noire nuis serree si en ocist tant entre lui et ses homes que ce estoit droite merveille. Lors avint que entre le roi Leodegam et Cleodalis son seneschal s'em partirent de lor gent pour la forest qui oscure estoit, ne onques home qu'il eüssent ne sorent qu'il furent devenu. Et quant la gent le roi Leodegam virent que il fu noire nuit, si commencierent a retourner. Mais li compaingnon de la Table Reonde ne retournerent mie ne li com[114a]paingnon le roi Artu, ains enchaucierent les Saisnes molt vigherousement et en ocient molt. Si dist li contes que rois Leodegans et Cleodalis enchaucierent tant Zidras et Caulas l'aumaçour et Caulus et Dorilas. Icil furent moult loing de lor gent en la forest et, quant il orent longement fui, si acon-

plus de douze mille de leurs hommes qui furent chagrinés et courroucés du tort qu'ils avaient subi.

318. Quand les quatre compagnons qui s'enfuyaient eurent ainsi trouvé des secours, ils s'écrièrent : « À l'attaque ! » Et leurs gens regardèrent autour d'eux et virent que les poursuivants de leurs quatre seigneurs n'étaient que deux : ils fondirent sur eux très fièrement. Les deux chrétiens se retranchèrent sous un chêne de haute taille, couvert d'un abondant feuillage, contre lequel ils s'adossèrent. Là, le cheval du roi Léodegan fut abattu sous lui. Et quand Cléodalis vit cela, il mit pied à terre, et fit monter le roi sur son propre cheval, et lui dit de s'en aller pendant que lui resterait là. Lorsque le roi Léodegan vit la loyauté dont faisait preuve son sénéchal, il soupira profondément sous son heaume et se repentit en son cœur de s'être si mal conduit envers lui ; et il se dit qu'il lui revaudrait cet acte de générosité et qu'il l'en récompenserait, s'il vivait assez longtemps. Mais en même temps il se défendait énergiquement car leurs ennemis les assaillaient de toutes parts avec férocité ; cependant le chêne contre lequel ils étaient adossés leur était d'un grand secours. Mais ici le conte se tait à leur sujet. Et il revient à Guiomar et Sinados, qui étaient cousins germains, et qui s'étaient très bien comportés pendant la bataille.

319. Le conte dit ici que Guiomar et Sinados poursuivirent tant les Saxons à travers la forêt qu'ils s'égarèrent et perdirent leurs gens si bien qu'ils ne les voyaient ni ne les entendaient

---

sivirent de lor gens bien .XII.M. qui molt furent dolant et coureçié de lor damage.

318. Quant li .IV. compaingnon qui fuioient orent secours si s'escrient : « Ore a els ! » Et quant cil se regardent si voient qu'il ne sont que .II. qui les .IV. enchaucent, si les courent sus et molt fierement. Et cil se retraient desous un chaisne qui molt estoit biaus et foillis, si l'adossent. Illuec fu li rois Leodegans abatus et ses chevaus desous lui. Et quant Cleodalis le vit si descendi a terre et le fist monter sor le sien cheval et li dist qu'il s'en alast et il remanroit illuec. Quant li rois Leodegans vit la loiauté de son seneschal si soupire moult durement desous son hiaume et se repent molt en son cuer de ce qu'il estoit tant fourfais envers lui. Et dist a soi meïsmes que ceste bonté li vaura il rendre et guerredonner s'il vit longuement. Et toutes voies se desfent il molt durement, car lor anemi les assaillent molt fierement si lor aïde molt li chaisnes qu'il ont adossé. Mais ore se taist li contes d'aus. Et retourne a parler a Guyomar et a Synados qui estoient cousin germain qui molt bien l'avoient fait en la bataille.

319. Or dist li contes qu'entre Guiomar et Synados porsuirent tant les Saisnes par la forest qu'il perdirent si toute lor gent qu'il n'en orent mais oïe ne veüe d'aus, et orent encauciés .XII. gaians molt

plus ; ils avaient pourchassé énergiquement douze géants. Et quand les douze eurent fui pendant un long moment, ils rejoignirent quarante de leurs compagnons qui s'en allaient tout effrayés. Mais leurs poursuivants n'en furent pas conscients jusqu'à ce qu'ils leur tombent dessus, essoufflés comme ils l'étaient par la poursuite, et frappent chacun d'eux le sien si rudement qu'ils les abattirent morts. Quand les Saxons virent qu'ils n'étaient que deux, ils tirèrent leurs épées et les attaquèrent âprement. La mêlée qui commença alors fut très dure, car les chevaliers, même s'ils n'étaient que deux, étaient très vaillants et hardis ; ils n'étaient pas là depuis long-temps, cependant, quand un autre chevalier vint à leur aide de la manière la plus vigoureuse. Le combat fut très violent et dura très longtemps. Mais ici le conte cesse de parler d'eux pour un petit moment et revient aux douze compagnons de la maison du roi, qui poursuivaient et tuaient les Saxons en fuite.

320. Le conte dit dans ce chapitre que, après la défaite des géants, Antor, le père nourricier du roi Arthur, Keu le séné-chal, Girflet, Lucan le Bouteiller, Méraugis, Agorvain et son compagnon Cadrus[1], Abelchin le Noir qui se trouvait avec eux, Bliobléris, Galesconde, Alart le Hardi, Calogrenant et Kahedin le Beau, tous les douze, pourchassèrent très âpre-ment les Saxons dans la forêt, et ils en mirent à mal et en tuèrent beaucoup au cours de cette poursuite dans la forêt profonde. Les Saxons fuyaient devant eux en toute hâte, et

---

durement. Et quant li .XII. orent longuement fui, si atainsent bien .XL. de lor compaignons qui s'en aloient molt esfreé. Et cil n'en sorent onques mot tant qu'il se furent [*b*] en aus feru, si abrievé com il eſtoient, et fierent chascun d'aus le sien que mort les abatent. Et quant li Saisne virent qu'il n'eſtoient que .II., si traient lor espees et se mellent a els molt durement. Si conmencha la mellee molt grans, car molt eſtoient prou et hardi li chevalier qui n'eſtoient que .II. Mais n'orent gaires illuec eſté quant uns chevaliers lor vint en aïde molt vigherousement. Illuec et eſtour molt fort et molt longement dura. Mais ici endroit se taiſt li contes un petit d'aus et retourne a parler de .XII. compaingnons de la maiſnie au roi, conment il enchauçoient les Saiſnes fuiant et ociant.

320. Or diſt li contes en ceſte partie quant li giant furent des-confit, que Autor, qui nourri le roi Artu, et Kex le Seneschal et Gyrflet et Lucan le Bouteillier et Meraugis et Agorvain et Cadrus son compaingnon et Abelchin le Noir, qui fu mis en lor compaingnie, et Blyoberis et Galescondes et Alart le Hardi et a Calogrenant et Kahe-din li Biaus, icil .XII. enchauçoient les Saiſnes par la foreſt molt dure-ment, et molt en acraventent et ocient en la chace qu'il font parmi le grant foreſt. Et li Saiſne fuient devant aus a grant randon et il les

ils les poursuivirent tant qu'ils tombèrent sur le roi Alipancin. Celui-ci était accompagné de deux cents Saxons montés sur de bons chevaux, qui étaient très courroucés du dommage subi par le roi Rion, et aussi très soucieux du fait qu'ils ne savaient ce qu'il était devenu. Quand ils virent les douze compagnons, ils les attaquèrent rudement et entamèrent un combat prodigieux à voir, car les compagnons étaient forts et hardis. Il y eut là, en vérité, une bataille très cruelle, qui dura jusqu'à minuit, avant que les uns et les autres ne se séparent ; ils combattaient sur trois lieux, et sur deux d'entre eux ils n'étaient que deux. C'étaient d'une part le roi Léodegan et Cléodalis son sénéchal, de l'autre Sinados et Guiomar, et enfin douze compagnons du roi Arthur. Et par ailleurs, il y avait en un autre point le roi Arthur, le roi Ban et le roi Bohort son frère, et trois des compagnons de la Table ronde dont le conte vous a donné plus haut le nom : tous les autres étaient revenus sur leurs pas en direction de la cité de Daneblayse. Mais, quand ils arrivèrent à la prairie devant Daneblayse et qu'ils ne trouvèrent pas certains de leurs compagnons, ils les crurent morts. En particulier, lorsqu'ils constatèrent que ni le roi Arthur, ni le roi Ban, ni le roi Bohort, ni le roi Léodegan n'étaient parmi eux, ils manifestèrent une grande douleur, car il les croyaient vraiment morts ; néanmoins, ils attendirent sur place pour voir s'ils en auraient des nouvelles. Ils se logèrent sur la prairie, sans jamais vouloir entrer dans la ville, et placèrent de nombreux

---

chacent tant qu'il les embatirent sor le roi Alipancin. Et il avoit en sa compaingnie .cc. Saisnes molt bien montés qui estoient molt courecié del damage le roi Rion et de ce qu'il ne savoient qu'il estoit devenus. Et quant li .xii. compaingnon les choisissent si se*a* ferirent en els molt durement et commencent une bataille molt merveilleuse, quar molt estoient li compaingnon prou et hardi. Illuec ot un caple molt fier, si dura jusqu'a mienuit ançois que li un ne li autre fuissent departi. Et ensi se combatent en .iii. parties et .ii. en une partie. Ce fu li rois Leodegans et Cleodalis ses seneschaus, et en un autre lieu Synados et Guyomar et en la tierce partie .xii. des compaingnons le roi Artu. Et d'autre part fu li rois Artus [*c*] et li rois Bans et li rois Boors ses freres et .iii. des compaingnons de la Table Reonde, que li contes vous a devant nomé, et tot li autre furent retourné ariere vers la cité de Daneblayse. Et quant il vinrent es prés defors Daneblayse et il ne trouveren mie de lor compaingnons si quidierent qu'il fussent mort*b*. Et quant il virent que li rois Artus ne li rois Bans ne li rois Boors ne li rois Leodegans n'estoient trouvé, si en firent molt grant doel et quidierent vraiement qu'il fuissent mort, ne mais adés atendoient pour aucunes nouveles a oïr. Si se logierent enmi les prés, que onques en la vile ne vaurent entrer, ains se gaitierent molt

gardes pour attendre la venue du jour. Mais ici le conte se
tait à leur sujet. Et il revient à Merlin, racontant comment il
poursuivit une compagnie de plus de dix mille hommes et
comment il fit venir par enchantement une rivière large,
noire et profonde, entre lui et les dix mille.

321. Le conte dit ici que Merlin, après que les Saxons et
les géants furent déconfits et chassés du champ de bataille et
que la poursuite fut entamée, commença, lui, à pourchasser
une compagnie qui comptait bien dix mille hommes, et qu'il
mena jusqu'à une lande vaste et isolée. (Cette compagnie
était dirigée par Galaad, le seigneur de la Terre aux
Pâtures[1].) Dès qu'ils furent sur cette lande, Merlin jeta un
enchantement si merveilleux qu'il fit apparaître, en travers de
leur chemin, précisément là où ils devaient passer, un cours
d'eau si large et si turbulent, qui descendait du flanc des
montagnes dans un tel fracas, que personne n'était assez
hardi pour ne pas en avoir horriblement peur. Et quand ils
voulurent revenir sur leurs pas, ils virent venir un brouillard
prodigieux, si épais qu'ils ne surent plus dans quelle
direction s'en aller. De ce fait, ils restèrent là toute la nuit
sans avancer ni reculer. Mais le conte vous expliquera bien
pourquoi Merlin fit cet enchantement, car il est juste qu'il
vous en dise la vérité exactement comme elle se présente.
Cependant là-dessus le conte ne dit rien de plus. Et il se
remet à parler d'un roi nommé Amant, qui vint assaillir un
château avec sept mille hommes d'armes, et qui arriva dans

---

bien jusques au jour. Mais atant se taist li contes d'aus. Et retourne a
parler de Merlin conment il poursivi une compaingnie qui bien
estoient .x.m. et conment il fist venir une riviere grans et noire et
parfonde par enchantement entre lui et les .x.m.

321. Or dist li contes que quant li Saisne et li gaiant furent desconfit et chacié del champ et la chace fu conmencie, si poursivi Merlins une compaingnie que bien estoient .x.m. tant qu'il les embati en
une lande molt grans et molt parfonde. Icele compaingnie conduisoit
Gaalad, li sires de la Terre as Pastures. Et, si tost com il furent en
cele lande entré, si jeta Merlins un enchantement si merveillous qu'il
fist une aigue si grans et si bruiant[d] au devant de lor chemin la ou
il devoient passer, si descendoit des costieres des montaingnes si roidement que onques n'i ot si hardi qui toute paour n'en eüst. Et
quant il vaurent ariere retourner si virent venir une bruine si grans et
si mervellouse qu'il ne sorent quel part tourner. Si se misent illuec
toute la nuit, que il n'alerent ne avant ne ariere. Et ce pour coi Merlins fist cest enchantement vous devisera bien li contes, car il est
drois qu'il vous en die la verité tout ensi [d] com ele doit aler. Mais
de ce se taist li contes. Et retourne a parler d'un roi qui ot a non
Amans qui vint asaillir un chastel atout .vii.m. ferarmés, et quant il en

une vallée où il trouva un roi avec dix mille compagnons tout armés, avec lequel il engagea le combat.

Début de l'histoire du roi Amant.

322. Le conte dit ici qu'il y avait, en toute vérité, un royaume très riche en la marche de Carmélide et de Bédingran, du côté de la terre du roi Rion, c'est-à-dire vers le soleil couchant ; c'était le roi Amant qui régnait sur ce royaume. Il avait fait la guerre longtemps contre le roi Uterpandragon de son vivant, car le roi Amant ne voulait pas devenir son vassal. Et son territoire était si bien fortifié qu'il craignait peu son ennemi ; toutefois le roi Uterpandragon lui causa assez de tort pour lui enlever un château très riche qui s'appelait Charroie. Ce château comptait en fief cinq cents chevaliers qui lui devaient chaque année trois mois entiers de garde, quelle que soit la saison à laquelle il les convoquait, et sa juridiction s'étendait à vingt lieues tout autour de lui. Ce château, le roi Uterpandragon le donna au roi Bohort de Gaunes, et à ses héritiers, avec toute la seigneurie, car il lui avait été très utile et l'avait beaucoup aidé toute sa vie à dominer ses ennemis. Dès que le roi Bohort l'eut en sa possession, il le confia à Guinebaut son frère, qui était clerc et sage, mais aussi preux aux armes et hardi en cas de nécessité. Le roi Amant en fut fort chagrin. Et quand il entendit dire que le roi Arthur était sur la terre du roi Léodegan, et que d'autre part les Saxons étaient entrés en Bretagne, il

---

vint en une valee ou il trova un roi qui ot en sa compaingnie .x.m. homes armés a qui il se mellerent.

322. Or dist li contes que voirs fu que en la marche de Carmelide et de Bedyngran*a* par devers la terre au roi Rion, c'estoit devers soleil couchant, si avoit un roiaume molt riche que li rois Amans tenoit en sa baillie. Ichil roiaume avoit guerroié li rois Uterpandragon et molt longement en son vivant pour ce que li rois Amans ne voloit ses hom devenir. Et sa terre estoit si forte que petit le redoutoit, mais toutes voies les greva itant li rois Uterpandragon qu'il conquist sor lui un molt riche chastel qui estoit apelés Charroie. Cil chastiaus avoit en fief .v.c. chevaliers qui chascun an i devoient la garde .iii. mois tous entiers en quel saison qu'il les semonsist et en duroit la signourie vint lieues de tous sens environ. Icel chastel dona li rois Uterpandragon au roi Boort de Gaunes, a lui et a ses oirs, et toute la signourie, car molt li valut et aïda tant com il fu vis a gouverner ses anemis. Et si tost come li rois Boors l'ot en sa baillie si le dona a Guinebaut son frere a garder qui molt estoit bons clers et sages et as armes prous et hardis, se mestiaus estoit. Si en fu molt dolans li rois Amans. Et quant li rois Amans oï parler et dire que li rois Artus estoit en la terre au roi Leodegam, et d'autre part estoient li Saisne entré en Bertaingne, si

pensa qu'il se passerait longtemps avant qu'il n'ait une aussi bonne occasion que celle-ci de reconquérir son château qu'il avait perdu depuis si longtemps. Il manda des troupes et assembla ses hommes jusqu'à ce qu'il en ait plus de sept mille, puis il se mit en route, et chevaucha jusqu'à la vallée où le roi Galaad avait fait halte avec ses gens qui étaient bien dix mille. Ils s'étaient arrêtés là par crainte du cours d'eau que Merlin avait fait venir. Mais le vendredi matin après la Pentecôte, par une belle matinée de beau temps clair et serein, toute l'eau fut passée, et l'enchantement prit fin. Les Saxons montèrent donc à cheval et se mirent en route. Mais ils n'étaient pas allés bien loin quand ils rencontrèrent le roi Amant qui s'en allait vers le château de Charroie. Quand le roi Galaad vit le roi Amant, il crut que c'étaient des gens du roi Léodegan qui les avaient poursuivis. Les deux partis étaient montés sur de bons chevaux ; les troupes du roi Galaad attaquèrent âprement les autres, et ceux-ci les reçurent très bien, avec le fer de leurs lances, car il y avait parmi eux beaucoup de bons chevaliers très fiables. Ainsi commença la bataille, féroce et très dure ; elle dura toute la journée jusqu'à vêpres. Mais ici le conte cesse de parler d'eux et retourne au roi Arthur, aux deux rois frères, et aux trois compagnons de la Table ronde, Nascien, Adragain et Hervi de Rivel. Et le conte vous contera comment ils s'en retournèrent vers Daneblayse et, croyant suivre le bon chemin, s'égarèrent complètement.

---

se pensa li rois Amans qu'il ne porroit mais em piece estre en mellour point de son chastel conquerre com ore seroit, que il si longement avoit perdu. Si manda gent et assambla tant qu'il en ot bien .VII.M. et plus et se mist au chemin et chevaucha tant qu'il vint en la valee ou li rois Galaad estoit arrestés, il et ses gens, qui bien es[e]toient .X.M. Et il estoient illuec arresté pour le crisme del aigue que Merlins avoit fait venir. Mais le vendredi matin, aprés Pentecouste, qu'il estoit molt bele matinee et souef tans et seri, et si estoit l'aigue toute acourue et li enchantemens remés, si montent li Saisne sor lor chevaus et se misent au chemin. Mais il n'orent mie granment chevauchié quant il encontrerent le roi Amant qui s'en ala vers le chastel de Charroie. Quant li rois Galaad vit le roi Amant si quida que ce fuissent des gens le roi Leodegam qui les eüssent poursivis. Et il furent bien monté d'une part, si lor coururent sus la gent au roi Galaad molt fierement. Et cil les recueillirent as fers de lor lances molt bien, car molt i avoient de bons chevaliers et de seürs. Si comencha la bataille molt fiere et molt dure qui toute jour ajornee dure jusques au vespre. Mais ici endroit se taist li contes d'aus et retourne a parler del roi Artu et des .II. rois freres et as .III. compaingnons de la Table Reonde, Nascien et Adragam et Hervi de Rivel. Et vous contera li contes comment il retournerent vers Daneblayse ou il quidoient tenir lor droit sentier mais il fourvoierent molt malement.

Combats d'arrière-garde contre Rion.

323. Le conte dit ici que les compagnons du roi Arthur, après qu'il eut retiré l'épée de son écu et qu'il la leur eut montrée, s'en réjouirent fort, et l'admirèrent et le louèrent abondamment. Puis ils se mirent en route vers Daneblayse, et ils étaient convaincus de suivre le bon chemin. Mais ils s'égarèrent, car ils tournèrent à gauche sur une voie ancienne et herbue, où il faisait assez sombre à cause des arbres du bois qui étaient grands et hauts, et couverts d'un épais feuillage. On était au mois de mai, et la lune n'était pas encore levée, car ç'avait été la pleine lune trois jours plus tôt. Quand ils eurent marché quelque temps, ils prêtèrent l'oreille et entendirent retentir au lointain, dans la forêt, des bruits de bataille ; ils se dirigeaient de ce côté car le sentier les y menait. En approchant ils comprirent aux cris qu'ils entendaient que c'étaient quelques-unes des leurs qui combattaient encore les géants qu'ils avaient poursuivis. Ils se dirigèrent donc vers ces sons en accélérant l'allure. La lune commençait à se lever, et en arrivant sur place ils distinguèrent trois chevaliers qui se battaient vaillamment contre plus de cinquante Saxons. Et quand ils furent encore plus proches, au point de pouvoir identifier les combattants, le roi Arthur reconnut Guiomar et Sinados — mais ils ne savaient pas qui était le troisième compagnon, si ce n'est qu'il voyaient bien qu'il était fort, hardi et entreprenant. Les six compagnons l'admirèrent et le louèrent abondamment

323. Or diſt li contes que quant li rois Artus ot priſe l'eſpee fors de son eſcu, et il l'ot montree a ses compaingnons, si en furent tout molt lié et molt le proiſierent et loerent. Lors se miſent au retour vers Daneblayse, et cil quidierent tenir lor droit ſentier. Mais il forvoierent, car il tournerent aſſeneſtre d'une viés voie et herbue ou il faiſoit molt oſcur pour le bois qui grans et haus et foillus eſtoit. Et ce eſtoit el mois de mai et la lune n'eſtoit pas encore levee car plainne eſtoit des le tiers jour devant. Et quant il orent un petit alé, si s'eſcoutent et oent en la foreſt molt loing retentir les cops d'une bataille, et il se [f] traient cele part que li ſentiers les mainne. Et a ce qu'il aprocent si connoiſſent as vois que ce ſont de leur gent qui encore se combatoient as gaians qu'il avoient enchaucié. Si se traient envers la vois qu'il oent et se haſtent de chevauchier. Et la lune commençoit a lever et, en ce qu'il vinrent prés, si voient une grant bataille de .III. chevals qui se combatoient a plus de .L. Saiſnes. Et quant il furent ſi prés qu'il les porent choiſir, si connut li rois Artus Guiomar et Syna-dos, mais il ne ſorent onques qui li tiers compaingnons eſtoit, fors tant qu'il le virent prou et hardi et entreprendant. Si le loent molt et proiſent li .VI. compaingnon qui viennent a la bataille, et il laiſſent

tout en se joignant à la bataille ; ils lâchèrent la bride à leurs
chevaux et se lancèrent parmi les combattants si énergiquement qu'ils les firent tous trembler et hésiter à droite comme
à gauche, abattant et tuant tous ceux qu'ils touchaient. À
cette occasion, le roi Arthur mit bien à l'épreuve Marmiadoise, la bonne épée du roi Rion. Car le conte dit qu'il en
tua à lui tout seul dix. Et quand les trois chevaliers virent
qu'ils recevaient de tels secours, ils chargèrent et firent un tel
massacre que chacun d'entre eux porta son adversaire mort
à terre, étendu de tout son long ; en peu de temps, eux et les
six chevaliers qui étaient venus à leur aide les traitèrent de
telle manière qu'ils les mutilèrent et les tuèrent tous sauf
cinq qui s'enfuirent dans les bois. Et eux de les poursuivre,
car ils désiraient fort les tuer s'ils pouvaient les rejoindre ;
mais ils ne les avaient pas pourchassés très longtemps qu'ils
entendirent un prodigieux vacarme de coups frappés sur des
heaumes et des écus, dont toute la forêt retentissait. Le roi
Ban dit alors au roi Bohort que décidément il leur faudrait
passer toute la nuit à se battre. Et le roi Arthur répliqua que
cela lui convenait parfaitement tant qu'il n'aurait pas mis
sérieusement à l'épreuve la bonne épée qu'il avait conquise.
« Comment, fit le roi Ban, ne l'avez-vous pas assez mise à
l'épreuve et essayée dans cette première rencontre ? — Non,
seigneur, répondit le roi Arthur, car ils étaient trop peu
nombreux. Et en plus, vous et les autres les avez tellement
maltraités que je n'ai pas eu le loisir de l'essayer à mon gré. »
Les barons rirent beaucoup de cette réponse et ils en esti-

---

courre lor chevaus et se fierent entr'aus si durement que tous les font
fremir et branler[e] si fierement a deſtre et a seneſtre, et ocient et abatent quanqu'il ataignent. Illuec essaia molt li rois Artus Marmiadoise,
la bonne espee au roi Rion[b]. Car li contes tesmoigne qu'il en ocist por
meïsmes en ocist les .x. Et quant li .iii. chevalier virent qu'il orent si
rice secours, si lor laissent courre et en font si grant ocision que chascun porte le sien a terre mort eſtendu[c]. Si les atournent si en poi
d'eure, il et li .vi. chevalier qui lor furent venu a secours, qu'il[d] les ont
tous ocis et afolés fors que .v. qui s'en tournerent fuiant aval le bois.
Et cil après, qui molt eſtoient entalenté d'aus ocirre s'il les peüssent
ataindre. Mais il n'orent mie granment les .v. enchauciés quant il
oïrent un caplé fier et merveillous sor hialmes et sor escus si que tous
li boscages qui grant eſtoit en retentissoit. Lors parla li rois Bans et
diſt au roi Boort que toute nuit les couvenra deduire em bataille. Et li
rois Artus li diſt que ce li eſt bel tant qu'il ait bien essaié la bone
espee qu'il avoit conquise. « Conment, fait li rois Bans, donc ne l'avés
vous bien essaié et esprouvee a ceſte premiere bataille ? — Nenil, sire,
fait li rois Artus, que trop furent petit de gent. Et d'autre part vous et
li autre les avés si atournés, si je ne le poi pas essaiier a mon talent. »

mèrent davantage le roi Arthur, et le louèrent fort : car ils avaient bien vu les prouesses qu'il avait accomplies, et ils dirent que ce serait un homme de grande valeur s'il vivait jusqu'à sa maturité.

324. Pendant qu'ils parlaient ainsi, ils s'étaient rapprochés de la bataille qui était fort cruelle et qui battait son plein. Une fois tout près, ils virent cent Saxons qui combattaient douze chevaliers qui leur tenaient tête ; mais quatre d'entre eux étaient déjà à pied, et les huit autres à cheval se défendaient très bien. En approchant encore, ils les reconnurent et virent que c'étaient leurs compagnons, qui étaient venus avec eux en Carmélide, et qui étaient douze en effet selon le conte. Les quatre à pied étaient Antor, Gornain Cadrus, Galet le Chauve et Bliobléris, et le cinquième fut le Laid Hardi[1] : celui-là fut abattu sous leurs yeux, mais il ne s'en défendait pas moins très vigoureusement.

325. Quand le roi Arthur vit Antor à pied, ce n'est pas la peine de demander si cela lui fut désagréable : en effet, sitôt qu'il fut à proximité de la mêlée, il éperonna son cheval, l'épée nue, et frappa le premier qu'il rencontra de telle manière qu'il le fendit en deux jusqu'à la ceinture. Puis il en frappa encore un deuxième si rudement qu'il lui fit voler la tête sur le sol, et un troisième, et un quatrième. Ils commencèrent entre eux un tel abattage qu'il tuaient tout ce qu'ils touchaient ; le roi Arthur en particulier se comportait si bien avec sa bonne épée qu'il coupait tout ce qu'il pouvait atteindre. Si bien que le roi

---

Molt se rient li baron de cele parole qu'il ot dite et proisierent molt le roi Artu et loerent car bien orent veüe la prouece qu'il ot faite. Et dient qu'il sera prodom s'il vit par aage.

324. Endementiers qu'il parloient ensi aprocent de la bataille qui molt estoit grans et felenesse. Et quant il sont prés si voient .C. Saines qui se comba[115a]toient a .XII. chevaliers a estal dont li .IV. estoient ja a pié et li .VIII. a cheval qui molt bien se desfendoient. Et quant il aprocent si voient et connoissent que ce sont lor compaignon qui vinrent avoec aus en Carmelide et furent .XII. tout parconté. Et li .IV. qui furent a pié, si en fu li uns Auctor et li autres Gorvains Cadrus et li tiers Galés li Chaus et li quars Blyobleris et li quins li Lais Hardis. Cil fu abatus voiant lor ex mais molt se desfent vigherousement.

325. Quant li rois Artus voit Autor a pié, il ne fait mie a demander s'il l'em pesa. Car, si tost com il aprocha de la bataille, hurta le cheval des esperons, l'espee traite, et fiert si le premier qu'il encontre qu'il le fent jusqu'a la chainture. Et puis fiert le secont si durement que la teste li fist voler, et puis le tiers et puis le quart. Si commence tel essart entr'aus que tout ocient quanqu'il ataingnent. Et li rois Artus le fist si bien a sa bone espee qu'il cope tout quanqu'il aconsieut. Si la loe molt li rois Artus et dist que li rois Rions

Arthur louait fort cette arme, et disait que le roi Rion n'avait pas tort de l'aimer, car Escalibor même n'était pas comparable à celle-ci, dont il faisait tout ce qu'il voulait. Le combat reprit de plus belle, prodigieusement ardent, car les douze compagnons étaient preux et hardis. Quant aux six compagnons qui étaient venus à la rescousse, ils firent tant à force de prouesses qu'ils remirent en selle les cinq qui étaient à pied ; puis ils lancèrent un assaut si étonnant qu'ils les mirent tous en déroute et les chassèrent du champ en les menant à quatre empans de là au moins, tant et si bien qu'après quatre charges il n'en réchappa pas même quatorze qui ne fussent ni blessés ni tués. Après les avoir poursuivis un moment, ils revinrent sur leurs pas, joyeux et contents de l'aventure que Notre-Seigneur leur avait accordée.

326. Quand le roi Arthur et ses compagnons eurent ainsi contribué à délivrer les douze combattants, comme vous venez de l'entendre, et alors qu'ils revenaient sur leurs pas, il arriva qu'ils rencontrèrent Merlin, le dragon en main, qui venait au-devant d'eux. Dès qu'il les vit, il leur dit : « Ah ! roi Arthur, pourquoi ne chevauchez-vous pas plus rapidement, vous et votre compagnie ? Vous ne savez pas le grand dommage qui vous attend si Dieu n'en prend soin ! Car le roi Léodegan et Cléodalis son sénéchal combattent contre plus de quinze géants, ils sont déjà abattus de leurs chevaux à terre, et ils seront incessamment perdus si vous ne les secourez pas. Suivez-moi, car je m'en vais ! » Quand ils entendi-

---

n'avoit pas tort s'il l'amoit, car Escalibor ne valut onques riens envers celi, car molt en ouvre bien a son talent. Lors reconmence li capleïs grans et merveillous car molt estoient li .xii. compaingnon prou et hardi. Et li .vi. compaingnon qui sont venu au secours ont tant fait par lor proueces qu'il ont remonté les .v. compaingnons qui estoient a pié. Et lors lor firent une envaïe si merveillouse que tous les desconfirent et chacierent fors de la place et les ont si menés a .iiii. empaintes que il lor firent qu'il n'en sont mie escapé .xiiii. qui tout ne fuissent ocis et afolé. Et quant il les orent une piece enchaucié si se retournerent lié et joiant de l'aventure que Nostres Sires lor avoit envoie.

326. Quant li rois Artus et si compaingnon orent aïdié a delivrer les .xii. compaingnons, ensi com vous avés oï, et il s'en retournerent ariere, si avint qu'il encontrerent Merlin, le dragon en la main, qui lor venoit a l'encontre. Et si tost com il les vit venir, si dist : « Ha, rois Artus ! Pour coi ne chevauchiés vous plus tost, vous et vostre compaingnie ? Car vous ne savés mie le grant damage qui cha devant vous est aprestés se Dix n'en pense. Car li rois Leodegans et Cleodalis son seneschal se combatent a plus de .xv. gaians, et sont ja abatu de lor chevaus a terre et seront ja perdu se vous ne les secourés. Ore en

rent les paroles de Merlin, ils éperonnèrent pour le suivre ; et
le dragon que Merlin portait crachait une si grande clarté et
de si grands brandons de feu par la gueule que les douze
compagnons auraient bien vu leur chemin même par la plus
obscure des nuits d'hiver. Ils chevauchèrent tant, Merlin en
tête, qu'ils parvinrent au chêne[1] où les deux chevaliers continuaient à se battre énergiquement, en hommes qui ne manquaient ni de force ni de courage. Pourtant, ils étaient
pressés très vivement, car ils étaient tous deux à pied, et ils
étaient déjà maintes fois tombés à genoux.

327. Quand Merlin et ses compagnons arrivèrent au point
où se tenait la bataille qui avait été si dure pour les deux seigneurs, le roi Léodegan était tombé à terre, car il était si
éprouvé et épuisé par tous les coups qu'il avait donnés et
reçus qu'il ne pouvait plus tenir sur ses pieds, et il restait
allongé à terre là où il était tombé. Et il n'est personne qui
n'aurait eu grande pitié de lui en le voyant dans cet état.
D'ailleurs les géants croyaient bien qu'ils allaient pouvoir le
prendre et s'emparer de lui à l'instant ; mais Cléodalis se
dressa d'un bond à côté de lui, l'épée au poing, et le défendit
si bien qu'aucun des assaillants ne fut assez hardi pour oser
porter la main ou le doigt sur lui. C'est alors qu'arrivèrent
Merlin et sa compagnie et, quand ils se furent approchés
suffisamment pour les voir clairement, Merlin s'écria : « À
l'attaque, nobles chevaliers ! On va voir ici qui se conduira
comme un vrai chevalier ! C'est bien là que vous pourrez

venés aprés moi [*b*] car je m'en vois. » Et, quant il oent ce que Merlins lor dist, si hurtent aprés des esperons. Et li dragons que Merlins
portoit rendoit si grant clarté et si grans brandons de fu par la
bouche que bien s'en veoient a conduire li .XII. compaingnon s'il feïst
la plus obscure nuit qu'il feïst onques es nuis d'yver. Si ont tant chevauchié, Merlins devant, qu'il en vinrent as .II. Saisnes ou li .II. chevalier se combatoient encore molt durement come cil qui avoient assés
cuer et force et valour. Mais molt furent empressé durement car
ambedoi furent a pié et estoient cheü as jenous par maintes fois.

327. Quant Merlins et si compaingnon vinrent a la mellee qui tant
avoit duré des .II. vassaus, si estoit li rois Leodegans cheüs a terre,
car il estoit si durement las et traveillié des cops qu'il avoit donnés et
receüs que plus ne se pot sor ses piés retenir ains chaï a terre tous
estendus. Si n'est nus hom, s'il le veïst en tel point, que grant pitié
n'en deüst avoir. Et li gaiant l'en quidierent tout maintenant saisir et
prendre, mais Cleodalis saut sor lui, l'espee el poing, qui si bien le
desfendi que onques n'i ot tant hardi que le doit ne li main i osast
metre. Et lors vint Merlins entre lui et sa compaingnie et, quant il
aprocent si prés qu'il les porent veoir as ex, si s'escrie Merlins : « Ore
a els, franc chevalier ! Ore i parra qui chevaliers sera ! Ici poés vous

mettre à l'épreuve votre prouesse et votre audace ! Et ne vous inquiétez pas s'ils sont nettement plus nombreux que vous, car vous ne tarderez pas à être secourus par une partie de vos compagnons ! »

328. Ils se jetèrent alors sur les ennemis au grand galop de leurs chevaux, les frappèrent, les tuèrent et rompirent leurs rangs de manière à parvenir auprès des deux vaillants chevaliers qui combattaient encore du mieux qu'ils pouvaient sous les chênes. Car le roi Léodegan s'était relevé et se défendait de toutes ses forces, et les nouveaux arrivants eurent tôt fait de le remettre en selle, que les autres le veuillent ou non. Ils furent alors vingt-quatre chevaliers de valeur, très habiles à se battre, et ils tuèrent et mirent à mal nombre de leurs adversaires. Mais lorsque Zidras, Caulas et Collocaulus[1] virent le grand dommage qu'ils leur causaient, alors qu'ils étaient si peu nombreux, il cria à l'adresse de ses chevaliers : « À l'attaque ! N'avez-vous donc pas honte quand si peu de gens nous tiennent tête, alors que nous sommes bien cent quarante combattants — et eux ne sont qu'une poignée ? Vengez-vous de la souffrance et des dommages qu'ils nous ont infligés en tuant nos amis ! »

329. Entendant les ordres de leur seigneur, les Saxons fondirent sur eux à bride abattue et les assaillirent très rudement ; mais eux se défendirent avec une grande férocité. À cette occasion, le roi Arthur, le roi Ban, le roi Bohort et Nascien accomplirent des prodiges. Ces quatre-là manifestèrent

---

esprouver vos proeces et vos hardemens. Et ne vous esmaiés mie s'il sont assés plus de vous, car[a] vous aurés encore secours d'une partie de vos compaingnons ».

328. Lors se ferirent entr'aus de si grant ravine com li cheval les porent porter, si les fierent et ocient et rompirent si en lor venir qu'il sont venus jusqu'as[a] .II. prodomes desous les chaisnes qui encore se combatoient au plus qu'il pooient. Car li rois Leodegans s'estoit relevés et se desfendoit de toute sa force, et cil le remisent a cheval tost et isnelement qui qu'en pesast ne qui non. Et lors furent .XXIV. chevalier[b] molt prodome et bien aïdant, si en ocient molt et mahaingnent. Mais quant Zidras et Caullas et Collocaulus voient le grant damage que cil lor font et qu'il sont si petit de gent, si s'escrie a ses chevaliers : « Ore a els, dont ne poés vous avoir grant honte que si petit de gent ont duree encontre nous qui somes bien .VII.XX. combatans et il ne sont que plain poing de gent. Ore vengiés le duel et le damage qu'il nous ont [*d*] fait de nos amis. »

329. Quant li Saisne entendent la volenté de lor signour, si lor viennent les frains abandonnés et les asaillent mout durement. Et cil se desfendent fierement. Illuec fist merveilles li rois Artus et li rois

plus de prouesses et de hauts faits d'armes que tous les
autres. Ils firent vraiment merveille, et les dix-neuf autres
aussi. Mais quand Merlin les vit ainsi engagés, il les laissa et
s'enfonça dans la forêt. Il ne s'écoula guère de temps avant
qu'il revienne, amenant douze chevaliers qui se jetèrent aussitôt parmi les géants. Nascien, Adragain et Hervi de Rivel
les regardèrent avec attention et s'aperçurent que c'étaient
quelques-uns de leurs compagnons de la Table ronde. La
bataille s'engagea alors, prodigieuse, et Merlin retourna dans
la forêt, là où il lui plaisait d'aller ; et il y demeura assez
longtemps. Mais quand il revint, il amenait avec lui vingt
chevaliers. Et ceux-ci se jetèrent dans la mêlée avec une
grande vigueur ; pourtant, leurs armes montraient bien qu'ils
ne s'étaient guère reposés pendant la journée ; ils tuèrent et
abattirent tout ce qu'ils rencontraient sur leur chemin. Ceux
qui étaient arrivés les premiers les observèrent attentivement
et les reconnurent comme des compagnons du roi Arthur.
Ils chargeaient les uns après les autres en chevaliers preux et
hardis qu'ils étaient. Merlin portait toujours le dragon en
tête. Il s'en vint alors aux trois rois, les appela et leur dit :
« Voulez-vous savoir comment ces géants seront déconfits ? »
Et eux de répondre qu'il leur tardait fort de l'apprendre.
« Sachez donc, dit Merlin, qu'il n'y a que quatre hommes qui
les tiennent ici. — Où sont-ils ? demanda le roi Ban. —
Suivez-moi, fit Merlin, et je vous les montrerai si vous

Bans et li rois Boors et Nasciens. Icil .iv. furent parant de proece et
d'armes sor tos les autres. Icil .iv. firent merveilles de lor cors et ausi
faisoient tout li autre .xix. Et quant Merlins vit qu'il eſtoient issi mellés, si les laisse et s'en vait en la foreſt. Et il ne demoura mie granment qu'il revint et amaine .xii. chevaliers, et cil se flatiſſent entre les
gaians. Et lors se regarde Nasciens et Adragains et Hervi de Rivel et
connoiſſent qu'il sont de lor compaingnons de la Table Reonde.
Lors conmencha li eſtours trop merveillous, et lors s'en revait Merlins en la foreſt, la ou il li plot, et siſt et i demoura grant piece. Et
quant il revint si amena .xx. chevaliers en sa compaingnie. Et cil se
ferirent en la mellee molt vigereusement et parut bien a lor armes
qu'il n'avoient mie tous jours eſté a repos. Et il ocient et abatent
quanqu'il encontrent en lor venir. Et cil se regarderent qui premier
eſtoient venu, siª connoiſſent que ce sont des compaingnons le roi
Artu si se metent les uns après les autres com cil qui molt eſtoient
hardi et prou chevalier. Et Merlins portoit tousdis le dragon devant.
Lors s'en vait as .iii. rois, si les apele et lor diſt : « Volés vous savoir,
fait Merlins, conment cil gaiant seront desconfit ? » Et cil dient que
molt lor tarde. « Or saciés, fait Merlins, qu'il n'a que .iiii. houmes en
ceſte place qui les tiennent. — Et quel part sont il ? fait li rois Bans.
— Or me sivés, fait Merlins, et par tans le vous moſterrai, se vous

osez les regarder. » Il piqua alors des deux et se lança dans la presse si violemment qu'il abattait du poitrail de son cheval[1] tout ce qui se trouvait sur son passage — et il portait le dragon dont provenait une si grande lumière qu'ils pouvaient parfaitement se voir les uns les autres.

330. Lorsque Merlin vit les quatre rois, il les montra au roi Arthur en lui disant : « C'est maintenant que vous pouvez mettre à l'épreuve la bonne épée que vous avez conquise ! » Et lui de regarder avec attention ceux qu'il désirait fort voir, pensant bien que c'étaient ceux dont Merlin lui avait parlé ; mais il ne put pas les atteindre assez tôt pour n'être pas devancé par Nascien, l'épée à la main. Il rencontra le roi Caullocaulus, le frappa de son épée sur son heaume si rudement qu'il le fendit en deux jusqu'aux dents, et le roi tomba mort. « Et un de moins ! » fit Merlin. Puis il dit au roi Arthur : « À votre tour, maintenant ! » Et le roi Arthur frappa Caulas si fort qu'il fit voler sa tête sur le sol, cependant que le roi Ban frappait le troisième de telle manière qu'il détachait son épaule du buste, et que le roi Bohort frappait Dorilas, un émir, sur le heaume de telle façon qu'il le fendait jusqu'aux épaules. Quand les autres compagnons virent ce que ceux-ci venaient d'accomplir, ils chargèrent le reste des adversaires avec tant de fougue qu'il n'y en eut aucun parmi eux qui n'abatte le sien mort et sanglant. Et quand les géants virent morts ceux qui étaient leurs chefs et leurs maîtres, et considérèrent d'autre part les dommages

---

les osés veoir. » Lors point le cheval des esperons et se fiert en la presse si durement qu'il abat devant lui quanqu'il ataint del pis del cheval, et porte le dragon en sa main si lor rent si grant luour qu'il em pueent bien veoir les uns les[b] autres.

330. Quant Merlins vit les .IIII. rois si les moustra au roi Artu et li dist : « Ore poés essaiier la bone espee que vous avés conquise ! » Et il regarde ciaus qu'il couvoitoit molt a voir, si pense bien que ce sont cil que Merlins li avoit dit. Ne mais onques si tost n'i pot avenir que Nasciens n'i vint ançois qui tint l'espee en la main. Si encontre le roi Caullocaulus, si fiert de l'espee parmi le hiaume si durement que tout le pourfent jusques es dens et cil chiet mors. « Ore [d] en i a mains ! » fait Merlins. Si dist au roi Artu : « Ore i parra que vous ferés ! » Et li rois Artus feri si Caulas que la teste li fist voler, et li rois Bans feri si le tiers que l'espaulle li sevra del costé, et li rois Boors feri si Dorilas, un amiraut, parmi le hiaume, qu'il le fendi jusqu'as espaulles. Et quant li autre compaingnon voient ciaus qui si bien l'ont fait, si lor font une envaïe tele qu'il n'i ot onques celui qui le sien n'abatist mort sanglent. Et quant li gaiant voient ocis ciaus qui estoient lor conduiseour et lor maistre et le grant damage que cil lor font si dient que molt seroit fols[a] qui ocirre se feroit.

importants que leurs ennemis leur causaient, ils se dirent que bien fou serait celui qui se ferait tuer désormais.

331. Puis ils firent demi-tour et s'enfuirent dans la forêt, sans s'attendre l'un l'autre, et leurs adversaires voulurent se lancer à leur poursuite. Mais Merlin les retint, en leur disant de ne pas se soucier de les pourchasser, car d'ici peu de temps ils subiraient assez de misères de la part de certaines personnes qu'ils allaient rencontrer. Ils s'en allèrent alors, marchant au pas tout doucement, et finalement ils sortirent de la forêt. Le jour pointait lorsqu'ils entrèrent dans le camp où les chrétiens s'étaient logés ; les gardes les reconnurent bien, et vinrent à leur rencontre en manifestant une grande joie, car ils les avaient vraiment crus tous morts. La nouvelle se répandit dans toute l'armée que le roi Arthur, le roi Léodegan, le roi Ban et son frère étaient arrivés avec tous leurs autres compagnons. Et on leur fit préparer de quoi manger en abondance, car ils avaient jeûné très longtemps. Mais, avant de manger, ils dormirent et se reposèrent. Lorsqu'ils eurent dormi, les tables furent dressées, ils s'assirent, mangèrent et burent abondamment, car il y avait de quoi, et ils l'avaient bien mérité. Après qu'ils eurent mangé et que les tables furent levées, ils rassemblèrent tout le butin considérable qu'ils avaient conquis et en firent un grand tas ; puis le roi Arthur le répartit sur le conseil de Merlin, sans que le roi Léodegan s'en mêle le moins du monde, et en effet, une fois qu'il eut donné sa fille au roi Arthur et qu'il eut appris son identité et celle des deux vaillants hommes qui étaient en sa

---

331. Lors s'en tournent fuiant parmi la forest que li uns l'autre n'i atent son compaingnon, et cil les vauront enchalcier. Mais Merlins les retint qui lor dist que ne lor en chausist d'enchaucier les, car par tans lor feront duel et anui assés tel gens qui les encontreront. Lors s'en alerent le petit pas, si ont tant alé qu'il vinrent hors de la forest. Et lors conmencha ajourner quant il enterrent es tentes ou li Crestien estoient logié. Et les gardes les connurent si lor vinrent a l'encontre et firent molt grant joie, car bien quidierent qu'il fuissent trestout mort. Si fu la nouvele seüe par toute l'ost que venus estoit li rois Artus et li rois Leodegans et li rois Bans et ses freres et tout lor autre compaingnon. Et on fist apareillier a mengier a grant plenté, car jeüné avoient longement. Mais avant dormirent et reposerent. Quant il orent dormi et les napes furent mises si s'asisent et mengierent et burent a molt grant plenté car assés orent coi et il l'orent bien deservi. Et quant il orent mengié et les napes furent ostees si assamblerent tout le grant avoir que il orent conquesté et le misent tout en un mont. Si le departi tout li rois Artus par le conseil Merlin que onques li rois Leodegans ne s'en mella, ne onques puis qu'il ot donnee sa fille au roi Artu, et il le connut et les .II. prodomes qui o lui estoient,

compagnie, il ne se mêla de rien d'autre que de les servir et
de les honorer. Et lorsque le roi Arthur eut distribué le butin,
et qu'il n'en resta plus rien, il fit savoir par toute l'armée que,
s'il y avait quelques jeunes gens intéressés par de tels gains et
désireux de l'accompagner là où il voudrait les conduire, il
leur donnerait tant à leur retour qu'ils ne seraient plus jamais
pauvres. Il en vint tant, des uns et des autres, que c'était un
véritable prodige, car ils désiraient vivement être toujours en
sa compagnie à cause de sa grande largesse, et tous juraient
et affirmaient que jamais ils ne lui feraient défaut. Il en retint
bien vingt mille. Pourtant il aurait pu en emmener davantage
s'il l'avait voulu, mais il dit qu'il ne voulait pas dégarnir les
défenses du royaume, de crainte qu'ils ne puissent se
défendre si des gens dotés de mauvaises intentions pénétraient sur leur territoire. Il leur dit toutefois de venir à lui,
s'il avait besoin d'eux et les appelait. Et eux promirent et
jurèrent qu'ils agiraient ainsi, en quelque lieu qu'il soit.

332. Alors le roi Arthur se sépara des autres, emmenant
avec lui ses vingt mille soldats, ainsi que les rois Ban, Bohort
et Léodegan, et les compagnons de la Table ronde. Et quand
Bohort eut chevauché avec eux un moment, il prit congé et
se dirigea vers le château de Charroie, emmenant avec lui les
quarante compagnons qui étaient venus en terre de Carmélide avec le roi Arthur, et d'autres chevaliers assez nombreux
pour faire un total de cinq cents. Ils chevauchèrent tant
qu'ils arrivèrent au château de Charroie sans encombre. Et

---

de riens nule ne s'entremesist fors del servir et honnerer. Et quant li
rois Artus ot departi l'avoir si que nule riens ne l'en fu remés, si fist a
savoir par tote l'ost s'il i avoit nul baceler qui valsist gaaingnier et aler
avoec lui la ou il le vauroit mener, qu'il lor donroit tant au repairier
que jamais nul jour povre ne seroient. Si en vint tant des uns et des
autres que ce n'iert se merveille non, car molt desiroient a estre en sa
compaing[e]nie tous jours pour sa grant largece que en lui estoit et
jurent et afient que jamais ne li fauront. Si en retint bien .xx.m. Et
plus en eüst il mené s'il vausist, mais il dist qu'il ne voloit pas desgarnir le roiaume de gent qu'il ne se peüssent desfendre s'aucunes gens
entraissent en la terre pour mal faire. Mais itant lor dist que se
mestiers li estoit et il les mandast qu'il venissent a lui. Et cil dient et
jurent que ensi feront il ja en si estrange liu ne seroit.

332. Atant s'em part li rois Artus des autres. Si en mainne ses
.xx.m. soldoiiers et li rois Bans et li rois Boors et li rois Leodegans et
li compaingnon de la Table Reonde. Et quant li rois Boors d'une
piece avoec aus chevauchié se prist congié d'aus et s'en tourna vers le
chastel de Charroie et amena avoec lui les .xl. compaingnons qui
estoient venu avoec le roi Artu en la terre de Carmelide et tant de
chevaliers avoec qu'il furent .v.c. Si errerent tant qu'il en vinrent au

quand ceux du château les virent, ils firent fête au roi, car cela faisait longtemps qu'il n'y était pas venu ; il y resta huit jours entiers. Mais ici le conte se tait à leur sujet et revient au roi Amant et au roi Galaad, pour raconter comment le combat s'engagea entre eux.

333. Le conte dit ici que grande fut la bataille et mortel le combat, là où le roi Amant et le roi Galaad se rencontrèrent. Car les géants étaient dix mille, et ils comptaient dans leurs rangs beaucoup de bons chevaliers, hardis. Et du côté du roi Amant il y avait nombre de jeunes gens, très valeureux, si bien que la bataille dura toute la journée jusqu'au point où les Saxons, qui étaient pourtant dix mille, furent presque déconfits, et l'auraient été sans une aventure curieuse qui leur arriva. En effet, les gens de Zidras, qui s'étaient sauvés devant le roi Arthur, survinrent sur le champ de bataille. Les Saxons en avaient bien besoin, car ils étaient en si mauvaise posture que de dix mille qu'ils étaient il n'en restait plus que la moitié. Mais de son côté le roi Amant avait bien perdu la moitié des sept mille hommes qu'il avait amenés. Il y eut là une bataille douloureuse et mortelle, car les gens du roi Amant se trouvaient dans une situation très hasardeuse ; mais un fait joua en leur faveur : les autres étaient las et éprouvés, car ils n'avaient pas cessé de combattre toute la journée de la veille et ils n'avaient pas dormi de la nuit. De ce fait, ils étaient plus lents et leurs réflexes étaient moins bons, mais néanmoins ils combattirent si bien que le roi

chastel de Charroie, se n'i orent onques encombrier. Et quant cil del chastel les virent si li firent molt grant joie, car piecha n'i avoit esté et i demoura .viii. jours tous plains. Mais atant se taist li contes d'aus et retourne a parler del roi Amant et del roi Galaad conment il se combatirent.

333. Or dist li contes que molt fu grans la bataille et li estours mortex la ou li rois Amans et li rois Galaas s'entrecombatirent. Car li gaiant estoient .x.m. et molt avoient de bons chevaliers et de hardis. Et devers le roi Amant avoit molt de jones baceler et de poissans as armes. Si dura le bataille toute jour ajornee tant que li Saisne qui estoient .x.m. fuissent tout desconfit, se ne fust une aventure qui lor avint. Car la maisnie Zidras qui s'en estoient parti del roi Artu i sourvinrent. Et il lor estoit bien mestier, car il estoient ja si mené que des .x.m. estoient ja venu a la moitié. Et [f] ausi avoit li rois Amans bien perdu la moitié de .vii.m. qu'il avoit amenés. Illuec ot estour angoissous et mortel, car trop estoient a grant meschief la gent au roi Amant. Mais ce lor aïda molt que cil estoient las et traveillié, car il n'avoient finé de combatre en tout le jour devant ne il ne dormirent en toute la nuit. Si en furent plus pesant et mains haitié, et nequedent il se combatirent tant, que d'une part que d'autre, que li rois

Amant fut vaincu, et qu'il n'en réchappa pas plus de trois
mille hommes. Le roi Amant subit ici de grandes pertes, et
les survivants, qui se logèrent sur une lande, en ressentirent
une profonde douleur. Ils étaient sombres et chagrins,
absorbés dans la pensée de leurs parents et amis qu'ils
avaient vu occire et qui gisaient maintenant sur la lande. Ils
en éprouvaient une telle douleur que de toute la nuit ils ne
mangèrent ni ne dormirent.

334. Au matin, les corps furent rassemblés et enterrés, car
les Saxons s'en étaient allés. Là-dessus, des nouvelles vinrent
au roi Amant, l'informant que le roi Bohort était au château
de Charroie. En entendant cela, ce dernier demanda avec
intérêt combien de gens il pouvait avoir avec lui. Et on lui
dit qu'il en avait encore cinq cents. Il dit alors aux membres
de son conseil qu'il n'entrerait pas sur sa terre, car il lui
restait trop peu de gens. Mais il l'espionnerait jusqu'à ce qu'il
ait l'occasion de lui tomber dessus en un lieu où il pourrait
le combattre. « Car nous avons, fit-il, plus de gens qu'il n'en
a, et s'il vient par ici je compte bien m'en tirer très différemment, pour peu qu'il me laisse faire. » Ainsi le roi Amant
exposa sa volonté, dont il aurait bien pu s'abstenir s'il avait
voulu ; mais tel croit venger sa honte qui l'accroît. Mais ici le
conte cesse de parler d'eux et retourne au roi Arthur et à sa
compagnie qui s'en vont vers la cité de Carohaise.

335. Le conte dit ici que le roi Arthur et sa compagnie
allèrent tant qu'ils arrivèrent à la riche cité de Carohaise où

Amans tourna tous desconfis et n'eschaperent mie plus de .iii.m. Illoc
fist li rois Amans molt grant perte, si en firent molt grant doel cil qui
remesent vivant et il se logierent en une lande. Si furent mat et pensis de lor parens de lor amis qu'il virent mors et ocis enmi la lande
jesir. Si en firent si grant dueil qu'en toute la nuit ne mengierent ne
ne dormirent.

334. Au matin furent li cors cerchié et mis en terre, car li Saisne
s'en estoient alé. Lors vinrent nouveles au roi Amant que li rois
Boors estoit el chastel de Charroie. Quant li rois Amans l'entent si
demanda et enquist combien de gent il pooit avoir avoec lui. Et on li
dist qu'il en a encor .v.c. Lors dist a son conseil qu'il n'enterroit pas
en la terre, car poi li estoit remés de gent. Mais il l'espieroit tant qu'il
l'ataindroit en une piece de terre ou il se porroit bien a lui meller.
« Car nous avons, fait il, plus de gent qu'il n'ait, et s'il i vient tout
autrement en quit je esploitier s'en lui ne remaint. » Ensi devise le
rois Amans sa volenté dont il se peüst bien soufrir s'il le pleüst,
mais tels quide bien sa honte vengier qui l'acroist. Mais atant se taist
li contes d'aus et retourne a parler del roi Artu et de sa compaingnie
qui s'en vont vers la cité de Karouaise.

335. Or dist li contes que tant esploita li rois Artus et sa compaignie

ils furent accueillis avec beaucoup de joie. Ils y séjournèrent deux jours entiers, et au matin du troisième jour le roi Léodegan vint au roi Arthur et le requit d'épouser Guenièvre, sa fille. Mais Merlin dit qu'auparavant il lui faudrait achever certaine besogne : il devrait en effet se rendre au royaume de Bénoïc. Et il lui expliqua pourquoi, mais il le fit secrètement au cours d'un conseil privé, car il ne voulait pas que cette affaire soit connue d'aucun de ceux qui devaient s'y rendre. Quand le roi Léodegan eut entendu ces explications, il lui demanda de se préoccuper de revenir aussitôt que possible. Et Merlin dit que cela allait de soi, il n'était pas nécessaire de l'en prier ; en revanche, il devait se préparer, car il leur faudrait partir au matin. Alors le roi Arthur demanda : « Seigneur, n'attendrons-nous pas le roi Bohort qui est au château de Charroie ? — Vous l'attendrez, fit Merlin, à votre château de Bédingran. — À vos ordres », dit le roi.

L'aventure de Guinebaut.

336. Ils s'apprêtèrent alors et firent leurs préparatifs, et ils se mirent en route le matin suivant. Le roi Arthur prit congé du roi Léodegan, ils s'embrassèrent en se séparant, et Guenièvre le pria vivement de revenir bientôt. « Car jamais, dit-elle, je ne serai heureuse avant de vous revoir. » Et il lui dit qu'il voudrait être déjà revenu. Ils se séparèrent alors, et le roi Arthur s'en alla avec le roi Ban. Merlin qui les guidait marchait en tête, et ils étaient suivis par les compagnons de la

---

qu'il vinrent a la riche cité de [*1 1 6 a*] Karoaise ou il furent molt liement recueilli. Illuec sejournerent .II. jors entiers, et au tiers jor vint li rois Leodegans au roi Artu et le semonst qu'il esposast Genievre sa fille. Et Merlins li dist qu'il li couvenroit ançois une besoigne furnir, car il li couvenroit ançois passer el roiaume de Benuyc. Et si conta raison pour coi. Mais ce fu a conseil, car il ne voloit pas que la chose fust seüe par nul home qu'il aler i deüst. Et quant li rois Leodegans ot oï la besoigne, si dist qu'il pensast del repairier au plus tost qu'il porroit. Et Merlins li dist que de ce ne li couvenast il a proiier, mais apareillast soi, car au matin les couvenra mouvoir. Et lors li dist li rois Artus : « Sire, n'atendrons nous mie le roi Boort qui est el chastel de Charroie ? — Vous l'atendrés, fait Merlins, a vostre chastel de Bedingram. » Et le roi li dist : « A vostre volenté. »

336. Lors s'apareillent et atournent et se metent au matin a lor chemin. Si s'en parti li rois Artus del roi Leodegam, s'entrebaisent au departir, si li proiia molt Genievre de tost revenir. « Car jamais, fait ele, ne serai a aise ne lie devant ce que je vous reverrai. » Et il dist qu'il vauroit estre revenus. Si s'en partent atant les uns des autres, si s'en vait li rois Artus et li rois Bans. Et Merlins vait devant qui les conduist et s'en vont devant li compaingnon de la

Table ronde et les vingt mille soldats recrutés par le roi en
Carmélide. Le roi Ban prit un messager et l'envoya au château
de Charroie, au roi Bohort son frère, lui mandant qu'il vienne
à Bédingran, car ils s'étaient mis en route et l'attendraient là-
bas ; et qu'il fasse diligence. Le messager chevaucha tant qu'il
arriva auprès du roi Bohort, à qui il répéta ce que son frère
lui mandait. Et quand le roi Bohort eut entendu cela, il se mit
en route vers Bédingran. Guinebaut son frère l'escorta, et ils
marchèrent tant qu'ils arrivèrent, lui et sa compagnie, dans la
Forêt Périlleuse, qui fut par la suite appelée sans Retour. Et la
raison de cette appellation vous sera clairement donnée par le
conte dans la suite, s'il vous plaît d'y prêter attention. Mais ici
le conte nous dira comment le roi Bohort, Guinebaut le clerc,
son frère, et toute leur compagnie se mirent en route pour
rejoindre le roi Ban qui les avait mandés. Et le conte nous
dira aussi comment ils parvinrent à une prairie où il y avait
des dames et des demoiselles.

337. Le conte dit ici que le roi Bohort et Guinebaut son
frère entrèrent dans la forêt, et ils n'étaient pas plus de quarante. Il arriva qu'ils s'engagèrent dans un chemin sur leur
droite et chevauchèrent à vive allure jusqu'à ce qu'ils soient
profondément enfoncés dans la forêt. Ils rencontrèrent alors
une aventure tout à fait merveilleuse, car ils découvrirent sur
une prairie tout enclose de bois les plus belles danses de
dames, de jeunes filles[1] et de chevaliers qu'ils aient jamais

---

Table Reonde et li .xx.m. soldoier que li rois ot retenus en Carmelide.
Et li rois Bans prist un message et l'envoia el castel de Charroie au
roi Boort son frere et li manda qu'il s'en venist a Bedingram. Car il
s'estoient mis au chemin, car illuec l'atendroient, et venist au plus
tost qu'il peüst. Et li messages erra i tant qu'il vint au roi Boort et li
conta ce que ses freres li mandoit. Et quant li rois Boors l'oï, si se
mist au chemin devers Bedingram. Et Guynebaus, ses freres, le
convoia, et il errerent tant qu'il en vinrent en la Forest Perillouse,
entre lui et sa compaignie, qui puis fu apelee Sans Retour. Et ce pour
coi ele fu ainsi apelee vous devisera bien li contes cha en avant[e] se il
vous plaist a escouter. Mais ici endroit nous devisera li contes coument li rois Boors et Guinebaus li clers, ses freres, et lor compaignie
se misent au chemin pour venir au roi Ban qui les avoit mandé. Si
nous devisera li contes qu'il entrerent en une praerie ou il ot dames
et damoiseles.

337. [*b*] Or dist li contes que quant li rois Boors et Guinebaus ses
freres furent entré en la forest si ne furent pas plus de .xl. en lor
compaignie. Si avint qu'il entrerent en un chemin a destre et chevauchierent grant pas tant qu'il furent entré en la forest bien en parfont.
Et lors trouverent une aventure molt merveillouse, car il trouverent
en une praerie qui toute estoit enclose de boscage a la reonde les

vues de leur vie. D'un côté, ils virent assise dans un fauteuil
la plus belle demoiselle qui fut jamais, et de l'autre côté un
chevalier qui avait bien cinquante ans, lui aussi dans un fauteuil. Quand le roi Bohort vit la dame, qui était si belle, il mit
pied à terre ; Guinebaut son frère en fit autant, et ils allèrent
tous la voir de plus près. En les voyant venir, la dame se leva
pour venir à leur rencontre, comme une femme honorable,
sage et bien élevée, et elle dégagea son visage de sa guimpe,
car elle savait bien qu'ils voulaient la voir. Sur ces entrefaites,
le roi Bohort la salua, et elle lui rendit son salut très aimablement ; puis ils s'assirent tous sur l'herbe verdoyante et regardèrent la fête. Mais Guinebaut contemplait la dame, et il s'y
appliqua tant qu'elle pénétra dans son cœur de telle manière
qu'il ne cessait de penser à elle. Alors la demoiselle dit qu'elle
serait bienheureuse, celle qui pourrait connaître une telle joie
tous les jours de sa vie. Guinebaut répliqua qu'elle l'aurait,
sans aucun doute, si cela lui plaisait, pour peu qu'elle ne
refuse pas de faire le nécessaire. Et elle dit qu'elle ne le refuserait certes pas. «Dites-moi donc, ajouta-t-elle, ce que je
dois faire. — Certes, dit-il, si vous me donniez votre amour
pour tous les jours de votre vie, je ferais tant pour vous que
les caroles demeureraient perpétuellement, de la manière suivante : tous ceux et toutes celles qui viendraient ici et qui
les verraient devraient rester là et se joindre aux danses ; et
cela durerait jusqu'à ce qu'y vienne un chevalier qui n'aurait

---

plus beles danses de dames et de puceles et de chevaliers qu'il eüssent onques mais veües a nul jour de lor vies. Et d'autre part virent
seoir en un faudestuef la plus bele damoisele qui onques fust, et
d'autre part fu un chevalier qui bien avoit .L. ans en un faudestuef
ausi. Quant li rois Boors vit la dame qui estoit de si grant biauté si
descent a pié et Guinebaus ses freres aussi, et tout li autre le vont
veoir. Et quant la dame les voit venir si se lieve encontre aus conme
prous et sage et bien enseignie, si oste la guimple de son chief, car ele
savoit bien qu'il le venoient veoir. Et quant li rois Boors le voit si le
salue et cele li rent son salu molt debonairement. Et lors s'aseent
tout sor l'erbe verde et esgardent la feste. Et Guinebaus regardoit la
dame, et tant i mist son cuer et s'entente qu'ele li est el cuer entree
en tel maniere qu'il ne faisoit se penser non a li. Et lors dist la
damoisele que molt seroit bone eüre qui tel joie porroit avoir tous
les jours de sa vie. Et Guinebaus li dist que ce auroit ele bien, si li
plaisoit, s'en li ne remanoit. Et ele dist que en li ne remanroit il ja.
«Or me dites, fait ele, comment. — Certes, fait il, se vous me donniés le vostre amour a tous les jours de vostre vie je feroie bien tant
pour vous que la charole remanroit en tel maniere que tout cil et
toutes celes qui par ici venroient et la charole verroient, il lor
convenroit a remanoir*a* et duroit [*c*] tant que nus chevaliers i venroit

jamais commis de trahison en amour[2]. Et en plus, il faudrait qu'il soit le meilleur chevalier de son temps. » Quand la dame entendit ces propos, elle dit qu'elle ne le refuserait pas, pourvu qu'il tienne sa promesse. « Dites-moi, reprit Guinebaut, si vous avez jamais été mariée. » Et elle répondit que non, et qu'elle était aussi vierge et pure qu'en sortant du ventre de sa mère[3]. « Et je suis par ailleurs, continua-t-elle, dame d'un royaume qu'on appelle la Terre Étrange Soutenue[4]. » Guinebaut lui dit alors qu'il était prêt à compléter leur accord, et elle s'abandonna tout entière à lui, car il était très séduisant. Et le vieux chevalier, de son côté, dit qu'il placerait là une haute chaise pour que s'y assoie le chevalier si loyal en amour lorsqu'il viendrait à passer. Le roi Bohort dit à son tour que, dans ces conditions, il placerait sur cette chaise sa couronne d'or[5], qu'il avait apportée du château de Charroie, pour couronner le chevalier, car il l'aurait bien mérité.

338. Alors Guinebaut et la jeune fille échangèrent leurs promesses, et jurèrent de tenir leur parole loyalement et de bon cœur aussi longtemps qu'ils vivraient, sauf qu'elle ajouta une clause selon laquelle la carole durerait jusqu'à l'arrivée de celui qui n'aurait jamais été traître à l'égard de l'amour, même si Guinebaut venait à mourir avant elle. Guinebaut jeta donc ses sorts, et il établit la carole conformément à ce que vous venez d'apprendre : les danses ne cesseraient jamais jusqu'à la venue de celui qui n'aurait jamais commis de trahison en amour, si ce n'est que les danseurs iraient

qui onques n'auroit vers amors falsé. Et avoec ce si couvenroit il que il fuſt li miudres chevaliers qui a son tans seroit. » Et quant la dame l'oï enſi parler, si diſt que ce ne li refuseroit ele ja, mais qu'il li teniſt ce qu'il li a deviſé. « Or me dites, fait Guinebaus, se vous onques euſtes signour. » Et ele diſt que nenil, ains eſt auſi bone pucele com ele iſſi del ventre ſa mere. « Et ſi sui, fait ele, dame d'un roiaume c'on apele la Terre Eſtrange Souſtenue. » Adont li diſt Guinebaus qu'il eſt prés de parfurnir la couvenance et ele s'otroie del tout a lui, car molt eſtoit de grant biauté. Et li vix chevaliers si diſt qu'il meteroit illuec une chaiere qui seroit apareillie la ou li chevaliers seroit aſis qui ſi seroit loiaus d'amours quant il i venroit. Et li rois Boors li diſt, puis qu'enſi il eſtoit avenu, qu'il i aſerroit ſa couronne d'or qu'il avoit aportee del chaſtel de Charroie dont li chevaliers seroit couronés car bien l'auroit deservi.

338. Lors s'entrefiancerent Guinebaus et la pucele lor couvenances a entretenir de bon cuer loiaument tant com il vivront par tel couvent qu'ele diſt que, se Guinebaus muert avant li, pour ce que ne demouraſt la charole tant que cil qui onques n'aura fauſé vers amors i venra. Lors jeta Guinebaus ses enchantemens et eſtabli la charole, auſi com vous avés oï, que ja ne cessaiſſent nule fois tant

dîner et souper, dormir et se reposer, et qu'ils danseraient entre-temps[1].

339. Une fois que la carole fut établie, la jeune fille dit à Guinebaut de créer encore un autre jeu qui ne pourrait s'achever et dont le monde entier parlerait après sa mort. Alors Guinebaut fit de sa propre main un jeu d'échecs, dont les pièces et tous les pions étaient moitié d'or et moitié d'ivoire. Car il était subtil et très habile dans toutes les tâches qu'il voulait entreprendre. Quand il eut tout préparé, l'échiquier et les échecs, de manière que tous ceux qui voulaient y jouer puissent le faire, il fit ses conjurations et jeta ses sorts de telle sorte que le jeu joue de lui-même contre tous ceux qui s'assiéraient dans l'intention de jouer, dès qu'ils auraient déplacé une pièce, que ce soit un pion, un fou, un cavalier, une reine ou une tour, ou le roi — et qu'en outre, si bien que sache jouer son partenaire, le jeu le mette mat dans l'angle, qu'il le veuille ou non, et ne soit jamais mis mat lui-même jusqu'à ce que le meilleur chevalier du monde remporte la victoire. Et il lui faudrait en plus être de telle vertu qu'il n'aurait jamais été traître à ses amours, et par surcroît serait fils de roi et de reine[1].

340. Guinebaut installa donc la carole et l'échiquier comme vous venez de l'apprendre, puis il fit de nombreux autres jeux magiques, et apprit à la dame bien des choses dont elle se servit souvent par la suite, après qu'il fut mort.

---

que cil i venist qui onques n'eüst fausé vers amours, fors tant qu'il eüssent disné et soupé et qu'il s'alerent*ᵉ* dormir et reposer et entre .ii. charoloient il.

339. Quant la charole fu establie si li dist la pucele que encore li feïst un autre gieu que jamais ne*ᶜ* porroit faillir et dont tous li mondes parlast après sa mort. Lors fist Guinebaus il meïsmes de sa main un gieu parti d'eschés et les paonnes et toute l'autre maisnie. Et furent molt bel, l'une partie d'or et l'autre d'ivoire. Car il estoit molt soltix de ce dont il se voloit entremetre. Quant Guinebaus ot tout apareillié et l'escechier et les eschés que bien i peüssent joer tout cil qui joer i vaurent, si fist son conjurement et son art en tel maniere que tout cil qui aseüssent au gieu pour joer, ja si tost n'eüst trait paonnet ne aufin ne chevalier ne [*d*] roc ne roi, que li gix ne traisist encontre lui. Ne ja si bien ne seüst nus hom joer que li gix nel matast en angle, vausist ou non. Ne jamais matés ne fust tant que li miudres chevaliers del monde le matast. Si le couvenoit estre de tel grasce qu'il n'eüst onques de ses amours fausé, si couvenoit qu'il fust fix de roi et de roïne.

340. Ensi com vous avés oï establi Guinebaus la charole et l'escechier et puis i fist maint gieu et aprist la dame tele chose dont ele ouvra puis maintes fois puis qu'il fu mors. Car il fist puis tourner

En effet, il fit le château Tournoyant et les caroles que
Méraugis rencontra plus tard à la Cité sans Nom[1]. Quand
Guinebaut eut accompli tout cela, le roi Bohort se remit en
route. Or, le roi Amant savait bien, par un espion, que le roi
Bohort avait quitté le château de Charroie et s'en allait vers
Bédingran où le roi Ban et le roi Arthur l'attendaient. Il fit
monter à cheval ses troupes — les cinq cents hommes qui
lui étaient restés de la bataille —, puis ils chevauchèrent tant
qu'ils arrivèrent à la Forêt Périlleuse, sur le chemin qui
venait du château de Charroie et que le roi Bohort devait
emprunter. Le roi Amant se logea dans des tentes et des
pavillons dans la forêt même pour ne pas être repéré avant
que le roi Bohort n'arrive après son détour par la carole que
Guinebaut, son frère, avait établie de la manière suivante :
tous les chevaliers qui y viendraient par la suite y demeureraient dansant jusqu'à ce que vienne Lancelot du Lac, qui
dénouerait les enchantements, et enverrait l'échiquier qui faisait mat tous les partenaires à la reine Guenièvre, la femme
du roi Arthur[2]. Et parce que tout les passants restaient là à
danser, la forêt fut appelée Forêt sans Retour. Donc, quand
le roi Bohort eut quitté ce lieu, il n'eut vent de rien avant de
tomber sur les tentes et les pavillons du roi Amant et de ses
gens.

Combat entre Bohort et le roi Amant.

341. Lorsque le roi Bohort vit les tentes, il fit demander de
qui il s'agissait. On lui répondit que c'était le roi Amant, qui

---

le chastel et les charoles que Meraugis trouva puis a la Cité sans
Non. Quant Guinebaus ot tout acompli, si se mist li rois Boors a la
voie. Et li rois Amans sot bien par une espie que li rois Boors s'en
estoit partis del chastel de Charroie et s'en aloit vers Bedingram ou li
rois Bans et li rois Artus l'atendoient. Lors fist li rois Amans monter
ses gens jusques a .v.c. que li estoient remés de la bataille. Si chevaucierent tant qu'il vinrent en la Forest Perillouse si com il venoit del
chastel de Charroie, par illuec ou li rois Boors devoit passer. Et se
loga en tentes et em paveillons dedens la forest qu'il ne fust aperceüs devant ce que li rois Boors chevauchast quant il fust partis de la
charole que Guinebaus ses freres avoit establie en tel maniere que
tout li chevalier qui puis vinrent demourerent charolant tant que
Lancelos du Lac i vint qui tous les desfist, et envoia l'eschiekier qui si
matoit les gens a la roïne Genievre qui estoit feme le roi Artu. Et
pour ce que toutes les gens demourerent illuec charolant si ot la
forest a non la Forest sans Retor. Et quant li rois Boors s'en fu
d'illuec partis, si n'en sot onques mot quant il vint sor les tentes et
sor les paveillons le roi Amant et a ses gens.

341. Quant li rois Boors choisi les pavellons, si fist demander ques

n'était venu là que pour lui tendre une embuscade. En apprenant ces nouvelles, il fit armer ses hommes et se dirigea vers une rivière qui courait dans la forêt. Il faisait déjà nuit noire ; toute la nuit ils restèrent en armes, et dès qu'ils virent apparaître le jour ils se mirent en selle et chevauchèrent les uns contre les autres. Quand ils furent tout proches, le roi Bohort manda au roi Amant de venir lui parler, et il obtempéra ; mais dès qu'ils furent ensemble, le roi Amant prit la parole et dit : « Seigneur, seigneur, il est vrai que vous m'avez mandé, et que je suis venu ; mais je vous dis que vous avez grand tort envers moi : car vous me privez d'un château qui m'appartient ; et je voudrais vous prier de me le rendre, à la condition que je devienne votre ami, avant que nous n'allions plus loin. — Seigneur, répliqua le roi Bohort, le château que vous me demandez, ce n'est pas moi qui vous l'ai enlevé, mais celui de qui vous le teniez en fief, à savoir le roi Uterpandragon, Dieu ait son âme : vous deviez être son vassal, et le servir en tout. Mais vous étiez si plein d'orgueil que vous n'avez jamais daigné lui rendre hommage ni le servir, et c'est pour cette raison qu'il vous enleva le fief pour lequel vous deviez être son vassal. Et après vous l'avoir retiré, il me le confia pour que je le garde, car je l'avais longtemps servi. Mais je vais quand même vous faire une proposition encore plus favorable : venez à Bédingran où m'attend le roi Arthur, faites-lui hommage comme les barons en décideront, et je

---

gens c'estoient. Et on li dist que c'estoit li rois Amans qui n'estoit illuec venus se pour lui espier non. Et quant li rois Boors l'oï si fist sa gent armer et se traïst en sus sor une riviere qui couroit parmi la forest. Et il estoit ja noire nuit. Si furent toute la nuit armé, et, si tost com il virent le jour aparoir, si monterent es chevaus si chevauchierent les uns contre les autres. Et quant il vinrent bien prés si manda li rois Boors au roi Amant qu'il venist a lui parler. Et il i vint et, si tost com il furent venu ensemble si li dist li rois Amans : « Sire, sire, il est voirs que [*e*] vous m'avés mandé et je i sui venus. Si vous di que vous avés envers moi molt grant tort d'un mien chastel que vous me tolés dont je vous vauroie proiier, par couvent que je fuisse vostre amis, que vous le me rendissiés ançois que autre chose i eüst faite. — Sire, fait li rois Boors au roi Amant, le chastel que vous me demandés je ne le vous ai pas tolu, ains le vous toli cix de qui vous le teniés. Ce fu du roi Uterpandragon, dont Dix ait l'ame, qui hom vous deviés estre et service faire et rendre. Mais vous fustes si trés plains d'orguel que onques service ne li daingnastes rendre ne homage faire, et pour ce vous toli il ce dont vous deviés estre ses hom. Et quant il le vous toli il le me bailla a garder, car maint jour l'avoie servi. Et encore vous ferai je plus biau plait : venés a Bedingran ou li rois Artus m'atent et li faites homage si com li baron diront, si com

vous rendrai le château sans restriction. — Ne ferez-vous
rien d'autre à ce sujet ? » demanda le roi Amant.

342. « Non, seigneur, dit le roi Bohort, car je ne tiens
aucune terre de vous ; mais devenez le vassal du roi Arthur
et je vous rendrai le château qui m'a été confié. — Je n'en
ferai rien, répliqua le roi Amant, et je ne serai pas son vassal
de toute ma vie ! — Puisque vous ne voulez pas suivre mon
conseil, dit le roi Bohort, je me tairai et vous ne m'entendrez
plus jamais aborder ce sujet. — Seigneur, fit le roi Amant,
vous n'avez amené que peu de gens, j'ai moi-même peu des
miens, et si nous nous battons, cela ne peut aller sans grand
dommage de part et d'autre. Agissons autrement : vous êtes
ici pour le droit du roi Arthur que vous considérez comme
votre seigneur ; combattons, vous et moi, en combat singulier aux conditions que voilà : si vous l'emportez sur moi, le
château sera vôtre entièrement, et je m'en irai avec vous à
Bédingran et je ferai hommage au roi Arthur de toute ma
terre et de tous mes barons, en toute humilité. Et s'il arrive
que je l'emporte sur vous, vous me rendrez le château, et
vous vous en irez quitte, car je ne veux rien d'autre de vous.
Et ainsi nous pourrons venir à bout de cette affaire en évitant le pire[1]. — Et si l'un de nous meurt dans l'aventure, dit
le roi Bohort, que se passera-t-il ? — Si vous me tuez, dit le
roi Amant, mes hommes s'en iront avec vous et feront
hommage au roi Arthur. Et s'il arrive que vous soyez tué,

---

vous devés faire, et je vous rendrai le chaſtel tout quite. — Ne ferés
vous autre chose ? » diſt li rois Amans.

342. « Sire, fait li rois Boors, nenil, car de vous ne tieng je nule
riens. Ne mais devenés hom au roi Artu et je vous rendrai le chaſtel
que je ai en ma baillie. — Je n'en ferai riens, fait li rois Amans, que
je ne serai ja ses hom en tout mon aage. — Puis que mon conseil ne
volés croire, fait li rois Boors, et je m'en tairai que vous ne m'en
oïrés jamais parler. — Sire, fait li rois Amans, vous n'avés amené
c'un poi de gent et je ai amené un poi de la moie. Et se nous nous
combatons ensemble il ne puet eſtre qu'il n'i ait molt grant damage
d'une part et d'autre. Mais faisons le autrement : vous eſtes ci pour le
droit le roi Artu que vous tenés a signour, si nous combatons moi et
vous cors a cors par tel couvenent, se vous me conquerés, que li
chaſtiaus soit voſtres quitement et si m'en irai o vous a Bedingram et
li ferai homage doucement de toute ma terre et je et tout mi baron.
Et s'il avient que je vous conquiere, vous me rendrés le chaſtel et
vous en alés tous quites que autre chose ne vous demant. Et ensi em
porrons nous venir a fin de ce dont tant de mal porroient eſtre fait.
— Et se li uns de nous i muert, fait li rois Boors, qu'en sera il ? —
Se vous m'ociés, fait li rois Amans, mi home s'en iront o vous et
feront homage au roi Artu. Et s'il avient que vous soiés ocis, mes

que mon château me revienne, et que vos hommes s'en aillent quittes là où ils voudront. Et s'ils veulent devenir mes vassaux, je les recevrai de grand cœur. »

343. Ils se promirent mutuellement de respecter les termes de cet accord, et ils firent aussi promettre à tous leurs hommes qu'ils le respecteraient et n'y manqueraient pas. Puis ils s'en allèrent à une très belle lande ; ils étaient déjà tout armés. Ulfin et Bretel, et les quarante autres compagnons au complet, vinrent au roi Bohort et lui demandèrent avec anxiété : « Seigneur, que voulez-vous faire ? Vous voulez combattre en duel contre ce roi ? Il n'en est pas question ! Engageons tous ensemble le combat, car ils ne nous résisteront pas longtemps. Avez-vous peur, parce qu'ils sont plus nombreux que nous, qu'ils ne puissent pas être vaincus ? Ne nous considérez jamais comme des chevaliers si nous ne les faisons tous venir à merci — sinon, c'est que nous serons morts. Car si nous souffrons que vous vous battiez en combat singulier contre lui, nous en serons blâmés par votre frère et par le roi Arthur. — Taisez-vous, répliqua le roi Bohort ; puisqu'il m'a provoqué en combat singulier, je ne lui ferai pas défaut, car je serais déshonoré. N'en parlez donc plus, je vous prie. » Et quand les autres virent qu'il ne se laisserait pas détourner de ce projet, ils renoncèrent à discuter. Dans l'autre camp, d'ailleurs, Guingambresil[1] et son seigneur Brandelis vinrent trouver le roi Amant et lui dirent : « Sire roi, que voulez-vous faire ? Un homme si sage que

---

chastiaus me remaigne et tout vostre home soient quite et s'en aillent quel part qu'il [*l*] vauront. Et s'il voelent devenir mi home, volentiers les recevrai et de cuer. »

343. Lors fiancent ceste covenance a tenir et ensi le font fiancier a tous lor homes que ensi le tenroient et sans fauser. Atant s'en vont en une molt bele lande et il estoient ja tout armé. Et Ulfins et Bretel en vinrent au roi Boorth et tout li autre li .XL. compaingnon et sa compaingnie, si li dient : « Sire, que est ce que vous volés faire ? Vous volés vous combatre cors a cors encontre cel roi ? Ja ne vous en mellerés. Par nos los combatons nous ensemble, car il n'auront ja a vous duree. Avés vous douté de ce qu'il sont plus de nous qu'il ne puissent estre desconfit ? Jamais pour chevaliers ne nous tenés se nous ne les faisons tous venir a vostre merci ou nous i serons tout mort. Car se nous vous sousfrons a combatre encontre lui cors a cors nous en serons blasmé de vostre frere et du roi Artu. — Taisiés vous, fait li rois Boors, puisqu'il m'a aati de bataille, ja ne l'en faurai, car jamais n'auroie honour. Si n'en parlés plus, je vous prie. » Et quant cil voient que autre chose n'en fera, si le metent en sousfrance. D'autre part en sont venu au roi Amant Ginganbersil[a] et son signour Brandalis, et li dist : « Sire rois, que volés vous faire ? Si sages hom com

vous ne doit pas entreprendre une chose pareille, s'engager en combat singulier et risquer la mort par convoitise pour des terres ou des biens matériels. — Que Dieu ne me vienne jamais en aide, s'écria le roi Amant, si je change d'avis là-dessus ; je l'aurai tout entière, ou tout entière je la perdrai !

344. — Je vais vous dire, fit Guiromelant, ce que vous ferez : choisissez de combattre contre les deux meilleurs de leur parti, et nous prendrons la bataille, vous et moi, pour notre parti, de sorte que nous serons plus rassurés à votre sujet et à celui de la terre, car nous ne doutons pas qu'ils soient conquis aisément. — Personne d'autre que lui et moi ne combattrons, déclara le roi Amant, car nous l'avons promis ainsi. — Sachez donc, reprit Guiromelant, que, s'il vous arrive malheur, ce dont Dieu nous préserve, ni nous, ni personne de votre compagnie qui possède des terres ne lui ferons jamais hommage, non plus qu'au roi Arthur. » Quand le roi Bohort entendit la discussion, il appela Girflet et Guivret de Lamballe et leur dit : « Allez au roi Amant, et dites-lui de ma part de ne pas discuter ni se quereller avec ses hommes à propos de l'hommage auquel il s'était engagé auprès de moi. S'il arrive que j'aie le dessus, que s'en aillent en effet, entièrement quittes, tous ceux qui voudront s'en aller. » Et eux d'y aller et de transmettre le message. En entendant cela, le roi Amant en conçut beaucoup d'estime pour lui. Il vint alors au centre de la lande où le roi Bohort l'attendait déjà, tout prêt. Dès que le roi Amant fut en place,

---

vous estes ne doit mie tel chose emprendre qu'il doie combatre et metre soi en aventure de mort pour covoitise de terre ne d'avoir. — Ja ne m'aït Diex, fait li rois Amans, se je jamais jour en vois en avant. Ou toute l'aurai ou tote le perdrai !

344. — Or vous dirai, fait Giromelans, que vous ferés : prendés la bataille encontre les .II. meillours qui de la soient, si nous combatons moi et vous*a* a els .II., si serons plus asseür de vous et de la terre car nous ne doutons mie qu'il ne soient bien conquis. — Ja autres, fait li rois Amans, ne se combatra que moi et moi. Car si l'avons nous fiancié. — Or saciés, fait Giromelans, s'il vous en meschiet, dont Dix nous desfende, nous ne ferons ja homage a lui ne au roi Artu ne home nul de vostre compaingnie qui terre tiengne. » Quant li rois Boors oï la contençon, si apela Girflet et Guirés de Lambale et lor dist : « Alés au roi Amant et li dites de par moi qu'il ne face ja nul plait ne nule noise a home de sa compaingnie pour l'omage qu'il m'avoit acreantee. Car s'il avient que je viengne au desus de lui, il s'en aillent tout quitement cil qui aler s'en vauront [*117a*] de sa compaingnie », et*b* s'il i vont si li dient. Et quant li rois Amans l'entent, si l'em proise molt et loe. Et lors s'en vient enmi la lande ou li rois Boors estoit tous apareilliés. Et si tost com li rois Amans fu venus, si se traisent en sus

les autres se retirèrent de part et d'autre. Et les deux combattants, qui étaient impatients de commencer, se chargèrent
mutuellement. Ayant mis leurs lances devant leur poitrine,
ils se frappèrent si rudement qu'ils percèrent leurs écus et
enfoncèrent les fers de leurs lances dans les haubers, qui
étaient très résistants et avaient une double épaisseur de
mailles ; les lances volèrent en pièces sous l'impact du double
choc, car les deux barons étaient forts et valeureux ; les corps
et les écus se heurtèrent, et les heaumes aussi, si violemment
qu'ils en résonnèrent, et ils eurent tous deux l'impression que
les yeux leur étaient sortis de la tête. Mais il arriva que le roi
Amant tomba de son cheval, si étourdi qu'il ne savait plus s'il
faisait jour ou nuit, et qu'il resta étendu un long moment sur
le sol, sous le choc de la rude rencontre qu'il avait subie. Le
roi Bohort, en revanche, tint bon et ne tomba pas, car il était
vraiment très fort, mais il n'en fut pas moins tout étourdi. Et
quand il fut revenu de cet étourdissement, il tira son épée du
fourreau, épée de grande valeur, dont Lionel son fils, qui fut
très vaillant et très bon chevalier, donna par la suite bien des
coups superbes, comme le conte vous le racontera plus loin.

345. Aussitôt après avoir tiré l'épée, le roi Bohort
regarda autour de lui et vit le roi Amant qui gisait encore
tout étourdi. Il se rapprocha de lui, puis mit pied à terre
et confia son cheval à un jeune homme qui était très
vaillant et hardi, dont le nom était Galesconde. Une fois à
terre, il vint là où le roi Amant gisait, encore tout étourdi, il

---

d'ambesdeus pars. Et cil s'entrevienent maintenant a qui il tardoit
molt la bataille. Si metent lor lances devant lor pis et s'entrefierent si
durement que lor escu percent. Et viennent les fers des lances sor les
haubers qui molt estoient fors et tenant a double maille. Si volent lor
lances em pieces a l'enpaindre que li uns et li autres fist, car molt
estoient li baron ambedoi fort et prou. Et s'entr'encontrerent des
escus et des cors si fort, et des hiaumes, que tout estonnent et est a
chascun avis que li oil li soient sailli fors de la teste. Si avint que li
rois Amans chaï de son cheval, si estourdi qu'il ne sot s'il fu ou nuis
ou jors, et jut grant piece a la terre tous estourdis del dur encontre
qu'il avoit eü. Mais li rois Boors se tint qu'il ne chaï pas, car molt
estoit de grant force, mais estourdis fu durement. Et quant il fu
desestourdis, si traïst l'espee del fuerre qui molt estoit de grant bonté
dont Lyonnaus ses fix feri puis maint bel cop qui molt fu prous et
bons chevaliers puis, si com li contes le vous devisera cha avant.

345. Si tost com li rois Boors ot traite l'espee, si regarda environ lui
et voit le roi Amant qui encore gisoit tous estourdis. Et il se trait un
poi en sus et descent de son cheval et le baille a garder a un vallet qui
molt estoit prous et hardis et avoit a non Galescondes. Et quant il fu
descendus si vint la ou li rois Amans gisoit, encore tous estourdis. Se

posa la pointe de son épée sur sa poitrine et commença à appuyer, en lui disant : « Roi Amant, lève-toi, tu as trop dormi, car le jour passe et j'ai une longue chevauchée devant moi. Et vous ne vous montrez guère courtois en me forçant à m'attarder ici ! »

346. Après un certain temps, le roi Amant revint de son évanouissement, et il entendit le roi Bohort qui l'appelait. En fait, il entendit parfaitement les paroles qu'il prononçait, et au fond de son cœur il l'estima et le loua fort de l'avoir attendu sans le frapper, bien conscient qu'il s'était montré plus courtois et généreux envers lui que lui-même ne l'aurait été en pareille situation. Il se releva vivement et tira du fourreau son excellente épée, tout honteux de s'être retrouvé gisant par terre ; il jeta son écu sur sa tête, et marcha contre le roi Bohort pour le frapper ; celui-ci interposa son écu contre le coup qui était si violent qu'il le fendit jusqu'à la boucle. Et le roi Bohort lui donna en retour un tel coup qu'il lui fendit son écu en deux moitiés et lui fit tomber son heaume sur les épaules, si bien qu'il lui obstruait complètement la vue. Et quand il se sentit ainsi aveuglé, il sauta en arrière et trancha lui-même les lacets de son heaume qu'il jeta au loin, puis il se couvrit de son écu, car il craignait d'être atteint à la tête, que ne protégeait plus désormais que sa coiffe de fer.

347. Lorsque le roi Bohort vit que le roi Amant avait perdu son heaume, il l'interpella en disant : « Roi Amant,

---

li apoie la pointe de l'espee sor la poitrine et le conmence a bouter et li dist : « Rois Amans, lieve sus car trop as dormi, car li jours s'en vait et je ai assés a chevauchier. Si ne faites mie que courtois qui tant me faites ci demourer. »

346. A chief de piece revint li rois Amans de pasmisons et oï le roi Boort qui l'avoit apelé. Si ot bien entendue la parole qu'il li avoit dite, si l'en proise molt en son cuer et loe que si longement l'avoit atendu sans lui ferir. Et dist que[a] plus est courtois et debonaires vers lui que il ne fu envers lui, s'il eüst le pooir. Si saut sus molt vistement et traïst l'espee fors del fuerre qui molt estoit de grant bonté. Si ot molt grant honte de ce qu'il se trouva a la terre gisant [b] si jete son escu sor sa teste et en vait vers le roi Boorth et li jete un cop et il li jete l'escu encontre et i fiert si durement que tout le fent jusqu'a la boucle. Et li rois Boors li repaie tel cop qu'il li fent son escu en .II. moitiés et son hiaume li avale ausi sor les espaulles si que tote braut la veüe. Et quant il se sent si avugle, si saut ariere et trenche il meïsmes les las de son hiaume et jete en voies. Puis se couvre de son escu, car molt se doutoit de son chief ou il n'a mais que sa coife de fer.

347. Quant li rois Boors vit le roi Amant qui avoit perdu son hiaume, si l'apele, si li dist : « Rois Amans, car faites pais. Car vous

faites donc la paix ! Vous voyez bien comment cela va pour
vous. Venez avec moi, je vous en prie, et faites hommage au
roi Arthur, car ce serait trop dommage que vous mouriez ici :
vous êtes encore dans la force de l'âge, et cela m'ennuierait
fort de devoir vous tuer. — Rends-toi plutôt, toi, et mets-toi
à ma merci, répliqua le roi Amant. Croyez-vous m'avoir si tôt
conquis sous prétexte que j'ai ôté mon heaume ? Je ne l'ai
enlevé que parce qu'il ne servait à rien, sinon à me gêner.
Gardez-vous de moi, car je vous défie[1] ! » Là-dessus, très
courroucé, le roi Amant lui courut sus derechef, croyant le
frapper à la tête. Mais le roi Bohort, qui s'y connaissait en
escrime, reçut le coup sur son écu. Et l'autre avait frappé si
durement que le coup en emporta un grand morceau qu'il fit
voler sur le pré. C'était au tour du roi Bohort de frapper, et il
fit mine de vouloir l'atteindre par en dessous. Le roi Amant
interposa son écu, mais le roi Bohort frappa par en dessus et
toucha son adversaire à la tête, qui était découverte, si rudement qu'il le fendit jusqu'aux épaules ; et le roi tomba mort à
terre, étendu de tout son long. Lorsque le roi Bohort vit le
roi Amant mort, il en fut profondément troublé, et dit qu'il
aurait mieux aimé le prendre vivant, et qu'il aurait fait sa paix
avec le roi Arthur. Mais quand Guingambresil, Brandelis[2] et
Guiromelant virent le roi Amant mort, ils s'en allèrent avec
trois cents chevaliers, déclarant que jamais ils n'aimeraient le
roi Arthur ni quiconque serait de son parti. Cependant, les
deux cents chevaliers restants dirent qu'ils iraient avec le

---

veés bien conment il vous est. Si vous proi que vous venés avoec moi
et faites homage au roi Artu, car trop seroit grant damage se vous ici
morés, car encore estes vous de bel aage, et moi em pesera molt se je
vous oci. — Mais toi, dist li rois Amans, te rens et te més en ma
merci ! Quidiés me vous si tost avoir conquis pour mon hiaume que
je ai osté ? Saciés de voir que je l'ostai pour ce qu'il ne me faisoit se
nuire non. Or te garde de moi, car je te desfi ! » Atant li recourt sus li
rois Amans molt coureciés, et le quide ferir parmi la teste. Mais li rois
Boors, qui molt set d'escremie, rechut le cop sor son escu. Et cil i
fiert si durement que un grant chantel en fist voler enmi le pré. Lors
li jete li rois Boors un cop et fist samblant qu'il le vausist ferir par
desous. Et li rois Amans jeta l'escu encontre, et li rois Boors jeta
par desore et feri le roi Amant a descouvert parmi la teste si durement qu'il le fent jusques es espaulles, et il chiet mort a la terre tous
estendus. Quant li rois Boors vit le roi Amant mort, si en fu molt
dolans et dist qu'il amast mix qu'il l'eüst retenu vif et qu'il eüst
faite sa pais au roi Artu. Et quant Guigambersil et Brandelis et Giromelans voient que li rois Amans est mors, si s'en tournent atout .ccc.
chevaliers et dient que jamais n'ameront le roi Artu ne home qui a lui
se tiengne. Et li .cc. chevalier qui remesent dient qu'il iront avoec le

roi Bohort au roi Arthur et qu'ils lui feraient hommage, car
ils ne pourraient avoir un meilleur seigneur que lui.

348. Une fois le roi Amant mort, le roi Bohort appela sa
compagnie et il déclara qu'il ferait volontiers édifier sur place
un hôpital où, pour le salut de l'âme du roi Amant et en commémoration de la victoire que Notre-Seigneur lui avait donnée, l'on servirait pour toujours Notre-Seigneur, et l'on
honorerait le corps du Christ, aussi longtemps que le monde
durerait. Il y avait là un clerc qui avait longtemps servi le roi
Bohort ; il vint le trouver et lui en demanda le don, disant
qu'il demeurerait très volontiers ici si cela lui convenait. Le
roi lui accorda de grand cœur sa demande, lui donna de riches
rentes qu'il institua, et lui laissa aussi une grande quantité de
ses richesses pour édifier l'hôpital. Le chevalier[1] resta donc en
ce lieu dans cette situation autant qu'il lui plut, et il fut par la
suite renommé comme un saint homme qui menait une vie
exemplaire. Après avoir fait enterrer le roi Amant et institué
les rentes du clerc, le roi Bohort s'en alla et chevaucha tant
qu'il arriva à Bédingran où il trouva le roi Arthur et le roi Ban
son frère et Merlin qui lui fit très bel accueil. Le roi Bohort
dit au roi Arthur : « Seigneur, voici une partie des chevaliers
du roi Amant qui sont venus à vous sous ma protection ; ils
disent qu'ils vous feront hommage et tiendront leurs terres de
vous. Et d'après ce que l'on m'a dit, ils sont hommes de bien,
et riches barons. Prenez donc leurs hommages et recevez-les
comme vous le devez. » Et le roi Arthur leur souhaita la bien-

---

roi Boort au roi Artu et li feront homage, car meillour signour de lui
ne porroient il avoir.

348. Quant li rois Amans fu mors, si apela li rois Boors sa compaingnie et dist que molt volentiers feroit illuec un ospital ou on serviroit a tous jours mais Nostre Signour, tant com [*d*] li siecles
duerroit, pour l'ame le roi Amant, et ou li cors Jhesu Crist seroit
sacrés et servis, et pour la victoire que Nostres Sires li avoit donnee.
Illuec ot un clerc qui maint jour avoit servi le roi Boort. Cil en vint a
lui et li demanda le don et li dist qu'il demouerroit molt volentiers
illuec, s'il li plaisoit. Et li rois li donna molt volentiers. Si i donna
grans rentes et assist et i laissa de son avoir a grant plenté pour faire
l'ospital. Si i remest li chevaliers en tel maniere tant com il li plot et
sist, et puis fu il prodom et de molt sainte vie. Et quant li rois Boors
ot fait enterer le roi Amant et asises les rentes au clerc, si s'em parti
et erra tant qu'il en vint a Bedingram ou il trouva le roi Artu et le roi
Ban son frere et Merlin qui molt grant joie li fist. Et li rois Boors dist
au roi Artu : « Sire, ci a une partie des chevaliers au roi Amant qui
sont venu a vous en mon conduit et dient qu'il vous feront homage
et si tenront lor terres de vous. Et il sont prodome et riche baron
ensi come on m'a fait entendant. Si em prendés les homages et les

venue et leur dit qu'ils devaient savoir qu'il ne leur ferait jamais que du bien pour peu qu'ils veuillent le servir et l'aimer. Ils s'avancèrent alors et lui firent hommage. Quand ce fut fait, il leur demanda des nouvelles du roi Amant, et quel genre d'homme c'était dans son pays. Et ils se mirent à pleurer doucement, disant qu'il était mort ; ils lui contèrent toute la vérité, comment il avait quitté sa terre pour aller au château de Charroie, comment ils s'étaient postés en avance sur le chemin par lequel le roi Bohort devait passer dans l'intention de lui livrer bataille, comment les deux rois avaient combattu, et enfin comment le roi Amant était mort. Et quand le roi Ban et le roi Arthur entendirent le récit de la prouesse du roi Bohort, ils en furent prodigieusement heureux.

349. Merlin vint alors au roi Bohort et lui dit : « Seigneur, vous ne nous avez pas parlé des noces de Guinebaut, votre frère, que vous avez marié. » Le roi Arthur pria Merlin de lui dire comment ces noces avaient eu lieu. Merlin lui raconta alors les jeux et les enchantements que Guinebaut avait faits pour son amie. Et tous ceux qui entendirent ce récit en rirent. Puis le roi Ban demanda à Merlin s'il savait quel serait le chevalier qui mettrait un terme à cette carole. Et Merlin répondit qu'il n'était pas encore engendré[1]. « Et ne vous souciez pas de poser davantage de questions, car nous n'en avons pas encore le loisir. » Quand tout le monde sut que le roi Bohort avait tué ainsi le roi Amant, ils l'en estimèrent

---

recevés si com vous devés. » Et li rois Artus lor diſt que bien soient il venu et bien sacent il que il ne lor fera se bien non pour tant qu'il le voillent amer. Et cil vont avant si li font homage. Et quant il li orent fait homage si lor demanda nouveles del roi Amant et*e* quels hom il eſtoit en son païs. Et cil commencent a plourer molt tenrement et dient qu'il eſt mors. Si cil content toute la verité, conment il s'em parti de sa terre pour aler au chaſtel de Charroie, et conment cil alerent au devant del chemin par ou li rois Boors venroit pour combatre et conment il se combatirent entr'aus .ii. cors a cors et conment il fu mors. Et quant li rois Bans et li rois Artus oïrent la prouece del roi Boort, si en furent a merveilles lié.

349. Lors en vint Merlins au roi Boort et li diſt : « Sire, vous ne nous avés mie dit des noces que vous avés faites de Guinebaut voſtre frere. » Et li rois Artus proie a Merlin qu'il li die conment ces noces furent faites. Et Merlins li diſt les gix et les enchantemens que Guinebaus avoit fait pour s'amie. Et tout cil qui ce oïrent en rient. Lors demanda li rois Bans a Merlin se il savoit qui li chevaliers seroit qui cele carole feroit remanoir. Et Merlins li diſt qu'il n'eſtoit encore mie engendrés. « Et ne vous chaut de plus enquerre, car nous n'en avons pas ore loisir. » Et quant toutes les gens sorent que [*d*] li rois Boors avoit ensi le roi Amant ocis si l'em proiſerent molt

beaucoup et le louèrent abondamment, disant qu'en vérité il n'y avait jamais eu d'hommes aussi valeureux que les deux frères. «Sans eux, affirmèrent-ils, le roi Arthur aurait tout perdu.»

350. Ils séjournèrent sur place deux jours entiers, et le roi Arthur envoya quérir des ouvriers avec des pics et des houes, jusqu'à ce qu'il en ait bien rassemblé cinq cents. Ils allèrent alors au trésor dont Merlin leur avait enseigné la cache dans la forêt; ils firent creuser et fouiller la terre, trouvèrent le trésor, en effet, qui était le plus grand que l'on ait jamais vu, et ils le tirèrent de terre et le chargèrent sur des chars et des charrettes à l'aide d'un grand nombre de tonneaux. Quand ce fut fait, ils l'envoyèrent à Logres, la capitale du roi Arthur, où ses neveux l'attendaient. Puis Merlin fit creuser profondément sous un chêne, jusqu'à ce qu'on découvre dans une housse de cuir douze épées, les plus belles et les meilleures qu'on pouvait trouver dans le monde entier. Le roi Arthur apporta ce trésor à Logres, où il les mit dans son trésor en attendant que viennent à sa cour des visiteurs tels qu'elles soient bien employées en eux.

Arthur rencontre ses neveux.

351. Dès que Gauvain, ses frères et ses autres compagnons apprirent ces nouvelles, et dès qu'ils entendirent dire que le roi Arthur arrivait, ils montèrent à cheval et allèrent à sa rencontre tous ensemble, sans qu'il en reste un seul qui n'y allât pas, si heureux et si joyeux que jamais personne ne pourra

---

et loerent. Et dient bien que onques ne furent mais si prodoume com li doi frere sont. Et, s'il ne fuissent tant solement, li rois Artus eüst tout perdu.

350. Ensi sejournerent .II. jours entiers. Si envoia li rois Artus querre ouvriers a pis et a hoes tant qu'il en orent bien .v.c. Lors alerent au tresor que Merlins lor avoit enseignié en la forest. Si firent foïr la terre et hoer, si trouverent le tresor qui onques plus grans ne fu veüs. Si l'osterent de terre et le chargierent en chars et en charetes en grant plenté de tonniaus. Et quant il orent chargié, si l'envoierent a Logres, la maistre cité le roi Artu, ou si neveu l'atendoient. Et Merlins fist foïr desous un chaisne bien parfont tant qu'il trouverent en un vaissel de quir .XII. espees les plus beles et les meillours c'om peüst trouver en nule terre. Icel tresor aporta li rois Artus a Logres ou il les mist en son tresor jusques a tant que tels venissent a court qui les eüssent en qui eles fussent bien emploïes.

351. Si tost conme Gavains et si frere et li autre compaingnon le sorent et qu'il oïrent dire que li rois Artus venoit, si monterent es chevaus et li alerent encontre tout ensamble conmunaument, que onques n'i remest uns seus qui n'i alast liés et joians, que jamais nule gent si

l'être autant. Lorsqu'ils furent proches les uns des autres, Merlin prit à part le roi Arthur, et les deux rois frères aussi, et il les fit descendre dans un beau bosquet pour attendre les jeunes gens qui venaient; ils commandèrent à leur armée de continuer son chemin jusqu'à Logres, et de s'installer là-bas aussi confortablement que possible dans de bons logements. Lorsqu'ils eurent entendu l'ordre du roi, les soldats se remirent en route et chevauchèrent sans s'arrêter jusqu'à ce qu'ils rencontrent les adolescents qui arrivaient avec une grande cavalcade. Voyant les compagnies, ils demandèrent où était le roi. Et on leur indiqua le bosquet où il avait mis pied à terre. Les jeunes gens se hâtèrent de s'y rendre. Gauvain venait en tête, car tous le considéraient comme leur seigneur et maître, et ils avaient bien raison. Car c'était le plus courtois, le mieux éduqué qui soit au monde, celui en qui il y avait le moins de vilenie, et qui était aussi le plus sage. Ils chevauchèrent tant qu'ils arrivèrent au bosquet où les trois rois et les compagnons de la Table ronde avaient mis pied à terre. Là, dès qu'ils les virent, les adolescents descendirent eux aussi de cheval et s'avancèrent vers les chevaliers qui étaient assis sur l'herbe verte, à l'ombre de la forêt, et se rafraîchissaient en s'éventant, car il avait fait très chaud ce jour-là. En effet, il faut dire qu'ils avaient chevauché toute la journée en armes, car ils n'osaient pas s'en séparer à cause des Saxons qui avaient envahi la terre. Et il faisait une chaleur normale pour la fin du mois de mai.

---

grant goie ne feront. Et quant il aprocierent les uns des autres si traïst Merlins le roi Artu a une part et les .II. freres rois ausi et les fist descendre en une molt bele arbroie pour atendre les enfans qui venoient. Et conmanderent lor oſt a cheminer tant qu'il en veniſsent a Logres et preïſſent oſtel et s'aaisaissent tout a loisir. Et quant cil oïrent le conmandement le roi si s'en partirent et chevauchierent que point n'i arreſterent. Et cheminerent jusques a tant qu'il encontrerent les enfans qui venoient a molt grant chevauchie. Et quant il encontrerent les routes si demanderent ou li rois eſtoit. Et cil lor mouſtrerent l'arbroie ou il ert descendus. Et li enfant s'adrecent cele part qui molt se haſtent. Si vait Gavains devant, car il le tiennent tout a maiſtre et a signour d'aus. Et il orent droit, car c'eſtoit li mix enseigniés qui onques fuſt et qui mains avoit vilenie et li plus sages del monde. [e] Si ont tant alé qu'il vinrent a l'arbroie ou li .III. roi eſtoient descendu et li compaignon de la Table Reonde. Et, si toſt com li enfant les voient si sont descendu a pié de lor chevaus et s'en vont la ou li chevalier eſtoient assis sor l'erbe verde en l'ombre de la foreſt et s'esventoient et refroidoient, car molt grant chaut avoit fait toute jour ajournee. Et il avoient chevauchié toute jour ajournee tout armé, car de lor armes ne s'osoient il mie dessaisir pour les Saisnes qui en la terre eſtoient entré. Et il faisoit ausi chaut tans com il faisoit a l'issue de mai.

352. Quand les compagnons de la Table ronde virent
approcher les jeunes gens qui se tenaient tous par la main,
étaient tous bien vêtus et élégants, et tous de très grande
beauté, il leur sembla qu'ils étaient tous de bonne famille.
Cela joua tout à fait en leur faveur qu'ils se soient ainsi pris
par la main, et on considéra comme une preuve de leur
bonne éducation qu'ils manifestent de tels sentiments les uns
à l'égard des autres. En les voyant venir, les chevaliers se
levèrent pour aller à leur rencontre. Lorsqu'ils se furent
approchés, Gauvain, leur seigneur, prit la parole et les salua,
puis il demanda lequel d'entre eux était le roi Arthur. « Montrez-le-nous, par pitié, et faites-nous-le connaître ! » Nascien
répondit en homme aimable à cette prière et dit : « Mon
enfant, voyez-le là, avec ces bons barons ; c'est le plus jeune
d'eux tous. » Et il le lui montra du doigt.

353. Quand il l'entendit, Gauvain passa outre en lui
disant : « Seigneur, mille mercis », et s'avança jusqu'à l'endroit où était le roi Arthur. Les compagnons se levèrent en
le voyant venir. Mais quand Gauvain vit son oncle avec ses
compagnons, lui et les autres jeunes gens s'agenouillèrent
tous, et les saluèrent. « Seigneur, fit Gauvain, je suis venu à
vous, et mes frères, mes cousins et mes parents aussi,
comme à mon seigneur lige sur cette terre. Ces autres que
voici se sont joints à nous en raison du bien qu'ils ont
entendu dire de vous, et pour vous demander des armes afin
que vous les fassiez chevaliers nouveaux. Et ils vous ont

352. Quant li compaignon de la Table Reonde virent les enfans[a]
aprochier qui tout se furent pris main a main, et venoient si gentement vestu et atorné, et si furent tout de si grant biauté, si lor sambla
que de bon lieu fuissent tout issi. Si lor avint molt bien de ce qu'il se
furent si entrepris main a main et si le tint on a molt grant debonaireté qu'il s'entr'acueillent si bien et si bel. Et quant li chevalier les
voient venir si se lievent encontre aus. Et quant il vinrent prés si
parla Gavains, li sires d'aus, et les salua. Et puis lor demande liquels
estoit li rois Artus. « Car le nous faites moustrer par les vos mercis et
veoir et connoistre. » A cel mot respondi Nasciens come debonaires
et li dist : « Mes enfés, veés le la ou il est avoec ces prodomes qui
sont la, et c'est li plus jouenes d'aus tous. » Si li moustre au doit.

353. Quant Gavains l'entent si s'en passe outre et se li dist : « Sire,
grans mercis. » Et s'en vient la ou li rois Artus estoit. Et si compaignon si se leverent em piés si tost com il le virent venir. Quant
Gavains voit son oncle et ses compaingnons si s'agenollierent tout li
enfant et saluent le roi et ses compaingnons. « Sire, fait Gavains, je
sui a vous venus, et mi frere et mi cosin et mi parent, come a mon[a]
signour lige terrien. Et cist autre qui ci sont venu une partie[b] pour le
bien qu'il ont oï dire de vous et pour querre armes que vous les

servi très volontiers et de bon cœur, comme nous continue-
rons à vous servir si notre service vous agrée. Je ne veux pas
dire par là qu'ils ne vous aient pas servi ainsi en plusieurs
occasions déjà, pendant que vous étiez hors du pays, car ils
ont aidé les vôtres à protéger votre terre contre vos ennemis, comme si elle leur appartenait, et ils sont venus à l'aide
de ceux qui la gardaient pour vous ; et sachez que, depuis
leur arrivée, ils ont enduré de grandes souffrances. Je désire
que vous le sachiez, car on doit bien révéler le bien que l'on
a fait à un homme honorable, alors qu'on doit le cacher à un
homme mauvais parce qu'il ne se soucie pas de récompenser
les bons services. Ses yeux n'ont en effet pas le pouvoir de
percevoir des hommes de bien, ni son cœur celui de les
concevoir[1]. » Quand le roi Arthur entendit le jeune homme[2]
parler si sagement, il le prit par la main et leur commanda à
tous de se relever. Ils obéirent et le roi Arthur les interrogea,
demandant à Gauvain qui ils étaient. « Seigneur, fit Gauvain,
avant que vous ne l'appreniez de nous, nous voulons savoir
quelles sont vos intentions, si vous envisagez de nous retenir
à votre service. Dites-nous ce que vous en pensez. Et
ensuite, vous pourrez nous demander tout ce qu'il vous
plaira, et nous vous répondrons très volontiers pour autant
que nous en serons capables. » Lorsque les trois rois entendirent les paroles du jeune homme, ils le jugèrent très sage.
Le roi Ban dit au roi Arthur qu'il était dans son droit, et le
roi Arthur lui dit alors : « Très cher ami, je vous retiens à

---

faciés chevaliers nouviaus. Et il vous servirent molt volentiers et en
gré, ensi com nous devons servir, se nostres services vous agrée. Et
pour ce ne di je mie qu'il ne vous aient servi de tels i a tandis com
vous avés esté fors del païs, car il avoient aïdié vostre terre a[e] garantir contre[d] vos anemis, ausi com s'ele fust lor, et ont esté en l'aïde a
ciaus qui[e] le vous ont gardee. Et puis qu'il i vinrent i ont il sousfert
molt grant travail. Et je voel bien que le saciés, car a prodome
doit on bien sa bonté re[s]procier que on li a faite et a mauvais le
doit on celer pour ce qu'il n'a cure del guerredonner. Car si oïl n'ont
pas pooir de regarder, ne li cuers pooir del penser ne de regarder
prodome. » Quant li rois Artus entent l'enfant si sagement parler, si
le prent par la main et les conmande tous a lever. Et il se lievent et li
rois Artus les met a raison et demande a Gavain qui il sont. « Sire,
fait Gavains, ançois que vous le saciés de nous, volons savoir de
vous vostre volenté, se vous avés nul talent de nous retenir. Si nous
en dites vostre volenté. Et puis aprés nous demandés de ce qu'il
vous plaist, et nous le vous dirons molt volentiers ce que nous en
saurons. » Quant li .iii. roi entendent la parole a l'enfant, si l'en
tiennent molt a sage. Et li rois Bans dist au roi Artu qu'il a droit. Et
lors li dist li rois Artus : « Biaus dous amis, je vous retieng molt

mon service très volontiers, et je vous ferai chevaliers avec
grand plaisir, vous et vos compagnons, à mes frais : soyez
les bienvenus ! Je veux en outre que vous soyez tous mes
amis intimes et que vous logiez avec moi. » Quand les adolescents entendirent les paroles du roi, ils le remercièrent et
se mirent tous à genoux devant lui. Mais le roi les releva en
les prenant par la main, et dit à Gauvain : « Cher ami, dites-
moi maintenant qui vous êtes et qui sont vos compagnons.
Car il me tarde fort de le savoir. — Seigneur, fit le jeune
homme, on m'appelle Gauvain, et je suis le fils du roi Loth
de Loénois et d'Orcanie. D'autre part, ces trois jeunes
hommes que je tiens par la main sont mes frères. Le plus
âgé s'appelle Agravain, le suivant Guerrehet et le troisième
Gaheriet. Et notre mère nous a affirmé et nous a laissé
entendre clairement qu'elle était la sœur du roi Arthur par sa
mère. Ces jeunes gens qui sont de ce côté sont nos cousins
germains, fils de nos tantes. Ce petit bien en chair [3] a nom
Galeschin, et c'est le fils du roi Nantes de Garlot ; cet autre,
si jeune et pourtant si grand, est le fils du roi Urien, il s'appelle Yvonet ; et cet autre qui tient Yvonet par la main est
son frère par son père, et il s'appelle Yvonet aussi ; et ces
autres adolescents que vous voyez se tenir par la main sont
de très noble origine. Car celui-ci, si grand, si musclé, si
beau, c'est le fils du roi Bélinant de Sorgales, cousin de
Galeschin. Et ces deux-là sont les neveux du roi d'Estran-

---

volentiers et vous ferai molt liement chevaliers et vous et vos compaingnons et au mien propre, et bien soiés vous venus. Et je voel
que vous soiiés tout mi ami et mi compaingnon privé de mon ostel. »
Et quant li enfant oïrent ce que li rois lor dist, si l'en mercient et
s'agenoullent tout devant lui. Et li rois les en lieve par la main et dist
a Gavain : « Biaus amis, or me dites qui vous estes et vostre compaingnon. Car molt me tarde que je le sace. — Sire, fait li enfés, on
m'apele par mon droit non Gavain, li fil au roi Loth de Leonoys et
d'Orcanie. Et d'autre part cist .iii. damoisel que je tieng ci ce sont mi
frere. Si a li ainsnés après moi a non Agravains et li autres après
Guerrehés et li tiers Gaheriés. Et nostre mere nous a afermé et fait
entendant qu'ele est suer au roi Artu de par sa mere. Et cil damoisel
qui decha sunt si sont nostre cousin germain com cil qui sont de
nos antains. Si a non cil crassés petis Galescins et est fix au roi
Nante de Garloth. Et cil autres, cis lons et cis jouenes, si est fix au
roi Urien et a non Yvonés. Et cil autres damoisiaus que Yvonés tient
si est ses freres de par son pere, si a non Yvonés ausi. Et cil autre
damoisel que vous veés entretenir si sunt assés gentil home. Car cis
biaus, cis lons, cis membrus si est fix au roi Belinant de Sorgalés et
est cousins Galescin. Et cil autre .ii. sont neveu au roi d'Estrangorre
et a non li uns Kex d'Estraus et li autres a non Kahedins li Petis. Et

gorre : l'un s'appelle Keu d'Estraus, l'autre Kahedin le Petit. Ces autres encore, qui se tiennent par la main aussi, sont cousins germains ; ils dépendent du roi Loth mon père et sont fils de ducs et de comtes. L'un a nom Yvonet aux Blanches Mains, l'autre Yvonet le Gauche. Celui-ci, c'est Yvain de Rivel, celui-là Yvain de Lionel. Quant à ce jeune homme, si robuste et si bien découplé, si blond, avec ses cheveux bouclés et son visage souriant, c'est le petit-fils de l'empereur de Constantinople, et il s'appelle Sagremor de Constantinople. Sa grande noblesse et sa magnanimité l'ont poussé à venir avec nous pour acquérir ses armes, dans l'espoir que vous le ferez chevalier : et il vous servira très volontiers et de grand cœur. Et je désire que nous soyons compagnons d'armes, lui et moi, aussi longtemps qu'il lui plaira de rester dans ce pays. Tous les autres jeunes gens que vous voyez autour de nous, qui sont si nombreux, ce sont de jeunes nobles, des parents et des amis, qui ont renoncé à leur rang et à leurs terres pour venir vous servir, en raison du grand amour qu'ils éprouvent pour vous. »

354. Quand le roi Arthur entendit le jeune homme s'exprimer si bien, il lui jeta les bras autour du cou et lui souhaita la bienvenue. Il l'étreignit, l'embrassa, et lui fit fête de toutes les manières possibles. Puis, une fois qu'il leur eut fait à tous très bon accueil, ce qui prit un certain temps, il dit à Gauvain : « Cher neveu, tenez, je vous revêts de la charge de connétable de ma maison, et de celle de seigneur de ma terre entière,

---

cil autre damoisel qui s'entretiennent si sont cousin germain et apartiennent au roi Loth mon pere et sont fix de contes et de dus. Si a non li uns Yvonés as Blanches Mains et li autres Yvonés le Clain. Et cil autres [*118a*] Yvains de Rivel. Et cis autres Yvains de Lyonnel. Et cil autres damoisiaus, cil bien menbrus, cil crespés, cil blons a cel ciere sousriant, qui tant est bien taillié de menbres et de cors, cil est niés a l'emperaour de Coustantinoble et a non Saygremor de Coustantinoble. Si est venus avoeques nous par sa grant debonaireté et par sa franchise prendre ses armes et que vous le faciés chevalier. Et il vous servira volentiers et de bon gré. Et voil que nous soions compaingnons d'armes, moi et lui, tant com il li plaira a demourer en cest païs. Et tout cist autre damoisel que vous veés environ nous dont il i a tel plenté sont tout gentil home et ami et parent, et ont laissié lor honours et lor terres pour vous venir servir et pour le grant amour qu'il ont a vous. »

354. Quant li rois Artus oï l'enfant ensi parler, si jete les bras a son col et li dist que bien soit il venus. Si le baise et acole et li fait molt grant joie. Et quant il les ot tous conjoïs une grant piece si dist a Gavain : « Biaus niés, tenés, je vous revest de la connestablie de mon ostel et de la signourie toute de ma terre après moi.

tout de suite après moi. Désormais, commandez avec assurance tous ceux de ma terre, car je le veux ainsi. » En entendant ces mots, Gauvain s'agenouilla et répondit : « Seigneur, mille mercis ! » Puis le roi le revêtit de ces fonctions de son gant droit avant de le relever ; ils se dirigèrent alors vers leurs chevaux, se mirent en selle et chevauchèrent tant qu'ils parvinrent à Logres. Quand le roi Arthur entra dans la cité, sa sœur, la mère de Gauvain, vint à sa rencontre. Elle était accompagnée de Morgain, sa sœur, qui était très savante. Lorsqu'il apprit qui elles étaient, le roi leur fit fête, et tous se réjouirent beaucoup de cette rencontre, car il y avait longtemps qu'ils ne s'étaient pas vus[1]. Ils s'embrassèrent comme frère et sœurs, puis ils se rendirent au palais principal qui était tout tendu de draps de soie et jonché d'herbe verte et fraîche, agréablement parfumée ; et il y eut une grande fête dans la ville tout ce jour-là et toute la nuit qui suivit, si grande qu'on ne saurait le dire. Ce même jour, le roi ordonna aux jeunes gens d'aller veiller dans l'église cathédrale jusqu'au matin suivant : l'histoire dit que c'était la quinzaine de la Pentecôte. Le roi Ban, le roi Bohort et les compagnons de la Table ronde y allèrent avec les jeunes gens, car ils ne voulurent jamais les laisser dès qu'ils eurent fait leur connaissance. Après que la messe fut terminée, le roi Arthur prit sa bonne épée, celle qu'il avait tirée du perron sur le conseil de Merlin[2], il la ceignit à Gauvain, son neveu, puis il lui chaussa l'éperon droit,

---

Et soiés sires et[a] conmanderés des ore en avant sor tous ciaus de toute ma terre, car je le voel. » Et quant Gavain oï ce, si s'ajenoulle et li diſt : « Sire, grans mercis. » Et li rois l'en reveſt par son gant deſtre, et puis l'en relieve amont. Puis en vont a lor chevaus, si montent et chevauchent tant qu'il viennent a Logres. Quant li rois Artus entra en la cité si li vint a l'encontre sa suer, la mere Gavain. Si vint avoec li Morgain qui sa suer eſtoit qui molt eſtoit bone clergesse. Et quant li rois les connut si lor fiſt molt trés grant joie et s'entreconjoïrent molt, car piecha ne s'eſtoient[b] entreveü. Si baisa li uns l'autre come frere et serour et puis en vont jusqu'au maiſtre palais qui tous fu pourtendus de dras de soie et jonciés d'erbe fresche et menue verde et souef olant. Et firent molt grant joie en la vile toute jour ajournee et toute la nuit, si grant que dire ne le porroit on. Cel jour meïsmes conmanda li rois as enfans a aler veillier a la maiſtre eglise jusques au matin. Et l'eſtoire si diſt que ce fu la quinsainne après la Pentecouſte. Si i fu li rois Bans et li rois Boors et li compaingnon de la Table Reonde avoeques les enfans que laissier ne les vaurent ne tant ne quant puis qu'il les orent conneüs. Quant vint après la messe si priſt li rois Artus sa [b] bone espee qu'il oſta del perron par le conseil Merlin, si la chaint a Gavain son neveu au coſté, et puis li chauça l'esperon deſtre et li rois Bans le seneſtre. Puis li donna li rois Artus

et le roi Ban fit de même pour l'éperon gauche. Puis le roi Arthur lui donna la colée, et lui dit qu'il priait Dieu de faire de lui un homme honorable et vaillant ; ensuite, il adouba ses trois frères aussi, et donna à chacun d'eux l'une des épées qui avaient été prises dans le trésor que Merlin lui avait indiqué. Puis il adouba les deux fils du roi Urien, Galeschin, Dodinel, Keu d'Estraus et Kahedin, et donna à chacun d'eux l'une des épées du trésor.

355. Après ceux-là, le roi Arthur adouba Sagremor avec les armes et les vêtements qu'il avait apportés de Constantinople, car il s'était soigneusement muni de tout ce dont a besoin un chevalier nouveau. Le roi lui ceignit finalement une bonne épée qu'il avait aussi apportée de Constantinople, et que son grand-père le roi Andain lui avait donnée ; il lui chaussa l'éperon droit et le roi Bohort lui chaussa l'éperon gauche. Puis le roi Arthur lui donna la colée. Ensuite, le roi Arthur adouba les quatre cousins : Yvonet aux Blanches Mains, Yvonet le Gauche, Yvonet de Lionel et Yvonet de Rivel, ainsi qu'Alles et Atès qui étaient leurs parents ; à chacun d'eux il donna l'une des épées du trésor. Pourtant, le conte dit que Dodinel n'en eut pas une de ce lot, mais reçut celle du roi Amant que le roi Bohort lui donna parce qu'il était son parent éloigné. Une fois qu'ils furent adoubés, les jeunes gens adoubèrent à leur tour ceux qu'ils avaient amenés avec eux. Et lorsque tous furent adoubés, ils allèrent tout de suite à l'église entendre la messe, que chanta l'archevêque Debrice. Après que la messe eut été

---

la colee et li dist que prodome le feïst Dix. Et puis adouba les .iii. freres ausi et donna a cascun une espee de celes qui furent prises el tresor que Merlins li enseigna. Et puis adouba les .ii. fix au roi Urien et Galescin et Dodynel et Kex d'Estraus et Kahedins, si donna chascun une espee de celes del tresor.

355. Après ciaus adouba li rois Artus Saygremor de tels garnemens com il avoit aporté de Coustantinoble, car molt estoit bien garnis de toutes iceles choses qu'il couvient a chevalier nouvel. Si li chaint li rois une molt bone espee qu'il avoit aporté de Coustantinoble que ses aious li rois Adrans li avoit donnee. Et puis li chauça le destre esperon, et li rois Boors li chauça le senestre. Et puis li donna li rois Artus la colee. Et puis adouba li rois Artus les .iiii. cousins : Yvonet as Blanches Mains et Yvonet l'Esclain et Yvonet de Lyonnel et Yvonet de Rivel et Allés et Atés qui furent lor parent, et donna a chascun une espee de celes del tresor. Mais li contes dist que Dodynel n'en ot onques nule, ains ot l'espee qui fu au roi Amant que li rois Boors li donna pour ce que ses parens estoit de loing. Quant li enfant furent adoubé, si adouba chascun ciaus qu'il orent amené en lor compaignie. Et quant il furent adoubé, si alerent tot au moustier la messe oïr que li arcevesques de Brice chanta. Et quant ele fu

chantée, ils remontèrent au palais et s'assirent à table. Le roi
Arthur tint une grande cour ce jour-là, et grande fut la fête :
inutile de parler des mets délicieux qu'on leur servit à cette
occasion, car cela serait ennuyeux à raconter et ce seraient
paroles vaines.

356. Après le repas, quand les tables furent levées, les
jeunes gens voulurent faire installer la quintaine dans la prairie. Mais le roi le leur défendit, sur le conseil de Merlin, car il
y avait trop de troubles dans le pays, à cause des nombreux
Saxons qui y étaient entrés. Les festivités en restèrent là, ainsi
que les joutes des jeunes gens et des chevaliers nouveaux, et
ils séjournèrent trois jours pleins dans la ville. Et le roi Arthur
distribua aux jeunes gens qu'il avait pris à son service tant de
richesses que de toutes parts il en vint à foison. Il en vint
tant, en fait, qu'ils furent bientôt soixante mille, aussi bien à
pied qu'à cheval, sans compter ceux qu'ils avaient amenés de
Carmélide. Mais pendant qu'ils étaient dans la ville, Morgain,
qui était très savante, fit la connaissance de Merlin ; elle se
rapprocha tant de lui et le fréquenta si assidûment qu'elle
apprit son identité, et qu'il lui enseigna de nombreux prodiges
en astronomie et en nécromancie — et elle les retint parfaitement[1]. Le troisième jour, cependant, Merlin parla au roi et lui
dit de se préparer, car il lui fallait partir, et il ne devait pas
demeurer plus longtemps. Car Ponce Antoine et Frolle
avaient déjà envahi la terre du royaume de Bénoïc avec les

---

chantee si s'en alerent el palais amont et s'asisent au mengier. Si tint
molt grant cour et molt grant feste li rois Artus et si ne fait mie a
parler de més ne de danriés dont il furent le jour servi, car ce seroit
anuis de retraire et parole gastee.

356. Aprés mengier, quant les tables furent ostees, vaurent li
jouuene baceler que la quintainne fust levee enmi les prés. Mais li
rois lor desfendi, par le conseil de Merlin, que trop estoit tourblés
li païs et plains de Saisnes qui el païs estoient entré. Ensi remesent
les envoiseries et les bouhordis de damoisiaus et de chevaliers nouviaus et il sejournerent en la vile .iii. jours tous plains. Si departi li
rois Artus de molt grant avoir as jones bacelers qu'il detint que de
toutes pars li vin[d]rent a grant foison. Si en vint tant que d'une part
que d'autre qu'il furent[e] bien .lx.m., que a pié que a cheval sans ciaus
qu'il avoient amenés del roiaume de Carmelide. Et en ce qu'il
demourerent en la vile s'acointa Morgain de Merlin qui molt estoit
bone clergesse. Et ele li fu si privee et tant li ala environ qu'ele sot
qui il fu et que maintes merveilles li aprist d'astrenomie et d'ingre-
mance, et ele les retint molt bien. Si quant ce vint au tierch jor, si
parla Merlins au roi et li dist qu'il s'apareillast, car il li couvenoit
mouvoir, qu'il n'avoit que demourer. Car Ponce Antoine et Frolles
estoient ja entré en la terre et el roiaume de Benuyc et les gens au roi

gens du roi de Gaule et ceux de Claudas de la Déserte. Et le roi répondit qu'il partirait quand il lui plairait, et n'attendait que son commandement. « Allez, fit alors Merlin, et commandez à tous vos hommes d'être cette nuit tout armés et en selle à la première veille. Et vous ne prendrez avec vous que vingt mille de cette terre, plus les vingt mille que vous avez amenés de Carmélide, ceux qui sont du royaume du roi Léodegan. Et vous en laisserez vingt mille dans cette ville, car il ne faut pas qu'elle reste sans troupes pour la protéger ; vous laisserez aussi Do de Cardeuil pour garder la ville. »

357. Sur ces mots, leur conseil prit fin, et le roi ordonna à Gauvain de faire ce que Merlin lui avait demandé. Et lui-même fit préparer leur équipage, il les tria et les sépara et fit sortir de Logres tous ceux qu'ils devaient emmener, qui s'installèrent dans la prairie. Puis, quand il eut fait cela, il vint au roi et à Merlin, qu'il trouva discutant en privé et leur dit qu'il avait tout préparé. Lorsque Merlin le vit venir, il dit au roi de lui demander qui était le chevalier qui l'avait emmené secourir sa mère. Le roi l'interpella donc et lui dit : « Gauvain, cher neveu, qui fut le chevalier qui vous conduisit au secours de votre mère dans la prairie de Glocedon ? » Et Gauvain lui demanda : « Qui vous a dit cela ? — Sachez, fit le roi, que cela m'a été dit par celui qui connaît la vérité à ce sujet. — Puisse Dieu me venir en aide, répliqua monseigneur Gauvain[1] : je ne l'ai jamais vu ensuite, ce qui m'aurait permis de mieux le connaître.

***

de Gaulle et Claudas de la Deserte. Et li rois dist qu'il moveroit quant il li plairoit, ne il n'atendoit fors seul son conmandement et son dist. « Alés, fait Merlins, et si conmandés a tous vos homes qu'il soient encore a nuit tout armé et tout monté au premier sonme. Et vous ne merrés que .XX.M. de ceste terre et les .XX.M. que vous amenastes de Carmelide qui[b] sont del roiaume le roi Leodegam. Et .XX.M. en lairés en ceste vile, car il n'est mie mestiers que ceste vile demeurt sans gent. Et i laisserés Do de Carduel por garder la vile. »

357. Atant ont finé leur conseil et li rois conmande a Gavain ce que Merlins li ot enchargié. Et cil si fist lor oirre apareillier et fist tous ciaus partir et sevrer et les fist issir hors de Logres es prés tous ciaus qu'il durent mener. Et quant il ot ce fait si en vient au roi et a Merlin qu'il trouva conseillant ensamble et dist qu'il avoit tout apresté. Quant Merlins le voit venir si dist au roi qu'il li demant qui li chevaliers fu qui le mena rescourre sa mere. Et li rois l'apela et li dist : « Gavain, biaus niés, qui fu li chavaliers qui vous mena vostre mere rescourre en la praerie de Glocedon ? » Et Gavains li demande : « Que savés, qui le vous a dit ? — Saciés, fait li rois, cil me le dist qui bien en set la verité. — Si m'aït Dix, sire, fait mesire Gavains, onques ne le vi par ensi que je de mix le conneüsse.

358. — Demandez-lui donc, reprit Merlin, s'il connaît celui qui lui apporta la lettre de son cousin Yvonet, le fils du roi Urien. » Monseigneur Gauvain regarda alors avec attention l'homme qui était assis auprès du roi, et il se demanda avec beaucoup d'étonnement pourquoi il lui faisait poser cette question. Sage et perspicace qu'il était, il réfléchit et se rappela les paroles de Do de Cardeuil. Le roi cependant lui demanda s'il connaissait l'homme en question. Et il répondit que non, mais ajouta : « Toutefois, on m'a laissé entendre que c'était Merlin. Pourtant, en vérité, je ne le connais pas, à mon grand regret, car il m'a rendu bien d'autres services et m'a fait d'autres faveurs. En effet, c'est lui qui m'a fait délivrer du péril où était Sagremor, le petit-fils de l'empereur de Constantinople, ainsi que mon cousin Yvain, et il m'a sauvé moi-même sous le château d'Arondel. Et c'est l'homme du monde que je désirerais le plus connaître ! — Vous le connaîtrez, fit Merlin, très bientôt, quand il lui plaira. »

359. Alors le roi commença à rire aux éclats, et il dit à Gauvain : « Cher neveu, asseyez-vous à côté de moi, et je vous dirai ce que j'en sais. » Le jeune homme s'assit auprès de lui sur la couche ; ils étaient seuls tous les trois. Alors le roi dit : « Cher neveu, voici l'homme grâce à qui vous êtes allé à Arondel où vous avez combattu les Saxons, le jour où Dodinel le Sauvage, Keu d'Estraus et son cousin sont arrivés de leur pays. Remerciez-le des services qu'il vous a rendus, car vous devez lui être très reconnaissant, l'aimer et le

---

358. — Or li demandés, fait Merlins, s'il connoist celui qui li porta les letres d'Yvonet son cousin, le fil au roi Urien. » Et mesire Gavain regarde et voit celui qui delés le roi seoit, si s'esmerveille molt pour coi il li fait ce demander. Lors s'apensa, com cil qui molt estoit sages et apercevans, et li membre de la parole que Do de Carduel li avoit dite. Et li rois li demande s'il le connoist. Et il dist [*d*] que nenil. « Mais on m'a fait entendant que ce fu Merlins. Mais, certes, je ne le connois mie, ce poise moi, car autres bontés et autres services il fait assés. Car Saygremor, le neveu l'emperaour de Coustantinoble, me fist il deliver de peril de mort ou il estoit et Yvain mon cousin et moi meïsmes desous le chastel d'Arondel. Et c'est l'home del monde que je plus volentiers connoistroie hui en cest jour. — Vous le connoistrés, fait Merlins, prochainnement, quant il li plaira. »

359. Lors conmencha li rois a rire molt durement et li dist : « Gavain, biaus niés, or vous seés delés moi et je vous dirai ce que je en sai. » Et il s'asist en la couche, et il ne furent que aus .III. sans plus. Et lors li dist : « Biaus niés, veés ci le prodome par qui vous alastes a Arondel quant vous vous combatistes as Saisnes le jor que Dodynel li Sauvages et Kex Destraus et ses niés vinrent de lor païs. Or li merciés des services qu'il vous a fais, car vous le devés mercier

servir en cas de besoin vu qu'il vous a si bien servi. — Seigneur, fit monseigneur Gauvain, je ne sais que lui offrir ni que lui présenter. Mais toutefois, je veux lui dire que je suis tout à lui, et prêt à obéir à tous ses ordres. Et il est si sage, je le sais bien, qu'il sait ce que je pense de lui en mon cœur. » Et Merlin de répliquer qu'il le connaît intimement et qu'il sait quel est son cœur, et qu'il veut bien être son ami très proche, à la condition qu'il ne révèle jamais à personne, si lié avec lui qu'il puisse être, rien de ce qu'il lui dira. « Et vous me verrez, ajouta-t-il, sous tant d'apparences que vous en serez très étonné, car je ne veux être reconnu de personne : en effet, l'envie et la jalousie du monde sont trop grandes ! » Gauvain l'assura que jamais il n'en parlerait à personne : il pouvait en être certain.

360. C'est ainsi que monseigneur Gauvain fit la connaissance de Merlin en présence du roi Arthur son oncle. Quand ils eurent suffisamment parlé ensemble, Merlin lui dit : « Très cher ami, allez prendre congé de votre mère et puis rejoignez l'armée et faites mettre en selle vos gens à la première veille ; et mettez-vous en route tout droit vers le port de Douvres. Là-bas, prenez des vaisseaux et faites-les aborder au rivage de manière que votre oncle n'ait plus qu'à monter à bord lorsqu'il arrivera avec les deux rois qui l'accompagnent, et qui sont très valeureux. Pour l'amour de Dieu, honorez-les grandement, car bien qu'ils soient les vassaux du roi Arthur, ils sont issus d'un lignage plus noble que

---

et amer et servir, se mestiers l'en estoit, come celui qui tant vous a servi. — Sire, fait mesire Gavains, je ne li sai que osfrir ne que presenter. Mais toutes voies li di je tant que je sui cil qui est siens et a son conmandement. Et il est tant sages, ce sai je bien, qu'il connut le corage que je ai a lui. » Et il dist qu'il est assés cointes et qu'il connoist bien son cuer et veut qu'il soit ses privés. Mais il li dist qu'il se gart qu'il ne die a nul home chose qu'il li die tant soit ses privés ne ses amis. « Et vous me verrés, fait il, en tant de guises que vous vous en esmerveillerés, car je ne voeil estre connus de nului. Car trop est l'envie grans et la couvoitise del siecle. » Et il dist que ja a nului n'em parlera, bien le seüst.

360. Ensi s'acointa mesire Gavains de Merlin par devant le roi Artu son oncle. Et quant il orent assés parlé ensemble si li dist Merlins : « Biaus dous amis, alés, si prendés congié a vostre mere et si vous en alés en l'ost et faites vostre gent monter au premier sonme et si vous metés au chemin tot droit au port del Doivre. Et prendés vaissaus et les faites assambler au rivage si que vos oncles ne face que entrer ens, quant il i venra, et li doi roi qui sont en sa compaignie, car molt sont prodome. Et, pour Dieu, portés lor molt grant honour, car encore soient il au roi Artu si sont il de plus haut lingnage estrait que il ne

le sien. Prenez bien soin, en outre, de ne faire savoir à personne votre destination. » Et monseigneur Gauvain répondit que tout serait fait comme il le désirait.

361. Puis il les quitta et alla prendre congé de sa très sage mère, qui l'aimait profondément. Elle le recommanda à Dieu, priant qu'il le défende de tout mal, et il la quitta ; il rejoignit l'armée, avec ses frères, monseigneur Yvain son cousin qu'il aimait beaucoup, Galeschin et Dodinel, Sagremor, Yvain le Bâtard, les quatre cousins qui s'appelaient tous Yvain, Keu d'Estraus et Kahedin son cousin. Pas un de ceux-là ne manquait ; ils avaient la charge de l'armée et avaient tout préparé conformément aux instructions de monseigneur Gauvain. Quand vint la première veille, monseigneur Gauvain fit charger et répartir tout le bagage sur les bêtes de somme, et il fit garder l'armée avec soin pour qu'aucun espion ne s'y infiltre. Et les gardes étaient ceux que le conte a nommés. Puis ils se mirent en route, marchant doucement au pas, et chevauchèrent tant qu'ils arrivèrent à Douvres. Le roi Arthur, quant à lui, demeura à Logres avec Merlin, les deux rois et les quarante chevaliers du royaume de Carmélide. Et les compagnons de la Table ronde étaient là aussi. Lorsque monseigneur Gauvain fut arrivé au port de Douvres, il fit rechercher tous les vaisseaux dans tous les mouillages et sur le rivage, et il les réquisitionna jusqu'à ce qu'ils aient assemblé une grande flotte. Quand Merlin sut que tout était prêt, il les fit lever

---

soit. Et si gardés bien que vous ne fa[*e*]ciés a nului a savoir quel part irés. » Et il dist que ce sera molt bien fait, ensi com il devise.

361. Atant s'em part mesire Gavains et prist congié a sa mere qui molt estoit sage et qui molt l'amoit de grant amour. Et ele le conmanda a Dieu que de mal le desfende. Et il s'em part et en vient a l'ost, il et si frere et mesires Yvain ses cousins qu'il molt ama, et Galescein et Dodynel et Saigremor et Yvain l'Aoutre et li .IIII. cousin qui tout estoient apelé par lor non Yvain et Kex d'Estraus et Kahedins ses niés. Icil ne furent onques osté, cil orent l'ost en lor baillies si come mesire Gavains lor enseigna, si que tout furent apareillié. Quant vint après le premier some si fist mesire Gavains tourser et maler tout le harnois et changier sonmiers et fist trop bien garder l'ost environ que nule espie ne s'i meïst. Si le garderent cil qui li contes vous a nomé. Et lors se misent au chemin tout le petit pas, si ont tant erré qu'il vinrent au port del Doivre. Et li rois Artus remest a Logres entre lui et Merlin et les .II. rois et les .XL. chevaliers qui furent el roiaume de Carmelide. Et si i furent li compaingnon de la Table Reonde. Et quant mesire Gavains fu venus au port del Doivre si fist cerchier tous les pors et tous les rivages et prendre les nés, tant qu'il orent molt grant navie assamblee. Et quant Merlins sot que tout fu prest, si les fist monter par nuit et les conmanda a Dieu et dist as

dans la nuit, les recommanda à Dieu et dit aux trois rois de se faire conduire tout droit à La Rochelle[1]. «Mais lorsque vous y serez arrivés, dit-il, ne bougez pas avant de me revoir. — Comment ? fit le roi Arthur. Ne viendrez-vous pas avec nous ? — Non, répondit Merlin[2]. Mais vous m'aurez à nouveau avec vous après une nuit.»

362. Sur ces mots, ils se séparèrent après s'être mutuellement recommandés à Dieu. Merlin s'en alla trouver Blaise, son maître, en Northumberland ; celui-ci lui fit fête quand il le vit car il l'aimait beaucoup. Il lui demanda avec intérêt ce qu'il avait fait depuis leur dernière rencontre, et Merlin lui raconta tout, comme vous l'avez entendu dire dans le conte. Et Blaise le mit par écrit, et c'est ainsi que nous le savons encore. Mais quand Merlin en vint à raconter ce qui avait trait à la demoiselle qu'il aimait d'amour, Blaise en fut très ennuyé, car il craignit qu'elle ne le trompe et qu'il ne perdît à cause d'elle sa grande sagesse. Il commença à le mettre en garde à ce propos, et Merlin lui récita alors ses prophéties[1], telles qu'elles s'étaient réalisées, ainsi que d'autres qui se réaliseraient par la suite, comme le conte vous le racontera plus loin. Et Blaise mit tout par écrit. Mais ici le conte se tait à son sujet. Et il revient au roi Arthur et à sa compagnie et relate comment ils quittèrent Logres, sa capitale.

.iii. rois qu'il se feïssent mener tout droit a la Rocele. «Et vous serés, fait il, arrivé, si ne vous movés devant ce que vous me veés. — Comment ? fait li rois Artus[b], ne venrés vous mie avoec nous ? — Nenil, fait Merlins. Mais vous n'aurés que un soir geü que vous me ravrés.»

362. Atant s'em partent li un de l'autre et s'entreconmandent a Dieu. Si s'en ala Merlins a Blayse, son maistre, en Norhomberlande qui molt grant joie li fist quant il le vit car molt l'amoit de grant amour. Et il li enquist et demanda conment il avoit puis fait, et il li conte toutes les choses ensi com vous avés oï el conte puis qu'il se parti de lui. Et il le mist en escrit et par ce le savons nous encore. Et quant Merlins vint a ce a conter de la demoisele qu'il amoit par amours, si em pesa molt a Blayse car paour ot qu'ele ne le deceüst et qu'il n'en perdist son grant savoir. Si l'en conmencha a chastoiier. Et cil li dist les profesies [f] teles com eles estoient avenues et des autres qui puis avinrent en la terre ensi com li contes vous devisera cha en avant. Et cil mist tout en escrit. Mais atant se taist ore li contes de lui. Et retourne a parler del roi Artu et de sa compaingnie, conment il s'en parti de Logres, sa maistre cité, il et sa compaingnie.

La guerre de Gaule.

363. Le conte dit ici, dans ce chapitre, que le roi Arthur quitta Logres, sa capitale, le premier jour de juin. Le printemps était arrivé, la douce saison où fleurissent vergers et bocages, où les oiseaux chantent plaisamment et gaiement et font retentir de leurs chants les bois fleuris et couverts de nouvelles feuilles, où les prés se couvrent d'herbe et où les ruisseaux coulent à nouveau dans leur lit : c'est la saison de l'année qui convient le mieux pour faire la guerre. Le roi Arthur, le roi Ban, le roi Bohort et leur compagnie chevauchèrent sans s'arrêter jusqu'à ce qu'ils arrivent à Douvres. Lorsqu'ils y furent parvenus, ils embarquèrent sans tarder sur les vaisseaux préparés pour eux ; ils eurent bon vent et temps clément, et ils avaient de bons marins pour les conduire, si bien qu'ils parvinrent à La Rochelle sans avoir subi la moindre perte[1]. Ils débarquèrent alors et se logèrent dans des tentes et des pavillons sous les murs de la ville ; ce fut là qu'ils attendirent Merlin qui arriva le lendemain à l'heure de midi, tout comme il l'avait dit au roi Arthur. Les trois rois lui firent fête, ainsi que monseigneur Gauvain qui l'aimait vraiment beaucoup. Merlin d'ailleurs l'aimait beaucoup aussi, en raison de sa grande loyauté. Ils séjournèrent sur place pour se reposer, tout en faisant bien garder tous les chemins et les passages pour que personne ne les emprunte et n'apporte de leurs nouvelles à leurs ennemis. Mais ici le conte se tait à leur sujet. Et il revient à Léonce, le

---

363. Orᵃ dist li contes en ceste partie que tout le premier jour de juing s'en parti li rois Artus de Logres, sa maistre cité. Et li dous tans estoit repairiés en la douce saison que flourrissent cil vergier et cil boschage, et cil oiselet chantent doucement et souef, et retentissent cil gautᵇ qui sont flouri et foillu et queᶜ cil pré sont bien herbu et que ces aigues douces repairent a lor chanel et c'on puet mix guerre mener de tout l'an. En ceste saison chevauche li rois Artus et li rois Boors et li rois Bans et lor compaignnie et ne finerent d'errer, si vinrent a la mer au port del Doivre. Et quant il i furent venu, si entrerent es nés sans demourer et il orent bon vent et souef et maronniers qui bien les guioient, si que onques n'i perdirent riens, tant qu'il vinrent a la Rocele. Lors issirent hors des nés et se logierent en trés et paveillons defors la vile, et atendirent illuec Merlin et il i vint l'endemain a eure de miedi, ensi com il l'ot dit au roi Artu. Si li firent molt grant joie li .iii. roi et mesire Gavains qui molt l'ama de grant amour. Et Merlins le rama molt pour la grant loiauté qui ert en lui. Si sejournerent et reposerent et firent molt bien gaitier tous les chemins et les trespas que nus n'i aille ne n'i viengne qui aucune nouvele en aport a lor anemis. Mais ici endroit se taist li contes d'aus. Et retourne a

seigneur de Palerne, et à Pharien de Trèbes, qui étaient si loyaux et si vaillants, pour raconter comment ils convoquèrent leurs gens de près et de loin.

364. Le conte dit ici qu'après le départ de Merlin, qui lui avait conté comment Ponce Antoine et Frolle d'Allemagne marchaient contre lui avec quarante mille hommes et tout leur équipage, sans parler de Claudas qui en avait vingt mille du royaume de la Déserte, Léonce, le seigneur de Palerne, manda et convoqua ses gens, de près et de loin, parents, mercenaires, alliés, tant et si bien qu'il rassembla dans le royaume de Bénoïc dix mille hommes à cheval, outre les hommes à pied qu'il établit en garnison dans les forteresses. Pharien de son côté convoqua le ban et l'arrière-ban du royaume de Gaunes, tant et si bien qu'il rassembla lui aussi dix mille hommes à cheval et des soldats à pied pour garder les forteresses ; en outre ils firent venir de partout des provisions, enfermèrent le butin potentiel et le retirèrent de la circulation. Et quand tout cela fut fait, Pharien avec sa grande armée et Léonce avec la sienne s'installèrent à Bénoïc où ils attendirent jusqu'à l'arrivée des nouvelles qui annonçaient que leurs ennemis étaient entrés sur leur terre et mettaient le feu partout où ils pensaient que cela ferait le plus de mal. Pourtant, ils trouvaient peu à prendre dans le pays, car tout avait été mis à l'abri. Claudas de la Déserte d'ailleurs en était très chagrin et très courroucé, et il pensait bien que les gens du pays étaient informés de leurs mouvements par quelques

---

parler de Leonce, le signour de Paierne, et a Pharien de Trebes, qui tant furent loial et prou conment il fist semonre ses gens prés et loing.

364. [*119a*] Or dist li contes que[a] quant Merlins s'en fu partis de Leonce, le signour de Paierne, et il ot conté de Ponce Antoine et de Frolles d'Alemaingne, qui venoient atout .XL.M. homes et atout lor harnois, et Claudas de la Deserte en avoit .XX.M. del roiaume de la Deserte et Leonces manda ses gens et semonst prés et loing et parens et soldoiiers et amis tant qu'il en ot bien .X.M. del roiaume de Benuyc, tout monté a cheval, sans ciaus a pié dont il garni les forteresces. Et Phariens resemonst d'autre part el roiaume de Gaunes tant qu'il en ot bien .X.M. tous montés et des gens a pié garnist il les castiax et les forteresces, et atraisent tant les viandes de toutes pars et ensererent la proie et destournerent. Et quant il orent ensi esploitié, si se traïst Pharien a toute sa grant ost et Leonces a Benuyc. Si atendirent tant que nouveles lor vinrent que lor anemi estoient entré en lor terre et metoient le fu partout la ou il quidoient mal faire. Mais petit trouverent il a prendre el païs ne en la terre, que tout estoit destourné. Si en estoit Claudas de la Deserte molt dolans et molt coureciés, car bien pensoit que par aucunes gens estoient acointié de

espions. Les fourriers ne cessèrent pas pour autant de parcourir la terre, mais sans grand succès.

365. Quand ils eurent parcouru la contrée en long et en large, ils revinrent à l'armée et tinrent un conseil de guerre pour savoir ce qu'ils pourraient faire. Ils décidèrent de mettre le siège devant le château de Trèbes, et chevauchèrent jusque-là ; ils se logèrent dans la prairie sous les murs. Mais ce n'était pas directement sous les murs, car le château était situé sur une pointe, et à ses pieds un profond marécage l'entourait complètement : la seule entrée était une chaussée longue et étroite qui se prolongeait sur près d'une demi-lieue. Ponce Antoine se logea sur cette prairie, d'un côté, Frolle d'Allemagne d'un autre, Claudas de la Déserte d'un autre encore, et du dernier les gens du roi de Gaule. Celui qui les conduisait, c'était Randol, son sénéchal[1], qui était très hardi et vaillant ; chacun d'entre eux avait vingt mille hommes sous sa bannière. Ainsi le château de Trèbes fut assiégé de quatre côtés. Ils étaient serrés de si près que personne ne pouvait y entrer ou en sortir sans être pris et emprisonné. Ils croyaient bien venir ainsi à bout du château, soit par la force, soit par la famine. Mais aucun assaut ne pouvait réussir, car on ne pouvait accéder à la forteresse à cause du marais qui l'entourait. Le siège dura très longtemps. Et la reine Hélène, qui était à l'intérieur avec sa sœur, avait grand-peur d'être prise par force, ou par trahison. Toutes deux pleuraient souvent abondamment pour leurs seigneurs,

---

lor venue. Et pour ce ne laissierent mie li fourrier a courre parmi toute la terre, mais petit trouverent a prendre.

365. Quant il orent courut amont et aval, si se sont repairié en la grant ost et prisent conseil qu'il porroient faire. Et lors s'acorderent qu'il metroient le siege devant le chastel de Trebes. Si chevauchierent la et se logierent es praeries desous. Mais ce fu loing, car li chastiaus estoit en trop haut lieu. Et au pié del chastel estoit li marés parfons de toutes pars, se n'i avoit autre entree que par une chaucie longe et estroite qui duroit prés de demie liue. En cele praerie se loga Ponce Antoine d'une part, et d'autre part Frolles d'Ale[*h*]maingne, et d'autre part Claudas de la Deserte, e de l'autre part les gens au roi de Gaule. Si les conduisoit Randol, si seneschaus, qui molt estoit hardis et prous et chascun avoit .xx.m.[a] a sa baniere. Ensi fu li chastiaus de Trebes assis de .iiii. parties. Si i sont issi serré que nus n'i puet ne entrer ne issir qui pris ne fust et retenus. Et bien quidoient ensi le chastel prendre par afamer et par force. Mais nus assaus n'i avoit mestier, car on n'i pooit avenir pour le marois qui estoit entour. Si i sistrent molt longement. Et la reine Helainne, qui laiens estoit, et sa serour, orent molt grant paour qu'eles ne fuissent prises par force laiens, ou par aucune traïson. Si plourent souvent et menu pour lor

qui tardaient tant et dont elles n'avaient aucune nouvelle.
Gracien les réconfortait de son mieux et leur disait de ne pas
s'inquiéter, car elles ne tarderaient pas à recevoir des secours
efficaces, et d'être bien certaines qu'elles reverraient rapidement leurs seigneurs légitimes.

366. C'est ainsi que Gracien réconfortait les deux dames qui
étaient sœurs. Il avait un fils qui s'appelait Banin de Trèbes.
C'était le filleul du roi Ban. Ce Banin était un jeune homme
très vaillant, parent de Léonce de Palerne, qui était lui-même
apparenté aux deux rois frères. Quand il vit que le château
était assiégé, il fit demander à Antiaume le sénéchal de venir
lui parler. Celui-ci obtempéra immédiatement, et lorsqu'il fut
venu à lui, Banin lui dit de préparer son équipage. « Car il
vous faut chevaucher cette nuit même ; prenez bien garde de
partir si discrètement que personne ne sache où vous devez
vous rendre. Attendez vos hommes dans la forêt de Briosque[1],
à la fontaine sur la lande, et faites bien garder votre armée
pour que personne n'en parte afin de transmettre des renseignements à l'ennemi. » Et l'autre dit qu'il agirait si bien qu'on
ne pourrait pas faire mieux. Là-dessus Antiaume le sénéchal
s'en alla et fit tout ce que Léonce lui avait ordonné. Puis
Léonce prit un de ses neveux et l'envoya à Pharien, à Gaunes,
lui demandant de venir à l'endroit où il l'avait déterminé dans
la forêt, préparé conformément aux exigences de la situation.
Le jeune homme chevaucha tant et si bien qu'il atteignit sa

---

signours qui tant avoient demouré dont eles ne savoient nules nouveles. Et Graciens les conforte molt et lor disoit qu'eles ne s'esmaiassent de riens, car il ne demouerroit mie granment qu'eles auroient
secours grant et bel et que toutes fuissent seürees que eles verroient
par lans lor drois signours.

366. En ceste maniere confortoit Grasciens les .II. dames serours.
Et il avoit un fil qui avoit non Banins de Trebes. Cil iert fillués au roi
Ban. Icil Banins estoit jouenes damoisiaus et molt prous et parens
Leonce de Paierne qui parens estoit as .II. rois freres. Quant il vit que
li chastiaus fu assis, si manda Antiaume, le seneschal, qu'il venist parler a lui. Et cil vint maintenant, et quant il fu venus si li dist qu'il
feïst son oirre apareillier. « Car encore a nuit vous couvient il cheva-
chier, et gardés que vous mouvés si coiement que nus ne sace quel
quel part vous devés aler. Et atendés vo gent en la forest de
Briosque a la fontanne enmi la lande, et face bien garder l'ost que
nus ne s'em parte qui nouveles en die a vos anemis. » Et cil dist qu'il
le fera si bien qu'il n'i aura que amender. Atant s'en parti Antiaumes
li seneschaus, et le fist tout ensi com Leonces li avoit conmandé. Et
Leonces prist un sien neveu et l'envoia a Gaunes a Pharien et li
manda qu'il venist en la forest el lieu ou il avoit devisé, ensi atourné
com il savoit que mestiers en estoit. Et cil erra tant qu'il fist son

destination avec son message. Lorsque Pharien apprit que Léonce était déjà en marche, il se prépara en hâte, mit en place la garnison nécessaire pour garder la cité, et se mit en route par les chemins les plus détournés qu'il connaissait. Ils étaient bien dix mille au total. Léonce s'était mis en route avec Antiaume ; ils chevauchèrent tant qu'ils parvinrent à une grande vallée entourée de hautes futaies, au cœur de la forêt de Briosque, conformément à ce que Merlin lui avait appris. Le camp établi par l'armée fut si bien gardé que personne ne put en sortir. Ils y restèrent jusqu'à ce que Pharien arrive avec toutes ses troupes ; ils demeurèrent en tout jusqu'au lundi avant la Saint-Jean, qui devait tomber le dimanche suivant. Lorsque Merlin sut qu'ils étaient prêts et qu'ils n'attendaient plus que les secours qu'il leur avait promis, il le dit au roi Arthur : « À l'exception des compagnons de la Table ronde, que vous n'aurez pas, à la différence des quarante chevaliers qui ont été en Carmélide, vous aurez avec vous tous les chevaliers nouveaux, et vous pourrez en prendre, parmi les autres, assez pour arriver à un total de dix mille. Mettez-vous à une extrémité du champ de bataille, et confiez votre enseigne à Ulfin qui est si preux et si loyal ; et faites-le tout de suite. » Quant monseigneur Gauvain eut entendu les ordres de Merlin, il s'en alla, avec Ulfin et ses troupes, et ils se mirent à l'écart, tous les dix mille. Puis Merlin appela le roi Ban et lui dit : « Venez, noble chevalier. Vous conduirez la deuxième division, et vous aurez dix mille hommes sous vos ordres. Nous ver-

---

message bon et bel. Et quant Fariens entendi que Leonces estoit ja esmeüs et mis au chemin, si s'apareilla hastivement et garni de tel gent la cité com il sot que mestiers en estoit et se mist el chemin par les plus destournés lix qu'il savoit. Et furent bien .x.m. [*d*] ca conte. Et Leonces fu remis[a] au chemin entre lui et Antiaume, et chevaucierent tant qu'il en vinrent en une molt grant valee toute enclose de grant boscage en la forest de Briosque, ensi come Merlins li ot enseignié. Et fu bien li os gardee que onques nus n'en issi. Et demourerent tant que Phariens vint illuec a toute sa gent et i furent jusques au lundi devant le Saint Jehan, qui devoit estre au diemence aprés. Et quant Merlins sot qu'il sont apareillié et qu'il n'atendoient mais que le secours qu'il lor avoit promis, si le dist au roi Artu : « Fors solement les compaingnons de la Table Reonde, ciaus n'aurés vous mie, mais vous aurés les .xl. chevaliers qui furent mené en Carmelide, s'aurés avoeques vous tous les chevaliers noviaus et prendés tant des autres que vous soiés .x.m. par tout. Si vous metés a une part del champ et faites porter vostre enseigne a Ulfin, qui tant est prous et loiaus, et le faites tout orendroit. » Quant mesire Gavains ot le conmandement Merlin, si s'em parti, si et Ulfins et ses gens, et se remisent a une part atout .x.m. Et aprés apela Merlins le roi Ban et li dist : « Venés avant,

rons bien alors comment vous défendrez votre terre et si vous
vendrez cher à Claudas le dommage qu'il vous a causé dans la
mesure où il l'a pu tous les jours de sa vie.

367. — Seigneur, fit le roi Ban, il en ira conformément au
bon plaisir de Dieu. Et si jamais j'en retire quelque
satisfaction, ce sera par la grâce de Dieu, et la vôtre, et celle
de mon seigneur le roi Arthur. — Allez, fit Merlin, triez vos
troupes et faites-les ranger à l'écart, puis dites-leur de s'armer comme pour chevaucher contre vos ennemis. » Le roi
Ban s'en alla aussitôt, il sélectionna dix mille chevaliers de
l'armée qu'il prit à part, des jeunes gens preux et hardis, et il
les fit préparer. Puis Merlin appela le roi Bohort de Gaunes
et lui dit à son tour : « Sire roi, venez ici. Vous conduirez la
troisième division, et vous aurez dans votre compagnie les
trois cents chevaliers de la terre du roi Amant. Prenez-en
d'autre part assez pour vous trouver à la tête de dix mille
chevaliers, parmi ceux qui sont venus du royaume de Carmélide, et faites-les préparer pour se défendre ; puis mettez-vous en route rapidement, et prenez garde que les vertus
de la chevalerie ne soient pas ravalées à un rang inférieur par
votre faute. On verra bien comment vous vous comporterez
pour libérer votre terre de vos ennemis !

368. — Seigneur, fit le roi Bohort, nous ferons ce qu'il
plaira à Dieu, de notre mieux. » Puis le roi Bohort s'en alla,
sélectionna ses troupes, et les fit mettre en selle.

---

gentix chevaliers. Vous menrés la seconde eschiele et seront .x.m. en
vostre compaignie. Si verrons conment vous desfendrés vostre terre
et conment vous vendrés a Claudas le damage qu'il vous a fait et
pourchacié chascun jour a son pooir.

367. — Sire, fait li rois Bans, ensi en iert il com a Dieu plaira. Et
se je jamais en ai joie, ce sera par Dieu et par vous et par mon
signour le roi Artu. — Alés, fait Merlins, et seürés vos gens a une
part et si les faites tout maintenant armer come pour chevauchier
encontre vos anemis.» Atant s'em parti li rois Bans et sevra .x.m.
chevaliers de l'ost a une part, jouenes bacelers molt prous et molt
hardis as armes, et les fist apareillier. Aprés apela Merlins le roi Boort
de Gaunes et li dist : « Sire rois, venés avant. Vous conduirés la tierce
eschiele, si seront en vostre compaignie li .ccc. chevalier de la terre
roi Amant. Et em prendés tant avoec aus que vous soiiés .x.m. chevaliers, de ciaus qui vinrent del roiaume de Carmelide, et les faites
apareillier pour lor cors desfendre et vous metés au chemin delivrement.
Et gardés qu'en vous ne soit abaissie chevalerie. Si i parra
conment vous le ferés et vostre terre delivrer de vos anemis.

368. — Sire, fait li rois Boors, nous ferons ce que Dieu plaira au
mix que nous [d] porrons. » Lors s'em parti li rois Boors et soivre ses
gens et les fait tous monter sor lor chevaus.

369. Enfin Merlin s'adressa au roi Arthur : « Seigneur, fit-il, vous conduirez la quatrième division ; vous aurez avec vous les compagnons de la Table ronde : ceux-là ne vous feront pas défaut jusqu'à la mort. » Alors le roi commanda à Nascien, Adragain et Hervi de faire préparer et armer les chevaliers. Ils le firent, de manière qu'il ne leur resta plus qu'à se mettre en selle. Ensuite, Merlin prit le dragon ; il appela Keu le sénéchal et lui dit : « Seigneur, venez ici. Vous porterez l'enseigne du roi Arthur, car c'est votre droit. Prenez garde de ne pas diminuer par votre faute les vertus de la chevalerie. Et savez-vous ce que vous ferez quand vous arriverez sur vos ennemis ? Vous chevaucherez sans vous arrêter, l'enseigne à la main. — Volontiers », répondit Keu. Lorsque les divisions eurent été ainsi organisées, il était environ midi. On prépara le repas et tous s'assirent. Quand ils eurent mangé, les barons se rassemblèrent en conseil pour s'informer de ce qu'ils feraient. « Je vais vous le dire, déclara alors Merlin. Cette nuit, à la première veille, vous vous mettrez en route de manière à être à Trèbes demain soir. Car vos ennemis l'ont assiégée de quatre côtés, et chacun des princes s'occupe de son propre siège indépendamment des autres. Ils ont chacun vingt mille hommes : chacune de vos divisions ira frapper l'une de ces armées, si bien qu'ils seront attaqués de quatre côtés. Mais ils ont des guetteurs et des gardes très attentifs, il faut donc avancer discrètement.

370. — Comment ? fit le roi Arthur. Ont-ils donc plus de

---

369. Après parla Merlins au roi Artu. « Sire, fait il, vous menrés la quarte eschiele et seront avoeques vous li compaingnon de la Table Reonde. Cil ne vous fauront jusques a la mort. » Lors conmanda li rois a Nascien et Adragavin et a Hervi qui les facent armer et apareillier. Et cil le font si bien qu'il n'i ot que del monter. Lors prist Merlins le dragon et apela Kex le Seneschal et li dist : « Sire, venés avant, si porterés l'enseigne au roi Artu, car c'est vostre drois. Et gardés que chevalerie ne soit abaissie par vous. Et savés vous que vous ferés quant vous venrés desor vos anemis ? Tous jours chevauciés l'enseigne en la main. » Et Kex li dist : « Volentiers. » Quant les eschieles furent ensi devisees, si fu li eure de miedi. Si apareille on a mengier et il s'asisent. Et quant il ont mengié si vont li baron a conseil pour demander qu'il feront. « Je vous dirai, ce dist Merlins, que vous ferés. Anquenuit, au premier some, vous mouverés si que vous soiés demain au soir a Trebes. Car vostre anemi l'ont assis de .IV. pars entour et chascun des princes tient son siege a une part. Si a chascun .XX.M. houmes en sa compaingnie. Et chascune de vos eschieles ira ferir sor chascun ost, si qu'il seront de .IV. pars assailli. Et il se gaitent molt, si couvient molt sagement aler.

370. — Conment ? fait li rois Artus, ont il dont plus de gent de

gens que nous ? — Oui, répliqua Merlin, plus de la moitié.
Mais nous recevrons des secours bien utiles, car vingt mille
hommes qui campent pour l'instant dans la forêt de
Briosque viendront nous appuyer. — Et comment sauront-
ils que nous sommes arrivés ? — Seigneur, repartit Merlin,
j'irai les chercher, pendant que Bliobléris conduira l'armée,
car il connaît bien les passages, et je lui indiquerai l'itinéraire
à suivre ; quand vous verrez que le jour se lève, chargez tous
ensemble, sans tarder, dans la direction où vous entendrez
sonner un cor. Vous verrez aussi un grand brandon de feu
qui parcourra le ciel, faites-y attention. En effet, cela voudra
dire que les secours que je vous amènerai seront prêts. —
Seigneur, dit le roi Arthur, quand vous mettrez-vous en
route ? — À l'instant même, fit Merlin, car nous n'avons pas
le loisir de traîner ; je vous recommande à Dieu ! »

371. Là-dessus Merlin quitta le roi et, quand il fut hors du
camp, il s'évanouit si vite que personne ne sut ce qu'il était
devenu. Et avant l'heure de none il arriva au camp de Léonce
de Palerne qui n'attendait que l'ordre de monter en selle.
Merlin alla tout droit vers lui, là où il se trouvait avec Pharien,
Antiaume et Gracien. Et il lui dit : « Léonce, qu'attends-tu
pour monter à cheval avec tes hommes ? Si vite que tu te
rendes sur le lieu du siège, tu y trouveras déjà le roi Arthur et
tous ses gens ! » Quand Léonce entendit ces nouvelles, il s'en
réjouit grandement et lui fit fête. Puis, après l'avoir chaleureusement accueilli, ils lui demandèrent comment allaient leurs

---

nous ? — Oïl, fait Merlins, bien la moitié. Mais nous aurons biau
secours qui i venra tout a tans encore de .xx.m. homes qui se sont
logié en la forest de Briosque. — Et conment sauront nostre venue ?
— Sire, fait il, je les irai querre et Blyobleris conduira l'ost et ira
devant, car il set bien les trespas par ou je l'enseignerai. Et, quant
vous verrés qu'il iert ajourné, si poigniés tout ensemble la ou vous
oïrés un cor sonner molt hastivement. Si verrés un grant brandon de
fu qui courra en l'air en haut, si vous en prendés garde. Car lors sera
apareilliés li secours que je vous amenrai. — Sire, fait li rois Artus, et
quant vous metrés vous au chemin ? — Tout maintenant, fait Merlins, car nous n'avons que demourer, et a Dieu vous conmant. »

371. Atant s'em parti Merlins del roi et, quant il fu hors de l'ost,
si s'esvanoui si tost c'on ne sot qu'il fu devenus. Et s'en vint,
ançois qu'il fust none de [e] jour, en l'ost Leonce de Paierne qui
n'atendoit mais que nouveles c'on li deïst qu'il montast. Et lors vint
Merlins la ou il estoit, entre lui et Pharien et Antiaume et Gracien. Et
Merlins li dist : « Leonces, qu'atens tu que tu ne montes, toi et ta
gent ? Ja si tost ne porras venir en l'ost que tu n'i trouves le roi
Artu et toute sa gent. » Et quant Leonces l'entent, si li fist molt grant
joie. Et quant il l'orent conjoï si li demanderent nouveles de lor

seigneurs. Et il répondit qu'ils les verraient bientôt, car ils chevauchaient eux aussi vers le même but, avec des forces considérables. «Organisez maintenant vos divisions, et je vous conduirai moi-même jusqu'à l'armée. — Seigneur, fit Léonce, nous vous remercions infiniment. Je sais désormais que tout tournera bien pour nous puisque vous serez de notre compagnie.»

372. Sur ces mots, les quatre compagnons s'en allèrent partager leurs troupes en quatre divisions. Le sénéchal en prit cinq mille, et les fit se retirer d'un côté ; Gracien en prit cinq mille aussi, Pharien autant avec lesquels il se mit à l'écart ; et Léonce resta au centre du terrain avec ses gens, très bien armés et au nombre de cinq mille ou plus. Mais ici le conte se tait au sujet de Merlin, de Léonce de Palerne et de leur compagnie, et revient au roi Arthur pour dire comment il arriva, avec ses divisions, l'une après l'autre, pour marcher contre ses ennemis.

373. Le conte dit ici qu'après le départ de Merlin le roi Arthur fit mettre en selle toutes ses troupes, et les divisions s'ébranlèrent l'une après l'autre. Blioblèris chevauchait en tête de la division de monseigneur Gauvain car c'était lui qui connaissait tous les passages mieux que personne dans tout le territoire. À cette occasion on put voir bien des enseignes d'or, d'argent et de soie qui s'agitaient doucement sous la brise. La saison était douce et plaisante, le pays doux et agréable, car il y avait de nombreuses forêts, et des prairies

---

signour. Et il lor dist que par tans les porroient veoir, car il chevauchent a grant esfors. «Mais or devisés vos eschieles et je vous conduirai jusques a l'ost. — Sire, fait Leonces, les nostres grans mercis. Ore sai je bien que nous n'aurons se bien non puis que vous serés en nostre compaingnie.»

372. Atant s'en vont li .iv. compaingnon et devisent lor gent en .iv. parties. Si em prent li seneschaus .v.m. et les desoivre a une part, et Graciens em prent autres .v.m., et Phariens autres .v.m. et les destourne a une part⁴, et Leonces remest en la piece de terre et ses gens bien armés, et furent bien .v.m. ou plus. Mais atant se taist li contes de Merlin et de Leonce le signour de Paierne et de lor compaingnie, et retourne a parler del roi Artu comment il vint, lui et ses eschieles, l'une aprés l'autre pour aler contre ses anemis.

373. Or dist li contes⁴ que quant Merlins s'en fu partis del roi Artu si fist li rois monter toutes ses gens, si murent l'une eschiele aprés l'autre. Si chevaucha Bleobleris en l'eschiele monsignour Gavain tous premiers, com cil qui bien savoit les trespas et mix que nus qui en la terre fust. Illuec peüst on veoir mainte enseigne d'or et d'argent et de soie qui venteloient au vent. Et la saison estoit douce et souef et li païs et dous et delitables, car molt i avoit forés et praeries ou cil oisel

où chantaient en maints langages les oiseaux qui réjouissent
le cœur de ceux qui aiment d'amour. Ils chevauchèrent tant
cette nuit-là qu'avant qu'ils s'en aperçoivent il fit complètement jour. Car ils avaient tellement écouté le chant des
oiseaux qu'ils s'étaient oubliés eux-mêmes. Ils arrivèrent
alors sur une belle lande parsemée de jeunes arbres qui était
située sur les bords de la Loire. L'herbe était si haute qu'elle
montait jusqu'au ventre des chevaux. Les troupes du roi
Arthur se reposèrent dans cet endroit toute la journée jusqu'à vêpres. Ceux qui en avaient besoin mangèrent et
burent, et dormirent aussi car le lieu était très paisible et
agréable. Le mardi soir, après vêpres, petits et grands s'armèrent et montèrent à cheval, car il ne restait que sept lieues à
parcourir jusqu'au camp du roi Claudas. Là vous auriez pu
voir à cheval bien des vassaux en riche équipage, tenant bien
des lances épaisses et pointues, au fer tranchant et acéré, et
bien des heaumes et des écus flamboyants. Ils chevauchaient
en rangs serrés, les uns derrière les autres, Bliobléris en tête
de la compagnie de monseigneur Gauvain. Celle du roi
Ban les suivit, avec ses hommes marchant au pas, en bon
ordre, les écus devant la poitrine, brûlant du désir de bien
faire, de se défendre et d'attaquer. Chaque division était éloignée des autres d'environ une demi-lieue, et celle du roi
Arthur formait l'arrière-garde. Keu le sénéchal portait le dragon, et ils suivaient le roi Bohort. Ainsi marchèrent les
quatre compagnies, l'une après l'autre, toute la nuit jusqu'au

---

chantent en mains langages dont cil s'esjoïssent qui par amours
aiment. Si chevauchent tant [*f*] cele nuit que onques ne sorent mot si
fu jours clers. Car tant avoient entendu au chant des oiseles que tout
s'en estoient entr'oublié. Atant en sont venu en une moult bele lande
qui toute estoit plainne d'arbrisiaus, si estoit desor la riviere de Loire.
Et li erbe estoit si grans que li cheval i estoient jusques au ventre.
Illuec se reposerent la gent au roi Artu tote jour ajournee jusques a
vespres. Quant vint le mardi après vespres, si s'armerent petit et grant et monterent es chevaus car il
n'avoit jusqu'a l'ost Claudas que .VII. lieues a chevauchier. Illuec veïs-
siés sor les chevaus maint vassal as riches couvretures et mainte lance
poignal grosse a fer trenchant et acéré et maint hiaume et maint escu
reflamboiant. Et chevauchent serré li uns après l'autre et Blyobleris
tous premiers a l'eschiele monsignour Gavain, et li rois Bans après. Et
il vont le petit pas sans desroi et lor escu devant lor pis, entalentés de
bien faire et de lor cors desfendre et d'autrui assaillir. Et chevauche
l'une eschiele loing de l'autre prés de demie liue, et li rois Artus tout
deriere. Si porta Kex li Seneschaus le dragon et s'en vont après le roi
Boort, et s'en vont les .III. eschieles l'une après l'autre toute la nuit

matin. Ils étaient sortis à ce moment-là de la forêt de Briosque et chevauchaient le long de la Loire en suivant le tracé de la forêt qui faisait une courbe ; ils s'arrêtèrent au point du jour pour voir le signe dont Merlin leur avait parlé, le brandon de feu qui devait parcourir le ciel, et pour attendre le son du cor. Ils s'étaient approchés si près du camp qu'ils n'en étaient pas à plus de cinq portées d'arbalète, et ils pouvaient bien voir qu'il y avait dans le camp beaucoup de lumières et beaucoup de gens : ils entendaient le hennissement des chevaux et le grincement des toiles de tente sur leur cadre. Mais quand ils furent si près du camp, les veilleurs entendirent le bruit qu'ils faisaient et envoyèrent des espions à cheval pour savoir de qui il s'agissait. Ceux-ci vinrent aux compagnies, virent leurs armes, et retournèrent au camp en disant qu'il y avait là un grand nombre de gens en armes. À cette nouvelle, tous ceux du camp coururent s'armer. Ils sortirent du camp et se rangèrent sur la prairie, chacun sous sa bannière ; et ils se firent savoir les uns aux autres que de nombreuses troupes à cheval dont ils ignoraient l'identité étaient arrivées sur eux. Ponce Antoine, qui était un grand stratège, sortit du camp tout armé et s'en vint à la forêt de Briosque, vers l'avancée du bois, dans la direction d'où les autres étaient venus. Il ordonna à ses gens de le suivre, et ils obéirent dès qu'ils furent armés. Quant à Frolle, le duc d'Allemagne, il le suivit et fixa son point de rassemblement sur la rive d'une petite rivière appelée Aroaise. Randol, le sénéchal

---

tant que ce vint a l'ajournee. Et lors furent issu de la forest de Briosque, si chevauchierent selonc la riviere de Loire et selonc l'oreille de la forest, et s'arresterent a l'ajournee pour voir l'enseigne Merlin qui lor avoit dit del brandon de fu qui devoit courre parmi l'air et qu'il oïssent la vois del cor sonner. Et il furent aprocié si prés de l'ost qu'il n'i ot pas .v. arbalestrees, si virent bien qu'en l'ost avoit molt grant plenté de luminaire et molt grant plenté de gent, si oïent ces chevaus henir et ces murs rechaner. Et quant il aprocent si prés de l'ost si oïrent cil qui[b] gardoient l'ost la noise et le bruit et l'envoierent espiier gens a cheval pour savoir quels gens c'estoient. Et cil i alerent et choisirent les armes, puis retournerent en l'ost et dient qu'il ont trouvé plenté de gent armee. Quant cil de l'ost entendirent la nouvele si se courent armer et issirent de l'ost et se rengent aval les prés chascun a sa baniere. Et le firent savoir les uns as autres qu'il ne savoient quels gens estoient sor aus venu a grant chevaucie. Et Ponce Antoine qui molt sot de guerre *[120a]* s'en ist de l'ost tout armé et s'en vint en la forest de Briosque en l'oreille del bois par devers lor venir. Si conmanda a ses gens qu'il le sivissent et il si firent tantost com il furent armé. Et Frolles li dus d'Alemaigne s'en issi aprés et fist son atrait sor une petite riviere qui avoit a non Aroaise. Et Randol, li

du roi de Gaule, sortit par les jardins. Et Claudas, lui, sortit du côté de la chaussée le long des marais. Ils sortirent en grand nombre des tentes et des pavillons, et s'en allèrent massivement rejoindre leurs bannières.

374. Pendant qu'ils se préoccupaient de s'armer, Merlin sortit de son embuscade, car il savait tous leurs faits et gestes. Il prit un cor, et en sonna si haut et clair que tout le rivage et tout le bois en retentirent ; puis il jeta un sort tout à fait merveilleux : il fit apparaître dans l'air, très haut, un grand brandon de feu plus vermeil que la foudre, qui passa au-dessus des tentes des assiégeants. Lorsque les gens du roi Arthur virent ce spectacle, et qu'ils entendirent le cor sonner, ils se signèrent tant ils étaient émerveillés, puis éperonnèrent leurs chevaux. Et il arriva que monseigneur Gauvain tomba sur les tentes du roi Frolle d'Allemagne, le roi Ban de Bénoïc sur celles du roi Claudas de la Déserte, le roi Bohort sur les pavillons de Ponce Antoine, et le roi Arthur sur ceux de Randol le sénéchal. Il y eut là grand abattage de tentes et de pavillons, et les cris et le vacarme s'élevèrent si fort que le cœur des plus hardis en frémit. Ceux qui étaient dans le camp subirent de lourdes pertes à cette occasion, car ils n'étaient pas encore bien armés, et leurs adversaires en tuèrent et en blessèrent gravement un grand nombre ; et les blessés criaient d'une voix déchirante, à cause de la douleur qu'ils éprouvaient et de la mort qui les serrait de

---

seneschaus au roi de Gaulle, s'en issi par devers les gardins. Et Claudas s'en istᵗ devers la chaucie devers le marés. Et s'en issirent molt esforciement des loges et des paveillons par tropiaus et s'en alerent a lor banieres.

374. Endementiers que cil entendirent a aus armer si vint Merlins de son embuschement, car bien savoit tout lor errement. Lors prist un cor, si le sonne si haut que toute la riviere en retentit et tout le boschage, et après jeta un enchantement fort et merveillous, car il fist aparoir en haut, en l'air, un grant brandon de fu plus vermeil de foudre, et encore par desus les loges a ciaus de l'ost. Quant les gens le roi Artu voient le grant brandon de fu corre parmi l'air et il oent le cor soner, si se seignent de la merveille qu'il en ont, si laissent courre les chevaus des esperons. Et avint que mesire Gavains se feri es herberges le duc Frolles d'Alemaigne, et li rois Bans de Benuyc se feri es tentes le roi Claudas de la Deserte, et li rois Boors parmi les paveillons Ponce Antoine, et le roi Artu parmi les trés Randol le seneschal. Illuec ot molt grant abateïs de tentes et de paveillons. Si lieve la noise et la huee si grans de totes pars que tout en fremissent li cuer as plus hardis. Illuec perdirent molt cil qui logié estoient, car il n'estoient mie bien garni de lor armes. Si en ocistrent molt et mehaignent, si braient et crient cil navré qui illuec traveilloient pour la mort qui les destraint.

près. À ce point le jour était complètement levé et le soleil
levant, quand il apparut, frappa les armes et fit reluire et
flamboyer de ses rayons heaumes, hauberts et boucliers. Ils
étaient si beaux et si agréables à contempler que c'était un
plaisir, et une véritable symphonie de couleurs.

375. Quand Claudas, Frolle, Ponce Antoine et Randol
virent le dommage que les attaquants leur causaient, ils
furent très ennuyés. Car ils avaient bien l'impression qu'ils
avaient perdu dans l'affaire plus de dix mille de leurs
hommes. Randol en particulier, lorsqu'il vit les dégâts
qu'avaient provoqués ceux qui étaient sortis de leur embuscade, fut si courroucé qu'il faillit devenir fou. Il revint sur
ses pas vers les tentes qu'il avait quittées pour rassembler ses
gens. Monseigneur Gauvain cependant regarda autour de lui
et vit venir Frolle ; il alla à sa rencontre très hardiment. Or,
Frolle avait dans sa compagnie bien quinze mille hommes,
tous chevaliers très vaillants — et il en avait perdu plus de
six mille qui étaient morts hachés menu au premier assaut.
Une fois qu'ils furent à bonne portée, ils se chargèrent
mutuellement au grand galop de leurs chevaux. Sagremor fut
le premier au point de rencontre des deux armées, chevauchant en tête des siens, et Frolle, qui était très courroucé,
galopa contre lui. C'était un grand chevalier[1], d'une force
prodigieuse ; ils se frappèrent mutuellement de leurs lances,
lui et Sagremor, si rudement qu'ils se portèrent tous deux à
terre, et que leurs chevaux tombèrent sur eux ; néanmoins ils

---

Et lors fu grans li jours et li solaus comencha a lever qui se feri sor les
armes. Si reluisent li hiaume et li haubert et li escu et reflamboient
encore le soleil levant. Si furent tant bel et tant plaisant a regarder que
ce estoit uns delis et une melodie a regarder.

375. Quant Claudas et Frolles et Ponce Antoine et Randol voient
le damage que cil lor font, si lor em poise molt. Car il croient et quident que plus de .x.m. de lor homes i ont perdus que uns que autres.
Et quant Randols li seneschaus vit le damage que cil li font qui sont
venu de lor embuschement si est tant iriés que a poi qu'il ne forséne.
Lors vient a[b]riere vers les tentes qu'il avoit laissies por sa gent
conreer environ lui. Et quant mesire Gavains se regarde et si voit
venir Frolles si li vait a l'encontre molt hardiement. Et il avoit en sa
compaignie molt hardis chevaliers qui estoient bien .xv.m. homes, et
.vi.m. en ont il bien perdu qui tout estoient mort et detrenchié. Et
quant il s'en raprocent les uns des autres, si s'entreviennent quanque
li cheval lor poent courre. A l'asambler des os fu Saygremor li premiers, et Frolles qui molt estoit coureciés li vint a l'encontre. Et il
estoit grans chevaliers et de merveilleuse force, si s'entreferirent des
lances entre lui et Saygremor si durement qu'il s'entreportent a terre
les chevaus sor les cors. Ne mais tost refurent em piés resailli, car

ne tardèrent pas à se redresser, car ils étaient forts, vaillants et hardis, rapides et légers. Ils tirèrent leurs épées du fourreau, jetèrent leurs écus sur leurs têtes pour se protéger, et fondirent l'un sur l'autre. Alors commença entre eux une bataille féroce et cruelle, au cours de laquelle ils se donnèrent autant de coups qu'ils le pouvaient. Tous deux se trouvèrent également en péril de mort avant de recevoir du secours, car c'étaient des chevaliers remarquables, et leurs épées étaient si bonnes qu'il n'était pas besoin d'en chercher ailleurs de meilleures. Ils combattirent un long moment avant qu'on ne les sépare.

376. Quand monseigneur Gauvain vit Sagremor à terre, il éperonna à sa rescousse avec Ulfin qui portait son enseigne. Et ceux de l'autre camp firent de même pour délivrer le duc : ils se frappèrent à coups de lances sur leurs écus, s'abattirent et se tuèrent les uns les autres, bref commencèrent une bataille très violente qui dura longtemps. Ils donnèrent tant de coups de lance et d'épée que les deux chevaliers furent remis en selle. La mêlée sur ce point fut prodigieusement violente et féroce. À cette occasion les douze compagnons qui étaient chevaliers nouveaux firent de véritables prodiges, ainsi que les quarante compagnons qui étaient avec eux. Mais, après midi, aucune prouesse ne put se comparer à celle de monseigneur Gauvain. Lui accomplissait des merveilles, lui abattait et tuait hommes et chevaux ! Yvain de son côté, le fils du roi Urien, son frère Yvain le Bâtard et Galeschin, le fils du roi Nantes de

---

molt estoient fort et prou et hardi et viste et legier. Si traient les espees des fuerres et jetent les escus sor lor testes et s'entrecourent sus. Si conmencent entr'aus .ii. une bataille grant et cruele et felenesse et s'entredonnent molt grans cops la ou il s'entr'ataignent. Il n'i ot nul d'aus qui ne fust en grant aventure de mort ançois qu'il eüssent secours. Car a merveilles estoient bon chevalier et lor espees estoient si bones qu'il ne couvenoit a querre nules meillours. Si se combatirent une grant piece qu'il fuissent departi.

376. Quant mesire Gavains voit Saygremor a terre si point a la rescousse entre lui et Ulfins qui s'enseigne portoit. Et cil de la poignent pour le duc delivrer si s'entrefierent des lances parmi les escus. Si s'entrabatent et ocient[a] li un l'autre et conmence la bataille grans et felenesse qui longement dura. Si ont tant feri et caplé que li doi sont remis a cheval. La ot bataille grant et fiere et merveillouse. Illuec firent mervelles li .xii. compaingnon chevalier novel et li .xl. compaingnon qui avoec aus estoient. Mais puis que miedis fu passés, biens faires que on i feïst ne se prendoit au bien faire monsignour Gavain. Cil faisoit mervelles, cil abatoit et ocioit homes et chevaus. Si le refaisoit molt bien mesire Yvains, li fix au roi Urien et ses freres Yvain li Aoutres et Galescins li fils au roi Nantre[b] de

Garlot, se comportaient très bien, et Gaheriet fit de telles
prouesses que l'on considéra qu'il emportait le prix après
monseigneur Gauvain. Par ailleurs, Agravain, Guerrehet,
Sagremor et tous les autres compagnons, de manière générale,
se comportaient extrêmement bien. De l'autre côté le roi Ban
combattait contre les gens du roi Claudas. Ainsi, il arriva que
le roi Ban et Claudas se rencontrèrent au milieu des rangs qui
s'attaquaient en un combat violent et périlleux. Dès qu'ils
s'aperçurent, ils se précipitèrent l'un contre l'autre, l'épée nue.
Claudas était, au demeurant, un très bon chevalier, grand et
fort, mais il était jaloux de tous ceux qui lui étaient supérieurs.
Il frappa si rudement le roi Ban sur son heaume qu'il en jaillit
des étincelles dans toutes les directions, et il l'étourdit à tel
point qu'il le fit s'incliner sur l'encolure de son cheval ; Ban
cependant, courroucé, riposta par un violent coup sur le
heaume. Mais il ne l'atteignit pas de plein fouet, car le coup
gauchit et porta sur le cheval de son ennemi qu'il trancha sur
l'échine et abattit à terre entre les cuisses de Claudas. Celui-ci
se releva très vivement mais, avant même qu'il ne soit debout,
le roi Ban lui donna trois ou quatre coups sur le heaume, si
forts qu'il s'en fallut de peu qu'il ne tombe à quatre pattes ; et
le sang lui jaillit par la bouche et par le nez. Mais il était très
solide, il tint bon et ne tomba pas ; au contraire, il jeta l'écu
sur son épaule et marcha sur le roi Ban : la mêlée commença.
Pourtant la guerre aurait été bien vite finie en ce qui concernait Claudas s'ils étaient restés un peu plus longtemps

---

Garloth, et Gaheriés i fist tant c'om le tenoit au meillour chevalier de
tous après monsignour Gavain. Et d'autre part le faisoit molt bien
Agravains et Guerrehés et Saygremor. Et aussi firent tout li autre
compaingnon comunement. De l'autre part se combat li rois Bans as
gens le roi Claudas. [d] Si avint que li rois Bans et Claudas s'entr'encontrerent enmi les rens qui estoient grans et perillous. Et si tost
com il s'entrevirent, il s'entrecourrurent sus, les espees traites. Et
Claudas estoit molt bons chevaliers et grans et fors, mais il iert
envious sor tous ciaus qui estoient au desus de lui. Si feri si durement
le roi Ban sor son hiaume que les estinceles en volerent toutes
em pieces et ardans vers le ciel, si l'estonne si durement qu'il li fait
encliner sor le col de son cheval. Mais par grant aïr se releva li rois
Bans et li doune si grant cop parmi le hiaume. Mais il l'ataint en
esclichant, car il estoit guenchis, et li cops avale sor le col del cheval', si le cope parmi l'eskine et l'abat a terre entre les quisses Claudas. Et il saut sus molt vistement, mais ançois qu'il fust relevés li
donna li rois Bans tels .IIII. cops parmi le hiaume, que par un poi qu'il
ne le fist cheoir as paumes, et si li fist sallir le sanc parmi la bouche
et parmi le nés. Mais il fu molt de grant force, si se retint qu'il ne
chaï mie, si jete l'escu sor s'areste et en vint vers le roi Ban, si

ensemble ; mais ses hommes le secoururent en foule, et il en
avait moitié plus que le roi Ban. Car ceux-ci n'étaient que dix
mille, et de l'autre côté ils étaient bien dix-huit mille ; ils combattirent de part et d'autre tant qu'à la fin Claudas fut remis en
selle. Alors les troupes du roi Ban durent céder du terrain et,
si lui-même n'avait pas été là, ils auraient été complètement
chassés du champ et vaincus. Mais à lui tout seul il soutint le
poids de la bataille, si bien que personne ne put le contraindre
à reculer davantage que s'il avait été une borne de pierre ; il
résista ainsi jusqu'à midi passé.

377. De l'autre côté, le roi Bohort était confronté aux
troupes de Ponce Antoine au milieu des tentes et des
pavillons — et ceux qui étaient restés à l'intérieur y perdirent beaucoup. Quand Ponce Antoine vit les dommages
considérables qu'il avait subis en si peu de temps, il en fut
prodigieusement chagrin et courroucé. Après avoir regroupé
ses hommes à la lisière de la forêt, où il les avait conduits, il
revint avec eux vers les tentes, et il constata le grand massacre qui y prenait place. Lorsque le roi Bohort les vit venir,
il alla à leur rencontre l'écu au cou et la lance au poing, très
hardiment. En l'apercevant, Ponce Antoine éperonna son
cheval pour le pousser à sa vitesse maximale comme s'il
pensait ne jamais pouvoir l'atteindre assez tôt, et ils se frappèrent mutuellement, au grand galop de leurs chevaux,
heurtant leurs écus si fort qu'ils les firent se fendre et se

---

conmencha la mellee. Mais la guerre fuſt finee a tous jours de par
Claudas, se il un poi fuiſſent plus demouré ensemble. Ne mais si
home le secourent molt esforciement, dont il avoit la moitié plus que
li rois Bans. Car il n'eſtoient que .X.M. et li autre eſtoient bien
.XVIII.M. Et nequedent il se combatirent tant que d'une part que
d'autre que Claudas refu montés. Si couvint reüser la gent au roi Ban
et, s'il meïsmes ses cors ne fuſt, il fuiſſent chacié tout del champ et
desconfis. Ne mais ses cors souſtint si toute la bataille que nus nel
pot del champ reüser nient plus que se ce fuſt uns donjons si se tint
en tel maniere tant que que miedis fuſt passés.

377. De l'autre part se recombat li rois Boors as gens Ponce
Antoine as tentes et as paveillons, si i perdirent molt cil qui remés i
eſtoient. Et quant Ponce Antoine vit le grant damage qui lor eſtoit
avenus si soudainnement, si en fu a merveilles dolans et courreciés. Et
quant il ot ses homes conreés lés la foreſt ou il les avoit amenés, si
s'en repaira vers les tentes ou il vit la grant ocision. Quant li rois
Boors les vit venir, si lor ala a l'encontre, l'escu au col, la lance el
poing molt hardiement. Et quant Ponce Antoine le vit venir, si li vient
a l'encontre et fiert le cheval des esperons quanqu'il em pot traire
come cil qui ja n'i quide venir a tans. Et s'entrefierent es grans aleüres
des chavaus sor les escus de toutes lor forces qu'il les firent fraindre et

briser. Et il arriva que Ponce Antoine brisa sa lance sur le roi Bohort. Celui-ci en échange le frappa si fort qu'il lui cloua l'écu au bras, le bras au flanc, et guida le fer de son épieu sous le baudrier de l'épée si bien qu'il lui infligea une grande plaie au côté gauche ; le sang vermeil coula tout au long de la jambière jusqu'au talon, et il le heurta si rudement qu'il le porta à terre étendu de tout son long, en faisant résonner le sol sous le choc : il demeura si longtemps étourdi qu'on ne savait s'il était mort ou vivant. Et quand ses hommes le virent dans cette situation, ils eurent grand-peur qu'il ne fût mort et éperonnèrent pour venir à la rescousse. Mais les gens du roi Bohort s'interposèrent et les reçurent avec le fer de leurs lances, en mettant à mort et en détruisant un grand nombre.

378. Il y eut là une bataille prodigieuse et un tournoi mortel, car ils étaient d'un côté vingt mille et de l'autre dix mille. Ponce Antoine fut secouru et remis en selle, et ses hommes en l'examinant trouvèrent qu'il était légèrement blessé au côté gauche, mais qu'il n'avait pas de plaie dangereuse. Cependant, sa chute était beaucoup plus importante pour lui que ses plaies, car jamais auparavant il n'avait vidé les arçons à cause du coup d'un chevalier. Il était donc très désireux de venger sa honte et son humiliation s'il pouvait se trouver en situation de le faire ; il tira l'épée et se lança dans le tournoi qui dura longtemps. Il arriva alors que Ponce rencontra le roi Bohort qui accomplissait de vrais prodiges ; dès qu'il le

---

percier. Si avint que Ponce Antoine brisa son glai[d]ve sor le roi Boort. Et li rois Boors le feri si durement qu'il li serre l'escu au bras et li bras au cors et li conduist le fer de son espiel par desous les renges de l'espee, si qu'il li fist une grant plaie el costé senestre, si que li sans vermaus en court contreval le braiier, fil a fil jusques au talon. Si l'enpaint si durement qu'il l'emporte a terre tout estendu, si que la terre en resonne toute. Et jut si grant piece estourdis c'on ne savoit s'il estoit mors ou vis. Et quant si home le virent versé, si en orent molt grant paor qu'il ne fust mors, si poignent a la rescousse. Et la gent au roi Boorth lor viennent a l'encontre et les reçoivent as fers de lor lances et en metent molt a mort et a destrucion.

378. La ot estour merveilleus et mortel tournoiement. Car il furent d'une part .xx.m. et d'autre part .x.m. Si fu Ponces Antoines rescous et mis a cheval. Si trouverent si home qu'il estoit un poi navrés el costé senestre, mais n'avoit mie plaie perillouse a garir. Et nonpourquant il li fu assés plus de ce qu'il fu cheüs que de ses plaies, car onques mais ne vuida les arçons paor qu'il fu cheüs que de ses plaies, car onques mais ne vengeroit molt volentiers sa honte et son anui s'il em pooit en lieu venir. Si traïst l'espee et se mist el tournoiement qui longement dura. Et lors avint que Ponce encontra le roi Boort qui faisoit merveilles de soi. Et, si tost com il le

vit, il se souvint qu'il l'avait abattu, et il fondit sur lui, l'épée
au clair ; il le frappa sur son heaume d'un si grand coup qu'il
le lui fendit, et fit s'incliner son adversaire sur l'arçon de sa
selle. Mais, quand Ponce Antoine dut reprendre son équilibre avant de frapper un autre coup, le roi Bohort éperonna
son cheval et s'enfonça dans la mêlée, puis il tourna bride
et revint sur son ennemi l'épée au poing — et l'autre, qui
le haïssait profondément, en fit autant ; ils se donnèrent
mutuellement sur le heaume des coups si forts qu'ils furent
tous deux complètement étourdis. Mais ils n'étaient pas
égaux dans leurs coups : le roi Bohort frappa Ponce Antoine
si durement sur la tempe qu'il lui fit jaillir le sang de la
bouche et du nez, et il l'assomma si rudement qu'il le porta
à bas du cheval, étendu de tout son long et si étourdi qu'il
ne savait pas où il était. Alors le roi Bohort lui passa sur le
corps avec son cheval, si bien qu'il lui brisa les membres et
que Ponce s'évanouit sous le coup de la douleur. Le roi
Bohort avait bien envie de mettre pied à terre pour lui couper la tête, mais les choses ne se passèrent pas conformément à ses désirs, car les Romains vinrent au grand galop
dans cette direction pour secourir leur chef, et ils tombèrent
pêle-mêle sur les gens du roi Bohort, qu'ils firent reculer de
plus d'une portée d'arbalète, car ils étaient vraiment trop
nombreux. Le combat se poursuivit ainsi jusqu'à midi passé.

379. D'un autre côté, le roi Arthur combattait très
vaillamment les hommes de Randol, le sénéchal du roi de

---

vit, si li souvint de ce qu'il l'avoit abatu, si li courut sus l'espee traite et
le fiert sor son hiaume si grant cop que tout le fent et le fait encliner
sor l'arçon devant. Et quant Ponce Antoine dut recouvrer por l'autre
cop ferir, si hurte li rois Boort le cheval des esperons et se mist enmi
l'estour. Et puis retourne le resne del cheval et li fiert l'espee el
poing, et cil lui, ausi qui molt le haoit durement, et s'entrefierent parmi
les hiaumes si grans cops qu'il n'i ot celui qui ne fust tous estonnés.
Mais au ferir ne furent mie paringal car li rois Boors feri Ponce
Antoine si durement selonc le temple qu'il li fist le sanc voler del nés
et de la bouche, si l'estonne si durement qu'il le porte del cheval a
terre tout estendu, si estordis qu'il ne sot onques*a* ou il jut. Et li rois
Boors li vait sor le cors tout a cheval tant que tout le debrise et cil se
pasme d'angoisse qu'il sent. Si ot talent li rois Boors qu'il descende jus
del cheval pour coper lui la teste. Mais il ne va mie del tout a sa
volenté, car li Ro[e]main viennent poignant cele part por lui rescourre
et se fierent es gens le roi Boort pelle melle si qu'il les font reculer
plus d'une arbalestree, car trop i avoit grant plenté de gent. Si maintinrent en tel maniere l'estour tant que midis fu passés.

379. De l'autre part se combat molt fierement li rois Artus as gens
Randol, le seneschal le roi de Gaulle, car il troverent es paveillons

Gaule ; ils en avaient trouvé plus de six mille dans les pavillons, qui furent tous mis en pièces et tués. Quand Randol vit comme ses pertes étaient élevées, il en fut très contrarié ; il vint à la rencontre de ses assaillants avec les quatorze mille hommes en armes qui lui restaient, qui étaient vaillants et hardis et très désireux de venger la mort de leurs amis et de leurs parents, qu'ils avaient vu mettre en pièces et tuer sous leurs yeux. Pour cette raison, ils fondirent sur eux, courroucés et brûlants de leur causer du tort, la lance sous l'aisselle ; et les gens du roi Arthur vinrent à leur rencontre sans broncher, en combattants expérimentés qui avaient de bons chefs. Ils les estimaient fort peu, car ils s'étaient rendu compte qu'ils étaient à peu près égaux : ils les reçurent donc à la pointe de leurs lances et en laissèrent beaucoup sur le terrain, morts ou blessés. Il y eut là en effet maint vassal mutilé ou occis, pour le malheur et le grand dommage de ses amis. Là, les chevaliers de la Table ronde accomplirent des prodiges, car ils tuèrent chevaliers et chevaux, et le roi Arthur était avec eux, qui éclaircissait les rangs partout où il allait. Ils firent tant, à force de prouesse, qu'ils brisèrent les lignes ennemies et les chassèrent du champ de bataille, bon gré mal gré, tant et si bien que les fuyards se rabattirent sur les troupes de Ponce Antoine qui causaient bien des peines au roi Bohort et à ses hommes. Ils arrivèrent au milieu d'un tel fracas qu'on n'y aurait pas entendu le tonnerre de Dieu, en soulevant une telle poussière que le soleil, qui était haut à

---

plus de .VI.M. qui tout furent ocis et decopé. Et quant Randol vit le damage et la perte si trés grans, si en fu molt dolans et lor vint a l'encontre atout .XIV.M. armés qui li estoient remés qui molt estoient prou et hardi et encoragié de vengier la mort a lor amis et de lor parens qu'il virent ocirre devant lor ex et detrenchier. Si lor vinrent irié et entalenté de mal faire, les glaives sous les aisseles. Et si lor vinrent a l'encontre cil qui sont drut de guerre et orent bon condui-seour. Si les proisierent molt petit, car virent qu'il furent preus[a] autant que els, si les recueillent as fers de lor lances et en laissent molt de mors et de navrés. Illuec ot maint vassal ocis et decopés dont il fu grans doels et grans damages a lor amis. Illuec firent mer-veilles li chevalier de la Table Reonde, car il ocient chevaliers et che-vaus, et avoec aus fu li rois Artus qui faisoit les rens esclairier par-tout ou il aloit. Et firent tant par lor prouece qu'il les ont rompus et jeté de place a fine force ou il vausissent ou[b] non, si k'il n'arresterent onques devant ce qu'il vinrent sor la gent Ponce Antoine qui molt greverent le roi Bort et ses gens. Et quant il vinrent, si ot si grant noise c'on n'i oïst mie Dieu tonnant. Si font lever la poudriere que li solaus qui haus estoit en anuli tous. Et Kex li Seneschaus les pursi-vi tant le dragon en la main que Merlins l'i ot baillié a porter qui

ce point, en était tout obscurci. Keu le sénéchal les poursuivit tant avec à la main le dragon que Merlin lui avait donné à porter, qui crachait de temps à autre de si grands brandons de feu qui planaient au-dessus de lui dans l'air, très impressionnants et épouvantables, que le cœur de ceux qui n'avaient jamais vu ce spectacle tremblait de frayeur, et qu'ils se disaient les uns aux autres : « Qu'allons-nous devenir ? » Au demeurant, le dragon était porteur d'une profonde signification, car il signifiait le roi Arthur et sa puissance, et la flamme qu'il crachait de sa gueule signifiait le grand massacre et le carnage qui eurent lieu au temps du roi Arthur ; quant à sa queue, qui était longue et sinueuse, elle signifiait la terrible trahison de ses gens, qui le trahirent en se rebellant contre lui sous le commandement de Mordret, son fils, qu'il avait engendré de sa sœur, la femme du roi Loth, lorsqu'il traversa la mer pour envahir les terres de Gaunes et de Bénoïc dans sa colère contre Lancelot du Lac qu'il voulait assiéger, en raison du différend survenu entre eux à propos de la reine Guenièvre dont Lancelot était très proche, comme le conte vous le racontera par la suite[1]. Mais ici le conte cesse de parler de cela et retourne à la bataille qui a lieu dans la prairie sous les murs de Trèbes entre les troupes du roi Arthur et celles de Randol, le sénéchal de Gaule, lesquelles se sont rabattues sur les hommes de Ponce Antoine qui tenaient rudement en haleine les gens du roi Bohort.

380. Le conte dit ici, dans cette partie, que Ponce Antoine,

---

rendoit de fois en autres si grans brandons de fu qui sormontoit la sus en haut en l'air si grant et si espoentable que tout lor cuer en trambloient de paour a ciaus qui onques mais ne l'avoient veü. Et disoit li uns a l'autre : « Que porrons nous devenir ? » Et nompourquant li dragons avoit molt grant senefiance en soi, car il senefioit le roi Artu et sa poissance. Et la flambe qu'il jetoit parmi la goule hors senefioit le grant martire des gens et le grant ocision qui fu faite au tans le roi Artu. Et la keue qui estoit toute tortice senefie la grant traïson de sa gent [*f*] par qui il fu puis traïs qui se revelerent contre lui par Mordret son fil qu'il engendra en sa serour, la feme au roi Loth, quant il s'en passa outre pour prendre la terre de Gaunes et de Benuyc par le courous de Lancelot del Lac qu'il avoit assegié par un mautalent qui estoit entr'aus .ii. pour sa feme la roïne Genievre dont il fu tant acointés si come li contes vous devisera cha avant. Mais or se taist li contes a parler de ceste chose et retorne a parler de la bataille qui est en la praerie desous Trebes de la gent le roi Artu et de la gent Randol, le seneschal de Gaulles*c*, qui s'estoient feru es gens Ponce Antoine qui molt tenoient court la gent le roi Boorth.

380. Or dist li contes en ceste partie que*d* quant Ponce Antoine

lorsqu'il vit venir les fuyards, marcha à leur rencontre en
poussant son cri de guerre, et se lança parmi les ennemis. Le
roi Bohort était en difficulté, et il aurait été chassé du champ
de bataille si Keu le sénéchal n'était pas arrivé sur ces entrefaites. Il y eut là un combat prodigieusement âpre et violent.
Beaucoup tombèrent dans les deux camps, mais ils étaient à
peu près à égalité. Par ailleurs, monseigneur Gauvain et ses
compagnons se mesurèrent si longtemps aux gens du duc
Frolle d'Allemagne qu'ils les firent reculer sur les troupes de
Claudas de la Déserte, qui combattait le roi Ban de Bénoïc et
l'avait mis dans une terrible situation. Les uns et les autres
tenaient bien le coup ; le fracas, la presse et les assauts, et les
coups d'épée sur les heaumes étaient très âpres et violents. À
cette occasion monseigneur Gauvain accomplit des prodiges,
et jamais on n'avait vu personne accomplir tant de prouesses
que lui ce jour-là ; le conte dit que midi était déjà passé
quand monseigneur Gauvain rencontra Claudas qui combattait le roi Ban avec quatre-vingt-dix-neuf de ses chevaliers,
alors que le roi Ban n'en avait que dix-neuf avec lui. De ce
fait, le roi Ban était en très mauvaise posture ; mais monseigneur Gauvain se jeta entre eux, l'épée au poing : il s'en prit
à Claudas et leva l'épée pour le frapper à la tête. Son adversaire interposa son écu pour se protéger, et monseigneur
Gauvain le frappa si rudement qu'il le fit voler au sol en
deux morceaux, et que l'épée continua son chemin jusqu'à
l'arçon de la selle qu'elle coupa en deux, ainsi que le cheval,

---

voit venir les fuians si lor vait a l'encontre et escrie s'enseigne et se
fiert entre ses anemis. Si fu li rois Boors molt chargiés et eüst esté
jetés del champ se ne fuſt Kex li Seneschaus qui i sourvint a toute sa
bataille. Illuec ot un eſtour fort et merveillous et durement feru. Si
en chaï molt des uns et des autres, si se tinrent auques paringal. Et
d'autre part se sont tant combatu mesire Gavains et si compaingnon
as gens le duc Frolle d'Alemaigne que tous les firent remuer et resortir ſor l'eschiele Claudas de la Deserte qui se combatoit au roi Ban
de Benuyc qui molt eſtoit a grant meschief. Si souſtinrent bien les
uns les autres, si fu molt grans la noise et li defouleïs et li eſtours
molt durs et li caplés des espees ſor hiaumes. Illuec fiſt mesires
Gavains merveilles de son cors, ne onques mais n'avoit on veü en
nul home nul merveille faire com il fiſt le jour. Et li contes diſt que
miedis eſtoit ja passés, si avint que mesire Gavains encontra Claudas
qui se combatoit au roi Ban soi centisme, et li rois Bans n'eſtoit que
soi vintisme. Si eſtoit a molt grant meschief li rois Bans. [121d] Et
mesire Gavains se fiert entr'aus l'espee el point, si encontre le roi
Claudas et hauce l'espee pour ferir lui en la teſte. Et cil jete l'escu
encontre et mesire Gavains i fiert si durement qu'il li fait voler en .ɪɪ.
moitiés et l'espee descent ſor l'arçon de la sele devant si li trenche

fendu entre les épaules, et qui s'effondra à terre. Il passa
outre sans s'arrêter, car il ne l'avait pas identifié, et alla
assaillir Nutère qu'il frappa si fort qu'il le fendit jusqu'aux
entrailles. (C'était un chevalier très vaillant et très hardi qui
appartenait à la maison du roi Claudas.) Puis il frappa Dorilas
si rudement qu'il lui fit voler la tête sur le sol ; enfin, il frappait à droite et à gauche tant et si bien qu'il leur en occit
vingt, qui tous tombèrent aux pieds du roi. Il en faisait tant
que personne n'osait l'attendre.

381. Quand le roi Ban vit les prodiges qu'accomplissait le
jeune homme, il en rendit grâces à Dieu et l'adora ; puis il
vint à lui et lui dit : « Gauvain, soyez le bienvenu ; vraiment,
vous l'êtes de mon point de vue ! Que Dieu me vienne en
aide, le roi Arthur n'a pas eu tort de vous donner la seigneurie de ses troupes qu'il vous a confiées pour que vous les
conduisiez et que vous les protégiez : il ne pouvait pas en
effet la donner à meilleur que vous, que ce soit parmi les
jeunes ou les vieux. Et je vous prie pour l'amour de Dieu de
m'accorder votre compagnie aujourd'hui toute la journée[1].
— Seigneur, fit monseigneur Gauvain, je vous l'accorde de
bon cœur, aujourd'hui et dans d'autres occasions, et je vous
remercie de me l'avoir demandée ! Mais il me faut maintenant chercher mes frères et mes cousins, dont je ne sais ce
qu'ils sont devenus : que cela ne vous ennuie pas. Dès que
je les aurai trouvés, je reviendrai auprès de vous. — Seigneur, répondit le roi Ban, j'irais volontiers avec vous, mais

---

tout outre et le ceval par entre .ii. les espaulles, si trebuche a terre
tout en un mont. Si en passe outre que point n'i arreste, car il nel
connut mie, et il encontre Nuteres et il le fiert si qu'il le pourfent
jusques au braiel. Et ce iert uns chevaliers molt prous et molt hardis
de la maisnie au roi Claudas, et puis si fiert en Dorilas si durement
que[b] la teste li fist voler. Et fiert tant a destre et assenestre que .xx.
lor en a ocis qui tout chaïrent devant les piés le roi. Si fait tant que
nus ne l'ose atendre.

381. Quant li rois Bans voit la mervelle que li enfés fait, si en mercie Dieu et aoure et il en vient a lui et si li dist : « Gavain, bien soiés
vous venus, et si estes vous a mon oés. Et, si m'aït Dix, li rois Artus
n'a mie mal emploie la signourie que il vous a dounee de sa gent
conduire et garder, car a meillour de vous nel peüst il mie avoir
baillie a conduire, ne a jouene ne a viel. Et je vous proi por Dieu,
que vous m'otroiés vostre compaingnie hui toute jour. — Sire, fait
mesire Gavains, je vous otroi volentiers hui et autre fois, et grans
mercis de ce que le m'avés requis. Mais il me couvient querre mes
freres et mes cousins que je ne sai qu'il sont devenu, si ne vous em
poist il mie. Et maintenant que je les aurai trovés, je retournerai a
vous. — Sire, fait li rois Bans, je alaisse molt volentiers o vous, mais

j'ai aussi très envie de me venger de mon ennemi mortel que vous avez abattu ; et s'il avait pu trouver la mort dans cette affaire, la guerre aurait été terminée.

382. — Comment ? demanda monseigneur Gauvain. Lequel est-ce ? Montrez-le-moi. — Le voilà, fit le roi Ban, avec ces armes fleuries d'argent et l'écu mi-parti de blanc et de vermeil à un lion noir rampant. Pendant que vous et moi parlions, il est remonté à cheval. — Seigneur, reprit Gauvain, nous aurons bien une autre occasion, s'il plaît à Dieu. Assaillons-le, car je suis à votre disposition. — Certes, répliqua le roi Ban, il n'est rien que je désire tant que de lui causer de grands dommages, car c'est celui par la faute de qui j'en ai subi de considérables ! — Comment s'appelle-t-il ? demanda Gauvain. — Il s'appelle Claudas de la Déserte, répondit le roi Ban. — Comment ? Est-ce lui qui est responsable de la venue de tous ces gens ? — Oui, en vérité, répondit Ban. — Allons-y donc tous ensemble, fit monseigneur Gauvain, car il ne sert à rien de tarder. »

383. Là-dessus ils éperonnèrent leurs chevaux et chargèrent là où se trouvait le roi Claudas ; dès qu'il les vit venir il alla à leur rencontre très hardiment. La mêlée et la bataille s'engagèrent alors, très âprement, et monseigneur Gauvain et le roi Ban firent tant, avec leurs compagnons, qu'ils mirent les gens de Claudas en déroute. Quand le roi Claudas se rendit compte qu'il avait le dessous, il se précipita dans la foule, là où elle était la plus dense, car il craignait beaucoup ceux qui mena-

---

je metroie volentiers painne conment je fuisse vengiés de mon anemi mortel que vous avés abatu. Et lors fust la guerre finee s'il peüst estre mors.

382. — Conment ? fait mesire Gavains, liquels est ce ? Moustrés le moi. — Veés le la, fait li rois Bans, a ces armes flouries d'argent a l'escu mi parti de blanc et de vermeil a cel lion noir rampant qui est remontés entretant que nous avons parlé, moi et vous, ensemble. — Sire, fait mesire Gavains, encore anqui em porrons nous bien venir em point, se Dieu plaist. Ore lor faisons une envaïe, car veés me ci tout prest. — Certes, fait li rois Bans, je ne desir nule riens tant com de lui adamagier, car ce est cil par qui je ai tous les damages receüs. — Conment a il non ? fait mesire Gavains. — Il a a non Claudas de la Deserte, fait li rois Bans. — Conment, fait mesires Gavains[a], est ce cil par qui ces gens sont ci venu ? — Oïl, voir, fait li rois Bans. — Et [b] dont i alons tout ensemble, fait mesire Gavains, car nous n'i avons que demourer. »

383. Atant hurtent les chevaus des esperons de cele part ou il virent le roi Claudas et si tost com il les vit venir si lor vint a l'encontre molt hardiement. Si conmencha li caplés et la melee moult grans. Et mesire Gavains et li rois Bans i fierent tant a l'aïde de lor compaingnons qu'il misent les gens Claudas a la voie. Et quant li rois Claudas

çaient, il le savait bien, de lui couper la tête s'ils pouvaient mettre la main sur lui. Lorsque monseigneur Gauvain le vit s'éloigner, il éperonna à sa poursuite avec le roi Ban. En les voyant venir, Claudas s'enfuit à travers le champ de bataille, en zigzag, mais ils continuèrent à le suivre sans vouloir le laisser échapper. Et, s'ils n'avaient pas rencontré certaine aventure sur le champ de bataille, il n'y serait jamais parvenu. En effet, pendant que monseigneur Gauvain et le roi Ban le pourchassaient à travers les rangs, monseigneur Gauvain remarqua soudain son frère Agravain qui gisait coincé sous son cheval, et Guerrehet auprès de lui, l'épée au poing. D'autre part, il aperçut aussi son cousin Galeschin que le duc Frolle d'Allemagne tenait par le heaume, avec autour de lui deux mille hommes pour le soutenir, qui auraient bientôt tué le malheureux, sans la défense énergique de Sagremor de Constantinople, Gaheriet, monseigneur Yvain et son frère. Il y avait là aussi Yvain de Lionel, Yvain le Gauche, Dodinel le Sauvage, Keu d'Estraus et Kahedin le Petit, sans compter les quarante chevaliers qui avaient accompagné le roi Arthur en Carmélide. À eux seuls, avec les cinquante-quatre compagnons, ils soutenaient le combat contre les deux mille ennemis, si brillamment qu'ils ne purent jamais leur enlever les trois qui avaient été abattus. Quand monseigneur Gauvain prit conscience de la gravité de la situation dans laquelle ses frères se trouvaient, il dit au roi Ban : «Seigneur, ne vous en déplaise, je vais au secours de ceux auxquels je ne dois jamais faire défaut!»

---

vit la perte sor lui tourner, si se fiert en la presse la ou il le vit plus espesse, car molt redoute ciaus qui le manecent la teste a coper, ce set il bien s'il le puent as poins baillier. Et quant mesire Gavains l'en vit aler, lui et li rois Bans, si fierent après des esperons. Et quant Claudas les voit venir, si torne en fuies par la bataille cha et la, et cil après qui laissier ne le voloient. Et, se ne fust une aventure qu'il trouverent en la bataille, ja eschapés ne lor fust. Que que mesire Gavains et li rois Bans chaçoient par la bataille, si regarde mesire Gavain et voit Agravain son frere jesir le cheval sor le cors et Guerrehes qui tenoit l'espee el poing. Et d'autre part voit Galescin son cousin que li dus Frolles d'Alemaigne[a] tenoit par le hiaume. Et avoit en sa compaignie .IIM. homes qui tout li aïdoient et l'eüssent pieça ocis se ne fust Saygremors de Coustantinoble et Gaheriés et monsignour Yvain et son frere. Et si i fu Yvains de Lyonnel et Yvains li Esclains et Dodynel le Sauvage et Kex d'Estraus et Kehedins li Petis et li .XL. compaignon qui furent avoec le roi Artu el roiaume de Carmelide. Cil et li .LIV. compaignon[b] soustinrent toute la bataille encontre les .IIM. que tolir ne lor puent les .III. qui estoient abatus. Et quant mesire Gavains voit le meschief de ses freres si dist au roi Ban : «Sire, ne vous poist, car je vois ciaus de la aïdier a qui je ne doi mie faillir.»

384. Et il lui montra ses compagnons qui étaient dans une grande détresse. Lorsqu'il les vit, le roi Ban lui dit : « Piquez des deux, seigneur, car nous ne devons pas traîner ! » Et tous deux éperonnèrent dans cette direction au grand galop de leurs chevaux, Gauvain en tête et le roi Ban sur ses talons ; ils se jetèrent sur les ennemis, frappant, mutilant, abattant à droite et à gauche tout ceux qu'ils atteignaient, si bien que personne n'osait les attendre, mais que les plus hardis et les plus vigoureux leur faisaient place. Car ils reconnurent bien vite leur valeur, et se rendirent compte que c'étaient d'excellents chevaliers. Agravain et Guerrehet, quand ils virent le secours qui leur était arrivé, sautèrent chacun sur un cheval, l'écu au cou — car ils en trouvèrent facilement par terre auprès d'eux — et dès qu'ils furent remis en selle, le combat reprit de plus belle, prodigieusement âpre. Mais Galeschin était très mal à l'aise, car il était toujours à pied, entre les jambes des chevaux ; quant monseigneur Gauvain le vit dans ce péril, il fondit sur ceux qui le menaçaient si rudement qu'il en abattit plus de sept avant de parvenir à son compagnon. Et quand il fut tout près de lui, il frappa si violemment le duc Frolle de sa lance qu'il transperça son écu ; le haubert cependant était si solide et si résistant qu'aucune maille ne s'en rompit. Le choc fut si violent que monseigneur Gauvain le porta à terre, étendu de tout son long. Puis il prit le cheval par les rênes et fit monter en selle

---

384. Lors li moustre ciaus qui estoient a molt grant meschief. Et quant li rois Bans les voit si li dist : « Poigniés, sire, que n'avons que demourer ! » Et il hurtent tantost cele part si tost con li cheval les pueent porter et li rois Bans après, et se fierent en aus si durement que tous les rens en font trambler. Et il s'en vont tout droit cele part ou Agravains et Guerrehés estoient abatu, si fierent et ocient et abatent et acraventent a destre et assenestre quanqu'il ataingnent si que nus ne les ose atendre, ains lor font place tout li plus hardi et li [d] plus vigherous. Car em poi de tans les ont conneüs por prodomes et bon chevalier qu'il estoient. Et quant Agravains et Guerrehés voient le secours si saut chascuns sur un cheval, l'escu au col, car assés en trouverent entour aus, et quant il furent remonté si conmencha li estours fors et merveillous. Mais Galescins n'estoit mie del tout a aise, car il estoit encore entre les piés des chevaus. Et quant mesire Gavains le voit en tel peril il se fiert en aus si durement qu'il en abati plus de .vii. ains qu'il peüst a lui venir. Et quant il l'aproce si fiert si durement le duc Frolles d'une lance que tout l'escu li perce, mais li haubers fu si fors et si tenans que maille n'en rompi. Et mesire Gavains l'empaint si durement qu'il le porte a terre tout estendu. Puis prent le cheval par le resne et i fait sus monter Galescin qui molt avoit bon corage de vengier sa honte, s'il em peüst en lieu

Galeschin qui était extrêmement désireux de venger son humiliation s'il en trouvait l'occasion. De fait, il y réussit sans beaucoup tarder, car dès qu'il fut à nouveau en selle il se jeta parmi ses ennemis et, voyant le duc Frolle que ses gens aidaient à remettre à cheval, il le frappa si rudement qu'il le fit retomber à terre de la façon la plus humiliante, puis le foula aux pieds de son cheval plus de sept fois sans la moindre pause, avant que ses hommes puissent lui venir en aide. Et quand par hasard il parvenait à se remettre sur pied, il le rejetait à terre d'un coup d'épée : il gisait là, en si mauvaise poſture que ses hommes étaient certains de sa mort prochaine.

385. C'eſt ainsi que Galeschin leur abattit le duc Frolle et lui fit passer son cheval sur le corps sept ou huit fois avant que ses hommes ne puissent le dégager et le tirer de là, tant il était courroucé du tort et des dommages qu'il lui avait causés. Il le piétina et lui brisa les os, et l'autre éprouvait une telle douleur et une telle angoisse qu'il n'y en avait pas de pires, et qu'il appréhendait terriblement la mort. Gauvain vit bien tout ce que Galeschin infligeait au duc d'Allemagne, et il le montra au roi Ban en disant : « Seigneur, voyez comme mon cousin Galeschin se comporte énergiquement et hardiment à l'égard de ses ennemis ! — Certes, répondit le roi Ban, celui qui a Galeschin en sa compagnie peut bien se vanter d'avoir pour allié l'un des meilleurs chevaliers du monde. »

---

venir. Et il si fiſt, qu'il ne demoura gaires. Car si tos com il fu remontés se feri il entre ses anemis et vit le duc Frolles remonter entre ses gens. Et Galescin le fiert si durement qu'il le rabat a terre molt vilainnement et li ala et vint par desor le cors tout a ceval plus de .vii. fois tout en un randon ançois qu'il euſt nul secours de sa gent. Et quant il avient aucune fois que il se relieve, il l'embat par cop d'espee a la terre tout eſtendu, si vilainement que si home n'atendent se la mort non.

385. En ceſte maniere lor abat Galescin le duc Frolle et li vait par desor le cors tout a ceval .vii. fois ou .viii., ançois que si home le peüssent tolir ne remuer ne tant ne quant, tant eſtoit coureciés de son anui et de son damage que cil li avoit fait. Si le froisse et debrise tout encontre terre, et cil eſt si angoissous et si deſtrois que plus ne puet eſtre et redoute molt la mort. Et tout ce que Galescin fiſt au duc Frolle d'Alemaigne[a] vit mesire Gavain et le mouſtre au roi Ban et li diſt : « Sire, veés de Galescin mon cousin com il se contient vighereusement et hardiement encontre ses anemis. — Certes, fait li rois Bans, cil se puet bien vanter qui Galescin a en sa compaingnie que il i a un des meillours chevaliers del monde. »

386. Sur ces mots du roi Ban, ils virent tous les corps de troupe s'ébranler et se mélanger : les uns et les autres se frappaient mutuellement, sans ordre, soucieux seulement de causer le plus de mal possible à leurs ennemis ; le roi Arthur, le roi Bohort et les chevaliers de la Table ronde, en effet, avaient tant frappé d'estoc et de taille à droite et à gauche qu'ils avaient contraint les gens de Ponce Antoine et ceux de Randol le sénéchal à reculer sur les troupes de Frolle et de Claudas. Celles-ci, qui étaient composées de chevaliers de valeur, très vaillants, les reçurent bravement, car elles étaient nombreuses, expérimentées et valeureuses. La presse fut grande dans ce secteur, soulevant un nuage de poussière tel que, si la bataille avait eu lieu en champ et non sur une prairie, on n'aurait, sachez-le bien, plus rien vu du tout. Lorsque les trois bataillons se furent réunis, comme vous venez de l'entendre dire, cela fit une telle foison de chevaux et de soldats que c'était un spectacle prodigieux : ils se serraient de si près que, si quelqu'un avait lancé un gant sur la mer des heaumes, il aurait pu parcourir une demi-lieue tranquillement, au pas, avant que le gant ne tombe à terre, tant les rangs étaient serrés. Toutefois, les troupes du roi Claudas étaient secouées et troublées par les rencontres périlleuses qu'elles avaient subies.

387. Lorsque le roi Arthur vit que ses adversaires lui avaient échappé de cette manière et s'étaient jetés dans les bras de leurs alliés dans le plus grand désordre, il piqua des

---

386. A cel mot que li rois Bans dist virent toutes les batailles remuer et les unes gens ferir parmi[^a] [*d*] les autres pelle et melle et entalenté d'empirier li uns li autres a lor pooir. Car li rois Artus et li rois Boors et li chevalier de la Table Reonde ont tant feru et caplé a destre et a senestre qu'il firent flatir a fine force les gens Ponce Antoine et les gens Randol le seneschal sor la gent Frolle et sor la gent Claudas. Et cil les rechurent bien come prodome et bon chevalier, car molt estoient et prou et hardi as armes. Molt ot illuec grant entassement et si i fu si grans la poudriere levee que se ce fust en plain champ ausi con se ce fust enmi les prés, bien saciés vraiement c'on n'i veïst une seule goute. Et quant les .III. eschieles furent ajoustees ensamble, ensi com vous avés oï, si ot si grant foison de chevaus et de gent que ce fu merveille au regarder. Si se serrent[^b] et estraingnent si prés les uns des autres que qui preïst un gant et le jetast desor les hiaumes, bien peüst aler demie lieue le petit pas ains qu'il chaïst a terre tant estoient serré les uns as autres. Mais trop sont esbahi et esfreé tote la gent au roi Claudas des perillous encontres qu'il ont eüs.

387. Quant li rois Artus voit que cil li sont eschapé en tel maniere et feru es autres pelle et melle, si point aprés els molt vigherouse-

deux à leur suite, énergiquement, et plongea dans la presse avec ses compagnons. Et le combat de recommencer de plus belle, âpre et violent et féroce. Mais ici le conte se tait à leur sujet. Et il revient aux deux reines qui étaient au château de Trèbes, d'où elles regardaient des fenêtres de la tour la foule des combattants, plus nombreuse que tout ce qu'elles avaient jamais vu, et qui virent en particulier Gauvain, le dragon au poing.

388. Le conte dit ici que ceux du château de Trèbes, lorsqu'ils entendirent les cris et le vacarme des troupes au-dehors, se demandèrent avec étonnement ce que cela pouvait être. Les nouvelles se répandirent si largement que les deux reines sœurs montèrent aux fenêtres de la tour pour regarder le spectacle sur la prairie ; elles y virent la plus grande concentration de gens qu'elles aient jamais vue de leur vie, et remarquèrent particulièrement le dragon que portait Keu, dont la gueule crachait de si grands brandons de feu que tout le ciel en était vermeil, et que la poussière qui planait sur la bataille se colorait de rouge sur le passage du dragon. Lorsque les dames et les gens de la ville virent ce signe qu'ils n'avaient jamais encore aperçu, ils se signèrent d'étonnement. Puis les reines s'enquirent de l'identité de ceux qui combattaient l'armée des assiégeants, et demandèrent en particulier quelle était cette enseigne : elles envoyèrent un messager du château sur le champ de bataille. Quand il arriva à proximité de la mêlée, il rencontra un chevalier du royaume de Logres

---

ment et se fiert en la presse entre lui et ses compaignons. La reconmence li estours durs et merveillous et fors. Mais ici endroit se taist li contes d'aus. Et retourne a parler des .ii. roïnes qui sont el chastel de Trebes qui regardoient des fenestres de la tour aval les prés la plus grant aünee de gens qu'eles eüssent onques veü et voient Gavain tenir le dragon en la main.

388. Or dist li contes que* quant cil del chastel de Trebes virent le cri et la huee des gens dehors si s'esmerveillent molt que ce puet estre. Si en courut tant la nouvele que les .ii. [e] serours roïnes sont montees en haut as fenestres de la tour, si esgardent aval les prés, si voient la plus grant aünee de gens qu'eles orent onques mais veü. Et voient le dragon que Kex portoit qui parmi la goule jetoit si grans brandons de fu que tous li airs en devint vermaus, et la poudriere qui estoit levee en devenoit rouge par la ou li dragons estoit alés. Et quant les dames et cil de la vile virent le signe que onques mais n'avoient veü, si se seignent de la merveille qu'il en ont. Lors font enquerre et demander quels gens ce sont qui se combatent a ciaus de l'ost et qui cele enseigne estoit, si envoierent hors del chastel un message. Et quant il vint a la bataille si encontra un chevalier qui estoit del roiaume de Logres qui metoit jus son

qui enlevait son heaume et en remettait un neuf et intact, car
le sien ne valait plus grand-chose. Ce chevalier, c'était Bretel.
Le jeune homme s'approcha de lui et le salua. Et Bretel lui
rendit son salut très aimablement. « Seigneur, fit le jeune
homme, je voudrais vous prier d'être assez bon pour me dire
qui vous êtes, vous, qui combattez l'armée des assiégeants —
à moins que ce ne soit une chose dont vous ayez honte.

389. — Cher ami, dit Bretel, vous pouvez dire à ceux du
château qui vous ont envoyé ici que ce sont le roi Ban de
Bénoïc et le roi Bohort de Gaunes qui ont amené de
Grande-Bretagne le roi Arthur pour venir en aide à leur
terre et à leur pays contre les ennemis qui les avaient attaqués en dépit du droit et de la justice. Mais le terme est
proche maintenant : ils seront bientôt récompensés pour leur
conduite, s'il plaît à Dieu, et pour peu qu'il protège le roi
Arthur ! Voyez là son enseigne, le dragon que porte ce sénéchal. » Quand le jeune homme entendit ces propos, il
recommanda Bretel à Dieu et le remercia mille fois de ce
qu'il lui avait dit. Puis il s'en alla, le cœur gai et content de
ces nouvelles qu'il lui tardait fort d'avoir répétées aux deux
reines sœurs. Il chevaucha tant qu'il revint au château ; mais
il ne voulut rien dire à ceux qui lui posaient des questions,
sauf qu'il finit par leur répondre : « Ceux qui veulent savoir
ce qu'il en est, qu'ils me suivent jusqu'au palais. » Quand les
dames le virent revenir, elles allèrent à sa rencontre, sur-
prises par le grand nombre de gens qui l'accompagnaient. Et

---

hiaume et remetoit un autre en sa teste fort et entier, car li siens ne
valut mais riens. Et cil chevaliers avoit a non Bretel. Et li vallés vint
a lui, si le salue. Et il li rent son salu molt deboinairement. « Sire, fait
li vallés, je vous vauroie proiier par debonaireté que vous me deïssiés
quel gent vous estes qui vous combatés a ciaus de cest ost, se ce
n'estoit*b* chose que vous eüssiés honte del dire.

389. — Biaus amis, fait Bretel, vous poés dire a ciaus del chastel
laiens qui vous ont envoié ci que c'est li rois Bans de Benuyc et li
rois Boors de Gannes qui ont amené le roi Artu de la Grant Bretaingne por rescourre lor terre et lor païs de lor anemis qui a tort et
a pechié ont courut sor aus. Mais ore aproce li termes qu'il en auront
le guerredon et le merite, se Dieu plaist, et il garist le roi Artu. Et
veés la l'enseigne a cel dragon que ces seneschaus porte. » Quant li
vallés entent ces, si le conmande a Dieu et l'en mercie molt de ce qu'il
li a dit. Si s'em part atant li vallés liés et joians des nouvelles qu'il a
oïes et li est tart qu'il les ait contees as .ii. serours roïnes. Si s'en vait
tant qu'il en vint au chastel, mais nus ne li est tant cremable por ciaus
de hors que il en voille riens dire fors tant qu'il lor dist : « Cil qui le
vauront savoir si me sivent jusques au palais. » Et quant les dames le
voient revenir si li vont a l'encontre pour la grant plenté de gent

quand il fut devant elles, il leur répéta mot pour mot tout ce que Bretel lui avait dit, assez haut pour que tous ceux qui l'avaient suivi afin de savoir les nouvelles l'entendent.

390. Lorsque les dames entendirent les nouvelles que rapportait le jeune homme, elles éprouvèrent une grande joie, et remontèrent au sommet de la tour pour voir la bataille qui était la plus âpre qu'elles aient vue de leur vie ; les deux camps combattirent jusqu'à ce qu'ils soient passablement épuisés l'un et l'autre. Mais ceux qui étaient à l'intérieur ne regardaient pas le combat depuis longtemps quand ils virent sortir de la forêt de Briosque quatre bannières, qui s'avançaient doucement l'une après l'autre. Lorsqu'elles furent assez proches, ils reconnurent la bannière d'Antiaume le sénéchal de Bénoïc, et celle de Gracien de Trèbes ; la troisième était celle de Pharien de Gaunes et la quatrième celle de Léonce de Palerne. Et quand ceux qui étaient dans le château les virent, ils en éprouvèrent une grande joie et auraient volontiers tenté une sortie, si on les avait laissés faire, car ils avaient été enfermés trop longtemps. Et, parmi les nouveaux arrivants, beaucoup comptaient des parents et des amis, mais ils ne pouvaient sortir car on le leur avait défendu sous peine de mort. Antiaume continua son approche. Le roi Ban à ce moment regarda autour de lui et vit les bannières ; il les reconnut et les montra à monseigneur Gauvain en disant : « Seigneur Gauvain, nos ennemis vont bientôt être en déroute ! Car je vois là quatre bannières qui nous amènent de

---

qu'eles virent après lui venir. Et quant il vint devant eles, si lor dist, si haut que tout cil qui la estoient venu pour oïr les nouveles l'enten[s]dirent, tout ensi com Bretel li avoit dit mot a mot.

390. Quant les dames oïrent les noveles que li vallés contoit, si ne fu pas la joie petite qu'eles orent, ains remonterent en haut pour veoir la bataille qui estoit la plus cruous qu'eles onques eüssent veü en lor vies. Et il se combatent tant qu'il furent molt traveillié et d'une part et d'autre. Mais cil dedens n'orent gaires la bataille regardee de ciaus de fors quant il virent fors de la forest de Briosque issir .IV. banieres. Si venoient molt souef l'une avant l'autre. Et quant les banieres aprocent si counurent la baniere Antialme, le seneschal de Benuyc. Et l'autre Gracien de Trebes et la tierce Pharien de Gaunes[a] et la quarte Leonces de Paierne. Et quant cil de laiens les virent, si en orent molt grant joie et fuissent molt volentiers issu s'on lor laissast, quar molt i avoient longement esté. Et[b] il i avoit molt de bons chevaliers qui lor parens i avoient et lor amis, mais il ne pooient issir qu'il lor estoit desfendu sor lor vies. Et Antiaumes aproce toutes voies. Et lors se regarde li rois et voit les banieres, si les conut et les moustre a monsignour Gavain et dist : « Sire Gavain, par tans seront mis nostre anemi a la voie. Car je voi la .IV. banieres qui nous amainnent molt

fiers secours, très redoutables pour les assiégeants. » Alors
monseigneur Gauvain lui dit : « Prenons un peu de champ et
cherchons nos amis et nos compagnons pour les regrouper
et les rassembler, car à coup sûr il va y avoir un grand massacre. Et une fois que nous serons rassemblés, nous tâche-
rons de leur couper la route par laquelle ils voudront s'enfuir.
Et savez-vous pourquoi je dis cela ? Afin qu'ils reçoivent une
si rude leçon, lorsqu'ils tomberont dans notre embuscade,
que les survivants qui regagneront leur pays puissent dire et
attester que ce ne sont pas des lâches ni des gredins qu'ils
ont rencontrés, et qu'à l'avenir ils se gardent de pénétrer
dans votre royaume, ou dans un fief du roi Arthur de
Grande-Bretagne. Et en définitive, soyez sûrs qu'ils n'en reti-
reront guère de satisfaction ! — Seigneur, dit le roi Ban, je
veux qu'il en aille entièrement selon votre désir. »

391. Ils se retirèrent alors à l'écart de la bataille, d'abord
les compagnons de la Table ronde, avec le roi Arthur et le
roi Bohort, puis les quarante chevaliers qui étaient allés en
Carmélide, et les seize jeunes gens qui avaient été récemment adoubés. Une fois tous rassemblés, ils étaient trois
cents chevaliers de grande valeur, la fine fleur de l'armée.

392. Alors Antiaume se lança au milieu de la bataille, aussi
vite que son cheval pouvait le porter. Il y eut là maintes
lances brisées, et maints coups d'épée. À cette occasion, le cri
de guerre du roi Ban de Bénoïc et celui du roi Bohort de

---

fier* secours qui molt fait a douter. » Et puis diſt mesire Gavain : « Or
nous traions un poi en sus, si querons nos amis et nos compaingnons tant que nous les aions trouvés et assamblés, car il ne puet
eſtre que grant defolement n'i ait. Et quant nous serons assamblé si
nous metons au devant par ou nous quidons qu'il s'en aillent. Et
savés vous pour coi je le di ? Je le di pour ce que, quant il verront la
ou nous serons embuschié, qu'il soient si durement chaſtoié que
quant li remanans vendra en lor païs qu'il puissent dire et tesmoigner
qu'il n'aient mie garçons ne ribaus trouvés. Et d'une autre fois se gaitent d'entrer en voſtre terre et en fief le roi Artu de la Grant Bertaigne. Et bien en soiés certain qu'en la fin n'en porront il pas joïr*.
— Sire, diſt li rois Bans, je voeil qu'il soit tout a voſtre volenté. »

391. Atant se traient a une part fors de la bataille. Et li compaingnon de la Table Reonde tout premierement et li rois Artus et li rois
Boors et puis après li .XL. chevalier qui furent soldoiier en la terre de
Carmelide, et [*122a*] puis li .XVI. damoisel qui furent nouviau chevalier. Et quant il furent assamblé si furent .CCC. chevalier molt prodome et si orent la flour de l'oſt.

392. Atant se fiert Antiaumes* en la bataille de si grant ravine com
li chevaus pot aler. Illuec ot grant froisseïs de lances et grant capleïs
d'espees. Illuec fu molt haut escriee l'enseigne le roi Ban de Benuyc

Gaunes furent poussés haut et fort. Hommes et chevaux en grand nombre furent abattus et, quand Gracien arriva, il tomba au milieu des ennemis si rudement qu'il leur fit abandonner à tous le champ, toute la prairie, et même le rivage. Alors les compagnons s'égaillèrent parmi les prés environnants, et les combats reprirent de plus belle, si meurtriers que bien des chevaliers y moururent tout sanglants, sans l'avoir mérité : ce fut peine et péché, et la sainte Église en fut grandement diminuée, car il en mourut de part et d'autre plus de vingt mille[1]. Et tout cela fut la faute de Claudas de la Déserte, dont la déloyauté reçut par la suite une telle récompense qu'il en mourut après avoir perdu son héritage, comme l'histoire l'atteste. Mais dans l'immédiat le conte ne parle pas davantage de lui et revient aux deux armées qui combattent dans la plaine devant le château de Trèbes, sur la prairie.

393. Le conte dit ici que la bataille fut particulièrement meurtrière là où se rencontrèrent les bataillons du royaume de Bénoïc et les gens du duc Frolle d'Allemagne et de Ponce Antoine, qui étaient d'ailleurs mélangés aux troupes du roi Arthur et bataillaient férocement sur deux fronts. Mais, une fois qu'ils furent éparpillés à travers champs, il devint difficile de dire lesquels avaient le dessus, car ceux qui étaient du parti de Claudas étaient encore trente-cinq mille et se maintenaient assez bien ; les trois cents compagnons se tenaient ensemble à l'écart, et d'autre part le roi Arthur avait un peu

---

et l'enseigne le roi Boorth de Gannes. Si ot molt grant abateïs d'omes et de chevaus, et quant Graciens vint si se feri si durement entr'aus que tous les fist guerpir la place et les prés et la riviere. Si s'espandirent li compaingnon aval les prés, si conmencha la bataille si grans et si mortex que maint chevalier i ot mort et sanglent a tort et a pechié qui onques ne l'orent deservi, dont Sainte Eglise fu abaissie si vilment qu'il en morurent plus de .xx.m. que d'une part que d'autre. Et tout ce fu par la desloialté Claudas de la Deserte qui puis en ot si mal guerredon qu'il en morut desiretés sor terre si com l'estoire le tesmoigne. Mais ici endroit se taist li contes de lui et retourne a parler des .ii. os qui se combatent es plains chans devant le chastel de Trebes enmi la praerie.

393. Or dist li contes que[a] molt fu fiere la bataille et li estours mortex la ou les eschieles furent ajoustees qui estoient del roiaume de Benuyc as gens le duc Frolle d'Alemaigne et as gens Ponce Antoine qui tout estoient entremellé es gens le roi Artu et se combatoient molt durement et d'une part et d'autre. Mais[b] quant il furent espandu aval les chans, on ne sot gaires preu a dire liquel en orent le plus bel. Car cil devers Claudas estoient encore .xxxv.m. et si se tenoient auques paringal. Et li .ccc. compaingnon s'estoient trait d'une part, et li rois Artus avoit bien .xviii.m. compaingnons et li

plus de dix-huit mille hommes. Les trois cents vérifiaient leurs armes et changeaient de heaumes. Mais, pendant ce temps, les gens du roi Claudas reprirent le dessus, et ceux de Petite-Bretagne et du royaume de Logres, qui avaient nettement le dessous, durent reculer. Toute la journée ils l'avaient emporté, et ils se demandèrent ce qu'était devenue leur prouesse. Mais c'est que leur manquaient ceux qui avaient accompli pendant la journée de véritables prodiges ; et ils en étaient fort déprimés, car ils n'avaient aucune nouvelle d'eux. Néanmoins, chacun s'efforçait de se défendre de son mieux, car ils savaient bien qu'ils étaient en péril de mort, ayant perdu les trois cents chevaliers qui leur venaient en aide quand ils en avaient besoin et accomplissaient chacun de son côté d'admirables prouesses.

394. Pendant qu'ils se débattaient ainsi, Pharien de Gaunes, la bannière au poing, intervint avec cinq mille hommes en armes. Quand Claudas le vit venir, il le reconnut tout de suite et le redouta beaucoup, car il lui avait déjà causé beaucoup de tort à maintes reprises. Il dit à Ponce Antoine et à Frolle d'Allemagne de s'attacher à bien se comporter et à rompre les lignes de leurs ennemis. « Et moi, je marcherai contre ceux-là, que je vois arriver maintenant ; et si je pouvais faire en sorte de les mettre en fuite, nous nous débarrasserions aisément du reste. Sachez d'ailleurs que cet homme est l'un de ceux qui m'ont causé le plus de dommage au monde. » Claudas partit alors avec dix mille hommes en armes pour marcher contre

---

.ccc. refaisoient lor armeüres et renouveloient lor hiaumes. Et endementiers recouvroit la gent au roi Claudas, [*b*] si reüserent ciaus de la petite Bertaigne et ciaus del roiaume de Logres qui molt en avoient le piour. Et hui toute jour en avoient eü le meillour, si s'esmerveillent molt de lor proueces et queles puent estre devenues. Mais cil n'i estoient mie qui la merveille d'armes avoient faites le jour. Si en estoient desconforté, car d'aus ne savoit on nule nouvele. Et non-pourquant se penoit molt chascuns de son cors desfendre, car il sevent bien qu'il sont mort si ont perdus les .ccc. qui as besoins lor aïdoient et faisoient les merveilles d'armes chacuns endroit soi.

394. Endementiers qu'il estoient en tel tourment vint Phariens de Gaunes*a* atout .v.m. ferarmés, l'enseigne en la main. Et quant Claudas le vit venir, si le connut bien et le redouta molt, car par maintes fois l'avoit il grevé en mains afaires. Lors dist a Ponce Antoine et a Frolle d'Alemaigne qu'il pensaissent del bien faire et a desrompre lor anemis. « Et je irai contre ciaus que je voi la venir nouvelement, et, se je pooie tant faire que je les peüsse metre a la voie, nous nous deliverriens bien del sourplus. Et saciés vraiement que c'est uns des homes el monde qui plus m'a grevé. » Atant s'em part Claudas atout .x.m. armés et chevauchent encontre Pharien. Et quant Phariens les voit

Pharien. Quand celui-ci le vit venir, il chevaucha à leur rencontre très hardiment, en bon chevalier vaillant, à la fois guerrier expérimenté et général en chef de tous ceux du pays. Lorsqu'ils furent à proximité les uns des autres, ils chargèrent des deux côtés au grand galop de leurs chevaux, lance au poing, et il y en eut beaucoup qui tombèrent, de part et d'autre. Mais les dégâts furent bien plus considérables à l'échelle des troupes de Pharien, car ils étaient un contre deux ; cependant, les gens de Pharien, récemment arrivés, étaient plus frais. Et les hommes de Claudas étaient plus fatigués que ceux de Pharien : s'ils n'avaient pas été si nombreux, ils auraient été complètement déconfits. Mais, finalement, la compagnie de Pharien dut céder du terrain et battre en retraite vers la forêt d'où ils étaient venus.

395. Lorsque Claudas vit qu'ils s'en allaient, il fut convaincu qu'ils étaient complètement vaincus : il entreprit de les serrer de si près qu'ils n'aient aucune chance de se reprendre ; Pharien en était si courroucé qu'il s'en fallait de peu qu'il n'enrage : il cria : « Gaunes ! » bien des fois, mais sans aucun succès. Car ses prouesses personnelles, ni celles de n'importe qui d'autre, n'auraient pu empêcher qu'ils soient faits prisonniers ou mis à mort, si Léonce de Palerne n'était pas arrivé avec cinq mille hommes ; il se lança dans la mêlée si énergiquement qu'au premier choc ses chevaliers abattirent plus de mille ennemis, qui ne se relevèrent jamais.

396. C'est alors que la bataille devint particulièrement cruelle et meurtrière, car les deux camps se haïssaient

---

venir si lor va a l'encontre molt hardiement com cil qui molt eſtoit prous et hardis et sages guerroieres et maiſtres desor tous ciaus del païs. Et quant il s'entr'aprocierent si vinrent li uns vers l'autre quanques cheval porent aler, les lances empoignies. Si en i chaï molt et d'une part et d'autre. Mais li meschiés fu le trop grans sor la gent Pharien, car il en avoit tousdis .II. contre un des siens. Mais la gent Pharien eſtoient nouvelement venu. Et la gent Claudas eſtoit plus lassee et traveilliee. Si perdi Claudas plus que Phariens, et s'il ne fuiſsent si grant gent il fuiſsent tout desconfit. Mais en la fin couvint reüser la gent Pharien vers la foreſt dont il eſtoient venu.

395. Quant Claudas voit qu'il s'en vont, si quide bien que tout soient vaincu, si les tient si cours qu'il n'ont pooir de recouvrer. Si en eſt Phariens si dolans que a poi qu'il n'esrage, et il escrie : « Gaunes*a*! » souvent et menu, mais ce ne li valut riens. Car biens faires de lui ne de autrui ne li eüst meſtier que tout ne fuiſsent mort ou pris, quant Leonces de Paierne vint atout .V.M. et se feri si durement en aus que plus de .M. en misent a la terre qui onques puis n'en [*d*] releverent.

396. Adont fu la bataille cruouse et mortex, car molt se haoient d'ambesdous pars. Si se tinrent molt bien paringal que li uns ne

mutuellement à mort ; et ils étaient à peu près égaux, si bien que ni l'un ni l'autre ne recula si peu que ce fût. Par ailleurs, ceux du royaume de Logres combattaient vaillamment, mais ils avaient le dessous, et s'ils n'avaient pas été si valeureux, ils auraient été complètement vaincus et chassés du champ de bataille. Lorsque Merlin qui savait tout ce qui se passait vit dans quelle situation se trouvaient ceux de Logres, il vint à Gauvain, embusqué avec le roi Ban et le roi Bohort. Une fois parmi eux, il leur dit : « Comment, seigneurs barons ? Êtes-vous venus dans ce pays pour regarder les tournois et admirer les prouesses des chevaliers de ce royaume ? Sachez que vous avez bien mal agi, car les nôtres ont beaucoup perdu depuis que vous êtes sortis de la bataille, et ils sont très effrayés de ne plus vous voir. Hâtez-vous, marchez sur vos ennemis, et compensez si bien votre retard que ceux qui en réchapperont ne puissent pas dire qu'ils ont trouvé au royaume de Logres des lâches et des coquins, mais de bons chevaliers vaillants ! Et vous, sire Arthur, ajouta-t-il, est-ce là votre manière de récompenser le roi Ban et le roi Bohort son frère qui ont tant de fois risqué la mort pour vous venir en aide, quand tous les autres vous avaient fait défaut ? Vous êtes venu vous cacher et vous tapir ici par couardise, sachez que cela vous sera souvent reproché de maintes gens, et surtout de votre amie qui, quand elle le saura, vous en fera grief ! »

---

recula l'autre ne tant ne quant. Et d'autre part se combatoient tant cil del roialme de Logres que molt en ot le piour et, s'il ne fuissent si prodome, tout fuissent desconfit et chacié del champ. Quant Merlins, qui toutes ces choses savoit, voit ciaus de Logres si entrepris, si en vint la ou li rois Bans et li rois Boors et mesire Gavains estoient embuschié. Et quant il vint entr'aus si lor dist : « Comment, signour baron, estes vous venu en cest païs por les tornoiemens regarder et les proueces que ciaus de cest païs sevent faire ? Saciés que c'est une chose dont vous avés molt grant mal esploitié, car molt en ont perdu li nostre puis que vous en issistes et molt sont esfreé de ce qu'il ne vous voient. Or faites tost et si alés sor vos anemis et si lor rendés si bien le sejour que vous avés fait que cil qui de lor mains eschaperont ne puissent dire qu'il aient el roiaume de Logres trouvé ne ribaut ne garçon, mais prodom et bons chevaliers. Et vous, sire rois Artus, fait il, est ce li guerredons au roi Ban et au roi Boort qui ses freres est qui tantes fois s'est mis en aventure de mort pour vous aïdier en mains besoins la ou tout li autre vous ont failli ? Or vous estes venu tapir et muchier de couardise. Et saciés que c'est une chose qui maintes fois vous iert reprocie de maintes gens et de vostre amie quant ele saura coment vous aurés esploitié[a] et molt le vous reprouvera. »

397. En entendant les paroles de Merlin, le roi Arthur
baissa la tête, tant il fut honteux, il poussa un grand soupir, et
commença à suer d'angoisse. Il avait en outre grand-peur que
Merlin ne soit courroucé contre lui[1]. Ensuite Merlin vint trouver monseigneur Gauvain et ses compagnons et leur dit :
« Vassaux, où sont les prouesses dont vous vous vantiez ?
Vous désiriez fort venir tournoyer contre vos ennemis en
Petite-Bretagne et voir comment ils savaient se battre. Vous
les connaissez maintenant pour de bons chevaliers, et vous
êtes venus vous cacher ici, tellement ils vous ont fait peur ! Et
vous n'avez pas le cœur et l'audace de les regarder en face,
tant ils vous ont effrayés ! » Puis il revint au roi Ban et au roi
Bohort : « Et vous, seigneurs, qu'êtes-vous venus chercher
dans ce pays, vous qui devriez être bons chevaliers, preux et
hardis ? Il est clair que vous vous êtes laissé convaincre par
ces couards sans honneur qui sont venus se tapir ici par
lâcheté. Vous devriez au contraire avoir pris des risques pour
soutenir et soulager ceux qui se mettent en danger de mort
pour délivrer votre terre de vos ennemis. Vraiment, ils pourront bien dire, lorsqu'ils reviendront chez eux, qu'ils se sont
mis au service de mauvaises gens, quand vous les laissez ainsi
en péril de mort ! — Certes, dit le roi Ban, nous ne l'avons
pas fait par lâcheté ni dans une mauvaise intention. — Peu
importent vos intentions, rétorqua Merlin : vous avez mal agi.
Préoccupez-vous maintenant de leur faire payer cher le tort

397. Quant li rois Artus entendi la parole Merlin si embroncha
tous de honte et jeta un souspir si que tous tressue d'angoisse. Et
d'autre part ot il molt grant paour que Merlins ne fust courciés a
lui. Après s'en vint Merlins a monsignour Gavain et a ses compaingnons et li dist : « Vassal, ou sont les proeces dont vous vous soliés
ahatir ? Et desistes que vous verriés tournoier sor vos anemis en la
Petite Bretaingne et verriés conment il sevent armes porter. Or les
avés come bons chevaliers, car de la paour qu'il vous ont faite[a] vous
estes ci venu tapir et muchier. Et n'avés pas les cuers ne les hardemens que vous les osissiés veoir, tel paour vous ont il faite. » Et puis
dist il au roi Ban et au roi Boort : « Et vous, signour, qu'estes vous
venu querre en cest païs qui deüssiés estre bon chevalier et prou
et hardi ? Or est bien prové que vous avés creü ces couars faillis
qui ci sont repuns par couardise. Or deüssiés estre mis en aventure
pour ciaus et [d] maintenir et aïdier qui se metent em peril de mort
pour vostre terre deliver de vos anemis. Or porront il bien dire,
quant il venront en lor païs, qu'il ont esté el service de mauvaise gent
quant vous les avés laissié en tel peril de mort. — Certes, dist li rois
Bans, nous ne le[b] fesismes mie pour mal ne pour couardise. » Lors
dist Merlins : « Conment que vous l'aiiés fait, vous avés trop mal
esploitié. Or gardés que le damage qu'il vous ont fait lor soit molt

qu'ils vous ont causé, si bien qu'ils ne puissent pas se vanter de quoi que ce soit, s'ils vous échappent.

398. — Seigneur, fit monseigneur Gauvain, je peux vous assurer une chose : que j'aie agi ou non par couardise, je ferai clairement savoir, avant de prendre la moindre nourriture, s'il y a en moi la moindre trace de vaillance et de courage, même si je dois être taillé en pièces. Vraiment, avant mon départ, j'agirai de telle sorte que tous, petits et grands, sauront ce que je vaux, et jamais, s'il plaît à Dieu, on ne pourra me reprocher la moindre lâcheté ni à moi, ni à mon oncle le roi Arthur, aussi longtemps que je vivrai ! Quant à vous, mes frères, mes cousins, mes compagnons, enchaînat-il, si vous voulez me laver de tout blâme, suivez-moi, car je vais de ce pas prouver à la face du monde que je ne suis pas venu me cacher ici par couardise. » Là-dessus, Merlin commença à rire[1] ; il vint à Keu le sénéchal et lui enleva le dragon en disant qu'il ne devait pas le porter, car une enseigne royale ne devait pas être dissimulée ou tenue à l'écart dans une bataille rangée, mais portée au premier rang. Puis il s'écria : « On va voir maintenant qui me suivra, car c'est l'occasion ou jamais de savoir qui se conduira en chevalier ! » Et quand Arthur le vit partir ainsi, il dit au roi Bohort que Merlin était décidément un homme très valeureux. Et de fait il était rempli de prouesse, fort et musclé, mais en même temps il était brun et maigre, et plus velu, comme un sauvage, que personne d'autre. Il était de noble origine du côté

---

chier guerredonné, si qu'il ne s'en puissent de riens vanter quant il vous eschaperont.

398. — Sire, fait mesire Gavains, vous en di je tant que, conment que je l'aie fait par couardise, je le ferai a savoir ains que je menguce s'il a en moi ne pris ne valour se je en devoie estre detrenchiés. Et ferai tant ançois que je m'en departe que connoistre me porront li petit et li grant, ne ja couardise que je face ne me sera reprouvee, se Dieu plaist, ne au roi Artu mon oncle, tant com je vive. — Et vous, fait il, mi frere et mi cousin et mi compaignon, se vous me volés jeter de blasme, si me sivés, car par tans lor sera moustree que je n'i fui par couardise muciés ne tapis. » Lors conmencha Merlins a rire et s'en vint a Keu le seneschal et li taut li dragon de la main et li dist qu'il ne le doit mie porter, car enseigne de roi ne doit pas muchier ne tapir em bataille champel, ains le doit on porter el premier front. Lors escrie Merlins : « Ore i parra qui me suirra ! Car par tans sera veüs qui chevaliers sera ! » Et quant Artus l'en voit aler, si dist au roi Boort que molt a prodonme en Merlin. Et sans faille il estoit plains de prouece et fors de cors et de membres. Mais bruns estoit et maigres et plus velus de poil sauvage que nus autres hom. Et gentix hom de par sa mere, mais de par son pere ne vous

de sa mère, mais je ne vous dirai pas davantage ce qu'il en était du côté de son père, car vous avez bien entendu dire dans le passé qui l'avait engendré ; cependant, nous ne trouvons nulle part dans le livre qu'il ait jamais mis la main sur qui que ce soit dans de mauvaises intentions. Mais il arrivait souvent, quand il se trouvait au milieu d'une foule de gens, qu'il heurtait du poitrail de son cheval et abattait à terre force hommes et chevaux ensemble.

399. Lorsque Merlin eut pris le dragon des mains de Keu le sénéchal, il se mit en route, le premier, sur un grand cheval qui le portait prodigieusement vite. Et, quand il se fut approché de la bataille, il s'y plongea si violemment que tous les rangs en frémirent et tremblèrent jusqu'au point où Frolle et Ponce Antoine se battaient avec acharnement afin de déconfire ceux de Logres. Ils croyaient déjà que tous les meilleurs étaient morts, et ils en avaient tant fait que leurs ennemis étaient presque entièrement vaincus. Ceux du château de Trèbes en étaient fort chagrins, au point que plus de cinq cents écuyers coururent s'armer et firent une sortie à cheval sous la conduite de Banin, un jeune homme qui était fils de Gracien de Trèbes et neveu du roi Ban, et n'avait pas plus de vingt ans, mais n'en était pas moins très vaillant et très hardi. Ils s'élancèrent dans la bataille et se comportèrent fort bien en tant que sergents d'armes et écuyers — ce qu'ils étaient, car il n'y avait aucun chevalier parmi eux. Et, sans eux, les autres auraient bel et bien été déconfits.

en dirai plus, car assés en avés oï cha en ariere qui l'engendra. Mais nous ne trouvons pas lisant qu'il mesist onques main sor home pour mal faire. Mais souvent avenoit que, quant il estoit empressé de gent, qu'il abatoit del pis del cheval et home et cheval et tout en un mont.

399. Quant Merlins ot pris le dragon fors des mains Kex le Seneschal, si se vint a la voie tous premiers sor un grant cheval qui a merveilles l'enportoit tost. Et quant il aproche la bataille si se fiert ens si durement [e] que tout li renc en fremissent et bruient jusques la ou Frolles et Ponce Antoine se combatoient qui molt se penoient de ciaus de Logres desconfire. Et bien quidoient que tout li meillour fuissent mort, et avoient ja tant esploitié qu'il estoient presque tout desconfit. Si en estoient molt dolant cil del chastel de Trebes. Si en coururent as armes plus de .v.c. esquiers et issirent tout hors sor les chevaus. Et les conduisist Banins, un jouenes damoisiaus, fix Graciens de Trebes et estoit filleus au roi Ban et n'avoit encore mie plus de .xx. ans et si estoit molt prous et molt hardis. Et cil se fierent en la bataille et le firent molt bien com sergant et esquier qu'il estoient, car il n'i ot nul chevalier en lor compaingnie. Et s'il ne fuissent, li autre eüssent esté desconfit.

400. Alors s'en vint Merlin, avec sa compagnie qui comptait plus de mille hommes ; et il tenait le dragon dont la gueule crachait de si grands brandons de feu que l'air en devenait tout rouge. Et tous ceux qui ne l'avaient encore jamais vu dirent que Notre-Seigneur devait être grandement courroucé contre eux quand il faisait apparaître un tel signe. La situation se renversa alors pour ceux qui avaient eu le dessus jusqu'à ce moment, car, dès que les compagnons de Merlin leur furent tombés dessus, ils commencèrent à accomplir tant de hauts faits que tous ceux qui assistaient à la scène en étaient ébahis : ils abattaient tellement de gens qu'on ne tarda pas à le remarquer. À cette occasion le roi Arthur accomplit des prodiges : il avait rejeté son écu sur son dos et tenait à deux mains son épée qui était de très grande valeur. Il commença à tuer et à mettre en pièces tout ce qu'il rencontrait sur son passage, tant et si bien que personne ne pouvait durer contre lui. Et le conte dit qu'il mit à mal à lui tout seul plus de deux cents hommes, ce qui fut une grande perte pour la chrétienté. Il agit ainsi à cause des railleries de Merlin. Il tenait les rênes de son cheval de la main droite et le laissait aller où il lui plaisait. D'autre part, le roi Ban et le roi Bohort accomplissaient eux aussi des prodiges, car ils s'efforçaient de causer le plus de mal possible à leurs ennemis. Et c'étaient de bons chevaliers, très hardis, qui avaient toujours été d'une prouesse exceptionnelle, supérieure à celle de tous leurs contemporains. Mais ici le conte

---

400. Atant s'en vint Merlins et sa compaignie qui estoient plus de .M. que un que autre. Et il tint le dragon en la main qui rendoit par la goule si grans brandons de fu que li airs en devint tous rouges. Si disoient tout cil qui onques ne l'avoient veü que Nostres Sires estoit coureciés envers aus molt durement quant tel signe lor faisoit aparoir. Lors changa li afaires a ciaus qui en avoient eü le meillour, car si tost come li compaingnon Merlin se furent en aus feru, si comenchent tout a faire d'armes tant que tout cil qui le veoient s'en esbahissoient. Car il firent tel abateïs de gent qu'il furent em poi d'ore aperceü. Illuec fist li rois Artus merveilles de son cors, car il avoit l'escu jeté deriere son dos et tenoit a .II. mains s'espee qui molt estoit de grant valour. Si conmence a ocire et a detrenchier partout la ou il s'enbatoit si que riens nule ne pooit a lui durer. Et li contes dist qu'il afola tous seus par son cors plus de .CC. dont grans damages fu a la Crestienté. Et tout ce fist il pour le ramprosne Merlin. Et il tenoit le frain de son cheval a sa main destre et le laissoit aler quel part qu'il voloit. Et d'autre part faisoit merveilles li rois Bans et li rois Boors, car molt se penoient de lor anemis grever. Et il estoient molt bon chevalier et molt hardi et avoient*[a]* tous jours esté de merveillouse prouece*[b]* sor tous les chevaliers de lor tans. Mais ici endroit se taist li

cesse de parler d'eux et revient au roi Arthur, au roi Ban et au roi Bohort qui s'étaient enfoncés si avant dans les lignes ennemies qu'on ne savait ce qu'ils étaient devenus.

401. Le conte dit ici que le roi Arthur s'était engagé si avant dans la mêlée qu'on ne savait ce qu'il était devenu, et de même on ignorait ce qu'il en était du roi Ban et du roi Bohort[1]. Lorsque les compagnons de la Table ronde s'en aperçurent, ils chargèrent aussitôt en aveugles sans s'attendre les uns les autres. Et les quarante compagnons que le conte a énumérés à plusieurs reprises dans le passé en firent autant, ainsi que les dix-huit jeunes gens qui étaient chevaliers nouveaux. Les uns et les autres se livrèrent à un tel massacre, et la mêlée devint si âpre qu'ils se séparèrent et se perdirent de vue sans plus savoir où étaient passés les autres. Cependant, il arriva fréquemment qu'ils se retrouvent par hasard après s'être séparés. Cela se produisit ce jour-là à maintes reprises. Sagremor à cette occasion accomplit des prodiges : le conte dit que c'était l'un des meilleurs chevaliers de l'armée. Mais Galeschin aussi se comporta si bien qu'on le montra du doigt bien des fois. Et monseigneur Yvain, le fils du roi Urien, se conduisit si bien que personne ne pouvait faire mieux ; les trois frères de monseigneur Gauvain restèrent ensemble toute la journée, et ils accomplirent tant de prouesses qu'ils reçurent beaucoup de louanges. En général, les chevaliers de la Table ronde combattirent plus âprement que tous les autres. Mais monseigneur Gauvain

---

contes d'aus et retourne a parler del roi Artu et del roi Ban et del roi Boort qui se furent feru si parfont entre lor anemis c'on ne sot qu'il furent devenu.

401. [*I*] Or dist li contes que li rois Artus fu tant parfont enbatus en la mellee que on ne sot que il fu devenus, ne si ne savoit on del roi Ban ne del roi Boort. Et quant li compaingnon de la Table Reonde le sorent si coumencierent un desroi si grant que li uns n'i atendi onques l'autre. Et ausi firent li .XL. compaingnon que li contes a aucune fois només, et .XVIII. damoisel qui estoient chevalier nouvel. Si conmencha li uns a l'autre a faire si grant ocision et si aspre mellee si qu'il se departirent que li uns ne sot onques mot ne li autres torna. Si avint maintes fois que le jour qu'il se departirent qu'il s'entretrouverent. Celui jour avint souvent et menu que a cele empainte le fut merveilles bien Saygremor, car li contes dist qu'il estoit uns des meillours de toute l'ost. Et Galescins i fist tant d'armes que maintes fois fu au doit moustrés. Et messire Yvains, li fix au roi Urien, le conmencha si bien a faire qu'il n'i couvenist nul meillour. Et li .III. frere monsignour Gavain se tinrent tout le jour ensemble, si firent tant d'armes que molt en furent loé. Et d'autre part se combatirent tant li chevalier de la Table Reonde que nus plus. Mais sor tous les

surpassa tous les autres. Il s'était engagé si avant parmi les combattants qu'on ne savait ce qu'il était devenu, et on le cherchait à droite et à gauche.

402. Lorsqu'il eut rejoint la bataille, il chercha dans les rangs en tous sens jusqu'à ce qu'il rencontre Randol le sénéchal du roi de Gaule. Et dès qu'il le vit, il fondit sur lui, car il était très preux et hardi. Monseigneur Gauvain le frappa si rudement au passage qu'il lui coupa le heaume au ras de la nuque, le cheval le déporta, et le coup descendit le long des épaules, démaillant le haubert partout sur son passage et tranchant profondément la chair. En poursuivant son élan, l'épée trancha aussi la couverture du cheval sur l'échine et s'enfonça dans ses entrailles, le faisant trébucher et tomber mort à terre. Ensuite, il arriva que Gauvain rencontra Dodinel le Sauvage, Keu d'Estraus et Kahedin qui avaient été abattus et étaient tenus très court par Ponce Antoine. Lorsque monseigneur Gauvain les vit en si mauvaise posture, il conduisit son cheval dans cette direction et commença à faire un tel barrage de coups autour d'eux qu'il fit reculer tous les assaillants et les mit en déroute de gré ou de force. Et ses compagnons, qui étaient très valeureux, sautèrent tout de suite à cheval, car ils en trouvèrent assez sur place. Sur ce, ils reprirent le combat, bataillant très énergiquement et restant auprès de monseigneur Gauvain dans la mesure du possible. Mais il ne s'écoula guère de temps avant qu'il ne

---

autres le fist bien mesire Gavain. Il estoit embatus si parfont entre les combatans que on ne sot qu'il estoit devenus, si le quist on molt aval et amont.

402. Quant mesire Gavains fu en la bataille entrés, si cercha les rens amont et aval tant qu'il encontra Randol, leˢ senescal le roi de Gaule. Et tantost com il le vit si le courut sus, car molt estoit prous et hardis. Et mesire Gavains le feri si durement en trespassant qu'il li copa le hiaume rés a rés del haterel, car li chevaus le tresporta et li cops descendi rés a rés des espaulles, si emporta des mailles del hauberc quanqu'il en ataint et li trencha de la char une grant piece. Et au descendre que l'es[*123a*]pee fist trencha la feutreüre del cheval parmi l'eschine jusques as boiaus, si trebuche a terre tout en un mont. Et lors avint qu'il encontra Dodynel le Sauvage et Kex d'Estraus et Kahedin qui estoient abatu de lor chevaus a terre, si les tenoit si cours Ponce Antoine. Et quant mesire Gavain les voit a tel meschief, si tourne cele part et comence a faire un tel essart entour aus que tous les fait resortir ariere et les mist a la voie ou il voillent ou non. Et cil saillent es chevaus qui molt estoient prou, car il en trouverent assés en la place. Lors reconmencent la bataille si très grande et si merveillouse qu'il se tinrent entour monsignour Gavain tant qu'il porent. Mais ne demoura gaires que il lor fu tant eslongiés qu'il ne sorent qu'il fu devenus. Molt

s'éloigne tellement qu'ils ne surent plus ce qu'il était devenu. Grande fut la bataille dans la prairie sous les murs de Trèbes ! Les chevaliers de la Table ronde faisaient merveille, et cherchaient le roi Arthur par toute l'armée, mais ils ne pouvaient pas le trouver, car il était très loin d'eux. Il avait chevauché jusqu'au moment où il avait engagé le combat contre Frolle et Ponce Antoine qui avaient dans leur compagnie sept cents des meilleurs chevaliers de l'armée. Et le roi Arthur était en train de les combattre, mais ils n'osaient pas attendre ses coups : il n'avait pas d'écu, tenait son épée à deux mains, et celui qu'il en frappait ne pouvait échapper à la mort, si bonne que fût son armure. Quand Ponce Antoine l'avait aperçu, il avait fondu sur lui avec ses gens, mais Arthur en avait tué et mutilé tant que c'était un vrai prodige. Il arriva alors que monseigneur Gauvain fit son apparition, chargeant l'épée nue : tous fuyaient devant lui car personne, si valeureux et si hardi fût-il, n'osait attendre ses coups. Quand il vit son oncle, le roi Arthur, Ponce Antoine et Frolle d'Allemagne l'avaient tant accablé de coups pardevant et par-derrière qu'ils l'avaient fait s'incliner sur l'encolure de son cheval. Et lorsque monseigneur Gauvain se rendit compte des coups que l'on infligeait à son oncle, il en fut si courroucé qu'il faillit perdre la raison.

403. Il remit son épée au fourreau et se lança dans la mêlée ; il arracha un épieu solide des mains d'un chevalier de manière si vicieuse qu'il le fit tomber en même temps. Puis

---

grans fu la mellee es prés desous Trebes. Si firent merveilles de lor cors li chevalier de la Table Reonde et queroient le roi Artu par toute l'ost, mais il nel puent pas trouver quar molt estoit eslongiés d'aus. Et estoit tant alés qu'il s'estoit mellés a Frolles et a Ponce Antoine qui avoient en lor compaingnie .VII.C. chevaliers des meillours de toute l'ost. Si se combatoit li rois Artus a aus molt durement, mais ne l'osoient a cop atendre. Et si estoit tout sans escu et si tenoit l'espee as .II. mains, si en estoit si durement ferus qui'il ataingnoit a droit cop que arme nule ne le garantissoit de mort. Et quant Ponce Antoine le voit si li court sus entre lui et sa gent, si en ocist et mehaigne tant que c'est une grant merveille. Et lors avint que mesire Gavains i sourvint sor lui l'espee traite et il li fuirent de toutes pars car a cop ne l'oserent atendre nul d'aus tant fust prous ne hardis. Et quant il voit son oncle le roi Artu que Ponce Antoine et Frolle d'Alemaigne l'avoient feru et devant et deriere que tout l'avoient embronchié sor le col de son cheval. Et quant mesire Gavains voit les cops c'on donne son oncle si en est tant iriés que a poi qu'il n'ist des sens.

403. Lors remist l'espee ens el fuerre si se lance entre les autres as mains si esrace a un chevalier son espil fors de ses mains si felenessement qu'il le met a la tere. Lors alonge l'espiel et en vait vers

il abaissa l'épieu et se dirigea vers Frolle. Celui-ci, à cette vue, se déroba, car il n'osait pas attendre son coup, et s'engagea là où la presse était la plus épaisse ; mais monseigneur Gauvain le poursuivit, bien décidé à ne pas le laisser échapper facilement. Cependant, les chevaliers de Frolle s'interposèrent, et quand monseigneur Gauvain vit qu'il ne pourrait pas le rattraper, il lança l'épieu si rudement qu'il transperça son écu et son haubert à la hauteur de l'épaule gauche, lui enfonçant le fer et le bois de l'arme si profondément que la pointe ressortit de l'autre côté : et Frolle s'évanouit sous le coup de la souffrance. Lorsque ses hommes le virent, ils manifestèrent une grande douleur, car ils étaient persuadés qu'il était mort.

404. Après quelque temps, Frolle revint à lui ; il se fit déferrer et fit bander sa plaie qui saignait abondamment ; puis il se remit en selle tant bien que mal — car il souffrait beaucoup ; monseigneur Gauvain, lui, retourna à son oncle qui combattait durement. Ponce Antoine et Randol étaient remontés, et le premier s'efforçait de venger le coup que monseigneur Gauvain lui avait donné. Alors monseigneur Gauvain s'élança parmi eux, frappant à droite et à gauche avec tant d'énergie qu'il parvint à dégager son oncle. Il arriva alors qu'il rencontra Ponce Antoine et le frappa si rudement au passage sur les épaules qu'il fit entrer l'épée dans l'os de la poitrine. Et Ponce Antoine vola à terre, et en tombant se

---

Frolle. Et quant cil le voit venir si li guenciſt car il ne l'ose atendre a cop, ains se feri en la greignor presse qu'il trouva. Et il l'enchauce, car il ne le laira mie legierement. Mais li chevalier Frolle se metent entre .II. et, quant il [*b*] vit qu'il n'i porroit avenir, si li lance l'espiel si durement qu'il li perce l'escu et le hauberc endroit la senestres espaulle si qu'il li envoie et fer et fuſt si en parfont que li fers em parut de l'autre part, et cil se pasme de l'angoisse qu'il ot. Et quant si home le voient si en font molt grant duel et quident bien tout vraiement qu'il soit mors.

404. Aprés ce un poi revint Frolles de pasmisons et se fiſt desferer et bender sa plaie que molt sainoit et remonta au mix qu'il pot car mol se doloit. Et mesire Gavains retourna a son oncle que molt durement se combatoit. Et Ponces Antoines et Randol eſtoient remonté si se penoit molt de vengier le cop que mesire Gavains li avoit donné. Lors se fiert mesire Gavains entr'aus a deſtre et asseneſtre et fiſt tant qu'il delivra son oncle. Lors avint que mesire Gavains encontra Ponce Antoine et le feri si durement en trespassant sor les espaulles qu'il li embat l'espee dedens le maiſtre os. Et cil vole del cheval a terre et au chaoir qu'il fiſt le blece il molt durement. Puis feri Randol le seneschal parmi le hiaume qu'il li trenche la coife de fer jusques a la teſte. Si li porte tout sanglent a la terre, si que tout cil

blessa gravement. Puis monseigneur Gauvain frappa Randol le sénéchal sur son heaume : il trancha la coiffe de fer et atteignit la tête, et ainsi le porta à terre tout sanglant, si bien que tous ceux qui virent cela le crurent mort. Alors il arriva que leurs corps de bataille reculèrent jusqu'à l'endroit où Claudas combattait Léonce de Palerne et Pharien.

405. Quand toutes les compagnies furent rassemblées, elles chargèrent les troupes du roi Arthur. Il y eut là bien des hommes et bien des chevaux piétinés, car les fuyards se reformaient autour du roi Claudas. Quand le roi Arthur constata qu'ils battaient en retraite, il interpella monseigneur Gauvain et lui dit : « Cher neveu, venez près de moi : il me semble qu'ils s'en vont. Ne me laissez plus aujourd'hui, si vous le pouvez. — Seigneur, répliqua monseigneur Gauvain, ils ont raison de s'en aller, car s'attarder ne leur serait pas favorable ; mais poursuivons-les, et achevons de les mettre en déroute ! — Hâtons-nous, fit le roi, il ne faut pas tarder. » Pendant que le roi Arthur et son neveu conversaient ainsi, voici que le roi Ban et le roi Bohort arrivèrent sur eux, les épées nues toutes sanglantes, tuant et massacrant tout ce qu'ils trouvaient devant eux. Ponce Antoine et Randol le sénéchal eurent la chance de pouvoir s'enfuir avant que la poursuite ne soit engagée. Lorsque les quatre amis se virent, ils se firent fête, puis se remirent à pourchasser leurs ennemis qui s'enfuyaient. Ils rencontrèrent à ce point les trois chevaliers de la Table ronde qui s'étaient particulièrement bien comportés pendant

---

qui[a] le virent quidierent bien qu'il fust mors. Et lors avint que lor batailles reüserent si les menerent jusques a la bataille Claudas qui se combatoit a Leonce de Paierne et Pharien.

405. Quant les batailles furent assamblees si se ferirent en la gent le roi Artu. Illuec ot grant defouleïs d'omes et de chevaus, car li fuiant se retiennent le roi Claudas. Et quant li rois Artus voit qu'il s'en vont, si apela monsignour Gavain et dist : « Biaus niés, traiés vous prés de moi, car il me samble qu'il s'en vont. Si ne me guerpissiés hui mais la ou vous puissiés. — Sire, dist mesire Gavains, il ont droit, car li demourers lor est trop mauvais. Mais alons aprés, si les aïdons a desconfire. — Or tost, fait li rois, n'i avons que arrester ! » Endementres que li rois Artus et ses niés tenoient lor parlement, estes vous le roi Ban et le roi Boort qui s'enbatirent sor aus les espees traites toutes sanglantes, si ocioient et tuoient quanqu'il ataingnoient devant aus. Et de ce avint il molt bien a Ponce Antoine et a Randol le seneschal qui s'en furent fui ançois que la chace fust commencie. Et quant li .iv. ami s'entrevirent si s'entrefirent molt grant joie. Si conmencierent derechief la[a] [d] chace et le fereïs aprés les autres qui s'enfuioient. Et lors encontrent les .iii. chevaliers de la Table Reonde qui toute jor l'avoient bien fait.

la journée. L'un d'eux était Nascien, l'autre Adragain et le
troisième Hervi de Rivel. Désormais ils étaient sept chevaliers,
preux et hardis. Au début de la poursuite, Keu le sénéchal
trouva l'écu du roi par terre : il eut grand-peur que celui-ci ne
soit mort ou prisonnier ; il fit prendre l'écu par un écuyer et
lui dit qu'il irait à la recherche du roi Arthur et ne s'arrêterait
qu'après l'avoir trouvé.

406. Et il s'engagea après les autres dans la poursuite qui
dura longtemps, car fuyards et poursuivants ne s'arrêtèrent
qu'en arrivant à la compagnie de Claudas. Ils firent front à
cet endroit pendant un long moment, et Keu poursuivit tant
les poursuivants qu'il rattrapa les compagnons que je vous ai
nommés[1] : il fut très heureux d'avoir trouvé le roi Arthur, et
alla lui pendre son écu au cou. Sur ces entrefaites survint
Merlin, le dragon à la main, qui leur cria : « À l'attaque,
nobles chevaliers ! Ils seront tout déconfits ! » Monseigneur
Gauvain prit alors une lance ; le premier, il sortit du rang et
frappa le roi Claudas sur son écu, si rudement qu'il le transperça, ainsi que le haubert, et enfonça le fer de l'arme dans
son flanc gauche ; il l'embrocha si rudement qu'il le jeta à
bas de son cheval. Puis il lui fit passer son cheval sur le
corps, et Claudas s'évanouit sous le coup de la douleur.
Après quoi, monseigneur Gauvain tira son épée, et se lança
au cœur de la mêlée, là où elle était la plus dense : et elle se
dispersa devant lui, si bien qu'il passa outre sans s'arrêter.
Ses compagnons commentèrent abondamment les prouesses

Si en fu li uns Nasciens et li autres Adragains et li tiers Hervi de
Rivel. Et lors furent il .VII. chevaliers et prou et hardi. Quant la chace
fu conmencie, si trouva Kex li Seneschaus l'escu au roi a la terre
gisant. Si ot molt grant paour qu'il ne fust mors ou pris, si le fist
prendre a un esquier et li dist qu'il iroit querre le roi Artu tant qu'il le
trouveroit.

406. Lors se met en la chace après les autres, si fu la chace molt
grans, car il ne finerent onques jusques a l'eschiele Claudas. Illuec se
tinrent molt longement, car il i avoit molt grant plenté de gent, et
Kex suï tant la chace qu'il trouva les compaingnons que je vous ai
nonmés. Si en fuᵗ molt liés de ce qu'il avoit trové le roi Artu, si li ala
pendre son escu a son col. Et lors vint Merlins le dragon en la main
et lor escrie : « Ore a els, franc chevalier, car tout seront desconfit ! »
Et mesire Gavains a pris un glaive, si se desrenge tous premiers et
fiert le roi Claudas sor son escu si durement qu'il li percha, et le hauberc, et li met le glaive tout outre parmi le flanc seneſtre et l'enpaint si durement qu'il l'en porte del ceval a terre tout eſtendu. Et
puis li vait par desus le cors tout a cheval et cil se pasme de l'an-
goiſſe qu'il ot. Et mesire Gavains trait l'espee et se fiert en la greignour presse qu'il pot trouver, et le desront si en son venir que

qu'ils lui voyaient faire. Les autres éperonnèrent à la rescousse de leur seigneur, le roi Claudas ; non sans peine, ils le
sortirent de la foule et le remirent en selle.

407. Alors survinrent au grand galop Agravain, Guerrehet
et Gaheriet. Quand ils virent les gens rassemblés autour de
Claudas, ils s'élancèrent parmi eux si rudement qu'ils les
contraignirent à céder la place. Le roi Claudas fut porté à
terre une nouvelle fois, et blessé si douloureusement en trois
endroits — sans compter la plaie que lui avait infligée Gauvain — qu'il fut à deux doigts de la mort ; et en outre il
avait été roué de coups et piétiné par les chevaux ; néanmoins, ses hommes parvinrent à force de prouesse à le
secourir, mais ce faisant ils subirent de lourdes pertes. En
fait, il arriva que tous leurs corps d'armée furent ébranlés et
commencèrent à rompre l'ordre de bataille dans le plus
grand désordre. Ponce Antoine, Frolle d'Allemagne, Randol
le sénéchal de Gaule, et surtout le roi Claudas s'esquivèrent ;
le roi Claudas était en si mauvais point qu'il pouvait à peine
se tenir à cheval, mais les autres n'étaient pas indemnes non
plus. Quand ils mesurèrent les pertes et les dommages qu'ils
avaient subis, il s'en fallut de peu qu'ils n'enragent. Ils se
demandèrent dans quelle direction ils pourraient aller.
« Chers seigneurs, dit le roi Claudas, je conseille de prendre
sur la droite, car c'est là que se trouve le meilleur refuge que
nous possédions, le mieux fortifié et le plus proche. Et nous
passerons par la forêt de l'Hombre en empruntant un vieux

parmi aus s'em passe outre. Si em parolent molt li compaingnon des
proueces qu'il li voient faire. Et cil poignent a la rescousse de lor
signour le roi Claudas, si le traient fors de la presse a grant painne et
le remisent a cheval.

407. Atant vint a poignant Agravains et Guerrehés et Gaheriés. Et
quant il virent les gens entour Claudas assamblés, si se fierent en aus si
durement que tous les font remuer de la place. Illoc refu li rois Claudas portés a terre et navrés en .iii. lix molt dolerousement, sans la plaie
que mesire Gavains li fist, si que a poi qu'il ne fu mors tant fu il
defoulés et batus. Mais toutesvoies fisent tant si home qu'il le rescousent, mais molt i perdirent ançois si home. Et lors avint que lor
batailles branllerent de toutes pars et se ferirent li un devant les autres.
Si s'em parti Ponce Antoines et Frolles d'Alemaigne et Randol le
seneschal de Gaule et li [d] rois Claudas qui fu si mal atournés qu'a
painnes pot il chevauchier, ne li autre n'estoient mie tout sain. Et
quant il voient la perte et le damage qu'il ont eü si en sont molt dolant
si que a poi qu'il n'esragent. Si demandent quel part il iront. « Biau
signour, ce dist li rois Claudas, je lo que nous aillons a la destre, car
c'est li mieudres repaires que nous avons et li plus fors et li plus
proçains. Et nous en irons parmi la forest de Hombre par une viés

sentier que je connais ; mais je suis dans un tel état que j'aurai du mal à tenir en selle. » Pendant qu'ils discutaient ainsi, ils virent leurs troupes rompre les rangs et reculer pêle-mêle les unes sur les autres.

408. La poursuite commença alors, si sauvage et si terrible que les fuyards ne savaient où aller. Les gens du roi Ban en abattirent et en tuèrent tant que le terrain fut jonché de morts et de blessés. Les troupes du roi Bohort s'étaient esquivées par un chemin dérobé qu'elles connaissaient lorsqu'elles s'étaient rendu compte qu'elles avaient le dessous. Mais les hommes du roi Arthur s'adonnèrent à la poursuite avec acharnement, car ils ne désiraient rien tant que les occire et les tailler en pièces. Ils firent autant de prisonniers qu'ils le voulaient, et ils en tuèrent également autant qu'ils le souhaitaient ; et quand il arriva que les fuyards tombèrent sur les gens du roi Bohort qui étaient passés par une autre route, ceux-ci en tuèrent tant que la prairie fut couverte de cadavres. La poursuite dura tout le reste de la journée jusqu'à la nuit, et ils firent un très grand nombre de prisonniers. Le roi Claudas, Ponce Antoine, Frolle, le duc d'Allemagne, et Randol, le sénéchal de Gaule, se gardaient du mieux qu'ils pouvaient, mais ils remmenèrent très peu de monde, car le conte dit que, sur les quatre-vingt mille qu'ils étaient au commencement, il n'en réchappa pas dix mille avec eux, qui s'enfuirent dans les forêts sauvages pour se protéger et sauver leurs vies.

409. C'est ainsi que les quatre princes furent déconfits,

---

voie que je sai. Mais je sui si atourné qu'a painnes porrai je chevauchier. » Et dementres qu'il parloient ensi si voient lor batailles toutes derompre et reüser l'une sor l'autre.

408. Lors conmence la chace si grans et si merveillouse qu'il ne savoient quel part il aloient. Si en abatent tant et ocient les gens au roi Ban que la place fu toute joncie des mors et des navrés. Et la gent au roi Boort s'em isent a un trespas qu'il savoient si tost com il virent la desconfiture sor aus tourner. Et les gens au roi Artu les chaçoient trop merveillousement, car il ne le baoient fors que aus ocire et decoper. Si em prisent tant et ocisent com il vaurent, et quant il avint que li fuiant s'embatirent sor la gent au roi Boort qui au trespas[a] estoient alé, si en ocient tant que tout li champ en sont couvert. Si dura la chace tout jour jusqu'a la nuit, si detinrent des prisons a grant plenté. Et li rois Claudas et Ponce Antoines et Frolles, li dus d'Alemaigne, et Randols, li seneschaus de Gaulle, se garantissoient a lor pooirs, mais molt en remenerent petit de gent. Car li contes dist que de .IIII.XX.M. qu'il furent au conmencement n'eschaperent pas .X.M. avoec aus, ains s'enfuirent par ces forés sauvages pour lor cors garantir et tenser de mort.

409. Ensi furent li .IIII. prince desconfit com vous avés veü et oï.

comme vous venez de le voir et de l'entendre. Après les avoir poursuivis jusqu'à la nuit, les alliés revinrent sur leurs pas avec beaucoup de prisonniers, et se logèrent sous les murs de Trèbes, dans des tentes et des pavillons qu'ils firent dresser. Il y eut une grande fête et des réjouissances toute la nuit, car ils se trouvèrent si bien approvisionnés qu'il ne leur manquait absolument rien de ce qui est nécessaire pour le confort des hommes, et ils ne dépensèrent rien de leurs propres vivres ce soir-là, car ils furent nourris sur les ressources du camp. Gracien et Pharien prirent leur tour de garde, pour éviter toute surprise. Le roi Ban et le roi Bohort emmenèrent monseigneur Gauvain, le roi et les compagnons de la Table ronde, ainsi que les quarante chevaliers que le conte nous a énumérés et les chevaliers nouveaux, au château de Trèbes où on leur fit fête ; il y avait bien là-bas trois cents chevaliers du pays. Ce soir-là, ils furent bien servis et ils eurent tout ce qu'ils pouvaient désirer ; mais si grande que soit la fête, si joyeux que fussent les chevaliers qui les accueillaient, rien ne put égaler la joie que manifestèrent les deux reines sœurs, lorsqu'elles virent leurs seigneurs qu'elles avaient tant souhaité revoir — et c'était tout naturel, car il y avait longtemps qu'elles ne les avaient pas vus. Elles étaient jeunes, et de très grande beauté, et elles s'efforcèrent de tout leur cœur de servir et d'honorer le roi Arthur et ses compagnons.

410. Pourquoi allonger mon récit, en racontant la joie et le plaisir qu'ils ressentirent à être si bien servis, comme il

---

Et quant il les ont chaciés jusques a la nuit si retournerent a molt grant plenté de prisons et s'en vinrent devant le chastel de Trebes et se logierent es trés et es paveillons qu'il orent fait fichier. Si menerent molt grant joie et grant feste toute la nuit, car il trouverent si bien garnies toutes les herberges de quanqu'il afiert a cors d'ome que nule riens n'i failloit. Ne onques ne dependirent de lor viande ne tant ne quant, le soir, quant il furent herbergié par toute l'ost. Si gaita Graciens et Phariens qu'il ne fuissent souspris d'aucunes [e] gens. Li rois Bans et li rois Boors enmenerent monsignour Gavain et le roi et ses compaignons de la Table Reonde et les .XL. chevaliers que li contes nous a només et les nouviaus chevaliers el chastel de Trebes ou on lor fist molt grant joie et furent bien .CCC. chevaliers del païs tout parconté. Si furent bien servi cel soir de quanqu'il lor covint. Mais que qui menast joie ne qui non, ne monta riens la joie quant les .II. serours roïnes virent lor signour qu'il avoient si longement desiré, ce n'estoit mie merveille, car piecha ne les avoient eles veüs. Et c'estoient jones dames et de molt grant biauté et molt se penerent del roi Artu et de ses compaignons servir et honerer.

410. Que vous iroie je toute jour contant de lor joie et de lor delit qu'il orent, car il furent servi si richement com il afiert a si

convenait à des hommes de leur rang et de leur valeur ?
Après souper ils allèrent se coucher, car ils avaient grand
besoin de se reposer : ils étaient en effet très las, épuisés par
les peines qu'ils avaient endurées pendant la journée. Le roi
Arthur, monseigneur Gauvain, monseigneur Yvain, ainsi que
Sagremor, Dodinel et Keu, dormirent dans une chambre tranquille pour eux seuls[1]. Lorsque le roi Ban et le roi Bohort les
eurent installés confortablement, ils s'occupèrent du confort
des chevaliers de la Table ronde et des chevaliers nouvellement adoubés. Ces derniers furent également logés dans une
chambre à part ; puis les deux rois allèrent dormir avec leur
femme, laissant brûler des cierges devant les barons.

Songes et prophéties.

411. Cette nuit-là, les deux rois prouvèrent leur amour à
leur femme en hommes qui les aimaient fort. Et c'est ce
soir-là, à ce que dit le conte, que la reine Hélène, la femme
du roi Ban, conçut un enfant. Puis, lorsqu'ils eurent assez
joué, ils s'endormirent, et la reine s'absorba dans une merveilleuse vision qui se prolongea longtemps[1]. Elle en fut très
effrayée dans son sommeil : il lui semblait en effet qu'elle se
trouvait sur une haute montagne, et elle voyait autour d'elle
toutes sortes de bêtes variées qui paissaient l'herbe verte et
drue. Mais, au bout de quelque temps, une querelle éclatait
entre elles, si bien qu'elles s'attaquaient les unes les autres et
voulaient se chasser de la pâture ; elles se divisaient en deux
camps : les deux tiers se rassemblaient d'un côté sous la

---

prodomes com il estoient ? Et quant il orent soupé si alerent couchier, car il avoient molt grant mestier de reposer, car molt estoient
et lassé et traveillié de la painne qu'il avoient toute jour sousfert. Si
jut li rois Artu et mesire Gavains et mesire Yvains et Saygremors et
Dydones et Kex en une chambre coie par aus. Et quant li rois Bans
et li rois Boors les orent fait aiesier, si furent aiesié li chevalier de la
Table Reonde et li nouvel adoubé chevalier. Cil jurent en une autre
chambre par aus. Et puis ala li rois Boors et li rois Bans couchier
avoec lor femes et laissierent les cierges ardans devant les barons.

411. Cele nuit moustrerent li .II. roi grant amour a lor femes com
cil qui molt les amoient. Et cel soir ce dist li contes, conchut la roïne
Helayne, qui fu feme au roi Ban, un enfant. Et quant il orent assés
joé, si s'endormient. Et la roïne chaï en un merveillous pensé qui
molt longement li dura. Si en fu molt esfreé en son dormant, car il li
fu avis qu'ele estoit en une molt haute montaingne, si veoit entour li
molt grant plenté de bestes de diverses manieres qui paissoient l'erbe
qui molt estoit bele et drue. Et quant eles orent un poi peüt, si sourdoit entr'aus une si grant noise que l'une couroit l'autre sus et le
voloit jeter de la pasture si se tournoient en .II. parties, si en aloit

conduite d'un grand lion prodigieux. Mais de l'autre côté ils étaient moitié moins nombreux. Leur chef était un lion couronné mais il s'en fallait d'un pied qu'il soit aussi grand que l'autre.

412. Ce lion couronné avait en sa compagnie dix-huit lionceaux, tous couronnés eux aussi, et dont chacun était le maître d'une partie des bêtes qui s'étaient rangées aux côtés du grand lion. L'autre lion, qui n'était pas couronné, avait lui en sa compagnie trente lionceaux qui portaient tous une couronne, et chacun d'entre eux était le maître et seigneur d'une partie des bêtes qui s'étaient rangées aux côtés du grand lion sans couronne. Une fois que les bêtes furent triées et réparties en deux groupes, la reine, tournant ses regards vers les partisans du lion couronné, vit quatre cents taureaux avec au cou un lien en forme de cercle[1], qui mangeaient de l'herbe dans un râtelier. Et, parce que le lion couronné avait l'impression que l'herbe était meilleure du côté du lion sans couronne, il l'assaillait par jalousie afin de lui prendre son territoire ; il répartissait ses bêtes en trois grands troupeaux qui s'en allaient combattre le lion couronné dont les bêtes étaient organisées en dix-huit troupeaux. À la tête de chacun de ces troupeaux se trouvait un lionceau qui en était le maître ; les quatre cents taureaux qui étaient extrêmement féroces et cruels et trois des dix-huit lionceaux qui étaient du parti du lion couronné engageaient la bataille entre eux, si âpre que

---

bien d'une part les .ɪɪ. pars. Si les conduisoit uns grans lyons merveillous. Et de l'autre part n'estoient il mie tel de la moitié. Si en estoit maistres uns lyons coronés [*f*] mais il n'estoit mie si grans que l'autres de plus d'un pié.

412. Cil lyons coronés avoit en sa compaignie .xvɪɪɪ. lyonciaus tous coronés dont chascuns avoit signorie et poissance d'une partie des bestes qui s'estoient tournees devant le grant lyon. Et li autres lyons qui n'estoit pas couronés avoit en sa compaignie .xxx. lyonciaus qui tout estoient coronés, et avoit chascuns signourie sor une partie des bestes qui s'estoient tournees devers le grant lyon sans courone. Quant les bestes furent parties et sevrees, si regardoit vers la partie au lyon couroné, si voit .cccc. toriaus qui estoient loiié par le col d'un cercle et mengoient d'un rastelier l'erbe menue. Et pour ce qu'il sambloit au lyon couroné qu'il avoit meillour pasture par devers le lyon sans courone, si li courut sus pour lui tolir par envie. Si prendoit une partie de ses bestes tant qu'il en faisoit .ɪɪɪ. grans tropiaus et s'aloient combatre au lyon couroné qui avoit ses bestes en .xvɪɪɪ. tropiaus. Et en chascun tropel avoit un lyoncel qui avoit signourie sor aus qui les conduisoit. Et li .cccc. torel qui tant estoient fier et orgueillous et .ɪɪɪ. des .xvɪɪɪ. lionciaus qui estoient avoec le lyon couroné mouvoient*ᵈ* une si grant bataille*ᵇ* entr'aus c'onques de si*ᶜ* grant

vous n'avez jamais entendu parler de rien de pareil. Mais finalement les bêtes du lion couronné devaient céder du terrain et
reculer. Le lion en était très inquiet, craignant de perdre sa
pâture. Pendant que les bêtes combattaient ainsi, il parut à la
dame qu'arrivait un grand léopard, le plus orgueilleux qui fût
jamais ; et il passait par une vallée très profonde. Et il semblait à la dame qu'une brume épaisse le dérobait à sa vue, si
bien qu'elle ne savait pas ce qu'il était devenu. L'ayant ainsi
perdu de vue, elle ramenait son attention sur les bêtes sauvages qui continuaient à combattre, et elle voyait que le lion
couronné avait très nettement le dessous. Là-dessus, un grand
léopard sortait de la forêt sauvage et observait longtemps la
bataille des animaux. Puis, lorsqu'il voyait que le lion couronné avait le dessous, il allait le secourir et fondait sur le lion
sans couronne ; et il combattait si férocement ses troupeaux
qu'il les faisait reculer, et, aussi longtemps que le léopard était
contre lui, le lion sans couronne ne pouvait avoir le dessus.

413. Lorsque le lion sans couronne se rendait compte qu'il
ne pourrait venir à bout de sa bataille aussi longtemps que le
léopard serait contre lui, il interrompait la mêlée et se rap-
prochait du léopard au point de l'emmener avec lui. Le troisième jour, la bataille reprenait entre les animaux, comme
auparavant. Mais cette fois le léopard était dans le camp du
lion qui n'était pas couronné ; les bêtes combattaient jusqu'à
ce que le lion couronné soit vaincu à cause du léopard qui
était contre lui. Mais lorsque le léopard voyait que le lion

---

n'oïstes parler. Mais en la fin couvenoit les bestes au lyon couroné
plaissier et reüser ariere. Si en estoit molt li lyons espaouris qu'il[d] ne
perdist sa pasture. Que que les bestes se combatoient, ensi com a la
dame fu avis, vint uns grans lupars, li plus orgueillous c'onques fust,
et s'en aloit parmi une parfonde valee. Si estoit avis a la dame que
une grant bruine l'en toloit la veüe en tel maniere qu'ele ne sot qu'il
devint. Et quant ele l'ot perdu, si retournoit vers les bestes sauvages
qui encore se combatoient. Si veoit que li lyons couronés en avoit
molt le piour, quant uns grans lupars issoit fors de la forest sauvage
et regardoit la bataille des bestes molt longement. Et quant il vit que
li lyons couronés en avoit le piour, se li ala aïdier et couroit sus au
lyon sans corone et se combatoit a aus si fierement qu'il les faisoit
resortir ariere, ne onques tant qu'il estoit contre lui ne pooit avoir le
meillour de la bataille.

413. Quant li lyons qui estoit sans courone vit qu'il ne porroit
venir a chief tant que li lupars fust encontre [124a] lui, si fist departir
la mellee et s'acointa del lupart qu'il l'amena avoeques lui. Et au
tiers jour conmencha derechief la bataille des bestes ausi com ele
avoit esté devant. Si fu li lupars devers le lyon qui n'estoit mie couronés, si se combatirent les bestes tant ensamble que li lyons couro-

couronné avait le dessous, il faisait signe au lion sans couronne d'aller lui crier merci, et celui-ci le faisait. Et la paix était ainsi faite entre les deux lions, tant et si bien que par la suite il n'y avait plus jamais de querelle entre eux ; la reine alors regarda avec attention le léopard pour voir si elle pourrait l'identifier. Et en fin de compte il lui sembla que c'était celui qui était sorti de sa cuisse[1] ; il avait tant grandi, en force et en sagesse, il avait accompli tant de hauts faits, que toutes les bêtes de la Bretagne chevelue s'inclinaient devant lui, ainsi que celles de Gaunes et de Bénoïc. Et une fois qu'il avait la seigneurie sur toutes ces bêtes, le lion s'en allait sans que l'on sache ce qu'il était devenu.

414. La dame resta plongée toute la nuit dans ce songe sans en sortir. Elle s'éveilla alors, et se signa tant elle était étonnée par le prodige qu'elle avait vu dans son sommeil. Quand le roi la vit si effrayée, il lui demanda ce qu'elle avait rêvé, et elle lui raconta son songe en détail. Mais lorsqu'elle eut achevé son récit le roi dit qu'il n'en sortirait que du bien. Ils se levèrent alors, et allèrent à la première messe, le plus tôt qu'ils purent. En effet ils ne voulaient pas éveiller le roi Arthur ni ses compagnons qui dormaient profondément, car ils avaient beaucoup peiné le jour précédent. Le roi Ban demanda dans ses prières à Notre-Seigneur qu'il lui donne la mort quand il la demanderait[1] ; il était très pieux et très bon chrétien, et il réitéra par la suite maintes fois cette prière,

---

nés tourna a desconfiture par le lupart qui estoit contre lui. Quant il lupars vit que li lions tournoit a desconfiture, si fist signe au lyon sans courone qu'il li alast crier merci, et il si fist. Si fu faite la pais en tel maniere des .II. lyons que onques puis ne s'entrecourecierent ensemble. Et lors avisa la dame le lupart pour savoir s'ele le porroit connoistre. Si li sambla en la fin que c'estoit cil qui de sa quisse estoit issus, qui si estoit creüs et amendés et avoit tant esploitié que toutes les bestes de la Bloie Bretaingne l'enclinoient, et toutes celes de Gaunes[a] et de Benuyc. Et quant il ot toute la signourie de ces bestes, si s'en ala li lyons c'on ne savoit qu'il estoit devenus.

414. Ensi demoura la dame tote nuit en cele avision que onques n'en issi jusques au jour. Si s'esveille et se saine de la grant merveille qu'ele avoit veüe en son dormant. Et quant li rois le vit si esfreé, si li demanda qu'ele avoit et ele li conta le songe tel com ele l'avoit veü en son dormant. Et quant ele li ot conté si li dist li rois qu'il n'en seroit se bien non. Lors se leverent et s'en alerent a la premiere messe entre le roi Ban et sa feme au plus matin qu'il porent. Car il ne vaurent mie esveillier le roi Artu ne ses compaingnons qui se dormoient volentiers, car molt avoient traveillié le jour devant. Si proia li rois Bans a Nostre Signour qu'il li donnast la mort quant il le demanderoit. Et il estoit molt prodom en foi et en creance. Et cele proiiere fist il puis par

jusqu'à ce qu'une nuit, dans son sommeil, il entende une voix qui lui disait que sa prière était exaucée, et qu'il mourrait dès qu'il le demanderait, ajoutant qu'il lui faudrait auparavant commettre le péché mortel d'adultère, une seule fois sans plus, que cela ne tarderait pas, mais qu'il ne devait pas s'en inquiéter car il n'en ferait pas moins sa paix avec Notre-Seigneur.

415. Dans ce songe que faisait le roi Ban, il lui sembla qu'après le départ de la voix il entendait un fracas si grand que l'on aurait dit le tonnerre le plus fort et le plus prodigieux qu'il ait jamais entendu. Le roi, qui tenait la reine entre ses bras, tressaillit si fort qu'il faillit tomber du lit qui était pourtant grand et large. La reine en fut si effrayée qu'elle resta incapable de dire un mot pendant un long moment, et son seigneur lui-même était si troublé qu'il ne savait plus où il était. Mais, quand il eut retrouvé ses esprits, il se leva, se rendit à l'église, se confessa et entendit le service divin ; et par la suite il ne laissa jamais passer une semaine sans se confesser et recevoir la sainte communion à l'autel. Et le roi Bohort, qui était lui aussi bon chrétien et menait une vie exemplaire, en faisait autant.

416. Le roi Arthur alla donc au royaume de Bénoïc dans ces circonstances, et il y resta un mois entier. Chaque jour, les alliés couraient par les terres du roi Claudas, afin de piller, de détruire et de si bien l'arranger qu'il ne put de longtemps[1]

---

maintes fois tant qu'il avint une nuit en son dormant que une vois li dist que sa proiiere estoit oïe, car il averoit la mort au premier jour qu'il le demanderoit. Mais ains li couverra pechier mortelment en adultere, une fois sans plus, ains qu'il morust. Et ne demoureroit pas longement, et ne s'esmaiast pas car bien s'acorderoit a Nostre Signour.

415. En cel songe ou li rois Bans estoit si li fu avis que quant la vois qui ce li ot dit s'em parti si jeta un escrois si trés grant que ce sambloit tonnoiles, li plus grans et li plus merveillous qu'il onques eüst oï. Si tressailli li rois si durement [*b*] que, la ou il tenoit la roïne entre ses bras, que pour un poi qu'il ne chaï jus de la couce qui grande et large estoit. Si en fu la roïne si esfreé qu'ele ne pot mot dire en grant piece. Et se sires meïsmes en estoit atournés si qu'il ne sot ou il estoit. Et quant il fu venus en sa memoire si se leva et s'en ala au moustier et se confessa et oï le service Nostre Signour. Et ne fu onques puis qu'il ne fust confessé chascun .VIII. jors et acumeniés del saint sacrement de l'autel. Et autretel faisoit li rois Boors qui molt estoit prodom et de bone vie.

416. Ensi fu li rois Artus el roiaume de Benuyc et sejourna un mois tout entier. Si coururent en la terre le roi Claudas chascun jour, si le gasterent et essillierent et l'atournerent si que molt fu passé

assaillir le roi Ban. Pourtant, par la suite, il le fit, grâce au soutien de Ponce Antoine et du roi de Gaule, comme le conte
vous le racontera plus loin ; il causa tant de tort aux deux
frères qu'il ne leur resta pas une aune de terre, et ils furent si
complètement dépouillés qu'ils moururent dans la pauvreté,
laissant leurs femmes pauvres et égarées, si bien qu'elles se
firent nonnes au monastère Royal[2] par peur du roi Claudas.
Elles ne purent en effet à ce moment recevoir des secours du
roi Arthur, car il avait tant à faire dans son pays qu'il ne pouvait s'occuper d'elles[3]. Et les héritiers que les deux rois avaient
engendrés furent longtemps privés de leur héritage. Mais par
la suite le roi Arthur leur rendit leurs terres, et leur donna en
plus le royaume de Gaule, comme le conte vous le dira plus
loin. Mais ici le conte se tait à ce sujet. Et il revient à Merlin et
au roi Ban, et raconte comment Merlin confirma au roi Ban et
à sa femme la vérité des divers songes qu'ils avaient faits.

417. Le conte dit ici qu'un jour le roi Ban vint trouver
Merlin et lui dit : « Seigneur, je suis très troublé par une
vision que j'ai eue dans mon sommeil, et ma femme aussi.
J'aurais grand besoin de conseils, et vous êtes l'homme le
plus sage qui vive : je vous prie donc, s'il vous plaît, de
m'expliquer ma vision.

418. — Certes, répondit Merlin, cette vision recèle une très
profonde signification, et cela n'a rien d'étonnant que vous en
soyez effrayé. » Là-dessus Merlin leur raconta en détail les

---

grant piece ains qu'il pot courre sor le roi Ban. Mais puis i courut il
par la force Ponce Antoine et par la force le roi de Gaule, si com li
contes vous devisera cha avant, et atourna si malement les .ii. freres
qu'il ne lor remest roie de terre. Si qu'il furent si essillié qu'il morurent povre sor terre et lor femes povres et esgarees, si que puis
devinrent eles nonnains velees el roial moustier pour paour del roi
Cler. Car onques puis ne porent eles avoir secours del roi Artu, car il
avoit tant a faire en son païs qu'il n'i pooit entendre. Si furent li oir
qu'il engendrerent molt longement deserité. Mais puis lor rendi li rois
Artus lor terre et si lor donna le roiaume de Gaule, si com li contes
vous devisera cha avant. Mais ici endroit se taist li contes de ce. Et
retourne a parler de Merlin et del roi Ban conment il certefia le roi
Ban et sa feme les divers songes qu'il avoient songié.

417. Or dist li contes c'un jor vint li rois Bans a Merlin et li dist :
« Sire, je sui molt esfreés d'une avision qu'il m'avint en mon dormant
et a ma feme ausi. Si auroie molt grant mestier de conseil et vous
estes li plus sages [d] hom qui ore vive. Si vous proi que vous me
conseilliés, s'il vous plaist, que l'avision senefie.

418. — Certes, dist Merlins, en cele avision a molt grant
senefiance, et il n'est mie de merveille se vous en estes espaouris. »
Et Merlins lor devise tout ensi com li rois Bans et sa feme les

visions que le roi Ban et sa femme avaient eues en leur sommeil, et le roi Ban lui-même reconnut qu'il disait vrai. Quand le roi Arthur, Gauvain et le roi Bohort entendirent les paroles incroyables de Merlin, ils se demandèrent avec étonnement ce qu'elles pouvaient signifier, et ils y réfléchirent profondément. Après un moment de réflexion, le roi Arthur dit à Merlin : « Seigneur, vous nous avez décrit les songes. Dites-nous maintenant quelle est leur signification, car je le saurais très volontiers. — Seigneur, répliqua Merlin, je ne dois pas tout vous révéler, et je ne veux pas le faire. Mais je vous en dirai tout de même une partie dans la mesure où cela dépend de moi. » Et il commença en effet à interpréter le songe de la dame : « Roi Ban, dit Merlin, il est vrai que le grand lion qui n'est pas couronné représente un prince qui a beaucoup de richesses, et d'alliés, qui conquerra par la force trente royaumes et gardera les trente rois en sa compagnie. Quant à l'autre lion couronné, accompagné de dix-huit lionceaux, il signifie un roi très puissant qui aura dix-huit rois vassaux qui seront tous ses hommes liges. Les quatre cents taureaux signifient quatre cents chevaliers qui se seront mutuellement promis de s'entr'aider jusqu'à la mort. Et ils seront tous vassaux de ce roi. Le prince dont je vous ai parlé marchera contre ce roi pour lui prendre sa terre. Mais il se défendra de son mieux. Et lorsque le prince aura pris le dessus sur lui, il viendra un chevalier inconnu[1] qui aura été longtemps perdu : il viendra au secours du roi si efficace-

---

avoient veües en lor dormant, si que li rois Bans meïsmes connoist qu'il dist voir. Quant li rois Artus et mesire Gavains[a] et li rois Boors entendent les fieres paroles que Merlins lor avoit dites, si s'esmerveillent molt qu'eles puent senefier et molt i penserent. Et quant il orent une piece pensé si dist li rois Artus a Merlin : « Sire, vous nous avés dit quel li songe furent. Ore nous dites la senefiance, par le vostre mercis, car trop volentiers le sauroie. — Sire, dist Merlins, del tout en tout nel vous doi je mie esclairier, car ne le voel pas faire. Mais toutesvoies vous en dirai je une partie tant que a moi afiert. » Lors conmence a dire le songe a la dame. « Rois Bans, dist Merlins, il est voirs que li grans lyons qui n'est mie couronés senefie un[b] prince qui molt est riches hom d'avoir et d'amis qui conquerra par force .xxx. roiaumes et fera venir tous les .xxx. en sa compaignie. Et l'autre lyon couroné qui vint atout .xviii. lyonciaus senefie un roi molt poissant qui aura .xviii. rois desous lui qui tout seront si home lige. Et li .iiii.c. torel[c] senefie .iiii.c. chevaliers qui tout seront entrefiancié a aus entr'aïdier jusques a la mort. Et tout seront home a celui roi. Et cil princes de qui je vous ai parlé ci devant verra sor cel roi pour lui tolir sa terre. Mais il se desfendera tant com il porra. Et quant il avenra que cil princes aura mis au desous celui si venra

ment que le prince ne pourra pas le vaincre ni le chasser du champ de bataille. Et c'est ce chevalier que représente le léopard, car, de même que le léopard est plus féroce que toutes les autres bêtes, de même en ce temps-là le chevalier sera le meilleur du monde. Et c'est par son intermédiaire que sera faite la paix entre ces deux princes qui se seront tant haïs. Vous venez d'entendre le récit de la vision et son interprétation, et maintenant je m'en vais, car j'ai à faire ailleurs. » En fait, après avoir entendu les révélations merveilleuses de Merlin à propos du songe de la reine, ses auditeurs furent plus songeurs qu'ils ne l'étaient auparavant. Le roi demanda si Merlin leur en dirait davantage. Et il répondit que non. Puis il quitta les trois rois et s'en alla auprès de son amie qui l'attendait. Elle l'attendait pour la fête de la Saint-Jean, conformément à ce qu'elle lui avait promis. Quand elle le vit, elle en fut très heureuse ; elle l'emmena avec elle dans ses appartements, si discrètement que personne ne s'en aperçut. Elle lui posa beaucoup de questions et lui demanda bien des choses, et il lui en apprit beaucoup, car il l'aimait tant qu'il manquait d'enrager. Quand elle se rendit compte qu'il était à ce point amoureux d'elle, elle le pria de lui apprendre à faire dormir un homme, sans qu'il s'éveille, aussi longtemps qu'elle le voudrait. Merlin connaissait bien ses pensées, il lui demanda pourquoi elle voulait savoir et pratiquer cela. « Parce que, répondit-elle, chaque fois que je voudrai m'entretenir avec vous, j'endormirai mon père, qui s'appelle

---

uns chevaliers mesconneüs qui longement aura esté perdus, ci aïdera cel roi tant*^d* que cil princes ne le porra del champ chacier ne desconfire. Et li lupars senefie cel chevaliers car*^e*, autresi com li lupars est orgueillous sor toutes autres bestes, autresi sera il li miudres qui a cel tans sera. Et par cel chevalier sera faite la pais de ces .II. princes qui tant se seront entrehaï. Ore avés oï, dist Merlins, l'avision et la senefiance, si m'en irai atant, car molt ai aillours a faire. » Et quant il ont oï la merveille del songe que Merlins a dit, si en sont plus pensif qu'il n'avoient esté devant. Et lors li demanda li rois s'il*^f* lor esclara autrement. Et il dist que nenil. Atant s'em parti Merlins des .III. rois et ala a s'amie qui l'atendoit. Et ce [*d*] fu a une feste Saint Jehan que ele l'atendoit pour le couvent que ele li avoit mis. Et, quant ele le vit, si en ot grant joie et l'en mena avoec li en ses chambres si coiement qu'il ne fu onques de nuli aperceüs. Et ele li demanda molt de choses et enquist et il l'en aprist molt, car il l'amoit si durement qu'a poi qu'il n'esragoit. Et quant ele vit qu'il l'ot prise en si grant amour, si li proia qu'il li enseignast a faire dormir un home sans esveillier tant com ele vauroit. Et Merlins sot bien toute sa pensee, si li demanda pourcoi ele voloit ce faire et savoir. « Pour ce, fait ele, que toutes les fois que je vauroie parler a vous que je endormiroie mon pere, qui a

Dyonas, et ma mère, si bien qu'ils ne découvriront jamais nos relations. Sachez en effet qu'ils me tueraient s'ils découvraient ce que nous faisons. »

Merlin auprès de Niniane.

419. Elle répéta cet argument bien des fois à Merlin. Il arriva un jour qu'ils furent dans un jardin, près d'une fontaine ; la jeune fille le fit coucher dans son giron, et le caressa et le charma tant que Merlin fut plus amoureux d'elle que jamais. La demoiselle lui demanda alors comment on pouvait endormir une dame. Merlin savait bien pourtant quelles étaient ses intentions, il le lui enseigna cependant, ainsi que bien d'autres choses, car Dieu, Notre-Seigneur, le voulait ainsi ; il lui apprit trois paroles magiques à écrire sur ses aines chaque fois qu'il voudrait coucher avec elle : leur force était telle qu'aussi longtemps qu'elle les portait sur elle aucun homme ne pouvait la connaître charnellement. Et désormais, c'est ce qu'elle fit : chaque fois que Merlin venait converser avec elle, elle faisait en sorte qu'il n'avait pas le pouvoir de coucher avec elle[1]. C'est pour cela que l'on dit que la femme est plus habile que le diable même[2].

420. Merlin demeura huit jours pleins avec la demoiselle. Mais nous ne trouvons pas dans nos lectures que Merlin lui ait jamais rien demandé de déshonnête, non plus qu'à aucune autre femme[1]. Mais elle le redouta fort, une fois qu'elle eut apprit les circonstances de sa naissance, et c'est

---

a non Dyonas, et ma mere, si que ja ne s'apercevroient de moi ne de vous. Car saciés qu'il m'ocirroient si s'apercevoient de riens que nous feïssons. »

419. Ces paroles disoit ele a Merlin souventes fois. Si avint un jour qu'il estoient alés en un garding desor une fontainne et la pucele le mist couchier en son giron et le traïst tant a li et une fois et autre que Merlins l'amoit a merveilles[2]. Lors li enquist la damoisele que il li apresist une dame a endormir. Et nonpourquant sot il bien son pensé, mais toutes voies li aprist il, et ce et autres choses, car Dix Nostres Sires le vaut ensi. Et si li aprist .III. nons qu'ele escrist en ses ainnes toutes les fois que il vauroit a li jesir qui estoient si plain de si grant force que ja tant que ele les eüst sor li n'i peüst nus hom habiter carnelment. Et des illuec en avant conreoit ele tel Merlin toutes les fois qu'il venoit parler a li qu'il n'avoit pooir de jesir a li. Et pour ce dist on que la feme a un art plus que li dyables.

420. Ensi demoura illuec Merlins .VIII. jours tous plains avoec la damoisele. Mais nous ne trouvons pas lisant c'onques Merlins requesist vilenie a li ne a autre feme. Mais ele le doutoit trop quant ele l'ot conneü et ele sot comment il fu engendrés, et ensi se garnissoit ele contre lui. Et il li aprist toutes les choses que cuer mortex pooit pen-

pour cela qu'elle se protégeait contre lui de cette manière. Il lui enseigna tout ce qu'un cœur mortel peut imaginer, et elle mit tout cela par écrit. Puis Merlin prit congé d'elle et s'en vint à Bénoïc où se trouvait le roi Arthur avec sa compagnie. Ils furent tous très heureux de le voir ; monseigneur Gauvain avait couru par le royaume du roi Claudas avec de nombreux compagnons, et il avait mis à mal et ravagé la terre, sans que Claudas soit assez hardi pour chercher à s'y opposer. Dès que Gauvain et les siens eurent quitté le territoire de Claudas, Ponce Antoine, Frolle d'Allemagne et Randol, le sénéchal de Gaule, se séparèrent de Claudas, chagrins et courroucés. À cause des grands dommages qu'ils avaient subis, ils jurèrent de ne jamais servir ni le roi Ban ni le roi Bohort, et se promirent de leur rendre le juste prix de ce qu'ils leur avaient infligé dès qu'ils en auraient l'occasion. Claudas resta donc tout seul, pauvre et misérable ; mais, par la suite, il recouvra toute sa terre, comme le conte vous le racontera plus loin. Mais ici le conte cesse de parler d'eux tous, et revient à monseigneur Gauvain qui s'en retourna à Bénoïc heureux et content.

421. Le conte dit que monseigneur Gauvain, après avoir ravagé et détruit la terre de Claudas, revint à Bénoïc, aux trois rois qui y demeuraient avec Merlin, car celui-ci était déjà revenu de son séjour auprès de son amie. Lorsqu'ils virent le butin considérable que rapportait monseigneur Gauvain, ils manifestèrent une grande joie. Le lendemain, ils se mirent en

---

ser et ele le mist tout en escrit. Et lors s'em parti Merlins de li et s'en vint a Benuic ou li rois Artus estoit et sa compaingnie. Si en furent molt lié quant il le virent. Et mesire Gavains avoit courut en la terre le roi Claudas*a* et avoit mené grant compaingnie de chevaliers avoec lui et avoit toute [*e*] la terre essilie et gastee, ne onques Claudas ne fu si hardis qu'il le contredesist. Et si tost conme mesire*b* Gavains et si compaingnon s'en tournerent de la terre Claudas, si s'en parti Ponce Antoines de Claudas et Frolles d'Alemaingne et Randols, li seneschaus de la terre de Gaulle, dolant et courecié. Et del damage qu'il ont receü si jurent et afient que jamais le roi Ban ne le roi Boort ne serviront ne ja si tost ne se poront vengier, qu'il ne l'en rendent tel guerredon com il afiert a tel service. Ensi remest Claudas povres et maris, mais puis recouvra il toute sa terre si com li contes le vous devisera ça avant. Mais or se taist li contes d'aus tous et retourne a parler de monsignour Gavain qui s'en tourna vers Benuyc liés et joians.

421. Or dist li contes que, quant mesire Gavain ot essillie la terre Claudas et destruite, si s'en repaira a Benuyc as .iii. rois qui illuec estoient, et Merlins avoec aus, car il s'estoit repairiés de s'amie. Et quant il virent la grant richece que mesire Gavains amenoit si en menerent entr'aus grant joie. Et l'endemain se misent au chemin

route pour se rendre à Gaunes, une cité riche et abondamment pourvue de tous biens. Ils y furent bien accueillis, car le roi Bohort organisa la plus grande fête que l'on pût concevoir. Ils séjournèrent trois jours à Gaunes, et le quatrième ils s'en allèrent vers La Rochelle, où ils s'embarquèrent. Mais, auparavant, Merlin prit à part les trois rois et monseigneur Gauvain et leur dit de se rendre en toute hâte dans le royaume de Carmélide, et de ne prendre avec eux que trois mille hommes, les meilleurs de toute l'armée. « Comment ? fit le roi Arthur. Merlin, très cher ami, ne viendrez-vous pas à mes noces ? — Seigneur, répondit Merlin, j'ai une besogne à accomplir que je dois d'abord mener à bien. Mais vous ne serez pas depuis longtemps en Carmélide que vous m'y verrez. » Ils se mirent donc en route et se séparèrent : le roi Arthur et sa compagnie s'embarquèrent. Mais ici le conte se tait à leur sujet, et parle de Merlin, qui s'en alla hanter les forêts de Romenie[1].

Histoire de Grisandole.

422. Le conte dit ici que Merlin, après avoir pris congé du roi Arthur, s'en alla hanter les forêts de Romenie[1] qui étaient grandes et profondes. En ce temps-là, Jules César était empereur[2], et c'est pour cette raison que Merlin se rendit dans ces régions. Il est juste que je vous dise la raison de son voyage : il est vrai, d'après ce que dit le conte, que Jules César avait pour épouse une femme de grand lignage, qui

---

pour aler envers Gaunes*a*, une riche cité et plentuouse de tous biens. Illuec furent il bien recueilli, car li rois Boors fist toute la feste c'om pooit deviser. Si sejournerent illuec .III. jours et au quart jour s'en alerent vers le Rocele, et illoc se misent en mer. Mais ançois traïst Merlins a une part les .III. rois et monsignour Gavain et lor dist que ausi tost qu'il peüssent s'en alaissent el roiaume de Carmelide et ne menaissent avoec aus que .III.M. homes a armes des meillours de toute l'ost. « Conment ? dist li rois Artus, Merlin, biaus dous amis, ne verrés vous mie a mes noces ? — Sire, dist Merlins, j'ai une besoigne a faire qu'il me couvenra furnir. Mais vous n'arés mie granment esté el roiaume de Carmelide quant vous m'i verrés. » [*f*] Atant se metent a la voie et se partent li un de l'autre, si se mist li rois Artus et sa compaingnie en mer. Mais atant se taist li contes d'aus et retourne a parler de Merlin, conment il s'en ala es forés de Romenie converser.

422. Or dist li contes que quant Merlins se fu partis del roi Artu qu'il s'en ala es forés de Romenie converser qui molt estoient grandes et parfondes. En cel tans estoit empereres Iulius Cesar et pour ce ala Merlins cele part. Si est bien drois que je vous die pour coi il i ala. Voirs*a* fu, ce dist li contes, que Iulius Cesar ot une feme qui molt estoit de grant lignage et fu assés de grant biauté, mais sor

était fort belle, mais aussi plus débauchée que toutes les
autres femmes ; elle n'avait qu'une fille de l'empereur, et
cette fille était de très grande beauté. L'impératrice avait
auprès d'elle douze demoiselles qui étaient en fait des
hommes, déguisés en demoiselles, avec lesquels elle couchait
toutes les nuits où l'empereur était absent, car elle était au
plus haut point luxurieuse, davantage que toutes les femmes
de l'empire de Rome. De crainte que la barbe ne pousse à
ses douze lieutenants, elle leur faisait poser sur leurs mentons des onguents de chaux et d'orpiment dissous et bouilli
dans du pissat ; ils étaient vêtus de longues robes à traîne,
des guimpes dissimulaient leur visage, leurs cheveux étaient
longs et tressés à la mode des jeunes filles : ils avaient tout
l'air de jeunes filles, et ils demeurèrent longtemps auprès de
l'impératrice sans être découverts[3].

423. Il arriva à cette époque qu'une jeune fille vint à la
cour de l'empereur ; c'était la fille d'un prince nommé
Mathem, qui était duc d'Allemagne. Elle vint à la cour déguisée en écuyer : Frolle[1] avait chassé de sa terre et déshérité
Mathem, et elle vint à la cour dans la situation pénible d'une
femme qui ne sait ce que sont devenus son père et sa mère.
Elle était grande, et robuste, le dos bien droit ; elle adopta en
tout les manières d'un écuyer, en tout bien tout honneur, et
jamais on ne s'avisa que c'était une femme. Elle demeura
avec l'empereur : elle était très vaillante et faisait tout son
possible pour servir le souverain mieux que personne

---

toutes femes estoit luxurieuse. Ne onques n'ot c'une fille de l'emperaour qui molt estoit de grant biauté. Cele feme ot avoec li .XII.
damoiseles qui home estoient et estoient atourné en guise de damoy-
seles avoec qui ele se couchoit toutes les nuis que li empereres estoit
fors de sa compaingnie, car molt estoit luxurieuse, plus que toutes
celes de la terre de Rome. Et pour ce qu'ele se creoit que barbe ne
venist a ses .XII. sergans, lor faisoit ele oindre lor mentons de chaus
et d'orpilment destempré et bouli em pissace. Et estoient vestu de
grans robes trainans envolepees de guimples et lor crin estoient lonc
et parcreü et trechié a maniere de pucele. Si paroient trés bien a estre
puceles et furent longement avoec l'empeerris sans estre conneü.

423. En cel tans avint c'une pucele vint a la court l'emperaour et
fu fille a un prince qui ot a non Mathem et fu dus d'Alemaingne. Et
cele pucele vint a court a guise d'esquier. Et celui Mathem avoit
Frolles desireté et chacié de sa terre. Et cele pucele vint a court molt
entreprise con cele qui ne savoit que ses peres ne sa mere estoient
devenu. Et ele estoit grande et droite et membrue, si se demena en
toutes [125 a] les manieres qu'esquiers se demaine sans vilonnie ne
ainc ne fu raivisee por feme. Si remest avoec l'emperaour et fu de
molt grant prouece et se penoit de servir l'emperaour sor tous

d'autre[2]. Elle le servit si bien d'ailleurs qu'il la fit seigneur et
bailli de sa maison. Et même, il se prit d'affection pour elle
au point de la faire chevalier à la Saint-Jean avec plus de
deux cents autres jeunes gens. Et par la suite elle fut sénéchal de son royaume. Elle se faisait appeler Grisandole, mais
elle avait été baptisée Avenable[3]. L'empereur en avait fait le
sénéchal de toute sa terre, car elle était vraiment de grande
valeur. Une nuit que l'empereur était couché avec sa femme,
quand il fut endormi, une vision lui vint dans son sommeil :
il croyait voir une grande truie dans sa cour, devant son
palais, si grosse et si remarquable que jamais il n'avait vu sa
pareille ; elle avait de si longues soies sur le dos qu'elles traînaient derrière elle à plus d'une toise, et elle portait sur sa
tête un cercle qui semblait d'or. L'empereur avait l'impression qu'il l'avait déjà vue, et qu'en fait il l'avait élevée. Néanmoins, il n'osait pas dire qu'elle lui appartenait. Et pendant
qu'il admirait cette truie, il vit dix louveteaux sortir de sa
chambre et venir tout droit à la truie ; les uns après les
autres, ils la caressaient.

424. Lorsque l'empereur voyait ce prodige, il demandait ce
que l'on devait faire de la truie avec laquelle les louveteaux
avaient couché. Et on lui répondait qu'elle n'était pas digne
de vivre en société, et qu'il ne fallait pas que personne mange
quoi que ce soit qui fût sorti d'elle : on la condamnait à être
brûlée vive, elle et les louveteaux. Et de fait ils étaient brûlés

---

homes. Si le servi si a devise qu'il[a] le fiſt signour et bailli de sa maison. Si le cueilli li empereres en si grant amour que chevalier le fiſt a
le Saint Jehan avoec les autres damoisiaus dont il i ot plus de .cc. Et
puis fu ele seneschaus de toute sa terre. Et ele se fiſt Grisandoles
apeler mais en baptesme avoit ele a non Avenable. Et li empereres
en avoit fait senescal de toute sa terre[b] car ele eſtoit de molt grant
prouece. Il avint a un soir que li empereres jut d'encoſte sa feme.
Quant il fu endormis si li vint en avision qu'il veoit une grant truie
enmi sa court devant son palais, si grande et si merveillouse c'onques
n'avoit veü si grande. Et avoit si grant soie desor le dos qu'ele le trainoit plus d'une toise de long. Et avoit en son chief un cercle qui
sambloit a eſtre d'or. Et si[c] li sambloit qu'il l'avoit autre fois veüe et
que nourrie l'avoit. Mais del tout ne l'osoit il mie dire qu'ele fuſt
soie. Et entruels qu'il remiroit cele truie, vit il issir de sa chambre .xii.
louvaus. Et s'en venoient tout droit a la truie et eſtoient aplanoiié et
s'en venoient tous .xii. les uns devant les autres.

424. Quant li empereres vit la merveille si demanda qu'on devoit
faire de la truie a qui li louvel avoient jeü. Et il li disent qu'ele n'eſtoit
mie digne de converser entre gent ne que nus mengaſt de chose qui
de li issiſt. Si les jugierent a ardoir lui et les louviaus. Et lors furent il
tout ars en un mont. Lors s'esveilla li empereres tous esfreés et molt

tous ensemble. Là-dessus l'empereur s'éveilla, tout effrayé et troublé de cette vision ; il ne voulut pas en parler à sa femme, car c'était un homme très sage[1]. Lorsque le jour fut venu, il se leva le plus tôt qu'il put et alla entendre la messe à l'église. À son retour, il trouva ses barons assemblés dans son palais, où ils avaient entendu la messe ; ils parlaient de choses et d'autres en attendant que le repas soit prêt et les tables mises. Ils s'assirent alors, on les servit abondamment, mais il arriva que le roi s'absorba dans ses pensées, se rappelant le songe qu'il avait fait pendant son sommeil. Quand les barons le virent ainsi absent, ils en furent très ennuyés : tous restèrent cois et silencieux, sans que personne n'ose dire un mot ou rompre le silence, car ils craignaient fort de courroucer l'empereur. Mais ici le conte se tait là-dessus, et revient à Merlin, pour raconter comment il se métamorphosa en un cerf cinq cors, qui avait un pied blanc.

425. Le conte dit ici que Merlin savait bien que l'empereur était assis à table, profondément absorbé dans ses pensées comme vous l'avez vu ; il vint aux portes de Rome, et jeta alors ses sorts, se métamorphosant en une apparition prodigieuse : il devint en effet un cerf, le plus grand et le plus beau que l'on ait jamais vu ; l'un de ses pieds était blanc[1], et ses bois comptaient cinq branches, les plus grandes qu'un cerf ait jamais portées. Il s'élança ensuite à travers les rues de Rome au milieu d'un grand bruit. comme si le monde entier était à ses trousses. Quand le peuple le vit, cris et hurlements

---

pensis de ceste avision, ne onques a sa feme ne le vaut dire, car molt ert sages hom. Et quant vint au matin il se leva au plus tost qu'il pot et ala oïr messe au moustier. Et quant il fu revenus si trouva que li baron estoient assemblé ens el maistre palais et avoient la oï messe et parloient d'un et d'el tant que li mengiers fu prés et les tables furent mises. Si s'asisent au mengier et furent molt bien servi. Et lors avint que li empereres chaï en un fort pensé del songe que il avoit veü en son dormant. Et quant li baron le virent penser, si lor em pesa il molt et furent tout coi taisant et muet, n'en i ot un seul qui osast mot soner, car a merveilles cremoient l'emperaour a courecier. Mais de ce se taïst li contes et retourne a parler de Merlin comment il se mua en guise de cerf et d'un pié blanc et .v. branches el chief.

425. [*b*] Or dist li contes que quant li empereres seoit si pensis au mengier com vous avés oï que Merlins le sot bien. Si vint jusques a l'entré de Rome, et lors jeta son enchantement et se mua en merveillouse figure. Car il devint uns cers li plus grans et li plus merveillous que nus eüst onques veü, et il ot un des piés devant blanc et .v. branches en son chief, les greignours c'onques fuissent veües sor cerf. Lors se feri parmi Rome si bruiant que se toutes les gens le chaçaissent. Et quant li pules le vit si courre, si leva li hus et li cris de

s'élevèrent de toutes parts, formant un tel vacarme qu'on n'y aurait pas entendu le tonnerre de Dieu. Petits et grands coururent après lui, avec des bâtons, des baguettes et d'autres armes, et le pourchassèrent à travers la ville pendant pas mal de temps. Puis, lorsqu'il en eut assez de courir dans la ville, il revint sur ses pas au palais principal où l'empereur était à table. Quand les serviteurs entendirent les gens qui criaient, ils se précipitèrent aux fenêtres du palais. Lorsqu'ils eurent appris de quoi il s'agissait, ils sortirent ; le cerf vint tout courant dans cette direction, ses poursuivants derrière lui. Il entra sans ralentir dans le palais par la porte principale. Tout essoufflé il circula au milieu des tables, renversant les mets, la vaisselle et le vin, et provoquant un si grand tohu-bohu de coupes et de plats que c'était merveilleux à voir. Lorsque le cerf eut causé assez de dégâts, il s'en vint devant l'empereur, s'agenouilla, et lui dit : « Jules César, à quoi penses-tu ? Quitte ces pensées, car tu ne trouveras personne pour interpréter ta vision avant que le lion sauvage t'en confirme le contenu ; et cela ne te servira à rien d'y penser davantage[2]. »

426. Puis le cerf se redressa ; il vit que les portes du palais étaient fermées, et il jeta un sort tel qu'elles s'ouvrirent toutes si violemment qu'elles volèrent en éclats. Lorsque les portes furent ouvertes, le cerf s'élança au-dehors et s'enfuit à travers la ville ; la poursuite reprit après lui, et se prolongea jusqu'à ce que, à la fin, il sorte de la ville et se perde dans la

---

toutes pars, si grans c'on n'i oïſt mie Diu tonnant. Si coururent et petit et grant tout aprés lui a fus et a batons et a toutes armes, si le chacierent parmi la vile aſſés longement. Et quant il ot aſſés courut longement par la vile, si s'en revint ariere au maiſtre palais ou li empereres seoit au mengier. Et quant li sergant oent les gens, si saillent as feneſtres del palais. Et quant il sorent que ce fu si iſſirent fors. Et li cers vint courant de grant ravine de cele part et tous li pueples aprés. Et li cers se feri el maiſtre palais parmi la maiſtre porte. Lors s'en vait tous abrievés parmi ces tables et eſpant mengiers et vins et viandes et conmencha illuec un si grant tooul de pos et de vaiſſiaus com[a] a grant merveille. Et quant li cers ot aſſés conversé illuec, si s'en vint devant l'empereour et s'ajenoulle et li diſt : « Iulius Cesar, a coi penses tu ? Laisse eſter ton penser car ne trouveras onques de la te d'avision ne le deſpondes devant ce que li lyons sauvages le te certefiera et pour noient i penseroies plus. »

426. Lors se drecha li cers et vit que li huis del palais furent clos. Et lors jete son enchantement si que li huis del palais ouvrirent si roidement qu'il volerent em pieces. Quant li huis furent ouvert li cers sailli fors [ç] et s'en tourne fuiant aval la vile. Et la chace conmence aprés lui qui longement dura. Tant qu'en la fin s'en iſſi as plains chans, si s'esvanui que on ne sot qu'il fu devenus. Et quant les gens l'orent

campagne, où il s'évanouit sans que l'on sache ce qu'il était devenu. Quand ses poursuivants l'eurent ainsi perdu, ils revinrent sur leurs pas, et l'empereur fut très courroucé quand il vit que l'on n'avait pas attrapé le cerf ; il fit crier par toute la ville que quiconque pourrait prendre l'homme sauvage[1] ou le cerf recevrait la main de sa fille et la moitié de son royaume, pourvu qu'il soit d'origine noble — et, après sa mort, il aurait le tout. De nombreux jeunes gens, riches et valeureux, montèrent alors à cheval et fouillèrent les forêts de maintes contrées pour trouver l'homme sauvage. Mais ce fut en vain, car ils n'en apprirent aucune nouvelle, et finalement ils revinrent sur leurs pas. Cependant, quoi que fissent les autres, Grisandole[2] ne rentra pas, mais s'enfonça dans une grande forêt, marchant au hasard, de-ci, de-là, pendant plus de huit jours entiers.

427. Un jour qu'il avait mis pied à terre pour prier Notre-Seigneur de lui venir en aide dans sa quête, pendant qu'il était plongé dans ses prières, le cerf qui avait été à Rome se présenta devant lui et lui dit : « Avenable[1], tu poursuis une folie ; jamais tu ne pourras venir à bout de ta quête si tu ne te procures de la chair de porc préparée avec du poivre, du lait, du miel et du pain chaud. Prends quatre compagnons avec toi, et un serviteur qui tournera la broche jusqu'à ce que la chair soit bien cuite. Enfonce-toi alors au plus profond de cette forêt : mets la table près du feu, avec le pain, le lait et le miel. Vous, asseyez-vous un peu à l'écart, et n'ayez pas peur, car l'homme

---

perdu si retournerent ariere. Et quant l'empereres vit que li cers n'estoit retenus s'en fu molt coureciés, et fist crier par toute la vile que quiconques porroit prendre l'ome sauvage ou le cerf qu'il li donroit sa fille et la moitié de son roiaume, mais que gentix hom fust. Et après sa mort auroit tout. Lors monterent sor lor chevaus maint riche damoisel de pris et cerchierent la forest par mainte contree pour l'ome sauvage trouver. Mais ce fu pour noient, car onques n'en aprisent nouveles, si retournerent ariere. Ne mais qui que retournast ne qui non, Grisandoles ne retourna mie, ains ala parmi une grant forest, une eure ariere et l'autre avant que bien i demoura .viii. jours tout plains.

427. Lors avint qu'il fu un jour descendus pour proiier a Nostre Signour qu'il le conseillast de ce qu'il queroit. Et endementres qu'il estoit en tés proiieres avint que li cers qui avoit esté a Rome s'en vint devant lui et li dist : « Avenable, tu chaces la folie, car tu ne pues esploitier de ta queste en nule maniere, se tu ne pourchaces char de porc pourree au poivre et lait et miel et pain chaut. Et amaines .iiii. compaingnons avoec toi et un garçon qui la char tournera jusc'a ce qu'ele iert quite. Et vien en ceste forest el plus destourné lieu que tu troveras et metras la table dalés le fu, et le pain et le lait et le miel. Et vous serrés un poi loing del fu, et ne doutes mie, car li hom

sauvage ne tardera pas à se présenter[2]. » Quand le cerf eut
achevé ce discours, il s'en alla au grand galop par la forêt ;
Grisandole se remit en selle, et réfléchit beaucoup à ce que
le cerf lui avait dit ; il arriva à la conclusion que c'était une
créature spirituelle, qui l'avait appelé par son vrai nom, et
qu'il ne pouvait se faire que cette aventure n'ait une profonde signification.

428. Telles furent les réflexions de Grisandole pendant
qu'il chevauchait à travers la forêt, tant et si bien qu'il arriva
à la lisière du bois à une ville, où il se procura ce dont il avait
besoin ; il s'en retourna dans la forêt où il avait parlé au cerf
en emmenant avec lui quatre hommes et un jeune garçon.
Lorsqu'ils furent arrivés au cœur de la forêt, ils trouvèrent un
grand chêne au feuillage épais. Parce que le lieu paraissait très
plaisant à Grisandole, lui et ses compagnons mirent pied à
terre, attachèrent leurs chevaux à l'écart et firent un grand
feu où ils mirent la viande à rôtir. L'odeur de la viande grillée
se répandit par toute la forêt, si bien qu'on pouvait la sentir
de très loin ; ils mirent la table près du feu. Et quand ils
eurent achevé tous ces préparatifs, ils se dissimulèrent en se
blottissant dans un buisson. Et Merlin qui savait tout cela, et
qui avait organisé cette comédie pour ne pas être reconnu[1],
se dirigea dans cette direction un beau matin, donnant de
grands coups de chêne en chêne ; il était noir et hirsute, et
barbu ; nu-pieds, il portait une cotte déchirée ; dans cet équipage il s'en vint tout droit au feu où rôtissait la viande.

---

sauvages vienra sans faille. » Et quant li cers ot ce dit si s'en ala les
grans galos par la forest. Et Grisandoles monta sor un cheval, si
pensa molt a ce que li cers li ot dit, et dist en son corage que c'est
chose esperitex qui l'apela par son droit non, si dist que ce ne puet
estre que de cesti chose ne viengne grant seneffiance.

428. Ensi pense Grisandoles et devise en son cuer tout chevauchant
tant qu'il vint en une vile prés de la forest. Si prist ce que mestiers li
fu et s'en vint en la forest ou il avoit parlé au cerf et amena .iiii.
homes avoc lui et un garçon. Et quant il vinrent el parfont de la forest
si trouverent un chaisne grant et foillu. Et pour ce que [d] Grisandoles
vit le lieu delitable si descendi, il et si compaingnon, et misent lor chevaus loing et font un fu grant et merveillous et metent la char rostir.
Et la flairour de la char espandi par toute la forest, si en senti on la
flairour de molt loing, et metent la table dalés le fu. Et quant il orent
tout ce tourné, si se mucierent et quatirent lés un buisson. Et Merlins
qui toutes ces choses savoit et avoit pourparlé par couverture qu'il ne
fust conneüs, si se tourne cele part une matinee, ferant grans cops de
caisne en chaisne. Et fu noirs et hurepés et barbus et deschaus et avoit
vestu une cote despanee et s'en vint droit au fu ou on rostissoit la
char. Et quant li garçons le vit venir cele part si ot si grant paour que

Quand le jeune serviteur le vit venir, il eut tellement peur que pour un peu il serait devenu fou. Et l'autre vint au feu, et commença à se chauffer, à se frictionner, et à regarder la viande fréquemment, en bâillant comme un homme affamé.

429. À force de regarder autour de lui, il finit par voir la nourriture préparée comme il lui plaisait, et comme vous l'avez entendu raconter. Lorsqu'il se rendit compte que la viande était assez cuite, il marcha sur le jeune garçon, lui arracha la broche des mains comme s'il était fou furieux, et mangea toute la viande, si bien qu'il n'en resta rien, puis encore du pain chaud avec du miel. Après avoir mangé de cette façon, il fut rassasié, et même tout gonflé d'avoir tant dévoré. Il eut alors un peu froid, il se coucha là, tout près du feu, et s'endormit. Quand Grisandole vit qu'il dormait ainsi, il s'approcha de lui avec ses compagnons aussi doucement qu'il le pouvait. Ils le prirent, l'attachèrent avec une chaîne de fer enroulée autour de sa poitrine, puis ils attachèrent l'un des leurs à l'autre extrémité de la chaîne. Quand ils l'eurent bien ficelé, il se réveilla, se leva brusquement, et voulut s'enfuir, fou qu'il était. Mais Grisandole l'étreignit de toute sa force et le contraignit à rester immobile[1]. Quand il se vit pris, il fut tout honteux et mélancolique ; ils amenèrent alors les chevaux, se mirent en selle, puis le mirent à cheval lui-même, attaché à la selle par deux cordes ; et celui qui était attaché à lui monta derrière lui, le tenant solidement embrassé par la taille.

---

pour un poi qu'il n'issi fors de son sens. Et cil s'en vint au fu et se comencha a chaufer et a defroter et a regarder la viande molt souvent et conmence a baaillier com cil qui molt estoit famellous.

429. Lors regarde entour lui et voit le mengier prest tel conme li plaisoit et com vous l'avés oï. Et quant il voit que la char estoit assés quite si s'en vint vers le garçon et li tolt l'espoi fors des poins, autresi com s'il fust forsenés, si en mengüe tant que riens n'i remest, puis mengüe del pain chaut au miel. Et quant il en ot assés mengié si fu si plains et si enflés come trop. Si ot un poi trop froit si se coucha dalés le fu et s'endormi. Et quant Grisandoles voit qu'il estoit endormis, si s'en tourne cele part entre lui et ses compaingnons et au plus coiement qu'il pot. Puis sont venu a lui et l'ont loiié d'une chaine de fer parmi les flans et puis loiierent un de lor compaingnons a l'autre corde la chaine. Et quant il l'ont bien loiié si s'esveille et saut sus et quide prendre sa marche com dervés. Et Grisandoles l'embrace*a* parmi les flans molt durement et le tint tout coi. Et quant il se vit pris et loiié si fu hontous et mas. Et lors furent amené li cheval et furent monté, et puis le monterent et le loiierent bien a la sele del cheval de .ii. loiiens. Si monta deriere lui cil qui avoec lui estoit loiiés et le tenoit embracié par les flans.

430. Ils se mirent en route, et l'homme sauvage, regardant autour de lui, vit Grisandole : il se mit à rire aux éclats[1]. Le voyant rire ainsi, Grisandole s'approcha de sa monture, et lui posa de nombreuses questions à propos de toutes sortes de choses. Mais l'autre ne voulut rien lui dire. Plus Grisandole l'interrogeait, plus il riait, cependant ; mais il ne dit rien d'autre que : « Créature contre nature, transformée d'une forme en une autre, trompeuse et décevante plus que tout au monde, blessante comme le taon, venimeuse comme le venin du serpent, tais-toi[2] ! Car je ne te dirai rien jusqu'à ce que nous soyons devant l'empereur auprès de qui nous devons nous rendre. » Là-dessus l'homme sauvage se tut et ne voulut plus rien dire. Grisandole s'étonna fort de ce qu'il lui avait dit, il en parla à ses compagnons et ils conclurent que cet homme était décidément très sage et qu'il ne tarderait pas à en sortir de grandes merveilles.

431. Ils chevauchaient donc ainsi, parlant de choses et d'autres ; ils marchèrent tant qu'ils passèrent un jour devant une abbaye où ils virent devant la porte beaucoup de pauvres gens qui attendaient l'aumône. Quand l'homme sauvage les aperçut, il se mit à rire. Le voyant rire, Grisandole vint le trouver et l'interrogea très gentiment, le priant pour l'amour de Dieu de lui dire pourquoi il avait ri. L'homme sauvage le regarda de travers et lui dit : « Figure changée contre nature, ne me demande plus rien, car je ne te dirai rien avant d'être devant l'empereur. »

---

430. Lors se metent au chemin et li hom sauvages se regarda et voit Grisandoles si conmencha molt durement a rire. Et quant Grisandoles le voit rire si s'acosta lés lui et li enquiert et li demande de pluisours choses. Mais [*e*] cil ne li vaut onques riens dire. Et plus li enquiert pour coi il rioit ore, mais il ne li dist fors tant : « Creature desnaturee, de fourme remuee en autre, dechevant et engingnant sor toutes choses, poignans come tahons, venimous com venins de serpent, tais toi ! Car riens nule ne te dirai jusqu'a tant que nous venrons devant l'empereour ou nous devons aller. » Atant se taist li hom sauvages que mot ne li dist. Si chevaucent ensemble molt longement. Si s'esmerveille molt Grisandoles de ce qu'il li ot dit, si en parole a ses compaingnons et dient qu'il le[*e*] tiennent a bien sage et que grant merveille en avendra en la terre.

431. Ensi chevauchent ensemble parlant de maintes choses. Et ont tant alé qu'il passerent un jour devant une abeïe et virent devant la porte grant plenté de povre gent qui atendoient l'aumosne. Et quant li homs sauvages les voit, si conmence a rire. Et quant Grisandoles le vit rire si vint a lui, si li enquist molt doucement et li demande pour Dieu qu'il li die pour coi i avoit ris. Lors le regarde li hom sauvages en travers et li dist : « Ymage reparee et desnaturee, ne m'en quier plus nule riens que riens ne te dirai devant ce que g'iere devant l'empereaur. »

432. Quand Grisandole l'entendit, il le laissa tranquille sans plus rien lui demander cette fois. Lui et ses compagnons continuèrent à en parler tout en chevauchant, jusqu'au soir et jusqu'au lendemain à l'heure de prime. Il arriva qu'ils devaient passer devant une chapelle où on allait chanter la messe[1] ; Grisandole et ses compagnons mirent pied à terre pour aller l'écouter. Ils trouvèrent là un chevalier et un écuyer qui se préparaient à entendre le service. Lorsque le chevalier vit l'homme enchaîné, il se demanda avec beaucoup d'étonnement ce que cela pouvait bien être. Pendant qu'il contemplait l'homme sauvage, son écuyer qui se tenait dans l'angle de la chapelle vint droit sur son seigneur, leva la main, et lui donna une telle gifle que toute la chapelle en résonna. Puis il s'en retourna d'où il était venu, tout honteux de son geste. Mais quand il fut arrivé dans son coin, cela ne lui faisait plus rien, car sa honte ne durait que le temps qu'il lui fallait pour retourner à sa place. Quand l'homme sauvage vit ce spectacle, il commença à rire beaucoup. Le chevalier qui avait été frappé était tout ébahi et ne savait que dire ni que faire ; Grisandole et ses compagnons s'étonnèrent fort et se demandèrent ce que cela pouvait bien signifier. Les choses n'en restèrent pas là : l'écuyer ne tarda guère à revenir à son seigneur, et à lui donner un second coup aussi fort que le précédent ; puis il retourna à sa place, et l'homme sauvage se mit à rire pour de bon.

---

432. Quant Grisandoles l'entent si le laisse atant ester que plus ne li demande a cele fois. Si en ont parlé en maintes manieres et chevauchent jusques au soir et l'endemain jusques a eure de prime. Si avint qu'il devoient passer devant une chapele ou on devoit chanter messe. Et Grisandoles descendi, lui et ses compaignons, et enterent el moustier pour oïr messe[a] et trouverent un chevalier et un esquier qui ooient le service. Quant li chevaliers vit l'ome en chaine, si s'esmerveille il molt que ce puet estre. Endementres qu'il regardoit l'ome sauvage ses esquiers, qui estoit en un anglet de la chapele, vint vers son signour et hauce la paume et li donne tel bufe que toute la chapele en retentist. Puis revait ariere dont il estoit venus, tous hontous de ce qu'il avoit fait. Et quant il vint en son lieu se ne li chalut, car li hontes ne li duroit fors que tant qu'il metoit el retourner. Et quant li hom sauvages le vit, si conmencha a rire molt durement. Et li chevaliers qui ferus estoit en fu molt esbahis qu'il ne savoit que dire, ne mais soufrir. Et Grisandoles et si compaignon s'en[b] esmerveillierent molt que [ſ] ce pooit estre. Et il n'orent mie longement demouré quant li esquiers revint a son signour et li donne un cop ausi grant com il ot fait devant. Puis repaire a son lieu et li hom sauvages conmencha a rire molt durement.

433. Si le chevalier avait été surpris auparavant, il le fut encore davantage cette fois ; le jeune homme retourna dans son coin, désolé et courroucé d'avoir frappé son seigneur. Mais lorsqu'il y fut arrivé, cela lui était devenu complètement égal. Grisandole et ses compagnons s'en étonnèrent beaucoup, mais néanmoins ils suivirent le service divin jusqu'à son terme. Pendant qu'ils écoutaient la messe, l'écuyer revient une troisième fois frapper son seigneur, encore plus fort qu'il ne l'avait fait auparavant. La messe fut finalement chantée, Grisandole et ses compagnons sortirent de l'église, et le chevalier que l'écuyer avait frappé les suivit et demanda à Grisandole au service de qui il était et qui il emmenait ainsi ligoté. Il lui répondit qu'il était au service de Jules César, l'empereur de Rome. « Et nous lui amenons un homme sauvage que nous avons capturé dans cette forêt, et qui doit lui interpréter une vision qu'il a eue récemment. Mais dites-moi en échange, cher frère, ajouta Grisandole, pourquoi cet écuyer vous a frappé trois fois sans que vous réagissiez ? Est-ce votre habitude ? » Le chevalier répliqua qu'il en connaîtrait bientôt la raison, s'il voulait attendre un petit peu. Puis il appela son écuyer, et en présence de Grisandole lui demanda pourquoi il l'avait frappé. Et l'écuyer fut si honteux et rempli de tristesse qu'il dit qu'il aurait préféré être mort, « mais qu'il en avait eu subitement envie ». Le chevalier voulut savoir alors si en ce moment il avait envie de le frapper. Et il répliqua qu'il aimerait mieux mourir, et

---

433. Se li chevaliers fu esbahis devant, encore fu il plus aprés. Et li vallés s'en retourna dolans et coureciés de ce qu'il ot son signour feru, si s'en repaire en son lieu. Et quant il i fu si ne li caut. Et Grisandoles et si compaingnon s'en esmerveillent molt, mais toutes voies paroïrent il le service. Endementres qu'il ooient le service revint li esquiers la tierce fois et fiert son signour greignor cop qu'il n'avoit fait devant. Et quant li sauvages hom le vit si conmencha a rire. Lors fu la messe chantee, et Grisandoles et si compaingnon s'en issirent fors del moustier. Et li chevaliers que li esquiers avoit feru s'en issi aprés et demanda a Grisandoles a qui il estoit et que c'estoit qu'il menoit ensi loiié. Et il li dist qu'il estoit a Iulius Cesar qui estoit empereres de Rome. « Et si li amenons un home sauvage que nous avons pris en cele forest qui certefier li doit une avision qui li avint. Mais ce me dites, biaus frere, fait Grisandoles, pour coi cis esquiers vous a feru .III. fois c'onques mot n'en desistes ? Avés le vous a coustume ? » Et li chevaliers le respont que ce saura il par tans s'il veut un poi atendre. Lors apele li chevaliers son esquier par devant Grisandoles et li demande pour coi il l'avoit feru. Et cil fu si hontous et si mas qu'il dist qu'il amast mix a estre mors, « mais ensi me vint a talent ». Et li chevaliers li demande s'il a orendroit nul talent de lui

« j'en eus soudain le désir, si fort que je ne pouvais pas me retenir ». Grisandole se signa en entendant ce prodige. Et le chevalier dit qu'il irait à la cour avec eux pour entendre ce que l'homme sauvage dirait.

434. Ils se remirent en route, Grisandole chevauchant à côté de l'homme sauvage, et lui demandant pourquoi il avait ri dans l'église quand l'écuyer avait frappé son seigneur. Et l'autre le regarda de travers et lui dit : « Figure morcelée par des chevaux au galop[1] pour avoir l'apparence d'une autre créature, par la faute de qui bien des hommes sont occis et mis à mal ! Rasoir plus tranchant et effilé qu'aucune arme, fontaine jaillissante qui ne sera jamais épurée, tais-toi, ne me demande rien jusqu'à ce que nous soyons devant l'empereur, car je ne te répondrai pas ! »

435. Quand Grisandole entendit les cruelles paroles que l'homme sauvage lui adressait, il en fut ébahi et n'osa plus rien lui demander par la suite. Ils chevauchèrent tant d'étape en étape qu'ils parvinrent à Rome. Lorsqu'ils arrivèrent dans la ville, et que les gens les aperçurent, ils se rassemblèrent sur leur passage pour voir l'homme sauvage. Son arrivée fit grand bruit dans tout Rome, on l'arrêtait pour le regarder de près, finalement tous et toutes l'escortèrent jusqu'au palais. L'empereur vint à sa rencontre à la porte de celui-ci. Les voyageurs étaient déjà arrivés au bas des marches. Grisandole marcha tout droit à l'empereur et lui dit : « Seigneur, tenez, voici

---

ferir. Et il diſt que mix ameroit a morir « ne mais ainsi me vint a talent, que je ne me pooie tenir ». Et Grisandoles se saigne de la merveille qu'il a. Et lors li diſt li chevaliers qu'il ira a court por oïr les choses que li sauvages hom dira.

434. Atant se metent au chemin, si chevauche Grisandoles coſte a coſte del sauvage hom, si li demande pour coi il avoit ris el mouſtier quant li esquiers feri son signour. Et cil le regarde a travers et li diſt : « Ymage reparee de cevaus poignans com a l'autre samblance de creature par coi maint home sont ocis et afolé ! Rasoirs trenchans et afilés plus que nule arme, fontaine sourgans qui ja n'iert espuere, tais toi que rien ne me deman[*126a*]de jusque devant l'emperaour, car riens ne te diroie ! »

435. Quant cil entent les fieres paroles que cil li ot dites si en fu tous esbahis, n'onques puis ne li osa riens enquerre. Si chevauchent tant par lor jornees qu'il vinrent a Rome. Et quant il vinrent en la vile et les gens l'aperçoivent, si corurent tout encontre por veoir l'oume sauvage. Si en lieve li cris et li bruis aval Rome, si l'acoſtent molt pour esgarder sa façon, si le convoient toutes et tout jusques au palais. Et li emperees li vait a l'encontre jusques a l'uis del palais. Et cil avoient ja tant esploitié qu'il montoient les degrés contremont. Et lors vint Grisandoles[a] a l'emperaour et li diſt : « Sire, tenés, veés ci

l'homme sauvage que je vous donne. Aussi mettez-le dans les fers, car je vous le confie[1]. Et sachez que pour ma part cela m'a coûté beaucoup de peine. » Et l'empereur lui dit qu'il le récompenserait bien et que par ailleurs il ferait bien garder l'homme sauvage.

436. L'empereur envoya alors chercher un forgeron pour le mettre dans les chaînes. Mais l'homme sauvage dit que cela n'était pas nécessaire, car il ne s'en irait pas sans prendre congé. Et l'empereur lui demanda comment il pourrait en être certain. L'homme sauvage répliqua qu'il en ferait le serment sur la chrétienté en laquelle il croyait. « Comment ? fit l'empereur. Êtes-vous donc chrétien ? — Oui, certes. — Et comment avez-vous été baptisé ? — Je vais vous le dire, reprit l'homme sauvage. Voici la vérité : un jour que ma mère revenait d'un marché à la ville, elle entra dans la forêt de Brocéliande alors qu'il était déjà tard et s'égara si bien qu'il lui fallut dormir cette nuit-là dans la forêt. Quand elle se vit seule et complètement perdue, elle se coucha sous un arbre et s'endormit. Un homme sauvage de la forêt vint alors à elle, il s'assit à ses côtés, et quand il se rendit compte qu'elle était seule il coucha avec elle sans qu'elle ose se défendre. C'est à cette occasion que je fus engendré en ma mère. Une fois de retour chez elle, elle resta très songeuse longtemps ; quand elle s'aperçut qu'elle était enceinte, elle me porta jusqu'à ma naissance, me fit baptiser sur les fonts et m'éleva jusqu'à ce que je sois grand. Et dès que je pus me

---

l'ome sauvage que je vous presente. Ore le gardés bien d'ore en avant car je vous en ravés. Et saciés que je en ai molt grant paine eüe. » Et li empereres li dist qu'il li guerredonnera bien et que li hom sauvage sera bien gardés.

436. Lors envoie li empereres pour un fevre pour lui enserrer. Et li hom sauvages li dist qu'il ne li covient de ce meller, car il ne s'en ira pas sans son congié. Et li empereres li demande conment il l'en fera seür. Et il li dist qu'il li jueroit sor la Crestienté qu'il tenoit. « Conment ? dist l'empereres, estes vous donc crestiens ? — Sire, dist il, oïl, sans faille. — Et conment, fait il, fustes vous bauptiziés ? — Ce vous dirai je bien, dist il. Voirs fu que ma mere vint un jour del marchié d'une vile, si vint tart et entra en la forest de Broceliande. Si forvoia fors de son chemin, si li covint cele nuit jesir en la forest. Et quant ele se vit seule et esgaree, si se coucha desous un arbre et s'endormi. Et lors vint a li uns hom sauvages de la forest, si s'asist d'encoste li et, quant il la vit seule, si jut a li c'onques ne s'en osa desfendre. Et cel jour fui je engendrés en ma mere. Et quant ele fu repairie si fu molt pensive lonc tans. Et quant ele aperchut qu'ele fu enchainte si me porta tant que je fui nés et bauptisiés en fons et me fist tant nourrir que je fui grans. Et si tost come je me poi consirrer

passer d'elle, je m'en allai vivre dans les grandes forêts. À cause de la nature de mon père, c'est là que je dois demeurer, et je suis sauvage parce qu'il l'était.

437. « Vous avez maintenant entendu le récit de mon baptême et vous savez que je suis chrétien. — Puisse Dieu ne jamais me venir en aide, si vous êtes un jour mis en prison ou enchaîné sur mon ordre, à condition que vous me garantissiez que vous ne vous en irez pas sans mon autorisation[1]. » Puis Grisandole conta à l'empereur la façon dont l'homme sauvage avait ri quand il avait été pris, et devant l'abbaye, et encore dans la chapelle, et il lui répéta les différentes paroles qu'il avait prononcées. « Demandez-lui donc pourquoi il a tant ri à cette occasion. » L'empereur s'exécuta, mais l'homme sauvage lui répondit qu'il le saurait sans tarder. « Mandez vos barons, et puis je vous dirai cela, et bien d'autres choses. » L'empereur retourna alors dans ses appartements avec l'homme sauvage, et ils parlèrent de plusieurs sujets.

438. Le lendemain, l'empereur manda ceux de ses barons dont il croyait qu'ils viendraient le plus rapidement. Ils vinrent en effet, très volontiers, de tous côtés. Le quatrième jour suivant l'arrivée de l'homme sauvage, les barons furent rassemblés dans le palais principal. L'empereur amena l'homme sauvage avec lui et le fit asseoir à ses côtés. Tous le regardèrent puis lui demandèrent de révéler ce pour quoi il les avait envoyés chercher. L'empereur dit qu'il voulait qu'on lui interprète une vision qu'il avait eue dans son sommeil. « Je veux

---

de li, si m'en alai converser es grans forés. Par le nature de mon pere m'i couvint repairer, et pour ce qu'il fu sauvages le sui je.

437. « Ore avés oï comment je fui bauptisiés et crestiennés. — Ja Dix ne m'aït, fait li empereres, se ja pour moi serés mis en ferres n'en buies par ensi que vous me creantés que vous n'en irés [*b*] mie sans mon congié. » Lors conta Grisandones l'emperaour comment il avoit ris quant il le prist, et devant l'abeïe et la chapele et les diverses paroles qu'il li ot dites. « Et si li demandés pour coi il avoit tant ris en ceste voie. » Et li empereres li demande et il li dist qu'il le saura encore tout a tans. « Mais mandés vos barons et puis vous dirai ce et autres choses. » Atant s'en tourne li empereres en ses chambres entre lui et l'ome sauvage, si parlerent de pluisours choses.

438. L'endemain manda li empereres ses barons que il quidoit plus tost avoir. Et il i vinrent molt volentiers de toutes pars. Quant vint au quart jour aprés que li sauvages hom fu venus, si furent li baron assamblé el maistre palais. Et li empereres i amena l'ome sauvage et le fist seoir jouste lui. Et il le regarderent et puis li dient qu'il die ce pour coi il les avoit envoiié querre. Et li empereres dist pour une avision qui li estoit avenue en son dormant. « Si vol

qu'elle soit expliquée devant vous. » Et ils l'assurèrent qu'ils en entendraient très volontiers l'explication. Il ordonna alors à l'homme sauvage de la donner. Mais lui répliqua qu'il n'en ferait rien tant que l'impératrice et ses douze demoiselles ne seraient pas présentes. On la fit demander, et elle se rendit à cette invitation, toute souriante, comme une femme qui ne se doutait pas de ce qui allait lui arriver.

439. Quand l'impératrice et ses douze pucelles arrivèrent, les barons se levèrent pour les saluer. Et quand l'homme sauvage les vit, il détourna la tête et commença à rire de manière ironique. Après avoir ri un moment, il regarda avec attention, bien en face, l'impératrice, l'empereur, et Grisandole et les douze pucelles, puis il se tourna vers les barons et se mit à rire très fort comme s'il se moquait. En le voyant rire ainsi, l'empereur le pria de tenir sa promesse et de lui dire pourquoi il avait ri dans le passé, et pourquoi il riait maintenant. Alors l'homme sauvage se leva, et déclara à l'empereur, d'une voix si haute que tous l'entendirent :

440. « Seigneur, seigneur, si vous me promettez par serment devant tous vos barons qui sont ici présents que vous ne me ferez pas payer cher et que vous ne m'en voudrez pas, quoi que je dise, et aussi que vous me donnerez la permission de m'en aller dès que je vous l'aurai expliqué, je vous le dirai. » Et l'empereur lui octroya sa requête et lui promit solennellement qu'il ferait tout ce qu'il lui avait demandé. L'homme sauvage déclara alors qu'il allait lui dire

---

qu'ele soit espelee devant vous. » Et il dient que la senefiance orroient il volentiers. Lors conmande au sauvage houme qu'il li die. Et il diſt que il nel dira mie devant ce que li empeerris et ses .XII. puceles seront venues. Lors fu ele demandee, et ele i vint a lie chiere, com cele qui garde ne se prent de chose qu'il li deüſt avenir.

439. Quant li empeeris[a] et ses .XII. puceles furent venues, si se leverent li baron sus contre li. Et si toſt com li salvages hom les vit, si tourna la teſte en travers et conmencha a rire auſi com par despit. Et quant il ot un poi ris si regarda l'empeerris et l'emperaour tout a eſtal et Grisandoles et les .XII. puceles. Et puis se tourne vers les barons, si conmence a rire molt durement auſi com en escharnissant. Quant li empereres le voit ensi rire si li proie qu'il li die ce qu'il li ot en couvent et pour coi il a ris et ore et autre fois. Adont se leva en eſtant et diſt a l'emperaour si haut que tout l'entendent :

440. « Sire, sire, fait li hom sauvages, se vous me creantés devant tous vos barons que ci sont que pis ne m'en vaurés ne pis ne m'en iert fais, et que vous me donrés congié d'aler ent tant toſt que je le vous aurai certefiié, je le vous dirai. » Et li empereres li otroie et fiance qu'il li fera toute sa devise. Et lors diſt li hom sauvages qu'il li dira. Lors conmencha a dire : « Sire, fait li hom sauvages, il avint un

ce qu'il voulait. Et il commença ainsi : « Seigneur, il advint un soir que vous étiez couché avec votre femme que voici. Une fois que vous fûtes endormi, il vous vint une vision : vous voyiez devant vous une truie, belle et caressante, dont les soies étaient si longues qu'elles lui constituaient une traîne de plus d'une toise, et qui portait sur la tête un cercle d'or brillant ; il vous semblait que cette truie avait été élevée dans votre maison. Mais vous ne pouviez pas néanmoins l'identifier clairement, bien que vous ayez l'impression de l'avoir déjà vue. Et après avoir contemplé ce spectacle un long moment, vous voyiez sortir de votre chambre douze louveteaux, très beaux et très élégants, qui venaient tout droit à la truie et couchaient avec elle l'un après l'autre. Puis, après avoir pris leur plaisir, ils rentraient dans la chambre. Vous veniez alors trouver vos barons et vous leur demandiez ce que l'on devait faire de cette truie que vous aviez vue se comporter ainsi. Et les barons répondaient qu'elle n'était pas loyale ni honorable, et la condamnaient à être brûlée ainsi que les louveteaux. Alors le bûcher était préparé, prodigieusement grand, au milieu de cette cour, et la truie et les douze louveteaux étaient brûlés.

441. « Voici votre vision, exactement comme elle vous apparut pendant votre sommeil. Et si j'en ai menti, dites-le devant ces barons ! » Mais l'empereur affirma qu'il n'avait pas dit un seul mot qui ne soit exact. « Seigneur empereur, firent les barons, puisqu'il vous a exposé votre vision, il fera

---

soir que vous fus[t]tes couchiés avoec vostre feme qui la est. Et quant vous fustes endormis il vous vint une avision que vous veiés une truie devant vous qui estoit gente et aplanoie et la soie qu'ele avoit el dos dou estoit si longe qu'ele li trainoit plus d'une toise. Et en son chief avoit un cercle d'or reluisant et vous sambloit qu'ele avoit esté nourrie en vostre ostel del tout. Et vous ne le porés del tout connoistre, mais adés vous sambloit que vous l'aviés autre fois veüe. Et quant vous aviés assés ceste chose remiree, si veïstes de vostre chambre .XII. louviaus issir, biaus et aplanoiiés, et venoient droit parmi la sale a la truie, si gisoient tout a li l'un après l'autre. Et quant il avoient faites lor volentés si repairoient ariere en la chambre. Lors en veniés a vos barons et demandiés c'on devoit faire de cele truie que vous aviés veü ensi demener. Et li baron disent qu'ele n'estoit mie digne ne loiaus, si le jugierent a ardoir et les louviaus ensement. Et lors fu li rus appareilliés grans et mervellous en ceste court, si art on la truie et les .XII. louviaus.

441. « Ore avés oï vostre avision tele com vous le veïstes en vostre dormant. Et se je ai de riens mespris si le dites devant ces barons. » Et li empereres li dist qu'il n'i avoit d'un seul mot mespris. « Sire empereres, font li baron, puisqu'il vous a dit vostre avision dont sera

bon le croire quand il vous en dira la signification, s'il veut bien le faire ; et c'est quelque chose que nous aimerions fort entendre. — Certes, fit l'homme sauvage, je vous l'interpréterai si clairement que vous verrez de vos yeux la preuve que je vous ai dit la vérité. — Faites-le donc, fit l'empereur, car c'est quelque chose que je voudrais vraiment savoir. — Seigneur, reprit l'homme sauvage, la grande truie que vous avez vue représente votre femme, l'impératrice que voici, et les longues soies de son dos représentent la robe à traîne dont elle est vêtue. Et sachez que le cercle d'or que la truie portait sur la tête représente la couronne dont vous l'avez fait couronner. Et si vous le vouliez, j'en resterais là et je n'en dirais pas davantage.

442. — Non, certes, répliqua le roi, il vous faut le dire si vous voulez tenir votre promesse jusqu'au bout. — Eh ! bien, seigneur, reprit l'homme sauvage, je vais vous le dire : les douze louveteaux que vous voyiez sortir de votre chambre représentent les douze jeunes filles qui sont avec votre femme. Et sachez que ce ne sont pas de jeunes filles, mais des hommes comme les autres. Faites-les dévêtir, et vous verrez si c'est la vérité. Et sachez aussi que l'impératrice, chaque fois que vous quittez la ville, se fait servir dans ses appartements. Vous connaissez maintenant la signification de votre songe et vous pouvez bien voir si c'est vrai ou pas. »

443. Quand l'empereur apprit la conduite déloyale de sa femme à son égard, il fut si ébahi que pendant un moment il

---

il bien a croire de la senefiance, s'il le vous veut dire, et c'est une chose que nous orriens volentiers. — Certes, fait li hom sauvages, je le vous deviserai si apertement que vous verrés devant vos ex que j'en dirai la verité. — Or le dites dont, fait li empereres, car ce est une chose que je orroie molt volentiers. — Sire, fait li hom sauvages, la grant truie que vous veïstes senefie vostre feme l'empeerris qui la estat, et la soie qu'ele ot si longe senefie la robe qu'ele ot vestue. Et saciés que le cercles d'or qu'ele ot el chief senefie la grant corone dont vous le feïstes couroner. Et se vostres plaisirs estoit je m'en tairoie atant sans plus dire.

442. — Certes, dist li empereres, dire le vous estuet se vous volés aquitier le vostre creant. — Sire, dist il, et je le vous dirai. Les .XII. louviaus que vous veïstes issir de vostre chambre senefient les .XII. puceles qui sont avoec vostre feme. Et saciés de fi que ce ne sont mie femes ains sont home come autre. Et faites les desvestir si sarés se c'est voirs ou [d] non. Et saciés que toutes les fois que vous alés*^a* fors de la vile se fait ele servir en ses chambres. Ore avés oï la senefiance de vostre songe si poés savoir se c'est voirs ou non. »

443. Quant li empereres oï la desloiauté que sa feme li avoit faite si fu si esbahis qu'il ne pot mot sonner d'une grant piece. Et lors parle

ne put prononcer un mot. Lorsqu'il prit la parole, ce fut du ton d'un homme très en colère : « Nous allons bien voir ce qu'il en est », dit-il. Il appela Grisandole, son sénéchal : « Allons, vite, déshabillez-moi ces jeunes filles ! Car je veux que mes barons voient la vérité. » Grisandole s'avança avec deux autres, et les forcèrent à se déshabiller devant l'empereur ; et ils découvrirent qu'ils avaient en effet tous les organes que possèdent les hommes. Lorsque l'empereur vit ce spectacle, il en éprouva une si grande honte qu'il ne sut pas quoi dire. Mais il jura par serment qu'il en ferait justice comme il se devait. Les barons rendirent le jugement suivant : puisqu'elle avait commis une telle déloyauté à l'égard de son seigneur, l'impératrice devait être brûlée et les ribauds devaient être pendus. Et il y en eut même qui recommandèrent qu'on les écorche vifs. En définitive, ils se mirent tous d'accord pour qu'on les brûle sur le bûcher. Et les porte-parole dirent au roi qu'ils avaient tous mérité d'être brûlés. Dès qu'il fut informé de la décision de ses barons, l'empereur ordonna que l'on prépare le bûcher. Ses ordres furent aussitôt exécutés. Et il fit sur-le-champ lier les mains des jeunes gens, et aussi celles de l'impératrice, et les fit jeter au feu, où ils furent brûlés en peu de temps, car c'était un grand bûcher, élevé au milieu de la cour.

444. Ainsi l'empereur se vengea de sa femme, et on en parla beaucoup dans tout le pays. Quand justice eut été rendue en ce qui concernait l'impératrice et les douze ribauds,

---

com hom qui fu iriés et dist : « Ce verrons nous par tans. » Lors apela Grisandolet, son seneschal : « Or tost despoulliés moi tost ces puceles. Car je voel que mi baron en voient la verité. » Et Grisandoles saut lui tiers avant et les font despoullier devant l'emperaour et trouverent qu'il estoient fourmé de tous menbres autresi come li autre home sont. Et quant li emperere les voit si en ot si grant honte qu'il ne set qu'il doit dire. Lors jura son sairement qu'il em prendra orendroit la justice tele com on le doit faire. Et li baron le jugierent en tel maniere que, puis qu'ele avoit vers son signour faite tel desloiauté, qu'ele devoit estre arse et li ribaut pendu. Et tex i ot qui jugierent c'om les escorchast vis. Et en la fin s'acorderent qu'il fuissent ars en un fu. Lors dient a l'emperaour qu'il ont tout connuement deservi a estre ars. Tantost com li emperere oï les jugemens des barons si comanda le fu a faire. Et si tost com il fu comandé il fu fait. Et il lor fist maintenant loiier les mains et a l'empeerris ausi et les fist lancier. Si furent em poi d'ore ars, car il fus estoit grans enmi la court.

444. Ensi prist li emperere vengance de sa feme, si en fu la renomee si grans par tout le païs. Et quant la justice fu faite de l'empeerris et de ses .XII. ribaus, si dient tout que molt estoit sages li

tous dirent que décidément l'homme sauvage était fort sage,
et suggérèrent qu'«il pourrait bien encore faire des révélations qui nous paraîtront prodigieuses». C'est ainsi que l'empereur fut informé de la vie qu'avait longtemps menée sa
femme par l'homme sauvage. Il demanda alors à celui-ci s'il
n'avait rien d'autre à lui dire. Et il dit que si, qu'il répondrait
à toutes ses questions. «Je veux, fit l'empereur, que vous me
disiez pourquoi vous avez ri en voyant Grisandole, en passant devant une abbaye, et aussi quand il vous conduisit à la
chapelle où l'écuyer frappa son seigneur de sa main ; et je
veux savoir la signification des paroles que vous avez dites à
mon sénéchal quand il vous a demandé pourquoi vous aviez
ri. Et enfin, dites-moi pourquoi vous avez ri en voyant la
reine entrer au palais.

445. — Seigneur empereur, fit l'homme sauvage, tout cela,
je vous le dirai bien. La première fois que j'ai ri, c'était parce
qu'une femme m'avait pris en son pouvoir par ruse, ce
qu'aucun homme n'aurait pu faire par force, même avec
toute votre puissance. Sachez en effet que Grisandole est la
plus belle et la meilleure femme qui soit en votre domaine, et
vierge de surcroît : c'est pour cela que je ris. Ensuite, en ce
qui concerne mon rire devant l'abbaye : j'ai ri parce qu'il y a
le plus grand trésor du monde enterré sous la porte ; et mon
rire venait du fait que ce trésor était littéralement sous les
pieds de ceux qui attendaient les aumônes. Il y avait plus de
richesses à leur portée qu'il n'y en avait dans toute l'abbaye

---

sauvages hom et bons. «Et encore dira il tel chose dont il avendra
molt grant merveille a nous et atout le monde.» Ensi sot li empereres la vie de sa feme qu'ele ot lonc tans menee par l'ome sauvage.
Et li empereres li demanda s'il diroit riens plus. Et il dist que oïl, ce
qu'il li demanderoit. «Je voel, dist li empereres, que vous me dites
pour coi vous resistes quant vous veïstes Grisandoles et devant une
abeïe ausi et quant il vous amena*a* devant la chapele la ou li esquiers
feri son signour de la paume. Et quels paroles vous desistes a mon
seneschal quant il vous demanda por coi vous aviés ris. Et si me
dites pour coi vous fesistes le ris quant vous [e] veïstes la roïne venir
el palais.

445. — Sire empereres, dist li hom salvages, tout ce vous dirai je
bien. La premiere fois que je ris ce fu pour ce que feme m'avoit pris
par*a* sa poissance et par son engieng, ce que nus hom ne pot faire de
tout vostre pooir. Et saciés bien que Grisandoles est la plus bele
feme et la plus bone de toute vostre terre et s'est pucele, et pour ce
fis je le ris. Et aprés le ris que je fis devant l'abeïe, je le fis pour ce
qu'il i a le plus grant tresor del monde devant la porte enterré. Et
pour ce fis je le ris qu'il estoit desous les piés a ciaus qui atendoient
l'aumosne. Et plus i avoit de richece devers aus que toute li abeye ne

et dans toutes ses dépendances. Je ris à cause du trésor qui
était tout proche et qu'ils ne savaient pas trouver. Et quand
Avenable, votre sénéchal qui se fait appeler Grisandole, me
demanda pourquoi je riais, je lui répliquai par des paroles
insultantes parce qu'elle s'était déguisée en homme et avait
revêtu d'autres habits que les siens. Et tout ce que je lui ai dit
est vrai. Car maint homme sage est trompé, mainte ville est
détruite et brûlée, maint pays est ravagé et exilé, maint
peuple est occis et mis à mal par la faute des femmes. Mais
je ne lui dis pas cela parce qu'il y avait en elle quelque malice
que ce soit ; d'ailleurs, tu peux voir par toi-même que bien
des hommes sont déshonorés par les femmes. Ne pense plus
cependant à ta femme que tu as fait mettre à mort, car elle
l'avait bien mérité, et il ne faut pas que tu en veuilles aux
autres femmes à cause d'elle, ni que tu les juges toutes mauvaises. Car bien rares sont les femmes qui n'ont jamais, en
aucune manière, mal agi à l'égard de leur seigneur — mais
elles ne cesseront jamais, aussi longtemps que le monde
durera, d'aller de mal en pis[1]. Tout cela leur adviendra par la
faute du péché de luxure qu'elles ont en elles, et dont elles
sont enflammées. Car la femme est de nature telle que,
quand bien même elle a le meilleur seigneur du monde
entier, elle n'en croit pas moins avoir le pire : cela lui vient de
sa grande fragilité. Bref, ne sois pas en colère pour ce motif :
il y en a assez de bonnes et loyales dans le monde, et si tu as
été trompé par la tienne, tu seras encore à l'avenir engagé par

---

valoit ne quanqu'il i apent. Et pour ce fis je le ris pour le tresor qui
devers aus estoit et prendre ne le savoient. Et quant Avenable, vos
seneschaus, qui Grisandoles se fait apeler, me demanda pour coi je
rioie, les quiverres paroles que je li disoie ce disoie je pour ce qu'ele
s'estoit mise en forme d'ome et avoit pris autre abit que le sien. Et
toutes les paroles que je li dis sont vraies. Car par feme sont maint
prodome decheü et mainte vile arse et fondue et mainte terre essillie
et gastee et mains pules ocis et afolés. Mais je nel di mie pour
malisse qui en li soit, et tu meïsmes pués bien apercevoir que par
feme sont maint home honi. Mais or ne te chaille de ta feme que tu
as destruite, car ele l'avoit bien deservi, et n'en aies vers les autres
femes courous, ne si ne les tieng pas pour ce vil. Car molt sont cleres
semees qui en aucune maniere n'aient mes erré envers lor signours.
Ne jamais tant com li siecles duerra ne feront s'empirier non. Et tout
ce lor avenra par pechié de luxure qui est en eles et dont eles sont
esprises. Car feme est de tel nature ele quant ele a le meillour
signour de tout le monde si quide ele avoir le piour del monde et ce
lor vient de la grant fragilité qui est en aus. Et pour ce ne soiés mie
coureciés, car il en i a assés de vraies el monde et, se tu as esté
deceüs de la toie tu auras encore tele en tes loiens qui bien sera digne

les liens du mariage à une femme qui sera bien digne d'être
impératrice et de recevoir de toi un si grand pouvoir. Et si tu
veux m'en croire, tu y gagneras plus que tu n'y perdras. Mais
la prophétie[2] dit que le grand dragon s'envolera du royaume
de Rome, celui qui voudra détruire le royaume de Bretagne
et soumettre à sa puissance le lion couronné malgré la
défense de la tourterelle que le dragon aura élevée sous son
aile. Et dès que le dragon s'ébranlera pour marcher contre la
Grande-Bretagne, le lion se dressera contre lui et combattra
jusqu'à ce qu'un taureau féroce et orgueilleux qu'il aura
amené avec lui fasse son entrée dans la bataille. Et il frappera
le dragon de l'une de ses cornes, si bien qu'il le jettera mort à
terre. C'est ainsi que le grand lion sera délivré ; mais je ne te
dirai pas la signification profonde de ces paroles : sache seulement que cela se produira de ton vivant. Garde-toi soigneusement de croire de mauvais conseillers, car cela dépend en
grande partie de toi.

446. « L'autre fois où j'ai ri, enchaîna l'homme sauvage,
dans la chapelle, ce n'était pas à cause de la gifle que l'écuyer
donnait à son seigneur, mais à cause de la signification de
cette scène. Savez-vous laquelle ? À l'endroit où se tenait
l'écuyer se trouve un merveilleux trésor enterré ; et la gifle
signifie que c'est par les richesses que l'homme devient
orgueilleux si bien qu'il n'a plus de respect pour personne,
ne craint plus Dieu, et dédaigne tout, exactement comme
l'écuyer a cessé de craindre son seigneur. C'est ainsi que les

---

d'estre empeïrés et de recevoir si haut empire come cestui. Et, se tu
le veus croire, tu i gaaingneras plus que tu n'i perdras. Mais la prophesie dist [*f*] que li grans dragons volera de Romenie qui vaura
destruire le roiaume de Bertaigne et metre en sa signourie le lyon
couroné maugré la desfense a la tourterele que li dragons avoit nourrie desous ses eles. Et si tost que li dragons s'esmouvera por aler
sor la grant Bretaigne, se li sera li lyons a l'encontre et se combatra
tant que uns toriaus fiers et orguellous que li lions aura mené venra
en la bataille et ferra si le dragon d'une de ses cornes qu'il le jetera
mort. Par ce sera delivrés li grans lyons mais je ne te dirai mie la
grant senefiance de ces paroles car je ne le doi pas faire. Mais il avendra en ton tans. Or te garde bien de croire mauvais conseil, car grant
partie en apartient a toi.

446. « L'autre ris, fait li hom sauvages, que je fis en la chapele, ce
ne fu mie pour le bufe que li esquiers donna a son signour, mais
pour les senefiances qui i sont. Et savés vous queles ? Illuec endroit
ou li vallés estoit est un merveilleus tresors amassés en terre et la
buffe senefie que par l'avoir devient li hom orguellous si qu'il
n'adaigne nului ne ne doute Dieu ne ne prise nient plus que li
esquiers douta son signour. Ains voelent li riche defouler les povres

riches veulent piétiner les pauvres ; et c'est ainsi que réagissent les gens riches et malhonnêtes lorsqu'il leur arrive quelque mésaventure : ils jurent contre Notre-Seigneur, le dédaignent, et le maudissent de leur avoir infligé un tel sort[1]. Et savez-vous ce qui les pousse à agir ainsi ? L'orgueil de leurs possessions le leur fait dire. La seconde gifle signifie le riche usurier qui se vautre dans son trésor et s'en va raillant et moquant son pauvre voisin. Et celui qui a besoin d'argent vient le trouver pour lui en emprunter, et il le guette, l'épie, et se demande comment il pourra lui nuire, et finalement lui impose petit à petit tant de charges qu'il doit vendre son pauvre domaine, de gré ou de force, à celui qui l'a longuement convoité et auquel il a donné tant de ses biens. Vous pouvez bien prouver de cette manière que c'est là une gifle et un soufflet bien mauvais.

447. « La troisième gifle signifie les faux plaideurs qui vendent et empruntent à leurs voisins par-derrière parce qu'ils les envient de les voir se comporter comme il faut et ne pas se mettre en leur pouvoir. Lorsque ces plaideurs voient qu'ils ne veulent pas les servir, ils les engagent dans des procès pour leur prendre leurs biens. C'est pour cela que l'on dit couramment : "Qui a mauvais voisin a mauvais matin." Voilà pourquoi les gifles furent données. Mais l'écuyer ne pensait pas à mal en giflant son seigneur. C'est Dieu, le Tout-Puissant, qui voit tout et sait tout, qui voulut le prendre pour exemple afin que le riche ne s'enorgueillisse pas de sa richesse. Car de

---

et ce fait li riches pules desloiaus quant aucune chose lor avient par mesestance et jurent de Nostre Signour et mesaaiment et dient que mal gré em puisse avoir de ce que il lor donne. Et savés vous qui ce lor fait ? Li orguels de l'avoir en coi il sont lor fait dire. La seconde bufe senefie le riche userier qui se baaigne en son tresor et si vait escharnissant et gabant son povre voisin. Et cil qui besoignous est de deniers vient a lui pour emprunter et cil le gaitent et espient conment il le porront nuire, si se chargent tant petit et petit qu'il li couvient sa teneüre vendre, ou il voille ou non, a celui qui tant l'a couvoitie et pour qui il a tant son avoir presenté. Or poés par tant prouver que cil a male bufe et male paumee.

447. « La tierce bufe senefie les faus plaideours qui vendent et empruntent lor voisins par deriere pour l'envie que il les voient bien prouver et qu'il ne sont de riens en lor dangiers. Et quant li plaideour voient qu'il ne les servent, si les en plaident pour aus tolir le leur. Et pour ce dist on encore : "Qui a mal voisin il a mal matin." Ore avés oï pour coi les bufes furent donees. Mais a ce ne baoit mie li vallés quant [1274] les buffes furent donees. Mais Dix li tous poissans qui tout set et tout voit, le vaut ensi pour prendre essample qui ne voloit pas que li hom fust enorgueillis pour avoir. Car aussi

même que le trésor est enterré dans le sol, la richesse n'est rien d'autre que la mort pour tous ceux qui s'endorment dans le péché et oublient Dieu afin d'accomplir les œuvres du diable, qui les conduit à la mort éternelle par le biais du plaisir qu'ils prennent à leurs grandes richesses. Enfin, je vais vous dire encore pourquoi j'ai ri ce matin lorsque l'impératrice est entrée dans cette salle avec ses amants. Sachez que ce fut seulement par mépris de son péché et par dédain à son égard, car elle avait pour époux l'homme le meilleur du monde, jeune comme vous l'êtes, et elle s'abandonnait à douze ribauds, passant chaque jour de sa vie à dissimuler sa déloyauté de manière à ne jamais être prise sur le fait : cela me peinait pour vous et pour votre fille. Car c'est bien votre fille, sans aucun doute, et vous pouvez bien savoir qu'elle ne ressemblera en rien à sa mère[1].

448. « Je vous ai maintenant rendu compte de toutes les occasions où j'ai ri, et je vais m'en aller, si tel est votre plaisir. — Attendez un petit peu, dit l'empereur : nous verrons d'abord ce qu'il en est de Grisandole et nous enverrons déterrer le trésor. Car je voudrais savoir si c'est vrai ou non. » Et l'homme sauvage accepta de rester. L'empereur ordonna alors que l'on déshabille Grisandole, et quand ce fut fait on découvrit que c'était une des plus belles jeunes filles que l'on puisse trouver dans le monde entier. Quand l'empereur sut que c'était une femme, il se signa tant il fut étonné, et il demanda conseil à l'homme sauvage, car il lui

---

com li avoirs est en terre, n'est richesse se morte non a tous ciaus qui se dorment en pechié et Dieu oublient, pour faire les oeuvres au dyable qui les maine a la pardurable fin par les delis qu'il ont es grans avoirs. Mais encore vous dirai je pour coi je ris hui matin quant l'empeerris entra chaiens et si lecheour. Saciés que ce ne fu se par pechié non de li et en despit. Car ele avoit le plus prodome que on sace de vostre jouenece, et ele estoit a .XII. ribaus otroie, et qui doit tous les jours de sa vie mener sa desloiauté et si couvertement que ja ne fust aperceüe. Si m'en pesa molt pour vostre amour et le vostre fille. Car ele est vostre fille sans doute et saciés qu'ele ne resamblera de noient sa mere.

448. « Ore avés oï mes fais et mes ris et ce pour coi je les fis, si m'en irai atant se vostre plaisirs i est. — Or vous sousfrés un poi, fait li empereres, si verrons de Grisandolet la verité et si envoierons le tresor desfoïr. Car je valrai savoir se c'est voirs ou non. » Et cil li otroie. Atant conmanda li empereres que Grisandoles fust desvestus et il si fu. Et trouverent que c'estoit une des plus beles puceles c'on trouvast en nule terre. Quant li empereres sot que c'estoit feme, si se seigna molt de la merveille. Et lors demanda a l'ome sauvage quel conseil il li donroit de ce qu'il li avoit dounee sa fille et la

avait donné la main de sa fille et la moitié de son royaume,
et il souhaitait honorer son serment. « Je vais vous dire ce
que vous ferez, dit l'homme sauvage, si vous m'en croyez ;
et sachez que mon conseil est très bon. — Dites-le donc,
répliqua l'empereur, et je vous en croirai. »

449. Et l'homme sauvage de dire : « Vous épouserez Avenable — savez-vous de qui elle est la fille ? Du duc Mathem
de Soane que le duc Frolle a exilé de sa terre. Il s'est enfui
avec sa femme et un sien fils qui est maintenant un jeune
homme de valeur, et ils se sont installés dans une riche cité
que l'on appelle Montpellier. Envoyez-les chercher, rendez-
leur leur héritage qu'ils ont perdu à tort, et mariez votre fille
au frère d'Avenable, car il est très beau et très preux ; il
s'appelle Patrice. Et sachez que vous ne pouvez mieux
faire. » Quand les barons entendirent ce que l'homme sauvage suggérait, ils en débattirent longuement et arrivèrent à
la conclusion qu'en effet l'empereur ne saurait mieux faire.

450. L'empereur demanda alors à l'homme sauvage quel
était son nom et qui était le cerf[1] qui lui avait parlé au début
de cette histoire, et il répondit : « Seigneur, n'en parlez pas
davantage ; car plus vous le verriez, et plus vous en entendriez parler, moins vous le reconnaîtriez ! — N'avez-vous
donc plus rien à me dire ? demanda l'empereur. — Si, monseigneur, dit l'autre. À propos du lion couronné et du dragon volant dont je vous ai parlé : parce que je veux que vous
vous en souveniez, je vais le redire d'une autre manière. Il

---

moitié de son roiaume, car molt vauroit sauver son sairement. « Ce
vous dirai je bien, fait li hom sauvages, se vous volés croire mon
conseil et s'ert bons. — Dites le dont, dist li empereres et je vous en
querrai. »

449. Li hom sauvages dist : « Vous prenderés Auvenable. Et savés
vous qui fille ele est ? Ele fu fille au duc Mathem de Soane qui li dus
Frolles a deserité de sa terre. Si s'en est fuis il et sa feme et un sien
fil qui est molt loiaus vallés. Si sont em Prouvence, en une riche ville
qui a a non Monpellier. Si les envoiiés querre lor rendés lor iretage
qu'il ont a tort perdu. Et faites le mariage de vostre fille et del frere
Avenable, car molt est biaus et prous et a a non Patrices. Et saciés
que vous ne poés nulement mix faire. » Quant li baron entendirent ce
que li hom sau[b]vages ot dit, s'en parlerent molt entr'aus et dient en
conseil que li empereres ne porroit mix faire.

450. Lors demande li empereres coment il a a non et qui estoit li
clers qui en tel maniere ot parlé a lui et il respont : « Sire, or vous en
taisiés, car com plus le verriés et en oriés parler mains le connoistriés.
— Ore, fait li empereres, n'en dirés vous plus ? — Oïl, sire, fait il.
Del lyon couroné que je dis ceans et del dragon volage, pour ce que
je voel que vous en soiés ramenbrans, le dirai je en autre maniere. Il

est vrai, continua l'homme sauvage, et la prophétie l'affirme, que le grand sanglier de Rome qui est représenté par le dragon va marcher contre le lion couronné de la Bretagne chevelue malgré l'interdiction de la tourterelle au chef d'or, qui a longtemps été son amie ; car il est si orgueilleux qu'il ne veut pas la croire, et il ira, en emmenant tous ceux de sa génération, dans la région de Galles pour combattre le lion couronné qui sera venu à sa rencontre avec toutes les bêtes qu'il aura en sa juridiction. Il adviendra alors que l'un des petits du lion couronné tuera le grand dragon ; pour cette raison, je veux te prier, si tu désires faire quelque chose pour moi avant que je ne parte, de me promettre de ne jamais rien faire contre le conseil de ta femme quand tu l'auras épousée ; et si tu agis ainsi, tu y gagneras beaucoup[2].

451. « Maintenant, je vais m'en aller, car je n'ai plus rien à faire ici. » Et l'empereur le recommanda à Dieu. Il se mit alors en route et, quand il arriva à la porte de la salle, il écrivit sur le chambranle des caractères hébreux tout noirs qui disaient : « Que tous ceux qui liront ces lettres[1] sachent que l'homme sauvage qui a interprété le songe de l'empereur était Merlin de Northumberland[2]. Et le cerf cinq-cors qui parla au même empereur devant tous ses barons, qui fut pourchassé à travers les rues de Rome et qui parla à Avenable dans la forêt, c'était Merlin, le principal conseiller du roi Arthur de Grande-Bretagne. » Et, quand Merlin eut achevé tout cela, il

---

est voirs, dist li hom sauvage, et la prophesie le dist, que li grans senglers de Rome qui est senefiiés par le dragon va vers le lyon couroné de la Bloie Bertaigne sor la desfense a la tourterele au chief d'or qui maint jour aura esté s'amie. Mais li senglers sera de si grant orgueil que croire nel vaura, ains ira atout sa generacion es parties de Galle combatre au lyon couroné qui a l'encontre li sera venus a totes les bestes d'une part et d'autre. Et lors avenra que un des faons au lyon couroné ocira le grant dragon, et pour ce t'en[e] proi je, se tu vels riens faire pour moi ains que je m'en parte, que tu ne faces desor la desfense de la feme puis que tu l'auras espousee. Et se tu le fais ensi tu i auras preu.

451. Or m'en irai je atant, car je n'ai ci plus que faire. » Et li emperreres dist qu'a Dieu soit il conmandés. Lors se mist a la voie, et quant il vint a l'issue de la sale si escrist letres toutes noires es listes sor l'uis en ebrieu qui disoient : « Sacent tout cil qui ces letres liront que li hom sauvages qui a l'emperaour espeli son songe que ce fu Merlins de Norhomberlande. Et li cers brancus qui parla a lui voiant tous ses barons, qui fu chaciés sor la cité de Rome et qui parla a Avenable en la forest, que ce fu Merlins, li maistres conselliers le roi Artu de la Grant Bretaigne. » Et quant Merlins ot toutes ces choses dites et devisees[a], si s'em parti que plus n'i aresta et se mist au che-

s'en alla sans plus tarder, et se mit en route pour se rendre dans la forêt auprès de Blaise son maître qui l'attendait et désirait fort avoir des nouvelles de lui, car cela faisait très longtemps qu'il ne lui avait pas parlé. Mais, à cet endroit, le conte se tait au sujet de Merlin et revient à l'empereur de Rome pour raconter comment il envoya chercher le père et la mère d'Avenable ainsi que leur fils Patrice à Montpellier, comment il prit Avenable pour épouse et comment il accorda sa propre fille à Patrice.

452. Le conte dit que, après le départ de l'homme sauvage, l'empereur de Rome envoya chercher le père et la mère d'Avenable ainsi que leur fils Patrice à Montpellier où ils s'étaient enfuis dans le dénuement. Ils vinrent, tout heureux et joyeux de l'aventure que Dieu leur avait accordée. Et, quand ils furent arrivés, on se réjouit beaucoup de les voir. La fille exprima sa grande joie à son père et à sa mère ainsi qu'à son frère, et eux firent de même pour elle car ils pensaient qu'ils ne la reverraient jamais. Ils restèrent alors auprès de l'empereur mais ils n'attendirent pas très longtemps que celui-ci leur restituât les terres que Frolle leur avait volées. Mais Frolle les leur disputa autant qu'il le put et soutint une longue guerre car il était puissant, mais l'empereur finit par faire la paix. Après cela, il donna sa fille à Patrice et lui-même prit Avenable pour épouse. Grandes furent la joie et la fête que les barons menèrent car la dame se fit aimer de tous et de toutes.

---

min tout droit pour aler a la forest ou Blayses ses maistres l'atendoit qui molt desiroit a oïr nouveles de lui, car molt lonc tans avoit qu'il n'avoit parlé a lui. Mais ici endroit se taist li contes de Merlin et retourne a parler de l'emperaour de Rome. Comment il envoia querre le pere et la mere Avenable et Patrices lor fil a Monpellier. Et comment il prist Avenable a feme et sa fille meïsmes donna il a Patrice.

452. [¶] Or dist li contes que⁴ quant li hom sauvages se fu partis de l'emperaour de Rome, si envoia li empereres querre le pere et la mere Avenable et Patrices lor fil a Monpellier ou il s'en estoient fui povre et il vinrent joiant et lié pour l'aventure que Dix lor ot donnee. Et quant il furent venu, si lor fist on molt grant joie. Et la fille fist grant joie a son pere et a sa mere et a son frere, et aus de li, car il ne le quidoient jamais veoir. Lors remesent avoec l'emperaour. Mais il n'i orent mie longement esté quant il lor rendi lor terres que Frolles lor avoit tolues. Mais Frolles lor contredist tant com il pot et en dura lonc tans la guerre, car molt estoit poissans. Mais en la fin fist li empereres la pais. Et quant il ot ce fait si donna sa fille a Patrice et il meïsmes prist Avenable a feme. Si fu molt grans la joie et la feste que li baron i firent. Car molt se fist la dame amer de tous et de toutes.

453. Sur ces entrefaites, tandis que l'empereur était encore tout à sa joie et à son plaisir, un messager arriva de Grèce pour lui faire part de la discorde qui avait surgi entre les barons de Grèce et l'empereur Adrian. En effet, ce dernier qui devait les gouverner ne pouvait plus parcourir à cheval que peu de chemin tant il était faible et âgé. Après avoir accompli sa mission, le messager s'en retourna. Il advint alors qu'il leva les yeux au-dessus de la porte du palais et qu'il découvrit les lettres inscrites par Merlin. Aussitôt qu'il les aperçut, il les lut longuement en lettré qu'il était et, après les avoir déchiffrées, il se mit à rire. Il revint trouver l'empereur et lui dit : « Seigneur, seigneur, est-ce donc vrai ce que disent ces lettres ? — Que disent-elles ? fit l'empereur. Le savez-vous ? — Celui qui les écrivit, répondit le messager, vous expliqua votre songe au sujet de votre femme et vous fait savoir qu'il vous parla sous l'aspect d'un cerf. C'était Merlin de Northumberland, l'éminent conseiller du roi Arthur de Grande-Bretagne grâce à qui vous avez épousé Avenable[1]. » À ces mots, l'empereur se signa d'étonnement. Il se produisit alors une grande merveille devant toute l'assistance car, dès que l'empereur entendit ce que les lettres exprimaient, elles disparurent et s'effacèrent de telle sorte qu'on ne sut ce qu'elles étaient devenues. Ils s'étonnèrent grandement de ce spectacle et la nouvelle de cet événement se répandit dans le pays. Mais ici le conte se tait à leur

---

453. Entre ces afaires que li empereres estoit en joie et en deduit vint uns messages de Gresse qui l'empereor pour un descort qui estoit entre les barons de Gresse et l'emperaour Adrian. Car li empereres Adrians, qui justichier les devoit, ne pooit mais chevauchier se poi non car molt estoit foibles et vix. Et quant li messages ot fait son message, si se mist a la voie ariere. Et lors avint qu'il jeta ses ex amont desor l'uis del palais et vit les letres que Merlins i ot escrites. Et si tost com il les vit si les lut longement com cil qui des letres savoit assés. Et si tost com il les ot luttes, si conmencha a rire molt durement. Et puis revint devant l'emperaour, si li dist : « Sire, sire, est ce dont voirs que ces letres dient ? — Que dient eles ? dist li emperes. Le savés vous ? — Cil les fist, dist il, qui vous espeli vostre avision de vostre feme et fist connoistre qu'il parla a vous en guise de cerf. Et ce fu Merlins de Norhomberlande, li maistre con[d]seillier le roi Artu de la Grant Bretaigne, par qui vous avés espousé Avenable, vostre feme. » Quant li empereres entendi tes paroles, si se signe de la merveille qu'il en a. Et lors avint une merveille voiant tous ciaus qui la estoient. Car tantost que li empereres oï ce que les letres disoient, aussi tost s'en aloient toutes les letres et desfaçoient, si c'on ne sot qu'eles devenoient. Et quant il virent ce, si lor vint a molt grant mervelle, si en fu puis molt grant renonmee par le païs. Mais

sujet et revient à Merlin qui avait quitté Jules César et s'en
allait trouver son maître Blaise en la forêt de Northumberland.

454. Le conte dit que, aussitôt après avoir quitté Jules
César, Merlin se mit en route pour la Grande-Bretagne afin
d'y retrouver son maître Blaise qui le reçut très joyeusement.
Il ne mit guère de temps pour le rejoindre ; de Rome, il vint
à lui en un jour et une nuit car il était doué d'un art souverain. Il raconta à Blaise tous les événements qui étaient arrivés en Romenie et lui conta ensuite comment dix rois et un
duc s'étaient réunis pour combattre les Saxons devant la cité
de Clarence. Il lui conta la bataille qui avait eu lieu devant
Trèbes au royaume de Bénoïc, le combat du roi Arthur
contre les Allemands et contre les Romains. Il lui conta
comment les hommes de Gaule et de Claudas de la Déserte
furent vaincus, comment le roi Ban avait conçu un enfant de
sa femme et comment cet enfant surpasserait tous les chevaliers de son époque. Quand il eut relaté tous ces faits à
Blaise, celui-ci les coucha par écrit et c'est grâce à lui que
nous les connaissons encore aujourd'hui. Mais le conte se
tait au sujet de Merlin et de Blaise et retourne aux dix rois et
au duc qui étaient rassemblés avec toute leur armée, pour
raconter comment ils organisèrent leurs bataillons et partirent de nuit.

---

ici endroit se taiſt li contes d'aus. Et retourne a parler de Merlin qui
s'en parti de Iulius Cesar et s'en vint an la foreſt de Norhomberlande
a Blayse son maiſtre.

454. Or diſt li contes que auſi toſt que Merlins se fu partis de
Iulius Cesar, qu'il se miſt au chemin envers la Grant Bretaingne a
Blayse son maiſtre qui molt le rechut liement. Ne mais il ne miſt
gaires au venir, car il vint a lui de Rome en un jour et en une nuit,
car molt eſtoit plains de forte art. Lors conta a Blayse toutes les
coses qui eſtoient avenues en Romenie. Et puis li conta conment .x.
roi et uns dus eſtoient asſemblé pour aler combatre as Saiſnes devant
la cité de Clarence, et se li conta la bataille qui avoit eſté devant
Trebes, el roiaume de Benuyc, del roi Artu contre les Alemans et
encontre les Romains et encontre cels de Gaule et de Claudas[a] de la
Terre Deserte, conment il furent desconfit et conment li rois Bans
avoit conceü un enfant en sa feme et conment il sormenteroit tous
les chevaliers qui seroient a son tans. Et quant il ot tout ce conté a
Blayse, si le miſt en escrit et par lui le savons nous encore. Mais or
se taiſt li contes de Merlin et de Blayse. Et retourne a parler des .x.
rois et d'un duc qui eſtoient asſemblé a toute lor oſt, conment il
ordenerent lor eschieles et puis murent par nuit.

Victoire des Saxons à Cambénic.

455. Le conte dit que, après s'être réunis sur les champs de Cambénic, les dix rois et le duc réfléchirent à la meilleure manière de disposer leurs bataillons et de se mettre en mouvement durant la nuit pour n'être aperçus par personne. Le premier bataillon était dirigé par le roi des Cent Chevaliers : il comprenait huit mille hommes. Le deuxième était dirigé par le roi Tradelinant de Norgales, son frère, avec sept mille hommes en armes ; le troisième par le roi Caradoc Briebras avec sept mille hommes ; le quatrième par le roi Bélinant de Sorgales avec sept mille hommes ; le cinquième par le roi Brangoire avec sept mille hommes en armes ; le sixième par le roi Clarion de Northumberland avec sept mille hommes ; le septième par le roi Yder avec huit mille hommes en armes ; le huitième par le roi Urien avec huit mille hommes ; le neuvième par le roi Aguisant avec à peine cinq mille hommes car il en avait perdu au combat plus que tous les autres ; le dixième par le roi d'Orcanie qui avait tout perdu : sa femme, ses enfants et tous les gens de sa belle maison. Il souffrait tant qu'il préférait la mort à la vie car il avait subi tant de pertes qu'il ne lui restait que très peu des treize mille hommes qu'il possédait avant la guerre, mais ceux qui lui restaient étaient les plus preux, les plus hardis et les meilleurs de toute l'armée pour endurer peines et souffrances. Le

---

455. [*e*] Or dist li contes que quant li .x. roi et li dus furent assamblé es chans de Chambenyc, si prisent conseil conment il ordeneroient lor eschieles, et puis mouveroient par nuit qu'il ne fussent d'aucunes gens aperceüs. La premiere eschiele conduist li rois des .c. Chevaliers, et ot en sa compaingnie .viii.m. homes. Et la seconde conduisist li rois Tradelinans de Sorgales, ses freres, atout .vii.m. homes a armes. La tierce*ᵃ* eschiele conduist li rois Karados Briés Bras atout .vii.m. homes. La quarte*ᵇ* eschiele conduist li rois Belinans de Sorgales atout .vii.m. homes a armes. La quinte eschiele conduist li rois Brangoires atout .vii.m. armes. La siste eschiele conduist li rois Clarions de Norhomberlande atout .vii.m. homes a armes. La septisme eschiele conduist li rois Ydiers atout .viii.m. homes armés. La huitisme eschiele conduist li rois Uriens atout .viii.m. homes. La novisme eschiele conduist li rois Aguiscant atout .v.m. homes, car molt avoit perdu en la guerre plus que li autre. La disisme eschiele conduist li rois d'Orcanie. Icil avoit tout perdu et feme et enfans et toute sa bele maisnie. Si estoit si dolans qu'il amast mix a morir que a vivre, car tant avoit esté perdu de .xiii.m. homes a armes qu'il ot devant la guerre, n'en ot il se petit non. Mais de tant com il en avoit estoient il molt prou et molt hardi et les meillours de toute l'ost pour endurer painne et travail. L'on-

onzième bataillon était conduit par le roi Nantes de Garlot qui était très affligé de ne pas compter dans sa compagnie son fils Galeschin parce qu'il avait déjà perdu deux mille hommes dans la guerre contre les Saxons. Le douzième bataillon était dirigé par le duc Escaut de Cambénic avec sept mille chevaliers en armes.

456. Quand les bataillons furent partis chacun de leur côté, les barons se consultèrent sur le plan de bataille. Ils finirent par tomber d'accord : ils iraient combattre devant la cité de Clarence et ne chevaucheraient que pendant la nuit. Ils mettraient leur armée sous haute protection et attaqueraient leurs ennemis car ils disaient que la mort dans l'honneur était préférable à la vie dans la honte. Le conseil des barons prit fin et chacun retourna dans son pavillon. Après le souper, ils ordonnèrent à leurs hommes de prendre leurs armes et de se préparer à partir, puis ils levèrent le camp et se mirent en route. Il y avait là un espion du roi Hargodabrant qui avait entendu le plan des barons. Cet espion partit si discrètement que personne ne l'aperçut. Il finit par arriver à la cité de Clarence, dont les fortifications étaient très hautes et impressionnantes. L'espion s'en vint trouver le roi Hargodabrant et lui raconta tout ce qu'il avait vu. Il lui dit aussi que les chrétiens arrivaient. Le roi lui demanda à combien d'hommes se montait la troupe et l'espion répondit qu'ils étaient bien soixante mille.

---

sisme eschiele conduiſt li rois Nante de Garlot. Cil eſtoit molt coureciés de son fil Galeschin qu'il n'avoit en sa compaingnie que .II.M. homes tant avoit il perdu en la guerre as Saisnes. Et la dousisme eschiele conduiſt li dus Eschans de Cambenyc atout .VII.M. chevaliers a armes.

456. Quant lor gent furent departi li uns des autres si demanderent li baron conment il le feroient. Lors s'a[f]corderent en la fin qu'il s'iroient⁴ combatre devant la cité de Clarence et ne chevaucheront se par nuit non et se feroient gaitier en l'oſt de toutes pars et iront sor lor anemis. Car mix, ce dient, aimment a morir a honour que a vivre a honte. Atant departi li consaus des barons, si s'en ala chascuns a son pavellon. Et quant il orent soupé, si comanderent lor gent a armer et apareillier si come pour esrer. Et il si fisent et se misent au chemin. Illuec ot une espie de par le roi Hargodabram qui ot oï l'affaire des barons. Cele espie s'em parti si celeement que nus ne l'aperchut, si erra tant qu'il vint en la cité de Clarence ou li sieges eſtoit si grans et si mervellous come trop. Et li espie s'en vint devant le roi Hargodabram et li conta tout l'afaire si com il l'avoit veü et conment li Creſtien viennent. Et li rois li demanda combien de gent il pooient eſtre. Et il diſt qu'il eſtoient bien .LX.M.

457. Quand les Saxons entendirent cela, ils ne prirent guère la chose au sérieux et le quart d'entre eux ne daigna même pas prendre les armes mais le roi organisa nuit et jour des tours de garde dans l'armée. Par ailleurs, il y eut vingt rois qui refusèrent de se munir de leurs armes après qu'ils eurent reçu ces nouvelles sur les chrétiens. Le conte cesse ici de parler d'eux et revient à l'armée des chrétiens pour raconter comment elle arriva à proximité du camp des Saxons et comment les deux camps s'engagèrent dans une grande bataille.

458. Dans cette partie, le conte dit que l'armée des chrétiens, à force de chevaucher depuis l'heure de la première veille, arriva au campement un peu avant le jour. L'air commençait à s'épaissir à cause de la brume et une pluie fine mais abondante se mit à tomber. Les soldats du camp sentaient la torpeur et le sommeil les envahir et ils ne s'avisèrent pas que quelqu'un pût venir les attaquer par un temps pareil. Quand les chrétiens virent le camp, ils prirent leurs armes car ils ne voyaient personne sortir. Quand ils furent armés, ils se séparèrent en trois groupes. Dans l'un d'eux se trouvaient le roi Loth d'Orcanie, le roi des Cent Chevaliers, le duc Escaut de Cambénic et le roi Clarion de Northumberland. Dans le deuxième groupe se trouvaient les rois Nantes de Garlot, Caradoc, Brangoire et Yder ; dans le troisième groupe les rois Bélinant, Tradelinant, Aguisant et Urien. Dès qu'ils se furent séparés, ils avancèrent au pas, le

---

457. Quant li Saisne oïrent ce, si ne le proisièrent riens et ne se daingnierent mie la quarte part armer. Ne mais toutes voies faisoit il gaitier l'ost par nuit et par jour. Et d'autre part estoient .xx. roi qui ne se vaurent onques de lor armes garnir puis qu'il orent oï les nouveles des Chrestiens. Mais ici endroit se taist li contes d'aus. Et retourne a parler de l'ost as Chrestiens, conment il en vint prés des herberges as Saisnes et conment il i ot grant capleïs et de l'une part et de l'autre.

458. Or dist li contes en ceste partie que li os des Chrestiens chevauchierent tant des[a] le premier some qu'il vinrent as herberges un poi devant le jour. Si faisoit molt espés pour le brume et il conmencha un poi a plouvoir une pluie menue molt foisonnable. Si en furent cil de l'ost plus pesant et endormi, n'il ne se prendoient garde que nus ne venist sor aus par tel tans. Quant li Crestien virent les herber[128a]ges, si s'alerent armer pour ce que nul n'en virent issir. Et quant il furent apareillié, si s'en partirent en .iii. parties. En l'une partie fu li rois Loth d'Orcanie et li rois des .c. Chevaliers et li dus Escans de Chambenic et li rois Clarions de Norhumberlande. En l'autre partie fu li rois Nantes de Garloth et li rois Karados et li rois Brangoires et li rois Ydiers. En la tierce partie fu li rois Belinans et li rois Tradelinans[b] et li rois Aguiscans et li rois Uriens. Et quant il se

visage masqué par leurs heaumes, leurs lances au poing et armés jusqu'aux dents. Arrivés près du campement, ils lancèrent leurs chevaux à toute allure et coupèrent les cordes et les lices du camp, puis ils lacérèrent tentes et pavillons ainsi que tout ce qui se trouvait à leur portée. Alors s'élevèrent des cris et des huées si retentissants que toute la forêt en résonna. Là, il y eut un grand massacre et un grand carnage de Saxons avant que les sentinelles n'eussent le temps de monter à cheval.

459. Surpris de la sorte, ils enfourchèrent leurs montures et allèrent informer le roi Hargodabrant. Ils sonnèrent cors et trompettes de tous côtés puis se rassemblèrent, armés ou non. Alors les vingt rois se mirent en selle ; chacun avait vingt mille hommes en sa compagnie. Et, dès que les deux armées se trouvèrent face à face, elles s'élancèrent l'une contre l'autre, les hommes se frappèrent sur leurs écus et sur leurs haubers de sorte que les armes les transpercèrent et que chacun fit couler le sang de son ennemi. Le combat et le massacre furent prodigieux. Il y eut une terrible et douloureuse lutte, un très grand carnage de part et d'autre. Les chrétiens subirent de grandes pertes et les douze princes, qui étaient de bons chevaliers, eurent beaucoup à souffrir du combat. Segurade, Adrian, le seigneur de Salerne, Doulas et Brandalis, le seigneur de la Douloureuse Tour et Bréhus sans Pitié combattirent bien. Ils se battirent même si bien qu'aucun chevalier ne put jamais les

---

furent parti et sevré, si s'en vont le petit pas les chiés enclins desous les hiaumes et les glaives es poins bien armé de toutes armes. Et quant il vinrent as herberges si laissent courre les chevaus de si grant ravine come chevaus pot rendre. Si coperent cordes et liches dont li os estoient logié, si detrenchent trés et paveillons et quanqu'il ataingnent. Si lieve li cris et la huee si grans que toute la forest en retentist. Illuec ot molt grant martire et molt grant ocision de Saisnes, ançois que cil qui l'ost devoient garder fuissent monté.

459. Quant il furent si souspris si monterent sor lor chevaus et alerent le roi Hargodrabam nonchier et cornent et buisinent de toutes pars. Si s'asamblent armé et desarmé. Lors monterent li .xx. roi sor lor chevaus et chascuns ot .xx.m. homes en sa compaingnie. Et si tost qu'il s'entrevirent si laissent courre li uns contre les autres et se fierent parmi escus et parmi haubers si que li fer passent tout outre et traient li uns des autres le sanc cler, si s'entr'abatent et ocient molt merveillousement. Illuec ot estor pesme et dolerous et molt grans ocision d'ambesdeus parts. Si i perdirent molt li Chrestien, si i soufrirent molt d'armes li .xii. prince qui molt estoient bon chevalier et molt si aïda bien Segurades et Adrians et li sires de Salerne et Doulas et Brandilias, li sires de la Doulerouse Tour et Brehus Sans Pitié. Icil le fisent si bien que onques cors de chevalier ne le fisent

égaler. Il ne faut pas oublier le roi Caradoc et son frère, le seigneur de l'Étroite Marche et le châtelain de Gazel, le seigneur de Blakestan, celui des Marais et celui de Windsor, Galien et Gaudin, le neveu du roi Urien, car face à leurs coups aucune armure ne tenait, si solide et résistante fût-elle. Ces dix chevaliers avaient rejoint les troupes des douze princes dès qu'ils les virent près du camp où ils avaient livré bataille. Là eut lieu un violent et prodigieux combat. Les chrétiens firent tant de morts que les chevaux avaient du sang jusqu'aux paturons. Mais il y avait tellement de Saxons qu'il fallut, avec une violence extrême, les faire sortir de leurs tentes. Ils ne les quittèrent pas lâchement car de preux et vaillants chevaliers virent qu'on les en chassait et en éprouvèrent une grande honte. Ils poussèrent des cris, se rassemblèrent et firent face aux assaillants à l'entrée de leurs tentes. Alors commença un prodigieux combat. Chacun montra son courage et dit que ne méritait pas le titre de chevalier celui qui refusait de combattre et que cette honte le poursuivrait toute sa vie jusqu'après sa mort tant que le monde durerait.

460. Alors les combattants piquèrent des deux et poussèrent leur cri de guerre ; ils se battirent si violemment qu'ils laissèrent sur place beaucoup de morts et de blessés. Les Saxons sortirent alors de leurs tentes si nombreux qu'on n'aurait pu dire combien ils étaient. Arriva alors le roi Hargodabrant devançant tous les autres. Le conte dit qu'il mesu-

---

mix. Et li rois Karados et ses freres li sires de l'Estroite Marce et li chastelains de Gazel et li sires[a] de Blakestan et li sires des Marés et li sires de Windesores et Galiens et Gaudins, li niés le roi Yrien. Icil li font mie a oublier, car encontre lor chans n'auroit nule arme duree tant fust forte ne dure. Icil .x. chevalier s'estoient mis el conroi des .xii. princes, si tost qu'il les virent es herberges ou il orent livré estal. Illuec ot estour fort et merveillous, si en [b] ocioient tant li Crestien que li cheval estoient el sanc jusques as fellons. Mais il i ot tant de Saisnes qu'il les couvint par fine force reüser fors des tentes, mais il ne s'en aloient mie trop vilainnement, car li prodome et li bon chevalier virent[b] qu'il estoient reüsé, si en orent grant honte et grant despit. Lors s'escrient et assamblerent et lor guencissent enmi lor vis. Si ot[c] illuec estour merveillous, et moustra chascuns son hardiment et[d] disent que jamais ne soit il chevaliers qui a cest besoing ne s'aidera, si que tous les jours de sa vie en soit mais parlé et après sa mort tant com li siecles duerra.

460. Lors hurtent lor chevaus des esperons et escrient lor enseignes et se fierent si fort entr'aus que molt en laissent de mors et de navrés gisant a la terre. Mais li Saisne issent des tentes a tel foison qu'il n'est contes ne nombres c'on en sace dire. Si venoit li rois Hargodabrans devant tous les autres, et si dist li contes qu'il avoit en son

rait quinze pieds[1] selon la mesure de cette époque et n'avait
pas plus de vingt-huit ans. Il montait un grand destrier gris,
l'écu en bandoulière, la lance au poing. Il avait une massue
suspendue à son arçon qui devait causer ce jour-là bien du
tourment et de la désolation parmi ses adversaires. Quand
les chrétiens virent arriver ce grand démon, ils redoutèrent
fort de l'affronter. Les meilleurs d'entre eux et les plus hardis
de l'armée lui ouvraient le passage. Il advint alors que Caradoc de la Douloureuse Prison[2] l'affronta car c'était l'homme
le plus résistant et le plus robuste de toute l'armée des chrétiens et il n'avait pas encore trente ans. Dès qu'il vit approcher ce grand démon, il l'assaillit, lance sur feutre, et l'autre
fit de même car il ne le craignait nullement. Ils se frappèrent
si violemment sur leurs écus avec leurs lances que celles-ci
se brisèrent dans leurs poings. Au moment de se dépasser,
ils se heurtèrent si fort de leurs écus qu'ils se firent tomber
l'un l'autre et que leurs chevaux s'écroulèrent avec eux.

461. Quand les chrétiens et les Saxons les virent tomber
tous les deux, ils s'élancèrent à leur rescousse. Alors les chrétiens souffrirent de très grandes peines et de grands tourments avant que Caradoc ne pût remonter en selle. La pluie
les gêna beaucoup car il ne cessa de pleuvoir jusqu'à midi. Ils
étaient si trempés ainsi que leurs enseignes qu'ils ne se recon-
naissaient guère qu'à la voix. Les chrétiens se défendirent bien
car, en dépit de leurs ennemis, ils firent remonter Caradoc en

---

estant .xv. piés a la mesure des piés qui adont estoient. Et il n'avoit
pas plus de .xxviii. ans et il seoit sor un grant destrier liart, l'escu au
col la lance el poing, si ot une machue pendant a son arçon dont il
fist puis cel jour maint dolant et maint courecié. Quant li Crestien
virent cel grant dyable, si le redoutoient molt a encontrer. Tout li
meillour et li plus proisié et li plus hardi de l'ost li faisoient voie. Et
lors avint que Karados de la Dolerouse Prison l'encontra, car il estoit
li plus durs et li mix menbrus de toute l'ost as Crestiens et si n'avoit
pas encore .xxx. ans. Et si tost com il vit venir cel grant dyable, si
laisse courre a lui le glaive alongié et cil a lui qui de noient ne le
redoute. Si s'entrefierent si fort des glaives sor les escus que toutes
les esmuent entre lor poins. Et quant il vint au passer outre si s'entrehurtent si fort des escus et des cors qu'il s'entreportent a terre les
chevaus desous aus.

461. Quant li Crestien et li Saisne virent ces .ii. verser si poignent a
la rescousse. Illuec soufrirent li Crestien molt grant painne et molt
grant travail ançois que Karados peüst estre remontés. Et si les
grieve molt durement la pluie, car il ne fina de plouvoir tant que miedis fu passés. Si estoient il si mollié et lor enseignes que a painnes
s'entrecounoissent se as paroles non. Illuec se prouverent bien li
Crestien, car malgré aus tous fisent il remonter Karados. Et li amena

selle et Brios du Plâtre lui amena le cheval du roi Graelent[1]
qu'il avait abattu. Marchan et Alibourg soutinrent si bien le
combat qu'on n'aurait pu leur adresser le moindre reproche.
Alors, le ciel commença à s'éclaircir car midi était passé et
le soleil luisait, réchauffait l'air et séchait leurs armes. Les
chrétiens s'en réjouirent fort car désormais ils combattirent
mieux mais les Saxons étaient si nombreux qu'ils durent être
repoussés par leurs ennemis jusqu'à une haie. Ils y restèrent
un long moment car le roi des Cent Chevaliers prit position
le premier et poussa plusieurs fois son cri de ralliement, puis
il dit aux barons : « Quoi, seigneurs ! Où allez-vous ? Certes,
les choses vont plus mal que nous ne l'avions prévu, pourtant nous sommes encore sains et saufs. Nous sommes vaincus à présent parce que chacun ne connaît pas sa valeur
dans une telle extrémité. C'est pourquoi la réprobation
devrait être sur lui tous les jours de notre vie. À nous de
nous en souvenir pour que, lorsque nous nous serons séparés les uns des autres, nous n'allions de mal en pis. » Quand
les barons eurent entendu le roi des Cent Chevaliers, ils
firent demi-tour et prirent position à leur tour. Ils leur firent
face et chacun frappa le premier ennemi qu'il rencontra au
point de l'abattre raide mort. Quand les Saxons virent qu'ils
avaient pris position, ils les assaillirent à bride abattue. Alors
commença une si grande et si terrible mêlée qu'on ne saurait
la raconter. C'est là que le roi des Cent Chevaliers accomplit

---

on Biryos^a del Plastre [*l*] un cheval dont il avoit abatu le roi Graie-
lent. Et Marchans et Alibourc maintinrent si bien l'estour qu'il n'en
durent estre blasmé. Et lors conmencha li tans a esclarcir, car miedis
estoit passés et li solaus luisoit molt chaus qui lor armes essuioit. Si
en furent molt lié li Crestien, car mix s'en aïdierent. Mais li Saisnes
furent si grant gent qu'il les couvint widier le champ et les menerent
jusques a un plaisseïs. Et illuec se tinrent une grant piece, car li rois
des .c. Chevaliers i prist estal tous premiers et escria s'enseigne
maintes fois et dist as barons : « Que c'est, signour ? Ou alés vous ?
Certes, malvaisement nous tenons en ce que nous aviens devisé, car
encore somes nous tout sain et tout haitié, et nous somes ore desconfit que chascuns ne set combien il puet valoir au grant besoing.
Car bien devroit estre reprouvé tous les jours de nostre vie et bien
nous devons de ce ramenbrer que, quant nous serons parti et sevré li
uns de l'autre, que nous issons de dolour en greignour. » Et quant li
baron oïrent le roi des .c. Chevaliers si guencirent et livrerent estal.
Et lor vinrent enmi les vis et fiert chascuns si le premier qu'il
encontre qu'il le trebuche mort. Et quant li Saisne lor virent estal
tenir si lor coururent sus les frains abandonnés, si conmencha la mellee si grans et si felenesse c'on ne le pëust pas deviser. Illuec fist
merveilles li rois des .c. Chevaliers de son cors. Car il sousfri tant

des prouesses car il dut affronter tellement d'ennemis avant
de partir que les barons s'en émerveillèrent beaucoup. Son
écu avait été si déchiqueté qu'il ne lui en restait même plus
le tiers, son haubert était tout dépecé et démaillé, son
heaume défoncé, ses bras souillés de sang et de cervelle tout
comme les arçons avant de sa selle ainsi que la tête de son
cheval, de sorte qu'on ne pouvait le reconnaître qu'à la voix.
Ailleurs se trouvait Urien et son neveu Bademagu ainsi que
les rois Yder, Loth, Nantes et Bélinant. Ils ne voulaient pas
l'abandonner tant qu'ils pouvaient résister sur les lieux. Ils
causèrent de grands dommages aux Saxons car ils en tuèrent
plus ce jour-là que la veille. Quand les Saxons se rendirent
compte de leurs pertes, ils sonnèrent cors et trompettes et
firent un tel vacarme qu'on les entendit à quatre lieues de là.
Alors arriva un roi avec une troupe hardie et fraîche de
quatre mille hommes en armes. Ils se jetèrent si violemment
dans la bataille qu'ils lui firent tous quitter la place. Alors se
lève une clameur ; alors commence une grande curée. Elle
dura toute la journée jusqu'à la nuit et jamais les chrétiens
ne purent reconquérir le terrain perdu et ils furent tous vaincus. Et si la nuit n'était pas arrivée si vite, ils se seraient
trouvés bien mal en point. Quand la clarté du jour disparut,
les Saxons revinrent dans leurs tentes, ôtèrent leurs armes et
allèrent manger car ils étaient satisfaits de leur journée.
Après manger, ils dormirent et se reposèrent en hommes qui

---

d'armes ançois qu'il s'en partesist que tout li baron s'en esmerveillierent molt, car ses escus li fu tous decopés qu'il ne li en remest mie la
tierce part, et ses haubers fu tous desrons et desmailliés et ses
hiaumes embatés et si brach furent soullié de sanc et li arçon de la
sele devant et la teste del cheval fu soullie de sanc et de cervele si
que jamais ne fust reconneüs par home se ne fust par la parole. De
l'autre part estoit Uriens et Bandemagus ses niés et li rois Ydiers et li
rois Loth et li rois Nantes et le rois Belinans. Icil ne le vaurent
onques laissier tant com il porent demourer en la place, si fisent as
Saisnes molt grant damage, car plus en ocirent illuec qu'il n'avoient
fait tout le jour devant. Quant li Saisne voient le damage que cil lor
font si sonnerent cors et buisines et mainnent tel tempeste c'om les
ooit de .VI. lieues loing. Lors vint un rois atout .IIII.M. homes a armes
tous fiers et noviaus et se fierent si durement en la mellee [d] que
tous les font remuer de place. Si lieve la huee et la chace molt grans
et dura tote jour ajournee jusques a la nuit. Ne onques puis li
Crestien ne porent recovrer ne tenir place, ains furent tout desconfit
et, se la nuis ne fust si tost venue, mal fuissent bailli. Et quant li
Saisne orent perdu la clarté del jour si revinrent a lor tentes et se
desarmerent et alerent mengier, car bien en ierent aiesié. Et aprés
mengier dormirent et reposerent com cil qui ne doutoient riens de

n'avaient aucune crainte. Ils étaient très fâchés par les pertes que les chrétiens leur avaient infligées dans la journée mais ils aspiraient à se venger. L'histoire dit que les Saxons perdirent bien vingt mille hommes et les chrétiens dix mille. Mais le conte se tait ici pendant un moment à leur sujet et revient aux douze princes affligés par la défaite qu'ils avaient subie.

462. Le conte dit que, lorsque les chrétiens furent vaincus et qu'ils se furent un peu éloignés des tentes et des pavillons des Saxons, ils mirent pied à terre, réparèrent leurs armes et remirent le harnais de leurs chevaux en réajustant les rênes. Ils étaient tellement souillés de sang et de cervelle qu'on ne discernait même plus la couleur de leurs armes. Quand ils eurent tout remis en ordre, ils remontèrent sur leurs chevaux et avancèrent au pas, en rangs serrés, dans un tel silence et un tel calme que personne ne les aurait entendus prononcer un seul mot. Ils chevauchèrent jusqu'aux tentes et s'élancèrent impétueusement sur celles-ci. Ils étaient plus de cinquante mille tous en armes et abattirent tentes et pavillons. Ils massacraient et tuaient tous ceux qu'ils atteignaient et rien ne leur échappait de tout ce qui tombait entre leurs mains. Les Saxons sautèrent de leur lit, encore endormis, et hurlaient dans les tentes : « Les traîtres ! Les traîtres ! Aux armes ! »

463. Ils se rassemblèrent en masse près de la tente d'Hargodabrant où l'on sonnait du cor et de la trompette à en faire trembler la terre entière. Et les Saxons ne cherchaient qu'à fuir en direction des endroits où résonnaient les trom-

---

nule part. Et molt estoient coureció del damage que li Crestien lor orent fait le jor, mais se baoient a vengier. Et l'estoire dist que il perdirent bien .xx.m. Saisnes et li Crestien .x.m. Mais atant se taist li contes un petit d'aus et retourne a parler des .xii. princes qui furent dolant de lor desconfiture que i tourna sor aus.

462. Or dist li contes que[a] quant li Crestien furent desconfit et il orent un poi eslongié les tentes et les trés as Saisnes, si descendirent a pié et rafaitierent lor armes et restrainsent lor chevaus et renouerent lor resnes. Et il estoient si enboé de sanc et de cerveles qu'il ne repairoit riens de taint en lor armes. Et quant il furent apareillié si monterent le petit pas serré et si coi e si seri que nus n'i oïst un seul mot sonner ne tentir. Et chevauchierent tant qu'il vinrent as tentes. Si se ferirent ens de si grant ravine et si estoient plus de .l.m. tout armé. Si abatent trés et paveillons et acraventent et ocient quanqu'il ataingnent, ne riens ne lor eschape qui viengne entre lor mains. Et li Saisne saillent des lis tous endormis et crient par les tentes, criant a haute vois : « Traï !Traï ! Ore as armes ! »

463. Lors s'asamblent et amassent au trés Hargodabrant ou on cornoit et buisinoit si fort que toute la terre en trambloit. Et li Saisne n'entendoient a rien fors que a fuir la ou il ooient les buisines et les

pettes et où retentissaient les roulements des tambours. Là,
ils se préparèrent et s'armèrent en toute hâte ; ils allumèrent
des lanternes, des cierges et des torches en grand nombre de
sorte que la lumière se répandait à plus de quatre lieues de
là. Et les chrétiens ne cessèrent de tuer et d'abattre tous
ceux qu'ils pouvaient atteindre. Ils avaient du sang jusqu'aux
chevilles et un ruisseau de sang s'écoulait comme l'eau jaillie
d'une fontaine.

464. Ce carnage et ce massacre se poursuivirent jusqu'au
lever du jour. Quand les Saxons s'aperçurent de leurs pertes
et de leurs dommages, ils faillirent devenir fous de douleur.
Ils se mirent alors à poursuivre les chrétiens avec autant de
violence que s'ils avaient cherché à les renverser tous dans
leur assaut et les chrétiens se défendirent comme il était souhaitable qu'ils le fissent. Toutefois, les Saxons firent déguerpir les chrétiens de leurs tentes et les chevaux de ces derniers
se mirent à ralentir car ils avaient jeûné depuis deux jours
et défaillaient. Les barons se rendirent compte que leurs
hommes étaient en danger de mort. Alors, il leur vint à l'esprit — et cela plut à Dieu ainsi qu'aux jeunes gens déjà
nommés plus haut — d'aller jouter contre les Saxons pour
gagner des chevaux qu'ils utiliseraient ensuite à leur profit ;
sans cela, ils étaient morts et anéantis. Chacun des barons
s'empare alors d'une lance solide et ferme, et jusqu'à soixante
chevaliers d'élite se mettent en formation. Il est juste que je
cite les noms de certains d'entre eux. Il y eut les onze rois

---

tabours et les tymbres. Il[e]luec s'atournent et adoubent au plus tost
qu'il porent et alumerent lanternes et cierges et brandons a molt
grant plenté, si que la clarté en estoit veüe de .iiii. lieues loing. Et li
Crestien ne cesserent d'ocirre ne d'abatre quanqu'il ataignent, si
estoient en sanc jusques as chevilles et couroit li ruissiaus aval com
se ce fust rius de fontainne.

464. En tel maniere dura cis martires et cele ocision jusques au
jour. Et quant li Saisne voient la perte qu'il ont receüe et le damage,
si en ont si grant dueil que a poi qu'il ne forsenent. Lors les coururent il sus si ireement[e] que s'il les deüssent tous confondre en lor
venir. Et cil se desfendirent si bien com se ce fust a souhaidier. Mais
toutes voies les jeterent li Saisne de lor tentes. Et lors commencierent
li Saisne as Crestiens a alentir molt durement, car il avoient juné .ii.
jours. Si en estoient desconforté et si voient bien li baron qu'il
sont en aventure de mort. Lors lor vint a corage, ensi com a Dieu
plot et as jovenciaus que je vous ai només, qu'il iroient jouster as
Saisnes pour gaaingnier chevaus pour sus chevauchier, ou se ce
non il sont mort et peri. Lors prent chascuns des barons lance
roide et fors et se metent es rens jusques a .xl. chevaliers de pris.
Si est bien drois que j'en die les nons d'aucuns. Il i ot .xi. rois

déjà cités plus haut, le duc de Cambénic fut le douzième, le
seigneur du Val Profond, celui de la Douloureuse Tour, Bréhus sans Pitié, le seigneur de Norhaut, celui de la Forêt
Périlleuse et Lidomas, le neveu du roi de Norgales, et le
neveu du roi Aguisant nommé Gaudin[1], le seigneur de
Salerne, Bademagu, le neveu du roi Urien, Caradoc le Grand
et tant d'autres chevaliers très preux et très hardis ; ils
s'avancèrent les premiers, lance sur feutre, pour jouter car ils
avaient grand besoin de chevaux. Chacun frappe si durement son ennemi qu'il le fait tomber raide mort. Ils prennent leurs chevaux par les rênes et les emmènent avec eux,
puis ils descendent de leurs montures et enfourchent les
chevaux qu'ils viennent de capturer. À peine ont-ils rejoint
les rangs que la bataille et le combat reprennent de plus
belle. La lutte est si acharnée et si prodigieuse qu'ils tuent et
massacrent tous ceux qu'ils atteignent. Ils abattent des chevaux, gardent les meilleurs pour eux et abandonnent les
leurs en route. Pas une seule fois, de toute la journée, le har-
cèlement ne cesse. Le nombre des Saxons augmentait sans
cesse et ils forcèrent les chrétiens à quitter la place de gré ou
de force mais ce ne fut pas sans mal car les chrétiens s'efforçaient grandement de venger les torts que les Saxons leur
avaient causés et les Saxons faisaient de leur mieux pour
venger la mort de tous les leurs tués par les chrétiens de
sorte qu'ils finirent par les vaincre et les chasser de la place.
Alors les quarante compagnons souffrirent beaucoup car ils

---

que je vous ai devant nonmés et li dus de Chambenic fu li dousismes, et li sires de Val Parfont et li sires de la Dolerouse Tour, Brehus Sans Pitié, et li sires de Norhaut, et li sires de la Forest
Perillouse, et Lidomas, li niés au roi de Norgales, et li niés au roi
Aguiscant qui avoit a non Gaudins, et li sires de Salerne, et Bandemagus, li niés au roi Urien, et Karados li Grans et tant des autres
cevaliers qui[e] furent molt prou et molt hardi. Et cil i vinrent es premiers frons, les lances sor les feutres, pour jouster car grant mestier
ont de chevaus. Si fiert chascuns si durement le sien qu'il l'abat mort
a terre. Si prendent les chevaus par les resnes si s'en vont atout et
puis descendent des lor et puis monterent es nouviaus. Et si tost
com il furent venu es rens si conmence l'estour et li caplés si grans
que tout ocient et acraventent quanqu'il ataingnent. Et conmencent a
abatre chevaus par terre et prendent les meillours chevaus et laissent
les lor es travers ne ainc puis en tout le jour ne vaut li uns laissier
l'autre. Et li Saisne croissoient tous dis, si fisent as Crestiens widier la
place ou [f] il vausissent ou non. Mais ce fu a mult grant painne, car
il se penoient molt de vengier lor damage que li Saisne lor avoient
fait. Et cil estoient entalenté de vengier la mort de lor amis que li
Crestien avoient ocis si que en la fin les desconfirent et chacierent

se mirent derrière leurs hommes pour les défendre. En effet, leurs chevaux étaient si épuisés qu'ils ne pouvaient avancer qu'au pas. Les quarante compagnons savaient bien que, s'ils les abandonnaient, ils seraient tous anéantis ou capturés. Aussi, ils continuèrent le combat autant qu'ils le purent ; ils le continuèrent tant et si bien que leurs adversaires s'éloignèrent d'eux considérablement. Ils se mirent alors à poursuivre les Saxons. Après cette poursuite, les chrétiens s'arrêtèrent et combattirent durement les Saxons. Quand il arrivait qu'un de leurs compagnons tombait de cheval, les autres restaient à ses côtés jusqu'à ce qu'il fût remonté. En définitive, ils subirent quand même de grandes pertes car il y eut beaucoup de morts et de prisonniers.

465. C'est de cette manière que les chrétiens furent battus. À force de les pourchasser, les Saxons les firent s'enfoncer dans la forêt de Bréquehan ; ce qui fit qu'ils les perdirent de vue car la nuit tombait. Alors les Saxons s'en retournèrent avec un grand nombre de prisonniers et, à partir de ce moment-là, les Saxons ne se sentirent plus jamais en sécurité. Ils postèrent plus de quarante mille hommes pour protéger l'armée afin qu'on ne pût leur nuire en aucun cas. Les chrétiens s'étaient mis en lieu sûr dans la forêt et, à force de chevaucher, ils arrivèrent dans une très belle lande. C'est là qu'ils descendirent de cheval et menèrent grand deuil des pertes qu'ils avaient subies. Ils étaient si désemparés qu'ils ne savaient plus que dire ni que faire ni où aller.

---

del champ. Illuec sousfrirent molt li .XL. compaignon, car il se misent au deriere des autres pour aus desfendre pour ce que lor cheval estoient si alenti qu'il ne pooient mais aler plus que le pas. Et li .XL. compaignon savoient bien que s'il les guerpissoient que tout seroient mort et pris, si maintinrent la bataille tant com il le porent sousfrir. Et tant le maintinrent a fine force qu'il lor furent molt eslongié, et lors se misent a la voie après aus. Et quant il les avoient conseü, si s'arrestoient et se combatoient as Saisnes molt durement. Et quant il avenoit que aucuns de lor compaignons chaoit, ja puis li autre ne se meüssent si fust il remontés. Nonpourquant molt i perdirent au daerrain, car molt i ot pris des lor et mors.

465. En ceste maniere furent desconfit li Crestien, si les chacierent tant qu'il les embatirent en la forest de Brequehem par coi il les perdirent et par la nuit qui lor vint. Et lors s'en tournerent li Saisne a molt grant plenté de prisons. Et dés cele eure ne furent onques puis li Saisne asseür si com il avoient esté devant. Si misent plus de .XL.M. homes pour l'ost garder que on ne lor peüst fourfaire. Et li Crestien se furent mis a garison en la forest et chevauchierent tant qu'il vinrent en une molt bele lande. Et descendirent illuec et menerent molt grant duel de lor perte et furent si desconforté qu'il ne sorent mais que dire

Mais ils finirent par s'accorder sur le fait que chacun retournerait chez soi et si les Saxons venaient les assaillir, chacun se défendrait au mieux.

466. Ils enfourchèrent leurs montures et se quittèrent en pleurant beaucoup et en se lamentant les uns sur les autres. Chacun se désolait pour ses compagnons. C'est ainsi que chacun retourna chez lui et, une fois rentré, se pourvut en hommes et en vivres. Toutefois, depuis que les Saxons avaient vaincu les chrétiens, ils ne les redoutaient plus mais faisaient des incursions sur leurs terres et capturaient tous les hommes qui leur tombaient entre les mains. Ils les conduisaient dans leur camp de sorte qu'aucun roi chrétien ne se sentît ensuite assez hardi pour venir les défier, pour sortir de sa forteresse afin de venir les combattre. Mais ici le conte se tait à leur sujet et revient au roi Arthur pour relater comment lui et les hauts barons qui l'accompagnaient firent voile vers la Bretagne chevelue et cheminèrent ensuite vers Logres où ils furent reçus en grande joie.

Le mariage d'Arthur et de Guenièvre.

467. Le conte dit que, lorsque le roi Arthur et les hauts barons eurent embarqué sur leurs navires, ils firent voile jusqu'en Bretagne chevelue. Dès leur arrivée, ils enfourchèrent leurs montures et, à force de chevaucher, ils arrivèrent à Logres en Bretagne où ils furent somptueusement accueillis dans une grande liesse. Ils séjournèrent là dans une grande

---

ne que faire ne ou aler. Mais en la fin s'acorderent que chascuns s'en aille en son repaire, et, se li Saisne vienent por aus assaillir, si se desfende chascuns au mix qu'il porra.

466. Atant montent sor lor chevaus et se departent li uns des autres molt plourant et demenant grant doel li un por l'autre. Ensi s'en vait chascuns en son repaire et quant il i vinrent si se garni chascuns au mix qu'il pot de gent et de viandes. Mais puis que li Saisne les orent desconfit ne les redouterent il noient, ains coururent parmi lor terres et prisent quanqu'il ataisent et menerent a lor ost, c'onques n'i ot roi si hardi qui l'osast contredire ne qui osast*ᵃ* venir hors de lor forteresces a bataille contre aus. Mais atant [*129a*] se taist li contes d'aus et retourne a parler del roi Artu, conment il et li haut baron qui avoec lui estoient, siglerent tant qu'il vinrent en la Bloye Bretaingne. Et puis cheminerent vers Logres ou il furent a grant joie receü.

467. Or dist li contes que quant li rois Artus et li haut baron furent entré es nés si siglerent tant qu'il vinrent en la Bloie Bretaigne. Et si tost conme il furent arrivé si monterent sor lor cevaus et chevauchierent tant qu'il vinrent a Logres em Bretaingne ou il furent molt richement recoilli a grant joie. Et sejournerent illuec a grant

allégresse et une grande fête. Le quatrième jour, Arthur partit ainsi que son neveu Gauvain, le roi Ban de Bénoïc et le roi Bohort de Gaunes avec quatre mille hommes en armes sans plus. À force de chevaucher, ils arrivèrent au royaume de Carmélide à trois lieues de Carohaise où le roi Léodegan séjournait. Quand ce dernier apprit la nouvelle de l'arrivée d'Arthur, il partit à sa rencontre avec ses gens. Dès qu'ils se retrouvèrent face à face, ils manifestèrent l'un et l'autre une grande joie. Ils se donnèrent l'accolade et un baiser sur la bouche comme deux personnes se vouant une grande amitié[1]. Puis, ils se rendirent à Carohaise et trouvèrent la cité toute décorée, avec des jonchées d'herbe menue. Ils rencontrèrent des dames et demoiselles dansant la carole et jamais on n'en vit de plus belles. Ailleurs, des jeunes gens participaient à des joutes et brisaient des lances les uns contre les autres ; ils les accompagnèrent jusqu'à la grande salle où se trouvait Guenièvre, la fille de Léodegan. Elle se porta à leur rencontre et leur manifesta plus de joie que toute l'assemblée auparavant. Car, dès qu'elle vit le roi Arthur, elle courut vers lui, en lui tendant les bras, et elle lui souhaita la bienvenue ainsi qu'à toute sa suite. Elle le baisa sur la bouche, très tendrement[2], devant tous ceux qui voulaient voir la scène. Alors ils se prirent par la main et montèrent au palais. Après le souper, ils allèrent se coucher car ils étaient las et exténués du voyage.

---

feste et a grant deduit. Et au quart jour mut li rois Artus et Gavains ses niés et li rois Bans de Benuyc et li rois Boors de Gaunes[a] atout .III.M. ferarmés sans plus. Et chevauchierent tant par lor journees qu'il vinrent el roiaume de Carmelide a .III. lieues de Karouaise ou li rois Leodegans sejournoit. Et quant il oï les nouveles que li rois Artus venoit, si ala encontre lui et sa maisnie. Et quant il s'entrerencontrerent, si s'entrefirent molt grant joie et s'entr'acolerent et baisierent come cil qui molt s'entr'amoient. Si s'en alerent vers Karoaise, si le trouverent toute encourtinee et joncie d'erbe menue. Si trouverent les charoles de dames et de puceles que onques plus beles ne furent veües, et d'autre part aloient bouhourdant cil jouene damoisel, si brisoient lances li uns contre les autres, si les convoiierent en tel maniere jusques en la sale ou Genievre, la fille Leodegam, estoit. Et lor vint a l'encontre et lor fist plus grant joie que tout li autre n'avoient fait, car si tost com ele vit le roi Artu, ele li courut a l'encontre, les bras estendus, et li dist que bien fust il venus, il et toute sa compaingnie. Si le baisa en la bouche molt doucement voiant tous ciaus[b] qui veoir le vaurent. Lors se prisent main [b] a main et monterent el palais. Et quant il orent soupé, si alerent dormir, car il furent las et traveillié del esrer qu'il avoient fait.

468. Le matin, le roi Arthur se leva ainsi que le roi Ban et le roi Bohort qui étaient plus matinaux que les autres. Monseigneur Gauvain et monseigneur Yvain se rendirent à l'église pour entendre la messe. Puis ils revinrent au palais et trouvèrent le roi Léodegan déjà levé qui avait entendu la messe dans sa chapelle. Ils réclamèrent leurs chevaux et les enfourchèrent tous les six, sans autre compagnie, puis ils se rendirent en rase campagne pour se distraire, pour voir les prés et la rivière, fort agréable. Quand ils se furent délassés un bon moment, le roi Léodegan s'adressa au roi Arthur et lui demanda quand il épouserait sa fille car le moment était arrivé désormais. Le roi Arthur répondit qu'il le ferait quand son hôte le souhaiterait puisque tout était prêt « mais, ajouta-t-il, il me manque mon meilleur ami, car sans lui, je ne me marierai pas ». Quand on lui demanda qui était cet ami, il répondit que c'était Merlin, grâce à qui il avait recouvré sa terre et acquis son bien et son honneur.

469. Entendant ces propos, Gauvain les approuva et dit : « Vraiment, chacun d'entre nous devrait désirer la même chose, mais sachez qu'il viendra au moment opportun et, puisque tel est votre désir, que Dieu vous l'amène prochainement ! — Assurément, fit le roi, Merlin m'a dit qu'il serait ici au moment voulu. — Alors il n'y a plus d'obstacle pour fixer la date de la cérémonie. » Ils fixèrent cette date à huitaine et se rendirent en discutant vers le palais. Le repas était

---

468. Au matin se leva li rois Artus et li rois Bans et li rois Boors qui plus volentiers se levoient matin que nul des autres. Et mesire Gavains et mesire Yvains s'en alerent au moustier et oïrent messe. Et quant il l'orent oï, si s'en revinrent el palais amont et trouverent le roi Leodegam levé qui ja avoit oï messe en sa chapele. Et lors demanderent lor chevaus et monterent il .VI., sans plus de gent, et s'alerent as chans esbanoiier pour veoir les prés et la riviere qui bele estoit. Quant il se furent grant piece esbanoiié, si mist le roi Leodegam le roi Artu a raison. Si li demanda quant il espouseroit sa fille, car bien en estoit tans des ore mais. Et li rois Artus respondi de quele eure qu'il li plairoit, quar tous estoit prés : « Mais il me faut le meillour amis que je aie, ne sans lui n'espouserai je mie. » Et quant il oï ce, si li demanda quels amis c'estoit. Et il dist que c'estoit Merlins, car par lui li estoit terre recouvree et par lui li estoit venus li biens et li hounours qu'il avoit.

469. Quant mesire Gavains l'oï, si li dist qu'il a droit. « Et, certes, chascuns de nous se devroit bien desirer. Et saciés qu'il verra par tans puis que vous le desirés. Et Dix le vous amaint prochainnement. — Certes, dist li rois, il me dist qu'il seroit par tans ci. — Dont n'i a autre chose, dist messire Gavains, que vous metés jour d'asambler. » Lors prendent jour d'assambler as octaules et s'en vont ensi parlant

préparé et les nappes étaient mises ; alors, ils s'assirent et furent servis comme il convient à des nobles et à des rois. Après manger, ils allèrent se distraire et séjournèrent ainsi huit jours entiers dans une joie et un réconfort extrêmes car ils trouvaient tout pour leur plaire et ils eurent tout ce qu'ils demandaient pour autant qu'on pût se le procurer. Mais ici le conte se tait à leur sujet et revient sur les douze princes du royaume de Logres qui avaient été défaits devant la cité de Clarence. Il nous dira comment ils retournèrent dans leur camp et comment ils apprirent que le roi Arthur avait traversé la mer.

470. Le conte dit que, lorsque les douze princes furent vaincus et qu'ils furent tous retournés chez eux, une nouvelle se répandit aussitôt dans le pays : le roi Arthur avait traversé la mer, il avait adoubé les enfants du roi Loth et les deux fils du roi Urien, ainsi que Galeschin, fils du roi Nantes de Garlot, Dodinel, fils du roi Bélinant de Sorgales, Keu d'Estraus, neveu du roi Caradoc, Sagremor, petit-fils de l'empereur de Constantinople, ainsi que les compagnons qu'il avait amenés avec lui. Ils apprirent aussi que la femme du roi Loth se trouvait à Logres où ses enfants l'avaient amenée. Les enfants avaient juré qu'ils la garderaient avec eux tant que le roi Loth n'aurait pas prêté hommage au roi Arthur, et surtout le roi Loth devait s'aviser qu'il n'avait pas d'ennemi pire qu'eux. Ils apprirent aussi comment le roi Arthur avait

---

jusques au palais. Et li mengiers fu apareilliés et les napes mises. Et lors s'asisent et furent servi com prodome et con roi doivent estre. Quant il orent mengié, si alerent esbanoier et ensi sejournerent .VIII. jours entiers en grant joie et en grant soulas, car bien trouverent qui lor soi faire. Et orent quanques il vaurent demander pour tant qu'il peüst estre trouvé. Mais ici endroit se taist li contes d'aus. Et retorne a parler des .XII. princes del roialme de Logres qui avoient esté desconfit devant la cité de Clarence. Et nous contera conment il s'en retournerent a lor herberges. Et conment il oïrent nouveles que li rois Artus avoit mer passee.

470. [d] Or dist li contes que quant li .XII. prince furent desconfit et furent repairié chascuns a son repaire, tantost lor sourt une nouvele parmi le païs que li rois Artus avoit la mer passee et avoit adoubé les enfans au roi Loth et les .II. fix au roi Urien et Galeschin, le fil au roi Nante de Garloth, et Dodynel, le fil au roi Belinant de Sorgales, et Kex d'Estraus, le[a] neveu au roi Karados, et Saygremor, le neveu a l'emperaour de Coustantynoble, et ses compaingnons qu'il avoec lui, et que la feme au roi Loth estoit a Logres ou si enfant l'orent amenee (si avoient li enfant juré que jamais ne laroit en sa compaingnie devant ce qu'il auroit fait homage au roi Artu, et bien seüst qu'il n'aura piour anemi qu'il[b] lor seront) et conment li rois Artus s'estoit

combattu le roi Claudas de la Déserte devant la cité de Trèbes ainsi que Ponce Antoine, un conseiller de Rome, Frolle, un duc d'Allemagne, et Randol, le sénéchal de Gaule, comment Arthur les avait tous vaincus et chassés, comment il avait rendu leurs terres aux deux rois frères, comment il avait pris pour femme la fille du roi Léodegan de Carmélide, comment il avait vaincu le roi Rion devant la cité de Daneblayse et comment enfin il était allé en Carmélide pour se marier.

471. Ils parlèrent de tout cela entre eux et dirent qu'une grave faute les fit s'emporter contre le roi Arthur et que le tort causé ne s'expliquait que par cette faute. Ils prièrent Dieu très humblement de leur accorder une bonne paix en toute joie et en tout honneur et la nouvelle s'en répandit au point que le roi Loth l'apprit et sut que sa femme ainsi que son beau-fils Mordret se trouvaient à Logres. Il en fut très heureux en un sens mais aussi très triste : heureux parce que sa femme se trouvait hors de portée des Saxons qui l'avaient enlevée et triste parce qu'elle était aux mains de ses enfants pour qu'elle ne se trouve pas à ses côtés et aussi parce qu'il ne retrouverait pas l'amour de ses enfants tant qu'il n'aurait pas prêté hommage au roi Arthur. Mais il ne voit pas comment il pourra s'accorder avec lui en tout honneur si Dieu ne lui apporte pas son aide. Il songea alors à une ruse perfide car il pensait qu'Arthur enverrait sa femme à Logres, sa capitale. Dès qu'il apprendrait son arrivée là-bas, il irait la

---

combatus au roi Claudas de la Deserte devant la cité de Trebes et a Ponce Antoine, un conseillier de Rome, et a Frolle, un dus d'Ale-maingne, et a Randol, le seneschal de Gaule, si les avoit desconfis et chaciés del champ et avoit as .ii. freres rois toutes lor terres rendues, et conment il avoit receü a feme la fille le roi Leodegam de Carmelide et conment il avoit desconfit le roi Rion devant la cité de Dane-blayse et conment il estoit alés en Carmelide pour espouser sa feme.

471. De ceste chose parlerent privveement entr'aus et disent que grans pechiés les fist coureciier envers le roi Artu, ne cil damages n'estoit venus se par pechié non. Si proierent Dieu molt doucement qu'il i mete bone pais a lor joie et a lor honour. Si ala tant la nouvele, que li rois Loth sot toutes ces choses et sot que sa feme estoit a Logres et son petit fil Mordret. Si en est molt liés en une maniere, et en autre maniere dolans. Liés pour ce qu'ele estoit [d] fors des mains as Saisnes qui tolu li avoient, et dolans de ce que li enfant l'ont pour ce qu'ele n'iert jamais en sa compaingnie, ne n'aura lor amour si aura fait homage au roi Artu. Ne mais il ne voit pas conment il se puisse acorder a lui a s'onour se Dix Nostres Sires n'i met conseil. Lors se pourpensa d'une molt grant boisdie. Car il pensa que li rois Artus envoieroit sa feme a Logres, sa maistre cité. Et si tost com il sauroit sa venue, il iroit enncontre li a tant de gent com il porroit avoir et se

trouver avec autant d'hommes qu'il pourrait en disposer et il se battrait pour enlever la femme d'Arthur. Il pensait ainsi récupérer la sienne ensuite.

472. Ainsi pense le roi et ainsi s'exprime sa volonté car il en ira autrement qu'il ne pense, si Dieu protège le roi Arthur et monseigneur Gauvain. Le roi Loth envoie alors ses espions çà et là pour savoir quand le roi Arthur viendra de Carmélide pour son mariage et combien d'hommes il aura en sa compagnie. Il se préparait à l'affronter quand ce serait nécessaire. Mais le conte se tait à ce sujet et revient à Merlin qui se trouve dans la forêt de Northumberland avec son maître Blaise. Merlin lui raconta tout ce que vous venez d'entendre et Blaise mit tout cela par écrit.

473. Dans cette partie le conte dit que, aussitôt après qu'Arthur eut dit à Léodegan qu'il n'attendait plus que Merlin, ce dernier l'apprit. Le conte dit que Merlin connaissait les pensées du roi Loth, il savait comment il avait envoyé ses espions sur toutes les routes et Merlin raconta cela à Blaise intégralement, mot pour mot, et Blaise mit tout cela par écrit. Quand Merlin eut tout raconté à Blaise, il se rendit à Carohaise où les barons l'attendaient. C'était la veille du jour où le roi devait convoler. Quand les barons le virent, ils en furent très heureux. Ici le conte se tait à son sujet et revient à Guenièvre, la belle-fille de Cléodalis, le sénéchal de Carmélide, et à ses parents qui haïssaient beaucoup le roi Léodegan.

---

combatroit tant qu'il li tauroit sa feme. Car par ce ravera il la soie molt volentiers.

472. Ensi pense li rois et devise sa volenté, car autrement ira que il ne quide, se Dix gariſt le roi Artu et mon signour Gavain[a]. Atant envoie li rois Loth ses espies prés et loing por savoir quant li rois Artus venra de Carmelide pour sa feme espouser et combien de gent il aura en sa compaingnie. Et il s'apareille d'aler encontre quant meſtier sera. Mais de ce se taiſt li contes. Et retourne a parler de Merlin qui eſt en la foreſt de Norhomberlande a Blayse son maiſtre qui li ot toutes les choses contees que vous avés devant oïes. Si les miſt Blayses toutes en escrit.

473. Or diſt li contes en ceſte partie que, ausi toſt que li rois Artus ot dit a Leodegam qu'il n'atendoit fors Merlin, si le ſot Merlin. Si diſt li contes que Merlins[a] ſot bien les pensees au roi Loth et com il ot envoiés[b] ses espies par tous les chemins, si le conta a Blayse tout mot a mot. Et il le remiſt tout en escrit. Et quant Merlins ot tout conté a Blayse, si s'en vint a Karouaise ou li baron l'atendoient. Et ce fu le soir que li rois devoit espouser l'endemain. Et quant li baron le virent si li fiſent molt grant joie. Mais ici endroit se taiſt [e] li contes de lui. Et retourne a parler de Genievre la fillaſtre Cleodalis, le seneschal de Carmelide, et de ses parens qui molt haoient le roi Leodegam.

474. Le conte dit que Guenièvre, la belle-fille de Cléodalis, avait de très puissants parents du côté de sa mère et de bons chevaliers qui haïssaient fort le roi Léodegan pour la honte qu'il avait infligée à Cléodalis en gardant si longtemps sa femme en concubinage contre leur avis. Le soir où Merlin arriva, ils se trouvaient réunis à seize et parlaient ensemble de divers sujets. Cléodalis ne participait pas à cette discussion car il n'en avait pas été informé. Ils se demandaient les uns aux autres comment ils pourraient le mieux nuire au roi et l'irriter. Ils finirent par décider qu'ils parleraient à la femme du roi Arthur et feraient en sorte que, le soir où elle devrait coucher avec son mari, sa gouvernante l'emmènerait se délasser le soir au jardin. « Alors nous l'emmènerons en un lieu où le roi n'entendra plus jamais parler d'elle et où elle ne sera pas reconnue. Allons-y et persuadons sa gouvernante pour qu'il en soit ainsi. Quand l'affaire sera terminée, nous serons maîtres du roi et du royaume. » Ils décidèrent alors que sept d'entre eux commettraient l'enlèvement et disposeraient d'un navire prêt à appareiller où ils se rabattraient. Sur cette décision, tous les félons se séparèrent, heureux comme ceux qui pensaient avoir réussi leur coup. Ils se mirent en quête du navire et de tout ce dont ils avaient besoin et, à force de harceler la gouvernante, ils la soumirent à leur volonté. Mais, dès qu'ils lui eurent parlé, Merlin apprit l'affaire et vint trouver Ulfin et Bretel, puis il les prit à part pour les informer. Il leur conta toute la trahi-

---

Or di$t$ li contes que Genievre, la fillastre Cleodalis, avoit de molt riches parens de par sa mere et de bons chevaliers qui molt haoient le roi Leodegan por le grant honte qu'il avoit faite a Cleodalis de sa feme qu'il avoit tenu si longement en soignantage maugré aus tous. Si avint, cel soir meïsmes que Merlins vint, qu'il furent assamblé jusques a .XVI., si parlerent ensemble de maintes choses. A cel parlement ne fu mie Cleodalis, car il n'en sot mot. Et lors demanderent li un a l'autre conment il porroient mix le roi grever et courecier. Lors s'acorderent en la fin qu'il parleroient a la maistresse le feme^a le roi Artu et feroient tant envers li que le soir qu'ele deveroit couchier avoec son signour qu'ele^b le menroit esbatre le soir el garding. « Et dont le prendrons en tel lieu ou il n'en orra jamais parler, ne ne sera conneüe en lieu ou ele soit. Ore alons et si faisons tant a la maistresse que ensi soit fait. Et quant ensi sera fait, si serons tout signour del roi et del roiaume. » Lors devisent que li .VII. d'aus feront le larrecin, si aront une nef apareillié ou il se metront. A cest conseil s'en partent tout li felon lié et joiant si com cil qui quident bien avoir esploitié, si pourchacent lor nés et ce que mestier lor fu et pourchacent tant a la maistresse qu'ele lor otroie a faire lor volenté. Mais si tost com il l'orent pourparlé le sot Merlins et s'en vint a Ulfin et a Bretel et les

son mot pour mot comme les félons l'avaient méditée. Quand Ulfin et Bretel entendirent l'affaire, ils se signèrent puis demandèrent à Merlin comment ils pourraient les contrer : « Je vais vous le dire, leur répondit Merlin. Demain soir, quand vous aurez soupé, cachez bien vos armes sous vos vêtements et rendez-vous dans le jardin sous un pommier. C'est là qu'ils viendront, avec leur épée pour seule arme, ils se mettront à guetter ou se cacheront jusqu'au moment où la gouvernante emmènera la reine se distraire. Apprêtez-vous alors, dès qu'ils l'auront saisie, à vous porter à sa rescousse car vous l'auriez perdue en peu de temps s'ils parvenaient à l'embarquer sur le navire. — Seigneur, font les barons, jamais, s'il plaît à Dieu, nous ne la perdrons car nous savons tout ce qui se passera. — Évitez, dit Merlin, de raconter à quiconque ce que je vous ai appris car, alors, vous perdriez définitivement mon amitié. — Certes, disent les barons, nous préférerions être deshérités plutôt que d'en parler. » Alors, les trois amis se séparèrent et se rendirent au milieu de la grande salle. Ils trouvèrent les chevaliers sur le point de partir et de rentrer chez eux pour dormir jusqu'au lendemain. Au point du jour, les barons se levèrent et se réunirent dans la grande salle. Le roi Léodegan fit habiller sa fille si somptueusement que jamais fille de roi ne fut aussi bien vêtue. Sa beauté était si parfaite que tout le monde la regardait, émerveillé. Il sembla alors à tous ceux qui la voyaient qu'elle avait grandi et forci.

---

traïst[e] a une part a conseil et lor conta la traïson tout mot a mot et tout ensi com il l'orent pourparlé. Et quant il orent ce si se sainierent, puis demanderent a Merlin conment il em porront esploitier. « Ce vous dirai je bien, fait Merlins. Demain[d] soir, quant vous arés soupé [*f*] si vous armés bien desous vos dras, si vous metés el garding desous un poumier. Et il venront tout desarmé fors de lors espees et iront a lor gait ou il se tapiront jusques a cele eure que la maistresse amenra la roïne esbatre. Et vous gardés que, aussi tost com il l'auront saisie, que vous soiés apareillié del rescourre, car perdue l'auriés em poi d'ore s'il le pooient metre en lor nef. — Sire, font li baron, ja se Dix plaist ne le perderons puis que tant en savons. — Gardés, dist Merlins, que vous ne dites pas ceste chose que je l'aie dit, car je ne vous ameroie jamais. — Certes, dient li prodome, nous ameriens mix a estre desireté que nous em parlissiens. » Atant se departent li .IIII. ami et en viennent emmi la sale. Et trouverent que li chevalier se voloient departir et s'en aloient a lor ostels dormir et reposer jusques a l'endemain que li jours aparut. Lors se leverent li baron et li chevalier, si viennent et amassent en la sale. Et li rois Leodegans fist apareillier sa fille si richement c'onques fille de roi ne fu mix apareillie. Et ele fu de si grant biauté plainne que tous li mondes l'esgardoit a merveilles. Et fu samblant a tous ciaus qui l'avoient veü qu'ele fu et crute et embarnie.

Le roi Ban la prit par une main et le roi Bohort par l'autre ; ils l'emmenèrent en l'église Saint-Étienne. Il y avait là un grand nombre de barons pour l'accompagner. Ils se tenaient tous par la main deux par deux et la foule les regardait, émerveillée. Les deux qui ouvraient le cortège étaient le roi Arthur et le roi Léodegan, puis venaient monseigneur Gauvain et monseigneur Yvain, puis Galeschin et Agravain, Dodinel et Guerrehet, Sagremor et Gaheriet, Yvain le Bâtard et Keu d'Estraus, puis Keu le sénéchal et son père Antor. Ensuite s'avançaient le roi Ban et le roi Bohort qui emmenaient la demoiselle. Elle ne portait pas de manteau et sa coiffe était la plus belle qu'une femme ait jamais portée. Son chapeau était de l'or le plus somptueux et sa robe tissée d'or était si longue que la traîne mesurait bien une demi-toise. Elle lui allait si bien que tout le monde s'émerveillait de sa grande beauté. Ensuite arriva Guenièvre, la belle-fille de Cléodalis, fort belle et avenante ; Girflet et Lucan le Bouteiller la tenaient par la main. Suivaient ensuite les nouveaux adoubés, deux à deux et très bien habillés et ensuite les compagnons de la Table ronde, puis les barons du royaume de Carmélide, les nobles dames du pays ainsi que les bourgeois. C'est ainsi qu'ils arrivèrent à l'église.

475. Une fois arrivés, ils trouvèrent l'archevêque Debrice[1] de la terre de Logres et monseigneur Amistant, le bon chapelain de Léodegan qui maria et bénit le roi Arthur et Gue-

---

Et li rois Bans le prist d'une part et li rois Boors d'autre et l'enmenerent au moustier Saint Estiene. Si ot illuec molt grant baronnie qui tout furent au convoier, et se tinrent tout par les mains doi a doi et furent esgardé a merveille des gens. Et li doi premier qui devant alerent fu li rois Artus et li rois Leodegans et li autre aprés mesire Gavains et mesire Yvains. Aprés Galescin et Agravain, et aprés Dodynel et Guerrehes, et aprés Saygremor et Gaheriet, et aprés Yvains li Aoutres et Kex d'Estraus, et puis Kex le Seneschaus et Autor son pere. Et aprés aus vint li rois Bans et li rois Boors qui menoient la demoisele. Et fu toute desasfublee et ot le plus biau chief que nule feme porroit avoir, un chapel en son chief d'or le plus riche que on seüst. Et ele fu vestue d'une robe a or batue de sigamor si longe que ele li trainoit plus de demie toise. Si li fist si bien que tous li mondes s'esbahissoit de sa grant biauté. Aprés vint Genievre, la fillastre Cleodalis, qui a merveilles estoit bele et avenans. Si le tint Gyrfles et Lucans li Bouteilliers par les mains. Et aprés vinrent li novel adoubé doi a doi tout atourné, [*130a*] et aprés vinrent li compaingnon de la Table Reonde, et puis li baron del roiaume de Carmelide, et puis les franches dames del païs et li bourgois si vinrent jusques au moustier.

475. Quant il vinrent au moustier si trouverent l'arcevesque Debrice de la terre de Logres et mon signour Amistant le bon cha-

nièvre. Le bon archevêque chanta la messe et l'obole des rois et des grands princes fut généreuse. Après l'office, ils rentrèrent au palais. Il y eut alors un grand cortège de divers ménestrels. Que vous dire ? Sinon que s'exprima toute la joie qu'on pouvait manifester. Ensuite, les tables furent installées et on alla manger. Les barons s'assirent, côte à côte, dans les salles selon l'usage et ils furent très bien servis comme il convient pour des noces royales. Personne ne saurait ici énumérer les cadeaux qu'on offrit. Après manger, quand les nappes furent ôtées, les barons dressèrent la quintaine dans les prés devant le palais. Les nouveaux chevaliers allèrent jouter ainsi que les quarante soldats qui étaient venus à Carohaise avec le roi Arthur. Alors arrivèrent les compagnons de la Table ronde et ils commencèrent à les malmener mais par jeu comme de bons chevaliers qu'ils étaient. Cela dura jusqu'à ce que monseigneur Gauvain l'apprît alors qu'il se trouvait à table avec ses compagnons.

476. Quand monseigneur Gauvain apprit que ses amis étaient si malmenés, il réclama ses armes, son écu et sa lance et tous ses compagnons firent de même. On les leur amena et ils montèrent à cheval sans armure, à l'exception de monseigneur Yvain qui revêtit un petit haubert sans coiffe et à double maille. C'était une habitude chez lui, non qu'il méditât quelque trahison ou quelque félonie, mais il redoutait une mêlée entre ses compagnons provoquée par la malveillance

---

pelain Leodegam. Si espousa et beneï le roi Artu et Genievre ansamble. Et le bons arcevesques chanta la messe. Si fu molt grans l'ofrande de rois et de haus princes. Et quant li services fu finés si repairierent el palais. Si ot grant convoiement de menestrous divers. Que vous iroie je acontant ? Tote la joie c'on pot faire i fu faite. Et après ce furent les tables mises, si ala on mengier. Et li baron s'asisent lés a lés si com il durent, si furent si bien servi com aferi a noces de roi. Et si n'est hom vivans qui peüst raconter les presens qui la furent presenté. Après mengier, quant les napes furent ostees, si leverent li baron la quintainne es prés devant le palais, si alerent bouhourder li novel chevalier et li .XL. soldoier qui vinrent a Karouaise avoec le roi Artu. Si avint que li compaingnon de la Table Reonde vinrent, si les commencierent molt a estoutoier en joant com cil qui estoient bon chevalier, tant que la nouvele en vint a monssignour Gavain qui seoit au mengier entre lui et ses compaingnons.

476. Quant mesire Gavains entent que si ami estoient si estoutois, si demande des armes et son escu et lance et ausi tout si compaingnon. Et on lor amainne et montent tout desarmé fors que mesire Yvains vesti un haubergon a double maille, et tele estoit sa coutume tous jours, non mie pour ce qu'il onques pensast a traïson ne a felonie, ne mais il se doutoit que mellee ne soursist entre ses compaingnons par le

d'un sot ou d'un traître, personnages qui ne manquent guère d'habitude. Quand monseigneur Gauvain arriva dans le tournoi avec ses compagnons, les nouveaux adoubés étaient bien malmenés car les compagnons de la Table ronde en faisaient ce qu'ils voulaient. Voyant qu'ils avaient le dessous, monseigneur Gauvain n'en fut pas très heureux et se rangea de leur côté avec ses compagnons. Quand les nouveaux adoubés s'aperçurent qu'on venait les aider, ils se rassemblèrent autour de monseigneur Gauvain et lui demandèrent s'il se mettait de leur côté et Gauvain leur répondit que oui. Comme monseigneur Gauvain était en plus accompagné de ses hommes, ils en furent très heureux et leurs adversaires très fâchés. Ils se jurèrent alors de ne jamais manquer de s'entr'aider les uns les autres, à la vie à la mort, et on en eut la preuve ce jour-là parce qu'ils se comportèrent si bien que les Chevaliers de la Table ronde se mirent à les envier et eurent beaucoup à souffrir au cours de ce tournoi ainsi que lors du nouveau défi lancé à Logres ensuite, là où monseigneur Gauvain fut proclamé seigneur et maître pour tout le bien qu'il y fit depuis qu'il était devenu chevalier de la reine Guenièvre, comme le conte le rapportera plus loin.

477. Quand monseigneur Gauvain eut pris l'engagement de ses compagnons, ceux-ci se mirent en rang et se préparèrent. Monseigneur Gauvain les mit en formation de combat en chevalier avisé qu'il était mais aussi comme l'homme le plus courtois, le plus loyal et le mieux élevé de Bretagne

---

mesfait d'aucun musart et d'aucun traïtour dont il i ot assés. Mais quant mesire Gavains vint au tournoiement et si compaingnon, si estoient li nouvel adoubé molt malmené, car li compaingnon de la Table Reonde les menoient a lor volenté. Et quant mesire Gavains les vit si adossés, si ne fu mie liés. Si s'en vait cele part, il et li sien, et quant cil virent qu'il orent secours, si s'asamblerent entour monsignour Gavain, si lor demandent s'il seront devers aus et il lor dist : « Oïl. » Quant mesire Gavains fu acompaingniés avoec les soldoiiers, si en furent molt lié et li autre coureciét. Et lors s'entr'afient que [*b*] jamais ne fauront li un a l'autre ne a la mort ne a vie. Et bien i parut cel jour, quar il le fisent si bien que grant envie lor en porterent li chevalier de la Table Reonde qui molt chier dut estre comperee a cel tournoiement. Et l'ahatine qui puis fu faite a Logres, la ou mesire Gavain fu clamés sire et maistre pour le bienfait qu'il i fist, ensi com li contes le vous devisera cha avant, aprés ce qu'il fu devenus chevaliers a la roïne Genievre.

477. Quant messires Gavains ot prises les fiances de ses compaingnons, si se rengierent et atournerent. Si les ordena mesire Gavains com sages chevaliers qu'il estoit et li plus courtois et li plus loiaus et li mix enseigniés qui fust en la Bloie Bretaingne. Quant il ot ordené

chevelue. Après s'être mis en formation, ses compagnons chevauchèrent deux à deux, les uns à la suite des autres. Le roi Arthur, Merlin et beaucoup d'autres étaient restés aux fenêtres du palais pour regarder le tournoi et il y avait avec eux des dames et des demoiselles en très grand nombre ; ils constatèrent que les chevaliers étaient fin prêts et qu'il ne restait plus qu'à donner l'assaut. Les compagnons de la Table ronde, dans l'autre camp, étaient cent cinquante bien comptés et monseigneur Gauvain leur envoya quarante jouteurs. Le premier à se présenter fut Sagremor et Nascien pour l'autre camp ; ils firent s'élancer leurs chevaux l'un contre l'autre. Monseigneur Gauvain s'interposa entre eux et les sépara puis il s'adressa en ces termes aux compagnons de la Table ronde : « Seigneurs, vous êtes tous des preux et les meilleurs chevaliers que l'on connaisse. Mais comportez-vous bien et allez prendre vos armes comme nous le faisons de notre côté. Faites en sorte d'être les meilleurs de part et d'autre en promettant que, si nous prenons l'un des vôtres, il se battra ensuite contre vous et, si vous prenez l'un des nôtres, qu'il vous apporte son aide et se batte contre nous. Quand nous aurons pris l'un des vôtres, remplacez-le et nous ferons de même si vous nous prenez l'un des nôtres[1]. »

478. Ils approuvèrent ce protocole et envoyèrent chercher leurs armes. Dès qu'on les leur eut apportées, ils s'armèrent rapidement. C'est alors que la nouvelle arriva dans la cité et qu'on apprit que monseigneur Gauvain avait organisé un

---

ses compaignons, si chevauchierent doi et doi les uns aprés les autres. Et li rois Artus et Merlins et molt des autres furent remés as fenestres del palais por esgarder le tornoiement et furent avoec aus dames et damoiseles a grant plenté et voient qu'il sont si apareillié qu'il n'i ot fors que del ferir ensamble. Et li compaingnon de la Table Reonde furent d'autre part .c. et .l. tout par conte. Et messire Gavains lor envoia .xl. jousteours. Si fu Saygremors tous premiers et d'autre part vint Nasciens, si laissierent chavaus aler les uns contre les autres. Et mesire Gavains se feri entre .ii., si les departi et apela les compaingnons de la Table Reonde et lor dist : « Signour, vous estes tout prodome et li millour chevalier que on sace. Mais or faites bien et s'alés tout prendre vos armes et nous autresi. Si faisons que nous soions en miudre que d'une part que d'autre par couvent que nous prendrons un des vos qu'il seront encontre nous. Et se vous prendés un des nos qu'il soit en vostre aïde et en nostre nuisance. Et quant nous arons un des vos pris si metés un autre en son lieu, et nous ferons aussi se vous prendés un des nos. »

478. Lors ont creanté ces couvenances a tenir si ont envoié por lor armes. Et si tost c'om lor ot aportees, si s'armerent a esploit. Lors en vint a la cité la nouvele et fu dit comment mesire Gavains ot empris le

tournoi contre les compagnons de la Table ronde. On l'apprécia et le loua beaucoup pour cela. Le roi Bohort l'appréciait encore plus que quiconque et dit qu'on n'avait jamais vu un chevalier si précoce. « S'il vit longtemps, il sera le meilleur chevalier qui soit et j'aimerais lui ressembler. » Ainsi s'exprima le roi Bohort au sujet de monseigneur Gauvain.

479. Quand les chevaliers furent en selle et qu'ils se furent rangés et préparés, ils s'élancèrent les uns contre les autres. Le premier à sortir des rangs parmi ceux de la Table ronde, ce fut Adragain le Brun et Dodinel le Sauvage vint l'affronter. Ils s'élancèrent aussi rapidement que leur cheval pouvait les emporter et se frappèrent avec leur lance sur leurs écus avec une telle force qu'ils en percèrent les ais et les trouèrent à la force de leurs bras, vivement lancés sur leurs chevaux. Le fer des armes fut à peine arrêté par les hauberts qui furent si résistants qu'aucune maille ne se rompit. Les lances ne purent que se briser. Les chevaliers se frappaient si durement sur les écus et sur le corps qu'ils se désarçonnèrent et se firent tomber de tout leur long. Dès qu'ils furent à terre, de part et d'autre des renforts arrivèrent à leur rescousse et les chevaliers se frappèrent si violemment sur leurs écus qu'ils firent voler leurs lances en morceaux et se firent tomber. Certains se croisèrent sans tomber, puis ils tirèrent leurs épées et commencèrent la mêlée à pied et à cheval. Il advint alors que monseigneur Gauvain et Nascien s'affrontèrent et se frappèrent de toutes leurs forces sur leurs écus avec leur

---

tournoiement encontre les compaingnons de la Table Reonde. Si l'em proisent molt et loent, et sor tous les autres le proise li rois Boors et dist que « onques mais ne fu tés chevaliers de son aage et, s'il vit longes, il iert li mieudres chevaliers qui soit et que je mix amaisse a resambler ». Ensi dist li rois Boors de mon signour Gavain.

479. [d] Quant cil furent monté et rengié et atourné si s'en vinrent li un contre les autres. Et li premiers qui se desrenge de la Table Reonde fu Adragains li Bruns, et Dodyniaus li Sauvages li vint a l'encontre et il s'en revinrent de si grant aleüre come li cheval porent rendre. Et il se fierent sor les escus des lances si roidement qu'il percent les ais, et estroent de lor bras et de lor chevaus qui tost les portent. Si n'arestent li fer jusques es haubers, mais il furent si fort que maille n'en rompi. Si couvint les glaives brisier si se hurtent si durement d'escus et de cors qu'il s'enteraportent a terre tout plat. Et si tost qu'il se furent entr'abatu si courent a la rescousse d'une part et d'autre et s'entrefierent si roidement sor les escus que les lances volent en pieces, et s'entr'abatent, de tels i a, et tels qui s'em passent outre sans chaoir. Puis traient les espees, si comence la mellee a pié et a cheval. Et lors avint que mesire Gavains et Nasciens s'entr'encontrerent et se fierent des glaives sor les escus de toutes lor forces

lance et leur épée. La lance de Nascien vola en morceaux.
Monseigneur Gauvain le frappa si fort qu'il lui plaqua l'écu
au bras et le bras au corps ; il le désarçonna en le faisant
tomber, jambes en l'air. Nascien se rétablit rapidement car il
était très leste, preux et hardi. Il tira alors son épée du fourreau, se couvrit de son écu et se prépara à se défendre.
Quand monseigneur Gauvain eut terminé sa course, il se
retourna, tira son épée et se dirigea vers Nascien. En le
voyant venir, Nascien ne le craignit guère et se hâta de le
frapper. Monseigneur Gauvain l'atteignit sur la peau protégeant l'écu et le fendit jusqu'à la boucle. Puis, monseigneur
Gauvain lui assena un si grand coup sur le heaume qu'il en
fit jaillir des étincelles. Il le fit tomber sur les mains mais
Nascien fut si prompt à se relever qu'on n'aurait pu l'être
davantage. L'épée brandie, il s'élança et frappa monseigneur
Gauvain d'un si grand coup sur le heaume qu'il lui fit incliner la tête. Quand monseigneur Gauvain voit son adversaire
manifester une telle prouesse et une telle ardeur au combat,
il se prend à l'apprécier beaucoup.

480. Il le frappe alors si fort sur le heaume qu'il le fait chanceler et tomber à genoux. Nascien, qui est très robuste, se
rétablit sur ses jambes et, tandis qu'il se relève, monseigneur
Gauvain le prend par le heaume et le lui arrache si violemment de la tête que le nez et le sourcil de son adversaire en
souffrent ; il jette ensuite le heaume le plus loin possible dans
la foule et crie à Nascien : « Seigneur chevalier, rendez-vous ! »

et la lance Nascien vole em pieces. Et mesire Gavain le fiert si durement qu'il li joint l'escu au bras et le bras au cors et le porte des
arçons a terre, les gambes contremont. Mais tost fu resaillis en piés,
car molt fu vistes et prous et hardis. Si traïst l'espee del fuerre et se
covre de son escu et s'apareille de lui desfendre. Quant mesire
Gavains ot parfurni son poindre, si retourna ariere et traïst l'espee et
vait vers Nascien. Et quant Nascien le voit venir si le redouta molt
poi et se hasta del ferir. Et feri mon signor Gavain par desus la pane
de l'escu si qu'il li fent jusqu'en la boucle. Et mesire Gavains li repaie
si grant cop sor le hiaume que les estinceles volent contremont et le
fait venir a paumetons. Mais si tost fu relevés que nul plus et s'en
vient l'espee haucie et fiert mon signour Gavain si grant cop parmi le
hiaume qu'il le fist enbronchier. Quant mesire Gavain voit celui si
prou et si bien combatant contre lui si l'aime molt forment.

480. Lors le fiert parmi le hiaume si durement qu'il le fait chanceler et chaoir as jenoullons. Et cil qui de grant force estoit resaut
em piés. Et en ce qu'il se relevoit l'aert mesire Gavains par le hiaume
et li esrace si durement de la teste que li nés et li sourcil s'en sentent
et il le jete si loing qu'il onques pot en la presse. Lors li escrie :
« Sire chevaliers, rendés vous ! » Et cil li dist qu'il n'est mie [d] a ce

L'autre lui répond qu'il n'en est pas encore réduit à cette
extrémité. Alors, il se protège de son écu et monseigneur
Gauvain frappe dessus un si grand coup qu'il en fait voler
un grand morceau au milieu du champ. Puis il court sur lui
et le frappe si violemment de la pointe de l'épée qu'il le fait
tomber. Alors, il descend de cheval, lui saute sur le corps, lui
ôte sa coiffe et lui demande de se rendre sans quoi il sera
mort. Nascien lui répond qu'il peut très bien le tuer mais
qu'il ne s'avouera jamais vaincu tant qu'il sera en vie.

481. « Comment, fait monseigneur Gauvain, est-ce, sérieusement, que vous préférez mourir plutôt que de vous rendre
et de vous tenir pour vaincu ? » Nascien répondit que oui.
« Je ne veux pas vous tuer, fait monseigneur Gauvain, parce
que ce serait une grande perte et parce que vous êtes preux,
mais je vous désarticulerai si bien que vous ne monterez plus
sur un cheval pendant des mois. — Je ne sais ce que vous
ferez mais je refuse de me tenir pour vaincu et jamais de
mon vivant, je ne le ferai. » Quand monseigneur Gauvain vit
qu'il n'obtiendrait rien de lui, il comprit qu'il avait affaire à
un homme de grand courage. Il pensa alors à un geste de
grande noblesse dont quelqu'un d'autre que lui se serait bien
gardé. Il s'approcha de Nascien et lui dit : « Seigneur chevalier, prenez mon épée car je me tiens pour vaincu. » Quand
l'autre voit sa grande noblesse, il s'humilie et dit : « Ah, mon
Dieu, seigneur chevalier, ne dites pas cela mais tenez, voici
mon épée, je vous la remets. Beaucoup de personnes ont vu

---

menés qu'il se rende pour home qu'il voie. Lors se couvre de son
escu, et mesire Gavains i fiert si grant cop qu'il en fait grant piece
voler enmi le champ, puis i acourt et le fiert si roidement del poing
de l'espee qu'il le porte a terre tout estendu. Lors descent et li saut
sor le cors et li oste la coife et li dist qu'il se renge a lui ou il est
mors. Et il dist ocire le puet il bien, mais il ne se tenra ja pour
recreant tant com il vive.

481. « Conment, fait mesire Gavains, sire chevaliers ? Est ce dont a
certes que vous amés mix a morir que vous vous rendés ne tenés
pour outre ? » Et cil dist : « Oïl. — Je ne vous voel pas ocirre, dist
mesire Gavains, car ce seroit trop grans damages, car molt estes
prous. Mais je vous ferai si bien desnuer que vous ne monterés des
mois sor cheval. — Je ne sai que vous ferés. Mais pour outre ne me
tenrai je ja en mon vivant. » Quant mesire Gavains voit qu'il n'en
tanra el, si set bien qu'il est de grant cuer, si s'apensa de molt
très grant franchise dont uns autres se gardast molt bien. Si s'en
vient a lui et li dist : « Sire chevaliers, tenés m'espee com cil qui a
outre se tient. » Et quant cil voit la grant franchise de lui si s'umelie
et dist : « Ha, por Dieu, sire chevaliers, ce ne dites mie. Mais tenés
m'espee, car je le vous rens, et si ont molt de gens veües coment

ce qu'il en est de moi. Sachez qu'une telle faveur, je ne pourrai jamais la rendre ni la mériter. » Alors, ils se donnèrent l'accolade et tous deux manifestèrent une grande joie puis, quand ils se furent bien réjouis ensemble, ils se munirent de leurs armes et revinrent à vive allure dans le tournoi qui avait déjà commencé. Nascien rejoignit le camp de monseigneur Gauvain car c'était légitime et conforme à l'engagement pris.

482. Quand monseigneur Gauvain et Nascien revinrent dans le tournoi, Dodinel était déjà remonté en selle et avait capturé Adragain bien malgré lui. Le combat avait repris de plus belle. Sagremor avait déjà abattu Hervi de Rivel et le retenait par le heaume de ses deux mains de sorte qu'il dut se déclarer son prisonnier. Gaheriet, le frère de monseigneur Gauvain, s'était emparé de Migloras et, quand monseigneur Gauvain arriva, il s'y prit si bien qu'il les fit tous partir et déguerpir de l'endroit. Douze des compagnons de monseigneur Gauvain s'en tirèrent tout aussi bien parce qu'ils capturèrent de force douze compagnons de la Table ronde. Les autres en furent si affligés qu'ils faillirent devenir fous de douleur. Alors quarante compagnons revinrent à l'assaut dans chaque camp et le combat reprit, plus grand et plus prodigieux encore. Les compagnons de la Table ronde dirent : « Se garde qui peut car l'ennemi ne lui fera que du mal aujourd'hui ! Nous ne pouvons guère nous flatter que des gamins nous fassent reculer alors qu'ils n'ont jamais participé à d'autre

---

il m'en est. Et saciés que cest guerredon ne porroie je mie rendre ne deservir. » Et lors s'entr'acolent et font molt grant joie li uns a l'autre. Et quant il se furent assés entreconjoï si se garnirent de lor armes et sont venu au tournoi grant aleüre qui ja estoit conmenciés, si se tourna Nasciens devers mon signour Gavain, car c'estoit drois et raison.

482. Quant mesire Gavains et Nasciens vinrent au tournoiement, si estoit ja Dodynaus remontés a cheval et avoit retenu Adragain a fine force. Et li estours estoit ja reconmenciés trop merveillous et Saygremors avoit ja abatu Hervil de Rivel et le tenoit par le hiaume as .II. mains que prison li couvenoit fiancier. Et Gaheries li freres mon signour Gavains ravoit pris Migloras. Et, quant mesire Gavains i vint, si le conmencha si bien a faire que tous les fist remuer et guerpir la place. Si le fisent si bien .XII. des compaingnons mon signour Gavain que .XII. compaingnons de la Table Reonde prisent par [e] force. Si en furent si dolant li autre que a poi qu'il ne derverent. Lors s'entrevinrent .XL. compaingnon de chascune part, si conmencha li tournoiement molt grant et merveillous. Car li compaingnon de la Table Reonde dient : « Ore se gardast[a] qui a garder savoit, qu'il ne feroient hui mais se mal non. Car molt nous poons poi proisier quant tel enfant nous metent ariere qui onques mais ne furent a

tournoi que celui-ci ! On ne peut que nous en tenir rigueur ou nous en blâmer. »

483. Alors, tous ensemble, ils laissèrent bondir leurs chevaux et lancèrent une grande attaque, affligés et courroucés qu'ils étaient de la capture de leurs compagnons. Les autres les affrontèrent et les accueillirent hardiment avec les fers de leurs lances. Il y eut un combat féroce et violent qui dura un bon moment sans arrêt jusqu'après midi. Alors monseigneur Gauvain quitta le tournoi pour changer son heaume car le sien était dans un tel état qu'il ne lui servait plus à rien : fendu et désintégré, il lui pendait jusqu'aux épaules. Tandis qu'il reprenait son souffle et changeait de casque, il vit ses gens reculer de toutes parts. Il se jeta alors dans la mêlée ; il tenait une lance très solide, frappa le premier qu'il rencontra et l'abattit. Monseigneur Gauvain fit tant et si bien que les siens se rétablirent. C'est alors qu'il trouva monseigneur Yvain à pied, tout comme Keu, Griffonet, Lucan, Bliobléris, Girflet, Osenain Cœur-Hardi, Lanval et Agravain. C'est autour de ces huit hommes que tout le tournoi s'était concentré car les compagnons de la Table ronde avaient l'intention de les capturer. Quand monseigneur Gauvain voit cela, il se dirige de leur côté, la lance au poing, et se jette si violemment sur eux qu'il les fait trembler. Il renverse le premier qu'il rencontre, brise sa propre lance et, avec le tronçon

---

tournoiement fors a cestui. Ce nous en doit on bien tenir a[u] mauvais et a blasmer. »

483. Lors laissent courre ensemble et lor font une grant envaïe et furent dolant et courecié des compaingnons qui pris estoient. Et cil lor vinrent a l'encontre et les reçoivent as fers des lances molt hardiement. Illuec ot estour fier et fort qui molt longement dura tout a estal, et tant que miedis fu passés. Et lors s'en issi mesire Gavains del tournoiement pour rechangier son hiaume, car li siens estoit si atournés que il n'avoit mestier a nului, car il estoit fendus et esquartelés si qu'il li pendoit aval sor les espaulles. Et en ce qu'il se resventoit et rehiaumoit si voit ses gens reüser de toutes pars. Lors se fiert en la mellee et tint une lance forte et roide et fiert le premier qu'il encontre si k'il l'abat tout estendu. Si le fist mesire Gavains si bien que li sien recouvrerent. Et lors avint qu'il trova mon signour Yvain a pié et Kex et Grifonnés et Lucans et Blyobleris et Girflés et Osenain Cuer Hardi et Lanval et Agravain. De sus ces .VIII. estoit arrestés tous li tournoiemens, car a els prendre entendoient tout li compaingnon de la Table Reonde. Quant mesire Gavains les voit, si s'adrecha cele part la lance el poing et se fiert entr'aus si fort que tous les fait fremir, si abat le premier qu'il encontre tout estendu. Lors brisa sa lance et des tronçons de la lance en rabati un autre si felenessement qu'il ne sot onques ou il fu.

qui lui reste, il en abat un autre si cruellement que sa victime ne sait même plus où elle se trouve.

484. Monseigneur Gauvain tira alors l'épée et accomplit de tels exploits que tout le monde s'en émerveilla ; il dépeça écus et hauberts de sorte que personne n'osait l'attendre pour l'affronter et que les meilleurs chevaliers lui laissaient le champ libre. Il les dispersa çà et là et, pendant ce temps, ses compagnons se remirent en selle et se trouvaient encouragés à venger la honte qu'on leur avait infligée. Monseigneur Yvain fit tant et si bien que les uns et les autres l'apprécièrent beaucoup et les compagnons se comportaient si bien que les spectateurs du tournoi les louaient grandement. Les quatre rois qui regardaient par les fenêtres en parlaient entre eux et déclaraient que ces chevaliers seraient de vrais preux si Dieu leur prêtait vie. Mais aucune prouesse accomplie ce jour-là ne saurait se comparer aux exploits de Gauvain, car grâce à lui les siens purent frapper à nouveau tous leurs adversaires et les poursuivre jusqu'à la cité. C'est là que s'arrêtèrent les chevaliers de la Table ronde, particulièrement affligés et courroucés. Ils disent qu'ils sont bien mauvais pour s'être ainsi laissé malmener. Ils font alors volte-face avec leurs chevaux en direction de leurs poursuivants. Alors commença un si prodigieux combat que, de toute la journée, il n'avait jamais atteint une telle violence ni une telle cruauté.

485. Le combat fut très violent et cruelle fut la mêlée aux portes de la cité de Carohaise entre les chevaliers de la Table

---

484. Aprés trait mesire Gavains l'espee, si conmence tant a faire d'armes que tous li mons s'en esbahissoit, car il lor decope escus et haubers si que nus ne l'ose a cop atendre, ains li font place tout li meillour. Si les espart cha et la et endementres sont li compaingnon remonté et furent molt encoragié de vengier lor honte que cil li avoient fait. Si si conmencha mesire Yvains si bien a faire que molt l'em proisent li un et li autre. Si le fisent si [f] bien tout li compaingnon c'om lor em porte grant los tout cil qui le tournoiement veoient. Si em parlerent molt li .IIII. roi qui as fenestres estoient et dient que molt seront prodome s'il vivent longement. Mais nule prouece c'on i face ne s'afiert as proueces mon signour Gavain, car par le prouece de lui referent tout li autre, et les chacierent jusqu'en la vile. Illuec s'arrêterent li compaingnon de la Table Reonde com cil qui molt estoient dolant et courecié. Et dient que molt sont mauvais quant il se sousfrent ensi a demener. Lors tournerent les chiés de lor chevaus encontre eus qui molt les tenoient cours. Si conmencha li caplés si merveillous qu'en tout le jor n'avoient eü si fort ne si aspre.

485. Molt fu grans li estours et dure la mellee a l'entree de la porte de la cité de Karouaise de ciaus[a] de la Table Reonde et des nouviaus

ronde et les nouveaux adoubés. Alors monseigneur Gauvain
lança un assaut dont on devait encore parler longtemps
après. Il avait bien fait d'y surseoir durant la journée car,
quand il vit que ses compagnons étaient arrêtés et que les
compagnons de la Table ronde leur défendaient l'entrée en
sorte qu'ils ne pouvaient ni rompre ni traverser leurs rangs,
il en fut si irrité et si inquiet qu'il faillit en perdre l'esprit. Il
s'éloigna et remit son épée au fourreau. Ce n'était pas Escalibor mais une solide épée pour les tournois. Il se rend
ensuite près d'un très grand poteau de chêne et le prend
entre ses mains[1]. Il jette son écu par terre pour avoir les
mains libres et se dirige à l'endroit où la foule est la plus
dense et la plus farouche. Dans son élan, il frappe alors un
chevalier d'un si grand coup sur le heaume qu'il l'étend à
terre, manquant même de l'assommer. Puis il en abat un
autre, le laissant tout étourdi de sorte que le sang lui sort du
nez et de la bouche. Il frappe sur sa droite puis sur sa
gauche et abat tous ceux qui se trouvent sur son chemin. Il
en blesse et en mutile beaucoup. Quand les compagnons
voient qu'il n'aspire à rien d'autre qu'à leur nuire, ils s'élancent sur lui et sur les siens aussi énergiquement que rageusement et ils disent qu'ils sont prêts désormais à commettre le
pire car ils ne se soucient plus tellement du tournoi. Ils se
lancent dans un combat si terrible et si prodigieux qu'il y
aurait eu beaucoup de pertes de part et d'autre si Merlin
n'avait pas fait appel au roi Ban, au roi Bohort son frère et

---

adoubés. Lors conmencha mesire Gavains un desroi si grant dont on
em parla puis molt longement. Si l'avoit molt bien fait toute jour
ajournee, car quant il vit que si compaignon estoient aresté et que
li compaingnon de la Table Reonde lor desfendoient l'entree si qu'il
ne les pooient desrompre ne percier, si fu si coureciés et si angoissous
que pour un poi qu'il ne dervoit. Lors se retrait en sus et remet s'espee el fuerre, mais ce n'estoit mie Eschaliborc, ains estoit une dure
espee pour tournoiier, et il s'en vait a une bare molt grant de caisne,
si le prent entre ses mains et jete son escu a terre pour estre plus
delivrées. Et s'en vient en la presse ou ele estoit plus grans et plus
fiere. Et fiert un chevalier si grant cop parmi son hiaume en son
venir si durement qu'il l'emporte a terre tout estendu que pour[b] un
poi qu'il ne l'asonma. Puis en rabat un autre tout estourdi si que li
sans li court par le nés et par la bouche. Et fiert a destre et
assenestre et abat quanqu'il aconsiut en sa voie. Si em blece molt et
mehaingne, et quant li compaingnon voient si lui et as siens si vigherousement que trop et dient qu'il ne font hui mais se au pis non qu'il
porront et que de tournoiier n'ont il mais cure. Si conmencent un
estour si grant et si merveillous que grant perte i eüst et d'une part
et d'autre se Merlins

au roi Arthur pour leur demander de séparer les combattants car il était temps de conclure la paix.

486. Après avoir entendu les propos de Merlin, les barons demandèrent leurs armes et leurs chevaux. Les valets se précipitèrent pour les leur amener; aussitôt les barons s'armèrent, se mirent en selle et chevauchèrent vers le grand combat. Merlin les précédait tous. Les chevaliers se jetaient dans la mêlée car ils étaient très échauffés contre leurs ennemis. Monseigneur Gauvain quant à lui se démenait fort bien avec le poteau qu'il tenait et ses adversaires se défendaient très vigoureusement car ils ne désiraient nullement céder du terrain. Quand monseigneur Gauvain vit qu'ils s'en tiraient si bien, il fonça dans leurs rangs comme un sanglier enragé et il fit tant et si bien qu'il effectua une trouée en dépit de leur résistance. Il se mit alors à faire le pire qu'il pouvait commettre et n'aspirait qu'à les malmener de toutes ses forces. Quand Merlin et les trois rois arrivèrent sur place pour les séparer, il advint que Gauvain rencontra Minodalis qui l'avait frappé à la poitrine de sa lance pointue de telle sorte qu'il s'en fallut de peu qu'il ne le renversât de son cheval. Gauvain souffrait encore du coup qu'il avait reçu; il se dirigea vers lui, leva son poteau pour le frapper sur le casque. Quand l'autre vit le coup venir, il se pencha en avant pour l'esquiver mais Gauvain lui appliqua le poteau en travers de l'épaule et le fit tomber à la renverse. Le roi Arthur remarqua le coup donné

---

ne fust qui apela le roi Ban et le roi Boort son frere et le roi Artu [*131a*] et lor dist qu'il les aillent departir, car il en estoit tans et eure que pais en fust faite.

486. Quant li baron entendent ce que Merlins ot dit si demanderent lor armes et lor chevaus. Et vallet salent qui lor amenerent armes et chevaus et errant il s'arment et montent et chevauchent au grant estour. Et Merlins vint avoec devant tous premiers, et cil s'enbatent molt durement car molt sont eschaufé les uns vers les autres. Mais trop le faisoit bien mesire Gavains de la bare qu'il tenoit et cil se desfendent molt vigherousement, car ainc ne vaurent gerpir la place. Quant mesire Gavains voit qu'il se contienent* si bien, si fiert entr'aus iriés come senglers, si fait tant qu'il les perce tout outre maugré aus tous. Et lors conmence a faire le pis qu'il puet et les baoit a malmener de tout son pooir, quant Merlins et li .III. roi vinrent pour desevrer. Et lors avint que mesire Gavains encontra Minodalis qui d'un glaive l'avoit feru enmi le pis si que a poi ne l'avoit abatu, et lui et le cheval tout en un mont. Si estoit molt dolans del cop qu'il li ot donné, et mesire Gavains revint ataingnant et hauce l'esparce pour lui ferir sor le hiaume. Et quant cil vit le cop venir si s'enbronche avant pour le cop eschiever. Et l'esparce li descent en travers de l'espaulle, si le porte a terre tous a envers. Et lors vint li rois Artus qui bien ot veü le

par le jeune homme et lui cria : « Cher neveu, lâchez donc ce
poteau car vous en avez assez fait ! » mais Gauvain était tout
échauffé et désireux d'en découdre. Merlin vint alors vers lui
et le prit par une main, de l'autre main il lui enleva le poteau
et lui dit en riant : « Allez, sire chevalier, vous êtes pris ! Rendez-vous car vous en avez trop fait, grand merci à vous ! »

487. Quand monseigneur Gauvain voit qu'il s'agit de Merlin, il lui dit d'un air débonnaire qu'il est son prisonnier
puisque tel est son bon plaisir. Puis ils s'en vont tous les
cinq et, dès que monseigneur Gauvain eut quitté le tournoi,
tous ses compagnons se séparèrent pour rentrer chez eux et
déposer leurs armes. Cependant, les compagnons de la Table
ronde étaient affligés d'avoir dû se contenter du plus mauvais rôle dans le tournoi ; ils espéraient encore se venger au
point que les nouveaux adoubés n'auraient plus de quoi plaisanter. Ces propos tombèrent dans l'oreille d'un compagnon
de monseigneur Gauvain qui chevauchait derrière eux. Il alla
trouver monseigneur Gauvain emmené par les trois rois,
Merlin, monseigneur Yvain ainsi que Galeschin. Le jeune
homme se rendit près d'eux et leur rapporta ce qu'avaient
dit les chevaliers de la Table ronde. Quand monseigneur
Gauvain entendit leur menace, il la méprisa fort mais n'en
laissa rien paraître. Il dit toutefois qu'il ne refuserait jamais
de participer à un tournoi contre eux quel qu'en soit le
moment. « Et pour un peu je suis prêt à leur accorder un
renfort de dix chevaliers. » Ces propos de monseigneur Gau-

---

cop del damoisel et li escrie : « Biaus niés, metés jus l'esparce, car
assés en avés fait ! » Mais il estoit chaus et entalentés de mal faire. Et
Merlins li vint a l'encontre et le prent par l'une des mains et l'autre
main prent l'esparce, et li dist en riant : « Estés, sire chevaliers, vous
estes pris. Rendés vous a moi, car assés en avés fait, la vostre merci. »

487. Quant mesire Gavains voit que c'est Merlins, si li dist molt
debonairement que pris est il puis qu'il li plaist. Atant s'en vont
entr'aus .v. et, si tost come mesires Gavains fu hors del tournoiement, si s'en departirent et s'en vint chascuns a son ostel pour desarmer. Mais molt sont dolant li compaingnon de la Table Reonde de
ce qu'il avoient eü le piour del tournoiement, mais il le quident
encore si bien vengier que il nouvel adoubé ne s'en gaberont de rien.
Ceste parole fu bien oïe d'un damoisel qui chevauchoit après aus. Si
l'ala dire [*b*] a mon signour Gavain que li .III. roi enmenerent et Merlins avoec aus et mon signour Yvain et Galescin aussi. Et li vallés vint
a els, si lor dist ce que li compaignon de la Table Reonde avoient
dit. Et quant mesire Gavains oï lor manace, si le tint a molt grant
despit. Mais il n'en fist onques samblant que de riens l'en chausist
fors tant qu'il dist que ja de tournoier ne lor fauront toutes les eures
que il vauront. « Et pour un poi que je ne lor laisse courre, dist il, .x.

vain se vérifièrent par la suite car on sait maintenant qui furent les meilleurs chevaliers lors de ce tournoi sur les prés autour de la cité de Logres quand les nouveaux chevaliers affrontèrent les chevaliers de la Table ronde dont beaucoup furent blessés, comme le conte vous l'apprendra plus loin. Il nous rapportera comment une règle fut établie entre les uns et les autres. Mais le conte se tait à présent sur ce sujet jusqu'au moment où il en sera temps et lieu. Il revient aux chevaliers de la Table ronde qui sont rentrés chez eux pour déposer les armes comme je vous l'ai dit plus haut.

L'enlèvement manqué de Guenièvre.

488. Le conte dit que lorsque le roi Arthur eut conduit monseigneur Gauvain au palais les petites gens du peuple s'exclamaient à propos de Gauvain : « Voici le bon chevalier ! » On demanda à Merlin de qui il s'agissait et comment il s'appelait. Merlin leur répondit qu'il s'appelait Gauvain et qu'il était le fils du roi Loth d'Orcanie. Quand ils entendirent cette réponse, ils dirent alors, tout heureux, qu'il avait les vertus de ses ancêtres car il avait de qui tenir. C'est ainsi que les gens de la cité s'exprimaient. Quand les chevaliers de la Table ronde se furent désarmés, ils se revêtirent et se parèrent de leurs plus beaux atours et ils se rendirent à la cour, là où l'on pouvait trouver monseigneur Gauvain. Ils le prirent à part et se plaignirent à lui-même de son comportement. Ils

---

chevaliers d'aïde[a]. » Ices paroles que mesires Gavains disoit tint il, car il fu bien aparissant li quel furent li meillour chevalier le jour qu'il prisent le tournoiement ensamble es prés dehors Logres quant li nouvel chevalier tournoierent encontre ciaus de la Table Reonde dont il i ot assés de bleciés et de navrés, ensi com li contes le nous devisera cha en avant. Si nous devisera conment li veü furent fait des uns et des autres. Mais atant se taïst li contes de ceste chose jusques a tant que poins et lix en sera. Et retourne a parler des chevaliers de la Table Reonde qui s'en alerent desarmer a lor ostex, ensi come je ai conté cha ariere.

488. Or dist li contes que quant li rois Artus en ot mené mon signour Gavain el palais et li menus pueples disoit li uns a l'autre de mon signour Gavain : « Vés ci le bon chevalier ! » Si demanderent a Merlin qui il estoit et conment il avoit a non. Et il lor dist qu'il avoit non Gavains et estoit fix au roi Lot d'Orcanie. Et quant cil l'oïrent, si disent, conme cil qui molt estoient lié, qu'il ne forligne mie, car bien avoit a qui retraire. Ensi devisoient la gent de la vile lor volenté. Et quant li compaignon de la Table Reonde se furent desarmé, il se vestirent et atournerent de lor meillours robes, et s'en viennent a court[a] ou il voient mon signour Gavain. Si se traient cele part et se plaingnent de lui a lui meïsmes et dient que

dirent qu'il les avait bien malmenés lors de ce premier tournoi et qu'il devait désormais être le seigneur et maître de tous les compagnons de la Table ronde. Monseigneur Gauvain entendit leurs propos mais ne leur répondit pas un seul mot. Depuis lors, il fut leur seigneur et maître, et devint compagnon de la Table ronde car il accepta de l'être. C'était juste car il eut le caractère d'un preux, d'un bon chevalier, plein de loyauté, tout au long de sa vie et il était pétri de qualités. Il était le plus courtois de tous.

489. On mit les nappes sur les tables et les chevaliers se lavèrent les mains sur place. Ils occupaient trois grandes salles complètes. On les servit fort bien de toutes sortes de mets agréables au corps. Après manger, quand les nappes furent ôtées, les chevaliers se délassèrent puis se séparèrent selon l'usage. C'est alors que vêpres sonnèrent à l'église de monseigneur saint Étienne. Les chevaliers allèrent entendre l'office. Puis, le lit du roi Arthur fut béni, selon l'usage, et les chevaliers se quittèrent et rentrèrent chez eux pour dormir et se reposer. Guenièvre se trouvait seule dans sa chambre avec sa gouvernante. Ce jour-là eut lieu le complot qui aurait dû lui valoir d'être enlevée traîtreusement par les parents de Guenièvre, la belle-fille du sénéchal Cléodalis car, à force de soudoyer la gouvernante qui veillait sur Guenièvre, ils en obtinrent ce qu'ils voulaient. Ils lui dirent qu'ils l'attendraient dans le jardin en contrebas du palais et qu'ils auraient avec

---

molt [ç] les a malmené a cel premier tournoiement et que bien devoit estre des ore mais sires et maistres d'aus tous et compains de la Table Reonde. Et mesire Gavains les ot bien, mais il ne lor respont un seul mot. Et dés illuec en avant fu il sires et maistres et compains de la Table Reonde, se il le vaut estre. Et il fu drois, car molt ot en lui prodome et bon chevalier et loial tant com il vesqui et plains de toutes bones teches. Et fu courtois que nul plus.

489. Atant furent les napes mises sor les dois. Si laverent cil chevalier par laiens, si ot .III. sales toutes plainnes de chevaliers. Si furent molt bien servi de toutes choses qui a cors d'ome covenoit par loisir et de bon. Quant vint après mengier que les napes furent ostees si envoisierent li chevalier et si se departent li un as autres si come drois estoit. Et lors sonnerent vespres au moustier mon signour Saint Estevene. Si les alerent cil chevalier oïr, et puis fu li lis au roi Artu beneïs si come drois estoit, et se departirent li chevalier et alerent a lor ostex dormir et reposer. Et Genievre remest en sa chambre entre lui et sa maistresse tote seule. Et cel jour fu pourchacie la traïson par coi ele dust estre prise et traïe del parenté Genievre, la fillastre Cleodalis le Seneschal. Car il firent tant vers la vielle qui maistresse Genievre estoit, la feme au roi Artu, que ele lor acreante toute lor volenté. Et cil dient qu'il l'atendroient el garding, desous le palais, et

eux l'autre Guenièvre. Après avoir tout arrangé selon leurs désirs, ils vinrent dans le jardin et se tapirent sous les arbres. Ils étaient dix en tout mais ne possédaient pas d'autre arme que leur épée et ils avaient avec eux la fausse Guenièvre. Ils restèrent longtemps à cet endroit jusqu'au moment où les barons se séparèrent pour rentrer chez eux. Alors, on déchaussa et on déshabilla la reine, comme si elle allait se coucher. La vieille la prit avec elle et l'emmena dans le jardin pour faire ses besoins. Quand les dix traîtres qui s'étaient cachés dans le jardin sous un arbre de Saint-Rieul[1] la virent venir, ils restèrent très silencieux et se dirigèrent pas à pas vers le mur. Bretel et Ulfin n'avaient pas oublié les paroles de Merlin. Ils étaient bien armés sous leurs habits et s'étaient cachés sous les escaliers par lesquels la reine devait descendre. Ils restèrent si silencieux que ni homme ni femme ne les aperçut. Ainsi postés, ils tendirent l'oreille et écoutèrent. Après un bon moment, ils virent la vieille que la reine tenait par la main et qui se dirigeait là où les traîtres s'étaient cachés. Quand ils virent qu'elle s'était éloignée de la chambre, ils la tirèrent de toutes parts et confièrent à la vieille l'autre Guenièvre. Voyant cela, la vraie Guenièvre comprend bien qu'elle est trahie et elle veut crier. Les traîtres lui disent alors que, si elle prononce un seul mot, ils la tueront ; ils feront de même si elle fait le moindre bruit.

490. Alors ils tirent leurs épées et se dirigent vers la rivière

---

auroient l'autre Genievre en lor compaignie. Ensi orent acreanté lor plaist si s'en vinrent el garding et se tapirent desous les arbres. Et il furent il .x., mais il n'estoient armé fors d'espees tant solement et avoient avoec aus la fause Genievre. Si demourent illuec si longement que li baron furent tost departi et alerent a lor ostex. Si fist on la roïne deschaucier et despoullier come pour aler couchier et lors le prist la vielle et l'enmena el garding pour pissier. Et quant li .x. traïtour qui quati s'estoient el garding desous une ente de saint Ruille le virent venir, si se tinrent molt coi, si se traient envers le mur petit et petit. Et Bretel et Ulfin n'orent pas oublié la parole que Merlins lor avoit dite, ains estoient molt bien armé desous lor robes et s'estoient quati desous le degré par ou la roïne s'en devoit issir, et se tinrent si coi qu'il ne furent onques aperceü d'ome ne de feme. Si esco[n]terent et oreillierent en tel maniere. Et, quant il orent une grant piece esté, si voient la vielle que la roïne tenoit par la main et si aloit cele part ou li traïtour avoient mis lor agait. Et quant il virent que ele fu eslongie de sa chambre et la erdent de toutes pars et baillent a la vielle l'autre Genievre. Et quant ele le voit si set bien que ele est traïe, si vaut crier. Et cil li dient, s'ele disoit nisun seul mot, qu'il l'ocirroient, ne se ele se fait oïr ne tant ne quant.

490. Lors traient les espees et s'en vont lés la riviere qui desous le

en contrebas du jardin. Il s'y trouvait une nef qui leur avait permis d'arriver là. Le jardin était surélevé par rapport à la rivière et on ne pouvait y accéder que par un petit sentier très raide et très difficile à monter ou à descendre à cause des nombreuses ronces qui l'envahissaient. Si les traîtres avaient réussi à monter dans la nef, la reine aurait été perdue à tout jamais. Quand Ulfin et Bretel voient enfin ceux qu'ils désiraient voir, ils bondissent hors de leur cachette et leur crient qu'ils sont des traîtres. Ils disent qu'ils se sont mal conduits envers la reine et qu'ils en mourront. Quand les félons entendent les cris de leurs assaillants, ils regardent dans leur direction et voient qu'ils ne sont que deux. Ils ne les prennent guère au sérieux, saisissent la reine et la confient à cinq des leurs. Les cinq autres restent pour combattre les deux qui les assaillent, l'épée brandie.

491. Quand la reine vit qu'on l'emmenait, elle prit peur et se laissa choir sur l'herbe verte. Les traîtres la relevèrent et l'emmenèrent de force, bien malgré elle. Quand elle vit s'approcher deux d'entre eux pour la relever, elle s'esquiva si lestement de leurs mains qu'elle s'échappa et s'enfuit en dévalant le jardin jusqu'à un arbre qu'elle enlaça fortement de ses deux bras. Les félons s'approchèrent d'elle et voulurent l'en arracher mais ils ne parvinrent même pas à la bouger, pourtant, ils tiraient de toutes leurs forces mais durent s'arrêter. Ils étaient si en colère qu'ils manquèrent de la tuer. Ulfin

---

garding couroit ou il avoit une nef atachie en coi il estoient venu. Et li gardins estoit molt haus desor la riviere, ne n'i pooit on aler se par un petit sentier non qui estoit molt rois et molt anious a monter et a avaler por les ronces dont il i avoit a tel foison. Et se tant peüssent avoir fait qu'il se fuissent mis en la nef, perdue fust la roïne sans recouvrier. Quant Ulfins et Bretel voient ciaus que il tant desiroient a veoir, si saillent fors de lor embuschement et les escrient et claiment traïtours, et dient que mal le baillierent car il en morront. Et quant li traïtour oent ciaus qui les escrient, si regardent et voient qu'il ne sont que doi, si ne les proisent gaires*. Si prendent la roïne et le baillent a .v. d'aus. Et li autre .v. demourent por combatre as .ii. qui lor viennent les espees traites.

491. Quant la roïne se vit mener si ot paour et se laisse chaoir a terre sor l'erbe verde. Et cil l'en lievent et l'emportent tout maugré sien, ou ele volle ou non. Et quant ele vit venir les .ii. por li aïdier, si s'estort si roidement de lor mains que ele lor eschape et tourne en fuies aval le garding tant que ele vint a une ente et l'enbrace de ambesdeus les bras molt durement. Et cil en vinrent a lui et l'en vaurent oster, mais il n'en porent mie remuer. Et nonpourquant molt sachent et tirent mais plus n'en font. Si en sont tant dolant que a bien petit qu'il ne l'ocient. Et Ulfins et Bretel ont tant

et Bretel se dirigèrent vers les cinq traîtres qui les attendaient l'épée nue à la main. Bretel frappa si violemment le premier qu'il le fendit jusqu'aux dents. Ulfin en frappa un autre et lui fit voler la tête en l'air. Les trois autres félons les frappèrent à leur tour mais ils ne purent guère leur nuire car ils étaient bien armés. Les traîtres en furent très irrités et voulurent s'enfuir. Mais Bretel et Ulfin les serraient de très près et leur infligèrent la mort à tous les trois. Ils vinrent alors aux cinq autres qui tentaient d'emmener la reine de force mais les traîtres n'avaient pas pu l'arracher à l'arbre et il est étonnant qu'ils ne lui aient pas arraché les deux mains du corps.

492. Quand Ulfin et Bretel virent le tourment subi par la reine, ils coururent vers elle et vociférèrent contre les traîtres. Bretel et Ulfin vinrent les affronter et les frappèrent de leurs épées là où ils purent les atteindre et ils en tuèrent deux des cinq. Quand les traîtres constatèrent qu'ils n'étaient plus que trois, ils firent volte-face vers le sentier qui se dirige vers la nef. Quand les deux compagnons les aperçurent, ils ne voulurent pas les poursuivre mais ils s'approchèrent de la vieille aux cheveux gris, la saisirent et la jetèrent en bas de la falaise. La vieille se mit alors à rouler d'une roche sur l'autre et termina sa chute dans la rivière. Ils jetèrent ensuite le corps de tous ceux qu'ils avaient tués. Ils prirent la reine et la ramenèrent, tout effrayée, dans sa chambre en lui disant de ne pas s'émouvoir puis ils s'emparèrent de la fausse Guenièvre

alé qu'il sont venu as .v. qui les atendent les espees es mains toutes nues. Si fiert Bretel si durement le premier qu'il l'encontre que il le fent jusques es dens. Et Ulfins fiert si l'autre qu'il li fist la teste voler. Et li autre .iii. les fierent mais de rien ne les porent empirier car molt estoient bien armé. Et cil en furent molt esmaié et vaurent fuir. Mais cil les tinrent [e] moult trés cours, si que tous ces .iii. lor gietent mors. Et lors s'en vinrent as autres .v. qui molt se penoient de la roïne mener a force. Mais il ne le porent de l'ente desvoleper et merveilles estoit qu'il ne li esraçoient ambesdeus les mains fors del cors.

492. Quant Ulfins et Bretel virent le tourment en coi la roïne estoit si courent cele part et les escrient. Et cil lor viennent a l'encontre et s'entrefierent des espees par ou il s'entr'ataignent et il ocient les .ii. des .v. Et quant cil virent qu'il ne sont mais que .iii. si tournent en fuies droit au sentier qui s'en vait vers la nef. Et quant li doi compaingnon les virent, si² ne les vaurent mie enchaucier, ains s'en vinrent a la vielle et le prendent et le jetent encontre tout aval la fallaise. Et cele s'en vait roolant de roce en roce que onques ne fina tant que ele vint a la riviere. Et puis jetent aprés le cors de tous ciaus qu'il avoient ocis. Lors prisent la roïne et l'enmenerent en sa chambre molt esfreé et li dient que ja ne s'esmaiast. Puis prendent la false Genievre,

et l'emmenèrent dans leur logis car ils ne voulaient pas que quiconque pût surprendre leurs faits et gestes.

493. Comme vous l'avez entendu, les traîtres ont été démasqués grâce au conseil de Merlin et la reine a été secourue par les deux preux. Dès qu'ils s'en furent allés, Merlin l'apprit et se présenta au roi Léodegan pour lui demander d'envoyer trois de ses demoiselles dans la chambre de la reine pour le coucher de celle-ci. Le roi lui demande : « Et pourquoi donc ? La gouvernante ne suffit-elle pas ? » Merlin lui raconte alors la vérité de l'affaire qui vient de se dérouler. En entendant cela, le roi s'étonne fort de la chose et dit qu'il ne sera pas tranquille tant qu'il n'aura pas parlé à sa fille. Alors, le roi Léodegan se rend dans la chambre où se trouve sa fille Guenièvre et emmène trois demoiselles avec lui pour le coucher de sa fille. Quand Guenièvre voit son père, elle se met à verser des larmes. Le roi la prend par la main, l'emmène à part et lui parle seul à seule. Elle lui conte alors la vérité de tout ce qui s'est passé de bout en bout. Le roi lui demande de ne pas s'affoler car elle n'a plus aucun motif de crainte. Il enjoint aux trois jeunes filles d'aider à coucher sa fille et elles s'exécutent. Le roi Léodegan ne voulut pas quitter la chambre tant qu'il ne vit pas sa fille couchée. Puis, il s'approcha du lit, il souleva la couverture et la robe de sa fille jusqu'à ce qu'il vît le signe de la couronne sur ses reins[1]. Alors, il sut avec certitude que c'était sa fille qu'il avait eue

---

si l'enmainnent a lor oſtel, car il ne vaurent mie que nus lor couvine aperceüſt.

493. Ensi com vous avés oï furent li traïtour demené par le conseil de Merlin et la roïne fu rescousse par les .ii. prodomes. Et si toſt com il s'en furent alé le ſot Merlins. Si en vint au roi Leodegam et li diſt qu'il envoiaſt .iii. de ses demoiseles en la chambre la roïne pour li aler couchier. Et li rois li demande : « Pour coi dont ? N'i a il asſés en sa maiſtreſse ? » Et Merlins li conte toute la verité si com ele eſtoit avenue. Quant li rois l'oï si s'esmerveille molt de ceſte chose et diſt qu'il ne sera jamais a aise devant ce qu'il aura a li parlé. Et lors s'em part li rois Leodegam et s'en vint en la chambre ou Genievre sa fille eſtoit, et enmainne .iii. puceles avoec soi a lui[e] aïdier a coucher. Et quant ele le voit si conmence a plourer molt durement. Et li rois le prent par la main et le traïſt a une part et parole a li tout seul a seul. Et ele li conta la verité si com ele eſtoit alee de chief en chief. Et[b] li rois li diſt qu'ele ne s'esmaiaſt de rien, car ele n'avoit maiſ garde. Et li rois conmanda as .iii. demoiseles qu'il[c] le couchaiſſent et eles ferent son conmandement. Ne li rois Leodegam ne se vaut partir de la chambre tant qu'il le vit cou[ſ]chie. Puis en vint au lit sa fille et li haucha le couvretoir et le retourse tout aval tant qu'il le viſt le saing de la corone sor les rains. Et lors ſot il bien vraiement que

de sa femme. Il lui remit la couverture et sortit de la chambre sans mot dire. Et les demoiselles de compagnie de s'étonner de son geste. Pendant ce temps-là, le roi Arthur avait cessé de se divertir avec ses compagnons et, quand il arriva dans la grande salle, Merlin et le roi Léodegan vinrent le trouver et lui dirent d'aller coucher avec sa femme car le moment attendu était arrivé. Arthur répondit qu'il le ferait très volontiers et il entra dans la chambre où les trois demoiselles avaient aidé Guenièvre à se coucher et, dès qu'il fut couché à son tour, les demoiselles sortirent de la chambre de sorte qu'ils ne s'y trouvaient plus qu'à deux. Toute la nuit, ils se donnèrent du bon temps ensemble comme deux personnes qui s'aimaient beaucoup et ils continuèrent ainsi jusqu'au lever du jour où ils s'endormirent dans les bras l'un de l'autre[2].

494. C'est ainsi que faillit être trompée la vraie Guenièvre par les traîtres et par ceux qui lui causeront par la suite, bien longtemps après, de grands tourments, comme le conte le rapportera plus loin, si toutefois un conteur s'en charge. Car le roi fut en cause durant trois bonnes années de sorte que la reine ne se trouva plus en sa compagnie, et c'est Galehaut, un riche prince, qui l'emmena pour l'amour de Lancelot au royaume de Sorelois. Le roi vécut en compagnie de la fausse Guenièvre jusqu'au jour où la maladie le prit ainsi que Bertelai, un traître que nul ne put détourner de sa trahison qui fit pourrir toute la terre. La terre et le royaume restèrent pendant

---

c'estoit sa fille qu'il avoit eü de sa feme, si le recouvre del couvretoir et s'en ist de la chambre que mot ne dist. Si s'esmervelllent molt les damoiseles pour coi il avoit ce fait. Atant s'en revint li rois Artus d'esbanoiier entre lui et sa compaingnie. Et quant il vint en la sale, si li vint a l'encontre Merlins et li rois Leodegans et li disent qu'il alast couchier a sa feme, car bien estoit raison et tans. Et il dist que si feroit il molt volentiers. Si s'en entra en la chambre ou les .III. damoiseles estoient qui l'avoient aïdie a couchier et, si tost com il i fu couchiés, si s'en issirent fors les damoiseles de la chambre, se n'i remest que aus .II. Si menerent toute la nuit molt bone vie ensemble come cil qui molt s'entr'amoient et ne finerent jusques au jour qu'il s'endormirent bras a bras.

494. Ensi dut estre engingnie la vraie Genievre par les traïtours et par ciaus dont ele ot puis maint grant anui qui puis avint lonc tans après, ensi come li contes le nous devisera s'il est que le nous die. Car li rois le causa[a] bien .III. ans que onques ne fu en sa compaingnie et l'enmena Galehols, uns riches princes, el roiaume de Soreloys, pour l'amour Lanselot. Et li rois tint en sa signourie la fause Genievre, tant que ce vint a un jour que maladie le prist et a Bertolai, un traïtour par qui ce fu que guerpir ne le vaut pour nul home tant que toute pourri sor terre. Si en fu la terre et li roialmes près de

trois ans en état d'excommunication de sorte qu'aucun corps
d'homme ou de femme ne put être enterré en terre bénite
sinon excommunié ou en cachette. Notre-Seigneur leur envoya
ces tribulations à cause de la déloyauté de leurs péchés,
d'une gravité exceptionnelle. Tout cela est arrivé par la faute
d'un chevalier qui périt ensuite d'une mort affreuse, comme
le conte le rapportera plus loin. Mais il est juste et normal
que le conte nous dise pourquoi tout cela est arrivé car c'est
le moment et la matière nous y invite par ailleurs.

495. Il est vrai que le roi Léodegan, qui était animé d'un
esprit de justice, avait un chevalier très preux et très sage, un
très bon chevalier qui lui avait rendu de grands services. Ce
chevalier de très haut lignage avait servi le roi Léodegan
parce qu'il l'aimait beaucoup. Il se nommait Bertelai et il
haïssait à mort un autre chevalier qui avait tué un de ses
cousins amoureux de la femme de ce chevalier.

496. Quand Bertelai sut que ce chevalier avait tué son
cousin et qu'il l'avait honni à cause de sa femme, il ne daigna pas porter plainte auprès du roi mais il alla trouver le
chevalier et le défia à mort. Il le guetta maints jours et
maintes nuits jusqu'à cette nuit où le roi avait pris femme et
où les chevaliers avaient quitté la cour pour retourner chez
eux afin de se reposer. Il advint alors que Bertelai rencontra
le chevalier en compagnie de deux écuyers. Quand Bertelai
le vit, il l'assaillit et le tua avec le poignard qu'il portait. La

---

.iii. ans en escumeniement que onques cors d'ome ne de feme ne fu
mis en terre beneoite se sor escumeniement non et emblé. Et tout
cest triboul lor consenti Nostre Sires a avoir par la desloiauté de lor
pechés dont il firent puis de molt grans. Et tout ce avint par un chevalier qui puis en morut de si male mort come li contes vous devisera cha avant. Mais il est bien drois et raisons que li contes nous die
pour coi ce avint, car li lix i est et la matere si atourne.

495. Voirs fu que li rois Leodegans qui molt fu bons justicierres
avoit un chevalier molt prou et molt sage, et molt bons chevaliers
avoit esté et de molt bon service. Et si estoit de molt haut lignage
et avoit servi le roi Leo[*132a*]degam tant que molt l'amoit. Icil
chevaliers avoit non Bertholais, si haoit un chevalier de mort pour
ce qu'il li avoit ocis un sien cousin germain pour sa feme que cil
amoit.

496. Quant Bertholays sot que cil avoit son cousin ocis et de sa
feme l'avoit honni si n'en deigna onques nule plainte faire au roi,
ançois vint a lui et le desfia de mort. Si le gaita maint jour et mainte
nuit tant que ce vint la nuit que li rois espousee sa feme que li
chevalier se departoient de la cour et s'en aloient a lor ostels por
reposer. Si avint que Bertholais encontra cel chevalier et .ii. esquiers
avoec lui. Et quant Bertholais le vit si li courut sus et l'ocist d'une

chose faite, il rentra chez lui. Les deux écuyers qui se trouvaient avec le chevalier tué poussèrent des cris et les gens accoururent de toutes parts avec des lanternes, des torches ou des flambeaux. Ils trouvèrent le chevalier assassiné et demandèrent aux deux écuyers qui se lamentaient le nom de l'assassin. Ils répondirent que c'était Bertelai le Roux[1].

497. Quand les écuyers eurent beaucoup crié et hurlé à cause de leur maître, ils le prirent et le ramenèrent chez lui ; ils firent tout ce qu'il faut faire à chevalier mort. Ils le veillèrent jusqu'au jour puis le portèrent à l'église ; ils firent célébrer le service funèbre et le firent enterrer. Au matin, Ulfin et Bretel convoquèrent Cléodalis le sénéchal et lui demandèrent de venir leur parler chez eux. Cléodalis y vint très volontiers en homme franc et loyal. Quand ils le virent, ils le prirent à part et lui racontèrent l'aventure comme elle s'était passée et comment sa fille avait agi. Quand il entendit la grande traîtrise manigancée par celle-ci, il dit qu'elle n'avait jamais été sa fille ; car, si cela avait été le cas, ajouta-t-il, elle n'aurait jamais accepté de faire une chose pareille, quel que fût l'homme qui le lui eût demandé.

498. Tandis qu'ils parlaient ainsi, le roi Léodegan se leva de bon matin car il était inquiet des mésaventures surprenantes survenues à sa fille la veille au soir. Quand Merlin fut levé, il alla le trouver et lui souhaita le bonjour. En le voyant, il lui fit bel accueil et lui dit que Dieu le bénisse.

---

misericorde qu'il portoit. Et, si tost com il l'ot ocis, si s'en ala a son ostel. Et li doi esquier qui estoient avoec le chevalier ocis lievent le cri et les gens saillent sus de toutes pars a lanternes et a brandons et a tortins ardans et trouvent le chevalier ocis et demandent as .ii. esquiers qui grant duel demenoient qui l'avoit ocis. Et il distrent que ce avoit fait Bertholais li Rous.

497. Quant li esquier orent assés crié et brait pour lor signour, si le prisent et porterent a son ostel et le firent ensi com on doit faire a mort cevalier. Et le garderent jusques au jor et le porterent au moustier et firent le service faire et puis enterer. Et au matin manderent entre Ulfin et Bretel Cleodalis le Seneschal, et li manderent qu'il venist a aus parler a lor ostel et i vint molt volentiers conme debonaires et frans. Et quant cil le virent, si le traisent a une part et li conterent l'aventure toute si come ele estoit alee[a] et ensi come sa fille avoit ouvré. Et quant il oï la grant desloiauté qu'ele avoit demenee si dist que sa fille ne fu ele onques. « Car s'ele fu ma fille, fait il, ja fait ne l'eüst pour home nisun qui dist li eüst. »

498. Endementiers qu'il parlerent issi si fu li rois Leodegans matin levés, car molt estoit esfreés des merveilles qui estoient avenues le soir de sa fille. Et quant Merlins fu levés si vint devant lui et li aoura bon jour. Et quant li rois le vit, si li fist molt bele chiere et li dist que

Alors, ils se prirent par la main et quittèrent la salle en parlant de choses et d'autres. Ils finirent par arriver devant la maison d'Ulfin et Bretel et y entrèrent si discrètement que ceux-ci ne les entendirent pas avant d'être abordés par eux. Quand ils les aperçurent, ils se précipitèrent vers eux comme ceux qui n'avaient encore jamais eu l'occasion d'honorer des preux. Tous les cinq se rendirent dans une chambre. Ulfin alla chercher Guenièvre et l'amena devant eux. Il leur conta comment elle et les traîtres s'étaient comportés, simplement parce que tous ne connaissaient pas bien l'histoire. Seul, le roi l'avait entendue de la bouche de Merlin. Le roi Léodegan prit alors la parole et dit au sénéchal :

499. « Seigneur sénéchal, je vous apprécie beaucoup et je voudrais encore chercher à accroître votre honneur. C'est ce que je ferai si je vis encore longtemps car vous m'avez bien et loyalement servi et je ne voudrais pas faire ou rechercher une chose qui tournerait pour vous à la honte ou au reproche si je puis vous l'éviter. Savez-vous pourquoi je dis cela ? Voici votre fille qui mérite vraiment d'être jugée. Mais vous m'avez montré tant de loyauté que je dois lui pardonner, pour l'amour de vous, un plus grand méfait encore que celui-ci. Toutefois, pour cela il convient que j'obtienne réparation d'une autre manière. Il faut que vous l'éloigniez de ce royaume de sorte que jamais homme ou femme ne la reconnaisse. Tel est mon bon plaisir et ma volonté. » Le

---

Dix le beneie. Lors se prendent as mains et s'en vont fors de la sale de maintes choses parlant. Et alerent tant qu'il en vinrent devant l'ostel Ulfin et Bretel, [*b*] si entrerent ens si coiement que cil n'en sorent onques mot tant qu'il furent sor aus embatus. Et quant cil les choisirent si lor saillirent a l'encontre come cil qui nule fois n'estoient esbahi de prodome honerer. Lors s'en alerent tot .v. en une chambre et Ulfins ala et amena Genievre avant et lor conta conment ele et li traïtour avoient ouvré, non mie por ce que tout ne le savoient bien car Merlins l'ot au roi conté. Et lors parla li rois Leodegans et dist au seneschal :

499. « Sire seneschaus, je vous aim molt et molt vauroie pourchacier vostre honour et acroistre. Et ausi ferai je se je vis longement, car molt m'avés bien servi et loiaument, ne je ne vauroie mie faire chose ne pourchacier dont vous eüssiés honte ne reproce pour coi je vous em peüsse destourner. Savés vous pour coi je le di ? Veés ci vostre fille qui molt a bien deservi que on face justice envers li. Mais vous avés tant esté loiaus envers moi que bien li doi pardonner pour l'amour de vous un plus grant mesfait que cis ne soit. Mais pour ce que il couvient que je em prenge vengeance en aucune maniere, si covient il que vous le menés fors de cest roiaume en tel maniere que jamais n'i soit veüe d'ome ne de feme qui le connoisse. Car ensi me plaist il et je le voel. »

sénéchal lui répond qu'elle n'a jamais été sa fille et il rajoute :
« Mais puisque telle est votre décision, je m'y plierai. Puisse
Dieu m'aider, je préférerais qu'elle soit brûlée devant tous
les habitants de cette ville ou enterrée. Elle ne m'appartient
nullement. — Alors, laissez cette affaire, dit le roi, et faites
en sorte que je n'en entende plus jamais parler et disposez
de mon bien autant qu'il vous plaira. »

500. Ainsi délibéra le conseil des barons et Cléodalis se
prépara aussitôt à partir ainsi que sa belle-fille, comme s'ils
devaient voyager longtemps sans faire d'étape. Ils se mirent
en route et, à force de longues journées de voyage, ils arrivèrent au royaume de Carmélide dans une abbaye sise en un
lieu très sauvage où il la fit nonne. Et elle demeura là si
longtemps, dit le conte, que Bertelai le Roux la retrouva, il la
tira de là grâce à son art et à sa ruse et en fit plusieurs fois
sa volonté puis vécut tranquillement avec elle. Mais ici le
conte se tait au sujet de cette aventure sans en parler davantage et revient à Cléodalis et au roi Léodegan de Carmélide.

501. Le conte dit que lorsque le roi Léodegan eut ordonné
à son sénéchal de conduire sa belle-fille loin du royaume de
Carmélide, il quitta la demeure d'Ulfin et Bretel avec Merlin
et ils revinrent dans la grande salle, main dans la main. Ils y
trouvèrent les barons déjà sur pied et fin prêts. L'heure de la
messe avait déjà sonné à l'église. Après que la messe fut
chantée, ils revinrent dans la grande salle et alors les parents

Et li seneschaus respont que sa fille ne fu ele onques. « Mais pour ce
que vostre volenté est tele ensi le ferai je. Et ausi m'aït Dix, fait il, que
je amaisse mix qu'ele fu arse voiant tous ciaus de la vile ou enfoïe. A
moi n'apartient ele de riens. — Or laissiés, fait li rois, la chose ester
atant et gardés qu'il soit fait en tel maniere que jamais n'en oïe parler.
Et si prendés de mon avoir tant com il vous plaira. »

500. Ensi fu pris li consaus des barons et Cleodalis s'apareilla et sa
fillastre tout maintenant come pour errer sans nul respit prendre. Et
il se misent el chemin et errerent tant par lor journees tant qu'il vinrent el roiaume de Carmelide a une abeye qui molt estoit en sauvage
lieu ou il le rendi. Et illuec demoura tant, ce dist li contes, que Bertholais li Rous le trouva qui par son art et par son engin l'en jeta et
en fist pluisors fois sa volenté et vit a li tout plainement. Mais ici
endroit se taist li contes de ceste aventure que plus n'en parole et
retourne a parler de Cleodalis et [d] del roi Leodegam de Carmelide.

501. Or dist[a] li contes que[a] quant li rois Leodegans ot conmandé a
son seneschal qu'il menast sa fillastre fors del roiaume de Carmelide,
il s'en parti fors de l'ostel Ulfin et Bretel entre lui et Merlin et s'en
revienent en la sale main a main. Car il trouverent les barons levés et
apareilliés et on avoit ja sonné a la messe, si s'en alerent au moustier.
Et quant la messe fu chantee si s'en revinrent en la sale ariere, et lors

du chevalier tué par Bertelai vinrent porter plainte auprès du roi. Le roi Léodegan envoya chercher Bertelai chez lui et celui-ci vint sans peine mais très bien armé sous ses habits et il emmena une grande compagnie de chevaliers avec lui. Il était plein de courtoisie et savait toujours très bien s'exprimer et il était bien équipé. Quand le roi Léodegan le vit, il lui demanda pourquoi il avait tué le chevalier en pure trahison. Bertelai répondit qu'il se défendrait de cette accusation de félonie contre tous ceux qui la lui imputeraient : « Je ne dis pas que je ne l'ai pas tué mais auparavant je lui ai lancé un défi. Je ne l'ai pas tué sans motif parce que beaucoup de gens savent qu'il a tué un de mes cousins germains après l'affaire de sa femme qui lui avait valu d'être honni. Il m'est avis que, de toutes les manières possibles, on doit s'en prendre à son ennemi mortel à partir du moment où on l'a défié. » Le roi dit que ce n'était pas une raison. « Mais si vous étiez venu me voir et si vous vous étiez plaint à moi et si je n'avais pas daigné vous rendre justice, alors vous auriez pu obtenir vous-même votre vengeance. Mais vous ne m'avez jamais présenté de requête en vue de faire valoir votre bon droit auprès de moi[1].

502. — Seigneur, répond-il, vous dites votre volonté mais je n'ai pas mal agi envers vous et je n'ai pas l'intention de le faire, grâce à Dieu. — Sachez, fait le roi, que je veux voir le droit respecté. — Seigneur, fait Bertelai, je voulais dire qu'une telle chose ne doit pas dépendre de votre seule

---

en vinrent li parent au chevalier que Bertholais avoit ocis faire lor plainte au roi. Et li rois Leodegam l'envoia querre a son ostel. Et cil i vint tous sans dangier molt bien armés desous sa robe et amena grant compaignie de chevaliers avoec lui, car estoit plains de grant courtoisie et biaus parliers avoit il tous jours esté et a bel harnois. Et quant li rois Leodegans le voit, si li demande pour coi il avoit le chevalier ocis en traïson. Et il dist que de traïson se desfenderoit il bien encontre tous ciaus qui l'en apeleroient. « Et je ne di pas que je ne l'ocis, mais ançois le desfiai. Ne ce ne fu mie pour noient que je l'ocis, car maintes gens sevent bien qu'il ocist un mien cousin germain pour sa feme dont il le honnissoit. Dont il m'est avis que en toutes les manieres que on puet doit on grever son anemi mortel puis c'on l'a desfié. » Et li rois dist que ce n'estoit mie raisons. « Mais se vous en fuissiés venus a moi et vous vous en fussiés plains et je ne vous en vausisse faire droit, lors en deüssiés avoir pris vostre vengance. Mais vous ne me proisastes onques tant que clamer en feïssiés a moi.

502. — Sire, fait il, vous dites vostre volenté. Mais encontre vous ne mesfis je onques riens ne ja ne ferai se Dieu plaist. — Saciés, fait li rois, que j'en voel que li drois en soit oïs[a]. — Sire, fait Bertolais, je vous di bien qu'il couvient que il [d] ne soit a vostre volenté. » Et

volonté. » Et le roi Léodegan ordonna que justice fût rendue
eu égard à ses gens et à ses barons. À ce jugement participaient le roi Arthur, le roi Ban et le roi Bohort, monseigneur
Gauvain et monseigneur Yvain, Sagremor, Nascien, Adragain, Hervi de Rivel et Guiomar. Ces dix personnes délibérèrent sur l'affaire et discutèrent ensemble de tous ses
aspects[1]. Elles finirent par s'accorder sur le fait que Bertelai
devait être dépossédé de ses biens et qu'il devait quitter pour
toujours la terre du roi Léodegan. Le roi Ban annonça la
sentence qui avait été jugée remarquablement bonne. Il
savait bien s'exprimer et l'énonça telle qu'elle lui avait été
confiée en parlant très fort pour être entendu de près
comme de loin : « Seigneurs, les barons ici présents ont
considéré que Bertelai devait être dépossédé de toutes les
terres qu'il détient de votre autorité et qu'il devait quitter le
pays pour toujours au motif qu'il s'est rendu justice lui-
même à propos du chevalier qu'il a tué en pleine nuit. Car la
justice ne lui incombait pas et vous teniez d'autre part une
cour solennelle qui aurait dû valoir sauf-conduit à l'aller
comme au retour à tous ceux qui s'y rendaient[2]. »

503. Alors le roi Ban s'assit et se tut. Quand Bertelai vit le
silence du roi et quand il comprit qu'il était condamné à l'exil,
il s'en retourna sans mot dire. Il n'osait contester le jugement
car c'étaient les hommes les plus éminents et les plus puissants du monde qui l'avaient prononcé. Cependant si d'autres
qu'eux l'avaient fait, il aurait eu tôt fait de le contester. Ainsi

---

lors conmanda li rois Leodegans que li jugemens en fust fais a l'esgart de ses gens et de ses barons. À ce jugement fu li rois Artus et li
rois Bans et li rois Boors et mesires Gavains et mesire Yvains et Saygremors et Nasciens et Adragains et Hervi de Rivel et Guiomar. Icil
.x. furent a jugement et parlerent ensemble d'unes choses et d'autres
et tant qu'il s'acorderent en la fin qu'il devoit estre desiretés et widier
la terre au roi Leodegam a tous jours. Si conta li rois Bans la parole
qui a merveilles avoit esté bone et ot bone loquence ensi com ele li
fu chargie et li dist si haut que tut l'oïrent de prés et de loing : « Sire,
cist baron qui ci sont ont esgardé que Bertholais doit estre deseretés
de toute la terre qu'il tient en vostre pooir et puis doit fors vuider le
païs a tous jours pour ce qu'il prist la justice sor lui del chevalier qu'il
ocist et par nuit. Car la justice n'estoit mie soie, et d'autre part vous
teniés court enforcie qui bien deüst conduire sauf alant et sauf
venant a tous ciaus qui i fuissent. »

503. Atant s'asist li rois Bans que plus ne dist. Et quant Bertholais
vit ce que autre chose n'en portera et qu'il estoit fors jurés si s'en
tourne sans plus dire. Car il n'osoit mie le jugement fauser, car il
l'avoient fait li plus haut home del monde et li plus poissant. Mais
que autre l'eüssent fait et tost i meïst painne del contredire. Ensi

s'en alla Bertelai mais il eut un très beau convoi de chevaliers à qui il avait fait des dons car il avait été un bon et
valeureux chevalier. Il fit de longues journées de route, une
heure succédant à l'autre, et il arriva là où la fausse Guenièvre se trouvait. Il s'arrêta à cet endroit et y séjourna fort
longtemps mais restait très préoccupé, en homme rompu au
mal, de savoir comment il pourrait se venger du roi Léodegan et du roi Arthur qui l'avaient banni. Il devait en découler ensuite pour le roi Arthur un si grand malheur et une si
grande discorde entre lui et sa femme qu'il se sépara longtemps d'elle comme le conte vous le rapportera plus loin, s'il
y a un conteur pour le faire. Mais le conte se tait à présent
et ne traite plus de toutes ces matières. Il revient au roi
Arthur de Grande-Bretagne qui se trouve avec sa femme
dans la cité de Carohaise en Carmélide avec le roi Léodegan.
Il raconte comment il convoqua ses barons en secret et leur
demanda de se préparer à partir.

Loth ennemi puis allié d'Arthur.

504. Le conte dit que le roi Arthur vécut très plaisamment
avec sa femme pendant huit jours après son mariage. Au
neuvième jour, il convoqua ses barons et leur demanda de
se préparer à partir car il avait l'intention de se rendre au
royaume de Logres. Ils lui répondirent qu'ils étaient fin
prêts. Le roi Arthur prit à part monseigneur Gauvain et lui
dit : « Cher neveu, prenez avec vous autant de chevaliers de

---

s'en ala Bertholais, mais molt i ot biau convoi de chevaliers a qui il
avoit donné biaus dons, car molt avoit esté bons chevaliers et vigherous. Et il ala tant par ses journees, une ore avant et autre ariere, qu'il
vint a la fause Genievre ou ele estoit* ou il s'arestut et sejorna molt
lonc tans et fu en molt grant pensé, come cil qui tous les maus savoit,
coment il se porroit vengier del roi Leodegam et del roi Artu qui ensi
l'avoient fors jugié. Et par ce avint puis au roi Artu si grant triboul et si
grant discorde entre lui et sa feme qu'il le guerpi lonc tans si come li
contes le vous devisera cha avant, s'il est qui le vous die. Mais atant se
taist ore li contes que plus n'en parole de toutes icés choses et retourne
a parler del roi Artu de la Grant Bertaingne qui est avoec sa feme en la
cité de Karouaise en Carmelide avoec le roi Leodegam. Et conment il
apela ses barons a une part et lor dist qu'il s'apareillassent pour errer.

504. [e] Or dist li contes que* molt demena li rois Artus bone vie, il
et sa feme, .VIII. jours après ce qu'il l'ot espousee. Et quant ce vint
au novisme jour si apela ses barons a une part, si lor dist qu'il s'apareillassent come pour errer, car talent li est pris d'aler el roiaume de
Logres. Et cil li dient qu'il sont prest et apareillié. Et li rois Artus
traïst a une part mon signour Gavain, si li dist : « Biaus niés, prendés
tant de vos compaingnons qu'il n'en remaigne que .V.C. chevaliers

sorte qu'il ne m'en reste pas plus de cinq cents car je veux chevaucher le plus discrètement possible. Rendez-vous à Logres dans ma capitale et amassez-y des vivres et d'autres denrées autant que vous pourrez vous en procurer pour qu'il ne nous manque rien. Puis convoquez et lancez des appels dans les régions les plus proches comme les plus lointaines car je souhaiterais tenir pour cette mi-août la cour la plus somptueuse possible. — Seigneur, fait monseigneur Gauvain, j'ai bien peur que vous vous trouviez encombrés de gens prêts à vous attaquer. — Je n'ai cure de cela, dit le roi. Allez-y vite ! » Monseigneur Gauvain quitta son oncle et alla trouver ses compagnons et leur demanda de se préparer car il leur faudrait désormais chevaucher. Ils se rendirent chez eux, prirent leurs armes mais demandèrent congé auparavant au roi Léodegan et à ses barons de Carmélide puis se recommandèrent très humblement à Dieu.

505. C'est ainsi que Gauvain quitta la cour avec ses compagnons et que le roi Arthur resta avec deux cents hommes selon sa volonté. Parmi ces hommes, deux cent cinquante appartenaient aux chevaliers de la Table ronde. Monseigneur Gauvain et ses compagnons finirent par arriver à Logres mais monseigneur Gauvain songeait douloureusement au roi Arthur son oncle qu'il avait laissé au royaume de Carmélide. Il craignait qu'il ne lui arrive quelque chose car le roi devait traverser une grande région qui longeait la terre de ses ennemis avant de pouvoir arriver sain et sauf sur ses propres

sans plus. Car chevauchier voeil au plus coiement que je porrai. Et vous en alés a Logres ma maistre cité et atournés si bien de viandes l'afaire et d'autres dainriés tant come vous em porrés aconsuirre avoir qu'il ne nous faille riens. Et mandés et semonnés prés et loing, car je vaurai tenir court a ceste mi aoust le plus riche que je porrai. — Sire, fait mesire Gavains, je ai paour que vous ne soiés encombrés d'aucunes gens qui vous asaillent. — De ce n'ai je garde, fait li rois Artus, mais alés tost. » Et mesire Gavains se part atant de son oncle et s'en vient a ses compaingnons et lor dist qu'il s'aillent atourner car chevaucier lor estuet. Et cil s'en vont a lor ostex, si s'arment, mais avant prendent congié au roi Leodegam et as barons de Carmelide et s'en reconmandent a Diu molt doucement.

505. Ensi s'en part mesire Gavains de court entre lui et ses compaingnons, et li rois Artus remest a .v.c. homes, car ensi li plot il et fist, dont li .ccl. furent des chevaliers de la Table Reonde. Et mesire Gavains et sa compaingnie exploitierent tant qu'il en vinrent a Logres. Mais molt estoit mesires Gavains pesans en son cuer del roi Artu son oncle qu'il avoit laissié el roiaume de Carmelide que il ne li mes avenist entrevoies de aucune chose, car trop avoit grant [f] terre a passer qui marchissoit a ses anemis avant qu'il en venist en la soie

terres. Gauvain se hâta d'obéir aux ordres de son oncle et convoqua des régions proches et lointaines tous ceux qui aimaient le roi Arthur pour qu'ils vinssent à sa cour avec les plus grandes troupes possibles et pour qu'ils s'y trouvassent le jour de la mi-août[1]. Ils se préparèrent et se parèrent pour venir à la cour en aussi grand nombre qu'ils le purent. Gauvain fit venir des vivres de toutes parts au moyen de chars, de charrettes et de chevaux de charge et, en parfait connaisseur, il fournit si bien la cour de tout ce qui était agréable au corps qu'il ne manqua rien. Car c'était, comme le conte des histoires le dit, le plus sage chevalier du monde, un des mieux élevés, un de ceux qui savaient le mieux ce qu'il fallait faire, un des plus courtois qui fût jamais, un des moins médisants et des moins vantards. Quand il eut tout préparé, il se mit en route pour retrouver son oncle car il avait grand-peur qu'il ne fût arrêté dans sa progression. Mais le conte se tait au sujet de Gauvain et de ses compagnons et revient au roi Arthur et à sa compagnie.

506. Le conte dit que trois jours après que monseigneur Gauvain eut quitté le roi Arthur son oncle, ce dernier se mit en route directement vers Bédingran en compagnie de sa femme. Les accompagnaient le roi Ban de Bénoïc, le roi Bohort de Gaunes qui étaient frères germains et les deux meilleurs chevaliers qu'on aurait pu trouver sur toute la terre. Avec eux se trouvaient également les deux cent cin-

---

terre a sauveté. Si se hasta molt de faire le conmandement de son oncle, si mande prés et loing a tous ciaus qui le roi Artu amoient de riens qu'il venissent a sa court a si grant esfors com il porront, si qu'il i fuissent au jour de la mi-aoust. Et cil s'apareillent et atournent de venir a court si esforciement com il porent. Et mesire Gavains fist venir viandes de toutes pars a chars et as charetes et a somiers, tant qu'il garni si bien la court de toutes iceles choses qui a cors d'ome couvenoit, come cil qui a merveilles s'en sot bien entremetre que onques riens ne failli. Car ce fu, si come li contes des estoires dist, li plus sages chevaliers qui fust el siecle et des mix enseigniés et uns de ciaus qui mix savoit que on devoit faire et uns des plus courtois qui onques fust et uns des mains mesdisans et mains vantans. Et quant il ot tout atourné si se mist au chemin encontre son oncle, car paour avoit grant qu'il ne fust destourbés entrevoies. Mais atant se taist li contes de lui et de ses compaingnons. Et retourne a parler del roi Artu et de sa compaingnie.

506. Or dist li contes que au tiers jour aprés que mesire Gavains s'en fu partis del roi Artu son oncle si se mist li rois Artus au chemin tout droit vers Bedingram entre lui et sa feme. Et en lor compaingnie fu li rois Bans de Benuyc et li rois Boors de Gaunes qui frere germain estoient et li doi meillour chevalier qu'il covenist a querre en

quante compagnons de la Table ronde qui avaient tous
auparavant prêté hommage au roi Léodegan. La reine avait
demandé à monseigneur Amistant, l'ancien chapelain du roi
Léodegan son père, de venir avec elle au royaume de Logres
et il y resta longtemps chapelain par la suite. Elle emmena
également son cousin Guiomar qui était un beau chevalier,
doux et de bonne naissance, plaisant et de commerce
agréable, ainsi que son frère Sadoine, l'aîné de ce dernier et
châtelain de Daneblayse la bonne cité. Dès que le roi Arthur
se trouva dans les plaines du royaume de Carmélide, le roi
Loth l'apprit par ses espions. Il se mit en route avec ses chevaliers et se cacha dans la forêt de Sarpine et il dit que c'est
là qu'il attendrait le roi Arthur et qu'il lui ravirait sa femme
s'il le pouvait. Mais nous laisserons ce sujet quelque temps
et nous vous parlerons du roi Arthur qui avait quitté le
royaume de Carmélide. Le conte dit que le roi Léodegan
l'accompagna trois jours durant et, le quatrième, il retourna
dans son royaume. Merlin revint auprès du roi Arthur et prit
congé de lui en disant qu'il irait retrouver son maître Blaise
car cela faisait longtemps qu'il ne l'avait vu et il avait bien
rempli sa besogne.

507. « Comment, fait le roi Arthur, vous ne serez pas à ma
cour de Logres ? — Si, dit Merlin, j'y serai avant qu'elle ne se
sépare. » Alors, il le recommanda à Dieu et s'en alla. Mais il
ne s'était guère éloigné qu'ils ne surent ce qu'il était devenu.

---

nule terre. Si i furent li .CCL. compaingnon de la Table Reonde qui
tout avoient esté home au roi Leodegam. Et la roïne avoit prié monsignour Amistant, qui chapelains avoit esté au roi Leodegam son
pere, que il en vint avoeques lui el roiaume de Logres et fu chapelains lonc [133a] tans puis. Et si enmena Guyomar son cousin qui
molt estoit biaus chevaliers et dous et debonaire et plaisans et acoin-
tables de gens, et Sadoynes ses freres qui ainsnés estoit de lui et
castelains* de Daneblayse la bone cité. Et si tost come li rois Artus se
fu plains del roiaume de Carmelide le sot li rois Loth par ses espies,
et se mist au chemin entre lui et ses chevaliers et s'enbuscha en la
forest de Sarpenic et dist que illuec atendra li rois Artus et li taura sa
feme s'il onques puet. Mais de lui vous lairons un poi a parler, si
vous dirons del roi Artu qui s'en fu partis del roiaume de Carmelide.
Et dist li contes que li rois Leodegans le convoia .III. jours entiers et
au quart s'en retourna en son roiaume. Et lors s'en vint Merlins au
roi Artu et prist congié et dist qu'il s'en iroit a Blayse son maistre car
piecha ne l'avoit veü et bien avoit faite sa besongne.

507. « Comment, fait li rois Artus, et ne serés vous mie a ma
court a Logres ? — Oïl, fait Merlins, je i serai avant qu'ele departe. »
Lors le conmanda a Diu, si s'en part. Mais il ne fu gaires alongiés
quant il ne sorent qu'il fu devenus. Et Merlins s'en vint a Blayse cel

Merlin s'en vint, le soir même, trouver Blaise qui quand il le vit le reçut avec une joie immense. Merlin lui raconta toutes les aventures qui étaient arrivées, exactement comme vous les avez entendues, depuis qu'ils s'étaient séparés, et il lui raconta comment le roi Loth était caché dans la forêt de Sarpine ; il lui conta encore beaucoup d'autres choses qui étaient arrivées par la suite au royaume de Logres. Blaise coucha tout par écrit et c'est grâce à lui que nous savons tout cela encore aujourd'hui. Mais ici le conte se tait au sujet de Merlin et de Blaise et revient au roi Arthur pour dire comment il avait quitté le roi Léodegan et comment, avec cinq cents chevaliers bien armés, il emmenait avec lui sa femme la reine Guenièvre.

508. Le conte dit qu'après avoir quitté le roi Léodegan, comme vous l'avez entendu, le roi Arthur chevaucha avec cinq cents chevaliers bien armés et bien protégés ; il emmenait avec lui sa femme la reine Guenièvre. À force de chevaucher par petites étapes, ils arrivèrent à deux lieues de la forêt de Sarpine où le roi Loth s'était tapi avec sept cents hommes bien armés. Les valets à pied qui conduisaient les chevaux de charge n'en savaient évidemment rien et finirent par tomber sur eux. Dès qu'ils virent qu'ils avaient affaire à une troupe d'hommes importante, ils comprirent que leur sécurité était menacée. Ils s'arrêtèrent, n'allèrent pas plus loin et firent savoir au roi Arthur qu'ils avaient trouvé dans la forêt des hommes postés en embuscade.

509. Quand le roi Arthur apprit qu'il était épié, il descen-

---

soir meïsmes, et cil le rechut a molt grant joie quant il le vit. Si li conta Merlins toutes les aventures qui estoient avenues puis qu'il furent departi de lui ensi come vous les avés oïes, et si li conta conment li rois Loth estoit embuschiés en la forest de Sarpenic, et si li conta autres choses assés qui puis avinrent el roiaume de Logres. Et Blayses mist tout en escrit et par lui le savons nous encore. Mais ici endroit se taist li contes de Merlin et de Blayse et retourne a parler del roi Artur coment il s'en parti del roi Leodegam atout .v.c. chevaliers ferarmés si en mainne avoec lui la roïne Genievre sa feme.

508. Or dist li contes que*a* quant li rois Artus se fu partis del roi Leodegam, ensi com vous [*b*] avés oï, il chevaucha atout .v.c. chevaliers fervestus et armés, si en maine avoec lui la roïne Genievre sa feme et il chevauche a petites journees tant qu'il vint a .II. lieues prés de la forest de Sarpine ou li rois Loth s'estoit embuschiés atout .VII.C. ferarmés. Si n'en sorent onques mot li garçon a pié qui menoient les somiers qu'il s'embatirent sor als. Et si tost com il virent que c'estoient gens aunees si s'aperchurent qu'il n'estoient mie bien aseür, si s'arresterent que il n'alerent plus en avant et manderent au roi Artu qu'il avoient en cel bois trové gens embuschies.

dit de cheval, fit venir ses gens à ses côtés et les plaça en
ordre de bataille. Il confia la reine à une garde de quarante
chevaliers et leur demanda de la conduire en lieu sûr, s'ils
voyaient que c'était nécessaire. Alors, les hommes d'Arthur
enfourchèrent leurs montures et chevauchèrent, le visage
caché sous leur heaume, bien décidés à se défendre ainsi
qu'à assaillir leurs ennemis s'ils trouvaient des gens désireux
de leur interdire le passage ou souhaitant leur nuire. Ils
finirent par arriver sur ceux qui les guettaient. Le roi Arthur
se trouvait en première ligne avec le roi Ban, le roi Bohort
et les compagnons de la Table ronde. Le roi Loth bondit de
sa cachette avec sept cents hommes en armes bien comptés
et ils les assaillirent, la lance baissée, l'écu devant la poitrine,
à bride abattue et aussi vite que leurs chevaux pouvaient les
mener. Ils hurlèrent si fort que toute la forêt résonna de
leurs cris. Quand les hommes d'Arthur les voient venir, ils
se dirigent vers eux hardiment et les attaquent avec le fer
de leurs lances. Ils frappent les uns et les autres de si grands
coups qu'ils percent et fendent les écus et certains désarçon-
nent leurs assaillants. D'autres brisèrent leurs lances et se
croisèrent sans tomber de leur monture. Lorsque les lances
firent défaut, ils tirèrent leurs épées et se lancèrent dans un
grand et prodigieux combat ; pour un si petit nombre de
chevaliers, on ne vit jamais une lutte d'une telle ampleur. En
effet, il y avait de très bons chevaliers de part et d'autre et le

---

509. Quant li rois Artu entendi qu'il estoit en agait, si descendi a
pié et fist ses gens venir environ lui et ordener em bataille. Et
conmanda le roïne a garder a .XL. chevaliers et lor dist qu'il l'enmenaissent a garison s'il veoient que mestier en estoit. Lors monterent
sor lor chevaus et chevauchierent enbrons desous lor hiaumes et
entalentés de lor cors desfendre et d'autrui assaillir s'il trouvent nules
gens qui contredire lor voillent lor chemin ne als grever. Si vont tant
qu'il en viennent sor l'agait. Si fu li rois Artus devant el premier front
et li rois Bans et li rois Boors et li compaingnon de la Table Reonde.
Et li rois Loth saut de son agait atout .VII.C. ferarmés par conte et
lor viennent a l'encontre les glaives desous les aisseles, les escus
devant lor pis, les frains abandonnés de si grant aleüre come li cheval
lor poent courre et les escrie si haut que toute la forest en retentist
et sonne. Et quant cil les voient venir si lor vont a l'encontre molt
hardiement et les requierent as fers des lances, si fierent li un les
autres sor les escus si grans cops que il les percent et fendent et s'en-
t'abatent des chevaus de tels i ot. Et de tels i ot qui brisierent lor
lances et s'en passerent outre sans chaoir. Et quant lor lances furent
faillies, si traient les espees et conmencent le capleïs grant et merveillous que onques de si petit de gent com il estoient ne vit on si
grant. Car il estoient molt bon cevalier d'une part et d'aute et tant

combat dura jusqu'à l'affrontement du roi Arthur et du roi
Loth à la lance. Ils s'élancèrent l'un contre l'autre aussi rapidement que leurs chevaux pouvaient les porter et ils se frappèrent si durement de leurs lances sur leurs écus qu'ils les
percèrent et les fendirent. Le fer des lances fut arrêté par les
fines mailles des hauberts et les deux adversaires se poussèrent de toute la force de leurs bras. Le roi Loth brisa sa lance
et le roi Arthur le frappa si durement qu'il le renversa par-
dessus la croupe de son cheval et tête la première. Mais il
se rétablit très vite sur ses jambes comme un chevalier de
grande prouesse. Il tira l'épée de son fourreau, se protégea
de son écu, encore tout ébranlé, au risque d'en perdre connaissance, d'avoir été abattu par un seul chevalier car il n'était
pas dans ses habitudes de tomber très souvent. Quand le roi
Arthur eut fait demi-tour, il fonça sur lui. Quand l'autre le
vit venir, il fit un écart pour l'éviter puis le dépassa. En le
voyant passer, le roi Loth frappa si violemment d'estoc le
cheval d'Arthur sur le ventre qu'il le fendit de part en part.
Le roi Arthur tomba ; sa cuisse était emprisonnée sous
le cheval qui l'écrasait au point de l'empêcher de se relever.
Le roi Loth lui sauta sur le corps, saisit son casque et le tira
si fort qu'il finit par le lui enlever. Il chercha, par tous les
moyens, à lui couper la tête. Arthur aurait pu subir alors une
irréparable atteinte si le roi Ban et le roi Bohort ainsi que les
compagnons de la Table ronde n'étaient venus à sa rescousse

---

dura que li rois Artus et li rois Loth s'entr'encontrerent chascun une
lance en sa main et laissent courre li uns a l'autre de si grant aleüre
com il porent des chevaus traire et s'entrefierent si durement des
lances sor les escus que il les percent et fendent. Si s'ares[t]erent li
fer des lances sor les haubers menus mailliés et il s'empaingnent de
toutes lor forces de lor bras. Si brisa li rois Loth son glaive et li rois
Artus le fiert si durement que il le porte a terre par desus la crupe del
cheval les jambes contremont. Mais tost refu em piés saillis come cil
qui estoit de molt grant prouece, si traïst fors l'espee del fuerre et se
couvre de son escu si dolans que par un poi qu'il n'ist fors del sens
de ce qu'il estoit abatus par le cors d'un sol chevalier. Car il n'estoit
mie acoustumés de chaoir souvent. Et quant li rois Artus ot fait son
tour si s'en revient envers le roi Loth. Et quant il le vit venir⁴ si le
guencist et faut a lui et s'en passe outre. Et quant cil le vit passer si
fiert le cheval au roi Artu si durement parmi le ventre d'estoc que
tout le fent de chief en chief. Et li rois Artus chiet a terre tous
estendus si que sa quisse jut a terre entre le cheval et la terre, et le
tenoit li chevaus si enserré que relever ne se pooit. Et li rois Loth li
faut sor le cors et l'aert sor le hiaume et sache et tire quanque il puet,
et molt s'entremet de lui coper la teste. Si i peüst prochainnement
avoir eü si grant damage que jamais ne peüst estre restorés quant li

en piquant des deux. En face, les gens du roi Loth arrivèrent également et les uns et les autres se combattaient au fur et à mesure qu'ils se rencontraient. Ainsi commença une bataille très dure et très cruelle au point qu'il n'y en eut pas de si brave qui n'en fit les frais à sa façon. De part et d'autre, ils firent tant et si bien qu'ils parvirent à remettre les deux rois en selle. Quand les rois furent à nouveau à cheval, le grand et prodigieux combat reprit de plus belle. Toutefois, les gens du roi Arthur étaient bien mal tombés car le roi Loth possédait deux cents chevaliers de plus qu'Arthur.

510. Alors monseigneur Gauvain arriva avec quatre-vingts compagnons bien armés ainsi que Keu le sénéchal qui attendait l'affrontement avec impatience comme un grand amateur de batailles. Car c'était, somme toute, un bon chevalier, hardi et sûr de lui, n'était qu'il possédait un seul défaut : il parlait un peu trop à cause de la grande légèreté qui l'habitait. C'était un hâbleur, l'un des meilleurs qui fût, c'est la raison pour laquelle beaucoup de chevaliers ridiculisés par ses propos le détestaient et cela lui valut bien des malheurs en beaucoup d'endroits car les chevaliers qu'il avait tournés en ridicule lui causèrent beaucoup de tourments. Keu était toutefois d'une grande loyauté, jusqu'à la mort, envers son seigneur et envers la reine. De toute sa vie, il ne trempa que dans une seule trahison, celle de Lohot, le fils du roi Arthur[1] qu'il tua par jalousie dans la Forêt Périlleuse. Il fut dénoncé

rois Bans et li rois Boors et li compaignon de la Table Reonde vinrent poignant a la rescousse. Et d'autre part i vinrent les gens au roi Loth, si s'entreferent li uns es autres ensi com il s'entr'encontrerent, si conmence la bataille molt dure et molt cruel si qu'il n'i ot si cointe qu'il ne s'en sente de son meſtier. Si font tant d'ambesdeus pars qu'il remontent les .ii. rois. Et quant il furent remonté si reconmence li eſtours grans et merveillous. Mais molt i furent a grant meschief la gent au roi Artu. Car li rois Loth avoit .cc. chevaliers plus que li rois Artus n'avoit.

510. Atant es vous mon signor Gavain a .iiii.xx. compaingnons bien armés et Kex li Seneschaus qui molt desiroit l'asambler come cil qui molt emprenoit les armes. Car il eſtoit auques bons chevaliers et hardis et seürs endroit soi se ne fuſt une seule teche qu'il avoit en lui. Ce fu ce qu'il parloit trop volentiers pour le grant joliveté qu'il avoit en soi. Gaberres eſtoit il, uns des meillours qu'onques fuſt, et pour ce qu'il gaboit si volentiers si l'en haïrent maint chevalier qui honte avoient de sa parole. Et par ce [d] li meschaï il en maint lieu, car li cevalier qu'il avoit gabé li firent maint anui. Mais loiaus chevaliers eſtoit vers son signour et envers la roïne jusques a la mort, ne onques en sa vie ne fiſt traïson que une seule et cele fu de Loholt, le fil le roi Artu, que il ociſt par envie en la Foreſt Perillose et par

à la cour par Perceval le Gallois qui rapporta les propos d'un ermite témoin du meurtre commis par Keu.

511. Quand le roi Arthur vit arriver son neveu si fièrement, son cœur exulta pour la joie qu'il en éprouvait. Alors, Arthur alla trouver le roi Ban et lui dit : « Regardez donc le précieux renfort qui nous arrive ! Connaissez-vous ce chevalier qui monte le premier destrier noir et qui tient à la main cette lance noire en frêne avec un écu d'or et d'azur au lion rampant, avec cette bande transversale et ces couronnes d'argent[1] ? » Le roi Ban se redressa et lui dit : « Seigneur, qui est-ce ? Dites-le-moi car je ne le connais pas, excepté qu'il pourrait s'agir de votre neveu Gauvain. — Oui vraiment, fait Arthur, c'est bien lui, sachez-le ! Désormais je peux vous dire que nos assaillants vont connaître leur malheur ! Car même s'ils étaient deux fois plus nombreux, ils ne pourraient pas nous résister, si Dieu protège du malheur Gauvain et ses compagnons. — Au nom de Dieu, fait le roi Ban, ils ne seront pas très avisés s'ils attendent trop pour engager la bataille. »

512. Tandis qu'ils tenaient ces propos, monseigneur Gauvain arriva avec ses compagnons ; il avait pris la tête de la troupe, une lance à la main. En s'approchant, il reconnut son oncle et vit qu'il avait bien besoin d'aide. Les chevaliers se frappaient si violemment que les penons s'agitaient bruyamment au vent. Monseigneur Gauvain rencontra le roi Loth son père qui venait de remonter à cheval. Il tenait en

---

Perceval le Galois en fu acusés a court ensi com uns hermites li conta qui li avoit veü ocirre.

511. Quant li rois Artus voit son neveu si fierement venir, si li lieve tous li cuers el ventre de la joie qu'il en ot. Lors en vint au roi Ban et li dist : « Veés come riche secours nous vient ! Connoissiés vous cel chevalier sor cel premier destrier noir qui si chaumoie cele noire lance de fraisne a cel escu d'or et d'azur au lion rampant, a cele fesse de travers, a ces courones d'argent ? » Et li rois Bans se drece contremont et li dist : « Sire, que est ce ? Dites le moi, quar je ne le connois mie fors tant que il me samble que c'est Gavains vostre niés. — Certes, fait il, ce est il, de voir le sachiés. Des[a] ore mais puis je bien dire que mar i vinrent ciaus qui nous ont asaillis. Car, s'il estoient encore autre tant, n'auroient il ja a nous duree, se Dix desfent de mal lui et ses compaignons. — En non Dieu, fait li rois Bans, il ne seront mie sage s'il atendent tant qu'il se soient a els mellés. »

512. Que que il tenoient iluec lor parlement vint mesire Gavains et si compaingnon. Et il fu el chief devant la grosse lance en sa main. Et quant il aprocha si connut bien son oncle et vit bien qu'il avoit mestier de secours. Si se fierent entr'aus si roidement que tout bruient li penon au vent. Si avint que mesire Gavains encontra le roi Loth son pere qui nouvelement estoit remontés. Si tenoit en sa main

main une lance solide et se dirigea vers lui aussi vite que son cheval put le porter. Ils se frappèrent sur leurs écus de toutes leurs forces[1]. Le roi Loth brisa sa lance sur l'écu de monseigneur Gauvain et ce dernier le frappa si violemment qu'il lui transperça l'écu et le haubert et le blessa légèrement au côté de sorte que le sang coula. Il le renversa si méchamment de son cheval que l'autre ne savait plus où il en était, puis il le dépassa avec tant d'impétuosité qu'il fit grand bruit de toutes ses armes. Lorsqu'il revint sur place, il trouva son père gisant encore à terre, il lui passa sur le corps avec son cheval trois ou quatre fois, il le piétina et le foula très cruellement au point qu'il s'en fallut de peu qu'il ne le tuât.

513. Alors monseigneur Gauvain descendit de cheval. Il ficha sa lance en terre et tira du fourreau Escalibor qui jetait une grande clarté. Il s'approcha du roi Loth, se saisit de son heaume et lui arracha de la tête si violemment que le nez et les sourcils de son père en souffrirent. Il le blessa même sévèrement puis lui rabattit sur les épaules la coiffe du haubert et lui dit qu'il était mort s'il ne se déclarait pas son prisonnier. Le roi Loth, dans sa détresse et sa souffrance, lui répondit à peine. Et pourtant il s'efforçait de lui dire ces mots : « Noble chevalier, ne me tue pas ! Car je ne t'ai causé nul tort pour que tu veuilles ainsi me tuer ! — Si ! Vous m'avez causé du tort, vous et tous ceux qui se trouvent ici, puisque vous avez assailli mon oncle et dressé un obstacle

---

un glaive fort, si li vient a l'encontre quanque li chevaus le puet porter et s'entrefierent sor lor escus de toutes lor forces. Si brise li rois Loth son glaive sor l'escu mon signour Gavain et mesire Gavains le fiert si durement qu'il li perce l'escu et le hauberc et le navre un poi el costé si que li sans en saut et le trebuche si felenessement del cheval a terre que il ne sot dire s'il estoit nuls ou jours et s'en passe outre si roidement que il bruit tous. Et quant il revient si trouve encore gisant son pere tout estendu. Si li va par desor le cors tout a cheval .III. fois ou .IIII., si le de[f]brise et foule si durement que a poi qu'il ne l'a afolé.

513. Lors descent mesire Gavains del cheval et fiche sa lance en terre et trait Eschalibor s'espee qui molt grant clarté jeta et s'en vint au roi Lot qui encore gisoit a terre tout estendu. Et l'aert au hiaume et si l'esrace de la teste si durement que li nés et li sourcil s'en sentent, si le blece molt durement. Puis li avala la coife del hauberc sor les espaulles et li dist que mors est s'il ne li fiance prison. Et cil est si angoissous et si destrois que petit li respont. Et nequedent il s'esforce tant qu'il dist : « Ha, gentix hom, ne m'ocis mie ! Car certes riens ne te mesfis par coi tu me doies ocirre ! — Si avés, fait il, ja m'avés vous mesfait et vous et tout cil qui en ceste place sont, quant vous mon oncle avés assailli et destourbé de son chemin. —

sur son passage ! — Comment, fait le roi Loth, mais qui
êtes-vous donc pour l'appeler votre oncle ? — Que vous
importe qui je suis ? Je ne vous le dirai pas. Mais faites vite
ce que je vous ai dit sinon vous mourrez ; quant aux vôtres,
c'est pour leur malheur que je suis né ! — Dites-moi qui
vous êtes, fait le roi, par la foi que vous devez à la personne
que vous aimez plus que tout au monde. — Et vous, fait-il,
qui êtes-vous pour me poser cette question ? — Assurément, répond-il, je m'appelle Loth. Je suis un pauvre roi
d'Orcanie et de Loénois à qui il n'arrive que des malheurs et
cela depuis bien longtemps. Dites-moi qui vous êtes ! Dites-
moi votre nom ! » Quand monseigneur Gauvain entendit
qu'il s'agissait de son père, il se nomma et dit qu'il s'appelait
Gauvain, le neveu d'Arthur. Quand le roi Loth l'entendit, il
bondit vers lui et voulut l'embrasser puis il lui dit : « Cher
fils, soyez le bienvenu. Je suis votre pauvre et malheureux
père ! C'est moi que vous avez si vilainement abattu. » Monseigneur Gauvain lui demanda de reculer car il ne sera plus
son père ni son ami tant qu'il ne se sera pas accordé au roi
Arthur, tant qu'il n'aura pas imploré son pardon pour sa forfaiture et tant qu'il ne lui aura pas prêté hommage devant
tous ses barons. « Autrement, vous ne devez rien espérer de
moi ni attendre autre chose que la mort ; votre tête sera le
seul gage que vous pourrez laisser. »

514. À ces mots, le roi Loth s'évanouit et s'écroule.

Conment, fait li rois Loth. Qui estes vous dont qui oncle l'apelés ?
— Que vous chaut, fait il, qui je soie, ne le vous dirai mie. Mais
faites tost ce que je vous di ou vous morrés. Et tout cil qui sont
vostre ne se pueent fier se a la mort non ! Et mar me virent onques
né de mere. — Dites le moi, fait li rois, par la foi que vous devés a
la riens del monde que vous plus amés. — Et vous, fait il, qui estes
qui le me demandés ? — Certes, fait il, j'ai a non Loth, uns chaitis
rois d'Orcanie et de Leonois⁴ a qui il ne fait se meschaoir non, ne ne
fist grant tans a. Or me dites qui vous estes et le vostre non. » Quant
mesire Gavains entendi que ce est ses peres, si se nome et dist qu'il a
a non Gavains, li niés au roi Artu. Et quant li rois Loth l'entent si
saut em piés et le vaut embracier et li dist : « Biaus fix, vous soiés li
bien venus. Je sui li dolans, li chaitis, vostre pere que vous avés si vilment abatu. » Et mesire Gavains li dist qu'il se traie en sus, que ses
peres ne ses bons amis n'est il mie jusques a tant qu'il sera acordés
au roi Artu et qu'il li aura crié merci conme ses forfais et puis li fera
son homage voiant tous ses barons outreement. « Ne autrement ne
vous poés fier en moi ne en riens nule que de la mort, ne ja n'i lairés
gage se la teste non. »

514. Quant li rois Loth l'entent, si se pasme et chiet a terre. Et
quant il revint de pasmison si li crie merci et si li dist : « Biaus fix, je

Après avoir retrouvé ses esprits, il implore le pardon de son fils et lui dit : « Cher fils, je ferai tout ce qui vous plaira ! Tenez, voici mon épée ! Je vous la remets ! » Monseigneur Gauvain, qui a pitié de lui, s'en saisit, tout à sa joie, et verse de tendres larmes sous son heaume. Il se repent fort en lui-même d'avoir ainsi blessé son père mais il s'efforce de faire en sorte que ce dernier ne s'aperçoive pas de son émotion.

515. Tous deux reviennent près de leurs chevaux, ils les enfourchent et rejoignent leurs gens puis ils les dispersent. Toutefois, les compagnons du roi Loth étaient bien malmenés car les compagnons de monseigneur Gauvain les avaient tant maltraités lors de leur premier assaut qu'ils en avaient désarçonné plus de quarante et, une fois tombés à terre, ceux-ci n'avaient pu se remettre en selle. Monseigneur Gauvain arriva sur les lieux et les sépara. Ensuite, monseigneur Gauvain alla trouver son oncle Arthur et, dès que le roi le vit venir, il se porta à sa rencontre et lui dit : « Cher neveu, soyez le bienvenu ! Comment êtes-vous venu par ici ? Saviez-vous quelque chose du guet-apens qui se tramait ici ? » Gauvain lui répondit qu'il n'était venu que par attachement envers le roi « et je ne me serais pas senti soulagé avant de vous avoir vu ». Monseigneur Gauvain ajouta : « Que le Seigneur-Dieu soit loué pour ce combat qui vous est arrivé aujourd'hui, car c'est mon père, le roi Loth, qui a participé à cette mêlée contre vous. Il est advenu, Dieu merci, qu'il

---

ferai quanque il vous plaira. Et tenés m'espee, car je le vous rent. » Et mesire Gavains, qui pitié en a, le prent liés et joians et ploure des [*f*] ex de la teste desous son hiaume molt tenrement. Car molt se repent en son cuer de ce que il a ensi son pere blecié. Mais au plus qu'il pot se garde qu'il ne le perçoive.

515. Lors s'en reviennent ambesdoi a lor chevaus, si montent et s'en viennent a lor gent, si les departent. Mais molt estoient mal mené li compaignon au roi Loth, car li compaingnon mon signour Gavain les avoient si mal mené si lor premier poindre que plus de .XL. en avoient abatu des cevaus a la terre tout estendu, si n'avoient pooir de remonter. Et mesire Gavains vient et les depart et traïst trestout en*e* les uns des autres. Lors en vait mesire Gavains au roi Artu son oncle. Et si tost come li rois le vit venir si li vint a l'encontre et li dist : « Biaus niés, bien soiés vous venus. Comment venistes vous de cele part, ne saviés vous riens de cest agait qui ci estoit bastis ? » Et il dist que il n'i vint fors pour ce que li cuers li baoit tous jours a lui. « Ne je ne fuisse jamais a aise devant que je vous eüsse veü. » Et mesire Gavains dist : « Sire Dix en soit aourés de ceste assamblee qui hui vous est avenue. Car ce est mes peres, li rois Loth, a qui vous estes mellés. Ore est ensi avenu, Dieu merci,

vient maintenant vous crier grâce comme à son maître sur
terre, pour son dédain et son méfait envers vous et vous
allez recevoir son hommage, comme de juste, car il eſt prêt
à s'exécuter. »

516. Quand le roi Arthur l'entendit, il joignit les mains
vers le ciel et remercia le Seigneur de l'honneur qu'il lui faisait. Alors le roi Loth arriva, dévalant les prés à pied avec
ses chevaliers. Ils avaient enlevé leurs heaumes et leurs
coiffes : ils avançaient très calmement. Quand monseigneur
Gauvain vit arriver son père en tête, il dit à son oncle : « Seigneur, voici mon père qui vient vous trouver pour vous prêter hommage. » Dès que le roi l'aperçut, il mit pied à terre et
tous les barons firent de même. Le roi Loth s'avança et
s'agenouilla devant le roi Arthur. Il lui tendit son épée nue
et, reconnaissant sa forfaiture, dit : « Sire, tenez, je me rends
à vous pour mon forfait. Moi qui aurais dû vous sauver et
vous protéger, vous et vos biens, je n'ai rien fait d'autre que
vous nuire. Faites de moi et de ma terre ce que bon vous
semblera. » C'eſt alors que le roi Loth devint l'homme du
roi[1] Arthur devant tous ses barons et qu'il fit le serment de
toujours accomplir son devoir conformément à la volonté
du roi. Alors le roi Arthur le prit par la main droite et lui
demanda de se relever : « Seigneur, levez-vous ! Vous êtes
reſté à genoux trop longtemps. Vous êtes si preux que je
devrais pardonner encore un plus grand méfait que celui que

---

que il vous vient merci crier come a son signour terrien de la mes-
proison et del mesfait qu'il vous a fait. Et vous en recevés l'omage
ensi come vous devés, car tous eſt prés de ce faire. »

516. Quant li rois Artus l'entendi si joinſt les mains envers le ciel
et en mercie Dieu del honour qu'il li a faite. Atant en vint li rois
Loth et tout aval les prés il et si chevalier tout a pié, et orent tout
oſté lor hiaumes de lor teſtes et lor coifes avalees sor lor espaulles et
viennent molt simplement. Et quant mesire Gavains vit venir son
pere devant si diſt a son oncle : « Sire, veés ci mon pere qui vient a
vous pour faire homage. » Et si toſt come li rois le voit si met pié a
terre. Et ausi font tout li baron. E li rois Loth vient avant et s'age-
nolle devant le roi Artu et li tent s'espee toute nue come ses forfais
et diſt : « Sire, tenés, je me rent a vous come voſtre forfait, qui vous
deüsse sauver et garantir, vous et les voſtres choses, et onques ne
vous fis se grever non. Or faites de moi et de ma terre voſtre plaisir. » Illuec devint li rois Loth hom au [134a] roi Artu voiant tous ses
barons et li fiance son sairement a faire si com il devra quant il li
plaira. Et lors le priſt li rois Artus par la main deſtre et le leva
contremont et li diſt : « Sire, levés sus, trop avés eſté as jenous. Car
vous eſtes si prodom que bien vous doi pardonner un plus greignour
mesfait que il n'i a. Et nonpourquant, se je vous haoie de mort, si

vous avez commis. Quand bien même je vous haïrais à mort, vous avez des enfants qui m'ont rendu de tels services que je ne pourrais plus décider de vous punir. Je mets à votre disposition ma personne et tout ce que je possède, les grandes choses comme les petites, et tout à votre volonté, pour l'amour de Gauvain votre fils que j'aime plus que tout autre chevalier au monde. Il y a ici deux chevaliers que je devrais aimer autant que lui et ce sont des rois ; ils m'ont beaucoup aimé et soutenu dans la détresse. » Alors le roi Loth se lève et dit : « Grand merci, seigneur ! »

517. Ainsi fut conclue la paix entre le roi Loth et le roi Arthur. Ils remontèrent sur leurs chevaux ; cette aventure qui leur était arrivée les avait emplis d'allégresse. Après plusieurs jours de chevauchée, ils arrivèrent à Logres où on les accueillit en grande joie. Il y avait là une foule qui ne faisait qu'augmenter de jour en jour car tous les gens du pays s'y réfugiaient à cause des Saxons qui ravageaient leurs terres alentour. Il y avait tellement de monde qu'il fallut les loger à l'extérieur de la cité au milieu des prés. Quand le roi Arthur vit la foule rassemblée, il en fut très heureux et il dit qu'il tiendrait une cour solennelle. Il fit savoir par ses dignitaires que tous étaient ardemment invités à la cour du lendemain. La nouvelle s'était à peine répandue dans le pays que tous se rendirent à la cour et, le lendemain, le roi Loth prêta serment devant le roi Arthur dans l'église principale et devant le peuple rassemblé en masse. Le roi Arthur l'investit de toute

---

avés vous de tels enfans qui m'ont fait aucun service que je ne porroie pas avoir la volenté de vous mesfaire. Si vous met en abandon,
moi et les moies choses de haut et de bas, et tout a vostre volenté
pour l'amour de Gavain vostre chier fil, que je plus aim que chevalier
qui soit el monde. Si a ici de tels .ii. chevalier que je doi bien autant
amer. Et sont roi, car molt m'ont amé et secourut a tous besoins. »
Et il se lieve en son estant et dist : « Grans mercis, sire. »

517. Ensi fu faite la pais del roi Loth et del roi Artu. Lors monterent sor lor chevaus, liés et joians de ceste aventure qui avenue lor
estoit. Si chevaucent tant par lor journees qu'il vinrent a Logres ou
on lor fist grant joie. Et il i avoit molt grant plenté de gent et ne faisoient chascun jour se croistre non, car tout li païsant i venoient
pour les Saisnes qui destruisoient la tere tout environ. Si i ot si grant
plenté de gent que dehors les couvint logier enmi les prés. Et quant
li rois Artus vit l'aunee si en fu molt liés et dist qu'il tenroit court
enforcie, si manda par ses mareschaus que tout venissent a court a
grant esploit a l'endemain. Et si tost come la nouvele fu espandue
parmi le païs, s'en vinrent tout a cort. Et a l'endemain fist li rois
Loth son sairement au roi Artu a la maistre eglyse voiant le pueple
qui molt grans estoit. Et li rois Artus le revesti de toute icele terre

la terre qu'il avait possédée de son vivant et l'assura qu'il le
protégerait de toutes ses forces contre celui qui lui ferait du
tort. Le roi Loth reçut cette terre, avec joie et en preux qu'il
était. Depuis lors, ils devinrent bons amis pour le restant de
leur vie.

518. Après que la messe eut été chantée, ils revinrent dans
la grande salle du palais où le repas était prêt à être servi et
où les nappes étaient installées sur les tables. Ils prirent du
bon temps et furent bien et richement servis. Après manger,
les chevaliers partirent voir les prés, la rivière, les tentes et
les pavillons dressés à l'extérieur de la ville car il y en avait
beaucoup de riches et beaux. Ils passèrent ainsi huit jours
en amusements et en délassements et le peuple ne cessait
d'affluer car le roi avait annoncé qu'il tiendrait une cour plénière et qu'ils porteraient la couronne, lui et sa femme, à
la mi-août. Quand arriva la veille de la fête et que furent
assemblés tous ceux qui devaient y venir, le roi Arthur
distribua des cadeaux ainsi qu'il lui incombait[1] : des chevaux,
des armes, des palefrois, des deniers d'or et d'argent ; il en
avait à foison. Et la reine, richement pourvue en tout, distribuait des robes fraîches et nouvelles pour vêtir les dames car
elle connaissait les règles du bien et de l'honneur. Tous les
chevaliers l'accueillirent si bien dans leur cœur qu'ils disaient
avoir trouvé la dame de toutes les dames[2]. Si les chevaliers
s'en félicitaient, les dames en étaient encore plus ravies
comme les demoiselles des contrées proches ou lointaines.

que il avoit tenue a son vivant. Et qui tort l'en fera, il l'en garantira a
son pooir. Et cil le reçoit liés et joians come prodom. Et des illuec
en avant furent il bon ami toute lor vie.

518. Aprés ce que la messe fu chantee s'en vinrent au maistre
palais ou li mengiers fu prés et apareilliés et les napes furent mises
sor les dois. Si s'aisent au mengier et furent bien servi et richement.
Aprés mengier alerent li chevalier veoir les prés et les rivieres et
tentes et paveillons qui estoient tendu defors la vile car molt en i
avoit de riches et de biaus. [*b*] Et ensi se deporterent .VIII. jours
entiers en deduire et en soulagier. Et li pueples croist et amasse, car
li rois lor avoit mandé qu'il tenroit court grant et pleniere et porteroit
corone a la mi aoust, lui et sa feme. Et quant vint a la veille de la
feste que tout furent assemblé cil qui venir i devoient, si donna li rois
Artus ses dons tels com a lui apartenoit, chevaus et armes et palefrois et deniers or et argent, car il en avoit a grant plenté. Et la roïne
donnoit robes fresches et nouveles pour lor vestir come cele qui bien
s'en estoit garnie, car tous biens et toutes honours savoit. Si l'acueillirent tout li chevalier en si grant amour que tout disoient qu'il avoient
recouvré la dame de toutes dames. Et se li chevalier s'en looient,
encore le faisoient plus les dames et les damoiseles et les puceles de

Ainsi la Renommée vola[3] et se répandit partout ; elle courut tant que des princes mal disposés envers Arthur apprirent la paix conclue entre lui et le roi Loth ; ils apprirent aussi que le roi Arthur devait tenir une superbe cour à la mi-août et que tout le peuple s'y rassemblait. Certains disaient en privé qu'ils voudraient bien avoir agi comme le roi Loth. Certains espéraient que Dieu ne les rappellerait pas à lui tant qu'ils n'auraient pas conclu un accord avec le roi Arthur. Ils disaient que tous les drames qui leur étaient arrivés n'avaient pour seule cause que leur péché.

Le tournoi de la Table ronde.

519. Ainsi parlent les uns et les autres. Le roi Arthur se trouvait à Logres, tout heureux et comblé comme vous l'avez entendu. Quand arriva le jour de la mi-août, tous les chevaliers se présentèrent à la cour revêtus et parés de leurs plus belles robes[1]. La reine s'apprêta également comme ses dames et demoiselles de compagnie aussi richement qu'il convenait pour une telle fête. Quand sonna l'heure de la grand-messe, ils se rendirent à l'église et écoutèrent l'office chanté par l'archevêque Debrice. Ce jour-là, le roi porta la couronne ainsi que sa femme, la reine Guenièvre ; le roi Ban et le roi Bohort la portèrent également par amour pour eux. Après la messe, ils se réunirent dans la salle où les tables et les nappes étaient mises. Les barons y prirent place comme ils le devaient, chacun à sa place.

---

prés et de loing. Si en court Renomee qui partout vole et par toutes terres s'espant, tant que li prince qui mal estoient del roi Artu sorent la pais qui avoit esté faite entre le roi Artu et le roi Loth et conment li rois Artus devoit tenir la riche court a la mi aoust et que tous li pueples si avnoit. Si dient a lor estroit conseil de tels i a qu'il vauroient bien avoir esploitié en tel maniere come li rois Loth avoit. Et de tes i a qui pensent que ja Dix ne les lait morir de mort devant ce qu'il soient a lui acordé. Et dient que tout li triboul qu'il avoient eü ne lor est avenu se par pechié non.

519. Ensi disent li un et li autre. Si fu li rois Artus a Logres a joie et en deduit, si come vous avés oï. Et quant ce vint au jor de la mi aoust si s'en vinrent tout li chevalier a la court vestu et apareillié de lor plus riches robes. Et la roïne s'apareilla entre li et ses dames et ses damoiseles si richement com il couvenoit a tel feste. Et quant on ot sonné a la grant messe, si s'en alerent au moustier et oïrent le service que li arcevesques Debrice lor chanta. Celui jour porta li rois courone et sa feme la roïne Genievre, et li rois Bans et li rois Boors le porterent pour l'amor d'els. Et après la messe revinrent en la sale ou les tables et les napes estoient mises, si s'asisent li baron si com il durent par laïens chascuns en son endroit.

520. Ce jour-là, monseigneur Gauvain fit le service de la table principale où se trouvaient les quatre rois ainsi que Keu le sénéchal, Lucan le Bouteillier, monseigneur Yvain le Grand, fils aîné du roi Urien, Girflet, Yvain le Bâtard, Sagremor, Dodinel le Sauvage, Keu d'Estraus, Kahedin le Beau, Kahedin le Petit, Aiglin des Vaux, son frère, Galeschin le Gallois, Bliobléris, Galesconde, Calogrenant, Lanval, Agloval, Yvain le Gauche, Yvain de Lionel, Yvain aux Blanches Mains, Guiomar, Sinados, Osenain au Cœur-Hardi, Agravain l'Orgueilleux, Guerrehet, Gaheriet, Acès et Alès. Ils étaient vingt et un à la table principale et quarante jeunes pages assuraient le service aux autres tables. Ils furent tous servis le mieux du monde.

521. Quand la fin du repas arriva et que tous les mets eurent été servis, le roi Arthur parla bien fort pour être entendu de tous jusqu'au fond de la salle. Il dit : « Seigneurs, vous tous qui êtes venus à ma cour pour me faire plaisir, je vous adresse tous mes remerciements ainsi qu'à Dieu pour la joie et l'honneur que vous me témoignez et que vous êtes venu me rendre. Sachez que je veux réunir ma cour pour me réjouir chaque fois que je porterai solennellement la couronne. Je fais à Dieu le vœu que je ne servirai pas à manger tant qu'une aventure ne sera pas arrivée à ma cour[1], de quelque part qu'elle vienne, une aventure si belle qu'elle attire à ma cour les chevaliers qui, pour conquérir prestige et

---

520. Celui jour servi mesire Gavains au maistre dois ou li .IIII. roi seoient et Kex li Senechaus e Lucans [d] li Bouteilliers et mesire Yvains li Grans fix au roi Urien et Girfles et Yvains li Aoutres et Saygremors et Dodyniaus li Sauvages et Kex d'Estraus et Kahadins li Biaus et Kahadins li Petis et Ayglins des Vaus qui ses freres estoit et Galescins li Galois et Blyobleris et Galescondes et Calogrenans et Lanval et Agloval et Yvains li Esclains et Yvains de Lyonel et Yvains as Blanches Mains et Guiomar et Synados et Osoain au Cuer Hardi et Agravains li Orgueillous et Guerrehes et Gaheries et Acés et Allés. Si furent il vint et uns au maistre dois et .XL. jouenes bacelers servirent as autres dois de laiens et furent si bien servi come nules gens del monde plus.

521. Quant il vint en la fin del mengier que tout li més furent venu, si parla li rois Artus si haut que tout l'oïrent aval la sale. Et dist : « Signour et un et autre qui estes venus a ma court pour moi esleecier, je vous rent grasses et mercis et a Dieu de la joie et de l'onour que vous m'avés faite et que vous m'estes venu faire. Et saciés que je voel establir a ma court pour moi esleecier toutes les fois que je porterai courone. Je voue a Dieu que ja ne serrai au mengier devant que aucune aventure i sera avenue de quele part que ce soit, ou aventure par tel couvent que, se ele est bele, qu'ele fait adrecier par les cheva-

honneur, voudront y séjourner et devenir mes amis, mes compagnons et mes pairs. » Quand les chevaliers de la Table ronde entendirent le vœu que le roi avait prononcé, ils parlèrent entre eux et dirent que, puisque le roi Arthur avait fait un vœu à la cour, il convenait qu'ils fissent de même et finirent par s'accorder sur une idée et une décision. Ils confièrent à Nascien le soin de parler devant le roi en présence de tous les barons.

522. Tous les compagnons de la Table ronde allèrent alors le trouver et Nascien commença son discours en parlant fort pour être entendu de tous : « Seigneur, fait Nascien, les compagnons de la Table ronde ici réunis adressent à Dieu un vœu qui doit être entendu de vous et de tous les barons ici rassemblés. Parce que vous avez fait un vœu, ils en font un à leur tour pour toujours, tant que le monde durera : que, si une jeune fille en détresse vient à votre cour demander du secours ou pour toute aide qui puisse lui être apportée par l'intervention d'un seul chevalier contre une autre personne, ils font tous le vœu d'y aller très volontiers pour sauver cette personne, quel que soit l'endroit où lui ou elle les mènera et ils feront en sorte de réparer les torts qu'on lui aura fait subir. » Quand le roi entendit ce discours, il demanda à ses compagnons s'ils approuvaient les termes employés par Nascien et ils répondirent que oui. Ils promirent tous de les respecter jusqu'à la mort. La joie qui régna alors fut encore

---

liers de ma court qui pour pris et pour hounour conquerre i vaurront repairier et estre mi ami et mi compaingnon et mi per. » Et quant li chevalier de la Table Reonde oïrent le veu que li rois Artus avoit fait, si parlerent ensamble et disent, puis que li rois Artus avoit fait veu en la court, il couvenoit qu'il feïssent ausi lor veu. Tant qu'il s'acorderent a une chose et a un conseil. Si chargierent a Nascien la parole a raconter[^a] devant le roi oïant tous les barons.

522. Lors s'en vont tout li compaingnon de la Table Reonde et Nasciens conmencha la raison et dist si haut que tout l'oïrent par laiens : « Sire, fait Nasciens, li compaingnon de la Table Reonde qui ci sont vouent a Dieu, en oïance de vous et de tous les barons qui ci sont que pour ce que vous avés fait le vostre veu, en font il un autre veu a tous les jours del monde, tant com li siecles duera, que ja pucele qui besoing aït ne venra a vostre court pour secours querre ne pour aïde qui puisse estre menee a chief par le cors d'un sol chevalier encontre un autre qu'il n'i [d] aillent molt volentiers pour delivrer quelque part que cil ou cele l'en vaudra mener, et tant fera qu'il li fera adrecier les tors que on li aura fais. » Et quant li rois l'entendi si demande a ses compaingnons s'il le creantent ensi come Nasciens l'a dit. Et il dient que oïl. Si le fiancent tout qu'il le maintenront jusqu'a la mort. Et lors fu la joie enforcie plus qu'ele n'avoit

plus grande qu'auparavant. Quand monseigneur Gauvain entend et voit le plaisir et la liesse entraînés par le vœu qu'ils venaient de prononcer, il dit à ses compagnons, en homme de bien, que si chacun voulait lui accorder ce qu'il allait leur demander, il leur ferait une faveur dont ils récolteraient ensuite un grand honneur pour toute leur vie. Ils lui répondirent qu'ils lui accorderaient tout ce qu'il leur demanderait. « Alors promettez-moi, fait-il, de reſter toujours unis. » Les quatre-vingts qu'ils étaient le lui promirent tous.

523. Quand monseigneur Gauvain eut obtenu la promesse de ses compagnons, il se présenta devant la reine et lui dit : « Madame, moi et mes compagnons nous venons à vous. Ils me prient de vous demander de les considérer comme les chevaliers de votre maison, parce que, lorsqu'ils seront dans un pays étranger pour conquérir honneur et preſtige et que des gens voudront savoir à qui ils appartiennent et de quelle terre ils sont, ils diront : "Nous sommes de la terre de Logres, les chevaliers de la reine Guenièvre, femme du roi Arthur." » À ces mots, la reine se lève et dit : « Cher neveu, grand merci à vous et à eux. Je vous considère tous très volontiers comme mes seigneurs et amis. Et de la même façon que vous m'offrez votre personne, je vous offre la mienne d'un cœur tendre et loyal. Que Dieu me donne la force et le pouvoir de vivre assez longtemps, si tel eſt son plaisir, pour que je puisse vous récompenser de l'honneur et de la courtoisie que vous promettez de me rendre !

---

eſté devant. Et quant mesire Gavains ot et voit le deduit et la feſte qu'il demainnent par laiens des veus qu'il avoient eſtablis, si diſt a ses compaingnons, conme cil qui tous les biens savoit, que se chascuns d'aus voloit otroier ce qu'il diroit il feroit tel oſfre dont grant honnour lor venroit a tous les jours de lor vies. Et il dient que il otroient tout quanque il dira de bouche. « Fianciés moi dont, fait il, la compaingnie a tenir. » Et cil li fiancent tout et furent .IIII.XX. par conte.

523. Quant mesire Gavains ot prise la fiance de ses compaingnons, si s'en vient devant la roïne et li diſt : « Dame, je et mi compaingnon viennent a vous, si vous proient et requierent par moi que vous les retenés a voſtres chevaliers et de voſtre maisnie por ce que, quant il seront en eſtrange païs por conquerre pris et los et aucunes gens lor demanderont a qui il sont et de quele terre si diront "de la terre de Logres et des chevaliers la roïne Genievre, la feme le roi Artu". » Quant la roïne l'entent, si se drece en eſtant, si li diſt : « Biaus niés, la voſtre grant mercis, et a vous et a els. Car je vous retieng molt volentiers conme mi signour et mi ami. Et autretel come vous otroiés a moi m'otroie je a vous de fin cuer et de loial. Et Dix me doinſt force et pooir et me laiſt tant vivre, s'il li plaiſt, que je vous puisse guerredonner l'onour que vous me prometés a faire et la courtoisie autresiᵉ.

524. — Dame, fait monseigneur Gauvain, nous sommes devenus vos chevaliers et vous nous tenez pour tels, grand merci à vous. Nous vous faisons un vœu : jamais personne ne viendra requérir auprès de nous aide et assistance contre un chevalier qu'il ne l'obtienne contre son adversaire, au corps à corps, et qu'il reparte avec le chevalier de son choix, quelle que soit la distance à parcourir[1]. Et s'il lui arrivait de ne pas revenir dans le mois, chacun d'entre nous partirait le chercher de son côté et la quête durerait un an et un jour sans nul retour à la cour tant que l'on ne sera pas en mesure de rapporter de vraies nouvelles sur ce compagnon, vivant ou mort. De retour à la cour, chacun racontera à son tour toutes les aventures bonnes ou mauvaises qui lui seront arrivées[2]. Chacun jurera sur les reliques de ne jamais mentir sur le récit du départ comme du retour. Telle est notre volonté. »

525. Quand la reine entendit le vœu de monseigneur Gauvain, elle en fut plus heureuse que jamais. Le roi aussi en fut plus heureux que tous les chevaliers de sa cour. Et pour procurer encore plus de plaisir à la reine, le roi lui dit : « Dame, puisque Dieu vous a donné une si belle compagnie, je dois faire encore mieux qu'elle par amour pour elle et pour vous. Et savez-vous en quoi ? Je vous octroie, je vous cède et je mets à votre disposition tout mon trésor de manière que vous en soyez la maîtresse et l'absolue donatrice en faveur de qui vous plaira. » À ces mots, la reine

---

524. — Dame, fait mesire Gavains, il est ensi que nous somes vostre chevalier, et retenus nous avés la vostre grant mercis. Or vous faisons nous un veu entre nous que ja nus ne venra entre nous requerre ne secours ne aïde encontre le cors d'un chevalier qu'il ne l'aït contre autre, cors a cors, si en menra lequel que lui plaira ja si loing ne sera. Et s'il avenist chose qu'il ne venist dedens le mois, chascun de nous l'iroit querre par soi et duerroit la queste un an et un jour sans repairier a court tant que vraies [e] nouveles aporteroit de son compaingnon ou de sa vie ou de sa mort. Et quant il seront repairié a court, si dira chascuns l'un après l'autre toutes les aventures qui avenues li seront, queles qu'eles soient, ou bones ou mauvaises. Et juerront sor sains que de riens n'en mentiront ou a l'aler ou au venir, et tout ensi le volons nous. »

525. Quant la roïne entent le veu que mesire Gavains a dit, si en est tant lie que plus ne puet. Et li rois en est plus liés que tout li chevalier qui sont en sa court. Et pour ce que li rois veut metre la roïne plus a aise li dist il : « Dame, puis que Dix vous a donné si bele compaingnie, aucun mix vous en doit il estre de moi pour amour d'aus et de vous meïsmes. Et savés vous de coi ? Je vous otroi et doing et met tout en abandon mon tresor en tel maniere que vous en soiés dame et departeresse a tous ciaus que il vous plaira. » Et quant la

s'agenouille devant le roi et lui dit : « Grand merci, seigneur. »
Alors, la reine s'adressa à monseigneur Gauvain et lui dit :
« Cher neveu, je veux que quatre clercs[1] soient installés ici et
ils n'auront d'autre mission que de mettre par écrit toutes les
aventures qui arriveront à vous et à vos compagnons, de sorte
qu'après notre mort on puisse garder en mémoire les exploits
des preux chevaliers de cette cour. — Dame, fait monseigneur
Gauvain, je suis d'accord avec cette demande. » Alors furent
choisis quatre clercs qui mirent par écrit toutes les aventures
qui arrivèrent désormais à la cour. Monseigneur Gauvain dit
ensuite qu'il n'entendrait jamais parler d'une aventure sans
partir aussitôt à sa quête. Lui et ses compagnons s'efforceraient de rapporter à la cour des nouvelles véridiques. Ses
compagnons et ceux de la Table ronde dirent de même et,
depuis ce jour-là, monseigneur Gauvain et ses compagnons
furent appelés « les chevaliers de la reine Guenièvre ».

526. On ôta nappes et tables et la joie se mit à régner de
part et d'autre. Mais, de tous ceux qui se trouvaient à la
cour, c'est Daguenet de Carlion qui se manifesta le plus fort.
Il exprimait si prodigieusement sa joie et en fit tant que tout
le monde le regardait. Mais il était naturellement fou et
c'était aussi le meilleur exemple qui fût d'une nature de
couard. Il se mettait à folâtrer et à gambader et criait aussi
que, le lendemain matin, il partirait en quête d'aventure. « Et
vous, monseigneur Gauvain, viendrez-vous aussi ? Vous êtes
un chevalier si beau et si grand. Et vous, seigneurs compa-

---

roïne l'entent si s'agenoulle devant le roi et li dist : « Sire, grans mercis. » Et lors apela la roïne mon signour Gavain et li dist : « Biau niés,
je voel que .IIII. clerc soient establi chaiens qui ne s'en entremetront de
nules choses fors de metre en escrit toutes les aventures qui avenront
a vous et a vos compaignons, si que après nos mors soient aman-
teües les proueces des prodomes de chaiens. — Dame, fait mesire
Gavains, et je l'otroi. » Et lors furent esleü .IIII. clerc qui misent en
escrit toutes les aventures qui onques avenioent a court des illuec en
avant. Et après dist mesire Gavains que ja n'orroit parler d'aventure
que il ne l'alast querre. Et tant feroit, il et sa compaingnie, que droites
nouveles en aporteroient a court. Autretel dient si compaingnon et cil
aussi de la Table Reonde. Et des illuec en avant fu mesires Gavain et si
compaingnon apelé « li chevalier a la roïne Genievre ».

526. Atant furent les napes ostees et les dois, si conmencha la joie
par laiens d'uns et d'autres. Mais desor tous ciaus qui a la court
estoient se fist oïr Daguenes de Carlion. Icil faisoit merveilleuse
feste, car il en fist tant que tout le regardoient et un et autre. Mais
fols estoit par nature et la plus couarde piece de char qui onques
fust. Icil conmencha a riber et a tumer et crioit a hautes vois que au
matin iroit querre les aventures. « Et vous, mesire Gavains, vienrés

gnons de la Table ronde ? Assurément, je ne pense pas que
vous ayez le courage et la hardiesse d'oser me suivre jusqu'à
l'endroit où j'irai demain. »

527. Ainsi parlait Daguenet le Couard et les chevaliers présents riaient de lui et il tint parole. Plus d'une fois, il prit ses
armes et s'en alla en dehors de la ville. Il pendait son écu à
un chêne et frappait dessus jusqu'à ce que la peinture en dis-
paraisse et que l'écu soit découpé et déchiqueté en plusieurs
endroits[1]. Puis, il revenait à la cour et disait qu'il avait tué un
chevalier ou deux. Mais, quand il lui arrivait de rencontrer un
chevalier en armes, il faisait volte-face et s'enfuyait en lui
criant après, sans plus. Il lui arriva maintes fois de rencontrer
un chevalier errant et rêveur qui ne lui disait mot ; il le prenait alors par la bride et l'emmenait prisonnier. C'est ainsi
qu'était Daguenet ; telle était sa conduite. C'était un très beau
chevalier et de grand lignage. Et à sa contenance, on ne l'aurait jamais pris pour un fou. On ne s'apercevait de sa tare
que lorsque des paroles s'échappaient de sa bouche.

528. Grandes furent la joie et la fête de la mi-août
au moment des vœux. Quand les domestiques qui avaient
servi le repas eurent mangé à leur tour, Keu le sénéchal se
présenta et dit : « Eh quoi, seigneurs chevaliers, pourquoi
n'entreprendriez-vous pas un tournoi pour commencer les
réjouissances d'une aussi grande fête que celle d'aujour-
d'hui ? » À ces mots, Sagremor s'avance et traite de lâche et

---

vous ? Ja es[ſ]tes vous si biaus chevaliers et si grans. Et vous, signour
compaingnon de la Table Reonde, certes je ne quit mie que vous en
aiiés le cuer et le hardement que vous m'osissiés sivir jusques la ou je
irai demain. »

527. Ensi disoit Daguenes li Couars, si s'en rioient li chevalier de
laiens. Et, sans faille, il s'arma par maintes fois et s'en aloit es forés
et pendoit son escu a un chaisne et i feroit tant que tous li tains en
estoit cheüs et li escus desailliés et decopés em pluisours lix et puis
s'en revenoit e disoit qu'il avoit ocis un chevalier ou .ii. Et quant il
avenoit qu'il encontroit un chevalier armé si tournoit en fuies mais
que il l'escriast sans plus. Et maintes fois avint qu'il encontroit un
chevalier pensis qui errans estoit qui mot ne li disoit si le prendoit au
frain et l'en menoit come pris. D'itel maniere estoit cil Daguenes et
d'itel contenance. Et si estoit molt biaus chevaliers et de grant
lignage et ne sambloit mie a la contenance de lui que il fust fols, fors
quant li mot li eschapoient de sa bouche et adont l'en apercevoit on.

528. Molt fu grans la joie et la feste de la mi aoust quant li veu
furent fait. Et quant li sergant qui servirent orent mengié si vint Kex
li Senescaus et dist : « Qu'est ce, signour chevalier ? Dont ne deüssiés
mie bien tournoiier por conmencier baudoire a si haute feste com il
est hui ? » Quant Saygremors l'oï si saut avant et dist que molt seroit

de déloyal celui qui ne voudra pas participer au tournoi.
Quand les chevaliers entendent le défi qu'on leur lance, ils
vont prendre leurs armes. En entendant la proposition,
monseigneur Gauvain demande les règles du tournoi. Minoras répond qu'ils se battront en tournoi contre les chevaliers
de la reine Guenièvre. « Nous prendrons autant de chevaliers
de part et d'autre de manière à être en nombre égal. » Monseigneur Gauvain lui demanda combien ils seraient dans ce
tournoi. Adragain répondit qu'ils auraient une compagnie de
cinq mille chevaliers. Monseigneur Gauvain répondit alors
qu'ils seraient également cinq mille. « Il n'y a plus de temps à
perdre, dit Pinados. Aux armes ! Car le jour tire sur sa fin. »

529. Ils rentrèrent chez eux, s'armèrent en grande hâte,
puis ils se rendirent sur les prés en dehors de la ville. Ils s'assemblèrent jusqu'à atteindre le nombre de dix mille hommes.
Alors, on intima l'ordre à chacun de rejoindre le camp de
son choix. Ils se séparèrent et chacun partit de son côté avec
sa bannière. Puis arrivèrent monseigneur Gauvain et Hervi ;
ils formèrent leurs équipes et, après cette répartition, chaque
camp comptait cinq mille hommes. Les hérauts d'armes
se mirent à crier : « Voici venir l'honneur des armes ! Que le
meilleur se distingue ! » Quand le moment de se rassembler
arriva, un messager vint trouver monseigneur Gauvain et lui
dit : « Monseigneur, le roi Arthur votre oncle vous demande
de venir lui parler à ces fenêtres où il vous attend ! » et monseigneur Gauvain s'y rendit, emmenant monseigneur Yvain

---

recreans et faillis qui ne tournoieroit. Et quant li chevalier s'en oent
aatir si se vont armer. Et quant mesire Gavains l'entent si demande
comment il tournoieront. Et Minoras respont qu'il tournoieront
encontre les chevaliers de la roïne Genievre. « Et prenderons tant de
chevaliers li un et li autre que nous serons a tans quans. » Et mesire
Gavains lor demande a quans chevaliers il vauront tournoiier. Et
Adragains dist qu'il seront .v.m. en lor compaignie. Et mesire
Gavains dist que ausi seront il .v.m. « Or n'i a dont que demourer,
fait Pynados. Ore as armes, car li jours s'en va ! »

529. Lors s'en vont a lor ostels et s'arment a grant esploit et s'en
vont es prés fors de la vile. Si s'asamblent tant que d'une part que
d'autre qu'il furent jusques a .x.m. Lors fu li bans criés que chascuns
s'en alast quel part que il vauroit. Et il se soivrent et departent [135a]
et s'en vait chascuns a sa baniere. Et lors vint mesire Gavains et
Hervi, si departent lor conrois et deviserent tant qu'il furent de chascune partie .v.m. Et li hiraut commencent a crier : « Ci est l'onour
d'armes ! Ore i parra qui bien le fera ! » Et quant ce vint a l'asambler
si vint uns messagiers a mesire Gavain et li dist : « Sire Gavain, li rois
Artus vos oncles vous^a mande que vous venés parler a lui a ces
fenestres ou il vous atent. » Et mesire Gavains i vait et mainne mon

son cousin, Sagremor et Girflet. Les équipes du tournoi s'étaient maintenant si rapprochées l'une de l'autre qu'il n'y avait plus qu'à les voir faire leurs preuves.

530. Le premier qui sortit du rang fut Pinados, un des chevaliers de la Table ronde. De l'autre côté venait un chevalier de la reine qui était le frère de monseigneur Gauvain ; il s'appelait Agravain l'Orgueilleux. Ils montaient admirablement l'un et l'autre et frappèrent tant de leurs lances sur leurs écus qu'ils les percèrent et les trouèrent. Le fer des lances s'arrêta sur les hauberts. Les chevaliers étaient l'un et l'autre forts et pleins de fureur ; leur haubert solide et très résistant ne perdit pas une maille. Ils firent voler leurs lances en pièces et, quand ils se croisèrent, leurs écus, leurs corps et leurs chevaux se heurtèrent si violemment qu'ils firent l'un et l'autre s'écrouler leur cheval sur leur corps. Leurs compagnons piquèrent des deux pour les secourir et frappèrent de leurs lances aux fers acérés et tranchants. Monseigneur Gauvain arriva enfin non loin de la douve du fossé près des fenêtres où le roi Arthur s'était installé ainsi que la reine Guenièvre, le roi Ban, le roi Bohort et une grande foule de dames et de demoiselles pour assister à la joute. Quand le roi le vit arriver, il lui dit : « Cher neveu Gauvain, je vous prie, par le serment auquel vous vous êtes engagé, d'éviter tout emportement, toute fureur ou tout méfait dans ce rassemblement. — Seigneur, fit Gauvain, jamais je ne commettrai de mal mais je ne suis pas en mesure de détourner les autres de

signour Yvain son cousin et Saygremor et Gyrflet, et li conroi furent ja si aprocié qu'il n'i avoit que de l'esprouner[b].

530. Tous li premiers qui desrenga ce fu Pynados, uns des chevaliers de la Table Reonde. Et de l'autre part vint uns des chevaliers de la roïne qui fu freres mon signour Gavain. Si avoit non Agravain li Orgueillous. Et il estoient a mervelles bien monté, si s'entreferirent des lances sor les escus si qu'il les percent et estroent, si s'arrestent li fer des glaives sor les haubers, et il furent ambesdoi fort et orguellous et li hauberc fort et tenant que maille n'en fausa, si font les glaives voler em pieces. Et au passer qu'il firent outre se hurtent des escus et des cors et des chevaus si durement qu'il s'entreportent a terre les chevaus sor les cors. Et cil poignent a la rescousse d'ambesdeus pars, si s'entreferirent des glaives as fers agus et tranchans. Et mesire Gavains a tant alé qu'il en vint desous la douve del fossé endroit les fenestres ou li rois Artus estoit apoiiés et la roïne Genievre et li rois Bans et li rois Boors et dames et damoiseles a gant foison pour le bouhourdis veoir. Et quant li rois le[a] vit venir, si li dist : « Biaus niés Gavain, je vous proi, par la foi que vous me devés, que vous gardés si ceste aünee qu'il n'i ait courous entr'aus ne ire ne mal fait. — Sire, fait il, ja par moi n'iert mal fait[b]. Mais del tout nes puis je mie garder

leurs folies. En ce qui vous concerne, si vous voyez que tout dégénère, alors donnez le signal de la dispersion[1]. Car sachez bien que je ne pourrais supporter que vos compagnons turbulents s'attaquent avec acharnement aux miens, sous mes yeux, sans que je leur vienne en aide autant qu'il me sera possible.

531. — Seigneur, fait le roi Ban, monseigneur Gauvain a parlé en preux. Il est nécessaire que vous preniez une partie de vos gens et que vous les fassiez bien armer pour que, si nécessaire, vous n'ayez plus vous-même qu'à monter à cheval. — Au nom de Dieu, fait le roi Arthur, il en sera comme vous l'avez dit. » Alors, le roi Arthur commanda à quatre mille soldats de s'armer ; il s'équipa lui-même ainsi que les trois rois qui se trouvaient en sa compagnie. Monseigneur Gauvain revint au tournoi qui avait déjà violemment débuté autour des deux chevaliers tombés à terre. On finit par réussir à les remettre en selle tous les deux et le tournoi reprit de plus belle. Les chevaliers de la Table ronde, au nombre de deux cent cinquante, se donnaient beaucoup de mal pour battre les quatre-vingts compagnons de monseigneur Gauvain en fâcheuse posture. Beaucoup d'entre eux avaient le dessous mais ils résistèrent en s'entr'aidant loyalement. Cette sollicitude toutefois ne leur aurait guère été profitable si les chevaliers du roi Loth n'étaient pas venus leur apporter un secours énergique. Il y eut là plus d'une joute qui abattit des chevaliers dont les chevaux se mirent à fuir dans les champs. Là, les compagnons de la Table ronde auraient été bien mal-

---

de lor folies. Mais endroit de vous, se vous veés que a folie tout vaist, si vous entremetés del deseurer. Car bien saciés que je ne porroie sosfrir que vostre compaignon qui anious sont, estoutoiassent les miens devant moi que je ne lor aïdasse a mon pooir.

531. — Sire, fait li rois Bans, mesire Gavains dist come prodom. Si est bien mestiers que vous prengiés une partie de vos gens et les faites bien armer si que, s'il en est mestiers, que vous ne faciés fors monter. — En non Dieu, fait li rois Artus, ensi sera il come vous le dites. » Lors conmanda li rois Artus [*b*] a armer .iiii.m. sergans et il meïsmes s'arma et li .iii. roi aussi qui en sa compaignie estoient. Et mesire Gavains s'en revient au tournoiement qui ja estoit comenciés grans sor les .ii. qui ce estoient, si orent tant fait que il les ont ambesdeus remis a cheval. Et lors conmence li tournoiemens a enforcier, si se penoient molt li chevalier de la Table Reonde, qui estoient .cc.l., de desconfire les .iiii.xx. compaignons mon signor Gavain qui molt estoient a grant meschief. Si en avoient molt le piour, mais molt sousfrirent come cil qui molt s'entr'aidoient de bone foi. Mais nus biens faires ne lor avoit mestier, se ne fuissent li chevalier au roi Loth qui les secoururent molt vigherousement. Illuec ot mainte joste faite dont li chevalier furent abatu, dont li cheval

menés quand une compagnie de sept cents chevaliers vint à leur secours. Alors, les chevaliers de la Table ronde reprirent le dessus car ils se trouvaient les plus nombreux. De gré ou de force, ils chassèrent leurs adversaires qui furent alors assaillis de huées et de cris si puissants qu'on n'aurait même pas entendu le tonnerre envoyé par Dieu.

532. Quand monseigneur Yvain entendit les huées et les cris qui visaient les compagnons de la reine, il regarda ces derniers et vit qu'ils étaient en mauvaise posture. Cela le désola beaucoup et il dit à monseigneur Gauvain : « Allons, cher cousin, nous sommes restés trop longtemps et les nôtres s'enfuient ! — Au nom de Dieu, fait Sagremor, il ne mérite pas le titre de chevalier, celui qui refusera de leur porter secours. — Je n'ai pas la moindre estime, fait Girflet, pour celui qui parle sans agir. Voyons donc qui s'en sortira le mieux. » Monseigneur Gauvain rit de leurs propos et leur dit : « Suivez-moi car j'y vais ! »

533. Alors, ils éperonnent leurs chevaux et vont aussi vite qu'un épervier à jeun avide de capturer une perdrix ou une caille. Arrivés dans le tournoi, ils frappèrent de leur longue lance et firent tomber les quatre premiers hommes qu'ils rencontrèrent. Les quatre compagnons firent tant et si bien de leurs armes qu'on arrêta la chasse. En peu de temps, ils furent reconnus, même de ceux qui ne les avaient jamais vus. Quand les chevaliers de la reine virent monseigneur

---

fuioient parmi les chans. Illuec fuissent li compaingnon de la Table Reonde molt mal mené, quant une compaignie de .VII.C. chevaliers les securut. Lors en orent cil de la Table Reonde le plus bel, car il furent plus grant gent. Si les reüsent del champ ou il vausissent ou non. Lors lieve li hus et li cris si grant sor els c'on n'i oïst pas Diu tonnant.

532. Quant mesire Yvains entent le hu et la noise qui estoit sor les compaingnons, si regarde cele part et vit qu'il sont a molt grant meschief. Si l'en poise molt, si dist a mon signour Gavain : « Avoi, biaus cousin, nous demourons trop longement car ja s'en vont li nostre. — En non Dieu, fait Saygremors, jamais ne soit chevaliers qui a cest besoigne ne lor aïdera. — Je ne pris un bouton, fait Gyrflet, parler sans oeuvre faite. Ore iert veüs qui mix le fera. » Et mesire Gavains rist quant il l'entent et lor dist : « Sivés moi, car je m'en vois. »

533. Atant hurtent lor chevaus des esperons et s'en vont ausi bruiant come espervier qui veut prendre pertris ou quaille quant il a jeüné. Et quant il viennent au tournoiement si se fierent entr'aus les glaives alongiés, si portent a terre les .IIII. premiers qu'il encontrent. Lors connencent a faire d'armes li .IIII. compaingnon et tant que la chace est arrestee. Si furent em poi d'ore reconneü de tels qui onques mais ne les orent veüs. Et quant li chevalier la roïne voient

Gauvain, ils se rassemblèrent autour de lui comme les chevaliers sans reproche du roi Loth. Sagremor se mit à se comporter si bien que les personnes aux fenêtres du palais le montraient du doigt en s'écriant : « Voilà monseigneur Sagremor !

534. « Assurément, il n'a rien d'un traître ; c'est un chevalier de belle allure et il excelle dans l'art de parler. Celle qui l'obtiendra pourra se flatter de posséder l'un des meilleurs chevaliers de la cour. Elle manquerait assurément de courtoisie celle qui refuserait son amour à un tel chevalier. » Ailleurs, Girflet s'illustrait très bien, lui aussi, et Galeschin également pour être loué des uns et des autres. Ces trois-là furent rejoints par les trois frères de monseigneur Gauvain qui étaient preux et hardis. Tous firent merveille et monseigneur Yvain renouvela si bien ses exploits qu'il était inutile de chercher un meilleur chevalier que lui. Quand les compagnons de la Table ronde virent que la chasse était terminée, ils commencèrent à s'inquiéter beaucoup de la manière dont ils pourraient les faire déguerpir et ils bataillèrent ferme. Mais ils avaient beau se battre, bien ou mal, monseigneur Gauvain se battait mieux que tous car il ne trouvait aucun groupe si compact et si soudé soit-il qu'il ne pût briser par un passage en force, en abattant chevaux et cavaliers. Il arrachait les heaumes des têtes, les écus des épaules : personne ne pouvait résister à ses coups et, si les compagnons de la

---

mon signour Gavain si se traient entour lui. Et autresi font li chevalier au roi Loth qui molt estoient bon chevalier et seür. Et Saygremors le conmence si bien a faire que cil qui es[t]oient as fenestres del palais le montrerent au doit et disoient : « Ce est mesire Saygremors.

534. « Certes il ne porte mie en soi la traïson, car il est biaus chevaliers de cors et de membres, encore est il miudres chevaliers a devise. Et bien se porra vanter cele qui l'aura que ele aura uns des meillours chevaliers de la court, ne cele ne seroit mie courtoise ne sage qui a tel chevalier refuseroit s'amour. » De l'autre part le refaisoit molt bien Gyrfles, et autresi fist Galescin que molt i seroit loés d'uns et d'autres. Et avoec ces .III. se misent li .III. frere mon signour Gavain qui molt estoient prou et hardi. Icil le firent a merveillesᵃ bien, et mesire Yvains le reconmence si bien a faire que nul mellour de lui n'i couvenist a querre. Et quant li compaingnon de la Table Reonde virent que la chace estoit arrestee, si se conmencent molt a traveiller conment il le peüssent de la place tourner, si i firent molt d'armes. Mais qui que le feïst bien ne qui non sor tous les autres le fist bien mesires Gavains. Car il ne trouvoit nul conroi ne si espés ne si serré que il ne passast outre a fine force. Si abatoit chevaliers et chevaus, il esrachoit hiaumes de testes et escus de cols, ne nus ne pooit avoir duree encontre ses copsᵇ, et se li compaingnon de la

Table ronde avaient eu l'avantage auparavant, ils se trouvaient maintenant en fâcheuse posture car monseigneur Gauvain et ses compagnons les harcelèrent de si près qu'ils les menèrent tout déconfits jusque dans la rivière. Là, ils s'arrêtèrent et le conte dit que les chevaliers de la Table ronde eurent beaucoup à souffrir de sorte que les dix meilleurs d'entre eux furent abattus et renversés : l'un s'appelait Minoras, le second Natalie, le troisième Pinados, le quatrième Blaaris, le cinquième Carisinans, le sixième Pertrel, puis Grandoine, Sadinel, Ladinus et Traelus. Tous les dix furent faits prisonniers. Monseigneur Gauvain et monseigneur Yvain, Sagremor, Agravain, Guerrehet, Gaheriet et le sénéchal Keu les avaient capturés. ils les envoyèrent auprès de la reine pour respecter leur promesse mais aussi à cause de monseigneur Gauvain qu'ils considéraient comme leur seigneur. Ils avaient bien raison car une grande prouesse habitait Gauvain qui les aidait toujours en cas de besoin. Les dix compagnons capturés se présentèrent à la reine et se rendirent à elle de la part de monseigneur Gauvain. Elle les reçut avec une très grande joie et donna de ses bijoux à chacun d'eux. Ils allèrent ensuite s'appuyer aux fenêtres du palais pour assister au tournoi qui prenait une merveilleuse tournure. Quand les compagnons de la Table ronde virent qu'ils avaient perdu dix des leurs, ils en furent plus affligés que quiconque car jamais ils ne s'étaient trouvés quelque part pour en être chassés de force, même si leurs adversaires

---

Table Reonde en avoient devant eü le meillour, dés lors en est le piour lor. Car mesire Gavains et si compaingnon les ont si cours tenus qu'il les mainnent tout desconfit jusques desor l'aigue. Et illuec s'aresterent, et ce dist li contes que tant i sousfrirent que .x. des meillours i furent abatu et mis a terre dont li uns ou non Minoras et li secons Natalie et li tiers Pynados et li quars Blaaris et li quins Carisinaus et li sisismes Pertreüs et Grandoines et Sadinel et Ladinus et Traelus. Icil .x. furent retenu a fine force. Si les retint mesire Gavains et mesire Yvains et Saygremors et Agravains et Guerrehes et Gaheries et Kex li Seneschaus. Si les envoierent a la roïne et par lor fiances et par mon signour Gavain qu'il tenoient a signour d'aus. Et il avoient droit, car molt avoit prodome en lui et molt lor aïdoit a tous besoins. Et li .x. compaingnon qui pris estoient en vinrent a la roïne et se rendirent a li de par mon signour Gavain. Et ele les rechut a molt grant joie et donna a chascun de ses joiaus. Lors s'en alerent apoiier as fenestres del palais pour veoir le tour[d]noiement qui a merveilles estoit biaus. Quant li compaingnon de la Table Reonde virent qu'il orent perdu .x. de lor compaingnon, si en furent si dolant que nus plus. Car onques mais n'avoient esté em place dont il fuissent enchacié a force, encore fuissent il .II. tans que cil qui

étaient deux fois plus nombreux qu'eux. Alors arriva le gros de leurs troupes par-devers un pont qui se présentait à point nommé et ils firent tant et si bien qu'ils les repoussèrent en rase campagne. Le groupe qui se trouvait par-devers monseigneur Gauvain se porta vers les troupes fraîches qui venaient d'arriver et ils se frappèrent les uns et les autres au point de commencer un combat si prodigieux qu'il les épuisa tous. Il était déjà près de none et monseigneur Gauvain se battait encore de plus belle avec ses compagnons au point qu'ils refoulèrent leurs adversaires sur la rive opposée.

535. Quand les compagnons de la Table ronde se rendirent compte qu'ils étaient en pleine déconfiture, ils se dirent qu'ils n'avaient plus rien à perdre puisque l'affaire avait pris une telle tournure. Ils prirent alors leurs lances solides et résistantes et les mirent sur feutre ; c'était l'attitude la plus agressive qu'ils pouvaient adopter car un tournoi ne doit pas laisser libre cours à la félonie et ils déboulaient comme pour une guerre mortelle. Dès qu'ils eurent saisi leurs lances, ils frappèrent les chevaliers de la reine qu'ils abattirent violemment et, au premier assaut, ils en désarçonnèrent vingt des plus preux, mais ceux-ci se rétablirent aussitôt, tirèrent leurs épées du fourreau et se précipitèrent sur eux pour les capturer. Alors commença un grand et prodigieux combat et les chevaliers de la reine étaient sur le point de perdre quand monseigneur Yvain reconnut le meneur du tournoi contre lui, ainsi que monseigneur Gauvain et Sagremor. Quand ils

---

encontre aus estoient. Et lors vint lor grant bataille par devers le pont qui les secourut trop vigherousement, et fisent tant qu'il le remisent as plains chans. Et la partie qui devers mon signour Gavain se tenoit revinrent encontre ciaus qui tout estoient frés venu et se ferirent li un parmi les autres. Si conmencerent un estour si merveillous que tout se lassent. Et ja estoit prés de nonne que mesire Gavains le conmencha si bien a faire, il et si compaignon, que tous misent les autres sor la rive de l'aigue.

535. Quant li compaignon de la Table Reonde virent qu'il estoient tourné a la desconfiture, si dient qu'il ne feront hui mais se mal non puis que ensi lor est avenu. Lors prendent lances et fors et roides et les metent es feutres et c'est la plus grant cruauté qu'il peüssent faire. Car tournoiemens doit estre fais sans fellonnie et il murent a aus ferir come guerre mortel. Et si tost com il furent des glaives saisi, si se ferirent entre les chevaliers la roïne que il molt durement ataoient, si en abatirent au premier poindre tel .xx. qui molt estoient prodome. Mais tost refurent ressailli em piés, si traient les espees et cil sont sor els pour aus retenir. Si conmence li capleïs grans et merveillous, si peüssent tost avoir perdu quant mesire Yvains s'en prist garde qui estoit el chief del tournoiement entre lui et monsignour

constatèrent la félonie que leurs adversaires avaient perpétrée contre leurs compagnons, Yvain dit : « Voyez, seigneur,
comme ceux d'en face ont engagé un beau combat contre
nous. » Quand monseigneur Gauvain constata cela, il dit qu'ils
ne se conduisaient pas comme des preux et qu'il ne supporterait pas une chose pareille. Il appelle alors Guivret de
Lamballe et Guiomar et leur dit : « Seigneurs, allez de ma
part trouver les compagnons de la Table ronde et dites-leur
que moi et les miens nous leur faisons savoir qu'ils se sont
rendus coupables de déloyauté envers nous. Dites-leur de
renoncer, par pitié, à la folie qu'ils ont entreprise. Pour tout
ce qu'ils ont fait, nous avons à nous plaindre d'eux très
sévèrement et nous en appelons à la justice royale. Et si
certains des nôtres leur ont porté préjudice, nous ferons
amende honorable selon leur volonté. »

536. Quand ils entendirent les ordres de monseigneur
Gauvain, ils s'en allèrent sans discuter et partirent trouver les
compagnons de la Table ronde : ils leur délivrèrent le message tel qu'il leur avait été énoncé. Les autres répondirent
que leur demande leur était indifférente et qu'ils ne change-
raient pas d'attitude, « et qui voudra s'emporter contre cela,
eh bien qu'il s'emporte, car nous irons encore plus loin que
nous sommes allés et vous pouvez dire à Gauvain et à ses
compagnons que, sous peu, on aura l'occasion de connaître
le plus vaillant champion des tournois ». Quand les deux
envoyés entendirent cet outrage et cette arrogance, ils firent

---

Gavain et Saygremor. Et quant cil voient la felonnie que cil ont
enconmencié sor lor compaignons si dist mesire Yvains : « Veés,
signour, com cil de la ont biau gieu enconmencié sor nous ! » Et
quant mesire Gavain le voit si dist qu'il ne font mie come prodome
ne que ce ne sousferra il pas. Lors apele Quiret de Lambale et Guiomar et lor dist : « Signour, alés moi as compaingnons de la Table
Reonde et lor dites que moi et mi compaingnon lor mandons que il
ont mespris envers nous a ceste fois et que, la lor mercis, laissent la
folie que il ont amprise a tant ester. Et pour itant qu'il en ont fait
nous em plaingnons nous molt durement et les en apelons de droit
de[e]vant le roi. Et s'il a de cha nul de nos compaingnons que riens
lor ont mesfait, nous lor ferons amender a lor volenté. »

536. Quant cil oent le conmandement lor signour Gavain si s'en
tornent sans plus dire et s'en viennent as compaingnons de la Table
Reonde et font lor message tout ensi com on lor ot enchargié. Et cil
respondent que de quanqu'il lor mandent ne lor en chaut, qu'il n'en
feront ja autrement. « Et qui s'en vaura courecier s'en couréce, car
plus n'en ferons encore que nous n'aions fait. Si porrés dire a Gavain
et a ses compaingnons que par tans i porra on veoir le plus vassal et
qui mix furniroit un estour ». Et quant cil oent l'outrage et le bobant,

demi-tour et revinrent trouver monseigneur Gauvain qui
avait aidé ses compagnons à se remettre en selle et ils lui
rapportèrent les propos des chevaliers de la Table ronde.
Après les avoir écoutés, Gauvain se mit en colère : « Comment, fait-il, est-il vrai qu'ils ne feront plus aucun cas de
nous ? Alors qu'ils sachent bien, puisque nous en sommes
venus aux armes, que sous peu on aura l'occasion de voir
quels sont les plus vaillants. » Alors monseigneur Gauvain
quitta le tournoi avec ses trois frères ainsi que monseigneur
Yvain, Galeschin, Dodinel, Keu le sénéchal, Girflet et
Lucan ; puis, il les prit à part et leur dit :

537. « Seigneurs, les compagnons de la Table ronde ont
lancé sur nous un assaut d'une grande félonie par pur orgueil
et par traîtrise parce qu'ils pensent avoir été lésés par nos
gens. Ils pensent avoir gagné en montrant leur cruauté et leur
félonie. Aussi, je veux que chacun fasse chercher son haubert
et les meilleures armes qu'il possède afin de ne manquer de
rien. » Ils obéirent aussitôt, ils envoyèrent chercher leurs
armes et quittèrent le tournoi qui battait son plein. Ils s'armèrent car il leur tardait de combattre : dix mille hommes
étaient déjà aux prises dans la bataille. Quand monseigneur
Gauvain et ses compagnons furent prêts, ils se trouvaient
quatre-vingts bien comptés à chevaucher au pas en rangs serrés vers leurs compagnons qui se défendaient fort bien dans
le tournoi et qui recherchaient les leurs à gauche et à droite.

---

si s'entretournent et viennent a mon signour Gavain qui ses compaignons avoit ja remontés, et li dist ce qu'il avoit trouvé. Et quant
mesire Gavains l'ot si en fu molt coureciés. « Comment ? fait il. Est
ce a certes qu'il n'en feront plus por nous ? Or sacent bien, puis que
nous somes venu as armes, que par tans serons a l'essai li quel seront
li vassal. » Lors s'em part mesire Gavains del tornoiement entre lui
et ses .iii. freres. Et mon signour Yvain et Galescin et Dodynel et
Kex li Seneschaus et Girfles et Lucans si les traïst a une part et lor
dist :

537. « Signour, li compaingnon de la Table Reonde ont pris envers
nous une aatine molt felenesse par orgueil et par felonnie pour ce que
il lor samble qu'il soient de nostre gent grevé. Si vuident tout avoir
gaaingné en moustrer lor cruauté et lor felonnie. Si voel que chascuns
envoist querre son haubert et les meillours armes qu'il aura si que
riens n'i faille. » Et cil si font, si envoient querre lor armes et se
traient en sus del tornoiement que ja estoit molt angoissous, et s'armerent, car molt lor tarde[a] qu'il fuissent au tornoiement qui molt
estoit grans, car tout li .x.m. estoient ja ajousté ensemble en la bataille.
Quant mesires Gavains et si compaingnon furent atourné, si furent
.iiii.xx. tout par conte. Si montent et chevaucent le petit pas serré
envers les autres compaingnons qui molt bien maintenoient le tour-

Ils se montrèrent si affligés de ne pas les trouver qu'ils faillirent en perdre l'esprit car ceux de la Table ronde les malmenaient fort. Alors arrivèrent monseigneur Gauvain et ses compagnons qui s'élancèrent sur ceux de la Table ronde avec tant de violence qu'ils en abattirent soixante dès leur premier assaut. En voyant cela, Nascien et Adragain s'arrêtèrent net et dirent à leurs compagnons : « Chers seigneurs, nous avons mal fait de lancer cet assaut par pur défi et pour rien sur les chevaliers de la reine. Nous serions d'avis d'arrêter le tournoi maintenant, avant que les choses ne tournent au pire, car les neveux du roi Arthur et ses compagnons vont assurément nous causer du tort, sachez-le, et le tournoi ne peut se poursuivre sans de grosses pertes. Il y aura même peut-être des morts : aussi serait-il bon que le tournoi s'arrêtât. Sachez qu'ils ont vingt hommes en première ligne qui auront tôt fait de mettre en déroute quarante des nôtres, et ce sont des hommes de valeur, les plus puissants du royaume de Logres. » Les autres répondirent alors : « Ils ont parlé trop tard. Se protège désormais qui devra le faire car il ne peut plus en être autrement. » Ils se lancèrent alors dans la mêlée et les quatre-vingts compagnons vinrent les affronter. Ils tirèrent leurs épées du fourreau et commencèrent une mêlée à pied et à cheval, d'une cruauté et d'une méchanceté effrayantes. Quand les sept cents chevaliers du roi Loth virent la folie et le ravage causés par les compagnons de la Table ronde, ils se retirèrent

---

noiement et queroient lor compaingnons amont et aval, et sont si dolant de ce qu'il ne les trouvent que a poi qu'il n'issent fors del sens. Car cil de la Table Reonde les mainnent molt malement. Lors vint mesire Gavains et si compaingnon se ferirent en els si durement que plus [*ſ*] de .XL. en abatent en lor venir. Quant Nasciens et Adragains voient ce si s'arrestent et dient a lor compaingnons : « Biaus signours, nous avons molt malement erré de l'aatine que nous avons entreprise envers les chevaliers la roïne par envie et pour noient. Nous loeriens que li tournoiemens remansist atant avant que pis en fust fais, car li neveu le roi Artu et lor compaingnon nous feront damage, de fi le saciés, ne il ne puet demourer sans grant perte. Et par aventure il en i aura de mors. Si seroit bon que la chose remansist atant. Et saciés qu'il en ont tel .XX. en lor premier front qui bien tost averoient mis .XL. des nos a la voie. Et si sont si haut home, des plus poissans del roiaume de Logres. » Et cil respondent : « Il ont trop a tart parlé. Or si gart qui a garder si aura, car autrement ne puet ore estre. » Lors se fierent en la mellee et li .IIII.XX. compaingnon lor viennent a l'encontre. Lors traient les espees et commencent la mellee a pié et a cheval, molt cruel et molt felenesse et molt anïouse. Et quant li .VII.C. chevalier au roi Loth connurent la folie et le desroi que li compaingnon de la Table Reonde avoient enconmencié, si se traient

quelques instants, s'armèrent au mieux et se préparèrent au combat, puis ils vinrent trouver monseigneur Gauvain et lui dirent : « Seigneur, vous pouvez chevaucher en toute quiétude contre ces haineux car nous ne sommes pas de ceux qui, aujourd'hui, chercheront à vous abandonner, ni vous ni vos compagnons, pour une quelconque peur qui nous habiterait. Nous connaissons bien les hommes qui se trouvent entre vous et les compagnons de la Table ronde. Peu sont prêts à les suivre dans leur plan et nous voyons bien qu'ils sont deux cent cinquante tandis que vous n'êtes que quatre-vingts ; il n'est pas étonnant qu'ils aient l'avantage. Mais ils peuvent se vanter d'avoir trouvé aujourd'hui deux cents ennemis de plus qui leur feront bientôt voir si c'est la sagesse ou la folie qui les a poussés à faire ce qu'ils ont fait. » Monseigneur Gauvain le remercia très vivement et, en homme habitué à atteindre son but, il leur assigna à chacun une place et un rôle à tenir.

538. Alors monseigneur Gauvain appelle un jeune homme de haut rang du nom de Galesconde et lui dit : « Allez trouver mon oncle le roi Arthur et dites-lui de ne pas se désoler si moi et mes compagnons nous nous défendons contre ceux de la Table ronde qui ont commis cette folie contre nous », et lui demande surtout de raconter à Arthur comment la chose s'est passée de bout en bout. Quand Galesconde eut entendu l'ordre de monseigneur Gauvain, il s'en alla et délivra le message tel qu'on le lui avait confié.

---

d'une part et s'armerent molt bien et s'apareillierent, si s'en viennent a mon signour Gavain et li dient : « Sire, or poés chevauchier seürement encontre les envious, car nous somes cil qui hui mais ne vous guerpirons, ne vous ne vos compaignons, pour destrece nule que nous aïons. Car nous connoissons bien les armés qui sont entre vous et les compaingnons de la Table Reonde. Mais il ont poi de gent a faire lor volenté de ce qu'il ont empensé et nous veons bien qu'il sont .cc. et .l. et vous n'estes que .iiii.xx. Si n'est mie de merveille s'il en ont le meillour. Mais il se repuent bien vanter qu'il ont tels .cc. anemis recovrés hui en cest jour qui bien lor font aparcevoir s'il sont fol ou sage de la folie que il ont entreprise. » Et mesire Gavains l'en mercie molt durement, si les renge environ et atourne come cil qui bien en savoit a chief venir.

538. Lors apele mesire Gavains un damoisel, haut home c'on apeloit par son droit non Galescondes, si li dist : « Alés tost a mon oncle le roi Artu et si li dites qu'il ne li poist mie se je et mi compaingnon nous desfendons de ciaus de la Table Reonde qui ont comenciés la folie envers nous. » Et li conte comment la cose [136a] est alee de chief en chief. Quant Galescondes entent le conmandement mon signor Gavain si s'en tourne et fist son mesage si com il li fu enchargié.

539. Pendant que monseigneur Gauvain énonçait son message, les chevaliers de la reine Guenièvre eurent largement le dessous, tandis que les chevaliers de la Table ronde portaient secours aux leurs, les remettaient en selle et chassaient vigoureusement leurs adversaires du champ de bataille. Quand monseigneur Gauvain les vit, il vint les affronter avec tous les chevaliers des terres de son père. Ils s'élancèrent si violemment sur eux que les rangs en frémirent et retentirent du choc. Monseigneur Gauvain s'écria alors : « À l'attaque, nobles chevaliers ! Ils regretteront bientôt leur folie. » Quand les chevaliers de la reine entendirent les paroles de Gauvain et qu'ils virent la belle troupe des chevaliers venir derrière lui à son secours, ils retournèrent se battre et furent très heureux de ce renfort ; ils comprirent parfaitement que désormais le pire ne leur arriverait pas. Alors, tous ensemble, ils se protégèrent la poitrine de leur bouclier. Monseigneur Gauvain les précédait en première ligne, l'épée en mains, car il avait brisé sa lance, et il frappa si violemment Dolais au milieu du heaume qu'il le lui trancha avec la coiffe de fer. Il lui fit une large plaie à la tête et l'ébranla au point de le renverser de son cheval. Ses compagnons s'écrièrent : « Mort ! Il est mort ! » et ils accoururent vers lui de toutes parts. Gauvain frappa sur le nasal le premier qu'il rencontra et, en l'affrontant, lui fit une plaie profonde. Son adversaire s'effondra tout en sang. Gauvain en frappa si violemment un autre au milieu de l'épaule qu'il

---

539. Endementiers que mesire Gavains entendoit a ses dis, en orent molt li chevalier de la roïne Genievre[a] li piour. Si les rescousent li chevalier de la Table Reonde et les remisent a ceval et les chacierent a fine force del champ. Et quant mesire Gavains les voit, si lor vient a l'encontre a tous les chevaliers de la terre son pere, si se fierent si durement entr'aus que tout li rens en fremissent et bruient. Et mesire Gavains s'escrie : « Ore a els, franc chevalier ! Mar i commencierent la folie ! » Quant li chevalier la roïne entendirent mon signour Gavain parler et il virent la bele route des chevaliers qui au dos le sievent, si[b] retornent come cil qui molt lié estoient del secours. Car ore voient il bien et sevent que li pires ne sera mie lor. Lors recovrerent tout ensemble, les escus tournés devant lor pis. Et mesire Gavains lor fu devant el premier front l'espee traite, car il avoit brisié son glaive, et fiert si durement Dolais parmi son hiaume qu'il li cope tout outre et la coife de fer autresi. Si li fist plaie grande en la teste, si l'estonne si durement qu'il le porte a terre tout a envers. Et si compaingnon s'escrient : « Mors est ! Mors est ! » Si li courent sus de toutes pars. Et il fiert si le premier qu'il encontre parmi le nasal en trespassant que il li fist une grant plaie. Et cil chiet a terre tous sanglens[c], puis refiert un autre parmi l'espaule si durement que molt le

le blessa très grièvement et le renversa par terre de tout son long. Alors il va attaquer Nascien. Gauvain pense le frapper au milieu du heaume mais celui-ci voit le coup arriver et tire en arrière la bride de son cheval ; le coup s'abat sur l'arçon de la selle pour le couper en deux : le cheval et son cavalier trébuchent et tombent d'une même masse. Quand Nascien voit qu'il est à terre, il se remet très lestement sur pied, en bon chevalier qu'il est, il tire son épée du fourreau et se protège la tête sous son écu car il redoute que son adversaire ne lui assène un autre coup avant qu'il n'ait eu le temps de se protéger. Quand monseigneur Gauvain le voit dans cette position, il tourne vers lui l'épée qu'il tient à la main. Nascien reconnut l'épée et lui dit : « Ah, monseigneur Gauvain, vous n'êtes pas aussi courtois qu'on le dit. Vous vous êtes armé comme si vous participiez à une guerre à mort. Vous avez apporté votre bonne épée. Sachez bien que cela vous sera reproché en d'autres lieux ! — Je ne sais pas ce qu'on fera, dit monseigneur Gauvain, mais je ne connais aucun chevalier qui, s'il voulait m'accuser de déloyauté, ne me trouverait prêt à me défendre de cette accusation contre lui voire contre deux adversaires, si besoin est, l'un après l'autre. Mais c'est vous et vos compagnons qui avez commis un acte déloyal par votre félonie. Vous n'avez pas voulu écouter le messager que nous vous avons envoyé mais vous nous avez contraints à la pire solution. — Seigneur, fait Nascien, c'est la folie qui a régné

---

mehaingne, si le porte a terre tout estendu. Et lors s'en vient por Nascien et le quide ferir parmi le hiaume. Et cil qui vit le cop venir tire son frain ariere, et li cops descent devant sor l'arçon de la sele, si le cope tout outre, si trebuche a terre ceval et chevalier tout en un mont. Et quant Nasciens se voit cheü, si saut em piés molt vistement come cil qui molt estoit bons chevaliers. Si traïst l'espee et jete l'escu sor sa teste, car molt douta que cil ne li jetast un autre cop avant que il se fust garnis. Et quant mesire Gavains le voit ensi apareillié, si li torne l'espee qui el poing li tint. Et Nasciens le regarde, si reconnut l'espee, si li dist : « Avoi, mesire Gavain, vous n'estes pas si courtois ne si prodom com on tesmoigne. Car vous vous estes ensi garnis de vos armes come se vous fuissiés en guerre mortel, qui avés vostre bo[*b*]ne espee aportee. Et bien saciés qu'il vous sera encore reprouvé aillours que ci. — Je ne sai c'on fera, fait mesire Gavains, ne mais je ne sai chevalier nul, se de ce desloiauté me voloit apeler, que je ne me desfende encontre celui qui oseroit ce dire ou encontre .ii. se mestiers en estoit, l'un aprés l'autre. Mais vous et vos compaignons avés faite desloiauté*d* qui connmenchastes la felonie, et nos messages vous envoiasmes, ne vous ne les vausistes oïr ne entendre, ains nous meïstes au pis. — Sire, fait Nasciens, il est alés folement jusques ci. Et bien seroit tans del remanoir, s'il vous plaisoit. Car tels le pour-

jusqu'ici. Il serait temps d'arrêter si vous le voulez. Celui qui est à l'origine de tout cela n'y a rien gagné : je crois qu'il est blessé à mort. Au nom de Dieu, je vous supplie de séparer les combattants ! En faisant de la sorte, vous agirez bien et de manière courtoise avant que ne s'abattent de bien plus grands dommages. — Je ne sais pas, fait monseigneur Gauvain, quels dommages peuvent en résulter car ce n'est pas moi qui donnerai l'ordre de la dispersion et puisque les chevaliers de la Table ronde ont commis une folie contre nous, je serai le premier à me battre contre eux, lance levée. Je veux cependant que vous leur demandiez s'ils n'ont pas peur de moi cette fois. Et dites-leur bien que ce n'est ni l'affaire du roi ni celle de la reine car nos compagnons sauront leur trouver plus d'une occasion de se battre et ils ne pourront pas les éviter un jour ou l'autre. — Seigneur, fait Nascien, jadis vous m'avez témoigné de l'amitié et de la bonté que je n'ai jamais pu vous rendre car l'occasion ne s'est pas présentée. Vous dites que nous aurons beaucoup d'autres occasions de nous affronter et vous avez raison car vous êtes un grand homme, très puissant, tandis qu'eux sont des chevaliers bien inférieurs à vos compagnons ; ils n'ont pas la force de vous affronter lorsque vous voulez les attaquer ou leur nuire. »

540. Alors monseigneur Gauvain s'en va et laisse Nascien à pied. Gauvain et ses compagnons se jettent dans la bataille. Ils cognent et frappent sur ces heaumes et ces écus. Ils fendent la masse compacte de leurs ennemis, abattent

---

parla premierement et comença que riens n'i a gaaingnié, car je croi qu'il en est navrés a mort. Mais, pour Dieu vous proïe je que vous les departés atant, si ferés bien et courtoisie, ançois que plus de damage en aviengne. — Je ne sai, fait mesire Gavains, quel damage il en aura. Car ja par moi ne seront desevré, ne jamais li compaingnon de la Table Reonde ne vaurent felonnie conmencier encontre nous que je aussi volentiers ne le conmence encontre aus, lance levee trestous li premiers. Et pour tant que je lor voel que vous dites, "n'avés vous garde de moi a ceste fois". Et bien lor dirés que ce n'est ni s'en melle li rois ne la roïne. Car nous somes tel compaingnon qui assés lor trouverons mellee, ja si bien ne s'i sauront garder ne loing ne près. — Sire, fait Nasciens, autre fois m'avés vous fait amour et bonté que je ne vous poi onques guerredonner, ne mestier ne vous fu. Et de ce que vous dites que nous aurons assés mellee entre nous, de ce dites vous voir, car vous estes tout haut home et poissant et il sont plus bas chevalier de vos compaingnons, si n'ont mie le pooir envers vous quant a ce vient que vous lor volés grever ne nuire. »

540. Atant s'en part mesire Gavains, si laisse Nascien a pié, et il et si compaingnons, et se fierent en la bataille. Si caplent et fierent sor ces hiaumes et sor ces escus, si derrompent la presse et abatent chevaliers

chevaux et chevaliers et leur mènent la vie si dure qu'ils les chassent, après les avoir vaincus, du champ de bataille pour les mener jusqu'à la profonde et large rivière. Beaucoup furent renversés dans l'eau contre leur gré. Vous auriez pu voir flotter les lances ainsi que les écus et dériver sur l'eau un grand nombre de chevaux abandonnés qui, ayant perdu leur maître, traînaient leurs rênes et nageaient d'une rive à l'autre. Quand monseigneur Gauvain voit qu'ils s'en vont et qu'ils ne peuvent se rétablir par leurs propres moyens — cela, il le voit bien ! — il essuie Escalibor la bonne épée et la remet au fourreau par crainte de tuer quelqu'un sans y prendre garde. Tandis qu'il la rengaine, il voit les compagnons de la Table ronde tapis près de la chaussée. Il saisit alors une grosse poutre faite d'un tronc de pommier[1], il jette son écu à terre et prend la poutre à deux mains en disant qu'il les fera déguerpir. Il s'élance sur eux aussi violemment que son cheval peut l'entraîner et frappe le premier qu'il peut atteindre au milieu de la poitrine de sorte qu'il le précipite raide à terre. Puis c'est au tour du deuxième, du troisième, du quatrième. Il n'avait qu'à frapper quelqu'un, même très robuste, pour l'envoyer à terre. Quand ses adversaires voient qu'il les malmène ainsi, ils en sont fort irrités. Ils se ruent sur lui, l'épée à la main, car ils le haïssent. Ils le frappent de toutes parts, là où ils peuvent l'atteindre, du moins ceux qui peuvent l'approcher. Ils font tant qu'ils finissent par tuer son cheval entre ses cuisses. Gauvain saute à terre

---

et chevals, si les mainnent si malement que tout les chacent de la place tout desconfit jusques sor la riviere qui molt estoit parfonde et lee. Si en furent maint trebuchié en l'aigue outre lor gré. Si veïssiés floter lances et escus aval la riviere a grant foison et chevaus estraviers sans lor signours, [*d*] lor resnes trainant, noer de rive a autre. Quant mesire Gavains voit que cil s'en vont et qu'il ne puent mais reçoivre par force que il aient, ce voit il bien, si essue Eschalibor la bone espee et le remet el fuerre pour doutance qu'il en oceïst aucun dont il ne se prist garde. Et en ce qu'il le boutoit el fuerre, si voit les compaingnons de la Table Reonde qui se sont embuschié sor la chaucie et il saisist une espare d'un plançon d'un pumier, si jete l'escu a terre et prent l'espee as .II. poins et dist qu'il lor fera remuer estal. Et lors se fiert entr'aus si durement com li chevaus le pot porter, et fiert si le premier qu'il aconsuit[*a*] parmi les espaulles qu'il le rue a terre tout estendu. Et puis le second, et puis le tiers, et puis le quart. Ne il ne feroit home, tant fust fors, qu'il n'alast a terre. Et quant cil voient qu'il les mainne[*b*] si malement, si en sont molt irié. Si li courent sus les espees traites, car molt le heent, si le fierent de toutes pars la ou il l'ataingnent cil qui avenir i puent. Si font tant qu'il ocient son cheval entre ses quisses et il saut en piés molt vistement, car molt estoit prous et legiers et fist

très lestement car c'est un preux et un homme agile. Il fait un écu de son gros bâton et tire Escalibor du fourreau. Il voue à la damnation tous ceux qui les prennent pour les meilleurs chevaliers du monde alors qu'ils ont tué son cheval sous lui[2].

541. Il les attaqua très prestement et leur trancha écus, heaumes et hauberts sur les épaules et sur les bras. Il coupa les jambes et les têtes des chevaux si efficacement qu'il envoya rouler par terre tout ce qu'il rencontrait. En peu de temps, il frappe si rudement qu'il renverse plus de vingt hommes qui gisent à terre si grièvement blessés que pour guérir ils ont besoin d'un médecin ou alors ils mourront. Arrivent alors dans la mêlée les quatre-vingt-dix compagnons et les sept cents chevaliers du roi Loth qui l'avaient suivi toute la journée. Ils s'élancent sur leurs adversaires aussi vite que leur monture peut les porter. Ils trouvent monseigneur Gauvain à pied, l'épée à la main, tout imprégnée du sang des chevaux qu'il avait tués, plus de quarante. On aide monseigneur Gauvain à remonter sur un cheval et il remet son épée au fourreau. Il reprend la poutre à deux mains et les assaille prestement. Il frappe dans le tas et peu lui importe l'endroit. Il les met tous en déroute en peu de temps et les ramène sur le chemin jusqu'aux portes de la ville. Les cinq mille autres qui étaient restés près de la rivière se battirent avec leurs armes contre leurs anciens compagnons. Aussitôt que les sept cents chevaliers du roi Loth

---

escu de son baston et trait Eschalibor del fuerre et dist que mal dehait aient tout cil qui as meillours chevaliers del monde les tiennent. Car ci endroit n'avoient il pas moustré qu'il soient bon chevalier quant il li ont son cheval ocis desous lui.

541. Lors lor courut sus molt vistement si lor detrence escus et hiaumes et haubers sor les espaulles et sor les bras, si cope gambes et testes de chevaus, si vertuousement qu'il trebuche a terre quanqu'il ataint. Si a em poi d'ore si caplé que plus de .xx. en si a atournés que tout jurent a terre navré si malement que pur il lor couvient mire, se garison voelent avoir, ou il morront. Atant vinrent a la mellee li .IIII.xx. et .x. compaingnon et li .VII.c. chevalier le roi Loth qui toute jour l'avoient sievi et se ferirent entr'aus de si grant aïr et de si grant aleüre com il venoient. Si trouvent mon signour Gavain a pié, s'espee en sa main toute sanglente des chevaus qu'il avoit ocis, plus de .XL. Illuec fu mesire Gavains remontés en un cheval et lors remist s'espee el fuerre, si reprent le plançon sus a .II. mains, si lor court sus molt vistement, si fiert el tas ne li chaut ou, si les desconfit[a] tous en poi d'ore et les met[b] a la voie parmi les portes de la vile. Et li autre .V.m. qui furent remés sor la riviere se [d] combatent as armes as autres qui de lor partie estoient. Si tost come li .VII.c. chevalier le roi Loth

eurent cédé devant eux et que les quatre-vingt-dix chevaliers de la reine les eurent fait reculer en rase campagne, le tournoi reprit de plus belle. Il y eut beaucoup de belles joutes que regardèrent volontiers les dames et les jeunes filles qui se trouvaient sur les murailles de la cité. Le tournoi dura très longtemps car la prouesse et l'esprit chevaleresque se manifestaient dans les deux camps. Mais, en définitive, les chevaliers qui se trouvaient par-devers monseigneur Gauvain ne purent résister car ils étaient moins nombreux que les autres. Ils se mirent à reculer tantôt en montant tantôt en descendant de sorte que la nouvelle arriva à monseigneur Yvain qui s'était arrêté à l'extérieur des portes de la ville en compagnie de vingt-quatre compagnons. Quand il entend que ses compagnons ont le dessous, il appelle les siens et ils se mettent en route pour les secourir. À peine arrivés, ils s'y prennent si bien que, durant toute la journée, ils n'avaient pas réussi à faire mieux. Grâce à leur prouesse, ils fendirent les rangs trois ou quatre fois, de part en part ; ils les mirent en déroute et les poursuivirent de sorte qu'ils leur firent franchir les portes de la ville et les firent s'effondrer dans les rues de la cité où ils les abattirent et les foulèrent aux pieds de leurs chevaux car ils ne voulaient même pas les capturer ni les retenir prisonniers tellement ils étaient courroucés de l'outrage que les compagnons de la Table ronde leur avaient fait subir par pur orgueil.

542. Ailleurs se trouvaient monseigneur Gauvain et les

---

les orent guerpis et li .IIII.XX. et .X. chevaliers la roïne les reüserent as plains chans, si conmencha li tornoiemens molt merveillous. Si ot molt de beles joustes qui volentiers furent esgardees des dames et des puceles qui sor les murs de la vile estoient. Si dura li tornoiemens molt grant piece, car molt estoient prou d'ambesdeus pars et chevalerous. Ne mais en la fin ne porent durer li chevalier qui estoient devers mon signour Gavain, car mains estoient que li autre. Si conmencierent a reüser, une eure amont autre eure aval, si que la nouvele en vint a mon signour Yvain qui estoit arrestés defors la porte de la vile et. XXIIII. compaingnons avoc lui. Et quant il entent que li compaingnon avoient le piour si apele ses compaingnons, si se misent a la voie por ciaus secourre. Et si tost com il i vinrent le conmencierent si bien a faire que onques en tout le jour ne l'avoient il mix fait. Si firent tant par lor prouece qu'il les percierent .III. fois ou .IIII., tout d'outre en outre. Si les desconfisent tout et metent a la voie, si que parmi les portes les firent flatir dedens la vile parmi les rues ou il les abatent et defoulent as piés de lor chevaus, car nul n'en voloient prendre ne retenir tant estoient coureciés de l'outrage qui li compaingnon de la Table Reonde avoient enconmencié par lor orgueil.

542. D'autre part fu mesire Gavains et li chevalier d'Orcanie qui

chevaliers d'Orcanie qui, à force de poursuivre les chevaliers de la Table ronde, parvinrent devant l'église Saint-Étienne. C'est là que s'arrêtèrent les compagnons et qu'ils protégèrent le passage autant qu'ils le purent mais cela ne dura pas très longtemps car il y eut des morts et des blessés quand le roi Arthur, le roi Bohort et le roi Ban arrivèrent dès que Galesconde leur eut transmis le message. Les écuyers qui étaient bien quatre mille hommes en armes ainsi que les trois rois se dirigèrent vers Saint-Étienne ; une partie des écuyers, au nombre de trois cents, descendirent la rue principale où ils tombèrent sur les chevaliers d'Orcanie qui suivaient monseigneur Gauvain et qui malmenaient les compagnons de la Table ronde, comme vous l'avez entendu. Dès qu'ils virent les écuyers, ils pensèrent à un guet-apens et une mêlée s'engagea. Un prodigieux combat s'ensuivit mais les compagnons de monseigneur Gauvain jouaient de malchance car une partie d'entre eux se battait contre les écuyers à l'endroit le plus étroit de la rue et il y eut beaucoup de blessés et de vaincus. Apprenant que ses compagnons étaient fort malmenés, monseigneur Gauvain dit alors : « Je ne sais qui sont ces gens qui les ont assaillis par-derrière à l'improviste et qui les ont si rudement malmenés. »

543. Dès que monseigneur Gauvain apprit que ses compagnons étaient attaqués, il les laissa se battre à sa place et se rendit là où se trouvaient les écuyers. Auparavant, il fit bien

---

orent tant chacié les chevaliers de la Table Reonde qu'il vinrent devant l'eglise Saint Estevene. Illuec s'arresterent li compaingnon et garderent le pas et tant com il porent. Mais il ne demourast mie granment qu'il i eüst de mors et d'afolés, quant li rois Artus et li rois Boors e li rois Bans i vinrent, et si tost come Galescondes lor ot dit le message. Et li esquier, qui bien estoient .iiii.m. armé, et li .iii. roi s'en tournerent vers Saint Estevene et une partie des esquiers qui estoient bien .ccc. contreval la maistre rue ou il encontrerent les chevaliers d'Orcanie qui sivoient mon signour Gavain qui molt mal demenoient les compaingnons de la Table Reonde, ensi come vous avés oï. Et si tost com il voient les esquiers, si quident bien que ce soit agait, et cil se mellent les uns as autres. Si conmen[e]ce uns tournoiemens si merveillous, mais molt i estoient a grant meschief li compaingnon mon signour Gavain, car l'une partie se combatoit as esquiers au destroit de la rue, si en ot molt de laidis et de batus. Lors vint la nouvele a mon signour Gavain que molt estoient si compaingnon mal mené. « Car je ne sai quel gens les ont assaillis par deriere a la fourclose qui molt durement les avoient estoutoiiés. »

543. Si tost com mesire Gavains oï la nouvele que si compaingnon estoient par deriere asailli, si laissa le combatre as compaingnons et s'en vint la ou cil estoient. Mais ançois mist bones gardes a

garder la rue par des sentinelles afin que les chevaliers de la
Table ronde ne pussent battre en retraite par là. Il alla sur le
rivage où avait lieu le combat. Dès qu'il aperçut ses ennemis,
il jura qu'ils étaient venus se battre pour leur malheur. Quand
ils le virent venir, ils lui demandèrent de se rendre ou alors il
mourrait. En entendant qu'on le menaçait de mort, monseigneur Gauvain s'emporta violemment et leur dit : « Fils de
putain ! Lâches ! Traîtres ! Bandits ! Votre guet-apens n'a pas
réussi ! Sachez que vous ne m'échapperez pas ! Même les
plus courageux regretteront de se trouver ici quand bien
même on leur eût offert un royaume pour cela ! » Alors il tire
son épée Escalibor toute maculée de sang. Ses adversaires
courent vers lui avec haches et épées et il se lance dans la
mêlée. Il frappe le premier qu'il rencontre et lui fait voler la
tête. Puis il en frappe un autre et le fait tomber raide mort,
puis un troisième, puis un quatrième. Il ferraille à droite et à
gauche, il coupe pieds, bras, têtes et flancs. Il fait tant et si
bien en très peu de temps que chacun n'ose attendre ses
coups mais ils s'enfuient affligés et irrités en disant : « Fuyez !
Fuyez ! Voici un diable déchaîné, tout droit surgi de l'enfer ! »

544. Quand monseigneur Gauvain eut ramené et délivré
ses compagnons, il revint sur ses pas, prit quarante chevaliers et les posta au bout de la rue afin que personne ne vînt
les assaillir. « Et si on vous fait violence, venez me chercher ! » Il retourne à l'autre bout de la rue, du côté de Saint-
Étienne où se trouvent les chevaliers de la Table ronde qui

---

la rue garder que cil de la Table Reonde n'alaissent ariere. Et lors en
vint a la rive ou il se combatoient et, si toſt com il les vit venir, si
jure molt que mar i vinrent. Et quant cil le voient venir si li escrient
qu'il se rendent᷄ ou se ce non mort sont. Et quant mesire Gavains
s'ot manecier de la mort, si s'en cuerece molt durement et les
claimme : « Fil a putain ! Recreant ! Traître ! Malvais ! Failli avés vous
a gait baſti. Saciés quant vous m'eschaperés, li plus hardi n'i vausiſt
eſtre pour ceſt roialme ! » Lors trait l'espee Eschalibor toute sanglente. Et cil li courent sus as haces et as espees molt durement et il
se plonge entr'aus, si fiert si le premier qu'il encontre qu'il li fait la
teſte voler, et puis un autre, si qu'il le jete mort, et puis li tiers et puis
le quart. Si fiert a deſtre et asseneſtre et cope piés et bras et teſtes et
coſtés et fait tant em poi d'ore que nus ne l'ose a cop atendre, ains
tournent en fuies dolant et courecié et dient : « Fuiés ! Fuiés ! Ves ci
un dyable qui d'ynfer eſt venus tous deschainés cha jus ! »

544. Quant mesire Gavains ot retornés ses compaingnons et delivrés si s'en tourne ariere et prent .XL. chevaliers et les met el pas de
la rue que nus ne s'enbate sor aus. « Et se force, fait il, vous eſt faite
si me revenés querre. » Lors se remet a l'autre chief par devers Saint
Eſtevene ou li chevalier de la Table Reonde eſtoient et se comba-

se battent durement contre les chevaliers d'Orcanie. Quand monseigneur Gauvain arriva à leur hauteur, il les assaillit férocement. Il hurla sur eux, il les détestait et les traita de félons car il pensait que c'étaient eux qui avaient tendu le piège. Quand ils entendirent ces propos haineux, ils ne surent que répondre. Ils pensaient que Gauvain disait cela à cause de l'assaut qu'ils avaient mené lance sur feutre et ils se seraient volontiers repentis s'ils l'avaient pu. À présent, leur honte redoublait et c'est la raison pour laquelle le sage dit en proverbe que l'on pense parfois venger sa honte alors qu'on ne fait que l'accroître. Voilà pourquoi ils étaient honteux et abattus. Monseigneur Gauvain se jeta sur eux et peu s'en fallut qu'il ne devînt fou de douleur et de colère. Il frappa Agravadain des Vaux de Galore au milieu du heaume et d'un si grand coup qu'il lui trancha la coiffe de fer et la chair jusqu'au crâne, puis il l'envoya à terre si étourdi que l'autre ne sut même plus s'il faisait jour ou nuit. Ensuite, il frappa Pindolus au milieu de l'épaule de sorte qu'il lui trancha la courroie à laquelle pendait son écu ; il lui trancha aussi le haubert et la chair au point de lui enfoncer l'épée jusqu'à l'os de la poitrine et si profondément qu'il faillit le tuer. L'écu vola à terre d'un côté et le chevalier de l'autre. Ensuite, il frappa Lidonas sur la joue, lui enfonçant l'épée jusqu'aux dents, et l'autre s'écroula évanoui.

545. Quand les compagnons de la Table ronde voient que Gauvain leur cause des pertes si lourdes et qu'aucune arme

---

toient molt durement as chevaliers d'Orcanie. Et quant mesire Gavains i vient si se fiert entr'aus si ruistement et les escrie et mesaame et les claime traîtours car bien quidoit qu'il eüssent le gait basti. Et quant il s'oent [*f*] si mesaamer si ne sevent que dire. Car il quident qu'il le die pour ce qu'il comencierent premierement l'aatine quant il jousterent lances sor fautre, si se repentissent molt volentiers s'il peüssent. Car ore est lor honte doublee. Et pour ce dist li sages en reprouvier que « tels quide bien sa honte vengier qui la croist », et^u pour ce furent cil hontous et mat. Et mesire Gavains se fiert entr'aus que par un poi qu'il ne dervoit de doeil et d'ire et fiert si Adragain des Vaus de Galaire parmi le hiaume si grant cop qu'il li trenche la coife de fer et la char jusques au tés, si le porte a terre si estourdi qu'il ne set s'il est nuis ou jours. Puis fiert Pindolus parmi l'espaulle qu'il li cope la guinge a coi li escus pendoit et le hauberc et la char, si coule l'espee dedens le maistre os si em parfont que a poi qu'il ne l'a afolé. Si vole li escus a terre d'une part et li chevaliers d'autre. Puis refiert Ydonas par desor la joe si que l'espee li coule jusques es dens. Et cil chiet a terre, si se pasme.

545. Quant li compaingnon de la Table Reonde voient que cil les damage si durement et que nule arme ne puet encontre ses cops

ne peut résister à ses coups, ils s'en retournent tous ensemble vers l'église. Et Gauvain de les poursuivre avec ses compagnons qui ne voulaient pas encore les laisser en paix. Il advint alors que monseigneur Gauvain poursuivit Hervi de Rivel et qu'il voulut le frapper au milieu du crâne mais Hervi jeta son épée devant lui et dit : « Eh bien, non, seigneur chevalier ! C'en est trop et vous pouvez bien vous en dispenser. Assurément, vous méritez des reproches pour la cruauté qui vous habite car on disait d'ordinaire beaucoup de bien de vous et maintenant on dira tout le mal du monde car vous auriez dû secourir et protéger les chevaliers contre tous ceux qui voulaient leur nuire. Au contraire, vous les tuez tous et vous les blessez à votre guise alors qu'ils ne vous ont rien fait. — Hervi, fait monseigneur Gauvain, n'ont-ils rien fait de mal quand ils ont commis cette folie et cette trahison envers mes compagnons à qui j'ai juré fidélité ? Et cela ne leur suffit pas encore puisqu'ils nous ont tendu un guet-apens alors que le tournoi fut décidé à armes égales.

546. — Seigneur, fait Hervi, s'ils ont mal agi pour cette fois dans leur folie, ils feront amende honorable comme il vous plaira, non pas aux autres chevaliers mais à ceux qu'ils considéreront désormais comme un ami et un compagnon. — Ils ne me feront pas amende honorable, fait monseigneur Gauvain, car je ne les aimerai jamais et qu'ils sachent bien que, chaque fois qu'ils témoigneront de la haine ou de l'hostilité envers mes compagnons, ils la manifesteront aussi

---

durer, si s'en tournent tout ensemble vers le mostier. Et cil les enchauce et sa compaingnie qui encore ne les voelent mie laissier atant. Et lors avint que mesire Gavains aconsui Hervi de Rivel et le valt ferir parmi la teste. Et il jete l'espee encontre et li dist : « Ostés sire chevalies, assés en avés fait et bien vous em poés atant sousffrir. Et certes vous en faites molt a blasmer de la cruauté qu'en vous est, car on soloit dire tous les biens de vous, et ore en dira on tous les maus. Car vous deüssiés ciaus secourre et garder encontre tous ciaus del monde qui grever les vausist, et vous les ociés et afolés a vostre pooir et si ne vous ont riens mesfait. — Hervi, fait mesire Gavains, dont ne l'avoient il mesfait quant il conmencierent la folie et la traïson sor mes compaingnons a qui je doi porter foi ? Et a ce ne se vaurrent il pas[a] sousffrir, ançois nous fisent agait bastir et li tournoiemens fu pris a tans quans ?

546. — Sire, fait Hervil, s'il ont mespris a ceste fois par lor folie, si le vos amenderont si hautement come il vous plaira, non mie pour autrui mais pour amour de vous qu'il tendront des ore mais a ami et a compaingnon. — A moi ne l'amenderont il pas, fait mesire Gavains, car je nés amerai [137a] jamais. Et bien sacent il vraiement que la ou il aura envie ne guerre a mes compaingnons, il l'aurront a

contre moi. Ils ne décideront aucun tournoi sans que les quatre-vingt-dix que nous sommes n'affrontent les cent vingt meilleurs de leurs chevaliers. Qu'ils sachent aussi que toujours, en quelque lieu que ce soit, ici ou dans un pays étranger, je chercherai à leur nuire de tout mon pouvoir.

547. — Seigneur, dit Hervi, vous avez mal parlé et à tort mais vous avez dit ce que vous pensez et cela ne doit pas être ainsi. Ce serait un grand deuil et un grand dommage que tant de preux soient malmenés pour une si petite folie. Auparavant, ils quitteraient sans hésiter la cour de votre oncle. — Je ne sais pas ce qu'ils feront, dit monseigneur Gauvain, mais ils ne quitteront pas la cour par ma faute et, s'ils viennent à la quitter, ils ne pourront pas aller quelque part sans être poursuivis car vous n'entendrez ni moi ni les miens parler d'un endroit où ils se rendront, sans que nous nous y rendions à notre tour. — Seigneur, calmez-vous et apaisez votre courroux car, le ciel m'en est témoin, pour avoir osé une folie, ils ont dû la payer cher : il y eut beaucoup de blessés et de mutilés parmi eux. Vingt-neuf sont estropiés et ne porteront plus jamais l'écu : c'est un grand deuil et un grand dommage car c'étaient de preux et valeureux chevaliers. » Tandis qu'ils s'entretenaient ainsi, le roi Arthur revint. Il avait entendu une partie de leur conversation et dit : « Gauvain, cher neveu, est-ce ainsi que vous respectez la prière que je vous ai faite ce matin ? Oui, assurément, il devient évident que vous avez peu

---

moi, ne jamais ne vauront prendre tornoi ne aatine que nous .IIII.XX. et .X. tornoierons s'il le voelent emprendre, a .VI.XX. de tous les meillours chevaliers d'aus. Et bien le sacent il que jamais ne venra em place ne en cest païs ne en estrange terre ou il aït aatine, s'il i sont, que je ne lor nuise de tout mon pooir.

547. — Sire, dist Hervil, vous dites mal et pechié. Mais tous i est vostre talens qui adés ne sera mie tés. Car ce seroit dels et damages se tant de prodoume estoient mal mené por si poi de folie. Et avant guerpiroient il la court vostre oncle tout a net. — Je ne sai qu'il feront, fait mesire Gavains, mais par mon ne le guerpiront il pas et, s'il le guerpissent, il n'iront ja en tele terre ou il ne soient aconseü. Car moi ne li mien n'orrés ja parler de place ou il conversent que nous n'i aillons. — Sire, fait il, refroidiés et apaisiés vostre maltalent. Car, si m'aït Dix, s'il commencierent la folie, il l'ont chier comperé. Car molt en i a de bleciés et de navrés molt dolerousement. Et d'afolés i a il tels .XXX. qui jamais ne porteront escu si come je quit. Et c'est grans dels et grans damages car molt estoient prodome et bon chevalier. » Que que il parloient ensi revint li rois Artus et il avoit oï une partie des paroles qu'il s'entredisoient. Si li dist : « Gavain, biaus niés, est ce la priere que je vous fis hui matin ? Certes, ore i apert bien que petit m'avés chier qui sor mon pois et

d'estime pour moi puisque, à mon corps défendant, contre mon avis et en dépit de mon interdiction, vous tuez mes gens et leur faites tout le mal dont vous êtes capable. Sachez que cela me pèse beaucoup. — Sire, fait monseigneur Gauvain, celui qui est à l'origine d'une folie doit la payer cher. Aussi, je n'ai pas agi en méprisant votre avis. Celui qui m'accuserait d'une chose pareille, quel qu'il soit sur cette terre, je suis prêt à me défendre contre lui de ce grief. De plus, dès que cet acte insensé devint manifeste, je vous le fis savoir par Galesconde, un de nos compagnons. Ils ont eu le temps de nous faire bien du mal avant que nous n'ayons pu faire quoi que ce soit. » Son père, le roi Loth, vint vers lui et prit les rênes de son cheval en disant : « Gauvain, mon cher fils, restez-en là car vous en avez fait beaucoup. Laissez le roi dire ce qu'il pense car sa colère contre vous aura tout loisir de se calmer dans l'avenir. Nous avons vu en partie ce qu'il en a été réellement dans cette affaire. » Le roi Ban et le roi Bohort s'approchent de lui et lui tiennent des propos qui finissent par l'apaiser.

548. Ainsi prit fin la mêlée entre monseigneur Gauvain, ses compagnons et ceux de la Table ronde. Les quatre rois l'emmenèrent et s'en allèrent ainsi que Galesconde. Ils se dirigeaient vers le prodigieux tournoi qui s'était déplacé à l'intérieur des portes de la ville. Sagremor, monseigneur Yvain et les autres compagnons malmenaient fort ceux de la Table ronde. Galesconde les fit se séparer mais cela se passa

---

sor ma desfense et en despit de moi ociés ma gent et afolés et faites del pis que vous poés. Saciés que c'est une chose dont molt me poise. — Sire, fait mesire Gavains, qui la folie conmencha il le doit bien comperer, ne en despit de vous n'ai je riens fait. Et qui de ce me vauroit apeler il n'a sous ciel home vers qui je ne me desfendisse. Et en sor que tout, si tost come la folie conmencha a monter, si le vous fis je a savoir par Galescondes, un de nos compaingnons. Et ançois nous orent il laidi molt durement, ançois que nous lor vausissiens riens faire. » Et li rois Loth ses peres vient a lui et le prist par le frain et li dist : « Gavain, biaus fix, laissiés la folie ester atant car assés en avés fait. Et laissiés au roi dire sa volenté car bien sera amendé et par loisir le courous de vous et de lui. Car bien avons veü une partie conment il en a esté. » Et li [*b*] rois Bans et li rois Boors viennent a lui et dient tant d'unes et d'autres que il l'apaisent.

548. Ensi fu dessevree la mellee de monsignour Gavain et de ses compaingnons et de ciaus de la Table Reonde. Lors le mainnent li .IIII. roi et s'en vont et Galescondes et en viennent au tournoiement qui estoit dedens les portes de la vile trop merveillous. Mais trop les menoient malement entre Saygremor et mon signour Yvain et lor autres compaingnons. Mais Galescondes les fist departir, mais ce fu a molt grant anui, car il estoient molt eschaufé li un sor les autres. Puis

dans un grand mouvement de haine car les uns et les autres
étaient fort échauffés. Chacun rentra chez lui où il se
désarma, se lava le cou et le visage à l'eau chaude puis se
revêtit de sa plus belle robe et se rendit à la cour, du moins
ceux qui pouvaient s'y rendre. Les blessés et les estropiés
restèrent chez eux pour guérir et soigner leurs plaies. Par
ailleurs, monseigneur Gauvain et ses compagnons allèrent se
désarmer dans l'une des chambres de la reine qui leur avait
été réservée. Quand ils furent désarmés et lavés, ils passèrent
de beaux habits et inutile de demander s'ils furent bien servis car ils n'eurent jamais à leur service autant de jeunes
filles à la fois. Les unes et les autres regardaient et admi-
raient beaucoup Sagremor qui était un beau chevalier, très
bien bâti. Il en était de même pour Dodinel. C'étaient tous
deux de beaux chevaliers qui recueillaient les louanges et
l'estime de certaines d'entre elles.

549. Dès qu'ils furent prêts, ils se rendirent dans la salle
principale, deux par deux, en se tenant par la main. Puis, les
uns après les autres, les quatre-vingt-dix chevaliers arrivèrent,
de même que monseigneur Gauvain et monseigneur Yvain
au premier rang, jusqu'à la grande salle devant le roi qui
manifesta une grande joie en les voyant. Il se dirigea vers
eux, tendit à monseigneur Gauvain une main et à la reine
l'autre et ils allèrent s'asseoir tous les trois sur un lit. Les
autres chevaliers s'assirent dans la même pièce et se mirent
les uns les autres à se distraire et à plaisanter, à tenir divers

---

s'en vait chascuns a son hostel ou il se desarmerent et laverent lor
cols et lor vis d'aigue chaude, puis se vestirent de lor beles robes et
s'en alerent a la court cil qui aler i porent. Et li blecié et li navré
demourerent a lor ostels pour lor plaies garir et saner. Et d'autre part
s'ala mesire Gavain et si compaingnon desarmer a une des chambres
la roïne qui estoit establie pour aus repairier. Et quant il furent
desarmé et lavé si se vestirent molt bel, s'il furent bien servi ce ne
fait pas a demander, car il n'ot onques a els servir que puceles dont il
i ot a foison. Illuec fu molt regardés et mirés Saygremor d'unes*a* et
d'autres, car molt i avoit biau chevalier et bien furni. Et ausi estoit
Dodyniaus, car molt estoient biau chevalier ambedoi qui furent molt
loé et proisié de tés i ot.

549. Si tost com il furent atourné, si en vinrent a la maistre sale
doi et doi, tenant par les mains li un en après les autres, et ensi s'en
vont li .IIII.XX. et .X. chevaliers, et mesire Gavains et mesire Yvains
tout devant, jusques a la maistre sale devant le roi qui molt grant joie
lor fist quant il les vit. Et se drecha contre aus, si prist mon signour
Gavain par la main et la roïne par l'autre et s'en vont seoir sur une
couche tout .III. Et li autre chevalier s'aseent par laiens et joent et
gabent li un as autres, et se misent em paroles conme cil qui assés

propos et ils avaient de quoi dire. Mais, parmi toutes les personnes heureuses et comblées qui se trouvaient là, la reine surtout était particulièrement contente et satisfaite de ses chevaliers qui avaient remporté la victoire au tournoi. Malgré la joie ambiante, les chevaliers de la Table ronde n'étaient ni heureux ni joyeux ni gais, mais ils se montraient honteux, humiliés et irrités à cause de leurs nombreux compagnons blessés. Ils parlèrent de beaucoup de choses et finirent par discuter de la manière de se réconcilier avec monseigneur Gauvain et ses compagnons. Ils s'accordèrent sur le fait qu'ils enverraient Hervi de Rivel, un preux et un sage de bon conseil, avec Nascien car nul ne savait mieux qu'eux transmettre un message ainsi que le preux Minados toujours mesuré dans ses propos. Quand ces trois compagnons virent qu'il leur faudrait assumer cette mission, ils se prirent par la main et se présentèrent devant le roi Arthur. Quand le roi les vit approcher, il se leva devant eux en homme qui savait mieux que quiconque honorer les preux et il leur souhaita la bienvenue. Monseigneur Gauvain se leva lui aussi.

550. Hervi de Rivel s'adressa au roi et lui dit : « Seigneur, asseyez-vous ainsi que votre suite, et nous vous dirons ensuite pourquoi nous sommes venus ici. » Alors le roi et sa suite se rassirent et Hervi commença son discours en ces termes : « Seigneur, les compagnons de la Table ronde nous envoient parlementer avec monseigneur Gauvain et ma

---

orent de coi. Mais desor tous ciaus qui laiens furent lié et joiant fu la roïne joians et lie de ses chevaliers qui avoient eü la victoire del tournoiement. Mais qui qu'en soit liés ne joians, li compaignon de la Table Reonde n'en furent ne joiant ne lié ne haitié, ançois furent hontous et mat et courechié de lor compaingnons dont molt en i ot de bleciés. Si parlerent de maintes coses tant que en la [d] fin parlerent conment il porroient estre acordé a mon signour Gavain et a ses compaingnons. Tant qu'il s'acorderent a ce qu'il envoieroient Hervi de Rivel, qui molt estoit prodom et sages et de bon conseil, et Nascien car nul d'als ne savoient pourfurnir un message, et Minados qui molt estoit prodom et amesurés de parler. Quant cil .iii. compaingnon virent qu'il*le* lor estuet furnir cele besoingne si se prendent par les mains et s'en viennent devant le roi Artu. Et quant li rois les voit venir, si se leva encontre aus conme cil qui sor tous homes savoit mix un prodome honerer, si lor dist que bien fuissent il venu. Et aussi se leva mesires Gavains.

550. Lors parla Hervi au roi et dist : « Sire, seés vous et vostre compaingnie, puis vous dirons pour coi nous sommes ci venu. » Lors se rasist li rois et sa compaingnie et Hervis conmencha sa raison et dist : « Sire, li compaingnon de la Table Reonde nous envoient a mon signour Gavain parler et a ma dame la roïne a qui il en tient une par-

dame la reine dont il dépend en partie et, auparavant, avec
vous qui êtes notre seigneur. Les compagnons de la Table
ronde vous le demandent et vous en implorent : s'ils ont mal
agi envers monseigneur Gauvain et ses compagnons, en
quelque manière que ce soit, ils sont tout à fait prêts à leur
faire amende honorable selon les dispositions que vous et
ma dame envisagerez, de sorte que toute colère et tout ressentiment soient pardonnés de part et d'autre. » Le roi
regarda la reine et dit : « Dame, ils ne refuseront pas cela »,
et la reine répondit qu'il lui plaisait que monseigneur Gauvain agisse ainsi. Monseigneur Gauvain se tut ; il ne disait
mot mais n'en pensait pas moins.

551. Lorsque le roi le vit songeur, il le prit par la main et lui
dit : « Gauvain, cher neveu, à quoi pensez-vous ? Évitez donc
de penser à une chose qui vous afflige, vous irrite ou vous
fâche car la proposition qui vous est faite ne serait qu'à votre
honneur : les plus preux chevaliers du monde s'humilient
devant vous et vous offrent la réparation de leur méfait.
— Des preux, seigneur ? réplique monseigneur Gauvain. Ah, oui,
vraiment ! — Cher neveu, fait le roi, oui, ce sont vraiment des
preux. — Alors, ils auraient bien dû se montrer tels ! » fait
monseigneur Gauvain qui se tait ensuite. Le roi voit bien qu'il
est en colère contre eux, alors il regarde la reine et lui dit :
« Suppliez-le, dame, je vous en prie et je le veux ! — Volontiers, seigneur », lui répond-elle. Puis, elle prend Gauvain par
la main et lui dit : « Cher neveu, ne soyez pas si courroucé !

tie. Et avant a vous, qui noſtres sires eſtes, si vous mandent et
proient li compaignon de la Table Reonde que s'il ont riens mesfait
envers mon signour Gavain ne a ses compaingnons en quelques
maniere que ce fuſt, qu'il sont preſt et apareillié d'amender lor, si
conme vous et ma dame l'esgarderés, par tel couvent que toutes ires
et tout maltalent soient pardonné entr'aus d'ambedeus pars. » Et li
rois regarde la roïne et diſt : « Dame, ce ne refuseront il ja. » Et la
roïne li respont que ce li eſt molt bel que mesire Gavains ensi le
face. Et mesire Gavains se taiſt que mot ne diſt, si pense un poi.

551. Quant li rois le viſt penser si le prent par la main et li
diſt : « Gavain, biaus niés, a coi pensés vous ? Gardés que vous ne
pensés a chose dont vous soiiés dolans et coureciés et maris, car en
ce n'auriés vous se honour non, quar li plus prodome del monde
s'umelient envers vous et vous oſtrent a amender tout mesfait. —
Prodome, sire ? fait mesire Gavains. Voire ! — Biaus niés, fait li rois,
prodome sont il voirement. — Il le deüssent bien eſtre », fait mesire
Gavains. Atant se taiſt. Et li rois qui bien voit qu'il eſt envers aus
irés, regarde la roïne et li diſt : « Proiés l'ent, dame, je vous em
proi et si le voel. — Volentiers, sire », fait ele. Lors le prent la roïne
par la main et li diſt : « Biaus niés, ne soiés mie si cou[d]reciés.

Apaisez votre colère car le courroux avilit le preux ou le sage et le fait prendre pour un fou tant que la rage l'habite. Croyez-moi ! Faites ce dont je vous supplie comme le roi car il y va de votre honneur et de votre intérêt. Vous savez bien que cette terre souffre et qu'elle est tourmentée de toutes parts par les Saxons, alors que vous êtes peu nombreux ici. Aussi, je vais vous dire ce qu'il vous faut penser et faire. Nous devrions tous nous unir, nous aimer les uns les autres et nous prêter mutuellement assistance contre toutes sortes de gens. Et si nos ennemis venaient à nous assaillir, vous devriez vous montrer impitoyables et féroces envers eux et non pas envers ceux qui, demain, feront le sacrifice de leur personne et de leur vie pour mon mari ici présent et pour moi. Pour leur folie commise par impertinence, vous ne devez pas les laisser tomber. Pardonnez-leur, cher neveu, je vous en prie, tout comme le roi votre oncle. » Monseigneur Gauvain la regarde et se met à sourire de ses propos puis il lui répond :

552. « Dame, celui qui veut apprendre peut le faire auprès de vous. Béni soit Dieu qui vous a faite ainsi et qui nous a accordé la compagnie d'une si bonne dame, si noble et si sage. Mon seigneur le roi peut bien se vanter : tout au long de votre vie, vous serez la plus sage des dames de la terre et vous l'êtes déjà, à mon avis. Savez-vous ce que vous avez gagné ? Vous pouvez faire de mon corps et de mon cœur ce que vous voulez, si cela ne me vaut pas de honte, tout

---

Refroidiés vostre maltalent, car courous avule maint prodome et sage et fait souvent pour fol tenir tant conme la rage li dure. Or me creés et faites ce que je vous proi et li rois ausi, car c'est vostre honour et vostre prou. Et vous savés bien que ceste terre est en dolor et tourmentee de toutes pars de Saisnes et vous n'estes ci c'un poi de gent, si vos dirai que vous devriés penser et faire. Nous nous devrions tenir et amer li uns l'autre et aïdier encontre toutes gens. Et se nostre anemi nous venoient a l'encontre, a ciaus devriés vous estre durs et fiers, non mie a ciaus qui demain metroient lor cors a detrenchier et a ocirre pour mon signour qui ci est et pour moi. Et pour une folie qu'il ont faite par lor lecherie ne les poés vous mie faillir. Si lor pardonnés, biaus niés, car jel vous proi et ausi fait li rois vos oncles. » Et mesire Gavains l'esgarde et conmence a rire de la parole que ele li a dite et li respont :

552. « Dame ! Dame ! Qui aprendre veut, a vous aprendre puet. Et beneois soit Dix quant il tele vous fist et qui la compaingnie de si bone dame et si debonaire et si sage nous a otroié. Et bien se puet vanter mesires li rois que, se vous vivés par aage, vous serés la plus sage dame qui vive. Et si estes vous ja, au mien quidier. Et savés vous que vous i avés gaaingnié. Vous poés faire de mon cors et de mon cuer tout a vostre volenté, se ce n'est chose dont je eüsse

comme mon seigneur le roi. — Vraiment, fait la reine, elle ne serait ni sage ni avisée celle qui vous demanderait une chose pareille et je ne vous le demande pas et jamais ne vous le demanderai, s'il plaît à Dieu. »

553. C'est ainsi que la reine apaisa monseigneur Gauvain et que la paix fut conclue. Alors Nascien, Hervi de Rivel et Minolas rejoignirent les compagnons de la Table ronde et leur rendirent compte de la situation. Ils se dirigèrent aussitôt vers le roi pour venir lui parler. La reine appela monseigneur Yvain, Sagremor, les trois frères de monseigneur Gauvain et les autres chevaliers et elle leur apprit comment les compagnons de la Table ronde avaient demandé la paix. Monseigneur Yvain dit qu'il ne voyait que du bien à la chose et qu'on devait préférer l'amour à la haine. Les compagnons de la Table ronde arrivèrent alors devant le roi et, dès leur arrivée, ils s'agenouillèrent devant monseigneur Gauvain en pliant le pan de leurs manteaux. Hervi de Rivel parla en ces termes : « Seigneur, nous vous faisons amende honorable ainsi qu'à tous vos compagnons pour tout le mal que nous vous avons fait. Pardonnez-nous, de grâce ! » Monseigneur Gauvain se leva et dit qu'il leur pardonnait tout. Il les releva en les prenant par le bras. Monseigneur Yvain, Sagremor et les trois frères de monseigneur Gauvain relevèrent chacun celui qui lui faisait face puis tous les autres et se donnèrent l'accolade suivie d'un baiser[1]. Ils se pardonnèrent la colère, la

---

honte, et mesires li rois ausi. — Certes, fait la roïne, la dame ne seroit mie ne prous ne sage qui ce vous requerroit, ne ce ne vous requier je mie ne ja ne ferai, se Diu plaist. »

553. Ensi apaia la roïne mon signour Gavain, si fu la pais acreantee. Et lors s'en ala Nasciens et Hervi de Rivel et Mynados querre la compaingnie de la Table Reonde et lor content ensi com il ont esploitié. Et lors se metent a la voie, si en vienent au roi. Et la roïne ot apelé mon signour Yvain et Saygremor et les .iii. freres mon signour Gavain et des ansne une partie et lor contoit conment la pais estoit requise des compaingnons de la Table Reonde. Et mesire Yvains li dist que ce n'estoit se bien non et que mix devoit on amer l'amour que la haïne. Atant vinrent li compaingnon de la Table Reonde devant le roi. Et si tost com il i furent venu si s'ajenoullierent devant mon signour Gavain et ploi[e]ent lor pans de lor mantiaus. Si parla Hervi de Rivel et dist : « Sire, nous nous amendons pour vous et pour tous nos compaingnons toutes iceles choses sans plus dire de coi nous avons vers vous mespris. Et pardonnés le vostre merci. » Et mesire Gavains saut em piés et dist qu'il lor pardonne tout, si les en lieve par les bras. Et mesire Yvains et Saygremors et li .iii. frere mon signor Gavain leva chascun le sien amont et font tous les autres amont lever et acolent li un les autres et baisent et s'entrepardonnent

haine et tout leur courroux. Dorénavant, monseigneur Gauvain fut seigneur, maître et compagnon de la Table ronde et la reine rendit leur liberté à tous les prisonniers que ses chevaliers lui avaient envoyés ; elle leur donna à tous des robes neuves et fraîches.

554. C'est ainsi que les compagnons de la Table ronde et les chevaliers de la reine retrouvèrent la paix en décidant que, plus jamais, ils ne s'affronteraient en tournoi, sinon dans des combats singuliers du moins pour ceux qui voudraient éprouver leur valeur quand ils dissimuleraient leur visage et quand ils ne voudraient pas être reconnus avant d'avoir été réputés de grand mérite au moment où les chevaliers de la Table ronde les admettraient en leur compagnie[1]. Le conte dit que les chevaliers de la Table ronde n'étaient ce jour-là que quatre-vingt-dix mais leur nombre augmenta par la suite, comme le conte vous l'apprendra, jusqu'à s'élever à quatre cents avant la fin de la quête du saint Graal. Ils souffrirent ensuite beaucoup de peines et de tourments pour terminer la quête qui dura fort longtemps. Ils s'épuisèrent en bien d'autres quêtes, durant bien des journées, et je vous donnerai la raison de tout cela.

555. Il est vrai qu'une nouvelle se répandit dans tout le royaume de Logres. Le très saint Graal dans lequel Joseph d'Arimathie avait recueilli le sang qui coula du flanc de Jésus-Christ quand il le descendit de la croix avec Nicodème[1], ce

---

ires et maltalens et tous courous. Et des lors en avant fu mesires Gavains sires et maistres et compains de la Table Reonde et la roïne clama quite les chevaliers prisons que si chevalier li avoient envoié, si lor donna robes noves fresches a tous.

554. Ensi s'en apaisierent li compaingnon de la Table Reonde et li chevalier la roïne Genievre par tel couvent que onques puis ne tournoieront li uns encontre les autres se chevalier seul a seul non qui esprouver se vaurent et ensemble*a* quant il se desguisoient et il ne voloient mie estre conneüs tant qu'il eüssent esté renommé de grant prouece, et quant li compaingnon de la Table Reonde les metroient en lor compaingnie. Et li contes dist que li chevalier la roïne n'estoient a cel jour que .IIII.XX. et .X., mais puis crurent tant, si conme li contes le vous devisera, que il furent .CCCC. devant que la queste du Saint Graal fust achievee par coi il sousfrirent puis mainte painne et maint travail pour achevier la queste qui molt longement dura. Et en maintes autres questes se traveillierent il maint jor et si vous dirai molt bien la raison pour coi il le fisent.

555. Voirs fu que une nouvele espandi parmi le roiaume de Logres que li santismes graaus en coi Joseph de Barimachie avoit recueilli le sanc qui degouta del costé Jhesu Crist quant il le despendi de la crois entre lui et Nicodemus, et li saintismes vaissaus qui vint del ciel en

très saint Vase qui vint du ciel dans une arche jusqu'à la cité de Sarras et dans lequel il fit le premier sacrifice de son corps saint et que consacra son évêque Josephé de sa propre main, ce vase et la très sainte Lance avec laquelle le flanc de Jésus-Christ fut transpercé se trouvaient en la terre de Logres où Joseph les avait transportés. Mais on ignorait où un homme pourrait les trouver ou les voir, comme dit la prophétie, tout comme les merveilles du saint Graal, la lance qui saignait à l'extrémité de sa pointe de fer. Jamais le cœur ne serait rassasié en regard ou en pensée tant que le meilleur chevalier du monde ne se serait pas manifesté. C'est grâce à lui que seraient découvertes, vues et entendues les merveilles du saint Graal. Cette nouvelle fut répandue partout et personne ne sut jamais d'où elle était venue ni qui la répandit le premier. Quand les compagnons de la Table ronde entendirent que toutes ces choses seraient accomplies par le meilleur chevalier du monde, ils se lancèrent dans une longue quête pour savoir qui était le meilleur chevalier. Ils parcoururent maintes contrées et maintes terres, ils participèrent aux tournois et aux faits d'armes et chacun se mit en peine pour être le meilleur de tous. Quand ils entendaient qu'il y avait un bon chevalier dans le pays, ils entamaient une quête durant un an et un jour sans coucher plus d'une nuit dans la même ville, et quand ils l'avaient enfin trouvé, ils faisaient tout pour l'amener à la cour. Quand il était prouvé que c'était un preux et un homme

---

l'arce en la cité de Sarras en coi il sacrefia premierement son cors saint et sacra par son evesque Josephé que il sacra de sa main propre, et la saintisme lance de coi Jhesu Crist ot tresperchié le costé, estoit en la terre de Logres arrestee, que Joseph i avoit aportee. Ne mais on ne savoit en quel lieu, ne ja ne sera trouvee ne veüe ensi com la prophesie le dist, par home, ne les mer[f]veilles del Saint Graal ne la lance qui sainoit parmi la pointe de fer en son, ne n'avroit rasasiement de son cuer que on porroit veoir ne penser tant que li miudres chevaliers del monde venist. Et par celui seroient descouvertes les merveilles del Saint Graal et oïes et veües. Iceste nouvele fu espandue par tout, si ne sot on onques qu'ele fu devenue ne qui le prononcha premierement. Et quant il compaingnon de la Table Reonde oïrent dire que par le meillour chevalier del monde seroient toutes ces choses traites a fin si entrerent en queste maint^e jor pour savoir qui estoit li miudres chevaliers. Si cercierent mainte contree et mainte terre et faisoient les tournoiemens et les chevalieries et se penoit molt chascuns qu'il^b fust li miudres de tous. Et quant il oient parler qu'il avoit un bon chevalier parmi le païs si entroient en la queste un an et un jour sans jesir en une vile que une nuit. Et quant ce avenoit qu'il l'avoient trouvé, si faisoient tant qu'il l'amenoient a court. Et quant il estoit tesmoigniés qu'il estoit prous et bien esprouvés, si le

de valeur, ils l'admettaient en leur compagnie. Son nom était mis par écrit avec celui des autres compagnons et, lorsque chacun revenait de sa quête au bout d'un an, il racontait les aventures qui lui étaient arrivées durant l'année et les clercs couchaient par écrit mot à mot tout ce qu'ils leur racontaient. Vous avez entendu pourquoi et comment on institua les quêtes au royaume de Logres. Mais le conte se tait à ce sujet et revient à monseigneur Gauvain et aux compagnons de la Table ronde pour relater comment ils s'attablèrent pour le repas.

556. Le conte dit que les compagnons de la Table ronde furent très heureux de s'être réconciliés avec monseigneur Gauvain comme ils furent heureux de la prouesse qu'ils lui avaient vu accomplir au tournoi. Ils dirent entre eux en privé que les dix meilleurs chevaliers de toute cette assemblée n'auraient pas résisté contre lui dans un corps à corps. C'est ainsi que les chevaliers rassemblées exprimaient leur pensée. Les dames et jeunes filles en parlèrent encore davantage dans les chambres où ils se trouvaient.

557. On donna le signal de se laver les mains et on installa les nappes sur les tables. Les chevaliers s'assirent chacun à l'endroit que l'usage leur assignait. Les chevaliers de la reine s'assirent à la table à côté des chevaliers de la Table ronde, selon l'usage. Les rois Arthur, Ban, Bohort et Loth s'assirent à une table dressée pour eux seuls. Ce jour-là, c'est monseigneur Gauvain qui servit avec monseigneur Yvain, Lucan le

---

metoient en sa compaingnie. Et lors estoit ses nons mis en escrit avoec les autres compaingnons. Et ensi conme chascuns revenoit de sa queste au chief de l'an si contoit les aventures qui li estoient avenues en l'an et li clerc si les metoient en escrit tot mot a mot ensi com il les contoient. Ore avés vous oï pour coi et conment les questes furent establies el roiaume de Logres. Mais or se taist li contes de ce et retourne a parler de mon signor Gavain et des compaingnons de la Table Reonde conment il sirent au mengier.

556. Or dist li contes que molt furent li compaingnon de la Table Reonde lié quant il furent acordé a mon signour Gavain et la grant prouece qu'il li virent faire au tournoiement, et dient entr'aus a conseil par laiens que li [138a] meillour .x. chevalier de laiens n'auroient pas a lui duree cors a cors. Ensi disoient li chevalier par laiens lor volenté, si em parlerent plus les dames et les puceles es chambres ou il sont.

557. Atant fu l'aigue cornee et les napes furent mises sor les dois. Si s'asisent li chevalier chascun endroit soi si com il dut, si s'asisent li chevalier la roïne lés les compaingnons de la Table Reonde a la table, si com il durent, et li rois Artus et li rois Bans et li rois Boors et li rois Los s'asisent a lor table que plus n'i sirent que els. Cel jour servi

Bouteiller, Girflet et jusqu'à quarante chevaliers et ils furent si bien servis ensuite qu'on pourrait s'étendre longuement sur les mets qui leur furent offerts à plusieurs reprises. Après manger, quand les tables furent ôtées, les chevaliers se rendirent dans les prés et sur la rivière, un peu partout. Ils étaient très beaux et le temps était clair et serein. Tandis qu'ils allaient ainsi se distraire, les quatre rois restèrent à l'intérieur et se rendirent seuls dans une chambre, près d'une fenêtre qui leur permettait de bien voir les prés et la rivière. De là, on avait une vue merveilleusement belle et pure. Une douce et suave brise soufflait ; elle pénétrait à l'intérieur du château par les fenêtres. Ceux qui étaient dans la pièce s'en trouvaient encore plus à leur aise car la chaleur était très lourde dehors. Ils parlèrent ensemble de maintes choses, de tout ce qu'il leur plaisait d'évoquer et de ce qui leur venait à l'esprit.

558. Après être resté là un grand moment, le roi Ban s'adressa au roi Arthur et lui dit : « Seigneur, si vous vouliez suivre un conseil que je peux vous donner parce que je l'ai longuement médité en moi-même, il m'est avis que grâce à lui vous en retireriez un réel plaisir, que votre royaume et votre maison croîtraient en mérite, que les étrangers et vos proches vous en redouteraient davantage et les chevaliers de votre cour vous en aimeraient davantage. — Dites-moi de quoi il s'agit, dit le roi. Si c'est quelque chose que je puisse faire et qui ne me vaille ni honte ni déshonneur, je suivrai ce conseil. — Seigneur, fait le roi Ban, s'il plaît à Dieu,

---

mesire Gavains et mesire Yvains et Lucans li Bouteilliers et Gyrfles et bien jusques a .xL. et furent si bien servi conme on porroit deviser mix des més que il orent en maintes manieres. Aprés mengier, quant les tables furent ostees, si alerent cil chevalier par les prés et sor la riviere et d'une part et d'autre. Et molt estoient bel et si faisoit molt cler tans et seri. Mais qui que s'alast esbanoiier, li .IIII. roi demourerent et s'en alerent en une chambre seul a seul, a une des fenestres par la ou il pooient bien veoir les prés et la riviere, si i avoit a merveille bel esgart et saint. Et l'aire ventoit douce et souef qui lor feroit laiens parmi les fenestres, si en estoient plus a aise cil qui ens estoient remés, car molt estoient encore grant chalour en la terre. Si parlerent ensemble de maintes choses de ce que il lor fut et plot et vint a volenté.

558. Quant il orent illuec demouré grant piece si parla li rois Bans au roi Artu et dist ensi : « Sire, se vous voliés faire une chose que je vous loeroie que je ai empensé en mon cuer il m'est avis que ce vous seroit bon et miex en vauroit vostre terre et vostre ostel et plus en seriés redoutés des estranges et des privés et plus vous en ameroient li chevalier de vostre court. — Dites dont, fait li rois. Se ce est chose que je faire peüsse et je n'i aie honte ne vergoigne, je le ferai. — Sire, fait li rois Bans, en ce n'aurés vous ja honte se Diu

cela ne vous vaudra aucune honte et aucun reproche. Voici :
tant que vous voulez conserver votre royaume, évitez que
vos chevaliers entreprennent des tournois les uns contre les
autres : cela pourrait les entraîner à la colère, par amour-
propre, car ce sont de bons chevaliers. Mais chaque fois
qu'ils voudront se défier, qu'ils se rendent plutôt aux frontières de votre royaume pour affronter les hommes valeureux
des environs qui sont nombreux, puissants et influents. » Le
roi dit qu'il ne voyait que du bien dans ces propos et qu'il
suivrait ce conseil sans faute. S'avança alors la reine qui avait
entendu cette conversation. Elle disait, elle aussi, qu'il avait
bien parlé et elle implorait la bénédiction divine sur celui qui
avait tenu de tels propos. « Car nombreux sont ceux dans le
pays qui n'auraient jamais parlé de cela et le roi Ban ne l'aurait pas fait s'il ne vous aimait pas ».

559. Le roi Loth prit ensuite la parole : « Seigneur, la
sainte chrétienté aurait besoin que vous preniez une décision
pour chasser ces ignobles Saxons qui ont envahi ce pays et
qui, par orgueil, ont assiégé deux cités à la fois. Mais ils sont
si nombreux qu'on les bannira à grand-peine si Notre-
Seigneur ne s'en préoccupe. Et vous savez que nous n'avons
pas sous nos ordres assez d'hommes pour pouvoir les chasser de cette terre et les affronter sur le champ de bataille.
Mais si quelqu'un pouvait faire en sorte qu'il y ait une trêve
entre vous et les princes actuellement mal disposés envers
vous, pour que nous allions tous ensemble assaillir les

---

plaist ne reprocié ne vous sera. Gardés vous, tant que vous voelliés
terre tenir ne prengent vostre chevalier tournoiement li uns a l'autre.
Car tel courous em porroit avenir par envie pour ce que bon chevalier sont. Mais toutes fois qu'il vauront tournoier as marces de vostre
terre si voisent tornoier as haus homes en[*b*]viron qui i a assés de
riches et de poissans. » Et li rois dist qu'il ne disoit se bien non et
que ensi le feroit sans faille. Et la roïne vint illoques qui la parole
ot entendue et dist que bien disoit et que beneois soit de Dieu qui
em parla. « Car maint en a par le païs qui de ce ne ce fuissent ja
entretenus et si n'eüst il s'il ne vous amast*a*. »

559. Aprés parla li rois Loth et dist : « Sire, il seroit mestiers a
sainte Crestienté que vous preïssiés tel conseil por coi li Saisne desloial qui sont entré en cest païs, et ont assis .ii. cités ensamble por lor
orguel, qu'il en fuissent jeté. Ne mais il ont tant de gent que a
painnes en seront il jeté se Nostres Sires n'en pense. Et vous savés
bien que nous n'avons mie gent en nostre pooir par coi nous les
peüssiens jeter fors de la terre, ne bataille tenir encontre aus en
champ. Ne mais qui porroit tant pourchacier qu'il i eüst unes trives
entre vous et les princes qui ore sont mal de vous, en tel maniere
que nous en alissiens ensemble sor les Saisnes et aïdaissent tant li uns

Saxons et les combattre pour les chasser du pays, il me semble qu'il donnerait la plus belle preuve de charité et de bienfait qui puisse exister dans ce pays. La trêve pourrait durer jusqu'à un an. Une fois les Saxons hors de pays, si nous pouvons conclure la paix entre vous et les barons, alors qu'elle soit conclue, sinon que chacun fasse du mieux qu'il pourra. — Certes, fait le roi Arthur, j'aimerais bien que tout cela se réalise si j'avais quelqu'un pour porter mon message. Car il conviendrait d'envoyer des preux que les barons pourraient croire car ils sont cruels et pleins d'orgueil. — Seigneur, fait le roi Loth, les Saxons leur ont fait tellement de mal que, lorsque les barons entendront parler de trêve et qu'ils sauront qu'ils bénéficieront de votre aide, je ne pense pas qu'ils se fassent grandement prier. — Je ne sais que vous dire, fait le roi Arthur. Vous savez aussi bien que moi de quoi notre terre a besoin et je ne suis qu'un homme seul, l'un des vôtres. Choisissez parmi vous celui qui pourra remplir cette mission.

560. — Seigneur, fait le roi Ban, si je ne pensais pas que le roi Loth m'en tiendrait rigueur, je dirais que c'est celui d'entre nous qui pourrait le mieux remplir cette mission. Et il serait votre meilleur porte-parole auprès d'eux car il est bien vu d'eux et bienveillant à leur égard. — Assurément, fait le roi Arthur, il connaît mieux les passages que personne d'autre qu'on pourrait y envoyer. La reine dit qu'on ne pourrait choisir personne d'autre qui accomplirait mieux que lui la besogne,

---

a l'autre que on les en chaçast fors del païs, il me samble que ce seroit la plus grant aumosne et li plus grans prous que on peüst faire a cest païs. Si durassent les trives jusques a un an. Et quant li Saisne en seront hors chacié se nous poons traire pais entre vous et les barons le soit. Et se non, si face chascuns au mix que il porra. — Certes, fait li rois Artus, ce vauroie je molt volentiers que ce fust fait, se je i eüsse qui envoiier. Car il i covenroit envoiier tels prodomes que li baron creüssent, car il sont fier et plain d'orgueil. — Sire, fait li rois Loth, li Saisne les ont si grevé que je croi que[a] quant il orront parler des trives et il saront qu'il auront vostre aïde, je ne quit mie qu'il s'en facent granment a proiier. — Je ne sai, fait li rois Artus, que vous die. Ausi savés vous bien qu'il est mestiers en la terre come je fais[b] et je ne sui que uns seus hom ne que li uns de vous. Et eslisés entre vous qui ceste besoigne porroit furnir.

560. — Sire, fait li rois Bans, se je ne quidoie que li rois Loth[a] m'en seüst mal gré, je diroie qu'il iroit mix que nus qui i peüst aler. Et si lor diroit mix lor volenté de vous, car il est lor acointés et lor bienvoillans. — Voire, fait li rois Artus. Et si set mix les trespas que nus c'on i peüst envoiier. Et la roïne dist que on n'i porroit nului envoiier[b] qui mix feroit la besoigne se ne fust por les

n'étaient les Saxons qui tous les jours s'en vont piller le pays.
Si on le perdait, notre perte serait bien plus grande que celle
d'un pauvre chevalier sachant bien s'exprimer. — Oui, c'est
vrai, dit le roi Ban, mais je connais tant l'orgueil de ces princes
qu'un pauvre chevalier dépêché là-bas ne serait jamais écouté. »
Quand le roi Loth entendit qu'ils s'accordaient pour lui confier
la mission, il savait bien qu'ils avaient raison et il dit qu'il irait
et emmènerait ses quatre fils avec lui. « Vraiment, fait le roi
Bohort, si vous les emmenez, vous n'avez plus rien à craindre. »

561. Quand le roi Arthur entend qu'ils acceptent le fait
que le roi Loth emmène ses fils avec lui, il pousse un grand
soupir. Car il s'inquiète au sujet de monseigneur Gauvain en
qui il a mis toute son affection ; il n'aime personne autant
que lui sur la terre. Quand la reine le voit, elle devine une
partie de sa pensée et lui dit sagement et de manière avisée :
« Seigneur, accordez au roi Loth d'emmener ses enfants courageusement avec lui. S'il plaît à Dieu, ils n'ont pas peur ;
car, plus ils sont nos amis, plus ils rechercheront la paix et
avec plus de sincérité que d'autres personnes ne prenant pas
la chose à cœur et ils se donneront plus de mal. Concernant
mes ennemis, j'aimerais mieux prendre conseil auprès de
mes amis qu'auprès de gens indifférents. — Dame, fait le
roi, je suis d'accord puisque les barons l'ont ainsi décidé. » Il
demanda ensuite au roi Loth de préparer son voyage en
grand secret afin que personne ne sût où il se rendait.

Saisnes qui tous jours s'en vont robant par le païs. Ne il n'est pas si
grant [*d*] damage d'un povre chevalier bien parlant, s'on li perdoit,
conme de lui. — Certes voire, fait li rois Bans, je connois tant les
princes a orguellous que uns povres chevaliers n'i seroit ja escoutés
que on i envoiast. » Quant li rois Loth oï qu'il s'acordent qu'il voist
en cele besoigne, si set bien qu'il ont droit*, si dist qu'il i ira, si i
menra ses .IIII. fix avoc lui. « Certes, fait li rois Boors, se vous les i
menés dont n'avés vous garde d'ome né. »

561. Quant li rois Artus entent qu'il s'acordent a ce que li rois Loth
enmaint ses .IIII. fix avoc lui, si a jeté un grant souspir. Car il se
doute de mon signour Gavain a qui il ot mis si enterinement s'amour
que il n'est riens el monde qu'il aimme autant. Et quant la roïne le
voit si set une partie de son pensé, si li dist come sage et apercevant :
« Sire, otroiiés au roi Loth ses enfans a mener avoc lui hardiement.
Car il n'ont garde, se Dieu plaist, car com plus sont nostre ami tant
pourchaceront il mix la païs et plus de cuer que ne feroient autre
gent a qui il ne tenroit au cuer et plus s'en peneront. Et mix ameroie
je mon ami a conseillier de mes anemis que celui a qui il ne tenroit
de riens. — Dame, fait li rois, et je m'i acorde puis que li baron l'ont
ensi devisé. » Et puis dist au roi Loth qu'il apareillast son oirre si priveement que nus ne seüst ou il alast.

562. On appela monseigneur Gauvain et ses frères qui se distrayaient dans la salle avec les autres chevaliers. Ils allèrent trouver Arthur qui leur souhaita la bienvenue ; ils lui rendirent très poliment son salut. Le roi Arthur leur apprit alors, comme ils l'avaient décidé, qu'il leur fallait porter un message et leur dit pourquoi ils avaient été choisis. Ils répondirent que tout cela était fort bien. Le roi Loth dit ensuite à monseigneur Gauvain : « Cher fils, allez, préparez-vous ainsi que vos frères de sorte qu'il ne vous manque rien au moment du départ. — Comment ? fait monseigneur Gauvain. Quel équipement nous convient-il d'emporter à part nos armes et nos chevaux ? Nous n'emmènerons pas de chevaux de somme ni de malles grandes ou petites pleines d'affaires mais de bons destriers rapides et fougueux que nous monterons et qui pourront nous sauver la vie si besoin est. Il ne convient pas de traîner car, si vous voulez me croire, nous partirons cette nuit, à l'heure de la première veille, et chaque jour nous chevaucherons autant que nous pourrons. Il ne convient pas de retarder une besogne comme celle-là.

Guiomar et Morgain.

563. — Cher neveu, fait le roi, vous dites vrai. Allez un peu dormir et vous reposer. » Monseigneur Gauvain se tourna alors vers la reine et lui dit : « Dame, je vous prie de veiller sur mes compagnons qui restent à vos côtés. Les compagnons de mon oncle ne les aiment pas d'un cœur

---

562. Atant fu mesire Gavains apelés et si frere qui s'esbanioient en la sale et avoc les autres. Et il li viennent a l'encontre et lor dist que bien soient il venu et il li rendent son salu molt debonairement. Lors lor conte li rois Artus tout ensi com il l'orent devisé que aler les couvient el message et por coi il l'avoient ensi pourveü. Et il dient que ce n'estoit se bien non. Aprés dist li rois Loth a mon signour Gavain : « Biaus fix, alés, si vous apareilliés, et vous et vostre frere, si que il ne vous faille riens quant nous mouverons. — Conment ? fait mesire Gavains. Quel apareil i couvient il fors nos armes et nos chevaus ? Nous n'i menrons sonmier ne male toursee petite[a] ne grans fors les bons destriers courans et abrievés sor coi nous monterons qui bien nous peüssent porter a garison quant mestiers en sera. Et ci ne couvient nul respit prendre, car, se vous me volés croire, nous mouverons anquenuit au premier somme et chevaucherons les plus grandes journees que nous [d] porrons. Car itele besoigne come ceste est ne doit on mie metre en delai.

563. — Biaus niés, fait li rois, vous dites voir. Ore alés un petit dormir et reposer. » Lors s'en tourne mesire Gavains vers la roïne et dist : « Dame, je vous proi que vous pensés de mes compaignons qui vous remaignent. Car li conpaingnon mon oncle ne les aimment pas

sincère mais éprouvent de la jalousie envers eux, comme vous le savez. Par pure bravade, quand je serai parti avec mes compagnons, ils voudront organiser des joutes pour avoir l'occasion de monter un tournoi contre eux. Je vous en prie, en tant que ma dame, ne tolérez aucun assaut. — Je vous promets qu'il n'y en aura pas, fait-elle. Et si mon seigneur le roi veut bien me suivre sur ce point, il n'y aura pas de tournoi tant que mes compagnons occuperont le pays. » Le roi lui répondit que, sur la foi qu'il lui devait, il n'y aurait pas de tournoi, s'ils voulaient se trouver dans ses bonnes grâces. Ils se séparèrent et se rendirent dans leur chambre pour dormir et se reposer. Ceux qui se trouvaient dans la salle retournèrent chez eux et se séparèrent mais, qu'on se séparât ou non, il y en eut un, Guiomar, le cousin de la reine, qui ne partit pas et qui resta pour parler avec Morgain, la sœur du roi Arthur, dans une alcôve, sous le palais où elle dévidait du fil d'or pour confectionner une coiffe à l'intention de sa sœur, la femme du roi Loth[1]. Cette Morgain était une jeune demoiselle, fort gaie et très enjouée. Elle était très brune de visage mais bien en chair, ni trop maigre, ni trop grosse. Elle était très franche et avenante de corps et de manières, bien droite et séduisante à merveille. Avec cela, c'était la femme la plus sensuelle et la plus luxurieuse de toute la Grande-Bretagne. Elle était merveilleusement instruite et, en matière d'astronomie, elle savait à l'époque beaucoup de

---

de bon cuer, ains lor portent envie, si conme vous meïsmes le savés, et par aventure, quant je et mi frere en serons alé, si vauront faire aucun bouhordis pour ocoison de bastir aucun tournoiement encontre aus. Et je vous proi conme a ma dame que vous ne sosfrés qu'il i aït aatine. — Et je vous creante, fait ele, que non aura il. Et, se mesire li rois me voloit croire, il n'i auroit mais tournoiement basti tant come cist seront en cest païs. » Et li rois li respont que par icele foi que il li devoit non auroit il, se il voelent avoir s'amour. Atant s'em partent et s'en vont en lor chambres dormir et reposer. Et cil de la sale s'en vont a lor ostels et se departent, mais qui que se departist ne qui non, Guiomar, li niés a la roïne, ne s'en parti mie, ançois remest parlant a Morgain, la serour le roi Artu, a une garde robe desous le palais u ele desvuidoit fil d'or, car ele voloit faire une coife pour sa serour, la feme le roi Loth. Icele Morgain iert joene damoisele et gaie durement et molt envoisie. Mais molt estoit brune de vis et d'une reonde charneüre, ne trop maigre ne trop crasse, mais molt estoit aperte et avenant de cors et de menbres et estoit droite et plaisans a merveilles. Mais ce estoit la plus chaude feme de toute la Grant Bretaingne et la plus luxuriouse. Et estoit a merveilles bone clergesse et d'astrenomie savoit ele ja a cel jour assés. Car Merlins l'en avoit apris et puis l'en apris il assés si come li contes le vous

choses que Merlin lui avait enseignées et il lui en apprit
encore beaucoup par la suite, comme le conte vous l'apprendra plus loin. Elle s'y était appliquée de son mieux et elle
apprit tant que, par la suite, les gens du pays appelèrent la
sœur du roi Arthur Morgain la Fée, en raison des merveilles
qu'elle accomplit ensuite dans le pays. C'était la meilleure
ouvrière de toute la terre. Elle avait la plus belle tête qui
convenait à une femme et les plus belles mains qui puissent
exister sous le ciel, des épaules parfaitement proportionnées.
Elle était habile en tout et sa peau était plus douce qu'aucune
autre. Il y avait en elle une autre qualité qu'il ne faudrait pas
passer sous silence car elle s'exprimait avec une douceur et
une suavité parfaites. Elle était plus attirante et plus diftin-
guée que personne au monde lorsqu'elle conservait son sang-
froid. Mais, quand elle en voulait à quelqu'un, il était
impossible de l'apaiser. On le vit bien par la suite, car celle
qu'elle aurait dû aimer le plus au monde, elle lui fit tant de
peine et tant de honte qu'on en parla ensuite tout le reftant
de ses jours. Il s'agissait de la reine Guenièvre ; le conte vous
rapportera plus loin comment et pourquoi cela arriva[2].

564. Quand Guiomar entra dans la chambre où se trouvait Morgain, il la salua bien doucement en lui disant que
Dieu lui donnât bon jour. Elle lui rendit très poliment son
salut en personne qui ne reftait pas muette. Il vint devant
elle, s'assit à ses côtés et commença à manier le fil d'or. Elle
lui dit qu'elle voulait travailler et le lui reprit. C'était un beau

devisera cha avant. Et ele i mift molt sa cure et tant aprift que puis fu
ele des gens del païs et de la terre apelee Morgain la Fee, la serour le
roi Artu, par les merveilles que ele fift puis el païs. Et ouvriere eftoit
ele de ses mains, la mellor que on seüft en nule terre. Et si avoit ele le
plus biau chief qui covenift a feme avoit et les plus beles mains
desous ciel et espaulles trop bien faites a devise, et aperte eftoit ele sor
toute rien, et sa char eftoit plus souef que nul lars. Et encore avoit ele
une au[e]tre teche en li qui ne fait mie a trespasser, car ele avoit une
loquence douce et souef et parlant bien, et atrait et debonaire eftoit ele
sor toute rien tant com ele eftoit en son bon sens. Mais quant ele se
coureçoit envers aucun home, noient eftoit de l'acorder. Et si fu bien
puis aparissant, car celui que ele deüft plus amer que tout le monde
fift ele et puis plus si grant anui et si grant[c] blasme dont il fu puis parlé
tous les jors de sa vie. Ce fu la gentille Genievre, ensi com li contes le
vous devisera ça avant et conment et pour coi.

564. Quant Gyomar entra en sa chambre ou Morgain eftoit, si le
salua molt doucement et li dift que bon jor li donnaft Dix. Et ele li
rendi son salu molt[e] debonairement come cele qui n'eftoit mie muele.
Et il en vint devant li et s'asift dejoufte li et conmencha le fil d'or a
manoiier. Et ele li dift qu'ele vouloit ouvrer, si le reprift. Cil chevaliers

chevalier, grand et bien fait de sa personne. Il avait le visage
frais et un joli teint, des cheveux blonds et bouclés. Il était
beau et délié de corps et de membres, riant, distingué entre
tous les chevaliers. Il parla à la jeune fille de toutes sortes de
choses. Elle le regarda très volontiers car elle le trouvait
beau. Tout ce qu'il faisait ou disait lui plaisait et la séduisait.
Ils parlèrent tant qu'il finit par lui demander son amour. Plus
elle le regardait et plus il lui plaisait. Aussi, elle lui porta un
si grand amour qu'elle ne lui refusa rien de ce qu'il lui
demandait. Quand il s'aperçut qu'elle souffrait de bon cœur
ce dont il la voulait requérir, il se mit à l'enlacer et à lui donner de très tendres baisers. Puis, s'étant échauffés de la sorte
comme la nature le voulait, ils s'étendirent tous deux sur
une couche grande et belle et firent le jeu qui se fait à deux
comme deux personnes qui le désiraient beaucoup. Car, s'il
le souhaitait, elle le souhaitait tout autant. Ainsi, ils se prirent
l'un pour l'autre d'un grand amour, car, s'il l'aimait, elle
l'aimait encore plus. Ce soir-là, ils demeurèrent longtemps
ensemble et ils s'aimèrent longtemps à l'insu de tout le
monde. Mais un jour, la reine Guenièvre l'apprit, comme le
conte vous le rapportera plus loin, et c'est pourquoi elle les
sépara. Morgain la haït pour cela et lui causa beaucoup d'ennuis, de contrariétés et de honte, qui ne cessèrent jamais par
la suite pour la reine. Mais le conte à présent laisse ce propos et revient au roi Loth et à ses enfants pour rapporter

---

estoit biaus et grans et bien tailliés de tous menbres. Si ot le vis fres
et coloure et les chevels crespés et blons. Et fu biaus et plains de
cors et de menbres et rians et debonaires sor tous chevaliers. Et il
mist la pucele a raison de toutes choses. Et ele le regarda molt volentiers, car molt le vit bel, se li plot et embeli quanque il faisoit et
disoit. Si parlerent tant qu'il la pria^b d'amors. Et quant cele plus
l'esgardoit plus li plaisoit, tant que ele l'acueilli en si trés grant
amour que ele ne li refusa riens de quanque il li requist. Et quant
il aperchut et sot qu'ele sousfroit volentiers ce que dont il le requeroit, si le comencha a embracier et a baisier molt doucement, tant
qu'il conmencierent a eschaufer si durement come nature le requeroit
et s'entrejeterent ambedoi en une couche grant et bele et fisent le
gieu conmun com cil qui molt le desiroient, car si le vaut ele et il
ausi. Si s'entr'acueillirent en molt trés grant amour, car s'il l'ama ele
l'ama encore plus. Si demourerent cel soir longement ensamble et
s'entr'amerent lonc tans que nus ne le sot. Mais puis le sot la roïne
Genievre ensi come il contes le vous devisera cha avant, par coi il
furent departi, dont Morgains l'en haï si que puis li fist assés d'anui
et de contraire et de blasme que ele li aleva qui onques puis ne li
chaïrent tant com ele vesqui. Mais atant se taist li contes que plus
n'en parole et retourne a parler del roi [*f*] Loth et de ses enfans,

comment ils se préparèrent et s'équipèrent afin de porter leur message là où on les avait envoyés.

Loth et ses fils affrontent les Saxons.

565. Le conte dit qu'à l'heure de la première veille, le roi Loth se leva avec ses quatre fils et tous s'équipèrent. Ils avaient choisi cinq des meilleurs chevaux qu'ils avaient pu trouver à la cour et les firent conduire par les cinq écuyers à pied qui devaient les accompagner. Ils avaient en outre cinq bons palefrois sur lesquels ils chevauchaient la plupart du temps. Quand ils eurent chargé tous leurs bagages, ils montèrent à cheval et sortirent par la porte dérobée. Les cinq écuyers les précédaient emmenant les chevaux caparaçonnés de fer ; ils sortirent le plus discrètement qu'ils purent car ils ne voulaient être vus de personne afin de ne pas être retardés par des palabres. Après environ une demi-lieue gauloise de chevauchée, monseigneur Gauvain demanda quelle route était préférable. Le roi Loth lui répondit qu'il l'ignorait « car, disait-il, le pays est infesté par la guerre. — Alors je vais vous dire, fit monseigneur Gauvain, ce que nous allons faire. Nous irons vers Aresteuil en Écosse qui est le lieu le plus proche et le plus couvert de forêts dans cette région[1]. C'est la meilleure direction ». Le roi Loth lui dit : « Cher fils, puisque tel est votre désir, je le veux bien. Votre conseil est le meilleur : nous passerons donc par le château de la Sarpine et par les plaines de Roestoc, par la forêt de l'Épinaie sous

---

conment il s'apareillierent et atournerent por aler el message ou il furent envoiié.

565. Or dist li contes que* quant ce vint au premier somme que li rois Loth se leva et si .IIII. fil, si s'apareillierent de lor armes. Et il orent eslEu .v. des meillours chevaus que il porent trouver en toute la cour et qu'il faisoient mener avoec aus, et .v. vallés a pié, et il orent .v. palefrois molt bons que il chevauchierent toute jour ajournee. Et quant il orent toutes lor choses apareillies, si monterent et s'en issirent par la porte bertonne. Et li .v. garçon alerent devant qui en menerent les chevaus tous couvers de fer et s'en issirent au plus coiement qu'il porent, car il ne vaurent mie estre aperceü de nule gent que parole en soursist. Et quant il orent tant chevauchié entour demie liewe galesce si demanda mesire Gavains ou il iroient. Et li rois Loth li dist qu'il ne savoit. « Car li païs, fait il, est plains de guerre. — Or vous dirai dont, fait mesire Gavains, que nous ferons. Nous en irons vers Arestueil en Escoce qui est la plus prochainne terre et la plus ombrage de forest qui soit en cest païs. Si fera meillour traire que nule part. » Et li rois Loth dist : « Biaus fix, puis qu'il vous plaist je le voel bien. Car c'est li miudres conseils que vous en dites, si en irons par le castel de la Saprine et par les plains de Rohestoc et par la forest de l'Espinoie

Taningue et nous poursuivrons en suivant la rivière de
Saverne jusqu'au milieu des plaines de Cambénic. De là nous
longerons la puissante cité de Norgales qui appartient au
roi Tradelinant et ensuite nous rejoindrons Aresteuil, qui se
trouve à quatre lieues des Saxons. » Ses enfants l'approuvèrent.

566. Les messagers cheminèrent ainsi en parlant de choses
et d'autres jusqu'au lever du jour. Le lendemain, ils passèrent
par les endroits les plus reculés qu'ils connaissaient en faisant étape dans les forêts et les ermitages. Ils chevauchèrent
durant huit jours pleins sans encombre et finirent par arriver
dans les plaines de Roestoc. Alors, vers l'heure de midi, ils
rencontrèrent sept mille Saxons qui emportaient un grand
butin et qui emmenaient au moins sept cents prisonniers
qu'ils avaient attachés par les pieds sous le ventre de leurs
chevaux ; ils les battaient de manière ignoble à l'aide de
bâtons et de fouets. Sorbarès, Monaclin, Salebrun, Isoré[1] et
Clarion les conduisaient. Ce dernier chevauchait le Gringalet,
un cheval qui portait ce nom en raison de ses grandes qualités, car le conte dit que, pour franchir dix lieues, il était
inutile de lui battre les flancs ou le côté ; de plus, jamais un
poil de sa croupe, de son épaule ni d'aucune autre partie de
son corps ne transpirait[2]. Quand les Saxons les virent approcher, ils remarquèrent bien aux armes et aux enseignes qu'ils
portaient que ces gens n'étaient pas des leurs ; aussi, ils s'arrêtèrent et attendirent. Quand monseigneur Gauvain vit cela,

---

desous Taranges et en irons par la riviere de Saverne trés parmi les
plains de Chambenyc, et d'illuec en irons costoiant la riche cité de
Norgales qui est au roi Tradelinant, et d'illuec a Arestuel qui est a .IIII.
lieues des Saisnes. » Et li enfant l'otroient ensi.

566. Ensi s'en vont li message parlant d'unes choses et d'autres
jusques au jour. Et l'endemain errerent par les plus destournés lix
qu'il savoient et [139a] gisoient en forés et en hermitages. Et cevau-
chierent si .VIII. jours tous plains c'onques n'i ot destourbier tant qu'il
vinrent es plains de Rohestoc. Et lors vint entour l'eure de miedi
qu'il encontrerent .VII.M. Saisnes qui en menoient molt grant proie et
bien .VII.C. prisons qu'il avoient loiié les piés desous les ventres des
chevaus, et les batent molt laidement de bastons et de coignies. Si les
conduisoit Sorbares et Monaclins et Salebruns et Ysores et Clarions.
Cil chevauchoit le Gringalet, un cheval qui ensi avoit non pour le
grant bonté dont il iert. Car ce dist li contes que pour .X. lieues
courre ne li batissent ja li flanc ne li coste ne ja de nul sor ne suast sor
la crupe ne sor l'espaulle ne en lieu desor lui. Et quant li Saisne les
virent cheminer, si sorent bien a lor armes et a lor connoissances
qu'il n'estoient mie de lor gent, si s'arresterent et atendent. Et quant
mesire Gavains voit ce, si s'areste et conmande son pere et ses freres

il s'arrêta et commanda à son père et à ses frères de monter sur leurs chevaux, ce qu'ils firent aussitôt. Les valets prirent leurs palefrois et les enfourchèrent. Ils se précipitèrent dans la forêt en continuant tout droit là où le chemin faisait un coude. Ils se dirigèrent vers les Saxons qui ne cherchèrent pas à les éviter malgré le tournant. Midi était passé et l'heure de none approchait. Le roi Loth chevauchait en tête et Gauvain le suivait avec ses frères à ses côtés, sans jamais quitter le petit pas. Quand ils se furent bien rapprochés des Saxons, Gauvain dit à son père qu'avec ses frères ils n'aspiraient qu'à les embrocher, tous autant qu'ils étaient.

567. Les Saxons s'écrièrent : « Chevaliers, venez ici ! Rendez-vous ! Dites-nous qui vous êtes et ce que vous cherchez ! » Le roi Loth répondit : « Nous sommes cinq messagers du roi Arthur qui nous a confié une mission ; vous n'en saurez pas plus. — Alors, halte ! répondirent les Saxons. N'allez pas plus loin car nous surveillons ces chemins au nom du roi Hargodabrant, au nom d'Orient, le fils de Bamangue, et au nom d'Airant, le fils de Maagart, à qui nous apportons ce butin et ces prisonniers. Nous lui ferons aussi cadeau de vous ! — Ah oui ! fait le roi Loth, si vous arrivez à nous capturer ! » et ils disent que cela ne tardera pas : « Rendez-vous, c'est le plus sage, avant qu'il ne vous arrive pire ! » et ils rétorquent qu'ils n'en feront rien. Les Saxons s'élancent sur leurs chevaux, aussi vite qu'ils le peuvent. Leurs adversaires

---

monter en lor chevaus et il si firent. Et li garçon prisent les palefrois et monterent sus. Et se ferirent en la forest cele part droit la ou li chemins estoit tournés. Et il s'en vont envers les Saisnes qui guencir ne lor voelent si conme li chemins les conduist. Et miedis estoit passés si traioit ja vers nonne, si chevaucha li rois Loth tous premiers et mesire Gavains après, et si frere encoste lui, le petit pas sans desreer. Et quant il ont tant alé qu'il lor furent prés, si dist a son pere qu'il ne bee fors a els percier tot outre et a ses freres ausi tant qu'il sont d'autre part.

567. Lors s'escrient li Saisne : « Chevalier, cha venés, rendés vous ! Et si nous dites qui vous estes et que vous alés querant. » Et li rois Loth respont : « Nous somes .v. messages le roi Artu qui en une besoigne nous envoie, ne plus vous en dirons. » Et cil dient : « Estés, n'alés avant car nous gardons les chemins de par le roi Hargodabrant et de par Orient, le fil Bramagne, et de par Airant, le fil Maagart, a qui nous menons ceste proie et ces prisons. Et de vous meïsmes li ferons nous present. — Voire, fait li rois Loth, quant vous porrés. » Et cil dient que jusques la n'a gaires mais. « Car vous rendés, si ferés que sages, ançois que pis vous en aviengne. » Et cil dient que ce ne sera ja. Lors laissent courre les chevaus de si grant aleüre com il porent plus [b] tost aler. Et cil a els qui point nés

s'élancent également, sans les craindre, et, la lance sous les aisselles, chacun frappa son ennemi et le fit tomber raide mort. Ils en atteignirent encore cinq autres par la suite et les abattirent raides morts. Avec quatre assauts successifs, ils les transpercèrent sans aucune difficulté, puis ils partirent au galop avec leur lance ensanglantée au poing. Quand les Saxons les virent partir, ils poussèrent derrière eux de grands cris et provoquèrent un grand tumulte ; une prodigieuse poursuite s'engagea et une telle poussière s'éleva que les uns et les autres pouvaient à peine se reconnaître.

568. Alors les six rois qui avaient entendu ce qui se passait arrivèrent en éperonnant et s'écrièrent à l'intention de leurs hommes : « Poursuivez-les ! Malheur à vous s'ils vous échappent ! » et ils s'élancèrent sur la route, très bien montés, en les poursuivant résolument. Les autres s'en allaient au grand galop et, à force de chevaucher, ils arrivèrent près d'un moulin où il fallait traverser un gué très large, assez difficile, plein de fange et de boue. Ils durent ralentir le pas puis s'arrêter. C'est là que les rejoignirent cinq rois qui ne redoutaient pas ce mauvais passage ; beaucoup de Saxons les suivaient, plus de cinq cents. Ils brisèrent leurs lances sur eux dès leur arrivée. Le roi Isoré, qui les précédait, frappa de sa lance le cheval du roi Loth et la lui plongea dans le corps de sorte qu'il l'abattit raide mort entre les cuisses du roi.

569. En voyant son cheval mort, le roi Loth bondit, tira son épée et se plaça près d'une jonchère à cause de la fange

---

redoutent, ains se fierent en aus les glaives sous les aisseles et fiert si chascun le sien que mort le trebuche. Puis entrefierent autres .v. que mors les abatent. Si fierent tant a .iiii. empaintes qu'il les percierent tout outre que onques n'i orent destourbier. Et lors se metent es galos et les glaives el poing toutes ensanglentees. Et quant cil les en voient aler si lieve li hus et la noise aprés els moult grant, si conmenchierent l'enchaus merveillous, si leva la pouriere tele que a grant painne puet li uns connoistre l'autre.

568. Atant i vinrent li .vi. roi apoingnant cil qui la nouvele en avoient oïe, et escrient a lor homes : « Ore a els, que mar vous eschaperont ! » Et il meïsmes se metent au chemin et il estoient molt bien monté, si les enchaucent molt fierement. Et cil s'en vont les grans galos. Si ont tant alé qu'il sont venu a un molin ou il avoit a passer un molt fort gué et molt anious et plain de fanc et de boe. Si les couvint iluec arrester et aler le petit pas. Si les vinrent illuec li .v. roi ataingnant qui point ne redoutoient le mal pas, et molt de Saisnes aprés aus, plus de .v.c. Si brisent lor lances sor els si com il vienent. Et li rois Ysores, qui devant venoit, fiert le cheval au roi Loth de son glaive parmi le cors si qu'il l'abat mort entre ses quisses.

569. Quant li rois Loth voit son cheval ocis, si saut em piés et trait

épaisse du gué. Ses ennemis coururent sur lui et l'assaillirent très durement. Il se défendit si fièrement qu'ils furent incapables de le capturer puis monseigneur Gauvain jeta un regard et aperçut son père à pied ; il en fut si affligé qu'il faillit s'évanouir. Il éperonna son cheval avec une telle vivacité que le sang coula sur les flancs de la bête et il frappa Monaclin si fort sur son écu et son haubert qu'il lui perça le flanc de part en part, l'abattant raide mort. En tombant, il brisa sa lance. Gauvain tira son épée qui avait pour nom Escalibor et regarda son père qui se battait contre plus de quarante Saxons. L'épée brandie, il assaillit ces derniers et frappa à gauche et à droite, coupant têtes, bras et jambes et accomplissant de tels exploits que les Saxons se mirent à fuir dans tous les sens, n'osant même plus l'attendre. Dès qu'ils l'eurent reconnu, ils le laissèrent passer. Monseigneur Gauvain frappa un Saxon qui s'efforçait de retenir le roi Loth et le fendit en deux jusqu'à la poitrine, puis il se saisit de son cheval et le mena vers son père. Des cris et des huées s'élevèrent autour du mort. Pendant ce temps-là, le roi se remit en selle malgré tous ses ennemis. C'est alors qu'arrivèrent les trois frères de monseigneur Gauvain qui avaient commis un si grand massacre parmi les ennemis que toutes leurs armes étaient maculées de sang et de cervelle. Quand ils se retrouvèrent ensemble, ils se lancèrent dans un tel combat et un tel massacre que c'était merveille à voir. Les Saxons arrivaient de toutes parts ; ils pensaient avoir

---

s'espee et se met delés une jonciere por la fange qui grans estoit. Et cil li courent sus et l'assaillent molt durement. Et il se desfent si malement qu'il n'ont pooir de lui prendre. Lors se regarde mesire Gavains et voit son pere a pié, si en est si dolans que a poi qu'il n'ist fors del sens. Si hurte le cheval des esperons si durement que li sans li raie des costés, et feri si Monaclin que parmi l'escu et parmi le hauberc li perce le flanc et le costé tout outre et l'abat mort a la terre, et au chaoir qu'il fist brisa li glaives. Lors traïst l'espee qui avoit non Eschalibor et regarde son pere qui se combat a plus de .XL. Saisnes. Et il lor court sus l'espee en la main et fiert a destre et assenestre et si lor cope testes et bras et gambes et fait tés merveilles que tout le fuient de toutes pars, car atendre ne l'osent, si tost com il l'orent conneü, si li font voie. Et mesire Gavains fiert un Saisne qui molt [d] se penoit del roi Loth retenir qu'il le fent jusqu'en la poitrine. Puis prent le cheval et le mainne a son pere. Et li cris lieve et la noise pour celui qui mors estoit. Et endementres est li rois montés maugré tous ses anemis. Lors vinrent li .III. frere mon signour Gavain qui tele ocision avoient fait de gent que toutes lor armes estoient taintes de sanc et de cervele. Et quant il furent ensemble si conmencierent un capleïs si grant et tele ocision que c'estoit merveille a veoir. Et li Saisne viennent toutes voies car il quidierent que cil

affaire à une troupe nombreuse à cause de la tuerie déjà perpétrée. En voyant sortir de partout cette grande horde, le roi Loth appela ses fils et leur dit qu'il était temps de partir à présent car ce n'était pas faire preuve de sagesse que de rester là plus longtemps et de recevoir quarante coups pour n'en donner qu'un seul. « Allons-nous-en, fait-il, et s'ils nous poursuivent, alors retournons-nous pour les faire fuir quand le lieu sera propice et trouvons le moment favorable pour franchir notre frontière ! »

570. Ils se mirent en chemin et passèrent le gué sans encombre. Quand ils furent de l'autre côté, ils continuèrent leur route. En les voyant s'en aller, trois en s'écrièrent : « Poursuivons-les ! Malheur à nous si les traîtres s'en vont ! » et ils franchirent le gué à leur tour en les poursuivant assez longtemps. Le roi Clarion, qui montait le Gringalet, précédait les autres d'une portée d'arbalète et monseigneur Gauvain suivait ses compagnons, son épée toute sanglante à la main. Le Saxon qui s'efforçait de l'atteindre s'écria soudain : « Vassal, rendez-vous ou vous êtes mort ! » Monseigneur Gauvain le regarda et aperçut le cheval qui fonçait ventre à terre emporté par son élan. Il se mit à convoiter cette bête et se dit que, s'il possédait un tel cheval, il ne l'échangerait pas contre la meilleure cité appartenant au roi Arthur.

571. Alors son allure ralentit et reprit un galop plus normal ; celui qui poursuivait Gauvain ne voulait pas le lâcher.

---

fuissent grant gent pour le grant ocision que il avoient fait. Quant li rois Loth voit la grant gent qui de toutes pars lor viennent, si apele ses enfans et lor dist qu'il est hui mais bien tans d'aler. Car ce ne seroit mie savoirs d'iluec plus arrester et de recevoir .XL. cops pour un donner. « Mais alons ent, fait il, et s'il nous enchaucent si lor tournons a la fuie, quant lix en sera et nous en veons nostre point. »

570. Atant se metent a la voie et passent le gué delivrement c'onques n'i orent encombrier. Et quant il furent outre si se metent au chemin. Et quant li .III. roi les en voient aler si s'escrient : « Ore après ! Mar en iront li traïtour ! » Et lors passent le gué après aus et les enchaucent molt longement. Et li rois Clarions qui sist sor le Gringalet s'en vait devant tous les autres plus d'une arbalestree. Et mesire Gavains fu tout deriere ses compaingnons s'espee en la main toute sanglente. Et li Saisnes, qui molt se penoit de lui ataindre, s'escrie : « Vassaus car vous rendés, car vous estes tout mort ! » Et mesire Gavains se regarde et voit le cheval la terre embracier qui avoit volenté d'aler, si le couvoita molt en son cuer et dist que, s'il avoit un tel cheval, il ne le donroit pas pour la meillour cité que li rois Artus aït en sa baillie.

571. Lors commence s'aleüre a apeticier et a aler tout belement galopant. Et cil l'enchauce qui laissier ne le veut. Et quant mesire

Quand monseigneur Gauvain vit qu'il se trouvait si près de lui, il retourna son écu dans sa direction et l'autre y frappa si violemment que sa lance vola en morceaux. Monseigneur Gauvain lui assena avec une telle force un coup sur le heaume qu'il le lui fendit complètement ainsi que la coiffe de fer et la chair jusqu'à l'os. Il l'étourdit au point de le désarçonner et le renverser ; l'autre s'évanouit de douleur. Monseigneur Gauvain saisit le Gringalet de la main et l'attira vers lui puis il l'emmena vers un petit bois à une demi-lieue de là[1]. Le père chevauchait toujours devant ses trois fils et ne pensait qu'à quitter les lieux, croyant qu'ils se trouvaient toujours tous les quatre derrière lui. La poussière qui s'élevait du chemin était si épaisse qu'on ne pouvait pas voir bien loin. En réalité, ils s'étaient déjà éloignés de monseigneur Gauvain de deux portées d'arbalète. Quand monseigneur Gauvain parvint au petit bois, il vit approcher dans la forêt les cinq écuyers montés sur les cinq palefrois. Il fut très heureux de les revoir. Il les félicita et les loua de s'être efforcés de le suivre. Il descendit de son cheval et monta sur le Gringalet après avoir confié sa monture à l'un des écuyers pour qu'il le menât de la dextre, puis il leur ordonna de suivre ses frères et son père qui les précédaient : « Et continuez votre route, vous comme lui, car je vous suivrai, mais auparavant je voudrais voir ce que deviennent ces gens. » En fait, il resta en vain ; les Saxons ne le poursuivaient plus depuis qu'ils avaient trouvé le roi Clarion mais ils s'étaient rassemblés

---

Gavains voit qu'il est prés de lui si li tourne l'escu et cil i fiert si durement que sa lance vole en pieces. Et mesire Gavains le fiert si durement de l'espee parmi le hiaume qu'il li trenche tout et la coife de fer et la char jusques a l'os. Si l'estourdi si durement qu'il vole a terre fors des arçons, si se pasme de l'angoisse qu'il sent. Et mesire Gavains aiert le Gringalet par [*d*] la main et le mainne vers un bruillet qui estoit illuec prés a demie lieue. Et li peres s'en aloit tous dis devant a-tout ses .iii. fix et n'entendoient fors a aler, et bien quidoit qu'il fuissent tout .iiii. dalés lui. Et la poudriere estoit si grans levee el chemin c'on n'i[*e*] pooit pas bien loing veoir. Si avoient ja mon signour Gavain eslongié le trait de .ii. arbalestees. Et quant mesire Gavains vint au bruillet si voit venir les .v. garçons de la forest[*b*] qui chevauçoient les .v. palefrois. Et quant il les voit si en est a merveilles liés, si les proise molt et loe de ce que si grant paine ont mis en aus sivir. Lors descent et monte el Gringalet et baille l'un des garçons son cheval a[*c*] mener en destre, celui sor qui il avoit sis, et lor conmande qu'il aillent aprés ses freres et aprés son pere que s'en vont devant. « Et pensés d'errer, et vous et il, car je vous sivrai. Mais je voel avant veoir que ces gens devenront. » Mais il demoure pour noient, car il n'enchaucierent onques puis qu'il orent le roi Clarion trouvé, ains se furent aüné tout

autour de lui car ils le croyaient mort. Ils exprimaient si bruyamment leur douleur que Gauvain entendit leurs cris de l'endroit où il se trouvait.

572. Monseigneur Gauvain resta un bon moment dans le petit bois pour savoir si quelqu'un viendrait. À force de cheminer, le roi Loth et ses fils arrivèrent dans un petit bocage. Au moment d'y pénétrer, le roi Loth regarda autour de lui et ne vit pas monseigneur Gauvain. Ses premières paroles furent alors : « Hélas ! J'ai tout perdu ! » et ils se regardèrent tous en disant : « Mais qu'avez-vous donc, seigneur ? — Mes enfants, leur répondit-il, votre frère n'est pas là. Assurément, s'il est mort, je me tuerai car je ne veux pas lui survivre un seul jour. — Seigneur, fit Agravain, ne vous désolez pas de la sorte car, grâce à Dieu, il n'y a pas de souci à se faire. » Tandis que le roi Loth se lamentait arrivaient les cinq écuyers qui amenaient les palefrois. L'aîné d'entre eux menait de la dextre le cheval de monseigneur Gauvain. Dès qu'il les vit, le roi Loth les reconnut parfaitement.

573. Les écuyers s'approchèrent et Guerrehet les interpella : « Où donc avez-vous laissé mon frère ? — Seigneur, il se trouve dans ce petit bois et il monte le meilleur cheval du monde ravi à un roi qu'il a tué. Et ceux qui pleuraient et regrettaient le roi abattu disaient qu'il s'agissait du cheval du roi Clarion appelé le Gringalet. Gauvain nous a confié son cheval et il vous demande de continuer votre chevau-

---

environ lui, car bien quidoient qu'il fust mors. Si en faisoient si grant doel que mesire Gavains en oï clerement les cris de la ou il estoit.

572. Ensi demoura mesire Gavains el bruillet molt longement pour savoir se nus venroit, et li rois Loth et si fil ont tant esploitié qu'il sont venu a un petit boschel. Et quant il durent ens entrer si se regarde li rois Loth et ne voit mie mon signour Gavain, si dist au premier mot : « Ha, las ! Je ai tout perdu ! » Et cil se regardent et dient : « Que avés vous, sire ? » font il. Et il respont : « Mi enfant, vostres freres nous faut. Et certes, s'il est mors je m'ocirrai. Car après lui ne quier je un sol jour vivre. — Sire, fait Agravains, or ne vous dementés si, car, se Dieu plaist, il n'aura garde. » Endementres que li rois Loth se dementoit si vinrent li .v. garçon qui amenoient les .v. palefrois dont il ainsnés menoit le cheval mon signour Gavain en destre. Et quant li rois Lot les vit si les connut bien.

573. Atant aprocent li garçon et Guerrehes lor escrie : « Ou laissastes vous mon frere ? — Sire, font il, en cel bruillet ou il est montés sor le meillour cheval del monde dont il a un roi abatu. Et cil qui le plourent et crient dient que c'est li rois Clarions et le destrier apeloient il Gringalet. Et il nous bailla cestui et vous mande que

chée car il aura tôt fait de vous rejoindre quand il le souhaitera. »

574. Quand le roi Loth entendit que Gauvain était sain et
sauf, il en éprouva une grande joie et regarda en direction du
petit bois. Lorsque monseigneur Gauvain comprit que les
Saxons ne le poursuivraient plus, il se dit qu'il leur montrerait son bon cheval avant de partir. Il sortit alors du petit
bois et se dirigea là où il vit le plus grand nombre de Saxons
encore en proie à leur grand deuil. Il vit un Saxon qui tenait
un prodigieux épieu à hampe courte et épaisse et dont le fer
long d'un pied et demi était luisant et acéré. Il remit Escalibor au fourreau et s'élança vivement vers le Saxon aussi
rapidement que son cheval put le porter ; il lui arracha son
épieu si férocement qu'il le fit tomber. Lors de l'assaut, il
frappa encore un autre Saxon de cet épieu en plein corps et
d'un coup si violent qu'il le renversa raide mort, puis il
fonça parmi eux et se retourna avec une telle violence contre
eux qu'il fit grand bruit de toutes ses armes. Mais avant qu'il
pût s'extraire, son écu eut fort à souffrir car il fut totalement
fendu et se retrouva en morceaux mais cela lui importait peu
car il avait malmené plus de quatorze Saxons qui ne remon-
teraient pas de sitôt sur un cheval en pleine possession de
leurs moyens. C'est alors qu'il partit sans s'arrêter. Des cris
et des huées s'élevèrent derrière lui et une prodigieuse poursuite s'ensuivit mais cela ne l'inquiétait pas car ils ne pouvaient pas le rattraper. Quand il vit qu'il s'était éloigné d'eux,

---

vous pensés del chevauchier, car tost vous a[e]ura aconseüs quant il
voura. »

574. Quant li rois Loth entent qu'il est sains et haitiés si en ot grant
joie et regarde vers le bruillet. Et quant mesire Gavain vit qu'il ne l'en-
chauceroient plus si dist qu'il lor mousterroit le bon cheval avant qu'il
s'en tournast. Lors ist fors del bruillet et tourne cele part ou il vit la
plus grant plenté de gent qui entendoient encore a lor grant doel. Si
voit un Saisne qui un merveillous espil tenoit dont la hanste estoit
courte et grosse et avoit li fers pié et demi de lonc qui estoit clers et
trenchans. Lors remet Eschalibor ariere el fuerre et se lance vers le
Saisne[a] grant aleüre quanques li chevaus li puet aler et li esrace des
mains si felenessement qu'il le porte a terre. Et de celui poindre
meïsmes fiert il un autre de l'espiel parmi le cors si grant cop[b] que mort
le rue et se plonge en aus molt em parfont et puis retourne si roidement parmi els qu'il bruit tous. Mais ançois qu'il fust fors le sot bien
ses escus, car tous il fu fendus et esquartelés. Et que chaut de ce, car
.xiiii. en a si mal atournés que onques puis sor cheval ne monterent par
santé. Et lors s'en vait que plus n'i areste. Et li cris et la huee lieve si
grans après lui et li enchaus que c'est merveille. Mais de ce que chaut
que par els ne puet il estre bailliés ? Et quant il voit qu'il les a eslongiés

il les attaqua l'épée à la main, frappa le premier qu'il rencontra et l'abattit raide mort. Monseigneur Gauvain s'occupa ainsi un bon moment ; quand il était à quelque distance d'eux, il se retournait soudain pour les affronter, il allait et venait, il les tourmentait de la sorte jusqu'à ce qu'ils arrivassent à moins d'une portée d'arc du petit bois où le roi Loth et ses trois fils s'étaient arrêtés avec les cinq écuyers. En voyant arriver les Saxons qui poursuivaient avec un tel acharnement ce fils qu'il désirait tant revoir, le roi Loth s'écria : « Mes fils, que faites-vous ? Voici que vient votre frère Gauvain poursuivi par ces ignobles mécréants ! À l'assaut ! Faites-leur payer très cher la chasse qu'ils lui donnent ! » Le roi Loth relaça son heaume, éperonna son cheval comme ses trois fils et ils se dirigèrent sur les Saxons. Le roi alla trouver monseigneur Gauvain et lui dit : « Gauvain, mon cher fils, vous avez eu le grand tort de me fausser compagnie ainsi qu'à vos frères ! Quel diable vous a poussé à rester avec ces Saxons ? Cherchez-vous donc à les vaincre tous ? Même si vous en tuez vingt à chaque coup que vous donnez, vous n'aurez pas terminé dans un mois ! — Seigneur, fait monseigneur Gauvain, j'ai gagné un cheval que je n'échangerais pas contre le château de Glocedon. C'est parce que je voulais voir ce qu'il valait que je suis resté en arrière. Je l'ai trouvé ainsi fait qu'il est inutile d'en chercher un autre ailleurs. Partons donc, car aujourd'hui je ne vous quitterai plus quoi qu'il arrive ! — Malheur à celui qui s'en ira alors que nous serons restés ici à tuer et abattre des Saxons ! dit

---

si lor tourne l'espee en la main et fiert si le premier qu'il encontre que mort a la terre l'abat. Et ensi demeure grant piece mesire Gavains, car, quant il lor est eslongiés, si lor trestourne et va et vient et les tarie en tel maniere tant qu'il sont venu a mains d'une arcie del boschet ou li rois Lot et si .iii. fil estoient arresté trestous .iiii. avoec les garçons. Quant li rois Loth voit venir les Saisnes de tel randon après son fil qu'il desiroit sor toute riens si escrie : « Mi fil, que faites vous ? Ja est ce Gavain vostre frere qui ci vient enchauciés des glotons mescreans. Ore a els ! Et gardés que vous li enchaucent lor soit molt chier vendu. » Atant relacha li rois Loth son hiaume si fiert le cheval des esperons et si .iii. fil ausi et s'en vient encontre les Saisnes. Et li rois Loth encontre mon signour Gavain, si li dist : « Gavain, biaus fix, molt grant tort en avés que vous nous guerpissiés moi et vos freres. Et quel dyable avés vous a demourer avoec ces Saisnes ? Baés les vous tous a desconfire. Se vous en ociés a chascun cop .xx., n'auriés vous pas fait en un mois. — Sire, fait mesire [*f*] Gavains, je ai gaaingnié un tel cheval que je ne donroie mie pour le chastel de Glocedon. Et pour le que esprouver le voloie estoie je ariere remés. Si l'ai tel trouvé que nul meillour ne couvient a querre en nule terre. Ore en alons, car je ne vous guerpirai hui mais pour

Agravain. — Oui, assurément!» fit monseigneur Gauvain. Comme ils n'avaient pas de lances, ils tirèrent leurs épées nues. Pour se défendre et pour les capturer, les Saxons les attaquèrent et brisèrent leurs lances sur leurs écus. Le roi Loth et ses fils les frappèrent de leurs épées sur leur heaume et partout où ils pouvaient les atteindre. Le combat débuta avec une telle férocité que jamais on ne vit cinq chevaliers mener un combat si acharné. Ils tuèrent plus de soixante Saxons avant de s'en aller mais le nombre de leurs ennemis augmentait de plus en plus rapidement.

575. Quand le roi Loth vit que c'était le moment de partir, il dit à Gauvain : «Cher fils, emmenez vos frères avec vous car vous voyez bien qu'il fait nuit et que nous ne retrouverons plus notre chemin. Dans la bataille nos bras finiront vite par se fatiguer.» Monseigneur Gauvain alla trouver ses frères et leur dit qu'il était temps de partir. Alors, ils se mirent tous les cinq en route mais, auparavant, ils ravirent cinq lances aux mains des Saxons et remirent au fourreau leurs épées nues. Tandis qu'ils s'en allaient ainsi, sept Saxons quittèrent les rangs, lance en avant, et poursuivirent Gaheriet. Deux d'entre eux le frappèrent entre les épaules, deux autres sur le côté, deux autres enfin sur les manches de son haubert. Le septième frappa le cheval de plein fouet, le tua et le fit s'écrouler avec son maître. Le roi pensa alors que son fils était mort et dit :

---

chose qui aviengne. — Mal dehait aït, fait Agravains, qui ensi s'en ira puis que nous aurons Saisnes abatus et ocis. — Voire a foi», fait mesire Gavains. Il n'orent mie lances si traient les espees nues. Et cil viennent desfendant qui prendre les veulent et retenir et brisierent lor lances sor lor escus. Et cil les fierent des espees parmi les hiaumes et par la ou il les ataingnent. Si commencent le caple si fier que onques de .v. chevaliers ne vit on le caple si grant. Si en ont mort plus de .XL. avant que il s'en aillent, ne mais li Saisne ne font se croistre non a esploit.

575. Quant li rois Loth voit que il est tans d'aler si dist a Gavain : «Biaus fix, car en menés vos freres, car vous voés bien qu'il est nuis si perdons nostre oirre. Et a la bataille venrons nous assés a tans que les bras aurons nous chargiés.» Et mesire Gavains vient a ses freres et lor dist qu'il est tans de l'aler. Lors s'em partent il .v., mais avant tolirent il .v. glaives des mains as Saisnes, si mirent es fuerres les brans nus. Et en ce qu'il s'en partoient, .VII. Saisne desrengent les glaives alongies et viennent aconsivant Gaheriet, si le fierent li .II. entre .II. espaulles. Et li autre .II. par delés le costé. Et li autre .II. parmi les mances del hauberc. Et li setismes fiert le cheval parmi le cors, si l'ocist et porte a terre et l'un et l'autre. Et lors quide bien li rois ses peres qu'il soit ocis et dist :

576. « Hélas ! Voici quatre amis définitivement séparés. Gauvain, cher fils, c'est vous qui m'avez fait tort car, si vous étiez resté en notre compagnie, Gaheriet n'aurait subi aucun mal. » Tandis que le roi parlait ainsi, Gaheriet se leva d'un bond car il était preux et hardi et c'était le meilleur chevalier des quatre, à l'exception de Gauvain. Il prit alors son écu, tira son épée et s'apprêta à se défendre. Les sept Saxons avaient déjà fait demi-tour ; il courut vers eux pour les attaquer et frappa le premier qu'il rencontra, il lui trancha la cuisse gauche de part en part en dessous des arçons et le Saxon tomba. Gauvain voulut en frapper un autre sur le heaume mais ne put y parvenir car l'épée dévia vers le cou de son adversaire et lui pénétra dans l'épaule. Il lui coupa la courroie de l'écu avec le bras gauche, l'écu et le bras volèrent à terre. Monseigneur Gauvain frappa le premier qu'il trouva devant lui et le renversa raide mort puis il prit le bon cheval du Saxon et le confia à son frère en disant : « Montez, vassal ! » et l'autre se mit en selle aussitôt, prit sa lance car il ne voulait pas s'en dessaisir. Le roi Loth, Guerrehet et Agravain abattirent trois autres Saxons et le septième prit la fuite. Quand Gaheriet le vit s'enfuir, il piqua des deux et le rattrapa au fond d'une vallée. Avec sa lance, il le frappa en plein cœur si rudement que le fer le transperça, puis il revint trouver ses frères au galop et ils se remirent en route. L'heure de vêpres était presque arrivée. Les Saxons les vouè-

---

576. « Ha, las, or sont li .iiii. ami desparellié. Biaus fix Gavain, cest damage ai je pour vous receü. Car se vous en fuissiés aprés nous venus encore n'eüst mie Gaheries de mal. » Que que li rois disoit ceste parole sailli Gaheries en piés, car molt prous et hardis estoit et li miudres chevaliers de tous ses freres fors solement Gavain. Et li embrace l'escu et trait l'espee et s'apareille de lui desfendre. Et li .vii. Saisne furent retorné et il lor court sus et fiert le premier qu'il aconsiut que la senestre quisse li cope toute outre par desous les arçons. Et cil chiet, et il refiert un autre par desus le hiaume mais il n'i puet pas avenir et l'espee descent par devers le col et entre en l'espaulle si li cope la guige del [*140a*] escu a tout le bras senestre, si vole li escus a terre et li bras autresi. Et mesire Gavains fiert si le premier qu'il ataint que mort le rue, puis prent le cheval qui bons estoit et le mainne a son frere, puis li dist : « Montés vassal. » Et cil i monte de maintenant et prent son glaive, quar laissier ne le vaut mie. Et li rois Loth et Guerrehes et Agravain en orent .iii. abatus et li setismes s'en tourna en fuies. Et quant Gaheries l'en voit aler si point aprés et l'aconsieut a un val avaler. Si le fiert du glaive contre le cuer si durement que li fers passa tout outre. Puis s'en retourne les galos cele part ou li frere sont, si se metent au chemin. Et il estoit prés de vespres. Et li Saisne les conmandent as vis dyables et dient que ja par

rent à tous les diables en disant que désormais ils ne seraient plus poursuivis par eux. Le roi Loth et les siens disaient que, s'ils pouvaient disposer de dix mille hommes comme ceux-là dans le pays, le roi Hargodabrant pourrait être assuré de ne pas pouvoir tenir très longtemps contre une telle armée.

577. Les Saxons retournèrent alors à l'endroit où gisait le roi Clarion et ils trouvèrent déjà étanché le sang de sa plaie. Lorsque le roi les vit revenir, il leur demanda s'ils avaient capturé la canaille qui leur avait causé tant de dommages. Ils lui répondirent que non et lui racontèrent les pertes qu'ils avaient dû subir et que personne ne peut éviter. À ces mots, le roi Clarion fut très affligé et retourna avec les Saxons participer au grand siège devant la cité de Clarence. Le roi Loth et ses fils s'aperçurent que la nuit venait et se mirent en route. Rien qu'en voyant leurs armes, il était impossible d'imaginer qu'ils aient pu rester à ne rien faire car leur écu était tout déchiqueté, leur haubert tout abîmé, leurs armes brisées et leur cheval tout maculé de sang et de cervelle. Il était évident qu'ils revenaient de loin !

578. Ils arrivèrent dans le petit bois où les écuyers les attendaient ; ils descendirent de leurs chevaux puis enfourchèrent leurs palefrois. Les écuyers emmenèrent leurs chevaux et portèrent leurs lances, leurs écus et leurs heaumes puis s'en allèrent à l'amble parmi l'immense forêt, chevauchant une bonne partie de la nuit. La lune luisait de tout son éclat ; à force de cheminer, ils arrivèrent chez un forestier, un preux

---

els ne seront plus enchaucié. Et dient que s'il avoit tés .x.m. homes el païs sans plus bien sace li rois Hargodabrans que ja foison de gent que il auroit n'auroit a els duree.

577. Atant s'en tournent li Saisne la ou li rois Clarions gisoit, si trouvent que sa plaie estoit ja estanchie. Si que il les voit revenir, si lor demande s'il ont les gloutons retenus qui tant de damage lor ont fait. Et cil li dient que nenil et si li content le damage qu'il ont fait et qu'il ne puent estre baillié par home né. Et quant il l'entent si en est molt dolans, si s'en retourne, il et li Saisne, vers le siege qui grans estoit devant la cité de Clarence. Et li rois Loth et si fil virent qu'il tournoit auques vers la vespree, si se misent au chemin. Mais qui veïst lor armes il ne li samblast pas qu'il eüssent sejourné, car lor escu estoient decopé et lor hiaumes dequassé et lor armes deroutes et lor cheval tout sanglent de sanc et de cervele. Si paroit bien que de fort lieu estoient issu.

578. Atant en viennent au boschet ou li garçon les atendoient si descendent des chevaus et montent es palefrois. Et li garçon mainnent lor chevaus et portent lor lances et lor escus et lor haumes et s'en vont tout l'amblëure parmi le bois qui grans estoit et chevauchent une grant piece en la nuit. Et la lune si luisoit molt clere et alerent tant qu'il en vinrent ciés un forestier molt prodome et avoit

qui avait quatre fils, de très beaux jeunes gens, et une femme très courageuse. La maison du vavasseur était très bien défendue par de grands fossés très profonds et remplis d'eau ; de gros chênes massifs, plantés très près l'un de l'autre, et une telle ronceraie de ronciers et d'aubépines entouraient sa maison que nul n'aurait pu songer qu'il y avait à cet endroit une habitation. C'est là qu'arrivèrent le roi Loth et ses fils lorsque les premiers coqs chantèrent. La route les mena jusqu'à une poterne qui donnait accès à l'intérieur. Ils firent appel à l'un des écuyers et ils cognèrent tant qu'on finit par leur ouvrir la porte. Un des fils du forestier leur demanda qui ils étaient et ils répondirent qu'ils étaient cinq chevaliers errants[1] en ce bas monde qui allaient à leur besogne.

579. « Seigneur, fait le jeune homme, soyez donc les bienvenus ! » Il les emmena au milieu de la cour et ils descendirent de leurs montures. Il y eut de nombreuses personnes qui s'employèrent à donner à leurs chevaux du foin et de l'avoine dont il y avait là en abondance. Le jeune homme emmena les chevaliers dans une très belle salle du rez-de-chaussée afin de les désarmer. Le vavasseur, sa femme, leurs quatre fils et leurs deux filles se levèrent, éclairèrent la maison, mirent de l'eau à chauffer, leur lavèrent les mains et le visage, puis leurs hôtes s'essuyèrent à de belles serviettes bien blanches[1] et on passa à chacun d'eux un manteau[2]. Le vavasseur fit installer les tables, les fit recouvrir d'une nappe, ainsi que de pain, de vin en grande quantité, de frais gibier,

---

.iiii. fix molt biaus bacelers et avoit a feme une molt vaillant dame. La maison au vavasour estoit molt bien fermee de fossés grans et parfons tous plains d'aigue et aprés ce estoit avironnés de gros chaisnes tous entiers et bien joins et li rubis estoit environ si grans [*b*] de ronces et d'espines que nus ne quidast qu'il i eüst nul habitement. Illoc vint li rois Loth et si .iiii. fil as premiers cos chantans. Si avint que la voie les mena a un postis par la ou on entroit laiens, si font apeler un des garçons et hurter tant que on lor ouvri li us. Et uns des fix au forestier lor demande qui il estoient et il dient qu'il sont « .v. chevalier errant de ceste terre qui alons en une nostre besoigne.

579. — Signour, fait li vallés, vous soiés li bien venu. » Si les mainne enmi la court et il descendent de lor chevals et il fu assés qui lor chevaus aiesa de fain et d'avainne, car bien en estoit garnis li ostel. Et li vallés les mainne en une molt bele sale par terre pour aus desarmer. Et li vavasours et sa feme et .iiii. fix qu'il avoit et .ii. filles se furent levé si alumerent par laiens et misent de l'aigue eschaufer et laverent les lor maines et lor vis et puis s'essuent as touailles beles et blanches, puis misent a chascun un mantel au col. Et li vavasors fist les tables metre et les napes desus et pain et vin a grant foison et venison fresche et char salee dont il avoit laiens assés et quite et

de viande salée cuite et crue dont la demeure abondait[3]. Les chevaliers s'attablèrent et mangèrent avec appétit car ils avaient très faim. Les deux filles du vavasseur regardaient avec insistance monseigneur Gauvain et ses frères. Tout émerveillées, elles se demandaient de qui il pouvait bien s'agir. Les quatre fils du vavasseur assurèrent le service des chevaliers et les jeunes filles versèrent le vin. La maîtresse de maison s'assit devant monseigneur Gauvain et l'hôte devant Agravain. Gaheriet et Guerrehet s'assirent l'un en face de l'autre. Le roi Loth avait pris place à côté de son hôte, un peu en retrait. Ils furent parfaitement servis malgré l'heure tardive car il était presque minuit. Après manger, on ôta les nappes et l'hôte demanda au roi Loth : « Seigneur, sans vouloir vous importuner, vous et les autres hommes de bien ici présents, je voudrais bien savoir qui vous êtes, comment vous voyagez et pourquoi.

580. — Vraiment, seigneur, fit le roi Loth, nous n'avons aucune raison d'être gênés, s'il plaît à Dieu. Mais dites-nous plutôt auparavant à qui appartient cette forêt et tout le pays alentour ! — Volontiers, seigneur, fait ce noble personnage, le pays appartient au roi Clarion de Northumberland. J'ai mission de le lui garder car je suis son forestier et son homme lige. Ces jeunes gens ici présents sont mes fils et ces jeunes filles sont mes propres filles. — Vraiment, seigneur, fait le roi Loth, je ne connais personne de l'âge du roi Clarion qui soit plus preux que lui. Il ne pouvait pas mieux

---

crue. Si s'asisent li chevalier au mengier et mengierent bien come cil qui molt grant mestier en avoient. Et les .II. filles au vavasour regarderent molt durement mon signour Gavain et ses freres et molt s'esmerveillent qui il puent estre. Si servirent li .IIII. fil au vavasour devant les chevaliers, et les puceles servirent del vin. Et la dame de laiens sist devant mon signour Gavain et li ostes devant Agravain[a]. Et Gaheriet et Guerrehes li un devant l'autre. Et li rois Loth sist a costé de son oste un poi en sus. Si furent molt bien servi si come a tele cure, car il estoit ja prés de mie nuit. Et quant il orent mengié et les napes furent ostees si demanda li ostes au roi Loth : « Sire, s'il ne vous doit peser et a ces autres prodomes qui si sont, je vauroie molt volentiers savoir qui vous estes et conment vous errés et por coi, se ce n'estoit chose dont vous eüssiés honte.

580. — Certes, sire, fait li rois Loth, nous n'en aurons ja honte se Dieu plaist. Ne mais or nous dites ançois a qui ceste forest est et cis païs tout environ. — Certes, sire, fait li prodom, ele est au roi Clarion de Norhomberlande et je le gart de par lui et en sui forestiers et ses hom liges. Et cist vallet qui ci sont sont mi fil et ces puceles sont mes filles. — Certes, sire, [*c*] fait li rois Loth, je ne sai nul si prodome com li rois Clarions est de son aage, ne il ne le peüst pas mix

tomber, ce me semble, en vous confiant la garde de son bien car vous avez une belle compagnie et fort agréable de surcroît !

581. — Au nom de Dieu, fait le forestier, pour des preux, ils ont de qui tenir car il y a dans leur lignage de bons chevaliers qui sont parmi les plus appréciés et les plus aimés de la cour du roi Arthur. Certains sont même devenus récemment chevaliers de la reine Guenièvre d'après ce que l'on m'a dit. C'est grâce à monseigneur Gauvain, le fils du roi Loth, qu'a été créée cette compagnie et on m'a dit aussi que le roi Loth s'est réconcilié avec le roi Arthur. — Mais qui sont donc ces chevaliers qui sont parents de vos enfants ? demanda le roi Loth. — Seigneur, fit le forestier, la dame ici présente est la sœur de Méraugis de Portlesgués. Je ne sais si vous la connaissez. Par son père, elle est cousine germaine d'Aiglain des Vaux et Kahedin le Petit. Yvain de Lionel est mon parent car c'est le fils de mon père Grandalis, le châtelain d'Oxford, et j'aurais pu moi-même posséder beaucoup de terres si les Saxons n'étaient pas venus tout ravager chez moi. — Comment vous appelez-vous ? demanda le roi Loth au forestier.

582. — Je me nomme Minoras, seigneur du château Neuf de Northumberland, répondit le forestier. — Par le nom de Dieu, s'écria le roi Loth, je connais bien tous ceux que vous venez de nommer. Vraiment, vous pouvez dire que tous

---

emploiier que en vous ce me samble, la baillie que il vous a donnee, car molt avés bele maisnie et bien a aise.

581. — En non Dieu, fait li forestiers, s'il sont prodome il ont bien a qui retraire, car il a en lor lignage de bons chevaliers qui ore sont a la cort le roi Artu des plus proisiés et des mix amés. Et sont nouvelement devenu des chevaliers a la roïne Genievre, ce m'a on dit. Et par mon signour Gavain, le fil au roi Loth, est faite ceste compaignie, et me dist on que li rois Loth est acordés au roi Artu. — Et qui sont cil cevalier, fait li rois Loth, qui apartiennent a vos enfans ? — Certes, sire, fait li forestiers, ceste dame ci si est suer Meraugis de Portlesgués, ne sai se vous le connoissiés, et si est cousine germainne de par son pere Aiglain des Vaus et Kahedins li Petis. Et Yvains de Lyonnel est mes niés, car il est fix de mon pere Grandalis le Castelain d'Ocrenefort et je mëismes eüsse assés grant terre se li Saisne ne fuissent qui toute le m'ont gastee. — Et conment avés vous non ? fait li rois Loth au forestier.

582. — Certes, sire, fait li forestiers[a], j'ai a non Minoras, li sires del Noef Chastel en Norhomberlande. — En non Dieu, fait li rois Loth, tous ciaus que vous m'avés només connois je bien. Voirement poés vous bien dire qu'il sont bon chevalier a devise ciaus que vous m'avés nommés. Et pleüst ore a Dieu que li rois Clarions fust ore ci

ceux dont vous avez rappelé les noms sont de bons chevaliers. Plût à Dieu que le roi Clarion fût ici assis à nos côtés
comme vous l'êtes vous-même ! — Comment, seigneur, le
connaissez-vous donc ? J'éprouve encore plus que tout à
l'heure le désir de vous connaître ! — Eh bien, dit le roi
Loth, je ferai route jusqu'à ce que j'aie enfin l'occasion de lui
parler et je vais vous donner mon nom. Vous pouvez dire à
tous ceux qui vous le demanderont que vous avez hébergé le
roi d'Orcanie et ses quatre fils. — Ah, seigneur, fit le
forestier, nous sommes au désespoir de ne pas vous avoir
mieux servi », et il voulut se lever. « Asseyez-vous donc tranquillement, fit le roi Loth, et ne bougez plus car vous en
avez tant fait pour nous que vous avez gagné notre faveur à
tout jamais et tous les vôtres en profiteront un jour.

583. — Ah, seigneur, fit Minoras, que cherchez-vous ici ?
— Nous cherchons à parler aux barons de ce pays. De la
part du roi Arthur, nous aimerions les réunir en une seule
armée afin de pouvoir chasser les Saxons de ce pays et afin
que chacun aide l'autre comme s'il s'agissait de son propre
frère. — Et où pensez-vous les réunir ? demanda Minoras.
— À Aresteuil en Écosse, répondit le roi Loth. C'est la
région la plus proche de la frontière. C'est là que nous les
rassemblerons si nous le pouvons. — Seigneur, fit Minoras,
je transmettrai le message à mon seigneur ; ce sera une tâche
de moins pour vous. Dites-moi quand il pourra vous
rejoindre là-bas !

---

dalés moi assis ausi conme vous estes. — Conment, sire, fait Mynoras[b], estes vous dont acointes de lui ? Ore desire je plus de savoir de
vostre estre que je ne faisoie devant. — Voire, fait li rois Loth,
jamais ne finerai d'errer tant[c] que j'aurai parlé a lui. Et je le vous dirai
dont, fait li rois Loth, qui je sui. Vous poés dire a tous ciaus qui vous
en demandent[d] qui vostres ostes fu que vous herbergastes, que ce fu
li rois Loth d'Orcanie et ses .IIII. fix. — Ha, sire, fait li forestiers,
mort somes quant nous ne vous avons mix servi. » Lors se vaut lever
de delés lui. « Seés vous tout coi, fait li rois, et ne vous moués, car
tant en avés fait que gaaingnié nous avés a tous jours mais et li
vostre meïsmes i aurront preu.

583. — Ha, sire, fait Mimoras, que querés vous en cest païs ? —
Nous querons, fait il, que nous peüssiemes parler as barons de cest
païs[e]. Et nous prendriens volentiers un parlement ensemble de par le
roi Artu par coi nous peüssons jeter les Saisnes de ceste terre et aidast
[d] li uns a l'autre come a son frere. — Et ou lis quidiés vous assambler ? fait Minoras. — A Arestueil en Escoce, fait li rois Loth, qui est
en la plus prochainne marce. Et illuec les assamblerons nous se nous
poons. — Sire[b], fait Minoras, je vous feroie le message a[c] mon signour,
si aurés mains a faire[d]. Et dites moi quant il vous i trouvera.

584. — Vraiment, fit le roi Loth, vous avez bien parlé et je vous en sais gré. Dites-lui qu'il me trouvera le jour de la Notre-Dame en septembre[1]. Qu'il fasse en sorte de venir là-bas car il y va de son intérêt. » Minoras promit de lui porter la nouvelle et ajouta : « Quant à vous, pensez à en informer les autres ! Pour ce qui le concerne, vous êtes quitte. » Ils parlèrent de choses et d'autres jusqu'à ce que les lits fussent prêts ; puis ils allèrent dormir et se reposer car ils étaient las et fourbus. Une grande partie de la nuit était déjà passée ; ils dormirent et se reposèrent jusqu'au lever du jour. Mais ici le conte se tait à leur sujet et revient au roi Pellès de Listenois, au frère du roi Pellinor et au roi Alain qui étaient frères germains par leur père et leur mère.

Éliézer, le fils du roi Pellès.

585. Le conte dit que le roi Pellès avait un fils qui n'était pas chevalier mais qui avait bien quinze ans. Il était fort bien fait de sa personne et prodigieusement beau. Lorsque son père lui demanda quand il voulait devenir chevalier, il répondit qu'il ne le deviendrait que lorsque le meilleur chevalier connu au monde lui aurait donné ses armes et la colée. « Assurément, cher fils, fit le roi Pellès, il vous faudra attendre longtemps ! — Je ne sais pas ce qui m'attend, répondit le jeune homme, mais je me mettrai à son service pendant trois ans avant qu'il me fasse chevalier afin de pouvoir apprendre de lui bien des choses sur le métier des armes. Et savez-vous

---

584. — Certes, fait li rois Loth, molt avés bien dit, et je vous en sai molt bon gré. Or li dites qu'il m'i trouvera le jour de la Nostre Dame en septembre, qu'il gart qu'il i soit, car ce sera son preu. » Et Minoras li dist que bien li sera noncié. « Or pensés des autres. Car de cestui vous estes bien aquités. » Assés parlerent d'unes choses et d'autres tant que li lit furent fait. Si alerent dormir et reposer, car las estoient et traveillié et grant piece de la nuit[a] estoit alee. Si dormirent et reposerent jusques au jour. Mais ici endroit se taist li contes d'aus et retourne a parler del roi Pellés de Listenois, del frere au roi Pellinor, et del roi Alain qui frere estoient germain et de pere et de mere.

585. Or dist li contes que li rois Pellés avoit un fil qui n'estoit mie chevaliers et avoit bien d'aage quinze ans. Mais a merveilles estoit bien furnis de tous menbres et biaus estoit il a merveilles. Et quant ses peres li demanda quant il vauroit estre chevaliers il respondi qu'il ne seroit ja chevaliers devant que li miudres chevaliers del monde c'on i seüst li donroit armes et la colee. « Certes, biau fix, fait li rois Pellés, donques avés vous assés a atendre. — Je ne sai, fait li vallés, que je ferai et encore le servirai je avant .iii. ans que il me face chevalier tant que je aie assés apris des armes environ lui. Et savés vous

pourquoi je veux le connaître et le rencontrer et pourquoi je veux voir les prouesses dont il sera capable ? C'eſt pour lui apprendre ensuite le chemin qui l'amènera à achever les aventures de ce pays et qui commenceront bientôt[1], d'après ce que l'on m'a dit et comme je l'ai entendu dire de votre propre bouche à maintes reprises, car je serais très affligé si je ne voyais pas mon oncle guéri des plaies qu'il a reçues aux cuisses[2]. — Cher fils, fit le roi Pellès, il ne réussira jamais si vous lui enseignez la voie à suivre, car il lui faut manifeſter un esprit de chevalerie et d'aventure qui vienne de lui-même et il lui faut partir en quête du saint Graal dont ma belle-fille a la garde bien qu'elle n'ait encore que sept ans. Il faut qu'elle engendre un enfant avec le meilleur chevalier que l'on connaisse et que le fruit de cette union parachève les aventures[3]. Pour mettre un terme aux aventures, il faudra trois chevaliers dont deux vierges et le troisième chaſte[4].

586. — Seigneur, fit le jeune homme, mon désir eſt de partir pour la cour du roi Arthur car j'ai entendu dire que les meilleurs chevaliers du monde s'y trouvent. Le roi a un neveu qu'on appelle Gauvain ; c'eſt le fils du roi Loth d'Orcanie en Loénois et il eſt le meilleur chevalier du monde. Je veux me mettre à son service, je serai son écuyer s'il veut bien me retenir à ses côtés. Et si c'eſt un chevalier tel qu'on le dit, je recevrai de lui mes armes et la colée. — Cher fils, fit le roi Pellès, il y a tant de chemin pour aller jusque là-bas qu'il ne sera pas facile de vous y rendre car les Saxons

---

pour coi je le voel conoiſtre et veoir et de quel prouece il sera ? Et tels puet il eſtre que je li enseignerai la voie ceſte part a venir pour achiever les aventures de ceſt païs qui par tans commenceront, ce m'a on dit et a vous me[e]ïsme l'ai je oï dire par maintes fois. Car molt seroie courreciés se je mon oncle ne veoie gari des plaies qu'il a parmi ses quisses. — Biaus fix, fait li rois Pellès, ja pour ce n'i esploiteroit se vous li enseigniés la voie, car il li couvient eſtre de tel chevalerie et si aventurous que par lui viegne et enquiere del Saint Graal que ma bele fille garde qui n'a encore que .VII. ans. Si couvient que en li soit engenrés li enfés par le meillour chevalier que on saura et que la flours soit cil qui l'achievera. Et pour achiever les aventures couvenra qu'il soient .III. dont li .II. soient virge et li tiers chaſtes.

586. — Sire, fait li vallés, ma volentés eſt tele que aler m'en voel a la cort le roi Artu. Car je ai oï dire que li meillour chevalier del monde i sont. Et si i a un sien neveu c'on apele Gavain, li fix au roi Loth d'Orcanie en Loenoys, qui eſt li mieudres chevaliers del monde. Celui revoel je servir, et si serai ses esquiers, se il me daingne retenir. Et s'il eſt tels cevaliers com on le tesmoigne, je prenderai de lui armes et la colee. — Biaus fils, fait li rois Pellès, il a tant de trespas entre ci et la que ce n'eſt mie legiere chose de l'aler, car li Saisne sont

infeſtent toute la région, ils la détruisent et la ravagent. Par ailleurs, il règne une grande discorde entre le roi et les barons du pays. Aussi, je ne serai pas tranquille tant que je ne vous saurai pas arrivé sain et sauf là-bas. — Cher père, fit le jeune homme, nous sommes tous soumis au hasard et nul ne peut mourir sinon d'une belle mort selon ce que Notre-Seigneur lui a deſtiné. Sachez bien qu'en ce qui me concerne je ne m'arrêterai pas en chemin et j'irai jusqu'au bout. Je partirai demain de bon matin.

587. — Cher fils, fit le père, je suis tout à fait conscient que tu partiras et que tu ne renonceras pas. Vraiment, il m'eſt agréable de te voir aspirer à la prouesse et au mérite : cela procède d'une grande noblesse de cœur. Mais, d'autre part, j'ai peur de ne jamais plus te revoir et cela me pèse. Dis-moi donc qui tu prendras avec toi. — Seigneur, répondit-il, je m'en irai tout seul et je n'emmènerai qu'un seul écuyer pour toute compagnie mais faites-moi préparer les armes et le cheval dont j'aurai besoin. » Le roi lui dit de ne pas s'inquiéter car toutes ses armes étaient prêtes ; elles étaient bonnes et belles. C'eſt ainsi que se termina la conversation entre le père et son fils. Le lendemain, son père lui fit préparer armes et cheval et tout ce dont il aurait besoin pour se défendre. Il lui confia un écuyer valeureux et leſte, très dévoué à sa tâche, qui chargea sur un cheval de somme les armes, les vêtements et l'argent. Quand tout fut prêt, le jeune homme monta sur un palefroi qui avançait doucement à

---

espandu par toute la contree qui le deſtruient et gaſtent. Et d'autre part il i a grant descort entre lui et les barons de la terre, si ne seroie jamais a aise devant que je vous i seüsse a aise*a* et sain et haitié. — Biaus peres, fait li enfés, nous somes tout en aventure, ne nus si ne puet morir se de bel mort non, come Noſtres Sires li a deſtiné. Et bien saciés que endroit de moi ne finerai je jamais d'errer devant ce que je i serai. Si mouverai le matin bien main.

587. — Biau fix, fait li peres, je voi bien que tu t'en iras et que nel lairas pour nului. Certes, biaus fix, bel m'en eſt pour ce que tu bees a prouece et a valour et de grant hautece de cuer ce vient il. Et d'autre part m'en poise il que jamais ne te quit veoir. Or me di qui tu vauras mener avoec toi. — Sire, fait il, je m'en irai tout seus et n'en menrai que un seul esquier qui me fera compaingnie. Mais apareilliés moi armes et cheval tel come vous savés que mestiers m'eſt. » Et li rois li diſt que de ce ne li couvient il ja esmaiier que toutes sont preſtes et apareillies bones et beles. Ensi finerent lor parlement entre le fil et le pere. Et quant ce vint a l'endemain ses peres li oſt apareillié armes et quankes [f] meſtiers li fu pour soi desfendre, si li rebailla un esquier prou et viſte et de bon service et cil toursa sor un sou-mier les armes et la robe et deniers assés. Et quant il ot tout apa-

l'amble et il partit, sans plus tarder, recommandant à Dieu son père et ses amis. Son père fit de même afin que Dieu le protégeât du mal et des tourments.

588. Le jeune homme partit avec son écuyer. Ils cheminèrent plusieurs jours et ne rencontrèrent que des gens qui leur voulurent du bien. Après de longues journées de route, ils arrivèrent vers midi aux plaines de Roeſtoc dans une grande et profonde vallée. Il y serpentait un beau ruisseau qui coulait depuis la Fontaine du Pin où Pignoret le Saxon et le roi Monaquin[1] s'étaient arrêtés avec cinq cents hommes en armes qui venaient du camp des Saxons et se dirigeaient vers la puissante cité de Clarence que trente rois avaient décidé d'assiéger. Ils emmenaient avec eux quarante chevaux de somme chargés de vivres, de jambon et de quantité d'autres choses. Ils mangeaient à l'ombre sous le pin, près de la source, et laissaient leurs chevaux paître plus bas dans la prairie tandis qu'une chaleur écrasante régnait car il était aux alentours de midi.

589. C'eſt dans cette grande et profonde vallée que le jeune homme pénétra avec son écuyer. Ils chevauchaient à vive allure et ne s'arrêtèrent pas avant d'arriver sur une haute colline. De là, ils purent parfaitement apercevoir les Saxons qui mangeaient sous un pin. Quand le jeune homme les vit, il fut fort effrayé. Il demanda ses armes, fixa son épée à l'arçon de sa selle puis monta sur son cheval et

---

reillié, li enfés monta sor un palefroi amblant et souef et s'en parti de laiens sans plus d'arreſt, si comanda a Dieu son pere et ses amis. Et cil lui ausi, que de mal et d'anui le desfende.

588. Atant s'em part li vallés entre lui et son esquier, si errerent maint jour que onques ne trouverent home qui lor deïſt se bien non, si ont tant alé que lor journees que un jour en vinrent, a eure de miedi, es plains de Roheſtoc en une valee qui molt eſtoit grant et parfonde, et i avoit un biau ruissel qui venoit de la Fontainne del Pin ou Pinarus li Saisnes et Maquins li rois s'eſtoient arreſté atout .v.c. armés qui venoient des*a* Saisnes et aloient a la riche cité de Clarence au grant siege que li .xxx. roi i tenoient. Et menoient .xl. sommiers de viande troussés et bacons et autres choses a plenté et mengoient desous le pin en l'ombre desor le dois de la fontaine et laissoient lor chevaus paiſtre tout contreval la praerie, endementres que la grant chalour duroit, car il eſtoit el milieu del jour.

589. En cele valee qui grans eſtoit et parfonde entra li vallés et ses esquiers. Et chevauchierent a grant esploit et ne finerent d'errer tant qu'il en vinrent a un haut tertre. Et d'illuec pooient il bien veoir les Saisnes qui mengoient desous un pin. Et quant li vallés les voit, si en fu molt durement esfreés, si demande ses armes et s'apareille toſt et puis miſt s'espee a l'arçon de sa sele et puis monte sor son cheval et

ordonna à son écuyer nommé Lidonas de le précéder. Ce
dernier obéit, suivit le chemin, tout droit ; ils finirent par
tomber sur les Saxons. Quand Pignoret les vit, il leur fit
décliner leur nom. Ils répondirent qu'ils venaient d'un autre
pays et qu'ils vaquaient à leurs affaires. À ces mots, Pignoret
ordonna à ses gens de se mettre en selle et fit suivre le jeune
homme par plus de quarante Saxons. Il leur ordonna de le
ramener à lui de gré ou de force. Le jeune homme qui s'en
allait son chemin emboîtait toujours le pas de son écuyer,
une solide lance à la main, mais il n'avait pas d'écu et chevauchait tranquillement. Il n'était pas encore allé bien loin
qu'il entendit crier très fort ceux qui l'avaient aperçu : « Vassal, firent-ils, faites demi-tour ! Donnez-nous votre cheval et
vos armes et venez auprès de notre seigneur qui vous attend
sous ce pin ! » Le jeune homme les entendit mais ne leur
répondit pas. Il suivait toujours son écuyer et pressa un peu
le pas avant de s'élancer au grand galop. Quand les Saxons
constatèrent qu'il se hâtait, ils piquèrent des deux et lui
adressèrent de sévères menaces. En les voyant venir, le jeune
homme fit volte-face avec son cheval. L'un des Saxons qui
précédait les autres tenait une lance solide ; trop pressé, il
manqua son coup. Le jeune homme alors s'élança à toute
allure sur son cheval et le frappa si rudement sur l'écu et le
haubert qu'il lui planta son épieu dans la poitrine et le ren-

---

conmande a son esquier que il s'en voift devant, qui Lidonas eftoit
apelés. Et cil fift son conmandement, si se met a la voie et tout le
droit chemin tant qu'il s'enbatirent sor les Saisnes. Et quant Pignoras
le voit si fait demander qui il sont et il respondent qu'il sont de cel
autre païs, si s'en vont en lor afaire. Et quant Pignoras l'oï si
conmanda sa gent a monter et le fift siurre a plus de .XL. Saisnes et
lor conmande qu'il le ramainnent ariere ou par force ou par amours.
Et li vallés qui s'en aloit tout le chemin aprés son esquier' tint une
molt forte lance, ne mais il n'avoit point d'escu, et chevauchoit tout
souavet. Mais il n'avoit gaires alé quant il s'oï escrier de ciax qui les
veoient molt hautement : « Dans vassal, font li Saisne, a retourner
vous [1411] couvient ! Rendés nous voftre cheval et vos armes et
venés a noftre signour qui vous atent desous cel pin. » Li vallés les ot
bien et entent mais onques un sol mot ne respondit ains s'en vait
aprés son esquier et croift s'aleüre un petit et aprés vait les grans
galos. Et quant li Saisne voient qu'il s'en vait si durement si hurtent
aprés des esperons et le manecent moult forment. Et quant li vallés
les voit venir si lor tourne la tefte del cheval et li uns des Saisnes
venoit devant les autres et tenoit une lance forte et renoit ne se hafte
si durement de toft aler qu'il fali au vallet ferir. Et li vallés li vint
grant aleüre tant com il pot del cheval traire et le fiert si durement
que parmi l'escu et parmi le hauberc li conduist l'espiel parmi la

versa dans un tel état qu'il n'avait plus besoin de médecin. Puis, il retira son épieu du cadavre et se remit en route derrière son écuyer Lidonas qui continuait son chemin car son seul but était de s'éloigner des Saxons. Quand ceux-ci qui ne voulaient pas abandonner la partie le virent s'en aller, ils s'élancèrent à sa poursuite. Le jeune homme chevauchait au grand galop. L'épée qu'il tenait à la main était rouge car elle était recouverte et maculée du sang de celui qu'il avait tué. Le jeune homme s'en allait en priant Dieu que, par sa douce pitié, il lui épargne la mort et la prison. Et les Saxons le poursuivirent avec acharnement à bride abattue. À force de le pourchasser, ils se rapprochèrent de lui au point que plus de dix fers se mirent à le frapper sur les épaules et le côté. Alors il se retourna, brandit sa lance et assena un coup si rude au premier qu'il rencontra qu'il lui planta dans le corps le fer tranchant de la lance et une grande partie de la hampe. Il le fit tomber à terre raide mort, puis il retira sa lance du corps de son ennemi et, comme un autre Saxon venait vers lui, il le transperça en pleine gorge et le désarçonna au milieu du chemin. Plus de dix Saxons à la fois le frappaient de leur lance, l'obligeant à s'incliner en arrière sur son arçon mais ils ne parvenaient pas à l'abattre de son cheval car ils brisèrent leurs lances en faisant voler les morceaux. Le jeune homme se redressa, brandit sa lance et frappa en plein corps l'un de ceux qui l'avaient touché ; il le renversa raide mort devant

---

fourcele si le porte a terre tel atourné qu'il n'a meſtier de mire. Puis retrait ariere son espiel et se remet a la voie grant aleüre aprés Lidonas son esquier qui devant s'en aloit tout son chemin, car il ne baoit fors a eslongier soi des Saisnes. Et quant li Saisne les en voient aler si s'eslaissent aprés lui, car il nel voloient mie atant laissier. Et li vallés s'en vait les grans galos l'espee en sa main qui changie avoit la coulour de blanc en vermeil, car ele eſtoit tainte et ensanglentee del sanc a celui qu'il avoit ocis. Si s'en vait en tel maniere proiant a Dieu que par sa douce pité le desfende de mort et de prison. Et li Saisne l'enchaucent a force et a vigour tant come lor chevaus lor pueent aler. Si l'ont tant suï et enchaucié et tant l'aprocent que plus de .x. fers le fierent es espaulles et el coſté. Et il s'en tourne et brandiſt sa lance et fiert si durement le premier qu'il encontre que il li met el cors le fer tranchant et del fuſt une grant partie. Si le rue mort tout envers, puis retrait ariere son glaive et se tourne un autre vers lui et le fiert parmi la gorge d'outre en outre, si le trebruche[^b] del cheval enmi le chemin. Et li Saisne le fierent plus de .x. tout a un fais de lor glaives que tout l'en versent sor l'arçon deriere. Mais il ne l'ont mie abatu jus de son cheval, car il brisierent lor lances si que li tronçon en volerent contremont. Et li vallés se relieve et brandiſt sa lance et fiert un de ciaus qui feru l'avoient parmi le cors si durement que mort le trebuce devant

ses compagnons qui en furent très affectés et irrités. Sa lance qui avait beaucoup souffert se brisa alors ; il saisit son épée fixée à l'arçon de sa selle et la tira hors du fourreau. Les Saxons l'assaillaient de toutes parts ; il frappa le premier qu'il atteignit et lui coupa l'épaule droite. Le flanc du Saxon était tout ouvert de sorte qu'on y apercevait le foie et le poumon qui jaillissaient de la plaie ; l'homme tomba à terre raide mort. Puis le jeune homme en frappa un autre dont il fit voler la tête avec le heaume. Il se lança sur les autres et frappa un troisième au flanc : il lui trancha un morceau de chair d'un pied et demi et lui coupa le cœur en deux. Il frappa le quatrième sur le heaume et le lui fendit jusqu'aux dents. Ceux qui le poursuivaient commencèrent alors à le frapper si rudement qu'ils le mirent en bien fâcheuse posture. Quand le jeune homme comprit qu'il ne pourrait pas résister à une telle troupe sans être capturé ou tué, il les quitta, piqua des deux et s'en alla à vive allure sur le chemin en suivant son écuyer Lidonas. Quand les Saxons le virent s'échapper, ils poussèrent des cris et de grandes huées après lui.

590. Quand le jeune homme eut rejoint son écuyer, il fit route avec lui et promit de ne pas abandonner la moindre partie de son équipement tant qu'il pourrait effectivement le protéger. Il tenait son épée nue au poing droit. Un Saxon arriva sur lui, la lance en avant, et frappa le jeune homme sous l'aisselle au point de lui plier les pans de son haubert et l'obligea à se pencher sur l'arçon de sa selle. Il l'aurait abattu

---

ses compaingnons qui molt en furent dolant et irié. Et lors brise li glaives qui molt s'estoit bien remis et il mist tantost la main de l'espee qui a l'arçon de la sele tenoit, si le [*b*] traïst fors del fuerre. Et li Saisne li courent sus de toutes pars, et il fiert si le premier qu'il ataint qu'il li cope toute l'espaulle destre. Si en ou si le costé overt que tous li foies et li pomons li pert et li saillent parmi la plaie, si qu'il trebusche a terre mors. Et puis en refiert un autre si qu'il li fist la teste voler atout le hiaume. Et puis courut sus as autres et fiert si le tiers a la traverse qu'il li copa plus que un pié et demiˢ et li trenche le cuer en .ii. moitiés. Et puis refiert li quart parmi le hiaume si que tout le fent jusques as dens. Et cil qui viennent aprés lui le fierent si durement que molt l'empirent. Et quant il voit qu'il ne porroit durer a tant de gent sans estre pris ou mors si les laisse et fiert le cheval des esperons et s'en vait grant aleüre tout le chemin aprés Lidonas son esquier. Et quant li Saisne l'en voient aler si lieve la noise et li hus molt grans aprés lui.

590. Quant li vallés ot ataint son esquier si s'en vait avoec lui et dist qu'il n'i laira point de son hernois tant com il le puisse desfendre. Il tint l'espee en son poing destre toute nue. Et uns Saisnes li vint le glaive alongié et fiert le vallet desous l'aissele si qu'il li ploia les pans de son hauberc et le fist tout embronchier desor l'arçon de

si le jeune homme ne s'était pas retenu au cou de son cheval. Une fois redressé, il regarda celui qui l'avait frappé et
le frappa à son tour si rudement sur le heaume qu'il le fendit jusqu'aux dents. Les Saxons l'encerclaient à présent de
toutes parts et il se défendait avec un grand courage. Il se
mit à massacrer chevaliers et chevaux et à renverser tout ce
qu'il atteignait mais son ardeur à se défendre ne lui servit
guère face à la horde de Saxons qui l'entouraient. Comme
Pignoret et Monaquin étaient eux aussi montés à cheval, la
mort et la capture du jeune homme étaient inéluctables.
Pourtant, il parvint à échapper à ceux qui l'entouraient et
partit à vive allure, l'épée nue à la main, derrière son écuyer.
Pignoret et Monaquin, qui n'avaient vu revenir aucun de
leurs hommes, s'étaient mis en selle à leur tour et avaient
suivi les leurs sur le chemin emprunté par le jeune homme.
Ils virent les morts dont le chemin était jonché et que le
jeune homme avait tués. Ils se demandaient qui avait bien
pu faire tout cela. On leur répondit que c'était ce jeune
homme qu'ils avaient vu passer quelques instants plus tôt.

591. Ils demandèrent alors de quel côté il était parti. On
leur répondit qu'il avait pénétré dans une vallée où leurs gens
continuaient de le combattre mais se montraient incapables
de le capturer. À ces mots, Pignoret s'écria à l'intention de
ses hommes : « Vite ! Suivons-le ! Malheur s'il nous échappe
car il nous a déjà causé beaucoup de tort ! » Aussitôt, ils
coururent vers le jeune homme sur le chemin empierré. Que

---

la sele, et abatu l'eüst s'il ne se fust tenus au col de son cheval. Et
quant il fu redreciés, si regarde celui qui feru l'avoit, si le fiert si
durement de l'espee parmi le hiaume qu'il le fendi jusques es dens.
Et lors l'avironnent de toutes pars li Saisne et il se desfent conme cil
qui estoit de si grant cuer et conmancha a ocirre chevaliers et chevaus et a jeter a terre quanqu'il ataint. Mais sa desfense ne li eüst
mestier a la grant foison de Saisnes qui entor lui estoient. Et a ce que
Pignorés et Monaquins estoient monté si ne peüst estre qu'il ne fust
mors ou pris. Mais il s'estort de ciaus qui entour lui estoient et s'en
vait a grant aleüre après son esquier l'espee en la main toute nue. Et
Pignoras et Monaquins qui nul de lor homes ne virent retourner
furent monté et se metent après les autres grant aleüre tout le chemin que li vallés aloit et voient les mors dont li cemins estoit tous
jonciés que li vallés avoit ocis, si demandent qui ce avoit fait. Et cil
dient que ce avoit fait*a* li vallés qui orendroit venoit le chemin.

591. Lors demandent quel part il estoit tournés. Et il dient qu'il est
plongiés en un val « ou vos gens se com[b]batent a lui, ne prendre ne
le pueent ». Et quant Pignoras l'entent si escrie a ses gens : « Or tost
après lui ! Mar nous eschapera, car grant damage nous a fait. » Et
quant cil l'entendent si courent après le vallet tout le chemin ferré. Or

Dieu puisse le conduire par sa sainte miséricorde car, s'ils viennent à mettre la main sur lui, il ne peut nullement échapper à la mort ! Mais il y a quelqu'un qui aide en toutes circonstances ceux qui croient en lui : c'est Notre-Seigneur Jésus-Christ qui gratifia le jeune homme d'une belle aventure. Un proverbe dit : « Celui que Dieu veut aider, nul ne peut lui nuire. » Mais ici le conte se tait à son sujet et retourne au roi Loth et à ses quatre fils qui l'accompagnent pour rapporter comment ils prirent congé de Minoras, de sa femme et de sa suite.

592. Dans cette partie, le conte dit que, le soir où le roi Loth et ses quatre fils furent hébergés chez Minoras, le forestier du Northumberland, ils dormirent profondément pour avoir enduré de rudes efforts et de grands tourments et se reposèrent jusqu'à l'aube. Ils se levèrent de bon matin et prirent les armes qu'on avait placées dans leur chambre. Ils s'armèrent, se préparèrent fort bien et fort vite, puis montèrent sur leurs chevaux qui leur furent amenés aux portes de la salle. L'hôte, sa femme et leurs enfants assistèrent à leur départ. Le roi Loth et monseigneur Gauvain les recommandèrent très tendrement à Dieu et les remercièrent beaucoup pour le logis et la compagnie qu'ils leur avaient offerts. Ils leur promirent très fermement de leur rendre service en cas de besoin. Leurs hôtes les remercièrent beaucoup et les chevaliers sortirent de la ville. Les quatre fils du forestier ainsi

---

le conduie Dix par sa sainte pitié que s'il le puent atraper il ne puent eschaper en nule maniere sans mort. Mais cil qui en tous besoins aïue ciaus qui en lui croient, c'est Nostre Signor Jhesu Crist, li envoia une bele aventure. Pour ce dist li proverbes : « Celui qui Dix veut aïdier nus ne li puet nuire. » Mais ici endroit se taist li contes de lui. Et retourne au roi Loth et a ses .IIII. fix qui o lui sont, conment il prisent congié a Minoras et a sa feme et a sa maisnie.

592. Or dist li contes en ceste partie que le soir que li rois Lot et si .IIII. fil furent herbergié chiés Mynoras, li forestier de Norhomberlande, qu'il dormirent conme cil qui le jour avoient sousfert grant painne et grant travail, si se reposerent jusques au demain matin qu'il ajourna. Lors se leverent auques matin et prisent lor armes c'om lor avoit mis en la chambre, si s'arment et apareillent molt bien et molt tost, puis montent sor lor chevaus qui amené lor furent a l'uis de la sale. Et li ostes et sa feme et si enfant furent au monter, si les conmanda li rois Loth et mesires Gavains a Dieu molt doucement et molt lor mercient del bon ostel et de la compaingnie que fait lor ont, si lor promisent molt durement lor service s'il en avoient mestier. Et cil si les en mercient molt et il s'en issent fors de la porte. Et li .IIII. fil au forestier montent et il meïsmes monta, si les convoierent une grant piece. Et li .v. garçon alerent devant aus qui mainent les .v.

que le forestier lui-même se mirent en selle et les accompagnèrent un bon moment. Les cinq écuyers les précédaient
emmenant les cinq chevaux caparaçonnés de fer jusqu'aux
sabots et emportant heaumes, écus et lances, car le forestier
leur avait donné des lances robustes aux fers brillants et acérés. Quand leur hôte les eut escortés un moment, le roi Loth
lui demanda de faire demi-tour et de ne pas oublier de transmettre son message au roi Clarion comme il l'avait promis.
L'hôte lui assura qu'il le ferait sans faute et qu'il n'avait
aucune crainte à avoir, puis il prit congé et rentra chez lui.
Dès qu'il fut arrivé, il demanda à deux de ses fils de se préparer et de monter sur deux roncins par peur de rencontrer
les Saxons : ils devaient prendre leurs précautions si pareille
aventure leur arrivait et s'en aller aussitôt en cas de besoin.

593. Quand les deux jeunes gens se furent préparés et
qu'ils furent montés à cheval du mieux qu'ils purent afin de
partir le plus tôt possible, le forestier leur dit : « Chers fils,
vous irez trouver le roi Clarion qui est notre seigneur et vous
lui répéterez tout ce que le roi Loth d'Orcanie veut lui faire
savoir, exactement comme vous l'avez entendu : qu'il vienne
le retrouver à Aresteuil en Écosse le jour de Notre-Dame en
septembre. » Ils lui promirent de porter ce message. Ils quittèrent aussitôt leur demeure et se mirent en route. À force de
cheminer, ils arrivèrent chez le roi Clarion et le trouvèrent
dans un de ses châteaux accompagné de quelques-uns de ses
hommes, très inquiet sur l'attitude à adopter envers les

---

chevaus qui furent tout couvert de fer jusques as ongles del pié et
portent lor hiaumes et lor escus et lor lances, car lances lor avoit li
forestiers baillies fors et roides et as fers et [d] clers et trenchans. Et
quant li ostes[a] les ot une piece convoiiés si li dist li rois Lot qu'il s'en
tournast ariere et ne laissast mie qu'il ne feïst son message au roi Clarion ensi com il li avoit promis. Et il li dist que si feroit il vraiement
et ja n'en fust il en doutance, si prist maintenant congié et s'en
retourna ariere a son manoir. Et tout maintenant que il fu venus fist
il .ii. de ses fix molt bien apareillier et monter sor .ii. roncis pour
doutance des Saisnes et de lor encontre, que s'il avenist que il les
veïssent que il se garandesissent pour tost aler se mestiers lour fust.

593. Quant li doi vallet se furent apareillié et monté si com il
porent mix pour tost aler et vistement, si lor dist li forestier : « Biaus
dous fix, vous en irés au roi Clarion qui nostres sires est et li dirés ce
que li rois Loth d'Orcanie li mande, si come vous avés oï, qu'il soit
encontre lui a Arestuel en Escoce le jor de la Nostre Dame en septembre. » Et cil li respondent que cest message feront il bien. Si s'en
issent tout maintenant de l'ostel et se metent a la voie. Si errerent
tant qu'il vinrent au roi Clarion et le trouverent en un sien rechet a
maisnie escharie molt pensis de grant maniere que il porroit faire des

Saxons qui ravageaient sa terre et son pays. Quand il vit devant lui les deux jeunes gens qui lui rapportaient les propos du roi, il en fut heureux et comblé. La joie qu'il ressentit l'incita à offrir un bon cheval à chacun des deux jeunes gens car il aimait beaucoup le roi Loth. Il répondit aux jeunes hommes qu'il irait sans faute au rendez-vous si Dieu le protégeait de tout malheur. Dès que les messagers eurent entendu la réponse du roi Clarion, ils s'en retournèrent vers la demeure paternelle heureux et comblés. Ils présentèrent à leur père les chevaux que le roi leur avait donnés par amitié pour le roi Loth qu'il avait jadis hébergé. Mais ici le conte se tait à leur sujet et revient au roi Loth.

Loth et ses fils contre les Saxons.

594. Le conte dit que, après avoir quitté Minoras le forestier, le roi Loth et ses enfants chevauchèrent dans l'immense et profonde forêt sauvage où l'on progressait sans peine, d'autant qu'il faisait un temps très agréable. Durant la nuit, une forte rosée s'était déposée ; les oisillons chantaient à cause de la douceur de la saison et leur chant dégageait une telle grâce et une telle plénitude que le bois feuillu en était tout pénétré[1]. Le roi Loth et ses quatre fils dans toute la gaieté de leur jeunesse les écoutaient avec plaisir et ils se rappelaient alors à leurs nouvelles amours. Ils chevauchaient tout en pensant au chant des oiseaux. Gaheriet, qui était amoureux, entonna une chanson nouvelle. Il chantait déli-

---

Saisnes qui sa terre li gastoient et son païs. Et quant il vit les .ii. vallés devant lui qui li aconterent ce que li rois li mandoit si en fu molt liés et molt joians. Et, pour la joie qu'il en a, donna a chascun des vallés un bon cheval, car il amoit le roi Loth de molt grant amour, et dist au vallet qu'il i seroit sans faille, se Damedix le desfendoit de mescheance. Et, tantost come li message orent oï le respons del roi Clarion, si s'en retornent a l'ostel lor pere molt lié et molt joiant et li presenterent les chevaus que li rois lor avoit donnés pour l'amour del roi Loth qu'il avoit herbergié. Mais ici endroit se taist li contes d'aus et retourne a parler del roi Loth.

594. [*e*] Or dist li contes que quant li rois Loth et si enfant se furent parti de Minoras le forestier, il chevauchierent tant parmi la forest sauvage que molt estoit grans et haute et delitable a errer et il faisoit un tans seri. Si ot fait grant rosee cele nuit, si chantoient cil oiseillon por la douçour de la douce saison, si chantoient si doucement et si haut en lor langage que tous en retentist li bois foillis. Si les escouterent molt volentiers li rois Loth et si .iiii. fil qui jouene et renvoisié estoient et lor remenbroit de lor noveles amours. Si chevauchierent tout em pensant as chans des oiseles. Et Gaheries, qui molt estoit amourous, conmencha a canter un son nouvel. Et il

cieusement et merveilleusement bien et le bois résonnait au
loin de son chant. Au lever du soleil, il regarda autour de lui
et aperçut ses frères à quelque distance de lui. Il quitta alors
le chemin pour laisser reposer son cheval jusqu'à ce que ses
frères arrivassent à ses côtés car ils l'avaient écouté très
attentivement. Alors Gaheriet s'approcha d'Agravain et de
Guerrehet et entonna des chansons, puis ils se mirent à
chanter tous les trois. Guerrehet dit alors à Agravain et
Gaheriet : « Dites-moi, par la foi que vous devez au roi Loth
notre père à tous : si ce soir vous aviez avec vous les deux
filles de notre hôte de la nuit dernière, dites-moi donc ce
que vous en feriez[2] ? » Gaheriet déclara qu'Agravain qui était
son aîné devait répondre avant lui :

595. « Que Dieu m'aide, fit Agravain, si cela devait m'arriver, alors je ne me retiendrais pas du tout ! — Que Dieu
m'aide, fit Gaheriet, ce n'est pas du tout ce que je ferais. Je
l'emmènerais avec moi en respectant son honneur. — Et
vous, Guerrehet, que feriez vous de l'autre ? — J'en ferais
mon amie, si tel était son plaisir, et je ne lui ferais jamais violence car la partie serait très malhonnête si elle ne consentait
pas à la chose comme moi j'y consens. » Tout en tenant ces
propos, ils allèrent trouver le roi Loth et monseigneur Gauvain qui avaient entendu leur conversation et qui en riaient
tous deux. Les trois frères leur demandèrent lequel avait le
mieux parlé. « En cette affaire, fit le roi Loth, c'est votre frère
Gauvain qui sera le voyer[1] car je l'ai désigné pour cela. —

---

chantoit a merveilles bien et plaisanment, si en retentissoit li bois
auques loing. Et quant li solaus fu levés il se regarda et vit ses freres
auques loing de lui, si tourna cele part del chemin pour faire son cheval estaler tant que il furent a lui venu. Car il l'avoient escouté molt
volentiers. Et lors vint Gaheries a Agravain et a Guerrehes et lor dist
chançons, et lors conmencierent a chanter tout .III. Et lors dist Guerrehes a Agravain et a Gaheriet : « Or me dites, par la foi que vous
devés au roi Loth mon pere et le vostre, se vous teniés ore les .II.
filles nostre oste d'anuit, dites moi que en feriés. » Et Gaheries
dist que Agravains diroit avant qui ainsnés estoit de lui.

595. « Si m'aït Dix, fait Agravains, s'il me seoit, jel feroie tout
outreement. — Si m'aït Dix, fait Gaheries, ce ne feroie je mie, ains
l'emporteroie a sauveté. — Et vous, Guerrehes, qu'en feriés
vous ? — Je en feroie, fait il, m'amie sel li plaisoit, que je ne li feroie
ja force. Car adonc seroit li gix mauvais s'il ne li sousfrissoit ausi
bien com il feroit a moi. » Endementres qu'il disoient ces paroles
s'embatirent sor le roi Loth et sor mon signour Gavain qui bien
avoient oï tout ce qu'il avoient dit. Si en risent tout ensemble et
lors demanderent liquels avoit mix dit. « De ce, fait li rois Loth,
ert vostres freres Gavain vigieres, car je le vous ai ensi esleü. —

J'aurai tôt fait de vous rendre mon jugement, répondit monseigneur Gauvain[2]. C'est Gaheriet qui a le mieux parlé et
Agravain a tenu les propos les plus détestables qui soient. Car
si Agravain voyait que quelqu'un voulait faire du mal à ces
jeunes filles, il devrait les aider, les protéger et les défendre de
toutes ses forces mais il m'est avis que personne ne pourra
faire pis que lui. Guerrehet a mieux parlé que lui car il a dit
qu'il n'agirait que poussé par l'amour et la courtoisie. Gaheriet
a parlé en preux et ce qu'il a dit, c'est exactement ce que je
ferais si la chose m'arrivait. » Ils se mirent alors à rire et à se
moquer d'Agravain, et le roi plus que ses fils. Il apostropha
Agravain et lui dit en souriant : « Comment, Agravain, vous
iriez jusqu'à honnir la fille de votre hôte pour contenter votre
désir insensé ? Ce serait une belle façon de remercier notre
hôte pour le service qu'il nous a rendu ! Assurément, il a mal
placé sa confiance. — Seigneur, fit Agravain, elles n'en perdraient ni les membres ni même la vie ! — Non, fit le roi,
mais elles en perdraient l'honneur. — Je n'ai jamais entendu
qu'un homme puisse épargner une femme avec laquelle il se
trouve seul à seul car, dès qu'il la laissera partir, il ne l'aimera
plus jamais[3] ! — Il doit bien se garder de la posséder, fit le
roi, c'est une question d'honneur envers autrui beaucoup plus
qu'envers lui-même[4] !

596. — Vraiment, fit Agravain, dès qu'il l'aurait laissée
partir, on se moquerait de lui et on le tiendrait en piètre
estime ! — Peu m'importe ce qu'on dirait, répliqua le roi,

Et je le vous aurai tost dist, fait mesire Gavains. Gaheries en a dit le
mix et Agravain le pis. Car se Agravains veïst que aucuns lor feïst
mal, si lor devroit il aïdier et garantir et desfendre a son pooir. Mais
il m'est avis qu'il n'i couvendra ja piour de lui. Et Guerrehes a
encore mix dit que il n'a. Car il dist que il ne li vauroit riens [*f*] avoir
fait a force ne li vint onques fors d'amour et de courtoisie. Et Gaheriet en dist come prodom et ce qu'il en dist en feroie je s'il en estoit
a moi. » Et lors s'en rient et gabent Agravain, et li rois meïsmes plus
que nul des autres. Et courut sus a Agravain par parole et dist en
sousriant : « Conment, Agravain, si honniriés ensi la fille vostre oste
por vostre fol talent acomplir ? Biau guerredon li rendriés ore del service qu'il vous a fait. Certes il l'a molt mal emploié. — Sire, fait
Agravain, ja n'i perderoient eles ne menbres ne vie. — Nenil, fait li
rois, ne mais toutes honours. — Je ne sai riens, fait Agravains, d'ome
qui feme espargne puis qu'il le tient seul a seul. Car ja puis qu'il l'en
laisse aler ne l'amera nul jour. — Il s'en doit garder, fait li rois, pour
s'onour, plus pour autrui que pour lui meïsmes.

596. — Certes, fait Agravain, ja puis qu'il l'en lairoit aler ne s'en
feroit se gaber non, et mains l'em priseroit. — Je ne donroie un bouton, fait li rois, que on en deïst, mais que m'onour i gardasse, si que

pourvu que je conserve mon honneur sans encourir de vils reproches. — Il n'y a plus rien à dire, fit Agravain, excepté qu'il ne nous reſte plus qu'à aller, mes frères et moi, dans un endroit où nous ne verrons pas de femmes ! — Agravain, fit le roi Loth, mon cher fils, si vous maintenez ce que vous avez dit, il vous arrivera malheur, à coup sûr. » Effeſtivement, par la suite, il arriva exaſtement ce que le roi Loth avait prédit. Agravain languit longtemps dans un pays parce qu'il avait commis une vilenie à l'égard d'une demoiselle qui chevauchait avec son ami. Il s'était battu contre cet ami au point de le blesser à un bras, puis il voulut coucher avec la jeune fille. Mais il remarqua qu'elle avait l'une des cuisses atteinte de la gale et lui dit de grandes méchancetés quand il la vit ainsi faite. Il lui déclara qu'elle le rebutait et qu'elle devait être honnie pour s'être arrêtée devant lui. Il la laissa donc partir, puis elle le contamina tant sur une cuisse et un bras qu'il n'aurait jamais pu guérir sans les deux meilleurs chevaliers du monde à qui elle avait conféré un pouvoir de guérison, comme le conte vous le rapportera plus loin : il vous dira comment il fut guéri par monseigneur Gauvain son frère et par Lancelot du Lac, le preux, le vaillant, le meilleur chevalier du monde. Mais le conte se tait à ce sujet et revient au roi Loth et à ses enfants pour narrer comment ils rencontrèrent Lidonas très apeuré par l'effroyable combat que son maître devait soutenir contre ses ennemis.

---

je n'i eüsse nule vilainne reproce. — Or n'i a plus, fait Agravains, mais que nous nous rendons entre moi et mes freres en tel lieu que femes ne voions. — Ha, Agravain, fait li rois Loth, biaus fix, se vous ensi le maintenés conme vous le dites, il vous mescharra, si que ja n'i faurrés. » Et tout ensi conme li rois Loth le diſt l'en avint il puis, car il fu puis tel tans qu'il en langui molt longement sor terre pour vilenie qu'il fiſt a une pucele qui chevauchoit avoec un sien ami a qui il se combati tant qu'il l'afola d'un des bras, puis se vaut il jesir avoec s'amie. Mais il le trouva d'une des cuisses roignouse, si l'en diſt grant vilonnie quant il le vit si faite, et si li diſt qu'ele en devoit bien dangier faire et que au jour fuſt ele honnie quant ele i miſt onques eſtal. Si l'en laissa aler quant il le vit si faite. Et ele le conrea tel d'une des quisses et d'un des bras que jamais ne fuſt garis se ne fuissent li .ii. meillour chevalier del monde a qui ele li miſt terme de garison, ensi come li contes le vous devisera cha avant, conment il en fu garis par mon signour Gavain son frere et par Lancelot del Lac[a] qui tant fu bons chevaliers et prous et hardis et li miudres del monde. Mais de ce se taiſt li contes et retourne a parler del roi Loth et de ses enfans conment il encontrerent Lidonas qui molt eſtoit [142a] esfreés de grant maniere pour son signour qui se combatoit a grant meschief contre ses anemis.

597. Dans cette partie le conte dit que le roi Loth s'en allait, tout en parlant, ainsi que vous l'avez entendu plus haut, avec son fils Gaheriet et avec Agravain habité par la félonie. Il avait tant cheminé dans la forêt que l'heure de prime était déjà passée. C'est alors qu'ils sortirent du bois et entrèrent dans une très belle lande qui s'étendait jusqu'à Roestoc tout à côté du bois. Après avoir chevauché un bon moment, ils rencontrèrent Lidonas qui dévalait une colline et qui avait très peur pour son maître contraint de se battre sous le signe de la malchance comme le conte vous l'a raconté plus haut. Il menait devant lui le cheval de somme qui portait les habits de son maître ; il tenait par la bride le palefroi de ce dernier et pleurait à chaudes larmes en disant : « Sainte Marie, Dame, secourez-nous ! » Répétant souvent cette phrase, il se frappait les poings l'un contre l'autre. Le roi Loth et ses quatre fils l'aperçurent et le prirent en grande pitié. Agravain pressa le pas pour les précéder aussi vite que son cheval pouvait l'emmener. Quand il fut à proximité du jeune homme, il lui dit : « Valet, dis-moi pourquoi tu te désoles ainsi ! » Le valet leva la tête et lui répondit en pleurant : « Seigneur, il y a de quoi se désoler ! Je pleure pour un jeune homme, la plus belle créature qui ait jamais vécu sur cette terre et que les Saxons ont assailli dans cette vallée en bas. Ils auront tôt fait de le tuer si Dieu n'y prend garde ! — Et où allait-il ? demanda Agravain.

598. — Seigneur, répondit Lidonas, il allait à la cour du

---

597. Or dist li contes en ceste partie que li rois Loth s'en aloit ensi parlant, com vous avés oï ci devant, a Gahariet son fil et a Agravain qui tant estoit felon. Si errerent en tel maniere tant par la forest que prime fu passee. Et lors en issirent et entrerent en une molt bele lande qui duroit de lonc jusques a Rohestoc lés a lés del bois. Et quant il orent une grant piece alé si encontrerent Lidonas a l'avaler d'un tertre qui molt estoit esfreés de grant maniere de son signour qui se combatoit a molt grant meschief ensi conme li[a] contes le vous a devisé cha ariere[b]. Et cil chaçoit devant lui le sonmier qui portoit la robe et si enmenoit le palefroi son signour et plouroit a chaudes larmes et disoit : « Sainte Marie dame, et car nous secourés ! » Et ce disoit il souvent et feroit l'un poing en l'autre. Et li rois Loth et si .IIII. fil l'ont aperceü, si en ont grant pitié. Et Agravains se hasta pour aler devant, tant come li chevaus li pot aler. Et quant il fu prés del vallet si li dist : « Vallet, di moi pour coi tu fais tel dueil. » Et li vallés lieve la ciere en haut et li respont em plorant et li dist : « Sire, il i a assés pour coi, sire, que je plour pour un damoisel, la plus bele creature que onques fust fourmee sor terre que li Saisne ont assailli en ceste valee ci desous et l'auront ja mort se Dix n'en pense. — Et ou aloit il ? fait Agravains.

roi Arthur pour se mettre au service de monseigneur Gauvain qui possède tant de mérite, à ce qu'on nous dit. Et nous avons tellement entendu parler de lui que mon maître ne veut être armé chevalier que par monseigneur Gauvain. Ah, malheureux que je suis, ajouta-t-il, maintenant je l'ai perdu et je ne le reverrai plus jamais!» Il se désolait tellement qu'il faillit se suicider. Agravain lui demanda de quel pays il venait. «Seigneur, fit Lidonas, il vient du royaume de Listenois, c'est le fils du Riche Roi Pêcheur.» Agravain regarda alors monseigneur Gauvain et lui dit: «Cher frère, vous avez donc entendu quelle aventure vous attend!» et Gauvain lui répondit qu'il avait parfaitement entendu. Alors ils lacèrent leurs heaumes, prirent leurs écus et enfourchèrent leurs montures. Gaheriet dit à Agravain: «Souvenez-vous des jeunes filles envers lesquelles vous vous déclariez si entreprenant ce matin. Efforcez-vous d'être, dans le combat, aussi bon chevalier lors de cette attaque contre ces cruels Saxons! — Gaheriet, dit Agravain, je vous prie d'observer une trêve, exactement comme pour les jeunes filles, de ne pas tenter de les assaillir ni même de les regarder! Vous n'agirez pas contre les Saxons comme je pense le faire moi-même! — Seigneur, fit Gaheriet, vous êtes mon aîné et c'est à vous de montrer ce que vous savez faire. — Par la grâce divine, fit Agravain, je serais vraiment un incapable et je ne vaudrais rien si je ne faisais pas mieux que vous eu égard à votre couardise!»

---

598. — Sire, fait Lidonas, il aloit a la court le roi Artu por mon signour Gavain servir qui tant a de valour si com on nous a dit. Et tant en avons oï parler que mesire ne velt que nus le face chevalier se mesire Gavains non.» Et puis dist a l'autre mot: «Ha, chaitis, or l'ai je perdu que jamais a nul jour ne le verrai!» Lors fait [*b*] tel duel que par un poi qu'il ne s'ocist. Et Agravain li demande de quel terre il est. «Sire, fait Lidonas, il est del roiaume de Listenois*, si est fix le riche roi Pecheour.» Et Agravain regarde mon signour Gavain et li dist: «Biau frere, ore oïés quele aventure vous atent.» Et il dist qu'il l'a molt bien oï. Et lors lacent lor hiaumes et prendent lor escus et montent sor lor chevaus. Et Gaheries dist a Agravain: «Souvieigne vous des puceles dont vous fustes hui matin si bons ouvriers. Si gardés que vous soiés as armes si bons chevaliers a ceste enpainte vers ces cruous Saisnes. — Gaheriet, fait Agravain, je vous proi que vous doigniés trives as Saisnes ausi* com vous feïstes as puceles et que mais nés osés assaillir ne veoir. Non feriés vous les Saisnes, si come je quit. — Sire, fait Gaheries, vous estes ainsnés de moi, si parra conment vous le ferés. — Si m'aït Dieu, fait Agravains, je auroie molt petit de pooir et molt seroie mauvais se je ne le faisoie mix de vous, ne remandra pour vostre couardise.

599. — Seigneur, fit Gaheriet, à tout le moins, il n'est pas très courtois de se vanter mais, quand le moment sera venu, faites du mieux que vous pourrez ! » Quand Agravain l'entendit, il se mit en colère et lui dit qu'il espérait bien aller là où il ne le suivrait pas parce qu'il risquait d'y laisser un membre. Gaheriet se mit à rire et ne s'en offusqua nullement. Il lui répondit plaisamment : « Partez donc le premier ! Je vous suivrai partout où vous irez. » Gauvain se riait de leurs propos car il savait bien que Gaheriet se moquait de son frère et qu'il plaisantait. Il alla raconter à Guerrehet et à son père toute leur conversation et le roi dit alors : « Cher fils, suivons-les pour qu'ils ne commettent pas de bêtise car je sais bien qu'Agravain est fâché. » Quand Lidonas les vit partir au combat, il leur demanda qui ils étaient. Ils lui répondirent qu'ils étaient de la maison du roi Arthur « et celui que vous cherchez se trouve en notre compagnie. — Ah, Dieu, fit Lidonas, je ne poursuivrai donc pas ma route tant que je ne saurai pas de qui il s'agit.

600. — Non, fit le roi, mais quitte le grand chemin jusqu'à ce que tu voies ce qu'il adviendra et rends-toi dans un lieu écarté de cette forêt. » L'écuyer lui répondit qu'il le ferait sans faute. Tandis qu'ils parlaient ainsi, ils virent arriver le jeune homme avec l'épée toute sanglante suivi de deux cents Saxons qui s'élançaient à bride abattue. Il se retournait fréquemment pour les affronter et frappait si violemment celui

---

599. — Sire, fait Gaheries, au mains n'est ce mie courtoisie de soi vanter, mais quant vous venrés la si faites le mix que vous poés. » Et quant Agravains l'ot[a] si s'aïre et dist qu'il quide en tel liu aler ou il nel suirroit pour un des menbres perdre. Et Gaheries conmencha a rire, si ne s'en courecha mie. Si li dist tout en riant : « Alés donc devant. Ja tant ne saverés aler que je ne vous sieve. » Et Gavains s'en rist de ce qu'il dient. Car il set bien que Gaheries s'en joe et gabe. Si le conte a Guerrehes et a son pere les[b] paroles qu'il ont dites entr'aus .ii. Et li rois li dist : « Biaus fix, alons aprés aus, qu'il n'aillent a folie, car je sai bien que Agravains est iriés. » Et quant Lidonas les en voit aler, si lor demande qui il sont. Et il dient qu'il sont de la maison le roi Artu. « Et si est cil en nostre compaignie a qui vous alés. — Ha, Dix, fait Lidonas, dont n'irrai je en avant devant que je saurai que ce sera.

600. — Non, fait li rois, mais destournes toi del grant chemin tant que tu voies que ce sera, si t'en va en un destour en cele forest. » Et li vallés respont : « Si ferai je, sire. » Endementres qu'il parloient ensi, voient le vallet venir l'espee toute ensanglentee et bien .cc. Saisnes aprés, si tost come li cheval poent courre plus tost. Et il lor trestorne souvent et menu et feroit si durement celui qu'il ataignoit que arme nule ne le garantissoit. Et quant [il] il avoit fait son cop si

qu'il atteignait qu'aucune arme n'aurait pu le protéger.
Quand il l'avait frappé, il poursuivait sa route. Après cette
poursuite, il leur livrait bataille à nouveau. Voilà comment le
jeune homme les menait jusqu'à ce qu'il tombât sur ceux qui
venaient à sa rencontre. Quand le jeune homme vit qu'ils
étaient cinq, il leur cria à haute voix : « Pour Dieu, seigneurs,
nobles chevaliers, venez m'aider et ayez pitié de moi, car
vous voyez bien à quel point j'ai besoin d'aide ! — Tenez
bon, lui dit Agravain, car vous n'aurez bientôt plus rien à
craindre ! » Agravain piqua des deux et brandit sa lance au
fer acéré et tranchant ; il en frappa le premier venu si violemment que ni écu ni haubert ne purent le protéger de
sorte qu'il lui planta le fer de sa lance en plein corps et qu'il
l'abattit raide mort. Gaheriet qui le suivait en frappa un autre
si violemment au milieu de l'écu et du haubert qu'il lui
planta le fer tranchant dans la poitrine et le renversa raide
mort. Sa lance se brisa ; il mit aussitôt la main à l'épée, la
tirant du fourreau en disant : « Où êtes-vous donc, Agravain,
mon cher frère ? On va voir comment vous vous y prenez !
En ce qui me concerne, je me battrai pour les demoiselles
et par courtoisie envers elles. Quant à vous, si vous le voulez,
battez-vous donc par vilenie envers elles ! »

601. Monseigneur Gauvain et Guerrehet rirent de ces propos. Quand le roi Loth les vit s'amuser et rire de la sorte, il
leur dit : « Que faites-vous donc, mes fils ? Regardez plutôt

---

se remetoit au chemin. Et quant il l'avoient une piece suï si lor reli-
vroit estal. Ensi les demaine li vallés tant qu'il est venus sor ciaus
qui au devant lui venoient. Et quant li vallés voit qu'il sont .v. si s'escrie a haute vois : « Pour Dieu, signour, franc chevalier, venés moi
aïdier et vous prenge pitié de moi, car bien veés le besoing que je en
ai. » Et Agravains li dist : « Soufrés vous, amis, car vous n'i aurés
garde ! » Lors hurte Agravains le cheval des esperons et brandist la
lance dont li fers fu agus et trenchans et fiert le premier qu'il
encontre si durement que escus ne haubers nel garantist qu'il ne li
mete le fer del glaive parmi le cors, si le trebusce mort a terre. Et
Gaheries, qui aprés lui venoit, en refiert un autre si durement que
parmi l'escu et parmi le hauberc li envoie le fer trenchant parmi
la fourcele, si le porte a la terre mort estendu. Et lors brise li glaives
et il met tout de maintenant la main a l'espee et le traist fors del
fuerre et dist : « Ou^a estes vous ore, Agravain, biaus frere ? Or i
parra conment vous le ferés^b. Car je me penerai pour les damoiseles
et pour lor courtoisie et vous, se vous volés, penés vous pour lor
vilonnies. »

601. De cele parole se risent assés entre mon signour Gavain
et Guerrehes. Et quant li rois Loth les voit muser et rire si lor
dist : « Que faites vous, mi fil, ja veés vous vos freres entre vos

vos frères aux mains de vos ennemis!» Quand le jeune
homme entendit que les quatre chevaliers étaient tous frères
et qu'il y avait un homme qui les appelait ses fils en les
exhortant à bien faire, il demanda à ce dernier qui il était. Il
répondit qu'il s'appelait le roi Loth d'Orcanie et ajouta : « Ces
chevaliers sont mes fils. Regarde! Celui que tu cherches
porte l'écu de sinople », et il lui montra monseigneur Gauvain. Le jeune homme fut très heureux de cette nouvelle. Il
tendit les mains vers Dieu et rendit grâces à Notre-Seigneur
d'être tombé si opportunément sur eux puis il dit au roi :
« Seigneur, comment savez-vous ce que je cherche ? — Je
sais parfaitement que tu cherches Gauvain ! Le voici !»
répondit le roi. Ils se jetèrent alors sur les Saxons et le jeune
homme les suivit si bien qu'ils abattirent les trois premiers
ennemis qui se présentèrent, puis ils piquèrent des deux et en
frappèrent quatre autres qu'ils désarçonnèrent, l'épée à la
main. Ils se mirent à frapper à droite et à gauche. Le jeune
homme quitta le roi et ses autres fils puis se mit à suivre
monseigneur Gauvain partout où il allait. Monseigneur Gauvain tira son épée du fourreau et se livra à un tel massacre et
un tel carnage qu'à ce spectacle tous ses ennemis fuyaient
devant lui. Quand ils le voyaient arriver, ils n'osaient attendre
ses coups. Gauvain s'était tellement avancé qu'il ne savait pas
ce qu'étaient devenus son père et ses frères. À force de pourchasser vingt Saxons, Agravain et Gaheriet les firent se
rabattre sur Pignoret qui se trouvait avec une centaine de ses

---

anemis !» Quant li vallés entent que li .IIII. chevalier sont frere et oï
celui qui les apeloit fix et qui[a] les amounestoit de bien faire, si li
demande qui il est. Et il dist qu'il a a non li rois Loth d'Orcanie. « Et
cil chevalier sont mi fil. Et vois la celui que tu quiers a l'escu de
sinople. » Si li moustre mon signour Gavain. Quant li vallés entent
ce que li rois li dist, si en ot molt grant joie des nouveles qu'il[b] li ot
dites. Si en tent ses mains vers Dieu et en rent grasses a Nostre
Signour de ce qu'il les a si perestement[c] trouvés. Lors dist au roi :
« Sire, conment savés vous que je quier ? — Je le sai bien, fait il, que
tu quiers Gavain. Et vois le la. » Atant se fierent entre les Saisnes et
li vallés avoec, si que les .III. qu'il encontrent abatent a terre mors.
Puis poignent avant et en fierent .IIII. autres si que mors les abatent,
les espees es mains. Et conmencent a ferir a destre et asenestre. Et
li vallés laisse le roi et les autres et poursuit mon signour Gavain en
tous les lix ou il aloit. Et mesires [d] Gavains ot traite s'espee fors del
fuerre et comencha a faire grant ocision de gent et si grant martire
que tout cil qui le veoient fuient de devant lui quant il le voient
venir, ne l'osent a cop atendre. Et estoit si avant alés qu'il ne savoit
riens de son pere ne de ses freres. Et Agravain et Gaheries orent tant
enchauciés .XX. Saisnes qu'il les embatirent sor Pignoras qui bien

hommes. Constatant que leurs poursuivants n'étaient que deux, Pignoret appela ses hommes en criant. Les fils du roi Loth se lancèrent dans la mêlée et frappèrent deux Saxons si violemment qu'ils les abattirent. Dix Saxons sortirent des rangs et frappèrent Agravain de tous côtés au point de l'envoyer à terre. Dix autres frappèrent Gaheriet si rudement qu'ils le renversèrent sur l'arçon arrière de sa selle. Quand sa lance fut brisée, Gaheriet se rétablit rapidement et frappa à droite et à gauche dans la foule au point d'accomplir des merveilles. Resté seul, Agravain bondit, l'épée dans la main droite et l'écu en avant. Les Saxons l'attaquèrent très violemment et il se défendit en homme courageux et robuste. Gaheriet piqua des deux en direction de son frère et il s'interposa entre lui et ceux qui l'assaillaient si cruellement. Ils se défendaient si courageusement que les Saxons n'osaient plus s'approcher de lui tellement ils redoutaient les grands coups qu'il leur donnait. Ils se battirent longtemps de cette manière car les Saxons n'aspiraient qu'à les capturer et eux se défendaient pour protéger leur vie. Le roi Loth et Guerrehet se battaient également de leur côté avec une grande violence ; ils parcouraient les rangs des combattants pour retrouver leurs compagnons. À force de chercher, ils finirent par apercevoir Agravain parmi les Saxons, avec dans son poing l'épée grâce à laquelle il leur assenait de très grands coups. Gaheriet se trouvait à ses côtés et dépensait toute sa peine et toute son énergie pour le délivrer et pour le remettre en selle.

---

estoit soi centisme de Saisnes. Et quant il voit que cil qui les enchaucent ne sont que .ii., si escrie ses homes. Et il se mellent a els*d*, si en fierent .ii. si durement que mort les abatent. Et lors se desrengent .x. Saisne et fierent Agravain de toutes pars qu'il le portent a terre, et .x. en refierent Gaheriet tant durement qu'il l'enversent sor l'arçon deriere. Et quant li glaives fu brisiés si se redrece molt vistement et fiert en la presse de toutes pars tant qu'il i fait merveilles. Et Agravains qui estoit seus reliquant em piés l'espee el poing destre et mist l'escu avant. Et cil l'assaillent molt durement et cil se desfendent si bien come cil qui avoit assés cuer et force. Et Gaheriet hurte le cheval des esperons cele part ou il vit ses freres et se met entre lui et les Saisnes qui molt durement l'assailloient. Et il se desfendent si vertuousement qu'il ne l'osent aprocier tant redoutent ses grans cops que il lor donne. Si se combatent molt longement en tel maniere car li Saisne beent molt a es prendre et il se desfendent pour lor vies garantir. Et li rois Loth et Guerrehes se recombatent d'autre part molt durement et vont par la bataille querant lor compaingnon. Si ont tant alé qu'il virent Agravain entre les Saisnes, l'espee el poing toute nue dont il lor donne molt grans cops. Et Gaheries fu lés lui, qui molt met grant painne et entente pour lui delivrer et remonter.

602. Alors le roi Loth et Guerrehet rejoignirent les combattants ; à eux cinq ils livrèrent assaut contre les Saxons et les affrontèrent violemment. Ils finirent par se lasser de tuer et dépecer ainsi leurs adversaires. En avançant toujours, monseigneur Gauvain monta sur la colline, l'épée toute sanglante à la main. Il regarda derrière lui et vit qu'il avait enfoncé les rangs des Saxons. Le jeune homme qui le suivait à la trace lui dit alors : « Seigneur Gauvain, je vous suis afin que, si mon service vous agrée, vous me fassiez chevalier quand je vous le demanderai. » Gauvain répondit qu'il était le bienvenu, sans ajouter un mot. Il le garda près de lui et lui demanda de rester à ses côtés afin que les Saxons ne puissent ni le blesser ni l'abattre « car, dit-il, il me faut à présent rechercher mon père et mes frères ; je ne sais pas ce qu'ils sont devenus. — Seigneur, dit le jeune homme, voyez, il me semble qu'ils sont là dans cette foule car je vois des épées s'élever, reluire puis s'abattre. » Monseigneur Gauvain jeta un regard et reconnut son père d'après le casque puis, s'adressant au jeune homme : « C'est mon père, suivez-moi vite ! »

603. Alors monseigneur Gauvain piqua des deux et le cheval bondit de dix-huit pieds en avant, d'un seul élan. Monseigneur Gauvain se jeta sur les Saxons encore plus férocement qu'il ne l'avait fait de la journée et, avec son jeune compagnon, ils abattirent devant eux tous ceux qu'ils atteignaient. Le jeune homme soudain ne put même plus

---

602. Lors se feri li rois Loth et Guerrehes entr'aus et lor livrent estal entr'aus .IIII. et se combatent a els trop durement et se lassent molt es Saisnes ocirre et detrenchier. Et mesire Gavains ot tant alé qu'il en vint el tertre amont, l'espee en la main toute sanglente. Lors se regarde ariere et voit que tous les ot perciés. Et li vallés li estoit adés a l'esperon et li dist : « Sire, je vous sieu, se mon service vous plaist, que vous me faciés chevalier quant je le vous requerrai. » Et il respondi que bien fust il venus sans plus dire. Si le retint, puis li dist qu'il [e] se tiengne prés de lui que cil Saisne ne le blecent ne abatent. « Car il m'estuet, fait il, querre mon pere et mes freres que je ne sai qu'il sont devenu. » Et li vallés li dist : « Sire, je quit, veés les la en cele presse. Car je i voi espees lever et flamboier et abaissier. » Et messire Gavains regarde et connut son pere au hiaume, puis dist au vallet : « C'est mon pere, sievés moi tost. »

603. Atant hurte mesire Gavains le cheval des esperons par ansdeus les costés. Et il li saut .XVIII. piés tout plainnement. Et il se fiert as Saisnes plus fierement que il n'avoit fait devant en tout le jour entre lui et le vallet si qu'il abatent devant els quanqu'il ataingnent. Et li vallés ne set tant esperonner que ataindre le puisse, si trouve la voie et le chemin joncié des abatus. Et lors dist li vallés : « Sainte

éperonner pour le rejoindre, sa route et son chemin étaient
jonchés de cadavres. Il s'écria alors : « Sainte Marie, Dame, je
crains fort de le perdre parmi ces mécréants ! Il m'a dit la
vérité celui qui m'a soutenu que ce chevalier n'avait pas son
égal sur toute la terre ! Il n'a pas menti d'un seul mot et il
serait même possible d'en dire encore plus à son sujet ! Si le
chevalier est bon, le cheval est à son image ! Et je crois bien
que, s'il voulait déployer toute sa force, il pourrait renverser
vingt fois plus de Saxons qu'il y en a ici car, si nombreux
que soient ses assaillants, ils ne peuvent jamais le désarçonner. Plaise à Dieu qui naquit de la Vierge Marie que le roi
mon père puisse un jour le voir car je suis sûr qu'il l'admire-
rait beaucoup. »

604. Ainsi s'exprima le jeune homme. Tout en parlant, il
suivait à la trace monseigneur Gauvain comme il le pouvait.
À force d'avancer, monseigneur Gauvain retrouva son frère
Agravain si las et si épuisé qu'il s'appuyait sur son écu, l'épée
au poing. Il était si malmené et si accablé de fatigue qu'il ne
pouvait plus guère se défendre. On lui assenait souvent de
grands et pesants coups de lance ou d'épée quand on pouvait l'approcher. Ailleurs, Gauvain vit que Guerrehet avait
été frappé de deux lances dans le dos et qu'il avait été porté
à terre, par-dessus le cou de son cheval. Ailleurs encore, il
vit le roi Loth son père que douze Saxons tenaient par le
casque et battaient rudement de la poignée de leur épée.
Gaheriet avait jeté son écu et tenait son épée à deux mains

Marie, dame, je me criem que je ne le perde en ces mescreans. Molt
me dist ore voir cil qui me dist qu'il n'avoit tel chevalier el monde.
Et il n'en menti onques de mot, car il en i a plus que il ne m'en dist.
Et se li chevaliers est bons il a cheval a sa guise. Et si quit de verité
que s'il voloit faire tout son pooir que il meteroit bien tels .xx. tans a
la voie que ci n'en a, car il ne puet estre jetés de la sele tant viengnent gent sor son cors, car pleüst ore a Dieu qui nasqui de la Virge
Marie que li rois mes peres l'eüst une fois veü. Car je sai vraiement
que a merveilles le tenroit chier. »

604. Ensi devise li vallés quanque il veut. Et toutes voies sieut il
mon signour Gavain a l'esperon tant com il puet. Et mesire Gavains a
tant alé qu'il trouva Agravain son frere si las et si travveillié que il
s'estoit apoiiés sor son escu et s'espee toute nue el poing et si malmené
et si aquis que aïdier ne se puet se petit non. Et li donnoit on souvent
de grans cops et de pesans de lances et d'espees quant on pooit a lui
venir. Et d'autre part voit que Guerrehes estoit ferus de .ii. lances par
entre .ii. les costes deriere si qu'il fu portés a terre tous estendus par
desor le col de son cheval. Et d'autre part voit le roi Loth son pere que
.xi. Saisne tenoient au hiaume et le batoient des poins de lor espees
molt durement. Et Gaheries avoit son escu jeté a terre si tenoit s'espee

en faisant retentir les coups qu'il portait. Il frappait si durement sur les Saxons qu'il coupait bras, poings et têtes ; il
leur fendait le crâne jusqu'aux dents et, devant ses exploits,
les Saxons n'osaient plus l'attendre mais se sauvaient en laissant sur place le roi Loth, malgré qu'ils en aient. Le roi
regarda autour de lui et vit que c'était son fils Gaheriet qui
l'avait secouru. Il lui dit : « Ah ! Gaheriet, mon cher fils, si
nous avions avec nous votre frère Gauvain, nous ne serions
pas en train de perdre ce combat face à cette ignoble
engeance. Et Agravain ? Et Guerrehet ? Où sont-ils ? — Seigneur, fit Gaheriet, regardez, ils sont là-bas, au milieu de nos
ennemis qui auront tôt fait de les tuer. » À ces mots, monseigneur Gauvain arriva, fendant et brisant tout, aussi rava-
geur qu'un carreau d'arbalète, frappant et abattant tout ce
qui se trouvait sur son passage, à bride abattue. Il tenait son
épée au poing et donnait à droite et à gauche des coups si
terribles et si démesurés que toute la terre alentour en retentissait. Le jeune homme, qui était à ses côtés, ne voulait pas
le quitter. Il lui donna un joli coup de main, ce qui lui valut
l'estime de tous les frères de Gauvain. Il advint alors que
monseigneur Gauvain tomba sur Monaquin qui était l'un des
meilleurs chevaliers du monde et qui s'était arrêté près de
Guerrehet car il voulait le retenir et le capturer. Monseigneur
Gauvain le frappa si durement de son épée Escalibor tout
en le dépassant qu'il le fendit en deux jusqu'aux arçons. À ce
spectacle, le jeune homme se signa tout émerveillé et bénit le

---

as .ii. poins et faisoit ses cops molt durement oïr. Car il feroit sor
les Saisnes tant durement qu'il copoit bras et poins et testes et [*f*]
fendoit Saisnes jusques es dens et faisoit tant par sa prouece que li
Saisne ne l'osoient atendre, ains guerpirent le roi Loth quelque gré
que il en aient. Et li rois se regarde et voit que c'est Gaheriet son
fil qui rescous l'avoit, si dist : « Ha, Gaheriet, biaus fix, se nous
eüssiens o nous Gavain vostre frere ne perdissiens riens hui
mais par ceste desloial gent. Et Agravain et Guerrehes, ou sont il ?
— Sire, fait Gaheries, veés les la entre les piés de nos anemis qui ja
les auront mort. » A ces paroles vint mesire Gavains fendant et
derompant et bruiant conme quarrel d'arbalestre ferant et acravantant
quanqu'il ataint devant lui a la grant force del cheval. Et tint l'espee
el poing et fiert a destre et assenestre uns cops si pesmes et si
desmesurés qu'il fait toute la terre retentir. Et li vallés est adés lés
lui qui laissier ne le vaut, si fist molt bel cop de sa main dont puis
l'amerent tout li frere. Et lors avint que mesire Gavains encontra
Monakin qui estoit uns des miudres chevaliers del monde et s'estoit
arrestés sor Guerrehes por lui retenir et prendre. Et mesire Gavains
le fiert si durement en trespassant d'Eschalibor que tout le pourfent
jusques es arçons. Et quant li vallés le voit, si se seigne de la mer-

bras qui savait assener de si beaux coups. Gauvain prit alors le cheval du Saxon par la bride et le mena vers Agravain en disant : « Montez, mon frère », ce qu'Agravain fit aussitôt car il avait bien besoin de cette aide et l'écuyer lui tint l'étrier. Agravain le remercia et lui dit qu'il s'était bien comporté lorsqu'il en avait eu l'occasion.

605. Quand Pignoret vit son frère mort, il entra dans une colère folle. Tenant sa hache à deux mains, il se dirigea vers le roi Loth et le frappa si durement sur son heaume qu'il le fit vaciller. Le roi Loth ne ressentit aucun mal, mais fut assommé par le coup. Pignoret frappa alors Gaheriet et le fit s'écrouler. Monseigneur Gauvain fut fort affligé de ce spectacle et manqua de s'évanouir. Gauvain éperonna son Gringalet et se dirigea vers eux, l'épée à la main. Quand Pignoret le vit venir, il se couvrit de son écu et de sa hache et Gauvain y frappa si rudement qu'il brisa en deux le manche de la hache. Le coup descendit ensuite sur l'écu et l'épaule gauche de Pignoret, le pourfendant jusqu'à la ceinture et le renversant. Le jeune homme prit son cheval, le mena vers Gaheriet qui y monta prestement. Quand il fut en selle, il prit à son tour par la bride le cheval d'où son père était tombé et le reconduisit vers lui afin de l'aider à remonter. Quand le roi Loth fut remis en selle, il lança un assaut vers ceux qui l'avaient poursuivi mais les Saxons étaient si surpris et épouvantés par la mort de leurs deux seigneurs

---

veille qu'il en a et beneïſt le bras qui tel cop ſet donner. Lors priſt le cheval par le reſne et le mainne a Agravain et li diſt : « Montés, frere. » Et cil ſi fait qui grant meſtier en avoit et li vallés li tint l'eſtrier. Et Agravains l'en mercie et diſt que bien l'avoit fait, s'il em pooit en lieu venir.

605. Quant Pignoras vit son frere mort si en fu a merveilles coureciés. Et il tint une hace a .II. mains et s'en vint envers le roi Loth et le fiert si durement desor le hiaume qu'il le trebusche a terre. Mais il n'ot mie de mal fors qu'il fu eſtonnés del cop. Puis refiert Gaheriet et l'abati a terre tout eſtendu. Et quant meſire Gavains le voit ſiᵃ eſt si dolans que a poi qu'il n'iſt del sens. Si hurte le Gringalet cele part, l'espee en la main toute nue, et quant cil le voit venir, si se couvre de son escu et de sa hace et il i fiert si durement qu'il trenche la mance de la hace tout outre. Et li cops descent sor l'escu et sor la seneſtre espaulle, si le pourfent jusques au brailᵇ et cil chiet jus a terreᵇ. Et li vallés prent li cheval, si le mainne a Gaheriet et cil i monte toſt et delivrement. Et quant il fu remontés [143a] si prentᶜ le cheval dont ses peres fu cheüs, l'en mainne par le frain et li fiſt monter. Et quant il fu remontés si faitᵈ une envaïe a ciaus qui si court l'avoient tenu, mais li Saisne eſtoient si esbahi et si espoenté de lor .II. signours qui mort eſtoient qu'il coururent en fuies et ne

qu'ils se mirent à fuir en ne cherchant nullement à se mettre en ordre de défense. Vandalis, leur sénéchal, s'écria :

606. « Ah, ignobles ! Que faites-vous ? Vengez donc plutôt vos deux seigneurs de ces scélérats qui les ont tués de si vile manière ! Vous voyez bien qu'ils ne sont que six alors que vous êtes quatre cents. Vous devriez avoir honte qu'ils vous aient résisté si longtemps ! » Et les Saxons se retournèrent alors vers leurs six adversaires. Monseigneur Gauvain se mit en première ligne et les affronta en parfait connaisseur de leur bravoure. Il tenait Escalibor sa bonne épée et frappa si bien le premier venu à sa portée qu'il le tua net. De même du deuxième, puis du troisième, puis du quatrième. Ensuite il frappa si violemment Vandalis le sénéchal qu'il lui fit voler la tête. Le jeune homme prit le cheval, l'emmena vers Guerrehet et le fit monter. Quand les Saxons virent ce qui était advenu de leur sénéchal, ils se mirent à fuir aussitôt à qui mieux mieux et aucun n'attendait son voisin ! Les six hommes les poursuivirent car ils les détestaient plus que tout ; ils tuèrent et massacrèrent tous ceux qui se trouvaient à leur portée. Monseigneur Gauvain montait le Gringalet qui l'emportait à vive allure. Il accomplit de telles prouesses et commit un tel massacre qu'il ne faut même plus s'en étonner. Il poursuivait ses adversaires de si près qu'aucun ne pouvait lui échapper dans un sens ou dans l'autre car ils ne pouvaient prendre une direction sans voir Gauvain les précéder. Quand les Saxons se rendirent compte qu'ils ne pour-

---

metoient nul conroi en aus desfendre. Et Mandalis, lor seneschal, si lor escrie :

606. « Ha, mauvaise gent, que faites vous ? Vengiés vos .ii. signours de ces .ii. pautonniers qui ocis les ont en tel maniere. Et vous veés bien qu'il ne sont^e que sis et vous estes .cccc. Si en devés avoir grant honte que il ont tant duré. » Et cil se retournent vers les .vi. et mesire Gavains se met el premier front devant et les encontre conme cil qui bien connoist lor corage. Et tint Eschalibor sa bone espee et fiert si le premier qu'il ataint qu'il l'ocist. Et puis le secont et puis le tiers et puis le quart. Et aprés fiert si durement Vandalis le seneschal que la teste li fist voler. Et li vallés si prent le cheval et le mainne a Guerrehes et le fait monter. Et quant li Saisne voient lor seneschal, si tournent en fuies tout maintenant, qui ains ains et qui mix mix, si que li uns n'atent pas l'autre. Et il les enchaucent qu'il les heent sor toute riens et ocient et abatent quanqu'il ataingnent. Et mesire Gavains sist sor le Gringalet qui tost l'en porte, si en fait tel merveille et tele ocision que ce n'est se merveille non, et les tient si cours que nus ne les puet eschaper amont ne aval, car il ne puent cele part tourner qu'il ne lor soit au devant. Et quant cil voient qu'il ne le porront garir, si se metent el parfont de la forest a garison, si s'enfuit li uns cha et li autres la que il n'atendent ne

raient plus se défendre, ils s'enfoncèrent au plus profond de
la forêt pour se protéger. L'un s'enfuyait par ici, l'autre par
là, de sorte que plus personne ne se souciait de son pair ou
de son compagnon. Ils maudirent l'heure et le jour où il les
avaient rencontrés « car, disaient-ils, ce n'étaient pas des
êtres ordinaires mais plutôt des fantômes et des diables sortis tout droit de l'enfer. Ils ne sont que six et il n'est jamais
arrivé qu'un si petit nombre fasse subir à aussi grande
troupe une aussi cinglante défaite que celle qu'ils nous ont
infligée. Voilà pourquoi nous prétendons qu'ils n'ont pas été
conçus et engendrés par des êtres humains ordinaires car
aucun homme ordinaire n'aurait pu faire ce qu'ils ont fait ».

607. Voilà ce que les Saxons disaient de leur défaite et de
leur déroute provoquée par la prouesse de monseigneur
Gauvain. Tous ceux qui en réchappèrent n'eurent point de
cesse qu'ils arrivassent au siège établi devant la cité de Clarence et ils rapportèrent au roi Hargodabrant les grandes
pertes qu'ils avaient subies « car ils ont tué nos deux rois
ainsi que notre sénéchal ».

608. À ces mots, Hargodabrant fut si courroucé qu'il faillit
s'évanouir car les deux rois étaient ses cousins germains. Il
maudit alors l'heure et le jour où ils avaient pénétré sur ces
terres qui leur avaient valu de si grandes pertes et de si
grands dommages. Mais ici le conte se tait au sujet des
Saxons et évoque le roi Loth et ses enfants pour raconter
comment ils s'arrêtèrent pour rassembler les chevaux de
somme qui avaient survécu à la déroute.

---

per ne compaingnon. Si maudient molt l'eure et le jor que il hui les
encontrerent « car ce ne sont mie gent come autre ains sont fantosmes
et anemi qui fors d'infer sont issu. Car il ne sont que .VI. et si petit que
ce n'avint onques a nule gent que si grant foison fuissent que si vilment fuissent desconfit conme nous somes par els. Et par ce poons
nous dire que cil ne furent onques d'ome charnel engendré conceü. Car
ce ne porroit faire nul home charnel ce que il font ».

607. Ensi devisoient li Saisne lor volenté et furent desconfit et desbareté par la prouece mon signour Gavain. Et li remanans qui eschaperent ne finerent onques devant qu'il en vinrent en l'ost devant la
cité de Claren[b]ce et conterent au roi Hargodabrant le grant damage
que li .VI. lor avoient fais. « Car il ont nos .II. rois ocis et nostre
seneschal autresi. »

608. Quant Hargodabrans l'oï si en fu tant coureciés que par un
poi qu'il n'ist fors del sens. Car li doi roi estoient si cousin germain. Si
maudist l'eure et le jor qu'il onques entrerent en la terre, car trop i
ont perdu et receü grant damage. Mais ici endroit se taist li contes des
Saisnes et parole del roi Loth et de ses enfans, conment il arresterent
et por assembler les sonmiers qui a la desconfiture furent remés.

La colère d'Agravain.

609. Le conte dit que, lorsque les Saxons furent vaincus dans la vallée de Roestoc, le roi Loth et ses fils furent très heureux d'avoir eu la chance de secourir le jeune homme. Alors ils s'intéressèrent aux chevaux de somme que les Saxons devaient emmener au siège de Clarence et que ces derniers avaient abandonnés. Le roi Loth et ses fils les rassemblèrent. Quand ce fut fait, ils les gardèrent tous. Alors Gaheriet tint ces propos qui furent écoutés avec attention : « Ah, Seigneur-Dieu, pourquoi y a-t-il donc dans ce pays autant de jeunes gens qui répugnent à se faire un butin ? Vraiment, c'est leur paresse et leur nullité qui en font des perdants. Ils ne devraient pas rester dans leurs lits mais surveiller plutôt ces frontières alentour[1]. — Cher fils, dit le roi Loth, leur sécurité serait menacée car qui embrasse un tel projet encourt en échange d'une seule chance qui peut lui échoir quatre malheurs. » Alors Gaheriet dit à son père : « Cher seigneur, demandez donc à mon frère Agravain s'il a quelque désir de faire l'amour avec des jeunes filles qui pourraient se trouver dans ce bois. » Agravain le regarda de travers, orgueilleusement, et lui dit en manière de raillerie : « Gaheriet, il n'y a pas si longtemps, vous n'aviez nulle envie de plaisanter lorsqu'un Saxon vous a renversé avec sa hache. Si mon frère Gauvain n'avait pas été là, cela aurait mal tourné pour vous ! — Si je suis tombé, fit Gaheriet, je n'y pouvais rien mais je n'étais pas affaibli au point de ne plus

---

609. Or dist li contes[a] que quant li Saisne furent desconfit en la valee de Rohestoc si en fu li rois Loth molt liés et si fil pour l'aventure qu'il avoient ensi le vallet rescous. Lors s'en viennent par les sonmiers que cil avoient laissiés qu'il devoient avoir mené au siege de Clarence, si les aünent et metent ensamblé. Et quant il les orent tout assamblé, si les gardent tout. Et lors dist Gaheries une parole qui bien fust escoutee : « Ha, biaus sire Dix, fait il, pour coi sont il tant de povres bacelers com il sont par le païs ? Quant il ne gaaingnent, certes, il ne perdent se par prouece non et par mauvaisté, ne il ne deüssent ja jesir en lit mais gaitier ces marces ci entour. — Biaus fix, fait li rois Lot, ci averoit trop mauvais asseürement, car qui tel chose veut embracier, pour une fois que bien l'en chiet l'en meschiet il .iiii. mauvaisement. » Et lors dist Gaheriet a son pere : « Biau sire, or demandés a Agravain mon frere se il a ore nul talent de dosnoiier as puceles s'il les tenoit enmi cel gaut. » Et Agravains le regarde a travers molt orgueillousement, se li dist par ramprosne : « Gaheries, il n'a encore gaires que vous n'aviés nul talent de gaber, a cele eure que li Saisnes vous abati de sa hace. Se n'eüst esté mesire Gavain mon frere [d] mal vous fust alé. — Se je i chaï, fait Gaheries, je n'en poi mais, ne je ne fui mie si a meschief que je ne me desfendisse com

pouvoir me défendre au mieux. Quant à vous, mieux vaudrait vous taire sur ce sujet car je vous ai vu aujourd'hui dans un tel état que si la plus belle femme du monde vous eût adressé sa requête d'amour, vous n'auriez pas pu lui dire un seul mot pour tout l'or du monde. Un enfant de cinq ans aurait même pu vous voler de force vos braies. » Pour avoir été traité de lâche, Agravain entra dans une colère folle ; il en rougit de fureur et de honte et regarda fixement son frère. S'il s'était trouvé seul avec lui, il se serait battu mais le roi Loth détourna la conversation car il voulait empêcher qu'éclate une bagarre entre eux deux. Il demanda ce qu'on ferait des chevaux de somme. Gaheriet dit : « Seigneur, demandez-le donc à Agravain ! » Agravain se mit en colère et dit que Dieu ne devait plus jamais l'assister s'il ne lui faisait pas payer cher ses propos. Il tenait un tronçon de lance dans la main et en frappa Gaheriet si rudement sur le heaume que le tronçon vola en pièces. Gaheriet ne bougea pas et lui pardonna tranquillement. Agravain revint à la charge et lui porta à plusieurs reprises un si grand nombre de coups qu'il ne lui restait plus qu'un tout petit morceau de lance. Ni son frère Guerrehet ni son père ne parvinrent à le séparer de son frère car, dès qu'il pouvait leur échapper, il retournait assaillir Gaheriet.

610. C'est alors que monseigneur Gauvain revint de sa chasse et demanda ce qui se passait. Le roi lui raconta tout mot pour mot et, quand monseigneur Gauvain entendit

---

bien que ce fust. Et de ce vous devés vos bien taire, car je vous vi hui en tel point que se la plus bele feme del monde vous proiiast d'amours vous ne li deïssiés un sol mot pour tout le monde. Car un enfant de .v. ans[b] vous peüst avoir a force tolu vos braies. » Et quant Agravains l'entent si en fu a merveilles courreciés de ce que il le claimme recreant et en rougist de mautalent et de honte et le regarde tout a estal et, s'il n'i eüst que lui, il se fust a lui mellés. Mais li rois Loth tourna la parole en autre lieu, car il ne voloit pas que mellee eüst entr'aus .ii. Si demanda c'on feroit des sommiers. Et Gaheries dist : « Sire, demandés le a Agravain. » Et lors se conmence Agravains molt durement a coureier et dist que ja Dix ne l'i aït s'il ne le compere. Il tint un tronchon de lance en sa main et en fiert Gaheriet tant durement parmi le hialme qu'il[c] vole tout en pieces. Et Gaheries ne se remue, ains li a molt doucement pardonné. Et Agravain le recouvre et fiert et refiert tant de cops qu'il ne li remest del tronçon fors solement ce qu'il en tint en sa main. Ne ses freres Guerrehes ne ses peres ne l'en sevent tant oster que il ne li coure sus quant eschaper lour puet.

610. Lors vint mesire Gavains de la chace et lor demande que ce a esté. Et li rois li conta tout mot a mot. Et quant mesire Gavains entent

cela, il alla trouver son frère Agravain et le blâma très sévèrement de ce qu'il avait fait. Agravain jura, avec force, qu'il ne pardonnerait jamais l'offense de Gaheriet. Quand monseigneur Gauvain entendit cette méchanceté, il lui fit savoir que, s'il portait encore la main sur Gaheriet, il le payerait cher de sa personne et qu'il n'avait pas besoin de donner d'autre gage. « Fi ! rétorqua Agravain, ce serait tenter la malchance que de ne rien vous laisser en gage ! — Alors on verra ce que tu feras », fit monseigneur Gauvain.

611. Agravain piqua des deux et assaillit son frère Gaheriet, l'épée à la main. Il le frappa sur son heaume d'un si grand coup que des flammes et des étincelles en jaillirent. Gaheriet refusait toujours de réagir tant soit peu aux attaques de son frère. Voyant l'assaut d'Agravain, monseigneur Gauvain tira Escalibor et se rua sur lui. Il jura sur l'âme de son père qu'Agravain avait agi pour son malheur. Quand son père le vit s'élancer, il dit à Gauvain : « Attaquele, cher fils, vas-y et tue ce ribaud ! Il est trop félon et trop orgueilleux. » Monseigneur Gauvain comprit parfaitement ce qu'il voulait dire ; il s'approcha d'Agravain et lui assena derrière l'oreille un tel coup du pommeau de l'épée qu'il le fit tomber tout étourdi de son cheval et qu'il lui fit perdre connaissance. Monseigneur Gauvain était en colère. Gaheriet vint le trouver et lui dit : « Cher frère, ne vous irritez pas pour ce qu'il m'a fait car vous savez bien que c'est un félon et un orgueilleux. Vous ne devez pas prendre au sérieux ni

---

ce, si vient a lui, si l'en blasme molt durement de ce qu'il en a tant fait. Et Agravains jure quanqu'il puet jurer que ja ne li sera pardonné. Et quant mesire Gavains entent la felonnie si li dist que bien seüst il que, s'il metoit plus main sor lui, qu'il le comperoit de son cors, que ja autre gage n'i metroit. « Fi, fait Agravain, ce soit ore a male aventure quant je pour vous riens[e] ne laisseroie. — Ore iert veü, fait mesire Gavains, que tu en feras. »

611. Lors hurte Agravains le cheval des esperons et court sus a Gaheriet l'espee traite et le fiert parmi le hiaume tel cop que li fus et les estinceles en volent amont vers le ciel, ne Gaheries ne se remue ne tant[e] ne quant pour chose qu'il li face. Et quant mesire Gavains le voit si traïst Eschalibor et li courut sus et jure l'ame son père que mar le pensa. Et quant ses peres l'en voit aler, si li [d] dist : « Ore a lui, biaus fix, va, si le m'oci, le ribaut ! Car trop est fel et orguellous. » Et mesire Gavains pense bien qu'il veut dire et s'en vient a Agravain et li donne tel cop del pomel de l'espee lés l'oreille qu'il le porte a terre del cheval si estourdi qu'il ne set qu'il devint. Et mesire Gavains fu iriés, si li vint Gaheries a l'encontre et li dist : « Biaus frere, ne vous coureciés mie de chose qu'il m'a faite. Car vous savés bien qu'il est fel et orguellous. Si ne devés pas prendre a pris fait chose qu'il

ses paroles ni ses actes. — Hors de ma vue, sâle lâche, fait monseigneur Gauvain, je ne t'aimerai plus jamais pour l'avoir épargné quand il t'a attaqué.

612. — Seigneur, fit Gaheriet, c'est mon aîné ; je lui dois le respect. Il a répondu par la plaisanterie à ce que je lui ai dit. — C'est un fou, un orgueilleux, fit Guerrehet, tu l'as bien vu ! Et cela finira par mal tourner pour toi. » Gaheriet lui répondit : « Au nom de Dieu, cher frère, je jouerai doré-navant bien malgré moi avec un étranger puisque je ne peux plus jouer ni avec vous ni avec lui. — Sachez, fait-il, que c'est la première et la dernière fois que je jouerai avec vous et avec lui. Et si nous n'étions pas tous partis ensemble, je ferais demi-tour dès maintenant et je refuserais votre compa-gnie. » Guerrehet lui dit aussitôt : « Malheur à Agravain s'il ne nous fait pas payer très cher la colée qu'il a reçue de vous ! — Par la grâce divine, fit monseigneur Gauvain, si vous ne lui faites pas ce qu'il mérite, alors je vous mettrai dans un endroit où vous ne verrez plus rien, pas même vos pieds, pendant sept mois entiers.

613. « Toutefois, je vous défends de lui faire du mal, si vous tenez à la vie. — Seigneur, fit Guerrehet, nous nous en garderons donc puisque vous l'ordonnez car nous ne pourrions et ne voudrions pas vous désobéir. Mais il me pèse de voir que vous vous mêlez de nos affaires en pre-nant parti pour Gaheriet et que vous avez blessé Agravain

m'a dite ne faite. — Fui de ci, fait mesire Gavains, mauvais faillis ! Jamais ne t'amerai quant tu onques l'espargnas de nule chose !

612. — Sire, fait Gaheries, il est ainsnés de moi, si li doi porter honour, ne de chose que je onques li deüs ne me faissoie se gaber non. — Il est fox et orgueillous, fait Guerrehes, et tout ce as tu ci veü. Si t'en doit bien mal avenir. » Et Gaheriet li respondi : « En non Dieu, biau frere, malement jueroie a un estrange quant a vous ne a lui ne puis joer. — Saciés, fait il, que c'est la première fois et la daer-rainne que je jamais joerai a vous ne a lui. Et se ne fust ce que ensamble nous somes esmeü je m'en retourneraisse ore endroit que ja plus de compaingnie ne vous feïsse. » Et Guerrehes li dist dere-cief : « Mal dehait aït Agravains s'il ne nous vent molt chierement la colee qu'il a receüe pour vous. — Si vraiement m'aït Dix, fait mesire Gavains, se vous ne li feïssiés chose que vous ne li deüssiés faire, je vous metroie en tel lieu ou vous ne verriés vos piés dedens .VII. mois tous entiers.

613. « Si vous desfent, si chier com vous avés vos cors, que vous vous gardés de lui mal faire. — Sire, fait Guerrehes, et nous nous en gardons dés que vous le conmandés. Car encontre vos commande-mens ne porriens nous riens faire ne ne vaurienmes. Mais il me poise quant vous vous mellés a nous pour lui et que vous en avés ensi laidi

pour rien. — Pour rien n'est pas le mot juste, fait monseigneur Gauvain, puisqu'il a attaqué Gaheriet bien que je le lui
aie défendu et qu'il m'a défié devant mon père. Gaheriet ne
s'est jamais courroucé du coup qu'il lui a donné. Malheur à
cet orgueilleux car son orgueil te nuira encore ainsi qu'à lui.
— Par la grâce divine, fit le roi Loth à Guerrehet, pour un
peu je serais prêt à t'enlever toutes tes armes ainsi qu'à
Agravain et à vous laisser là, en rase campagne, comme des
ribauds. — Seigneur, fit Guerrehet, il sied que de tels propos
sortent de la bouche d'un autre plutôt que de la vôtre car
vous n'avez ni le désir ni le pouvoir de faire, si peu que ce
soit, ce que vous avez dit.

614. — Insolent ! Il n'en est rien, fit le roi Loth. Voilà
bien la démesure de votre colère ! Vous êtes son frère, alors
conduisez-vous bien envers lui ! Et j'ordonne à mon fils
Gauvain que si vous ou Agravain, vous vous en prenez à
Gaheriet, qu'il vous remette dans le droit chemin comme on
doit le faire pour deux ribauds fous et niais. » Quand le
jeune homme vit que monseigneur Gauvain avait abattu
Agravain et qu'il avait fait jaillir le sang de son nez et de sa
bouche, il courut prendre son cheval, le conduisit vers lui
par la bride et l'aida à remonter. Monseigneur Gauvain
revint vers Agravain et lui dit : « Ribaud ! Moins-que-rien !
Va-t'en d'ici, je n'ai que faire de toi. Fais en sorte que je ne
te revoie jamais ! Va-t'en où tu veux car désormais tu ne
chevaucheras plus jamais à mes côtés. Pars donc avec tous

Agravain pour noient. — Pour noient n'est ce mie, fait mesire
Gavains, quant il sor mon desfens li courut sus et en despit de moi
voiant nostre pere. Ne onques Gaheries ne se courecha de cop que il
li donnast. A male eure soit il si orgueillous, car son grant orgueil
grevera encore et toi et lui. — Si m'aït Dix, fait li rois Loth a Guerrehet, que se ne fust pour un poi je te tolroie ja toutes tes armes que
tu as et a Agravain ausi et vous lairoie en [e] mi ces chans come
ribaus. — Sire, fait Guerrehes, il n'afiert pas ce a dire de vostre
bouche mais de l'autrui. Car de faire que vous avés dit n'avés vous
talent ne pooir se autres n'estoit.

614. — Ha gars faillis ! Noient ! fait li rois Loth. Molt estes ore
enflés ! Voirement estes vous ses freres, or soiiés bien devers lui. Et
je conmant bien a Gavain mon fil que, se vous ne Agravain faites
riens a Gaheriet, qu'il en face ausi grant droiteüre com il doit faire de
.ii. ribaus fols et musars[a]. » Quant li vallés vit que mesire Gavains ot
ensi abatu Agravain que il li ot fait le sanc saillir parmi le nés et
parmi la bouche, si courut prendre son cheval et il amena par le frain
et le fist monter. Et mesires Gavains vint a lui et li dist : « Ribaus[b] !
Noiens ! Fuiés de ci car de vous n'ai je que faire. Et gardés que je ne
vous voie jamais. Et alés quel part que vous vaurés[c], car o moi ne

ceux qui t'aiment plus que moi ! Et que me suivent tous ceux qui m'aiment plus que toi ! » Monseigneur Gauvain et Gaheriet se mirent alors en route. Le roi Loth demanda ce qu'on ferait des chevaux de somme : « Au nom de Dieu, fit monseigneur Gauvain, envoyez-les à Minoras le forestier, s'il vous plaît, car il nous a fourni un bon logis et il nous a fort bien servis en sa demeure. Avec lui, ces chevaux seront bien employés. Mieux vaut les offrir à ce preux plutôt que de les perdre. Nous ne pouvons pas les conduire ni les emmener avec nous car, si nous voulions le faire, nous pourrions bien arriver quelque part où nous les perdrions tous. — Oui, vraiment, fit le roi Loth, vous avez bien parlé ! Et qui les conduira chez Minoras ?

615. — Seigneur, envoyez donc l'écuyer de ce jeune homme et un de nos valets. — À la grâce de Dieu », fit le roi Loth. On finit par trouver l'écuyer que l'on cherchait, on lui confia le message et le présent qu'il devait porter et on lui demanda de revenir ensuite rejoindre la troupe sur le chemin de Roestoc. Il en fit la promesse et prit avec lui un valet pour l'aider à diriger le convoi. Ils partirent tous deux avec les chevaux de somme, emmenant quarante destriers attachés deux à deux par la bride. Par le chemin le plus direct, ils finirent par arriver chez Minoras qui accueillit les écuyers avec une grande joie et qui les servit le mieux du monde. Ces derniers se remirent en route dès le lendemain

---

venrés vous plus d'ore en avant. Si aillent avoec vous tout cil qui vous aimment plus de moi. Et avoec moi cil qui mix m'ameront de vous. » Atant se metent a la voie entre mon signour Gavain et Gaheriet. Et li rois Loth demande c'on feroit des somiers. « En non Dieu, fait mesire Gavains, vous les envoierés a Minoras le forestier, s'il vous plaist, qui si bien nous herberga. Car molt nous servi bien et bel en son ostel, et molt i seront bien emploié. Et mix vaut que li prodom les aït que il fuissent ci perdu. Car nous ne les poons conduire ne mener avoeques nous, car, se bien les voliens mener, si porrienmes nous bien venir en tel lieu ou nous perdrienmes tout. — Certes, fait li rois Loth, molt avés ore bien dit. Et qui les i menra ?

615. — Sire, fait il, l'esquier a cel vallet et un de nos vallés. — De par Dieu », fait li rois Loth. Tantost fu li vallés quis tant qu'il fu trovés, si li charga on le message et le present que il feroit et puis s'en retournast après aus tout le chemin a Rohestoc. Et il dist que si feroit il et prist un vallet pour lui convoiier et se metent a la voie andoi a tous les somiers et la menerent avoec aus .XL. destriers acouplés par les frains les uns as autres. Si errerent tant le droit chemin qu'il en vinrent el rechet Minoras qui molt grant joie en fist des esquiers et les servi si bien et si bel que nus ne porroit miex estre servi que il furent. Et après si se mistrent au chemin si tost com il

matin pour retrouver leurs maîtres exactement comme on le
leur avait ordonné. Mais à cet endroit le conte se tait à leur
sujet et revient au roi Loth et à ses enfants pour raconter
comment ces derniers demandèrent son nom au jeune
homme qui les accompagnait.

La demoiselle de Roestoc sauvée par Gauvain.

616. Le conte dit qu'à l'instant où le roi Loth eut envoyé
les chevaux de somme chez Minoras le forestier grâce à
l'écuyer nommé Lidonas et à l'un de leurs propres écuyers,
ainsi que le conte l'a relaté, tous les six se mirent en route
vers Roestoc et oublièrent les insultes. Ils avaient vu en effet
que monseigneur Gauvain s'en était courroucé et ils ne voulurent plus en parler ni aborder le sujet. Le roi Loth, Gauvain
et Gaheriet s'approchèrent alors du jeune homme et lui
demandèrent d'où il venait et comment il s'appelait. Il leur dit
qu'il s'appelait Éliézer, qu'il était le fils du roi Pellès de
Listenois, le neveu du roi Hélain de la Terre Foraine et du roi
Pellinor de la Sauvage Forêt Souveraine qui avait onze fils
dont le plus vieux avait dix-sept ans. Il y en avait un qui
venait d'arriver à la cour pour apprendre le métier des armes ;
c'était le douzième et la mère était enceinte du treizième : « Ce
sont tous mes cousins germains, précisa-t-il. Moi, je me ren-
dais à la cour du roi Arthur pour me mettre au service de
monseigneur Gauvain mais, Dieu merci, je n'ai pas eu besoin

---

virent le jour pour aler après lor signours, tout ensi com il l'orent
conmandé. Mais ici endroit se taist li contes d'aus. Et retourne au roi
Loth et a ses enfans et parole conment il demanderent au vallet qui
avoec aus estoit qui il estoit.

616. [*f*] Or dist li contes que tantost conme li rois Loth ot envoiié
les somiers par l'esquier au vallet qui avait non Lidonas et par un de
lor garçons chiés Minoras le forestier, si com li contes dist, que il se
misent au chemin vers Rohestoc tout .VI. ensemble et laissierent les
paroles des ramposnes atant puis que il virent que mesire Gavains
s'en coureçoit, si n'en vaurent plus parole ne plait tenir. Et lors
s'acosterent entre le roi Loth, Gavain et Gaheriet et demanderent au
vallet dont il estoit et conment il avoit non. Et il lor dist qu'il avoit
non Elyezer et estoit fix au roi Pellés de Lystenois et niés au roi
Helain de la Terre Foraine et au roi Pellinor de la Sauvage Forest
Souvrainne qui avoit .XI. fix qui estoient en l'aage de .XVII. ans, des
plus vix et en avoit un nouvelement venu a la court[e] pour aprendre
des armes et c'estoit li dousismes et du tresisme estoit sa feme
enchainte. « Icil sont tout mi cousin germain. Si m'en aloie a la court
le roi Artu a mon signour Gavain pour lui servir et, Dieu merci, je
l'ai plus prés trouvé. Si m'a retenu en tel maniere qu'il me fera
chevalier quant je l'en requerrai. — Ensi le vous otroi je, biaus sire,

d'aller très loin pour le trouver. Il m'a gardé à son service de sorte qu'il m'adoubera quand je le lui demanderai. — Je vous accorde volontiers cette faveur, dit monseigneur Gauvain, en signe de bienvenue. » Ils chevauchèrent jusqu'à la nuit et ne trouvèrent où se loger. Les forêts étaient immenses et ombrageuses mais le temps était calme et serein car la saison était très douce. Un peu après l'heure de la première veille, ils avisèrent un ermitage entouré de fossés et de treillis. Ils frappèrent tant à la poterne qu'on finit par leur ouvrir. Ils descendirent de leurs chevaux qui furent débarrassés de leur bride et de leur selle et nourris d'herbe verte car il n'y avait là rien d'autre. Les chevaliers mangèrent ce que le saint ermite leur offrit, du pain et de l'eau, puis ils se couchèrent sur l'herbe verte très abondante faute d'autres lits et d'autres oreillers. Ils dormirent profondément à l'exception de monseigneur Gauvain et d'Éliézer. Ces derniers ne pouvaient fermer l'œil et veillaient car ils n'étaient pas tranquilles à cause de l'engeance qui infestait la région. Après minuit, les valets entendirent le grand cri plaintif d'une dame et d'un chevalier qui passaient par là. Monseigneur Gauvain en eut grande pitié et ordonna de remettre la selle et la bride du Gringalet. Eliézer bondit aussitôt et lui amena le cheval tout harnaché. Monseigneur Gauvain prit ses armes et enfourcha sur-le-champ sa monture. Il poursuivit à toute allure ceux qui emmenaient la dame. Éliézer se mit en selle lui aussi car il ne voulait pas

---

fait mesire Gavains, que bien soiiés vous venus. » Si chevauchierent tant que il fu nuis, que il ne trouverent nul rechet ou il peüssent herbergier. Et les forés estoient grans et ombrages, mais coi et seri faisoit, car la saison estoit auques souef. Et lors avint que après le premier some troverent un hermitage tout enclos de fossés et de trellis, si huchierent tant au postis que il lor fu ouvers. Et il descendirent de lor chevaus, si lor osta on les frains et les seles, si lor donna on de l'erbe verde, car il n'avoit laiens autre chose. Et il mangierent tel viande conme li sains hermites lor donna, ce fu pain et aigue, puis se couchierent sor l'erbe verde dont il orent a grant foison que autres cou[1441a]ches n'i orent ne autres oreilliers, et dormirent molt volentiers, fors solement mesire Gavains et Elyezer. Cil ne dormirent mie ains veillierent car en souspeçon estoient pour le male gent dont illuec estoient a grant plenté entour aus. Et li garçon oïrent après la mienuit d'une dame molt grant plainte et d'un chevalier qui passoient par illuec. Si en prist a monsignour Gavain molt très grant pitié, si conmanda c'om li meïst la sele el Gringalet et son frain. Et Eliezer saut sus de maintenant et li amainne tout apareillié. Et mesire Gavains prent ses armes et monte delivrement et s'en vait grant aleüre après ciaus qui la dame en menoient. Et Elyezer monte ausi, qui laissier ne le veut pas tant com

quitter Gauvain tant qu'il disposerait d'un cheval. À force de cheminer, ils arrivèrent à un essart, dans une profonde vallée qui s'étendait sur une lieue. Monseigneur Gauvain tendit l'oreille et entendit pousser par moments des soupirs et des cris plaintifs. Une voix disait :

617. « Ah, Seigneur-Dieu, que ferai-je ? En quoi ai-je mérité cette souffrance et cette douleur qu'on m'inflige ? » Et la voix suppliait Notre-Seigneur de lui accorder prochainement la mort car elle préférait mourir plutôt que de languir ainsi. Il s'agissait d'un chevalier qui ne portait plus que ses braies. Cinq scélérats le frappaient avec un fouet dont les lanières se terminaient par un nœud ; ils le frappaient si violemment que le sang coulait de son dos strié par les coups. Par ailleurs, monseigneur Gauvain entendit de grands cris de douleur poussés par une femme ; il lui semblait qu'elle souffrait beaucoup et avait besoin d'aide. Cette voix criait très fort de sorte que monseigneur Gauvain percevait parfaitement ce qu'elle disait : « Sainte Marie, douce Dame, que deviendra donc la pauvre malheureuse, la pauvre âme souffrante que je suis ? Vraiment, vous pouvez me donner la mort avant que je fasse ce que vous voulez. »

618. En entendant cette voix, monseigneur Gauvain comprit qu'elle avait grand besoin d'aide et il réfléchit à l'endroit où il se dirigerait en premier lieu. Il éprouvait une grande pitié pour ce noble chevalier qu'il entendait être si maltraité. D'autre part, il ressentait une grande pitié pour cette femme

---

il aura sor coi monter. Si ont tant alé qu'il vinrent a essart en une valee parfonde qui bien duroit d'une lieue entiere. Et lors escoute mesire Gavains si ot jeter sospirs et plains molt dolerous d'eures en autres et li cris disoit :

617. « Ha, biaus sire Dix, que ferai je ? Ou ai je deservi ceste dolour et cest anui que on me fait ? » Et proiioit molt doucement a Nostre Signour que il li donast la mort prochainnement, car assés amoit il mix a morir que a languir en tel maniere. Et estoit uns chevaliers tous nus en braies que .v. pautounier batoient de corgies nouees si que li sans li raioit tout contreval les costes fil a fil. Et de l'autre part entent mesire Gavains molt grans cris et molt de dolors d'une feme, et bien sambloit que grant dolour eüst et grant mestier d'aïde. Et ele disoit hautement que mesire Gavain l'oï tout clerement : « Sainte Marie, douce dame, ceste lasse chaitive, ceste lasse dolante que devenra ? Certes ocirre me poés vous avant que je le vous consente ne tant ne quant. »

618. Quant mesire Gavains entent la vois si set bien que ele a grant besoing, si pense de quel part il tournera premierement, car il ot molt grant pitié du gentil home que il ot si durement demener. Et d'autre part il a si grant pitié de la feme qui sera honie se ele n'a

qui subirait le déshonneur si elle n'obtenait pas rapidement de l'aide. Il se dit en lui-même qu'il valait mieux laisser le chevalier dans son tourment que de supporter le déshonneur de la dame s'il choisissait d'aider le chevalier[1]. Il piqua des deux et chevaucha dans la vallée en direction des cris qui devenaient toujours plus pressants : « Sainte Marie, Dame glorieuse, secourez-moi ! » Quand monseigneur Gauvain arriva à proximité de cette voix, il regarda sous un arbre et vit sept scélérats. L'un d'eux maintenait une demoiselle au sol et lui donnait de sa main gantée de fer de grands coups au visage. Elle se démenait et criait :

619. « Oui, vous pouvez bien me tuer mais vous n'obtiendrez rien d'autre de moi[1] ! » Parce qu'elle avait dit cela, le scélérat la tirait par les cheveux, empoignant ses tresses qui étaient si belles que l'on aurait dit de l'or fin. À ce spectacle, monseigneur Gauvain piqua des deux et cria à celui qui tenait la jeune fille : « Chevalier, laissez cette demoiselle ! » L'autre se mit à le regarder à la lueur de la lune et ordonna à son compagnon de l'attaquer. Pour toute réponse, ils crièrent à Gauvain : « Chevalier, nous n'avons que faire de vous ! » Gauvain leur dit alors qu'il ne répondrait plus de rien, « car je veux aider cette demoiselle que ce scélérat traîne si ignoblement. Prenez garde à moi car je vous défie ! » Gauvain éperonna alors le Gringalet en direction des six sur lesquels il était tombé et il s'approcha de celui qui tenait encore la jeune fille

---

aïde prochainnement. Si se pense en son cuer que mix li vient il que il laisse au chevalier sa mesaise que la demoisele fust honnie endementres qu'il aideroit au chevalier. Atant hurte le cheval des esperons et s'en vait toute la valee vers la noise qui crie plus et plus : « Sainte Marie, dame glorieuse, car me secourés ! » Et quant [*b*] mesire Gavains entent la vois si regarde desous un arbre et voit .VII. pautonniers dont li uns tenoit une damoisele encontre terre et li donnoit de sa main armee grans cops parmi la face et ele se detort et crie :

619. « Certes, tuer et ocirre me poés vous que ja n'enporterés autre chose ! » Et pour ce qu'ele disoit ce, le trainoit il par les treces que il tenoit empoignies aprés lui qui tant estoient beles qu'eles resambloient a estre de fin or. Et quant mesire Gavains vit ce si hurte cele part des esperons et crie a celui qui la pucele tient : « Dans chevaliers, laissiés[*a*] la damoisele ! » Et cil se regarde au rai de la lune et escrie a ciaus qui o lui sont qu'il li aillent a l'encontre et li dient : « Dans chevaliers, de vous n'avons nous garde. » Et mesire Gavains lor dist qu'il ne les asseüre de nule riens[*b*] : « Car je, fait il, voel a cele damoisele aïdier que cil pautonnier trainent si vilainement. Si vous gardés de moi car je vous desfi. » Atant hurte le Gringalet des esperons parmi les .VI. que il encontre et s'en vient a celui qui la damoisele tenoit

par les tresses ; il le frappa si rudement de sa lance au milieu
de la poitrine que le fer lui transperça le corps et qu'il le renversa raide mort. Les six autres l'assaillirent avec leurs lances
sous les aisselles et le frappèrent à leur tour si rudement sur
les épaules et sur l'écu qu'il firent ployer Gauvain sur le cou
de son cheval et que leurs lances volèrent en éclats. Quand
leurs lances furent brisées, monseigneur Gauvain se dressa sur
ses arçons et se cala si solidement sur les étriers que le fer se
plia, il tira son épée du fourreau, frappa sur le heaume le premier qui se présenta et l'abattit raide mort. Il en frappa un
autre au milieu de l'épaule et lui ouvrit tout le flanc, il assena
au troisième un coup sur la tête qu'il fit voler en plein champ.
Il frappa le quatrième en pourfendant son crâne jusqu'aux
dents. Quand les autres virent que leurs compagnons étaient
morts et qu'un seul coup avait suffi à les tuer, ils s'enfuirent
et n'osèrent plus attendre le chevalier. Monseigneur Gauvain
s'approcha de la jeune fille et la fit monter sur son cheval
devant lui. Les deux fuyards allèrent trouver leurs compagnons qui s'étaient installés sous deux oliviers[2] pour se reposer, se couchant dans l'herbe pour dormir. Parvenant à leur
hauteur, ils s'écrièrent à haute voix :

620. « Nobles chevaliers, que faites-vous ? Il y a ici un
chevalier qui a tué Sortibran et quatre de nos compagnons :
il a aussi secouru la dame. Poursuivez-le vite à cheval car il

---

encore par les treces et le fiert si durement del glaive parmi le pis
qu'il li envoie le fer outre parmi le cors, si trebuce mort a la terre
tout estendu. Et li autre .VI. li vienent a l'encontre, les glaives sous les
aisseles, si le fierent si durement par deriere sor les espaulles et desor
l'escu et par d'encoste de lor glaives que tout l'enbronchent aval
desor le col de son cheval, si volent li fust em pieces. Et quant li
glaive furent brisié, mesire Gavains se drece sor les arçons et s'afiche
si durement sor les estriers que li fers em ploie, et a traite l'espee del
fuerre et fiert si le premier qu'il ataint desor le hiaume que mort le
rue. Puis en refiert un autre parmi l'espaulle qu'il li descouvre toute
del costé, puis refiert le tiers que la teste li fist voler enmi le champ.
Et puis fiert le quart que tout le pourfent jusques es dens. Et quant li
autre voient que lor compaignon sont mort et qu'il en ot a chascun
cop un ocis, si tournent en fuies et ne l'osent atendre. Et mesire
Gavains en vint a la pucele et le monte devant lui sor son cheval. Et
li .II. chevalier qui s'en estoient fui s'en viennent a lor compaignons
qui estoient descendu desous .II. oliviers pour aus reposer et
s'estoient couchié sour l'erbe pour dormir. Et si tost com il les aprocent si lor escrient a molt hautes vois :

620. « Franc chevalier, que faites vous ? Ici ja nous a uns chevaliers
ocis, [d] Sortibran et .IIII. de nos compaignons, et la dame rescousse.
Poigniés aprés car il l'emporte. » Et quant cil l'entendent si en sont

l'emmène avec lui !» Ils furent très courroucés par ces propos, bondirent aussitôt pour enfourcher leur monture et
s'élancèrent à toute allure à la poursuite de monseigneur
Gauvain qui conduisait la demoiselle en lieu sûr. Mais ici le
conte se tait à leur sujet et revient au jeune homme nommé
Éliézer pour raconter comment il se rendit à l'endroit où il
avait entendu les douloureuses plaintes du chevalier.

621. Le conte dit que, lorsque monseigneur Gauvain partit
aider la demoiselle, Éliézer se rendit auprès du chevalier qu'il
avait entendu se plaindre. Arrivé près de lui, il aperçut six
scélérats qui le tenaient et qui l'avaient tant battu qu'il ne
pouvait même plus se tenir debout et qu'il s'était écroulé.
Aucun mot ne pouvait plus sortir de sa bouche et il ne faisait
qu'endurer les coups. Quand Éliézer le vit dans cet état, il
en fut bouleversé. Le noble écuyer s'écria : «Ah, fils de
putain, canaille ! Que demandez-vous à ce noble chevalier
que vous torturez à ce point ? A-t-il commis un méfait
envers vous tel que vous vous obligiez à le tuer ?» En l'entendant parler de la sorte, ils lui répondirent : «En quoi cela
vous regarde-t-il, vassal ? Vos paroles ne nous obligeront pas
à lui laisser la vie sauve !» À ces mots, Éliézer s'emporta et
dit qu'il ne supporterait pas qu'on le mette plus à mal. Il
tenait une lance solide et résistante à la pointe acérée et il
s'élança à toute allure vers ceux qui tenaient le chevalier. Il
frappa si durement l'un d'entre eux qu'il l'abattit. Il en attira

molt durement courecié et saillent em piés et montent sor lor chevaus et les laissent grant aleüre après monsignour Gavain qui
emporte la damoisele a sauveté. Mais ici endroit se taist li contes
d'aus et retourne a parler del vallet qui avoit a non Helyezer,
comment il s'en tourna cele part ou il oï le chevalier plaindre si dou-
lerousement.

621. Or dist li contes que, si tost que mesire Gavains tourna aïdier
la damoisele, que Elyezer s'en ala après le chevalier qu'il oï plaindre.
Et quant il vint la si vit que .vi. pautonnier le tenoient qui l'avoient
tant batu qu'il ne se pooit mais tenir en estant ains fu cheüs a terre et
n'avoit nul pooir de dire un sol mot de sa bouche, et ne faisoit se
endurer non. Et quant Eliezer le voit en tel maniere si li em poise
molt. Lors s'escrie li gentix esquiers : «Hai, fil a putain ! Lecheour !
que demandés vous a cel gentil home que vous demenés a tel dolour ?
Vous a il tant mesfait que vous le doiiés en tel maniere ocirre ?» Et
quant cil l'oent en tel maniere parler si regardent et li demandent : «A
vous que fiert, sire vassal ? Pour vostre parole n'en laisserons riens a
faire.» Et quant Elyezer l'entent si en fu coureciés molt durement et
dist qu'il n'avera hui mais mal sans lui. Et il tint un glaive fort et roide
a fers trenchans et s'en vint vers ciaus qui le chevalier tenoient tout
eslaissiés et fiert si durement un de ciaus que mort l'abat. Et il retrait

un autre vers lui et le frappa si durement qu'il le tua puis
s'élança à nouveau et revint à la charge à vive allure. L'entendant venir, les autres le laissèrent passer et se dispersèrent,
les uns par-ci, les autres par-là. Il en frappa un si durement
qu'il l'atteignit au côté et lui planta dans la chair le fer et la
hampe de sa lance. Il pensait voir arriver les autres mais il ne
sut pas ce qu'ils étaient devenus car ils avaient pénétré au
plus profond de la forêt pour se mettre à l'abri. Il était près
de minuit et on ne pouvait pas voir très loin. Quand il comprit qu'il les avait perdus, il revint trouver le chevalier et lui
demanda de monter derrière lui. En l'entendant lui parler, le
chevalier oublia toute sa douleur et se mit en selle derrière lui
avec quelque difficulté.

622. Éliézer se rendit alors là où il pensait trouver monseigneur Gauvain mais il n'était pas encore allé bien loin
qu'il le trouva en train de se battre avec vingt chevaliers qui
s'efforçaient de lui faire tout le mal possible. Gauvain avait
déposé la demoiselle sous une aubépine à l'orée d'un bois.
Voyant ce qui se passait, Éliézer demanda au chevalier de
descendre et celui-ci lui obéit. Éliézer prit sa lance qui était
encore intacte, piqua des deux et frappa le premier qu'il rencontra au point qu'il le désarçonna et l'abattit raide mort. Il
en atteignit un autre si mortellement qu'il lui planta le fer de
sa lance dans la poitrine. Quant à monseigneur Gauvain, à
force de frapper avec sa bonne épée Escalibor, il en tua

---

un autre a lui et le fiert si durement qu'il l'ociſt. Et puis si s'eslaisse et
s'entrevient grant aleüre*. Et quant cil l'entent venir si li font voie et
s'esparpeillent li uns cha et li autres la et il en fiert un si roidement
qu'il vint ataingnant que parmi les coſtes li envoie fer et fuſt. Et quant
il quide les autres venoir si ne ſet que il sont devenu, car il se ferirent
[d] en l'espesse de la foreſt pour aus garantir. Et il eſtoit prés de mienuit, si ne pooit on mie loing veoir. Et, quant il voit que il les ot perdus, si vient au chevalier et li conmande a monter deriere lui. Et quant
cil l'entent si oublie toute sa dolour et monte deriere lui a quelque
painne.

622. Lors s'en vait cele part ou il quide trover mon signour
Gavain. Mais il n'ot mie granment alé quant il le trove combatant a
.xx. chevaliers qui molt se penoient de lui grever a lor pooir. Et il
avoit la damoisele mise desous une espine a l'encontre del bois. Et
quant Elyezer le voit si conmande au chevalier qu'il descende et il si
fait. Et Elyezer prent son glaive qui encore eſtoit tous entiers et il
hurte le cheval des esperons et fiert si le premier qu'il encontre qu'il
ne remaint en sele, ains l'abat mort a terre. Et puis en refiert un autre
si mortelment que parmi la fourcele li embat le fer de son glaive. Et
d'autre part mesire Gavains a tant feru d'Eschalibor sa bone espee
que les .vii. en a ocis. Et Elyezer ot brisié son glaive et trait s'espee,

sept. Éliézer brisa sa lance et tira son épée du fourreau, il assena à un chevalier un coup si violent qu'il lui fendit le crâne jusqu'aux dents. Quand monseigneur Gauvain se rendit compte de l'aide que lui apportait Éliézer, il piqua des deux et bénit le jour où il était arrivé dans la contrée. Il bénit aussi l'être qui l'avait conçu et engendré car, avec l'âge, il promettait de devenir un homme valeureux. Puis, il se dirigea sur le lieu du combat et assena à l'aveuglette de grands et prodigieux coups ; il tua et trancha tout ce qu'il atteignait. À eux deux, ils finirent par les tuer ou les blesser tous à l'exception de trois qui s'enfuirent dans la forêt pour garder la vie sauve. Une épaisse obscurité régnait à cause des nuages qui couvraient le ciel de sorte qu'ils ne surent pas de quel côté ils s'étaient enfuis.

623. Alors Éliézer prit deux chevaux, en homme preux et hardi qu'il était en toutes circonstances. Il les mena jusqu'au chevalier et la demoiselle pour les faire monter en selle. Auparavant, il passa au chevalier les vêtements de l'un des morts car ce chevalier n'avait plus d'habits. Ils remirent les épées au fourreau et repartirent pour l'ermitage que Gauvain et Éliézer avaient quitté. Alors monseigneur Gauvain se tourna vers la demoiselle et lui demanda d'où elle venait. Elle lui répondit qu'elle était la sœur de la dame de Roestoc et que le chevalier était son cousin germain. « Et comment, demanda Gauvain, avez-vous été capturée ? — Seigneur, répondit la demoiselle, mon cousin et moi, nous sortions hier soir d'une

---

si feri un chevalier si durement qu'il le fendi jusques es dens. Et quant mesire Gavain voit Elyezer qui si li aïdoit si hurte le cheval des esperons et dist que beneoite soit l'eure qui l'avoit amené en tele contree et li cors soit beneois de qui il fu conceüs et engendrés, car il ne foldra ja a estre prodom s'il vit. Si vient cele part si le tenoit le chaplé et fiert, entasche grans cops et merveillous, si ocist et detrenche quanqu'il ataint. Si font tant entr'aus .II. qu'il les ont tous ocis et afolés fors solement .III. qui s'enfuient en la forest a garison. Et la nuit estoit si oscure pour le tans qui estoit couvers des nues que il ne sorent quel part cil s'en estoient fui.

623. Lors prist Helyezer .II. chevaus, conme cil qui molt estoit prous et hardis a tous besoins, si les mainne au chevalier et a la damoisele et les fait monter. Mais ançois fist le chevalier vestir d'une robe a un des mors car la soie estoit perdue. Lors metent les espees es fuerres et puis se metent au chemin tout ensemble vers l'ermitage dont mesires Gavains et Eliezer estoient parti. Lors s'acoste mesire Gavains de la damoisele et li demande dont ele estoit. Et ele lui dist qu'ele estoit serour a la dame de Roestoc et li chevaliers estoit ses cousins germains. « Et conment, fait mesire Gavains, fuistes vous prise ? — Sire, fait la demoisele, entre moi et mon cousin repairenmes ier soir d'une

forêt que nous possédons du côté de Taningue et nous
approchions de Roestoc. Notre compagnie nous précédait et
nous tournâmes soudain pour suivre un sentier que nous
n'aurions pas dû emprunter. En effet, mon cousin et moi
étions tellement pris par notre conversation sur nos propres
affaires que nous nous fourvoyâmes et déviâmes de notre
chemin. Nous entrâmes dans un grand bois où ces traîtres
s'étaient installés pour manger. Ils surgirent alors de toutes
parts pour nous attaquer, ils nous capturèrent et nous retinrent prisonniers. Nous n'étions pas en mesure de leur résister
car mon cousin n'avait aucune arme. Pourtant, il ôta la bride
de son cheval et en frappa l'un de nos assaillants à la tête de
sorte qu'il le tua. C'est pour cette raison qu'ils faillirent tuer
mon cousin. Ils le capturèrent, lui ôtèrent ses vêtements et, à
force de la battre, manquèrent de le tuer. Comme ils voulaient me violer, mon cousin prit ma défense car il ne cessa
jamais, au risque de mourir, de leur donner de vigoureux
coups de poing là où il pouvait les atteindre car il n'avait pas
d'autre moyen de défense. Alors les six scélérats le prirent et
l'emmenèrent à vive allure. À présent, je vous prie de me dire,
au nom de Dieu, qui vous êtes et pour quel motif vous êtes
venus ici ? » Monseigneur Gauvain lui répondit qu'il faisait
partie des cinq chevaliers du royaume de Logres en route
pour une mission qu'il n'osait pas révéler.

624. Tout en discutant, ils arrivèrent à l'ermitage où ils

---

forest [*e*] que nous avons devers Taningues et venismes devers
Rohestoc. Si avint que nostre compaingnie s'en aloit devant nous, et
nous tournasmes un sentier que nous ne deüsmes pas tourner, car
nous entendismes tant a parler entre moi et mon cousin de nos afaires
que nous nous forvoiasmes et laissasmes nostre voie. Si entrasmes en
un grant bois ou cil traïtour estoient descendu pour mengier si nous
saillirent tout maintenant a l'encontre*, si nous prisent et retinrent, car
nous n'avienmes envers aus duree, car mes cousins estoit tous desarmés. Et nequedant il abati le frain de son cheval et en feri un parmi la
teste si qu'il l'ocist. Et pour ce le durent il avoir mort, si le prisent et
le despoullierent et le batirent tant que par un poi qu'il ne le tuerent.
Et quant il me voloient esforcier, il me desfendoit car onques nel
laissa pour paour de mort que il ne lor donnast des grans cops merveillous del poing par ou il les pooit ataindre, car il n'avoit nule autre
armeüre. Et lors le prisent .vi. pautonnier et l'en menerent batant et
molt dolerousement. Si vous proi et requier que vous me dites voir
qui vous estes, pour Dieu, et pour quele ocoison vous estes ci venus. »
Et mesire Gavains li dist qu'il sont .v. chevalier del roiaume de
Logres qui alons en une besoigne que nous ne poons dire ».

624. En tel maniere ont tant parlé de ces affaires qu'il s'en sont venu a
l'ermitage ou il trouverent encore lor compaingnons dormant. Si des-

retrouvèrent leurs compagnons encore en plein sommeil. Ils
descendirent de leur monture, ôtèrent la bride de leurs chevaux et leur donnèrent à manger beaucoup d'herbe verte. Ils
se couchèrent près de leurs compagnons et dormirent jusqu'au lendemain matin. Alors, le roi Loth se leva et appela
Guerrehet et Gaheriet qui se trouvaient à ses côtés et qui
avaient très bien dormi toute la nuit. Ils aperçurent monseigneur Gauvain qui dormait en compagnie d'une jeune fille et
d'un chevalier. Éliézer s'était couché à côté des chevaux et
tenait le Gringalet par le licol car il était un peu plus agité
que les autres bêtes. Quand les deux frères virent la jeune
fille couchée, ils se demandèrent d'où elle venait. Le roi
Loth appela monseigneur Gauvain et lui dit :

625. « Cher fils, debout ! Vous avez bien dormi, voyez
comme il fait jour ! » Le chevalier s'éveilla car il était grièvement blessé et ne dormait pas profondément, la demoiselle
non plus. Ils se levèrent donc et le roi Loth leur demanda
d'où ils venaient. Ils répondirent qu'ils n'en savaient rien
mais que deux preux — puisse Dieu leur accorder sa
protection et sa sauvegarde dans toutes leurs épreuves ! —
les avaient emmenés jusqu'ici et celui qui avait secouru la
jeune fille était chevalier. « C'est cet écuyer qui m'a secouru,
dit encore le chevalier. Puisse Dieu en faire un preux et
puisse-t-il lui accorder joie, honneur et pardon !

626. — De qui s'agit-il ? » demanda le roi Loth. Et le chevalier lui montra monseigneur Gauvain et Éliézer. Quand

---

cendirent et osterent lor frains de lor chevaus et lor donnent a mengier
a grant plenté de l'erbe verde et il meïsme se couchierent delés aus et
dormirent jusques au matin que li rois Loth se leva et apela Guerrehes
et Gaheriet qui delés lui estoient qui toute nuit avoient molt bien
dormi. Et voient monsignour Gavain dormir et la pucele et le chevalier
et Elyezer qui s'estoit couchiés lés les chevaus et tenoit le Gringalet par
le chavestre, car il estoit un poi ragis entre les autres chevaus. Et quant
li frere voient la pucele lés aus jesir si s'en merveillent molt dont ele
estoit venue. Si apela li rois Loth monsignour Gavain et dist :
625. « Biaus fix, or sus, vous avés assés dormi. Veés com il est
grans jours. » Et li chevalier s'esveille, car molt estoit bleciés durement, si ne dormoit pas fermement, ne la damoisele ausi. Si se leverent en estant. Et li rois lor de[s]mande de quel part il estoient venu.
Et il dient qu'il ne sevent gaires de quel part ne dont mais illuec les
ont amené doi prodomes que Dix garisse de mal et desfende dont li
uns qui rescoust cele pucele est chevaliers. « Et cil esquiers me rescoust, fait li chevaliers, que Dix face prodome et doinst joie et
honour et amendement.
626. — Liquel sont ce ? » fait li rois Loth. Et il li moustre mon
signour Gavain et Elyezer. Et quant Agravains l'entent se li poise

Agravain entendit tout cela, il regretta de ne pas avoir été présent et dit, car il ne pouvait pas s'en empêcher, qu'ils lui avaient faussé compagnie puisqu'il n'était pas allé avec eux. Gaheriet répondit en homme enjoué et toujours prêt à plaisanter à son sujet : « Il n'a pas osé vous réveiller parce que vous pensiez trop à votre amie et que vous aviez du mal à dormir. » Le roi demanda alors à la jeune fille comment elle avait été capturée et elle lui raconta, mot pour mot, tout ce qui leur était arrivé sans rien oublier. Ils se mirent en route et prirent la direction de Roestoc. Ils chevauchèrent sans s'arrêter du matin jusqu'à l'heure de vêpres et ne rencontrèrent aucun incident susceptible de les troubler jusqu'à Roestoc. Ils admirèrent la ville qui était très belle et très bien située dans un beau site fort agréable, avec des bois et des rivières alentour. Les murs de la ville brillaient sous le soleil qui leur envoyait ses rayons pour mieux les faire resplendir. Le bourg et le château étaient merveilleusement beaux. Le roi Loth et ses fils s'extasièrent dès qu'ils l'aperçurent. Quand ils arrivèrent devant la porte, ils la trouvèrent fermée et bien fortifiée. Le chevalier rescapé ainsi que la demoiselle donnèrent de la voix pour appeler le portier. La dame de Roestoc, qui se trouvait sur les murailles, les reconnut parfaitement et, dès qu'elle les vit, ordonna de leur ouvrir aussitôt la porte. Ce qui fut fait, et ils entrèrent sans tarder à l'intérieur. La jeune fille parla avec sa sœur mais nul ne

---

qu'il n'i a esté et dist, car il ne pooit tenir, que mauvaisement li avoient tenu compaignie quant il n'ala avoec aus. Et Gaheries respont conme cil qui molt estoit envoisiés et molt volentiers le gaboit : « Il ne vous osoit esveillier pour ce que trop aviés pensé a vostre amie si vous en dormistes a painnes. » Et li rois demande conment ele avoit esté prise. Et ele li conte tout mot a mot conment il lor estoit avenu que rien n'i laissa a dire. Lors monterent et se misent au chemin pour aler a Rohestoc. Si ne finerent onques de chevaucher des le matin jusques au vespre ne ne trouverent onques qui les destourbast ne qui anui lor fesist jusques a Roestoc. Si esgarderent la vile qui molt estoit bele et bien assise et em biau lieu et essorable, car tout entour a la reonde estoit avironnee de bois et de riviere. Et li mur de la vile reluisoient encontre le soleil qui i fiert et reflamboie. Si estoit li bours et li chastiaus biau a merveilles, si le proisa molt li rois Loth et si fil quant il le virent. Et quant il vinrent a la porte si le trouverent close et bien fermee. Et li chevaliers qui avoit esté rescous apele le portier molt hautement et la damoisele meïsmes. Et la dame de Rohestoc estoit sor les murs qui bien les connut et si tost conme ele les vit si conmanda que la porte fust ouverte delivrement. Et ele si fu et il entrerent tout ens sans nule demouree et la pucele conseilla a sa serour mais il ne sorent coi. Et si

savait à quel sujet. Après cette conversation, elle vint trouver les chevaliers et leur témoigna une grande joie. Elle les fit descendre devant la grande salle qui était très belle, tout comme le château, très beau lui aussi. Le châtelain en personne vint à leur rencontre : c'était le seigneur de la demoiselle. Il les fit désarmer puis ils lavèrent leur visage et leur bouche avec de l'eau chaude et s'assirent sur un lit en parlant de choses et d'autres tandis qu'on préparait à manger. Quand le repas fut prêt et que les nappes furent mises, ils se lavèrent les mains et s'attablèrent. Ils furent très bien servis de tout ce qu'il faut servir à volonté à des hôtes. Après manger, le seigneur demanda à sa belle-sœur où elle allait et d'où elle venait. Elle lui raconta toute son aventure telle qu'elle lui était arrivée. Quand le maître de céans l'entendit, il exprima sa joie et fit une telle fête qu'il ne saurait en être de plus grande. Le roi Loth demanda à qui appartenait ce château. L'hôte lui répondit que c'était un fief du roi Arthur puis lui demanda à son tour son nom. Le roi Loth répondit qu'il était le roi d'Orcanie et que les quatre chevaliers étaient ses fils. Le châtelain accourut vers lui et lui fit fête, il lui demanda ce qu'ils cherchaient. Le roi lui répondit qu'il cherchait à obtenir une trêve de la part des princes et barons du roi Arthur tant que les Saxons ne seraient pas chassés des terres et du pays. À ces mots, le châtelain rendit grâces à Notre-Seigneur et ajouta : « Et de quel côté irez-vous d'abord ? » Le roi Loth

---

toſt com il orent parlé si s'en vint as chevaliers et lor fiſt molt grant joie et les fiſt descendre devant le maiſtre palais qui molt eſtoit biaus et li chaſtiaus qui molt eſtoit biaus*. Et li chaſtelains meïsmes lor vint a l'encontre qui sires eſtoit a la demoisele. Si les fiſt desarmer puis laverent lor vis et lor bouches d'aighe chaude et puis s'asisent sor une couche si parlerent ensemble de pluisors choses endementiers c'om apareilloit a mengier. [145a] Et quant il fu prés et atournés et on ot mis les napes, si laverent et assirent au mengier et furent si bien servi de toutes ices choses que il couvient a cors d'ome servir a gré. Et quant ce vint aprés mengier si demanda li sires a sa serourge quel part ele aloit et dont ele venoit ensi. Et ele li conta toute l'aventure et conment il li eſtoit avenu. Et quant li sires l'entendi, si conmencha a faire tel joie et tel feſte c'onques plus grant ne fu faite. Et li rois Loth demanda qui cil chaſtiaus eſtoit. Et li sires li diſt qu'il eſtoit del fief le roi Artu. Et li chaſtelains li demanda qui il eſtoit et il li diſt qu'il eſtoit li rois Lot d'Orcanie et que cil .IIII. chevalier sont si fil. Et lors saut sus li chaſtelains et li fait molt grant joie et li demande que il vont querant. Et li rois li diſt qu'il vont querant trives as princes et as barons de par le roi Artu tant que li Saisne fuissent jeté fors de la terre et del païs. Et quant cil l'entent, si en rent grasses a Noſtre Signour. « Et de quel part, fait il, irés pemierement ? » Et il diſt

répondit qu'il voulait aller à Areſteuil en Écosse et qu'il aimerait bien, s'il acceptait la chose, qu'il envoyât un messager au roi des Cent Chevaliers et qu'il lui dise de sa part de se trouver à Areſteuil en Écosse à la fête de Notre-Dame en septembre et de ne surtout pas laisser passer cette date « car moi et tous les princes nous y serons ». Le châtelain l'assura qu'il enverrait ce messager dès le matin sans attendre car il pensait que le roi se trouvait à la cité de Malehaut.

627. Ce soir-là, le roi Loth et le châtelain de Roeſtoc conversèrent longuement jusqu'à l'heure du coucher. Monseigneur Gauvain voulut passer incognito ce soir-là. Il ne souhaitait pas qu'on le reconnût parce qu'il désirait partir discrètement en quête d'aventures. De cette manière, nul ne pourrait le reconnaître là où il irait. Quand arriva l'heure de se coucher, ils allèrent dormir et se reposer toute la nuit jusqu'au point du jour. Cette nuit-là passa agréablement. Le lendemain matin, ils prirent congé du châtelain de Roeſtoc ainsi que de sa femme, de la jeune fille rescapée et du chevalier qui les accompagna un bon moment puis rentra à Roeſtoc. Quand le châtelain vit qu'ils étaient partis, il choisit un messager et l'envoya au roi des Cent Chevaliers de la part du roi d'Orcanie. L'envoyé transmit le message dont on l'avait chargé. Le roi des Cent Chevaliers manifeſta une grande joie pour l'amour du roi Loth qu'il aimait sincèrement et pour le messager lui-même qui était un très bon

---

qu'il vauroit eſtre a Areſtuel en Escoche et puis li diſt qu'il vausiſt bien, s'il lui plaisoit, qu'il envoiaſt un message au roi des .c. Chevaliers et li die de par lui que il soit a la feſte Noſtre Dame en setembre a Areſtuel en Escoche et qu'il ne laiſt mie. « Car moi et tout li prince i serons. » Et li chatelains li diſt qu'il i envoieroit le matin que ja plus n'i atendroit. Car ensi quidoit il bien qu'il fuſt a la cité de Malohoſt.

627. Aſſés parlerent celui soir entre le roi Loth et le chaſtelain de Roheſtoc tant qu'il fu eure de couchier. Et mesire Gavains ne se vaut onques faire connoiſtre celui soir ne ne vaut eſtre connus de nule gent pour ce que il baoit a cerchier les aventures celeement en tel maniere que ja nus ne le conneüſt en lieu ou il veniſt. Et quant il fu tans d'aler couchier s'alerent dormir et reposer toute la nuit tant qu'il fu ajourné, et molt a aise[a] et au jour qu'il priſent congié au chaſtelain de Roheſtoc et a la dame et a la pucele qui avoit eſté rescousse et as chevaliers qui les convoia une grant piece, puis s'en retournerent a Roheſtoc. Et quant li chaſtelains vit qu'il s'en furent alé si priſt un message et l'envoia au roi des .c. Chevaliers et de par le roi Loth d'Orcanie et diſt son message tout ensi com il li fu conmandé a dire. Si li fiſt li rois des .c. Chevaliers molt grant joie pour l'amour del roi Loth que il amoit de tout son cuer et pour l'amour del message meïſme qui molt bons [b] chevaliers eſtoit. Et li donna un cheval et

chevalier. Il lui offrit un cheval robuste et rapide qui était de ceux qui conviennent à des preux. Mais ici le conte se tait à propos du roi des Cent Chevaliers et revient au roi Loth et à ses enfants pour raconter comment ils arrivèrent devant un pont où se déroulait une grande et prodigieuse bataille.

Défaite des Saxons à Cambénic.

628. Le conte dit que, lorsque le roi Loth eut quitté le château de Roestoc, il fit sa route tout droit vers Cambénic en passant par le château de Louverzep où il logea un soir, puis il poursuivit sa route et arriva à deux lieues de Cambénic. Alors il entendit de si grands cris et de si grandes huées qu'il lui sembla que tout le pays était en proie au feu et aux flammes. Il ne fallait pas s'étonner d'un tel vacarme et de tels cris ni de voir des gens apeurés partout alentour car dix mille Saxons avaient fait main basse sur du butin, ravagé le pays, dévasté et pillé des villes et ils emmenaient un si grand nombre de prisonniers et un si gros butin avec eux que le produit de leur rapine s'étendait à perte de vue. Le duc Escaut était sorti de la cité avec trois mille hommes et il s'était longuement battu mais il finit par être vaincu et chassé du champ de bataille. Il en fut si affecté qu'il faillit en devenir fou. Le vacarme et les cris étaient si terribles qu'il était bouleversant de les entendre. Chacun se lamentait sur les pertes et les dommages qu'il avait subis car les gens du pays supportèrent vraiment ce jour-là de grands et terribles dommages.

---

fort et isnel tel com il afiert a prodome. Mais ici endroit se taist li contes del roi des .c. Chevaliers. Et retourne a parler del roi Loth et de ses enfans conment il errent tant qu'il en vinrent devant un pont la ou il ot une bataille grans et merveillouse.

628. Or dist li contes que[a] quant li rois Loth se fu partis del chastel de Rohestoc, si acoilli sa voie tout droit vers Chambenyc par devant le chastel de Louveserp ou il se herberga un soir, puis acueilli son chemin et erra tant qu'il vint a .II. lieues prés de Chambenyc. Et lors oï si grans cris et si grant huee qu'il li estoit avis que tout li païs estoit espris de fu et de flambe. Et ce n'estoit mie de merveille s'il i avoit grant noise et grant criee et se les gens estoient esfreé illuec entour. Car .X.M. Saisne avoient acueilli la proie et essillié le païs et les viles essilies et robees et enmenoient a si grant foison de prisons et de proies que tous li païs estoit couvers. Et li dus Eschans estoit issus de la cité atout .III. mil homes, si s'estoit combatus molt longuement. Mais en la fin estoit desconfis et chaciés del camp, si en estoit si coureciés que a poi qu'il ne devroit. Si fu la noise et la criee si grans que[b] estoit une merveille a escouter et a oïr. Car chascun plaignoit sa perte et son damage qui molt i estoit grans et outragous de grant maniere li damages que les gens del païs rechurent en cele journee.

629. Quand le roi Loth et ses fils se furent approchés de ces gens, ils lacèrent leurs heaumes, descendirent de leurs palefrois et enfourchèrent leurs chevaux de combat avec leurs heaumes lacés, l'écu en bandoulière. Ils arrivèrent directement au pont où se tenait le combat. Il avait déjà pris une ampleur considérable mais les gens de Cambénic étaient en train de battre en retraite vers la cité. Le duc Escaut se trouvait à l'arrière ; il résistait et se défendait prodigieusement avec ses hommes et y mettait toute sa peine et toute son énergie car il craignait de perdre sa cité dans ce combat. Le roi Loth fut très affecté et très fâché de le voir ainsi reculer ; il chevaucha pour franchir le pont et vint le rejoindre avec ses quatre fils qui le suivaient de près. Il passa de l'autre côté sans se faire reconnaître, ni lui ni ses fils, car ils chevauchaient, le visage caché par leur heaume, l'écu au bras et les lances empoignées par le milieu, bien calés sur leurs étriers. Ils s'élancèrent au grand galop comme s'il leur tardait d'en découdre avec les Saxons. Quand le duc les vit venir, il s'arrêta mais ne les reconnut pas. Il tint des propos qui étaient bien ceux d'un homme en détresse, très désemparé : « Ah, Seigneur-Dieu, fit-il, venez à mon aide car je serai vaincu si vous ne m'apportez pas un solide appui. Ces félons emportent en butin tout ce que nous avions et c'était là toute la richesse que nous possédions en ce pays. » Il regarda alors les cinq chevaliers qu'il voyait arriver mais il n'en

---

629. Quant li rois Loth et si fil aprocierent de cele gent si lacieront lor hiaumes et descendent de lor palefrois et monterent es chevaus lor hiaumes laciés et les escus as cols et s'en viennent droitement au pont ou la mellee estoit et avoit esté molt grans. Mais ore se retraioient devers la cité. Et li dus Eschans si estoit deriere qui sa gent aloit contretenant et desfendant molt merveillousement et molt i me[t]toit grant painne et grant traveil, conme cil qui estoit en grant souspeçon et en grant doutance de sa cité perdre a cele empainte. Et li rois Loth, qui molt en fu dolans et coureciés de ce que il l'en vit ensi aler, si chevaucha tant que il passa le pont et il vint a l'encontre, il et si .iiii. fil qui le sivoient de randon, si s'en passe outre que pas ne s'i fait connoistre ne il ne si fil. Si chevauchierent embronchiés les hiaumes et les escus embraciés et les lances empoignies par milieu, afichiés sor les estriers, et se metent es grans galos come cil que il est tart que il soient es Saisnes mellés. Et quant li dus les voit venir si s'areste et ne les connut mie et dist une parole qui bien apartient a home besoignous et sans conseil et dist : « Ha, biax sire Dix, fait il, et car me conseilliés, car tous sui desconfis se vrai conseil ne me donnés. Et d'autre part tant de proie conme nous avions enmainnent cil desloial, et ce estoit toute la richoise que nous estoit remese en ceste contree. » Lors esgarda les .v. chevaliers que il voit venir, car il n'en

reconnut aucun car leur écu était déjà tout entaillé des coups qu'ils avaient reçus. Sans cela, il aurait parfaitement reconnu le roi Loth. Quand il les vit s'approcher, il devina tout de suite qu'ils n'étaient pas du pays. Néanmoins, il alla les trouver et leur dit en homme poli : « Chers seigneurs, soyez les bienvenus, de quel côté voulez-vous aller ? Il me semble que vous êtes des chevaliers errants. — Seigneur, fit le roi Loth, nous voudrions aller à Arestéuil en Écosse.

630. — Vraiment, fit le duc, il vous reste encore fort à faire car, d'ici jusque là-bas, il y a une région très dangereuse à traverser. Si vous vouliez demeurer avec nous dans ce pays, nous en serions très heureux et notre armée gagnerait en valeur. Vous ne pourriez pas trouver de meilleur endroit pour faire du profit car il se passe peu de jours sans que les Saxons se battent contre nous. — Seigneur, fit le roi Loth, quelle distance peut-il y avoir jusqu'à Arestéuil ? — Seigneur, fit le duc, il y a bien deux grandes journées. — Mais qui êtes-vous, fit le roi Loth, pour nous prier ainsi de rester ? — Je ne vous le cacherai pas, je suis le duc de Cambénic, le seigneur de cette terre, tant qu'il plaira à Dieu. Mais cette engeance déloyale me dispute ma terre jour après jour. Aujourd'hui, j'ai fait une sortie contre eux mais ils sont bien cruels et orgueilleux comme vous pouvez le voir. » Pendant que le duc et le roi Loth parlaient ensemble, le duc regarda au loin et aperçut ses hommes qui fuyaient devant les Saxons qui les talonnaient en piquant

***

connoist nul car lor escu estoient tout detailliés de cops qu'il avoient receüs. Et, se ce ne fust, il eüst bien le roi Loth conneü. Et quant il voit que il aprocent si connoist bien qu'il ne sont pas de cest païs. Et toutes voies s'en vient a els et lor dist conme cil qui molt bien iert enseigniés : « Biaus signour, fait il, bien soiiés vous venu. Quel part en volés vous aler ? Il me samble que vous estes chevalier errant. — Sire, fait li rois Loth, nous vaurriens estre a Arestuel en Escoche.

630. — Certes, fait li dus, molt avés a faire. Car entre ci et la a un molt felon trespas. Et, se vous voliés demourer avoec nous en cest païs, nous en seriens molt lié et mix en vauroit nostre ost et mix ne porriés aler pour gaaingnier, car poi de jours i a que li Saisne ne se combatent a nous. — Sire, fait li rois Loth*, combien puet il avoir jusques a Arestuel ? — Sire, fait li dus, il i a bien .ii. grandes journees. — Qui estes vous, sire, fait li rois Loth, qui nous proiiés de remanoir ? — Sire, fait il, ne vous iert ja celé. Je sui li dus de Chambenyc et sui sires de ceste terre tant come a Dieu plaira. Mais ceste desloial gent le me vont molt chalengier de jour en jour. Et ore m'en sui issus encontre aus, et il sont si cruel et si orguellous come vous poés veoir. » Endementiers que li dus et li rois Loth tenoient lor parlement, si se regarda li dus et voit sa gent venir a [d] fuiant et li Saisne aprés qui les sivoient a esperon molt

des deux. Quand le roi Loth les vit venir ainsi, il dit au duc :
« Seigneur, puisque d'aventure nous nous sommes rencontrés et que vous nous priez de rester, nous vous aiderons
désormais du mieux que nous pourrons. — Grand merci,
cher seigneur ! » fit le duc. Gaheriet dit alors à monseigneur
Gauvain : « Allons les affronter ! Regardez où ils vont ! »

631. Ils prirent alors de nouveaux heaumes car les leurs
étaient tout défoncés. Quand ils les eurent passés et bien
fixés avec de bons liens de soie, ils se dirigèrent vers les
fuyards. En voyant arriver leur seigneur, ils cessèrent de fuir
et reprirent le combat parce qu'ils se fiaient entièrement en
lui car il était un très bon chevalier qui inspirait confiance.
Quand les Saxons constatèrent qu'ils s'étaient arrêtés, ils se
jetèrent sur eux pensant tous les capturer, les retenir et les
faire prisonniers. Monseigneur Gauvain, qui les vit venir,
s'élança le premier hors des rangs et frappa un Saxon si
durement qu'il lui planta sa lance dans le corps et l'abattit
raide mort. En voyant son père s'élancer dans la mêlée
contre les Saxons, Gaheriet se dit qu'il démériterait s'il ne
faisait pas comme lui pour cette fois. Il piqua des deux,
brandit la lance au fer tranchant et frappa si durement le
premier venu qu'il lui transperça l'écu et le haubert et que le
fer de sa lance le transperça ainsi qu'une grande partie de la
hampe. Il le poussa et l'abattit raide mort ; la lance se brisa

---

durement. Et quant li rois Loth les vit venir en tel maniere, si dist au
duc : « Sire, puis que ensi est que nous sommes sor vous embatu et
que vous nous proiiés de remanoir, nous vous aiderons hui mais de
tout nostre pooir. — Grans mercis, fait li dus, biaus signour. » Et
lors dist Gaheriet a mon signour Gavain : « Alons lor a l'encontre,
car veés les ci ou il viennent. »

631. Atant reprendent la gent au duc hiaumes, car li lor estoient tout
dequassé. Et quant il les orent mis en lor testes et bien noés a molt
grans las de soie, si en retournent vers ciaus qui fuioient. Et quant cil
virent venir le duc lor signour si s'arresterent et livrerent estal. Car il
avoient en lui molt grant fiance, car il estoit molt bons chevaliers et
seürs. Et quant li Saisne les virent arester, si lor coururent sus come cil
qui tous les quidoient arester et avoir pris et retenus. Et mesire
Gavains, qui venir les voit, desrenge tous li premiers et fiert un Saisne
si durement qu'il li met le glaive parmi le cors, si le trebusche a la terre
mort. Et quant Gaheries voit son pere qui as Saisnes s'est mellés, si
dist qu'il se tenra molt a mauvais se il ne fait ensi a ceste fois. Lors
hurte le cheval des esperons et brandist la lance dont li fers fu trenchans et fiert si durement le premier qu'il encontre que, parmi l'escu et
parmi le hauberc, li parut d'autre part le costé li fers tout outre et del
fust une grant partie. Et il l'enpaint et abat mort tout estendu et la
lance brise que plus ne pot durer por le grant fais. Et il met la main

sous le poids de la victime. Il mit la main à l'épée et suivit à la trace monseigneur Gauvain partout où il allait ; il accomplissait de tels exploits que tous ceux qui le voyaient en restaient émerveillés. Il ne frappa pas un Saxon sans le tuer ni l'abattre, lui ou son cheval. Gaheriet s'en tira si bien que même monseigneur Gauvain le loua et le félicita. Il ne l'avait jamais vu si bien faire, en nul endroit. Il s'en émerveilla beaucoup et en fut très heureux au fond de lui-même. Il s'étonnait de le voir accomplir tant d'exploits.

632. Ailleurs, dans la mêlée, se trouvaient le roi Loth et Guerrehet. Chacun avait abattu si violemment son Saxon que leur victime n'eut d'autre issue que la mort. Quand leurs lances furent brisées, ils tirèrent leurs épées et entamèrent un combat si prodigieux qu'on n'avait jamais vu cinq chevaliers se battre ensemble comme eux. En les voyant, le duc les suivit et se tint à leur côté pour bien se comporter dans l'épreuve. Avant de les quitter, il les vit faire tant de prouesses qu'il s'étonna qu'un preux puisse en accomplir et en supporter autant. Mais, lorsque midi fut passé, monseigneur Gauvain réussit toutes les merveilles du monde[1]. Il montait le Gringalet qui était un si bon et si beau cheval qu'il ne convenait nullement d'en chercher un meilleur ou un plus beau. Celui qui le montait était merveilleusement preux et leste : il tenait Escalibor dans sa main et tranchait avec elle heaumes, écus, chevaux et chevaliers et tout ce qu'il rencontrait. Il abattait

---

a l'espee et se met aprés mon signour Gavain en la trace tout si com il aloit et fait tel merveille d'armes que tout cil qui les veoient s'en esbahissoient. Car il ne fiert Saisne qu'il ne l'ocie ou abate lui ou le cheval. Et Gaheriet le fait si bien que mesire Gavains meïsmes l'en proise et loe, ne onques mais ne li avoit veü en nule place si bien faire. Si s'en merveilla molt durement et molt en fu liés en son corage et molt se merveille conment il puet tant d'armes soufrir.

632. De l'autre part fu li rois Loth et Guerrehes en la mellee et ot chascuns abatu un Saisne si durement que morir les couvint. Et quant les lances furent brisies, si traient les espees et conmencent un caple si merveillous que onques de .v. chevaliers ne fu tes caplés veüs ne esgardés. Et quant li dus le voit si vait [e] aprés et conmencha a faire si bien por els tenir prés et pour soi bien contenir en la besoigne. Et il lor en vit tant faire avant qu'il s'en partist d'aus que tous s'en esbahist conment un prodom puist tant faire et soufrir. Mais quant miedis fu passés fist mesires Gavains toutes les merveilles del monde. Et seoit desus le Gringalet qui tant estoit bons et biaus que il ne couvenoit a querre nul meillour cheval ne plus bel que il estoit. Et cil seoit sus qui a merveilles estoit et prous et vistes et il tenoit Eschalibor en sa main toute nue dont il decopoit et hiaumes et escus et chevaus et chevaliers et quanqu'il aconsieut. Il abatoit

hommes et chevaux qui se précipitaient sur lui ; il enfonçait les rangs adverses, aussi bruyamment que la foudre qui tue tout sur son passage, comme on détruirait une fourmilière. Alors qu'arrivait l'heure de none, il était si échauffé que rien ne pouvait lui résister. Lorsqu'il levait l'épée, on aurait dit qu'elle s'abattait ensuite comme la foudre : elle arrivait à toute allure et avec une grande violence et laissait entendre un bruit comparable à celui du tonnerre[2]. En le voyant, les Saxons s'écriaient : « Regardez là ! Voici un diable qui vient de surgir de l'enfer ! » La nouvelle de ses exploits se répandit au point de parvenir aux oreilles de Moïdès[3], Mandalis, Oriance et Dorilas, les principaux chefs de l'armée des Saxons.

633. En entendant les merveilles accomplies par les six compagnons, ils demandèrent où se trouvaient ces derniers. Celui qui les avait vus indiqua qu'ils étaient au bout du pont sur la rivière. Les quatre rois partirent et vinrent directement à l'endroit où se tenait monseigneur Gauvain. C'était lui qui accomplissait les plus grandes merveilles jamais réalisées par un seul chevalier. Le duc Escaut les avait rejoints avec autant d'hommes qu'il avait pu en rassembler. Des trois mille hommes qu'il avait au début de la bataille, il ne put en réunir que deux mille sept cents et ils étaient totalement défaits. Mais, dès que le roi Loth et ses fils se joignirent à eux, ils réussirent à protéger leurs arrières. Leurs poursuivants étaient plus de dix mille. C'était Lidonas qui les menait,

---

homes et chevaus a l'enpaindre de soi et venoit parmi les rens ausi bruiant conme foudre et vait tout ociant ausi conme se ce fust fermaille. Et il estoit si escaufés a ce qu'il se traioit vers eure de none que nule riens n'avoit a lui duree et samble vraiement, quant il lieve l'espee contremont por ferir qu'ele[d] descent come se ce fust foudre, tant vient de grant ravine et de si grant force car ele bruit ausi come tonnoile. Et quant li Saisne l'aperçoivent si li dient : « Veés la un dyable qui d'ynfer est venus novelement. » Si s'en vait la nouvele que Boydas et Mandalis et Oriances et Dorilas, cil .iiii. roi le sorent qui de ciaus de l'ost estoient maistre conduisour.

633. Quant li .iiii. roi oïrent les merveilles que li .vi. compaignon faisoient si demandent quel part il estoient. Et cil qui veü les avoit les enseigna au chief del pont desor la riviere. Atant s'esmurent li .iiii. roi et s'en viennent la droitement ou mesire Gavains estoit qui de soi faisoit merveilles les greignours qui onques mais fuissent faites par le cors d'un seul chevalier. Et li dus Eschans se fu mis en lor compaingnie a tant de gent com il pot assembler. De ses[a] .iii.m. homes que il ot au commencement ne pot il assambler que .ii.m. et .vii.c., si estoient outreement desconfit. Mais si tost come li rois Loth et si fil s'asamblerent a els si les resortirent ariere. Si estoient cil qui les enchaucierent plus de .x.m. Si les conduisoit Ydonas, uns[b] Saisnes molt

un Saxon très cruel qui avait commis des ravages chez les chrétiens. Pourtant ces derniers parvinrent à les chasser du champ de bataille et les firent reculer vers les quatre rois qui venaient à leur secours. Dès qu'ils entrèrent dans la mêlée contre les chrétiens, un prodigieux et immense combat s'ensuivit mais grande fut la malchance des chrétiens car ils n'étaient que quatre mille et les Saxons étaient au moins dix-huit mille. Ils furent contraints de céder sous le nombre, de gré ou de force, et ils auraient connu la défaite si les six chevaliers n'avaient pas été présents car ces derniers ne voulurent jamais lâcher prise mais ne firent au contraire que gagner du terrain sur les Saxons. C'est alors que monseigneur Gauvain accomplit tous les exploits que peut réaliser un homme dans le monde d'ici-bas. Gaheriet le suivit de si près qu'il ne le quitta guère de toute la journée ; il se trouvait toujours en avant au point que monseigneur Gauvain s'émerveilla fort de sa capacité de résistance et d'endurance. Il le porta encore davantage dans son cœur ce jour-là, et par la suite il l'aima toujours plus que ses autres frères qui étaient pourtant si bons chevaliers que personne ne pouvait leur résister en ce temps-là.

634. Grande fut la bataille et meurtrier le combat sur les plaines de Cambénic, à la tête du pont de la Saverne, entre les deux mille sept cents chrétiens et les dix-huit mille Saxons. Mais les chrétiens n'auraient pas résisté longtemps si les cinq compagnons du royaume de Logres ne leur eussent

---

orgueillous qui molt grant damage lor avoit fait de lor gent. Et non-pourquant si le jeterent li Crestien fors del champ et les reüserent jusques sor les .IIII. rois qui les venoient secourre. Et si tost com il se furent mellé as Crestiens si i ot estour champel merveillous et grant. Mais molt i estoit li meschiés grans, car li Cresti∫∫ien n'estoient mie .IIII.M. et li Saisne estoient bien .XVIII.M. largement. Si les couvint a plaissier, ou il vausissent ou non. Et fuissent tout desconfit se ne fuissent li .VI. chevalier. Car cil ne voloient muer estal et ne faisoient se terre non prendre sor els. Illuec fist mesire Gavains toutes les merveilles que hom terriens peüst faire de son cors. Et Gaheriet le sieut si prés que poi li eschape de tout le jour qu'il ne li fust tous dis au devant si que mesire Gavains s'en esmerveille tous conment il em pooit tant endurer ne soufrir. Si l'en ama plus en son cuer, ne onques puis ne fu eure en toute sa vie que il ne l'en amast plus que nul de ses autres freres qui tant estoient bon chevalier que nus chevaliers nés peüst endurer au tans de[d] lors.

634. Molt fu grans la bataille et li estours mortels es plains de Chambenyc au chief del pont de Saverne de .II.M. Crestiens et .VII.C. encontre .XVIII.M. Saisnes. Mais li Crestien ne duraissent mie longement se ne fust li bien fais des .V. compaingnons del roiaume de Logres et si le

prêté main-forte. Quant au duc Escaut de Cambénic, il se battait fort bien aussi car c'était un très bon chevalier en qui l'on pouvait se fier. Tandis qu'ils s'efforçaient de briser la foule des Saxons et d'enfoncer leurs rangs arrivèrent Dodalis, Moïdès, Oriance et Brandalis, l'écu en bandoulière et les lances au poing, et montés sur des chevaux au galop impétueux. Ils rencontrèrent le duc Escaut au milieu de rangées d'hommes qu'il avait combattus toute la journée ; il avait subi tant d'assauts de leur part qu'il devait être épuisé et à bout de forces. Il l'était véritablement car il avait tant souffert et enduré tout au long de la journée qu'on s'étonnait de le voir encore tenir sur son cheval. Alors, Moïdès et Brandalis tombèrent ensemble sur lui. Ils le frappèrent si violemment sur son écu qu'ils le renversèrent par-dessus la croupe de son cheval. Oriance et Dodalis frappèrent de leur lance les flancs de son cheval et l'abattirent mort entre ses cuisses de sorte que l'un et l'autre tombèrent comme une masse. Quand le duc fut à terre, les quatre rois s'arrêtèrent près de lui, l'épée nue à la main ; il aurait pu perdre la vie si les gens de sa maison n'étaient pas venus le secourir au galop. Les Saxons arrivaient à la charge de l'autre côté. Les assaillants se rassemblaient et sortaient de tous côtés ; c'est là qu'un grand attroupement se forma. Là, les chevaux se mirent à piétiner atrocement le duc car il y avait tellement de Saxons que les hommes du duc n'avaient ni la force ni le pouvoir de l'aider à remonter et ses ennemis n'avaient pas la

---

faisoit molt bien li dus Eschans de Chambenyc, car il iert molt bons chevaliers et seürs de cors. Endementres qu'il entendoient a la presse desrompre et percier, vint Dodalis et Moydas et Oriances et Brandalis, les escus as cols et les lances es poins, sor les chevaus courans et abrievés. Si encontrent le duc Eschans entre les rens qui molt bien l'avoit* fait toute jour ajournee, et avoit tant sousfert que bien devoit estre lassés et traveilliés. Et si estoit il molt durement, car il avoit tant sousfert et enduré toute jour que c'estoit merveille conment il se pooit tenir a cheval. Se li avint en tel maniere que Boydas et Brandalis l'encontrerent ambedoi ensemble. Si le ferirent si durement sor son escu que il l'enverserent desor la crupe de son cheval tout estendu. Et Oriances et Dodalis ferirent si son cheval de lor glaives parmi les flans qu'il l'abatirent mort entre ses quisses si qu'il porterent a terre l'un et l'autre tout en un mont. Quant li dus fu a terre si s'arесterent tout .iiii. sor lui, les espees en lor mains toutes nues, si i peüst molt tost perdre quant sa maisnie vint apoignant pour lui secourre. Et li Saisne vinrent de l'autre part pour lui encombrer. Illuec assambla li poigneïs de toutes pars, si i ot molt grant defouleïs de gent. Illuec fu li dus molt tourmentés des piés des chevaus, car tant i avoit de Saisnes que les [*146a*] gens au duc n'i avoient force ne

force de le retenir. Les Saxons se trouvaient en si grand nombre que les chrétiens ne purent les contenir et il leur fallut reculer, de gré ou de force. Les Saxons avaient déjà tellement avancé qu'ils avaient capturé le duc et qu'ils l'emmenaient à vive allure malgré la résistance des siens. Quand le roi Loth et ses fils, l'épée nue à la main, arrivèrent en piquant des deux, ils trouvèrent une grande troupe de Saxons qui emmenait le duc. C'est là que de grands coups furent assenés et reçus mais, si monseigneur Gauvain ne s'était pas illustré par ses exploits, ils n'auraient pas pu résister tant soit peu. Car Gauvain se trouvait en première ligne, son épée Escalibor dans sa main droite, et il frappait de droite et de gauche, massacrant hommes et chevaux de sorte que tous à ce spectacle prenaient la fuite. Par ses prouesses, il finit par rompre la foule des Saxons et enfoncer leurs rangs, en dépit de leur résistance ; il ne s'arrêta que lorsqu'il parvint auprès du duc Escaut que les Saxons emmenaient. Là se déroula une grande bataille, un combat cruel et meurtrier, violent et traître. Là, Agravain et Guerrehet furent abattus de leurs chevaux. Le roi Loth s'efforça grandement de les aider à remonter mais la foule des Saxons était si dense, en pleine mêlée, que ce fut merveille à voir. Monseigneur Gauvain et Gaheriet ne faisaient pas attention à lui car ils ne cherchaient qu'à arracher le duc des mains de ceux qui l'emmenaient. Ils se consacrèrent si bien à cette tâche qu'ils finirent par leur reprendre le duc de force et à le remettre à

pooir de lui remonter ne si anemi de lui retenir. Nonpourquant li Saisne furent si grant gent que li Crestien ne les porent sousfrir ançois les couvint reüser ou il vausissent ou non. Car li Saisne avoient ja tant fait que pris avoient le duc et l'enmenoient batant maugré aus tous. Quant li rois Loth et si fil vinrent apoignant les espees es mains toutes nues, et trouverent molt grant presse de gent a lui mener, illuec ot assés cops donnés et receüs, ne mais se ne fust li bien faires monsignour Gavain ja n'i duraissent ne tant ne quant. Car il estoit el premier front devant et tenoit Eschalibor en sa main destre toute nue, si feroit a destre et assenestre et faisoit si grant ocision d'omes et de chevaus que tout cil qui le voient tournent en fuies. Et il fist tant par sa prouece qu'il rompi la presse et percha tout parmi, malgré aus tous, si ne fina onques devant qu'il vint au duc Eschan que li Saisne enmenoient. Illuec fu grans la bataille et li caplés cruous et mortels et durs et felons. Illuec fu abatus Agravain et Guerrehes de lor chevaus encontre terre. Si se pena molt li rois Loth d'aus remonter et la presse estoit si grans et si defouleïs et la noise et la mellee de toutes pars que ce estoit merveille. Et mesires Gavains et Gaheriet ne s'en prenoient garde, car il n'entendoient fors a rescourre le duc de ciaus qui l'enmenoient, et tant s'en estoient

cheval. Ils avaient chassé de la place tous ceux qui voulaient l'enlever.

635. Quand le roi Loth qui combattait ailleurs vit ses deux fils à terre, entre les pieds des chevaux, en grand danger de perdre leur vie, il comprit qu'il n'avait pas le pouvoir de les secourir, ni de les remettre en selle ni de les arracher à leurs assaillants, alors il s'écria très fort : « Cher fils, que faites-vous ? Où êtes-vous donc allé ? Agravain se trouve à terre et a grand besoin d'aide. Il est exposé à un danger si mortel qu'il sera difficile de le sauver si vous tardez trop ! » Quand monseigneur Gauvain entendit les paroles de son père, il détourna son cheval aussitôt du côté de son frère. Il fendit et écarta la foule à l'aide d'Escalibor sa bonne épée contre laquelle ne résistait aucune armure qui en recevait un grand coup. Il n'alla pas bien loin qu'il trouva Agravain et Guerrehet à pied, au milieu de la foule ; ils se défendaient farouchement. Le roi Loth se tenait à leur côté, s'efforçant de les défendre et de les secourir. Mais quand monseigneur Gauvain prit conscience de la gravité de la situation, il jeta son reste d'écu à terre et prit Escalibor à deux mains. Il se lança si violemment dans la foule que tous ceux qui le virent en furent émerveillés. Il frappa sur le heaume Moïdès qu'il rencontra le premier et le pourfendit jusqu'aux épaules. De l'autre coup qu'il donna, il coupa le bras gauche de Brandalis et le fit voler au milieu du champ avec l'écu. Quand le

---

pené qu'il l'avoient rescous a fine force et mis a cheval. Et tous ciaus qui l'enmenoient avoient il chacié de la place.

635. Quant li rois Loth, qui d'autre part se combatoit, vit ses .ii. fix a terre entre les piés des chevaus en aventure de perdre les vies et il voit qu'il n'a mie pooir d'aus rescourre ne remonter ne tolir les a ciaus qui les assaillent, si s'escrie a hautes vois : « Biaus fix, que faites vous ? Ou estes vous alés ? Ja est Agravains a terre qui molt a grant besoing et li damages i est si mortex qu'a painnes i sera mais restorés se plus demourés. » Et quant mesire Gavains entendi la vois de son pere si guencist la teste de son cheval tout maintenant cele part, si desront la presse et depart d'Eschalibor sa bone espee a qui armeüre nule n'avoit duree qui a droit cop en fust aconseüe. Si n'ot mie granment alé quant il trouve Agravain et Guerrehes enmi la presse a pié qui molt durement se desfendoient. Et li rois Loth estoit lés aus qui molt durement se penoit d'aus des[*b*]fendre et rescourre. Et quant mesires Gavains voit le grant besoing si jete a terre le tant d'escu qui li estoit remés et prent Eschalibor a .ii. mains et se fiert en la presse si durement que nus nel veïst qu'il nel tenist a merveille. Et fiert si Moy-das, qu'il encontra premiers, parmi le hiaume que tout le pourfent jusques es espaulles. Et, a l'autre cop qu'il jeta, copa a Brandalis le bras senestre, si qu'il li fist voler atout l'escu enmi le champ. Et quant

Saxon se vit blessé, il fit volte-face et prit la fuite en criant et beuglant comme un taureau. Gaheriet avait jeté son écu par terre et tenait son épée à deux mains, frappant Oriance sur le heaume de sorte qu'il lui en coupa un morceau. L'épée dévia entre le corps et l'écu de son adversaire et coupa la courroie à laquelle pendait l'écu puis le fit voler au milieu du champ. En pénétrant profondément dans sa cuisse gauche, l'épée la lui trancha et il tomba à la renverse. Gaheriet prit alors son cheval par la bride et l'emmena vers son frère Guerrehet pour lui permettre de remonter. Puis il fit demi-tour et frappa un Saxon qui avait un très bon cheval et il lui assena un coup si violent qu'il lui fit voler la tête. Il prit son cheval, l'emmena vers Agravain et lui dit : « Montez, mon frère ! » ce que celui-ci fit aussitôt car il en avait grand besoin. Ils se jetèrent alors dans la mêlée du côté où se trouvait leur père le roi Loth et monseigneur Gauvain. Agravain qui était si emporté affronta Dodalis et le frappa si violemment qu'il lui fit voler la tête. Quand les Saxons constatèrent que leurs chefs étaient tous morts, ils prirent la fuite aussitôt comme ceux qui ont perdu leur seigneur et ils ne s'arrêtèrent que devant l'enseigne de Lidonas, poursuivis sans relâche jusque-là. Monseigneur Gauvain chevauchait en tête avec deux cents chevaliers de la maison du duc de Cambénic qui s'étaient mis avec dévouement au service de Gauvain. Éliézer se trouvait à ses côtés et tenait dans la main une massue

---

li Saisnes se sent afolé si s'en tourne en fuies criant et braiant come toriaus. Et Gaheries ot jeté son escu a terre et tenoit l'espee as .II. mains et fiert Oriances desor le hiaume si qu'il en abat un quartier, et l'espee guenciſt dehors entre le cors et l'escu, si li cope la guige a coi il pendoit et le fait voler enmi le camp. Et l'espee descent sor la seneſtre quisse si em parfont qu'il li trenche tout outre et cil chaï jus a terre tous a envers. Et Gaheries prent le cheval par le frain et le mainne a Guerrehes son frere, si fait remonter. Puis tourne et fiert un Saisne qui a merveilles eſtoit bien montés et il le fiert si durement qu'il li fiſt la teſte voler. Et prent le cheval si le mainne a Agravain et li diſt : « Montés, biau frere. » Et cil si fait, qui grant meſtier en avoit. Et lors se fierent ens en la mellee et se fierent cele part ou li rois Loth, lor peres, eſtoit et mesire Gavains. Et Agravains qui molt durement fu irés encontre Dodalis et le fiert si durement que la teſte en fiſt voler. Quant li Saisne virent que li haut home eſtoient tout mort, si s'en tournent en fuies tout maintenant come cil qui lor signours avoient perdus, ne onques ne s'areſterent tant qu'il vinrent a l'enseigne Lydonas. Et cil les enchacierent jusques la sans nul areſt. Mais avant tous les autres fu mesire Gavains avoec .CC. chevaliers de la maisnie au duc de Chambenyc qui molt se penoient de mon signour Gavain servir. Et Eliezer fu tout adés delés lui et avoit en sa main

de fer cornue[1] ; il aidait monseigneur Gauvain chaque fois que c'était nécessaire.

636. Au cours de cette chasse, le duc Escaut fut abattu car un Saxon l'avait frappé si violemment par-derrière qu'il l'avait fait tomber à plat ventre et le duc s'était grièvement blessé dans sa chute. Le roi Loth, qui chassait à sa droite entre le duc et son fils Guerrehet, vit le coup arriver. Cela affligea beaucoup le roi Loth qui tenait une lance solide et épaisse ravie à un Saxon. Il éperonna et frappa au côté le Saxon qui avait abattu le duc et avec une telle violence qu'il lui perça le foie et le poumon et le porta à terre puis il prit le cheval de son adversaire par la bride et le présenta au duc qui l'enfourcha et remercia beaucoup le roi Loth du service qu'il lui avait rendu. Ailleurs, monseigneur Gauvain et Éliézer donnaient la chasse aux Saxons, ils les poursuivirent jusqu'à l'enseigne de Lidonas. C'est là que les Saxons s'arrêtèrent et prirent position un moment. Monseigneur Gauvain qui les suivait se jeta au milieu d'eux, l'épée à la main, et se mit à frapper et abattre tous ceux qu'il atteignait. Quand Lidonas l'aperçut, il se tourna vers lui. Monseigneur Gauvain le frappa si durement avec Escalibor sur le heaume qu'il fendit tout son corps en deux de sorte qu'on put voir le foie et le poumon et les distinguer parfaitement l'un de l'autre. Dès qu'il fut touché, le Saxon tomba avec l'enseigne. Quand le duc Escaut vit l'enseigne à terre, il comprit que les Saxons

---

une machue de fer cornue, si delivroit mon signour Gavain de ce dont il estoit mestier.

636. En cele chace fu li dus Eschans abatus, car uns Saisnes l'ot feru deriere si durement qu'il le porta a terre a ventrillons, si le blecha molt au chaoir. Icelui cop vit li rois Loth qui chaçoit a destre partie entre lui et Guerrehes son fil, si l'em pesa molt. Et il tint une lance forte et roide que il ot a un Saisne to[d]lue, si hurte le cheval cele part et fiert le Saisne que le duc avoit abatu parmi les costes si durement qu'il li perce le foie et le poumon, si le porte a la terre tout estendu. Lors prent le cheval par les resnes et le presente au duc. Et li dus monte et l'en mercie molt de cel service que fait li avoit. Et mesire Gavains et Elyezer, qui d'autre part enchauçoient les Saisnes, le suirent tant qu'il vinrent a l'enseigne Ydonas. Illuec s'aresterent li Saisne et tinrent estal une piece. Et mesire Gavains, qui les sieut, se fiert entre aus l'espee en sa main et conmencha a ferir et a abatre quanqu'il ataint. Et quant Idonas l'aperçoit si tourne cele part. Et mesire Gavains le fiert si durement d'Eschalibor parmi le hiaume que tout le pourfent contreval si que on pooit bien veoir le foie et le pomon et connoistre l'un et l'autre tout apertement. Et maintenant que li Saisnes fu issi ferus si trebusche a terre atoute l'enseigne. Et quant li dus Eschans vit l'enseigne verser si set bien qu'il sont des-

étaient vaincus. Il poussa alors son cri de guerre, rallia ses gens autour de lui et lança rapidement une attaque.

637. Quand les Saxons virent leur enseigne à terre, ils n'osèrent plus les attendre mais quittèrent la place et s'enfuirent en abandonnant tout leur harnois. Personne n'attendit l'autre et ils s'enfuirent dans la plaine tout désemparés par leur défaite. Alors s'élevèrent des huées et un tel nuage de poussière que c'était merveille à voir. Mais le premier à les poursuivre fut monseigneur Gauvain monté sur le Gringalet car nul ne pouvait se comparer à lui pour la rapidité de la course. Lors de cette poursuite, il tua tant de Saxons en si peu de temps qu'il fut tout couvert de sang ainsi que son cheval. Ceux qui le voyaient avaient l'impression qu'il était sorti d'une rivière de sang. Ils donnèrent la chasse aux Saxons jusqu'au soir puis le roi Loth et ses trois enfants s'en retournèrent, à l'exception de monseigneur Gauvain dont ils n'eurent aucune nouvelle. Ils ne savaient pas ce qu'il était devenu de même que son écuyer Éliézer car il avait tant pourchassé les Saxons qu'il les fit tous s'enfoncer dans le gué au milieu de la Saverne. Là, il en abattit tant que toute l'eau de la rivière cessa de couler. Lorsqu'ils constatèrent que tous les Saxons avaient traversé la rivière, ils rentrèrent au petit pas. Le duc Escaut s'arrêta près du butin laissé par les Saxons et le fit emporter par ses hommes. Monseigneur Gauvain passa près de lui sans mot dire et, quand le roi Loth le vit venir, il laissa

---

confit. Lors escrie a hautes vois la soie enseigne et raloie sa gent environ lui et lor fait une envaïe molt vistement.

637. Quant li Saisne virent lor enseigne versee, si ne les oserent plus atendre, ançois guerpirent la place et tournerent en fuies et laisierent tout lor harnois que onques n'i atendi li uns l'autre, ançois s'en vont fuiant toute la plaigne mat et desconfit. Si lieve la huee et la poudriere si grans que ce fu merveille a veoir. Mais sor tous ciaus qui enchaucierent fu mesire Gavains li premiers qui seoit sor le Gringalet, car il n'en i avoit nul qui a lui se preïst a courre ne de toŝt aler. Si en ociŝt tant em poi d'ore en cele chace que tous eŝtoit ensanglentés et ses chevaus ausi, si que il eŝtoit avis a tous ciaus qui le veoient qu'il fuŝt trais d'une riviere de sanc. Et quant il orent enchaucié jusques au soir si s'en retournerent ariere et li rois Lot et si enfant treŝtout fors mon signour Gavain[a] dont il ne savoient ne vent ne voie qu'il eŝtoit devenus, ne Elyezer son esquier, car il avoit tant enchaucié les Saisnes que a fine force les fiŝt[b] flatir el gué parmi la riviere de Saverne. Et illuec en abati tant que toute l'aigue en eŝtancha. Et quant il virent que il furent tout outre, si retournerent tout le petit pas. Et li dus Eschans se fu arreŝtés a la proie et le fiŝt mener a ses homes. Et mesire Gavains le passa et mot ne li diŝt. Et quant li rois Loth le voit venir si en fiŝt merveillouse

éclater une grande joie et lui demanda comment cela s'était passé. « Mal, lui répondit Gauvain, puisque certains ont réussi à s'échapper. » Lui, Gauvain, passait pour un lâche parce qu'il n'avait pas osé franchir le gué à l'endroit où les Saxons l'avaient fait. Le roi Loth lui répondit qu'il n'était pas facile de traverser seul.

638. Le duc de Cambénic, qui entendit parfaitement les propos de Gauvain, dit qu'il avait réussi à faire avec ses compagnons ce que ses gens n'avaient pas su accomplir. Monseigneur Gauvain s'en alla aussitôt sans rien lui dire. En outre, il était évident, vu l'état de ses armes, qu'il n'était pas resté toute la journée à ne rien faire. Le roi Loth demanda à Gauvain où il avait laissé son écu. Gauvain lui répondit que les Saxons l'avaient tout déchiqueté et qu'il lui fallait s'en procurer un autre. Le duc dit qu'il lui ferait donner un bon et solide écu. Gauvain le remercia. Alors le duc vint trouver le roi Loth parce qu'il avait appelé Gauvain son fils et le pria très aimablement de lui dire son nom. Le roi lui répondit que son nom n'était un secret pour personne et qu'il ne le lui cacherait pas. Il ajouta : « Vous devriez pourtant bien me reconnaître car nous avons déjà été ensemble à la peine et à l'honneur », et il lui dit qu'il était le roi d'Orcanie et que ces quatre chevaliers étaient ses fils. À ces mots, le duc lui répondit qu'il était le bienvenu « et par la grâce divine, ajouta-t-il, je ne vous avais pas reconnu. Béni soit Dieu de vous avoir mené jusqu'ici car, aujourd'hui, nous serions morts et vaincus si vous n'aviez pas

---

joie et li demande conment il l'avoit fait. Et [d] il li diſt mauvaisement, quant il en eſt nus eschapés et se retourne come recreant quant il n'osa le gué passer ou il passerent. Et li rois Loth li diſt que ce n'eſtoit mie legiere chose a passer un home seul.

638. Cele parole que Gavains diſt entendi bien li dus de Chambenyc. Si li diſt qu'il l'avoit trait a fin entre lui et ses compaingnons ce que il ne ses gens ne pooient traire a fin. Et mesire Gavains s'en vait adés et mot ne li diſt. Et bien parut a ses armes qu'il n'avoit mie eſté toute jour a sejour. Et li rois Loth li demande ou il avoit son escu laissié. Et il diſt que li Saisne l'avoient tout detrenchié, si en couvient an autre pourchacier. Et li dus diſt qu'il li fera un autre escu baillier bon et fort. Et il diſt : « Sire, grans mercis. » Lors s'en vint li dus au roi Loth pour ce que son fil l'avoit apelé et le proie molt doucement qu'il li die son non. Et il diſt que ses nons ne fu onques celés a nului ne a lui ne le celera il mie. Si li diſt : « Vous me deüssiés bien connoiſtre, car maint mal et maint bien avons eü ensemble. » Et li diſt qu'il eſtoit rois d'Orcanie. « Et cil .iiii. chevalier sont mi fil. » Et quant li dus l'entent se li diſt que bien soit il venus. « Et si vraiement m'aïſt Dix, fait il, que je ne vous connoissoie mie. Et beneois soit Dix quant il vous cha nous amena, car nous fuissiens hui en ceſt jour

été là et vous avez dit vrai en avouant que nous avons connu ensemble l'honneur et la peine ! Seigneur, pour Dieu, ces quatre chevaliers sont-ils vos fils ? — Oui, bien sûr ! — Par la grâce de Dieu, dit le duc, ce sont des preux et avec l'âge leur mérite grandira encore. »

639. Tout en parlant entre eux, les six se dirigèrent vers la cité de Cambénic et la grande salle du palais où ils descendirent. Éliézer se mit en peine de bien servir monseigneur Gauvain ; il mit le Gringalet à l'étable et aida monseigneur Gauvain et le roi Loth à se désarmer. Pendant qu'ils ôtaient leurs armes, ils virent venir l'écuyer d'Éliézer et l'autre écuyer qui avaient convoyé leur présent chez Minoras le forestier. Ils saluèrent le roi Loth de la part de Minoras, de sa femme et de tous ses enfants avec leur remerciements à tous et à toutes. Alors Gaheriet regarda Agravain et se mit à sourire. Il demanda à Lidonas comment allaient les filles de Minoras ; il répondit qu'elles le saluaient bien et Gaheriet dit qu'elles avaient raison et ajouta : « Si seulement elles connaissaient la pensée de mon frère ! » Monseigneur Gauvain et Guerrehet s'amusèrent beaucoup de ce propos. Agravain en rougit et s'échauffa mais il ne dit mot car il savait bien que c'était une moquerie. Ils s'amusèrent et plaisantèrent jusqu'à ce que le repas fût servi. Ils s'assirent, mangèrent et burent à volonté car le duc et tous ceux qui se trouvaient là se mirent en peine pour cela.

---

mort et deſtruit se vous ne fuiſsiés. Et de ce me deïſtes vous voir que maint bien et maint mal avons enſamble eü. Sire, pour Dieu, sont cil .IIII. chevalier voſtre fil ? » Et il li diſt : « Oïl, voir. — Si m'aït Dix, fait li dus, molt sont prodome et bon chevalier et seront encore meillour s'il vivent par aage. »

639. Enſi s'en vont parlant entr'aus .VI. juſqu'a la cité de Chambenyc et s'en vont au maiſtre palais et descendent des chevaus. Et Elyezer s'entremiſt molt de son signour Gavain servir et eſtabla le Gringalet et aïda mon signour Gavain a desarmer et le roi Loth. Et endementres qu'il se desarmoient si voient venir l'eſquier Helyezer et le garçon qui orent fait le present a Minoras le foreſtier. Et saluent le roi Lot de par Minoras et de par sa feme et de par tous les enfans et les en mercient toutes et tout. Lors regarde Gaheriet Agravain, si conmencha a rire. Si demanda a Lydonas conment les filles Minoras le font. Et il li diſt que eles[a] le saluent tout. Et il diſt que eles ont droit. « Se eles savoient le penſé Agravain mon frere[b]. » De ceſte parole se riſsent aſsés en[e]tre mon signour Gavain et Guerrehes. Et Agravains meïſmes en rougiſt et s'eſchaufe. Mais il ne diſt mot, car il set bien qu'il se gabent. Enſi se rient et joent tant que li mengiers fu prés. Si s'aſisent et mengierent et burent a lor volenté, car molt s'en pena li dus et tout cil qui laiens eſtoient.

640. Après manger, le duc demanda le nom des enfants du roi Loth. Le roi lui dit que l'aîné s'appelait Gauvain, le deuxième Agravain, le troisième Guerrehet et le quatrième Gaheriet. « Et ce beau jeune homme, si preux, si doué, si bien fait de sa personne et de ses membres, qui est-il donc ? » demanda le duc. Le roi Loth lui répondit qu'il n'était pas un de ses enfants mais fils de roi et un très noble jeune homme. « Sa noblesse l'a incité à se mettre au service de Gauvain pour porter les armes. — Par la grâce divine, fit le duc Escaut, il a le cœur noble et vaillant. Bénie soit l'âme de son père parce qu'il n'a commis que de hauts et nobles faits. Que Dieu lui accorde son pardon car il est preux et vaillant et il ne peut manquer d'accomplir les plus hautes prouesses si Dieu lui prête vie. » Il demanda ensuite au roi pour quelle raison il se rendait à Aresteuil en si petite compagnie. Le roi Loth lui répondit : « Je vais vous le dire. Vous savez que les Saxons occupent cette terre qu'ils ont dévastée et ravagée et que depuis deux ans ils ne cessent de nous voler et de nous piller. Aussi, ce serait, il me semble, un grand profit pour ce pays et pour cette terre de s'aviser de la meilleure manière de les en chasser. Vous voyez bien et vous savez que tous nos efforts ne suffiront pas à atteindre ce but. Nous seuls n'arriverons pas à les en chasser si Notre-Seigneur et les autres peuples ne nous viennent pas en aide. Nous avons déjà combattu deux fois et nous ne sommes parvenus à rien sinon à perdre. Vous savez bien que cette

---

640. Aprés mengier demanda li dus les nons as enfans le roi Loth. Et li rois dist que li ainsnés avoit a non Gavains et li secons Agravains et li tiers Guerrehes et li quars Gaheriet. « Et cil biaus damoisiaus, fait il, qui si est prous et apers et si bien tailliés de cors et de menbres, qui est il ? » fait li dus. Et li rois Loth li dist qu'il ne li apartient de riens, ançois est fix de roi et molt gentix hom. « Si est par sa debonaireté venus servir Gavain pour prendre armes. — Si m'aït Dix, fait li dus Eschaus, de haut cuer est et de gentil, et benoite soit l'arme son pere que molt fait bien que frans et que debonaires. Et Dix li doinst amendement, car molt est prous et vaillans, si ne puet faillir qu'il ne viegne a haute prouece s'il vit longement. » Et lors demande au roi pour quel besoigne il va a Arestuel si eschariement. Et li rois Loth li dist : « Ce vous dirai je bien, et savés que Saisne sont en ceste terre entré et l'ont gastee et destruite et il a .II. ans qu'il ne finerent de nostre terre rober ne preer. Si seroit, ce me samble, grans pourfis[a] au païs et a la terre c'on meïst conseil conment il en fuissent chacié. Et vous veés bien et savés que tout nostre esfort ne vaut riens envers aus. Ne par nous n'en seront il ja jeté se Nostres Sires et autres puepels ne nous aïue, car nous i avons ja combatu .II. fois, ne onques n'i esploitasmes riens se perdre non. Et vous savés bien que

terre doit relever de l'autorité du roi Arthur et ceux qui l'occupent contre sa volonté sont abhorrés. Alors celui qui ferait en sorte d'assaillir les Saxons et leurs terres, n'agirait-il pas comme il faut ?

641. — Oui, assurément, fit le duc. — Alors je vais vous dire, continua le roi, comment cela pourra se faire. J'ai fixé une rencontre avec le roi Clarion de Northumberland et le roi des Cent Chevaliers à Aresteuil ainsi qu'avec le roi Arthur lui-même, le jour de la fête de Notre-Dame en septembre. Vous et tous vos preux, vous y serez également. Vous conclurez alors une trêve avec cette clause que chacun rassembla ses forces, les plus grandes qu'il puisse réunir, et au jour fixé il se rendra à l'assemblée. Ensuite nous irons tous ensemble combattre les Saxons. S'ils ne sont pas chassés de cette manière, alors jamais ils ne seront chassés de cette terre. » Le duc répondit que ce serait le plus bel acte de charité jamais accompli ! « Et plût à Dieu qu'il fût déjà commis ! Sachez que je me suis avisé plus d'une fois en moi-même que ces Saxons ne sont entrés dans ce pays qu'à cause de nos propres fautes[1]. Si cela n'avait tenu qu'à moi, nous aurions conclu un pacte avec le roi Arthur et il n'y aurait jamais eu de guerre mais nous aurions fait sans délai ce que le roi Arthur nous aurait demandé. Puisque c'est un roi qui a été sacré et oint, il n'est pas facile de défaire ce que les sujets de son royaume et le clergé ont décidé d'un commun accord[2], d'autant que le royaume de Gaunes et celui de Bénoïc lui

---

toute ceste terre doit on tenir del roi Artu, et cil qui le tiennent encontre lui sont escumenié. Et qui feroit tant qu'il fuissent assaus, et il et lor terre, n'auroient il molt bien esploitié ?

641. — Oïl, voir, fait li dus. — Or vous dirai je, fait li rois, conment il sera. Je ai pris parlement au roi Clarion de Norhomberlande et del roi des .c. Chevaliers a Arestuel et au roi Artu meïsmes au jour de la feste Nostre Dame en setembre. Et vous et tout li autre prodome i serés, si prenderés trives par tel couvent que chascun assamblera son pooir si grant conme il porra avoir et au jour nonmé l'aura assamblé. Et lors nous en irons tout ensemble comba[a]tre[a] as Saisnes. Et se il en ceste maniere n'en sont jeté, jamais a nul jour n'en seront jeté de ceste terre. » Et li dus respondi que ce seroit le greignor aumosne qui onques fust faite. « Et pleüst ore a Dieu que ce fust ja fait. Et saciés que je i ai par maintes fois pensé en mon cuer que cist Saisne ne fuissent ja entré en cest païs se ne fust pour nos pechiés. Et a la moie volenté serienmes acordé au roi Artu que jamais n'i auroit guerre, ains ferienmes au roi Artu quanque il nous requeroit, sans nul delai. Car, puis que il fu rois sacrés et oins, il n'est pas legiere chose del desposer ce que la gent de la terre ont et li clergiés conmunement esleü[b] et li roiaumes de Gaunes[c] et de Benuyc se

font déjà allégeance. Nous voyons bien que nous ne pourrons pas y parvenir. — Si une telle pensée vous anime, dit le
roi, alors la paix sera conclue entre vous et lui. Pour ce qui
me concerne, je ne dis rien car la paix est déjà conclue entre
nous et vous ne pourriez plus dorénavant faire la guerre au
roi Arthur sans devoir également vous battre contre moi,
vous d'ailleurs ou d'autres ! — Comment, fit le duc, vous
avez déjà conclu un accord avec lui ? — Oui, et sans faute »,
fit le roi Loth.

642. Alors il lui raconta la conclusion de la paix et toutes
les circonstances qui l'avaient précédée et comment ses
enfants l'avaient délaissé : il lui relata tout dans l'ordre.
Après cette discussion avec le roi Loth, le duc finit par lui
promettre qu'il se trouverait à Aresteuil au jour fixé et ajouta
qu'en ce qui le concernait la paix ne tarderait pas à être
conclue. Ils allèrent ensuite se coucher et se reposer car ils
étaient épuisés et harassés par les grands combats auxquels
ils avaient participé. Quand le matin arriva, le roi se leva très
tôt, au point du jour, pour écouter la messe, ce que firent
également ses fils et le duc Escaut. Ils assistèrent à la messe
dans une église et, après qu'elle fut chantée, le roi Loth vint
trouver le duc et lui dit : « Seigneur, il serait judicieux que
vous choisissiez quatre messagers à envoyer l'un au roi Yder
de Cornouailles, l'autre au roi Urien, le troisième au roi
Aguisant et le quatrième au roi Nantes de Garlot. Envoyez-
les chez ces rois et qu'ils leur disent de votre part de se trou-

---

tiennent devers lui. Et nous veons bien et savons que nous ne porrienmes a chief venir. — Se vous ceste pensee avés, fait li rois Loth,
dont sera la pais tost faite de vous et de lui. Et de la moie partie ne
di je mie, car ele est faite, ne vous ne porrés mie dés ore en avant
mener guerre envers lui que nous ne l'eüssiés a moi, ne vous ne
autres. — Comment, fait li dus, estes vous dont acordé a lui ? — Oïl,
sans faille », fait li rois Loth.

642. Lors li conte conment la pais fu faite et tout l'errement ensi
com il avoit esté, et conment si enfant l'avoient laissié, si li conta
tout en ordre. Et parlerent tant ensamble entre le roi Loth et le duc
que li dus li creanta que il seroit a Aresuel au jour nomé. Et dist que
la pais ne remanroit endroit de lui que faite ne fust. Atant s'en alerent couchier et reposer come cil qui molt estoient las et traveillié
des grans estours ou il avoient esté. Et quant ce vint au matin bien
main li rois se leva pour oïr messe au point del jour, et autresi firent
si fil et li dus Eschans. Et oïrent messe a un moustier et quant ele fu
chantee si vint li rois Loth au duc et li dist : « Sire, il seroit bien raisons que vous preïssiés .iiii. messages et envoissiés l'un au roi Yder
de Cornuaille et l'autre au roi Urien et le tiers au roi Aguiscant et le
quart au roi Nantre de Garlot. Et les envoiiés a aus* et lor dient de

ver à Areſteuil le jour de la fête de Notre-Dame en septembre. Dépêchez aussi un messager au roi Tradelinant de
Norgales, au roi Bélinant son frère, au roi Caradoc, au roi
Brangoire et que ce messager leur dise de se trouver au
rendez-vous d'Areſteuil à la fête de Notre-Dame en septembre. » Le duc dit que c'était une bonne idée. Ils firent
aussitôt partir les messagers et ceux-ci arrivèrent chez les
princes et délivrèrent le message qui leur avait été confié.
Les princes se mirent en route dès qu'ils entendirent l'invitation. Mais le conte se tait à leur sujet et revient au roi Loth
et à ses enfants pour raconter comment ils se mirent en
route vers Areſteuil.

Mobilisation contre les Saxons.

643. Le conte dit que, lorsque les envoyés eurent quitté
Cambénic pour porter leur message aux princes, le roi Loth
et ses enfants se mirent en route vers Areſteuil. Le duc
Escaut les escorta un bon moment et offrit à chacun d'eux
un écu peint semblable à ceux qu'ils portaient d'habitude,
ainsi que des heaumes tout neufs. Après les avoir accompagnés sur une bonne diſtance, le duc retourna chez lui et prépara ses bagages pour suivre le roi Loth qui partit, avec ses
enfants, direſtement vers Norgales, une cité qui appartenait
au roi Tradelinant. Ils y trouvèrent le roi qui se fit une joie et
un plaisir de les voir car il aimait beaucoup le roi Loth d'une
amitié sincère. Le roi Tradelinant lui demanda où il allait. Le

---

par vous que il soient a la feſte Noſtre Dame en setembre a
Areſtuel. Et puis si envoiiés un au roi Tradelinant de Norgales et au
roi Belinans son frere et au roi Karados et au roi Brangoire et lor
dient que il soient au parlement a la feſte Noſtre Dame en setembre
a Areſtuel. » Et li dus diſt que [*147a*] ce seroit bon a faire. Si firent
tout maintenant mouvoir les messages et il esploitierent tant qu'il
vinrent as princes et firent bien lor message ensi come il lor fu
conmandé. Et li prince s'esmurent si toſt com il oïrent le mandement. Mais atant se taiſt li contes d'aus tous et retourne a parler du
roi Loth et de ses enfans, conment il se miſt a la voie vers Areſtuel.

643. Or diſt li contes que*, si toſt come li message furent parti
de Chambenyc pour porter le message as princes, si se miſt li rois
Loth et si enfant a la voie vers Areſtuel. Et li dus Eschans le convoia
une grant piece et si donna a chascun un escu paint tel com il
soloient porter et hiaumes frés et nouviaus. Et quant li dus les ot
convoiés une grant piece si s'en retourna et apareilla son oirre
come pour le roi Loth sivir. Et cil tinrent lor chemin droit vers Norgales, une cité qui eſtoit le roi Tradelinant, si trouvent en la cité le
roi qui molt se faisoit lié et joiant de lor venue, car il amoit molt le
roi Loth de grant amour. Si li demanda quel part il aloit. Et li rois

roi Loth lui dit tout et le roi Tradelinant indiqua qu'un messager du duc Escaut lui avait déjà précisé tout cela : « J'y serai, ajouta-t-il, s'il plaît à Dieu et s'il me prête vie et santé. » Le roi Loth en fut heureux et comblé.

644. Ce jour-là, il fut très richement servi ainsi que ses enfants. De bon matin, ils se remirent en route et, à force de cheminer, arrivèrent à Areſteuil en Écosse où ils séjournèrent quatre jours avant l'arrivée des princes. Ils passèrent agréablement leur temps durant ce séjour tout en attendant les princes. C'eſt le roi Clarion qui arriva le premier ; c'était le seigneur de Northumberland, l'un des plus nobles princes du monde et un très bon chevalier. Le roi Loth fut très heureux de sa venue et lui aussi fut heureux de voir le roi Loth, monseigneur Gauvain et ses frères car il ne les avait jamais vus.

645. Le lendemain, l'arrivée du roi des Cent Chevaliers suscita une joie encore plus grande que celle provoquée par l'arrivée du duc Escaut de Cambénic, un excellent chevalier en qui l'on pouvait se fier. Ensuite arriva le roi Tradelinant de Norgales, puis le roi Bélinant son frère, puis vint le roi Caradoc d'Eſtrangorre, puis le roi Urien, puis le roi Aguisant d'Écosse, puis le roi Yder de Cornouailles, puis le roi Nantes de Garlot, puis le roi Brangoire et le seigneur de l'Étroite Marche. Quand ils furent tous arrivés et rassemblés, le roi Loth leur parla et leur promit de leur dire le lendemain pour-

---

Loth li conta et li rois Tradelinans li diſt que tout ensi li avoit dit uns messages que li dus Eschans li avoit envoié. « Si i serai, fait il, se Diu plaiſt, et Dix me donne vie et santé. » Si en fu li rois Loth molt liés et molt joians.

644. Celui jour fu il molt richement servis et il et si enfant. Et si toſt com il ajourna se miſent a la voie et errerent tant qu'il vinrent a Areſtuel en Eſcoce ou il sejournerent .IIII. jours ançois que nus princes i veniſt. Si menerent molt bone vie tant com il i sejournerent et atendirent les princes, tant que li rois Clarions i vint tous premiers, li sires de Norhomberlande qui fu uns des plus debonaires princes del monde et bons chevaliers eſtoit il assés. Si en fiſt assés grant joie li rois Lot de sa venue et il de lui et de mon signour [b] Gavain et de ses freres aussi, car il ne les avoit onques mais veüs.

645. A l'endemain vint li rois des .C. Chevaliers dont la joie enforcha molt, et après vint li dus Eschans de Chambenyc qui molt eſtoit bons chevaliers et seürs. Et après vint li rois Tradelinans de Norgales. Et après vint li rois Belinans ses freres. Et après vint li rois Karados d'Eſtrangore. Et puis vint li rois Urien. Et puis vint li rois Aguiscant d'Escoche. Et puis vint li rois Yders de Cornuaille. Et puis vint li rois Nantres de Garlot. Et puis vint li rois Brangoires et li sires de l'Eſtroite Marce. Et quant il furent tout venu et assemblé si les miſt li rois Loth a raison et lor diſt que l'endemain lor diroit il pour coi il

quoi il les avait réunis. C'était la veille de la fête de Notre-Dame en septembre. Les rois se manifestèrent mutuellement leur joie et ils prirent du repos cette nuit-là. Le lendemain, les princes, monseigneur Gauvain et ses frères s'assemblèrent et, quand ils eurent pris place sur un riche brocart de soie étendu sur l'herbe verte, monseigneur Gauvain se leva sur l'ordre de son père, le roi Loth, et leur dit : « Chers seigneurs, nous sommes tous venus vous parler de la part de monseigneur le roi Arthur à qui nous appartenons. Au nom de l'amitié qu'il voudrait voir régner entre vous et lui, monseigneur le roi vous demande et vous prie de lui accorder une trêve pour un sauf-conduit en tout bien et toute confiance jusqu'à Noël. Vous, de votre côté, pourrez aller et venir en toute sécurité, il vous le garantit pour sa part. Et s'il vous plaisait que nous allions ensemble combattre les Saxons jusqu'à ce que nous les ayons chassés et si Dieu nous accordait la grâce de les vaincre, alors mettez-vous tous d'accord, si cela était possible. L'indulgence plénière sera accordée et acquise à tous ceux qui iront se battre contre les Saxons. Tous ceux qui le feront seront alors quittes et purifiés de tous leurs péchés comme au jour de leur naissance[1]. »

646. En entendant la requête que leur présenta monseigneur Gauvain, les princes demandèrent aussitôt au roi Loth ce qu'il en pensait. Il répondit que c'étaient les paroles les plus sensées qu'il eût jamais entendues « et sachez bien que je

---

les avoit assemblés. Et ce fu la veille Nostre Dame en setembre. Si fist li uns rois de l'autre molt grant joie et se reposerent icele nuit. A l'endemain matin s'asamblerent li prince et mesire Gavains et si frere. Quant il furent tout assis desor un riche drap de soie qui sor l'erbe verde fu estendus si se leva mesire Gavains par le conmandement de son pere, le roi Loth, et lor dist : « Biaus signour, nous somes ci venu a vous parler de par mon signour le roi Artu a qui nous somes. Si vous mande mesire li rois et proie come a ciaus qu'il vauroit molt estre amis, s'il pooit estre que vous li donnissiés trives de sauf venir et de sauf aler par foi et par fiance jusques au Noel, et alissiés et venissiés en son pooir seürement. Et, s'il vous vient a plaisir et a conmandement, que nous aillons tout ensemble combatre contre les Saisnes qui ci sont venu en cest païs tant que nous les en aions enchaciés et se Dix donnoit que il fuissent desconfit, si vous acordissiés ensamble, s'il pooit estre. Et li pardons est donnés et otroiés a tous ciaus qui iront en la bataille contre les Saisnes, qu'il seront quite et monde de tous lor pechiés come le jour nonmeement que il naiscurent. »

646. Quant li prince ont oï la requeste que mesire Gavains lor a moustree si demanderent tout maintenant au roi Loth que li en estoit avis. Et il dist que c'estoit toute la greignour bonté qu'il eüst onques faite ne dite. « Et saciés vraiement que je ne le di mie

ne le dis pas seulement parce que je suis l'allié d'Arthur mais
aussi parce que votre opposition envers lui est la cause de
votre malheur. Car cette engeance, à mon avis, n'aurait jamais
pénétré sur cette terre si nous avions été unis. Sachez que
tout cela est arrivé par notre faute. — Comment, fit le roi
Urien, vous lui avez prêté hommage ? Vous n'avez pas agi
loyalement et je vais vous dire pourquoi. S'il arrivait un événement qui nous oblige à l'affronter ou bien qui l'oblige à
nous attaquer, après avoir chassé les Saxons de ce pays, il faudrait que nous nous battions contre vous et cela ne pourrait
être. — Oui, vraiment, fit le roi Loth, sachez que ses amis
sont aussi mes amis.

647. — Par ma foi, fit le roi Urien, ceci n'est pas loyal car
vous êtes notre allié et vous ne pourriez pas nous abandonner. — Seigneurs, fit le roi Loth, je me suis allié contre mon
gré et à mon corps défendant. Sachez que le jour où je pensais lui faire le plus de mal, je lui ai prêté hommage ! C'est
Gauvain, ici présent, qui m'a contraint à le faire. » Alors il
leur raconta comment la chose était arrivée, sans rien oublier.
Quand les autres princes entendirent cela, ils répondirent que
le roi Loth n'y pouvait rien, puisque tels avaient été les événements et qu'il ne fallait pas l'en blâmer. Parmi les meilleurs
princes présents, il y en eut qui eussent tout donné pour que
la même chose leur fût advenue. Après en avoir débattu, ils
finirent par s'accorder sur le respect de la trêve et prêtèrent

---

pour tant que je soie ses jurés, que de tant que vous avés esté
encontre lui vous est il li mescheü. Car ceste gent, ensi com il m'est
avis, ne fuissent ja entré en ceste terre se nous fuissiens bien
en[d]samble. Et saciés que ce nous est avenu par nos pechiés. —
Conment ? fait li rois Uriens. Li avés vous fait homage ? Vous n'en
avés mie ouvré come loiaus, si vous dirai pour coi. Se ce avenoit ore
chose que nous aillissiens sor lui ou li sor nous, après ce que li Saisne
seroient jeté de cest païs, il couvenroit que nous fuissienmes contre
vous et ne couvenroit[^a]. — Oïl, sans faille, ce dist li rois Loth, et
saciés qui aura a lui gré il l'aura a moi.

647. — Par foi, fait li rois Uriens[^a], ce ne seroit mie loiauté car
vous estes nostres jurés si ne nous porriés mie laissier. — Sire, fait li
rois Loth, je le fis outre mon gré et sor mon puis. Et saciés que le
jour que je le quidai plus grever et lui faire anui li fis je homage. Et
tout ce me fist faire Gavains que vous veés ci. » Lors lor conte
conment[^b] il li estoit avenu que onques n'i trespassa nule chose. Et
quant li autre prince oïrent, si respondirent que il ne pot mais,
puis que il fu ensi, ne qu'il n'en fait pas a blasmer. Si en i ot illoc de
teus de tous les meillours qui vauroient molt grant chose avoir donné
que il lor fust ensi avenu. Si parlerent tant d'unes coses et d'autres
que il s'acorderent tout a tenir la trive et le fiancerent en la main

serment dans la main de monseigneur Gauvain qui leur fixa
un jour où ils devaient se retrouver avec toute leur armée
dans les plaines de Salesbières[1] avec autant d'hommes que
chacun pouvait en réunir. Ils ajoutèrent toutefois qu'après la
défaite des Saxons le roi Arthur devrait se méfier d'eux et
monseigneur Gauvain dit que, lorsque viendrait le jour où ils
voudraient lui faire du mal, ils découvriraient qu'ils n'auraient
en réalité aucun désir de lui en faire. Celui qui voudrait
menacer Arthur aurait très vite le bras fatigué et le cou
pesant. Certains princes, à l'annonce des propos de Gauvain,
se moquèrent de lui et d'autres hochèrent la tête. Le roi des
Cent Chevaliers qui n'avait cure de se vanter ni de menacer
autrui assura qu'il se trouverait à la Toussaint[2], si Dieu le
protégeait de la mort, dans les plaines de Salesbières. Chacun
fit de même. Le roi Loth dit qu'ils ne partiraient pas avant
d'avoir rassemblé toutes leurs forces.

648. Ils prirent alors congé et partirent, chacun rentra
dans son pays. La terre fut bénie par le légat. Ils se préparèrent et réunirent tous les hommes qu'ils purent, envoyant
chercher voisins, parents et amis. À travers toute la chrétienté, ils firent savoir que cet enrôlement vaudrait l'indulgence plénière. Ceux qui eurent les premiers rassemblé
leurs hommes s'en allèrent dans les plaines de Salesbières,
se logèrent dans les tentes et pavillons et attendirent les
autres armées. Il y vint, dit le conte, des hommes d'armes et

---

mon signour Gavain a tenir. Et il lor mist jour que il fuissent tout a
lor pooir es plains de Salesbieres a tant de gent conme chascuns porroit avoir. Mais il dient bien que aprés ce que li Saisne seroient desconfit que li rois Artus se gart bien d'els. Et mesire Gavains lor dist
que[e] quant ce venra au jour que il li vauront mal faire que il prendront tel conseil que il n'auront nul talent de lui mal faire. Et tels le
porroit manecier qui tout en auroit encore les bras lassés et le col
chargié. Quant li princes entendirent la parole mon signour Gavain,
si en i ot de tels qui en risent et de tels qui en crollerent les chiés. Et
li rois des .c. Chevaliers, qui n'avoit cure de soi vanter ne d'autrui
manecier, dist qu'il seroit a la Tous Sains, se Dix le desfendist de
mort, es plains de Salesbieres. Et ausi disoit chascuns. Et li rois Loth
dist qu'il ne se mouvront devant qu'il auroit mis tout son pooir
ensamble.

648. Lors prendent congié li uns des autres et s'em partent atant et
s'en ala cascuns en son païs. Et la terre fu assoute de par le legat. Si se
montent et assamblent quanque il porront avoir de gent et envoioerent
querre voisins et parens et amis. Et par[a] toute Crestienté [d] firent il a
savoir le pardon que i estoit. Et cil qui plus tost avoient assamblé lor
gent s'en aloient es plains de Salesbieres et logierent en trés et
paveillons et atendoient li uns les autres. Si i vint, ce dist li contes,

des arbalétriers de l'autre bout des terres du roi Clamadieu et de la terre du roi Aguingueron, un riche baron de la terre de Sorelois. Y vinrent aussi le roi Brangoire et un grand nombre d'hommes de la terre du grand roi Loth d'Orcanie, de la terre du roi Hélain et de celle du roi Pellinor, de la terre du roi Pellès de Listenois et de celle du duc des Roches. Mais ici le conte se tait à leur sujet et revient au roi Arthur et à sa femme la reine Guenièvre.

649. Le conte dit que le roi Arthur passa d'agréables moments avec la reine Guenièvre, sa femme, dès que le roi Loth et ses fils les eurent quittés. Le roi Loth fit savoir au roi Arthur que la trêve était conclue. Arthur en fut très heureux de même que tous les compagnons de la Table ronde, les chevaliers de la reine et les deux rois frères. Au lendemain de l'arrivée des nouvelles à la cour, Sagremor se leva de bon matin ainsi que Galeschin et Dodinel le Sauvage ; ils prirent toutes leurs armes pour aller se distraire dans l'immense et profonde forêt. La veille au soir, ils avaient décidé qu'ils iraient s'amuser. Quand ils arrivèrent dans les bois, ils s'y plurent car ils entendirent le chant des oiseaux. Ils dirent en plaisantant qu'ils partiraient en quête dans la forêt et le pays pour savoir s'ils trouveraient des aventures qui leur vaudraient estime et louanges. Par ailleurs, trois compagnons de la Table ronde avaient quitté la cour et avaient pris des armes qui n'étaient pas les leurs parce qu'ils ne voulaient pas

---

sergans et albaleſtriers, et de l'autre part de la terre au roi Clamadeu et de la terre au roi Aguingneron, un riche baron de la terre de Soreloys. Si i vint li rois Brangoires, si ot molt grant gent de la terre le roi Loth d'Orcanie, le grant de la terre au roi Helayn et de la terre au roi Pellinor et de la terre au roi Pellés de Liſtenoys et de la terre au duc des Roches. Mais ici endroit se taiſt li contes d'als et retourne a parler del roi Artu et de sa feme la roïne Genievre.

649. Or diſt li contes que molt mena bone vie li rois Artus avoec la roïne Genievre sa feme puis que li rois Loth et si fil se furent parti d'els. Et li rois Loth manda au roi Artu que la trive eſtoit donnee. Si en fu li rois Artus molt liés et tout li compaignon de la Table Reonde et li chevalier la roïne et li doi frere. A l'endemain que les nouveles furent venues a court se fu levés Saygremors molt matin et Galeschin et Dodyniaus li Sauvages et s'armerent molt bien de toutes armes et s'alerent esbatre en la foreſt qui grans et parfonde eſtoit. Et le soir devant avoient il devisé qu'il iroient deduire. Et quant il i furent venu si en fu molt bel, car il oïrent le chant des oiselés, et lors disent par envoiseüre qu'il en iroient cerchier la foreſt et le païs pour savoir s'il i trouveroient aucune aventure dont il fuissent proisié et loé. Et d'autre part se furent .iii. compaignon de la Table Reonde sevré de la court au roi Artu, et orent prises eſtranges armes pour ce

être reconnus. Ils auraient bien aimé trouver des chevaliers de la reine, plus que d'autres chevaliers, pour éprouver leur valeur contre eux. L'un de ces trois chevaliers était Agravadain, le frère de Bélias, le Chevalier Vermeil d'Estremore qui soutint par la suite une grande guerre contre le roi Arthur. Le deuxième fut Moneval et le troisième Minoras le Cruel qui étaient de très bons chevaliers, très richement parés de toutes armes. Quand ils furent en rase campagne, ils s'élancèrent sur leurs chevaux à l'assaut des uns des autres sans coup férir.

650. Alors Minoras dit à ses compagnons : « Allons nous distraire dans cette forêt afin d'y trouver quelque aventure. Cela fait longtemps, paraît-il, que cette forêt est propice aux aventures[1]. » Et ses compagnons le suivirent. Ils se mirent aussitôt en route et prirent le chemin du château de l'Épine[2] car il était plus aventureux que les autres. Les trois compagnons se trouvaient ensemble et chevauchèrent jusqu'à un carrefour de trois chemins où ils durent se séparer. Chacun alla de son côté au gré de l'aventure. Mais ici le conte se tait à leur sujet et revient à Merlin pour raconter comment il s'en alla dans la forêt de Northumberland auprès de son maître Blaise pour lui raconter ce qui était arrivé et comment Blaise mit tout par écrit.

651. Dans cette partie, le conte dit que, au moment où Merlin quitta le roi Arthur à Carohaise en Carmélide, il se rendit

---

qu'il ne voloient pas estre conneü. Si amaissent mix a trouver des chevaliers la roïne pour aus esprouver encontre aus que nul autre. Et li uns de ces .iii. chevaliers si estoit Agavadrains, li freres Belyas [e] li Vermaus Chevaliers d'Estremores qui puis guerroia molt le roi Artu. Et li secons si fu Moneval, et li tiers si fu Minoras li Engrés qui molt estoient bon chevalier et molt richement armé de toutes armes. Et quant il furent as plains chans, si eslaissierent lor chevaus li uns encontre l'autre sans ferir.

650. Lors dist Minoras a ses compaingnons : « Alons esbanoiier en ceste forest pour savoir se nous i trouverienmes aventure, car piecha la on dit que la forest est aventurouse. » Et si compaingnon li otroient. Si se misent tout maintenant au chemin qui vait vers le chastel de l'Espine pour ce que plus aventurouse estoit que tout li autre chemin. Si s'en aloient ensemble li .iii. compaingnon et chevauchierent tant qu'il trouverent .iii. chemins qui departir les fist. Si ala chascuns par soi come aventure les mena. Mais ici endroit se taist li contes d'aus. Et retourne a parler de Merlin, conment il s'en ala es forés de Norhomberlande a Blayse son maistre et li conta tout ce qui avenu estoit et il les mist en escrit.

651. Or dist li contes en ceste partie que a l'eure que Merlins se fu partis del roi Artu de Carohaise en Carmelide, qu'il s'en ala en

en Northumberland auprès de son maître Blaise qui fut très
heureux de sa visite car cela faisait longtemps qu'il ne l'avait
pas revu. En outre, il aimait beaucoup sa compagnie. Quand
Merlin eut séjourné avec lui quelque temps, il lui raconta
comment le roi Arthur prit femme, comment cette épouse
faillit lui être ravie, comment Ulfin et Bretel vinrent à son
secours et comment la fausse Guenièvre fut battue. Il lui
raconta aussi l'histoire de Bertelai qui tua un chevalier, ainsi
que le tournoi des chevaliers devant Carohaise, comment le
roi Arthur envoya son neveu Gauvain à Logres pour convoquer sa cour, comment le roi Loth voulut lui ravir sa femme
et comment monseigneur Gauvain vint à son secours en faisant son père prisonnier, comment les chevaliers de la reine
entreprirent un tournoi contre les chevaliers de la Table
ronde et les exploits que Gauvain y accomplit, comment le
roi Ban conseilla au roi Arthur de ne pas accepter que les
compagnons se combattissent dans un tournoi et le conseil
que le roi Loth donna, à savoir d'envoyer des messages aux
princes, et ce qui lui arriva entre-temps ainsi qu'à ses fils et
comment les princes se retrouvèrent tous à Aresteuil, comment ils conclurent entre eux une trêve pour attaquer
ensemble les Saxons. Blaise écrivit tout cela dans son livre
sans rien oublier et c'est ainsi que nous savons encore toutes
ces choses. Blaise demanda alors s'ils disposeraient d'un
grand nombre d'hommes pour combattre les Saxons. Merlin

Norhomberlande a Blayse son maistre qui molt grant joie li fist quant
il le vit, car il avoit grant tans qu'il ne l'avoit veü. Et d'autre part il
amoit sa compaingnie molt. Quant Merlins ot illuec une piece esté, si
li conta comment li rois Artus avoit espousee sa feme. Et comment
ele li dut estre tolue, et comment Ulfins et Bretel l'avoient rescousse
et comment la fausse Genievre fu batue. Et de Bertholays qui ocist le
chevalier et del tournoiement que li chevalier fisent devant Karouhaise. Et comment li rois Artus envoia mon signour Gavain son
neveu[a] a Logres pour semondre sa court. Et comment li rois Loth li
vaut tolir sa feme et con[f/m]ment mesire Gavains li vint a secours qui
prist son pere et le retint. Et comment li chevalier la roïne tournoierent encontre les chevaliers de la Table Reonde[b], et la merveille que
mesire Gavains i fist. Et comment li rois Bans donna conseil que li rois
Artus ne sousfrist mais que li compaingnon tournoiassent ensemble.
Et le conseil que li rois Loth donna des messages envoier as princes.
Et ce que il i avint et a ses fix entre voies et comment li prince furent
assamblé a Arestuel. Et comment les trives furent prises pour aler sor
les Saisnes. Si mist tout ce Blayse en escrit en son livre que riens n'i
laissa, et par ce le savons nous encore. Et lors li demanda Blayses s'il
porroient avoir gent assés pour combatre encontre les Saisnes. Et
Merlins li dist que nenil devant ce que cil de la Petite Bretaingne i

lui répondit que non tant que ceux de Petite-Bretagne ne seraient pas arrivés ainsi que ceux du royaume de Carmélide, ceux de Lamballe qui appartenaient au roi Amant que Gosengot tenait sous sa domination. « Dès que je serai parti d'ici, j'irai chercher les gens des deux royaumes du roi Ban et du roi Bohort et je leur demanderai à tous d'aller là-bas. Sachez, ajouta-t-il, que des gens viendront de très nombreux pays pour le salut de leur âme et pour défendre la sainte chrétienté. Sachez, sans nul doute, qu'il est indispensable que Notre-Seigneur apporte son appui à ce combat car jamais, jusqu'à aujourd'hui, on n'aura vu une bataille comme celle qui doit avoir lieu et aucune force ne pourra jamais suffire à chasser les Saxons de cette terre tant que les princes n'auront pas conclu une alliance avec le roi Arthur. » Blaise lui dit alors qu'il s'apercevait bien qu'il aimait, lui Merlin, une dame à propos de laquelle une prophétie déjà proférée devait se réaliser. Blaise lui fit alors cette douce prière : « Merlin, cher doux ami, je vous prie de me dire, au nom de Dieu, qui doit engendrer le lion aux deux messagers et quand cela se produira[1]. » Merlin lui répondit que la réalisation de cette prophétie approchait. Blaise lui dit que ce serait un grand dommage « et si je connaissais le lieu, je m'efforcerais d'empêcher la chose ». Merlin lui dit : « Écrivez-moi une lettre dans les termes que je vais vous dicter et vous saurez en quoi vous pourrez favoriser la chose. » Blaise écrivit la lettre qui se présentait ainsi :

---

seroient venu et cil del roiaume de Carmelide et cil de Lambale qui fu au roi Amant que Gosengos tenoit en sa baillie. « Et ausi tost come je m'en partirai de ci, je irai querre les gens au roi Ban et au roi Boorth des .II. roiaumes et les ferai tous cha venir. Et saciés, fait il, que de maintes terres i venront les gens pour le sauvement de lor ames et pour desfendre sainte Crestienté. Et saciés sans doute qu'il en est molt grans mestiers que Nostres Sires i mete conseil a ceste empainte, car onques mais a nul jour ne fu si grant bataille veüe come ceste sera, ne ja pour nul pooir ne seront tout jeté de ceste terre devant ce que li prince seront tout acordé au roi Artu. » Et Blayses li dist qu'il s'apercevoit bien qu'il amoit une dame dont la prophesie devoit chaoir qui dite en avoit esté. Si li proia Blayses molt doucement et dist : « Merlin, biaus dous amis, je vous proi et requier pour Dieu que vous me dites qui doit engenrer le lyon as .II. messages et quant ce sera. » Et Merlins li dist que assés aproce li termes que ce sera fait. Et Blayses li dist que ce seroit molt grans damages. « Et se je savoie le lieu je i metroie volentiers painne que je l'en ostaisse. » Et Merlins li dist : « Faites moi tés letres que je vous deviserai, et lors si saurés quanques vous i porrés aïdier. » Et il les fist, si fu tels li contes :

652. « Voici que débute le conte des aventures du pays où le lion merveilleux fut enserré et où un fils de roi et de reine sera engendré et il faudra qu'il soit chaste et le meilleur chevalier du monde[1]. » Merlin installa les lettres écrites par Blaise sur tous les chemins où les aventures devaient se produire et ces lettres ne pouvaient être enlevées que par ceux qui accompliraient les aventures. C'est ce qui incita les chevaliers à errer et le grand lion ne connut pas d'autre fin que celle qui fut prédite. Blaise dit alors : « Comment ? Je ne pourrai donc pas le secourir d'une autre manière ? » Merlin lui répondit que non. « Et vivrai-je assez, demanda Blaise, pour connaître tout cela ?

653. — Ah, Blaise, cher doux ami, n'en doutez pas, vous vivrez et vous verrez encore bien d'autres merveilles après celle-là ! » Alors Merlin fit écrire les lettres à Blaise telles qu'il les conçut et telles qu'il les dicta. Il les porta ensuite aux endroits qu'il voulait puis il se rendit en Petite-Bretagne, mais auparavant il recommanda Blaise à Dieu, très tendrement, et, lorsqu'il prit congé de lui, il n'était guère plus tard que l'heure de prime. À l'heure de none, il arriva en Petite-Bretagne et trouva Léonce de Palerne ainsi que Pharien qui furent heureux de l'accueillir et qui l'emmenèrent bien volontiers avec eux. Ils passèrent ensemble trois belles journées. Au quatrième jour, ils demandèrent à Merlin pourquoi il était venu « car, ajoutèrent-ils, nous savons bien que ce

---

652. « Ce est li conmencemens et li contes des aventures du païs par coi li merveillous lyons fu enserrés et que fix de roi et de roïne descendra et covenra que il soit chastes et li miudres chevaliers del monde. » Et les letres que Blayse fist mist Merlins par tous les chemins ou les aventures estoient et ne [*148a*] pooient estre ostees se par ciaus non qui les acheviroient. Et par ce furent li chevalier en volonté d'errer, ne ja autrement ne fust destruis li grans lyons. Et Blayses li dist : « Conment ? Si ne li porrai altrement aïdier ? » Et Merlins li dist que non. « Et viverai je tant, fait Blayse, que je le sace ?

653. — Ha, Blayse, biaus dous amis, n'en doutés mie. Et maintes autres merveilles verrés vous après cestui. » Lors fist Merlins faire les letres a Blayse teles com il les devisa et conmanda. Et les porta la[*a*] ou volt es trespas. Et puis en ala en la Petite Bretaingne. Mais il le conmanda tant a Dieu molt doucement, et a l'eure qu'il prist congié de lui il n'estoit mie plus de prime de jour. Et si avint a ore de nonne en la Petite Bretaingne et trouva Leonce, le signour de Paerne, et Pharien qui molt joie li firent et l'en menerent ensemble o els molt debonairement et menerent bone vie .iii. jours entiers. Et quant ce vint al quart jour, si demandent a Merlin pour coi il estoit venus. « Car nous savons bien, font il, que ce n'est mie pour noient. » Et il lor dist qu'il couvenoit qu'il passaissent la mer de tant de gent com

n'est pas sans raison ». Merlin leur répondit qu'ils devraient traverser la mer avec autant d'hommes qu'ils pourraient en transporter hors du pays. « Seigneur, demanda Léonce, où irons-nous ? » Et Merlin de répondre : « À la Roche Flodemer[1] et de là, aux plaines de Salesbières où vous trouverez beaucoup d'hommes parlant diverses langues ; ils seront tous là pour la même raison que vous. Vous vous logerez sans vous mêler à tous ces gens et surtout n'avancez pas tant que vous ne m'aurez pas vu derrière vous. Prêtez également attention à votre grande bannière blanche et qu'elle porte une croix vermeille sans plus. Tous les princes qui viendront auront la même et ils n'en connaîtront pas les raisons ; il y aura pourtant une profonde signification à tout cela. » Léonce et Pharien promirent d'obéir.

654. « Faites en sorte, dit Merlin, d'amener avec vous la plus grande masse d'hommes dont vous pourrez disposer. Sachez qu'il y aura beaucoup de monde pour vous affronter. — Et qui gardera notre terre ? demanda Léonce. — Ne vous tracassez pas à ce sujet, fit Merlin. Il ne restera sur votre terre que Lambègue, le neveu de Pharien, et Banin, le fils de Gracien de Trèbes, ainsi que Galien, le seigneur de la Haute More. Vous conduirez les armées de vos deux royaumes et Gracien conduira celle d'Orcanie. Le sénéchal Antiaume de Bénoïc vous accompagnera. Pharien et Dionas conduiront les hommes de Gaule. Faites attention de n'oublier personne parmi tous ceux qui viendront se mettre à

il porront jeter fors du païs. « Sire, fait Leonces, en quel lieu irons nous ? » Et Merlins li dist : « A la Roche Flodemer, et d'illuec as plains de Salesbieres ou vous troverés gens de mains languages qui tout i seront venu pour tels afaires come vous irés. Et vous logerés a une part de totes les gens et ne vous mouvés devant que vous me verrés ariere. Et gardés que vous faites vostre grant baniere blanche et qu'il i ait une crois vermeille sans plus. Et autresi auront tout li prince qui vienront. Et si ne sauront ja mot li uns de l'autre pour coi il ont ce fait, et en ce aura molt grant senefiance. » Et Leonces et Phariens dient que ensi sera fait.

654. « Or gardés, fait Merlins, que vous amenés le plus grant fais de gent que vous porrés avoir. Et saciés que il aura molt grant gent encontre[a] vous. — Et qui gardera ceste terre ? fait Leonces. — De la garde n'aiiés doute, fait Merlins. Ja n'i demouerra pour garder fors Lambegue, li niés Pharien, et Banins, li fix Gracien de Trebes, et Galiers, li sires de la Haute More. Et vous conduirés les os de vos .ii. roiaumes et Graciens conduira celui d'Orcanie, et li seneschaus Antiaunes de Benuyc sera avoeques vous. Et Phariens et Dyonas conduiront ciaus de Gaulle. Et gardés que vous ne [b] laissiés ja pour nules gens que vous ne retenés tous ciaus qui a vous venront en soldees

votre service et à votre solde. » Léonce dit qu'il respecterait ces paroles à la lettre.

655. Alors Merlin les recommanda à Dieu et les pria de partir très vite car ils n'avaient que trop attendu. « Moi, je m'en vais, ajouta-t-il. — Seigneur, fit Léonce, je vous recommande à Dieu car je n'ose vous demander de rester ici. Vous savez mieux que moi ce qui est nécessaire. » Alors Merlin partit et alla trouver Niniane son amie qui l'accueillit avec une très grande joie dès qu'elle le vit. L'amour grandissait et croissait tellement en lui qu'il ne se séparait d'elle qu'à contrecœur. Il lui enseigna une grande partie de ce qu'il savait, puis il partit pour le royaume de Lamballe qui avait appartenu au roi Amant auquel le roi Bohort avait coupé la tête. Merlin dit à Gosengot qu'ils ne devaient avoir de cesse, lui et tous ses gens, que de se trouver dans les plaines de Salesbières à la fête de la Toussaint. Gosengot répondit qu'il y serait sans faute. Merlin partit ensuite pour le royaume de Carmélide où il transmit son message à tous les barons de cette terre de la part du roi Arthur. Et ils l'assurèrent qu'ils s'y rendraient volontiers. Vingt mille d'entre eux se mirent en route ; c'étaient tous des hommes preux et vaillants à porter les armes. Léonce et Pharien, Gracien et Dionas accomplirent si bien leur besogne qu'ils parvinrent à rassembler en peu de temps quarante mille hommes dans la prairie près de la cité de Gaunes. Quand arriva le moment du départ, les compagnons se mirent en route et, à force de voyager sur terre et

---

pour vous servir. » Et Leonces dist que ce sera molt bien fait ensi com il l'a dit.

655. Atant les conmanda Merlins a Diu et lor proiia de tost aler, car il n'avoient que demourer. « Et je m'en vois, fait il. — Sire, fait Leonces, a Dieu soiiés vous conmandés que je ne vous os proiier de demourer, car mix savés vous que mestier est que je ne sai. » Lors s'en parti Merlins et vient a Viviane s'amie qui molt grant joie li fist si tost com ele le vit. Et l'amour si crut tant de lui et amenda que a envis s'em parti. Et li enseigna grant partie de ce qu'il savoit. Et puis s'en ala el roiaume de Lambale qui avoit esté la terre au roi Amant que li rois Boors avoit trenchié la teste et il dist a Gosengos qu'il ne laisaissent en nule maniere qu'il ne fust, il et toute sa gent, es plains de Salesbieres a la feste de Tous Sains. Et cil dist qu'il i seroit sans faille. Après s'en ala Merlins el roiaume de Carmelide et i fist son message de par le roi Artu as barons de la terre. Et cil dient qu'il iroient molt volentiers. Si i esmurent tels .xx.m. qui molt furent vassal et prou pour lor armes porter. Et Leonces et Pharien et Graciens et Dyonas firent si bien lor besogne qu'il assamblerent em poi de terme .xl.m. homes en la praerie desous Gaunes. Et quant il fu tans et lix et eure de movoir si se misent li compaingnon a la voie et erre-

sur mer, ils parvinrent dans les plaines de Salesbières. Ils y trouvèrent les douze princes qui étaient déjà là avec tous les hommes qu'ils avaient pu réunir et chaque roi s'occupait de sa propre armée. Nabunal, qui avait été sénéchal du roi Amant, convoqua ses gens, les rassembla et pria les fils du roi Amant de l'accompagner, ce qu'ils firent. L'aîné était un très bel écuyer, preux et hardi, qui avait été amoureux de la reine Guenièvre. Il l'aurait volontiers prise pour femme s'il avait été chevalier. Mais la guerre qui opposa leurs pères lui ravit cet espoir, bien que la reine Guenièvre l'ait toujours désiré plus qu'aucun autre homme lorsqu'elle était encore jeune fille. L'un et l'autre souhaitaient encore se rencontrer souvent et s'envoyaient des messages ainsi que des gages d'amour.

656. Quand ce jeune homme vint auprès de Nabunal, qui gardait le royaume au profit du roi Arthur, Nabunal, lui conta comment il voulait combattre contre les Saxons « et on me demande de lui amener tous les hommes en état de porter les armes, grands ou petits. Je voudrais bien savoir si vous accepteriez de venir ». Le jeune homme répondit qu'il irait volontiers. Nabunal en fut très heureux et lui dit qu'il rejoindrait ainsi les plus preux chevaliers du monde. Nabunal rassembla tous les hommes qu'il put réunir ; il y en eut vingt mille. Ils se mirent en route et, à force de cheminer, ils arrivèrent dans les plaines de Salesbières. Merlin vint trouver le roi Bademagu dès qu'il eut quitté Nabunal et lui

---

rent tant par terre et par mer qu'il vinrent es plains de Salesbieres. Et quant il i furent venu si i trouverent les .xii. princes qui ja estoient venu a tant de gent com il porent plus assambler ensamble, et fist chascuns tenir son ost par soi. Et Nabunal, qui avoit esté seneschaus au roi Amant, semonst ses gens et assambla et proia as fix au roi Amant qu'il en venissent avoc lui et il si fisent. Si estoit li ainsnés molt biax esquiers prous et hardis, et avoit amé la roïne Genievre et volentiers l'eüst prise a feme s'il fust chevaliers. Mais ce qu'il avoit eü^a guerre entre les .ii. peres li toli, car la roïne Genievre l'avoit plus tous jours desirré que nul autre home tant com ele fu pucele. Et encore desiroit molt li uns a l'autre veïr et en envoient li uns a l'autre souvent messages et drueries.

656. Quant li vallés vint a Nabunal qui gardoit le roiaume a oels le roi Artu se li conta conment se vo[d]loit combatre as Saisnes. « Et me mande, fait Nabunal, que je li amainne tous ciaus qui armes puent porter grans et petits. Si vauroie volentiers savoir se vous i vauriés venir. » Et il dist que voleniers iroit il. Et Nabunal en fu molt liés et li dist qu'il iroit o tous les prodomes del monde. Si assambla Nabunal toutes les gens qu'il pot tant qu'il en i ot .xx.m. Si se mirent au chemin et errerent tant qu'il vinrent es plains de Salesbieres. Et Merlins vint au roi Bandemagu, si tost com il se fu partis de Nabunal, et

dit d'envoyer à l'armée le plus grand nombre d'hommes possible. Le roi Bademagu convoqua et fit venir tant d'hommes qu'il y en eut vingt mille sous les murs de Catenaise[1]. Merlin lui demanda de rester dans son royaume et d'envoyer son sénéchal Patridès à l'armée pour conduire ses gens. Il trouverait à la cour Guiomar, Sadoine et Guivret de Lamballe qui l'accompagneraient et qui l'aideraient à conduire et commander ses hommes partout où ils iraient.

La Forêt Aventureuse.

657. Alors Merlin partit et prit congé du roi. Il arriva à Logres le jour même où les six chevaliers étaient partis se distraire dans la Forêt Aventureuse, en quête d'aventure, comme le conte l'a rapporté. Quand Merlin arriva à la cour, il trouva le roi Ban et le roi Bohort, le roi Arthur et la reine accoudés aux fenêtres du palais. Ils regardaient les prés ainsi que les trois chevaliers qui étaient dans la forêt dont le conte a parlé plus haut. Les barons n'en surent rien jusqu'à ce qu'ils rencontrassent Merlin. Dès qu'ils l'aperçurent, ils se précipitèrent vers lui et lui témoignèrent la plus grande joie qu'ils purent. Quand ils se furent beaucoup réjouis de sa présence, ils s'assirent et parlèrent ensemble de bien des choses. Alors Merlin se présenta au roi Arthur et lui dit de convoquer tous les hommes de son royaume car il n'y avait plus de temps à perdre. Il lui apprit aussi que le roi Loth avait fait merveille parce que les troupes de divers royaumes

---

li dist qu'il envoiast la plus grant gent a l'ost que il porroit. Et li rois Bandemagus semonst et manda tant de gent qu'il en i ot .XX.M. sous Catenaise. Et Merlins li dist qu'il demourast et envoiast a l'ost Patridés, son senechal, a conduire ses gens. Et il trouvera a la court Guyomar et Sadoyne et Guiret de Lambale qui lui en venront et li aïderont sa gent a mener et conduire par la ou il iront.

657. Atant s'en parti Merlins et prist congié del roi et s'en vint a Logres le jour meïsmes que li .VI. chevalier se furent alé esbatre, dont li contes a parlé, en la Forest Aventurouse pour les aventures cerchier. Quant Merlins fu venus a court si trouva le roi Ban et le roi Boorth et le roi Artu et la roïne apoïé as fenestres del palais. Si regarderent les prés et les .III. chevaliers qui furent en la forest dont li contes a parlé cha ariere*. Si n'en sorent onques mot li baron tant que Merlins s'enbati sor els. Et si tost com il l'aperchurent, il saillirent sus et li firent molt grant joie de tant qu'il porent. Et quant il l'orent assés conjoï si s'asisent et parolent de maintes choses ensemble. Et lors vint Merlins au roi Artu et li dist qu'il mandast sa gent de tout son pooir, car il n'avoit que demourer, et que bien seüst il vraiement que li rois Loth avoit molt bien esploitié que les gens de diverses parties foreinnes chevauchoient et venoient a pié de divers païs

étrangers chevauchaient ou marchaient depuis ces divers pays pour se rendre dans les plaines de Salesbières. Arthur demanda qui viendrait et Merlin répondit que le roi Loth y serait avec tous ses hommes « et on a eu raison de vous conseiller de conclure une trêve, dit Merlin. Savez-vous qui sont ceux de votre camp qui viendront ? Vous aurez les gens du roi Ban de Bénoïc et ceux du roi Bohort de Gaunes : ils sont bien quarante mille ». À ces mots, le roi Ban et le roi Bohort sursautèrent et demandèrent qui était à l'origine de tout cela. Merlin répondit que c'était lui qui avait transmis le message : « Et ils m'ont fait confiance, je les en remercie beaucoup. » Les deux frères dirent qu'il avait très bien agi et que rien ne pouvait leur faire davantage plaisir. Alors Merlin reprit la parole et dit au roi Arthur :

658. « Seigneur, savez-vous qui vient par ici ? Nabunal de Camadaise, du royaume du roi Amant que le roi Bohort, ici présent, a tué lors d'une bataille. Arrive aussi un jeune homme qui est son fils mais qui n'est pas encore chevalier. Viennent toutes les forces de Carmélide que le sénéchal Cléodalis conduit et dirige. Mais le roi Léodegan ne vient pas, ajouta Merlin. Pour tous ces chevaliers que j'ai convoqués à votre intention, je dois recevoir une récompense. » Le roi lui dit : « Merlin, je ne sais que vous offrir mais je veux que vous restiez toujours mon seigneur et maître et celui de ma terre car c'est grâce à vous que je l'ai obtenue. — Seigneur, fit Merlin, quand je suis arrivé ici, que regardiez-vous

conmunement a pié et a cheval es plains de Salesbieres. Et il li demanda quel gent il i venoient. Et il dist que li rois Loth i chevauchoit a son pooir. « Et molt eüstes bon conseil, fait Merlins, de prendre les trives. Et savés vous quel gent il viendra de la vostre partie ? Vous i aurés la gent au roi Ban de Benuyc et la gent au roi Boorth de Gaunes et sont bien .XL.M. » Et quant li rois Bans et li rois Boors l'entendent, si saillent en estant et demandent par qui ce fu. Et Merlins respondi maintenant qu'il en avoit fait le message. « Et il m'en [d] crurent, la lor mercis. » Et li doi frere dient qu'il a de ce molt bien esploitié et qu'il de rien ne les peüst avoir fait plus liés. Et lors reprist Merlins la parole et dist au roi Artu :

658. « Sire, fait il, savés vous qui vient par de cha ? Il vient Nabunal de Camadaise, du roiaume au roi Amant, que li rois Boors qui ci est ocist em bataille, et un damoisiaus qui est ses fix qui encore n'est mie chevaliers. Et si i vient tous li pooirs de Carmelide que Cleodalis li seneschaus conduist et mainne. Mais li rois Leodegans, fait Merlins, n'i vient mie. Et si aurés chevalerie vous et je semonse, si en doi avoir mon guerredon. » Et li rois li dist : « Merlin, je ne vous sai que osfrir, mais je voel que vous soiés tous sires de moi et de ma terre, car par vous l'aie je. — Sire, fait Merlins, quant je m'enbati sor vous que regardiés

si attentivement sur ces prés ? — Nous regardions trois chevaliers que nous avons vus pénétrer dans cette forêt, dit le
roi. — Savez-vous de qui il s'agit ? fit Merlin. — Non, répondit le roi. — Sachez alors, fit Merlin, que ce sont trois chevaliers de la Table ronde, très preux et très hardis mais ils sont
fous et ont des idées insensées ; l'envie les anime. Je vous le
dis en vérité, jamais ils n'auront eu autant besoin d'aide avant
leur retour à la cour et cela en raison de leur folie.

659. — Merlin, fit le roi, dites-moi de qui il s'agit, s'il vous
plaît ! » Merlin lui répondit : « Seigneur, le premier est Agravadain des Vaux de Galore, le deuxième est Moneval et le troisième est Minoras[1] le Cruel. Ils ne vont pas chevaucher
longtemps sans rencontrer trois chevaliers de la reine qui les
affronteront. Dépêchez des hommes à leurs côtés, si vous
m'en croyez, car, s'il n'y a personne pour les séparer, il y aura
des morts sous peu et ce sera grand dommage. — Ah, Dieu !
fit le roi, et qui donc ira les séparer ? — Seigneur, dit la reine,
monseigneur Yvain, le sénéchal Keu et Girflet ! — Seigneur,
fit Merlin, la reine a bien parlé. Envoyez-les donc là-bas sans
tarder ! » Le roi Arthur appela les trois hommes, leur commanda de prendre leurs armes et de se préparer à partir aussitôt. Quand ils furent bien équipés et pourvus de toutes
leurs armes, ils vinrent trouver le roi et lui demandèrent où
ils devaient aller. Merlin leur dit de se rendre dans la forêt
sur le chemin près de la croix. « Là, vous trouverez six che-

---

vous si ententivement envers ces prés ? — Nous regardasmes, fait li
rois, .iii. chevaliers que nous veïsmes entrer en cele forest. — Ne
savés vous mie qui il sont ? fait Merlins. — Nenil, fait li rois. — Saciés
vraiement, fait Merlins, que ce sont .iii. chevaliers de la Table Reonde
qui molt sont prou et hardi. Mais fol sont et de fol pensé et envious.
Si vous di vraiement qu'il n'orent onques mais si grant mestier d'aïde
come il aront ains qu'il reviengnent mais. Et tout ce iert par lor folies.
    659. — Merlins, fait li rois, dites moi qui il sont, s'il vous plaist. »
Et Merlins li dist : « Sire, li uns est Agravadains des Vaus de Galoire,
et si est li secons Monevaus et li tiers si est Sienandes li Engris. Si
vous di qu'il n'auront gaires erré, et quant il trouveront .iii. des chevaliers la roïne qui se melleront a els. Si envoiés après, se vous m'en
creés, car, s'il n'ont qui les departe, il i aura de mors et ce seroit molt
grans damages. — Ha, Dix, fait li rois, et qui ira pour aus desmeller ?
— Sire, fait la roïne, mesire Yvains et Kex li Seneschaus et Gyrfles.
— Sire, fait Merlins, la roïne a molt bien dit. Envoiés les i de maintenant. » Adont les apela li rois et conmanda les a armer et a apareillier de maintenant. Et quant il furent tout armé et bien garni de
lor armes si en viennent au roi et li demandent ou il iront. Et Merlins
lor dist qu'il en aillent en la forest tout le chemin de la crois. « Et
illuec trouverés .vi. chevaliers combatant, si les departés. » Et quant

valiers en train de se battre et vous les séparerez. » Après ces
propos, les chevaliers quittèrent le palais et prirent leurs chevaux ; ils les enfourchèrent prestement et s'en allèrent au
grand galop. Ils suivirent le chemin qu'on leur avait indiqué.
Mais ils arriveront trop tard car des coups auront été échangés auparavant. Ici le conte se tait quelque peu à leur sujet et
revient aux six chevaliers pour raconter comment ils finirent
par trouver ce qu'ils cherchaient.

660. Le conte dit que les trois chevaliers de la reine, à
force d'avancer dans la forêt, parvinrent à une très belle
lande où ils descendirent de cheval et se reposèrent. Galeschin dit à ses compagnons : « Plût à Dieu que monseigneur
Gauvain et ses frères vinssent ici. Nous pourrions aller
rendre visite aux Saxons, si vous vouliez ! » Dodinel le Sauvage dit que ce ne serait pas bien d'y aller car il n'y avait pas
d'habitation dans ces forêts et leurs chevaux mourraient de
faim. Tandis qu'ils parlaient ainsi arrivèrent les compagnons
de la Table ronde, qui avaient changé la couleur de leurs
armes car ils cherchaient à être poursuivis par les chevaliers
de la reine. Sagremor demanda à ses compagnons s'ils les
connaissaient ; ils répondirent que non. Ils s'approchèrent
alors d'eux et Agravadain dit à ses compagnons : « Je vois là
trois compagnons qui me feront bien de la peine s'ils repar-
tent avec leurs chevaux. — Comment ? fit Minoras, ils sont
trois exactement comme nous ! »

_____

cil l'entendirent si s'en partirent del palais et viennent a lor chevaus
et montent delivrement et s'en departirent les galos et s'en [e] vont le
chemin c'on lor avoit conmandé. Mais il n'i venront ja a tans ne si
tost que il n'i ait des cops donnés. Mais or se taist li contes un petit
d'aus. Et retourne a parler des .vi. chevaliers, conment il ont esploitié
de ce qu'il aloient querant.

660. Or dist li contes que[a] tant errerent li .iii. chevalier la roïne
parmi la forest qu'il trouverent une molt bele lande ou il descendirent
et reposerent. Et Galescins dist a ses compaingnons car pleüst ore a
Dieu que mesire Gavain et si frere i venissent orendroit. « Si irienmes
veoir les Saisnes se vous voliés. » Et Dodyniaus li Sauvages dist que[b] li
alers i seroit mauvais qui n'aroient point de rechet en ces forés et lor
chevaus morroient de faim. Endementiers qu'il parloient ensi, en
vinrent li compaingnon de la Table Reonde desghisés de lor armes,
car bien vauroient estre poursuï des chevaliers la roïne Genievre. Et
Saygremors demanda a ses compaingnons s'il les connoissent et cil
dient : « Nenil. » Et cil aprocent toutes voies et lors dist Agravadains
a ses compaingnons : « Je voi la ies .iii. compaingnons dont il me
pesera molt en mon cuer s'il en amainnent lor chevaus ariere. —
Et conment ? fait Synorandes. Ja ne sont il que .iii. ausi que nous
somes. »

661. Tandis qu'ils parlaient ainsi, les trois chevaliers lacèrent leurs heaumes qu'ils avaient enlevés pour mieux respirer et montèrent à cheval. Ils s'apprêtaient à partir comme des gens qui ne voulaient faire aucun mal à condition qu'on ne leur demandât rien. Quand les compagnons de la Table ronde les virent s'en aller, ils s'écrièrent à haute voix : « Il vous faudra jouter ou bien nous laisser vos chevaux et alors vous pourrez partir quittes. » À ces mots, Sagremor fit demi-tour avec son cheval et leur dit : « Comment ? vous êtes donc des voleurs pour vivre d'un tel métier ? Sachez vrai-ment que lorsque vous ferez étape ce soir dans un logis, vous ne pourrez pas vous payer grand-chose à manger avec le gain que vous aurez réalisé sur nous car nous vous défions ! » Alors, ils piquèrent des deux si violemment que le sang coula sous les éperons et sur le flanc des chevaux. Ils tenaient leur lance sous les aisselles et leur écu protégeait leur poitrine. Quand Sagremor et ses compagnons les virent dans cette position, ils firent de même et s'apprêtèrent à les assaillir. C'est ainsi que Sagremor et Agravadain s'affron-tèrent de leurs lances et heurtèrent si violemment leurs écus qu'ils les transpercèrent, qu'ils brisèrent leur haubert et le démaillèrent sur le côté gauche. Agravadain sentit le fer de la lance pénétrer si profondément dans sa chair que le sang en jaillit à flots. Il brisa sa lance sur le haubert de Sagremor qui était très courageux et très fort ; il le heurta si rudement qu'il

---

661. Endementres qu'il parloient ensi lacent li .III. chevallier lor hiaumes qu'il avoient osté de lor chiés por l'air recevoir et montent en lor chevals et s'en voloient aler come cil qui a nul mal ne baoient puis c'on ne lor demandast riens. Et quant li compaingnon de la Table Reonde les en voient aler si lor escrient a hautes vois : « A jouster vous couvient, ou vos nous lairés les chevaus, si em porrés aler tous quites. » Et quant Saygremors l'entent si lor torne la teste de son cheval et lor dist : « Conment ? Estes vous donques robeour, qui vivés de tel mestier ? Saciés vraiement que quant vous venrés anque-nuit [f] a l'ostel vous aurés petit a mengier del gaaing que vous emporterés de nous. Car nous vous desfions. » Lors hurtent les che-vaus des esperons si durement que li sans li en raie a fil tout contre-val les costes. Et metent les glaives desous les aiseles, les escus tournés devant lor pis. Et quant Saygremors et si compaingnon les virent en tel maniere si font autretel et lor viennent a l'encontre. Si avint ensi que entre Saygremor et Agravadain s'entr'encontrerent de lor lances sor lor escus tant durement qu'il les percent tout outre et li hauberc desrompent et desmaillent endroit lor senestres costés. Si senti Agravadain le fer del glaive si en parfont que li sans en saut a grant ruissel. Et Agradavain brisa sa lance sor le hauberc Saygremor qui assés avoit cuer et force, si l'empaint si durement qu'il l'emporte

le renversa à terre ainsi que son cheval et ils tombèrent tout
d'une masse. Mais Agravadain, qui était preux, leste et plein
de hardiesse, bondit aussitôt, tira son épée du fourreau et
s'apprêta à se défendre contre lui. Quand Sagremor eut
lancé son attaque, il s'éloigna quelque peu, mit pied à terre
et attacha son cheval à sa lance. Le cheval d'Agravadain
s'était enfui dans la forêt à toute allure. Sagremor prit son
écu au bras, tira son épée du fourreau et marcha à grands
pas vers Agravadain qui venait vers lui, l'écu solidement fixé
sur son bras. Ils s'assenèrent sur leurs heaumes de grands et
prodigieux coups partout où ils parvenaient à s'atteindre. La
lutte dura un bon moment et Sagremor dit : « Chevalier,
vous êtes mort si vous ne vous rendez pas maintenant ! »
Agravadain lui répondit qu'il n'était pas encore parvenu à
cette extrémité. Sagremor lui rétorqua qu'il y viendrait plus
tôt qu'il ne pensait. L'autre lui répliqua qu'il n'avait pas peur
de lui : il ne savait que proférer des menaces. Sagremor lui
dit qu'il se conduisait vraiment comme un fou : « C'est la raison pour laquelle un proverbe dit que les fous ne craignent
rien avant d'avoir pris la colée, et voilà pourquoi ils sont
pour nous des ennemis ! » Alors il l'attaqua et ils s'affrontèrent longuement mais Agravadain eut le dessous dans cette
bataille.

662. Ailleurs, Galeschin et Minoras chargeaient l'un contre
l'autre, la lance sous l'aisselle. Il advint alors que Minoras brisa

---

a terre, et lui et le cheval, tout en un mont. Mais Agradavain, qui
molt estoit prous et legiers et plains de grant hardement, sailli em
piés molt vistement et a traite l'espee fors del fuerre et s'apareille de
lui desfendre. Et quant Saygremors ot parfait son poindre si se traïst
un poi en sus et mist pié a terre et atacha son cheval a sa lance. Et li
chevaus Agravadain s'enfui el bois molt aleüre. Et Saygremors
embracha l'escu et traïst l'espee fors del fuerre et s'en vait grant pas
vers Agravadain qui li venoit a l'encontre s'escu embracié molt vigherousement et s'entrefierent parmi les hiaumes grans cops et desmesurés par tous les lius ou il s'entr'ataingnent. Si dura li caplés molt
longement, et Saygremors li dist : « Sire chevaliers, vous estes mors si
vous ne vous rendés vif. » Et Agravadains respont que encore n'est il
mie a ce venus. Et Saygremors li dist qu'il i venroit assés plus tost
qu'il ne quidoit. Et cil li dist que poi li doutoit et que maneiceres est
il molt bons. Et Saygremors li dist que voirement est ce maniere de
fol. « Et pour ce dist on encore en reprouver que fols ne crient
devant qu'il prent la colee et autresi vous est il anemi. » Lors li courut sus et s'embatent molt longement, mais Agravadains en ot le
piour molt malement de la bataille.

662. De l'autre part revinrent poignant entre Galescin et Mynoras,
les lances baillies sous les aisseles. Si avint que Mynoras brisa son

sa lance sur l'écu de Galeschin et Galeschin le frappa avec
une telle violence sur les peaux recouvrant l'écu qu'il lui
envoya le fer de sa lance et une partie de la hampe dans la
cuisse ainsi que dans le flanc de son cheval. L'un et l'autre
furent projetés à terre, la lance dans le corps. Le cheval trébucha si brutalement sur eux des quatre fers qu'il rebondit
ainsi que son cavalier mais il eut tôt fait de se relever, tout
comme Minoras, et ils tirèrent alors leurs épées du fourreau
engageant entre eux une lutte acharnée et impitoyable, de
toutes leurs forces.

663. Ailleurs encore, Dodinel et Moneval s'élancèrent à
vive allure sur leurs chevaux et se frappèrent de leurs lances
aux pointes acérées et tranchantes. Ils en percèrent et en
trouèrent leurs écus mais les hauberts résistèrent aux lances
de sorte qu'aucune maille ne se rompit grâce à leur solidité. Il
leur fallut alors à tous deux briser leurs lances. Mais, au
moment de dépasser son adversaire, Dodinel le heurta si violemment de son corps et de son écu qu'il le fit tomber raide
par terre mais l'autre eut tôt fait de se rétablir sur ses jambes
car il était très leste et léger. Quand Dodinel eut lancé son
attaque, il recula l'épée à la main et vit que son adversaire
était toujours prêt à se défendre contre lui. Il tira son épée et
jeta son écu par-dessus sa tête ; c'est alors que commencèrent
une lutte et un duel acharnés. Les six chevaliers se combattirent ainsi de l'heure de prime jusqu'à midi et les chevaliers de

---

glaive sor l'escu Galescin, e Galescin le feri de tel vertu par desus
l'espane del ceval qu'il li en[*149 a*]voia la lance parmi la quisse et del
fer et del fust une partie, et parmi le flanc del ceval. Si porte a terre
et l'un et l'autre tout enferré. Et li chevaus se feri en els de tous les
.IIII. piés si durement que il vola outre, il et li chevaus, mais molt fu
tost relevés. Et autresi se releva Mynoras et traient les espees des
fuerres, si conmencent la mellee entr'aus .II. molt grans et molt felenesse de tout lor pooir.

663. De l'autre part se relaissent courre Dodiniaus et Monevas les
chevaus molt durement et s'entrefierent des glaives dont li fer sont
agu et trenchant, dont li escu sont percié et estroé, si s'arrestent li
glaive sor les haubers en tel maniere que maille n'en rompi, car a
merveille estoient fort, si couvint les lances brisier ambesdeus. Mais
quant ce vint au passer outre Dodyniaus le hurte si durement del
cors et de l'escu qu'il trebusche a terre tout estendu. Mais tost fu res-
saillis em piés, car trop estoit vistes et legiers. Et quant Dodyniaus ot
parfurni son poindre et il vint ariere l'espee traite, si voit celui qui
tous estoit aparelliés de lui desfendre. Lors trait l'espee et jete l'escu
desor sa teste, et si conmencent la mellee et l'escremie molt fort.
Ensi se combatent li .VI. chevalier molt durement dés prime jusques a
miedi, si conmencierent li chevalier la roïne terre a prendre sor les

la reine gagnèrent du terrain sur les chevaliers de la Table ronde car les premiers faisaient ce qu'ils voulaient. Aussi, quand ils les virent s'esquiver, ils leur crièrent : « Rendez-vous ! » et leurs adversaires répondirent qu'ils préféreraient mourir. Quand ils virent qu'ils n'en tireraient rien d'autre, ils les attaquèrent à nouveau. Constatant que son adversaire ne voulait pas se rendre, Sagremor courut vers lui très rapidement, frappa Agravadain sur le heaume et fendit ce heaume en deux moitiés avec la coiffe de fer. Il lui planta l'épée jusqu'à l'os du crâne et le blessa très grièvement. Agravadain fut tellement assommé qu'il tomba raide par terre mais n'y demeura pas longtemps car il se rétablit très vite, redoutant fort de recevoir un autre coup. Il se couvrit de son écu le mieux qu'il put. Dodinel lança un coup d'épée à Moneval et le frappa si durement sur le bras tenant l'écu qu'il le fit tomber à terre et Moneval faillit en perdre l'esprit. Galeschin frappa Minoras sur le heaume et le fit ployer vers le sol ; il serait sûrement tombé s'il ne s'était pas retenu. Galeschin saisit alors son heaume et le lui arracha si violemment de la tête qu'il le fit se pencher par terre. Il le lui arracha avec une telle sauvagerie que Minoras eut le nez tout ensanglanté ainsi que la lèvre et les sourcils. Lorsqu'il chancela, il lui assena un si violent coup du pommeau de son épée qu'il l'aplatit par terre. Il lui sauta ensuite sur le corps, lui arracha la coiffe de la tête et menaça de le décapiter s'il ne se rendait pas.

---

chevaliers de la Table Reonde, si les menerent li chevalier la roïne auques a lor volenté. Et quant il les voient guencir, si lor escrient : « Rendés vous ! » Et cil dient qu'il voelent mix morir. Et quant il voient ce que autre cose n'en trairont, si li coururent sus. Et quant Saygemors vit ce que cil ne se vaut rendre, si li court sus molt vistement et feri si Agravadam parmi le hiaume qu'il le fendi en .ii. moitiés et la coife de fer, et li embati l'espee jusques au tés et le navra molt durement. Et cil fu si estourdis qu'il vole a terre tous estendus. Mais il ne demoura pas longement, ains sailli em piés molt vistement, car il redouta molt autre cop a recevoir, si se couvre de son escu au mix qu'il pot. Et Dodiniaus jeta un cop d'escremie a Moneval et le fiert si durement sor le bras a coi il tenoit l'escu que li escus chaï a terre et a poi qu'il ne l'afola. Et Galeschin feri si Minoras sor le hiaume que il le fist tout embronchier aval vers terre, et cheüs fust il sans faille se il ne se fust retenus. Et lors l'aert Galeschin au hiaume et li esrache de la teste si durement que il le fist embronchier aval vers [b] terre si felenessement que cil en ot sanglent le nés et la banlevre et les sourciels et au chanceler qu'il ot fait li donna tel cop del pomel de l'espee que il le flatist a terre tout estendu. Et lors li saut maintenantᵃ sor le cors et li esrache la coife de la teste et li manace la teste a coper s'il ne se tient pour outre.

Minoras refusa et Galeschin dit qu'il mourrait sans rançon.
Tandis qu'ils se démenaient de la sorte arrivèrent monseigneur Yvain, le sénéchal Keu et Girflet, le fils de Do que le
roi Arthur avait envoyés. Mais ils avaient trop tardé car
Sagremor avait tellement arrangé Agravadain que ce dernier
était couvert de sang et tentait seulement de lui résister, s'es-
quivant çà et là d'un lieu à l'autre. Sagremor le poursuivit,
cherchant à l'atteindre d'un coup direct. Dodinel, de son
côté, avait si bien arrangé son adversaire qu'il n'avait plus
d'écu ni de heaume sur la tête et ne cherchait qu'à se
défendre pour échapper à la mort. Galeschin avait si bien
traité Minoras qu'il le plaquait à terre, tenant une main
son épée brandie et de l'autre main la ventaille[1] de son adversaire. Ils n'auraient pas tardé tous les trois à perdre très vite
la vie lorsque monseigneur Yvain arriva sur son cheval à
toute allure et s'écria : « Cela suffit, car je viens me porter
garant pour eux. Je vous en remercie, laissez-les-moi ainsi
qu'à ces deux preux qui m'accompagnent car nous nous portons garants de tout ce que vous voudrez leur demander. »
Sagremor se tourna vers eux, il les regarda et les reconnut
parfaitement puis il répondit à monseigneur Yvain : « Volontiers, seigneur, car je ferais pour vous plus que ce qui est
nécessaire. » Galeschin et Dodinel dirent la même chose et ils
lâchèrent leurs adversaires. Monseigneur Yvain et ses deux
compagnons vinrent alors près d'eux, descendirent de leur
cheval et les blâmèrent sévèrement d'avoir entrepris une folie

---

Et cil dist que ce ne fera il mie. Et Galescin li dist que dont morra il
sans raençon. Que que il se demenoient en tel maniere, vint mesire
Yvains et Kex li Seneschaus et Gyrfles, li fix Do, que li rois Artus i
avoit envoiés. Mais trop avoient demouré, car Saygremors avoit tel
atourné Agravadain que tous estoit covers de sanc et ne faisoit se
soufrir non et guencir cha e la de lieu en autre. Et Saygremors l'enchauça adés que ataindre le voloit a droit cop. Et Dodynel avoit tel
conrée le sien qu'il n'avoit escu al col ne hiaume en teste et ne faisoit mais se soufrir non pour eschiver la mort. Et Galescin avoit
tel atourné Mynoras qu'il le tenoit contre terre l'espee haucie a l'une
des mains et a l'autre le tenoit parmi la ventaille. Si ne demourast mie
longement que tout .iii. eüssent par tans la vie outree quant mesire
Yvains i vint si grant aleüre com il pot del cheval traire et s'escrie a
haute vois : « Assés est, car je les vieng replegier. Les vos mercis, laissiés les moi et a ces .ii. prodomes qui ci sont venu, car nous les
replegons[b] de quanques vous lor saurés demander. » Et Saygremors
se tourne vers als, si les regarde et connoist bien. Si respondi a mon
signour Yvain : « Volentiers, sire, car plus feroie je pour vous que ce
ne monte. » Et autresi dist Galescin et Dodiniaus. Si les laissent atant
et cil viennent a els et descendirent et puis les blasment molt dure-

pareille. Sagremor répondit sans se démonter : « Comment, monseigneur Yvain ? Avons-nous mal agi envers ces trois vassaux quand nous avons sauvé nos chevaux qu'ils voulaient nous voler ? Au nom de Dieu, plus grande encore serait notre honte s'ils avaient emmené nos chevaux de force sans la moindre résistance de notre part ! Plus jamais de notre vie nous n'aurions été en l'estime de quiconque où que ce fût ! Il défendrait bien mal la cause de son compagnon, celui qui n'oserait même pas défendre la sienne propre.

664. — Ah, seigneur, ils n'ont pas agi par malice ou par félonie. — Quelles que furent leurs intentions, s'ils avaient voulu s'amuser, fit Sagremor, nous nous serions amusés avec eux. » Galeschin se mit à rire sous son heaume car il comprit bien, à ce que disait monseigneur Yvain, que c'étaient des compagnons de la Table ronde. Dodinel dit : « Béni soit celui qui a entrepris la chose car c'est ainsi que nous nous instruisons !

665. — Laissons ces propos, fit monseigneur Yvain, montons et repartons car il n'y a pas d'homme assez fort et assez puissant qui n'ait assez bataillé désormais. » Alors les chevaliers enfourchèrent leur monture et les trois hommes furent tristes et affligés. Sagremor demanda à monseigneur Yvain ce qu'il ferait. « Comment, fait monseigneur Yvain, ne les reconnaissez-vous pas ? Il aurait dû pourtant y avoir de plus gros dégâts. Sachez que celui contre qui vous avez combattu est Agravadain des Vaux de Galore

---

ment de ce que tel folie conmencierent. Et Saygremors respondi estaument : « Conment, mesire Yvain ? Si avomes tant mespris quant a ces .III. vassaus avomes rescous nos chevaus qu'il nous voloient tolir ? En non Dieu, encore fuissiens nous plus honni se il a force l'enmenaissent et sans desfense. Ne jamais jour n'eussienmes honeur ou nous venissions. Et molt desfendoit mauvaisement la cose a son compaignnon qui la soie ne l'oseroit desfendre.

664. — Ha, sire, fait mesire Yvains, il ne le firent mie par mal ne par felonnie. — Que il voloient se il se fuissent joé, fait Saygremor, et nous ausi. » Et Galeschin conmencha a rire desous son [*d*] hiaume, car bien aperçoit a ce que mesire Yvains disoit qu'il estoient des compaignnons de la Table Reonde. Et Dodyniaus dist que « Beneois soit li gieus et cil qui le conmencha car ensi aprendons nous.

665. — Laissiés ester ces paroles, fait mesire Yvains, et montons et nous en repartons, car il n'i a si fort ni si poissant qui assés n'ait bataille des ore mais. » Atant sont monté li chevalier, et li .III. sont molt triste et molt dolant. Lors demanda Saygremor a mon signour Yvain que il fera « Conment*e*, fait mesire Yvains, ne les connoissiés vous mie ? Par tant dut il*b* avoir plus grant damage. — Saciés, fait mesire Yvains, que cil a qui vous vous combatés est Agravadains des Vals de Galoire

et qu'il est compagnon de la Table ronde. » Sagremor dit qu'il ne le connaissait pas et ajouta : « Mais puisqu'il en est ainsi, je n'y peux rien ! — Et Galeschin a combattu contre Minoras ! — Comment, Minoras, fit Galeschin, est-ce bien vous ? Que Dieu m'assiste, vous avez bien mal agi envers moi quand vous nous avez reconnus et que vous êtes venus sur nous incognito. » Alors Dodinel alla trouver son adversaire et lui demanda son nom, « car je veux l'entendre de votre bouche », ajouta-t-il. L'autre lui répondit à vois basse : « Je suis Moneval. — Vous avez commis une folie, dit Dodinel. Vous aspiriez à la folie et vous avez fini par la trouver. C'est pour cela qu'on peut dire en vérité qu'il n'y a jamais de fou incapable de trouver un plus fou que lui. Vous cherchiez un fou, vous en avez trouvé un !

666. — Laissez cela, fit Keu le sénéchal, car les chevaliers de la Table ronde partiront une nouvelle fois venger la mort de Forré[1] », et tous se mirent à rire, à l'exception des trois blessés. Ils n'avaient nulle envie de rire car ils étaient honteux et confus de ce qui leur était arrivé. Ils se mirent tous en route et les neuf chevaliers chevauchèrent ensemble jusqu'à la cour de Logres. Les trois chevaliers rejoignirent leurs demeures pour ôter leurs armes car ils n'aspiraient qu'au repos. Les six autres se rendirent à la cour et trouvèrent les trois rois et la reine encore accoudés aux fenêtres du palais et Merlin était avec eux. Ils parlaient avec Merlin car cela fai-

---

et compains de la Table Reonde. » Et Saygremors dist qu'il ne le connoissoit mie. « Mais puis qu'il est ensi avenu, je n'en puis mais. — Et Galescin s'est combatus a Mynoras. — Conment, Mynoras, fait Galescins, estes vous ce ? Si m'aït Diex, trop avés envers moi mesfais quant᷎ vous nous conneüstes et veniés sor nous et sans faire vous connoistre ! » Lors se trait Dodyniaus vers le sien et li demande qui il est. « Car oïr le voel, fait il, de vostre bouche. » Et il li dist basse‑ment : « Je sui Monevals. — Vous conmenchastes la folie, fait Dody‑niaus. Puis folie queriés et folie avés trouve. Et pour ce poés vous dire vraiement que il n'est si fol que autresi fol ne truise. Et fol queriés et fol avés trouvé.

666. — Or le laissiés ensi, fait Kex li Senschaus, car encore iront li chevalier de la Table Reonde une autre fois vengier la mort Fourré. » Et lors conmencierent tout a rire fors que li .iiii. qui blecié estoient. Mais cil sans doute n'avoient nul talent de rire, car il estoient honteus et᷎ mat de ce qui lor estoit avenu. Si᷎ se metent au chemin et che‑vauchent tout .ix. ensamble tant qu'il en vinrent a la court a Logres. Si alerent li .iiii. chevalier a lor ostels pour aus desarmer, car il n'avoient del mestier que de repos. Et li autre .vi. alerent a court si trouverent les .iii. rois et᷎ la roïne qui encore estoient as fenestres du palais et Merlin avoc aus. Et parloient avoc Merlin, car piecha ne

sait longtemps qu'ils ne l'avaient pas vu. Les six chevaliers allèrent ôter leurs armes dans une chambre et, quand ils furent désarmés, monseigneur Yvain partit trouver le roi. Dès qu'elle le vit, la reine lui dit : « Seigneur, racontez-moi ce qu'il est advenu de vous ! — Dame, fit monseigneur Yvain, il est possible de vous faire un long récit. » Et il commence à lui raconter comment il avait trouvé les six chevaliers en train de se battre. Le roi lui demanda qui avait eu le dessous et Yvain leur fit part de tous les propos et des plaisanteries que Keu et Dodinel avait lancés et ils en rirent de bon cœur puis ils se turent car le roi en était affecté. Merlin s'avança et leur dit : « Savez-vous pourquoi la discorde règne entre les chevaliers de la Table ronde et ceux de la reine ? — Non, répondit le roi. — Alors, sachez, répliqua Merlin, que cela vient de la jalousie qu'ils éprouvent les uns envers les autres. Voilà pourquoi ils veulent tous ensemble mettre leur prouesse à l'épreuve. » Ils lui demandèrent alors qui pouvaient être les meilleurs chevaliers de la reine. Le roi Arthur répondit que ces chevaliers appartenaient tous à la reine car l'idée de la Table ronde venait uniquement d'elle[2]. Le roi Ban dit alors qu'il serait bon de révéler le nom du meilleur chevalier, « car le meilleur est monseigneur Gauvain », et les autres l'approuvèrent. Le roi dit alors qu'il l'accompagnerait avec ses chevaliers de la Table ronde dès qu'il serait revenu. Merlin lui dit que cela ne se produirait pas tant que les Saxons ne seraient pas chassés du pays. Ils laissèrent ces

---

l'avoient veü. Si s'alerent li .vi. chevalier desarmer en une cambre, et quant il furent desarmé si s'en vint mesire Yvains au roi. Et si tost come la roïne le vit si dist : « Sire, or nous contés de vos nouvelles. — Dame, fait mesire Yvains, on vous em puet assés conter. » Lors lor conmence a conter [*d*] conment il avoit trouvé les .vi. chevaliers combatans. Et li rois lor demande as quels li pis estoit alés. Et il lor conta tout l'errement et le gabois que Kex en dist et Dodynel et il en risent assés. Mais tost en laissierent la parole pour ce que li rois en fu dolans. Et Merlins se traist avant et si lor dist : « Savés vous pour coi li descors est des chevaliers de la Table Reonde et des chevaliers la roïne ? — Nenil, fait li rois. — Saciés, fait Merlins, que ce fait l'envie que li un ont envers les autres. Si se voelent ensemble esprouver lor proueces. » Et il lor demandent liquels puet estre li miudres chevaliers des chevaliers la roïne. Et li rois Artus respont qu'il estoient tout a la roïne, car la Table Reonde venoit tout de li. Lors li dist li rois Bans que li mieudres en seroit bon a dire. « Car li miudres en est mon signour Gavain. » Et cil dient que voirs est. Et li rois dist qu'il l'acompaingneroit aveoc les chevaliers de la Table Reonde si tost com il seroit venus. Et Merlins li dist que ce ne seroit mie devant que li Saisne seroient chacié fors del païs. Si en laissierent la parole

propos et allèrent manger. Le roi convoqua alors ses messagers et les envoya sur toutes ses terres pour faire savoir à tous ses hommes liges en état de porter les armes qu'ils devaient tous venir auprès de lui comme s'il s'agissait de défendre leur propre personne sur les plaines de Salesbières. Cela devait se faire sans délai ni retard. Ils se mirent en route et, à force de cheminer, ils arrivèrent comme prévu.

667. Comme vous l'avez entendu, le roi Arthur envoya ses messagers sur toutes ses terres. Après le départ de ceux-ci, le roi Arthur prit à part le roi Ban, le roi Bohort son frère, ainsi que Merlin et leur dit : « Allons voir nos compagnons qui sont blessés », et ils se rendirent auprès d'eux. Plus d'un chevalier les accompagna. Quand les blessés apprirent que le roi venait les voir, ils voulurent se lever devant lui mais le roi les tança et les blâma de la folie qu'ils avaient commise tous les trois. Les blessés répondirent qu'ils n'avaient pas pu se retenir et qu'ils ne savaient pas ce qui leur avait pris. Le roi les confia à ses médecins qui pansèrent leurs plaies. Les médecins dirent qu'ils n'avaient pas de souci à se faire car, en huit jours, ils seraient sains et dispos de sorte qu'ils pourraient à nouveau chevaucher et porter les armes à leur guise. Le roi les recommanda à Dieu et leur dit au moment de partir que, dès leur guérison, ils devaient venir le rejoindre dans les plaines de Salesbières. « Car c'est là que je vais, fit le roi Arthur, et il y aura une grande assemblée et beaucoup de gens. »

---

atant ester et alerent mengier. Et aprés prist li rois ses messages et les envoia par toute sa terre et manda tous ciaus qui si home estoient qui armes pooient porter qu'il viengnent tout a lui si conme pour lor cors desfendre es plains de Salesbieres et qu'il n'i ait pris ne terme ne respit. Et se misent a la voie et errerent tant que bien esploitierent.

667. Ensi come vous avés oï envoia li rois Artus ses messages par toute sa terre. Et maintenant qu'il se furent de lui parti et desevré si prist li rois Artus le roi Ban et le roi Boorth son frere et Merlin et lor dist : « Alons veoir nos compaingnons qui sont malade. » Et il i alerent et maint autre chevalier avoec aus. Et quant cil vinrent que li rois venoit si se vaurent lever encontre lui. Mais li rois les reprist et molt lor blasma de la folie qu'il avoient faite entr'aus .III. Et cil respondent qu'il ne s'em porent tenir et si ne sorent onques dont il lor vint. Et lors lor bailla li rois ses mires qui lor plaies afaitierent. Et li mire disent qu'il ne s'esmaiassent pas que dedens les .VIII. jours les rendroit et sains et haitiés, si que il porront chevauchier et porter armes a lor volenté. Et lors les conmande a Dieu li rois et lor dist au departir que si tost com il seroient gari que il venissent aprés lui es plains de Salesbieres. « Car je i vois, fait li rois Artus, et molt i aura grant assam[e]blee et grant gent. »

La coalition de Salesbières.

668. Le roi partit alors et les recommanda à Dieu. Il vint ensuite dans la grande salle et y trouva beaucoup de chevaliers qui voulaient se lancer dans un tournoi à armes égales avec les chevaliers de la reine parce que monseigneur Gauvain n'avait pas encore rejoint ces derniers et parce qu'ils voulaient venger leurs compagnons. La reine le leur défendit et dit que cette demande était vaine car jamais ils n'entreprendraient un tournoi les uns contre les autres. « Je vous en prie, au nom de la loyauté que vous nous devez à mon seigneur le roi et à moi, de ne plus jamais me parler de cette affaire jusqu'à nouvel ordre. » Et ils lui répondirent qu'ils ne lui en parleraient plus jamais puisque tel était son désir. Quand arriva l'heure de vêpres, le roi Arthur demanda à tous ses hommes à pied ou à cheval qui pouvaient porter des armes de se préparer. Car le lendemain matin, il voulait chevaucher vers les plaines de Salesbières où tout son peuple devait se rassembler. Dès que le roi l'eut ordonné, chevaliers ou bourgeois se préparèrent et s'équipèrent du mieux qu'ils purent pour faire face à toute situation. Il régna alors un tel bruit, un tel vacarme et un tel tumulte dans la ville qu'on les aurait facilement entendus à une lieue de diſtance.

669. Le lendemain matin, le roi Arthur se mit en route avec le roi Ban, le roi Bohort, la reine et tous ceux qui avaient répondu à sa convocation. Ils chevauchèrent cinq jours pleins avant d'atteindre les plaines de Salesbières car ils

---

668. Atant s'em parti li rois et les conmanda a Dieu et vint en la sale et i trouva aſſés chevaliers qui voloient baſtir un tournoiement a tans quans as chevaliers la roïne pour ce que meſire Gavains n'i eſtoit mie et pour lor compaingnons vengier. Et la roïne lor desfendi et diſt que pour noient em parleroient que jamais ne tournoieroient li un contre les autres. « Si vous proi que, par la foi que vous devés a mon signour le roi et a moi, que vous jamais n'en parlés tant come je le conmanderai. » Et cil dient que jamais n'en parleront a nul jour puis qu'il ne li ſiet. Et quant ce vint a eure de veſpres, si diſt li rois Artus que tout s'aparellaſſent a pié et a cheval et tout cil qui armes pueent porter. Car il voloit chevauchier l'endemain bien matin vers les plains de Salesbieres ou la conmunité del pueple doit aſſambler. Et si toſt conme li rois l'ot conmandé si s'atournent et apareillent au mix qu'il porent pour aler au beſoing, chevalier et bourgois. Et lors ot tel bruit et tel noiſe et tel tulmulte en la vile c'on les oïſt legierement d'une lieue loing.

669. Au matin mut li rois Artus et li rois Bans et li rois Boors et la roïne et tout cil qui illuec eſtoient venu et aſſamblé et chevauchierent .v. jours entiers avant qu'il veniſſent as plains de Salesbieres, car

faisaient de petites étapes. Une fois arrivés, ils établirent leur camp sous les lauriers. Keu le sénéchal avait apporté la grande enseigne à croix vermeille sur fond blanc comme neige et la croix surmontait le dragon car Merlin l'avait ordonné. Quand le roi Arthur eut installé son campement, il manifesta une grande joie et une grande liesse. Ses compagnons firent de même et attendirent là que les princes et ceux qui arrivaient de toutes parts fussent réunis. La rumeur qui parcourt et survole le monde finit, à force de se répandre sur toute la terre et dans tous les pays, par apprendre aux Saxons, du moins à ceux qui faisaient le siège de Clarence et grâce aux espions infiltrés dans le pays, que tous les hommes de la contrée se rassemblaient dans les plaines de Salesbières. Mais ils ne savaient pas dans quelle direction ils devaient chevaucher. Le roi Hargodabrant fit alors convoquer ses dix-neuf rois qui se présentèrent à lui. Il leur dit ensuite que ses espions lui avaient annoncé que les chrétiens s'étaient rassemblés dans les plaines de Salesbières et il leur demanda quel conseil ils lui donnaient. Ils répondirent que le mieux était d'organiser des tours de garde jour et nuit afin qu'ils ne fussent pas surpris durant leur sommeil. Car, durant la journée, ils n'avaient peur de personne sur terre : « Nous sommes si nombreux ici qu'ils ne pourraient guère nous résister. De toute manière nous conseillons à nos gens de se tenir sur leurs gardes. Que nul ne s'adonne au pillage sans

***

petites journees faisoient. Et quant il furent venu, si se logierent desous les loriers. Et Kex li Seneschaus ot aportee la grant enseigne a la vermeille crois dont li chans estoit blans come noif. Et li dragons estoit au desous de la crois*a*, car ensi le conmanda Merlins. Et quant li rois Artus fu logiés, il mena molt grant joie et grant feste. Et ausi fist sa compaignie et atendi illuec que li prince et la gent qui venoient de toutes pars venissent. Renomee*b*, qui par tout court et vole, ala tant parmi la terre et parmi le païs que li Saisne sorent, par lor espies que il avoient par le païs, c'on sot au siege de Clarence que les gens de la terre et de la contree s'asambloient es plains de Salesbieres. Mais il ne savoient de quel part il devoient chevauchier. Si manda li rois Hargodabrans ses .XIX. rois et il vinrent a lui. Et puis lor dist que ses espies li avoient anonchié que li Crestien avoient fait assamblee es plains de Salesbieres, si lor demanda quel conseil il prendroient. Et il respondirent que ce seroit li mix que il se gaitaissent chascun jour et chacune nuit que il [*f*] ne fuissent souspris en dormant. Car de jour n'avoient il garde de toute la gent de la terre. « Car trop somes ci grant pueple qu'il ne porroient avoir a nous duree. Mais toutes voies loons nous que nostre gent se tiengnent mix garni. Si ne voist nus en fuerre des ore mais sans compaignie de .XXX.M. homes as armes ou de plus, si que nul encontrer les puisse

une compagnie de trente mille hommes en armes voire plus, de manière à ne pas se trouver démunis lors d'un affrontement ou à ne pas subir de pertes. Vous savez bien que ce vaste et large territoire ne dispose pas du quart des forces que nous possédons. » Ils finirent par s'accorder sur le fait qu'ils étaient dans l'extrême obligation de bien soutenir l'attaque de leurs ennemis si c'était nécessaire. Les dix-neuf rois se séparèrent et retournèrent dans leurs tentes. Ils s'équipèrent fort bien et ordonnèrent à tous ceux qui étaient placés sous leurs ordres de se tenir sur leurs gardes en toutes circonstances. Ils firent savoir tout cela aux hommes qui faisaient le siège de Nambières. Ils leur demandèrent de lever le siège là-bas et de venir les rejoindre au siège de Clarence. L'armée était si imposante et si redoutable qu'elle occupait cinq lieues entières sur tout l'espace où la cité était assiégée. Le campement s'étendait de toutes parts. Mais ici le conte se tait à propos des Saxons et revient aux princes pour raconter comment ils arrivèrent chacun de leur côté, les uns après les autres, dans les plaines de Salesbières.

670. Le conte dit que, l'assemblée ayant décidé la trêve, les princes s'empressèrent de partir pour se rendre dans les plaines de Salesbières aussi bien armés qu'ils devaient l'être et comme les hommes riches et puissants qu'ils étaient devaient l'être. Le premier prince qui arriva dans les plaines de Salesbières fut le duc Escaut de Cambénic. Il amena une compagnie de sept mille hommes en armes, richement parés de

---

qu'il les truist desgarnis ne grever ne lor puist. Et vous savés bien que en toute cefte terre qui tant eft et grans et lee n'a pas la quarte partie de gent come nous avons. » Et en la fin s'acordèrent a ce qu'il fuissent en essoing de bien requeillir lor anemis s'il en avoient meftier. Si s'en partent en tele maniere et s'en repairent li .xix. roi a lor trés, et s'apareillent molt bien et commanderent a tous ciaus qu'il avoient a jufticier chascun endroit soi que il fuissent a toutes les fois garnis et en agait. Si firent a savoir cefte chose au siege de Nambieres et lor firent laissier le siege et guerpir et s'en vinrent tout au siege de Clarence. Si i fu si grans et si fiere l'asamblee que li os en duroit de la partie ou la cités devoit eftre assise¨ .v. lieues toutes plainnes. Si en duroient les herberges de toutes pars. Mais or se taift ici endroit li contes des Saisnes et retourne a parler coument li prince vinrent es plains de Salesbieres l'uns aprés l'autre chascuns par soi.

670. Or dift li contes que tant esploitierent li prince aprés le parlement qui fu pris des trives que il s'esmurent a venir es plains de Salesbieres si bien apareillié come si riche home et si poissant com il eftoient, devoient eftre. Tous li pemiers princes qui vint es plains de Salesbieres fu li dus Eschans de Chambenyc. Si amena en sa compaingnie .vii.m. homes a armes et apareillié molt richement de

toutes leurs armes, et ils se logèrent dans de luxueuses tentes et des pavillons disposés en rangs étroits et très serrés. Après lui arriva le roi Tradelinant de Norgales avec onze mille hommes portant des hauberts éclatants aux fines mailles et des heaumes luisant de gemmes, munis aussi d'écus solides et résistants, montés sur des destriers de prix car le roi possédait une terre très riche regorgeant de tous biens. Ils se logèrent à côté du duc Escaut.

671. Après lui ce fut le tour du roi des Cent Chevaliers avec dix mille hommes parfaitement armés et bien équipés et ils établirent également leur campement. Après lui vint le roi Clarion de Northumberland qui était un beau chevalier, sage, preux et hardi. Dans sa compagnie se trouvaient huit mille hommes bien équipés qui suivaient une enseigne blanche comme neige portant une croix vermeille. Tous ceux qui arrivaient avaient la même enseigne et ils se logèrent après le roi des Cent Chevaliers. Après lui arriva le roi Bélinant de Sorgales, qui était le frère du roi Tradelinant, avec dix mille hommes en armes. Il était très désireux de revoir son fils Dodinel le Sauvage qu'il aimait tant, de tout l'amour possible. Il se logea après le roi Clarion, qui était noble et courtois. Après lui arriva le roi Caradoc d'Estrangorre, qui était compagnon de la Table ronde lorsque celle-ci fut fondée. Mais jamais, depuis que la discorde régna entre les princes et le roi Arthur, il n'y voulut siéger. Il emmena dix mille

---

toutes armes et il se logierent estroit et serré et rengié en riches trés et em paveillons. Aprés [*150a*] lui vint li rois Tradelinans de Norgales a tout .XI.M. homes as blans haubers menus mailliés et as vers hiaumes jemés et as escus fors et tenans sor les destriers de pris. Car molt avoit li rois riche terre et plenturouse de tous biens. Et il se logierent delés le duc Eschan.

671. Aprés celui vint li rois des .C. Chevaliers atout .X.M. homes bien armés et bien apareilliés et se logierent. Aprés vint li rois Clarions de Norhomberlande qui molt estoit biaus chevaliers et sages et prous et hardis et ot en sa compaingnie .VIII.M. homes bien a harnas et les conduist a une enseigne blanche conme noif a une crois vermeille. Et tele enseigne avoient tout cil qui i venoient, et cil se logierent aprés le roi des .C. Chevaliers. Aprés celui vint li rois Belynans de Sorgales, qui freres estoit au roi Tradelinant atout .X.M. ferarmés. Et cil estoit molt desirans a veoir son fil Dodynel le Sauvage qu'il amoit tant come cuer d'ome puet amer autre. Cil se loga aprés le roi Clarion qui molt estoit debonaires et cortois. Aprés celui vint li rois Karados d'Estrangore qui compains estoit de la Table Reonde dés que ele fu fondee premierement. Mais onques puis que li descors vint des princes et del roi Artu ne vaut seoir a la Table Reonde. Icil amena .X.M. homes, et quant il fu venus es plains de Salesbieres si se loga

hommes et, quand il parvint aux plaines de Salesbières, il se
logea à côté du roi Bélinant qui était un vrai preux. Il
demanda alors si le roi Arthur était là car il lui tardait de
revoir trois neveux appartenant à l'entourage du roi ; l'un
était Aiglin des Vaux, l'autre Keu d'Estraus et le troisième
Kahedin le Petit. À ce moment-là, le roi Arthur n'était pas
encore arrivé mais il n'allait guère tarder.

672. Après le roi Caradoc arriva le roi Brangoire qui
régnait sur un territoire voisin de la terre d'Estrangorre et
qui amena en sa compagnie dix mille hommes en armes ; il
se logea à côté du roi Caradoc. Il était impatient de revoir
un neveu de sa femme qui faisait partie de la maison du roi
Arthur parce qu'on lui avait fait l'éloge de sa beauté et de
son mérite. Et, sans aucun doute, il n'y avait pas de chevalier
plus beau que lui : il s'appelait Sagremor de Constantinople.
Après le roi Brangoire arriva Minoras le sénéchal du roi Lac
de la Grande Inde. Le roi l'avait envoyé véritablement par
amour de Notre-Seigneur pour obtenir le pardon que monseigneur le légat avait octroyé partout où le corps de Notre-
Seigneur avait été consacré, enseveli et baptisé[1]. Il emmena
sept mille hommes avec leurs armes et de bons chevaux de
prix, robustes et rapides ; ils avaient aussi des écus et des
lances aux pointes acérées ; ils se logèrent à côté du roi
Brangoire. Après lui arriva le sénéchal du roi Pellès de
Listenois avec six mille hommes que le roi Pellès lui confia
par amour pour Notre-Seigneur. Ils étaient très richement

---

delés le roi Belynant qui molt estoit prodom. Et lors demanda se li
rois Artus estoit venus, car molt li tarda[a] qu'il veïst .iii. de ses neveus
qui entour le roi estoient. Si ert li uns Ayglins des Vaus et Kex
d'Estraus li autres et li tiers Kahadins li Petis. Mais a cele eure n'estoit
mie li rois Artus venus, mais il ne demoura mie puis longement.

672. Après le roi Karados vint li rois Brangoires qui marchissoit a
la terre d'Estrangorre et amena en sa compaignie .x.m. ferarmés et
se loga delés le roi Karados. Et il estoit molt desirans de veoir un
neveu sa feme qui estoit en l'ostel le roi Artu pour ce c'on li avoit a
merveilles loé de biauté et de valour. Et sans faille il n'avoit nul plus
biau chevalier de lui, et avoit a non Saygremors de Coustantinoble.
Après le roi Brangoire vint Minoras, le seneschal au roi Lac de la
Grant Ynde, que li rois Lac i envoia proprement por l'amour de
Nostre Signour pour avoir le pardon que nostres sires li legas avoit
otroié et par toute la terre ou li cors de [*b*] Nostre Signour estoit
sacrés et couchiés et levés. Icil amena .vii.m. homes a armes et bons
chevaus de pris fors et courans, et orent escus et lances a fers agus et
se logierent delés le roi Brangoire a une part. Après celui vint li seneschaus au roi Pellés de Listenoys atout .vi.m. homes que li rois Pellés li
charga pour l'amour de Nostre Signour. Et furent molt richement

pourvus d'armes et de chevaux. Le sénéchal Panelant les conduisait ; c'était un farouche chevalier. Il se logea auprès de Minoras.

673. Après lui arriva le sénéchal du roi Pellinor de la Terre Gaste. Il amenait six mille hommes en armes que le roi Pellinor lui avait confiés pour l'amour de Jésus-Christ et il se logea à côté de Pellinant. Après lui arriva le sénéchal du roi Hélain de la Terre Foraine qui était le frère du roi Pellinor. Il amenait six mille hommes en armes et possédant de bonnes montures. Il se logea à côté des gens du roi Pellinor. Après lui arriva Galehaut, le fils de la Géante, qui était seigneur des îles Lointaines. Il emmenait en sa compagnie dix mille hommes en armes, preux et hardis, avec des chevaux rapides. Celui-ci venait véritablement pour l'amour de Jésus-Christ. Après lui arriva Aguingueron, un merveilleux chevalier qui était le sénéchal du roi Clamadieu des Îles[1]. Ce roi l'envoya par amour pour Dieu avec six mille chevaliers. Il se logea à côté de Galehaut. Après lui arriva le roi Cléolas qui fut appelé par la suite « le premier roi conquis » avec six mille hommes possédant de riches montures. Il se logea à côté d'Aguingueron, le sénéchal du roi Clamadieu. Toutefois, le roi Cléolas ne resta pas longtemps car la maladie le força à partir ; il confia ses gens à Guionce le sénéchal, un preux chevalier d'une grande bravoure. Après lui arriva le duc Bélias de Dones qui venait par amour de Dieu. Il emmenait sept mille hommes et se logea à côté de Guionce. Après lui vint le sénéchal de

---

armé d'armes et de chevaus et les conduisoit Panelans li seneschaus qui molt estoit orgueillous chevaliers. Cil se loga emprés Minoras.

673. Aprés celui vint li seneschaus au roi Pellynor de la Terre Gaste. Cil amena .VI.M. homes ferarmés que li rois Pellynor y envoia pour l'amour de Jhesu Crist et cil se loga delés Pellynant. Aprés celui vint li seneschaus au roi Helain de la Terre Forainne, qui freres estoit au roi Pellinor. Cil amena .VI.M. homes ferarmés et bien montés, et cil se loga delés la gent au roi Pellynor. Aprés celui vint Galehols, li fix a la gaiande, qui sires estoit des Lontainnes Illes. Cil amena en sa compaingnie .X.M. homes a armes, prous et hardis et chevaus courans. Icil i vint proprement pour l'amour de Jhesu Crist. Aprés celui i vint Aguigneron, uns merveillous chevaliers, et fu seneschaus au roi Clamadas des Illes. Se li envoia cis rois pour l'amour de Dieu a tout .VI.M. chevaliers. Cil se loga delés Galeholt. Aprés celui revint li rois Cleolas, qui puis fu apelés « li rois premiers conquis », atout .VI.M. homes molt richement montés. Cil se loga delés Aguigneron, le seneschal au roi Clamadeu. Mais icil rois Cleolas n'i ot mie granment esté quant il l'en couvint aler par maladie et laissa sa gent a Guionce le seneschal, qui molt estoit prodom et prous chevaliers. Aprés i vint li dus Belyas de Dones qui i vint por l'amour de Dieu. Cil amena .VII.M. homes et cil se

Sorelois lui aussi par amour de Dieu avec six mille hommes en armes. Celui que le roi de Sorelois avait envoyé s'appelait Margonde. Ils se logèrent à côté du roi Bélias. Puis arriva le roi Arthur qui se logea parmi eux tous. Merlin vint le trouver et lui dit en privé : « Regardez-donc ce que Notre-Seigneur a fait pour vous et pour sauver et protéger votre peuple. Vous devez adresser votre louange à Dieu et lui rendre grâces d'un cœur fidèle parce qu'il vous apporte son aide et son secours dans l'extrémité où nous nous trouvons[2]. — Merlin, fit le roi, sachez en vérité que Notre-Seigneur n'oublie pas celui qui a péché. Il ne m'a jamais montré jusqu'à présent qu'il voulait m'oublier, grâces lui soient rendues ! Il est prêt à faire encore plus pour moi qu'il n'en a fait jusqu'à présent, grâces lui soient rendues, car j'ai une grande confiance en lui. Je crois et me fie tant en lui que je me soumets entièrement à sa merci et à ses commandements. Qu'il me protège dans mon âme et dans mon corps par sa sainte pitié et sa très douce miséricorde. — La foi que vous avez en Notre-Seigneur vous est, vous a été et vous sera toujours profitable, n'en doutez pas. Je vous conseille de ne jamais vous départir de cette résolution à aucun moment car, tant que vous serez dans cette disposition et que vous croirez en Notre-Seigneur, vous remporterez la victoire sur ses ennemis.

674. — Merlin, fit le roi, que Dieu ne me laisse jamais abandonner ma foi mais qu'il m'y maintienne afin que je

---

loga delés Guionce. Aprés i vint li seneschaus de Soreloys pour l'amour de Dieu proprement atout .vi.m. homes armés. Icil avoit non Margondes que li rois de Soreloys i envoia. Et cil se logierent delés le duc Belyas. Et puis vint li rois Artus qui se loga entre les autres. Et Merlin vint a lui et li dist a conseil : « Sire, ore esgardés que Nostre Sires a fait pour vous et pour vostre pueple sauver et garantir. Molt en devés Dieu loer et gracier de bon cuer quant il ensi vous secourt et aïde a tel besoing come cist est. — Merlins, fait li rois, ice saciés de verité que Nostres Sires n'oublie mie son pecheour. Il nel m'a mie, soie merci, mostré [d] jusques que il me vausist oublier. Et encore me fera mix, soie merci, qu'il n'a fait. Car je ai en lui molt grant fiance. Et tant me fi en lui et croi que je me met del tout en sa merci et en son conmandement. Si me gart en ame et en cors par sa sainte pitié et par sa très douce misericorde. — La bone creance, fait Merlins, que vous avés en Nostre Signour vous vaut et a valut et vaudra, de ce ne soit nus en doutance. Si vous lo et conseil que vous ne vous départés de cel proposement a nul jour. Car, tant que vous serés en bon proposement et en bone creance envers Nostre Signour, tant aurés vous victoire vers les anemis Nostre Signour.

674. — Merlins, fait li rois, ja Dix ne me laist de sa creanche issir[e], ains le me laist tenir en tel maniere que je li rende l'ame quant ele

puisse lui offrir mon âme quand elle quittera mon corps. —
Qu'il en soit comme vous le souhaiterez, fit Merlin, mais il
vous faudra prendre garde à la meilleure façon d'agir avec
ces barons ici rassemblés pour défendre la sainte Église et
chasser la vile engeance de vos terres. — Merlin, dit Arthur,
j'agirai en tout selon vos conseils car, sans vous, je ne saurais comment m'y prendre. Aussi, sur toutes ces affaires, je
m'en remets à Dieu et à vous. — Seigneur, fit Merlin, puissiez-vous avoir ce désir de manifester joie et honneur à ces
barons ici rassemblés pour défendre la sainte Église et d'aller
les rencontrer chacun dans leur tente afin de les remercier
des renforts qu'ils vous ont apportés, surtout ceux qui ne
vous doivent rien, qui ne vous sont pas soumis et qui ne
sont pas vos hommes liges mais qui sont venus pour Notre-
Seigneur. Dieu n'a encore jamais accordé à un mauvais
prince un si grand honneur car on n'a jamais vu un roi
capable de rassembler une si belle armée où se trouvent tant
de preux et bons chevaliers[1] et il n'y en aura jamais jusqu'au
jour où le fils tuera son père et où le père tuera son fils et
cela se passera ici même : ce jour-là, la terre de Grande-
Bretagne restera sans seigneur[2]. »

675. Quand le roi Arthur entendit que Merlin disait qu'ici
même le père tuerait son fils et que le fils tuerait son père,
que la terre de Bretagne resterait sans héritier et orpheline de
son seigneur, il lui demanda et le pria très humblement de lui

---

departira de mon cors. — Ensi soit il, fait Merlins, come vous le
vauriés. Mais ore vous couvendra prendre garde conment vous puissiés prendre garde en ceste baronnie qui ci est assamblee pour Sainte
Eglise desfendre et ceste mauvaise gent chacier fors de vostre terre.
— Merlin, fait li rois Artus, je en ouverrai del tout au vostre conseil.
Car sans vous ne m'en sauroie entremetre. Si m'en met del tout en
Dieu et en vous. — Sire, fait Merlins, se vostre plaisirs i estoit que
vous a ceste baronnie qui ci est assamblee pour Sainte Eglise desfendre, feïssiés joie et honour et alissiés a lor tentes chascun par soi,
et les merciés del secours qu'il ont amené meïsmement a ciaus qui
riens ne tiennent de vous, et qui pas ne tiennent de vous ne ne sont
vostre home, ains i sont venu pour Nostre Signour. Ne onques a mal
prince ne fist Dix si grant honnour, car il n'est encore pas cis rois qui
onques mais assamblast si bele compaignnie ne ou il est itant de prodomes ne de bons chevaliers, ne jamais autant n'i aura devant icelui
jour que[b] li fix ocirra le pere et le pere le fil. Et ce sera en ceste
meïsme place, et a celui jour demouerra la terre de la Grant Bretaigne sans signour. »

675. Quant li rois Artus entendi la parole que Merlins li dist, que
cele place ocirroit le pere le fil et li fix le pere et que la terre de Bretaigne demouerroit sans oir et orfeline de signour[c], se li requiert et

exposer plus clairement une partie de ces choses. Merlin
répondit qu'il ne lui appartenait pas de le dire, « mais je vous
dirai toutefois qu'après ce jour-là arrivera le lion sans couronne qui emmènera avec lui trois lions dont deux seront
couronnés et ces trois-là dévoreront le mauvais lignage du
royaume de Logres[1]. Ne m'en demandez pas plus, fit Merlin,
mais allons plutôt trouver les barons comme je vous l'ai dit !
— Volontiers », dit le roi.

676. Alors le roi monta à cheval, emmena avec lui le roi
Ban de Bénoïc, son frère le roi Bohort, Sagremor de
Constantinople, Keu le sénéchal, Yvain le Grand, fils du roi
Urien, Gaheriet, Guerrehet et Merlin. Tous les neuf vinrent
trouver les comtes dans leurs tentes. Quand ces derniers
apprirent la venue du roi Arthur, ils sortirent de leurs tentes
pour aller à sa rencontre. Le roi Arthur et ses compagnons
descendirent de cheval et Arthur les salua tous un par un. Il
les remercia beaucoup d'être venus l'aider dans sa mission
contre les Saxons qui, par leur déloyauté et leur félonie,
avaient détruit et violé sa terre et aspiraient à détruire la
sainte chrétienté. « Seigneur, font les barons, s'il plaît à Dieu,
ils n'en auront jamais la force ni le pouvoir car c'est pour
défendre la sainte Église et pour vous aider que nous
sommes venus ici, à ce rassemblement, et nous voulons
exposer notre personne pour glorifier la sainte loi. Nous
ferons tout notre possible, s'il plaît à Notre-Seigneur, avant

---

proie molt doucement que il li die une partie de ces choses plus clerement. Et Merlins li dist qu'il ne li apartient mie a dire. « Mais je
vous dirai tant que aprés ceste journee venra li lyons sans courone et
amenra avoec [*d*] lui .III. lyons dont li .II. seront couroné. Et cil .III.
devoreront la mauvaise lignie del roiaume de Logres. Ne plus ne
m'en enquerés, fait Merlins, mais alons as barons ensi come je vous
ai dit. — Volentiers », fait li rois.
676. Atant monta li rois Artus et enmena avoec lui le roi Ban de
Benuyc et le roi Boorth, son frere, et Saygremor de Coustantynoble
et Kex li Seneschaus et Yvains le Grant, le fil au roi Urien, et Gaheriet et Guerrehet et Merlin. Icil .IX. si vinrent as contes a lor tentes.
Et quant cil sorent la venue del roi Artu, si issirent hors de lor tentes
encontre lui. Et li rois Artus et sa compaignie descendirent a pié et
li rois Artus les salua trestous cascuns par soi. Et molt lor mercie
durement de ce que il li sont venu aïdier en ceste besoigne encontre
les Saisnes qui par lor desloiauté et par lor felonnie ont sa terre
destruite et malmenee et ont lor beance a destruire Sainte Crestienté.
« Sire, font li baron, se Dieu plaist ja n'en auront ne force ne pooir,
car pour Sainte Eglyse desfendre et pour vous aïdier sommes nous ci
venu et assamblé et volons nostre cors metre en aventure pour la
sainte loy essaucier. Si ferons tant, se il plaist a Nostre Signour, ains

de vous quitter pour que la sainte Église obtienne la victoire et pour infliger honte et dommages aux Saxons. Nous voulons vous faire savoir que nous ne sommes pas vos hommes liges et que jamais, à aucun moment, nous n'avons reçu quelque chose de vous. Nous sommes venus véritablement pour l'amour de Jésus-Christ, pour protéger la sainte Église et confondre les Saxons. — Que Dieu vous en sache gré, dit le roi, pour la gloire de qui vous faites cela et qu'il vous garde sains et saufs aussi sûrement qu'il en a le pouvoir. — Qu'il en soit donc comme vous le dites et comme vous le souhaitez, disent les barons. — Oui, dit Merlin, assurément. » Mais le conte se tait ici et nous vous parlerons des douze princes qui sont dans la tente du roi Loth.

677. Le conte dit que, lorsque les douze princes furent tous arrivés dans les plaines de Salesbières, ils allèrent tous les douze remercier les princes étrangers qui étaient venus, pour l'amour de Jésus-Christ, défendre leur terre contre les mécréants. Après cela, ils se rassemblèrent tous dans la tente du roi Loth et s'assirent tous sur un lit recouvert d'un drap de soie verte. Ils parlaient de choses et d'autres. Tandis qu'ils étaient assis, Merlin entra dans la tente. Dès qu'ils le virent arriver, ils se portèrent à sa rencontre et lui souhaitèrent la bienvenue. Il leur répondit en souhaitant que Dieu leur réserve un heureux sort et qu'il leur permette d'accomplir des actes propices au salut de leurs âmes et à leur

---

que nous departons de voſtre compaignie que Sainte Eglyse i aura la victoire et li Saisne en auront la honte et le damage. Et si volons bien que vous saciés que nous ne somes pas voſtre home ne onques a nul jour ne tenismes riens de vous. Ains i sommes venu proprement por l'amour de Jhesu Criſt et pour Sainte Eglyse garantir et pour les Saisnes confondre. — Dix vous en sace bon gré, fait li rois Artus, pour qui honour vous le faites, et vous en laiſt venir sains et sauf si vraiement com il en a la poissance. — Ensi en soit il, font li baron, conme vous le dites et conme vous le vauriés. — Voire, fait Merlins, a foi. » Mais de ce se taiſt li contes si vous dirons des .XII. princes qui sont au tref le roi Loth.

677. [e] Or diſt li contes que quant li .XII. prince furent tout venu es plains de Salesbieres si alerent tout .XII. mercier as eſtranges princes de ce qu'il eſtoient venu la terre desfendre des mescreans pour l'amour Jhesu Criſt. Et quant il orent ce fait, si s'assamblerent tot au tref le roi Loth et s'asisent tout sor une couche qui couverte eſtoit d'un vert drap de soie. Si parlerent molt d'unes et d'autres. Et endementres qu'il eſtoient ensi assis entra Merlins laiens. Et si toſt conme cil le virent venir si li saillirent a l'encontre et li dient que bien fuſt il venus. Et il lor respondi que bone aventure lor donnaſt Dix et lor doinſt tele chose faire qui soit a la sauveté de lor ames et a

honnuur pour que la sainte Église soit défendue par eux et protégée des mains de leurs ennemis qui ont pénétré de force chez eux « et elle sera très bien défendue si vous n'y renoncez pas. — Dieu ne cessera jamais de nous habiter car nous sommes venus pour défendre la sainte Église. — Par ma foi, dit Merlin, le préjudice que nous subissons est immense mais voici que, proches ou étrangers, vous êtes tous ici rassemblés pour une seule et même cause. Nous devrions raisonnablement et légitimement mettre un terme à cette grande guerre. Soyez toujours d'accord entre vous et respectez la volonté commune, sinon vous ne pourrez pas réussir. Ce serait une bonne chose si vous faisiez la paix avec mon seigneur le roi Arthur qui devrait être votre seigneur ; vous seriez plus redoutés et craints de l'extérieur. »

678. À ces mots, le roi Loth d'Orcanie s'avança et dit : « Seigneurs, vraiment, Merlin a bien parlé car Dieu et le monde recueilleront un grand honneur de cette paix et je crois qu'il n'y aurait pas d'honneur plus grand que de vous accorder désormais avec lui. » Ces propos courroucèrent beaucoup le roi Urien qui s'avança fâché et irrité. Il tint au roi ces propos pleins de félonie : « Comment, diable, ne nous avez-vous pas fait venir ici à la faveur d'une trêve, jusqu'à ce que nous eussions anéanti les Saxons et que nous les eussions chassés de nos terres ? Ensuite, selon notre bon plaisir et selon notre honneur, nous ferons ce que notre sentiment

---

l'onour de lor cors et que par els soit Sainte Eglyse desfendue et garantie des mains a lor anemis qui par force i sont ens entrés. « Et ele sera molt bien desfendue s'il ne remaint en vous. — En nous, font li baron, ne remanra il ja, car nous somes ci venu por le desfendre. — Par foi, fait Merlins, li damages i est molt grans. Mais il est ensi avenu que privé et estrange estes ci assamblé pour une chose et pour une seule querele. Bien devriens par droit et par raison une grande guerre traire a fin, mais que vous soiiés tout d'un acort et d'un voloir, quar autrement ne porriés vous esploitier. Et bone chose seroit se vous feïssiés pais a mon signour le roi Artu qui vostres sires devroit estre, si en seriés plus douté et cremu. »

678. A cel mot sailli sus li rois Loth d'Orcanie et dist : « Signour, certes, Merlin a molt bien dit, car a grant honour seroit tourné a Dieu et au monde en cestui point, ne jamais ne quit que nus a tele honour venist come ceste seroit se vous voliés acorder a lui orendroit. » De ceste parole fu molt courreciés li rois Uriens, et sailli em piés iriés et mautalentis. Et dist au roi, tressuant de felonnie : « Conment, dyable, enne nous avés vous fait ci venir par trives jusques a tant que nous eussiens destruit les Saisnes et chacié de nos terres ? Et lors, s'il nous plaisoit et nostre honour i fust, si en ferienmes ce que nostre cuer en

nous suggérera de faire. Mais vous, vous cherchez à nous faire accomplir et promettre d'autres choses. Je vous prie instamment de ne plus parler de tout cela car, en ce qui me concerne, je n'en ferai plus cas. Je ne sais pas ce que les autres feront mais, s'ils agissaient autrement que je ne le fais, je les déclarerais parjures envers moi. — Au nom de Dieu, dit le roi Nantes, je ne serai jamais parjure car je ne ferai jamais la paix si je ne la conclus pas selon votre volonté. » Tous les autres s'exprimèrent dans les mêmes termes. Le roi Loth en fut très fâché mais il lui fallut supporter la chose. Il se tut sur ce sujet et n'en parla plus du tout par la suite. Merlin se mit à sourire et leur dit : « Chers seigneurs, ne vous fâchez pas car la colère n'est d'aucune utilité désormais ! »

679. Tandis qu'ils tenaient ces propos arrivèrent le roi Arthur, le roi Ban, le roi Bohort et tous les princes étrangers avec eux. Ils virent les douze princes rassemblés dans la tente du roi Loth. En voyant Arthur, le roi Loth se précipita et dit : « Voici venir mon seigneur le roi ! » En entendant cela, les princes se levèrent en son honneur et par respect envers le roi. Arthur, qui était sage et courtois et qui savait se tenir, les salua avant qu'ils fussent tous levés et souhaita la bienvenue à toute cette compagnie. Ils répondirent tous ensemble en souhaitant que Dieu lui accorde bonne chance ainsi qu'à toute sa compagnie. Ils s'avancèrent de toutes parts et installèrent le roi Arthur sur un lit qui appartenait au

---

aporteroit, et vous nous volés metre en voies et em paroles d'autres coses ? Or vous requier et proi que vous n'em parlés plus. Car, endroit de moi, je n'en feroie riens. Je ne sai que li autre en feront, mais, s'il le faisoient autrement, je diroie qu'il fuissent parjuré envers [*f*] moi. — En non Dieu, fait li rois Nantes, je ne m'en parjuerrai ja. Car je ne ferai ja pais se par vostre conmandement ne le fais. » Et autresi dient tout li autre. Si en fu li rois Loth coureciés, mais il li couvint sousfrir. Si s'en teüt que plus n'en parla a cele fois. Et Merlins en conmencha a sousrire et lor dist : « Biaus signours, ne vous coureciés mie. Car li courous ne seroit mie bons orendroit. »

679. Endementiers com il entenderrent a parler entr'aus vint li rois Artus et li rois Bans et li rois Boors et les estranges princes avoec als et virent les .XII. princes et trouverent ajostés au² tref le roi Loth. Et si tost come li rois Loth le vit, si saut em piés et dist : « Veés ci mon signour le roi ou il vient. » Et quant li prince l'entendirent, si se drecent tout encontre lui en honour et en reverence de ce que rois estoit. Et li rois Artus, qui molt estoit et courtois et sages et bien savoit que on devoit faire, les ot salués ançois que il se fuissent tout levé et lor dist que bien puisse estre venue ceste compaingnie. Et il respondirent tout ensamble que bone aventure li dounast Dix et toute sa compaingnie. Lors saillirent de toutes pars et assisent le roi

roi Loth. Arthur les fit tous s'asseoir à ses côtés, comme l'homme le plus courtois et le plus distingué du monde, et il leur dit : « Chers seigneurs, vous êtes venus jusqu'ici comme je vous l'ai demandé, grand merci à vous ! et ceci pour le profit de la sainte Église, pour protéger le peuple et défendre vos terres contre ces félons de Saxons qui ont déjà livré une grande part du royaume au feu et aux flammes. Ce serait une bonne chose de nous préparer et de nous équiper afin de ne pas encourir de critique ou reproche et afin que les Saxons puissent dire entre eux qu'ils n'ont trouvé aucun goujat ou aucun lâche parmi nous.

680. — Seigneur, dit le roi Loth, c'est à Merlin qu'incombe de donner l'ordre de se préparer et de s'équiper. Il donnera les ordres et nous les suivrons car il sait parfaitement et mieux que nous ce que nous devons faire. » Les princes dirent qu'ils s'accordaient tous sur ce point et qu'ils se fiaient entièrement à Merlin pour cette affaire. Puis ils abandonnèrent cette conversation. Le roi Arthur retourna dans sa tente et tous les princes l'accompagnèrent, ceux du royaume comme les étrangers. Chacun rejoignit ensuite son pavillon. Le roi Ban, le roi Bohort, Merlin et monseigneur Gauvain pénétrèrent dans la chambre du pavillon du roi Arthur. Merlin leur parla alors en privé :

681. « Chers seigneurs, ces gens qui sont venus ici sont fatigués et harassés de leur voyage. Certains d'entre eux sont

---

Artu sor une couche qui estoit le roi Loth. Et il les fist tous seoir delés lui come cil qui estoit li plus courtois hom del monde et li mix enseigniés, puis lor dist : « Biaus signour, vous estes ci venu, les vostres grans mercis, ensi come je vous requis pour le pourfit de Sainte Eglyse et pour le pueple desfendre et vos terres a garantir envers les felons Saisnes qui ja en ont mis grant partie en fu et en flambe. Bone chose seroit de nous apareillier et atourner que nous ne fuissiens mie repris ne blasmé ne que li Saisne puissent dire entre aus qu'il ne nous ont trouvé ne garçon ne malvais autresi.

680. — Sire, fait li rois Loth, de l'atourner et de l'apareillier conviengne bien a Merlin. Et il conmandera et nous ferons son conmandement, car il set bien et mix que nous devons faire que nous. » Et li prince dient que a ce s'acordent il bien tout, si en metent del tout l'afaire sor Merlin. Et atant en laissent la parole ester. Et li rois Artus s'en repaire a son tref et li prince le convoient tout, et privé et estrange. Et puis s'en repaira chascuns en son paveillon. Et li rois Bans et li rois Boors et Merlins et mesire Gavains s'en entrent en la chambre del paveillon le [*151a*] roi Artu. Et lors dist Merlins a conseil priveement :

681. « Biaus signour, ceste gent qui ci est venue si est lassee et traveillie d'errer. Car de tels i a qui sont venu de molt loing si

venus de bien loin et auraient besoin de repos et de calme.
Voilà pourquoi je veux qu'ils se reposent aujourd'hui et
demain. Lundi matin, avec un peu de chance, nous nous
mettrons en route directement vers Clarence car c'est là que
se trouve le plus clair de l'armée des Saxons. Ceux qui assiégeaient Nambières se sont rassemblés à Clarence. Je ferai
savoir à chaque prince individuellement ce jour-là qu'il doit
se préparer à partir pour marcher sur l'ennemi.» Les trois
rois et monseigneur Gauvain se rangèrent à son avis et trouvèrent que l'honneur de Jésus-Christ et de sa douce mère
était ainsi respecté. Ils quittèrent alors le conseil et revinrent
au pavillon principal où ils s'assirent. Voici qu'arriva alors
Éliézer, l'écuyer de monseigneur Gauvain et fils du roi Pellès. Le jeune homme se présenta devant monseigneur Gauvain, s'agenouilla et lui dit : «Seigneur, j'ai quitté le Listenois
et j'ai laissé le roi Pellès, mon père, pour vous chercher. Je
vous ai trouvé, par la grâce de Dieu, en un lieu tel que, si
Dieu ne vous y avait conduit et mené, il m'aurait fallu y
mourir. Votre grande prouesse m'a secouru des Saxons qui
me poursuivaient pour me mettre à mort. Je sais pertinemment que la renommée dont vous bénéficiez de par le
monde est justifiée. Je sais aussi et je comprends que je ne
pourrai jamais recevoir mes armes d'un plus preux que vous.
Aussi, je vous prie et vous supplie, au nom de votre grande
âme, de m'adouber de votre main en sorte que je puisse

---

auroient mestier de reposer et d'aus aiesier. Et pour ce voeil je que il
se reposent hui*a* mais et demain. Et lundi par matin par bone
destinee, nous metrons au chemin tout droit vers Clarence. Car illuec
est la plus grant clarté de Saisnes, que cil qui estoient au siege de
Nambieres sont tout aüné. Et je le ferai a savoir a chascun prince par
soi qu'il soient apareillié de mouvoir a celui jour come pour aler sor
lor anemis.» A celui conseil s'asentent li .iii. roi et mesire Gavains
avoec. Et dient que ce soit en l'onour Jhesu Crist et sa douce mere.
Si en partent atant del conseil et s'en viennent au maistre paveillon et
s'aseent. Atant es vous Heliezer, l'esquier mon signour Gavain, qui
estoit fix au roi Pellés. Et li vallés ou vint devant mon signour
Gavain*b* et s'ajenoulle devant lui et li dist : «Sire, je m'en issi fors de
Listenois et laissai le roi Pellés, mon pere, pour vous querre. Si vous
trouvai, par la volenté Nostre Signour, en tel lieu que, se Dix ne vous
i eüst envoié et mené, il m'i covenist morir. Mais la grant prouece de
vous me rescoust des Saisnes qui me chaçoient pour moi mener a
mort. Si sai bien vraiement que la grant renonmee qui court de vous
aval le monde est vraie. Et sai bien et voi que de nul plus prodome
de vous ne porroie je recevoir mes garnemens. Si vous proi et
requier par vostre franchise que vous de vostre main me faciés chevalier, si que je puisse ma premiere chevalerie sor ceste desloial gent

faire mes premières armes chevaleresques contre cette
perfide engeance qui n'aspire qu'à détruire la sainte chrétienté. Car je ne deviendrai jamais chevalier de ma vie, si je
ne suis pas adoubé de votre main. Et vous même m'aviez
fait la promesse, le premier jour que je vous ai rencontré, de
me donner mes armes dès que je vous les demanderais.
C'est donc moi qui vous en prie à présent, devant mon seigneur le roi votre oncle, ici présent, et devant les barons. »

682. Voyant Éliézer, son écuyer, à genoux devant lui,
monseigneur Gauvain le fit se relever en le prenant par les
bras et il lui dit : « Cher doux ami, je vous accorde votre
demande car vous êtes parfaitement digne d'entrer dans
l'ordre de la chevalerie[1]. Il en sera fait selon votre volonté.
— Grand merci », dit l'écuyer. Alors monseigneur Gauvain
regarda derrière lui et vit Gaheriet son frère ; il lui dit :
« Cher frère, faites-moi préparer de belles armes qu'il siérait
de remettre à un fils de roi et à un preux comme lui ! — De
qui s'agit-il donc, cher neveu ? demanda le roi Arthur. —
Seigneur, fit monseigneur Gauvain, c'est le fils du roi Pellès
de Listenois, le neveu du roi Pellinor et du roi Alain. Sachez
que, si Dieu lui prête vie, il sera l'un des meilleurs chevaliers
du monde. »

683. Il lui raconta le grand massacre et les exploits qu'il
lui vit réaliser contre les Saxons. En les apprenant, le roi
s'étonna fort qu'un homme d'un si jeune âge pût accomplir de si hauts faits d'armes. Tous les rois en étaient ébahis.

---

esprouver, qui ensi tendent a deſtruire Sainte Creſtienté. Car ja ne
serai chevaliers jour de ma vie se je ne le sui de voſtre main. Et en
couvenant le m'eüſtes vous, le premier jour que je vous vi onques,
que vous me donriés armes a maᵉ requeſte. Et jel vous requier,
devant mon signour le roi voſtre oncle qui ci eſt et devant ceſte
baronie autresi. »
682. Quant mesire Gavains voit Heliezer, son esquier, devant lui as
jenous, si le lieve amont entre ses bras et diſt molt doucement : « Biaus
dous amis, je vous otroi voſtre requeſte, car bien eſtes dignes de recevoir l'ordre de chevalerie. Si en sera del tot [*b*] a voſtre volenté. —
Grans mercis », fait li vallés. Lors se regarde mesire Gavains et voit
deriere lui Gaheriet, son frere, si li diſt : « Biaus frere, faites moi apareillier unes armes beles com il afiert a fil de roi et a si prodome com
ciſt eſt. — Qui eſt il donques, biaus niés ? fait li rois Artus. — Sire,
fait mesire Gavains, il eſt fix au roi Pellés de Liſtenoys, et si eſt niés
au roi Pellynor et au roi Alain. Et saciés bien, s'il vit longement, il sera
uns des meillors chevaliers del monde. »
683. Lors li conte la grant ocision et les merveilles qu'il li vit faire sor
les Saisnes. Et quant li rois l'oï si s'en esmerveille molt conment hom
de son aage puet endurer si grant fais d'armes. Si en sont tout li roi

Le roi Arthur commanda à Gaheriet de faire apporter les plus belles armes qu'il pourrait découvrir dans ses coffres et il ajouta : « La meilleure épée qu'il puisse trouver après la mienne. — Seigneur, lui répliqua Éliézer, j'ai des armes, un cheval et tout ce qu'il me faut car mon père, le roi Pellès, m'a fourni tout ce qu'il savait m'être nécessaire. » Alors il appela son écuyer Lidonas et lui demanda d'apporter les armes que son père lui avait confiées. Lidonas lui obéit, avec un joyeux empressement, apporta les armes devant lui, devant le roi et devant les autres barons. Ils les regardèrent avec émerveillement car elles étaient toutes blanches, uniquement marquées d'une bande transversale d'or fin. Le haubert était à double maille, plus solide et plus résistant qu'aucun autre ; il était si léger qu'un enfant de dix ans aurait pu le porter toute une journée sans effort. Le roi Arthur et les autres barons qui le virent l'admirèrent beaucoup. Monseigneur Gauvain, aidé de Gaheriet, adouba Éliézer. Après lui avoir passé les chausses, ils le revêtirent du blanc haubert qui était d'une telle valeur qu'il n'avait pas son pareil dans toute l'armée ; puis ils lui lacèrent la coiffe de mailles blanche comme neige. Quand Éliézer fut ainsi revêtu, monseigneur Gauvain lui fixa l'éperon droit et lui ceignit l'épée au côté. Gaheriet lui fixa l'éperon gauche. Ainsi paré, il reçut la colée de monseigneur Gauvain qui lui dit, très doucement, comme le plus noble chevalier du monde : « Tenez, très cher et doux ami ! Recevez l'ordre de chevalerie

---

esbahi. Si conmande li rois Artus a Gaheriet que il face aporter les plus beles armes que il puisse trouver en ses coffres « et la meillour espee que il i a après la moie. — Sire, fait Helyezer, je ai armes et cheval et quanques mestiers m'est. Car mes peres li rois Pellés les me bailla teles com il sot que mestier m'eüssent. » Lors apela Lydonas son esquier et li conmanda que il aportast ses armes que ses peres li charga. Et Lydonas fist son conmandement, come cil qui molt fu et joians et liés, et les aporta devant lui et devant le roi et devant les autres barons qui a merveilles les esgarderent. Car eles estoient toutes blanches, fors solement de fin or une bende em bellic, et si estoit li haubers a double maille, et si fort et si tenant come nus plus, et estoit si legiers que uns enfés de .x. ans le peüst porter a journee sans soi gaires grever. Si le loa molt li rois Artus et li autre baron qui le virent. Si arma mesire Gavain Helyezer entre lui et Gaheriet. Et quant il l'orent les chauces chauciés, si le vestirent le blanc haubert qui tant avoit de grant bonté qu'il n'avoit en toute l'ost son pareil. Puis li lacierent la ventaille blanche come noif. Et quant il fu ensi apareilliés, mesire Gavains li chauça l'esperon destre et li chaint l'espee el coste. Et Gaheriet li chauça le senestre esperon. Et quant il fu ensi apareilliés se li dona mesire Gavains la colee. Si li dist molt doucement, come cil qui estoit li plus debonaires chevaliers del monde : « Tenés,

au nom de Jésus-Christ, notre Sauveur ! Puissiez-vous toujours le conserver pour le plus grand honneur de la sainte Église et pour le vôtre ! — Seigneur, fit Éliézer, que Notre-Seigneur me l'accorde, par son bon plaisir et par sa miséricorde[1] ! »

684. Après avoir adoubé Éliézer, fils du roi Pellès de Listenois, monseigneur Gauvain l'emmena en compagnie de Guerrehet et Gaheriet afin de le conduire dans la chapelle du roi Arthur pour la veillée d'armes. Ils lui tinrent compagnie toute la nuit jusqu'au lendemain matin où ils assistèrent à la messe. Puis ils retournèrent dans la tente du roi Arthur qui témoigna de grands honneurs à Éliézer car ce jour-là, celui-ci mangea à la table du roi entre Arthur, le roi Ban et le roi Bohort. Ils furent très bien servis et fort joyeusement. Après le repas, on installa une quintaine dans une prairie en contrebas des plaines de Salesbières. De fringants jeunes gens, les chevaliers de la Table ronde et d'autres encore allèrent s'y essayer. Ce jour-là, on donna de bien beaux coups de lance et Éliézer s'illustra tant qu'il reçut beaucoup de louanges. Tous dirent alors que jamais de leur vie ils n'avaient vu un aussi beau jouteur à la lance. Les chevaliers de la Table ronde auraient bien voulu entreprendre un tournoi contre les chevaliers étrangers qui avaient rejoint l'armée mais le roi Arthur s'y opposa car il craignait de les voir se blesser les uns les autres. Les choses en restèrent donc là et ils retournèrent dans leurs tentes heureux et réjouis.

---

biaus trés dous amis, et recevés l'ordre de chevalerie el non de Jhesu Crist, Nostre Sauveour, qui en tel maniere le vous laist maintenir que ce soit a l'onour de Sainte Eglyse et a la vostre. — Sire, fait Elyezer, ensi le m'otroit Notres Sires par son plaisir et par sa misericorde. »

684. [*f*] Quant mesire Gavains ot adoubé Helyezer, le fil au roi Pellés de Listenois, si le prist tout maintenant Guerrehes et Gaheries et l'en menerent en la chapele le roi Artu pour veillier et li firent compaingnie toute nuit jusques a l'endemain, qu'il oïrent messe. Et puis retournerent a la tente le roi Artu qui molt grant honnour fist a Helyezer, car il menga celui jour a la table le roi Artu, entre lui et le roi Ban et le roi Boorth, et furent molt bien servi a molt grant feste. Et quant ce vint aprés disner, si fist on lever une quintainne en une praerie qui estoit au desous les plains de Salesbieres. Si s'i alerent esprouver cil legier baceler et li chevalier de la Table Reonde et autres. Si i ot le jour maint biau cop feru de lance, et molt i feri bien Helyezer, si que molt en fu loés. Et disent que onques mais en lor vie n'avoient veü si bel jousteour de lance. Si volsissent molt volentiers li chevalier de la Table Reonde avoir pris un tournoiement as chevaliers estranges qui estoient en l'ost venu. Mais li rois Artus ne le vaut soustrir, car il douta qu'il ne s'entreblechaissent. Si remest en tel maniere et repairierent a lor tentes lié et joiant.

685. Merlin vint alors trouver le roi Arthur et lui dit : « Seigneur, il ne reſte plus qu'à s'équiper car, demain matin, il vous faudra partir. Efforcez-vous de ne révéler à quiconque dans quelle direction vous devez chevaucher et suivez-moi partout où je vous mènerai. Je dirai à tous les princes de s'équiper et de se tenir prêts à partir au lever du jour. — Merlin, dit le roi, il en sera fait selon vos souhaits. Je me fie en Dieu et en vous pour tout cela. » Merlin se rendit aussitôt dans les pavillons des princes et leur demanda à tous en privé, chacun à leur tour, de se tenir prêts et en armes pour le lendemain matin. Ils firent emballer et charger tentes et pavillons ainsi que tous leurs autres équipements sur des chars et des charrettes, sur des chevaux de somme dans des coffres et dans des malles et, revêtus de toutes leurs armes, ils enfourchèrent leurs deſtriers, fin prêts à défendre leur vie et à assaillir leurs ennemis. Toutefois, ils firent transporter devant eux par leurs écuyers écus, lances et heaumes. Ils se firent précéder de leurs enseignes ; elles étaient blanches et chacune portait une croix vermeille en son centre. C'eſt exaċtement ce que Merlin avait ordonné aux princes avant leur arrivée. Il montait un cheval de chasse gris ; il portait l'enseigne du roi Arthur devançant celui-ci et toute l'armée. C'eſt de cette manière qu'ils quittèrent les plaines de Salesbières et qu'ils s'en allèrent, sous la conduite de Merlin, direċtement vers la cité de Clarence assiégée par

685. Lors s'en vint Merlins au roi Artu, si li diſt : « Sire, il n'i a que del apareillier, car le matin nous couvient mouvoir. Et gardés que vous ne diés a nului quel part vous devés chevauchier. Ne mais vous me suirrés partout ou je vous menrai. Et ensi le dirai je a tous les princes, qu'il soient apareillié au point del jour si come pour errer. — Merlin, fait li rois, a voſtre volenté, car je m'atent del tout en Dieu et en vous. » Et lors vait Merlins as paveillons as princes et le diſt a tous l'un aprés l'autre a conseil qu'il soient preſt et garni a l'endemain matin. Et il firent tourser trés et paveillons et lor autres harnois en chars et en charetes et sor sommiers et en coffres et males et monterent tout armé sor les deſtriers, tout apareillié come pour lor cors desfendre et de lor anemis assaillir, fors solement des escus et des lances et des hiaumes que il font porter a lor esquiers devant als. Si font porter les enseignes devant als, blanches, et en chascune avoit une crois vermeille el milieu. Et tout ensi l'avoit Merlins conmandé a tous les princes del conmencement de lor venue. Et Merlins fu montés desor un chaceor liart, si porta l'enseigne le roi Artu devant lui et devant toute l'oſt. Si s'en partirent tout en tel maniere des [d] plains de Salesbieres et s'en vont tout, ensi conme Merlins les conduiſt, le droit chemin vers la cité de Clarence que li rois Hargodabrans avoit assise, soi vintisme de rois qui toute la cité avoit avironnee. Et il

le roi Hargodabrant avec une vingtaine de rois qui avaient
encerclé la ville. Il avait envoyé ses fourriers sur toute la
région, à vingt ou trente lieues à la ronde, pour détruire et
ravager le pays. Une partie des fourriers revint par la cité de
Garlot, qui était la forteresse principale du roi Nantes, et il y
avait quatre puissants rois dans cette compagnie. Une très
grande troupe de Saxons les accompagnait; ils s'étaient
emparés d'un gros butin et avaient causé de grands dommages à ceux de Garlot car ces derniers avaient tenté une
sortie pour récupérer leur bien. Il y eut un grand massacre
de part et d'autre mais, à la fin, les gens de Garlot ne purent
ni endurer les coups ni leur résister car les Saxons possédaient des forces supérieures aux leurs. Les gens de Garlot
perdirent alors leur bien, leurs chevaux et une grande partie
de leurs chevaliers. Les quatre rois firent le siège de la cité et
jurèrent qu'ils n'en repartiraient pas avant de l'avoir prise.
Quand la reine, qui se trouvait dans ses murs, vit le siège,
elle eut grand-peur d'être capturée. Elle demanda conseil à
son sénéchal sur ce qu'elle devait faire. Le sénéchal lui
conseilla ceci : ils sortiraient tous les deux seulement, de
nuit, par une poterne qui donnait sur la rivière et ils s'en
iraient dans un de leurs repaires qui se trouvait à six lieues
de là; on appelait cet endroit la Rescousse parce que Vertigier y avait été secouru lorsque le Saxon Angis y fut poursuivi et tué sur place.

686. Le sénéchal et la reine firent ce qu'ils avaient prévu.

---

avoit ses fourriers envoié par toute la terre d'environ a .xx. lieues ou
a .xxx. qui a merveilles destruioient et gastoient le païs. Si s'en revint
une partie des fourriers par la cité de Garlot qui estoit la maistre forteresce au roi Nante, et avoit en cele compaingnie .iiii. poissans rois.
Si avoit avoec aus molt grant plenté de Saisnes qui la proie avoient
saisie par force et molt avoient adamagié ciaus dedens, car il estoient
issu fors encontre aus a bataille pour la proie rescourre. Si ot molt
grant ocision d'uns et d'autres, mais en la fin ne les porent cil de la
cité soufrir ne endurer, car li Saisne avoient trop grant force. Si i
perdirent cil dedens lor proie et lor chevaus et grandisme partie de
lor chevalerie. Et assisent la cité et jurerent li .iiii. roi qu'il n'en par-
tiroient devant que il l'auroient prise. Et quant la roïne, qui dedans
estoit, vit le siege, si ot molt grant paor qu'ele ne fust prise dedens a
force. Si prist conseil a son seneschal qu'ele en feroit. Si fu li consaus
del seneschal tels qu'il s'en iroient de nuit entr'aus .ii. solement par
une posterne qui ouvroit devers la riviere et s'en iroient a un de lor
rechés qui prés d'illuec estoit a .vi. liues prés que on apeloit La Rescousse pour ce que Vertigier i avoit esté rescous quant Augis li
Saisnes i fu chaciés et ocis en la place.

686. Ensi come li seneschaus et la roïne le deviserent ensi le firent.

Ils sortirent vers minuit et deux écuyers seulement se trouvaient en leur compagnie. Mais les Saxons, qui étaient pleins de malice, avaient disposé des espions sur tous les pourtours de la cité. Aussi, la reine fut capturée, le sénéchal tué et les deux écuyers s'enfuirent très grièvement blessés. L'un fut frappé d'une lance en plein corps et l'autre d'un coup d'épée sur la tête. Le hasard les fit s'enfuir du côté où Merlin arrivait avec toute l'armée derrière lui. Celle-ci avait déjà bien progressé et se trouvait à quatre lieues de Garlot. Quand les écuyers virent arriver l'armée et aperçurent les bannières blanches à croix vermeille, ils comprirent qu'il s'agissait de chrétiens et se dirigèrent vers eux tout en se lamentant. Quand Merlin, qui précédait tout le monde, les entendit mener un tel deuil, il leur demanda ce qu'ils avaient. Et l'un d'eux raconta tout ce qui leur était arrivé et comment les Saxons emmenaient la reine. « De quel côté sont-ils allés ? demanda Merlin. — Seigneur, font les écuyers, la reine se trouve encore dans leur camp mais ils emportent leur butin par la route. » Merlin s'écria alors : « Suivez-moi ! Car, s'il plaît à Dieu, ils n'emmèneront pas la reine. »

687. Alors il éperonna son cheval de chasse suivi de monseigneur Gauvain et de ses frères, d'Éliézer, du roi Ban et du roi Bohort. Chacun tenait en main une solide lance, bien épaisse et résistante. Léonce de Palerne menait ceux de Bénoïc, Dionas ceux de Gaunes et Gracien ceux d'Orcanie.

Car il s'en issirent entour la mie nuit et n'ot en lor compaingnie que .II. esquiers tant solement. Mais li Saisne, qui tant estoient malicious, orent lor espies mises de toutes pars la cité. Si fu la roïne prise et li seneschaus fu ocis et li .II. esquier s'en fuirent navré molt durement. Car li uns fu ferus d'un glaive parmi le cors et li autres d'une espee parmi la teste, et s'en vinrent ausi conme aventure les mena envers l'ost que Merlins mena. Et il estoient si esploitié del errer qu'il estoient ja a .IIII. lieues prés de Garlot. Et quant li esquier virent venir l'ost et choisirent les blanches banieres as vermeilles crois, si sorent bien qu'il estoient crestien et s'adrecierent cele part et faisoient le greignour duel del monde. Et quant Merlins, qui devant aus tous estoit, l'oï [*e*] cel duel faire, si lor demande qu'il avoient. Et cil li content tout come il lor estoit avenu et que li Saisne enmainnent la roïne. « Et quel part s'en vont il ? fait Merlins. — Sire, font li esquier, ele est en l'ost encore, mais la proie s'en vait par la voie de la chaucie. » Et Merlins s'escrie a hautes vois : « Sievés moi ! Car la roïne, se Dix plaist, n'en menront il mie. »

687. Lors fiert le chaceour des esperons et mesire Gavains aprés et si frere et Helyezer et li rois Bans et li rois Boors. Et avoit chascuns bone lance et forte et roide en sa main. Si conduist Leonce de Paierne ciaus de Benuyc et Dyonas ciaus de Gaunes et Graciens ciaus d'Orcanie. Et Dorilas conduisoit la gent le roi Nante et les

Dorilas menait les gens du roi Nantes et les autres bataillons suivaient dans l'ordre. À force de chevaucher, Merlin arriva près d'une colline à dévaler. Il aperçut la troupe avec son butin qui franchissait un petit pont : il y avait quatre mille Saxons. En les voyant, monseigneur Gauvain dit : « Il se pourrait bien que nous tardions trop ! » et il éperonna le Gringalet. Alors, Éliézer lui dit : « Seigneur, je vous demande comme une faveur de patienter un peu et de me rendre un service. Accordez-moi de porter le premier coup lors de la bataille car, depuis que j'ai été adoubé, je n'ai jamais participé à une joute. — Je vous l'accorde, dit monseigneur Gauvain avec un sourire, car vous remplirez bien cette mission. »

688. Aussitôt, Éliézer s'élança, à bride abattue, et cria aux Saxons : « Laissez votre butin car vous ne l'emporterez pas loin ! » Alors arriva Dioglis qui était le sénéchal du roi Magloras. Il fit faire demi-tour à son cheval puis Éliézer et lui se frappèrent si violemment de leurs lances sur leurs écus qu'ils les transpercèrent sous la boucle. Dioglis brisa sa lance et Éliézer le frappa si durement qu'il lui planta le fer de sa lance dans la poitrine, le précipita mort à terre tandis que sa lance vola en éclats. Puis il tira son épée du fourreau et assaillit les hommes qui se pressaient de transporter le butin. Il frappa Antidolus, le sénéchal du roi Brandon[1], au point de lui fendre le crâne jusqu'aux dents. Merlin dit alors à monseigneur Gauvain que son nouveau chevalier avait bien inauguré la bataille. « Oui, fit monseigneur Gauvain, mais il fera encore mieux ! »

---

autres batailles venoient tout en ordre. Si chevaucha tant Merlins que il vint a un tertre au devaler. Lors coisi la proie qui passoit sor un poncel si estoient .IIII.M. Saisnes. Et quant mesire Gavains les voit si dist : « Ore i porrienmes nous bien demourer trop. » Si fiert le Gringalet des esperons et Helyezer li dist : « Sire, soufrés vous en guerredon et en service. Donnés moi le premier cop de la bataille, car je n'entrai en estour puis que je fui premiers chevaliers. — Et je le vous otroi, fait mesire Gavains en riant, car bien sera en vous emploiié. »

688. Atant s'eslaisse Halyezer et escrie as Saisnes : « Laissiés la proie, car vous ne l'en menrés en avant ! » Et lors vint Dyoglis, qui seneschaus estoit au roi Magloras, si li trestourne le chief de son cheval si s'entrefierent entre lui et Heliezer des lances si durement desor les escus que il les percent desous les boucles. Et Dyoglis brise sa lance et Helyezer le fiert si durement qu'il li passe le fer de la glaive parmi le pis, si le jete mort a terre et li glaives vole en pieces. Puis traïst l'espee fors del fuerre et se lance entre les autres qui molt se hastoient de passer la proie, si fiert si Antidolus qui seneschaus estoit au roi Brandon qu'il le fent jusques a dens. Et lors dist Merlins a mon signour Gavain que molt l'avoit bien conmencié a faire « vostre nouvel chevalier. — Voire, fait mesires Gavain, encore le fera il mix. »

689. Merlin poussa ensuite le cri de ralliement du roi Arthur. Monseigneur Gauvain et ses compagnons s'élancèrent à bride abattue sur les fourriers. Il y eut beaucoup de morts et de blessés. Les Saxons durent quitter les lieux et se mirent à fuir vers Garlot où se trouvaient le roi Magloras ainsi que le roi Brandon, le roi Pincenart[1] et le roi Pignoret[2]. Ces derniers faisaient vigoureusement donner l'assaut pour investir le château et ils furent très fâchés de voir arriver les fuyards. Ils abandonnèrent l'assaut et se dirigèrent en désordre du côté où partaient les fuyards. Quand ils virent s'avancer le peuple, ils s'émerveillèrent de voir arriver une telle foule et se jetèrent sur eux comme une armée puissante. Les chrétiens les accueillirent sauvagement et les repoussèrent sur les Saxons de la longueur de plus d'une lance. Quand les quatre rois saxons constatèrent que monseigneur Gauvain, Éliézer, le roi Ban et le roi Bohort se tiraient si bien d'affaire, ils crièrent à leurs hommes de se rassembler et de se jeter sur les chrétiens et les Saxons se mirent à tuer chevaliers et chevaux comme des forcenés. Car ils formaient la plus puissante armée du monde et ils firent se replier l'armée du roi Ban de Bénoïc et celle du roi Bohort de Gaunes vers celle du roi Nantes ainsi que vers le bataillon du duc Escaut de Cambénic. Monseigneur Gauvain, le roi Ban, le roi Bohort et Éliézer durent souffrir de terribles coups et reçurent de sévères blessures. Mais lorsque les deux derniers

---

689. Atant escrie Merlins l'enseigne au roi Artu, si s'eslaisse mesire Gavains et sa compaingnie et se fierent entre les fouriers. Si en i ot molt de mors et de navrés, si couvint les Saisnes la place guerpir et se misent tout a la fuie vers Garlot ou li rois Magloires estoit et li rois Brandons et li rois [f] Pinchenars et li rois Pignores. Si faisoient asaillir molt vigherousement pour prendre le chastel, si furent molt courechié quant il virent venir les fuians, si laissent l'asalt et courent cele part a desroi. Et quant il virent le pueple venir si s'esmervelierent molt dont tant de gent pooient venir, si se fierent entr'aus come cil qui grant gent et force estoient. Et li Crestien les rechurent molt fierement et les sortirent sur les Saisnes en lor premiere venue plus d'une lance de lonc. Et quant li .iiii. roi des Saisnes virent mon signour Gavain et Helyezer et li rois Bans et li rois Boors le faisoient si bien et escrient lor gent et se fierent entr'aus et conmencent a ocire chevaliers et chevaus ausi come gent forsenee. Car il estoient la plus fort gent del monde, si firent flechir la gent au roi Ban de Benuyc et ciaus au roi Boorth de Gaunes sor la gent au roi Nante et sor la bataille le duc Eschan de Chambenyc. Si sosfri mesires Gavains et li rois Bans et li rois Boors et Helyezer mainte dure colee, et molt i furent grevé durement. Mais quant icés .ii. batailles i furent sorvenues si i peüst on veoir faire merveilles d'armes et i furent li

bataillons arrivèrent sur place, il fut possible de voir d'admirables faits d'armes. Les Saxons furent très affaiblis par cette attaque car beaucoup d'entre eux moururent et beaucoup de chevaliers furent désarçonnés. Le roi Brandon et le roi Pincenart accomplirent de purs exploits avec leurs gens qui étaient preux et hardis. Peu de chrétiens restaient en selle après qu'ils eurent frappé. Ceux de Grande-Bretagne en furent ébahis et ils auraient tous été repoussés sans les prouesses de monseigneur Gauvain, d'Éliézer, du roi Ban, du roi Bohort, du roi Nantes de Garlot et du duc Escaut de Cambénic. Cependant Pharien, Gracien, Léonce de Palerne et Dorilas se défendirent si bien qu'on ne saurait les en blâmer. Merlin courait sans cesse d'un rang à l'autre et criait : « En avant ! »

690. Tandis que les chrétiens se trouvaient dans cette passe délicate, le roi Pignoret appela quarante de ses Saxons les plus valeureux et les plus hardis. Il leur commanda de prendre la reine de Garlot et de l'emmener au siège de Clarence pour l'offrir au roi Hargodabrant. Les quarante hommes lui promirent de le faire. Ils partirent aussitôt et prirent le chemin le plus direct pour aller vers la cité de Clarence. Ils emmenaient la reine qui se lamentait de l'aventure qui lui était arrivée. Le roi Pignoret retourna au combat, l'épée à la main, et se battit si bien et si prodigieusement que personne ne pouvait résister à ses coups car il tuait tous les chevaliers qu'il rencontrait. Il accomplit tant d'exploits que les plus hardis redoutaient de

---

Saisne molt agrevé a iceste envaïe, car il en i ot maint mort et maint trebuschié. Mais li rois Brandons et li rois Pincenars i firent droites merveilles de lor cors et de lor maisnie qui molt estoit prous et hardis, car après lor cops ne remest poi Crestien en sele. Si furent molt esbahi cil de la Grant Bretaigne et fuissent tout resorti a force se ne fust la prouece mon signour Gavain et Helyezer et del roi Ban et del roi Boorth et del roi Nante de Garloth et del duc Eschan de Chambenyc. Et nonpourquant Phariens et Graciens et Leonces de Paierne et Dorilas i firent tant c'on ne les en doit blasmer. Et Merlins qui tout adés courroit[a] de renc en autre et lor escrioit : « Ore avant ! »

690. Endementres qu'il estoient en cele grant angoisse apela li rois Pignoras .XL. de ses Saisnes des plus proisiés et des plus hardis[a] et lor conmanda a prendre la roïne de Garlot et amener l'ent au siege de Clarence et le presentaissent au roi Hargodabrant. Et cil dient qu'il en feroient sa volenté. Si s'em partent atant et se metent el plus droit chemin qu'il porent vers la cité de Clarence. Et enmainnent la roïne qui molt fait grant doel de ceste aventure que avenue li est. Puis ses refiert li rois Pignoras en l'estour l'espee en la main et le reconmence a faire si bien et si merveillousemet que encontre son cop ne pot ame avoir [152a] duree, car il n'encontre chevalier que il n'ocie. Si fait tant par sa prouece que li plus hardis le redoute a

l'affronter. Il abattit chevaliers et chevaux en si grand nombre que les plus courageux le laissèrent passer jusqu'à ce que monseigneur Gauvain, qui était toujours prêt à se battre, l'aperçût et comprît les grandes pertes que Pignoret infligeait à ses gens. Il se dit en lui-même : « Si celui-ci vit encore long-temps, notre armée aura beaucoup à perdre. »

691. Éliézer, qui se tenait aux côtés de monseigneur Gauvain, entendit fort bien ces propos. Il piqua des deux en direction de Pignoret qui avait l'épée et le poing souillés du sang et de la cervelle des chrétiens qu'il avait tués. Quand Éliézer le vit, il se dit qu'ils auraient vraiment à subir de grosses pertes si celui-ci vivait encore longtemps et que c'était un malheur qu'il ait tant vécu. Alors, il s'approcha de lui, laissa retomber les rênes de son cheval sur l'arçon avant de la selle, fit basculer l'écu sur son dos, se cala solidement sur ses étriers, leva son épée en la tenant à deux mains et frappa le roi Pignoret si violemment au milieu de son heaume que ni le heaume ni la coiffe ne purent éviter qu'il lui plantât le tranchant de son épée jusque dans la cervelle. Il ramena à soi brusquement l'épée qui venait de le frapper et l'abattit raide mort. À ce spectacle, Merlin dit à monseigneur Gauvain : « Celui-ci nous a valu une trêve ! — Oui, vraiment, dit monseigneur Gauvain, Jésus-Christ nous protège de cette horde grâce à ce preux compagnon. »

692. C'est alors qu'il se jeta sur les Saxons irrités et affligés

---

encontrer, car il abat chevaliers et chevaus si espessement que li plus hardis li font voie, tant que mesire Gavains, qui estoit prés a tous besoins, l'aperchut et vit le grant damage que cil lor faisoit de lor gent. Si dist a soi meïsmes : « Se cil vit longement, nostre compaingnie i porroit tost perdre. »

691. Ceste parole entendi Elyezer qui molt volentiers se tenoit prés de mon signour Gavain. Si fiert le cheval des esperons cele part ou il vit Pignoras qui tout avoit le brant et le poing soullié de sanc et de cervele de Crestiens qu'il avoit ocis. Et quant Helyezer le vit si dist que voirement seroit il damages a nostre oels se cil vivoit longement, et par male aventure ait il tant vescu. Atant s'aproce de lui et laisse aler le resne de son cheval sor l'arçon de la sele devant et jete l'escu deriere sor son dos et s'afiche sor les estriers et hauce l'espee as .ii. mains et fiert le roi Pignoras si durement parmi le hiaume que hiaume ne hiaume ne coife de fer ne le pot garantir qu'il ne li coule le trenchant de l'espee jusqu'en la cervele. Et il estort son cop si l'abat mort tout estendu. Et quant Merlins le vit, si dist a mon signour Gavain : « Cist nous a trives donees. — Voire, fait mesire Gavains. Jhesu Crist nous sauve ceste compaingnie de cestui compaingnon qui si est prous. »

692. Lors se fiert entre les Saisnes qui molt estoient courecié et

de la mort de Pignoret et qui se mirent à frapper à droite et à
gauche. Tous ceux de son armée firent de même mais, plus
que les autres, s'illustrèrent monseigneur Gauvain, Éliézer, le
roi Ban de Bénoïc, le roi Bohort de Gaunes, Léonce de
Palerne, Gracien de Trèbes et Pharien. Car ils n'avaient
encore aligné que cinq de leurs bataillons mais ceux qui se
trouvaient en action accomplissaient de pures merveilles car
ni le fer ni l'acier ne résistaient à leurs coups. Quand le roi
Pincenart, qui était très preux et hardi, vit ses gens si affaiblis
et si malmenés, il en fut très courroucé. Il dit qu'il préférerait
mourir plutôt que de ne pas venger Pignoret. Il brandit son
épée à son poing droit et se jeta dans la foule là où il la voyait
qu'elle était la plus dense et il se mit à frapper de part et
d'autre et à renverser tout ce qu'il atteignait. Le roi Pincenart
tua sous les yeux du roi Ban un chevalier de sa terre qui avait
accompli de grands exploits ce jour-là. Le roi Ban en devint
fou de colère et il se précipita, l'épée brandie, contre celui qui
avait tué son chevalier. Emporté par sa colère, il le frappa si
violemment qu'il lui fendit le crâne jusqu'aux dents. Ce fut la
chose qui le consola le plus de la mort de son chevalier. Les
chrétiens se mirent à encercler les Saxons et la bataille devint
totale et très horrible car les Bretons étaient de bons chevaliers. Quand Merlin vit que les deux armées étaient maintenant entièrement engagées de part et d'autre, il prit à part
monseigneur Gauvain, Éliézer, le roi Ban et le roi Bohort et

---

dolant de la mort Pignoras et conmencent a ferir a destre et
assenestre. Et autresi firent tout cil de la compaignnie, mais desor
tous les autres le faisoit bien mesire Gavain et Elyezer et li rois Bans
de Benuyc et li rois Boors de Gaunes et Leonces de Paerne et Graciens de Trebes et Phariens. Car il n'estoient encore assamblé que .v.
de lor batailles, mais cil qui assamblé estoient faisoient droites merveilles de lor cors*, car encontre lor cops n'avoit duree ne fer ne acier.
Et quant li rois Pincenars, qui molt estoit prous et hardis, voit sa gent
si empirier et mal metre, si en fu molt coureciés. Et dist qu'il veut
mix morir que Pignoras ne soit vengiés. Il tint l'espee molt le poing
destre et se fiert en la presse la ou il le voit plus espesse et conmence
a ferir et d'une part et d'autre et a trebuscher quanqu'il ataint a cop.
Si ocist un chevalier devant le roi Ban qui estoit de sa terre qui molt
avoit fait d'armes celui jour. Si en fu li rois Bans tous forsenés et s'en
vait cele part le [*b*] brant entesé ou il voit celui qui son chevalier li
avoit mort. Si le fiert si durement a la grant ire que il ot que il le fendi
jusques es dens, et ce fu la chose que plus le conforta le jour de son
chevalier. Et lors enclosent les Saisnes, si i fu molt grans et molt
orible la bataille, car molt estoient li Breton bon chevalier. Et quant
Merlins vit que les os furent assamblees d'une part et d'autre, si traïst
mon signour Gavain et Elyezer et le roi Ban et le roi Boorth a une

leur dit que quarante Saxons emmenaient la reine de Garlot
au siège de Clarence : « Et si nous la perdons, on nous le
reprochera longtemps. Je suggère donc de la suivre.

693. — Chevauchez, dit monseigneur Gauvain, et nous
vous suivrons. » Alors Merlin se mit en route et ils lui
emboîtèrent le pas avec une compagnie d'une centaine de
chevaliers car ils redoutaient bien un affrontement ici ou là.
Mais le conte se tait à leur sujet et revient aux quarante
hommes qui emmenaient la reine de Garlot, la femme du roi
Nantes.

694. Le conte dit que, lorsque les quarante Saxons se
furent éloignés à deux lieues de la bataille, ils entrèrent dans
une forêt où il y avait la plus belle prairie du monde et une
très belle fontaine. Ils se dirigèrent dans cette direction pour
se rafraîchir et boire de l'eau claire. Près de la fontaine, ils
firent descendre la reine qui se répandait toujours en de terribles lamentations. Ils ne pouvaient pas la réconforter quoi
qu'ils fissent et quoi qu'ils dissent. Elle s'écriait : « Ah, roi
Nantes ! Aujourd'hui c'en est fini de votre amour et du mien
car je crois bien que je ne vous reverrai jamais ! » Elle s'évanouit entre les bras des Saxons qui la tenaient. Quand elle
reprit ses esprits, elle se mit à se lacérer et à se lamenter. Les
Saxons en furent très affligés car ils auraient bien voulu, certains tout au moins, qu'elle se trouvât là où elle aspirait le
plus à être et ils la réconfortaient gentiment mais elle n'avait

---

part et lor dist que .XL. Saisne enmainnent la roïne de Garloth au
siege de Clarence. « Et se nous le perdons, il tournera a reproce. Si lo
que nous alons aprés.

693. — Or chevauchiés, fait mesire Gavains, et nous vous suirrons. » Lors se met Merlins au chemin et cil aprés qui bien estoient
jusques a .C. chevaliers en lor compaignie, car il se doutoient d'avoir
encontre d'aucune part. Mais ici endroit se taist li contes d'aus. Et
retourne a parler des .XL. chevaliers qui enmainnent la roïne de Garloth, la feme au roi Nante.

694. Or dist li contes que[a] quant li .XL. Saisne se furent eslongié de
la bataille .II. lieues, si entrerent en un bruelet ou il avoit la plus bele
praerie del monde et une molt bele fontainne. Il tournerent cele part
pour aus refroidier et pour boire de l'aigue clere. Si descendirent la
roïne lés la fontainne qui faisoit le greignour duel del monde. Et cil
ne le pooient conforter pour rien qu'il peüssent faire ne dire. Ains
disoit a hautes vois : « Ha ! rois Nantes ! Hui departiront les amours
et de moi et de vous ! Car je ne vous quide jamais veoir ! » Et lors se
pasmoit entre les bras les Saisnes qui le tenoient. Et quant ele revint
de pasmison si s'esgratinoit et demenoit tel dueil. Si en estoient li
Saisne molt dolant et bien vausissent, de[b] tels i avoit, que ele fust en
lieu la ou ele desiroit plus a estre, si le confortoient molt doucement.

cure de cette sollicitude. Elle criait à si haute voix que monseigneur Gauvain et ses compagnons l'entendirent très clairement. Ils se dirigèrent dans sa direction et, à force d'avancer, aperçurent les chevaliers et la reine qui criait très fort : « Sainte Marie, Dame, venez en aide à la malheureuse que je suis ! »

695. Quand monseigneur Gauvain reconnut sa tante, il piqua des deux et dit aux Saxons : « Mes seigneurs, laissez la reine et allez-vous-en ! Je vous sais gré d'avoir eu pitié d'elle et vous remercie beaucoup de votre courtoisie. » Quand Margon[1], l'échanson du roi Pignoret, entendit parler monseigneur Gauvain, il demanda à ses compagnons ce qu'ils en pensaient. Ils répondirent qu'ils préféraient mourir plutôt que d'abandonner la reine : « C'est pourtant ce qui va arriver ! » fit monseigneur Gauvain. Il s'élança sur eux, l'épée brandie, et frappa le premier qu'il put atteindre de sorte qu'il fit voler sa tête aux pieds de la reine. Les Saxons l'assaillirent aussitôt mais ils avaient le malheur de se trouver à pied, toutefois ils tuèrent chevaux et chevaliers comme des gens de grande prouesse. Mais, finalement, il ne leur servit plus à rien de se défendre car ils furent tous tués ; aucun n'en réchappa à l'exception de Margon l'échanson qui se cacha et se tapit dans un buisson du sous-bois. Monseigneur Gauvain et ses compagnons vinrent auprès de la reine et la réconfortèrent très tendrement. Elle leur demanda qui ils étaient : « Dame, dit monseigneur

---

Mais confort n'i avoit meſtier, car ele crioit a si hautes vois que meſire Gavains et si compaingnon [d] l'entendirent tout clerement. Si tournerent cele part lor voie, si ont tant alé qu'il voient les chevaliers et la roïne qui crioit a hautes vois : « Sainte Marie, dame, car secourés ceſte chaitive ! »

695. Quant meſires Gavains vit s'antain, si hurte cele part des esperons et diſt as Saisnes : « Biau signour, laiſſiés la roïne et vous en alés, car molt vous en sai bon gré de ce que vous avés eü pitié de lui. Si vous en merci molt de ceſte courtoisie. » Quant Margons, li bouteilliers au roi Pignoras, oï mon signour Gavain ensi parler, si demande a ses compaingnons que il en loent. Et cil disent qu'il ameroient mix a morir que la roïne a laissier. « Et a ce en eſtes vous venus », fait meſire Gavains. Lors lor court sus l'espee traite et fiert si le premier qu'il ataint qu'il li fiſt la teſte voler devant les piés la roïne. Et li Saisne saillent sus maintenant, si i fu li meschiés trop grans de ce qu'il eſtoient a pié. Et nonpourquant il ocient chevaus et chevaliers conme cil qui eſtoient de grant prouece. Mais en la fin n'i ot desfense meſtier, car tout i furent mort que onques un sol n'en eschapa fors Margons, li bouteilliers, qui se reponſt et tapiſt en un bruellet de un buisson. Et meſire Gavains et si compaingnon viennent a la roïne et le confortent molt doucement. Et ele lor demande qui il sont. « Dame, fait meſire

Gauvain, je suis Gauvain, votre neveu, le fils du roi Loth d'Orcanie. Ce seigneur ici est le roi Ban de Bénoïc et ces autres chevaliers sont nos compagnons. » À ces mots, la dame éprouva une grande joie et les remercia du service qu'ils lui avaient rendu. Ils la firent remonter sur le palefroi qui l'avait menée jusque-là puis retournèrent dans l'armée où le roi Arthur et les autres princes se battaient. Les chrétiens avaient subi de grosses pertes mais les Saxons étaient vaincus car le roi Arthur avait tué le roi Magloras qui était le principal soutien des Saxons. Le roi Loth avait coupé le poing de Sinarus[2]. Les Saxons fuyaient lorsque monseigneur Gauvain et sa compagnie furent de retour, amenant la reine qu'ils avaient secourue. Ils rencontrèrent le roi Brandon qui s'enfuyait et qui dut passer près d'eux. Ils étaient quatre mille Saxons. Toute l'armée les poursuivait de si près qu'ils étaient talonnés. Brandon se retournait fréquemment et tuait tous les chevaliers qu'il atteignait. Quand monseigneur Gauvain vit Brandon se démener ainsi et lorsqu'il se rendit compte du grand massacre subi par ses gens, il pensa qu'il avait affaire à un homme important et de haut lignage et ses armes prouvaient qu'il était roi ou prince. Monseigneur Gauvain se prit soudain à l'apprécier et aurait voulu, dans la mesure du possible, qu'il fût chrétien. Il se tourna vers lui et lui dit très courtoisement :

696. « Chevalier, vous êtes un preux de très grand cou-

Gavains, je sui Gavains, vos niés, le fix au roi Loth d'Orcanie. Et cil sires si est li rois Bans de Benuyc et cist autre chevalier sont de nos compaingnons. » Et quant la dame l'entendi si en ot molt grant joie et lor mercie del service qu'il li ont faite. Et lors le monterent sor un palefroi qui illoc l'avoit aportee, et puis s'en tournerent a l'ost ou li rois Artus et li autre prince se combatoient. Et molt i perdirent li Crestien. Si estoient desconfit li Saisne car li rois Artus avoit ocis Magloras lor roi qui soustenemens estoit des Saisnes. Et li rois Loth avoit copé a Sinarus le poing. Si s'enfuioient tout quant mesire Gavains retourna et sa compaingnie et amenoient la roïne qu'il avoient rescousse. Si encontrerent le roi Brandon[a] qui s'en fuioit, si l'en couvint aler parmi lor mains. Et il estoient .IIII.M. Saisnes, si les enchauçoit toute l'ost de si prés que tout adés le suioient a esperon. Et Brandons[b] lor trestourne souvent et menu, ne il n'ataingnoit nul chevalier a droit cop que il n'occist. Et quant mesire Gavains le voit ensi demener et voit le grant ocision de ses gens [d] si pense que il soit haus hom et de grant lingnage et bien le demoustroient ses armes qu'il estoit rois ou princes. Si le proise molt mesire Gavains et bien vauroit, s'il peüst estre, qu'il fust crestiens. Si se traïst vers lui et li dist molt courtoisement :

696. « Chevaliers, tu es prous et de molt grant hardement. Es tu

rage! Êtes-vous duc ou roi pour avoir en vous tant de
valeur et de force ? — Par ma foi, fit-il, je me nomme Brandon. Je suis roi d'une partie du domaine saxon et je suis le
neveu du roi le plus puissant du monde, le roi Hargodabrant
qui tient tout le royaume des Saxons en son pouvoir. —
Vraiment, dit monseigneur Gauvain, c'est tout à fait évident
car il y a en vous un grand mérite et une grande prouesse et
je crois bien que vous êtes issu d'un haut lignage. Il est fort
dommage que vous ne soyez pas chrétien et je voudrais bien
que vous le fussiez car cela vous éviterait une mort proche.
— Voilà des propos bien surprenants, dit le roi Brandon.
Ne me parlez plus de cela car je préférerais mourir plutôt
que de devenir chrétien. — Alors vous finirez par mourir
sous peu, dit monseigneur Gauvain, et cela m'afflige car j'aurais préféré devenir votre compagnon, si vous aviez accepté.
— Jamais je ne consentirai à cela », fit Brandon. Quand
monseigneur Gauvain l'entendit, il courut vers lui très en
colère et le frappa si violemment avec Escalibor qu'il lui fit
voler la tête. Quand les fuyards virent leur seigneur mort, ils
en furent très affectés et n'eurent plus à cœur de se
défendre. Les chrétiens se mirent à les investir de toutes
parts. Ils les tuèrent et les massacrèrent. Après cela, ils
remercièrent beaucoup Notre-Seigneur de l'honneur qu'il
leur avait fait ce jour-là.

697. Monseigneur Gauvain arriva avec le roi Ban devant
le roi Arthur et ses barons et il rendit sa femme au roi

---

dus ou rois qui tant as en toi valour et force ? — Par foi, fait il, j'ai
non Brandons et sui rois d'une des parties de Saisoigne et^e sui niés au
plus riche roi^b del monde. Ce est li rois Hargodabrans qui a toute
Saissoigne^c en abandon. — Certes, fait mesire Gavains, il i pert bien.
Car en toi a molt grant valour et molt grant prouece, si croi bien que
tu es de grant lignage. Si est molt grant damages que tu n'es
crestiens, et molt vauroie que tu le fuisses pour toi respiter de mort.
— De ce me contés vous merveilles, fait li rois Brandons. Ne m'en
parlés mais, car je vauroie mix morir que crestiens a estre. — A ce
venras tu par tans, fait mesire Gavains. Si m'en poise il molt durement, car molt amaisse ta compaingnie avoir s'il te pleüst. — Il ne
me plaira ja », fait Brandons. Et quant mesire Gavains l'entent, si
courut sus molt ireement^d et le fiert si durement d'Eschalibor qu'il li
fist la teste voler. Et quant li fuiant virent mort lor signor si en
furent tout esmaiié et misent en aus poi de desfense. Et li Crestien
les envaïrent de toutes pars, si les ocient tous et detrenchent. Et
quant il ont ce fait, si en mercient molt Nostre Signor del honnour
que faite lor avoit en icele jornee.

697. Lors s'en vint mesire Gavains et li rois Bans devant le roi
Artu et devant toute la baronnie et presenta le roi Nante sa feme, si

Nantes. Il raconta à tout le monde comment il l'avait secourue. Le roi les remercia tous et leur manifesta une grande joie. Tous les barons en furent également très heureux. Ils se retirèrent alors un peu du champ où la bataille s'était déroulée. Le roi Arthur fit dresser sa tente dans la prairie de Garlot près de la rivière et les barons firent de même puis ils se reposèrent jusqu'au lendemain matin. La reine rentra au château de Garlot et, dès qu'il fit jour, le roi Arthur se mit en route directement vers Clarence. Mais ici le conte se tait au sujet du roi Arthur et de ses barons et revient à Margon, l'échanson du roi Pignoret, pour raconter comment il se dirigea vers la fontaine où il avait attaché son cheval à un olivier[1] qui se trouvait par là.

698. Le conte dit que Margon se tapit dans un buisson tandis que monseigneur Gauvain, le roi Ban et leur compagnie emmenaient la reine. Margon s'en retourna à la fontaine où il retrouva son cheval qu'il avait attaché à un olivier. Il l'enfourcha et chevaucha jusqu'au camp établi devant Clarence. Il raconta au roi Clarence que tous les fourriers qu'il avait envoyés étaient morts et vaincus. En entendant cela, le roi Hargodabrant fut très affligé et courroucé. Le roi Goisdebœuf[1] s'avança et dit au roi Hargodabrant : « Seigneur, si tel était votre désir, j'irais voir ce qu'il en est et j'emmènerai avec moi Salebrun de la Galoie, Sorbarès, Melecsous et le roi Bamangue. Nous prendrons une compagnie de quarante

---

conta oiant tous conment il l'avoit rescousse. Et li rois les en mercie tous et lor fist molt grant joie et tout li baron en furent molt lié. Et lors se traient un poi en sus del champ ou la bataille avoit esté. Si fist li rois Artus tendre son tref en la praerie de Garlot sor la riviere et autresi firent tout li baron conmunement et se reposerent jusqu'a l'endemain. Si entra la roïne el chastel de Garloth et au matin, si tost com il fu jours, se mist li rois Artus au chemin tout droit vers Clarence. Mais ici endroit se taist li contes du roi Artu et de sa baronnie et retourne a parler de Margon, le bouteillier au roi Pignoras, conment il se repaira vers la fontainne ou il avoit son cheval atachié a un olivier qui cele part estoit.

698. [e] Or dist li contes que tant se tapi Margons el bruellet que mesire Gavains et li rois Bans et lor compaingnie en orent mené la roïne. Et lors s'en repaira Margons a la fontainne et trouva son cheval que il avoit atachié a un olivier. Si monta et chevaucha tant qu'il vint a l'ost devant Clarence et conta au roi Hargodabran que tout li fourrier que il avoit envoiié estoient tout mort et desconfit. Et quant li rois Hargodabrans l'entendi, si en fu molt dolans et coureciés. Et lors sailli sus li rois Goisdebuef et dist au roi Hargodabran : « Sire, s'il vous plaisoit, je iroie veoir que ce est et menroie avoec moi Salebrun de la Galoie et Sorbare et Melecsous et le roi Branmagne. Et men-

mille hommes car je ne pourrai jamais croire ni admettre
que quatre hommes aussi valeureux que le roi Brandon votre
cousin, le roi Pincenart, le roi Pignoret et le roi Magloras
aient pu être réduits par la force à connaître la défaite. »
Pendant qu'ils tenaient ces propos, voici qu'arriva Sinarus
qui avait le poing coupé. Il leur exposa la vérité et son bras
confirmait ses dires.

699. Quand le roi Hargodabrant vit Sinarus dans cet état,
il en fut terriblement affecté car il l'aimait beaucoup. Quand
il apprit en outre la mort des quatre rois, il manqua d'en
perdre l'esprit car le roi Magloras et le roi Brandon étaient
ses neveux. Il demanda au roi Gondelfe d'aller venger ses
neveux et celui-ci accepta très volontiers. Il se mit en route
et emmena avec lui cinquante mille Saxons. Ils répartirent
leurs gens en cinq bataillons, chacun comprenant dix mille
Saxons. Le roi Salebrun prit le commandement du premier
et le duc Lanor de Betignes, celui d'un autre, le roi Méliadus,
le comte Fraugilles, le roi Brangor et le châtelain Malakin[1]
le quatrième, le roi Gondelfe et son frère Transmaduc le
cinquième. Les bataillons levèrent le siège de Clarence les
uns après les autres et se mirent en route vers le château
de Garlot. À force de cheminer jour et nuit, ils rencontrèrent Merlin dans une très belle prairie qui avait bien une
lieue et demie de long. C'est là que Merlin avait disposé
les sept bataillons qui étaient arrivés les premiers. Le roi

---

rons en nostre compaingnie .XL.M. homes. Car je ne porroie croire ne
quidier que .IIII. poissant home come li rois Brandons vostre cousin
et li rois Pincenars et li rois Pignoras et li rois Magloires peüssent
estre mené par nule force a desconfiture. » Endementres qu'il disoit
ceste parole, estes vous venus Synarus qui le poing avoit copé. Et cil
lor en dist vraies nouveles et les enseignes de son bras.

699. Quant li rois Hargodabrans voit Synarus si atourné si en fu a
merveilles dolans car il l'avoit amé de grant amour. Et quant il sot la
mort des .IIII. rois si en fu ausi come tous fors del sens, car li rois
Magloras et li rois Brandons estoient si neveu. Puis dist au roi
Gondefle que il voist prendre vengance de ses neveus. Et cil dist :
« Molt volentiers. » Si se met a la voie et enmainne avoec lui .L.M.
Saisnes. Si deviserent lor gent en .V. batailles et en chascune .X.M.
Saisnes. Si conduist la premiere li rois Salebruns et li dus Lanor de
Betingnes l'autre, et li rois Meleadus et li quens Fraugilles et li rois
Brangors et Machadins li chastelains la quarte et li rois Grondeflés et
ses freres Transmaduc la quinte. Icil s'em par[f]tirent del siege de Cla-
rence lés unes eschieles après les autres et se metent a la voie vers le
chastel de Garlot, et errerent tant que de nuit que de jour qu'il
encontrerent Merlin en une molt bele praerie qui[a] bien duroit lieue et
demie de lonc. Et illuec avoit devisé Merlins .VII. batailles des gens

Nantes avec le roi Tradelinant et le duc Escaut commandait le premier composé de vingt mille hommes. Le roi Ban, le roi Bohort et le roi des Cent Chevaliers commandaient le deuxième avec trente mille hommes. Le roi Clarion de Northumberland, le roi de Sorgales et Nabunal, le sénéchal de Gosengot, commandaient le troisième avec trente mille hommes. Cléodalis, le sénéchal de Carmélide, le roi Caradoc et le roi Loth d'Orcanie commandaient le quatrième. Aguingueron, le sénéchal du roi Clamadieu, Florius, le sénéchal du roi Évadain, et le sénéchal du roi Pellès commandaient le cinquième avec trente mille hommes. Le roi Brangoire commandait la sixième avec trente mille hommes. Monseigneur Gauvain avec ses frères et les compagnons de la Table ronde se trouvaient avec le roi Arthur dans le septième qui se composait de tant de monde qu'on saurait à peine le dénombrer.

700. C'est ainsi que s'affrontèrent les armées des chrétiens et les armées des Saxons dans la prairie près de Garlot à une demi-lieue gauloise de la cité. Dès que le roi Salebrun les vit, il s'élança vers eux et Margon le Bouteiller fit de même. Quand le duc Escaut les aperçut, il alla les affronter mais Tremoret, qui était châtelain de Cambénic, s'interposa et frappa Salebrun si violemment sur son écu que sa lance vola en morceaux. Le Saxon le frappa si durement qu'il le transperça du fer de son épieu et l'étendit raide mort à terre. Quand le duc Escaut le vit venir, il en fut très irrité. Il s'élança et frappa Salebrun

---

qui pemiers venoient. Si conduisoit la premiere bataille li rois Nantes et li rois Tradelinans et li dus Eschans atout .xx.m. homes. Et li rois Bans et li rois Boors et li rois des .c. Chevaliers la seconde atout .xxx.m. homes. Et li rois Clarions de Norhomberlande et li rois de Sorgales et Nabunal le seneschal Gosengos la tierce atout .xxx.m. homes. Et Cleodalis, li seneschaus de Carmelide, et li rois Karados et li rois Lot d'Orcanie conduisoient la quarte. Et Aguigneron, le seneschal au roi Clamadeu, et Flamus, le seneschal au roi Evadain, et li seneschaus au roi Pellés de Listenois conduisoient la quinte atout .xxx.m. homes. Et li rois Brangoires conduisoit la siste atout .xxx.m. homes. Et mesire Gavain atout ses freres et li compaingnon de la Table Reonde furent avoec le roi Artu en la setisme ou tant avoit de pueple que a painnes le pooit on nombrer.

700. En ceste maniere s'entr'encontrerent les os des Crestiens et les os des Saisnes en la praerie delés Garloth a demie lieue galesche. Et si tost come li rois Salebruns les vit si laisse courre encontre als, et autresi fist Margons, li bouteilliers. Et quant li dus Eschans les voit si lor vait a l'encontre, mais Tremoret, qui chastelains estoit de Chambenyc, se mist au devant et fiert Salebrun si durement sor son escu que sa lance vole en pieces. Et li Saisnes le fiert si durement que le fer de son espiel li fait passer outre parmi le cors, si le porte mort

avec une grande colère, si violemment qu'il lui planta sa lance dans le corps puis il lui dit : « Lâche ! Traître ! Maintenant tu es mort ! Néanmoins, j'ai perdu mon ami qui était aussi mon cousin et mon homme lige ! »

701. Alors les bataillons s'assemblèrent de part et d'autre et grand fut le fracas des épées ainsi que le bris des lances. Il y eut beaucoup de morts de part et d'autre mais, dès que le roi Ban et le roi Bohort arrivèrent, ainsi que le roi des Cent Chevaliers qui commandaient le deuxième bataillon, ils virent s'avancer un autre bataillon ennemi et se jetèrent sur lui. On aurait pu voir bien des hauts faits d'armes, des chevaliers se renverser et tomber, des hauberts se rompre et se démailler, des heaumes voler des têtes et des écus être arrachés des cous. Il y eut beaucoup de morts de part et d'autre. Quand Merlin vit que les Saxons étaient si redoutables, il s'écria à l'intention du roi Ban : « Que faites-vous ? Vous auriez déjà dû les mettre tous en fuite car vous êtes moitié plus qu'ils ne sont ! »

702. Quand le roi Ban et les autres princes entendirent Merlin crier de la sorte, ils en furent tout honteux. Ils assaillirent alors énergiquement les Saxons. Les Saxons furent obligés de reculer de gré ou de force et ils les firent se replier vers le troisième bataillon que le roi Méliadus et le duc Fraugilles conduisaient sous l'autorité de Betignes. Ils se mirent à

---

a terre tout eſtendu. Et quant li dus Eschans le voit venir si en fu molt iriés. Si laiſſe courre et fiert Salebrun au grant courous qu'il ot, si roidement qu'il li miſt le glaive parmi le cors. Et puis li diſt : « Quivers ! Traitres ! Ore eſtes vous mors ! Pour ce n'ai je mie recovré mon ami qui mes cousins eſtoit et mes hom ! »

701. Atant s'aſamblent les batailles d'une part et d'autre, si i fu molt grans li fereïs des espees et li froiſseïs des lances, si en morut molt et d'une part et d'autre. Mais si toſt come li rois Bans et li rois Boors vinrent, et li rois des .C. Chevaliers, qui la seconde bataille conduiſoient, et il virent l'autre bataille mouvoir, si se ferirent ens. Si i peüſt on ve[*153a*]oïr mainte merveille faire d'armes et chevaliers verser et trebuschier et maint hauberc desrompre et desmaillier et hiaumes voler de teſtes et escus de cols. Si fu molt grans la mortalité d'une part et d'autre. Et quant Merlins voit que li Saisne sont si vertuous si s'escrie au roi Ban : « Que faites vous ? Ja les deüſſies vous avoir mis tous a la voie*a*. Car vous eſtes la moitié plus de gent qu'il ne sont. »

702. Quant li rois Bans et li autre prince oïrent Merlin ensi crier, si en furent tout hontous. Lors courent sus as Saisnes par grant vigour. Si couvint les Saisnes resortir, ou il vausissent ou non, et les firent flatir a force sor la tierce bataille que li rois Meleadus et li dus Frangiles conduisoient et l'onour de Betingues. Et cil se misent a

les affronter et il y eut un combat terrible et prodigieux. Il y eut un grand massacre de part et d'autre et c'était une chose terrible à regarder. Les uns et les autres durent subir la honte. Alors se rassemblèrent les rois Brangor et Malakin le châtelain avec le quatrième bataillon ainsi que Galeguinant et le roi Cléoles. La bataille était si sauvage et si cruelle qu'en peu de temps les champs furent recouverts de morts et de blessés. Durant cette lutte mourut Margon le Bouteiller et les Saxons le regrettèrent beaucoup. Ce fut le roi Ban qui le tua de sa lance. Quand le roi Sorbarès le vit, il en fut très affligé et s'approcha du roi Ban pensant le frapper au milieu de son heaume mais le roi interposa son écu et l'autre y frappa de sorte qu'il le fendit jusqu'à la boucle. Le coup dévia ensuite sur le cou de son destrier et lui arracha la tête. Le roi tomba avec son cheval entre ses cuisses. Le roi Sorbarès s'arrêta près de lui, tirant l'épée pour le frapper, mais Pharien vint à la rescousse du roi Ban et se montra très irrité de voir son seigneur à terre. Il frappa le roi Sorbarès si violemment sur le heaume qu'il le fendit jusqu'aux dents et l'abattit raide mort à terre. Il prit le cheval par les rênes et le conduisit vers le roi pour le faire monter. Une fois remis en selle, le roi Ban se jeta dans la bataille, emporté par la fureur, et il se mit à accomplir de merveilleux exploits. Pharien, Gracien, Antiaume, Dionas, le roi Bohort, le roi Nantes, le duc Escaut et tous les autres princes accomplirent des exploits car il était

---

l'encontre, si i ot estour grant et merveillous, si fu grans l'ocisions d'une part et d'autre que ce estoit espoentable chose a regarder. Si i sousfrirent molt de honte li un et li autre. Et lors se rasamblerent li rois Mancors et Malakins li Chastelains a toute la quarte bataille et Galeguinant et li rois Cleoles. Si fu la bataille cruouse et felenesse si que em poi d'ore furent li champ couvert des mors et des navrés. En cele venue fu mors Margons li bouteilliers, si fu molt regretés des Saisnes, et sans faille li rois Bans l'ocist d'un glaive. Et quant li rois Sorbares le vit, si en fu molt dolans et s'en vint vers le roi Ban et le quide ferir parmi le hiaume, mais il jete l'escu encontre et cil i fiert, si qu'il le fent jusques en la boucle. Si glaçoie li cops sor le col del destrier si qu'il li fist la teste voler. Et li rois chiet et li chevaus entre ses quisses. Et li rois Sorbares s'arreste sor lui l'espee traite pour lui ferir. Mais Phariens vint a l'encontre qui molt fu coureciés de son signour qu'il vit a terre. Si feri le roi Sorbare si durement sor le hiaume qu'il le fendi jusques es dens, puis si l'abat a terre mort tout estendu. Puis prist le ceval par le resne et le mainne au roi et le fait monter. Et quant li rois Bans fu remontés si se fiert en la bataille iriés et maltalentis et conmencha a faire d'armes molt merveillousement. Et Phariens et Graciens et Antiaumes et Dyonas et li rois Boors et li rois Nantes et li dus Eschans et tout li aute prince fai-

impossible à quiconque de rester en selle une fois qu'ils avaient frappé. Les Saxons étaient si redoutables qu'ils causèrent de grandes pertes parmi nos gens. Ils tuèrent tant de nos chrétiens que ce fut prodigieux à voir. Il y avait tant de morts et de blessés, tant de Saxons massacrés que les champs en étaient jonchés de sorte que, pour se battre, les combattants devaient passer sur les morts.

703. Durant ce grand massacre, de part et d'autre, les armées et tous les bataillons entrèrent en action, à l'exception de celui d'Arthur. C'est Merlin qui conduisait celui-ci par un chemin de traverse de façon à prendre l'ennemi de revers. Ils se jetèrent très férocement sur eux dès que monseigneur Gauvain, ses frères, monseigneur Yvain, Éliézer, Sagremor et les compagnons de la Table ronde furent arrivés et eurent rejoint le bataillon. Il fallait voir les exploits de ces habiles chevaliers ! Ils tuaient chevaux et chevaliers, faisaient voler les écus des cous et les heaumes des têtes, ils coupaient pieds et poings et faisaient de tels prodiges que le grand massacre et l'anéantissement des Saxons pourrait paraître incroyable. Keu le sénéchal, à qui Merlin avait confié la mission de porter la grande enseigne du roi Arthur, était toujours en première ligne, comme un homme de grand courage. Monseigneur Gauvain s'illustra mieux que quiconque de même que le roi Arthur qui tuait tous les Saxons qu'il atteignait d'un coup fatal. Les princes, qui étaient venus pour l'amour

---

soient merveilles de lor cors, car après lor cops ne remanoit nus en sele. Et li Saisne estoient si vertuous que molt lor firent grant damage celui jour de nostre gent. Car tant nous ocisent de Crestiens que ce fu merveille [*b*] a veoir tant en i ot de mors et de navrés et tant i ot mort des Saisnes*ᵃ* que li champ furent tout couvert si qu'il ne pooient avenir les uns as autres fors que par desus les mors.

703. Endementres que cele grant ocision fu furent assamblees et d'une part et d'autre les os et toutes les eschieles*ᵃ* fors solement l'eschiele au roi Artu. Et cele enmena Merlins en travers tant que il les orent pris par deriere. Si se ferirent en els molt cruelment et, des que mesires Gavain et si frere et mesire Yvains et Helyezer et Saygremors et li compaingnon de la Table Reonde furent venu et assamblé a la bataille, la peüst on veoir apertes chevaleries faire d'armes. Cil ocient chevaus et chevaliers. Cil font voler escus de cols*ᵇ* et hiaumes de testes. Cil copent piés et poins et font tel merveille de lor cors que a grant painnes porroit on croire le grant ocision et l'esart que il font des Saisnes. Et Kex li Seneschaus qui Merlins avoit baillié a porter le grant enseigne le roi Artu, estoit tous jours el premier front come cil qui molt estoit de grant hardement. Illuec le fist bien sor tous mesire Gavains, et aussi faisoit li rois Artus, quar il n'ataingnoit nul Saisne a droit cop que il ne l'oceïst. Si le firent molt bien li prince qui pour

de Dieu, se battirent fort bien. Ils accomplirent tant d'exploits ce jour-là qu'ils durent mériter l'absolution de leurs péchés. Les chevaliers de la reine surtout combattirent si bien qu'après leurs coups nul ne pouvait plus tenir debout, mais ils renversaient et abattaient tous ceux qu'ils rencontraient sur leur passage de sorte que le champ était recouvert d'un nombre inestimable de morts.

704. Quand les Saxons s'aperçurent qu'ils étaient encerclés, ils en furent très affectés et connurent la défaite. Assurément, ils avaient été si affaiblis que des cinq rois, du comte, du duc et des soixante-huit mille Saxons ne réchappèrent même pas quatre mille d'entre eux car tous les autres étaient morts ou blessés. Certes, ils avaient vendu cher leur peau car il y eut tant de morts parmi les chrétiens que l'on continua de pleurer les disparus jusqu'à la mort du roi Arthur. Plus d'une noble dame resta veuve et plus d'une demoiselle en deuil. Lorsque le duc Gondelfe et le duc Lanor de Betignes constatèrent le grand massacre que les chrétiens avaient fait dans leurs rangs en les tuant, ou en les dépeçant, et virent qu'ils étaient encerclés au point de ne plus pouvoir rejoindre leur armée, ils en devinrent furieux car ils comprenaient bien qu'ils allaient mourir s'ils ne se concertaient pas rapidement. Alors, ils avisèrent un passage du côté de la mer que les chrétiens avaient laissé libre. Ils prirent cette direction pour fuir en traversant la prairie qui conduisait à proximité de la mer. Quand le roi Arthur les vit,

---

amour Dieu i estoient et furent venu. Icil le firent tant bien en cele journee que bien en durent avoir le pardon. Et si le firent si bien sor tous les chevaliers la roïne car après lor cops ne demouroient nul home en estant, ains trebuschent et abatent quanqu'il ataignent si que li champ estoient si covert des mors et des navrés que nus n'en sot le nombre[c].

704. Quant li Saisne virent qu'il estoient forclos, si en furent si durement esbahi et tournerent a desconfiture. Et sans faille il estoient si durement afebloié que de .v. rois et un conte et d'un duc et de .LXVIII.M. Saisnes n'en eschaperent pas .IIII.M. fors solement, que tout ne fuissent mort et mehaignié. Et sans doute il s'estoient molt chierement vendu, car tant i ot mort de Crestiens que li damage en fu plourés tant come li rois Artus vesqui. Car maite gentil dame en remest veve et maite gentil pucele desconseillie. Quant li dus Gondefles et li dus Lanor de Betingues virent le grant destrucion de lor gent, que li Crestien lor avoient mort et detrenchié, et il virent que il furent forclos en tele maniere que il ne pooient retourner a lor ost, si en furent molt courecié, car il [d] voient bien qu'il sont mort[s] s'il ne prendent d'aus meïsmes conseil. Lors regardent a la traverse par delés la mer ou il virent les Crestiens un petit desclos. Si se misent cele part a la fuie

il s'écria : « Suivons-les ! » et tous ensemble s'élancèrent à
leur poursuite. Il y eut bien des coups assenés dans cette
fuite car les Saxons étaient grands et forts, preux et hardis et
animés d'une grande prouesse. Ils se retournaient par
moments, rapidement, pour affronter ceux qui les pourchassaient et les chrétiens les affrontaient volontiers. Il y eut
nombre de Saxons tués et de chrétiens morts ou blessés.
Ainsi continua la chasse, dans la fuite et l'attaque, jusqu'à ce
qu'ils arrivassent à la mer où mouillaient trois de leurs
navires. C'est Landalis, un Saxon, qui les avait amarrés à cet
endroit parce qu'il attendait les vivres que devaient lui rapporter les pillards du château de Garlot. Les fuyards furent
très heureux de voir les navires et y embarquèrent à qui
mieux mieux. Mais ils ne purent éviter la noyade de vingt
mille des leurs, voire plus. Ceux qui avaient réussi à monter
à bord coupèrent les cordes des ancres, levèrent les voiles et
appareillèrent le plus vite qu'ils purent. Ils s'en allèrent au
gré du vent qui soufflait dans une mauvaise direction.
Quand le roi Arthur et ses barons constatèrent qu'ils les
avaient perdus, ils rejoignirent leurs tentes sur la prairie de
Garlot et rendirent grâces au Seigneur de la victoire qu'il
leur avait accordée dans cette bataille. Quand ils eurent ôté
leurs armes, ils se reposèrent et prirent leurs aises autant
qu'ils le purent car ils en avaient grand besoin. Ils étaient
las et exténués de donner et de recevoir des coups dans ce

---

parmi la praerie droitement a la mer qui prés estoit. Et quant li rois
Artus les en vit aler si s'escrie : « Ore a els ! » Lors laissent courre aprés
aus tout ensemble. Si i ot il maint cop feru en fuiant, car li Saisne
estoient grant et fort et prou et hardi et plain de grant prouece, si
guencissent souvent et menu encontre ciaus qui les suioient. Et li
Crestien les rechurent volentiers. Si i ot maint Saisne ocis et maint
Crestien mort et navré. Si dura la chace en fuiant et en trestornant tant
qu'il en vinrent a la mer ou il trouverent .III. de lor galies que Landalis,
uns Saisnes, conduisoit qui illuec estoient aresté pour atendre vitaille
de ciaus qui avoient alé en fuerre au chastel de Garlot. Et quant li
fuiant virent les galies si en furent molt lié, si se ferirent ens qui mix
mix et qui ains ains. Mais onques tant ne se sorent garder qu'il n'en i
eüst noiiés plus de .xx.m. et plus. Et cil qui furent entré es nés coperent les cordes des ancres et drecierent lor voiles et s'esquiperent en
mer au plus tost qu'il porent et s'en vont la ou li vens les mainne qui
malement a tournee sa roe. Et quant li rois Artus et sa baronnie virent
qu'il orent ensi ciaus perdus, si s'en tournerent en la praerie de Garlot
a lor tentes, si aourent molt a Nostre Signour de la victoire qu'il lor
avoit donnee en cele bataille. Et quant il furent desarmé si se reposerent et aaisierent de quanque il porent come cil qui en avoient molt
grant mestier. Car las estoient et treveillié de cops donner et recevoir

combat qui avait été si violent. Ils mangèrent et firent
ensuite examiner leurs blessés puis ils les firent transporter
jusqu'au château de Garlot. Ils étaient trente-cinq chevaliers
bien comptés. Il y eut cinq blessés parmi les chevaliers de la
Table ronde, ce qui affligea et contraria le roi Arthur. Le
premier fut Hervi de Rivel, le deuxième Malet le Brun, le
troisième Clamadieu, le quatrième Aristobole et le cinquième
Landes de Carmélide. Le roi pria les médecins d'en prendre
soin. Ceux-ci lui répondirent de ne pas s'inquiéter car ils
seraient bientôt sains et dispos avec l'aide de Dieu. Le roi
et tous ses barons en furent très heureux. Ils restèrent là
toute la nuit jusqu'au lendemain matin lorsque Merlin leur
demanda de démonter tentes et pavillons et de le suivre, fin
prêts pour l'attaque. Il fut fait ainsi qu'il l'ordonna. Quand
ils furent prêts, ils se mirent en route tout droit vers la cité
de Clarence. Ils parvinrent si près de l'armée d'Hargodabrant
qu'ils purent apercevoir ses tentes et ses pavillons. Merlin les
montra au roi Arthur en disant : « Seigneur, voyez là-bas
ceux qui ont donné l'ordre de détruire et de dévaster les
terres de vos barons ! Aujourd'hui arrive l'heure de la vengeance ! Aujourd'hui, vous avez tout à perdre ou tout à
gagner ! Aujourd'hui, on verra les vrais courageux ! Aujour-
d'hui, on verra qui sait frapper de l'épée ou de la lance.
Aujourd'hui, on assistera aux grandes prouesses des hommes
du royaume de Logres. Aujourd'hui, tout devient vital et

---

en l'estour qui molt grans avoit esté. Si mengierent et, aprés mengier,
regarderent lor malades et les en firent porter el chastel de Garloth. Et
furent .xxx.v. chevalier par conte. Et .v. en i ot navré des chevaliers de
la Table Reonde dont li rois Artus fu molt dolans et molt coureciés. Si
en estoit li uns Hervis de Rivel et li autres Males li Bruns et li tiers
Clamadas et li quars Aristobolus et li quins Landes de Carmelide. Si
proiia li rois as mires qu'il em preïssent garde. Et il li disent qu'il ne
s'esmaiast mie, car il les rendroit a brief terme sains et haitiés a l'aïde
de Dieu. Si en fu li rois [*a*] molt liés et si baron tout. Si sejournerent
tout cele nuit jusques a l'endemain que Merlins lor rouva a destendre
trés et paveillons et que tout venissent aprés lui aprestés de lor anemis
envaïr. Si fu fait ensi com il le conmanda. Et quant il furent apareillié
si se misent au chemin tout droit vers la cité de Clarence. Et quant il
vinrent si prés de l'ost Hargodabran que il pooient veoir lor trés et lor
paveillons apertement, si les moustra Merlins au roi Artu et li dist :
« Sire, veés la ciaus par qui conmandement la terre a vos barons a esté
gastee et destruite. Ore i parra conment il en iert hui vengance prise.
Hui estes vous a tout perdre ou a tout gaaingnier. Hui verra on qui
aura hardement en soi. Hui verra on qui saura ferir d'espee ne de
lance. Hui aparront les grans proueces del roiaume de Logres. Hui iert
li grans mestiers et li grans besoins. Car hui iert li roiaumes de Logres

nécessaire ! Aujourd'hui, le royaume de Logres sera détruit ou exalté dans l'honneur ! Je vous demande, ajoute Merlin, ainsi qu'à tous vos hommes de prier Notre-Seigneur pour qu'il évite au royaume de Logres la honte et la malédiction. » Ils souhaitèrent qu'il en fût ainsi et proclamèrent tous, proches ou inconnus, qu'ils agiraient exactement selon ses ordres et sa volonté. Merlin leur dit que, s'ils se conformaient à ses conseils, ils n'auraient à redouter personne et qu'ils obtiendraient la victoire le jour même. Les hommes lui répondirent qu'ils étaient fin prêts : « Je veux que vous me promettiez d'obéir à mes ordres », fit Merlin. Ils lui répondirent qu'ils le feraient volontiers.

Défaite des Saxons à Clarence.

705. « Je veux aussi, ajouta Merlin, que vous me le promettiez, vous, seigneur Arthur, au premier chef ! » Le roi lui répondit qu'il pouvait être sûr qu'il agirait en tout selon sa volonté. Il lui en fit la promesse aussitôt ainsi que tous les autres. Merlin dit alors : « Cher seigneur, voici venir le jour de l'anéantissement de la terre de Grande-Bretagne, si Dieu n'y met bon ordre. Cela ne pourra être évité d'aucune manière et ces gens ne seront ni chassés ni refoulés d'ici tant que vous n'aurez pas conclu la paix avec le roi Arthur. C'est justement ce que vous m'avez promis. » Ces propos ne plurent guère à certains des barons. Mais il n'en pouvait être autrement et ils se rangèrent tous à la volonté de Merlin. Ils

---

destruis ou honerés. Si vous fais a savoir, fait Merlins, a tous les barons ensemble, que vous proiiés tout a Nostre Signour qu'il desfende le roiaume de Logres de honte hui et de mescheance. » Et il dient que tout ensi en soit il. Et puis escrient tout, privé et estrange, que il en feront del tout a son conmandement et a son plaisir. Et il lor dist que par son conseil en voellent il ouvrer que il n'ont garde de nului et qu'il en auront la victoire hui en cel jour. Et cil li dient qu'il en sont prest et apareillié. « Je voel, fait Merlins, que vous me le creantés que vous del tout a mon voloir en ferés. » Et cil dient que si feront il molt volentiers.

705. « Encore, fait Merlins, voel je que vous me le creantés, sire rois Artus, premierement. » Et li rois dist que de ce en soit il asseür, qu'il est prés de faire sa volenté del tout. Si li creante tout maintenant, et ensi firent tout li autre. Et lors lor dist Merlins : « Biaus signours, hui est venus li jours de la destrusion de la terre de la Grant Bretaigne se Dix n'i met conseil. Ne ele ne puet estre destournee en nule maniere, ne ceste gent ne sera sevree ne chacie, devant que vous aurés fait pais au roi Artu. Et c'est ce que vous m'avés acreanté. » Quant li baron l'entendent si en i ot de tels a qui il ne fu mie bel. Mais autrement ne pooit estre, ains otroient tout a la volenté de Merlin. Et firent

prêtèrent tous hommage au roi Arthur les uns après les autres et tous ceux qui étaient concernés reçurent de lui leurs terres et leurs fiefs. Une grande joie régna dans toute l'armée. Ils élaborèrent alors leur plan de bataille et se dirigèrent vers les Saxons qui assiégeaient jour après jour la riche cité de Clarence. Mais elle était si ferme qu'ils ne pouvaient lui causer le moindre mal car elle était bien pourvue de bons combattants et de vivres. Tous ceux qui pouvaient porter les armes sur plus de dix lieues à la ronde se trouvaient dans la cité. Il y avait des chevaliers et des bourgeois, les uns et les autres étaient plus de soixante-quinze mille, tous preux et vaillants, prêts à en découdre, et ils se défendaient très énergiquement contre les Saxons. Ils leur lançaient force carreaux et pieux acérés et parvinrent à en abattre un grand nombre qui ne se relevèrent plus jamais. L'assaut battait son plein au moment où Merlin arriva avec sa compagnie, tenant en main la grande enseigne. Quand il parvint près des tentes, il envoya ses gens aux quatre coins du camp saxon et ils s'élancèrent sur les pavillons, coupant cordes et lisses et renversant les tentes. Les Saxons, qui n'avaient pas vu venir cet assaut, entendirent toutefois le fracas, le vacarme et les cris et virent que, de tous côtés, on renversait leurs tentes. Ils prirent peur, abandonnèrent l'assaut et coururent vers le camp à qui mieux mieux. Le bruit et les cris de ralliement autour de leurs enseignes provoquèrent un tel vacarme qu'on aurait certaine-

---

tout homage au roi Artu l'un aprés l'autre et rechurent lor terres et lor fiés de lui tout cil qui le durent faire. Si en fu molt grans la joie par toute l'ost. Et lors deviserent [e] lor batailles et s'en vont encontre les Saisnes qui tout estoient au siege devant la riche cité de Clarence qu'ilᵃ assailloient de jour en jour. Mais ele estoit si forte qu'il n'i pooient riens fourfaire, car ele estoit molt bien garnie dedens de bone gent et de vitaille. Car tout cil qui armes pooient porter de .x. lieues environ estoient en la cité, chevaliers et bourgois, et uns et autres dont il i avoit plus de .LX. et .XV.M. qui tout estoient prou et hardi et bien desfendable, qui la cité desfendoient molt vigherousement encontre les Saisnes et lor lançoient maint quarrel et maint pel agu dont il firent maint Saisne trebuschier et verser qui onques puis ne releverent. Si estoit molt grans li assaus a l'eure et au point que Merlins i vint et sa compaignie a la grant enseigne paumoiant. Quant il vint prés des tentes si envoia sa gent en .IIII. parties de l'ost des Saisnes, et se ferirent parmi les paveillons, si conmencierent a coper cordes et liches et verserent trés et tentes. Et li Saisne, qui de cele venue ne se prenoient garde, oïrent le bruit et la noise et les cris et virent les paveillons verser de toutes pars. Si en furent molt esfreé et laissierent l'asaut et coururent cele part qui mix mix. Si i ot tel noise et tel cri a lor enseignes crier que on les peüst bien avoir oï de demie

ment pu l'entendre à une demi-lieue de distance. Une féroce et prodigieuse bataille s'engagea. Les uns et les autres frappaient de leurs lances et de leurs épées. Il y eut un grand massacre dans les deux camps. Pour un chrétien, il y avait quatre Saxons, bien plus grands et bien plus forts que les chrétiens ne l'étaient eux-mêmes, mais ces derniers étaient prodigieusement rapides et lestes, bien exercés au combat, dans les grandes mêlées comme dans les guerres.

706. Quand les chrétiens arrivèrent dans le camp des Saxons, vous auriez pu voir s'engager une prodigieuse mêlée. Au premier assaut, nombre de chrétiens furent abattus et beaucoup de Saxons tués, ce qui courrouça et affligea fort le roi Hargodabrant. Il tenait en main un grand épieu de chêne avec une pointe de fer très tranchante et il s'élança à vive allure, avec toute la rapidité de son cheval, sur le roi Cléoles qui participait à cette guerre pour l'amour de Notre-Seigneur avec sept mille hommes se battant fort bien dans la mêlée. Quand le roi Cléoles le vit venir, en homme de grand courage, il ne chercha pas à s'esquiver mais il fit faire volte-face à son cheval, il mit lance sur feutre et le bouclier devant sa poitrine. Ils se frappèrent l'un et l'autre sur leur écu, entraînés par la vive allure de leurs chevaux, percèrent et trouèrent les écus et démaillèrent leurs hauberts. Le fer de leurs lances frôla leur flanc sans atteindre leur chair. Les écus s'entrechoquèrent car les chevaux arrivaient à bride abattue. Les poitrines des deux

---

lieue loing. Si conmencha la bataille fiere et merveillouse et fierent des espees et des lances les uns sor les autres. Si i fu molt grant l'ocision d'une part et d'autre, mais a chascun Crestien qui i fu i ot .IIII. Saisnes et plus grant et plus fort que li Crestien n'estoient. Mais a merveille estoient viste et legier et drut de bataille furnir en grant estor et en grant guerre.

706. Quant li Crestien furent venu en l'ost des Saisnes si peüssiés veoir merveillous estour conmencier. Si i ot au premier poindre maint Crestien abatu et maint Saisne mis a la mort dont li rois Hargodabrans fu molt coureciés et dolans. Et il tint en sa main un grant plançon de chaisne a un fer trenchant et s'en vint grant aleüre tant com il pot del cheval traire envers le roi Cleoles qui pour l'amour de Nostre Signour estoit venus en cele guerre atout .VII.M. homes qui molt bien le faisoient en l'estour. Et quant li rois Cleoles le vit venir, si ne li daingna guencir com cil qui estoit de grant hardement, ains li trestorne la teste de son cheval, la lance sor le feutre mise, l'escu tourné devant son [f] pis. Si s'entreferierent es grans aleüres des chevaus sor les escus si durement que il les percent et estroent et desmaillent les haubers et s'en passent li fer des glaives rés a rés des costés, mais en char ne se sont touchié. Si s'entr'encontrent des escus, car li cheval vinrent de grant ravine, et s'entreferient pis a pis

rois se heurtèrent si violemment qu'ils furent l'un et l'autre
projetés à terre. Leur cheval s'effondra sur eux et leur lance
vola en éclats. Ils restèrent par terre tant assommés que ni
l'un ni l'autre ne put bouger. Les chevaux gisaient sur eux
comme s'ils étaient morts mais, en dessous, les deux rois
étaient évanouis. Une grande lutte s'engagea pour aider les
deux rois à remonter en selle. Tous les bataillons des Saxons
étaient accourus vers leur chef et ceux des chrétiens firent de
même. De nombreux coups pesants furent échangés. Les
Saxons parvinrent à remettre en selle le roi Hargodabrant
mais, auparavant, plus de deux mille hommes trouvèrent la
mort tant d'un côté que de l'autre. Les chrétiens, pour leur
part, remirent en selle le roi Cléoles mais remarquèrent qu'il
s'était cassé le bras gauche dans sa chute. Ses hommes en
furent très affligés et très fâchés. Ils le firent aussitôt porter
au camp. Quand ils l'eurent couché et soulagé de ses armes,
le roi appela très calmement ses hommes et les pria de
retourner au combat. Il les plaça sous la conduite de son
sénéchal, Aguyonance. Ils se soumirent à ses ordres et rejoignirent aussitôt la bataille, très excités et bien décidés à venger leur seigneur. Dans leur assaut, ils tuèrent deux rois
saxons dont l'un se nommait Brangor et l'autre Margonce[1].
Ce Margonce était le cousin germain d'Angis le Saxon. Ils
accomplirent tant d'exploits qu'ils reçurent de grands éloges
et furent admirés des Saxons et des chrétiens. Ailleurs com-

---

si durement qu'il s'entreportent a terre, les chevaus sor les cors, et li
glaives vole en pieces. Et il remesent a terre si estonné qu'il n'i ot
celui qui se peüst remouvoir, car li cheval gisoient autresi sor els
come s'il fuissent mort et li .II. roi estoient pasmé desous. Si fu grans
la bataille a remonter les .II. princes, car toutes les batailles des
Saisnes coururent cele part, autresi firent celes des Crestiens. Si i ot
maint cop pesant donné et recheü. Si monterent li Saisne le roi Hargodabran, mais ançois en i ot mors plus de .II.M. que des uns que des
autres. Et d'autre part ont remonté li Crestien le roi Cleoles, mais il
trouverent qu'il avoit le bras brisié au chaoir qu'il fist. Si en
furent si home molt dolant et molt courecié, si le firent porter tout
maintenant au hernois. Et quant il l'orent couchié et apareillié il apela
ses homes molt doucement et lor proie qu'il alaissent ariere a la
bataille, et si les bailla a guier Aguyonance, son seneschal. Et cil li
otroient son plaisir et se refierent ariere en la bataille, irié et entalenté
de lor signour vengier. Si en ocisent en cele envaïe .II. rois des
Saisnes dont li uns estoit apelés li rois Brangor et li autres li roi Mar-
gonces. Cil Mergonces estoit cosins germains Augis le Saisne. Si
commencierent tant a faire d'armes que molt en furent loé et proisié
et regardé a grant merveille des Saisnes et des Crestiens. Et de l'autre
part de la bataille se combatoit li rois Bans et li rois Boors et li rois

battaient les rois Ban, Bohort, Nantes et Urien. Ailleurs
encore, les rois Tradelinant de Norgales, celui des Cent Chevaliers, le roi Clarion de Northumberland et le duc Escaut de
Cambénic. Ailleurs combattaient le roi Bélinant d'Estrangorre, le roi Aguisant, le roi Yder, Minoras, le sénéchal du roi
Lac, et Claalant, le sénéchal de Listenois. Ailleurs se battaient
Aguingueron, le sénéchal du roi Clamadieu, et Florius, le
sénéchal du roi Énadain, frère du roi Clamadieu, et Galeguinant, le sénéchal de Galehaut, fils de la Géante, le duc Bélias
de Dones et Margonde, le sénéchal de Sorelois, qui étaient
tous venus pour l'amour de Notre-Seigneur. Ailleurs combattaient Gosengot, le fils du roi Amant, et Nabunal son sénéchal, Cléodalis, le sénéchal du roi Léodegan de Carmélide.
Ailleurs se trouvaient le roi Arthur, le roi Loth d'Orcanie,
monseigneur Gauvain, Agravain, Guerrehet, Gaheriet, monseigneur Yvain, le fils du roi Urien, Sagremor et Keu le sénéchal qui portait l'enseigne. La bataille avait si bien commencé
de toutes parts que c'était merveille à voir. Merlin allait d'un
front à l'autre, monté sur un cheval de chasse, et criait très
fort : « C'est le moment ou jamais ! C'est le moment ou
jamais, seigneurs chevaliers ! Voici venir le jour et l'heure où
l'on pourra voir vos prouesses ! » Quand les rois et les
princes entendirent Merlin crier ainsi, ils firent montre de
toute la force qui les habitait. Quand les assiégés virent le

---

Nantes et li rois Uriens. Et de l'autre part li rois Tradelinans de Norgales et li rois des .c. Chevaliers et li rois Clarions de Norhomberlande et li dus Eschans de Cambenyc. Et de l'autre part se recombat
li rois Belynans d'Estrangorre[a] et li rois Aguiscans et li rois Yders et
Mynadoras li seneschaus au roi Lac et Claalant li seneschaus de
Listenois. Et de l'autre part se combat Aguigueron, le seneschal au
roi Clamadeu, et Florius le seneschal au roi Evadaim, qui freres estoit
au roi Clamadeu, et Galeguinant, le seneschal Galeholt, li fix a la
gaiande, et li dus Belyas de Rosnes et Margondes, li seneschaus
de Soreloys qui tout i es[154a]toient venu pour l'amour de Nostre
Signour. Et d'autre part se combatoit Gosengos, li fix au roi Amant,
et Nabunal son seneschal et Cleodalis le seneschal au roi Leodegan
de Carmelide. Et de l'autre part fu li rois Artus et li rois Loth d'Orcanie et mesire Gavain et Agravain et Guerrehes et Gaheries et
mesire Yvains, li fix au roi Urien, et Saygremors et Kex li Seneschaus
qui l'enseigne porte. Si fu la bataille commencie si bien de toutes
pars que ce fu merveille a veoir. Et Merlins aloit d'une bataille a
autre et seoit sor un grant chaceour et crioit a hautes vois : « Ore i
parra ! Ore i parra, signour franc chevalier ! Hui est venus li jours et
l'eure que on verra vos proueces ! » Et quant li roi et li prince oent
ensi escrier Merlin, si se metent en abandon de moustrer la plus
grant force que il ont. Et quant cil de la cité voient le caplé si mortel

cruel et mortel combat, les chrétiens et les Saxons tomber à
terre les uns sur les autres en très grand nombre, et les
enseignes blanches à croix vermeille[2], ils pensèrent aussitôt
que c'étaient les renforts que Notre-Seigneur leur avait
envoyés. Ils firent ouvrir les portes et sortirent de la cité en
armes. Ils se jetèrent dans la bataille, puissamment armés, et
se mirent à accomplir des exploits. Les autres chrétiens firent
de même mais ils rencontraient chez les Saxons une forte
résistance. Les barons et les princes, qui avaient entendu Merlin crier que le grand jour était arrivé, déployaient toute la
puissance dont ils étaient capables et s'en tirèrent si bien
qu'ils eurent le dessus sur les Saxons. Quels que furent leurs
exploits ce jour-là, c'est le roi Arthur, monseigneur Gauvain
et ses frères, monseigneur Yvain, Sagremor, Éliézer, le roi
Ban et le roi Bohort qui furent les plus valeureux. Ils se battaient de manière si incomparable que, face à leurs coups,
aucun chevalier ne restait en selle et que, contre l'acier de
leurs épées, aucune armure ne résistait. Avec une grande hardiesse, ils se comportèrent si bien en toutes occasions qu'ils
provoquèrent la défaite des Saxons car ils n'aspiraient pas à
tuer de pauvres Saxons isolés mais se dirigeaient vers l'endroit
où se trouvait la plus grande masse de destriers et d'hommes
en armes. Ils se tirèrent si bien d'affaire que, parmi tous les
rois amenés par le roi Hargodabrant, cinq seulement outre lui
réussirent à s'échapper. Le premier fut le roi Orient, le

---

et si dolerous et il virent Crestiens et Saisnes verser a terre si espessement que li un chaoient sor les autres, et il virent les enseignes as
crois vermeilles qui blanches estoient, si pensent bien que ce estoit
secours que Nostres Sires lor avoit envoié. Si font ouvrir les portes
et s'en issirent fors de la cité tout armé, se ferirent en la bataille tout
armé molt vigherousement et commencierent a faire merveilles
d'armes. Et autresi firent tout li autre, mais molt trouverent es
Saisnes grant desfense. Mais li baron et li prince qui avoient oï Merlin crier que li jours estoit venus del grant besoing, si i mist chascuns
le greignour force que il pot, et le commencierent si bien a faire de
toutes pars que molt misent des Saisnes au desous. Mais qui que le
feïst bien ne qui non, en cele journee les passa tous li rois Artus
entre lui et mon signour Gavain et si frere et mon signour Yvain et
Saygremors et Helyezer et li rois Bans et li rois Boors. Icil sans doute
le fisent trop merveilleusement bien de lor cors, car encontre lor
cops ne remaint chevaliers en sele ne encontre lor achier n'avoit
armeüre duree. Si le fisent si bien en totes choses par le grant hardement de lor cors que li Saisne furent mis a desconfiture, car il ne
baoient mie a ocirre povres Saisnes, ains tournerent les testes de lor
chevaus cele part ou la grant parance d'armes et des destriers estoit.
Si le firent si bien que de tous les rois que li rois Hargodabrans i

deuxième Sorbarès, le troisième Cornican[3], le quatrième fut l'émir Napin et le cinquième Murgalant de Trébehan[4]. Ces cinq rois parvinrent à prendre la fuite avec le roi Hargodabrant et avaient bien dans leur compagnie trente mille Saxons qui quittèrent la bataille, à bride abattue, totalement humiliés et défaits. Ils rejoignirent directement leurs navires et ceux qui ne voulaient pas les lâcher se mirent à les poursuivre énergiquement jusqu'à la mer. Ils les talonnèrent de si près que, lorsque les Saxons tentèrent d'embarquer, la moitié au moins mourut ou fut blessée. Ceux qui avaient réussi à embarquer appareillèrent, tout irrités et affligés des grandes pertes qu'ils avaient subies. Ils n'avaient pas remporté la meilleure part assurément. Ils ne naviguèrent pas bien longtemps avant d'apercevoir la nef du roi Gondelfe et du roi Lanor qui fuyaient le lieu de leur défaite. Les uns et les autres se reconnurent et furent très fâchés et irrités des pertes qu'ils avaient connues. Ils repartirent sur mer, toutes voiles dehors. Mais à cet endroit le conte se tait à leur sujet et revient au roi Arthur et à sa compagnie pour raconter comment ils embarquèrent et s'en retournèrent très heureux et comblés de la victoire que Dieu leur avait accordée sur leur ennemi.

707. Le conte dit que, lorsque le roi Arthur eut défait les Saxons et que ces derniers eurent embarqué sur leurs navires, il revint heureux et comblé avec ses barons et alla sur le

---

avoit amené n'en eschapa que lui sisisme. Et de ciaus fu li uns li rois Oriens, et li secons Sorbares, et li tiers li rois Cornicans, et li quars fu l'amiraus Napins et li [*b*] quins Murgalant de Trebehans. Icil .v. eschaperent avoec le roi Hargodabrant et orent bien en lor compaignie .xxx.m. Saisnes qui tout se departirent de la bataille mat et desconfit a la grant force de lor chevaus, et s'en vinrent fuiant droit a lor navie. Et cil qui laissier les voloient les enchaucierent molt vigherousement jusques a la mer. Et il les tinrent si cours a l'entrer des nés qu'il en i ot bien que des mors que des navrés que de noiés la moitié ou plus. Et cil qui es nés se misent s'esquiperent irié et dolant de la grant perte que il orent faite, si n'orent pas le gregnour gaaing. Et il n'orent mie granment erre quant il virent la nef au roi Gondefle et au roi Lanor qui s'enfuioient de la desconfiture. Si connurent li un les autres et furent molt irié et molt dolant de la perte qui avenue lor estoit. Si s'en vont en tel maniere siglant parmi la mer. Mais ici endroit se taist li contes d'aus et retourne a parler del roi Artu et de sa conpaingnie ensi com il entrerent es nés et s'en repairierent lié et joiant de la victoire que Dix lor avoit envoie par desore lor anemis.

707. Or dist li contes que[*a*] quant li rois Artus ot desconfit les Saisnes et il furent entré es nés, si s'en repaira liés et joians entre lui et sa baronnie et s'en alerent el champ de la bataille. Si mercient

champ de bataille. Ils rendirent grâces à Dieu très humblement de leur avoir accordé l'honneur d'une victoire ainsi
qu'un grand butin qui consistait en vêtements de soie, en or,
en argent, en somptueuses tentes, en bons destriers et en
excellentes armes. Le roi Arthur les fit distribuer à tous avec
l'accord de ses barons selon le rang que chacun occupait et
ne garda pas un seul denier pour lui-même. Les princes heureux et comblés firent ensuite leur entrée dans la cité, puis ils
firent enterrer les morts et examiner les malades et séjournèrent cinq jours. Dans tout le pays se répandit la nouvelle
que les Saxons avaient été chassés de la cité de Clarence,
qu'ils avaient été anéantis et tués. Les Saxons avaient quitté le
pays et ceux qui avaient pu échapper à la défaite étaient
retournés en Saissoigne, très affligés et courroucés de la mort
de leurs amis. Après cinq jours passés à se réjouir et à
festoyer dans la cité de Clarence, les princes se séparèrent
d'Arthur et chacun retourna dans son pays.

708. C'est ainsi qu'ils le quittèrent quoiqu'ils fussent toujours très attachés à lui et tinssent toujours de lui leurs
domaines et leurs fiefs. Quant aux princes étrangers qui
étaient venus l'aider pour l'amour de Notre-Seigneur, ils rentrèrent dans leur pays. Les rois Arthur, Ban de Bénoïc,
Bohort de Gaunes, Loth d'Orcanie, monseigneur Gauvain et
leurs compagnons ainsi que leur suite furent accueillis en
grande joie dans la cité de Camaalot par la reine Guenièvre et

---

Dieu molt doucement del honour et de la victoire qu'il lor a consen-
tie a avoir et del grant gaaing que il orent fait de dras de soie et d'or
et d'argent et de riches paveillons et de bons destriers et de bones
armes. Si les fist li rois Artus par l'otroi de ses barons departir a tous
communement selonc ce que il estoit, si qu'il n'i retint vaillissant un
denier. Et puis s'en enterrent li prince en la cité lié et joiant et firent
enterer les mors et les malades regarderent illuec et sejournerent .v.
jours. Et la nouvele courut par le païs que li Saisne estoient ensi
enchacié de la cité de Clarence et destruit [d] et ocis. Si vuiderent li
Saisne le païs, cil qui n'avoient mie esté a la desconfiture, et s'en
retournerent en Saysoigne dolant et coureció de lor amis que il
avoient perdus. Et quant li rois Artus ot demouré en la cité de Clarence .v. jours en feste et en joie, si s'em partirent li prince de lui et
s'en ala chascuns en son païs.

708. Ensi se departirent par grant amour et retinrent de lui lor
honours et lor fiés. Et li estrange prince qui pour l'amour de Nostre
Signour i estoient venu, si s'en retournerent ariere en lor païs. Et li
rois Artus et li rois Bans de Benuyc et li rois Boors de Gaunes et li
rois Loth d'Orcanie et mesire Gavains et cil de lor compaingnie et cil
de lor maisnie i furent recheü a molt grant joie dedens la cité de
Camaaloth de la roïne Genievre et de tout le pueple. Et lors s'en vint

tout le peuple. Merlin alla trouver alors le roi Arthur et lui dit : « Seigneur, Dieu merci, vous avez pour cette fois débarrassé notre terre de cette engeance. Vous devez vous en réjouir, vous, tous les barons et toute la chrétienté. Tout le monde a retrouvé la paix et la sécurité. Dès lors, le roi Ban et le roi Bohort peuvent retourner dans leur pays car il y a longtemps qu'ils n'ont pas revu leurs femmes et les gens de leur maison. Ils ont l'un et l'autre un cruel voisin qui chercherait volontiers à leur nuire s'il le pouvait : c'est le roi Claudas de la Déserte[1]. Ils doivent traverser la mer et défendre leurs terres et leurs biens. » Quand le roi Arthur l'entendit, il lui répondit très aimablement : « Cher ami Merlin, fait-il, les princes feront selon leur désir et vous ferez selon le vôtre. Mais je préférerais les garder avec moi plutôt que de les voir partir. Aucun prince ne peut souhaiter se priver de la compagnie de preux comme eux et vous ! Mais, puisque tels sont votre bon plaisir et votre volonté, il me faut vous obéir. — Seigneur, fait Merlin, il convient qu'il en soit ainsi car vous n'avez aucune raison de retarder leur départ. » C'est ainsi que les deux rois les quittèrent et se dirigèrent avec joie vers la mer. Merlin, qui les aimait beaucoup, les accompagna. Après avoir voyagé toute la journée depuis Camaalot, ils arrivèrent le soir à un château qui se trouvait près des marais. Il était si beau, si bien situé et si bien fortifié qu'il ne redoutait aucun assaut. Ce château était clos, tout à la ronde, de sept paires

---

Merlins au roi Artu, si li dist : « Sire, la Dieu merci, vous avés ceste terre delivree de la mauvaise gent a ceste fois. Si en devés grant joie avoir, et vous et tout li baron et toute Crestienté. Car ore sont asseür et em pais. Si s'en puet des ore mais aler li rois Bans et li rois Boors en lor païs, car lonc tans a passé qu'il ne virent lor femes ne lor maisnie. Et il ont en lor terre un felon voisin qui molt lor nuiroit volentiers s'il pooit. C'est li rois Claudas de la Deserte. Si passeront la mer et si prenderont garde de lor terres et de lor affaires. » Et quant li rois Artus l'oï, si li respondi molt debonairement ensi : « Biaus amis Merlin, fait li rois, li prince feront lor volenté et vous le vostre. Mais je ameroie mix le demourer que l'aler, car de la compaingnie a si prodomes come il sont et come vous estes ne devroit[a] nus princes a muer. Ne[b] mais, puis que il vous plaist et vous le volés, il m'en couvient faire vostre volenté. — Sire, fait Merlins, il le couvint ensi a estre. Car il ne vous est nul mestier de lor remuance. » Si s'en departirent en tel maniere li .II. roi et se misent au chemin envers la mer a molt grant joie. Et Merlins, qui molt les ama de grant amour, les convoia. Si lor avint que la premiere nuit qu'il se departirent de Kamaalot que il en vinrent a un chastel qui seoit en une mareschiere, si bel et si bien seant et si bien fremé que il ne doutoit nul asaut. Et cil chastiaus estoit tous clos a la reonde de .VII. paires

de murs élevés, parfaitement crénelés et faciles à défendre. À l'intérieur, l'enceinte comportait cinq tours bien hautes et alignées l'une par rapport à l'autre, bien rondes également. Quatre étaient de taille moyenne et la cinquième était plus grande, merveilleusement fortifiée sur son pourtour et entourée de deux doubles fossés remplis d'eau profonde. La tour du milieu était si élevée qu'une flèche tirée par un arc aurait difficilement pu atteindre le sommet. Tout autour et à l'extérieur des murs se trouvaient des marais de deux lieues de large et de long. Ils étaient traversés de ruisseaux et de cours d'eau de sorte qu'on ne pouvait guère y tenir et y entrer sans y mourir ou s'y noyer. Ce château était flanqué d'une seule entrée si étroite que deux chevaux n'auraient pu s'y croiser. Le marais était traversé par une chaussée large par endroits d'une lance, tout en pierre, en chaux et en sable, solide, épaisse et bien faite. Les passages les plus dangereux étaient en planches et en poutres de sorte que personne ne pouvait passer si on ôtait ces planches. Au bout de cette chaussée se trouvait une rivière assez large mais sur laquelle ne voguait aucun navire. Elle était très belle, très agréable et fort poissonneuse. La chaussée menait à un très beau pin dans un petit pré qui surplombait l'eau et occupait un quartier de terre voire plus, où l'herbe était haute et belle. Le pin était élevé et très branchu et aucune branche n'en dépassait une autre en hauteur. À une belle branche de ce pin, assez haut,

---

de murs espés et haus et cretelés menuement et desfensable bien. Et dedens avoit le baille .v. tours hautes et droites envers les unes toutes reondes les .IIII. moiennes[c] et la cinquisme[d] grant et merveillouse bien hordee tout entor [d] et par defors estoit a doubles fossés tous plains d'aigue grans et parfonde. Et la tor del milieu estoit si haute que a painnes i peüst on traire en son d'un arc manier. Et tout entour a la reonde dehors les murs avoit marés qui duroit .II. lieues en tous sens, si plain de rai et d'aigue que nus n'i peüst durer ne entrer qu'il n'i fust mors ou noiés. Et en cel chastel n'avoit que une sole entree et si estroite estoit ele que .II. chevaus ne s'i encontraissent mie li uns d'encoste l'autre. Et par desus cel marés estoit chaucie de lix en lix ausi lonc con d'une lance de pierre, de chans de sablon, forte et espesse et bien faite. Et li remanans des defautes si estoient des planches et de fust si que nus n'i peüst outre passer qui les planches en eüst ostees. Au chief de cele chaucie avoit une iaue auques grande, mais ele ne portoit mie navie. Mais ele estoit molt bele et molt plaisans et i avoit pescherie molt bele et molt riche. Devant le pié de cele chaucie avoit un pin molt bel en sus de l'aigue dedens un praielet qui tenoit d'espasse d'un quartier de terre ou de plus ou l'erbe estoit haute et bele. Et li pins estoit haus et bien ramus et gentement ne si ne passoit pas l'une branche l'autre de[e] hautour. Et a une branche del pin qui estoit

un cor d'ivoire plus blanc que neige nouvelle pendait à une chaîne d'argent. On sonnait de ce cor si l'on voulait être hébergé ou si l'on voulait demander une joute pour pouvoir traverser le pays. Le cor servait à ce double usage.

Engendrement d'Hector des Marais.

709. Quand le roi Ban, le roi Bohort et leurs compagnons arrivèrent près du pin et qu'ils virent le cor qui y était suspendu, ils s'avisèrent qu'il n'était pas là sans raison. Ils pensaient et croyaient que c'était pour traverser le gué ou demander une joute. Mais, en voyant le château si loin, ils n'imaginaient pas possible que le son du cor puisse se propager jusque là-bas. Au loin, ils aperçurent le château si beau, si imposant et si bien fortifié qu'ils n'en avaient jamais vu de tel. La chaussée et l'entrée du château si fortifiée et si étroite les étonnèrent. Les deux rois demandèrent alors à Merlin le nom de ce château si beau et si bien fortifié. Merlin leur répondit que c'était le château des Marais qui appartenait à un chevalier très puissant, de grand renom, preux et vaillant au combat : il s'appelait Agravadain le Noir. « Par ma foi, fait le roi Ban, j'ai déjà entendu parler plusieurs fois d'Agravadain le Noir. Par la grâce divine, seul un preux peut habiter dans une si belle demeure ! C'est le plus beau de tous les châteaux que j'ai vus. J'y coucherais volontiers si cela ne déplaisait pas au seigneur à qui il appartient. — Cela vous

---

bele et haute pendoit un cor d'ivoire plus blanc que noif negie a une chaine d'argent que cil sonnoient qui laiens voloient herbergier ou qui trespasser voloient par illuec pour demander jouste. De ces .ii. choses que je ai devisees servoit li cors.

709. Quant li rois Bans et li rois Boors et lor compaingnon vinrent au pin et virent le cor qui i pendoit, si disent entr'aus que pour noient n'i estoit mie li cors pendus. Si quident et croient que ce soit pour le gué passer ou pour demander jouste. Mais il virent le castel si loing qu'il ne quidoient mie que la vois del cor peüst aler jusques la. Et d'autre part virent le castel qui tant estoit biaus et riches et si bien assis qu'il n'avoient onques mais si biau veü de son grant. Et virent la chaucie et l'entree si forte et si estroite que il en furent⸱ tout esmerveillié. Et disent ensemble li .ii. roi a Merlin s'il savoit conment le castel avoit non qui si estoit biaus et bien seans. Et Merlins lour dist que ce estoit li chastiaus des Marés et estoit a un chevalier qui molt estoit de grant poissance et de grant renon et prous et hardis as armes. « Et a a non Agravadain li Noirs. — Par foi, [e] fait li rois Bans, d'Agravadain le Noir ai je bien oï parler par maintes fois. Si m'aït Dix, bien doit estre prodom qui si bien est herbergiés, car desor tous les chastiaus que je onques veïsse est ce li plus biaus. Et volentiers i gerroie a nuit, s'il plaisoit au signour qui il est. — A ce

sera accordé, fait Merlin, mais aucun chevalier étranger ne peut se rendre dans ce château tant qu'il n'a pas sonné du cor. Nul n'ose boire de l'eau non plus sans avoir auparavant sonné du cor pour pouvoir ensuite partir sans combattre[1]. — Je sonnerai du cor, fait le roi Ban, si vous me le conseillez.

710. — Par ma foi, dit Merlin, il n'y a aucun risque à sonner du cor puisque vous voulez demander la joute ou la permission de boire. — Par ma foi, dit le roi Ban, même s'il y avait un risque, je sonnerais du cor puisque vous me le conseillez, à condition que vous m'en donniez la permission. — Je vous la donne, dit Merlin, car si cela plaît à Dieu, cela ne vous vaudra aucun mal. » Le roi Ban s'approcha aussitôt du pin où pendait le cor. Il l'emboucha et y souffla comme un homme au souffle puissant de sorte que tout le marais en retentit. Le son se répandit sur l'eau et le marais. D'écho en écho, il pénétra dans la salle du château où le maître de céans l'entendit. Aussitôt, il s'écria : « Aux armes ! » car telle était la coutume. Le roi Ban se remit à sonner du cor promptement, à trois reprises. Le château se trouvait si loin que le roi Ban ne pensait pas que le son pouvait aller jusque là-bas. Le seigneur du château l'entendit sonner du cor et se dépêcha. Il fut pris d'une si grande colère qu'il en fut profondément ébranlé. Il enfourcha son haut destrier pommelé, l'écu au cou, la

---

venrés vous bien, fait Merlins. Mais nus ne vait au chastel qui chevaliers estranges soit devant qu'il ait le cor sonné. Ne nus n'ose abevrer de l'aigue devant que il sonne qui s'em puist partir sans bataille. — Je sonnerai le cor, fait li rois Bans, se vous le me loés.

710. — Par foi, fait Merlins, el sonner n'a nul peril, puisque vous volés demander jouste ou congié d'abevrer. — Par foi, fait li rois Bans, encore i eüst il peril si le sonnerai je, puis que vous le me loés, se vous m'en donnés le congié. — Et je le vous otroi, fait Merlins, car ja, se Dieu plaist, mal ne vous en avenra. » Maintenant s'en vint li rois Bans au pin ou li cors pendoit et le mist a sa bouche et le sonna si haut et si cler come cil qui assés avoit force et alainne, si que tous li marés en retentist. Et li sons de l'aigue et del marés emportent le son el chastel si que li sires qui li chastiaus estoit le l'oï. Tout maintenant s'escrie : « Ore as armes ! » car ensi l'avoient il a coustume. Et li rois Bans recomencha a sonner derechief, et le sonne ausi vistement par .III. fois. Car li chastiaus estoit si loing que li rois Bans ne quidoit mie que[a] li oïe em peüst jusques la aler. Quant li sires qui li chastiaus estoit l'oï si durement sonner que il en fu si hastis, si il tourne a molt grant despit de ce que il en fu si angoissous. Si monta sor un grant destrier pomelé, l'escu au col, la lance el poing, et la porte li fu ouverte et il s'en ist grant aleüre et s'en vint droit au gué. Et quant il

lance au poing. On lui ouvrit la porte ; il partit à vive allure
et arriva au gué. Quand il vit des gens de l'autre côté, il
leur cria de donner leur nom et le roi Ban répondit : « Seigneur, nous sommes chevaliers et nous vous demandons
l'hospitalité pour la nuit. Si cela ne devait pas vous déplaire,
nous aimerions aussi donner à boire à nos chevaux dans
ce gué.

711. — À qui appartenez-vous ? demanda Agravadain. —
Cher seigneur, fit Merlin qui se trouvait près de la chaussée,
ils sont d'un tout autre pays, d'une région de la Gaule. —
De quelle région de la Gaule ? demanda Agravadain. — Seigneur, ils tiennent leurs terres du roi Arthur. — Au nom de
Dieu, fait Agravadain, ils possèdent en lui un bon seigneur.
Avec le roi Arthur, ils n'ont rien à craindre. C'est un roi très
vaillant et un bon chevalier. C'est aussi mon seigneur. En
son honneur, je vous offre ce soir l'hospitalité selon votre
désir. — Grand merci », dit Merlin.

712. L'hôte fit aussitôt demi-tour et demanda aux chevaliers de le suivre car ils étaient les bienvenus. Ils emboîtèrent
aussitôt les pas de leur hôte en avançant l'un derrière l'autre
sur la chaussée et en se dirigeant vers la porte du château. Ils
entrèrent après le maître de céans car il n'y a avait pas assez
d'espace pour tourner son cheval tant que la porte n'était pas
franchie. Leur hôte les escorta lui-même jusqu'au château
où des valets et écuyers accoururent pour les aider à descendre. L'hôte lui-même prit les deux rois par la main parce

---

vit les gens de l'autre part, si lor escrie quel gent il estoient. Et li rois
Bans li respondi : « Sire, nous somes chevalier qui vous requerons
l'ostel a nuit laiens. Mais, se il vous plaisoit, nous abeverriens nos
chevaus en cest gué.

711. — A qui estes vous ? fait Agravadains. — Biaus sire, fait Merlins qui prés de la chaucie estoit, il sont de cel autre païs, de la partie
de Gaule. » Fait Agravadains : « A quele partie de Gaule ? — Sire, fait
Merlins, il tiennent lor terres devers le roi Artu. — En non Dieu, fait
Agravadains, en lui ont il bon signour. Ne del roi Artu ne pueent il
pas empirier, car il est molt vaillans rois et [*l*] bons chevaliers. Et
c'est mes sires et pour lui aurés vous hui mais l'ostel a vostre voloir.
— Vostre merci », fait Merlins.

712. Lors s'en tourne maintenant et dist as chevaliers qu'il le sievent et que bien soient il tout venu. Et il s'en vont tout maintenant
aprés le chevalier, l'un aprés l'autre, par desus la chaucie et s'en vont
jusques a la porte del chastel. Si entrent ens aprés le chevalier qui
estoit sires de chaucie, car il n'avoit pas espasse ou il peüst tourner son
cheval tant qu'il eüst la porte passee. Et lors le conduist li sires
meïsmes jusques au chastel et lors saillent vallet et esquier pour descendre. Et li sires meïsmes prist les .II. rois par lor mains, pour ce

qu'il lui semblait qu'ils avaient autorité sur tous les autres. Il les conduisit dans une chambre au pied de la tour. Il les fit désarmer avec beaucoup de prévenance et lui-même fit ôter ses armes. Tandis qu'on procédait, trois jeunes filles d'une beauté resplendissante entrèrent dans la pièce[1]. Deux d'entre elles étaient les nièces d'Agravadain et la troisième était sa fille. Elles apportaient trois manteaux d'écarlate fourrés d'hermine noire et les passèrent aux deux rois ainsi qu'à leur seigneur. Le roi Ban, toujours enjoué et voluptueux, se mit à regarder les jeunes filles avec attention. Leur compagnie et leurs manières leur plurent beaucoup car leur merveilleuse beauté suscitait l'admiration et le ravissement. Elles se trouvaient encore toutes trois dans la fleur de l'âge car l'aînée n'avait pas encore vingt-quatre ans. Mais la fille de leur hôte surpassait les deux autres en beauté. Merlin la fixa très intensément et se dit qu'il serait né sous une bonne étoile celui qui pourrait coucher avec une telle jeune fille. « Et si je ne ressentais pas un si grand amour pour mon amie Niniane, je la prendrais cette nuit dans mes bras. Mais puisque je ne peux l'obtenir pour moi, je ferai en sorte que le roi Ban la possède. » Alors il lança un doux enchantement et, sur-le-champ, le roi Ban et la jeune fille furent sous l'emprise d'un amour éperdu. Quand les deux rois furent revêtus des deux manteaux que les deux jeunes filles leur avaient passés, leur hôte Agravadain s'assit à côté d'eux et se mit à les regarder. Il les

---

qu'il sambloient a estre prince et signour des autres, et les enmaine en une chambre qui estoit au pié de la tour et les fist desarmer molt avenaument, et il meïsmes se fist desarmer. Et endementiers c'on le desarmoit, entrerent laiens .III. puceles de molt trés grant biauté plainnes, dont les .II. estoient nieces Agravadain et la tierce estoit sa fille. Et eles aportoient .III. mantiaus a pennes d'ermines noires dont li drap estoient d'escarlate vermeille, si les misent as cols as .II. rois et a lor signour. Et li rois Bans, qui molt estoit envoisiés et amourous, regarda les puceles molt volentiers. Si lor sist molt lor compaingnie et lor contenance, car a merveilles estoient beles de grant biauté que ce estoit merveilles a regarder et a veoir. Et eles estoient toutes .III. de bel aage, car l'ainsnee n'avoit pas encore .XXIIII. ans. Mais desor toutes les autres estoit bele et gente la fille au signour de laiens. Si le regarda Merlins molt angoissousement et pensa en son cuer que molt seroit bon nés qui avoec tele pucele porroit dormir. « Et se ne fust, fait il, la trés grant amour que j'ai a Viviane m'amie, je le tenisse encore a nuit entre mes bras. Et puis que je ne le puis avoir, je le ferai avoir le roi Ban. » Puis fist un conjurement tout suavet. Et, tantost com il l'ot fait, le roi Bans ama la pucele et ele lui molt durement. Quant li doi roi furent afsublé des .II. mantiaus que les .II. puceles lor orent mis as cols, si s'asist Agravadains, li sires del chastel, delés aus et conmancha

reconnut et leur manifesta encore une plus grande joie qu'auparavant. Quand l'heure du souper arriva, on fit installer les tables dans la grande salle du palais. Les deux rois frères s'installèrent au bout de la table principale, l'un à côté de l'autre, et firent asseoir à côté d'eux Agravadain ainsi que sa femme, d'une jeunesse resplendissante, car elle n'avait pas encore vingt-huit ans. Les chevaliers s'assirent aux autres tables disposées dans la grande salle. Les trois jeunes filles si avenantes étaient debout devant les deux rois et devant Agravadain en compagnie de Merlin qui avait pris l'apparence d'un jouvenceau de quinze ans. Il avait revêtu une courte cotte mi-partie blanc et vermeil et ceinte d'une cordelière de soie d'au moins deux doigts de large avec par endroits des garnitures en or. Une aumônière d'or battu et de soie pourpre y était suspendue ainsi qu'une paire de gants par-derrière. Le jeune homme avait les cheveux blonds bouclés et de grands yeux vifs. Il tranchait à genoux devant le roi Ban[2]. Les uns et les autres le regardaient car personne ne le connaissait excepté les deux rois. Les gens de leur groupe pensaient qu'il appartenait à la maison de leur hôte. Il était si beau que les jeunes filles ne pouvaient s'empêcher de lui lancer de temps à autre un regard très appuyé. Mais la fille d'Agravadain ne cessait de regarder le roi Ban plus franchement qu'il ne le faisait. Cela lui causait un vif émoi au point qu'elle en pâlissait puis changeait de couleur à chaque instant.

---

a regarder les .II. rois. Si les reconnut et lor fist greignor joie qu'il n'avoit fait devant. Et quant il fu tans et eure de souper, si fist on metre les tables parmi le palais qui molt estoit grans et larges. Si s'asisent li doi roi frere*[a]* au chief del dois, l'un delés l'au[*issa*]tre, et firent Agravadain asseoir delés aus et sa moullier, qui molt estoit bele e jouuene, car ele n'avoit encore pas .XXVIII. ans. Et li chevalier s'asisent as tables parmi le palais. Et les .III. puceles, qui tant estoient avenans, furent en estant devant les .II. rois et devant Agravadin, et Merlin avoec eles, qui s'estoit mués en samblance d'un jovenencel de .XV. ans, et avoit vestu une cote corte mi partie de blanc et de vermeil et ot chaint un baudré de soie qui bien avoit .II. dois de lé, a menbres d'or de lieu en liu, si i pendoit une aumosniere a or batue d'un samit porpre*[b]*, et ot .II. gans par deriere soi pendus. Et ot le chief blont et crespé et les ex vairs et gros en la teste. Et tailloit devant li roi Ban as jenous et fu assés regardés d'uns et d'autres, car il n'i ot celui qui le conneüst, fors que solement les .II. rois, ançois quidoient cil de lor partie qu'il fust de la maisnie del signour de laiens. Et pour le grant bialté que il avoit le regarderent molt les puceles de fois a autres molt ententivement. Mais la fille Agravadain avoit tousdis les ex a regarder le roi Ban plus apertement que il avoit fait. Ce le metoit en grant esfroi, si qu'ele palissoit menuement et souvent muoit colour,

Il lui tardait qu'on enlevât les nappes car elle souhaitait se trouver toute nue entre ses bras. Elle se demandait toutefois comment une telle pensée avait pu la traverser mais d'un autre côté tout son esprit était tendu vers lui.

713. Voilà dans quelle pensée et quelle disposition se trouvait la jeune fille après l'enchantement de Merlin. De son côté, le roi Ban était dans de telles dispositions qu'il cessa de rire et de s'amuser à table et il ne savait pas d'où cela provenait. Il était très affligé et fâché de voir son amour prendre cette tournure car il avait une belle et jeune épouse d'une beauté parfaite qu'il ne voulait pas trahir. Par ailleurs, il se trouvait dans le château de son hôte qui l'avait hébergé en homme preux et courtois et lui avait témoigné de grands honneurs en sa demeure. Aussi, il serait déloyal et traître et cela tournerait pour lui à la vilenie d'adresser à sa fille une demande honteuse et vile. Il ne pourrait pas infliger à son hôte de plus grande honte que de couvrir sa fille d'une pareille turpitude. Il était si gêné qu'il ne savait plus que faire. De toute manière, il prit la décision de ne jamais lui présenter une telle demande. Mais Merlin se dit qu'il n'en serait pas ainsi car il aurait été vraiment dommage que l'un et l'autre ne se retrouvassent pas ensemble. Un si beau fruit sortirait de cette union que toute la Bretagne serait honorée des futures grandes prouesses de cet enfant.

714. Voilà ce que Merlin se disait à lui-même. Quand les

---

et molt li estoit tart que les napes fuissent ostees, car molt vauroit volentiers estre couchie toute nue entres ses bras. Si ne savoit dont cele volenté li estoit avenue, mais tant i avoit mis son pensé que ele n'avoit a autre chose nule entente fors que de penser a lui.

713. En tel pensé et en tele angoisse estoit la pucele par le conjurement qu'il avoit fait. Et d'autre part fu li rois Bans tes atournés qu'il en laisse a rire et a joer a la table, si ne savoit dont ce li estoit venu. Si en est molt dolans et molt courreciés de ce que ensi i avoit s'amour atournee, car il avoit a mollier jouene dame et de molt grant biauté. Si ne savoit riens vers lui mes errer. Et d'autre part il estoit el chastel au signour qui l'avoit herbergié come prodom et courtois et grant honour li avoit faite en son ostel. Si seroit desloiauté et traïson, et a vilenie li seroit il atourné, si li requeroit honte ne vilenie, nule greignor honte ne li porroit il faire que de honnir sa fille en tel maniere. Si en est tant a malaise que il ne set que faire. Et toutes voies dist il en son corage qu'il nel requerra ja de tel chose. Mais Mer[b]lins dist en son cuer que ensi n'ira il mie, car molt seroit grant damages s'il n'avenoient ensemble. « Car un tel fruit en istra dont toute la terre de Bretaigne en sera honeree pour la grant prouece qu'il aura. »

714. Tout ensi disoit Merlins a soi meïsmes. Et quant les napes

nappes furent ôtées et quand les convives eurent lavé leurs mains, ils allèrent s'appuyer aux fenêtres et regardèrent le marais environnant, puis les forêts et les forteresses qui les surplombaient ainsi que les terres fertiles, les rivières et les lieux de pêche. Ils apercevaient également les vignes et le pays qui était si beau que c'était merveille à voir. Ils restèrent là jusqu'à l'heure du coucher. Ils entrèrent ensuite dans une chambre à côté de la salle principale où les jeunes filles avaient préparé deux lits tout à fait convenables pour les princes qu'ils étaient. Elles les aidèrent à se coucher dans la joie et l'allégresse. Quand les deux rois furent au lit, l'hôte partit se coucher à son tour aux côtés de sa femme et les trois jeunes filles se couchèrent dans une chambre près de celle où l'hôte se trouvait, si bien qu'on ne pouvait pénétrer dans leur chambre qu'en passant par la chambre de l'hôte. Quand tout le monde fut couché, Merlin lança son enchantement. Un sommeil profond s'empara de tous les gens du château à l'exception du roi Ban et de la demoiselle. Ils étaient si violemment épris l'un de l'autre qu'ils ne purent ni dormir ni se reposer. Merlin, qui voulait terminer ce qu'il avait commencé, vint dans la chambre où la jeune fille était couchée, il la prit très délicatement par la main et lui dit : « Venez, ma belle, venez trouver celui que vous désirez tant ! » Envoûtée comme elle l'était, elle ne pouvait contrarier sa volonté. Elle sortit aussitôt de son lit, vêtue seulement de sa chemise et de son pelisson. Merlin la conduisit

---

furent traites et il orent lavé lor mains, si s'alerent apoiier as fenestres et regarderent tout contreval le marés en après virent les forés au desus les forteresces qui illoec entour estoient et les terres gaaingnables et les rivieres et les pescheries. Et virent les vignes et le païs si bel que merveilles estoit a regarder. Illuec furent tant que il fu ore de couchier. Si enterrent en une chambre delés le maistre sale ou les puceles avoient .ii. lis apareilliés tels com on doit faire a tés princes come il estoient. Si les couchierent a molt grant feste et a grant joie. Et quant li .ii. roi furent couchié, li sires de laiens s'ala couchier delés sa mouillier et les .iii. puceles se couchierent en une chambre delés cele ou li sires gisoit, s'em pooit nus entrer se par la chambre au signour non. Et maintenant que il furent couchié conmencha Merlins son enchantement. Si s'endormirent tout cil qui el chastel estoient fors solement li rois Bans et la damoisele. Icil estoient si durement souspris li un de l'autre qu'il ne pooient dormir ne reposer. Et Merlins, qui a chief voloit traire ce qu'il avoit conmencié, vint en la chambre ou la pucele gisoit, et le prist molt doucement par la main et li dist : « Or sus, bele, venés ent a celui que vous desirés tant. » Et cele qui enchantee estoit si durement qu'ele ne pooit contredire sa volonté, sailli tout maintenant de son lit toute nue fors que en sa chemise et en son peliçon. Si l'en mena Merlins par la

par la main en la faisant passer devant le lit de son père et
celui des autres chevaliers du château ainsi que des hommes
d'armes. Mais ils étaient plongés dans un sommeil si lourd
que le château entier aurait pu s'effondrer sur eux sans les
réveiller.

715. Merlin et la jeune fille arrivèrent dans la chambre où
étaient couchés les deux rois et où régnait une vive lumière.
Ils vinrent trouver le roi Ban tandis que le roi Bohort était
profondément endormi, entièrement sous l'emprise de Merlin. Il s'approchèrent alors du roi Ban qui était si gêné et
Merlin lui dit : « Seigneur, voici la bonne et belle jeune fille
qui portera le bon et bel enfant appelé à jouir d'une grande
renommée dans le royaume de Logres[1]. » Quand le roi vit la
jeune fille et entendit les paroles de Merlin, il tendit aussitôt
les bras à celle-ci et l'accueillit avec une grande joie, toujours
sous l'emprise de Merlin. Il ne pouvait absolument pas
contrarier l'enchantement ; il était si envoûté qu'il ne pouvait
y échapper ni s'y soustraire de quelque manière que ce fût.
S'il avait été en pleine possession de soi, il n'aurait pas agi
ainsi au nom du royaume de Logres car il redoutait et craignait Notre-Seigneur[2]. Il se dressa sur son séant et accueillit
la jeune fille dans ses bras. Elle ôta son pelisson et sa chemise et se coucha à ses côtés. Il la prit dans ses bras et elle
fit de même. Ils se firent aussi bel accueil et aussi beau
visage que s'ils eussent vécu vingt ans ensemble car ils n'eu-

---

main par devant le lit de son pere et par devant le lit as autres chevaliers de laiens et as sergans. Mais il estoient si durement endormi
que il ne s'esveillaissent pas qui abatist sor els le chastel.

715. Ensi s'en vait Merlins et la pucele tant qu'il en vinrent a la
chambre ou li .ii. roi gisoient qui assés avoient lumiere. Et trouverent
le roi Ban et le roi Boorth qui dormoit molt fermement come celui
qui estoit el pooir Merlin. Et il s'en vinrent tout droit au roi Ban qui
molt estoit a malaise et li dist : « Sire, veés ci la bone et la bele qui
portera le bon et le bel dont il courra grant renonmee parmi le
roiaume de Logres. » Quant li rois vit la pucele et il ot entendu [q]
Merlin, si tent maintenant ses mains et le reçoit liés et joians come cil
qui le convenoit faire le conmant Merlin. Ne il n'avoit pooir del
contredire pour l'encantement que il en estoit si souspris que il ne
s'en pooit resortir ne partir en nule maniere. Car s'il fust en sa poesté
il ne le feïst pour le roiaume de Logres, car molt doutoit et cremoit
Nostre Signour. Si se drecha en son seant et rechut la pucele entre
ses bras. Et ele oste son peliçon et sa chemise et se coucha delés lui.
Et il le prent entre ses bras[a] et ele lui et s'entrefont si bele chiere et si
biau samblant come s'il eüssent .xx. ans esté ensemble, car li uns n'a
esmaiance ne honte de l'autre et tout ensi l'avoit Merlins ordené.

716. En tel maniere fu li rois Bans et la demoisele toute nuit

rent aucune honte ni aucune crainte l'un envers l'autre selon
ce que Merlin avait ordonné.

716. Le roi Ban resta ainsi avec la demoiselle toute la nuit
jusqu'au lever du jour. Alors Merlin leur apparut et leur dit
qu'il était grand temps pour la demoiselle de s'en aller. Elle
revêtit sa chemise et son pelisson. Le roi ôta de son doigt un
petit anneau et lui dit : « Belle, vous garderez cet anneau en
gage de mon amour. » La demoiselle le prit, le passa à son
doigt et recommanda son ami à Dieu. Merlin la ramena vers
son lit et la fit coucher toute nue. Elle s'endormit aussitôt
après avoir conçu un fils qui réjouirait Lancelot et lui ferait
honneur pour le grand mérite qui l'habiterait. Quand Merlin
eut couché la demoiselle dans le lit d'où il l'avait tirée, il
rejoignit le sien et s'y coucha à son tour. Il leva son enchantement et tous ceux du château s'éveillèrent. Il était déjà tard
et les écuyers et hommes d'armes préparèrent leurs armes,
sellèrent leurs chevaux puis troussèrent coffres et malles.
Merlin vint trouver le roi qui dormait encore car l'enchantement d'amour qu'il avait ressenti envers la demoiselle s'était
évanoui ; il savait qu'il avait couché avec elle mais il ignorait
comment elle avait pu se trouver dans son lit, bien qu'il pen-
sât et soupçonnât que ce fût l'œuvre de Merlin. Celui-ci vint
le trouver et lui dit qu'il était temps de se remettre en selle.
Quand les deux rois et tous les gens du château se furent
levés, l'hôte et les deux demoiselles vinrent auprès des deux
rois et les saluèrent. Ils leur rendirent leur salut. Quand le roi

---

jusques au jour. Et lors s'en vint Merlins et lor diſt qu'il*a* eſtoit bien
tans que la demoisele s'en alaſt. Et ele veſti sa chemise et son peliçon, et li rois traïſt un petit anelet de son doit et li diſt : « Bele, vous
garderés ceſt anel a la moie amour. » Et la demoisele le priſt et le
miſt en son doit et s'en parti et le conmande a Dieu. Et Merlins le
remaine ariere en son lit et la fiſt couchier tote nue et cele s'endort
tout maintenant come cele qui conceü avoit un fill et dont Lancelos
ot puis grant joie et grant honour pour la grant bonté qui en lui fu.
Quant Merlins ot couchié la damoisele el lit dont il l'avoit oſtee si
repaira en son lit et s'i coucha. Lors defina son enchantement et s'esveillierent tout cil del chaſtel. Et il eſtoit ja molt haute eure, et se
leverent li eſquier et li sergant et apareillierent lor armes et enselerent
lor chevaus et torserent coffres et malles. Et Merlins s'en vint au roi
qui endormis eſtoit, car li enchantemens de l'amour qu'il avoit eü en
la damoisele eſtoit faillis et bien sot qu'il avoit a li jeü. Mais il ne sot
en quel maniere ne conment ce avint qu'il l'ot eüe en son lit, fors
que il quide et croit que ce ait eſté par Merlin. Et Merlins s'en vint a
lui et li diſt qu'il eſtoit bien tans de chevauchier. Et quant li .II. roi
furent, et tout cil de laiens, levé, si vint li sires et les .III. damoiseles
as .II. rois et les saluent et il lor rendent lor salus. Et quant li rois

Ban revit la demoiselle, la fille d'Agravadain qui avait partagé sa couche toute la nuit, il la dévisagea avec application. Elle fit de même en baissant toutefois les yeux comme si elle avait honte d'avoir partagé son intimité et de s'être abandonnée à lui. Mais si la force de l'enchantement n'avait pas disparu, elle n'aurait jamais baissé la tête devant lui. Depuis ce jour-là, elle l'aima à chaque inſtant plus qu'aucun autre homme. Cela devint manifeſte car elle ne toucha plus aucun autre homme après lui mais elle se disait à elle-même qu'une femme qui s'eſt donnée à un roi ne doit pas s'abandonner ensuite à un homme de rang inférieur et, par la suite, elle ne voulut plus prendre de mari. Le roi Ban la prit par la main et lui dit très tendrement : « Demoiselle, il me faut partir mais, où que je sois, je demeurerai toujours votre chevalier et je serai vôtre à un point tel que nul ne pourra et ne saura aimer autant que moi une demoiselle ou une femme. Au nom de Dieu, pensez à votre situation et prenez soin de votre corps car vous êtes enceinte d'un fils, sachez-le, qui vous vaudra un jour joie et honneur. » Merlin l'avait gratifié en effet de la prescience d'une partie de l'avenir. La demoiselle répondit en murmurant et soupirant :

717. « Seigneur, si je suis enceinte, que Dieu m'en donne plus grande joie par son saint commandement et par sa sainte volonté et que cette joie l'emporte sur les sentiments que m'inspire votre départ car jamais deux amoureux ne durent s'éloigner si vite l'un de l'autre. Mais, puisqu'il vous

---

Bans vit la damoisele, la fille Agravadain qui toute nuit avoit a li jeü, si le regarde molt ententivement. Et ele lui molt doucement em baissant la ciere come cele qui avoit vergoigne de ce qu'ele avoit eſté si privee de lui et [*d*] que si eſtoit abandonnee et que, se la force del enchantement ne fuſt faillie, ja n'eüſt la teſte baissie pour lui, ne puis icel jour ne fu il eure qu'ele ne l'amaſt plus que nul autre home. Et bien i parut, car onques puis a home n'atoucha, ains diſt a soi meïsmes que feme qui s'eſt au roi donnee ne se doit pas a autre home abandonner plus bas, ne onques puis ne valt prendre mari. Et li rois Bans le priſt par la main et li diſt molt doucement : « Damoisele, il m'en eſtuet aler, mais ou que je soie sui je voſtres chevaliers et voſtre amis tant que nus puet et set amer damoisele ne feme. Et pour Dieu pensés de voſtre afaire et de voſtre cors garder, car vous eſtes enchainte d'un fil ce saciés vraiement de coi vous aurés encore grant joie et honour. » Et de ce l'avoit Merlins fait sage que par lui savoit partie de ce qui eſtoit a venir. Et la damoisele respondi basset en souspirant :

717. « Sire, se je le sui, Dix m'en doinſt joie par son saint connandement et par son saint plaisir greignour que je n'aie de voſtre departement. Car onques mais amours si toſt ne departirent. Et quant aler vous en couvient, je m'en reconforterai au mix que je porrai a ce que

faut partir, je me consolerai du mieux que je pourrai avec cette grossesse. Que Dieu fasse de moi une mère heureuse car, s'il me prête vie, chaque fois que je verrai cet enfant, il sera pour moi miroir et souvenance de vous. » À ces mots, le roi l'enlaça par le cou et la recommanda à Dieu en soupirant. La demoiselle retourna dans sa chambre avec ses jeunes filles de compagnie. Les deux rois et Merlin recommandèrent à Dieu la dame du château et la remercièrent très aimablement ainsi que son mari de la courtoisie dont ils avaient fait preuve à leur égard. Puis ils se remirent en selle, quittèrent le château et s'en allèrent sur la chaussée l'un derrière l'autre. Agravadain accompagna ses trois hôtes jusqu'au pin puis il fit demi-tour et les deux rois cheminèrent jusqu'à la mer. Ils embarquèrent et traversèrent, très heureux. Quand ils arrivèrent au port, ils quittèrent leurs navires et enfourchèrent leurs montures. Ils chevauchèrent jusqu'à la cité de Bénoïc. Ils y furent accueillis avec une grande joie mais de toutes les joies c'est celle des deux reines sœurs qui fut la plus insigne. Les deux rois séjournèrent auprès de leurs femmes dans la cité de Bénoïc et Merlin resta avec eux huit jours pleins. Au neuvième jour, il prit congé des deux rois ainsi que des deux reines et retourna auprès de son amie qui l'accueillit avec une grande joie car elle lui vouait un grand amour pour la grande douceur qu'elle avait trouvée en lui. Merlin n'aimait personne autant qu'elle car il lui apprit ce qu'il n'avait jamais voulu apprendre à personne. Il demeura

---

je sui grosse. Dix m'en face lie mere car, se je vis, tant que je le voie ce me sera mireoir et ramenbrance de vous. » A ceste parole li mist li rois ses bras au col et le conmande a Dieu tout en souspirant. Si s'en tourne la damoisele en la chambre entre li et ses puceles. Et li doi roi et Merlin conmandent la dame del chastel a Dieu et li mercient molt doucement, li et le signour, de la courtoisie qu'il ont faite a els. Puis monterent et s'en issirent del chastel et se metent sor la chaucie l'un après l'autre. Et Agravadain convoia ses hostes soi quart jusques au pin. Et lors s'en tourna ariere et li doi roi s'en vont tant qu'il en vinrent a la mer. Si entrent es nés et passerent outre en lor nés a grant joie et a grant feste. Et quant il furent arrivé al port il issirent des nés et monterent en lor chevaus et errerent tant qu'il vinrent a la cité de Benuyc. Si i furent receü a molt grant joie, mais sor toutes les joies fu grans la joie as .II. roïnes serours. Si sejournerent li doi roi avec lor femes en la cité de Benuyc. Et Merlins sejorna avoec als .VIII. jours tous plains. Et au nuevisme jour prist congié as .II. rois et as .II. roïnes et as autres barons et s'en repaira a s'amie qui molt grant joie li fist, car molt l'ama de grant amour pour [e] la grant debonaireté qu'il avoit en lui trouvee. Et il n'amoit riens autant conme il faisoit lui, car il li enseigna ce qu'il ne vaut a nului enseignier. Si demoura

huit jours avec elle puis il la quitta et vint directement
auprès de son maître Blaise qui était très heureux de le
revoir. Merlin lui raconta le rassemblement dans les plaines
de Salesbières et comment ils avaient sauvé la reine de Garlot ainsi que le butin. Il lui raconta ce qui lui était arrivé
depuis qu'il l'avait quitté et Blaise mit par écrit tout ce que
Merlin lui raconta. C'est pourquoi nous savons encore toutes
ces choses aujourd'hui. Mais ici le conte se tait à leur sujet et
revient au roi Arthur et à ses compagnons pour raconter son
heureux séjour avec la reine à Camaalot et la cour solennelle
qu'il y tint.

Le roi Rion des Îles.

718. Le conte dit que, lorsque le roi Ban, le roi Bohort et
Merlin eurent quitté le roi Arthur pour retourner dans leur
pays, le roi Arthur resta à Camaalot, heureux et comblé avec
la reine Guenièvre, sa femme qu'il aimait comme elle d'un
grand amour. Ils vécurent dans la joie et l'agrément un long
moment jusqu'aux alentours de la mi-août. C'est alors qu'Arthur dit à monseigneur Gauvain, son neveu, qu'il voulait
tenir à cette date une cour solennelle de manière que tous les
hommes qui obtinrent leurs terres de lui pussent y venir car,
disait-il, il n'avait jamais eu l'occasion de voir tous ses seigneurs rassemblés lors d'une de ses fêtes. Il voulait qu'ils fussent tous convoqués, ceux des régions proches comme ceux
des terres lointaines, ses amis comme les étrangers, « et je

---

avoec lui .VIII. jours et puis s'em parti et s'en vint droit a Blayse son
maistre qui molt estoit desirans de lui veoir. Et Merlins li conta
l'asamblee des plains de Salesbieres, et conment il rescousent la roïne
de Garlot et la proie. Si li conta totes les choses qui avenues li
estoient puis qu'il s'em parti de lui. Et cil mist tout en escrit ensi
come Merlins li contoit et por ce le savons nous encore. Mais atant
se taist li contes d'aus et retorne a parler del roi Artu et de sa compaingnie, ensi com il iert a Kamaalot liés et joians avoec la roïne
Genievre et conment il tint court enforcie.

718. Or dist li contes que quant li rois Bans et li rois Boors et
Merlins s'en furent parti del roi Artu por aler en lor païs que li rois
Artus demoura a Kamaaloth liés et joians avoec la roïne Genievre, sa
feme, qui molt l'amoit de grant amour et ele lui. Si furent en deduit
et en joie et grant tans qu'il aprocierent de la mi aoust. Et lors dist li
rois Artus a mon signour Gavain, son neveu, que a cele feste vauroit
il tenir court enforcie, si que tout cil qui de lui terre tenoient venissent. Car ausi, ce dist il, ne vit il onques assamblé tout son pooir a
feste que il tenist. Si velt que tout i soient mandé et pres et loing et
privé et estrange. « Et si voel, fait il, que chascuns enmainne o soi sa
feme ou s'amie por ma feste plus honerer. » Et mesire Gavains li

veux, ajouta-t-il, que chacun amène avec lui sa femme ou son amie pour honorer encore plus ma fête[1] ». Monseigneur Gauvain lui dit qu'il avait bien parlé et que sa proposition émanait d'un cœur généreux : « Je vous prie et vous demande d'agir ainsi pour que vous y gagniez de l'honneur. » Et le roi lui répondit : « Vraiment, cher neveu, j'aspire à faire en sorte qu'on en puisse parler jusqu'à la fin des temps. » Le roi fit alors écrire des lettres à envoyer aux barons et aux chevaliers. Il leur demanda à tous, s'ils avaient quelque estime pour lui, de se trouver la veille de la Notre-Dame du mois d'août dans la cité de Camaalot car c'est là qu'il voulait tenir sa cour solennelle et chacun devait amener avec lui sa femme ou son amie. Les messagers se rendirent chez les princes et les barons. Ils leur montrèrent les lettres et transmirent le message à tous les pays. Les barons et les princes se parèrent de leurs plus beaux atours et se rendirent à la cour comme le roi l'avait ordonné. Chacun amena sa femme avec lui, du moins ceux qui en possédaient une. Les autres, qui n'étaient pas mariés, vinrent avec leur amie. Elles furent si nombreuses que ce fut merveille à voir car la cité de Camaalot ne put suffire à héberger le dixième d'entre elles. Elles se logèrent dans des tentes et des pavillons dressés sur la grande et belle prairie. Le roi les accueillit avec joie et honneur. La reine Guenièvre, qui était la dame la plus sage du monde, réserva à chaque reine, à chaque dame et à chaque jeune fille un accueil très chaleureux car il y avait en elle plus de courtoisie

---

dist qu'il a molt bien dit et de haut cuer li estoit venus cil proposemens : « Si vous pri et requier, fait il, que vous le faciés si que vous i aiiés honour. » Et li rois li dist : « Certes, biaus niés, je le bee si bien a faire qu'il en sera parlé a tous les jours del monde mais. » Lors fist li rois escrire chartes et briés et les envoie as barons et as chevaliers. Et lor manda a tous, si chier com il ont s'amour, [/] qu'il soient a la veille de Nostre Dame de la mi aoust a la cité de Kamaaloth, car illuec vaura il tenir sa court riche et enforcie. Si amaint chascuns o soi sa feme ou s'amie avoec lui. Et li message s'en vont as princes et as barons et lor moustrerent les letres et firent les messages par tous les païs. Et li baron et li prince s'atournerent au plus bel que il porent et s'en vinrent a court ensi come li rois l'avoit conmandé. Et amena chascuns sa feme avoc lui, cil qui l'ot, car cil autre qui femes n'avoient amenerent lor amies. Si en vint tant que ce fu droites merveilles a regarder, car il n'en pot pas la disisme partie en Kamaaloth, ains se logierent en la praerie qui molt estoit bele et grans en trés et paveillons. Si les rechut li rois a molt grant joie et a grant honour. Et la roïne Genievre, qui estoit la plus sage dame del monde, rechut les roïnes et les dames et les puceles chascune a molt grant joie par soi, come cele qui plus avoit de sens et de courtoisie que toutes les

qu'en toutes les dames du monde. Elle leur offrit de somptueux présents d'or et d'argent ou de riches vêtements de soie selon le rang de chacune. Elle fit si bien que toutes avouèrent qu'il n'y avait pas au monde de personne plus valeureuse que la reine. Le roi Arthur offrit robes, armes et chevaux ; il prodigua ce jour-là tant d'honneur et de courtoisie à ses chevaliers que l'amour qu'ils lui portaient grandit chaque jour davantage. Ils le prouvèrent par la suite dans beaucoup de combats et d'épreuves, comme le conte vous le relatera clairement plus loin. Le roi Arthur manifesta une grande joie la veille de la mi-août envers les riches barons qui étaient venus à lui. Quand le roi et les barons eurent entendu les vêpres dans l'église principale Saint-Étienne, on fit installer les tables dans les tentes et les pavillons dressés sur l'herbe verte. Le roi et tous ses barons mangèrent sur les prés car il n'y avait pas assez de place en ville. Ailleurs se trouvaient la reine Guenièvre, les dames, les demoiselles et les sœurs du roi Arthur, la femme du roi Loth d'Orcanie, la femme du roi Urien, la reine de Garlot, la reine de Bénoïc, celle de Gaunes ainsi que les autres comtesses, les autres reines, dames et demoiselles. Il régnait tant de joie et de plaisir que c'était merveille à voir car il ne restait plus aucun jongleur ni aucun ménestrel sur toutes les terres du roi de Bretagne et dans tout le royaume d'Arthur ; tous étaient venus à cette fête. Lors du souper, on les servit comme il

---

dames del monde, et lor donna molt riches dons d'or et d'argent et de riches dras de soie selonc ce qu'ele estoit. Et le fist si bien que toutes dient que il n'avoit el monde si vaillant dame que ele estoit. Et li rois Artus departi robes et armes et chevaus, et tant lor fist icelui jour et d'ounour et de courtoisie a ses chevaliers que il en amerent mix a tous les jours que il vesquirent. Et bien li moustrerent puis en maint estour et en maint besoing, ensi come li contes le vous devisera cha en avant apertement. Molt fist li rois Artus grant joie et grant feste la veille de la mi aoust de la riche baronnie qui a lui estoit venue. Quant le roi et li baron orent oïes vespres en la maistre eglyse Saint Estevene, si fist on metre les tables en trés et en paveillons desor l'erbe qui estoit verde. Car li roi et tout li baron mengierent es prés por ce que il ne porent mie tout en la vile. De l'autre partie fu la roïne Genievre et les dames et les damoiseles et les serors le roi Artu, la feme le roi Loth d'Orcanie et la feme le roi Urien, et la roïne de Garlot et la roïne de Benuyc et cele de Gaunes et les autres contesses et les autres roïnes et dames et damoiseles. Si i ot tant de joie et de deduit que ce fu merveilles a regarder. Car en toute la terre le roi de Bertaingne, ne en tout le pooir le roi Artu, ne remest jougleour ne menestrel, ne un ne autre qui en cele feste ne fust venus. Si furent servi a cestui souper tout et toutes ensi com on de [*156a*] voit

convenait, comme la cour d'un roi aussi puissant que le roi
Arthur devait le faire. On s'amusa tant durant cette soirée
que l'heure du coucher arriva bientôt. Les plus fatigués se
reposèrent jusqu'au lendemain matin.

719. Alors le roi, les hauts barons et la reine se levèrent
pour aller écouter la messe à Saint-Étienne, l'église principale
de Camaalot. On y donna un office solennel en l'honneur de
la douce Dame dont on célébrait la fête ce jour-là. On y
offrit une importante et généreuse obole. Le roi Arthur et les
autres rois portèrent la couronne ce jour-là, toutes les reines
également en l'honneur de cette journée solennelle. Il y eut
vingt-six couronnes de rois et de reines. Le roi Arthur était
le treizième roi et la reine Guenièvre la treizième reine.
Après la messe et l'office, le roi Arthur regagna son palais et
tous les autres rois couronnés l'accompagnèrent. La reine
Guenièvre était suivie de toutes les reines, chacune portant
sur la tête une couronne d'or. Le roi Arthur s'assit à la table
principale et fit asseoir les douze autres rois, en rang, plus
bas que lui. Il fit placer à côté de lui la reine Guenièvre couronnée en l'honneur de la haute Dame dont on célébrait ce
jour-là la fête[1]. Tous les autres rois firent de même. Aux
autres tables s'assirent les ducs et les comtes et les autres
princes selon leur rang. Les chevaliers furent somptueusement installés sur la prairie dans les tentes et pavillons, en
grande joie et dignité. Chevaliers et ménestrels chantaient de

---

servir, come a tel court de si poissant home come le rois Artus
estoit, et se deduisent cele vespree tant qu'il fu tans d'aler couchier.
Si se reposerent cil qui mestier en orent jusques a l'endemain.

719. Lors se leva li rois et li riche baron et la roïne et s'en alerent
oïr la messe a Saint Estevene, a la maistre eglyse de Kamalot. Si fu
li services hautement celebrés en le hounour de la douce dame
qui feste il estoit le jour. Si fu molt grans et molt riche li offrande, et
li rois Artus et li autre roi porterent celui jour courone, et toutes
les roïnes ausi, por l'onour de la hautece del jour. Et i ot .xxvi. courones que de rois que de roïnes, car li rois Artus i estoit soi tresisme
de rois et la roïne Genievre soi tresisme de roïnes. Et quant la messe
fu dite et li services parfinés, si s'en monta li rois Artus en son palais
et tout li autre roi aprés lui tout couroné. Et la roïne Genievre et
toutes les roïnes aprés lui. Et cascune une corone d'or en son
chiés. Et li rois Artus s'assist al maistre dois et fist tous les .xii. rois
seoir a sa table tout contreval en rens et fist, en l'onor de la haute
dame qui feste estoit le jour, la roïne Genievre delés lui toute coronee*. Et autresi firent tout li autre roi le lor. Et as autres dois seoient
li duc et li conte et li autre prince tout ordeneement. Et li autre
chevalier furent assis molt richement en la praerie en trés et en
paveillons a molt grant joie et a grant hautece. Si i font li chevalier et

telles mélodies qu'on ne vit jamais une telle manifestation de
joie dans aucune cour.

720. Tandis que tous s'adonnaient à la joie et à la fête,
Keu le sénéchal présenta le premier mets au roi Arthur et à
la reine Guenièvre. On vit alors entrer le plus bel homme
que l'on eût jamais vu. Il avait revêtu une chemise de soie et
portait une ceinture de soie rehaussée d'or et de pierreries
jetant une telle lumière que toute la salle en était illuminée.
Sur ses cheveux blonds et ondulés, il portait une couronne
d'or comme un roi. Ses chausses étaient de drap brun et ses
souliers de cuir blanc rehaussés d'orfroi se fermaient sur le
cou-de-pied par deux bouclettes d'or. Attachée à son cou, il
avait une harpe d'argent à fines cordes d'or, constellée de
pierres précieuses. L'homme était si beau de corps, de visage
et de sa personne qu'on ne vit jamais de plus belle créature
mais un détail gâchait la beauté de son visage : il ne voyait
goutte[1]. Toutefois, il avait de beaux yeux clairs et portait une
fine chaînette fixée au-devant de sa ceinture. À cette chaîne
était attaché un petit chien, plus blanc que neige et portant
autour du cou un petit collier de soie rehaussée d'or. Ce
chien le mena tout droit devant le roi Arthur[2]. L'homme
chanta un lai breton en s'accompagnant si agréablement de
sa harpe que l'air fut très mélodieux à écouter. Après le
refrain de son lai[3], il salua le roi Arthur, la reine Guenièvre

---

720. Endementres qu'il estoient en tele joie et en tel feste et Kex li
Seneschaus aporta le premier més devant le roi Artu et devant la
roïne Genievre. Atant es vous laiens entrer le plus bele fourme
d'ome que il onques mais eüssent veüe. Et ot vestu une cote de
samit et un baudré chaint de soie et a menbres d'or et a pieres preciouses qui rendoient si grant clarté que tous li palais en reflamboioit,
et ot les chavex sors et crespés et une coroune d'or en sa teste come
rois et ot cauces de brun paile et uns sollers de cordoan blanc ouvré
d'orfrois qui fermoient sor le col del pié a .II. boucletes d'or. Et ot
une harpe a son col qui toute estoit d'argent molt richement ouvree,
et les cordes estoient toutes d'or et delies, et avoit en la harpe de lix
en lix pieres preciouses. Et li hom estoit si biaus de cors et de vis et
de tous menbres que onques plus bele creature ne fu veüe. Mais ice
li empira molt son vis et sa biauté que il ne vit goute. Et nonpourquant il avoit les ex biaus et clers en la teste et avoit une grelle
chaine atachie a son baudré, par devant. A cele chaine estoit loiiés
uns chiennés petis, plus blans que noif negie, et un petit coler de soie
avoit entour son col a menbres d'or. Et [b] cil chiennés le mena tout
droit devant le roi Artu. Et il harpoit un lay breton tant doucement
que ce estoit melodie a escouter. Et el refrain de son lay saluoit le

et toutes les autres personnes présentes. Keu le sénéchal, qui portait le premier mets, tarda un peu à le poser sur la table et s'assit pour regarder le harpiste tellement il était captivé. Mais ici le conte se tait à leur propos et revient au roi Rion des Îles[4] pour raconter comment il envoya une lettre au roi Léodegan quand celui-ci fut vaincu.

721. Le conte dit que, lorsque le roi Rion fut vaincu par le roi Arthur et le roi Léodegan de Carmélide, il repartit éploré et courroucé en homme qui avait tout perdu dans cette bataille. Il rentra tristement dans son pays et jura qu'il ne retrouverait jamais la joie de vivre tant qu'il n'aurait pas chassé et exilé le roi Léodegan. Il envoya des lettres pour convoquer tous les hommes des quatre coins de son royaume ainsi que ceux qui relevaient des royaumes qu'il avait conquis et qui se trouvaient au nombre de neuf. Il rassembla tant d'hommes que ce fut merveille à voir. Le premier des neufs rois qui répondit à l'appel du roi Rion fut le roi Palladeus avec quinze mille hommes, tous de preux et hardis chevaliers.

722. Après lui, arriva le roi Safur avec douze mille hommes et le roi Sarmedon qui en amena quatorze mille, le roi Argant onze mille, le roi Taurus treize mille, tous très désireux de venger la honte du roi Rion. Le roi Aride de Galore les suivait. Il amenait quinze mille hommes en sa compagnie, le roi Solimas en amena vingt mille, tous chevaliers avec de

---

roi Artu et la roïne Genievre et tous les autres aprés. Et Kex li Seneschaus, qui le premier més portoit, s'atarga une piece d'aseoir le pour le harpeour esgarder tant estoit durement ententis. Mais ici endroit se taist li contes d'aus tous. Et retourne a parler del roi Rion des Illes, ensi com il envoia au roi Leodegam ses letres par messages quant il fu desconfis.

721. Or dist li contes que, quant li rois Rions fu desconfis del roi Artu et del roi Leodegam de Carmelide, que molt s'en departi dolans et coureciés come celui qui avoit le tout perdu en cele bataille. Et s'en repaira en son païs tristres, et jura son sairement que jamais en sa vie n'averoit joie ne repos tant qu'il auroit le roi Leodegam essillié et chacié de sa terre. Si envoia chartres et briés et semonst et manda ses homes de tout son roiaume de lonc et de lé de tous les roiaumes des rois qu'il avoit conquis qui estoient .IX. par conte. Si assambla tant de gent que ce fu merveille a veoir. Le premier des .IX. rois qui vint au conmandement le roi Rion si fu li rois Paladeus atout .XV.M. homes tous chevaliers prous et hardis.

722. Aprés vint li rois Safurs atout .XII.M., et li rois Sarmedon en amena .XIIII.M., et li rois Agans en amena .XI.M., et li rois Taurus en amena .XIII.M., encoragiés et entalentés de vengier la honte le roi Rion. Aprés vint li rois Aride de Galoie. Cil en amena .XV.M. en sa compaingnie, et li rois Solimas en amena .XX.M., tous chevaliers et bien

belles montures, le roi Kahedin en amena dix mille, tous chevaliers également, le roi Alipantin de la Terre aux Pâtures en amena vingt mille. Quand ils furent tous arrivés, qu'ils se furent rassemblés sous le commandement du roi Rion et que celui-ci les vit devant lui, il leur exposa très simplement ses plaintes et doléances : « Seigneurs, vous êtes tous mes hommes liges. C'est de moi que vous tenez vos terres et vos fiefs. Vous me devez donc fidélité en vertu de votre serment de me défendre contre quiconque. Je sais déjà que votre cœur sincère et loyal ne supporterait pas qu'il m'arrive malheur. C'est pourquoi je vous demande et vous implore de m'aider à venger ma honte. Ce n'est d'ailleurs pas la mienne mais c'est d'abord la vôtre car celui qui m'inflige honte et outrage ne vise pas seulement ma personne mais vous tous tant que vous êtes. Je vous implore, au nom du serment que vous m'avez prêté, de vous trouver d'ici deux mois devant la cité de Carohaise pour affronter le roi Léodegan de Carmélide qui m'a vaincu par la force et chassé du champ de bataille. Je vous prie et vous implore d'exercer votre vengeance. » Ils lui répondirent tous d'une seule voix qu'il n'était pas nécessaire de les en prier car ils se plieraient volontiers à son désir. Alors ils repartirent et chacun retourna dans son pays. Ils préparèrent leur équipement et se présentèrent au jour prévu avec une grande armée devant le château de Carohaise. Le roi Rion arriva de son côté avec tous ses gens et ils firent le siège de la

---

montés, et li rois Kahadin en amena .x.m. et tous chevaliers, et li rois Alipantins de la Terre des Pastures en amena .xx.m. Quant il furent venu et assemblé au commandement le roi Rion et il les vit tous devant lui, si fist sa plainte et sa clamour oiant tous, et lor dist molt simplement : « Signour, vous [*d*] estes tout mi homes et de moi tenés vous vos terres et vos fiés. Si me devés foi porter par vos seremens encontre tous homes. Et pour ce que je connois vos cuers a fins et a vrais que vous ne vauriés envers moi meserrer de nule cose, pour ce vous requier je et pri que vous m'aïdiés ma honte a vengier. Non pas la moie mais la vostre, car cil qui honte et laidure me fait il ne le fait pas a moi seul mais a vous tous communement. Si vous requier, sor les sairemens que vous m'avés fais, que vous soiiés d'ui en .ii. mois devant la cité de Karohaise, encontre le roi Leodegam de Carmelide qui par sa force m'a desconfit et del champ enchacié. Si vous proi et requier que vengance en soit prise. » Et cil respondirent tout a une vois que de ce ne les couvient il pa proiier, car il le feront a son plaisir. Atant s'em partent et s'en revait chascuns en son païs et si atournerent lor afaires et s'en revinrent au jour nomé a grant force devant le chastel de Karouhaise. Et li rois Rions vint d'autre part a toute la soie gent et asisent la cité tout environ, si acueillirent lor proie et lor venue. Ne mais Cleodalis, li seneschaus de Carmelide qui molt estoit

ville, faisant également main basse sur son butin et son
approvisionnement. Mais Cléodalis, le sénéchal de Carmélide
qui était preux et loyal envers son seigneur, le leur disputa
férocement en chevalier de grand mérite. Il sortit avec vingt
mille chevaliers qu'il avait retenus à ses côtés dans la cité pour
garder la frontière et il combattit avec acharnement contre
ceux qui ravissaient son butin. Il le récupéra et le ramena au
château dont il fit fortifier les portes. Le roi Rion et ses gens
installèrent leur camp tout autour du château et firent dresser
tentes et pavillons. Ils se reposèrent cette nuit-là. Le lendemain, ils donnèrent l'assaut en lançant flèches et javelots. Le
roi Léodegan et Cléodalis sortirent de la ville par une poterne
qui donnait sur la rivière juste en face de la tente de Solimas.
Le roi Léodegan et Cléodalis attaquèrent les tentes et les
pavillons, abattirent tous ceux qu'ils atteignaient. Ils s'emparèrent de l'or, de l'argent, des ustensiles de vaisselle, des
habits de soie et les emportèrent de force au château.

723. Les hommes du camp étaient affligés et courroucés.
Le roi Rion leur dit qu'il ne servait à rien d'être dans cet état
car il ne lèverait pas le siège tant qu'il n'aurait pas investi
le château et ne tiendrait pas le roi Léodegan à sa merci.
Mais ils durent reculer et mettre un terme à leur assaut.
Ils restèrent cinq jours ainsi sans lancer de flèches ni de
javelots. Durant cette période morte, un neveu du roi Rion
vint trouver son oncle et lui annonça que le roi Arthur
avait défait les Saxons et qu'il les avait chassés du pays. À la

prodom et loiaus envers son signour, lor chalenga molt fierement,
come cil qui estoit de grant pris, et s'en issi atout .xx.m. chevaliers
qu'il avoit laiens retenus pour la marce garder et se combati molt
fierement contre ciaus qui menoient sa proie et le rescoust et le
remena el chastel et fist fremer les portes. Et li rois Rions et ses gens
se logierent entour le chastel et i firent tendre trés et paveillons et se
reposerent cele nuit. Et l'endemain asaillirent et conmencierent a
traire et a lancier. Et li rois Leodegans et Cleodalis s'en issirent hors
de la vile par une poterne qui ovroit delés la riviere encoste la tente
Solimas. Si le feri li rois Leodegans parmi les trés et parmi les
paveillons et Cleodalis avoec lui[a] et jeterent a terre quanqu'il atainrent.
Si prisent or et argent et vaisselemente et dras de soie et l'emporterent el chastel a force.

723. Lors furent cil del ost molt dolant et molt courecié, si dist li
rois Rions que ce ne lor vaut riens, car ja del chastel n'en partira
devant qu'il l'aura pris et le roi Leodegam en sa merci. Si se traient
ariere et laissent lor assaut et furent .v. jours en tel maniere sans
traire et sans lancier. Et endementres come li rois Rions estoit en cel
sejour li vint uns niés qui li dist que li rois Artus avoit desconfit
les Saisnes et que les avoit enchacié de la terre, et que le jour de la

mi-août devait se tenir une cour plénière en la cité de Camaalot. En entendant cette nouvelle, le roi dit : « Laissons-le festoyer ! Car je n'aurai pas le roi Léodegan en mon pouvoir tant que je n'irai pas le défier avec une armée si imposante qu'il sera incapable de lui résister. Cependant, si le roi Arthur se mettait à ma merci pendant que je suis ici, avant l'assaut de mon armée, j'aurais pitié de lui et le laisserais régner à condition qu'il tienne désormais sa terre de moi. — Seigneur, font ses hommes, envoyez-lui vos messagers et faites-le-lui savoir car mieux vaudrait pour lui devenir votre homme lige que d'être exilé et chassé de ses terres.

724. — C'est ce que je lui ferai savoir », répondit le roi Rion. Il fit aussitôt écrire une lettre et la fit sceller de son sceau. Il fit ensuite ajouter le sceau de tous ses barons. Quand la lettre fut revêtue des dix sceaux royaux, il appela un de ses chevaliers en qui il avait toute confiance et lui fit jurer de remettre cette lettre en main propre au roi Arthur. Le chevalier lui en fit le serment. Le roi lui remit alors la lettre et le messager quitta le roi Rion, prenant le chemin de Camaalot avec un seul écuyer pour toute compagnie. Le roi Rion resta devant le château de Carohaise et demanda à ses gens de préparer leurs armes pour l'assaut. Car c'était pour lui un motif de dépit que ce château défendu seulement par un petit nombre d'hommes lui résistât durant des jours et des jours. Il avait à son avis plus de chevaliers dans son

---

mi aoust devoit te[n]nir court pleniere en la cité de Kamaaloth. Et quant li rois Rions l'entendi si dist : « Or le laissons festoiier. Car ja si tost li roi Leodegam n'aurai en ma baillie conme ja l'irai veoir a tant de gent qu'il ne les porra endurer ne nosufrir. Et nonpourquant, se li rois Artus venoit a moi a merci endementres que je sui ci, ançois que je alaisse sor lui a ost, je en auroie pitié, se le lairoie regner. Mais qu'il tenist sa terre de moi. — Sire, font si home, envoiés lui vos messages et li faites a savoir. Car mix li venroit il vostre home a devenir que il fust essilliés et chaciés de sa terre.

724. — Ensi le ferai je », fait li rois Rions. Et lors fist unes letres escrire et les fist enseeler de son seel. Et puis i fist metre a tous les barons lor seaus. Et quant eles furent enseelees de .x. seaus roiaus il apela un de ses chevaliers en qui il molt se fioit et li fist jurer sor sains que il ces letres bailleroit en la main au roi Artu. Et cil li jura en tel maniere. Lors li bailla li rois Rions les letres, si en parti del roi Rion et se met el chemin devers Camaaloth, en la compaignie de un seul esquier. Et li rois Rions fu remés devant le chastel de Karouhaise et conmanda a sa gent a armer pour assaillir Karouhaise. Car a grant despit li venoit que cil chastiaus qui n'avoit que un poi de gent se voloit tenir encontre lui ne jour ne eure. Car il avoit, ce li estoit avis, plus de chevaliers en son ost que il n'avoit d'omes ne de femes

armée que d'hommes, de femmes et d'enfants sur toutes les Îles. « C'est une honte et un motif de reproche pour nous que l'on n'ait jamais mis le siège à ce château car nous aurions dû le prendre rapidement dès notre arrivée. Maintenant, nous serons considérés comme moins valeureux dans d'autres pays. On nous prendra pour des lâches et des couards. Et ceux que nous voulons assaillir diront : "N'ayez pas peur du roi Rion et de ses compagnons ! Ils sont si mous, si couards et si lâches qu'ils ne valent rien". »

725. Quand les princes et les barons entendirent le roi Rion parler de la sorte, ils en éprouvèrent une grande honte. Ils redoutaient d'être pris pour des couards ou des lâches. Ils se précipitèrent sur leurs armes à qui mieux mieux et se mirent à assaillir le château, à lancer des traits et des javelots. Les assiégés, qui étaient tous des preux, leur jetèrent des pierres et des pieux bien pointus ; ils firent tomber un grand nombre de leurs assaillants dans les fossés. Le roi Léodegan, Cléodalis et Guiomar, le cousin de Léodegan, Hervi de Rivel et Malet le Brun sortirent alors, bien armés sur leurs chevaux de prix, tout couverts de fer, et ils s'élancèrent sur les gens du roi Rion qui avaient déjà pris de force une barbacane et qui emmenaient quinze hommes d'armes très preux et vaillants. Les hommes du roi Rion auraient dû éprouver honte et humiliation lorsque Cléodalis, lance en avant, se jeta sur eux et frappa le roi Argant si brutalement que ni l'écu ni le haubert ne purent le protéger du coup. Cléodalis

---

ne d'enfans en toutes les illes. « Si est molt grant honte et molt grant reproce a nostre oels de c'on i mist onques siege. Car plus le deüssienmes avoir a volee en nostre premiere venue, et mains en serons proisié en toutes autres contrees. Et si nous sera tourné a mauvaistié et a couardise. Et diront cil a qui nous vaurons courre sus : "N'aiiés pas paour, car li rois Rions et sa compaingnie sont si mauvais et si couart et si lasche de cuer que il ne valent riens." »

725. Quant li prince et li baron oïrent le roi Rion ensi parler si en orent molt grant honte. Car il criennent qu'il ne les tiengne a couars et a faillis. Si courent as armes qui ains ains et^e qui mix mix et commencent le chastel a assaillir et a traire et a lancier. Et cil dedens, qui molt estoient prodome, lor gietent pieres et pex agus. Si en trebuschierent assés es fossés. Et li rois Leodegans et Cleodalis et Guiomar, qui cousins estoit Leodegam, et Hervi de Rivel [e] et Malés li Bruns s'en issirent fors, armés desor les chevaus de pris, couvert de fer, et se ferirent es gens le roi Rion qui ja avoient a force prise une barbacane et en menoient .xv. sergans qui molt estoient et prou et hardi. Si i peüssent bien avoir honte eü et laidure quant Cleodalis lor laisse courre la lance alongie et feri le roi Argant si durement que escus ne haubers nel garantist qu'il ne li mete le fer de son glaive

lui planta le fer de sa lance dans la poitrine et l'abattit raide
mort. Quand ils virent leur roi tomber, les hommes du roi
Argant abandonnèrent les prisonniers et accoururent vers
lui. Quand ils le trouvèrent mort, ils poussèrent des cris et
l'assaut prit fin. Cléodalis et ses compagnons secoururent les
quinze hommes preux et vaillants, les ramenèrent en sécurité
au château et refermèrent les portes. Les assiégeants en
restèrent là et emportèrent leur roi dans leur tente. Le roi
Rion fut très affligé et courroucé de cette mort. Mais le
conte se tait à leur sujet et revient au messager du roi Rion
pour raconter comment il arriva à la cour du roi Arthur à
l'heure précise où tout le monde mangeait au palais.

726. Le conte dit que, lorsque le messager eut quitté son
seigneur, à force de chevaucher avec son écuyer, il arriva à
Camalot à la mi-août. Il descendit de cheval sous un olivier
et pénétra dans la salle. Lorsque Keu eut servi le premier
mets devant le roi Arthur et que le messager vit les rois et
les reines portant des couronnes d'or en ce jour solennel,
tous assis à la table principale, quand il écouta chanter le
harpiste portant une couronne d'or, il resta tout ébahi
devant le chien qui le conduisait à travers la grande salle. Il
demanda à Keu le sénéchal, commis au service, où était le
roi Arthur. Keu le lui montra aussitôt et le chevalier instruit
et disert s'avança vers le roi en lui parlant à haute voix de
telle sorte que tout le monde pût l'entendre distinctement :

---

parmi la fourcele, si le trebusche mort tout estendu. Quant li home le
virent cheü si laissent ciaus qu'il enmenoient et courent cele part. Et
quant il le trouverent mort si commence li cris et la noise sor lui et li
assaus remaint. Et Cleodalis et sa compaignie rescousent les .xv.
sergans, qui molt estoit prous et hardis, et les menerent el chastel a
garison et fermerent les portes. Et cil de l'ost en remainnent ensi lor
gent qui emporterent lor roi en lor tente. Li rois Rions en fu dolans
et coureciés. Mais ici endroit se taist li contes d'aus et retourne a parler del message au roi Rion[b] comment il en vint a la court le roi Artu
tout droit a l'eure que il mengoient par le palais.

726. Or dist li contes que quant li messages se fu partis de son
signour il chevaucha tant entre lui et son esquier que il en vint a
Kamaaloth le jour de la mi aoust. Si descendi desous un olivier et vint
en la sale. Quant Kex ot mis le premier més devant le roi Artu, et vit
les rois et les roïnes qui seoient au maistre dois tous couronés pour la
hautece del jour, et voit le harpeour harper couroné de courone d'or,
si en vint tous esbahis pour le chien qui le conduisoit parmi le palais.
Si demanda a Kex le Seneschal qui servoit as tables li kels estoit li rois
Artus. Et Kex li moustre maintenant. Et li chevaliers, qui molt estoit
sages et emparlés, s'en vint devant le roi et li dist si haut que tout et
toutes le porent oïr et en[f/]tendre tout clerement :

727. « Roi Arthur, je ne te salue pas, car celui qui m'envoie
vers toi ne me l'a pas ordonné. Cependant, je te dirai seulement ce qu'il veut te faire savoir. Quand tu auras entendu
l'objet de sa demande, tu feras ce que ton cœur te dira. Si tu
obéis à ses volontés, tu en retireras de l'honneur. Sinon, il te
faudra fuir ton royaume en pauvre et en exilé. » À ces mots,
le roi Arthur se mit à sourire et lui dit très calmement : « Ami,
délivre-nous ton message et ce qui t'a été ordonné. Tu peux
dire ce que tu veux. Rien de mal ne pourra t'arriver de ma
part ou de la part d'autrui[1]. » Le messager lui dit : « Roi
Arthur, celui qui m'envoie vers toi est le seigneur et maître de
tous les chrétiens, c'est le roi Rion des Îles qui a établi un
siège devant le château de Carohaise en Carmélide. Il a déjà
sous ses ordres neuf rois qui sont ses hommes liges et qui
tiennent de lui terres, fiefs et principautés car il les a soumis
par sa prouesse et conquis par les armes et par sa bravoure. À
neuf d'entre eux bien comptés, il a déjà enlevé la barbe avec
la peau[2]. Mon seigneur te demande donc de te présenter à lui
pour que tu lui prêtes hommage. Ce sera un très grand honneur de te soumettre à un homme aussi puissant que mon
seigneur puisqu'il règne sur l'Occident et sur toute la terre. »
Quand le chevalier eut tenu ce discours, il prit la lettre du roi
Rion scellée de dix sceaux, comme le conte l'a déjà précisé
plus haut, et il dit au roi Arthur : « Seigneur, faites lire cette
lettre que mon seigneur vous adresse et vous entendrez ses

---

727. « Rois Artus, je ne te salu pas, car il ne m'est pas conmandé
de celui qui a toi m'envoie. Mais toutes voies te dirai je que il te
mande. Et, quant tu en auras oï le mandement, si en feras ce que li
cuers t'en aportera. Se tu fais son voloir, tu auras honour et, se tu
nel fais, il te couvient laissier toute ta terre et fuir en povres et
essilliés. » Et quant li rois Artus l'oï, si en conmencha a sousrire et li
dist molt doucement : « Amis, dis ton message et ce que t'est
conmandé, quar tu pués seürement dire tout ton voloir sans avoir nul
enconbrier ne de moi ne d'autrui. » Et cil li dist : « Rois Artus, si
m'envoie li sires et li maistres de tous les Crestiens, ce est li rois
Rions des Illes qui est au siege devant le chastel de Carouhaise en
Carmelide, soi disisme de rois qui tout sont si home lige et tiennent
de lui terres et fiés et honours, car il les a tous fais aclins a lui par sa
prouece et les a tous conquis a l'espee par son hardement et de tous
les rois qu'il a conquis, dont il en i a .ix. par conte, a levees les
barbes atout le quir. Or si te mande messires que tu viengnes a lui et
deviegnes ses hom et ce sera molt grant honor a si poissant roi come
mes sires est quant il est sires d'Occident et de toute la terre. » Quant
li chevaliers ot ensi parlé, si traïst les letres au roi Rion qui estoient
seelees de .x. seaus si com li contes a dit cha ariere, si dist au roi
Artu : « Sire, fai lire ces letres que mé sires t'envoie, si oïras sa volenté

ordres et sa volonté. » Alors, il lui tendit la lettre. Le roi la prit et la passa à l'archevêque Debrice qui était venu écouter la discussion. Ce dernier déplia rapidement la lettre et commença à lire devant toute l'assistance. Il en fit ainsi la lecture : « Moi, le roi Rion, seigneur de toute la terre d'Occident, je fais savoir à tous ceux qui verront et entendront cette lettre que je fais le siège du château de Carohaise en Carmélide. En ma compagnie se trouvent neuf rois et tous leurs hommes en état de prendre correctement les armes. Je détiens les épées de tous les rois que j'ai conquis par ma bravoure et j'ai pris leur barbe avec la peau. En souvenir de ma victoire, j'ai fait fourrer avec leurs barbes un manteau de soie vermeille. C'est un manteau tout orné, garni d'agrafes et de tout excepté de franges. Comme il lui manque ces franges et que j'ai entendu parler de la grande prouesse et de la vaillance du roi Arthur dont la renommée parcourt le monde, je veux qu'il soit plus honoré qu'aucun des autres rois. En conséquence, je lui demande de m'envoyer sa barbe avec la peau ; elle me servira à faire la frange de mon manteau, par estime pour lui. Je ne pourrai porter mon manteau que s'il possède une frange au cou et je ne veux pas d'autre frange que sa barbe. Car, aux mains et au cou, chaque prince se doit de porter ce qu'il y a de plus précieux et de plus royal. Puisque Arthur est un roi plus éminent et plus puissant que les autres, comme sa

---

et son corage. » Et lors li tendi les letres. Et li rois les prist et les tendi a l'arcevesque Debrice qui illuec estoit venus pour la parole oïr, si les desploia erranment et les commencha a lire oiant tous ciaus qui laiens estoient, et les lut ensi come vous orrés : « Je, rois Rions qui sires est et gouvernerres de toute la terre d'Occident, fais a savoir a tous ciaus qui ces letres vesront et orront que je sui au siege devant le chastel de Charouhaise en Carmelide. Et sont en ma compaignie .ix. roi et toutes les gens de lor compaignie qui armes pueent porter couvenablement. Et de tous les rois que je ai conquis ai je toutes les espees par mon vasselage et si en ai pris les barbes atout le quir. Et pour ramenbrance de ma victoire je le fait un mantel de samit vermeil que je ai des barbes au roi fourré, et est ce mantiaus tous prés et tous garnis d'ataches et de tout ce qu'il i couvient fors que solement [*157a*] des taissiaus. Mais pour ce que li taissel i faillent, et que je ai oï nouveles et mencion de la grant bonté et de la grant vaillance au roi Artu de qui la renonmee est si grans espandue par tout le monde, si voel que il soit plus honnerés que nul des autres rois. Et pour ce remant je que tu m'envoies ta barbe atout le quir et je le metrai el taissel de mon mantel pour l'amour de toi. Car ja devant ce que mes mantiaus soit entaisselés de ta barbe ne me pendra il au col ne je ne voel mie taissiaus autres que de ta barbe. Car as mains et au col doit chascuns princes avoir la plus preciouse chose et la plus signourie. Et pour ce

renommée royale en témoigne, je lui ordonne donc de m'envoyer sa barbe par un ou deux de ses meilleurs amis. Je lui ordonne aussi de se présenter à moi pour me prêter hommage et pour recevoir de moi sa terre en gage de bonne paix. S'il ne veut pas m'obéir, alors qu'il abandonne sa terre et qu'il parte en exil. Car, dès que j'aurai vaincu le roi Léodegan, je viendrai l'attaquer avec toute mon armée. Je lui ferai arracher la barbe du menton contre son gré, qu'il le sache bien. »

728. Quand l'archevêque Debrice eut terminé la lecture de la lettre devant le roi Arthur et tous ses barons, il la remit au roi qui était très troublé et courroucé de l'ordre qu'il recevait. Le messager lui dit : « Roi Arthur, fais ce que mon seigneur te demande et je rentrerai chez moi. » Le roi lui répondit qu'il pouvait partir à l'heure qu'il voulait : il n'aurait jamais sa barbe tant que lui, Arthur, vivrait et de cela, il pouvait être certain. Le messager sortit, remonta en selle et reprit la route avec son écuyer. À force de cheminer, ils arrivèrent à Carohaise en Carmélide où ils trouvèrent le roi Rion qui partait énergiquement à l'assaut de la cité. Dans le château, les assiégés se défendaient très vigoureusement et infligeaient des pertes à leurs ennemis. Le roi Rion en était très troublé. Quand le messager fut de retour devant son roi et qu'il lui eut rapporté la réponse du roi Arthur, le roi Rion déclara qu'après avoir capturé le roi Léodegan, il irait attaquer Arthur avec une telle

---

que tu es signouris et li plus poissans rois de tous les autres, ensi conme la renomee de roi le tesmoigne, si te connant que tu m'envoies ta barbe par un ou par .ii. ou par .iii. de tous tes meillours amis. Et puis vien a moi et deviegnes mes hom et tiengnes et reçoives de moi en bone pais ta terre. Et se tu ce ne vels faire, laisses ta terre et t'en vais en essil. Car si tost come je aurai conquis le roi Leodegam, je menrai toute mon ost sor toi et te ferai escorchier ta barbe et traire fors del menton arrebours, ce saces tu tot de vraiement. »

728. Quant li arcevesques Debrice ot les letres leües devant le roi Artu et devant tous les barons, si bailla les letres au roi Artu qui molt fu dolans et coureciés del conmandement. Et li messages dist : « Roi Artus, fai ce que me sires te mande, si m'en retornerai ariere. » Et li rois li dist qu'il s'en puet bien aler toutes les eures qu'il vaura, car sa barbe n'aura il mie tant com il vive et il le puet garantir. Si s'em part li chevaliers atant et s'en vient a son cheval et monte et se met vers le chemin entre lui et son esquier et errerent tant qu'il en vinrent a Karouhaise en Carmelide ou il trouverent le roi Rion qui assailloit le chastel molt vigherousement. Et cil dedens se desfendent molt durement, si que cil i perdent souvent et menu. Si en fu li rois Rions molt dolans. Et quant li messages fu venus devant le roi Rion et il li ot conté la response le roi Artu, si dist que ja si tost n'averoit pris le roi Leodegam qu'il iroit sor lui a si grant plenté qu'il nel porra sousfrir

armée que celui-ci serait incapable de lui résister. Mais ici le conte se tait à propos du roi Rion et revient au roi Arthur et à ses barons pour rapporter comment un harpiste chanta devant eux.

729. Le conte dit que, après le départ du messager du roi Rion, le roi Arthur resta assis pour manger et toute l'assemblée s'adonna à la fête et à la joie. Le harpiste allait chantant de rangée en rangée et jouait une douce et suave musique. Les uns et les autres le regardaient avec admiration car ils n'avaient jamais entendu jouer de la harpe de manière aussi exquise. Les délices de ce harpiste leur plurent davantage qu'aucune autre musique de ménestrel. Le roi Arthur lui-même s'étonna et demanda d'où cet homme pouvait bien venir. Il aurait pourtant dû le savoir car il l'avait déjà vu d'une autre façon et sous une autre apparence. Après manger, on ôta les nappes et le harpiste se présenta devant le roi Arthur en disant : « Seigneur, s'il vous plaît, je vous demande une rétribution pour mon service. — Vous l'aurez, cher ami, lui dit le roi. Il est juste que vous l'ayez et vous l'aurez très volontiers. Dites-moi ce que vous souhaitez. Vous l'obtiendrez si c'est une chose que je puisse et doive vous donner, à l'exception de mon honneur et de mon royaume. — Seigneur, fait le harpiste, ma demande ne vous vaudra que de l'honneur, s'il plaît à Dieu notre Sauveur Jésus-Christ.

730. — Dites-moi alors ce que vous désirez, fait le roi très

---

ne endurer. Mais ici endroit se taist li contes del roi Rion et retourne a parler del roi Artu et de sa baronnie, ensi com uns [*b*] harperes harpoit devant le roi Artu et devant toute la baronnie.

729. Or dist li contes que[a] quant li messages le roi Rion s'en repaira si remest li rois Artus seant a son mangier, si se soulagierent en feste et en joie. Si aloit li harperes de l'un renc en l'autre et lor harpoit seriement et cler, si le regarderent a merveilles li un et li autre car il n'avoient pas apris a oïr tel harpeour. Si lor plot plus et embeli li deduis del harpeour que de nule chose que autre menestrel feïssent. Et li rois Artus meïsmes en est tous esmerveilliés dont tés hom puet venir. Si le deüst il bien connoistre car maintes fois l'avoit veü en autre maniere et en autre samblance. Et quant il orent mengié et les tables furent ostees si s'en vint li harperres devant le roi Artu et li dist : « Sire, s'il vous plaisoit, je aroie le guerredon de mon service. — Certes, fait li rois, le guerredon en aurés, biaus amis. Il est bien drois que vous l'aiiés et vous l'aurés molt volentiers. Dites vostre volenté, car vous n'i faurés mie, se c'est chose que je puisse donner ne doie, sauve m'onour et de mon roiaume. — Sire, fait li harperres, vous ni aurés[b] ja se honour non, se Diu plaist, le vrai sauveour Jhesu Crist.

730. — Or dites dont vostre volenté, fait li rois, seürement. — Sire, fait li harperres, je vous demant et requier a porter vostre

tranquillement. — Seigneur, fait le harpiste, je vous demande la faveur de porter votre enseigne à la première bataille où vous irez[1]. — Cher ami, fait le roi, est-ce bien là une chose qui me vaudra de l'honneur ainsi qu'à mon royaume ? Notre-Seigneur vous a mis en sa prison. Comment pourriez-vous voir suffisamment pour porter et mener dans une bataille l'enseigne d'un roi qui doit être l'appui et le recours de toute l'armée ? — Ah, seigneur, c'est Dieu tout-puissant, le vrai guide qui me conduira, lui qui m'a déjà tiré de maints périls ! Sachez qu'il y va de votre intérêt ! » À ces mots, les barons furent étonnés. Le roi Ban regarda le harpiste et se souvint alors de Merlin qui l'avait servi au château des Marais sous l'apparence d'un jeune homme de quinze ans. Il s'avisa que c'était lui et dit aussitôt au roi Arthur : « Seigneur, accordez-lui sa requête car il ne me paraît pas homme à qui l'on doive refuser une demande. — Comment ? fait le roi Arthur. Voulez-vous dire que notre intérêt et notre honneur consistent à accorder à un ménestrel le droit de porter mon enseigne dans une bataille alors que ce ménestrel n'y voit goutte ? Si je lui refuse sa demande, je ne vois pas ce que l'on peut retenir contre moi car ce n'est pas une faveur que l'on doit accorder à la légère si l'on n'est pas totalement certain de la personne à qui est confiée la conduite de l'armée. » Dès que le roi eut tenu ces propos, le harpiste disparut et personne ne sut ce qu'il était devenu.

731. Le roi Arthur pensa alors à Merlin. Il fut très troublé

---

enseigne en la premiere bataille ou vous irés. — Biaus dous amis, fait li rois, seroit ceste chose a l'onour de moi et de mon roiaume ? Nostre Sires vous a mis en sa chartre. Comment vous verriés vous a porter et conduire en bataille baniere de roi qui doit estre refuis et garans de toute l'ost ? — Ha, biaus sire, fait li harperres, Dix, qui est tous poissans et conduisierres me conduira, qui en maint perillous lieu m'a conduit. Et saciés que ce vous sera prous. » Et quant li baron [d] l'entendent si en sont molt esmerveillié. Et lors le regarde li rois Bans et li sovint de Merlin qui au chastel des Marés le servi en guise de jovenencel en l'aage de .xv. ans. Si se pense que ce soit il, si dist tout maintenant au roi Artu : « Sire, otroiiés lui sa requeste, car il ne samble pas hom a qui on doie otroiier son desirier. — Comment ? fait li rois Artus, quidiés vous que nostres prous et nostre hounours i soit a otroiier a un menestrel a porter m'enseigne em bataille qui a conduire ne se voit pas ? Se je li escondis je ne vois de riens encontre moi, car ce n'est pas chose que on doie otroiier legierement se on n'en est trés bien certain de la personne que on met em bataille a conduire. » Et maintenant qu'il ot dite ceste parole, li harperres s'esvanui d'entre als si que nus ne sot onques qu'il devint.

731. Lors s'apensa li rois Artus de Merlin. Si en fu molt dolans et

et fâché de ne pas avoir satisfait son désir. Toutes les personnes présentes furent stupéfaites de l'avoir si soudainement perdu. Le roi Ban de Bénoïc, qui l'avait reconnu et qui savait qu'il s'agissait de Merlin, dit au roi Arthur : « Vraiment, vous auriez dû le reconnaître ! — C'est vrai, dit Arthur, mais le fait qu'il se soit fait conduire par un chien m'a totalement empêché de l'identifier. — Mais qui est-ce donc ? fit monseigneur Gauvain. — Cher neveu, répondit le roi Arthur, c'est Merlin notre maître. — Vraiment, fait monseigneur Gauvain, que Dieu m'assiste, je pense que c'est bien lui car plus d'une fois déjà il s'est déguisé et a changé son apparence devant tous vos barons. Il a fait cela pour nous divertir et nous réjouir. » Tandis qu'ils tenaient ces propos entra dans la salle un enfant qui pouvait bien avoir huit ans. Son crâne était chauve par endroits et il ne portait pas de braies. Il tenait une massue à la main[1]. Il vint trouver le roi Arthur et lui dit de se préparer à affronter le roi Rion. Il lui réclama aussi le droit de porter son enseigne. Quand les gens du palais le virent sous cette apparence, ils se mirent à rire de bon cœur. Le roi Arthur, parfaitement convaincu qu'il s'agissait bien de Merlin, lui répondit alors en riant :

732. « Que Dieu m'assiste ! Il vous appartient de porter l'enseigne et je vous accorde très volontiers cette faveur. — Grand merci, fait l'enfant, car voilà une faveur qui sera bien

---

molt coureciés de ce que il ne li avoit otroiié sa volenté. Et tout cil de laiens en furent esbahi de ce que si soudainnement l'orent perdu. Et li rois Bans de Benuyc, qui bien aperchut et sot que ce fu Merlins, dist au roi Artu : « Certes, vous le deüssiés bien connoistre. — Vous dites voir, fait li rois Artus. Mais ce qu'il se faisoit mener a un chien si m'avoit tolue la veüe et la connoissance. — Qui est il donques ? fait mesire Gavains. — Biaus niés, fait li rois Artus, c'est Merlins, nostre maistre. — Voire, fait mesire Gavains. Si m'aït Dix, je vous en croi bien que ce soit il, car par maintes fois s'est il desguisés et mués en samblance par devant vostre baronnie. Et tout ce si est pour nous soulagier et conjoïr. » Endementres qu'il estoient en tés paroles entra en la sale uns petis enfés qui bien pooit avoir .VIII. ans d'aage. Et fu toute sa teste entrepelee, et fu sans braies, une machue en sa main. Et s'en vint devant le roi Artu et li dist qu'il s'apareillast d'aler encontre le roi Rion a bataille et que il li baillast sa baniere a porter. Et quant cil del palais le voient en tel maniere si conmencent a rire molt durement. Et li rois Artus respondi tout en riant come cil qui croit que ce soit Merlin de vraiement :

732. « Si m'aït Dix, fait li rois Artus, vous le devés bien porter et je le vous otroi molt debonairement. — La vostre merci, fait li enfés, car en moi sera ele molt bien emploiie. » Atant les con[d]mande tous a

employée. » Il les recommanda tous à Dieu et sortit du
palais puis reprit son apparence ordinaire et se dit en lui-
même qu'il convenait désormais de convoquer les armées du
roi. Il s'embarqua et traversa la mer. Il se rendit à Gaunes
auprès de Pharien et de Léonce de Palerne et leur demanda
de rassembler leurs troupes ainsi que tous les hommes qu'ils
pourraient mobiliser sur leurs terres puis de venir à la cité de
Camaalot. Ils le lui promirent, convoquèrent leurs hommes
et les rassemblèrent. Merlin reprit la mer et la traversa jusqu'en Grande-Bretagne. Il se rendit sur les terres du roi
Urien, celles du roi Loth et leur demanda de se trouver
quinze jours après la Notre-Dame en septembre dans la cité
de Camaalot. Ils le lui promirent. Merlin les quitta ensuite et
revint à la cour du roi Arthur. On n'avait pas encore terminé
de célébrer les vêpres de la fête du jour en la grande église
Saint-Étienne. Le roi Arthur demanda à Merlin pourquoi il
s'était déguisé de la sorte. Merlin lui répondit qu'ils auraient
bien dû le reconnaître. « C'est vrai, fait Arthur, s'il y avait eu
en moi quelque discernement. » Ils passèrent alors la journée
dans la joie et la fête.

733. Le lendemain, le roi Arthur fit rassembler tous ses
princes dans son palais et Merlin s'y trouvait également.
Le roi Arthur leur demanda de convoquer tous les hommes
possible sur leurs terres car il leur faudrait secourir le roi
Léodegan, qui était le père de la reine Guenièvre. Merlin

Dieu, si s'en iſt fors del palais, si priſt la samblance tele come il le sot
avoir et diſt a soi mesimes que ore couvenoit il que on fesiſt semonre
les os le roi. Si se miſt vers la mer et passa outre et s'en vint a Gaunes
a Pharien et a Leonce de Paierne et lor diſt que il assamblassent lor
pooir et tout cil qu'il porroient traire de la terre et veniſsent a la cité
de Camaaloth. Et cil dient qu'il feront son connandement. Si amassent lor gent et ᵃ assamblent et Merlins s'en revint ariere a la mer et
s'en passe outre en la Grant Bretaingne, si s'en vait parmi la terre au
roi Urien et parmi la tere le roi Loth et diſt as uns et as autres que il
soient .xv. jours après la Noſtre Dame en septembre en la cité de
Camaaloth. Et cil li otroient tout. Et puis s'em part d'als et s'en
revient ariere a la court le roi Artu n'i encore n'eſtoient mie toutes les
vespres pardites en la grant eglyse mon ſignour Saint Eſtene de la
feſte del jour meïsmes. Et lors li demanda li rois Artus pour coi il
s'eſtoit si celés. Et il lor respondi que il le deüssent bien connoiſtre.
« Vos dites voir, fait li rois Artus, s'il eüſt en moi point de savoir. »
Ensi demourerent en feſte et en joie tout celui jour.

733. L'endemain fiſt li rois Artus assanbler tous ses princes en son
palais et Merlins i fu. Si lor diſt li rois Artus que il couvenoit que il
semonsissent en lor terres quanque il porroient avoir de gent, car il
couvenoit secourre le roi Leodegam qui peres iert a la roïne Genievre.

lui répondit qu'ils avaient tous été convoqués tant à Gaunes
qu'à Bénoïc que sur toutes les autres terres des barons. Le
roi Arthur lui demanda quand cela avait eu lieu : « Seigneur,
dit Merlin, depuis hier soir, à l'heure du dîner, je suis allé
partout. » À ces mots, le roi Arthur et les princes restèrent
émerveillés. Ils se réjouirent d'autant plus que leurs gens
arrivaient et se rassemblaient. Alors le roi Arthur accompagné de tous ses barons se mit à chevaucher vers le royaume
de Carmélide. Merlin portait l'enseigne ainsi que le roi l'y
avait autorisé. Après plusieurs jours de route, ils arrivèrent à
une lieue de Carohaise où le roi Rion assiégeait le roi Léodegan. Quand ils furent parvenus près de l'armée des assiégeants, Merlin dit à monseigneur Gauvain, à monseigneur
Yvain et à Sagremor : « Restez toujours près de moi ! » et ces
derniers lui répondirent qu'ils respecteraient en tous points
sa volonté. « Suivez-moi, fit Merlin très doucement, vous et
tous ceux de l'armée pour engager la bataille. Frappez l'ennemi sans former de rangs et pensez toujours à vous rallier à
mon enseigne quel que soit l'endroit où vous me verrez
aller ! » Ils lui répondirent qu'ils le feraient très volontiers.
Merlin dit la même chose au roi Arthur et à tous les autres
princes. Puis ils se mirent en route et, à force de cheminer,
ils arrivèrent près du campement du roi Rion. Merlin
s'élança le premier, à toute allure sur son cheval, l'enseigne
au dragon[1] fixée sur sa lance dont le penon flottait jusqu'à

Et Merlins li dist qu'il estoient tout semons et a Gaunes et a Benuyc
et par toute la terre as barons. Et li rois Artus li demande quant ce fu
fait. « Sire, fait Merlins, puis ier disner ai je puis esté partout. » Et
quant li rois Artus et li prince l'entendent si en sont tout esmerveillié.
Si furent tout en joie et en feste tant que lor gent furent venu et
assamblé. Lors s'esmut li rois Artus entre lui et sa baronnie et chevauchent vers le roiaume de Carmelide. Et Merlins porta l'enseigne
ensi come li rois Artus li avoit otroié. Si s'en vont tant par lor journees qu'il en vinrent a une lieue près de Karoaise ou li rois Rions
avoit assis le roi Leodegam. Et quant il furent près de l'ost, si dist
Merlins a mon signour Gavain et a mon signour Yvain et a Saygremor : « Soiiés tous jours près de moi. » Et cil respondent qu'il feront
del tout a son plaisir. « Or me sivés dont, fait Merlins, tout belement,
et vous et tous ciaus de l'ost, [e] tant que nous soions en lor bataille.
Et vous ferrés sor ciaus de la bataille sans rengier et pensés tous
jours de venir a ma baniere quel part que vous me veés tourner. » Et
il respondirent que si feroient il molt volentiers. Puis dist ausi le dist il
au roi Artu et a tous les autres princes. Puis se mist au chemin et
errerent tant qu'il vinrent en l'ost le roi Rion, et Merlin tout premierement, si grant oirre com il pooit del cheval traire, le dragon sor la
lance[a] dont li forçons li batoit jusques el poing. Et encontre en son

son poing. Le roi Pharaon se lança à sa rencontre avec tous
ses hommes dès qu'il le vit approcher. Monseigneur Gauvain le frappa si rudement que ni écu ni haubert ne purent
empêcher que le roi reçoive le fer de sa lance en plein corps
et soit abattu raide mort. Il lui dit en guise de plaisanterie :
« En voici déjà un qui a fait la paix ! Le roi Arthur n'aura
plus rien à craindre de lui et ne perdra aucune parcelle de
son royaume à cause de lui. Sa barbe eſt en sécurité, lui
semble-t-il. »

734. Alors les deux armées s'élancèrent l'une contre l'autre.
Terribles furent le fracas et le choc des armes entre les
hommes du roi Rion et ceux du roi Arthur. Monseigneur
Gauvain, monseigneur Yvain, Sagremor, Agravain, Guerrehet,
Gaheriet et les chevaliers de la Table ronde firent merveille
par leurs prouesses. Après l'assaut des deux armées, on put
voir de part et d'autre un grand massacre d'hommes et de
chevaux car des deux côtés se trouvaient des preux et des
braves. Merlin, qui portait l'enseigne au dragon, se jeta dans la
foule. Monseigneur Gauvain et ses compagnons le suivaient,
lance en avant. Ils frappèrent si violemment ceux qu'ils rencontraient qu'ils les renversèrent à terre et que les lances volèrent en éclats. Cela épouvanta beaucoup le roi Rion et les
siens car ils pensaient vraiment que c'étaient des diables qui
avaient rejoint l'armée. Mais ils étaient trop preux et trop
chevaleresques pour se laisser démonter et ils résiſtèrent à la

---

venir le roi Pharaon qui a toute sa bataille lor venoit a l'encontre, si
toſt com il les vit aprocier. Et mesire Gavains le fiert si durement
que escus ne haubers nel garantiſt qu'il ne li mete le fer de son glaive
parmi le cors et le porte tout eſtendu mort a terre. Puis li diſt par
ramposnes : « Cis a la païs jurée, car par lui n'aura jamais mal li rois
Artus ne ne perdra roie de sa terre, et sa barbe a il aſseüre, ce li
samble. »

734. Atant aſſemblerent les os les uns encontre les autres. Si fu
molt grans la noise et li ferreïs des gens le roi Rion et de la gent le
roi Artu. Si i fiſt mesire Gavains et mesire Yvains et Saygremors
et Agravains et Guerrehes et Gaheries et li chevalier de la Table
Reonde merveilles de lor cors. Quant les .ɪɪ. os furent aſſemblé d'une
part et d'autre si i peüſt on veoir grant abateïs d'omes et de chevaus,
car molt eſtoient prou et hardi li un et li autre. Et Merlins qui le
dragon portoit s'embatoit enmi la presse, et mesire Gavains et si
compaingnon aprés, les lances alongies. Et ferirent si durement ciaus
qu'il encontrerent qu'il les portent a terre et volent les lances tout
contremont vers le ciel. Ce fu une chose qui molt espoenta le roi
Rion, car il quidierent vraiement que il fuiſſent dyable qui en l'oſt
fuiſſent descendu. Mais il furent si prous et si chevalerous que
onques pour ce ne se desconforterent, ançois tinrent le caplé grant et

prodigieuse attaque de l'armée du roi Arthur. Ils la firent même reculer dès le premier assaut. Monseigneur Gauvain et ses compagnons en furent très troublés. Merlin, qui s'était arrêté devant eux, leur cria : « Qu'y a-t-il, seigneurs ? Pourquoi vous arrêter ? Suivez-moi, si vous voulez accroître votre mérite et l'exalter. »

735. Alors les compagnons de Gauvain assaillirent les hommes d'Irlande qui les accueillirent avec leurs épées. Mais, à force de combattre, monseigneur Gauvain et ses compagnons transpercèrent de leurs armes les hommes du roi Rion. Auparavant, il y eut bien des coups assenés ou reçus et beaucoup de chevaliers abattus raides morts. Les rois Arthur, Loth d'Orcanie, Ban et Bohort s'étaient chacun de leur côté lancés dans les rangs et avaient accompli des prodiges : il n'était pas possible de résister longtemps à leurs coups. Les hommes du roi Rion portaient des coups si violents qu'ils abattirent le roi Loth et le roi Bohort sous leur cheval dans la foule des combattants. Ces derniers auraient pu sévèrement en pâtir, n'était la grande prouesse qui les habitait. Ils se remirent très énergiquement sur pied en tenant leur épée à la main. Ils commencèrent à abattre chevaliers et chevaux si prodigieusement que ceux qui les voyaient étaient admiratifs. Le roi Arthur et le roi Ban éperonnèrent dans leur direction avec un très grand renfort d'hommes pour les aider à remonter en selle. Merlin arriva en tenant à la main l'enseigne avec

---

merveillous encontre la gent le roi Artu et les firent reculer en lor premiere venue. Si en fu mesire Gavains et si compaingnon molt dolans. Et Merlins, qui devant els arrestés estoit, lor escrie : « Que ce sera, signour, que sera ce ? Estes vous arrestés ? Sivés moi se vous volés vostre pris croistre et essaucier. »

735. Lors se fierent li compaingnon entre ciaus d'Yrlande qui molt bien les rechurent as espees. Mais mesire Gavain et si compaingnon i firent tant [f] d'armes que il trespercierent les gens le roi Rion. Mais ançois i ot maint cop donné et receü et maint chevalier mort abatu. Et li rois Artus et li rois Loth d'Orcanie et li rois Bans et li rois Boors s'estoient d'autre part feru en l'ost ou il faisoient droites merveilles, car encontre lor cops n'avoit nule arme duree. Mais la gent le roi Rion le ferirent si durement qu'il abatirent le roi Loth et le roi Boort enmi la presse, les chevaus sor les cors. Si i peüssent bien avoir eü damage se ne fust le grant proece dont il estoient plain. Car il saillirent em piés molt vigherousement et tinrent les espees nues en lor mains. Si conmencent a abatre chevaliers et chevaus et si merveilleusement que nus ne le veïst que il ne les tenist a merveilles. Et li rois Artus et li rois Bans si poingnent cele part atout le plus grant esfors en la bataille pour aus remonter. Et Merlins vint[e] l'enseigne empoignie en la main ou li dragons estoit qui très parmi la goule

le dragon crachant feu et flammes par la gueule[1] et il se rua au plus épais de la foule. Quand les hommes du roi Rion virent le feu et la merveille du dragon, ils prirent peur et s'éloignèrent de la foule et des deux rois autour desquels ils s'étaient arrêtés. Merlin vint trouver les deux rois et confia à chacun d'eux un cheval robuste et rapide ; il y en avait beaucoup qui erraient de part et d'autre. Les rois se remirent en selle aussitôt car ils n'attendaient que cela.

736. Quand ils furent remontés, ils se jetèrent dans la bataille et accomplirent des exploits. Leurs compagnons firent de même. Mais la force des hommes du roi Rion était telle que ceux du royaume de Logres ne purent leur résister. Ils auraient même pu connaître la défaite, à mon avis, si monseigneur Gauvain et ses frères, monseigneur Yvain, Sagremor et les autres compagnons de la Table ronde n'avaient pas été là. Ils accomplissaient des prouesses, abattaient chevaliers et chevaux et renversaient à terre tous ceux qu'ils rencontraient. À les voir, on n'avait pas l'impression d'avoir affaire à des êtres humains mais plutôt à des diables surgis de l'enfer.

737. Ailleurs dans la bataille se trouvait le roi Nantes, le roi Tradelinant, le roi Urien et les roi des Cent Chevaliers qui se battaient férocement contre les hommes des Îles qui les talonnaient. Car il y avait dans les Îles un très grand nombre de chevaliers fort bien exercés au combat. Ils avaient renversé le roi de Norgales et le tenaient par le nasal

---

jetoit fu et flambe et se fiert en la greignour presse. Et quant la gent le roi Rion virent le fu et la grant merveille du dragon, si en ont paour et guerpissent la presse et li .II. roi sor coi il estoient aresté. Et Merlins s'en vint a els et livra a chascun un bon cheval fort et isnel, car assés en i avoit estraiiers parmi le champ. Et cil si monterent maintenant qui molt estoient desirant del monter.

736. Quant il furent remonté si se ferirent en la bataille et conmenchierent a faire d'armes molt merveillousement. Et ausi firent tout lor compaignon. Mais la force estoit si grant des gens le roi Rion que cil del roiaume de Logres ne les pooient endurer ne sousfrir. Et fuissent tout desconfit, par le mien escient, se ne fust mesires Gavains et si frere et mesire Yvains et Saygremors et li autre compaignon de la Table Reonde. Icil faisoient merveilles de lor cors. Il abatoient chevaliers et chevaus et trebuschent a terre quanqu'il ataingnent a cop devant els, si qu'il sambloit a ciaus qui les veoient que ce ne fuissent mie gent carnel mais dyable d'ynfer.

737. De l'autre part de la bataille estoit li rois Nantres et li rois Tradelinans et li rois Uriens et li rois des .C. Chevaliers qui molt fierement se combatoient as gens des illes qui a merveilles les tenoient cours. Car il avoit es illes molt grant chevalerie et molt poissant d'armes. Si avoient le roi de Norgales abatu et le tenoient au nasel

de son heaume. Merlin vint trouver monseigneur Gauvain et lui dit : « On va bien voir maintenant comment vous allez vous en tirer ! Car nous perdrons le roi Tradelinant s'il n'obtient pas rapidement du secours ! Suivez-moi ! »

738. Monseigneur Gauvain et ses compagnons suivirent Merlin et se rendirent près du roi Tradelinant qui se trouvait en danger de mort. Ils se mirent à frapper ses ennemis et à batailler contre eux si violemment que tous ceux qui les voyaient s'en émerveillaient. Ceux qui retenaient le roi Tradelinant et qui étaient pourtant preux et hardis en furent stupéfaits. Ils tentaient de le retenir de toutes leurs forces mais les compagnons de la Table ronde s'acharnaient à porter secours au roi et finirent par l'aider à se remettre en selle. Ceux des Îles en furent très affligés et courroucés. Le combat et la mêlée reprirent de plus belle. C'était quelque chose d'épouvantable à voir car les morts s'effondraient sur les morts. Il y avait de grands monceaux de cadavres dans les rangs où la bataille avait fait rage. Monseigneur Gauvain avait tant frappé de son épée que son bras et son arme étaient tout maculés de sang et de cervelle jusqu'au coude. Quand le roi Léodegan de Carmélide vit, de la fenêtre où il était appuyé, la bataille prendre une telle ampleur et en venir à une telle cruauté et quand il aperçut, porté par Merlin, le dragon crachant feu et flammes par la gueule au point d'en faire rougeoyer l'air alentour, il comprit aussitôt, pour

---

del hiaume. Et Merlins vint a mon signour Gavain et li dist : « Ore i parra conment vous le ferés. Car nous avons perdu le roi Tradelinant, s'il n'a hastive[*1580*]ment secours. Sivés moi. »

738. Lors s'en vait mesire Gavains et si compaingnon aprés Merlin. Et s'en vait aprés le roi Tradelinant qui estoit en molt grant aventure de morir. Lors conmencierent a ferir et a capler sor aus si durement que nus ne le veïst qui a merveilles ne le tenist. Si que cil qui le roi Tradelinant tenoient, qui molt estoient prou et hardi, en furent tout esbahi, si metent molt grant force en retenir le. Et cil de la Table Reonde misent molt grant paine del rescourre, et toutes voies fisent tant qu'il le remonterent. Si en furent cil des illes molt dolant et molt courecié. Si reconmencha li caplés et la mellee molt grans. Si fu molt espoentable a veoir, car li uns i chaoit mors sor l'autre. Si i avoit grans monciaus de mors parmi le rens la ou la bataille estoit. Car mesire Gavains feri tant de l'espee que ses bras et s'espee estoit toute tainte de sanc et de cervele jusques au coute. Quant li rois Leodegans de Carmelide vit la bataille si grant et si felenesse de la amont ou il estoit apoiiés a une fenestre, et il coisi le dragon que Merlins portoit qui fu et flambe jetoit parmi la goule si que li airs en estoit tous vermaus, si le connut maintenant come cil qui autre fois l'avoit veü et connut que c'estoit l'enseigne le roi Artu. Et

l'avoir vue en d'autres occasions, que c'était l'enseigne du roi
Arthur. Le roi Léodegan s'écria alors : « Seigneurs chevaliers,
aux armes ! Mon beau-fils, le roi Arthur, eſt venu me secourir et combattre nos ennemis. Grand merci à lui ! » Quand
ses hommes l'entendirent, ils coururent prendre leurs armes
dans tout le château et ils sortirent armés par les portes de la
ville. Ils étaient bien dix mille ; c'étaient tous de preux chevaliers courageux qui se ruèrent superbement sur l'armée des
gens d'Irlande et des Îles. Ces derniers, d'un grand courage,
étaient prêts à les affronter. Cléodalis le sénéchal, Hervi de
Rivel et leurs autres compagnons accomplirent bien des
exploits. La bataille avait pris une telle ampleur et une telle
violence sur tous les fronts contre le roi Rion qu'on vit tomber de part et d'autre un grand nombre de chevaliers. Quand
le roi Rion vit la grande hécatombe et le grand massacre qui
s'abattait sur ses hommes et sur ceux du roi Arthur, son
cœur se serra et il éprouva une grande pitié pour son peuple.
Il se disait à lui-même que c'était une chose bien regrettable
et insupportable. Alors il cueillit un rameau de sycomore[1] et,
le tenant dans sa main, il se porta au-devant des deux
armées pour séparer les combattants. Il finit par trouver le
roi Arthur et lui parla bien fort afin d'être entendu de tous :
« Roi Arthur, comment peux-tu supporter que tes hommes
et les miens se fassent massacrer et tuer ? Sache-le bien :
s'il y a la moindre prouesse en toi, comme le monde le
proclame, alors évite la mort à tes hommes et je l'éviterai

---

lors s'escria le rois Leodegans : « Signour chevalier, ore as armes ! Car
li rois Artus, mes fix, se combat envers nos anemis qui m'eſt venus
secourre, soie merci. » Et quant cil l'entendirent, si coururent as
armes tout conmunement parmi le chaſtel. Et s'en issirent de la
porte tout armé et furent bien .X.M. tout prou chevalier et hardi et se
ferirent en l'oſt des Yrois et des Illois molt merveillousement. Et cil
les rechurent molt bien qui molt eſtoient de grant hardement. Et
Cleodalis li seneschaus et Hervi de Rivel et lor autre compaingnon
conmencierent a faire merveilles d'armes. Si fu la bataille si grans et
si espesse de toutes pars de l'oſt au roi Rion que ce fu fines merveilles tant en moroit d'une part et d'autre. Et quant li rois vit le
grant mortalité et le grant ocision de sa gent c'on faisoit et de la gent
le roi Artu, se li atenroia li cuers et molt li priſt grant pitié del
pueple. Si diſt a soi meïſmes que c'eſtoit pechiés et que ce ne voloit
il plus sousfrir. Et lors priſt il meïſmes un rainsel de sicamor et le
porta en sa main et s'en ala devant les os pour desverer les batailles.
Et ala tant qu'il trouva le roi Artu, et parla si haut que de tous fu
bien oïs et [b] entendus : « Rois Artus, pour coi sousfres tu ta gent et
la moie a deſtruire et ocire ? Sai[e] le bien, s'il a tant de prouece en toi
conme li siecles le tesmoigne, delivre ta gent de mort et je deliverrai

aux miens. Faisons reculer nos troupes et combattons tous les deux, toi et moi, en corps à corps avec cette clause : si tu peux me vaincre, je retournerai dans mon pays avec tous mes hommes encore en vie et, si je peux te vaincre, alors je retournerai dans mon pays et toi dans le tien et tu seras mon homme lige comme les autres rois que j'ai vaincus. J'aurai alors ta barbe avec la peau pour servir d'ourlet et de frange à mon manteau.

739. — Au nom de Dieu, fait le roi Arthur, tu aurais beau jeu de retourner sain et sauf dans ton pays si je parvenais à te vaincre alors que tu veux faire de moi ton homme lige si tu me vaincs. » Le roi Rion possédait une telle force et une telle bravoure qu'il ne redoutait personne dans le corps à corps. C'est d'ailleurs ainsi qu'il avait vaincu neuf rois qui étaient tous devenus ses hommes liges. Il dit à Arthur : « Seigneur, je vous donne mon accord, il en sera comme vous l'avez dit. » Ils s'engagèrent l'un et l'autre à respecter leur promesse et ordonnèrent aux bataillons de se séparer. Le combat avait été si horrible et si cruel qu'il suscita l'admiration. Les barons reculèrent très fâchés et affectés par cet accord conclu. Monseigneur Gauvain, encore plus fâché qu'aucun autre, alla trouver le roi Arthur et lui dit : « Seigneur, octroyez-moi cette bataille, s'il vous plaît. Vous pouvez bien me l'accorder !

740. — Ne m'en faites plus la demande, cher neveu, fait le

---

la moie. Si faisons nos gens traire ariere, si nous combatons moi et toi cors a cors par tel couvent que, se tu me pués conquerre, je retournerai en mon païs a tant de gent conme il m'ait demouré en vie. Et, se je te puis conquerre, je retournerai en mon païs et toi meïsmes retourneras en ta terre et seras mes hom liges ausi conme li autre roi sont que je ai conquis. Et aurai ta barbe atot le quir a faire ourlé et tassiaus a mon mantel.

739. — En non Dieu, fait li rois Artus. Tu avroies le mix parti del gieu que tu t'en iroies en ton païs sains et haitié se je t'avoie conquis et tu vels que je soie tes hom se tu me conquiers. — Sire », fait li rois Rions qui tant estoit de grant force et plains de grant prouece que il ne dotoit nul home cors a cors, et ensi avoit conquis .IX. rois qui tout estoient si home lige, « et je le vous otroi ensi come vous l'avés dit. » Lors fiancerent entr'aus .II. a tenir ces couvenances et firent departir les batailles qui tant estoient oribles et perillouses que c'estoit merveilles a veoir. Si se traient en sus li baron qui molt estoient irié et dolant de ceste couvenance. Et mesires Gavains, qui plus en fu coureciés que nul des autres, s'en vint au roi Artu, si li dist : « Sire, otroiés moi ceste bataille se il vous plaist et vous le me poés bien baillier.

740. — Or ne m'en requerrés plus, biaus niés, fait li rois Artus, ne

roi, ni vous ni quiconque. Je serai le seul à prendre l'épée car j'agirai avec l'aide de Dieu. » Les deux armées se rangèrent alors de part et d'autre. Les deux rois furent remarquablement armés de tout l'équipement qui convient à des preux. Chacun prit une lance solide et épaisse. Ils s'éloignèrent l'un de l'autre de plus d'un arpent, éperonnèrent leurs chevaux et s'assaillirent avec toute la violence d'une tempête. Les chevaux galopaient à merveille et les deux rois possédaient une grande force. L'un et l'autre, emportés par l'élan de leurs montures, se portèrent de très grands coups sur les écus en dessous des boucles avec leurs lances courtes et épaisses, au fer acéré, brillant et tranchant. Les hauberts étaient si résistants qu'ils ne perdirent aucune maille. Les chevaux montraient une telle force et les chevaliers une telle prouesse et ils se frappèrent si durement que les lances volèrent en éclats. Ils se saisirent alors de leurs épées tranchantes d'une excellente qualité et s'assenèrent sur les heaumes des coups si puissants et si prodigieux qu'ils en rompirent les cercles d'or et en firent aussi tomber les joyaux et les pierres dont certaines étaient de grande valeur. Ils lacérèrent les écus, les hauberts et leur propre chair si profondément qu'ils en firent jaillir le sang. Ils se mirent dans un tel état en si peu de temps que l'un et l'autre auraient eu besoin d'un médecin. À force de dépecer leurs écus, il ne leur en restait même plus assez pour se recouvrir le poing. Ils jetèrent par terre ce qui

---

vous ne autres. Car nus fors moi n'i metra la main, car je le ferai a l'aïde de Dieu. » Atant se misent les os ensamble d'une part et d'autre. Et li doi roi furent armé molt richement de quanqu'il couvint a prodome. Et chascuns prist un glaive fort et roide et s'entr'eslongent li uns de l'autre plus d'un arpent de terre. Puis fierent les chevaus des esperons et s'entrevienent come tempeste. Car a merveilles couroient bien li cheval, et li doi roi furent de grant force. Si s'entrefierent es grans aleüres des chevaus si grans cops des glaives qui estoient court et gros et li fer agu et cler et trenchant es escus desous les boucles que il les perront. Mais tant furent fort li haubert que maille n'en fausa. Et li cheval furent de si grant force et li chevalier de grant prouece, si s'entrefierent si durement que li glaive volent em pieces. Et lors metent [d] les mains as espees trenchans qui molt estoient de grant bonté et s'entrefierent parmi les hiaumes grans cops et merveillous si qu'il en rompent les cercles a or et abatent les flours et les pierres dont il i ot teles qui molt orent grans vertus. Si detrenchierent les escus et les haubers et en la char si em parfont que il en font le sanc saillir et se conroient tel em poi d'ore li uns et li autres qu'il n'i a celui qu'il n'eüst mestier de mire. Et tant ont detrenchiés lor escus que il ne lor est remés tant entier dont il peüssent couvrir lor poins, si en jeterent les remanans a terre et prendent

en restait, prirent leur épée à deux mains et se portèrent à
découvert des coups si forts et si pesants qu'ils découpèrent
l'armature de leur heaume et dépecèrent leurs hauberts au
point que leur chair apparaissait à vif sous les coups qu'ils se
donnaient. Ils étaient l'un et l'autre épuisés et souffrants des
coups reçus et donnés et c'est justement ce qui les fit tenir si
longtemps. Car, s'ils avaient été frais émoulus, sans écu, le
haubert tout démaillé, le heaume défoncé et fendu, ils n'auraient pas tenu bien longtemps. Pourtant, l'un et l'autre pré-
sentaient de graves blessures.

741. Quand le roi Rion, qui était preux, hardi et le
meilleur chevalier de toutes ses terres, vit le roi Arthur
résister si énergiquement contre lui, il en fut tout ébahi et
admiratif car il ne pensait ni ne croyait qu'Arthur aurait tenu
si longtemps contre lui. Il se dit à lui-même qu'il n'avait
jamais trouvé de chevalier si valeureux ; il se mit à le redouter beaucoup et lui dit : « Roi Arthur, te perdre est un bien
grand dommage car tu es le meilleur chevalier contre lequel
je me suis battu. Je vois et je comprends que ton grand courage sera la cause de ta mort. Il ne supportera pas que tu
tombes à ma merci car je sais bien que tu préférerais mourir
plutôt que d'être vaincu ; c'est bien dommage. Aussi, je voudrais te demander et te prier, au nom de la grande bravoure
qui t'habite, de prendre un peu pitié de toi-même, de faire
grâce à ta propre personne et de te dispenser de continuer la

---

lor espees as .ii. mains et s'entrefierent grans cops et pesans a descouvert, si qu'il copent des hiaumes les cercles et detrenchent les
haubers si que les chars lor perent toutes nues des cops qu'il s'entredonnent. Se n'i avoit celui qu'il ne fust tous lassés et traveilliés des
cops qu'il avoient receüs et donnés, et ce fu la chose qui plus longement les tint. Quar s'il fuissent frés et nouvel a ce qu'il estoient sans
escus et que lor hauberc estoient tout desmaillié et lor hiaume
embaré et quassé, il n'i eüssent ja duree. Et nonpourquant il n'i ot
nul des .ii. qui molt durement ne soit navrés.

741. Quant li rois Rions, qui molt estoit prous et hardis et bons
chevaliers desor tous ciaus de sa terre, vit le roi Artu qui si vigherousement se contenoit envers lui, si en est tous esbahis et esmerveilliés.
Car il ne quidoit ne ne creoit qu'il peüst avoir a lui duree. Si dist a
soi meïsmes que onques mais n'avoit trouvé nul si bon chevalier, si
le douta molt durement, si li dist : « Rois Artus, molt est ore grans
damages de toi, car tu es li miudres chevaliers a qui je me combatisse
onques. Si voi bien et sai certainnement que le grant cuer que tu as
te fera morir. Car il ne te laira venir a moi a merci, car je sai bien que
tu vauroies mix morir que estre conquis, si est molt grans damages.
Si te vauroie requerre et proiier, pour le grant vasselage qui est en
toi, que toi meïsmes eüsses pitié de toi et merci et te tenisses pour

lutte pour protéger ta vie au nom de l'accord que nous avons conclu ensemble et afin que mon manteau puisse enfin être terminé. Car je préférerais l'avoir ainsi de ton vivant plutôt qu'après ta mort. Tu es à bout de forces, tu le vois bien ainsi que tous ceux qui sont ici présents ! »

742. Après ces paroles du roi Rion, Arthur éprouva une grande honte parce que beaucoup de chevaliers nobles et vaillants les avaient également entendues. Il assaillit le roi Rion avec son épée empoignée à deux mains, en homme emporté par la colère, et il pensait le frapper sur la tête. Le roi Rion, qui vit arriver ce coup d'une grande violence, l'esquiva mais Arthur parvint néanmoins à atteindre le roi sur le heaume et le lui trancha au ras du nez. Après avoir atteint le nasal, le coup frappa le destrier devant l'arçon de la selle et lui trancha le cou de part en part. Le roi Rion tomba à terre. Tandis qu'il pensait se relever, le roi Arthur le frappa si rudement sur l'épaule qu'il lui entama la chair sur deux doigts de profondeur. Le roi Rion chancela et tomba face contre terre. Quand le roi Arthur le vit à nouveau au sol, il descendit aussitôt de cheval, courut vite vers lui, lui saisit le heaume et le tira à lui avec une si grande force qu'il en arracha et en rompit les liens. Il lui retira le heaume de dessus la tête et le jeta à plus de quatre toises de lui. Puis, Arthur leva son épée et lui dit qu'il était un homme mort s'il ne renonçait pas au combat. Rion répondit qu'il ne ferait jamais pareille chose car

---

outre pour garantir ta vie par les couvenances qui i sont entre nous, si que mes mantiax fuſt parfais en mon vivant. Car mix l'ameroie a ta vie que aprés ta mort. Et tu es venu a ta fin, ce vois tu bien, et ausi le voient bien tout ciſt autre qui ci sont. »

742. Quant li rois Artus entent la parole que li rois Rions li ot dite, si en ot molt grant honte pour ce que tant [d] gentil home et vaillant l'orent entendu. Lors li court sus, l'espee empoignie a .ii. poins, come cil qui molt eſtoit maltalentis, et le quide ferir parmi la teſte. Ne⁰ mais le rois Rions guenci qui bien vit le cop venir de grant ravine, et nonpourquant il l'ataint desor le hialme et li cope rés a rés del nés. A l'eschaper que li cops fiſt del nasel, si consivi le deſtrier devant l'arçon de la sele et li cope le col tout outre, et li rois Rions rechiet a terre. Et ensi qu'il se quida relever, le feri li rois Artus parmi l'espaulle si durement qu'il li embati ens .ii. dois⁰ en la char. Et li rois Rions chancele, si que il vole a la terre, tout as dens. Et quant li rois Artus le vit a la terre derechief si descent tout maintenant de son cheval et li court sus molt viſtement et l'aiert au hiaume et le trait a lui de si grant force qu'il li esrace les las et desront et li esrace le hiaume de la teſte et le jete en sus de lui plus de .iiii. toises lonc. Puis hauce l'espee et li diſt qu'il eſt mors s'il ne se tient pour outre. Et cil diſt que ja pour outre ne se tenra il ja, car

il préférait mourir plutôt que de vivre dans la lâcheté. Quand le roi Arthur vit qu'il ne pourrait le forcer à abandonner la lutte, il lui trancha la tête devant tous les princes présents sur cette prairie[1]. Ces derniers accoururent de toutes parts et lui manifestèrent une grande joie. Ils le remirent en selle et le menèrent jusqu'au château de Carohaise où ils le firent désarmer et où ils firent aussi examiner ses plaies. Les hommes du roi Rion vinrent le trouver et reçurent de lui leurs fiefs puis retournèrent dans leur pays. Ils emportèrent le cadavre du roi Rion et l'enterrèrent en pleurant amèrement. Le roi Arthur séjourna à Carohaise avec ses barons, heureux et comblés de la victoire que Dieu leur avait accordée. Ils restèrent au château jusqu'à ce que le roi Arthur fût guéri des blessures reçues lors du combat. Après sa guérison, Arthur quitta Carohaise dans une grande joie et une grande liesse. Le roi Léodegan l'accompagna un bon moment et puis fit demi-tour après qu'ils se furent l'un à l'autre recommandés à Dieu. À force de cheminer, le roi Arthur et sa suite arrivèrent à la cité de Camaalot où se trouvaient la reine Guenièvre et les autres reines qui furent très heureuses de leur retour. Les princes y séjournèrent quatre jours. Au cinquième, ils repartirent et chacun rentra dans son pays. Ceux qui avaient amené leur femme ou leur amie repartirent avec elles. Le roi Arthur retourna dans sa cité de Logres et y séjourna longtemps avec la reine. Il se trouvait avec monseigneur Gauvain et les com-

---

il ainme mix a morir que a vivre recreans. Et quant li rois Artus vit qu'il ne le' pot a ce mener qu'il se tenist por outre, si li cope le chief voiant tous ciaus qui en la praerie estoient. Et lors acourent li prince de toutes pars et li firent molt grant joie et le firent monter sor son cheval et l'en menerent el chastel de Carouaise et le firent desarmer et regarderent ses plaies. Et li home au roi Rion s'en vinrent a lui et rechurent lor fiés de lui et puis s'en retournerent en lor païs. Si emporterent le cors le roi Rion et l'enfouirent as plors et as lermes. Et li rois Artus fu a Karouhaise et sa baronnie lié et joiant de la victoire que Dix lor a envoiie et furent tant el chastel que li rois Artus fu garis des plaies qu'il avoit eües en la bataille. Et quant il fu tous garis si s'em parti de Karouhaise li rois Artus a grant joie et a grant feste. Et li rois Leodegam le convoia une grant piece, et puis s'en retourna quant il se furent entreconmandé a Dieu. Et li rois Artus et sa compaingnie errerent tant qu'il en vinrent en la cité de Kamaaloth ou la roïne Genievre et les autres roïnes estoient qui molt firent grant joie de lor venue. Si sejournerent illuec .IIII. jours li prince, et au cinquisme s'en partirent et s'en vait chascuns en sa contree et enmenerent lor femes et lor amies cil qui les orent. Et li rois Artus s'en re[e]vint en la cité de Logres et sejourna illuec lonc tans avoec la roïne. Si fu avoec li mesire Gavains et li compaingnon

pagnons de la Table ronde. Merlin, qui leur avait apporté son réconfort et sa compagnie, vint trouver le roi Arthur et lui dit que désormais il pourrait bien se passer de lui car il avait pacifié sa terre et lui avait rendu sa tranquillité. Il pouvait bien maintenant aller se distraire un peu.

743. Quand il l'entendit, le roi Arthur en fut très fâché car il l'aimait beaucoup et préférait le voir rester à ses côtés si cela était possible. Mais quand Arthur comprit qu'il ne pourrait le retenir, il le pria très aimablement de revenir bientôt. Merlin lui dit qu'il reviendrait à temps au moment opportun. « Assurément, fait le roi Arthur, j'ai toujours besoin de vous car, sans votre aide, je ne sais rien faire. C'est pourquoi je voudrais bien que vous ne quittiez jamais ma compagnie à aucun moment. » Merlin lui dit encore une fois : « Je reviendrai à temps quand vous aurez besoin de moi. Je n'y manquerai pas de jour comme de nuit. » Le roi demeura silencieux un moment et resta songeur. Après un instant de réflexion, il dit en soupirant : « Ah, Merlin, cher doux ami, dans quelle circonstance devez-vous m'aider à l'avenir ? Dites-le-moi, s'il vous plaît, pour m'apporter quelque soulagement. — Seigneur, fait Merlin, je vais vous le dire et puis je me mettrai en route. Le lion qui est fils de l'ourse et qui fut engendré par le léopard parcourra le royaume de Logres, voilà la besogne qui vous attend[1]. » Alors Merlin partit et le roi éprouva un grand malaise. Il resta ébahi par ces propos car il ne savait pas à

---

de la Table Reonde. Et Merlin, qui molt lor avoit fait grant soulas et grant compaingnie, si vint au roi Artu et li dist que des ore mais se porroit il bien sousfrir de lui, car il a auques apaisié sa terre et mis a repos. Si s'en pooit bien aler esbatre une partie del tans.

743. Quant li rois Artus l'oï si en fu molt coureciés, car il l'amoit de grant amour et molt amast sa remanance s'il peüst estre. Mais quant il vit qu'il ne le pot detenir, si li proia molt doucement de tost revenir. Et Merlins li dist qu'il revenroit tout a tans a son besoing. « Certes, fait li rois Artus, tous jours ai je de vous besoing et mestier, car sans vostre aïde ne sai je riens. Et pour ce vauroie je bien que vous ne repairissiés jamais de ma compaingnie aᵉ nul jour. » Et Merlins li dist autre fois : « Je revenrai bien a tans a vostre besoing, car je n'i faurai ne de jour ne de nuit. » Et li rois se teüt une piece, si commence a penser molt durement. Et quant il ot une piece pensé si dist en souspirant : « Ha, Merlin, biaus dous amis, en quel besoing me devés vous aïdier ? Dites le moi, s'il vous plaist, por mon cuer metre plus a aise. — Sire, fait Merlins, et je le vous dirai. Et puis si me metrai au chemin. Li lyons qui est fix del hourse et qui engenrés fu du lupart coura par le royalme de Logres. Et c'est la besoigne que vous avés. » Atant s'em parti Merlins et li rois remest molt a malaise et molt esbahis de ceste chose, car il ne set a coi ele pot

quoi cela pouvait mener. Mais ici le conte se tait à propos du roi et retourne à Merlin et à un roi sarrasin pour raconter comment celui-ci fit rassembler tous ses gens autour de lui pour interpréter un songe très merveilleux.

La prescience de Merlin.

744. Le conte dit que, après avoir pris congé du roi Arthur, comme vous l'avez entendu, Merlin quitta la cité de Logres si rapidement qu'aucun destrier au monde n'aurait pu le suivre et ceux qui le voyaient pensaient vraiment qu'il n'avait plus tout son esprit[1]. Il se précipita dans l'immense et profonde forêt et arriva au bord de la mer. Il la traversa et ne voulut pas s'arrêter sur mer ou sur terre avant d'arriver au royaume de Jérusalem où se trouvait un roi très puissant nommé Flua-lis[2]. C'était un preux de grande renommée dans sa religion. Ce Sarrasin avait réuni tous les savants de son royaume et d'autres régions, en plus grand nombre possible. Quand ils furent tous arrivés et réunis devant lui dans son palais, il leur dit bien haut pour que tous pussent l'entendre : « Seigneurs, je vous ai convoqués et vous avez répondu à mon appel, je vous en remercie. Mais vous ne savez pas pour quel motif, si je ne vous l'apprends pas. C'est un fait que je dormais dans mon palais l'autre nuit et que je tenais la reine ici présente entre mes bras, à ce qu'il me semblait. Tandis que j'étais ainsi, deux dragons volants vinrent à moi : chacun possédait deux

---

tourner. Mais ici endroit se taist li contes del roi et retourne a parler de Merlin et d'un roi Sarrasin, ensi com il fist assembler toute sa gent entour lui pour despeler un songe molt merveillous.

744. Or dist li contes que si tost come Merlins se fu partis del roi Artu, ensi come vous avés oï, il s'en issi de la cité [*f*] de Logres si tost qu'il n'est destrier el monde qui a consivir le peüst, si que cil qui aler le voient quident vraiement qu'il soit fors del sens. Et il se feri tantost en la forest qui estoit grans et lee et s'en vint droit a la mer et passa outre, que onques n'i vaut arrester ne par mer ne par terre devant qu'il vint es parties de Iherusalin ou il avoit un roi molt poissant qui Flualis estoit apelés. Et fu prodom de grant renommee de sa loy, car Sarrasins estoit, et avoit assamblés tous les sages houmes de sa terre et de l'autrui quanqu'il em pot onques avoir. Et quant il furent tot venu et assamblé devant lui en son palais, si lor dist si haut que tout le porrent bien oïr et entendre : « Signour, fait il, je vous ai mandé et vous estes venus a mon conmandement, les vostres mercis. Mais vous ne savés pour coi, se je ne le vous fais a savoir. Il est voirs que je me dormoie en mon palais l'autre nuit et tenoie la roïne ki ci est entre mes bras, ensi come il me sambloit. Et endementres que j'estoie en tel maniere vinrent a moi .II. serpens volans et dont chascuns avoit .II. testes. Si estoient grandes et hidouses a merveilles et issoit a chascun

énormes têtes prodigieusement laides et il sortait de chacune d'elles un grand brandon enflammé qui embrasait tout mon pays. L'un des dragons me saisit à la taille avec ses pattes et l'autre saisit la reine couchée entre mes bras. Ils nous portèrent sur le faîte de mon palais qui est très élevé. Après nous avoir portés là-haut, ils nous arrachèrent bras et jambes et les éparpillèrent. Quand ils nous eurent ainsi totalement démembrés, huit petits dragons arrivèrent aussitôt ; chacun s'empara d'un membre et ils s'envolèrent en les transportant jusque sur le temple de Diane[3]. Là, ils dépecèrent alors nos membres en petits morceaux. Les deux dragons qui nous avaient démembrés nous laissèrent en haut, mirent le feu au palais, brûlèrent nos corps et les mirent en cendres. Le vent recueillit ces cendres et les répandit sur toute la terre de ce côté-ci de la mer. Il ne se trouva pas une ville qui n'en recueillît plus ou moins. Tel fut le rêve que j'eus durant mon sommeil. Il est très inquiétant et troublant ; c'est pour cette raison que je vous ai convoqués et réunis ici. Je vous en prie et vous en implore, comme un service et une faveur : si quelqu'un parmi vous est capable de me dire la vérité et de me faire connaître la signification de ce songe, alors je vous jure sincèrement à tous qu'il recevra la main de ma fille et tout mon royaume après ma mort. S'il est déjà marié, alors il sera mon seigneur et régnera sur mes terres durant toute sa vie. »

---

fors de sa goule un grand brandon de fu qui tout alumoit de fu mon païs. Et li uns des serpens me prist entre ses piés parmi les flans et li autres prist la roïne qui entre mes bras gisoit et nous porterent tout en haut desor le sonmet de mon palais qui molt estoit haus. Et quant il nous orent la portés si nous esraçoient les bras et les quisses des cors et le jeterent tout contreval l'un cha et l'autre la. Et quant il nous orent ensi desmembrés chascuns des .IIII. menbres, .VIII. petis serpentiaus vinrent tout maintenant et prist chascuns un menbre et s'envolerent atout la sus en haut desus le temple Dyane et depecierent illoques nos menbres em pieces petites. Et li .II. serpent qui nous orent trait les menbres des cors si nous laissierent desus le palais en haut et bouterent fu dedens le palais et arsent nos cors et misent en cendre. Et li vens le prist et l'aqueilli et le porta par toute la terre decha la mer, ne onques n'i demorast bone vile ou il ne demourast ou petit ou grant. Icele fu la vision que je vi en mon dormant. Si est molt perillouse et molt grevouse et pour ce vous ai je ci semons et assamblés. Si vous pri et requier, en tous services et en tous gueredons, se il i a celui qui de ceste co[*159a*]se me die verité et la senefiance me face a savoir[a]. Je vous creant loiaument a tous que celui qui m'en dira la verité je li donrai ma fille a moullier et tout mon roiaume aprés mon dechés. Ou, s'il est mariés, il sera tous sires de moi et de ma terre tous les jours de sa vie. »

745. Quand les savants entendirent les propos et la promesse du roi Flualis et le récit du rêve, ils s'interrogèrent
beaucoup sur sa signification. L'un disait une chose, le
second en disait une autre, chacun donnait son sentiment.
Merlin, qui avait pris une apparence telle que personne ne
pouvait le reconnaître ni le voir, parla après tous les autres et
bien fort afin que tous pussent l'entendre distinctement :
« Écoute, roi Flualis ! Je vais te révéler la signification de ton
rêve[1]. » À ces propos, le roi regarda autour de lui pour voir
celui qui lui adressait la parole. Et tous ceux qui se trouvaient
dans le palais firent de même mais ils ne virent personne. Ils
entendirent la voix qui parlait au milieu d'eux et qui disait :
« Roi Flualis, écoute la signification de ton rêve[2] : les deux
dragons que tu as vus dans ton sommeil avaient quatre têtes
qui crachaient toutes les quatre feu et flammes : elles représentent quatre rois chrétiens qui s'attaquent à toi et mettent
ton palais à feu et à sang. Si les dragons t'ont porté ainsi que
la reine au sommet du palais, cela signifie qu'ils auront sous
leur autorité toutes les terres jusqu'aux portes de ton château.
Si les dragons t'arrachaient les quatre membres à toi et à ta
femme, cela signifie que tu renonceras à la mauvaise religion
qui s'est enracinée en toi, que tu la rejetteras hors de toi-
même pour te convertir à la religion de Jésus-Christ. Si les
huit petits dragons ont saisi les membres de ton corps et
ceux de la reine puis les ont portés sur le temple de Diane,

---

745. Quant li sage home oïrent la parole et la promesse del roi
Flualis et il orent oïe la vision, si en furent molt esmerveillié que ce
pooit senefier. Si en dist li uns une chose et li autres une autre, cascuns selonc ce que mix li sambla. Et Merlins, qui estoit en tel samblance que nus ne pooit connoistre ne veoir, parla après ce que tout
li autre avoient parlé, si haut que tout cil de laiens le porent oïr tout
clerement et dist : « Entent moi, rois Flualis. Je te dirai la senefiance
de ton songe. » Quant li rois entent la parole, il regarda entour lui
pour veoir celui qui ce li disoit. Et ausi firent tout cil qui el palais
estoient, mais riens n'i virent. Mais il oïrent la vois qui en milieu
d'aus estoit qui dist : « Rois Flualis, entent la senefiance de ton
songe : li .II. serpent que tu veïs en ton dormant, qui .IIII. testes
avoient et jetoient de toutes .IIII. fu et flambe, ce sont .IIII. roi
crestïen qui a toi marcissent qui metent ton païs en fu et en flambe.
Ce que li serpent portoient toi et la roïne desus le sonmerket de ton
palais en haut, senifie qu'il auront en lor baillie toute ta terre jusques
as portes de ta forteresce. Ce que li serpent esraçoient les .IIII.
menbres a toi et a ta feme senefie que tu deguerpiras la mauvaise loy
qui el cors t'est enracinee et le jeteras au defors de toi pour venir a la
creance Jhesu Crist. Ce que li .VIII. sepentel prisent les menbres de
ton cors a force a toi et a la roïne et les porterent desus le temple

où tes hommes seront en sécurité, s'ils ont dépecé tes membres et ceux de la reine ton épouse, cela signifie que tes enfants qui sont tes membres et ta chair seront tués et découpés par les armes dans le temple de Diane.

746. « Si les dragons t'ont laissé seul avec la reine sur le faîte de ton palais, cela signifie que toi et elle vous serez exaltés dans la chrétienté. Si les dragons ont brûlé ton palais au-dessous de toi, sache qu'il ne te restera pas le moindre denier de tout ce que tu as acquis sous le règne de la mauvaise religion. Si tu as été brûlé avec ta femme, réduit en cendres et en poussière, cela signifie que tu seras lavé et purifié de tes péchés par l'eau du saint baptême[1]. Si tes cendres ont volé sur toutes les contrées de ce côté-ci de la mer, cela signifie que tu auras des enfants dans ta bonne religion : ce seront des chevaliers preux et hardis qui seront glorifiés dans tous les pays du monde. Les visions que tu as eues pendant ton sommeil te sont à présent parfaitement claires. Il t'arrivera exactement ce que je t'ai dit. »

747. Alors Merlin partit et le roi resta tout émerveillé par cette voix qu'il avait entendue et que personne au monde n'avait vue. Merlin repartit à si vive allure qu'il ne s'arrêta pas avant d'arriver au royaume de Bénoïc où il se rendit directement chez son amie Niniane, qui était très avide de le revoir car elle ne savait encore rien de ce qu'elle voulait apprendre sur son art. Elle lui manifesta la plus grande joie

---

Dyane, ou ti home seront fui a garant, ce qu'il depecierent tes menbres et les menbres la roïne ta feme, senefie que ti enfant qui sont ti menbre et ta char, seront ocis et decopé par armes dedens le temple Dyane.

746. « Ce que li serpent te laissierent de haut desus le sonmeriquet de ton palais, et la roïne avoec toi seul a seul senefie que toi et li seront essaucié en Crestienté. Et ce que li serpent arsent le palais desus toi, saces que il ne te demouerra qui vaille un sol denier de chose que tu aies de ceste mauvaise loy. Ce que tu fus ars, et toi et la dame ensamble, et mis en cendre et em poudre, senefie que tu seras lavés et mondés de tes pechiés par [*b*] l'aigue du saint baptesme. Ice que la poudre de toi vola par toutes les contrees decha la mer senefie que tu auras enfans en ta bone loy qui seront chevalier prou et hardi et seront essaucié par toutes les terres del monde. Or as oïes les visions que tu as veües en ton dormant. Si t'en avenra ensi conme je t'ai dit. »

747. Atant s'em part Merlins et li rois remest qui molt ot grant mervelle de la vois qu'il avoit oïe et nule riens del monde n'avoit veüe. Et Merlins s'en vait grant aleüre que onques ne fina devant qu'il vint el roiaume de Benuyc et s'en vint droit a Viviane s'amie qui molt estoit angoissouse de lui veoir, car encore ne savoit ele riens de son art a ce que ele en vausist savoir. Si li fist la greignour joie que

du monde. Ils mangèrent, burent ensemble et couchèrent dans le même lit mais elle connaissait déjà quelques-uns de ses secrets. Chaque fois qu'elle sentait qu'il désirait coucher avec elle, elle enchantait et envoûtait un oreiller qu'elle lui mettait entre les bras[1]. Alors Merlin s'endormait, sans que le conte mentionne qu'il ait eu des relations charnelles avec une femme. Il n'avait jamais aimé une autre femme autant que celle-ci. Et c'était évident car il s'abandonna tant à elle et lui apprit tant de secrets d'une fois sur l'autre qu'il peut passer pour un fou. Pour finir, il resta longtemps avec elle. Tous les jours, elle cherchait à percer les secrets de son intelligence, s'efforçant de connaître un secret après l'autre et il les lui révélait tous. Elle mettait par écrit tout ce qu'il lui disait en parfaite savante. Elle retenait bien plus facilement ce que Merlin lui disait. Après avoir séjourné un long moment avec elle, il prit congé et lui dit qu'il reviendrait au bout d'un an[2]. Ils se recommandèrent très tendrement à Dieu l'un et l'autre. Alors Merlin revint auprès de son maître Blaise qui fut très heureux de son arrivée car il désirait beaucoup le revoir et Merlin de même, qui lui raconta toutes les aventures qu'il avait entendues et apprises et comment il était resté avec son amie Niniane, comment il lui avait révélé ses enchantements. Blaise mit tout par écrit et c'est grâce à lui que nous savons tout cela encore aujourd'hui.

748. Quand Merlin eut raconté à son maître tous les évé-

---

ele onques pot. Et mengierent et burent ensamble et jurent ensamble en un lit. Mais tant savoit ele de ses afaires, quant ele savoit qu'il avoit volenté de jesir o li ele avoit enchanté et conjuré un oreillier que ele li metoit entre ses bras. Et lors s'endormoit Merlins. Non mie por ce que li contes face mencion que Merlins couchast onques a feme charnelment. Si n'avoit il riens el siecle autre tant amé come feme. Et bien i parut, car tant s'i abandonna et tant li aprist de ses afaires une fois et l'autre que il s'em pot tenir por fol. Au daerrain si sejourna avoec lui lonc tans. Et tous jours li enqueroit cele de son sens et de ses maistries. Et li enqueroit chascune par soi et li faisoit tout a savoir. Et ele metoit tout en escrit quanqu'il disoit conme cele qui bien estoit endoctrinee de la clergie. Si retenoit assés plus legierement ce que Merlins li disoit. Et quant il ot avoec li sejourné grant piece del tans, si prist congié de li et li dist qu'il revenroit au chief de l'an. Si s'entreconmandent a Dieu molt doucement. Et lors s'en vint Merlins a Blayse son maistre qui molt en fu liés et joians de sa venue, car molt le desiroit a veoir. Et autresi faisoit il lui. Se li conta Merlins toutes les aventures qui estoient avenues puis qu'il avoit oïes et seües, et conment il a esté a Viviane s'amie, et conment il li avoit apris de ses enchantemens. Et Blayses mist tout en escrit, et par ce le savons nous encore.

748. Quant Merlins ot tout aconté son maistre les choses coment

nements tels qu'ils s'étaient déroulés successivement, il
séjourna avec lui tant qu'il lui plut. Puis il prit congé et revint
à la cité de Logres où se trouvaient le roi Arthur et la reine
sa femme. Ils reçurent Merlin avec une grande joie. Dès que
Merlin fut arrivé, une jeune fille sur une mule fauve descendit devant la salle. Elle portait devant elle, sur l'arçon de sa
selle, un nain[1], le plus contrefait et le plus laid qu'on eût
jamais vu. Il était chenu et maigre, ses sourcils étaient longs
et recroquevillés, sa barbe rousse était si longue qu'elle descendait jusqu'à sa poitrine, ses cheveux étaient épais, noirs,
laids et ébouriffés, ses épaules hautes et voûtées, il avait une
grosse bosse sur la poitrine et dans le dos, les mains épaisses
et les doigts courts, les jambes courtes et l'échine longue et
pointue. La demoiselle rayonnait de jeunesse et de beauté.
Les uns et les autres les regardèrent longuement. Dès qu'elle
fut descendue de sa monture, elle prit son nain entre les bras,
l'enleva délicatement de sa mule puis le mena dans la salle
devant le roi qui était assis pour manger à la table principale.
Elle salua le roi très poliment, avec une grande courtoisie, en
personne douée d'une grande intelligence. Le roi lui rendit
très volontiers son salut comme à son habitude.

749. Alors, la jeune fille lui dit : « Seigneur, je suis venue à
vous de très loin en raison de la grande renommée qui vous
suit de par le monde et pour vous réclamer un don. Car, ainsi

---

eles estoient avenues les unes aprés [*d*] les autres, il sejourna avoec li
tant com il li plot. Puis prist congé de li et s'en vint droit a la cité de
Logres ou li rois Artus et la roïne sa feme estoient. Si rechurent Merlin a molt grant joie. Et, tantost conme Merlins fu venus, descendi
devant la sale une pucele sor une mule fauve. Et ot aporté devant li,
sor l'arçon de la sele, un nain, le plus contrait et le plus lait qui
onques mais fust veüs. Car il estoit chanus et remusés et avoit les
sourcix lons et recokilliés et la barbe rouse et si longue que ele li
batoit jusques au pis. Et ot les chavels gros et noirs et lais et mellés
et les espaulles hautes et corbes et une grosse bouche encontre le
cuer deriere et une autre devant[*a*] le poitrine. Et avoit les mains
grosses et les dois cours et les gambes courtes et l'eskine longue et
agüe. Et la pucele iert jouene[*b*] et de grant biauté. Si furent molt durement regardé des uns et des autres et, maintenant qu'ele fu descendue, ele prist son nain entre ses bras et le descendi molt doucement
et le mena en la sale devant le roi qui estoit assis a son mengier au
maistre dois. Et ele salue le roi molt doucement et de molt grant
courtoisie come cele qui estoit plainne de molt grant sens[*c*]. Et li rois
li rendi son salu molt debonairement come cil qui bien le sot faire[*d*].

749. Lors dist la pucele : « Sire, je sui a vous venue[*e*] de molt
loing pour la grant renomee qui de vous court par le monde
pour vous demander un don et requerre. Car nule pucele, si come la

que votre réputation en témoigne, toute jeune fille ne manque jamais de recevoir ce qu'elle vous demande. Puisque l'on vous considère comme l'homme le plus valeureux du monde, je me suis efforcée de venir à votre cour pour ne vous réclamer qu'un seul don. Gardez-vous surtout de m'accorder quelque chose que vous ne souhaiteriez pas voir s'accomplir ou me revenir[1]. — Demoiselle, fait le roi, demandez-moi ce qui vous plaira ! Je vous l'octroierai si cela n'est pas contraire à mon honneur ou à celui de mon royaume. — Ce que je vous demanderai, répond-elle, ne pourra vous valoir que de l'honneur. — Demoiselle, alors dites-moi votre désir car je suis prêt à le satisfaire entièrement.

750. — Seigneur, fait-elle, je suis venue vous trouver pour vous prier et requérir d'adouber ce noble jeune homme qui est aussi mon ami et que je tiens par la main. Il est bien digne de devenir chevalier car il est preux, hardi et de noble lignage, et cela fait longtemps déjà qu'il aurait dû être adoubé. S'il l'avait voulu, il aurait pu l'être par le roi Pellès de Listenois plein de prouesse et de loyauté mais il a fait le serment de n'être chevalier que de votre main. Voilà pourquoi je vous demande de l'adouber. » À ces mots, tout le monde se mit à rire dans la salle. Keu le sénéchal, qui aimait médire et proférer force propos insultants, lui dit en souriant : « Gardez-le bien, demoiselle, et tenez votre ami près de vous de peur qu'il ne soit enlevé par les demoiselles de la

---

renonmee de vous le tesmoigne, ne faut a chose que ele vous demande. Et pour ce c'on vous tient au plus prodome del monde, me sui je traveillie de venir a vostre court pour un sol don requerre. Et bien vous i gardés que vous ne m'otroiiés chose que ne voelliés faire et douner. — Damoisele, fait li rois, demandés ce que vous plaira, car vous n'i faurés mie, se c'est chose que je donner vous doie al honor de moi et de mon roiaume. — En ce, fait ele, que je vous voel demander ne poés vous avoir se honour non. — Damoisele, fait li rois, dites vostre volenté, car je sui presté de faire le tout outreement.

750. — Sire, fait la damoisele, je sui a vos venue pour vous proiier et requerre que vous de cest franc damoisel et mon ami que je tieng par la main faciés chevalier. Car bien en est dignes que estre le doit[a] car il est prous et hardis et de gentil lingnee et que pieça deüst estre chevaliers, et si eüst il esté [d] s'il vousist de la main au roi Pellés de Listenois qui molt est prodons et loiaus. Mais a nus ne veut ançois a faire son serement qu'il ne sera ja chevaliers se de vostre main ne l'est. Et pour ce vous requier je que vous le faciés chevalier. » Et lors commencierent tout a rire parmi la sale, li un et li autre. Et Kex li Senescaus, qui molt estoit mesdisans et d'aniouses paroles avoit a[b] plenté, li dist tout en sousriant : « Gardés le bien et le tenés prés de vous, vostre ami, qu'il ne vous soit tolus des puceles la roïne, car tost

reine. Elles auraient tôt fait de vous l'emporter et de vous le
ravir en raison de sa très grande beauté !

751. — Seigneur, fait la demoiselle, le roi est trop preux
pour supporter une chose pareille et il est trop respectueux
de la justice pour que quelqu'un me fasse du tort, s'il plaît à
Dieu ainsi qu'à lui. — Assurément, demoiselle, intervient le
roi, soyez sûre d'une chose : je vous accorde votre demande.
— Seigneur, dit la demoiselle, grand merci ! Vous m'accordez
donc ce que je vous demande ? — Demoiselle, répond le roi,
il en sera selon votre désir. » À ces mots entrèrent dans la
cour deux écuyers montés sur de solides roncins allant d'un
bon pas. L'un portait à son cou un écu à trois léopards d'or
couronnés d'azur. Le champ de l'écu était noir comme mûre ;
une courroie d'orfroi garnie d'or et de petites croix le maintenait. Une épée pendait à l'arçon de la selle. L'autre menait
par la bride un petit destrier fort bien découplé ; le frein était
en or et les rênes en soie. Un cheval de somme les suivait
chargé de deux beaux et riches coffres. Ils descendirent aussitôt sous un pin et y attachèrent leurs chevaux. Puis, ils
ouvrirent les malles et tirèrent de l'une un haubert blanc
comme neige tissé d'argent à double maille et des chausses
travaillées de la même manière ainsi qu'un heaume d'argent
doré. Ils entrèrent ensuite dans la grande salle où le roi et les
barons étaient assis pour manger et vinrent trouver la demoiselle. Quand elle les vit venir, elle dit au roi :

---

le vous auroient emblé ou forstrait por la grant biauté qui en lui est
racinee.

751. — Sire, fait la damoisele, li rois est si prodom qu'il nel sousferra mie, et si droituriers que nule m'en face tort, se Dieu plaist et
lui. — Certes, damoisele, non, fait li rois. De ce soiiés toute seüre. Et
je le vous creant bien. — Sire, fait la damoisele, vostre merci. Or le
faites dont ce que je vous requier. — Damoisele, fait li rois, tout a
vostre plaisir. » À cel mot entrerent en la court .II. esquier sor .II. roncis fort et tost alant, dont li uns portoit un escu a son col pendant a
.III. lupars d'or couronés d'asur. Et li chans de l'escu estoit si noirs
conme meüre, et la guige d'orfrois a menbres d'or a croisetes, et
avoit une espee pendue a l'arçon de la sele. Et li autres menoit un
petit destrier en destre qui molt estoit de bele taille et li frains estoit
a or et la chievetainne de soie. Et chaçoient li .II. esquier un somier
de .II. coffres toursés molt bel et molt gens. Et il descendirent tout
maintenant desous le pin et atachierent les chevaus. Puis desfreme-
rent les coffres et traient de l'un un hauberc autresi blanc come noif
negie, car il estoit tous de fin argent a double maille, et unes chauces
de cele meïsmes oeuvre et un hiaume d'argent doré. Et puis entrerent en la sale ou li rois et li baron seoient au disner, si s'en vinrent
devant la damoisele. Et quant ele les vit venir si dist au roi :

752. « Seigneur, je vous présente ma requête car cela fait trop longtemps que j'attends et que j'ai préparé tout ce qui convient au chevalier. Mon ami sera adoubé avec les armes que vous voyez ici. — Belle et douce amie, dit le roi, je ferai selon votre désir et votre volonté. Mais venez donc manger. » Elle répondit qu'elle n'avalerait rien tant que son ami ne serait pas armé chevalier.

753. C'est ainsi que la demoiselle se trouvait au palais devant le roi. Elle tenait toujours la main droite de son ami. Quand le roi eut mangé et que les nappes eurent été enlevées, la demoiselle sortit d'une aumônière deux éperons d'or enveloppés dans une pièce de soie. Elle dit au roi : « Seigneur, acquittez-vous de votre promesse envers moi car cela fait trop longtemps que j'attends ici. » C'est alors que Keu le sénéchal bondit en avant et feignit de chausser l'éperon droit au nain. La demoiselle le prit par la main et lui dit : « Qu'est-ce, seigneur chevalier ? Que voulez-vous faire ? — Je veux chausser l'éperon droit à votre ami et, de ma main, le faire chevalier. — De votre main ? fait la demoiselle. Il n'en est pas question, s'il plaît à Dieu. Nul ne le touchera sinon le roi Arthur qui m'en a fait la promesse. Je ne pense pas qu'il manquera à sa parole. Si tel était son désir, il me ferait mourir et m'aurait trahie. Seul un roi peut mettre la main sur un aussi haut personnage que mon ami. — Que Dieu m'assiste, demoiselle, dit le roi, vous avez raison et j'obéirai en tous points à votre volonté. »

---

752. « Sire, ma requeste vous demant. Car je demoure ci trop longement et je ai tout apareillié quanqu'il couvient a chevalier, car de ces armes que vous veés ci sera mes amis adoubés. — Bele, très douce amie, je ferai vostre plaisir et vostre volenté molt volentiers. Mais venés mengier. » Et ele dist qu'ele ne mengeroit jamais devant que ses amis fust cevaliers.

753. [e] Ensi fu la damoisele el palais devant le roi. Et tousdis tenoit son ami par la main destre. Et quant li rois ot mengié et les napes furent ostees, la*a* damoisele traïst d'une aumosniere uns esperons a or qui estoient envolepés en un drap de soie. Si dist au roi : « Sire, delivrés moi, car trop fais ci longe demeure. » Atant saut avant Kex li Seneschaus et li vaut chaucier l'esperon destre. Et la damoisele le saisi par la main et li dist : « Que est ce, sire chevaliers ? Que volés vous faire ? — Je voel, fait il, vostre ami chaucier l'esperon destre et faire chevalier de ma main. — De vostre main, fait la damoisele, ce n'avenra ja, se Dix plaist. Car nus n'i metra la main fors solement li rois Artus, car il le m'a en covenent. Si ne quit pas qu'il l'en faille, s'il li plaist, car ensi m'auroit il morte et traïe. Ne il ne doit a si haute personne conme mes amis a touchier se rois non. — Si m'aït Dix, damoisele, fait li rois, vous avés droit. Et je en ferai del tout a vostre volenté. »

754. Arthur prit alors un éperon de la demoiselle et le chaussa au pied droit du nain tandis qu'elle fixait l'autre. Le roi lui ceignit l'épée après l'avoir revêtu du haubert car la demoiselle exigeait que seul un roi mît la main sur son ami. Quand il fut noblement paré de tout l'équipement du chevalier, le roi lui donna la colée et lui souhaita de devenir un preux grâce à Dieu. C'est ce qu'il devait dire en armant les chevaliers. Elle lui demanda alors s'il avait l'intention d'en faire davantage. « Demoiselle, répondit le roi, j'ai fait ce qui m'incombe. — Seigneur, demanda encore la demoiselle, priez-le d'être mon chevalier. » Ce à quoi le roi consentit encore et le nain répondit qu'il lui accordait cette demande puisque c'était le roi lui-même qui l'en priait. Ils quittèrent ensuite les lieux et se rendirent près du pin. La demoiselle aida le nain chevalier à monter sur le destrier, plus beau qu'aucun autre et bien armé de fer. Elle lui pendit elle-même au cou l'écu dont le conte vous a parlé. Puis elle monta sur la mule, fit monter son écuyer et le renvoya chez lui. Elle s'en alla avec son chevalier. Ils entrèrent dans une grande et merveilleuse forêt. Le roi Arthur resta dans son palais avec Merlin, monseigneur Gauvain et toute sa compagnie et ils s'amusèrent beaucoup de la demoiselle qui avait donné son amour au nain. « Vraiment, fait la reine Guenièvre, je m'étonne beaucoup qu'une telle idée ait pu la traverser car je n'ai jamais vu de ma vie une aussi laide et aussi méprisable personne que ce nain. La demoiselle, quant

---

754. Lors prist l'esperon de la damoisele et li ferma au destre pié au nain et la damoisele l'autre. Et li rois li chaint l'espee quant il li ot vestu le hauberc, car la damoisele ne vaut que nus ja touchast se li rois non. Et quant il fu apareilliés gentement de quanqu'il aferoit a chevalier, se li donna li rois la colee et li dist que Dix le feïst prodome. Et ce devoit il dire quant il faisoit chevalier. Et lors li dist s'il en feroit plus. « Damoisele, fait li rois, je en ai fait ce que a moi apartient. — Sire, fait ele, or li proiiés que il soit mes chevaliers. » Et li rois l'em proie, et li dist qu'il l'otroit, puis que il l'en proie. Lors s'en partirent de laiens et s'en vinrent desous le pin. Si fait la damoisele monter son nain chevalier sor le destrier qui tant iert biaus que nus plus, tout ensi armé come il estoit, et li pendi ele meïsme l'escu au col qui estoit tels come li contes vous a devisé. Puis monta sor la mule et fait monter ses esquiers et les renvoie en son païs. Et ele s'en vait d'autre part entre lui et son chevalier et s'en enterent en une forest qui estoit et grans et merveillouse. Et li rois Artus fu demourés en son palais entre lui et Merlin et mesire Gavains et sa compaingnie, et se risent assés de la damoisele qui s'amour avoit donnee au nain. « Certes, fait la roïne Genievre, je m'esmerveil molt dont cis pensers li peüst estre venus, car si laide chose ne si despite ne vi je onques a nul jour de ma vie. Et [s]i la damoisele est plainne

à elle, resplendit d'une beauté qui n'a pas sa pareille dans onze royaumes. À mon avis, c'est le diable ou un esprit malin qui l'a trompée et ensorcelée.

755. — Dame, fait Merlin, seule la grande laideur du nain peut effectivement prêter à confusion car jamais de votre vie vous n'avez vu un bout d'homme aussi hardi que ce nain : c'est un fils de roi et de reine. — Cher seigneur, dit la reine, la demoiselle semble bien être de haut lignage car elle est incomparablement belle tandis que son ami est d'une laideur fort repoussante. — Dame, fait Merlin, la grande bonté qui l'habite ainsi que son grand courage détruiront bientôt une grande part de la laideur que vous avez vue. Prochainement vous en saurez plus, assurément ! — Cher et doux ami Merlin, demande le roi Arthur, qui est cette demoiselle ? La connaissez-vous ? — Seigneur, répond Merlin, je vous ai dit la vérité en vous déclarant que je ne l'ai jamais vue de ma vie. Pourtant, je sais parfaitement de qui il s'agit et comment elle s'appelle. Elle vous le dira elle-même et cela ne tardera guère. On la croira mieux que moi. Le nain lui-même vous dira qui il est, bien avant que vous ne le pensiez et cela vous causera à la fois de la peine et de la joie. — Comment, s'étonne Arthur, pourrai-je ressentir à la fois de la peine et de la joie ? Dites-nous toute la vérité ! — Seigneur, ce n'est pas le moment de vous la révéler car vous allez bientôt apprendre d'autres nouvelles avant la tombée de la nuit.

---

de si grant biauté que il n'a sa pareille en .xi. roiaumes. Si croi, au mien escient, que ce soit anemis ou fantosmes qui ensi l'ait deceüe et enfantosmee.

755. — Dame, fait Merlins, ele n'est deceüe fors de la grant laidece qui est ens el nain, car onques en vostre aage ne veïstes si hardie piece de char com li nains est, et si est fix de roi et de roïne. — Biaus sire, fait la roïne, la damoisele resamble bien a estre de haute lignee, car ele est bele a desmesure et ses amis est lais de molt grant laidure. — Dame, fait Merlins, la grant bonté de lui et de son hardement abatra une grant partie de sa laidece dont il a tant en lui come vous l'avés veü. Si le saurés prochainnement plus vraiement. — Biax dous amis Merlins, fait li rois Artus, qui est la damoisele ? Connoissiés le vous ? — Sire, fait Merlins, je vous di vraiement que je ne le vi onques mais a nul jour, si sai je bien qui ele est et comment ele a a non. Si le vous dira ele meïsmes, et si ne demoerra pas granment. Si en sera mix creüe que je ne seroie. Et par le nain meïsmes saurés vous qui il est ançois que vous ne quidiés, et de ce aurés vous doel et joie. — Comment en aurai je doel et joie ? fait li rois Artus. Dites nous ent verité. — Sire, fait Merlins, ce n'iert mie a ceste eure que je le vous die, car vous aurés tost assés a entendre aillours ains que nuit soit venue. Car Luces, li empereres de Rome,

Luce, l'empereur de Rome, vous a envoyé des messagers. Ils sont déjà descendus sous le pin, à l'entrée de cette salle. »

Défi de Luce, l'empereur de Rome.

756. Tandis que Merlin tenait ces propos au roi Arthur, voici qu'arrivèrent douze princes somptueusement habillés et revêtus de luxueux habits de soie. Ils venaient deux par deux en se tenant par la main. Chacun d'eux portait un petit rameau d'olivier afin de signifier qu'ils étaient ambassadeurs. C'est de cette manière qu'ils se présentèrent au roi qui siégeait, à la table principale dans la grande salle du palais, avec ses barons devant lui. Les princes se présentèrent devant le roi mais ne le saluèrent pas. L'un d'eux, qui paraissait être leur maître et leur interprète, dit alors : « Roi Arthur, nous sommes douze princes de Rome et c'est l'empereur Luce qui nous envoie vers toi. » Il tira alors une lettre enveloppée d'un tissu de soie et la tendit au roi Arthur en lui demandant de la faire lire. Le roi prit la lettre et la donna à l'archevêque Debrice qui se trouvait à côté de lui et celui-ci se mit à lire. L'archevêque commença ainsi[1] :

757. « Moi, Luce, empereur de Rome[1], qui ai autorité et pouvoir sur les Romains, je fais savoir à mon ennemi le roi Arthur qu'il m'a lésé et qu'il a insulté le pouvoir de Rome. Arthur, je m'étonne fort de ton attitude et méprise ton orgueil qui te conduit à te rebeller contre Rome. Je m'étonne

---

vous a envoiié ses messages et sont ja descendu au pié de ceste sale desous le pin. »

756. Endementres que Merlins parloit ensi au roi Artu, estes vous .XII. princes molt richement acesmés et vestus de riches dras de soie. Et venoient .II. et .II. entretenant l'un l'autre par les mains et portoit chascuns un rainselet d'olivier et ce estoit senefiance qu'il estoient message. Et s'en vinrent en tel maniere devant le roi Artu qui seoit au chief du dois ens el maistre palais et si barons devant lui. Et cil en vinrent devant lui que onques ne le saluerent. Si parla li uns qui maistres estoit d'als et amparliers et dist : « Rois Artus, nous somes .XII. prince de Rome qui a toi somes envoiié de par Luce l'emperaour. » Lors traïst avant une chartre qui estoit envolepee en un drap de soie et le tendi au roi Artu et li dist qu'il le face lire. Et li rois prist les letres et les bailla l'arcevesque Debrice qui d'encoste lui estoit et li conmencha a lire. Et li arcevesques conmencha en ceste maniere :

757. « Je Luces empereres de Rome et qui ai la poesté et la signourie des Romains [*160a*] mant a mon anemi le roi Artu itant solement qu'il a deservi envers moi et envers le pooir de Rome. Si m'esmerveil molt et molt me vient a grant desdaing que il, par son grant fourfait et par son grant orgueil, velt[a] reveler vers Rome. Si ai molt grant

aussi grandement de la manière et du procédé qui t'ont poussé à engager un combat et une guerre contre Rome bien que tu me saches encore vivant. C'est une hardiesse insensée ou une folie qui t'ont poussé à l'insolence de te révolter ainsi contre Rome qui règne sur le monde[2] et tu l'as toi-même reconnu. Tu comprendras et tu verras très clairement que c'est une chose terrible que de provoquer la colère de Rome. Tu as bafoué la justice quand tu as prélevé les droits et les tributs de Rome, quand tu as pris nos rentes et nos terres dont tu sais pertinemment qu'elles relèvent du pouvoir romain. De quel droit l'as-tu fait ? Sache bien que, si tu les gardes longtemps encore, le loup fuira devant la brebis, le lion devant la chèvre et le lièvre chassera le lévrier[3]. Car tu ne possèdes pas plus de puissance face à nous que la brebis devant le loup. Tu nous es aussi soumis que la brebis l'est au berger. Jules César notre ancêtre eut la puissance et la hardiesse de soutenir une bataille en Bretagne, ce pays dut ensuite lui payer un tribut. Il en fut de même des îles alentour. Et tu veux nous ravir ce tribut par ta folie, par ton orgueil et par l'insolence qui t'habitent. Aussi, Rome t'ordonne de respecter le droit et de te présenter à Rome le jour de la sainte Nativité[4], parfaitement disposé à t'amender de tes méfaits. Si tu ne le fais pas, je te ravirai la Bretagne et toutes les terres sous ton autorité. Je traverserai le Petit-Saint-Bernard l'été prochain avec une telle armée que tu

---

merveille conment et par quel conseil tu osas estrif ne guerre emprendre envers Rome tant come tu me seüsses vif. Si t'est venue ceste estoutie de fol hardement et de melancolie quant tu osas envers Rome reveler qui a le pooir de la signourie sor tout le monde, si come toi meïsmes l'as bien seü et veü. Et encore le verras tu et sauras plus apertement que tu n'as encore fait, si come ce est grant chose de Rome courecier. Tu as trespassee droiture quant tu as retenu le service et le treü de Rome, et prens nos rentes et nos terres que tu sés qui au pooir de Rome apartiennent. Por coi fais tu ce ? Ne quel droit i as tu ? Saces que, se tu le tiens longement, que li leus fuira pour l'oeille et li lyons pour la chievre et li lievres chacera le levrier. Car plus n'as tu de poissance envers nous que l'oeille a envers le leu. Car tu es ausi solgis envers nous come l'oeille est au pastour. Car Julius Cesar, nostre ancestre, par sa force et par son hardement prist bataille en Bretaingne, si l'en fu treüs rendus. Et autresi fu il des illes environ. Et tu le nous vels tolir par ta folie et par ton orgueil et par le grant outrage qui en toi est. Si te semoing Rome que tu le viengnes droit faire et que dedens le jour de la Sainte Nativité soies a Rome par devant moi apareilliés pour amender ce que tu as mespris. Et se tu ne le fais je te taurai Bretaingne et toute la terre que tu as em baillie et passerai Mongieu a cest premier esté a si grant force de

n'oseras même pas m'attendre. Tu auras beau fuir, je te poursuivrai également et je te ramènerai à Rome, prisonnier et ligoté, dans l'une de mes prisons. »

758. Quand l'archevêque eut terminé la lecture de la lettre ainsi que vous l'avez entendue, il s'éleva dans le palais une grande rumeur et un grand tumulte causé par les barons qui avaient tout entendu. Ils promirent et jurèrent de déshonorer les messagers qui avaient transmis la lettre et ils leur auraient fait beaucoup de mal si le roi Arthur ne leur avait tenu ces propos : « Chers seigneurs, laissez-les tranquilles. Ce sont des ambassadeurs. Ils ont été envoyés par leur seigneur. Ils doivent faire et dire ce qu'on leur a ordonné et ils ne doivent redouter personne. » Alors le roi Arthur appela ses princes et ses barons et entra dans une chambre pour délibérer avec eux. Un chevalier preux et hardi du nom de Cador[1] prit alors la parole. Il dit qu'ils avaient passé une bonne partie de leur temps dans l'oisiveté et la paresse en se divertissant avec les dames et demoiselles, dans la volupté et les bagatelles. « Mais, Dieu merci, continua-t-il, les Romains viennent de nous réveiller en nous disputant notre terre et notre pays. Et s'ils font ce que la lettre dit, ils sauront assurément faire preuve de prouesse et de hardiesse après une si longue trêve. Je n'ai jamais aimé les Romains. » Monseigneur Gauvain lui dit : « Seigneur, sachez que la paix est toujours très bonne après la guerre car la terre en est meilleure et plus sûre. Excellents

---

gent que tu ne m'oseras atendre. Ne tu ne sauras ja tant fuir que je ne te sive et t'en menrai pris et loiié a Rome dedens une de mes prisons. »

758. Quant li arcevesques ot leües les letres en tel maniere com vous avés oï, si ot el palais grant bruit et grant noise des barons qui entendues les orent. Et dient et jurent qu'il deshonoerront les mesages qui les letres avoient aportees. Si lor eüssent assés fait de honte et de laidure se li rois Artus ne fust qui lor dist molt doucement : « Biau signour, laissiés les, il sont messagier et i ont esté envoié de par lor signour. Si doivent faire et dire tout ce que on lor a enchargié, ne il ne doivent avoir doutance de nului. » Lors apela li rois Artus ses princes et ses barons et s'en entra en une chambre pour [b] soi conseillier. Et lors parla uns chevaliers qui molt estoit prous et hardis et avoit non Cador. Et dist qu'il avoient grant piece del tans usé en huisdives et em perece et en deduisant en dames et en damoiseles et en jolivetés et en gas. « Mais, merci Dieu, nous ont esveillié li Roumain qui viennent chalengier nos terres et nostre païs. Et s'il font ce que les letres devisent encore auront cil proece et hardement qui tant ont eüe longe pais. Et certes, je ne les amai onques. » Et mesire Gavains li dist : « Sire, saciés que molt est bone la pais après la guerre. Car la terre en est meillour et plus seüre. Et

sont aussi les jeux et bagatelles avec les dames et demoiselles car, pour ceux qui s'y adonnent, amours et liaisons avec les dames incitent à la hardiesse et aux faits d'armes[2]. »

759. Alors le roi Arthur leur ordonna à tous de s'asseoir, ce qu'ils firent. Arthur resta debout et leur dit : « Mes amis et compagnons, c'est pour mon honneur et notre prospérité que vous avez toujours dépensé votre peine dans les batailles et les guerres que j'ai soutenues depuis que j'ai pris possession de mes terres, et je vous ai menés selon mes besoins par terre et par mer. Vous m'avez aidé, et je vous en remercie infiniment, à conquérir les terres alentour qui, grâce à l'aide que vous m'avez apportée, me sont désormais soumises. Vous avez entendu l'ordre que nous intiment les Romains qui nous ont beaucoup tourmentés et résisté. Mais si Dieu me protège avec vous, ils n'emporteront rien de notre bien sans que cela leur coûte très cher. Voici les messagers de l'empereur. Conseillez-moi sur la manière de leur donner une réponse sensée, conforme à l'honneur et à la politesse, car on doit aviser avant que le coup ne tombe là où il y a péril. Celui qui voit la flèche arriver doit s'esquiver, même si le coup ne l'atteint pas. Vous voyez que les Romains veulent s'insurger contre nous. Alors nous devons nous préparer à les affronter afin qu'ils ne puissent nous nuire ni nous faire du mal. Ils veulent obtenir un tribut de la Bretagne ainsi que des autres îles que je possède. Ils disent que César a conquis ces îles par la force[1] et que les Bretons

---

molt est bons li gix et li gas entre les dames et les damoiseles, car les drueries et les amours des dames font emprendre les hardemens et les proeces d'armes que il font. »

759. Lors lor conmanda li rois Artus que il s'aseent tout et il si fisent. Et il demoura en estant et lor dist : « Mi ami et mi compaingnon, au mien honour et em prosperité, en honour en travail[a] il que vous avés maintenu em batailles et en guerres que je ai eües, puis que je ving a terre tenir, et vous en amené en mes grans besoins par terre et par mer. Et m'avés aidié, vostre mercis, a conquerre les terres a environ que par les vos aïdes sont toutes obeissans a moi. Et vous avés oï le mandement que li Romain nous mandent qui assés nous ont traveillié et contraloïé. Mais, se Dieu garist moi et vous, il n'emporteront riens del nostre au departir que chierement ne lor soit vendu. Vous veés ci les messages l'emperaour. Conseilliés moi en quel maniere je lor puisse responde plus avenanment[b] a honour et par raison. Car ançois se doit on veoir que li cops chiece en lix ou il ait peril. Car qui voit la saiete venir, il se doit trestourner se li cops ne l'aconsuit. Vous veés que li Romain se voelent reveler encontre nous. Et nous nous devons si apareillier encontre als qu'il ne nous puissent ne nuire ne grever. Il voelent avoir treü de Bretaigne et des

ne purent se défendre contre lui et lui payèrent un tribut.
Mais la force n'est pas le droit : elle n'est qu'orgueil et démesure. On ne possède pas légitimement ce que l'on possède
par la force. Ils nous ont rappelé la honte et les torts qu'ils
nous ont causés ainsi que les tourments et les souffrances
qu'ils ont infligés à nos ancêtres. Ils se sont vantés de les
avoir vaincus et de les avoir réduits à payer un tribut. C'est
la raison pour laquelle nous devons les haïr et, de plus, ils
nous en doivent réparation. Nous devons haïr ceux qui haïssent les nôtres, qui les ont soumis au tribut et qui veulent
maintenant obtenir de nous un tribut au nom d'un héritage
et d'un prétendu droit hérité du passé. C'est pour une infamie de ce genre que nous pouvons contester Rome car
Belin, qui fut roi des Bretons, et Brennus, son frère, conquirent Rome[2] puis pendirent quatorze otages sous les yeux de
tous leurs amis. Après eux, Constantin, qui fut roi et seigneur des Bretons, devint seigneur de Rome[3]. Maximin fut
seigneur de Bretagne[4] et obtint la seigneurie de Rome. Tous
ceux que j'ai nommés furent rois des Bretons et obtinrent
chacun la seigneurie de Rome. Vous pouvez comprendre par
là que je dois obtenir Rome en héritage comme je possède la
Bretagne. Les Romains obtinrent un tribut de nous et mes
parents l'obtinrent des Romains. Ils réclament la Bretagne
pour eux et moi je considère que Rome m'appartient. Voici
le terme de ma réflexion. Que reviennent donc à qui pourra
les obtenir la rente et la terre car je ne vois pas d'autre règle.

---

autres illes dont je sui tenans. Et dient que Cesar les conquist par
force, ne li Breton ne le porent desfendre encontre lui, ains le rendirent treü. Et force n'est mie drois, ains est orguels et desmesure. Et
on ne tient mie de droit ce que on tient a force. Il nous ont reprou-
vees les hontes et les damages que nous ont fais et les travaus et les
anuis que il ont fais a nos ancisours. Vanté se sont qu'il les vainquirent et qu'il lor rendirent treü. Et de tant les devons nous haïr et plus
[c] nous ont il a restorer´. Haïr devons nous ciaus qui les nous haïrent
et orent d'els treü et de nous le voelent il avoir par iretage et par
anciserie. Et par autre tele traïson poons nous chalengier Rome, car
Belins, qui fu rois des Bretons, et Brenés ses freres, conquirent Rome
et em pendirent .xiiii. ostages a la veüe de lor amis. Et aprés ciaus
Coustantins, qui fu rois et sires des Bretons, fu sires de Rome. Et
Maximiens fu sires de Bretaigne et ot la signourie de Rome. Et
tout cil furent roi des Bertons et orent chascuns Rome en sa baillie.
Et par ce poés vous entendre que je doi Rome avoir par iretage
ensi come je ai Bretaingne. Romain orent treü de nous et mi
parent l'orent d'als. Il claiment Bretaingne por lor et je tieng Rome
pour moie. A ce est venue la fin de mon conseil. Que cil ait la rente
et la terre qui avoir le porra, car je n'i voi nule autre droiture.

Si quelqu'un peut tout obtenir, qu'il obtienne le tout car, en ce qui me concerne, je ne pourrai agir autrement que je vous l'ai dit ; en effet, je ne pourrai pas faire plus que ce que je vous ai dit[5]. »

760. Quand les barons et les princes eurent entendu les propos du roi Arthur, ils répondirent tous d'une seule voix qu'il avait fort bien parlé. Ils lui dirent alors de convoquer ses gens des terres proches et lointaines, de rassembler ses forces, de marcher sur Rome et d'affronter l'empereur qui avait eu l'audace de le mettre dans une telle situation et de lui infliger une telle ignominie. « Mettez l'empire sous votre pouvoir et souvenez-vous de la prophétie de la reine Sibylle qui disait que trois rois bretons partiraient de Bretagne pour conquérir Rome par la force[1]. Il y en a déjà deux qui l'ont conquise. Le premier fut Belin, roi et seigneur des Bretons ; Constantin fut le deuxième. Vous serez le troisième à conquérir Rome par la force. Grâce à vous, la prophétie de la reine Sibylle se trouvera accomplie. Hâtez-vous de recevoir l'honneur que Dieu vous a octroyé ! » À ces mots, le roi sortit de sa chambre avec ses barons et chevaliers et ils se rendirent dans la grande salle où les douze messagers les attendaient. Le roi Arthur leur dit de retourner chez leur empereur afin de lui rappeler de sa part que ses ancêtres avaient régné sur Rome avant lui et en avaient reçu le tribut. À son tour, il voulait recevoir la ville en héritage et en patrimoine parce que les Romains n'avaient pas rempli à

Qui tout porra avoir tout ait, car ja endroit moi n'en ferai autrement que je vous ai dit, car n'en porroie plus faire que je vous di. »

760. Quant li baron et li prince oïrent ensi parler le roi Artu si respondirent tout a une vois que il avoit bien dit. Et li disent qu'il mandast sa gent, et prés et loing, et assamblast son pooir et se meïst au chemin droit vers Rome et alast encontre l'emperaour qui par son orguel li avoit mandé tel creature et tel felenie. « Si metés la signourie en vostre poesté, et remembre vous de la prophesie la roïne Sebile qui dist que .iii. Breton istroient de Bretaingne qui Rome conquerroient par force. Et .ii. en ont esté qui ont Rome conquise. Li premiers fu Belins qui rois et sires fu des Bretons, et Constantins fu li secons. Et tu seras li tiers que le conquerras a force, et en toi sera la profesie Sebile acomplie. Or t'avance de recevoir l'onour que Dix t'a otroiié. » A ces paroles s'en issi li rois de sa chambre, et li baron et li chevalier et en vinrent el palais ou li .XII. message les atendoient. Et que li rois Artus lor dist qu'il retournaissent a lor empereaour, et li dient de par lui que cil ancisour tinrent devant lui Rome et treü en avoient receü. Si le voloit avoir d'anciserie et d'iretage, et pour ce qu'il n'en ont pas fait envers lui ce qu'il devoient faire come a lor signour. Et cil s'em partent. Si lor donna li rois de molt riches pre-

son encontre les devoirs qu'ils auraient dû rendre à leur seigneur et maître. Les messagers partirent. Au moment du départ, le roi leur remit de très riches présents, il se montra le roi le plus courtois et le plus généreux du monde car il ne voulait pas qu'ils disent du mal ou une quelconque vilenie sur lui. Les messagers rentrèrent dans leur pays le plus rapidement qu'ils purent et rapportèrent à l'empereur Luce les propos que le roi Arthur leur avait tenus. L'empereur en fut très affligé et courroucé. Il convoqua et rassembla ses gens, passa les monts du Petit-Saint-Bernard[2] et arriva en Bourgogne près d'une cité nommée Autun. Il occupa le terrain en long et en large. Mais ici le conte se tait à leur sujet et retourne au roi Arthur qui était très pensif au sujet de l'ordre que l'empereur lui avait intimé.

761. Le conte dit que, après le départ des douze messagers, le roi Arthur resta en compagnie de ses barons très courroucé de l'ordre que lui avait intimé l'empereur Luce. Merlin lui dit : « Seigneur, convoquez vos gens car nous n'avons que trop tardé. L'empereur se prépare efficacement de son côté. — Merlin, cher doux ami, fait le roi, je me porterai à sa rencontre plus tôt qu'il ne le souhaitera. — Il provoquera son propre désastre en nous affrontant. Adieu donc, répondit Merlin, car je vais porter votre message aux barons. » Il disparut aussitôt sans que le roi Arthur sût ce qu'il était devenu. Merlin se rendit d'abord en Orcanie et annonça au roi Loth qu'il devait se trouver à Logres sous quinzaine avec toute son

---

sens au departir, come cil qui estoit li plus courtois del monde et li plus larges. Car il ne voloit mie qu'il deïssent mal de lui ne vilonnie. Et cil s'en revinrent en lor païs au plus tost qu'il [d] porent et disent a l'emperaour Luce ce qu'il avoient oï et entendu del roi Artu. Si en fu l'emperaour molt dolans et molt courreciés. Si manda ses gens et semonst et passa les mons de Mongieu et s'en vint en Borgoigne, prés d'une cité qui avoit non Oston et pourprist la terre de lonc et de le. Mais ici endroit se taist li contes d'als et retorne a parler del roi Artu qui molt fu pensis del mandement que Luces li emperes li fist.

761. Or dist li contes que, quant li .XII. message se furent parti del roi Artu, que li rois remest entre lui et sa baronnie molt durement coureciés del mandement que li emperes Luces li avoit mandé. Et Merlins li dist : « Sire, mandés vos gens, car nous n'avons que demourer. Car li emperes s'apareille molt durement. — Merlins, biaus dous amis, fait li rois. Je li serai a l'encontre plus tost qu'il ne vauroit. — Il n'encontrera a son damage. Mais ore adieu, car je vois as barons faire vo message. » Adont s'esvanui c'onques li rois Artus ne sot qu'il devint. Et Merlins s'en ala tout premierement en Orcanie et dist le message au roi Loth qu'il fust a Logres de cel jour

armée. Loth répondit qu'il irait très volontiers. Merlin le recommanda à Dieu et le quitta. Que vous raconterai-je ? Il fit savoir à tous les princes qui tenaient leurs fiefs du roi Arthur qu'ils devaient se trouver à Logres sous quinzaine, à l'exception toutefois du roi Ban de Bénoïc et du roi Bohort son frère. Puis Merlin rentra et retrouva le roi Arthur dans sa chambre. Il lui dit : « Seigneur, votre message a été transmis à tous vos barons qui seront ici sous quinzaine. »

762. À ces mots, le roi éprouva une grande joie. Ses barons arrivèrent lors de son séjour à Logres. Le roi Loth d'Orcanie vint le premier et amena cinq mille hommes. Le roi Urien en amena quatre mille, le roi des Cent Chevaliers quatre mille, le roi Nantes quatre mille, le roi Caradoc quatre mille, le roi Tradelinant quatre mille. Le duc Escaut de Cambénic en amena deux mille, Gosengot et Nabunal le sénéchal quatre mille, le roi Yder quatre mille et le roi Aguisant quatre mille. Quand ils furent réunis sur les prairies de Logres, le roi Arthur en éprouva une grande joie et les en remercia beaucoup. Il leur répéta les propos orgueilleux et insultants que l'empereur lui avait tenus. Ils lui répondirent qu'il devait se hâter de venger la honte qu'il avait subie. On prépara les navires et ils embarquèrent. Merlin les devança à Gaunes et y trouva le roi Ban et le roi Bohort. Il leur demanda de se préparer à prendre les armes car le roi Arthur avait pris la mer pour affronter les Romains. Les rois

---

en .xv. jours atout son pooir. Et il diſt que il i seroit molt volentiers. Et Merlins le conmanda a Dieu et s'em parti d'illuec. Que vous iroie je contant ? Il fiſt a savoir a tous les princes qui del roi Artu terre tenoient qu'il fuissent a Logres a cel jour en .xv. jours fors solement le roi Ban de Benuyc et le roi Boort son frere. Et puis s'en retourna ariere et trouva le roi Artu en ses chambres, si li diſt : « Sire, vos messages eſt fais a tous vos barons et seront ci d'ui en .xv. jours. »

762. Quant li rois Artus l'entendi si en ot molt grant joie. Si sejourna a Logres tant que sa baronnie fuſt venue. Si vint li rois Loth d'Orcanie tous li premiers, si amena .v.m. homes. Et li rois Uriens .iiii.m., et li rois des .c. Chevaliers .iiii.m., et li rois Nantres .iiii.m., et li rois Ka[e]rados .iiii.m., et li rois Tradelinans .iiii.m. Et li dus Eschans de Chambenyc en amena .ii.m., et Gosengos et Nabunal, le seneschal, en amenerent .iiii.m., et li rois Ydiers .iiii.m., et li rois Aguiscans .iiii.m. Et quant il furent assemblé es praeries de Logres, si en fu li rois Artus molt liés et molt lor en mercia. Et lor conta et diſt l'orguel et l'outrage que li empereres li avoit mandé. Et cil li dient qu'il pensaſt del esploitier tant que sa honte fuſt vengie. Lors fu la navie apareillie, si entrerent es nés. Et Merlins s'en ala devant a Gaunes et trouva le roi Ban et le roi Boorth, si lor conmanda qu'il s'apareillaissent, car li rois Artus eſtoit entrés en mer por aler sor les Romains. Et cil li dient

lui répondirent qu'ils iraient le rejoindre. Merlin repartit et
arriva au port avant Arthur. En le voyant, Arthur lui
demanda d'où il venait. Il répondit qu'il arrivait de la cité de
Gaunes où il avait demandé aux deux rois de le rejoindre
avec une grande armée. Le roi Arthur le remercia. Les
barons débarquèrent et établirent leurs tentes et leurs
pavillons à quelque distance du rivage pour se reposer de la
fatigue de la traversée et ils s'y endormirent. Tandis que le
roi Arthur dormait, il rêva d'un grand ours sur une montagne. Il lui semblait qu'un dragon arrivait depuis les nuées
d'orient ; sa gueule crachait du feu et des flammes si prodigieux qu'ils illuminaient tout le rivage alentour. Ce dragon
lançait une vigoureuse attaque mais l'ours se défendait fort
bien. Toutefois, le dragon étreignit l'ours et le précipita à
terre, lui semblait-il, et le tua[1].

Le géant du Mont-Saint-Michel.

763. Quand le roi Arthur s'éveilla, il s'étonna beaucoup de
ce rêve. Il fit venir Merlin et le pria aimablement de lui en
donner la signification. Il lui raconta le rêve sans omettre le
moindre détail de son déroulement pendant son sommeil.
Merlin lui dit alors : « Seigneur, je vais vous en révéler la
signification. L'ours que vous avez vu signifie un grand
monstre, un géant qui se trouve près d'ici sur une grande
montagne. Il a quitté les régions d'Espagne et il est venu

---

qu'il li seront a l'encontre. Et Merlins s'en tourna et en vint au port
ançois que li rois Artus fust arivés. Et quant il le vit si li demanda
dont il venoit. Et il li dist qu'il venoit de la cité de Gaunes pour
semonre les .II. rois « qui vous seront a l'encontre a grant compaingnie de gent ». De ce le mercie molt li rois Artus. Et lors s'en issirent
li baron des nés et se herbergierent un poi loing de la rive en trés et
en paveillons pour aus reposer del traveil qu'il avoient eü en la mer et
s'endormirent cele nuit. Et, en ce que li rois Artus se dormoit, li vint
en avision uns grans ours en une montaigne. Et li venoit, ce li iert
avis, uns grans dragons devers les nues d'orient qui parmi la goule
jetoit fu et flambe si trés grant et si trés merveillouse que tout le
rivage enlummoit d'entour. Et asailloit molt vigherousement cil dragons et li ours se desfendoit molt bien. Mais li dragons embraçoit
l'ors et le craventoit a terre, ce li ert avis, et l'ocioit.

763. Quant li rois Artus s'esveilla si s'esmerveilla molt durement
de l'avision. Si fist Merlin venir devant lui et li proie molt doucement qu'il li die la senefiance de s'avision. Lors li conte tout mot
a mot, ensi com il l'avoit veüe en son dormant. Et lors li dist Merlins : « Sire, et je vous en dirai la senefiance. Li ors que vous avés
veü senefie un grant moustre, un gaiant qui est prés de ci en une
grant montaingne, qui est es parties d'Espaingnie venus en ceste

dans cette contrée. Il s'est installé sur cette terre et, de jour
en jour, lui inflige infamies et ravages. Personne n'ose
l'affronter à cause de sa grande force. Le dragon que vous
avez vu et qui crache tant de feu par la gueule au point
d'illuminer toute la terre signifie que vous-même, grâce au
feu de votre courage, vous éclairez et illuminez tout de
bonne grâce. L'assaut furieux du dragon signifie que vous
attaquerez le géant qui vous contraindra à un rude effort.
L'étreinte du dragon par l'ours et la chute de l'ours signifie
que le géant vous étreindra mais, finalement, vous le tuerez,
n'en doutez pas. »

764. Ils firent démonter tentes et pavillons et se mirent en
route. Ils n'étaient pas encore allés bien loin que parvinrent
au roi Arthur des nouvelles du géant qui ravageait le pays, où
ne restaient ni homme ni femme parce qu'ils fuyaient dans
les champs comme des bêtes égarées par la peur. Ce géant
avait enlevé de force une jeune fille qui était la nièce d'un
noble et il l'avait emmenée avec lui sur une montagne entourée par la mer où se trouvait son repaire. On appelle encore
aujourd'hui cette montagne le Mont-Saint-Michel mais à cette
époque, il n'y avait ni église ni chapelle[1]. Aucun homme
n'avait assez de hardiesse ou de force pour oser combattre le
géant. Quand les gens du pays se rassemblaient pour l'attaquer, ils ne résistaient pas bien longtemps sur mer ou sur
terre car il les tuait tous avec des rochers et faisait sombrer

---

contree et s'est arrestés en ceste terre et le met a honte et a damage
de jour en jour. Ne nus hom ne l'ose atendre pour la grant force qui
est en lui. Le dragons que vous veïstes en vostre avision, qui jetoit fu
parmi la goule si grant que toute la [f] terre en reluisoit, senefie vous
meïsmes qui par le fu de vostre hardement qui en vous est clers et
reluisans de bone grase. Et ce que li dragons assailloit lors si vigherousement senefie que vous assaudrés le gaiant qui assés vous metra
en grant entente. Ce que li dragons l'enbraçoit et le craventoit a terre
senefie que li gaians vous embracera mais en la fin l'ocirés, de ce ne
soiés en doutance. »

764. Atant font destendre trés et paveillons et se metent au chemin. Mais il n'orent pas granment alé que nouveles vinrent au roi
Artu del gaiant qui tout destruioit la terre et le païs qu'il ne demouroit home ne feme, ains fuioient parmi le champ ausi come bestes
esgarees pour la paour del gaiant. Et en avoit porté a force une
pucele qui niece estoit a un gentil home et l'avoit avoc lui portee
desus une montaigne ou il estoit repairans qui toute estoit de mer
enclose. Et icele montaigne apele on ore le Mont de Saint Michel.
Mais a celui jour n'i avoit il ne moustier ne chapele. Ne si iert hom
tant hardis ne tant poissant qui au gaiant s'osast combatre. Et quant
cil du païs s'asambloient, il n'avoient a lui duree ne sor mer ne sor

leurs navires. Les hommes et les femmes du pays s'enfuyaient dans les bois et les montagnes, avec leurs enfants
dans les bras, et ils quittaient leurs terres et leurs demeures.

765. Quand le roi Arthur eut vent de ces nouvelles, il
appela Keu le sénéchal et Bédoyer[1] et leur demanda de préparer leurs armes pour partir à l'heure de la première veille.
Ils lui obéirent et se mirent en route eux trois avec seulement deux écuyers. Ils chevauchèrent tant qu'ils arrivèrent
au pied de la montagne et virent un grand feu allumé. De
l'autre côté se trouvait un deuxième mont qui n'était pas
moins élevé que le premier[2] où brûlait un immense et prodigieux feu. Le roi Arthur ne savait pas sur lequel des deux
monts il devait se rendre. Alors il appela Bédoyer et lui
demanda sur quel mont il trouverait le géant. Bédoyer
embarqua sur un bateau car c'était la marée haute. Quand il
arriva près du mont le plus proche, il escalada le rocher et
entendit de grands pleurs. Il fut alors saisi par une très
grande inquiétude car il pensa que le géant se trouvait à
proximité. Mais il se reprit, tira son épée du fourreau et alla
de l'avant. Il espérait se lancer à l'aventure et combattre le
géant, en homme que la peur de mourir ne rend pas couard.
Dans cette intention, il escalada le mont et, quand il parvint
en haut, il vit le feu qui brûlait et, à proximité, une tombe
fraîchement creusée. À côté de cette tombe était assise une

---

terre. Car il les tuoit tous de roches et effondroit lor nés. Et li païsant
et les femes s'enfuioient parmi les bois et parmi les montaignes atout
lor enfans el lor bras, et guerpissoient lor terres et lor rechés.

765. Quant li rois Artus oï la nouvele del gaiant qui tout deſtruioit
la terre, si apela Kex li Seneschaus et Beduier et lor diſt qu'il feïssent
apareillier lor armes endroit le premier sonme. Et cil firent son
commandement et se misent a la voie entr'aus .III. et .II. esquiers solement. Si chevauchierent tant qu'il vinrent desous le mont et virent
molt grant fu alumé. Et d'autre part avoit un autre mont qui n'iert
pas mendres de celui. Et i avoit fu ardant grant et merveillous. Si ne
set li rois Artus sor lequel des mons il devoit aler. Et lors apela
Beduier et li diſt qu'il alaſt veoir sor lequel mont il trouveroit le
gaiant. Lors entra Beduiers en un batel, car pleins eſtoit li flos de
mer. Et quant il fu venus en la plus prochainne montaingne, il monta
encontremont le rocher et oï molt grant ploureïs. Et quant il l'oï si
en ot molt grant doutance, car il quida que illuec fuſt li gaians. Mais
il repriſt hardement en soi et traïſt l'espee et ala avant. Et ot esperance qu'il se metroit en aventure et se combateroit [*161a*] a lui,
come cil qui pour paour de mort ne vausiſt faire couardise. Si monte
en cel pensé tout contremont le mont. Et quant il fu venus si voit le
fu qui molt cler ardoit et voit une tombe assés prés qui faite i eſtoit
nouvelement, et vit que d'encoſte cele tombe seoit une vielle feme,

vieille femme tout échevelée qui pleurait et se lamentait profondément. En voyant le chevalier, elle dit :

766. « Ah, noble chevalier, qui es-tu ? Quelle aventure et quelle douleur t'amènent ici ? Il te faudra en effet terminer ta vie dans une grande douleur si le géant te trouve ! Fuis vite, aussi rapidement que tu pourras, car tu serais bien malheureux si tu restais ici et si le diable te voyait, ce monstre n'a pitié de personne ! Fuis vite, si tu veux protéger et sauver ta vie. » Quand Bédoyer vit la femme pleurer et regretter si tendrement Hélène[1] en soupirant de douleur et qu'il l'entendit lui conseiller de partir s'il ne voulait pas mourir, il s'approcha d'elle en lui disant : « Douce dame, cesse de pleurer ! Dis-moi qui tu es et pourquoi tu mènes un si grand deuil ici-bas, à côté de cette tombe. Raconte-moi tout et dis-moi la cause de ta douleur ! Dis-moi qui gît dans cette tombe ! — Je suis, fait-elle, une pauvre malheureuse. Je pleure et me lamente pour une jeune fille, une noble femme qui était la nièce de Hoël de Nantes[2]. Je l'ai allaitée à mon sein. C'est elle qui repose dans ce tombeau. On me l'avait confiée en nourrice et en garde. Un diable me l'a enlevée, un monstre qui m'a emmenée jusqu'ici avec elle. Il voulait coucher avec l'enfant jeune et tendre mais elle n'a pas pu le supporter ni endurer ses traitements car le géant est laid et hideux ; il lui ôta l'âme du corps. C'est ainsi que ce félon me l'a enlevée par trahison et par traîtrise. C'est ici que je l'ai enterrée, que

---

toute deschiree et toute eschavelee, et plouroit et souspiroit molt durement. Et quant ele vit le chevalier, si li dist :

766. « Ha, jentix chevaliers, qui es tu ? Quele aventure et quele dolour t'a amené cele part ? Car a grant dolour te couvenra ta vie finer, se li gaians te trouve ci. Fui t'ent erranment quanque tu porras fuir, car trop seroies maleürous se tu i demouroies tant que li dyables, li aversiers qui n'a pitié de nule creature, te veïst. Et pour ce fui t'ent molt tost se tu veus ta vie garantir et[a] sauver ! » Quant Beduier vit la feme plourer et si doucement Helainne regreter en souspirant, et li dist qu'il s'enfuist s'il ne voloit morir, si se traïst tout maintenant plus prés de lui et li dist : « Bone feme, laisse le plourer et me di qui tu es et por coi tu fais tel duel que tu fais en cest monde delés ceste sepulture. Et si me conte tout ton estre et l'ocoison[b] de ta dolour et qui gist desous cel tombel. — Je sui, fait ele, une chaitive dolerouse ! Si plour et fais doel pour une[c] pucele, gentil feme qui niece estoit Hoel de Nantuel, que je nourri et alaitai de mes mameles de mon lait, qui ci gist desous cest tombel et m'estoit conmandee a nourrir et a garder ! Or le m'a tolue uns dyables, uns aversier qui ci m'aporta moi et lui. Et valt jesir a l'enfant qui jouene et tenre estoit, ne mais ele ne le pot soufrir ne endurer, car trop est li gaians lais et hidous, si li fist l'ame partir del cors. Et ensi le m'a tolue li[d] desloiaus

je la pleure et la regrette jour et nuit. — Et pourquoi, fait Bédoyer, ne pars-tu pas d'ici ? Pourquoi restes-tu ici toute seule après l'avoir perdue ? Il n'y a aucune chance pour qu'elle revienne. — Seigneur, je sais bien que je ne pourrai pas la faire revenir mais, comme tu fais preuve envers moi d'une telle noblesse et d'une telle courtoisie, je n'aurai aucun secret pour toi.

767. « À la mort de ma douce fillette, quand je faillis devenir folle et mourir de douleur, le géant m'a fait rester ici pour éteindre en moi son ignoble luxure et il m'a obligée à me corrompre. Il me faut donc souffrir son désir, de gré ou de force, car je n'ai aucun moyen de lui résister. Mais Notre-Seigneur m'est garant que tout cela se fait contre ma volonté. Il s'en fallut de peu que le géant me fît mourir. Toutefois, je suis plus grande, plus solide et plus forte que ma pauvre fille pour supporter le mal. Je peux en endurer plus qu'elle et souffrir l'ignominie du géant mais cela me vaut de grandes peines et de grandes angoisses car il est démesurément grand et, avec lui, tout mon corps me fait mal. S'il vient ici pour éteindre en moi sa luxure et sa débauche, tu es un homme mort et tu ne pourras, en aucune manière, lui échapper. Il va bientôt venir car il se trouve sur cette montagne où brûle le grand feu. Je t'en prie : pars d'ici ! Laisse-moi pleurer de douleur et plaindre ma fille ! »

768. Bédoyer éprouva une très grande pitié pour la pauvre

---

par traïson et par sa desloiauté. Et je l'ai ici enteree, si plour et regrete jour et nuit. — Et pour coi, fait Baduier, ne t'en vas tu ? Pour coi est tu ci sole dés que tu l'as perdue ? Il n'est nule chose del recouvrer. — Sire, fait ele, je sai bien que je ne le porrai pas recouvrer. Mais pour ce que je te voi ci si gentil home et si courtois n'en ferai je nule celee envers toi.

767. « Quant ma très douce fillete fu definee dont je quidoie bien issir de mon sens et morir*a* de duel, li gaians me fist remanoir pour estaindre sa chaitive de luxure en moi, et il m'a corrompue a force. Si me couvient sa vo[l]enté consentir, ou je voelle ou non, quar je ne puis mie envers lui forçoiier. Et je en trai a garant que ce n'est mie de mon gré. Si ne s'en faut gaires qu'il ne m'a morte. Et nonpourquant je sui plus grans et plus dure et plus forte a mal sosfrir que ma bele fille n'estoit. Si*b* puis endurer et sousfrir sa*c* desloiauté, si i sousfre molt grant painne et molt grant angoisse, car trop est grans a desmesure, si m'en deut tous li cors. Et se il vient ceste part pour estaindre s'ordure et sa luxure en moi, tu es mors et n'en pués eschaper en nule maniere. Et il venra prochainnement, car il est en cel mont ou tu vois cel grant fu. Si vous proi que vous en alés de ci, si me laissiés demener mon duel et ma fille plaindre. »

768. Molt ot Baduier grant pitié de la feme et molt le conforta

femme et il la réconforta tendrement. Puis il revint trouver le roi et lui raconta ce qu'il avait vu et entendu. Il lui dit que le géant se trouvait en haut de la montagne d'où s'élevait la grande fumée. Le roi fit alors escalader la montagne à ses compagnons. Quand ils furent parvenus au sommet, le roi demanda à ses compagnons de s'arrêter et leur dit qu'il irait combattre seul le géant. « Cependant, faites attention à ce qui se passera ! En cas de besoin, venez m'aider ! » Ils répondirent qu'ils le feraient très volontiers. Ils s'arrêtèrent donc et le roi se dirigea vers le géant. Assis devant le feu, il faisait rôtir de la viande embrochée sur un grand épieu. Il découpait les morceaux les mieux cuits et les dévorait comme un forcené. Puis il tournait son épieu, le retournait encore et mangeait. Le roi Arthur vint vers lui, l'épée à la main, pas à pas, l'écu agrippé par les courroies, car il pensait le surprendre. Mais le géant, très faux et plein de malice, regarda autour de lui et le vit se rapprocher. Il bondit car le roi tenait son épée à la main et se dépêcha de prendre sa massue qui se trouvait à ses côtés. Elle était si grande et prodigieuse que deux hommes auraient eu beaucoup de mal à la soulever : c'était un tronc de chêne équarri. Le géant laissa sa broche à rôtir sur le feu et souleva sa massue jusqu'aux épaules car il était doté d'une grande force. Il se précipita vers le roi en le traitant de fou pour être venu jusque-là. Il souleva sa massue et pensa le frapper violemment sur la tête mais le roi vif et leste

---

doucement. Puis s'en revint ariere au roi et li conta ce qu'il avoit veü et oï. Et li diſt que li gaians eſtoit amont el tertre ou il veoit cele grande fumee. Lors fiſt li rois monter ses compaingnons contremont el tertre. Et quant il furent monté si fiſt li rois arreſter ses compaingnons et lor diſt qu'il meïſmes s'en iroit combatre au gaiant tous seus. « Mais toutes voies prendés de moi garde. Se meſtier m'eſt si me venés aïdier. » Et cil li dient que si feront il volentiers. Si s'arreſtent, et li rois s'en vait vers le gaiant qui seoit devant le fu et roſtissoit char en un grant espoi et tailloit de la miz quite et en mengoit come hom forsenés. Et puis tournoit son espoi et retournoit et mengoit. Et li rois Artus s'en vait vers lui, l'espee en la main, pas pour pas, l'escu pris par les enarmes, car il le quidoit souſprendre. Mais li gaians, qui molt eſtoit desloiaus et malicious, se regarde et le vit de lui aprocier. Si saut sus, car li rois avoit l'espee en la main. Et il court a une machue qui delés lui eſtoit, si grans et si merveillouse que .ii. home ne leᵉ peüssent a painnes porter. Et eſtoit toute quarré de fuſt de chaisne. Si laisse sa haſte au fu et lieve la machue a son col come cil qui molt eſtoit de grant force, et s'en vint a grant oirre encontre le roi, et li diſt que folie l'avoit illoec amené. Si hauce la machue et en quide le roi ferir parmi la teſte. Et li rois, qui molt iert viſtes et legiers, sailli a la traverse et le fiſt saillir a lui. Et au saillir

s'écarta et lui fit manquer son coup. En sautant, il assena un coup au géant, croyant l'atteindre à la tête. Mais le géant, hardi et habile, interposa sa massue. Autrement, le roi l'aurait tué et ce geste détourna le coup. Cependant le roi l'atteignit de la pointe de son épée Marmiadoise[1], qu'il avait conquise sur le roi Rion. Il le toucha à hauteur des deux sourcils et lui arracha la peau et la chair jusqu'à l'os au point de l'aveugler. Ce coup blessa le géant très grièvement car il ne savait ni ne voyait plus où il frappait. Il se mit à déplacer sa massue tout autour de lui, tout lourdaud et tout ébahi. En le voyant ainsi, le roi commença à le harceler mais il ne put l'atteindre. Le géant assenait obstinément ses coups autour de lui et, s'il l'avait touché, il l'aurait brisé en deux. Ils combattirent si longtemps de cette manière qu'aucun des deux ne réussit à atteindre son adversaire. Cela les contraria beaucoup. Alors le géant, après avoir jeté sa massue à terre, avança en tâtonnant là où il entendait le roi marcher car il ne pouvait pas le voir. Mais le roi lui donnait souvent et rapidement de grands et prodigieux coups d'épée. Le géant avait une cuirasse en peau de serpent si dure que l'épée ne pouvait pas l'entamer. Le roi en fut troublé et courroucé. À force de tâtonner et de sautiller çà et là, le géant finit par saisir le roi par le bras. Quand il le tint, il en fut très heureux et comblé car il croyait déjà l'avoir tué. Et cela n'aurait pas manqué de se produire, n'était la grande souplesse que possédait le roi. À force de

---

qu'il fist de l'autre part, si jete un cop au gaiant et le quide ferir parmi le chief. Mais li gaians, qui molt estoit [d] prous et vistes, jeta encontre sa machue, car autrement l'eüst li rois mort, et ce li toli son cop. Et nonpourquant un petit l'aconsui de l'ameure Marmiadoise, sa bone espee que il conquist encontre le roi Rion. Si la leva desor les .ii. sourcix et en rompi le quir et la char jusqu'à l'os, si que il ne vit goute. Et ce fu une chose qui molt durement le greva, car il ne sot ne ne vit ou il peüst son cop jeter. Si conmencha a escremir entour lui de sa machue, come hom lourt et esbahi. Et, quant li rois le vit, si le conmencha a haster molt durement, mais ataindre ne le pooit. Car li gaians li jetoit ses cops si menuement environ lui que, s'il l'atainsist, il le rompist parmi. Si se combatirent ensi molt longement, en tel maniere que li uns n'atoucha a l'autre. Et lor anuia molt durement. Et lors jeta li gaians sa machue a terre et ala tastonnant as mains la ou il ot le roi marcher, car il ne le pooit veoir. Et li rois li donnoit souvent et menu grans cops et merveillous de l'espee. Mais il avoit vestue une quirie d'un quir de serpent si dur que l'espee ne le pooit entamer. Si en fu li rois molt dolans et molt courreciés. Si ala li gaians tant tastonnant et saillant cha et la que il sailli le roi as bras. Et, quant il le tint, si en fu molt liés et molt joians car tantost le quida avoir mort. Et sans faille si eüst il se ne fust la grant legiereté que li rois en lui avoit,

s'esquiver et de se dérober, il finit par s'extraire à grand-
peine. Il courut vers le géant, l'épée à la main, et le frappa
sur l'épaule gauche avec une telle force qu'il fit trembler tout
son bras. La cuirasse était si résistante que le roi ne put lui
entamer la chair. Le géant n'y voyait plus rien car ses yeux
étaient recouverts du sang qui dégoulinait sur son visage au
point qu'il ne distinguait plus ni le ciel ni la terre. Parfois, il
portait sa main jusqu'à son visage et ses yeux pour en essuyer
le sang ; c'est alors qu'il discernait l'ombre du roi. Il se dirigeait là où il croyait le voir mais le roi, qui connaissait la
grande force du géant, évitait de tomber entre ses mains. À
force de courir, de monter et de descendre, le géant heurta
du pied sa massue. Il la prit et assaillit le roi mais celui-ci
s'esquiva de sorte qu'il ne put l'atteindre, ce qui irrita fort le
géant. Alors il rejeta sa massue à terre et se remit à tâtonner
pour saisir le roi à pleines mains. Il s'essuya les yeux de sorte
qu'il revit la lumière ainsi que l'ombre du roi. Il bondit et le
prit par la taille à deux mains puis il l'étreignit si violemment
qu'il manqua de lui briser l'échine. Il se mit ensuite à lui tâter
les bras car il voulait lui ôter l'épée de la main. Mais le roi,
qui comprit son intention, laissa tomber son épée à terre.
Elle fit tant de bruit dans sa chute que le géant l'entendit.
Tout en maintenant le roi d'une main, le géant se baissa pour
la ramasser. Au moment où il se baissa, le roi lui donna un
coup de genou dans le bas-ventre et le fit tomber évanoui.

---

qui tant se gandilla et guenci entour lui qu'il li estort a molt grant
painne. Et lors li court sus l'espee en la main et le feri parmi le
senestres espaulle si très durement que tous li bras l'en est fremis. Et
tant estoit fors la quirie que la char ne li pot entamer. Et li gaians ne
voit mie, car trop estoient si oel covert del sanc qui del chief li descendoit, si qu'il ne voit ne ciel ne terre. Et a chief de fois jetoit sa
main a ses ex et en ostoit le sanc, et lors veoit l'ombre del roi. Si
recourut cele part mais li rois, qui bien savoit qu'il estoit de grant
force, ne s'osoit metre en ses mains. Si a tant courut li gaians amont
et aval qu'il s'est acoupés a sa machue. Si l'a saisie et courut sus au
roi par[b] assau. Mais li rois guenci c'ataindre ne le pot, dont li gaians
ot molt grant doel en son cuer. Et lors rejete sa machue a terre et
reconmence a tastonner pour le roi prendre as poins. Si ala tergant et
suiant ses ex que il vit la lumiere et l'ombre del roi. Si jeta un
saut et le prist [d] par les flans as[c] .ii. bras et l'estraint si durement
que par un poi qu'il ne li rompi l'esquine en .ii. Et lors conmencha a
taster as bras, car il li voloit oster l'espee de la main. Mais li rois, qui
bien aperchut son corage, laissa l'espee cheoir a terre. Et sonna si
durement au chaoir que li gaians l'oï. Et lors tint le roi a un de ses
bras et s'abaissa pour l'espee prendre. Et a l'abaissier qu'il fist le feri
d'un de ses jenous desous en l'ainne, que il l'abati a terre tout pasmé.

Le roi bondit ensuite sur son épée, la ramassa et se dirigea vers le géant. Il lui souleva la cuirasse et lui plongea l'épée dans le corps. C'est ainsi que mourut le géant. Keu le sénéchal et Bédoyer arrivèrent alors pour exprimer leur joie au roi. Ils regardèrent l'immense et prodigieux géant, et ils bénirent Notre-Seigneur d'avoir fait au roi l'honneur d'une victoire car ils n'avaient jamais vu un si grand démon. Le roi Arthur demanda à Bédoyer de couper la tête du géant et de l'emporter jusqu'au camp afin que tout le monde pût voir la taille et l'allure prodigieuses de celle-ci. Bédoyer obéit. Ils descendirent de la montagne et enfourchèrent leurs montures. La marée venait de reprendre et la mer se retirait assez loin. Ils traversèrent la grève et revinrent au camp. Les barons étaient anxieux de l'absence du roi car ils ignoraient où il était allé. Ils seraient partis le chercher dans plusieurs directions si Merlin ne les en avait dissuadés parce que, disait-il, il reviendrait sain et sauf très rapidement.

769. Tandis que les princes et les barons éprouvaient une telle inquiétude à propos du roi Arthur, celui-ci revint dans sa tente en compagnie de Keu le sénéchal et de Bédoyer portant la tête du géant qu'il avait attachée par les cheveux aux arçons de sa selle. Tous les barons accueillirent le roi et lui demandèrent d'où il venait car il les avait bien inquiétés. Il leur répondit qu'il venait de combattre le géant qui ravageait

---

Et lors saut a l'espee et le lieve de terre et s'en vient la ou li gaians gisoit et li souslieve la quirie et li lance l'espee parmi le cors. Et en tel maniere fu mors li gaians. Et lors vint avant Kex le Senescaus et Beduier et font au roi grant joie. Et regarderent le gaiant qui molt estoit et grans et merveillous et beneïssent tout Nostre Signour del honour de la victoire qu'il avoit faite au roi Artu, car onques mais si grant deable n'avoient veü. Et li rois Artus dist a Beduyer qu'il li copast la teste et l'enportast en l'ost pour veoir la merveille de la grandour et de l'aparance de lui. Et cil fist son conmandement. Puis descendirent del mont et monterent sor lor chevaus. Et li flos iert ja venus autre fois et se retraioit ja molt durement. Si s'em passerent outre la greve et s'en revont ariere vers l'ost. Et li baron estoient molt esbahi de la demourance le roi pour ce qu'il ne savoient ou il estoit alés. Si se fuissent esmeü pour lui querre par diverses parties se Merlins ne fust, qui lor dist qu'il ne s'esmaiassent mie, car il reviendroit et sain et sauf hastievement.

769. Que que li prince et li baron estoient en tele freour del roi Artu, si descendi li rois Artus en sa tente entre lui et Keu li Seneschal et Beduier que la teste del gaiant portoit, avoit torse a l'arçon de la sele par les chavex. Si vinrent tout li baron au descendre le roi et li demanderent dont il venoit, car assés les avoit mis en freour. Et il lor dist qu'il s'en venoit de combatre au gaiant qui destruisoit la

la terre et la contrée d'alentour. Il l'avait tué grâce à Dieu et à la faveur de Notre-Seigneur. Alors il fit exhiber la tête que Bédoyer avait emportée. En la voyant, les barons émerveillés se signèrent et dirent qu'ils n'avaient jamais vu de leur vie une aussi grande tête. Tous les hommes du camp en louèrent Notre-Seigneur. Ils désarmèrent alors le roi en lui manifestant leur grande joie et en lui faisant fête. Là, ils séjournèrent et se reposèrent, puis le lendemain ils démontèrent tentes et pavillons et se mirent en route directement vers la Bourgogne. À force de chevaucher, ils atteignirent les rives de l'Aube. Alors leur parvinrent des nouvelles de l'empereur Luce qui était arrivé dans ce pays et qui le ravageait. Le roi Arthur fut particulièrement heureux de l'avoir à sa portée mais il fut aussi affligé du fait qu'il avait ravagé le pays. Il fit camper son armée sur les rives de l'Aube. Ce jour-là le roi Ban et le roi Bohort arrivèrent au camp avec six mille chevaliers. Mais ni Pharien, ni Gracien de Trèbes ni Léonce de Palerne n'étaient encore là. Ils étaient restés chez eux pour garder leur terre et pour la défendre contre le roi Claudas de la Déserte en cas de besoin. Dès que les deux rois furent arrivés au camp, ils firent dresser leur tente devant celle du roi Loth et celui-ci leur fit fête comme à des amis très chers à son cœur. Ils demeurèrent là jusqu'à ce que le roi Arthur eût fait fortifier un château où ils pourraient se réfugier en cas de nécessité. C'est alors qu'Arthur envoya ses messagers

––––––––––

terre et la contree d'iloec entour. Si l'avoit ocis, la grasse Dieu et la merci Nostre Signour. Lors lor fist moustrer la teste que Beduiers avoit toursee. Et quant il baron le virent, si se seignierent a merveilles et disent que onques mais a nul jour si grant teste n'avoient veüe. Si en loerent molt Nostre Signour cil qui en l'ost estoient. Et lors desarmerent le roi Ar[t]u a molt grant joie a molt grant feste. Si sejournerent et reposerent celui jour et l'endemain destendirent trés et paveillons et se misent au chemin droit vers Bourgoigne. Et chevauchierent tant par lor journees qu'il en vinrent sor la riviere d'Aube. Et lors lor vinrent noveles que li emperees Luces estoit venus en cele contree et le destruisoit. Si en fu li rois Artus molt liés de ce que il l'avoit si prés trouvé. Et si en fu dolans pour ce que il avoit le païs destruit. Si fist logier son ost sor la riviere d'Aube, et celui jour meïsmes vint li rois Bans et li rois Boors en l'ost atout .VI.M. chevaliers. Mais Phariens ne Graciens de Trebes ne Leonces de Paierne n'estoient mie venu, ançois estoient remés pour la terre garder et desfendre encontre le roi Claudas de la Deserte se mestiers en fust. Et tout maintenant que li .II. roi furent venu en l'ost si firent tendre lor trés devant le tref le roi Loth. Et il lor fist molt grant feste come a ciaus qu'il amoit de molt grant amour. Si demourerent tant illuec que li rois Artus ot fait fermer un chastel ou il peüssent repai-

à l'empereur Luce, sur le conseil de ses barons, pour lui faire savoir qu'il avait commis une félonie en envahissant ses terres et que, s'il ne reconnaissait pas ses torts, il le chasserait de Rome. Arthur envoya comme messagers monseigneur Gauvain, monseigneur Yvain et Sagremor parce qu'ils étaient courtois et bien élevés, pleins de hardiesse et de prouesse. Le roi dit à monseigneur Gauvain : « Cher neveu, vous irez voir l'empereur et vous lui direz de ma part de faire demi-tour et de laisser cette terre car elle m'appartient. Et, s'il ne veux pas partir, alors qu'il vienne prouver par une bataille de quel côté se trouve le bon droit car, tant que je vivrai, je me défendrai toujours contre les Romains. Je le vaincrai dans un combat et je prouverai, par un duel, lequel des deux doit posséder cette terre[1]. »

La guerre contre les Romains.

770. Sur ces propos, les messagers s'en allèrent, revêtus de leur haubert, le heaume lacé, l'écu en bandoulière, l'épée ceinte et la lance au poing. Avec un peu de légèreté, les compagnons de la reine conseillèrent à monseigneur Gauvain de commettre, avant de quitter les Romains, un coup d'éclat dont on parlerait pour toujours, afin qu'on dît que la guerre avait bien commencé. Les messagers partirent et arrivèrent bientôt près du camp des Romains. Quand ces derniers constatèrent qu'ils approchaient, ils se précipitèrent hors de leurs tentes pour les voir et les regarder et pour écouter les

---

rier se meſtiers en eſtoit. Et lors envoia li rois Artus ses messages a l'emperaour Luce, par le conseil ses barons, et li manda que il s'eſtoit folement embatus en sa terre et, s'il ne veniſt a amendement, il l'en chaceroit de Rome. Si envoia el message mon signour Gavain et mon signour Yvain et Saygremor pour ce qu'il eſtoient courtois et bien enseignié et il avoit en aus hardement et prouece. Et li rois diſt a mon signour Gavain : « Biaus niés, vous en irés a l'emperaour et li dites de par moi qu'il s'en retourt et laiſt la terre, car ele eſt moie. Et se il ne s'en velt retorner, viengne prouver par bataille liquels en a le droit. Car je le desfendrai tant com je vivrai encontre les Romains. Si le conquerrai par bataille et je le prouverai encontre lui cors a cors liquels le doit avoir. »

770. Quant li rois Artus ot dites ces paroles si s'en tournerent li message, les haubers veſtus, les hiaumes laciés, les escus as cols, les espees chaintes et les lances es poins. Et li compaingnon conseillent a mon signour Gavain, conme cil qui jouene et legier eſtoient, que il face tel chose ains que il s'en retourt ariere dont on em parlaſt a tous jours et c'on die que la guerre eſt bien conmencie. Ensi s'en vont tant qu'il vienent prés de l'oſt. Et, quant cil virent les messages, si saillirent fors des tentes de tou[ſ]tes pars pour els veoir et esgarder et

nouvelles afin de savoir ce qu'ils voulaient. Ils demandèrent qui ils étaient et d'où ils venaient mais les messagers ne leur répondirent pas et continuèrent leur chemin jusqu'à la tente de l'empereur. Ils mirent pied à terre et firent garder leurs chevaux devant la tente. Ils se présentèrent devant l'empereur et délivrèrent leur message de la part du roi Arthur.

771. « Seigneur, fit monseigneur Gauvain, le roi Arthur te demande de quitter cette terre et ce pays car il lui appartient en toute légalité. Il te défend aussi d'avoir l'audace d'y poser encore le pied. Et si tu veux contester l'affaire par les armes, je défendrai le roi Arthur. Des Romains ont jadis conquis cette terre par une bataille, c'est par une bataille qu'il la reconquerra. Qu'une bataille désigne celui qui doit posséder la souveraineté et l'autorité sur cette terre. Présente-toi demain matin si tu veux contester la terre et le pays ou alors fais marche arrière car tu n'as rien à faire ici. Nous avons pris possession de la terre et tu l'as perdue. Suis mon conseil, et tu agiras intelligemment ! »

772. Quand l'empereur entendit monseigneur Gauvain lui parler de cette manière, il répondit sans tarder, dans le trouble de sa colère, qu'il ne quitterait pas les lieux car le pays et la terre lui appartenaient. Au contraire, il se présenterait pour le combat et une telle sommation était loin de lui déplaire. S'il perdait la terre, il la récupérerait dès que possible et pensait que cela ne saurait tarder. Un chevalier était

---

pour oïr noveles et pour savoir qu'il vont querant. Si demandent qui il sont et dont il viennent. Mais cil ne lor en tinrent nul plait, ne ne se vaurent arrester devant qu'il vinrent au tref l'emperaour. Si descendirent devant la tente et firent tenir lor chevaus a l'huis dehors. Et puis en vinrent devant l'emperaour et conterent lor messages de par le roi Artu.

771. « Sire, fait mesire Gavains, li rois Artus te mande que tu vuides la terre et le païs, car ele est soie tout quitement. Et si te desfens que tu ne soies si hardis que tu jamais i metes le pié. Et se tu vuels riens chalengier par bataille, je desfendrai le roi Artu. Romain le conquirent jadis par bataille et par bataille le reconquerra. Ore resoit esprouvé par bataille liquels en doit avoir la signourie et la poesté. Et vien avant le matin, se tu vels la terre et le païs chalengier, ou tu t'en revoises ariere, car tu n'as ci que faire. Nous avons la terre prise et tu l'as perdue. Si croi conseil, si feras sens. »

772. Quant li empereres ot mon signour Gavain parler en tel maniere, si respondi sans plus atendre, molt dolans et molt coureciés, qu'il ne s'en retourneroit pas, car li païs et la terre estoit soie, et iroit avant et molt li plaisoit durement tel mandement. Et, s'il avoit sa terre perdue, il le recouveroit quant il porroit. Et bien quidoit que ce seroit prochainnement. Uns chevaliers seoit devant l'emperaour qui

assis devant l'empereur : il s'appelait Titilin. C'était un neveu
de l'empereur, un fils de sa sœur. C'était aussi un félon particulièrement outrecuidant. Il répondit traîtreusement en
disant : « Les Bretons sont habiles en menaces mais très peu
portés à agir. » Il était prêt à proférer d'autres insultes mais
monseigneur Gauvain tira l'épée du fourreau, s'avança vers
lui et le frappa si violemment qu'il lui fit voler la tête. Puis il
dit à ses compagnons : « Tous à cheval ! » et ils obéirent aussitôt. Monseigneur Gauvain se remit en selle et ils s'en
retournèrent sans jamais prendre congé ni des Romains ni de
l'empereur. Toute l'armée fut alors mise en alerte car l'empereur s'écria d'une voix forte : « Capturez-les ! Malheur s'ils
nous échappent ! » puis ils s'écrièrent : « Aux armes ! » Alors,
on aurait pu voir leurs gens s'armer de tous côtés, enfourcher
leur monture et piquer des deux à la poursuite des messagers.
Ces derniers s'en allaient à vive allure et regardaient derrière
eux de temps en temps. Les Romains les poursuivaient de
toutes parts, par les chemins, par les champs, trois par ici,
quatre, cinq, six par là. Il en était un qui montait un cheval
robuste et rapide et qui dépassa tous ses compagnons. Il cria
aux messagers : « De par Dieu, vous ne perdez rien pour
attendre ! Je vous livrerai bientôt à l'empereur ! »

773. À ces mots, monseigneur Gauvain prit son écu par les
courroies, fit faire demi-tour à son cheval et frappa son poursuivant si violemment qu'il le fit tomber raide mort. Puis il

---

Titilins estoit apelés, si estoit niés de l'emperaour et fix de sa serour.
Si estoit molt fel et molt outrequidiés. Si respondi molt felenessement et dist : « Molt font bon manecoeur Breton. Mais del fait i a
petit. » Et encore eüst il plus ramprosné, mais mesires Gavains traïst
l'espee fors del fuerre et passe avant et le fiert si durement qu'il li fist
la teste voler. Puis dist a ses compaingnons : « Aler ! Monter ! » Et il
si firent maintenant. Et mesire Gavain monta et s'en tournerent que
onques n'i prisent congié ne as Romains ne a l'emperaour. Et lors fu
toute l'ost estourmie car li empereres s'escria molt hautement :
« Prendés les ! Mar nous eschaperon ! » Lors s'escrient : « Ore as
armes ! » Lors veïssiés gens armer de toutes pars, et monter es chevaus et poindre et esperonner après les messages. Et cil s'en vont
grant aleüre et se regardent d'eures en autres. Et li Romain lor viennent de toutes pars par les chemins et par les chans, cha .iii., cha
.iiii., cha .v., cha .vi. Uns en i ot qui molt richement estoit montés
sor un ceval [162a] fort et isnel et trespassa tous ses compaingnons.
Si escria as messages : « Par Dieu, vous i demouerrés, je vous liverrai
a l'emperaour ! »

773. Quant mesires Gavains l'entent*, si prent l'escu par les
enarmes et li tourna le chief de son cheval et feri si durement qu'il
le porta a la terre mort tout estendu. Puis li dist : « Sire, ore est

dit : « Seigneur, c'en est fait de vous ! Votre cheval est trop
rapide ! Il aurait mieux valu pour vous qu'il fût en retrait d'au
moins une portée de flèche ou que vous fussiez resté au
camp ! » Sagremor s'élance vers un chevalier qui venait
l'assaillir. Il lui transperce la gorge de part en part et l'abat
raide mort. Il dit ensuite : « Seigneur chevalier, voilà le morceau que je voulais vous repaître vous et mes autres ennemis ! Restez donc ici et attendez ceux qui vous suivent pour
leur dire que par ici sont passés les messagers du roi Arthur
qui est leur seigneur légitime ! » Après celui-ci venait un chevalier issu d'une très grande famille romaine. Les Romains
l'appelaient Marcel. Il avait un cheval robuste et rapide mais
ne possédait pas de lance car, pressé de partir, il l'avait
oubliée. Il suivait de près monseigneur Gauvain parce qu'il
avait promis de le remettre vivant à l'empereur. Quand monseigneur Gauvain vit qu'il le suivait de si près, il tira ses rênes
en arrière et l'autre fut sur le point de le dépasser. Monseigneur Gauvain le frappa alors violemment et lui planta si
profondément l'épée dans la cervelle qu'elle pénétra dans son
crâne jusqu'aux dents. Monseigneur Gauvain lui dit plaisamment : « Il eût mieux valu pour toi de te trouver bien en
arrière. » Tous trois firent demi-tour et mirent à mort trois
Romains. Il y avait un chevalier qui était le cousin de Marcel
et qui montait un cheval robuste, vif et rapide. Il fut très
affligé de voir son cousin gisant à terre. Alors il piqua des

---

noiens. Car vostres chevaus est trop courans. Mix vous venist que il
fust encore ariere une archie ou que vous fuissiés a l'ost remés. » Et
Saygremors laist courre a un chevalier qui li vint courant et le fiert
parmi la goule d'outre en outre et l'abati mort a la terre. Et puis li
dist : « Sire chevaliers, de tels morsiaus vous fais je paistre, et vous et
mes autres anemis. Or vous gisiés ci et atendés ciaus qui vous suient
et lor dites que par ci s'en vont li message au roi Artu qui est lor
droit signour. » Après celui venoit uns chevaliers qui de Rome estoit
nés de molt grant gent, si l'apeloient li Romain Marcel. Et il ot cheval et fort et courant et il n'avoit point de lance, car il l'avoit oubliee
pour tost aler. Icil aloit costoiant mon signour Gavain, car il l'avoit*
promis a rendre tout vif a l'emperaour. Et quant mesire Gavains vit
que cil l'aloit si costoiant, si torne son resne vers lui. Et cil li court
sus au trespasser. Et mesire Gavains le fiert si durement qu'il li
embat l'espee en la cervele si em parfont qu'ele li entre jusques es
dens. Et mesire Gavains li dist par contraire : « Mix te venist que tu
fuisses encore ariere ! » Lors retournerent tout .iii. et abatirent .iii.
Romains tous mors a la terre. Un chevalier i ot qui fu cousins Marcel
et seoit sor un cheval fort et isnel et courant. Et si fu molt dolans de
son neveu qu'il vit jesir mort a la terre. Si conmencha a esperonner
en travers, et mesire Yvains l'aperchut, si corut cele part et le courut

deux et monseigneur Yvain l'aperçut. Il courut de son côté et le frappa si violemment dans sa course que son adversaire n'eut plus jamais le loisir de s'en aller car il lui coupa la tête. Quatre Romains se mirent alors à le frapper tellement qu'ils brisèrent leurs lances sur lui. Il coupa la tête de l'un, le bras de l'autre, puis il frappa le troisième si fort sur le heaume qu'il le renversa raide mort de son cheval. Puis il poursuivit ses compagnons et les Romains les pourchassèrent tant qu'ils arrivèrent dans le bois près du château que le roi Arthur avait fait fortifier. Mais le conte se tait au sujet des messagers et de leurs poursuivants et il revient au roi Arthur et à ses barons pour relater comment le roi Arthur envoya six chevaliers à ses messagers pour les secourir en cas de besoin.

774. Le conte dit que, au moment où les messagers avaient quitté le roi Arthur pour porter leur message à Luce l'empereur de Rome, le roi Arthur, sur le conseil de Merlin, envoya sur leurs traces six chevaliers très bien armés et leur demanda de rejoindre les messagers pour les secourir en cas de besoin. Ils finirent par atteindre un bois, restèrent sur leurs chevaux et attendirent les messagers à cet endroit. Quand ils les virent venir et qu'ils aperçurent, derrière eux, les plaines recouvertes de chevaliers qui les poursuivaient, ils s'apprêtèrent à les affronter. Les Romains reculèrent dès qu'ils les virent approcher. Ils furent nombreux à regretter d'avoir engagé la poursuite car ces derniers les attaquèrent

---

si durement ferir si qu'il n'ot onques puis loisir del retourner, car il li copa la teste. Et li .IIII. Romain le fierent si qu'il brisierent lor lances sor lui. Et il en cope la teste a l'un, et a l'autre le bras, et puis feri le tiers si durement desor le hiaume qu'il l'abat mort tout estendu de son ceval. Puis s'en vait aprés ses compaingnons et li Romain les enchaucent tant qu'il en viennent a un bois qui prés estoit del chastel que li rois Artus ot fait fermer. Mais atant se taist li contes des messages et de ciaus qui les enchauçoient et retorne a parler del roi Artu et de sa baronnie, ensi come li rois Artus envoia [b] .VI. chevaliers a l'encontre des messagiers pour aus rescourre s'il en eüssent mestier.

774. Or dist li contes que a l'eure que li message s'en furent parti del roi Artu pour aler el message a Luce, l'emperaour de Rome, que li rois Artus, par le conseil de Merlin, envoia aprés als .VI. chevaliers molt bien apareillié et lor dist qu'il fuissent encontre les messages pour als rescourre s'il en avoient mestier. Si alerent tant qu'il vinrent au bois et sissent sor lor chevaus et iluec atendirent les messages, et quant il les virent venir et aprés els toutes les champaingnes couvertes de chevaliers qui enchauçoient les messages, et, quant il virent ce, si se metent a l'encontre. Et li Romain resortirent maintenant que il les virent venir. Si en i ot assés de ciaus qui molt furent courecié de ce qu'il en avoient tant enchaucié, car li Breton les envaïrent

très cruellement. Nombre d'entre eux furent capturés, faits
prisonniers et tués. Il y avait un chevalier de très grande
renommée qui s'appelait Pertrinus. Il n'avait pas son égal à
Rome en prouesse et en courage. Il entendit parler du guet-
apens et de l'embuscade des Bretons. Il partit aussitôt dans
leur direction avec six mille hommes en armes. Dès son arrivée, il fit reculer par la force les Bretons ; ces derniers ne
pouvaient pas lui résister ni lui tenir tête et ce n'était guère
étonnant car les Romains étaient trop nombreux. Ils prirent
la fuite et la chasse se poursuivit jusqu'à la forêt. Les chevaliers du roi Arthur se défendirent très énergiquement et Pertrinus, qui était un bon chevalier, les attaqua. Mais il perdait
beaucoup d'hommes car les Bretons les assaillaient et les
tuaient en grand nombre. Les champs furent jonchés à perte
de vue de cadavres. Mais ici le conte se tait et revient au roi
Arthur pour rapporter comment il appela le fils de Nut, lui
confia six mille chevaliers en lui demandant d'aller à la rencontre des autres parce qu'il lui sembla qu'ils tardaient trop.

775. Le conte dit que, lorsque le roi Arthur constata que
ses messagers tardaient trop, il appela Yder, le fils de Nut,
et lui confia six mille chevaliers. Il lui commanda de suivre
les traces des autres jusqu'à ce qu'il pût les rejoindre. Ils se
mirent donc en route et, après une chevauchée, ils virent
les deux armées aux prises. Monseigneur Gauvain se battait
merveilleusement bien. Yder et ses compagnons éperon-

---

trop cruelment. Si en i ot maint pris et retenu et mort*. Un chevalier i
ot molt renommé qui Percrius estoit apelés, car il n'avoit en Rome son
pareil de prouece ne de hardement. Si oï parler del agait, que li baron
s'estoient embuschié, si se mist tout maintenant cele part a tout .VI.M.
ferarmés. Et si tost com il fu venus, fist il par fine force les Bretons
reculer ariere, car il ne pooient avoir a lui duree ne a lui tenir estal et si ne
porent tenir estal et ce ne fait mie a esmerveillier car il estoient trop
grant gent. Si remisent a la fuie, si en dura la chace jusques au bois.
Se desfendirent li chevalier le roi Artu molt vigherousement, si les
assailli Percrinus qui molt bons chevaliers estoit molt durement. Mais
molt i perdi de ses homes, car li Breton les assailloient et ocioient a
molt grant plenté. Et molt i ot de mors et amont et aval par les
chans. Mais ici endroit se taist li contes d'aus et retourne a parler del
roi Artu. Ensi com il apela le fil Nut et li bailla .VI.M. chevaliers et le
fist aler après les autres pour ce que li sambloit que trop demouroient.

775. [d] Or dist li contes que quant li rois Artus vit que si message
demouroient trop, si apela Yder, le fil Nut, et li bailla .VI.M. chevaliers. Si li comanda qu'il en alast après les autres tant qu'il les eüssent trouvé. Et cil se mirent a la voie et errerent tant qu'il virent les
.II. os qui s'entrecombatoient ensamble. Et mesire Gavain le faisoit si
merveilleusement bien et Ydier et si compaignon poignierent cele

naient dans sa direction et se jetèrent très énergiquement sur les Romains. Tous les Bretons quittèrent alors le bois et se retrouvèrent dans les champs. Pertrinus qui était un bon chevalier, preux et hardi, rallia ses hommes autour de lui. Il sut parfaitement prendre la fuite et faire volte-face en se frayant un chemin entre ses gens et ses ennemis. Qui veut affronter un chevalier redoutable doit l'affronter le premier car qui veut le frapper le peut parfaitement, alors que celui qui serait frappé par un chevalier valeureux devrait aussitôt mourir. Les barons piquèrent des deux pour la bataille car ils ne cherchaient pas à se reposer. Ils étaient désireux de jouter et d'accomplir de hauts faits d'armes. C'est la raison pour laquelle la situation leur importait peu. Ils souhaitaient voir s'engager la guerre. Pertrinus était, pour sa part, très anxieux. Il gardait ses chevaliers à ses côtés. Sagremor de Constantinople se jeta dans la bataille en abattant chevaux et cavaliers. Il observa et vit Pertrinus qui abattait et renversait les Bretons. D'après les prodiges accomplis par celui-ci, il comprit qu'il pourrait bien subir bientôt de grosses pertes parmi ses hommes s'il ne tuait pas Pertrinus ou s'il ne le capturait pas vivant car les Romains ne tenaient que par ses seuls exploits. Alors il tint conseil avec ses proches et leur dit : « Nous avons commencé cette joute sans en avoir reçu l'ordre du roi Arthur. Si les choses tournent bien pour nous, il nous en saura gré mais, si les choses tournent mal, il ne nous en sera pas reconnaissant. Voilà pourquoi il nous faudrait tuer Pertrinus ou le capturer

---

part et se ferirent es Romains molt vigherousement. Et lors issirent tout li Breton fors del bois et ont le champ recouvré. Et Pertrinus, qui molt estoit bons chevaliers et prous et hardis, ralia ses gens entour lui. Et il sot bien fuir et trestourner et bien sot entrer entre ses gens et entre ses anemis. Et qui velt encontrer fort chevalier si voist encontre lui, car cil qui vaut ferir i pot, et cil qui il feroit, morir li couvenoit. Et li baron poignoient par la bataille qui ne se voloient reposer, car de jouster estoient il desirant et couvoitous de faire chevalerie. Et pour ce en furent il desirant qu'il ne lor chaloit conment il alast, mais que la guerre fust conmencie. Et d'autre part fu Pertrinus molt dolans, car il tenoit ses chevaliers prés de soi. Et Saygremors de Coustantinoble aloit parmi la bataille abatant chevaliers et chevals. Si regarda et vit Pertrinus qui ensi aloit tresbuschant et abatant les Bretons, si vit bien et aperchut as merveilles que il fist que tost i porroit avoir perte des lor s'il n'ocioit Percrinus ou il ne le prendoit vif. Car par sa proece solement se tenoient li Romain. Lors traïst a conseil les meillours de ses amis et lor dist : « Nous avons conmencié cest estour sans le conmandement le roi Artu. S'il nous en chiet bien, il nous en saura gré. Et s'il nous en meschiet, nous aurons son mal gré. Pour ce nous couvenroit il ocirre Percrinus ou prendre le vif et

vivant pour le remettre au roi Arthur. Sans cela, nous ne
nous en tirerons pas sans de grosses pertes. Je vous prie
donc de faire comme moi et de piquer des deux en me suivant. » Ils lui répondirent qu'ils le feraient très volontiers et
qu'ils le suivraient où qu'il allât. Il est très heureux et comblé
de leur réponse. Il avait parfaitement vu et repéré qui était
Pertrinus. Il piqua des deux aussitôt dans la direction où il
pensait le trouver et ses compagnons le suivirent tous sans
hésiter jusqu'à l'endroit où était Pertrinus qui commandait à
ses hommes. Quand Sagremor l'aperçut, il éperonna dans sa
direction et s'approcha si près de lui qu'il le prit à bras-le-
corps et se laissa tomber avec lui, en se fiant surtout à ses
compagnons. Pertrinus se retrouva à terre entre les bras de
son adversaire qui le tenait fermement. Il s'efforçait de se
relever, tentant de s'esquiver et de se débattre mais cela ne
servit à rien car Sagremor le tenait très fermement et il n'eut
pas l'occasion de se lever ni de bouger. Quand les Romains
le virent tomber, ils accoururent à la rescousse. Il y eut une
mêlée féroce et cruelle. Monseigneur Gauvain fendit la
presse en se frayant un chemin du tranchant de son épée.
Avec elle, il tua et abattit tout sur son passage, de sorte qu'il
n'y eut personne d'assez hardi et d'assez fort pour lui barrer
le chemin. Yder, le fils de Nut, se livra à un grand massacre
de Romains et monseigneur Yvain les frappait aussi violemment. À force d'acharnement, les Bretons parvinrent à

---

rendre au roi Artu. Car autrement n'em poons nous partir sans perte.
Si vous proi que vous faciés tout si com [*d*] je ferai et poigniés aprés
moi. » Et cil dient que si feront il molt volentiers et qu'il le sivront
quel part qu'il vaura aler. Et quant il l'entent si en fu molt liés et
molt joians. Et il ot bien veü et espiié liquels estoit Percrinus. Lors
point tout maintenant cele part ou il le savoit, et cil aprés lui conmunement, ne onques ne s'aresterent devant qu'il vinrent en la place ou
cil Pertrius estoit qui gouvernoit sa maisnie. Et quant Saygremors
l'aperçut, si point cele part si prés de lui qu'il l'embracha et se laissa
chaoir atout lui, conme cil qui bien se fioit en sa compaignie et se vit
a terre entre ses bras, car molt le tenoit fermement. Et Pertrinus se
penoit molt del lever, si conmença molt a guencir et a frandillier.
Mais tot ce ne li valut riens, car molt le tenoit Saygremors fermement, si qu'il n'ot poior de soi lever ne mouvoir. Et quant li Romain
le virent cheoir, si coururent a la rescousse. Si i ot dur estour et felenesse mellee. Et mesire Gavains s'en vait parmi la presse, faisant voie
au tranchant de l'espee dont il tue et abat quanqu'il ataint a cop
devant lui. Si qu'il n'i ot si hardi ne si poissant qu'il ne li face voie.
Et Yder, li fix Nu, i fait grant essart des Romains, et mesire Yvains si
fiert si durement, et s'en esvertue li un pour l'autre si vertuousement,
qu'il remonterent Saygremor a force et ont Percrinus pris et retenu

remettre Sagremor en selle, à capturer et à faire prisonnier Pertrinus qui avait été bien battu et maltraité. Ils le dégagèrent de la foule de toutes leurs forces et le placèrent sous bonne garde avant de retourner se battre. Leurs adversaires n'eurent plus guère l'énergie de se défendre après la perte de leur chef. Les Bretons se mirent alors à les tuer et à les abattre par monceaux entiers ; ils piétinaient les morts pour atteindre les fuyards. Ils en tuèrent beaucoup en peu de temps. Ils les capturèrent, les ligotèrent, les présentèrent au roi Arthur. Celui-ci les remercia vivement et on lui conseilla d'envoyer les captifs sur la terre de Bénoïc pour les retenir prisonniers tant que les Romains ne se seraient pas soumis à sa volonté car, s'il les gardait dans son armée, il pourrait bien les perdre.

776. Le roi Arthur appela Boirel, Richier, Cador, Bédoyer, de bons chevaliers, preux, hardis et de haut lignage. Il leur ordonna de se lever de bon matin afin de convoyer les prisonniers en lieu sûr. Mais ici le conte se tait au sujet du roi Arthur, des prisonniers et de ceux qui devaient les conduire et il revient à l'empereur de Rome pour dire comment des espions vinrent lui apprendre les dommages et les pertes survenus sur ses terres.

777. Le conte dit que, lorsque l'empereur apprit les dommages subis par ses hommes, il en fut très affligé et très irrité. Alors des espions vinrent lui dire que les prisonniers seraient emmenés le lendemain matin vers la terre

---

qui molt i avoit esté batus et laidis, et l'ont trait de la presse a fine force et le livrerent a bones gardes et puis revinrent l'estor recommencier. Et cil qui point n'orent de gouverneour ne misent gaires de desfense en els quant il orent perdu celui qui les conduisoit. Si les vont li Breton ociant et abatant a grans monciaus et passent sor les mors pour les fuians ataindre. Si en ocient molt em poi d'ore et prendent et loient et les presentent au roi Artu. Et li rois les en mercie durement. Et on li conseilla qu'il les envoiast en la terre de Benuyc et les feïst tenir en chartre tant que cil de Rome aient fait son plaisir, car s'il les tenoit en l'ost il les porroit bien perdre.

776. Lors apela li rois Artus Boiel et Richier et Cador et Beduier, qui estoient bon chevalier prou et hardi et de grant parage, et lor conmanda qu'il se levaissent matin et qu'il convoiassent les prisons tant qu'il fuissent a sauveté. Mais ici endroit se taist li contes del roi Artu et des prisons et de ciaus qui [e] les doivent conduire et retourne a parler de l'emperaour de Rome, ensi come espies li vinrent qui li dirent le damage et le perte qui estoit avenue en sa terre.

777. Or dist li contes que quant li empereres sot le damage que si home ont receü si en fu molt dolans et molt coureciés. Et lors li vinrent espies qui li disent que li prison en seroient mené le matin en la

de Bénoïc. En entendant cela, l'empereur fit aussitôt monter
à cheval dix mille chevaliers et les fit cheminer durant toute
la nuit en leur commandant de devancer les prisonniers et de
les secourir si possible. L'empereur appela Sestor, le seigneur
de Libye, le roi de Syrie qui s'appelait Évander[1] ainsi que
Calidus de Rome, Matis et Catenois. Ces cinq hommes
étaient des habitués des batailles et des seigneurs de la
guerre. Il leur ordonna de prendre la tête de quinze mille
hommes. Les princes partirent avec leurs quinze mille
hommes en armes et, à force de chevaucher, arrivèrent sur le
chemin où les prisonniers devaient passer. Ils s'arrêtèrent
tranquillement près du chemin dans un endroit agréable
qu'ils trouvèrent à proximité. Le lendemain matin, les
hommes du roi Arthur se levèrent, suivant l'ordre qu'ils
avaient reçu, et ils emmenèrent les prisonniers, chevauchant
en deux groupes distincts, par crainte de leurs ennemis. Bretel, Richier et Cador conduisaient la compagnie qui emmenait
les prisonniers et les faisait marcher les mains liées dans le
dos et les pieds attachés sous le ventre des chevaux. Le
groupe qui les précédait tomba dans le guet-apens des
Romains. Ces derniers les assaillirent dans un tel fracas que la
terre trembla et frémit tout autour d'eux. Les Bretons se
défendirent comme des gens de grand courage. Quand
Bédoyer et ses compagnons qui arrivaient par-derrière entendirent le bruit et le fracas des coups, ils firent conduire les

---

terre de Benuyc. Quant li empereres l'oï, si fist monter .x.m. chevaliers et les fist errer toute la nuit et lor conmanda qu'il alaissent tant
qu'il adevanchesissent[a] les prisons, et les rescousissent s'il peüssent.
Et lors apela li empereres Gestoire, qui estoit sires de Libe, et le roi
de Sur, qui Evander estoit apelés, et Calidus de Rome et Matis et
Catenois. Icil .v. estoient bien drut de bataille et molt savoient de
guerre. Si conmanda li empereres qu'il conduississent les .xv.m. Si
s'em partirent cil prince atout .xv.m. armés, et chevauchierent tant
qu'il en vinrent el chemin par la ou li prisonnier devoient passer. Et
s'arresterent el chemin molt coiement en un delitable lieu que il trouverent prés del chemin. Et au matin se leverent la maisnie au roi
Artu, ensi com il lor fu conmandé, et enmenerent les prisons et chevauchierent en .ii. parties pour doutance de gent. Si conduisoient
Bretel et Richier et Cador la compaingnie qui li prison estoient et les
faisoient mener les mains loies deriere les dos et les piés par desous
les ventres des chevaus. Et cil qui devant aloient s'embatirent sor
l'agait a ciaus de Rome. Et li Romain lor saillirent au devant a si
grant bruit que la terre en tramble toute et fremist environ els. Et cil
se desfendirent conme gent de grant vertu. Et quant Beduiers, qui
venoit par deriere oïrent la noise et les cops retentir, si firent les prisons mener en un lieu seür et [*f*] les conmanderent lor esquier a gar-

prisonniers en lieu sûr et les confièrent à la garde de leurs
écuyers. Puis ils piquèrent des deux et foncèrent vers leurs
compagnons ; ils se défendirent énergiquement. Les Romains
éperonnaient çà et là ; leur dessein était moins de vaincre les
Bretons que de chercher les prisonniers. Quand les Bretons les
virent se démener de la sorte, ils formèrent quatre bataillons.
Cador avait dans le sien les hommes de Cornouailles, Bédoyer
et Richier conduisaient leurs propres hommes et Bretel ceux
de Galvoie. Quand le roi Évander s'aperçut que sa troupe
diminuait et que ses forces s'amenuisaient, il fit resserrer les
rangs autour de lui. Comprenant qu'ils ne pourraient pas
secourir les prisonniers, les Romains s'élancèrent en ordre de
bataille sur les Bretons et entamèrent une joute prodigieuse.
Les Bretons eurent le dessous car ils perdirent un grand
nombre de chevaliers. Yder, le fils de Nut, fut attaqué par le
roi Évander mais Yder le frappa si brutalement qu'il l'abattit
raide mort. Les Bretons en furent très troublés car ils perdirent beaucoup de leurs hommes dans ce combat. Ils auraient
tous été morts ou faits prisonniers si Cléodalis, le sénéchal de
Carmélide, n'était pas venu avec cinq mille hommes que le roi
Arthur lui avait envoyés sur le conseil de Merlin. Quand
Bédoyer les aperçut, il dit à ses compagnons : « Tenez bon !
Ne fuyez pas ! Voici du renfort qui nous arrive ! » À ces mots,
ils poussèrent si fort le cri de ralliement du roi Arthur que
Cléodalis l'entendit clairement. Il s'élança ensuite dans leur

---

der. Puis esperonnent les chevaus ne onques ne se vaurent arrester
devant qu'il en vinrent a lor compaingnons, et se desfendent a force
et a vigour. Et Romain poignent cha et la, si n'ont mie si grant
entente as Bretons desconfire com il orent a querre les prisons. Et
quant li Breton les virent ensi demener, si se departirent en .IIII.
batailles. Si ot Cador en sa compaingnie ciaus de Cornuaille, et
Beduiers et Richier ont conroi de la soie gent. Et Bretel ot ciaus de
Galvoie. Quant li rois Evander s'aperçut que sa gent descroissoit et
que lor force amenuisoit, si les fist entour soi restraindre. Quant il
virent qu'il ne porent les prisonniers rescourre, si s'eslaissierent vers
les Bretons tout ordeneement et conmencierent un caplé grant et
merveillous. Si en ont li Breton molt le piour, car il i perdirent grant
plenté de chevaliers. Et Ydier, li fix Nu, fu encontrés del roi Evander
qu'il le feri si durement qu'il l'abati mort a terre. Si en furent li Breton molt esmaiié car il perdirent molt de lor gent a cele empainte. Et
tout i fuissent mort et pris quant Cleodalis, li seneschaus de Carmelide, i sourvint atot .v.m. homes que li rois Artus i en avoie par le
conseil de Merlin. Et quant Beduiers les aperçut, si dist a ses compaingnons : « Tenés vous, ne fuiés mie ! Veés la secors qui nous
vient. » Et quant cil l'entendirent si escrient l'enseigne le roi Artu si
hautement que Cleodalis l'entendi tout clerement. Lors laisse coure

direction avec ses hommes. Les Romains, trop occupés à tenter de capturer les Bretons, ne prêtèrent pas attention aux hommes de Carmélide. Quand ceux de Cléodalis affrontèrent les Romains, en un seul assaut ils en abattirent cent qui ne se relevèrent plus jamais. Quand les Romains les aperçurent, ils en furent tout ébahis car ils crurent que c'était le roi Arthur avec toute son armée. Ils furent si inquiets qu'ils se mirent à fuir vers leur camp car ils ne voyaient pas d'autre solution. Les autres les poursuivirent car ils ne pourraient jamais devenir leurs amis. C'est alors que furent tués le roi Évander, Catenois et plus de deux mille autres. Beaucoup furent capturés et faits prisonniers. Ils retournèrent ensuite au champ de bataille, ramassèrent le comte Boirel ainsi que les autres morts qui gisaient et ils les enterrèrent. Ils emportèrent les blessés et ceux à qui le roi avait confié les prisonniers emmenèrent ces derniers. Quant aux nouveaux prisonniers capturés dans cette bataille, ils les firent attacher très solidement et les escortèrent à l'endroit qu'on leur avait prescrit. Cléodalis et ses compagnons retournèrent chez le roi Arthur et lui racontèrent comment ils avaient voyagé. Arthur dit que, s'il venait à combattre les Romains, il les vaincrait. Mais à cet endroit le conte se tait à leur sujet et revient à l'empereur Luce pour nous apprendre comment il pleurait très tendrement sur ses hommes qui étaient morts ou prisonniers.

778. Le conte dit que l'empereur fut très troublé lorsqu'il

---

cele part il et sa gent. Et li Romain entendoient as Bretons prendre et ne se prendoient garde de ciaus de Carmelide. Quant il se ferirent es Romains si abatirent tels .c. Romains a cele venue qui onques puis ne releverent. Et quant li Romain les aperchurent, si en furent tout esbahi, car il quidoient bien que ce fust li rois Artus atout son ost et s'esmaiierent tant qu'il se misent a la fuie vers les herberges, car il ne quidierent mie aillours garir. Et cil les enchaucent qu'il ne les porent amer. Si fu ocis en cele chace li rois Evander et Catelois et des autres plus de .ii.m. Et molt en i ot pris e retenus. Et puis s'en repairierent el champ de la bataille si prisent le conte Boirel et les autres mors qui par le champ gisoient et les entererent. Et puis emporterent[b] les navrés et ciaus a qui li rois ot conmandé les prisonniers les enmenerent. Et les autres prisons qu'il orent retenus et [163a] pris en cele bataille nouvelement firent loiier molt estroit et les enmenerent ou on lor avoit conmandé. Et Cleodalis et sa conpaingnie s'en retournerent au roi Artu et li conterent conment il avoient erré. Et li dist que s'il se combat as Romains qu'il les vaincra. Mais ici endroit se taist li contes d'aus. Et retourne a parler a l'emperaour Luce, ensi com il plouroit molt tenrement pour sa gent qui mort et pris estoient.

778. Or dist li contes que[a] molt fu li empereres dolans quant il sot la desconfiture et la grant perte de sa gent. Si ploura molt tenrement

apprit la débâcle et les grandes pertes subies par son armée. Il pleura tendrement pour le roi Évander et les autres qui avaient été tués ou capturés. Il vit que la malchance était sur lui et il s'émut, il hésita en réfléchissant à ce qu'il ferait : allait-il combattre le roi Arthur ou attendre le roi et son arrière-garde qui devait le suivre ? Il prit sa décision, fit monter ses hommes à cheval et arriva à Langres avec toute son armée. Il établit son camp dans les vallées en contrebas de la ville[1]. Quand le roi Arthur l'apprit, il se douta bien que l'empereur ne les combattrait pas tant qu'il n'aurait pas plus d'hommes sous ses ordres. Il ne voulut pas les laisser s'installer ni dresser un siège contre lui. Aussi, il fit très rapidement monter ses hommes à cheval et se mit en route pour occuper la partie droite de la ville entre la cité et l'armée de l'empereur ; il laissa l'armée à gauche. C'était dans l'intention de devancer l'empereur et de lui couper la route. Ils cheminèrent toute la nuit jusqu'au lendemain et arrivèrent dans une vallée qu'on appelle Ceroise[2]. C'était le chemin le plus direct pour aller d'Autun à Langres[3]. Le roi Arthur fit armer ses compagnons pour que, en cas d'assaut des Romains, ils puissent aussitôt passer à l'attaque[4]. Le roi Arthur fit regrouper près d'un mont tout l'équipement de l'armée ainsi que le menu peuple qui n'avait pas vocation à se battre. Ils firent étalage de leurs forces afin que les Romains, s'ils venaient à les voir, prissent peur devant cette multitude. Le roi Arthur se posta dans un bois avec six mille chevaliers et il ordonna au comte de Gloucester d'en

---

pour le roi Evander et pour les autres qui i furent mort et pris. Et voit qu'il li meschiet, si en fu esmaï et en doutance et pense que[b] il feroit, s'il se combateroit au roi Artu ou s'il atendroit le roi Artu ou son ariere ban qui aprés lui devoit venir. Si s'apensa et fist monter sa gent et s'en vint a Logres a toute son ost et se loga es valees desous la cité. Et quant li rois Artus sot ce, si pensa bien qu'il ne se combateroit mie tant qu'il averoit plus de gent. Si ne les vaut laissier sejourner ne aseoir prés de lui. Si fist tout celeement monter sa gent et se mist au chemin a la destre partie de la vile entre la cité et l'ost a l'emperaor et laissa l'ost assenestre part. Et ce fu pour l'emperaour desavancier et pour lui tolir la voie[c]. Si errerent toute nuit jusques a l'endemain et vinrent tout en une valee c'on apele Ceroise. Et c'estoit le droit chemin d'Osteun a Lengres. Si fist li rois Artus armer ses compaingnons pour ce que, se Romain venissent sor lui, que il les recueillissent prestement. Et le harnois et toute la menue gent qui mestier n'orent de bataille fist le rois Artus arrester lés un mont. Et firent moustrance de gent armee que, se cil de Rome les veïssent, que il s'esmaiassent de la grant multitude de gent. Puis mist li rois Artus en un bois .VI.M. chevaliers et .VI.M.V.C. et [b] .LXVI., les conmanda au conte de Gloecestre amener. Icil en fu dus et

amener six mille six cent soixante-six autres[5]; celui-ci en fut le chef et le capitaine. Le roi leur ordonna de ne quitter la place sous aucun prétexte tant que le besoin ne s'en ferait pas sentir, «et si cela me devenait nécessaire, fait le roi, je me retournerais vers vous, car si les Romains devaient connaître la débâcle, il ne faudrait pas les épargner». Ils lui répondirent qu'il en serait ainsi. Le roi prit avec lui une autre compagnie de chevaliers qui étaient très richement équipés. Il les posta en des lieux différents et en prit lui-même le commandement. Les chevaliers de sa maison par lui-même formés en faisaient partie. Il fit dresser son dragon au milieu d'eux car c'était son enseigne, puis il sépara ses gens en huit groupes. Il répartit deux mille chevaliers dans chaque groupe, la moitié à pied, l'autre à cheval. Il expliqua à chaque groupe ce qu'il devrait faire. De l'autre côté de la cité, il posta tellement d'hommes qu'ils furent dix mille cinq cents dans chaque groupe. Le roi Aguisant conduisait le premier bataillon et le duc Escaut de Cambénic le deuxième. Belchis, roi des Danois, le roi Loth d'Orcanie et le roi Tradelinant de Norgales menaient le troisième. Monseigneur Gauvain qui se trouvait avec son père, le roi Loth, conduisait le quatrième, tel un roi de grand prestige.

779. Après ces quatre il en vint quatre autres, fort bien équipés. Le roi Urien commandait le premier des quatre; monseigneur Yvain son fils l'accompagnait avec Yvain le Bâtard, le roi Bélinant et le roi Nantes. Les hommes de leur

---

chievetainnes et li rois lor conmanda qu'il ne se meüssent d'illuec en nule maniere devant qu'il en veïssent le besoing. «Et s'il m'est mestiers, fait li rois, je m'en retournerai a vous. Car se li Romain tournaissent a desconfiture, que vous ne les espargnissiés mie.» Et cil li respondirent que il le feroient bien. Lors prist li rois une autre compagnie de chevaliers qui molt estoient apareilié noblement. Si les mist en un espart lieu, et meïsmes en estoit connestables. Si i fu sa maisnie privee que il ot nourie et fist tenir son dragon el milieu que il faisoit porter pour enseigne, et puis departi sa gent en .VIII. parties. Et mist en chascune partie .II.M. chevaliers, et fu la moitié a pié et l'autre a cheval. Et dist a chascune partie en quel guise il se contenroient. Et d'autre part mist tant de gent que il furent en chascune partie .X.M. et .V.C. Si en ot li rois Aguiscans la premiere bataille et l'autre conduisoit li dus Eschans de Chambenyc, et Belchis li rois des Danois. Et li rois Loth d'Orcanie en conduist une autre, et li rois Tradelinans de[d] Norgales. Et mesire Gavains, cil fu avoec le roi Loth son pere et conduist la quarte de ces[e] batailles come rois de grant emprise.

779. Aprés ices .IIII. premiers en i ot[a] .IIII. autres molt bien apareilliés. Si conduist la premiere li rois Uriens et fu avoec lui mesire Yvains ses fix et Yvains li Aoutres et li rois Belynans et li rois

pays se trouvaient en leur compagnie. Le deuxième bataillon
sur les quatre était conduit par le roi des Cent Chevaliers
avec le roi Clarion de Northumberland et le roi Caradoc.
Dans leur compagnie se trouvaient les hommes de leur pays.
Le troisième bataillon était conduit par le roi Bohort accompagné des hommes de sa région ainsi que Cléodalis, le sénéchal de Carmélide, et les hommes de son pays qu'il avait
emmenés avec lui. Le quatrième bataillon était conduit par le
roi Ban de Bénoïc qui avait en sa compagnie tous les mercenaires et les arbalétriers ainsi que quatre mille hommes à
cheval bien armés. Quand le roi Arthur eut posté ses
hommes et organisé ses bataillons, il dit à ses barons et à ses
gens : « On verra bien, seigneurs, qui l'emportera ! Car tout
ce que vous avez fait jusqu'à présent dans votre vie ne
comptera pour rien si vous ne l'emportez pas contre ces
Romains. » Les princes lui répondirent aussitôt d'une seule
voix qu'ils préféraient mourir sur le champ de bataille plutôt
que de ne pas remporter l'honneur de la victoire. Quand le
roi Arthur entendit cela, il en fut très heureux et comblé.
Mais ici le conte se tait sur le roi Arthur et revient à l'empereur de Rome pour raconter comment il convoqua tous ses
princes à cause de l'embuscade du roi Arthur.

780. Le conte dit que, lorsque l'empereur eut établi son
camp dans la vallée en contrebas de Langres avec tous ses
barons qui étaient de bons chevaliers bien exercés, il y dormit pour la nuit. Le lendemain, il quitta Langres pour se

---

Nantre. Et orent en lor compaingnie la gent de lor contree. La
seconde des .IIII. batailles conduist li rois des .C. Chevaliers et li rois
Clarions de Norhomberlande et li rois Karados. Si orent en lor compaingnie ciaus de lor contree. La tierce conduist li rois Boors et ciaus
de sa contree avoec lui, et Cleodalis, li seneschaus de Carmelide, et
ciaus qu'il amena de son païs. La quarte de ces daerraines .IIII.
conduist li rois Bans de Benuyc et ot avoec lui tous les sergans et
tous les arbalestriers et .IIII.M. homes a cheval bien armés. Et quant li
rois Artus ot ensi establi ses gens et ses batailles devisees, si dist a ses
barons et a ses gens : « Ore i parra, signour, qui bien le fera ! Car
quanques vous onques feïstes en vostre vie est tout perdu, se vous
ore ne le faites bien envers ces Romains. » Et li prince li respondirent
tout maintenant a une vois que mix voelent il morir en camp que il
n'en aient l'onour et la victoire. Et quant li rois Artus l'oï, si en est
molt [d] liés et molt joians. Mais ici endroit se taist li contes del roi
Artu et retourne a parler de l'emperaour de Rome, ensi com il fist
venir tous ses princes devant lui pour l'ocoison del roi Artu.

780. Or dist li contes que quant li emperères se fu logiés en la valee
desous Lengres entre lui et sa baronnie qui molt estoient bon chevalier et seür si i gut cele nuit. Et a l'endemain s'em parti de Lengres et

rendre à Autun. Alors il apprit que le roi Arthur lui préparait
un guet-apens. Il comprit qu'il lui faudrait combattre ou
faire demi-tour. En aucune façon, il ne s'en retournerait car
on verrait là de la couardise et, s'il fuyait, ses amis subiraient
des pertes. Voilà deux actions qu'on ne peut commettre à la
légère : fuir et combattre. Il convoqua tous ses princes (ils
étaient alors bien deux cents à faire partie de son conseil) et
leur dit : « Nobles vassaux, bons conquérants, fils de glorieux
ancêtres qui conquirent de grands honneurs et de grandes
terres et qui, par leurs prouesses et leur courage, firent de
Rome la capitale du monde ! Si l'empire succombe aujour-
d'hui au déclin, la honte et le reproche vous accableront ! De
nobles fils sont nécessairement issus de nobles pères ! Vos
pères montrèrent de la vaillance, c'est pour eux que vous
devez maintenant prouver votre valeur. Chacun de vous doit
s'efforcer de ressembler à son père car la honte doit tomber
sur celui qui perd son héritage paternel et qui, par lâcheté
envers lui, abandonne et délaisse ce que son père a conquis
par prouesse. Je ne dis pas que vous soyez mauvais ou dégé-
nérés. Vos pères étaient des preux et je vous considère aussi
comme des preux, des hommes vaillants et courageux. Les
Bretons nous ont coupé la route vers Autun et nous ne pouvons plus passer sans engager le combat. Prenez vos armes,
équipez-vous ! S'ils acceptent le combat, faites en sorte de
les frapper comme il faut. S'ils fuient devant nous, nous les

---

s'en quida aler a Oſtion. Et lors li vinrent nouveles que li rois Artus
avoit fait agait encontre lui. Si vit bien qu'il li couvenoit combatre
ou retourner. Ne il ne retourneroit en nule maniere car se seroit
tenu a couardise. Et, s'il fuit, si ami i auront damage. Et ce sont .II.
choses c'on ne puet pas faire legierement que fuir et combatre.
Lors fiſt tous ses princes venir devant lui dont il avoit bien .CC. de
tels qui eſtoient de son conseil. Et lors diſt a els : « Gentil vassal,
bon conquereour, fil de bon anchiseour qui les grans honours et les
grans terres conquirent et par lor proueces et par lor hardemens eſt
Rome la chiés del monde. Et si l'empire ne dechiee en noſtre tans ce
sera honte et reproce a vous. Car prou et gentil furent voſtre anchi-
sour et bien doivent par droit de gentil pere gentil fil issir. Voſtre
pere furent vaillant, si doivent vos valours por als aparoir. Et chascuns de vous se doit esforcier de resambler son pere. Car grant
honte doit avoir qui pert l'iretage son pere et qui par mauvaiſtie de
lui le guerpiſt et laisse ce que ses peres conquiſt par sa prouece. Je ne
di mie que vous soiiés mauvais ne empiriés. Il furent prou et je vous
tieng a prou et a vaillant et a hardi. Et li Breton nous ont tolu le chemin vers Oſton que nous n'i poons ne passer ne aler se par bataille
non. Prenés vos armes et si vous adoubés. Et, s'il nous atendent,
gardés que il soient bien feru. Et s'il nous fuient, nous [*a*] les suirrons

suivrons malgré eux et nous nous efforcerons d'abattre leur orgueil et de détruire leur puissance. »

781. Les Romains mirent alors leurs bataillons en ordre de combat et disposèrent leurs corps de troupe. Il y eut beaucoup de ducs et de rois païens mêlés aux chrétiens qui étaient venus défendre leurs fiefs obtenus de Rome par centaines et milliers. Beaucoup d'hommes à pied et à cheval se postèrent, les uns sur les monts, les autres de part et d'autre des vallées. On entendait de grandes sonneries de cor, de trompettes, de trompes et d'olifants. En rangs serrés, ils tombèrent sur les hommes du roi Arthur. Alors vous auriez pu voir voler des flèches et des traits d'arbalète au point que nul n'osait exposer ses yeux. Puis on en vint au lancer des javelots sur les écus et un grand fracas s'ensuivit. Quand les écus furent brisés, ils en vinrent aux haches et aux épées et frappèrent de grands coups sur heaumes et hauberts. Il y eut une grande et prodigieuse lutte. Les fous ou les timorés n'avaient pas leur place ici ; ils n'auraient su que faire car les armées se combattirent très longtemps, elles se frappèrent et se heurtèrent. Ceux de Rome ne reculèrent pas d'un pouce et les Bretons ne gagnèrent rien sur eux. Il ne fut pas facile de savoir quelle armée avait l'avantage et remportait la victoire avant l'arrivée du bataillon conduit par les rois Urien, Nantes et Bélinant. Ils s'élancèrent sur les Romains avec tous leurs gens là où ils virent la foule la plus dense.

---

a force et metrons painne en lor orgueil abatre et destruire de lor poesté. »

781. Lors ont li Romain ordenés lor batailles et lor conrois rengiés. Et molt i ot rois et dus de la paienie mellés avoec les Crestiens qui venu estoient de servir lor fiés qu'il tenoient de Rome par centainnes[a] et par milliers. Et maint en i ot a pié et a cheval et missent les uns es mons et les autres es valees de l'une part et d'autre, dont oïssiés grant sonneïs de cors et de buisines et de grailles et d'olifans. Et chevauchierent sereement tant qu'il s'enbatirent sor les gens le roi Artu. Et lors veïssiés saietes et quarriaus voler si que nus n'i osoit son oel descouvrir. Aprés s'en vinrent au lancier sor les escus, si en fu molt grans li escrois. Et quant il les orent froissiés, si vinrent as haces et as espees et ferirent grans cops parmi les hiaumes et parmi les haubers. Si i ot estour grant et mervelleus. Illoeques n'ot mestier ne fol ne esbahi, ne li fol ne si sevent conseillier. Car molt se combatirent molt longement ensamble et ferirent et hurterent. Ne onques cil de Rome ne reüserent de rien ne li Breton ne porent rien recouvrer sor als. Et ce n'estoit mie legiere chose a savoir laquel partie en avoit le mellor et la victoire, devant ce que l'eschiele aprocha que li rois Uriens et li rois Nantres et li rois Belynans conduisoient. Icil s'embatirent sor les Romains a toutes lor gens la ou il veoient la greignour presse.

Les trois princes frappaient à merveille. Keu le sénéchal, qui se trouvait en leur compagnie, frappait en bon vassal. Les trois princes disaient : « Dieu, quel sénéchal ! » et ils disaient aussi de Bédoyer : « Dieu, quel connétable ! Il y a ici de bons serviteurs de la cour royale ! »

782. Là, bien des coups furent portés et reçus et bien des chevaliers tués ou abattus. Keu le sénéchal et Bédoyer faisaient merveille car ils se fiaient à leur prouesse, se tenaient ensemble et allaient toujours de l'avant. Ils tombèrent sur un bataillon emmené par le roi de Mède qui s'appelait Boclus, un païen très valeureux. Ils engagèrent une mêlée contre lui et ses gens et en tuèrent un grand nombre. Quand le roi Boclus vit les deux compagnons qui causaient de tels ravages parmi ses gens, il en fut très troublé. Il tenait une lance courte et épaisse et s'élança contre Bédoyer. Il le frappa si violemment de sa lance qu'il lui transperça la poitrine. S'il l'avait atteint un peu plus bas, il l'aurait tué. Néanmoins, il le renversa de son cheval, tout évanoui. Quand Keu vit tomber Bédoyer, il en fut très troublé car il le croyait mort. Il se dirigea vers Boclus avec le plus d'hommes possible et fit reculer ceux de Mède. Puis, Keu s'approcha de Bédoyer et le prit dans ses bras. Il voulait le porter et l'emmener à l'écart des chevaux car il l'aimait beaucoup. Au moment où il le hissait sur son cheval, le roi de Mède arriva furtivement et frappa Keu le sénéchal sur son heaume. Il lui fit une grande

---

Si i firent li .iii. prince molt merveillousement. Et Kex li Seneschaus, qui estoit en lor compaingnie, i feri conme vassal. Si disoient li .iii. prince : « Dix, quel seneschal ! » et ausi disoient cil de Beduier : « Dix, quel connestable ! Conme ci a bons sergans a court de roi ! »

782. La ot maint cop donné et receü et maint chevalier mort et abatu*. Et Kex li Seneschaus et Beduyers i faisoient merveilles, car il se fierent molt en lor proueces et se tinrent ensemble et trop se misent avant. Si encontrerent une bataille que li rois de Mede avoit amenee. Si ot non Boclus et paiens estoit et de molt grant prouece. Il se mellerent a els et a sa gent et en ocisent molt. Quant li rois Boclus vit les .ii. compaingnons qui si grant damage faisoient de sa gent, si en fu molt dolans. Et il tint un glaive court et gros, si laisse courre encontre Beduier et le fiert si durement qu'il li fait passer [e] le fer del glaive parmi le bu, d'outre en outre. Et, s'il l'eüst ataint un poi plus bas, mort l'eüst. Et nonpourquant il le porta del cheval a terre tout pasmé. Et quant Kex le vit cheoir, si en fu molt dolans, car il quida qu'il fust mors. Si s'en vint vers lui a tant de gent com il pot avoir et fist ciaus de Mede resortir. Et s'en vint a Beduier et le prist entre ses bras et l'en voloit enchargier, car emporter le velt fors des chevals, car molt l'amoit. Et a l'enchargier s'est estors li rois de Mede et feri Kex le Seneschal desor son hiaume c'une grant plaie li fist en la teste,

plaie dans la tête de sorte qu'il laissa retomber Bédoyer. Il aurait même pu être tué si les hommes de Keu n'étaient pas venus à son secours. Il y avait dans la foule un chevalier nommé Segart ; c'était le neveu de Bédoyer. Quand il vit son oncle évanoui à terre, il pensa qu'il était mort. Il rassembla ses parents et amis au point qu'ils furent plus de deux cents puis il leur dit : « Suivez-moi ! Nous vengerons la mort de mon oncle ! »

783. Il s'approcha alors des Romains, appela le roi de Mède et se dirigea de son côté en poussant le cri de ralliement du roi Arthur comme un forcené qui ne demande rien d'autre que de venger sa honte et son oncle. Lance baissée, ses compagnons le suivirent, eux qui avaient déjà tué beaucoup de païens. Il finit par atteindre les troupes du roi Boclus qui avaient tué son oncle. Il piqua des deux dans la direction du roi et le frappa si violemment de son épée sur son heaume qu'il lui fendit le crâne et la coiffe de fer jusqu'aux dents. Il l'abattit raide mort, s'approcha de lui, le souleva et le porta à côté de son oncle pour le couper en petits morceaux. Il dit ensuite à ses hommes : « Tuons ces gens qui n'ont aucune foi en Dieu[1] ! » C'est alors qu'il entendit son oncle pousser un soupir et il en éprouva une grande joie. Il le fit ramasser ainsi que Keu et les fit porter au camp. Puis il retourna dans la bataille qui était très cruelle. Le roi Nantes affronta le roi d'Espagne Alipanton[2] et ils échangèrent des coups aussi violents qu'ils purent. Le roi Nantes

---

si qu'il li couvint laissier cheoir Beduier. Et l'eüssent parocis se ne fuſt sa maisnie qui molt bien s'i aïdierent. Et uns chevaliers eſtoit en la presse qui Segart eſtoit apelés. Cil eſtoit niés Beduier[b] et, quant cil vit son oncle jesir a la terre pasmé, si quida qu'il fuſt mors. Et assambla ses parens et ses amis tant qu'il en ot .cc. et plus. Si lor diſt : « Venés aprés moi, si vengerons la mort de mon oncle. »

783. Lors aprocha les Romains et apela le roi de Mede et s'en tourna cele part criant l'enseigne au roi Artu, ausi come hom forsenés qui ne demande riens fors ce qu'il ait sa honte et son oncle vengié. Et si compaignon en vont aprés lui, les lances abaissies, qui maint païen i ont ocis. Et il vait tant qu'il vint entre la gent le roi Bouclu qui son oncle avoit abatu. Si point a lui et le fiert si durement de l'espee amont el hiaume qu'il li trenche tout et la coife de fer et le descendi jusques es dens, puis l'abat mort a la terre et s'aproce de lui[a] et le lieve et le porte delés son oncle et le depiece tout par menues pieces. Puis diſt a ses homes : « Ocions la gent qui en Dieu n'ont nule fiance. » Et lors oï son oncle souspirer, si en a molt grant joie. Si le fiſt prendre, lui et Keu, si les fiſt porter au harnois. Puis retourne a la bataille qui molt eſtoit felenesse. Et li rois Nantres encontra le roi Alipanton, qui rois eſtoit d'Espagne, si s'entreferirent si durement com il plus porent. Si

tua le roi Alipanton mais fut blessé en pleine poitrine. La
puissance des Romains était telle que les Bretons durent,
malgré eux, céder du terrain. Quand monseigneur Gauvain
et Hoël de Petite-Bretagne les virent reculer, ils en furent
très troublés. C'est alors que Gauvain et tous les hommes de
Petite-Bretagne qui suivaient leur seigneur Hoël les frappèrent
au point que toute une foule ou une masse d'hommes n'auraient pu les arrêter. À force, ils obligèrent les poursuivants à
faire demi-tour. Lui et ses hommes en firent tomber plus
d'un jusqu'à mener sa troupe près du gonfanon avec l'aigle
d'or[3]. C'est là que se trouvaient l'empereur et les plus nobles
chevaliers du monde qui venaient de Rome.

784. Là, vous auriez pu voir s'engager une lutte farouche
et cruelle. Herman, le comte de Tripoli, se trouvait en compagnie de monseigneur Gauvain et Hoël mais un vaurien le
tua d'un javelot. Les hommes de l'empereur assenèrent tant
de coups aux Bretons qu'ils en tuèrent bien deux mille sur
place. Cela leur causa un grand tort car il y avait parmi les
morts des preux et de bons chevaliers. Monseigneur Gauvain fut plus affligé que quiconque lorsqu'il vit ainsi mourir
ses compagnons. Il se jeta sur les Romains comme un lion
se jette sur ses proies. Il montra une grande prouesse sans
jamais faiblir dans ses coups. Il frappa tant sur sa droite et
sur sa gauche qu'il arriva près de l'empereur. En l'apperce-
vant, monseigneur Gauvain le reconnut très bien. L'empe-

---

ocist li rois Nantres le roi Alipanton, et li rois Nantres i fu navrés
parmi le cors. Si i fu grans la force des Romains qu'il couvint les Bretons a fine force reüser ariere. Et quant mesire Gavains et Hoel de la
Petite Bretaingne les virent resortir, si en furent molt dolant. Lors se
ferirent, il et la gent de [*f*] la Petite Bretaingne qui tout adés sivoient
Hoel lor signour, si que presse ne tourbe de gent ne les peust retenir.
Et firent tant qu'il firent les dos retourner a ciaus qui ore chaçoient. Si
en firent maint trebuschier, il et sa gent, si les menerent tant qu'il en
vinrent au gonfanon a l'aigle d'or. Illuec estoit li empereres et tout li
plus gentil home del monde qui de Rome estoient.

784. La veïssiés un estour cruel et felon. Et Hermans, qui quens
estoit de Triple, iert en la compaingnie mon signour Gavain et Hoel,
mais uns garçons l'ocist d'un gaverlot en lanchant. Et la gent l'emperaour i ferirent tant desor les Bertons qu'il en ocisent bien .II.M. en
cele place dont il i avoit molt grant damage, car molt i avoit de prodomes et de bons chevaliers. Et mesire Gavains fu tant dolans come
nus plus quant il vit ensi morir ses conpaingnons. Si se fiert entre les
Romains ausi com uns lyons se fiert entre les bestes. Et il fu de molt
grant prouece ne onques ne fu las de ferir, si vait tant ferant a destre
et assenestre qu'il vint prés de l'empereaour. Quant mesire Gavains vit
l'empereaour si le ravisa molt bien. Et li empereres fu molt fors et

reur était fort et courageux et il éprouva une grande joie de
se trouver devant monseigneur Gauvain car il l'avait reconnu
à ses armoiries qu'on lui avait décrites. Le roi se dit en lui-
même que, s'il se sortait de ce combat, il s'en vanterait à
Rome. Alors, il leva son écu, souleva son bras et se battit
furieusement contre monseigneur Gauvain. Ce dernier le
frappa si violemment avec Escalibor sa bonne épée qu'il lui
fendit le crâne jusqu'aux dents. Quand les Romains virent
que l'empereur était mort, ils poursuivirent les Bretons et
leur firent subir une violente et cruelle attaque au point
qu'ils en abattirent plus de quatre mille durant leurs assauts.
Quand le roi Arthur vit que les Romains revenaient à la
charge et que ses hommes étaient si malmenés, il en fut très
troublé.

785. Il s'écria alors : « Que faites-vous ? En avant ! Ne les
laissez pas s'échapper ! Je suis Arthur qui ne fuit devant personne ! Suivez-moi et gardez-vous de toute lâcheté ! Souvenez-vous de vos prouesses qui vous ont valu tant de
conquêtes. Je ne quitterai pas vivant ce champ de bataille si
je ne remporte pas la victoire sur les Romains. Aujourd'hui
se joue ma vie ou ma mort ! » Il se jeta sur les Romains et se
mit à abattre chevaliers et chevaux au point de faire mourir
tous ceux qu'il atteignait. À chaque coup d'épée, un chevalier mourait. C'est alors qu'il rencontra sur son chemin un
roi de Libye nommé Sestor. Il lui fit voler la tête et lui dit :
« Maudit sois-tu pour être venu ici nous causer du tort ! »

---

hardis et ot molt grant joie de ce qu'il s'estoit tenus encontre mon
signour Gavain, car il le connoissoit par les enseignes de ses armes
com il avoit devant devisees. Et dist a soi meïsmes que, s'il em pooit
eschaper, il s'en vanteroit a Rome. Lors lieve l'escu et hauce le bras
et se combat molt fierement encontre mon signour Gavain. Et
mesire Gavains le fiert si durement d'Escalibor sa bone espee qu'il le
fent jusques es dens. Et quant li Romain voient l'emperaour mort si
courent sus as Bretons et lor font une envaïe molt fort et molt cruel,
si qu'il en abatent plus de .IIII.M. en lor venir. Quant li rois Artus vit
les Romains recouvrer et ses gens si mener si en fu molt dolans.

785. Lors escria en haut : « Que faites vos ? Alés avant, si n'en laissiés nul escaper ! Car je sui Artus qui pour nul houme ne fuit de
champ ! Sivés moi, gardés que vous ne recreés ! Remenbré vos de vos
proueces qui tant de regnes avés conquis. Car ja de cest champ n'istrai
vis se je n'en ai la victoire sor les Romains. Hui est venu li jours que je
morrai ou je vivrai ! » Atant se fiert entre les Romains et conmence a
abatre chevaliers et chevaus si qu'il n'ataint nului que morir ne l'estuet.
Il ne jete nul cop d'espee qu'il n'ocie le chevalier. Lors encontra [164a]
enmi sa voie Sestor, un roi de Libe. Se li fist le chief voler et puis li
dist : « Maleois soies tu quant tu ci venis pour nous damage faire ! »

Puis il frappa de même Poliplitès, le roi de Mède, qui se trouvait devant lui, et il lui coupa la tête.

786. Quand les barons virent que le roi Arthur s'en tirait si bien, ils attaquèrent les Romains et ces derniers firent de même. Ils causèrent de grandes pertes aux Bretons. Mais, si l'empereur n'avait pas été tué, les Bretons n'auraient pas résisté longtemps contre les Romains, qui étaient à présent très désemparés. Néanmoins, ils tinrent bon de sorte qu'on ne put savoir qui avait l'avantage jusqu'au moment où les six mille six cent soixante-six hommes descendirent de la montagne pour venir prêter main-forte au roi Arthur. Ils rejoignirent l'armée sans être aperçus des Romains et ils frappèrent ceux-ci par-derrière de manière si violente qu'ils coupèrent le bataillon en deux et abattirent les Romains les uns sur les autres, les piétinant de leurs chevaux et les achevant à l'épée. Après leur arrivée, les Romains ne furent plus en état de résister mais ils s'enfuirent car ils étaient très désemparés par la mort de leur empereur. Les Romains et les Sarrasins prirent la fuite, en pleine déconfiture. Les Bretons les poursuivirent pour en tuer autant qu'ils en avaient envie.

Le chat du lac de Lausanne.

787. Le roi Arthur fut très heureux de la défaite des Romains et de la victoire que Dieu lui avait accordée. Il revint ensuite sur le champ de bataille et fit enterrer les morts dans les églises et abbayes du pays. Il fit emporter et

---

Puis referi Poliplités, le roi de Mede, qu'il trouva devant lui, si li cope la teste.

786. Quant li baron virent que li rois Artus le faisoit si bien, si ont les Romains envaïs et li Romains els. Si lor font grant damage des Bertons. Se li empereres ne fust mors li Berton n'eüssent ja duré a els, mas ce les ot molt desconforté. Et nonpourquant il se tinrent c'on ne pooit savoir liquel en avoient le meillour, quant li .VI.M. et li .VI.C. et li .LXVI. descendirent de la montaigne a qui li rois Artus devoit recouvrer. Si vinrent en l'ost en tel maniere que cil de Rome n'en virent nul. Et cil les ferirent par deriere si fierement qu'il fendirent la bataille en .II. et abatirent les uns et les autres et les vont afolant as piés de lor chevaus et ociant de lor espees. Ne onques puis que cil furent venu n'i porent li Romain avoir duree, ançois s'en vont fuiant, car molt estoient desconforté de lor emperaour qui mors estoit. Si s'enfuient Romain et Sarrasin tout desconfit. Et Berton les enchaucent qui tant en ocient com il lor vint a talent.

787. Molt fu liés li rois Artus de la desconfiture as Romains et de la victoire que Dix li avoit donnee. Puis revint el champ ou la bataille avoit esté et fist enterer les mors es mostiers et es abeïes el païs. Et les navrés en fist il porter et garir. Et puis fist prendre le cors a l'em-

soigner les blessés. Il ordonna de ramasser le corps de l'empereur et de le transporter à Rome dans un cercueil de pierre ; il fit savoir aux Romains que c'était là le tribut de Bretagne qu'il leur envoyait et, si on le lui demandait encore une fois, il en enverrait un autre de la même espèce. Après cela, il délibéra pour savoir s'il continuerait sa route ou s'il retournerait en Gaule. Les princes lui dirent de demander l'avis de Merlin. Alors le roi appela Merlin et lui dit : « Très cher ami, que dois-je faire ? — Seigneur, répond Merlin, vous ne continuerez pas votre route jusqu'à Rome et vous ne prendrez pas encore le chemin du retour mais vous irez plus avant car des gens ont bien besoin de votre aide. — Comment cela, fait le roi Arthur, y a-t-il donc une guerre dans ce pays ? — Oui, seigneur, de l'autre côté du lac de Lausanne on a besoin de vous. Un diable a établi là-bas son repaire. C'est un démon tel que ni homme ni femme n'osent habiter dans cette région. Il détruit le pays car il tue et massacre tout ce qu'il rencontre. — Comment donc, nul ne peut lui résister ? N'est-ce pas un homme comme les autres ? — Non, répond Merlin, c'est un chat plein de malice et de diablerie. Il est si grand et si horrible que c'est une chose épouvantable à voir.

788. — Dieu merci, dit le roi à Merlin, mais d'où peut donc venir une telle bête ? — Seigneur, fait Merlin, je vais vous l'expliquer. Il advint, un jour de l'Ascension[1], qu'un pêcheur du pays se rendit au lac de Lausanne avec son matériel et ses filets pour pêcher. Quand il eut terminé ses préparatifs pour

---

peraour, si l'envoia a Rome em piere et manda as Romains que c'estoit li treüs de Bretaingne qu'il lor envoioit, et qu'il li manderoit autrefois il li envoieroit autel. Et quant il ot ce fait si prist conseil s'il iroit avant ou s'il retourneroit en Gaule. Et li prince li dient qu'il[a] en demandast conseil a Merlin. Lors apela li rois Merlin et li dist : « Biaus dous amis, que je en face ? — Sire, fait Merlin, vous n'irés pas avant a Rome, ne vous ne retournerés pas encore, ains irés avant, car aucune gent ont bien mestier de vostre aïde. — Comment, fait li rois Artus, a il dont guerre en cest païs ? — Sire, oïl, fait Merlins, outre le lac de Losane en a on mestier de vous[b], car il i repaire un dyable, un anemi qu'il n'i ose repairier home ne feme. Si destruit il le païs, car il ocist et acravente quanqu'il aconsiut. — Comment, fait li rois, ne puet nus avoir duree a lui ? Dont n'est il hom com autre ? [b] — Nenil, fait Merlins, ains est uns chas plain d'anemi et de dyable si grant et si orible que c'est espoentable chose a veoir.

788. — Dieu merci, fait li rois a Merlin. Dont puet venir tel beste ? — Sire, fait Merlins, ce vous dirai je bien. Il avint a l'Acension que uns peschierres païsans vint el lac de Losane a tous ses engiens et ses rois pour peschier. Et quant il ot ses engiens apareilliés et ses rois

jeter ses filets à l'eau, il promit à Notre-Seigneur le premier
poisson qu'il prendrait. Une fois les filets à l'eau, il remonta
un brochet qui valait bien trente sols. Devant un poisson
d'aussi belle taille, il se dit à lui-même tout bas entre ses
dents, en homme plein de malice : "Dieu n'aura pas ce poisson mais il aura le suivant." Il remit ses engins à l'eau et prit
un poisson qui valait encore plus cher que le premier. Le
voyant de si belle taille, il le convoita fort et se dit que le
Seigneur-Dieu pourrait bien se passer encore de celui-là et
qu'il lui donnerait sans faute le troisième. Il rejeta ses engins
à l'eau pour la troisième fois et prit cette fois-ci un petit chaton plus noir qu'une mûre. En le voyant, le pêcheur jugea
qu'il lui rendrait bien service à la maison contre les rats et
les souris. Il le nourrit si bien qu'un jour le chat l'étrangla,
lui, sa femme et ses enfants et s'enfuit dans la montagne qui
domine ce lac dont je vous ai parlé et c'est depuis ce jour-là
qu'il s'y trouve jusqu'aujourd'hui. Il tue et détruit tout sur
son passage ; il est effroyablement grand et terrifiant[2]. Vous
passerez par là car c'est pour vous le chemin le plus direct
pour aller à Rome. S'il plaît à Dieu, vous permettrez aux
bonnes gens du pays de rentrer chez eux car ils se sont
enfuis vers d'autres contrées. »

789. Quand les barons eurent entendu ce récit, ils se
signèrent, tellement ils le trouvèrent prodigieux. Ils dirent
que c'était la vengeance de Notre-Seigneur et la preuve du

---

pour jeter en l'aigue, il promist a Nostre Signour le premier poisson
qu'il prendroit. Et quant il ot ses engiens jeté en l'aigue, il prist un luc
qui bien valut .xxx. sous. Et quant il vit le poisson si bel et si gent si
dist a soi meïsmes, souef entre ses dens, conme malicious : "Dix
n'aura pas cest poisson, mais il aura l'autre que je prenderai premierement." Lors rejeta ses engiens en l'aigue et prist un poisson que mix
valut que le premier. Et quant il le vit si grant et si bel si le couvoita
molt et dist que encore se pooit* bien Damedix soustrir de celui, mais
il auroit le tiers sans nule doutance. Et lors rejeta ses engiens en l'aigue
la tierce fois, si en traïst un petit chaton* plus noir que meüre. Et
quant li peschierres le vit si dist qu'il li auroit bien mestier a oster les
ras et les sorris fors de son ostel et le nourri, tant qu'il estrangla lui et
sa feme et ses enfans. Et puis s'enfui en une montaingne qui est outre
le lac que je vous ai dit, et puis a esté illoc jusques a ore. Si ocist et
destruist quanqu'il ataint, et il est grans et espoentables a merveilles. Si
vous en irés par illoc, car autresi est ce le droit chemin d'aler a Rome.
Et metrés les gens del païs en pais qui* sont fuitis en autres contrees. »

789. Quant li baron entendirent ceste parole si se conmencierent a
seignier de la merveille qu'il en orent. Et disent que c'estoit vengance
de Nostre Signour et demoustrance de pechié que cil avoit passé ce
qu'il avoit promis a Nostre Signour. Si quident et croient que

péché de celui qui avait manqué de parole envers Dieu[1]. Ils pensaient que Notre-Seigneur était courroucé contre celui qui n'avait pas respecté sa promesse. Alors le roi Arthur donna l'ordre de se préparer et de partir. Ils lui obéirent et se dirigèrent vers le lac de Lausanne. Ils trouvèrent le pays dévasté et désert car ni homme ni femme n'osait y habiter. Ils finirent par arriver au pied du mont où le diable se trouvait. Ils s'établirent à proximité, dans la vallée, à une lieue de la montagne où se tenait la bête. Le roi Loth, monseigneur Gauvain, le roi Ban et Gaheriet prirent leurs armes pour accompagner Merlin et le roi Arthur dans la montagne. Ils disaient qu'ils voulaient voir ce démon qui avait causé de si grands ravages à ce pays et à cette terre. Ils escaladèrent la montagne en suivant Merlin qui connaissait l'endroit grâce à sa grande prescience. Merlin dit au roi Arthur : « Seigneur, c'est là, dans ce rocher, qu'habite le chat. » Il lui désigna la grotte où vivait le chat au milieu d'une très vaste prairie. « Comment le faire sortir ? interrogea le roi Arthur. — Vous allez le voir bientôt. Préparez-vous à vous défendre, car il vous attaquera aussitôt.

790. — Écartez-vous tous, dit Arthur, je veux éprouver ses forces », et ils lui obéirent. Dès qu'ils se furent retirés, Merlin siffla très fort. Quand le chat l'entendit, il sortit de la grotte car il croyait entendre une bête sauvage. À jeun, tenaillé par la

---

Nostres Sires estoit coureciés a lui de ce qu'il li avoit menti de sa couvenance. Lors conmanda li rois Artus c'on toursast et c'on se mesist a la voie. Et cil si firent son conmandement et se mirent vers le lac de Losane, et trouverent le païs gasté et nient de gent, car hom ne feme n'osoit el païs habiter. Et errerent tant qu'il en vinrent en sous le mont ou cil dyables anemis estoit. Si se logierent desous une valee qui estoit prés, a une lieue de cele montaingne ou cele beste estoit. Si prist li rois Lot et mesire Gavains lor armes et Gaheries [d] et li rois Bans pour aler avoec le roi Artu et avoec Merlin. Et dient qu'il voelent aler veoir cel aversier qui si grant damage a fait el païs et en la terre. Si en monterent le mont, si come Merlin les i maine qui tout savoit l'estre par le grant sens qui en lui estoit. Et quant il furent amont venu si dist Merlins au roi Artu : « Sire, la en cele roce est li chas. » Si li moustre une grant cave en une praerie qui molt estoit grans et parfonde. « Et conment venra il fors ? fait li rois. — Vous le verrés ja, fait Merlins, molt hastivement venir. Mais soiiés prest de vous desfendre, car il vous assaudra tout maintenant.

790. — Or vous traiiés dont tout ariere, fait li rois Artus, car je voel esprover son pooir. » Et cil firent son conmandement. Et si tost com il se furent trait ariere, Merlins fist un sifflet molt haut. Et quant li chas l'oï, si sailli tout maintenant fors de la cave, car il quida que ce fust beste sauvage. Et il estoit encore tous fameillous

faim, tout enragé et affamé, il fonça sur le roi. Dès qu'il le vit,
Arthur lui opposa sa lance et pensa le transpercer. Mais le
diable prit le fer entre ses crocs et le secoua si brutalement
qu'il fit chanceler le roi. Comme Arthur résistait, le manche
tordu cassa à hauteur du fer. Le diable gardait le fer dans sa
gueule et, comme un forcené, s'acharnait à le ronger. Le roi
jeta le tronçon de sa lance, tira l'épée de son fourreau et tint
son écu devant sa poitrine. Le chat bondit et chercha à le saisir à la gorge. Le roi se dégagea en haussant l'écu et fit rouler
la bête au sol mais elle attaqua de nouveau le roi très vigoureusement. Le roi Arthur leva son épée et lui en assena un
coup violent sur la tête : il trancha le cuir sans entamer le
crâne. Cependant, le choc étourdit la bête et la fit s'écrouler
mais, avant que l'homme n'ait pu revenir en garde avec son
écu, elle lui sauta sur les épaules découvertes, lui enfonça les
griffes à travers le haubert jusque dans la chair et le secoua si
durement qu'elle fit voler plus de trois cents mailles de la cotte
de fer. Le sang vermeil du roi coulait sous ses griffes et peu
s'en fallut que le roi ne tombât. La vue de son sang mit le roi
dans une violente colère : l'écu devant la poitrine et l'épée
dans sa main droite, il s'élança vigoureusement sur le chat qui
léchait le sang recouvrant ses griffes. Le chat le vit, il bondit
sur le roi et pensa le saisir comme auparavant mais, cette fois,

---

et tous jeüns et courut tous dervés et tous erragiés de faim envers le
roi Artu. Et si tost come li rois le vit si tendi son espiel encontre et
le quide ferir parmi le cors. Mais li dyables prist le fer as dens et le
sace si durement qu'il fist le roi chanceler. Et a l'estordre que li rois
fist del espiel^a rompi li fus emprés le fer, et li fers remest en la
bouche. Si li conmencha a rungier autresi come s'il fust forsenés. Et
li rois jete sus le tronçon de la lance et traïst l'espee fors del fuerre et
tint l'escu devant son pis. Et li chas li saut maintenant qui saisir le
quida a la gorge. Et li rois leva si durement l'escu encontre qu'il
flatist le chat a terre^b. Mais tost resailli sus al roi molt vigherousement. Et li rois Artus hauce l'espee et l'en fiert si durement parmi la
teste si qu'il li trencha le quir, ne mais li tés fu si durs qu'il ne le pot
entamer. Et nonpourquant il l'estonna si del cop qu'il chaï a terre
tous estendus. Mais ançois que li rois peüst avoir son escu recouvré,
resailli li chas et le saisi tout a descouvert par les espaulles et l'embati
les ongles parmi le hauberc d'outre en outre jusqu'en la char et le
sacha si durement a lui qu'il en fist voler plus de .ccc. mailles si que
li sans vermaus en sailli aprés les ongles, et s'en failli petit qu'il ne le
fist cheoir a terre. Et quant li rois vit son sanc si en fu molt durement coureciés. Lors mist l'escu devant son pis et tint l'espee en son
poing destre et courut sus au chat molt vigherousement qui lechoit
[d] ses ongles dont il estoit moulliés. Et quant il vit le roi venir
envers lui si li saut a l'encontre et le quida saillir ausi conme devant.

le roi plaça son écu en avant et le chat frappa dessus avec ses deux pattes. Il enfonça ses griffes au milieu et secoua l'écu si violemment qu'il fit ployer le roi à terre et que la courroie de l'écu vola de son cou jusqu'à terre. Mais le roi tenait si bien l'écu par les attaches qu'il ne put lui échapper et que le chat ne put en retirer ses griffes. La bête resta fichée dans l'écu par ses deux pattes avant. Quant le roi constata que la bête était si bien fixée à l'écu, il leva son épée et du tranchant lui coupa les deux pattes un peu au-dessous du genou[1]. Le chat s'écroula, le roi jeta l'écu et s'élança, l'épée brandie. Le chat s'appuya sur ses pattes arrière, grinça des dents, ouvrit la gueule et, à l'instant où le roi crut le frapper à la tête, le chat bondit sur ses pattes arrière et lui sauta en plein visage, le saisissant de ses pattes. Il voulut le mordre au visage et, de ses crocs, lui laboura la chair. Il fit jaillir le sang de la poitrine du roi et du haut de ses épaules. Quand le roi s'aperçut que le chat le tenait si fort, il lui pointa l'épée dans le ventre et l'y enfonça de part en part. Lorsque le chat sentit l'épée, il ouvrit la gueule, lâcha prise et tomba à la renverse en se laissant choir : ses deux pattes arrière plantées dans le haubert y demeurèrent fixées si bien qu'il resta pendu la tête en bas. Le roi, le voyant ainsi suspendu, leva son épée et coupa net les deux pattes fichées dans le haubert ; le reste du corps roula à terre. La bête s'écroula en se vautrant, en se débattant et en

---

Mais li rois li lance son escu au devant et li chas i feri ens de .ii. piés devant, si qu'il embati ses ongles parmi et le sacha si durement que il enclina tout le roi encontre terre si que la guige del escu li vola contre terre del col. Mais il le tint si bien par les enarmes qu'il ne li pot eschaper ne li chas ne pot ses ongles ravoir, ains remest pendant en l'escu par les .ii. piés devant. Et quant li rois Artus vit qu'il se tint en l'escu si fermement, si hauce l'espee et le fiert si durement parmi les gambes qu'il li copa ambesdeus un petit desous le jenoul tout outre, et li chas chiet a terre. Et li rois jete l'escu, se li court sus l'espee traite, et li chas s'acroupi sor les .ii. gambes deriere et requingne des dens et bee la goule. Et li rois lance a lui et le quide ferir parmi la teste et li chas s'enpaint des .ii. piés deriere et li saut enmi le vis et le prent as piés derriere[c] et as dens et li embat en la char si qu'il li fait li sanc saillir en maint lieu del pis et des espaulles en haut. Et quant li rois sent qu'il le tenoit si fort, si li apointe l'ameure de l'espee el ventre et li valt lancier parmi le cors. Et quant li chas senti l'espee, si lascha les dens et se laissa aler contreval car il se quide laissier chaoir a terre. Mais les .ii. piés qu'il ot fichiés el hauberc le tinrent, si que il remest pendant la teste contreval. Et quant li rois le vit en tel maniere pendu a lui, si hauce l'espee et li cope les .ii. piés qu'il ot fichiés el hauberc[d] et li cors chiet a terre. Et si tost com il fu cheüs il se conmencha a voltrer et a batre

hurlant si fort qu'on l'entendit jusqu'au camp du roi Arthur. Quand elle eut lancé ce cri, la bête se mit à sautiller de toute la force de son corps et voulut se mettre à l'abri dans la grotte d'où elle avait surgi. Mais Arthur s'interposa entre l'entrée et la bête. Il attaqua alors le chat qui se lança sur lui et voulut le mordre, mais, d'un revers de l'épée par-dessus les pattes de devant, il lui trancha le corps.

791. Alors Merlin et les autres accoururent et s'enquirent de son état. « Grâce à Dieu et à l'aide de Notre-Seigneur, j'ai exterminé ce diable qui a causé tant de ravages dans ce pays. Sachez que je n'ai jamais eu aussi peur pour ma vie qu'en cette occasion, excepté lors du combat contre le géant que j'ai tué l'autre jour sur le mont au bord de la mer. J'en rends grâces à Notre-Seigneur !

792. — Seigneur, font les princes, vous avez bien raison. » Ils regardèrent alors les pattes qui étaient resté fixées sur l'écu et le haubert et dirent qu'ils n'en avaient jamais vu de semblables. Gaheriet prit l'écu et ils s'en retournèrent au campement en menant grande joie. Quand les princes virent les pattes et les griffes sur l'écu et le haubert, ils en furent tout ébahis. Ils emmenèrent le roi dans sa tente, le désarmèrent et examinèrent les égratignures et les morsures du chat. Ils les lavèrent et les nettoyèrent très soigneusement. Les médecins les enduisirent d'une lotion pour en tirer le

---

et a braire si durement que en l'oſt le roi Artu qui fu logies l'oï on tout clerement tout cil qui i eſtoient. Et quant il ot jeté cel cri, si cmmencha a sauteler par la grant force de son cors et se vaut traire vers la cave dont il eſtoit issus. Mais li rois se miſt entre lui et la cave et li court sus. Et li chas se lance a lui et le quida aerdre as dens. Mais au lancier que il fiſt l'asena li rois del espee par desus les .II. gambes devant et le tronchonne d'outre en outre.

791. Lors acourut Merlins et li autre cele part et li demanderent conment il li eſtoit. « Bien, fait il, la Dieu merci Noſtre Signour. Car je ai ocis le dyable qui maint damage a fait en ceſt païs. Et saciés vraiement que je n'oi onques mais de mon cors si grant doutance come je ai eü de li, fors solement del gaiant que je ocis l'autre [e] jour en la montaingne au flot de mer. Si en aour et mercie Noſtre Signour.

792. — Sire, font li prince, vous avés droit. » Lors regarderent les piés qui eſtoient remés en l'escu et el haubert et dient que onques mais ne furent tel pié veü. Si priſt Gaheries l'escu et s'en retournerent a l'oſt molt grant joie menant. Et quant li prince virent les piés et les ongles qui tant eſtoient lonc, si en furent tout esbahi. Si enmenerent le roi a sa tente et le desarmerent et regarderent ses esgratinures et les morsures del chat. Si li laverent et netoiierent molt gentement et li mire li misent tel chose desus qui tout le venin traisent et li apareillierent en tel maniere c'onques n'i laissa a chevau-

venin et les pansèrent de telle manière qu'il pût parfaitement
remonter à cheval. Ils séjournèrent jusqu'au lendemain où ils
rentrèrent en Gaule. Le roi fit apporter l'écu où pendaient
les griffes du chat et le haubert où se trouvaient les autres
pattes, il les fit mettre dans un coffre qu'il ordonna de bien
garder. Puis, le roi demanda à Merlin comment s'appelait
cette montagne. Merlin répondit que les gens du pays l'appelaient le mont du Lac à cause du lac qui se trouvait en
contrebas. « Par ma foi, fait le roi, je veux que ce nom soit
changé et que désormais on dise le mont du Chat en souvenir du diable qui y possédait son repaire et qui y a été tué[1]. »
Le roi parlait à bon escient car jamais depuis ce nom ne
changea et jamais il ne changera tant que ce monde durera[2].
À cet endroit, le conte se tait au sujet du roi Arthur et
revient à ceux qui emmenaient les prisonniers en France[3].

793. Le conte dit que, après avoir assisté à la grande débâcle
des Romains tentant de secourir leurs prisonniers, les compagnons à qui le roi Arthur avait confié les Romains captifs
reprirent ces prisonniers gardés en lieu sûr par leurs écuyers et
se remirent en route pour la France. Chaque ville qu'ils traver-
saient était pour eux une étape vers une autre ville. À force de
cheminer jour et nuit, ils arrivèrent à un château qui appartenait à Claudas de la Déserte. Soixante-cinq chevaliers des
terres du roi Claudas vinrent à leur rencontre. Ils avaient
appris par leurs espions que le roi Arthur faisait emmener des

chier. Si sejournerent celui jour jusqu'a l'endemain qu'il se misent au
chemin ariere vers Gaule. Et li rois fiſt porter l'ecu ou les piés del
chat pendoient et ciaus del hauberc fiſt metre en un coffre et
conmanda qu'il fuissent bien gardé. Et li roi demande a Merlin
conment cil mons eſtoit apelés. Et Merlins li diſt que cil du païs
l'apeloient le mont del Lac pour un lac qui i batoit au pié desous.
« Par foi, fait li rois, je voel que cil nons li soit tolus. Si voel que des
ore mais soit apelés li Mons del Chat pour ce que li chas i avoit son
repaire et pour ce qu'il i eſt ocis. » A tel eure le diſt li rois que
onques puis ne li failli cis nons, ne jamais ne li falra tant com cis
siecles duerra. Mais ici endroit se taiſt li contes del roi Artu et
retourne a parler de ciaus qui les prisons enmainnent en France.

793. Or diſt li contes que quant li compaingnon a qui li rois Artus
avoit baillié les Romains prisons se furent repairié de la grant desconfiture des Romains qui les prisonniers quidoient avoir rescous,
que cil prisent les prisons que li esquier gardoient el deſtour et se
misent el chemin vers France. Et en chascune vile qu'il viennent [f] il
prendoient conduit a autre vile. Si errerent tant de jour et de nuit
qu'il vinrent a un chaſtel qui eſtoit a Claudas de la Deserte. Si lor
vinrent a l'encontre .LXV. chevalier de la terre au roi Claudas qui par
lor espies savoient que li rois Artus envoioit chevaliers prisons qui

prisonniers qui étaient des chevaliers romains. Ils s'avisèrent
que si ces prisonniers étaient restitués au roi Claudas, celui-ci
leur en saurait gré ; eux-mêmes avaient beaucoup d'estime
pour l'empereur et les Romains. Chevauchant de bonnes
montures et prêts au combat, ils vinrent affronter ceux qui
convoyaient les prisonniers au nombre de deux cents au
moins, tant chevaliers qu'écuyers et hommes du pays qui
s'étaient associés à eux. Mais, à vrai dire, parmi les deux
cents il n'y avait que quarante chevaliers et les gens du pays
étaient soixante-six. Près de leur château, où se trouvaient
beaucoup d'hommes en armes et d'écuyers à pied en qui ils
avaient grande confiance, les hommes de Claudas se tapirent
dans un petit bois un peu à l'écart du chemin. Quand ils
virent approcher le convoi, ils s'élancèrent sur lui à bride
abattue, puis ils assaillirent la troupe de si près qu'ils faillirent les prendre par surprise. Quand ceux du convoi les
virent venir, ils piquèrent des deux dans leur direction et les
deux troupes se frappèrent si violemment qu'ils percèrent
leurs écus, démaillèrent leurs hauberts et enfoncèrent à certains les fers de leur lance dans le corps. Il y eut des morts
et des blessés de part et d'autre. Quand les gardiens des prisonniers virent leurs chevaliers tomber à terre, ils coururent
vers eux pour les aider et pour contenir l'ennemi. Il y eut un
grand fracas d'armes qui s'entrechoquaient et les hommes du
roi Claudas furent bien affaiblis. Ils l'auraient été encore
davantage mais des renforts du château vinrent à leur
secours : ils étaient bien cent cinquante. Une très grande et

---

romain estoient. Si s'apenserent que, s'il estoient rendu au roi Claudas, qu'il lor en sauroit gré, car il amoient molt l'emperaour et les
Romains. Et il furent bien monté et apareillié, si s'en vinrent
encontre ciaus que les prisons menoient qui bien estoient .CC. que
chevaliers[a] que esquier que de ciaus du païs qui lor firent compaingnie. Mais, sans faille, des .CC. n'i estoient que li .XL. chevalier et cil
estoient .LXVI. Et prés de lor chastel, ou il avoit assés sergans et
esquiers a pié, si se fioient molt en aus et s'embuschierent en un
boschel un poi defors le chemin. Et quant il les virent aprocier si les
laissierent encontre els et les assaillirent de prés que poi s'en failli
qu'il ne les sousprisent. Mais, quant cil les virent venir, si poignent
encontre els et s'entreferent si durement sor les escus qu'il les percierent et desmaillierent les haubers et s'en passerent, de tels i ot, les
fers des lances parmi les cors. Si en ot de mors et de navrés d'une
part et d'autre. Et quant cil qui avoeques les prisons estoient virent
les chevaliers verser, si courent cele part pour aïdier as lor et por les
autres detenir. Si i fu grans la noise et li fereïs, et molt furent empirie
la gent au roi Claudas. Et plus eüssent il esté empirié, mais cil de lor
chastel les secoururent a force, qui bien estoient .CL. Si conmencha

très âpre bataille s'engagea ; les Bretons étaient forts et courageux et les hommes de Claudas ne l'étaient pas moins sur leurs terres. Ils se défendirent si bien, si énergiquement et si prodigieusement qu'on s'émerveillait à les regarder. Alors sortirent du château cinquante hommes d'armes, chacun tenait un arc et une flèche à encoche. Ils se mirent à tirer sur les Bretons et en tuèrent un grand nombre lors de cet assaut. Les Bretons en furent très troublés et il leur fallut reculer malgré eux jusqu'aux prisonniers gardés par les hommes à pied. Les Bretons auraient perdu la partie s'ils n'avaient obtenu une nouvelle chance avec l'aide de Dieu : Pharien de Trèbes et Léonce de Palerne venaient pour piller le château. Ils avaient avec eux sept mille chevaliers possédant tous une monture et richement armés. Ils arrivaient en plein massacre dans la débâcle des Bretons. Quand les hommes du château les aperçurent et qu'ils reconnurent leurs enseignes, ils en furent très troublés et cessèrent de poursuivre les Bretons. Ils battirent en retraite vers leur forteresse et se précipitèrent dans leur château à qui mieux mieux de sorte que le père n'attendait plus son fils ni le fils son père. En dépit de leur hâte, Léonce, Pharien et leurs compagnons parvinrent à en tuer plus de trente tandis que les autres se ruaient dans le château pour leur échapper. Ceux qui se trouvaient sur les remparts firent coulisser les portes après leur passage de sorte que deux chevaux furent écrasés par la porte. Pharien, Léonce et leurs gens

---

molt grant et molt aspre la bataille, car li Breton eſtoient fort et hardi et la gent Claudas forte et fiere en lor terre. Si desfendirent si bien et si fort et si merveilleusement que ce fu merveille a regarder. Lors issirent fors del chaſtel .L. sergans et ot chascuns arc en sa main et saiete cochie. Si commencierent a traire sor les Bretons, si en ocisent molt en cele venue. Si en furent li Breton molt esmaiié et les couvint a fine force reüser jusques as prisonniers qui li sergant a pié gardoient. Si eüssent li Berton le tout perdu se ne fuſt une*b* aventure qui lor avint, ausi come Dix le vaut, que Fariens de Trebes et Leonces de Paierne venoient cele part pour le chaſtel preer. Et orent en lor compaingnie .VII.M. chevaliers tous montés et richement armés, si sourvinrent au capleïs et [*165a*] a la desconfiture des Bretons. Et quant cil del chaſtel les aperchurent et il connurent les enseignes, si en furent molt esmaiié et laissierent l'enchauceïs des Bretons. Et se misent a la fuie vers lor forterece et se ferirent el chaſtel, qui ains ains qui mix mix, que onques n'i atendi li peres le fil ne li fix le pere. Ne onques ne s'i sorent tant haſter que Leonces et Pharens et lor compaingnon n'en oceïssent plus de .xxx. Et li autre se ferirent el chaſtel a garison. Et cil qui sor les murs eſtoient laissierent les portes couler après els, si que la porte lor ociſt .II. chevals. Et Phariens et Leonces et lor gens

rejoignirent les Bretons qui avaient rassemblé leurs prisonniers et qui repartaient avec eux. Pharien leur demanda qui
ils étaient et ils répondirent qu'ils appartenaient au roi
Arthur, lequel envoyait ces prisonniers en France. À ces
mots, ils leur souhaitèrent la bienvenue.

794. Ils se mirent en route tous ensemble et chevauchèrent
jusqu'à Bénoïc. Ils firent descendre les prisonniers devant le
palais principal puis les envoyèrent au cachot comme le roi
Arthur l'avait ordonné. Ils ôtèrent leurs armes et séjournèrent
là, heureux et comblés. Mais ici le conte se tait à leur sujet et
revient au seigneur des Marais et à sa fille pour relater comment il lui fit assurer le service à table en l'honneur d'un
homme puissant du pays qui partageait leur repas.

La fille du seigneur des Marais.

795. Le conte dit que cinq jours après que le roi Ban, le
roi Bohort et Merlin eurent quitté le Marais où ils avaient
passé un excellent séjour, un homme puissant du pays voisin
arriva au château pour la nuit. Le seigneur du château, qui
était preux et sage, lui témoigna une très grande joie. Il l'honora en lui faisant servir une coupe par sa fille qui était
courtoise, sage et bien élevée. Le chevalier regarda la demoiselle et elle lui plut tellement qu'il demanda sa main à son
père. Il dit qu'il la prendrait pour épouse, s'il le voulait bien.
Le père le remercia beaucoup de l'honneur qu'il lui faisait et

---

s'en repairierent vers les Bretons qui ravoient lor prisonniers
recueillis et les enmenoient. Si lor demande Phariens qui il sont, et il
respondirent qu'il sont au roi Artu qui ces prisonnniers envoie en
France. Et quant il l'entendirent si dient que bien fuissent il venu.

794. Lors se misent au chemin tout ensemble, et chevauchierent
itant qu'il vinrent a Benuyc. Et descendirent les prisons devant le
maistre palais, puis les firent metre en chartre, si come li rois Artus
l'avoit conmandé. Puis se desarmerent tout et demourerent illuec en
joie et en feste. Mais ici endroit se taist li contes d'aus et retourne a
parler del signour des Marés et de sa fille, ensi com il le fist servir a
table en l'onour d'un riche home del païs qui avoec lui mengoit.

795. Or dist li contes que dedens le cinquisme jour que li rois Bans
et li rois Boors et Merlins se furent parti des Marés ou il orent jeü a
joie et a feste, que uns riches hom del païs vint au chastel une nuit.
Et li sires del castel, qui molt estoit prodom et sages fist de lui molt
grant joie. Et fist en l'onour de lui servir sa fille de la coupe, come
cele qui molt estoit cortoise et sage et bien enseignie. Li [*b*] chevaliers
qui laiens estoit herbergiés regarda la damoisele, et li plot tant et
embeli qu'il requist a son pere. Et dist qu'il le prendroit a feme, s'il
li plaisoit. Et li peres l'en mercia molt pour ce qu'il li requeroit
s'onour et molt en fu liés, car il estoit tous li plus haus hom de la

il fut très heureux de cette demande qui émanait du plus haut personnage de la contrée. Il lui promit d'en parler à la demoiselle et de lui donner ensuite sa réponse.

796. Après le souper, ils allèrent se reposer. Le lendemain, ils se levèrent de bon matin et l'homme de bien expliqua à sa fille que le chevalier voulait la prendre pour épouse et que ce chevalier était si puissant et si estimable que, grâce à lui, toute sa parenté pourrait être flattée et honorée. Quand la demoiselle l'entendit, elle répondit très aimablement à son père : « Seigneur, je n'ai pas encore l'âge de me marier car je suis très jeune. Laissez donc ce sujet, s'il vous plaît. — Ma chère fille, je ne vois aucun avantage à laisser cette affaire. Vous devriez au contraire éprouver une grande joie dans votre cœur qu'un homme si important et si puissant daigne vous demander de devenir sa compagne et son amie par le mariage, vous qui n'avez même pas son rang et qui êtes à peine digne de le déchausser. Aussi, je vous prie et vous ordonne de faire selon mon désir. — Seigneur, fait-elle, vous pourriez vous dispenser de me faire cette demande car, par la foi que je vous dois, à vous mon père, je n'ai pas encore atteint l'âge du mariage. — Comment, ma chère fille, voulez-vous donc faire fi de mon bon plaisir et mon désir ? — Seigneur, répond la demoiselle, votre désir ne peut consister à vouloir que je sois perdue pour vous. — Perdue ? s'étonne-t-il. Ma chère fille, je vous aurais plutôt gagnée ! — Non, perdue, seigneur, car jamais la joie n'habitera mon

---

contree. Et li dist qu'il em parleroit a la damoisele et puis l'en responderoit.

796. Quant il orent soupé si alerent reposer. Et l'endemain leverent matin et li prodom mist sa fille a raison de ce que li chevaliers le requeroit a moullier, qui tant estoit poissans et haus hom que par lui poroient tout estre si ami essalchié et honneré. Et quant la damoisele l'entendi, si respondi a son pere molt doucement et li dist : « Sire, il n'est mie tans de moi marier encore, car je sui assés jouene. Si em poés bien atant laissier la parole ester, s'il vous plaist. — Bele fille, en laissier ent la parole ne voi je mie prou. Vous deüssiés avoir grant joie en vostre cuer que uns si haus hom et si poissans vous daingne requerre a compaingne et a amie par mariage, qui estes une basse feme envers lui et envis en estes vous dingne de lui deschaucier. Si vous proi et conmant de faire mon voloir. — Sire, fait ele, vous vous em poés bien atant sousfrir, que, par la foi que je doi vous qui mes peres estes, je ne sui pas en l'anee encore que je soie mariee. — Conment, bele fille, fait li peres, volés vous refuser mon plaisir et ma volenté ? — Sire, fait la pucele, vos volentés n'est mie tele que vous me vausissiés avoir perdue. — Perdue ? fait il. Bele fille, ains vous aroie gaaingnie. — Mais perdue, sire, fait ele, car je n'auroie jamais joie a mon

cœur si je prends pour mari un autre que celui à qui je me
suis promise et fiancée. Et pourtant, je sais bien que je ne
l'aurai jamais. C'est pourquoi je m'en tiendrai à ce qu'il m'a
laissé. C'est un homme plus important, plus beau et un
meilleur chevalier que celui que vous me proposez. J'en
attends bien plus que de celui dont vous me parlez. — Ma
chère fille, fait le père, de qui me parlez-vous ? Dites-moi
clairement votre pensée et, selon ce que j'entendrai de vous,
je mettrai un terme provisoire à ma demande.

797. — Seigneur, fait la demoiselle, je vais donc tout vous
dire puisque vous voulez tout savoir et je ne mentirai en
rien. » Elle lui conta alors dans l'ordre ce qui lui était arrivé
avec le roi Ban de Bénoïc, qu'elle était enceinte de lui et
qu'il lui avait déclaré qu'elle aurait un fils dont son lignage
serait magnifié. « Aussi, je vous prie, dit-elle, de ne plus
jamais me parler de mariage sinon avec un roi. Car, par la
foi que je vous dois, je n'aurai d'autre mari qu'un roi. »

798. Quand le père entendit sa fille, il en fut très affligé et
fâché mais il n'osait pas le laisser paraître. Il lui répondit calmement : « Ma chère fille, puisque les choses sont ainsi, je
dois m'en accommoder. Ne vous inquiétez pas ! J'irai parler à
notre hôte et seigneur et je lui ferai part de votre désir et non
du mien. » Il alla ensuite trouver le chevalier qui fixait ses
éperons et le salua très courtoisement en disant : « Seigneur,
s'il vous plaisait d'attendre encore deux ans, je satisferais

---

cuer se je avoie mari autre que celui a qui je me sui otroie et promise,
et si sai bien que je ne l'aurai ja, ains me tenrai a ce qu'il m'a laissié. Et
il est plus haus hom et plus biaus et miudres chevaliers que cis ne soit.
Et greignour bien en atent je a avoir que de cestui. — Bele fille, fait li
peres, de qui me parlés vous ? Dites moi tout clerement vostre pensee
et tele chose porrai je oïr et entendre de vous que je metrai ceste
chose en respit.

797. — Sire, fait la damoisele, et je le vous dirai, puis que vous
le volés savoir ne ja ne vous en mentirai de mot. » Lors li conte
tout ordeneement comment il li estoit avenu entre li et le roi Ban de
Benuyc et qu'ele estoit de lui enchainte et que il li avoit [d] dit
qu'ele auroit un fil dont tous ses lignages iert encore essauciés.
« Si vous proi, fait ele, que de mon marier ne tenés nul plait se a roi
non. Que, par la foi que je vous doi, je n'aurai jamais mari se roi
non. »

798. Quant li peres entendi sa fille si en fu molt dolans et molt
coureciés. Mais ciere ne samblant ne n'ose faire. Si li respondi molt
doucement : « Ma bele fille, puis qu'il est ensi, a soufrir le m'en couvient. Or ne vous desconfortés de rien et je irai parler au signor et li
respondrai la vostre volenté, non pas la moie. » Adont s'en vint au
chevalier qui ja chauçoit ses esperons, si le salua molt courtoisement

votre désir. » Il lui dit cela parce qu'il savait bien que le chevalier ne lui accorderait pas ce délai. Quand le chevalier l'entendit, il ne souffla mot mais monta sur son cheval avec ses
gens et il partit sans prendre congé. Il jura bien que, puisqu'il
ne pouvait pas obtenir la jeune fille par l'amour, il l'obtiendrait par la force. Et ceux qui pourraient lui en vouloir
auraient à qui parler. C'est ainsi qu'il partit et revint dans son
pays. Il convoqua ses hommes qui se montaient à huit cents
chevaliers en comptant aussi les mercenaires et ils établirent
leur camp devant le château des Marais. Il fit dresser sa tente
sous un pin, très près de la route, et il jura que jamais il ne
partirait de là avant de les avoir affamés. Quand le seigneur
des Marais se vit ainsi assiégé, il en fut très troublé mais non
parce qu'il avait peur d'être capturé ou affamé, car nul dans
le royaume n'aurait été capable de s'emparer de lui et il
n'était pas facile non plus de l'affamer : il avait des vivres
pour cinq bonnes années. Il n'avait donc nul besoin de quitter l'enceinte de la ville. Il avait soixante-deux chevaliers
preux et courageux au combat car le seigneur des Marais était
un homme de grande noblesse. Les assiégeants restèrent huit
jours devant le château sans voir un jet de trait ou de lance.
Le neuvième jour, aux alentours de prime, un chevalier de
l'armée nommé Maduras s'approcha du cor qui pendait, il
l'emboucha et en sonna à trois reprises avec une belle énergie
de sorte que le seigneur du château l'entendit très clairement.

---

et li dist : « Sire, s'il vous plaisoit encore a souffrir .II. ans, je ferai
vostre plaisir. » Et ce dist il pour ce qu'il savoit bien qu'il ne li otrieroit pas le respit. Quant li chevaliers l'entendi, se ne li respondi
onques mot, ains s'en monte, il et sa gent, et s'en part sans congié
prendre. Et jure, puis que par amours ne le puet avoir, il l'aura par
force. Et après lui en auront cil qui en vauront. Si s'en part en tel
maniere et s'en vint en son païs et semonst ses homes tant qu'il en
ot bien .VIII.C. chevaliers que de sa gent que de soldoïiers, et s'en
vont a l'ost devant le chastel des Marés. Et fist tendre le tref desous
le pin, assés prés de la chaucie. Et jure son sairement que jamais ne
s'en partiroit devant ce que il les avera afamé. Et quant li sires des
Marés se vit assegié, si en fu molt dolans, non mie pour ce qu'il eüst
paour d'estre pris a force ne d'estre afamés, car tout cil del roiaume
ne le preïssent ne afamés ne fust il pas legierement. Car il avoit laiens
assés vitaille a .V. ans plains, et ja ne couvenist issir fors de la porte.
Et il avoit laiens .LXII. chevaliers prous et hardis as armes, car li sires
des Marés estoit molt nobles hom. Si i furent cil devant .VIII. jours
que onques n'i ot trait ne lancie. Si avint au nuvisme entour eure
de prime, que uns chevaliers de l'ost qui Maduras estoit apelés vint
au cor qui i pendoit et le mist a sa bouche et le sonna par .III. fois
de molt grant vertu, si que li sires du chastel l'oï tout clerement.

Il demanda ses armes et s'équipa très noblement, monta sur un deſtrier robuſte et rapide, l'écu en bandoulière, la lance au poing. On lui ouvrit la porte et il sortit à vive allure sur le chemin pour se rendre vers le camp des assiégeants. Il dénonça alors très fort la témérité de celui qui avait sonné du cor sans sa permission et il le jugea mal inspiré d'avoir osé le faire. S'il était si hardi, qu'il vienne donc l'affronter. Maduras dit qu'il jouterait avec lui à la condition que celui qui tomberait à terre se rendrait à son adversaire sans autre forme de procès. « Je vous l'accorde, fit Agravadain, si votre seigneur consent à ce que je n'aie rien à craindre de personne et pas d'autre adversaire que vous ! — Par ma foi, fait-il, vous n'avez rien à craindre pour être venu ici. »

799. Agravadain quitta alors le chemin. Maduras et lui s'éloignèrent l'un de l'autre et les chevaliers se placèrent autour d'eux pour regarder la joute. Les deux chevaliers s'élancèrent aussi vite que leurs chevaux purent les entraîner, l'écu au bras, lance sur feutre. Ils se frappèrent si violemment sur leurs écus qu'ils les percèrent. Maduras brisa sa lance. Agravadain l'attaqua si violemment qu'il le renversa de cheval et lui brisa le bras gauche entre le poing et le coude. Il tendit ensuite la main, prit le cheval par les rênes et le ramena sur le chemin. Puis il demanda à Maduras de le suivre et de respeċter sa promesse. Il reprit le chemin du château, emmenant devant lui le cheval de Maduras, et il franchit les portes

---

Lors demanda ses armes et s'arma molt gentement et monta sor un deſtrier fort et isnel, l'escu au col, la lance el poing. Et la porte li fu ouverte et il s'en issi fors grant aleûre et s'en va toute la chaucie vers l'oſt. Et s'es[d]cria a hautes vois que cil eſtoit trop hardis qui son cors avoit sonné sans son congié. Et mar le pensa, s'il a tant de hardement en soi que il s'osece a lui joindre. Et Maduras diſt qu'il joſtera a lui par tel couvent que cil qui charra se rende pris par tel afaire et sans plus faire. « Et je l'otroi, fait Agravadains. Et, se voſtres sires l'otroie que je n'aie de nului regart ne encombrement que de vous. — Par foi, fait il, ne vous couvient de nului douter puis que atant en eſtes venus. »

799. Lors descendi Agravadain de la chaucie, si s'entr'eslongent entre lui et Maudras li uns de l'autre et li chevalier furent arengié tout entour pour regarder la jouſte. Et li doi chevalier s'entreuiennent si grant oirre com il puent del cheval traire, lor escus embraciés et les lances sor le fautre, et s'entrefierent sor les escus si durement que il les percent. Et Maudras brisa sa lance, et Agravadains l'enpaint si durement qu'il le porte del cheval a terre si roidement qu'il li brise le bras seneſtre entre le poing et le coute. Puis tendi la main et priſt le cheval par le frain si le met sor la chaucie, puis diſt a Maudras qu'il le sieve et li tiengne sa couvenance. Puis se met sor la chaucie et s'en

de la cité où on le reçut en grande joie. Lériador et ses chevaliers se rendirent près de Maduras. Ils le trouvèrent évanoui et pensèrent qu'il était mort. Au bout d'un certain temps, il se mit à bouger et à ouvrir les yeux. Il demanda ensuite qu'on l'emmenât au château pour respecter sa promesse.

800. Lériador fit faire un brancard de branches feuillues afin de le faire transporter par deux chevaux. Il le fit coucher sur cette litière, le couvrit d'un riche tissu de soie. Ils fixèrent le brancard à deux palefrois et le conduisirent au château. Agravadain l'accueillit et le fit installer dans une chambre somptueuse où l'on soigna son bras. Ceux qui l'avaient escorté jusqu'au château retournèrent dans leur campement et trouvèrent Lériador affligé et courroucé. Les autres l'étaient tout autant. Le lendemain, un autre chevalier se présenta et sonna du cor. Agravadain vint l'affronter, jouta contre lui, l'abattit et lui fit promettre de se constituer prisonnier. Ce dernier vint au château. Agravadain continua ainsi jusqu'à en abattre onze. Le seigneur en fut très affecté et il sonna lui-même du cor le douzième jour. Quand Agravadain se présenta comme d'habitude, Lériador lui dit qu'avec cette joute la guerre prendrait fin et que le siège serait levé. Si Agravadain remportait la victoire sur lui, il se retirerait dans son pays avec toute son armée et jamais plus ni lui ni ses hommes ne porteraient atteinte à ses biens. « Et si je vous bats, ajouta-t-il, vous me donnerez votre fille pour épouse et je ne vous demanderai plus rien. »

---

vait vers le chastel et chaça le cheval Maudras devant soi et s'en entra en la porte ou il fu receüs a molt grant joie. Et Leriador et ses chevalier vinrent a Maudras et le trouverent pasmé et quidierent que il fust mors. Et quant ce vint a chief de piece, il s'esperi et ouvri les ex et conmanda que on le portast au chastel pour aquitier son creante.

800. Lors fist faire Leriador une biere chevaleresse de rainssiaus de fuelles, puis le fist couchier dedens et couvrit d'un riche paile de soie et le leverent sor .II. palefrois et le menerent dedens le chastel. Et Agravadains le rechut et le fist metre en une molt riche chambre et on li fist son bras apareillier. Et cil qui l'avoient aconduit retournerent a l'ost et trouverent Leriador dolant et courecié. Et ausi furent tout li autre. A l'endemain revint un autre chevalier et sonna le cor. Et Agravadain i vint, si jousta a lui et l'abati et li fist fiancier prison. Et cil s'en vint au chastel. Et ensi le fist si bien Agravadains qu'il en abati .XI. Si en fu li sires molt dolans et sonna [e] il mëismes le cor au dousisme jour. Et quant Agravadains i fu venus, ensi com il soloit, se li dist Leriador qu'a ceste jouste seroit la guerre finee et li sieges departis. Car, se il le puet conquerre, il s'en va en son païs a toute son ost ne jamais il ne li sien as soies choses n'atouceront. « Et se je vous conquier, fait il, vous me donrés vo fille a moullier, que plus ne vous demant. »

801. Le pacte fut ainsi conclu. Les deux chevaliers s'élancèrent en même temps l'un contre l'autre et, portés par l'élan de leur cheval, se frappèrent sur leurs écus, de sorte qu'ils les percèrent au-dessus des boucles, qu'ils démaillèrent les hauberts, que les fers de leurs lances frôlèrent leurs côtes et que le sang jaillit de toutes parts. Puis ils se frappèrent si violemment de leur corps et de leurs écus qu'ils se firent tomber sous leurs chevaux. Tous les deux étourdis, ils restèrent longtemps à terre ; puis ils se remirent sur pied, tirèrent leurs épées et s'élancèrent furieusement l'un sur l'autre en se donnant de grands coups sur leurs hauberts à découvert. Ils se firent de grandes et prodigieuses plaies et restèrent vous deux affaiblis du sang qu'ils avaient perdu. Mais pour finir Lériador dut se rendre à la merci de son adversaire. Il leva le siège et retourna dans son pays. Agravadain retourna dans son château et fit soigner ses plaies. Puis il rentra dans son pays et renvoya les prisonniers chez eux. Il demeura là, très heureux, jusqu'à ce que sa fille accouchât d'un enfant qui connut par la suite une très grande renommée dans le royaume de Logres et dans d'autres pays. Ils lui donnèrent le nom d'Hector[1]. Agravadain en fut très heureux et en éprouva une très grande joie. Il le fit élever dans sa chambre et le confia à trois nourrices. La jeune femme l'allaita elle-même de son lait car elle aimait cet enfant plus que tout au monde. À cet endroit, le conte se tait à leur sujet et

---

801. Ensi fu creanté d'une part et d'autre. Et lors alerent li doi chevalier ensamble et s'entreferirent sor les escus tant come li cheval porent aler, si qu'il les percent desor les boucles et desmaillent les haubers et s'em passerent les fers des lances rés a rés del costé, si que li sans en sailli d'une part et d'autre. Puis s'entrehurtent si durement des cors et des escus qu'il s'entr'abatirent a terre les chevaus sor les cors, si qu'il n'i ot celui qui tous ne fust estonnés et qui grant piece ne jeüst a terre. Mais toutes voies resaillent em piés et traient les espees et s'entrecourent sus molt fierement et s'entrefierent grans cops sor les haubers tout a descouvert, si qu'il s'entrefont grans plaies et merveillouses et afebloient ambesdeus del sanc qu'il ont perdu. Mais en la fin couvint Leriador venir a merci, et s'en parti del siege et s'en rala en son païs. Et Agravadain s'en rala[a] en son chastel et fist garir ses plaies et puis s'en rala en son païs et renvoia les prisonniers en lor contrees. Et il demoura illuec liés et joians tant que sa fille delivra d'un enfant qui puis fu de molt grant renonmee el roiume de Logres et en autres païs. Et l'apelerent par son droit non Hector. Si en fu Agravadains molt liés et en ot molt grant joie, si le fist nourrir en sa chambre et li bailla .iii. nourrices. Et la meschine meïsmes l'alaita de son lait, car il n'estoit riens que ele amast autant. Mais ici endroit se taist li contes d'als et retourne a parler del roi

retourne au roi Flualis pour rapporter comment il vit la destruction et le viol du temple où ses enfants se trouvaient et comment il vit brûler son palais.

802. À ce point de l'histoire, le conte dit que Merlin quitta le roi Flualis à qui il avait expliqué sa vision de sorte que ce dernier fut très troublé par ce que Merlin lui avait dit. Il ne se passa pas beaucoup de temps qu'il advint tout ce qui lui fut annoncé. Il vit ses enfants dans le temple de Diane, il vit le temple abattu et violé, sa terre ravagée et pillée et son palais brûler. Lui-même fut fait prisonnier avec sa femme, cependant, ceux qui les capturèrent ne les tuèrent pas mais leur firent apprendre les principes de la loi chrétienne. Ils leur en firent tant entendre, de jour en jour, qu'ils reçurent l'onction du baptême et furent lavés et nettoyés de l'ordure de l'impiété. On appela toujours le roi par son ancien nom, Flualis, mais ils changèrent le nom de la dame et l'appelèrent Memissiane. Elle portait auparavant le nom de Subline. Par la suite, ils vécurent longtemps ensemble et eurent quatre filles qui épousèrent quatre princes chrétiens, de bonne famille et de bonne réputation. Et leur lignage prospéra avec beaucoup d'enfants. L'aînée eut dix fils qui devinrent tous chevaliers du vivant du roi Flualis et huit filles. La deuxième eut treize fils et trois filles. La troisième eut douze filles et six fils. La quatrième vingt-cinq fils et une fille. Toutes les filles furent mariées et les fils devinrent tous chevaliers du vivant de la reine Memissiane. Ils

---

Flualis, ensi com il vit le temple abatre et violer ou si enfant estoient et son palais ardoir.

802. [*f*] Or dist li contes que en celui point que Merlins s'en fu partis del roi Flualis a qui il ot dite s'avision, que li rois Flualis fu molt esmaiiés de ce que Merlins li ot dist. Si ne demoura pas granment que il avint tout ensi com il li fu dit, car il vit ses enfans el temple Dyane, et le temple abatre et violer et sa terre destruire et essilier et son palais ardoir. Et il meïsmes fu pris et sa mollier, ne mais cil qui les prisent ne les ocirent pas, ains lor firent moustrer les poins de la loy crestienne. Et tant lor en firent entendre de jour en jour qu'il rechurent l'onction del saint baptesme et furent lavé et netoiié de l'ordure de la mescreance. Et apeloit on le roi par le non meïsmes qu'il avoit eü, ce fu Flualis, ne mais la dame changierent son non et l'apelerent Memissiane. Et ele avoit a non devant Subline. Si furent puis molt longement ensamble tant qu'il orent .IIII. filles qui puis orent par mariage .IIII. princes crestiens qui molt estoient bone gent et loé et molt fructefierent d'enfans. Car l'ainsnee ot .X. fix, qui tout furent chevalier au vivant le roi Flualis, et .VIII. filles. Et la seconde ot .XIII. fix et .III. filles. Et la tierce ot .XII. filles et .VI. fix. Et la quarte ot .XXV. fils et une fille. Et furent toutes mariees. Et li fil furent tout chevalier al vivant la roïne Remissiane. Si en

furent heureux et comblés et en remercièrent Notre-Seigneur. Quand le roi Flualis et les quatre princes virent qu'ils avaient cinquante-quatre neveux, tous chevaliers et tous cousins germains, ils en furent très heureux et dirent que Notre-Seigneur les leur avait envoyés pour glorifier la chrétienté. Ils disaient qu'ils n'auraient de cesse que d'amener tous les païens à la religion chrétienne et à la loi de Dieu.

803. Ils convoquèrent et réunirent toutes leurs armées et sillonnèrent les terres païennes. Ils prirent des villes et des châteaux et tuèrent nombre de païens. Ils conquirent des terres et des contrées étrangères puis passèrent en Espagne, en Galice et à Compostelle. Rien ne put leur résister jusqu'au moment où le roi Flualis mourut en Espagne. Les quatre princes et tous leurs neveux en furent très affligés. Il fut enterré dans une cité qu'on appelait alors Nadres[1], puis ils se rendirent aux alentours de Jérusalem et prirent partiellement possession de ces terres. Ensuite, ils partirent tous dans diverses régions, les conquirent et les gardèrent sous leur domination. Les uns occupèrent Constantinople, d'autres la Grèce aux quatre royaumes, d'autres occupèrent la Barbarie, d'autres encore Chypre et certains vinrent au royaume de Logres pour servir le roi Arthur en raison de la grande renommée qui était la sienne partout dans le monde. Avec eux vinrent trois chevaliers qui étaient preux et hardis au combat mais ils ne vécurent pas longtemps et ce fut dom-

---

orent molt grant joie et molt grant feſte et en mercierent Noſtre Signour. Quant li rois Flualis et li .IIII. prince virent que il avoient .LIIII. neveus et tous chevaliers et eſtoient tout cousin[a] germain, si en orent molt grant joie et diſent que Noſtres Sires lor avoit envoiié pour la Creſtienté eſsaucier. Si diſent que jamais ne fineroient devant ce qu'il auroient toute paienie miſe a Creſtienté et la loi Dieu.

803. Lors aſsamblent et semonſent tot lor pooir et coururent par paienie de toutes pars et priſent viles et chaſtiaus et ociſent molt de gent paiene. Si conquierent les terres et les eſtranges païs et s'en paſserent en Eſpaingne et en Galiſce et en Compoſterne. Si ne pooit riens durer encontre als tant que li rois Flualis treſpaſsa en Eſpaingne. Si en furent li .IIII. prince molt dolant et tout li neveu. Et fu enterés[a] en une cité c'on apeloit au tans des lores Nadres. Et puis s'en repairierent es parties de Jheruſalem et miſent lor terres auques en lor mains. Et [166a] puis se departirent par diverſes terres et les conquierent et en priſent les honors. Et les uns tinrent Couſtantinoble et les autres Greſse ou il avoit .IIII. roiaumes. Et les autres tinrent Barbarie et li autres Cipre, et li autre vinrent el roiaume de Logres pour servir le roi Artu, pour la grande renommee qui de lui couroit parmi le monde. Et avoc aus vinrent .III. chevalier qui molt eſtoient prou et hardi as armes. Mais poi veſquirent, ce fu damage a la

mage pour la chrétienté car ils étaient preux et loyaux. Deux d'entre eux moururent dans une bataille que Lancelot soutint contre le roi Claudas et l'autre dans une bataille que le roi Arthur soutint contre Mordret[2], comme le conte vous l'apprendra plus loin. Mais à cet endroit, le conte se tait à leur sujet et revient au roi Arthur pour dire comment il rentra, lui et ses gens, au royaume de Bénoïc.

804. Dans cette partie, le conte dit que, lorsque le roi Arthur et ses barons eurent vaincu les Romains et que le roi eut tué le chat, ils prirent le chemin du retour. À force de chevaucher, ils arrivèrent au château que le roi Arthur avait fait fortifier sur les rives de l'Aube et ils y restèrent un jour. Puis ils repartirent et chevauchèrent jusqu'à Bénoïc car on leur avait dit que les prisonniers s'y trouvaient. Pharien et Léonce les reçurent en grande joie puis ils racontèrent comment ils avaient secouru leurs gens et leurs prisonniers quand les hommes du château voulurent les ravir. « Je le jure sur ma tête, dit le roi, s'ils ont eu le malheur de faire cela, ils le paieront cher. » Il appela alors monseigneur Gauvain et lui dit de se rendre au château de la Marche pour le détruire afin que ceux des autres contrées ne s'avisent pas de s'opposer ni à ses gens ni à lui-même et qu'ils puissent comprendre que les gens de la Marche avaient mal agi envers lui. Monseigneur Gauvain fit monter dix mille chevaliers et ils se mirent en route. Après leur chevauchée, ils arrivèrent au

---

Crestienté, car molt estoient prodome et loial. Et furent mort li doi en une bataille que Lancelos fist encontre le roi Claudas, et li autres en une bataille que li rois Artus fist encontre Mordret si come li contes le vous devisera cha avant. Mais ici endroit se taist li contes d'aus et retourne a parler del roi Artu, ensi com il s'en repaira lui et sa gent el roiaume de Benuyc.

804. Or dist li contes en ceste partie que quant li rois Artus et si baron orent desconfit les Romains, et li rois ot ocis le chat, qu'il se misent el repairier. Et chevauchierent tant qu'il en vinrent au chastel que li rois Artus ot fait fermer sor la riviere d'Aube et furent illoc un jour. Et puis s'em partirent et chevalchierent tant qu'il vinrent a Benuyc car on lor avoit conté que illuec estoient li prison. Si les rechurent Phariens et Leonces a molt grant joie et puis li conterent comment il avoient rescous lor gens et lor prisons, ensi com il estoit avenu que cil del chastel lor voloient tolir a force. « Par mon chief, fait li rois, mar le firent, car il le comperront. » Lors apela mon signour Gavain et li dist qu'il alast au chastel qui La Marce estoit apelés et feïst tant qu'il fust mis a terre si que cis des autres contrees ne s'amordent as siens ne a lui encombrer et qu'il se puissent apercevoir qu'il aient meserré envers lui. Et mesire Gavains fist monter .x.m. chevaliers et se misent au chemin. Et errerent tant qu'il en [*b*] vinrent

château à l'heure de la première veille et ils se tapirent dans un bosquet à cinq portées d'arc du château. Ils restèrent là jusqu'au lendemain où les gens du château devaient sortir leur troupeau. Dès que le troupeau eut franchi les portes, monseigneur Gauvain envoya quatorze chevaliers et leur ordonna de contourner le troupeau et de se diriger vers l'entrée. Il envoya avec eux cinq arbalétriers pour tirer d'en bas sur les barbacanes et sur les créneaux en cas de besoin. Ils devaient garder ainsi les portes de la ville jusqu'à son arrivée. Ils firent exactement ce que Gauvain leur avait demandé. C'était de bon matin et l'on pouvait à peine distinguer les portes. Dès que le troupeau fut sorti, les hommes de Gauvain se postèrent aux entrées du château.

805. Quand monseigneur Gauvain vit le troupeau approcher, il sut que ses hommes étaient aux avant-postes. Vingt chevaliers vinrent à la rencontre de l'escouade qui convoyait le troupeau. Quand cette escorte les vit arriver, elle abandonna le troupeau et voulut battre en retraite jusqu'au château. Mais les chevaliers et arbalétriers que Gauvain avait envoyés leur en défendirent l'accès tant que monseigneur Gauvain ne les eut pas rejoints. Ils se jetèrent tous sur les portes pêle-mêle : ils étaient bien six cents. Un grand fracas et un grand vacarme s'ensuivirent. Les hommes de la tour de guet firent retomber la porte coulissante et atteignirent la croupe de deux chevaux. Leurs cavaliers tombèrent de part

---

au chastel endroit le premier some, et s'embuschierent en un brollet qui estoit a .v. archiers prés del chastel. Et furent illoc jusques a l'endemain que cil del chastel misent la proie fors. Et tout maintenant que la proie fu hors, mesire Gavains envoia .xiiii. chevaliers et lor conmanda qu'il passaissent la proie et se traississent vers la porte. Si en envoiia avoc aus .v. arbalestriers pour traire contremont as barbacanes et as quarriaus, s'il veïssent que mestiers lor en fust. Et tant gardaissent la porte que il fust venus. Et cil le firent en tel maniere conme mesire Gavains lor conmanda. Et il estoit encore si matin que a painnes pooit on veoir vers la porte. Si tost conme la proie en fu hors et cil se misent a la porte.

805. Quant mesire Gavains vit la proie[a] aprocier, si sot bien que li autre estoient par devant. Si en venoie contre ciaus qui la proie conduisoient jusques a .xx. chevaliers. Et quant cil les virent venir si laissierent la proie et se vaurent ferir ariere es portes. Ne mais li chevalier et li arbalestrier que mesire Gavains i avoit envoiié lor desfendirent l'entree tant que mesire Gavains fu a els venus. Et se ferirent tout es portes pelle melle bien jusques a .vi.c. Si fu molt grans li cris et la noise. Et cil qui estoient en la tour laissierent courre une porte couleïce et en ataint .ii. chevals parmi la crupe[b], et li chevalier chaïrent de .ii. pars que onques n'i orent nul mal. Et[c] lors lieve la noise et

et d'autre sans mal. Alors s'élevèrent un vacarme et des huées dans tout le château. Ils coururent jusqu'aux barbacanes et se mirent à jeter des pierres. Les cinq arbalétriers tirèrent leurs flèches d'en bas. Leurs compagnons se mirent à défoncer les portes et entrèrent dans la ville. Les gens du château se rendirent aux volontés de monseigneur Gauvain. Il demanda qu'on conduise les prisonniers à Bénoïc. Ensuite, il fit abattre les murs de la ville ainsi que les bretèches, puis il retourna auprès du roi Arthur qui fut très heureux de le voir. Le roi Arthur fit jurer aux prisonniers qu'ils n'affronteraient jamais le roi Ban ni le roi Bohort. Après leur serment, il les renvoya dans leur pays, puis il resta ce jour-là avec le roi Ban et, le lendemain, il repartit comblé de joie avec sa compagnie. Alors un messager arriva chez le roi Arthur et lui annonça que le roi Léodegan de Carmélide était mort et c'est ce qui le décida à quitter le roi Ban. Le lendemain, il se sépara des deux frères de sorte qu'il ne devait plus jamais les revoir par la suite, pas plus qu'eux d'ailleurs ne devaient en avoir l'occasion et ce fut un grand dommage de les voir quitter si tôt cette vie, comme le conte vous le rapportera plus loin.

806. Quand le roi Arthur et sa compagnie eurent quitté les deux rois frères qui lui avaient fait tant d'honneur, il arriva près de la mer à force de voyager. Ils montèrent sur les navires et traversèrent jusqu'au port de Douvres. Puis, ils prirent leurs montures et se rendirent à Logres. Là,

---

li cris parmi le chastel et coururent as barbacanes et conmencierent a jeter caillaus, et li .v. arbalestrier traient contremont. Et li autre conmencent a detrenchier les portes, et cil dehors entrerent ens. Et lors se rendirent cil del chastel a la volenté de mon signour Gavain et il les prist et les fist mener a Benuyc. Et puis fist abatre les murs de la vile et les bretesches, et puis en retourne au roi Artu qui molt en fu liés et joians. Et li rois fist jurer as prisonniers que il jamais encontre le roi Ban ne encontre le roi Boort ne seroient. Et quant il orent juré, si les renvoia en lor païs. Et puis demoura icelui jur avoec le roi Ban, et a l'endemain s'em parti entre lui et sa compaingnie a grant joie et a grant feste. Atant vint uns mesages au roi Artu qui porta nouveles que li rois Leodegans [d] de Carmelide estoit trespassés. Et ce fu la chose par coi il se parti del roi Ban. A l'endemain s'en parti des .II. freres a tele eure que onques puis ne les vit ne aus lui, dont ce fu grans damages qu'il se partirent si tost de vie, si come li contes le vous devisera en ceste estoire cha avant.

806. Quant li rois Artus et sa compaingnie s'en fu partis des .II. rois freres qui tant d'onour li orent faite, il erra tant par ses journees qu'il vint a la mer. Si entrerent es nés et passerent outre au port del Douvre. Puis monterent sor lor chevaus et errerent tant qu'il vinrent a Logres.

le roi retrouva la reine Guenièvre qui fut heureuse de l'accueillir. Elle lui apprit que son père était mort et le roi la réconforta du mieux qu'il put. Puis il dispersa ses troupes, les remercia vivement et les hommes rentrèrent dans leurs pays sur leurs terres. Le roi Arthur resta à Logres. Avec lui se trouvaient monseigneur Gauvain son neveu et les chevaliers de la Table ronde. Merlin y séjourna assez longtemps. Alors, il eut envie de retrouver son maître Blaise et de lui raconter ce qui lui était arrivé depuis qu'il ne l'avait pas revu. De là, il irait voir ensuite son amie Niniane, car le terme qu'elle lui avait fixé approchait. Alors il alla trouver le roi Arthur et lui dit qu'il lui fallait partir. Le roi et la reine le prièrent très gentiment de revenir bientôt les voir car il leur était d'un grand réconfort et de très bonne compagnie. Le roi l'aimait de tout son amour parce que Merlin l'avait aidé souvent quand il était dans le besoin et c'était grâce à lui et à ses conseils qu'il était devenu roi. Le roi lui dit avec une grande amabilité :

L'enserrement de Merlin par Niniane.

807. « Cher ami Merlin, vous vous en irez donc ! Je ne peux pas vous retenir contre votre désir mais je ne serai pas tranquille tant que je ne vous aurai pas revu. Pour Dieu, hâtez-vous de revenir ! — Seigneur, répondit Merlin, c'est la dernière fois et je vous recommande à Dieu. » En entendant « c'est la dernière fois », le roi fut surpris. Merlin partit en

---

Illuec trova li rois la roïne Genievre qui le rechut a molt grant joie. Si li conta que ses peres estoit mors, et il rois le conforta au plus bel qu'il pot. Puis departi sa gent et les mercia molt et il s'en alerent en lor païs et en lor contrees. Et li rois Artus remest a Logres, et avoec lui mesire Gavains, ses niés, et li chevalier de la Table Reonde. Et Merlins i sejourna grant partie del tans. Lors prist talent a Merlins[a] qu'il iroit veoir Blayse son maistre et li aconteroit ce que puis li estoit avenu qu'il ne l'avoit veü. Et d'illoc s'en iroit a Viviane s'amie, car li termes aproçoit que mis li avoit. Si s'en vint al roi Artu et li dist qu'il s'en couvenoit aler. Et li rois et la roïne li proient molt doucement de tost revenir, car il lor faisoit molt grant soulas et molt grant compaingnie. Et molt l'amoit li rois de grant amour, car en maint besoing lui avoit aïdié et par lui et par son conseil avoit il esté rois. Si li dist li rois molt doucement :

807. « Biaus dous amis Merlin, vous en irés, ne je ne vous puis retenir sor vostre pois. Mais molt serai a malaise jusques a tant que je vous voie. Pour Dieu, hastés vous del revenir. — Sire, fait Merlins, c'est la daerraine fois. Et a Dieu vous conmant. » Quant li rois l'oï, qu'il dist « c'est la daerrainne fois », si en fu molt esbahis. Et Merlins s'en parti sans plus dire tout em plourant. Et erra tant qu'il vint a Blayse son maistre qui molt ot grant joie de sa venue. Si li demanda

pleurant sans rien dire de plus. À force de cheminer, il arriva auprès de son maître Blaise qui fut très heureux de son arrivée. Il lui demanda comment tout s'était passé et Merlin lui répondit : « Bien. » Il lui raconta dans l'ordre tous les événements arrivés au roi Arthur, le géant qu'il avait tué, la bataille contre les Romains et comment il avait tué le chat. Il lui raconta l'histoire du nain que la demoiselle avait amené à la cour et comment le roi l'avait adoubé. « Mais je dois vous dire que ce nain est un très noble personnage. Il n'est pas né ainsi. C'est une demoiselle qui l'a métamorphosé à l'âge de treize ans parce qu'il ne voulait pas lui accorder son amour[1]. C'était alors la plus belle créature du monde. La demoiselle en fut si affligée qu'elle le changea en la plus laide et la plus méprisable créature du monde. D'ici neuf semaines sans doute sera écoulé le terme fixé par la demoiselle et il retrouvera son âge normal car il aura ce jour-là vingt-deux ans. Maintenant, il en paraît soixante, voire plus. »

808. C'est parce que Merlin a raconté tout cela et que Blaise a tout mis par écrit qu'aujourd'hui encore nous connaissons ces choses. Quand Merlin eut séjourné huit jours, il partit et dit à Blaise que c'était la dernière fois. Désormais, il resterait avec son amie et n'aurait plus jamais le pouvoir de la quitter ni d'aller et de venir à sa guise. Quand Blaise entendit les propos de Merlin, il en fut très affligé et ému et il lui dit : « Puisque vous ne pourrez plus

---

comment il l'avoit puis fait. Et il li dist : « Bien. » Et il li conta tot en ordre toutes les choses qui puis avoient esté avenues au roi Artu, et del gaiant qu'il ocist, et de la bataille des Romains, et comment il avoit ocis le chat. Et si li conta del petit nain que la damoisele avoit amené a court [d] et comment li rois l'avoit fait chevalier. « Mais itant vous di je del nain, fait Merlins, qu'il est molt gentix hom. Et si n'est pas hom de droite nature, ains l'atourna ensi une damoisele dés que il estoit en l'aage de .xiii. ans pour ce qu'il ne li vaut s'amour otroiier. Et il estoit adonques la plus bele creature del monde. Et del duel que la damoisele en ot l'atourna ele en tel maniere qu'il n'a el siecle si laide chose ne si despite. Et de .viii. en .ix. semainnes sans doute, doit faillir li termes que la damoisele i mist. Et revenra en l'aage dont il doit estre. Car il i aura de celui jour meïsmes del terme .xxii. ans. Et il pert bien ore del aage de .lx. ans et plus. »

808. Quant Merlins ot toutes ces choses racontees, et Blayses les ot mises en escrit l'une aprés l'autre, tot en ore, et par ce le savons nous encore. Quant Merlins ot illoc demouré .viii. jours si s'en parti et dist a Blayse que c'est la daerraine fois, car il sejourneroit avec s'amie. « Ne si n'averoit jamais pooir de laissier le ne d'aler ne de venir a son voloir. » Quant Blayses entendi Merlin, si en fu molt dolans et molt coureciés et li dist : « Puis que ensi est que vous n'em

jamais repartir de là-bas, alors n'y allez pas ! — Il me faut partir, fait Merlin, car je lui ai promis. Je suis tellement amoureux d'elle que je ne pourrai plus la quitter. Je lui ai déjà appris et enseigné tout le savoir qu'elle possède et elle en apprendra encore davantage car je ne puis me séparer d'elle. » Alors Merlin quitta Blaise et il ne voyagea pas très longtemps avant de retrouver son amie qui lui témoigna sa très grande joie autant que lui le fit. Ils restèrent ensemble un long moment ; elle chercha à connaître une grande partie de ses dons. Il lui en révéla et lui en enseigna tant qu'on l'a tenu depuis lors pour un insensé et c'est encore le cas aujourd'hui. Elle retint parfaitement tout cela et le mit par écrit car elle était instruite dans les sept arts[1]. Quand il lui eut enseigné tout ce qu'elle lui demandait, elle réfléchit au moyen de le retenir à tout jamais. Elle se mit à flatter Merlin plus qu'elle ne l'avait jamais fait auparavant et lui dit : « Seigneur, il y a encore une chose que je voudrais bien savoir et je vous prie de me l'enseigner. » Merlin, qui savait très bien où elle voulait en venir, lui dit : « Ma dame, de quoi s'agit-il ? — Sire, fait-elle, je voudrais bien apprendre de vous la manière d'enserrer[2] un homme sans le secours d'une tour, d'un mur et sans fer, simplement par enchantement, de sorte qu'il ne pourrait plus jamais s'échapper sans mon consentement. » À ces mots, Merlin baissa la tête et se mit à soupirer. Quand elle le vit, elle lui demanda pourquoi il soupirait :

---

porrés jamais partir, se n'i alés mie. — Aler m'i couvient, fait Merlins, car je li ai en couvent. Et je sui si souspris de s'amour que je ne m'en porroie partir. Et je li ai apris et enseignié tout le sens qu'ele set et[e] encore en saura ele plus, car je ne m'en puis departir. » Lors s'em parti Merlins de Blayse, et il erra em petit d'ore tant qu'il en vint a s'amie qui molt grant joie li fist et il a lui. Et demourerent ensamble grant partie del tans. Et tout adés li enquist ele grans parties de ses afaires. Et il l'en dist tant et enseigna qu'il en fu puis tenus pour fol et est encore. Et cele les retint bien et le mist tout en escrit, come cele qui molt estoit bone clergesse des .vii. ars. Et quant il li ot enseignié tout quant ele li sot demander, si s'apensa conment ele le porroit detenir a tous jours mais. Si conmencha Merlin a blandoiier plus qu'ele n'avoit fait onques mais et li dist : « Sire, encore ne sai je mie une chose que je savroie molt volentiers. Si vous proi que vous le m'enseigniés. » Et Merlins, qui bien savoit a coi ele baoit, li dist : « Ma dame, quel chose est ce ? — Sire, fait ele, je voel que vous m'enseigniés con[e]ment je porroie un home enserrer sans tour et sans mur et sans fer, par enchantement, si que jamais n'en issist se par moi non. » Et quant Merlins l'entent, si crolla le chief et conmencha a souspirer. Et quant ele l'aperchut si demanda pour coi il souspiroit.

809. « Ma dame, fait-il, je vais vous le dire. Je sais bien à quoi vous pensez. Je sais que vous voulez me retenir prisonnier. Je suis si amoureux de vous qu'il me faudra, bien malgré moi, obéir à votre désir. » À ces mots, la demoiselle lui enlace le cou : il doit donc être sien puisqu'elle est sienne. « Vous savez bien, dit-elle, que mon amour pour vous m'a amenée à quitter père et mère afin de vous tenir entre mes bras. Jour et nuit, ma pensée et mon désir sont en vous. Sans vous, je n'ai ni joie ni bien : en vous j'ai mis toute mon espérance. Je n'attends le bonheur que de vous. Puisque je vous aime ainsi et que vous m'aimez aussi, n'est-il pas juste que vous fassiez mes volontés et que je fasse les vôtres ? — Oui, ma dame, fait Merlin. C'est vrai ! Dites-moi donc ce que vous voulez. — Sire, je veux que vous m'enseigniez à créer un endroit opportun que je pourrai enclore par un artifice si fort qu'il ne pourra jamais être défait. C'est là que nous serons, moi et vous, quand il vous plaira, en toute joie et en tout plaisir. — Ma dame, répond Merlin, je vous le créerai. — Seigneur, je ne veux pas que vous le fassiez vous-même mais plutôt que vous m'enseigniez à le faire. Je le créerai ainsi à ma guise. — C'est entendu », fait Merlin.

810. Il se mit alors à parler et la demoiselle coucha par écrit tout ce qu'il disait. Quand il eut tout dit, la dame en fut très heureuse. Elle l'aima encore plus et lui fit encore un plus beau visage que d'habitude. Puis ils restèrent ensemble un long

---

809. « Ma dame, fait il, je le vous dirai. Je sai bien que vous pensés et que vous me volés detenir. Et je sui si souspris de vostre amour que a force me couvient faire vostre volenté. » Et quant la damoisele l'entent, si li mist les bras au col. Et bien doit il estre siens dés que ele est soie². « Vous savés bien, fait ele, que la grant amour que j'ai en vous m'a tant fait que j'ai laissié pere et mere pour vous tenir entre mes bras. Et jour et nuit est en vous ma pensee et mon desirier. Je n'ai sans vous joie ne bien. J'ai en vous mise toute m'esperance. Et dés que je vous aim et vous m'amés n'est il dont bien drois que vous faciés ma volenté et je le vostre ? — Certes, ma dame, fait Merlins, oïl. Or dites dont que c'est que vous volés. — Sire, fait ele, je voel que vous m'enseigniés a faire un biau lieu bien couvenable que je i puisse fermer par art si fort qu'il ne puisse estre desfais. Et seront illoc moi et vous, quant il vous plaira, en joie et en deduit. — Ma dame, fait Merlis, ice vous ferai je bien. — Sire, fait ele, je noel mie que vous le faciés, mais vous le m'enseignerés a faire. Et je le ferai, fait ele, plus a ma volenté. — Et je le vous otroi », fait Merlins.

810. Lors li conmence a deviser et la damoisele mist tout en escrit quanqu'il dist. Et quant il ot tot devisé, si en ot la dame molt grant joie et plus l'ama et plus li moustra bele chiere qu'ele ne soloit. Puis sejournerent ensemble grant piece. Et tant qu'il vinrent

moment. Ils se trouvaient, un jour, devisant main dans la main dans la forêt de Brocéliande. Ils croisèrent un beau et grand buisson d'aubépine tout chargé de fleurs[1]. Ils s'assirent à son ombre et Merlin posa sa tête dans le giron de la demoiselle. Elle se mit à le caresser au point qu'il s'endormit. Quand la demoiselle sentit qu'il dormait, elle se leva doucement et fit un cercle avec sa guimpe tout autour du buisson et de Merlin[2]. Elle commença les enchantements tels que Merlin les lui avait appris. Elle fit par neuf fois son cercle et par neuf fois ses enchantements puis elle alla s'asseoir à côté de lui et posa sa tête dans son giron. Elle le tint là jusqu'à ce qu'il se réveillât. Il regarda autour de lui et il lui sembla se tenait dans la plus belle tour du monde, qu'il se trouvait couché dans le plus beau lit où il s'était jamais couché. Il dit alors à la demoiselle : « Dame, vous m'avez trompé si vous ne restez pas avec moi car nul n'a le pouvoir, excepté vous, de défaire cette tour. » Elle lui dit : « Cher doux ami, j'y serai souvent et vous m'y tiendrez entre vos bras et moi aussi. Désormais, vous ferez tout à votre guise. » Et elle tint promesse car il y eut peu de jours et de nuits où elle ne resta pas avec lui. Plus jamais par la suite Merlin ne quitta cette forteresse où son amie l'avait mis. Mais quant à elle, elle en sortait et y entrait quand elle le voulait. Mais ici le conte se tait au sujet de Merlin et de son amie et revient au roi Arthur pour dire comment il fut morne et pensif après le départ de Merlin.

---

en un jour qu'il aloient main a main deduisant parmi la forest de Brocheliande, si trouverent un buisson bel et haut d'aubespines tous chargiés de flours. Si s'asisent en l'onbre, et Merlins mist son[a] chief en giron a la damoisele. Et ele li conmencha a tastonner tant qu'il s'endormi. Et quant la damoisele senti qu'il dormoit, si se leva tout belement et fist un cerne de sa guimple tout entour le buisson et tout entour Merlin. Si conmencha ses enchantemens[b] tels conme Merlins li avoit apris. Et fist par .ix. fois son[c] cerne et par .ix. fois ses en[f]chantemens et puis s'ala seoir delés lui et li mist son chief en son giron. Et le tint illoc tant qu'il s'esveilla. Et il regarda entour lui et li fu avis qu'il fust en la plus bele tour del monde et se trouva couchié en la plus bele couche ou il onques jeü. Et lors si dist a la damoisele : « Dame, deceü m'avés se vous ne demourés avoc moi, car nus n'en a pooir fors vous de ceste tour desfaire. » Et ele li dist : « Biaus dous amis, je i serai souvent et m'i tenrés entre vos bras et je vous. Si ferés des ore mais tout a vostre plaisir. » Et ele li tint molt bien couvent, car poi fu de jours ne de nuis que ele ne fust avoc lui. Ne onques puis Merlins n'en issi de cele forteresce ou s'amie l'avoit mis. Mais ele en issoit et entroit quant ele voloit. Mais ici endroit se taist li contes de Merlin et de s'amie. Et retourne a parler del roi Artu. Ensi com il fu mornes et pensis del departement de Merlin.

811. Le conte dit que, à l'instant où Merlin eut quitté le roi Arthur et lui eut dit que c'était son dernier départ, le roi Arthur resta affligé et stupéfait. Il pensait beaucoup aux paroles de Merlin. Il l'attendit ainsi sept semaines et même plus. Et quand il constata qu'il ne revenait pas, il resta prodigieusement pensif et morne. Monseigneur Gauvain lui demanda un jour ce qu'il avait. « Certes, cher neveu, fait le roi, je pense au fait que je crois avoir perdu Merlin et qu'il ne reviendra plus jamais vers moi. Il est resté loin de moi plus longtemps que de coutume et les propos qu'il m'a tenus avant son départ m'inquiètent beaucoup car il m'a dit que c'était la dernière fois. J'ai bien peur qu'il ne m'ait dit la vérité car il ne m'a jamais menti lorsqu'il m'a parlé. Que Dieu me vienne en aide mais je préférerais avoir perdu la cité de Logres plutôt que lui. Je voudrais bien savoir si quelqu'un ne pourrait pas le retrouver ici ou là. Je vous prie de le chercher jusqu'à ce que vous appreniez la vérité, si vous m'aimez vraiment. — Seigneur, fait monseigneur Gauvain, je suis prêt à obéir à votre volonté et allez me voir partir sans tarder. Je vous jure, sur la foi du serment que je vous fis lorsque vous m'avez adoubé, que je le chercherai un an et un jour jusqu'à l'endroit où je finirai par apprendre de ses nouvelles. Dans un an, jour pour jour, vous me reverrez, par la grâce de Dieu qui me protège de la mort et de la prison et si je n'ai pas appris de ses nouvelles auparavant. » Monseigneur Yvain, Sagremor, Agravain, Guerrehet,

---

811. Or dist li contes que a cele eure que Merlins se fu partis del roi Artu et qu'il li ot dit que c'estoit la daerraine departure que li rois Artus remest molt dolans et molt esbahis, et molt pensa a cele parole. Et atendi en tele maniere Merlin .VII. semainnes et plus. Et quant il vit qu'il ne venoit mie si fu a merveilles pensis et mornes. Et mesire Gavains li demanda un jour qu'il avoit. « Certes, biaus niés, fait li rois, je pense a ce que je quit avoir perdu Merlin et que jamais a moi ne reviengne. Car il a ore plus demouré qu'il ne soloit. Et molt m'esmaie la parole qu'il dist quant il s'em parti de moi. Car il disoit que c'estoit la daerrainne fois. Si ai doutance qu'il ne die voir, car il ne menti onques de riens qu'il me dist. Et, si m'aït Dix, que je ameroie mix avoir perdu la cité de Logres que lui. Si vauroie molt savoir se nus ne le porroit trouver ne loing [*167a*] ne prés. Et vous proi que vous le querés tant que vous en saciés la verité, ausi chier come vous m'avés. — Sire, fait mesire Gavains, je sui prest de faire vostre volenté. Et maintenant me verrés vos mouvoir. Et vous jur par les sairemens que je vous fis, le jour que vous me feïstes chevalier, que je le querrai un an et un jour ou je en saurai vraies noveles. Et de hui un an me raverés, se Dix me desfende de mort et de prison, se ançois n'en sai vraies nouvelles. » Tout autresi le jura mesire Yvains et Saygremors et Agravains et Guerrehes

Gaheriet et vingt-cinq chevaliers de leur compagnie prêtèrent le même serment, parmi eux, Do de Cardeuil, Taulat
le Roux, Blois de Cassel, Cane de Blei, Amant de l'Estrepe,
Placide le Gai, Landalis de la Plaine, Aiglin des Vaux, Cliaclès l'Orphelin, Guivret de Lamballe, Kahedin le Beau, Clarot de la Broche, Yvain aux Blanches Mains, Yvain de
Lionel, Gosoain d'Estrangorre, Alibon de la Broche, Segurade de la Forêt, Ladinel et Ladinas de Norgales, Driant de
la Forêt Périlleuse, Briamont de Cardeuil, Satran de l'Étroite
Marche, Purades de Carmélide et Carmaduc le Noir. Tous
prêtèrent le même serment après monseigneur Gauvain.
Tous quittèrent ensemble la cité de Logres sur le désir du
roi Arthur et se mirent en quête. À l'extérieur de la cité, ils
se séparèrent en trois groupes près d'une croix qu'ils trouvèrent à l'orée d'une forêt, au carrefour de trois chemins.
Mais le conte se tait à leur sujet et revient à la demoiselle qui
emmenait le nain chevalier pour relater comment ils rencontrèrent un chevalier tout en armes avec un bel équipage.

Énadain, le chevalier nain.

812. Le conte dit que, lorsque le roi Arthur eut adoubé le
nain sur la prière de la demoiselle et dès qu'elle l'eut ensuite
emmené comme vous venez de l'entendre, ils retournèrent
gaiement dans leur pays. Le premier jour, ils cheminèrent
jusqu'à la tombée de la nuit. Ils sortaient de la forêt et

---

et Gaheries et .xxv. chevalier de lor compaingnie. Si en fu li uns Do de
Carduel et Taulas li Rous et Blyois de Cassal et Cane de Blei et Amant
de l'Estrespe et Placides li Gais et Landalis de la Plaigne et Aiglins des
Vaus et Clealis l'Orfelin[a] et Guiret de Lambale et Kahadins li Biaus et
Clarot de la Broche et Yvains as Blanches Mains et Yvains de Lyonnel
et Gosenain d'Estrangot et Alibon de la Broce et Segurades de la
Forest et Ladinel et Ladinas de Norgales et Driant[b] de la Forest Perillouse et Briamont de Carduel et Satran de l'Estroite Marce et Purades
de Carmelide et Carmaduc le Noir. Tout cil firent sairement aprés mon
signour Gavain et s'em partirent de la cité de Logres tout ensamble par
la volenté le roi Artu et se misent tout en queste. Et quant il furent
fors de la cité, si se departirent tout a une crois qu'il trouverent a l'entree d'une forest ou il avoit .III. chemins forchiés. Si se departirent en
.III. parties. Mais atant se taist li contes a parler d'als. Et retourne a la
damoisele qui menoit le nain chevalier ensi com il encontrerent un chevalier armé de toutes armes et bien montés[c].

812. Or dist li contes que[a] quant li rois Artus ot adoubé le nain par
la proiere de la damoisele, et ele l'en ot mené ensi come vous avés
oï, molt lié et joians, il[b] s'en retournerent envers lor contree et errerent tant le premier jor [b] que il fu bas vespres. Et lors issirent d'une
forest et entrerent en une molt bele lande qui molt estoit et grans et

entraient dans une très belle lande fort grande et fort large. La demoiselle regarda devant elle et vit venir un chevalier en armes monté sur un destrier pie. Elle le montra à son nain qui lui dit : « Demoiselle, ne vous en faites pas ! Chevauchez tranquillement car vous n'avez rien à faire avec lui. » Et la demoiselle lui dit : « Il veut m'enlever ! C'est pour cette raison qu'il vient de ce côté. » Et le nain, derechef : « Chevauchez donc tranquillement ! » Alors le chevalier, dès qu'il les vit, s'écria bien fort pour être entendu : « Ha ! soyez la bienvenue, ma demoiselle et ma mie !

813. « Enfin j'ai trouvé ce que je cherche depuis toujours ! » Et le nain, qui avait bien entendu, lui répondit calmement : « Seigneur, ne soyez pas si pressé car vous pouvez bien vous tromper d'emblée ! Vous n'avez pas encore cette demoiselle en votre pouvoir pour vous en réjouir d'avance. — Je peux m'en réjouir, fait le chevalier, car je l'aime comme si je la tenais déjà entre mes bras, et je la tiendrai sous peu », puis il s'approcha à cheval autant qu'il le put. En voyant le chevalier venir à sa hauteur, le nain mit lance sur feutre, disparut derrière son écu de telle façon qu'on ne voyait plus que son œil. Il piqua des éperons par deux trous qu'on avait pratiqués dans les aubes de sa selle, car ses courtes jambes n'en dépassaient pas les quartiers, et son cheval l'emporta si rapidement qu'on eut l'impression de le voir voler. Il cria à son adversaire de se garder. Le chevalier très cruel et orgueilleux

---

large. Et lors regarda la damoisele devant li et vit venir un chevalier armé sor un destrier balchant. Si le moustra a son nain. Et il dist : « Damoisele, ne vous chaille, mais chevalchiés seürement car vous n'avés garde de lui. » Et la damoisele li dist : « Il m'en valra porter devant lui, ne pour autre chose ne vient il cele part. » Et li nains li dist derechief : « Chevauchiés seürement. » Et li chevaliers le escrie, si tost com il le voit, si haut que le pot bien oïr : « Bien puisse venir ma damoisele et m'amie.

813. « Ore ai je trouvé tout ce que j'ai tous jours et chacié et quis. » Et li nains, qui molt bien l'entendi, li dist molt doucement : « Sire, ne soiés pas hastis, car trop vous[a] poés desreer au conmencement. Car encore ne l'avés vous mie en vostre baillie par coi que vous en doiiés tel joie faire. — Je en doi bien joie faire, fait li chevaliers, car autretant l'aim je que je le tenoie entre mes bras. Et nequedent je le tenrai par tans. » Et toutes voies s'aproçoit quanqu'il pooit chevauchier. Et quant li nains le vit aprocier si mist lance sor fautre et se plonge en son escu, si qu'il ne puet paroir que l'uel tant solement. Et fiert le cheval des esperons parmi .ii. pertruis qui furent as aunes de la sele[b]. Car il ot les gambes si courtes qu'eles ne pooient passer les aunes de la sele, et li chevals le porte si grant oirre qu'il vous fust avis qu'il volast. Si escrie au chevalier qu'il se gart. Et cil,

éprouvait de la honte à jouter contre une créature si
minable ; il leva sa lance en disant : « À Dieu ne plaise que je
joute contre une telle nullité et un tel avorton ! » Et sans
même croiser sa lance, il opposa dédaigneusement son écu
au choc. Le nain le heurta si rudement qu'il lui perça l'écu et
le haubert, que le fer de la lance frôla son flanc. Il le heurta
violemment du corps et de l'écu et de toute la force de son
cheval au point de faire tomber d'une masse la monture et
son cavalier. Dans la chute, le chevalier se démit l'épaule et le
nain fit passer et repasser son destrier sur lui, de manière à
lui briser les os. Le chevalier s'évanouit de douleur. En
voyant cela, le nain appela la demoiselle et la pria de le déposer à terre. Elle le prit dans ses beaux bras et le descendit de
cheval. Il tira son épée du fourreau et courut vers le blessé,
dont il délaça le heaume en menaçant de lui couper le cou
s'il ne s'avouait vaincu. Le chevalier bien blessé vit l'épée que
le nain tenait sur sa tête et il eut peur de mourir. Il demanda
grâce et dit qu'il se tenait à sa merci en tout. « Alors, fit le
nain, tu iras te constituer prisonnier chez le roi Arthur et tu
lui diras de par moi que le petit chevalier qu'il adouba t'envoie à lui et tu te tiendras entièrement à sa merci. » Le chevalier jura qu'il obéirait.

814. Le nain lui dit de se mettre en selle mais il n'en avait
plus le pouvoir car il avait l'épaule démise. « Il me faut donc
rester ici tant que je n'ai pas trouvé quelqu'un pour me por-

---

qui molt estoit fiers et orgellous et ot honte a jouster a si despite
creature, hauce la lance et dist, si Dix plaist, a tel noient et a tel faiture ne jousteroit ! Si tint sa lance droite contremont, mais toutesvoies mist il l'escu encontre le cop et li nains i fiert si durement qu'il
li perce l'escu et le hauberc et li passe le fer rés a rés del costé et le
hurte si durement del cors et del escu et de la grant force del cheval
qu'il trebusche tout en un mont a terre, cheval et chevalier. Au
chaoir qu'il fist li desloa l'espaulle, et li nains li vait desor le cors tout
a ceval, si que tout le debrise. Et cil se pasme de l'angoisse qu'il sent.
Et quant il le vit, si apele la damoisele et li proie qu'ele descendist. Et ele le prist entre ses bras et le mist jus de son cheval. Et
il traist l'espee del fuerre et li court sus et li deslace le hiaume de la
teste et li manace a coper s'il ne se tient pour outre. Et li chevaliers,
qui molt estoit bleciés, [*d*] vit l'espee que cil tenoit sor sa teste, si ot
paour de mort. Si crie merci et dist qu'il se met en sa merci del tout.
« Dont vas tu, fait li nains, en la prison le roi Artu, et li diras de par
moi que li petis chevaliers qu'il adouba t'i envoie, et te metras del
tout en sa merci. » Et cil li fiance en tel maniere.

814. Lors li dist cil qu'il voist monter. Et cil dist qu'il n'en a mie le
pooir, car il a l'espaulle desnouee. « Si me couvient ci demourer tant
que je truis celui qui me port. Mais vous alés monter et alés au chief

ter. Mais quant à vous, montez à cheval et allez jusqu'au bout de cette lande dans une vallée où vous trouverez un château qui m'appartient ; il est temps de trouver un logis pour la nuit. Restez là-bas et envoyez-moi mes gens qui me porteront jusque chez moi et ne craignez rien. » Le nain accéda à sa demande et alla trouver la demoiselle qui tenait son destrier. Elle se pencha sur le cou de son palefroi, prit le nain par les bras et le hissa avec beaucoup de mal pour le remettre en selle. Puis ils se rendirent vers le château du chevalier. Six écuyers se précipitèrent à leur rencontre. Ils aidèrent la demoiselle et le nain à descendre de cheval puis ils le désarmèrent et lui passèrent un très somptueux manteau. Le nain leur apprit que leur seigneur était blessé. Ils prirent alors une civière qu'ils attelèrent à deux palefrois et se rendirent auprès de leur seigneur ; ils le mirent sur la civière, le ramenèrent au château et lui ôtèrent ses armes. Ils firent venir des médecins pour le faire soigner du mieux qu'ils purent. Puis ils demandèrent qui avait fait cela. Il répondit que c'était un chevalier qu'il ne connaissait pas. La honte l'empêchait de dire que c'était le nain. Il manifesta ensuite à ses hôtes toute la joie qu'un chevalier blessé peut offrir et il les fit somptueusement servir et réconforter. Après manger, on les coucha dans une très belle chambre avec deux superbes lits. Ils dormirent jusqu'au lendemain matin où ils se levèrent et se préparèrent. La demoiselle aida son nain à s'armer, comme une personne très attachée à lui,

---

de cele lande en une valee ou vous trouverés un mien rechet. Car ausi est il bien tans d'herbegier. Et demourés illuec et m'envoiiés ma gent qui me porteront jusques la. Et n'aiiés doutance de rien. » Et li nains li otroie, et s'en vint vers la damoisele qui tenoit son destrier. Et ele s'abaissa sor le col de son palefroi et le prist par les bras et le sacha encontremont tant que grant painne le mist en la sele. Puis s'en tournerent vers le recet au chevalier. Si lor corurent a l'encontre .vi. esquier qui laiens estoient. Et descendirent lui et la damoisele, et le desarmerent, puis li afublerent un mantel molt riche. Et li nains lor dist que lor signour estoit bleciés. Et cil prisent une biere chevaleresce et le misent sor .ii. palefrois et en alerent a lor signour, et le misent sor la biere, et l'emporterent ariere au rechet et le desarmerent. Puis manderent mires et le firent apareillier au mix qu'il porent. Puis li demanderent qui ce li avoit fait et il respondi uns chevaliers qu'il ne conissoit mie. Ne il n'osoit dire de honte que ce li avoit fait* li nains. Puis fist a ses ostes toute la joie qu'il pot come chevaliers bleciés puet faire. Et les fist molt richement servir et aaisier. Et furent couchié après mengier en une molt bele chambre en .ii. riches lis, et dormirent jusques a l'endemain matin qu'il se leverent et apareillierent. Et la damoisele arma son nain come celui qu'ele amoit et ne voloit que nus

elle ne voulait pas que quelqu'un d'autre participât à l'affaire. Quand elle l'eut armé et paré, à l'exception de son heaume, elle le prit par la main et l'emmena dans la chambre où gisait le seigneur de céans. Au nom de Dieu, ils lui souhaitèrent le bon jour. Il leur rendit leur salut très poliment et les recommanda à Dieu. Ils le remercièrent de l'honneur qu'il leur avait témoigné.

815. Ils sortirent de la chambre, la demoiselle lui laça son heaume et l'aida à monter à cheval. Puis elle lui donna son écu et sa lance. Alors se présentèrent les écuyers qui amenaient le palefroi de la demoiselle et l'aidèrent à monter. Ils quittèrent le château du chevalier et se mirent en route vers Estrangorre. Le chevalier blessé s'avisa qu'il devait respecter sa promesse. Il fit alors faire une somptueuse civière et disposer à l'intérieur un très beau lit, bien confortable. La bière était recouverte d'un riche drap de soie. Le chevalier se coucha dans le lit et la civière fut attachée à deux palefrois qui allaient très calmement à l'amble. Ils quittèrent le château et se mirent en route directement pour Cardeuil en Galles où le roi et la reine séjournaient ce jour-là avec une grande suite. Quand ils arrivèrent, le roi dînait. Le chevalier se fit porter dans la grande salle devant le roi et dit : « Seigneur, pour prouver ma loyauté et, pour respecter ma promesse, je suis venu me mettre à ta merci, accablé de honte et de vergogne, pour acquitter ma promesse envers la plus ridicule

---

i meïst la main se ele non. Et quant ele l'ot armé et apareillié, fors solement de son hiaume, si le prist par la main et l'enmainne en la chambre ou li sires de laiens gisoit, et li dient que bon jour li donnast Dix. Et il lor rendi lor salu molt doucement et il le conmanderent a Dieu. Si le mercierent molt del honour qu'il lor avoit faite.

815. Lors issirent de la chambre et la damoisele li lacha son hiaume et li aïda a monter. Puis li bailla son escu et sa lance. Et lors saillirent li esquier [d] et amenerent la damoisele son palefroi et li aïdierent a monter. Et puis s'em partirent del recet au chevalier et se misent au chemin vers Estrangorre. Et li chevaliers qui bleciés estoit s'apensa qu'il li couvenoit aquiter son creant. Si fist faire la biere chevaleresse molt richement et ot dedens molt biau lit et molt cointe. Et fu la biere couverte d'un molt riche drap de soie. Si fu li chevaliers couchiés ens el lit et la biere fu mise sor .ii. palefrois souef ambalans. Et s'em partirent del rechet et se misent au chemin droit a Carduel en Gales ou li rois Artus et la roïne sejournerent a icelui jour atout grant compaingnie de gent. Et quant il i vinrentᵈ sist li rois Artus au disner. Et li chevaliers se fist porter en la sale devant le roi et li dist : « Sire, pour ma loiauté et pour mon creant aquitier me sui venus metre en ta merci, plains de honte et de vergoigne, de par la plus despite creature del monde qui par ses armes m'a conquis. » Et quant

créature du monde qui m'a vaincu par les armes. » Quand le roi l'entendit, il demanda à ses écuyers de le porter et lui dit : « Qu'est-ce, seigneur chevalier ? Vous dites que vous venez vous constituer prisonnier et vous mettre à ma merci ? — Oui, fait le chevalier. — Alors je vous demande de rester mon prisonnier et de me dire comment vous avez été conquis.

816. — Seigneur, répond le chevalier, je vois qu'il me faut parler de ma honte et de ma douleur. Je vous en parlerai donc puisque je suis venu me placer sous vos ordres afin de prouver ma loyauté. Il est vrai que j'aime une demoiselle si belle et si noble qu'elle n'a pas sa pareille au monde. C'est une noble femme, une fille de roi. Et si vous voulez savoir son nom, c'est la belle Bianne, la fille du roi Clamadieu qui est très riche et puissant. Mais ni mes prouesses, ni mon amour, ni tous les exploits chevaleresques que j'ai pu accomplir pour elle n'ont pu la convaincre de m'octroyer son amour. Je l'aurais volontiers prise pour femme et son père l'aurait bien voulu également et en aurait été très heureux car je suis de haut lignage, fils de roi et de reine mais la demoiselle n'a jamais voulu m'accorder cette faveur à cause de la plus méprisable créature qui soit née d'une femme. Il m'advint un soir que je chevauchai dans une lande tout en armes et seul, et je rencontrai la demoiselle qui revenait de votre cour. Le chevalier nain contrefait avec qui elle est liée la conduisait. Quand je la vis

---

il ot ce dist, si dist a ses esquiers qu'il l'em portaissent. Et li rois li dist[b] : « Que est ce, sire chevaliers ? Vous dites que vous venés en ma prison et en ma merci ? — Voire, fait li chevaliers. — Donques vous requier je, fait li rois, que vous come prison vous maintenés et que vous me dites de par qui vous vous rendés pris et conment vous avés esté conquis.

816. — Sire, fait li chevaliers, je sai bien qu'il me couvient dire ma honte et mon anui. Et je le vous dirai puisque atant en sui venus pour vostre voloir et pour ma loiauté acomplir. Il est voirs que je ai amé une damoisele qui tant est bele et gente qu'il n'a sa pareille el monde. Et gentil feme est ele et fille de roi. Et se vous volés son non savoir, c'est la bele Byane, la fille au roi Clamadon qui molt est riches et poissans. Mais onques ne le poi a ce amener, ne par prouece ne par amour ne par chevalerie que je feïsse por li, que ele me vausist s'amour otroiier. Et je l'eüsse prise volentier a mollier, et ses peres le vausist bien et molt en fust liés, car je sui de haute lignie et fix de roi et de roïne. Mais onques ne le vaut la damoisele otroiier pour la plus despite chose qui onques nasquist de mere. Si m'avint ensi l'autre soir que je chevauchoie par une lande tous sels armés et encontrai ma damoisele qui repairoit de vostre court. Et le conduisoit li nains chevaliers contrefais a qui ele est a[e]mie. Et quant je le vi

venir avec une si petite escorte, j'en éprouvai une grande joie et je bénissais le ciel de l'avoir placée sur mon chemin car je pensais l'emmener avec moi sans aucune contestation. Mais le nain qui la conduisait me dit que j'allais trop vite en besogne et que cela ne s'imposait pas car il en irait autrement que je ne le pensais et ma précipitation, selon lui, était une folie. Je pensais satisfaire mon désir sans rencontrer de résistance et je lui dis que j'accomplirais ma volonté. Je m'élançai vers la demoiselle parce que je voulais la prendre et l'emmener sur le cou de mon destrier jusqu'à mon château qui n'était pas très éloigné de là. Quand le nain vit que je m'étais avancé, il se dirigea vers moi et mit lance sur feutre. Je n'ai pas daigné jouter à la lance contre lui car cela me parut avilissant et humiliant ; aussi je ne voulus pas le frapper mais lui me frappa si violemment qu'il me renversa et, dans ma chute, je me démis l'épaule gauche puis je m'évanouis de douleur. Ensuite, il me délaça le heaume et m'aurait coupé la tête si je ne lui avais pas promis de me constituer prisonnier en son nom auprès de vous. Et c'est ce que je viens faire.

817. — Cher ami, dit le roi, il vous a mis en bonne et douce prison, celui qui vous a envoyé ici. Mais dites-moi : de qui ce chevalier nain est-il le fils ? — Seigneur, c'est le fils du roi Brangoire du royaume d'Estrangorre qui est haut personnage, riche en terres et en amis, et loyal envers Dieu. — Certes, c'est un preux, dit Arthur, et je m'étonne que Notre-

---

venir en si petit conduit si en oï molt grant joie et^a dist que beneois fust Dix qui cele part m'avoit amené, que je l'en quidai avoir amenee sans nul contredit. Mais li nains qui le menoit me dist que trop venoie tost et si n'estoit mestiers, car il iroit autrement que je ne quidoie, si estoit folie de moi desreer. Et je quidoie faire mon desirier sans desfense, si li dis que bien en seroit ma volenté acomplie. Si m'eslaissai grant oirre envers la damoisele pour ce que prendre le voloie et mener l'ent sor le col de mon destrier jusques a un mien rechet qui n'iert mie molt loing d'illuec. Et quant li nains vit que je m'estoie si mis en avant, si point encontre moi et mist sa lance sor le fautre. Et je ne voloie mie jouster a lui de la moie lance, car honte et despit me sambla, si ne le vals pas ferir. Et il me feri si roidement qu'il me porta a terre et au chaoir que je fis me desnoua l'espaulle senestre, si me couvint pasmer de l'angoisse. Et me^b deslacha le hiaume et m'eüst la teste copee se je ne li eüsse creanté que je me metroie en vostre prison de par lui. Et je si fais del tout.

817. — Certes, biaus amis, fait li rois, en bone prison vous mist cil qui a moi vous envoia. Mais tant me dites qui fix est li chevaliers nains. — Sire, fait il, il est fix au roi Brangoire de la terre d'Estrangorre qui molt est haus hom et poissans de terre et d'amis et loiaus envers Dieu. — Certes, fait li rois, voirement est il prodom. Si m'es-

Seigneur lui ait donné un tel héritier. — Seigneur, fait le chevalier, Notre-Seigneur souffre beaucoup de choses mais ce n'est pas la faute du père ou de la mère mais du juste retour des choses. Il n'y avait pas, sur toute l'étendue de la terre, une aussi belle créature que lui. Le jour de la Trinité, cela fera neuf ans que son aventure lui est arrivée et il n'avait ce jour-là que treize ans. » Le roi Arthur lui dit alors que cela ne lui faisait que vingt-deux ans en tout et qu'il en paraissait plus de soixante.

818. « Vraiment, fit le chevalier, il n'aura que vingt-deux ans parce que mon père, le roi Énadain qui porte le même nom que lui, m'a souvent dit qu'il n'était pas plus âgé. — Et comment cela lui est-il arrivé ? demanda le roi. — Seigneur, fait-il, c'est à cause d'une demoiselle qu'il ne voulait pas aimer. Il a été envoûté, selon ce que l'on m'a dit, à plusieurs reprises. Je vous ai dit tout ce que je m'étais engagé à dire, je rejoins donc votre prison et me tiens à votre merci, défait et vaincu.

819. — Cher ami, fait le roi, vous vous êtes mis dans une bonne prison car je vous rends la liberté, mais dites-moi votre nom. — Seigneur, on m'appelle Tradelinant. Je suis le filleul du roi de Norgales qui, par affection pour moi, me donna son nom. Je m'en irai donc avec votre congé et à ma grande honte. — Adieu, fait le roi, et que Dieu vous conduise ! » Les écuyers le prirent et l'emportèrent hors du palais, attelant la

---

merveil conment Nostres Sires pot sousfrir ne endurer qu'il eüst tel oir. — Sire, fait li chevaliers, Nostres Sires sosfre molt de choses ne se n'est mie des coupes del pere ne de la mere mais de la deserte. Car il n'avoit en tout le monde tant com il est lés et lons, une autresi bele creature com il estoit. Si aura le jour de la Trinité .ix. ans que ce li avint, et il n'avoit a celui jour que .xiii. ans. » Et li rois Artus li dist que ce ne sont que .xxii. ans, et il pert a son samblant que il en a plus de .lx.

818. « Certes, fait li chevaliers, il n'en aura que .xxii. que li rois Evandeam, mes peres qui non il porte, m'a dit par maintes fois qu'il n'en avoit plus. — Et conment li avint il ? fait li rois Artus. — Sire, fait il, ce li fist une damoisele pour ce qu'il ne le voloit amer. Et est aterminés, si come on le m'a dit, par maintes fois. Or vous ai dit ce que je vous ai en couvent, si me met en vostre [f] prison et en vostre merci conme conquis et vaincus.

819. — Biaus amis, fait li rois, em bone prison vous estes mis, car je vous claim quite, mais que me dites vostre non. — Sire, fait il, on m'apele Tradelinant et sui filleus au roi de Norgales qui par grant ciere me donna son non. Or si m'en irai a vostre congié et a ma honte. — Alés a Dieu, fait li rois, qu'il vous conduie. » Adont le prisent si esquier et le porterent fors del palais et leverent sor les

civière aux deux palefrois, puis ils revinrent dans leur pays. Le
roi Arthur et ses barons parlèrent beaucoup du nain et de la
jeune fille. Ils se disaient entre eux que la joie serait grande si
le nain retrouvait sa beauté première. Ils louèrent beaucoup la
jeune fille de n'avoir pas détesté son ami à cause de sa laideur. Mais ici le conte se tait à leur sujet et revient à Sagremor, pour dire comment il partit en quête de Merlin avec une
dizaine de chevaliers et comment, à force d'errer, ils arrivèrent
près d'un ermitage pour se loger.

820. Le conte dit que, après avoir quitté monseigneur
Gauvain, Sagremor prit avec lui dix des compagnons partis
en quête et ils se mirent en route. Ils chevauchèrent jusqu'au
coucher du soleil. En regardant à l'orée d'une forêt, ils aperçurent un ermitage dans le creux d'un rocher. Ils se dirigèrent
dans cette direction pour trouver un logis et frappèrent à la
porte. L'ermite courut aussitôt pour leur ouvrir et leur offrit
cette nuit-là toutes les commodités qu'il put. Le lendemain
matin, il chanta la messe pour eux et ils repartirent jusqu'à
ce qu'ils arrivassent à la lisière d'une forêt. Après qu'ils
eurent pénétré dans le bois, Sagremor demanda à ses compagnons de se séparer. C'est ce qu'ils firent, l'un s'en alla
d'un côté, l'autre partit ailleurs, chacun au gré de son aventure. Il leur arriva durant cette quête beaucoup de belles
aventures dont le conte ne fait pas mention. Mais, à force de
sillonner diverses contrées, ils arrivèrent au terme de l'année

---

.II. palefrois, et s'en revont en lor païs ariere. Et li rois Artus et sa
baronnie parlerent assés del nain et de la pucele. Et disent entr'aus
que molt seroit grant joie se li nains revenoit en sa biauté. Et molt
proisierent la damoisele de ce que onques son ami ne haï pour sa laidece. Mais atant se taist li contes d'aus tous et retourne a parler de
Saygremor ensi com il se mist en la queste de Merlin soi disisme de
chevaliers, et errent tant qu'il vinrent a la cele d'un hermite pour
herbergier.

820. Or dist li contes que quant Saygremors se fu partis de
mon signour Gavain, si en mena avoec lui des compaignons de
la queste .X., et se misent a la voie. Et chevauchierent jusques atant
que li solaus fu couchiés. Et lors se regarderent a l'issue d'une forest,
el pendant d'une roche et virent une cele ou il habitoit un hermite.
Si tournerent cele part pour herbergier et hurterent a la porte. Et li
hermites lor courut ouvrir maintenant et les aiesa cele nuit de quanqu'il pot. Et l'endemain matin lor chanta messe, et puis s'em partirent de laiens et errerent jusques a l'entree d'une forest. Et lors
dist Saygremors a ses compaignons qu'il se departissent parmi la
forest. Et il si firent et s'en ala li uns cha et li autres la, ensi come
aventure les menoit. Si lor avint en cele queste mainte bele aventure
dont li contes ne fait mie mencion. Mais tant alerent sus et jus

de quête et ils n'apprirent aucune des nouvelles qu'ils espéraient obtenir au début de celle-ci. Ils revinrent au bout d'un an et racontèrent leurs aventures au roi. Certains d'entre eux rapportèrent des aventures qui leur valurent plutôt de la honte que de l'honneur mais ils s'étaient engagés à tout raconter et les gens de cette époque étaient d'une telle loyauté qu'ils ne se seraient jamais parjurés au risque de perdre la vie. On coucha tout par écrit. Mais à cet endroit le conte se tait à leur sujet et revient à monseigneur Yvain et à ses compagnons pour rapporter comment ils rencontrèrent une demoiselle qui s'arrachait les cheveux et menait le plus grand deuil du monde.

821. Le conte dit que monseigneur Yvain, à force d'errer depuis qu'il avait quitté monseigneur Gauvain, sortit d'une forêt avec ses compagnons. À ce moment précis, ils rencontrèrent une demoiselle montée sur une mule qui menait le plus grand deuil du monde. Elle s'arrachait les cheveux à grandes poignées et criait très fort : « Hélas ! Malheureuse ! Que vais-je devenir puisque j'ai perdu celui que j'aimais tant et qui m'aimait tant lui-même que, par amour pour moi, il a perdu la grande beauté qui était la sienne ? » À ces mots, monseigneur Yvain fut pris d'une grande pitié. Il alla la trouver et lui demanda pourquoi elle menait un tel deuil. Elle lui dit : « Noble chevalier, ayez pitié de moi et de mon ami que cinq chevaliers sont en train de tuer là, en bas de cette colline.

---

par diverses contrees qu'il par[*168a*]furnirent cel an, que onques noveles n'aprisent de ce pour coi il estoient meü. Puis en revinrent au chief de l'an et aconterent le roi lor aventure. Si en i ot de teus qui i conterent plus lor honte que lor honour, mais a dire lor couvenoit par lor sairement et il estoient si loial gent au tans de*a* lores que il ne se parjuraissent pour perdre la vie. Et on mist tout en escrit. Mais ici endroit se taist li contes d'aus. Et retourne a parler de mon signour Yvain et de sa compaingnie, ensi com il encontrerent une damoisele tirant ses chavels et faisant le plus grant doel del monde.

821. Or dist li contes que tant erra mesire Yvains puis qu'il se fu partis de mon signour Gavain qu'il vint a l'issue d'une forest, il et sa compaingnie. Et ausi com il durent fors issir de la forest, si encontrerent une damoisele sor une mule qui faisoit le plus grant doel del monde. Et esraçoit ses chavels as grans poingnies et crioit a hautes vois : « Lasse, chaitive ! Que porrai je devenir quant je ai celui perdu que je tant amoie et qui tant m'amoit que pour l'amour de moi avoit perdu la grant biauté qui en lui estoit ! » Et quant mesire Yvains l'oï se li em prist grant pitié. Si li vint a l'encontre et li demande pour coi el faisoit tel duel. Et ele li dist : « Frans chevaliers, aiiés de moi merci et de mon ami que .v. chevalier ocient la desous cel tertre.

— Et qui est votre ami, demoiselle ? fait monseigneur Yvain.
— Seigneur, c'est Énadain le Nain, le fils du roi Brangoire. —
Laissez ce chagrin, demoiselle, parce que, par la foi que je
vous dois, il n'aura rien à craindre, pourvu que j'arrive à
temps. — Seigneur, grand merci, au nom de Dieu, répond la
demoiselle, mais il convient de vous dépêcher. »

822. Alors monseigneur Yvain prit la direction que la
demoiselle lui indiqua, et s'élança à cheval avec ses compagnons. La demoiselle les suivait comme elle pouvait car sa
mule allait lentement. Monseigneur Yvain finit par voir le
nain qui se battait énergiquement contre deux chevaliers. Il en
vit trois autres étendus au milieu du champ et qui ne pouvaient même plus se relever car l'un avait été frappé d'une
lance en pleine cuisse. Un autre avait été frappé au milieu de
l'épaule qui se détachait du reste de son corps, et le troisième
avait le crâne fendu jusqu'aux dents par une épée. Les deux
derniers étaient très affaiblis et tous deux craignaient fort de
mourir car le nain les harcelait très vigoureusement. Quand
monseigneur Yvain le vit se comporter de la sorte, il le montra à ses compagnons et dit que c'était un grand dommage
que ce nain soit si contrefait car il était preux, hardi et de
grand courage. « Assurément, seigneur, fait un autre, jamais
un homme de son espèce n'a accompli d'aussi grandes
prouesses. De par Dieu, séparez-les afin qu'il ne lui arrive pas
un mauvais coup ! Ce serait dommage qu'il dût succomber.

— Et qui est vos amis, damoisele ? fait mesire Yvains. — Sire, fait
ele, c'est Enadeain li Nains, li fix au roi Brangoire. — Ore laissiés le
doel ester, damoisele, fait mesire Yvains, que par la foi que je doi
vous il n'i aura ja mal sans moi, pour que je a tans i puisse venir. —
Sire, grans mercis de Dieu, fait la damoisele. Mais il vous couvient
haster. »

822. Lors se met mesire Yvains a la voie de cele part ou la damoisele li enseigne quanqu'il pot del cheval traire, et si compaingnon
après. Et la damoi[*b*]sele les sieut tant com ele puet, car sa mule aloit
lentement. Et mesire Yvains a tant alé qu'il vit le nain qui molt
vigherousement se combatoit a .ii. chevaliers. Et en vit .iii. estendus
enmi le champ qu'il n'ont pooir d'aus relever, car li uns estoit ferus
d'un glaive parmi la quisse. Et li autres ferus fu parmi l'espaulle si
qu'il l'avoit toute sevree del cors. Et li tiers estoit fendus d'une espee
jusques es dens. Si en estoient li autre doi molt afebli et n'i avoit
celui qui grant doutance n'eüst de mort, car trop les requeroit li nains
vigherousement. Et quant mesire Yvains le voit ensi contenir, si le
moustre a ses compaingnons et dist que c'est molt grans damages del
nain qui ensi est contrefais, car molt est prous et hardis et de grant
cuer. « Certes, sire, fait uns autres, onques hom de sa personne ne
fist mais si grant prouece. Pour Dieu, departés les qu'il ne l'en mes-

— Vous avez raison, dit Yvain qui se dirigea vers le nain, mais avant qu'il n'arrive à ses côtés, le nain avait terrassé un de ses adversaires. Il piétina son corps trois fois avec son cheval si bien qu'il manqua de le tuer. Quand le cinquième constata qu'il était le seul à se battre, il craignit pour lui et chercha à s'esquiver car il voulait s'enfuir. Il avait déjà une profonde blessure dans sa chair. Mais le nain, qui montait très habilement, le poursuivit de si près et avec une telle rapidité qu'il l'aurait tué si Yvain n'était intervenu assez vite. Il lui dit : « Cher seigneur, n'en faites pas plus mais laissez-le par courtoisie. Nous voyons bien son état et vous en avez déjà fait beaucoup. » Quand le nain entendit cette demande formulée si calmement, il lui répondit en homme courtois et noble : « Seigneur, vous plaît-il que je m'arrête là ? — Oui, fait monseigneur Yvain, car nous voyons bien son état. — Alors, j'accède à votre souhait, car vous me semblez preux. »

823. Le nain et le chevalier qui s'était battu vinrent trouver monseigneur Yvain et le chevalier dit : « Seigneur, grand merci. Votre venue m'a protégé de la mort et béni soit Dieu qui vous a mené jusqu'ici. » Alors le chevalier vaincu tendit son épée au nain qui la prit. Les autres chevaliers encore vivants firent de même. Il les envoya tous les quatre à la prison du roi Arthur où ils se rendirent de la part du chevalier nain. Monseigneur Yvain et ses compagnons quittèrent ce

---

chiee par aventure. Car ce seroit damages s'il l'en mescheoit. — Vous dites voir », fait mesire Yvains. Lors point cele part, mais, ains qu'il i venist, en ot il un mis a terre et li ala par desus le cors .III. fois tout a cheval si que a poi qu'il ne le tua. Et quant li quint vit qu'il estoit tous sels remés si ot molt grant paour de soi meïsmes, si commencha a guencir, si s'en vaut metre a la fuie. Et sans faille il estoit navrés el cors molt em parfont. Mais li nains, qui molt richement estoit montés, le tint si court et tant se hasta que mort l'eüst, se mesire Yvains ne fust si tost venus. Si li dist : « Biaus sire, n'en faites plus, mais laissiés le par courtoisie. Car nous veons bien comment il est, et assés en avés fait. » Et quant li nains l'oï, qu'il li requeroit si doucement, si li respont come cil qui tant estoit cortois et debonaires : « Sire, vous plaist il que je m'en sousfre atant ? — Oïl, fait mesire Yvains, car nous veons bien comment il est. — Et je ferai vostre requeste, fait li nains, car molt me samblés prodom. »

823. Adont vint li nains qui au chevalier s'estoit combatus[a] a mon signour Yvain, si li dist : « Sire, vostre merci. Vous m'avés garanti de mort par vostre venue et beneois soit Dix qui ceste part vous a amené. » Lors tendi s'espee au nain et li nains le rechut, et ausi firent li autre qui vif estoient. Et il les envoia tout .IIII. en la prison le roi Artu. Et cil i alerent et se rendirent de par le nain chevalier. Et mesire Yvains et si compaingnon se departirent del nain

chevalier et la demoiselle. Ils se dispersèrent ensuite dans diverses contrées en recherchant partout Merlin mais ils ne trouvèrent pas la moindre piste. Ils en furent très abattus et affligés et rentrèrent à la cour au bout d'un an. Chacun raconta ce qui lui était arrivé dans cette quête. Le roi Arthur fit tout mettre par écrit. Mais à cet endroit le conte se tait sur le roi Arthur et revient à monseigneur Gauvain qui rencontre une demoiselle chevauchant un palefroi recouvert d'une housse.

Gauvain transformé en nain.

824. Le conte dit que, lorsque monseigneur Gauvain se fut séparé de ses compagnons, il alla encore avec neuf d'entre eux jusqu'à l'orée de la forêt. Monseigneur Gauvain dit alors à ses compagnons de se séparer pour que chacun suive sa route car il voulait cheminer seul. C'est ainsi qu'ils se quittèrent et que chacun suivit son chemin. Monseigneur Gauvain chevaucha tout seul et erra longtemps sur la terre de Logres. Un jour, il chevauchait pensif, songeant tristement qu'il n'avait aucune nouvelle de Merlin. Il pénétra dans une forêt et, quand il eut parcouru deux lieues gauloises, il rencontra une demoiselle montée sur le plus beau palefroi du monde, noir, harnaché d'une selle d'ivoire aux étriers dorés, et dont la housse écarlate battait le sol. Elle avait un frein d'orfroi avec des parties en or. Elle-même était vêtue

---

chevalier et de la damoisele et s'espandirent [*d*] par diverses contrees et quisent Merlins sus et jus, mais onques n'en trouverent assenement. Si en furent molt dolans et molt cou_r_ecié, et s'em partirent a la court al chief de l'an. Si conta chascun ce que avenu li estoit en cele queste. Et li rois Artus fist tout metre en escrit. Mais ici endroit se taist li contes del roi Artu et retourne a parler de mon signour Gavain, ensi com il encontra une damoisele chevauchant a sambue.

824. Or dist li contes que[*e*] quant mesire Gavains se fu partis de ses compaingnons si erra soi meïsme tant qu'il issi fors de la forest. Et lors dist mesire Gavains a ses compaingnons qu'il se departissent et alast chascuns sa voie, car il vauroit aler tous seus. Si se departirent en tel maniere et tint chascuns sa voie. Et mesire Gavains chevaucha tous seus et chercha grant partie de la terre de Logres tant qu'il li avint un jour qu'il chevauchoit molt pensis et dolans de ce qu'il ne pot oïr nouveles de Merlin. Et en cele pensee entra mesire Gavains en une forest. Et, quant il ot erré entour .II. lieues galesces, si li vint une damoisele a l'encontre qui chevauchoit le plus bel palefroi del monde morian, et avoit sele d'ivoire et estriers dorés et une sambue d'escarlate et dont les langes batoient a terre. Et ot un frain d'orfrois a menbres d'or. Et ele fu vestue d'un samit blanc et fu de lin loie et de soie le chief envolepé por le halle. Et, tout ensi envolepé com ele

de soie blanche et, pour éviter le hâle, elle avait la tête voilée de lin et de soie[1]. Ainsi couverte, elle passa devant monseigneur Gauvain qui, perdu dans sa rêverie, oublia de la saluer. Quand la demoiselle le vit, elle fit tourner son palefroi et dit : « Gauvain, une fausse réputation se répand à ton sujet dans le royaume de Logres. On assure que tu es le meilleur chevalier du monde, ce qui est vrai. Mais on ajoute que tu es aussi le plus courtois et le plus franc, et ici la Renommée se trompe. En effet, tu es le plus vulgaire chevalier du monde que j'aie jamais rencontré de ma vie. Tu me croises seule dans cette forêt, loin de tous et, du fait de la félonie qui a pris racine en toi, tu n'as même pas la douceur et l'humilité de daigner me saluer et me parler ! Sache bien que cela ne te portera pas chance d'autant que, pour avoir agi de la sorte, tu ne mériterais ni la capitale du royaume de Logres ni la moitié des terres d'Arthur. » Quand Gauvain entendit la demoiselle, il en éprouva une très grande honte. Il retourna son cheval Gringalet vers elle et lui dit, tout confus : « Écoutez, demoiselle, par la grâce divine, je pensais à quelqu'une que je suis parti chercher ! Je vous implore de me pardonner. — Par la grâce divine, tu me le payeras cher et cela te vaudra honte et malédiction. Une autre fois, tu te souviendras de saluer les dames quand tu les rencontreras. Mais je ne dis pas que cette malédiction durera pour toujours. Quant à

---

estoit, s'em passa par devant mon signour Gavain qui si estoit pensis qu'il ne li souvint de le saluer. Et quant la damoisele vit ce li tire son frain vers lui et li tourne le chief de son palefroi et dist : « Gavain, il n'est pas voirs quanque on dist de le renomee qui court parmi le roiaume de Logres de toi. Car on dist et tesmoigne que tu es li miudres chevaliers del monde, et de ce dist on voir. Et on dist après que tu es li plus cortois [d] et li plus frans del monde, mais en ce cloce la renommee. Car tu es li plus vilains chevaliers del monde que je onques mais veïsse en mon vivant, qui enmi ceste forest loing de gent m'as encontree toute seule et si ne me vaut onques la grant felonnie qui en toi est enracinee tant avoir de douçour ne d'umilite qu'ele deignast neïs sousfrir ne endurer que tu me sauvaisses ne parlaisses a moi. Si saces bien qu'il t'en mescharra de tant conme tu en as fait que tu ne vauroies pour la cité del roialme de Logres, non pour demie la terre le roi Artu. » Et quant mesire Gavains entendi la damoisele si en ot molt grant honte et retourne le chief del Gringalet envers li et li dist tous hontous : « Ensi come vous orrés, damoisele, fait mesire Gavains, si m'aït Dix, je pensoie por une chose que je vois querant. Si vous en cri merci, que vous le me pardonnés. — Si m'aït Dix, fait la damoisele, tu l'auras ançois molt chier comperé et assés en auras honte et laidure. Si t'en souvenra une autre fois des damoiseles saluer quant tu les verras. Mais je ne dis mie qu'il te durt a tous jours

celui que tu cherches, tu ne trouveras personne qui t'en apprendra des nouvelles au royaume de Logres. Mais en Petite-Bretagne, tu pourras avoir quelques informations. Je m'en irai donc à présent à mon affaire et toi, cherche ce qui t'a fait partir. Je te souhaite de ressembler au premier homme que tu verras jusqu'à ce que tu me rencontres une nouvelle fois[2]. »

825. Monseigneur Gauvain quitta la demoiselle. Il n'avait pas chevauché plus d'une lieue gauloise dans la forêt qu'il croisa le chevalier nain et la demoiselle qui avaient quitté monseigneur Yvain la veille au soir. Celui-ci avait envoyé les quatre chevaliers à la cour du roi Arthur pour qu'ils se constituassent prisonniers ; c'était le jour de la Trinité exactement à l'heure de midi. Dès que monseigneur Gauvain aperçut la demoiselle, il se rappela celle qu'il venait de quitter. Il oublia son penser et dit à la demoiselle que Dieu lui donnât de la joie à elle et à sa compagnie ! La demoiselle et le nain lui souhaitèrent que Dieu lui donnât bonne aventure. Puis, ils passèrent outre, monseigneur Gauvain d'un côté et eux de l'autre. Et à peine l'avaient-ils dépassé que le chevalier nain sentit qu'il reprenait sa première forme, et il devint un jeune homme de vingt-deux ans, droit, haut et large d'épaules, si bien qu'il lui fallut ôter ses armes qui n'étaient plus à sa taille. Quand la demoiselle vit son ami retrouver ainsi sa beauté, elle en éprouva une joie indicible. Elle lui

---

ne de ce que tu vas querant ne trouveras qui nouveles te die el roiaume de Logres. Mais en la Petite Bretaingne en orras aucunes enseignes. Si m'en irai atant en mon afaire et tu ailles querre ce pour coi tu es meüs. Que le premier home que tu encontreras puisses tu resambler tant que tu me revoies autre fois ! »

825. Lors s'em parti mesire Gavains de la damoisele. Mais il n'ot mie chevauchié plus d'une lieue galesche parmi la forest, quant il encontra le nain chevalier et la damoisele qui le soir devant s'estoit partis de mon signour Yvain et avoit tramis les chevaliers tout .IIII. en la court le roi Artu pour tenir prison, et ce fu le jour de la Trinité tout droit a eure de midi. Et si tost come mesire Gavains vit la damoisele si li souvint de la damoisele devant. Si laisse le penser et dist a la damoisele que Dix li donnast joie et a li et a sa compaignie. Et la damoisele et li nains respondirent que Dix li donnast bone aventure. Si s'em passerent outre, mesire Gavains d'une part et cil d'autre. Et quant il furent un poi eslongié, li nains chevaliers revint en sa biauté ou il avoit premierement esté. Et fu droit en l'aage de .XXII. ans, grans et furnis et epaullus si qu'il li couvint oster ses[a] armes que nul mestier ne li orent. Et [e] quant la damoisele vit son ami ensi revenu en sa biauté si en ot si grant joie que nus ne le porroit dire. Se li met les bras au col et le baise plus de .C. fois en

jeta ses bras au cou et le baisa plus de cent fois de suite. Tous deux s'en furent à grande joie, partageant l'un et l'autre leur plaisir, et ils remercièrent Notre-Seigneur de la grâce qu'il leur avait accordée, souhaitant à leur tour joie et bonne aventure à monseigneur Gauvain qui leur avait souhaité la joie de Dieu qu'ils avaient finalement obtenue. C'est ainsi qu'ils s'en allèrent. Mais le conte se tait à leur sujet et revient sur monseigneur Gauvain pour nous apprendre comment il devint nain après l'enchantement de la demoiselle et descendit de cheval à côté d'une croix près d'un rocher.

826. Le conte dit que, lorsque monseigneur Gauvain eut dépassé le nain et la demoiselle, il chevaucha sur une distance représentant trois fois la portée d'un arc puis il sentit les manches de son haubert lui descendre au-delà des mains et les pans lui en recouvrir les pieds car ses jambes s'étaient tellement raccourcies qu'elles ne dépassaient pas les quartiers de la selle. Il vit ses chausses de fer rester fixées aux étriers et son écu pendre jusqu'à terre. Il comprit qu'il était devenu nain. Il se dit en lui-même que la prédiction de la demoiselle venait de s'accomplir. Il en fut si peiné qu'il s'en fallut de peu qu'il ne se tuât ! Dans cette colère et cette angoisse, il sortit de la forêt. C'est là qu'il trouva une croix et un rocher ; il s'approcha du rocher sur lequel il descendit et là il raccourcit ses étrivières, ses chausses de fer, la ceinture de son épée, la courroie de son écu et les manches de son haubert qu'il

---

un tenant. Et puis s'en vont joiant et lié, li uns delés l'autre par grant soulas, si en mercient Nostre Signour del honour que lor a faite et aourent joie et bone aventure a mon signour Gavain qui lor dist que joie lor donnast Dix et ausi avoit il fait[b]. Et ensi s'en vont en tel maniere. Mais ici endroit se taist li contes d'aus et retourne a parler de mon signour Gavain. Ensi com il devint nains par l'enchantement que la damoisele li fist, si descendi d'encoste une crois lés un perron.

826. Or dist li contes que quant mesire Gavains ot passé le nain chevalier et la damoisele, si chevaucha bien .III. archies, puis senti que li mances del hauberc li coulerent sor les mains et que li pan del hauberc li passerent[a] outre .II. piés, car tant furent ses gambes acourcies qu'eles ne passoient pas les aunes de la sele. Et il regarda que ses chauces de fer estoient apoies sor les estriers et vit son escu qui li pendoit jusques vers terre. Si vit bien et sot qu'il estoit nains. Si dist a soi meïsmes que c'estoit ce que la damoisele li avoit promis. Si en est tant iriés que a poi qu'il ne s'ocist. Si chevauche tant en cel courous et en cele angoisse qu'il vint a l'issue de la forest. Et lors trouva une crois et un perron delés, si s'aproce del perron et descendi desus et prist ses estriers a acorchier[b], et ses chauces de fer et ses renges de s'espee et la guige de son escu et les mances de son hauberc et a

fixa par des courroies sur ses épaules, et il s'accommoda du
mieux qu'il put, si irrité et si affligé qu'il aurait souhaité mourir. Après quoi, il se remit en selle et reprit sa route, maudissant le jour et l'heure où il avait entrepris sa quête car il était
désormais honni et déshonoré. Dans son errance, il ne quitta
pas un château, pas une demeure, pas un bois, pas une plaine
sans demander des nouvelles de Merlin à tous ceux et à
toutes celles qu'il rencontrait. Sur son chemin, il ne recueillait
que moqueries et brocards. Il fit beaucoup de prouesses car,
bien que nain, il n'avait rien perdu de ses capacités, de son
courage ni de sa force mais il se montrait hardi et entreprenant et il vainquit maint chevalier. Quand il eut sillonné tout
le royaume en long et en large, il comprit qu'il ne trouverait
rien. Il s'avisa alors de traverser la mer et d'aller en Petite-
Bretagne. Et c'est ce qu'il fit. Il se mit en quête dans toutes
les directions mais n'obtint aucune nouvelle de Merlin et finit
par approcher du terme de sa quête. Il se dit en lui-même :
« Hélas ! Que ferai-je ? Le terme de ma quête approche et j'ai
juré à mon seigneur mon oncle de revenir. Il me faut donc
rentrer car autrement je serais parjure et déloyal. Non, je ne
le serais pas car le serment stipulait que je reviendrais si je
disposais de toutes mes capacités. À présent, je n'en dispose
plus car je suis devenu un être ridicule et défiguré. Je n'ai
plus de pouvoir sur moi-même. Et pour cette raison, je peux
me dispenser de retourner à la cour. Par ma foi, voilà qui est

---

atachier a coroies sor les espaulles et s'apareille au mix qu'il puet,
tant iriés et tant dolans que mix vausist morir que vivre. Et puis est
montés et s'en entre en son chemin et maudist l'eure et le jour qu'il
onques entra en la queste, car honnis en est et deshonnerés. Si a tant
alé en tel maniere qu'il ne laissa onques chastel ne rechet ne bois ne
plain ou il n'enquist [*f*] nouveles de Merlin a tous ciaus et a toutes
celes qu'il encontroit. Si encontra de tels en cele voie qui grant honte
et grant laidure li dirent. Si fist molt de proeces, encore fust il nains
si n'avoit il pas perdu le pooir de lui ne le cuer ne sa force, ains estoit
hardis et entreprendans et maint chevalier conquist. Et quant il ot
le roiaume cherchié amont et aval et vit qu'il ne trouveroit rien, si
s'apensa qu'il passeroit mer et iroit en la Petite Bretaingne. Et il si
fist. Et cercha prés et loing, mais il n'i pot riens trouver de Merlin, et
tant ala qu'il aprocha del terme qu'il avoit mis del retourner. Si dist a
soi meïsmes : « Las, que ferai je ? Li termes aproce de mon retour et
del sairement que je fis a mon signour mon oncle de retorner. A
repairier me convient, car autrement seroie je parjurés et desloiaus.
Non seroie, car li sairemens fu tels, se je estoie en ma delivre poesté.
Et en ma poesté ne sui je pas, car trop sui despite chose et
desfiguree, et je n'ai pooir de moi. Et par ce me puis je bien tenir
d'aler a court. Par foi, ore ai je trop mal dit ! Ja pour aler ne pour

mal parler ! Jamais à l'aller ou au retour, quel que soit mon état, je ne me parjurerai. De plus, je ne suis pas emprisonné au point de ne pouvoir me déplacer à ma guise. Car je ne peux pas rester ici sans devenir parjure. Voilà pourquoi il me faut retourner à la cour ; je ne commettrai aucune déloyauté mais je prie Dieu qu'il ait pitié de moi car mon corps a été honteusement malmené. » Tout en se plaignant ainsi, monseigneur Gauvain fit demi-tour pour rentrer à la cour. Il lui arriva alors de parcourir la forêt de Brocéliande[1] et de la traverser pour retourner vers la mer. Tandis qu'il se lamentait sur son sort, il entendit une faible voix à sa droite. Il se dirigea vers l'endroit où il l'avait entendue, regarda de part et d'autre mais ne vit rien qu'une sorte de fumée qui empêchait son cheval de passer[2].

827. Il entendit alors une voix lui dire : « Monseigneur Gauvain, ne vous en faites pas car tout ce qui doit advenir finit par arriver. » Quand monseigneur Gauvain entendit la voix qui avait prononcé son vrai nom, il répondit : « Dieu, qui est-ce ? Qui me parle ? — Comment ! disait la voix. Ne me reconnaissez-vous pas ? Vous me connaissiez pourtant bien jadis mais voilà ce qui arrive à tous les laissés-pour-compte. Bien vrai est le proverbe du sage : "Qui laisse la cour, la cour l'oublie !" Il en est ainsi de moi. Tant que je fréquentais la cour et que je servais le roi Arthur et ses barons, j'étais connu et aimé de vous et des autres mais, maintenant que j'ai quitté, délaissé et ignoré la cour, je suis ignoré de vous et des autres.

---

venir, quelque personne que je soie, ne me parjurerai. Et pour ce que je ne sui pas enserré que je ne puisse aler a mon voloir car je ne puis remanoir que je ne soie parjurés. Et pour ce m'i couvient aler, car desloiauté ne feroi je pas, ains proi Dieu qu'il ait de moi merci, car li cors est hontousement menés. » En[c] ces complaintes que mesire Gavains faisoit s'en retourna ariere pour revenir a court. Se li avint ensi qu'il ala parmi la forest de Broceliande et voloit tourner illuec pour venir a la mer. Et tous dis s'aloit dementant, si oï une vois un poi destre de lui. Et il tourne cele part ou il ot oïe cele vois, si regart de sus et jus, mais riens n'i voit fors une fumee tout autresi come air, ne outre ne pooit passer.

827. Lors oï une vois qui dist : « Mesire Gavain, ne vous desconfortés mie, car tout avenra ce qu'il doit avenir. » Quant mesire Gavains oï la vois qui ensi l'avoit apelé par son droit non, si respondi : « Qui est ce, Dix, qui a moi parole ? — Comment ? fait la vois. Ne me connoissiés vous mie ? Vous me soliés bien connoistre, mais ensi va de chose entrelaissie. Et veritables est li proverbes que li sages dist : "Qui eslonge la court et la court lui." Et [*169 a*] ensi est il de moi. Entant que je hantai la court et servi le roi Artu et ses barons, tant sui je conneüs et amés de vous et des autres et pour ce que jou ai la cort passee et

Et pourtant, je ne devrais pas l'être si la fidélité et la loyauté régnaient de par le monde ! »

828. Quand monseigneur Gauvain entendit la voix qui lui parlait, il s'avisa que c'était celle de Merlin. Il répondit aussitôt : « Oui, seigneur, j'aurais bien dû vous reconnaître car je vous ai maintes fois entendu parler. Je vous supplie de m'apparaître pour que je puisse vous voir. — Monseigneur Gauvain ! reprit la voix, vous ne me verrez plus jamais et cela me pèse car je n'y peux rien. Quand vous serez parti d'ici, je ne parlerai plus ni à vous ni à quiconque, excepté à ma mie, car jamais personne n'aura le pouvoir de venir jusqu'ici quoi qu'il advienne. Je ne peux quitter cet endroit et jamais je n'en sortirai car dans le monde il n'y a pas de tour plus forte que celle où je suis enserré[1]. Même si elle ne comporte ni bois ni fer ni pierre, elle est si bien close avec l'air qui la compose par enchantement et si puissante qu'elle ne pourra être détruite jusqu'à la fin du monde. Je ne puis en sortir et personne ne peut y entrer sauf celle qui m'a valu d'y être et qui me tient ici compagnie quand il lui plaît. Elle vient et repart quand bon lui semble.

829. — Quoi ! cher et doux ami Merlin, fait monseigneur Gauvain, vous êtes prisonnier au point de ne pouvoir vous délivrer vous-même ni réagir de quelque manière que ce soit et au point de ne plus pouvoir vous montrer à moi ? Comment une telle chose a-t-elle pu se produire malgré vous, et à vous, le plus savant des hommes de la terre ? — Pas le plus

---

laissie et desconeüe fui jou desconeüs de vous et des autres[a]. Et se ne le deüsse pas estre se foi et loiauté regnast par le monde. »

828. Quant mesire Gavains ot la vois que ensi parole a lui, si s'apensa que ce soit Merlins. Si respondi tout maintenant : « Certes, sire, voirement vous deüssé je bien connoistre, car maintes fois ai je vos paroles oïes. Si vous proi que vous vous aparissiés a moi, si que je vous puisse veoir. — Mesire Gavain, fait Merlins, moi ne verrés vous jamais, ce poise moi, car plus n'en puis faire. Et quant vous departirés de ci jamais ne parlerai a vous ne a autre, fors a m'amie. Car jamais nus n'aura pooir que il puisse ci assener pour riens que aviengne. Ne de chaiens ne puis je issir, ne jamais n'i isterai. Car el monde n'a si forte tour come ceste est ou je sui enserrés. Et se n'i a ne fust ne fer ne pierre, ains est sans plus close[a] del air par enchantement, si fort qu'il ne puet estre desfais jamais a nul jour del monde. Ne je ne puis issir ne nus n'i puet entrer fors sans plus cele qui ce m'a fait, qui me tient ici compaingnie quant il li plaist. Et ele vient et s'en vait quant il li vient a plaisir et a volenté.

829. — Conment, biaus dous amis Merlin, fait mesire Gavains, si estes en tel maniere retenus que vous ne vous poés delivrer pour nul esfors faire, ne faire vous veoir a moi ? Conment puet ce a force ave-

savant mais le plus fou, répond Merlin, car je savais bien ce qui m'arriverait. J'ai été assez fou pour mieux aimer autrui que moi-même et j'ai initié ma mie à la science, voilà pourquoi je suis emprisonné et pourquoi personne ne peut me délivrer. — Assurément, fait monseigneur Gauvain, cela m'afflige, comme le roi Arthur mon oncle, quand il l'apprendra, lui qui vous fait rechercher partout sur la terre. — Il lui faudra l'admettre, car il ne me verra plus jamais et moi je ne le reverrai plus non plus. La chose a donc fini par arriver ! Après vous, jamais plus personne ne pourra me parler : on viendrait me voir pour rien. Et vous-même, si vous reveniez ici, vous ne m'entendriez jamais plus parler. Alors retournez-vous-en, saluez pour moi le roi Arthur, ma dame la reine, tous les barons et racontez-leur ma situation. À votre arrivée, vous trouverez le roi à Cardeuil en Galles et tous vos compagnons partis en quête en même temps que vous seront de retour. Ne vous désespérez pas pour ce qui vous est arrivé car vous retrouverez la demoiselle qui vous a ensorcelé dans la forêt où vous l'avez rencontrée la première fois. Mais n'oubliez pas de la saluer car sinon ce serait une folie. — Seigneur, fait monseigneur Gauvain, s'il plaît à Dieu, je ne l'oublierai pas. »

830. — Allez à Dieu, dit Merlin, et qu'il garde le roi Arthur, le royaume de Logres, vous, et tous les barons, comme le meilleur peuple qui fut jamais sur la terre ! » Monseigneur Gauvain s'en alla à la fois heureux et triste, heureux parce

---

nir qui estiés li plus sages hom del monde ? — Mais li plus fols, fait Merlins, car je savoie bien ce que avenir m'estoit, et je fui si fols que j'amai plus autrui que moi et si apris m'amie, pour coi je sui emprisonnés, ne nus ne me puet desprisonner. — Certes, fait mesire Gavains, Merlin, de ce sui je molt dolans. Et li rois Artus mes oncles, quant il le saura, come cil qui querre vous fait par toutes les terres. — Or l'en couvient a sousfrir, fait Merlins, car il ne me verra jamais ne je lui. Ensi est la chose avenue, ne jamais ne parlera nus a moi aprés vous, se movroit jou noiant nus. Car vous meïsmes, se vous estiés ci tournés, ne m'oriés jamais plus parler. Or vous en retournés, si me salués le roi Artu et ma dame la roïne et tous les barons, et lor contés mon estre. Et vous trouverés le roi a Carduel en Gales quant vous i venrés, et trouverés tous vos compaing[*b*]nons qui avoec vous s'em partirent. Et vous, ne vous desconfortés pas de ce que avenu vous est, car vous trouverés la damoisele qui ce vous a fait en la forest ou vous l'encontrastes. Mais ne l'obliés pas a saluer, car ce seroit folie. — Sire, fait mesire Gavains, non ferai je, se Diu plaist.

830. — Ore alés a Dieu, fait Merlins, qui gart le roi Artu et le roialme de Logres et vous et tous les barons come la meillour gent qui sont en tout le monde. » Atant s'em part mesire Gavains liés et dolans. Liés de ce que Merlins l'a aseüré de ce que avenu li

que Merlin l'avait rassuré sur sa mésaventure et triste de ce
que leur ami fût ainsi perdu à jamais. À force de chevaucher,
il parvint au bord de la mer et il la traversa assez rapidement.
Puis il prit la route pour Cardeuil en Galles. Il lui arriva alors
de passer par la forêt où il avait croisé la demoiselle qu'il
n'avait pas saluée. Il se souvint de Merlin qui lui avait rappelé
de ne pas oublier de le faire quand il la rencontrerait. Il
redouta fort de la rencontrer et de ne pas la saluer. Aussi, il
ôta son heaume pour mieux voir. Il se mit à regarder devant
et derrière lui, de tous côtés et finit par arriver à l'endroit
même où il avait croisé la demoiselle sans la saluer. Il regarda
alors à travers deux buissons car la forêt était quelque peu
profonde et épaisse et il vit deux chevaliers tout en armes
mais sans écu et sans leur heaume qu'ils avaient enlevés. Ils
avaient attaché les rênes de leurs chevaux à leurs lances
fichées en terre ; ils tenaient entre eux une demoiselle et faisaient semblant de vouloir la violer mais ils n'en avaient pas
envie. La demoiselle avait organisé cette mise en scène pour
mettre à l'épreuve la volonté et le courage de monseigneur
Gauvain. Elle se tordait pour échapper à ceux qui faisaient
mine de lui faire violence. Quand monseigneur Gauvain vit
les deux chevaliers qui tenaient la demoiselle, l'un par les
mains, l'autre par les jambes, comme s'ils voulaient la forcer
à se coucher sous eux, il en fut très irrité et pointa sa lance
dans leur direction en disant aux chevaliers qu'ils mourraient

---

estoit et dolans de ce que ensi l'ont perdu. Si s'en vait ensi chevauchant tant qu'il vint a la mer et passa outre assés hastivement. Puis se
mist a la voie pour aler a Carduel en Gales. Se li avint ensi que il
entra en la forest ou il avoit la damoisele encontree qu'il avoit trespassee sans saluer. Se li souvint de Merlin qui li dist qu'il ne l'oubliast
pas a saluer quant il l'encontreroit. Si ot molt grant doute et molt
grant paour qu'il ne le trespassast sans saluer. Si osta son hiaume de
sa teste pour plus prés veoir, si commence a regerder devant et
deriere et en costé de toutes pars. Et tant qu'il en la place meïsmes
vint ou il encontra la damoisele qu'il trespassa sans saluer. Et lors
garda entre .ii. boissons, car la forest estoit auques parfonde et
espesse, et vit .ii. chevaliers qui estoient armé de toutes armes fors
d'escus et de hiaumes qu'il avoient ostés. Et orent lor chevaus ares-
nés a lor lances et tenoient une damoisele entr'aus .ii. et faisoient
samblant de li esforcier, et si n'en avoient talent. Mais la damoisele
lor faisoit faire tout de gré pour essaiier la volenté et le corage mon
signour Gavain. Et ele se descordoit aussi come se cil li feïssent force.
Et quant mesire Gavains vit les[b] .ii. chevaliers qui la damoisele
tenoient li uns par les mains, li autres par les gambes, aussi com s'il
vausissent a li jesir a force, si en fu forment coureciés et point cele
part la lance el poing et dist as chevaliers que mort estoient quant il

pour avoir voulu violer une demoiselle sur les terres du roi
Arthur, « car vous savez bien qu'elles y sont protégées contre
tous ? » En voyant cela, la demoiselle s'écrie :

831. « Ah ! Gauvain, maintenant je verrai si votre prouesse
est assez grande pour me délivrer de cette honte ! —
Demoiselle, fait monseigneur Gauvain, puisse Dieu m'aider
afin que la honte vous soit évitée tant que je pourrai vous
défendre. Je mourrai ou je vous délivrerai. » Quand les chevaliers l'entendirent, ils n'éprouvèrent pour lui que du
dédain. Ils se précipitèrent pour lacer leurs heaumes car ils le
craignaient néanmoins. Toutefois, la jeune fille les avait rassurés en leur disant qu'ils n'avaient rien à redouter de lui et
elle les avait si bien enchantés par ses artifices qu'il était
devenu impossible de leur nuire ; ils se sentaient alors plus
en sécurité. Quand ils eurent lacé leurs heaumes, ils pendirent
leur écu à leur cou et dirent à monseigneur Gauvain :

832. « Par Dieu, nain fou et bancal, vous êtes mort !
Quelle honte pour nous qu'une aussi méprisable créature
vienne nous attaquer ! » Quand monseigneur Gauvain entendit qu'ils le traitaient de nain et de méprisable créature, il en
souffrit beaucoup et dit : « Si ridicule que je sois, vous êtes
mal tombés avec moi. Mais montez en selle, car il me semblerait vil d'attaquer à cheval des hommes à pied. — Vous
fiez-vous donc tant à votre force, font les chevaliers,
pour désirer nous voir monter ? — Je me fie tant en Dieu,

---

font force a la damoisele en la tere le roi Artu. « Car vous savés bien,
fait il, qu'eles sont asseürees. » Et quant la damoisele le voit se li
escrie :

831. « Gavain, ore verrai je s'il a tant de prouece en vous que vous
me delivrés de ceste honte. — Damoisele, fait mesire Gavains, aussi
m'aït Dix que vous n'i aurés ja honte la*a* ou il vous puisse defendre.
[*d*] Ou je i morrai ou je vous deliverrai. » Et quant li chevalier l'entendirent si lor vint a grant desdaing de lui. Et saillirent em piés et lacierent lor hialmes car toutes voies se doutoient il de lui. Et
nonpourquant la pucele les avoit asseürés que ja par lui n'auroient
mal et les avoit si enchanté par ses ars que on ne lor porroit nuire a
cele fois, si en estoient plus asseür. Et quant il orent lor hiaumes
laciés, si pendent lor escus a lor cols et dient a mon signour Gavain :

832. « Si m'aït Dix, fols nains et contrefais, mors estes. Et nonpourquant honte nous est de si despite chose envaïr conme vous
estes. » Et quant mesire Gavains l'entendi qu'il le claiment nain et si
despite chose si en ot molt grant doel en son cuer. Si lor dist : « Si
despite chose, conme je sui i sui je mal venus a vostre oés. Mais
montés, car vilonnie me sambleroit que je vous requesisse a cheval et
vous estes a pié. — Vous fiés vous en vostre force tant, font li chevalier, que vous volés que nous montons ? — Je me fi tant en Dieu,

répondit monseigneur Gauvain, que, lorsque vous m'aurez quitté, vous n'outragerez plus jamais ni dame ni demoiselle sur la terre du roi Arthur. » Les chevaliers sautent sur leurs destriers, prennent leurs lances et tiennent déjà monseigneur Gauvain pour mort. Ils se rendent sur la partie la plus large du chemin, s'éloignent les uns des autres puis s'élancent tous deux contre monseigneur Gauvain et lui se rue sur eux. Ils le frappent tous deux sur son écu et brisent leurs lances mais ne parviennent pas à le désarçonner. Gauvain en frappe un si violemment qu'il l'envoie à terre ; sa lance vole en morceaux puis il se dirige à cheval vers celui qui est tombé et lui brise les membres.

833. Il tire alors son épée, se dirige vers l'autre et veut le frapper au milieu du heaume lorsque la demoiselle lui crie : « Cela suffit, monseigneur Gauvain, n'en faites pas plus ! — Demoiselle, le voulez-vous ainsi ? — Oui, fait-elle. — Pour l'amour de vous, je m'arrêterai donc, répond-il, et que Dieu vous accorde bonne aventure, à vous et à toutes les demoiselles du monde ! Mais, sans votre prière, je les tuerais ou alors eux me tueraient, car ils vous ont fait trop de honte et à moi trop de vilenie en m'appelant nain bancal. Ils ont pourtant raison de le dire car je suis la plus méprisable créature du monde et cela m'est arrivé dans cette forêt il y a six mois. » À ces mots, la demoiselle et les deux chevaliers se mirent à rire, et elle lui dit : « Que donneriez-vous à celui qui vous guérirait ?

---

fait mesire Gavains, que quant vous partirés de moi vous ne forcerés plus jamais a dame ne damoisele en la terre le roi Artu. » Lors saillent cil sor lor destriers et prendent lor lances et dient a mon signour Gavain que mors est. Si se traient el chemin, la ou la voie estoit plus plainne et s'eslongent li un des autres. Puis s'eslaissent ambedoi encontre mon signour Gavain et il envers els. Et il le fierirent ambedoi sor son escu et brisierent lor lances, ne mais il nel remuerent des arçons. Et il en fiert un si durement qu'il le porte a la terre tout estendu. La lance vole em pieces et il s'en vait sor celui qui cheüs estoit tout a cheval tant que tout le debrise.

833. Lors trait l'espee et s'en vait vers l'autre et le volt ferir parmi le hiaume, quant la damoisele li escrie : « Assés est, mesire Gavain, n'en faites plus. — Damoisele, fait il, le volés vous ? — Oïl, fait ele. — Et je m'en sousferrai donques, fait il, atant pour la vostre amour que Dix vous doinst bone aventure et a vous et a toutes les damoiseles del monde. Et saciés, se ce ne fust pour vostre proiiere, je les oceïsse ou il moi. Car trop vous ont fait de honte et d'anui et a moi dit vilenie qui nain contrefait m'ont apelé. Mais de ce dient il voir, que je suis la plus despite chose del monde et en ceste forest m'avint iert ot .VI. mois. » Et quant la damoisele l'oï et li chevalier [d] l'entendirent, si conmencierent a rire. Et lors dist la damoisele : « Qui de ce

— Ha, s'il m'était possible de guérir, je donnerais premièrement ma personne et ensuite je donnerais tout ce que je peux avoir au monde. — Je ne vous en demande pas tant, mais seulement que vous fassiez le serment que je vais vous indiquer.

834. — Dame, répond-il, je ferai selon votre désir. Dites-moi vos volontés car je suis prêt à les suivre. — Vous me jurerez, dit la demoiselle, sur la foi du serment que vous avez prêté au roi Arthur, de toujours aider et secourir les dames et les demoiselles, et de les saluer quand vous les rencontrerez avant qu'elles ne vous saluent, autant que possible. — Dame, fait-il, je le jure en loyal chevalier. — Eh bien ! je prends acte de votre serment mais sachez que, si vous y manquez un jour, vous retournerez à l'état où vous êtes présentement. — Dame, je vous l'accorde, mais pourvu que la cause de celle qui viendra me demander mon aide soit toujours loyale ! Je ne voudrais en aucune manière commettre un acte déloyal, c'est une question de vie ou de mort. — Je vous accorde, dit la demoiselle, de revenir à votre apparence antérieure. » Aussitôt se rompirent les cordes avec lesquelles il avait lié les chausses de fer parce que ses membres grandirent et il reprit sa forme première. Quand il sentit revenir toutes ses forces, il descendit de son destrier et s'agenouilla devant la demoiselle en lui disant qu'il serait son chevalier durant tout le reste de ses jours, ce dont elle le remercia en

---

vous garroit que li donríes vous ? — Certes, damoisele, fait il, se ce pooit estre et que je fuisse garis, je donroie moi meïsmes tout premierement et après quankes je poroie raiembre en tout le monde. — Il ne vous couvenra pas tant donner, fait la damoisele, mais vous me ferés un sairement tel conme je dirai.

834. — Dame, fait il, je ferai tout vostre voloir. Si dites vostre volenté, quar je sui tous apareilliés del faire. — Vous me jurrés, fait la damoisele, sor le sairement que vous feïstes le roi Artu, le vostre oncle, que ja a dame ne a damoisele ne faurés de secours ne d'aïde, ne jamais n'encontrés dame ne damoisele que vous ne le salués ançois qu'ele vous, a vostre pooir. — Dame, fait il, ensi le vous creant je, conme loiaus chevaliers. — Et je em preng le sairement, fait ele, en tel maniere que, se vous trespassés le sairement, que vous revenrés el meïsme point que vous estes ore. — Dame, fait il, ensi l'otroi je. Mais que la querele soit loiaus a cele qui d'aïde me requerra. Car desloiauté ne vauroie je faire en nule maniere, ne pour mort ne por vie. — Ensi le vous otroie je, fait la damoisele, que vous soiés en tel maniere conme devant. » Et maintenant ronpirent les cordes dont il avoit loies les chauces de fer pour les menbres qui li estendirent et revint maintenant en sa samblance meïsmes. Et quant il se senti revenu en son pooir si met pié a terre et s'ajenoulle devant la damoisele et dist qu'il estoit ses chevaliers a tous les jours de sa vie. Et la damoisele l'en mercie et

le relevant de la main. C'était bel et bien la demoiselle qui lui avait infligé la malédiction.

835. Alors la demoiselle prit congé de monseigneur Gauvain et partit. Les chevaliers la suivirent et ils se recommandèrent à Dieu. Monseigneur Gauvain resta sur place, rajusta ses armes, arrangea son écu comme il convenait et remonta sur le Gringalet, l'écu en bandoulière, l'épée ceinte, la lance au poing puis il reprit son chemin vers Cardeuil. Il fit si bonne route qu'il arriva au terme fixé, en même temps que monseigneur Yvain, Sagremor et leurs compagnons. Chacun raconta ses aventures et tout ce qui lui était arrivé durant sa quête. Quand monseigneur Gauvain arriva, on mena grande joie et grande fête. Il raconta toutes les aventures qui lui étaient arrivées durant cette quête et les barons s'en émerveillèrent beaucoup. Le roi Arthur fut très affligé du sort de Merlin mais il n'y avait plus rien à faire et il fallait s'y résigner. En revanche, tous s'entendirent pour faire fête à monseigneur Gauvain.

836. Pendant ce moment de joie entra dans la grande salle Énadain qui, âgé de vingt-deux ans, était si beau et si noble qu'on n'aurait pas trouvé de plus bel homme dans deux royaumes. Il tenait sa demoiselle par la main. Ils se présentèrent devant le roi en le saluant très courtoisement. Le roi lui rendit son salut. Le chevalier lui dit : « Seigneur, vous ne me connaissez pas et cela n'est pas étonnant car vous ne m'avez vu qu'une seule fois et c'était sous une telle appa-

---

le redrecha par la main. Et ce fu la damoisele meïsmes qui li avoit envoié cele mescheance.

835. Lors prist la damoisele congié a mon signour Gavain et s'em parti, et si chevalier o li, et s'entreconmanderent a Dieu. Et mesire Gavains remest illuec et ralonga ses armes et apareilla son escu molt gentement et remonta el Gringalet l'escu au col l'espee chainte la lance el point[a] et s'en entre en son chemin vers Cardueil. Et ala tant de jour que il vint au terme devisé et cel jour meïsmes que mesire Yvains et Saygremors et lor compaingnon furent venu. Et avoit dit chascuns s'aventure et ce que avenu li estoit en cele queste. Et quant mesire Gavains fu venus si fu la joie et la feste enterine. Et mesire Gavains lor conta tou[*e*]tes les choses que avenues li estoient en cele queste, et li baron s'enmerveillierent molt durement. Et li rois Artus fu molt dolans de Merlin. Mais plus n'en pooit faire si l'en estuet a sousfrir, ains entendirent a mon signour Gavain faire joie.

836. Endementres qu'il estoient en cele joie entra laiens en la sale Enadean qui estoit en l'aage de .XXII. ans et estoit si biaus et si gens c'on ne trouvast nul plus bel en .II. roiaumes. Et tenoit sa damoisele par la[a] main et s'en vinrent devant le roi et le saluerent molt cortoisement. Et li rois li rendi son salu. Et li chevaliers li dist : « Sire, vous ne me connoissiés mie et ce n'est pas merveille, car onques mais ne

rence qu'il était impossible de me reconnaître, excepté si vous m'aviez connu enfant. — C'est vrai, cher ami, je ne me souviens pas de vous avoir déjà vu mais vous êtes un très beau chevalier. — Seigneur, fait Énadain, vous souvenez-vous d'une demoiselle qui vous amena un nain que vous avez adoubé ? — Oui, répond le roi, je m'en souviens bien parce qu'il m'a envoyé cinq chevaliers prisonniers qu'il a vaincus par sa prouesse. — Seigneur, je suis le nain que vous avez adoubé et voici la demoiselle qui vous a prié de le faire, et c'est bien moi qui vous ai envoyé les chevaliers. Monseigneur Yvain a été témoin dernièrement du combat que j'ai mené dans une vallée la veille de la Trinité. Le lendemain, par un heureux hasard, je cheminais en plein midi dans la forêt de Brocéliande, en compagnie de la demoiselle et nous avons rencontré monseigneur Gauvain ici présent. Il nous salua, nous fîmes de même et il implora sur nous la joie de Dieu. Elle finit par arriver car, à peine la parole s'était-elle envolée de sa bouche que je repris la forme et l'apparence que vous me voyez à présent[1]. Auparavant, j'étais un nain, laid et hideux. Je crois bien que, par la parole et la prière de monseigneur Gauvain, Dieu m'a arraché à la grande honte où j'étais plongé. J'en remercie Notre-Seigneur et Gauvain. » Alors le roi lui demanda qui il était et de quel lignage. Et le chevalier lui raconta tout dans l'ordre où vous l'avez entendu plus haut. Quand le roi, monseigneur Gauvain et les autres

---

me veïstes fors une fois, et ce estoit en tel abit que nus ne me verroit ore et adont m'eüst veü qui me conneüst se ce n'estoit d'enfance. — Certes, biaus amis, fait li rois Artus, il ne me souvient que je onques mais vous veïsse, mais molt estes biaus chevaliers. — Sire, fait Enadeam, vous souvient il d'une damoisele qui un nain vous amena que vous feïstes chevalier ? — Oïl, fait li rois, il m'en puet bien souvenir, car il m'a envoié .v. chevaliers prisons qu'il a conquis par sa prouece. — Sire, fait Enadeam, je sui li nains que vous adoubastes. Et veés ci la damoisele qui vous em proia. Et sans faille les chevaliers vous envoiai je, et tout ce vit mesire Yvains dés un daerrains a qui il me trouva combatant en la valee a la veille de la Trinité. Et l'endemain, par bone destinee, chevauchoie a eure de miedi en la forest de Broceliande entre mi et ma damoisele et encontrasmes mon signour Gavain que ci voi seoir. Si nous salua et nous lui et dist que joie nous donnast Dix. Et il si fist, car tout maintenant que la parole li fu coulee de la bouche reving je en la fourme et en la samblance que vous veés. Car lors estoie je nains lais et hidous. Si croi bien que par sa parole et par sa proiiere me jeta Dix de la grant honte ou je estoie. Si en mercie Nostre Signor et lui. » Et lors demanda li rois qui il est et de quel gent. Et il li conte tout en ordre si come vous avés oï cha arriere[b]. Et quant li rois et mesire Gavains et li autre

entendirent cela, ils en furent tous très heureux et très joyeux. Le roi l'accepta parmi les compagnons de la Table ronde. La demoiselle demeura avec la reine au comble de la joie. Mais le conte se tait ici au sujet du roi Arthur et de sa compagnie et revient au roi Ban de Bénoïc et au roi Bohort son frère qui était roi de Gaunes. Il raconte comment ils vécurent dans une très grande joie et une très grande liesse à Bénoïc avec les reines leurs épouses.

Le royaume de Bénoïc.

837. Le conte dit que, lorsque le roi Arthur eut quitté le roi Ban de Bénoïc et le roi Bohort son frère, ils demeurèrent tous deux à Bénoïc au comble de la joie avec leurs épouses qui étaient très belles et très nobles. Il advint, et il plut ainsi à Notre-Seigneur, que le roi Ban eut un fils de sa femme qui fut baptisé du nom de Galaad avec le surnom de Lancelot. Il porta ce nom de Lancelot durant toute sa vie. Le roi Ban et la reine sa femme furent très heureux de cette naissance. La reine l'aima tant qu'elle le nourrit de son lait. La femme du roi Bohort eut un enfant qu'on appela Lionel et qui était un très bel enfant à tous égards. Douze mois après, elle en eut un autre qu'on appela Bohort. Ces trois enfants connurent par la suite une grande renommée au royaume de Logres. Partout, ils se firent connaître par leurs prouesses. Peu de temps après la naissance de Bohort, le plus jeune

---

l'entendirent si en furent tot molt lié et molt joiant. Si le rechut li rois a compaingnon avoec ciaus de la Table Reonde. Et la damoisele demoura avoec la roïne a molt grant joie et a molt grant feste. Mais ici endroit se taïst li contes del roi Artu et de sa compaingnie et retourne a parler del roi Ban de Benuyc et [f] del roi Boort son frere qui estoit rois de Gaunes ensi com il demourerent a molt grant joie et a molt grant leece a Benuyc avoec les roïnes lor femes.

837. Or dist li contes que quant li rois Artus se fu partis del roi Ban de Benuyc et del roi Boort son frere demourerent a Benuyc a molt grant joie et a molt grant leece et furent avoec lor moulliers qui molt furent beles et gentes. Si avint ensi com il plot a Nostre Signour que li rois Bans ot un fil de sa feme qui ot non em baptesme Galaad et en sornon Lancelot. Icelui non Lancelot li dura toute sa vie. Si en ot li rois Bans et la roïne sa feme molt grant joie. Si l'ama tant la roïne que ele le nourri de son lait. Et la feme au roi Boort en i ot un c'on apeloit Lyonnel qui molt fu biaus enfés de grant maniere et el dosisme mois après en i ot un que on apeloit Boort. Et furent puis cil .III. enfant de molt grant renommee el roiaume de Logres. Et par toutes terres se firent connoistre par lor proueces. Un poi de tans après ce que Boors fu nés, li plus[a] jouenes des .II. enfans au roi

des deux enfants du roi, le roi Bohort tomba gravement
malade et dut rester longtemps alité dans la cité de Gaunes.
Le roi Ban son frère en fut très troublé et affligé car il ne
pouvait combattre à ses côtés contre un de leurs voisins
félon et cruel qui possédait le royaume voisin du leur. Il
s'agissait de Claudas de la Déserte, si ému et si affligé de la
destruction de son château par le roi Arthur qu'il faillit en
perdre l'esprit. Il ne savait contre qui se venger, sinon contre
le roi Ban de Bénoïc et le roi Bohort qui possédaient les
royaumes voisins du sien et qui étaient les hommes liges du
roi Arthur. Il leur fit la guerre et obtint l'aide d'un prince de
Rome nommé Ponce Antoine. Celui-ci vint l'aider très
volontiers car lui aussi détestait le roi Arthur ainsi que les
siens par attachement envers Luce, l'empereur de Rome
qu'ils avaient tué. Lors de ce conflit mourut Hoël de Nantes
qui avait longuement combattu le roi Claudas. Les Romains
eurent bientôt toute la Gaule sous leur autorité. Ils envoyèrent ceux de Gaule, ceux de la Déserte et Ponce Antoine
avec tous les Romains assaillir le roi Ban de Bénoïc. Il se
défendit énergiquement en homme de grand courage et de
grande prouesse. Il les affronta souvent en rase campagne, il
perdit souvent mais il gagna aussi. Ainsi va la guerre : les uns
gagnent, les autres perdent. Léonce de Palerne, Gracien de
Trèbes et Banin, un filleul du roi Ban, s'illustrèrent en faits
d'armes. Ils anéantirent et massacrèrent beaucoup d'hommes

Boort, chaï li rois Boors en une grant maladie et jut longement en la
cité de Gaunes. Si en fu li rois Bans ses freres molt dolans et molt
coureciés. Car il ne pooit mie estre avoc lui a sa volenté pour un sien
voisin qui a lui marchissoit qui molt estoit fel et cruous. Ce iert li rois
Claudas de la Deserte qui tant estoit dolans et coureciés de son
chastel que li rois Artus avoit fait abatre que a poi qu'il n'issoit del
sens. Si n'en savoit a qui prendre vengeance fors au roi Ban de
Benuyc et au roi Boort qui marchissoient a lui, pour ce qu'il estoient
home au roi Artu. Si les guerroia et fist tant qu'il ot en aïde un prince
de Rome qui avoit non Ponce Antoine. Et cil i vint molt volentiers.
Car ausi haoit il le roi Artu et tous les siens por l'amour Luce l'emperaour de Rome qu'il [*170a*] avoient ocis. Et en cel content estoit
Hoel de Nantes mors qui molt avoit le roi Claudas guerroié. Si
refirent tant li Romain qu'il orent Gaule en lor baillie. Et envoierent
cil de Gaulle et cil de la Deserte et Ponce Antoine a tous ses
Romains assaillir le roi Ban de Benuyc. Et il se desfendi molt vigherousement conme cil qui estoit de grant cuer et de grant prouece. Si
assembla souvent a els as plains chans, si i perdi souvent et gaaingna.
Et ensi vait de guerre ce que li uns gaaingne li autres pert. Et merveilles i firent d'armes Leonce de Paierne et Graciens de Trebes et
Banins un filleus au roi Ban. Cil destruirent molt et ocisent molt de

du roi Claudas. Gracien mourut mais non Pharien. Le roi
Ban et ses gens furent si affaiblis qu'ils ne purent résister aux
Romains : ces derniers les malmenèrent tant de jour en jour
qu'ils perdirent leurs châteaux et leurs forteresses. Ban ne put
jamais bénéficier de l'aide du roi Bohort, son frère malade et
alité qui ne retrouva plus jamais la santé. Cela lui causa une
grande peine. Car Ponce Antoine avait amené une si grande
troupe qu'ils lui ravirent sa cité de Bénoïc et toute sa terre de
sorte qu'il ne restait au roi Ban ni château ni cité, excepté le
château de Trèbes où se trouvait la reine Hélène et son fils
Lancelot encore au berceau. Le roi Ban avait autour de lui
autant d'hommes qu'il put en rassembler mais ils étaient trop
peu nombreux pour résister. Parmi eux se trouvait Banin son
filleul en qui il se fiait beaucoup et il avait raison car c'était
un chevalier bon et loyal. Il avait aussi un sénéchal qu'il avait
élevé dès sa plus tendre enfance et à qui il avait confié la
garde de sa terre après la mort de Gracien. Mais ce fut celui
qui le trahit et qui lui fit perdre le château de Trèbes comme
le conte vous le rapportera plus loin[1].

ICI SE TERMINENT « LES PREMIERS FAITS DU ROI ARTHUR ».

---

la gent le roi Claudas. Si i morut Graciens, mais Phariens n'i morut
mie. Et li rois Bans fu tant afebloiiés et sa gent qu'il n'ot as Romains duree, ains l'en menerent si de jour en jour qu'il prisent ses
chastiaus et ses fortereces. Ne onques ne pot avoir aïde del roi Boort
son frere qui gisoit malades au lit et dont il puis ne leva et ce li fist
grans desconfort. Car tant avoit Ponce Antoine grant pooir de gent
amené qu'il li tolirent sa cité de Benuyc et toute sa terre, si qu'il ne li
remest ne chastel ne cité, fors solement le chastel de Trebes ou la
roïne Helainne estoit et Lancelot son fil qui encore gisoit en berc. Et
li rois Bans ot avoc lui tant de gent com il pot assambler, mais ce fu
poi a tel esfors sosfrir. Il i fu Banins ses fillués en qui il se fia molt.
Et il avoit droit, car il estoit bons chevaliers et loiaus. Et il ot un
seneschal qu'il avoit nourri dés enfance, a qui il avoit toute sa terre
conmandee a garder aprés la mort Gracien. Et ce fu cil qui le traï et
par qui il perdi le chastel de Trebes, si come li contes le vous devisera cha avant.

NOTICES,
NOTES ET VARIANTES

JOSEPH D'ARIMATHIE

NOTICE

Autrement intitulé *Estoire del saint Graal*, avec la garantie de sérieux que suggère ce terme d'« *estoire* », exact antonyme de « fable », *Joseph d'Arimathie* conte comment le Graal fut transféré d'Orient en Grande-Bretagne[1]. Il est le premier des livres du *Lancelot-Graal* par la chronologie des aventures, ce qui ne signifie pas qu'il fut écrit en premier. Composé dans la troisième décennie du XIIIᵉ siècle, vraisemblablement entre 1226 et 1230, *Joseph*, postérieur à *Merlin* et au *Lancelot* en prose, apparaît peu après *La Queste*[2] et sous la plume d'un autre auteur. Histoire préliminaire par le sujet, ce texte est probablement rédigé comme une suite rétrospective.

De même que tel romancier peut écrire les *Enfances* d'un héros après le récit de ses exploits, de manière à expliquer la prouesse par les formes de l'apprentissage, et, s'il le peut, perpétuelle ; ce n'est guère par affirmation de même *Joseph* figure les « enfances » du Graal. Son auteur, en participant à la construction d'un vaste ensemble narratif, a voulu garder l'anonymat[3]. Au demeurant, humilité de l'écrivain, logique de l'invention et composition collective s'expliquent alors par le statut même de la littérature. L'œuvre tombe dans le domaine public sitôt mise au jour, ou presque. L'auteur dit-il son nom, c'est en manière de message à destination de son temps, voire à la face de la postérité, pour l'honneur et la renommée posthume, et, s'il le peut, perpétuelle ; ce n'est guère par affirmation de propriété littéraire. Le mot de plagiaire n'est pas usité dans la langue française avant l'époque de Montaigne ; le Moyen Âge *compile* (la racine latine du mot désigne le pillage) et *contrescrit* (« recopie »). Souvent, derrière une signature, nous n'avons guère à mettre, hormis

---

1. Sa publication précède d'un quart de siècle tout au plus la consécration de la Sainte-Chapelle (1248), que saint Louis avait fait construire pour conserver la couronne d'épines et un fragment de la vraie croix.
2. Les savants ne sont pas d'un avis unanime. Pour l'état présent de la question, voir Michelle Szkilnik, *L'Archipel du Graal. Étude de l'« Estoire del saint Graal »*, Genève, Droz, 1991, p. 1.
3. Sur les trois raisons qu'il donne de taire son nom, voir § 1.

ce que l'auteur nous dit de lui-même. D'autre part, écrire au Moyen Âge est un métier, qui s'apprend. Peu ou prou, explicitement ou non, l'auteur illustre, en publiant, la parabole évangélique des talents, ce qui ne préjuge en rien, bien entendu, de l'excellence de ses aptitudes, mais l'apparente à l'artisan. Le sens prométhéen de l'aventure artistique, et probablement la notion laïque de création, lui sont étrangers. Créer est le privilège exclusif de Dieu. Mais il reste tant de zones d'ombre, depuis que l'homme existe en ce monde d'après la faute, qu'à la faveur d'une recherche assidue l'écrivain peut découvrir, et relier un élément, insoupçonné jusqu'alors, avec le connu. Ce qu'il dévoile, éclaire, explicite et construit, prend sa place de toute façon dans l'œuvre complexe de la création, sous le regard de Dieu. Au fond, Chrétien de Troyes définissait bien la poétique de l'écrivain médiéval en avouant les concepts de *matière*, de *sens* et de *conjointure*. Sur une matière donnée (on dirait, dans un sens plus étroit, un sujet), l'auteur est l'artisan de la conjointure — autant dire de la mise en rapport des éléments entre eux, de l'ordre imposé à cette matière ; il est aussi responsable du sens qu'au prix de ses veilles — Dieu sait, d'ailleurs, si le travail intellectuel est pénible, beaucoup de prologues de livres le disent — il trouve, à force de discernement et d'ingéniosité, et fait connaître, puisque justement un talent ne doit pas se cacher. Mais comment jamais parvenir au fin mot ? Il reste tant à explorer ! C'est pourquoi, génération après génération, d'un siècle à l'autre, ces auteurs se complètent, et leurs œuvres gagnent en précision. Il n'est pas sûr que nos Lettres aient jamais manifesté plus grande confiance dans la notion de progrès. Ce n'est pas le mode de publication de cette littérature — diffusion orale devant un auditoire ou duplication par le copiste, sur le support souple du parchemin — qui serait susceptible d'atténuer cette conception prodigieusement vivante de l'art.

De ce faire et de ce dire, il résulte un développement quasi organique de l'histoire littéraire. Tous les genres médiévaux naissent, croissent, se multiplient et meurent, lorsque passe pour eux le temps de produire de nouveaux fruits. Ainsi, dans la chanson de geste, l'allusion à un nom bientôt se développe, au fur et à mesure des cycles, en une biographie épique. Par exemple, à l'aurore du XIIᵉ siècle, la *Chanson de Roland* évoque, parmi les preux affrontant Baligant aux côtés de Charlemagne[1], Ogier le Danois, dont les siècles suivants font le héros éponyme de la *Chevalerie Ogier*. Le temps accomplit les promesses romanesques de l'onomastique fictive, et transforme en portraits les profils perdus. Au chapitre de la littérature narrative du XIIᵉ siècle, un genre bref confirme presque emblématiquement cette métaphore du développement naturel : le *Roman de Renart* emploie lui-même le terme de « branches » pour désigner ses différents épisodes qui, puisant leur sève en somme au tronc commun, croissent et se multiplient : la fable animalière se ramifie dans plusieurs régions, cultivée par divers auteurs. La littérature arthurienne, entre Chrétien de Troyes et le grandiose *Lancelot-Graal*, n'échappe pas à la règle.

C'est avec Chrétien de Troyes et son dernier roman authentifié,

1. Laisses CCLVII-CCLVIII, v. 3531-3559.

Perceval, que naît le mythe du graal. Et c'est précisément dans la scène célèbre connue sous le nom de « cortège du Graal[1] » que le mot, qui ne désignait jusqu'alors qu'un ustensile usuel, gagne ses lettres de noblesse. S'il n'est pas encore une relique, le Graal commence à être christianisé[2].

Après Chrétien de Troyes vient Robert de Boron, qui tente dans son *Roman de l'estoire dou Graal* l'« élucidation » de la merveille du Graal en amont, et tout du moins envisage de conter son transfert de la Palestine jusqu'en Grande-Bretagne[3].

Si, à son terme, le *Roman de l'estoire dou Graal* semble un ouvrage en attente de compléments, le progrès qu'il accomplit dans l'élaboration du mythe est loin d'être négligeable : c'est ici que, définitivement, le Graal se rattache à l'Évangile. À Robert de Boron d'expliquer par la religion, et plus précisément par la Passion du Christ, le mystère dont Chrétien avait entouré l'objet. Robert s'interroge sur le passé, remonte aux origines, pour conter « les enfances du vase ou plat sacré », comme dit William A. Nitze[4]. Vraisemblablement, à titre de correspondances et pour autant que le successeur connaissait le roman de Chrétien de Troyes, un autre élément que Perceval a vu, dans le château du Roi Pêcheur, en tête du cortège insolite[5], a pu favoriser, par ses suggestions chrétiennes, la sacralisation du mythe : la lance au fer pleurant le sang. Mais cette lance, Robert de Boron en suggère seulement la présence lors de la Crucifixion[6], pour limiter son effort à une *estoire dou Graal*. Voici le *saint Vaissel*, dénommé bientôt le *saint Graal*.

Robert remonte loin dans sa recherche archéologique. Il s'inspire de la Bible : il commence par un résumé de l'Histoire sainte, jalonné par la chute de l'homme, la nativité de la Vierge (où l'on reconnaît les données du *Protévangile de Jacques*) et la Passion : ce résumé se justifie par la descente du Christ aux enfers[7] avec son résultat salvateur. Après sa résurrection, Jésus apparaît à Joseph d'Arimathie dans la prison où l'ont jeté les Juifs, et lui confie le *vaissel precïeus et grant*[8] dont il s'est servi lors de la Cène pour instituer l'Eucharistie, et dans lequel Joseph, procédant à la toilette funèbre lors de la descente de croix, a recueilli le sang de ses blessures. Il lui enseigne : « Le vase dans lequel tu as mis mon sang, quand tu l'as recueilli de mon corps, sera appelé calice[9]. » Le vase, non encore appelé *Graal* à cet endroit du récit, mais déjà relique doublement sacrée, représente le vase liturgique ; il n'est plus le ciboire auquel l'identifiait l'interprétation chrétienne chez Chrétien de Troyes : la nomination voulue par le Christ ressuscité souligne sa mise en relation directe avec la Passion.

Dans son récit de la Passion, Robert s'inspire évidemment du Nouveau Testament, où il est écrit : « Joseph d'Arimathie, membre

---

1. Voir *Œuvres complètes*, Bibl. de la Pléiade, v. 3190-3319, p. 764-767.
2. Voir l'Introduction, p. XI-XIII.
3. Voir *ibid.*, p. XVI-XVII.
4. *Le Roman de l'Estoire dou Graal*, Champion, 1971, p. v.
5. Voir *Œuvres complètes*, v. 3196-3202, p. 564.
6. V. 560-561 : *quant li sans raia / De sen costé, ou fu feruz* (« Quand le sang ruissela de son côté, là où il avait été frappé »).
7. V. 595.
8. V. 852 (« le grand et précieux vase »).
9. V. 907-909 (trad. d'A. Micha, Champion, 1995).

notable du Conseil, qui attendait lui aussi le royaume de Dieu, s'en vint hardiment trouver Pilate et demanda le corps de Jésus[1]. » « Alors Pilate ordonna qu'on le lui remît. Joseph prit donc le corps, le roula dans un linceul propre et le plaça dans le tombeau tout neuf qu'il s'était fait tailler dans le roc ; puis il roula une grande pierre à l'entrée du tombeau et s'en alla[2]. » L'Évangile de Jean ajoute, pour la descente de croix : « Nicodème vint aussi ; c'est lui qui précédemment était allé de nuit trouver Jésus. Il apportait un mélange de myrrhe et d'aloès, d'environ cent livres. Ils prirent le corps de Jésus et l'entourèrent de bandelettes, avec les aromates, selon la coutume funéraire juive[3]. »

Ce sont des données que Robert naturellement respecte[4], mais il comble les silences du Nouveau Testament par le recours à des textes apocryphes comme l'_Évangile de Nicodème_, notamment en sa partie intitulée _Actes de Pilate_. Ainsi ne perdons-nous pas de vue Joseph d'Arimathie. Durant ses longues années d'incarcération, celui-ci ne se sustente que de la présence du vase : son miraculeux maintien en vie rappelle celui du père du riche Roi Pêcheur dans _Le Conte du Graal_ de Chrétien de Troyes[5]. Dès cette deuxième partie de l'_estoire_, la christianisation du Graal, et plus précisément sa sacralisation, est accomplie. C'est une relique à double titre : comme plat de la Cène ayant servi à l'institution de l'eucharistie, puis à recueillir le sang du crucifié ; comme contenant et par son contenu. Miraculeux Graal, qui _agree_[6] parce qu'il dispense la grâce à qui la mérite.

Assez longuement[7], Robert conte la guérison miraculeuse, par le voile de _Verrine_[8] (sainte Véronique), de Vespasien, le fils de l'empereur, atteint de la lèpre. Deux légendes se combinent ici, l'une hagiographique, l'autre historique, mais dont la fusion, ancienne, remonte à un texte du vi[e] ou du viie siècle, la _Cura sanitatis Tiberii_. Vespasien se rend avec son père en Judée, libère Joseph, se convertit et venge la mort du Christ : ainsi se justifie le récit dans l'économie du roman. Cette histoire intercalaire se clôt par une Destruction de Jérusalem, évoquée rapidement.

Joseph fonde la lignée des gardiens du Graal, par son beau-frère ici nommé Bron. Ce nom, associé aux soins que demande la relique, mérite qu'on s'y arrête[9], à cause de la plurivalence de l'onomastique. « Bron », chez Robert de Boron, est la forme abrégée de « Hébron[10] ». « Hébron » renvoie directement à la Bible, à la garde de l'Arche et des objets sacrés nécessaires à la liturgie juive[11]. Mais, à une oreille

1. Marc, xv, 43.
2. Matthieu, xxvii, 58-60. Voir aussi Luc, xxiii, 50-54.
3. Jean, xix, 39-40.
4. V. 401-572.
5. Voir _Œuvres complètes_, v. 6417-6431, p. 843.
6. Suivant une fausse et belle étymologie inventée par Robert de Boron (v. 2657-2661) ; la dénomination est donnée par l'un des élus, Petrus : « Pour le nommer de son vrai nom, on l'appellera Graal, car personne, je crois, ne verra le Graal, sans qu'il lui soit agréable [...] » (trad. A. Micha).
7. V. 960-2256.
8. V. 1535.
9. Voir William A. Nitze, _Le Roman de l'Estoire dou Graal_, p. XIII-XIV.
10. On relève 13 occurrences de « Hébron » dans l'_estoire_, contre 23 emplois de « Bron ».
11. Nombres, iii, 19 et 31.

captivée par la mythologie celtique, comme beaucoup, sans doute, à l'aurore du XIIIe siècle, le nom de « Bron » suggère insidieusement le rapprochement avec Bran le Béni, ce dieu marin détenteur d'un chaudron d'abondance. Dans le *Roman de l'estoire*, c'est Bron qui, pour remédier au désarroi que subit la compagnie de Joseph, est chargé d'aller pêcher un poisson[1]. Ainsi le Graal, dont l'Arche de l'Ancienne Loi devient la figure, ne perd pas, dans le registre sacré, son équivalence avec le chaudron magique, talisman royal de souveraineté et de prospérité. Plus, même : par la médiation du propos du Christ instituant l'Eucharistie[2], le Graal apparaît comme la métaphore du Nouveau Testament.

Lorsque la communauté se disperse et qu'il faut à certains prendre la direction de l'Occident, on voit se préparer une double *translatio* : *translatio religionis, translatio imperii et studii*, ou, pour parler en langage laïc, transfert du pouvoir par la souveraineté de la religion, du cœur de l'Orient jusqu'à l'Angleterre. Difficile de dire si, pour le sens de ce trajet, Robert de Boron s'inspire d'un récit d'origine orientale, ou s'il translate une légende née dans l'abbaye de Glastonbury, haut lieu fondateur du mythe arthurien.

Reste qu'il enracine le mythe du Graal dans les temps évangéliques : son récit n'est pas un conte, comme le *Perceval* de Chrétien de Troyes, mais une *estoire*. C'est par ce mot que, dans son épilogue, Robert désigne son entreprise, qualifiée, à la rime, de *toute voire*, « absolument véridique[3] ». C'est bien le moins qu'une œuvre qui puise aux Évangiles explique l'origine sacrée des instruments du culte, prépare l'évangélisation d'une terre et présente le miracle de la grâce. Au fond, cette broderie sur le canevas des aventures qui commence avec l'annonce de l'Incarnation se présente comme une longue méditation sur le mystère de la Rédemption. Robert de Boron transmue le romanesque en édification. L'œuvre est hantée aussi par le mystère de la Trinité ; il n'est pas jusqu'à la composition du roman que n'ordonne, comme en hommage à la figure trinitaire, un schéma trilobé : Passion du Christ et salut de l'humanité (v. 1-960) ; guérison, conversion et vengeance de Vespasien (v. 961-2356) ; mission de Joseph (v. 2357-3514). Et cette œuvre en langue romane ne néglige en rien l'agrément narratif de l'octosyllabe. Robert paraît avoir fait sien l'un des préceptes d'écrivain qu'au prologue de son premier roman donnait Chrétien de Troyes : *Que reisons est que totevoies / Doit chascuns panser et antandre / A bien dire et a bien aprandre*[4]. La force, la cohérence et le chiffre sacré de cette *estoire* sont tels que Robert de Boron désormais fait autorité.

Joseph complète ce récit, l'anime, l'explique avec les ressources qu'offre désormais la prose, forme toute jeune, alors, au service de

---

1. V. 2495-2502. Dans *Joseph d'Arimathie* (§ 527-528) c'est le douzième des fils de Bron, Alain le Gros, qui pêche le poisson miraculeux. Sur cette modification, voir Ferdinand Lot, *Étude sur le Lancelot en prose*, Champion, 1918, p. 221-222.

2. « Cette coupe est la nouvelle Alliance en mon sang, qui va être versé pour vous », Luc, XXII, 20. Voir aussi Matthieu, XXVI, 28 ; Marc, XIV, 24 et I Corinthiens, XI, 25.

3. V. 3487-3488 (nous traduisons).

4. *Érec et Énide*, v. 10-12 : « qu'il est louable de s'appliquer à bien dire et à bien enseigner » (trad. Peter F. Dembrowski, *Œuvres complètes*, p. 3).

notre littérature en français. Remaniement et extension s'imposent, de manière que le roman en prose s'harmonise avec le sens et les aventures du *Lancelot-Graal* : le dessein de l'auteur consiste à donner, après coup, une vue historique des événements, dont l'élucidation vient d'une remontée dans le temps. Voici le vase Sacré transporté d'Orient en Grande-Bretagne, alors que *La Queste* dessine un cheminement inverse, vers Sarras où meurt Galaad, après avoir contemplé les mystères du Graal.

Au regard de la composition collective de l'ensemble, tout n'est pas original dans cette nouvelle œuvre, mais rien n'y est inutile. Cette nécessité prévaut dans l'inclusion d'épisodes que nous connaissons aussi par *La Queste*, où l'auteur de *Joseph*, jusqu'à plus ample informé, les prend pour assurer la cohérence de son projet : ainsi, entre autres, l'histoire de la nef de Salomon (§ 286-300), le combat de Nascien contre le géant (§ 353) ou celui du roi Lambor et du roi Brulant (§ 602).

Envisagé à la suite du *Roman de l'estoire* de Robert de Boron, et à la lumière de *La Queste del saint Graal*, *Joseph* procède à une innovation majeure — d'une signification capitale après la valeur que prend dans *La Queste* la notion de pureté : le dédoublement du personnage éponyme, qui, époux et père d'une exemplaire piété, demeure le premier gardien du Graal. *Joseph* est aussi le roman de Josephé son fils : avatar de Galaad (fils de Lancelot et futur héros de *La Queste*), devenu son précurseur dans la chronologie romanesque, il fallait sa droiture et sa chasteté parfaites pour mériter la dignité qui fonde la mission toute spirituelle de l'évêque évangélisateur.

D'autre part, quant à compléter le texte de Robert de Boron soit en remédiant à son laconisme, soit en réparant ses lacunes, pourquoi ne pas donner à Galaad une ascendance prestigieuse qui, au-delà de la paternité de Lancelot, le rattache à la lignée des gardiens du Graal ? Comment le lignage des rois bretons ne gagnerait-il pas en lustre par une origine orientale ? Ainsi, la préhistoire du Graal, au plaisir de la prose, s'amplifie considérablement, même dans la version courte que nous publions. Le récit, ancré dans la Passion qui détermine l'origine sacrée du Graal, conduit jusqu'à la mort du grand-père maternel de Lancelot. L'extension généalogique, détaillant la lignée des rois gardiens du Graal, s'accompagne d'une expansion temporelle et spatiale qui, bien avant de concerner l'évangélisation de la Grande-Bretagne, favorise l'exotisme oriental et multiplie les péripéties diverses d'une navigation : que de *nefs*, de *nacelles* surnaturelles ou magiques errant à travers cet « Archipel du Graal », pour reprendre l'expression dont Michelle Szkilnik dénomme avec bonheur le roman.

Chaque époque entretient sa magie des îles. Méditerranéennes, celles qui jalonnent l'entrelacs des itinéraires dans *Joseph* ne suscitent pas, loin s'en faut, le bon sauvage, la vacance ni l'euphorie des corps. Avant d'être l'argument de l'insularité, l'île est la métaphore de l'isolement. Par nature *estrangee*, c'est-à-dire éloignée, reléguée par une mer infréquentée dont l'imprévisible danger figure la destinée humaine, l'île ne ressemble en rien à un paradis : elle réserve l'épreuve morale au voyageur qui, dès son arrivée, garde pour seul horizon d'attente le mouvement qui le délivrerait. Du point de vue cosmologique, c'est une négligence de la création, incongrue dans la démesure du milieu marin, inhospitalière par l'addition des extrêmes climatiques, voire élémentaires (qui donnent son branle à l'île Tournoyante). Terre étrangère, l'étrangeté s'y réfugie, dont l'élucidation fait partie de la connaissance du monde physique ou historique.

Les localisations insulaires incorporent dans l'itinéraire du roman des îlots narratifs qu'investit, sous l'apparence de digressions, un type indépendant d'*estoire*, marqué par l'insolite : tantôt du ressort des sciences naturelles, tantôt à rattacher à l'histoire antique. L'une des fonctions nouvelles de la prose française s'y vérifie : le bonheur de l'explication. « Expliquer », étymologiquement, c'est déplier : déployer l'inaperçu recelé par l'espace et le temps dans les îles, pour insérer, sertis par le récit, les fragments d'une élucidation du monde. Ce sont des pages de *speculum naturale* ou de *speculum historiale* — miroir de la nature ou miroir de l'histoire — suivant deux des trois distinctions du compilateur Vincent de Beauvais dans son *Speculum majus*...

Ainsi, avant d'éprouver Nascien[1] par une expérience extraordinaire qui, l'initiant à un secret de l'univers, en fait un émule des héros présentés par les *Navigations* médiévales tel le *Voyage de Saint Brendan*[2], l'auteur, avec un peu de pédantisme et beaucoup d'appétence à la science géologique, enseigne par l'histoire des éléments les caractères de l'île Tournoyante[3], phénomène d'équilibre à la surface de l'eau, entre la chaleur du ciel et l'attraction de l'aimant dans les fonds marins : une merveille de la nature.

Sur l'île Hideuse où, de son côté, le roi Mordrain a été déposé, à la jonction de la mer de Babylone et de la mer d'Irlande[4], un rapace fondant du ciel vient cruellement châtier le malheureux de l'impatience que lui donnait la faim. Enchâssée dans le récit de l'épreuve, voici, au registre du bestiaire, la description de l'effrayant oiseau femelle que réchauffe la piratite[5]. Comme les autres monstres dont la rencontre dans le conte n'a rien de fortuit, ce volatile est une *beste diverse*, à la morphologie composite : rouge et noir, un cou et un poitrail empruntant à l'aigle, des ailes acérées commes celles de l'alérion[6]. Or, comme l'a bien vu Michelle Szkilnik[7], la notice qui décrit cet oiseau comporte un effet de naturalisme, puisqu'en l'occurrence l'analyse zoologique ne prépare pas l'interprétation morale : la curiosité scientifique fonde le plaisir de lire. Prestige nouveau de la prose !

Or, si l'auteur cultive une esthétique de la diversité, ces passages ne sont pas sans nécessité dans l'économie narrative. Le difficile

1. § 253-260.

2. On connaît une première version, en prose latine, de cette *Navigatio Sancti Brendani*, datant de la première moitié du xe siècle ; un certain Benoît, ou Benedeit, au début du xiie siècle, en a fait une translation en anglo-normand et en rimes. C'est un voyage maritime de sept années, qui, jalonné de maintes épreuves, conduit l'abbé irlandais saint Brendan et ses quatorze moines à la visite de l'enfer et du paradis. Voir *Dictionnaire des Lettres françaises*, *Le Moyen Âge*, « La Pochothèque », 1992.

3. § 248-252.

4. § 181.

5. § 214.

6. Voir E. Faral, *Recherches sur les sources latines des contes et romans courtois du Moyen Âge*, Champion, 1913, p. 365, n. 1.

7. *L'Archipel du Graal [...]*, p. 100-104.

exposé sur l'île Tournoyante, en mettant en abyme les premiers jours de la Création, signale une part d'incertitude irréductible à notre logique accoutumée, dans la genèse du monde, ce que confirme l'existence de l'étrange oiseau, créature agencée au plaisir de Dieu. Comment, en retour, le transfert du Graal, imaginé en toute cohérence, ne serait-il pas une *vraie estoire* ?

Cette insularité romanesque héberge aussi les exemples d'un miroir historique : légende d'Hippocrate, exploits de Pompée. Celui-ci fait œuvre salutaire en débarrassant un passage périlleux du pirate Forcaire[1] : dans les lieux deshérités et les temps de troubles prospère le malfaisant. Le conte, en conclusion, note bien qu'il dévoile une « prouesse » que la mémoire avait tue[2], non seulement en raison de son caractère douteux[3], mais encore et surtout à cause d'un acte indigne commis ensuite par Pompée. L'histoire, en effet, s'achève avec la profanation de Jérusalem par le Romain[4] : son dernier fait ruine soudain les mérites qui lui auraient valu d'entrer dans la légende des hommes illustres. Nous assistons à la faillite de l'hagiographie civile, que fondent la vaillance et la morale sans Dieu.

Dans la légende d'Hippocrate[5], où s'insère un conte à rire qui s'apparente à un fabliau, l'île résidentielle[6], dans l'ordre du conte, se situe encore entre Rome et Jérusalem : Rome où le savant médecin fait merveille et fortune, Jérusalem qui infligerait au divin parvenu son heure de vérité[7]. Ces deux références antiques appellent l'attention sur la signification de l'histoire. Au premier degré, cependant, même une lecture inattentive convainc de la malice féminine, y compris et surtout de la part de la compagne que le savant docteur s'est donnée. Une telle démonstration de défiance prépare à l'exaltation de la pureté chez un Josephé, un Alain le Gros, un Galaad, non sans répercuter certaines méditations de Salomon.

Celui-ci souffrait jusqu'à l'insomnie de la fatalité conjugale, tandis qu'Hippocrate, son émule en fait de science, languit d'amour — incurablement, fâcheux diagnostic pour un médecin de son envergure — en vertu du charme féminin sûr de son pouvoir, avant d'être détruit par son épouse, moyennant le poison le plus éloquemment trivial qui soit. Si la leçon n'était que mysogine, elle n'ajouterait guère à l'histoire de Salomon[8], où l'ingéniosité féminine contredit moins la science qu'elle ne l'éprouve et ne la domine par une intuition proprement unique : l'idée de la *nef*, c'est à l'épouse, dont l'ambiguïté déconcerte, de la souffler à son mari. Mais Hippocrate, pâle avatar de

---

1. § 181-189.
2. *Ensi fu celee cele prouece*, § 191.
3. Nulle part, Pompée, qui combat à la hache, n'est qualifié de « chevalier » ; d'autre part, le combat n'est pas tout à fait d'homme à homme (§ 187) ; enfin, il arrive à Pompée de transpercer de son javelot un mort (§ 189) : la légende le présenterait-elle sous son meilleur profil ?
4. § 190-191.
5. § 371-396.
6. Celle où échouent (§ 366), précipités par la tempête, les deux survivants des cinq messagers envoyés à la recherche de Nascien, et la fille du roi Label.
7. § 387-388. Mais le voyage de Jérusalem est différé.
8. Au cœur de l'anecdote romaine, § 378, le conte mentionne Salomon parmi les victimes de la malice féminine.

Salomon, célébrité d'une époque sans foi, vient de la légende antique et non d'un livre de la Bible.

Dans l'histoire exemplaire que constitue l'*exemple*, la moralité, cependant, peut cacher une morale. À Rome, la dame (venue de Gaule, pays d'insoumis peu enclins à se laisser duper, mais sensibles intuitivement à la spiritualité chrétienne[1]) a dédoré la statue qui consacrait une gloire usurpée ; sur l'île, Hippocrate prépare avec l'inconscience de la vanité le châtiment de sa concupiscence. Serait-il insensé de le comparer, toutes proportions gardées, avec Forcaire, autre insulaire de vocation ? L'un est un pirate, l'autre un écumeur d'empire ; tous deux, affamés de puissance, agissent par surprise en usant de ruse. Au mieux, le personnage d'Hippocrate est un humaniste qui ne croit qu'en l'homme, et en lui-même.

La ruine de son palais sur l'île accuse moins l'érosion par le temps qu'elle ne prouve la déchéance de la magnificence préchrétienne. Le luxe est passager, de même que le pouvoir, fragile, n'est jamais que prêté par Dieu[2]. Pour glorifier Dieu, rien n'est trop beau, mais ce qui n'exalte que l'homme est de peu de durée : nous appréhendons l'antiquité pour ce qu'elle vaut. Implicitement, l'auteur instruit alors le procès du merveilleux païen, frappant de caducité la littérature d'antan, d'avant le Graal : ces prodiges d'Orient ont fait les beaux jours des fictions antiques de la *matere de Rome*, témoin le *Roman d'Alexandre*, trois quarts de siècle plus tôt.

De même repassent à l'étamine de cette prose le roman chevaleresque et jusqu'aux motifs exaltés par la *matere de France*, autrement dit la chanson de geste que nous trouvons au commencement de la littérature romane. Depuis longtemps le personnage littéraire du preux s'appréciait à la démonstration stéréotypée de sa vaillance. Or chacun sait que le principal du chevalier, c'est le cheval, ou du moins la stature que la monture lui donne : allure qui suppose des devoirs d'honneur si ce n'est même une once d'élégance. Non que nul soit présumé de douceur même : le modèle, Roland, dans l'imminence du combat, se fait redoutable[3]. Mais on tâche à rester maître de soi, comme l'autre exemple, Lancelot, sait rester mesuré dans la violence même.

Quelle boucherie sauvage, par comparaison, que la bataille d'Évalac et de Tholomé[4]. Au miroir du roman, saisirait-on l'exacte représentation de la guerre, que le genre chevaleresque, par convention, rehausserait en dignité ? Entérinerait-on la décadence des valeurs depuis l'âge d'or de la courtoisie ? Montrerait-on la réalité crue d'une bataille sans foi ni loi ? Le fait est qu'on tue les chevaux[5] — la valetaille des archers s'en charge, qui tirent leurs flèches empoisonnées,

---

1. Voir, § 375, les réflexions de la dame de Gaule, lorsqu'on la renseigne sur les statues de la porte de Rome.
2. C'est une vérité qu'Évalac (§ 75-76) se voit assener par Josephé, avant que la guerre contre Tholomé ne la confirme.
3. *Quant Rollant veit que bataille serat, Plus se fait fiers que leon ne leupart* (« Quand Roland voit qu'il y aura combat, il devient plus farouche qu'un lion ou un léopard »), *La Chanson de Roland*, éd. C. Segre, Genève, Droz, 1989, vol. I, p. 149, laisse LXXXVIII, v. 1110-1111.)
4. § 90-119.
5. § 103.

ou visent Séraphé, sagittaires criblant le centaure[1] ; plusieurs se ruent sur un seul[2] — ce que Renaut de Beaujeu, trente ans plus tôt, déplorait dans un aparté du *Bel Inconnu*[3] ; avec le temps décidément tout va de mal en pis.

Authenticité de la chose vue, document sur le déclin du style guerrier, démonstration de barbarie ? Ces infractions au code chevaleresque sont commises par l'ennemi égyptien[4]. D'autre part, le récit de cette bataille, on le sent à plus d'une incohérence, n'a pas mis le copiste à son aise. Pourtant, de cette stratégie malmenée par le conte se détache une personnalité : Séraphé. Il accourt au champ de bataille pour obéir aux devoirs de l'affection. Que de coups, de corps coupés, de cadavres amoncelés de son fait. L'hyperbole de la violence rend compte du carnage. Il n'empêche : la prouesse est merveilleuse et l'infatigable entrain de Séraphé, la hampe de la hache[5] ensanglantée jusqu'à ses poings, rachète la peinture crue du combat.

Séraphé, tel quel, appartient à cette lignée de héros corpulents aux poings carrés, qui va du Rainouart de la chanson de geste, dans *Aliscans*[6], à frère Jean des Entommeures, héros et moine atypique des guerres picrocholines de *Gargantua*[7]. Son énergie s'accroît en se dépensant. Il n'use pas d'une arme de vilain — l'épisode ne verse pas dans le burlesque et ne vise pas à la parodie. Sa hache danoise comporte un fer acéré : le fer est l'instrument du chevalier. Mais comme l'épée est loin, qui, même submergée par la puissance numérique de l'ennemi, à Roncevaux, tranche sans faiblesse et pour l'exemple, telle lame de justice, entre le tort et le droit. Loin d'être un ange exterminateur, Séraphé à la hache est un bûcheron de l'arrogance égyptienne et de la *païennie*.

Alors se fait jour dans *Joseph* une jubilation de la fureur guerrière, une joie de l'emportement, au demeurant justifiée par le droit[8]. Cette allégresse est entretenue par une endurance inusitée, où le héros même ne se reconnaît pas, et que cautionne la Providence. Le thème de l'énergie sans limites, de la force à outrance est récupéré pour le plaisir du texte au profit d'une démonstration. Le détail de l'épreuve subie par Évalac *jusqu'à paour de mort* confirme la prédiction de Josephé et vérifie le dessein divin ; mais l'efficacité de Séraphé, l'irruption merveilleuse du Chevalier Blanc sont des œuvres de la prière qu'adresse à Dieu sincèrement et de bon cœur Évalac[9] : son beau-frère eût-il fait si constamment merveille, sans le miracle suscité par l'oraison ?

Ainsi, la prose narrative met en œuvre la parole divine, transmise ou annoncée par Josephé. Esthétiquement, elle néglige (sinon dans le

1. § 110.
2. § 114.
3. Éd. G. Perrie Williams, Champion, 1983, p. 33-34, v. 1067-1082.
4. Tholomé, le roi, se déconsidère définitivement, au regard des lois de la guerre chevaleresque, en blessant à mort, d'un fauchard, le sénéchal à terre (§ 103).
5. C'est l'arme dont se sert Pompée pour nettoyer l'île des pirates de Forcaire.
6. Éd. Cl. Régnier, Champion, 1990, 2 vol. Voir *Burlesque et dérision dans les épopées de l'Occident médiéval*, Annales littéraires de l'Université de Besançon, 1995 (section : « Rainouart et ses émules dans la chanson de geste »).
7. Chapitre XXVII.
8. § 97.
9. § 97 et 111.

détail de la péripétie) l'effet de suspens pour avérer la prophétie par le développement de l'aventure. Déduits d'un dire, et même du Verbe divin, les faits suscitent une conversion préalable à la construction de la chrétienté. La parole donne forme à la réalité, pour preuve de la souveraineté de Dieu, ou encore sous l'effet de la prière. En prose, ce roman démontre la magie du verbe à quoi s'exerce nouvellement le genre contemporain du poème pieux[1].

Cette prose dévoile aussi, par le truchement de Josephé qu'inspire le Saint-Esprit, quelque vérité bien enfouie : l'acuité dans la perception de l'avenir s'accompagne d'une connaissance immédiate du passé. On constate alors que le parti pris d'anonymat de l'auteur, dûment circonstancié aux premières lignes de l'œuvre, implique autre chose qu'une affectation de modestie, fût-elle une coquetterie d'ecclésiastique : ce romancier, en s'effaçant devant le personnage qui parle, fait hommage de son omniscience à Dieu.

L'intérêt que Josephé missionnaire de Dieu manifeste à Évalac suppose que la vérité délivre le roi. D'où ces révélations dont l'interlocuteur à juste titre est éberlué : parvenu à la fonction royale au terme d'aventures d'un romanesque achevé, Évalac, à bon escient surnommé *li Mesconneüs*, ne saurait exciper de la vertu lignagère, puisque fils d'un pauvre ravaudeur de souliers[2] (mais de Meaux, comme si la France s'accommodait moins qu'une autre terre de l'imposture et du mensonge perpétué ; la dame qui confond à Rome Hippocrate est originaire elle aussi de Gaule). Ainsi réduit à une indiscrétion nécessaire, le thème des enfances d'Évalac contrevient aux canons romanesques de la biographie héroïque : il n'intervient qu'en exhortation salutaire aux vertus de l'humilité, et pour suggérer un nouveau type littéraire de destin, régi par des critères moraux et guidé par la foi.

Le roi païen de Sarras, et plus tard, en Grande-Bretagne, le duc Ganor, qui croit avoir fait oublier son enfance de petit vacher galiléen[3], ont le tort de fonder leur prestige sur le reniement de leurs origines et l'effacement d'un passé jugé honteux par manque d'éclat. C'est que l'orgueil et la puissance représentent pour eux (comme pour Hippocrate, moyennant d'autres voies) la suprématie des valeurs. Dans les deux cas, l'aventure dans un Orient inépuisable de romanesque a permis l'accession aux satisfactions du pouvoir. Par contrecoup l'on discerne, au silence qui protège ces carrières falsifiées, la force du préjugé aristocratique. Mais le parcours de ces deux princes païens est au rebours de celui de Joseph, notable de Jérusalem qui, cheminant comme les siens pieds nus pour un royaume qui n'est pas de ce monde, se fait montrer du doigt. Des valeurs toutes matérielles sont ici démasquées, des apparences trompeuses qui ne sont que mensonges entretenus dans la pratique et les tensions du jeu social : il n'est pas inutile que *Joseph* en témoigne encore dans un siècle chrétien.

La vue perçante de Josephé parvient à débusquer jusqu'au péché le plus habilement dissimulé. La prose, alors pleinement édifiante, vise à corriger l'attitude morale, en suscitant, dans l'absolue franchise de la

---

1. Par exemple, la chanson mariale dont le bénédictin Gautier de Coinci donne l'exemple, dès les années 1220, à Soissons.
2. § 82-83.
3. § 472.

charité, dans la violence de la vérité, l'aveu qui délivre. Josephé, avec une fermeté sans détour et non sans menace, ne révèle-t-il pas à Évalac son plus intime caprice de satrape, cette compagne de bois magnifiquement belle et parée dont le roi enchante ses nuits[1] ? Le secret le plus compliqué ne résiste pas au Saint-Esprit à qui rien ne reste caché[2]. Au demeurant, le simulacre auquel s'adonne le roi peut passer pour l'avatar le plus vicieusement raffiné d'une civilisation qui prouve son paganisme à révérer les images seulement : l'intime dévouement d'Évalac à sa statue, substitut d'amour, relève de la même erreur — l'idolâtrie — que la dévotion publique des siens pour des apparences divines, effigies qu'on surprend en flagrant délit de matérialisme inanimé. C'est pourquoi le sort que méritent toutes ces images est le feu.

Le péché durable d'Évalac n'est pas sans laisser de trace : la réticence qu'il aura mise à dépouiller le vieil homme (pour parler en langage paulinien) contribue à éclairer rétrospectivement le choix de son nom de baptême, qui signifie « Lent à croire[3] ». Cependant l'audace de l'invention romanesque n'a d'égal en ce passage que le courage exemplaire avec lequel le roi détruit lui-même l'objet de son péché avant de confesser ses fautes devant Josephé, Sarracinte la reine et Nascien. De la dénonciation, la prose passe à l'édification : le roi ne pensait pas trouver jamais la force de prendre en aversion ses habitudes perverties.

Cette parole, inspirée du Saint-Esprit, « source lumineuse et vrai réconfort » lui-même[4], vainc l'opacité, abolit l'épaisseur du mensonge, par une référence instantanée au passé, en rouvrant une parenthèse qu'on eût souhaitée oubliée, à supposer le silence de Dieu. Il faut, pour inviter à convertir sa vie au salut, cette reconnaissance préalable de la vérité. Dieu l'éveille en se manifestant à la conscience humaine dans la disponibilité passive du sommeil. Dans un texte qui prend en compte le surnaturel, il est naturel que la réalité se dédouble, ou plus précisément redouble de sens, par l'*avision*. *Joseph* use du songe, contraire au mensonge dans la perspective qui refuse l'anthropocentrisme, message immédiatement reçu du ciel mais *couvertement*, vérité sibylline valant avertissement de Dieu.

La littérature romane avait accoutumé le public au songe, à sa teneur symbolique, à sa valeur de présage et à sa portée dramatique, depuis au moins la *Chanson de Roland*[5]. L'origine du motif est d'ailleurs biblique. Dans *La Queste del saint Graal*, où la grammaire du songe obéit à la langue céleste, des *preudomes*, sergents de Dieu, saints ermites, sont commis à résoudre l'énigme, comme ici le plus souvent Josephé : l'infaillibilité de l'explication démontre la richesse infinie de moralisation d'un monde où la double vue de la foi démêle un inépuisable réseau de signes divins.

---

1. § 166.
2. Au demeurant, la figuration du Saint-Esprit dans le songe d'Évalac annonce la nécessité de l'aveu du roi.
3. § 145.
4. *lui qui est vrais enluminerres et vrais confors*, § 1.
5. Voir les songes de Charlemagne : laisses LVI-LVII et CLXXXV-CLXXXVI ; éd. C. Segre, I, p. 129-130 et 219-221.

Attestant l'assistance de Dieu, le songe, dans *Joseph* où la quête missionnaire est un voyage, remet éventuellement sur la voie du créature découragée. Ainsi de cette *avision* d'Égypte, où Joseph d'Arimathie visite en son sommeil le plus jeune des messagers envoyés à la recherche de Nascien pour lui désigner une nef au loin perdue sur l'immensité marine[1]. La vue porte aussi loin qu'un projet : sous l'alibi des constructions fantasques du rêve se révèle au dormeur une espèce d'ubiquité qui vaut prémonition. Ainsi, le songe se joue de l'espace et du temps humains surveillés par Dieu.

De l'espace et du temps se jouent encore trajets et navettes maritimes à caractère merveilleux, auxquels on est accoutumé par le conte, au temps du *Lancelot-Graal*, depuis trois quarts de siècle, sous l'influence en particulier de l'imaginaire breton[2]. Dans *Joseph*, combien de *nefs* en un moment filent à perte de vue ? Cependant, tandis qu'il se christianise, l'ancien motif du transport magique se diversifie. C'est par voie aérienne que le conte transfère en un instant Mordrain, Célidoine et Nascien à plusieurs journées de distance[3] : on sent ici l'emprunt aux Évangiles apocryphes[4], voire à l'hagiographie. L'autre monde est par ailleurs partagé entre l'espérance du salut et la menace de la damnation : le surnaturel supérieur, dans la circulation maritime, est concurrencé jusqu'à l'illusion par le surnaturel inférieur où, n'étaient des indices indubitables à des yeux attentifs, tels le gréement noir et l'escorte que forme la tempête[5], on confondrait la magie du diable avec le miracle, que le séducteur sait mimer avec un art consommé.

S'il est un merveilleux propre à *Joseph*, semble-t-il, il faut le chercher plus spécialement dans l'événement qui, se jouant des proportions, transforme un objet en histoire, et l'histoire en drame. La plus extraordinaire des merveilles est celle qui rend l'arche extensible aux yeux de la foi[6]. Métaphore de la révélation offerte aux croyants, par Dieu, des secrets de la foi — le Graal est un symbole sacré, par son inscription dans l'histoire de la Passion — la merveille transpose aussi le mystère de l'eucharistie : cette modification des données spatiales peut s'interpréter en effet comme un avatar descriptif de la transsubstantiation[7], dès lors que, cherchant à la comprendre et à l'exprimer, l'esprit humain lui donne des dimensions.

Non moins merveilleuse, la traversée de la mer sur le pan de la chemise de Josephé[8]. L'innovation, dans le motif, tient encore à la notion d'extensibilité. Si la tunique du Christ était sans coutures, d'un tout autre ordre est la chemise de Josephé. L'aventure enchérit bien entendu sur le passage de la mer par le peuple de Moïse, et l'on savait aussi depuis l'Évangile qu'il était possible de marcher sur les

1. § 360-362.
2. Voir par exemple la nef merveilleuse où Guigemar blessé finit par s'endormir durant le trajet : *Les Lais de Marie de France*, éd. J. Rychner, Champion, 1966, p. 9-11, v. 123-208.
3. Mordrain : § 174 et 181 ; Célidoine : § 235 et 314 ; Nascien : § 248.
4. Les apôtres sont transportés par des nuages pour venir assister à temps aux derniers moments de la Vierge.
5. § 196 et 199.
6. § 51 et suiv.
7. Plus spécialement, § 68-69.
8. § 448-451.

flots, moins facilement malgré tout lorsqu'on est homme[1]. Cet épisode illustre par une variation la puissance de la foi dans son aptitude à déplacer les montagnes ; il est encore une sorte de parabole sur le triomphe du dénuement. Rien ne résiste au cœur vaillant donné à Dieu. On y trouve, en réduction, la définition même de la fiction propre à *Joseph* : le dynamisme du conte est celui-là même de la foi.

Voici, dans la Bible du *Lancelot-Graal*, comme le livre de l'Exode : nouveau Moïse espérant la *terre de promission*, Josephé conduit sa compagnie avec un élan parfois contrarié, mais continu, vers la diffusion de la foi ; Dieu lui parle en lui envoyant l'ange son messager. Cependant, la référence aux Écritures est précisément suggérée par certains caractères stylistiques de l'œuvre. Pour l'efficacité d'un sermon, sa prose donne, en usant adroitement des outils syntaxiques, une démonstration de discours explicatif[2] ; ailleurs, elle s'exerce à l'éloquence improvisée, mais inspirée, par une sorte de rhétorique en majesté[3] ; elle se complaît encore, comme au plus vénérable de ses modèles, à l'exposé généalogique[4] ; les dialogues enfin imitent à coup sûr la manière de l'Ancien Testament[5]. Le style de la Bible paraît à cette époque, et dans cette œuvre même, assurer sa romanisation. Au demeurant, c'est vers 1230 qu'apparaît, et commence à se diffuser, à partir des ateliers parisiens, un texte unifié de la Vulgate, dont font largement usage, tout au long du xiiie siècle, les clercs prédicateurs ou universitaires de l'Europe entière.

Quant à l'aventure du parcours apostolique, le conte, lucidement, ne le préserve ni des souffrances, ni des drames. À quelques-uns fait défaut, dans la compagnie, l'étoffe de sainteté de leur jeune évêque. L'humanité rechute dans le forfait de Caïn, lorsque le jaloux Chanaan (fut-il jamais pareille antiphrase dans l'onomastique fictive ?) passe au fil de son couteau, de nuit, ses douze frères endormis[6]. On voit se lever l'astre affreux du martyre, dans une Grande-Bretagne où règne encore la barbarie, quand le cruel Agreste, roi de Camalot la riche cité capitale, fait déceveler à la croix récemment dressée les compagnons de Josephé ; les aimés de Dieu périssent dans le tragique silence de la foi, avant que la croix ne garde en mémoire du forfait la trace indélébile du sang noir, et que Josephé de retour n'élève l'église cathédrale consacrée au protomartyr Étienne[7].

Évangélisation civilisatrice, pourtant, que cette mission chrétienne vers le nord de la mer océane. Nul doute qu'aux yeux d'un croyant du xiiie siècle, de telles atrocités accompagnaient l'ignorance involontaire ou le mépris délibéré des Évangiles. La foi chrétienne, en effet, transforme de l'intérieur, et affine. Il n'est que de considérer quel homme devient Séraphé le pré-Nascien, sitôt la métamorphose de sa

---

1. Voir toutefois, § 224-225 : saint Saluste, l'ermite dont Sarras perpétue la mémoire sainte, se rend auprès du roi Mordrain en marchant sur les flots.
2. § 407.
3. § 331 (Célidoine s'adresse au roi Label).
4. § 436.
5. § 225. Ailleurs, les marques du dialogue peuvent superposer l'indication présentative et l'indication incise.
6. § 553.
7. § 515-520.

conversion — ou plus exactement la régénération de son baptême —, au simple point de vue de la chevalerie : secourant Ganor, lors de la première bataille des chrétiens en Grande-Bretagne, c'est lui qui tue le roi de Northumberland ; s'il n'a rien perdu de sa merveilleuse énergie, l'épée, maintenant, est son arme[1]. Pierre, que désire et soigne en secret la fille du roi Orcan, telle une nouvelle Yseut, est un modèle de vaillance et de dignité chevaleresque[2].

Cependant ces nobles va-nu-pieds, ces humbles aimés de Dieu, d'une extraordinaire vitalité, pour graves qu'ils soient, ne versent pas dans la tristesse, qui serait un péché. Ils ne croient pas la drôlerie indigne d'un croyant. La reine Sarracinte se rappelle et conte avec naturel avoir été, petite fille, impressionnée par une barbe d'ermite[3], et Nascien (son frère) réveille un autre saint homme pour lui demander s'il dormait[4]. Irait-on jusqu'à soutenir qu'il existe un humour de Dieu ? Tel saint homme, dans la tempête où chacun tremble pour sa vie, continue de dormir le plus décidément du monde[5], de dormir en somme, la langue même le confirme, du sommeil du juste.

La sainteté, pourtant, n'est pas de tout repos : Dieu n'a pas besoin de favoris, il lui faut être aidé par des hommes, pêcheurs d'hommes. Juste, il envoie sur ses *ministres*, le cas échéant, des châtiments sans faiblesse, qui toutefois marquent une élection : la cécité punit Mordrain de sa curiosité[6] non sans lui procurer la joie de découvrir que son Seigneur le choisit à son service. Cette religion n'est pas facile, mais la vie lui doit son intensité. C'est pourquoi *Joseph* donne tant de place à l'émotion : pleurs de joie versés par l'ermite lors d'une conversion ou par une famille lors de retrouvailles qui provoquent aussi des évanouissements, adieux déchirants à la séparation. La royauté promise se mérite et la vérité délivre, au prix d'épreuves et de chutes, mais dans un amour dont tout le reste est transfiguré. Le plaisir du texte comporte cet enseignement, sur le seuil du *Lancelot-Graal* où s'achève une triple translation : *Gradalis, ministerium, officiorum* (« du Graal, de ses serviteurs, des devoirs religieux »).

GÉRARD GROS.

BIBLIOGRAPHIE

Pour les éditions, voir la Note sur le texte et sur la traduction, p. 1680.

BARRON (W. R. J.), « Joseph of Arimathie and the *Estoire del saint Graal* », *Medium Aevum*, 33, 1964, p. 184-194.
HOEPPFNER (Ernest), « L'*Estoire dou Graal*, de Robert de Boron », *Lumières du Graal*, Marseille, *Les Cahiers du Sud*, 1951, p. 139-150.

1. § 485-488.
2. § 563-583.
3. § 124.
4. § 439.
5. § 497.
6. § 512.

LAGORIO (Valerie M.), « Pan-Brittonic Hagiography and the Arthurian Grail Cycle », *Traditio*, XXVI, 1970, p. 29-61.

—, « St. Joseph of Arimathea and Glastonbury : A "New" Pan-Brittonic Saint », *Trivium*, VI, 1971, p. 59-69.

LE MERRER (Madeleine), « Figure de Joseph d'Arimathie : sa chasteté, sa proximité de Dieu », *Images et signes de l'Orient dans l'Occident médiéval*, Aix-en-Provence, *Senefiance*, 11, 1982, p. 229-252.

LOT-BORODINE (Myrrha), « Le Symbolisme du Graal dans l'*Estoire del saint Graal* », *Neophilologus*, 34, 1950, p. 65-79.

—, « Les Apparitions du Christ aux messes de l'*Estoire* et de *La Queste del saint Graal* », *Romania*, LXXII, 1951, p. 202-223.

MICHA (Alexandre), « Nouveaux fragments de l'*Estoire del saint Graal* », *Romania*, LXXXVII, 1966, p. 408-411.

—, « *Matiere* et *sen* dans l'*Estoire dou Graal* de Robert de Boron », *Romania*, LXXXIX, 1968, p. 457-480.

NEWSTEAD (Helaine), *Bran the Blessed in Arthurian Romance* (chap. IV, « Bran in the *Estoire del saint Graal* and Brangor »), New York, 1939.

O'GORMAN (Richard F.), « A Vatican Grail Manuscript », *Manuscripta*, 6, 1962, p. 36-42.

STIENNON (Jacques), « Un fragment de l'*Estoire del saint Graal* aux archives de l'État de Liège (Val Saint-Lambert, Reg. 366, s. XIV) », *Mélanges P. Le Gentil*, Paris, SEDES, 1973, p. 789-802.

SZKILNIK (Michelle), *L'Archipel du Graal. Étude de l'« Estoire del saint Graal »*, Genève, Droz, 1991.

VAN COOLPUT (Colette A.), « La Poupée d'Évalac ou la Conversion tardive du roi Mordrain », *Mélanges J. L. Grigsby*, Birmingham, 1989, p. 163-172.

WILLIAMS (Harry F.), « Apocryphal Gospels and Arthurian Romance », *Zeitschrift für romanische Philologie*, LXXV, 1959, p. 124-131.

G. G.

NOTE SUR LE TEXTE
ET SUR LA TRADUCTION

Les Éditions.

Les éditions existantes du texte sont, dans l'ordre chronologique de leur publication :

FURNIVALL (Frederick J.), *Seynt Graal of the Sank Ryal*, printed for the Roxburghe Club, Londres, Nichols, 1861-1863, 2 vol. [Manuscrit *L1*].

HUCHER (Eugène), *Le « saint Graal » ou le « Joseph d'Arimathie ». Première branche des romans de la Table ronde, publié d'après des textes et des documents inédits*, Le Mans, Monnoyer, 1875 (rééd., Genève, Slatkine, 1967), vol. 2 et 3, p. 1-308. [Manuscrit *M*].

SOMMER (Oskar), *The Vulgate Version of The Arthurian Romances*, edited from manuscripts in the British Museum, Washington, Carnegie Institution, 1909, vol. I. [Manuscrit *L*].

Ponceau (Jean-Paul), *L'Estoire del saint Graal*, Champion, 1997, 2 vol. (C.F.M.A., n°s 120 et 121). [Version longue; manuscrits: Amsterdam, Bibl. Philosophica Hermetica, sans cote, et Rennes, Bibl. mun., 255.]

L'établissement du texte.

Nous publions ici la version — courte — conservée par le manuscrit de Bonn, Bibl. universitaire, 526 (datant de 1286), ff^os 11^r*a* - 59v°*c* (sigle *B*), qui sert de base à l'édition des romans réunis dans le présent volume. Cependant, le manuscrit choisi comme version de contrôle pour l'établissement des autres textes, à savoir Paris, B.N.F., fr. 110 (sigle *P*), qui date lui aussi de la fin du XIIIe siècle et héberge, comme le recueil de Bonn, la version courte de *Joseph d'Arimathie*, présente un récit largement acéphale, puisque le roman n'y commence que vers la fin du paragraphe 125 de notre version: *je creïsse ke che estoit ichil cors qui en la Vierge avait esté herbergiés...*

Notre manuscrit de contrôle est donc le manuscrit de Londres, British Museum, Add. 10292 (début du XIVe siècle), ff^os 1-76 (sigle *L*), qui conserve aussi la version courte du roman. C'est le manuscrit de base retenu par Oskar Sommer pour son édition de l'*Estoire del saint Graal*. Pour justifier ci-dessous l'établissement de notre texte, c'est-à-dire pour rectifier les erreurs ou réparer les omissions du manuscrit de Bonn, nous transcrivons en note la leçon rejetée de *B*; si nous ne précisons pas davantage, l'amendement de notre texte vient de *L*. Nous mentionnons les corrections auxquelles nous avons procédé de nous-même. Pour les passages où ni *B* ni *L* ne paraissent satisfaisants, nous recourons aux manuscrits suivants, que nous désignons dans l'appareil critique par leurs sigles: Londres, British Museum, Royal 14. E. III (sigle *L1*); Londres, British Museum, Royal 19. C. XII (sigle *L2*); Londres, British Museum, Add. 32125 (sigle *L3*) et Le Mans, Bibl. mun., 354 (sigle *M*). Les leçons que nous adoptons figurent dans la liste des variantes établie par O. Sommer. C'est dire que ce premier tome de *The Vulgate Version of The Arthurian Romances* nous a rendu les plus grands services.

La traduction.

Voici la première traduction en français moderne de ce roman en prose.

Joseph d'Arimathie se distingue par la variété des sujets, et par conséquent par la diversité des tons: récits de batailles, interprétations de songes ou d'aventures inouïes, évocation des signes de la grâce, contes enchâssés empruntant au fabliau, description du sacré ou récit de la consécration du héros. Il est entendu que son art sacrifie moins à la fantaisie digressive qu'il ne résulte de l'intention de montrer, dans la perspective de l'histoire, la lente conversion d'un territoire païen. Mais l'abondance de sa matière est telle qu'il use d'un style composite, tour à tour grave, enjoué, sublime, épique, édifiant.

Nous avons conservé la touche d'archaïsme du texte, lorsque l'auteur, par exemple, décrit la *nef* de Salomon, ou montre l'idéal orgueilleux de *clergie* du docteur Hippocrate. De même, au prix de redites, nous avons respecté l'effet très conscient de solennité rituelle dans la représentation du cortège des anges autour du Graal ou dans la présentation symbolique des habits épiscopaux.

En général nous n'avons pas trop simplifié ce long récit qui prend son temps. L'auteur souligne volontiers les procédés de l'oralité. Nous n'avons pas cru devoir gommer ses redondances explicatives, ni ses reprises, parfois appuyées, d'une assertion.

Un roman relève d'une expérience historique, de cadres idéologiques et de caractères esthétiques propres à l'époque de son avènement et de son accueil par le public. Outre que le style du traducteur (dans le meilleur des cas) doit se maintenir au service de l'œuvre originale, l'occasion était ainsi donnée de permettre au lecteur moderne, dont la rencontre avec le texte est solitaire et muette, d'apercevoir l'attitude qu'un auteur du XIIIᵉ siècle attendait d'un auditoire à distraire et à édifier.

G. G.

NOTES ET VARIANTES

Paragraphe 1.

a. On hésite dans B entre envious *et* enuious . *« Envieux » et « ennuyeux » n'ont pas une signification très différente.* ♦♦ *b.* porroit qu'il   B

Paragraphe 2.

a. il a contraire   B ♦♦ *b.* fu le   B. *Nous adoptons la leçon de L2.* ♦♦ *c.* signour plainc dit   B. *Nous corrigeons.* ♦♦ *d.* que   B

1. Dans la liturgie catholique, « Ténèbres » désigne l'office nocturne du Jeudi et du Vendredi saints durant lequel on éteint les lumières de l'église.

2. Voir Jean, III, 2.

Paragraphe 3.

a. morteus porroit penser   B ♦♦ *b.* ne   B ♦♦ *c.* de   B ♦♦ *d.* il fust venus   B. *Nous corrigeons.*

Paragraphe 4.

a. Dieu queles trespasserent   B ♦♦ *b.* onquest   B. *Nous corrigeons.* ♦♦ *c.* voiables je   B

1. Au Moyen Âge, la mesure de la durée du jour est modelée sur l'emploi du temps liturgique, prières et offices devant avoir lieu à des heures fixées par l'Église : ce sont des heures canoniales. Tierce correspond à 9 heures du matin, soit environ trois heures après prime, la première heure du jour (vers 6 heures du matin) où l'on célèbre le premier office religieux.

Paragraphe 5.

1. Soit 3 heures de l'après-midi. L'indication chronologique est ici opportune, puisque liée à la célébration d'un office : le temps est sanctifié.

2. L'office du Vendredi saint ne comporte pas, en effet, de consécration. À la messe du Jeudi saint, après la communion, l'eucharistie est accompagnée en procession jusqu'au reposoir. À l'office du Vendredi saint, le célébrant se rend avant la communion au reposoir où le ciboire contenant les hosties consacrées a été déposé la veille. La consécration ne reprend qu'à l'office de Pâques.

Paragraphe 6.

a. pas trop ançois me   *B. Nous corrigeons d'après* L2. ◆◆ *b.* moustree *B. Nous corrigeons.*

1. Voir II Corinthiens, XII, 2.
2. Voir Jean, I, 18.

Paragraphe 7.

a. ce que je oi doute   *B*

Paragraphe 8.

a. je le laissai em   *B* ◆◆ *b.* atant passant li jours et que   *B* ◆◆ *c.* mis   *répété dans B.* ◆◆ *d.* Peron […] cel   *lacune dans B.*

Paragraphe 9.

a. quant la messe   *B. Nous complétons d'après* L2. ◆◆ *b.* et esgarda *B* ◆◆ *c.* et blanche   *B*

Paragraphe 11.

a. l'aigue tele   *B. Nous complétons d'après* L2.

Paragraphe 12.

a. entercier   *certainement pour « encerchier ».* ◆◆ *b.* ou   *B* ◆◆ *c.* resgardai la beste   *B* ◆◆ *d.* qui   *B* ◆◆ *e.* sai   *B*

1. Le palefroi (du latin *paraveredus*, « cheval de poste, de voyage ») est un cheval réservé au voyage et à la promenade. Il va l'amble ; son allure et son caractère en font la monture préférée des dames.

Paragraphe 13.

a. tant conmencha   *B* ◆◆ *b.* li estoit dedens   *B* ◆◆ *c.* qui estoient encore el core el cors ne s'en pooient issir   *B. Nous corrigeons.* ◆◆ *d.* mengeroit et il me demanda qu'il mengeroit et si me   *B. Nous corrigeons.*

1. Voir Matthieu, X, 1, 8.
2. Cette scène de possession diabolique est nocturne.

Paragraphe 14.

  a. laissa   *B* ◆◆ *b.* le   *B* ◆◆ *c.* espasses   *B*

  1. La vision est ici un songe prémonitoire, attestant aussi bien la sollicitude de Dieu.

  2. Dans le lexique liturgique, l'octave (*octava*, féminin substantivé de *octavus*, huitième) désigne le huitième jour après une fête. Ici, la séparation a lieu le dimanche de Quasimodo.

Paragraphe 15.

  a. ce que Dix plot   *B*

Paragraphe 16.

  a. n'avoit rachatee sa mort que li lerres qui   *B*

  1. Voir Matthieu, XXVII, 57 ; Marc, XV, 43 ; Luc, XXIII, 50-51 ; Jean, XIX, 38.

Paragraphe 17.

  a. rachate   *B* ◆◆ *b.* sautier qui   *B* ◆◆ *c.* Joseph il passa   *B* ◆◆
  d. en Angleterre qui   *B. Nous corrigeons.* ◆◆ *e.* el   *B. Nous corrigeons.* ◆◆
  f. atoucheroient   *B* ◆◆ *g.* orent fors   *B. Nous complétons d'après L2.*

  1. Voir Psaumes, I, 1.

  2. Cette allusion anticipée au passage miraculeux de la mer par Josephé et les siens nous fournit une clé. Ici le texte parle explicitement du *pan* de la chemise : c'est par ce mot que, dans le récit de l'aventure, nous rendrons plus loin le terme de *giron*.

  3. Voir Matthieu, XXVII, 58-60 ; Luc, XXIII, 51-53 ; Jean, XIX, 38-42.

  4. Pour son rôle dans l'ensevelissement du Christ, Joseph d'Arimathie est devenu le patron des embaumeurs, des croque-morts et des fossoyeurs (voir Louis Réau, *Iconographie des saints*, P.U.F., 1958, p. 760-761). Il tient ordinairement, dans les représentations sculptées de la Mise au tombeau, si prisées à la fin du Moyen Âge — notamment à cause du succès des Mystères de la Passion —, une place d'honneur : près de la tête de la dépouille du Christ.

  5. Exemple d'anachronisme par transposition chrétienne, ou, si l'on veut, par concession à la modernité. Caïphe est le grand prêtre (voir Matthieu, XXVI, 57 ; Jean, XVIII, 24).

Paragraphe 18.

  a. demouerront   *B* ◆◆ *b.* eschapes   *B* ◆◆ *c.* avoient   *B* ◆◆ *d.* et
  retourne a parler a Joseph   *B. Nous corrigeons.*

  1. Saint Jacques le Mineur (actuellement fêté le 11 mai) était le fils d'Alphée et de Marie-Cléophas, demi-sœur de la Vierge ; apôtre, il est surnommé « le Mineur » (ou « le Jeune » — mais aussi « le Juste ») pour éviter qu'il ne soit confondu avec saint Jacques le Majeur, son aîné, lui aussi cousin germain de Jésus (voir n. 1, § 518).

Paragraphe 19.

1. Fragment d'histoire de l'Empire romain : Tibère est empereur de 14 à 37 ; lui succède son neveu, Caius César (surnommé Caligula), qui règne quatre ans, suivi par son oncle Claude, empereur de 41 à 54 ; lui succèdent Néron (54-68), puis Galba, Othon, Vitellius ; Vespasien est empereur de 69 à 79 ; Titus, son fils, lui succède pour un règne de trois années ; c'est lui qui s'empare de Jérusalem en 70. Dans le texte, le compte des années jusqu'à la délivrance de Joseph est approximatif, peut-être par suppression d'un règne.

Paragraphe 20.

1. Voir Matthieu, VIII, 1-3 ; Marc, I, 40-45 ; Luc, V, 12-16.

Paragraphe 21.

a. conquises *B. Nous corrigeons.* ◆◆ *b.* Marie l'Egyptienne *B, L2. Voir n. 1.* ◆◆ *c.* fu crucefiies menes si *B* ◆◆ *d.* come ele *B.*

1. B et L2 comportent ici une leçon (voir var. *b*) — erreur, *lapsus calami* ou témoignage sur l'histoire des légendes hagiographiques — tout à fait intéressante : Marie l'Egyptienne, c'est-à-dire la « courtisane » d'Alexandrie convertie, et devenue, au Moyen Âge, l'une des patronnes des filles repenties. Il fallait évidemment rétablir dans le texte la bonne leçon. On connaît la légende de Véronique, d'ailleurs rappelée ici. Elle est développée dans l'*Évangile de Nicodème* (apocryphe), en sa première partie : les *Actes de Pilate*. Il convient de préciser que le nom même de cette sainte fictive désigne la *vera icona*, l'image authentique du Christ miraculeusement imprimée sur le voile. Sainte Véronique est devenue de ce fait la patronne des lingères et blanchisseuses et, depuis une époque plus récente, des photographes (voir L. Réau, *Iconographie des saints*, p. 1314-1317).

Paragraphe 23.

a. chevaliers chaï jus de nuit *B. Nous corrigeons d'après L2.* ◆◆ *b.* les *B. Nous corrigeons.*

Paragraphe 24.

a. en mercia [...] Vaspasiens *lacune dans B.* ◆◆ *b.* quant tu la portas ci *B*

Paragraphe 25.

a. Joseph *B. Nous corrigeons à partir de L2.*

Paragraphe 27.

a. ne savroit mot *B*

1. Les Actes des Apôtres (VI, 5) mentionnent un Philippe dans la communauté chrétienne de Jérusalem (Ferdinand Lot, *Étude sur le Lancelot en prose*, Champion, 1918, p. 207-208).

2. Il semble que le copiste du manuscrit ait pris *Agripe* pour un toponyme. En fait il s'agit d'Agrippa II, roi de Judée, fils d'Hérode Agrippa et petit-fils d'Hérode Ier.

Paragraphe 28.

a. passois   *B* ✦✦ *b.* nais   *B* ✦✦ *c.* jous   *B* ✦✦ *d.* as plus   *B. Nous corrigeons d'après L2.*

Paragraphe 29.

a. Argues   *B.* ✦✦ *b.* Thamas   *B* ✦✦ *c.* piour   *B. Nous corrigeons d'après L2.* ✦✦ *d.* serai   *B* ✦✦ *e.* il avront chascuns ce que il vaura en lor habitacles   *B* ✦✦ *f.* affections   *B* ✦✦ *g.* l'amour de nostre signour   *B. Nous corrigeons d'après L et L2.*

1. Il convient de situer cette ville de Sarras entre la Palestine et l'Égypte (F. Lot, *Étude [...]*, p. 210).

2. Intéressante (et discutable) discussion étymologique, à partir d'un nom de personne ou d'un nom de ville, qui marquent tous deux une origine. Le Moyen Âge, dès la *Chanson de Roland*, à la fin du XIe siècle, appelle Sarrasins les peuples musulmans de l'Orient, de l'Afrique et de l'Espagne. Il n'est pas indifférent de préciser que le terme de « sarrasin », désignant, depuis le troisième tiers du XVIe siècle, une céréale, est le même mot, employé par ellipse pour « blé sarrasin », à cause de sa couleur noire.

Paragraphe 31.

a. le guerroient [...] li ont ja   *B*

1. Onomastique fictive. Selon F. Lot (*Étude [...]*, p. 210), « *Evalach* rappelle le syrien *Iahbalaha* (Théodore) ».

Paragraphe 32.

a. son   *B*

Paragraphe 34.

a. Augustius   *B*
1. Voir Luc, I, 26-38.

Paragraphe 35.

a. brisoit   *B* ✦✦ *b.* et   *conjectural. Le manuscrit est ici taché.* ✦✦ *c.* pour ce ne   *B. Nous corrigeons.* ✦✦ *d.* achater   *B* ✦✦ *e. Le copiste a peut-être lu* juré *dans B. Nous corrigeons.* ✦✦ *f.* tous   *B*

1. Voir Matthieu, II, 1-11.
2. Voir *ibid.*, II, 13-18.
3. Voir *ibid.*, III, 13-17 ; Marc, I, 9-11 ; Luc, III, 21-22.
4. Voir Matthieu, XV, 29-31 ; Marc, VII, 32-37.
5. Voir Matthieu, XXVI, 14-16 ; Marc, XIV, 10-11 ; Luc, XXII, 3-6.
6. La descente du Christ aux enfers, mentionnée dans le *Credo*, est contée dans l'*Évangile de Nicodème*.

Paragraphe 38.

a. apele *B* ♦♦ *b.* li fix Dieu *B. Nous corrigeons.*

1. Voir Genèse, I, 26.
2. Il nous semble que «personne» désigne, comme «personnalité» au siècle suivant, une des trois formes de Dieu.
3. Voir Genèse, III, 16-19.
4. Le motif de l'Incarnation par l'oreille vient du texte arménien de l'*Évangile de l'Enfance*.
5. Image très employée, avec une poésie certaine parfois, dans la littérature mariale du Moyen Âge, que celle du rayon de soleil franchissant le vitrail sans le détériorer, pour faire entendre la Conception virginale. Voir Gérard Gros, «La *Semblance* de la *verrine*. Description et interprétation d'une image mariale», *Le Moyen Âge*, XCVII, 1991, p. 217-257.
6. À notre sens, cette assertion suggère l'Immaculée Conception.

Paragraphe 42.

a. fus *B*

Paragraphe 43.

a. celui *B.* ♦♦ *b.* naissoit d'un peronnier *B. Nous adoptons la leçon commune à L1, L2, L3 et M.* ♦♦ *c.* d'argent et d'azur *B*

Paragraphe 44.

a. qu'il avoit *répété dans B.*

Paragraphe 45.

1. Voir Exode, XX, 1-7.
2. Voir Daniel, VI, 17-24.
3. Voir Luc, VIII, 2. Cf. *ibid.*, VII, 36-50; Matthieu, XXVI, 6-13; Marc, XIV, 3-9; Jean, XII, 1-8.

Paragraphe 46.

a. aparut *B*

Paragraphe 47.

a. plain *B. Nous corrigeons d'après L2.*
1. Voir § 445-446.

Paragraphe 48.

a. sor *B. Nous corrigeons d'après L2.*

1. Théophanie: orage, vent, feu, tonnerre, éclairs, toutes manifestations atmosphériques de grande amplitude annoncent la présence de Dieu; ce concert effrayant des éléments atteste, dans un

esprit de fidélité aux récits vétérotestamentaires, sa majesté redoutable. Voir Exode, XIX, 16 ; Deutéronome, IV, 11-12 et V, 4-5, 25-26 ; I Rois, XIX, 11-12 ; Psaumes, XXIX (Vulgate XXVIII) et LXVIII (Vulgate LXVII) ; Ézéchiel, I, 4 ; Job, XXXVIII, 1.

Paragraphe 49.

  _a._ por ce ving   _B. Nous corrigeons d'après L2._ ◆◆ _b._ cel guerredon et conme   _B. Nous corrigeons d'après L2._

Paragraphe 50.

  _a._ Joseph   _B. Nous corrigeons._ ◆◆ _b._ de nostre sauveour   _B_

Paragraphe 52.

  _a._ Joseph   _B_ ◆◆ _b._ letres   _B. Nous corrigeons d'après L2._
  1. Ce tableau, sous l'alibi d'une reconstitution archéologique, se présente comme une justification théologique de la dévotion aux instruments de la Passion, dont on sait le succès qu'elle va connaître à la fin du Moyen Âge.

Paragraphe 53.

  _a._ Joseph   _B. Nous corrigeons._ ◆◆ _b._ Joseph   _B. Nous corrigeons d'après L2._ ◆◆ _c._ a lo crucefiie   _B_ ◆◆ _d._ crucefis   _B. De même à la ligne suivante._ ◆◆ _e._ jut   _B. Nous corrigeons d'après L2._ ◆◆ _f._ Joseph   _B. Nous corrigeons d'après L2._

Paragraphe 54.

  _a._ Joseph   _B. Nous corrigeons d'après L2._ ◆◆ _b._ del   _B_ ◆◆ _c._ chies a l'autre   _B_
  1. Le samit (du latin médiéval _samitum_, tiré du grec byzantin _hexamitos_, « à six fils ») est une soierie orientale où les effets de fond et de dessin viennent du tissage à six fils de couleur. Étoffe épaisse et coûteux produit d'importation, le samit était notamment employé au Moyen Âge dans l'ameublement (couvertures, courtines ou tentures).

Paragraphe 55.

  _a._ orieul   _B_ ◆◆ _b._ biaute que hom   _B. Nous adoptons la leçon de L2._ ◆◆ _c._ qui avoit letres   _répété dans B._

Paragraphe 56.

  _a._ te   _B_
  1. Psaumes, XCI (Vulgate XC), 11.

Paragraphe 58.

  _a._ l'arce tous   _B. Nous complétons d'après L2._ ◆◆ _b._ celi et ausi uns

B ◆◆ c. seroit *B. Nous corrigeons d'ailleurs d'après* L *et* L2, *pour éviter l'équivoque, encore que* seroit *pour* seroit *pourrait être un picardisme.* ◆◆ *d.* signes *B* ◆◆ *e.* qui il *B* ◆◆ *f.* cie *B. Nous corrigeons d'après* L2.

1. Le cendal (peut-être du grec *sindôn*, « tissu fin ») est une étoffe de soie, ou de demi-soie, comparable au taffetas, généralement de couleur rouge. Il existait en qualités très différentes, de sorte que les textes le citent tantôt comme une étoffe de luxe, tantôt comme un tissu de petit prix. Très utilisé durant tout le Moyen Âge, il n'est employé, au xviie siècle, que comme doublure.

Paragraphe 60.

a. seent *B*

1. Psaumes, I, 1-2.

Paragraphe 61.

a. desous *B*

1. Robe longue de dessus, sorte de tunique à manches, plus souvent considérée au Moyen Âge comme une pièce du costume masculin, la cotte est commune aux deux sexes et se porte dans toutes les classes de la société ; n'étant pas ajustée sur le buste, elle donne une certaine aisance de mouvements. Au xvie siècle, elle reste le vêtement de dessous des femmes tandis que les hommes l'abandonnent pour le costume court. Au xviie siècle, dans l'habillement féminin, le *corps* habille le buste, tandis que la cotte habille le bas du corps : c'est ainsi qu'elle devient la *jupe.* Dès cette époque, la cotte n'est plus portée que par les femmes de condition modeste.

Paragraphe 62.

1. Voir Luc, xviii, 11-13.

Paragraphe 63.

a. nule *B* ◆◆ *b.* fors de desperance *B. Nous adoptons la leçon de* L2. ◆◆ *c.* ens el destre *B*

Paragraphe 64.

a. desous *B. Nous adoptons la leçon de* L2. ◆◆ *b.* tristrece c'est ce *B* ◆◆ *c.* desus *B*

1. Voir Matthieu, xxii, 39 ; Marc, xii, 31 ; Luc, x, 27 ; cf. Jean, xiii, 34.

Paragraphe 65.

1. Voir Matthieu, v, 10 ; cf. Luc, vi, 22.

Paragraphe 66.

a. satafacions *B. Nous corrigeons.*

1. Vêtements des prêtres : cf. Exode, XXVIII et XXXIX, 1-32. Consécration des prêtres : cf. *ibid.*, XXIX ; Lévitique, VIII.

Paragraphe 67.

a. deſtruis *B* ◆◆ *b.* je t'ai donne *B* ◆◆ *c.* pour ce conmant *B*

Paragraphe 68.

a. tout qui le crut tant et eslargi l'arce qu'il *B*

1. Voir Matthieu, XXVI, 26-28 ; Marc, XIV, 22-24 ; Luc, XXII, 19-20 ; I Corinthiens, XI, 23-25.

Paragraphe 69.

a. dedens *B* ◆◆ *b.* sous *B* ◆◆ *c.* .III. *B. Nous corrigeons cette erreur manifeſte du copiſte.*

1. On voit ici, comme au paragraphe précédent, la portée, l'utilité (et l'originalité) du romanesque, qui consiſte à mettre en images et par conséquent à traduire avec un effet de réel le myſtère chrétien de la transsubſtantiation.

Paragraphe 70.

a. car tu *B* ◆◆ *b.* .III. *B. Nous corrigeons, voir var. c, § 69.*

Paragraphe 71.

a. tu a eſtabliras et provoire *B. Nous corrigeons.* ◆◆ *b.* eſtablir *B. Nous corrigeons.* ◆◆ *c.* et de desloiier *répété dans B.*

Paragraphe 74.

a. Josephes *B* ◆◆ *b.* Josephe *B* ◆◆ *c.* et s'il [...] parfais *lacune dans B.* ◆◆ *d.* n'i perdroit noiient *B. Nous corrigeons à partir d'une correction marginale de L2.* ◆◆ *e.* la on *B* ◆◆ *f.* Josephes *B*

Paragraphe 75.

a. conmande *B* ◆◆ *b.* nule te *B* ◆◆ *c.* gloireuse *B. Nous corrigeons.* ◆◆ *d.* qu'il t'a desconfit *répété dans B.*

Paragraphe 76.

a. creſtiiens eſt en l'aide au felon roi mesconneü *B* ◆◆ *b.* qu'il mesconnoiſt ce et *B* ◆◆ *c.* le *B*

Paragraphe 77.

a. ce *B* ◆◆ *b.* l'esperites *B. Nous corrigeons.*

Paragraphe 78.

a. Joseph *B*

Paragraphe 79.

   a. cil *B* ✦✦ *b.* car ce sera li *B*

Paragraphe 80.

   a. se *B*

Paragraphe 81.

   a. n'avront *B*

Paragraphe 82.

   1. Traitement jugé infamant, puisqu'il s'agissait de traîner le condamné sur une claie ou une charrette.
   2. Saint-Côme : 27 septembre.
   3. Cette ville appartient à la Brie champenoise : de cette allusion topographique, allons-nous déduire que l'auteur de *Joseph d'Arimathie* était champenois ? Un autre fait est plus pertinent. Meaux est citée dans *La Mort le roi Artu* (éd. J. Frappier, Genève-Paris, Droz-Minard, 1964, § 160, l. 2) : le roi attend dans cette cité bien réelle la guérison de Gauvain grièvement blessé au combat. Or la cathédrale de Meaux, dont la première construction remonte au commencement du XIIIe siècle, est dédiée à saint Étienne, comme, dans la fiction du *Lancelot-Graal*, la *mestre eglise* de Camaalot (J. Frappier, *Étude sur La Mort le roi Artu*, Genève, Droz, 1972, p. 22-23). Voir également, ici, n. 1, § 520.
   4. Le denier est une monnaie d'argent (au XIIe siècle, une « denrée » — *deneree* — est une marchandise acquise pour un denier). Il s'agissait originellement d'une grande valeur ; mais, au XIIIe siècle, apparaît le gros d'argent, équivalant à un sou, soit douze deniers ; il est donc probable que, pour un auditeur-lecteur du XIIIe siècle, la contribution fiscale à laquelle il est fait allusion ne représentait pas un coût exorbitant.

Paragraphe 83.

   a. te menront *B* ✦✦ *b.* .II. *B* ✦✦ *c.* dix *B* ✦✦ *d.* son *B* ✦✦ *e.* on redoie croire *B. Nous corrigeons d'après L, mais en introduisant le mode indicatif.* ✦✦ *f.* tourmenteras *B*

   1. Ce Félix vient des Actes des Apôtres (XXIII-XXIV), où il est gouverneur (F. Lot, *Étude [...]*, p. 208).

Paragraphe 84.

   a. voloies *B*

Paragraphe 86.

   a. bien en haut *B*

Paragraphe 87.

   a. tinel *B* ✦✦ *b.* voloit il qui le nomeroient la mercevissent *B.*

Nous adoptons la leçon de L2. ♦♦ *c.* quant cele   B. *Nous corrigeons.* ♦♦
d. feroit   B

Paragraphe 88.

   a. raſtel   B ♦♦ *b.* il ne laissaissent   B. *Nous reſtituons le singulier.* ♦♦
c. li coume   B. *Nous corrigeons d'après* L *et* L2.

Paragraphe 89.

   a. lui .VII.C.   B. *Nous corrigeons.*

Paragraphe 90.

   a. que il l'ira   B

Paragraphe 91.

   a. pris   B

Paragraphe 92.

   a. Licoine   B. *Nous adoptons la leçon de* L2.

Paragraphe 93.

   a. le manda   B

   1. On a reconnu un proverbe. Voir J. Morawski, *Proverbes français
antérieurs au* XVe *siècle*, Champion, 1925, n°s 170 et 171.

Paragraphe 94.

   a. Orcaus   B. *Nous adoptons la leçon de* M. ♦♦ *b.* gens   B ♦♦
c. ançois s'en fuioient tout   B. *Nous corrigeons d'après* L2.

Paragraphe 95.

   a. si eſtoit si eſtoit si eſtroite que   B ♦♦ *b.* chaça les gens Amalac
Tholomer   B. *Nous corrigeons.* ♦♦ *c.* et quant *répété dans* B. ♦♦
d. demanda que ils avoient trouve et il disent que il avoit   B.
Nous adoptons la leçon de L2. ♦♦ *e.* avoient   B. *Nous corrigeons d'après*
L2.

Paragraphe 96.

   a. le secours mouvoir   B. *Nous corrigeons d'après* L2. ♦♦ *b.* sera   B
♦♦ *c.* bataille con   B. *Nous corrigeons d'après* L2. ♦♦ *d.* passer en sa
baillie s'il   B. *Nous corrigeons d'après* L2. ♦♦ *e.* qu'il l'eüſt   B

Paragraphe 97.

   a. troi   B

1. Onomastique fictive. Sur l'origine du nom de Séraphé, voir F. Lot, *Étude [...]*, p. 138-140 (F. Lot écrit *Seraphe* ou *Seraph* et pense à une provenance arabe du nom).

Paragraphe 99.

a. a   B. *Nous corrigeons d'après L2.* ◆◆ *b.* si   B. *Nous adoptons la leçon de L2.* ◆◆ *c.* et   *absent de B. Nous corrigeons.* ◆◆ *d.* cil non qui   B. *Nous adoptons la leçon de L2.*

1. Le fauchard (le mot vient de *faux*) est une sorte de hallebarde à double tranchant, dont le large fer a la forme d'une serpe. Cette arme d'hast a été en usage du XIIIᵉ au XVᵉ siècle.

2. Arme d'hast encore, cette hache comprend une lourde lame d'acier au tranchant en forme de triangle curviligne, et, du côté opposé, une pointe. On se sert du taillant en croissant pour fendre ou trancher, ou de la pointe pour blesser l'ennemi, notamment à la tête. C'est une arme très ancienne, dont le nom vient du francique *hack* ; les *aces danoises* sont nommées dans le *Roman de Troie* (vers 1165) de Benoît de Sainte-Maure. L'histoire militaire a perpétué l'usage de cette arme au Moyen Âge jusqu'au deuxième tiers du XVIᵉ siècle.

3. Il s'agit d'un casque ; au XIIIᵉ siècle, il enveloppe et protège toute la tête, maintenu au haubert par des lacets de cuir.

4. Le haubert est une cotte faite de mailles métalliques ; il est lourd, pourvu de manches et d'un capuchon, fendu sur les côtés et sur le devant. Pour une meilleure protection, on le double d'un vêtement de peau ou d'étoffe rembourrée censé amortir les chocs. L'origine des mots *haubert* et *heaume* est germanique, ce qui indique la provenance de ces deux armes défensives.

Paragraphe 101.

a. lassoient   *ou*   laissoient   *dans B. Le manuscrit paraît présenter un i biffé ;* L2 *donne* laissoient . ◆◆ *b.* estre   B. *Nous corrigeons.* ◆◆ *c.* esbahis que il n'atendoit   B ◆◆ *d.* le voloit et   B. *Nous adoptons la leçon de L2.* ◆◆ *e.* dist il par cis   B

Paragraphe 102.

a. vit   B

Paragraphe 103.

a. souffrir de ciaus dela   B ◆◆ *b.* est   B ◆◆ *c.* richement   B. *Nous corrigeons d'après L2.* ◆◆ *d.* d'aus et d'une part   B

1. Archimède est donc le nom du neveu d'Évalac.

Paragraphe 105.

a. chevaus   B ◆◆ *b.* le   B ◆◆ *c.* il ne voit   B

1. La ventaille est une pièce du haubert qui, couvrant le bas du visage, s'attache au capuchon par des lacets.

Paragraphe 106.

a. les   *B. Nous corrigeons d'après L2.* ◆◆ *b.* merveille   *B* ◆◆ *c.* icil ot angoissous   *B. Nous corrigeons, tenant* icil *pour un démonstratif, à moins qu'il ne fasse fonction (comme « illuec ») d'adverbe de lieu : L donne* illuec ot .

1. L'arbalète est une arme de jet plus perfectionnée que l'arc (employé par les fantassins dans ce récit de bataille). Le mot vient du terme latin *arcuballista*, dont la composition décrit l'objet (de *arcus*, et *ballista*, « baliste, machine à lancer des projectiles »). C'est une baliste à arc.

Paragraphe 107.

a. au   *B*

Paragraphe 108.

a. abatoit   *B. Nous adoptons la leçon de L2.* ◆◆ *b.* et lait courre a   *B*

Paragraphe 110.

a. conmencha   *B. Nous corrigeons.* ◆◆ *b.* dars et saietes   *B* ◆◆ *c.* s'en torne [...] mout durement   *lacune dans B (saut du même au même). Nous complétons d'après L2.* ◆◆ *d.* entre .II.   *B*

Paragraphe 111.

a. li atenri a li   *B*

Paragraphe 112.

a. de   *B. Nous adoptons la leçon de L2.* ◆◆ *b.* atout   *B. Nous corrigeons.* ◆◆ *c.* cite si oï Tholomer les cos chanter tout clerement com cil qui estoit   *B. Nous adoptons la leçon de L2.* ◆◆ *d.* si ont la chace lors   *B*

1. Écu vient du latin *scutum* : l'étymologie indique l'origine de cette arme de défense. En forme d'amande, la pointe inférieure aiguë, l'écu mesure environ un mètre cinquante de haut. Convexe, il sert éventuellement de civière pour transporter un chevalier blessé (voir § 187, Pompée mis à mal dans sa lutte avec le bandit Forcaire). Il est composé d'*ais*, c'est-à-dire d'un assemblage de planches, renforcé sur son pourtour de bandes de métal, et pourvu à l'extérieur, en son centre, d'une bosse de métal, la « boucle » (de là l'*escu bucler*, et, par ellipse, le *bucler*, puis, avec changement de suffixe, le « bouclier »). Il est recouvert de toile ou de cuir, où sont représentées les armoiries du chevalier (de là la naissance de l'héraldique) : celles du Chevalier Blanc, ici, ont une valeur religieuse, non sans figurer le symbole de son destin. Durant la marche, l'écu se porte *au col*, suspendu par une courroie, la *guiche*. S'apprêtant à combattre, le chevalier passe le bras gauche dans d'autres courroies fixées au centre et au revers de l'écu, les *enarmes* (*enarmer* veut dire « se saisir de son bouclier »).

Paragraphe 113.

a. car nostre signour   *B* ✢ *b.* fust   *B* ✢ *c.* païs   *B*

Paragraphe 116.

a. venroit   *B* ✢ *b.* la premiere […] a toute   *lacune dans B (saut du même au même). Nous complétons d'après L2.* ✢ *c.* alast que li blans chevaliers n'alast devant   *B. Nous adoptons la leçon de L2.* ✢ *d.* hom pooit croire il esraçoit hiaumes et il destraint   *B* ✢ *e.* en   *B* ✢ *f.* lor courut mout   *B* ✢ *g.* s'entournererent   *B. Nous corrigeons.*

Paragraphe 117.

a. n'aloient   *B* ✢ *b.* hiaumes   *B. Nous adoptons la leçon de L2.*

Paragraphe 120.

a. Joseph   *B* ✢ *b.* en la signourie et que   *B. Nous complétons au moyen de L2.*

Paragraphe 121.

a. donnees a Dieu a ourer   *B. Nous corrigeons d'après L2.*

1. Voir Apocalypse, I, 8 ; XXI, 6 ; XXII, 12.

Paragraphe 122.

a. .XXXVII.   *B*

Paragraphe 123.

a. teste de la sainte   *B*

1. Il s'agit sans doute de la guérison de l'« hémorroïsse », la femme affectée d'un flux de sang depuis *douze* ans : Matthieu, IX, 20-22 ; Marc, V, 25-29 ; Luc, VIII, 43-48.

Paragraphe 124.

a. et li […] baptesmes   *lacune dans B (saut du même au même).* ✢ *b.* dist   *B*

1. Le marc est une unité de poids utilisée pour les métaux précieux. Il pesait la moitié d'une livre. Dans un texte littéraire, la référence au marc indique ordinairement une transaction importante.

Paragraphe 125.

1. L'Ascension : Matthieu, XXVIII, 16-20 ; Marc, XVI, 14-20 ; Luc, XXIV, 50-53.
2. Pentecôte (soit, étymologiquement, « cinquantième jour », du grec *pentekostê*, « cinquantième ») : Actes des Apôtres, II, 1-11.

Paragraphe 126.

a. Atant nous baptisa si   *B* ♦♦ *b.* et bien   *B* ♦♦ *c.* cornes qu'i le couveniſt   *B. Nous complétons avant la conjonction d'après L2. Nous corrigeons la dernière proposition.*

Paragraphe 127.

a. nous avoit espiree l'amours   *B. Nous adoptons la leçon de L2, grammaticalement correcte.*

1. À remarquer, au sujet de cette bête bizarre, la récurrence du chiffre 3. Faut-il comprendre, au-delà de l'effroi que suscite ce monſtre, que le frère de Sarracinte disparaît au nom de la Trinité ?

Paragraphe 128.

a. enchercie   *B*

Paragraphe 129.

a. ordure desloial   *B. Nous corrigeons d'après L2.*

Paragraphe 130.

a. ne le visse en   *B. Nous corrigeons d'après L2.*

Paragraphe 131.

a. gardes ensi com vous aves voſtre chiere joie que   *B*

1. Cette petite boîte que la mère de Sarracinte désigne respectueusement par périphrase eſt une cuſtode (du latin *cuſtodia*, « garde »).

Paragraphe 133.

a. charça *B* ♦♦ *b.* noirs *B. Nous adoptons la leçon de L2.* ♦♦ *c.* blons   *B. Nous adoptons la leçon de L2.*

Paragraphe 135.

a. main   *B. Nous adoptons la leçon de L2.*

Paragraphe 137.

a. noſtre signour *B. Nous adoptons la leçon de L2.* ♦♦ *b.* que il ne puet *B. Nous corrigeons.* ♦♦ *c.* ramener *B. Nous adoptons la leçon de L2.* ♦♦ *d.* nous *B. Nous corrigeons d'après L2.* ♦♦ *e.* disoit si *B. Nous corrigeons.*

Paragraphe 138.

a. laisse a parler   *B. Nous complétons.*

Paragraphe 139.

   a. ils eſtoient   B. *Nous corrigeons d'après* L2.

Paragraphe 141.

   a. en qui fiancre tu aloies qui avoit   B

Paragraphe 142.

   1. Voir § 114-115.
   2. Voir § 97.

Paragraphe 143.

   a. come li autres eſt et Josephes   B

Paragraphe 144.

   a. premerains lor   B

Paragraphe 145.

   a. salvages   B. *Nous corrigeons.*

   1. Le gonfalonier ou, plus anciennement, *gonfanonier*, eſt le porteur du gonfalon, ou *gonfanon* (du francique *gundfano*, « étendard de combat »), à savoir la bannière de guerre faite d'une bande d'étoffe à deux ou trois queues, que le cavalier suspendait sous le fer de la lance. Le nom signifiant eſt ici opportun, puisque Clamacidès porte en effet l'enseigne du Chriſt (voir § 143) ; mais ce nom signale aussi que le converti doit être un membre de l'Église militante : il eſt vrai qu'il s'agit d'un nom révélé à partir du baptême.
   2. Il s'agit donc de baptême par aspersion.

Paragraphe 146.

   a. Josephe   B

Paragraphe 148.

   1. Beſtiaire fabuleux. Le griffon eſt un animal à corps de lion, à tête et ailes d'aigle. La monſtruosité se définit par un assemblage composite d'éléments zoologiques normaux. C'eſt, pour une chevauchée de coursier ailé qui se termine mal, une créature de l'air, comme le montre ici sa fonction romanesque. Cet animal (métamorphose du diable) eſt à ajouter aux deux spécimens de *beſtes diverses*, créatures de la terre, que nous avons déjà rencontrées (messagères en un certain sens, et non asservies au surnaturel inférieur) : celle qui, annoncée par Dieu, énigmatique et patiente, a mis Joseph sur le bon chemin, au commencement de l'hiſtoire (§ 8-15), et celle, diabolique mais employée par Dieu, féroce et terrifiante, qui a provoqué la disparition du frère de Sarracinte en utilisant son talent de chasseur (§ 126-127).

Paragraphe 149.

   a. conjuroit   B

Paragraphe 150.

   a. ce eſt dit en   B

   1. Sans doute le diable biaise-t-il, mais indirectement il dit peut-
être vrai. Il peut manœuvrer dans un espace de liberté que lui laisse
Dieu. On a vu (§ 127) que Dieu met éventuellement à son service,
pour accomplir ses desseins, des créatures infernales. Dans le cas
présent, il ne s'agit même pas d'un châtiment de Dieu, mais d'une
manifeſtation de son impassibilité envers des créatures qui se détournent de lui. Au demeurant, les habitants, ici, ont usé de leur liberté
pour persévérer dans leur mauvaise croyance.

Paragraphe 152.

   a. ceſte si   B

Paragraphe 153.

   a. Joseph   B

Paragraphe 154.

   a. venu a Josephe si eslut une   B. *Nous reſtituons l'ordre des mots
d'après* L2, *et adoptons pour le nom propre la leçon de* L2. ◆◆ *b.* leur donna
[...] Nascien et   *lacune dans B (saut du même au même).*

Paragraphe 155.

   a. premier ne chauça   B

Paragraphe 156.

   a. cite et Sarras et Nasciens   B ◆◆ *b.* souffrir   B. *Nous corrigeons
d'après* L2. ◆◆ *c.* sans plus ce   B. *Nous complétons d'après* L2.

   1. Le culte des reliques. Non seulement les reliques de saints
diſtinguent les cités qui les hébergent (et l'on conſtate que les guides
de pèlerinages de l'époque ne manquent jamais de recommander aux
voyageurs la visite, sur leur chemin, des églises conservant des
reliques), mais encore cette présence des reliques assure, pour autant
que les habitants soient vigilants, une protection permanente de la
cité par Dieu, grâce à l'intercession des saints.

   2. Le texte dit ici : *Saint Vaiſſel* ; c'eſt Nascien qui, dans le roman,
nomme pour la première fois par cette périphrase l'objet sacré que
désignait jusque-là une autre périphrase : la *sainte esquiele*. *Vaiſſiaus* (au
cas sujet), *vaiſſel* (au cas régime, c'eſt-à-dire en situation de complément) apparaissent dans notre langue au milieu du XIIᵉ siècle et s'emploient pour toute espèce de récipient. Le mot vient du bas latin, et
du latin médiéval *vascellum*, qui désigne aussi bien une urne cinéraire,

un sarcophage, qu'un petit vase — c'est une variante du latin classique *vasculum*, diminutif de *vas*, « vase », « pot ». Nous traduisons *Sains Vaissiaus* / *Saint Vaissel* par « vase Sacré ».

Paragraphe 157.

1. Le saint Graal. Le nom apparaît ici pour la première fois dans le texte, encore dans la bouche de Nascien, qui vient d'expliquer comment il en avait reçu longtemps avant la révélation énigmatique. Tel est le nom propre que « vase Sacré », et antérieurement « sainte écuelle », traduit par périphrase. L'étymologie du terme est de reconstitution complexe, ce qui, par voie de conséquence, rend délicate la représentation qu'on peut se faire de l'objet. *Graaus*, *graal* (au cas régime) se rencontre en langue d'oc sous la forme homologue *grazal* ou *grasal*; on le trouve sous sa forme latine *gradalis* dans un testament catalan vers 1010; il semble apparaître pour la première fois en langue d'oïl vers 1160-1170 dans une version du *Roman d'Alexandre*. Une allusion de Chrétien de Troyes, aux vers 6420-6421 de *Perceval* (voir Chrétien de Troyes, *Œuvres complètes*, Bibl. de la Pléiade, p. 843), prouve qu'il s'agit d'un plat de grande taille, pour l'usage de la table. Mais, si précieux que soit cet objet, *graal* est encore un nom commun. F. Godefroy, en complément de la notice qu'il donne de ce mot dans son *Dictionnaire* (IV, p. 326 c), mentionne des emplois régionaux : dans le Morvan, *grô*, « vase de forme arrondie », et en Franche-Comté, *gré*, « sébile pour le pain ». L'étymologie est incertaine. Graal viendrait soit de *cratale* (où se croiseraient *crater*, « vase profond », et *(vas) garale*, « récipient à saumure »; ou bien il dériverait de *gradale*, « graduel », « livre liturgique » (mais *gradalis, gradalem* a donné dans la langue romane *graaus, graal*, simple homonyme du mot que nous expliquons — voir Godefroy, IV, p. 327 b), ou encore de *cratis*, « claie », « tamis ». Le Moyen Âge, usant de l'équivoque par laquelle, pense-t-on, l'identité de son ne peut que signaler une parenté cachée de sens, a donné du terme une explication aussi parlante que fantaisiste : il s'agirait d'un objet qui « agrée », qui sert « à gré » (« *Car nus le Graal ne verra, / Ce croi je, qu'il ne li agree* », v. 2660-2661 du *Roman de l'estoire dou Graal*, par Robert de Boron ; éd. William A. Nitze, Champion, 1971, p. 92 ; le jeu de mots est repris d'ailleurs par notre auteur en ce paragraphe 157). Quoi qu'il en soit, objet de présentation des mets à table, le graal s'assimile plus ou moins à une écuelle. Cependant, le graal du *Conte du Graal* de Chrétien de Troyes peut apparaître, à cause de sa fonction, comme un avatar du chaudron ou de la corne d'abondance qui, dans les mythologies celtiques, relève des talismans royaux ; mais l'auteur l'a subtilement rationalisé, il a même commencé de le christianiser. C'est Robert de Boron qui, dans son *Roman de l'estoire dou Graal*, au commencement du XIIIe siècle, accomplit cette christianisation, puisque, pour la première fois, chez lui, le Graal, vase Sacré, est une relique de la Passion du Christ : à la fois coupe de la Cène et vase où Joseph d'Arimathie a recueilli le sang du Crucifié. *Joseph d'Arimathie* développe le récit de l'« invention » et de la transmission du Graal, de Joseph d'Arimathie aux Rois Pêcheurs. La translation de la relique accompagne une histoire d'évangélisation qui met en relation la

Grande-Bretagne avec la Terre sainte, et, par voie de conséquence, à la faveur d'une enquête en somme archéologique, relie la geste arthurienne à l'Évangile de la Passion.

Paragraphe 158.

   a. merveille   B

Paragraphe 159.

   a. esbahi et de   B

Paragraphe 160.

   a. oint   B ✦✦ *b.* qu'elles devenront ne   B

Paragraphe 161.

   a. entr'aus   B. *Nous corrigeons.* ✦✦ *b.* graal ce saces tu par nul   B ✦✦
c. est   B
   1. Pellehan. Voir § 604.

Paragraphe 162.

   a. et as daerrains mosterrai je del lignage pereçous remousterrai
je   B

Paragraphe 163.

   a. garder la robe   B ✦✦ *b.* des   B ✦✦ *c.* sus   B. *Nous adoptons la
leçon de L2.* ✦✦ *d.* conmandement   B
   1. Le récit de la double vision : voir § 42-44.

Paragraphe 165.

   1. Nouvelle *semblance* destinée à faire entendre le mystère de la
Conception virginale. Cf. n. 4, § 38.
   2. Lucidité de Josephé : la sagesse de Dieu découvre les fautes les
plus secrètes et les mieux dissimulées. Voir Psaumes, LI (Vulgate L),
Miserere, 8. Chose couverte, chose découverte : voir Matthieu, x, 26-33.

Paragraphe 166.

   a. et la roïne fist   B ✦✦ *b.* si ne firent   B. *Nous complétons d'après*
L2.

Paragraphe 167.

   a. du roi et   B

Paragraphe 168.

   a. li rois se   B

Paragraphe 169.

a. si venoit uns grans las   *B* ◆◆ *b.* si lavoit en chascun des .ix. ses pies et ses pies   *B*

Paragraphe 171.

a. et li rois qu'il   *B* ◆◆ *b.* je ne le   *B*

Paragraphe 172.

1. Voir § 93.

Paragraphe 173.

a. dist   *B* ◆◆ *b.* les   *B*

Paragraphe 174.

a. .XIIII.   *B*
1. Nouvel exemple de théophanie ; cf. § 48 et n. 1.
2. Voir Luc, XVII, 34.

Paragraphe 176.

a. son signour et Nasciens et quant   *B*

Paragraphe 177.

a. que Nasciens pooit   *B*

Paragraphe 178.

a. mout saina Nasciens   *B. Nous adoptons la leçon de L2.*
1. Calafer : précision d'onomastique sarrasine. On rencontre, dans *La Chanson de Roland*, un Galafres, *li amiralz Galafres* (éd. C. Segre, Genève, Droz, 1989, I, p. 176, laisse CXXVI, v. 1664). C'est lui qui a transmis à Abisme son écu donné par un diable.

Paragraphe 180.

a. n'estoit   *B* ◆◆ *b.* foi   *B. Nous corrigeons.*

Paragraphe 181.

a. fors aigue tant seulement et issoit d'une roce cele   *B* ◆◆
b. estoit ensi perillous avoit ele a non la Roce de port et   *B. Nous corrigeons d'après L et adoptons, pour le toponyme, la leçon de L3.*
1. La *galie*, ou *galee*, est un petit navire de guerre long et étroit : ici, à juste titre, c'est une embarcation de pirates.

Paragraphe 183.

a. et le virent   B. *Nous adoptons la leçon de L2.* ◆◆ *b.* nuit   B. *Nous corrigeons d'après L2.* ◆◆ *c.* si l'alerent   *B*

Paragraphe 184.

a. qu'ele   B. *Nous corrigeons.*

Paragraphe 186.

a. ataingnoient   *B*

Paragraphe 187.

a. les mains […] uns feri Focaire   *lacune dans B (saut du même au même). Nous complétons d'après L2.*

1. L'écu employé comme civière : voir n. 1, § 112.

Paragraphe 188.

a. ce pooit lors   *B* ◆◆ *b.* les   *B* ◆◆ *c.* mout a   *B* ◆◆ *d.* si les oï parler et sot bien qu'il disoient   B. *Nous procédons à cette correction que le sens exige d'après L2.*

Paragraphe 190.

a. se   *B* ◆◆ *b.* conment puis je estre   *B* ◆◆ *c.* il n'eüst   *B*

1. Il s'agit de saint Siméon *Christophore*, ou *Theodokhos*, fêté le 8 octobre dans le calendrier chrétien.
2. Présentation de Jésus au Temple : Luc, ɪɪ, 22-35. La fête, qui, dans le calendrier liturgique, se célèbre le 2 février, clôturant le cycle du temps de Noël, quarante jours après la Nativité, commémore aussi la Purification de Marie (il s'agit de la plus ancienne des fêtes mariales — son principe est inscrit dans le récit de l'Évangile.) C'est d'ailleurs sous cette seconde appellation que le texte la mentionne ici. Elle est connue sous le nom de Chandeleur — de *(festa) candelorum*, « fête des chandelles », parce qu'elle était l'occasion d'une bénédiction solennelle de cierges, suivie d'une procession de cierges allumés. Nombre de représentations iconographiques de la scène de la Présentation, du xɪɪᵉ au xvᵉ siècle, se signalent par la présence, à côté du couple parental, d'une servante tenant à la main un cierge allumé.
3. Voir I Rois, ɪx, 1-3 ; II Chroniques, vɪɪ, 16.

Paragraphe 193.

a. ou signe   B. *Nous adoptons la leçon de L, exigée par le sens.* ◆◆ *b.* .1. lait .1. home   B. *Nous adoptons la leçon de L2, exigée par le sens.* ◆◆ *c.* qui est vostre voile   *B*

1. Ici commence le ballet des navires. Isolé (au sens propre), reclus sur son île, Mordrain reçoit des visites par voie maritime. Mais la sauvagerie de l'île dans un site déshérité va favoriser les rencontres avec

le surnaturel (inférieur ou supérieur), les rencontres avec Dieu ou avec le diable. Ainsi l'isolement désigne pour ainsi dire métaphoriquement la retraite du héros au cœur de la foi, dans l'épreuve d'une situation proprement cruciale, avec la volonté de croire et les tentations.

2. Éléments symboliques du motif de cette nef : la couleur du mât, l'emblème de sa voile et les bonnes odeurs qui accompagnent l'accostage ; ce ne sont pas en l'occurrence de mauvais présages.

Paragraphe 194.

a. pour ce que il diſt ce que vaut   *B*

Paragraphe 195.

1. Voir Ecclésiaſtique, II.

Paragraphe 196.

1. Complément au motif de la première nef : son départ eſt escamoté.

2. L'indication n'eſt certainement pas fortuite. Cette provenance, de galerne, c'eſt-à-dire (Mordrain se tenant face au nord) de la direction de l'ouest, l'occident, revêt probablement un caractère symbolique. Pour le Moyen Âge imprégné de *senefiance* chrétienne, les points cardinaux, en effet, ne sont pas dépourvus de signification. Les églises sont, au sens propre du terme, *orientées*, le chevet tourné vers l'eſt, autrement dit le levant, suivant une symbolique à la fois géographique et spirituelle : c'eſt la direction de Jérusalem et le signe de l'espérance à la fois. La façade de l'Occident eſt presque toujours réservée à la représentation du Jugement dernier, autant dire la fin de la vie terreſtre ; au demeurant, *occidens* eſt bien l'adjectif verbal de *occidere*, « tomber » (c'eſt-à-dire, pour un aſtre, « se coucher »), mais aussi « succomber », « périr » : ce qui, dans ce passage, vient de l'ouest suggère à l'esprit d'un lecteur-auditeur averti la menace de la nuit spirituelle, de la mort de l'âme pour Mordrain.

3. Voici le deuxième bateau : voile noire, vélocité, absence apparente de pilote.

Paragraphe 197.

a. Mordrains   *B*

1. Cette dame séduisante et non moins séductrice va bientôt paraître ce qu'elle eſt : malfaisante. C'eſt pourquoi, dans son apoſtrophe, nous avons reſtitué au roi — contre *B* et *L2*, mais conformément à *L* (voir var. *a*) — son ancien nom, celui d'avant le baptême. Au demeurant, il semble que le propos que tient la visiteuse comporte des sous-entendus singulièrement équivoques.

Paragraphe 198.

a. port peril pour   *B. Nous conservons pour le toponyme la leçon de L3 comme au § 181 (voir var. b). Nous complétons d'après L2.*

Paragraphe 199.

a. plantes   *B. Nous corrigeons.* ✦✦ *b.* sor la roce en estant si   *B. Nous corrigeons d'après L2.*

1. La tempête accompagne le départ de la dame. C'est un nouvel indice quant à l'identité de cette créature, la signature diabolique de son entreprise.

Paragraphe 200.

a. piece   *répété dans B.* ✦✦ *b.* revaut   *B*

Paragraphe 201.

a. espandi sor le roi   *B*

Paragraphe 202.

a. couvenra   *B. Le sens exige cette correction de temps.* ✦✦ *b.* chos   *B. Nous corrigeons.*

Paragraphe 203.

a. de haut   *B* ✦✦ *b.* tour   *B* ✦✦ *c.* conmandera   *B* ✦✦ *d.* la   *B* ✦✦ *e.* ne esperituel   *B* ✦✦ *f.* apeles a la   *B. Nous corrigeons.*

1. Ici s'annonce la troisième nef, ou plus précisément la troisième visite par voie maritime. Le point cardinal qui attire l'attention n'est évidemment pas dénué de signification symbolique.
2. Psaumes, IX-X (Vulgate IX), 2 et 14 ; CIII (Vulgate CII), 1-2 et 6 ; CXLVI (Vulgate CXLV), 1-2 et 9.
3. Ici s'annonce une intéressante distinction, du point de vue du péché, entre le corps et la chair.

Paragraphe 204.

1. Psaumes, CXLVI (Vulgate CXLV), 8.

Paragraphe 205.

a. la vie   *B. De même 2 lignes plus bas.* ✦✦ *b.* les   *B*

Paragraphe 206.

a. prodom qui ot amenee la nef   *B. Nous adoptons la leçon de L2.*
1. Voir § 169.

Paragraphe 207.

a. pour ce ne savoit il   *B. Nous adoptons la leçon de L2.* ✦✦ *b.* merveilles pues   *B* ✦✦ *c.* verras itant ja n'i as gaaingnie   *B* ✦✦ *d.* cose soiies vous tous ramenbrans et par ce poes vous connoistre lequel conseil te sera donne   *B* ✦✦ *e.* promeses   *B. Nous adoptons la leçon de L2.*

1. Voir § 174.
2. Genèse, III, 1-7.

Paragraphe 209.

a. en coi [...] venue   *lacune dans B.*

1. Voici la quatrième visite, annoncée par le fracas des vagues et la direction du couchant. Si la réitération mécanique des éléments du motif trahit en ce passage une esthétique indifférente au pittoresque, elle sert la mise en place dramatique de la prochaine entrevue, non sans avertir clairement le lecteur-auditeur.

2. On voit ici, confirmée, l'association du pouvoir maléfique à la symbolique de la provenance occidentale.

3. La distinction du corps et de la chair s'affine : le corps peut mourir, accidentellement ou autrement ; mais la fragilité de la chair, sans mettre en péril la vie du corps, peut provoquer la mort de l'âme.

4. La symbolique géographique oppose clairement, ici, l'Orient à l'Occident. L'Est indique nommément la direction de Jérusalem, et signifie tout aussi nettement l'espérance chrétienne.

5. Le refus de saluer signifie plus, semble-t-il, que l'infraction à la politesse par souci de quant-à-soi. Les circonstances contraignent Mordrain à cette attitude plus inadmissible encore de la part d'un roi. C'est pourquoi, pour l'intelligence du texte, *saluer* mérite ici de recouvrer son sens plein : « souhaiter la santé », « souhaiter le salut ». Les soupçons du chrétien Mordrain sur la provenance de la dame expliquent ce peu d'empressement, d'autant que la belle visiteuse, dont le nom n'a pas été révélé, reste dans une identité floue qui suggère une nature incertaine.

Paragraphe 210.

a. ne le croit pas   *B*

Paragraphe 211.

a. conmencement   *B. Nous adoptons la leçon de L2.* ✦✦ *b.* car   *B. Nous adoptons la leçon de L2.* ✦✦ *c.* temptacions   *B. Nous adoptons la leçon de L2.*

Paragraphe 214.

a. qui   *B* ✦✦ *b.* souffleroit   *B* ✦✦ *c.* se   *B*

1. En Palestine, au sud de Jérusalem.

Paragraphe 216.

1. L'identification de cette pierre vient des *Étymologies* d'Isidore de Séville (voir F. Lot, *Étude* [...], p. 213).

2. Bestiaire fabuleux (voir § 148 et n. 1). Comme la seconde *beste diverse*, cet oiseau fantastique est porteur d'une signification ambiguë : il peut préserver Mordrain de mordre au pain de la tentation (après son somme, le roi ne se souviendra pas d'avoir eu faim ; achevant sa

prière, à la fin du § 217, il aura le sentiment d'avoir échappé à la perdition). Mais le texte de notre manuscrit déclare que le *serpent-lion* va vers ceux dont le service est apprécié des diables, et qu'en tout cas il effraie les autres espèces d'oiseaux. Ce monstre pourrait donc être un messager de l'enfer, ce que suggère son aspect terrifiant. Cependant, M. Szkilnik l'a souligné (*L'Archipel du Graal* [...], p. 100-105), l'auteur du roman compose ici une véritable notice de *Bestiaire*, au point que cette description, conduite avec la conscience précise du naturaliste, ne donne lieu à aucune interprétation allégorique, aucune explication morale ou spirituelle, ni à présent, ni plus tard auprès d'un *preudom* apte à déchiffrer le sens des choses : le lecteur, non plus que le héros, ne connaîtra pas la signification de cet épisode. Au moins sommes-nous distraits par une page d'histoire naturelle, en découvrant un auteur tenté par la littérature scientifique, d'ailleurs bien représentée, en vers comme en prose, au XIIIe siècle.

Paragraphe 217.

　a. voel　*B*

Paragraphe 218.

　1. Le ballet des nefs, avec cette alternance des visites divines et des tentations diaboliques, aura duré sept jours. Inutile de rappeler la symbolique du chiffre dans l'imaginaire médiéval : ce chiffre indique en principe un cycle dont la clôture sur lui-même peut préparer un changement, et même une inversion de situation.

Paragraphe 219.

　a. et venir　*B*

Paragraphe 220.

　a. ciel　*B* ◆◆ *b.* dolours ce　*B*
　1. C'est la cinquième des heures canoniales, après none ; il s'agit de 6 heures du soir.

Paragraphe 221.

　a. de l'escu　*B. Nous procédons à cette correction exigée par le sens.* ◆◆
b. perdu de　*B. Nous adoptons la leçon de L2.*
　1. Voir § 103 et 117-118.

Paragraphe 222.

　a. revenus si li demanda a veoir et cil li moustra maintenant et quant li rois le vit si　*B* ◆◆ *b.* piere　*B*

Paragraphe 223.

　a. saces tu　*B* ◆◆ *b.* hom　*B. Nous corrigeons.* ◆◆ *c.* senefie　*B*
　1. Voir § 169.

Paragraphe 224.

   a. avroit   B. *Le pluriel est exigé par le sens.* ✦✦ *b.* sors   B. *Nous corrigeons.*

Paragraphe 225.

   a. aies   B
   1. Voir § 155-156.
   2. Voir § 169.

Paragraphe 226.

   a. mie tout   B
   1. Voir § 169.

Paragraphe 227.

   a. Joseph   B. *Voir n. 1, ci-dessous.*
   1. Voir § 161.

Paragraphe 228.

   a. jusques a ce que il fera tant s'il puet par coi l'ame   B ✦✦ *b.* a
B

Paragraphe 229.

   a. desous   B. *Nous adoptons la leçon de L2.*
   1. Le nom Célidoine, dans l'anthroponomastique fictive, relève du paradigme chrétien. C'est un nom de baptême. À la même famille de dénominations théophores appartiennent Théodore ou Dorothée (« don de Dieu »). L'étymologie est ici latine (*caeli donum*, « don du ciel »).
   2. Cf. la force extraordinaire dont est pourvu Gauvain à l'heure de midi — en commémoration non pas de sa naissance, mais de son baptême : voir *La Mort le roi Artu*, éd. J. Frappier, § 154, p. 197-199.
   3. Le premier jour du mois, selon le calendrier romain.

Paragraphe 230.

   a. au .xvii.isme   B
   1. Précision temporelle : cette durée de captivité coïncide avec la durée nécessaire pour parvenir à l'île où est reclus Mordrain (voir § 174, 180, 181 et 198).
   2. Cf. Actes des Apôtres, xii, 1-11 (et, en écho, xvi, 25-40) : il s'agit de la délivrance de saint Pierre, lors de son second emprisonnement à Jérusalem ; cet épisode a contribué à l'image légendaire de « saint Pierre aux Liens », éventuellement complétée, dans la représentation iconographique, par l'attribut de la chaîne brisée.

Paragraphe 231.

a. enseveli paroit envolepe paroit envolepe parmi   B. *Nous adoptons la leçon de L2 et supprimons la répétition de B.*

Paragraphe 232.

a. as   B ✦✦ *b.* senestre mist   B

1. La nuée : voir Exode, XIV, 19-24 ; Psaumes, LXXVIII (Vulgate LXXVII), 13-14 et CV (Vulgate CIV), 38-39 ; I Corinthiens, X, 1-2 ; cf. Exode, XIX.

Paragraphe 233.

1. Ces deux couleurs, marques indélébiles du châtiment divin, suggèrent la damnation de Calafer. Cf. la mort d'Hérode : Actes des Apôtres, XII, 23.

Paragraphe 234.

a. si virent   *répété dans B.* ✦✦ *b.* estruee   B. *Nous adoptons la leçon de L2.* ✦✦ *c.* l'entree   B. *Nous adoptons la leçon de L2.*

Paragraphe 235.

a. mains et les autres le rechurent entre lor bras et   B

Paragraphe 236.

a. sainte trinite avoir   B

Paragraphe 237.

a. et pour ce veoient il bien   B. *Nous adoptons la leçon de L2.*

Paragraphe 239.

a. cors   B ✦✦ *b.* il en issist   B. *Nous rétablissons la négation.*

1. Le vavasseur, vassal d'un vassal, comme l'indique l'étymologie (*vassus vassorum*), occupe, dans la hiérarchie féodale, une place de seigneur subalterne. Mais la littérature romanesque du XIIᵉ siècle illustre une tradition, bien représentée chez Chrétien de Troyes par exemple, du vavasseur hospitalier, pauvre mais honnête, homme de bien et de bon conseil. Le vavasseur qu'emmène Flégentine est riche, et chevalier (voir § 244-245). Voir, pour la confirmation des qualités sociales et morales du vavasseur (même sarrasin), § 359-363.

Paragraphe 240.

a. qu'ele   *répété dans B.*

Paragraphe 241.

a. cors   B

Paragraphe 242.

  a. ce   B

Paragraphe 244.

  a. aage   B

Paragraphe 246.

  a. .III.   *B. Nous adoptons la leçon de L2.* ✦✦ *b.* alaſt   *B. Nous adoptons la leçon de L2.*

Paragraphe 249.

  a. anoncement   *B. Nous adoptons la leçon de L2.* ✦✦ *b.* es   B
  1. Voir Genèse, I, 1-5.

Paragraphe 250.

  a. qui nuisoit   *B. Nous rétablissons le pluriel.* ✦✦ *b.* les   *B. Nous rétablissons le singulier.* ✦✦ *c.* daerrainne   *B. Nous adoptons la leçon de L2.* ✦✦ *d.* terre et cil qui brullemens qui en fu recueillies   B ✦✦ *e.* aucunes legieretes avoie   B ✦✦ *f.* eſtoit amoncelemens   *B. Nous complétons d'après L2.*

Paragraphe 252.

  a. devant que de tant com il ot de l'amassement terre et ferrumee et   *B. Nous complétons d'après L2.*
  1. Sur la montagne d'aimant au Moyen Âge, voir C. Lecouteux, « Der Magnetberg », *Fabula*, 25, 1984, p. 35-65.

Paragraphe 254.

  1. Il s'agit du neuvième jour avant les calendes de juillet suivant le calcul médiéval, soit le 21 juin (solstice d'été).

Paragraphe 255.

  a. se dormi   B ✦✦ *b.* esgardoit que il voloient   *B. Nous complétons d'après L2.* ✦✦ *c.* donnes a mengier   B ✦✦ *d.* connoiſt ce   B ✦✦ *e.* sousiete   B ✦✦ *f.* vendront unes et   B

Paragraphe 256.

  a. conmencement   *B. Nous adoptons la leçon de L2.* ✦✦ *b.* serra   B

Paragraphe 257.

  a. .XIIII. et .XX.   B ✦✦ *b.* ce ne ne ment   B
  1. L'*eſtas*, c'eſt-à-dire le « ſtade », moyennant une lieue d'un peu

plus de quatre kilomètres, dépasse en l'occurrence deux cent cinquante mètres. La superficie de cette île eſt de cinq cent soixante
kilomètres carrés : presque l'île de Man. On comprend l'épouvante de
Nascien sur cette île flottante.

Paragraphe 258.

   a. jehir *B* ✦✦ *b.* et *B*
   1. Le *Pater* : voir Luc, XI, 1-4 ; cf. Matthieu, VI, 9-13.
   2. La femme adultère : voir Jean, VIII, 3-8.

Paragraphe 259.

   a. morete *B. Nous corrigeons d'après L2.*

Paragraphe 261.

   a. li pie *répété dans B.*

Paragraphe 263.

   a. aconseüs a ma creance *B* ✦✦ *b.* quariable *B. Nous adoptons la
leçon de L2.* ✦✦ *c.* façon n'eſt *B. Nous corrigeons.*

Paragraphe 265.

   a. et de ces *B* ✦✦ *b.* de ces .II. coſtes *B* ✦✦ *c.* ne ja force *B*

Paragraphe 266.

   a. la premiere force de la coſte *B*

Paragraphe 267.

   a. faisoit *B. La correction, nécessaire, eſt confirmée par la leçon de L2.*

Paragraphe 268.

   a. ne ja nus si *B* ✦✦ *b.* ele en soit oſtee *B*

Paragraphe 269.

   a. il ne veïſt *B* ✦✦ *b.* part *ajouté en abréviation interlinéaire dans B.*
✦✦ *c.* ne pensoit ne dire *B* ✦✦ *d.* metail *B* ✦✦ *e.* fuſt *B* ✦✦ *f.* s'il le
voloit *B*

Paragraphe 271.

   1. Sur l'hiſtoire des trois fuseaux, voir § 271-285.

Paragraphe 273.

   a. ennorte et *B*

Paragraphe 274.

a. estoit ocoisonnes de *B* ✦✦ *b.* cel li arbre *B* ✦✦ *c.* estoerroit en tel maniere tel liu *B. Nous adoptons la leçon de L2.*

1. Genèse, III, 16-24.

Paragraphe 275.

a. plains et de grant *B. Nous corrigeons.* ✦✦ *b.* senefioit il que feme *B*

1. Nous maintenons la leçon de *B*, *la premiere feme pecherresse* (où *L* se contente de *la premiere pecheresse*) : une Ève à cet égard suivie de beaucoup d'autres, sinon de toutes, si l'on veut en croire cette association de la femme et du péché. Il nous semble voir affleurer dans cette leçon un trait de misogynie spontanée.

2. *L* ne ménage pas ici d'alinéa. *B*, préparant cette nouvelle section, paraît couper artificiellement le conte. La réfutation de l'objection qui vient de nous occuper n'était pas si longue qu'elle dût susciter une nouvelle partie sur ce rameau dont on n'a cessé de parler. Nous maintenons malgré tout cette disposition, par fidélité au manuscrit suivi, et parce que le présent découpage, isolant l'aventure de ce *rainsel*, obéit peut-être à une logique à laquelle nous ne devons pas substituer la nôtre.

Paragraphe 276.

a. autre *B* ✦✦ *b.* et *B. Nous corrigeons.* ✦✦ *c.* ne porroit desous *B*

Paragraphe 278.

a. region *B*

1. L'idée selon laquelle le lignage humain devra remplacer au paradis la légion des anges déchus se rencontre dans nombre de traités moraux et religieux du Moyen Âge. Elle remonte au moins à Hilaire de Poitiers (début du IVe siècle - 367) et figure chez saint Augustin, entre autres dans *La Cité de Dieu*.

Paragraphe 279.

a. devint *B*

Paragraphe 280.

a. couvers *B* ✦✦ *b. On hésite dans B entre* Dix *et* Dex . ✦✦ *c.* tant que [...] ne voit il [...] comment il s'em porroit vengier tant que [...] ne voit il [...] comment il em peüst avoir vengance *B. Nous corrigeons d'après L et L2.* ✦✦ *d.* cil a qui *B. Nous adoptons la leçon de L2.* ✦✦ *e.* longement car il *B*

1. Voir Genèse, IV, 3-16.

Paragraphe 282.

a. fu il i senefies *B* ✦✦ *b.* convert *B*

1. La trahison de Judas : voir Matthieu, XXVI, 14-16, 47-50 ; Marc, XIV, 10-11 et 43-46 ; Luc, XXII, 4-6 et 47-48 ; Jean, XVIII, 2-5.

2. Psaumes, L (Vulgate XLIX), 20-21.

3. L'appel à la vengeance du sang répandu. Traditionnellement, dans la Bible, le sang versé, non recouvert par la terre, appelle le châtiment de Dieu. Ainsi, bien entendu, dans cet épisode du meurtre d'Abel par Caïn ; mais, aussi, dans Genèse, XXXVII, 26 (Joseph et ses frères) ; Isaïe, XXVI, 21 ; Ézéchiel, XXIV, 8.

4. Voir Genèse, IV , 9-13.

Paragraphe 283.

1. Ici, L, avant de passer sans transition (et pour cause) à la partie suivante, se brise sur une formule d'explicit : *Diex soit garde de celui ki cest livre fist. Dites tout : « Amen ».*

Paragraphe 284.

a. en   *B* ✦✦ *b.* n'i envielli   *B* ✦✦ *c.* n'i empira   *B*

Paragraphe 285.

a. tons   *B* ✦✦ *b.* avoit trouve si couvenable   *B* ✦✦ *c.* autres vaut que par als   *B*

1. Genèse, VI, 17-22.

Paragraphe 286.

a. On hésite dans B entre discretion *et* discrecion   . ✦✦ *b.* bel qu'ele pooit riens   *B. Nous corrigeons d'après L2.* ✦✦ *c.* li valuit   *B. Nous corrigeons.* ✦✦ *d.* je fait il avirone   *B. Nous corrigeons d'après L, encore que la forme verbale pourrait passer pour un parfait.* ✦✦ *e.* monde que sens   *B* ✦✦ *f.* comnencha   *B. Nous corrigeons cette coquille du copiste.*

1. I Rois, V, 9-13.

2. *Ibid.*, XI.

3. Notre traduction rend par « un de ses livres » le possessif à la forme tonique précédé de l'article indéfini, à usage d'adjectif possessif devant le substantif : *.I. sien livre.*

4. Outre les Proverbes, l'Ecclésiaste est aussi attribué à Salomon (voir Ecclésiaste, I, 1).

5. Réflexions diffuses dans Proverbes : XVIII, 22 ; XIX, 14 ; XXI, 9, 19 ; XXV, 24 ; XXVII, 15-16 ; XXXI, 3, 10 ; également Ecclésiaste, VII, 26-28.

Paragraphe 287.

a. onques si fu ele jetee   *B* ✦✦ *b.* ces [chaitives   *corrigé par rature de la première syllabe et addition interlinéaire en* soutives] paroles   *B*

Paragraphe 288.

a. conmencha en soi   *B* ✦✦ *b.* tant et connut par   *B* ✦✦ *c.* grant bonte con   *B* ✦✦ *d.* boneeüree sa feme   *B*

1. Cf. Josué, XII.

Paragraphe 289.

a. desci et sa venue   *B. Nous corrigeons.* ✦✦ *b.* pense   *B* ✦✦ *c.* voit
B. Nous pensons que la correction s'impose.

Paragraphe 291.

a. apres lui aront eſte et venront   *B* ✦✦ *b.* et les vertus des herbes
et des pierres a la matere   *B*

1. I Rois, v, 15-32 et vi, 1-22 ; II Chroniques, ii, 3-10 et iii, 1-9.

Paragraphe 292.

a. en   *B*

Paragraphe 293.

a. a regarder l'espee et le fuerre a palmoiier   *B* ✦✦ *b.* que il jamais
hom   *B. Nous adoptons la leçon de L2.* ✦✦ *c.* repence   *B*

Paragraphe 294.

a. main teles   *B* ✦✦ *b.* de   *B* ✦✦ *c.* sous   *B*

Paragraphe 295.

a. de fuſt si richement si bel   *B* ✦✦ *b.* si diſt que   *B*

Paragraphe 296.

a. dessous   *B. Nous pensons devoir corriger.*

Paragraphe 297.

a. si que nous i puissons   *B*

1. La langue médiévale emploie concurremment trois termes : *pavillon, tref, tente,* pour désigner des abris légers qui se diſtinguent en principe par leur forme et leur dimension (et par conséquent leur usage). Le pavillon eſt une tente de forme tronconique au sommet en pointe ; le *tref,* en forme de parallélogramme, comporte une ligne de faîtage horizontale. Il eſt conçu pour abriter confortablement une personne, le pavillon plusieurs. La *tente,* en principe de forme carrée, fournit un volume à l'usage indéterminé. Cependant, nous traduisons, quatre lignes plus bas, *tref* par « tente ». Précisons que *tref et paveillon* forment souvent dans nos textes médiévaux une expression figée.

Paragraphe 298.

a. compaignie descendoient en la nef et prendoient aigue et arou-
soient la nef de toutes pars et disoient   *B* ✦✦ *b.* escrites   *B* ✦✦
c. loiaute   *B. Nous adoptons la leçon de L2.* ✦✦ *d.* desveilla   *B*

Paragraphe 300.

   a. grangis *B. Nous corrigeons d'après L2.* ◆◆ *b.* de *B*

Paragraphe 303.

   a. encore avoir veüe *B* ◆◆ *b.* tr[u *suscrit*]ist *B*

Paragraphe 304.

   1. La nacelle (de surcroît, ici, *petite nacele*) est une embarcation de petite dimension sans mât ni voile. Le mot vient d'un diminutif latin de *navis* (« bateau ») : *navicella*. C'est une embarcation pour le voyage d'une personne.

Paragraphe 306.

   a. quant cil Nasciens *B* ◆◆ *b.* aucunes ne qu'ele *B*

Paragraphe 307.

   a. onques mais vue *B* ◆◆ *b.* crestiente *B*

Paragraphe 308.

   a. fondee *B* ◆◆ *b.* fois a estre *B*

Paragraphe 311.

   a. senefi[i *suscrit*]e *B* ◆◆ *b.* mirer le *B. Nous corrigeons.*

Paragraphe 314.

   a. merveillouses en grant compaignie de gent lors *B*

   1. Voir § 234-236.
   2. Cf. § 229 où Célidoine est âgé de sept ans et cinq mois.

Paragraphe 316.

   a. estoient *B* ◆◆ *b.* qui [le frere *suscrit*] le roi *B* ◆◆ *c.* Joseph *B*

Paragraphe 317.

   a. volente des ore *B* ◆◆ *b.* t'es *B*

Paragraphe 319.

   a. oucele en cele estoit *B* ◆◆ *b.* par aventure *B* ◆◆ *c.* lors *B. Nous adoptons la leçon de L2.* ◆◆ *d.* ve[i *suscrit*]llie *B*

   1. Trait de mœurs intéressant. Le roi souhaite ramener sur son territoire une curiosité de la nature. Cependant, le goût des princes du Moyen Âge pour la ménagerie — où l'on peut voir une affirmation de souveraineté — est un fait avéré. Voir § 530 et n. 1.

Paragraphe 320.

a. si merveillouse deviser aisivlement jamais   *B* ◆◆ *b.* lor   *B*

1. L'humeur maussade pour cause de songe inexpliqué : voir Genèse, XL, 6-8.

2. Le songe conté par qui l'a reçu : voir Genèse, XLI, 1-24 ; Daniel, IV, 7-14.

3. Le songe d'origine divine ou surnaturelle : voir Ecclésiastique, XXXIV, 6. Cf. Genèse, XV, 12 ; XX, 3 ; XXVIII et Daniel, IV.

4. Les sages incapables d'interpréter le songe : Genèse, XLI, 8 ; Daniel, IV, 3-4. Sans grand risque d'erreur, on peut assigner à cet épisode du songe de Label une source biblique, détaillée ci-dessus dans les notes : Joseph chez Pharaon (Genèse, XL), et Daniel chez Nabuchodonosor (Daniel, IV). Comme dans la Bible où l'Égypte eſt réputée le territoire des devins et des sages (Exode, VII, 11, 22 ; VIII, 1 ; I Rois, V, 10 ; Isaïe, XIX, 11-13), il s'agit de montrer que la sagesse que Dieu dispense à ses serviteurs l'emporte en pertinence et en vérité sur le savoir des magiciens païens.

Paragraphe 321.

a. avoit dedens or   *B. Nous complétons d'après L2.* ◆◆ *b.* i l'a   *B*

1. L'interprétation du songe par le sage élu de Dieu : Genèse, XL, 8 et XLI, 16 ; Daniel, IV, 6, 15 et 16-24.

2. Cf. Psaumes, XXXVII (Vulgate XXXVI), 20.

Paragraphe 322.

a. que la senefiance de l'oucele   *B. Nous corrigeons.* ◆◆ *b.* chose et aornes de fine mauvaise semence   *B. Nous corrigeons d'après L et L2.*
◆◆ *c.* avint que en toutes   *B* ◆◆ *d.* de chaut as tu   *B. Nous complétons d'après L2.* ◆◆ *e.* as   *B. Nous adoptons la leçon de L2.* ◆◆ *f.* jouenes a Dieu   *B. Nous complétons d'après L et L2.*

Paragraphe 323.

a. la cele   *B* ◆◆ *b.* lor   *B* ◆◆ *c.* amoncele le mal sor mal   *B* ◆◆
d. ele   *B* ◆◆ *e.* lit   *B. Nous corrigeons d'après L2.* ◆◆ *f.* grans   *B* ◆◆
g. mainne   *B* ◆◆ *h.* ert   *B*

Paragraphe 324.

a. faire   *B* ◆◆ *b.* saches ce que je te dirai anquenuit   *B* ◆◆ *c.* si celeement fors cil   *B*

Paragraphe 325.

a. avoient   *B* ◆◆ *b.* lui tant   *B*

Paragraphe 326.

a. voie en joie en dolour   *B*

Paragraphe 327.

a. fin de ta vie la conmenceras le conmencement   B •• *b.* dist   B
•• *c.* ou ele te duerra   B. *Nous adoptons la leçon de* L2. •• *d.* venes
venes gens   B. *Nous complétons d'après* L2.

Paragraphe 328.

a. court tenir lors se mist au chemin si s'apensa qu'il i iroit et erra
B. *Nous adoptons la leçon de* L2. •• *b.* cil le veoient   B. *Nous adoptons la*
leçon de L2. •• *c.* n'avoit   B

Paragraphe 329.

a. avoient   B •• *b.* et le dist que tout   B •• *c.* quidier ne veïst   B

Paragraphe 330.

a. fiance   B •• *b.* sa   B. *Nous adoptons la leçon de* L2.

Paragraphe 331.

1. Matthieu, XXVII, 22-26 ; Marc, XV, 7-15 ; Luc, XXIII, 13-25 ; Jean,
XVIII, 29-40.

Paragraphe 332.

a. si grans gens conme   B. *Nous complétons d'après* L2. •• *b.* le   B
•• *c.* il abandonnoient   B •• *d.* la viese loy qui tous jours gaite l'ome
de bone voie   B

Paragraphe 333.

a. es   B •• *b.* eüsses pitie   B. *Nous pensons devoir corriger le mode du*
verbe.

Paragraphe 334.

a. est   B. *Nous adoptons la leçon de* L2.

Paragraphe 335.

a. et cele qui estoit   B •• *b.* sante   *répété dans* B. •• *c.* de tous lix
et   B •• *d.* aparissans   B. *Nous corrigeons.*

Paragraphe 336.

a. raison donques que   B. *Nous pensons la correction nécessaire.* ••
b. entendre et les grans   B •• *c.* si qu'entres la   B

1. Voir I Corinthiens, X, 1-5 ; Exode, XIV, 15-30.

Paragraphe 337.

a. tout aussi furent sostenu [...] tant qu'il vindrent en terre de promission *lacune dans B. Nous comblons cette lacune résultant d'un saut du même au même d'après L2.* ◆◆ *b.* et cele *B*

1. Voir Exode, XVI, 1-36.

Paragraphe 339.

a. noſtre *B*

Paragraphe 341.

a. aventure que Dix *B*

Paragraphe 343.

a. vie aussi *B* ◆◆ *b.* ene *B* ◆◆ *c.* a terre aval *B*

Paragraphe 345.

a. plaisoit *B*

1. Matines : étymologiquement, à partir de « matin », le terme eſt une adaptation du latin ecclésiaſtique *matutinae vigiliae,* « veilles matinales ». C'eſt, au quotidien de la liturgie chrétienne, la plus importante, la plus matutinale et la première des heures canoniales. Les matines se célèbrent en principe à minuit, entre *complies* (9 heures du soir) et *laudes* (3 heures du matin). On aura noté qu'ici, hors d'une communauté monaſtique, c'eſt un ermite qui en fait le service dans la solitude de la forêt.

2. Il s'agit d'un baptême par immersion, comme l'annonçaient, dans le songe et son interprétation, le motif de la mer.

Paragraphe 347.

a. remanes *B*

Paragraphe 348.

a. graal devise *B* ◆◆ *b.* s'acorderoient *B* ◆◆ *c.* il feroient l'enfant *B* ◆◆ *d.* porroient *B* ◆◆ *e.* et asses *B*

1. Notons que, dans les dernières lignes de la partie précédente, cette embarcation eſt désignée par le terme de *nef.* Le châtiment infligé à Célidoine eſt le même que celui de Caïphe coupable d'avoir laissé mettre à mort Jésus-Chriſt et d'avoir souhaité la disparition de Joseph d'Arimathie (voir § 25, où l'embarcation eſt simplement désignée par le terme de *batel*).

2. La barge eſt une embarcation à fond plat, pourvue d'une voile carrée.

Paragraphe 350.

a. en la mer que la bele *B*

1. Ici affleure un motif hagiographique, celui de la bête sauvage apprivoisée. Pour s'en tenir au lion, ce motif se rencontre dans les

légendes de saint Gérasime, anachorète, de saint Jérôme, de saint Mammès et de saint Zosime, ermite.

Paragraphe 352.

   a. nuit   *B*

Paragraphe 353.

   a. houdous   *B. Nous corrigeons.* ◆◆ *b.* fil cel maufe   *B*

   1. Première occurrence du thème du géant. Ce dernier est un seigneur insulaire, et son apparition a été précédée par une sonnerie de cor (§ 352). Il n'est pas hospitalier. Nascien le blesse, mortellement peut-être, en le frappant d'estoc avec une épée trouvée sur place. Aventure à l'issue évasive, péripétie conçue comme un rebondissement narratif, après la brisure de l'épée aux étranges attaches.

Paragraphe 354.

   a. a court   *B* ◆◆ *b.* pas mal   *B*

Paragraphe 357.

   a. il   *B*

Paragraphe 358.

   a. ille   *B. Nous corrigeons d'après L2.*

Paragraphe 360.

   a. vous nous vous   *B*

Paragraphe 362.

   a. maistre   *B* ◆◆ *b.* enseignier quel part il porront enseignier quel part il porront lor maistre trover   *B* ◆◆ *c.* liuer   *B. Nous corrigeons.*

Paragraphe 363.

   a. des   *B*

Paragraphe 364.

   a. vostre   *B* ◆◆ *b.* ciaus mis   *B*

Paragraphe 365.

   a. Sabel   *B*

Paragraphe 366.

   *a. L'*initiale de bons *est répétée dans B.*

1. L'expression de la vélocité par la comparaison avec le vol de l'oiseau de chasse est un poncif de la littérature médiévale.

Paragraphe 367.

a. tournee mais   B. *Nous complétons d'après* L2. ◆◆ *b.* maldissoient B ◆◆ *c.* les   B ◆◆ *d.* les confortoit et disoit   B ◆◆ *e.* et lor faisoit   B

Paragraphe 368.

a. se vous li eüssiez   B

Paragraphe 369.

a. riche et   B ◆◆ *b.* pour   B

Paragraphe 371.

a. fui   B ◆◆ *b.* pas   B. *Nous corrigeons.*

Paragraphe 373.

a. d'ome   B ◆◆ *b.* semblance   B ◆◆ *c.* onques traitier   B ◆◆ *d.* dedens   B. *Nous adoptons la leçon de* L2.

Paragraphe 374.

a. qu'il ne donnast sante   B. *Nous complétons.* ◆◆ *b.* sachant demi dieu   B

Paragraphe 375.

a. il li demanda   B ◆◆ *b.* on   B. *Nous corrigeons d'après* L2. ◆◆ *c.* cil qui furent ne en ramenbrance   B ◆◆ *d.* conte certes   B

Paragraphe 377.

a. talent que il en fu   B ◆◆ *b.* savoit   B ◆◆ *c.* ne ne le   B

Paragraphe 378.

a. pers   B

1. Cet exposé misogyne sur la déchéance de l'homme par amour, sorte de *contemptus amoris,* n'est pas de la dernière originalité. Ici l'on se contente d'exemples bibliques.

Paragraphe 380.

a. et l'autre corde atacherai   B ◆◆ *b.* vous et quant vous ares le vostre cor atachie   B

Paragraphe 382.

a. a le demain   B

Paragraphe 383.

a. il asses   B. *Nous corrigeons.* ◆◆ *b.* il ne seüssent   B. *Nous procédons à une correction exigée par le sens.*

Paragraphe 384.

a. ont   B

Paragraphe 385.

a. avoit fait en   B ◆◆ *b.* tesmoigne   B. *Nous corrigeons.*

Paragraphe 386.

1. Cette histoire d'Hippocrate, trompé par la dame de Rome, mériterait le nom de «lai d'Hippocrate» (par rapprochement avec le *Lai d'Aristote*, où l'on voit le vieux philosophe berné par Campaspe, la maîtresse d'Alexandre), encore que la mésaventure du prince des médecins rappelle de plus près encore la légende de Virgile hissé et délaissé dans un panier par une dame romaine. Au demeurant, dans la phrase d'annonce de l'histoire d'Hippocrate (fin du § 370), il est question d'une corbeille. C'est un fabliau, utilisant la *matiere de Rome*, et dont la moralité est double. D'une part, l'illustre médecin se voit infliger une leçon pour la part d'imposture dont il entache consciemment, par omission, sa renommée : Hippocrate n'est pas apte à ressusciter un mort ; sur ce point, la dame a raison (§ 385) ; lui-même va l'avouer à demi, lors de la visite du chevalier témoin des miracles du Christ (§ 388) ; mais, lorsque l'empereur l'a voulu thaumaturge (§ 373), Hippocrate s'est gardé de le détromper. À côté de cette rectification religieuse, l'histoire vise à l'édification morale : sous le charme, l'homme, quelle que soit son intelligence, ne peut rien contre la ruse féminine. Cet exemple complète l'expérience acquise par Salomon. Il est d'autant moins un hors-d'œuvre, dans le roman, que Galaad va devoir se préserver de la séduction féminine. L'aventure suivante de cette *vie* d'Hippocrate, en Orient, confirme, de manière beaucoup plus grave (§ 395), dans une construction en gradation, la leçon de misogynie.

Paragraphe 387.

1. La résurrection de Lazare : voir Jean, XI, 1-44.

Paragraphe 388.

a. prophetes ciaus   B ◆◆ *b.* estruier   B. *Nous corrigeons.*

Paragraphe 389.

a. faisoit onques   B. *Nous complétons d'après L2.* ◆◆ *b.* febles et tant
B. *Nous corrigeons.*

1. Cette seconde histoire comprend à son commencement des éléments similaires à ceux de la précédente : demande de renseignements à un jeune homme (cf. § 371), diagnostic sur la personne du
parent du souverain (neveu de l'empereur ou fils du roi de Perse),
administration de l'électuaire idoine.

Paragraphe 390.

a. qu'i li demanderoit   B

1. Ce toponyme de Sur pourrait désigner Tyr, en Syrie, ou peut-
être plus vraisemblablement Tirynthe, dans le Péloponnèse. Voir J.-P.
Ponceau, *L'Estoire del saint Graal*, II, p. 649.

Paragraphe 391.

a. ferai ja tel   B ◆◆ *b.* donnes   B ◆◆ *c.* come s'il fust rois del
roiaume   B ◆◆ *d.* parens estoit dist   B ◆◆ *e.* desus   B

1. Par château, il faut entendre, défendue par l'enceinte fortifiée,
une agglomération autour de la résidence que se fait construire Hippocrate : le château ne se confond donc (ici comme dans la réalité
médiévale) ni, militairement, avec le site défensif, ni, architectural-
ement, avec la seule demeure seigneuriale. C'est une cité-château, dans
la conception de laquelle l'auteur de *Joseph d'Arimathie* maintient
d'ailleurs une image de la puissance féodale prestigieuse mais pas-
séiste, alors qu'à son époque la bourgeoisie urbaine, en plein essor,
commence à obtenir des chartes qui l'affranchissent de cette tutelle.
Il est vrai qu'il s'agit ici d'un château de plaisance, dont la description, significativement circonscrite à la maison d'Hippocrate, a pour
fonction d'en exalter la richesse et le luxe, en sacrifiant au merveilleux de l'exotisme oriental.

Paragraphe 393.

a. hom   B

Paragraphe 394.

a. caulour   B

1. Notre manuscrit donne, pour attribut à *truie* : *soioire*. Nous inter-
prétons ce mot comme une variante orthographique de *soillart*,
« souillée ». Il est à préciser que L donne à cet endroit *en ruit* (« en
rut »). Il s'agit bien d'une truie en rut (cf. dans la réplique suivante,
l'allusion à la chaleur de la viande). On ignorait que la consommation
de viande de truie en rut fût à ce point mortelle, à moins d'en combattre les effets par le bouillon de la cuisson.

Paragraphe 395.

1. Cette seconde histoire de la *vie* d'Hippocrate se termine

tragiquement ; la moralité misogyne en est évidente. Toutefois, plutôt
qu'au fabliau, elle s'apparente à l'*exemplum,* anecdote donnée pour
authentique et propice à la leçon morale : il y aurait beaucoup à dire
sur l'orgueil d'Hippocrate et ses conséquences. Là encore, l'insertion
dans le roman du récit empruntant à la « matière antique » pour évoquer le cas d'un « homme illustre » est, plus qu'un hors-d'œuvre, un
détour distrayant donnant à réfléchir.

Paragraphe 396.

  a. li ot couvens   *B. Nous corrigeons.* ◆◆ *b.* pour l'amour Ypocras   *B*

Paragraphe 397.

  a. hom   *B*

Paragraphe 400.

  a. lor   *B. Nous corrigeons.*

Paragraphe 401.

  a. vous me dites   *B*

Paragraphe 402.

  a. je ne me mesisse   *B*

  1. Seconde apparition du thème du géant (voir § 353 et n. 1).
Celui-ci, en caricaturant maladroitement la notion de suzeraineté,
entend profiter de la faiblesse : il s'adresse d'abord à la jeune fille,
mais en termes de salut de l'âme. Certains signes ne trompent pas : la
flamme qui escortait son bateau, son apparence (le teint noir et les
yeux rouges) et ce nom de Serpent Savant qu'il ne songe pas à
travestir trahissent en lui la métamorphose du diable.

Paragraphe 403.

  a. nous   *B*

Paragraphe 404.

  a. nef   *B* ◆◆ *b.* voient   *B*

Paragraphe 405.

  1. 24 juin.

Paragraphe 410.

  a. et l'esveille   *B*

Paragraphe 411.

a. avironnees   *B* ◆◆ *b.* requerrai   *B* ◆◆ *c.* ce ert   *B* ◆◆ *d.* valles et il couvenoit   *B*

Paragraphe 413.

a. quant il ont   *B*

Paragraphe 414.

a. .I. [home   *corrigé en*   lyon] grant   *B*

Paragraphe 415.

a. m'en isterai le lieu   *B* ◆◆ *b.* moi   *B* ◆◆ *c.* s'ele vous fait   *B* ◆◆ *d.* nous   *B*

Paragraphe 416.

a. ala en la nacele   *B* ◆◆ *b.* esmerveillast   *B* ◆◆ *c.* que si signour *B* ◆◆ *d.* trouveroit   *B* ◆◆ *e.* dist   *B. Nous corrigeons d'après L2.*

Paragraphe 417.

a. lor   *B* ◆◆ *b.* lor   *B* ◆◆ *c.* somes de nostre   *B*

1. Notre manuscrit porte *bals* (*L* donne *fin*). Nous présumons qu'il s'agit de *bails* (« palissade », « enceinte », « fortifications »), que nous traduisons par « défense » au prix d'une légère interprétation.

Paragraphe 418.

a. et cil se lieve [...] qu'il est garis   *lacune dans B (saut du même au même).*

1. Voir Matthieu, XIV, 25 ; Marc, VI, 48 ; Jean, VI, 19.
2. C'est une guérison par attouchement et imposition des mains. Voir par exemple Matthieu, VIII, 3, 15.

Paragraphe 422.

a. ele vit   *B* ◆◆ *b.* ice le   *B*

Paragraphe 423.

a. et quant *[p. 391]* [...] nule nouvele   *lacune dans B (saut du même au même).*

Paragraphe 425.

a. Fuidois   *B* ◆◆ *b.* la   *B* ◆◆ *c.* deportages   *B. Nous adoptons la leçon de L2, L3 et M.*

1. Voir n. 5, § 209.

2. Troisième occurrence du thème du géant : ce Pharem illustre la variante du géant de la montagne (voir, pour quelques compléments à cette présentation du géant, § 506 ; pour un toponyme illustrant ce thème, voir § 520 et n. 2). Nabor va purement et simplement massacrer ce Pharem.

Paragraphe 426.

a. desor   *B* ✦✦ *b.* et quant […] en si bon point   *lacune dans B (saut du même au même).*

Paragraphe 429.

1. La mort soudaine de Nabor, par l'effet de la justice divine, annonce la probable damnation de son âme. C'est que ce chevalier — de piètre origine (preuve *a contrario* que « bon sang ne saurait mentir ») — vient de commettre une double vilenie : s'attaquer à son suzerain, et hausser l'épée contre un homme désarmé.

Paragraphe 430.

a. greignour qui   *B*

1. La paille et la poutre : voir Matthieu, VII, 1-5 ; Luc, VI, 37-42 ; Romains, II, 1-2 ; I Corinthiens, IV, 4.
2. Notre manuscrit donne ici *ausi* […] *come*. Il nous paraît qu'*ausi* n'est pas un membre de la locution comparative, mais procède d'une confusion avec *ainsi*. Dans nos textes médiévaux, cette équivoque n'est pas exceptionnelle : aussi nous abstenons-nous de corriger (à titre de comparaison, *L* fournit à cet endroit *ainsi*).

Paragraphe 431.

a. enconmencierent si   *B* ✦✦ *b.* qu'il fuissent   *B* ✦✦ *c.* palais   *B*
1. Voir § 506.

Paragraphe 433.

a. voies   *B* ✦✦ *b.* si laides   *répété dans B.* ✦✦ *c.* demandoit   *B*

Paragraphe 435.

a. .x.   *B* ✦✦ *b.* courona   *B*

Paragraphe 436.

a. que la volente   *B* ✦✦ *b.* espes conme boe   *B* ✦✦ *c.* sera il encoulourous a .c. doubles   *B* ✦✦ *d.* si delitables que   *B*
1. Voir *La Mort le roi Artu*, éd. J. Frappier, § 201.

Paragraphe 437.

a. ne   *B. Nous corrigeons.* ✦✦ *b.* livre   *B*

1. À la place de l'adverbe *proprement* donné par notre texte, et que nous traduisons par « véritablement », *L* propose *tous nus*. Nous ne procédons pas à une correction : *proprement* n'est pas dépourvu de sens. Toutefois notre texte même, faisant allusion à cette baignade de Jésus-Christ au neuvième fleuve, disait aussi *tous nus* (§ 227).

Paragraphe 438.

a. tout *[blanc]* nuit   *B*

Paragraphe 439.

a. Nasciens   *B* ◆◆ *b.* n'en est   *B*

1. *Faire soi mix de son signour que on ne nest* : on retrouve la même leçon dans *L* ; mais *L2* donne ici *doit* pour *nest*). Dans cette phrase, la préposition *de* ne nous paraît pas être le ligament introduisant le complément du comparatif, mais un élément modifiant le sens du verbe *faire*. Nous comprenons : *faire soi de son signour mix que on ne nest*. Nous ne sommes d'ailleurs pas certain que, pour le copiste de notre manuscrit, le sens de cette phrase ait été tout à fait clair.

Paragraphe 440.

a. savoie que tout   *B* ◆◆ *b.* chien   *B*

1. Il faut préciser, pour l'intelligence de l'interprétation qui va être donnée tout de suite, que le neuvième, avant d'être assimilé à un fleuve, est apparu dans le songe de Nascien (§ 435) sous la forme d'un lion.

2. *Sot*, grammaticalement, est la troisième personne du parfait de *savoir* (« sut »). Nous voyons plutôt dans ce mot la troisième personne du parfait de *soloir* (« eut l'habitude de ») — dans *L* figure à cet endroit *suelt*, qui est la troisième personne du singulier du même verbe, au présent. Au parfait, on aurait attendu *sout*. Devions-nous corriger *sot* en *sout* ? Il nous semble que la confusion graphique a pu venir par analogie de la double forme que comporte le verbe *avoir*, au temps et à la personne correspondants (*ot*, *out*).

Paragraphe 441.

a. ert de cele branche   *B* ◆◆ *b.* o[r *géminé*]s   *B* ◆◆ *c.* il [t *corrigé par surcharge en* q]el   *B* ◆◆ *d.* chevalerie   *B* ◆◆ *e.* se taist ore a parler   *B*

1. Sur Galaad, le fils de Lancelot du Lac, voir *La Mort le roi Artu*, éd. J. Frappier, § 30, p. 30.

2. *Ibid.*, § 2, p. 1.

Paragraphe 442.

a. qu'a   *B*

Paragraphe 443.

a. Restitution conjecturale, B est ici taché.

Paragraphe 444.

a. cre$t$iien mais   *B*

Paragraphe 445.

a. tu es que a si   *B*

Paragraphe 446.

a. puis que li mauvais retraient a lor folies   *B* ✦✦ *b.* proient   *B* ✦✦
c. sa volente que nous   *B*

Paragraphe 447.

a. promesi$t$es ensi   *B* ✦✦ *b.* proiieres   *B* ✦✦ *c.* bois et des aigues
B. *Nous adoptons la leçon de L et L2.* ✦✦ *d.* son   B. *Nous corrigeons.*

  1. Voir § 29.

Paragraphe 448.

a. aient li   B. *Nous complétons d'après L2.* ✦✦ *b.* vous suirrons   *B* ✦✦
c. ne sentoient   *B*

  1. Ézéchiel, XVIII, 21-23 et XXXIII, 11.

Paragraphe 449.

a. et les baise […] les autres   *lacune dans B. Nous complétons d'après*
L2.

  1. Traversée miraculeuse de la mer : voir Matthieu, XIV, 22-23 ;
Marc, VI, 45-52 ; Jean, VI, 12-21.
  2. Voir l'arche portée par les prêtres en tête du cortège au passage
du Jourdain : Josué, III, 14.
  3. C'est ainsi que nous traduisons *giron* (voir § 17 et n. 2).
  4. Voir le passage de la mer Rouge : Exode, XIV ; en écho, le passage du Jourdain à pied sec : Psaumes, LXVI (Vulgate LXV), 6 ;
LXXIV (Vulgate LXXIII), 15 ; CXIV (Vulgate CXIII A). Il s'agit
d'un signe éclatant du secours divin : voir Lévitique, XI, 45 ; Josué,
XXIV, 17 ; Psaumes, LXXVIII (Vulgate LXXVII), 12, 42 ; LXXXI
(Vulgate LXXX), 11. Au demeurant, dans l'hagiographie médiévale,
on trouve le motif du manteau servant d'embarcation (voir L. Réau,
Iconographie des saints, t. III, p. 1518 b.)

Paragraphe 450.

a. lor   *B*

Paragraphe 451.

a. ve$t$oient   *B* ✦✦ *b.* couvenable neveu com   *B* ✦✦ *c.* mais   *B* ✦✦
d. arrive   *B* ✦✦ *e.* sergant a faire   *B*

Paragraphe 452.

1. Ici se prépare le second volet du diptyque de *Joseph d'Arimathie* : après l'Orient, la Grande-Bretagne.

Paragraphe 454.

a. s'en *B* ◆◆ *b.* commandai *B* ◆◆ *c.* aventure et ensi *B*

Paragraphe 456.

a. et le salua *B*

1. Voir § 143-145.

Paragraphe 457.

a. ce qui *B*

Paragraphe 458.

a. lui *B* ◆◆ *b.* vraie croie crois *B. Nous corrigeons.*

Paragraphe 459.

a. .c.m. *B*

Paragraphe 460.

a. .ii. *B* ◆◆ *b.* si [grans *corrigé en* grant] miracle *B* ◆◆ *c.* graal que *B* ◆◆ *d.* pas veoir mengier *B*

1. La multiplication des pains : voir Matthieu, XIV, 15-21 et XV, 32-39 ; Marc, VI, 35-44 et VIII, 10 ; Luc, IX, 12-17 ; Jean, VI, 5-13.

Paragraphe 461.

a. mauvaiseme *B* ◆◆ *b.* nul bien *B*

Paragraphe 462.

a. lignies *B. Nous adoptons la leçon de L2.*

1. Voir n. 1, § 391.

Paragraphe 463.

a. lor *B* ◆◆ *b.* Celidoines ne prouvoit *B. Nous corrigeons.* ◆◆ *c.* li autre se *B*

Paragraphe 465.

a. disoient *B*

Paragraphe 466.

a. Joseph *B. Nous corrigeons.*

Paragraphe 469.

   a. Joseph   *B* ◆◆ *b.* mortel c'est que   *B* ◆◆ *c.* aucun   *B*

   1. Voir, pour désigner ce monde, l'antienne *Salve Regina* : *Ad te suspiramus, gementes et flentes in hac lacrymarum valle…* (« Vers toi nous soupirons, gémissant et pleurant dans cette vallée de larmes »). Plus précisément, pour signifier l'exclusion dans les ténèbres éternelles : Matthieu, VIII, 12.

Pargraphe 470.

   a. vraies   *B* ◆◆ *b.* pucele a l'enfanter   *B*

Paragraphe 473.

   a. el   *B* ◆◆ *b.* sauvages li avoit faite   *B* ◆◆ *c.* ses   *B* ◆◆ *d.* au lis et a la flour qui issoit del lis si   *B. Nous adoptons la leçon de L2.* ◆◆ *e.* ains disoies se   *B*

Paragraphe 474.

   a. netioit   *B. Nous adoptons la leçon de L2.*

Paragraphe 475.

   a. esgratine celui qui a lui s'aert   *B. Nous complétons d'après L2.* ◆◆ *b.* del monde [bien sont […] del monde   *lacune*] qui en oublient   *B. La lacune que nous comblons d'après L et L2 résulte probablement d'un saut du même au même.* ◆◆ *c.* essil   *B* ◆◆ *d.* conjoiir   *B*

   1. Voir Luc, XV, 11-32 (parabole de l'Enfant prodigue — pour les restes des pourceaux) ; Matthieu, VII, 6 (jeter les perles aux pourceaux).

   2. Par certains de ses aspects, cette sorte de prosopopée florale forme une nouvelle *semblance* de la Conception virginale de Marie. Voir n. 4, § 38 et n. 1, § 165.

Paragraphe 476.

   a. prous   *B* ◆◆ *b.* ne pot   *B. Nous corrigeons.*

   1. Matthieu, IV, 1-11 ; Marc, I, 12-13 ; Luc, IV, 1-13.

Paragraphe 477.

   a. vostre   *B* ◆◆ *b.* fait cil   *B* ◆◆ *c.* vous a ce amene   *B. Nous rectifions cet oubli du copiste.* ◆◆ *d.* lors se metent […] baptesme   *lacune dans B. Nous comblons la lacune d'après L et restituons*   as pies Josephe *d'après L2.* ◆◆ *e.* li   *B*

Paragraphe 478.

   a. li   *B*

   1. Exemple de baptême par immersion.

Paragraphe 479.

a. il [fu   *corrigé par surcharge en*   furent] mout esbahis   *B*

Paragraphe 480.

a. cont si   *B* ✦✦ *b.* venra   *B* ✦✦ *c.* isse dedens   *B* ✦✦ *d.* le   *B*

1. Voir *La Mort le roi Artu*, éd. J. Frappier, § 197-199, p. 254-259.

Paragraphe 481.

a. a l'este   *B*

1. Il s'agit en somme de Galaad Ier. Pour les circonstances de son engendrement, voir § 47 et 445-446. L'étymologie de son nom est ici de caractère toponymique. *Fort*, la seconde syllabe du nom de lieu, peut devenir le surnom de Galaad. Il s'agit là d'onomastique littéraire, encore que la voix céleste, au paragraphe 445, eût indiqué à Joseph ce nom. En réalité, le nom propre Galaad se rencontre dans la Bible, comme toponyme et comme anthroponyme : dans Nombres, XXVI, 30-33, une liste généalogique cite Galaad, fils de Machie et petit-fils de Joseph (F. Lot, *Étude [...]*, p. 120, n. 1). Les suggestions de ce nom se dévoilent à la lecture entre autres de Genèse, XXXI, 45-52. Avec l'apparition dans le roman de Galaad Ier, on assiste à la translation d'un nom hébraïque en pays celtique. On sait la fécondité que promet l'association onomastique avec le pays de Galles (voir § 587 : le royaume de Hocelice va s'appeler Galles en hommage à son nouveau roi, Galaad, frère de Josephé.) Ce nom va se transmettre au cours de l'évangélisation de la Grande-Bretagne. Sa signification symbolique lorsqu'il est porté plus tard par le fils de Lancelot n'en est que plus riche (voir A. Pauphilet, *Études sur La Queste del saint Graal*, Champion, 1980, p. 135-138).

Paragraphe 483.

a. je ne fesisse   *B* ✦✦ *b.* de lui fors de   *B*

Paragraphe 484.

a. dus   *B* ✦✦ *b.* bien moustra   *B* ✦✦ *c.* .v.c.   *B* ✦✦ *d.* vinrent   *B*

Paragraphe 487.

a. merveilles   *B* ✦✦ *b.* feroit de l'espee   *B* ✦✦ *c.* lance ariere   *B*

Paragraphe 488.

a. descouvert et si   *B* ✦✦ *b.* si fu i ot   *B*

Paragraphe 490.

a. la   *B*

1. Onomastique littéraire, ou Crudeus / Crudel le bien nommé :

ce nom vient certainement du latin *crudelis*. Voir F. Lot, *Étude [...]*, p. 211, n. 5.

Paragraphe 491.

a. renouer   *B* ♦♦ *b.* compaingnie lor em pesa   *B*

Paragraphe 492.

a. mis ens ens en   *B* ♦♦ *b.* les   *B* ♦♦ *c.* dirent   *B* ♦♦ *d.* maintenantenant   *B. Nous corrigeons.* ♦♦ *e.* pronvoire   *B. Nous corrigeons.* ♦♦ *f.* que je vous ai devisee   *B. Nous corrigeons d'après L et L2.* ♦♦ *g.* li   *B. Nous corrigeons.* ♦♦ *h.* ce ce qu'il   *B. Nous corrigeons.*

Paragraphe 493.

a. fist   *B* ♦♦ *b.* autre   *B* ♦♦ *c.* porent   *B* ♦♦ *d.* escus   *B. Nous pensons devoir corriger.*

Paragraphe 494.

a. crie   *B. Nous corrigeons.*

Paragraphe 495.

a. couvenoit   *B. Nous corrigeons.* ♦♦ *b.* conseil d'aus   *B*

Paragraphe 496.

a. mais si tost qu'il   *B* ♦♦ *b.* qu'il aloit   *B* ♦♦ *c.* demanda a ciaus   *B*

1. On repère ici, christianisé, le motif folklorique de la culpabilité déclenchant la tempête.

2. Le *chastelain* désigne au XIIIe siècle le gouverneur du château, non son seigneur.

Paragraphe 497.

a. l'as honni   *B*

Paragraphe 500.

a. deüssies estre arives pour venir en cest païs et   *B. Nous corrigeons d'après L3.* ♦♦ *b.* les   *B* ♦♦ *c.* encontre cele part   *B*

1. Toponomastique fictive. Ce nom de château a une consonance orientale. Pour expliquer ce transfert toponymique, suffit-il de considérer que la Grande-Bretagne est encore, à l'époque dont parle ici le conte, un pays « sarrasin » ? Voir F. Lot, *Étude [...]*, p. 123, 147 et 213-214.

2. Voir § 145 et 457.

Paragraphe 501.

a. faisoit   *B* ♦♦ *b.* plus si   *B. Nous complétons d'après L2.* ♦♦

c. sourdre d'une montaingne Nascien d'une montaigne Nascien   *B.*
Nous supprimons la répétition.

Paragraphe 502.

   a. les ot o lui venir   *B*

Paragraphe 503.

   a. il sont   *B*

   1. Voir l'arrivée de Nascien à Galafort, § 464-465.
   2. Voir l'entrée de Célidoine dans la nacelle, § 420.
   3. Pour l'annonce du passage de la mer à pied sec, voir § 419.
   4. Ce motif du compagnonnage de l'oiseau n'est pas signalé dans
le conte.
   5. Pour la croix tracée sur la porte du château de Galafort, voir
§ 462.

Paragraphe 504.

   a. i   *B* ◆◆ *b.* veü   *B. Nous pensons devoir corriger.*

   1. La guérison du possédé : voir Matthieu, VIII, 28-29 et VII, 28-29 ;
Marc, I, 21-28, 32-33 ; Luc, IV, 31-37, 40-41.

Paragraphe 505.

   a. je li avoie   *B. Nous corrigeons.* ◆◆ *b.* desponderoient   *B*

Paragraphe 506.

   a. au   *B* ◆◆ *b.* rendre   *B. Nous adoptons la leçon commune à L1, L3 et*
M.

   1. Sur l'ordre d'édifier les tombes, voir § 431.
   2. Sur le géant, voir § 425 et n. 2.
   3. Sur le secours et la menace déjouée de Nabor, voir § 426-429.
   4. Sur le châtiment du seigneur de Charabel par la foudre, voir
§ 430.

Paragraphe 507.

   a. se recorderent en als   *B. Nous corrigeons d'après L2.*

Paragraphe 508.

   a. conmencha a faire   *B* ◆◆ *b.* et si le faisoit tant bien li dus Ganor
endroit soi que nus nel veïst qu'il nel tenïst au meillour chevalier del monde et si le faisoit   *B. Nous supprimons ce bourdon du*
copiste.

   1. Non seulement, comme on voit, Crudel justifie le nom qu'il
porte, mais encore son comportement de païen à la guerre viole un
usage élémentaire de la chevalerie, qui consiste à attaquer d'homme à
homme.

Paragraphe 510.

   a. amena *B* ✦✦ *b.* ocision *B*

Paragraphe 511.

   a. conmencie ensi com il avoit avoit *B. Nous complétons d'après L et supprimons la répétition.* ✦✦ *b.* jours avoit acoustume et desire *B*

Paragraphe 512.

   a. voloit *B* ✦✦ *b.* facent les noces de lui *B*

Paragraphe 514.

   1. Voir Psaumes, XXIII (Vulgate XXII), « Le Bon Pasteur ».
   2. Il s'agit de moines cisterciens. L'esprit de Cîteaux marque aussi, à plus forte raison, *La Queste* : voir A. Pauphilet, *Études [...]*, p. 53-84.

Paragraphe 515.

   a. sarra *B* ✦✦ *b.* que nule *B*

Paragraphe 516.

   a. si en orent grant doel *B* ✦✦ *b.* aus de ce voir *B. Nous corrigeons.*

Paragraphe 518.

   a. perdist *B* ✦✦ *b.* que lor pueples aourent *B*

   1. Il s'agit du martyre par écervelage. Ce supplice n'est pas rare dans l'hagiographie. Entre autres, saint Jacques le Mineur fut assommé et écervelé par un bâton de foulon. Saint Acheul (à qui était dédiée la première cathédrale d'Amiens) eut le crâne fracassé d'une épée de bois. On aura remarqué, de façon accessoire, quelle cruauté l'on prête aux dignitaires païens, c'est-à-dire aux puissants d'avant la christianisation : l'évangélisation est conçue comme civilisatrice.

Paragraphe 519.

   a. Joseph *B* ✦✦ *b.* nostres sires s'en estoit souvent courecies *B* ✦✦ *c.* a fin qui de Lanselot *B*

Paragraphe 520.

   a. celui fu *B* ✦✦ *b.* Bron li païens vit *B*

   1. Il fut lapidé par les Juifs pour blasphème contre Moïse, protomartyr de la foi chrétienne. Ses reliques furent transportées de Jérusalem à Constantinople puis à Rome. Son culte, favorisé par saint Augustin et le pape saint Sixte, est largement représenté dans toute l'Europe (voir L. Réau, *Iconographie des saints*, t. I, p. 444-456). Dans le

conte, cette dédicace répond au martyre par écervelage des douze évangélisateurs ; de plus elle dessine un lien ténu entre la grande église de Camaalot et la cathédrale de Meaux (voir n. 3, § 82).

2. Par le détour toponymique, on retrouve le thème du géant de la montagne (voir n. 2, § 425).

Paragraphe 521.

　a. qu'il　*B* ✦✦ *b.* chascuns　*B*

Paragraphe 522.

　a. mercien　*B*

Paragraphe 523.

　a. Jophes　*B. Nous corrigeons.*

Paragraphe 525.

　a. grassel　*B. Nous corrigeons.*

Paragraphe 526.

　a. ne vivoient　*B*

Paragraphe 527.

　a. de ses　*B* ✦✦ *b.* tient　*B. Nous corrigeons.*

1. Notre manuscrit donne à cet endroit *si com ele sot* (littéralement : « comme elle le sut » — ce qui n'est pas insensé). Nous pensons toutefois qu'il faut entendre ici : « comme elle en eut l'habitude » (de *soloir*).

2. Notre manuscrit donne *or vous pert vostre bone foi.* Comme à l'accoutumée, *pert* est ambigu. C'est la troisième personne du présent de l'indicatif de *perdre* (« maintenant vous perd votre bonne foi ») aussi bien que de *paroir* (de *parere*, en latin) qui a précédé *paraître* dans notre langue et s'emploie encore de nos jours, sous la forme d'un terme composé par préfixation, dans le lexique juridique (« il appert… »). Il faut entendre alors : « maintenant vous apparaît votre bonne foi ». Dans les deux cas, le ton est ironique ; nous avons tranché pour la seconde solution.

3. Le futur roi Alain le Gros : voir § 436 et 610.

Paragraphe 528.

　a. vous moustrece loenge par sa grasse et combien　*B. Nous corrigeons d'après L2.* ✦✦ *b.* servi　*B. Nous corrigeons d'après L2.*

1. Voir § 460 et n. 1.

Paragraphe 529.

　a. Josephe　*B* ✦✦ *b.* si encontra　*B* ✦✦ *c.* toutes et　*B*

Paragraphe 530.

a. ele *B*

1. Le lion dans la ville : pour être inouïe, cette péripétie n'eſt pas incongrue. Il s'agira d'un lion échappé de sa cage. Eſt-il besoin de rappeler l'engouement des grands seigneurs du Moyen Âge pour l'entretien d'une ménagerie éventuellement exotique (voir § 319) ?

2. Pour le rôle du châtelain au XIIIe siècle, voir n. 2, § 496. Plus loin (§ 533 et 537), cet agresseur eſt désigné sous le nom de « sénéchal ».

Paragraphe 531.

a. le *B. Nous corrigeons d'après L2.* ◆◆ *b.* et grant [...] d'argent *lacune dans B. Nous complétons d'après L2.* ◆◆ *c.* les *B*

Paragraphe 532.

a. Josephe *B*

Paragraphe 533.

a. lor dieu qu'il eüſt *B*

Paragraphe 534.

a. art *B*

Paragraphe 535.

a. come li [...] tout ausi *lacune dans B (saut du même au même). Nous complétons d'après L2.* ◆◆ *b.* Josephe *B*

Paragraphe 536.

a. Josephe *B* ◆◆ *b.* peres poissans *B*

Paragraphe 538.

a. Joseph *B* ◆◆ *b.* ne nef si *B* ◆◆ *c.* consent *B. Nous corrigeons, conformément à la leçon de L2.*

Paragraphe 539.

a. son [chief *corrigé en* col] une *B*

Paragraphe 540.

a. Josephe et cil en vinrent a Josephe et li disent entre *B (saut du même au même).* ◆◆ *b.* il fuſt *B*

Paragraphe 541.

a. revenra   B. *Nous corrigeons d'après* L2. ◆◆ *b.* vous   B. *Nous corrigeons.* ◆◆ *c.* vous   B. *Nous corrigeons.* ◆◆ *d.* piecha dont   B

1. Voir n. 2, § 527.

Paragraphe 542.

a. avendra ce qu'il   B

1. Le texte original donne *maronnier*, qui désigne l'homme de mer. Nous choisissons de traduire par « marinier », qui désigne par spécialisation (depuis le XVIᵉ siècle), comme « batelier », l'homme naviguant sur les cours d'eau.

Paragraphe 543.

a. qu'ele n'en ne   B
1. Voir § 524.

Paragraphe 544.

a. samblance   B

Paragraphe 545.

a. Artus a   B ◆◆ *b.* cite   B ◆◆ *c.* deceüs   B

Paragraphe 546.

a. tus   B

Paragraphe 548.

a. gardes que   B

Paragraphe 549.

a. nous   B ◆◆ *b.* entre le pere li evesques Josephes s'i fu   B ◆◆ *c.* descendi en   B. *Nous corrigeons d'après* L2. ◆◆ *d.* vous a aconduit   B. *Nous corrigeons.*

Paragraphe 550.

a. peres Symeü […] ma dolour   *lacune dans* B. *Nous complétons d'après* L2.

Paragraphe 551.

a. apeles fors que pour   B ◆◆ *b.* Escoce si   B ◆◆ *c.* au souper et furent   B ◆◆ *d.* dolant que ceste mescheance   B

1. Le toponyme dérive de l'anthroponyme seigneurial ; plus d'une fois, le Moyen Âge littéraire, s'intéressant à l'histoire des origines,

rattache ainsi le nom d'un pays à celui de son fondateur. Plus loin (§ 581), on verra la cité fondée en l'honneur du roi Orcan recevoir le nom d'Orcanie.

2. Le texte original donne *pour lor fix* (« à cause de leurs fils » — ceux de Siméon et de Chanaan). La même version est donnée par *L*. La suite du développement montre qu'il ne s'agit pas de fils (mais du cousin de Siméon, Pierre, et des frères de Chanaan). Or nous avons appris que Chanaan a douze frères (voir § 539) et qu'il est l'aîné (§ 541). C'est pourquoi, au prix d'une interprétation du texte médiéval, nous avons pris le parti de traduire *fix* par « jeunes parents ».

Paragraphe 553.

    a. a terre   *B*

Paragraphe 554.

    a. .ii.   *B. Nous corrigeons.* ◆◆ *b.* tons   *B. Nous corrigeons.*

Paragraphe 555.

    a. entr'aus si que   *B*

Paragraphe 556.

    a. merveillous   *B* ◆◆ *b.* .xi. freres   *B. Nous corrigeons.*

Paragraphe 558.

    a. tombes de mes tombes de mes freres   *B. Nous corrigeons ce bourdon du copiste.*

Paragraphe 560.

    a. au   *B. Nous corrigeons.* ◆◆ *b.* engrangier   *B. Nous corrigeons.* ◆◆ *c.* conseil maladie   *B*

1. Notre texte donne *esboulir* (leçon confirmée par *L*), c'est-à-dire « bouillir », « bouillonner ». Nous transposons par « suppurer ».

2. Notre texte donne à cet endroit *engrangier* (de *grandis*) : « s'étendre ». Nous substituons à ce terme, que nous tenons pour un *lapsus calami*, *engregier* (de *gravis*) : « empirer ». Cette seconde leçon est confirmée de deux façons : par *L* qui use plus banalement à cette place du mot *croistre* (« croître »), et par la suite de notre texte même, qui, à propos de cette plaie, emploie (§ 563) *empirier*.

Paragraphe 561.

    a. qui avoient este mises les pointes desous et les poins desus   *B*

Paragraphe 563.

    a. anemis   *B*

Paragraphe 564.

a. li vens […] nacele et *lacune dans B (saut du même au même). Nous complétons d'après L2.* ◆◆ *b.* se taist li contes et retourne *B. Nous amendons le texte.*

Paragraphe 566.

a. li dist de la cite *B*

Paragraphe 567.

a. dirai *B*

Paragraphe 571.

a. reont et *B* ◆◆ *b.* apres l'abat li tiers et puis li quars *B*

Paragraphe 572.

a. il fait *B* ◆◆ *b.* je ne sai *B. Nous corrigeons L2.*

Paragraphe 574.

a. s'entrefierent sor *B*

1. Pour désigner le combat à l'épée, le romancier emploie le mot de *mellee* (« combat », « bataille », « querelle »), comme, pour évoquer le combat à la lance raconté dans le paragraphe précédent, il use du terme de *jouste.* Nous conservons ces termes techniques en français moderne.

Paragraphe 577.

a. court sus a l'estrier *B* ◆◆ *b.* mires *B. Nous corrigeons.*

Paragraphe 578.

a. honoreres *B. Nous corrigeons.*

Paragraphe 580.

a. joie conme *B*

Paragraphe 582.

1. La leçon de notre manuscrit est *est,* leçon confirmée par *L.* Nous maintenons cette leçon, mais nous traduisons par l'imparfait, qui supposerait *ert* (de *erat*) dans le texte.
2. Si les allégations de Robert de Boron et de l'*Estoire* sont soulignées comme irréfutables, c'est qu'on ne les avait pas rencontrées avant dans les « histoires » légendaires de la Grande-Bretagne, comme le *Roman de Brut.* Ces affirmations portent sur la christianisation du

roi Luce et de ses hommes — de la Grande-Bretagne — du fait de Pierre, qui, succédant à Orcan, instaure sa propre dynastie chrétienne.

Paragraphe 583.

1. Pour la mort au combat de Guerrehet, voir *La Mort le roi Artu*, éd. J. Frappier, § 94, p. 124, l. 27-33.

2. Sur Mordret fils incestueux d'Arthur, voir *ibid.*, § 141, p. 176, l. 28-33 (le secret est connu de Guenièvre) ; § 164, p. 211, l. 5-15 (la signification du songe ancien d'Arthur — le serpent sorti de son ventre — et la révélation par Arthur devant ses hommes de sa paternité).

Paragraphe 584.

a. Joseph   *B*

Paragraphe 585.

a. serour   *B. Nous adoptons la leçon commune à L3 et M.* ◆◆ *b.* entree *B*

1. Dans le texte que nous éditons, on trouve *entree*. Cette leçon n'est pas insensée. Toutefois nous corrigeons selon ce que nous paraît exiger la logique de la phrase ; *enterree* est la leçon de *L*. Détail d'orthographe : notre version donne volontiers *enteree* (§ 589, 593, 601, 605, 609, etc.). Cette réduction du *r* géminé à *r* simple est un picardisme.

Paragraphe 586.

1. Épisode instructif, on le voit, quant au refus du népotisme.

Paragraphe 587.

1. Voir n. 1, § 551, et surtout n. 1, § 481.

2. Sur Yvain fils d'Urien, voir *La Mort le roi Artu*, éd. J. Frappier, § 74, p. 94, l. 69-70.

3. Yvain est tué par Mordret, d'un coup de taille de l'épée maniée à deux mains (voir *ibid.*, § 189, p. 243, l. 25-34).

4. Sur le combat mortel opposant le père et le fils — le roi Arthur et Mordret —, voir *ibid.*, § 190, p. 245, l. 49-68, et § 191, p. 245, l. 1-2 : « Ainsi le père tua le fils, et le fils blessa mortellement le père » (nous traduisons). Voir § 583 et n. 2.

Paragraphe 590.

a. Joseph   *B. De même ligne suivante. Nous corrigeons.*

1. *L* donne à cet endroit : *que plus n'en pot Galaad parole traire* (« de sorte que Galaad n'en put tirer une parole de plus »). Cette leçon est contraire à celle de notre texte, que nous croyons ne pas devoir modifier car elle nous semble grammaticalement admissible : nous

traduisons *traire* par « proférer » (qui étymologiquement a un sens voisin). D'autre part, notre version ne manque pas de cohérence narrative : la voix de Siméon peut n'avoir rien à ajouter après sa parole prophétique.

Paragraphe 591.

1. Voir § 514.

Paragraphe 593.

a. puis le bailla [...] meïsmes   *répété dans B.* ✦✦ b. lais   *B*

Paragraphe 594.

a. rendi   *B*

1. Ce dialogue de Joseph et d'Alain — en forme de testament spirituel de l'évêque — est évidemment inspiré de la parabole évangélique du Bon Pasteur (Jean, x, 1-21) ; cf., dans l'Ancien Testament, Ézéchiel, xxxiv, 1-31 et Jérémie, xxxiii, 1-8. Voir aussi n. 1, § 514.

Paragraphe 595.

1. Voir § 525-527.

Paragraphe 598.

1. Sur cette étymologie, voir F. Lot, *Étude [...]*, p. 211.

Paragraphe 600.

a. se   *B*

Paragraphe 602.

1. Voir § 351.

Paragraphe 604.

a. chevaliers mais   *B*

Paragraphe 606.

a. mout et loing   *B* ✦✦ b. vint a aus .i. messages   *B* ✦✦ c. païs et as chevaliers   *B*

Paragraphe 608.

a. chose si dist   *B* ✦✦ b. fors de la forest   *B. Nous pensons devoir corriger, à partir de la leçon de L.*

1. Le rendu des trois vagues d'assaut ne va pas tout à fait de soi. Il faut probablement entendre ceci : les chevaliers armés aux aguets

dans la forêt auront été partagés en deux troupes, dont l'une attaque les Saxons de front et l'autre à revers durant leur repli vers les navires ; le troisième assaut eſt donné par les chevaliers reſtés au château (mais ici, nous avons dû corriger notre texte, suivant ce qui paraît être la cohérence du récit, voir var. *b*).

Paragraphe 609.

a. tant qu'il ves qu'il vesqui   *B. Bourdon probable.*

Paragraphe 610.

a. la terre qui a son qui son pere   *B. Nouveau bourdon du copiſte.*

Paragraphe 611.

a. jour   *B* ◆◆ *b.* puet   *B* ◆◆ *c.* ne le connoiſſent   *B. Nous corrigeons (voir n. 2).* ◆◆ *d.* et lor cuers pour cele chose   *B*

1. Nous conservons telle quelle l'appellation de « belle garde », dont la toponymie, dans notre pays, conserve des traces, et nous ne perdons pas de vue que Lancelot (suivant *La Mort le roi Artu*) poſsède une demeure connue sous le nom de *Joyeuse Garde*. Appliqué à un château, ce terme de *garde* comporte une double acception : « protection » et « observation », « surveillance ».

2. Le texte de *B* dit *ne le connoiſſent* tout comme le texte de *L*. Il nous semble que le sens eſt : les chrétiens connaiſsent Jésus-Chriſt et le reconnaiſsent dans sa créature. C'eſt pourquoi nous corrigeons notre version, qui nous paraît avoir hébergé une contradiction.

Paragraphe 612.

1. C'eſt une partie de l'office du Vendredi saint (voir n. 1, § 2).

Pargraphe 614.

a. que on […] par dedans   *lacune dans B.* ◆◆ *b.* noſtre sires la felonnie Lancelot   *B. Nous pensons devoir corriger.*

1. La guérison miraculeuse eſt assurée par le contact du pur et de l'impur.

Paragraphe 616.

a. garder la proie sor la tombe   *B* ◆◆ *b.* toute la lignie   *B* ◆◆ *c.* parler a une   *B*

1. La branche eſt une partie de l'œuvre, une ramification. On voit quelle conception organique, vivante, le Moyen Âge se fait de l'œuvre littéraire.

2. *Hiſtoire du saint Graal* ne semble pas être un autre titre de *Joseph d'Arimathie. Ajouſter*, usité dans le texte original, ne signifie pas « mettre au bout de », mais « unir », « adjoindre », « conjoindre ». En d'autres termes, *Merlin*, dont le récit suit *Joseph*, serait un élément d'un ensemble nommé *Hiſtoire du saint Graal.*

3. «Monseigneur Robert» désigne bien entendu Robert de Boron.

4. Cet indice — conforme à la réalité ou sacrifiant au convention-
nel — intervient pour une part non négligeable dans la conception
que nos prédécesseurs se faisaient de la création littéraire, qui ne
devient vivante, en somme, ne croît et ne fructifie que par la mise en
œuvre, le difficile déchiffrement (et défrichement) de la lettre par
l'oralité.

Paragraphe 617.

1. Dans le manuscrit, *Joseph d'Arimathie* est suivi de l'*Histoire de
Merlin*. Le copiste confirme le titre à donner à l'œuvre que nous
venons d'éditer et de traduire : *Joseph d'Arimathie*. Mais comment
interpréter la première phrase de ce paragraphe, si l'on ne croit pas à
un *lapsus calami* ? Sans doute faut-il tenir *Joseph* pour un prélude à
l'*Histoire*, un portique apposé devant l'œuvre monumentale. Cette
interprétation est partiellement confirmée par *L*: *Explicit li commence-
mens de l'Estoire del Saint Graal*. De cette *Histoire*, *Joseph* ne serait tout
au plus que le début.

MERLIN

NOTICE

Le *Merlin* constitue le second volet du cycle, après *Joseph d'Arimathie* et avant *Les Premiers Faits du roi Arthur* et le *Lancelot* propre. Par
rapport à ces textes, il bénéficie d'une tradition manuscrite relativement stable, qui correspond sans doute à son ancienneté ; il est probable en effet qu'il a existé un *Merlin* en prose dès les années 1220,
avant même que ne se mettent en place les premières versions du
Lancelot. Mais ce texte n'en a pas moins une histoire extrêmement
problématique : d'une part, il faut s'interroger sur ses relations avec
l'œuvre de Robert de Boron, et plus précisément avec le fragment
d'un *Merlin* en vers que l'on a conservé (sans pouvoir être sûr qu'il y
en ait jamais eu une version complète) ; d'autre part, il est nécessaire
de comparer l'image qu'il donne de Merlin avec la tradition antérieure du personnage, tel qu'il apparaît chez Geoffroy de Monmouth
ou chez Wace.

La figure du « prophete des Englois » remonte très loin : sous des
formes et des noms différents, on peut en retrouver trace dans les
chroniques latines, en particulier chez Nennius dans l'*Historia Britonum*
du IXᵉ ou Xᵉ siècle, et dans l'espace prélittéraire gallois. Geoffroy de
Monmouth est le premier, dans l'*Historia regum Britanniae* (1138), à lui
donner ce nom de Merlin (Merlinus), apparemment adapté du gallois
Myrddin, et à établir une équivalence entre ce personnage et celui du
prophète aux origines mystérieuses qui figure dans l'*Historia Britonum*
sous le nom d'Ambrosius. Il le fait avec une certaine désinvolture,

assimilant tout uniment les deux noms au détour d'une phrase (« *Merlinus qui et Ambrosius vocatur*[1] ») et attribuant à son nouveau héros les données narratives, d'ailleurs assez réduites, qui appartenaient à Ambrosius. Comme son prédécesseur, donc, Merlinus Ambrosius eſt présenté comme un « enfant sans père », c'eſt-à-dire fils d'un démon incube, doté du don de prophétie qui lui permet de savoir pourquoi la tour de l'usurpateur Vortigern s'écroule, et de prédire la fin de ce misérable souverain et le retour du roi légitime. Alors que la fonction dramatique du personnage devrait s'arrêter là, Geoffroy insère soudain dans son texte un chapitre spécial consacré aux « prophéties » de Merlinus, prononcées par celui-ci à la suite de ses premières révélations, et portant sur six siècles d'histoire bretonne. À grand renfort de dragons et autres créatures empruntées à un beſtiaire fabuleux, Merlinus dessine une fresque particulièrement obscure de l'avenir de la Grande-Bretagne, avant de s'effacer pour laisser le récit reprendre son cours. Après la mort de Vortigern, survenue conformément à ses prédictions, il se met au service du nouveau roi et de son frère, et joue le rôle d'un conseiller politique aussi bien que d'un prophète. Afin de conſtruire un monument commémoratif digne de ceux qui sont tombés lors de la reconquête du pays par Aurelius et Uther, il fait venir d'Irlande les gigantesques pierres du mont Killare en Irlande et les dispose en cercle sur la plaine de Salisbury : il s'agit bien évidemment de Stonehenge. Pour accomplir ce prodige Merlinus a recours à une magie qui semble indépendante de son don prophétique. C'eſt également cette magie qui lui permet de venir en aide à Uther Pandragon qui, devenu roi, s'eſt épris de la très belle Ygerna, femme de son vassal, le duc de Cornouaille. Merlinus donne au roi l'apparence du duc, et c'eſt ainsi qu'eſt conçu le futur roi Arthur. Chez Geoffroy, Uther Pandragon épouse Ygerna aussitôt après la mort de son époux ; lorsqu'il meurt à son tour, son fils Arthur lui succède tout naturellement. Par conséquent le récit n'a plus besoin de Merlinus, qui disparaît sans laisser de traces. Tout au plus son nom eſt-il mentionné une ou deux fois par la suite, pour confirmer l'authenticité de tel fait rapporté par l'historien.

On a là l'embryon de notre *Merlin* du XIIIe siècle, et l'on peut imaginer sans peine que ces données originelles sont passées dans le champ littéraire « roman » par l'entremise du *Brut* de Wace (1155) qui en ce qui concerne le prophète traduit avec une assez grande fidélité Geoffroy de Monmouth. Cependant, Geoffroy lui-même semble avoir été surpris par le succès rencontré par son personnage. Non seulement le chapitre des « Prophéties de Merlin » inséré dans l'*Hiſtoria regum Britanniae* a circulé indépendamment de son contexte, mais encore Geoffroy a fait de Merlin le héros d'un autre texte, composé une douzaine d'années après l'*Hiſtoria regum* : la *Vita Merlini* (1151) eſt un poème latin de 1529 hexamètres, qui témoigne d'une maîtrise de la langue latine et des ressources de la rhétorique bien supérieure à celle de l'*Hiſtoria*, et conſtitue une tentative certainement plus ambitieuse, aussi bien que totalement novatrice par rapport au texte précédent. Le problème eſt que cet ouvrage — dont le succès semble avoir été réduit, si l'on en juge par le fait qu'il ne nous en eſt reſté

---

1. « Merlin qui eſt aussi appelé Ambrosius. »

qu'un manuscrit — semble faire appel à une tradition entièrement différente en ce qui concerne Merlin. Celui-ci y apparaît certes comme un prophète, mais aussi comme un roi de plein droit, devenu fou à la suite d'une bataille meurtrière où il a vu mourir ses hommes et ses parents, et qui s'est retiré dans la forêt où il mène la vie d'un homme sauvage, *homo silvaticus*, en vaticinant de façon obscure pour les rares visiteurs qui s'efforcent de le convaincre de revenir parmi les hommes. La figure de ce nouveau Merlinus sert de support à un certain nombre d'anecdotes relevant du folklore : celles de la reine adultère, du remariage de l'épouse du héros, de l'homme aux trois morts, et quelques autres de moindre importance. Mais la fiction du prophète qui s'adresse à quelques disciples ou compagnons choisis permet aussi l'entrée dans le texte d'une longue séquence encyclopédique, dans la lignée des *Étymologies* d'Isidore de Séville. Celle-ci comprend quelques éléments mystérieux, comme ce qui concerne l'île Fortunée et les neuf sœurs qui y demeurent, la plus célèbre et la plus savante étant une certaine Morgen. Le texte s'achève sur la vision énigmatique d'un observatoire astrologique construit pour Merlin, où celui-ci compte finir ses jours en compagnie d'un fou qu'il a guéri de sa folie, de son confrère Taliesin[1], et de sa sœur Ganieda, qui a renoncé au monde et sur qui descend parfois l'esprit de prophétie. De ce matériau hétérogène à peu près rien ne subsiste dans le *Merlin* du xiiie siècle, bien qu'un certain nombre d'épisodes et de situations réapparaissent dans ce que l'on appelle les *Suites* du *Merlin*, ou, dans notre manuscrit, *Les Premiers Faits du roi Arthur*.

Mais il y a une dimension de Merlin qui est totalement absente des textes du xiie siècle, que ce soit l'*Historia regum Britanniae*, ou le *Brut* de Wace, ou bien encore la *Vita Merlini* : nulle part le prophète n'est mis en relation avec le Graal — ce qui n'a rien d'étonnant, puisque le Graal est une « invention » de Chrétien de Troyes dans les années 1180, et que le saint Graal, ou disons le Graal chrétien, n'apparaît clairement que dans le *Roman de l'estoire dou Graal* de celui qui se nomme Robert de Boron[2]. Or, dans le *Merlin*, la perspective est radicalement différente, dans la mesure où l'histoire personnelle de l'enfant « sans père » est étroitement liée à l'histoire du Salut, telle qu'elle est réinterprétée en fonction du nouvel « évangile du Graal » qui se met en place au tournant du siècle. Le rapport entre Merlin et le Graal n'en reste pas moins problématique, et il est compliqué encore par la question de l'existence hypothétique d'un premier *Merlin* en vers complet, et par l'énigme de l'écrivain Robert de Boron. Un écrivain qui affirme se nommer ainsi dans l'épilogue de son œuvre compose à la fin du xiie siècle ou dans les premières années du xiiie un « roman », c'est-à-dire un texte en langue vernaculaire, sans connotation de fictionnalité, qui relate l'histoire, sainte mais apocryphe, de Joseph d'Arimathie, le *bon soldoier* qui demanda, et reçut, pour son salaire au service de Pilate le corps du Christ, et recueillit dans la coupe de la Cène le sang des blessures de Jésus avant d'abandonner

---

1. Figure à demi légendaire de barde gallois, qui a été souvent confondu par la suite avec Merlin lui-même.
2. Sur les rôles respectifs de Chrétien de Troyes et de Robert de Boron dans l'élaboration du mythe du Graal, voir l'Introduction, p. xi-xiii et xvi-xvii.

à celui-ci son propre tombeau. Cette *Estoire de Joseph* s'achève par l'annonce de quatre volumes complétant l'« estoire » du Graal, et soudain, avec un effet de rupture spectaculaire, elle se détourne de ces projets pourtant cohérents et nécessaires pour présenter un cinquième récit, sans rapport apparemment avec le Graal, ou avec le lignage de Joseph.

La contribution de Robert de Boron à l'histoire du Graal s'arrête là, à la fin des 3 514 octosyllabes de ce texte — à moins que l'on ne lui attribue aussi les 504 vers qui constituent la séquence d'ouverture d'un *Merlin* dont nous ne connaissons que ce fragment. Mais rien ne dit que ce roman-là a jamais été achevé ; un quart de siècle plus tard, en revanche, on voit apparaître une trilogie en prose — *Joseph, Merlin, Perceval* —, qui nous est conservée dans son intégrité par deux manuscrits : c'est assez pour pouvoir affirmer que ces trois volumes étaient perçus comme un ensemble cohérent par les lecteurs du XIIIᵉ siècle contemporains de l'écrivain qui reprend le nom de Robert de Boron, conformément à une logique selon laquelle le *Lancelot*, *La Queste del saint Graal* et *La Mort le roi Artu* sont attribués au polygraphe latin Gautier Map, mort près de cinquante ans avant leur rédaction. Mais justement, ces trois derniers livres, qui plongent le lecteur *in medias res*, ont grand besoin d'un « prologue » où soient décrits l'accession au trône du roi Arthur et, aussi bien, le début de l'« âge des merveilles » liées au Graal[1]. Plutôt que de composer un texte nouveau dans cette intention, les architectes du grand « cycle » en train de se constituer vont, selon un principe couramment admis dans la littérature des XIIᵉ et XIIIᵉ siècles, emprunter son volet central, le *Merlin*, à la petite trilogie placée sous le patronage de Robert de Boron — sans se soucier d'ailleurs d'effectuer les raccords nécessaires en ce qui concerne les instances d'énonciation, ce qui fait que des « signatures » *Robert de Boron* coexistent dans les manuscrits cycliques avec des « signatures » *Gautier Map*). Ce *Merlin*, qui décrit les événements conduisant à la naissance et à l'avènement d'Arthur, et fournit aussi la préhistoire d'artefacts importants pour la suite, comme la Table ronde, constituait un « prologue » idéal.

Le roman s'ouvre sur une scène plutôt inattendue, puisqu'on assiste au conseil que tiennent en enfer les démons après que l'Incarnation du Christ, sa mort et sa résurrection les a privés de leurs victimes. Les diables ressentent cela comme une profonde injustice, et le texte se fait un plaisir de commenter leur déconfiture, entremêlant à un récit très proche du comique des considérations qui ressortissent au style de la prédication familière. Finalement, les démons décident de produire un Antéchrist qui diffusera leur enseignement et sera capable de séduire les hommes et de rendre aux créatures infernales leur puissance évanouie. L'idée en soi n'est pas mauvaise, mais bien sûr elle ne saurait réussir : les instances d'énonciation ne laissent au lecteur aucun doute à ce sujet, raillant le diable de ne pas se rendre compte qu'il sera toujours vaincu par Dieu, quoi qu'il tente. Dans l'immédiat, deux démons se font fort de triompher des difficultés pratiques de l'entreprise : l'un affirme avoir le pouvoir de coucher avec une femme et de lui faire concevoir un enfant, l'autre

---

1. Sur la constitution du cycle, voir l'Introduction, p. XXI-XXVIII.

déclare qu'il connaît une femme qui est entièrement soumise à sa volonté.

L'affaire semble donc en bonne voie, mais à ce point la machine narrative se grippe, comme si le texte voulait reproduire l'incapacité du diable à construire quelque chose, fût-ce un scénario, de manière convaincante. Au lieu de dépêcher l'incube à la femme corrompue qui « fait les œuvres » de Satan, et de produire immédiatement l'Antéchrist désiré, le démon s'amuse à détruire la famille de cette femme, acculant d'abord son mari, puis elle-même, au suicide après avoir fait mourir leur bétail, incendié leurs fermes, et étranglé leur fils unique. Restent trois filles, et le démon, qui semble avoir perdu de vue à ce moment le but ultime de l'opération, continue à s'amuser en répandant sur elles la ruine et le malheur : l'aînée, séduite par un jeune avant serviteur du diable, est enterrée vivante selon la coutume lorsqu'on découvre qu'elle est enceinte et qu'elle refuse de révéler l'identité du responsable. Les deux autres sont comme il se doit troublées et terrifiées par cette succession de désastres. La cadette se réfugie dans la dévotion ; elle devient la pénitente attitrée d'un saint homme qui suspecte à juste titre une intention malicieuse du démon dans l'avalanche de catastrophes qui ont frappé sa famille, et lui donne de rigides conseils quant à la conduite à tenir dans la vie de tous les jours. La plus jeune en revanche est induite en tentation par une envoyée du diable qui lui fait miroiter les joies de la chair, et lui suggère, pour éviter le destin de sa sœur aînée tout en prenant du bon temps, de devenir prostituée. La jeune fille suit ses conseils, pour le plus grand courroux de la cadette, et l'inquiétude renouvelée du saint homme, qui constate avec une remarquable lucidité que « le démon est encore en » elles.

Un soir, la ribaude revient au domicile paternel qu'elle a déserté avec ses compagnons de plaisir, et se prend de querelle avec sa sœur qu'elle fait quelque peu malmener par ses amis. En proie à une terrible colère, la cadette se retire dans sa chambre qu'elle ferme à clé, mais se couche tout habillée en oubliant de faire le signe de croix et de laisser une veilleuse allumée auprès d'elle : le démon incube profite de l'occasion et couche avec elle sans qu'elle en soit consciente ; c'est cette nuit-là que Merlin est engendré. À son réveil, cependant, la malheureuse jeune femme se rend compte qu'elle a été *engignie*, et se précipite chez son confesseur qui refuse d'abord de la croire ; il finit néanmoins par noter la date de l'événement, afin de pouvoir vérifier ses dires par la suite, et il lui enjoint comme pénitence de s'abstenir sa vie durant de tout commerce charnel. Malgré son repentir, la jeune femme ne tarde pas à découvrir qu'elle est enceinte, et qu'elle risque donc de subir le même sort que sa sœur aînée. Le saint homme, Blaise, obtient cependant qu'elle ne soit pas brûlée avant la naissance de l'enfant, qui n'est pas coupable du péché de sa mère. On peut noter ce propos que Blaise fait preuve d'une inhabituelle largeur d'esprit — car le Moyen Âge considère plutôt que les péchés des pères rejaillissent sur les enfants — et, d'autre part, que cette singulière mansuétude pourrait avoir pour résultat de faciliter la venue au monde de l'Antéchrist, si les plans des diables n'avaient pas déjà été contrecarrés par le repentir et la quasi-sainteté de la mère qu'ils ont choisie stupidement pour exécuter leur plan. La jeune femme est donc enfermée dans une tour avec plusieurs respectables matrones.

Le moment venu naît un fils, dont l'apparence devrait suffire à révéler sa nature diabolique : couvert de poils, il est aussi très grand, et sa croissance est littéralement exponentielle : à l'âge de un an, il semble en avoir sept. Il est baptisé Merlin, comme son grand-père — dont on apprend ainsi le nom à l'instant où il disparaît définitivement de la scène ; jusque-là en effet, aucun des membres de cette malheureuse famille décimée par le diable n'a reçu de nom, et la mère de Merlin, qui joue pourtant un rôle important, n'en aura jamais, ce qui fournit une indication sur la façon dont le texte conçoit sa fonction. Entièrement soumise à son confesseur — dont le nom de Blaise n'est connu qu'à l'instant où il cesse d'être une utilité romanesque pour devenir le pivot de la narration et le garant du roman[1] —, puis à son fils, qui la fait entrer dans une maison de religion, elle n'accède jamais au degré d'existence indépendante qu'implique un nom. Au demeurant, à la date de rédaction du *Merlin*, le roman n'a pas encore succombé à la manie nominaliste qui lui fera donner noms et généalogie au moindre personnage dans les compilations plus tardives.

Le détail réaliste du baptême de Merlin a une double efficacité : d'une part, il banalise le prétendu Antéchrist, en le rattachant à son lignage humain, et en escamotant en quelque sorte sa « famille » paternelle ; d'autre part, il est la preuve que quelque chose s'est produit qui a contrecarré les plans des démons : il est hautement improbable que le futur Antéchrist soit tout uniment reçu dans le sein de l'Église, comme n'importe quel mortel racheté par le Christ. Les matrones passent encore quelques mois dans la tour — le temps, sans doute, de sevrer l'enfant pour qu'il puisse survivre sans sa mère — puis elles se lassent et, malgré les supplications de la malheureuse jeune femme, décident de retourner à leur existence normale. C'est alors que Merlin révèle l'un de ses dons les plus spectaculaires : non seulement le « sage enfant » parle aussi bien qu'un adulte et maîtrise une étonnante rhétorique qui impressionnera même Blaise (défavorablement d'ailleurs, au moins au début), mais il sait tout ce que disent les femmes entre elles, et console sa mère en affirmant qu'il saura bien empêcher qu'elle ne soit brûlée. Les matrones n'en croyant pas leurs oreilles se hâtent d'informer les juges de ce prodige.

La jeune femme et son fils sortent de la tour, les juges sont là, Blaise conformément à sa promesse vient assister sa pénitente[2]. Au cours de la séance d'ouverture du procès, Merlin prend la parole pour déclarer de manière provocante que, si sa mère en effet ignore totalement l'identité de celui qui l'a rendue enceinte, lui, Merlin, sait mieux qui est son père que le juge qui prétend décider de son sort ne connaît le sien. Le juge relève le défi, et envoie chercher sa propre mère ; mais il prévient Merlin que désormais il est engagé dans l'affaire : s'il ne parvient pas à prouver ses assertions, il sera brûlé avec sa mère, tout enfant qu'il est. En se comportant comme un adulte, voire comme un sage détenteur de honteux secrets, Merlin a renoncé aux privilèges de l'enfance. Lorsque la mère du juge arrive, elle ne

---

1. Voir Philippe Walter, « Naissance d'un devin », *Merlin ou le Savoir du monde*, Imago, 2000, p. 54-57.
2. Bien que les consolations qu'il lui prodigue semblent plutôt impliquer qu'il est convaincu de sa prochaine condamnation.

peut résister longtemps aux attaques de Merlin et avoue à son fils qu'il est bien, comme le terrible « enfant sans père » qu'elle compare on ne peut plus justement à un diable l'a déclaré, le fils du prêtre de la paroisse. Il s'agit d'un motif de fabliau classique, mais son insertion dans le roman sérieux qu'est le *Merlin* lui donne des conséquences tragiques : le prêtre, apprenant de sa concubine la colère du juge, se convainc que celui-ci le poursuit pour le condamner, et cherchant son salut dans la fuite il se noie au passage d'une rivière. Cette fin édifiante permet au conte d'insérer ici l'un de ces fragments de discours moralisateurs qu'il affectionne, et dont Merlin se chargera dans la suite : tel est le destin de ceux qui suivent les conseils du diable. Mais cette conclusion d'évidence se double d'une autre remarque, d'autant plus intéressante qu'elle marque en effet une différence radicale entre le démon et Merlin : alors que le diable n'est jamais si heureux que lorsqu'il s'est arrangé pour rendre publique la faute de ceux qui lui ont fait confiance, Merlin refuse avec constance d'être celui par qui le scandale arrive. À chaque étape de sa confrontation avec le juge, il propose à son interlocuteur d'en rester là, et affirme qu'il ne tient pas à dévoiler les sordides secrets des personnages.

Rien n'a été dit jusqu'alors sur le père de Merlin ; le juge, respectant le marché conclu, considère que celui-ci a bel et bien délivré sa mère, mais il prie le « sage enfant » de lui révéler la vérité, afin qu'il puisse justifier la jeune femme devant le peuple. Merlin fait montre d'une extrême obligeance : non seulement il produit une sorte de conférence scientifique sur les différentes sortes de démons en général, et sur les incubes en particulier, mais il dit clairement ce qu'on en était venu à soupçonner sans avoir de certitude : que le diable l'a perdu en raison de la bonté de sa mère, que Dieu a voulu contrebalancer l'influence démoniaque en lui donnant le don de prophétie, et qu'ainsi il connaît le passé, de par de son ascendance diabolique, et l'avenir, de par la grâce divine. Merlin ajoute bien sûr que n'importe quelle créature qui a la chance de pouvoir choisir entre Dieu et le diable choisit Dieu, si elle a tout son bon sens ; de façon implicite, le roman semble à ce point prendre une option sur le destin *post mortem* de son héros. Après une telle profession de foi, il semble en effet probable que Merlin doive être au nombre des élus. Un certain nombre de textes ultérieurs confirment cette impression et vont jusqu'à garantir le salut du prophète. Au contraire, les œuvres qui font une large place à la Dame du Lac et qui accentuent la nature diabolique de Merlin considèrent sa damnation comme allant de soi.

La mère de Merlin, innocentée, se retire dans un couvent. Merlin cependant demande à Blaise, auquel il donne avec constance le titre de « maître » — sous prétexte, dit le texte, qu'il a été le maître de sa mère, mais sans doute plutôt en raison de vestiges mal compris d'une tradition celtique liée au souffle et à l'esprit prophétique[1] —, de se procurer de quoi écrire et de devenir un scribe. En un temps où l'activité scripturale n'est pas quelque chose qui va de soi, mais tend au contraire à être considérée comme plus ou moins diabolique, cette requête n'est pas innocente, d'autant que Merlin semble vouloir

---

1. Pour l'étymologie du nom de Blaise, sa place dans le calendrier et son rapport aux traditions carnavalesques, voir Claude Gaignebet, *Le Carnaval*, Payot, 1980.

reproduire ainsi de manière presque sacrilège le couple canonique de l'Esprit et de l'Apôtre qui écrit sous sa dictée, tel qu'il est abondamment représenté dans l'iconographie. Blaise en tout cas commence par refuser, en déclarant nettement à Merlin qu'il ne va pas s'engager dans une activité aussi contestable sous la direction du « fils du diable ». Merlin, que le texte continue à appeler le « sage enfant », pour bien marquer l'écart entre sa sagesse, ou sa maîtrise de la rhétorique, et son âge apparent, témoigne exceptionnellement d'une certaine irritation, et réaffirme en termes parfaitement clairs qu'il est, selon la formule consacrée, « de par Dieu ». Il ne va pas tarder à aller plus loin, et à utiliser des images et des métaphores qui suggèrent une analogie peut-être sacrilège entre le Christ et lui-même. D'une certaine façon, tout ce discours est conforme à la nature d'Antéchrist de l'« enfant sans père », mais sa dimension parodique ne saurait s'adapter à la nouvelle image que le roman entend donner d'un Merlin chrétien et racheté.

Lorsque Merlin est enfin parvenu à faire taire les scrupules de Blaise, il entreprend de lui exposer le plan de l'œuvre qu'ils vont composer ensemble. Et c'est là que les choses se compliquent : Merlin prétend raconter à son maître l'histoire de Joseph d'Arimathie et du Graal, qui a été au demeurant relatée par Robert de Boron dans un texte en vers indépendant. Doit-on en conclure que le « livre de Blaise » est le même que le livre de Robert ? Merlin n'entre pas dans les détails, mais il déplore néanmoins les lacunes de l'ouvrage à venir : il ne contiendra pas en effet les paroles privées entre Joseph et le Christ. Cela va de soi : aucun témoin n'était présent dans la tour où les Juifs ont enfermé le *bon soudoier* pour le punir d'avoir — de leur point de vue — aidé les disciples à faire disparaître le corps de Jésus de Nazareth. D'après les conceptions médiévales de la transmission de l'information, il faudrait donc que le Christ ou Joseph racontent leur propre histoire. En un sens, c'est précisément ce que font les romans « de seconde génération » du Graal, en particulier le prologue de l'*Estoire del saint Graal* en prose telle qu'elle figure dans certains manuscrits. Mais au moment de la rédaction du *Merlin*, c'est-à-dire en 1220 environ, on n'en est pas encore là. La notion même d'une « autobiographie » de Joseph invaliderait la portée de son témoignage. Sans aller jusqu'à préciser le code des bienséances ou de la propriété littéraire auquel il se conforme, Merlin, en ne répétant pas les échanges privés de Joseph et du Christ, parvient à donner au lecteur l'impression frustrante qu'il en sait davantage qu'il ne veut en dire, et qu'il reste par conséquent le maître du jeu dans une relation complexe qui va le devenir encore plus au fil des pages, puis des années et des romans.

Ce problème n'est pas le seul auquel soit confronté Merlin : avec une profonde mélancolie, il reconnaît que le livre dicté à Blaise ne pourra être « au nombre des autorités », parce que les Évangiles, par exemple, qui constituent le corpus de base de ces fameuses autorités, ont été composés par des témoins oculaires des événements décrits, alors que Blaise n'aura pas bien sûr assisté à rien de ce qu'il met en écrit. Handicapé par ces limitations, Merlin s'efforce cependant de présenter une sorte de tableau synoptique des différents livres en cause : le livre de Blaise, le livre de Joseph, et quelques autres dont l'identité exacte n'est pas claire. Ce passage est l'un des points sensibles du *Merlin*, comme le manifeste une tradition manuscrite assez confuse. Notre manuscrit parvient avec une certaine économie de moyens à escamoter le problème du statut de l'énonciation, en supprimant toute référence à l'auteur prétendu du *Merlin*, Robert de Boron, et en plaçant dans la bouche de Merlin une formule de transition, au demeurant assez maladroite, qui permet de passer du Graal à l'histoire « profane ». S'ensuit un résumé des circonstances qui ont conduit l'usurpateur Vertigier sur le trône de Grande-Bretagne. À vrai dire, le lecteur est un peu déconcerté par ce soudain changement de ton et de perspective. On ne voit guère quel rapport une sombre histoire de querelle dynastique, impliquant les trois fils d'un certain « roi Constant[1] », et de guerres avec les Saxons peut avoir avec Merlin. On a cependant dans ces quelques pages un aperçu de l'habileté d'un écrivain qui relate avec une certaine efficacité les grandes lignes d'un scénario classique.

À la mort du roi Constant, son fils aîné, Mainet, devient roi. Un puissant baron, Vertigier, parvient à évincer Mainet, et les tuteurs des deux jeunes frères de celui-ci les emmènent en Petite-Bretagne pour les mettre à l'abri. Vertigier fait alliance avec les envahisseurs saxons et épouse même la fille de leur roi. Sa situation cependant ne tarde pas à se dégrader : afin de se protéger contre ses sujets mécontents et ses alliés de plus en plus exigeants, il cherche à construire une tour imprenable dans laquelle il pourra se retrancher. Mais la tour s'effondre chaque nuit ; les « clercs » et astrologues royaux, consultés, se révèlent totalement incompétents et d'ailleurs mesquins, jaloux et incapables de s'associer, même pour leur bien. Ainsi que le texte ne se fait pas faute de le répéter à plusieurs reprises, ils sont les jouets du diable, comme tous ceux qui s'adonnent à ces fausses sciences dont la pratique mène à la damnation. Merlin seul sera habilité à exercer ces « arts » douteux, parce qu'il le fait en toute connaissance de cause, et pour l'amour de Dieu. Encore les *sorts* et la *nigremance* représentent-ils la face sombre de son talent de divination : le plus souvent, le texte mettra l'accent sur la capacité prophétique du personnage, plutôt que sur ses dons moins avouables d'astrologue et d'enchanteur. En l'occurrence, toutefois, les clercs de Vertigier *voient* une seule chose dans les astres : un « enfant sans père » causera leur perte. Ils décident de prendre les devants et affirment individuellement à Vertigier que sa tour tiendra le jour où il répandra sur les fondations le sang d'un tel enfant[2]. C'est, dit le texte, le diable qui leur inspire cette ruse : conscient d'avoir perdu Merlin, il serait heureux de le détruire — avant qu'il ne lui cause beaucoup de tort. Ces commentaires, très présents, indiquent que la portée théologique du récit n'est pas encore oubliée à ce stade de l'histoire. En revanche, après le retour des fils de Constant, et surtout après l'accession au trône d'Uter, Merlin se consacre totalement à sa fonction politique sans plus se souvenir de son rôle messianique. Les prophéties laissent alors le plus souvent place à des prédictions à valeur de divertissement, et le prophète n'est

---

1. Il existe d'ailleurs un manuscrit indépendant attribué à un certain Baudouin Butor, qui se présente comme le *Roman des fils du roi Constant*.
2. Motif folklorique bien attesté.

plus qu'un enchanteur illusionniste. Entre la première partie de *Merlin* et *La Queste del saint Graal* s'étend, en termes de dimension spirituelle de l'œuvre romanesque, un désert au cours duquel le Graal apparaît tout juste comme l'horizon d'attente du règne d'Arthur.

Vertigier envoie donc des messagers par tout le pays avec mission de lui ramener l'enfant sans père. Quatre d'entre eux ne tardent pas à passer près d'un pré où jouent des enfants ; Merlin s'arrange pour que l'un de ses compagnons de jeu l'insulte en le traitant d'« enfant sans père ». Cette petite scène réaliste présente le double intérêt de montrer encore Merlin se livrant à des activités de son âge et, d'autre part, d'illustrer son talent de manipulateur, puisque c'est de façon parfaitement délibérée que Merlin, qui connaît la quête des messagers, organise cette mise en scène pour leur permettre de l'identifier. D'emblée les envoyés de Vertigier sont séduits et impressionnés par leur prétendue victime, et décident de l'accompagner auprès du roi sans le mettre à mort comme ils sont censés le faire. Merlin fait alors ses adieux à sa mère, qui effectivement disparaît totalement du texte pour n'y plus jamais revenir, et déclare qu'il est prêt à suivre les messagers. Tout dans ce passage souligne l'autonomie et la maîtrise du « sage enfant », et abonde aussi en références et allusions intertextuelles qui suggèrent une ressemblance entre Merlin et le Christ : une telle lecture est dans le droit fil de la scène initiale du « conseil des démons » et accroît bien sûr la portée subversive de l'œuvre romanesque, ou du moins rappelle que celle-ci est un moment de l'histoire du Salut et s'inscrit dans une grande « histoire sainte ». La question de l'âge de Merlin, par ailleurs, est insoluble : pour des raisons évidentes, on ne peut se fonder dessus pour tenter d'établir une chronologie. Étant donné que dès l'âge de dix-huit mois il paraît avoir sept ans, il est difficile de savoir combien de temps s'est écoulé entre le non-lieu du procès et le départ de Merlin « vers l'Occident ». Jusqu'à la fin de l'épisode de Vertigier, le texte joue de l'apparence enfantine du personnage, qu'il délaisse ensuite complètement au profit du motif de la métamorphose.

Au cours de son voyage en compagnie des messagers, Merlin a l'occasion à deux reprises d'illustrer ses talents : d'une part, il prophétise la mort imminente d'un homme qui vient d'acheter une paire de souliers et du cuir pour les réparer, d'autre part, il révèle que l'enfant dont la troupe croise l'enterrement était le fils du prêtre qui chante la messe et non celui du paysan qui se lamente. Ces deux épisodes ressortissent au fond commun des motifs prophétiques, et n'ont d'autre valeur que de démontrer l'incertitude du sort de l'homme et l'hypocrisie de la société. Un détail a changé cependant depuis les textes latins qui mettent Merlin en scène : son entrée dans la transe prophétique n'est plus signalée par un flot de larmes, mais par un éclat de rire. Comme apparemment cette innovation avait quelque chose de dérangeant, peut-être de diabolique — le démon se raille de ses victimes, le cœur plein de vraie contrition verse en revanche des larmes de repentir —, le texte s'efforce de justifier le rire de l'enfant-prophète par des éléments internes du récit. La question du rire de Merlin demeure insoluble, ne serait-ce qu'en raison de la difficulté, pour un lecteur moderne, de mesurer l'impact comique ou la volonté humoristique d'un passage dans un texte médiéval. Il est certain cependant que le rire a mauvaise presse à cette époque : les gloses des textes sacrés insistent sur le fait que le Christ n'a jamais ri. En revanche, le diable « en rit encore », selon l'expression bien connue : il est réputé s'adonner avec plaisir à la raillerie à l'égard de ses victimes. De ce point de vue, le rire de Merlin présente de nettes connotations diaboliques ; cependant, à un autre niveau, on peut voir dans ce comportement la trace des origines mythiques du « devin ». Souvent en effet, la « possession » de nature plus ou moins chamanique se manifeste par l'hilarité qui secoue le possédé, celui que son statut particulier sépare du reste de fait de l'humanité. Le rire n'est pas tant alors la marque d'un savoir ou d'une supériorité intellectuelle que le signe très physique d'une sorte de transe, ou d'ébranlement de l'être.

À leur arrivée à la cour de Vertigier, les messagers font preuve d'un flair politique dont la suite des événements confirmera la validité : ils se portent garants de Merlin, qu'ils estiment manifestement mieux apte à les protéger que le roi usurpateur dont l'étoile pâlit. Il s'ensuit une confrontation entre les « mauvais clercs » qui ont exigé la mort de l'enfant, et Merlin qui leur expose aux « apprentis sorciers » médusés les causes véritables de la chute de la tour et de leurs propres mensonges. C'est l'occasion pour lui de manifester son étonnante virtuosité dans le domaine du langage, grâce à un jeu de mots significatif : en affirmant que la tour devait tenir par le « sang » de Merlin, les clercs, déclare-t-il, ont commis une erreur en quelque sorte strictement linguistique, car ils auraient dit vrai en déclarant qu'elle tiendrait par son « sens ». Cet exercice de virtuosité dont on peut *a priori* s'étonner dans le contexte[1] signale la nature essentielle du pouvoir de Merlin ; il agit avant tout, et en dernière analyse, sur le langage. Tout le roman en train de s'écrire, tous les romans qui vont s'écrire par la suite reposent sur cette maîtrise de la parole qui n'appartient qu'au fils du diable, et qui lui permet de changer le sens et le cours des choses, d'inverser le temps[2], et de rendre réelle l'illusion — le revers de cette puissance exorbitante étant le soupçon d'artifice que tout spectateur-lecteur doté d'un minimum d'esprit critique fait du coup porter sur l'ensemble du corpus romanesque, coupable d'être issu du *sens*, ou de l'imagination féconde, de Merlin.

Vertigier se préoccupe de ramener la conversation à ses soucis immédiats : pourquoi sa tour s'effondre-t-elle chaque nuit ? Les explications que Merlin donne de ce phénomène — au demeurant empruntées à peu près mot pour mot à Geoffroy de Monmouth — demandent un acte de foi, que l'usurpateur non plus que les clercs ne sont pas prêts à accomplir : il y a sous la tour une sorte de lac souterrain, et sous ce lac deux pierres, et sous ces pierres deux dragons, un blanc et un roux ; lorsque le poids de la tour devient trop considérable, ces dragons oppressés se retournent dans leur léthargie, et la

---

1. Il y a plus urgent que de corriger la mauvaise « orthographe » des clercs aveuglés par le diable.

2. Par la suite, Merlin ne se soucie pas de respecter la chronologie, et raconte fréquemment des événements à Blaise avant qu'ils ne se soient « produits » dans le cours du récit. Ce traitement de la perspective temporelle a sans doute donné naissance à la théorie selon laquelle Merlin vit à l'envers, en remontant le cours du temps, théorie développée par T. H. White dans *The Once and Future King*, New York, Putman, 1939-1977, et reprise d'enthousiasme par beaucoup d'écrivains modernes.

tour s'effondre. Quoi de plus simple ? Vertigier, émule de saint Thomas, décide de vérifier sur-le-champ les dires de ce « merveilleux enfant » qui se dresse avec tant d'aplomb contre les assertions de son collège de « sages ». Nul doute qu'il préfère leur interprétation, purement mécanique en quelque sorte, des faits : la mort d'un « enfant sans père », donc sans parents susceptibles de chercher à le venger, ne le troublerait guère, tandis que cette histoire de dragons pose évidemment le problème de sa *senefiance*, et Vertigier appréhende qu'elle ne soit pas à son avantage. L'épisode des dragons et leur combat est visiblement organisé de bout en bout pour mettre en valeur les talents oraculaires et prophétiques de Merlin. Plus encore que le cours ordinaire de la narration, dont on n'apprend que lentement à se méfier, il donne une impression d'artifice d'autant plus spectaculaire que Merlin n'admet pas sa part de responsabilité dans cette écriture.

Dans l'*Historia regum Britanniae*, le but de Geoffroy de Monmouth est de passer en revue tous les rois de la Grande-Bretagne ; évidemment, il a ses favoris, et la séquence consacrée à Uter et Arthur, avec son corollaire, à savoir l'apparition de Merlin, est développée complaisamment. Le chroniqueur se laisse détourner assez longtemps de son sujet « officiel » pour insérer dans la trame narrative (qui s'en remet mal) le « livret » des prophéties de Merlin ; mais ensuite les épisodes s'enchaînent avec une grande rapidité, et le prophète n'est jamais qu'une utilité romanesque et politique. Dans *Merlin*, le titre suffirait, s'il en était besoin, à prouver que le récit est axé sur Merlin, et que la succession dynastique et les conflits entre barons, ou entre les Bretons et les Saxons, n'ont d'intérêt que dans la mesure où ils permettent d'illustrer les qualités particulières du prophète-enchanteur. Dans cette optique, et sans que cela soit aussi paradoxal qu'il y paraît au premier abord, la longue série de prophéties politiques et eschatologiques que le texte latin place dans la bouche du personnage est purement et simplement supprimée. Qui plus est, la symbolique des deux dragons est modifiée : alors que chez Geoffroy leur combat et la victoire finale du dragon blanc signifient que les Saxons finiront par l'emporter sur les Bretons en dépit de leur résistance héroïque, dans le roman en prose la glose opérée par Merlin ne se soucie pas d'interpréter en termes généraux ou génériques la mise en scène très élaborée qui a permis à ses talents de se manifester : le dragon blanc représente prosaïquement les fils et héritiers légitimes du roi Constant, qui viennent reconquérir leur héritage, et le dragon roux (qui est la couleur du diable, systématiquement connotée négativement[1]) représente Vertigier, que rien ne peut sauver désormais.

Le débarquement des deux frères survivants, le jeune roi Pandragon et son frère Uter, ainsi que les péripéties de la mise à mort de Vertigier, brûlé dans sa tour, sont exécutés avec une économie de moyens rare dans les textes médiévaux. En ce qui concerne Merlin, tout semble à recommencer : après s'être donné bien du mal pour construire un scénario qui le fasse sortir de ses années de latence, le prophète disparaît à nouveau, se plongeant dans un anonymat d'autant plus facile à conserver que l'énigme de son apparence com-

---

1. Au contraire, bien sûr, chez Geoffroy le dragon « vermeil » est doté d'une couleur de valence positive.

mence à se poser avec acuité. Lorsque les messagers reviennent à la cour de Vertigier avec leur prisonnier volontaire, ou lorsqu'il est confronté aux clercs qui voulaient sa mort, il semble probable que Merlin a toujours sa *semblance* d'enfant. En revanche, pour des raisons liées à la manière dont les enfants sont traités, ou plus exactement ne sont pas traités, au Moyen Âge, on ne s'attarde pas trop sur l'apparence du devin à la fin de la séquence : à en juger par la suite, lorsque Merlin explique la *senefiance* des deux dragons à Vertigier et à ses conseillers favoris, il se présente sous les traits d'un adulte, et même d'un *prud'om*, d'un homme de bien d'un certain âge, dont la sagesse n'est au moins pas contredite par ses traits physiques. En effet, lorsque Pandragon fera confirmer l'identité du prophète par les survivants du règne de Vertigier qui l'ont connu, et d'ailleurs recommandé, ceux-ci « reconnaîtront » un homme fait, et non plus un enfant. Cette dernière *semblance* ne sera en général plus utilisée ensuite par Merlin : une fois que le motif du « sage enfant » a été exploité de façon spectaculaire, il est rejeté par un roman qui a besoin d'une figure d'autorité non limitée par les contraintes inhérentes au statut d'enfant, fût-il sage.

À lire les pages suivant la mort de Vertigier, on a l'impression que Pandragon et son jeune frère ne sont revenus en Grande-Bretagne qu'afin de faire la connaissance de Merlin : serrés de près par les Saxons, ils n'ont d'autre idée que de retrouver le conseiller de l'usurpateur défunt, pour qu'il leur explique comment venir à bout de leurs ennemis. Abandonnant le soin de la guerre et d'un siège essentiel à Uter, comme par la suite celui-ci abandonnera ses troupes pour aller rejoindre Ygerne, Pandragon s'enfonce même à l'aventure dans cette partie obscure et sauvage du royaume de Logres qu'est le Northumberland. Là réside Blaise, à qui Merlin rend visite et raconte tous les événements passés et présents, voire une bonne partie de l'avenir. Ce mode de récit s'explique par les exigences de la construction romanesque : en effet, si conformément à sa promesse Merlin va assez régulièrement rendre visite à son « maître », il n'est ni souhaitable ni techniquement possible de clore chaque séquence par un « résumé » plus ou moins succinct de ce qui vient d'être dit de façon plus développée ; il n'est guère envisageable non plus de rompre sans cesse le récit par des changements de scène, au cours desquels on quitte le centre des opérations pour s'égarer dans le Northumberland — où il ne se passe rien, Blaise se bornant à attendre les visites de Merlin. En évoquant à la fois le passé et l'avenir lors de chacun de ses passages chez Blaise, Merlin maintient l'illusion d'une transmission logique du récit, tout en divisant par deux le nombre de ses visites. En outre, il lui arrive de confier à Blaise quelques « didascalies » qui contribuent à éclairer le sens d'un épisode autrement difficile à comprendre.

Cependant, si Pandragon décide de « trouver » Merlin, et de le prier d'être son « conseiller privé », c'est chose plus facile à dire qu'à faire (même si le lecteur à ce stade ne sait pas plus que le roi que Merlin peut changer d'apparence à volonté). Des messagers s'enfoncent dans la forêt, et reviennent bredouilles, ou plutôt, porteurs d'un message remarquable par son impertinence, mais qui établit d'emblée la hiérarchie nécessaire entre Merlin et les deux fils de Constant : si le roi lui-même vient chercher le prophète, il n'est pas impossible qu'il le rencontre. En d'autres termes, le statut de Merlin, dès lors qu'il n'est plus enfant, a changé : au lieu d'être mené au roi, il attend désormais que le roi vienne à lui, toutes affaires cessantes. Le roi s'exécute, de fait, et c'est l'occasion pour le texte de régaler le lecteur d'une série d'apparitions de Merlin d'autant plus déconcertantes que le mot de l'énigme n'est pas donné avant que Pandragon lui-même ne l'apprenne. Comme par la suite, lors de l'épisode clef où Merlin conduit Ulfin à Tintagel, il n'est jamais vraiment possible de déterminer si ces apparitions relèvent d'un authentique don protéiforme de Merlin (et de ceux qu'il touche), ou s'il est plutôt question d'une remarquable aptitude au déguisement, d'un exercice virtuose d'illusionniste. Assez souvent, les séquences au cours desquelles Merlin apparaît sous des formes ou des visages différents mettent l'accent sur les accessoires vestimentaires des personnages en cause, comme si la transformation avait lieu pour ainsi dire à fleur de peau. À la limite, un personnage comme le « baron aux trois morts » fait preuve lui aussi d'un talent certain pour modifier son apparence. Dans cet épisode, en tout cas, Merlin met finalement un terme à la mascarade, en faisant bien sentir qu'il est le maître de la situation, et partant du déroulement de l'histoire.

Non content de se révéler à Pandragon et de lui révéler, preuves et expérimentation à l'appui, sa capacité de changer d'apparence, le devin manifeste également son utilité politique et stratégique, en apprenant au roi la mort du chef des Saxons, et qu'elle est survenue grâce à lui, Merlin, qui a prévenu à temps Uter du danger qu'il courait. La préférence que Merlin témoignera dans la suite de l'histoire au plus jeune fils de Constant est déjà sensible dans cet épisode : objectivement, on a besoin d'un seul roi, et le dédoublement de la figure royale en Uter et Pandragon, qui sera corrigée plus loin par l'adoption des deux noms par le véritable roi de Grande-Bretagne, nuit plutôt à l'économie narrative. Mais au lieu de « tuer » tout de suite Pandragon, le conte et Merlin le gardent en réserve, établissant ainsi une structure ternaire de type à la fois classique et biblique : le devin doit successivement établir sa *bona fides* devant Vertigier, devant Pandragon, et devant Uter, soit trois rois ; figure transparente de la Trinité, et rappel de ce que Merlin annonce à Blaise : Arthur en effet sera le « quart roi » et son règne sera simultanément l'apogée de la carrière de Merlin et sa fin.

Vérifications faites, le roi se joint à Merlin pour se jouer de son propre frère, en lui infligeant le même parcours de perplexité et d'incrédulité qu'il a expérimenté. La raison de ce petit jeu, dont on ne voit guère qu'il fasse progresser l'action, c'est qu'ainsi les jeunes princes, gais et folâtres, seront davantage dans la sujétion de Merlin, qui se présente comme un maître ès divertissements. Cette explication cynique est fournie par Merlin lui-même, lorsque Blaise avec une compréhensible irritation lui demande à quoi rime cette pseudo-comédie des erreurs. De fait, Merlin prend sur Uter un ascendant qu'il n'a jamais vraiment sur Pandragon, d'abord en lui sauvant la vie et en lui permettant en outre de mettre à mort le Saxon Hengist (Angis dans notre version), puis en se mêlant d'emblée à ses amours, ce qui habitue le futur roi à se tourner vers lui dès qu'il a un problème d'ordre sentimental.

Intervient alors une ellipse temporelle, un intervalle de plusieurs années peut-être, correspondant au règne de Pandragon, et illustré seulement par l'aventure exemplaire du «baron aux trois morts»: épisode comique, taillé sur mesure pour mettre en valeur les dons de Merlin et son goût pour les mystifications, et qui s'achève par une victoire improbable de sa parole sur la logique événementielle: contre toute raison naturelle, le baron jaloux qui a orchestré cette mise en scène meurt effectivement de trois morts, pendu, noyé, et la nuque brisée. Merlin prend prétexte de cette confirmation de son talent pour introduire un dans l'espace narratif, comme horizon d'attente, un nouveau livre de contenu et de dimensions indéfiniment variables: les «prophéties», qu'il profère délibérément de manière obscure et que tout un chacun peut noter au moment de leur énonciation. De cette manière, le *Merlin* ouvre une sorte de parenthèse indéfiniment extensible, où pourront s'inscrire par la suite tous les textes se réclamant du «bon devin[1]».

Les Saxons constituent dans le *Merlin* un artifice narratif commode pour mettre en valeur les dons de Merlin, ou pour servir de toile de fond à l'action, mais ils ne sont jamais au centre de la problématique, comme c'est le cas chez Geoffroy de Monmouth ou chez Wace. Une fois qu'ils ont rempli leur rôle dans une séquence, on s'en débarrasse avec une certaine désinvolture... jusqu'à la prochaine fois. C'est ainsi qu'après la mort d'Angis l'armée saxonne quitte le royaume sans espoir de retour, heureuse de surcroît de s'en tirer à si bon compte, mais que, peu de temps après, une nouvelle armée revient menacer le rivage de Grande-Bretagne, ouvrant la séquence de la bataille de Salesbières, au cours de laquelle Merlin va non seulement illustrer ses talents prophétiques, mais éliminer Pandragon en faveur d'Uter. Cette bataille a une fonction essentielle dans l'ensemble du cycle arthurien sur le plan symbolique: elle constitue en quelque sorte l'ouverture, au sens musical, d'un âge d'or de la chevalerie appelé à s'achever au même endroit lors de la rencontre mortelle entre Arthur et Mordret. Mais à un niveau plus modeste, dans le cadre de l'économie interne du *Merlin*, c'est la première fois que les talents multiples de l'enchanteur-prophète-devin sont décrits de façon détaillée, et pour ainsi dire en temps réel. Cela revient à dire que, pour la première fois, la responsabilité de Merlin dans l'organisation dramatique est ouvertement reconnue: il ne se contente plus d'un rôle en quelque sorte passif de devin, ou même de prophète: c'est lui qui prend en charge la défense du pays. Pandragon reçoit sans protester, voire avec reconnaissance, les instructions de son conseiller privé. Instructions de type stratégique: le «prophète» se révèle un excellent *dux bellorum*, il élabore un plan de campagne complexe qui dénote une progression significative: s'il ne participe pas lui-même au combat comme il le fera dans *Les Premiers Faits du roi Arthur*, il occupe *de facto* les fonctions de général en chef — sans pour autant renoncer à son autorité dans d'autres domaines. Ses décisions sont en effet confirmées et vérifiées par les signes surnaturels qu'il a annoncés, et

---

1. De même que, dans le *Brut* de Wace, l'allusion à une période de douze ans de paix pendant le règne d'Arthur autorise l'insertion dans ce temps quasi mythique de toutes sortes d'aventures, et partant de rancunes, de même la référence assez vague dans le *Merlin* à un «lieu de prophéties» légitime les développements du corpus.

qu'il utilise d'ailleurs comme indices temporels afin de déclencher une attaque concertée sur deux fronts.

Le plus spectaculaire de ces signes est un « dragon » (§ 115) — un de plus — qui apparaît dans le ciel sans que l'on sache exactement comment. Il est doté d'une triple signification : il est le symbole de Pandragon, le roi qui va mourir, et préfigure le triomphe d'Arthur, le roi à venir ; il terrorise les Saxons, qui ne disposent pas d'un devin pour leur interpréter ce genre de prodiges, et il encourage les Bretons, qui y voient non seulement un signe positif, mais la preuve de la compétence de Merlin ; enfin il sert de signal pour lancer la seconde offensive, celle des troupes d'Uter, au moment opportun[1]. La question militaire cependant n'est pas le seul aspect intéressant de cette séquence : plus important encore, le discours moral que tient Merlin aux deux frères. En effet, il se place vis-à-vis des princes dans la position du « directeur de conscience », du prêtre ou du moine qui dispose d'une autorité spirituelle sans commune mesure avec sa place dans la société. Rien d'ailleurs de surprenant à cela ; comme le texte le répète à l'envi, Pandragon et Uter sont des seigneurs chrétiens. Ce qui en revanche peut paraître plus déconcertant, c'est que Merlin, présenté successivement comme un fils du diable puis comme un « prophète » marginal dont le savoir n'est pas très orthodoxe, devient à la faveur de cet épisode un conseiller spirituel. Pourtant, les dés sont pipés : si les conseils que le devin propose aux deux princes sont irréprochables — se mettre en règle avec Dieu et les hommes, se confesser, se comporter honorablement au combat sans succomber à la crainte —, il invalide son propre discours en trichant. En effet, alors qu'il a annoncé auparavant que l'un des deux princes mourrait au cours de la bataille sans vouloir préciser lequel, il révèle ensuite en aparté à Uter que ce n'est pas lui qui mourra. Ainsi, au détour d'un détail apparemment anodin, le *Merlin* pose en fait son problème fondamental, et celui qu'il ne parvient jamais à résoudre de façon satisfaisante : quelle est la dialectique de la prophétie et de l'enchantement ? Ce qui se produit — et que Merlin annonce — doit-il réellement se produire, ou est-ce Merlin qui a organisé cette mise en scène ? Dans quelle mesure une prophétie n'est-elle pas nécessairement un acte qui engage la responsabilité de celui qui la fait, puisque son impact risque de modifier l'avenir qu'elle a pourtant figé en le décrivant ? Destin et Providence, déterminisme et libre arbitre : ce sont les termes du débat que suscite par sa seule présence le prophète-enchanteur qui se sert de sa connaissance de l'avenir pour garantir que les choses se déroulent bien comme elles le doivent, comme *prévu*, précisément ! Il arrive que Merlin lui-même se heurte à cette aporie, et entreprenne de l'exprimer par des mots naturellement inappropriés. À l'orée de la bataille décisive, cependant, il n'en fait rien : on ne saura jamais si les Saxons ont spontanément envahi le royaume de Logres, si cette attaque est logique ou si tout l'épisode est organisé artificiellement par Merlin.

---

1. Les communications, comme chacun sait, sont essentielles dans une armée, et la méthode de Merlin pour remédier à cette difficulté presque insurmontable au Moyen Âge est à la fois efficace et élégante.

La bataille en tout cas se déroule exactement selon ses prédictions et ses instructions ; les Saxons sont vaincus, Pandragon est mort, Uter est roi. Le récit ne s'attarde pas sur cette mort, ni sur l'accession au pouvoir d'Uter : l'une et l'autre vont de soi, et Merlin, qui jusqu'alors se cantonnait dans un rôle d'amuseur public afin de mieux « ferrer » son poisson, va pouvoir en venir à l'essentiel et accomplir son œuvre. La première étape est l'érection d'un monument à Pandragon, le roi défunt — et, par la même occasion, à Merlin, le magicien dont les pouvoirs exceptionnels permettent la fondation de ce monument, lequel se confond, par une opération d'étiologie parallèle (une sorte de profit secondaire du roman, qui rassemble des traditions hétérogènes et se constitue en partie à l'aide d'éléments mythiques reconstruits selon une *senefiance* nouvelle et cohérente), avec le cercle de pierres levées que nous connaissons sous le nom de Stonehenge.

L'essentiel dans cette séquence est la manière dont Merlin mène le jeu du début jusqu'à la fin. C'est lui qui, avant la bataille, alors que personne ne lui demandait rien, s'est engagé à construire un tel monument à celui des deux princes qui devait mourir. C'est lui aussi qui, après la bataille, alors qu'Uter a oublié cette promesse, ou n'est pas très pressé d'honorer son frère de la sorte, rappelle son engagement, et souligne qu'il serait parjure s'il ne s'en préoccupait pas. Enfin, lorsque Uter a donné son aval à l'entreprise, en insistant sur le fait qu'il confie le déroulement complet des opérations à Merlin, celui-ci fait mine à deux reprises d'avoir recours à une aide extérieure purement humaine, afin de mieux en manifester l'incapacité, et de mettre en valeur par contraste ses talents particuliers. De manière purement générique, d'ailleurs : le roman ne donne jamais aucune description concrète d'un « tour de magie ». Merlin « jette ses arts », Stonehenge est érigé, et le renom de son architecte, sinon du roi dont c'est le tombeau, est assuré pour l'éternité.

Tel est en effet l'intérêt de cette séquence, qui ne s'inscrit pas de manière nécessaire dans le mouvement narratif : elle répond au souci quasi obsessionnel qu'a Merlin de la mémoire, de la « gloire » posthume, de l'immortalité en quelque sorte artistique. Car ce personnage, qui assure de son vivant la transmission du texte et la survie de l'information, se soucie à la fois de garantir après sa mort la continuation du travail d'enregistrement, ou de « mise en écrit », des événements, et de laisser, pour ainsi dire en marge et à côté de ces traces proprement littéraires, d'autres traces concrètes, monuments idéographiques ou hiéroglyphiques qui font partie de la diégèse, et doivent donc être pris en charge par le système de l'énonciation afin d'être *remémorés*. Au niveau plus immédiat du récit en cours, cependant, l'épisode de Stonehenge achève d'impressionner Uter et de le rendre réceptif aux suggestions ultérieures de Merlin. Celui-ci juge donc opportun de s'ouvrir au roi de son grand projet : construire non plus un cimetière pour un mort, mais une table pour les vivants. Et c'est ainsi que la Table ronde, très probablement d'origine mythique, s'intègre à cette version quelque peu hétérodoxe de l'histoire du Salut dont le prophète, au sens biblique du terme, n'est autre que le fils du diable, l'Antéchrist manqué, bref, Merlin.

L'accent est mis sur sa dimension allégorique, sa *senefiance* éminemment religieuse qui occulte sa valeur purement chevaleresque[1]. Le Merlin qui officie dans cette séquence est à nouveau celui qui dicte à Blaise les premiers chapitres d'un Livre analogue à celui de Joseph. De ce point de vue, le *Merlin* se situe vraiment au confluent des deux orientations du cycle, chrétienne en amont avec l'*Estoire de Joseph*, « séculière » et profane en aval avec *Les Premiers Faits du roi Arthur*, selon une structure duelle qui se retrouve de l'autre côté du « massif » *Lancelot* avec le diptyque constitué de *La Queste del saint Graal* et de *La Mort le roi Artu*. Le *Merlin*, quant à lui, rassemble à l'intérieur d'un même roman ces deux tendances, et tend à les juxtaposer froidement sans se soucier d'établir entre elles de véritables correspondances.

Avant d'entrer dans la phase active de la fondation de la Table, Merlin adopte à nouveau une *persona* de prêtre ou de prêcheur, et adresse à Uter un véritable sermon qui reprend les données déjà connues de l'*Estoire de Joseph*. Il y a eu déjà deux Tables, la Table de la Cène, où siégeaient le Christ et ses apôtres, y compris Judas, et la Table du Graal, établie sur les ordres de Dieu par Joseph d'Arimathie pour distinguer les élus des réprouvés lors de sa traversée avec son peuple[2]. La première est historiquement attestée, et figure dans le Nouveau Testament. La seconde est totalement apocryphe. Elle ressortit à cette légende du Graal qui se crée depuis quelques décennies, et qui récupère résolument un objet ambigu dans le sens d'une christianisation à tout prix. Elle a en son centre la figure quasi christique, mais aussi thaumaturgique, de Joseph d'Arimathie. La Table dite du Graal compte un nombre indéterminé de sièges, mais elle comporte l'élément essentiel, c'est-à-dire un Siège périlleux qui engloutit dans l'abîme ceux qui osent s'y asseoir sans l'avoir mérité[3].

La Table ronde que fait instaurer Merlin a elle aussi un Siège périlleux, mais ce n'est pas son aspect le plus spectaculaire de prime abord. Il s'agit d'une petite Table, puisque cinquante chevaliers seulement y prennent place, sélectionnés par Merlin à partir de critères qui semblent purement chevaleresques (c'est-à-dire non magiques). Par rapport aux constructions hautement improbables des textes ultérieurs, elle est donc très modeste, et du même coup très vraisemblable. Merlin ne semble pas intervenir concrètement dans son édification, et comme d'habitude ses actions, qui à en juger par leurs conséquences relèvent de la pure magie, ne sont pas décrites. Mais lorsque la fête à l'occasion de laquelle la Table a été inaugurée se termine, les chevaliers qui s'y sont assis font part au roi d'un désir et d'une décision qui les étonnent eux-mêmes : ils ne souhaitent pas se quitter jamais, bien qu'ils ne se connaissent pas depuis longtemps et ne soient pas apparentés ; au contraire, ils vont faire venir leurs familles, afin de toujours rester ensemble, auprès de la Table ronde. Le roi se félicite devant Merlin de ce développement qu'il interprète comme une preuve de ce que la fondation de la Table ronde correspond en effet à la volonté divine.

---

1. À la différence de l'image qui est donnée dans *Les Premiers Faits du roi Arthur*, où la Table ronde se rapproche de ses origines païennes (voir § 666).

2. Voir *Joseph*, § 446-448.

3. Voir *ibid.*, § 521-524.

Interprétation optimiste : les faits démontrent seulement l'efficacité de la magie de Merlin ; mais il est vrai que, dans le cours du roman, celui-ci s'arrange pour donner l'impression que ses actions traduisent les intentions de Dieu. Néanmoins, cette fois, il choisit de s'effacer, après avoir engagé Uter sur la voie du « bon gouvernement » ; il décline même l'invitation pressante du jeune roi de rester à ses côtés, et donne de ce refus une explication mélancolique, qui résume le dilemme de tout le roman : il vaut mieux, dit-il, qu'il soit absent des fêtes qu'Uter va donner à ses vassaux, afin que personne ne puisse douter de leur réalité… Le diable est, selon certaines traditions, le « prince des miroirs », le seigneur des illusions ; certes, d'un point de vue chrétien, ce monde tout entier n'est qu'une illusion. Mais il y a des degrés dans l'irréalité, et Merlin doit en effet se retirer momentanément sous peine de détruire par sa seule présence l'œuvre qu'il s'est donné tant de peine pour construire.

À court terme, l'absence du prophète-devin engendre directement l'épisode suivant du récit, qui constitue le pendant de celui du « baron aux trois morts » : jaloux, à juste titre, de l'influence de Merlin, et indignés de n'avoir pas été choisis pour faire partie de l'élite de la Table ronde, quelques barons suggèrent à Uter de faire faire l'essai du Siège périlleux, celui que Merlin a ordonné de laisser vacant jusqu'à l'avènement de l'Élu du Graal ; il s'est bien gardé d'entrer dans les détails, et le vague de ses réponses à ce propos justifie d'une certaine manière l'attitude des barons. L'un d'eux se déclare prêt à tenter l'aventure, et Uter se laisse convaincre. Toute la séquence est une allégorie de la séduction diabolique : le baron *engigne* Uter comme le diable *engigne* l'homme, et les excuses que le roi donne de sa conduite au prophète lorsque celui-ci revient à la cour en feignant d'être courroucé sont aussi faibles que celles du pécheur devant Dieu. Comme son prédécesseur du *Joseph*[1], le baron outrecuidant est englouti dans l'abîme lorsqu'il veut s'asseoir sur le siège fatal. Le roi, effrayé, met fin à l'expérience, il se confesse à Merlin, et tout rentre dans l'ordre. L'essentiel est que, désormais, tous les éléments nécessaires à la Parousie du Graal sont en place, même s'ils vont rester dans les limbes du texte pendant un temps considérable.

À cet endroit se situe une nouvelle rupture dans un texte qui en compte déjà plusieurs : le récit en effet se détourne de Merlin, de la Table ronde et du Siège périlleux, c'est-à-dire du matériau lié au Graal, pour s'engager apparemment dans la voie d'une « nouvelle » courtoise, ou du moins d'une histoire d'amour comme il en existe beaucoup dans la littérature du siècle précédent. Merlin s'est délibérément retiré du jeu, et le récit est réduit à ses propres ressources ; dans cette séquence, de fait, les interventions d'auteur et les commentaires des instances d'énonciation sont réduits au strict minimum — avec pour résultat une impression de désorientation et de dérive. Le lecteur s'est habitué en effet à la construction polyphonique d'un texte dont Merlin tire toutes les ficelles. Confronté à la simplicité, mais aussi à l'inefficacité du « roman d'Uter » — tout ce que le roi et ses conseillers savent faire, c'est, d'abord, multiplier les cours plénières

---

1. Il s'agit de Moïse, qui dès qu'il s'assied prend feu et est emporté dans les airs par des mains (voir *ibid.*, § 523).

pour permettre à Uter de voir Ygerne, ensuite mettre le siège devant
une forteresse imprenable, jolie métaphore de l'impasse où se trouve
le récit —, il ne tarde pas, comme le roi lui-même et son conseiller
Ulfin, à appeler de ses vœux le retour du magicien.

Car il est clair d'emblée que ce n'est pas d'un prophète que l'on a
besoin en la circonstance, mais d'un enchanteur — ou du moins d'un
habile diplomate, capable d'imaginer une ruse pour permettre au roi
malade d'amour de posséder sa dame. Les faits sont simples : lors de
l'une des premières cours plénières que donne le nouveau roi à peine
assuré dans son pouvoir, il s'éprend de la belle Ygerne, épouse du
duc de Cornouailles. Les obstacles qui s'opposent à la satisfaction de
sa passion semblent insurmontables : non seulement il est contraire
au code chevaleresque de chercher à séduire l'épouse d'un vassal, et
surtout d'un vassal fidèle dont on peut difficilement se passer sur le
plan politique, mais en outre Ygerne est une femme vertueuse, qui
refuse avec habileté mais résolution toutes les avances du roi. En
l'absence de Merlin, Uter désarmé se confie à un conseiller trop
humain, Ulfin ; mais celui-ci ne peut que lui faire de vains reproches
(un roi ne doit pas être l'esclave de l'amour, il doit dominer ses pas-
sions…), puis lui suggérer quelques recettes simples, et réputées
infaillibles, pour conquérir Ygerne. D'une part, il lui conseille de multiplier les cours pendant lesquelles il pourra jouir de la présence
d'Ygerne, d'autre part, il se fait le porte-parole d'une misogynie en
contradiction avec la tonalité courtoise du roman, en affirmant que
toutes les femmes sont vénales et qu'il suffit de leur offrir suffisamment pour triompher de leur résistance. Certes, Ygerne démontre la
fausseté de ce discours, puisqu'elle va en définitive jusqu'à faire ce
qu'Ulfin était convaincu qu'aucune femme au monde ne ferait jamais,
à savoir informer son époux des manœuvres du roi. Mais il n'en
demeure pas moins curieux de voir cette moralité de fabliau insérée
au cœur d'une séquence qui se veut courtoise.

Merlin a décliné l'invitation du roi à demeurer à la cour afin d'éviter d'être rendu responsable de tous les événements qui s'y produisent — et aussi, du point de vue de la narration, de devenir le
recours systématiquement utilisé pour résoudre chaque problème.
Pourtant, même après sa longue absence, Ulfin ne sachant plus à
quel saint se vouer finit par se donner au diable, ou, ce qui revient
presque au même, à Merlin : il reconnaît devant le roi son impuissance et lui conseille de s'en remettre au sage « prophète ». Constat
d'échec, et aveu de dépendance du roman à l'égard de son personnage. Compte tenu de sa connaissance exhaustive du passé, du présent et de l'avenir, Merlin a joué un jeu cruel avec les sentiments
d'Uter et s'est fait longtemps attendre. Il ne s'agit pas simplement de
marquer à quel point sa présence est indispensable à la production
du texte, ni d'introduire dans le récit un suspense quelque peu
artificiel, mais aussi de mettre en place le rapport de force qui donnera à Merlin toute latitude pour manœuvrer à son gré et s'emparer
dès sa naissance de l'enfant Arthur. Corollairement, cette mise en
scène à rebondissements souligne l'iniquité du désir d'Uter, et plus
encore de la façon dont ce désir va être satisfait. En effet, les moyens
purement humains ayant échoué, le roman fondé sur les ficelles narratives classiques étant parvenu au point mort, il faut bien admettre

qu'on doit recourir à Merlin, et à la magie : procédés « impurs » qui compromettent aussi bien les personnages que les instances d'énonciation qui les manipulent.

Du point de vue de la focalisation externe, le roman de *Merlin* fait la preuve de son incapacité à s'écrire selon les méthodes habituelles, sans systématiquement jouer de son atout maître, à savoir le personnage éponyme qui constitue un *deus ex machina* impeccablement efficace — et mortel pour le fonctionnement de l'imaginaire narratif. Du point de vue du déroulement de l'intrigue, l'entrée en scène tardive de Merlin confirme la faute d'Uter, et sa faiblesse. Le roi est prêt à tout pour obtenir l'amour d'Ygerne, y compris si nécessaire à donner son âme damnée — à savoir Ulfin — au diable — en l'espèce Merlin, déguisé en *contrait*, c'est-à-dire en créature contrefaite, dont la laideur extérieure trahit la corruption intérieure. Il est prêt à en passer par tous les serments que Merlin exige, et il va de fait lui promettre, par un « don en blanc », le fils qui sera engendré au cours de sa rencontre avec Ygerne. Il faut noter, au passage, que la « maladie d'amour » d'Uter est conforme à l'idée que l'on se fait de ce mal dans l'Antiquité : elle ne peut être guérie que par la possession de la femme désirée, mais elle ne s'embarrasse guère de subtilités : Uter ne voit aucune objection à obtenir les faveurs d'Ygerne sous un autre aspect que le sien, en se faisant passer pour l'époux de sa dame. Il ne semble pas non plus douter qu'une étreinte soit suffisante pour apaiser son désir, une fois pour toutes.

Ici, c'est naturellement la magie qui intervient. Merlin à ce point n'est plus un prophète, ce qui même d'un point de vue strictement orthodoxe est encore un statut honorable, mais un enchanteur de la pire espèce. Non seulement il peut modifier à volonté son apparence, mais il peut aussi changer celle des autres, et leur donner les traits de leurs adversaires, au moyen d'un élixir d'herbes. La simplicité des moyens trahit la perplexité des écrivains médiévaux face à la magie : science des poisons, ou science des mots (les *sorts* que l'on jette), la *nigremance* demeure, et pour cause, une énigme. Lorsqu'il s'agit de décrire une entreprise magique, on ne peut donc le faire qu'en se cantonnant dans des formules très générales, sans jamais fournir aucune précision. Dans tout le corpus de *Merlin* on ne trouve pas le texte d'un seul sortilège, non plus que la moindre information botanique précise. Mais, paradoxalement, cette discrétion ne diminue pas la méfiance que l'on peut éprouver à l'égard de tout ce qui est surnaturel et « magique » : au contraire, l'idée que la nature est pleine de secrets qui peuvent, pour peu qu'on les connaisse, servir à des fins discutables fait planer sur le monde un doute inquiétant. Et Merlin est le vecteur de cette inquiétude, celui par qui le scandale de la différence entre apparence et réalité est révélé. Le magicien a beau à ce point s'entourer de garanties chrétiennes, exiger de la part du roi et aussi d'Ulfin, en sa qualité de témoin, des serments sur la Bible et les reliques, il n'en reste pas moins une créature en dehors de l'ordre commun, et en tant que telle redoutable.

Merlin ne se contente pas de donner au roi l'apparence du duc de Cornouailles ; comme un roi, ou un duc, ne saurait se déplacer seul, il modifie aussi l'apparence d'Ulfin et la sienne propre, afin qu'on les prenne pour les deux conseillers les plus proches du duc.

La mascarade réussit pleinement, mais elle fait planer de nouveaux doutes sur la scène cruciale de la conception d'Arthur : qu'est-ce qui permet d'affirmer en effet qu'Arthur est bien le fils du roi Uter, et non celui d'Ulfin, ou, ce qui serait encore plus intéressant, celui de Merlin ? La littérature du XII siècle propose de nombreux épisodes au cours desquels un amant empressé croit faire l'amour avec sa dame alors qu'il dort paisiblement, la tête posée sur un coussin enchanté — et ce sera le sort de Merlin lui-même, juste retour des choses en un sens. Bien sûr le témoignage de la dame n'est pas fiable, puisqu'elle est prête à jurer que c'est son époux qu'elle a reçu dans son lit, à l'heure où le malheureux était déjà mort. Lorsque Uter a épousé de façon tout à fait légitime la pauvre Ygerne, il la convainc d'abandonner à sa naissance cet enfant dont personne ne peut se dire véritablement le père. Il s'agit dans sa bouche d'un simple argument pour obtenir le bébé, et pouvoir ainsi tenir sa promesse à l'égard de Merlin. Mais on peut aussi lire dans cette remarque la méfiance d'un prince vis-à-vis de tout ce qui est entaché de surnaturel : nul doute qu'Uter préférerait avoir de sa reine un autre fils, que l'on pourrait présenter comme l'héritier légitime !

Dans les versions les plus anciennes de la légende, outre que l'on prend soin de préciser que le duc était mort *avant* la conception d'Arthur, afin d'éloigner de celui-ci le soupçon de bâtardise, il n'est pas question d'abandonner l'enfant, qui est élevé auprès de son père comme son héritier[1]. L'histoire de l'adoption du jeune Arthur est un élément nécessaire de sa légende, dans la mesure où elle confirme son élection « divine », et renforce le prodige lié aux circonstances de sa naissance, comme à celle de tout héros digne de ce nom. Par ailleurs, elle confère à Merlin un rôle plus important dans le cours des événements, puisque c'est lui qui se présente en personne au palais la nuit de la naissance — qu'il a au demeurant prédite avec précision —, lui qui se préoccupe de choisir pour l'enfant un père adoptif, lui enfin, privilège exorbitant, qui baptise le jeune Arthur, sans qu'aucune explication soit proposée pour ce nom, contrairement à la tendance médiévale qui fabrique à plaisir de fausses étymologies. Merlin est décidément indispensable, tout au long de ces séquences cruciales. Le scénario présente d'ailleurs un certain nombre de caractéristiques typiques de son personnage : le goût du secret, l'abondance des déguisements, et surtout l'art de manipuler les personnages de manière à les amener exactement au point où le prophète-magicien veut les voir.

Cependant, Merlin adopte dans le cours de ces manipulations une technique plus raffinée que de coutume, et conforme à son désir affiché de se retirer du devant de la scène afin d'accroître la crédibilité des événements en cours — même lorsque *de facto* il en est intégralement le responsable, le « trouvère » ou l'« inventeur » au sens médiéval du terme. Il s'efface autant que possible derrière un intermédiaire qu'il charge de transmettre ses instructions, sans que sa présence à l'origine du projet ou de l'ordre considéré soit mentionnée : Uter est chargé de convaincre son épouse d'abandonner un enfant dont il est à peu près convaincu qu'il s'agit du sien, puis de persuader Antor d'accepter un bébé inconnu comme fils adoptif. Il n'y a pas

---

1. Voir le *Roman de Brut*, de Wace.

d'intervention surnaturelle dans ces épisodes, pas non plus de prophéties à proprement parler. Et pourtant Merlin est incontestablement le maître du jeu, la figure centrale du roman qui dans l'ombre tire toutes les ficelles.

Il en va ainsi jusque dans la longue séquence de négociations qui aboutit au mariage d'Uter et d'Ygerne. Le roi n'a naturellement qu'un désir, c'est d'épouser la duchesse, maintenant que son premier époux est mort. La duchesse elle-même, bien que sans doute réticente, puisqu'elle connaît les dessous de l'affaire et sait qu'il ne s'agit pas tant de réparation que de triomphe du désir royal, ne peut s'opposer au « conseil » de ses amis et parents qui s'empressent d'accepter cette offre de « compensation » flatteuse. Pourtant, aucun des deux protagonistes ne saurait aborder froidement le sujet. Uter doit feindre de se conformer aux recommandations de ses conseillers, et ceux-ci n'osent pas proposer une solution aussi extrême. Lorsque enfin Ulfin s'y risque, c'est sur les conseils et selon les indications détaillées de Merlin : du coup, le petit roman courtois en milieu féodal, qui a eu tant de mal à démarrer en son absence, s'achève tambour battant sans aucune des lenteurs ou des maladresses de ses premières pages.

Manipulation, bien plus que magie ou prédictions, c'est décidément ce qui décrit le mieux la place occupée par Merlin à la fin du roman : cela apparaît avec une clarté particulière dans l'épisode de la mort d'Uter, qui succède immédiatement au récit de la naissance d'Arthur et de son adoption par Antor. Uter est sur son lit de mort, confronté à une nouvelle invasion saxonne, quand Merlin réapparaît devant lui, et lui indique de quelle manière il pourra vaincre ses ennemis — en se faisant porter sur le champ de bataille, à la tête de ses troupes, dans une litière. Uter est victorieux, en effet, mais il entre en agonie et ne prononce plus un mot pendant plusieurs jours. Les barons, persuadés de l'imminence de sa mort et que le roi ne prononcera plus une parole, font part de leur conviction à Merlin, qui choisit alors tout à fait arbitrairement de manifester sa puissance en faisant parler une dernière fois Uter. Il n'est pas indifférent que l'enchanteur exerce son pouvoir dans le domaine de la parole et du discours. Mais ce qui est encore plus intéressant, c'est que Merlin n'obtient pas ce résultat par magie, comme le croient les barons : il se contente de faire appel lui aussi au discours, annonçant à Uter que c'est son propre fils, parvenu à l'âge adulte et en bonne santé, qui lui succédera sur le trône. Les « dernières paroles » d'Uter sont en fait une simple action de grâces, adressée à Dieu, et non à son instrument Merlin. Pourquoi cette mise en scène ? L'épisode n'a apparemment d'autre fonction narrative que de souligner l'habileté de Merlin, de remettre l'accent sur lui après une éclipse correspondant à l'intervalle hors texte qui va de la naissance d'Arthur à la mort de son père, quinze ans plus tard.

Dans cette séquence, Merlin *engigne* à la fois les barons et son roi : les premiers, en leur laissant croire qu'il contraint leur seigneur à parler par des moyens surnaturels ; le second, en l'amenant à rompre son silence par une révélation inattendue qui provoque naturellement un effet de surprise et de joie. Pourtant cette saynète mineure a une valeur signifiante importante : non seulement elle emblématise le pouvoir de Merlin par et sur le langage, mais elle confirme la nature innocente et orthodoxe de ce pouvoir : d'une part, Merlin n'a pas recours aux ressources de la *nigremance* pour réaliser son (petit) prodige ; d'autre part, l'information concernant Arthur vient à la fin d'un discours édifiant qui ne serait pas déplacé dans la bouche d'un prédicateur, et la réaction d'Uter est celle d'un bon chrétien rendant grâces à Dieu. Merlin « montre patte blanche » ; s'il y a collusion dans le récit, c'est entre le prophète-enchanteur et les forces du bien, non pas entre le fils du diable et son père.

Corollairement, l'épisode a pour effet de diminuer la croyance en la magie, qu'elle soit blanche ou noire : si Merlin dans cette circonstance est parvenu à tromper son monde sans avoir recours à des sorts ou des enchantements, il n'y a pas de raison de soupçonner que les phénomènes indubitablement surnaturels qui vont avoir lieu dans la suite se produisent de son fait. En permettant au lecteur d'accéder aux coulisses de la représentation que donne Merlin, en leur montrant les ficelles dont sont victimes le roi et les barons, le récit s'efforce de les assurer de l'innocuité de Merlin. L'essentiel est que tout doute soit levé en ce qui concerne l'authenticité et l'orthodoxie de la grande scène finale, celle de « l'épée dans le roc ».

Après la mort d'Uter, et en l'absence d'un héritier légitime ou même d'un héritier désigné par le défunt roi, les barons perplexes ne savent comment choisir un nouveau seigneur. On retrouve dans ce passage la tonalité féodale qui caractérisait en partie le « roman » d'Uter et d'Ygerne ; deux traditions s'opposent, celle qui faisait du roi, *primus inter pares*, une figure symbolique au pouvoir étroitement limité par celui de ses grands vassaux, et celle que s'efforcent de mettre en place aussi bien les Capétiens en France que les Plantagenêts en Angleterre, selon laquelle le roi doit son élection à Dieu seul. Merlin est ostensiblement en retrait dans ce débat ; mais il n'en prend pas moins clairement parti pour la théorie de l'élection divine, puisqu'il suggère aux barons d'attendre Noël, qui est tout proche, pour voir si Dieu ne leur enverra pas un signe. Rien d'étonnant ensuite à ce que le jour de Noël, après la messe au cours de laquelle l'archevêque a à son tour demandé à Dieu de manifester sa volonté par un signe clair, une *merveille* apparaisse sur le parvis de la cathédrale : la fameuse épée fichée dans l'enclume elle-même posée sur une pierre. Mais, en dépit de l'« invention » de l'archevêque qui reprend dans son sermon pratiquement *verbatim* la suggestion de Merlin, il est difficile de croire que l'enchanteur n'a rien à voir avec l'apparition de l'épée et de l'enclume.

Le roman privilégie alors une lecture naïve, selon laquelle l'épée est bel et bien un signe envoyé par Dieu pour assurer l'élection d'Arthur, et l'archevêque l'émanation de l'Église qui s'engage, au-delà des querelles partisanes, aux côtés de celui qu'a désigné le Seigneur, quelque humble ou obscure que puisse être son origine. Mais après avoir été confronté aux manipulations raffinées de Merlin, et l'avoir vu changer à son gré de *semblance* au fil des pages, le lecteur est en quelque sorte invité à déchiffrer un second degré du récit, selon lequel l'archevêque dont personne n'a entendu parler jusqu'ici n'est qu'une nouvelle intervention de Merlin, particulièrement adaptée à ses intentions, et l'épée un produit de la magie de l'enchanteur, également calculé pour obtenir le résultat désiré et annoncé de longue date.

Comme on l'a signalé à propos de la « confession » de Merlin, celui-ci ne dit pas que les événements qui vont se produire à la cour seront naturels et authentiques. Il dit seulement que ceux qui y assisteront les croiront plus volontiers tels, si lui-même est absent. Mais le revers de la médaille est que pendant son absence les choses se déroulent au ralenti.

Les péripéties de l'élection d'Arthur — d'abord la période d'« essai » de l'épée, puis les circonstances qui aboutissent à la désignation du jeune roi, les réactions du public, archevêque, barons, et petit peuple, les délais successifs imposés par les seigneurs réticents — constituent le pendant des scènes d'ouverture qui aboutissent à la naissance de Merlin, et rappellent aussi les lenteurs du « roman d'amour » d'Uter à ses débuts. Dans les trois cas, ce qui est en jeu, c'est une naissance ou un avènement ; dans les trois cas, la machine narrative « patine » aussi longtemps que Merlin reste en dehors du jeu. Livré à lui-même, le roman peine à s'écrire, et il lui faut l'aide de son personnage pour surmonter les obstacles de son propre scénario. En ce sens, Merlin joue un rôle de *shifter*, d'embrayeur qui débloque l'action et fait progresser l'intrigue. Dans une certaine mesure, Antor et l'archevêque s'efforcent de le remplacer, comme le fait Ulfin dans la séquence des amours d'Uter : avec les informations limitées dont ils disposent, ils organisent des fragments de mise en scène qui aboutissent successivement à la reconnaissance *privée* d'Arthur comme roi — et comme héritier légitime d'Uter —, et à son sacre, obtenu de haute lutte par l'archevêque au bout de plusieurs ajournements.

Si le récit des amours d'Uter et d'Ygerne forme une sorte de petit roman dans le roman, une variation plus ou moins parodique sur le genre de la nouvelle courtoise, le récit de l'élection d'Arthur constitue un « documentaire » sur le fonctionnement de la société féodale. On ne peut s'étonner du peu d'enthousiasme des barons, qui se voient proposer pour roi un « enfant » inexpérimenté, qui n'est même pas chevalier, et dont les origines sont pour le moins douteuses. De quelque façon que l'on envisage les choses, Arthur, fils cadet d'un vavasseur ou bâtard d'un seigneur qui s'en est débarrassé en le confiant à un père adoptif[1], ne semble pas être un concurrent sérieux pour la couronne de Logres. Les mises à l'épreuve que lui imposent les barons ne sont pas seulement une sorte de prétextes pour retarder l'échéance : selon le principe médiéval de l'hérédité, « bon sang ne saurait mentir » ; si Arthur se révèle capable de se comporter comme un bon suzerain, si ses *instincts* de gouvernement sont bons, c'est probablement qu'il est en effet de sang noble, voire royal, et qu'il mérite d'être roi.

La plupart des manuscrits du *Merlin* proprement dit s'achèvent sur une formule de contes de fées (« Arthur tint le royaume longtemps en paix »…) sans que Merlin lui-même réapparaisse : il est le saint Jean Baptiste du roi Arthur, et lorsqu'il est enfin parvenu au bout de ses efforts et a amené au pouvoir le « quart roi » dont il a prophétisé la venue merveilleuse, il peut, et doit s'effacer. Le manuscrit de Bonn cependant ne s'arrête pas là. Merlin revient sur le devant de la scène,

1. Ou, pis encore, d'une dame, mariée peut-être, et cherchant à cacher son adultère.

pour se mettre au service d'Arthur et proclamer à la face du monde la vérité sur sa conception et sa naissance. Cela vaut au lecteur une belle scène de « reconnaissance », une scène à faire qui permet à d'anciens personnages, comme Ulfin, de resurgir dans le texte. Mais cela repose sur une contradiction logique : alors que les barons ont juré solennellement d'accepter Arthur comme roi et que le couronnement a eu lieu dans les formes, voilà que soudainement les rois vassaux d'Arthur se rebellent contre lui, au moment même où sa légitimité est démontrée sans aucun doute. Commence alors l'épopée du jeune roi Arthur, au cours de laquelle il va faire ses premières armes comme tout chevalier errant, conquérir, sinon une terre, du moins une femme, et avec elle la Table ronde jadis fondée par Merlin, faire la connaissance de deux alliés royaux dotés d'un bel avenir dans la fiction, et remporter des victoires éclatantes sur ses ennemis intérieurs et extérieurs. Épopée d'Arthur, certes, et qui se justifie en tant que telle ; mais aussi œuvre de transition, mosaïque qui recolle des fragments de traditions hétérogènes et incompatibles, et à qui revient surtout le douteux honneur de mettre à mort un personnage devenu trop embarrassant pour qu'on puisse le tolérer plus longtemps : tels sont *Les Premiers Faits du roi Arthur*, qui devraient commencer où finit le *Merlin*, mais ne s'ouvrent officiellement que plusieurs pages plus loin[1], parce que Merlin lui-même, comme son père le diable, brouille les cartes et confond les catégories.

ANNE BERTHELOT.

BIBLIOGRAPHIE

Brugger-Hacket (Sylvia), *Merlin in der europäischen Literatur des Mittelalters*, Stuttgart, Helfant, 1991.

Dubost (Francis), *Aspects fantastiques de la littérature médiévale*, Champion, 1991, 2 vol. (chap. xxi).

Jarman (A. O. H.), *The Legend of Merlin*, Cardiff, University of Wales Press, 1960.

Loomis (Roger S.), *Arthurian Literature in the Middle Ages*, Oxford, Oxford University Press, 1959.

Micha (Alexandre), *Étude sur le « Merlin » de Robert de Boron*, Genève, Droz, 1980.

Walter (Philippe), *Merlin ou le Savoir du monde*, Imago, 2000.

Zumthor (Paul), *Merlin le prophète. Un thème de la littérature polémique, de l'historiographie et des romans*, Lausanne, 1943 ; rééd., Genève, Slatkine Reprints, 1980.

A. B.

1. En effet, le *Merlin* propre se termine logiquement après la scène de reconnaissance amenée par Merlin. Dans les faits, le manuscrit signale le changement de « sujet » et insère un nouveau titre *in medias res*, au milieu d'une des séquences de la carrière d'Arthur impliquant les rois Ban et Bohort (voir n. 1, § 209).

NOTE SUR LE TEXTE
ET SUR LA TRADUCTION

Les éditions.

Les principales éditions du *Merlin* sont, dans l'ordre chronologique de leur publication :

Paris (Gaston) et Ulrich (Jacob), *Merlin, roman en prose du xiiie siècle* (*Huth-Merlin*), Paris, 1886 (SATF), t. I, p. 1-146.

Sommer (Oskar), *The Vulgate Version of The Arthurian Romances*, edited from manuscripts in the British Museum, Washington, Carnegie Institution, 1909, vol. II, p. 3-88 (I. 18).

Micha (Alexandre), *Merlin, roman en prose du xiiie siècle*, Paris-Genève, Droz, 1980 (TLF).

Cerquiglini (Bernard), Robert de Boron, *Le Roman du Graal* (manuscrit de Modène), U.G.E., coll. « 10/18 », 1981.

Classement des manuscrits.

A. Micha a recensé et classé les quarante-six manuscrits complets[1]. Dans son introduction à l'édition critique du *Merlin*, il présente une classification fondée sur trois passages clefs qui permettent de dégager les familles principales d'après les différentes rédactions : 1. Merlin raconte à Blaise les faits qui se sont déroulés dans le roman précédent, *Le Livre de Joseph*, de Robert de Boron (7 rédactions). 2. Référence à Martin qui aurait translaté du latin en français un *Brutus* contenant la vie des rois bretons (3 rédactions principales). 3. Accomplissement du lieu vide de la Table ronde (5 rédactions différentes). Il relève toutefois de nombreuses contaminations. Bonn 526 avec B.N.F. 24394 représentent, selon Micha, la famille *ß* qui a retouché des passages clefs pour intégrer le texte de Robert de Boron au cycle du *Lancelot-Graal*, mais dont le texte n'est affecté que de variantes minimes d'un manuscrit à l'autre.

L'établissement du texte.

Notre manuscrit de base est Bonn 526 (sigle *B*), une des meilleures copies de la famille *ß* d'après la classification de Micha, datant, selon cet auteur, de 1286. La graphie de *B* a été respectée et nous avons pris le parti de corriger le moins possible. Nous ne sommes intervenue que dans les cas où apparaît une erreur matérielle de lecture ou de dictée que la confrontation avec d'autres manuscrits rend évidente, ou quand le manuscrit présente une lacune (nombreux cas de sauts du même au même). Les manuscrits de contrôle utilisés sont B.N.F., fr. 110 (sigle *P*) d'après lequel sont faites la plupart des corrections, et, dans certains cas, notamment pour quelques noms propres, British Museum, Add.

---

1. *Romania*, LXXVIII, 1957, p. 78-94 et 145-174.

10292 (sigle *L*), publié par Oskar Sommer. Nous avons signalé en variantes toutes les corrections apportées à *B*. Par ailleurs, nous n'avons retenu que les variantes qui élucident des particularités de *B* (répétitions, exponctuations, corrections par le scribe).

IRENE FREIRE-NUNES

La traduction.

Nous avons dans la mesure du possible essayé de conserver le rythme du texte médiéval, même au prix de ce qui apparaît comme une accumulation de doublets et de répétitions aux yeux d'un lecteur moderne. Dans certains cas, lorsque le terme figurant dans le manuscrit n'a pas d'équivalent dans la langue du XXᵉ siècle, nous avons cherché à le remplacer par une expression ou une périphrase qui rende compte des nuances du sens. Le plus souvent, une note précise la nature du problème. Nous nous sommes efforcée de ne pas résoudre de manière trop rigide les ambiguïtés d'un texte (en ce qui concerne les *semblances* de Merlin) qui joue avec adresse sur les différents niveaux de signification du langage.

A. B.

NOTES ET VARIANTES

Paragraphe 1.

a. Ce début ne se trouve que dans B. ♦♦ *b.* nos *P* ♦♦ *c.* les pecheors de Evain et *P* ♦♦ *d.* aviemes conquis que nus *P* ♦♦ *e.* levent *B* : lievent *P. Nous corrigeons.* ♦♦ *f.* et del fil *répété dans B.* ♦♦ *g.* ravoir *P*

1. C'est-à-dire le diable. C'est le terme le plus couramment employé pour le désigner : l'ennemi du genre humain, par définition. Il peut être monnayé en son multiple : un ennemi est un démon.

2. Allusion à l'épisode, au demeurant apocryphe, de la Descente du Christ aux enfers, ou aux limbes, entre sa mort le Vendredi saint et sa Résurrection le matin de Pâques. Les « activités » du Christ pendant cette période intermédiaire sont entre autres décrites dans l'*Évangile de Nicodème* (voir *Joseph d'Arimathie*, § 35 et n. 6). Il existe tout un débat théologique pour savoir si Adam et Ève, et les patriarches, étaient en enfer, ou s'ils étaient dans un espace neutre, parfois appelé le Sein d'Abraham, et parfois assimilé aux limbes où sont censées prendre place les âmes des enfants morts sans baptême.

3. Le terme employé est celui de *merveille*, qui signale l'intervention du surnaturel, d'un ordre de logique excédant la compréhension humaine — ou diabolique, en l'occurrence. On le retrouve fréquemment dans le texte ; il est en général traduit par des mots exprimant l'étonnement, ou parfois l'admiration.

4. C'est la sexualité qui constitue le péché originel, et c'est par ce biais que les démons prennent connaissance des nouvelles créatures qui entrent dans le monde, et peuvent exercer leur pouvoir sur

elles. La puissance des démons est très strictement limitée, comme le montre la suite du texte ; ils n'ont en particulier pas accès directement à une connaissance « panoramique » du présent, encore moins de l'avenir.

5. Nous corrigeons la construction pour tenir compte de la variante (voir var. *c*) qui remplace « le péché » par « les pécheurs », conduisant à traiter Adam et Ève comme une apposition.

Paragraphe 2.

a. cil qui plus nous ont decheu che sont *P* ✦✦ *b.* pechies *P* ✦✦ *c.* et ensi diroit cil *répété dans B.*

1. « Tromper » traduit *engignier*, terme clef qui désigne l'action du diable ; c'est la tromperie subtile, la ruse machiavélique.

Paragraphe 3.

1. Confusion probable avec *engignier*.

Paragraphe 4.

1. La traduction littérale « aller aux champs » semble ici avoir une signification métaphorique, alors que quelques lignes plus bas la formule décrit précisément le mouvement concret du diable. Mais selon toute probabilité il s'agit d'une prise de conscience tardive par le narrateur du manque d'informations dont souffre le lecteur, et d'un effort pour lui faire percevoir les articulations du scénario diabolique.

2. *Prodom*, « homme de bien », « homme sage » ; plus loin, pour Blaise, l'expression « saint homme » est sans doute la plus proche du sens médiéval dans ce contexte très christianisé.

Paragraphe 5.

a. ses *P*

1. Cela illustre la force contraignante de la parole.

2. L'homme médiéval n'est rien en dehors de la communauté dont il fait partie (famille, paroisse, village, corps de métier, etc.). La notion d'individu apparaît plus tardivement.

Paragraphe 6.

a. en son lit *seulement dans B.*

1. C'est le péché cardinal, le seul pour lequel il n'y ait, par définition, pas de rédemption possible. Certains textes apocryphes affirment que seul Judas est damné à la Résurrection parce qu'il a renforcé sa trahison par son désespoir.

2. Formule récurrente, qui indique la satisfaction que le diable éprouve à faire le mal « pour le mal ».

Paragraphe 7.

a. il *P* ✦✦ *b.* levre *B. Nous corrigeons d'après P.* ✦✦ *c.* poos *B. Nous adoptons la leçon de L.* ✦✦ *d.* a estage *seulement dans B.*

1. Au sens médiéval du terme, c'est-à-dire en fait « toute relation sexuelle en dehors du mariage ». La jeune fille séduite par un amant n'est pas coupable d'adultère de notre point de vue ; mais, puisqu'elle n'est pas une prostituée, elle mérite la peine capitale.

2. En ancien français, *aventure*, au sens d'événement positif ou négatif ; c'est simplement ce qui « advient », ce qui se produit.

3. Comme souvent en ancien français, le temps des verbes change sans prévenir et sans raison impérieuse ; de même les alternances de discours direct et indirect ne sont pas toujours conformes aux habitudes modernes : nous nous efforçons de réduire cet écart, au prix de quelques entorses à la stricte traduction.

4. Légère ambiguïté de l'expression *m'amie* (*ma mie*), ordinairement employée dans un contexte d'amour courtois — ce qui peut renforcer les soupçons de la cadette par la suite.

Paragraphe 8.

a. die Dieu   *B*   : de Deu   *P. Nous corrigeons.* ◆◆ *b.* encore   *seulement dans B.*

Paragraphe 9.

a. ce que la feme li avoit dit   *seulement dans B.* ◆◆ *b.* et cele dist *répété dans B.* ◆◆ *c.* joie   *seulement dans B.* ◆◆ *d.* gaaignier   *P*

1. Sentiments simulés sans doute : la jeune fille doit prétexter sa mésentente avec sa sœur pour chercher un autre établissement où elle pourra pratiquer son commerce en toute tranquillité. Les autres manuscrits sont plus clairs pour ce passage.

2. Ce que promet la « maquerelle » à la jeune fille — délices de l'inconduite, puis respectabilité d'un bon mariage — est non seulement immoral, mais encore faux, dans le cadre du système éthique de l'époque ; mais la subtilité du diable réside dans son art de jouer sur les deux tableaux à la fois.

Paragraphe 10.

a. chies et   *B. Nous complétons d'après P.* ◆◆ *b.* droite creance fu molt iree et faisait grant duel de sa serour qu'ele avoit en tel maniere perdue et quant li preudons l'oi tel duel faire si en ot molt grant pitie et li dist saingnie toi et conmande a Deu que je te voie molt esfree et cele respont jou ai droit car jou ai ma serour perdue et se li conta se qu'ele en savoit mes ce li dist ele bien qu'ele s'estait livre a tous honmes et quant   *P* ◆◆ *c.* entour   *P.* ◆◆ *d.* voirement amer come tu le dis   *P* ◆◆ *e.* tost   *B. Nous corrigeons d'après P.*

1. C'est-à-dire, selon une opposition courante à l'époque, la mort de l'âme, bien pire que la mort physique.

Paragraphe 12.

a. dit et   *seulement dans B.* ◆◆ *b.* metoit seure tel diablie   *P*

1. Cette notation renforce évidemment la sainteté de la jeune femme, mais n'en frôle pas moins le sacrilège : nul être humain, sauf

peut-être des saints reconnus et pour ainsi dire «homologués», ne peut prétendre à une vie sans péché pendant deux années. Voir à ce propos les recommandations ecclésiastiques concernant la fréquence souhaitable des confessions.

2. Hypothèse éminemment plausible en dépit des efforts du texte pour affirmer l'innocence des deux personnages. Les «continuateurs» modernes, comme Jacques Roubaud, ont eu tendance à reprendre cette interprétation dans leur réécriture.

3. Notre manuscrit simplifie : d'après ce qui précède, le diable qui peut détruire la famille de la mère de Merlin par l'entremise de la femme du «prud'homme» qu'il conduit au suicide n'est pas le même que le démon incube qui va engendrer Merlin ; d'autres manuscrits maintiennent scrupuleusement la distinction.

Paragraphe 13.

a. En interligne ele *exponctué dans B.* ◆◆ *b.* et il si fist *seulement dans B.*

1. Jusqu'à présent, le texte disait seulement le «prud'homme», ou le conseiller de la jeune femme ; mais dans ce cas d'urgence, elle a besoin véritablement d'un prêtre qui puisse recevoir sa confession et lui donner l'absolution, en prenant son péché sur lui, comme le fera en effet Blaise.

Paragraphe 14.

a. et sacremens *seulement dans B.* ◆◆ *b.* repontance *B. Nous corrigeons d'après P.*

1. Voir l'expression moderne «avoir le diable au corps», qui est à peu près synonyme de «faire les quatre cents coups». À l'époque médiévale, comme dans le Nouveau Testament, la formule est à prendre au sens littéral : il est bien question de possession démoniaque, comme dans l'épisode des démons exorcisés par le Christ et qui se réfugient dans des pourceaux (Matthieu, VIII, 28-34).

Paragraphe 15.

a. ne sui mie en cestui *P*

1. Blaise fait ici allusion à ses fonctions de confesseur, qui peut prendre la responsabilité des péchés des hommes. La confession, comme les autres sacrements, a été censément instituée par le Christ lors de son passage sur la terre.

Paragraphe 16.

1. On rencontre ici l'un des présupposés constants de la théologie populaire médiévale, à savoir l'idée que, lorsqu'un chrétien s'est confessé, ses péchés disparaissent de l'«ardoise» du diable, et celui-ci cesse d'avoir connaissance de ses faits et gestes, voire de son existence. Ce phénomène souligne l'écart entre l'omniscience divine et le savoir partiel dont disposent les démons.

Paragraphe 17.

a. u   B. *Nous corrigeons.* ◆◆ *b.* se Deu l'en delivre a joie fet ele que je ne sai et   *P* ◆◆ *c.* asener a quel douner et   *P* ◆◆ *d.* place que jou en soie delivre se onques   *P*

Paragraphe 18.

a. chargerai   B. *Nous corrigeons d'après* P. ◆◆ *b.* P *ajoute*   ne ains   . ◆◆ *c.* bien le sacies   *seulement dans B.*

1. Motif récurrent : pour vérifier la légitimité d'une naissance litigieuse, on « met en écrit » l'heure et la date de la conception, comme si cela résolvait tous les problèmes (et dans ce cas, celui de la véracité des propos de la demoiselle en particulier). Cette pratique énigmatique, proche d'une sorte de magie blanche, témoigne de l'importance de l'écriture dans la civilisation du XIIIe siècle.

Paragraphe 19.

a. ne   *P*

1. Doit-on voir dans cet épisode la trace des premiers pas d'une justice plus humaine, qui interdit en effet, pendant les siècles suivants, d'exécuter une sentence de mort contre une femme enceinte avant la naissance de l'enfant ?
2. Ou plus simplement « se faire comprendre, exprimer ses besoins » ?

Paragraphe 20.

a. de pierre   *seulement dans B.* ◆◆ *b.* cele   *P*   : a la damoisele   *L* ◆◆ *c.* coi ele ot mestier   *P* ◆◆ *d.* fu   *seulement dans B.* ◆◆ *e.* de la mere et   *P* ◆◆ *f.* ne   *P*

1. D'habitude, il est question d'une tour, ce qui est d'ailleurs la proposition de Blaise ; mais le manuscrit est plus réaliste dans ce passage : où trouver une tour pour cet usage ? Du moins s'agit-il d'une maison de pierre, relative rareté à une époque où la plupart des constructions d'habitation sont en bois.
2. Passage assez confus, qui illustre le sens la justice de Dieu : il ne veut pas que l'enfant soit désavantagé du fait de sa naissance douteuse, et ne souhaite pas non plus qu'il soit privé des dons que lui vaut la nature particulière de son père. En rétablissant l'équilibre, Dieu laisse au jeune Merlin son libre arbitre ; il a les moyens de choisir sa propre voie, et son destin.

Paragraphe 21.

1. Sur le baptême de Merlin et son implication, voir la Notice, p. 1746.

Paragraphe 22.

a. en nule maniere   *seulement dans B.*

Paragraphe 23.

a. fortoure   *P* ✦✦ *b.* quant   *seulement dans B.* ✦✦ *c.* virent ce si *seulement dans B.* ✦✦ *d.* si en courent   *seulement dans B.* ✦✦ *e.* parleroit plus mes il ne volt fere samblant   *P* ✦✦ *f.* .1. *[p. 596]* pieche   *P*

Paragraphe 25.

a. et quant li enfes le vit   *seulement dans B.* ✦✦ *b. P ajoute*   se Dieus ni a part .

Paragraphe 26.

a. remeist   *P* ✦✦ *b.* que ele se conseillast   *seulement dans B.* ✦✦ *c.* et li   *répété dans B.*

1. Au moment où il va pour la première fois manifester de manière spectaculaire ses dons exceptionnels, le texte donne au personnage son nom au lieu de le désigner par le terme neutre et trompeur d'« enfant ».

Paragraphe 27.

a. nel   *seulement dans B.* ✦✦ *b.* ce   *seulement dans B.*

Paragraphe 28.

a. onques   *seulement dans B.*

Paragraphe 29.

a. engingingnie   *B. Nous corrigeons d'après P.* ✦✦ *b.* qui enemi le   *P*

1. Littéralement, il s'agit plutôt de leur comportement en général, mais dans ce cas précis Merlin s'intéresse essentiellement aux aspects inavouables de ce comportement.

Paragraphe 30.

a. querre sa mere et fait l'enfant et sa mere venir et molt   *P* ✦✦ *b.* mis   *seulement dans B.* ✦✦ *c.* com jou quidoie ne que vous quidies   *P*

1. Le juge accepte donc un « jeu-parti » difficilement justifiable du point de vue légal : que sa mère soit coupable, et que Merlin puisse le prouver, n'a aucune incidence sur la culpabilité de la demoiselle.

2. Le « procès » a lieu à l'air libre, apparemment, et tout le monde peut y assister. Merlin demande le « huis-clos ».

Paragraphe 31.

a. se jou delivre ma mere par   *P* ✦✦ *b.* et Merlins respont   *P*

1. Comme souvent, le texte médiéval alterne entre le « tu » et le « vous » sans raison discernable et avec une superbe indifférence ; il est préférable, compte tenu des habitudes du lecteur moderne, d'unifier le système. Cependant, quelques lignes plus bas, le passage

au « vous » alors que le juge a jusque-là tutoyé Merlin s'explique dans une certaine mesure par le respect accru dont il témoigne envers un adversaire digne de lui. De même le retour au tutoiement dans la réplique suivante manifesterait l'agacement du personnage vis-à-vis des atermoiements « puérils » de Merlin.

2. C'est plutôt l'inverse ; mais cette façon de présenter les choses montre bien où réside le vrai problème : ce n'est pas tant le procès de la demoiselle séduite par le diable que celui de « l'enfant sans père ».

Paragraphe 33.

a. que voirs est   P ♦♦ *b.* ensi l'ont dit et quidie   P

Paragraphe 34.

a. pour counour B : pour hounour P : por t'onor P1. *Nous corrigeons.* ♦♦ *b.* anemi ont a non esquiletes P. ♦♦ *c.* sousfri et *seulement dans* B. ♦♦ *d.* et sousfri pour la   P ♦♦ *e.* ele ama et crut P ♦♦ *f.* ma donne tant de vertu   *seulement dans* B. ♦♦ *g.* orendroit *seulement dans* B.

1. Le juge semble ici soucieux de rassurer sa mère, et de l'assurer de son respect filial ; on peut cependant lire une menace dans ce passage, car le fils est censé protéger l'honneur de sa mère. Dans d'autres manuscrits, le texte est plus net : le juge tire argument de sa qualité de fils pour exiger que sa mère lui dise la vérité, situation qui se retrouve dans d'autres textes (voir par exemple le *Lai de Tydorel*).

2. Le terme employé est bien sûr *engingna* ; mais il y a ici une certaine ambivalence : *enginner* signifie « tromper », sans que l'objet de la tromperie soit consentant, et c'est le cas ici ; on pourrait aussi le traduire par « séduire », qui implique un accord au moins tacite de la part de la personne séduite. Or, c'est la version des faits que présentent certains manuscrits du *Lancelot*.

3. Littéralement « à pied de cheval ». Cette pittoresque déformation d'un terme technique de latin d'Église a l'avantage de laisser affleurer les origines mythiques de ces créatures, proche des « chèvre-pieds » ou satyres de l'Antiquité, réputés pour leur luxure.

Paragraphe 35.

a. iras B. *Nous corrigeons d'après* P.

Paragraphe 36.

a. Merlin B. *Nous corrigeons d'après* P. ♦♦ *b.* et quant ce fu aucun si revindrent cil P ♦♦ *c.* B *répète* et li content ceste oeuvre . ♦♦ *d.* que il au tiers […] noiies *seulement dans* B.

1. Sur les raisons qui conduisent à désigner par son nom le confesseur de la mère de Merlin, voir la Notice, p. 1746.

Paragraphe 37.

a. grant *[p. 608]* paine de savoir et assaier P ♦♦ *b.* une *seulement dans* B.

1. C'est-à-dire homme d'Église — il est prêtre, puisqu'il peut donner l'absolution —, mais aussi « intellectuel », savant, capable d'appréhender des faits délicats et de faire preuve d'une certaine largeur d'esprit, comme il le montrera bientôt, sans toutefois se détourner de l'orthodoxie, ainsi que le prouveront ses scrupules. Dans la longue série de scribes que la tradition attribue à Merlin, on rencontre, aux côtés de « maître Blaise » et de « maître Antoine », qui finit évêque, et en odeur de sainteté, un personnage nommé le « Sage Clerc de Gales » et qui n'est rien moins que sage : il essaie de rivaliser de magie avec l'esprit de Merlin, et manifeste un appétit inquiétant pour les arts diaboliques.

Paragraphe 38.

a. de moi   *seulement dans B.* ◆◆ *b.* mais s'il meust mis en ma taie de par ma mere et concheu si *P* ◆◆ *c.* ne   *seulement dans B.* ◆◆ *d.* seront de milliour et s'en garderont de plus cheir en pechie   *P* ◆◆ *e.* li   *seulement dans B.* ◆◆ *f. P ajoute*   dire fors Deu   .

1. *Vaissel* : c'est le terme qu'emploie la langue vulgaire pour parler de la Vierge Marie, pur *vaissel* où s'est incarné le Christ (voir *Joseph*, n. 2, § 156) ; Merlin suggère un parallélisme quelque peu sacrilège, en dépit de sa conversion au « parti » divin. C'est aussi le même terme qui désignera le saint Graal, et on voit ainsi s'établir un subtil réseau entre les différents niveaux de la fiction.

2. C'est en fait une véritable formule d'exorcisme, ou de magie conjuratoire, que prononce Blaise. Sur ses réticences, voir la Notice, p. 1748.

3. Promesse solennelle de Merlin, qui d'une part comporte peut-être une allusion à la communion des saints et aux principes (relativement) modernes de l'intercession, et d'autre part substitue à la litanie toute classique de Blaise une sorte de credo personnalisé.

Paragraphe 39.

a. Merlins   *seulement dans B.* ◆◆ *b.* avoec   *seulement dans B.*

1. Si l'expression peut choquer, elle est conforme à l'esprit du texte : la relation privilégiée entre Joseph et le Christ est toujours décrite en des termes qui s'appliquent généralement à une relation amoureuse. (C'est d'ailleurs une constante du discours mystique, et le Graal de Joseph relève *de facto* du mysticisme.)

2. C'est-à-dire que Merlin a d'abord dicté à Blaise le *Roman de l'estoire dou Graal*, ou *Estoire de Joseph*, de Robert de Boron, et qu'il enchaîne sur le début du *Merlin*, jusqu'au moment précis où le récit est parvenu : intéressant effet de mise en abyme, qui n'est que le premier d'une longue série pratiquée avec virtuosité par le « sage enfant ». Voir la Notice, p. 1748-1749.

Paragraphe 40.

a. sousfrir   *répété dans B.* ◆◆ *b.* del graal   *P* ◆◆ *c.* des apostres Jhesu Crist car   *P.*

1. Il semble que le terme ait ici son sens moderne (c'est-à-dire

qu'il désigne le texte littéraire en train de se créer sous la dictée de Merlin) aussi bien que son sens plus général du XIIIᵉ siècle ; il y a au moins une ambiguïté qu'il vaut la peine de maintenir.

2. Avec cette annonce de type prophétique, Merlin inaugure, ou plutôt renforce, le parallèle entre son histoire et celle du Christ : la rédaction du ou des Livre(s) sera à l'origine d'une sorte de « Passion » de Merlin.

3. C'est là un énoncé prophétique typique, c'est-à-dire, comme le reconnaît Merlin un peu plus loin, obscur, et au demeurant faux : les éléments de l'avenir de Blaise manquent de précision — ce qui est normal, puisqu'ils louvoient entre la fin « ouverte » du *Roman de l'estoire de Joseph*, et les données changeantes d'une « vulgate » du Graal en cours de formation. Le texte ne sera jamais obligé de résoudre ce problème, parce que Blaise, au lieu de rejoindre on ne sait trop où on ne sait où, suivra un temps Merlin dans ses pérégrinations avant de s'installer dans le Northumberland, où le prophète lui rendra visite pour continuer la dictée de son, ou ses, Livre(s).

4. On peut sourire de cet aveu d'impuissance de Merlin, qui résume assez bien tout le problème de la littérature du Graal : comment conférer respectabilité, voire légitimité, à une histoire qui prétend se greffer sur celle du Salut, mais qui n'en reste pas moins irrémédiablement apocryphe ?

Paragraphe 41.

a. del graal *P* ◆◆ *b.* ne de *seulement dans B.* ◆◆ *c.* rois crestiens [...] avoient este *lacune dans B (saut du même au même). Nous complétons d'après P.*

1. Il paraît plus logique, en effet, et plus conforme à la tradition, que ce soit Blaise qui s'en aille du côté de l'Occident, là où se trouve entre autres l'île mythique d'Avalon, et où selon Robert de Boron s'est effectuée la première *translatio* du Graal — en attendant son séjour à Corbénic au temps d'Arthur. Mais Merlin lui-même peut partir vers l'Occident, d'autant qu'on vient le chercher pour l'occire, et qu'il affectionne les jeux de mots.

2. Voir la Notice, p. 1748.

3. Ce passage pose toujours un problème : notre manuscrit présente une lacune, comblée à l'aide d'une leçon de *P* (voir var. *c*), qui n'est pas non plus satisfaisante. La plupart des manuscrits font référence à d'autres « Livres ». Cette confusion est significative : les scribes se sont trouvés confrontés à un matériau terriblement complexe, que malgré leurs efforts ils ne sont pas parvenus à simplifier et à ordonner. Avec sa lacune, *B* a coupé dans le vif : cela lui a en particulier permis de supprimer l'un des énoncés les plus énigmatiques de la littérature médiévale à propos de l'identité de l'hypothétique auteur du livre qu'on est en train de lire. Quoi qu'il en soit, il n'existe aucune interprétation satisfaisante de ce passage.

Paragraphe 42.

a. molt *repris en début de folio dans B.* ◆◆ *b.* et lui laissier *seulement dans B.* ◆◆ *c.* de Mainet *seulement dans B.*

1. Dans les manuscrits du *Merlin* les noms des fils de Constant, et en particulier celui de l'aîné, qu'ils empruntent à Wace et, à travers lui, à l'*Historia regum Britanniae* de Geoffroy de Monmouth font problème. Selon Geoffroy, l'héritier de Constant était devenu moine du vivant de son père, et aurait été tiré de son monastère par les barons, surtout par Vertigier, désireux d'avoir un roi fantoche qu'il pourrait aisément dominer. Certains manuscrits confondent le nom et la fonction, et baptisent ce personnage Moine(s), ou à la rigueur « le Moine ». Le manuscrit de Bonn va plus loin, et en privilégiant les formes *Maines, Mainet*, ajoute peut-être au malentendu initial une confusion avec le nom de Charlemagne jeune, Mainet.

2. Vortigern, selon la version couramment admise.

Paragraphe 43.

a. Li roi [...] saisnes   *seulement dans* B. ◆◆ *b.* seneschaus de la rene B : senescals de la reine   P. *Nous adoptons la leçon de L.*

1. C'est-à-dire, un peu paradoxalement, les païens. Certains manuscrits distinguent deux « branches » de Saxons, les ennemis habituels de Mainet, et des alliés de ceux-ci, tenants de la loi de Rome.

Paragraphe 44.

a. et disent li pluisour que il ne sousferroient plus que il fust rois P ◆◆ *b.* il orent parle   *seulement dans* B.

1. Il y a peut-être dans ce récit du meurtre de Mainet le souvenir de l'assassinat de Jules César, qui a beaucoup frappé les esprits au Moyen Âge.

Paragraphe 45.

a. mort   *manque dans* B. *Nous corrigeons d'après* P. ◆◆ *b.* que vous aves ochis   P

1. Contrairement au sens moderne de l'expression, « faire semblant » n'a pas nécessairement au XIII⁰ siècle une connotation d'hypocrisie : il s'agit simplement des manifestations extérieures d'un sentiment ou d'un état d'esprit. Mais dans ce cas, l'hypocrisie de Vertigier ne fait guère de doute, et on peut par conséquent employer la formule au sens moderne.

Paragraphe 46.

a. encore   *seulement dans* B.

Paragraphe 47.

a. sauveront il   P

1. C'est-à-dire, en fait, de Rome ; Constant est d'origine romaine, comme le marque le nom que porte Pandragon chez Geoffrey de Monmouth : Aurelius Ambrosius. Mais voir aussi, dans le *Brut*, l'origine bretonne de Hoël et d'Arthur.

Paragraphe 48.

a. et trainer   *seulement dans B.*   ◆◆   *b.* si li disent   *seulement dans B.*   ◆◆
c. ore   *seulement dans B.*

1. Au sens féodal du terme : ils rompent officiellement le lien
d'hommage qui unit normalement les seigneurs d'un royaume et leur
suzerain le roi.
2. C'est-à-dire une mort infamante, dans le déshonneur ; cela ne
signifie pas littéralement traîné par des chevaux comme les meurtriers
de Mainet.

Paragraphe 49.

a. Vertigier   *seulement dans B.*   ◆◆   *b.* fors   *seulement dans B.*   ◆◆   *c.* ces
B. *Nous corrigeons d'après P et L.*   ◆◆   *d.* et par cha et par la   *seulement
dans B.*

1. Le manuscrit, par un raccourci saisissant, fait l'économie des
Saxons : les seuls ennemis de Vertigier sont ses propres barons révol-
tés. Cela contribue évidemment à noircir le personnage, mais la suite
des événements s'enchaîne de manière peu logique.

Paragraphe 50.

a. et set ce   *seulement dans B.*   ◆◆   *b.* bien   *seulement dans B.*

1. C'est le terme couramment employé pour désigner les pratiques
magiques. L'« art » n'est pas, semble-t-il, une science exacte, à la différence du savoir des « simples » clercs.

Paragraphe 51.

1. Attitude illogique : les *riches homes* n'ont aucune raison de savoir
pourquoi la tour tombe. Cette attitude dilatoire dénote-t-elle la
méfiance du roi à l'égard des « mages » compromis avec la magie
noire ? Ou bien les *riches homes* sont-ils aussi des clercs, de spécialisa-
tions variées ?
2. Nous dirions une science ; nous parlerions d'astrologie, là où le
Moyen Âge parle d'astronomie.

Paragraphe 52.

a. .xv. jours   B. *Nous corrigeons d'après P.*

1. Cas intéressant, et assez rare, d'un « pluriel de majesté ». Cela
dénote-t-il un orgueil particulier de la part de Vertigier ?

Paragraphe 53.

a. ne veut   *P*   ◆◆   *b.* venu vous   B. *Nous corrigeons d'après P.*

Paragraphe 54.

a. se il nait el mortier del fondement de cele tour del sanc   *P*   ◆◆
b. endroit sor si   B. *Nous corrigeons d'après P.*   ◆◆   *c.* que il ne laisse mie
quil ne die a ceus qui le iront querre quil lochient la   *P.*

Paragraphe 55.

a. sans pere   *seulement dans B.* ◆◆ *b.* ja   *seulement dans B.* ◆◆ *c.* et
seulement dans B.

1. La parodie des récits de la Passion se poursuit, avec l'assimilation de Merlin au Christ : tout naturellement, les messagers sont
douze, comme les apôtres. De même § 56.

Paragraphe 56.

a. deportons   *P* ◆◆ *b.* disoient   *B. Nous corrigeons d'après P.* ◆◆
c. sans *[p. 626]* congie   *B. Nous complétons d'après P.*

1. C'est-à-dire qu'ils enfreignent la consigne royale, selon laquelle
ils doivent voyager par couples afin de « couvrir » le plus d'espace
possible.

2. La « soule », ou « choule », est un jeu de balle, qui tient de la
pelote basque, du rugby et du base-ball. Ce jeu a une valeur symbolique considérable dans le cadre d'une anthropologie médiévale inté-
ressée par le rapport de l'homme aux rythmes de la nature. Voir
notamment Claude Gaignebet, *Le Carnaval*, Payot, 1980.

3. Ou « je le sais depuis que vous l'avez juré ». Ce savoir relève de
la part diabolique des dons de Merlin, et on peut considérer que l'enfant-prophète en a été informé au moment où le péché a été commis.

Paragraphe 57.

a. a chels de la meson que il lor feisissent molt   *P* ◆◆ *b.* oeuvre
B. Nous corrigeons d'après P.

1. Ce serait plutôt la fonction de Blaise le confesseur ; mais un tel
détail prouve que c'est Merlin qui règne sur la maisonnée et qui
assume toutes les responsabilités, même s'il respecte les convenances
en ne partant pas sans prendre congé.

2. Il ne s'agit pas de maléfices, au sens moderne de « jeter un
sort », mais de divination.

Paragraphe 58.

a. de ma croce   *seulement dans B.* ◆◆ *b.* ensi   *seulement dans B.* ◆◆
c. je a parle a lui et je sai bien que quant jou arai parle a lui que   *P*
◆◆ *d. P ajoute*   come il la devise

1. C'est l'une des premières occurrences du rire de Merlin, qui
précède en général ses vaticinations proprement prophétiques (voir la
Notice, p. 1750-1751) ; il ne s'agit pas exactement de cela ici, bien
que Merlin doive faire appel à ses dons particuliers pour savoir ce
qu'ont dit les messagers. Dans ce cas, pourtant, une bonne intuition
suffit, et le texte ne s'appesantit pas sur ce rire.

Paragraphe 59.

a. se je non   *seulement dans B.* ◆◆ *b.* faire   *B. Nous corrigeons d'après
P.*

1. L'expression est un peu curieuse, mais elle revient à dire que Merlin sera le plus fiable et le plus cru des prophètes, le Christ ayant bien sûr un statut particulier.

2. Voir *Joseph d'Arimathie*, § 17.

Paragraphe 60.

a. qui a a non graaus et ces livres que tu as fet si aura a non li livres dou graal tant conme li mondes durra et sera molt   *P*

1. Cette exclamation, qui manque dans les autres manuscrits, permet une curieuse incursion du lecteur dans les sentiments «personnels» de Merlin, tout en accentuant la dimension christique du personnage, qui va connaître bien des épreuves.

2. Si l'on compte Vertigier, en effet : après lui viennent Pandragon, Uter, et enfin Arthur.

Paragraphe 61.

a. a faire   *seulement dans B.*

Paragraphe 62.

1. Il n'y a normalement pas de connotation péjorative au mot «vilain», mais en fait, le vilain est presque toujours représenté comme un rustre stupide. Par ailleurs, il s'agit aussi d'une des *semblances* (nous dirions déguisements) favorites de Merlin, comme on le verra plus loin.

Paragraphe 64.

a. entour   *seulement dans B.* ✦✦ *b.* je ris   *seulement dans B.* ✦✦ *c.* si chante   *B. Nous complétons d'après P.*

1. La *merveille* en soi est assez mince, ou peut-être dénote-t-elle un stade encore enfantin du sens de l'humour de Merlin. Mais elle a l'avantage de se prêter à une vérification immédiate, qui est tout ce qui intéresse les messagers. Par ailleurs, elle n'est qu'une répétition de l'épisode de la mère du juge ; le corpus dont Merlin est le héros se met en place à partir d'un certain nombre d'éléments empruntés aux fabliaux.

Paragraphe 67.

a. tout   *seulement dans B.*

Paragraphe 68.

a. vos   *P*

1. Sur ce jeu de mots spectaculaire, voir la Notice, p. 1751.

Paragraphe 69.

a. ne   *seulement dans B.* ✦✦ *b.* que il le feïst ocirre et   *P* ✦✦ *c.* si   *seulement dans B.*

Paragraphe 70.

a. molt   *seulement dans B.* ◆◆ *b.* tour chiet et pour coi ele ne   P ◆◆
c. P ajoute   et li plus gracieus   .

1. Ce curieux détail de la cécité des dragons n'est pas vraiment
exploité dans la suite, et ne se retrouve pas dans les autres textes qui
ont traité le même épisode avant le *Merlin.*

Paragraphe 71.

a. chevans   *B. Nous corrigeons.*

Paragraphe 72.

a. si tost que plus ne courut si   *seulement dans B.*

Paragraphe 73.

a. autre que jou sache donc vous puis jou bien   P ◆◆ *b.* molt   *seulement dans B.* ◆◆ *c.* sousferte   *seulement dans B.*

Paragraphe 74.

a. narines et par mi la bouche si   P ◆◆ *b.* que ele mais bieche lors
P ◆◆ *c.* si ovrers soient aparellie si   P ◆◆ *d.* fas   *B. Nous corrigeons*
d'après P.

Paragraphe 75.

a. pour   *seulement dans B.* ◆◆ *b.* confes et repentant car   P

1. Il est tacitement admis qu'il existe une bonne magie, assimilable
à la science, fût-elle astrologique, et une mauvaise magie, qui est
à proprement parler la *nigremance* («magie noire») considérée avec
défaveur.
2. On passe tout à coup au pluriel, du diable en général, aux
démons tels qu'ils apparaissent lors du conseil qui aboutit à la naissance de Merlin.
3. Il est fréquent que les prophètes amènent le diable à faire
preuve de mansuétude — ce qui le laisse désemparé, mais satisfait
Dieu, qui est tout miséricorde.

Paragraphe 76.

a. et   *seulement dans B.* ◆◆ *b.* roiame […] gens del   *lacune dans B*
(saut du même au même). Nous complétons d'après P.

Paragraphe 77.

a. saces le tout vraiement   *seulement dans B.*

1. Allusion, peut-être, au plus grave péché de Vertigier : il a
épousé une princesse saxonne selon le rite païen, et a «oublié» Dieu.

Paragraphe 78.

1. C'est toujours le problème de la véridicité des prophètes : Merlin a pris la peine d'épargner les clercs, afin que les « sorts » suggérés par le diable se révèlent faux ; mais ici, c'est la connaissance de l'avenir qui est en jeu, connaissance qui vient de Dieu, et par conséquent les événements prédits ne peuvent être modifiés. Merlin y insiste avec une certaine cruauté.

2. Par cette formule, l'auteur du roman tente de légitimer le contenu quelque peu apocryphe de son texte, et aussi bien de mettre sur pied un système de transmission de l'information plausible. Il semblerait cependant que le « Livre de Blaise » ait changé de nature dans l'intervalle : la chronique des derniers jours du règne de Vertigier n'a qu'un lointain rapport avec le récit des aventures de Joseph et du Graal.

Paragraphe 79.

a. Merlin   *B. Nous corrigeons d'après P.* ◆◆ *b.* li Coustant   *B. Nous complétons d'après P.* ◆◆ *c.* Pandragon et Uter si   *P*

Paragraphe 80.

a. et quant [...] estoient venu   *lacune dans B (saut du même au même). Nous complétons d'après P.*

Paragraphe 81.

1. Il s'agit là d'une des *semblances* favorites de Merlin ; d'après les textes latins, ce personnage est lié à des figures mythiques d'« hommes sauvages » qui vivent dans les forêts et sont très proches du monde animal. De même d'ailleurs, les fréquentes absences de Merlin, officiellement pour informer Blaise du déroulement de l'histoire, sont sans doute à mettre au compte d'un besoin de se « re-sourcer » au contact du monde primordial de la forêt sauvage (voir § 99) : si civilisé que soit devenu le prophète-magicien, il reste en lui des traces de son passé d'*homo silvaticus*, ou aussi bien de divinité païenne.

Paragraphe 83.

a. dont il parloient que ce pooit estre   *seulement dans B.*

Paragraphe 84.

a. dist qu'il   *seulement dans B.* ◆◆ *b.* Merlins et il dist sont li messages que li rois meïsmes te voist querre lors dist li rois que il lairoit al siege Uter son frere et iroit en Northomberlande menroit avoec   *P* ◆◆ *c.* quiert sauroies me vous ensigner de Merlin et   *P* ◆◆ *d.* besoig   *B. Nous corrigeons d'après P.*

Paragraphe 86.

a. vous   *P* ◆◆ *b.* il n'atient plus a moi mais   *seulement dans B.*

Paragraphe 88.

a. Ensi remeſt et molt senmervellia li rois conment Merlins avoit seu la mort Augis ensi atendoit en sa vile   *P* ✦✦ *b.* porroit   *B. Nous corrigeons.* ✦✦ *c.* et   *seulement dans B.*

Paragraphe 90.

a. jou le savoie bien   *P* ✦✦ *b.* sot que il le peuſt celer tant   *P*

1. Apparente contradiction avec ce qui précède ; d'autres manuscrits sont plus cohérents. On peut comprendre qu'Uter, ébranlé, a pris à titre personnel quelques précautions, sans juger bon de donner l'alarme.

2. C'eſt-à-dire que l'un portait cuirasse et heaume, alors que l'autre n'avait que son poignard, une armure étant peu pratique pour se faufiler discrètement dans le camp ennemi. Les intentions meurtrières d'Angis sont indignes d'un chevalier, il eſt donc juſte qu'il meure d'une mort fort peu chevaleresque.

Paragraphe 91.

a. ce vous di [...] manieres   *lacune dans B (saut du même au même).*
Nous complétons d'après P.

1. Comme souvent, on ne saisit pas bien le lien logique entre ces deux propositions. Ce qui eſt clair, en tout cas, c'eſt que Merlin insiſte ici sur les relations privilégiées que Pandragon entretient avec lui, et récuse d'avance tout soupçon de collusion entre lui-même et Uter, qui sera pourtant par la suite son favori.

2. Cela ne peut guère servir à Pandragon, puisqu'il n'était pas présent lors de cette « incarnation » de Merlin...

Paragraphe 92.

a. noſtre et   *B. Nous complétons d'après P.* ✦✦ *b.* fais asseüre et bien certain qu'il   *P* ✦✦ *c.* de riens   *seulement dans B.*

1. Voir n. 2, § 78.

Paragraphe 93.

a. force   *B. Nous corrigeons d'après P.*

1. Cette allusion eſt un peu surprenante quand on pense que Merlin va bientôt s'entremettre pour la réussite du « roman » d'Uter et Ygerne ; en fait le texte, inconsciemment, joue une première fois la scène de l'entrevue amoureuse, qui sera répétée plus sérieusement à propos de la duchesse de Cornouailles. Tout le *Merlin* repose sur ces ſtructures répétitives et ces scènes dédoublées.

2. Cela signifie-t-il que Merlin ne sait pas écrire ? Ce serait pour le moins surprenant.

3. À la lettre, Merlin ne respecte pas son engagement : il a en effet dit à Pandragon qu'il se présenterait à Uter sous les traits du vieillard qui lui a révélé les intentions d'Angis. Mais cela fait partie du jeu, et en effet Pandragon n'aura pas l'idée de se plaindre de cette

mascarade. D'ailleurs, Merlin en modifiera encore le scénario sur place (§ 94-95).

Paragraphe 94.

a. pour savoir que les letres diroient   *seulement dans B.* ♦♦ *b.* que bien li plairait et que volentiers   *P*

1. Comme il est normal, Uter, tout prince qu'il soit, n'est pas un « clerc » : il ne sait pas lire, et doit avoir recours aux services d'un « lecteur », même pour son courrier privé.

2. En général, un message est double : la lettre, plus le message verbal que transmet directement le messager. On joue souvent sur le désaccord entre ces deux messages : voir par exemple les récits rattachés au motif de la « Manekine ».

3. Le scénario présente des lacunes et des maladresses ; la scène est plus compréhensible dans d'autres manuscrits, mais celui-ci, selon son habitude, s'efforce d'abréger au maximum, au risque de créer des contradictions dans le récit.

Paragraphe 95.

a. quant il ot ce   *seulement dans B.*

Paragraphe 96.

a. le conoissies le vous   *B. Nous corrigeons d'après P.*

Paragraphe 97.

a. qu'il sace   *B. Nous corrigeons d'après P.*

Paragraphe 98.

a. et sacies   *répété dans B.*

Paragraphe 99.

a. savoir que jou sai les choses toutes que jou voel savoir et vous sire fait Merlins au roi et ne saves vous bien que jou vous ai dit voir de toutes choses que vous m'aves demande   *P* ♦♦ *b.* ja faire [...] poise   *lacune dans B. Nous complétons d'après P.*

1. Vérité, qui témoignerait des origines mythiques de Merlin, ou mensonge diplomatique, qui excuse à l'avance ses visites à Blaise ? Voir n. 1, § 81.

Paragraphe 101.

a. la   *B. Nous corrigeons d'après P.*

Paragraphe 102.

1. On peut se demander quel jeu joue ici Uter. Homme politique

habile, il contrebalance l'influence de Merlin par des concessions accordées aux autres barons, dans l'idée que son frère et lui ne sauraient être perdants dans l'aventure.

Paragraphe 103.

   a. tout   *B*   : molt   *P. Nous corrigeons.* ◆◆ *b.* païs   *B. Nous corrigeons.*

   1. Si Merlin eſt capable de changer d'apparence à volonté, les autres personnages se déguisent de manière semble-t-il très convaincante avec une grande économie de moyens : un changement de vêture eſt à peu près suffisant pour garantir l'*incognito* d'un chevalier, et d'ailleurs ceux-ci ne se reconnaissent jamais au cours de leurs chevauchées, tant qu'ils n'ont pas échangé leurs noms !

Paragraphe 104.

   a. que vous sachies   *lacune dans B. Nous complétons d'après P.*

   1. L'expression eſt bizarrement contournée, même compte tenu de la liberté syntaxique de l'ancien français, et de son goût pour les répétitions. Il semble qu'il s'agisse d'un effort pour reproduire un ſtyle prophétique, à la fois énigmatique et « poétique ».

Paragraphe 105.

   a. encore le saurai je   *B. Nous corrigeons d'après P.* ◆◆ *b.* devin […] pour voſtre   *lacune dans B (saut du même au même). Nous complétons d'après P.* ◆◆ *c.* je le saurai   *B. Nous corrigeons d'après P.*

Paragraphe 106.

   a. moine   *B. Nous corrigeons.*

   1. C'eſt-à-dire Uter ; l'apparente docilité de Merlin prend fin à ce moment : avant de compléter la prophétie de la triple mort, il prend la peine de révéler aux deux frères qu'il n'eſt pas dupe des machinations du baron, et qu'il joue le jeu pour mieux manifeſter son pouvoir. Cet épisode, conçu pour le discréditer, a au contraire pour effet de renforcer son influence sur les deux princes, puisque c'eſt à cette occasion qu'il leur révèle qu'il connaît les circonſtances de leur mort, et fait allusion au fait qu'Uter deviendra roi.

Paragraphe 107.

   a. devisee   *B. Nous corrigeons d'après P.* ◆◆ *b.* .IIII.   *B. Nous adoptons la leçon de P.*

   1. Le motif de la triple mort (voir la Notice, p. 1755) eſt passible d'une interprétation « trifonctionnelle » dans la ligne des analyses de Dumézil.

Paragraphe 108.

   a. de quanque il que   *B. Nous complétons d'après P.*

   1. Sur la complexité du scénario de la triple mort, voir la Notice, p. 1755.

Paragraphe 110.

a. furent si   B. *Nous complétons d'après P.* ◆◆ *b.* chose qui avenir soit qu'il   *P*

Paragraphe 111.

a. Salenbieres   B. *Nous corrigeons.*

1. À la mode « romaine », on désigne la date par référence à l'échéance suivante : il s'agit de la dernière semaine avant juin.

2. Il s'agit d'une forme hâtivement christianisée de « don en blanc », sur le modèle celtique : les deux frères s'engagent à obéir aux instructions de Merlin, quelles qu'elles soient, avec la réserve qu'elles ne nuiront pas à leur honneur. Ce n'est qu'après que Merlin leur révèle la teneur de leur promesse.

Paragraphe 112.

a. plus   *manque dans* B. *Nous adoptons la leçon de P.*

1. Pandragon doit mourir dans la bataille, comme Merlin le laissera entendre à Uter (§ 115) ; mais quoi qu'en dise le prophète, il n'est pas souhaitable qu'un homme connaisse l'heure de sa mort : Merlin évite donc de donner une réponse précise au roi, se contentant de considérations très générales sur la mort.

2. Cet argument rassemble deux idées essentielles au Moyen Âge : celle du jugement de Dieu, selon laquelle le vainqueur d'un conflit est celui qui a le droit pour lui, et d'autre part la notion que « païens ont tort et chrétiens ont droit », c'est-à-dire que le seul fait d'être chrétien suffit à assurer la justice d'une cause.

3. Sur les fonctions de guide spirituel de Merlin, voir la Notice, p. 1755.

Paragraphe 113.

a. Chamise   B. *Nous corrigeons.*

1. C'est la date traditionnelle de la grande fête courtoise ; mais c'était aussi, techniquement, l'ouverture des campagnes militaires qui ne pouvaient guère avoir lieu que pendant la belle saison.

2. Il devrait s'agir de Pandragon ; mais celui-ci va mourir, et le texte par anticipation focalise son attention sur Uter.

Paragraphe 114.

a. Merlin et il li dist que voirs estoit lors demanda conseil coment il le feroit et   *P* ◆◆ *b.* veüe le signe de ton non si   *P*

Paragraphe 115.

a. Merlins jou men irai et   *P*

1. Sur la révélation à Uter de la mort imminente de Pandragon, voir la Notice, p. 1754.

2. L'ambiguïté de l'expression permet d'interpréter au premier

degré — Merlin fait le récit des événements à Blaise — ou de privilégier une lecture plus subversive — en dictant à Blaise son récit,
Merlin façonne l'avenir : son « livre » est effectivement le « livre du
monde », puisqu'il organise l'histoire à son gré.

Paragraphe 116.

1. Comme souvent, le déroulement des opérations n'est pas très
clair : on a l'impression au paragraphe précédent que les deux corps
d'armée se sont lancés à l'attaque, alors qu'ici Uter intervient dans un
second temps après les troupes de son frère.

2. Il s'agit de la « première bataille de Salesbières », c'est-à-dire
Salisbury, qui traditionnellement ouvre l'âge d'or arthurien. Elle s'oppose à la « seconde bataille de Salesbières », au cours de laquelle
Arthur et Mordret s'entre-tuent dans un massacre qui entérine la
ruine de l'univers arthurien. En fait, les romans en prose ont délibérément modifié le site de cette ultime bataille, originellement située à
« Camlann », afin d'obtenir un effet rhétorique.

3. Ce n'est pas seulement, comme d'habitude, une référence au
« conte » en tant qu'instance générale d'énonciation, mais une allusion
peut-être plus sérieuse à la source historique du roman — c'est-à-
dire, probablement au *Roman de Brut* de Wace, ou indirectement à
l'*Historia regum Britanniae* de Geoffroy de Monmouth.

4. La fondation de ce cimetière est conforme à la prédiction de
Merlin ; mais le détail du tombeau de Pandragon qui reste sans signe
distinctif est un élément nouveau, qui introduit à long terme l'épisode des pierres d'Irlande, que Merlin a également prédit en termes
obscurs, lorsqu'il a mentionné ce qu'il ferait d'inoubliable pour exalter le cimetière.

5. Le roi ne porte pas sa couronne tous les jours, contrairement à
ce que l'iconographie laisserait croire ; les jours où il le fait ont une
valeur particulière, et coïncident le plus souvent avec des fêtes liturgiques importantes.

Paragraphe 118.

1. Cette formule se retrouve très fréquemment dans les « recueils »
de prophéties de Merlin, où elle constitue la séquence d'ouverture
d'une question posée au prophète. Ici, elle marque simplement
l'obéissance d'Uter.

Paragraphe 119.

1. Il s'agit, bien sûr, de Stonehenge (voir la Notice, p. 1757).

2. Merlin doit être seul pour pouvoir exercer ses « arts » magiques.
Dans l'emploi du verbe *faire* on peut lire l'idée d'un recours à des
auxiliaires surnaturels, des démons par exemple. Dans ce domaine, il
semble préférable de ne pas s'enquérir de l'origine du prodige, qui a
de fortes chances d'être diabolique, du point de vue du XIIIᵉ siècle.

3. C'est-à-dire, sans doute, indestructible.

Paragraphe 120.

a. diroit pour son bien et pour verite a un   *P*

Paragraphe 122.

a. vous ce   *B. Nous complétons d'après P.*

1. Traditionnellement, on appelle ainsi au Moyen Âge la prise de Jérusalem par Titus au temps de Vespasien. Sur cet épisode, voir *Joseph d'Arimathie,* § 19-27.

Paragraphe 123.

a. cris   *B. Nous corrigeons.*

Paragraphe 124.

1. Cette histoire abrégée du Graal n'est pas des plus claires, d'une part en raison de la complexité des notions en jeu, d'autre part à cause de la volonté de brièveté du manuscrit.

Paragraphe 125.

1. Bien que partiellement imaginaire, la géographie de *Merlin* repose sur une assez bonne connaissance du sud de la Grande-Bretagne, Cornouailles et pays de Galles inclus.

Paragraphe 127.

a. departirent a ciaus   *B. Nous complétons d'après P.*

1. C'est la première fois qu'on insiste sur la présence des dames, et sur leur rôle — encore très réduit — lors de l'une des fêtes royales ; cette scène à peine ébauchée prépare l'épisode d'Ygerne à la cour.

Paragraphe 128.

a. les s'en   *B. Nous complétons d'après P.* ♦♦ *b.* couvenra que cil qui acomplira cel lieu qu'il   *P* ♦♦ *c.* qui   *B. Nous corrigeons.* ♦♦ *d. P ajoute* de cele table   .

Paragraphe 130.

a. P ajoute le onsime jour après   .

Paragraphe 132.

a. avenroit car   *B. Nous complétons d'après P.*

1. Le texte parle ici de *prodome* : par la suite, il est clair que ceux qui siègent à la Table ronde sont des chevaliers ; mais au temps d'Uter, et au moment de la rédaction du *Merlin*, on peut être homme de bien (sens de *prodome*), et pas chevalier, car l'idéologie chevaleresque n'est pas encore systématiquement dominante.

2. Solidarité lignagère inconsidérée, mais plutôt digne d'éloge ; l'ordre du roi transforme en une scène de comédie cet épisode passablement tragique.

Paragraphe 134.

1. C'est-à-dire le duc de Cornouailles ; ce personnage, qui n'était que comte chez Geoffroy de Monmouth et Wace, est en général appelé Gorlois. Traditionnellement, la Cornouaille est liée à la légende de Tristan. Dans la littérature romanesque ultérieure, où le roi Marc, Tristan et Yseut sont intégrés à l'univers arthurien, il y a des télescopages intéressants entre les deux traditions. Tintagel, qui va apparaître dans la suite comme une place forte imprenable, est présentée dans le corpus tristanien comme un château magique, une sorte de lieu intermédiaire entre deux mondes, où règne le surnaturel (voir *Tristan et Yseut,* la *Folie d'Oxford,* v. 132-140, Bibl. de la Pléiade, p. 220).

Paragraphe 135.

a. Gerne   *B. Nous corrigeons.*

1. Le texte se donne beaucoup de mal pour affirmer l'innocence et la loyauté d'Ygerne : loin d'encourager la passion du roi, elle se conduit en toutes circonstances avec la discrétion et la réserve qui conviennnent à une femme honnête ; comme la mère de Merlin, la mère d'Arthur doit être sans reproche. L'adultère sera la seule responsabilité d'Uter ; d'autres textes ne partagent pas cette opinion, et toutes les versions modernes de la légende font état d'un amour partagé entre Ygerne et Uter.

Paragraphe 136.

a. facon   *B*   : fachons   *P. Nous corrigeons.*

Paragraphe 137.

1. La plus grande vertu d'un souverain médiéval est la largesse : en fait, la société féodale repose sur cette circulation permanente des richesses, du plus riche au plus pauvre. L'insistance sur ce motif montre que, pour l'amour d'Ygerne, Uter se conduit plus que jamais en seigneur courtois.

Paragraphe 138.

1. Sur l'immoralité d'Ulfin et sur sa misogynie, voir la Notice, p. 1760.

Paragraphe 140.

a. P ajoute   et il li dist sire volentiers   .

Paragraphe 141.

a. prende *B* : pregniez *P. Nous corrigeons.*

1. Apparemment, à cette occasion, hommes et femmes sont séparés pour les repas ; il s'agit d'une tradition plutôt byzantine que celtique, que d'ailleurs l'écrivain utilise seulement quand cela l'arrange pour sa mise en scène dramatique.

Paragraphe 142.

a. alom *B. Nous corrigeons.*

Paragraphe 143.

a. vous *B. Nous corrigeons d'après P.* ◆◆ *b.* qui l'avoit *B. Nous corrigeons.*

1. Mais le départ du duc comporte d'autres implications, et le roi n'en est tout de même pas au point où il perdrait de vue les conséquences d'un conflit avec un puissant vassal.

2. C'est-à-dire avec Ygerne. Le roi fait preuve d'une grande habileté, en amenant son conseil à entériner une proposition inacceptable pour le duc de Tintagel, tout en gardant secrète la cause du départ du malheureux duc.

Paragraphe 144.

a. P ajoute ca que fere ne devoit .

Paragraphe 145.

a. qui li *B. Nous corrigeons.* ◆◆ *b.* que *manque dans B. Nous corrigeons d'après P.* ◆◆ *c.* proia qui li aïdassent *B. Nous corrigeons.*

1. Conformément au code féodal. Mais les vassaux du duc sont également ceux du roi, d'où la nécessité pour le duc, qui pressent l'imminence de la guerre avec Uter, de les convaincre de la justesse de sa cause.

Paragraphe 147.

1. Par discrétion, apparemment. Le chagrin du roi est assimilé à une maladie, et la maladie est le seul moment où un puissant personnage a l'occasion d'être seul. Yseut feint fréquemment d'être *dehaitiee* quand elle veut recevoir Tristan dans sa chambre.

2. Uter se sent coupable vis-à-vis de Merlin, et, bien qu'il soit plus malléable que son défunt frère, il n'a pas en lui la foi indéracinable d'Ulfin : c'est précisément ce manque de foi qui rend, aux yeux du « prophète », la naissance d'Arthur indispensable à la réalisation de ses projets à long terme.

Paragraphe 148.

1. Littéralement : « Moi de même ! » En fait, Ulfin n'a pas de rai-

son particulière de vouloir parler à ce vieillard ; il s'agit d'une simple formule d'acquiescement courtois.

Paragraphe 150.

a. et Ulfin li dist   *lacune dans B. Nous complétons d'après P.* ◆◆ *b.* li rois   *B. Nous corrigeons d'après P.* ◆◆ *c.* metras   *B. Nous corrigeons d'après P.*

Paragraphe 151.

a. desires   *B. Nous corrigeons.*

1. Le récit a oublié qu'il s'agissait « apparemment » d'un aveugle. Au reste, puisque ce contrefait n'est autre que Merlin, ce genre de détails n'est pas pertinent. L'intérêt de la scène est de mettre en valeur la vivacité d'esprit d'Uter, qui, instruit par l'expérience, ne se laisse pas prendre au piège des *semblances* de Merlin une seconde fois, à la différence d'Ulfin (qui pourtant avait prévu de longue date l'intervention du magicien).

Paragraphe 154.

a. Dieu et de moi de   *B. Nous corrigeons d'après P.*

Paragraphe 155.

1. Il ne saurait, dans un contexte chrétien, s'agir d'un autre livre, en dépit de l'emploi de la forme indéfinie (*sor un livre*), qui témoigne peut-être du malaise d'un scribe face à ce mélange de magie noire et de rites chrétiens.

Paragraphe 156.

1. Comme on pouvait s'y attendre, Merlin emploie ici le verbe *engingnier*, c'est-à-dire le terme même utilisé pour décrire sa propre naissance et la séduction diabolique de sa mère : cette confusion de vocabulaire souligne bien la dimension maléfique de l'épisode avec Ygerne. Même si les intentions de Merlin sont bonnes, les moyens utilisés sont franchement condamnables — et jetteront *a posteriori* une ombre sur la figure d'Arthur.

Paragraphe 157.

a. li rois a Merlin   *B. Nous corrigeons d'après P.*

1. Le texte ne précise pas cette fois s'il a besoin d'une herbe pour ce faire. Le détail est important : si Merlin a recours à un « accessoire » extérieur, cela signifie que son savoir est en quelque sorte « naturel » : il ne peut être donc accusé de *nigremance* (voir la Notice, p. 1761).

Paragraphe 158.

a. Suit Lo   *qui est le début du mot qui commence le paragraphe suivant dans B.*

Paragraphe 159.

1. Sur l'abandon par Uter et Ygerne d'Arthur à sa naissance, voir la Notice, p. 1762.

Paragraphe 160.

1. Il y a ici une confusion : combien de temps a duré l'« escapade » du roi ?

2. Ainsi, non seulement le duc a été tué, ce qui est en soi injuste et injustifiable, car il avait le droit pour lui dans cette guerre, mais en plus il a été tué par des hommes à pied, c'est-à-dire d'une mort ignominieuse : il n'a même pas eu la possibilité de mourir en chevalier, comme il sied à quelqu'un de son rang. Mais il est vrai aussi que, le roi ayant pris son apparence, en termes de magie sympathique le duc n'a plus d'identité, ni de visage.

Paragraphe 161.

a. et il respondent *répété dans B.*

Paragraphe 162.

a. Suit dans B li *exponctué.*

Paragraphe 163.

1. Le raisonnement de Merlin n'est pas très clair : sans doute craint-il qu'Ygerne, désemparée par cette grossesse inassignable, ne s'efforce de faire disparaître l'enfant, dont Merlin est responsable puisqu'il a organisé la mascarade qui a permis sa conception. Un peu plus tard, dans certaines versions Merlin adoptera une attitude analogue à propos de Mordret.

2. Une fois de plus, la formulation est ambiguë : Merlin peut vouloir dire simplement « si vous voulez bien tenir votre promesse », ou suggérer que jusqu'à présent le roi a fait quelques entorses à l'honorabilité et à la loyauté que l'on attend d'un souverain, et doit désormais se conduire mieux qu'il ne l'a fait dans le passé. De quelque manière que l'on considère les choses, la conception d'Arthur est inexcusable.

Paragraphe 166.

a. qui qu'il a entraira *B. Nous corrigeons d'après P.*

Paragraphe 169.

a. nos *B. Nous corrigeons.*

Paragraphe 172.

a. tuit cest pais *lacune dans B. Nous complétons d'après P.* ◆◆ *b.* cham *B. Nous corrigeons.*

1. Compte tenu du statut juridique de la femme au XIIIe siècle, Ygerne n'a en effet rien à dire pendant qu'on décide de son destin ; son silence peut aussi être attribué à sa pudeur ou au fait qu'elle se retrouve prise au piège et incapable d'en sortir. Sur cette longue séquence des négociations, voir la Notice, p. 1763.

2. D'autres manuscrits, plus réalistes, portent « trente » jours, prenant en compte les délais de voyage d'Ygerne et le temps nécessaire à l'échange de messages entre les deux partis. En outre, si l'écart était si faible entre la nuit de la conception d'Arthur et la nuit de noces, il serait plus difficile d'éliminer entièrement l'hypothèse d'une paternité d'Uter… en dépit des techniques parfois étranges du Moyen Âge pour déterminer la date de la conception d'un enfant.

3. C'est effectivement la version « officielle ». On aura dans *Les Premiers Faits* un récit circonstancié de la conception de Mordret, qui ressemble par bien des aspects à celle d'Arthur.

4. Le nom de ce personnage semble le prédestiner à n'être qu'un double de Loth d'Orcanie ; son rôle n'est jamais clairement défini, et il reste d'une importance très réduite.

5. Le nombre, le nom et le destin des demi-sœurs d'Arthur varient grandement selon les manuscrits. Ceux-ci ne font en particulier pas tous la distinction entre la « bâtarde » (de qui ? du duc, ou d'Ygerne ?) et Morgain. Ce qui est sûr, c'est que cette dernière se trouve dès le début affectée d'un signe négatif, correspondant à la mauvaise réputation de tout ce qui est pratique magique au XIIIe siècle : les fées sont désormais du côté du diable, ce que vient renforcer l'acquisition par Morgain d'une culture cléricale qui la place *ipso facto* sous le soupçon de magie. Quiconque, à vrai dire, sait lire est compromis plus ou moins avec les arts diaboliques et la *nigremance*.

6. Voir le roman moyen anglais *Of Arthour and of Merlin* (fin du XIIIe), où il est dit clairement qu'Ygerne a été mariée trois fois avant d'épouser Uter : les enfants du duc ne sont pas forcément les siens, et réciproquement.

Paragraphe 175.

a. ces paroles   *lacune dans B. Nous adoptons la leçon de P.*

Paragraphe 177.

a. qu'ele   *B. Nous corrigeons.* ◆◆ b. leui   *B. Nous corrigeons.*

Paragraphe 181.

1. Le nom d'Arthur apparaît brusquement dans le récit, comme un pur produit de l'imagination de Merlin, sans aucune justification. À la différence du nom de Merlin lui-même, dont on peut reconstruire l'étymologie dans une certaine mesure, celui d'Arthur reste en effet une énigme pour les chercheurs modernes.

Paragraphe 182.

1. La transition est brutale — même si d'autres manuscrits

l'adoucissent par un changement de paragraphe. Il est difficile de déterminer exactement quel est le mal qui frappe Uter ; en tout cas, il s'agit d'une maladie qui porte atteinte à son intégrité corporelle, et en tant que telle remet en cause son statut de roi, selon les traditions celtiques. Cette « goutte » des pieds et des mains explique la révolte des barons, qui vont d'ailleurs démontrer par la suite qu'ils ne demandent qu'un prétexte pour reprendre leur indépendance.

Paragraphe 183.

a. que tu [...] vivre　*lacune dans B. Nous complétons d'après P.* ◆◆ *b.* a B. *Leçon fautive ; nous adoptons la leçon de P1.* ◆◆ *c.* tu saces　*B. Nous corrigeons.* ◆◆ *d. P ajoute*　che quil sara que voirs est　.

1. Il ne s'agit sans doute pas d'une opposition de principe au remariage des veufs, et en particulier des souverains veufs qui ont besoin d'un héritier, mais plutôt d'une allusion à l'état de décrépitude dans lequel se trouve Uter.

2. Dans le monde celte, le roi, qui incarne la terre, doit être en bonne santé et jouir d'une totale intégrité physique afin d'assurer la victoire de son royaume. Maladie et infirmités du roi se reproduisent à l'échelle du royaume (c'est en fait ce qui se produit à l'origine dans le cas du Roi Méhaignié et de la Terre Gaste) : par conséquent, un roi infirme, d'après la loi celtique, ne saurait conduire son armée à la victoire (voir n. 1, § 182).

3. Cette réponse paraît relever d'une certaine cruauté gratuite de Merlin, mais elle se comprend dans la perspective de l'économie narrative : Uter a fait son temps, la partie du roman qui concerne Arthur n'est pas de son ressort.

Paragraphe 184.

1. Londres est souvent confondu avec Logres, la ville avec le pays, dans cette partie du manuscrit. Cette confusion, qui se retrouve dans d'autres textes du corpus, par exemple dans le *Merlin* anglais de Levellich (xve siècle), correspond peut-être à des conceptions politiques particulières, qui dépassent le simple problème d'une erreur de scribe.

Paragraphe 185.

a. sa mort　*P*

Paragraphe 186.

1. Sur cet épisode et son enjeu, voir la Notice, p. 1763.

Paragraphe 187.

1. Cette exceptionnelle disponibilité de Merlin, en contradiction flagrante avec ses habitudes, est à mettre au compte d'une volonté d'économie narrative : pendant l'interrègne, le prophète-enchanteur n'a pas le loisir de jouer à cache-cache avec des barons dépourvus d'autorité.

Paragraphe 188.

1. Il n'y a sans doute pas d'intention ironique dans cet énoncé, mais un désir d'affirmer que le nouveau roi doit être chrétien, ce qui ne va pas de soi dans cette époque de christianisme mal assuré.

2. Nous complétons selon le sens logique et les habitudes formulaires du texte.

3. Arthur va apparaître comme une figure du Christ, et son accession au trône va suivre le rythme des grandes fêtes calendaires ; ici, c'est la période d'attente de l'Avent.

4. Sur l'élection d'Arthur comme manifestation divine, voir la Notice, p. 1764.

Paragraphe 190.

a. Logres   B. *Nous corrigeons.* ◆◆ *b.* Keu a la   B. *Nous adoptons la leçon de P.*

1. Pourquoi Keu seulement, et pas Arthur ? Après que le texte a pris grand soin d'insister sur le fait qu'Antor traite les deux enfants comme ses fils, cette différence paraît surprenante, à moins de supposer qu'Arthur, plus jeune de quelques mois, n'a pas encore atteint l'âge de l'adoubement ?

Paragraphe 191.

1. Cette conduite ne semble pas autrement choquante ; pourtant, on a tendance à considérer que ceux qui quittent l'église avant la consécration du pain et du vin, ou parfois avant l'Évangile, sont des séides du démon qui ne peuvent tolérer d'assister au sacrifice du Fils de Dieu. Mais il faut aussi se rappeler que les offices sont à la fois beaucoup plus importants dans la société médiévale que dans la nôtre, et traités avec beaucoup plus de familiarité.

2. Cette construction, restée dans toutes les mémoires et devenue un élément indispensable de la légende d'Arthur, est pour le moins étrange, sans qu'il soit possible d'en donner une lecture allégorique décisive. Si l'épée par exemple est le symbole du pouvoir qui va être conféré au roi, le manuscrit de Bonn est un des rares où elle soit confondue avec Escalibor, qu'en général le roi Arthur se procure avec l'aide de Merlin, et de manière beaucoup moins orthodoxe.

Paragraphe 192.

1. L'archevêque « de Bris(c)e » n'est autre que l'archevêque Dubricius : le scribe du manuscrit, ou l'auteur du roman, n'a pas identifié comme tel ce nom latin, et en a fait une épithète de provenance.

Paragraphe 193.

a. Lors li   B. *Nous adoptons la leçon de L.*

Paragraphe 194.

a. ja devant B. *Nous complétons d'après* P *et* P1. ◆◆ *b.* qui disoient
B. *Nous corrigeons d'après* L. ◆◆ *c.* tinrent B. *Nous adoptons la leçon de* P.

Paragraphe 195.

a. del novel an P

Paragraphe 196.

1. Le manuscrit de Bonn n'est pas clair, et le texte est tout aussi
obscur dans les autres témoins : cela signifie-t-il que les chevaliers
laissent leurs armes à leurs écuyers pour que ceux-ci puissent les imi-
ter en joutant à leur tour, ou simplement qu'après une pause les chevaliers recommencent à jouter ?
2. Toute cette séquence laisse planer un doute sur le statut d'Arthur dans sa famille d'adoption : même si l'on admet qu'il peut servir
d'écuyer à son frère plus âgé, comme c'est souvent le cas dans les
romans arthuriens (voir Perceval par rapport à Lamorat et Agloval,
par exemple), ses larmes quand il ne peut trouver l'épée demandée
suggèrent plutôt qu'il est un serviteur susceptible d'être battu pour
n'avoir pas rempli ses fonctions correctement. Cette impression est
confirmée par le fait qu'au bout de huit jours il n'a pas encore essayé
l'épée qui préoccupe tout le monde. C'est d'ailleurs la version des
faits qu'ont systématiquement privilégiée les adaptateurs modernes.

Paragraphe 197.

a. Suit dans B un i *exponctué.*

Paragraphe 198.

a. et quant B. *Nous adoptons la leçon de* L.

1. Si jeune qu'il soit, Arthur est parfaitement conscient de la rigi-
dité des structures sociales dans son univers, et de la nécessité de
posséder une identité stable, et un « lignage » reconnu. La société féodale ne laisse aucune chance aux « fils de personne » désireux de faire
eux-mêmes leur fortune.

Paragraphe 199.

a. cele B. *Nous corrigeons.* ◆◆ *b.* quel pourfit B : que pour forfait P : que por forfet P1. *Nous corrigeons.* ◆◆ *c.* si *répété dans* B.

Paragraphe 200.

1. Nous employons le terme « adolescent », bien qu'il constitue un
anachronisme, parce qu'il exprime à peu près ce que le texte entend
par « enfant » dans ce contexte.
2. Cela changera par la suite, puisque Arthur sera avant tout le roi
du peuple, par opposition aux grands seigneurs méprisants.

Paragraphe 202.

1. C'est-à-dire que les barons menacent de faire sécession : « chacun pour soi », ce qui signifie en l'occurrence l'éclatement du royaume, et la guerre civile entre plusieurs prétendants au trône, dépourvus de l'investiture divine. D'une certaine façon, l'archevêque dont la patience pourrait paraître surprenante n'a pas vraiment le choix, s'il veut sauver l'état.

2. Le sens n'est pas très clair ; il semble qu'il s'agisse d'une sorte de période probatoire pour éprouver les capacités d'Arthur à gouverner (voir la Notice, p. 1765).

3. Il s'agit d'Antor, qu'Arthur considère toujours comme son père.

Paragraphe 203.

a. P ajoute   et dient li baron mes ce nous est molt contraire que si jovenes hom et de si bas lingniage sera sires de nous tous et liu arcevesques lor dist vos nestes pas bon crestien se voles aler contre la volente nostre signour   . ◆◆ *b.* arceves   *B. Nous corrigeons.*

1. Le passage est corrompu ; d'autres manuscrits rendent mieux la casuistique des barons qui ne veulent pas s'opposer une fois de plus à l'élection, mais souhaitent retarder le sacre qui l'avalisera, et si possible prendre entre-temps le jeune roi en flagrant délit de mauvais gouvernement.

Paragraphe 204.

1. S'agit-il d'un souvenir de la tradition celte où on « levait » de fait le roi sur un bouclier au milieu de la foule ? Ou le terme est-il employé ici comme à l'occasion d'un baptême ?

2. Cette exigence est exceptionnelle et perfide : d'ordinaire, un roi ne décide rien sans « prendre conseil » ; c'est le principe même du pouvoir féodal.

Paragraphe 205.

a. estoient   *B. Nous corrigeons d'après P et P1.*

1. Le possessif (*ses*) dans le texte ne peut guère s'appliquer ici : Arthur ne possède rien en propre.

Paragraphe 206.

a. donnoit   *B. Nous corrigeons d'après P.*

1. Générosité (*largesse*) et discernement, telles sont donc les deux grandes qualités d'un roi. C'est en effet ainsi que la tradition romanesque antérieure représente le roi Arthur, en insistant toutefois sur son côté généreux.

Paragraphe 207.

a. Londres   *P* ◆◆ *b.* Artus chevalier *[p. 772]* […] li arcevesques   *B* (*saut du même au même*). *Nous complétons d'après P.* ◆◆ *c.* vous   *B. Nous corrigeons d'après P.*

1. Les larmes du jeune Arthur constituent pour les observateurs la preuve de sa haute valeur morale : le registre des émotions du Moyen Âge est très différent du nôtre.

Paragraphe 209.

a. Ici finit le « Merlin » propre et commence la Continuation, annoncée seulement au folio 82r°b par l'épigraphe ici comence des premiers faiz le Roy Artu . ◆◆ *b.* cenz apres *B. Nous complétons d'après P.*

1. C'est sur cette formule laconique et optimiste que s'achèvent certains manuscrits du *Merlin* (voir var. *a*). C'est à ce point en effet que prend fin le *Merlin* propre : ce qui va suivre constitue, précisément, la « Suite » du roman, c'est-à-dire le texte de transition qui établit un pont entre le couronnement d'Arthur et le début de *Lancelot* où Arthur règne manifestement depuis un certain temps... Dans le manuscrit de Bonn, le *Merlin* proprement dit se prolonge officiellement pendant un certain nombre d'épisodes que la tradition situe dans la *Suite*.
2. Curieuse définition du royaume de Loth ; habituellement, il n'est pas en relation avec le Loénois, que l'on situe généralement en Petite-Bretagne (la province de Léon), et qui est le royaume de Tristan, héros d'une histoire parallèle.
3. D'après la chronologie des épisodes précédents, il ne peut pas être si jeune que cela.
4. Ce personnage est connu par ailleurs comme héros d'une séquence indépendante de la *Première Continuation* du *Conte du Graal* (voir éd. et trad. A.-C. van Coolput-Storms, Le Livre de poche, coll. « Lettres gothiques », 1993) ; sa participation à la cour plénière du jeune Arthur ainsi que son statut de roi du royaume d'Estrangorre sont des éléments originaux du manuscrit.
5. De manière systématique, les chiffres des armées sont gonflés jusqu'à l'invraisemblance. Ici, « cinquante » serait plus plausible.

Paragraphe 210.

1. Attitude contrastant avec la conduite habituelle de Merlin.

Paragraphe 211.

a. rivierent *B. Nous corrigeons.* ◆◆ *b.* Chamise *B. Nous corrigeons.* ◆◆ *c.* je *exponctué dans B.* ◆◆ *d.* Londres *P*

1. Cela nous semble être le terme le plus proche de la notion médiévale, puisqu'il n'y a pas en français d'équivalent simple à l'anglais *foster.*
2. L'archevêque Debrice ne serait donc pas archevêque de Londres ; en outre, Londres a, logiquement mais tardivement, remplacé Logres... Le manuscrit s'efforcera (§ 223) de résoudre — maladroitement — cette contradiction.

Paragraphe 212.

a. P ajoute par de sous sa cote .

Paragraphe 213.

a. Artu   B. *Nous corrigeons d'après* P. ◆◆ *b.* ensi n'est   B. *Nous complétons d'après* P. ◆◆ *c.* me   *manque dans* B. *Nous complétons d'après* P.

1. Cette désinvolture à l'égard de l'archevêque donne une idée intéressante de la manière dont les grands seigneurs du XIIIe siècle pouvaient traiter les dignitaires ecclésiastiques...

2. Le manuscrit donne ici *Artu* (voir var. *a*), ce qui traduit bien le malaise qui règne dans le texte à propos de cette naissance impossible à légitimer. Merlin donne une version singulièrement expurgée des faits, et passe en particulier très discrètement sur son rôle dans l'aventure, au point de suggérer que le don de l'enfant récompense de manière très générale tous les services rendus au roi par Merlin — et non pas un seul « service », très spécial.

3. Là encore, de manière significative, le manuscrit escamote le pronom personnel (voir var. *c*), et Merlin sa responsabilité : ce n'est que dans la phrase suivante que les barons apprennent que c'est lui qui a reçu l'enfant.

Paragraphe 214.

a. drois   *illisible dans* B. *Nous adoptons la leçon de* P.

Paragraphe 215.

a. car   P. *Nous maintenons la leçon de* B. ◆◆ *b.* qui li   B. *Nous corrigeons.*

Paragraphe 216.

1. C'est la première fois que ce terme, clairement péjoratif, est appliqué à Merlin. Les barons changent d'avis à son sujet et cessent de le considérer comme un « bon conseiller ».

Paragraphe 218.

a. et cil [...] terre   *lacune dans* B *(saut du même au même). Nous complétons d'après* P. ◆◆ *b.* de jours   B. *Nous adoptons la leçon de* P. ◆◆ *c.* mont   B. *Nous corrigeons.* ◆◆ *d.* il molt   B. *Nous complétons d'après* P.

1. L'histoire du géant aux barbes est un classique de la littérature « de Bretagne » que l'on retrouve aussi bien dans le *Brut* de Wace que dans le *Tristan* de Thomas. Épisode obligé de la chronique du règne d'Arthur, elle est ici habilement insérée dans une séquence plus large qui récupère également le motif de la Table ronde, dont la fondation a été décrite (§ 127) de manière peu compatible avec ce qui en est dit désormais.

Paragraphe 220.

a. trenchant [...] au fer   *lacune dans* B *(saut du même au même). Nous complétons d'après* P. ◆◆ *b.* es   *manque dans* B. *Nous complétons d'après* P.

1. Ayant épousé quelque seize ans plus tôt l'une des demi-sœurs

d'Arthur, ce qui signifie qu'il était lui-même déjà chevalier à l'époque, il ne peut guère être considéré comme un jeune homme selon les critères médiévaux.

2. Détail fréquemment mentionné dans les chansons de geste pour renforcer l'impression de puissance dégagée par un chevalier, par exemple Ogier le Danois. Mais cela comporte aussi des implications négatives, en suggérant des traces de gigantisme chez le cavalier trop grand et trop lourd pour sa monture. Certains géants ne se déplacent qu'à pied, faute d'un cheval assez grand pour les porter.

3. Deux des demi-sœurs d'Arthur.

Paragraphe 221.

1. Cette étymologie fantaisiste place Escalibor dans une tradition honorable, celle des épées royales dont le nom manifeste la vertu (voir Durandal et Joyeuse, l'épée de Roland et celle de Charlemagne) ; associée à la lumière qui rayonne de la lame, elle confirme qu'Escalibor est bel et bien un objet divin, entérinant l'élection chrétienne d'Arthur. Ce faisant, elle s'oppose à la conception habituelle que les textes ont de cette arme, présentée comme en relation avec la magie de la Dame du Lac et de l'île d'Avalon. Dans la tradition celtique, l'épée d'Arthur se nomme Caledwlch, d'où est dérivé le nom de Caliborn, puis Escalibor.

Paragraphe 222.

a. la   *B. Nous corrigeons.* ◆◆ *b.* solanent   *B. Nous corrigeons.*

1. La chute d'Arthur n'est pas déshonorante, d'une part parce qu'il est admis qu'un excellent chevalier peut être renversé à la joute par un adversaire moins bon que lui, d'autre part parce que le roi est encore jeune et est donc désavantagé sur le plan du poids pour le combat à la lance. Enfin, il est adroitement suggéré que les six rois attaquent ensemble Arthur, ce qui est techniquement difficile, mais évite que le moindre soupçon de déshonneur puisse planer sur la chute finale du jeune roi.

2. Keu n'a plus de lance, puisqu'elle est restée dans la plaie d'Aguisant quand il l'a désarçonné ; il se sert donc de son propre poids et de celui du cheval pour déséquilibrer Caradoc, éliminant ainsi deux adversaires à lui seul. Dans ces épisodes, Keu apparaît comme un excellent chevalier, sans que l'accent soit mis, comme il l'est souvent dans les romans en vers, sur sa médisance et sa relative lâcheté.

3. Il s'agit, comme l'indique la suite, et conformément à la logique du récit, du roi Loth, le plus puissant des six alliés.

4. Comme la plupart des chevaliers nouveaux, Arthur portait sans doute des armes blanches, sans *connaissance* ; après le combat, il ressemble à l'un de ces chevaliers « Vermeils » hautement dangereux, que l'on rencontre dans les romans en vers…

Paragraphe 223.

1. Il s'agit probablement de l'année de son couronnement ; celui-ci a eu lieu à la Pentecôte, et en dépit de la formule du § 209 (« tint la

terre [...] longtemps en paix »), les barons n'ont guère attendu pour
se révolter. Une campagne guerrière au Moyen Âge ne peut avoir lieu
que pendant les mois d'été, où les conditions climatiques autorisent
le déplacement des troupes. En septembre (le 8 septembre pour être
précis), la saison des combats tire à sa fin. Arthur fait en quelque
sorte ses préparatifs pour l'année suivante.

2. Dans ces pages, qui ne font pas partie normalement de ce
qu'on appelle le « *Merlin* propre », les conditions d'énonciation ont
changé par rapport au texte du prétendu Robert de Boron, et on rencontre une forte proportion d'interventions à la première personne,
qui toutes insistent sur la nature orale du conte.

Paragraphe 224.

a. fix *B* : fillies *P. Nous corrigeons.*

1. Ce passage est manifestement en désaccord avec l'épisode du
Merlin propre où le mariage d'Ygerne est arrangé ; il semblerait que le
texte fasse appel à d'autres sources, plus anciennes, faisant état d'une
nombreuse progéniture de la duchesse, fils et filles mêlés, ainsi que
d'un premier mariage qui n'est pas mentionné ailleurs (voir n. 6,
§ 172). Ces allusions font affleurer un substrat mythique selon lequel
Ygerne incarnerait la royauté, passant de mari en mari comme le
pouvoir passe de roi en roi.

2. On doit en conclure qu'Aguisant, comme Gauvain et Yvain, est
le neveu d'Arthur ; en tout cas, cela le rapproche de la génération du
jeune roi. Le roi Beradam au demeurant n'est pas mentionné ailleurs,
non plus que son épouse, surnuméraire par rapport aux filles habituellement attribuées à Ygerne : mais de ce fait, l'alliance du roi Aguisant avec Loth, Urien et Nantes est justifiée.

3. Il s'agit donc de Morgain (voir n. 5, § 172) ; mais si l'on se
réfère à sa première apparition dans le texte, cela fait quinze ans
qu'elle va à l'école. Les relations chronologiques entre les personnages et les générations deviennent à peu près inextricables.

4. Ainsi donc, l'inceste qui est à l'origine de la naissance de Mordret a déjà eu lieu : à ce point, le manuscrit escamote la scène sca-
breuse, cependant que Merlin informe le roi Arthur de cet
événement comme s'il s'agissait d'une banalité : c'est une donnée
brute du récit impossible à éviter ou à modifier.

5. Dans tout ce passage, Merlin passe du « vous » au « tu » sans
raison apparente ; nous rétablissons partout la deuxième personne du
pluriel.

Paragraphe 225.

a. P *ajoute* te feront ravoir ta tere .

1. En dépit des efforts de Merlin, et du narrateur, la contradiction
reste sensible : comme on l'a vu, le prophète doit à sa nature diabolique ses caractéristiques d'« homme sauvage », et sa christianisation
récente, d'ailleurs entièrement omise par certains textes (le *Lancelot*,
par exemple), ne parvient pas à effacer un passé inquiétant. Même
l'exil de Blaise dans la forêt ne constitue qu'une solution partielle,
peu satisfaisante.

Paragraphe 226.

a. n'avoient   *répété dans B.* ✦✦ *b.* Gaunes et Bretel   *B. Nous complétons d'après P.* ✦✦ *c.* cite que on apeloit Benoyc que nous   *P* ✦✦ *d.* de
la Deserte cil Claudas   *lacune dans B (saut du même au même). Nous
adoptons la leçon de P.*

1. La terre de Claudas, *gaſte* et ravagée, porte à bon droit le nom
de la Déserte. On peut peut-être voir dans cette désignation un souvenir d'une origine chtonienne et infernale de Claudas.
2. Le passage eſt très confus dans le manuscrit, reflétant sans
doute une situation qui paraît peu claire au scribe, voire à l'auteur. Il
eſt difficile de savoir qui a, en fait, le droit pour lui ; traditionnellement, Ban de Bénoïc joue le rôle de l'innocente viĉtime, cependant
que Claudas eſt présenté comme le traître ; mais dans cette version,
le narrateur se garde de prendre parti.
3. Même malaise à propos de Banin que dans le passage précédent ; manifeſtement, « le conte » eſt conscient d'une tradition littéraire qui aboutit au *Lancelot*, avec laquelle il tente tant bien que mal
de concilier ses propres données. Comme souvent, l'effet produit eſt
avant tout celui d'une extrême longévité des personnages, ou d'une
sorte de dilatation temporelle affeĉtant certains événements, comme
la guerre du roi Ban et de Claudas de la Déserte.

Paragraphe 227.

1. S'agirait-il de Bourges, selon les indications données plus haut ?

Paragraphe 228.

a. .v.   *B. Nous adoptons la leçon de P.*

1. Ces indications chronologiques ont leur importance, dans
la mesure où la « Suite » du *Merlin* s'efforce d'établir une continuité plausible entre les événements présentés dans ce roman, et
ceux du *Lancelot* propre, qui commence juſtement avec l'hiſtoire des
rois Ban et Bohort et de leurs familles. Par ailleurs, l'extrême jeunesse d'une dame semble souvent une garantie de sa beauté et de sa
vertu.

Paragraphe 230.

a. ramie   *B. Nous adoptons la leçon de L.*

Paragraphe 231.

a. se   *B. Nous corrigeons.*

Paragraphe 232.

a. .III.   *B. Nous corrigeons pour le sens d'après P.*

1. Ce sont certes des partisans de Claudas, mais pas des traîtres
intégraux : ils respeĉtent le code chevaleresque, en ce qu'ils n'attaquent
pas tous ensemble deux chevaliers solitaires.

Paragraphe 233.

a. laiens   *B. Nous adoptons la leçon de P.* ♦♦ *b.* besoig   *B. Nous corrigeons.* ♦♦ *c.* agreve que   *B. Nous corrigeons d'après L.* ♦♦ *d.* vous   *B* :
nos gens   *P. Nous corrigeons.*

Paragraphe 234.

a. Merlins   *B. Nous corrigeons d'après P.*

Paragraphe 235.

1. Il y a manifestement un problème avec cette annonce, puisque c'est la séquence que nous venons de lire. En réalité, au début des *Premiers Faits*, le récit revient en effet au roi Arthur et décrit les mesures prises par lui contre les six rois avant son départ pour la Carmélide.

LES PREMIERS FAITS DU ROI ARTHUR

NOTICE

L'érudition moderne use de titres variés pour désigner notre texte. On parle généralement de la *Suite* ou de la *Vulgate*[1] du *Merlin*. Il existe au moins deux rédactions différentes de cette continuation du *Merlin* : celle du manuscrit Huth a été appelée le *Merlin-Huth*, ou « suite romanesque[2] », pour la distinguer de la version de la *Vulgate* (autrefois qualifiée de « suite historique ») et qui est ici reproduite sous le titre des *Premiers Faits*. En effet, le manuscrit de Bonn intitule lui-même *Les Premiers Faiz le roi Artu* ce texte-passerelle entre le *Merlin* et le *Lancelot*, et ce titre s'impose pour désigner la spécificité de l'œuvre. Il constitue évidemment le pendant symétrique de *La Mort le roi Artu* qui conclut le cycle du *Lancelot-Graal*, opposant ainsi la mort du roi à ses « premiers faits ». Au récit des exploits initiaux répondra celui des dernières années du règne arthurien, comme pour souligner le caractère cyclique et symétrique de cette fresque romanesque. Dès le titre donné par le manuscrit lui-même, le lecteur prend ainsi conscience des effets de mise en correspondance qui caractérisent les diverses parties du grand cycle romanesque arthurien.

1. *The Vulgate Version of the Arthurian Romances*, éd. H. O. Sommer, t. II, *L'Estoire de Merlin (Vulgate Merlin)*, Washington, Carnegie Institution, 1908. C'est la dénomination employée par Alexandre Micha dans ses études sur le texte alors que le *Grundriß der romanischen Literaturen des Mittelalters* (Heidelberg, Winter, 1984, vol. IV/1, p. 593) parle de *Suite-Vulgate*.
2. *Merlin, roman en prose du XIIIe siècle*, éd. Gaston Paris et Jacob Ulrich, Société des Anciens Textes français, 1886, 2 vol. Traduction française : Henri de Briel, *Le Roman de Merlin l'enchanteur*, Klincksieck, 1971. Ce *Merlin-Huth* est connu aussi de nos jours à travers d'autres manuscrits : *La Suite du roman de Merlin*, éd. critique de G. Roussineau, Genève, Droz, 1996, 2 vol.

Le roi Arthur s'affirme bien comme un personnage décisif des *Premiers Faits*. D'une part, il y est présent de bout en bout, et le texte suit les étapes de son irrésistible ascension royale. D'autre part, ce roman s'intéresse aux premiers exploits du roi qui n'avaient pas, depuis le *Brut* (versifié) de Wace, fait l'objet d'une adaptation complète et détaillée en prose romane. À certains égards, *Les Premiers Faits* participent de l'esprit de compilation et de l'esthétique de la mise en prose des textes en vers que pratique le XIIIᵉ siècle. L'objectif essentiel de l'œuvre semble bien être d'arrimer le *Merlin* (dans la version minimale de Robert de Boron) au roman de *Lancelot* pour créer une continuité narrative indiscutable entre toutes les étapes de la légende d'Arthur et pour relier celle-ci à la tradition biblique du Graal. Ce raccord utilitaire entre un *Merlin* et un *Lancelot* composés indépendamment l'un de l'autre assure l'unité narrative et idéologique d'un projet littéraire global. Il s'agit d'une continuité logique réelle, bien qu'artificiellement recréée *a posteriori*, après la composition des textes qui sont censés être reliés par son intermédiaire.

En fait, l'essence même du travail littéraire qui préside à l'élaboration des *Premiers Faits* peut être résumée à travers la notion d'adaptation. Plus qu'un « auteur » au sens moderne du mot, l'écrivain des *Premiers Faits* adapte une matière narrative déjà plus ou moins formée à un vaste projet de compilation qui présente l'ensemble de la matière dispersée (écrite ou orale) en un récit unifié et cohérent. Il peut être un « auteur » dans la mesure où il augmente (*auctor-augere*) cette matière préexistante de quelques apports personnels, mais pour l'essentiel il n'invente pas la matière de son récit.

Le succès du *Lancelot* en prose avait très vite entraîné les écrivains des années 1225-1250 à compléter les « blancs » de l'histoire arthurienne. Dans un état antérieur à celui que présente le manuscrit de Bonn, le cycle du *Lancelot-Graal*, déjà fixé dans une trilogie *Lancelot - Queste du saint Graal - Mort Artu*, commençait par les enfances de Lancelot et ne mentionnait Arthur que comme un personnage d'arrière-plan, bien que ce même cycle se terminât par l'épisode clef de la mort d'Arthur. Il importait donc à notre remanieur de compléter et retracer intégralement le règne d'Arthur[1]. Il s'agissait pour lui de combler un vide, en amont de l'histoire de Lancelot et en aval du *Roman de Merlin* (non encore intégré au cycle) racontant la naissance et l'avènement du roi. Les commentateurs s'accordent sur l'idée que *Les Premiers Faits* correspondent à une étape créatrice postérieure à toutes les autres parties du cycle. C'est en fait le dernier élément du puzzle arthurien produit et déterminé littérairement par tout un ensemble de textes antérieurs bien qu'ils comportent des épisodes postérieurs en fiction aux événements racontés dans *Les Premiers Faits*. Une hypothèse de datation peut découler de la reconnaissance de toutes ces interactions textuelles. *Les Premiers Faits* ne peuvent être antérieurs à 1227-1230 voire 1235 pour leur composition[2]. Le manuscrit de Bonn ayant été copié à Amiens en 1286, c'est entre ces deux dates extrêmes qu'il faut nécessairement fixer la composition de

---

1. Voir l'Introduction, p. xxv.
2. Comme le soulignait déjà A. Micha, *Zeitschrift für romanische Philologie*, LXI, 1955, p. 55. Datation reprise par le *Grundriß der romanischen Literaturen des Mittelalters*, vol. IV/2, p. 168.

l'œuvre (la date de copie d'un texte n'étant pas, en principe, celle de sa composition). On pourrait songer à une date intermédiaire plus proche de 1235-1245.

Si l'on excepte quelques contes[1] intercalés où le merveilleux tient parfois une grande place, la matière essentielle des *Premiers Faits* possède un net caractère épico-romanesque. Le roman raconte les guerres — principalement contre les Saxons — que doit mener Arthur pour établir sa souveraineté sur son royaume; il enchaîne donc de grandes scènes de batailles qui constituent les fondations de son architecture.

Le *Merlin* se termine sur l'intronisation royale et le couronnement d'Arthur, et se prolonge dans notre version jusqu'à la victoire que remporte Arthur sur les six rois qui se sont soulevés contre lui et jusqu'à l'arrivée des rois Ban et Bohort. Se pose alors le problème de la légitimité de ce roi à la naissance obscure, voire bâtarde. Merlin déploie tous les trésors de sa persuasion pour convaincre les rois bretons réticents qu'Arthur est bien fils du grand Uterpendragon et de la reine Ygerne. Rien n'y fait. C'est alors qu'une première bataille oppose à Carlion les rois récalcitrants et Arthur. En remportant d'emblée cette première lutte, Arthur prend un net avantage. Elle est aussitôt suivie d'une guerre de vengeance à Bédingan où Arthur se couvre à nouveau de gloire. Le roi Ban et le roi Bohort le rejoignent alors et lui prêtent hommage. C'est ici que se termine *Merlin* dans notre version: *Les Premiers Faits* reviennent au début sur les mesures prises par Arthur contre les six rois. Au même moment une autre menace se précise: les Saxons commandés par le roi Hargodabrant menacent Arthur et tous les autres rois d'une guerre totale. Gauvain et ses frères, les fils du roi Loth, adversaire récalcitrant d'Arthur, prennent fait et cause pour celui-ci et accomplissent leurs premiers exploits guerriers contre les Saxons. Arthur rejoint le roi Léodegan de Carmélide pour lui porter secours et remporte la victoire de Carohaise. Dans le même temps, les rois adversaires d'Arthur ne connaissent que des revers contre les Saxons. Divisés, ils se montrent incapables de leur résister. En Carmélide, Arthur se fiance avec Guenièvre et repart aussitôt pour Daneblayse où il défait le roi Rion avec l'aide des enfants du roi Loth. Ces jeunes gens ont gagné d'être adoubés par Arthur en personne. Un autre front s'ouvre en Gaule où Arthur part protéger ses royaumes alliés de Gaunes et Bénoïc contre Claudas, Frolle, le roi de Gaule et Ponce Antoine. C'est une nouvelle victoire pour Arthur à Trèbes, tandis que les Saxons battent les rois coalisés à Clarence. Le retour triomphal d'Arthur en Grande-Bretagne lui permet d'épouser Guenièvre. Alors le roi Loth se rallie à lui et se trouve aussitôt chargé d'une ambassade auprès des rois chrétiens rebelles. Arthur propose en effet une trêve entre chrétiens puis une alliance loyale pour combattre l'ennemi commun, le Saxon. Merlin a facilité cette conciliation, et la stratégie réussit à merveille. Toutes les armées chrétiennes se réunissent à Salesbières avant de battre les Saxons à Clarence, juste revanche de l'humiliation précédente. Après la déroute d'Hargodabrant, c'est au

---

1. Grisandole, le mariage d'Arthur et Guenièvre, Merlin à Rome, les amours de Merlin et Niniane, le chat de Lausanne, le géant du Mont-Saint-Michel, l'enserrement de Merlin, la métamorphose de Gauvain en nain.

tour du roi Rion de subir l'humiliation d'une défaite avant d'être tué par Arthur lui-même. Les Saxons ont définitivement perdu la partie, et Arthur sort grand vainqueur de cette lutte sans merci sur le territoire de Grande-Bretagne. Alors commence une autre guerre contre les Romains. Cette vigoureuse campagne d'Arthur contre l'empereur Luce de Rome se déroule dans une Gaule largement envahie par les armées d'un pouvoir qui se déclare l'unique héritier des terres gauloises. Arthur conteste cet héritage et refuse de se soumettre à l'empereur Luce. La guerre est inévitable. Les Romains sont une première fois mis en déroute sur les bords de l'Aube. Par la suite, ils tentent de se fixer à Langres, mais Arthur leur barre la route, les bat et finit par envoyer le cadavre de l'empereur Luce à Rome. Deux épisodes annexes entrecoupent cette guerre de Gaule : Arthur combat un chat monstrueux près du lac de Lausanne puis un terrible géant sur le Mont-Saint-Michel. Le roman se termine sur la disparition définitive de Merlin emprisonné par la fée Niniane dans la forêt de Brocéliande.

En fin de compte, les exploits guerriers d'Arthur se trouvent au cœur du roman et progressent de manière constante. Non seulement Arthur réussit tout ce qu'il entreprend, mais il relève des défis sans cesse plus incroyables. Son irrésistible ascension s'explique autant par son intrépidité guerrière que par son habileté tactique. L'union sacrée contre les Saxons a été payante. Merlin l'a préconisée, Arthur l'a appliquée. Grâce à elle Arthur a pu démontrer ses redoutables talents de stratège et développer son charisme de chef incontestable et incontesté, véritable meneur de la chrétienté.

Comme la plupart des romanciers du temps, l'adaptateur ou le remanieur de ce vaste ensemble reste anonyme. Il est difficile de tirer des indications géographiques de notre texte la moindre conclusion sur le milieu d'origine de son auteur. S'il semble connaître précisément la géographie de la baie du Mont-Saint-Michel ou de la forêt de Brocéliande, en revanche il confond comme la plupart de ses contemporains le lac du Bourget et le lac Léman. Il mentionne Langres, Autun, La Rochelle et d'autres villes gauloises, mais ce ne sont que des noms ou des souvenirs de lecture. Il ne semble avoir du royaume de Logres (autrement dit la Grande-Bretagne) qu'une connaissance livresque, mélangeant comme dans de nombreux romans arthuriens les villes réelles (Cardeuil, Wissant, Douvres) et les régions ou les villes purement imaginaires : où se trouvent donc les marches de Carmélide et de Bédingran ? D'autres lieux mentionnés sont plus clairement investis à la fois par la réalité et par le mythe, comme le site de Salesbières dans le Wiltshire où Merlin avait construit son mémorial de gigantesques pierres levées[1].

Outre la géographie, très peu d'indices dans le texte permettent de retrouver une trace de l'auteur. Pourtant, une petite piste n'a pas été exploitée, à notre connaissance, comme elle l'aurait mérité. Ne peut-on soupçonner en effet que derrière la mention de l'*arbre de Saint-Rieul* se trouve une allusion involontaire à la région où ce saint local était honoré et où l'auteur du texte a pu vivre et peut-être composer son œuvre ? La mention de ce saint est trop rare et son culte trop cir-

1. Voir *Merlin*, § 120.

conscrit géographiquement pour ne pas fournir un début d'indice. Saint Rieul (fêté le 3 septembre) était un évêque de Reims mort au VIIe siècle[1]. Ce saint dont le nom porte l'idée royale (Rieul vient du latin *Regulus* signifiant « petit roi ») est lié à Reims, la ville des sacres royaux, puis plus largement à la région champenoise où le culte de saint Marcoul de Corbény était par ailleurs très vivace, particulièrement à partir de l'abbaye Saint-Remi[2]. Or c'est aussi à Corbénic[3] que se rencontre le saint Graal qui sera mentionné dans le *Lancelot* et *La Quête*[4]. À défaut d'autres pistes, il y a là un faisceau d'indices convergents qui pourrait bien pointer une région d'origine de l'adaptateur du texte. Il faut toutefois mentionner l'existence d'un autre saint Rieul, évêque de Senlis au IIIe siècle (fêté le 30 mars). Lui aussi est particulièrement lié à un lieu de mémoire de la monarchie française, puisqu'il est associé à saint Denis, au saint et à la ville, nécropole des rois de France et grand centre de production des chroniques royales[5]. Il aurait enterré saint Denis et ses compagnons sur le site actuel de la basilique de Saint-Denis. D'un Rieul à l'autre, c'est toujours vers la figure royale et la mythologie de la royauté que nous reportent ces enquêtes. Comment s'en étonner lorsqu'on a souligné d'emblée l'importance du thème de la royauté dans *Les Premiers Faits* ? Du chroniqueur, notre adaptateur semble avoir parfois endossé l'habit, peut-être inspiré par ces chroniques qui s'écrivaient méticuleusement à Saint-Denis, voire à Reims.

Quelque conjecturale que puisse être l'origine de l'adaptateur, on remarque son insistance sur la pratique religieuse et le rôle que jouent les hommes d'Église pour contrôler (même de loin) cet univers de guerriers infatigables. On note le soin particulier que prend Guenièvre à se choisir deux chapelains, véritables autorités spirituelles et garants d'une religion omniprésente. On remarque aussi le recrutement de scribes (au nombre de quatre, comme les évangélistes) pour consigner les aventures racontées par les chevaliers errants[6]. On note enfin l'intervention fréquente du clergé pour légitimer dans le droit divin les cérémonies royales (le mariage d'Arthur) ou les réunions de la cour lors de grandes fêtes liturgiques. Malgré l'absence sans doute volontaire de vocabulaire religieux dans cette œuvre qui veut rester épico-narrative, on peut à bon droit se demander si l'adaptateur n'est pas lié à un milieu ecclésiastique et plus particulièrement cistercien, surtout lorsque l'on relève l'importance des fêtes mariales et les invocations fréquentes à la Vierge par les personnages[7]. En outre, l'emblème de la croix vermeille arboré sur les armes chrétiennes suggère la croisade et l'ordre templier. Quand on sait le rôle joué par Bernard de Clairvaux

---

1. Walter von Wartburg, *Französisches etymologisches Wörterbuch*, X, 226. Sur le saint : Bénédictins de Paris, *Vies des saints et des bienheureux*, t. IX, p. 61.
2. Marc Bloch, *Les Rois thaumaturges*, Gallimard, 1983, p. 261-308.
3. Cambénic (Chambenyc), souvent mentionné dans notre texte, est peut-être une déformation de Corbénic.
4. Sur l'importance de ce saint lié à la guérison des écrouelles et sur la liaison de cette maladie avec la figure du roi infirme, voir Ph. Walter, *La Mémoire du temps : fêtes et calendriers de Chrétien de Troyes à « La Mort Artu »*, Champion, 1989, p. 693-694.
5. Anne Lombard-Jourdan, « Montjoie et saint Denis », Presses du CNRS, 1989.
6. § 525.
7. H. P. Ahsmann, *Le Culte de la sainte Vierge et la Littérature française profane du Moyen Âge*, Utrecht-Nimègue et Paris, Dekker-Picard, s.d.

dans la création de l'ordre du Temple, on peut soupçonner que ce milieu a pu aussi jouer un rôle important dans l'élaboration de notre texte. L'emblème templier constituerait pour ainsi dire la signature d'une provenance. Une telle origine ne ferait que confirmer au demeurant les conclusions d'Albert Pauphilet sur la provenance d'autres œuvres du cycle, comme *La Quête du saint Graal*[1].

L'ignorance relative à l'auteur ne permet pas d'identifier avec certitude les sources qui ont pu l'inspirer. L'hypothèse communément admise, assez évidente par elle-même, est qu'il pourrait s'agir d'un clerc, c'est-à-dire d'un homme de culture, instruit et formé par l'Église, qui connaît assez bien l'ensemble de la littérature arthurienne en vers ou en prose. Vers le milieu du XIIIe siècle, la culture cléricale ne se réduit pas, comme un siècle auparavant, aux seuls écrits latins. La littérature en langue vulgaire a déjà plus d'un siècle d'existence et a largement pénétré dans les milieux cultivés. Cette culture littéraire ne se rattachait plus exclusivement à l'Antiquité ou à la patristique, mais elle avait conservé ses attaches primitives avec le folklore médiéval[2], c'est-à-dire une culture orale et écrite qui ne dérivait pas de modèles latins. La matière de Bretagne représentait à cet égard une tradition fort importante, illustrée par une production romanesque abondante[3], mais elle n'était pas la seule : chansons de geste et récits hagiographiques, romans et chroniques, poésie lyrique et théâtre avaient eu le temps de s'épanouir depuis plus d'un siècle.

Si *Les Premiers Faits* ont donc pour fonction narrative d'être une œuvre de raccord entre le *Merlin* et le *Lancelot*, bien qu'il ne faille évidemment pas limiter l'œuvre à ce seul aspect utilitaire, les premières sources de l'adaptateur semblent avoir été une version des deux œuvres extrêmes entre lesquelles s'intercale le texte. Cette version première du *Merlin* et du *Lancelot* était antérieure à celle que présente le manuscrit de Bonn. Réalisant son projet de jonction des deux œuvres, l'adaptateur extrapole des données narratives inédites empruntées aux deux œuvres déjà connues. Il lui fallait ainsi raconter les premiers exploits d'Arthur, de Gauvain et d'autres chevaliers (ce que la littérature épique qualifie généralement d'*enfances*), mais aussi le mariage du roi et la fondation de sa cour. Ces événements n'étaient pas relatés dans le *Merlin* qui s'arrête à l'intronisation royale d'Arthur après son enfance cachée auprès de son père adoptif, mais ils sont supposés dépassés dans le *Lancelot* qui commence par la guerre pour la marche de Gaule. C'est dans le *Brut* de l'écrivain anglo-normand Wace plus que dans la source latine de celui-ci, l'*Historia regum Britanniae* de Geoffroy de Monmouth, que l'adaptateur semble avoir trouvé la matière correspondant à la guerre contre les Romains et à ses épisodes annexes[4]. Le texte de Wace, écrit vers 1155, présentait un pre-

---

1. A. Pauphilet, *Études sur La Queste del saint Graal attribuée à Gautier Map*, Champion, 1921.

2. Aaron J. Gourevitch, *La Culture populaire au Moyen Âge. Simplices et docti*, Paris, Aubier, 1992.

3. Voir le *Grundriß der romanischen Literaturen des Mittelalters*, vol. IV (*Le Roman jusqu'à la fin du XIIIe siècle*), t. II (partie documentaire).

4. I. D. O. Arnold et M. M. Pelan, *La Partie arthurienne du « Roman de Brut »*, Klincksieck, 1962.

mier canevas cohérent et complet de la vie d'Arthur de sa naissance à sa mort. Dans notre texte, il se trouve considérablement amplifié et enrichi par une tradition littéraire qui, vers le milieu du XIIIe siècle, puise au-delà de la seule matière de Bretagne ses modèles thématiques ou formels.

L'histoire bretonne fantaisiste qui sert d'arrière-plan aux *Premiers Faits* repose sur un bric-à-brac de souvenirs historiques assez fondés et de faits imaginaires sans références sérieuses[1]. Si l'on reconnaît une trame d'événements militaires et guerriers empruntée pour l'essentiel à Wace, le remanieur use de grandes libertés pour reconstituer cette histoire fictive d'un royaume imaginaire. La matière composite qu'il exploite puise autant dans les chroniques que dans les chansons de geste. En fait, c'est en rapprochant littéralement notre texte de l'œuvre de Wace que l'on peut le mieux mesurer la réalité du travail d'adaptation dans *Les Premiers Faits*[2].

Du *Brut*, l'adaptateur des *Premiers Faits* extrait surtout la chronique militaire du règne d'Arthur correspondant aux trois années bien remplies entre l'avènement du roi et l'apogée de son règne. Il fait de la guerre contre les Romains un épisode du triomphe d'Arthur sans lui conférer l'importance quantitative et qualitative que lui donne Wace (soit la moitié des vers consacrés à Arthur dans le *Brut*). Comme il reste à placer l'immense *Lancelot*, *La Queste del saint Graal* et *La Mort le roi Artu*, l'adaptateur déplace en les retardant certaines données narratives que lui offrait l'auteur anglo-normand. La guerre contre les Romains marquait chez Wace les derniers grands exploits d'Arthur (v. 2072-4414) avant la trahison de Mordret et la disparition d'Arthur vers Avalon (v. 4415-4728). Dans *Les Premiers Faits*, l'enchaînement ne pouvait être aussi direct. Il faut que tous les événements du *Lancelot* puissent s'inscrire dans l'intervalle puisque la lutte contre Mordret ne surgira que dans *La Mort le roi Artu*.

Une partie antérieure importante des *Premiers Faits* décrit alors l'interminable guerre d'Arthur contre les Saxons. À travers ce peuple mi-réel, mi-imaginaire, on peut retrouver évidemment l'écho du vieil antagonisme historique qui opposa les Bretons du Ve siècle à leurs envahisseurs saxons. Il s'agit d'un épisode bien connu de l'historiographie médiévale, mentionné dès 550 chez Gildas dans le *De excidio*[3]. Gildas reste pour nous le seul témoin contemporain des événements du VIe siècle en Grande-Bretagne. Il faudra néanmoins attendre Nennius, au IXe siècle, pour retrouver le nom d'Arthur mêlé à cette lutte. Arthur devient tardivement le héros imaginaire de la résistance bretonne contre cet envahisseur venu de l'est, ennemi parfaitement historique quant à lui. Une chanson de geste de Jean Bodel (1165 ?-1210), la *Chanson des Saxons*[4], composée dans le dernier tiers du XIIe siècle, peut avoir fourni à l'adaptateur des *Premiers Faits* sinon la matière, du moins le prétexte de l'amplification épique que subit ici la

---

1. Sur le mélange des noms de princes et seigneurs composant les armées, voir J. S. P. Tatlock, *The Legendary History of Britain*, Berkeley, 1950.

2. Travail tenté par A. Micha, « La Guerre contre les Romains dans la *Vulgate* du *Merlin* », Romania, LXXII, 1951, p. 310-323.

3. Saint Gildas, *De excidio Britanniae (Décadence de la Bretagne)*, traduction par Christiane Kerboul-Vilhon, Sautron, Éditions du Pontig, 1996.

4. Jean Bodel, *La Chanson des Saisnes*, éd. A. Brasseur, Genève, Droz, 1989, 2 vol.

légende arthurienne. D'autres chansons de geste ont fourni selon A. Micha[1] l'onomastique mais aussi les motifs narratifs d'une guerre épique en bonne et due forme. Ainsi, le Saxon Corbaran appartient au cycle épique de la première croisade[2], le personnage d'Isoré, présenté lui aussi comme un Saxon, apparaît dans plusieurs chansons du cycle de Guillaume d'Orange et d'innombrables autres noms de personnages sont tirés de *Vivien de Monbranc*, des *Enfances Vivien*, d'*Otinel*, etc. Les souvenirs épiques de l'adaptateur, particulièrement en ce qui concerne l'onomastique saxonne, sont nombreux. Ainsi, les Saxons des *Premiers Faits* ressemblent trait pour trait aux Sarrasins des chansons de geste et ne renvoient nullement aux habitants de la région germanique aujourd'hui connue sous le nom de Saxe. Ce roman pseudo-historique est une belle fiction, plus intéressant par sa construction imaginaire que par son reflet direct d'événements historiques du ve siècle de notre ère.

On notera qu'il existait, antérieurement à Wace et à la chronique primitive de Geoffroy, un *Livre des Faits d'Arthur* dont on situe la composition entre 954 et 1012 et dont le titre pourrait rappeler celui des *Premiers Faits*. Cet ouvrage en latin, dont il ne subsiste qu'un fragment, pourrait avoir été, selon Léon Fleuriot[3], l'une des sources de Geoffroy de Monmouth. Il n'était lui-même que le compromis tardif entre une historiographie médiévale aux méthodes improvisées et la consignation d'une tradition orale et légendaire qui n'avait évidemment rien d'historique : la mythologie celtique, véritable support de ces traditions, avait déjà procréé un généreux folklore et supplantait dans l'esprit des contemporains de Philippe Auguste ou de saint Louis une réalité historique ancienne dont nul ne gardait plus un souvenir direct.

À côté de sources écrites, dont nous possédons encore les textes, il faut supposer que l'adaptateur a pu aussi trouver dans la mythologie et le folklore celtiques la matière de certains développements. Les motifs généralement qualifiés d'épiques semblent renvoyer aux grands genres de la littérature mythologique irlandaise : razzias, combats, sièges, enlèvements suggèrent non seulement des analogies thématiques avec *Les Premiers Faits*, mais offrent aussi l'éventualité d'une tradition commune. Les noms y compris saxons trahissent une probable origine celtique des personnages. Le chef des armées saxonnes s'appelle Hargodabrant ; d'autres personnages se nomment Brangoire, Braidon. Tous ces noms ne possèdent guère de consonance germanique. Cette simple évidence linguistique serait de nature à prouver l'origine mythique de personnages dont on souligne par ailleurs le gigantisme, trait habituel des Sarrasins dans les chansons de geste. Certains des noms saxons comportent la syllabe *Bran*. Or, dans les langues celtiques, ce mot désigne le corbeau ; c'est l'un des plus

1. A. Micha, « Les Sources de la *Vulgate du Merlin* », *Le Moyen Âge*, LVII, 1952, p. 299-346 (repris dans *De la chanson de geste au roman*).
2. Une chanson du cycle s'intitule par exemple *La Chrétienté Corbaran* (éd. P. R. Grillo, *The Old French Crusade Cycle*, Alabama, 1984, vol. 8, t. I). Pour l'identification de la provenance de ces personnages littéraires, voir L. F. Flutre, *Table des noms propres*, Poitiers, CESCM, 1962, et surtout A. Moisan, *Répertoire des noms propres de personnes et de lieux cités dans les chansons de geste françaises et les œuvres étrangères dérivées*, Genève, Droz, 1986.
3. L. Fleuriot, *Les Origines de la Bretagne*, Payot, 1980, p. 245-246.

importants animaux symbolisant la « souveraineté guerrière[1] ». Cette
caractéristique s'applique admirablement aux Saxons qui n'existent
que dans et par le combat. Mais le nom de Bran peut également évoquer celui d'un célèbre géant, Bran le béni, mentionné dans les *Mabinogion* où il mène des expéditions guerrières contre l'Irlande. Cette
observation peut d'ailleurs conduire à étudier les thèmes communs
entre toutes ces traditions littéraires. L'épopée irlandaise affectionne,
par exemple, l'énumération des longues listes de guerriers et de
bataillons qui participent aux combats. Ce rite énumératif signe le
contexte épique. Il se retrouve à maintes reprises dans *Les Premiers
Faits*, avant les grands affrontements militaires.

L'origine celtique, et plus largement indo-européenne, de certains
contes intercalés dans la trame épique ne saurait guère faire de doute
non plus. Ces récits n'ont pas été inventés. Ils dérivent d'une tradition orale d'origine celtique qui n'a pas toujours laissé de traces
directes de son existence, mais qu'il est possible de reconstituer par
confrontation avec d'autres traditions possédant une origine indo-
européenne commune. Il en est ainsi pour la légende de Grisandole[2]
où la reine infidèle dissimule son amant sous un habit de femme et
dont la faute est révélée par un homme sauvage au rire mystérieux
ou par un animal monstrueux. On a trouvé des récits hindous ou
cachemiriens parallèles à cette tradition[3]. Le motif du rire mystérieux,
probablement rituel[4], de l'enchanteur a donné lieu à des hypothèses
plus mythologiques que psychologiques. L'aventure finale de « l'enserrement » de Merlin a suscité des rapprochements avec des récits
orientaux[5]. Quant aux épisodes d'enchantement (comme la métamorphose de Gauvain en nain, qui relaie la métamorphose similiaire
d'Énadain), ils relèvent de thèmes mythiques indo-européens — on
songe à la Circé celtique qui apparaît dans un roman des années 1200
comme le *Bel Inconnu* de Renaut de Beaujeu[6] — que le Moyen Âge
transforme en motifs merveilleux. Pour tous ces motifs ou récits,
plutôt que des sources écrites et orientales directes, il faut supposer
l'existence de contes folkloriques que les conteurs gallois ont mainte-
nus vivants dans la tradition orale jusqu'à leur prise en charge par les
écrivains du XIIe et du XIIIe siècle.

Les avatars du personnage de Merlin racontés dans *Les Premiers
Faits* paraissent remonter à d'archaïques traditions celtiques. Personnage protéen, Merlin prend plusieurs masques humains et surtout
animaux. Le devin n'a jamais le masque d'un animal dans *Merlin*. Il
cherche à mieux tromper son monde et à s'amuser des malentendus
que son déguisement provoque : cerf à Rome, paysan devant les trois
rois, vieillard, chevalier, garçon, valet, enfant de quinze ans, ménestrel,
puis enfant de huit ans. De telles métamorphoses appartiennent au

1. F. Le Roux, C. Guyonvarc'h, *Morrigan, Bodb, Macha. La Souveraineté guerrière de
l'Irlande*, Rennes, Ogam-Celticum, 1983, p. 143-169.
2. Voir § 422-445.
3. L. A. Paton, « The Story of Grisandole. A Study in the Legend of Merlin »,
Publications of the Modern Language Association of America, XXII, 1907, p. 234-276.
4. J. Berlioz, « Merlin et le *ris antonois* », *Romania*, CXI, 1990, p. 553-563. Sur le rire
rituel, voir S. Reinach, *Cultes, mythes et religions*, Laffont (rééd.), 1996, p. 145-158.
5. A. H. Krappe, « L'Enserrement de Merlin », *Romania*, LX, 1934, p. 79-85.
6. Ph. Walter, *Le « Bel Inconnu » de Renaut de Beaujeu. Rite, mythe et roman*, P.U.F.,
1996.

répertoire des motifs traditionnels des contes folkloriques[1]. À l'origine de ces fantaisies se trouve probablement une figure divine, un Janus *bifrons*, personnage à plusieurs faces jeunes et vieilles, et une sorte de Mercure celtique, dieu des voyages et de la ruse, dieu de la prévoyance et habile pourvoyeur dont les traits pré-romains ont parfois été conservés sur quelques stèles gallo-romaines. Il cumule aussi avec ces traits hermétiques quelques caractères d'un Pan gaulois, laid et velu, peut-être Cernunnos, le dieu aux cornes de cerf, puisque Merlin lui-même prend la forme d'un cerf dans l'épisode de Grisandole. Tous ces avatars rapprochent l'enchanteur de figures similaires du monde indo-européen. Ses prophéties constituent un autre aspect de son pouvoir divin. Toutefois, dans *Les Premiers Faits*, elles prennent souvent un caractère assez artificiel et paraissent fabriquées à partir d'un symbolisme héraldique assez élémentaire. Elles n'en prolongent pas moins un vieux symbolisme d'origine mythologique très familier à la vieille culture celtique. En définitive, toute cette mythologie est insérée et adaptée à un contexte romanesque qui réalise lui-même la synthèse de plusieurs styles littéraires : épopée, chronique et roman.

Une indéniable veine épique parcourt *Les Premiers Faits* où les inventaires d'armées et de bataillons, les récits de batailles, assauts collectifs, escarmouches ou combats singuliers, obéissent non seulement aux thèmes mais aussi aux moules stylistiques de la chanson de geste. Le style formulaire imprègne l'évocation des réalités guerrières. Phrases répétitives, martèlement de leitmotive, tournures syntaxiques peu variées (avec une fréquence élevée de propositions temporelles et consécutives) s'expliquent moins par un manque d'imagination que par une référence consciente de l'adaptateur aux rythmes stylistiques de la chanson de geste. Aux yeux du lecteur moderne, ces procédés peuvent conférer une certaine monotonie à l'œuvre, mais ils ne font que suivre une sensibilité typiquement médiévale accordée aux critères littéraires spontanés de l'époque. Le style épique repose sur un dynamisme de la répétition, à travers un véritable pouvoir incantatoire des formules répétées mais avec le vers en moins. Cette écriture épique et « enromancée » (selon un mot de l'époque) n'exclut pas d'autres procédés, comme l'entrelacement des épisodes, qui recentrent leurs effets sur le contenu narratif du texte.

Un autre genre littéraire important au XIIIe siècle fournit encore à l'adaptateur certains de ses procédés de composition, en particulier pour le traitement du temps. Il s'agit de la chronique, où la narration a besoin d'un solide système de représentation du temps et de la durée. Elle prend appui pour cela sur des repères calendaires (on songe à la *Conquête de Constantinople* de Villehardouin). Quelques dates renvoyant aux grands moment de l'année liturgique restent le moyen le plus commode pour détacher d'une durée confuse des instants remarquables et pour donner l'illusion d'une progression temporelle : huit jours avant la Chandeleur, la veille des Rameaux, etc. On a par-

---

1. S. Thompson, *Motif-Index of Folk-Literature*, Helsinki, 1933, vol. II, chap. « Magic » (motifs D). Voir aussi Anita Guerreau-Jalabert, *Index des motifs narratifs dans les romans arthuriens français en vers (XIIe-XIIIe siècle)*, Genève, Droz, 1992.

fois nommé « procédé chronologique » la trame continue de ces indices temporels qui parsèment le texte et lui donnent son unité narrative[1].

L'examen de ces indices temporels sur l'ensemble du récit a permis d'établir que la relation des exploits d'Arthur s'inscrit dans une durée relativement courte qu'A. Micha a estimée à trois ans et sept mois. Le même examen montre que le temps romanesque se définit ainsi sur un mode exclusivement clérical et religieux. L'utilisation des heures canoniales (prime, none, etc.) et celle du calendrier liturgique, système commode de repérage, confère une crédibilité et une vraisemblance accrues au récit porté par l'illusion de vérité que procure cet ancrage réaliste. L'histoire d'Arthur est racontée avec les mêmes repères temporels que ceux de la vie ordinaire. Cette expression du temps suscite un effet de familiarité avec une matière qu'un lecteur moyen pourrait considérer *a priori* comme étrange ou lointaine puisque qu'elle remonte au ve siècle. Mais elle est destinée à ancrer de manière à la fois réaliste et symbolique l'histoire arthurienne dans le temps chrétien de la révélation. On pourrait souligner à cet égard des connivences étroites entre certaines dates mentionnées et certains événements du récit comme si le narrateur cherchait déjà à suggérer une symbolique du temps qui se marquera encore plus nettement dans le *Lancelot* et *La Quête du saint Graal*. Le couronnement d'Arthur a lieu à la Pentecôte ; le parlement où se décide la coalition d'Arthur et des rois rebelles se tient à la fête de Notre-Dame en septembre (le 8). La bataille de Clarence contre les Saxons commence le surlendemain de la Toussaint. Une cour triomphale d'Arthur se tient le 15 août, à la fête de la Vierge. Ces dates sont significatives en ce qu'elles inscrivent la bonne destinée d'Arthur dans un temps chrétien providentiel. La légitimité de ce roi très chrétien est cautionnée par un temps religieux qui semble le favoriser. Rien ne contraignait ici l'adaptateur d'indiquer des dates précises et rien ne l'obligeait à mentionner celles-là plutôt que d'autres. L'effet signifiant est discret, mais il prépare néanmoins le symbolisme temporel des saintes quêtes.

Malgré une exploitation judicieuse des écritures nouvelles de l'époque, il serait trop facile d'accabler l'adaptateur sous des défauts multiples, ce que n'a pas manqué de faire la critique. On aurait beau jeu de lui reprocher par exemple son manque de psychologie, son refus de peindre les sentiments et d'user du monologue intérieur. En vérité, ce serait le juger à l'aune de critères classiques ou classicisants qui n'ont aucune validité pour le Moyen Âge. On aurait tort aussi de s'en prendre à son goût asez systématique pour les reprises d'épisodes : la seconde bataille de Clarence ressemble à s'y méprendre à la bataille de Garlot, avec la fuite des vaincus par la mer ; il y a deux tournois entre les chevaliers de la reine (c'est-à-dire les hommes de Gauvain) et les compagnons de la Table ronde, deux campagnes contre le roi Rion, deux duels Rion-Arthur ; deux combats d'Arthur contre les monstres (le géant du Mont-Saint-Michel et le chat de

1. A. Micha en a suivi le déroulement tout au long de l'œuvre, établissant un véritable calendrier du récit, parfaitement cohérent, malgré la prolifération d'épisodes secondaires (« La Composition de la *Vulgate* du *Merlin* », *Romania*, LXXIV, 1954, p. 200-220).

Lausanne). Ces scènes de reprise appliquent la technique de l'écho ou du dédoublement, parfois en antithèse ou en symétrie inverse. Elle est habituelle dans le récit médiéval, au moins depuis Chrétien de Troyes qui en donne des illustrations systématiques dans *Le Chevalier de la Charrette* et *Le Conte du Graal* ; il s'agit d'une technique normale de composition narrative destinée à marquer des évolutions, à suggérer des contrastes pour affermir le véritable caractère des personnages, et à faciliter des comparaisons entre personnages dans une masse textuelle au demeurant fort abondante où il n'est pas toujours facile de se repérer.

Toutefois, ce qui semble le mieux caractériser l'esthétique narrative des *Premiers Faits*, c'est un art du « prolongement rétroactif[1] ». Il s'agit, par des jeux de mémoire, d'éclairer ou d'inventer l'origine de thèmes et de situations qui apparaîtront dans les romans ultérieurs. Ainsi, les motifs du roman ne s'expliquent guère que par leur mise en correspondance avec d'autres épisodes des romans ultérieurs. Ils annoncent, préparent ou expliquent la suite des aventures, particulièrement celles du *Lancelot*, de *La Queste del saint Graal* et de *La Mort le roi Artu*.

Les Premiers Faits expliquent l'origine des amitiés (entre Keu et Girflet par exemple) ou des inimitiés entre les chevaliers de la Table ronde. On y apprend comment Gauvain a obtenu sa suprématie sur tous les chevaliers de la Table ronde et comment il acquiert sa prééminence courtoise. Lors du mariage d'Arthur, on découvre pour la première fois l'existence de deux Guenièvre et la préparation d'un complot contre le roi qui connaîtra de nouveaux rebondissements dans le *Lancelot*. La carole et l'échiquier magiques que Lancelot neutralisera plus tard sont également décrits pour la première fois. Escalibor apparaît d'abord comme l'épée de Gauvain avant de devenir celle d'Arthur. Gauvain prend possession de son cheval mythique (le Gringalet) qu'il vole à un Saxon. Le motif de la quête commence à poindre pour servir de mobile narratif à certains épisodes du roman. Il ne s'agit pas encore de la quête du Graal (qui n'est qu'annoncée et qui paraît encore bien lointaine) mais plutôt de la quête d'un personnage (celle de Merlin, qui disparaît mystérieusement auprès de son amie). Les chevaliers errants ne sont pas encore de véritables institutions, ce qu'ils deviendront dans le *Lancelot*, mais ils possèdent déjà les réflexes de quête que détaillent les autres œuvres du cycle. La naissance de Lancelot et la guerre de Claudas contre Ban et Bohort sortent directement des premières pages du *Lancelot*. Ainsi, l'adaptateur des *Premiers Faits* a évidemment travaillé avec, sous les yeux, les données narratives des romans qui constituent la suite du cycle et qu'il cherche constamment à justifier, à anticiper, à développer, à prolonger ou à compléter.

Cette technique de l'anticipation est encore facilitée par le fait que Merlin le prophète, véritable concurrent et métaphore du narrateur, peut deviner les événements futurs et qu'il est censé connaître toute la légende jusqu'à son dénouement. Évidemment, il devine d'autant mieux les événements que ceux-ci ont déjà été écrits par les autres romanciers du cycle. Merlin devient le fil conducteur de toute la fresque, mais aussi le double du romancier démiurge qui réordonne figurativement parlant la prolifération imaginaire du monde arthurien.

L'univers romanesque des *Premiers Faits* repose, en fait, sur trois personnages clefs qui sont autant de piliers de l'œuvre et qui en éclairent chacun un aspect idéologique essentiel. Tandis qu'Arthur permet de faire émerger une conception cohérente de la royauté, Gauvain symbolise à lui seul les grandeurs et les limites du monde chevaleresque. Quant à Merlin, il incarne le sens de l'histoire et du destin, parcourant de son ombre mythique les pans épars d'une histoire encore inachevée.

L'assomption de la figure royale est le fil directeur des *Premiers Faits*. Ce texte peut être décrit comme le roman de la construction de la grandeur politique d'Arthur. Plusieurs aspects sont privilégiés dans cette montée en puissance militaire, politique et héroïque. D'abord contesté, Arthur doit s'imposer à ses pairs qui refusent de reconnaître en lui leur seigneur et maître. C'est l'image d'un roi chef de guerre qu'il va naturellement incarner : Arthur s'impose comme le héros très chrétien de la résistance bretonne contre le danger saxon. Il prend la tête de plusieurs expéditions militaires qui doivent définitivement chasser les intrus non seulement de son royaume mais aussi des terres de ses alliés. Arthur fait toujours preuve de belles qualités de stratège. Lors des batailles, c'est lui qui organise les bataillons, désigne leurs chefs et assigne les rôles stratégiques à ses soldats. Véritable maître d'œuvre des combats et des victoires, il acquiert petit à petit sa réputation de guerrier invincible et de roi exemplaire. Il construit son autorité royale sur la souveraineté que lui confère la victoire guerrière. Conducteur d'armées, le roi sait aussi, au besoin, reprendre le rôle du héros mythique qui doit affronter seul les figures monstrueuses que le destin a dressées sur sa route. Le combat contre le géant du Mont-Saint-Michel et celui contre le chat du lac de Lausanne constituent deux morceaux d'anthologie illustrant les pouvoirs héroïques d'un roi mythique. Par ces deux défis solitaires, Arthur atteint la grandeur épique du héros civilisateur. Investi d'une mission quasi herculéenne, Arthur accomplit ses « travaux » avec une conscience exemplaire de sa mission royale. Cette exemplarité donne d'ailleurs à ces deux exploits une valeur fondatrice : l'ordre arthurien est né du triomphe de la force et du courage sur les puissances irrationnelles de la sauvagerie surtout sexuelle. Le phénomène est d'autant plus remarquable que son nom signifie « l'ours » dans les langues celtiques[1] et qu'il renvoie justement à la sauvagerie qu'Arthur est chargé de combattre. En fait, il ne s'agit jamais de violence gratuite, mais toujours d'une force contrôlée par des principes et un idéal de justice qui se découvrent progressivement dans l'œuvre.

Arthur est sans cesse attentif aux recommandations de Merlin. L'enchanteur, toujours avisé, lui dévoile le plus sûr moyen de gagner le respect de son peuple : pratiquer la vertu de largesse — et il offre

---

1. C. Guyonvarc'h, « La Pierre, l'Ours et le Roi : gaulois Artos, irlandais *art*, gallois *arth*, breton *arzh*, le nom du roi Arthur. Notes d'étymologie et de lexicographie gauloise et celtique », *Celticum*, 16, 1967, p. 215-238.

providentiellement au roi un trésor enfoui dont il est le seul à connaître l'existence. Arthur ne manquera pas d'appliquer scrupuleusement ce conseil. Il construira désormais sa réputation royale sur une largesse infaillible[1]. On peut évidemment comprendre ce conseil de Merlin comme une habile leçon de sagesse politique qui exploite machiavéliquement les réflexes de cupidité enfouis dans l'âme humaine. On peut aussi y voir un rituel aristocratique qui fonde l'autorité royale sur une pratique ostentatoire de la largesse. Mais on peut tout autant l'analyser comme la traduction politique d'une charité toute chrétienne qui n'a pas encore trouvé, comme dans *La Quête du saint Graal*, ses porte-parole et prédicateurs.

Car Arthur apparaît aussi comme un roi très chrétien, défenseur de la vraie foi. Parmi ses conseillers figure l'archevêque Debrice qui apporte, par sa seule présence, une caution épiscopale discrète à sa politique. Il adoube des chevaliers avec de belles formules sacramentelles où « l'ordre de la chevalerie » se confond presque parfois avec un ordre monastique. Sa foi devient militante lorsqu'il prend la tête d'une guerre sainte contre les Saxons, authentiques suppôts du diable. Il prend alors la stature d'un véritable chef de croisade bien que le motif principal de la guerre soit, politiquement parlant, la reconquête d'un territoire pillé et meurtri. Toutefois, l'adaptateur prend bien soin de préciser que tous ceux qui participent à cette guerre juste recevront de l'Église l'absolution totale de leurs péchés. On promettait la même récompense aux croisés.

Une autre dimension de la figure royale se détache, c'est l'aspect justicier, bien incarné par ce modèle vivant que fut saint Louis. L'affaire Bertelai[2] offre un bel exemple de cette justice que devra méditer Arthur. Léodegan ne souffre pas que ses barons se rendent eux-mêmes justice. C'est le sens de cet épisode un peu long où la justice est bel et bien présentée comme une prérogative royale. Léodegan bannit Bertelai pour n'avoir pas porté plainte auprès de lui et pour avoir voulu punir lui-même celui qui lui a causé du tort. Inspiré par cet exemple, Arthur veille toujours au respect du droit et de la coutume. Il garantit à ses sujets l'ordre et la sécurité, conscient d'incarner une sorte de justice supérieure à toutes les justices privées.

Il est toutefois un aspect du personnage d'Arthur qui intéresse fort peu l'adaptateur : il s'agit d'Arthur amoureux. Visiblement, l'écrivain se sent peu à l'aise dans ce registre. Des scènes expéditives, froides et assez plates, détournent des émois l'intérêt du lecteur pour l'intéresser à quelques coucheries. La courte liaison entre Arthur et Lisanor n'est qu'une idylle d'un soir pour engendrer Lohot[3]. Tout aussi furtive est la nuit d'amour entre Arthur et la femme du roi Loth pour engendrer Mordret[4]. Ces liaisons rapides et souvent dangereuses ont un intérêt narratif par anticipation. Il s'agit de replacer dans la durée narrative la procréation de personnages qui réapparaîtront dans les autres œuvres du cycle. Ce manque d'intérêt pour les questions amoureuses révèle, à coup sûr, une orientation nouvelle prise par la

---

1. D. Boutet, « Sur l'origine et le sens de la largesse arthurienne », *Le Moyen Âge*, LXXXIX, 1983, p. 397-411.
2. Voir § 489-500.
3. § 48.
4. § 59.

littérature après plus d'un siècle de romans d'amour. Les jeux de l'amour laissent notre écrivain de marbre, sans doute parce qu'ils ne sont guère propices à l'éclosion des grands desseins politiques et religieux qui vont s'épanouir dans les œuvres suivantes.

À côté d'Arthur, personnage assez solennel voire austère dans son infaillible grandeur, il manquait une incarnation plus vibrante de la chevalerie dans ce qu'elle a d'ardeur juvénile, de généreuse insolence, et de déjà romantique nostalgie. On songe à telle évocation printanière qui éveille dans le cœur des jeunes gens, en promenade dans un bois, les mélodies amoureuses des troubadours. C'est Gauvain, fils du roi Loth et neveu d'Arthur, qui tiendra le rôle d'inventeur de la chevalerie arthurienne, et d'autant mieux que le texte nous le présente avec ses frères en son âge tendre. L'œuvre utilise ici une thématique épique : celle des « enfances ». On désigne ainsi un type de chanson de geste qui raconte les premiers exploits et l'entrée en chevalerie d'un futur héros de cycle épique. Les « enfances » de Charlemagne[1] ou de Guillaume[2] sont les plus connues. Gauvain ne saisit pas par hasard la même poutre archaïque que le géant Rainouart dans la chanson des *Aliscans*. Dans les deux cas, il s'agit de figurer un être encore mal poli par l'expérience mais qui trouvera très vite (et Gauvain bien mieux que Rainouart) la voie d'excellence de la chevalerie. Ce que *Les Premiers Faits* célèbrent, c'est l'infaillible nature des âmes bien nées dont — comme chacun sait — la valeur n'attend pas le nombre des années. Bon sang ne saurait mentir. Il faudra toutefois émettre une réserve pour l'un des frères de Gauvain (Agravain) dont le caractère moins bien trempé laisse présager quelques problèmes que le *Lancelot* s'attachera à décrire.

Mais *Les Premiers Faits* présentent aussi la réalité de la chevalerie arthurienne appelé à s'épanouir dans le *Lancelot*. Ils décrivent la fondation de cette institution exemplaire qu'est la cour d'Arthur et la naissance d'une véritable vie chevaleresque au sein de celle-ci. Gauvain en est le véritable animateur. Elle est faite de tournois et de combats, d'intrigues et d'aventures. Le monde arthurien s'affirme surtout comme un univers réglé par des rites qui régissent les comportements individuel et collectif de tous ceux qui y appartiennent. Refuser ces rites, c'est s'opposer à l'ordre arthurien.

L'hommage est le véritable fondement des relations sociales et chevaleresques : les « chevaliers de la reine », gouvernés par Gauvain, et les chevaliers de la Table ronde, directement placés sous l'autorité d'Arthur, introduisent un clivage facteur de rebondissements. Dans cette vie chevaleresque, autour de Gauvain, la compétition est permanente : tout chevalier doit s'engager à donner le meilleur de lui-même afin de pouvoir prétendre un jour au titre de « meilleur chevalier du monde ». Il s'engage à venir au secours de tous les faibles et des opprimés, particulièrement les jeunes filles menacées de violences. Révélateur à cet égard est l'épisode où Gauvain entend presque simultanément les cris de détresse d'un chevalier et d'une dame maltraités par des manants.

---

1. *Mainet*, éd. G. Paris, *Romania*, IV, 1875, p. 305-337.
2. *Les Enfances Guillaume*, chanson de geste du XIIIe siècle, éd. P. Henry, Paris, 1935.

Un débat presque cornélien s'engage dans son esprit : doit-il secourir d'abord l'homme ou la dame, tous deux en danger de mort ? Gauvain choisit la dame, sans hésiter longtemps. L'instinct courtois a parlé et bien parlé. La compétition permanente en vue de l'excellence courtoise qui peut aller jusqu'au sacrifice de soi et des autres est toutefois tempérée par l'idéologie de la *merci* qui vient introduire un peu d'indulgence dans l'impitoyable châtiment des vaincus. Il faut épargner l'adversaire mis à genoux, mais les Infidèles (Saxons ou Romains) ne doivent attendre aucun traitement de faveur.

Sur la base de tous ces principes s'établit petit à petit une véritable hiérarchie des valeurs et des hommes. Les âmes bien nées ne se révèlent que dans l'action, mais l'action n'est jamais gratuite. Se profile peu à peu le modèle d'une perfection qui n'atteint avec Gauvain qu'un niveau d'excellence relative. De loin en loin, on voit poindre dans *Les Premiers Faits* le motif du chevalier messianique appelé à un si bel avenir dans *La Quête*. On pressent qu'une autre perfection, plus spirituelle, se définira, mais *Les Premiers Faits* n'y atteignent pas. Car le monde chevaleresque est aussi menacé par les tournois qui introduisent dissensions et conflits, orgueils et jalousies, parmi les chevaliers de la Table ronde. Faut-il voir là une dénonciation implicite de ces joutes meurtrières et fratricides condamnées par l'Église au XIIIe siècle[1] ou, déjà, la discrète annonce du déclin du monde arthurien ? Le romancier semble pointer en tout cas la fragilité chronique du royaume d'Arthur : éternellement poussés vers une perpétuelle compétition et parfois vers d'inquiétantes dérives, les chevaliers oublient parfois l'intérêt collectif qui est de rester unis dans l'épreuve guerrière comme dans la joute amicale ; ils oublient que les nécessités de la guerre ne sont pas toujours incompatibles avec les devoirs de la religion. Aussi, lorsqu'ils perdront ce sens de la solidarité, de l'amitié, voire d'une fraternité toute chrétienne, le monde arthurien s'effondrera.

Car le sens de l'honneur modèle en profondeur la vie chevaleresque. Le chevalier reste toujours soumis à un code de conduite qui relève de ce qu'il faut bien appeler l'idéologie courtoise. Celle-ci suppose avant tout le respect d'un code moral qui met les qualités physiques au service de causes justes : sens de la justice, honnêteté, générosité, loyauté, piété, respect de la parole donnée. Si l'adjectif *preux* revient avec une particulière insistance, c'est qu'il exprime l'essence même du phénomène courtois, aussi bien pour les hommes de guerre que pour les autres. Dans le domaine de la prouesse physique justement, les attentes du public sont particulièrement fortes. L'ampleur de la narration n'est pas toujours proportionnelle à l'importance des événements rapportés. Le tournoi de Carohaise, plus ou moins improvisé au cours des réjouissances qui marquent le mariage d'Arthur, s'étend sur plusieurs pages de manuscrit alors que le mariage lui-même est relaté en quelques lignes. Le romancier reste évidemment tributaire du goût de son public, qui aime particulièrement les récits de combats ludiques ou de prouesses guerrières agrémentées de sentiments grandioses et de coups d'éclat chevaleresques.

---

1. Gregory Wilkin (« *Benois soit li ieus* : Points taken and mistaken in and on the Old French *Vulgate Merlin* », *Court and Poet*, G. S. Burgess éd., Liverpool, Francis Cairns, 1981, p. 339-356) a supposé la présence de l'idéologie templière à l'arrière-plan du roman.

Mises en scène ritualisées d'une violence fondatrice des relations chevaleresques, les tournois constituent des spectacles remarquables et remarqués au cours desquels sont exaltées les vraies valeurs chevaleresques. C'est encore et toujours Gauvain qui s'illustre avec le plus de brio dans ce festival de chevalerie courtoise. C'est lui qui mène les actions les plus énergiques, renversant souvent à lui seul le cours catastrophique d'un combat et entraînant derrière lui les ardeurs juvéniles de ses compagnons galvanisés.

Le rite du rassemblement festif vient réaffirmer périodiquement l'unité de la caste chevaleresque. La royauté arthurienne repose sur le rite annuel du rassemblement des fidèles. Elle commence à obéir à un calendrier rituel qui constitue l'armature véritable du monde arthurien[1]. Ce calendrier privilégie certaines dates chargées de mémoire dans le monde celtique. Arthur choisit la mi-août pour tenir une cour solennelle qu'il aspire à instituer en rite politique. À travers cette date qui rappelle l'antique Lugnasad, la « fête du roi » célébrée le 1er août, il s'affirme déjà comme le personnage clef, ordonnateur du temps et de l'ordre chevaleresques. La centralisation rituelle de la cour sert à la fois de procédé de recentrement (dans la profusion des épisodes) et de mise en valeur idéologique des valeurs arthuriennes et courtoises. Elle donne lieu à toutes les profusions festives : celle de la nourriture, celle de la musique, celle des cadeaux somptueux et des récits vibrants. C'est en effet lors de ces fêtes que l'on institue la coutume de raconter les aventures vécues par les chevaliers comme si la fête donnait l'esprit et la clef de ces récits marqués par la merveilleuse exception d'un temps rare et privilégié, porteur des mythes qui font vivre le monde arthurien.

Il existe un double relais entre ces chevaliers conteurs et les lecteurs médiévaux : Merlin et Blaise. C'est en effet Merlin qui se présente comme la véritable mémoire du récit. C'est lui qui retient tous les faits et gestes des hommes et qui vient régulièrement les réciter à maître Blaise dans la forêt de Northumberland pour que celui-ci les écrive. À plusieurs reprises, le narrateur précise même que c'est grâce à Blaise que nous pouvons aujourd'hui encore lire ces aventures. La chaîne de cette tradition orale et écrite est riche de suggestions diverses[2]. Elle contribue surtout à faire de Merlin l'un des personnages centraux d'une histoire dont il est à la fois l'acteur, le témoin et le narrateur. S'il appartient à Merlin de transformer ainsi la vie en roman, c'est sans doute parce qu'il est lui-même au-delà ou en deçà de la vie, investi d'une mission symbolique, métaphore d'un romancier démiurge qui sonde les reins et les cœurs comme le passé et l'avenir.

Merlin manifeste régulièrement sa présence aux côtés d'Arthur tout en influant sur certains événements concernant de très près le roi. En ce sens, *Les Premiers Faits* témoignent d'une réelle continuité avec le *Merlin* et constituent une « suite » logique et amplifiée de cette œuvre. Merlin qui a été à l'origine de la conception d'Arthur devient l'inspirateur politique du grand dessein arthurien. Par ses pouvoirs

---

1. Ph. Walter, *La Mémoire du temps*.
2. Larry S. Crist, « Les Livres de Merlin », *Senefiance*, 7, 1979 (« Mélanges Jonin »), p. 197-210.

prophétiques, il rend d'éminents services au roi et veille attentivement sur les destinées du royaume. Toutefois, au fil du roman, son rôle est appelé progressivement à s'estomper. À la fin de l'œuvre, emprisonné dans la forêt de Brocéliande par la fée Niniane, il s'évapore définitivement du monde romanesque. *Les Premiers Faits* expliquent ainsi par anticipation la quasi-disparition de Merlin dans les romans ultérieurs du cycle. Dans le *Lancelot* ou *La Mort le roi Artu*, il ne sera plus guère question que de ses prophéties à la faveur d'inscriptions qui réapparaîtront de manière providentielle ; mais l'enchanteur n'apparaîtra plus directement dans le récit.

Dans *Les Premiers Faits*, la présence conjointe de Merlin et d'Arthur est riche de conséquences pour la définition de la figure royale. Celle-ci est d'ailleurs totalement conforme au modèle celtique qui voit, comme l'ont bien montré C. Guyonvarc'h et F. Le Roux[1], la complémentarité du druide et du roi, autrement dit la collaboration de l'autorité spirituelle du druide et du pouvoir temporel du roi. Elle pourrait aussi illustrer une double conception de la souveraineté. En reprenant une terminologie employée par Georges Dumézil pour cerner l'opposition entre Mithra et Varuna chez les Indo-Européens[2], on pourrait distinguer une souveraineté guerrière de type mithriaque (illustrée par Arthur) et une souveraineté magique ou varunienne (incarnée par Merlin). Arthur, réincarnation de l'*ardri* (« ours-roi ») irlandais, ne dispose guère que de la force guerrière pour imposer son pouvoir et son autorité. Dès lors, le prestige du royaume arthurien dépend essentiellement de la bravoure physique et morale des chevaliers qui ont fait allégeance au roi. Les relations entre Arthur et ses hommes reposent sur l'idée d'un contrat vassalique en bonne et due forme qui légalise les relations amicales et le compagnonnage guerrier.

En ce qui le concerne, Merlin ne participe pas aux combats, à une exception près lorsqu'il demande de devenir le gonfalonier d'Arthur, conformément à une vocation guerrière du druide. Toutefois, Merlin ne se bat jamais, et c'est tout le paradoxe de ce meneur inactif. Son rôle est de conduire, non de donner l'exemple des techniques de combat. En fait, le véritable pouvoir de Merlin est d'ordre intellectuel et spirituel. Il représente l'arme secrète d'Arthur. Il offre à ce dernier un atout considérable dans la mesure où il est capable de dominer les contraintes du temps et de connaître l'inconnaissable. Lorsque Arthur a besoin de convoquer tous ses barons dispersés aux quatre coins du royaume, c'est Merlin qui se charge de les prévenir. En voyageant plus vite que l'éclair, cette voix qui abolit les distances apporte ainsi au roi un avantage considérable dans la gestion d'un temps stratégique ; il lui confère aussi une supériorité incontestable sur tous ses adversaires.

À ces dons de quasi-ubiquité, Merlin ajoute d'incontestables talents de négociateur et de stratège diplomatique. C'est lui qui réussit à convaincre les princes rebelles à l'autorité d'Arthur de s'unir contre l'ennemi commun saxon. De plus, sa connaissance du passé et de l'avenir lui confère un pouvoir de prédiction bien utile à Arthur pour

1. C. Guyonvarc'h et F. Le Roux, *Les Druides*, Rennes, Ouest-France, 1986, p. 107-120.

2. *Les Dieux souverains des Indo-Européens*, Gallimard, 1977 ; rééd., 1986, p. 55-85.

éviter erreurs et défaites. Il sait prévoir les mouvements des troupes adverses et offre au roi Arthur la possibilité de prévoir l'imprévisible et de déjouer l'inévitable. Avec Merlin, Arthur se sent rassuré, et ce n'est pas sans déplaisir que le roi apprendra le départ définitif de son ami, appelé à rester prisonnier de Niniane pour l'éternité.

L'enchanteur Merlin est en effet mêlé à une aventure amoureuse assez inattendue, que le narrateur présente comme un véritable conte moral. Cette aventure confirmerait, s'il en était besoin, la méfiance qu'il faudrait entretenir à l'égard des choses de l'amour. Si *Les Premiers Faits* célèbrent le triomphe d'Arthur, ils sont aussi et surtout le roman de la chute de Merlin. Une femme (en réalité une fée) sera à l'origine de ce déclin. Les deux suites du *Merlin* en prose enrichissent la figure de Niniane en développant le thème du sage trompé par une femme. On pourrait ainsi résumer l'intrigue : Merlin rencontre une demoiselle de Petite-Bretagne nommé Niniane. Il s'émerveille de sa beauté et de son esprit, et tombe amoureux d'elle. La demoiselle est fort attirée par sa science, mais ne veut pas qu'il lui ravisse sa virginité. Elle use alors de son emprise sur lui pour apprendre tous les enchantements qu'elle désire connaître. Merlin comprend ce qu'elle veut de lui et ce qu'elle lui refuse. Mais il abdique toute sagesse devant elle, se disant lui-même fou par amour, et lui révèle toute sa science. Il lui enseigne l'enchantement qui la rendra physiquement inviolable et surtout celui qui lui permettra irrévocablement de faire d'un homme son prisonnier. Le destin de Merlin illustre un thème sentencieux qui rencontrait un certain succès au XIIIe siècle : celui du sage philosophe qui, malgré ses préventions bien argumentées contre l'amour des femmes, finit par être la victime consentante et ridicule des charmes féminins. Le *Lai d'Aristote* dû à Henri d'Andeli illustrait sur le mode comique cet exemple (au sens rhétorique du mot) du renversement inattendu de l'intellectuel trompé par l'amour en l'appliquant au célèbre sage grec. *Les Premiers Faits* donnent une version parallèle et assez morale du thème. Il faudrait toutefois signaler ici le caractère différent des deux suites du *Merlin*. Dans la suite appelée *Vulgate* (qui correspond aux *Premiers Faits*), Niniane respecte malgré tout sa promesse d'accorder son amour à Merlin, et les deux fins amants (au sens de la courtoisie) vivent dans le secret un amour d'excellence. Dans le *Merlin-Huth*, Niniane est hantée par l'idée de préserver jalousement sa virginité et témoigne d'une orgueilleuse supériorité sur Merlin, qui est littéralement éliminé et n'a plus rien à espérer de son amie. Cette seconde version, beaucoup moins courtoise, est peut-être moins courtoise également. Elle ne fait qu'accentuer la misogynie latente de la première version dont rien ne permet pourtant d'affirmer qu'elle ait pu être antérieure.

La mythologie n'est pas absente de ce dénouement. Merlin possède une puissance « varunienne » qui a fini par se retourner contre lui. À l'aide de ses envoûtements, il peut lier ou délier à sa guise. Connaissant ce secret des liens magiques mais aveuglé par son amour, il les enseigne imprudemment à son amante Niniane. Il est lié à son tour malgré lui. L'irréparable est commis. C'est la forêt de Brocéliande qui sert de cadre à cet ultime épisode du roman. Non sans raison. Dans cette légendaire forêt que Chateaubriand, dans ses *Mémoires d'outre-tombe* (I, 6), présente comme « le séjour des fées », on trouve encore plusieurs monuments mégalithiques qui témoignent, sur le mode légendaire, de la prédilection des créatures féeriques (et de Merlin en particulier) pour ce lieu sauvage. C'est sous les restes d'un mégalithe, au cœur de cette forêt, que reposerait le corps de l'enchanteur. Selon la tradition, c'est là que, par ruse et profitant de l'amour fou que Merlin lui vouait, la fée Niniane l'aurait entraîné et enfermé. Après l'avoir conduit près d'une fosse dans laquelle il s'allongea, Niniane fit se rabattre sur lui deux énormes pierres. Merlin devint alors prisonnier de la fée dont il était tombé amoureux. Une autre version est présentée dans *Les Premiers Faits*. Elle veut que Niniane ait enfermé Merlin dans une prison d'air invisible et non dans une pierre. La tradition folklorique, distincte des textes sur ce point, avait besoin de preuves tangibles ; c'est pourquoi elle atteste que Niniane aurait préparé, à proximité de la tombe de Merlin, sa propre sépulture que l'on nomme encore aujourd'hui l'Hotié de Viviane[1]. Il s'agit en fait d'une sépulture de forme elliptique, constituée de pierres penchées, qui date d'environ 2500 avant Jésus-Christ. On y a retrouvé des silex, des fragments de poterie, de petits galets perforés pour les colliers. L'ancienneté du site ne fait aucun doute. Son rattachement à la légende arthurienne est évidemment plus problématique, car on ne dispose pas de témoignages écrits indubitables permettant de saisir l'émergence de l'imaginaire arthurien en ce lieu prédestiné.

Il y a un dernier trait essentiel du personnage de Merlin, qui vient récapituler quelques aspects majeurs du roman. Merlin parle en prophétie, et ce langage qui n'appartient qu'à lui est riche d'implications pour la fiction arthurienne. Les prophéties de Merlin relèvent d'une vieille tradition celtique. Certaines d'entre elles furent incorporées à l'*Historia regum Britanniae* de Geoffroy de Monmouth en 1134 et d'autres constituèrent jusqu'à la fin du Moyen Âge une tradition autonome que l'on rattache ordinairement à la littérature prophétique des Bretons. Les prophéties introduisent dans le récit un aspect de fatalité qui se projette sur l'ensemble de l'œuvre. Tout est écrit d'avance : Merlin ne fait que traduire en mots les vérités cachées aux autres personnages de l'histoire. Il n'est pas responsable de cette fatalité ; il s'en fait seulement l'écho. Fils d'un diable et d'une vierge chrétienne, il est finalement plus marqué par son hérédité maternelle que par son héritage paternel. Il ne commet pas gratuitement le mal, parce qu'il est habité d'un esprit devin et divin à la fois. Le XIIIe siècle édulcore les aspects archaïques de l'enchanteur païen pour le rapprocher des prophètes bibliques. N'interprète-t-il pas d'ailleurs le songe de Flualis comme jadis le prophète Daniel interprétait les songes de Nabuchodonosor ? En définitive, Merlin n'est plus que l'interprète d'une providence divine qu'il sert indirectement et plutôt convenablement. Si beaucoup de ses prophéties ne font qu'annoncer des morts ou des drames, l'une d'entre elles, sans doute la plus importante, prophétise l'arrivée de Galaad et apporte une réelle lueur d'espoir à un monde abandonné au mal et à l'erreur. Merlin devient alors

---

1. Félix Bellamy, *La Forêt de Bréchéliant, la Fontaine de Bérenton, quelques lieux d'alentour, les principaux personnages qui s'y rapportent*, Rennes, Plihon & Hervé, 1896, 2 vol. (rééd., Rennes, La Découvrance, 1995).

le prophète du nouveau Messie : Galaad. Et derrière Galaad se profile la Parousie du Graal, véritable aboutissement du cycle et accomplissement de toute l'histoire humaine ramenée à l'épopée arthurienne.

La disparition de Merlin à la fin des *Premiers Faits* est un avertissement et une préfiguration. L'adaptateur suggère à cet effet une interprétation exégétique. L'exégèse biblique repose en effet sur la mise en correspondance des figures de l'Ancien et du Nouveau Testament. Or, dans le roman, à la faveur de cette chute, des relations d'analogie, encore implicites, s'établissent entre Merlin et Arthur. La chute de Merlin trahi par son amie préfigure la chute d'Arthur qui sera elle aussi provoquée par la trahison de sa femme. Si la gent féminine n'est pas encore, dans *Les Premiers Faits*, la mauvaise inspiratrice des destinées humaines, elle n'en est pas moins une puissance redoutable et souvent inquiétante dans un univers où ne triomphent souvent que les seules valeurs viriles et celles de la religion vis-à-vis desquelles la femme s'est disqualifiée depuis Ève et le péché originel.

Derrière ses masques fugitifs, Merlin l'inspiré se présente finalement dans *Les Premiers Faits* sous un aspect plus riche et plus complexe, plus tragique aussi, qu'il n'y paraît au premier abord. Véritable mémoire du récit, il en incarne métaphoriquement la nécessité cachée. Il exprime aussi une nouvelle conception du temps en accord avec l'eschatologie et le messianisme chrétiens beaucoup plus qu'avec le temps cyclique de l'éternel retour des mythes celtiques. Il est significatif que, dans notre texte, Merlin ne soit jamais délivré de sa prison d'air comme dans d'autres récits[1]. En fait, Merlin ne peut plus renaître à lui-même dans un univers romanesque si fortement imprégné de christianisme. Merlin permet l'émergence d'une nouvelle vision de l'histoire comme révélation et comme volonté, et non plus comme destin subi ou comme nécessité obscure et fatale. Certes, on pourrait superficiellement railler l'inconséquence de ce prophète piégé et de ce devin aveugle. Comment cet être si savant n'a-t-il pas pu déjouer sa propre perte ? Comment a-t-il pu se livrer aussi imprudemment à Niniane ? Sans doute parce qu'une idée nouvelle vient soudain démentir le vieux fatalisme du prophétisme celtique. En choisissant de révéler par amour les secrets qui vont le perdre, en consentant à sa propre aliénation, Merlin affirme en définitive une liberté intérieure qui se heurte aux certitudes éternellement aveugles de la prophétie. Pour la civilisation chrétienne, ce libre arbitre était déjà posé et supposé par le péché originel (car, sans libre arbitre, il ne saurait y avoir de péché). Pour le XIIIe siècle, il devient en outre constitutif d'une nouvelle vision de l'homme et fondateur d'un nouveau destin paradoxal : le roman.

PHILIPPE WALTER.

---

1. Paul Zumthor, « La Délivrance de Merlin », *Zeitschrift für romanische Philologie*, LXII, 1942, p. 370-386.

BIBLIOGRAPHIE

BRUGGER (Ernest), « L'Enserrement Merlin. Studien zur Merlinsage », *Zeitschrift für französische Sprache und Literatur*, XXIX, 1906, p. 56-140 ; XXXI, 1907, p. 239-281 ; XXXIII, 1908, p. 145-194 ; XXXIV, 1909, p. 99-150 ; XXXV, 1910, p. 1-155.

CRIST (Larry S.), « Les Livres de Merlin », *Senefiance*, 7, 1979 (« Mélanges Jonin »), p. 197-210.

FOX (Marjorie B.), « Merlin in the Arthurian Prose Cycle », *Arthuriana*, II, 1930, p. 20-29.

FREYMOND (Emil), « Arthur's Kampf mit dem Katzenungetüm. Eine Episode der Vulgata des *Livre d'Artus* : die Sage und ihre Lokalisierung in Savoyen », *Festschrift G. Gröber*, Halle, Niemeyer, 1899, p. 311-396.

GALLAIS (Pierre), *La Fée à la fontaine et à l'arbre : un archétype du conte merveilleux et du récit courtois*, Amsterdam, Rodopi, 1992.

HARDING (Carol Elaine), *Merlin and Legendary Romance*, Londres, Garland, 1988.

JONES (Thomas), « The Story of Myrddin and the Five Dreams of Gwenddyd in the Chronicle of Elis Gruffudd », *Études celtiques*, VIII, 1958-1959, p. 315-327.

—, « Le Personnage de Merlin », *Bulletin bibliographique de la Société internationale arthurienne*, XII, 1960, p. 123-129.

KRAPPE (Alexandre H.), « L'Enserrement de Merlin », *Romania*, LX, 1934, p. 79-85.

MICHA (Alexandre), « Les Sources de la *Vulgate* du *Merlin* », *Le Moyen Âge*, LVII, 1952, p. 299-346 (repris dans *De la chanson de geste au roman*, Genève, Droz, 1976, p. 319-365).

—, « La Composition de la *Vulgate* du *Merlin* », *Romania*, LXXIV, 1954, p. 200-220 (repris dans *De la chanson de geste au roman*, p. 367-387).

—, « La Guerre contre les Romains dans la *Vulgate* du *Merlin* », *Romania*, LXXII, 1951, p. 310-323 (repris dans *De la chanson de geste au roman*, p. 389-402).

—, « La *Suite-Vulgate* du *Merlin* », *Zeitschrift für romanische Philologie*, LXXI, 1955, p. 33-59.

— L'*Estoire de Merlin*, *Grundriß der romanischen Literaturen des Mittelalters*, Heidelberg, Winter, t. IV/1, p. 590-600 (en particulier, p. 593-595).

NICKEL (Henry), « The Fight about King Arthur's Beard and for the Cloak of King's Beards », *Interpretations*, XVI, 1, 1985, p. 1-7.

PARADIS (Françoise), « Le Mariage d'Arthur et Guenièvre : une représentation de l'alliance matrimoniale dans la *Suite-Vulgate* de Merlin », *Le Moyen Âge*, XCII, 1986, p. 211-235.

PARIS (Gaston), « Sur l'*esplumoir* Merlin », *Romania*, XXVII, 1898, p. 398-409.

PATON (Lucy A.), « The Story of Grisandole. A Study in the Legend of Merlin », *Publications of the Modern Language Association of America*, XXII, 1907, p. 234-276.

ROUSSE (Michel), « Niniane en Petite-Bretagne », *Bulletin bibliographique de la Société internationale arthurienne*, XVI, 1964, p. 107-120.

Vinaver (Eugène), « La Genèse de la *Suite de Merlin* », *Mélanges Hoepffner*, Les Belles-Lettres, 1949, p. 295-300.

Walter (Philippe), *La Mémoire du temps : fêtes et calendriers de Chrétien de Troyes à « La Mort Artu »*, Champion, 1989.

—, *Merlin ou le Savoir du monde*, Imago, 2000.

— (sous la direction de), *Le Devin maudit. Merlin, Lailoken Suibhne. Textes. Étude*, Grenoble, ELLUG, 1999.

Wilkin (Gregory), « *Benois soit li ieus* : Points taken and mistaken in and on the Old French *Vulgate* Merlin », *Court and Poet* (G. S. Burgess éd.), Liverpool, Francis Cairns, 1981, p. 339-356.

Zumthor (Paul), « La Délivrance de Merlin », *Zeitschrift für romanische Philologie*, LXII, 1942, p. 370-386.

—, « Merlin dans le *Lancelot-Graal*. Étude thématique », *Les Romans du graal dans la littérature des xiie et xiiie siècles*, Éditions du CNRS, 1956, p. 149-166.

PH. W.

NOTE SUR LE TEXTE
ET SUR LA TRADUCTION

Les manuscrits.

Il existe vingt-huit manuscrits procurant le texte des *Premiers Faits* ou « Suite Vulgate », s'échelonnant du xiiie au xve siècle. La liste en a été donnée par Alexandre Micha[1].

Les éditions.

La seule édition est celle de H. Oskar Sommer, *The Vulgate Version of The Arthurian Romances, edited from manuscripts in the British Museum*, Washington, Carnegie Institution, 1908, vol. II, p. 88-466.

La « Suite-Vulgate » du Merlin.

L'*Estoire de Merlin* consiste en une mise en prose du *Merlin* de Robert de Boron suivi d'une série d'aventures « pseudo-historique » que la critique moderne appelle couramment *Suite-Vulgate* du *Merlin*[2]. Dans le manuscrit de Bonn (notre manuscrit de base), le *Merlin* proprement dit — qui prend fin folio 79 *r*b — se prolonge officiellement pendant un certain nombre d'épisodes que la tradition place habituellement dans la *Suite*[3]. Ce n'est qu'au folio 82 *r*b que com-

---

1. *Romania*, LXXVIII, 1957, p. 78-94 et 145-174.
2. Elle se distingue du *Merlin-Huth* ou « suite romanesque ». Voir *Merlin, roman en prose du xiiie siècle, publié avec la mise en prose du poème de Merlin de Robert de Boron, d'après le manuscrit appartenant à Monsieur Alfred Huth*, éd. Gaston Paris et Jacob Ulrich, Société des Anciens Textes français, 1886, 2 vol. Ce *Merlin-Huth* est aussi connu de nos jours à travers d'autres manuscrits : *La Suite du roman de Merlin*, éd. critique de G. Roussineau, Genève, Droz, 1996, 2 vol.
3. Voir *Merlin*, § 209 et n. 1.

mencent *Les Premiers Faits* annoncés par la rubrique *Ici comence des premiers faiz le Roy Artu.*

L'établissement du texte.

Notre manuscrit de base est Bonn 526 (sigle *B*), une des meilleures copies de la famille *β* d'après la classification de Micha, datant de 1286.

Pour les particularités concernant l'établissement du texte et les manuscrits de contrôle, on se reportera à la Note sur le texte et sur la traduction de *Merlin*, p. 1767.

IRENE FREIRE-NUNES

La traduction.

Contrairement à la *Suite-Huth* dont il existe deux traductions en français moderne[1], la suite du *Merlin* intitulée dans le manuscrit de Bonn *Les Premiers Faits du roi Arthur* n'a jamais fait l'objet d'une traduction intégrale ou partielle en français contemporain. On ne connaît généralement de cette œuvre que quelques extraits plus adaptés que véritablement traduits en français moderne. C'est à Jacques Boulenger que remonte en effet l'initiative d'une adaptation parue en 1922 sous le titre *Les Romans de la Table ronde*, et plusieurs fois rééditée[2]. Cette anthologie comprend des extraits de plusieurs romans en prose du Graal. Elle a longtemps constitué la seule voie d'accès aux romans arthuriens en prose pour un public non exercé à l'ancien français. L'adaptation de Boulenger ne répond pas aux critères de l'exactitude philologique : les faux sens ou contresens y sont fréquents, la traduction est trop souvent approximative. On ignore à quel manuscrit du texte elle se réfère.

La traduction que nous présentons suit intégralement le manuscrit de Bonn sans procéder à aucun abrègement d'épisode.

Le texte en ancien français use d'une syntaxe souvent stéréotypée (fréquence des propositions consécutives et temporelles) et d'un vocabulaire assez répétitif. Ce trait ne relève pas d'une maladresse congénitale du roman, mais de l'application à cette œuvre en prose des procédés stylistiques de la chronique et surtout de la chanson de geste : style formulaire, répétition d'un même moule syntaxique à valeur quasi incantatoire, etc. L'auteur des *Premiers Faits* expérimente, particulièrement dans les nombreuses scènes de combat, un style épique en prose. Cela représente un choix esthétique patent à un moment de l'histoire littéraire où les chansons de geste sont encore en vers. En français moderne, cette option esthétique confine à la

1. En traduction intégrale : *Le Roman de Merlin l'enchanteur*, traduit en français moderne par Henri de Briel, Klincksieck, 1971. En traduction partielle : *Merlin le Prophète ou le livre du Graal*, roman du XIIIᵉ siècle mis en français moderne par Emmanuèle Baumgartner, Stock Plus/Moyen Âge, 1980 (traduction d'extraits d'après l'édition de Gaston Paris, Société des Anciens Textes français, 1886).

2. *Les Romans de la Table ronde* nouvellement rédigés par Jacques Boulenger, Plon, 1922 (plusieurs rééditions). Préface de Joseph Bédier. L'ouvrage comprend quatre chapitres : « Merlin l'enchanteur », « Lancelot du Lac », « Le saint Graal », « La Mort d'Artus ».

platitude. Dans le souci d'éviter la monotonie de répétitions par trop mécaniques, les traducteurs ont donc parfois introduit quelques très légères variations dans la restitution du style formulaire.

PH. W.

NOTES ET VARIANTES

Paragraphe 1.

a. En haut du folio on lit, sur les colonnes a, b et c, respectivement Ici comence des premiers faiz le Roy Artu. L. III.   Or dist li contes que *seulement dans B.*

1. Sur les aventures des deux messagers, voir *Merlin,* § 228-231. Les deux rois sont Ban de Bénoïc et Bohort son frère (voir *Merlin,* § 233).

2. Voir à ce sujet le début du *Lancelot* et l'insistance de ce roman et de ceux qui le suivent sur l'appartenance de la reine Hélène — épouse du roi Ban —, et par elle, de Lancelot, au lignage de David.

Paragraphe 2.

a. estoit   B. Nous adoptons la leçon de P.

1. Girflet est l'un des « piliers » du monde arthurien ; fidèle de la première heure, c'est aussi lui qui, dans *La Mort le roi Artu,* a le triste privilège d'accompagner le roi lors de sa dernière chevauchée, et de jeter son épée dans le lac. On l'appelle fréquemment Girflet, fils de Do, on précise plus rarement de Cardeuil.

Paragraphe 3.

a. honnir   B. Nous corrigeons.

1. Il s'agit de Guinebaut, personnage qui n'apparaît que dans *Les Premiers Faits du roi Arthur* : sa qualité de frère des rois Ban et Bohort est déconcertante : aucune mention n'en est faite nulle part ailleurs, et son statut semble nettement inférieur au leur. Il joue le rôle d'un double de Merlin, assumant quelques-unes des aventures magiques qu'un chevalier ne saurait mener à bien, et s'engageant en particulier dans une relation amoureuse avec une dame d'origine clairement féerique qui préfigure la filleule de Diane, Niniane (§ 337).

2. C'est-à-dire gris pommelé.

Paragraphe 4.

a. cops   B. Nous corrigeons d'après P et L.

Paragraphe 5.

a. et dura   seulement dans B. ◆◆ b. illuec quant   B. Nous complétons d'après P. ◆◆ c. cops   B. Nous corrigeons d'après P et L.

Paragraphe 7.

a. chevalier de la court le roi Ban   P ♦♦ *b.* pus   B. *Nous corrigeons.*
♦♦ *c.* secourut   B. *Nous corrigeons.*

1. Les compilations tardives conféreront à Blioblèris de Gaunes
(appelé au § 5 « de la Déserte ») une envergure plus considérable, faisant de lui un des « parents » de Lancelot, un représentant du célèbre
« lignage de Gaule ».

Paragraphe 8.

a. hiaumes   B. *Nous corrigeons.*

Paragraphe 10.

a. molt durement   *seulement dans B.*

Paragraphe 11.

a. si lor conta ce qu'il trouva   *seulement dans B.* ♦♦ *b.* qu'il ne li
respondist […] demandoit   *seulement dans B.*

Paragraphe 12.

a. au   B. *Nous adoptons la leçon de P.*

Paragraphe 13.

1. Le qualificatif de *Bloie*, dont le sens est assez imprécis
(« blonde », « pâle », « bleue », « chevelue »), est fréquemment accolé
au mot « Bretagne » pour désigner la *Grande-Bretagne*. Ici, néanmoins,
et en général dans ce manuscrit, il s'agit plutôt de la Petite-Bretagne
dont Ban, Bohort et (sans doute) Guinebaut sont originaires.

Paragraphe 14.

a. covenoit   B. *Nous corrigeons.* ♦♦ *b.* ci le roi Artu nostre signour
P ♦♦ *c.* terre et   B. *Nous complétons d'après P.* ♦♦ *d.* joians   B.
Nous corrigeons d'après P et L. ♦♦ *e.* joians   B. *Nous corrigeons d'après P
et L.*

Paragraphe 15.

a. P *ajoute*   avoir et au plus coiement come vous porres . *La leçon
de P suggère une lacune dans B par saut du même au même.*

Paragraphe 17.

a. P *ajoute*   avoir et au plus coiement que vous porres . *Voir
var. a, § 15.* ♦♦ *b.* et de vous   *seulement dans B.* ♦♦ *c.* qu'il aimme   B.
Nous complétons d'après P.

Paragraphe 18.

a. signour de   *seulement dans B.* ✦✦ *b.* estoient   B. *Nous corrigeons d'après P.*

1. La ville comme le royaume sont imaginaires, mais il existe un *Trèbes* au nord de Saumur (comme l'avait déjà indiqué Paulin Paris) et un autre près de Carcassonne dans l'Aude. (PH. W.)

Paragraphe 19.

a. oirrent   B. *Nous adoptons la leçon de P.* ✦✦ *b.* tres   *seulement dans B.* ✦✦ *c.* et se merveillierent molt   *seulement dans B.* ✦✦ *d.* onques en nule maniere del monde   *seulement dans B.* ✦✦ *e.* se   *seulement dans B.* ✦✦ *f.* et pour […] d'une part et d'autre   *seulement dans B.*

1. Les rubriques permettent en général au lecteur de dégager les grandes articulations du texte. Il arrive parfois cependant que le rubricateur fasse preuve d'une certaine confusion. Dans ce cas, le combat où Arthur a anéanti les six rois a déjà fait l'objet d'un récit détaillé dans *Merlin* (§ 218-222).

Paragraphe 20.

a. a armes   *répété dans B.*

1. Chez Chrétien de Troyes, le royaume de Gorre est le royaume dont on ne revient jamais, une sorte d'Autre Monde ou de royaume des morts (voir *Lancelot ou le Chevalier de la Charrette*, v. 2087-2110, *Œuvres complètes*, Bibl. de la Pléiade, p. 558). Il est donc impossible de le situer avec précision. Mais dans les textes en prose, il semble s'ancrer davantage dans le réel, et prendre place quelque part au sud de l'Écosse, et au nord du Northumberland ; il est souvent confondu, à tort, avec le royaume de Brangorre.

2. Il existe une quinzaine de Sarrasins nommés Clarion dans les chansons de geste (*Fierabras*, *Vivien de Monbranc*, *La Bataille Loquifer*, etc.). Voir Moisan, *Répertoire des noms propres de personnes et de lieux cités dans les chansons de geste françaises et les œuvres étrangères dérivées*, Genève, Droz, 1986, t. I, vol. I, p. 308-309. (PH. W.)

Paragraphe 22.

a. car il   B. *Nous adoptons la leçon de P.*

1. Mot à mot, « deux lieues avant le jour » : le temps de parcourir deux lieues. « Deux heures » est une approximation.

Paragraphe 24.

a. la tierce eschiele […] .IV.M.   *lacune dans B. Nous adoptons la leçon de P.*

1. Meilleur, donc, que le roi Arthur : d'une part, celui-ci est encore jeune, et doit faire ses preuves, d'autre part, Ban de Bénoïc est le futur père de Lancelot, qui sera longtemps le « meilleur chevalier du monde » : bon sang ne saurait mentir.

2. Le mot « Saxons » semble parfois être un terme générique

désignant tous les « envahisseurs » païens qui menacent la Grande-Bretagne. De surcroît, ils sont en général géants. Cela étant, certains groupes de Saxons ont réellement fait un détour par l'Irlande au lieu de débarquer en Grande-Bretagne. On peut également envisager des alliances stratégiques ou matrimoniales entre Saxons et Irlandais (lesquels ont assez mauvaise presse dans les romans médiévaux : voir par exemple la matière tristanienne).

Paragraphe 25.

1. Sur cet épisode, voir *Merlin*, § 90.

Paragraphe 26.

1. Les songes prémonitoires ou prophétiques (qu'il faut soigneusement distinguer) constituent un artifice rhétorique très apprécié des romans en prose, qui les ont d'ailleurs empruntés aux chansons de geste.

Paragraphe 27.

a. qui nule pitie norent pitie d'aus   *B. Nous éliminons la répétition.*

Paragraphe 29.

a. mot   *B. Nous adoptons la leçon de P.*

Paragraphe 30.

a. Tradelinaut   *B. Nous adoptons la leçon de P.*

Paragraphe 31.

a. brap   *B. Nous corrigeons d'après P.*

Paragraphe 32.

a. cop   *B. Nous corrigeons d'après P.* ♦♦ *b.* n'ont   *B. Nous corrigeons.*

Paragraphe 33.

a. E a   *B. Nous corrigeons.* ♦♦ *b.* duc de Cambenic […] encontre le *lacune dans B (saut du même au même). Nous complétons d'après P.*

Paragraphe 34.

a. sererent   *B. Nous corrigeons.*

Paragraphe 36.

1. Les bannières et enseignes jouent un rôle important dans

la bataille, puisqu'elles permettent aux chevaliers de se regrouper autour de leur chef. La plus impressionnante est bien sûr la bannière au dragon — don de Merlin à Arthur —, mais celle de Bohort l'est aussi.

2. Le commentaire du roi Yder introduit une épaisseur temporelle dans le récit : dans un passé du roman dont on ne sait rien, il a déjà rencontré le roi Bohort. Un certain nombre de romans en prose tardifs entreprendront de combler ces lacunes en racontant précisément les aventures mentionnées dans les textes classiques comme antérieures au début de l'âge arthurien.

Paragraphe 38.

1. Les réticences de Blaaris s'expliquent par le fait que le porteur de bannière ne peut combattre en première ligne, embarrassé qu'il est par son fardeau. En outre, sa fonction est celle d'un point de ralliement, il ne doit donc pas s'exposer : un bon chevalier n'est donc pas très heureux de se voir confier ce rôle.

Paragraphe 39.

a. aavoit　*B. Nous corrigeons.*

1. En termes d'héraldique, les bandes de ce type signifient habituellement la bâtardise.

Paragraphe 40.

a. assambles onques　*B. Nous complétons d'après P.*

Paragraphe 41.

1. Tous ces indices s'accumulent pour suggérer que le bon roi Ban de Bénoïc n'est autre qu'un géant.

Paragraphe 43.

a. Or dist li contes　*seulement dans B.* ◆◆ *b.* dras de soie　*répété dans B.*

Paragraphe 44.

1. Il est probable que cette scène a une valeur symbolique qui n'est plus immédiatement discernable au XIIIe siècle.

Paragraphe 45.

a. divace　*B. Nous corrigeons d'après P et L.*

Paragraphe 46.

a. connoissie　*B. Nous corrigeons.*

Paragraphe 47.

a. vilains s'il   *B. Nous complétons d'après P.* ◆◆ *b.* et cil lor diſt   *seulement dans B.* ◆◆ *c.* vous   *répété dans B.*

1. En tant que « clerc » et enchanteur lui-même, Guinebaut eſt le seul qui soit capable d'apprécier les « tours » de Merlin en professionnel, pour ainsi dire.

Paragraphe 48.

a. avoit Lisanor   *B. Nous complétons d'après P.* ◆◆ *b.* pucele molt   *B. Nous adoptons la leçon de P.*

1. Le Carême eſt une période de pénitence. L'épisode romanesque qui suit, c'eſt-à-dire la liaison du roi Arthur et de la demoiselle Lisanor, semble dans ce contexte passablement déplacé.

2. La leçon du manuscrit, *Loth,* eſt manifeſtement fautive ; il s'agit d'une confusion avec le roi Loth d'Orcanie. Lohot (Loholt), fils du roi Arthur et de Lisanor, eſt mentionné dans le *Lancelot,* où il meurt de consomption dans la prison de l'enchanteresse Gamille à la Roche aux Saxons. Il eſt connu par ailleurs, dans le *Perlesvaus,* comme le fils d'Arthur et de Guenièvre, tué traîtreusement par Keu le sénéchal. Sa mort provoque alors celle de la reine sa mère.

Paragraphe 49.

a. Or diſt li contes que   *seulement dans B.*

Paragraphe 51.

1. C'eſt la première mention du saint Graal depuis l'établissement de la Table ronde par Merlin (voir *Merlin,* § 123-128). Ce passage constitue une remarquable tentative de synthèse des données éparses dans les différentes traditions concernant le lignage du Graal, qui sont ici intégrées au tableau d'ensemble de la Grande-Bretagne et des royaumes voisins menacés par les Saxons et les géants.

2. Le dédoublement de la figure du roi Méhaignié eſt intéressant (voir *Joseph,* § 604).

Paragraphe 53.

a. Huidesauc   *B. Nous adoptons la leçon de P et de L.* ◆◆ *b.* ni   *B. Nous adoptons la leçon de P et de L.* ◆◆ *c.* qui me diſt   *seulement dans B.*

1. Il n'eſt pas facile d'identifier ces trois cités : la première pourrait être Wissant dans le Pas-de-Calais, et la deuxième une variante de Nantes, mais il eſt évident qu'elles se trouvent toutes les deux en Grande-Bretagne. Pour Garles, on peut supposer une confusion avec « Galles ».

2. Il ne saurait s'agir déjà de Gamille, la séductrice qui emprisonne Arthur, Lancelot et quelques autres une vingtaine d'années plus tard dans le *Lancelot.* Mais les ſtructures ont tendance à se reproduire dans les textes, surtout lorsque ce qui eſt censé se produire après a en fait été écrit avant.

Paragraphe 54.

1. Difficile, là encore, d'identifier avec certitude cette région. Galore est présenté parfois comme une déformation de Galloway, ce qui serait cohérent avec les autres noms mentionnés dans ce passage.

Paragraphe 55.

a. combatentirent   *B. Nous corrigeons.* ◆◆ *b.* rerevint   *B. Nous corrigeons.* ◆◆ *c.* espousee [Ygerne   *barré, corrigé en interligne en*   Jenievre] sa feme   *B* ◆◆ *d.* recevoir mais   *B. Nous complétons d'après P et L.*

1. Formule pour le moins énigmatique ; la frontière — maritime — entre Petite et Grande-Bretagne ne semble pas très importante, ni très précisément tracée.

2. Voir *Merlin*, n. 6, § 172.

3. Cette soudaine digression est l'une des premières généalogies qui vont dessiner un réseau de relations familiales entre les principaux chevaliers qui apparaissent dans cette « branche » du roman, tout en s'efforçant de se conformer à la *Vulgate* arthurienne préétablie.

4. Ces questions, pour le moins abruptes, se situent dans une tradition de contes bretons, où la mère est dépositaire du secret de l'identité paternelle, et par ses révélations permet à son fils de conquérir son véritable héritage. Voir par exemple le *Lai de Tydorel* ou *Yonec* de Marie de France.

5. Dans la société celtique, le lien matrilinéaire, entre l'oncle maternel et le neveu, fils de la sœur, semble plus fort que le lien patrilinéaire entre père et fils (peut-être parce que la paternité n'est jamais garantie, alors qu'un roi est sûr que le fils de sa sœur est de son sang). Les neveux d'Arthur n'hésitent pas une seconde à prendre le parti de leur oncle, sans se sentir tenus d'obéir à leur père. D'ailleurs, dans la plupart des cas, leur héritage leur vient directement de leur mère, et leur père est présenté comme un « chevalier de fortune » qui a fait la sienne en épousant une riche héritière.

Paragraphe 56.

a. lors envoiera   *B. Nous complétons d'après P.*

1. C'est ainsi que l'on découvre que de nombreux chevaliers de la Table ronde sont en fait apparentés : cousins entre eux, et neveux d'Arthur, qui est doté dans cette version d'un nombre considérable de demi-sœurs.

Paragraphe 57.

a. et il   *répété dans B.* ◆◆ *b.* et   *répété dans B.*

Paragraphe 58.

1. Ce récit présente toutes les caractéristiques de l'interpolation : une autre « branche », copiée dans un autre manuscrit, comme semblerait en témoigner la graphie différente des noms propres.

2. Ce n'est pas vraiment l'image que les adaptateurs modernes,

fortement influencés par *La Mort d'Arthur* de Malory, donnent de l'épouse du roi Loth. Alors qu'ici nous avons une nouvelle fois une dame loyale trompée par le désir masculin, on considère le plus souvent que la reine d'Orcanie, consciente de l'identité d'Arthur, a délibérément provoqué l'inceste. En tout cas, le récit tel qu'il est présenté dans ce manuscrit constitue une troisième réécriture de la même scène de séduction, aboutissant d'abord à la naissance de Merlin, puis à celle d'Arthur, et enfin à celle de Mordret : circonstances analogues, résultats bien différents.

Paragraphe 60.

a. engreignoit sa force   *seulement dans B.*

1. Le texte se fait aussi l'interprète d'une très ancienne tradition issue du folklore ou de la mythologie celtique à propos de Gauvain ; voir à ce propos le symbolisme « solaire » du *Chevalier au Lion* de Chrétien de Troyes, et les analyses qu'en donne Philippe Walter dans *Canicule. Essai de mythologie sur « Yvain » de Chrétien de Troyes*, SEDES, 1988. Comme ce motif paraît difficilement croyable dans le contexte « rationalisé » du XIIIᵉ siècle, le narrateur introduit à la clef de ce passage une affirmation de véracité, qui a plutôt pour effet de souligner le décalage entre ce qui précède et le ton habituel du récit.

Paragraphe 62.

a. oïl   *seulement dans B.*

Paragraphe 63.

a. nouuerons   B : mouerons   P. *Nous corrigeons.*

Paragraphe 64.

a. li rois   B. *Nous adoptons la leçon de P.* ◆◆ *b.* .м. fer   B. *Nous complétons d'après P.*

1. Une fois de plus, il est difficile d'identifier cette cité.
2. D'après West, il s'agit d'une déformation d'« Adrien », qui est effectivement un nom grec ou byzantin.

Paragraphe 65.

a. partie et li   B. *Nous complétons d'après P.*

Paragraphe 66.

a. Or dist li contes que   *seulement dans B.* ◆◆ *b.* Gavain et lor dist   B. *Nous complétons d'après P.* ◆◆ *c.* ce sacies vraiement   *seulement dans B.*

Paragraphe 67.

1. Traditionnellement, Gauvain ne cache jamais son propre nom. À un stade de l'histoire arthurienne où ce nom n'est pas encore très

connu, il proclame à défaut de sa propre identité celle du roi Arthur son oncle.

Paragraphe 69.

a. et s'acorderent qu'il iroient   *lacune dans B (saut du même au même). Nous complétons d'après P.*

1. La confusion entre Londres, la ville, et Logres, le royaume, eſt ici redoublée par l'ambiguïté du terme « Bretagne » : la Grande ou la Petite ?

2. Ouverture typique de *reverdie*, qui serait plus à sa place dans le cadre d'un roman courtois ; mais c'eſt pour Gauvain et ses compagnons le début de l'« aventure » : voir à ce propos le début de *Perceval ou le Conte du Graal* de Chrétien de Troyes, v. 69-73, *Œuvres complètes*, p. 687.

Paragraphe 70.

a. païs que de demie journee   *illisible dans B. Nous complétons d'après P.*

Paragraphe 71.

a. ici endroit *[§ 70]* parole […] chevalier / Or diſt […] que   *seulement dans B.*

Paragraphe 72.

a. .IIII.M.XX.   *B. Nous adoptons la leçon de P, confirmée par celle de L.* ◆◆ *b.* eſtoit si merveillousement espesse   *seulement dans B.* ◆◆ *c.* ne   *seulement dans B.* ◆◆ *d.* .III.M.   *B. Nous corrigeons d'après P.*

1. Les chiffres avancés par les manuscrits pour le nombre de participants dans les batailles sont absolument invraisemblables (voir *Merlin*, § 209 et n. 5). Mais le texte prend soin ici de maintenir de manière plausible la diſtinction entre écuyers et chevaliers déjà adoubés, ainsi que la différence entre chevaliers et hommes d'armes, c'eſt-à-dire simples soldats.

Paragraphe 73.

1. Il ne s'agit pas, bien sûr, du frère des rois Ban et Bohort (voir n. 1, § 3). Mais il eſt tout de même curieux de rencontrer à si peu de diſtance deux personnages portant le même nom, d'autant que ce sont les seuls « Guinebaut » dans tout le corpus des romans en prose.

Paragraphe 74.

a. en   *seulement dans B.* ◆◆ *b.* et li roi Guinebaus   *répété dans B.*

Paragraphe 76.

a. s'il   *B. Nous corrigeons.* ◆◆ *b.* molt […] amender   *seulement dans B.*

Paragraphe 77.

a. Or diſt li contes que   *seulement dans B.*

Paragraphe 78.

a. s'armoient parmi la vile   *seulement dans B.*

1. Il n'a pas été queſtion jusqu'ici de ce personnage ; s'agirait-il du roi Guinebaut ?

Paragraphe 80.

a. pour tant   *seulement dans B.* ◆◆ *b.* le   *B. Nous corrigeons.* ◆◆
c. gariron   *B. Nous corrigeons.*

1. Littéralement « une brasse ».

Paragraphe 81.

a. au plus toſt qu'il pot   *seulement dans B.*

Paragraphe 83.

a. et ocioit   *seulement dans B.*

Paragraphe 85.

a. Or diſt li contes que   *seulement dans B.*

Paragraphe 87.

a. reretenir   *B. Nous corrigeons.*

1. Sans doute les considère-t-il comme ses égaux, et non comme des mercenaires à son service.

Paragraphe 89.

1. Lieu imaginaire. Le caractère celtique du nom semble avoir été obtenu par adjonction du suffixe *-aise* au nom de Carhaix (Finiſtère). (PH. W.)

Paragraphe 90.

a. la   *B. Nous corrigeons.*

Paragraphe 91.

a. la   *répété dans B.*

Paragraphe 92.

1. Ils devraient être quatre (voir § 89).

Paragraphe 93.

    a. descendent   B. *Nous corrigeons d'après L.* ◆◆ *b.* hiaumes et   B. *Nous complétons d'après P.*

Paragraphe 94.

    a. li combatent   B. *Nous adoptons la leçon de P.*

Paragraphe 96.

    a. de ire [...] cuer   *seulement dans B.*

Paragraphe 97.

    a. amenoit   B. *Nous corrigeons d'après P.*

    1. Curieuse exhortation, plus pragmatique que de coutume, mais non dépourvue de logique.

Paragraphe 100.

    a. s'esmerveillent   B. *Nous corrigeons.* ◆◆ *b.* rois maintes   B. *Nous complétons d'après P.* ◆◆ *c. P ajoute ici une rubrique :* ensi come li rois Artus feri le roi Caeleut le jaiant de l'espee amont sor le hiaume qu'il le fendi jusqu'au nombril .

Paragraphe 101.

    1. La question ne se pose pas seulement en termes d'époque mais aussi de régions, les mesures variant considérablement de l'une à l'autre. De toute façon, quatorze pieds représentent environ quatre mètres.
    2. Cela semble suggérer qu'Arthur a frappé le géant dans le dos ? Mais le passage manque de clarté : quoi qu'il en soit, le code chevaleresque ne s'applique guère dans le cas d'un géant.

Paragraphe 102.

    a. et del roi   B. *Nous corrigeons.* ◆◆ *b.* couragous   B. *Nous corrigeons.*

Paragraphe 103.

    a. conduisoit   B. *Nous corrigeons d'après P.* ◆◆ *b.* sieurre   B. *Nous corrigeons.*

    1. On a là une des rares métaphores du texte.

Paragraphe 104.

    1. C'est-à-dire le Breton : il s'agit sans doute simplement d'une erreur de graphie, *Bers* pour *Bres.*
    2. Cela fait donc quarante-trois au total : il y a incohérence au niveau des chiffres donnés.

Paragraphe 105.

   a. alerent   *répété dans B.* ◆◆ *b.* en mi le fin   *B. Nous corrigeons d'après P.*

Paragraphe 106.

   1. À la différence de ce qui se produit pour la scène analogue entre Arthur et la reine d'Orcanie (§ 58), le texte insiste ici sur la faute commise par le roi, et en particulier sur l'entorse au code féodal, selon lequel on ne couche pas avec la femme de son vassal.

Paragraphe 108.

   1. Les affaires personnelles passent après les affaires d'État. Mais comme la guerre risque de se prolonger, cela revient à tirer un chèque en blanc sur l'avenir ; et effectivement la phrase suivante suggère que l'adultère n'a pas duré cinq ans seulement, mais au moins quinze, puisque la fausse Guenièvre a le même âge que la future reine de Logres, qui est en âge de se marier lorsque le roi Arthur arrive à la cour de son père.

Paragraphe 109.

   a. il plourerent   *B. Nous corrigeons.* ◆◆ *b.* batirent Sornegrieu   *B. Nous complétons d'après P.*

Paragraphe 110.

   a. que se vous les peussies tenir   *B. Nous adoptons la leçon de P.* L *donne*   qui vous puissent tenir   . ◆◆ *b.* delivre   *B. Nous corrigeons.*

Paragraphe 111.

   a. si   *B*   : et cil   *P*   : & chil   *L* ◆◆ *b.* il n'orent   *B. Nous adoptons la leçon de P.*

Paragraphe 112.

   a. unes   *B. Nous corrigeons.* ◆◆ *b.* refraites   *B. Nous corrigeons d'après P.*

Paragraphe 113.

   a. Hervil   *B. Nous corrigeons.*

Paragraphe 114.

   1. Une fois de plus, on constate une incohérence au niveau des chiffres.

Paragraphe 116.

   a. toutes ne   *B. Nous complétons d'après P.*

1. Ce qui suggère que Merlin chevauche à la tête de l'armée sous son apparence de vieillard : rien n'est plus improbable, et en tout cas rien de tel ne nous avait été dit jusqu'à présent. À moins qu'Arthur ne fasse simplement allusion à l'âge probable de Merlin ?

Paragraphe 117.

a. chaïrent fu   *B. Nous complétons d'après P.*

1. Nom d'un roi sarrasin dans plusieurs chansons de geste dont *La Destruction de Rome* et *Fierabras* (voir Moisan, *Répertoire des noms propres*, t. I, vol. II, p. 901-902). (PH. W.)

2. Dans la situation inverse les chevaliers de la Table ronde et les compagnons d'Arthur tuent infailliblement leurs victimes.

Paragraphe 119.

a. qu'es ce recreans   *B. Nous corrigeons d'après P.* ◆◆ *b.* et en vont *B. Nous corrigeons d'après P.*

1. Cette scène fait irrésistiblement penser au combat de David et Goliath.

Paragraphe 121.

a. Ra[l   *corrigé en interligne en*   n]dol   *B.*

Paragraphe 122.

a. alerent au siege   *B. Nous complétons d'après P.* ◆◆ *b.* qui desconfirent les saisnes et enchacierent   *seulement dans B.*

Paragraphe 124.

a. dist puis   *B. Nous complétons d'après P.*

1. Rituel habituel après le combat : les chevaliers sont contusionnés, et couverts de la rouille de leurs heaumes que les coups ont déposée sur leur visage.

Paragraphe 126.

a. car li lix ni est ore mie   *seulement dans B.*

Paragraphe 127.

a. grosses   *B. Nous adoptons la leçon de P.*

1. C'est-à-dire qu'elle ne porte pas de manteau de cour : cette formulation accroît la charge érotique du portrait de Guenièvre.

Paragraphe 130.

a. vous   *B. Nous corrigeons d'après P.* ◆◆ *b.* ou vous le meïssies *seulement dans B.* ◆◆ *c.* droit li rois   *B. Nous complétons d'après P.*

1. Il n'est peut-être pas surprenant que, faute de visiteurs durant

les années troublées, Guenièvre n'ait pas eu beaucoup de prétendants. Mais il est plus curieux que le roi Rion lui-même n'ait pas
demandé sa main : c'est l'un des motifs de déclaration de guerre les
plus fréquents, et les géants sont couramment très intéressés par les
filles de rois (voir le cas du géant du Mont-Saint-Michel et de la fille
du duc Hoël, § 765-768).

2. L'emploi du terme *prodome* dans le texte veut faire partager ici
au lecteur la perplexité du roi Léodegan.

3. Variante probable de Corbénic… Mais *Les Premiers Faits du roi
Arthur* ne sont pas encore très concernés par le Graal, ce qui
explique la densité et les contradictions de ce résumé sur le lignage
du Graal.

4. Dans le cadre d'une présentation synthétique du lignage de
Listenois, on peut s'attendre à voir apparaître un « Alain », avatar
d'Alain le Gros (voir *Joseph*, § 436), ou d'Alain le Gros des Vaux de
Camaalot, père de Perlesvaus dans le roman éponyme. Il est plus surprenant de voir une « île » intervenir dans l'histoire, à moins de supposer un amalgame audacieux de la part d'un scribe distrait entre
Alain, personnage de fiction lié au Graal, et Alain de Lille, philosophe du XIIe siècle, auteur de l'*Anticlaudianus* et du *De Planctu Natu-
rae*, surtout connu en langue vulgaire par l'intermédiaire de Jean de
Meun.

Paragraphe 131.

1. De manière caractéristique, le texte ne précise pas ici que cette
jeune fille était la mère de Galaad. Cela veut-il dire que le conte
éprouve un certain malaise lorsqu'on approche le Graal ?

Paragraphe 133.

a. sont neveu   B. *Nous complétons d'après P.*

1. Il s'agit du petit-fils (voir § 64).

Paragraphe 134.

a. Lecture conjecturale.

Paragraphe 136.

1. Ces indications numériques hautement fantaisistes — à l'époque
du roi Arthur, il est rare qu'une bataille oppose plus de trois ou
quatre cents chevaliers — soulignent la supériorité des forces bre-
tonnes, toujours inférieures en nombre, et l'importance de l'invasion
saxonne. Il y a deux châteaux engagés dans l'aventure : celui de la
Roche aux Saxons, et apparemment celui d'Arondel, situé à proximité.

Paragraphe 137.

a. qui   B. *Nous corrigeons.*

Paragraphe 138.

a. atendre   *répété dans B.*

1. Il s'agit ici d'Arondel, auquel le texte revient soudainement.

2. Il s'agit sans doute de l'un des nombreux Yvain que compte l'entourage du roi Arthur, avec une cacographie sur la forme du diminutif *Ivonet*, le texte donnant *Ionet.*

Paragraphe 140.

1. L'« aventure », autrement dit la mort qui attend certains guerriers.

Paragraphe 141.

1. C'est-à-dire que, contrairement à l'usage qui consiste à distribuer des récompenses après la bataille, les deux rois gardent le butin indivis (voir § 142).

Paragraphe 142.

a. ala Maloaut   *B. Nous complétons.*

Paragraphe 143.

a. Or dist li contes que   *seulement dans B.* ◆◆ *b.* Lauvenir   *B. Nous corrigeons.*

1. Il s'agit sans doute de Corente.

2. Ce nom prétendu saxon est en fait aussi le nom de plusieurs Sarrasins dans des chansons de geste comme *Anséis de Carthage* ou *Simon de Pouille* (voir Moisan, *Répertoire des noms propres*, t. I, vol. II, p. 899). (PH. W.)

3. Comme souvent, on constate une incohérence dans les chiffres. D'après ce qui suit, on devrait lire « quinze mille ».

Paragraphe 144.

1. Lore de Branlant apparaît en effet avec Gaudin dans un épisode ultérieur. Elle figure par ailleurs dans plusieurs romans en vers ; son parent le plus célèbre est Brun de Branlant.

2. Réserve mélancolique, et inhabituelle, qui jette un jour nouveau sur la conception que l'auteur a de son œuvre, et de ce qu'est le « Conte ».

3. Cette (demi-)sœur du roi Arthur n'est pas autrement connue ; elle ne figure pas dans les arbres généalogiques classiques, et il n'est pas non plus couramment admis qu'Yvain est le neveu d'Arthur au même titre que Gauvain.

Paragraphe 145.

a. Meleadant   *B. Nous corrigeons.* ◆◆ *b.* mie car   *B. Nous complétons d'après P.* ◆◆ *c.* qui tant fu *[p. 952]* [...] en son chastel   *lacune dans B. Nous complétons d'après P.* ◆◆ *d.* enfant   *répété dans B.*

1. On a déjà eu un cas de figure analogue avec le roi Léodegan de Carmélide (voir § 105-106). La fréquence d'un tel motif — qui permet l'apparition d'une double série d'enfants, légitimes et adultérins — suggère peut-être que le code chevaleresque régissant les droits et devoirs réciproques du suzerain et de ses vassaux directs n'était pas aussi bien respecté qu'on eût pu le souhaiter. Comme dans le cas de Léodegan, le souverain adultère fait preuve d'un déplorable manque d'imagination et baptise pareillement ses deux enfants.

2. À en juger par le terme *escumeniement*, le pays est frappé d'interdit par les autorités religieuses en raison de la faute de son seigneur, et la population, privée des sacrements, exige du coupable qu'il renonce à son péché.

3. Ce qui semble indiquer que le roi Urien n'est qu'un prince consort, ou que la royauté, selon la loi celtique, se transmet par les femmes.

Paragraphe 146.

a. jure   B. *Nous corrigeons d'après P.*

Paragraphe 148.

1. « Massacre », en effet, et non, comme habituellement, combat dans l'honneur ; pour une fois, la convention qui veut que les Saxons soient supérieurs en nombre aux chevaliers du roi Arthur n'est pas respectée.

Paragraphe 149.

1. Cette remarque corrige l'impression selon laquelle le roi Urien n'aurait pas de droits sur le royaume. Du point de vue « légal », il est plus naturel au Moyen Âge de donner ses biens à son neveu (fils d'une sœur) qu'à un fils bâtard. L'intervention, ici de Bademagu, personnage issu du *Chevalier de la Charrette* de Chrétien de Troyes, est déconcertante, car il ne joue pas du tout le même rôle que dans le texte en vers.

Paragraphe 150.

1. Ces propos, qui semblent en contradiction avec les professions d'obéissance filiale qui précèdent (§ 149), se rencontrent fréquemment, et servent à souligner la vaillance et l'audace de celui qui les prononce.

Paragraphe 151.

a. estrange n'ira   B. *Nous complétons d'après P.*

1. Pourtant, Yvonet le Bâtard n'a, lui, aucun lien avec Arthur, puisque c'est par sa mère qu'Yvonet le Grand lui est apparenté.

Paragraphe 152.

a. et vous contera [...] sa terre   *seulement dans B.*

Paragraphe *153*.

a. Or diſt li contes que   *seulement dans B.*

Paragraphe *154*.

a. chaval   *B. Nous corrigeons.*

Paragraphe *155*.

a. P ajoute   bien montes a cheval ensi que li rois Maaglans et Dori-las le neveu le roi Nantre de Garlot sentreporterent a terre as cops des lances   .

Paragraphe *156*.

a. Mot illisible dans B. Nous adoptons la leçon de P. ◆◆ *b. Mot illisible dans B. Nous adoptons la leçon de P.*

1. Intéressant aperçu sur les ſtratégies adoptées au Moyen Âge lors des batailles.

Paragraphe *157*.

a. du chemin [...] .ii. pars   *lacune dans B (saut du même au même). Nous complétons d'après P.* ◆◆ *b.* jetissiessies   *B. Nous corrigeons.*

Paragraphe *158*.

a. descervele   *B. Nous corrigeons.* ◆◆ *b.* conment il garni sa cite Eſtrangore   *seulement dans B.*

Paragraphe *159*.

a. Or diſt li contes que   *seulement dans B.*

Paragraphe *160*.

a. et fu fille au roi   *seulement dans B.* ◆◆ *b. P ajoute*   le Salvage   .

1. Il eſt donc trop jeune pour être adoubé — l'adoubement a lieu normalement à quinze ans —, mais c'eſt déjà un combattant bien entraîné, capable de prendre part aux guerres du roi Arthur.
2. Ce genre d'explication rationalisante n'explique rien en fait : il y a chez Dodinel quelque chose qui échappe à l'ordre chevaleresque, une sorte de retour du refoulé, ou du mythe ancien. Le futur cheva-lier eſt « sauvage » comme Merlin lui-même, comme un *homo silvaticus* contraint à vivre dans les forêts.
3. À l'origine, les meilleurs chevaliers de la cour d'Arthur sont des personnages indépendants que rassemblent la réputation de la cour, et une idéologie commune. Mais dans un manuscrit comme celui-ci, la gloire de l'âge d'or arthurien devient une affaire de famille, et la vaillance une queſtion d'appartenance au bon lignage ou au mauvais, comme on le voit dans le cas des Saxons, presque tous apparentés à

Angis. On y perd une conception progressiste de l'humanité et de la chevalerie, au profit d'une simple querelle entre deux clans.

4. Il est difficile d'identifier cette rivière. Il est peu probable qu'il s'agisse de la Saverne.

Paragraphe 164.

1. Il est bien jeune pour avoir des conseillers ; mais même chez les adolescents, la structure féodale se retrouve semblable au modèle de l'entourage royal.

2. Comme parmi les chrétiens, les relations familiales sont assez confuses ; le terme de neveu, en particulier, qui provient du latin *nepos*, a une gamme de sens très étendue, et très floue, allant de petit-fils à cousin. L'essentiel est que les personnages considérés soient unis par les liens du sang. Nous avons retenu ici « cousin », car il ne paraît guère possible, compte tenu de l'âge de Keu d'Estraus, qu'il puisse avoir un petit-neveu.

Paragraphe 165.

a. le   *B. Nous corrigeons.*

Paragraphe 166.

a. Londres   *P*

Paragraphe 167.

a. Or dist li contes que   *seulement dans B.* ◆◆ *b.* Bauaigue   *B. Nous adoptons la forme la plus représentée.*

1. C'est là que se réfugie Merlin quand il doit « sortir de la foule », et c'est là qu'il envoie Blaise. Les forêts de Northumberland ont désormais une grande réputation littéraire.

2. La plupart des contrées ici mentionnées peuvent aisément être placées sous la domination saxonne, en raison de leur éloignement du royaume de Logres. Hocelice, en revanche, fait partie de la toponymie arthurienne, et est en général l'ancien nom du royaume de Galles. Il semble clair dans ce cas qu'il s'agit d'une autre terre de « Hocelice », peut-être la « Galice ».

Paragraphe 169.

a. rodent   *B. Nous corrigeons d'après P.*

Paragraphe 170.

a. et nous […] Orcanie   *seulement dans B.*

Paragraphe 171.

a. marois et grans   *B. Nous corrigeons.* ◆◆ *b.* fermes de   *seulement dans B.*

1. Exceptionnellement, alors qu'il y a changement de fil narratif avec référence au « conte », il n'y a pas de coupure visible dans le manuscrit, pas de changement de paragraphe et pas d'enluminure. D'autre part, il est rare que le « Conte » soit associé si nettement à une première personne du pluriel impliquant un auteur « personnel ».

2. Pourquoi, au lieu de rassembler toutes leurs forces, ont-ils au préalable envoyé les *juvenes* en expédition ? Est-ce pour se débarrasser des têtes brûlées jugées trop dangereuses, ou une simple tactique prévoyant une attaque simultanée sur tous les points ? La suite suggérerait plutôt la deuxième hypothèse.

3. Le texte n'est pas tout à fait clair : cela suggère-t-il qu'il y a des douves et des fossés « vides » (peut-être plantés de pieux) ?

Paragraphe 175.

a. Or dist li contes que   *seulement dans B.* ◆◆ *b.* Escambenyc   *B. Nous corrigeons d'après P.* ◆◆ *c.* et li messages […] son message et   *seulement dans B.* ◆◆ *d.* li rois le virent et li dus   *B. Nous corrigeons d'après P.*

Paragraphe 176.

a. Oscau   *B. Nous corrigeons.*

1. Il est surprenant de découvrir dans cette énumération le nom de Bréhus sans Pitié de Salerne, qui n'a généralement pas bonne presse dans les romans en prose, même si on reconnaît parfois sa valeur au combat.

2. Cette longue énumération présente l'avantage de montrer la hiérarchie féodale d'une armée médiévale : un grand vassal va à la guerre accompagné de divers vassaux eux-mêmes accompagnés de leurs vavasseurs.

Paragraphe 177.

a. Londres   *P* ◆◆ *b.* si ont […] en la terre   *lacune dans B (saut du même au même). Nous complétons d'après P et L.*

Paragraphe 178.

a. tridous   *B. Nous adoptons la leçon de P.*

Paragraphe 179.

a. Carmelide […] roialme de   *lacune dans B (saut du même au même). Nous complétons d'après P.* ◆◆ *b.* Londres   *P*

Paragraphe 180.

a. tans   *B. Nous corrigeons d'après P.*

Paragraphe 182.

1. Le texte donne *chapiaus* (« chapeaux ») : nous choisissons de

traduire par « casques ». Les chapeaux de fer sont en réalité des coiffes (de fer) qui recouvrent seulement la partie supérieure du crâne. Ceci est à distinguer des heaumes, qui sont des casques intégraux (recouvrant l'ensemble du visage).

Paragraphe 183.

a. Or dist li contes que   *seulement dans B.*

Paragraphe 185.

1. Y a-t-il une signification particulière à cette gestuelle ? L'allusion au soleil rappelle peut-être l'origine mythique solaire de Gauvain, selon certaines traditions (voir n. 1, § 60).

Paragraphe 186.

a. qu'il   *B. Nous corrigeons.*

1. Merlin s'amuse-t-il comme d'habitude de la naïveté de son interlocuteur, qui fait son jeu, ou ignore-t-il vraiment, par quelque faille de son don de prescience, l'identité du jeune homme ?

Paragraphe 187.

a. mont   *répété dans B en début de folio.*

Paragraphe 189.

1. Nous choisissons de rendre ainsi cette épithète à peu près intraduisible. Le *Desreés* est pour ainsi dire le Sauvage, celui que l'on ne peut maîtriser, qui ne respecte aucune règle et n'est contenu dans aucune borne. Ce prétendu petit-fils de l'empereur de Constantinople est plus proche de ses origines mythiques que la plupart de ses compagnons.

Paragraphe 190.

1. N'étant pas chevaliers, les jeunes gens ne peuvent manier l'épée. Pourtant, plus bas (§ 222), Gauvain a une épée, qu'il manie d'ailleurs plutôt maladroitement.

Paragraphe 193.

1. Littéralement : « à une heure de distance ».
2. Formation impeccable, en effet, qui rappelle la célèbre « tortue » des légionnaires romains.

Paragraphe 195.

a. palmoient   *B. Nous corrigeons.*

1. D'habitude le porteur d'enseigne n'a pas le loisir de s'illustrer par sa prouesse (voir n. 1, § 38) ; mais ici, l'enseigne, fidèle à son ori-

gine romaine (c'est-à-dire qu'elle est munie d'un manche de métal qui peut effectivement être manié comme une lance), sert d'arme à un combattant énergique et peu scrupuleux.

Paragraphe 199.

   a. ramprosne   *B. Nous corrigeons.*

Paragraphe 200.

   a. ves   *B. Nous corrigeons.*

Paragraphe 201.

   a. qui Saygremor ot non   *seulement dans B.*

Paragraphe 202.

   a. Escam   *B. Nous corrigeons.* ◆◆ *b.* pors   *B. Nous corrigeons d'après P et L.*

Paragraphe 203.

   a. destruirons   *B. Nous corrigeons.*

Paragraphe 204.

   a. eüssent   *B. Nous corrigeons d'après P.*

   1. Intéressant aperçu sur le fonctionnement du système féodal, et en particulier illustration très claire de la formule *primus inter pares* pour désigner le roi.

Paragraphe 205.

   a. Brokeam   *B. Nous corrigeons.*

Paragraphe 206.

   a. qu'il   *B. Nous corrigeons.* ◆◆ *b.* le   *B. Nous corrigeons.*

   1. Oriel, simple neveu du roi Bamangue, commandant l'armée des Saxons, est maintenant à la tête d'une force considérable : il est en effet plus glorieux pour les chrétiens de remporter une grande victoire sur un roi que sur un jeune commandant encore inexpérimenté.

Paragraphe 207.

   a. estre loiiers   *B. Nous complétons d'après P.*

   1. La réponse méprisante de Nabin souligne la piètre valeur morale des troupes saxonnes et la mauvaise qualité des relations hiérarchiques en leur sein, par opposition à l'harmonie qui règne chez les chrétiens. C'est aussi une exception dans le roman, dans la mesure

où on entend s'élever une voix saxonne qui n'est pas strictement utilitaire.

2. Pourtant, il s'agit d'une troupe de Saxons que l'on peut présumer païens.

Paragraphe 208.

a. si oïrent dire   *répété dans B.*

Paragraphe 210.

1. La chaussée, passage artificiel au milieu d'un marécage, est un
lieu de grande importance stratégique, facile à tenir et difficile à
conquérir.

Paragraphe 211.

a. son *B. Nous corrigeons.*

1. Cette rubrique complexe ne figure pas dans les manuscrits
apparentés, et témoigne d'un malaise certain au niveau de l'énonciation : est-ce la proximité de Merlin (et surtout de Merlin déguisé en
messager) qui fait éclater les cadres en place ?

Paragraphe 212.

a. et nous devisera *[§ 211]* ci apres […] contes que *seulement dans*
B. ◆◆ *b.* basses *B. Nous corrigeons.*

1. Type d'étoffe qui connote la solidité et le confort, mais pas le
luxe des tissus réservés aux chevaliers.

2. La description est extraordinairement détaillée, avec nombre de
termes techniques. L'interêt soudain manifesté par le manuscrit pour
ce type d'informations vient du fait qu'il s'agit de Merlin. C'est le seul
personnage dont on décrit jamais l'apparence et la vêture — précaution utile compte tenu de son don de la métamorphose.

Paragraphe 213.

1. Cette caractéristique, en soi surprenante chez un futur chevalier
(voir *Merlin*, n. 1, § 94), est peut-être à mettre en correspondance
avec l'origine royale de Gauvain, ou encore avec sa parenté avec
Morgain. Ce n'est pas, contrairement à ce qui se passe pour Lancelot,
une donnée traditionnelle en ce qui concerne le neveu d'Arthur.

2. Il s'agit ici clairement du nom d'une rivière. C'est un choix un
peu surprenant de toponyme, surtout en Grande-Bretagne — en
Petite-Bretagne, en revanche, un certain nombre de sites sont associés
à la déesse Diane. Dans la suite du récit, les occurrences sont plus
ambiguës, puisque le « pont Diane » peut signifier aussi bien « pont de
Diane » que, de façon moins grammaticale, « pont sur la Diane ».

Paragraphe 214.

1. Ces armes sont-elles censées être celles d'Orcanie, ou appartenir

en propre à Gauvain ? Elles témoignent de la date relativement tardive de la rédaction des *Premiers Faits*, dans la mesure où les textes les plus classiques n'attribuent pas d'armoiries « parlantes » de ce type à Gauvain, chevalier errant qui change d'armure au gré de ses aventures.

Paragraphe 215.

a. Or dist li contes que   *seulement dans B.*

1. Nom de Sarrasin dans de très nombreuses chansons de geste dont les *Saisnes*, la *Chanson de Roland*, *Beuve de Hantone* (voir Moisan, *Répertoire des noms propres*, t. I, vol. I, p. 720-721). (PH. W.)

Paragraphe 217.

a. uns   *B. Nous corrigeons.* ◆◆ *b.* demangent   *B. Nous corrigeons.*

Paragraphe 218.

a. Aces   *B. Nous corrigeons.* ◆◆ *b.* de lor estre   *seulement dans B.*

1. Le texte porte : « ils se retirèrent à l'écart », ce qui ne fait pas sens puisque, précisément, Ote de Beaumont vient de les inciter à rejoindre la mêlée.

Paragraphe 221.

1. Il est à noter que dès son arrivée Gaheriet semble être considéré comme le chef, supérieur à Agravain, à Guerrehet, et aux deux Yvain : ce rôle privilégié est conforme à la tradition. Voir en particulier le *Lancelot*, et aussi le *Livre d'Artus*, qui oppose deux couples de frères, les « bons », modèles de courtoisie et de chevalerie, que sont Gauvain et Gaheriet, aux « mauvais », Agravain et Guerrehet, chez qui apparaissent très tôt des signes inquiétants de *mauvaistié*.

Paragraphe 222.

1. Effet d'anachronisme, explicable seulement par la perspective d'ensemble du texte : même si la devise du roi Arthur est en effet « Clarence ! », il n'est pas logique que les neveux et les admirateurs d'Arthur la connaissent et l'emploient à ce moment du récit, à moins de supposer une « tradition » familiale.
2. Chevalier inconnu dans le monde arthurien. Il s'agit peut-être d'un hommage à quelque mécène.
3. Référence à l'origine solaire de Gauvain (voir n. 1, § 60), mais présentée comme un fait allant de soi.

Paragraphe 223.

a. que si frere molt desfendent   *seulement dans B.*

Paragraphe 225.

a. li saisne   *répété dans B.* ◆◆ *b.* si s'entrefirent molt joie   *seulement dans B.*

Paragraphe 228.

    a. ment   B. *Nous corrigeons.* ✦✦ *b.* boure   B. *Nous corrigeons.* ✦✦ *c.* entreconneue   B. *Nous corrigeons.* ✦✦ *d.* ici endroit […] parler   *seulement dans B.*

Paragraphe 229.

    a. Or diſt li contes en ceſte partie   *seulement dans B.* ✦✦ *b.* eſtoient icil […] devant   *seulement dans B.* ✦✦ *c.* et nonpourquant   *seulement dans B.* ✦✦ *d.* et se aucuns […] anuis   *seulement dans B.*

    1. Il arrive que les références au conte soient remplacées — et contredites — par une formule rhétorique de ce type. En général, cela se situe à un moment important du récit, ou pour introduire une information originale ; on n'en voit pas ici très bien la raison.

Paragraphe 231.

    a. de compaingnie […] illuec   *seulement dans B.* ✦✦ *b.* couvert *manque dans B. Nous complétons d'après P.*

Paragraphe 232.

    a. assaillir   B. *Nous corrigeons.* ✦✦ *b.* conme ore eſt   *seulement dans B.*

Paragraphe 233.

    1. Ces deux détails conſtituent un signe de reconnaissance, un indice de continuité pour permettre au leĉteur, sinon au personnage, d'identifier Merlin (voir § 212).

Paragraphe 234.

    a. creciaus   B. *Nous corrigeons d'après P.*

    1. En tenant compte de la topographie des *Premiers Faits*, qui placent le Loénois à proximité de l'Écosse, on peut supposer que Léonis eſt la capitale de cette contrée.

    2. Il y a ici un changement de décor, de personnages et de fil narratif, qui eſt habituellement signalé dans le texte par une rubrique. Pourtant, rien de tel n'eſt mentionné à cet endroit, comme si les événements qui surviennent dans l'entourage du roi Loth n'étaient envisagés que sous l'angle de la prouesse qu'ils entraînent de la part de Gauvain. L'« aventure de la reine enlevée » serait une annexe des « Enfances Gauvain », en quelque sorte, et non un chapitre autonome.

Paragraphe 236.

    a. l'aporta devant   B. *Nous complétons d'après P.* ✦✦ *b.* parle   B. *Nous corrigeons.*

Paragraphe 237.

    a. Or diſt li contes que   *seulement dans B.*

Paragraphe 239.

　a. proie　*B. Nous adoptons la leçon de P.*

Paragraphe 240.

　a. de molt grant biaute　*seulement dans B.*

Paragraphe 243.

　1. Cette formule, en général utilisée dans un récit courtois pour obtenir d'un chevalier qu'il fasse quelque chose, est assez curieuse ici, dans la mesure où l'on peut supposer que la *riens del monde* que Loth aime le plus est précisément sa femme, qui emploie en outre la formulation canonique pour obtenir qu'il l'abandonne à son triste sort, au mépris de toute chevalerie.

Paragraphe 244.

　a. la　*B. Nous corrigeons.* ◆◆ *b.* Londres　*P.*

Paragraphe 245.

　a. Londres　*P*

Paragraphe 247.

　a. l'ai en　*B. Nous complétons d'après P.* ◆◆ *b.* vos　*B. Nous corrigeons.* ◆◆ *c.* Londres　*P* ◆◆ *d.* et nous contera [...] son maistre　*seulement dans B.*

　1. Les références à la naissance de Merlin, tout comme, dans le paragraphe suivant, les allusions à l'hommage de Claudas au roi de Gaule, servent à insérer concrètement *Les Premiers Faits* dans la trame du *Lancelot-Graal*. Elles établissent une continuité entre les différents volets du cycle et contribuent par conséquent à renforcer la légitimité du texte en cours, tard venu et susceptible d'être perçu comme « apocryphe » par le lecteur médiéval.

　2. Littéralement son « art » : le *Merlin* met plutôt l'accent sur les qualités de prophète ou de devin de Merlin, sans s'appesantir sur ses aptitudes magiques, et en particulier sur le rapport entre des techniques de *nigremance* et son don de métamorphose.

Paragraphe 248.

　a. Gau.　*B. Nous développons.* ◆◆ *b.* Londres　*P* ◆◆ *c.* s'il nen estoient acointe　*seulement dans B.*

　1. Voir n. 1, § 247. Le comportement de Claudas, qui cherche à échapper à la pression de deux puissants voisins en se choisissant un suzerain théoriquement plus puissant que lui — et plus éloigné —, est parfaitement compréhensible en termes de politique féodale.

　2. Le Moyen Âge éprouve une véritable fascination pour l'histoire romaine, ainsi que le prouve par exemple le succès d'une compilation

comme *L'Histoire ancienne jusqu'à César*. Il n'est pas question cependant de respecter ce que l'époque moderne entend par « vérité historique ». Les romanciers du XIIIᵉ siècle magnifient le rôle de Jules César, dont ils aimeraient bien faire le contemporain d'Arthur (voir n. 2, § 422).

3. L'intervention d'un hypothétique empereur d'Allemagne constitue évidemment un criant anachronisme à l'époque d'Arthur, et à plus forte raison à celle de Jules César. Mais elle correspond à la situation historique prévalant pendant le XIIIᵉ siècle, où le Saint Empire romain germanique a repris à son compte l'idéal impérial en le christianisant. *Les Premiers Faits* sont probablement rédigés pendant le règne de Frédéric II de Hohenstaufen, considéré par certains comme l'Antéchrist ; il semblerait que le personnage antipathique de Frolle d'Allemagne doive quelques-unes de ses caractéristiques à cet empereur deux fois excommunié.

Paragraphe 249.

a. Mot illisible dans B. Nous complétons d'après P.

1. C'est accorder une énorme responsabilité à Merlin, entre les mains de qui repose apparemment le sort de la chrétienté. Par ce biais, le texte insiste sur la légitimité et l'orthodoxie de Merlin, sauveur de la foi.

2. À en juger par l'affirmation de Merlin, cette prophétie « tombe », selon le terme consacré, sur le prophète lui-même, assimilé à un « lion sauvage » tandis que son amie est une « louve ». Indépendamment des connotations mythiques que l'on peut discerner dans ces associations, il s'agit là d'un cas de figure original : en effet, Merlin ne se prend généralement pas pour objet de ses prédictions, ou s'il le fait (dans le *Merlin-Huth* par exemple), c'est sans employer le bestiaire prophétique traditionnel.

Paragraphe 250.

a. de   B. Nous corrigeons. ◆◆ *b. co   B. Nous corrigeons.*

1. Le « léopard merveilleux » est Lancelot ; mais il est difficile d'identifier le « grand lion ». Peut-être s'agit-il d'une interpolation rajoutée par un scribe emporté par son enthousiasme.

2. C'est toute la question de la responsabilité du prophète, et de sa capacité à modifier l'avenir qu'il prévoit. Merlin suggère qu'il pourrait échapper à son destin personnel, en renonçant à remplir sa fonction politique ; mais les conséquences en seraient désastreuses, et rejailliraient à leur tour sur le sort de l'âme du prophète.

Paragraphe 251.

a. car autres l'avoit   B. Nous complétons d'après P. ◆◆ *b. apres ce dist qu'il   B. Nous corrigeons d'après P et L.*

Paragraphe 252.

1. La première partie de l'énoncé a de quoi décourager Léonce : il

s'agit d'une prophétie des plus obscures, dont il n'est pas évident de dégager le lien avec la situation en Petite-Bretagne. Mais Merlin est extrêmement pragmatique, et il ne s'attarde pas à analyser cette prédiction énigmatique : il passe tout de suite aux faits concrets. À noter que la confusion au niveau de l'histoire romaine se retrouve ici, dans l'assimilation abusive de Ponce Antoine à Jules César, et la dissociation entre Ponce Antoine et le « conseiller » qui conduit l'armée d'invasion.

2. Première mention de Niniane dans le récit, bien qu'on ait d'abord l'impression qu'il s'agit d'un personnage que Merlin connaît de longue date. Dans la description initiale de la résidence de la jeune fille, un certain nombre d'éléments mythiques restent perceptibles, en particulier ceux qui rattachent la future Dame du Lac à la déesse chasseresse Diane (pour une vision plus primitive, ou en tout cas plus détaillée de ce personnage, voir Nivième, la demoiselle chasseresse du *Merlin-Huth*).

Paragraphe 253.

1. La mythologie païenne fait apparemment très bon ménage avec le christianisme de rigueur dans les textes médiévaux. Il ne faut pas confondre la déesse Diane avec les divinités païennes des Saxons, qui sont stigmatisés pour ne pas reconnaître la vraie foi. Certains manuscrits tournent clairement la difficulté : comme pour les fées, on appelait certaines créatures dieux et déesses parce qu'ils manifestaient des talents ou des goûts particuliers, pour la chasse, par exemple. Il n'y a là rien d'hétérodoxe.

2. Ce n'est pas tout à fait conforme à la suite des événements. Il semble que la prédiction de la « déesse Diane » fasse référence à une variante de l'histoire de Merlin, peut-être plus proche de certains schémas celtiques.

Paragraphe 254.

a. Briosque *P* ◆◆ *b.* elui *B. Nous corrigeons.*

1. La répartition en « bons » et « méchants » est respectée : quoi que l'on puisse penser de Niniane, son père, et elle par conséquent, sont dans le bon camp. Merlin ne se compromet pas avec les ennemis d'Arthur, même lorsqu'il renonce à son bon sens pour s'énamourer d'une jeune fille protégée par une déesse.

2. Il s'agit d'un don définitif et inaliénable, non d'une cession en fief.

Paragraphe 255.

a. encontra *B. Nous adoptons la leçon de P.*

1. Dès qu'il s'agit d'un dialogue entre Merlin et son amie, tous deux experts dans l'art de jouer avec les mots, les formules de politesse les plus banales se chargent d'une redoutable ambiguïté. De la part d'un magicien, il n'y a pas de parole innocente.

Paragraphe 256.

1. La jeune fille emploie ici, d'emblée, le terme de l'adresse amoureuse qui produit dans le *Lancelot* un effet foudroyant sur le héros. C'est-à-dire qu'elle se situe dès le début sur un plan courtois inattendu en présence de Merlin.

Paragraphe 257.

a. voit de la   *B. Nous complétons d'après P.* ◆◆ *b.* illuet   *B. Nous corrigeons.*

1. *Barat* a des connotations moins négatives qu'*engin*, toujours diabolique. Mais le texte s'écrit en fonction d'un préjugé défavorable vis-à-vis de Merlin : il n'y a pas jusqu'à présent de ruse de sa part. C'est plutôt la jeune fille qui va faire preuve de ruse pour parvenir à ses fins.

2. Les « caroles » perpétuelles sont une des caractéristiques les plus marquantes des scènes magiques, peut-être parce que leur forme circulaire suggère un monde hors du temps, qui échappe aux contingences du réel.

Paragraphe 258.

1. Ce faisant, Merlin fait allusion au don qu'il tient du diable, pas à celui qui lui vient de Dieu : la séduction de Niniane est tout entière placée sous le signe du démoniaque. Il ne parle de sa faculté de connaître l'avenir que sur les instances de la jeune fille.

2. Remarque très ambiguë : elle semble suggérer que dès le début la jeune fille a l'intention de tromper Merlin, et en est parfaitement consciente. Cette phrase souligne la fatalité de la chute du prophète.

Paragraphe 260.

1. Il ne s'agit plus de badinage courtois, mais d'un vrai contrat.

2. À l'intérieur de l'enchantement, le temps est exagérément dilaté : le soir n'en finit pas de tomber.

Paragraphe 265.

a. perece   *B. Nous adoptons la leçon de P.*

1. Allusion à peine voilée au moment où il sera *en la baillie*, « au pouvoir », de Niniane ; le texte s'est engagé dans la voie d'une mise à mort de Merlin et ne s'en laisse plus détourner.

2. Prophétie relativement obscure, comme il se doit, et qui pose de sérieux problèmes de mise en perspective temporelle ; si le lion est clairement Arthur, et le léopard le futur Lancelot, le dragon sans doute identifiable à Ponce Antoine ne saurait déjà se préparer vingt ans avant le début du *Lancelot* à envahir la Grande-Bretagne.

Paragraphe 266.

a. mal et si   *B. Nous complétons d'après P.*

1. Littéralement, la « Forêt où l'on s'égare ».

2. Cette fois, c'est l'histoire de Galehaut qui est prophétisée ; mais comme il y a encore un grand dragon, le lecteur est en proie à une certaine confusion.

Paragraphe 267.

a. savons le   *B. Nous complétons d'après P.*

1. Voir § 564. C'est une tentative intéressante pour justifier *a posteriori* une donnée incontournable du *Lancelot-Graal* : la haine de Morgain pour Guenièvre. *Les Premiers Faits* s'efforcent, comme tout prolongement rétroactif, d'expliquer et de rationaliser tout ce qui relève de l'immanent dans les textes antérieurs.

Paragraphe 268.

a. Or dist li contes en ceste partie que   *seulement dans B.*

Paragraphe 271.

1. Comme Arthur, Léodegan s'abandonne à de violentes manifestations d'émotion, qui font partie du code en vigueur au Moyen Âge, alors qu'elles seront condamnées à l'époque moderne comme des traces d'une expressivité exagérée.

Paragraphe 272.

a. jenoisllons   *B. Nous corrigeons.*

Paragraphe 274.

1. Il y a, comme on pouvait le supposer, un lien entre Rion et les géants aux barbes dont on a déjà parlé dans *Merlin* (voir § 218).

Paragraphe 275.

1. Rien de plus naturel, puisqu'à l'origine la Table a été fondée par Merlin sous le règne d'Uter (voir *Merlin*, § 124-128), et que les chevaliers sont donc légitimement au service du roi de Logres.

2. C'est-à-dire quand il le fera mourir : formule canonique.

Paragraphe 276.

a. Bans   *manque dans B. Nous complétons d'après P.*

1. S'agit-il d'un château « magique », ou d'un simple château particulièrement bien fortifié ? Le terme « merveilleux » peut s'appliquer dans les deux cas ; la traduction incline plutôt vers le premier sens, étant donné que l'énumération semble faire resurgir un certain nombre d'éléments proches du vieux fonds mythique (voir la Sage Dame de la Forêt sans Retour, par exemple, ou encore plus nettement l'anecdote à propos d'Yder). Ni Blias ni son château ne sont connus par ailleurs.

2. À notre connaissance, cette aventure n'est racontée dans aucun texte, pas même dans le roman en vers d'*Yder*.

3. Cette remarque associée au nom étrange et imagé du personnage, et au fait que ce nom est précédé de la formule honorifique « mon seigneur », suggère qu'il s'agit d'une figure mythique ou folklorique, réduite à l'état de trace. À moins que ce ne soit un clin d'œil de la part de l'auteur ou du scribe, introduisant une de ses relations dans le récit derrière ce surnom qui prête à rire.

Paragraphe 277.

1. C'est-à-dire que Merlin est assimilé à un roi, et qu'on lui rend les mêmes honneurs qu'à un souverain « temporel » : étonnante promotion du fils du diable qui, d'éminence grise en retrait par rapport à Arthur, est devenu un combattant de valeur, et un grand seigneur parmi les hommes.

2. Ces détails témoignent de la perplexité de l'auteur pour distinguer l'indistinguable, à l'exception du don d'éloquence, qui est un trait original. Selon la tradition, la reine Guenièvre n'est pas particulièrement éloquente ; peut-être peut-on voir dans cette remarque une intention négative : la femme qui parle bien, dans le monde arthurien, c'est Morgain, avec qui Guenièvre aura d'ailleurs par la suite (§ 604) des mots.

Paragraphe 278.

1. Annonce cryptique, non conforme à la version canonique, à moins que l'on admette que le « service » rendu aux deux rois est repayé par l'intervention de Lancelot, grâce à qui la reine se tire de l'affaire de la fausse Guenièvre, orchestrée par « Bertelai le traître » (§ 489-500).

Paragraphe 279.

a. fera   B. *Nous corrigeons d'après P.*

Paragraphe 280.

a. cor   B. *Nous adoptons la leçon de P et de L.* ◆◆ b. estoient   B. *Nous corrigeons.*

Paragraphe 281.

1. Énoncé à tonalité proverbiale, dont le sens ne semble pas particulièrement approprié ici.

Paragraphe 283.

1. La force des paysans est assimilée à celle des géants : tous deux sont exclus du monde chevaleresque et courtois.

Paragraphe 284.

a. feru   B. *Nous adoptons la leçon de P.*

1. Ce personnage, emprunté à l'histoire du Graal (voir *Joseph*, § 436), voire à *La Queste del saint Graal*, constitue un maillon manquant entre le lignage de Pellès et celui de Lancelot, au prix d'une annonce au demeurant très vague et qui ne se réalisera pas.

2. On peut être ermite sans être prêtre ; et bien des chevaliers qui se reconvertissent tardivement dans l'érémitisme ne sont pas pour autant capables de lire, encore moins de lire le latin.

3. Curieux morceau de mystique hérétique, sans comparaison dans les textes canoniques.

4. De quel livre s'agit-il, qui est le Très-Saint-Maître, quel est le rôle exact de Merlin, où finit le livre de Blaise et sous quelle forme est-il « complété » ? La confusion est totale.

5. On revient en revanche ici en terrain connu : la guerre contre Arthur de Galehaut avec ses trente princes vassaux constitue l'essentiel de la première partie du *Lancelot* (voir t. II de la présente édition).

Paragraphe 285.

a. Or dist li contes que   *seulement dans B.* ◆◆ *b.* compaigne   B. *Nous corrigeons.*

1. C'est un trait d'exotisme inattendu et un peu déconcertant : on attendrait plutôt des éléphants dans une chanson de geste ; leur présence dans l'armée des Saxons, peuple en général nordique, ne paraît guère plausible. Cela confirme l'impression que tous les païens, sarrasins et saxons, sont rassemblés dans une même catégorie.

Paragraphe 286.

a. au roi   B. *Nous complétons d'après P.* ◆◆ *b.* loisisir   B. *Nous corrigeons d'après P.*

Paragraphe 288.

a. seroi   B. *Nous corrigeons.* ◆◆ *b.* n'oit   B. *Nous adoptons la leçon de P.*

Paragraphe 293.

1. On rencontre à maintes reprises dans les scènes de combats des phrases de ce genre qui emprunte au style formulaire des chansons de geste. Un autre élément hérité des chansons de geste est le recours systématique à l'hyperbole dans la description des blessures infligées aux chevaliers.

Paragraphe 294.

a. fuissies   B. *Nous adoptons la leçon de P.* ◆◆ *b.* monte   B. *Nous corrigeons.*

Paragraphe 297.

a. avoit   *B. Nous corrigeons.*

Paragraphe 298.

1. Pourquoi un épieu ? Pourquoi *merveillous* ? L'épieu est normalement une arme de chasse, et non de guerre. L'excuse selon laquelle le
héros n'est pas encore adoubé n'est plus valable ici. Il faudrait supposer une origine surnaturelle du roi Clarel, nécessitant l'usage de
mesures particulières pour en finir avec lui.

2. Sous la selle, le cheval de guerre porte un « tapis », constituant
une sorte de véritable robe — recouvrant le poitrail, les flancs et les
jambes du cheval. On utilise cette housse pour représenter les armoiries du chevalier.

3. Il semble qu'il s'agisse de *représentations* de barbes et de couronnes (celles des rois vaincus dont Rion a pris la barbe) ; dans le cas
d'un « vrai » géant aux Barbes, la preuve de son triomphe est un
manteau fait de toutes les barbes de tous les rois conquis, et il désire
l'achever en mettant à la place d'honneur, c'est-à-dire au bord et au
col, la barbe du roi Arthur (voir § 727).

4. C'est-à-dire que le roi géant, d'origine clairement surnaturelle,
est protégé par un objet également surnaturel, ou magique, en tout
cas maléfique : le serpent, *a fortiori* la serpente, ont mauvaise presse au
Moyen Âge, puisqu'ils rappellent la séduction d'Adam et Ève par le
serpent diabolique dans le jardin du paradis.

Paragraphe 302.

a. a .I. coste   *B. Nous corrigeons.* ◆◆ *b.* le gaiant   *B. Nous corrigeons
d'après P.* ◆◆ *c.* que petit   *B. Nous complétons.* ◆◆ *d.* .XXVIII.   *B. Nous
corrigeons.*

1. Il n'est pas concevable qu'un bouclier soit fait en dos d'éléphant à moins de considérer son cuir comme particulièrement solide,
ce qui n'est pas le cas.

2. Les yeux très écartés, ou au contraire trop rapprochés, sont des
traits classiques du portrait monstrueux, peut-être parce qu'ils rapprochent l'homme de son animalité.

Paragraphe 303.

a. il ot   *B. Nous corrigeons.* ◆◆ *b.* jeta encontre   *B. Nous complétons
d'après P et L.*

1. La massue est l'arme par excellence du géant, selon un modèle
qui remonte à Hercule. C'est l'arme de la force brute, et l'arme anti-
chevaleresque par définition. Cependant Rion est récupéré par le
système courtois, ce qui conduit le texte à lui attribuer l'« épée »
d'Hercule (voir § 304).

Paragraphe 304.

a. coison   *B. Nous corrigeons.* ◆◆ *b.* Talcidoine   *B. Nous corrigeons.*
◆◆ *c.* pain[t   *exponctué*]e   *B*

1. Il est intéressant de voir émerger soudain un substrat mythologique sans aucun rapport avec le récit en cours, si ce n'est peut-être sur le plan symbolique. En quelques lignes sont convoqués à la fois l'aventure de la Toison d'or, le sinistre destin de Médée (mais de manière passablement cryptique), et l'histoire fondatrice des « Sept contre Thèbes », c'est-à-dire le combat fratricide d'Étéocle et de Polynice. Les données de base sont un peu modifiées — par exemple, Polynice devient le « beau-frère » d'Étéocle, au lieu d'être celui de Tydée, ce qui affaiblit l'horreur de leur combat final. Il reste un problème cependant, car si Hercule a été preux et vaillant, le roi Rion, vaillant lui aussi, n'en est pas moins un géant et un Saxon, bref, un « méchant » du point de vue de l'histoire arthurienne. Il est difficile de concilier deux horizons culturels différents.

2. Il s'agit probablement de Vulcain.

Paragraphe 307.

a. boue *B. Nous adoptons la leçon de L.* ✦✦ *b.* Londres *P* ✦✦ *c.* le portera *B. Nous corrigeons d'après P.*

1. Allusion contournée à la mort d'Angis, tué en effet par Uter (voir *Merlin*, § 90), mais dans des circonstances assez différentes de celles auxquelles le géant semble se référer.

2. Cet artefact est mentionné dans le *Livre d'Artus* édité par O. Sommer, mais il n'est pas possible de se faire une idée de sa nature. Le fait qu'elle soit liée au terme des aventures du royaume de Logres tendrait à la rapprocher du Graal, et il semble qu'elle soit tout à fait démoniaque : on pourrait la comparer, sous toutes réserves, à l'étrange « objet volant » que constitue dans les *Prophesies de Merlin* une pierre dans laquelle a été enfermé le démon père de Merlin, en punition de son crime. Mais ce n'est qu'une hypothèse. West la rattache au mythe de la Gorgone Méduse.

3. Variante du gouffre de « Satellie » dans le *Livre d'Artus* ; selon West, on peut l'identifier avec le gouffre de Satalia, en Asie Mineure. Mais la forme suggérerait peut-être aussi un lien avec « Sathan » : la Semblance démoniaque retournerait ainsi au diable, son créateur. Judas désigne Judas Maccabée, probablement, mais la coïncidence ne peut être accidentelle.

Paragraphe 308.

1. Si certains noms de rois saxons géants, qui foisonnent dans le texte, correspondent à des traditions onomastiques bien établies, d'autres semblent relever de la pure fantaisie vocale.

Paragraphe 311.

a. poig *B. Nous corrigeons.* ✦✦ *b.* amont *répété dans B.*

Paragraphe 312.

a. Or dist li contes que *seulement dans B.* ✦✦ *b.* si durement *manque dans B. Nous complétons d'après P et L.*

1. Normalement les combattants respectent la règle chevaleresque du « duel »; le code de l'honneur n'existe pas chez les géants, et ici les rois païens n'hésitent pas à attaquer à un contre dix.

Paragraphe 313.

a. sont   B. *Nous corrigeons.*

Paragraphe 314.

a. qui sont   B. *Nous corrigeons.*

Paragraphe 316.

a. met [a   *exponctué*] pie   *B*

1. Exceptionnellement, on trouve ici l'annonce d'un nouveau sujet avant la rubrique qui marque le changement de fil narratif.

Paragraphe 318.

a. Guyomas   B. *Nous corrigeons.*

Paragraphe 320.

a. compaignnon si se   B. *Nous complétons d'après P.* ◆◆ *b.* fust mors B. *Nous corrigeons.*

1. Il s'agit très probablement d'une confusion sur le nom de Gornain Cadrus, chevalier bien connu qu'on a déjà eu l'occasion de voir mentionné dans les listes. L'erreur est signalée dans l'*Index* de West.

Paragraphe 321.

a. et si bruiant   *répété dans B.*

1. Ce Galaad, géant peu recommandable, est parfois associé ou assimilé à Galehaut, le futur Prince des Lointaines îles, fils de la Belle Géante.

Paragraphe 322.

a. Bedyngran   *répété dans B.*

Paragraphe 323.

a. branller   B. *Nous corrigeons.* ◆◆ *b.* au Rion   B. *Nous complétons.* ◆◆ *c.* a la terre estendu   B. *Nous corrigeons d'après L.* ◆◆ *d.* qui   B. *Nous corrigeons.*

Paragraphe 324.

1. Ce sont en tout cas des membres importants de l'entourage d'Arthur, même si les listes ne sont pas tout à fait stables.

Paragraphe 326.

1. La leçon du manuscrit, « aux deux Saxons », ne fait pas sens ; nous tentons une reconstruction plausible.

Paragraphe 327.

a. asses car   *B. Nous complétons d'après P.*

Paragraphe 328.

a. lor venus jusqu'a   *B. Nous complétons d'après P.* ◆◆ *b.* chevalier *répété dans B.*

1. Caullas, Collocaulus : tous ces noms sont purement fantaisistes, et s'engendrent les uns les autres par euphonie.

Paragraphe 329.

a. estoient si   *B. Nous complétons d'après P.* ◆◆ *b.* des   *B. Nous corrigeons.*

1. Merlin ne combat pas selon les techniques habituelles ; en fait, on ne le voit à peu près jamais user de la lance ou de l'épée, et tuer quelqu'un de ses propres mains, en chevalier. Mais cette relative innocuité de Merlin est conforme au souci du salut de son âme qu'il manifeste à plusieurs reprises : il ne veut pas risquer la damnation pour avoir tué des hommes, fussent-ils saxons, païens, ou géants.

Paragraphe 330.

a. molt fols   *B. Nous complétons d'après P.*

Paragraphe 336.

a. cha en ariere   *B. Nous corrigeons.*

Paragraphe 337.

a. remancier   *B. Nous adoptons la leçon de P et L.*

1. Dames — mariées — et jeunes filles sont vêtues et coiffées de manière différente, ce qui explique que l'on puisse les distinguer à distance.
2. Ou « envers l'amour », voire le Dieu d'Amour. La fidélité aux principes de la *fin'amor* peut parfois être différente de la fidélité à une seule dame.
3. Tout comme Merlin, Guinebaut ne veut s'attacher qu'à une vierge. Doit-on voir dans cette sélectivité opposée aux principes de l'amour courtois, qui privilégie au contraire comme objet d'amour la dame dûment mariée, un souvenir des conceptions folkloriques (encore en vigueur dans certaines sectes de sorcellerie moderne), selon lesquelles seules les vierges sont à même de pratiquer la magie ?
4. C'est bien l'un des toponymes les plus étranges de tout le corpus des romans en prose, sur lequel nous ne possédons pas

d'indications. Une chose est certaine, il s'agit manifestement d'une contrée surnaturelle, d'une sorte d'Autre Monde.

5. Dans le *Lancelot*, c'est la couronne de son père, le roi Ban, que le héros éponyme découvrira au Val sans Retour.

Paragraphe 338.

a. s'alorent   *B. Nous corrigeons.*

1. Comment humaniser un enchantement irréaliste : dans les légendes, on se préoccupe rarement de détails matériels de ce type. Mais le roman en prose, dans sa volonté d'exhaustivité, ne peut pas passer sous silence ces questions. Non seulement il faut fournir l'étiologie du Val sans Retour, mais il faut encore en préciser les modalités pratiques, dont personne ne se souciait dans les textes antérieurs.

Paragraphe 339.

a. gieu ne   *B. Nous complétons d'après P.*

1. Il s'agit bien sûr de Lancelot qui est le seul héros à pouvoir remplir toutes ces conditions ; ce qui n'est pas étonnant, puisque le scénario a été conçu « sur mesure » pour lui. Dans tout cet épisode, l'auteur a présent à l'esprit le *Lancelot*, et suit scrupuleusement son modèle.

Paragraphe 340.

1. Référence au roman en vers attribué à Raoul de Houdenc, *Meraugis de Portlesguez.* La « paternité » du château Tournoyant est plutôt en général attribuée à Merlin lui-même, ou encore à Virgile.

2. Grâce à un jeu virtuose sur les temps et les épisodes, le texte ramène tout d'un coup le lecteur à la situation présente, par l'intermédiaire du roman d'amour du roi Arthur, tout juste marié avec celle qui sera la reine Guenièvre, et la dame de Lancelot. Le jeu d'échecs, chargé d'une très forte valeur symbolique, apparaît fréquemment dans les romans.

Paragraphe 342.

1. Le roi Amant fait l'objet d'un traitement exceptionnellement nuancé : certes, il attaque Bohort, et ce faisant il est dans son tort, mais en même temps il se comporte de manière parfaitement chevaleresque, en privilégiant le combat singulier par opposition à la bataille rangée, et en exigeant de ses vassaux qu'ils adoptent eux aussi une attitude pour ainsi dire « courtoise ».

Paragraphe 343.

a. Gingauber il   *B. Nous corrigeons.*

1. Est-ce un hasard si les « mauvais chevaliers » qui refusent d'accepter la loi des armes, et d'entériner la décision de leur seigneur, portent le nom des personnages plutôt négatifs du *Conte du Graal,*

Guingambresil et Guiromelant? Par ailleurs le choix du nom d'Amant pour le roi peut suggérer une lecture allégorique et mystique, le « roi Amant » étant dans certains récits de ce type le Christ en démêlés avec le diable et les hommes récalcitrants.

Paragraphe 344.

a. mie vous   *B. Nous corrigeons d'après P.* ◆◆ *b.* compaingnie pour et *B. Nous corrigeons.*

Paragraphe 346.

a. et que   *B. Nous corrigeons.*

Paragraphe 347.

1. Les passages du « tu » au « vous » dans cette séquence correspondent aux oscillations émotionnelles des personnages ; mais il est difficile de les respecter en français moderne.
2. Dans ce contexte, on peut se demander si ce personnage n'est pas inspiré de Bran de Lis, frère de la demoiselle de Lis que rencontre Gauvain dans la *Première Continuation* du *Conte du Graal*.

Paragraphe 348.

a. del roi et   *B. Nous complétons d'après P.*

1. On l'a d'abord appelé clerc ; visiblement, il constitue l'une de ces exceptions dont le roman se méfie toujours un peu : un homme d'Église qui est aussi un guerrier, un guerrier qui est aussi un homme cultivé.

Paragraphe 349.

1. La réponse de Merlin ne manque pas d'ironie : ce héros est bien sûr Lancelot dont le père ne sera autre que le roi Ban, auteur de la question.

Paragraphe 352.

a. saisnes   *B. Nous corrigeons d'après P et L.*

Paragraphe 353.

a. a [s   *exponctué*] mon   *B* ◆◆ *b.* sont une partie   *B. Nous adoptons la leçon de P.* ◆◆ *c.* vostre a   *B. Nous complétons d'après P.* ◆◆ *d.* entre *B. Nous corrigeons d'après L.* ◆◆ *e.* qu'il   *B. Nous corrigeons.*

1. Discours moralisant en désaccord avec l'image traditionnelle de Gauvain.
2. Arthur a au plus dix-huit ans, mais le texte entame déjà le processus de différenciation qui oblitère complètement dans la suite du cycle le fait que Gauvain et Arthur ont pratiquement le même âge.
3. Il s'agit là d'une connotation positive.

Paragraphe 354.

a. soies et *B. Nous complétons d'après* L. ◆◆ *b.* car piecha ne s'estoient *répété dans B.*

1. Officiellement, ils ne se sont même jamais vus ; cette réunion de famille laisse perplexe, lorsqu'on songe aux circonstances de la première, et unique, rencontre d'Arthur et de la femme de Loth, qui a abouti à la naissance de Mordret (voir § 59).

2. Lapsus intéressant : Merlin n'était pas présent lors de la scène fondatrice de «l'épée dans le roc» (§ 197-199) ; même si le lecteur n'a jamais vraiment douté de sa responsabilité dans les événements, c'est autre chose de le voir ici tacitement admis par l'inconscient du texte.

Paragraphe 356.

a. d'une part qu'il furent *B. Nous complétons d'après* P. ◆◆ *b.* qu'il *B. Nous corrigeons.*

1. Il est difficile de déceler ici la trace d'une liaison amoureuse entre Merlin et Morgain ; le texte, pourtant, n'hésite pas en général à appeler un chat un chat. Il est possible qu'il désire éviter toute confusion possible entre Morgain et Niniane, et veuille, en quelque sorte, ne pas déflorer son sujet.

Paragraphe 357.

1. «Monseigneur Gauvain» est le titre particulier décerné au neveu (et héritier, de fait) du roi Arthur, dans presque tous les romans, en prose ou en vers, par les instances d'énonciation. Parfois, ce privilège est partagé par Yvain, peut-être en raison de la ressemblance phonétique des deux noms.

Paragraphe 361.

a. Yvain ses qu'il *B. Nous complétons d'après* P. ◆◆ *b.* comment fait li rois comment fait li rois Artus *B. Nous éliminons la répétition.*

1. Légère incohérence géographique pour une campagne qui va se dérouler en Bretagne ou du côté de Bourges.

2. Merlin semble avoir de sérieuses réticences à traverser l'eau par des moyens normaux, c'est-à-dire en bateau : c'est en général le moment qu'il choisit pour s'absenter. Est-ce lié aux tabous qui pèsent sur beaucoup de créatures surnaturelles à propos de l'eau vive ?

Paragraphe 362.

1. C'est apparemment une réaction curieuse et inappropriée, mais en fait logique : parmi les prophéties de Merlin, il en figure un certain nombre concernant la Blanche Serpente, selon le paradoxe habituel des prédictions, le fait que le prophète ait prophétisé sa perte l'empêche de prendre des mesures pour l'éviter.

Paragraphe 363.

a. Or   *seulement dans B.* ✦✦ *b.* gant   *B. Nous corrigeons.* ✦✦ *c.* foillu que   *B. Nous complétons.*

1. Remarque significative : une traversée ordinaire n'est jamais sans danger au Moyen Âge.

Paragraphe 364.

a. Or dist li contes que   *seulement dans B.*

Paragraphe 365.

a. chascun vint   *B. Nous complétons d'après P.*

1. Ce personnage est inconnu par ailleurs ; il y a une évidente confusion à propos de la Gaule et de son souverain ; dans d'autres passages, le roi légitime est mort, et Frolle d'Allemagne a été nommé régent par l'empereur, ou les sénateurs, de Rome. Cette version des faits ne saurait fonctionner dans un roman où l'empereur de Rome contemporain du jeune Arthur est censément Jules César (voir § 421 et n. 1).

Paragraphe 366.

a. remes   *B. Nous adoptons la leçon de P.*

1. Il s'agit peut-être de Brocéliande, dont les limites sont assez imprécises au Moyen Âge ; on a proposé aussi une identification avec la forêt de Brossay, et avec Saint-Brieuc. (PH. W.)

Paragraphe 372.

a. et Phariens […] une part   *lacune dans B. Nous complétons d'après P.*

Paragraphe 373.

a. Or dist li contes que   *seulement dans B.* ✦✦ *b.* oïrent qui   *B. Nous complétons.* ✦✦ *c.* ust   *B. Nous corrigeons d'après P.*

Paragraphe 375.

1. Il ne serait pas suprenant que Frolle, lui aussi, soit de la race des géants.

Paragraphe 376.

a. et ocient   *répété dans B.* ✦✦ *b.* et ses freres […] Nantre   *lacune dans B. Nous complétons d'après P.* ✦✦ *c.* mais par grant […] le col del cheval   *lacune dans B (saut du même au même). Nous adoptons la leçon de P.*

Paragraphe 378.

a. onques   *répété dans B.*

Paragraphe 379.

a. pres   B. *Nous adoptons la leçon de P.* ✦✦ *b.* u   B. *Nous corrigeons.* ✦✦ *c.* Gannes   B. *Nous corrigeons.*

1. C'est un délicat euphémisme : l'intertexte est ici le *Lancelot* dans son ensemble et *La Mort le roi Artu*. De fait, le texte est conscient d'une redite, dans la mesure où la campagne de Gaule d'Arthur a déjà eu lieu dans les romans précédemment écrits (ou aura lieu, selon la chronologie des événements).

Paragraphe 380.

a. Or dist li contes en ceste partie que   *seulement dans B.* ✦✦ *b.* qua B. *Nous corrigeons.*

Paragraphe 381.

1. Il arrive fréquemment que des chevaliers s'engagent à combattre aux côtés l'un de l'autre pendant un tournoi ; ce qui est ici déconcertant dans cette requête courtoise, c'est qu'elle a lieu lors d'une véritable bataille rangée.

Paragraphe 382.

a. il a a non Claudas [...] Gavains   *lacune dans B (saut du même au même). Nous complétons d'après P et L.*

Paragraphe 383.

a. dus d'Alemaigne   B. *Nous complétons.* ✦✦ *b.* et lui   B. *Nous adoptons la leçon de P.*

Paragraphe 385.

a. duc d'Alemaigne   B. *Nous complétons.*

Paragraphe 386.

a. parmi   *répété en début de folio dans B.* ✦✦ *b.* si serrent   B. *Nous adoptons la leçon de P.*

Paragraphe 388.

a. Or dist li contes que   *seulement dans B.* ✦✦ *b.* c'estoit   B. *Nous corrigeons.*

Paragraphe 390.

a. Gannes   B. *Nous corrigeons.* ✦✦ *b.* longement et   B. *Nous complétons d'après P.* ✦✦ *c.* molt fier *[p. 1197]* *répété dans B.* ✦✦ *d.* pas jour B. *Nous adoptons la leçon de P.*

Paragraphe 392.

a. Antoines   *B. Nous corrigeons.*

1. Pour la première fois, il s'agit d'une guerre que l'Église ne peut approuver, puisqu'elle oppose deux armées chrétiennes (plus ou moins). Le chiffre des pertes est tout aussi invraisemblable que ceux des effectifs.

Paragraphe 393.

a. Or dist li contes que   *seulement dans B.* ◆◆ *b.* part mais   *B. Nous complétons d'après P.*

Paragraphe 394.

a. Gannes   *B. Nous corrigeons.*

Paragraphe 395.

a. Gannes   *B. Nous corrigeons.*

Paragraphe 396.

a. reprocie [...] esploitie   *lacune dans B. Nous complétons d'après P.*

Paragraphe 397.

a. faites   *B. Nous corrigeons.* ◆◆ *b.* nous le   *B. Nous complétons.*

1. Merlin feint souvent la colère pour mieux circonvenir ses interlocuteurs : c'est bel et bien le cas ici.

Paragraphe 398.

1. Il ne s'agit pas ici d'un rire prophétique, mais du rire moqueur d'un personnage machiavélique qui s'aperçoit que ses manipulations réussissent.

Paragraphe 400.

a. hardi avoient   *B. Nous complétons.* ◆◆ *b.* B répète ici   tous jours   .

Paragraphe 401.

1. L'événement est si rare, et si grave, que la phrase reprend mot pour mot la rubrique. Un roi n'est pas censé s'exposer dangereusement, et il ne combat pas seul, normalement, mais au milieu de ses compagnons, qui composent sa garde personnelle en quelque sorte. Le danger est souligné par la réaction de panique des troupes d'élite qui chargent sans hésiter pour retrouver leurs seigneurs.

Paragraphe 402.

a. au   *B. Nous corrigeons.*

Paragraphe 404.

   a. qu'il   *B. Nous corrigeons.*

Paragraphe 405.

   a. la   *répété dans B.*

Paragraphe 406.

   a. si fu   *B. Nous complétons d'après P.*

   1. Assez rare intervention d'une première personne d'énonciation, qui fait exceptionnellement l'économie d'une longue liste de chevaliers.

Paragraphe 407.

   a. sire   *B. Nous adoptons la leçon de P.*

Paragraphe 408.

   a. autre pas   *B. Nous corrigeons d'après L.*

Paragraphe 410.

   1. Au Moyen Âge, les chevaliers, et les écuyers, dorment en général ensemble dans la salle commune, où l'on fait les lits tout de suite après avoir enlevé les tables à tréteaux. Les romans de Tristan montrent clairement que même le couple royal ne dispose pas de ce que l'époque moderne considère comme une intimité indispensable. C'est donc un traitement de faveur qui est réservé aux six chevaliers.

Paragraphe 411.

   1. Le recours au terme « vision » se justifie à la lumière de la suite. Afin d'éviter l'équivalence toujours menaçante entre « songe » et « mensonge », le texte emploie le vocabulaire de la « pensée », de la réflexion profonde dans laquelle on s'absorbe tout entier, mais qui n'a, normalement, rien à voir avec le sommeil. De fait, cette vision, singulièrement détaillée et articulée, se prolonge davantage que la plupart des rêves romanesques.

Paragraphe 412.

   a. lyon mouvoient   *B. Nous complétons d'après P.* ◆◆ *b.* bataille *répété dans B.* ◆◆ *c.* c'onques si   *B. Nous complétons.* ◆◆ *d.* qui   *B. Nous corrigeons.*

   1. Est-ce une allusion aux « torques » d'or que portaient les personnages importants à l'époque celtique ? Sinon, à quel épisode précis de l'épopée de Lancelot et Galehaut cela peut-il faire référence ?

Paragraphe 413.

   a. Gannes   *B. Nous corrigeons.*

1. Comme dans un rêve véritable, il est possible d'« identifier » des personnages ou des animaux en fonction d'une logique différente de celle de la vie courante, mais néanmoins cohérente à l'intérieur de son système. En revanche, la glose ne parvient pas toujours à décrypter toutes les allusions contenues dans une vision de ce type — surtout si l'on admet qu'il peut y avoir entre la *Vulgate* du *Lancelot* et le songe prémonitoire de la reine un écart aussi considérable qu'entre les derniers volets du cycle en général, et les références des *Premiers Faits.*

Paragraphe 414.

1. C'est le signe suprême de l'élection divine : la même faveur est accordée à Galaad dans *La Queste del saint Graal.*

Paragraphe 416.

1. Si l'on en juge par l'âge de Lancelot au début du roman éponyme, cette longue trêve ne peut guère excéder trois ans.

2. Ce nom a été donné à ce monastère en raison de la présence des deux reines. Tout ce passage s'inspire scrupuleusement des données ultérieures du cycle.

3. Cette ingratitude noire d'Arthur pose un grave problème, après la longue parenthèse des *Premiers Faits* qui démontrent que c'est grâce à Ban et Bohort que le jeune roi a pu asseoir solidement sa puissance. Ce qui pourrait n'être qu'une omission sans importance dans le cadre restreint du *Lancelot* prend ici une valeur beaucoup plus grave, et difficile à justifier, malgré les efforts du texte.

Paragraphe 418.

a. mesire li rois Artus et Gavains *B. Nous corrigeons.* ◆◆ *b.* couronnes un *B. Nous complétons d'après P.* ◆◆ *c.* et li .IV.C. torel *lacune dans B. Nous complétons d'après P.* ◆◆ *d.* tant *répété dans B.* ◆◆ *e.* senefie car *B. Nous complétons d'après P.* ◆◆ *f.* si *B. Nous corrigeons.*

1. Inconnu — jusqu'alors — ou « méconnu », ou encore *incognito.* Dans une certaine mesure les trois sens peuvent s'appliquer à Lancelot.

Paragraphe 419.

a. l'amoit merveilles *B. Nous complétons d'après L.*

1. S'agit-il d'une illusion, comme celle d'Alis dans *Cligès* (voir Chrétien de Troyes, v. 6595-6604, *Œuvres complètes*, p. 332), ou d'une sorte d'impuissance ? Et ces « paroles » inscrites à même le corps de la demoiselle ont-elles pour effet d'endormir Merlin, comme elle le lui a longtemps demandé, ou relèvent-elles d'un autre type d'enchantement, plus « dur », sur lequel le texte passerait pudiquement ?

2. Remarque misogyne en définitive sans fondement, parce qu'on ne peut pas dire que Niniane trompe le fils du diable : il sait très bien ce qui va lui arriver. Mais c'est le destin, et il s'y soumet volontairement.

Paragraphe 420.

a. Cl'.   B. *Nous développons.* ◆◆ *b.* conme sire   B. *Nous corrigeons.*

1. Ces «lectures» donnent une version très expurgée des faits ; d'autres textes, par exemple le *Merlin-Huth*, disent très clairement que tout ce qui intéresse Merlin, c'est le pucelage des demoiselles qu'il fréquente, et qu'il parvient en général à ses fins en usant de la monnaie d'échange séduisante que constituent ses dons de magicien, qu'il promet de transmettre à ses victimes. Victimes, toutefois, le plus souvent consentantes : les *Prophesies de Merlin* mettent en scène avec un humour dont on se demande s'il est conscient une série de demoiselles qui viennent rendre visite à Merlin expressément dans l'intention de coucher avec lui, et de devenir ainsi les meilleures magiciennes du monde, au grand scandale du très orthodoxe maître Blaise, scribe attitré de Merlin. Niniane, la Dame du Lac, est la seule à éprouver des réserves, plus ou moins marquées, à l'endroit de ce dernier.

Paragraphe 421.

a. Gannes   B. *Nous corrigeons.*

1. Le terme est très ambigu : dans le contexte, et si l'on admet que c'est Jules César l'empereur dont il est question dans la suite, il désigne l'Empire romain d'Occident ; mais à l'époque où le roman a été composé, la Romenie est le territoire qui entoure Constantinople, et qui a été conquis par les croisés après la prise de Constantinople en 1204 : autrement dit, l'empire latin. *Les Premiers Faits du roi Arthur*, avec par exemple le personnage de Sagremor, petit-fils de l'empereur de Constantinople, témoignent d'une certaine fascination pour l'Orient byzantin, et s'efforcent de fondre en un ensemble cohérent la « matière de Bretagne » et la « matière de Rome la grant », ou plus sûrement de Constantinople.

Paragraphe 422.

a. die voirs   B. *Nous complétons d'après P.*

1. Le récit qui suit constitue le sujet d'un roman indépendant du début du XIIIᵉ siècle, le *Roman de Silence*, par Heldris de Cornouailles. Le personnage de la jeune fille déguisée en homme y porte le nom de « Silence », évidemment plus significatif que celui de Grisandole-Avenable. Ce motif cependant n'est pas unique, et il va connaître pendant les XIVᵉ et XVᵉ siècles une belle carrière. Il est combiné ici avec d'autres, qui ressortissent à des traditions différentes ; ainsi, le thème de l'impératrice adultère apparaît déjà en relation avec Merlin dans la *Vita Merlini* en vers de Geoffroy de Monmouth : dans cet ouvrage, c'est Ganieda, la propre sœur de Merlin, qui joue ce rôle, et qui parvient d'ailleurs à convaincre son époux que son frère déraisonne. À la différence de l'impératrice de notre conte, elle échappe donc au châtiment. Il semble donc que cette histoire soit liée d'une façon ou d'une autre au personnage de Merlin, et par souci d'exhaustivité il convient de l'insérer dans un roman qui est, entre autres choses, une « biographie » du prophète ; or, comme Merlin ne va pas

tarder à être la victime de Niniane, il est urgent de replacer dans l'œuvre en cours ce morceau de bravoure qu'il serait désolant d'omettre.

2. Cette affirmation pose un problème : les romans bretons savent très bien que César n'est pas le contemporain d'Arthur : lorsque le roi de Logres passe sur le continent pour faire la guerre aux Romains, il faut lui inventer des adversaires de piètre envergure, Lucius ou Frolle d'Allemagne parce que précisément mettre en scène le conflit entre Arthur et César constituerait un anachronisme par trop criant. D'un point de vue strictement historique, il va de soi d'abord que César n'a jamais été empereur, et ensuite que sa femme n'avait rien à voir avec la figure pour ainsi dire classique de l'impératrice adultère.

3. Cette mascarade, relatée avec un grand luxe de détails, fait partie du matériau narratif rattaché au cycle des « Sept Sages de Rome ».

Paragraphe 423.

a. qui *B. Nous corrigeons.* ◆◆ *b.* et ele se fist […] toute sa terre *lacune dans B (saut du même au même). Nous complétons d'après P.* ◆◆ *c.* s'il *B. Nous corrigeons.*

1. La mention de Frolle d'Allemagne, que l'on a vu intervenir dans le épisodes précédents aux côtés de Claudas (§ 356), contribue à rattacher l'épisode parfaitement indépendant et hétérogène de Grisandole-Avenable au canevas des *Premiers Faits du roi Arthur*, dont Merlin lui-même n'est qu'un élément « rapporté » en quelque sorte.

2. C'est une situation strictement symétrique de celle de l'impératrice et de ses « lieutenants », mais ici la relation est parfaitement honorable. Son ambiguïté sera pourtant rendue manifeste par le mariage final de l'empereur avec Grisandole, c'est-à-dire du seigneur avec son sénéchal.

3. Si Grisandole n'a pas de signification particulière, Avenable connote l'agrément et la douceur « féminine » ; mais l'élément important ici est que la jeune fille ait été baptisée : elle est donc presque nécessairement un personnage positif. Il plane des doutes inquiétants sur la conversion des Romains — celle de Jules César, en particulier.

Paragraphe 424.

1. Juste une ombre de misogynie dans ce détail ; évidemment, en l'occurrence, il est heureux que l'empereur ne se confie pas à sa femme : celle-ci, comme toutes ses pareilles, est plus adepte que les hommes de l'art du déchiffrement des songes, et elle pourrait bien deviner la signification de celui-ci.

Paragraphe 425.

a. con *B. Nous corrigeons.*

1. Comme s'il en était besoin à ce stade, le cerf porte sur lui le signe de son appartenance au monde surnaturel, avec ce pied blanc qui le rattache à tous les cerfs et sangliers blancs chassés dans nombre de romans arthuriens. Ce détail, ainsi que celui des bois

gigantesques, tend à occulter l'aspect le plus spectaculaire de l'affaire : jusqu'à présent, si l'on a vu Merlin adopter toutes sortes de *semblances* humaines, il ne s'est jamais transformé en animal. Bien que cette métamorphose soit rationalisée et présentée comme une manifestation de l'« art » de Merlin, c'est-à-dire de sa magie, il est probable qu'elle remonte à un état antérieur de la légende, selon lequel Merlin est non seulement un Homme Sauvage — comme la suite va le rappeler —, mais une sorte de divinité animale, un dieu-cerf comme le Cernunnos gaulois. Cette identification est confirmée par l'épisode curieux de la *Vita Merlini* au cours duquel le prophète, chevauchant un gigantesque cerf, apporte à sa femme en cadeau de remariage (ou en guise de compensation pour sa répudiation ?) un grand troupeau de bêtes de ce type ; apercevant par malheur le nouveau mari de son épouse, il retombe dans sa folie, tue son remplaçant en lui jetant à la tête les bois du cerf qu'il a arrachés d'un geste, et s'enfonce à nouveau dans la forêt avec sa harde (*Vita Merlini*, v. 451-472, *Le Devin maudit*, sous la direction de Ph. Walter, ELLUG, Grenoble, 1999).

2. La scène a quelque chose de surréaliste, dans la manière dont elle accumule les éléments merveilleux du ton le plus naturel qui soit ; non seulement Merlin s'est transformé en cerf, non seulement ce cerf a causé des ravages dans la ville et le palais (ce qui constitue sans doute une réécriture de rituels païens qui ne sont plus compris au XIIIe siècle), non seulement l'animal parle, mais encore il profère des prophéties analogues à celle que privilégie sous sa forme humaine le « prophete des Englois », c'est-à-dire remarquables par leur obscurité.

Paragraphe 426.

1. En élucidant sans autre forme de procès l'une des énigmes de la prophétie du cerf, l'empereur fait preuve d'un singulier discernement, puisqu'il identifie le « lion sauvage » de la prédiction avec un type humain bien répertorié dans les textes médiévaux, celui de l'Homme Sauvage, *homo silvaticus*, dont la sauvagerie n'est pas, en théorie, la même que celle du lion.

2. À partir de maintenant, et en dépit des proférations de l'homme sauvage, Grisandole va toujours être mentionné sous ce nom, et désigné par des pronoms masculins, comme si le texte oubliait ce qu'il a révélé plus haut à son sujet.

Paragraphe 427.

1. En revanche, le cerf, qui bien sûr est Merlin, mais qui remplit ici la fonction d'une voix céleste, l'appelle par son nom de baptême, féminin.

2. Intéressante recette pour attraper un homme sauvage : elle comporte une opposition qui ravirait un anthropologue entre « le cru et le cuit » : l'homme sauvage, réduit à une diète de viande crue, est tout naturellement séduit par un plat qui symbolise les raffinements de la société médiévale, à savoir de la viande épicée et bien cuite, accompagnée de pain, lui-même chaud. (C'est d'ailleurs non

seulement un plat qui oppose la nourriture sauvage, non préparée par l'homme, à la nourriture transformée par l'industrie humaine, mais aussi une nourriture aristocratique par opposition au menu plus simple des paysans, classe à laquelle on pourrait croire cependant que l'homme sauvage appartient par sa naissance.) Il semble cependant qu'il y ait encore autre chose dans cette énumération de mets pour attraper l'homme sauvage : la mise en scène que le cerf recommande à Grisandole fait penser à de vieux rites païens au cours desquels on offrirait à quelque divinité sylvestre du lait, du miel, et des gâteaux.

Paragraphe 428.

1. Il s'agit donc, clairement, d'une mystification du type de celles qui figurent dans le *Merlin* propre ; pour celle-ci, cependant, Merlin se conforme avec une précision touchante aux indications du folklore concernant les Hommes Sauvages. Par ailleurs, étant donné qu'il « signera » finalement son intervention, on peut se demander quelle est l'utilité de cet *incognito*.

Paragraphe 429.

a. l'embrace come derues   *B. Nous éliminons l'intrusion.*

1. Là encore, le récit de cette improbable scène — l'homme sauvage ne se réveillant qu'après avoir subi sans broncher toutes les manipulations de ses ravisseurs — suggère des allusions à un vieux fonds cultuel et à des rites dont le sens n'est plus perçu. Il n'est pas sans importance non plus que ce soit Grisandole, c'est-à-dire la féminité masquée, qui vienne à bout de la virilité brutale de l'homme sauvage, par une sorte d'étreinte paralysante.

Paragraphe 430.

a. se   *B. Nous corrigeons.*

1. L'homme sauvage présente les mêmes caractéristiques que Merlin : sur le point de vaticiner, il éclate de rire, comme les premiers avatars du prophète éclatent en sanglots. Ce rire, qui comme dans le *Merlin* va recevoir une explication presque rationnelle, ne signale pas seulement le début de la « transe » prophétique, d'ailleurs limitée dans le temps, mais attire l'attention des autres personnages sur une occurrence qui mérite d'être commentée. C'est ce rire qui suscite ici les questions de Grisandole, qui semble avoir d'abord considéré sa capture comme une « bête mue » qu'il est inutile d'interroger.

2. Ces imprécations ont un sens général et un sens conjoncturel : ce sont des épithètes que l'on utilise généralement pour désigner la femme, Ève déceptrice et traître au genre humain (les deux comparaisons animales appartiennent *verbatim* au langage clérical sur la femme, présent chez les Pères de l'Église) ; mais par ailleurs, alors que dans cette occurrence les auditeurs ne peuvent identifier la citation en l'absence de « femme » pour supporter la métaphore, Grisandole-Avenable est effectivement une « créature trompeuse et décevante », même si son mensonge est pour le bon motif.

Paragraphe 432.

a. et Grisandoles [...] pour oïr messe   *lacune dans B (saut du même au même). Nous complétons d'après P.* ◆◆ *b.* Grisandoles s'en   *B. Nous complétons d'après P.*

1. Comme dans le *Merlin* propre, le trajet de la forêt à la cour est l'occasion de mettre à l'épreuve la subtilité de Merlin, c'est-à-dire ici de l'homme sauvage. Mais les circonstances des deux épisodes sont beaucoup plus complexes que dans le premier roman, conformément à une surenchère qui fait du magicien un véritable oracle infaillible. En outre, alors que la première séquence relève du folklore, celle qui va suivre se rattache de manière détournée à la « matière » du Graal, et n'est pas sans rappeler par moments la tonalité du *Perlesvaus* : il s'agit plus d'un apologue moral en tout cas que d'une anecdote, fût-elle édifiante, et la *senefiance* en reste singulièrement opaque, en dépit de l'interprétation de l'homme sauvage, qui se fera longuement attendre et ne sera guère convaincante.

Paragraphe 434.

1. Métaphore pour le moins obscure, qui ne semble pas s'appliquer à Grisandole dans la mesure où elle présente des connotations négatives qui ne « vont » pas à l'héroïne.

Paragraphe 435.

a. Claudas   *B. Nous corrigeons.*

1. À comparer avec l'épisode correspondant de la *Vita Merlini* : celui qui a en effet capturé Merlin le remet selon les formes à l'empereur et se décharge ainsi de toute responsabilité.

Paragraphe 437.

1. Comme en ce qui concerne Merlin et ses relations avec Blaise, l'élément décisif est ici le christianisme de l'homme sauvage : le fait de son baptême assure qu'il s'agit d'une créature « de par Dieu » avec laquelle il est possible de discuter et de négocier un contrat d'échange. Quant à l'histoire de la naissance de cet homme sauvage, elle constitue une intéressante variation sur celle du « vrai » Merlin ; plus plausible à bien des égards, elle esquive le problème de la responsabilité de la mère (puisque celle-ci n'a d'autre tort que de s'égarer dans la forêt, et de ne pas oser résister — en admettant qu'elle le puisse — à la violence sexuelle de l'Homme Sauvage) et atténue la dimension diabolique de son père, puisque celui-ci est certes en marge de l'humanité mais que la question de son appartenance au monde des esprits, bons ou mauvais, ne saurait se poser.

Paragraphe 439.

a. empereres   *B. Nous corrigeons.*

Paragraphe 442.

   a. que vous ales   *répété dans B.*

Paragraphe 444.

   a. amemena   *B. Nous corrigeons.*

Paragraphe 445.

   a. m'avoit par   *B. Nous complétons d'après P.*

   1. La notion d'une dégradation progressive du monde et de ce qu'il contient est très répandue, en particulier dans les milieux millénaristes inspirés par la doctrine joachimite. Ce passage est d'une tonalité assez proche des *Prophesies de Merlin*, précisément imprégnées de ce genre d'idées.

   2. Ces prophéties, obscures comme il se doit, et sans « répondant » dans les textes antérieurs, n'ont aucun rapport apparemment avec ce qui précède ; mais il faut bien que Merlin fasse ce pour quoi il est venu dans Rome ! Étant donné que c'est toujours officiellement l'homme sauvage qui parle, il présente ses prédictions comme une citation de la prophétie — sans doute celle de Merlin !

Paragraphe 446.

   1. L'histoire de l'écuyer et du chevalier dans la chapelle est compliquée et peu convaincante. Tout se passe comme si cet épisode appartenait à un substrat légendaire dont les données exactes et la signification ne sont plus reconnues par le texte du XIIIᵉ siècle.

Paragraphe 447.

   1. Dans ce *happy end*, la fille de l'impératrice constitue en effet un élément dérangeant : Merlin, ou l'homme sauvage, ne laisse rien au hasard, et ses scénarios sont toujours exhaustifs.

Paragraphe 450.

   a. l'en   *B. Nous corrigeons.*

   1. Le texte donne *clers* : il y a des erreurs qui font sens ; un scribe distrait peut trouver plus naturel une référence à un *clers*, qu'à un *cers* qui parle ! Et ce *lapsus* dit en fait la vérité : le cerf, comme l'homme sauvage, est une incarnation du « clerc » Merlin.

   2. Cette phrase fonctionne comme une annonce, qui ne sera pas réalisée, puisqu'il n'y a pas de suite au « roman de Grisandole », ou de Silence.

Paragraphe 451.

   a. et quant Merlin […] devisees   *seulement dans B.*

   1. Le texte se surpasse lui-même, et s'emmêle dans ses propres contradictions : que Merlin choisisse de « signer » en hébreu son

passage peut à la rigueur se concevoir : l'hébreu est la langue sainte par excellence, et la langue des origines. Mais de ce fait la probabilité que cette signature soit couramment déchiffrée par les passants devient infinitésimale.

2. Précision intéressante : cela signifie-t-il qu'il y a plusieurs Merlin ? De fait, la tradition en connaît deux, Merlinus Ambrosius et Merlinus Sylvestris, et on est en droit de se demander si celui-ci est bien le même que celui qui s'occupe habituellement des affaires d'Arthur. En prenant comme toponyme d'origine le Northumberland où réside son « maître » Blaise, Merlin réalise la fusion presque parfaite de ses différentes *personae*.

Paragraphe 452.

a. Or dist li contes que   *seulement dans B.*

Paragraphe 453.

1. Cette inscription destinée à révéler l'identité de l'homme sauvage peut s'apparenter aux futures épées, nefs ou sièges portant des inscriptions plus ou moins prophétiques dans le cycle arthurien. On peut y voir une réminiscence du Mané-Thécel-Pharés du livre de Daniel (v, 25-28).

Paragraphe 454.

a. romains et de Claudas   *B (saut du même au même). Nous complétons d'après P.*

Paragraphe 455.

a. quarte   *B. Nous corrigeons.* ◆◆ *b.* tierce   *B. Nous corrigeons.*

Paragraphe 456.

a. seroient   *B. Nous corrigeons.*

Paragraphe 458.

a. tres   *B. Nous adoptons la leçon de L.* ◆◆ *b.* et li rois Tradelinans *lacune dans B. Nous complétons d'après P.*

Paragraphe 459.

a. et Karados et freres et li sires   *B. Nous corrigeons d'après P.* ◆◆ *b.* virrent   *B. Nous corrigeons.* ◆◆ *c.* sot   *B. Nous corrigeons.* ◆◆ *d.* chascuns et   *B. Nous complétons d'après P.*

Paragraphe 460.

1. Quinze pieds font environ 4,50 m. Le gigantisme est une caractéristique ordinaire des ennemis des chrétiens dans les chansons de geste (principalement chez les Sarrasins).

2. La Douloureuse Prison, également appelée la Douloureuse Tour (§ 464), est un château qui appartient à Caradoc. Il est situé sur la rivière Hombre et sera plus tard pris d'assaut par Lancelot.

Paragraphe 461.

a. amena *[p. 1259]* Biryos   B. *Nous complétons d'après P.*

1. Tel est le nom d'un héros de lai breton anonyme mais aussi celui d'un chevalier et compagnon de Roland dans la *Chanson d'Aspremont.*

Paragraphe 462.

a. Or dist li contes que   *seulement dans B.*

Paragraphe 464.

a. aireement   B. *Nous corrigeons.* ◆◆ *b.* qu'il   B. *Nous corrigeons.*

1. Gaudin est effectivement (et contradictoirement) neveu et cousin d'Aguisant (voir § 144). On devrait, en considérant le paragraphe 176, peut-être corriger ici Aguisant par Arthur. Mais Aguisant est lui-même parent d'Arthur (voir West, *Index of Proper Names in French Arthurian Prose Romances*, Toronto, 1978, p. 8).

Paragraphe 466.

a. osaissent   B. *Nous corrigeons.*

Paragraphe 467.

a. Gannes   B. *Nous corrigeons.* ◆◆ *b.* voiant tous ciaus   *répété dans B.*

1. Le baiser sur la bouche entre hommes fait couramment partie des rites d'accueil et de salutation au Moyen Âge (voir Y. Carré, *Le Baiser sur la bouche au Moyen Âge. Rites, symboles, mentalités*, Le Léopard d'or, 1992).

2. Ce baiser de salutation (normal entre hommes et femmes) prend toutefois un caractère plus marqué et plus tendre entre les deux fiancés. Néanmoins, l'apparente hardiesse de Guenièvre est à relativiser par rapport aux usages de la politesse du temps.

Paragraphe 469.

a. desireter   B. *Nous corrigeons.*

Paragraphe 470.

a. les   B. *Nous corrigeons.* ◆◆ *b.* qui   B. *Nous corrigeons.* ◆◆ *c.* il avoit *répété dans B.*

Paragraphe 472.

a. monsignour [le roi   *exponctué*] Gavain   B

Paragraphe 473.

a. si diſt li contes que Merlins   *seulement dans B.* ◆◆ *b.* il envoies B. *Nous complétons.*

Paragraphe 474.

a. a la feme *B. Nous adoptons la leçon de L.* ◆◆ *b.* signour et la maiſtresse diſt qu'ele *B* ◆◆ *c.* et s'en vint *B. Nous adoptons la leçon de P.* ◆◆ *d.* demane *B. Nous corrigeons.* ◆◆ *e.* Boors *B. Nous corrigeons.*

Paragraphe 475.

1. Debrice, ou Dubrice, eſt l'archevêque qui a couronné Arthur (voir *Merlin*, § 207). Il exiſtait un saint gallois portant ce nom dans la région où vécut Geoffroy de Monmouth. Les érudits ont relevé que les Annales de Cambrie indiquent pour l'année 612 la mort d'un évêque nommé Dubrice. Geoffroy de Monmouth puis Wace le font vivre un siècle plus tôt.

Paragraphe 477.

a. li chevalier *B. Nous complétons d'après P.*

1. La ſtature chevaleresque de Gauvain eſt déjà suffisante pour qu'il puisse se permettre d'édiſter les règles de ce tournoi par équipes auquel il participera lui-même. Autrement dit, Gauvain eſt le seul chevalier qui puisse être à la fois juge et partie.

Paragraphe 482.

a. ore gardaſt *B. Nous complétons d'après P et L.* ◆◆ *b.* bien a *B. Nous complétons d'après P.*

Paragraphe 485.

a. de ciaus *répété dans B.* ◆◆ *b.* par *B. Nous corrigeons.*

1. Souvenir épique (voir la Notice, p. 1817).

Paragraphe 486.

a. contient *B. Nous corrigeons.*

Paragraphe 487.

a. d'aida *B. Nous corrigeons.*

Paragraphe 488.

a. court et la *B. Nous corrigeons.*

Paragraphe 489.

1. Il s'agit très probablement d'une espèce de poirier. On trouve

dès le XIIIe siècle le *perier de saint Riule* (voir Wartburg, *Französisches ety-mologisches Wörterbuch*, X, 226). L'arbre portait ce nom parce que ses poires mûrissaient pour la fête de saint Rieul, le 3 septembre (voir la Notice, p. 1806-1807).

Paragraphe 490.

a. si ne les proisent gaires   *seulement dans B.*

Paragraphe 492.

a. s'il   B. *Nous corrigeons.*

Paragraphe 493.

a. avoec lui   B. *Nous complétons d'après P.* ◆◆ b. de chief et   B. *Nous complétons d'après P.* ◆◆ c. qui   B. *Nous corrigeons.*

1. La croyance au signe royal a été persistante au Moyen Âge. Il s'agit le plus souvent d'une tache de la peau (un nævus) que l'enfant de naissance royale est réputé porter plutôt sur l'épaule droite (voir M. Bloch, *Les Rois thaumaturges*, Gallimard, 1983, p. 246-258).
2. Moment essentiel que celui où le mariage est consommé. Le narrateur n'insiste pas par hasard sur cet instant capital qui valide l'union matrimoniale.

Paragraphe 494.

a. caufa   B. *Nous adoptons la leçon de L.*

Paragraphe 496.

1. Au Moyen Âge, le roux est déjà la couleur de la traîtrise et de la félonie, du marginal ou du hors-la-loi (Renart, le « roux puant », en est le plus bel exemple dans le célèbre *Roman de Renart*).

Paragraphe 497.

a. aloe   B. *Nous corrigeons.*

Paragraphe 501.

a. Or dist li contes que   *seulement dans B.*

1. Cette affaire Bertelai semble refléter les débats juridiques de l'époque. Bertelai se réfère à la pratique coutumière de la vengeance privée ; il estime qu'il était en droit de se faire justice lui-même. Arthur au contraire revendique comme un véritable privilège royal le droit de rendre la justice (voir la Notice, p. 1816). Dans la réalité historique, le problème était si grave qu'en 1258 saint Louis interdit par ordonnance les guerres privées dans son royaume, se posant simultanément comme le seul recours dans ces graves conflits entre nobles.

Paragraphe 502.

a. drois oïs   B. *Nous complétons d'après P.*

1. Un véritable collège de pairs est chargé de juger l'affaire Berte-lai. C'est peut-être également le reflet d'usages juridiques de l'époque. Comme le rappelle E. Köhler (*L'Aventure chevaleresque. Idéal et réalité dans le roman courtois*, Gallimard, 1974, p. 23), «la cour des pairs put devenir sous Philippe Auguste une institution officielle» et «les grands permirent à Philippe Auguste de faire condamner Jean sans Terre par un tribunal de pairs spécialement réuni pour ce faire, qui se fonda sur le droit féodal» (p. 24, n. 46).

2. Une véritable immunité s'attache donc à tous ceux qui répondent à la convocation du souverain lors d'une fête solennelle au cours de laquelle le roi doit rendre la justice.

Paragraphe 503.

a. Genievre estoit   B. *Nous complétons d'après P.*

Paragraphe 504.

a. Or dist li contes que   *seulement dans B.*

Paragraphe 505.

1. Dans la civilisation celtique, il existait en plein été (en août) une fête royale du roi distributeur de richesses et régulateur de l'ordre du monde. Elle était marquée par des jeux, des concours, des courses, mais aussi et surtout des assemblées légales et juridiques. À l'époque gallo-romaine, c'est «l'Assemblée des Gaules» qui se tenait à Lyon précisément à cette date (voir C. Guyonvarc'h et F. Le Roux, *Les Fêtes celtiques*, Rennes, Ouest-France, 1995). Dans le calendrier médié-val, cette fête se déplace vers la date du 15 août qui correspond à l'Assomption de la Vierge commémorant la souveraineté de la Vierge-Mère ou Vierge-Reine. Dès le XIIIᵉ siècle, on faisait en effet de la Vierge une véritable reine féodale ; ses statues habillées de riches étoffes étaient couronnées d'un diadème ; un sceptre royal se trouvait dans sa main. Arthur met donc « sa » fête sous la tutelle d'une souve-raineté féminine (et virginale) exemplaire.

Paragraphe 506.

a. chapelayns   B. *Nous adoptons la leçon de P.*

Paragraphe 508.

a. Or dist li contes que   *seulement dans B.*

Paragraphe 509.

a. et quant il le vit venir   *seulement dans B.*

Paragraphe 510.

1. Il s'agit de l'enfant né d'une liaison entre Arthur et Lisanor (voir § 48). Il réapparaîtra dans le *Lancelot.*

Paragraphe 511.

a. de voir des　*B. Nous adoptons la leçon de P.*

1. Gauvain ne porte pas des armes pleines comme son père et comme c'est la règle pour l'aîné de la famille. Ses armes sont brisées, c'est-à-dire qu'elles comportent des éléments de rajout : ici les couronnes, l'or et l'azur suggèrent un destin royal pour Gauvain, héritier présomptif du royaume d'Orcanie. On notera cependant que les armoiries de Gauvain évoluent beaucoup dans la littérature arthurienne : voir M. Pastoureau, « Remarques sur les armoiries de Gauvain », *Mélanges Charles Foulon,* Liège, 1980, p. 229-236.

Paragraphe 512.

1. Évocation très courante dans la littérature arthurienne d'un combat où le père et le fils s'affrontent en ignorant leur identité.

Paragraphe 513.

a. Loenois　*B. Nous corrigeons.*

Paragraphe 515.

a. depart en　*B. Nous complétons d'après P et L.*

Paragraphe 516.

1. Cérémonie traditionnelle de l'hommage féodo-vassalique. À travers une mise en scène rituelle, un vassal devient l'homme de son suzerain.

Paragraphe 518.

1. La largesse est le premier devoir du souverain. C'est un acte fondateur de l'autorité royale et une démonstration symbolique et ostentatoire du pouvoir (voir la Notice, p. 1815-1816).
2. Dame (*domina*) signifie également « maîtresse ».
3. Image virgilienne (*Énéide,* III, v. 121).

Paragraphe 519.

1. La robe ne désigne pas seulement à cette époque une pièce de vêtement mais l'ensemble des pièces taillées dans une même étoffe (cotte, surcot, housse). Elle pouvait comprendre de trois à six pièces.

Paragraphe 521.

a. raconte　*B. Nous corrigeons.*

1. Cette coutume qui semble s'apparenter à une sorte de tabou alimentaire se trouve déjà chez Chrétien de Troyes (*Le Conte du Graal*, v. 2824-2828, *Œuvres complètes*, p. 755).

Paragraphe 523.

a. l'onour [...] autresi   *seulement dans B.*

Paragraphe 524.

1. L'instauration de cette coutume confère à la chevalerie sa valeur civilisatrice et morale.
2. Justification par anticipation du dispositif des quêtes des chevaliers errants. Tout chevalier errant sera le premier narrateur (oral) de sa quête, et sa parole sera appelée à être relayée par une écriture qui trouvera ainsi une caution dans le témoignage oral direct de l'acteur des aventures.

Paragraphe 525.

1. Pourquoi quatre ? La reine prévoirait-elle déjà une telle abondance de travail ? Le chiffre paraît symbolique et prépare peut-être une analogie discrète de ces scribes avec les quatre évangélistes (voir la Notice, p. 1807).

Paragraphe 527.

1. La même comédie est jouée par un personnage fou et couard dans deux fabliaux intitulés *Bérenger au long cul* et *Trubert*.

Paragraphe 529.

a. Artus vos vous   *B. Nous complétons d'après P.* ◆◆ *b.* esprouver   *B. Nous corrigeons d'après L.*

Paragraphe 530.

a. li rois Boors le   *B. Nous corrigeons.* ◆◆ *b.* sire [...] mal fait   *lacune dans B (saut du même au même). Nous complétons d'après P.*

1. Remarque intéressante et peu habituelle sur les excès auxquels les tournois donnaient lieu au XIIIe siècle. Les milieux ecclésiastiques condamnaient de plus en plus ces distractions sanglantes et stériles. Le texte reflète nettement ici des préoccupations cléricales. Sur la condamnation des tournois par l'Église, voir J. Le Goff, « Réalités sociales et codes idéologiques au début du XIIIe siècle : un exemple de Jacques de Vitry sur les tournois », *L'Imaginaire médiéval*, Gallimard, 1985, p. 248-261.

Paragraphe 533.

a. ont   *B. Nous corrigeons d'après P.*

Paragraphe 534.

a. firent merveilles   *B. Nous complétons.* ◆◆ *b.* cols   *B. Nous corrigeons d'après P.*

Paragraphe 537.

a. tardent   *B. Nous corrigeons.*

Paragraphe 539.

a. li compaingnon de la table reonde   *B. Nous corrigeons.* ◆◆ *b.* dos les fuient si   *B. Nous corrigeons d'après P.* ◆◆ *c.* et cil chiet a terre tous sanglens   *seulement dans B.* ◆◆ *d.* faite de desloiaute   *B. Nous corrigeons.*

Paragraphe 540.

a. aconsi[e   *exponctué*]ut   *B* ◆◆ *b.* mainnent   *B. Nous corrigeons.*

1. Souvenir épique : Rainouart et le tinel (voir la Notice, p. 1817).
2. Un des codes de la chevalerie : il ne faut jamais s'en prendre au cheval d'un chevalier.

Paragraphe 541.

a. desconfirent   *B. Nous corrigeons.* ◆◆ *b.* metent   *B. Nous corrigeons.* ◆◆ *c.* vinrrent   *B. Nous corrigeons.*

Paragraphe 543.

a. se rengent   *B. Nous corrigeons d'après P.*

Paragraphe 544.

a. vengier et   *B. Nous complétons d'après P.*

Paragraphe 545.

a. vaurrent pas   *B. Nous complétons d'après P et L.*

Paragraphe 547.

a. piere   *B. Nous corrigeons.*

Paragraphe 548.

a. d'uns   *B. Nous corrigeons d'après P et L.*

Paragraphe 549.

a. Lecture difficile dans B. Nous adoptons la leçon de P. ◆◆ *b.* qui   *B. Nous corrigeons.*

Paragraphe 553.

1. Baiser de paix. Ce geste fait également partie des rituels de vassalité.

Paragraphe 554.

a. en emble   *B. Nous adoptons la leçon de P.*

1. Il s'agit d'un lieu commun des romans arthuriens : le combat incognito. Un chevalier se bat contre ses adversaires soit en changeant la couleur de ses armes à chaque combat (c'est le cas, chez Chrétien de Troyes, de Cligès au tournoi d'Oxford, v. 4617-4712, *Œuvres complètes*, p. 284-286), soit en dissimulant volontairement son visage et son nom.

Paragraphe 555.

a. entrerent maint   *B. Nous complétons d'après P.* ◆◆ *b.* qui   *B. Nous corrigeons.* ◆◆ *c.* se metoient   *B. Nous complétons d'après P.*

1. Rappel de *Joseph d'Arimathie* (§ 17) et annonce de *La Quête du saint Graal*.

Paragraphe 558.

a. et si n'eüst il s'il ne vous amast   *seulement dans B.*

Paragraphe 559.

a. je croi que   *répété dans B.* ◆◆ *b.* fas   *B. Nous corrigeons.*

Paragraphe 560.

a. Bans   *B. Nous corrigeons d'après P.* ◆◆ *b.* et la roïne [...] envoier *lacune dans B (saut du même au même). Nous complétons d'après P.* ◆◆ *c.* que chevaliers   *B. Nous complétons.* ◆◆ *d.* si set bien qu'il ont droit   *seulement dans B.*

Paragraphe 562.

a. petites   *B. Nous corrigeons.*

Paragraphe 563.

a. plus grant   *B. Nous adoptons la leçon de P.*

1. La fée Morgain est ici évoquée dans l'attitude traditionnelle des fées filandières qui, comme les Parques, sont maîtresses du temps et des destinées.

2. Allusion à la rivalité amoureuse entre Morgain et Guenièvre à propos de Lancelot. Cet épisode sera rapporté dans le *Lancelot* et *La Mort Artu*.

Paragraphe 564.

a. salu et molt   B. *Nous corrigeons.* ◆◆ *b.* paia   B. *Nous corrigeons d'après* P.

Paragraphe 565.

a. Or diſt li contes que   *seulement dans* B.

1. Plus un territoire eſt boisé, plus il rend aisé le camouflage d'une petite troupe exposée au danger saxon. L'Écosse passe pour être au Moyen Âge une région très boisée. Son ancien nom (*Caledonia*) se retrouve parfois associé à la légende de Merlin (qui y vit en homme des bois, ou homme sauvage).

Paragraphe 566.

1. Il exiſte plusieurs personnages généralement sarrasins portant ce nom dans les chansons de geſte (voir Moisan, *Répertoire des noms propres*, t. I, vol. II, p. 971-973). Le plus célèbre eſt celui qui apparaît dans les *Aliscans* : il s'agit d'un géant qui eſt fils de Brahier, roi des Saxons. Il eſt tué par Guillaume d'Orange devant Paris (*Les Enfances Vivien*, *Le Moniage Guillaume*). La rue de la Tombe-Issoire à Paris garde son souvenir mythique.

2. Le nom « Gringalet » doit certainement être rattaché à une racine indo-européenne **gher-* signifiant « petit », cf. allemand *gering*, lituanien *grigas* : « court sur pattes ». Le sens du mot en français moderne (« efflanqué ») eſt dérivé de ce sens étymologique. La vélocité extraordinaire du cheval s'expliquerait alors par une particularité physique qui renverrait anciennement à un trait mythique de cheval-fée.

Paragraphe 571.

a. c'on i   B. *Nous complétons d'après* P. ◆◆ *b.* de la foreſt   *seulement dans* B. ◆◆ *c.* sa   B. *Nous corrigeons.*

1. Le roman d'*Escanor* de Gérard d'Amiens (écrit vers 1280) présente une autre version de l'origine de Gringalet. Dans ce roman, le cheval appartient au géant Escanor qui le tenait lui-même d'Escanor le Bel qui l'avait reçu de la fée Esclarmonde. Gauvain finit par conquérir le cheval sur le géant Escanor.

Paragraphe 574.

a. vers le saisne   *répété dans* B. ◆◆ *b.* si grant cop   *seulement dans* B. ◆◆ *c.* fondus   B. *Nous corrigeons d'après* P.

Paragraphe 578.

1. Cette apparition significative de la notion de chevalier errant suggère une condition et un état nouveaux de la chevalerie courtoise. Sa mission ne réside pas encore dans une quête spirituelle (la quête du Graal) mais elle trouve dans l'errance une juſtification au moins provisoire de son exiſtence.

Paragraphe 579.

a. devant Gaheriet   *B. Nous corrigeons d'après P.*

1. Ce rituel et cette propreté sont évidemment signes de richesse.

2. Le manteau est un vêtement noble d'apparat et d'intérieur. Très à la mode au XIII⁰ siècle, il dénote l'élégance, la délicatesse et la distinction de l'hôte qui l'offre à ses visiteurs.

3. La pratique de l'hospitalité est un signe éminent de courtoisie. C'est aussi un rite obligé de l'aristocratie courtoise ; son modèle culturel est plus ancien que le Moyen Âge puisque c'est déjà un trait normal des légendes celtiques.

Paragraphe 582.

a. fait li rois Loth   *B. Nous corrigeons d'après P.* ✦✦ *b.* sire fait Minoras   *répété dans B.* ✦✦ *c.* finerai tant   *B. Nous complétons d'après P.* ✦✦ *d.* qui vous en demandent   *lacune dans B (saut du même au même). Nous complétons d'après P.*

Paragraphe 583.

a. nous querons [...] est païs   *lacune dans B. Nous adoptons la leçon de P.* ✦✦ *b.* se nous poons sire   *lacune dans B. Nous complétons d'après P.* ✦✦ *c.* je le vous feroie a   *B. Nous corrigeons d'après P.* ✦✦ *d.* si aures mains a faire   *seulement dans B.*

Paragraphe 584.

a. de nuit   *B. Nous complétons.*

1. On notera l'importance des fêtes de la Vierge (voir n. 1, § 505) dans le calendrier de référence du roman (15 août pour la grande fête de Camaalot ; 8 septembre, fête de la Nativité de la Vierge, pour ce rendez-vous écossais). L'expansion du culte de la Vierge est remarquable à partir du XIII⁰ siècle : reliques, statues, édifices en témoignent. Cet essor est principalement dû aux ordres monastiques (surtout les Cisterciens pour le XII⁰ siècle). Serait-ce une indication discrète sur le milieu d'où proviendrait notre texte ? Voir la Notice, p. 1807-1808.

Paragraphe 585.

1. Allusion évidente à *La Quête du saint Graal* et à la glorieuse destinée de Galaad qui est justement ce « meilleur chevalier du monde ».

2. Allusion au « coup douloureux » reçu par le Roi Pêcheur (ou Roi Méhaignié). Voir *Joseph*, § 604.

3. Galaad (celui qui mettra fin aux aventures du Graal) sera en effet le fruit de l'union entre la fille du Roi Pêcheur et Lancelot. Cet épisode sera raconté dans le *Lancelot*.

4. Allusion aux dernières aventures de *La Quête du saint Graal* auxquelles trois chevaliers sont effectivement associés : Perceval, Bohort et Galaad.

Paragraphe 586.

a. a aise   *seulement dans B.*

Paragraphe 588.

a. de   *B. Nous corrigeons d'après P.*

1. Il existe un roi sarrasin nommé Aquin dans la *Chanson d'Aspremont* et dans plusieurs autres chansons de geste (voir Moisan, *Répertoire des noms propres*, t. I, vol. I, p. 171).

Paragraphe 589.

a. signour   *B. Nous corrigeons d'après P.* ◆◆ *b.* tebruche   *B. Nous corrigeons.* ◆◆ *c.* plus et demi   *B. Nous adoptons la leçon de P.*

Paragraphe 590.

a. que ce avoit fait   *seulement dans B.*

Paragraphe 592.

a. li rois   *B. Nous corrigeons d'après P.*

Paragraphe 594.

1. Évocation traditionnelle de la *reverdie* printanière héritée de la poésie lyrique des troubadours. De nombreuses chansons commencent en effet par l'évocation du réveil printanier de la nature qui ravive le sentiment amoureux (voir § 69 et n. 2).

2. Ce débat entre les trois frères sur la conduite à tenir vis-à-vis des jeunes filles s'apparente par la forme et le thème à un genre bien connu de la poésie des troubadours : le *partimen*, ou jeu-parti, qui aborde dans un style dialogué quelques grands thèmes de casuistique amoureuse, tel celui qu'évoque le texte.

Paragraphe 595.

1. Du latin *vicarius*, « officier de justice ». Il s'agit d'un magistrat qui a des fonctions comparables à celles d'un prévôt.

2. Le récit ne manque aucune occasion pour marquer une hiérarchie entre Gauvain et ses trois frères. Parmi les trois frères eux-mêmes se dessine également une autre hiérarchie, Agravain étant régulièrement désigné comme le plus fat.

3. Pour Agravain, l'occasion fait le larron, et la fin (aimer) justifie les moyens. Pour lui, en matière amoureuse, c'est l'homme qui doit toujours prendre l'initiative. Cette position est totalement contraire aux principes de la *fin' amor* qui reconnaît la supériorité du désir féminin et la nécessité du consentement de la dame dans les relations amoureuses.

4. Le roi Loth défend la position courtoise classique : l'honneur d'autrui (ici l'honneur féminin) l'emporte sur l'honneur personnel. Le

roman rappelle ici quelques grands thèmes de la *fin' amor* tels qu'ils ont été illustrés dans la littérature des troubadours.

Paragraphe 596.

    a. La[n *exponctué*]c B

Paragraphe 597.

    a. conme [li come *exponctué*] li B ◆◆ *b.* cha ariere *seulement dans B.*

Paragraphe 598.

    a. Lienois *B. Nous corrigeons.* ◆◆ *b.* trives ausi *B. Nous complétons d'après P et L.*

Paragraphe 599.

    a. Loth *B. Nous corrigeons.* ◆◆ *b.* pere[s *exponctué*] les B

Paragraphe 600.

    a. ou *répété dans B.* ◆◆ *b.* or [...] feres *seulement dans B.*

Paragraphe 601.

    a. qui les apeloit fix et qui *seulement dans B.* ◆◆ *b.* qui *B. Nous corrigeons.* ◆◆ *c.* asperestement *B. Nous corrigeons d'après P et L.* ◆◆ *d.* se mellent a els *seulement dans B.*

Paragraphe 605.

    a. Gavains si *B. Nous complétons d'après P.* ◆◆ *b.* et cil chiet jus a terre *seulement dans B.* ◆◆ *c.* fu si prent *B. Nous complétons d'après P.* ◆◆ *d.* fu si fait *B. Nous complétons d'après P.*

Paragraphe 606.

    a. n'est *B. Nous corrigeons.*

Paragraphe 609.

    a. Or dist li contes *seulement dans B.* ◆◆ *b.* .i. en faut .v. ans *B. Nous corrigeons d'après L.* ◆◆ *c.* durement qu'il *B. Nous complétons d'après P.*

    1. Le profit personnel qu'un chevalier peut retirer des rapines rejoint alors un intérêt général car le chevalier doit défendre les terres de son seigneur. Il est rare de voir les textes du XIIIᵉ siècle mentionner l'appât du gain parmi les mobiles chevaleresques. On se demande si Gaheriet croit encore vraiment à l'idéalisme chevaleresque.

Paragraphe 610.

a. pour riens   B. *Nous adoptons la leçon de P.*

Paragraphe 611.

a. ne tant   *répété dans B.*

Paragraphe 614.

a. fols et musars   *seulement dans B.* ✦✦ *b.* biaus   B. *Nous adoptons la leçon de P.* ✦✦ *c.* et ales […] vaures   *seulement dans B.*

Paragraphe 615.

a. el rechet […] si se mistrent   *lacune dans B. Nous adoptons la leçon de P.*

Paragraphe 616.

a. a court   B. *Nous complétons.*

Paragraphe 618.

1. Gauvain assume un choix moral en parfait accord avec les principes de la courtoisie. Il se propose d'être le chevalier servant d'une inconnue (voir la Notice, p. 1818).

Paragraphe 619.

a. laissies   *répété dans B.* ✦✦ *b.* ne les […] riens   B. *Nous complétons d'après P.*

1. Apparition du thème de la demoiselle *esforciee* très fréquent dans la littérature arthurienne. C'est évidemment l'une des missions fondamentales du chevalier que de lutter contre cette violence faite aux femmes. Est ainsi souligné le rôle civilisateur et moral du chevalier courtois. Il n'est pas indifférent que ce soit Gauvain qui accomplisse le premier cet exploit qui sera réédité à maintes reprises par tous les émules d'Arthur.
2. Cet arbre méditerranéen dans un paysage censé être plus septentrional n'est pas destiné à la couleur locale. Il rappelle une espèce d'arbre mentionnée dans les chansons de geste.

Paragraphe 621.

a. et s'entrevient grant aleüre   *seulement dans B.*

Paragraphe 623.

a. Gavains estoient   B. *Nous complétons d'après P.* ✦✦ *b.* si nous […] l'encontre   *seulement dans B.*

Paragraphe 626.

  a. et li chaſtiaus [...] biaus   *seulement dans B.*

Paragraphe 627.

   a. et molt a aise   *seulement dans B.*

Paragraphe 628.

   a. Or diſt li contes que   *seulement dans B.* ◆◆ *b.* fu la noise [...] grans que *seulement dans B.*

Paragraphe 630.

  a. fait li valles   *B. Nous corrigeons d'après P.*

Paragraphe 632.

   a. ferir et ele   *B. Nous corrigeons d'après P.*

  1. La force physique de Gauvain semble dépendre de la force quotidienne du soleil. Ce détail eſt souvent souligné en accord avec une vieille conception du héros solaire (voir § 60 et n. 1).

  2. Derrière la métaphore appliquée à l'épée se trouve peut-être une suggeſtion plus mythologique. L'épée de Gauvain s'apparente en effet aux armes d'exception qui ont été forgées dans des circonſtances extra-ordinaires par des forgerons divins. Dans les vieilles épopées indo-européennes, ces épées héroïques possèdent de nettes caraſtériſtiques cosmiques : ainsi, l'épée du héros indien Indra n'eſt autre que la foudre (*vajra*).

  3. Nom d'un roi saxon dans *Les Saisnes* mais également roi sarrasin (*Chanson d'Aſpremont, Beuve de Hantone*, etc. ; voir Moisan, *Répertoire des noms propres*, t. I, vol. I, p. 249-250).

Paragraphe 633.

   a. sous *B. Nous corrigeons.* ◆◆ *b.* conduisoit uns *B. Nous complétons d'après P.* ◆◆ *c.* tous et conment *B. Nous corrigeons.* ◆◆ *d.* des *B. Nous corrigeons.*

Paragraphe 634.

   a. avoient *B. Nous corrigeons.*

Paragraphe 635.

  1. Cette arme (bâton cornu, masse de fer recourbée) se retrouve parfois dans les mains de certains combattants des chansons de geſte (*Les Saisnes*) ou des romans (*Le Chevalier au Lion* de Chrétien de Troyes).

Paragraphe 637.

a. treʃtout […] Gavain   *lacune dans B. Nous complétons d'après P.* ◆◆
b. firent   B. *Nous corrigeons.*

Paragraphe 639.

a. ele   B. *Nous corrigeons.* ◆◆ *b.* fil   B. *Nous corrigeons d'après P.*

Paragraphe 640.

a. pourfit   B. *Nous corrigeons.*

Paragraphe 641.

a. combabatre   B. *Nous corrigeons.* ◆◆ *b.* conmunement et esleü   B.
Nous corrigeons. ◆◆ *c.* Gannes   B. *Nous corrigeons.*

1. Le texte donne *pechiés*, qui signifie aussi bien « faute », « erreur »
que « péché » au sens théologique du terme. Il n'eʃt pas impossible
de retenir la double signification. Il y a une faute politique (la désu-
nion des barons) mais il y a aussi un « péché » originel de tous ces
barons belliqueux qui explique la calamité de l'invasion saxonne sans
doute voulue par Dieu et conʃtituant une épreuve que les chrétiens
doivent surmonter. L'interprétation théologique de ce péché n'eʃt
toutefois pas poussée ici.
2. La légitimité d'Arthur résulterait ainsi du double assentiment du
peuple et de l'Église. Il ne s'agit donc pas simplement d'une royauté
de droit divin : c'eʃt le rite du sacre qui a entériné la légitimité du roi.

Paragraphe 642.

a. et les envoiies a aus   *seulement dans B.*

Paragraphe 643.

a. Or diʃt li contes que   *seulement dans B.*

Paragraphe 645.

1. L'absolution (indulgence ?) plénière qui accompagne cet engagement aux côtés d'Arthur contre les Saxons n'eʃt pas sans rappeler la
rémission des péchés dont bénéficiaient les croisés et tous les pèle-
rins se rendant à Jérusalem (voir la Notice, p. 1816).

Paragraphe 646.

a. seroit   B. *Nous adoptons la leçon de P.*

Paragraphe 647.

a. Loth   B. *Nous corrigeons d'après P.* ◆◆ *b.* lors lor conte comment
lacune dans B. Nous complétons d'après P. ◆◆ *c.* Gavains que   B. *nous
adoptons la leçon de L.*

1. Salisbury (dans le Wiltshire) en Angleterre, où Merlin avait transporté les pierres d'Irlande (voir *Merlin*, § 116 et n. 2) et où se déroulera l'ultime bataille du monde arthurien, racontée dans *La Mort le roi Artu*.

2. Le choix de cette date peut s'expliquer en référence à la tradition celtique. Pour C. Guyonvarc'h et F. Le Roux (*Les Fêtes celtiques*, p. 73), c'est à Samain (autrement dit aux alentours du 1er novembre) que commencent et se livrent les plus grandes batailles mythiques et épiques de la tradition irlandaise (voir *La Bataille de Moytura* et la *Razzia des vaches de Cooley*). La Toussaint marque également la fermeture de la saison militaire.

Paragraphe 648.

   a. amis par   *B. Nous adoptons la leçon de P.*

Paragraphe 650.

1. Par opposition au monde clos et civilisé des châteaux, le monde sauvage de la forêt est celui de l'aventure, favorable aux rencontres féeriques. La forêt est en effet le domaine des êtres de l'Autre Monde.

2. Dans la tradition celtique et arthurienne, l'épine est chargée d'une riche mémoire mythologique. Les sites « épineux » sont généralement ceux où se manifestent les êtres de l'Autre Monde comme le démontre un court récit anonyme (un lai) du XIIIe siècle intitulé le *Lai de l'Épine.*

Paragraphe 651.

   a. cousin   *B. Nous corrigeons.* ◆◆ *b.* chevalier la roïne   *B. Nous corrigeons d'après P.*

1. Allusion incertaine. Il pourrait s'agir de Galaad, mais à ce stade de l'histoire Lancelot, père de Galaad, n'est même pas né. Les deux « messagers » du lion pourraient être Perceval et Bohort dont on sait qu'ils parachèvent avec Galaad les aventures du Graal à la fin de *La Quête du saint Graal.*

Paragraphe 652.

1. Allusion à la naissance de Galaad qui, selon la prophétie de Merlin, doit se produire après « l'enserrement » du lion (Merlin parle évidemment de son propre emprisonnement par Niniane). C'est probablement la raison pour laquelle Blaise, qui reste très attaché à Merlin, veut empêcher la prophétie de se réaliser. Il sait qu'il perdra bientôt son maître Merlin.

Paragraphe 653.

   a. les conmanda la   *B. Nous adoptons la leçon de P.*

1. Désignation habituelle dans les romans arthuriens de La Rochelle (ville portuaire de Charente-Maritime), Flodemer signifiant « au flot de la mer ».

Paragraphe 654.

a. entre   B. *Nous corrigeons.*

Paragraphe 655.

a. en   B. *Nous corrigeons.*

Paragraphe 656.

1. Il s'agit du *Catenesia* de Geoffroy de Monmouth que l'on identifie à la région de Caithness, ville du nord-est de l'Écosse.

Paragraphe 657.

a. cha avant   B, P. *Nous corrigeons.*

Paragraphe 659.

1. Le texte donne *Sienandes*. Il s'agit d'une erreur probable du scribe pour Minoras.

Paragraphe 660.

a. Or dist li contes que   *seulement dans B.* ✦✦ *b.* Sauvages que   B. *Nous complétons d'après P.*

Paragraphe 663.

a. et lors li saut maintenant   *lacune dans B. Nous complétons d'après P.* ✦✦ *b.* repleggons   B. *Nous corrigeons.*

1. Voir *Joseph d'Arimathie,* § 105 et n. 1.

Paragraphe 665.

a. Yvain conment   B. *Nous complétons d'après P.* ✦✦ *b.* tant il dut il   B. *Nous corrigeons.* ✦✦ *c.* moi quant   B. *Nous complétons d'après P.*

Paragraphe 666.

a. estoient et   B. *Nous complétons d'après P.* ✦✦ *b.* estoit si   B. *Nous complétons d'après P.* ✦✦ *c.* .III. et   B. *Nous complétons.*

1. Expression traditionnelle déjà employée par Chrétien de Troyes dans *Le Chevalier au Lion,* v. 595 (voir *Œuvres complètes,* n. 2, p. 353). Cette moquerie de Keu coïncide bien avec le caractère sarcastique traditionnel du personnage. Tout cet épisode présente d'ailleurs des éléments narratifs qui rappellent très directement le début de l'œuvre de Chrétien : outre l'expression rare (« venger Forré »), les trois chevaliers, Keu, Dodinel et Yvain (voir *Le Chevalier au Lion,* v. 54-56, *ibid.,* p. 340), le sarcasme de Keu et le chevalier qui doit raconter une histoire devant la cour.

2. Wace est le premier auteur qui mentionne la Table ronde. Dans

le *Brut*, il attribue sa création exclusivement à Arthur. Une tradition plus tardive l'attribue à Merlin (ce qui est le cas dans notre manuscrit, voir *Merlin*, § 121-128).

Paragraphe 669.

a. et li dragons [...] crois   *seulement dans B.* ◆◆ b. pars reenomee B. *Nous complétons d'après P.* ◆◆ c. de la partie ou la cites devoit estre assise   *seulement dans B.*

Paragraphe 671.

a. carga   B. *Nous corrigeons d'après P.*

Paragraphe 672.

1. C'est-à-dire non seulement en Terre sainte, mais aussi là où l'on consacre le corps du Christ en célébrant la messe.

Paragraphe 673.

1. Ces deux personnages apparaissent effectivement associés l'un à l'autre dans *Le Conte du Graal* de Chrétien de Troyes (v. 2365-2371, *Œuvres complètes*, p. 744).

2. Le discours de Merlin qu'on s'attendrait plutôt à entendre dans la bouche d'un prêtre prouverait, si besoin était, toute l'évolution chrétienne du personnage de Merlin. Il ne reste plus grand-chose de l'enchanteur païen des vieilles légendes galloises.

Paragraphe 674.

a. laist issir   B. *Nous complétons d'après P.* ◆◆ b. icelui que   B. *Nous complétons d'après P.*

1. C'est une légitimation implicite d'Arthur comme roi très chrétien. La guerre contre les Saxons s'annonce comme un véritable jugement de Dieu.

2. Allusion évidente à la fin du monde arthurien telle qu'elle est racontée dans *La Mort le roi Artu* après l'ultime bataille de Salesbières où le père (Arthur) tue son fils (Mordret).

Paragraphe 675.

a. et quant li rois Artus entendi la parole   *répété ici dans B.*

1. Dans le langage crypté de Merlin, le « lion sans couronne » désigne généralement le personnage de Galehaut. Il est fait allusion ici au futur conflit entre Arthur et Galehaut (raconté dans le *Lancelot*).

Paragraphe 677.

a. samblerent   B. *Nous corrigeons.*

Paragraphe 679.

a. trouverent au   B. *Nous adoptons la leçon de* P.

Paragraphe 681.

a. hyi   B. *Nous corrigeons.* ◆◆ *b.* qui eſtoit fix [...] Gavain   *seulement dans* B. ◆◆ *c.* donries a ma   B. *Nous complétons d'après* P.

Paragraphe 682.

1. L'expression suggère qu'on entre en chevalerie comme dans les ordres religieux. On se rapproche singulièrement de la conception templière du moine-soldat.

Paragraphe 683.

1. L'adoubement, tel qu'il eſt ici pratiqué, témoigne de la profonde chriſtianisation d'un rituel totalement profane à l'origine. On retrouve l'expression du *Conte du Graal* : *l'ordre de chevalerie* (v. 1637, *Œuvres complètes*, p. 726), qui suggère l'agrégation du chevalier adoubé à un ordre comparable aux ordres monaſtiques. On songe à l'ordre des Templiers qui réunissait de véritables moines-chevaliers.

Paragraphe 688.

1. Nom de Sarrasin dans la chanson de *Beuve de Hantone* (voir Moisan, *Répertoire des noms propres*, t. I, vol. I, p. 257-258).

Paragraphe 689.

a. couuroit   B. *Nous corrigeons.*

1. Roi sarrasin ou peuple païen dans des chansons de geſte comme *Aubery le Bourguignon*, *Les Enfances Renier* (voir *ibid.*, t. II, vol. II, p. 785).
2. En principe ce personnage avait été tué par Gauvain dans les plaines de Roeſtoc lorsque le neveu d'Arthur était venu au secours d'Éliézer (§ 605), le fils du roi Pellès, attaqué par les Saxons.

Paragraphe 690.

a. et des plus hardis   *seulement dans* B.

Paragraphe 692.

a. cops   B. *Nous adoptons la leçon de* P.

Paragraphe 694.

a. Or diſt li contes que   *seulement dans* B. ◆◆ *b.* vausissent eſtre de B. *Nous corrigeons.*

Paragraphe 695.

a. Braidon   *B. Nous adoptons la leçon de P.* ◆◆ *b.* Braidons   *B. Nous adoptons la leçon de P.*

1. Nom sarrasin dans la chanson des *Enfances Vivien* et *Aiol* (voir Moisan, *Répertoire des noms propres*, t. I, vol. I, p. 686).

2. Souvenir épique. Dans la *Chanson de Roland*, Roland coupe le poing droit du roi sarrasin Marsile (voir *Chanson de Roland*, éd. J. Dufournet, v. 1903, G.-F, 1993). Le motif a plus généralement une valeur mythique.

Paragraphe 696.

a. parties de et   *B. Nous complétons.* ◆◆ *b.* plus roi   *B. Nous complétons d'après P.* ◆◆ *c.* Senseigne   *B. Nous corrigeons d'après P.* ◆◆ *d.* aireement   *B. Nous corrigeons.*

Paragraphe 697.

1. C'est une habitude des personnages de chansons de geste de laisser parfois leurs chevaux sous un olivier ou de descendre de leur monture sous cet arbre. Voir, par exemple, *Chanson de Roland* (éd. J. Dufournet), v. 2571 et 2705.

Paragraphe 698.

1. Ce nom supposé saxon semble être un sobriquet : « gosier de bœuf ». Il existe toutefois des personnages nommés Gondebuef dans les chansons de geste (*Chanson de Roland*, *Aymeri de Narbonne*, *Les Saisnes*, etc. ; voir Moisan, *Répertoire des noms propres*, t. I, vol. I, p. 506-507).

Paragraphe 699.

a. molt qui   *B. Nous complétons d'après P.*

1. Nom de Sarrasin fréquent dans les chansons de geste (*Vivien de Monbranc*, *Simon de Pouille*, *Bueve de Commarchis*, voir *ibid.*, t. I, vol. I, p. 670-671).

Paragraphe 701.

a. vous ja avoir mis tous a sauvete a la voie   *B. Nous corrigeons.*

Paragraphe 702.

a. et tant i ot mort des saisnes   *seulement dans B.*

Paragraphe 703.

a. et toutes les eschieles   *seulement dans B.* ◆◆ *b.* cops   *B. Nous corrigeons d'après P.* ◆◆ *c.* que nus n'en sot le nombre   *seulement dans B.*

Paragraphe 704.

a. et detrenchie […] voient bien qu'il sont mort   *répété dans B.*

Paragraphe 705.

a. qui   *B. Nous corrigeons.*

Paragraphe 706.

a. Belynans et li rois d'Estrangorre   *B. Nous corrigeons d'après P.*

1. Nom de Sarrasin dans la chanson des *Enfances Vivien,* d'*Aye d'Avignon* (voir *ibid.,* t. I, vol. I, p. 686).
2. Il s'agit de l'emblème habituel des Templiers et croisés (voir la Notice, p. 1807).
3. Roi sarrasin dans la chanson de *Vivien de Monbranc* (voir Moisan, *Répertoire des noms propres,* t. I, vol. I, p. 321).
4. Ville imaginaire formée à l'aide du nom de Trèbes auquel a été ajouté le suffixe anglo-saxon *ham* ou *han.*

Paragraphe 707.

a. Or dist li contes que   *seulement dans B.*

Paragraphe 708.

a. daveroit   *B. Nous corrigeons d'après P.* ◆◆ *b.* ne   *seulement dans B.* ◆◆ *c.* les .IIII. moiennes   *seulement dans B.* ◆◆ *d.* et cinquisme   *B. Nous complétons.* ◆◆ *e.* branche de   *B. Nous complétons d'après P.*

1. Annonce de la guerre entre Claudas et les deux rois qui sera racontée au début du *Lancelot* (voir *La Marche de Gaule,* t. II de la présente édition).

Paragraphe 709.

a. furrent   *B. Nous corrigeons.*

1. Le cor, instrument merveilleux lié à un site merveilleux et féerique, est ici le prétexte à une coutume qui a partiellement perdu son caractère mythique traditionnel (voir A. Magnusdottir, *La Voix du cor,* Amsterdam-Atlanta, Rodopi, 1998).

Paragraphe 710.

a. que li rois Bans ne quidoit mie que   *répété dans B.*

Paragraphe 712.

a. doi frere   *B. Nous complétons d'après P.* ◆◆ *b.* propre   *B. Nous corrigeons.*

1. S'agit-il d'une triade de fées ? On peut le penser en raison de la situation du château qui s'apparente à un lieu féerique.
2. Lors des repas princiers, l'écuyer « tranchant » est spécialement

occupé à trancher les viandes. C'est une fonction honorifique dans la domesticité du prince.

Paragraphe 715.

a. et ele oste [...] entre ses bras   *seulement dans B.*

1. La fille d'Agravadain et Ban ont engendré ce jour-là Hector des Marais dont les exploits seront racontés dans le roman de *Lancelot* en particulier.

2. En introduisant ce distinguo, le narrateur veut disculper, pour la bonne cause, le roi Ban qui n'agit pas sciemment dans un état normal (trahissant ainsi sa femme). Il est poussé par l'enchantement qu'il subit à commettre (à son insu) un adultère.

Paragraphe 716.

a. Merlins qu'il   *B. Nous complétons d'après P.*

Paragraphe 718.

1. Le rite administratif et officiel consistant à tenir une cour (de justice, surtout) est ici équilibré par une présence féminine qui vient changer l'esprit de l'institution. Arthur s'affirme de plus en plus comme un roi courtois qui cultive les vertus d'une convivialité où hommes et femmes trouvent leur satisfaction.

Paragraphe 719.

a. et la roïne Genievre *[5 lignes plus haut]* et toutes [...] deles lui toute coronee   *lacune dans B (saut du même au même). Nous complétons d'après P.*

1. Le rapprochement instauré ici entre le couronnement de la reine Guenièvre et la fête de la Vierge s'établit sans doute à partir du thème iconographique (à valeur politique) du couronnement de la Vierge bien représenté dans l'art et la théologie du XIIIᵉ siècle. Le plus ancien exemple est celui du tympan de la cathédrale de Senlis (avant 1189), où la Vierge couronnée est assise à la droite du Christ.

Paragraphe 720.

1. Ce musicien n'est autre que Merlin, comme on le verra plus loin. Toutefois, le harpiste Merlin n'est pas un vulgaire ménestrel appelé à distraire la cour. Dans la tradition celtique, la musique est considérée comme un art divin. La harpe celtique, qui plus est, possède une valeur mythique éminente. Le trait de cécité rappelle de vieilles croyances celtiques et druidiques qui trouvaient des échos dans d'autres domaines du monde indo-européen (voir les cas d'Homère et de Tirésias). Tous les druides n'étaient pas aveugles mais la cécité était considérée comme la marque d'un druide exceptionnel. Paradoxalement, la cécité était comprise comme un renforcement de la voyance, un signe de perfection pour un personnage appelé à avoir accès aux secrets divins.

2. Il s'agit donc d'une sorte de chien d'aveugle, mais l'aveugle en question est un faux aveugle. Il semble bien qu'il faille donner ici à son chien des origines féeriques. On songe évidemment au chien Petitcru venu tout droit du pays d'Avalon, et qui apparaît dans le *Tristan* de Gottfried de Strasbourg. Il fait entendre un grelot à la musique féerique (voir *Tristan et Yseut*, Bibl. de la Pléiade, p. 589-590).

3. Il s'agit donc non pas d'un lai narratif (comme ceux de Marie de France) mais plutôt d'un lai lyrique très proche de la *canso* (ou chanson d'amour) des troubadours. Il existe en effet des lais arthuriens qui constituent de véritables insertions lyriques dans les grands récits en prose du cycle arthurien (le *Tristan en prose* notamment).

4. Il s'agirait des îles de l'Ouest, ou Hébrides, selon une identification traditionnelle.

Paragraphe 722.

a. par une poterne [...] avoec lui   *lacune dans B. Nous complétons d'après P.*

Paragraphe 725.

a. qui ains et   *B. Nous complétons.* ◆◆ *b.* Leodegam   *B. Nous corrigeons.*

Paragraphe 727.

1. Principe de l'immunité appliqué au messager.

2. La barbe était un trophée de guerre chez les Sarmates. Il s'agit aussi évidemment d'un symbole de virilité. Couper la barbe d'un roi, c'est s'approprier son pouvoir et sa virilité (H. Nickel, « The Fight about King Arthur's Beard and for the Cloak of King's Beards », *Interpretations*, XVI, 1, 1985, p. 1-7). Voir *Merlin*, § 218 et n. 1 et, ici, § 298 et n. 3.

Paragraphe 728.

a. chastel et molt   *B. Nous corrigeons.*

Paragraphe 729.

a. Or dist li contes que   *seulement dans B.* ◆◆ *b.* auras   *B. Nous corrigeons.*

Paragraphe 730.

1. En réclamant la conduite de l'armée, Merlin formule une demande conforme à la vocation naturelle des druides qui est d'être aussi des guerriers (voir la Notice, p. 1820). Jules César dans la *Guerre des Gaules* (II, 5) mentionne un druide Diviciacus qui commande un corps de cavalerie.

Paragraphe 731.

1. La massue est, avant la marotte, l'attribut médiéval du fou. L'allure paradoxale de Merlin (un enfant de huit ans presque chauve) est un signe inquiétant de son étrangeté.

Paragraphe 732.

a. amassent et   B. *Nous complétons d'après P.*

Paragraphe 733.

a. la[i   *exponctué*] lance   B.

1. Dans les armées impériales romaines, chaque cohorte ou centurie avait pour enseigne un dragon. Ammien Marcellin, qui parle de cette enseigne, l'appelle *purpureum signum draconis* (XVI, 12). Dans le camp d'Arthur, cette enseigne au dragon rappelle évidemment qu'Arthur est fils d'Uterpendragon, dont le nom, selon une étymologie médiévale composite indiquée dans l'*Historia regum Britanniae* (§ 25), doit se lire comme *caput draconis* « tête de dragon » (celtique *pen* : « la tête », et latin *draco* : le « serpent »).

Paragraphe 735.

a. cele part [...] Merlins vint   *lacune dans B. Nous complétons d'après* P.

1. Il ne s'agit donc pas d'une simple représentation héraldique d'un dragon mais d'une authentique créature animée qui témoigne des dons de magicien que possède Merlin. Lors de la bataille de Salesbières racontée dans le *Merlin* (§ 115), un véritable dragon vole au-dessus des personnages, crachant feu et flammes. Ce dragon mythique a dû inspirer la bannière au dragon vivant, ici décrite.

Paragraphe 738.

a. fai   B. *Nous corrigeons.*

1. On attendrait plutôt un rameau d'olivier. Le symbolisme du sycomore est probablement ici d'ordre théologique. Au Moyen Âge, cet arbre symbolise la folie et la vanité. Par conséquent brandir une branche de sycomore pour séparer des combattants serait leur rappeler la vanité de la guerre.

Paragraphe 742.

a. ne   *seulement dans B.* ♦♦ *b.* doie   B. *Nous corrigeons.* ♦♦ *c.* se   B. *Nous corrigeons.*

1. Dans le monde celtique, on coupe rituellement la tête de l'ennemi vaincu en combat singulier. C'est le signe le plus tangible du triomphe de la puissance militaire.

Paragraphe 743.

a. compaignie[s   *exponctué*] a   B

1. Nouvel exemple du symbolisme des prophéties fondé sur l'héraldique. Il est sans doute fait allusion à la naissance de Galaad et à son arrivée à la cour racontée à la fin du *Lancelot* : le lion Galaad, fils de l'ourse (la fille du Roi Pêcheur), a été engendré du léopard (Lancelot).

Paragraphe 744.

a. me face a savoir   *seulement dans B.*

1. Il est possible de penser que Merlin se déplace en volant dans les airs comme le personnage irlandais de Suibné (auquel Merlin peut être comparé). Ce déplacement aérien de Suibné (ou de Merlin) est un signe de « folie » — mot dont l'étymologie renvoie au ballon plein d'air, latin *follis*. Il faut rappeler aussi que Merlin est le fils d'un incube, c'est-à-dire d'un démon aérien, qui semble lui avoir transmis son pouvoir de voler.

2. Personnage imaginaire. Nom sarrasin dans plusieurs chansons de geste : *Chanson d'Antioche*, *Vivien de Monbranc*, *Les Narbonnais* (voir Moisan, *Répertoire des noms propres*, t. I, vol. I, p. 408).

3. C'est la déesse païenne par excellence. Nombreux sont les exemples de textes hagiographiques où un saint viole au nom du Christ un temple de Diane où sont adorées les idoles païennes.

Paragraphe 745.

1. Cette situation n'est pas sans rappeler le passage du *Merlin* (§ 68) où le jeune devin explique au roi Vertigier le mystère de la tour qui s'effondre, alors que les hommes les plus savants de son royaume étaient dans l'incapacité de proposer une explication valable.

2. L'interprétation du rêve semble utiliser les techniques de l'exégèse biblique. On se souvient également du songe de Joseph (Genèse, XXXVII, 6-22) et de l'explication des songes de Nabuchodonosor par Daniel (livre de Daniel, II).

Paragraphe 746.

1. C'est une interprétation chrétienne du symbole des cendres que la liturgie rappelle lors du mercredi des Cendres qui ouvre la période du carême. L'imposition des cendres sur le front des chrétiens symbolise l'état d'humilité dans lequel ceux-ci doivent rentrer pour se préparer à Pâques, fête qui voyait traditionnellement le baptême des nouveaux chrétiens.

Paragraphe 747.

1. Le thème de l'oreiller magique est récurrent dans la matière arthurienne. Il est un instrument d'envoûtement par le sommeil. On trouve un enchantement comparable dans le *Cligès* de Chrétien de Troyes : voir l'épisode de l'envoûtement d'Alis (v. 3319-3356, *Œuvres complètes*, p. 253).

2. Les rencontres périodiques de Merlin et Niniane paraissent réglées selon un calendrier très rigoureux. Il n'est pas impossible de

penser qu'elles ont lieu à des moments privilégiés, plus particulièrement lors de certaines fêtes celtiques qui marquent une communication naturelle et spontanée entre le monde ordinaire et le monde féerique.

Paragraphe 748.

a. deriere *B. Nous corrigeons d'après P.* ◆◆ *b.* pucele jouene *B. Nous complétons d'après P.* ◆◆ *c.* come cele […] sens *seulement dans B.* ◆◆ *d.* come […] faire *seulement dans B.*

1. En principe, le nain est un personnage détesté du monde courtois. Il joue les mauvais rôles (voir le nain d'*Érec et Énide* chez Chrétien de Troyes par exemple). Sa laideur signifie sa méchanceté.

Paragraphe 749.

a. venu *B. Nous corrigeons.*

1. Exemple classique de don contraignant, consistant à accorder une faveur dont la nature ne sera connue que plus tard. Le donateur est donc lié par une promesse dont il ignore l'objet.

Paragraphe 750.

a. doie *B. Nous corrigeons.* ◆◆ *b.* paroles a *B. Nous complétons d'après P.*

Paragraphe 753.

a. ostees et la *B. Nous corrigeons.*

Paragraphe 756.

1. Ce passage s'inspire de l'*Historia regum Brittaniae* de Geoffroy de Monmouth (§ 158) et du *Brut* de Wace (v. 2091-2162).

Paragraphe 757.

a. vels *B. Nous corrigeons d'après P.*

1. Lucius est un prénom romain très ordinaire qui transpose ici probablement le nom sarrasin de Lucion attesté pour des rois païens, des chefs sarrasins dans des chansons de geste : *Tristan de Nanteuil, Chanson de Roland, Chanson d'Antioche*, etc. (voir Moisan, *Répertoire des noms propres*, t. I, vol. I, p. 654). Il peut aussi avoir été forgé à partir de noms d'empereurs du ve siècle (selon J. S. P. Tatlock, *The Legendary History of Britain*, p. 124).

2. Luce rappelle ici une idéologie qui se veut l'héritière de l'*imperium romanum*, c'est-à-dire la suprématie absolue d'un pouvoir impérial romain. Le pouvoir d'Arthur, de nature plus fédérateur, est fondé au contraire sur le contrat féodal d'alliance.

3. Figure rhétorique d'*adynata* suggérant le monde à l'envers (Ernest Robert Curtius, *La Littérature européenne et le Moyen Âge latin*, P.U.F., 1956 ; rééd., Presses Pocket, coll. « Agora », 1991, p. 170-176).

4. Est-ce un rappel de la date fondatrice de l'impérialisme carolingien — Charlemagne a été couronné empereur d'Occident à la Noël de l'an 800 — ou plus simplement la réaffirmation symbolique de la signification royale de la fête de Noël qui marque l'avènement du Messie roi ? Luce ne s'identifie-t-il pas à ce Messie roi, chef absolu de la chrétienté ? Chez Geoffroy de Monmouth et dans le *Brut* de Wace, la date indiquée à Arthur est la mi-août.

Paragraphe 758.

1. Comte de Cornouailles, auprès duquel Guenièvre a été élevée. Plus âgé qu'Arthur, c'est l'un des plus fidèles vassaux du roi. Son discours est repris de Geoffroy de Monmouth (§ 158) et du *Brut* de Wace (v. 2187-2216).

2. Cette réplique importante de Gauvain (qui figure déjà dans le *Brut*) souligne la grandeur et la valeur de l'esprit courtois, par contraste avec le pur esprit guerrier de la chanson de geste à son origine.

Paragraphe 759.

a. trail   B. *Nous corrigeons d'après* P.   ◆◆ *b.* avenaulement   B. *Nous adoptons la leçon de* P.   ◆◆ *c.* arrestoier   B. *Nous corrigeons.*

1. En 55 av. J.-C., Jules César avait tenté une première incursion en Grande-Bretagne (*Guerre des Gaules*, IV, 20-37) mais l'île ne sera en partie conquise que par l'empereur Claude en 85 de notre ère.

2. Le chef gaulois Brennus s'empara de Rome en 390 av. J.-C. après sa victoire sur les Romains près de la rivière Allia (au nord-est de Rome). Il accepta de se retirer moyennant le paiement d'un tribut (Tite-Live, *Histoire romaine*, V, 38).

3. Tout ce passage est emprunté au *Brut* de Wace (éd. I. D. O. Arnold et M. M. Pelan, Klincksieck, 1962, v. 2318 et suiv.), en particulier cet argument historique selon lequel l'empereur Constantin aurait été l'héritier de la Bretagne. Le *Brut* indique qu'il serait d'origine romaine par sa mère (détail que ne précisent pas *Les Premiers Faits*). Dans sa *Légende dorée* (au chapitre « Invention de la sainte Croix »), Jacques de Voragine va encore plus loin puisqu'il donne à la mère de Constantin une origine bretonne ; selon « l'opinion émise dans une chronique assez authentique, cette Hélène était fille de Clohel, roi des Bretons ; Constantin en venant dans la Bretagne la prit pour femme, parce qu'elle était fille unique. De là vient que l'île de Bretagne échut à Constantin après la mort de Clohel. Les Bretons eux-mêmes l'attestent » (trad. J. B. M. Roze, G.-F., 1967, t. I, p. 346). C'est sans doute cette tradition que devait connaître l'auteur des *Premiers Faits*. On notera aussi que cette tradition très confuse distinguait l'empereur Constantin (fils d'Hélène) dont on fit un roi de Bretagne et un autre Constantin dont on trouve la mention chez Bède et qui n'était qu'un usurpateur au temps de l'empereur romain Honorius.

4. Maximin, ou Maximien, était un roi légendaire de Bretagne. Il se trouve mentionné chez Geoffroy de Monmouth (§ 81 à 92) et chez Wace (*Brut*, v. 2321). Selon E. Faral (*La Légende arthurienne*, p. 191), Geoffroy aurait trouvé son nom dans Bède et l'*Historia Britonum*.

5. Discours d'Arthur repris de Geoffroy de Monmouth (§ 159) et Wace (*Brut*, v. 2227-2356).

Paragraphe 760.

1. Il ne s'agit pas de la Sibylle antique, mais plutôt d'une Sibylle typiquement médiévale, proche des fées et devineresses héritées du folklore celtique, voire du « prophète » Merlin. Certaines de ses prophéties étaient rapportées dans *Le Livre de Sibile* (traduit au XIIe siècle d'après un original latin), qui contient un rêve des neuf soleils, des prophéties historiques et eschatologiques, un catalogue des souverains médiévaux, une évocation du règne messianique et de celui de l'Antéchrist (voir J. Haffen, *Contribution à l'étude de la Sibylle médiévale. Étude et édition du ms. B.N. fr. 25407 : Le Livre de Sibile*, Paris-Besançon, Les Belles-Lettres, 1984). Cette prophétie des *Premiers Faits* figure déjà chez Wace (v. 2379) qui traduit Geoffroy de Monmouth.

2. *Mongieu* (du latin *Mons Jovis*, « mont de Jupiter ») désigne traditionnellement, au Moyen Âge, le Petit-Saint-Bernard entre la France et l'Italie. La désignation médiévale témoigne de la présence d'un culte à Jupiter dans ce lieu qui garde à travers son nom actuel le souvenir de sa christianisation par saint Bernard de Menthon.

Paragraphe 762.

1. Épisode déjà raconté dans le *Brut* (v. 2697-2712) et inspiré de Geoffroy de Monmouth (§ 165). C'est le fondement du grand mythe courtois célébré par toute la littérature arthurienne : Arthur (ou son chevalier) y joue le rôle du héros civilisateur qui doit toujours prendre la défense des faibles et particulièrement des femmes maltraitées.

Paragraphe 764.

1. Il s'agit bien du mont de Normandie à propos duquel la *Légende dorée* (chap. « Saint Michel, archange ») rapporte : « Dans un lieu appelé *Tumba*, près de la mer, et éloigné de six milles de la ville d'Avranches, saint Michel apparut à l'évêque de cette cité : il lui ordonna de construire une église sur cet endroit, et d'y célébrer la mémoire de saint Michel archange, ainsi que cela se pratiquait sur le mont Gargan (en Italie) » (trad. J. B. M. Roze, t. II, p. 233). Comme l'a montré H. Dontenville (*Mythologie française*, Payot, rééd., 1973, p. 75-127), il n'est pas indifférent que ce mont soit doublement associé à saint Michel et à un mystérieux Gargan (ancêtre du géant Gargantua). Dans notre texte, Arthur (nouveau saint Michel) affronte un géant (anonyme) sur le Mont-Saint-Michel (ancien mont Gargan). Ce géant Gargan est certainement une antique divinité du paganisme combattue par le christianisme. Mabillon a consacré dans les *Acta sanctorum* de nombreuses pages à étudier la date de la fondation chrétienne du Mont-Saint-Michel. La *Légende dorée* date la christianisation de l'an 709, mais elle pourrait remonter à Childebert II (fin du VIe siècle).

Paragraphe 765.

1. Le rôle de Bédoyer est au moins équivalent à celui de Keu dans les textes issus de la tradition galloise illustrée par Geoffroy de Monmouth. Après l'avoir présenté comme l'échanson et bouteiller du roi, Wace en fait aussi le fondateur de la ville de Bayeux (en raison de la similitude des noms). Chez Wace, il sera promu duc de Normandie.

2. L'îlot du Mont proprement dit est en effet voisin d'un autre îlot (situé plus au nord) nommé Tombelaine.

Paragraphe 766.

a. ta vie garantir ta vie et   *B. Nous corrigeons.* ◆◆ *b.* ocision *B. Nous corrigeons.* ◆◆ *c.* doel une   *B. Nous complétons.* ◆◆ *d.* la *B. Nous corrigeons.*

1. Ce nom d'Hélène apparaît déjà chez Wace (*Brut*, v. 2743 et suiv.) et Geoffroy de Monmouth (§ 165). Il s'explique par l'existence de traditions locales liées au Mont-Saint-Michel. Un îlot voisin du Mont porte le nom de Tombelaine (voir n. 2, § 765) que l'on a glosé comme la Tombe d'Hélène, selon le principe des jeux étymologiques très courants au Moyen Âge.

2. Autre épisode directement inspiré du *Brut*. Dans le roman de Wace, la nièce du duc Hoël est enlevée par un géant nommé Dinabuc dont l'ardeur sexuelle est telle qu'il tue la jeune fille en la violant.

Paragraphe 767.

a. morte   *B. Nous corrigeons d'après P.* ◆◆ *b.* bele n'estoit a mal sousfrir si *B. Nous complétons d'après P et éliminons la répétition.* ◆◆ *c.* ca *B. Nous corrigeons.*

Paragraphe 768.

a. les *B. Nous corrigeons.* ◆◆ *b.* sus par   *B. Nous complétons d'après P.* ◆◆ *c.* a *B. Nous adoptons la leçon de P.*

1. Arthur n'est pas encore possesseur de son épée mythique Escalibor. Il en possède une autre, ravie à l'un de ses anciens adversaires, et dont le nom *Marmiadoise* semble formé d'après celui des Myrmidons, ancienne peuplade grecque de la Thrace, dont Achille était le roi.

Paragraphe 769.

1. À la guerre classique entre deux armées, Arthur cherche donc à substituer une forme non moins classique de résolution d'un différend : le duel judiciaire, qui se rattache lui-même à la pratique de l'ordalie (ou jugement de Dieu).

Paragraphe 773.

a. mesires l'entent *B. Nous complétons d'après P.* ◆◆ *b.* il avoit   *B. Nous complétons d'après P.*

Paragraphe 774.

a. et retenu   *répété dans B.*

Paragraphe 777.

a. ade[ce *exponctue*]vanchisissent   *B* ✦✦ *b.* entererent   *B. Nous corrigeons d'après P.*

1. Le nom purement légendaire de ce roi de Syrie est probablement emprunté à l'*Énéide* de Virgile (VIII, v. 52) et au roman d'*Énéas* par l'intermédiaire de Wace.

Paragraphe 778.

a. Or dist li contes que   *seulement dans B.* ✦✦ *b.* doutance et que *B. Nous complétons d'après P.* ✦✦ *c.* v[i *exponctue*]oie   *B* ✦✦ *d.* en   *B. Nous corrigeons.* ✦✦ *e.* ses   *B. Nous adoptons la leçon de P.*

1. La ville de Langres est effectivement située sur un promontoire. Depuis l'Antiquité, elle représente un lieu stratégique entre le Bassin parisien et le bassin de la Saône. Les Celtes (les Lingons) avaient déjà occupé cet oppidum que les Romains fortifièrent au IIIe siècle car il se trouvait au carrefour d'une douzaine de voies romaines. À l'époque celtique, Langres s'appelait *Andematunum*, ce qui signifierait « rocher de l'ours » selon Gérard Taverdet (*Les Noms de lieux de la Haute-Marne*, Dijon, C.R.D.P., 1986, p. 32).

2. Le nom semble déformé. La même incertitude semble exister chez Wace qui évoque la *Suison* (v. 3746) et chez Geoffroy (*Sessia, Assnessia*). Il pourrait s'agir soit de Saussy au sud-ouest de Langres, soit de la Suize, affluent de la Marne, qu'elle rejoint à Chaumont. La seconde hypothèse paraît plus vraisemblable parce que le texte mentionne une vallée.

3. Les deux villes étaient reliées par une voie romaine.

4. L'itinéraire de l'expédition semble aisé à suivre sur le terrain. Après avoir traversé l'Île-de-France qu'il a déjà soumise, Arthur descend vers le sud-est. Au passage de l'Aube, il tombe sur les troupes romaines qui se replient vers Langres. Cette retraite permet à Arthur de se diriger rapidement vers le sud tout en laissant Langres à sa gauche. Il peut alors s'interposer entre l'armée romaine et la ville d'Autun dans la vallée de la « Ceroise » (Suize).

5. Souvenir à peine dissimulé à la centaine près du nombre de la Bête (l'Antéchrist), 666 dans l'Apocalypse, XIII, 17-18.

Paragraphe 779.

a. en ot   *B. Nous complétons.*

Paragraphe 780.

a. car grant honte [...] et   *seulement dans B.*

Paragraphe 781.

a. certainnes   *B. Nous corrigeons.*

Paragraphe 782.

a. mort abatu *B. Nous adoptons la leçon de P.* ✦✦ *b. Ici B répète, par saut du même au même :* et l'eüssent par ocis se ne fust sa maisnie .

Paragraphe 783.

a. et s'aproce de lui *répété dans B.*

1. Ce cri témoigne de relents de croisade. Au-delà du contexte arthurien fictif, c'est le contexte historique contemporain de l'écriture du roman qui prévaut ici. La septième croisade, à laquelle participa saint Louis, eut lieu de 1248 à 1254. Elle semble la plus proche de la date supposée de composition de l'œuvre qu'il faudrait situer après cette date et avant la huitième croisade, qui voit la mort du roi devant Tunis en 1270.

2. Sous la forme d'Alipantin ou Alepantin, nom de roi sarrasin dans les chansons de geste comme *Les Saisnes* ou *Aliscans* (voir Moisan, *Répertoire des noms propres*, t. I, vol. I, p. 136).

3. Emblème impérial, l'aigle est l'enseigne des Romains. Son usage était si répandu durant l'Antiquité que l'enseigne militaire des légions n'était plus désignée que sous le nom commun de l'aigle (*aquila*).

Paragraphe 787.

a. li empereres li dist qu'il *B. Nous corrigeons d'après P.* ✦✦ *b.* en a on mestier de vous *lacune dans B. Nous complétons d'après P.*

Paragraphe 788.

a. que ore pooit *B. Nous adoptons la leçon de P.* ✦✦ *b.* chacon *B. Nous corrigeons.* ✦✦ *c.* del païs qui *B. Nous complétons d'après P.*

1. L'Ascension est en principe une fête chômée. Le pêcheur a enfreint la loi chrétienne en allant pêcher ce jour-là au lieu d'assister à la messe.

2. Ce chat géant n'est pas sans faire penser au Chat de Paluc que mentionnent les *Triades galloises*, véritable condensé de la mémoire mythologique du pays de Galles (cf. R. Bromwich, *Trioedd Ynys Prydein, The Welsh Triads*, Cardiff, 1961). D'après la triade 26, ce chat serait né de la truie Henwen et serait l'un des trois fléaux de l'île d'Anglesey. D'autres textes gallois (*Livre rouge de Hergest*, *Livre noir de Caermarthen*) ou français (*La Bataille Loquifer*, *Galeran de Bretagne*) mentionnent directement ou par allusion ce monstre. Il apparaît aussi dans le *Romanz des Franceis*. Ce Capalu serait un démon des eaux, un monstre aquatique, véritable génie du lieu bien relié à un site mythique.

Paragraphe 789.

1. L'histoire se présente ainsi comme un « exemple » au sens de la prédication médiévale, c'est-à-dire une brève anecdote destinée à illustrer une recommandation de l'Église et à faire réfléchir les fidèles sur des comportements jugés anti-chrétiens. De nombreux recueils

d'*exempla* circulent au XIIIe siècle (celui d'Étienne de Bourbon est le plus célèbre).

Paragraphe 790.

a. espie   B. *Nous corrigeons.* ✦✦ *b.* chat encontre   B. *Nous corrigeons d'après P.* ✦✦ *c.* et li saut […] derriere   *lacune dans* B. *Nous complétons d'après P.* ✦✦ *d.* le tinrent […] ot fichies el hauberc   *lacune dans* B (*saut du même au même*). *Nous complétons d'après P.* ✦✦ *e.* qui fu logies   *seulement dans* B. ✦✦ *f.* rois entre   B. *Nous complétons d'après P.*

1. Le combat d'Arthur contre le chat ressemble par certains détails (ongles agrippés sur l'écu du roi, deux pieds tranchés d'un coup d'épée) au combat de Gauvain contre le lion dans *Le Conte du Graal* de Chrétien de Troyes (v. 7853-7865, *Œuvres complètes*, p. 878).

Paragraphe 792.

1. La légende du chat possède tous les caractères d'une légende étiologique qui explique l'origine d'un toponyme par un récit fondateur. Il est à noter que l'épisode du chat monstrueux ne figure ni chez Geoffroy de Monmouth ni chez Wace.
2. Aujourd'hui encore, un mont du Chat surplombe le lac du Bourget près d'Aix-les-Bains (et non près de Lausanne comme le prétend le texte : confusion fréquente au Moyen Âge entre le lac de Genève et le lac du Bourget). La désignation de mont du Chat est ancienne puisqu'une charte le mentionne dès 1209 (*montis Catti*). Précédemment, la même montagne portait le nom de *Mons Munni*, ou *Mons Munitus*. Cette double dénomination permet de penser que la légende du chat était localisée en Savoie dès le XIIe siècle et que le changement de nom du lac était antérieur à la transcription romanesque de cet épisode.
3. La *France* des textes médiévaux est exclusivement l'Île-de-France. La France géographique moderne est un anachronisme pour le XIIIe siècle. Le texte ne mentionne d'ailleurs pas un quelconque « royaume de France », mais il parle de la Gaule, pérennisant la désignation de l'Antiquité pour une époque (celle d'Arthur) qui n'en est pas si éloignée.

Paragraphe 793.

a. .CC. chevaliers   B. *Nous adoptons la leçon de P.* ✦✦ *b.* fust [a *exponctué*] une   B

Paragraphe 801.

a. Agravadain et s'en rala   B. *Nous corrigeons.*
1. Voir n. 1, § 715.

Paragraphe 802.

a. tout chevalier et cousin   B. *Nous éliminons la répétition.*

Paragraphe 803.

a. neveu en furent entere   B. *Nous corrigeons d'après P.*

1. Cité sarrasine mentionnée dans plusieurs chansons de geste pour être la capitale du roi Fernagu (voir Moisan, *Répertoire des noms propres*, t. I, vol. I, p. 403).

2. Il s'agit évidemment de la bataille de Salesbières dans *La Mort le roi Artu* qui voit l'effondrement définitif de la chevalerie arthurienne.

Paragraphe 805.

a. proece   B. *Nous corrigeons d'après P.* ◆◆ *b.* en ataint .II. par en son la crupe   B. *Nous adoptons la leçon de P.* ◆◆ *c.* nul meillour chevalier et B. *Nous adoptons la leçon de P.*

Paragraphe 806.

a. talent Merlins   B. *Nous complétons.*

Paragraphe 807.

1. Explication *a posteriori* de l'épisode du nain. Il faut supposer que la demoiselle est une fée. Toutefois, la métamorphose en nain est parfois provoquée par les nains eux-mêmes, doués généralement de pouvoirs magiques. Un épisode du roman de *Lancelot* en moyen néerlandais l'atteste (voir C. Lecouteux, *Les Nains et les Elfes au Moyen Âge*, Imago, 1988).

Paragraphe 808.

a. sens et   B. *Nous adoptons la leçon de P.*

1. Les arts libéraux comprennent les trois disciplines littéraires du *trivium* (grammaire, dialectique, rhétorique) et les quatre disciplines « scientifiques » du *quadrivium* (géométrie, arithmétique, musique, astronomie). Il est significatif que le savoir magique (et fort peu universitaire) de Merlin rejoigne ici les disciplines traditionnellement enseignées dans les écoles.

2. Nous conservons ici le terme consacré par la tradition médiévale (« enserrement ») qui dénote mieux le caractère magique de l'opération que le verbe « emprisonner ».

Paragraphe 809.

a. des que ele est soie   *seulement dans B.*

Paragraphe 810.

a. Merlins son   B. *Nous adoptons la leçon de P.* ◆◆ *b.* ses encha ses enchantemens   B. *Nous corrigeons.* ◆◆ *c.* se   B. *Nous corrigeons d'après P.*

1. L'aubépine est un site féerique traditionnel du monde celtique (voir n. 2, § 650). C'est par excellence le lieu de rencontre avec l'Autre Monde (voir Ph. Walter, « L'Épine ou l'Arbre-fée », *PRISMA*

(Poitiers), V/1, 1989, p. 95-108. Mai, mois où fleurit l'aubépine, est donc la période symbolique où Merlin disparaît du monde des mortels.

2. Évocation typique d'un rite de circumambulation. C. Lecouteux (*Démons et génies du terroir au Moyen Âge*, Imago, 1995, p. 108-118) a défini cette pratique comme un rite d'appropriation, d'expropriation et de protection. Ces trois termes s'appliquent exactement à la situation de Niniane qui s'approprie le pouvoir de Merlin tout en expropriant son ami de ses pouvoirs. Elle cherche aussi à protéger son amant pour l'éternité en l'enfermant dans un lieu placé sous sa seule domination.

Paragraphe 811.

a. Orfenin   *B. Nous corrigeons.* ♦♦ *b.* Oriant   *B. Nous corrigeons.* ♦♦ *c.* ensi [...] bien montes   *seulement dans B.*

Paragraphe 812.

a. Or dist li contes que   *seulement dans B.* ♦♦ *b.* joians et il   *B. Nous corrigeons.*

Paragraphe 813.

a. vous   *répété dans B.* ♦♦ *b.* s[a   *corrigé en interligne en* e]le B

Paragraphe 814.

a. et il respondi [...] avoit fait   *lacune dans B (saut du même au même). Nous complétons d'après P.*

Paragraphe 815.

a. i vinrent   *B. Nous corrigeons.* ♦♦ *b.* et li dist   *B. Nous complétons d'après P.*

Paragraphe 816.

a. grant et   *B. Nous complétons d'après P.* ♦♦ *b.* me[s   *barré*] B

Paragraphe 820.

a. des   *B. Nous adoptons la leçon de P.*

Paragraphe 823.

a. combat[oit   *corrigé en* us *en interligne*] B

Paragraphe 824.

a. Or dist li conte que   *seulement dans B.*

1. Un tel luxe et une telle distinction ne peuvent qu'émaner des

êtres de l'Autre Monde, c'est-à-dire des fées. Tout le portrait suggère que ce personnage féminin est issu d'un monde de jeunesse et d'opulence qui correspond à la conception traditionnelle du monde féerique.

2. Pour lancer une telle malédiction, le personnage ne peut être qu'une fée. On peut légitimement se demander si cette demoiselle toujours anonyme n'est pas la fée Niniane, experte en enchantements et métamorphoses depuis qu'elle a suivi les leçons de Merlin.

Paragraphe 825.

a. couvint ses   B. *Nous complétons d'après P.* ◆◆ *b.* et aourent […] fait   *seulement dans B.*

Paragraphe 826.

a. et que li pan […] passerent   *lacune dans B. Nous complétons d'après P.* ◆◆ *b.* ses esquiers a courecier   B. *Nous corrigeons d'après P.* ◆◆ *c.* hontousement en   B. *Nous complétons d'après P.*

1. Au Moyen Âge, la forêt de Brocéliande n'était pas fermée à toute circulation. Elle était traversée par un nombre important de voies romaines, mentionnées sous le nom de *viae publicae* dans le cartulaire de Redon.

2. C'est la forme caractéristique du brouillard druidique, c'est-à-dire un moyen surnaturel utilisé par les êtres de l'Autre Monde (ici Niniane) pour paralyser les humains ou les empêcher de se déplacer (sur l'importance de ce thème dans la tradition celtique, voir C. Guyonvarc'h et F. Le Roux, *Les Druides*, p. 171-174).

Paragraphe 827.

a. et pour ce que *[p. 1651]* […] des autres   *lacune dans B (saut du même au même). Nous complétons d'après P.*

Paragraphe 828.

a. closei   B. *Nous corrigeons.*

1. Parfaitement localisé en Petite-Bretagne, c'est-à-dire en Armorique, le « tombeau de Merlin » appartient aujourd'hui à la tradition folklorique de la forêt de Brocéliande (ou forêt de Paimpont). Le monument est le vestige d'une allée couverte. La forêt abrite un autre site nommé l'Hotié de Viviane. Ces monuments ont été décrits et étudiés par J. Briard, *Préhistoire en forêt de Brocéliande*, Châteaulin, Éditions Jos, 1994.

Paragraphe 830.

a. se li souvint […] l'encontreroit   *seulement dans B.* ◆◆ *b.* des   B. *Nous corrigeons.*

Paragraphe 831.

a. aures la   B. *Nous complétons d'après P.*

Paragraphe 835.

a. col   *B. Nous adoptons la leçon de P.*

Paragraphe 836.

a. le   *B. Nous corrigeons.* ◆◆ *b.* cha avant   *B, P. Nous corrigeons.*

1. La fête de la Trinité (dimanche après la Pentecôte) est mise en relation avec la levée de la malédiction féerique qui frappe le personnage. C'est une parole prononcée au nom de Dieu qui provoque l'irruption d'un vrai miracle et qui rappelle la valeur mystique du Verbe de l'Esprit-Saint. La fête de la Trinité commémore le mystère du salut (qui échoit ainsi au chevalier). Le procédé n'est pas sans rappeler (par anticipation) la valeur emblématique de la Pentecôte dans *La Quête du saint Graal* (voir Ph. Walter, *La Mémoire du temps*, p. 667-670) et que soulignent les nombreux textes liturgiques de la période Pentecôte-Trinité.

Paragraphe 837.

a. fu   *B. Nous corrigeons d'après P.* ◆◆ *b.* Explicit li ensieremens de Merlin Diex nous maint tous a boine fin   *P*

1. Esquisse générale des événements qui seront racontés au début du *Lancelot* (t. II de la présente édition).

TABLE

Les intertitres sont de notre invention, mais ils suivent les césures naturelles, le plus souvent introduites par la formule de transition : *Or dist li contes...*

MERLIN

LES PREMIERS FAITS DU ROI ARTHUR

Table 1917

NOTICES, NOTES ET VARIANTES

Ce volume, portant le numéro
trois cent soixante-seize
de la « Bibliothèque de la Pléiade »
publiée aux Éditions Gallimard,
mis en page par Interligne
à Liège,
a été achevé d'imprimer
sur Bible des Papeteries Bolloré Thin Papers
le 8 septembre 2017
par Normandie Roto Impression s.a.s.
à Lonrai,
et relié en pleine peau,
dorée à l'or fin 23 carats,
par Babouot à Lagny.

ISBN : 978-2-07-011342-2.

Nº d'édition : 324493. Nº d'impression : 1702452.
Dépôt légal : septembre 2017.
Premier dépôt légal : 2001.
Imprimé en France.